C000027490

ISBN 978-1-5283-8735-4
PIBN 10925582

FB &c Ltd, Dalton House, 60 Windsor Avenue, London, SW19 2RR.
Company number 08720141. Registered in England and Wales.

For support please visit www.forgottenbooks.com

LA SEMAINE
DES FAMILLES

REVUE UNIVERSELLE

HEBDOMADAIRE

1881—1882

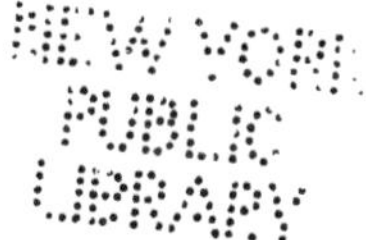

PARIS
LIBRAIRIE VICTOR LECOFFRE
90, RUE BONAPARTE, 90
1882

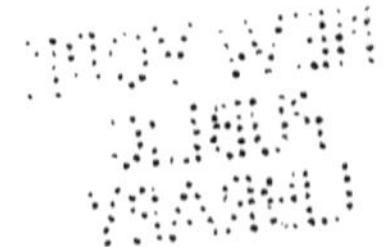

N° 1. — Samedi, 2 avril 1881. Victor Lecoffre, éditeur.

LA SEMAINE DES FAMILLES

REVUE UNIVERSELLE HEBDOMADAIRE

Arthur se mit à réfléchir sur ses malheurs (Page 2).

23e année.

L'ESCAPADE

— Pêchez pour moi, Tom, dit Arthur Lesly à son vieux domestique : cela m'ennuie.

— Voulez-vous marcher un peu, monsieur?

— Non, il fait trop chaud. Je vais m'asseoir là sur ce rocher, et je vous regarderai pêcher.

Tom prit la ligne, s'assura qu'elle était bien amorcée, et, après l'avoir lancée méthodiquement dans l'eau tranquille du petit lac, resta les yeux fixés sur le liège flottant.

Arthur escalada un rocher voisin, s'y assit, et se mit à réfléchir sur ses malheurs.

Cet Arthur était bien l'un des plus jolis petits garçons du comté de Sussex; ses parents l'aimaient et le comblaient de soins et de caresses. Ils étaient riches, et Arthur ne manquait de rien. Mais lord et lady Lesly, appelés sur le continent par une affaire importante, avaient emmené leurs deux filles et laissé Arthur à la garde de son précepteur, le docte M. Langton, en lui recommandant de bien travailler. Arthur, ayant été malade l'hiver précédent, était resté plus de quatre mois sans ouvrir un livre ni toucher une plume. Sa paresse naturelle avait pris à ce régime un accroissement inquiétant, et M. Langton essayait de regagner le temps perdu en accablant son élève de dictées, de leçons et de pensums.

En moins de huit jours Arthur prit absolument en grippe la grammaire, l'arithmétique, la géographie et M. Langton, qu'à la vérité il n'aimait guère auparavant; et il devint si mutin, si raisonneur et si insupportable que M. Langton, à bout de patience, lui dit : « Ah ça, monsieur, êtes-vous décidé à devenir un âne?

— Oui, monsieur.

— Fort bien. Puisqu'il en est ainsi, nous allons vous mettre au vert. Du matin au soir vous vous tiendrez dans le parc, sous la surveillance de Tom, et vous ne ferez que jouer. Cela vous va-t-il?

— Parfaitement. Mais j'aurai des camarades.

— Non, monsieur. Milady l'a défendu. En son absence elle ne vous permet de jouer qu'avec Dina, mais comme votre sœur de lait va à l'école, elle ne viendra que le jeudi. D'ici là, vous vous amuserez tout seul. C'est décidé. »

Arthur était depuis cinq jours à ce régime et commençait à en avoir assez. Il avait parcouru tous les recoins du domaine, taquiné ou effarouché toutes les bêtes que le parc contenait, et aurait volontiers mis le désordre dans la basse-cour, heureusement fermée et gardée par un maritorne inflexible. Tom avait bien consenti à jouer aux billes, mais il n'était pas d'humeur ni d'âge à courir, parlait peu, et, selon la consigne qu'il avait reçue, ne perdait pas de vue le petit garçon. La pêche à la ligne amusa Arthur toute une matinée, mais il s'en lassa l'après-midi, et ne sut plus que faire.

— Si c'était jeudi, se dit-il, Dina viendrait. Que c'est ennuyeux d'être seul! Si Tom pouvait s'endormir, je m'échapperais et j'irais chez ma nourrice m'amuser avec Dina.

Comme si une fée eût entendu le souhait d'Arthur, Tom, qui avait fort bien dîné et que la chaleur accablait, s'était assis et accoudé, tout en tenant sa ligne, et ne tarda pas à ronfler.

Arthur, tout joyeux, descendit de son rocher et vint regarder le dormeur. Tom ne bougea pas; alors, léger comme un oiseau, Arthur se dirigea vers la maison, sans suivre les allées, et se glissant à travers les massifs d'arbustes et de fleurs. Il savait que la clef de la petite porte du parc était suspendue à un clou, dans le vestibule, et il se disait : — s'il n'y a personne, je la prendrai, je prendrai la clef des champs.

Les domestiques finissaient de dîner. M. Langton était dans sa chambre au second étage, il n'y avait dans le vestibule que Fly, la levrette favorite de lady Lesly, et Fly dormait sur son coussin et ne se dérangea point à l'arrivée de son jeune maître. Alors Arthur, grimpant sur une banquette, décrocha lestement la clef et s'enfuit. Il regagna le bois, le traversa toujours courant, arriva devant la petite porte et après quelques efforts, réussit à ouvrir la serrure un peu rouillée. Il était si pressé de s'échapper qu'il oublia de reprendre la clef, tira la porte, et reprit sa course vers le village où demeurait sa nourrice Hannah.

D'abord il chemina pendant une demi-heure sous l'ombre de quelques arbres, clairsemés dans un taillis, puis le sentier entra dans les blés mûrs, et le soleil était si ardent que le jeune fugitif ralentit le pas.

Les alouettes chantaient, les liserons enroulés autour des tiges du blé mêlaient leur parfum de miel à l'odeur de pain chaud que la moisson mûre exhale au soleil d'août, et sur les marges gazonnées du sentier s'épanouissaient mille fleurettes charmantes.

— On va faire la moisson, se dit Arthur : ce sera bien plus amusant de former les gerbes et de faire des meules que de me promener entre les quatre murs du parc. Je vais m'installer chez ma nourrice, et ne retournerai plus à la maison que lorsque maman y sera. Tant pis pour M. Langton. Après tout je suis Anglais, et j'ai entendu dire à mon père que les Anglais étaient des hommes libres..... Mais qu'il fait chaud! Ce champ ne finira donc pas!

Au bout du champ était un petit étang couvert de lentilles d'eau, et que l'on franchissait sur un pont fort étroit et sans garde-fou. Arthur l'aurait passé sans accident, s'il n'avait eu la malencontreuse idée de cueillir un lis d'eau, qui lui paraissait être à la portée de sa main. Il se baissa pour le prendre, perdit l'équilibre et tomba dans la mare, au grand effroi d'une troupe de canards qui faisaient la sieste sous le pont. Les canards crièrent en chœur, et Arthur s'agitant dans la vase cria aussi, en essayant inutilement de remonter sur le pont.

Il appelait Tom, sans se rappeler que Tom était trop loin pour l'entendre, et il commençait à avoir grande envie de pleurer, lorsqu'une voix d'enfant répondit à la sienne et il vit accourir sur le pont la gentille Dina, sa sœur de lait, petite personne de huit ans, qui revenait de l'école, son panier au bras.

Elle s'exclama d'étonnement, et ne se sentant pas assez forte pour aider Arthur à sortir de l'eau, lui conseilla de marcher jusqu'au rivage, en lui assurant que la mare n'était pas profonde.

— Prenez ce bâton, dit-elle, et sondez devant vous.

Elle lui tendit une baguette qu'elle avait en main, et Arthur, ne voulant pas avoir l'air effrayé devant une petite fille, se mit en chemin, ayant de l'eau jusqu'à la ceinture et s'embarrassant les pieds dans les roseaux. Dina marchait sur le pont, en l'encourageant de son mieux. Il sortit enfin de la mare, tout ruisselant d'eau et de vase verdâtre.

— Grand'mère est seule à la maison, dit la petite fille, mon père, ma mère et John sont allés faire la moisson chez mon cousin Davis; grand'mère vous donnera d'autres habits, ne vous inquiétez pas, monsieur Arthur.

— Ça m'est bien égal d'être mouillé, vois-tu, Dina, mais je ne voudrais pas que mon précepteur le sût.

— Oh, nous n'en dirons rien : on fera sécher vos habits, et grand'mère les repassera. Courons.

Ils se prirent la main, et au bout de cinq minutes arrivèrent devant la petite maison blanche de la bonne maman Morris.

C'était une jolie demeure propre et gaie, entourée d'un petit jardin clos de haies bien taillées et où fleurissaient des roses trémières de toutes couleurs. On y voyait aussi, et soutenues par des branchages disposés avec soin, force rangées de pois et de haricots. Un berceau de chèvrefeuille abritait la porte, et sous son ombre parfumée la grand'mère filait paisiblement en gardant la maison.

A la vue d'Arthur en si piteux état, elle fit un cri et, sans perdre de temps en explications, l'emmena dans la maison, le déshabilla et le revêtit des habits du dimanche de John, tandis que Dina rallumait le feu et préparait du thé pour Arthur.

Celui-ci, un peu honteux, ne se pressait pas de raconter sa fuite, et laissait la grand'mère s'exclamer sur la négligence des domestiques.

— Je n'aurais jamais cru possible qu'on vous laissât courir les champs tout seul, mon cher petit monsieur. Si votre maman le savait ! M. Langton n'est donc pas au château ?

— Si fait, dit Arthur, et c'est bien sa faute si je me suis sauvé. Il est si ennuyeux, si injuste !

— Vous vous êtes sauvé? ah, c'est différent. En ce cas, je vais envoyer prévenir.....

— N'envoyez pas, grand mère nourrice, je vous en prie; on me punirait. Je veux demeurer ici comme quand j'étais petit; je ferai la moisson avec John et Dina. Au château je suis trop malheureux.

Et le fripon, se jetant au cou de la vieille paysanne, pleura, sanglota, et la cajola si bien qu'elle se dit :

— Après tout, pourquoi ne ferait-on pas ce que veut ce cher petit garçon ?..... Mais il faut que j'envoie prévenir au château. Dina, va me chercher le berger. Tu lui diras de fermer le parc aux moutons, d'y laisser son chien et de venir bien vite. Dépêche-toi. Et vous, Arthur, prenez cette tasse de thé. Je crains bien que ce bain forcé après dîner ne vous rende malade.

Tandis que Dina s'éloignait en courant et que la grand'mère, encore active, rinçait, tordait et exposait au soleil les habits d'Arthur, le brave Tom continuait à dormir au bord de la pièce d'eau, la ligne s'était échappée de sa main, et carpes et carpillons s'ébattaient à l'entour sous l'ombre des arbres.

Lorsqu'enfin Tom s'éveilla, il y avait plus de deux heures qu'Arthur était parti. Très inquiet de ne pas le voir, le domestique se hâta de revenir au château, et tout d'abord vit que la clef des champs n'était plus à sa place. Ne se souciant pas d'être grondé, Tom n'avertit personne, et courut vers la petite porte du parc. La clef y était restée dans la serrure.

— Ah ! se dit Tom, pour sûr, M. Arthur est allé chez sa nourrice.

Et il partit à grands pas, le front en sueur, et se reprochant sévèrement d'avoir dormi. De temps à autre, il appelait monsieur Arthur, mais pas une autre voix que celle de l'écho ne lui répondait et il était seul à troubler le silence des champs.

J. O. Lavergne.

— La suite au prochain numéro. —

UN DRAME EN PROVINCE

I

Dans la petite ville de B*** qui élève ses deux ou trois clochers, ses pignons aigus, ses toits rouges, au milieu des riantes et fertiles plaines du Mâconnais, l'homme le plus influent, le plus riche, le plus puissant, et probablement le plus heureux, si le bonheur dépend de la considération publique et des avantages de la fortune, était sans contredit M. Michel Royan, l'ancien notaire.

D'abord M. Michel Royan appartenait à une famille dont chaque membre, en véritable fils de ses œuvres, n'avait jamais eu d'autre but que celui de s'enrichir, le plus rapidement et le moins malhonnêtement possible. Son grand-père, ancien valet de chambre au service d'un grand seigneur, avant 93, avait trouvé moyen de devenir, au milieu de la tourmente, d abord petit marchand, puis négociant cossu, ensuite fournisseur attitré des armées de l'Empire, et enfin propriétaire d une partie des domaines de son ancien patron. Après lui Lucas Royan, son fils, qui se piquait d avoir des goûts champêtres, avait tiré un fort bon parti de ses vastes prairies et de ses gras herbages, pour faire, avec de gros bénéfices, le commerce des bestiaux. Et comme M. Lucas, comprenant que le règne de la bourgeoisie était enfin venu, se piquait de fonder pour sa part une des familles les plus marquantes, les mieux posées de sa province, il avait eu grand soin, tout en vendant cher ses moutons et en élevant ses bœufs, d'envoyer ses deux fils à Paris.

Là, les jeunes gens, après avoir fait, quelques années durant, des études plus ou moins suivies, avaient commencé à manifester leurs dispositions, leurs goûts, leurs aptitudes véritables. L'aîné, Édouard, qui se trouvait, par je ne sais quel hasard fort singulier, n'avoir rien de l'humeur, des idées, du tempérament des gens de la province, s'était jeté à corps perdu dans le tourbillon romantique qui bouillonnait à cette époque. Il avait ébauché deux drames et un volume de poésies, essayé quelque temps la peinture, écrit dans quatre ou cinq journaux morts-nés, pris part à une ou deux émeutes. Puis ayant épousé, sans le consentement paternel bien entendu, une pauvre petite chanteuse, il avait traîné la misère avec elle sur ce triste pavé de Paris, et finalement, en désespoir de cause, était parti pour l'Amérique où il n'avait pas tardé à mourir de la fièvre jaune, laissant après lui un enfant, un jeune fils.

Quant à Michel, avec lequel nous allons faire connaissance dès les premières pages de cette histoire, il possédait, dans toute leur intégrité, les aptitudes et les tendances de la famille. C'était, même au milieu de la folle jeunesse de Paris, un garçon taciturne, froid, calculateur, rusé et sérieux; ce devait être plus tard un homme d'affaires serré, prudent, expert, méthodique et rapace. Ayant fait son droit tant bien que mal, il quitta Paris sans regret, son frère le poète sans douleur, et s'en vint acheter à B*** une étude de notaire.

Dès lors il n'abandonna plus sa petite ville natale et sa maison chérie. Il s'occupa, pendant vingt années, sans relâche et sans répit, à en emplir la caisse, en bourrer les cartons verts, en dorer les panonceaux. Il y reçut le dernier soupir de son père, auquel il eut soin de faire un enterrement magnifique, mais dont il ne continua point le commerce alors un peu tombé. Trouvant que les minutes et le papier timbré rapportaient plus que les bœufs du Nivernais, les champs et les herbages, il griffonna, minuta, paperassa, et finalement fit si bien, que le département tout entier n'eut nulle part de plus riche ou de plus important notaire.

Au milieu de ses occupations si pressantes, si nombreuses, nous n'étonnerons personne en disant que M. Michel Royan ne trouva point le temps de se marier. C'était un de ces hommes qui ont un chiffre à la place du cœur, qui suent l'argent par tous les pores, auxquels on ne s'avisera jamais, en les voyant, de demander comment se porte leur enfant, leur femme ou leur ami, mais que l'on ira consulter au sujet du cours de la rente. Il prit, pour lui faire sa cuisine et administrer sa maison, une veuve, madame Jean, ménagère émérite, résolue, active, intelligente. Et, au grand étonnement des habitants de la petite ville, au moment où il annonça son intention de se retirer sous peu des affaires, il parla en même temps de son isolement, parut même en souffrir, manifesta le désir un peu tardif de se créer une famille, et finalement, pour y parvenir, se décida à adopter son neveu.

Quelques années plus tard, il vendait son étude à son plus ancien clerc, et paraissait se confiner dans sa modeste existence de bourgeois et de rentier. Mais ce fut alors, en réalité, que ses affaires prirent des allures vraiment grandioses, des proportions considérables. Achats de maisons, de domaines, spéculations de Bourse, exploitations de voies ferrées, fondations de sociétés commerciales, industrielles, M. Michel Royan entreprit tout, toucha, participa à tout. Mais tout cela fort discrètement, sans ostentation, sans tapage, sans même quitter pour cela son modeste cabinet d'affaires et sa salle à manger de province, où il lisait le matin son Moniteur de la Bourse et décachetait son courrier, tout en s'asseyant en pantoufles, en calotte de soie noire et en veston de drap gris sombre, devant la petite table où madame Jean lui servait ses œufs frais au blanc tourné en crème, ses deux sardines à l'huile et sa côtelette de mouton.

Certes, de toute la maison, madame Jean était la personne la plus imposante, la plus majestueuse, la plus fière. Elle n'aurait pas quitté M. Michel Royan pour aller servir un roi. Cette importance, cette notoriété, ces grands biens de son patron étaient devenus sa gloire, à elle; il lui semblait presque qu'elle en avait pris sa part, qu'elle aussi les avait gagnés. Et puis, par les avantages de sa position, par le bien-être et le confort relatif de cette habitation du maître, elle était certainement la première entre toutes les ménagères de la petite ville, comme M. Michel était le premier entre tous les hommes d'affaires de son département.

Aussi était-elle vraiment belle à voir lorsque, revenant du marché, son lourd panier au bras, son bonnet de paysanne, aux tuyaux artistement plissés posé un peu en arrière sur ses beaux cheveux de Bourguignonne, épais, soyeux, et noirs encore, son fichu à grandes fleurs soigneusement drapé sur ses larges épaules, le coin de son tablier d'une blancheur éclatante un peu relevé de côté pour garantir de la poussière la crête et les pattes de ses poulets et les panaches verts de ses poireaux, elle traversait la place de son pas leste, ferme et digne, se dirigeant vers la petite porte du logis, dont elle laisait retomber le marteau avec un vrai geste de maître, pour appeler Nicolas, le vieil homme qui remplissait, depuis nombre d'années, les fonctions de valet d'écurie, de commissionnaire, de décrotteur et de jardinier.

C'était dans ce moment-là surtout qu'elle avait à sa suite une véritable cour. Dès qu'elle apparaissait sur le marché, s'arrêtant devant tel ou tel éventaire, trottinant autour des boutiques, flairant dédaigneusement cette motte de beurre, tournant et retournant ce brochet, soupesant cette dinde; toutes les autres *bonnes* un peu huppées, susceptibles de frayer avec elle, Manette, la cuisinière du juge de paix, Toinon, la femme de charge du médecin, Babet, la servante du curé, se hâtaient, s'avançaient, se pressaient autour d'elle. On adoptait ses opinions, on soutenait ses prix, on admirait ses achats. Puis, les affaires faites, on se groupait à ses côtés, on s'en revenait avec elle, trottant, jasant, commérant, discutant les conditions du marché, les choses du ménage et les événements du jour.

« Vous avez là un beau poulet, Mme Jean, disait la flatteuse Toinon de sa petite voix flûtée. Et vous ne l'avez pas encore payé trop cher... Cinquante sous, c'est pour rien, quand on peut se donner le plaisir de manger une pareille bête... J'en aurais bien acheté un, moi aussi. Voilà si longtemps que nous ne sortons pas, chez nous, du bœuf et du veau à toutes les sauces ! Mais M. Mercier dit que, comme il a, avec ses cinq enfants, huit bouches à nourrir, un poulet, même des plus beaux, ne signifie rien. Il faut de grosses pièces dans un pareil ménage. Ah ! vous êtes bien heureuse, vous, Mme Jean. On n'a pas besoin de penser à l'économie quand on a un pareil maître.

— Dame, il ne faudrait pourtant pas vous imaginer que je fais danser comme une étourdie, comme une folle, les écus de M. Royan. C'est tout le contraire, croyez-moi; je me donne du mal, je ménage... Seulement il y a aussi M. Alfred, notre jeune homme, qui a grand besoin d'être soigné. Je ne sais pas trop ce qu'il a, M. Alfred, voyez-vous. Il se plaint souvent de l'estomac; il est tout pâle et tout triste. Peut-être il tient de son père, qui est mort jeune, en Amérique, je crois, ou bien je ne sais où..... Mais monsieur, qui l'a fait venir de si loin et qui lui est très attaché, veut que j'en prenne grand soin. Faut voir comme il le dorlote, le surveille et le ménage ! Il a l'intention, j'en suis sûre, de l'établir comme il faut, de le marier richement. Aussi, lui qui se contenterait, pour son déjeuner, d'une côtelette et d'une salade, il veut que M. Alfred ait toujours une bonne nourriture. Et c'est pour lui, voyez-vous, que j'ai acheté ces asperges et ce poulet.

— Moi, tout de même, je trouve ce poulet un peu cher, prononça, en dodelinant de la tête, Babet, la ménagère du curé. Dans tous les cas, si vous ne l'aviez pas acheté, Mme Jean, vous auriez pu prendre, pour votre jeune monsieur, une de ces perdrix de la mère Lise.

— Je m'en serais bien gardée ! s'écria la bonne dame, du ton profondément surpris, à demi courroucé, d'une personne qui se scandalise, redressant fièrement la tête et élevant vers le ciel, par un geste énergique, la main qui portait le panier. Vous n'êtes pas sans savoir, car tout le monde le sait bien, que M. Michel Royan est un parfait honnête homme. Et ce n'est pas lui qui voudrait jamais manger, croyez-moi, de gibier venant d'on ne sait où, des perdrix braconnées, volées. Surtout quand on sait le reste... ou, du moins, quand on est en droit de supposer.... que c'est ce vieux coquin de Hans Schmidt, le garde-chasse de Monsieur, qui ne se gêne pas pour les tirer, pas dans les bois de monsieur certainement, mais chez les autres.

— Dame, ma bonne mère Jean, après tout l'on n'en sait rien. Le fait est que ce Hans Schmidt est vraiment un vilain homme. Où jamais monsieur Michel Royan a-t-il bien pu le dénicher, lui qui est un si digne monsieur, si prudent et si sage ?

— Est-ce que je sais, ma foi ? — reprit la ménagère, avec un geste de dédain qui fit onduler ses larges barbes de dentelle sur ses beaux cheveux noirs brillants. Allez, mère Lubine, croyez-moi, les hommes les plus sages font par-ci par-là leurs petites folies. Et c'en était une assurément de prendre à son service ce Hans, ce vagabond, cet Alsacien soi-disant, ce Prussien bien plutôt, qui vous fait peur vraiment avec ses gros yeux bêtes, son large dos voûté, ses mains à assommer des bœufs, ses gros jurons de païen et sa pipe noire à la bouche, et qui est fait, à ce qu'il me semble, pour effaroucher, tant il est laid, le gibier de son maître... Mais que voulez-vous ? Monsieur n'a rien écouté de tout ce que je lui ai dit. « Ta ta ta, — m'a-t-il répondu, — mauvaises raisons que tout cela ! Histoires et caquets de femmes ! » Cela n'empêche pas que ce vieux monstre de Schmidt n'est plus aussi fort en faveur ; monsieur commence à s'en lasser... Et j'ai si bien fait, en revenant à la charge de çà de là, que monsieur, j'en suis presque sûre, lui aurait déjà montré la porte ; si ce n'était monsieur Alfred qui, je ne sais pourquoi, s'intéresse à ce bandit : il se promène avec lui des journées entières dans les bois, ils vont la nuit à l'affût ensemble. C'est vraiment bien étonnant de la part de monsieur Alfred, un jeune homme si distingué, si bien élevé, si délicat !

— Puisqu'il est si délicat, à plus forte raison les perdrix de la mère Lise lui auraient fait plaisir, répliqua Babet, qui s'en tenait à sa première idée. Et puis d'ailleurs il y en a tant d'autres qui ne sont pas si sévères que vous ma chère dame, et qui ne s'inquiètent guère de se nourrir de bien volé. A preuve que mamselle Rose, la bonne du nouveau notaire, est venue tout de suite après vous marchander les perdrix. Mais elle n'était pas seule, après tout ; Estelle, la servante du Prieuré, s'en venait de ce côté-là avec elle.

— Oh ! oh ! mère Lubine, ce n'est pas, vous le savez bien, pour Le Prieuré que l'on viendrait acheter des perdrix, — interrompit madame Jean, le buste et les épaules secoués par un gros rire dédaigneux qui en disait plus à lui seul que tout un long discours. — Quel malheur tout de même pour une famille qui est fière, qui est noble, qui a été riche, de voir arriver les jours où elle ne l'est plus !... Ah ! croyez moi, ce n'est pas moi, allez, qui voudrais me trouver aujourd'hui à la place de monsieur le marquis de Léouville. De tous ses grands biens des temps passés, il ne lui reste plus que Le Prieuré, cette pauvre maisonnette, avec quelques vieux meubles et un peu d'argenterie, dans laquelle on sert, trois fois par semaine, le petit pot-au-feu de la famille, et le vendredi, les pommes de terre bouillies autour de la morue au blanc. Et puis, après cela, voyons, que lui reste-t-il encore? Son nom, son titre de marquis, et surtout deux jeunes, deux belles filles. Autant d'embarras, ma chère, et les deux grandes filles surtout! Deux demoiselles, cela se comprend, doivent un jour se marier. Et qui donc les prendra, les voudra, qui donc y songera même du moment qu'elles n'ont pas de dot? — acheva madame Jean, avec une expression de dédain impossible à décrire, — surtout lorsque, en mettant de côté la personne de mon maître, il y a de si belles fortunes dans le département!

— Ah! pour cela, c'est sûr, — répliqua aussitôt Manette. — Et pourtant, c'est dommage. Il n'y a nulle part de plus beaux brins de filles dans tous nos environs. Mamselle Marie, surtout, qui est si avenante, si modeste, si gentille!... Et cependant il me semblait... pardon, madame Jean, pardon si je vous offense... il me semblait que votre jeune monsieur Alfred rôde bien souvent, depuis quelques mois, dans les environs du Prieuré.

— Lui? Monsieur Alfred? le neveu, l'héritier de mon maître? — s'écria madame Jean, tombant aussitôt en défense dans une attitude belliqueuse, le coude sur la hanche et le panier au poing. — Lui qui aura un jour une si belle fortune, plusieurs millions peut-être, car monsieur Michel Royan, j'en suis sûre, est riche à millions! lui épouser une pauvre petite demoiselle qui, faute de pouvoir en acheter, reprise les chaussettes et retourne les draps de son père, et qui vit, trois jours par semaine, de bœuf réchauffé de la veille et de soupe à l'oignon... Vous avez la berlue, allez, ma pauvre Manette! Avec cela que monsieur entendrait de cette oreille-là.

— Quant à ça, c'est bien vrai, — répondit Manette humblement. — Seulement la jeunesse est toujours la jeunesse. Et si monsieur le marquis de Léouville pouvait ramasser n'importe où quelques billets de mille, en vendant par exemple son champ d'avoine qui est toujours mal fumé et qui ne lui rapporte rien, s'il pouvait seulement monter un joli trousseau à mamselle Marie ou à mamselle Hélène, eh bien, là, vrai, la main sur la conscience, notre jeune monsieur ne pourrait pas trouver une petite femme mieux éduquée, plus fraîche et plus gentille, pour aller faire un jour grande figure dans les beaux salons de Paris.

— Mais qu'est-ce que vous me parlez là, ma pauvre Manon, de champs d'avoine et de billets de mille? Où voulez-vous jamais que monsieur le marquis aille les dénicher? Lui, qui s'est ôté de la bouche son malheureux morceau de pain pour payer, jusqu'au dernier sou, les dettes de son frère! Allez, allez, il ne pense guère, croyez-moi, à marier ses filles; il a bien assez, sans cela, d'autres affaires à débrouiller; et si les pauvres demoiselles, comme on peut bien le supposer, doivent bientôt monter en graine, car elles n'épouseront pas, — vous pouvez bien m'en croire, — un vétérinaire enrichi, un fermier ou un marchand de veaux, eh bien, le couvent est là. Après tout, elles en sortent. Elles ont été élevées chez les Bonnes Mères, à Dijon. Aussi, cela ne leur paraîtra pas si dur de s'enfermer derrière les grilles et de prendre le voile.

— De si belles et de si aimables demoiselles! Ce serait grand dommage, en vérité! — répliquèrent Babet et Manon, en secouant la tête. — Mais tiens, quand on parle des gens, cela les fait venir, vous savez... Voici monsieur le marquis qui sort par la petite porte de l'église. Sans doute la messe est dite. Le voyez-vous, madame Jean? Vraiment il tourne de ce côté.

— Peut-être a-t-il besoin de parler à mon maître... Mais je vais joliment le prier de passer son chemin au plus vite. A-t-on jamais vu venir causer d'affaires avant le déjeuner! » — grommela, en se redressant fièrement, l'orgueilleuse ménagère.

Et, ce disant, elle hâta le pas, se détacha du groupe de ses compagnes, gagna au plus vite le coin de la place où se dressait, entre ses deux terrasses ombragées de frênes et de tilleuls, la maison de M. Michel Royan, large et massive, blanche et gaie, avec un air de bien-être, de confort et d'opulence qui faisait plaisir à voir. Là, elle assujettit en passant, à son crochet de fer ciselé, une des persiennes grises mal fermées, redressa une ou deux branches des géraniums en fleurs dans leurs vases de marbre, sur les gradins de la principale entrée, se dirigea vers la petite porte de côté, et souleva le gros marteau.

Au moment où elle le laissait retomber, le marquis s'approcha d'elle. C'était un homme d'une cinquantaine d'années, à la taille haute et droite, aux cheveux grisonnants, au visage noble et sérieux, sur lequel de cruelles épreuves et de longs revers avaient laissé une constante et profonde expression de tristesse. En s'approchant, il passait légèrement la main sur les revers et les devants de sa jaquette d'un gris sombre, que la poussière blanche de la route avait ternie le long du chemin. Puis il souleva courtoisement son chapeau de paille bronze, et murmura, à voix basse, avec un embarras visible :

— Ma bonne madame Jean, pourriez-vous me dire si monsieur Michel Royan serait, en ce moment, disposé à me recevoir?

« Impossible, à l'heure qu'il est, d'y songer, monsieur le marquis. Vous qui sortez de l'église, vous le savez bien, il est neuf heures à peine. Monsieur déjeune à dix heures, et monsieur ne reçoit personne avant son déjeuner. Vous comprenez : il a besoin de prendre des forces et de se restaurer, comme cela le matin, en se levant, pour pouvoir parler d'affaires.

— Mais, ma bonne dame, je n'aurais, je vous assure, qu'un mot à dire à monsieur Royan. Et ce serait si vite fait, je ne l'ennuierais pas longtemps, je...

— Désolée de vous refuser, monsieur le marquis; c'est impossible. Vous ne pouvez pas me conter l'affaire dont il s'agit?... Eh bien alors, après le déjeuner, revenez à onze heures. Monsieur Royan se fera un plaisir de vous recevoir, et il laissera pour vous parler, j'en suis sûre, une quantité d'affaires. Car tout le monde s'adresse à lui, vous savez, il est toujours si retenu, si absorbé, si occupé! »

Et ce disant, comme le vieux Nicolas avait ouvert la porte, madame Jean, sans plus s'embarrasser de la présence du marquis, passa devant lui et franchit le seuil, avec toute l'assurance hautaine et l'évidente supériorité que lui donnait, — pensait-elle, — le contenu de son panier, dont le couvercle relevé laissait apercevoir les pattes et la crête du poulet, les larges pinces d'un homard et les pointes vertes d'une botte d'asperges.

En la voyant disparaître, en entendant retomber la porte avec bruit, le marquis se détourna, secoua la tête avec tristesse, et jeta, par delà les maisons qui entouraient la place, un regard sombre, presque désespéré.

Encore près de deux heures à attendre! pensa-t-il. — Impossible de retourner d'ici là au Prieuré. Je vais gagner le petit bois, errer ou m'asseoir n'importe où. Et que penseront-elles donc de ne pas me voir rentrer, ma belle et chère Hélène, ma gentille Marie?... Enfin, c'est pour elles, c'est pour leur avenir, pour leur bonheur, que je viens trouver cet homme, réclamer son secours, le supplier peut-être... Mon Dieu, que notre misère est cruelle et que la vie nous est dure! Et encore, si je ne les avais pas là, pour me soutenir, pour m'aimer, ces deux anges, ces deux mignonnes, qui sait ce que je serais devenu!... Je me sentirais si malheureux!

En se parlant ainsi, monsieur de Léouville enfilait, pour gagner la campagne, la petite rue qui côtoyait, au coin de la place, le long mur blanc que couronnaient les peupliers, les ormes et les tilleuls en fleur du jardin de monsieur Royan. Pendant ce temps, madame Jean, qui venait de déposer son panier dans la cuisine, tressaillit soudain vivement et releva la tête, en entendant au premier étage la voix de son maître retentir, brusque, éclatante, irritée, tandis qu'une autre voix plus basse, plus caverneuse, presque farouche, répondait de temps à autre par quelques mots brefs, saccadés, et parfois hésitants.

— Tiens, c'est avec ce maudit allemand que mon maître se querelle, — se dit la ménagère, en laissant là ses asperges et abandonnant son poulet. — Il lui donne son compte, sans doute. Il a joliment raison. Allons donc écouter un peu ce qu'ils se disent eux deux, là-haut. D'abord une personne de plus ne nuit jamais. Ce vieux sournois de Hans Schmidt est un si vilain homme!

Et ce disant, madame Jean, qui venait de quitter ses souliers de fin cuir pour enfiler ses pantoufles, gagna l'escalier sans bruit, en gravit doucement les marches, et vint s'arrêter sur le palier, l'oreille au guet, la tête penchée en avant, juste devant la porte du cabinet de son maître.

ÉTIENNE MARCEL.

— La suite au prochain numéro —

VERCINGÉTORIX

« Je formerai une seule assemblée de toute la Gaule, et quand elle sera unie, le monde entier ne pourra lui résister. »

L'an 53 avant Jésus-Christ, vivait à Gergovie, capitale des Arvernes, dont il ne reste aujourd'hui que des ruines, un jeune Gaulois d'illustre famille et de grand renom, qui devait avoir la gloire de contrebalancer un moment la puissance de Rome, et de tenter la libération de sa patrie : ce Gaulois, c'était le grand Vercingétorix.

Le nom de Vercingétorix veut dire en langue celtique généralissime, grand chef, grand chef des braves: de *Ver*, grand; — *Cingeto*, (ou *Kingeadh* en irlandais) brave; — et *rix*, ou *reix* ou *rixs*, chef. C'était probablement un nom de dignité, un titre et non pas un nom propre; la signification du mot par lui-même, son étymologie, et les médailles celtiques en font foi.

Ce jeune homme était né l'an 82 avant Jésus-Christ. Son père se nommait Celtill; il avait eu le principat de la Gaule, étant à la tête de la république arverne qui avait le premier rang parmi les cités gauloises.

Son fils avait été élevé dans les montagnes par les soins de sa mère, puis par les druides, dans un de ces collèges druidiques où les prêtres gaulois instruisaient les jeunes nobles, peut-être à Bibracte, sur le mont Dru, peut-être aussi à Chartres, tout près de Rouvres, qui était le centre de ce grand enseignement théocratique de la Gaule.

Toujours est-il qu'il reçut une éducation très soignée, parfaitement en rapport avec la haute position et l'ancienneté de sa famille : des notions de sciences, des instructions religieuses roulant sur l'immortalité de l'âme et la vie future, des traditions de discipline et de tactique militaire lui furent inculquées.

Il avait 20 ans lorsque son père Celtill fut condamné à mort et périt dans les flammes, accusé d'avoir essayé d'usurper la royauté en Arvernie, victime des intrigues que son frère Gabanition tramait avec les Romains et César, dont l'intention était d'intervenir tôt ou tard en Arvernie. Ce Gabanition, qui était à la tête du parti romain contre son frère, n'avait rien négligé pour perdre ce dernier dont il avait toujours envié la haute fortune.

Rien de remarquable n'est consigné sur la vie du fils de Celtill pendant les neuf années qui suivirent. Il vécut dans ses montagnes, les parcourant en tous sens, et c'est là que nous le retrouvons après un voyage à Rome où César avait essayé de le séduire. Il l'avait attiré auprès de lui, et, suivant la tactique dont il usait envers tous les fils ou parents de rois, il l'avait fait venir à sa cour, dans cette pépinière de tyrans, dit M. Amédée Thierry dans son *Histoire des Gaulois*. On voit que César, dans un but politique, lui avait offert l'hospitalité et avait essayé de l'amollir, au milieu des fêtes quotidiennes qu'il lui offrait et de plaisirs de toutes sortes; il lui avait même donné le titre d'ami; mais Vercingétorix avait toujours le culte de la patrie, et bientôt, quittant Rome et de retour à Gergovie, il n'eut plus qu'une pensée, le sort de la Gaule qu'il voulait voir unie et forte.

Dans les fêtes druidiques, dans les réunions secrètes avec les chefs des provinces, tenues presque toujours au fond des volcans éteints, dans les cercles de pierre appelés némèdes, consacrés à Teutatès ou à Gwyon, il sommait tous ses compatriotes de chercher à reconquérir « l'ancien droit de liberté gauloise ». La Gaule s'était perdue en se divisant; il voulait la sauver et en reconstituer l'unité. Les Arvernes furent vite gagnés à ces idées d'indépendance. Restait pour lui à travailler en ce sens la Gaule entière; rendant ainsi sa patrie à elle-même, il avait pour but de former une confédération de toutes les cités gauloises et de reconquérir la liberté commune. Cela était faisable car, bien que divisés en nombreux États, tous les peuples de la Gaule parlaient la même langue ou des dialectes de la même langue, et se disaient tous frères, tous fils du Dis Pater.

Plutarque nous apprend qu'à ce moment la popularité de César était ébranlée à Rome : le sénat, d'une part, trouvait que ses victoires en Gaule ressemblaient assez à des défaites, et d'autre part, l'ensemble du peuple goûtait peu sa politique.

Le jeune Vercingétorix trouva l'heure favorable pour exécuter son dessein : jeune, riche, d'une beauté sculpturale peu commune, (comme nous l'attestent les médailles frappées en son honneur et les monuments celtiques retrouvés récemment, qui le représentent), d'autre part, riche et puissant, il eût pu vivre heureux, mais, comme il le dit plusieurs fois lui-même, et comme le répéta Dion Cassius, il aimait mieux mourir que de voir sa patrie soumise à une domination étrangère.

En plein hiver, et après de longs préparatifs, il commença sa campagne contre Rome, malgré l'opposition de son oncle Gabanition, qui ne voulait pas, dit César, « courir cette fortune ».

Tout se leva à son appel, et vingt nations, avec les Arvernes, le proclamèrent leur chef suprême, leur Vercingétorix en un mot. La Gaule tout entière lui envoya des troupes; les Bituriges s'allièrent à lui. Vercingétorix établit une discipline de fer dans son armée, effrayant les indifférents par la vue des supplices des traîtres et des réfractaires.

Il organisa une cavalerie puissante, et, après quelques semaines, son armée se portait au Nord, pour soulever les Belges, tandis que son lieutenant Luchter marchait au sud et y cherchait de nouveaux alliés. Le but que se proposait le chef gaulois était de couper la route que devait suivre l'armée ennemie.

César, à la nouvelle de la prise d'armes des Gaulois, donna l'ordre à ses soldats de se rendre chez les Helviens, voisins des Arvernes; lui-même, avec un petit nombre de troupes, se porta sur ce point. Il traversa les Cévennes, malgré la neige qui tombait avec abondance. Jules César marchait en tête de ses troupes, le plus souvent à pied, la tête nue, bien qu'il fût chauve : il était âgé alors d'une cinquantaine d'années, et sa taille élevée, sa vigueur, la plénitude de son visage résolu et fier, ses yeux noirs et vifs en faisaient le point de mire de ses légions; sa vue exaltait le courage de ses soldats, en ces circonstances difficiles où tout semblait conjuré, hommes, éléments, pour les empêcher d'avancer.

Cependant bientôt ils furent dans la vallée de l'Allier; Gergovie était menacée : les Arvernes rappelèrent Vercingétorix, qui, bien que ce fût contraire au plan de guerre qu'il s'était tracé, fut obligé de venir à leur secours.

A ce moment, César, après avoir établi son camp près de Brioude (1) en confia le commandement à son lieutenant Brutus, le chargeant de faire ravager le pays par la cavalerie. Alors, disant qu'il allait chercher le corps entier de cavalerie à Vienne et qu'il ne serait absent que trois jours, il partit avec la secrète intention de gagner son quartier général. Les Gaulois des pays voisins, les Ségusianes, les Insubres, les Ambarres, les Éduens virent passer sur leur territoire un petit groupe de cavaliers qu'ils n'inquiétèrent pas, ne se doutant pas que ce fût leur ennemi mortel qui passait ainsi au milieu d'eux. César, après avoir rejoint le gros des légions, alla mettre le feu à Genabe (Orléans), ville riche et commerçante dont tous les habitants sans exception furent massacrés. Il ravagea également par le fer et le feu toutes les villes et les villages qui se trouvaient dans la zone occupée par ses troupes.

A ses légions s'était joint un corps de cavalerie germanique qui vint renverser la cavalerie gauloise en vue de Noviodun. Alors Vercingétorix réunit tous les chefs gaulois et leur fit part de la tactique qu'il comptait employer pendant la campagne qui allait continuer : attaquer les Romains en détail, entourer César d'un désert de flammes, en brûlant tout sur son passage, et réduisant ainsi les envahisseurs à la famine, il ajouta (et ces paroles n'étaient que le pressentiment du sort qui attendait sa patrie et lui-même) : « Ces mesures cruelles sont bien dures, il est vrai, mais elles le sont moins que de voir nos femmes et nos enfants emmenés en captivité, et de mourir ensuite nous-mêmes; car vous connaissez César, et vous savez que c'est là le sort qu'il réserve aux vaincus. »

A ces mots, l'enthousiasme éclata : on jura d'exé-

1. On y a retrouvé les traces d'un camp romain.

cuter la volonté du chef. En un seul jour, vingt villes des Bituriges furent incendiées ; celles des Carnutes et de plusieurs autres peuples suivirent ce patriotique exemple.

Les Romains, pour échapper à la famine, marchèrent sur Avaricum (Bourges). Vercingétorix voulait brûler la ville, et sauver ainsi la Gaule en forçant, par la famine, l'ennemi à une retraite complète. Mais tout le peuple fut désespéré à un tel point, en pensant qu'il

Le siège d'Alise.

fallait détruire la plus riche et la plus puissante de toutes les cités gauloises, que Vercingétorix céda.

Aussitôt, César établit son camp au sud d'Avaricum, et attaqua bientôt la ville que les Gaulois achevaient à peine de mettre en état de défense. Vercingétorix et son armée campaient en vue des Romains.

Un jour César, apprenant que Vercingétorix était absent de son camp et qu'il s'apprêtait à tomber à l'improviste sur les Romains, résolut de prendre les devants, et de profiter de l'absence du chef gaulois. Mais le camp qu'il voulait attaquer occupait une position inexpugnable et admirablement choisie; aussi César fut-il obligé de battre en retraite et de revenir aux positions qu'il occupait près d'Avaricum, avant cette inutile attaque. Cependant, dans le camp des Gaulois, on murmurait après le général en chef, l'accusant de trahison, disant que les Romains étaient arrivés juste après son départ, donc qu'il y avait entente entre Jules César et Vercingétorix. On alla jusqu'à prétendre que ce dernier voulait obtenir de la main de l'ennemi la royauté de la Gaule entière.

A ces accusations absurdes, Vercingétorix convoqua un conseil armé, où chacun, quel que fût son rang, eut le droit d'assister. Alors, dans cette immense assemblée, Vercingétorix répondit avec une extrême habileté et une finesse toute gauloise qui firent tomber d'elle-même l'infâme accusation émise contre lui.

Il démontra qu'il était sorti du camp suivant les avis de tous pour chercher des fourrages; que les Romains étaient, il est vrai, venus, mais qu'aussi ils étaient honteusement partis sans combattre, donc qu'il fallait se réjouir et non l'accuser. « Quant au commandement suprême, ajouta-t-il, pourquoi irais-je le demander par une infamie à César, lorsque je puis l'obtenir par la victoire? Et, bien plus, si vous le voulez, reprenez le pouvoir que vous m'avez confié : le voilà, je vous le rends. » Là-dessus, faisant comparaître des prisonniers romains, on entendit ceux-ci, maigres et décharnés, dire que l'intention de César était de battre en retraite après trois jours, toute son armée étant menacée de périr par le manque de vivres. Lorsque les Gaulois eurent compris que Vercingétorix, sans effusion de sang, était arrivé à un pareil résultat, une immense acclamation d'enthousiasme retentit dans le camp, et, frappant leurs boucliers avec leurs épées, en signe d'assentiment et d'applaudissement : « Voilà, s'écrièrent-ils, notre chef, notre Vercingétorix. Il est impossible d'être plus habile à la guerre. »

Sur ces entrefaites, l'attaque d'Avaricum fut commencée par les Romains. La famine était dans leurs rangs, et menaçait d'être cause de leur retraite, lorsque par surprise, ils parvinrent à se rendre maîtres de la ville; ils la pillèrent et y tuèrent 40.000 personnes. Vercingétorix, qui, de son camp, n'avait pu empêcher cet échec, chercha à relever le courage des Gaulois : « Je saurai bientôt, leur dit-il dans une assemblée de chefs, réparer ce malheur. Je rallierai toutes les cités à notre cause. Je formerai une seule assemblée de toute la Gaule, et quand elle sera unie, le monde entier ne pourra lui résister. »

Il ordonna de fortifier son camp, ce que ses troupes firent avec célérité. Les deux armées restèrent quelque temps inactives. Cependant le printemps survint, et César alla mettre le siège devant Gergovie, la plus forte cité de la Gaule.

Vercingétorix défendit la ville d'une façon si remarquable, que César, malgré sa formidable armée et ses attaques nocturnes, ne put résister aux sorties réitérées des assiégés. Le général gaulois évita d'en venir à une affaire générale, mais il battit les troupes romaines plusieurs fois en détail; en même temps il faisait fortifier les alentours de la ville par des ouvrages avancés.

Au bout de quelque temps, César fit faire une attaque : les Romains semblaient vainqueurs d'abord, les assiégés étaient refoulés et la terreur se répandait dans la ville, lorsque tout à coup Vercingétorix engagea vivement l'action. Les femmes, qui d'abord avaient été effrayées, encouragèrent alors les Gaulois à la défense. La victoire commença à se déclarer pour eux; une panique effroyable rompit les rangs des Romains : leur déroute bientôt fut complète. Une grande partie de l'armée romaine et 46 centurions restèrent sur le champ de bataille.

César, forcé de fuir, battit en retraite à marches forcées; il fit trente lieues en trois jours, et regagna la Loire en toute hâte, cherchant un gué pour faire passer le fleuve à ses troupes.

Pendant ce temps, la Lutèce des Parisii était attaquée par Labiénus, lieutenant de César. Le Celte Camulogène défendait la ville; imitant l'exemple de Vercingétorix, il incendia Lutèce, ce qui immobilisa Labiénus. Bientôt arriva la nouvelle de la déroute de l'armée romaine. Labiénus songea à opérer sa jonction avec César. Camulogène divisa son armée en trois parties, croyant que l'ennemi voulait passer la Seine par plusieurs points. Cette faute fut cause de sa défaite : il fut tué pendant qu'un des corps de son armée arrivait à son secours. Labiénus, sans attendre le nouvel ennemi, rejoignit César; mais il n'était pas plus maître du nord que César ne l'avait été dans le centre de la Gaule.

Vers la fin de mai, Vercingétorix quitta Gergovie et alla à Bibracte, chez les Éduens. Ce peuple avait la prétention d'être le premier en Gaule, et voulait se mettre à la tête de la Confédération. César, paraît-il, entretenait les prétentions des Éduens qu'il favorisait secrètement. Vercingétorix, arrivant à Bibracte, reçut la proposition des deux chefs Éduens Éporédorix et Viridomar de partager avec eux les travaux de la guerre. Mais le grand chef, qui ne voyait le salut de la Gaule que dans l'unité du commandement, refusa d'abandonner le poste que lui avait confié la nation entière.

Mais il convoqua à Bibracte une assemblée générale à l'effet de nommer un nouveau chef. Tous les Gaulois, venus de tous les points, jusqu'au dernier, élurent de nouveau Vercingétorix, approuvèrent qu'il continuât comme Brenn à présider la confédération et à diriger les opérations militaires.

Les chefs Éduens et leurs clients, furieux de cet échec, et ulcérés de jalousie, semblèrent cependant oublier l'insuccès de leur tentative et dissimulèrent devant Vercingétorix. Mais secrètement ils envoyèrent demander pardon à César, préméditant déjà l'inâme trahison qui allait livrer à Rome la Gaule entière.

Vercingétorix, voyant le centre de la Gaule affranchi de la domination romaine, voulut davantage : il chercha à reprendre le midi. Il envoya son lieutenant Luchter faire des incursions dans la Narbonnaise ; et tandis que ce dernier exécutait ses ordres, lui, fidèle à la tactique qu'il avait adoptée dès le commencement de la campagne, se contentait de harceler son ennemi, sans jamais lui livrer de bataille rangée.

Il avait exposé la tactique qu'il voulait suivre aux chefs de sa brillante cavalerie et les avait tellement enthousiasmés, que tous les « colliers d'or » lui avaient répondu en jurant de ne pas coucher sous leur toit, de ne revoir aucuns parents, ni leurs enfants ni leurs femmes, qu'ils n'eussent chevauché deux fois à travers la ligne ennemie. César comprit vite les desseins de son adversaire : aussi fit-il lever à la hâte chez les peuples des bords du Rhin, qu'il avait vaincus dans la guerre précédente, une forte troupe de cavalerie. Son armée comptait en tout une centaine de mille hommes.

Vercingétorix partit de Bibracte vers la fin de juillet. Les chefs Éduens, que nous avons précédemment nommés, suivaient, méditant une défection, ainsi qu'ils l'avaient juré à César, et cherchant, au péril de la patrie, le moyen le plus sûr de livrer à l'ennemi celui qu'ils détestaient. Vercingétorix s'établit sur la route de César, à quatre lieues environ de l'endroit où est situé actuellement Semur. Il divisa son armée en trois parties, afin de pouvoir se servir plus facilement de ses troupes et d'attaquer l'ennemi partout à la fois.

Lorsque les Romains, après avoir passé l'Armançon, arrivèrent en vue des Gaulois, les Éduens, malgré les ordres formels de Vercingétorix, attaquèrent l'ennemi et le forcèrent tout d'abord à plier.

Les Romains étaient en pleine déroute et songeaient déjà à battre en retraite. César même à un moment fut fait prisonnier et enlevé par un Gaulois à la taille gigantesque, qui, sans le connaître, l'emporta comme une plume sur son cheval. Ce Gaulois en rencontra un autre qui, reconnaissant César, lui cria : « Lâche César, misérable César ! » L'autre Gaulois, comprenant mal ces paroles, crut, par un jeu de mots impossible à traduire en notre langue, que son compatriote lui disait de rendre la liberté à César ; alors il le rejeta avec dédain du haut de son cheval, ne gardant que son épée qui fut conservée dans un temple chez les Arvernes. Longtemps après, César retrouva cette épée suspendue en trophée dans ce temple. Plutarque nous dit que, lorsqu'il la vit, il sourit et répondit à ses amis qui la voulaient reprendre : « Laissez-la, elle est sacrée. » Cependant César remonta à cheval, retourna auprès des siens, et envoya la cavalerie germaine appuyer ses légions à demi vaincues. Elle fut bientôt maîtresse des hauteurs, en débusqua les divisions gauloises, les renversa et les poursuivit avec un grand carnage jusqu'au bord de la rivière. Vercingétorix, au désespoir de cette défaite qui lui valait l'attaque intempestive des Éduens, fut forcé de se replier avec son armée sur Alise. César le suivit en toute hâte et arriva devant Alise quelques heures après le chef gaulois, poussant vigoureusement son armée devant lui.

Alise, ville fortifiée avec une citadelle, fut encore renforcée par Vercingétorix. César essaya le blocus de la ville et de l'armée gauloise à la fois. Il se garda bien d'attaquer la ville de vive force, mais Vercingétorix tenta de rompre le cercle de fer dont son rival prétendait l'enserrer et essaya une sortie avec tous ses « colliers d'or ». César dit qu'on se battit avec une « souveraine vigueur ».

Cependant ce combat, où les Romains furent d'abord défaits, et où ils ne durent la victoire qu'à l'assistance des Germains, ce combat fut encore fatal aux Gaulois. Vercingétorix commença à douter du succès final de la guerre ; sa popularité décroissait. A Gergovie il avait été obéi au moindre signe, il était alors l'âme de son armée ; à Alise, entouré de l'influence éduenne, il était discuté, contredit à dessein dans le conseil, désobéi et contrarié pendant le combat : l'autorité souveraine lui échappait.

Un seul espoir lui restait : faire former dans toute la Gaule une armée de secours qui attaquerait César à l'extérieur, et qui, le refoulant sous Alise, l'amènerait juste à portée d'une sortie de l'armée assiégée. Par ses ordres, la cavalerie gauloise partit de la ville, chargée de lever les contingents gaulois et de travailler à la formation de l'armée. Vercingétorix leur donne trente jours pour exécuter cette mission, et les avertit qu'il n'avait de vivres que pour ce temps.

Des traîtres (il y en a eu de tout temps en notre pays) apprirent à César et les projets de Vercingétorix et le temps qu'il avait encore à résister.

Les Romains aussitôt se renforcèrent à l'extérieur et à l'intérieur.

Vercingétorix essayait, en multipliant les sorties, de les empêcher de continuer leurs travaux de défense. Mais à Alise, les nobles Éduens étaient les vrais chefs des opérations ; souvent le général en chef n'était pas obéi, ou tout au moins mal secondé : la discipline en souffrait. Malheureusement aussi, ce fut à Bibracte, capitale des Éduens, que se réunit l'armée de secours. Les deux chefs Éduens, ennemis de Vercingétorix, Éporédorix et Viridomar, en furent nommés les chefs.

Cependant les vivres diminuaient au camp d'Alise ; bientôt la famine, avec toutes ses horreurs, se mit dans la ville. Un noble Arverne, Critognat, plutôt que de se rendre, proposa même de manger la chair humaine, suivant en cela l'exemple barbare que ses pères avaient donné dans la guerre des Cimbres et des Teutons.

Vercingétorix, pour ranimer l'espérance chez ses soldats à demi épuisés et découragés, allait tenter une nouvelle sortie, lorsque l'armée de secours apparut en vue. La joie des assiégés fut immense : les Romains étaient pressés entre deux armées. Une sortie de la garnison d'Alise les mit un instant dans une position critique, mais l'armée de secours, mal commandée par un chef incapable qui n'engagea pas toutes ses forces, ne seconda pas les efforts de Vercingétorix. La cavalerie germanique eut bientôt raison des troupes épuisées d'Alise, qui furent obligées de battre en retraite : les Romains étaient saufs. Une seconde sortie nocturne n'eut pour résultat que des pertes énormes des deux côtés.

Puis alors eut lieu le dernier combat de ce siège, appelé dans l'histoire la bataille de l'Oze. Comme toujours, les Gaulois des deux armées eurent, au début, un éclatant succès, mais les Romains, suivant leur tactique habituelle, engagèrent, à l'instant où ils commençaient à faiblir, de nouvelles troupes de renfort, tandis que les chefs de l'armée de secours laissaient dans l'inaction 150.000 hommes de troupes fraîches. Ils refusaient d'envoyer des secours malgré toutes les recommandations de Vercingétorix, leur rival, qu'ils trahissaient au moment décisif, perdant ainsi la Gaule pour satisfaire leur honteuse jalousie. Leur but fut atteint : la défaite des Gaulois fut terrible et complète, malgré leur admirable bravoure ; ils disputèrent jusqu'à la fin le terrain à l'ennemi, ne cédant qu'à la force et au nombre. Soixante-quatorze étendards furent pris, avec un chef de l'armée de secours, parent de Vercingétorix, Vergasillaun. Un nombre infini de boucliers d'or et d'argent fut arraché par les Romains aux guerriers morts. Le combat ne fut bientôt plus qu'un massacre : le reste des troupes s'enfuit dans toutes les directions. « Toute cette grande armée, dit Plutarque, s'évanouit comme un rêve. » Les nobles défenseurs d'Alise revinrent à la nuit « dans l'antique cité qui avait été le berceau de la Gaule et qui allait en être le tombeau ».

S. Dussieux.

— La fin au prochain numéro. —

CHRONIQUE SCIENTIFIQUE.

On rend les enfants bossus ! Tel est le cri d'alarme qui s'est échappé dernièrement de la bouche de deux hygiénistes compétents à la Société de Médecine publique. Il y a deux ans, M. le docteur Dally a montré jusqu'à quel point la mauvaise attitude que les maîtres d'écriture imposent aux enfants depuis quelque temps augmente la fréquence des déviations du rachis. M. Vallin a eu l'occasion récente de voir en province une fillette de douze ans atteinte d'une déviation du rachis. La déformation était si caractéristique et répondait si exactement à celle que M. Dally a décrite, qu'il a pu annoncer à l'avance l'attitude que l'enfant allait prendre en se mettant devant une table pour écrire. M. le docteur Vallin a recommandé à cet enfant de s'asseoir d'aplomb et de tenir non plus le bas, mais la diagonale du cahier perpendiculaire au bord de la table. Ceci était bon et conforme à l'hygiène, mais la routine n'y trouvait pas son compte. Ordre de remettre les choses en place. Tant pis pour la colonne vertébrale ! L'écolière a failli être chassée de la classe, et a dû reprendre l'attitude classique, en attendant sans doute qu'elle prenne un appareil orthopédique.

Il est possible que les maîtres d'écriture ne comprennent pas bien la gravité du mal ; mais il importe qu'on les avertisse de la responsabilité qu'ils assument, qu'une instruction très claire et très ferme les oblige à modifier leur manière d'enseigner. Il ne faut pas que par ignorance, indifférence ou entêtement, une position vicieuse puisse retentir pendant toute une existence sur l'attitude d'un homme ou d'une femme.

Jadis, la formule était le *cahier droit devant l'épaule droite*. Très bien !

Aujourd'hui, elle est devenue le *cahier droit en face de la hanche droite ;* de sorte que les enfants, pour atteindre leur cahier, mettent leur corps en arc de cercle, à concavité à droite.

Le cahier devant la hanche droite ! les maîtres sont intraitables ; c'est comme à l'exercice de peloton. Tout élève qui veut incliner son cahier plutôt que son corps est vertement réprimandé. Eh bien, il faut que cet état de choses cesse. Les attitudes vicieuses doivent être corrigées partout, et surtout à l'école, dans les classes du premier âge.

* *

Nous faisions remarquer dernièrement que, contrairement à une idée très répandue depuis près de dix ans, l'exposition des enfants dans les chambres d'épuration des usines à gaz ne les guérissait nullement de la coqueluche.

Voilà qui est plus grave. M. Poincaré, ayant exposé des animaux dans les chambres d'épuration, a constaté chez ces animaux des « altérations pulmonaires » plus ou moins profondes. Il rencontre notamment des granulations analogues à celles de la méningite granuleuse des enfants. Les expériences n'ont pas encore été assez longues pour qu'on puisse se prononcer à cet égard en toute certitude ; mais, M. Poincaré est d'avis qu'il y a lieu de prévenir les intéressés. Les premiers résultats constatés sembleraient, en effet, prouver qu'il n'est pas sans danger de conduire dans les salles d'épuration les enfants atteints de coqueluche.

* *

M. John Aitken a fait dernièrement à la Société royale d'Édimbourg une communication intéressante sur la cause des brouillards et sur l'origine des nuages. Nos connaissances sur le mode de formation des nuages et des brouillards sont, il faut bien l'avouer, assez imparfaites ; les conclusions de M. Aitken sont donc à citer malgré leur singularité.

Pour le physicien d'Édimbourg, il n'y a pas de brouillard sans poussière ; autrement dit, les poussières sont les germes, le point de départ de la formation des brouillards et des nuages. Chaque grain de poussière deviendrait un noyau autour duquel se condenserait la vapeur d'eau atmosphérique. Nous ne nous arrêterions certes pas à cette vue de l'esprit, si M. Aitken ne l'appuyait sur quelques expériences dont l'une tout au moins frappera certainement le lecteur.

M. Aitken prend deux grands récipients pleins d'air. Dans le premier, on a introduit de l'air ordinaire; dans le second, de l'air purifié, filtré à travers de la ouate. Vient-on à faire passer un courant de vapeur dans chaque récipient, on constate, non sans une certaine surprise, que dans le récipient à l'air filtré la transparence reste parfaite; dans le récipient à l'air ordinaire, la vapeur forme un nuage opaque, un véritable brouillard.

Il résulte de là que les particules de vapeur d'eau ne suffiraient pas, quand elles sont seules dans l'air, à produire de la vapeur condensée; il faudrait aussi que l'air tînt en suspens de la poussière. Chaque grain se chargerait d'une faible quantité d'eau condensée et flotterait néanmoins dans l'atmosphère. Si la poussière est rare et la vapeur abondante, l'enveloppe aqueuse alourdirait assez les particules solides pour les faire tomber; c'est ce que l'on observe quand le temps se met à la pluie.

L'auteur pousse ses conclusions jusqu'à prétendre que, s'il n'y avait pas de poussière dans l'air, il n'y aurait ni brouillard, ni nuage, ni buée, ni probablement même de pluie. L'air sursaturé déposerait simplement une couche d'eau sur chacun des objets qui se trouvent à la surface de la terre. — Si, dit-il, les brouillards sont considérables à Londres, c'est, avant tout, parce que les fumées et les poussières sont répandues dans l'air de la ville en grande quantité.

On avait déjà remarqué, M. Tyndall en particulier, le rôle des poussières sur le développement du brouillard. Mais doit-on admettre avec M. Aitken que véritablement la poussière est bien le noyau même de la condensation de la vapeur aqueuse? Il nous paraîtrait difficile de se prononcer encore à ce sujet. Nous objecterons seulement que, dans cette manière de voir, on conçoit assez difficilement que des brouillards et des nuages se forment en grande quantité au-dessus des océans. L'air y est saturé et la poussière rare (1).

Il est vrai que M. Aitken nous montre la poussière sous une forme tellement ténue, qu'à la rigueur on peut tout lui concéder. Il suffit, dit-il, de chauffer un corps quelconque pour qu'il en sorte une véritable poussière. M. Aitken chauffe du verre, du fer, du cuivre au milieu d'air filtré, et il se produit aussitôt un brouillard opaque. Un fil de fer pesant moins d'un dixième de milligramme, épuisé de sa poussière, sorti du récipient et touché du doigt, et placé encore dans le récipient, détermine de nouveau une buée épaisse. Le sel ordinaire produit beaucoup de cette poussière infiniment fine; c'est sans doute à cette poussière qu'il faudrait attribuer les brouillards et les nuages de la mer.

Le point de vue nouveau auquel se place M. Aitken mérite l'attention, et nous le signalons aux observateurs et aux météorologistes.

* *

L'attention a été attirée récemment sur un appareil singulier dont les effets avaient paru contestables; l'invention venait d'Amérique! Nous faisons allusion au *disque-scie* de M. Reese. On connaît ces disques minces, en fer doux, animés d'une grande vitesse de rotation; il suffit d'approcher une barre de fer et même d'acier du disque en mouvement pour que l'outil pénètre la barre et la coupe. Cette scie s'est vite répandue dans l'industrie, on l'emploie notamment pour affranchir les bouts de rails d'acier. Le rail est scié net à ses deux extrémités en deux ou trois minutes. Le fait est déjà étonnant; mais voici qui l'est bien davantage.

M. Reese, de Pittsburgh (Dramons street), emploie un disque analogue qui coupe l'acier sans *qu'il y ait le moindre contact* entre le disque et le métal. Le disque tourne, la barre à couper tourne elle-même parallèlement et dans le même sens à quelques millimètres de distance; il se forme une entaille qui grandit à vue d'œil, et la barre est sciée.

Le disque coupeur est horizontal; son mouvement de rotation est de 230 tours à la minute; il est épais de $0^{m},005$ et son diamètre est de $1^{m},10$. La vitesse à la circonférence est par conséquent de 80 mètres à la minute. En face, à $0^{m},003$ environ, on fait tourner la pièce à découper avec une vitesse sensiblement égale; elle est entaillée sans contact et on la rapproche sans cesse pour la maintenir à faible distance du disque tournant.

C'est la première fois assurément que l'on voit de la matière être sciée à distance! Le phénomène a paru si extraordinaire, que l'on a émis des doutes sur sa réalité. Renseignements pris, il n'est plus possible de nier sa parfaite authenticité. Le disque-scie fonctionne couramment en Amérique. C'est une machine pratique et économique. Chaque industriel paye à l'inventeur une redevance de 5000 francs.

Voici quelques détails complémentaires sur le phénomène en lui-même. Lorsque la barre à découper est rapprochée du disque en mouvement, le métal entre immédiatement en fusion, et il s'échappe un courant d'étincelles d'une blancheur éclatante. Cependant on peut alors *placer la main dans ce courant de métal fondu* sans se brûler; la température ne paraît pas élevée. Une feuille de papier que l'on placerait ne s'enflammerait pas et ne serait même pas noircie. Le métal fondu ne brûle pas et, à côté, les étincelles qui s'en échappent sont chaudes comme du fer rouge. Il est bien difficile d'expliquer ces singularités. M. Reese donne une théorie

1. Il sera bon aussi de rapprocher les expériences de M. Aitken de celles de M. Tyndall, qui, en faisant pénétrer dans un tube plein d'air *filtré* un jet de vapeur, détermine un nuage opaque aussitôt qu'il projette sur le tube un rayon lumineux.

plausible, non pas de ce phénomène extraordinaire, mais du fait même de la rupture de la barre sans contact. On sait bien qu'il suffit d'augmenter l'écartement, la vitesse des molécules dont l'agrégation constitue un corps solide pour les séparer et faire passer le corps de l'état solide à l'état liquide et même ensuite à l'état gazeux. L'effet se produit ordinairement en élevant la température qui écarte les molécules. Mais on peut y parvenir en les ébranlant, en leur communiquant mécaniquement de la vitesse; tel est le cas avec l'appareil Reese. Les molécules d'air, violemment chassées par le disque en mouvement, heurtent la barre à une *vitesse* qui correspond à la température de fusion. La barre fond et le métal se coupe. Est-ce bien là la vérité? On ne saurait se prononcer à cet égard; mais dans l'état actuel de la question, l'explication est rationnelle et rend compte du phénomène. Le *disque-scie* est, comme on le voit, une des plus grandes curiosités de la mécanique.

* * *

Restons pour une fois dans le domaine de la mécanique qui nous réserve tant de surprises. Je ne trouverai certainement d'opposition chez personne, si je demande aux inventeurs d'appliquer leurs facultés à l'invention de domestiques mécaniques. Quel âge d'or, le jour où il suffira de presser un bouton pour voir l'électricité animer un balai, mettre les assiettes sur la table, faire les feux, etc.; on y arrivera peu à peu : question de temps! Pour faire prendre patience aux plus pressés, indiquons sommairement quelques inventions qui concernent les usages domestiques.

MM. Beresford (de Manchester) ont imaginé une machine à cirer les bottes, à nettoyer et polir les fourchettes, couteaux, etc. C'est un commencement. La paire de bottines est placée sur un support, deux brosses sphériques fixées sur une axe qui tourne passent sur les chaussures dans toutes les directions et les nettoient en quelques instants. L'axe des brosses est mis en mouvement par une pédale comme dans une machine à coudre. En quelques minutes on brosse toutes les bottines de la famille anglaise la plus nombreuse. Pour nettoyer l'argenterie, on remplace les brosses à chaussures par un gratte-brosse spécial, composé d'une bande de cuir, d'une brosse très dure qui pénètre entre les dents des fourchettes, et d'un polissoir.

Nous demandions, à ce propos, récemment : Quand nous donnera-t-on un frotteur mécanique pour parquets? Quelques jours après notre demande, on nous envoyait de Dijon une photographie représentant une machine à frotter, imaginée en 1875. Elle sert à frotter le parquet de la gare de Dijon. La machine est très simple, et, dit-on, économique. Un homme fait tourner une manivelle; celle-ci commande des engrenages qui font glisser alternativement dans les deux sens opposés deux brosses solides. En moins de quelques minutes, le chariot qui porte le système et qui se déplace sur des roulettes a parcouru la salle d'attente et fait reluire son parquet. Donc, après la machine à couper l'herbe de nos jardins, nous voilà avec la machine à frotter les appartements.

HENRI DE PARVILLE.

POUR LA NAISSANCE D'UN PETIT FRÈRE

Enfin c'est bien sûr cette fois
Qu'il est là, couché dans son lange!
Que je le caresse et le vois,
Ce cher bébé, ce petit ange
Qu'on m'avait si longtemps promis,
Et que le bon Dieu nous envoie,
De son radieux paradis,
Pour remplir la maison de joie!

Mille fois plus que mes joujoux,
Ma grande poupée elle-même,
Qui parle et se met à genoux,
Vois-tu, maman, déjà je l'aime,
Ce frais poupon qui dort ici;
Et désormais, dans ma prière,
Au bon Dieu je dirai : Merci!
En parlant de mon petit frère!

Puis, quel sera notre bonheur
A tous trois de l'entendre dire:
« Papa, maman, petite sœur! »
Entre un baiser, un doux sourire!...
Bientôt Bébé voudra marcher,
Pour rejoindre à deux pas sa mère;
S'il vient alors à trébucher,
Ne crains rien, je serai derrière!...

Tout comme moi, sur tes genoux
Il épèlera toute chose.
Mais de notre bonheur si doux,
De moi seule il saura la cause.
Je lui dirai mieux que personne
A qui nous devons d'être heureux,
Que ce n'est pas trop d'être deux
Pour payer l'amour qu'on nous donne.

HORTENSE GAUTIER.

CHRONIQUE

Après mille ans et plus de guerre déclarée,
Les loups firent la paix avecque les brebis:
C'était apparemment le bien des deux partis.....

Ainsi parle La Fontaine dans sa fable intitulée : *Les Loups et les Brebis*. La réconciliation des loups et des brebis est une idylle invraisemblable, — l'événement le prouva bien! — mais elle est infiniment moins invraisemblable, à mon humble avis, que celle des laitiers avec les ménagères.

Et pourtant, si j'en crois les bruits qui courent, cette réconciliation va se faire. Que dis-je? Elle est faite déjà! La paix a été jurée par un serment non moins solennel que celui du Jeu de Paume.

Oyez plutôt! La semaine dernière tous les laitiers et crémiers de Paris et de la banlieue, — une centaine au moins, — se sont réunis dans un grand banquet à l'Hôtel Continental sous la présidence de M. le comte Foucher de Careil, sénateur.

Là, entre le champagne et le café, ils ont promis sur la tête de leurs vaches, de leurs chèvres et de leurs ânesses, qu'ils n'enverraient plus dans Paris que du lait absolument pur, — intact de tout alliage étranger, fût-ce celui de l'eau fraîche elle-même. Tous les jours, dans un rayon de vingt-cinq lieues à la ronde, le lait et la crème seront retenus et expédiés pour l'usage de Paris.

Si réellement ce programme tient tout ce qu'il promet, les habitants de Pontoise ou de Melun seront obligés de venir à Paris pour manger du fromage à la crème; et ils en seront réduits, pour leur ordinaire, à mettre dans leur café du matin un lait rarement mélangé de craie en poudre, d'amidon ou de cervelle de cheval.

Moralité et hygiène! voilà la noble et appétissante devise que nos laitiers parisiens ont promis d'écrire sur leur drapeau : tout un programme en deux mots, — la répudiation d'un passé bien douloureux pour nos estomacs; la promesse de tout un avenir qui déjà fait tressaillir d'allégresse les papilles de notre palais! Pendant qu'on était en si bon train, un des membres de la réunion a proposé la création d'une grande *École de fromagerie!*

Nous avions déjà l'École polytechnique, l'École des mines, l'École des ponts et chaussées, l'École normale, l'École des beaux-arts, l'École des hautes-études, — sans compter nos Écoles de droit, de médecine et de pharmacie...

Ne trouvez-vous pas que l'*École de fromagerie* complétera dignement cet ensemble? — car je ne doute pas que l'idée de la nouvelle école ne soit prise en grande considération, et que, bientôt, elle n'ouvre ses portes à la jeunesse studieuse.

Avant peu, je l'espère, nous lirons au *Journal officiel* une série de décrets nommant les professeurs à l'*École de fromagerie :* il y aura la chaire de Gruyère; la chaire de Roquefort; la chaire de Brie; la chaire de Chester et Hollande; la chaire de fermentation comparée; comme il y a à la Sorbonne et au collège de France, des chaires de littérature française et étrangère, grecque et latine.

Naturellement, le programme variera avec les saisons : les cours de Livarot et de Camembert seront suspendus en juillet et en août par des raisons sur lesquelles il me semble superflu d'insister : on les remplacera alors par les cours de fromage blanc et même de fromage glacé.

Comme dans les autres Facultés, le public sera admis à côté des étudiants, munis de leurs cartes et aspirant à passer les examens de fin d'année. Ne doutons point que certains cours n'obtiennent un succès exceptionnel; que l'engouement pour certains professeurs n'attire le monde élégant.

En sortant de la Sorbonne où elles auront assisté au cours de philosophie de M. Caro, on verra des dames en robe de soie se rendre au cours de fromage de bique du savant professeur M. X...

On entendra des conversations comme celle-ci :

« Ah! ma chère, étiez-vous à la dernière leçon sur le fromage de Marolles... C'était exquis! il y a eu des expériences de maturité forcée qui nous ont véritablement ouvert de nouveaux horizons!

— Et vous, chère belle, que n'étiez-vous au dernier cours de Sassenage, considéré sous le rapport de la marche spontanée! »

Ces dames sont interrompues dans leurs conversations par un tonnerre d'applaudissements : c'est le professeur qui entre, précédé de deux huissiers dont l'un porte sur son épaule, en guise de *masse,* une boule de fromage de Hollande, tandis que l'autre pose sur la table une énorme meule de fromage d'Emmentahl...

* * *

La légende parle d'une ville qui fut subitement transformée en lac et dont tous les habitants furent changés en poissons : il y en avait des petits et des gros; des dorés et des argentés; des bleus et des rouges... Je songe involontairement à cette cité, victime de la malice d'un magicien, quand approche la date du 1er Avril. Ce n'est point que je redoute pour mes concitoyens et pour moi la fâcheuse aventure d'être métamorphosé en brochet ou en carpe, en goujon ou en éperlan; mais le poisson d'avril qui surgit partout, qui se montre sous mille formes, me rend tout attristé, presque effrayé, comme si la baleine de Jonas elle-même ouvrait sa large bouche pour m'avaler.

Il fut un temps où le poisson d'avril consistait en une innocente plaisanterie destinée à mystifier les braves gens trop naïfs : le poisson d'avril s'est terriblement perfectionné depuis; et, bon gré mal gré, il attrape aujourd'hui les plus malins eux-mêmes.

Le poisson d'avril d'à-présent est bel et bien un impôt prélevé sur nous comme les étrennes du jour de l'an, et il n'entend pas nous faire grâce : à tous les étalages, nous voyons paraître des boîtes en forme de poisson, dont notre porte-monnaie est chargé de fournir la sauce. Chaque année, les boîtes à poissons d'avril varient dans leur forme : les confiseurs qui en sont les principaux fabricants s'ingénient à trouver des modèles inédits.

Cette année je ne mentionnerai, en fait de nouveauté réellement un peu neuve, que la poissonnière d'argent doré dans laquelle un brochet de taille respectable subit l'épreuve du court-bouillon...

Ah! c'est bien d'un autre bouillon — et pas d'un bouillon court, celui-là! — qu'il s'agira pour l'imprudent qui achètera cette poissonnière, et se verra obligé de cacher sous le poisson de carton quelques livres de bonbons exquis, à moins qu'il ne soit autorisé à y placer quelques bijoux de prix !

En matière de poisson d'avril, l'économie est parfois fort dangereuse : *Tel est pris qui croyait prendre...*

L'an dernier, un de nos Harpagons les plus renommés par sa ladrerie se présentait le 1er avril chez Mme la baronne de T...., une grande dame qui sait offrir de bonnes truffes à ses amis et beaucoup de bons de pain à ses pauvres....

Harpagon, qui avait dîné chez la baronne depuis le premier perdreau de septembre jusqu'au premier pâté de saumon de Carême, avait compris qu'il lui fallait faire acte d'héroïsme, et avait apporté une malheureuse limande de carton, qui pouvait bien contenir pour dix francs à peine de diablotins en chocolat ; il avait choisi ce poisson parce que sa forme aplatie rendait plus difficile l'accumulation d'un nombre considérable de bonbons.

La baronne sourit de son plus charmant sourire ; elle prit la limande d'une main gracieuse et remercia avec effusion.

« Cher ami, ajouta-t-elle en fixant sur Harpagon un regard angelique, mais en même temps cruel comme un coup de poignard, voici vraiment une pêche miraculeuse, car ce poisson ne m'a pas même donné la peine de jeter l'hameçon... Maintenant, permettez-moi de pêcher au filet ! »

Et elle lui tendit une jolie épuisette de soie verte, dont le manche doré portait une petite pancarte avec cette inscription : « Pour l'œuvre des orphelins, s. v. p. »

La scène se passait devant dix personnes, qui se mirent à rire : Harpagon dut rire comme les autres en versant cinq louis dans l'épuisette ; mais son sourire était plus jaune que ses louis eux-mêmes.

* * *

L'émotion causé par l'horrible attentat de Saint-Pétersbourg n'est pas encore calmée ; et elle ne se calmera pas de sitôt. Mais, comme il arrive toujours en pareil cas, à côté de l'événement actuel lui-même, on a rappelé d'autres événements analogues : ainsi, on a été amené à parler de la mort de ce malheureux empereur Paul Ier assassiné presque sous les yeux de sa femme et de son fils, qui fut le czar Alexandre Ier, dans ce même palais Michel, d'où Alexandre II sortait quand il a été frappé par les bombes des nihilistes.

Paul Ier passait (ses assassins surtout ont tâché de répandre ce bruit) pour le type du despote absolu, fantasque presque jusqu'à la folie.

On raconte qu'un jour, mécontent de son régiment des chevaliers-gardes, il s'avisa de le passer en revue. Après la revue, il se planta en avant du front de bataille, et cria ce commandement, comme s'il se fût agi d'exécuter la plus simple des manœuvres :

— Un par un ! Tourne... Par le flanc droit ! En Sibérie ! marche !

Et le régiment, sans se le faire répéter, partit séance tenante pour la Sibérie. A force d'instances, pourtant, le comte Rostopchine parvint à le faire rappeler lorsqu'il était déjà rendu à moitié route.

Paul Ier, qui avait, à l'occasion, de si impérieux caprices, montrait dans d'autres moments la plus étonnante longanimité.

Il y avait, à sa cour, un petit polisson de page, qu'il avait pris en amitié et qui se croyait en droit de se permettre toutes les impertinences possibles.

Un jour, Kapioff paria avec quelques-uns de ses camarades qu'en plein dîner de gala il tirerait devant toute la cour la queue de cheveux qui pendait derrière la tête du czar.

Le dîner arrive ; Kapioff se place derrière son maître, comme pour le servir. Tout à coup, l'Empereur pousse un cri terrible : sa queue venait d'être tirée avec une violence capable de la lui arracher du crâne...

« Qui a fait cela ? s'écrie-t-il avec fureur.

— C'est moi, Sire, répond tranquillement Kapioff : cette maudite queue ne se tient jamais au milieu ; j'ai voulu la remettre en place...

— Soit ! reprit Paul Ier en se calmant soudain ; mais il n'était pas nécessaire de tirer si fort. »

Une autre fois, Kapioff avait parié de prendre une prise de tabac dans la tabatière en diamants de l'Empeur devant l'Empereur lui-même.

Il tint parole : Paul Ier, en s'éveillant un matin, vit son page qui fourrait les doigts dans sa boîte et y puisait une large pincée de tabac, déjà suivie d'éternuments sonores.

« Qu'est-ce encore que cela ? fit-il d'un ton courroucé.

— Excusez-moi, Sire, répondit humblement Kapioff ; mais depuis plusieurs heures je veille ; le sommeil allait me gagner, et j'ai préféré manquer de respect à votre tabatière plutôt que de manquer au service de Votre Majesté.

— Bien, mon garçon, dit le czar radouci encore une fois, mais ma tabatière n'est pas assez grande pour nous servir à tous deux ; garde-la pour toi tout seul. » Et il lui donna sa tabatière en diamants.

Il faut croire que Kapioff fut ingrat au point d'oublier de priser et de veiller près de son maître, car le pauvre Paul Ier fut étranglé dans son lit.

ARGUS.

Abonnement, du 1er avril ou du 1er octobre ; pour la France : un an, 10 f. ; 6 mois, 6 f. ; le n° au bureau, 20 c. ; par la poste, 25 c.
Les volumes commencent le 1er avril. — LA SEMAINE DES FAMILLES paraît tous les samedis.

VICTOR LECOFFRE, ÉDITEUR, RUE BONAPARTE, 90, A PARIS. — J. MERSCH ET Cie IMP. R. CAMP.-PREM., 8, PARIS

Vercingétorix alla droit à César, jeta ses armes... (P. 18).

VERCINGÉTORIX

—

(Voir p. 7.)

—

Vercingétorix, qui n'était ni blessé ni prisonnier, et qui pouvait s'échapper, n'y songea même pas. Il rentra dans Alise, en proie à un affreux désespoir. « Qui pourrait dire, s'écrie M. Henri Martin, ce qui se passa dans le cœur de l'homme qui était devenu en quelque sorte la Gaule incarnée, et qui sentait défaillir en lui l'âme de toute une race humaine ! Ce grand peuple, cette grande religion, ces hautes traditions des premiers âges, tout ce monde glorieux prêt à s'abîmer devant un monde de matière et de corruption ! Les génies de la liberté, de l'infini et de l'immortalité remontant dans les sphères étoilées et laissant la terre aux dieux d'en bas, aux puissances fatales ! C'étaient là, sans doute, les signes précurseurs d'une de ces destructions périodiques du monde annoncées par les *Voyants ! Le Trépas, père de la fatalité*, allait replonger dans la nuit de l'*abîme* notre patrie condamnée ! »

Vercingétorix ne pouvait plus rien pour sa patrie, mais il pouvait peut-être en se sacrifiant sauver ses frères. Il n'hésita pas. Il assembla le conseil des chefs, et leur dit : « Je n'ai pas entrepris cette guerre pour servir mes intérêts. Je le vois, je dois céder à la fortune. Je me livre à vous. Vous pouvez donner satisfaction aux Romains, en me donnant la mort ou en me livrant à eux. » Les chefs, s'accordant pour livrer leur héroïque défenseur, envoyèrent des députés à César pour savoir ses volontés. Le général romain demanda les chefs et les armes, et vint siéger sur un tribunal élevé près de son camp.

Cependant, quoique abandonné de tous, Vercingétorix restait toujours lui-même. Il choisit ses plus belles armes, et s'en revêtit. Il prit sa grande épée, l'épée victorieuse de Gergovie, monta son cheval de bataille richement caparaçonné, et paré comme pour son plus beau jour, comme une victime pour le sacrifice, sortit d'Alise et prit au galop la direction du camp romain. Il arriva bientôt droit au siège de César, qui était entouré de ses lieutenants, de ses tribuns, de ses centurions et de son armée étendue derrière lui, déployée dans la campagne. Là, le Brenn fit décrire trois cercles à son cheval, autour du tribunal proconsulaire, suivant en cela sans doute une idée religieuse, pensant à cette immortalité dans laquelle il allait entrer, et que personnifiait chez les Gaulois le cercle concentrique.

S'arrêtant, il descendit de cheval, alla droit à César étonné, jeta ses armes à ses pieds avec ces mots : « A toi ces armes, très brave, tu as vaincu un brave. » Puis il se tut, attendant la réponse de son vainqueur. Devant tant de majesté et d'infortune, les durs compagnons de César se sentaient émus : lui seul fut implacable. Il s'abandonna à la plus violente colère. Il lui reprocha « son amitié trahie, ses bienfaits méconnus », bienfaits que jamais son adversaire n'avait voulu accepter. Puis se tournant vers ses licteurs, il fit charger de fers son ennemi désarmé. Cependant le but de son martyre était atteint : 20,000 captifs Arvernes et Éduens furent épargnés ; le sacrifice n'était pas inutile. Tous les autres Gaulois furent prisonniers, et chaque soldat romain eut un esclave gaulois, roi ou palefrenier, au gré du sort, comme part de butin. Des centaines de mille de prisonniers furent vendus aux marchands d'esclaves qui suivaient l'armée de César.

Vercingétorix fut conduit à Rome et jeté dans un sombre cachot souterrain de la prison Mamertine. Il y vécut six ans au milieu de ces tortures physiques et morales, dont toute sa vie il avait eu le pressentiment, confiné entre des voûtes obscures et malsaines, lui pour qui la liberté, l'air des montagnes et les champs de bataille avaient été la vie.

Puis, en 46, César vainqueur à l'extérieur et à l'intérieur se donna la pompe d'un brillant triomphe qui dura quatre jours. Le premier jour fut consacré à son triomphe sur les Gaulois. Au milieu d'une populace avide de ces spectacles, de tous ses soldats, de plébéiens portant des inscriptions où l'on voyait les noms des peuples vaincus et des images du Rhône, du Rhin et de l'Océan enchaînés, le proconsul s'avançait sur un char traîné par quatre chevaux, au milieu des acclamations, le front ceint de lauriers, et vêtu de pourpre. Une roue de son char se brisa, au moment où l'on se mit en marche, et Cicéron, le voyant passer, détourna la tête, sentant bien qu'il triomphait autant de la République Romaine que de la Gaule.

En avant du char, chargé de fers, et seulement reconnaissable par ses habits gaulois, était enchaîné Vercingétorix. La populace romaine l'accabla d'injures et de huées : le douloureux martyre s'accomplissait. A un certain endroit de la voie Sacrée, César fit un signe à ses licteurs. Ils détachèrent le prisonnier, le précipitèrent dans un trou circulaire, appelé le Tullianum, qui n'avait aucune communication avec le jour. Des esclaves étaient là, des torches à la main. Les bourreaux relevèrent leur victime, l'agenouillèrent devant un billot qui était toujours là, et la hache vint enfin affranchir son âme, « et l'envoyer, dit Plutarque, rejoindre ses pères dans le cercle céleste ».

Le glorieux héros de l'indépendance gauloise, victime de son amour pour sa patrie, était tué au moment où César dans sa gloire montait majestueusement les marches du temple de Jupiter Capitolin ! Ses restes mutilés, exposés à la vue d'une foule immense, excitèrent des trépignements de joie et des hurlements féroces de cette multitude avilie.

Mais ce que la main sanglante du bourreau n'atteignit pas, ce qui ne fut pas éteint avec la vie du patriote martyr, c'est la pensée qui l'avait fait agir, le but qu'il avait essayé d'atteindre : l'indépendance nationale. Aussi, au bout de dix-huit siècles, le souvenir de son grand dévouement, encore grandi d'âge en âge, efface pour nous celui de son adversaire victorieux. Notre patrie reconnaissante et respectueuse s'incline devant la mémoire du vrai grand homme auquel elle doit le germe de son unité nationale.

S. Dussieux

LA FONTAINE EN VOYAGE

I

Étant donnée et bien connue l'humeur foncièrement casanière du grand fabuliste, le titre de cette étude, sur un des points peu connus de sa vie, semblera tout d'abord l'enseigne ou le thème de quelque fantaisie littéraire, dans laquelle l'imagination est appelée à jouer uniquement son rôle, au détriment de l'histoire vraie. Cependant rien n'est plus exact. La Fontaine a voyagé... de Paris à Limoges, une excursion de long cours que ce trajet de soixante-seize lieues, il y a plus de deux siècles, et par les moyens de transport très primitifs, seuls connus et en usage alors, — les *coches* ou *carrosses de voiture*. Ainsi, par exemple, la voiture publique de Paris à Rouen mettait trois jours pour parcourir une distance que les chemins de fer franchissent aujourd'hui en moins de trois heures. D'où il s'ensuit que, Rouen étant à trente-cinq lieues de Paris et Limoges à soixante-seize, il fallait près de sept jours pour se rendre de la capitale de l'Ile-de-France à celle du Limousin. Mais, quel motif pouvait donc pousser La Fontaine à se confier à la lourde et lente machine du coche, par une chaude journée de la fin du mois d'août de l'année 1663, et à affronter ainsi la fatigue de chemins, qu'il a décrite d'une façon si pittoresque en une de ses fables?

> Dans un chemin montant, sablonneux, malaisé,
> Et de tous les côtés au soleil exposé,
> Six forts chevaux tiraient un coche.
> Femmes, moines, vieillards, tout était descendu :
> L'attelage suait, soufflait, était rendu...

Entreprendre un voyage de sept jours, aller à soixante-seize lieues de Paris, lui, qui avait émis cette maxime de paresseux,

> ..... Voulez-vous voyager ?
> Que ce soit aux rives prochaines.

Eh bien, c'était un pieux devoir qui faisait ainsi rompre à La Fontaine son habituelle nonchalance ; resté fidèle au surintendant Fouquet, son premier bienfaiteur, et prêt, s'il l'eût fallu, à partager sa disgrâce et sa prison, l'auteur de l'*Élégie aux nymphes de Vaux* allait voir à Limoges un oncle à lui, Jannart, enveloppé dans la chute de Fouquet et interné dans la capitale du Limousin où il avait suivi la femme du surintendant, dont il s'était dévoué à être le conseil. La Fontaine, cédant à l'élan de son excellent cœur, se décida aussitôt à suivre son parent dans sa retraite forcée. Dans plusieurs lettres à sa femme, il fait en prose, mêlée de vers, la description de ce voyage, qui — pour l'enjouement et l'agrément des détails, — peut être comparé à celui de Chapelle et de Bachaumont, ses amis, en 1656, dans le midi de la France.

L'analyse, au courant de la plume, du *deplacement* de La Fontaine, nous fournira, en même temps que des détails sur les localités visitées par le fabuliste observateur, des traits relatifs au caractère même du voyageur humoriste.

Dès sa première lettre, datée du 25 août 1663, et écrite à Clamart, aux portes mêmes de Paris, il dit à sa femme : « Vous n'avez jamais voulu lire d'autres voyages que ceux des chevaliers de la Table ronde ; mais le nôtre mérite bien que vous le lisiez... Il pourra arriver, si vous goûtez ce récit, que vous en goûterez après de plus sérieux... Considérez, je vous prie, l'utilité que ce vous serait, si, en badinant je vous avais accoutumée à l'histoire, soit des lieux, soit des personnes : vous auriez de quoi vous désennuyer tout votre vie... »

N'est-ce pas en prose ce que le poète traduisait en vers dans sa jolie fable des *Deux pigeons?*

> ..... Quiconque ne voit guère
> N'a guère à dire aussi. Mon voyage dépeint
> Vous sera d'un plaisir extrême.
> Je dirai : « J'étais là ; telle chose m'avint. »
> Vous y croirez être vous même.....

Parti de Paris le 23 août avec Jannart, qu'il avait voulu accompagner jusqu'au lieu de son exil, La Fontaine n'était encore, au bout de deux jours, qu'à Clamart ; c'était voyager à son aise.

Au milieu des condoléances des amis de son oncle, le poète, toujours absorbé semblait ne voir personne. — « Je ne pleurai point, dit-il, ce qui me fait croire que j'acquerrai une grande réputation de constance dans cette affaire. » Eh ! ne sont-ce pas des larmes, et des meilleures, que celles qui s'épanchent en si beaux vers dans l'*Élégie aux Nymphes de Vaux !*

Puis, il s'égaie sur l'humeur voyageuse qui semble s'être emparée de lui tout d'un coup ; il n'en est rien cependant, dit-il :

« La fantaisie de voyager m'était entrée quelque temps auparavant dans l'esprit... Il y avait plus de quinze jours que je ne parlais d'autre chose que d'aller tantôt à Saint-Cloud, tantôt à Charonne, et j'étais honteux d'avoir tant vécu sans rien voir. Cela ne me sera plus reproché, grâce à Dieu. »

Mieux vaut tard que jamais, dit le proverbe ; mais, La Fontaine n'avait alors que quarante-deux ans et laissait à la maison son fils, un bambin de dix ans.

« Quoi qu'il en soit, continue-t-il, j'ai tout à fait bonne opinion de notre voyage : nous avons déjà fait trois lieues sans aucun mauvais accident, sinon que l'épée de M. Jannart s'est rompue ; mais, comme nous sommes gens à profiter de tous nos malheurs, nous avons trouvé qu'aussi bien elle était trop longue et l'embarrassait. »

La réflexion est jolie ; on dirait du Sterne d'avant la lettre.

A Clamart, on passe deux ou trois jours à se reposer et à savourer l'excellent beurre de Vanves, qui n'est plus aujourd'hui qu'un souvenir.

Cette lettre se termine par l'annonce du départ fixé au 26, pour Bourg-la-Reine, où l'on doit prendre le carrosse de Poitiers, qui y passe tous les dimanches, et par un souvenir d'amitié à l'adresse de son fils.

A Bourg-la-Reine, audition de la grand'messe, puis on prend le coche où se trouvait, entre autres voyageurs, « un marchand, qui ne disait mot, et un notaire qui chantait toujours, et qui chantait très mal : il reportait en son pays quatre volumes de chansons ». Un gai tabellion, vrai notaire de comédie, celui-là !

Bourg-la-Reine, Sceaux, Chilly, puis Montlhéry attirent

tour à tour l'attention du poète, surtout Montlhéry, et on dîne à Châtres, aujourd'hui Arpajon. A la montée prochaine, « tout ce que nous étions d'hommes dans le carrosse, nous descendîmes, afin de soulager les chevaux ». La Fontaine craignait les voleurs, et on en signalait une bande dans ces parages ; cependant, on arriva sans encombre avant la nuit à Étampes. « Imaginez-vous une suite de maisons sans toits, sans fenêtres, percées de tous les côtés : il n'y a rien de plus laid et de plus hideux. Cela me remet en mémoire les ruines de Troie-la-Grande. » Cette ville avait beaucoup souffert dans les dernières guerres, notamment en 1652, pendant les troubles de la minorité de Louis XIV. « Le lendemain, nous traversâmes la Beauce, pays ennuyeux, et qui, outre l'inclination que j'ai à dormir, nous en fournissait un très beau sujet. »

Il est certain que la Beauce, avec ses plaines à perte de vue et sans arbres, manque de pittoresque; mais l'utile doit primer l'agréable et le blé vaut bien les charmes du paysage, même le plus enchanteur.

On arrive à Orléans, que La Fontaine admire beaucoup, surtout à cause de l'aspect qu'y présente la Loire. « Elle est près de trois fois aussi large à Orléans que la Seine l'est à Paris, l'horizon très beau de tous les côtés... Si bien que cette rivière étant basse à proportion, ses eaux fort claires et son cours sans replis, on dirait que c'est un canal. De chaque côté du pont on voit continuellement des barques qui vont à voiles : les unes montent, les autres descendent, et, comme le bord n'est pas si grand qu'à Paris, rien n'empêche qu'on ne les distingue toutes : on les compte, on remarque à quelle distance elles sont les unes des autres ; c'est ce qui fait une de ses beautés : en effet, ce serait dommage qu'une eau si pure fût entièrement couverte par des bateaux. Les voiles de ceux-ci sont fort amples : cela leur donne une majesté de navires, et *je m'imaginai voir le port de Constantinople en petit.* D'ailleurs Orléans, à le regarder de la Sologne, est d'un bel aspect. Comme la ville va en montant, on la découvre quasi tout entière. Le mail et les autres arbres qu'on a plantés en beaucoup d'endroits le long du rempart font qu'elle paraît à demi fermée de murailles vertes ; et, à mon avis, cela lui sied bien. »

On ne s'attendait guère à ce souvenir de Constantinople et du Bosphore, à propos d'Orléans et de la Loire ; La Fontaine avait probablement retenu de la conversation du voyageur Bernier, son ami, cette comparaison, qui lui revient à la vue d'Orléans et qui est assez piquante.

« Autant que la Beauce m'avait semblé ennuyeuse, autant le pays qui est depuis Orléans jusqu'à Amboise me parut agréable et divertissant. »

A Cléry, La Fontaine va visiter l'église où s'élève le tombeau de Louis XI ; « le tout est de marbre blanc et m'a semblé d'assez bonne main ». Puis, il raconte ingénument une de ces distractions qui devinrent par la suite chez lui si fréquentes et qui imprimèrent une teinte extraordinaire à ce caractère déjà si naturellement original. « Au sortir de l'église de Cléry, je pris une autre hôtellerie pour la nôtre ; il s'en fallut peu que j'y commandasse à dîner ; et m'étant allé promener dans le jardin, je m'attachai tellement à la lecture de Tite-Live, qu'il se passa plus d'une bonne heure sans que je fisse réflexion sur mon appétit : un valet de ce logis m'ayant averti de cette méprise, je courus au lieu où nous étions descendus, et j'arrivai assez à temps pour compter. »

Cependant le pays continue à charmer La Fontaine. « Blois est en pente comme Orléans, mais plus petit et plus ramassé ; les toits des maisons y sont disposés, en beaucoup d'endroits, de telle manière qu'ils ressemblent aux degrés d'un amphithéâtre. Cela me parut très beau, et je crois que difficilement on pourrait trouver un aspect plus riant et plus agréable. »

A Blois comme à Orléans, grand est le nombre des bossus, à ce que l'on dit au fabuliste, qui ajoute : « Je crus que le ciel, ami de ces peuples, leur envoyait de l'esprit par cette voie-là : car on dit que bossu n'en manqua jamais. »

Beau temps, beau chemin, beau pays, — ainsi se résume pour La Fontaine son voyage depuis Orléans jusqu'à Amboise, en passant par Blois, et dans un accès d'admiration, il dépeint ainsi en vers les charmes d'un des plus célèbres fleuves de France :

La Loire est une riviere,
Arrosant un pays favorisé des cieux,
Douce quand il lui plaît, quand il lui plaît si fière
Qu'à peine arrête-t-on son cours impérieux.
Elle ravagerait mille moissons fertiles,
Engloutirait des bourgs, ferait flotter des villes,
Détruirait tout en une nuit :
Il ne faudrait qu'une journée
Pour lui voir entraîner le fruit
De tout le labeur d'une année.....
Vous croyez bien qu'étant sur ses rivages
Nos gens et moi, nous ne manquâmes pas
De promener à l'entour notre vue :
J'y rencontrai de si charmants appas
Que j'en ai l'âme encore tout émue.
Coteaux riants y sont des deux côtés ;
Coteaux non pas si voisins de la nue
Qu'en Limousin, mais coteaux enchantés,
Belles maisons, beaux parcs et bien plantés,
Prés verdoyants dont ce pays abonde,
Vignes et bois, tant de diversités
Qu'on croit d'abord être en un autre monde.....

Puis, à la suite de cette sortie poétique, La Fontaine fait remarquer à sa femme combien, avec l'indolence de son caractère, elle doit lui avoir d'obligation qu'il soit aussi exact à lui écrire. « Il ne s'en faut pas un quart d'heure qu'il ne soit minuit, et nous devons nous lever demain avant le soleil, bien qu'il ait promis, en se couchant, qu'il se lèverait de fort grand matin. J'emploie cependant les heures qui me sont les plus précieuses à vous faire des relations, moi, qui suis enfant du sommeil et de la paresse. »

N'est-ce pas là comme un écho de l'épitaphe que le poète s'était faite si longtemps d'avance?

Jean s'en alla comme il était venu...
Quant à son temps, bien sut le dispenser :
Deux parts en fit, dont il soulait (1) passer
L'une à dormir et l'autre à ne rien faire.

CH. BARTHÉLEMY.

— La fin au prochain numéro. —

UN DRAME EN PROVINCE

(Voir page 3.)

II

« Tu n'es qu'un vaurien, un vieux drôle! — criait monsieur Michel Royan, au moment où elle arriva. — Tout en soignant mes bois et en gardant mon gibier, tu te permets, comme un vrai misérable, un tas de mauvais tours de braconnages, d'infamies, pour lesquels on t'aurait arrêté une dizaine de fois déjà, si tous les gens d'ici n'étaient pleins de considération pour moi, y compris le maire... Mais au bout du compte, j'en ai assez, vois-tu, de toutes ces réclamations, ces lettres et ces plaintes... Je t'ai averti plusieurs fois, et tu as continué à mal faire... Maintenant ma patience est à bout, et tu vas t'en aller! »

Et, en parlant ainsi, monsieur Michel Royan, comme pour donner plus de poids à son discours, frappait de son poing osseux sur la table, où quelques piles d'écus de cinq francs, rentes de quelque fermage, résonnaient en tressautant avec un bruit argentin, tout à fait en harmonie avec le timbre métallique, un peu sec et vibrant, de la voix de l'homme d'affaires.

Il s'ensuivit un silence de quelques secondes, qu'interrompit enfin la grosse voix confuse de l'allemand grommelant dans sa barbe épaisse et hérissée :

« Che ne sais bas bourquoi fous fous fâchez gontre moi auchourt'hui. Bour quèques méchantes bertrix, c'est bas là une affaire. Che fous ai touchours pien serfi; fous ne tirez bas non.

— Ce n'est pas encore là une raison pour que je doive te garder. Tout en me servant bien, on peut être honnête homme.

— Che ne sais bas bourquoi fous écoutez les cancans de monchieur le maire..... Et buis, quand on resde honnête homme, ma voi! on n'a pas touchours de quoi mancher.

— Est-ce que tu t'imagines, par hasard, que je vais discuter avec toi, mon drôle?... Non, non, tu t'en iras; c'est moi qui te le dis. J'ai déjà arrêté un autre garde pour te remplacer. Tu as tes huit jours pour chercher ta vie ou aller te faire pendre ailleurs. C'est là mon dernier mot. Et maintenant détale.

— Il me chemble bourtant, mon maidre, qu'il y a des choches que fous oupliez. Quand monchieur Alfrett est tompé, il y a des années, au fond de la grante mare, che me suis cheté pour le reprendre, et bourtant je ne sais pas nacher.

— Tu as eu pour cela deux cents francs et des habits neufs, vieux fripon. Et il y a huit ans de cela, que viens-tu demander encore?

— Et buis, quand monchieur foulait safoir par où le noufeau chemin te fer basserait, c'est moi qui, sans faire semblant te rien, ait fait chaser les chens du catastre, les chéomètres et les gonducteurs, en leur bayant la goutte. Cela fait que monchieur a acheté bour bas grand'chose la ferme de Chean-Louis. Et gomme monchieur l'a refentue bien cher au gouvernement, monchieur a fait une bonne affaire, et...

— Vas-tu bien t'en aller, une bonne fois, aux cinq cent mille diables, maudit drôle! — s'écria Michel Royan, frappant encore une fois de son poing sur la table, et donnant en même temps un grand coup de talon sur le parquet.

— C'est pon! c'est pon! on s'en fa, grommela aussitôt le garde. — Et che partirai aussi, dans huit chours, de ma capane tu pois de Clerfal... Mai ch'ai été un pon garte et un pon serfiteur. Monchieur n'en troufera pas un autre bareil, che le chure; monchieur regrettera ce qu'il fait auchourt'hui. »

Hans Schmidt, en parlant ainsi, s'était dirigé vers la porte, et aussitôt madame Jean, qui paraissait fort occupée à fourbir diligemment le bouton de cuivre brillant au centre de la serrure, le vit passer devant elle, le sourcil froncé, la tête basse, ses petits yeux étincelant sous sa chevelure grise touffue, ses dents aiguës mordant dans sa barbe hérissée. Ce qui la fit tout au plus hausser les épaules légèrement, car madame Jean, pénétrée de l'importance de ses fonctions, se piquait d'être dédaigneuse et brave. Tournant le dos au garde-chasse avec un mouvement de tête altier, elle entra dans le cabinet de son maître :

« Quand monsieur voudra déjeuner, — commença-t-elle, — je suis prête. J'ai des œufs frais, des saucisses, des merlans au gratin... Ah! je dois aussi annoncer à monsieur une visite. M. de Léouville voulait monter tantôt; je lui ai dit que monsieur ne reçoit jamais le matin, avant de se mettre à table. Cela fait qu'il est parti, en disant qu'il reviendrait à onze heures. Mais cela ne fera rien alors : monsieur aura déjeuné.

— Oui, et alors monsieur devra prêter de l'argent, pour son dessert, — répondit Michel Royan, se redressant sur son fauteuil et relevant la tête. »

C'était assurément une figure saillante, énergique, virile, mais dure et peu intéressante, que celle de cet heureux capitaliste, de ce « grand homme » de la petite ville de B**. Il était de taille ordinaire, mais sec et maigre comme tous les gens actifs; il avait les larges épaules du laboureur, les mains robustes du plébéien

1. Avait coutume de... *Solebat.*

et les doigts crochus de l'avare. De tout petits yeux vifs et perçants, d'un gris sombre, se plaçaient, sous ses sourcils touffus, fort près des ailes de son nez. Sa bouche aux lèvres flétries, serrées, ses joues sensiblement creuses, son menton au profil pointu, son front légèrement chauve, tout chez lui se projetait en avant, comme chez ceux qui font, de la tête ou du poing, leur trouée en ce monde. Un sourire visiblement narquois éclairait en ce moment les traits de son visage, et tout en parlant il battait, de ses doigts osseux, sur le tapis à fleurs de sa table, une marche dont le rhythme et l'entrain trahissaient la gaieté.

Et madame Jean, debout à quelque pas, tournant entre ses doigts le coin de son tablier, considérait avec étonnement l'expression et les mouvements de son maître. Comment, à cette idée menaçante, à cette perspective prochaine de devoir prêter de l'argent, pouvait-il avoir l'air joyeux? Que se passait-il bien chez lui? qu'avait-il donc en tête? Depuis tant d'années qu'elle le servait, elle le connaissait bien, pourtant.

« Ce pauvre monsieur de Léouville! — reprit Michel Royan, se levant et poussant son fauteuil tout près de la table, — ce serait vraiment grand dommage de ne pas vouloir l'obliger. Il est fort aimable, honorable et très distingué, après tout. Et il a deux si belles filles!... Hein! comme mademoiselle Marie, et surtout mademoiselle Hélène, feraient dans un beau salon, avec des fleurs et des diamants, là-bas, là-bas, à Paris! »

En parlant ainsi, monsieur Royan, passant devant sa bonne, se dirigeait prestement vers sa salle à manger. Madame Jean, derrière lui, fronçait le sourcil, hochait la tête.

« Il trouve ces demoiselles gentilles, se disait-elle en grommelant, et il a l'air content de prêter de l'argent à leur père. Est-ce qu'il serait, par hasard, assez fou pour se marier? »

Ainsi le vieux Hans Schmidt, qu'elle venait de saluer d'un tel regard de dédain, était, pour le moment, bien loin de sa pensée, tant elle se sentait émue de colère et de crainte à l'idée de devoir quelque jour abandonner ce sceptre du ménage et du gouvernement domestique, qu'elle portait avec tant de sagesse et d'habileté, dans la maison Royan. L'allemand néanmoins, sans qu'elle le sût, n'était pas fort éloigné d'elle. Au moment où, arrivé au bas de l'escalier, il allait franchir le seuil, il s'était entendu appeler. Descendant les deux marches qui le séparaient du jardin étalant derrière le logis ses frais gazons, ses allées, ses ombrages, il avait aperçu et salué du geste, à l'une des fenêtres du rez-de-chaussée, un jeune homme aux cheveux blonds, aux traits indécis, au teint pâle, paresseusement étendu dans un moelleux fauteuil.

« Ponchour, monchieur Alfrett, — avait-il dit. — Est-ce que fous afez pesoin de moi?... C'est frai, che n'ai bas bensé à fous apporter fos pièches.

— Mais oui, mon vieux, je t'avais demandé pour aujourd'hui des pièges à rats. Et tu viens et t'en vas comme cela en cachette, sans seulement me dire bonjour. Sais-tu que tu n'es pas poli, mon brave?

— Tame! que foulez-vous? Quand on en a cros sur le cœur... Monchieur ne feut blus me carter, monchieur fient de me tonner mon gompde. Gomme ça, che m'en allais pien fite. Ch'ai pesoin, nadurellement, te gerger à me gasser.

— Qu'est-ce que tu me chantes-là? Mon oncle vient de te donner ton compte? reprit Alfred, se redressant et jetant son cigare pour venir croiser ses bras sur l'appui de la fenêtre, sous le regard renfrogné et brûlant du vieux garde.

— Oui; c'est la férité fraie, comme chez la tis à monchieur. Che m'en fais, ch'ai mes huit chours... Ah! monchieur a pien dort, car ch'édais, fous safez, dans ses pois tebuis longtemps. Ch'ai douchours pris les intérêts de monchieur, je l'ai serfi en prafe... Monchieur bourra s'en rebendir; il ne sera blus demps. »

Pendant ces explications décousues du vieux Hans, le jeune homme silencieux écoutait en rêvant, la tête appuyée sur sa main, le coude sur la barre de la fenêtre.

« Écoute, mon bon homme, — dit-il, lorsque le garde eut fini, — comme je ne serais pas du tout content, moi, de te voir partir, je parlerai pour toi à mon oncle, je te le promets. Je tâcherai de m'arranger pour que vous fassiez la paix ensemble. Tu m'as toujours été dévoué, mon vieux Schmidt, et je te montrerai bien que je te suis reconnaissant.

— Merci, monchieur Alfrett, à la ponne heure. Fous êtes un prafe carçon, fous. Ça vait blaisir à foir. Ah! mon Tieu, mon Tieu, gomme les chosses sont mal gomme elles sont. C'est fous, monchieur Alfrett, c'est fous qui seriez ùn pon maîdre! Envin, envin, fous y fientrez un chour. »

En parlant ainsi le garde, soulevant sa casquette de drap à visière de cuir, saluait le jeune homme de la main en courbant son large dos, et, pour sortir du jardin dans la direction des bois, enfilait l'une des allées, car il entendait s'élever dans la cuisine la voix de la ménagère appelant : « Monsieur, monsieur Alfred!... A table, bien vite!... Monsieur commence à déjeuner. »

Or jamais monsieur Alfred, le fils adoptif de l'ancien notaire, le futur héritier de plusieurs millions, n'eût osé résister à la voix de la ménagère. Il lui fallait d'ailleurs, pour réussir dans son intercession, pouvoir se concilier les bonnes grâces de son oncle, et pour cela il importait, d'abord, d'être exact et ne point laisser refroidir le déjeuner.

Aussi, d'un geste familier, presque amical, congédiant le garde-chasse, il se leva, traversa le corridor en hâte, et vint s'asseoir, en face de son oncle, à sa place ordinaire dans la salle à manger.

Le repas très soigneusement servi et savoureux, comme d'ordinaire, fut bref et presque silencieux. Monsieur Michel Royan paraissait, ce matin-là, remarquablement préoccupé, mais préoccupé de quelque projet avantageux ou de quelque idée agréable, et parfois tout en mangeant, ébauchant un demi-sourire, il jetait un regard de complaisance et d'orgueil sur son neveu. Quant au jeune homme, il connaissait assez son oncle adoptif pour savoir qu'afin de réussir dans sa négociation, il ne devait pas lancer tout à coup, au beau milieu d'une brillante conception ou d'une rêverie agréable, le nom à cette heure détesté et maudit de Hans Schmidt, le braconnier garde-chasse.

Quelques paroles rares, insignifiantes, s'échangèrent donc seulement entre l'oncle et le neveu, puis monsieur Michel Royan se hâta de monter à son appartement du premier étage où il attendit, dans la grande pièce où il avait installé sa bibliothèque et son cabinet de travail, la visite de monsieur le marquis.

A onze heures moins trois minutes, le marteau de fer ciselé retomba bruyamment sur la plaque de cuivre. Monsieur de Léouville n'avait pas prolongé, au milieu de ses rêveries, sa promenade dans les bois. Évidemment une préoccupation pressante, probablement douloureuse, le ramenait à l'heure indiquée, auprès de monsieur Michel Royan.

Celui-ci, qui l'entendit monter, quitta gravement son fauteuil, alla le recevoir à la porte, lui donna une poignée de main qui, selon lui, ne devait pas être cordiale, mais qu'il voulait rendre digne. Puis l'introduisant avec un salut, il lui présenta en silence un fauteuil de crin noir, tournant le dos au coffre-fort massif, au casier échafaudant ses cartons pleins de titres, et tendant les bras vers la grande table couverte de registres et de papiers.

D'abord, pendant quelques minutes, la conversation languit. M. de Léouville était embarrassé, souffrait visiblement. Une angoisse secrète, difficilement cachée, se trahissait dans sa contenance et ses mouvements, dans l'expression troublée de son regard triste, de ses lèvres contractées, de son front pâle. M. Michel Royan, paisible et presque triomphant au contraire, bien à son aise, bien chez lui, ne voulait point aborder, le premier, le motif de la visite. En attendant, pour frayer autant que possible la voie aux confidences, il parlait, à peu près seul, de ceci, de cela, de la pluie, du beau temps, des plantations de son jardin, des récoltes probables. A la fin, étant venu par hasard à prononcer le nom de ce que le marquis de Léouville estimait et aimait le plus, en demandant des nouvelles de mademoiselle Hélène et de mademoiselle Marie, son visiteur releva la tête, en disant, avec un tendre regard paternel et un demi-sourire joyeux qu'accompagnait pourtant un soupir timide et triste :

« Elles se portent bien, monsieur, je vous remercie. Toujours bonnes, gentilles, aimables comme d'ordinaire. Hélas! c'est un peu à cause d'elles, de l'une d'elles surtout, que je viens vous voir aujourd'hui.

— A propos de mademoiselle Hélène et de mademoiselle Marie? Eh bien, monsieur le marquis, voyons, en quoi puis-je les servir? — demanda Michel Royan, se retournant sur son fauteuil et l'écartant un peu du bureau pour le placer bien en face de son interlocuteur ému, qu'il tenait sous son regard.

— C'est que, — commença le marquis inclinant légèrement la tête, — il y a un projet de mariage en l'air pour l'une de ces enfants. Monsieur de Tourguenier qui habite, à trois lieues d'ici, vous savez, le château des Grandes-Bruyères, m'est venu voir plusieurs fois, et, à sa dernière visite, m'a demandé, sans plus de façons, la main de ma chère Hélène. Il n'y a rien à reprendre, n'est-ce pas, à ce parti? Monsieur de Tourguenier est sans parents proches, orphelin; il a trente-deux ans, une réputation intacte, un nom justement considéré, une fortune sûre et assez considérable. Ma gentille enfant qui, en quittant le couvent, est venue vivre ici, près de moi, sous mes yeux, n'opposera certes jamais un refus aux désirs de son père. Seulement je prévois un obstacle, une difficulté peut-être insurmontable... Ma fille, vous le savez, est pauvre, tout à fait pauvre, je n'ai pas malheureusement de dot à lui donner.

— Bien, bien, — fit Michel Royan en secouant la tête d'un air qui disait clairement : Ceci est assez connu; pour causer sérieusement, passons à autre chose. — Et monsieur de Tourguenier, en se mariant voudrait toucher...

— J'ai causé hier matin, selon ses avis, de ces choses avec son notaire. Le moins que je pourrais donner, pour satisfaire mon futur gendre, ce serait une somme de quarante mille francs, le jour de la signature du contrat, ou, tout au moins, une rente de deux mille francs dont le capital serait, après ma mort, garantie à ma fille... Là est pour moi, je ne vous le cache pas, monsieur, l'énorme difficulté, l'écueil fatal peut-être. Les Léouville d'autrefois, versant leur sang pour le pays, n'ont pas cherché à accroître leur fortune. Puis la Révolution, passant sur nous, nous a tout pris : notre petit trésor, nos têtes et nos terres. Il me reste bien peu de chose aujourd'hui, monsieur Michel Royan, et pourtant je voudrais assurer le sort, le bonheur de ma fille. Oh! vous la connaissez... n'est-ce pas qu'elle est belle? Que n'est-elle née deux siècles plus tôt! On l'eût admirée à Versailles, à côté des Mortemart et des Thianges, les étoiles de la cour. Eh bien, vous comprenez, je ne voudrais pas la voir languir, se flétrir peu à peu ici, dans ce petit coin, sans ami, sans soutien, sans famille. Je ne suis pas encore tout à fait vieux, c'est vrai. Mais je suis las, je me sens triste et je ne sais, monsieur, si je vivrai longtemps. Et quand la dernière heure devra venir, je croiserai les bras sans remords et je fermerai les yeux en paix, si je laisse du moins ma noble Hélène mariée.

— Fort bien; c'est tout naturel, — répliqua ici monsieur Michel Royan qui avait attentivement écouté, hochant la tête et tournant ses pouces, — mais mademoiselle Marie? Vous ne m'en parlez pas?

— Marie? Ma gentille, ma lutine, ma chère petite Minette! — reprit aussitôt le marquis, dont un rayon de bonheur pur illumina les yeux, et dont l'austère profil s'éclaira d'un bon sourire. — Oh! qui donc penserait à marier Marie? C'est une follette, une petite espiègle, une véritable enfant. Le calendrier lui donne bientôt ses dix-huit ans, c'est vrai, mais pour le sérieux et le réel, elle est encore si loin de cette âge! Et puis... je ne sais pas pourquoi,... je ne m'imagine pas du tout ma lutine mariée. Il me semble qu'après ma mort elle s'en ira tout droit, sans rien attendre, retrouver au couvent ses amies dévouées, ses autres mères, qui lui ont consacré, à elle, ma pauvre petite orpheline, tant de soins et de tendresse, tant de sollicitude et d'amour... Voilà pourquoi, — en ce moment surtout où je dois répondre à la demande de monsieur de Tourguenier, — je ne songe guère, je l'avoue, à la future dot de Marie, et...

— Et après tout, qui sait, pourtant? — interrompit monsieur Michel, dont le regard, jusque-là vague et froidement indécis, s'éclaira tout à coup d'une lueur mystérieuse. — Mademoiselle Marie est charmante en tous points, mignonne, gracieuse, attrayante, et avec cela noble et digne autant que peut l'être, monsieur, une jeune fille de grande maison. Et je m'y connais bien, allez, quoique je n'aie jamais été qu'un pauvre notaire de campagne... Mais nous en parlerons plus tard. Si je vous comprends bien, il s'agit pour le moment...

— Il s'agit pour moi de trouver la somme nécessaire à la conclusion de ce mariage, — balbutia le marquis dont le front s'était baissé. »

ÉTIENNE MARCEL.

— La suite au prochain numéro. —

L'ESCAPADE

(Voir page 2.)

Enfin il arriva au bord de l'étang, et le premier objet qu'il aperçut fut le chapeau de paille d'Arthur, flottant sur l'eau.

A cette vue, le pauvre Tom fit un cri d'effroi, et se jetant dans l'eau se mit à parcourir la mare en tout sens, tremblant d'épouvante à l'idée qu'il allait y découvrir Arthur noyé. Tout en cherchant parmi les roseaux, il appelait au secours.

Deux paysans qui moissonnaient un petit champ à peu de distance accoururent et l'aidèrent, en essayant de le rassurer.

« L'eau est trop peu profonde pour qu'un enfant de sept ans ait pu s'y noyer, disaient-ils. »

Mais Tom continuait de fouiller l'étang en se désespérant, lorsqu'un garçon d'une douzaine d'années, assez mal vêtu, les cheveux rouges et l'air stupide, parut sur le pont et s'arrêta tout ébahi.

« Que faites-vous donc là, Jenkins? demanda-t-il à l'un des paysans.

— Nous cherchons le corps d'un noyé, dit Jenkins, du moins à ce que dit ce brave domestique qui pleure là-bas; mais pour moi je ne crois pas possible qu'un accident pareil ait pu arriver ici.

— Dame, fit le jeune garçon, ça dépend. Est-ce un tout petit enfant que l'on cherche?

— Non; le domestique dit que c'est M. Arthur Lesly, qui a sept ans.

— M. Arthur? Oh! il n'est pas noyé du tout. Il est chez sa nourrice et mange des tartines de confiture en ce moment et de fort bon appétit, j'en réponds!

— Ohé! là-bas, cria Jenkins à ses compagnons, écoutez donc ce que dit le berger. »

Tom revint vers le pont, et, aussitôt rassuré, se mit en grande colère.

« Le méchant enfant! s'écria-t-il, faut-il avoir mauvais cœur! Il a jeté son chapeau dans l'étang pour me faire peur, bien sûr. Ah! je le ferai punir comme il faut! Je vais chercher son précepteur. Viens avec moi, mon garçon. Je vous remercie, mes amis; on vous récompensera de vos peines. »

Et il s'éloigna furieux, et tout trempé d'eau bourbeuse.

En arrivant, il se hâta de changer de vêtements, et, suivi du berger, monta chez le précepteur. Mais celui-ci, croyant son élève dans le parc, était sorti sans dire où il allait, et Tom repartit immédiatement pour se rendre chez la nourrice, tandis que le berger retournait à ses moutons.

Arthur avait fini de goûter, et il serait volontiers sorti de la maison d'Hannah, s'il eût été bien vêtu; mais les habits de John, beaucoup trop larges et trop longs pour lui, le gênaient étrangement.

Il s'approcha de la fenêtre pour regarder si sa nourrice ne revenait pas des champs, et tressaillit en apercevant le précepteur qui s'avançait vers la maison, la canne à la main. Le premier mouvement d'Arthur fut de se reculer, mais il avait déjà été aperçu; seulement, M. Langton, qui était fort myope et croyait Arthur bien loin de là, crut en apercevant une tête blonde avoir affaire à Dina, et lui dit :

« Votre mère est-elle là, petite?

— Non, monsieur, elle fait la moisson avec papa, répondit du fond de la chambre la petite fille; et courant vers sa grand'mère, elle lui dit :

— Bonne maman, voilà le précepteur. Venez vite, qu'il ne gronde pas Arthur.

— Vous direz à votre maman que M. Arthur est en pénitence, continua M. Langton, et qu'il ne faut pas venir le voir demain. J'en suis fâché pour vous, ma petite Dina, mais comme dédommagement je vous enverrai des gâteaux. Je voudrais bien que votre frère de lait fût aussi sage que vous. »

Arthur, tout confus, s'était éloigné de la fenêtre, et la bonne maman, prenant sa place, remercia M. Langton et essaya d'intercéder pour le coupable.

« Je vous en prie, monsieur, dit-elle, pardonnez-lui. Il est assez puni comme cela. Il l'a échappé belle, savez-vous? L'étang, par bonheur, est presque à sec en cette saison.

— L'étang? que voulez-vous dire, mistress Morris? La pièce d'eau n'est point à sec du tout, et M. Arthur y pêche à la ligne en ce moment sous la garde de Tom.

— Belle garde, en vérité, monsieur, Tom s'est en-

Dina, courant vers sa grand'mère, lui dit : Bonne maman, voilà le précepteur..... (P. 24).

dormi, et l'enfant s'est échappé. Le berger ne vous a donc rien dit?

— Quel berger? s'écria M. Langton impatienté. Je n'ai vu personne, j'arrive du château.

Au moment même Tom parut sur le chemin, et s'arrêta, confus, en apercevant M. Langton.

— Il sait tout, je vais être grondé, se dit Tom, et il resta immobile sa casquette à la main.

— Tom, s'écria M. Langton, que venez-vous faire ici ? Où est M. Arthur ? »

Tom, tremblant de crainte et de colère à la fois, raconta l'équipée du petit garçon, et M. Langton, entrant dans la maison, dit à mistress Morris de lui amener le fugitif; mais Arthur avait disparu.

« Va le chercher, Dina, fit la bonne femme. Pardonnez-moi, monsieur, si je n'y vais pas moi-même, je marche difficilement. Asseyez-vous, je vous prie; il va venir. Oh! ne le grondez pas; il est si gentil! Voyez-vous, ce qu'il a fait, c'est parce qu'il aime sa nourrice et sa sœur de lait, ce cher bijou.

— C'est un paresseux, un désobéissant, un mauvais sujet! grommela le précepteur en s'asseyant et ôtant sa perruque pour s'essuyer le front. Pensez donc! s'il s'était noyé, que m'aurait dit milord? Il faut qu'il soit sévèrement puni. Je ne puis le fouetter, milady ne le veut pas, mais j'ai permission de milord de le mettre au pain sec et au cachot; et il ira, le petit garnement.

— Au cachot, miséricorde! monsieur. Il n'ira point, ce serait le tuer; un enfant si délicat! Puisqu'il en est ainsi, je ne le laisserai pas partir. »

Et la bonne femme toute tremblante se dirigea clopin-clopant vers la porte, dans l'intention de crier à Dina de ne plus chercher Arthur, mais Dina entrait par l'autre porte.

« M. Arthur n'est plus dans les chambres, dit-elle, ni au grenier, ni au jardin, bonne maman. J'ai cherché partout. Il est peut-être retourné au château.

— C'est fort probable, dit M. Langton. Eh bien, Tom, retournez-y bien vite; je vous suis. »

Et le docteur, remettant son chapeau, sortit et s'achemina vers le château d'un air fort mécontent, tandis que Tom le précédait, non moins disposé que lui à morigéner le jeune rebelle.

La grand'mère avait repris son rouet et filait tristement. Dina, assise à ses pieds, pleurait en silence.

« As-tu bien cherché, petite ? demanda a bonne maman.

— Oh! oui, grand'mère. J'ai cherché partout, le domestique aussi. Nous avons regardé jusque dans le poulailler. Mon pauvre cher Arthur! où est-il allé? J'ai bien peur que ce méchant M. Langton ne le fouette! »

Et la bonne petite fille se mit à sangloter.

Elle était assise près du pied du lit de sa grand'mère, lit ancien, qu'entouraient des rideaux de serge verte. Elle sentit qu'on tirait le bas de sa robe, et se retournant vit une petite main qui sortait de dessous le lit.

« Ne pleure pas, dit Arthur à demi voix, je suis là. N'en dis rien à ta grand'mère. Quand maman nourrice rentrera, je me montrerai, mais pas avant.

— Qui est-ce qui parle? fit la bonne maman; est-ce toi, Dina? Parle plus fort, ma petite. Que dis-tu?

— Je dis, grand'mère, que je voudrais bien que M. Arthur restât chez nous, au lieu de s'ennuyer avec ce vieux précepteur sévère et grognon.

— Tu as bien raison, Dina, dit Arthur tout bas. Mais j'ai grand'soif, va donc me chercher à boire, et prends bien garde qu'on ne me voie point. »

Dina sortit de la chambre, et alla chercher un verre d'eau fraîche à la source qui arrosait le petit jardin.

Quand elle revint, la bonne maman était allée dans la pièce voisine où séchaient les habits d'Arthur, et le petit garçon profitant de son absence sortait déjà de sa cachette.

« Allons au grenier, j'y serai mieux, dit-il, et nous pourrons nous amuser. »

Et les deux enfants montèrent, en courant, l'escalier, et prirent possession du grenier en riant de tout leur cœur.

Il y avait au grenier des cordes tendues pour sécher le linge.

« J'ai une bonne idée, dit Arthur. Prenons ces cordes, et faisons une balançoire. »

Agiles comme deux chats, ils se hissèrent sur de vieilles caisses, détachèrent les cordes, les rattachèrent en travers aux charpentes du toit, et un quart d'heure leur suffit pour établir une escarpolette dont le siège était fait d'un fond de panier rompu. Ils se mirent alors à se balancer à tour de rôle, sans plus songer à rien autre qu'à bien s'amuser.

La grand'mère, pendant ce temps, allait et venait au rez-de-chaussée, préparant le repas du soir, et elle commençait à s'étonner de ne pas voir Dina, lorsqu'un domestique à cheval, arrivant au grand trot, s'arrêta devant la maison et appela mistress Morris d'une voix si haute que les enfants l'entendirent.

« Qu'y a-t-il pour votre service, monsieur? fit la grand'mère en se mettant à la fenêtre.

— Savez-vous où est notre petit monsieur, mistress? On le cherche partout, M. Langton est au désespoir. Un courrier vient d'arriver. Milady sera au château dans une heure. Que va-t-elle dire en ne voyant pas son fils au logis?

— Maman arrive! cria le petit garçon. Oh! alors je veux bien rentrer chez nous. Viens, Dina!

Et descendant du grenier aussi gaiement qu'il y était monté, Arthur courut vers le piqueur de son père.

« Prenez-moi sur l'arçon de votre selle, Jack, dit-il, mettez Dina en croupe et partons!

— Y pensez-vous, monsieur Arthur? dit la grand'mère, vous ne pouvez vous montrer ainsi affublé! Attendez que je repasse vos habits.

— Vous ne seriez pas si pressé de rentrer, monsieur, dit Jack, si vous saviez la colère où est M. Langton. Il va vous punir, Dieu sait!

— Maman arrive, dit Arthur, cela seul lèvera toutes les punitions. En selle, et vite. »

Jack, se penchant, l'enleva comme une plume, l'installa en croupe et, débouclant son ceinturon, le fit passer dans celui de l'enfant, qu'il assujettit ainsi bien solidement.

« Au revoir, bonne maman nourrice, au revoir, Dina. Je serai bien sage, et je reviendrai vous voir avec maman. »

Le cheval partit au galop, et la grand'mère et la petite fille le suivirent des yeux.

« Bonne maman, fit Dina, croyez-vous qu'Arthur sera fouetté?

— Non, ma fillette, on lui pardonnera. Après tout, son escapade n'était pas grave, et il est encore trop petit pour être entre les mains des hommes. Milady, j'en suis sûre, donnera tort au précepteur. »

La bonne femme devinait juste. M. Langton, piqué, ne voulut pas continuer à s'occuper d'un enfant aussi étourdi qu'Arthur, et le petit garçon fut pourvu d'un autre précepteur qui sut le rendre sage en gagnant son affection. Lady Lesly fit mettre des garde-fous au pont de l'étang, et ne reprocha pas au vieux Tom de s'être endormi, le jugeant assez puni par la frayeur qu'il avait eue.

C'était bien peu de chose qu'une telle aventure, et pourtant elle avait laissé une impression si vive à Dina et à son frère de lait, qu'ils la racontaient encore cinquante ans plus tard, alors qu'Arthur Lesly était devenu un grand personnage à la Chambre des lords, et Dina une vénérable grand'mère entourée de deux douzaines d'enfants et petits-enfants; tant est gracieux et durable le charme qui s'attache aux moindres souvenirs du matin de la vie.

J. O. Lavergne.

FIN

ADRIEN VI, LE PRÉCEPTEUR DE CHARLES-QUINT
(1522-1523)

Adrien VI est un pape flamand d'une naissance obscure. Dans la série des Souverains Pontifes, il se place entre Léon X et Clément VII, deux Italiens de l'illustre famille des Médicis. Ce contraste fait ressortir avec éclat les traits austères de sa physionomie étrangère et c'est pour cela que son règne, si court qu'il soit, ne peut passer inaperçu dans l'histoire du XVIe siècle.

I

Il naquit à Utrecht le 1er mars 1459. On ne connaît pas bien la profession de son père Florin Boeyens : peut-être était-il tisserand ou brasseur. Ce qu'il y a de certain, c'est qu'il le perdit de bonne heure et qu'il n'en reçut qu'un bien maigre héritage. Sa mère, frappée de la précocité de ses aptitudes intellectuelles, lui fit apprendre le latin chez les hiéronymites à Delft, et de là il passa à l'université de Louvain qui n'avait encore qu'un demi-siècle d'existence, mais qui commençait déjà à être célèbre. Il suivit les leçons des maîtres ès-arts chargés d'enseigner la logique, la dialectique, la philosophie naturelle et la métaphysique. En deux ans, Adrien parcourut le cycle des études péripatéticiennes qu'il compléta en y ajoutant un cours de rhétorique et de morale. Il l'emporta tellement sur ses condisciples qu'au concours général il eut sans conteste le prix d'honneur et que ses maîtres voulurent le couronner avec un éclat inaccoutumé.

Ce succès le remplit d'ardeur. De la philosophie il se jeta dans les sciences théologiques et se mit à étudier l'Écriture Sainte, les Pères de l'Église, saint Augustin et saint Jérôme spécialement, les grands théologiens saint Thomas d'Aquin, Duns Scot et saint Bonaventure. Il embrassa en même temps le droit civil et le droit canon et se rendit familiers les auteurs alors les plus renommés : Balde, Bartholi, Alexandre et le Panormitain. Il avait l'esprit un peu lent, mais sûr, et il était doué d'une mémoire si facile et si tenace, qu'une fois qu'il avait su une chose, il ne l'oubliait pas.

Après dix ans de travail continu, il était docteur. On l'avait d'abord nommé professeur de philosophie. Il put dans les discussions subtiles de la dialectique se préparer à l'enseignement plus grave de la théologie qu'on ne tarda pas à lui confier. Il avait l'élocution facile, le geste sobre mais expressif, la figure digne et calme, et son argumentation était nette et précise. Son esprit méthodique allait toujours droit au but. Il dégageait les questions de tous les détails inutiles qui en rendaient la solution difficile et il arrivait à formuler son sentiment d'une manière aussi frappante que décisive. Son érudition aussi positive que variée ne lui faisait jamais défaut et son jugement était toujours si bien appuyé qu'on le citait comme une autorité. Ses leçons étaient suivies par des hommes éminents parmi lesquels nous citerons Érasme qui se glorifiait d'avoir été son élève. Il aurait pu se faire entendre sur un théâtre plus brillant, mais l'université de Louvain lui sut gré de sa fidélité en l'élevant à la première de ses dignités, au Rectorat.

II

Adrien se voyait au faîte des honneurs et il n'avait pas assez d'ambition pour désirer encore quelque chose. Il avait plus de fortune qu'il ne lui en fallait, puisque avec son superflu il avait la satisfaction de faire chaque jour de nombreuses aumônes; il vivait avec des savants qui avaient ses goûts et qui lui prodiguaient les témoignages de leur estime et de leur sympathie, lorsque la veuve de Charles le Téméraire, Marguerite d'Autriche, qui connaissait sa science et sa vertu, jeta les yeux sur lui pour en faire le précepteur de son neveu, Charles d'Autriche qui devait être Charles-Quint.

Cette tâche paraissait très ingrate. Le jeune prince avait de riches facultés, mais elles n'avaient point été cultivées. Ses précepteurs avaient été des courtisans plutôt que des maîtres et, aux prises avec une nature s violente et si dure, ils avaient mieux aimé satisfaire ses goûts que de les contrarier. Charles préférait les exercices du corps aux travaux de l'esprit, on l'avait laissé se livrer tout entier à l'équitation, à l'escrime, et à une foule d'autres arts qui avaient à cette époque plus d'importance qu'ils n'en ont aujourd'hui, mais qui n'ouvrent pas le cœur et l'intelligence aux sentiments généreux et aux idées élevées qu'on désire trouver dans ceux qui sont appelés à commander aux autres.

Adrien observa son élève et fit son plan. Il ne chercha pas à en faire un savant. On l'avait rebuté par l'aridité des méthodes et il n'était pas possible de l'appliquer à l'étude du latin et des langues vivantes. Ce fut seulement dans un âge plus avancé que Charles se mit à apprendre l'espagnol, l'italien et l'allemand, dont la connaissance lui était nécessaire pour se mettre en rapport avec les divers peuples dont se composait son empire.

Au lieu de le fatiguer par des études grammaticales qui étaient pour le moment incompatibles avec ses habitudes intellectuelles, Adrien résolut de l'instruire par la conversation plus que par les livres. Charles avait de l'intelligence ; son habile précepteur en profita pour lui donner une idée élevée de la mission qu'il avait à remplir. Il lui parlait des devoirs des souverains avec toute l'autorité de la science et de la vertu et il l'initiait peu à peu aux grands préceptes de la morale évangélique, l'habituant à juger de haut les événements à mesure qu'ils se présentaient. Le jeune prince s'était joué de ses autres précepteurs ; mais Adrien prit sur lui un tel empire qu'il ne faisait rien sans le consulter. Sous une direction aussi intelligente, il fit de rapides progrès, mais il aimait à en faire hommage à son maître. « C'est à lui, disait-il souvent, que je suis redevable du peu de lettres et du peu de bonnes mœurs que Dieu m'a données. »

Charles ne voyait pas seulement dans son précepteur un théologien profond, un philosophe d'élite, un savant de premier ordre, mais il était persuadé qu'il connaissait les hommes aussi bien que les livres et il lui donna pour ce motif entrée dans son conseil. Le fils d'un pauvre artisan d'Utrecht siégea à côté du marquis de Chièvres, du grand chevalier Jehan le Sauvage, de Henri de Nassau et de plusieurs autres grands seigneurs, et c'était souvent son avis qui l'emportait.

III

On avait en Flandre de grandes préoccupations au sujet de toutes les couronnes que portait Ferdinand le Catholique en Espagne. Ce monarque était maître de la plus grande partie de la péninsule et ses possessions s'accroissaient tous les jours dans le Nouveau-Monde que l'on venait de découvrir. Il était vieux et l'on se demandait avec anxiété à qui il laisserait tous ses États. Naturellement ils revenaient à Charles d'Autriche, mais Ferdinand était très prévenu contre lui. Il le croyait plus Flamand qu'Espagnol par son éducation et sa naissance et, ce qui l'indisposait encore davantage, il lui supposait quelque attachement pour la France. Il était donc porté à lui préférer son jeune frère le duc Fernando, qu'il avait élevé lui-même et qui lui inspirait plus de confiance et de sympathie.

Charles d'Autriche envoya son précepteur au delà des Pyrénées pour plaider sa cause près du vieux roi. Il ne pouvait confier cette délicate mission à un envoyé plus dévoué, mais on dut craindre qu'il n'y eût pas dans un docteur en théologie l'étoffe d'un diplomate. Cependant Adrien justifia le choix de son élève. Il sut, par sa franchise et sa droiture, gagner l'estime et la confiance de Ferdinand et il fut assez heureux pour dissiper ses préventions et le décider à désigner pour son successeur Charles d'Autriche qui avait par sa naissance le plus de droits à son héritage.

Ferdinand le Catholique étant mort peu de temps après, la régence fut dévolue au cardinal Ximénès, qui fut sans contredit l'homme le plus distingué de son siècle. Adrien placé à côté de lui n'était pas assurément assez fort pour contrebalancer son influence et son crédit. Mais il sut se concilier l'estime du cardinal qui admirait son savoir et se plaisait à l'initier à l'art si difficile de l'administration et du gouvernement. Il mit à profit l'expérience de l'ancien recteur de Louvain dans sa fondation de l'université d'Alcala, et contribua à son élévation en le faisant nommer successivement évêque de Tortose, grand inquisiteur pour la province de l'Aragon, et cardinal.

Ce n'était pas tout, Ximénès étant mort au moment où Charles-Quint venait prendre possession de la Castille et de tous ses États en Espagne, ce prince donna toute sa confiance à Adrien. Malheureusement il ne suivit pas toujours ses bons conseils. Ayant besoin d'argent pour son couronnement, il préleva sur ses nouvelles provinces des taxes arbitraires, et provoqua un mécontentement général en violant les libertés de la Castille et de l'Aragon.

Il s'éloigna au moment où l'orage devint le plus menaçant. En partant pour les Pays-Bas, il laissa au cardinal de Tortose le titre de vice-roi et s'en alla célébrer les fêtes brillantes qu'on lui préparait comme empereur.

Derrière lui un soulèvement universel éclata. Adrien, qui n'était qu'un étranger au milieu de ce peuple irrité, ne put commander comme l'aurait fait le cardinal Ximénès. Il dut temporiser et dans un moment la solitude se fit si profonde autour de lui qu'il se vit réduit à la plus fâcheuse extrémité. Il reçut alors de Léon X une lettre qui renfermait ces encourageantes paroles : « Quelle que soit l'issue de la lutte, lui écrivait le pontife, vous jouirez certainement et universellement d'une renommée vraie et durable de probité, de prudence et de modération parmi ces peuples qui sont pénétrés de respect et d'amour pour vous. »

Ce précieux témoignage centupla les forces d'Adrien. Il resta calme au milieu de la tempête et peu à peu les esprits s'adoucirent, l'ordre se rétablit, son autorité fut acclamée et le prestige de sa vertu le fit triompher des difficultés que lui avaient suscitées la maladresse et la cupidité de Charles-Quint.

IV

Loin de se prévaloir de sa victoire pour obtenir du roi de nouvelles faveurs, Adrien ne songeait qu'à quitter sa vice-royauté d'Espagne pour se retirer à Utrecht et y passer tranquillement le reste de ses jours. Il avait écrit à un de ses amis pour le charger de lui faire bâtir, non pas un palais, mais une modeste maison où il pût offrir l'hospitalité à un ou deux de ses anciens condisciples et achever là sa vie dans les douceurs de la retraite.

La maison était bâtie et chaque jour il brisait quelques-uns des liens qui le retenaient à l'étranger. Déjà il lui semblait entrevoir l'heure de la délivrance, lorsqu'au fond de la Biscaye, dans la petite ville de Vittoria où il résidait, il reçut au milieu de l'hiver un message extraordinaire. L'homme qui l'apportait s'était jeté à ses genoux en disant : *Saint-Père! Saint-Père!* Adrien tout stupéfait lui demanda où était le Souverain Pontife. — « Le Pape, lui dit l'envoyé, c'est vous et il n'y en a pas d'autre. » Et il lui remit une lettre de l'évêque de Girone qui lui écrivait qu'après la mort de Léon X, les cardinaux réunis en conclave l'avaient élu à sa place. — « Si la chose est vraie, dit Adrien profondément ému, je suis bien à plaindre. »

On était dans la période la plus critique de la mauvaise saison. La neige encombrait les chemins, toutes les communications étaient interrompues. On fut six semaines sans recevoir la notification officielle de l'élection. Les malveillants et les jaloux faisaient déjà courir le bruit que le cardinal de Tortose avait été dupe d'une sotte mystification. On attribuait cette mauvaise plaisanterie à François Ier qui avait voulu se jouer de Charles-Quint, son rival, en lui faisant fonder de vains calculs sur la prétendue promotion de son ancien précepteur à la papauté. Mais une lettre du Sacré Collège vint mettre fin à toutes ces suppositions et à tous ces doutes.

Adrien avait été canoniquement élu et le vice-roi d'Espagne succédait à Léon X. Après la mort de ce Pontife, les cardinaux s'étaient réunis en conclave, le 27 décembre 1521. Le roi d'Angleterre, Henri VIII, avait désiré la tiare pour le cardinal de Volsey, son ministre. Ce candidat était aussi celui de Charles-Quint. N'ayant pu lui obtenir la majorité des suffrages, ces deux princes avaient reporté leur influence sur Jules de Médicis, le cousin de Léon X ; mais ils n'avaient pas été plus heureux. François Ier ne voulait naturellement ni de l'un ni de l'autre, et les suffrages étaient si divisés qu'on désespérait d'aboutir, lorsque Jules de Médicis eut l'idée de proposer un candidat, à qui personne n'avait même pensé, le cardinal de Tortose. Les cardinaux savaient qu'il avait une grande réputation de science, de vertu et de connaissance des affaires, et que Léon X en faisait le plus grand cas. Ils se rallièrent à ce nom et le proclamèrent le 9 janvier 1522.

Adrien était effrayé du fardeau que ses collègues venaient de lui mettre sur les épaules. Jamais le chef de l'Église ne s'était vu dans une position plus difficile. La peste était à Rome et les États du Pape étaient en proie à la rapacité d'une foule de petits seigneurs qui les mettaient en lambeaux. La rivalité sanglante de François Ier et de Charles-Quint embrasait toute l'Europe pendant que les armées victorieuses de Soliman désolaient l'Autriche et la Hongrie et s'emparaient de l'île de Rhodes, un des derniers boulevards de la chrétienté. Luther venait de soulever une partie de l'Allemagne et cette hérésie nouvelle allait enlever à l'Église une foule de ses membres.

Adrien trembla à la vue de la responsabilité immense qui allait peser sur lui. Mais en réfléchissant à la manière dont son élection s'était faite, il reconnut que les puissants de la terre n'y étaient pour rien, et que Charles-Quint, son élève, y avait été aussi étranger que les autres souverains. Il crut que c'était la manifestation de la volonté de Dieu et il s'y soumit.

V

Adrien quitta l'Espagne le 19 juillet, et, après une traversée de 22 jours, il débarquait à Ostie. C'était l'époque de l'année où la malaria chasse de cette petite ville presque tous ses habitants. Le Pontife se rendit avec une faible escorte à Saint-Paul hors les Murs. Comme la peste était à Rome, les cardinaux lui proposèrent de se faire couronner dans cette basilique. Mais il préféra suivre l'ancien usage, et le 31 août il recevait la tiare des mains du cardinal-diacre Cornaro devant les portes de Saint-Pierre.

Il y avait de grandes réformes à faire dans l'Église. Jules II et Léon X avaient déjà attaqué de nombreux abus dans leur concile de Latran, mais la besogne était loin d'être terminée. Adrien crut qu'il devait l'exemple et qu'il fallait commencer par sa maison. Le fils d'un artisan d'Utrecht n'avait pas été élevé dans le luxe et la magnificence qu'on étalait à la cour des Médicis. Il n'avait que faire de toute cette pompe extérieure qui rayonnait autour de Léon X.

Il renvoya donc la plus grande partie des domestiques qui encombraient son palais. Sur cent palefreniers qui étaient au service de son prédécesseur, on eut de la peine à lui en faire conserver une douzaine. Il ne voulait sur sa table que les mets les plus simples et les plus communs. Il donnait à son maître d'hôtel un ducat par jour pour l'entretien de sa personne ; il le lui remettait tous les soirs pour les dépenses du lendemain et n'admettait pas qu'on lui présentât une note quelconque.

Ses fournisseurs se plaignaient et l'accusaient d'avarice. Mais sa réponse à ses détracteurs fut la foule des pauvres qu'il soulageait, la multitude des églises abandonnées qu'il entretenait, les dettes de l'État qu'il avait payées et sa caisse qu'on trouva vide le jour de sa mort.

Il eut plus à souffrir des poètes et des humanistes qui lui reprochèrent d'être un barbare, un ennemi des arts et des lettres. Leur sarcasmes font encore loi près de beaucoup d'historiens qui répètent après Paul Jove la même accusation.

Nous avouerons sans peine qu'Adrien ne comprit rien à cette renaissance du génie et de l'art païens dont on s'était engoué à Rome. Le Laocoon, l'Apollon et les autres statues que l'on découvrait alors n'étaient pour lui que des idoles et il regardait comme un danger l'enthousiasme des Bembo et des Sadolet pour l'art ancien. Leur culte pour Virgile et Cicéron lui paraissait au moins un anachronisme bizarre. Mais cet homme qui avait passé toute sa vie sur les livres ne pouvait proscrire la science et éloigner les savants.

Au contraire, il aurait voulu voir tous les écrivains unir leurs efforts contre l'hérésie pour l'écraser par la force et la splendeur de leurs raisonnements. Ce qui l'indignait contre l'afféterie du style byzantin, c'était de voir des littérateurs distingués passer leur temps à aligner des vers, et à arrondir des périodes pendant que l'éloquence impétueuse des novateurs pervertissait les masses et les détachait de l'Église. « Vous avez, écrivait-il à Érasme, une merveilleuse intelligence, une richesse d'érudition inépuisable, une facilité d'élocution que personne n'égale, servez-vous donc de tous ces dons pour la défense de la foi. Imitez le zèle de Jérôme, votre auteur favori, d'Augustin et des autres Pères; confondez, réfutez et extirpez ces déplorables erreurs et vous acquerrez une gloire incomparable. »

Léon X avait frappé Luther; mais l'électeur de Saxe avait reçu l'hérésiarque dans son château de la Wartbourg et de là il avait continué à lancer ses pamphlets incendiaires dans toute l'Allemagne. Adrien VI envoya son nonce, Francesco Chérégato, évêque de Téramo à la diète de Nuremberg. Il s'était montré très large dans ses instructions et n'avait pas craint de confesser publiquement les fautes de Rome elle-même. « Nous savons, disait-il, qu'il y a eu des excès, des abus fâcheux dans l'ordre des choses spirituelles, la transgression des pouvoirs, des exemples déplorables ont quelquefois compromis l'honneur du Saint-Siège ; nous le savons, et nous ne laisserons pas les scandales impunis. »

La générosité du légat échoua néanmoins devant l'obstination des princes allemands. On reconnut de part et d'autre la nécessité d'un concile général, et Adrien VI en prépara la convocation.

La sagesse de sa politique lui avait permis de rétablir l'ordre et la tranquillité dans les États de l'Église et en Italie. Charles-Quint avait espéré à son avènement en faire l'homme de son parti; mais Adrien avait dû lui faire comprendre que le Souverain Pontife est le père commun de tous les rois et de tous les peuples et il avait été assez habile pour ne pas blesser la susceptibilité de François Ier, sans donner à Charles-Quint aucun sujet de plainte. Cette admirable impartialité avait amené un certain rapprochement entre ces deux rivaux; une trêve allait être conclue, et Adrien VI espérait en profiter pour attaquer tout à la fois l'islamisme et l'hérésie et faire au dedans de l'Église les réformes qu'il jugeait nécessaires.

On se croyait au début d'une nouvelle ère, lorsque ce digne Pontife fut arrêté par la maladie qui devait mettre fin à sa carrière. Il en ressentit les premières atteintes le 5 août dans la basilique Libérienne où il célébrait avec pompe la fête de Sainte-Marie-aux-Neiges. En vain les médecins italiens s'unirent aux médecins espagnols pour conjurer le mal; après quelques semaines de souffrances, le 14 septembre 1523, Adrien succomba.

Les pauvres le pleurèrent et les hommes intelligents regardèrent sa mort comme un malheur. Si un pareil homme, dit Érasme, avait seulement régné dix ans, il aurait épargné à l'Église bien des maux et à l'Europe de cruelles épreuves.

P. Lanty.

MARGA

Ami lecteur, en vous annonçant la mise en vente de la septième édition de *Marga*, il me revient à la mémoire un passage consacré à l'auteur, mademoiselle Zénaïde Fleuriot, par un célèbre critique, M. A de Pontmartin, dans ses belles études littéraires (1). Le voici.

..... Et maintenant, permettez-moi de vous associer à mes respectueuses sympathies pour ces conteurs qui nous offrent, eux aussi, des modèles d'abnégation ; assez spirituels pour savoir à quel prix s'obtiennent les succès d'argent et de tapage, ils se placent résolument à l'extrémité contraire, s'y font les volontaires, j'allais dire les martyrs de la vertu, et réussissent à nous émouvoir en réduisant des trois quarts les ressorts ordinaires de la fiction romanesque. Lorsque Paganini, après nous avoir éblouis des prodiges de sa virtuosité fantastique, se mettait à jouer la *Prière de Moïse* sur la quatrième corde et brisait devant nous les trois autres, nous disions : « C'est beaucoup plus beau, car c'est beaucoup plus difficile ! » Eh bien, c'est avec la quatrième corde que Mlle Zénaïde Fleuriot nous donne ses intéressantes et charmantes histoires *Aigle et Colombe, Sans beauté, Réséda, Ce pauvre Vieux, Marga.*

Parmi les nombreux récits de Mlle Zénaïde Fleuriot, je choisirai *Marga*, suite de *Ce pauvre Vieux*, mais assez indépendante pour faire, à elle seule, son chemin. Ce pauvre vieux, c'est M. Blouan, un savant dont on s'est moqué, qu'on a traité de visionnaire et de radoteur, parce que, frappant du pied la lande déserte et stérile, il disait : « Il y a là une mine de plomb qui peut devenir une mine d'or ! » La mine a été trouvé, l'industrie est

1. *Nouveaux Samedis*, neuvième Série. in-12, p. 337.

venue au secours de la science : on a construit une usine; les produits sont magnifiques, et il en résulte que Marguerite ou Marga de Prévaneau, sa petite-fille, sera une très riche héritière ; ce qui ne gâte rien aux perfections de son âme angélique et aux grâces de sa figure. Cette richesse date d'hier, et Marguerite voudrait que le secret en fût gardé, au moins pendant la saison qu'elle va passer à Vichy avec son grand-père. Les voilà partis. Mais le moyen de garder un secret lorsqu'on a un père comme M. de Prévaneau, l'enfant terrible de la famille, vieux beau, égoïste, frivole, et bavard enchanté d'apprendre aux échos du puits Chomel et de la source Lardy, que sa fille sera millionnaire ! Helas ! C'est de cette première indiscrétion paternelle que va dépendre l'avenir de Marguerite. Elle rencontre à Vichy son jeune parent, le brillant Robert de Nédonville, qui jusqu'alors l'avait à peine remarquée et qui tout à coup lui prodigue les plus tendres empressements. Sait-il ou ignore-t-il le changement de fortune que la jeune fille voudrait cacher à tout le monde afin d'être aimée pour elle-même? Faut-il attribuer sa nouvelle attitude à toutes ces qualités charmantes qui pourraient se passer de dot, ou à cette richesse de fraîche date qui pourrait se passer de beauté ? Question délicate qui contient en germe tout le roman.

Autour de ces deux personnages, l'auteur a très heureusement groupé d'amusantes figures, d'excellentes caricatures, de piquantes esquisses de la vie mondaine, études qui semblent faites d'après nature et qui s'accordent fort bien avec le ton général du récit.....

A. DE PONTMARTIN.

CHRONIQUE

Le soleil de mars qui fait fleurir les violettes et s'épanouir les giroflées jaunes ne va point sans le vent de mars, et il faut bien admettre, si l'on veut être juste, que le vent de mars ait aussi, lui, ses petits amusements. Il harcèle les robes et les violettes au passage des ponts ; il se fait un ingénieux plaisir d'emporter les chapeaux dans la boue et de retourner les parapluies, ce qui les transforme en grandes coupes, comme s'ils étaient destinés à recueillir précieusement l'eau du ciel et non point à la repousser.

Mais il ne faut calomnier personne, et, malgré tous ses méfaits, le vent de mars mérite qu'on dise un peu de bien de lui ; il est bon diable au fond, et quand je prête l'oreille aux grognements qu'il fait entendre par le haut de ma cheminée, il me semble qu'il plaide lui-même sa cause avec une certaine éloquence.

« Hou! hou! hou!.. C'est vrai, je fais périr maint bateau, j'enlève les ardoises, je renverse les cheminées, j'arrache les arbres... Hou ! hou ! hou !.. Mais, au fond, je fais bien plaisir aux couvreurs, aux fumistes, aux vitriers... Hou ! hou ! hou ! — sans compter les marchands de petits moulins, dont l'industrie n'existerait pas sans moi. »

Et je l'entends qui s'éloigne en poussant encore un dernier hou ! hou ! hou ! — soupir de la conscience satisfaite.

Quand revient le vent qui souffle périodiquement au temps de la Passion et de la semaine sainte, avec lu reviennent aussi les marchands de petits moulins de papier : ils parcourent les rues en psalmodiant une sorte de chanson bien connue : *Petits enfants, — tapez des pieds, grincez des dents, — faites enrager vos parents, — vous aurez des moulins à vent !*

Les petits moulins de papier me plaisent assez ; leurs ailes bleues, vertes, roses ou jaunes, leur donnent assez l'air de grands papillons accourus pour faire fête à leur seigneur et maître, le Roi Printemps, qui viendra demain sur son char enguirlandé de fleurs. Mais j'aime moins (je l'avoue) le conseil perfide que la chanson du marchand de moulins donne aux petits enfants : *Tapez des pieds, grincez, des dents, faites enrager vos parents...* C'est tout à fait immoral ; et, pour ma part, je ne saurais trop engager les papas et les mamans victimes d'une aussi noire conspiration à remplacer le petit moulin à vent par les moulinets d'un bon et solide martinet : que messieurs les bébés se tiennent pour avertis !

Mais les papas et les mamans regardent trop volontiers les pleurs et les cris comme des giboulées passagères, qui ne tirent point à conséquence et qu'ils peuvent faire disparaître en ramenant un rayon de soleil, c'est-à-dire un sourire sur le visage assombri de leurs petits tyrans ; — et voilà comme, finalement, c'est le marchand de petits moulins qui se trouve avoir gain de cause.

* * *

M. le marquis Tseng, ambassadeur de la Chine près de la République française, vient d'être nommé commandeur de la Légion d'honneur : plusieurs de ses attachés de légation ont reçu la croix de chevalier, et l'on annonce que, par contre-coup, M. Grévy va recevoir le titre et les insignes de mandarin de première classe.

A ne juger que sur les apparences, tout cela semble être, de part et d'autre, le comble de la courtoisie ; mais, au fond, je ne serais pas surpris que M. le marquis Tseng ne soit furieux et qu'il n'ait entendu jouer un méchant tour à M. le président de la République française.

Une croix de commandeur pour un diplomate venu de l'extrême Orient, c'est un peu mince : le grand cordon ou tout au moins la plaque de grand-officier suffirait tout juste pour satisfaire le représentant du Fils du Ciel, du Cousin du Soleil, que son maître — illustre entre les illustres, — a daigné envoyer des bords du fleuve Jaune pour faire une petite visite de bienveillance aux barbares des rives de la Seine.

Et là-dessus, — (notez bien que je n'entends rien affirmer) — voilà un ambassadeur qui regarde le Président de l'œil torve d'un chien de faïence, — famille verte; ou d'un dragon de faïence également, — famille bleue; et le voilà qui télégraphie par le plus prochain courrier :

« Paris-Pékin, *vià* Suez.

« Envoyez à grand ami brevet mandarin. — Toque à boutons de corail. — Deux plumes de paon. — Joindre robe cérémonie : dragon dans le dos, soie et or. — Escarpins en bois de santal. — Pas oublier petite calotte soie bleue et queue de cheveux ébène, longueur d'occiput à talons. »

Le diplomate finaud se demande comment M. Grévy s'y prendra — ne fût-ce qu'aux jours où il recevra l'ambassade chinoise — pour arborer le costume de sa nouvelle dignité.

Mais M. Grévy, qui est Franc-Comtois, c'est-à-dire finaud aussi, ne se laissera pas jouer pour si peu. Je me figure qu'il recevra tout simplement le représentant du Céleste-Empire avec la modeste redingote noire que nous lui voyons dans son portrait peint par Bonnat; et que, le prenant par le bras, il le conduira dans le jardin de l'Élysée vers les bassins où nagent ses volatiles favoris, en lui disant amicalement :

« Mon cher ambassadeur, venez donc voir mes canards.... mandarins. »

Non, le *mandarinat* ne passera jamais parmi nous pour autre chose qu'une mauvaise plaisanterie; — et la Chine le sait si bien elle-même, qu'elle tient déjà à la disposition de nos amours-propres européens d'autres moyens de séduction.

La toque à boutons de corail, de jade ou de cristal, la longue queue de cheveux d'un mètre de longueur vous font lever les épaules, et vous n'admirez les plumes de paon que sur la tête des Chinois de paravent; — mais seriez-vous aussi dédaigneux si le *Journal officiel* de Pékin vous nommait chevalier de l'Ordre du Bouton d'Or ou de l'Ordre du Mérite?

Il y a donc des ordres de chevalerie en Chine?...... Parbleu! Où n'y en a-t-il pas? Quand nos soldats firent l'expédition de Pékin en 1861, ils s'aperçurent que les Chinois militaires et civils n'étaient ni plus ni moins décorés que les Français eux-mêmes.

L'occasion était trop belle pour qu'on n'en profitât pas, et quelques-uns des membres de l'expédition ne dédaignèrent point de se réconcilier avec l'ennemi qu'ils avaient battu, en acceptant les rubans de ses ordres; ils lui devaient bien cette condescendance pour fiche de consolation!

Les décorations chinoises n'ont encore guère fait leur apparition à la boutonnière de nos habits noirs parisiens; — mais patience! cela ne tardera pas. Qui pourrait, de bonne grâce, bouder contre une marque de sympathie donnée au rapprochement des peuples d'un bout du monde à l'autre?

L'ordre du Mérite de Chine me paraît appelé à un succès prodigieux, surtout si le Céleste-Empire, comprenant bien ses intérêts, a le bon esprit de le donner aux dames : c'est à elles qu'il devrait appartenir de droit, car c'est plutôt une parure qu'une décoration.

L'insigne se compose d'une chaînette en or, mêlée de perles, et formant une sorte de gland comme le gland de soie qu'on porte au capuchon des *sorties de bal;* cela se suspend au cou : c'est d'un effet charmant.

L'autre ordre chinois, — l'ordre du Bouton d'Or, — est une médaille d'argent représentant deux dragons. Cette médaille est percée au milieu d'un trou carré comme les monnaies de la Chine; elle est suspendue à un ruban jaune, reproduisant exactement le beau jaune éclatant du bouton d'or.

« Ce nom-là n'est-il point risible? Se peut-il que l'on soit décoré du bouton d'or? »

Eh! Français, mes concitoyens, demandez-vous d'abord combien d'entre vous sont décorés de l'œillet rouge?...

Oui, vous savez bien, l'œillet rouge : il y a longtemps qu'Alphonse Karr a signalé cette petite manie. Dans les beaux jours d'été, quand les fleurs sont dans tout leur épanouissement, faites attention : vous serez étonné du nombre de gens qui ont un faible pour l'œillet rouge, dont ils ont soin, d'ailleurs, de ne laisser passer qu'une faible partie à la fente de la boutonnière.

Et pourquoi cela?... Oh! pour deux raisons : la première, à cause de ce que l'œillet rouge représente; la seconde, à cause de ce qu'ils sont eux-mêmes.

Alphonse Karr — j'en demande mille pardons aux amateurs de l'œillet rouge — explique crûment la chose :

« A dix pas on croit voir un chevalier de la Légion d'honneur; à deux pas on est certain qu'on voit un sot. »

Nous avons encore mieux que cela maintenant : ce sont les faux officiers d'Académie qui glissent à leur habit une imperceptible violette... Cela est un comble!

Et nous ririons du bouton d'or! Et nous douterions que le bouton d'or puisse s'implanter parmi nous! Ah! Français! Français! nous-nous connaissons donc bien mal!

ARGUS.

Abonnement, du 1er avril ou du 1er octobre; pour la France : un an 10 fr.; 6 mois 6 fr.; le n° au bureau, 20 c.; par la poste, 25 c.
Les volumes commencent le 1er avril. — LA SEMAINE DES FAMILLES paraît tous les samedis.

VICTOR LECOFFRE, ÉDITEUR, RUE BONAPARTE, 90, A PARIS. — Imp. de la Soc. de Typ. - J. Mersch, 8, r. Campagne-Première Paris.

Diogène.

DIOGÈNE

Le philosophe s'est arrêté pour boire à une source qui s'échappe d'un rocher ombragé par de grands arbres. Il tenait à la main une écuelle, mais il l'a jetée en voyant un jeune paysan accroupi boire dans le creux de sa main. Ces deux figures sont placées au premier plan, au bord du fleuve. Sur ses rives verdoyantes sont groupés, çà et là, des promeneurs, des pêcheurs et des philosophes qui dissertent avec leurs disciples. Le vaste paysage où se meuvent toutes ces figures est un des plus beaux qu'ait peints le Poussin. « Quelle douce lumière, dit un critique d'art, et comme on respire agréablement dans ce tableau ! Les terrasses, les pierres, les troncs raboteux, la branche renversée dans la mare, l'inégalité du gazon, les plantes grimpantes, tout est rendu avec précision ; si le soleil frappe des tertres éloignés, le peintre les traite grassement, de manière à tenir compte de l'air interposé ; mais ce n'est pas la dégradation des plans que j'admire le plus, ni l'élégance des édifices athéniens qu'on voit au loin parmi la verdure ; ce qui me touche, c'est la tranquillité majestueuse de ces Champs-Élysées, digne patrie des philosophes, délicieuse nature où l'air est tiède, où la vie est facile. Çà et là, j'aperçois des maisons perdues comme le poète les aime : *hoc erat in votis;* des maisons de Socrate enveloppées d'arbres ou se baignant dans le fleuve, et qu'on voudrait voir pleines d'amis. »

C'est très bien dit, mais ces lignes refont le tableau du Poussin ou l'idéalisent plutôt qu'elles ne le décrivent, et, quant au souhait final, qui ressemble fort au rêve d'un homme de bien, le critique a-t-il donc oublié cette boutade d'Aristote à ses disciples : « Mes amis, il n'y a point d'amis. » Quoi qu'il en soit et malgré toute l'admiration que l'on doit professer pour un artiste et un penseur tel que le Poussin, le paysage et le sujet de *Diogène* nous plaisent moins que ceux des *Bergers d'Arcadie*.

Ce n'est pas là seulement une simple question de préférence irréfléchie ou de sympathie irraisonnée, non. Il ne nous semble pas que le paysage doive tenir une si grande place dans un sujet historique. Or, ici, c'est l'épisode de la vie de Diogène qui doit, avant tout, s'emparer de l'attention du spectateur. La moralité de ce trait, c'est que l'homme qui a la prétention d'être un sage détaché des biens et des besoins, même les plus simples de ce monde, ne saurait assez se rapprocher de la nature, comme on disait au siècle dernier. Eh bien, ici, le cadre me fait trop oublier le tableau, le paysage prime la leçon philosophique.

Mais, dira-t-on : « Vous tenez bien peu compte de

cet admirable paysage. » Question de cadre et de décor, répondrai-je, pas autre chose : c'est une concession que l'artiste s'est cru obligé de faire au goût de son époque. Car le paysage historique ne remonte guère plus haut que le dix-septième siècle, l'époque des grandes et pompeuses machines, des jardins et des parcs à la Le Nôtre se combinant avec les ruines ou les constructions plus ou moins factices de la fin de la Renaissance italienne. L'abus de cette alliance a conduit les artistes du commencement de notre siècle à ces somnifères et fausses conceptions picturales, que l'on a décorées du nom de paysage héroïque et qui se résument, ainsi que l'a dit un homme d'esprit, à mettre l'église de la Madeleine au milieu de la forêt de Fontainebleau, sous prétexte de paysage historique, grec ou romain.

Ici se présente une question toute naturelle : on peut demander pourquoi Claude Lorrain et Nicolas Poussin, au lieu de chercher en France le cadre ou le sujet de leurs compositions, ont préféré le paysage d'Italie. « Ce n'est pas chez eux par caprice, (dit G. Planche), ils avaient trop de gravité dans le caractère pour se décider légèrement. Quel était donc le motif de leur préférence? Il n'est pas douteux, pour ceux qui ont quitté leur clocher, qu'on ne trouve dans notre pays d'admirables points de vue. Les montagnes du Dauphiné, les montagnes de l'Auvergne offrent sans contredit des sujets d'étude dignes du pinceau le plus habile. Cependant, quand on a vu la campagne romaine, on est forcé de reconnaître que l'Italie présente, sinon plus de grandeur, au moins plus de simplicité. Or, dès qu'il s'agit d'encadrer l'expression d'une pensée dans un paysage, la simplicité acquiert une immense importance. Est-ce la campagne romaine qui a déterminé le caractère habituel des compositions signées de ces deux noms illustres? Est-ce au contraire la nature même de leur génie qui a porté ces deux hommes si richement doués à préférer l'Italie à la France? Je croirais volontiers que chacune de ces deux solutions renferme une part de vérité. Nous avons des montagnes et des vallées qu'on ne peut contempler sans ravissement; mais trop souvent les détails sont tellement nombreux et tellement variés qu'ils suffisent pour occuper l'attention... La simplicité de la campagne romaine invite à la méditation. Les ruines des aqueducs, les montagnes qui se découpent à l'horizon et qui paraissent voisines, quoique souvent placées à dix lieues de distance, les plantes sauvages qui envahissent la plaine, tout oblige l'homme à se replier sur lui-même. S'il tient le crayon ou le pinceau, il sent le besoin d'encadrer dans ce paysage solennel quelque scène empruntée au passé, ou bien, si l'histoire ne lui est pas familière, il s'abandonne à sa rêverie et vient associer à l'expression de ses souvenirs personnels la forme des ruines, la ligne des montagnes et la plaine qui ne connaît plus le soc de la charrue. »

Quelques années avant G. Planche, M. Ch. Clément écrivait ces lignes pleines de sens et d'ingéniosité, à la fois, sur la façon dont le Poussin avait compris et exécuté le paysage dans ses tableaux : « L'amour de la nature, tel que le Poussin l'a connu et traduit, se distingue du panthéisme de l'Inde aussi bien que du poétique matérialisme de la Grèce. Son œuvre est sévère d'un bout à l'autre. Les personnages de ses paysages augmentent ordinairement le sentiment mélancolique que nous fait éprouver la nature. Cette nature, qui nous jette dans une douloureuse rêverie, est pleine de beauté, toujours jeune, toujours bienfaisante; mais elle est silencieuse, et la contemplation de ses merveilles, nous arrachant à notre vie fiévreuse et hâtée, au tourbillon qui nous aveugle et nous entraîne, remplit nos cœurs d'un sentiment mêlé d'angoisse et d'un bonheur délicieux. Il est possible que la vue de l'immortelle jeunesse de la nature, que nous comparons sans en avoir conscience à la durée fugitive de notre propre existence, soit l'une des causes de l'émotion qu'elle nous fait éprouver; il se peut aussi qu'elle possède des forces mal définies qui correspondent à des organes mystérieux de notre être, mais il est impossible d'expliquer, par une cause uniquement physique, matérielle, brutale, l'impression poignante que font sur notre esprit certains paysages..... »

Ce qu'il y a de certain, c'est que peu de penseurs ont aussi bien compris que Poussin le sens profondément philosophique de la campagne et des ruines de Rome. « Un jour, dit un de ses contemporains, qu'il se promenait dans la campagne de Rome avec un étranger, celui-ci lui demanda quelque antiquité pour garder en souvenir. Poussin se baissa, ramassa dans l'herbe une poignée de terre mêlée de morceaux de porphyre et de marbre, et la lui donnant : « Emportez cela, Seigneur, « pour votre cabinet, et dites : *Voilà Rome ancienne!* »

Belle et éloquente parole qui révèle le profond penseur dans le grand artiste.

DENYS.

UN DRAME EN PROVINCE

(Voir p. 3 et 21.)

« Maintenant, continua le marquis, M. Michel Royan, comprenez-moi bien, je vous prie. Pour ce qui me regarde seul, je ne me plains pas de mon sort, je ne rougis pas de ma pauvreté. Elle nous est envoyée de Dieu; elle est imméritée, elle est noble, elle est sainte... Mais je mourrais de douleur si un mari devait un jour la reprocher à mon enfant. Aussi pour prévenir ce désastre, le plus cruel de tous, mon Dieu, je me suis résigné aux plus grands sacrifices. Notre vieille maison de famille et le jardin qui l'environne sont nos derniers trésors auxquels, pour rien au monde, je ne voudrais toucher. Mais il me reste à cinq lieues d'ici, vous le savez je crois, deux pièces de terre et un bois de valeur assez considérable. Je ne suis malheureusement pas en possession des moyens de les exploiter, ce qui améliorerait mes revenus d'une façon sensible. Mais j'en tirerai encore une assez belle somme si je me décide à les vendre..... Et je viens vous demander, monsieur, si vous voulez les acheter.

— Les terres de la Haie-Rose, des Audrettes et le bois du Coupeau? — demanda M. Michel prenant sa voix de paysan, traînante, fausse, un peu narquoise, qu'accompagnaient un hochement de tête et un regard interrogateur. — C'est grand, je sais, c'est assez bon, quoique dans le bois il y ait bien une bonne demi-lieue de broussailles, et, dans le grand champ, pas mal de sable et de terre de bruyère. Mais, tout de même, si c'était bien tenu, bien travaillé, bien fumé, il y aurait encore de quoi tirer d'assez bonnes petites récoltes..... Et vous venez me demander, M. le marquis, combien je pourrais en donner? »

Ici M. de Léouville, sans répondre, inclina tristement la tête. Une grande douleur contenue se lisait sur tous ses traits. Il lui en coûtait de voir passer aux mains de cet étranger, de ce bourgeois paysan, les derniers débris du passé, de l'antique héritage de famille. Jadis, à l'ombre des chênes de ce bois, sur les bruyères de cette plaine, les Léouville d'alors, durant les sanglantes guerres de la féodalité, avaient versé leur noble sang sur les jeunes troncs croissant toujours, sur les fougères embaumées. Aussi était-elle doublement à eux, cette terre qu'ils avaient deux fois payée : de leur vie et de leur or..... Mais à quoi bon ces images lointaines, ces regrets, ces souvenirs? Les combats d'aujourd'hui étaient d'une autre sorte; de plus tristes jours étaient venus. Le bon père, prévoyant et tendre, devait parler avant le descendant des croisés, l'héritier des barons. Il s'agissait d'écouter uniquement son cœur; il s'agissait de marier Hélène.

« Ma foi, — reprit au bout de quelques secondes, l'ancien notaire qui s'était renversé dans son fauteuil pour regarder vaguement au plafond, en sifflotant un air et en tournant ses pouces, — ma foi, M. le marquis, tous comptes faits, la main sur la conscience, je ne vous en donnerai pas, ma parole d'honneur, plus de cinquante mille francs!

— Cinquante mille francs? Du tout, monsieur? De ce grand morceau de bois avec les deux pièces de terre? Des ormes et des frênes, songez-y donc! Des frênes en plein rapport.

— Oui; mais que de dépenses, moi, j'aurai à faire, pour voir un peu clair dans tout cela et mettre l'exploitation en train! Comptez un peu les journées d'hommes, les milliers de jeunes plants, les centaines de charrettes de fumier qu'il me faudra fourrer là-dedans avant d'en tirer quelque chose!..... Dame, vous comprenez, M. le marquis, — soit dit entre nous sans reproches, — quand les choses ont été laissées comme cela, à la grâce de Dieu, pendant plus d'une soixantaine d'années, celui qui veut les débrouiller ensuite a sa bonne part de fil à retordre et pourra y user sa peau.

— Cinquante mille francs! — répéta M. de Léouville d'un air découragé. — Mais quand j'aurai compté la dot de mon Hélène et fait, en outre, les menues dépenses de la noce et du trousseau, il me restera à peine quelques milliers de francs. Et mon dernier petit coin de terre, le dernier arbre de nos forêts, se trouveront vendus...., Ah! c'est pour le coup, monsieur, que je me verrais embarrassé s'il se présentait, — comme tout à l'heure vous m'en faisiez souvenir, — quelque bonne occasion de marier Marie?

— Bah! qui sait? — répliqua vivement M. Michel, qui venait de reprendre son sourire mystérieux. — Enfin, pour en revenir à nos moutons, voilà tout ce que pour le moment je puis vous offrir. Cinquante mille francs, qui seront à votre disposition, ici même dans quinze jours. C'est la main sur la conscience. Si vous les voulez, je vous les donne. Si vous ne consentez pas, ce sera comme si vous n'aviez rien dit..... Seulement, par le temps qui court, ce n'est déjà pas si aisé, n'est-ce pas, de rencontrer un gendre? »

M. de Léouville se taisait, serrant nerveusement ses doigts très blancs et maigres. Une rougeur fugitive avait passé sur son visage à ces observations faites avec une brutale et narquoise familiarité. D'un de ces regards de l'amour qui, en quelques instants, vont si loin et voient tant de choses, il suivait ses deux chéries et interrogeait l'avenir. Il voyait sa docile petite Marie derrière les murs du couvent à Dijon, passant sous les grands arbres du jardin, penchant son front blanc sous son voile, puis franchissant de son pied léger les degrés de la chapelle pour porter à l'autel de la Mère céleste son offrande de lumières, de parfums et de fleurs. Puis il voyait Hélène, sa noble et belle fille, assise, triomphante et heureuse, en un salon des Hautes-Bruyères ou à la table de famille, en face de son mari, saluant par des mots aimables les invités, les hôtes, et caressant à son tour, d'un rayonnant regard de mère, les petites têtes blondes blotties à son côté..... Voilà ce qu'il fallait obtenir, afin de mourir tranquille. Est-ce que l'on emporte rien avec soi en s'endormant là-bas, sous terre? Qu'importe d'avoir les mains vides pour s'en aller vers Dieu?

« Puisqu'il vous est impossible de m'offrir davantage, je..... passerai par tout ce que vous voudrez....., c'est-à-dire je souscris à ce que vous proposez, monsieur. Dans quinze jours, c'est entendu, je reviendrai ici et.....

— Et d'ici là j'aurai fait venir de la Banque de Lyon une partie de la somme qui me manque, — interrompit Michel Royan, jetant un regard de caresse furtive et de satisfaction railleuse du côté de son coffre-fort. — Puis j'aurai soin de rédiger un acte de vente en bonne forme... Ainsi l'affaire est faite, M. le marquis, et la dot est trouvée. Rien n'est difficile à un bon père lorsqu'il s'agit d'assurer le bonheur de ses enfants. Je le sais bien, moi, car j'ai un fils, pour ma part, quoiqu'il ne soit pas le mien,... dame on aime chez nous aussi, — quoique nous ne soyons que de petits bourgeois, des parvenus, — à faire souche, à perpétuer le nom de sa famille..... Et pour mon Alfred, ce grand garçon-là, qui serait bien embarrassé, je crois, de faire sa fortune lui-même, qui sait si je ne ferai pas, moi aussi, quelque énorme sacrifice, un jour?..... Dans tous les cas, croyez, M. le marquis, à tous les vœux que je fais pour le bonheur de mademoiselle Hélène. Elle a tout ce qu'il faut pour devenir une des grandes dames du département et pour un jour, qui sait? briller dans la grande ville. Et d'abord elle se trouvera à la tête d'une jolie petite fortune, quand elle va être devenue madame de Tourguenier.

— C'est bien là ce qui me décide, — soupira M. de Léouville en se levant. — Seulement je n'aurai encore rempli mon rôle de père qu'à moitié, car si quelque jour, par malheur, ma pauvre petite Marie.....

— Votre gentille demoiselle Marie? Oh! ne vous tourmentez pas pour elle..... D'abord vous le savez, M. le marquis, à chaque jour suffit sa peine. Paris ne s'est pas bâti en un jour, et vous avez le temps d'y songer..... Ainsi donc, au revoir ici dans quinze jours. Nous n'aurons plus qu'à poser les signatures et compter les espèces. Mes amitiés à mademoiselle Marie, mes félicitations à mademoiselle Hélène, mes respects à toutes les deux. A l'honneur de vous revoir; votre serviteur, M. le marquis. »

Michel Royan parlait ainsi en reconduisant sur le palier M. de Léouville. Il le vit, après l'échange des derniers saluts, descendre l'escalier, gagner la porte du jardin et disparaître; il entra alors dans son bureau et s'assit devant sa table en se frottant les mains, avec un air de béatitude secrète et de satisfaction infinie, souriant paternellement à ses registres, à son carnet, à ses lettres d'affaires, et surtout, un peu de côté, à son cher coffre-fort.

Pendant ce temps le marquis s'éloignait, triste et silencieux; il avait dû beaucoup souffrir avant de se résoudre à cette pénible entrevue; il souffrait encore en pensant à cet avenir si proche, paisible et prospère peut-être, et pourtant si mal assuré.

« Ma petite Marie bien-aimée! Comment faire, si je n'ai rien pour elle? » se disait-il en baissant la tête, quelques larmes roulant dans ses yeux.

Et en pensant à elle, il croyait la voir vraiment, venant à lui d'un pas léger, le front joyeux, serein, un beau sourire printanier entr'ouvrant ses lèvres roses, ses grands yeux bruns brillants de tendresse, d'entrain, de gaieté, lui tendant ses bras blancs qu'elle savait nouer, avec tant de caresse et de grâce, autour de son cou flétri, sous ses boucles de cheveux grisonnants.

« Ma gentille enfant! ma chérie! Non, il n'est pas possible, vraiment, qu'elle soit un jour seule, délaissée, malheureuse. Dieu est trop bon pour cela; il l'aura en pitié..... Et j'y pense, M. le curé pourra me conseiller sagement en tout cela. Je dois d'ailleurs aller lui causer du prochain mariage d'Hélène. »

Et le marquis, quittant le sentier étroit qui, entre les deux haies en fleurs, se prolongeait à travers les champs, regagna l'une des rues qui aboutissaient à la place du Marché, et, quelques instants après, s'en vint sonner à la porte du presbytère.

III

Il avait, en vérité, un aspect pauvre, un peu délabré, triste et solitaire assurément, mais digne et imposant encore, ce vieux Prieuré aux murs gris, au haut toit pointu couvert d'ardoises, aux grandes fenêtres étroites, aiguës, avec leurs petits carreaux verdâtres; à la croix de fer rouillée, dominant l'ancienne chapelle, que la Renaissance avait vu s'élever au pied des collines du Dijonnais en ce petit coin de Bourgogne, et dont les années meurtrières, aux pluies d'hiver, aux vents d'automne, emportaient peu à peu les toits, les murs, les ferrures, les pierres, brin à brin, lambeau par lambeau.

Sur les toits, des trous noirs béants marquaient, de çà de là, la place des ardoises envolées; à l'extérieur des murs fendillés, desséchés, noircis par les bises des grands hivers, de longues crevasses, s'entr'ouvrant, laissaient aller les plâtras desséchés, et montraient, sous cette poussière grise, la forte charpente de chêne, les robustes assises de pierre à demi taillées. La rouille avait envahi les poignées et les gonds des fenêtres, les ferrures massives et les serrures laborieusement ciselées hérissant les lourdes portes de vieux chêne bronzé par le temps. La mousse, verte et drue comme si elle eût poussé dans les bois, et l'herbe des champs balançant ses aigrettes folles, entouraient de leurs cadres veloutés les pavés de la grande cour. Sur l'écusson de la famille, sculpté en une plaque de marbre au fronton du logis, le temps avait rongé les griffes et la crinière du lion, emporté l'un des bras de la croix, ébréché le fer de la lance. Partout où le passé avait laissé la trace de ses gloires et de ses grandeurs, les dures adversités du présent, ajoutant leur note à leur tour, avaient écrit : Deuil et Misère. Et c'était pourtant au milieu de cette tristesse et de cet abandon, et de cette obscurité désolée et profonde, que le marquis avait vu naître, grandir, sourire, et voyait rayonner maintenant ses deux belles chéries, ses filles, ses amours.

Elles étaient assises toutes deux, aux clartés du soleil couchant, sous le feuillage épais des grands tilleuls qui, du côté du jardin, se rangeaient en ligne majestueuse et droite en face de la maison, abritant la longue terrasse qui, aux jours de splendeur, de puissance et de gloire formait le sommet des remparts, et dominait les sentiers, les champs, la plaine, aux environs. Un vieux banc de bois branlant, bientôt pourri, dressait ses quatre pieds tors dans les hautes herbes folles. Et c'était là qu'elles se tenaient assises toutes deux, fraîches, souriantes, heureuses et jolies, paraissant oublier, en présence de ce beau soleil d'or et de ce grand jardin aux verts ombrages, les splendeurs des jours d'autrefois, les douleurs des temps d'aujourd'hui.

L'une d'elles, au frais teint de neige et de pâle rose de mai, penchait sur un journal illustré qu'elle tenait ouvert sur ses genoux, sa jolie tête aux tresses blondes. A mesure qu'elle avançait dans sa lecture, suivant les lignes de son petit doigt blanc, un sourire à la fois timide, triomphant, ému, joyeux, d'expression variée, changeante, indéfinissable, entr'ouvrait ses lèvres vermeilles, et mettait comme un rayon de grandeur et de vie nouvelle sur son front de reine et d'enfant.

L'autre, qui avait près d'elle, à ses pieds, une grande corbeille de linge, reprisait patiemment un drap, et ses petits doigts de fillette et de fée ne tenaient, bien modestement, que la longue aiguille de ravaudeuse, enfilée de coton blanc. Mais la teinte de neige du grand drap, blanchi sur le gazon en fleur, était moins transparente, moins pure, que son doux et joli visage, d'un ovale si fin, si régulier, si svelte, sous ses épais bandeaux de cheveux noirs.

Ce fut celle-ci, au bout d'un instant, qui releva la tête et parla la première. Ce qui était bien naturel, assurément, car le ravaudage n'est point un obstacle à la conversation. Tandis que les petits doigts agiles vont et viennent, les pensées jaillissent, éclosent, et puis se mêlent, s'entrecroisent, tissent dans les jeunes imaginations un réseau blanc et frêle, comme les longs fils mélangés que l'aiguille unit en passant. Mais probablement les pensées de la gentille travailleuse avaient en ce moment une teinte un peu triste, en dépit de la gaieté de son âge et de la beauté du jour. Car ce fut avec un long soupir qu'elle commença à parler, relevant la tête avec grâce et attachant ses beaux yeux noirs sur le clocher pointu de l'église la plus voisine, se dressant au-dessus des arbres, à l'horizon.

« Entends-tu? — dit-elle, comme en rêvant; — c'est déjà l'Angelus, Hélène. Et ne trouves-tu pas que la cloche de l'église Saint-Pierre a tout à fait le son, la voix, dirais-je bien, de celle du couvent ?.... Chaque fois qu'ici j'entends l'Angelus sonner, je crois voir la mère Ursule, elle qui m'aimait tant, tu sais, et qui était si jeune, si dévouée, si bonne! Je crois la voir venir à moi et l'entendre doucement me dire : Bientôt la terre va s'endormir; allons prier, ma chère enfant.

— C'est vrai que la cloche de l'Angelus a un son un peu triste. Seulement en ce moment, ma chérie, je ne l'écoutais pas vraiment. Ce journal raconte, vois-tu, un grand bal, un si beau bal, que l'on a donné, il y a quinze jours, à Paris, au ministère. Il y a des descriptions de toilettes à vous faire rêver. Tiens, écoute seulement : « Sur une jupe de drap d'argent, des bouillonnés de « crêpe rose; guirlandes de roses à l'encolure du corsage, « autour de la longue traîne de drap d'argent semée de « bouquets des mêmes fleurs; touffes de boutons de roses « dans les cheveux ondulés, tressés en couronne, et en « guise de boucles ou de rosettes, sur les souliers de « satin blanc. » Ou bien encore celle-ci : « Sur une jupe « de velours violet clair, tunique de faille crème; touffes « de violettes de Parme aux épaules, au milieu du corsage, « sur les retroussis des pans, etc... »

— Oui, oui, ma mignonne, je veux bien te croire. Ce sont autant de merveilles. Je ne t'en demande pas plus long, et me réjouis fort de voir que tout ceci t'amuse...

— Mais que ce doit être riche, que ce doit être beau! — interrompit la belle Hélène, devenue toute songeuse, laissant tomber la feuille sur ses genoux, et appuyant, pour mieux rêver, son front de marbre sur sa main. — Voir autour de soi, en foule, de merveilleuses toilettes comme celle-ci! Et puis l'éclat des lustres, les tentures des grands salons, les fleurs, les parfums, les lumières, la brillante musique qui fait danser! Oh! que l'on est donc heureux de vivre à Paris, ma chère!

— Eh bien, qui t'empêchera d'y aller aussi, Hélène, si tu épouses, comme cela est probable, M. François de Tourguenier? Tu sais bien qu'il a un parent à la Chambre; un autre est, a dit papa, chef de bureau dans un ministère. Aussi M. de Tourguenier pourra bien trouver, là-bas, quelque chose à faire. Et puis il est riche, d'ailleurs, et quand bien même il n'irait à Paris que pour voir ses cousins et pour distraire, avant tout, ma petite sœur chérie, eh bien, il ne ferait que remplir son devoir de bon parent, de bon mari surtout.

— Ce beau Paris! ce grand Paris! — répéta en rêvant Hélène, tenant toujours fixé sur le journal son regard radieux. — Et toi, là, dis-moi franchement, ne voudrais-tu pas aussi y aller, ma petite Marie?

— Moi?.... Eh bien, je t'assure que je n'y ai jamais pensé, ma chère.

— En vérité? Comment? tu te trouves bien ici? Tu serais tout à fait contente de passer ta vie presque seule, dans cette vieille maison dont les murs tombent, dont les ardoises s'envolent des toits, sans plaisirs, sans amis, sans voisins, sans toilettes?

— Écoute, Hélène, la maison est vieille, c'est certain, puisque, la dernière fois qu'on a réparé les toits, c'était, à ce qu'il paraît, du temps de notre grand-père. Mais je t'assure, la main sur la conscience, que je ne la trouve pas triste du tout. Je l'ai toujours aimée, et je la connais si bien! depuis la base jusqu'au faîte, jusqu'au dernier petit coin noir sur les escaliers, derrière les cloisons de planches, jusqu'à la plus étroite crevasse qui fendille l'extérieur des murs. Et quel beau, quel grand jardin nous avons, si touffu, si vert, si parfumé! Vois comme, de notre terrasse où le vent d'ouest passe si doux, on domine les champs en fleurs, et l'on voit, bien loin, sur la route.... Pour de la toilette, je n'en aurai pas, c'est vrai; mais en ai-je besoin ici? Ceux qui viennent parfois nous voir, qui nous connaissent et nous aiment depuis que nous étions enfants : ce bon M. le curé et sa sœur

Mlle Marthe, M. de Latour, cet ancien camarade de mon père, et.... et son fils, M. Gaston,... eh bien, ceux-là, vois-tu, nous sont trop sincèrement, trop vivement attachés, j'en suis sûre, pour s'occuper de la robe que nous avons, comparée à celle que nous pourrions avoir, et par conséquent...

— Mais des amis? de nombreux amis? des distractions et de la société? Voilà ce qui nous manque! — soupira la rêveuse Hélène.

— Des amis? Mais puisque je viens de te nommer ceux-là, tous ceux-là?.... Trouves-tu qu'ils ne suffisent point? En voudrais-tu encore d'autres? Hélas! je sais bien, moi, l'amie que je voudrais tant avoir encore, que je regrette chaque jour, que je pleure bien souvent. C'est ma pauvre chère Louise, cette gentille Louise de Latour, la sœur de M. Gaston, qui est morte comme un ange, à dix-sept ans, au couvent, et qui m'aimait tant. Oh! que je serais heureuse, si elle vivait encore!..... Quand tu seras partie, mignonne, quand tu t'en iras loin de nous, fière et heureuse au bras de monsieur ton mari, c'est alors que je regretterai surtout ma pauvre Louise bien-aimée! Et puis la chère mère Ursule, qui me donnait de si bonnes leçons et me faisait de si bonnes caresses quand j'étais petite, au couvent!

— En vérité, ma chère, cette pauvre Louise n'a pas beaucoup perdu, après tout, j'imagine. Quel avenir aurait-elle pu avoir malgré sa distinction, son grand air, sa beauté? Son père M. de Latour est encore plus gêné, plus pauvre que le nôtre. Que deviendra son fils? Que fera M. Gaston? Il n'a vraiment devant lui d'autre perspective que celle de s'engager, de chercher à se faire, à force de bravoure, d'audace et de résolution, un chemin sûr et prompt dans l'armée.... Je sais bien que cela est fort triste pour une bonne et chère petite sœur que je connais, et qui, je crois, aurait changé volontiers, au profit de M. Gaston, son beau vieux nom de Léouville... Mais que faire? la misère est là. M. Gaston, s'il s'engage, s'il devient officier, pourra aider son père, et ma chère petite Marie.....

— Ta chère petite Marie ne quittera pas le sien, — interrompit en rougissant la rose et jolie brunette, blottissant son front timide sur l'épaule de sa sœur, et puis se relevant au bout d'un instant pour mettre sur sa joue blanche un pur et long baiser. Après quoi elle continua d'une voix remarquablement ferme et résolue, malgré sa grâce et sa douceur.

— Il vaut mieux, je le sens bien, que les choses s'arrangent ainsi, Hélène. Que deviendrait notre bon père s'il était seul ici, sans soins et sans tendresse, avec ses regrets, ses souvenirs, dans sa silencieuse pauvreté?..... Il a perdu, trop tôt, hélas! notre mère, qu'il a tant chérie. Il faut que l'une de nous lui reste, le console par son amour..... Maintenant je ne sais si, — comme tu le disais tantôt, — M. Gaston fera bien de partir pour la guerre..... Il pourrait peut-être, sans courir de pareils risques et sans aller si loin, trouver, ici ou à Paris, le moyen de se rendre utile..... D'abord sa tante, la sœur de sa mère, qui s'est mariée, il y a longtemps, à un secrétaire d'ambassade, lui écrit souvent, a pour lui beaucoup d'intérêt, et lui promettait tout dernièrement de s'occuper de lui, pour lui procurer quelque emploi honorable..... Ensuite, — tu ne le sais pas, sans doute, — M. Michel Royan, qui lui a toujours témoigné beaucoup d'estime, lui parlait ces jours-ci d'une affaire importante dans laquelle il pourrait l'employer.....

— Oh! s'il ne comptait que sur de pareilles choses! — interrompit Hélène, avec un dédain visible. — M. Michel Royan est fort riche, il est vrai. Mais pour un de Latour, ce ne peut être un protecteur, un ami convenable. Et puis n'a-t-il pas chez lui son neveu, M. Alfred Royan, qui est un jeune homme bien élevé, et dont, naturellement, il voudra d'abord s'occuper?.....

— Oui, c'est vrai, — soupira la brunette. — Mais cela ne l'empêcherait pas peut-être... »

Puis, comme si elle craignait de trop s'aventurer sur ce terrain délicat et douloureux, qui sait? elle se tut soudain, se leva, posant sur le banc son ouvrage, fit quelques pas en silence, dans l'ombre de la fraîche allée, et vint s'appuyer enfin sur le petit mur croulant, aux larges pierres verdies de mousse, qui fermait la terrasse, et dominait les champs. Hélène, en la voyant partir, avait repris son journal et continuait sa lecture. Mais ce n'était certes pas de guirlandes de roses et de traînes de drap d'argent, de tuniques de faille crème sur des jupes de velours mauve, que rêvait en ce moment Marie, la bonne et jolie enfant.

Étienne Marcel.

— La suite au prochain numéro. —

DANTE

Le mouvement qui remet en honneur les études et les hommes du moyen âge aura pour effet de rendre au poète florentin l'admiration et l'éclat qui entourèrent son nom pendant plusieurs siècles. A l'époque de la renaissance, l'oubli parut se faire sur cette grande intelligence. On dédaigna Dante, comme on livra au mépris les doctrines que célébrait son poème. Depuis cinquante ans, les travaux historiques et littéraires ont ramené l'attention sur un génie que les Italiens placent, sans doute à tort, au-dessus de tous les autres poètes, mais que bien sûrement nous n'aurions jamais dû bannir de nos études. Dante reprend aujourd'hui sa place dans le monde des érudits, des artistes et des philosophes. Sa réhabilitation deviendra complète par le triomphe des idées qu'il représente.

La littérature italienne n'a jamais été négligée en France. Nous avons eu même l'engouement pour Pétrarque et pour le Tasse. Le XVIe siècle a vu se multiplier, au delà de la juste mesure du bon goût, les sonnets à l'imitation du chantre de Laure; au commencement du

XVIIe siècle la *Gerusaleme liberata* était lue et commentée à l'égal des romans et des livres de chevalerie. Mais l'étude sérieuse de Dante ne se montre nulle part dans le passé de notre littérature. Une admiration trop exclusive pour les grecs et les latins nous fit renier tout un passé de gloires nationales; il ne faut pas s'étonner que la même cause ait été fatale à un auteur étranger. Quelques traductions partielles, une même de Grangier en vers médiocres, n'entraînèrent pas l'opinion, et eurent peut-être pour effet de provoquer le sarcasme. On voulut justifier, au moins par des injures, la proscription de la *Divine Comédie*. Le dédain de Boileau pour un poème épique qui puiserait son merveilleux dans le christianisme se traduit dans des vers qui ne font pas honneur au grand critique. Voltaire exprime son jugement sur Dante par des épigrammes d'un goût sûrement mauvais, et d'un esprit bien équivoque. « Les Italiens, dit-il, appellent Dante divin; mais c'est une divinité cachée. Peu de gens entendent ses oracles. Sa réputation s'affermira toujours, parce qu'on ne le lit guère... Dante pourra entrer dans les bibliothèques des amateurs, mais il ne sera jamais lu. » Rivarol eut l'honneur de plaider, le premier parmi nous, la cause du grand poète italien. Mais son étude se borna à la forme artistique du poème, et encore réserva-t-il toute son admiration pour les sombres peintures de l'Enfer. Aussi l'enthousiasme de Rivarol n'eut pas pour effet de désarmer la critique et de modifier sensiblement ses appréciations. On peut en juger par de courtes citations de La Harpe et de Chateaubriand. « Le Dante, observe le premier, dans un poème d'ailleurs monstrueux et rempli d'extravagances que la manie paradoxale de notre siècle a pu seule justifier et préconiser, a répandu une foule de beautés de style et d'expressions qui devaient être vivement senties par ses compatriotes... » Le critique débonnaire ne nous avait pas habitués à tant de rigueur. Il est suivi et dépassé peut-être par l'auteur du *Génie du Christianisme* qui attaque le fond et la forme. « Dans toute épopée, dit-il, les hommes et leurs passions sont faits pour occuper la première et la plus grande place. Ainsi tout poème où une religion est employée comme *sujet* et non comme *accessoire*, où le *merveilleux* est le *fond* et non l'*accident* du tableau, pèche essentiellement par la base... Les beautés de cette production bizarre découlent presque entièrement du christianisme; ses défauts tiennent au siècle et au mauvais goût de l'auteur. »

Une critique mieux avisée est venue depuis corriger l'injustice et la légèreté de ces jugements. On s'offensa d'abord des rudes épithètes prodiguées au poème de Dante, qui ne pouvait paraître, à des esprits attentifs, monstrueux, bizarre ou paradoxal. Bientôt, par une analyse appuyée de preuves, on établit que l'œuvre de Dante est un des plus beaux titres de gloire de l'esprit humain, la synthèse politique et religieuse du XIIIe siècle, un poème dans lequel le fond et la forme, la nature du sujet et le mode d'expositions, s'élèvent à des hauteurs qui ont été rarement atteintes et peut-être jamais dépassées. Des études sur chacun des chants de la *Divine Comédie* livrèrent le secret des connaissances littéraires, philosophiques et artistiques d'une grande époque; des recherches patientes permirent aussi de démêler la réalité sous le symbole et de puiser à pleines mains dans l'œuvre du poète, pour compléter et réformer en bien des points l'histoire de l'Italie pendant une période que les événements politiques et les institutions sociales rendent surtout intéressante.

Ce grand travail ne pouvait pas être accompli par un seul auteur et se renfermer dans les bornes d'un commentaire unique. Tous les pays civilisés, les genres d'esprit les plus divers ont combiné leur pensée pour atteindre le même but. Savants et érudits, artistes et philosophes, historiens et littérateurs, simples grammairiens, compatriotes du poète, fiers de parler sa langue, amateurs étrangers qu'excite l'amour désintéressé du beau, libres-penseurs et catholiques : tous semblent travailler de concert à venger l'honneur de Dante et à développer les gloires de son panégyrique.

Parmi les plus illustres admirateurs de Dante, il faut citer en France Fauriel, Ozanam, Villemain, Ampère, Colomb de Batines, Saint-René Taillandier; en Italie, l'abbé Troya, Arrivabene, Foscolo, Balbo, Torricelli; en Allemagne, Charles Witte, Franz Wegele, Émile Ruth, le roi Jean de Saxe; en Angleterre, Barlow, Carlyle; en Russie, Dmitri Min. Partout paraissent des traductions complètes ou partielles de la *Divine Comédie*, la plupart chefs-d'œuvre de typographie, un grand nombre illustrées par les meilleurs artistes. On se croirait revenu aux siècles des grands commentaires de la *Divine Comédie*, alors que chaque ville d'Italie tenait à honneur de fonder une chaire dans laquelle les hommes les plus distingués expliquaient devant un auditoire enthousiaste, le poème de Dante.

La France s'est placée à la tête du mouvement de rénovation. C'est elle qui a produit les travaux les plus remarquables comme esprit de synthèse. Après Fauriel qui avait employé sa vie à la glorification de Dante, M. Ozanam, son successeur dans la chaire de littérature étrangère à la Sorbonne, a donné sur l'auteur italien une étude littéraire et philosophique que des travaux plus récents n'ont pas fait oublier (1). Nous y renvoyons ceux de nos lecteurs qui voudraient connaître dans tous ses détails le grand poème du moyen âge.

Dans une étude sur Dante, les détails biographiques ne peuvent occuper que la moindre place. Ils sont indispensables cependant pour juger l'œuvre et même pour en trouver l'intelligence.

C'est dans la seconde moitié du XIIIe siècle, le 8 mai 1265, à une époque agitée entre toutes par les guerres civiles, que vient au monde, à Florence, dans la maison

1. *Dante et la philosophie catholique au* XIIIe *siècle*; dans les Œuvres complètes de F. Ozanam; Paris, Lecoffre.

d'un proscrit politique, celui qui doit être le grand poète du moyen âge. On l'appela Durante; l'usage abrégeant ce nom en fit Dante. Comme Michel-Ange, comme Raphaël, comme tant d'Italiens illustres, le poète ne voulut pour sa gloire d'autre nom que celui de son baptême.

A cette époque, les études d'un jeune homme ne laissaient en dehors de leur cercle aucun ordre de connaissances. Dante eut le bonheur de trouver auprès de lui, parmi les hommes les plus dévoués à sa famille, un savant qui se fit son maître et son guide. Brunetto Latino n'était pas un esprit ordinaire. Il a laissé, dans son *Trésor* écrit en français, le tableau complet du développement scientifique à son époque. Il fit connaître à son disciple les littératures classiques et lui donna le goût des deux idiomes qui se parlaient au nord et au midi de la France. La langue provençale, rendue célèbre par les vers des troubadours, obtint les préférences du jeune Dante, et nous le voyons plus tard, au moment d'écrire son poème, hésiter un moment entre l'italien encore indécis et à l'état de formation, et le provençal qui était dans tout son éclat.

Parmi les études de la jeunesse de Dante, il convient de placer encore l'astronomie, la physique et tout ce que nous appelons maintenant beaux-arts et arts d'agrément. Nous pouvons juger en effet par ses écrits qu'il connaissait la musique et qu'il pouvait porter un jugement autorisé sur les œuvres de la peinture et de l'architecture. Mais déjà des études d'un ordre supérieur occupent sa grande intelligence. Dominé par le double amour de son âme qu'il voulait gouverner en chrétien, et de Florence, sa patrie bien-aimée, pour laquelle il se sentait prêt à tous les dévouements, il fut conduit à rechercher les sublimes enseignements de la théologie et de l'histoire. Ces deux sciences répondaient à toutes ses sollicitudes. La théologie fait connaître l'action de Dieu sur la créature libre qui a été placée sur la terre pour se purifier du mal, s'exercer à la vertu et se diriger vers une fin heureuse. Mais, il faut s'adresser à l'histoire civile des peuples, si on veut découvrir les lois providentielles qui dominent la société. Les vertus et les fautes de ceux qui nous ont précédés dans la vie, les conséquences de leur sagesse et de leurs égarements, tracent aux générations nouvelles la loi du devoir qui est aussi celle du bonheur et de la liberté.

Dante pouvait apprendre l'histoire dans sa patrie, sous la direction de ses premiers maîtres. C'est à Paris qu'il vint compléter ses études théologiques. Il retrouve dans le *Paradis*, le professeur Sigier qui fut son maître dans cette science, et indique la rue du Fouarre où se donnaient les doctes leçons. Le poète soutint avec éclat toutes les épreuves des examens. Mais, observent ses biographes, il se trouva trop pauvre pour payer les frais de réception, et il dut quitter la France sans emporter les titres de son doctorat.

Avant cette époque d'apaisement dans sa vie et de calmes études, Dante avait été mêlé un moment aux luttes politiques de son pays. Florence, fatiguée de l'oppression gibeline, s'était soulevée pour reconquérir la liberté. Fils d'un père mort en exil, Dante se montra fidèle aux traditions de sa famille, et combattit dans les rangs des Guelfes. Il assista à l'assaut d'Arezzo, ville gibeline, et il dit dans une lettre : « Je n'étais plus inexpert dans les armes; au commencement j'eus une grande peur, et à la fin j'éprouvai une immense joie. » Le poète était aussi un guerrier plein de courage. Horace, un autre grand poète, dans une semblable occasion, avait montré moins de valeur, et il s'était débarrassé de son bouclier pour alléger sa fuite.

La grande bataille de Campaldino, à laquelle Dante prit part, eut pour résultat le triomphe des Guelfes. Les Gibelins partout vaincus, et ne pouvant rien espérer des secours étrangers, furent réduits à se cacher ou à subir la domination de leurs ennemis. A cette époque, Dante éprouva la grande douleur de sa vie. Tout enfant il avait rencontré à Florence une petite fille qui avait à peu près son âge, et dès le premier jour lui avait voué une affection enthousiaste. Béatrix appartenait à la famille des Portinari. Elle mourut à 26 ans, le 9 juin 1290, l'année même qui suivit la victoire de Campaldino. Cette époque marque une phase nouvelle dans l'existence de Dante. Pour vaincre son chagrin, il se livre tout entier à des études profanes, se perd dans les objections de l'antique philosophie, et peut-être n'aurait jamais retrouvé sa voie, si le souvenir permanent de son premier amour, ne l'avait ramené à ses devoirs de chrétien et de citoyen. Il écrivit alors la *Vita novella* qui est l'histoire de sa propre vie, depuis les rêves heureux de sa jeunesse jusqu'au jour de ses écarts et de sa conversion. D'autres opuscules de la même époque font connaître son système politique que nous retrouverons développé et appliqué dans les chants de la *Divina Comedia*.

Dante avait retrouvé le calme. Béatrix lui apparaissait dans les régions supérieures, avec une auréole de sainteté qui permettait au poète de conserver toute l'ardeur de son affection et de ses regrets, sans manquer à aucun des devoirs d'un bon citoyen. Sa douleur ne rechercha plus la solitude. L'amour de sa patrie non moins que les souvenirs de Béatrix le retenaient à Florence. Il céda aux instances de ses amis, se choisit une épouse dans la famille des Donati, et, sans se distraire jamais d'études plus relevées, s'occupa d'une manière active des affaires de la petite république. Il est probable que, pendant la période de huit années qui sépare son mariage de sa magistrature, Dante s'éloigna peu de Florence. Ses voyages en France et en Angleterre doivent être placés avant cette époque. En 1297, son nom apparaît sur les registres de Florence, dans la corporation des médecins et pharmaciens, avec la qualification de poète. Trois ans plus tard, le 15 juin 1300, il fut appelé, par les suffrages de ses concitoyens, à siéger parmi les six prieurs qui exerçaient le pouvoir suprême dans la ville.

Florence, tranquille un moment après l'expulsion des

Gibelins, était de nouveau troublée par les factions. Les Guelfes se divisaient en blancs et en noirs. La couleur blanche appartenait aux plébéiens, la noire désignait les patriciens. Déjà les partis en étaient venus aux mains, le sang avait coulé, et l'on pouvait s'attendre de nouveau à toutes les horreurs de la guerre civile. L'énergie de Dante sembla rétablir la paix. A peine arrivé au pouvoir, il éloigna des frontières les chefs des deux partis. Mais les blancs, soutenus par de puissantes influences, ne tardèrent pas à rentrer dans la ville, tandis que les noirs faisaient appel à Rome de la sentence qui venait de les frapper. Boniface VIII écouta leurs plaintes, et provoqua l'intervention de Charles de Valois, frère de Philippe le Bel. Pour conjurer l'orage qui menaçait sa

La maison de Dante à Florence.

patrie, Dante se fit donner des pouvoirs d'ambassadeur, et se rendit auprès du pape. Mais il fut à peine entendu, et ne put rien empêcher. Charles de Valois avait déjà passé les monts avec quelques troupes; sans coup férir, il entra dans Florence le 4 novembre 1301. Les noirs l'accompagnaient. Ils furent aussitôt les maîtres de la ville et se hâtèrent de dresser leur liste de proscription. Six cents blancs furent exilés. Dante que l'on voulait surtout atteindre, se vit condamné par contumace à une forte amende et au bannissement perpétuel (27 janvier), puis à la peine du feu (10 mars 1302). Au nombre des Florentins qui partagèrent le sort du poète, se trouvait Petrarca dal' Ancisa, père du chantre de Laure.

Pendant les années qui suivirent, les blancs firent plusieurs tentatives pour reprendre l'autorité dans Florence. Dante se joignit d'abord à eux. Mais découragé par les échecs et plus encore par les défaillances et les contradictions des gens de son parti, il se prit de dégoût pour ces querelles passionnées où l'intérêt particulier se place au-dessus des principes de justice et d'utilité générale. Ses rêves de poète lui montraient le bonheur de sa patrie dans une politique dont s'écartaient également les blancs et les noirs, les Guelfes et les Gibelins. Le gouvernement populaire ne produisait que révolutions; la tyrannie lui répugnait. Il aurait voulu ramener ses concitoyens au respect des lois providentielles qui veulent une autorité également stable et respectée, pour le gouvernement des âmes et pour celui des sociétés.

La *Divine Comédie* expose sous une forme imagée les sentiments religieux et les principes politiques du poète. Mais le mélange de fictions et de réalité qui en forme l'ensemble, les éloges et le blâme atteignant sans distinction des hommes de tous les partis politiques et de toutes les religions, ont causé des embarras nombreux aux commentateurs. L'idée du poète était difficile à dégager; on ne pouvait se flatter de la posséder dans son intégrité et, séparée de tout élément étranger, qu'à la suite de travaux sagement combinés sur la vie du poète, les événements politiques auxquels il a été mêlé, le mouvement des idées et des croyances pendant le XIIIe siècle. Les travaux que nous avons fait connaître ont beaucoup avancé cette œuvre de saine interprétation. Mais, à côté des études sérieuses et pleinement justifiées dans leurs conclusions, se sont produites quelques thèses hasardées qui paraissent également injurieuses pour le poète et pour son œuvre. Il a fallu étudier Dante avec une légèreté singulière d'esprit ou un parti pris bien obstiné, pour voir en lui un hérétique également opposé au pouvoir temporel et à la puissance spirituelle de la papauté, un honnête païen, un rationaliste égaré dans des âges de foi, conciliant les dieux et les hommes du paganisme avec les dogmes chrétiens, un franc-maçon ennemi du trône et de l'autel, un républicain exalté, une âme aigrie par le malheur et poursuivant dans ses rêves bizarres le plan d'un gouvernement idéal, pour se venger de celui qui lui imposait l'exil. Nous passons plus légèrement sur l'opinion, également fausse mais plus anodine, qui fait de la *Divine Comédie* une longue idylle que le poète aurait voulu consacrer à Béatrix. Il n'est plus permis aujourd'hui de réduire le poème à ces minces proportions, ou de lui imposer un commentaire qui serait en contradiction avec les sentiments et la vie entière de Dante.

GUSTAVE CONTESTIN.

— La fin au prochain numéro. —

SOLESMES ET SES ABBAYES

Solesmes est un petit bourg situé à trois kilomètres de Sablé. Cet humble village doit toute son illustration à Dom Guéranger; mais bien longtemps avant l'illustre Abbé, il a eu une histoire. Au commencement du XIe siècle, sous l'épiscopat d'Avesgaud, évêque du Mans, Solesmes fixa, par la beauté de son site, l'attention de Geoffroy Ier, dit le Vieux, baron de Sablé, qui, désirant fonder une maison de prières « pour le rachat de son âme et de celles de ses parents », fit bâtir en ce lieu un monastère dont la Sarthe baigne les murs. A cette époque, la Règle de saint Benoît était encore le code à peu près unique de la vie parfaite pour tout l'Occident; Geoffroy voulut que sa nouvelle fondation fût soumise à l'abbaye bénédictine de Saint-Pierre-de-la-Couture, du Mans, avec le simple titre de « prieuré ». La consécration eut lieu en 1010 et fut accomplie par l'évêque Avesgaud assisté de l'évêque d'Angers, Hubert, et des abbés de la Couture et du Mans. Vers la fin du même siècle, Solesmes reçut la visite du pape Urbain II qui parcourait la France en appelant les barons à la conquête du tombeau de Jésus-Christ. Un croisé de la famille seigneuriale de Sablé enrichit au XIIIe siècle le prieuré d'une précieuse relique: c'était l'une des épines de la couronne de Notre-Seigneur. Le vingt-cinquième prieur de Solesmes, Guillaume Cheminart, fit faire, pour la Sainte-Épine, une châsse en argent doré, qu'on portait en procession, dans tous les cas de calamité publique. Le reliquaire fut confisqué en 1791 par la municipalité de Sablé, mais la sainte relique en avait été préalablement retirée par des personnes pieuses: elle fut restituée au monastère en 1801.

Dévasté en 1375, le prieuré fut de nouveau saccagé en 1425 par l'armée anglaise. Ce désastre porta le dernier coup à la prospérité du bourg de Solesmes qui avait toujours décliné depuis la fondation de la ville de Sablé. « Ce lieu, dit une charte conservée dans les archives de l'abbaye, ce lieu qui, auparavant les guerres et hostilités, estoit grandement populé de riches gens et bons marchands, est de présent désolé, et en grande ruisne, habité de petit nombre de posvres gens, presque tous mendiants, petitement et posvrement logés. » Après les désastres de la guerre de Cent Ans, Solesmes eut, pendant près d'un siècle, le rare bonheur d'avoir à sa tête des hommes qui reçurent du ciel, quoique à des degrés divers, cette double grâce de l'enseignement et de la paternité. Il n'en fallut pas davantage pour relever le prieuré de ses ruines et lui donner une prospérité surprenante, au moment même où l'institution monastique fléchissait presque partout. Philibert de la Croix, Mathieu de la Motte, Guillaume Cheminart, Moreau de Saint-Hilaire et Jean Bougler forment la série de ces hommes qu'on pourrait appeler à bon droit les « grands prieurs de Solesmes ». « Un saint zèle pour la beauté de la maison de Dieu, dit le savant historien de Solesmes, dom Guépin, fut leur passion commune. Il semble qu'ils aient reçu du Ciel la mission de relever et d'embellir l'église de leur prieuré, afin de la rendre digne de sa gloire future. Réparé à la hâte après les ravages des Anglais, cet édifice avait perdu, avec sa nef collatérale, l'ampleur de la basilique et n'était plus qu'une grande chapelle, de proportion irrégulière, dans laquelle les débris des solides constructions du XIe siècle s'accordaient mal avec les parties improvisées au XVe siècle. Un lambris de bois couvrait la nef et les deux chapelles du transept encore subsistantes. Sans changer les dispositions générales de cette modeste église, les prieurs la décorèrent avec tant de zèle qu'ils en ont fait un monument à peu près unique en France. »

La Règle de saint Benoît et la tradition constante de l'ordre monastique posent en principe que l'abbé de chaque monastère doit être un moine élu par ses pairs. Dès les premiers siècles cependant, quelques nécessités publiques ou privées contraignirent parfois le Souverain Pontife à confier un monastère en garde à un prélat séculier qui le gouvernait et en touchait les revenus, sans être obligé d'embrasser l'état monastique. Ces dérogations s'étaient multipliées depuis le séjour des Papes à Avignon, et les rois, voyant dans cet usage un moyen facile et légal d'enrichir leurs créatures, s'efforçaient d'établir ce régime de la commende dans tous les monastères de leurs États. L'abbaye de la Couture du Mans fut, une des premières, dépouillée de sa liberté monastique. A la mort de l'abbé Michel Bureau, François Ier nomma aussitôt l'évêque de Senlis commendataire de la Couture. Les moines se révoltèrent contre cette désignation et, réunis en chapitre, élurent Jean Bougler. Ce dernier eut le courage d'accepter le périlleux honneur, qui lui était offert; mais la lutte était trop inégale, pour qu'il ne succombât pas. Après avoir supporté diverses tribulations et subi un emprisonnement, Jean Bougler céda devant la force et rentra dans son prieuré de Solesmes qu'il devait gouverner près de quarante ans encore. Dans cette seconde partie de sa carrière, Jean Bougler entreprit la restauration générale de son église. Mais les travaux furent surpassés par le monument dont le zélé prieur décora la chapelle du transept gauche de son église.

Les moines de l'ancien prieuré racontaient à ce sujet une tradition merveilleuse que Dom Guépin rapporte dans ces termes :

« Un soir, vers l'an 1550, Jean Bougler, déjà avancé en âge, vit arriver au monastère trois étrangers qui demandaient un asile pour quelques jours. Tous trois sculpteurs et nés en Italie avaient été contraints de fuir leur patrie à l'occasion d'un meurtre dont ils étaient réputés complices. Dans leurs courses, ils avaient entendu parler des sculptures qu'avaient fait exécuter les prieurs Cheminart et Moreau de Saint-Hilaire pour représenter la sépulture du Christ. Ils s'empressèrent donc, dès qu'ils furent entrés dans le monastère, de demander à voir un monument dont ils avaient tant entendu parler. L'une de ces sculptures les étonna; mais ils demeurèrent ravis d'admiration devant la statue de sainte Marie-Madeleine, assise dans un profond recueillement au pied du tombeau de Celui qui lui avait beaucoup pardonné, parce qu'elle avait beaucoup aimé. Il ne fut pas difficile au prieur de s'apercevoir que les trois hommes qu'il avait reçus dans sa maison étaient trois artistes, et, après s'être entretenu quelque temps avec eux, l'idée lui vint tout à coup d'utiliser leur présence en leur donnant à exécuter, en l'honneur de la sainte Vierge, un second monument qui surpassât encore en magnificence celui que son prédécesseur avait élevé à la gloire du Christ.

« Les trois étrangers acceptèrent la proposition et s'engagèrent à suivre les plans que leur donnerait le prieur. Jean Bougler, alors, traça les grandes lignes d'un vaste ensemble qui devait représenter la Mort, la Sépulture, l'Assomption et la Glorification de Marie. Des inscriptions dans le style de notre vieille école, dont le vénérable prieur était un des derniers survivants, devaient compléter l'idée que le ciseau des artistes aurait ébauché.

« Les trois sculpteurs se mirent à l'œuvre, et, pour chacune des statues dont Jean Bougler indiquait le sujet, chacun d'eux travaillait à part; lorsqu'ils avaient achevé, la meilleure des trois statues était acceptée et les deux autres brisées sans pitié. Des figures mutilées, qui ornent encore aujourd'hui le cloître de l'abbaye, étaient, disait-on, les débris de ces essais rejetés. Quelques-uns prétendaient même que Jean Bougler, s'armant de l'ébauchoir et du marteau, était devenu sculpteur pour mieux faire passer sa pensée dans la pierre. »

D'après l'avis de l'historien de Solesmes, ces traditions ne paraissent point fondées. Aucun document contemporain ne nous éclaire sur l'origine des « *Saints de Solesmes* », mais l'étude attentive du monument de Jean Bougler avait déjà convaincu les critiques les plus érudits que cette œuvre n'appartient pas à des artistes italiens. Le plus compétent des juges, M. E. Cartier, croit que les sculpteurs dirigés par Jean Bougler étaient Flamands. La décoration de la chapelle Notre-Dame de Solesmes serait notamment l'œuvre de Frans Floris, de ses trois frères et des nombreux élèves qui formaient à Anvers une brillante école, au temps même de Jean Bougler. Après la mort de cet éminent prieur, le monastère fut aussitôt mis en commende et la décadence commença. Au dix-septième siècle, la congrégation bénédictine de Saint-Maur fut mise en possession du prieuré de Solesmes et y introduisit une sage réforme. Cette transformation fut un grand bienfait pour le monastère et lui valut un siècle et demi d'une existence honorable; mais ce ne fut pas une renaissance. Parmi tous les prieurs claustraux qui se succédèrent à Solesmes, pas un n'a ce caractère de docteur et de père sans lequel il n'y a pas de véritable supérieur dans un monastère bénédictin. Jean Bougler n'a pas eu de successeur avant Dom Guéranger. En 1790, le décret de l'Assemblée Constituante, qui supprimait tous les ordres religieux, porta le coup de mort au prieuré de Solesmes. Chassés du monastère dans les premiers jours de 1791, les moines se dispersèrent, emportant les regrets des pauvres de la contrée, dont ils étaient la Providence. Dom de Sageon, le dernier prieur, homme respecté de tous à cause de ses mœurs et de son zèle pour l'observance monastique, refusa le serment à la Constitution civile du clergé, fut emprisonné avec les prêtres fidèles, et mourut pieusement en 1795.

Le monastère de Solesmes et la plus grande partie de ses domaines furent achetés le 4 avril 1791 par M. Lenoir de Chanteloup, qui ferma aussitôt l'église. Solesmes put de la sorte échapper au vandalisme révolutionnaire. Après le rétablissement du culte catholique, le préfet de la Sarthe, Auvray, voulut revendiquer pour l'église cathédrale du Mans la propriété des «Saints de Solesmes», mais un décret impérial garantit à M. de Chanteloup la possession des statues. En 1817, quelques moines de Saint-Maur se réunirent à Senlis pour y faire revivre leur congrégation. L'insuccès de cette tentative sembla indiquer que c'en était fait pour toujours de l'ordre bénédictin en France, mais Dieu en avait décidé autrement et le futur restaurateur de cette vénérable institution grandissait non loin du monastère désolé de Solesmes.

Prosper-Louis-Pascal Guéranger était né à Sablé, le 4 avril 1805, dans l'ancien couvent des Élisabéthines de cette ville. Placé au collège royal d'Angers, en 1818, le jeune Guéranger y fit des études brillantes et passa de là sans transition au séminaire du Mans. Le 7 octobre 1825, il recevait l'ordination sacerdotale des mains de Mgr de Montblanc, archevêque de Tours, et le soir même de ce grand jour, le nouveau prêtre se dirigeait vers Marmoutier, l'ancien monastère de saint Martin. Hélas! l'église, l'abbaye, tout était détruit; seules, les fondations restaient encore visibles. Navré de ce spectacle, le pèlerin tomba à genoux, et de ses lèvres s'échappa un cri de douleur.

Au printemps de 1828, l'abbé Guéranger se rendit à Paris. Une pléiade de jeunes hommes, ralliés autour de l'abbé de Lamennais, luttaient alors avec une grande énergie contre les erreurs du gallicanisme. Le jeune prêtre manceau grossit la phalange des Gerbet, des Salinis, des Lacordaire et des Montalembert. Obligé en 1830 de revenir dans son pays natal, l'abbé Guéranger apprit tout à coup, l'année suivante, que l'ancien prieuré de Solesmes était en vente. A cette nouvelle, les souvenirs de l'enfance se réveillèrent dans l'âme de l'abbé Guéranger : il voulut sauver à tout prix ce monument, ces statues qui parlaient aux cœurs chrétiens un langage si éloquent. Après d'actives démarches et d'ardentes prières, le jeune prêtre put acquérir le prieuré. Le 14 décembre 1832, un contrat signé avec les propriétaires de Solesmes mettait le monastère entre les mains des futurs disciples de saint Benoît, et quatre jours après, Mgr Carron, évêque du Mans, approuvait les constitutions. Le 11 juillet 1833, fête de la translation des reliques de saint Benoît en France, fut le jour fixé pour l'installation de la nouvelle communauté. L'abbé Guéranger, l'abbé Fonteinne, trois autres ecclésiastiques et deux laïques qui s'associaient à l'œuvre en qualité de serviteurs se réunirent dans l'église de Notre-Dame. Un vicaire général du Mans, l'abbé Menochet, vint les y chercher à la tête d'un nombreux clergé afin de les introduire solennellement dans l'église priorale, qu'il avait réconciliée quelques instants auparavant. Les membres de la communauté prenaient déjà le nom de « Père » et la qualification de « Dom » quand ils étaient honorés du caractère sacerdotal, mais ils portaient encore l'habit de prêtres séculiers; ils ne revêtirent celui de saint Benoît que le jour de l'Assomption, 15 août 1836. L'année suivante, l'abbé Guéranger publiait, sous ce titre les *Origines de l'Église Romaine*, un ouvrage de pure érudition, en apparence, mais au fond un manifeste des nouveaux bénédictins. Dom Guéranger s'y déclarait le champion résolu de l'Église et le serviteur de Jésus-Christ et des âmes. Aussitôt après la publication de ce livre, le prieur de Solesmes partait pour Rome afin de faire approuver par le pape les constitutions de son monastère.

Le 26 juillet 1837, l'abbé de Saint-Paul-hors-les-Murs fut autorisé à recevoir au nom du Souverain Pontife la profession monastique de Dom Guéranger. L'un des témoins de cette solennité était l'abbé Lacordaire, encore indécis sur l'emploi de sa vie. Le 1er septembre suivant, un bref de Grégoire XVI élevait le monastère au rang d'abbaye, le déclarait chef d'une congrégation nouvelle, affiliant cette congrégation à celle du Mont-Cassin, la déclarant héritière des congrégations de Cluny, de Saint-Maur et de Saint-Vannes, et instituait le T. R. P. Dom Guéranger abbé de Solesmes et Supérieur général de la Congrégation de France. Le 31 octobre, le nouvel abbé officiait pontificalement pour la première fois et recevait la profession de quatre religieux : les RR. PP. DD. Fonteinne, Ségrétain, Gourbeillon et I. B. Osouf.

Il fallut de longues années pour restaurer peu à peu le monastère, pour donner à chaque cellule les quelques meubles nécessaires même à de pauvres moines; la bibliothèque s'accroissait péniblement chaque année, mais en prenant sur le nécessaire; les ornements de la sacristie étaient à peine décents et on s'estimait heureux de recevoir de la comtesse Swetchine des rideaux de soie pour en faire des chapes, dont le célébrant et les chantres se paraient aux plus grands jours. Au milieu de ces sollicitudes, Dom Guéranger préparait ses *Institutions liturgiques*, qui devaient provoquer la révolution que l'on sait. Faut-il rappeler, en effet, qu'au moment où l'abbé de Solesmes commença sa campagne, douze diocèses seulement suivaient le rit romain, et qu'à sa mort, le rit parisien était complètement abandonné? Au terme de cette grande lutte, Dom Guéranger publia chez l'éditeur Oudin, de Poitiers, son *Année liturgique*. Toute la science des rites sacrés est en germe dans cet admirable ouvrage qui, destiné en apparence aux simples fidèles, est, pour le prêtre, la source des plus utiles instructions, et, en particulier, la meilleure clef du bréviaire et du missel. La mort surprit l'auteur au moment où, après avoir parcouru le cycle des fêtes mobiles, il était arrêté devant l'octave du Saint-Sacrement et la fête du Sacré-Cœur, « cherchant, dit Dom Guépin, tout ce que sa science et son génie pouvaient lui suggérer de plus beau pour chanter ces deux mystères ». Un autre livre, l'*Histoire de sainte Cécile,* donna une grande impulsion à la dévotion envers la Vierge romaine, et surprit une foule de lecteurs qui, étrangers à l'*Année liturgique,* ne soupçonnaient pas à l'abbé de Solesmes cette plume souple et délicate. Mais il est temps de parler des fondations monastiques de Dom Guéranger.

A peine installé sur le siège de saint Hilaire, Mgr Pie avait mis en tête des œuvres qui devaient illustrer son épiscopat le rétablissement du monastère de Saint-Martin de Ligugé. Le 25 novembre 1853, sous les auspices de sainte Catherine, quatre moines, partis de Solesmes, arrivaient à Ligugé et y commençaient l'office divin. Grâce aux libéralités de madame la comtesse du Paty de Clam, l'église fut agrandie, la sacristie pourvue d'ornements, la bibliothèque garnie de livres pieux. Du rang de prieuré, le monastère passa le 18 novembre 1856 au rang d'abbaye et, le 25 novembre 1864, l'institution du Révérendissisme Père Dom Léon Bastide en qualité d'abbé renouait la chaîne des successeurs de Martin dans la chaire de Ligugé.

Oscar Havard.

— La suite au prochain numéro —

LA FONTAINE EN VOYAGE

(Voir page 18.)

II

En passant par Amboise, où Fouquet avait été renfermé d'abord, La Fontaine voulut voir la chambre qu'avait habitée le prisonnier, et c'est dans le récit naïf de cette petite circonstance que se décèle tout entière la touchante sensibilité de cet excellent cœur d'homme et de poète ému. « Je demandai, dit-il, à voir cette chambre, triste plaisir, je vous le confesse; mais enfin, je le demandai. Le soldat qui nous conduisait n'avait pas la clé; au défaut, je fus longtemps à considérer la porte et me fis conter la manière dont le prisonnier était gardé. Je vous en ferais volontiers la description; mais ce souvenir est trop affligeant.

Qu'est-il besoin que je retrace
Une garde au soin non pareil,
Chambre murée, étroite place,
Quelque peu d'air pour toute grâce,
Jours sans soleil,
Nuits sans sommeil,
Trois portes en six pieds d'espace!
Vous peindre un tel appartement,
Ce serait attirer vos larmes.
Je l'ai fait insensiblement :
Cette plainte a pour moi des charmes.

« Sans la nuit on n'eût jamais pu m'arracher de cet endroit. »

Mme La Fontaine partageait la sensibilité de son mari à l'égard des infortunes du surintendant; ce détail fait honneur à son caractère et nous le rend sympathique.

Cependant, malgré sa mélancolie bien naturelle et facile à comprendre à la vue d'une des prisons de son bienfaiteur, La Fontaine ne peut se défendre d'admirer le site d'Amboise éminemment pittoresque. On est, dans peu, aux premiers jours d'automne (5 septembre).

« Ce qu'il y a de beau, c'est la vue : elle est grande, majestueuse, d'une étendue immense; l'œil ne trouve rien qui l'arrête, point d'objet qui ne l'occupe le plus agréablement du monde. On s'imagine découvrir Tours, bien qu'il soit à quinze ou vingt lieues. »

Il y a là une erreur géographique; la distance entre Amboise et Tours n'est que de cinq lieues. Peu importe d'ailleurs, au fond.

Cependant, notre voyageur s'avance de plus en plus vers le Limousin, but principal de son excursion en France; rencontre de quelques bohémiens ou de gens de la même sorte. Richelieu ou plutôt le projet de la ville de ce nom attire le poète. « Je n'avais garde, dit-il, de manquer de l'aller voir : les Allemands se détournent bien pour cela de plusieurs journées. » Il paraît que, dès lors, nos futurs ennemis se montraient curieux et observateurs.

A Richelieu, La Fontaine, en amateur des choses d'architecture et d'art, se livre à une description assez détaillée, qui ne manque pas d'intérêt. Une pointe de malice, à fleur de peau, voltige au courant de cette vue à vol d'oiseau. « Ce que je vous puis dire en gros de la ville, c'est qu'elle aura bientôt la gloire d'être *le plus beau village de l'univers.* Elle est désertée petit à petit, à cause de l'infertilité du terroir, ou pour être à quatre lieues de toute rivière et de tout passage. En cela son fondateur, qui prétendait en faire une ville de renom, a mal pris ses mesures; *chose qui ne lui arrivait pas fort souvent*..... Il devait choisir un autre endroit, et il en eut aussi la pensée; mais l'envie de consacrer les marques de sa naissance l'obligea de faire bâtir autour de la chambre où il était né. »

Emporté par l'admiration que lui inspire le souvenir du grand ministre, le poète ajoute : « Richelieu avait de ces vanités que beaucoup de gens blâmeront et qui sont pourtant communes à tous les héros..... Peut-être aussi que l'ancien parc de Richelieu et les bois de ses avenues, qui étaient beaux, semblèrent à leur maître dignes d'un château plus somptueux que celui de son patrimoine; et ce château attira la ville, comme le principal fait l'accessoire. »

La Fontaine clôt cette lettre par un trait délicat qui déroute le jugement un peu trop hasardé que l'on a porté sur son manque de sensibilité. Encore une de ces erreurs dont il faut beaucoup rabattre, à l'égard de La Fontaine mari et père. « Je remets la description du château à une autre fois, *afin d'avoir plus souvent occasion de vous demander de vos nouvelles* et pour ménager un amusement qui vous doit faire passer *notre exil* avec moins d'ennui. »

Quelle charmante échappée sur le caractère bonhomme et aimant du poète dans lequel on ne veut souvent voir qu'un distrait ou un indifférent de parti pris! Ce qui est à la fois une fausseté notoire et une calomnie insigne.

Enfin, voilà nos voyageurs sur la route de Limoges, but de leur excursion loin de Paris, et la description du château de Richelieu va s'effectuer non sans quelque difficulté cependant, car la mémoire du narrateur est moins sûre que son affection pour celle à qui il a promis ces détails. « Ce qui me retient, c'est le défaut de mémoire; pouvant dire la plupart du temps que je n'ai rien vu de ce que j'ai vu, *tant je sais bien oublier les choses.* »

Après avoir franchement confessé son ignorance en matière d'architecture, La Fontaine, aidé des notions que lui ont fournies ses compagnons de voyage, s'embarque dans une description humoristique où abondent les détails piquants du poète observateur. « Quand on a passé le pont-levis, on trouve la porte gardée par deux dieux, Mars et Hercule. Je louai fort l'architecte de les avoir placés à ce poste-là; car puisque Apollon servait quelquefois de simple commis à Son Éminence, Mars et Hercule pouvaient bien lui servir de suisses. » Puis, il remarque la statue en bronze de la Renommée qui surmonte le dôme dont est couronnée la principale entrée du château.

Une boutade succède à ces premiers détails. « Si le reste du logis m'arrête à proportion de l'entrée, ce ne sera pas ici une lettre, mais un volume. » Mais, rassurons-nous; La Fontaine se bornera à la lettre; n'a-t-il pas écrit quelque part :

Les longs ouvrages font peur!

« Je ne m'amuserai point à vous décrire les divers enrichissements ni les meubles de ce palais,... l'heure et le concierge nous faisant passer de chambre en chambre, sans nous arrêter qu'aux originaux des Albert Durer, des Titien, des Poussin, des Pérugin, des Mantegna et *autres héros dont l'espèce est aussi commune en Italie que les généraux d'armée en Suède.* »

Les traits de ce genre abondent dans toute la suite de cette description ou plutôt de cette course capricieuse à travers le manoir de Richelieu et des nombreux souvenirs glorieux qui surgissent presque à chaque pas du visiteur. Tant de magnificence ennuie et lasse le bonhomme, grand ennemi du faste et qui chanta si bien l'humble chaumière de Philémon et Baucis; on se rappelle ce splendide début, j'allais dire ce coup d'archet si enlevant,

Ni l'or ni la grandeur ne nous rendent heureux;

c'est ici le même accent, en simple prose. « Il y a tant d'or qu'à la fin je m'en ennuyais. *Jugez quelle misère c'est d'être riche :* il a fallu qu'on ait inventé les chambres de stuc, où la magnificence se cache sous une apparence de simplicité. »

Dans tout cela, ce qui charme le plus le poète, c'est la beauté des allées ombreuses; dans l'une d'elles, saisi d'enthousiasme au souvenir des hauts faits du grand cardinal, il écrit les vers que lui dicte la muse du patriotisme reconnaissant. « Imaginez-vous — écrit-il à sa femme, — que je suis dans une allée où je me dis ce qui s'ensuit :

Mânes du grand Armand, si ceux qui ne sont plus
Peuvent goûter encore des honneurs superflus,
Recevez ce tribut de la moindre des muses.
Jadis de vos bontés ses sœurs étaient confuses :
Aussi n'a-t-on point vu que d'un silence ingrat
Phébus de vos bienfaits ait étouffé l'éclat.
Ses enfants ont chanté les pertes de l'Ibère
Et le destin forcé de nous être prospère
Partout où vos conseils, plus craints que le dieu Mars,
Ont porté la terreur de nos fiers étendards.....
Que ne firent alors les peuples du Permesse!
On leur ouït chanter vos faits, votre sagesse,
Vos projets élevés, vos triomphes divers;
Le son en dure encore aux bouts de l'univers.
Je n'y puis ajouter qu'une simple prière :
Que la nuit d'aucun temps ne borne la carrière
De ce renom si beau, si grand, si glorieux!...

Puis des hauteurs de ce lyrisme, retombant dans la prosaïque réalité, La Fontaine soupire : « Ce serait une belle chose que de voyager, s'il ne se fallait point lever si matin. Las que nous étions, M. de Châteauneuf et moi, lui, pour avoir fait tout le tour de Richelieu en grosses bottes,... moi, pour m'être amusé à vous écrire au lieu de dormir, notre promesse et la crainte de faire attendre le voiturier nous obligèrent de sortir du lit devant que l'Aurore fût éveillée. »

A Châtellerault, le poète trouva son oncle chez un ami; on ne songeait pas à passer par Poitiers dont une sommaire description suffit au voyageur qui n'a pas oublié d'apprécier les belles carpes de la Vienne et les excellents melons du pays; d'ailleurs, tout concourait à réjouir La Fontaine : repos, bonne table et sa famille, qu'il reconnut à un signe physique très caractérisque, la longueur du nez. « Tous les Pidoux ont du nez et abondamment; » dit-il, et il ajoute (ce qui devait se réaliser pour lui) : « On nous assura de plus qu'ils vivaient longtemps et que la mort, qui est un accident si commun chez les autres hommes, passait pour prodige parmi ceux de cette lignée. Je serais merveilleusement curieux que la chose fût véritable. » Elle le fut pour lui, car on sait qu'il avait plus de soixante-treize ans quand il mourut, le 13 avril 1695.

Cependant La Fontaine voit, en passant Poitiers, et en emporte une mince idée. « C'est ce qu'on appelle proprement une villace, qui, tant en maisons que terres labourables, peut avoir deux ou trois lieues de circuit : ville mal pavée, pleine d'écoliers. »

Il y avait à Poitiers une Université, quatre abbayes, des Capucins, des Carmélites, des Dames de la Visitation, etc., et quinze paroisses, pour une population que d'Expilly ne portait pas à plus de neuf mille six cent quatre-vingt-dix-huit individus, en 1768.

Enfin on approche du but du voyage; à Chavigny où Chauvigny « commencent *les mauvais chemins et l'odeur des aulx, deux propriétés qui distinguent le Limousin des autres provinces du monde* ».

A Bellac, à propos des mauvais chemins, « quand, de huit ou dix personnes qui y ont passé sans descendre de cheval ou de carrosse, il n'y en a que trois ou quatre qui se soient rompu le cou, on remercie Dieu ».

Quant à Bellac même, vilaines rues, maisons mal distribuées, la cuisine au second étage, mauvais mets, vin très haut en couleur. Une misère complète!...

Limoges apparaît, et le poète y salue la cordiale hospitalité de l'évêque, « prélat qui a toutes les belles qualités que vous sauriez vous imaginer ». C'était Mgr François de la Fayette, un des plus grands noms de France. Limoges plaît tout d'abord à La Fontaine. « N'allez pas vous imaginer que le reste du diocèse soit malheureux et disgracié du ciel, *comme on se le figure dans nos provinces.* » Voilà une pierre d'attente pour le type de M. de Pourceaugnac que Molière révèlera six ans après. La Fontaine ajoute : « Je vous donne les gens de Limoges pour aussi fins et aussi polis que peuple de France : *les hommes ont de l'esprit en ce pays-là;*... mais leurs coutumes, façons de vivre, occupations, compliments surtout ne me plaisent point. »

Le voyage de La Fontaine avait duré un peu moins d'un mois, du 25 août au 19 septembre 1663; il ne fit pas un long séjour à Limoges, où il laissa son oncle; il revint alors à Château-Thierry, où se trouvait la duchesse de Bouillon qui l'emmena à Paris et l'admit dans sa société, qui se composait de ce que la capitale offrait de plus aimable et de plus illustre.

Ch. Barthélemy

CHRONIQUE

Bien évidemment je manquerais à tous mes devoirs si, après vous avoir parlé du poisson d'avril, je passais sous silence l'œuf de Pâques : l'un complète l'autre, ou, tout au moins, l'un vient à point pour se faire pardonner, quand on a négligé d'offrir l'autre.

Parmi les œufs de Pâques, de création nouvelle, j'ai remarqué un énorme œuf de soie tressée, qui se tient debout sur son extrémité la plus grosse : il a ainsi l'apparence d'une guérite ou d'un kiosque; en effet, cet œuf est un kiosque... de marchands de journaux.

Au milieu, il est percé d'une petite fenêtre par laquelle on aperçoit un canard qui vend des journaux minuscules sur une planchette placée devant lui. Impossible, n'est-ce pas? de passer sous silence une attention si délicate pour la presse : ce qui doit être infiniment plus délicat, je le suppose, ce sont les bonbons cachés dans le fond du kiosque.

En somme, invention qui n'a rien de démesurément drôle. J'approuve davantage, au point de vue du bon goût, une ravissante petite casserole ou *cocotte* à faire cuire les œufs : seulement, les œufs sont des œufs en sucre, et la *cocotte*, au lieu d'être en fonte, est en verre teinté, orné de ravissantes peintures japonaises, cuites dans sa transparence. Fort joli cadeau, qui ne déparera aucune étagère.

Je croirais volontiers qu'un succès certain attend le coquetier, — le simple coquetier de 4 sous en porcelaine vulgaire, comme on en trouve chez tous les faïenciers, — avec un œuf, un véritable œuf dont on a préalablement vidé la coquille en laissant seulement un interstice qu'on rebouchera après avoir introduit dans l'intérieur un bonbon ou un bijou; on peut même n'y rien mettre du tout, si l'on veut remplacer la surprise coûteuse par une surprise absolument économique. Je vous engage toutefois à user de ce dernier procédé avec une prudence extrême : vous pouvez vous le permettre dans le cas, par exemple, où, étant un oncle bien renté, il vous plairait de mystifier un neveu quelque peu prodigue et trop enclin à songer à vos fins dernières.

Mais si vous êtes au contraire dans la situation du neveu offrant un œuf de Pâques à un oncle, digne de ses affections présentes et cher à ses espérances futures, quel œuf choisirez-vous?

Permettez-moi de vous donner à ce sujet le conseil d'un ami qui prend à cœur votre véritable intérêt. Je suppose que monsieur votre oncle est arrivé à cet âge respectable où, sans faire un dieu de son ventre, l'homme sage estime que Messer Gaster a droit à de certains hommages : votre oncle aime à bien dîner, à bien digérer; et il ne lui déplaît point que ces deux fonctions soient aidées et dirigées par quelques mets ingénieusement choisis.

Eh bien, croyez-moi, — faites en ce moment une visite chez certains marchands de comestibles, vous y trouverez des boîtes d'œufs de vanneau arrivés des bords de la Baltique. Achetez trois ou quatre douzaines de ces jolis œufs, guère plus gros que des œufs de pigeon : priez votre excellent oncle de les manger bouillis avec quelques truffes que vous aurez eu soin de lui offrir en même temps, — et vous me remercierez un jour du service que je vous aurai ainsi rendu. Ah! les œufs de vanneau, il n'y a rien de tel, pour chatouiller l'estomac des oncles et pour émouvoir doucement toutes les fibres de leur cœur!

Tous les mérites de l'œuf de vanneau et même de l'œuf de poule ne m'empêcheront jamais, néanmoins, de remarquer avec douleur combien nous sommes déchus des jouissances que les hommes de l'âge préhistorique pouvaient s'offrir en fait d'omelettes et autres mets analogues.

Allez au Muséum de Paris : vous y verrez le moulage d'un œuf fossile d'épiornys, ce gigantesque oiseau qui n'est autre que l'oiseau Roch, dont parlent les *Mille et Une Nuits*, ce géant de l'air, capable d'enlever un éléphant comme un aigle enlève un lapin.

L'œuf de l'épiornys, moulé au Muséum du Jardin des

Plantes de Paris, est assez gros pour que quatre personnes pussent déjeuner à l'intérieur comme dans un cabinet de restaurant : quant à son contenu, il suffirait à faire une omelette pour un régiment. Je ne vois guère de difficultés que pour le manger à la coque; — il faudrait un système particulier de mouillettes descendant à de grandes profondeurs; et, aussi une balustrade bien établie pour empêcher les imprudents de tomber en se penchant sur le bord de cet abîme gastronomique.

* * *

Parmi les promeneurs que le beau temps ramène sur les boulevards, nous remarquons les petits chiens, qui ont passé les temps de froidure sur un coussin près de la cheminée du salon : bichons, havanais, terriers, carlins, car le carlin, dont la race était à peu près éteinte, a tendance à reparaître.

Tous ces quadrupèdes chéris sont ornés de colliers qui ressemblent à de véritables objets de toilette. Un chien qui se respecte ne doit pas porter un vulgaire collier ocmme le premier caniche venu.

Nous voyons donc le collier de cuir russe, rouge ou bleu; le collier d'acier anglais, nikelé, pareil à un collier d'argent. Mais le dernier mot du genre, le fin du fin, pour un carlin de bonne maison, consiste à porter un petit collier noir, imitant une cravate avec son nœud et surmonté d'un petit faux-col de cuir blanc, qui imite la toile à s'y méprendre.

Le chien, ainsi affublé, a exactement l'air d'un parfait gentleman, surtout s'il sait à propos prendre un visage rogue, tordre la lèvre avec une moue dédaigneuse et toiser les passants d'un œil superbe, auquel il ne manque qu'un monocle enchâssé dans son orbite.

Les colliers faux-cols pour chiens sont une invention anglaise; cela va sans dire. Ils me rappellent une autre excentricité que nous vîmes, il y a quelques années.

Vous connaissez, sans doute, ces affreux faux-cols coupés en demi-cercles qui tiennent le cou comme dans un étau, et qui sont à l'usage spécial des cochers, grooms et garçons d'écuries endimanchés.

Un chemisier ne s'avisa-t-il pas un beau matin d'exposer à sa vitrine des faux-cols de luxe, taillés sur le même modèle, y joignant cette inscription :

Spécialité de faux-cols pour maîtres, dans le genre des faux-cols pour domestiques.

Je ne désespère pas de lire avant peu un avis comme celui-ci :

Colliers faux-cols pour maîtres dans le genre des colliers faux-cols pour carlins.

* * *

La semaine sainte nous ramène les grandes et belles cérémonies qui remplissent les églises parisiennes de foules immenses, dans lesquelles les fidèles ne figurent pas seuls : on pourrait même regretter le caractère un peu trop mondain que donne la présence des simples curieux aux offices de quelques-unes de nos grandes paroisses : on se souvient, malgré soi, de ce qui se passe, dans la chapelle Sixtine le jeudi saint, alors qu'une foule d'Anglais en vestons de voyage, et de ladies en toilettes criardes viennent lorgner de leurs jumelles le Pape assis sur son trône, comme si toute cette pompe n'était faite pour autre chose que pour servir à leur distraction.

Mais ce n'est là que l'impression d'un instant; et bien vite, ces petits côtés fâcheux, ces ombres au tableau disparaissent quand les hymnes sublimes de ces jours de prière retentissent dans les cœurs non moins que sous les voûtes elles-mêmes : le *Stabat*, l'*O filii !* les accents de triomphe de l'*Alleluia* emportent l'âme à des hauteurs d'où elle ne peut plus distinguer les petitesses d'ici-bas.

Les cérémonies de la semaine sainte étaient célébrées avec une magnificence toute particulière à la cour de Versailles, sous l'ancienne monarchie.

Louis XIV ne manquait jamais d'en suivre très attentivement tous les offices. Parmi les psaumes qu'on chante à *Ténèbres*, durant les trois derniers jours de cette semaine religieuse, il y en a un dans lequel se trouve plusieurs fois répété le mot *nycticorax*, qui signifie *oiseau de nuit, chouette, hibou.*

Le Roi, qui n'était pas très fort en latin et qui n'avait pas de traduction dans son psautier, se pencha à l'oreille d'un de ses courtisans et lui demanda tout bas :

— Qu'est-ce donc que ce Nycticorax dont le nom revient si souvent ?

Le courtisan n'en savait pas plus que le Roi; mais il répondit sans broncher :

— Sire, c'était un des plus braves officiers de David.

Le soir même, à son souper, Louis XIV ne trouva rien de mieux que de placer son érudition de fraîche date :

— Oui, messieurs, disait-il, nous pouvons être de bons serviteurs de Dieu sans cesser d'être de bons guerriers : voyez plutôt l'exemple que nous donnent les héros de l'Écriture Sainte, les Judas Machabée, les David, les Nycticorax !...

Tout le monde s'inclina; mais Nycticorax ne laissa pas de causer quelque étonnement :

Si non è vero......

ARGUS.

Abonnement, du 1er avril ou du 1er octobre; pour la France : un an, 10 f.; 6 mois, 6 f.; le n° au bureau, 20 c.; par la poste, 25 c.
Les volumes commencent le 1er avril. — LA SEMAINE DES FAMILLES paraît tous les samedis.

VICTOR LECOFFRE, ÉDITEUR, RUE BONAPARTE, 90, A PARIS.—J. MERSCH ET Cie IMP. R. CAMP.-PREM., 8, PARIS

Abbaye de Solesmes. — Vue du cloitre.

SOLESMES

—

(Voir page 42.)

En 1863, un autre Solesmes se formait en Allemagne, sous la direction immédiate de Dom Guéranger. Trois jeunes prêtres du diocèse de Cologne, frères par le sang et encore plus par le cœur, étaient venus à Rome se consacrer au service de Dieu et de saint Benoît à Saint-Paul-hors-les-Murs. L'un d'eux y mourut en saint et, peu après, les deux autres partirent pour l'Allemagne afin d'y rétablir l'ordre de saint Benoît. Ils cherchaient un lieu propice pour fonder leur monastère, lorsque Son Altesse la princesse Catherine de Hohenzollern-Sigmaringen leur offrit l'antique abbaye de Saint-Martin de Beuron, située sur les bords du Danube, non loin du lac de Constance. Avant de prendre possession de leur nouvelle demeure, les RR. PP. Maur et Placide Wolter vinrent l'un après l'autre passer des mois entiers à Solesmes pour y recevoir les conseils de Dom Guéranger. Beuron ne tarda pas à devenir un centre de rénovation religieuse pour le clergé et le peuple si catholique encore de la Souabe. Son école de plain-chant est devenue célèbre et on a vu se former dans le monastère un atelier de peintres vraiment chrétiens (1). L'Allemagne ne pouvait naturellement respecter une abbaye aussi florissante. Le 10 décembre 1875, le monastère de Beuron fut fermé par le gouvernement prussien, mais la communauté ne fut pas pour cela dissoute. Une colonie de moines de Beuron est déjà établie à Maredsous, au diocèse de Namur, en Belgique; un autre a été planter

1. C'est par les moines-peintres de Beuron qu'ont été exécutées les délicieuses fresques qui ornent aujourd'hui l'abbaye du Mont-Cassin, fresques dont nous avons parlé l'année dernière. (Voir *Semaine des Familles* du 5 juin 1880, p. 150.)

sa tente au milieu du Tyrol; l'Angleterre même offre un asile aux moines persécutés.

Mais, pendant qu'il veillait sur la fondation du monastère allemand, Dom Guéranger en préparait un autre. Le 11 juillet 1865, grâce au concours de M. le chanoine Coulin, un monastère bénédictin était inauguré à Marseille sous le patronage de sainte Madeleine, et onze ans après, le 4 février 1876, le prieuré de la rue d'Aubagne était érigé en abbaye. Là, ne devait point se borner la mission de Dom Guéranger. Le Révérendissime abbé voulut appliquer à un collège de vierges les principes de la vie religieuse sur lesquels il avait formé ses fils. Un prélat d'un grand cœur, Mgr Fillion, évêque du Mans, accueillit avec bonheur les premières ouvertures de ce dessein et il en favorisa de tout son pouvoir la réalisation. Le 8 octobre 1866, Mgr Fillion posait la première pierre du futur monastère des Bénédictines, et le 14 juillet 1871, il bénissait la première abbesse, madame Cécile Bruyère. Dès le mois d'août 1867, les futures moniales avaient pris possession de leur monastère à peine construit. Sans doute, cet accroissement de la tribu monastique ajoutait à la charge de Dom Guéranger un nouveau poids de sollicitudes, mais le vénérable abbé portait tout avec la douce sérénité du serviteur qui est heureux de se fatiguer pour l'amour de son maître et qui attend de lui seul la récompense. Comme l'a dit avec bonheur le Cardinal de Poitiers « pendant huit ans, il partagea entre ses deux familles ses soins et ses labeurs, dirigeant à la fois des deux côtés ce jet de lumière et de génie qui devenaient plus ardents et plus vifs à mesure qu'il approchait du foyer éternel ».

Cependant, l'abbé de Solesmes ne croyait pas avoir payé encore sa dette tout entière d'amour et de reconnaissance à sa chère sainte Cécile. Il voulut élever en son honneur un monument qui fût l'expression véritable de sa science, de son amour et de sa foi. L'histoire de la vierge martyre fut refaite sur un nouveau plan, et parut en 1873 sous ce titre *Sainte Cécile et la Société romaine*, avec tout un luxe de vignettes et de gravures que l'on applique de nos jours à tant de publications insignifiantes ou funestes, et qu'un livre chrétien peut rarement obtenir. Ce beau livre devait être hélas ! le dernier. La composition nécessita un excès de travail auquel la constitution si robuste naguère de Dom Guéranger ne put pas résister. Attaqué par la maladie, l'illustre abbé lutta contre elle avec un indomptable courage. Les Bénédictins de Marseille venaient d'inaugurer leur monastère renouvelé; ils ambitionnaient la bénédiction du Père pour leur demeure. Avec sa foi admirable, Dom Guéranger regarda cette fonction comme un des devoirs capitaux de sa charge; et, en plein hiver, au mois de décembre 1874, il partit. Quelques jours après, il rentrait à Solesmes, la santé mortellement atteinte. Le jour de Noël, en chantant le *Gloria in excelsis*, il défaillit et il fallut l'emporter à demi mort. Le mercredi, 27 janvier, Dom Guéranger visita pour la dernière fois ses filles et prit aussi pour la dernière fois la parole au Chapitre. Le samedi, 30 janvier, dans la matinée, tous les moines réunis autour de leur père renouvelèrent en ses mains leur Profession. La prière ne s'arrêtait pas un seul instant auprès de cette couche funèbre; enfin, à trois heures, l'âme se détacha doucement du corps.

Les rites des funérailles s'accomplirent avec toute la solennité prescrite par le Pontifical romain. Mgr d'Outremont, évêque du Mans, NN. SS. Fournier, évêque de Nantes, et Dom Anselme Nouvel, de l'Ordre de Saint-Benoît, évêque de Quimper, les RR. PP. mitrés de Ligugé, de la Pierre-qui-Vire, de la Grande Trappe, d'Aiguebelle, et de Bellefontaine, des représentants de presque tous les Ordres religieux étaient accourus pour les obsèques. Quelques jours après, le Révérendissime Père Dom Bastide, abbé de Saint-Martin de Ligugé et vicaire général de la Congrégation des Bénédictins de France, le siège de Solesmes étant vacant, convoqua en Chapitre tous les moines capitulants de l'abbaye, avec les délégués des deux monastères de Ligugé et de Marseille, pour procéder à l'élection du successeur de Dom Guéranger. Le R. P. Dom Charles Couturier qui, depuis près de dix-huit années, remplissait les fonctions de prieur et de maître des novices, fut élu à l'unanimité des suffrages. Le Chapitre d'élection ne faisait que ratifier ainsi un choix que Dom Guéranger semblait avoir fixé lui-même avant sa mort. Il remettait le soin de régir la famille monastique à celui qui avait toujours été au premier rang non seulement par sa dignité, mais encore par son dévouement et sa complète identification de pensées et de sentiments avec l'illustre défunt.

Le siège abbatial était encore vacant lorsque, le 6 mars, Monseigneur Pie, évêque de Poitiers, prononça l'éloge funèbre de Dom Guéranger. L'illustre orateur évoqua cette grande figure de moine avec une puissance de style qui rappelait les plus grands maîtres de la chaire. A cet hommage s'en joignit un autre. Pie IX jugea qu'il avait une dette à payer au nom de l'Église envers l'abbé de Solesmes. Par un Bref adressé à la Chrétienté tout entière, il déclara qu'en souvenir du vénérable défunt, il octroyait le privilège de porter la *cappa magna* à tous ses successeurs dans l'abbaye de Solesmes et créait une charge de consulteur de la Congrégation des Rites au profit des moines bénédictins du Mont-Cassin, la source première de la vie monastique. Mais le prix principal de ces faveurs était dans les éloges décernés à l'illustre mort. « Dans les temps modernes aucun serviteur de l'Église, dit Dom Guépin, n'a reçu de telles louanges dans une forme aussi solennelle; au-dessus de cet éloge funèbre fait par le Docteur suprême de l'Église, il n'y a que la canonisation. »

Hélas! Dom Guéranger était mort à temps pour ne pas être témoin de la dispersion de ses fils : Dieu avait voulu lui épargné cette cruelle épreuve.

II

Maintenant que nous connaissons l'histoire des fondateurs et des restaurateurs de Saint-Pierre de Solesmes, pénétrons dans l'église abbatiale.

L'intérieur de l'église abbatiale de Saint-Pierre n'offre rien de remarquable. La porte d'entrée et les arcatures qui la surmontent ont le caractère du XIVe siècle, et, malgré d'affreuses dégradations, on reconnaît un travail soigné et délicat. Par une disposition singulière, le clocher, qui est du XIe siècle, est placé sur la seconde travée de la nef. En 1682, la flèche fut renversée par un ouragan. La lanterne qui couronne aujourd'hui la tour a été construite en 1731.

En pénétrant dans la nef, on reconnaît du premier coup d'œil le caractère du XIe siècle dans toute la partie inférieure de l'édifice. Les fenêtres à meneaux flamboyants indiquent le XVe siècle. Sur la seconde travée de la nef s'élève une statue de saint Pierre dont les pèlerins baisent avec respect le pied de bronze doré. Cette statue est une œuvre d'art de premier ordre. Le visage offre l'empreinte à la fois d'une douce majesté et d'une vive componction. Les traits sont larges et les détails finement travaillés. Le geste de la main qui bénit est rendu avec une rare élégance. L'aube est formée de riches dessins et la chape ornée de charmantes figures. L'ensemble est un peu court de proportions. Mais ce défaut même accentue plus énergiquement le caractère de force et de solidité qui convient au Docteur universel et infaillible. La statue était autrefois placée dans le transept. En 1870, pendant que la doctrine de l'Infaillibilité était discutée dans le Concile du Vatican, Dom Guéranger fit transporter la statue de saint Pierre à la place qu'elle occupe aujourd'hui sous une arcade romaine, construite et richement décorée par ses ordres. Sur le piédestal, on grava sous sa dictée, dans les trois langues grecque, latine et française, l'inscription suivante que, durant tout le moyen âge, les pèlerins lisaient au pied de la célèbre statue de bronze de saint Pierre, dans la Basilique vaticane : CONTEMPLEZ LE DIEU VERBE — LA PIERRE — DIVINEMENT TAILLÉE DANS L'OR. — ÉTABLI SUR ELLE — JE SUIS INÉBRANLABLE.

Plus loin, sur la troisième travée, on rencontre la crypte dans laquelle repose le restaurateur de l'abbaye de Solesmes, Dom Guéranger. Cette crypte fut creusée en 1838 dans le rocher de marbre qui porte l'église. Dom Guéranger y disposa ensuite un *arcosolium*, décoré de marbres et de peintures, comme les chapelles des catacombes romaines. L'autel, placé sous l'*arcosolium*, fut dédié au Sacré-Cœur et reçut le corps du martyr saint Léonce trouvé à Rome, le 24 novembre 1832, dans le cimetière Cyriaque. En 1863, lors de la reconstruction du chœur, la crypte fut fermée et l'autel enlevé. Après la mort de l'abbé de Solesmes, les fils de Dom Guéranger pensèrent que le seul lieu où l'on pût déposer le corps du vénérable défunt était l'ancienne crypte de saint Léonce. On la rouvrit donc, et le 4 février 1875, les restes mortels de l'illustre moine étaient placés sous l'*arcosolium*. Une table de marbre noir forme le sépulcre et porte ces simples mots qui sont en caractères damasiens : IN PACE DOMNUS PROSPER GUÉRANGER. Les amis et les disciples du grand abbé aiment à s'agenouiller dans cet hypogée mystérieux et ils en remportent toujours une impression indéfinissable de force et de paix. Un jour, nous l'espérons, la France reconnaissante élèvera sur la crypte un mausolée qui rappellera les vertus et les services de celui qui fut un des plus vaillants gonfaloniers de l'Église. En attendant, deux inscriptions placées sur les piliers de la nef, auprès de la crypte, rappellent, l'une, les principaux traits de la vie de Dom Guéranger, l'autre, les hommages qui ont été rendus à sa mémoire par le Souverain Pontife.

OSCAR HAVARD.

— La suite au prochain numéro. —

UN DRAME EN PROVINCE

(Voir page 3, 21 et 34.)

Soudain un bruit de pas au-dessous d'elle, dans le sentier tournant qui côtoyait le mur du Prieuré, lui fit dresser vivement la tête. En même temps une voix connue s'éleva, s'empressant de la saluer.

« Je vous souhaite le bonjour, mademoiselle Marie... M. le marquis est-il là?..... Et votre aimable sœur, mademoiselle Hélène?..... J'espère bien, l'un de ces jours, obtenir la permission de venir leur présenter mes hommages et, en attendant.....

— Mon père, en ce moment est absent, monsieur Alfred. Mais ma sœur est ici, avec moi sur la terrasse..... Hélène, M. Alfred désire te souhaiter le bonjour. Viens donc un instant, ma chérie. »

La jeune fille, à ces mots, se leva, abandonnant sur le banc son journal commencé. Elle vint s'appuyer à son tour au mur de la terrasse et vit alors au-dessous d'elle, arrêté près de la haie en fleurs, Alfred Royan, vêtu d'un élégant costume de coutil crème, un chapeau de paille très fine, posé coquettement sur ses cheveux blonds épais, une belle rose pourpre passée à la boutonnière. En apercevant Hélène, le jeune homme rougit légèrement, sourit, tandis qu'une expression de joie, mêlée d'une timidité visible, venait illuminer ses traits. Il salua profondément, et, se tenant découvert, le front et les yeux en haut :

« Ne trouvez-vous pas, mesdemoiselles, qu'il fait aujourd'hui un temps vraiment délicieux?..... Aussi, ne sachant que faire pour bien employer ma journée, je suis parti ce matin, de bonne heure, pour la pêche. J'ai déjeuné aux Broyers, dans le cabaret de Jean Claude. Et je m'en reviens maintenant, avec un assez médiocre butin, il est vrai. Mais j'ai pris néanmoins, dans le nombre, une fort belle perche. Et si vous me permettiez, mesdemoiselles, de l'offrir à votre vieille Estelle, qui trouverait encore bien le temps de la faire frire pour souper..... »

En parlant ainsi, Alfred Royan, faisant signe à un gamin du village qui le suivait, portant ses lignes et son panier, soulevait le couvercle du contenant, et découvrait à l'intérieur, couché sur un lit d'herbe verte et de fraîche bruyère, le contenu, dont les ouïes miroitantes, vermeilles, et les larges écailles argentées scintillaient de beaux reflets nacrés, aux lueurs du soleil couchant.

« En vérité, monsieur, vous êtes bien bon!..... Mais vous priver, ainsi que monsieur votre oncle, de votre pêche d'aujourd'hui?..... Ce serait mal à nous d'accepter, — murmura la gentille Marie.

— Mon oncle n'aime pas le poisson, mademoiselle, — interrompit Alfred en souriant, — et chez nous, madame Jean se fâche et gronde, dès qu'elle me voit prendre mon panier. Elle me dit que je perds mon temps et que tout ce que j'apporte ne vaut rien pour la cuisine.

— Eh bien, monsieur Alfred, portez la tanche à la cuisine, puisque vous êtes si bon..... Estelle ne grondera pas, elle, et tout me porte à croire qu'elle ne se fera pas faute d'accepter, — dit un peu amèrement Hélène. — Mais vous parliez de mon père tout à l'heure, monsieur. Avez-vous, de la part de votre oncle, quelque chose à lui dire?

— Non point de la part de mon oncle, mais de la mienne tout simplement..... Je voudrais dire adieu à monsieur votre père. Il me serait certes bien pénible de devoir quitter la ville sans prendre congé de lui.

— Quitter la ville? — répétèrent à la fois les deux jeunes filles toutes surprises.

— Hélas! oui, mesdemoiselles. D'après le conseil de mon oncle, je pars, dans huit jours, pour Paris.

— Vous allez à Paris, vraiment? — reprit Hélène. — Monsieur votre oncle vous a donc procuré quelque emploi, quelque avantageuse position?

— Non, point du tout, mademoiselle. Mais mon oncle, qui me destine toute sa fortune et me comble de ses bontés, désire que je voie un peu le monde, et que je m'habitue surtout à vivre dans la capitale. A vingt-quatre ans, après tout, ce n'est pas trop tôt commencer.

— Certainement. Votre oncle a raison. Ah! monsieur Alfred, vous allez faire un beau voyage. Et vous ne manquerez pas de vous amuser, là-bas!

— Dans tous les cas, mademoiselle, j'emporterais un bien vif regret si je ne pouvais, avant mon départ, prendre congé de monsieur votre père. Et je suis vraiment bien peiné de ne pas le rencontrer en ce moment.

— Eh bien, venez un jour ou l'autre, avant le déjeuner. Alors vous le trouverez, c'est sûr, — se hâta de dire Hélène, en faisant de la main un joli signe d'adieu au jeune homme qui, après maints respectueux saluts, disparaissait au tournant de la route.

Après quoi elle se retourna, surprise encore et visiblement préoccupée.

« Dire que M. Michel Royan, dont le père vendait des bœufs, — murmura-t-elle, — est maintenant le plus riche propriétaire des environs, et envoie son neveu à Paris!..... M. Alfred est bien heureux! Il va passer de bons moments, faire un charmant voyage. Et il aura un jour une belle fortune!

— Eh bien, tant mieux pour lui! — interrompit Marie, avec un vif et franc sourire. — Seulement il a, avant tout, un vilain oncle, — à ce qu'il me semble, du moins, — qui a toujours l'air, ma mignonne, de compter ses écus, et de tenir au moins l'un de ses yeux à l'intérieur de sa caisse. Plutôt que d'avoir un pareil tuteur, moi, j'aime mieux ma pauvreté. C'est si doux, vois-tu, ma chérie, d'avoir un père comme le nôtre; si noble, si dévoué, si généreux, si bon, que tous respectent et estiment!..... Et pour ce qui est de la fortune, ma chère Hélène, je l'espère, n'aura rien à envier à personne, lorsqu'elle sera devenue Mme de Tourguenier.

— Mais je ne sais pas si j'irai voir Paris, ce beau Paris si grand, si riche! — soupira la sœur aînée toujours rêveuse, tournant un peu tristement la tête du côté où le veston blanc de M. Alfred et le large bord de son chapeau de paille brillaient de loin au milieu des champs.

— Eh bien, quand même, après tout? On peut être heureuse sans cela, — dit en sautillant la brunette.

— Et quand M. Alfred reviendra de son voyage, — continua, probablement sans l'entendre, Hélène qui rêvait toujours, — son oncle, c'est certain, s'occupera de le marier. Il lui cherchera, qui sait? quelque fille de sénateur, de député, ou, tout au moins, de grand propriétaire. Et Mme Alfred Royan aura des diamants, des robes de velours, des chevaux, une voiture, et peut-être un hôtel, un hôtel à Paris.....

— Et nous n'avons, nous, que notre Prieuré, qui est une vieille et pauvre chère maison, entre la prairie et les bois, dans un petit coin de la campagne, — interrompit, avec un joyeux éclat de rire, Marie, qui était venue passer son joli bras autour du cou blanc de sa sœur. — Mais il n'y a pas là de quoi se désoler, rassure-toi, ma chère Hélène. Nous avons un bon père, et c'est le principal; un homme de mérite et d'honneur qui porte noblement le nom de la famille..... Et du moment que ce cher père prend soin de vous trouver un digne et bon mari, vous n'avez rien à réclamer, rien à regretter, mademoiselle.... Que M. Alfred s'en aille, où il voudra, faire rouler ses écus; qu'il se marie, à son retour, avec je ne sais quelle princesse, grand bien lui fasse dans tous les cas! Ceci ne nous regarde point. Contentons-nous, aidons-nous, aimons-nous; nous n'avons pas besoin de millions pour vivre calmes et heureux, chérie.

— Il le faut bien, — murmura Hélène, se redressant pour quitter l'appui que lui offrait le sommet du vieux mur.

— Et maintenant songeons à notre dîner, — continua Marie. — Je crois vraiment que c'est notre père qui s'en vient avec Black le long du champ, là-bas. Allons voir si la perche de M. Alfred est encore arrivée à temps pour pouvoir entrer aujourd'hui dans le menu de la mère Estelle..... Et puis, tout en dînant, nous annoncerons à papa la prochaine visite de cet aimable jeune homme avant son départ pour Paris, » acheva la joyeuse enfant.

Et prenant le bras de sa sœur tout en passant son autre main autour de sa taille fine, elle l'entraîna gaiement, sous les arbres de la terrasse, jusqu'à la porte aux ais branlants, antique et vermoulue, qui s'ouvrait sur le corridor sombre, juste au centre du Prieuré.

IV

Le lendemain de ce jour, M. Michel Royan, avant son déjeuner, était assis dans son cabinet de travail, griffonnant, notant, chiffrant, examinant ses dossiers, compulsant ses registres, et, de temps à autre, se redressant et déposant sa plume pour se frotter les mains d'un air de triomphe et d'orgueilleuse gaieté. Soudain, après avoir un instant réfléchi, gravement appuyé au bras de son fauteuil, il se leva, alla jusqu'au palier et, se penchant, appela de sa grosse voix de maître :

« Madame Jean, Alfred est-il en bas ?... J'espère qu'il n'est point sorti ?

— Non, monsieur, il se promène tout au bout du jardin, répondit la ménagère.

— C'est bien, envoyez-le-moi..... Et si quelqu'un se présentait, ne laissez point monter ici ; nous avons à causer d'affaires. »

Sur quoi, l'ancien notaire s'en vint reprendre sa place en face de son encrier et de ses registres ; on entendit madame Jean trottiner lestement sur le sable du jardin, et bientôt Alfred, déjà élégamment vêtu, une fleur à la boutonnière, les cheveux lustrés, le regard clair et le teint animé en ce moment, franchit le seuil du cabinet, et vint prendre la main de son oncle. Puis, sur un signe de ce dernier, il avança aussitôt une chaise et s'assit bien en face de lui.

Entre les deux attitudes, les deux physionomies du neveu et de l'oncle, surgissait dès l'abord, un contraste frappant. Les petits yeux enfoncés, perçants, avides, le nez mince et crochu, le profil sec et osseux, les lèvres sèches, serrées, étroites, de M. Michel Royan, révélaient tout d'abord en lui l'homme d'énergie et de volonté, à la fois cupide et tenace, persévérant, et ambitieux, qui travaille, calcule, combine, lutte et bâtit, sans lassitude, sans repos, sans remords ; qui partira, s'il le faut, de loin, pour arriver très haut, et atteindra sûrement à l'idéal rêvé : devenir quelque jour quelqu'un, et faire sa fortune. Sur le front plat et fuyant, quelque peu endormi, du jeune homme, dans ses grandes prunelles bleues, à l'expression généralement vague et indécise, que troublait parfois bien rarement un éclair furtif, presque farouche ; dans la courbure molle et sensuelle de ses lèvres rouges et charnues, se trahissaient tout d'abord la mollesse, l'insouciance de l'héritier, tout heureux de jouir d'une fortune qu'il n'a pas faite, de trésors qu'il n'a pas vaillamment amassés, et que ses désirs capricieux dissiperont bientôt sans doute.

Et certes le petit œil noir perçant de l'ancien notaire ne pouvait guère manquer de discerner tout cela. Ces perspectives assez défavorables ne le décourageaient pas pourtant, car, voyant son élégant neveu bien installé en face de lui, il commença aussitôt, d'une voix claire, prompte et joyeuse :

« Eh bien, serons-nous bientôt prêt à nous mettre en voyage ? Ces préparatifs avancent-ils ? Ces adieux sont-ils terminés ?.... Avant tout, as-tu pris congé des demoiselles et du marquis de Léouville ?

— Hier soir, j'ai causé un instant avec ces demoiselles, qui prenaient le frais sur la terrasse. Mais pour leur faire mes adieux, ainsi qu'à leur père, je compte me rendre vers dix heures au Prieuré, demain.

— C'est bien, ne manque pas, mon gars. Et n'épargne rien, fais-toi beau, soigne-moi bien cette visite... Quant à moi, je t'ai déjà préparé là, vois-tu, des lettres que tu remettras, à Paris, à des amis à moi, de fameuses connaissances.... Tu auras grand soin de m'écrire, sans jamais me faire attendre, quel accueil ils t'auront fait, quels salons te seront ouverts..... Seulement, avant de te laisser partir, il faut que nous causions tous deux sérieusement, et à cœur ouvert, mon jeune homme. Je veux que tu saches dès à présent ce que j'ai arrangé, vois-tu, pour ton avenir..... Écoute, mon garçon ; voici, dans ce carton, un acte de vente et des titres qui prouvent que je viens d'acheter, à dix-huit lieues d'ici, dans le département de la Haute-Marne, le domaine et le château de Martouviers, moyennant la bagatelle de neuf cent mille francs. Tout ce beau bien t'est destiné, vois-tu, et voici, à cet égard, ce que je pense faire. Lorsque tu reviendras, dans deux ou trois ans d'ici, après t'être bien façonné aux mœurs et aux modes de la grande ville, tu iras t'établir là, mon gars, dans ton château. Tu seras comme le seigneur, le petit roi du pays ; je me charge de te faire nommer conseiller général.....

— Ou bien, avec le temps, je pourrais parvenir, qui sait ?....

— A la Chambre, n'est-ce pas, mon jeune ambitieux ? interrompit à son tour, en souriant, l'ancien notaire. Non, non, je t'engage à n'y plus penser, vois-tu. C'est moi qui serai le député, car je suis le chef de famille. Il faut des moyens très larges, une fortune indépendante, pour siéger au Palais-Bourbon. Et quand tu seras à la fois châtelain et conseiller, j'espère que tu ne pourras rien désirer de plus, n'est-ce pas, mon jeune drôle ? Seulement, comme, dans ton château, dans ta grandeur, il te serait désagréable et fastidieux de vivre seul, il y aura, avant ton installation, une condition préalable à remplir : il nous faudra te marier.

— Me marier ? Vraiment, vous y pensez, mon oncle ? s'écria Alfred, dont les traits, jusque-là endormis, immobiles, s'animèrent soudain et commencèrent à palpiter, tandis qu'une rougeur plus vive envahissait ses joues.

— Oui, mon fiot, et, de ce côté aussi, mes mesures sont prises, mon plan est fait.... Tu obtiendras la noble main de l'une des demoiselles de Léouville. Elle s'estimera alors fort heureuse, crois-moi, d'abord de ne pas coiffer sainte Catherine, ensuite de s'appeler un jour madame Royan de Martouviers.

— Oh! mon oncle, que vous êtes prévoyant et que vous êtes bon !....... Mais non, je n'espère pas, malgré tout : un semblable bonheur ne me paraît pas possible, — murmura, au bout d'un instant, le jeune homme découragé. — Jamais le marquis ne consentira à me donner sa fille. Que suis-je, hélas! à ses yeux? Un fils de paysan enrichi, un parvenu, un homme de rien. De petits bourgeois tels que nous ne peuvent être admis dans les grandes familles.

— Eh! que si fait, vraiment! A condition qu'ils aient leur coffre-fort et leur portefeuille bien garnis ! — interrompit Michel Royan se renversant, avec un gros rire, sur le dos de son fauteuil, où il demeura un instant étendu, caressant son bureau et sa caisse d'un regard vraiment paternel, et se frottant chaleureusement les mains. — Et puis, dans tous les cas, vois-tu, j'ai pris mes précautions. D'abord le marquis de Léouville est trop homme de bien et homme d'honneur pour oublier jamais un service rendu. Ensuite il n'aura garde de refuser la main de l'une de ses filles à celui qui seul lui aura fourni les moyens de marier l'autre.

— Marier l'autre? Qui donc? Oh! mon Dieu!... Mon oncle, vous ne m'aviez rien dit? s'écria ici Alfred, tressaillant et devenant blême.

— Dame, mon jeune mirliflore, c'est que je n'ai pas l'habitude de te consulter dans toutes mes affaires et mes opérations, — répliqua l'ancien notaire, continuant à se frotter les mains avec un sourire d'orgueilleuse complaisance. — Néanmoins voici le fait en deux mots, tel qu'il s'est passé, il y a trois jours, à cette heure, en cette chambre, monsieur le marquis étant assis à la place où tu es, bien troublé, bien ému, le pauvre homme. Et tu me diras ensuite si j'ai bien manœuvré..... Ah! tu es né coiffé, mon gars. Tout le monde n'a pas le bonheur, vois-tu, d'avoir un pareil oncle. »

Sur quoi M. Michel Royan, après une pause de quelques secondes, pendant laquelle les traits d'Alfred se voilaient d'une pâleur de plus en plus livide et ses mains délicatement soignées étaient parfois agitées de légers soubresauts nerveux, M. Michel Royan reprit avec un gros rire :

« C'est comme je te le dis, mon garçon. M. le marquis de Léouville est venu ici m'offrir, il y a trois jours, sa terre des Audrettes et son bois qu'il veut vendre. Et s'il les vend ce n'est pas, tu comprends bien, pour s'amuser, jouer, faire le fou ou s'en aller en guerre. C'est tout simplement pour pouvoir, le jour de la signature du contrat, compter une somme de quarante mille livres à son gendre futur, M. de Tourguenier.

— Comment? Et je n'en savais rien!.... Comment? M. de Tourguenier, qui a bien près de quarante ans, épouse cette jolie enfant, cette aimable demoiselle Marie?

— Mais non. Qu'est-ce que tu me dis là? Je suppose pourtant, mon gars, que tu ne perds pas la tête. Ce n'est pas la jolie petite mignonne qu'épouse M. de Tourguenier ; c'est cette grande dame qui fait la coquette et la fière ; c'est Mlle Hélène, avec laquelle je lui souhaite beaucoup de satisfaction et de prospérité.

— Hélène?..... Oh! mon oncle!..... oh! ce n'est pas possible..... Dites que vous me trompez, que vous vous trompez, peut-être!..... Oh! c'est pour elle que je vis, que j'attends, que j'espère; c'est elle que je veux, à elle que je rêve!..... Oh! mon oncle, ne me condamnez, ne me désespérez pas! »

Étienne Marcel.

— La fin au prochain numéro. —

LES FRÈRES CORDONNIERS

Une des portions considérables, la plus considérable peut-être de la communauté des maîtres cordonniers de la ville et des faubourgs de Paris, était sans contredit les deux Sociétés séculières des *frères* chrétiens-cordonniers de Saint-Crépin et Saint-Crépinien. Ces Sociétés, qui font le plus grand honneur à cette corporation, furent organisées et sanctionnées vers le milieu du dix-septième siècle.

Le fondateur de cette confrérie religieuse par excellence fut le fameux Henri Michel Buch, connu presque exclusivement sous le nom du *bon Henri*, qui l'établit, en 1645. Né à Erlon, de parents pauvres, qui étaient simples laboureurs dans le duché de Luxembourg, Henri se faisait distinguer dès sa plus grande jeunesse par une sagesse et une piété où il était facile de reconnaître un de ces enfants que Dieu a touchés du doigt et qui, devenus hommes, sont destinés à remplir un large rôle dans la société.

Il prit, étant encore fort jeune, la profession de cordonnier, où, dès l'âge de douze ans, il montra des qualités précoces, comme vertu et comme aptitude au travail. Quand il avait employé sa semaine à l'exercice d'un labeur assidu, sa plus douce récréation, son plus grand bonheur était de passer les jours de fêtes et les dimanches à l'église, où il édifiait l'assistance par sa piété; chaque jour, comme les cénobites des anciens temps, il flagellait son corps. Il avait pris pour modèles saint Crépin et saint Crépinien. Quand, jetant un regard autour de lui, il voyait dans quelle ignorance de la religion croupissaient tous les ouvriers qui l'environnaient, son âme était émue d'une douce pitié et il se sentait une commisération profonde pour tous ces hommes qui ne connaissaient rien des voies du ciel.

Il commença son œuvre d'apostolat dans le centre même de son travail sur les ouvriers qui, témoins habituels de ses vertus, devaient lui présenter moins d'obstacles; c'est ainsi qu'il les engageait à profiter des instructions publiques, à suivre les prédications, à lire l'Évangile et surtout *l'Imitation de Jésus-Christ.*

Quand il eut terminé son apprentissage, il passa compagnon et continua à évangéliser avec d'autant plus de succès que, recevant un salaire, il pouvait joindre la pratique à la théorie. Quoique pauvre lui-même, ce ne fut jamais en vain que l'indigent vint frapper à sa porte; on le vit plus d'une fois partager ses vêtements avec ceux qui étaient nus. Cependant, et quoique son humilité en souffrît, on ne tarda point à s'entretenir de ce pauvre artisan qui était le conseil des familles et l'arbitre des intérêts divisés, la consolation de ceux qui souffraient, le père des pauvres..... Ce fut ainsi qu'il passa plusieurs années à Luxembourg et à Meissan.

Des circonstances dont le détail n'est pas parvenu jusqu'à nous conduisirent un jour à Paris le pieux cordonnier; sa vie fut dans la capitale de la France ce qu'elle avait été dans son pays natal : il y fut bientôt populaire. Il avait quarante-cinq ans à peu près, quand, sur le bruit que faisait sa réputation, le baron de Renty désira le voir; ce dernier, lui aussi, était d'une piété exemplaire.

Le bon Henri avait déjà converti grand nombre de jeunes gens, auxquels il imposait certaines règles de conduite. Chaque jour il se rendait dans les hôpitaux, à celui de Saint-Gervais en particulier, et là il instruisait les pauvres qui s'y trouvaient. Le baron de Renty lui offrit de fonder une pieuse association dont le but était de faciliter l'exercice de toutes les vertus parmi les ouvriers de la même profession. Il commença par lui procurer le droit de bourgeoisie; ensuite, il le fit recevoir maître, afin qu'il pût avoir chez lui, en qualité d'ouvriers et d'apprentis ceux qui voudraient suivre exactement les règlements que le curé de Saint-Paul fut chargé de rédiger.

Ces règlements recommandaient aux personnes qui s'y assujettissaient la prière, la participation aux sacrements, l'assistance mutuelle dans les maladies, le soin de consoler et de soulager les malheureux.

Le bon Henri ne tarda pas à avoir un grand nombre d'apprentis et d'ouvriers, et ce fut avec ce noyau qu'il fonda, en 1645, l'établissement connu sous le nom de *Communauté des frères cordonniers* : il en fut fait le premier supérieur spirituel et le baron de Renty, directeur temporel et protecteur.

L'innocence et la simplicité de ces pieux artisans montraient visiblement que Dieu les avait choisis pour glorifier son nom. Ils faisaient revivre l'esprit des premiers chrétiens. Ce bon exemple porta ses fruits, et quelques années après on vit surgir une autre communauté religieuse sous le nom de *Communauté des frères tailleurs.*

Quelques artisans de cette dernière profession, édifiés de la vie sainte que menaient les frères cordonniers, prièrent le bon Henri de leur donner une copie de sa règle, ils s'adressèrent ensuite au curé de Saint-Paul; et fondèrent aussi une association. Ces deux communautés ou associations avaient différents établissements en France et en Italie; elles avaient un siège à Rome.

Les membres de ces communautés se levaient à cinq heures du matin, faisaient la prière en commun, récitaient d'autres prières à des temps marqués, entendaient la messe tous les jours, gardaient le silence que le chant des cantiques interrompait seul, faisaient une méditation avant le dîner, assistaient à tous les offices les fêtes et les dimanches, visitaient les pauvres dans les prisons, dans les hôpitaux, dans leurs demeures particulières, faisaient chaque année une retraite de quelques jours; en un mot, se livraient à une multitude d'exercices pieux et charitables.

Le bon Henri mourut, le 9 juin 1666, et fut enterré dans le cimetière Saint-Gervais. Quant au baron de Renty, il avait cessé de vivre dès 1649, à l'âge de trente-sept ans.

Les statuts des frères cordonniers furent approuvés, en 1664, par Hardouin de Péréfixe et, en 1693, par de Harlay, — tous deux archevêques de Paris.

Cette communauté avait deux maisons à Paris, l'une rue de la Grande-Truanderie et l'autre rue Pavée-Saint-André-des-Arcs.

Mercier écrivait, en 1788, dans son *Tableau de Paris* : « Ils vivent comme les anciens Apôtres, du travail de leurs mains, ils chantent des psaumes et battent le cuir, ce qui n'est pas incompatible : on peut prier et travailler en même temps. Les frères cordonniers ont la réputation de donner de bonne marchandise. Quand on est vraiment chrétien, on est nécessairement honnête homme. »

DENYS.

DANTE

(Voir p. 38.)

L'auteur de la *Divine Comédie* est un grand citoyen qui poursuit, dans les réflexions de sa jeunesse, comme dans les actes de son administration et dans les travaux de son exil, la gloire et la liberté de sa patrie; c'est un chrétien convaincu et militant, tout désireux de trouver pour lui-même et d'indiquer aux autres hommes les voies providentielles par lesquelles il plaît à Dieu de conduire les âmes et la société. Son œuvre est avant tout le poème d'un âge de foi religieuse et politique. Dante ne se propose pas de célébrer un homme ou un événement. S'élevant au-dessus de ce qui est particulier et borné, il se place dans la sphère des principes immuables, et présente, sous une forme symbolique, la marche de l'humanité vers le Dieu créateur. L'homme est son héros. Il le considère comme nature individuelle et comme être social. De là cette analyse psychologique des idées, des sentiments et des passions que les traités de philosophie n'ont pas dépassée ; de là aussi le tableau de synthèse qui rend l'histoire entière, religieuse et profane, tributaire obligée du poète. Mais, au lieu de suivre l'homme pas à pas dans l'actualité de son action sur la terre, Dante le retrouve dans le jugement de Dieu. Il le suit dans l'enfer, dans le purgatoire, dans le ciel, et se fait le témoin des conséquences produites par les opérations de la vie présente. La récompense et la peine indiquent la nature des causes dont elles sont les effets. Il en résulte, pour les hommes encore vivants en ce monde, un grand enseignement qui est le but pratique de tout le poème : conformer sa conduite aux principes qui conduisent au bonheur éternel, éviter les égarements que la justice de Dieu punit après la mort.

Les idées particulières du poète n'occupent que le deuxième plan. Dante place dans l'enfer ceux qui ont violé l'ordre religieux et politique, à quelque parti, à quelque religion qu'ils appartiennent. Guelfes ou Gibelins, catholiques ou infidèles, contemporains du poète ou hommes d'un autre âge, les hérétiques surtout qui ont brisé avec Rome, les politiques aventureux qui ont divisé l'Italie et le monde en factions, les criminels qui, par leurs fautes morales, se sont mis en contradiction avec les lois de l'Évangile, souffrent, dans le lieu du désespoir, des tourments qui ne finiront pas. Le purgatoire est réservé à de moindres fautes : là résident certains païens pour lesquels le génie semble avoir été une préservation ; là sont aussi purifiés ceux que des faiblesses, humainement excusables, ont éloignés un moment des règles du devoir. Les purs et les parfaits habitent le paradis. Ce sont les ouvriers de la divine Providence. Rois, empereurs, docteurs, les victimes du devoir, les défenseurs de l'ordre, ceux qui ont travaillé à l'établissement du règne de la justice dans les âmes, au bonheur et à la liberté des peuples, reçoivent dans ce lieu de félicité la couronne immortelle.

L'analyse du poème nous révèlera d'autres beautés.

Dès le début, le poète se met en scène. Il raconte son voyage dans le royaume des âmes. Le grand jubilé de Boniface VIII avait attiré à Rome une foule immense de pèlerins. Dante venait d'achever la visite des sept basiliques, et voilà que le jeudi de la semaine sainte (avril 1300), il s'égare dans la campagne. Il était revêtu encore du froc des franciscains auxquels il était affilié comme membre de leur tiers-ordre. Après avoir longtemps erré à l'aventure, vers minuit, brisé de fatigue, dominé par de vagues terreurs, il se trouve au pied d'une montagne, dont le sommet lui paraît éclairé des rayons du soleil. Trois bêtes fauves se présentent à lui et lui ferment la route. Ce sont les trois vices auxquels il s'est trop abandonné, la luxure, l'orgueil, la cupidité, représentés par une panthère, un lion et une louve. Pour fuir leurs atteintes, il s'enfonce dans une vallée sombre que le soleil des vivants n'éclaira jamais. Là, une ombre arrive à son secours ; elle se présente comme le chantre d'Énée et d'Anchise. « Tu es donc Virgile, lui dit Dante avec admiration, la source abondante d'où l'éloquence coule comme un fleuve majestueux ? Toi, la lumière et la gloire des autres poètes, toi dont j'ai recherché avec tant de soins, étudié avec tant d'amour les divins ouvrages ? Tu es mon poète favori, mon maître. C'est de toi que j'ai appris ce beau style qui m'a fait tant d'honneur. » Virgile alors rassure son disciple sur les terreurs qu'il vient d'éprouver. Il se dit envoyé par Béatrix pour le conduire et le guider dans les régions des ombres. D'ailleurs, deux autres femmes bien puissantes protègent le poète florentin, sainte Lucie, cette martyre si chère à la piété italienne, et la bienheureuse Vierge dont les secours l'ont déjà défendu et sauvé au milieu de ses égarements.

Dante se lève et suit son maître en silence. Quand ils arrivent aux bords du fleuve qui entoure l'enfer, Caron, le vieux nautonier de la mythologie païenne leur apparaît. Il s'irrite de trouver un vivant parmi ses passagers et voudrait le repousser; mais il cède à l'autorité de Virgile, et, pour satisfaire sa colère, frappe à coup d'aviron sur les ombres des damnés.

L'inscription qui domine la porte de l'enfer épouvante le poète. Il voudrait reculer ; mais Virgile le prend par la main et l'introduit dans le lieu du sombre désespoir.

L'enfer de Dante a la forme d'un cône renversé; il est composé de neuf cercles concentriques dont le dernier occupe le fond et trouve son centre au trône de Lucifer qui marque aussi le point central du globe terrestre. Chaque cercle est subdivisé en régions dans lesquelles sont placés et diversement tourmentés les criminels de différentes catégories.

Dans les cinq premiers cercles de l'enfer se rencontrent les damnés qui ont failli par l'entraînement des sens ou à cause de certaines influences mauvaises qui résultaient fatalement du lieu et de l'époque de leur existence sur la terre. D'abord se présentent les enfants morts sans avoir reçu le baptême ; immédiatement après viennent les grands génies du paganisme. Leur unique châtiment consiste à vivre sans espérance, remplis du sentiment de ce qui leur manque et incapables de jamais l'obtenir. Ce sont les limbes chrétiens. C'est de là que le Sauveur, au jour de son Ascension glorieuse, fit sortir les saints de l'Ancien Testament. « J'étais nouveau venu dans ce lieu, dit Virgile, lorsque un Puissant, couronné du signe des victoires, y descendit. Il en tira l'ombre du premier père, celle d'Abel son fils, et celles de Noé, de Moïse le législateur, d'Abraham le patriarche, du roi David, d'Israël avec son père et ses fils, celles de Rachel et de bien d'autres qu'il rendit au bonheur. »

Pendant que Virgile donnait ces explications à son

disciple, une voix se fit entendre : « Honorez, disait-elle, le poète sublime; son ombre, qui était partie, nous revient. » La voix se tut. Alors quatre ombres plus vénérables que les autres s'approchèrent. « Regarde, dit Virgile, celui qui marche, une épée à la main, en avant des trois autres, comme le ferait un roi. C'est Homère, poète souverain; l'autre qui le suit de près est le satirique Horace; Ovide est le troisième, puis vient Lucain. » Les grands poètes conversèrent un moment, « puis, ajoute Dante, ils se tournèrent vers moi et m'adressèrent un salut qui fit sourire agréablement mon guide. Et ils me firent encore un plus grand honneur, car ils me reçurent dans leur groupe; de sorte que je fus le sixième parmi tant de génies ». La postérité n'a pas trouvé exagérées les prétentions du poète florentin, et, s'il fallait préciser sa place parmi les grandes ombres qu'il vient de rencontrer, ce n'est pas le sixième rang que l'on voudrait lui assigner.

Au deuxième cercle se trouvent les malheureux que des affections désordonnées ont précipités dans les tourments. Là se place le gracieux et touchant épisode de Françoise de Rimini. Tous les arts se sont efforcés depuis de traduire cette scène d'une sublime naïveté; mais ils n'ont rien produit qui approche des quelques vers consacrés par Dante au malheur de ses compatriotes. Dans les cercles suivants sont éprouvés les gourmands, les avares, puis ceux qui se sont laissé dominer par la colère et la paresse. Dante considère les fautes personnelles comme les moins graves, et c'est aux fautes sociales, religieuses et politiques, qu'il réserve les plus sévères punitions.

Le frère de Saint-Crépin
Membre de la communauté des frères chrétiens cordonniers, en costume de cérémonie. (V. p. 54.)

Une barrière, gardée par les Eunides de la fable, sépare le cinquième cercle des quatre suivants dans lesquels sont punis les crimes qui violent les lois de la société et de la religion. Les impies sont torturés dans le sixième cercle : ils ont blasphémé Dieu dans leur cœur. Plus bas encore se trouvent ceux qui ont maltraité l'homme, créature de Dieu, et par leurs violences se sont attaqués à leur prochain, à eux-mêmes et au Créateur. Les fourbes, les séducteurs, les flatteurs qui égarent les faibles, les calomniateurs qui s'attaquent aux hommes vertueux, gémissent dans le huitième cercle. Là se montrent pour la première fois les démons de la tradition et des légendes chrétiennes, monstres horribles, grouillant dans le feu et la boue, armés de fourches, munis de griffes, de cornes, de queues démesurées; ils sont insolents et abjects, affectent de paraître indifférents aux tourments qu'ils endurent et de prendre plaisir à ceux qu'ils inventent contre les damnés.

Enfin, dans le neuvième cercle apparaît Satan, maître de l'enfer, le corps à demi plongé dans la glace, plus hideux encore dans les tourments qu'il était beau dans les splendeurs de son innocence. L'armée des démons lui obéit; elle s'inspire de sa haine, répète ses blasphèmes, lui reproche ses malheurs et se réjouit des peines qui lui sont infligées.

Près de Satan, parmi les traîtres qui entourent son trône, Dante reconnaît le comte Ugolin qui continue dans la mort et pour l'éternité son horrible vengeance sur l'archevêque Roger. Rien de plus horrible que cette scène. Dante emploie à la décrire toutes les hardiesses d'un génie porté aux sombres images.

« Je vis dans un trou deux pécheurs glacés; ils étaient placés de telle sorte que la tête de l'un servait à l'autre de chapeau. Et comme l'affamé mord dans le pain, ainsi le damné qui tenait l'autre sous lui enfonçait ses dents là où le cerveau se joint à la nuque. » Le poète l'interpelle : « O toi, lui dit-il, qui montres dans ta haine un acharnement de bête fauve, apprends-moi la cause de ton horrible vengeance. » Le pécheur interrompit son horrible festin, essuya sa bouche aux cheveux de la tête qu'il dévorait et dit :

« Tu veux que je renouvelle une douleur désespérée dont le souvenir m'oppresse le cœur avant que j'en parle. Mais, si mes paroles doivent être une semence qui porte un fruit d'infamie pour le traître que je ronge, tu me verras parler et pleurer tout à la fois... Tu dois savoir que je fus le comte Ugolin et celui-ci l'archevêque Roger. Or, je te dirai pourquoi je suis ici son voisin. Comment, par l'effet de ses mauvaises pensées, en me fiant à lui, je fus pris et ensuite mis à mort, il est inutile de le dire; mais ce que tu peux ne pas avoir appris, c'est combien ma mort fut cruelle. Écoute, et tu sauras s'il m'a offensé. » Ugolin raconte alors ses premières terreurs dans la tour où il avait été enfermé avec ses enfants. « Le second jour, avant l'aurore j'entendis mes enfants pleurer en dormant et demander du pain. Tu es bien cruel, si tu ne me plains déjà en songeant à ce que mon cœur de père présageait; et si tu ne pleures pas, de quoi pleureras-tu? Déjà ils étaient réveillés, quand j'entendis clouer sous moi la porte de l'horrible tour; alors je regardai fixement mes enfants sans prononcer un mot.

Je ne pleurai pas, mon cœur était devenu de pierre. Ils pleuraient, eux, et mon Anselmuccio me dit : Qu'as-tu donc, père, que tu me regardes ainsi?

« Cependant je ne pleurais pas, je ne répondis pas, tout ce jour ni la nuit suivante, jusqu'à ce que le soleil se levât de nouveau sur le monde. Lorsqu'un faible rayon se fut glissé dans la prison douloureuse, et que j'eus reconnu mon propre aspect sur leurs quatre visages, je me mordis les deux mains de douleur, et mes enfants, croyant que c'était de faim, se levèrent tout à coup en disant : O père, il nous sera moins douloureux si tu manges de nous; tu nous as revêtus de ces misérables chairs, tu peux nous en dépouiller.

« Alors je m'apaisai pour ne pas les contrister davantage; tout ce jour et celui qui suivit, nous restâmes tous muets. Ah! terre, dure terre, pourquoi ne t'entr'ouvris-tu pas?

« Lorsque nous atteignîmes le quatrième jour, Gaddo se jeta étendu à mes pieds en disant : Tu ne m'aides pas, mon père! Là il mourut, et, comme tu me vois, je les vis tomber tous les trois, un à un, entre le cinquième et le sixième jour; et je me mis, déjà aveugle, à les chercher à tâtons l'un après l'autre, et je les appelai pendant trois jours après qu'ils étaient déjà morts... puis la faim l'emporta sur la douleur.

« Lorsqu'il eut achevé, les yeux hagards, il reprit le pauvre crâne dans ses dents qui broyaient l'os avec la rage d'un chien. »

Dante et son guide passent sur le corps hideux de Satan, atteignent ainsi le centre de la terre, et remontent alors en sens inverse, plaçant leurs pieds là où se trouvait auparavant leur tête. Après une rapide ascension, ils atteignent les régions du purgatoire. Elles offrent l'aspect de la terre que nous habitons. On y retrouve le même soleil, les mêmes effets de lumière, les mêmes astres. La forme du purgatoire est celle d'un cône qui n'est pas, comme l'enfer, habité dans ses profondeurs, mais sur chacune des parties de sa surface extérieure; il présente l'apparence d'une montagne divisée en neuf cercles.

Un ange aux ailes brillantes introduit les voyageurs. Il les fait monter sur une barque qui glisse légèrement sur la surface des eaux. La position topographique du purgatoire est précisément aux antipodes de Jérusalem, dans une île perdue au milieu de l'océan.

Le premier personnage que rencontrent les deux poètes, est Caton, le défenseur de la liberté, le rigide ami de la justice. Dante fléchit le genou devant lui : dans le grand patriote romain, il a reconnu son image. Cependant, observe Dante, « les âmes qui passaient s'aperçurent à ma respiration que je vivais encore et devinrent pâles d'étonnement. Et comme lorsqu'un messager porte une branche d'olivier, la foule accourt pour apprendre la nouvelle, et personne ne se garde de heurter autrui, ainsi vinrent à ma rencontre toutes ces âmes heureuses, oubliant presque d'aller se purifier ». Mais Caton, le grand justicier, fait entendre sa voix sévère : « Qu'est-ce donc, esprits paresseux, s'écrie-t-il; qui vous retient ici? Courez à la montagne pour vous dépouiller des écailles qui vous empêchent de voir Dieu. »

« Ainsi que des colombes, formant des groupes dans la plaine, paisibles et becquetant l'ivraie ou le blé, si quelque objet leur apparaît qui les effarouche, laissent tout à coup leur pâture, préoccupées qu'elles sont de plus grands soucis; de même je vis cette troupe d'esprits laisser là les chants et courir vers la côte, comme un homme qui va savoir où ses pas le mènent. »

Dès qu'il entre dans le deuxième cercle, Dante se confesse à un ange. Toutes les fautes de sa vie sont exposées, et l'ange le marque sept fois au front de la lettre P. (péché). Il ne faut pas oublier que la vision du poète se place au temps de la grande indulgence du jubilé. La purification de son âme va s'accomplir à travers les zônes expiatrices de la sainte montagne.

Les supplices du purgatoire n'ont rien de la terreur et du désespoir qui sont inséparables des maux de l'enfer. En ce lieu de purification, les âmes trouvent dans l'espérance du ciel un soulagement à leurs peines.

De tous les pécheurs que Dante place dans le purgatoire, aucun n'a violé l'ordre religieux et politique, et ce n'est que par une grâce spéciale de repentir, que l'on y trouve Charles d'Anjou, frère de saint Louis. Tous les autres expient des fautes individuelles; ils n'ont pas été pour les hommes et pour la société un sujet de scandale ou une cause d'oppression.

Virgile a conduit son disciple dans l'enfer et dans le purgatoire. Mais au sommet de la montagne d'expiation, il se sépare de lui. Alors apparaît Béatrix. Cet objet d'un premier amour, si pur, si digne de vénération, rencontré maintenant dans le paradis terrestre, exalte l'âme du poète. Une vision surnaturelle s'empare de son esprit; la synthèse de l'histoire du monde se présente à ses yeux. Revenu à lui, il avoue ses fautes, écoute les justes reproches de Béatrix, et, à sa suite, après avoir traversé le Léthé qui dépouille de toute sollicitude et de tout souvenir pénible, la pensée des bienheureux, il entre dans le séjour de l'éternelle félicité.

Les sphères qui divisent le paradis établissent des différences entre les élus; mais ce ne sont là que des variétés dans un bonheur sans mélange. Les malheureux perdus dans l'enfer étaient des ombres; ce sont des âmes, ayant quelque chose encore de corporel, que Dante a trouvées dans le purgatoire; dans le ciel il ne voit que des splendeurs dépouillées de tout ce qui rappelle la terre, des substances impalpables, brillantes, transparentes, dans lesquelles se complaît le regard.

Les bienheureux se groupent autour des deux visiteurs et se réjouissent de leur arrivée. « De même que, dans un vivier tranquille et pur, les poissons courent vers tout ce qui tombe du dehors, s'ils croient y trouver leur pâture, de même je vis plus de mille splendeurs qui accouraient vers nous, et chacune s'écriait : Voilà qui va augmenter notre amour ! » — « Je vis plusieurs clartés vives et triomphantes faire de nous un centre et d'elles une couronne, plus douce encore à l'oreille, qu'éclatante aux yeux. »

Chaque ciel occupe une planète différente, et les cercles qui s'enchaînent, au lieu de se rétrécir comme il arrive pour l'enfer et le purgatoire, se développent et vont s'élargissant.

Dans le cinquième ciel, qui est la planète de Mars, se dresse la croix triomphante du Sauveur. Là, Dante retrouve un de ses ancêtres, tué pendant la première croisade. Il se fait prédire par lui les épreuves qui sont réservées à la malheureuse ville de Florence, et celles qui attendent le poète. « Tu abandonneras les objets le plus tendrement aimés : c'est la première douleur de l'exil. Tu éprouveras combien est amer le pain des étrangers, et combien il est dur de gravir l'escalier d'autrui. »

Dante monte toujours. Après avoir traversé la lune, Mercure, Vénus, le soleil, Mars, et Jupiter, il arrive au dernier royaume du ciel. « De même qu'un éclair soudain brise les forces visuelles et rend l'œil impuissant à percevoir les plus forts objets ; ainsi je fus entouré d'une vive lumière, et elle me laissa tellement couvert du voile de ses rayons que je ne pouvais plus rien voir. »

Autour du trône de Dieu, les anges s'agitent faisant entendre de sublimes concerts. Conduit devant le trône de Marie et aux pieds du Très-Haut, Dante tire de son âme les accents de l'amour le plus mystique et conclut son poème par une prière :

« O lumière suprême ! qui t'élèves si haut par-dessus les pensées des mortels, prête encore à mon esprit un peu de ton éclat, et donne tant de pouvoir à ma langue, qu'elle puisse laisser aux races futures au moins une étincelle de ta gloire ! »

Le poème de Dante a reçu de son auteur le nom de *Comedia*, qui, dans son idée et selon le sens accepté à son époque, veut dire tableau, spectacle. C'est sous ce titre qu'il a été imprimé pour la première fois en 1472, à Foligno : *Comedia di Dante Alighieri di Fiorenza.* Il ne reçut le titre de *Divina Comedia* qu'en 1516, dans la 29e édition qui fut publiée à Venise, avec le commentaire de Christophe Landino.

Dante lui-même, dans la dédicace des chants du *Paradis* à son compatriote Can Grande della Scale, indique les difficultés d'interprétation que présente son poème. « Le sens de cette œuvre, dit-il, n'est pas simple, mais multiple. Il y a d'abord le sens littéral, il y a ensuite le sens caché sous la lettre. » Après avoir développé cette idée, il ajoute : « Le but de l'ensemble et de chaque partie, c'est d'arracher des vivants à la misère et de les conduire à la félicité. »

Pour atteindre ce but, Dante a rassemblé dans une synthèse harmonieuse toutes ses connaissances et les a présentées sous une forme poétique. « La Divine Comédie, dirons-nous avec M. Ozanam, est la somme littéraire et philosophique du moyen âge ; Dante est le saint Thomas de la poésie. » Il serait donc inutile d'insister sur les raisons qui doivent engager à lire son œuvre. Elles sont résumées avec une grande précision dans ces paroles de Vico : « La Divine Comédie mérite d'être lue pour trois motifs : c'est l'histoire des temps les plus troublés de l'Italie, la source des plus belles expressions du dialecte toscan, le modèle de la poésie la plus élevée. Elle embrasse le cycle des événements de l'époque : l'extinction de la maison de Souabe, les Vêpres siciliennes, les batailles et les crises de la République florentine, la révolution de la Flandre, l'affranchissement de la Suisse, l'abolition de l'ordre des Templiers, la guerre des hérésies albigeoise et fraticelle, la translation du siège papal à Avignon... »

Dante mourut à Ravenne le 14 septembre 1321. L'inscription que l'on mit sur son tombeau lui est attribuée. « J'ai chanté les droits de la monarchie et les mondes supérieurs. J'ai chanté, après les avoir parcourus, le Phlégéton et les lacs impurs. Mais, comme la meilleure partie de moi-même, passagère ici-bas, rentra dans sa patrie véritable et remonta vers son Auteur, je suis enfermé ici, moi, Dante, exilé du sein de ma patrie, moi qu'engendra Florence, mère sans amour. » L'inscription en vers latins qui fut placée en face, est de Jean de Virgile, et commence ainsi :

Theologus Dantes nullius dogmatis expers.

Boccace qui avait pu connaître et interroger les contemporains du poète florentin, donne des détails précieux sur le physique de Dante. Il était de taille moyenne, légèrement courbé quand vint l'âge mûr. Il avait la démarche noble et grave, l'air bienveillant, le nez fortement aquilin, les yeux assez grands, la lèvre inférieure un peu saillante, le teint très brun, la barbe et les cheveux noirs, épais et crépus, la physionomie pensive et mélancolique. On lui connaissait un amour passionné pour les beaux-arts.

Dans son portrait se retrouvent ce front spacieux, ces sourcils fortement arqués, cette face osseuse, assombrie par les passions et les chagrins. Toute la vie du poète s'est traduite d'une manière saillante et évidente dans son masque, moulé de la main de son ami Guido.

GUSTAVE CONTESTIN.

LA MORT D'UN BLEU

(*Extrait des* CROQUIS D'UN VOLONTAIRE AU 36e DRAGONS.)

(Voir page 3, 21 et 34.)

—

Un beau dimanche du mois de juin, nous dînions à Rochemont, Nercy, Raoul de Merville et moi. Mme de Rochemont nous avait invités pour fêter la présence de ses fils, Maurice l'artilleur, et Pierre le marin, tous deux en permission. La journée avait été chaude, le repas excellent. Toute la compagnie, en sortant de l'antique salle à manger, était allée s'asseoir sur la terrasse du château, pour jouir de la fraîcheur de la soirée. Une tente éclairée par des lanternes japonaises abritait la table autour de laquelle mamans et jeunes filles s'installèrent. Assis en dehors de la tente nous fumions en devisant de choses militaires.

Le vieux général avait emmené Merville à son observatoire pour lui exposer un nouveau système d'orientation basé sur la marche d'une étoile de quinzième grandeur. En nous quittant, Raoul avait jeté un regard désolé sur Jeanne de Rochemont. Nercy, qui lui avait prédit un cours complet d'astronomie, surprit ce coup d'œil, et me poussa le coude en souriant sous sa fine moustache.

« Monsieur Caverly, dit Mme de Rochemont, seriez-vous assez bon pour nous dire comment M. de Merville s'est trouvé mêlé à l'histoire de ce conscrit qui est mort cet hiver à votre régiment ? Le commandant Saint-Clair disait tout à l'heure qu'il avait été admirable pour ce pauvre garçon. Nos jeunes filles vous sauront gré de leur conter cette aventure, car elles n'apprécient pas à leur juste valeur vos savantes dissertations hippiques et stratégiques.

— Il est vrai, madame, que nous agissons comme de vrais sauvages en parlant chevaux et manœuvres en aussi aimable compagnie ; mais vous nous pardonnerez d'avoir manqué à nos devoirs, entraînés que nous étions par la belliqueuse ardeur du lieutenant Maurice. Nous allons cesser immédiatement, et, quant à l'histoire que vous désirez entendre, je vous propose de la demander à Hector Nercy. Il est parfaitement au courant de ce qui s'est passé, et, de plus, il raconte comme feu la sultane Schéerazade savait raconter. Il me paraît, pour le moment, fort occupé à regarder la lune, mais je vais l'appeler. — Holà, Hector, ces dames te réclament. »

Hector Nercy, le plus galant des dragons, lorsqu'il n'était pas absorbé par ses éternelles rêveries, ne se fit pas prier, et s'exécuta de la meilleure grâce du monde.

« Le pauvre conscrit dont vous avez entendu parler, mesdames, faisait partie de mon escadron, et du peloton de notre ami Merville. Il était né dans le bocage normand aux environs de Saint-Lô, et s'appelait Louis Adam. Il ne devait être jamais sorti non seulement de son village, mais de la petite ferme que son père et sa mère faisaient valoir dans un endroit écarté. Fils unique, élevé aussi doucement que peut l'être un paysan, Louis Adam était arrivé à l'âge de la conscription sans avoir jamais rien vu, aussi était-il d'une extrême timidité. Sa mère avait bien prié afin qu'il eût un bon numéro. Son père voulut tirer pour lui, espérant avoir la main heureuse. Le pauvre homme amena le n° 5 ! Il fallut partir.

« Louis Adam fut désigné pour entrer dans les dragons. Les gars du village voisin qui avaient servi dans l'infanterie, au lieu de chercher à l'encourager, lui firent un sombre tableau du métier de cavalier qu'ils ne connaissaient pas. Le régiment lui apparut dès lors comme un lieu de souffrance et d'exil, et, en s'éloignant de la chaumière où son enfance et sa jeunesse s'étaient abritées heureuses sous l'aile maternelle, le pauvre Louis eut le pressentiment qu'il ne reviendrait pas. Il partit, accablé d'une insurmontable tristesse.

« Je n'oublierai jamais l'intérêt que m'inspira ce pauvre garçon lors de son arrivée au quartier. Son honnête et candide visage contrastait singulièrement avec ceux de ses camarades, fatigués par les veilles et les orgies, où la plupart des conscrits essayent de noyer leurs regrets. Il était beau garçon : et son air timide, ses grands yeux doux, un peu effarés, prévenaient en sa faveur.

« Je me souviens qu'il fut rudoyé par l'officier d'habillement parce qu'il tremblait de tous ses membres, tandis qu'on l'affublait d'un pantalon trop long et d'une veste trop large.

« Le soir, quand il se vit dans la chambrée vis-à-vis de sa première gamelle, il ne put retenir quelques larmes. Il ne sut pas les cacher, et, vues des anciens, elles donnèrent lieu à de cruelles moqueries. C'étaient les premières ; elles ne devaient plus s'arrêter.

« Il était parti muni de 15 écus, économisés sou à sou. Sa mère les avait placés dans une ceinture de cuir, espérant qu'ils y seraient bien cachés, et pourraient adoucir les privations de son enfant. Elle ne se doutait pas, la pauvre femme, qu'il est d'usage au régiment de saigner la bourse des nouveaux arrivants jusqu'à ce qu'il n'y reste plus rien. Les anciens sont habiles en semblable opération pour l'avoir expérimentée à leurs propres dépens au début de leur carrière militaire.

« Par malheur, Louis Adam se trouvait avoir pour voisins de lits les deux plus mauvais sujets de l'escadron. Aussi tous les soirs l'entraînaient-ils dans de nouvelles orgies. C'était, disaient-ils, pour le dégourdir. Ils tentèrent en vain, du reste, de le rendre semblable à eux. Leurs vices répugnaient à Louis, et il sut résister. Ses camarades ne le persécutèrent pas tant qu'il eut de l'argent à leur disposition, mais, du jour où les sous de la mère Adam furent dépensés jusqu'au dernier, commença pour son fils un véritable martyre. Il n'était pas de sarcasmes, de brimades et d'avanies qu'on ne lui fît endurer. On l'avait surnommé le « Capucin », à cause de l'air de douceur et d'honnêteté répandu sur son visage ; le capucin devint le souffre-douleurs du peloton, et c'est tout dire. Sa timidité naturelle augmentait de jour en jour et le laissait sans défense. Il n'osait plus dire un mot ni faire un geste, et recevait en silence la grêle de grossièretés qui l'assaillait sans relâche. Un profond chagrin l'envahissait, de jour en jour plus insupportable. Il ne mangeait plus. Le soir, il restait éveillé jusqu'à ce que le moindre bruit eût cessé, frissonnant sous sa couverture, tandis que ses bourreaux jouaient aux cartes près du poêle éteint. Il les regardait ; leurs figures éclairées par la lueur fumeuse de quelques bouts de chandelles lui semblaient effrayantes, et lorsqu'il entendait prononcer son nom, toujours accompagné d'un sarcasme ou d'un blasphème, une sueur froide l'inondait des pieds à la tête.

« S'il parvenait à s'endormir ses rêves l'emportaient aux verts ombrages de Normandie : il croyait voir sa mère qui lui tendait les bras ; il voulait courir vers elle, mais un monstre horrible le retenait par les pieds et l'entraînait dans un gouffre. — Maman ! maman ! s'écriait-il avec un sanglot déchirant. Alors un coup de poing de son voisin de lit, réveillé par ses pleurs, l'arrachait à son cauchemar, et le lendemain on lui faisait payer bien cher d'avoir eu la faiblesse d'appeler sa mère en dormant.

« J'avais appris la triste situation du pauvre Louis Adam par un bleu (1) de son peloton, et je remarquais depuis quelques jours le dépérissement effrayant de ce garçon. Six semaines de souffrances avaient fait de tels ravages sur sa belle figure que sa mère peut-être eût été seule à le reconnaître, s'il fût retourné au pays. Son peloton était dépourvu d'officier. Je m'adressai à son maréchal des logis, et je recommandai Louis Adam à sa sollicitude. Ce sous-officier, fils de famille déclassé, qui ne prenait nul souci de ses hommes, m'envoya promener. Je ne fus pas plus heureux auprès du brigadier de peloton qui eût préféré voir mourir cinquante bleus plutôt que d'en protéger un seul contre un ancien. Je ne savais, au milieu du service très absorbant des volontaires, comment venir en aide au malheureux Adam, lorsqu'une répartition inattendue fit passer Merville dans son peloton. »

Le récit d'Hector fut interrompu par l'arrivée des domestiques apportant le thé. Mme de Rochemont envoya prévenir les astronomes. Le domestique revint avec l'ordre de monter quelques rafraîchissements à l'observatoire. Nercy sourit encore en me regardant malicieusement. J'étais, du reste, ravi du succès d'attention qu'il obtenait, et c'eût été dommage que le retour de Merville vînt l'empêcher de finir son récit aussi librement qu'il l'avait commencé.

Le thé fut expédié à grande vitesse : l'auditoire était impatient d'entendre l'élégant conteur.

« J'en étais resté, je crois, mesdames, au moment où Merville fut versé dans le peloton du pauvre diable dont je vous racontais les tristes aventures. J'exposai simplement à Merville la situation de Louis Adam. Il n'en fallut pas davantage pour susciter à celui-ci un redoutable défenseur. Vous avez tous Merville en grande estime, mais vous ignorez peut-être que sous un air de douceur et de presque timidité, notre ami cache une indomptable énergie. N'est-il pas vrai, Caverly ? »

Je répondis par des signes répétés d'assentiment, tout en remarquant du coin de l'œil que l'éloge de Merville avait beaucoup activé le travail de broderie que faisait Mlle de Rochemont, tandis que les autres dames et demoiselles négligeaient tout à fait les leurs.

« Merville, donc, trouva moyen de faire placer son lit à côté de celui du pauvre bleu, et, le soir même, signifia à toute la chambrée que quiconque désormais attaquerait le « capucin » aurait affaire à lui, Merville, et s'en repentirait. Les hommes furent d'abord quelque peu déconcertés de l'attitude du nouveau « vendu » (c'est ainsi qu'ils nous appellent). Un loustic profita du visage agréable et encore imberbe de notre ami pour le surnommer « Miss Merville », puis on en vint à dire qu'après tout « il n'avait jamais rien cassé », qu'il n'était pas « si malin que ça », que « s'il faisait sa tête, on le dresserait », etc. Peu à peu les tracasseries recommencèrent, mais prudemment, et en l'absence de Merville. On se méfiait quand même de la « petite demoiselle ».

« Un jeudi matin, nous rentrions plus tôt que d'habitude à notre escadron, Merville et moi. Il venait de monter au manège la nouvelle jument du commandant Saint-Clair qu'il dressait à l'usage de ce dernier avec le talent que vous lui connaissez. En arrivant à la porte de son peloton et au moment où j'allais le quitter, nous entendîmes un grand bruit dans la chambrée. C'étaient des cris et des rires sauvages. A travers le tumulte, on distinguait un son mat, se renouvelant à intervalles égaux et paraissant produit par le choc d'une masse contre le plancher. Une même idée traversa notre esprit. Nous échangeâmes un rapide coup d'œil et Merville, cravache en main, ouvrit brusquement la porte.

« Nous avions deviné juste. Le malheureux Adam s'offrit à nos regards, lancé du parquet au plancher et du plancher au parquet en compagnie de sept ou huit bottes éperonnées. Vingt bras vigoureux agissant sur une couverture le faisaient rebondir avec plus de force chaque fois qu'il retombait. Quelques taches de sang laissées aux solives attestaient la méchanceté de ses bourreaux.

« Sans hésiter un seul instant Merville bondit au milieu d'eux, frappant à droite et à gauche avec fureur. En un instant il fut maître du terrain. Adam gisait évanoui au milieu de la chambre. Je m'empressai auprès de lui. Merville, l'œil étincelant, frémissant d'indignation, tenait dix hommes acculés au mur. L'un d'eux voulut se jeter sur lui : à peine avait-il fait un pas, qu'il reculait aveuglé par un coup de cravache cinglé en pleine figure.

« Attiré par le bruit, le sous-officier de semaine parut « enfin. « Merville et vous trois, dit-il en désignant les « adversaires les plus avancés de Raoul, vous avez cha- « cun quatre jours de salle de police pour vous être « battus dans la chambre. Demain, vous irez tous les « quatre sur le terrain. En attendant, descendez à la « boîte, ou je vous fais tous enlever de pied ferme. »

En passant devant moi Merville me serra la main et me dit en souriant : « Si je suis obligé de me battre « demain avec cette canaille, je compte sur toi pour être

1. Bleu, dans la cavalerie, signifie recrue de première année.

« mon témoin. Je veux perdre mon nom si je ne leur « coupe à tous trois les oreilles. Veille à ce pauvre diable : « il me paraît endommagé. »

« Adam fut transporté d'office à l'infirmerie. Je courus chez le major, qui me promit de le soigner d'une façon toute spéciale. En sortant, je rencontrai le commandant Saint-Clair. Je lui contai l'affaire et il m'emmena chez le colonel. Inutile d'ajouter que la punition de Merville fut immédiatement levée et que le châtiment infligé aux coupables fut exemplaire.

« Malheureusement cette dernière et cruelle secousse avait achevé de briser le peu de forces que le mal du pays et les souffrances de toutes sortes avaient laissées au pauvre Louis Adam.

« Après l'avoir gardé deux jours à l'infirmerie, le major l'envoya à l'hôpital, espérant que les soins des sœurs de charité le rappelleraient à la vie. L'un de nous allait le voir tous les jours. Merville lui fournissait toutes sortes de douceurs et de réconfortants. Il alla jusqu'à faire venir de Saint-Lô la photographie de l'église du village d'Adam. Le malade pleura de joie en la voyant, puis il dit à la sœur : « Je ne retournerai pas au pays ! » et il eut un terrible accès de fièvre la nuit suivante.

« Deux jours après, c'était la veille de Noël, au moment où nous le quittions, il nous dit adieu en pleurant. Il ajouta, en nous tendant ses mains amaigries : « Mon« sieur Merville, vous seriez bien complaisant d'écrire à « mon père que je voudrais être enterré là-bas, chez « nous, si ça ne coûte pas trop cher. N'est-ce pas, vous le « lui direz ?

« — Vous n'en êtes pas là, mon brave Adam. Vous « allez guérir. Ayez bon courage. »

« Le malade sourit faiblement : « Si ce n'était pas « abuser de votre bonté, vous diriez aussi à ma mère « que..... Ah ! vous savez bien mieux que moi ce qu'il « faudra lui dire ! »

« Et il retomba épuisé sur son oreiller.

« Une sœur s'approcha sans bruit, et nous fit signe de nous retirer en murmurant : Revenez demain !

« Le lendemain, de bonne heure, nous étions à l'hôpital. L'aumônier nous arrêta dans le grand vestibule :

« Messieurs, nous dit-il, votre protégé est mort « hier soir comme un saint, quelques heures seulement « après votre départ. Les derniers mots qu'il ait pro« noncés ont été votre nom, monsieur Merville, et celui « de sa mère. Priez pour lui. »

« Nous rentrâmes tristement au quartier.

Le surlendemain l'escadron en grande tenue et à pied était rangé en bataille dans la cour de l'hôpital. Il faisait un froid terrible. On attendait depuis une heure.

« Les dragons battaient la semelle. Quelques-uns essayaient de plaisanter. Aux fenêtres des longs corridors chauds on apercevait des têtes de convalescents, hommes et femmes, qui nous regardaient curieusement.

« On vint chercher Merville. La famille demandait à lui parler. Il se trouva en présence de deux paysans, le père et la mère, ayant chacun un panier au bras, et sanglotant. Les sœurs plaçaient sur le cercueil la tunique, le casque et le sabre tiré dont la lame formait croix avec le fourreau.

« Merville vint nous rejoindre après quelques instants. Il était très ému. L'officier de semaine fit entrer l'escadron dans le vestibule : on forma le cercle autour du cercueil. Le père et la mère, assistés par les sœurs, restaient blottis contre une porte.

« Mes enfants, dit le vieil aumônier, votre cama« rade, Louis Adam, quelques heures avant de rendre « le dernier soupir, a exprimé le vœu d'être inhumé « dans le cimetière de son village. Le peu de fortune de « ses parents n'aurait pas permis d'accomplir sa dernière « volonté, mais l'un de vous s'est chargé d'acquitter les « frais nécessaires. Cette âme généreuse aurait voulu « que sa bonne action restât ignorée de tous. Je tiens « pourtant à vous la signaler, tout en gardant secret le « nom de son auteur. La tombe de votre camarade sera « placée à l'ombre de cette croix que voici, fruit de vos « souscriptions. Puisse ce tardif témoignage d'affection « et de regrets faire pardonner à quelques-uns d'entre « vous le mal qu'ils ont fait au pauvre Louis Adam. Je « souhaite que le souvenir de cette mort prématurée ne « s'efface jamais de votre mémoire, et vous rappelle « sans cesse que vous devez vous aimer les uns les au« tres, et qu'au moment où vous vous y attendrez peut« être le moins, vous serez appelés à comparaître devant « le tribunal de Dieu. Heureux alors celui qui, de même « que votre jeune et infortuné camarade, n'aura rien à « se reprocher, et mourra la prière et le pardon sur les « lèvres, la résignation et l'espérance dans le cœur !

« L'heure du départ ne nous permet pas d'entrer « à la chapelle : nous allons nous rendre à la gare en « chantant les prières d'usage. »

« Le cortège se mit en marche. Derrière la croix et le clergé venait le cercueil porté par six dragons. Quatre gradés tenaient les cordons du poêle.

« Le père du défunt marchait ensuite entre notre capitaine et l'officier de semaine. Il paraissait tout petit à côté de ces colosses enveloppés de leur longue capote au collet relevé. Il grelottait sous sa blouse bleue, regardant tout effaré l'appareil militaire qui l'entourait, et la crainte empêchait ses larmes de couler.

« Ensuite, c'était la pauvre mère, anéantie par la douleur. Un voile noir couvrait son petit bonnet blanc. Deux sœurs de charité, deux anges, la soutenaient dans son isolement, l'encourageant sur la voie douloureuse.

« La neige commençait à tomber. Le vent soufflait en rafales.

« Tous les cent mètres les porteurs se relayaient. Le cortège s'arrêtait quelques instants. L'escadron marquait le pas. Au bruit des éperons sonnant sur le pavé, la paysanne tournait parfois la tête. A la vue de tous ces soldats la suivant, elle s'élançait affolée vers le cercueil, craignant peut-être qu'ils ne vinssent encore lui ravir jusqu'au cadavre de son enfant.

« On arriva enfin à la gare. La bière fut introduite dans le wagon qui l'attendait. Chacun fit sur elle un dernier signe de croix ; nos officiers saluèrent la famille, et l'escadron reprit le chemin du quartier.

« La neige tombait, fine et serrée, et les dragons ne parlaient pas. »

Nercy s'arrêta : on l'écoutait encore. Ses auditeurs s'étaient rapprochés de lui et l'émotion était peinte sur tous les visages.

A ce moment Merville parut, donnant le bras au général. Tous les regards se dirigèrent vers lui.

Surpris d'être l'objet de l'attention de toute la compagnie, mais trop homme du monde pour paraître le remarquer, il alla s'asseoir auprès de Mme de Rochemont.

« Madame, dit-il gaiement, l'heure impitoyable nous oblige à nous retirer en vous remerciant de votre gracieuse hospitalité. J'ai dû quitter la très instructive conférence que le général a bien voulu me faire au moment où la constellation du Lynx allait passer au zénith, et confirmer un très remarquable système d'orientation nocturne. J'espère qu'une autre fois, le général voudra bien me compléter ses intéressantes démonstrations, mais, hélas, il est onze heures.....

— Ce garçon-là sera un merveilleux diplomate, murmura Hector à mon oreille.

— Certainement, certainement ! disait le général, enchanté de son élève, mais le service doit passer avant tout. Partez, mon ami, partez ! »

Il était onze heures et quart, et comme nous prenions rapidement congé de nos hôtes : « Rassurez-vous, messieurs les dragons, dit Maurice de Rochemont : ma mère a eu pitié de vous, avec vos basanes et vos grands sabres ; votre voiture est avancée.

— Que de bontés, madame ! dit Merville : vous êtes mille fois trop bonne pour ces coquins de dragons ; mais, je ne sais si je me fais illusion, il me semble que ces dames sont tout attristées. Je parie que Nercy les a effrayées par quelqu'une de ses histoires de revenants. N'y croyez pas, mesdemoiselles, ce n'est pas vrai, vous savez bien que Nercy est gascon ! »

On rit de cette boutade, et l'on se quitta gaiement.

Cinq minutes après nous roulions en *vis-à-vis* vers la bonne ville de Montargis, dont les rares lumières brillaient dans le lointain.

JOSEPH CAVERLY.

CHRONIQUE

Savez-vous que le printemps a une singulière façon de sourire cette année ? Tandis que les moineaux à défaut de rossignols commencent à jaser gaiement sur mon balcon parisien, les journaux jasent sur ma table, et ils parlent aussi du renouveau...

Eh bien, il est joli, le renouveau en l'an de grâce 1881 : on charge les canons et les fusils en Turquie, en Grèce, en Algérie ; l'expédition Flatters est massacrée chez les Touaregs ; les nihilistes conspirent en Russie ; les féniens conspirent en Irlande ; la peste décime la Mésopotamie ; des tremblements de terre bouleversent les îles d'Ischia et de Chio, le Danube menace encore Szegedin, et le Guadalquivir gronde de nouveau contre les murs de Séville ; les traces de la bombe qui a tué le czar Alexandre II sont à peine effacées sur la neige de Saint-Pétersbourg ; je ne parle pas de tous ces incendies qui s'acharnent sur les théâtres. — Théâtre de Montpellier brûlé, théâtre de Phalère à Athènes brûlé, sans insister sur le théâtre de Nice avec ses cent victimes dévorées par les flammes... Ah ! il est charmant le renouveau de 1881, il est charmant.

Ne nous alarmons pas trop cependant ; — peut-être ce que nous prenons pour un commencement de printemps n'est-il que la fin d'un vilain hiver !

C'est Tunis, cela va sans dire, qui est notre grosse préoccupation à l'heure actuelle ; les Parisiens en s'abordant commencent par se demander comment va le Bey Mohammed-ben-Saddoch, on s'enquiert après de ce que font les Kroumirs ; on s'interroge ensuite sur sa propre santé ; et enfin, chacun traite la question tunisienne avec cette science profonde et cet aplomb convaincu que donne seule une lecture assidue des journaux à un sou et même à quinze centimes.

Comme toujours, en pareil cas, il y a des pessimistes et des optimistes ; les premiers déclarent que les Kroumirs sont de fameux gaillards et qu'il ne faudrait point être surpris, s'ils venaient assiéger Toulon après avoir passé la Méditerranée à la nage, tandis que nous les chercherons dans les gorges de leurs montagnes ; les autres ne font qu'une bouchée du Bey et ils démolissent le Bardo, comme ils donneraient un coup de fourchette dans la croûte d'un pâté de saumon.

Démolir le Bardo ! Y pensez-vous, Parisiens, mes bons amis ? Mais d'abord, vous faites-vous une idée bien exacte du Bardo ? Il dépend de vous de le voir sans sortir des murs de Paris.

Le Bardo est pour le Bey de Tunis ce que le Palais de Versailles était pour Louis XIV.

A l'Exposition Universelle de 1867, on avait élevé dans le Champ de Mars pour le compte du gouvernement du Bey un ravissant palais tunisien qui n'était autre qu'une réduction du Bardo lui-même.

Le Bey montrait alors à l'égard de la France les sentiments les plus amicaux ; car, après l'Exposition, il fit cadeau à la ville de Paris de son Bardo du Champ de Mars.

La ville de Paris accepta, et le Bardo de l'Exposition fut transporté dans le parc de Montsouris où il sert aujourd'hui à loger les astronomes de l'Observatoire météorologique.

Pendant les deux sièges de Paris, en 1870 et 1871, le

Bardo de Montsouris servait de quartier général aux gardes nationaux qui gardaient le rempart : les officiers de haut grade occupaient le premier étage, le rez-de-chaussée était transformé en corps de garde.

En dépit des Prussiens et des communards, le Bardo de Paris eut la chance de sauver ses coupoles et ses vitraux, que vous pouvez admirer quand il vous plaira, pour peu que vous ne craigniez pas d'aller jusqu'à Montsouris, — un peu plus loin, je l'avoue, que le bout du monde.

Les événements actuels ont appelé l'attention sur la population tunisienne de Paris : elle se compose surtout de marchands qui vendent des objets de provenance africaine et orientale ou soi-disant telle ; car le *Bibelot* d'Orient se fabrique à Paris sur une large échelle; on m'assure aussi que les marchands eux-mêmes sont d'une authenticité douteuse et que beaucoup de Tunisiens aux calottes bouffantes et aux turbans à sept spirales ont vu le jour rue Mouffetard ou rue Maubuée.

Si les Tunisiens hypothétiques de Paris ont un goût passionné pour le turban, il paraît que les vrais Tunisiens de Tunis ont un goût immodéré pour le bonnet de coton.

Quand Alexandre Dumas débarqua à la Goulette, — le port de Tunis — il fut stupéfait de voir plus de gens coiffés de ce blanc et prosaïque bonnet que s'il fût débarqué quelque part sur la côte normande, par exemple à Honfleur ou à Port-en-Bessin.

Naturellement en sa qualité de voyageur consciencieux, il demanda la cause d'un phénomène si inattendu et voici ce qu'il parvint à apprendre.

Quelque vingt ans auparavant, un capitaine marseillais était entré dans la rade de la Goulette avec son navire : le commandant du port lui avait infligé un droit d'entrée tellement exhorbitant, que le pauvre diable de capitaine prenant son courage à deux mains s'en alla demander justice au Bey.

Tout à point le souverain de Tunis était en belle humeur ce jour-là ; il promit une réparation éclatante, — une réparation dont on parlerait dans l'histoire.

« De quoi se compose ton chargement? — demanda-t-il au capitaine.

— D'une quantité considérable de bonnets de coton, altesse ! » Le Bey se fit expliquer ce que c'était qu'un bonnet de coton ; et le capitaine le satisfit pleinement en se coiffant devant lui d'un casque à mèche.

« C'est bien ; rends-toi à ton navire et prépare-toi à la vente de ta marchandise. »

En même temps il donnait l'ordre à un de ses officiers de faire proclamer à son de trompe dans toutes les rues de Tunis que tout Juif qui paraîtrait en public sans bonnet de coton, dans le délai de vingt-quatre heures, aurait la tête tranchée.

Les Juifs sont nombreux à Tunis et les bonnets de coton étaient rares à cetteé poque : ce fut à qui prendrait une barque et se dirigerait au plus vite vers la navire *Sauveur*. Le capitaine qui n'était pas de Marseille pour rien comprit instantanément le parti qu'il pourrait tirer de la situation ; il assura à sa clientèle imprévisée que l'absolu désir qu'il avait de la satisfaire lui permettait seul de céder ses bonnets au prix modique de 4 francs pièce. Les bons Juifs trouvèrent que 4 francs, c'était bien un peu cher pour un bonnet qui valait tout au plus quinze sous; mais, ils songèrent en même temps à leur tête, et delièrent les cordons de leur bourse.

Le capitaine opéra ainsi une petite recette de quarante-huit mille francs, dont trente-six mille francs de bénéfices nets. Transporté de reconnaissance, il crut même pouvoir offrir un pot de vin au Bey ; mais Son Altesse répondit fièrement que Mahomet ne lui permettait pas plus d'accepter le vin en pot qu'en barrique. Le Marseillais retourna chez lui en chantant les louanges du Bey et de sa justice; malheureusement comme tout le monde savait qu'il était de la Cannebière, personne ne l'aurait jamais cru, si, enfin, M. Alexandre Dumas n'était venu attester sa véracité.

Les Juifs grommelèrent bien un peu tout d'abord contre l'idée bizarre qu'avait eue leur souverain ; mais, en gens malins et pratiques, ils s'avisèrent bien vite de vanter les avantages de leur nouvelle coiffure, blanche, fraîche, souple, excellente le jour, excellente la nuit. Tant et si bien que les Musulmans voulurent avoir des bonnets de coton : c'était là que messieurs les Juifs les attendaient; ils avaient fait venir de France des provisions de la coiffure à la mode; mais ils maintinrent les prix fermes; et aucun sectateur de Mahomet ne put avoir un bonnet à moins de six francs. Ce que voyant, les pauvres diables prirent le parti d'en tricoter eux-mêmes; et voilà comment au temps d'Alexandre Dumas il y avait tant de bonnets de coton à Tunis.

Je suis porté à croire qu'il y en a moins aujourd'hui; car, il me semble que le Bey actuel serait moins belliqueux si quelque chose ramenait sa pensée vers le bon *Roi d'Yvetot* de la chanson.

Il était un petit roi d'Yvetot
Dormant fort bien sans gloire...

. . . .

Oh! Oh! Oh! Ah! Ah! Ah!
Quel bon petit Bey c'était là! là! là!

ARGUS.

Abonnement, du 1er avril ou du 1er octobre ; pour la France : un an 10 fr. ; 6 mois 6 fr. ; le n° au bureau, 20 c. ; par la poste, 25 c.
Les volumes commencent le 1er avril. — LA SEMAINE DES FAMILLES paraît tous les samedis.

VICTOR LECOFFRE, ÉDITEUR, RUE BONAPARTE, 90, A PARIS. — Imp. de la Soc. de Typ. - J. Mersch, 8, r. Campagne-Première. Paris.

Le Czar Alexandre III.

LE CZAR ALEXANDRE III

Le prince que la sanglante tragédie du 13 mars a fait empereur de Russie est né le 10 mars 1845. Il a donc trente-six ans.

Alexandre III est de grande allure et d'aspect royal. C'est à peine si quelques gouttes de sang moscovite coulent dans ses veines, et cependant il s'est si bien identifié avec le peuple russe que tout en lui, le langage, les habitudes, la physionomie même sont marqués des signes distinctifs de la race. Partout, en le voyant, on nommerait sa patrie. Il est venu trois fois à Paris. Tout d'abord, il portait de petites moustaches qui, avec ses cheveux courts, lui donnaient un air de jeune officier blondin, mais énergique et robuste. Aujourd'hui, il porte toute sa barbe, et avec son regard, son nez fièrement relevé, ses épaules carrées, il évoque le souvenir des Romanoff d'autrefois. C'est le type tartare dans toute sa pureté.

Plus grand que ses frères, — sauf son frère Wladimir — il a sous le casque un haut air impérial. Son caractère est calme, réfléchi, énergique, équilibré. La note dominante en lui, la qualité qui enveloppe pour ainsi dire toutes les autres est l'honnêteté, une honnêteté scrupuleuse, absolue, sans mélange. Rien qu'à le voir, on le sent loyal des pieds à la tête, sans plis dans la pensée, d'une sincérité rigide. La vérité nous oblige toutefois à dire que cette excessive droiture ne va pas sans une nuance d'entêtement qui en est comme la conséquence.

Quand la mort de son frère aîné, le prince Nicolas, lui donna, le 24 avril 1865, le rang d'héritier présomptif, son éducation première ne l'avait pas préparé à la haute destinée à laquelle il se trouva dès lors appelé. Il était peu instruit, ne connaissait que la langue française et la langue russe, ne s'entendait qu'aux choses militaires, n'avait pas de goût pour les autres. Appelé à la succession de l'Empire, le czarewitch se mit au travail avec une volonté et une persévérance remarquables, s'efforçant de devenir digne du grand trône où il devait monter. Guidé par le général Jomini, il étudia avec le soin le plus scrupuleux les problèmes de l'économie politique. Wurm lui apprit la musique. Ses goûts artistiques se développèrent. Le grand cabinet où il reçoit est rempli de tableaux de l'école moderne, depuis Meissonnier, de France, jusqu'aux Bogoljuboff et Khamaloff de Russie.

En dépit de sa haute culture intellectuelle, le nouveau czar a toutefois une certaine tendance à douter de lui, de son savoir, de son esprit, une sorte de modestie réelle en face de la situation souveraine où le place la destinée, — modestie qui n'exclut pourtant ni l'esprit de suite, ni l'énergie dans la volonté.

Son ménage est un modèle de correction et de tenue. Il a souvent manifesté dans sa propre famille la profonde répugnance que lui inspire le désordre moral. Si, autour de lui, les principes qui doivent présider à la direction de la vie sont quelquefois peu respectés, chez lui rien n'est à reprendre.

On a dit du prince Alexandre qu'il n'a jamais menti. A la cour de Russie, c'est une qualité rare. Alexandre III pousse si loin ses scrupules de franchise, qu'au moment d'épouser, pour des motifs politiques, la fiancée de son frère mort, il ne lui cacha point qu'il aimait une autre jeune fille, la princesse M..., qui devint plus tard l'épouse du très riche et très célèbre M. D.... Sa confidence, du reste, eut un écho ; car sa fiancée ne lui dissimula point, à son tour, qu'elle avait aimé passionnément son frère. Disons tout de suite ici que le mariage a été des plus heureux. Le prince héréditaire et la princesse Marie-Fœdora ont donné à la société moscovite, fort corrompue, le spectacle d'une union sans nuage et sans reproche : c'est un ménage surprenant de concorde et d'affection persévérante.

On a prétendu que le nouveau czar détestait les Allemands. Mais on a confondu les Allemands d'Allemagne avec les Allemands de Russie; ce sont ces derniers que le nouveau czar n'aime point. On a affirmé d'un autre côté qu'il chérissait la France avant toutes les autres nations. Le chauvinisme français a peut-être exagéré ces préférences. Voici la vérité sur les sentiments de sympathie, qu'on prête depuis longtemps au czarewitch.

Avant 1870, le grand-duc héritier avait montré des sentiments favorables à notre pays; il paraissait même l'allié de cœur des libéraux français. Dans ce sentiment entrait surtout une répulsion manifeste pour l'empereur Napoléon dont la politique équivoque blessait ses instincts loyaux. Mais quand la Commune perpétra les attentats que l'on sait, une colère indignée lui vint contre tous les faiseurs de révolutions, et c'est alors que, regrettant pour ainsi dire ses convictions évanouies, le futur czar prononça les paroles suivantes :

« Voilà donc à quoi mes idées aboutissaient ! »

En somme, la France et l'Allemagne tiennent peu de place dans les préoccupations du nouvel empereur. Il n'est que Russe. Il n'aime et ne protège que l'art russe, la musique russe, la littérature russe, l'archéologie russe. Il a fondé à Moscou un grand musée national. Pour les mêmes raisons, il est fervent orthodoxe; sa piété est réelle et sincère. Formé par M. Pobédonostsef, homme fort instruit et procureur général au Saint-Synode, il écoute avec la plus vive déférence les conseils de son ancien précepteur, sans toutefois, — disons-le tout de suite, — se laisser gouverner par ce personnage.

Depuis quinze ans, le czarewitch était considéré comme le chef du parti national russe. C'est sous le ministère de Walouïeff que le futur empereur afficha ses sympathies. Walouïeff était alors en lutte ouverte avec les Katkoff, les Gamarin, les Aksakoff et tous les Slaves de la *Gazette de Moscou*. Ceux-ci, fort déliés et fort actifs, s'insinuèrent dans l'esprit du jeune Alexandre. Le prince sentait qu'il avait besoin de popularité. On lui promit de lui en faire une, s'il soutenait le parti national, le parti russe, contre Walouïeff. Il s'y engagea.

L'hiver de 1865 fournit au czarewitch la première occasion de manifester ses sentiments; la famine désolait plusieurs provinces. Sous prétexte d'organiser des secours pour les malheureux, le parti national constitua un comité dont le prince Alexandre accepta la présidence. Il y eut des scènes fort vives au Palais d'Hiver entre l'empereur et son fils. Enfin, l'empereur céda, et, grâce au prince héritier, le parti national triompha.

Ce triomphe ne fut pas complet. Le comte Schouvaloff ne cessa de combattre, tantôt ouvertement, tantôt secrètement, la politique du czarewitch, et ce fut au cours de cette lutte que le chef de la troisième section (autrement dit, de la police) fit saisir une correspondance secrète entre le prince Alexandre et un homme marquant du parti national, correspondance qui témoignait chez le prince une confiance peut-être excessive dans les vues un peu trop révolutionnaires des panslavistes de Moscou.

La dénonciation du traité de Paris ouvrait au patriotisme russe un nouveau champ. Le czarewitch fut, un des premiers, occupé à préparer la campagne de 1877. Ardent partisan de la guerre, il fit de son palais une fabrique d'armes. On avait embauché pour lui les mécaniciens les plus habiles, et des ouvriers des manufactures de l'État avaient même été appelés à donner leur concours aux expériences dirigées par le prince Alexandre. L'empereur dut intervenir pour arrêter ce zèle qu'il jugeait exagéré. Mais le prince ne perdit rien pour attendre. La guerre de 1877 - 1878 montra qu'il y avait en lui non seulement le courage intrépide du soldat, mais la science du stratégiste.

Alexandre III dotera-t-il la Russie du régime représentatif? Les amis du czar le croient et, pour justifier leur opinion, ils invoquent les paroles suivantes que prononçait il y a deux ans la grande-duchesse :

« J'adore mon beau-père ; mais je l'aimerais encore mille fois davantage s'il laissait à *Sacha* (le petit nom d'Alexandre) l'honneur d'accorder à la Russie un régime constitutionnel. »

L'anecdote que voici caractérise mieux encore les tendances du petit-fils de Nicolas :

Il y a deux ans, le prince héritier reçut une lettre anonyme dans laquelle on lui exposait que ses velléités libérales non seulement lui feraient perdre l'appui de la noblesse conservatrice, mais que l'opposition de l'aristocratie pourrait lui être plus préjudiciable que les menaces des révolutionnaires.

Le grand-duc ne douta pas un seul instant de l'origine de la lettre, et, comme il a du goût pour les situations nettes, il invita pour le lendemain plusieurs personnages, entre autres le prince Wiasemsky, bien connu pour son culte du pouvoir absolu.

La conversation ne tarda pas à tomber sur l'épître anonyme. Non moins catégorique dans son langage que dans ses idées, le grand-duc fit comprendre à ses invités qu'il méprisait profondément pareilles menaces, et qu'il ne craignait nullement l'opposition de l'aristocratie. Blessé au vif, le prince Wiasemsky répondit :

« N'oubliez pas, monseigneur, que l'histoire nous rapporte des cas où la noblesse, elle aussi, eut recours aux barricades !... »

A ces mots, le grand-duc se leva tranquillement de son siège, puis, enjambant un escabeau qui se trouvait devant la cheminée :

« Voilà, fit-il simplement, voilà le cas que je ferai des barricades de la noblesse !... »

Nous ne savons jusqu'à quel point ces dispositions du nouveau czar se manifesteront dans les actes de son gouvernement. Il est bien possible que le drame épouvantable, dont la révolution vient de nous offrir le spectacle, coupe court aux tendances libérales d'Alexandre III.

II

Parlons maintenant de la nouvelle czarine.

Fille du « Roi de la Mer », sœur de la princesse de Galles, du roi de Grèce et de la duchesse de Cumberland, la princesse Dagmar a reçu de sa race la beauté, de son éducation les vertus domestiques, de son cœur le courage et la charité, et de Dieu l'esprit.

D'une taille élancée, très mince et naturellement noble, avec un port de tête qui la grandit, la jeune souveraine a les cheveux châtains et soyeux, les traits délicats, le teint éblouissant, les lèvres un peu fortes, accentuant sa bonté, et des yeux profonds, veloutés, lumineux, pleins d'âme, des yeux qui faisaient dire à M. Thiers fasciné : « C'est bien la compagne de l'aiglon ! »

Fiancée d'abord au grand-duc héritier Nicolas, elle vint avec sa mère à Nice assister aux derniers moments du czarewitch. Ce fut le prince mourant qui, pour la conserver au trône de Russie, l'unit à son frère Alexandre avant de rendre le dernier soupir.

Le grand-duc Alexandre hérita donc de toute la destinée de son frère aîné Nicolas. Marié le 9 novembre 1866, il voua un extrême amour à la compagne de sa vie et s'installa avec elle au palais d'Atnichkoff. Le palais d'Atnichkoff est simple. Le jeune couple princier y occupait la même chambre. L'appartement privé de la czarine renferme les souvenirs du Danemark, entre autres des réductions de toutes les œuvres de Thorswalden, le Michel-Ange du Nord. Tous les ans, la grande-duchesse allait rendre visite à son cher pays.

L'été dernier, la princesse de Galles et la grande-duchesse étaient réunies chez leur père. Un touriste français les rencontra au moment d'une averse de pluie, dans les rues de Copenhague. Que vit-il ? Arrêtées sous une porte cochère, les deux princesses faisaient des appels réitérés aux fiacres, avec leurs petites ombrelles. N'est-ce point là un charmant tableau ?

Les amies les plus intimes de la nouvelle impératrice sont la comtesse Woronzow, et la princesse Obolensky, née comtesse Apraxine, pleine d'esprit, de dévouement, et d'aptitudes.

La princesse monte à cheval comme une reine des Amazones. Elle accompagnait toujours son mari pendant les manœuvres d'été. Dans leurs voyages chez les Cosaques du Don, la czarine revêtait l'uniforme d'officier et suivait son mari comme un aide de camp.

Autre détail non moins charmant : la grande-duchesse Marie Fœdora assistait à toutes les leçons d'économie politique et sociale, d'art militaire, d'histoire générale que son jeune mari prenait pour se préparer aux redoutables responsabilités du rôle qu'il commence aujourd'hui.

L'anecdote suivante édifiera nos lecteurs sur le genre d'influence qu'exerce la princesse et sur son esprit :

Il y a quelques années à peine, au cours d'un voyage au Caucase, le grand-duc faisait son entrée solennelle à Rowo-Tcherkask. Adversaire déclaré de tout apparat et surtout des manifestations bruyantes, le grand-duc ne cachait point sa mauvaise humeur et laissait même échapper parfois quelques réflexions peu obligeantes pour la foule qui le poursuivait de ses cris et de ses acclamations.

La princesse, au contraire, manifestait tout haut le plaisir qu'elle éprouvait à voir l'enthousiasme du peuple, mais se gardait bien d'exercer sur le prince la moindre pression pour l'amener à ses idées et lui faire partager ses sentiments.

Or, il advint que, rentrés au Palais de l'Hetman, où des appartements leur avaient été réservés, la grande-duchesse s'aperçut qu'il lui manquait un bijou auquel elle attachait beaucoup de prix.

« C'est quelque homme du peuple, de ce peuple que tu aimes tant, qui t'a volé ce bijou; cela t'explique l'empressement de la foule autour de nos personnes, » dit en souriant le grand-duc.

Quelques instants après, un malheureux rapportait l'objet à la princesse.

« Tu vois bien que ton peuple n'est pas si mauvais que tu le crois! » s'écria-t-elle toute joyeuse.

Quatre enfants sont nés du mariage du grand-duc Alexandre avec la princesse Dagmar: trois fils, Nicolas, Georges et Michel, et une fille, Xénie. L'aîné des enfants a treize ans; c'est un vigoureux blondin qui ressemble au père. Le cadet, brun et doux, tient de la mère. L'archiduchesse Xénie, qui a six ans, a une adorable petite physionomie, à la fois pleine de noblesse et d'enjouement.

OSCAR HAVARD.

SOLESMES ET SES ABBAYES

(Voir page 42 et 49.)

Le nouveau chœur, construit en 1865, dans le style du XVe siècle, donne à tout l'édifice une longueur inusitée. C'est comme une petite église à trois nefs. Soixante-quatre stalles, disposées de chaque côté, en deux rangs superposés, garnissent le chœur. Ces magnifiques boiseries sont ornées d'un arbre de Jessé, qui commence à la stalle du dernier des moines pour aboutir, du côté de l'Évangile, à une image de la sainte Vierge portant l'Enfant Jésus, placée au-dessous du siège abbatial.

L'autel majeur est celui que les moines de Saint-Maur placèrent sous la voûte du transept en 1728. Son principal ornement est la grande crosse de bois dorée, à laquelle est suspendue la colombe d'argent qui renferme la divine Eucharistie. Sur la boiserie qui garnit la muraille derrière l'autel, l'habile pinceau de M. J. Émile Lafon a représenté les sept anges qui, d'après l'Écriture, se tiennent devant le trône de Dieu. A l'entrée du chœur, sur la première travée du côté de l'Évangile, se dresse une élégante colonne de marbre du pays, qui, selon l'usage des basiliques romaines, sert à porter le cierge pascal. En descendant la nef, le visiteur trouve les neuf chapelles que Dom Guéranger dut bâtir pour assurer chaque matin la célébration des messes privées. Les vitraux de la chapelle du Sacré-Cœur représentent sainte Gertrude et sainte Mechtilde, toutes les deux moniales bénédictines dans l'abbaye d'Helfta, en Saxe, « qui ont les premières connu et révélé les mystères du Cœur de Jésus », dit dom Guépin. A l'entrée de la chapelle, le visiteur aperçoit deux mots grecs, gravés sur une plaque de marbre blanc : HTOPI ΣΕΜΝΩ, « au Cœur très sacré ». Ces deux mots sont empruntés à la célèbre inscription en vers grecs d'Autun dont l'interprétation et la découverte ont été le point de départ des travaux du cardinal Pitra sur l'antiquité chrétienne.

Mais il est temps de parler des admirables sculptures qui décorent les deux chapelles du transept, sculptures dont nous disons un mot plus haut. Dom Guéranger, et un critique d'une érudition profonde et d'un goût délicat ont successivement décrit les « Saints de Solesmes ». L'espace exigu dont nous disposons nous oblige à ne donner qu'une analyse très succincte de ces descriptions.

En entrant dans la chapelle de Notre-Seigneur, le visiteur aperçoit d'abord un vaste portail gothique. Un arc surbaissé introduit l'œil sous une voûte, aux ogives larges et tourmentées; là, huit personnages de haute stature concourent à l'Ensevelissement du Sauveur. Ce sont, à gauche : Nicodème, la tête coiffée du turban; en face, Joseph d'Arimathie, avec le costume du temps de Louis XI. Le Christ, étendu sur le linceul, présente ce grand et noble trait que l'on retrouve fidèlement dans toutes les traditions artistiques du moyen âge. La Vierge, dans une attitude de désolation, est soutenue par saint Jean ; à la gauche de la divine Mère, se tiennent deux femmes; l'une se dispose à répandre sur le corps du Christ un vase rempli de parfums; l'autre, la Madeleine, est assise dans une attitude méditative. Cette dernière figure est rendue avec une exquise pureté de ciseau. Quatre anges se détachent gracieusement des murs de la grotte. Le pendentif qui descend de la voûte est destiné à recevoir la relique de la Sainte-Épine. Le cintre extérieur du caveau est orné d'une guirlande de petits arcs trilobés de la plus grande légèreté; mais on ne saurait trop admirer le double arceau de branches et de feuillages qui s'élève au-dessus. Nul monument de France n'offre rien de supérieur en élégance et en délicatesse. Un calvaire, avec tous ses accessoires occupe la partie supérieure du portail; le Sauveur n'est plus sur la croix; Nicodème et Joseph d'Arimathie viennent de l'enlever pour l'ensevelir. David, d'un côté, Isaïe, de l'autre, prophétisent de concert sur la gloire du Christ, manifestée jusque dans l'humiliation de la mort et du tombeau. Un ange embrasse la Croix vide du Sauveur qui domine toute la composition. Un autre ange, placé devant la croix du bon larron, soutient d'une main la colonne, de l'autre les fouets de la flagellation; tandis que, aux pieds du mauvais larron, un troisième ange est chargé des débris de la lance et du roseau.

Passons maintenant à la chapelle de gauche connue sous le nom de « Notre-Dame la Belle ». Cette chapelle renferme cinq grandes scènes de la vie de la sainte Vierge. L'une d'elles, la « *Pâmoison de la Vierge* », est justement célèbre. Marie est à genoux et va recevoir la communion de la main du Sauveur qui vient la visiter. Saint Pierre la soutient doucement, et saint Jean lui prodigue les soins de la tendresse filiale. Six apôtres, dans l'attitude du respect, assistent à cette grande scène. Le groupe de la *Sépulture de la Vierge* est l'œuvre principale; la Vierge au tombeau est doucement endormie; saint Pierre, inclinant sa tête chauve, veut étudier encore une fois, avant de les confier au tombeau, les traits divins de la mère du Sauveur. Il y a dans ce regard un adieu d'espérance et de résignation ; à la gauche de saint Pierre, et tenant un coin du linceul, Saint Jean rend à la terre celle que Jésus lui donna pour mère sur la croix. Un autre disciple, saint Jacques, se présente à la droite du prince des apôtres. Par un de ces touchants anachronismes si communs dans les œuvres de la Renaissance, un moine bénédictin tient ici un des coins du linceul. C'est Jean Bougler, le prieur de Solesmes et le créateur du monument. Les ornements délicats et sévères qui décorent l'ensemble sont le digne complément de cette œuvre admirable. La figure mutilée que l'on voit assise près du tombeau a été victime de la dévotion populaire. Les Saboliens s'étaient persuadé, paraît-il, que la statue en question représentait le diable cherchant dans un livre les péchés de la Vierge et déconcerté de trouver ce livre blanc à toutes les pages. Le malheureux personnage a payé cher cette méprise. Dans la décoration architecturale qui surmonte la *Sépulture de la Vierge* sont placées les statues de *saint Bernard, saint Anselme, saint Bonaventure* et un autre docteur que D. Guépin croit être saint Ildephonse. Au-dessus de la *Sépulture de la Vierge*, l'*Assomption* comprend, outre le Christ et la Vierge, huit apôtres et un moine bénédictin. Ces figures, bien inférieures aux autres, sont d'ailleurs posées avec un art remarquable. D'après M. Cartier, le Christ et la Vierge, la voûte et le couronnement de l'édifice qui le surmonte avaient été refaits à la suite d'un accident survenu dans la partie supérieure de la chapelle.

Au-dessus de la *Pâmoison*, le *Couronnement de la Vierge* nous montre un ange posant le diadème sur la tête de Marie. Sept Vertus assistent au triomphe de la Reine du Ciel contre laquelle le Dragon à sept têtes vomit cette imprécation de l'enfer : *Quando morietur et peribit nomen ejus?* — « Quand donc mourra et périra son nom? » — Sur le corps du Dragon est assise la prostituée de Babylone, plongée dans l'ivresse et tenant dans la dextre la coupe de la volupté.

La statue de la Vierge, ainsi que celles des Vertus, laissent sans doute beaucoup à désirer au point de vue de l'exécution, mais on ne saurait leur refuser un naturel parfait dans la pose et une grande harmonie dans l'ensemble des attitudes.

Sur la paroi de gauche, en face de l'autel de la Pâmoison, *Jésus, assis parmi les docteurs*, sous un portique du temple de Jérusalem, se lève pour sourire à Marie et à Joseph, qui, après une recherche inquiète, l'ont enfin retrouvé. Dix personnages forment ce groupe agencé avec un art des plus remarquables dans un espace exigu. Quelques-uns des docteurs semblent disputer avec une vivacité extrême. M. Ch. Lenormant a cru reconnaître dans ces controversistes Luther et les principaux chefs de la Réforme.

Tels sont les « Saints de Solesmes ». C'est une véritable épopée lapidaire dans laquelle le spiritualisme le plus pur se marie sans effort aux conceptions les plus poétiques. L'art catholique n'a pas enfanté d'œuvres supérieures. A quel artiste doit-on ce monument? Le problème est très difficile à résoudre. Le nom de Germain Pilon a été autrefois prononcé, mais à tort. D'après le critique le plus autorisé, M. E. Cartier, le *Sépulcre de Notre-Seigneur* aurait été érigé par Michel Colombe, l'auteur du célèbre tombeau du duc François II de Bretagne. Quant aux statues de la chapelle de Notre-Dame la Belle, elles seraient dues à Frans Floris, d'Anvers. Nous renvoyons, pour les détails, à l'œuvre du savant archéologue.

Le cloître n'offre rien de remarquable. Les débris de statues dont il est décoré lui donnent une physionomie à part. De beaux jardins en terrasse surplombent la Sarthe et offrent aux étrangers de ravissantes perspectives. Les moines y cultivent — hélas! c'est « cultivaient » que nous devons dire! — de nombreuses variétés de fruits. Un savant bénédictin, le R. P. Dom Paquelin, ne dédaignait pas de donner ses soins aux vignes, taillait les poiriers et surveillait les fraises, après avoir écrit quelque page pleine de poésie et d'éloquence sur sainte Mechtilde et le Dante.

C'est ici le cas de dire un mot des travaux littéraires dont Solesmes était le foyer. Le R. P. Dom Joseph Pothier nous permettra-t-il de le citer en tête des fils de Dom Guéranger, qui continuent avec le plus d'autorité l'œuvre du Grand Abbé? Par ses *Mélodies Grégoriennes*, publiées l'année dernière, D. Pothier veut nous faire revenir au *véritable* chant grégorien comme Dom Guéranger nous a ramenés à la liturgie romaine. Il a en outre publié, avec le concours de Dom Paquelin, le texte latin des *Révélations de sainte Gertrude et de sainte Mechtilde*. Quant à Dom Paquelin, ce savant religieux a édité et traduit le *Livre de la Grâce spéciale* et la *Lumière de la Divinité*, de sainte Mechtilde; le *Héraut de l'Amour divin*, de sainte Gertrude; les *Souvenirs de Mme de Cossé Brissac*, et la *Vie de la Sœur de Saint-Pierre*. Dom Paquelin prépare en ce moment une *Vie de M. Dupont*; nul doute que cette biographie, écrite avec le charme de style qui distingue le docte fils de Dom Guéranger, ne nous restitue enfin la véritable physionomie du « saint homme de Tours ».

Le nom du cardinal Pitra est trop répandu pour qu'il soit nécessaire de rappeler les titres scientifiques de l'illustre bénédictin. Qui n'a lu l'*Histoire de saint Léger*, la *Vie du Père Libermann*, la *Hollande catholique?* et qui ne connaît, au moins de nom, le *Spicilegium Solesmense*, l'*Hymnographie de l'Église grecque*, les *Juris Ecclesiastici Græcorum Historia et Monumenta*, les *Analecta sacra*, l'*Étude sur les Bollandistes?* Signalons les beaux travaux historiques et archéologiques de Dom Piolin : l'*Histoire de l'Église du Mans; l'Église du Mans durant la Révolution*, la révision du *Gallia chris-*

tiana, etc. Dom Théophile Bérengier n'est pas non plus un étranger pour les lecteurs de la *Semaine;* de curieux extraits de l'*Histoire de la Nouvelle Nursie* ont été publiés ici même. On doit également à Dom Bérengier la *Vie de saint Turibe* et celle du *Cardinal Odelcaschi.*

Les diocèses d'Angers et de Poitiers ont rencontré dans Dom François Chamard un hagiographe hors de pair. Les *Vies des Saints personnages de l'Anjou, Saint Martin et son Monastère de Ligugé*, les *Origines de l'Église de Poitiers*, sont d'une lecture aussi attrayante qu'édifiante. Ajoutons que dans ses *Églises du Monde Romain* et son *Établissement du Christianisme dans les Gaules*, Dom Chamard se montre le champion aussi éloquent qu'autorisé de l'École traditionnelle.

Dans le cours de cet article, nous avons fait de nombreux emprunts aux deux excellents livres consacrés par Dom Alphonse Guépin à l'histoire et à la description de Solesmes; Dom A. Guépin a également écrit une admirable *Vie de Saint Josaphat, Martyr en Pologne.*

Nos lecteurs nous excuseront si nous mentionnons à la hâte les non moins remarquables travaux de Dom Paul Jausion : l'*Histoire de la ville de Redon*, la *Vie de saint Convoïon*, la *Vie de saint Maur*, la *Vie de l'abbé Caron;* — ceux de Dom François Plaine : le *Bienheureux Charles de Blois*, l'*Histoire du Culte de la Sainte Vierge à Rennes;* — et enfin, le *Cartulaire de Saint-Pierre de la Couture et de Saint-Pierre de Solesmes*, par Dom Charles Rigault; l'*Hagiographie du diocèse de Reims*, par Dom Albert Noël, les *Noëls anciens* avec le chant et l'accompagnement, par Dom Georges Legeay et la continuation de l'*Année liturgique* par Dom Lucien Fromage.

Comme on le voit par ce court aperçu, les bénédictins de la Congrégation de France sont restés fidèles aux traditions de leurs savants et laborieux devanciers.

Les Constitutions qui régissent la Congrégation de France sont toutes empruntées aux anciens codes monastiques. Si elles atténuent les jeûnes et les abstinences d'autrefois, elles ne suppriment rien de tout ce qui tient à l'esprit religieux. Pour donner une idée des observances monastiques, « il nous faut remonter, écrit Dom Piolin, à des principes tout à fait élémentaires ». Un moine ou un religieux, en général, est un chrétien qui aspire à la perfection par la pratique des conseils évangéliques. Pour atteindre ce but, il adopte une certaine méthode de vie qui se résume dans la soumission sans réserve aux trois vœux de pauvreté, de chasteté et d'obéissance. Dans sa règle, saint Benoît ne s'est pas proposé autre chose que la sanctification de ses disciples et l'avantage de l'Église. Ce qu'il recherche, c'est une certaine union de vie contemplative et de vie active. Il laisse à l'abbé le soin d'employer ses religieux selon leurs aptitudes et leurs moyens; il ne prescrit comme indispensable que l'office divin et le travail. Les bénédictins de la Congrégation de France s'acquittent de leur premier devoir par la célébration quotidienne au chœur des prières liturgiques. La solennité en est variée selon le degré de la fête, mais l'office ne demande jamais moins de cinq heures chaque jour. Si tous les anciens usages n'ont pas été repris, il en est plusieurs qui ne laissent pas d'attirer l'attention des laïques du voisinage. Nous citerons au premier rang la bénédiction de l'agneau, le Samedi-Saint, et des œufs, le jour de Pâques; des raisins, le jour de la Transfiguration; des animaux, le jour de Saint-Antoine. Tous les dimanches, l'hebdomadier parcourt la maison tout entière pour y répandre de l'eau bénite.

Regardant comme leur première obligation l'accomplissement de l'office divin, les bénédictins s'en acquittent avec une pompe, une majesté qui édifient la contrée. Les heures des principaux offices sont : quatre heures du matin pour Matines et Laudes; sept heures et un quart pour Prime; neuf heures pour Tierce, puis la messe conventuelle suivie de Sexte; quatre heures du soir pour None et Vêpres et huit heures et demie pour Complies. Les intervalles entre ces offices sont remplis par divers exercices qui tiennent à la vie régulière, et par le travail. Ce travail consiste dans l'étude qui peut comprendre tout le domaine ouvert à l'intelligence de l'homme, et dans le travail des mains qui se pratique plus ordinairement après le dîner. Depuis le onzième siècle, la majeure partie des travaux manuels s'accomplit dans les monastères bénédictins par les frères convers.

Les exercices de la journée comprennent encore la méditation en commun, au chœur, avant prime; et la conférence spirituelle avant le repas du soir. Les repas sont fixés, le dîner à midi, et le souper ou la collation le soir, à sept heures. Ils sont ordinairement suivis d'une heure de recréation prise en commun. Une promenade hors de l'enceinte du monastère est accordée une fois la semaine, moins le Carême et l'Avent. Lorsqu'un religieux a besoin de sortir de la maison, il doit en obtenir la permission et demander la bénédiction du supérieur à son départ et à son retour. Si le voyage doit durer plusieurs jours, il se recommande aux prières de la communauté, et l'on récite des oraisons spéciales à son intention tandis qu'il se tient prosterné au milieu du chœur. Des prières analogues ont lieu pour les religieux chargés de servir la communauté à table ou qui doivent y faire la lecture. Le chapitre des coulpes a lieu les lundis et vendredis. Les religieux font abstinence de viande plus des deux tiers de l'année, et des jeûnes nombreux sont surajoutés à ceux que prescrit l'Église aux simples fidèles.

Un grand nombre de prêtres et de laïques visitent l'abbaye chaque année; quelques personnes y séjournent parfois une semaine et même davantage. Le comte de Montalembert a écrit à Solesmes son *Histoire de Sainte Élisabeth de Hongrie*. Les étrangers sont admis à prendre leur repas en même temps que la communauté et dans le même réfectoire. Après le Bénédicité, le Père Hôtelier présente les nouveaux venus au Révérendissime abbé qui leur lave les mains : cette touchante cérémonie produit toujours une vive impression. Ajoutons que le religieux qui jusqu'aux derniers événements exerçait les fonctions d' « Hôtelier », le Père Fonteneau, s'occupait des étrangers avec une sollicitude et une aménité dont le souvenir est resté dans le cœur de tous les visiteurs de l'abbaye. La paternelle bienveillance du Révérendissime abbé, Dom Charles Gouturier, ne cessera jamais non plus d'être présente à l'esprit des pèlerins de Solesmes. En dépit de ses multiples occupations, le T. R. Père abbé trouvait toujours le temps de s'entretenir avec ses hôtes.

Mais Solesmes ne possède pas seulement l'abbaye de Saint-Pierre : il est temps de dire maintenant quelques mots de l'église abbatiale de Sainte-Cécile.

Sainte-Cécile est dans le style du XIIIe siècle. Une flèche gracieuse s'élève à l'entrée de l'édifice que précède un porche à trois baies largement ouvertes. Sur les vantaux de la porte s'entrelacent des bouquets de lis et de roses. L'ornementation de l'église est fondée tout entière sur l'union des deux fleurs : le lis est le symbole de la virginité ; la rose, celui du martyre. Des inscriptions qui font corps avec l'édifice et lui donnent comme une voix éloquente retracent ce que fut Cécile. L'édifice n'est qu'une élégante chapelle à une seule nef de six travées. Le sanctuaire forme la sixième. L'abside pentagonale qui termine le monument est formée par une boiserie et sert de tribune aux religieuses. Deux chapelles, de dimensions inégales, s'ouvrent sur le sanctuaire et forment comme une sorte de transept. Celle de droite est consacrée à la sainte Vierge ; celle de gauche, beaucoup plus grande, forme le chœur des moniales. L'édifice est éclairé par des fenêtres aux lancettes géminées surmontées d'un « oculus » sans ornement. Dans la nef au-dessous des fenêtres, des arcatures formées de trois lancettes se dessinent sur les murailles. Une large bande, étincelante des riches couleurs dont les miniaturistes du moyen âge savaient faire un si habile usage, court tout le long de la nef, entre les arcatures et les fenêtres. On y lit, en lettres d'or : *constantibus organis Cœcilia Domino decantabat dicens : fiat cor meum immaculatum ut non confundar* (1). Les clefs de voûtes, sculptées et peintes, sont ornées de couronnes de lis et de roses entourant les insignes du martyre et de la royauté de la musique sacrée.

L'autel, en marbre blanc, orné de colonnes d'onyx, est en forme de sépulcre ouvert. Dans l'intérieur repose l'image de la patronne de l'église, couchée dans la pose virginale et gracieuse qu'elle prit elle-même pour dormir son dernier sommeil. C'est une reproduction de la célèbre statue de Maderno, qui orne à Rome la Confession de la sainte martyre. Sur le couronnement de la boiserie qui fait le fond de l'autel, se dresse, dans une attitude de reine, une autre statue de sainte Cécile, imitée de celle qui décore le jubé de la cathédrale d'Albi. Au-dessous, sur la boiserie, une main monastique a peint les figures de saint Ambroise, de saint Bonaventure, de saint Benoît et de sainte Scholastique. Au pied de l'autel, une plaque en marbre blanc rappelle que le cœur de Dom Guéranger est deposé dans ce lieu, conformément au désir que le vénérable abbé avait exprimé lui-même.

La chapelle de la sainte Vierge est dédiée à Notre-Dame de Czenstochowa, Reine de Pologne. Un jeune gentilhomme polonais, visitant le monastère de Sainte-Cécile, estima qu'il rendrait un grand service à sa patrie s'il pouvait fonder dans cette maison naissante un centre de prières perpétuelles pour la Pologne. Dans ce dessein, il fit exécuter une copie de la célèbre image de Czenstochowa, vénérée comme le palladium de la nation polonaise. Au XVe siècle, pendant les guerres des Hussites, un de ces hérétiques osa frapper de son sabre la sainte Madone. Il ne réussit pas à la percer, mais sous sa main sacrilège, deux plaies béantes s'ouvrirent sur le visage de la Vierge et le sang coula. En mémoire de ce miracle, Notre-Dame de Czenstochowa est toujours représentée avec une double balafre sur la joue droite. Au milieu du XVIIe siècle, la Pologne, envahie à la fois par les Suédois, les Tartares, les Cosaques et les Moscovites fut sauvée par son intervention d'une ruine inévitable. En reconnaissance, le roi Jean Casimir lui décerna le titre de « Reine de Pologne », et la couronna en cette qualité aux applaudissements de toute la nation.

L'image originale de Notre-Dame de Czenstochowa est d'un style barbare. Dans la copie vénérée à Sainte-Cécile, l'artiste a cru devoir adoucir les traits, en s'inspirant de la célèbre Madone de saint Luc vénérée à Rome, dans la basilique de Sainte-Marie-Majeure. La sainte image est placée sur un autel de marbre blanc et rose. La piété ingénieuse et le goût exquis du bienfaiteur qui a érigé l'autel ont profité, pour la décoration de cette chapelle, du nombre de fenêtres qui l'éclairent. Les sept lancettes ont été garnies de grisailles, exécutées par M. Claudius Lavergne, et rappelant l'effusion des sept dons du Saint-Esprit dans l'âme de Marie.

Le chœur des religieuses, fermé à l'entrée par une double grille en fer, a également la forme d'une chapelle ayant trois travées égales, terminées par une abside à trois pans, occupée au milieu par le siège de l'abbesse. Les clefs de voûte portent des colombes qui volent à tire d'aile, « symbole des âmes virginales », dit Dom Guépin, « qui se hâtent à la suite de l'Époux ».

A l'heure qu'il est, le chant divin ne retentit plus que sous les voûtes de Sainte-Cécile : depuis le 6 novembre dernier, l'abbaye de Saint-Pierre est veuve de ses moines, et l'église est silencieuse. Un fonctionnaire de l'Université, M. Édom, qui, vers 1838, visitait le monastère renaissant, raconte, dans la relation de son voyage, qu'on

1. Au milieu du bruyant concert de ses noces, Cécile chantait au Seigneur et disait : « Que mon cœur reste pur et ma vie sans tache ! »

lui montra parmi les fils de Dom Guéranger un moine espagnol proscrit. Étrange et lamentable alternance des révolutions politiques! Aujourd'hui, les bénédictins français vont à leur tour demander l'hospitalité à l'Espagne! Quand donc sera-t-on libre de prier sous tous les cieux?

Oscar Havard.

A L'ÉCOLE!

Il a neigé, la bise gronde, le ciel est gris, les prés sont blancs; le long des champs, pas un abri; pas une feuille sèche aux rameaux, point de charrue ni de cheval, pas un campagnard cheminant; partout le désert, le silence... Seuls deux ou trois corbeaux tout croassants, tout noirs, cherchant une proie oubliée, s'abattent sur la neige autour des grands bois. Que le chemin est long! que l'horizon est triste!... Pourtant, là-bas, vraiment, au centre de ce vide, un petit point brun ou gris, — on ne sait trop lequel, — s'agite, s'approche, sautille... C'est trop gai pour être un corbeau, trop petit pour être un homme!... En vérité, c'est un enfant!

C'est la gentille Mariette, la fille de Jean-Pierre, l'honnête métayer, et de Rose-Marie, la brave ménagère. Comme ses parents travaillent dur, comme aux gens de cœur et d'honneur Dieu bénit les moissons, Mariette a certes là-bas, en son hameau des Audrettes, un bon foyer bien clos, bien chaud, au coin duquel elle pourrait frileusement s'abriter, sans être forcée de courir les champs et les chemins par cette froide matinée de décembre. Sous le manteau de la haute cheminée, la flamme rouge danse, dévorant le rondin de chêne et les branches de hêtre qu'on y a jetés le matin; la marmite bout joyeusement, pendue à la crémaillère, renfermant dans ses profondeurs un bon quartier de lard, un vieux coq éreinté, un bon gros chou et des carottes. Un toit, un coin, du feu, la soupe, et un bon sourire de mère par-dessus tout cela; que faut-il donc de plus à Mariette, en vérité! et pourquoi par les champs s'en va-t-elle à cette heure?

Seriez-vous par hasard tentés de la soupçonner? Non; félicitez-la plutôt, la vaillante fillette. Si elle court ainsi lestement, gentiment, frappant ses gros sabots sur la neige durcie, ce n'est pas pour quelque escapade où les camarades l'attendent, pour quelque rendez-vous de gamines, où l'on s'en vient rire et danser. Non, elle va au devoir, à l'honneur, au travail, comme l'artisan à l'atelier, le marin à la manœuvre et le soldat à la bataille. Elle va où la voix de sa mère d'abord, et ensuite la voix de sa raison lui dit d'aller. Elle va où sa tâche l'attend, où son poste est marqué, où toutes les grandes et belles choses de ce monde lui donnent rendez-vous... Qu'elle fasse heureusement son chemin, amis: elle va à l'école!

C'est pour cela qu'elle a ouvert les yeux avant le jour, dès que sa mère, passant auprès de son tout petit lit, lui a touché l'épaule en disant: « Mariette! » C'est pour cela qu'elle a lestement et gaiement enfilé les jupons, les gros bas de laine, la camisole de tricot dessous le casaquin de drap, et le tablier de coton bleu par-dessus la jupe grise. C'est pour cela qu'en mangeant la soupe du matin, où la cuiller se tenait debout comme dans une écuelle limousine, elle a gardé son livre ouvert sur ses genoux, de temps en temps baissant la tête entre deux cuillerées, pour bien saisir la différence de l'*é fermé* et de l'*è ouvert*, ou pour donner un dernier regard aux cinq parties du monde, avant de prendre sa course pour aller remettre son devoir de géographie ou de grammaire aux mains, très redoutées, de mademoiselle Dubois. C'est pour cela que, tout en regardant du coin de l'œil la bonne vieille grand'mère qui met dans le petit panier bien couvert les tartines et la bouteille, le fromage et les poires cuites qui composeront le déjeuner, elle a vivement décroché son capuchon, enfilé ses sabots, noué par-dessus son petit bonnet blanc les deux cordons de laine, taquiné le chien, caressé le chat, embrassé les deux mères, et finalement gagné la porte, en cachant ses petites mains rougeaudes sous le pan de son tablier.

Et c'est pour cela qu'à présent elle va, elle vient, elle court, sous la bise sifflante et froide, à travers la plaine blanchie. En songeant aux grandeurs et aux douceurs du but, elle oublie la longueur et les âpretés du chemin. Ses bons yeux bruns d'enfant pensif, tantôt graves, tantôt rêveurs, voient un port, un refuge, à travers la distance. C'est l'école avec ses bancs de bois, ses grands murs nus et blancs; l'école, que d'autres fuient, mais où Mariette entre toujours avec un sourire et un regard brillant comme un rayon, parce qu'elle y vient apprendre, et d'où elle sortit plus d'une fois, le soir du samedi, avec une rougeur triomphante, la croix de fer-blanc à la poitrine et la feuille de mérite à la main... Et certes, quand cet asile lui semble profitable et bon, quand cette clarté l'attire, son petit cœur ne fait point fausse route, son instinct ne la trompe point... Laisse siffler la bise et voler les corbeaux; à l'école, fillette, à l'école!

C'est qu'à l'école elle apprend, chaque jour, à connaître, à voir, à juger, à estimer, à respecter les belles et grandes choses, les grands et nobles noms, les illustres et glorieux souvenirs, comme elle a déjà appris à aimer rien qu'en regardant ses deux mères, et à dire sa prière à l'autel du bon Jésus. A l'école, maintenant qu'elle sait lire, on va lui conter quelque jour l'histoire de cette Jeanne qui n'avait rien, qui n'était rien qu'une pauvre petite villageoise, une fille des champs comme elle, et qui, pourtant, à elle seule, a pu trouver assez de puissance et d'élan, assez d'ardeur, de foi, de force, pour sauver son pays et son roi, tout en s'en allant, la pauvrette, du triomphe au martyre. Et après la légende de cette petite paysanne, qui est une héroïne, on lui dira celle de ce petit paysan, qui est un apôtre et un saint : de ce Vincent de Paul qui, à dix ans, ne savait pas lire, lui, et gardait les moutons de son père sur les

A l'école, petite, à l'école !

maigres pâtis des landes, et au nom duquel aujourd'hui, sur tous les points du globe, les douleurs se soulagent, les pleurs s'essuient, la charité se fait, les vieillards sans asile retrouvent des soins, de l'amour, les enfants retrouvent des mè es... Et tant d'autres noms avec ceux-là !... Tous ceux qui ont délivré l'humanité souffrante d'une misère, d'uno torture, d'un assujettissoment, et qui lui ont donné pour leur part un trophée, une conquête, un trésor ou un monde ! Tous ces noms-là, et tant d'autres aussi grands, aussi purs, c'est à l'école qu'on les dit... A l'école, fillette, à l'école !

Et puis, en dehors de son but général et constant, qui est d'apprendre, cette brave petite Mariette a encore un autre but, qui lui est tout particulier. Cette courageuse fillette, à l'esprit vif, au cœur aimant, veut promptement savoir écrire, afin d'écrire à son grand frère.

C'est que voilà deux ans déjà qu'il est parti, ce cher Pierret. Et Mariette qui, lorsqu'elle aime les gens se garde bien de les oublier, pense toujours à lui et se rappelle encore les temps où, la tenant au bout de ses bras tendus, il la faisait grimper aux arbres du verger, dans les plus basses branches où elle cueillait à son plaisir, la petite friponne, les grosses poires mûres et les belles pommes de Calville à côtes rouges, à coins dorés. Avec ce cher Pierret, c'étaient là de beaux jours !.. Maintenant Pierret est parti, il est soldat, il est bien loin. Il a passé la mer avec son régiment. A l'école, Mlle Dubois a montré sur la carte, à Mariette, l'endroit où il est débarqué, et d'où à présent, de temps à autre, il adresse à sa famille des lettres dont la première, ô merveille ! débutait ainsi : « Mes chers parents, la présente est pour vous apprendre qu'après nous être embarqués, à Toulon, sur un grand vaisseau, nous sommes heureusement arrivés en Algérie. »

Et Mlle Dubois a ajouté qu'Alger est en Afrique. Sur quoi Mariette a fièrement relevé la tête, en passant sa langue rose sur ses lèvres, comme un chat qui a bu du lait. Pour une pauvre petite habitante du hameau des Audrettes, canton de Fouilly-les-Oies, n'est-ce pas un honneur et un bonheur que d'avoir un frère en Afrique ?

Et Mariette, toute fière d'un pareil honneur, s'est juré de le mériter. C'est pourquoi elle a mis d'abord tout ce qu'elle avait d'attention, d'application, d'ardeur, à savoir lire. D'abord, quand une lettre de Pierret survenait et quand le père était aux champs, la pauvre mère, le cœur battant, s'en courait bien vite au village, réduite à solliciter les bons offices de la gouvernante du maire ou de la vieille sœur du curé... Et Mariette s'est juré que cela ne se ferait plus. On doit arriver à tout quand on s'applique bien en allant à l'école. A force donc de lire, sur ses *Tableaux Peigné*, des *ac*, des *ad*, des *bor*, des *bar*, elle est parvenue, la mignonne, à lire tout, même l'écriture !... Aussi il faut voir à présent comme elle est contente et fière quand arrive, d'Alger ou d'Orléansville, une lettre de ce bon Pierret ! Avec quelle gravité elle la reçoit, et quelle émotion elle l'ouvre. Comme on fait cercle autour d'elle ! comme on regarde, comme on écoute ! Dans la vaste cuisine pleine de soleil ou d'ombre, seul le balancier de l'horloge, pendue au mur continue son tic-tac sonore ; au reste toutes les lèvres se ferment et doucement sourient. Autour de tous ces fronts sillonnés et brunis par le hâle, on entendrait vraiment une mouche voler. Et c'est à l'école que Mariette a appris à lire les lettres du grand frère, à faire toujours plaisir, honneur à ses parents. Voilà qui fait bien oublier ou accepter, certes, un peu de soleil en août ou de bise en janvier. Le savoir n'est jamais trop cher ; à l'école, fillette, à l'école !

Maintenant les lettres du frère soldat, ce sont les grandes occasions. Mais dans la vie de tous les jours, combien de circonstances où le savoir de Mariette devient utile et précieux ! L'autre soir, alors que tous les gens de la métairie étaient groupés autour de l'âtre, la fillette a lu tout haut à son père — dans ce gros almanach que Jean-Pierre a, l'an dernier, acheté à la foire, — quelques pages de conseils et de leçons sur *les semailles des blés d'hiver*. Il fallait voir comme tout ce monde écoutait gravement, presque respectueusement, et aussi comme le bon Jean-Pierre était fier et content d'avoir une fille si savante ! Et Rose-Marie n'a pas attendu que sa mignonnette eût fini, pour lui mettre sous les yeux de tous un gros baiser sur les deux joues. Et la pauvre vieille Martine, dont la fille est en service à trente lieues de là, sur la route de Paris, a dit aussitôt à la mignonne que, puisqu'elle lit si bien dans tous les livres et toutes les écritures, ce sera elle aussi qui maintenant lui lira, chaque premier du mois, les lettres de son enfant. Sur quoi Mariette, baissant la tête en signe de consentement, a rougi de plaisir. Penser qu'on la trouve à présent capable de remplacer la bonne vieille sœur du curé, la gouvernante du maire ! Voilà un triomphe et un honneur ! A l'école, petite, à l'école !

Et puisqu'elle est si heureuse et si fière de ce qu'elle sait déjà, que sera-ce donc, quand elle saura écrire couramment ! Ce n'est pas pour le frère Pierret seulement, qu'elle « prendra la plume », selon la phrase consacrée. Non, Mariette est ambitieuse ; elle voit la route s'ouvrir, large et droite, devant elle, et il lui tarde, avant toutes choses, d'être utile à ses parents. Or elle a remarqué que son père parfois, en revenant des champs, se gratte assez longtemps l'oreille sous son bonnet, ou bien tourne et retourne sa casquette entre ses doigts, lorsqu'il s'agit d'écrire à son propriétaire. Ce n'est pas étonnant : ces bonnes grosses mains brunies, raidies par le travail, se sont suffisamment occupées et lassées tout le jour à tenir le manche de la bêche, ou la bride du cheval, ou le soc de la charrue. Il leur faut du repos, le soir au coin de l'âtre ; le léger contact de la plume les irrite et les engourdit. Aussi dans quelques mois, peut-être quelques semaines d'ici, eh bien, ce sera Mariette qui la prendra, cette fameuse plume ; ce sera elle qui tracera, sur la large feuille de papier blanc, de sa belle écriture soigneusement moulée, les nouvelles de la métairie, de l'étable, des champs ; elle qui mettra l'adresse de ce bon M. Leroux sur l'enveloppe ! Et cela fait que ces lettres, ces feuilles de papier, — où elle aura mis, elle la savante, l'heureuse ! tout ce qu'il y a de bon, de doux, de neuf en son logis, le travail et le gain paternel, les souvenirs des parents, des amis, les recommandations et les baisers de sa mère, — s'en iront, emportant rien que son écriture, d'un côté à Alger, de l'autre à Saint-Quentin ! Ah ! il y a bien là de quoi prendre un peu de souci et de peine, s'appliquer, vouloir, travailler ! A l'école, enfant ! à l'école !

Voici pourquoi, bien que la bise gronde, que les prés soient déserts, que la neige couvre les champs, la brave petite Mariette s'en va gaiement et court, les mains sous son tablier, sa bonne grosse face rose légèrement mordue par la bise. Le chemin ne lui paraît pas trop long, ni le froid trop vif, ni le vent trop rude. D'autres courent bien les villages et les champs pour aller danser; à plus forte raison elle se mettra lestement et gaiement en chemin pour s'en aller apprendre.

Heureuse petite Mariette! Ainsi de l'école à la maison et de la maison à l'école, elle va et vient, rapportant, ramassant, de l'un et de l'autre côté, toutes sortes de choses saines et pures pour le cœur et pour l'âme. Ici l'étude et là l'amour; tels sont, à chaque extrémité de son humble horizon, les phares qui l'attirent et les voix qui l'appellent. Ce n'est point par ces clartés-là qu'elle sera jamais trompée ; il y a de bien douces magies dans ces deux mots : aimer, savoir. A l'école, enfant ! à l'école !

ÉT. M.

UN DRAME EN PROVINCE

(Voir p. 3, 21, 34 et 51.)

M. Michel Royan, à ce cri du jeune homme, avait fait, malgré tout son calme, un soubresaut sur son fauteuil. Les deux mains fortement serrées sur les deux bras de cuir, les deux jambes largement écartées, le visage tendu en avant, il semblait vouloir mettre à nu, jusqu'au fond de l'âme, les sentiments, les désirs, les intentions, les pensées de son héritier futur qui tremblait devant lui. Un instant il promena sans parler son regard froid, étincelant, sur ce pâle visage. Puis il reprit d'une voix brève, dure, sans cesser de tenir Alfred sous son regard:

« Eh bien, qu'est-ce que tout cela? Voici que j'en apprends de belles! Vas-tu bien me laisser la paix avec tous ces grands sentiments, ces pleurs, ces cris, ce tas de bêtises ! Mademoiselle Hélène n'est pas, ne sera jamais pour toi..... Je ne veux pas d'elle, entends-tu ! Je te l'ai déjà dit, c'est une grande dame, une coquette, qui ne rêve que belles toilettes, bals, festins et beaux messieurs de Paris. Quand même tu aurais un château à lui offrir, elle ferait la fière, pincerait les lèvres, hausserait les épaules et nous mépriserait toujours. Laisse-la, avec ses marquis, avec ses ducs et ses vicomtes..... Ce n'est pas elle que j'ai choisie, d'abord. Et du moment que c'est moi qui dote et qui donne, c'est aussi moi qui décide..... Ou bien, si tu refuses de m'obéir, si tu veux faire à ta tête, c'est que tu te sens assez grand personnage et assez riche assurément. Dans ce cas, trouve ton château, arrange ta noce, fais tes paquets, et songe à t'en aller. »

M. Michel Royan accompagna ces derniers mots d'un bruyant coup de talon sur le parquet, d'un solide coup de poing sur la table. Puis il croisa les bras sur sa poitrine par un geste énergique, braquant toujours ses petits yeux de faucon, vifs, perçants, irrités, sur le jeune homme qui devant lui tremblait, baissant la tête. Au bout de quelques secondes pourtant il se redressa, pâle, frémissant, joignant les mains, commençant à parler d'une voix faible et vacillante :

« Mon oncle, mon bon oncle, oh ! je vous en supplie !..... Puisque depuis longtemps vous avez arrangé pour moi ce mariage, puisque vous me destinez une des filles de M. de Léouville, que vous importe après tout, que ce soit la plus jeune ou l'aînée ?... Songez que je n'ai jamais pensé à cette gentille petite demoiselle Marie. Elle disparaît vraiment, en présence de sa sœur. Et puis ce n'est encore qu'une enfant..... Et surtout rappelez-vous bien, vous ne m'avez jamais dit que vous préfériez aussi décidément l'une des jeunes filles à l'autre.

— Et pourquoi vous l'aurais-je dit, idiot? Quel besoin avais-je, vraiment, de vous rendre compte de mes intentions, de mes plans, de mes calculs, à vous qui n'êtes, auprès de moi, qu'un être infime, insignifiant; mon joujou plus ou moins coûteux, ma création, ma chose? — répliqua Michel Royan fronçant, sur son front sillonné, ses sourcils grisonnants, au-dessus de ses yeux creux d'où semblaient en ce moment jaillir des étincelles. — Écoutez-moi bien, jeune homme, afin d'apprendre ce que vous ne savez pas, de pressentir comment on doit vivre. Quand vous aurez, comme moi, travaillé quarante ans, sans relâche, sans préjugés, sans vanité, sans distraction, sans plaisirs; quand vous aurez, par votre labeur, votre persévérance et votre industrie, à force de vaillance, d'humilité, de privations, édifié une grande et belle fortune, alors vous pourrez, à votre gré, arranger votre avenir, et même votre présent, offrir votre cœur et votre main à la dame de vos pensées........ Mais tel que vous êtes, en ce moment, vous n'êtes rien, entendez-vous : vous n'avez encore rien fait, rien gagné, rien préparé, rien bâti, rien conquis. Vous êtes dans ma main un joujou, un pantin, une marionnette que je puis faire, si j'en ai le désir, châtelain, propriétaire, conseiller général, voire même député, ou bien que je chasse, dès demain, comme un chétif mendiant, le gousset vide, le bâton à la main, la besace à l'épaule..... Telles sont, monsieur l'amoureux, les deux alternatives. Je vous les expose nettement, franchement, je ne m'en départirai point..... Vous les avez devant vous; maintenant choisissez. »

Et Michel Royan, en finissant avec un geste de maître, se renversa sur son fauteuil où il demeura un instant immobile, sans parler, serrant ses lèvres pâles, fronçant ses sourcils touffus, et croisant résolûment ses bras sur sa poitrine.

« Cela ne doit point vous étonner, après tout, — reprit-il, au bout d'un instant. — Pour jouir de l'argent que j'ai gagné, de la situation que je me suis faite, du pouvoir que j'ai obtenu, dites-moi, la main sur le cœur, est-ce que j'ai besoin de vous, jeune homme?..... Une fois ma résolution prise, mon neveu hors d'ici, je quitte mon village, je m'établis dans mes terres, je deviens châtelain, conseiller général, député, et finalement, je me marie..... Je n'ai que soixante ans, après tout, et grâce à ma vie frugale, laborieuse, obscure, j'ai cent fois plus de moelle dans les os, de vigueur dans les membres et de sang dans les veines, que vous autres, pauvres freluquets de la présente époque, qui avez besoin qu'on vous nourrisse de jus de viandes, de fines conserves et de blanc de poulet!..... Mais si je renonce à ces jouissances personnelles, à ces honneurs laborieusement conquis, en votre faveur, misérable; si je vous donne, au lieu de les prendre pour moi-même, la femme, le titre, le domaine et le château, il faut que vous les méritiez par votre soumission et votre obéissance. Qu'avez-vous fait pour vous rendre digne de toutes ces chances et ces prospérités?..... Rien, absolument rien. L'hiver, vous fumez votre cigare et vous lisez votre journal au coin du feu; l'été, vous vous promenez, une rose à la boutonnière, en regardant rentrer les foins, ou bien vous tirez la bécasse. Et vous voudriez, malheureux gamin que vous êtes, m'imposer votre volonté!..... Non, non, encore une fois, et faites bien attention, sur ma foi! que c'est la dernière..... Vous allez, comme je l'ai arrangé, partir pour Paris, nouer de belles relations, faire le gandin, le jeune homme; puis à votre retour, dans un an ou deux d'ici, vous vous installerez dans votre château et vous épouserez mademoiselle Marie..... Ou bien dès demain vous partirez; vous vous en irez, en mendiant, traîner vos guêtres à travers le monde, et finalement vous mourrez, comme votre pauvre diable de père, dans quelque hôpital, n'importe où! »

Ici, monsieur Michel Royan, trouvant sans doute la conclusion assez énergique et la discussion assez longue, se leva, repoussa tout près de son bureau, de son geste de maître, sa chaise basse à dos de cuir, puis gagna la porte et descendit, ayant derrière lui Alfred qui le suivait, le regard troublé, la tête basse.

Tous deux s'assirent en silence dans la salle à manger; tous deux partagèrent sans se parler le déjeuner savoureux, coquettement préparé, que leur servit la ménagère. Puis l'ancien notaire, après avoir vidé son dernier verre et soigneusement enfilé son rond de serviette, remonta à son bureau où, dit-il à madame Jean, il attendait des visites. Quant à Alfred, il prit sa canne, son londrès, son grand chapeau de paille, et quitta le jardin, marchant au hasard dans la direction de la forêt.

Il errait çà et là, le front bas, les lèvres serrées, les regards confus et vagues, à travers lesquels un farouche et furtif éclair de colère et de rancune passait parfois, comme un rayon illuminant une épaisse nuit. Il venait de s'entendre dire de ces choses que nul être au monde n'est tenté de s'avouer. Son oncle, en tyran rude et brutal qu'il était, lui avait impitoyablement jeté au visage toutes ses faiblessses, ses hontes, ses misères, ses imperfections. Et ce qu'il y avait de plus pénible pour ce malheureux jeune homme, c'est qu'il sentait que tout cela était vrai, que son oncle ne se trompait point.

« Eh bien, oui, — se disait-il, en passant, les bras croisés, les sourcils froncés, les yeux brûlants, à l'ombre des grands chênes, et marchant sans les voir sur les gazons embaumés, sur les herbes fleuries. — Oui, j'aime à ne rien faire, à me laisser vivre, à jouir; je suis indolent, sensuel, présomptueux, flâneur; peut-être suis-je lâche!..... Je crains par-dessus tout la fatigue, le travail, la gêne, la souffrance, la misère..... C'est donc que je manque de force pour lutter, pour parvenir..... Mais,..... s'il s'agissait de me..... défendre,..... de me..... venger, eh bien, j'en trouverais peut-être!..... Mon oncle a grand tort d'être si dur, si brutal, si impitoyable!..... Que veut-il que je fasse, d'abord, de cette petite demoiselle Marie, qui n'est qu'une véritable enfant..... Mais, dans sa corbeille de mariage, si je voulais lui plaire, je mettrais une poupée... Tandis qu'Hélène... oh! la vraie grande dame et la charmante fille!..... Que de noblesse et d'élégance! que de grâce souveraine, un peu altière, de pure et élégante beauté! Et pourquoi épouserait-elle monsieur de Tourguenier, d'abord!..... Un homme de près de quarante ans, qui n'est pas fort riche, après tout; qui n'est ni beau, ni intelligent, qu'elle ne peut pas aimer, sans doute..... Ne serais-je pas un meilleur mari pour elle, moi qui aurai un jour un titre, une grande fortune, un château; moi qui ai vingt-cinq ans! N'est-ce pas un bel âge?..... Oh! oui, mon oncle fait bien mal de me rudoyer, de me violenter ainsi. Car enfin, il a soixante ans; je vivrai plus longtemps que lui, j'hériterai de lui sans doute..... Est-ce que je ne pourrai pas, après sa mort, épouser qui je voudrai; faire ce qu'il me plaira de tout cet argent qu'ils ont eu bien de la peine à gagner, les pauvres vieux! Certes, je ne m'en priverai point, j'aurai bien assez attendu. Je ne me ferai pas scrupule de toucher les rentes, de vendre les biens, de vider les coffres!... Mais d'ici là, d'ici là?... Oh! que de sacrifices à faire, et que de moments pénibles à traverser. »

Ici un long et douloureux soupir souleva la poitrine du jeune homme. Pour se reposer un instant, il s'arrêta, s'appuya au tronc d'un chêne, et regarda autour de lui.

Il se trouvait alors à la lisière du bois, sur le bord du taillis de jeunes églantiers sauvages, de sureaux, de troënes et de genévriers entourant le tronc noueux des ormes, des trembles et des chênes. Sous le feuillage, dans la distance, le toit brun d'une chaumière de briques lézardées, encadrées par des madriers épais, se laissait voir, par moments, lorsqu'un souffle de vent passait, inclinant les branches. Presqu'au même instant, un bruit de pas pesants, pressés, celui de talons de bottes ferrées froissant la mousse et les bruyères, se fit entendre dans le taillis; puis une grosse voix dure, assez basse et un peu enrouée, s'éleva assez près du jeune homme.

« Eh! ponchour, monchieur Alfret! Fous fenez fous bromener te mon côté et me faire une betite fisite? C'est pien! Surtout..... fous safez..... c'est tans drois chours que che tois m'en aller..... Mais qu'est-ce que c'est?..... Fous aussi, fous afez l'air dout chosse. Fous denez la tête passe, et fous ne dites rien?

— Oui, c'est vrai, mon vieux Hans..... Je n'ai certes pas de quoi me réjouir; je suis même bien affligé. Et maintenant que j'y pense, je me rappelle que je n'ai pas pu parler pour toi à mon oncle..... Je n'aurais rien gagné d'abord, car il m'en. veut ces jours-ci, vois-tu; nous sommes un peu en guerre..... Et tu sais qu'il n'est pas bon quand il est irrité.

— Oh! che le sais, che le sais pien..... Ainsi quant à ce qui est te moi, est-ce que ce n'est pas une honde, une bitié, de mettre à la borte pour un rien, un homme comme moi, qui lui était tout téfoué, et qui ne boute bas bour l'oufrache?..... Oh! aussi monchieur Michel Royan n'a qu'à pien se carer, che lui garte un chien de ma chienne..... Mais gontez-moi donc, monchieur Alfret, ce qu'il y a afec fous, à fotre tour..... Et gomme fous afez l'air t'être un peu las et t'avoir chaud, entrez un prin tans ma cabane..... Fous poirez un ferre de pière et fous bourez fous reboser. »

Le jeune homme, d'abord silencieux, parut hésiter un moment. Puis se secouant d'un air plus résolu, en redressant la tête, il posa sa main ronde et blanche sur l'épaule du vieux garde, en lui disant :

« Eh bien, j'accepte, mon brave. Cela ne me fera pas de mal de me rafraîchir. Et puis rien ne me presse de rentrer à la maison, et nous avons le temps de causer..... Ah! ma foi, tu n'es pas le seul à qui mon digne oncle se charge de rendre la vie dure..... Je voudrais bien savoir à quoi mon oncle est bon, à présent qu'il n'a plus rien à faire ici, puisqu'il a fait fortune!..... Enfin le sort le veut ainsi; allons boire ton verre de bière, mon vieux; nous avons le temps de jaser. »

En parlant ainsi, Alfred se mit en marche, et les deux hommes s'éloignèrent, disparaissant sous les branches avant d'atteindre le seuil de la maisonnette au toit brun.

Vers le soir, M. Michel Royan qui, après avoir traité durant toute l'après-midi de nombreuses affaires et reçu de nombreuses visites, se préparait à dîner seul peut-être, comme il devait le faire en l'absence de son jeune révolté, — M. Michel Royan, disons-nous, vit venir à lui son neveu, s'avançant le long des allées du jardin, l'air confus et la tête basse. Le jeune homme, franchissant le seuil de la salle à manger, s'approcha de lui, lui prit la main et murmura en rougissant, la mine repentante et humble, les regards confus, les dents serrées :

« Mon oncle, oubliez, je vous prie, ce qui s'est passé entre nous. J'ai eu tort, je le reconnais. Vous êtes assurément en droit de disposer de mon avenir, puisque vous avez eu pour moi la tendresse et les soins d'un père. Je dois tout à vos bienfaits : ma situation présente, mon éducation, ma fortune future, et je serais, je l'avoue, bien coupable, s'il m'arrivait de l'oublier..... Je suis donc fermement résolu à faire tout ce que vous désirez : je partirai pour Paris dans huit jours, si vous le voulez bien, et, à mon retour, j'épouserai mademoiselle Marie.

— Eh bien, à la bonne heure; voilà parler en brave garçon..... D'où te vient, mon jeune homme, cet heureux changement? On dit que la nuit porte conseil, mais le soleil ne s'est pas couché depuis que nous nous sommes dit, ce matin, nos petites vérités, assez peu agréables et mal sonnantes. As-tu donc passé ton temps avec quelque digne personnage qui a su te ramener à de meilleurs sentiments, avec M. le marquis ou ce bon M. le curé, par exemple?

— Oh! non, je n'ai vu ni l'un ni l'autre..... Je me suis promené seul, toute la journée, dans les bois, — balbutia Alfred, dont le front se couvrit en ce moment d'une rougeur plus profonde, plus troublée, tandis qu'un éclair, évanoui bien vite, passait soudain dans son regard. — Mais j'ai..... réfléchi....., je me suis..... humilié..... J'ai compris qu'il serait honteux à moi de vous payer de vos bienfaits par une aussi basse ingratitude, et.....

— Et « j'ai fait ma fortune en faisant mon devoir ». Voilà tout simplement, mon garçon, ce que tu pourrais dire, — interrompit Michel Royan avec son gros rire, à la fois ironique, paternel et brutal. — Somme toute, tu fais bien, jeune homme, je t'assure. Tu ne te repentiras pas, c'est moi qui te le dis, d'avoir suivi mes conseils, rempli mes intentions, et tu verras, quand le moment sera venu, qu'il ne t'en coûtera point du tout d'accepter, heureux coquin! la main d'une aussi gentille épouse. Avec elle tu auras un domaine, un château, une position honorable, brillante, parmi les gens cossus de ton département..... Puis, un jour, comme tu t'y attends bien, toute ma fortune te reviendra, mon gars. Mais tu comprends, — acheva l'ancien notaire, toujours avec son gros rire, — que de cette façon-là je ne suis pas du tout pressé de te la donner, et qu'au contraire je tâcherai de pas mal te la faire attendre. »

Sur quoi M. Michel Royan, ayant pris place à table, déplia sa serviette, découvrit la soupière. Et le repas s'acheva, entre l'oncle et le neveu, sans qu'aucune allusion nouvelle aux projets de mariage et de révolte de l'héritier futur fût faite entre les deux convives.

Dès le lendemain, Alfred s'empressa d'avancer ses préparatifs de départ avec une activité renaissante, continuelle et presque fiévreuse. Il fit avant tout sa visite au Prieuré et s'y conduisit en sage et en héros, ne laissant rien soupçonner de son admiration pour Hélène, se montrant affable, gai et complaisant en compagnie, méritant enfin à ce double point de vue les sincères éloges de son oncle qui l'avait accompagné.

Durant le cours de cette visite, le marquis et l'ancien notaire, s'éloignant un instant du jeune et joyeux groupe, échangèrent quelques mots, et, une fois encore, convinrent de l'heure exacte et matinale à laquelle M. de Léouville devait se présenter à la maison Royan, le surlendemain, pour toucher le prix de la vente de son bois et de ses prairies.

Et, le surlendemain venu, M. de Léouville n'eut garde d'oublier le rendez-vous. Il se leva dès l'aube et se mit en route, pour le moins une demi-heure d'avance, triste d'une part de se séparer ainsi de ces derniers vestiges des grands biens de la famille, content de l'autre à l'idée d'aller toucher la dot d'une de ses chéries, de sa belle et gracieuse Hélène au front d'ange, aux soyeux cheveux blonds.

Mais à quoi tiennent les rêves, les espoirs et les joies de ce monde? Le marquis arpentant, de son pas leste, le faubourg de la petite ville, n'avait pas encore atteint la place du marché, qu'il était soudain terrifié et cloué à sa place, les pieds comme incrustés sur les petits pavés blancs, par une foudroyante nouvelle que venaient de lui transmettre au passage les nombreux groupes épars çà et là, exprimant une terreur, une consternation unanimes..... M. Michel Royan n'existait plus, M. Michel Royan était mort..... On venait de le trouver, il y avait une demi-heure environ, étendu raide et sanglant dans son bureau, au pied de sa caisse, le crâne fracassé par un instrument contondant : canne plomblée, marteau, massue..... Ce point devrait être éclairci, et ne le serait que lorsqu'on aurait découvert le meurtrier, sans doute. Tout ce que l'on savait pour le moment, c'est que le vol était le mobile du crime, car le coffre-fort avait été forcé et tout l'or qu'il contenait en était enlevé. Seuls quelques titres et des billets restaient, disait-on, dans un tiroir à secret que le voleur n'avait pas eu le temps de découvrir peut-être, ou qu'il n'avait pas su ouvrir dans sa précipitation.

Voici ce que M. de Léouville apprit sur son chemin, ce que d'abord, dans sa consternation, il refusa de croire..... Puis cédant à l'unanimité des récits, qui lui étaient faits au passage et qui, tous, s'accordaient sur le fait, ne différant que pour ce qui concernait les détails, il s'arrêta d'abord consterné, pâlissant, joignant ses deux mains qui tremblaient, et s'écriant : « Ah ! le pauvre homme ! »

Et ses secrètes inquiétudes paternelles le déchiraient en même temps. Qu'allait devenir la vente? Où trouver l'argent demandé? Hélas, pour le mariage, peut-être pour le bonheur d'Hélène, M. Michel Royan était mort un jour trop tôt sans doute. Alfred, le jeune et unique héritier, serait-il disposé à tenir la promesse faite par son oncle, ou même à continuer ses affaires?..... Soudain, au souvenir d'Alfred, le marquis se sentit ému; une ombre passa sur son front, voilant jusqu'à ses yeux humides.

« Comment puis-je penser, — se dit-il, — à nos intérêts à nous, au mariage de ma fille, quand ce pauvre jeune homme est frappé par un désastre aussi épouvantable, aussi soudain?..... C'est là un manque de charité honteux, un égoïsme impardonnable. Remettons à plus tard, il le faut bien, toutes ces préoccupations d'affaires, et allons trouver ce malheureux jeune homme, lui offrir, s'il se peut, quelques consolations. »

M. de Léouville, en se parlant ainsi, échangea des poignées de mains, des mots d'adieu et des saluts avec plusieurs voisins rencontrés dans les groupes; puis, suivant la grande rue, il arriva bientôt en vue de la maison du malheureux notaire, qui se dressait blanche, proprette, confortable et gaie, dans son petit coin tranquille, au bout de la place du marché.

ÉTIENNE MARCEL.

— La suite au prochain numéro. —

L'ÉCHELLE MYSTÉRIEUSE

L'enfant, dans son berceau, dormait paisible, sa petite tête posée sur l'oreiller blanc, et sa mère le contemplait.

« Que tu es beau ! disait-elle, mon enfant ! que tu es beau ! Que tu ressembles à ton père ! Tu as ses traits, ses traits chéris, et pourtant... tu ressembles encore plus à un ange, à un petit ange du ciel. Les petits anges ne peuvent être plus purs que toi. S'ils dorment, ils ne peuvent avoir un sommeil plus doux. Oui, tu es un petit ange ! mais sans ailes, heureusement !... Dieu, en te donnant à ta mère, a eu soin de te les ôter, pour que tu restes auprès d'elle, que tu ne t'envoles pas trop tôt, que tu ne retournes pas à lui avant de l'avoir connue et aimée, elle qui t'a si ardemment désiré et qui t'aime tant ! »

Et comme elle continuait de le regarder dans une sorte d'extase, elle vit s'effacer le sourire qui flottait sur les lèvres de l'enfant, sa petite poitrine se gonfla et il s'en échappa un soupir.

« Pourquoi soupires-tu, dit-elle, bien-aimé ? Sont-ce tes ailes que tu regrettes? Tes ailes, sois tranquille, elles repousseront à mesure que ta jeune âme s'épanouira sous les yeux de ta mère et, docile à ses leçons, aspirera à remonter. Car tu dois remonter d'où tu viens; tu le sais, n'est-ce pas, mon ange? Dieu en a mis le désir en toi en t'envoyant sur cette terre, et c'est à moi — mille fois béni soit-il ! — qu'il a confié le soin de te diriger vers la véritable patrie. »

Et comme l'enfant, dans son sommeil, par intervalle soupirait encore, une ombre de tristesse passa sur le front rayonnant de la mère.

« Je te promets des ailes, pauvre petit, dit-elle, et Dieu sait par quels chemins il te faudra retourner à lui.

Peut-être à travers des fondrières qui risqueront de t'engloutir, des cailloux qui te feront trébucher, des ronces qui t'arrêteront au passage et mettront tes pieds en sang! Oh! si je pouvais t'épargner les fatigues et les périls du voyage! Si je pouvais te porter jusqu'au bout dans mes bras! Mais qu'importe, après tout, pourvu que tu arrives? Sans combat point de victoire, et j'en veux pour toi une éclatante. Ange tu étais en venant du ciel, saint tu dois y rentrer. »

Et, tandis que dormait l'enfant, souriant et soupirant tour à tour, la chrétienne, en prière, demandait à Dieu de lui faire connaître la voie qu'aurait à suivre son fils pour atteindre au triomphe qu'elle rêvait pour lui.

Sa prière fut-elle exaucée?

Un sommeil étrange la saisit, assise auprès du petit berceau, et, en un rêve ou une vision, elle vit...

Une échelle mystérieuse, dont le bas s'appuyait sur la terre et dont le sommet touchait au ciel.

Et cette échelle avait sept échelons.

Et l'âme de son fils, sous l'apparence d'un jeune homme plein de vie, de force, de beauté, se tenait au pied de cette échelle, qu'il devait gravir.

Ces sept échelons, pensait la mère, ce sont les principales vertus qu'il lui faudra acquérir pour mériter la couronne de gloire. Mais, de l'une à l'autre, quelle distance!... L'âme, il est vrai, est grande; elle peut s'étendre bien au delà des étroites proportions du corps, et chaque vertu acquise lui prêtera l'impulsion nécessaire pour s'élever à une vertu plus haute.

Et, effectivement, elle voyait, sur les sept degrés de l'échelle, ou, plutôt, paraissant former ces degrés mêmes, des figures souriantes, qui tendaient les bras vers son fils et semblaient l'inviter à venir à elles.

Mais lui, en apparence attiré et repoussé tout à la fois, restait hésitant, et la mère, anxieuse, se demandait s'il ne se sentait pas le courage d'entreprendre l'ascension qui devait le mener au but sublime qu'elle entrevoyait pour lui.

Eh, quoi donc? ces vertus aimables qu'elle voyait sourire à son enfant et l'appeler pour le soutenir, le porter, l'élever de degré en degré jusqu'aux pieds du trône de Dieu, ces vertus qui ne montraient pourtant rien d'austère, n'éprouverait-il pour elles aucun attrait! N'emprunterait-il pas l'appui qu'elles lui offraient pour monter? Se résignerait-il à rester en bas, dans la poussière terrestre, lui, destiné à planer dans les hauteurs lumineuses?

Et, dans une ardente prière, épanchant toute son âme, elle implorait pour son fils le courage et la force qui semblaient lui manquer. Et elle criait à celui-ci: « Courage, enfant! »

Alors, comme si, tout à coup, il se sentait animé de résolution, elle le vit se diriger d'un pas ferme vers l'échelle mystérieuse. Son pied allait se poser sur le premier échelon, quand soudain, aux yeux de la mère, un changement terrible s'opéra.

Les figures souriantes souriaient encore, mais d'un sourire mauvais; les mains qui se tendaient vers son fils étaient encore tendues, mais elles semblaient vouloir le saisir, comme des serres d'oiseau de proie. Ce qu'elle avait pris pour des vertus, c'étaient les vices hideux sous de trompeuses apparences. Ils voulaient attirer son enfant pour l'arrêter au passage et pour mieux le précipiter.

Elle jeta un cri d'épouvante et, dans son angoisse maternelle, tendit les bras pour l'arrêter.

Mais lui, tournant la tête vers sa mère, pour toute réponse, traça sur lui-même un signe en forme de croix, et s'élançant, — comme le soldat qui monte à un assaut et se fait un appui de l'obstacle, — elle le vit, foulant aux pieds, dans un élan ininterrompu, les démons de l'orgueil, de la colère, de l'envie, de l'avarice, de la paresse, de la gourmandise, de la luxure, atteindre le sommet de l'échelle, et là, comme attiré par un aimant, monter plus haut et se perdre dans la lumière.

Frémissante, elle se réveilla, cherchant des yeux son enfant. Il sommeillait toujours dans son berceau, sa petite tête posée sur l'oreiller blanc, et il souriait aux anges.

André Le Pas.

L'ENFANT CONSOLATEUR

Maman, pourquoi pleurer? Vois, les arbres verdissent
Déjà sur nos gazons les fleurs s'épanouissent,
Fauvettes et pinsons gazouillent dans les bois,
La brise doucement nous caresse et frissonne,
L'insecte aux ailes d'or en voltigeant bourdonne,
Tout ici-bas prend une voix.

Mais voilà que tes pleurs redoublent, tendre mère!
Est-ce moi qui te cause une tristesse amère?
Tu pleures quand tout chante un hymne de bonheur.
Et ce matin pourtant je te voyais sourire
A mon joyeux babil, et tu me laissais dire,
Et tu me pressais sur ton cœur!...

— Non, non, ce n'est pas toi, pauvre ange que j'adore,
Qui fais pleurer ta mère... Oh! bien longtemps encore
Puisses-tu, ma colombe, ignorer le malheur,
Fantôme au noir visage errant sur cette terre!
Un destin sans pitié nous a ravi ton père!
Voilà ce qui fait ma douleur.

— Mon père? — Il est au ciel! Enfant, il te regarde,
Il veille sur tes pas, et c'est lui qui te garde,
Loin des périls, heureuse en ce triste séjour.
Ah! quand viendra le soir, quand tu prieras, ma fille,
Levant les yeux au ciel, où l'astre des nuits brille,
Pense à son âme avec amour.

Marie Beckerhoff.

CHRONIQUE

Dussé-je faire un peu concurrence à la *Gazette des Tribunaux*, je ne veux pas passer sous silence une certaine affaire dont la justice a été priée de s'occuper la semaine dernière. Tous les jours, cette bonne Thémis est obligée de protéger la veuve et l'orphelin : les peintres allégoriques la représentent volontiers abritant de faibles enfants sous les plis de son manteau, tandis qu'elle tient les criminels en respect à l'aide de son glaive non moins imposant que le sabre de la gendarmerie elle-même... Mais Thémis protégeant des forts — et des forts de la Halle encore ! — contre des injures et des voies de fait un peu vives, voilà assurément un cas nouveau et passablement intéressant.

Vous n'êtes pas sans connaître, au moins de réputation, les *forts* de la Halle de Paris. Ce sont les portefaix, — pardon! les « fonctionnaires » (prenez note de ce mot) qui ont mission de charger et de décharger les sacs de blé ou de farine qu'on entasse quotidiennement dans la vaste rotonde de la Halle aux blés.

En un temps où l'espèce humaine est si dégénérée parmi nous, les *forts* de la Halle sont encore une belle et imposante protestation de la nature contre la dégénérescence de notre pauvre race; c'est chez eux seulement qu'on retrouve des torses comparables à celui de Milon de Crotone, des biceps musculeux comme ceux du gladiateur antique, et quand vient l'heure du repas dans les salles des marchands de vin, aux abords de la Pointe-Saint-Eustache, des appétits que Vitellius lui-même envierait.

Un fort de la Halle qui, dans la rue, ferait un faux pas, et se laisserait tomber sur un bourgeois comme vous et moi, l'écraserait, ni plus ni moins qu'un éléphant trébuchant sur un escargot.

Mais je reviens à mon affaire du Palais... Or donc, deux *forts* se sont présentés à l'une des audiences du tribunal correctionnel : tous deux se plaignent d'avoir été insultés par un négociant chez lequel ils étaient allés porter des sacs de blé; l'un même avait reçu un coup de poing!

Pauvre *fort!* un coup de poing ! — Si vous ou moi nous recevions un soufflet sur la joue droite, je ne suis pas absolument certain que nous tendrions la joue gauche, conformément au précepte de l'Évangile; mais je suis certain que, si nous recevions un coup de poing, nous le rendrions séance tenante... Cela prouve bien que nous ne sommes pas des forts,—ni des *forts* de la Halle.

« Les hommes forts sont doux; » et les *forts* de la Halle sont malins : le fort qui a reçu le coup de poing pouvait « casser son bourgeois » par un autre coup de poing lestement et vigoureusement rendu : il s'en est bien gardé !

Son camarade et lui pouvaient répondre aux injures qui leur étaient adressées, par quelques-unes de ces apostrophes que les héros d'Homère ne dédaignaient point et dont la tradition, encore au temps de Vadé, n'était point perdue aux environs de Saint-Eustache : on m'assure même que quelques dames du Pavillon de la Marée en gardent toujours la fine fleur. Mais les *forts* laissent les coups de poing aux manants et les coups de langue aux femmes...

Que firent-ils donc ? Quand Hercule fut assailli par les Myrmidons, il ramassa dédaigneusement ces nains chétifs dans sa peau de lion et les emporta comme une poignée de grenouilles.

Nos *forts* procédèrent à peu près de la même façon : ils ramassèrent leur agresseur dans une feuille de papier timbré et le portèrent ainsi par-devant MM. les juges, pour s'entendre condamner comme coupable d'injures et de violences contre des « fonctionnaires publics »!

Eh oui ! (le tribunal l'a décidé en condamnant le coupable à une forte amende) les *forts* ne sont pas de vulgaires *hommes de peine :* ce sont des *fonctionnaires publics* ou, tout au moins, des officiers ministériels au même titre que les avoués, notaires, huissiers; ils sont une corporation dans laquelle on n'est admis qu'après examen, qu'après serment, qu'après de nombreuses garanties de probité et de... sobriété. Insulter un *fort*, frapper un *fort*, c'est outrager une corporation tout entière. Voilà pourquoi ces deux pauvres victimes sont allées en justice; et voilà pourquoi la justice leur a donné gain de cause.

Croyez-moi donc: ne donnez jamais ni coup de poing, ni gifle, ni chiquenaude à l'un de ces porte-farine qui soulèvent comme une plume un sac de deux cents kilos : il vous répondrait certainement par une feuille de papier timbré;— mais si par hasard, par une erreur bien coupable, bien déplorable, il préférait le coup de poing au papier timbré?... Dans le premier cas, votre nez s'allongerait; dans le second, il serait écrasé net. « Les hommes forts sont doux... », rien de plus vrai; seulement, ils ont quelquefois une manière à eux d'entendre la douceur.

Rappelez-vous un certain marquis de B... dont il est question dans les mémoires sur le XVIIIe siècle. Excellent homme, point emporté, sachant se contenir au besoin; mais un Hercule.

Un jour, un méchant Gascon, bretteur de profession, l'insulte, le provoque, et finalement le contraint à se mesurer avec lui à l'épée; le robuste marquis n'avait jamais touché un fleuret de sa vie.

« Tope là ! dit-il à son homme, c'est convenu : nous nous battrons demain matin. »

L'autre tope... Et le marquis, sans penser à mal, lui serre la main d'une façon si vigoureuse qu'il lui broie les os : il fallut amputer l'insolent personnage. Cela valait mieux, comme leçon, qu'un coup d'épée....

« Les hommes forts sont doux ! » ARGUS.

Abonnement, du 1er avril ou du 1er octobre; pour la France : un an, 10 f. ; 6 mois, 6 f. ; le n° au bureau, 20 c.; par la poste, 25 c.
Les volumes commencent le 1er avril. — LA SEMAINE DES FAMILLES paraît tous les samedis.

VICTOR LECOFFRE, ÉDITEUR, RUE BONAPARTE, 90, A PARIS. — Imp. de la Soc. de Typ. - J. Masson, 8, r. Campagne-Première Paris.

Dévouement d'Eustache de Saint-Pierre.

LES BOURGEOIS DE CALAIS

La guerre désolait la France depuis 1340. « Cette guerre grande et funeste, dit le continuateur de Nangis, par laquelle bien des milliers d'hommes moururent et advinrent moult de maux, » devait être une série non interrompue de désastres et de malheurs durant les cent années qu'elle pesa sur notre pays. Mais, pendant ce long laps de temps, des faits d'armes brillants, malheureusement isolés, des actions de courage et d'éclat, de générosité, d'héroïsme, comme le combat des Trente, par exemple, servaient à faire subsister au milieu des revers le prestige du nom français, et permettaient encore, malgré l'effacement momentané de notre gloire nationale, de tenir sauf l'honneur de la France.

Après la bataille de Crécy, Édouard III comprit l'absolue nécessité qu il y avait pour lui d'avoir, sur le sol français, une place de sûreté qui fût en même temps un point de débarquement et un port utile à son commerce. Il choisit dans le Nord Calais, clef du détroit et par conséquent de la France. Ce port, que sept lieues seulement séparaient de l'Angleterre, lui convenait à merveille; aussi « le désirait-il moult conquérir ».

Il marcha avec son armée sur cette ville et y vint mettre le siège le 3 septembre de l'année 1346. La place était bien « remparée », et elle fut vigoureusement défendue par les habitants et leur capitaine, brave chevalier de Bourgogne, appelé Jean de Vienne. Outre les bourgeois, gens de valeur reconnue, aguerris aux périls de terre et de mer, il y avait là nombre de courageux hommes d'armes de l'Artois et « de la comté de Guines », résolus à se défendre à outrance.

Édouard reconnut bien vite que Calais était imprenable par un coup de main; il fit alors fortifier les abords de la ville et les fit rendre inexpugnables; il fit construire, entre la ville, la rivière et le pont de Nieulai, des hôtels et des maisons, bâties en charpentes de gros merrain et couvertes *d'estrain*, (paille) et de genêts; il fit percer *faiticement* (artistement) nombre de rues, s'installa dans cette ville de bois avec les mêmes précautions et sûretés que s'il eût dû rester là une dizaine d'années, « car tel était son intention, dit Froissart, qu'il ne s'en partirait ni par hiver ni par été tant qu'il eût conquis Calais ». Il appela la ville qu'il venait de faire construire Ville-Neuve-la-Hardie. Il y eut place établie pour y tenir marché le mercredi et le samedi; des merceries, des boucheries, des halles de drap et de pain et de toutes autres nécessités; on y vendit aussi ce qui venait chaque jour par mer d'Angleterre et de Flandre, et ce qu'ils conquéraient en courant le pays depuis la comté de Guines jusqu'aux portes de Saint-Omer et de Boulogne.

Les Anglais des villes maritimes, qui détestaient les Calaisiens, secondaient avec zèle l'entreprise de leur roi.

Au commencement du siège, Jean de Vienne renvoya hors de Calais tous les pauvres gens qui n'avaient pas de *pourvéances* (provisions).

Il y en eut dix-sept cents : hommes, femmes et enfants. Comme les Anglais leur refusèrent le passage, nombre de ces malheureux moururent de froid et de faim, resserrés entre Calais et le camp ennemi, jusqu'à ce qu'Édouard III, touché de compassion, accorda enfin le passage à ces malheureux et leur donna même quelques secours. Plusieurs mois s'écoulèrent : Édouard, malgré de nombreuses tentatives, ne put s'emparer de Calais de vive force; mais en revanche, il enserra la ville de travaux de plus en plus inexpugnables, afin qu'un secours extérieur ne pût la délivrer en temps opportun. Le printemps avançait : assiégés et assiégeants semblaient inébranlables; les assauts étaient repoussés; le blocus incomplet, les Anglais furieux.

Le roi Philippe essaya de délivrer Calais : une armée française, avec lui en tête, marcha au secours de la ville. Il était temps, car la famine croissait dans Calais, depuis le mois de mai, et une lettre parvenue au roi de France implorait son assistance ; elle était ainsi conçue : « Tout est mangé, chiens et chats et chevaux, et de vivres nous ne pouvons plus trouver en la ville si nous ne mangeons *chair de gens*.

« ..... Si nous n'avons en brief (bientôt) secours, nous issirons hors de la ville pour vivre ou pour mourir, car nous aimons mieux mourir aux champs honorablement que nous manger l'un l'autre..... Si brièvement remède n'y est mis, vous n'aurez jamais plus de lettres de moi, et sera la ville perdue et nous qui sommes dedans. Notre-Seigneur vous donne bonne et longue vie, et vous mette en volonté, que si nous mourons pour vous, vous le rendiez à nos *haires* (héritiers). » Philippe, ne pouvant convaincre les Flamands qu'il avait précédemment traités en ennemis de lui prêter assistance, essaya avec son armée de la seule route qui lui restait, celle de Boulogne. Il battit les Flamands de l'Artois et arriva bientôt en vue de Calais, jusqu'au mont de Sangattes.

« Quand ceux de Calais, du haut de leurs murailles, les virent poindre et apparaître sur la montagne, et leurs bannières et pennons flotter au vent, ils eurent grande joie et crurent assurément être bientôt délivrés. »

On était au 27 juillet. C'était un coup décisif qu'il fallait tenter, car la ville n'était plus en état de résister longtemps.

Le roi de France envoya ses maréchaux reconnaître les passages : ceux-ci rapportèrent qu'il était impossible de passer sans exposer l'armée à une destruction certaine, et que tous les points étaient inattaquables.

Alors le roi et les deux légats du pape, qui suivaient l'armée, essayèrent d'entrer en négociation de paix avec Édouard III, qui répondit à ceux qui lui faisaient cette proposition : « Seigneurs, je suis ici depuis un an presque, et y ai grossièrement dépensé mon bien; ayant tant fait que bientôt serai-je maître de Calais, je ne m'éloignerai pas de ma conquête que j'ai tant désirée. Que mon adversaire et ses gens cherchent les moyens qu'ils voudront pour me combattre! »

Il fallut que l'armée française se décidât à battre en retraite sans combat. Abandonnés par le roi de France, les habitants de Calais se résignèrent à capituler.

Nous empruntons à Froissart, en le traduisant, le récit des événements qui suivirent.

Après le départ du roi de France et de son armée du mont de Sangattes, ceux de Calais virent bien que le secours sur lequel ils comptaient leur manquait absolument; et ils étaient en si grande détresse de famine que le plus grand et le plus fort se pouvait à peine soutenir. Aussi tinrent-ils conseil; et il leur sembla qu'il leur valait mieux se mettre en la volonté du roi d'Angleterre, que de se laisser mourir l'un après l'autre de famine; car plusieurs pouvaient perdre corps et âme par rage de faim.

Ils prièrent tant monseigneur Jean de Vienne de vo

loir traiter, qu'il s'y accorda, et monta aux créneaux des murs de la ville, et fit signe à ceux du dehors qu'il voulait leur parler. Quand que le roi d'Angleterre entendit ces nouvelles, il envoya comme parlementaires Messire Gautier de Mauny et le seigneur de Basset. Quand ils furent arrivés : « Chers seigneurs, leur dit messire Jean de Vienne, vous êtes moult vaillants chevaliers et habitués aux armes; vous savez que le roi de France, que nous tenons à seigneur, nous a céans envoyés et nous a commandé de garder cette ville et ce châtel, de telle manière que nous n'en eussions point de blâme, ni lui point de dommage : nous avons fait tout ce qui était en notre pouvoir. Or, notre secours a manqué, et vous nous avez si étreints, que nous n'avons pas de quoi vivre; aussi nous mourrons tous de faim, si le noble roi votre sire n'a pitié de nous. Chers seigneurs, si vous lui vouliez prier en pitié de nous faire merci, et de nous laisser nous en aller tous tant que nous sommes, il prendrait la ville et le châtel et tout l'avoir qui est dedans, qui est fort considérable.

— Messire Jean, messire Jean, répondit Gautier de Mauny, nous connaissons une partie des intentions du roi, notre sire, car il nous l'a dite : sachez qu'il n'entend pas que vous vous en puissiez aller ainsi que vous venez de dire; mais il veut que vous vous mettiez tous en sa pure volonté pour rançonner ceux qui lui plaira, ou pour les faire mourir; car ceux de Calais lui ont tant occasionné de contrariétés et de dépit, fait dépenser tant d'argent, et fait mourir si grande quantité de ses gens, que ce n'est pas merveille qu'il veuille vous avoir tous à sa pure discrétion. » A quoi messire Jean de Vienne répondit alors : « Ce serait trop dure chose pour nous si nous consentions à ce que vous dites. Nous sommes céans un petit nombre de chevaliers et d'écuyers qui avons servi loyalement autant qu'il a été en notre pouvoir notre seigneur le roi de France, comme vous feriez pour le vôtre en semblable circonstance; nous en avons enduré mainte peine et mainte mésaise; mais au contraire, souffririons-nous telle peine que jamais gens endurèrent ou souffrirent la pareille, plutôt que de consentir que le plus petit garçon ou varlet de la ville ait autre mal que le plus grand de nous tous. Mais nous vous prions de dire au roi d'Angleterre que nous espérons qu'il aura pitié de nous.

— Par ma foi, répondit messire Gautier de Mauny, je le ferai volontiers, messire Jean; et je voudrais, si Dieu daigne me prêter aide, qu'il m'en crût, car il en vaudrait mieux pour vous tous. »

Alors le sire de Mauny et le sire de Basset partirent, laissant messire Jean de Vienne appuyé aux créneaux, attendant leur retour. Ils s'en allèrent vers le roi d'Angleterre, qui les attendait à l'entrée de son hôtel, et qui avait grand désir d'entendre des nouvelles de Calais. Auprès de lui il y avait le comte de Derby, le comte de Northampton, le comte d'Arondel et plusieurs autres barons d'Angleterre. Messire Gautier de Mauny et le sire de Basset s'inclinèrent devant le roi, et s'avancèrent vers lui. Le sire de Mauny commença à parler, car le roi voulait absolument l'entendre, et il lui dit : « Monseigneur, nous venons de Calais et avons trouvé le capitaine messire Jean de Vienne qui nous a parlé longuement; il me semble que lui et ses compagnons de la communauté de Calais ont le grand vouloir de vous rendre la ville et le châtel de Calais, et tout ce qui est dedans, mais à la condition d'avoir la liberté pour leurs personnes.

Alors le roi répondit : « Messire Gautier, vous savez la plus grande partie de ce que nous entendons à ce sujet. Quelle chose avez-vous répondue?

— Au nom de Dieu, Monseigneur, dit messire Gautier, j'ai répondu que vous n'en feriez rien s'ils ne se rendaient pas simplement à volonté, pour vivre ou pour mourir, selon votre gré. Et quand je lui eus démontré cela, messire Jean de Vienne me répondit et me confessa qu'ils étaient bien malheureux par rapport à la famine, mais que, plutôt que d'en venir à cette extrémité, ils ont dit qu'ils se vendraient si cher, que jamais on n'aurait vu chose pareille. »

Le roi répondit : « Messire Gautier, ce que j'ai dit sera fait. »

Alors le sire de Mauny s'avança et parla très sagement au roi, et lui dit, venant ainsi en aide à ceux de Calais :

« Monseigneur, vous pourriez bien avoir tort, car vous nous donnez le mauvais exemple. Lorsque vous nous enverrez en nos forteresses, nous n'irons pas si volontiers, si vous faites mettre ces gens à mort, ainsi que vous le dites, car on ferait de même pour nous dans des cas semblables. »

Ces paroles adoucirent singulièrement le roi d'Angleterre, car plusieurs barons, venant à la rescousse, appuyèrent le dire du sire de Mauny. Le roi, après avoir entendu ces observations, répondit ainsi : « Seigneurs, je ne veux pas être tout seul contre vous tous. Gautier, vous vous en irez vers ceux de Calais, et direz au capitaine que la plus grande grâce qu'ils puissent avoir de moi, c'est qu'il parte de la ville de Calais six des plus notables bourgeois, tête nue, déchaussés, la *hart* (corde) au col, avec les clefs de la ville et du châtel en leurs mains; de ceux-là je ferai ma volonté; le reste je prendrai à merci.

— Monseigneur, répondit messire Gautier, je le ferai volontiers. »

Ce disant, Gautier de Mauny quitta le roi, retourna jusqu'à Calais, à l'endroit où l'attendait messire de Vienne. Il lui rapporta les paroles du roi, lui disant que c'était tout ce qu'il avait pu obtenir. « Messire Gautier, répondit Jean de Vienne, je vous crois bien, mais je vous en prie, veuillez demeurer ici jusqu'à ce que j'aie démontré à la communauté de la ville toute cette affaire, car ils m'ont envoyé ici, et c'est à eux qu'il appartient de répondre à cela, m'est avis.

— Volontiers, répondit le sire de Mauny. »

Alors messire Jean de Vienne partit des créneaux et vint au marché, fit sonner la cloche pour assembler tous les gens de la ville à la halle. Alors accoururent nombre d'hommes et de femmes, car beaucoup désiraient entendre des nouvelles, beaucoup souffraient tellement de la famine qu'ils ne pouvaient plus se porter.

Quand ils furent tous assemblés, Jean de Vienne leur apprit très doucement les paroles décisives du roi rapportées précédemment, et leur dit qu'il ne pouvait pas en être autrement; ainsi, qu'ils eussent à donner sur cela leur avis et une prompte réponse. Quand ils eurent entendu ce rapport, ils commencèrent tous à crier et à pleurer si amèrement, qu'il n'est si dur cœur au monde, s'il les eût vus ou entendus, qui n'en eût eu pitié. Ils ne purent sur le moment répondre ni parler; et même messire Jean de Vienne en avait tellement pitié, qu'il pleurait très tendrement.

Quelques instants après, le plus riche bourgeois de la ville, qu'on appelait sire Eustache de Saint-Pierre, se leva et dit devant tous les gens assemblés là : « Seigneurs, ce serait grande pitié et grand malheur que de laisser mourir une telle quantité de gens par la famine ou autrement, quand on y peut trouver remède; et serait en grande faveur et grande grâce auprès de Notre-Seigneur, celui qui pourrait garder tout ce monde d'un tel malheur. J'ai à un tel point l'espérance d'avoir grâce et pardon de Notre-Seigneur, si je meurs pour sauver ce peuple, que je veux être le premier. J'irai donc, rien qu'avec ma chemise, tête nue et la hart au col en la merci du roi d'Angleterre. »

Quand sire Eustache de Saint-Pierre eut dit cela, chacun l'alla *aouser* (adorer) de pitié; plusieurs hommes et femmes se jetèrent à ses pieds, pleurant tendrement, et c'était bien grande pitié que de les entendre et de les regarder.

Secondement, un autre bourgeois très honnête, qui avait deux belles damoiselles pour filles, se leva et dit qu'il ferait compagnie à son compère sire Eustache de Saint-Pierre; on appelait celui-là sire Jean d'Aire.

Le troisième vint ensuite, qui fut sire Jacques de Wissant, homme riche et considérable; il dit qu'il accompagnerait ses deux cousins. Le sire Pierre de Wissant, son père, fit de même. Puis un cinquième et un sixième bourgeois se dévouèrent également.

Ils se dévêtirent là, en la ville de Calais, se mirent la hart au cou, et prirent chacun une poignée des clefs de la ville.

Quand ils furent prêts, messire Jean de Vienne, monté sur une petite haquenée, car il ne pouvait plus aller à pied, marcha devant eux et prit le chemin de la porte. Ils furent suivis par une foule nombreuse, composée d'hommes, de femmes et d'enfants, dont les cris et les pleurs étaient déchirants.

Messire Jean de Vienne se fit ouvrir la porte et alla droit au sire de Mauny qui l'attendait là et lui dit : « Messire Gautier, je vous délivre comme capitaine de Calais, et par le consentement du pauvre peuple de cette ville, ces six bourgeois. Je vous jure que ce sont les plus honorables, les plus notables, les plus riches, les mieux nés de la ville de Calais ; ils portent les clefs de la ville et du castel. Je vous en prie, noble Seigneur, veuillez prier pour eux le roi d'Angleterre que ces braves gens ne soient pas mis à mort.

— Je ne sais, répondit le sire de Mauny, ce que Monseigneur le roi décidera, mais je vous promets de faire pour eux tout ce qui sera en mon pouvoir. »

La barrière fut ouverte : les six bourgeois s'en allèrent avec messire de Mauny, qui les mena tout doucement vers le palais du roi. Quant à messire Jean, il rentra dans la ville.

Le roi était alors en sa chambre, avec une grande suite de comtes, de barons et de chevaliers. Lorsqu'il eut appris que ceux de Calais venaient en l'appareil qu'il avait exigé, il sortit et s'en vint à la place devant son hôtel ; tous ses seigneurs le suivaient, et une grande quantité de gens qui survinrent pour voir et entendre ce qui allait se passer. La reine d'Angleterre accompagnait le roi son seigneur.

Messire Gautier de Mauny, avec les bourgeois qui le suivaient, s'approcha du roi et lui parla ainsi : « Sire, voici les représentants de la ville de Calais qui sont à vos ordres. » Le roi se tint immobile et les regarda très durement, car il haïssait fortement les habitants de Calais pour tous les dommages qu'autrefois ceux-ci lui avaient fait éprouver sur mer.

Les six bourgeois se mirent à genoux devant le roi, et lui dirent en joignant les mains : « Gentil sire et gentil roi, voyez-nous six, qui de toute ancienneté avons été de grands marchands et bourgeois de Calais ; nous vous apportons selon votre bon plaisir les clefs de la ville et du châtel de Calais. et nous nous remettons à votre volonté pour sauver le reste du peuple de Calais, qui a souffert bien des maux. Nous espérons que votre très haute noblesse voudra bien avoir pitié de nous et nous fera miséricorde. »

Tous les seigneurs ou chevaliers qui étaient là, et même les plus vaillants hommes d'armes, ne pouvaient s'abstenir de pleurer de pitié, à tel point que pendant quelque temps il leur fut impossible de parler. Ce n'était pas étonnant, car il était affreux de voir des hommes en tel état et tel péril.

Le roi les regarda avec grande colère, car il avait le cœur si rempli de courroux et de dureté, qu'il ne put leur répondre tout d'abord.

Quand il parla enfin, il commanda qu'on leur coupât de suite la tête. Tous les barons et les chevaliers qui étaient là pleuraient en priant le roi, aussi sérieusement qu'ils le pouvaient, de vouloir bien leur faire grâce, mais Édouard ne voulut rien entendre. Alors messire de Mauny s'écria : « Ha ! noble sire, veuillez calmer votre ressentiment. Vous avez renommée de souveraine noblesse; ne faites donc rien pour l'amoindrir, ni pour la ternir. Tout le monde dira que c'est grande cruauté, si vous n'avez pitié de ces gens-là, et si vous êtes assez dur, que vous fassiez mourir ces honnêtes bourgeois, qui de leur propre volonté se sont mis à votre discrétion pour sauver leurs frères. »

A ce moment le roi grinça des dents et dit : « Messire Gautier, taisez-vous, prenez-en votre parti, il n'en sera pas autrement; qu'on fasse venir le coupe-têtes. Ceux de Calais ont fait périr tant de mes hommes, qu'il convient que ceux-ci périssent aussi. »

Alors la noble reine d'Angleterre, qui allait donner un héritier à la couronne, et qui pleurait tellement qu'elle ne se pouvait soutenir, se jeta aux genoux du roi et lui dit : « Ha! gentil sire, depuis que je traversai la mer en grand péril pour vous venir rejoindre, comme vous le savez, je ne vous ai rien requis ni demandé. Or, je vous prie humblement et vous requiers, en propre don, que pour le fils de sainte Marie et pour l'amour de moi, vous veuillez bien faire miséricorde à ces six hommes. »

Le roi attendit un moment pour répondre, et regardant la bonne dame, sa femme, qui pleurait si tendrement, il sentit tout à coup son grand courroux s'amollir en son cœur, car il n'eût voulu qu'à regret la chagriner alors, et il lui dit : « Ah! madame, j'aimerais bien mieux que vous fussiez autre part qu'ici, mais vous me priez si fort, que je ne vous refuserai pas, et quoi que je le fasse à regret, tenez, je vous les donne, faites-en ce que vous voudrez. » La noble dame s'écria : « Monseigneur, très grand merci! »

Alors la reine se leva, puis elle fit relever à leur tour les six bourgeois, leur fit ôter les cordes qu'ils avaient autour du cou, les emmena avec elle en sa chambre, les fit vêtir, leur donna à dîner, et lorsqu'ils furent remis, elle ordonna qu'on les conduisît en sûreté, avec six pièces d'or à chacun pour sa route. Ils s'en allèrent alors habiter plusieurs villes de Picardie.

Tel fut le dénouement de ce dramatique épisode. L'action des six victimes expiatoires que l'intercession de la reine sauva de la mort est un fait glorieux qui efface pendant quelque temps le souvenir des hontes passées.

C'est comme une espérance, une promesse de meilleur avenir en échange des bassesses et des douleurs présentes.

Jean de Vienne et la garnison entière furent envoyés prisonniers en Angleterre. Les habitants furent expulsés en masse. Édouard III chercha à peupler Calais exclusivement d'Anglais; il leur fit d'immenses avantages pour les engager à y venir.

L'amour de la ville natale était tellement inné chez la plupart des exilés, que beaucoup consentirent à devenir Anglais pour pouvoir aller mourir dans leurs foyers. Eustache de Saint-Pierre, personnification de l'esprit municipal, se résigna à prêter serment au roi d'Angleterre « afin de revoir sa bonne ville », pour laquelle il avait offert le sacrifice de sa vie.

Pour lui, Calais c'était la patrie. Eustache de Saint-Pierre est la première de ces grandes figures nationales qui, ouvrant l'ère du dévouement, nous conduira d'abord à Alain Blanchard, le glorieux capitaine rouennais qui mourut pour sauver sa ville, et enfin, à Jeanne d'Arc, qui, par amour de la patrie, donna sa vie pour le salut de la France entière.

S. Dussieux.

LA PRINCESSE LOUISE DE CONDÉ

Au printemps de l'année 1786, une joyeuse et brillante société était réunie aux eaux thermales de Bourbon-l'Archambault. Le prince de Condé, celui-là même qui devait donner son nom à l'héroïque armée de l'émigration, y tenait une sorte de cour. Il était accompagné de la princesse Louise-Adélaïde de Bourbon, sa fille, douce et angélique créature, dont l'histoire s'est peu occupée jusqu'à ce jour, bien que sa vie offre l'intérêt qui s'attache à celle de toutes les âmes d'élite, bien qu'elle ait sa marque d'héroïsme et même son charme intime, son coin de mystère et de roman.

Née à Paris, le 5 octobre 1757, morte le 10 mars 1824 sous le voile des Bénédictines du Temple, la princesse Louise a subi bien des vicissitudes, elle a éprouvé toutes les agitations du siècle le plus fertile en bouleversements et en catastrophes. Après avoir vécu au milieu des cours, elle a erré à travers l'Europe, poursuivie d'étapes en étapes par l'implacable génie de la Révolution. Et pourtant il serait difficile de trouver une existence moins dissipée, une âme plus recueillie en elle-même et plus retirée en Dieu.

A peine âgée de cinq ans, elle perd sa mère Charlotte Gottfriede de Rohan-Soubise, et son père la confie à une femme de grand cœur et d'austère piété, Mme de Vermandois, abbesse de Beaumont Lez-Tours, qui, elle aussi, était une petite-fille du grand Condé.

Elle demeure sept années sous la conduite de cette tante à qui la jeune princesse dut certainement beaucoup pour le développement des rares qualités, des douces et fortes vertus dont elle avait reçu le germe avec la vie. Mademoiselle de Condé considéra toujours comme sa véritable mère spirituelle cette femme de Dieu pour laquelle elle avait « tendresse extrême, crainte, respect, estime, reconnaissance et confiance ». A tout instant, elle proclame dans ses lettres que tout ce qu'on peut trouver de bien dans sa personne, elle le doit à sa tante : « C'est d'elle que j'ai reçu les premières impressions, les premières idées et toujours elles se sont fortifiées... Je me rappelle que dans ma première enfance, à Paris, je me jetais quelquefois dans ses bras en l'appelant *maman*. Je n'avais jamais connu la mienne. Pourquoi aimais-je mieux ce nom que celui de *tante?* Pourquoi demandais-je comme une récompense de la nommer ainsi? Je me souviens encore du vif plaisir que j'éprouvais alors, l'impression n'en est pas effacée... »

De Beaumont Lez-Tours, Louise Adélaïde passa à l'abbaye de Partemont, au faubourg Saint-Germain, maison semi-religieuse et semi-mondaine, qui était pour les princesses une sorte de transition entre le couvent et le brillant théâtre auquel leur rang les destinait. Elle y demeura jusqu'à vingt-cinq ans.

Il y a quatre ans qu'elle en est sortie quand nous la trouvons à Bourbon-l'Archambault. Dans ce séjour, le père et la fille vivaient avec simplicité et sans grande rigueur d'étiquette. Ils accueillaient facilement tous ceux qui réclamaient l'honneur de leur être présentés.

Parmi ceux-ci se trouvait un jeune gentilhomme breton, officier aux carabiniers de Monsieur, qui avait eu l'heureuse fortune de se fouler le pied en tombant de cheval, et que les chirurgiens avaient envoyé aux eaux pour soigner sa foulure. Il se nommait Louis de la Gervaisais. C'était une singulière et originale figure, dont les traits fortement accusés étaient empreints du cachet de sa rude province. Caractère mélancolique et sauvage, timide, franc jusqu'à être bourru, peu fait aux usages, mais cœur loyal et chaud.

Mais fidèle, mais fier et même un peu farouche.

Ayant peu vécu dans le monde et dans la société des femmes, il se détachait en relief sur le fond banal de la société de son temps, dont il critiquait les travers en en partageant les illusions et les entraînements. Esprit très émancipé, il se posait en réformateur et en philosophe; Mlle de Bourbon remarqua bientôt dans la foule des présentés cet officier de vingt et un ans, qui contrastait si fortement avec tout ce qu'elle avait jusqu'alors connu. Elle devina un cœur et une intelligence sous cette rude enveloppe: elle lui accorda sa confiance, et lui permit de l'accompagner dans ses visites de charité, dans ses excursions hors de la ville.

Dans ces moments, le taciturne breton retrouvait la parole pour peindre les douceurs de la campagne, d'une vie cachée en la nature, d'une solitude ombragée de mystère. Appuyée sur le bras de son jeune compagnon, la princesse prêtait une oreille complaisante à ces accents d'un effet si nouveau pour elle, dont l'éloquence originale l'étonnait en la charmant. De son côté, elle ne craignait pas d'exprimer sa répulsion pour les grandeurs et les vanités mondaines. Et tous les deux, formant mille projets d'avenir, imaginaient une habitation modeste, une petite maison enguirlandée de pampres et défendue contre les regards indiscrets par un enclos de verdure. Les heures s'écoulaient avec une rapidité délicieuse dans ces entretiens de deux cœurs qui, malgré la distance et les inégalités sociales, battent bientôt à l'unisson.

Ce rêve enchanté dura quarante-cinq jours; puis vint l'heure de la séparation... Une seule chose put en adoucir les amertumes pour le jeune officier : Mlle de Bourbon promit de lui écrire et elle tint parole.

Une première fois en 1834, ces lettres ont été livrées à la publicité par un écrivain digne d'en goûter et d'en faire apprécier toute la saveur, le doux philosophe Ballanche. La Gervaisais lui-même en procura une seconde édition en 1838, qu'il fit bientôt suivre d'un extrait sous ce titre : *Une âme de Bourbon*. Elles reparaissent aujourd'hui par les soins de M. Paul Viollet, qui a revisé et collationné les anciens textes et rétabli autant que possible les dates et les noms propres qui n'avaient été précédemment indiqués que par de simples initiales. Enfin il a réuni à son édition tous les renseignements propres à éclairer ces « lettres intimes » dont se souvenait à peine une petite élite d'esprits éclairés et délicats.

Grâce à lui, nous pouvons pénétrer jusqu'au fond du cœur de la dernière des Condé; une âme nous est révélée dans sa fraîcheur idéale, dans sa chasteté et sa pureté célestes.

Sa pensée se reporte aux délicieuses promenades de Bourbon. Elle revoit sans cesse les sentiers qu'elle a parcourus au bras de « l'ami de son cœur ». Trouve-t-elle des pierres sur la route? cela lui rappelle le chemin rocailleux de *joncs* (nom d'une des sources de Bourbon-l'Archambault). Rencontre-t-elle un paysan? elle voit aussitôt « le petit Jean », un pâtre qu'ils avaient rencontré dans leurs excursions et qu'ils aimaient à faire jaser.

La douce et compatissante princesse qui était bien en cela du sang de saint Louis, aimait les pauvres, les petits et les souffreteux. Une de ses joies était de visiter les asiles de vieillards et d'infirmes : « Nous avons été voir tantôt l'hôpital d'ici (Chantilly) qu'on a fort augmenté depuis quelque temps et dont réellement le *bon*. (le prince de Condé) s'occupe avec soin : il est destiné à recevoir les vieillards, hommes et femmes à qui on donne là des places pour le reste de leur vie; ils y sont parfaitement bien, et tous sont d'une reconnaissance extrême et pleurent quand nous y allons. *Moi, j'aimerais à parler à ces jeunes gens et à les entendre*; mais imaginez-vous qu'on va là pour voir des corridors, des chambres, des jardins, que sais-je? tout excepté ceux qui l'habitent. On se dépêche de parcourir tout cela et on n'a pas le temps de dire un mot.

« Je m'étais arrêtée dans les chambres destinées à recevoir toutes les femmes malades qui se présentent et qui en sortent après leur guérison; je parlais à une d'entr'elles; on m'a tant appelée qu'il m'a fallu la quitter et *l'on avait l'air étonné du plaisir que je paraissais y prendre*. J'ai dit en moi-même : Oh! mon ami ne serait pas étonné, lui! Et puis je me suis rappelé comme il parlait avec toutes ces bonnes gens de Bourbon, comme il m'en recommandait quelquefois, et puis la femme Farciaude, vous en souvenez-vous? Comme elle était bonne et simple! Pendant qu'elle me demandait quelque chose pour sa voisine, mon ami eut les larmes aux yeux ! »

Ces sentiments de sympathie et de douce protection se répandent abondamment sur tout ce qui l'entoure. Elle défend tous les malheureux, tous les disgraciés : les pauvres contre la misère, les souffre-douleurs et les parias de la société contre les malices et les injustices des salons. Elle prend hautement le parti d'une personne de Chantilly que tout le monde avait en grippe et dont « on disait des horreurs » parce qu'elle ne peut pas souffrir « qu'on s'acharne comme cela après quelqu'un ».

Sa compassion trouvait un écho dans le cœur de la Gervaisais. Mais, chez Louise de Bourbon, la charité et la bonté étaient des vertus chrétiennes, tandis que chez le jeune officier, elles avaient surtout un caractère humain. Il faisait profession de sentiments philantropiques, et parlait trop souvent en esprit fort. Louise-Adélaïde use de son irrésistible autorité pour détruire les préjugés qui ont pris racine dans l'esprit, sinon dans le cœur de son ami.

Elle l'attire doucement à Dieu, elle l'amène à proclamer son existence et sa providence, à lui soumettre sa raison par une série de raisonnements qu'elle a puisés à la source naturelle de son bon sens et de sa foi, mais qu'on dirait souvent empruntés aux pures lumières de la science théologique. Il y a du Pascal dans sa manière de démontrer l'existence de Dieu, en la rendant tout d'abord sensible au cœur. Aussi défend-elle à son ami « de lire des livres sur Dieu » ; elle lui recommande de n'écouter que la voix de son cœur et de se défier de son esprit quand il vient « se jeter à la traverse » — « Dieu a fait nos cœurs pour l'aimer, dit-elle, et n'a point fait nos esprits pour le comprendre ».

Aussi, depuis qu'elles sont placées sous cette bénigne influence, l'âme du jeune Breton s'épure, ses idées se rectifient, sa vie se renouvelle. La douce princesse est un ange consolateur et tutélaire. Elle lui aplanit les obstacles, le rapproche de sa famille, le relève et le fortifie, l'encourage au travail, lui prodigue avec une simplicité charmante les leçons de la plus haute sagesse et jusqu'à des conseils pratiques, remplis d'un souverain bon sens.

La Gervaisais est gauche, timide et taciturne dans le monde. Elle se dit que les esprits ainsi faits sont propres à faire bien des maladresses. Aussi engage-t-elle son jeune ami à rester lui-même, à ne jamais forcer sa nature. « Je me rappelle que dans une de vos lettres, vous me dites que vous croyez qu'il faudra, à Paris, prendre une tout autre tournure que celle que vous avez : moi, je ne crois point cela ; je pense qu'il faut savoir se conformer à celle des gens avec qui l'on vit, *sans nous éloigner de celle qui nous est naturelle.* J'avoue à mon ami que je crois par exemple, que s'il voulait faire l'agréable et être bien émoustillé, il aurait l'air assez gauche : *je ne sais pas si j'ai tort ou raison.* »

Douceur angélique, délicatesse, réserve, fine et subtile analyse des pulsations du cœur, tendresse ineffable, humilité bien remarquable chez une princesse de sang royal qui avait le droit de parler si haut et avec tant d'autorité et qui tremblait d'avoir raison contre un petit gentilhomme de Bretagne : tels sont les sentiments ou les qualités de ces lettres. Il ne faut point s'attendre à y rencontrer ce qui fait souvent l'attrait de semblables recueils ; la variété des événements, l'imprévu de la chronique, le piquant des anecdotes. Il serait difficile d'en extraire rien de particulièrement saillant, rien qui pût figurer dans une anthologie épistolaire. Louise de Bourbon n'est nullement une Sévigné ni une Du Deffant, C'est une âme qui se raconte elle-même avec un abandon plein de naturel et d'exquise simplicité dans un style qui n'emprunte rien aux influences ambiantes, aux habitudes littéraires de son temps ; qui exprime des sentiments d'une délicatesse si épurée, qu'on les dirait contemporains de la *Princesse de Clèves*, bien plutôt que de la *Nouvelle Héloïse.* Plus d'un lecteur pourra les trouver fades et monotones, tant ils sont loin de nous, tant ils sont étrangers à notre propre manière de concevoir l'amour et d'exprimer ses ardeurs. Chose étrange que ces fleurs exquises aient germé sur les détritus d'une civilisation avancée jusqu'à la pourriture ! que ces pages si pures aient été écrites au moment même où la cour et la ville faisaient leurs délices des romans de Crébillon fils, de Diderot ; à la veille des effroyables catastrophes où devait disparaître l'ancienne société française !

Cette édition des lettres intimes de Mlle de Condé est accompagnée d'un portrait de la princesse, et d'un facsimile de son écriture.

L'écriture est nette et ferme, rapide, lisible et d'une orthographe des plus correctes. Louise de Bourbon avait reçu une éducation des plus soignées, bien qu'un peu tardive. Elle eut quelque peine à se mettre à l'étude, mais elle y fit bientôt de rapides progrès. Outre sa langue maternelle qu'elle écrivait ou parlait avec correction et pureté et dont la tradition, dans ce qu'elle avait de plus élevé et de plus pur, lui avait été transmise par la voie la plus directe, elle savait le latin et l'anglais.

Quant au portrait, il est plein de charme. Il représente, dans toute la simplicité de sa nature, celle que les poètes et les familiers de la maison de Condé nommaient la déesse blanche à face ronde, alors que Louise Adélaïde était dans sa fine fleur de jeunesse et de beauté. Rien de mignard ou de sensuel. Rien qui rappelle les attraits chiffonnés, les grâces minaudières que nous ont transmis les pastels de Latour. Le front, le nez, la bouche, tous les traits sont corrects et purs. Point d'appareils, de voyant étalage de toilette ; un simple bouquet de fleurs au corsage, un modeste fichu de linon autour du cou. Mais à travers un teint délicat dont la blancheur et la transparence rappellent celles des porcelaines de Saxe, on voit rayonner la flamme, resplendir

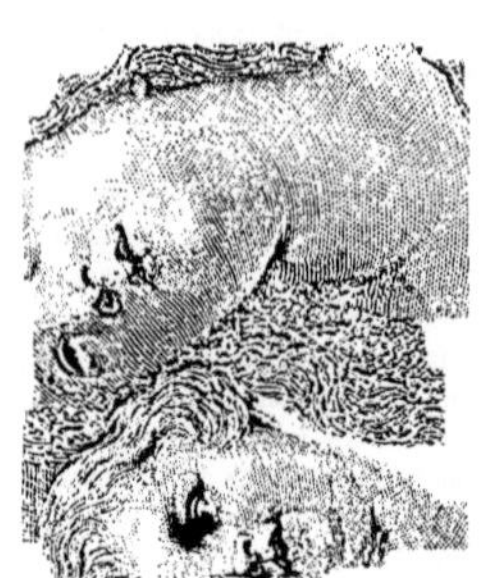

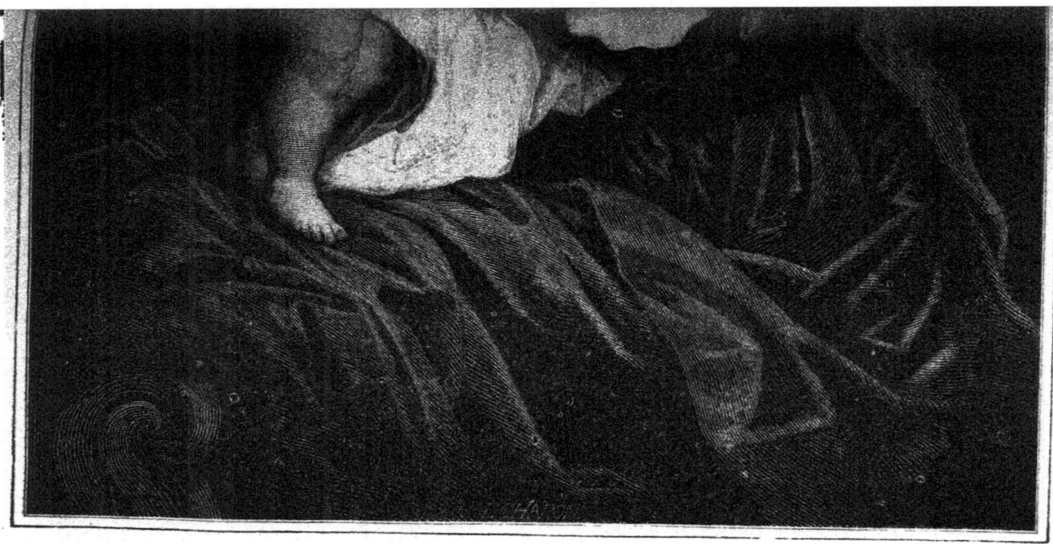

Enfant Jésus et sa mère.

la beauté intérieure, une beauté virginale, d'une idéalité céleste, comme il convient à celle qui changera bientôt le nom de Louise-Adélaïde de Bourbon-Condé contre celui de sœur Marie-Joseph de la Miséricorde.

G. DE CADOUDAL.

— La suite au prochain numéro —

O MON FILS! O MON DIEU!

Cette page empruntée aux murailles du temple,
C'est le plus doux tableau qu'ici-bas on contemple,
Et le monde chrétien tressaille en le voyant.
C'est l'idéal sacré vers qui toute âme aspire,
C'est ce qui fait prier, c'est ce qui fait sourire,
C'est la grâce et la paix : c'est la Mère et l'Enfant!

Jésus s'abandonnait aux baisers de Marie;
Il écoutait des yeux sa tendre causerie,
Et le voile aux longs plis les couvrait tous les deux.
Plus qu'Ève au paradis cette mère était belle;
Elle était plus heureuse... « O mon Fils! » disait-elle,
Et cent fois répétait ce mot délicieux.

Mais quelquefois aussi la majesté du Verbe
Illuminait l'Enfant de son éclat superbe,
L'éclair d'en haut passait dans un regard de feu,
Comme si tout à coup son heure était venue;
Et la Vierge, tremblante et d'extase éperdue,
Se jetait à genoux en s'écriant : « Mon Dieu! »

MARIE JENNA.

UN DRAME EN PROVINCE

(Voir pages 3, 21, 34, 51 et 75.)

V

Les gendarmes et le brigadier, le commissaire et les agents de police y étaient déjà rassemblés, examinant, fouillant, interrogeant; commençant, en un mot, cette confuse et bruyante enquête qui s'accorde si mal avec le silence et la sombre majesté de la mort. Les principaux magistrats, groupés dans la salle à manger, formaient un funèbre conseil au milieu duquel Mme Jean, amenée à demi-morte et tout en pleurs, avait naturellement pris la parole. C'était elle qui s'était aperçue la première du funèbre événement.

« Oh! quel malheur, mes bons messieurs! — criait-elle à travers ses sanglots, en levant les mains au ciel. — Un si brave et digne homme! Un si excellent maître! Lui qui faisait tant de bien et d'honneur au pays, et qui n'aurait pas fait de mal à une mouche!..... Mais on lui connaissait tant d'argent!..... Voilà ce qui l'a perdu!

— Oui, oui, c'est bien là ce que nous pensons, ma bonne dame, — interrompit le commissaire, en secouant gravement la tête. — Mais toutes ces plaintes ne nous apprennent rien de ce qui concerne le crime. Et pour éclairer la justice, il faut nous raconter les faits.

— Eh bien, messieurs, voilà tout ce que je peux vous dire..... M. Michel Royan, — il faut que vous le sachiez, — était, dans toutes ses habitudes, réglé comme un papier de musique. Chaque matin, été ou hiver, il se levait entre cinq et six heures. Mais personne de la maison ne le voyait à ces heures-là. Moi, vous comprenez, dans ma cuisine et ma salle d'en bas, d'abord j'ai bien assez à faire pour nettoyer, balayer, fourbir, faire le feu, préparer le déjeuner. Outre cela, tous les matins, — M. le curé le sait bien, — je vais avant sept heures à la messe; on passe sa journée plus tranquille quand on a commencé par se recommander au bon Dieu..... Et pour M. Alfred, dans sa chambre d'en bas qui donne sur le jardin, comme il n'entend pas de bruit, il dort jusque vers neuf heures... Dame, vous comprenez, il n'a rien à faire, ce jeune homme. Ensuite il a eu les fièvres assez fortes, il y a deux mois. Et puis, il était le favori, l'enfant chéri de monsieur, qui avait promis de lui laisser toute sa fortune et qui allait l'envoyer en voyage, pour voir Paris..... Ah! mon Dieu, mon Dieu, est-ce que mon pauvre maître aurait jamais pensé que M. Alfred hériterait si tôt?..... Qui jamais aurait cru que, dans notre petit pays, il se trouverait un criminel, un brigand, un assassin?..... Bon Jésus! quelle atrocité, quelle honte, quel malheur!

— Un grand malheur, assurément..... Mais, encore une fois, vous vous écartez de la question, ma chère dame. Pour la matinée d'aujourd'hui, veuillez nous dire tout ce qui s'est passé, tout ce que vous savez, du moins.

— J'y viens, j'y viens, mes bons messieurs, — reprit la ménagère, poussant de gros soupirs et essuyant ses larmes. — Monsieur, — je dois d'abord vous le dire, — n'aimait pas à être dérangé tandis qu'il travaillait dans son bureau, le matin. Il faisait ses comptes, tenait ses livres, écrivait ses lettres, je ne sais combien de choses, enfin, qu'il voulait arranger comme cela, au moment où il sortait du lit, tout seul, à tête reposée. Pour moi, quand mon déjeuner était prêt, entre neuf heures et demie et dix heures, je venais me planter dans le corridor, au bas de l'escalier, et là, je criais, bien fort, de façon à me faire entendre à travers la porte fermée : « Monsieur, le déjeuner est servi... Quand vous voudrez descendre?... » Et alors, j'entendais monsieur repousser sa chaise, refermer son coffre et s'en venir vers l'escalier. Et puis, M. Alfred arrivait en même temps, de sa chambre ou du jardin..... Et c'est fini; je ne les verrai plus là, assis à cette table, tous deux!..... Ah! mon Dieu, mon bon Dieu, que nous sommes donc misérables!

— Oui, certainement, ma bonne mère... Mais qu'est-il donc arrivé aujourd'hui?

— Eh bien, aujourd'hui, messieurs, quand j'ai eu fait mon déjeuner, qui était soigné, allez!..... de beaux petits merlans frits, des pieds de veau à la poulette et des flageolets au beurre,..... quand j'ai eu mis mon couvert, dis-je, je m'en suis allée, comme toujours, appeler mon pauvre maître au bas de l'escalier. Et puis, comme je ne l'entendais pas repousser son tiroir et remuer sa chaise, j'ai crié une seconde fois, plus fort; j'ai attendu un petit moment..... Mais non, rien ne bougeait, pas un pas, pas un bruit; c'était comme si tout était endormi là-haut..... Alors j'ai pensé, messieurs, que peut-être monsieur était fatigué; que sans le vouloir, étendu dans son fauteuil, il faisait un bon petit somme. Car, — vous comprenez bien, — il ne m'est pas venu d'autre idée. Qui jamais aurait pensé à une mort pareille, en plein jour,... dans sa propre maison!..... Je suis donc montée bien vite, je me suis arrêtée devant le bureau; j'ai tapé à la porte, en criant de toutes mes forces : « Le déjeuner est servi. Je vous appelle depuis une heure, arrivez donc, monsieur.

— Et alors, qu'avez-vous fait? — interrompit le commissaire.

— Alors, comme je ne recevais aucune réponse, mes bons messieurs, la peur a commencé à me prendre, et je suis tout droit entrée. Mais j'étais encore bien loin de m'attendre à ce que j'allais voir..... O mon Dieu, je deviens toute froide, je sens que je m'en vais, je frémis quand j'y pense!..... Mon pauvre maître étendu là, tout de son long, la face sur le plancher, la tête fracassée, baignant dans une mare de sang en face de son coffre-fort, aux pieds de son fauteuil!..... Oh! dire ce que je suis devenue, ce que j'ai ressenti, mes bons messieurs, dans moment-là!.... Moi-même je ne le savais plus, j'avais vraiment perdu la tête..... Je n'ai même pas songé à relever ce malheureux corps qui était là, dont le visage était caché, qui respirait peut-être encore.

— Non, c'était impossible, — interrompit le médecin. — Monsieur Michel Royan a dû être frappé entre six heures et demie et sept heures, pendant que vous étiez à l'église. Et, par suite de la violence du premier coup, la mort a dû être instantanée, ou sera survenue au bout de quelques secondes.

— Pourvu que le pauvre cher homme n'ait pas trop souffert! Ce serait encore une consolation! — reprit la ménagère, tirant son ample mouchoir à carreaux, pour essuyer ses larmes. — Enfin, tout ce que je puis me rappeler, c'est que je me suis mise à courir et à crier comme une folle, redescendant l'escalier, et appelant monsieur Alfred et le vieux Nicolas, que je voulais envoyer chez vous, monsieur le commissaire, en lui disant de passer d'abord à la gendarmerie... Mais voilà que monsieur Alfred, qui s'en venait du jardin et qui se hâtait de monter après moi, s'est trouvé mal dans l'escalier dès qu'il a aperçu de loin le cadavre de son oncle. J'ai dû remonter pour le soulever dans mes bras, pour lui faire respirer du vinaigre. Ce pauvre jeune homme n'est pas fort; il n'y a pas encore longtemps qu'il a été un mois malade. Et je ne sais vraiment pas comment j'aurais pu le soulager, car j'étais comme folle, presque morte moi-même... Par bonheur la mère Justine passait devant la maison, en traversant la place du marché. Elle m'a entendue crier; elle est venue voir ce qu'il y avait dans notre pauvre maison, qui était toujours si tranquille... Alors elle m'a trouvée dans un état!... il fallait voir!... Elle m'a aidée à faire revenir monsieur Alfred, que nous avons amené à nous deux dans cette salle. Pendant ce temps là, le vieux Nicolas avait été vous prévenir... Voilà, mes bons messieurs, tout ce que je peux vous dire. Vous êtes de bien habiles magistrats et de bien braves gens, mais vous ne me rendrez pas, hélas! mon pauvre maître... Seulement faites tout votre possible, oh! je vous en conjure! pour découvrir le criminel, le monstre, l'assassin! Oh!... penser qu'un pareil destin attendait monsieur Royan, mon maître! Lui qui me parlait, encore hier soir, du toit de sa nouvelle grange, des greffes de ses prairies d'hiver! »

Telle fut, en résumé, la déposition de madame Jean, que le marquis de Léouville entendit à son entrée dans la salle, et que confirma le récit de la mère Justine. Puis l'enquête aussitôt commencée établit les faits suivants :

Monsieur Michel Royan avait dû être assassiné entre six heures et demie et sept heures, alors que madame Jean se trouvait à l'église, et pendant l'absence du vieux Nicolas, qui, le matin même, était parti par son ordre à cinq heures, se rendant dans un bourg voisin pour y chercher des plants de vigne. Il n'y avait en ce moment qu'Alfred Royan dans la maison, et le jeune homme, profondément endormi dans sa chambre de derrière, située au rez-de-chaussée, n'avait rien entendu de ce qui se passait au premier étage, dans l'appartement donnant sur la place du marché. L'ancien notaire avait été frappé à la nuque, par un instrument contondant; le premier coup, porté avec une violence inouïe, avait dû amener la mort soudainement, et les autres n'étaient que l'effet d'une précaution bien inutile, ou de l'acharnement farouche, presque fiévreux, de l'assassin, trouvant une âpre et sanglante joie à mutiler, à écraser sa victime. L'effusion de sang avait été relativement peu abondante autour du cadavre. Une mare rougeâtre peu étendue s'était cependant formée, au-dessous du crâne, sur le plancher; mais nulle part on ne pouvait découvrir de traces sanguinolentes, de gouttes de sang ayant rejailli sur les papiers du bureau, sur les meubles ou sur les murs.

L'assassin ne s'était point introduit dans la maison par la porte ouvrant sur la place. A l'extrémité du corridor qui, coupant le logis en deux, conduisait du vestibule à la porte de derrière ouvrant sur le jardin, se trouvait, du côté opposé à la chambre du jeune homme, une pièce écartée, obscure, servant de débarras, où, dans les mauvais temps, l'on séchait une partie du linge de la lessive, où madame Jean se plaisait à garder suspendus à des cordes les jambons, les pots de beurre, les bottes d'oignons d'hiver. L'un des carreaux verdâtres de l'unique fenêtre, avait été coupé pour donner passage à la main de l'assassin, qui y était parvenu en se hissant le long du treillage supportant, le long du mur, le chèvrefeuille, le jasmin et les autres plantes grimpantes qui formaient, en cet endroit, un frais et verdoyant berceau. Le carreau une fois enlevé, il lui avait été facile de passer la main à l'intérieur et de faire glisser dans ses anneaux le verrou, préalablement graissé pour pouvoir s'agiter sans bruit, et que l'on trouva encore recouvert d'un de ces enduits huileux servant pour les roues des voitures. Dès lors, comme la porte de cette pièce n'était jamais fermée à clef, rien n'avait été plus facile au criminel que d'en sortir sans bruit, de monter l'escalier avec précaution, les pieds nus, et d'attaquer par derrière, en silence, subitement, monsieur Michel Royan qui, sans doute absorbé par ses calculs, ne l'avait point entendu venir, et n'avait pas eu le temps de se défendre.

Le vol avait été évidemment le mobile du meurtre. Seulement, lorsque les magistrats eurent pu achever à loisir cette partie de l'enquête, ils reconnurent, à leur grand étonnement : d'abord, que le coffre-fort de la victime n'avait point été forcé; ensuite, qu'une grande partie des valeurs, titres, obligations, etc., y était demeurée intacte, les sommes disparues consistant exclusivement en billets de banque et rouleaux d'or ne dépassant pas un total de quinze mille francs environ.

Mais ces circonstances assez étranges pouvaient s'expliquer, après tout, d'une façon très naturelle. D'abord le coffre-fort avait très-bien pu être ouvert par monsieur Michel Royan lui-même, qui profitait de son isolement, à cette heure matinale, pour compter et classer ses valeurs, et qui avait été frappé en face même de son trésor, disant ainsi soudain un éternel adieu à ses chères et précieuses richesses.

Ensuite il était fort probable que l'assassin, appartenant sans doute à la classe la plus abjecte de la société, s'était contenté de faire main-basse sur l'or et les billets, qui constituaient pour lui une véritable fortune, et n'avait pas voulu s'emparer des titres, obligations, etc., qu'il n'aurait pu négocier sans se faire reconnaître. Ou bien, peut-être, à l'instant même où il venait de frapper sa victime, avait-il entendu au dehors quelque pas, quelque bruit, qui, le troublant dans son horrible besogne et éveillant ses craintes, l'avait décidé à s'enfuir, n'emportant que fort peu de choses en présence des valeurs qu'il aurait pu s'approprier.

Les magistrats s'occupèrent ensuite de chercher, au dehors, les traces de l'assassin, pour découvrir la direction qu'en fuyant il aurait pu prendre. Ils ne tardèrent pas à distinguer, sur le sable et dans les plates-bandes du jardin, l'empreinte assez vague de pieds nus, que le vent et la pluie qui tombait ce jour-là, avaient déjà à demi effacée. De plus, ces traces, aboutissant à l'épaisse haie de verdure qui, du côté des champs, clôturait le jardin, allaient se perdre à peu de distance, au bout d'une étroite prairie, dans le taillis de ronces et de jeunes arbustes à la lisière du bois.

Où donc trouver le criminel? Quel pouvait être le coupable?... Lorsque la lumière la plus exacte, la plus minutieuse eut été faite, par suite de l'enquête judiciaire, sur les derniers faits, les derniers jours, les derniers incidents de la vie de monsieur Michel Royan, les soupçons de la justice tombèrent naturellement sur le vieux Hans Schmidt, et son arrestation fut aussitôt ordonnée. Plusieurs habitants du bourg, et madame Jean surtout, se rappelaient fort bien l'avoir entendu dire, à l'occasion du congé que lui donnait l'ancien notaire : « Monchieur regrettera ce qu'il fait auchourt'hui... Monchieur bourra s'en rebendir; il ne sera blus temps. » A la vérité, Alfred Royan, interrogé sur ce sujet, déclara ne point se rappeler un propos semblable, tenu par le vieux garde dans leur conversation. Mais ce pauvre Alfred était, depuis l'assassinat de son oncle, dans un trouble si complet, dans un anéantissement si profond, qu'il n'y avait rien d'étonnant à ce qu'il eût oublié les termes précis d'un entretien fort peu important pour lui, du reste.

Quoi qu'il en soit, un mandat d'amener fut lancé contre le garde, qui occupait encore, en solitude et en paix, sa cabane au fond des bois. Les gendarmes envoyés pour le saisir le trouvèrent, vers la fin de l'après-midi, assis devant sa porte, occupé à reclouer, à coller, à fourbir un vieux fusil rouillé, présent de son défunt maître. Il ne manifesta ni surprise ni terreur, en voyant venir à lui les agents de la sûreté publique; tout au plus les longs poils de sa moustache grise frémirent-ils légèrement tandis que, dans un tressaillement à peu près imperceptible, il fronçait les sourcils et se mordait les lèvres.

« Hans Schmidt, préparez-vous à nous suivre... Je vous arrête au nom de la loi! — commença le brigadier, lui posant la main sur l'épaule.

— Eh! bourquoi?... Che n'ai pas folé... Et tepuis que monchieur me l'afait téfentu, che ne me suis blus bromené afec mon fusil tans les champs tes foisins.

— Vous êtes inculpé du crime de meurtre sur la personne de monsieur Michel Royan, votre ancien maître.

— Ah! bar exemple! En foilà une séfère!... Monchieur Michel Royan, que che n'ai bas refu tepuis le chour où il m'a tonné mon conché... Che sais pien qu'on l'a dué, qu'il est mort, le paufre homme! Et buis qu'on l'a horriblement folé, qu'on a oufert son goffre-fort... Mais si fous troufez, chentarmes, une bauvre bièce t'or ici, tans mon crabat, che feux pien, là, fraiment, que le tiaple m'emborte!

— C'est possible, mais vous allez nous suivre, — dit le brigadier froidement. — Et vous donnerez, en temps et lieu, vos explications à la justice.

— Che feux pien fous suivre, mes pons chentarmes. La chustice m'endendra, c'est sûr, et che ne suis bas inquiet. Tonnez-moi seulement le temps de fermer ma cabane. Car si monchieur Alfret, qui hérite du drésor de son oncle, feut pien ne bas me chasser, ch'y refiendrai, c'est sûr. »

Là-dessus le vieil Allemand, après avoir soigneusement accroché le fusil à son clou et fermé la serrure branlante de la chétive maisonnette, s'éloigna paisiblement au milieu des gendarmes, fumant d'un air tranquille sa pipe courte et bronzée, qu'il avait pris soin d'allumer avant de se mettre en chemin.

ÉTIENNE MARCEL.

— La suite au prochain numéro. —

LE CARDINAL HASSOUN

Mgr Antoine Hassoun est né à Constantinople, le 16 juin 1809, d'une des plus honorables familles de la communauté arménienne. A l'âge de quatorze ans, le jeune Hassoun se rendit à Rome pour s'y vouer aux études ecclésiastiques. Mais là un obstacle l'attendait. Le futur prince de l'Église possédait bien des lettres de recommandation de son archevêque; mais l'empressement même qu'il avait mis à venir à Rome devait lui fermer pour un temps les portes du collège de la Propagande, où il comptait faire ses études. Les règles d'admission à ce collège exigent non seulement des lettres de recommandation, mais une entente préalable entre le recteur de l'établissement et les chefs spirituels dont relèvent, dans leurs contrées respectives, les candidats à admettre.

C'est pourquoi notre jeune clerc dut se résigner, au prix des plus durs sacrifices, à attendre la solution des difficultés survenues. Il entra provisoirement au Séminaire de Saint-Pierre, dont les élèves fréquentaient alors les cours publics du Séminaire Romain ou de l'Appollinaire. Dès lors il se fit remarquer par les brillantes qualités de son intelligence, qui lui permirent d'achever en quatre ans le cours classique de belles-lettres. Quelque temps après, Léon XII leva toutes les difficultés et permit au pieux lévite d'entrer au collège de la Propagande. L'abbé Hassoun vint donc achever ses études dans cet établissement.

Ordonné prêtre en 1832, à l'âge de vingt-trois ans, il retourna à Constantinople et se mit à la disposition de son archevêque, qui lui assigna d'abord la mission de Smyrne. Bientôt après, l'archevêque le rappela auprès de lui pour en faire, en 1836, son propre vicaire. Pendant la vacance du siège primatial, en 1838, Mgr Hassoun continua d'exercer la même charge et, à ce titre, il accomplit la visite des missions et des provinces de toute la partie de la communauté arménienne qui relevait de l'archevêché de Constantinople.

Vers cette époque, entraîné par l'ardeur même de son zèle, Mgr Hassoun conçut le projet de partir pour quelque lointaine mission de l'Amérique, afin de s'y dévouer entièrement au salut des âmes. En 1841, il allait exécuter ce projet, et se trouvait déjà dans la voiture qu devait le conduire à l'embarcadère, quand tout à coup, les chevaux s'emportent, la voiture verse et se brise. Mgr Hassoun est si grièvement blessé qu'il reste vingt-quatre heures entre la vie et la mort, et que les médecins le déclarent perdu.

Dieu cependant le sauve et, tout d'abord, il lui donna de comprendre l'avertissement qu'il venait de lui envoyer. Aussitôt, en effet, que le blessé eut repris connaissance, il se souvint, ainsi qu'il l'a raconté lui-même, de l'histoire de Jonas, et il résolut de se consacrer désormais à l'apostolat dans le vaste champ qui lui était ouvert en Arménie. L'année suivante, 1842, il fit pour la seconde fois le voyage de Rome, et Grégoire XVI l'y préconisa archevêque d'Anazarbe, *i. p. i.*, lui confiant aussi la charge de coadjuteur du nouveau primat de Constantinople avec droit de future succession.

En 1845, les deux parties de la communauté arménienne catholique avaient acquis déjà, comme corps moral, une si haute importance, que la Sublime Porte accepta de reconnaître, en qualité de chef civil ou *Patrik* de toute la communauté, Mgr Hassoun lui-même, élu d'un commun accord par les catholiques de l'archevêché de Constantinople, aussi bien que par ceux du patriarcat de Cilicie. Cette charge de Patrik (qui d'ailleurs n'altérait point, quant au spirituel, les deux juridictions encore distinctes) subsistait, à vrai dire, depuis 1830, époque de la première émancipation des catholiques arméniens. Mais jusqu'en 1845, elle n'avait été occupée que par un simple ecclésiastique. L'élection et la reconnaissance officielle de Mgr Hassoun acquirent alors un intérêt tout particulier.

Ce fut, en effet, comme un premier pas vers l'union future des deux sièges de Constantinople et de Bzommar. L'année suivante, 1846, l'archevêque de Constantinople étant mort, Mgr Hassoun lui succéda, en vertu de son droit d'ancien coadjuteur, et, en même temps, il conserva vis-à-vis du gouvernement la charge de *Patrik*. La haute considération dont jouissait le nouvel archevêque le fit choisir, en 1849, pour accomplir, au nom de la Sublime-Porte, la glorieuse mission d'envoyé extraordinaire auprès du Saint-Père Pie IX qui se trouvait alors en exil à Gaëte.

Mgr Hassoun profita de la circonstance pour demander au Souverain Pontife l'érection des sièges suffragants dont l'archevêché de Constantinople ne pouvait désormais se passer. Dès l'année suivante, cédant à ses désirs, Pie IX donna à Mgr Hassoun six évêques suffragants. Plus tard, de nombreuses conversions d'anciens schismatiques amenèrent Mgr Hassoun à demander l'érection de deux autres diocèses, ce qu'il obtint en 1857 et en 1862.

En même temps, le Traité de Paris (1856) venait d'assurer la pleine liberté de culte aux communautés chrétiennes de l'Orient, et Mgr Hassoun en profitait aussitôt pour demander sa reconnaissance officielle, non seulement comme *Patrik* ou chef civil de toute la communauté arménienne, mais aussi comme chef spirituel de l'archevêché de Constantinople. C'est ce qui lui fut accordé par le mémorable *Hatti-Houmayoun* ou décret impérial de 1857.

Assuré dès lors du plein exercice de son pouvoir spirituel, Mgr Hassoun redoubla de zèle pour en multiplier les bienfaits. Il institua d'abord un vaste séminaire pour y former les lévites arméniens et fit construire dix-sept églises. Une de ses œuvres les plus remarquables fut la création d'un nouvel institut de religieuses arméniennes, sous le vocable de l'Immaculée-Conception, chargées d'instruire les enfants pauvres et de convertir les schismatiques et les infidèles. Ces religieuses sont aujourd'hui répandues dans plusieurs diocèses de l'Arménie où elles rendent les plus grands services.

Signalé par ses propres œuvres à l'estime et à l'affection générales, Mgr Hassoun avait, par un dessein providentiel, préparé les voies à la réunion de tous les catholiques arméniens sous un seul chef spirituel. Aussi, lorsque le patriarche de Cilicie, Grégoire Pierre VIII, vint à mourir, en 1866, cette réunion se fit tout naturellement et sans secousse. Les évêques arméniens, assemblés en synode dans le couvent de Bzommar pour y élire le nouveau patriarche, furent unanimes à choisir Mgr Hassoun et à demander au Saint-Siège qu'il le confirmât comme tel et qu'il unît sous la nouvelle juridiction patriarcale les deux parties jusque là distinctes de la communauté arménienne catholique. Heureux de déférer à ces souhaits, le Saint-Siège confirma Mgr Hassoun patriarche de Cilicie, avec le titre de Sa Béatitude Antoine Pierre IX et avec résidence à Constantinople.

De très grands avantages résultèrent de cette fusion; mais la Providence réservait à son serviteur les plus cruelles et les plus pénibles épreuves. En 1870, pendant que le patriarche de Cilicie se trouvait au Concile œcuménique, il reçut tout à coup la nouvelle d'un terrible incendie qui venait de détruire à Constantinople le vaste bâtiment où il avait réuni, auprès de sa résidence, le séminaire patriarcal et la maison-mère des religieuses de l'Immaculée-Conception. C'était comme le triste augure des ravages bien autrement douloureux que le schisme allait produire au sein de la communauté arménienne. On connaît l'histoire de ce schisme, on sait par suite de quelles intrigues les néo-schismatiques parvinrent à tromper le gouvernement du Sultan et à exploiter à leur profit la faveur et la juste considération dont le patriarche de Cilicie avait joui jusqu'alors. En 1872, le chef des Arméniens catholiques reçut l'ordre de quitter Constantinople et vint se réfugier à Rome.

Cet exil dura quatre ans; en 1876, le décret de proscription subsistait encore, quand Mgr Hassoun résolut de rentrer à Constantinople pour défendre directement sa cause devant les autorités ottomanes. Le vénérable patriarche put arriver sur les rives du Bosphore et y passer quelque temps sans être reconnu. Bientôt il se vit appuyé dans ses premières démarches auprès de la Porte par l'ambassadeur de France, M. Fournier, qui sut réparer alors les déplorables errements qu'avait produits, surtout à son déclin, la politique impériale. Appuyé aussi, au nom du Saint-Siège, par Mgr Grassellini, délégué apostolique, puis, par le nouveau délégué, Monseigneur Vincenzo Vannutelli, le patriarche de Cilicie obtint d'abord que sa présence à Constantinople fût tolérée, et aussitôt il en profita pour louer publiquement, dans une mémorable homélie, la constance dont les Arméniens catholiques avaient fait preuve durant son exil. En même temps, il déclara en leur nom qu'ils se montreraient toujours les fidèles sujets du Sultan, et termina son discours en invitant les néo-schismatiques à rentrer dans le devoir de l'obéissance et de l'humble soumission à la légitime autorité de l'Église. Ce langage désarma le gouvernement turc. Non seulement Midhat Pacha reçut le patriarche avec la plus grande courtoisie, mais la Sublime Porte eut le courage de dédommager, par une réparation pleine et parfaite, les catholiques jusque là persécutés. Ceux-ci purent recouvrer, dans tout le patriarcat de Cilicie, les églises, les écoles et les autres établissements dont les néo-schismatiques les avaient spoliés. Mgr Hassoun, reconnu de nouveau en sa double qualité de chef spirituel et civil, fut comblé d'honneurs et reçu en audience solennelle par le Sultan, qui, à cette occasion, eut à se féliciter lui-même d'avoir rendu justice à ses fidèles sujets opprimés.

Une dernière consolation manquait au vénérable patriarche : c'était la conversion des principaux chefs des néo-schismatiques et de la plupart de leurs adhérents. Avant d'accomplir sa première visite au nouveau Pontife, Léon XIII, Mgr Hassoun put lui envoyer le gage de ces heureux résultats dans la personne de celui-là même qu avait été le fauteur du schisme, Ohan Kupélian. Le 18 avril 1879, le Vicaire de Jésus-Christ reçut Mgr Kupélian en audience solennelle et lui accorda spontanément les honneurs de l'épiscopat que l'ancien adversaire de Mgr Hassoun avait usurpés (1).

Les mérites éminents du patriarche de Cilicie inspirèrent dès lors à Léon XIII le dessein de l'appeler aux honneurs de la pourpre. Aussi ne fut-on pas surpris quand, dans l'audience donnée le 25 novembre dernier à Mgr Hassoun, en présence du patriarc arménien catholique, Mgr Ferrahjan, et du diacre D. Pascal Roubian, le Souverain Pontife déclara que son dessein était de récompenser les vertus d'un des plus vaillants champions de la foi et de donner, en même temps, un gage solennel de la sollicitude que lui inspire la nation arménienne et tous les catholiques orientaux. Quelque temps

1. Nous avons ici même raconté ce mémorable événement dans le n° de la *Semaine des familles* du 10 mai 1879, p. 92-93.

après, le 13 décembre, Mgr Hassoun était promu aux honneurs du cardinalat. Issu de la nation arménienne, e vénérable patriarche n'aura eu d'autre prédécesseur dans le Sacré Collège que le célèbre Bessarion, évêque grec de Trébizonde, auquel la pourpre fut conférée au XVe siècle, par Eugène IV.

Bien qu'il ait près de 72 ans, le nouveau cardinal porte, dans son aspect, dans son regard surtout, l'empreinte d'une remarquable énergie, en même temps que la trace des longs travaux apostoliques, des épreuves vaillamment supportées qui ont illustré sa vie. Vrai confesseur de la foi, pasteur plein de zèle pour le salut des âmes, tour à tour persécuté et glorifié, honni et acclamé, mais toujours égal à lui-même, il s'offre à nous avec la double marque de la fermeté et de la bienveillance, de la force et de la douceur, d'une expérience consommée pour la direction des affaires les plus difficiles, et d'une humilité si simple et si droite qu'elle apparaît en lui comme une seconde nature. Au physique, le cardinal garde la vigueur de l'âge mûr et le parfait usage de ses facultés. Les rides glorieuses imprimées sur son front trahissent seules toute une vie de dévouement et de sacrifices.

Oscar Havard.

CHRONIQUE

L'Hippodrome vient de faire coller sur tous les murs de Paris de grandes affiches jaunes qu'on prendrait à distance pour des pancartes électorales. Et, en effet, cette affiche est presque solennelle comme un manifeste.

Dans cette proclamation, la direction de l'Hippodrome expose à la population parisienne qu'il est grand temps d'établir parmi elle des courses à pied à l'imitation de celles qu'on voyait dans l'antiquité chez les Grecs et chez les Romains : courses d'hommes et courses de femmes! Appel est fait aux amateurs de l'un et de l'autre sexe. Avis à vous, messieurs! Avis à vous, mesdames! La longueur de la piste sera de cinq cents mètres environ, pas davantage!

Une chose, je l'avoue, me dépoétise un peu le gracieux et hygiénique exercice auquel on nous convie. Les meilleurs coureurs recevront des *flots de rubans*, absolument comme les chevaux du concours hippique; et les vainqueurs auront droit à un prix de 50 fr.

Fi donc!.... Cinquante francs, y songez-vous? Quand la Grèce récompensait les vainqueurs de la course pédestre, elle leur donnait une couronne comme à des généraux victorieux sur l'ennemi.....

Une couronne d'or, voilà ce qui pourrait tenter; une couronne d'or, voilà ce qui serait capable d'engager des gentlemen à descendre dans l'arène et à y montrer leur agilité.

Mais cinquante francs! La direction de l'Hippodrome ajoute en outre qu'elle fournira les costumes. Allons! le monde du *high life* attendra encore quelque temps avant de participer à un sport qu'il ne messiérait point pourtant de réhabiliter un peu chez nous. La course à pied est un exercice fort amusant, fort sain et fort utile dans un pays où tous les jeunes gens doivent participer au service militaire.

A la fin du siècle dernier, sous le Directoire, on avait organisé au Champ-de-Mars des courses pédestres; un dessin de Carle Vernet représente les coureurs vêtus d'un élégant costume assez semblable à celui des jockeys.

Vernet, mieux que personne, devait savoir à quoi s'en tenir sur ces courses, car il y avait pris part lui-même et avait été vainqueur. En lui remettant son prix, le directeur La Réveillère-Lepeaux, qui présidait la fête, lui dit gracieusement :

« Monsieur Vernet, votre nom est décidément habitué à tous les succès. »

Pourquoi n'aurions-nous pas des courses pédestres organisées entre les élèves de nos lycées de Paris, ou entre les jeunes gens de nos grandes écoles, comme cela se pratique en Angleterre entre les élèves de Cambridge et d'Oxford?

Un de nos meilleurs établissements d'instruction, le collège Stanislas, donne en cela un excellent exemple. A certains jours, ses élèves se rendent sur l'esplanade des Invalides qu'ils transforment en hippodrome improvisé à l'aide de jalons qui marquent la piste. Un élève muni d'un petit drapeau remplit l'office de *starter*, c'est-à-dire donne le signal des départs; l'arrivée est sérieusement contrôlée, et, finalement, quand les coureurs sont bien exercés, bien *entraînés*, on fait avec récompenses des courses qui sont des diminutifs du Grand Prix de Paris.

On dit que dans notre pays les institutions ne durent pas, que les traditions n'ont plus de force ; c'est possible, quand il s'agit de choses sérieuses, mais il me semble, au contraire, en ce qui concerne les choses frivoles, que nous possédons une stabilité et une persévérance de goûts qui ne se démentent guère.

Pour n'en citer qu'un exemple, avons-nous jamais été infidèles à la *foire au pain d'épice?* Et cette antique institution fut-elle jamais plus florissante qu'à l'heure actuelle?

Allez voir sur la place du Château-d'Eau, dans la longue avenue du boulevard du Prince-Eugène et dans le faubourg Saint-Antoine, vous pourrez constater qu'en dépit de nos révolutions, la souveraineté du bonhomme en pain d'épice est non seulement incontestée, mais toujours hautement proclamée par le suffrage universel,

C'est du bonhomme en pain d'épice qu'on peut dire : « Petit bonhomme vit encore! » Il s'est métamorphosé bien des fois, ce petit bonhomme de pâte miellée; il a revêtu tour à tour la forme historique de Napoléon ou de Henri IV; la forme fantaisiste de Polichinelle ou du Diable : on l'a mangé par les angles de son chapeau, par les lauriers de sa couronne, par sa bosse ou par ses cornes. Mais toujours le bonhomme a repris le dessus : passé de mode sous une forme, il reparaît sous une autre, pour la plus grande joie des jeunes générations et pour le plus grand péril de leurs estomacs.

Cette année le pain d'épice s'est découpé dans la silhouette farouche du Kroumir : tête enrubannée, yeux féroces, dents plus féroces encore, — mais pas si féroces pourtant que celles de toutes ces bouches béantes devant lui, et qui, moyennant cinq ou dix centimes, vont bientôt se refermer pour l'engloutir!

A la place du Trône, le Kroumir obtient trop de succès en pain d'épice pour qu'on n'ait pas tenté de le produire en chair et en os. Depuis un mois, les exhibiteurs de phénomènes se sont mis en campagne pour se procurer cet oiseau rare et l'offrir à la curiosité du bon public.

Malheureusement, le vrai Kroumir — le Kroumir authentique — est un *article* difficile à trouver sur le marché de Paris : on a commis la légèreté de ne pas s'en approvisionner, il y a deux mois, et, à l'heure actuelle, l'importation s'en fait très difficilement.

Que voulez-vous y faire ? Faute de grives on prend des merles; — quand on n'a pas de Kroumirs vrais, on prend des Kroumirs faux; tant et si bien que tout ce qui a l'apparence moricaude, le teint noir ou seulement basané, est fort recherché et supplié de se laisser montrer en baraques sous l'étiquette de Kroumir.

Un de nos confrères a affirmé avoir reconnu dans un de ces faux Kroumirs un ancien domestique nègre qui avait été autrefois au service de M. de Villemessant.

Mais les nègres, les nègres de belle prestance surtout, sont assez rares, et généralement ils trouvent à se placer mieux que chez les saltimbanques de la foire au pain d'épice. Il a donc fallu avoir recours à un autre stratagème : il a fallu fabriquer des Kroumirs avec des sujets d'essence moins africaine. Un peu de cirage, de noir de fumée et de décoction de réglisse aidant, on est arrivé à se procurer ainsi des produits très satisfaisants et d'un trompe-l'œil irréprochable.

Le Kroumir de facture artificielle se confectionne habituellement vers trois heures de l'après-midi et demeure sous son épiderme d'emprunt jusque vers minuit ou une heure du matin; — après quoi, libre à lui de se débarbouiller; mais le Kroumir qui a véritablement le sens artistique et l'amour de son métier dédaigne généralement cette formalité bourgeoise.

L'invention et l'exploitation du pseudo-sauvage ne sont point choses nouvelles à Paris, et j'ai pour ma part longtemps connu un *sauvage de la Terre-de-Feu*, qui servait d'enseigne à une baraque du boulevard du Temple où l'on faisait voir des phoques apprivoisés.

Le pauvre diable avait une figure mélancolique et débonnaire, mais sillonnée de tatouages affreux qui avaient pour but de lui donner un aspect effrayant. Si on s'approchait et si on le regardait, il roulait les yeux, grinçait des dents, tirait la langue en même temps qu'il secouait une grosse massue entre ses deux mains réunies l'une à l'autre par une forte chaîne.

Une pancarte placée au-dessus de sa tête portait cette inscription : *Cannibale*.

Un jour, vers la tombée de la nuit, je passais devant la baraque, dont la porte n'était pas encore illuminée, et là, dans une encoignure, j'aperçus mon sauvage qui mangeait un plat de haricots.

Je ne pus retenir une exclamation de surprise :

« Des haricots!... un cannibale!... »

L'homme me regarda d'un air légèrement narquois et, avalant une large cuillerée de haricots, il murmura : *Trahit sua quemque voluptas!*

Autrement dit : « Chacun mange à sa fantaisie! » Le sauvage savait le latin! Le sauvage citait Virgile!

Ma curiosité était trop vivement piquée : je me hasardai à l'interroger; mais le plat de haricots était fini, et le sauvage, rentrant dans son rôle, avait déjà repris sa massue entre ses mains enchaînées.

Un instant je crus que j'allais être dévoré...

Mais je me rassurai en songeant qu'un homme qui savait si bien son Virgile devait être capable de quelque aménité à l'égard d'un journaliste: il ne s'agissait que de parler moi-même de façon à me faire comprendre.

« Pardon! monsieur et cher sauvage, objectai-je, est-ce que... un *litre*... après vos haricots?... »

J'avais trouvé la note juste et le langage voulu; l'habitant de la Terre-de-Feu joignit les mains sur sa massue et me fit doucement ses confidences. C'était un ancien maître d'étude d'une pension du Marais! Il avait eu des malheurs, et il avait été contraint de se faire *sauvage*, en attendant le jour, prochain sans doute, où il trouverait gloire et fortune dans le succès d'une pièce en cinq actes et en vers qu'il avait déposée, depuis trois ans déjà, chez le concierge de l'Odéon!...

ARGUS.

Abonnement, du 1er avril ou du 1er octobre; pour la France : un an 10 fr.; 6 mois 6 fr.; le n° au bureau, 20 c.; par la poste, 25 c.

Les volumes commencent le 1er avril. — LA SEMAINE DES FAMILLES paraît tous les samedis.

VICTOR LECOFFRE, ÉDITEUR, RUE BONAPARTE, 90, A PARIS. — Imp. de la Soc. de Typ. - J. Mersch, 8, r. Campagne-Première Paris.

Buffon
Dessiné par Pujos et gravé par Vangelisty, 1779.

BUFFON A LA CAMPAGNE

Il y a dans la vie du grand naturaliste du siècle dernier, de celui que l'on a appelé le Pline français, une lacune qui n'avait pas été comblée depuis longtemps, mais qui l'a été le jour où la correspondance inédite de Buffon a été publiée, il y a vingt ans. Pour venir tard, la vérité n'en arrive pas moins à son heure, et cette heure a sonné, réduisant à sa juste portée le pamphlet qu'en 1785 Hérault de Séchelles publiait sous le titre de *Visite à Buffon ou Voyage à Montbard.*

Désormais, le château de Buffon a conquis la même célébrité que le Tibur d'Horace; tous deux, le poète latin et le naturaliste français, aimaient d'un égal amour la campagne et n'étaient jamais plus heureux que lorsque, sous les frais ombrages et au bord des claires fontaines, ils pouvaient fuir le bruit de Rome et de Paris, où leur destinée les retenait plus longtemps qu'ils ne l'auraient voulu.

Buffon à la campagne et s'y plaisant! Quelle sorte de paradoxe, n'est-ce pas? pour la masse du public, que l'on a habitué à regarder le savant en perpétuel habit de gala, et qui s'est vu si longtemps condamné à porter ces fameuses manchettes de dentelle qu'il ne mettait que dans les grandes occasions!

Et voilà justement comme on écrit l'histoire,

dit Voltaire qui, pour sa part, a contribué à semer les erreurs et les mensonges autour de la personne et de la mémoire de Buffon.

Ce n'est pas ici une biographie, si rapide soit-elle, que nous entreprenons d'écrire; nous nous bornons à la simple esquisse d'un épisode important de la vie du célèbre naturaliste, son séjour à la campagne dans son pays natal, dans cette Bourgogne qu'il aima tant et qui a toujours été si féconde en hommes de génie et d'esprit, en poètes, en savants, en littérateurs, en artistes, en orateurs, etc.

Né en 1707, à Montbard, Buffon, — dès 1734, — à peine âgé de vingt-sept ans, s'installait à la campagne et y commençait les constructions et les plantations de ce séjour où il devait passer les plus belles et surtout les plus douces années de sa longue et glorieuse existence. Donc, en 1734, l'abbé Leblanc, un compatriote et un ami du naturaliste, était à Montbard, dirigeant les nombreux ouvriers appelés par Buffon pour embellir le domaine paternel, qu'il n'oublia jamais.

Créer des jardins fertiles sur un rocher, planter des arbres étrangers dans un sol nu et aride, cette tâche devait présenter à l'imagination la plus hardie, à l'esprit le moins timide, des difficultés insurmontables; Buffon les vit toutes, mais il ne s'en effraya pas; malgré les importants sacrifices d'argent qu'exigèrent ses jardins de Montbard, il poursuivit, sans se lasser, l'œuvre qu'il avait courageusement entreprise.

Ce furent là d'immenses travaux, et, à vrai dire, ils ne furent jamais terminés; car chaque fois que l'année était dure et que le travail des champs venait à manquer, il y avait toujours du travail au château. « C'est, disait Buffon, une manière utile de faire l'aumône sans encourager la paresse. »

L'architecte des jardins de Montbard, leur seul dessinateur, fut le beau-frère de Buffon, conseiller au parlement de Bourgogne, un peu artiste. Chargé, pendant les absences du naturaliste, qu'appelait à Paris son poste de directeur du Jardin des plantes, le jardinier amateur lui écrivit un jour que les ouvriers qu'il employait perdaient beaucoup de temps : « Laissez faire, — répondit Buffon, — et n'oubliez jamais que mes jardins sont un prétexte pour faire l'aumône. » Un autre jour, au sujet d'un terrain qui lui était nécessaire et dont on demandait un prix exagéré, il lui disait : « Il y a des gens qui n'osent demander et à qui on n'ose offrir, espèce de pauvres honteux; il faut, quand leur bien nous peut convenir en quelque chose, le leur payer bien au delà; on n'a ni à rougir de son aumône ni à les en faire rougir; on leur laisse l'estime d'eux-mêmes. » Pour exécuter ses plans, Buffon ne choisissait pas ses travailleurs parmi les plus robustes et les plus diligents; il recherchait de préférence les plus pauvres et les plus nécessiteux. Pour procurer de l'ouvrage à un grand nombre de bras, il avait donné ordre que la terre végétale qui venait prendre la place du rocher fût portée à dos d'homme, et il recommandait de veiller à ce que les hottes fussent petites.

Aussi un tel châtelain ne pouvait manquer d'être aimé des pauvres gens de son pays et, à ce sujet, Grimm enregistre une anecdote vraiment caractéristique. Le cinquième volume de l'*Histoire naturelle* de Buffon venait de paraître, en 1755. « Je ne puis, dit Grimm, m'empêcher de rapporter un trait que M. le comte de Fitz-James m'a conté l'autre jour, et qui ne fait pas moins d'honneur à M. de Buffon qu'à ses ouvrages. Dans le temps que les premiers volumes de l'*Histoire naturelle* parurent, M. de Fitz-James remarqua qu'en lisant cet ouvrage chez lui il était curieusement observé par un de ses laquais. Au bout de quelques jours, voyant toujours la même chose, il lui en demanda la raison; ce valet lui demanda à son tour s'il était bien content de M. de Buffon et si son ouvrage avait du succès dans le public. M. de Fitz-James lui dit qu'il avait le plus grand succès. — Me voilà bien content, dit le valet; car je vous avoue, monsieur, que M. de Buffon nous fait tant de bien, à nous autres habitants de Montbard, que nous ne pouvons pas être indifférents sur le succès de ses ouvrages. »

Son séjour à la campagne mit à même Buffon de prouver jusqu'à quel point son respect pour la religion et ses pratiques était grand et sincère. Il ne manqua jamais de faire, le jour de Pâques, une communion solennelle. Les pompes de la religion agissaient puissamment sur son imagination sensible et impressionnable; il disait un jour au curé de Montbard : « Dans les occasions solennelles où la religion catholique déploie toutes ses pompes, je ne puis assister sans verser des larmes à une si auguste cérémonie. » Lors de la construction de ses forges, il n'oublia pas d'y faire ériger une chapelle, où ses ouvriers entendaient la messe chaque dimanche. Il exigeait de ses gens qu'ils remplissent exactement leurs devoirs religieux; lui-même, pendant son séjour à Montbard, assistait chaque dimanche à la messe paroissiale, donnant la valeur d'un louis aux différentes quêteuses.

De tous les préceptes de la religion, celui qu'il pratiquait le plus volontiers était la charité; chaque fois qu'une infortune frappait à sa porte, elle était aussitôt soulagée. Il donnait avec simplicité, s'efforçant de persuader toujours qu'entre le pauvre qu'on secourt et le riche qui lui ouvre sa bourse, le plus heureux est celui qui donne. Il aimait les pauvres et veilla avec soin à ce que dans ses terres ils fussent bien traités. « Il était familier avec le pauvre monde, » disait une vieille fille nommée Lapierre, dont la famille, de père en fils, était au service de la maison. Il s'informait des besoins de chacun, distribuant à tous de ces bonnes paroles qui sont la meilleure aumône du riche. Lors de la naissance de son fils, il lui choisit pour parrain le plus pauvre homme de Montbard et pour marraine une mendiante : par esprit de *charité*, disent les registres de la paroisse, et pour avoir un prétexte de tirer de leur indigence deux malheureux sans asile et sans pain. Il envoya à diverses époques des sommes importantes à Montbard, et n'oublia pas les pauvres dans son testament.

Il n aimait point Paris, et malgré les raisons de toute

nature qui devaient l'y attirer, il y faisait chaque année un court séjour. Il y passait trois ou quatre mois à peine pour les affaires du Jardin du Roi, et venait s'enfermer le reste de l'année dans sa retraite de Montbard. « M. de Buffon, dit Mme Necker, pense mieux et plus facilement dans la grande élévation de la tour de Montbard, où l'air est plus pur; c'est une observation qu'il a souvent faite. » Tous les hommes dont les idées et les écrits ont dominé leur temps ont recherché et chéri la solitude.

A Montbard, Buffon vivait vraiment de la vie de son choix. Maître de son temps, il en avait à son gré distribué l'emploi. Chaque matin il se levait à cinq heures. Enveloppé dans une robe de chambre, il quittait sa maison et se dirigeait seul à l'extrémité de ses jardins vers la plate-forme de l'ancien château; la distance était grande, plusieurs terrasses y conduisaient; il avait soin, sur son passage, de fermer successivement les grilles de chacune d'elles, afin de protéger sa solitude contre les curieux ou les importuns. Arrivé au sommet, il s'arrêtait; dans son cabinet d'étude, modeste et simple, un secrétaire l'attendait; aussitôt on se mettait au travail. Durant l'été, la porte du cabinet demeurait ouverte; Buffon, la tête levée vers le ciel, les bras croisés derrière le dos, se promenait dans les allées voisines, rentrant par instants, et dictant à son secrétaire les passages sur lesquels il venait de méditer. A neuf heures, arrivaient un valet de chambre et un barbier; le travail était interrompu. Le valet de chambre apportait sur un plateau le déjeuner de son maître, c'était un repas frugal et toujours le même : un carafon d'eau et un pain dont la forme ne variait jamais. Buffon déjeunait, et pendant ce temps il se faisait coiffer, habiller parfois, lorsqu'il y avait à Montbard quelque étranger de distinction. Une demi-heure tout au plus était consacrée à la toilette et au déjeuner. Le valet de chambre et le barbier, leur service achevé, se retiraient, et Buffon reprenait son travail, qu'il ne quittait plus que pour aller dîner à deux heures.

Pendant quarante ans, il suivit cette règle sévère, et il ne manqua pas un seul jour à l'exécution rigoureuse de ce programme qu'il avait lui-même arrêté. L'esprit d'ordre donna à sa vie une grande unité; il contribua aussi à imprimer à sa pensée cette logique absolue et à son raisonnement cette exacte précision qui font la force et le charme de ses écrits.

Donc, à Montbard, on dînait à deux heures; c'était l'heure à laquelle Buffon quittait son cabinet d'étude.

Avant deux heures personne, quel que fût le rang du visiteur, ne pouvait le voir. C'était une règle absolue que ses gens avaient ordre de ne jamais enfreindre. L'accueil que l'on recevait à Montbard était simple, mais cordial et généreux : il y avait, au château, toujours dressée, une table de vingt-cinq couverts. Le personnage le plus important de la maison, le plus considérable et le mieux payé, était le cuisinier. Buffon y mettait de l'amour-propre; c'était son seul luxe. Au reste, lui-même mangeait beaucoup. Son dîner était son seul repas; c'était aussi le seul instant de la journée où il fût entièrement à la compagnie qui l'était venue voir. On demeurait longtemps à table; la sœur de Buffon, Mme Nadault, en faisait les honneurs avec une grâce et une prévenance du meilleur ton. La conversation prolongeait le repas.

Hors des heures consacrées à l'étude, Buffon n'aimait pas à s'occuper de choses profondes; il laissait son esprit au repos. Sachant mettre chacun à son aise, il était chez lui accueillant et affectueux. Simple dans ses discours, aimant à causer et parfois un peu à rire, il ne cherchait l'effet en rien. Sa conversation était alors familière, mais jamais négligée. Pour lui une question de littérature ou de science, fortuitement soulevée dans la conversation, devait se discuter sérieusement. Aussi évitait-il avec soin, lorsqu'à table la discussion s'élevait sur des sujets de cette nature, d'y prendre part. Il se taisait et laissait dire. Mais que la discussion s'animât, qu'elle prît une tournure neuve, capable de l'intéresser, on voyait soudain se réveiller le savant et l'homme de génie; c'était alors, pour nous servir d'une expression qui lui fut familière, *une autre paire de manches*. On se taisait autour de lui, on l'écoutait parler. Lorsque Buffon s'apercevait de l'attention qu'il avait éveillée, il s'arrêtait à son tour, mécontent de lui. « Pardieu! disait-il, nous ne sommes pas ici à l'Académie. » Et la conversation reprenait ce ton facile et léger dont le naturaliste aimait si peu, pendant ces heures consacrées au repos, à la voir s'écarter.

Après le dîner, chacun se dispersait. Buffon rentrait chez lui et s'occupait jusqu'au soir de ses affaires domestiques, du règlement de ses comptes, de l'administration du Jardin du Roi, dictant tour à tour à son secrétaire des lettres d'affaires ou des réponses à ses nombreux correspondants.

Le soir on se réunissait de nouveau au salon, grande pièce tendue en soie verte..... (H. Nadault de Buffon, *Correspondance inédite de Buffon*, etc.)

Les jardins que Buffon avait créés à Montbard en 1735 étaient, en 1785, dans toute leur beauté. Les arbres des avenues, plantés dans un sol favorable, avaient rapidement pris un grand développement; leur ombre entretenait sur les pelouses une continuelle fraîcheur. Des fleurs en grand nombre étaient distribuées avec art dans les massifs et sur les gazons. Buffon aimait les fleurs, et son jardinier avait reçu l'ordre de les prodiguer dans la décoration de ses jardins.

Encore quelques détails sur la vie de Buffon à Montbard, et nous aurons terminé cette rapide étude; nous laissons ici la parole à Mlle Blesseau, qui fut longtemps au service du Pline français, et qui, dans quelques pages d'un touchant intérêt, a rendu le plus bel hommage à la mémoire de celui dont elle révèle les vertus privées et la charité ingénieuse; l'inexpérience même de cette plume amie ajoute au charme pénétrant de tels souvenirs.

« Le grand plaisir dont il jouissait à sa campagne, était d'employer deux à trois cents pauvres manouvriers à travailler dans son château à des ouvrages de pur agrément, et de faire ainsi du bien à de pauvres gens qui, sans lui, seraient restés très malheureux. Fort souvent, les après-midi, il s'amusait à les voir travailler et prenait plaisir à se faire rendre compte des plus misérables, disant que c'était une manière de faire l'aumône sans nourrir les paresseux. Il faisait beaucoup d'aumônes cachées par lui-même; il avait grande pitié des pauvres malades et des vieillards; il recommandait souvent qu'on ne les oubliât pas. Lorsqu'on lui faisait des remerciements de la part des personnes qui avaient reçu « ses bienfaits, M. de Buffon répondait : « Je n'ai pas de « plus grand plaisir que lorsque je trouve l'occasion de « faire le bien. » Il ajoutait en répandant quelques larmes d'attendrissement : « Je sais bon gré à ceux qui ont « l'attention de me dire le soulagement que je puis procu- « rer aux malheureux; je suis en état de les secourir, « c'est un bonheur pour moi que de pouvoir le faire. »

« Combien M. de Buffon n'a-t-il pas dit de fois que, pour que tous les pauvres fussent heureux, il faudrait que les seigneurs passassent quatre à cinq mois dans leurs campagnes, occupés à les employer à travailler à bien des choses qui périclitent dans leurs terres, et cela empêcherait qu'ils ne fussent aussi malheureux. En un mot, il s'en occupait souvent. Il est impossible d'avoir l'âme plus sensible, plus belle et plus compatissante que M. de Buffon.....

« Il n'y a presque pas une famille honnête dans cette ville de Montbard à laquelle il n'ait rendu des services importants; l'intérêt des pauvres ne lui a pas été moins cher; il leur en a donné des preuves dans les temps de disette qu'on a éprouvée bien des années, et surtout l'année de 1767. Le 8 décembre, à la suite d'une révolte occasionnée par la cherté des graines, M. de Buffon fit acheter une grande quantité de blé à 4 livres le boisseau, puis il le fit distribuer à tous ceux qui en avaient besoin, au prix de 50 sous.....

« La prospérité de la ville de Montbard a également été l'objet de son attention. Les dépenses considérables qu'il a faites pour son embellissement ne sont ignorées de personne. Plusieurs rues ont été élargies, nivelées et même pavées à ses dépens. C'est M. de Buffon qui a fait faire le chemin qui conduit à la grande route; les dépenses qu'il a faites pour les deux chemins qui conduisent à la paroisse ne sont pas moins considérables; en un mot, il n'y a pas un endroit de cette ville qui ne représente des monuments de sa bienfaisance et de son attachement. »

Quoi de plus! Buffon traduisit dans son existence à la campagne, comme dans ses remarquables écrits, cette belle définition qu'un ancien a donnée de l'homme véritablement éloquent : *Vir bonus dicendi peritus*, préconisant ainsi, et avec une haute raison, l'étroite union de la bonté et du génie.

Ch. Barthélemy.

UN DRAME EN PROVINCE

(Voir p. 3, 21, 34, 51, 75 et 90.)

Dès que l'on sut que le prétendu meurtrier était entre les mains de la justice, l'attention et la sympathie des habitants de la petite ville se concentrèrent exclusivement sur « ce pauvre M. Alfred ». Le neveu du défunt paraissait en effet, en ce moment, totalement accablé par la mort de son oncle, et fort peu disposé à jouir de ses richesses. Depuis le fatal événement, il était en proie à des défaillances, à des frayeurs soudaines; il ne pouvait supporter l'idée de se trouver seul, même pendant le jour, confiné dans sa chambre, et se traînait, comme une âme en peine, dans les champs et les prés d'alentour, et sous les ombrages du jardin. Il n'avait pas voulu aller occuper la chambre à coucher de son oncle, située au premier étage, et, tous les soirs, afin de s'endormir en paix, il faisait dresser pour le vieux Nicolas un lit dans la cuisine, au grand désespoir de Mme Jean, qui prétendait que le bonhomme mettait tout en désordre dans *sa cuisine*, son domaine jusque-là, à elle seule exclusivement réservé!

De plus, M. Alfred ne se couchait jamais sans avoir sur un guéridon, tout auprès de son lit, un révolver chargé et un lourd casse-tête, qui formaient à vrai dire, avec son verre d'eau sucrée, son flacon de chloral et sa boîte de pastilles, un contraste assez pittoresque et des plus singuliers.

Au bout de quelques jours cependant, toutes ces pressantes affaires de succession, ces correspondances, ces fréquentes entrevues que nécessite l'entrée en possession d'un brillant héritage, arrachèrent peu à peu le jeune homme à ses frayeurs maladives et à ses sinistres préoccupations. Ce furent, d'abord, un notaire de Dijon, puis un agent de change et un banquier de Paris, qui envoyèrent à M. Alfred Royan le compte détaillé des titres et valeurs qu'ils tenaient à son profit entre leurs mains, et qui s'élevaient à une somme considérable.

Il y avait, outre le château et le domaine de Martouviers, dont le défunt, quinze jours avant sa mort, s'était rendu propriétaire, des titres de rente italienne et française, des actions industrielles, des obligations de chemins de fer, particulièrement de ceux de l'Est et de Lyon-Méditerranée, dont le jeune homme n'avait jamais soupçonné l'existence, et dont la présentation ne pouvait manquer de lui causer, au milieu même de sa douleur, un véritable ravissement. Lorsque, au bout de trois semaines environ, le total fut bien établi, M. Alfred Royan se trouva posséder, au grand ébahissement de la petite ville tout entière, un capital d'un peu plus de deux millions, une centaine de mille livres de rentes. Inutile de dire ici si l'unanime sympathie s'accrut. Toutefois il devint difficile de dire désormais : « Ce pauvre M. Alfred », en parlant de cet heureux héritier, de cet opulent propriétaire.

Néanmoins sa situation présente, sa fortune inespérée, soudaine, devinrent, on le comprend, le sujet de toutes les hypothèses et de toutes les conversations.

« M. Alfred Royan va nous quitter certainement. Avec une fortune pareille, il ne peut que se fixer à Paris, — déclarait, dans son salon, Mme Plantot, la femme du maire.

— Mais il a son château de Martouviers, délicieux à habiter, — faisait observer Mlle Bouvier, la fille du médecin. — Et s'il venait, par hasard, à..... se marier...., il aurait là, pour sa femme et lui, une superbe résidence.

— Oh ! se marier ! Mais comment ? Il ne peut se marier ici. Il n'y a point, parmi nous, de parti sortable pour un grand propriétaire, — déclarait nettement Mlle Fourel, la sœur de l'ancien juge, qui, en sa qualité de respectable demoiselle, ayant coiffé sainte Catherine depuis environ trente ans, aimait fort à dissiper les espérances vaines et à rabattre les prétentions des jeunes filles présomptueuses, confiantes dans la grâce de leur printemps et leur virginale beauté.

— Pas ici même, peut-être. Mais dans les environs, qui sait ? — reprenait Mme Plantot, en secouant la tête. — M. Deherpin, le maître de forges, le baron de Sivray et le comte du Hamel auraient assurément de belles dots à donner à leurs filles...

— Et du reste, — ajoutait timidement Mlle Marthe, la sœur du vieux curé, — il ne serait peut-être pas nécessaire de chercher si loin une personne qui pût convenir à M. Alfred Royan... Quel dommage que M. de Léouville ne soit pas un peu plus riche ! Mlle Hélène ne serait-elle pas, de tous points, une femme aimable et charmante, avec son éducation et sa naissance, son esprit, sa grâce et sa beauté ! »

Un bruyant chorus d'exclamations, de dénégations, d'observations frisant la raillerie, accueillit instantanément la suggestion de Mlle Rose.

« A quoi pensez-vous, mademoiselle ? M. le marquis n'a pas le sou. Puisque Mlle Hélène n'a pas de dot, jamais un millionnaire ne s'avisera de la trouver charmante. Est-ce que ces pauvres demoiselles du Prieuré peuvent penser au mariage ?

— Leur père devrait bien commencer, dans tous les cas, par réparer les brèches de son mur.

— Il vaudrait mieux pour elles, mademoiselle Rose, avoir un peu moins de quartiers et d'armoiries à leur blason et un peu plus d'or dans leur bourse. »

Et autres commentaires et réflexions du même genre, à travers lesquelles l'étroitesse d'esprit et la jalousie secrète des petits bourgeois provinciaux ne pouvaient manquer de se trahir.

En présence de cette bruyante et vigoureuse unanimité, la pauvre demoiselle Marthe baissa la tête et se tut, bien qu'au fond du cœur elle ne se sentît point pleinement convaincue. Il lui semblait, à elle, fille simple et candide, sans ambition, sans préjugés, qu'un millionnaire pouvait, plutôt que qui ce fût au monde, se donner le luxe d'épouser une aimable jeune fille sans dot. Mais elle ne se trouva pas assez de force pour protester contre tous ces témoignages, ni assez d'éloquence pour appuyer sa cause par de bonnes et solides raisons. Toutefois elle ne cessa de voir, dans les nuages de l'avenir, une blanche couronne de mariée flotter sur le front gracieux de la jolie Hélène. Et cette idée, se présentant de nouveau à son esprit, amena sur ses lèvres un bienveillant sourire, lorsque, le lendemain, elle put voir, de l'une des fenêtres du presbytère, Alfred Royan quittant la grande route pour suivre le sentier vert de mousse qui tournait, le long des prairies, dans la direction du Prieuré.

VI

Il n'y avait rien d'étonnant, après tout, à ce que M. Alfred Royan trouvât quelque douceur à se rendre au Prieuré, quand bien même Mlle Hélène n'eût pas eu, pour l'y attirer, le charme indicible de ses grands yeux noirs et l'exquise douceur de son sourire. En présence de l'affreux malheur qui venait de frapper l'ancien notaire et le « pauvre » jeune homme, le marquis et ses deux filles avaient éprouvé une pitié profonde, une douloureuse stupéfaction. Aussi multipliaient-ils chaque jour, à l'égard de M. Alfred, les prévenances, les consolations, les attentions les plus variées et les plus délicates.

Hélène et Marie surtout s'étaient senties vivement impressionnées lorsque leur père, en rentrant au logis dans cette funèbre matinée, leur avait raconté toute l'émouvante scène à laquelle il venait d'assister dans la maison Royan.

« Quelle horrible, quelle navrante histoire ! s'était écriée Hélène, cachant sa tête dans ses mains. Papa, avez-vous tout vu ?..... Êtes-vous monté jusqu'à la chambre où..... Oh ! que ce devait être affreux ! Penser que ce malheureux homme était là, paisible et seul, devant sa caisse ouverte, repliant ses papiers, empilant ses pièces d'or, tandis que l'assassin montait, à petits pas, entrait tout doucement, sans être vu, le couvait de son sanglant regard, tirait son arme sans faire de bruit, et puis levait le bras,... et lui brisait le crâne !

— Pauvre M. Michel !... devoir mourir ainsi ! — reprenait Marie, essuyant les larmes qui venaient de jaillir de ses jolis yeux bleus. — Se voir enlevé tout à coup, brusquement, à tout ce qui lui était cher et précieux au monde, et n'avoir pas eu au moins une minute de suprême élan, de résignation, de prière, avant de s'en aller à Dieu ! »

Sur quoi M. de Léouville avait douloureusement

secoué la tête, sans ajouter un mot à cette triste réflexion de sa gentille bien-aimée, de sa Minette chérie. M. Michel Royan, le cupide et l'avare, absorbé dans la contemplation passionnée de ses titres et de son or, se trouvait certes dans des dispositions assez peu favorables pour affronter, du seuil de la tombe, le grand mystère de l'éternité. C'était, en somme, une sinistre fin terminant une assez sombre vie. Et, pour couronner le tout, la justice avait encore un grand crime à punir, un coupable à frapper.

Et puis, aux pensées douloureuses de l'homme et du chrétien, venaient s'ajouter, malgré tout, les tristes préoccupations du père. Qu'allait devenir le mariage projeté, la future dot d'Hélène, maintenant que Michel Royan était mort? Son héritier manifesterait-il les mêmes intentions? serait-il également disposé à acheter le bois et les prairies? Et si, par hasard, il ne le désirait point, où trouver un autre acquéreur dans un délai si prompt? Comment fournir alors à M. de Tourguenier la somme qu'il demandait par l'entremise de son notaire? Sa douce et charmante Hélène, si rayonnante, si belle, si admirée, devrait-elle vivre dans l'ombre et se flétrir lentement sous le toit moussu du Prieuré, sans que la tendresse d'un mari, les caresses de jolis enfants, vinssent donner du charme, de l'intérêt et un but fécond à sa vie?

Marie, la gentille fée de la maison, avec son ingénieuse et prévoyante tendresse, voyait bien la tristesse de son père, et redoublait de soins, d'efforts, cherchant à le consoler.

« D'abord, mon bien-aimé papa, — disait-elle parfois, prenant un petit air mutin et résolu qui, en dépit de sa grâce et de sa douceur, lui allait à merveille, — si vous ne pouvez pas trouver d'argent pour doter notre belle Hélène et si M. de Tourguenier se retire, comme un mal élevé qu'il est, quel grand malheur, après tout, y aurait-il? pourquoi vous désoleriez-vous?

— Mais je ne voudrais pas vous laisser seules, abandonnées, lorsqu'il plaira à Dieu de me retirer de ce monde.

— D'abord, père chéri, c'est défendu, vous le savez bien, de parler à sa Minette d'aussi horribles choses. Nous vieillirons ici ensemble, c'est moi qui vous le dis; quand vos cheveux deviendront blancs, les miens grisonneront, tandis que les belles mousses vertes, sur l'écorce de nos chênes, le long de nos murs, sur nos toits, ne seront avec les hivers que plus blondes et plus dorées... Ensuite vous ne me ferez jamais croire, mon bon papa chéri, que dans ce vaste monde, si divers, si grand, si beau, il ne puisse pas se trouver de mari pour Hélène. Si M. de Tourguenier s'en va, savez-vous ce que je dirai, cher père? Tant mieux pour nous, tant pis pour lui! Ce futur-là, à parler franchement, ne m'a jamais plu, voyez-vous. Il est un peu trop... mûr, d'abord, et puis trop pointilleux, trop mesuré, trop raide. Vous verrez que nous trouverons, vous et moi, en cherchant bien, un beau et bon mari, jeune et distingué, qui soit vraiment digne d'Hélène. Et être digne de cette sœur mignonne, ce n'est pas peu de chose, en vérité... Hélène est pauvre, j'en conviens, puisqu'il ne nous reste plus, de toutes les grandeurs du passé, que l'éclat de notre nom et les nobles souvenirs de notre race; mais elle est bonne et belle, elle est courageuse et dévouée, elle est gracieuse et fière; en un mot elle est charmante... Et vous voudriez me faire croire qu'avec toutes ces qualités, que dis-je? toutes ces perfections-là!... elle ne trouverait pas de mari?... Allons donc, père chéri!... Mais ce sont là de ces choses sûres, immanquables, certaines, dont les gens sensés, tels que vous et moi, ne peuvent aucunement désespérer... Vite, vite, mon cher bon père, chassez-moi ces ombres de votre regard et ces plis de votre front... Qu'on embrasse sa petite Marie et qu on ne s'inquiète pas de l'avenir, qui est entre les mains d'un autre Père, et que ce Père-là saura bien arranger!... Et que M. de Tourguenier s'en aille, si cela lui plaît... Hélène se mariera, c'est moi qui vous le dis... Vous me verrez, papa chéri, un beau jour danser à sa noce...

— Mais toi, chère petite mignonne? Notre belle Hélène est l'aînée, assurément, Minette; mais ce ne serait pas là, certes, une raison pour t'oublier.

— Oh! pour moi, mon bon père... eh bien, ne vous tourmentez pas... J'ai le temps; nous verrons plus tard, — balbutia timidement la gentille Marie, dont le joli front se couvrait d'une subite rougeur. — Rien ne presse, n'est-ce pas? et nous pourrons parler de toutes ces vilaines choses un autre jour, à tête reposée... Mais pas en ce moment-ci, n'est-ce pas? qui n'est nullement favorable; quand un meurtre vient d'être commis ces jours-ci, si près de nous, quand l'affreux criminel, n'étant point découvert encore, se promène peut-être autour de nous, qui sait? et peut être tenté de commettre un crime de plus, de s'introduire chez nous quelque jour, à la brune...

— Oh! pour cela, non, bien sûr. Nous n'avons rien à redouter, mon enfant; nous sommes pauvres, — interrompit le marquis avec un douloureux sourire. — Nous n'avons pas, nous, de trésors qui puissent tenter les bandits.

— Malgré tout, l'on n'en sait rien, — reprit la mignonne hochant d'un air mystérieux sa jolie tête brune. — L'ancien garde-chasse de M. Royan est bien arrêté, il est vrai, mais l'opinion générale lui est éminemment favorable. M. Alfred me disait hier encore qu'il ne s'élève contre lui aucune preuve sérieuse, et que, selon toutes apparences, il sera bientôt relâché. Et penser que, dans ce cas, le véritable assassin, qui n'est point encore connu, peut aller, venir, entrer, sortir en toute liberté, nous voit, nous suit, nous parle et nous épie, peut-être!... Oh! ne sont-ce pas là des choses à vous faire frissonner! Tenez, mon bon papa chéri, j'avais grande envie tantôt de m'en aller faire, avant la nuit, une petite promenade, tandis qu'Hélène, qui a la migraine, se repose là-haut, dans sa chambre. Eh bien, la main sur le cœur, là, je n'ai pas osé... J'avais trop peur de rencontrer derrière quelque haie, dans les champs, un homme affreux, sale, déguenillé, cheveux hérissés, longue barbe, tenant un casse-tête ou un poignard en main... Et que serais-je devenue alors, cher père, quand j'y pense !

— Eh bien, si ma compagnie peut te rassurer, mignonnette, voici, toutes réflexions faites, ce que j'ai à te proposer. J'ai quelques mots à dire au père Bastin, le meunier de la Grand'Lande, qui s'est chargé de moudre trois sacs de notre grain. Si tu veux venir avec moi, la promenade sera agréable peut-être, et parfaitement sûre dans tous les cas. Au coucher du soleil la Grand'-Lande est toujours belle, avec ses lointains bleuâtres et son doux glacis d'or... Donc je t'offre mon bras; qu'en dis-tu, ma chérie?

— Ce que je dis ! Mais j'en suis on ne peut plus contente, enchantée, ravie !... Quel aimable et bon petit père, qui me mène promener pour me préserver des assassins !.. Allons donc, partons vite par le chemin des prés; allons voir le soleil d'août se coucher sur la lande. »

En parlant ainsi la fillette, traversant en courant le grand et sombre vestibule, avait décroché son chapeau de paille grise, agitait, dans sa main gauche, son ombrelle de jardin, et tendait l'autre, en sautant, en riant, à son père, qui la passait tendrement à son bras, après avoir déposé, sur ce beau front d'enfant, un doux et long baiser d'amour.

Ce fut ainsi qu'ils traversèrent le jardin, qu'ils s'éloignèrent, calmes, souriants, presque heureux, suivant le sentier des prairies. Après avoir côtoyé, pendant quelques minutes, la lisière sombre des grands bois, ils virent s'étendre devant eux la grande lande verte, fraîche, plate, unie, qui paraissait sans limites sous cette belle lueur dorée du soleil couchant, et en un coin de laquelle se dressait le moulin à vent du père Bastin avec sa tourelle blanche, son toit aigu de tuiles rouges, et ses grandes ailes grises.

Soudain la fillette, un peu fatiguée, s'arrêta au bout d'un sillon, au revers d'un fossé où croissaient, dans un désordre et un fouillis charmants, les pervenches sauvages et les bluets, les boutons d'or et les coquelicots, les marguerites et les scabieuses.

« Père chéri, dit-elle, je me sens un peu lasse et je me reposerais volontiers ici, si vous le voulez bien. Une visite au père Bastin, à vrai dire, me sourit peu. Je ne trouve guère de charme à son plancher branlant, à son tic-tac sans fin, à son intérieur tout blanc de farine..... Et je n'aurai plus peur du tout en me reposant ici. Si quelque brigand m'attaque, j'aurai bien soin de crier, et, le moulin est assez près pour que vous puissiez m'entendre.....

— Et dans ce cas, toutes les fourches, les piques, les fléaux, les batons, les bras du père Bastin et de ses garçons seraient à ton service, — interrompit le marquis en souriant. — Par conséquent, ma mignonne, attends-moi ici en paix, puisque tu le préfères : d'ici à une vingtaine de minutes, notre entretien sera terminé. »

En disant ces mots, M. de Léouville s'éloigna, et disparut bientôt, en franchissant le seuil de l'étroite tourelle. La jeune fille, restée seule, s'assit joyeusement sur le bord du fossé, enfonça ses jolis petits pieds dans les touffes de hautes herbes, faucha étourdiment, au hasard, de ses mains blanches et mignonnes, les belles tiges fleuries qui, s'élevant toutes droites et vigoureuses autour d'elle, étoilaient son front pur et ses beaux cheveux bruns de leurs fleurons d'azur, de leurs calices empourprés, de leurs corolles blanches. Puis quand elle eut fait ainsi, en riant, sa moisson d'écolière mutine, de fillette étourdie, elle laissa aller la gerbe de fleurs sur une grosse touffe de thym auprès d'elle, croisa rêveusement ses mains sur ses genoux et se mit à regarder devant elle, au hasard, le ciel d'un bleu grisâtre et le couchant doré, la lande et le moulin, le bois et la campagne.

C'était l'heure du soir, si tranquille et si douce, où tous les bruits du jour s'apaisent, où peu à peu l'éclat du jour s'éteint. Dans cette fraîche transparence de l'air des champs d'où, par degrés, le dernier rayon d'or se retire et s'envole, toutes choses paraissent plus douces, plus vagues, plus lointaines, plus tendres; peut-être un peu plus tristes aussi. Les contours de l'horizon ont alors un profil moins arrêté, moins net; les découpures capricieuses des coteaux, des arêtes moins saillantes; les grandes masses vertes de la plaine et des bois, des nuances plus adoucies. Cette chaste solitude de la lande prend un caractère plus intime, pénétrant, mystérieux, avec la rêverie qui s'éveille, l'âme qui se berce, l'espoir qui naît, ou l'ombre du souvenir qui passe.

Elle le sentait bien aussi, la mignonne fillette. On l'aurait vu, rien qu'en approchant d'elle, à l'éclat doux, un peu voilé, de ses larges prunelles sombres, à la sérénité rêveuse de son front d'ange et d'enfant, à la courbure molle, légèrement attendrie, de ses lèvres roses entr'ouvertes. Toutes ces visions charmantes qu'évoquait à cette heure, dans ce grand et doux silence, sa jeune imagination, avaient un horizon calme, pur, chaste et rayonnant comme elle : c'étaient de ces tableaux lointains, presque enfantins, joyeux et souriants, qu'une aile d'ange pourrait effleurer, en passant, d'une tendre et sainte caresse, sur lesquels un beau regard d'ange sans rougir peut se reposer.

Soudain, au milieu de cette fraîche solitude et de cette intime paix, une impression d'un autre genre vint agiter la jeune fille. Elle pâlit, frissonna, serra instinctivement ses deux petites mains croisées, jeta un regard inquiet, effaré, autour d'elle, et finit, pour se rassurer, par reposer ses yeux sur les grandes ailes du moulin.

C'est que le souvenir de ce pauvre M. Royan venait de se présenter à son esprit; c'est qu'elle se demandait ce qu'elle ferait, après tout, si l'assassin venait à se montrer là, tout à coup, sur la lande. Elle en parlait bien à son père, tout à l'heure, en plaisantant. Mais que deviendrait-elle pourtant, si elle voyait surgir soudain, de quelque sillon ou de quelque trou dans la bruyère, un homme inconnu, menaçant, farouche, barbu, hideux, portant le fusil, le gourdin ou le couteau du meurtrier, et auquel, dans sa frayeur, elle croirait voir du sang jailli partout : aux vêtements, aux mains, au front, aux lèvres?

Dominée par la frayeur irréfléchie qui venait de la saisir, et n'osant retourner la tête, elle écouta fiévreusement, retenant son haleine, dressant sa petite oreille fine et rose tour à tour du côté de la plaine, de la rive et du bois..... Au bout d'un instant, son front, ses joues, ses lèvres, devinrent plus pâles encore, et en poussant un faible cri elle voila, de ses petites mains tremblantes, ses yeux agrandis par la terreur.

Un léger bruit de pas, en effet, venait de s'élever, foulant les herbes de la lande et peu à peu s'approchant d'elle. Et, dominée par cette frayeur qui venait de la saisir, elle n'osait même plus tourner la tête du côté d'où partaient les pas; elle se tenait là immobile, muette, froide, palpitante... Pendant ce temps, *il* ne s'arrêtait pas, *il* approchait toujours; *il* avait certainement dépassé le buisson, *il* allait rencontrer le fossé, *il* était tout près d'elle... Ce devait être l'assassin. Que devenir, grand Dieu du ciel!

ÉTIENNE MARCEL.

— La suite au prochain numéro. —

L'ESPION

Aujourd'hui, c'est bien loin vers le sud, à l'extrémité de l'Italie, que nous transporte la gravure : dans la Grande Grèce de Plutarque, la Calabre d'Annibal et de Tite-Live, qui déjà s'appelait, du temps de ces derniers, la féroce Calabre, *Calabria ferox*.

Pour la Calabre actuelle où, dit Paul-Louis Courier, « tout est antique et grec, ce sont des bois d'orangers, des forêts d'oliviers, des haies de citronniers. Tout n'y est pas parfait, sans doute; mais la nature enchante. Pour moi, je ne m'habitue pas à voir des citrons dans les haies. Et cet air embaumé, autour de Reggio! On le sent à deux lieues au large, quand le vent souffle de la terre. La fleur d'oranger est cause qu'on y a un miel bien meilleur que celui de Virgile; les abeilles d'Hybla ne paissaient que le thym, n'avaient point d'orangers. »

Voilà ce que la nature a fait pour ce petit coin de terre, montagneux et ensoleillé, pittoresque et charmant. Notre gravure est là, qui montre ce que, dans les jours sombres de guerre et de désolation, la colère et le désespoir des hommes y firent.

C'était dans les premières années de ce siècle que la Calabre se voyait dévastée par ce fléau humain, qui résume et contient tous les autres, par la guerre, qui désole et assombrit les plus beaux paysages, met du sang à toutes les mains, des fumées noires et des ruines à tous les horizons.

« Voulez-vous, madame, — écrivait à ce sujet le même Courier, en avril 1806, — voulez-vous une esquisse des scènes qui s'y passent?

« Figurez-vous, sur le penchant de quelque colline, le long de ces roches décorées de palmiers, de myrtes et d'aloès, un détachement de nos gens, en désordre. On marche à l'aventure, on n'a souci de rien. Prendre des précautions, se garder, à quoi bon? Depuis plus de huit jours, il n'y a point eu de troupes massacrées dans ce canton. Au pied de la hauteur coule un torrent rapide, qu'il faut passer pour arriver sur l'autre montée; partie de la file est déjà dans l'eau, partie en deçà, au delà. Tout à coup se lèvent, de différents côtés, mille hommes, tant paysans que bandits, forçats déchaînés, déserteurs, bien armés, bons tireurs..... Avant d'être vus, ils font feu sur les nôtres : les officiers tombent les premiers; les plus heureux meurent sur la place; les autres, durant quelques jours, servent de jouet à leurs bourreaux. »

C'est justement en ces jours-là que vivait, dans la montagne, Piccinino, le petit pâtre, qui gardait, aux pâturages et le long des torrents, ses brebis et ses chèvres et ne s'en revenait que pour les temps de fête en son village de Sassano, sur la rive du Sibari. Certes il avait, le jeune berger, parmi ses rocs et ses ombrages, sous ses myrtes au feuillage clair et le long de ses gazons parfumés, une tranquille et douce vie. Ses moutons gras et doux le suivaient fidèlement; ses chèvres ne s'écartaient guère. Néanmoins il se sentait toujours le cœur plus gai, et son joli front brun devenait plus ouvert, lorsqu'il rentrait à Sassano; quand son père Giacomo, le patient et robuste laboureur, lui passait en souriant sa main calleuse sur la tête, et quand Monna Rosa, sa mère, lui mettait en silence un baiser sur le front. C'est qu'après la grandeur, la solitude et l'aspect sauvage de ses ravins profonds, de ses bois d'aloès, de platanes et de palmiers, il aimait à retrouver son foyer, sa maisonnette basse et brune, bien humblement bâtie de planches, de plâtre et de gravois. Là était son abri d'enfance; là, le vieil âtre aux flancs noircis, la grande table de famille. Là Giacomo le montagnard accrochait au mur sa carnassière et son fusil, Monna Rosa son chapelet et ses saintes images; là il retrouvait, lui, dans le coin, auprès du lit de sa mère, la place de son berceau d'osier.

Or il était arrivé, par hasard, dans le cours de l'année 1805, que Piccinino avait fait un très long séjour dans la montagne. Il semblait vraiment que jamais le soleil n'eût été si chaud et si doré, le ciel si bleu, les herbes si vertes et si parfumées, l'eau des ruisseaux si pure. Ce fut donc avec un superbe troupeau, bondissant tout joyeux hors des gras pâturages, que le jeune berger re-

vint vers Sassano, se réjouissant à l'avance de l'excellent accueil que tous allaient lui faire, et des baisers que sa mère, depuis si longtemps, gardait pour les lui donner.

Seulement pourquoi, lorsqu'il fut arrivé de l'autre côté de la montagne, s'arrêta-t-il soudain, tout pâle, les jambes chancelantes, le cou tendu, le regard fixe, penchant la tête en avant, et ouvrant tout grands les yeux?... Se trompait-il donc de chemin? Rêvait-il? Était-il éveillé?... Mais c'est qu'on eût dit vraiment qu'il n'y avait plus de village! C'était bien pourtant là, sur la droite, le grand roc noir, Monte Negro, qui découpait sur le ciel pur ses lignes aiguës aux arêtes vives, et voyait le Torrent des Chèvres blanchir son écume à sa base! Et plus près, le clocher de l'église était bien là! toujours, mais seul, abandonné!... Où donc les toits de chaume et les murailles blanches? où les façades basses, doucement tapissées des rameaux de la vigne s'y tordant en festons?

Eh bien, non, pauvre Piccinino, tu ne te trompais pas; tes yeux te servaient bien. Ton village, ta maison, ton nid, auxquels ton cœur souriait d'avance, ne s'ouvriraient plus pour toi : tout cela avait disparu. Inutile de les chercher maintenant; tout ce qui restait à la place, c'étaient des pans de murs noircis, des toits éboulés, des ruines, et puis, de çà de là, — mais tu ne pouvais le voir heureusement : tu étais trop loin! — des corps raidis sous les décombres, des visages livides et des traces de sang... C'est que les pauvres maisonnettes, les étables, les toits, les granges, les jardins, l'église même, croulent et disparaissent à la voix du canon, quand la guerre vient à passer.

Le pauvre berger, l'orphelin, jusque-là ne s'en était pas douté. Mais un vieillard de son village, qu'il rencontra éploré, demi-mort de peur et de douleur, le long du sentier tournant qui abrégeait la route, se chargea de le lui apprendre, en ajoutant tout aussitôt :

« Et maintenant que tu le sais, mon petit, ne va pas plus loin.

— Comment, Pietro?... Et ma maison?

— Tu n'en as plus : elle est brûlée... Nos soldats à nous, les Autrichiens, s'étaient, pour se défendre, retranchés dans notre village. Mais voilà que les ennemis ont placé leurs canons là-bas, sur la hauteur. Et quand ils ont tiré, tu comprends... ça n'a pas été long... Oh! comme elles s'en allaient en débris, comme elles croulaient, les unes après les autres, nos pauvres petites cabanes toutes de plâtre et de chaume! Nos soldats avaient beau riposter comme des braves : il n'y a rien, vois-tu, qui résiste au canon.

— O sainte Vierge! ô bon Jésus!... Mais peux-tu me dire, au moins, où est allée ma mère?

— Eh! la pauvre femme, elle est morte... Elle a reçu, quand commençait la bataille, un des premiers coups de fusil... Sans doute qu'en cherchant bien tu trouverais, petit, son corps sous les ruines.

— Mon Dieu! mon Dieu!... Moi qui m'en venais tout joyeux, car il me tardait de l'embrasser!... Mais mon père, dites donc, Pietro?... Mon père ne l'aura pas laissé tuer sans la défendre?

— Non, garçon... Et je te jure qu'il s'est fameusement servi de son vieux fusil rouillé! Aussi quand les ennemis sont entrés de ce côté-ci du village, ils ont eu grand soin, je te jure, de mettre la main dessus. Et ils l'ont emmené prisonnier, je ne sais où, bien loin, avec un bataillon de nos soldats, et encore une quantité d'autres.

— Est-il possible!... Ainsi il ne me reste rien : ni père, ni mère, ni maison, ni abri?

— Non, mon pauvre petit..... c'est la guerre qui le veut, vois-tu, et quand la guerre arrive, c'est la ruine et la mort partout : tout disparaît, tout tombe.

— Mais pourquoi donc, malheureux que nous sommes, laissons-nous vivre dans notre pays ces ennemis, ces étrangers?..... Car ce sont eux, n'est-ce pas, Pietro, qui viennent de bien loin nous apporter la guerre?

— Ah! voilà!..... si nous étions assez forts pour nous défendre!..... Mais hier j'ai entendu dire, par des femmes qui s'enfuyaient de la montagne là-bas, au delà de Corrigliano, que les jeunes gens de par là se sont cachés au cœur des roches, avec des bâtons, des faux, des fusils, des pierres, des poignards, et qu'ils se jettent sur les Français, quand ceux-ci viennent à passer.

— C'est bon; les gens de Corrigliano ont bien fait, et je vais les rejoindre. Je n'ai que mon bâton, par malheur, mais ils auront peut-être quelque vieille arme à me donner..... Et j'en veux prendre, j'en veux tuer, des Français, moi aussi!..... Seulement, pauvre que je suis! j'aurai beau les frapper et les voir tomber là, ils ne me rendront pas mon village et ma mère!..... Mais je m'en vais toujours, Pietro; j'ai grande hâte..... Et pour vous qui êtes vieux et ne pouvez pas vous venger, prenez, si vous voulez, ici, toutes mes pauvres bêtes : boucs et chèvres, agneaux et brebis, sont pour les gens heureux, et ne vont pas en guerre. Gardez-les donc, après moi, ces petites bêtes que j'aimais..... Tenez, jusqu'à mon chien, Pietro, mon vieux Fitto, qui regarde là-bas, et qui, ne voyant plus sa maison, flaire et tourne, hurle et pleure. »

Et c'est ainsi qu'était parti Piccinino, l'orphelin, le front brûlant, l'œil sec, le cœur gros de vengeance. Toujours marchant bien vite, tant la douleur et la rage le poussaient, il n'avait pas tardé à rencontrer dans la montagne une solide et nombreuse bande de ces paysans, bien armés, bons tireurs, qui, pour défendre et garder leur pays, semaient dans les gorges de leurs rochers les cadavres des soldats de France. Avec quelle sensation de plaisir il les avait aperçus! Il leur avait offert son dévouement, son cœur, son bâton noueux, sa main fidèle! Seulement, après que les autres l'avaient un certain temps regardé, une idée leur était venue.

« Pour te battre, — lui avait dit le chef, — mon petit, tu n'es pas bien fort. Mais pour courir, pour suivre, te cacher, voir et tromper, tu parais assez résolu, et aussi assez habile..... Voilà donc, si tu veux m'en croire, ce que tu peux faire pour nous. Tu t'en iras, tout seul, au-devant des Français, quand ils marcheront de ci, de là, errant sans savoir où..... Et puis lorsqu'ils t'arrêteront pour savoir leur chemin, tu les renseigneras comme il faut, n'est-ce pas, mon ami? et tu t'arrangeras de façon à en faire tomber un bon tas dans nos griffes? »

Avec quels transports de joie Piccinino avait dit : Oui!..... L'idée ne lui était pas un seul instant venue qu'en agissant ainsi, il allait devenir espion et risquer sa tête, être fourbe, traître et mentir..... Tout ce qu'il se disait, c'est qu'il avait à pleurer son village, sa maison et sa mère, et que bientôt, au lieu de larmes, il verserait du sang.

Et c'est ainsi que, durant des mois, il courut la montagne, comme un vrai petit musicien ambulant, portant sur sa veste de peau de bique sa mandoline ronde et son bissac à pain; ici mendiant, là chantant, mais gardant toujours son secret, sa colère et sa douleur dans l'âme, et ne faisant redire aux cordes de son instrument de refrains de danses et de joie que lorsque, après avoir erré, agi, couru, parlé sans relâche et sans trêve, il voyait tombés sur la mousse ceux qu'il avait attirés là, ces ennemis.

Sanglant métier, triste destin!..... Oh! le pauvre Piccinino! Qu'il était donc bien plus heureux aux jours passés, quand les carabines et les lances ne scintillaient pas sous son ciel d'or, quand il gardait, gentil berger, son beau troupeau dans la montagne! Alors il n'y avait pas autour de lui de ruines, de cadavres, de tombes; son cœur était doux, ses mains pures, et jamais, pour se sentir heureux, jamais il n'avait dû mentir.

Maintenant son rôle de menteur et de traître ne devait pas être long; tout ceci allait bientôt finir. Il y a bien peu de trahisons, de joies et de succès qui durent en temps de guerre. Aussi arriva-t-il qu'un jour quelques soldats français, voulant venger à leur tour la mort de leurs camarades, commencèrent, au beau milieu des refrains de Piccinino, à se douter de quelque chose, et, pour le mener devant leur chef, lui mirent la main au collet.

Vraiment l'endroit était bien choisi pour interroger l'enfant. Le groupe s'était arrêté près des ruines d'une cabane; le colonel, assis fièrement, rejetant en arrière ses larges épaules voilées de son gilet à revers avec son hausse-col, appuyait son talon sur un morceau de décombres. Et au-dessus de sa tête fermement redressée les débris du toit vacillant, les poutres noircies fumaient toujours.

Aussi, quand Piccinino approcha, il se sentit d'abord faillir et chanceler, il courba un instant la tête....... Mais ce n'était pas qu'il eût peur des grands sabres de ces soldats. Seulement ce qu'il croyait revoir là devant lui, sous ces murs croulants, ces poutres noires, c'était sa maisonnette d'autrefois, où il avait vécu heureux, et où sa mère dormait maintenant, morte et glacée. Et du moment qu'il pensait cela, il n'avait plus rien à nier, il ne voulait pas se taire, il ne regretterait point de mourir; puisqu'il s'était déjà vengé.

Aussi, quand le colonel l'interrogea, répondit-il hardiment, en relevant la tête :

« Oui, oui, oui, je vous ai trompés, je vous ai trahis, je m'en vante. Puisque vous me tenez maintenant, tuez-moi si vous le voulez; dans le pays, voyez-vous, déjà l'on me connaît, et l'on se souviendra quand même... Si vous avez perdu, sachez-le bien, cinq cents hommes à Foggia, deux bataillons à Barletto, trois escadrons à Leone, c'est parce que je me l'étais mis dans l'idée, et que j'ai bien su vous mentir. Pourquoi donc aurais-je eu pitié de vous, pourquoi vous aurais-je épargnés, vous qui êtes venus de si loin avec vos sabres et vos fusils, vous qui avez détruit mon village, brûlé ma maison, tué ma mère?... A présent, tout m'est bien égal; faites de moi ce que vous voudrez. Cela ne vous servira de rien : vous ne serez pas maîtres ici, et vous laisserez tous vos os dans nos montagnes. »

C'est ainsi que Piccinino, comme tant d'autres, a parlé, puisqu'il est mort. Le colonel, comme il était de son devoir, a prononcé la sentence, non sans ressentir au fond du cœur, malgré sa vaillance de brave et son patriotisme de Français, un élan de pitié peut-être pour ce pauvre enfant ignorant, bien coupable, mais bien malheureux.

Et maintenant, de l'autre côté de la cabane qui brûle encore, il y a, étendu sur le gazon, un jeune mort de plus. Son front sans plis est incliné, ses lèvres ont un dernier sourire; près de lui, le bissac au pain, la mandoline qui se tait, gisent abandonnés dans l'herbe. Et sous ce ciel d'azur et d'or partout du deuil, du sang, des larmes. C'est que les armées vont leur chemin, c'est que la guerre l'a voulu.

Carolus.

LA PRINCESSE LOUISE DE CONDÉ

(Voir p. 85.)

Le 17 juillet 1789, trois jours après la prise de la Bastille, le prince de Condé, le duc de Bourbon et le duc d'Enghien, accompagnés de la princesse Louise, quittaient Chantilly pour se rendre à Bruxelles.

Déjà redoutés de la Révolution, ils obéissaient à une prière du Roi, à une prière qui était un ordre pour leur dévouement et leur fidélité. Ils s'éloignaient pour longtemps. Le prince, son fils et sa fille ne devaient revoir la France que vingt-cinq ans plus tard. Le duc d'Enghien, que le fossé de Vincennes attendait, devait revenir avant eux.

De Bruxelles, les illustres voyageurs se dirigèrent sur Turin, où ils arrivèrent le 25 septembre, après avoir traversé l'Allemagne. Louise-Adélaïde y trouva une royale parente, une amie d'enfance et de jeunesse, bien digne de la comprendre et de l'apprécier, et à laquelle elle avait elle-même voué la plus tendre affection : la reine Marie-Clotilde, sœur de Louis XVI, qui faisait briller sur le trône de Sardaigne, avec les charmes d'une Française, toutes les vertus d'une sainte.

Turin fut la première étape de Mlle de Condé sur le chemin d'un exil dont elle ne prévoyait pas le terme. Sa haute raison avait compris dès le premier jour toute la gravité d'une révolution, qu'une émigration irréfléchie regardait trop facilement comme une émeute sans grande importance. Les incendies et les pillages, le sang de Belzunce, de Berthier, de Foulon, de Flesselles, des victimes de la Bastille et des journées d'octobre, tant d'autres crimes accomplis avec une férocité si lâche, en présence d'une assemblée qui restait froide et impassible devant le meurtre, et qui réservait toute son énergie pour désarmer la Royauté ou dépouiller l'Église; ces déclamations vives et sonores, ces manifestations d'une sensibilité ridicule ou hypocrite en faveur de l'humanité, de la vertu, des droits de l'homme, etc.., semblaient à son bon sens et à sa droiture autant de révélations d'un mal incurable, autant de signes avant-coureurs d'une dissolution sociale. Aussi, tandis que les jeunes gens, les femmes et beaucoup de vieux gentilshommes, d'officiers pleins de courage et d'honneur, mais aveuglés d'illusions, se livraient à l'espérance et à la joie, dansaient au son des violons sur les bords du Rhin, et sablaient le champagne en face des campements ennemis, comme pour narguer les sans-culottes en carmagnole et en bonnet rouge, la fille des Condé ne déguisait rien à la reine Clotilde de ses sinistres prévisions et se recueillait plus que jamais dans la méditation et dans la prière, comme dans le seul refuge assuré contre des périls qui lui semblaient trop certains.

Le sang du Roi, de la Reine, de Madame Élisabeth, de la princesse de Lamballe, avait coulé sous le couteau de la Révolution ; plus heureux, les trois Condé avaient trouvé un asile dans les camps et livraient chaque jour de glorieux combats aux ennemis de la religion et du trône. Louise-Adélaïde se dit que le moment était venu pour elle de réclamer la part qui lui appartenait dans ces immolations et dans ces luttes.

Presque enfant, sa pensée s'était portée vers le cloître. Pleine de hauts désirs et d'aspirations vers l'invisible, elle rêvait la solitude et un monde plus parfait que celui qu'elle avait sous les yeux. Elle dit un jour à son père et à son frère en se promenant sous les grands ombrages de Chantilly : « Nos ancêtres furent huguenots et Dieu sait quel est leur sort dans l'autre monde! Je me consacrerai tout entière au Seigneur, afin d'effacer et de racheter leurs erreurs. »

Les deux princes souriaient de cette vocation enfantine. Pendant quelques années, le séjour de la cour, les fêtes de Chantilly et de Versailles, qui pourtant n'avaient pour elle que peu d'attraits, en détournèrent l'ancienne pensionnaire de Beaumont-les-Tours. En 1786, le Roi la nomma supérieure des Chanoinesses de Remiremont. Mais ce titre tout séculier, dont elle remplissait d'ailleurs régulièrement les légers devoirs, n'était pas de nature à l'attirer bien vivement vers la vie claustrale.

Nous l'avons dit, le dénouement de ses relations avec Louis de la Gervaisais, en lui découvrant les plis les plus cachés de son cœur, fut comme le coup de foudre, comme l'éclair qui lui révéla sa destinée.

Que se passa-t-il dans l'âme de Louise-Adélaïde après l'immolation de son amour? Comment la flamme de sa passion terrestre fut-elle emportée par le souffle divin? Un vénérable ecclésiastique, qui a depuis lors illustré la pourpre, Mgr de la Luzerne, a dû avoir été le confident des luttes et des efforts à la suite desquels la grâce finit par vaincre, chez l'angélique princesse, les sollicitations de la nature. Les lettres qui renferment de telles confidences eussent pu faire le profit et la consolation des âmes douloureuses, de bien des cœurs blessés ; mais, en raison de leur caractère intime, elles ont été soustraites à la publicité par les filles spirituelles de sœur Marie-Joseph de la Miséricorde.

Celles que nous possédons suffisent, d'ailleurs, pour nous permettre d'apprécier, dans sa beauté et sa grandeur célestes, l'âme de la dernière des Condé.

Ainsi que l'a remarqué un historien, il y avait en elle de la sainte Thérèse et de la sainte Catherine de Sienne. Dès l'année 1791, son cœur « se portait vers Dieu avec une sorte de violence ». Occupée pendant la journée auprès de son père, le soir « elle prenait sur son sommeil pour prier ». A table entourée d'officiers, et au milieu du feu roulant des conversations, elle « priait intérieurement » et avait peine à « retenir ses larmes ». Dans le monde, elle menait la vie d'une recluse. Se trouvant à Fribourg en 1793, elle allait chaque jour se recueillir dans l'église des jésuites de cette ville. « Ce fut là, a-t-elle écrit plus tard, que Dieu frappa les grands coups. » Dès lors sa résolution suprême est arrêtée, et elle s'en ouvre à un prêtre émigré, l'abbé de Bouzonville.

Ancien colonel de cavalerie, resté veuf sans être père, l'abbé de Bouzonville était entré dans les ordres après plusieurs années d'une union sans nuage. Il avait l'expérience de la vie et la science des choses spirituelles. Directeur d'un couvent de Carmélites au moment de la Révolution, il méritait l'entière confiance de la princesse, qui abdiqua toute volonté entre ses mains en lui abandonnant la conduite de son âme. Tout d'abord l'abbé de Bouzonville combat sa vocation et va jusqu'à traiter d'illusion son attrait pour la vie religieuse. Mais cette vocation n'était pas de celles qui faiblissent devant les obstacles. « La vocation religieuse, a dit un auteur ascétique, est un don tel qu'il n'est connu que de l'âme qui le reçoit. »

La voix qui attirait vers Dieu la princesse de Condé lui parlait avec une telle puissance (la grâce a de ces miracles), qu'elle l'emporta sur ses forces physiques et finit par les abattre. Elle tomba sérieusement malade : « En très peu de temps, a-t-elle raconté à son directeur, ma complexion robuste succomba ; ma carnation très vive fit place à une affreuse pâleur ; à l'embonpoint succéda la maigreur ; je n'étais pas reconnaissable ; j'éprouvais diverses incommodités qui, cependant, ne m'arrêtaient pas. Chacun raisonna à sa manière ; les uns disaient que c'était la suite de la Révolution, d'autres que je pratiquais imprudemment des austérités..... Rien de tout cela. Le poids de la miséricorde de Dieu qui broyait mon cœur en l'inondant de célestes délices, et le plus profond sentiment de ce même cœur qui s'en reconnaît si indigne..... voilà l'unique cause de l'état où je me trouvais. »

Mlle de Condé finit par triompher des objections de son directeur et entra bientôt comme novice chez les Capucines de Turin (26 novembre 1795).

A cette nouvelle, le jeune duc d'Enghien jette les hauts cris : « Il n'est que trop vrai, écrit-il à son père, que ma malheureuse tante a persisté dans sa résolution... Elle prétend qu'elle est heureuse, contente, et sa santé a effectivement un peu repris depuis qu'elle est partie de Fribourg. C'était au point qu'il est peut-être heureux qu'elle soit astreinte à une règle qui l'empêche d'en trop faire... Il paraît qu'elle nous a à peu près oubliés... Il est devenu impossible aujourd'hui de la faire changer de résolution ; nous l'avons perdue et pour toujours. »

Ici le duc d'Enghien semblait oublier un des chapitres les plus glorieux de l'histoire de sa race. Dans la grande lignée des femmes de la Maison de France, les princesses qui ont pris le voile, qui n'ont eu d'autre époux que Jésus-Christ, n'ont pas été perdues pour la gloire de leur maison. Leur action, pour être cachée, n'a pas été moins salutaire, moins féconde. De Madame Isabelle, la fondatrice de Longchamps, à Madame Louise, la Carmélite de Saint-Denis, la liste est longue de ces sœurs, de ces filles, de ces cousines de nos rois qui se sont réfugiées dans le cloître, qui ont quitté le monde et la cour pour se rapprocher de Dieu, sans croire pour cela être infidèles aux devoirs et aux affections de leur sang.

Mais, à cette date, malgré l'exemple tout récent de la fille de Louis XV, la notion divine de l'esprit de sacrifice, des grâces et des joies de la vocation religieuse était trop souvent altérée, même dans les âmes les plus dignes de la comprendre. Le prince de Condé, comme le duc de Bourbon et le duc d'Enghien, résiste tout d'abord à la détermination de sa fille. Il multiplie les objections. Ne pouvant rien sur son esprit, il cherche du moins à toucher son cœur en l'accusant d'insensibilité. Elle leur répond par ce mot foudroyant : « Vous qui, avec raison, n'hésitez pas à sacrifier vos deux fils à l'honneur, hésitez-vous à sacrifier votre fille à son Dieu, à votre Dieu, au Dieu qu'aimait et servait si bien sa mère ! »

N'ayant plus rien à dire contre une vocation qui s'exprimait avec cette fermeté éloquente, le prince aurait du moins voulu que sa fille entrât dans un ordre moins rapetissé aux yeux du monde, voué à des pratiques moins étroites et moins austères que celui des Capucines. Or, c'était précisément l'humilité et la parfaite pauvreté de cet ordre, « l'oubli dans lequel il se trouvait », qui attiraient la princesse vers les filles de sainte Claire et de saint François d'Assise. Ne pouvant entrer avec son père dans de longs détails de spiritualité, Mlle de Condé lui expose brièvement les motifs de l'attrait « aussi ferme que réfléchi » qui l'a déterminée en faveur des Capucines : « Il m'en coûte d'affliger mon père, mais il m'est impossible de résister à mon Dieu... Je vois d'ici l'impression que vous a fait ce nom de « Capucines » : j'ai malheureusement trop vécu dans le monde pour ne pas me la représenter ; mais, je vous l'avoue, la manière de penser de ce même monde sur cet ordre-là ajoute encore à mon empressement à l'embrasser ; je dis « ajoute », car il ne faut pas croire non plus qu'il soit l'unique. Oh ! pourquoi mes motifs ne peuvent-ils vous être détaillés !..... »

Le repos que Louise de Bourbon trouva aux Capucines de Turin ne fut pas de longue durée. Son noviciat fut bientôt interrompu par les approches des troupes françaises qui menaçaient d'envahir le Piémont. Son nom seul pouvait attirer la foudre sur le monastère qui l'avait recueillie. Elle dut s'éloigner.

Nous la retrouvons quelques mois après sous la bure des novices de la Trappe, au monastère de la Sainte-Maison de Dieu, établi au Valais, par dom Augustin de Lestrange, monastère où des religieuses de différents ordres étaient venues chercher un refuge contre la persécution révolutionnaire. Ce fut là que, sans s'engager dans des liens définitifs, Louise-Adélaïde de Bourbon-Condé prit, pour la première fois, le nom qu'elle ne devait plus quitter de sœur Marie-Joseph de la Miséricorde. L'invasion française vint encore une fois la chasser de cette retraite et la forcer de reprendre ses douloureuses pérégrinations.

De Turin elle s'était rendue à Venise, où, après un séjour à la Visitation, elle s'était sentie attirée vers la Trappe. Du monastère de la Sainte-Maison de Dieu, elle se dirige vers la Russie blanche, par Constance, Munich, Vienne, Lentz, et s'installe à Orcha, où l'hospitalité de Paul Ier lui avait réservé un asile. En errant ainsi de ville en ville et de couvent en couvent, elle obéissait aux fatalités de son exil. Elle cherchait aussi sa voie. Elle poursuivait un idéal de perfection qu'il lui était difficile de trouver à cette époque, où l'intégrité des règles monastiques avait trop souvent fléchi, où l'esprit des anciennes observances s'était plus ou moins relâché dans la plupart des maisons religieuses.

Au milieu de ces épreuves, sa vocation ne subit pas le plus léger ébranlement. En luttant contre les obstacles, elle acquit une force et une énergie nouvelles. La princesse avait pour compagne une religieuse de haut mérite, qu'elle avait connue à la Trappe et qui ne devait la quitter qu'au seuil de l'éternité. La Mère Sainte-Rose (dans le monde Mme de la Rosière) était devenue sa conseillère intime, son guide sévère et sans fausse complaisance. Sous sa conduite vigilante et sensée, Louise-Adélaïde fit de rapides progrès dans la vie spirituelle et ne cessa de graviter vers la perfection absolue.

Après une station chez les Bénédictines de Niewitz, en Lithuanie, les deux saintes femmes jetèrent les yeux sur un autre couvent de Bénédictines, établi à Varsovie sous Jean-Casimir, et qui se rattachait à l'Institut du Saint-Sacrement, fondé au dix-septième siècle par la vénérable Catherine de Bar.

— La suite au prochain numéro — G. DE CADOUDAL.

CHRONIQUE

Voulez-vous me permettre de profiter aujourd'hui de l'absence de toute nouvelle pour vous présenter un livre qui vient de paraître à la librairie Calmann-Lévy ? Cela ne m'arrive pas souvent; mais je pense qu'on m'excusera, quand on saura que l'auteur, M. Victor Fournel, est mon meilleur ami, comme il est aussi, je l'espère, l'un des bons amis des lecteurs de la *Semaine*. Ce livre, *l'Ancêtre* (1 vol. in-8°), appartient d'ailleurs de droit à la chronique, car, sous la forme d'un roman, il est tout entier d'actualité.

L'auteur a imaginé un revenant du XVIIe siècle, un contemporain de Louis XIV, de Bossuet, de Boileau et de Molière ressuscité au beau milieu de notre époque, où il est plus dépaysé que s'il parcourait la Chine et plus étranger que ne le serait un Hottentot sur le boulevard des Italiens. Il se trouve n'avoir plus une idée commune avec ses descendants, ne rien comprendre à notre politique, à nos journaux, à nos romans, à notre poésie, à notre théâtre, à nos mœurs et à nos usages. Il lui arrive toute sorte de mésaventures burlesques et tragiques. Il nous juge avec ses idées d'un autre âge, et le contraste perpétuel de ces deux civilisations, de ces deux sociétés si radicalement différentes à deux siècles de distance dans le même pays, est l'application de ce proverbe connu : « Du choc jaillit la lumière. »

Je suis trop lié avec l'auteur pour donner sur son livre un jugement qui pourrait paraître suspect de partialité, et je me borne à en détacher le prologue, où est racontée la résurrection du héros.

L'ANCÊTRE

PROLOGUE

Dans la matinée du 1er avril 1879, une scène étrange se passait au deuxième étage d'une maison de la rue de Lille, à Paris, occupée par la noble famille de Givray. Sur l'ample guéridon qui se dressait au milieu du salon, un valet de chambre, aidé par deux femmes de service, venait de déposer avec précaution une lourde caisse oblongue que recouvrait un tissu de soie scellé aux armes de la famille. M. le comte Adhémar de Givray, madame la comtesse sa femme, M. le vicomte Anatole, leur fils, et Mlle Berthe, leur fille, se tenaient silencieusement autour de la table, dans une attitude qui trahissait une curiosité ardente et mêlée d'une angoisse secrète. Les huit yeux se fixaient à la dérobée sur la caisse, puis se rencontraient tout à coup et semblaient, dans une sorte de communication électrique, faire un échange tumultueux de pensées et de confidences. A peine la porte se fut-elle refermée derrière les valets, que la comtesse s'élança pour en tirer le verrou, tandis que le comte, se rapprochant précipitamment de la table, enlevait le tissu en deux tours de main.

On vit alors à découvert les parois de chêne profondément brunies par le temps, et sur le couvercle l'inscription suivante, en caractères du XVIIe siècle, apparut à tous les regards :

« A ouvrir le 1er avril 1879, ni avant, ni après, en famille, loin de tout œil estranger, par mes descendans en ligne directe, ou, à leur desfaut, par les héritiers de la fortune et du nom. Je fie ce dépost à l'honneur et à la loyauté des Givray. Cecy est ma volonté expresse, qui doit estre respectée, sous peine des plus grands malheurs. « J. R. DE G. »

Au-dessous était écrit, en lettres de six pouces : FRAGILE.

La boîte oblongue était célèbre dans la famille. On se la léguait pieusement de père en fils, et, malgré la curiosité de tout arrière-neveu d'Adam, encore accrue par un mystère irritant et prolongé, nul n'avait osé anticiper sur le terme. Depuis plusieurs générations, les comtes de Givray vivaient tous avec le rayonnement de la date fatidique dans l'esprit, mouraient tous avec le regret amer d'avoir vécu trop tôt!.....

Les domestiques étaient éloignés, les volets étaient clos ; deux candélabres à sept branches flambaient de toutes leurs bougies sur la cheminée.

Le comte s'inclina respectueusement vers la caisse, un ciseau d'une main, un maillet de l'autre, et fit sauter le couvercle d'un air qui semblait lui demander pardon de la liberté grande.

Tous les regards plongèrent comme une flèche dans l'intérieur.

Cette première caisse en renfermait une autre d'un aspect bizarre, pareille à un cercueil, dont la surface représentait la figure d'un homme étendu sur le dos, raide et les mains jointes, tel qu'on voit les barons du moyen âge sur leurs tombes.

A cette apparition funèbre, les spectateurs sentirent,

comme il arrive infailliblement en pareil cas, une sueur froide leur couler sur le front, et la comtesse, jetant un grand cri, alla s'affaisser sur une bergère, où elle sembla prête à s'évanouir. Tandis que Mlle Berthe lui tapait dans les mains, n'osant sonner pour avoir des sels, le comte, qui était un homme de décision, faisait sauter le dernier couvercle comme le premier.

La seconde boîte s'ouvrit : on n'aperçut d'abord qu'un immense parchemin de cinq pieds de long, couvert d'une grosse écriture irrégulière. Le comte s'en empara d'une main qui tremblait d'émotion, et, s'approchant des bougies, entouré de toute la famille, il lut à voix basse au milieu d'un silence profond :

« Je m'appelle Jean-René, marquis de Givray. Je viens d'atteindre ma cinquante-quatrième année. Dégousté de la vie pour avoir déplu à nostre grand Roy, veuf depuis de longues années, d'ailleurs fort curieux de mon naturel, et converty aux sciences occultes par la lecture de M. Mauregard et la société de l'abbé Brigalier, j'ay demandé au docteur Petit, en qui j'ay toute confiance, d'expérimenter sur moy les procédez d'*embaumement à vif* dont il est l'inventeur. Il va donc me sousmettre à un refroidissement progressif qui engourdira tout mon corps, puis me boucher les pores à l'ayde d'un enduit qui préviendra l'évaporation des sucs vitaux; après quoy il me scellera dans une boëste hermétiquement close à l'action de l'air, de laquelle par la grâce de Dieu j'espère sortir vivant, le jour mesme où, qui que tu sois, tu liras ces lignes. L'opération sera calculée pour une durée de deux cent dix ans, d'après les supputations de l'illustre Jean-Baptiste Morin, astrologue de S. M. la Royne mère, qui a prédit pour cette époque de grands bouleversemens dans le monde. Le lecteur du présent papier est donc adjuré d'extraire délicatement de la caisse le corps de son ayeul, Jean-René de Givray; puis, après l'avoir exposé quelques minutes à l'influence d'une flâme douce et bienfaisante, de le laver une première fois avec de l'eau tiède, une seconde fois avec de l'huile d'olive, meslée, dans la proportion des deux tiers, à l'essence qu'il trouvera dans la poche droite de mon pourpoinct. Cela faict, on me plongera pendant une heure dans un bain, maintenu à la température de trente degrez; après quoy, on me retirera, on m'étendra sur un tapis moëlleux dans l'atmosphère de la chambre, remplie des vapeurs du bain, et l'on me frictionnera avec force sur toutes les parties du corps, spécialement sur la poitrine. Lorsque mes membres commenceront à recouvrer la chaleur et la souplesse de la vie, on me versera entre les dens trois gouttes de la liqueur prise dans le petit flacon qui me pend au col, et l'on attendra. Si les symptosmes de la résurrection tardoient plus d'une demy-heure à se produire, il faudroit renouveler la dose, en l'augmentant de moitié, et ainsi de suite jusqu'à l'épuisement du flacon. Au cas où la journée se passeroit sans résultats, il ne resteroit plus qu'à me remettre dans la boëste, et à me procurer une sépulture chrestienne. Mais j'ay foy en la science et au docteur Petit.

« Sur ce, que Dieu me protège, et qu'il me pardonne si je l'ay tenté !

« Paris, en mon hostel de la place Royale, ce 1er avril 1669, 10 heures du matin.

« Jean-René de Givray. »

Le parchemin tomba des mains du comte. Les trois auditeurs demeuraient stupides d'étonnement et d'effroi. Ils se regardèrent frémissant livides, hagards, sans dire un mot, sans faire un geste. L'idée d'une ridicule mystification passa rapidement, comme un éclair, dans le cerveau du comte lui-même et de sa femme; mais je ne sais quelle impression solennelle et terrible ne leur permit pas de s'y arrêter une seconde.

« Allons ! » dit le chef de famille.

Tous tressaillirent; ils avaient cru entendre la voix du mort-vivant.

« Allons, répéta-t-il, Anatole, vous êtes un homme : venez m'aider. »

Anatole et le comte se penchèrent sur la caisse. Ils enlevèrent une riche étoffe qui recouvrait le corps. Une pénétrante odeur de camphre et de vernis se répandit dans la pièce. Jean-René de Givray apparut, son habit de brocart d'argent étendu sur lui, son tricorne sur les jambes, sa grande canne à bec de corbin le long des cuisses, et sa perruque à trois marteaux sur le chef.

Ils transportèrent la caisse intérieure dans la salle de bain qui touchait au salon. Un tapis fut étendu à terre. En une minute un bon feu flamba dans la cheminée. Puis le comte fit un signe et les dames sortirent, non sans se retourner, comme la femme de Loth.

Demeurés seuls, les deux hommes retirèrent doucement le corps du cercueil, le déposèrent sur le tapis, en le rapprochant peu à peu du foyer, le lavèrent, le baignèrent, le frictionnèrent suivant la formule. La friction laissa subsister après elle une chaleur légère, qui semblait rayonner du cœur à toutes les extrémités du buste, et se prolonger même faiblement dans les membres. Ils frictionnèrent de plus belle. Anatole, en sa qualité d'étudiant en médecine, dirigeait soigneusement l'opération. Au bout d'un quart d'heure, le comte crut sentir la rigidité cadavérique se détendre mollemen sous ses doigts. Il essaya de contracter les dents serrées pour verser dans la bouche la liqueur de vie; heureusement l'absence de deux incisives ouvrait une brèche suffisante, par laquelle il introduisit le flacon. Alors, se relevant, pâle lui-même comme un mort, il tira sa tabatière et y plongea machinalement les doigts. Quelques grains de tabac tombèrent sur le corps.

Au même instant, un phénomène effrayant se produisit : la paupière droite, puis la paupière gauche remuèrent à plusieurs reprises, la bouche s'ouvrit convulsivement, les narines s'écartèrent, le buste se souleva à demi, et, au milieu d'un silence lugubre, Jean-

René de Givray, avec une sonorité qui fit trembler les vitres, éternua deux fois.

A cet éternuement de l'autre monde répondit une clameur aiguë dans la salle voisine : c'était la comtesse qui s'évanouissait, cette fois pour tout de bon, de l'horreur d'entendre un mort éternuer dans sa salle de bain. Mlle Berthe la délaça à toute vapeur et lui jeta le contenu de deux ou trois carafes au visage, quoiqu'elle eût une certaine envie de s'évanouir pour son propre compte.

Le marquis se dressa sur son séant..... On entendit un bruit sourd comme celui des rouages d'une horloge qui s'apprête lentement à sonner.

« Où suis-je? » fit-il enfin d'uue voix rauque qui s'échappa, en grinçant, de son larynx, rouillé par un mutisme de deux siècles.

Il remua la tête à angle droit, à peu près comme ces pantins que les enfants tirent avec une ficelle, et, arrêtant ses yeux sur le comte et son fils :

« Que vois-je? » reprit-il.

Pas un mot, pas un souffle ne lui répondit. Les spectateurs de cette scène, le regard fixe et dilaté par l'épouvante, se serrant instinctivement la main, retenaient leur haleine et ressemblaient à deux hallucinés.

Jean-René parut recueillir ses esprits et fouiller longuement dans ses souvenirs encore obstrués de brouillards. Ce fut un travail difficile, qui faillit échouer. Enfin, une lueur subite illumina son intelligence.

« Ah! je me souviens! » s'écria-t-il.

Il fit signe à ses descendants de venir l'habiller. Ceux-ci s'empressèrent d'obéir, avec un zèle que ne secondait pas une aptitude suffisante : car les notions archéologiques du père et du fils se bornaient à celles qu'ils avaient puisées dans la lecture des *Trois Mousquetaires*. Ils ne savaient comment attacher les hauts-de-chausses, ni où placer les *canons;* si bien que Jean-René, dont la langue ne se dérouillait qu'avec peine, se mit à rire bruyamment, pour entamer la conversation, en s'apercevant qu'on venait de lui attacher sur la poitrine un nœud de rubans destiné au genou.

L'éclat de rire de Jean-René retentissait encore, semblable au son d'une crécelle, quand la porte de la chambre s'ouvrit, et la comtesse entra, suivie de sa fille. Apercevant des dames, Jean-René salua jusqu'à terre. Avec son ample perruque, sa longue canne et son magnifique habit de brocart, il avait tout à fait grande mine. Le maître des cérémonies Sainctot eût été content de sa révérence. Mais quand il voulut se redresser, on dut lui frotter doucement le dos pour assouplir les muscles de l'échine.

L'opération terminée, il se retourna sans transition vers le comte :

« Monsieur, voulez-vous me permettre de vous demander votre nom?

— Adhémar de Givray, » répondit celui-ci en faisant un effort surhumain pour articuler ce peu de mots.

Jean-René leva son chapeau vers le ciel, avec un geste religieux et grave qui remerciait Dieu. Il reprit :

« Quel est votre âge?

— Cinquante-sept ans.

— Alors, s'il m'en souvient bien, vous avez trois ans de plus que votre aïeul, » fit-il en se remettant à rire.

Il riait de si bon cœur qu'en un clin d'œil la contagion se communiqua de proche en proche, et que cinq secondes après le père, la mère et les enfants riaient eux-mêmes aux larmes d'un rire nerveux et stupide, tout en se sentant le cœur fort serré.

Il était visible que Jean-René pouvait passer pour un des morts les plus facétieux qu'on eût vus depuis longtemps, et cette découverte rassura quelque peu la famille. Il fallait, du reste, en prendre son parti : ce mort était désormais vivant, et très vivant.

On finit par s'apprivoiser avec un revenant de si belle humeur. Dix minutes plus tard, c'était à qui le toucherait, l'interrogerait, pour s'assurer qu'on n'avait pas affaire à un animal empaillé, mû par quelque ingénieux mécanisme, comme on en voit dans les contes d'Hoffmann. Ce fut alors un ouragan de questions, d'admirations, d'exclamations, de stupéfactions, dont je vous fais grâce et dont Jean-René s'amusa beaucoup, en y répondant de la meilleure façon du monde.

« Çà, dit-il, quand ce premier tumulte se fut un peu calmé, vous portez de singuliers costumes et qui sentent furieusement leurs hobereaux de province! J'espère que nous sommes à Paris pourtant?

— Sans doute.

— Très bien. La place des Givray est à Paris, à portée de la cour. Si nous allions faire une promenade!... Je ne serais pas fâché de revoir la grand'ville. »

Après avoir salué les dames et coquettement assujetti son chapeau galonné sur sa tête, il se dirigea vers la porte, et le comte, encore hébété de stupeur, le suivit machinalement, sans réfléchir à ce que le costume de son ancêtre avait d'anormal.

Avant d'aller plus loin, je sens le besoin de rassurer le lecteur qui pourrait avoir conçu quelque doute sur l'authenticité de cette véridique histoire. Ce que je viens de vous conter et ce qui va suivre s'est bien passé à Paris, le 1er avril 1879 et les jours suivants, sous la présidence de M. Grévy, M. Ferry étant grand maître de l'Université, M. Gambetta président de la Chambre, et M. Andrieux préfet de police. Ne vous étonnez pas de n'en avoir rien su : Paris est si grand, et l'Agence Havas si mal informée!

ARGUS.

Abonnement, du 1er avril ou du 1er octobre; pour la France : un an, 10 f.; 6 mois, 6 f.; le n° au bureau, 20 c.; par la poste, 25 c.

Les volumes commencent le 1er avril. — LA SEMAINE DES FAMILLES paraît tous les samedis.

VICTOR LECOFFRE, ÉDITEUR, RUE BONAPARTE, 90, A PARIS. — Imp. de la Soc. de Typ. - J. Mersch, 8, r. Campagne-Première Paris.

Beaumarchais donnant une leçon de musique à Mesdames de France.

BEAUMARCHAIS A LA COUR

D'abord horloger et très habile dans son art, le futur auteur du *Barbier de Seville* et du *Mariage de Figaro*, c'est-à-dire un des précurseurs de la Révolution française, ne s'était pas encore révélé dans la littérature et cherchait la voie du succès et de la fortune, quand une circonstance à peu près imprévue lui ouvrit le premier accès à l'un et à l'autre. Amateur passionné de musique, il chantait avec goût et jouait avec talent de la flûte et de la harpe. Ce dernier instrument, alors peu connu en France, commençait à obtenir une grande vogue. Beaumarchais s'attacha à l'étude de la harpe; il introduisit même un perfectionnement dans les pédales de cet instrument, comme il avait déjà fait pour le mécanisme des montres. Sa réputation de harpiste, conquise dans quelques salons de Paris et de la cour, parvint bientôt aux oreilles de Mesdames de France, filles de Louis XV. Ces quatre sœurs, dont la vie retirée, les habitudes pieuses formaient un contraste heureux avec le ton de la cour, dans les dernières années du règne de leur père, cherchaient d'utiles et aimables distractions dans les études les plus variées. Les langues, les mathématiques et même le tour et l'horlogerie occupaient successivement leurs loisirs; elles aimaient surtout la musique : Madame Adélaïde jouait de tous les instruments.

Beaumarchais avait déjà eu occasion, en sa qualité d'horloger, de faire pour Madame Victoire une pendule d'un genre nouveau. En apprenant que le jeune horloger se faisait remarquer par son talent sur la harpe, Mesdames désirèrent l'entendre. Il sut se rendre agréable et utile; elles déclarèrent qu'elles voulaient prendre des leçons de lui, et bientôt il devint l'organisateur et le principal virtuose d'un concert de famille que les princesses donnaient chaque semaine, et auquel assistaient d'ordinaire le Roi, le dauphin, la reine Marie Leczinska, et où n'étaient admises qu'un très petit nombre de personnes.

Beaumarchais — dans une situation exceptionnelle à la cour — n'était ni maître de musique, ni domestique, ni grand seigneur; il donnait sans appointements des leçons à des princesses; il composait ou achetait pour elles la musique qu'elles jouaient; il était admis à faire preuve non seulement de talent mais d'esprit dans des réunions intimes de la famille royale, où l'on ne cherchait qu'à se distraire des ennuis de l'étiquette. Un jour, Louis XV, pressé d'entendre Beaumarchais jouer de la harpe et ne voulant déranger personne, lui avait passé son propre fauteuil et l'avait forcé de s'y asseoir malgré ses refus. Un autre jour, le dauphin, dont Beaumarchais connaissait l'austérité et auquel il savait très habilement tenir un langage que les princes entendent ordinairement peu, avait dit de lui : « C'est le seul homme qui me parle avec vérité. »

« Il n'en fallait pas davantage, — dit avec raison M. de Loménie, — pour soulever toutes les vanités en souffrance contre un musicien ainsi posé, qu'on avait vu peu d'années auparavant venir à la cour vendre des montres..... » Ce furent d'abord des tracasseries, des embûches, des impertinences qui mettaient à l'épreuve sa présence d'esprit et son énergie. On connaît l'histoire de la montre. Un courtisan, qui s'était vanté de déconcerter le protégé de Mesdames de France, l'aborde au milieu d'un groupe nombreux, au moment où il sortait en habit de gala de l'appartement des princesses, et lui dit, en lui présentant une fort belle montre :

« Monsieur, vous qui vous connaissez en horlogerie, veuillez, je vous prie, examiner ma montre qui est dérangée.

— Monsieur, répond tranquillement Beaumarchais, depuis que j'ai cessé de m'occuper de cet art, je suis devenu très maladroit.

— Ah! monsieur, ne me refusez pas cette faveur.

— Soit; mais je vous avertis que je suis maladroit. »

Alors, prenant la montre, il l'ouvre, l'élève en l'air et, feignant de l'examiner, il la jette par terre; puis, faisant à son interlocuteur une profonde révérence, il lui dit :

« Je vous avais prévenu, monsieur, de mon extrême maladresse. »

Et il le quitte, en le laissant ramasser les débris de sa montre.

Un autre jour, Beaumarchais apprend que l'on a dit aux princesses qu'il vivait au plus mal avec son père et qu'elles sont fort indisposées contre lui. Au lieu de réfuter directement cette calomnie, il court à Paris, et, sous prétexte de montrer à son père le château de Versailles, il l'emmène avec lui, le conduit partout et a soin de le faire trouver plusieurs fois sur le passage de Mesdames; le soir, il se présente chez elles, laissant son compagnon dans l'antichambre. Il est reçu très froidement; cependant une des princesses lui demande par curiosité avec qui il s'est promené toute la journée. « Avec mon père, » répond le jeune homme. Étonnement des princesses. L'explication se produit naturellement. Beaumarchais sollicite pour son père l'honneur d'être admis devant Mesdames, et c'est le vieil horloger qui se charge lui-même de faire l'éloge de son fils.

On a raconté que Beaumarchais aurait encouru la disgrâce de Mesdames par un propos qui serait, non pas d'un fat, mais d'un sot. Ayant vu un portrait en pied de Madame Adélaïde jouant de la harpe, il aurait dit devant la princesse : « Il ne manque à ce tableau qu'une chose essentielle, le portrait du maître. »

« Ce conte absurde, — comme le qualifie très bien M. de Loménie, — a précisément pour origine un de ces mauvais procédés auxquels le jeune artiste était chaque jour exposé. On avait envoyé à Mesdames un éventail sur lequel elles étaient représentées donnant leur petit concert de chaque semaine, avec toutes les personnes qui y prenaient part; seulement on avait oublié avec intention l'homme qui, sous le rapport musical, y tenait la première place, c'est-à-dire Beaumarchais. Les princesses, en lui montrant l'éventail qu'il regardait en souriant, signalèrent elles-mêmes cette omission malveillante, en déclarant qu'elles ne voulaient pas d'une peinture où l'on avait dédaigné de faire figurer leur maître. »

Ch. Barthélemy.

REVUE LITTÉRAIRE

Les écrivains qui voudront tracer le tableau religieux et littéraire du XIXe siècle seront obligés d'accorder une large place au groupe du *Correspondant*. Le P. Lacordaire, le comte de Montalembert, Mgr Dupanloup, Frédéric Ozanam, Charles Lenormant, Foisset, le P. Gratry, Augustin Cochin, le comte de Falloux, Mgr Perraud, le duc Albert de Broglie, le comte de Champagny, et quelques autres encore ont, pour ainsi dire, agrandi le champ de l'apologétique chrétienne. Il sera impossible de parler du catholicisme contemporain sans signaler leur influence et sans rendre justice à leurs travaux.

Au milieu de cette brillante phalange se détache une sympathique figure, celle de l'abbé Henri Perreyve, le fils spirituel du P. Lacordaire. Le jeune professeur de la Sorbonne se révéla du premier coup, comme on le sait, le digne disciple d'un tel maître. Écrivain délicat et ému, l'abbé Perreyve se fit le champion de toutes les causes justes et de toutes les idées généreuses. Bien que dès son adolescence il portât dans sa poitrine la flèche de la mort, il ne quitta pas un seul jour la place qu'il s'était adjugée sur le champ de bataille, heureux de donner sa vie pour les faibles et les vaincus. Cette chevalerie lui valut de nobles et ardentes amitiés. Le tombeau de l'abbé Perreyve était à peine scellé que, dans un livre où circulait la flamme du plus pur enthousiasme, le P. Gratry nous offrait la physionomie du jeune prêtre que Lacordaire avait formé. Le temps fait justice des éloges emphatiques; en relisant aujourd'hui les pages dont Mgr Perraud nous offre une nouvelle édition (1), nous n'y retrouvons rien qui subodore l'adulation ou la complaisance. Témoin de la vie de l'abbé Perreyve, l'éloquent oratorien la raconte avec l'émotion d'un ami et la sincérité d'un juge. Le livre du P. Gratry est-il donc une biographie? Non! ce n'est pas même une oraison funèbre. A vrai dire, c'est plutôt un traité sur le sacerdoce, tel que saint Jérôme et saint Jean Chrysostome nous en ont laissé de si merveilleux modèles. «Qui, dit à ce propos Monseigneur d'Autun, qui, mieux que celui dont Léon XIII nous faisait naguère l'éloge en l'appelant « un grand « esprit et un grand cœur », pouvait dégager des éléments purement historiques de cette rapide existence l'idée maîtresse qui en a fait l'unité? » Prêtre exemplaire, le P. Gratry était en effet naturellement désigné pour signaler les vertus sacerdotales de l'abbé Perreyve. C'est à lui qu'il appartenait de dire ce que fut ce jeune professeur de Sorbonne qui, sur son lit funèbre, pouvait se rendre le consolant témoignage de n'avoir jamais « cherché que la vérité » et « désiré que la justice ».

Voici bientôt seize ans que le disciple du P. Lacordaire nous a quittés : on peut affirmer sans témérité que l'enseignement de l'abbé Perreyve n'a pas été interrompu par la mort. *Mortuus adhuc loquitur.* Cet enseignement se continue dans les écrits qu'il a laissés et se prolonge dans les lettres que vient de recueillir une main amie : « Écrites dans le temps de la séparation pour en adoucir l'amertume, les *Lettres à un ami d'enfance*, dit l'éditeur, sont comme l'élan d'une âme vers une autre âme, l'effort par lequel un cœur cherche et réussit, en dépit de la distance, à rejoindre le cœur dont il est éloigné. » Cette définition caractérise à merveille l'accent des épîtres adressées à M. l'abbé Charles Perraud, prêtre de l'Oratoire. Henri Perreyve et M. l'abbé Charles Perraud mettaient tout en commun : leurs joies, leurs émotions, leurs espérances. Ces deux ferventes intelligences vibraient à l'unisson pour l'Église, pour la patrie et pour la liberté. Jamais âmes juvéniles ne formèrent de plus généreux plans de régénération chrétienne, et ne s'imprégnèrent davantage des promesses de l'Évangile.

Est-ce à dire que ce penchant à la « rêverie » excluait la soumission du jeune prêtre aux desseins de la Providence? A Dieu ne plaise! Si, dès qu'il s'agissait de l'avenir de l'Église et de la France, l'âme ardente de l'abbé Perreyve gonflait toutes ses voiles, elle les repliait bien vite dès que sa personnalité seule était en jeu. Nul ne fut moins impatient ni plus résigné. Une des pensées qui reviennent le plus fréquemment sous la plume du saint adolescent, c'est celle de l'abandon à la volonté divine. « Je demande toujours à Dieu, écrit-il le 18 juillet 1855, de me faire aimer sa volonté : c'est le grand point. Sa volonté a toujours été pour nous, et pour moi en particulier, si entourée et accompagnée de douceur et de miséricorde, que je ne pourrais la craindre et m'en défier sans une absurde ingratitude. »

Toutes les âmes d'élite sont sœurs. Nous retrouvons la même pensée dans les *Méditations* que vient de publier Mme Augustus Craven : « Quelle bizarre chose, dit l'éminent écrivain, quelle bizarre chose que d'avoir tant de peine à obtenir de nous-mêmes ce qui semble le plus facile et le plus désirable : se laisser aller, se laisser faire, s'abandonner... à qui? à Dieu! à Dieu qui nous aime plus que ceux qui nous aiment le mieux, dont l'amour, la bonté et la puissance sont la réalité de ce dont l'amour, la bonté et la puissance humaine sont l'ombre! »

Et Mme Craven ajoute : « C'est toujours la foi qui nous manque. Si nous croyions bien les paroles de l'Évangile, il n'y a pas de chose humaine qui pût égaler la douceur avec laquelle nous nous laisserions aller entre les bras de Dieu. » Un philosophe vulgaire s'arrêterait ici; mais l'auteur d'*Anne Séverin* n'est point de ces moralistes maussades qui croient leur tâche finie quand ils ont fulminé contre les malheureux pécheurs quelques moroses remontrances. Après avoir analysé nos imperfections, Mme Craven nous signale les procédés spirituels qu'elle croit les plus propres à nous corriger de nos fautes. C'est là surtout que réside le mérite des *Méditations* de Mme Craven. A ces examens de conscience succèdent des préceptes stratégiques puisés dans une étonnante connaissance du cœur humain. Aussi ne sommes-nous pas surpris d'apprendre que ces exhortations ont profondément impressionné nombre de lecteurs étrangers à la foi de l'écrivain. Mme Craven ne les avait écrites que pour son propre usage; Dieu a voulu que « la lumière » dont elles reflétaient les rayons frappât des intelligences jusque-là réfractaires aux clartés de l'Évangile. Cette impression se reproduira-t-elle? Les amis de Mme Craven l'ont pensé, et c'est pour obéir à leurs sollicitations que l'auteur a mis ses répugnances de côté. Qui peut dire, en effet, que de nouvelles intelligences ne trouveront pas dans les *Méditations* la manne qu'elles attendent et qu'elles cherchent? « Cet espoir, déclare nettement Mme Craven, cet espoir me suffit, dût-il n'être réalisé qu'une seule fois, et dussé-je l'ignorer jusque dans l'éternité!... »

Hélas! nous sommes loin, avec La Rochefoucauld (1), de cette haute et fortifiante psychologie chrétienne! Ce

1. Henri Perreyve, 1 vol. in-12, 1881.

1. *Les Maximes de La Rochefoucauld*, suivies des *Réflexions diverses*, publiées avec une préface et des notes, par J. F. Thénard.

que Mme Craven recommande de préférence, c'est la circoncision des sens et l'immolation de soi-même. La Rochefoucauld, au contraire, loin de préconiser le désintéressement, semble le considérer tantôt comme une chimère, et tantôt comme une duperie. Il est vrai que l'amour-propre est, chez nombre d'hommes, le principal facteur de leurs actes; mais cet égoïsme de quelques-uns autorisait-il l'illustre frondeur à nier la générosité naturelle du cœur humain? Et puis, quelles insultes odieuses se mêlent à cette philosophie chagrine et sans entrailles! « La valeur, dit par exemple La Rochefoucauld, la valeur est dans les simples soldats un métier périlleux qu'ils ont pris pour gagner leur vie. » Comment! Tant de héros obscurs n'ont donné leur sang à la patrie que pour toucher une solde problématique? La Rochefoucauld avait, certes, le droit de suspecter l'abnégation des chefs de partis qui, tant au XVIe siècle qu'au XVIIe, firent payer leur soumission si cher; les Mémoires du temps nous ont largement édifiés sur les sentiments chevaleresques des adversaires de Henri IV et de Louis XIII, et nous savons aujourd'hui par le menu quelles sommes extravagantes versa secrètement la royauté pour désarmer ces hautains personnages. Mais convenait-il de prêter les mêmes calculs à de pauvres diables qui, la plupart du temps, n'avaient d'autre perspective que de mourir soit par le fer, soit par la hart? Au soldat mutilé qui survivait à la défaite ou à la victoire, l'espoir d'une pension était encore interdit; La Rochefoucauld aurait dû se le rappeler.

Cette méconnaissance des plus nobles instincts de l'âme est-elle de la « morale »? Nous n'en savons rien; en tout cas, c'est une morale hargneuse et sans larmes qui ne peut engendrer rien d'utile et rien de bon. Voir d'un œil aride les misères humaines, ne se laisser aller à aucune illusion sur ses semblables, trouver à la racine de tous les penchants le ver rongeur qui les corrompt, c'est peut-être le fait d'un dandy claquemuré dans son égoïsme et sa suffisance, mais non le dernier mot de cette philosophie chrétienne qui non seulement déclare l'homme « bon », mais l'améliore et le spiritualise.

La philosophie chrétienne! Cette auguste cliente n'a point de champion plus intrépide que M. Antonin Rondelet. Si La Rochefoucauld est un implacable pessimiste qui se complaît à larder de ses desséchantes épigrammes la malheureuse humanité, M. Rondelet croit mieux faire en nous signalant les moyens de développer les vertus dont notre âme a reçu les germes. Il n'est pas un des nombreux livres de l'éminent philosophe qui ne nous convie à cette ascension morale; à chaque page, il semble qu'une voix nous murmure l'*Excelsior* de Longfellow. *L'Art de parler* et *l'Art d'écrire* (1) dérogent-ils à la règle? A Dieu ne plaise! Sous ce titre, de vulgaires rhéteurs nous auraient livré quelque banale dilution de Quintilien et de Boileau; avec M. Antonin Rondelet, nous savions d'avance que le public pouvait compter sur autre chose que sur un Manuel-Roret du conférencier et du journaliste. Est-ce à dire que le savant écrivain s'égare dans de nuageuses et opaques théories? Il ne faudrait pas connaître M. Rondelet pour le croire capable d'une telle erreur. Esprit pratique, il nous révèle les secrets d'un art basé sur la plus intime connaissance des facultés humaines, et nous offre le concours d'une méthode « capable de donner à chaque individu, non pas la possession de ce qui manque à sa nature, mais la disposition de ce qui échappe à son inexpérience ». Ces préceptes et ces conseils n'ont point la rebutante sécheresse d'une leçon de pédagogie. Si M. Antonin Rondelet nous invite à cultiver les dons latents qui sommeillent dans notre âme, ce n'est point pour fournir un aliment à notre orgueil, mais pour nous mettre à même de mieux servir nos frères. Voilà le véritable objectif de ses livres. N'avions-nous pas raison de dire en commençant que la philosophie de La Rochefoucauld n'avait rien à voir avec celle dont M. Antonin Rondelet s'est constitué l'éminent apôtre,—avec la philosophie chrétienne?

Bien que la place nous soit mesurée, nous ne pouvons résister à la tentation de citer les sévères reproches que M. Rondelet adresse aux orateurs qui, sans respect pour le mandat dont ils sont investis, refusent d'assurer à leur parole le bénéfice d'une préparation sérieuse. Le scalpel du psychologue chrétien a été rarement manié par une main plus sûre: « Il serait dificile de s'imaginer, dit l'auteur, les extrémités, auxquelles j'ai vu réduits par leur faiblesse des hommes que les qualités naturelles de leur esprit n'avaient pas assurément prédestinés à cet abaissement... J'en ai connu, dans des positions élevées, dans des situations qui engageaient leur conscience et donnaient à la négligence de leurs devoirs une responsabilité terrible, et qui cependant... attendaient avec une obstination invincible le dernier jour et presque la dernière heure pour se mettre à l'œuvre... J'en demande bien pardon à ceux que mes paroles pourront atteindre... le procédé qu'ils appliquent à leur esprit n'est pas autre chose que le travail forcé de l'esclave, que le système des verges et des coups, que l'emploi de la force brutale vis-à-vis d'une nature impuissante et sourde à tout moyen de persuasion. Lorsqu'ils ont, dans leur incertitude et dans leur paresse, dans l'oubli et le mépris de leurs devoirs, dans la complaisance subtile de leur lâcheté, retardé leur effort jusqu'au dernier jour et jusqu'à la dernière nuit, ils sentent qu'il leur faut vaincre ou mourir, et ils se décident à se mettre au travail avec une sorte de fureur bestiale, semblable à celle du sauvage qui a passé sa journée entière couché sur le ventre et que la faim seule parvient à mettre en mouvement. » Et quel est le châtiment d'une telle paresse et d'une telle improbité? M. Rondelet va nous le dire: s'ils sont journalistes, écrivains ou orateurs, leur discours ou leur livre « a quelque chose de flétri ».

1. Deux volumes in-8°, Paris, 1881.

Voilà, certes, un verdict que M. Eugène Loudun n'a pas à craindre. Si jamais livre dégagea une impression de fraîcheur et de vie, c'est bien celui que nous avons sous les yeux (1). Il suffit de parcourir une des deux mille pages — n'importe laquelle — pour être aussitôt saisi, empoigné par l'accent loyal et chaleureux de la phrase. Rien n'y trahit cette préparation désordonnée et cette improvisation indélicate que M. Rondelet stigmatisait si justement tout à l'heure. *Le Mal et le Bien* ne révèle pas seulement une âme ouverte aux idées les plus nobles, mais un caractère épris de tout ce qui est vrai et de tout ce qui est droit. Chrétien enthousiaste et passionné, M. Loudun n'a pas cru devoir confiner dans son cœur les généreuses sollicitudes qui l'agitent; avec une patience et un dévouement admirables, il a interrogé les sophistes de tous les siècles, et, mettant leurs réponses en face des affirmations de l'Église, il a voulu que le lecteur sincère et probe jugeât et choisît. D'un côté, voici ce que le panthéisme poursuit, et, de l'autre ce que le christianisme cherche. Prononcez-vous. L'un dégrade l'homme, l'autre l'élève; l'un s'appelle la « Barbarie », et l'autre la « Civilisation ». Sous quelle bannière voulez-vous vous ranger? Il faut remercier M. Loudun d'avoir si bien posé les termes du problème; après avoir lu son livre, je doute qu'un esprit honnête hésite. Ajoutons que l'homme du monde, trop souvent rebuté par des apologies sans talent, se laissera d'autant mieux convaincre qu'il trouvera dans le style lumineux et vibrant de M. Loudun comme un reflet de cette Beauté éternelle dont le Christianisme est l'émanation et la formule.

OSCAR HAVARD.

1. *Le Mal et le Bien, tableau de l'histoire universelle du monde païen et du monde chrétien.* 5 volumes in-8° : 1° l'Antiquité; 2° les Siècles chrétiens; 3° la Société chrétienne; 4° la Révolution; 5° la Société moderne.

LA PRINCESSE LOUISE DE CONDÉ

(Voir p. 85 et 107.)

Malgré ses noviciats successifs et ses passages à travers plusieurs communautés, Louise de Bourbon n'avait pas encore fait de profession religieuse. Tout en désirant avec passion s'engager pour l'éternité dans les rangs des épouses de Jésus-Christ, elle restait libre de tout lien. Elle prit le voile au couvent de Varsovie le 21 septembre 1802, en présence du roi Louis XVIII, qui a raconté, dans une lettre attendrie, la manière « simple, noble et touchante » dont elle prononça ses vœux.

Il y avait des réformes nécessaires à entreprendre chez les Bénédictines varsoviennes. La sœur Marie-Joseph de la Miséricorde, de concert avec la Mère Sainte-Rose, se voua à cette œuvre de régénération, non sans se heurter contre les difficultés et les obstacles qui se multiplient sous les pas de tous les réformateurs et qui mirent à de rudes épreuves sa patience et sa vertu.

Elle était depuis deux ans dans cette maison, quand un jour la Mère Sainte-Rose introduisit près d'elle l'abbé Edgeworth de Firmont, porteur d'un sinistre message. Le saint prêtre qui avait accompagné le roi Louis XVI sur l'échafaud, le 21 janvier, remit un crucifix aux mains de la princesse avec une telle expression douloureuse, que la tante du duc d'Enghien devina aussitôt le malheur qui frappait sa race.

Elle savait son neveu entre les mains d'un homme qui ne lâchait pas ses proies.

Tombant aussitôt le front contre terre, elle s'écria : « Miséricorde, ô mon Dieu ! faites-lui miséricorde ! » Et lorsqu'elle eut la force de se soutenir, elle se trouva à la chapelle, où elle répandit sa désolation aux pieds du crucifix.

Depuis cette heure, cruelle entre toutes, la dernière des Condé ne passa pas un seul jour sans prononcer dans ses prières le nom de Bonaparte après celui du duc d'Enghien.

Le couvent de Varsovie ne fut, pour la Mère Marie-Joseph de la Miséricorde, qu'une étape au milieu des pérégrinations de son exil. En mai 1805, sur l'avis motivé des évêques de Nantes, de Vannes et de Léon, elle quitta une maison où elle n'avait trouvé ni le repos, ni la sécurité de la vie religieuse, pour se rendre dans un couvent de Bénédictines françaises établies en Angleterre depuis 1791, sous la conduite de Mme de Lévis-Mirepoix. Il y avait dix ans qu'elle n'avait revu ni son père ni son frère. Depuis l'assassinat de Vincennes, elle avait échangé une correspondance avec eux dans laquelle s'était épanchée toute l'amertume de son âme. Par ce qu'ils avaient eux-mêmes éprouvé, ils connaissaient les tortures morales qui avaient broyé le cœur de la tante du duc d'Enghien; mais ils ignoraient les ravages que la douleur avait imprimés sur son front. Louise-Adélaïde leur écrit :

« J'ai oublié de vous prévenir d'une chose : n'allez pas croire que c'est par coquetterie, mais seulement pour que vous ne soyez pas effrayés en me voyant. La *déesse blanche à face ronde* n'existe plus. Un visage allongé, jaune, ridé à force, les yeux battus jusqu'à la moitié des joues, et abîmés par les larmes qu'ils ont eu tant de sujets de verser, en un mot, soixante ans et à faire peur..... voilà mon portrait, il n'est pas chargé. Au surplus, n'en accusez pas les austérités dont vous m'avez parlé plus d'une fois. *Ce sont celles du cœur qui ont été terribles*, et vous croirez facilement que la dernière année a mis le sceau à l'article des souffrances. »

Le monde accuse les couvents de porter atteinte aux liens de famille, de fermer les cœurs aux affections naturelles. Nous avons vu le jeune duc d'Enghien lui-même partager ce préjugé, en écrivant au sujet de la vocation religieuse de sa tante : « Il paraît qu'elle nous a à peu près oubliés... Nous l'avons perdue et pour toujours ! » Pour comprendre l'injustice d'une semblable accusation, il suffit de lire dans la correspondance de Louise de Condé les nombreuses lettres adressées à ceux auxquels la rattachaient les liens du sang.

Malgré les engagements et les renoncements du cloître, l'honneur et la gloire de sa maison lui étaient aussi chers et sacrés que si elle avait toujours vécu dans le siècle. Elle avait pour les siens une affection sans bornes et qui s'exprime parfois dans ses lettres en termes empreints d'une véritable exaltation. Son frère surtout, le duc de Bourbon, lui inspirait une telle tendresse qu'elle s'en accusait comme d'un sentiment « beaucoup trop humain ». Les lettres qu'elle lui adresse sont particulièrement touchantes et renferment une sollicitude inquiète pour cette pauvre âme livrée à tous les souffles mondains, dont elle connaît bien les faiblesses et dont elle semble entrevoir la douloureuse destinée. A toute heure de la journée et souvent au milieu du silence des nuits, elle ne cesse de la recommander à Dieu :

« Mon cher ami,

« En priant, mes larmes coulent pour vous ; elles coulent devant Celui en qui j'ai la confiance d'être entendue, qui agrée mes soupirs et exaucera mes désirs.

« Tendresse pour vous, repentir de mes fautes, repentir des vôtres, reconnaissance envers un Dieu qu'il est si doux de servir, si délicieux d'aimer, voilà dans ces instants ce qui remplit mon cœur. Quelquefois au moins employez aussi vos moments pour penser à moi. »

La Mère Marie-Joseph de la Miséricorde était bien de la race de ces religieuses anglo-saxonnes, filles de rois, de princes ou de seigneurs, dont l'auteur des *Moines d'Occident* nous a révélé la touchante et curieuse histoire, et dont les « cœurs impétueux », loin d'être fermés aux affections naturelles, éclataient en ardentes prières, en gémissements et en lamentations à la seule pensée de leurs frères absents.

En 1814, elle revit la France, et son premier soin fut de demander au roi Louis XVIII un asile où elle pût rassembler les débris de l'Institut de l'Adoration perpétuelle du Saint-Sacrement. Sa demande était un jour discutée en conseil des ministres et l'on hésitait entre plusieurs maisons religieuses, lorsqu'un des membres, saisi d'une inspiration soudaine, proposa de consacrer à la fondation projetée les bâtiments du Temple, que de royales infortunes avaient déjà sanctifiés. Le Roi accueillit cette pensée avec une émotion profonde ; la princesse y vit l'ordre même de Dieu. Celle qui s'était vouée à « Jésus-Christ crucifié » comprit qu'une nouvelle carrière de dévouement et de sacrifice s'ouvrait à son apostolat, qu'elle était appelée à poser la première pierre d'un monument expiatoire de tous les crimes, de toutes les profanations, de tous les sacrilèges commis depuis un quart de siècle, de tous les attentats dirigés par la Révolution contre les Majestés de la terre et du ciel.

Elle avait parcouru toutes les stations de son exil, elle avait douloureusement erré à travers l'Europe sans trouver ce qu'elle cherchait. Son idéal de perfection religieuse avait fui devant elle de couvent en couvent jusqu'à l'enclos du Temple, semblable à cet oiseau merveilleux des contes de fées qui voltige de branche en branche jusqu'au palais enchanté où le voyageur, fatigué d'une longue poursuite, trouve enfin un lieu de délices et d'éternel repos. Dans cette longue série d'épreuves, son âme, façonnée à la souffrance et à la discipline monastique, s'était élevée au comble de la perfection ; elle était possédée du véritable esprit de la vie religieuse, mais sa dévotion large, éclairée, virile, était dégagée de toute puérilité, de toute mièvrerie.

Elle aimait le divin Maître avec une telle force, que son cœur semblait éclater sous la violence de l'amour, quand elle prononçait son nom : « Mon père, écrit-elle à son confesseur, ah ! approchons-nous le plus possible de Jésus-Christ, son nom seul fait tant de bien à l'âme !..... Jésus-Christ, Jésus-Christ, Jésus-Christ ! On répète cela avec l'accent de la confiance, de la reconnaissance, du repentir, de l'amour. » Aussi les instants qu'elle passait aux pieds du crucifix lui semblaient-ils des instants de délices. Interrompre son sommeil, se lever la nuit pour prier même au milieu des rigueurs de l'hiver, était pour elle une joie, un enivrement de l'âme et du cœur, et elle ne pouvait comprendre qu'on appelât de telles heures des « heures d'austérités ».

D'un autre côté, son âme était fort au-dessus du courage d'ordre inférieur qui consiste dans la pratique de certaines pénitences purement matérielles. Indifférente à la douleur physique, elle n'avait aucun attrait pour les haires et les disciplines. Elle se sentait de la dévotion « à refuser à son corps des jouissances d'une manière soutenue » et non « à lui procurer un mal passager ». Quant à la mort anticipée que, pour combattre sa vocation, on lui représentait souvent comme la conséquence de la vie claustrale, elle lui semblait bien plutôt à envier : « Ce genre de mort, disait-elle, me paraît bien préférable à une pleurésie gagnée au bal ou même à un boulet de canon si fort prisé par les âmes grandes et fortes et que j'ai le faible de ne pas haïr, comme vous savez..... »

Les pages sorties de la plume de la dernière des Condé sont pleines de ces mots superbes, échos fidèles d'un grand cœur et d'une grande race. La Mère Marie-Joseph de la Miséricorde était bien digne d'appartenir à cette branche du vieux tronc bourbonien que les historiens appellent la *branche de laurier*.

La fleur de son héroïsme, au lieu d'éclater et de briller au soleil des cours, s'ouvrit à l'ombre du cloître. Dérobée à la terre, elle s'éleva vers le ciel. Après avoir germé dans l'esprit de sacrifice, elle s'épanouit dans la solitude et répandit ses parfums aux pieds du Sauveur des hommes.

Est-ce à dire que les vertus de Louise-Adélaïde de Bourbon-Condé aient été perdues pour sa Maison et pour la France? A Dieu ne plaise! L'humble Bénédictine se rattache à ce glorieux cortège de princesses, filles, sœurs ou tantes de nos Rois, qui, sans avoir régné, ont eu sur les affaires publiques, par leurs prières et par leurs œuvres, une part de mystérieuse et providentielle influence. Par sa fermeté, sa constance, sa force et son courage, elle semble appartenir à ce grand siècle où la gloire couronna son nom dans la personne du vainqueur de Rocroy, et où l'on vit tant de femmes illustres par leur naissance, leur fortune et leur beauté s'ensevelir dans le cloître à la fleur de l'âge et sacrifier à Dieu toutes les grandeurs et toutes les voluptés d'ici-bas.

Dans ses belles études sur la société du dix-septième siècle, M. Cousin a rappelé l'histoire de trois célèbres congrégations de femmes : le Carmel, Saint-Lazare et Port-Royal. La princesse de Condé semble avoir rassemblé en elle quelques-uns des traits mis en lumière par l'habile écrivain et qui caractérisent spécialement chacun de ces trois instituts. Au Carmel, elle a emprunté « la pureté ineffable, la suavité et la tendresse »; à Saint-Lazare « la charité, l'infatigable dévouement à la race infortunée des hommes »; à Port-Royal « la force et la grandeur », sans nul mélange d'esprit de secte et d'orgueil. Elle aussi voulut se cacher, souffrir et prier, se dévouer et combattre. Elle aussi sacrifia tout pour la vérité, brava tout pour la justice et sut affronter, pour maintenir la rigueur de sa vocation et la perfection de sa règle, non seulement la persécution et l'exil, mais les supplications d'une famille adorée, et, ce qui est peut-être plus cruel, les luttes intestines des couvents, les injustices, les sourdes résistances de ses sœurs et de ses filles en Jésus-Christ.

Morte, elle revit dans ses œuvres, dans ses lettres intimes et ses opuscules de spiritualité rassemblés par de saintes religieuses pour l'édification et la consolation des âmes. Femme, princesse, Bénédictine, écrivain, elle est là tout entière avec sa grâce et sa tendresse exquises, sa grandeur native et son mâle courage, sa passion de l'honneur et son dédain des honneurs; avec son âme altérée de souffrances, d'amour et de foi, ses hautes vertus, son mépris du monde, et aussi avec son droit sens et sa perspicacité politique, avec ce style lumineux, abondant et pur, et d'un tour si naturel et si français, qui faisait dire au roi Louis XVIII, si bon juge : « La princesse Louise écrit mieux, raisonne mieux que nulle femme de France. »

Bien qu'attristée par la mort de son père, par l'assassinat du duc de Berry et par le réveil de l'esprit d'impiété et de révolution, ses derniers jours s'écoulèrent en paix dans l'adoration du Saint-Sacrement et dans l'attente des divines promesses. Elle put enfin se reposer, à l'ombre du Temple, des longues agitations de sa vie. Un jour, elle apprit que le meurtrier du duc d'Enghien, relégué sur un rocher, au milieu de l'Océan, avait comparu devant le souverain Juge. Après avoir adoré les décrets de Dieu, elle prit la plume et écrivit à Mgr d'Astros :

« Voilà Bonaparte mort..... Il s'est fait votre ennemi en vous persécutant : je pense que vous direz une messe pour lui; il s'était fait le mien en tuant mon neveu, et Dieu m'a fait la grâce, depuis ce moment-là, de le nommer tous les jours dans mes prières; j'ose donc aussi vous demander une prière pour ce malheureux homme. »

Louise-Adélaïde de Bourbon-Condé, dite en religion la Révérende Mère Marie-Joseph de la Miséricorde, première supérieure et fondatrice du monastère du Temple, remit son âme à Dieu le 10 mars 1824.

L'annonce de cette mort fit peu d'effet à la cour et dans le monde. Selon le vœu de la royale Bénédictine, le monde et la cour l'avaient oubliée. Mais il y avait un homme qui, lui, n'oubliait pas! Il avait gardé en son âme la vision charmante et rapide qui lui était apparue trente-huit années auparavant, et à l'annonce de la mort de Louise de Bourbon il adressa à la *Quotidienne* un article dont la forme étrange et bizarre, l'émotion vive et poignante, le sentiment profond, tranchaient sur l'ordinaire banalité des nécrologies :

. . . .

« Jours de désastre, 21 janvier 1793, 20 mars 1804, 13 février 1820! vous résistez même aux peines personnelles! Vous survivez toujours présents, toujours sensibles, comme à l'instant de la catastrophe.

« Il ne viendra pas se joindre au fatal cortège de ces éternelles calamités, le 10 mars 1824, ce jour dont quelques heures nous séparent à peine!

« C'est la mort tout de même; mais qu'elle date de loin! qu'elle s'est lentement accomplie!

« C'est la mort! Le Dieu de miséricorde ne l'avait point oubliée! L'amer calice se retire enfin de ses lèvres glacées.

« Il fallait la connaître!

« Aux tristes phases de son existence, deux seuls jours ont apparu sereins et fortunés : celui où, s'isolant de la terre, elle se consacra au service des autels, et celui où, brisant son enveloppe mortelle, elle s'élança devers la vraie patrie.

« Jour de paix et de joie, il n'était donné qu'à toi de commander un terme au supplice des plus rudes épreuves, au miracle de la plus haute patience.

« Voyez-la jetée par les lois de sa naissance, au trouble des pompes et des fêtes, au chaos des intrigues et des flatteries, elle qui connaît si bien et les vanités de l'esprit et les bassesses du cœur humain.

« Voyez-la dépouillée de son rang et de sa fortune, poussée aux terres étrangères et promenée d'exil en exil, de fuite en fuite, sans qu'il lui soit accordé un repos de courte durée, un lieu des plus étroits où planter la croix de son Dieu, seul bien qui ne lui ait pas été enlevé, seul bien dont elle ne se soit pas détachée.

« N'importe cependant! Le malheur frappe en vain s'il ne frappe qu'elle; disons mieux : tant de chaînes qui lui pesaient, en se rompant, ont rendu à la liberté et ses actions et ses paroles, l'ont restituée à elle-même.....

« Que les larmes cessent, fidèles et tendres larmes qui accompagnaient tous les mouvements de l'ombre révérée où s'attachait encore son nom! Ne pleurons plus! la mortelle achève de mourir, la sainte commence à vivre.

« *Versailles, 12 mars 1824.* »

G. DE CADOUDAL.

LES

CANETONS DE ROSCHEN

A Guebwiller, il n'y avait pas de petite fille plus sage que Roschen Hartz. Elle était une seconde mère pour ses trois frères et sa petite sœur Ida, et travaillait du matin au soir pour tenir propre la maison de ses parents et raccommoder les habits de toute la famille. Son père, contre-maître dans une fabrique, gagnait péniblement sa vie, et sa mère, souvent malade, avait accoutumé de bonne heure Roschen à l'aider. La petite était forte et bien portante, mais elle s'était lentement développée, et à douze ans n'avait pas la taille d'une fillette de dix ans. Mais, en revanche, pour la raison, le courage et le dévouement, elle en eût remontré à bien des grandes personnes.

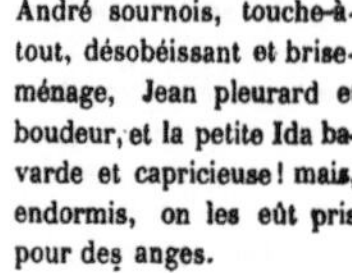

Roschen était une seconde mère... (Page 120.)

Or, un soir d'hiver, après avoir couché les quatre petits enfants, la maman dit à Roschen : « Il faut que j'aille passer la nuit près de ta grand'mère, ma fillette. Je vais mettre la soupe de ton père sur le poêle : on veille ce soir à la fabrique, et il ne rentrera qu'à minuit. Couche-toi, tu es lasse; les enfants ont été si fatigants aujourd'hui!

— Maman, dit Roschen, j'aimerais mieux attendre papa. Je n'ai pas sommeil. Je finirai d'ourler mon tablier neuf, et, si mon petit frère s'éveille, je serai toute prête pour lui donner à boire et le bercer.

— Fais comme tu voudras, Roschen. » La maman remit de l'huile dans la lampe, attisa le feu, et avant de s'en aller, regarda les petits dormeurs. Ils avaient l'air bien sages, de vraies faces de chérubins, et, pourtant, Dieu sait si Frantz était remuant, bruyant, têtu et querelleur, André sournois, touche-à-tout, désobéissant et brise-ménage, Jean pleurard et boudeur, et la petite Ida bavarde et capricieuse! mais, endormis, on les eût pris pour des anges.

« Adieu, Roschen, fit la maman. Tu n'auras pas peur, n'est-ce pas, toute seule?

— Toute seule? oh non! je ne suis pas seule. Il y a ici mon ange gardien, et ceux de mes frères et d'Ida. Nous sommes dix en tout. Mais vous, maman, est-ce que vous ne dormirez pas?

— J'espère que si. Grand'-mère va mieux. Elle reposera, et moi aussi. A demain matin. »

Elle prit son manteau, alluma une petite lanterne et partit.

Roschen s'assit près de la lampe et se mit à coudre. En une heure elle eut fini son ourlet. L'horloge sonna, et le petit coucou battit des ailes et salua dix fois.

« Encore deux heures à attendre, se dit Roschen. C'est bien long. Que pourrai-je faire? »

Elle prit la quenouille de sa mère et essaya de filer; mais elle était si lasse que son fuseau tournait à peine. Elle avait un peu froid, et s'approcha du poêle, un grand poêle de faïence à dessins bleus.

Tout à coup, dans le profond silence de la nuit, Roschen entendit un petit bruit sous le poêle, une sorte de petit cri plaintif.

« Qu'est-ce que cela? » se demanda-t-elle. Elle prêta l'oreille.

Le bruit augmentait, non pas qu'il fût plus fort, mais les petits cris se multipliaient.

Roschen, un peu effrayée, se baissa et regarda sous

le poêle; mais la lumière de la lampe n'y arrivait pas, et elle ne vit rien.

Elle se rappela une histoire de lutin que lui avait contée sa grand'mère, et se dit : « Bien sûr, il y a sous le poêle des lutins qui se querellent : ils vont en sortir, avec leurs petites cornes, leurs pieds fourchus et leurs queues en trompette. S'ils allaient faire mal aux enfants ! »

Elle alla chercher l'eau bénite et en jeta sur les lits des enfants et le seuil de leur chambre, et s'asseyant loin du poêle, et armée des pincettes, elle resta les yeux fixés vers l'endroit d'où venait le bruit.

Il continuait toujours, et, comme pour redoubler l'effroi de la petite fille, le chien du voisin se mit à hurler, et la mèche de la lampe se couvrit de points rouges et ne donna plus qu'une lueur incertaine.

Roschen priait et tremblait sans oser bouger : une souris traversa la chambre, et le chat, qui dormait dans un coin, bondit et la saisit entre ses griffes. Il la blessa, et se mit à jouer avec elle, prolongeant son agonie, la

Les canetons se mirent à manger de bon appétit. (Page 121.)

lâchant, la reprenant, et répondant à ses cris de douleur par un ronronnement de triomphe. Sous le poêle le bruit allait toujours, et une bûche qui brûlait se mit à siffler.

Il y avait quelque chose de diabolique dans ce concert nocturne, et Frantz, tout en dormant, dit d'une voix inquiète :

« Où est maman ? vite, vite, appelle maman ! »

Roschen courut à son lit et le secoua pour l'éveiller; mais il dormait si fort qu'elle n'y réussit point. Alors elle se jeta à genoux et pria le bon Dieu de venir à son aide. Elle avait peur, et craignait de ne plus pouvoir s'empêcher de crier.

Heureusement minuit approchait. Elle entendit une clef tourner dans la serrure : son père rentrait. Elle courut à lui, l'embrassa, le fit souper, et, n'entendant plus rien sous le poêle, n'osa pas lui raconter sa frayeur. Une demi-heure après tous dormaient, le chat avait été chassé dehors, et le seul bruit du balancier de l'horloge se faisait entendre dans la maison.

Dès le point du jour, le contre-maître s'éveilla, et, se levant sans bruit, vint au poêle pour ranimer le feu qui couvait sous la cendre. Le froid était assez vif, et la neige commençait à tomber. Hartz entendit le même bruit qui avait effrayé Roschen, et, prenant une longue baguette, il la passa sous le poêle et sentit un objet rugueux. Il se coucha par terre, fit craquer une allumette et aperçut une petite corbeille plate et débordant d'étoupes. C'était de cette corbeille que partaient des piaulements plaintifs. Hartz étendit son bras, la saisit, l'attira, et, à sa grande surprise, aperçut au milieu des étoupes quatre petits canetons, à peine sortis de l'œuf, et qui criaient en chœur.

Très étonné, il éveilla Roschen, et tous deux se perdirent en conjectures sur cette étrange trouvaille. Roschen se hâta de faire une pâtée aux canetons, et ils se mirent à manger de si bon appétit que c'était merveille. D'où venaient ces oiseaux ? qui avait pu mettre sous le poêle des œufs près d'éclore ? Personne d'étranger n'était venu à la maison la veille, et les enfants n'étaient pas sortis.

Roschen prépara le café de son père, et laissa dormir les enfants. Elle était pourtant bien tentée d'interroger André, qu'elle soupçonnait d'être informé de la provenance des petits canards. Bientôt le petit poupon s'éveilla, et Roschen finissait à peine de l'habiller quand la maman rentra, suivie de Brisquet, le petit chien de la grand'mère, qui venait faire visite aux enfants. A la vue des canetons la maman s'exclama, Brisquet aboya, et les enfants, s'éveillant, furent au comble de la joie. Frantz s'habilla en cinq minutes, et fit, avec des planches et de la paille, un petit enclos pour les canards, tout près du poêle.

André regardait en silence, et paraissait le moins gai de la troupe enfantine.

Roschen le prit à part, et l'interrogea :

« Tu sais d'où viennent ces petites bêtes ? lui dit-elle, dis-le moi. J'empêcherai que tu sois puni. »

André, tout rouge, se grattait l'oreille : « Dame, dit-il, il y a longtemps, et je ne l'ai pas fait exprès. C'était le jour de la Toussaint. Papa, et maman, et toi, vous étiez à l'église avec Frantz, Ida et le petit. Et j'étais en pénitence, enfermé à la maison, parce que j'avais déchiré mon pantalon. Ça m'ennuyait. Je suis sorti par la fenêtre et j'ai été me promener au bord de la rivière.

— Triple sottise, dit Roschen, et après?

— Après, j'ai trouvé un nid de canards, et j'ai fait peur à la cane, qui s'est sauvée. Alors j'ai pris ses œufs, il y en avait sept : des œufs un peu verts, bien jolis. Alors la pluie a commencé à tomber. Je suis rentré, et, en regrimpant à la fenêtre, j'ai cassé trois œufs. J'ai mis les quatre autres dans ma petite corbeille avec des étoupes, et je voulais les garder jusqu'à Pâques, pour faire une surprise à Ida.

— Petit sot ! ils se seraient gâtés.

— Pourquoi? maman en conserve bien tout l'hiver dans du grain. J'ai pensé que l'étoupe, ça ferait de même. Mais je me suis dit : Si on voit que j'ai été au jardin, je serai fouetté : alors j'ai caché les œufs sous le poêle, et je n'y ai plus pensé !

— Mais, André, ces œufs ne t'appartenaient pas. Ils étaient à la voisine Bertha, c'était une de ses canes qui les avait pondus. »

André demeura tout interdit, et se mit à pleurer.

« Console-toi, dit Roschen, nous allons réparer ta faute. Viens raconter à maman tout cela, et j'irai demander pardon pour toi à la voisine et lui offrir les petits canetons. »

Les pleurs d'André redoublèrent à l'idée de se séparer des canards; mais Roschen fut inflexible, et se rendit chez Bertha.

Par bonheur, la voisine était une excellente femme, qui pardonna bien volontiers à André, et ne voulut rien accepter.

« Je n'ai rien perdu, fit-elle, cette sotte de cane n'aurait pas réussi sa couvée dans une saison si rigoureuse. Il a fallu que les œufs fussent mis sous le poêle justement au jour de la Toussaint pour venir à bien, et je vous donne volontiers les quatre petites bêtes. André est un enfant sans malice, et ne se doutait pas qu'il prenait le bien d'autrui. Ne le gronde pas, ma petite Roschen. Mais, vraiment, les canetons sont-ils bien portants ?

— Venez les voir, » dit Roschen.

Bertha vint, et toutes les ménagères du voisinage aussi. Le maître d'école fut le seul qui ne s'étonna pas du fait. Il parla des fours à poulets des anciens Égyptiens, et engagea fortement toutes les bonnes femmes de Guebwiller à mettre des œufs sous leurs poêles. Pendant un an ou deux ce fut la mode, et nombre de poussins, d'oisons et de canetons vinrent au monde de cette façon, à la grande joie des enfants; mais ces bestioles, privées des soins maternels, eurent toutes sortes d'aventures tragiques. Les unes furent étranglées dans des portes, d'autres mangées par les chats, d'autres se brûlèrent aux poêles; et toutes sans exception salirent tant et si bien les planchers, que les ménagères ne voulurent plus entendre parler d'incubation artificielle et d'oiseaux élevés en chambre.

On attendit donc le printemps, et les mères poules, oies et canes furent, comme par le passé, chargées de couver les œufs et de conduire aux champs les blondes petites troupes qu'elles savent si bien cacher sous leurs ailes, lorsqu'un nuage passe ou qu'un oiseau de proie plane dans les airs.

J. O. Lavergne.

UN DRAME EN PROVINCE

(Voir p. 3, 21, 34, 51, 75, 90 et 100.)

VI

(Suite.)

Soudain une voix jeune et fraîche, exprimant la surprise et surtout la plus franche satisfaction, s'éleva à ses oreilles :

« Ciel! c'est vous qui vous trouvez ici à cette heure, toute seule?..... Oh! que je suis donc heureux, mademoiselle, de vous rencontrer enfin!..... Comment va monsieur votre père? Eh! bonjour, mademoiselle Marie! »

Et comme, à ces simples paroles dites de ce timbre jeune et vibrant qui avait son écho au cœur, toutes les funèbres visions de sang, de massues, de couteaux, s'envolèrent loin, s'effacèrent vite!

Elle laissa tomber ses mains, releva la tête et sourit, la gentille enfant, découvrant par un geste charmant de grâce, de vivacité, de candeur, son frais et souriant visage, qu'une rougeur joyeuse était venue colorer.

« Oh! ne soyez pas surpris de me trouver ici, monsieur Gaston..... J'attends mon père, voyez-vous. Mon père est entré, pour quelques minutes, au moulin de Bastin, où il cause d'affaires. Moi, j'avais préféré m'asseoir ici; la lande est si calme et si fraîche, le couchant a de si beaux reflets d'or et le reste du ciel est si bleu!

— Et vous me permettez, n'est-ce pas, en attendant monsieur votre père, de vous tenir un instant compagnie?» demanda cette fois le jeune homme en souriant, découvrant, avec un geste à la fois familier et respectueux, sa belle tête brune, sur laquelle venait mourir le dernier rayon d'or.

Un signe d'amitié, muet mais éloquent, fut toute la réponse de Mlle de Léouville, et M. de Latour, qui ne s'y trompait point, jeta son feutre dans l'herbe, près de lui, et s'assit sur la mousse, les yeux toujours fixés sur ce charmant visage qui lui semblait plus pur que le vaste azur pâle, plus doux que la plaine tranquille, plus rayonnant que le beau couchant doré.

« Comme vous m'avez fait peur quand vous êtes venu! — commença la jeune fille, embarrassée peut-être de garder le silence. — Je pensais en ce moment à ce pauvre M. Michel et, quand j'ai entendu marcher de ce côté, bien loin, il me semblait vraiment que c'était un assassin qui s'en venait vers moi, sur la bruyère.

Un nuage passa, à ces mots, sur le front du jeune homme. Il baissa les yeux un moment, une rougeur fugitive colora ses joues pâles, monta jusqu'à son front légèrement incliné. Puis, dominant son trouble, il releva la tête.

« Ce pauvre M. Royan méritait un meilleur sort, en effet, — reprit-il. — Il valait mieux, assurément, que la réputation qu'il laisse. Je pourrais, pour ma part, vous en dire quelque chose. Dans tous les cas, le malheur est grand, et le crime affreux..... Mais ce triste sujet vous impressionne trop vivement, je le vois. Laissez-moi donc, mademoiselle Marie, vous parler d'autre chose..... Tenez, je suis d'autant plus heureux de vous rencontrer ici, vous et votre bon père, que je comptais me rendre au Prieuré, l'un de ces jours.

— Il y a déjà bien longtemps, en effet, que vous n'y êtes venu, — murmura-t-elle en rougissant, inclinant sa jolie tête.

— C'est que j'avais, malheureusement, d'importantes questions à résoudre, de pénibles préoccupations... Maintenant mon parti est pris, mon sort fixé... Je vais bientôt partir, partir pour longtemps, mademoiselle..... Et vous savez bien que je n'aurais pas quitté le pays sans vous dire un adieu bien triste, bien respectueux,... bien tendre..... Mais ce n'est pas là seulement ce qui m'appelait au Prieuré, avant l'heure du départ..... J'ai tant de choses à demander à M. votre père!

— Comment? vous partez, monsieur Gaston? — soupira la fillette.

— Il le faut bien, hélas! que deviendrais-je ici?..... Il ne nous reste rien, vous le savez, à mon père et à moi, que notre pauvre vieille ferme à moitié éboulée, dont le produit plus que modeste peut à peine nourrir mon père avec Mathurine et Jobin, ces deux bonnes gens qui le servent. Mais moi, qui suis jeune et fort, je ne puis point, je ne dois point, n'est-ce pas, mademoiselle Marie, m'accommoder d'une vie semblable, m'enfouir dans une pareille misère et une pareille obscurité. Non, non, je partirai, je travaillerai, je lutterai et je finirai bien par devenir enfin quelqu'un et quelque chose.

— Oui, c'est vrai; vous avez raison, — murmura-t-elle, le regardant timidement avec un douloureux sourire.

— Vous savez d'ailleurs, mademoiselle, qu'il était déjà question de mon départ depuis un certain temps. Quelques amis de mon père me proposaient de m'engager; une de mes tantes, qui occupe une brillante position à Paris, se faisait fort de me procurer un petit emploi dans un ministère..... Mais, grâce à des circonstances tout à fait inattendues et sur lesquelles je ne puis m'expliquer maintenant, j'ai pu trouver un moyen plus sûr et meilleur d'arriver promptement à la fortune. En conséquence je me garderai bien de le laisser échapper, et je vais me mettre en route dans une quinzaine de jours, laissant derrière moi, hélas! tout ce que j'ai de cher, de précieux, de beau et de bon dans ma vie : mes souvenirs, mes affections d'enfance, ma mère et ma sœur dans leur tombe, mon pauvre vieux père,..... et vous! »

Gaston avait prononcé ce dernier mot d'une voix tremblante, basse et faible comme un souffle. Pourtant la fillette l'entendit, car son ami la vit rougir, et en lui tendant en silence sa petite main qui tremblait, elle baissa les yeux et détourna la tête.

Tous deux gardèrent le silence un instant, puis le jeune homme reprit, avec plus de calme et d'assurance:

« Oui, Marie; je vous disais tout à l'heure que j'avais à demander, avant mon d-part, bien des choses à votre père..... Savez-vous ce que c'est, amie?..... Eh bien, c'est son consentement et sa bénédiction..... Ce n'est pas pour moi seul, voyez-vous, que je vais travailler là-bas. C'est aussi pour mon père, assurément;

mais c'est surtout pour vous..... Comment, vous ne vous en doutiez donc pas?..... Vous ouvrez de grands yeux, vous voilà toute surprise. Mais, depuis nos jours d'enfance, où je vous voyais accourir, donnant la main à ma pauvre Louise, dans le grand parloir du couvent, je me suis dit que je n'aurais jamais d'autre compagne, jamais d'autre amie que vous, chérie..... Maintenant nous ne sommes, pour le moment, ni riches ni heureux, c'est vrai; le sort nous est contraire : il nous faudra attendre..... Mais toutes ces difficultés peuvent, croyez-moi, se vaincre et se supporter, si nos cœurs se répondent, si notre serment nous garde, et si votre père nous bénit.

— Ce bon père!..... il vous aime tant! Oh! il ne vous refusera pas, j'en suis sûre, — reprit-elle, relevant enfin sa jolie tête, avec une triomphante et joyeuse candeur. — Et le voici qui vient à nous, juste au bon moment, n'est-ce pas? quand on parle de lui, » acheva-t-elle, avec le plus enfantin et le plus coquet de ses sourires.

Alors elle se leva promptement, quittant le revers du fossé, et courut au-devant du marquis, semant, dans sa précipitation, sa gerbe de fleurs derrière elle.

« Cher papa, vous ne savez pas? — lui cria-t-elle de loin. — Je ne suis qu'une petite sotte, j'ai eu une peur en votre absence! Figurez-vous qu'en me trouvant toute seule, je songeais à l'assassin! Et c'est M. Gaston qui est venu! Et il veut vous parler, cher père. »

Le marquis secoua de loin la tête, en souriant à ces paroles de la fillette. Puis il se hâta d'approcher, et il tendit la main à Gaston.

Tous trois s'engagèrent alors dans l'étroit sentier de la lande, marchant entre les hautes herbes dans la direction du Prieuré. D'abord ils causèrent familièrement, simplement, comme trois bons amis, de bien des choses diverses, pour eux intéressantes. Puis le jeune homme aborda le sujet qui lui tenait au cœur, et il en parla si bien, si raisonnablement, si tendrement, avec tant de sagesse et d'amour à la fois, que le marquis, comme un bon père qu'il était, n'eut pas trop de peine vraiment à se laisser convaincre.

« Et moi qui m'étais toujours imaginé que ma Minette, après ma mort, s'en retournerait au couvent, chez ses bonnes Mères! — fit-il seulement, en secouant doucement la tête et en posant sa main sur les beaux cheveux bruns de la chérie, comme pour la protéger et la bénir.

— Si vous le préférez, cher père..... — murmura Marie, rougissant et baissant les yeux.

— Non, ma mignonne, il ne m'appartient point de disposer de ton avenir... Seulement souvenez-vous, mon cher Gaston, que je ne puis vous donner qu'une enfant humble et pauvre. Ce sera donc à vous de travailler et de lutter pour deux. Faites-le toujours, mon ami, en cœur vaillant, en honnête homme. Et sans compter la chérie qui ne dit rien, mais dont les yeux et le sourire parlent, vous aurez maintenant deux pères pour vous aimer et vous bénir. »

Sur cette bonne parole on se sépara, le cœur plein d'une tendresse et d'une joie nouvelles, qui adoucissaient du moins la profonde amertume du départ. Gaston, s'en retournant à sa ferme, s'éloigna radieux; Marie, dans tout l'enchantement de son horizon nouveau, de ses doux rêves, était désormais bien loin de penser au meurtre de l'ancien notaire, le fiancé — chose bien naturelle — lui faisant complètement oublier l'assassin. Seul, le marquis restait préoccupé, rêveur, au milieu de ses espérances et de sa joie paternelles. Et voici les derniers mots qu'il dit à sa chère Minette, en la baisant au front, le soir :

« Ton destin, sans qu'aucun de nous s'en mêlât, s'est peut-être arrangé aujourd'hui, mon enfant; mais je n'ai encore rien de fixé quant à la dot de notre Hélène. Ce long délai m'inquiète et cette incertitude me brise. Aussi, j'irai voir, dès demain, M. Alfred Royan. »

Et la gentille Marie, en pieuse et tendre enfant, ne manqua point de prier, ce soir-là, pour que la journée du lendemain pût combler les vœux de son père. Mais elle ne put s'empêcher de constater, dans le secret de son cœur, en comparant les deux personnages, qu'elle était certainement la plus heureuse de la famille, car M. de Tourguenier était loin d'égaler, pour les mérites et la tendresse, le charme, la grâce et l'éloquence du noble ami d'enfance, de l'aimable et cher Gaston.

VII

Le lendemain, avant l'heure du déjeuner, M. de Léouville venait sonner à la porte de la maison Royan, et était reçu à bras ouverts par la vaillante ménagère. Mme Jean, depuis la mort tragique de son maître, avait considérablement modifié ses procédés, ses sentiments, à l'égard du marquis. D'abord il était pour jamais disparu, celui qu'elle considérait, dans son orgueilleuse satisfaction, comme le plus riche et le plus grand personnage du bourg, l'honneur et l'illustration de la famille. Puis les nombreux témoignages de commisération, de sympathie, que le marquis et ses deux filles avaient donnés au « pauvre Alfred » avaient éveillé en elle une reconnaissance sincère et vive, qu'elle ne voulait perdre aucune occasion de leur témoigner.

M. de Léouville, en l'abordant, commença par lui demander des nouvelles du jeune homme.

« Ah! monsieur le marquis, je vous remercie bien... Ce pauvre M. Alfred! il ne se console pas; il me fait grand'pitié!..... Cette épouvantable mort lui a donné un coup,..... mais un coup..... là, bien trop fort pour lui, dont il ne peut pas se remettre..... La nuit, il a des cauchemars affreux; il crie, il se lève, il appelle..... Le jour, il va, vient ici et là, comme une malheureuse âme en peine, et j'ai tout le mal du monde à le faire manger...... Il n'y aurait pour lui, j'en suis sûre, qu'un moyen, qu'un remède : il lui faudrait changer d'air, partir d'ici, s'en aller voyager..... Enfin je suis toujours contente que vous soyez venu; votre visite pourra, qui sait? le distraire un peu, le remettre. Il n'a pas déjeuné, c'est vrai; mais avec le peu d'appétit qu'il a, cela ne fait rien, il peut attendre. Je vais le prévenir : entrez, entrez, monsieur le marquis. »

En parlant ainsi, Mme Jean introduisit M. de Léouville dans une des pièces du rez-de-chaussée qui jadis servait de salon, mais qu'Alfred Royan, ne pouvant se résoudre à occuper le bureau du premier, avait aussitôt transformée en cabinet d'affaires. C'était là que le jeune homme se trouvait en ce moment, immobile, pâle et rêveur, le coude appuyé sur la table, la tête reposant dans sa main, attachant devant lui, sur les arbres du jardin, sans les voir, un regard fixe, glacé, morne.

En apercevant le marquis, il s'élança au-devant de lui, lui serra vivement les mains, l'installa dans un grand fauteuil, se plaça en face de lui, lui demanda avec un véritable empressement des nouvelles de sa santé et de celles de sa famille, puis engagea la conversation d'une façon insignifiante, se doutant bien que la visite du marquis avait un but, mais voulant le voir venir.

« Le beau temps se maintient, c'est un vrai plaisir, — dit-il, — n'est-ce pas, monsieur le marquis? Si cela continue encore une dizaine de jours, nous aurons, cette année, ma foi! de belles chasses..... Et j'espère bien que vous me ferez l'honneur de ne pas oublier mes bois, qui ne manquent pas de gibier..... Dieu! que cela me semble étrange..... et triste en même temps..... de parler de « mes bois », moi qui, il y a si peu de temps parlais encore des bois de mon oncle!..... Seulement, savez-vous ce qu'il nous faudrait pour faire des chasses magnifiques? Eh bien, il nous faudrait avoir avec nous le vieux Schmidt, qui n'a pas son pareil pour organiser un affût et diriger une battue.

— Et le malheureux, — interrompit le marquis en soupirant, — a bien autre chose à faire, en ce moment, pour se justifier s'il se peut, ou bien préparer sa défense.

— Oh! cela n'ira pas jusque-là, — reprit vivement Alfred en secouant la tête. — Je suis pleinement convaincu, d'après les avis que je reçois de la ville, que le pauvre vieux garde sera prochainement remis en liberté. Aucune preuve sérieuse, concluante, ne peut être fournie contre lui. Tout au plus a-t-il laissé échapper, ici ou là, quelques paroles menaçantes. Mais que prouvent des paroles, je vous prie, surtout quand l'homme qui les dit pouvait être ivre ou irrité, et ne se rendait pas compte, par conséquent, de la portée de ses menaces?

— Si Hans Schmidt est bientôt reconnu innocent, j'en serai véritablement aise, monsieur, pour l'honneur de notre ville. Car il est si pénible de penser qu'il se trouvait, au milieu de nous un criminel un assassin.

— Assurément, monsieur le marquis. Et pourtant, d'autre part, il est extrêmement douloureux de devoir toujours se poser cette question : « Où est le meurtrier? Qui a commis le crime? » Quelque obscur malfaiteur, sans doute, peut-être quelque forçat libéré, qui, rôdant aux environs, aura entendu parler de la fortune et de la situation de mon oncle, et aura organisé un sanglant coup de main, afin de s'enrichir en passant.

— Peut-être bien, dit à son tour M. de Léouville. Il y a cependant une chose à remarquer, ce me semble, c'est que l'assassin devait être très au courant des habitudes de la famille, pour être venu frapper M. Michel au moment où il se trouvait à peu près seul dans la maison.

— Oui, et c'est là ce qui me fait trembler, — interrompit Alfred, avec un frisson d'épouvante. — Penser qu'un misérable, un voleur, un meurtrier, peut à chaque instant, sans qu'on s'en doute, s'introduire sous votre toit, et venir vous frapper, alors que vous vous trouvez dans la sécurité la plus complète! Tenez, monsieur, je vous l'avoue,..... je suis bien enfant peut-être..... mais je n'ai pu prendre sur moi, jusqu'ici, assez d'empire pour aller m'installer, pour pénétrer même dans le bureau où mon oncle est mort. J'y suis entré une seule fois, et j'ai failli m'évanouir. Il m'a donc été totalement impossible, jusqu'ici, de m'occuper d'affaires, et, comme le temps marche, après tout, je le regrette vivement.

— Me permettez-vous de dire, monsieur, que je le regrette aussi, pour mon compte? interrompit ici le marquis, trouvant enfin l'occasion d'aborder la question qu'il lui fallait résoudre. Au moment où M. votre oncle a malheureusement succombé, nous traitions, entre nous, une assez importante affaire. Je lui avais proposé — vous le saviez peut-être — d'acheter mes deux terres des Audrettes, de la Haie-Rose, et mon bois du Coupeau. Nous étions parfaitement d'accord sur les conditions du marché. L'acte de vente était rédigé déjà; M. votre oncle était, vous le savez, si régulier, si exact, si habile en affaires! Et je venais précisément pour signer le contrat le jour où.....

— Oui, en effet. Que c'est affreux! — interrompit le jeune homme, levant les mains avec un geste de désespoir, et puis laissant retomber sa tête sur sa poitrine.

— Maintenant, — continua M. de Léouville, — la force des événements a amené des changements terribles. Mais je me permets d'espérer — n'est-ce pas, monsieur Alfred? — que le contrat établi entre M. Michel et moi subsistera toujours. Il n'y aura..... Dieu l'a voulu..... qu'un changement de signature, et vous deviendrez ainsi l'heureux propriétaire de mon bois et de mes terrains.

— Oui,..... c'est probable, en effet, peut-être..... Jusqu'ici, cependant, je ne puis que vous le répéter, je n'ai pu trouver la force de m'occuper d'affaires..... Je me sens si accablé, surtout si malheureux! — murmura Alfred traînant sur ses mots, tandis que de longs soupirs venaient gonfler sa poitrine.

— Vous savez, monsieur, combien je comprends votre

douleur, et à quel point je la partage..... Mais, — permettez-moi de vous le dire, — à votre âge, dans votre situation, il faut se montrer homme avant tout. La mort si foudroyante de votre bon parent vous impose de sérieux devoirs auxquels vous ne pouvez vous soustraire. Et c'en est un assurément, — quoiqu'il s'agisse ici de moi, veuillez me pardonner si j'insiste, — c'en est un de prendre sans retard une résolution au sujet de cette acquisition qui, si près d'être conclue, n'est malheureusement pas terminée.

— En effet, — interrompit Alfred, les bras croisés sur sa poitrine, continuant à baisser les yeux. — Et cependant, comment faire ? Je puis à peine consulter mes registres, rassembler mes idées. A chaque instant, d'ailleurs, je suis appelé hors de chez moi pour être mis au courant de l'affaire, donner des éclaircissements, des renseignements au parquet..... Et je vois, d'après ce que vous me dites, que vous avez à la conclusion de ce marché un intérêt pressant..... Eh bien, là, entre nous, la main sur le cœur, monsieur le marquis, voudriez-vous me permettre de vous demander pourquoi vous désirez si vivement vous défaire de vos deux terres ? »

M. de Léouville, avant de répondre, secoua douloureusement la tête; un sourire résigné, un peu triste, éclaira un moment ses traits.

« Hélas ! monsieur, — reprit-il enfin, — je ne sais pas, vraiment, si vous allez me comprendre. Vous êtes jeune, vous devez être insouciant, puisque vous êtes riche, et vous n'avez pas, malheureusement pour moi, d'enfants charmantes à aimer.

« Toutefois voici, en deux mots, la chose dont il s'agit, et qui est pour moi d'une extrême importance..... M. de Tourguenier, notre voisin de campagne depuis trois ans, m'a demandé la main d'Hélène, ma fille aînée. Je pense qu'il y aurait pour ma chérie de nombreuses garanties de bonheur et de paix dans cette union ; aussi je n'ai pas hésité à répondre par une promesse. Mais il existe à la conclusion de ce mariage une condition formelle, qu'il m'est malheureusement bien difficile de remplir..... M. de Tourguenier, qui possède une belle fortune, demande naturellement une dot. Voilà pourquoi j'avais proposé à M. Michel Royan de lui vendre mon bois et mes terres, qu'il a consenti à me payer la somme de quarante mille francs.

— Quarante mille francs, en effet, ce n'est pas trop considérable. La terre et le bois les valent bien, nul ne pourrait le contester. Mais d'un autre côté, en vérité, je ne sais comment faire... J'hérite, en effet, de grands biens, et tout le monde me croit riche. Et pourtant vous ne sauriez croire combien, réellement, je suis gêné.

— Mais, monsieur, votre pauvre oncle, qui connaissait certainement sa position sous toutes les faces, n'avait pas hésité à me promettre la somme, et devait me la ompter le jour où.....

— Hélas ! oui, je ne le nie point. Et qui sait si ce n'est pas cette somme, en or et en billets naturellement, qui, étant parvenue à mon oncle par différentes voies, a fatalement donné l'éveil à la sanglante cupidité de l'assassin ?..... Quoi qu'il en soit, le coffre-fort a été ouvert, vous le savez ; tout le numéraire, en argent et en or, a complètement disparu, ainsi qu'une somme assez forte en billets, dont je ne puis préciser le nombre. Maintenant, par suite de cette épouvantable affaire, j'ai constamment à supporter des frais de succession, d'enquête, d'enregistrement. J'ai dû en outre, ces jours-ci, faire un versement assez considérable sur le prix total du château de Martouviers, que mon oncle venait d'acheter..... Aussi je me trouve, je vous l'avoue, complètement dénué d'argent comptant. Et je perdrais beaucoup s'il me fallait réaliser..... Les actions industrielles, par suite du mauvais état des affaires, sont tombées si bas en ce moment ! Et la rente elle-même est à un taux si déplorable !

— Mais comment faire, en vérité, dites-le moi, monsieur Alfred, si vous ne tenez pas à mon égard l'engagement pris par votre oncle, si vous ne m'achetez pas, au prix convenu, les terres et le bois du Coupeau ?... M. de Tourguenier, trompé dans ses espérances, finira par se retirer, et j'aurai ainsi perdu, faute d'un peu d'argent, un beau parti pour mon Hélène. »

Un éclair soudain, furtif, d'une expression étrange, brilla en ce moment dans les yeux du jeune homme incliné, tandis qu'une rougeur vive passait sur son visage. Mais, pour dérober aux yeux du marquis ces signes d'émotion subite, il s'inclina plus bas encore, abritant ses yeux sous sa main et, pendant quelques instants, garda un douloureux silence.

« Je n'aurais jamais cru, — reprit-il, au bout d'un moment, d'une voix légèrement altérée, — qu'après l'horrible douleur que m'a causée la mort de mon malheureux oncle, une cause étrangère à cet événement pût m'attrister aussi profondément que votre confidence, monsieur, vient de le faire. Penser qu'il dépend de moi seul, en quelque sorte, d'assurer l'avenir, le bonheur, dites-vous, de Mlle Hélène, et me voir probablement dans l'impossibilité de le faire, par suite de circonstances fatales, momentanées assurément, mais qu'il n'est pas en mon pouvoir de changer, par malheur !..... Qu'allez-vous donc penser de moi, qui suis votre voisin bien humble et bien reconnaissant, votre ami dévoué, vous le savez bien, et qui voudrais trouver cent autres occasions de vous prouver ma sincère gratitude et ma respectueuse sympathie ?

— Comment ?..... en vérité ?..... vous ne signerez point le contrat ? vous refusez de donner suite à l'affaire ? — murmura, avec un regard d'angoisse, le marquis confondu et presque désespéré.

— Oh ! non, monsieur le marquis, entendons-nous bien à cet égard ; ne vous méprenez point, je vous prie. Je suis un homme d'honneur, un homme de parole, vous devez bien le croire. Et du moment u mon oncle vous a fait une promesse, je me considère comme obligé de la tenir, moi qui suis son héritier. Seulement..... il y a un seulement, et ce n'est pas ma faute, je vous assure,..... seulement il me faut du temps, et je me vois contraint de vous en demander....., ne serait-ce qu'une quinzaine de jours, trois semaines au plus,..... pour que je puisse peu à peu, dominant ma faiblesse et mon accablement, me remettre au travail, reprendre les affaires, chercher à réaliser, s'il se peut, quelque somme, conclure un emprunt, qui sait?..... Que ne ferais-je pas pour vous être agréable?..... Mais, monsieur le marquis, encore une fois du temps, un peu de temps! Croyez que je mettrai toujours au nombre de mes plus chères préoccupations le soin d'assurer le bonheur de Mlle Hélène.

— Ma chère enfant, ma pauvre fille! » soupira le marquis, qui, entraîné par ses préoccupations douloureuses et sa tendresse paternelle, oubliait dans cet instant la présence de son hôte, et se reportait par la pensée sous le toit presque désert de sa vieille maison en ruine, où le notaire de M. de Tourguenier viendrait le trouver dans quelques jours.

Puis il se leva, tout assombri encore, et, avec un long soupir, tendit la main à Alfred.

« Au revoir, monsieur, — lui dit-il. — Il serait inutile, je le vois, d'insister davantage en ce moment. Cependant, jusqu'à un certain point, je compte sur votre promesse. Mais peut-être vos bienveillantes intentions se réaliseront-elles trop tard.... Quoi qu'il en soit, plaignez-moi, je suis bien malheureux. »

ÉTIENNE MARCEL.

— La suite au prochain numéro. —

CHRONIQUE

LE SALON DE 1881.

Je voudrais vous donner, dans ma causerie d'aujourd'hui, une idée sommaire du Salon, qui s'est ouvert le 2 mai dernier. Ce n'est pas facile, car il comprend 4.942 œuvres d'art, dont 2.448 tableaux. Il est vrai que les années précédentes le total était plus élevé encore : en prenant entre leurs mains l'organisation et la direction du Salon, les artistes ont eu le courage, qu'on n'attendait pas de leur part, de réduire d'une façon notable le total extravagant des ouvrages reçus. Mais il en reste encore de quoi dépasser les forces d'un chroniqueur.

Dès qu'on débouche dans le Salon carré, quatre grandes toiles attirent aussitôt le regard : en face le *Triomphe de la loi*, par M. Paul Baudry, qui expose aussi dans une autre salle un portrait d'enfant; à droite, *Patrie*, par M. Georges Bertrand; à gauche, la *Distribution des drapeaux*, par M. Detaille; au-dessus de la porte d'entrée, la *Prise de la Bastille*, par M. François Flameng.

Éliminons tout de suite ce dernier, aussi faux de composition que de couleur. Ce n'est pas l'histoire, c'est la légende que M. F. Flameng a mis en scène avec un certain talent d'arrangement pittoresque et dramatique; mais ses figures blêmes, sans solidité, sans consistance, s'agitent dans une atmosphère grise et blafarde, comme des ombres. Cet ouvrage rentre dans la catégorie des tableaux révolutionnaires faits pour suivre et pour exploiter le courant du jour, comme celui de M. Saunier : *Ici l'on danse;* comme ceux de M. Gaston Mélingue, L. Robin, Boutigny, de M. Torec, qui a représenté la mort, en 1858, du dernier marin du *Vengeur* (nous en avons vu pour le moins une demi-douzaine d'autres depuis; les marins du *Vengeur* étaient, comme les survivants de la *Méduse*, inépuisables); de M. Delanoy qui, dans la *Table du citoyen Carnot*, a inauguré la nature morte républicaine, et de bien d'autres.

M. Detaille, peintre ingénieux et fin, excellent dans le petit tableau de genre, n'est pas fait pour les grandes toiles d'histoire comme sa *Distribution des drapeaux*, qui n'offre d'autre intérêt que celui des portraits. On y cherche curieusement M. Grévy, M. Gambetta, M. Léon Say, les députés, les sénateurs, les ministres, le maréchal Canrobert, M. Meissonier; mais où est la flamme, où est l'enthousiasme, où est l'émotion du sujet dans cette peinture froide, aux tons crus? Le drapeau eût dû y tenir la première place : c'est à peine si on le voit : on ne voit qu'un défilé, et des hommes en habit noir dans les tribunes et sous une espèce de dais qui les abrite du soleil. Ils pourraient être là tout aussi bien pour assister aux courses. Cependant, toute médiocre qu'elle soit, la toile de M. Detaille est un chef-d'œuvre si on la compare au même sujet traité par M. Jules Garnier.

La *Glorification de la loi*, par M. Paul Baudry, destinée à la grande salle des audiences de la Cour de cassation, est généralement regardée comme un des meilleurs morceaux du Salon. La Loi siège au centre du tableau sur un trône; la Justice et l'Équité voltigent au-dessus de sa tête; la Jurisprudence la contemple; l'Autorité tient le drapeau tricolore et s'appuie sur les faisceaux consulaires; la Force repose à demi couchée sur un lion, avec l'Innocence endormie. Voilà bien du symbolisme, et qu'il ne serait pas facile de comprendre sans les explications du livret. Au milieu de tous ces personnages allégoriques, M. Baudry a placé un personnage en chair et en os : un Président de la Cour de cassation qui se découvre devant la Loi. Tout cela est peint brillamment, de main de maître, mais non avec la simplicité et la sérénité que demandait un pareil thème. Les attitudes sont contournées et théâtrales.

L'émotion et l'accent qui manquent au tableau de M. Detaille se trouvent au plus haut point dans *Patrie*, de M. Georges Bertrand. Un officier blessé, mourant, la tête renversée, les yeux au ciel, pressant des deux mains sur sa poitrine la hampe d'un drapeau, est soutenu sur son cheval, que deux cuirassiers conduisent à travers les chemins défoncés, par deux autres cuirassiers placés en arrière. On aperçoit encore des cavaliers serrés en un groupe compact, qui semblent descendre vers le spectateur par un terrain boueux, sous un ciel nuageux et sombre. Un profond sentiment de deuil pèse sur ce groupe mâle et triste, d'une ordonnance dramatique sans emphase.

Rapprochons du tableau de M. Bertrand les autres toiles militaires du Salon. La meilleure est le *Cimetière de Saint-Privat*, par M. Alph. de Neuville, où l'on retrouve le talent de mise en scène, le mouvement, la fièvre, le drame des *Dernières cartouches*. C'est tout un drame aussi, peint avec une simplicité, une justesse et une vérité poignantes que ce *Porteur de dépêches*, sous-officier déguisé en paysan qui vient d'être saisi par les Prussiens et qu'on fouille avant de le fusiller. Sa mâle figure dit l'amère douleur de n'avoir pas réussi et la résignation sombre au sort qui l'attend.

En sortant de ses habitudes pour faire une toile de grandes dimensions : *le Drapeau et l'armée*, M. Protais a eu la même mésaventure que M. Detaille, et je pense qu'il va se hâter comme lui de revenir à ses petits soldats. M. Berne-Bellecour a été aussi fin et aussi heureux qu'à son ordinaire dans l'*Attaque du château de Montbéliard*.

Nous avons rencontré quelques bons tableaux religieux, qui toutefois ne s'élèvent guère au-dessus d'une honnête moyenne, sauf la *Vierge aux anges* de M. Bouguereau, toujours d'une belle composition, d'un dessin pur, correct, irréprochable. L'*Hérodiade* de M. Benjamin Constant ne saurait être rangée dans les sujets religieux, ni même le *Saint Jérôme* de M. Henner, qui est tout simplement une étude d'après le modèle, ce qu'on appelait jadis une *académie*, mais peinte avec le charme de coloris, avec le *flou* particulier à l'auteur, et qui, comme sa figure allégorique de la *Source* et par un artifice habituel à M. Henner, ressort avec éclat sur un fond noir de paysage traité par masses profondes.

Faut-il classer parmi les tableaux religieux le *Triomphe de Clovis* de M. Joseph Blanc? La Religion marche en tête du cortège, où figurent plusieurs évêques, entre autres saint Remy, et la frise de M. Blanc est destinée à la décoration de l'église Sainte-Geneviève, vulgairement appelée le Panthéon. Mais l'artiste a eu l'idée malencontreuse de donner à ses personnages les têtes de quelques contemporains très connus, qu'on ne s'attendait guère à rencontrer en un pareil sujet et qui étaient peu faits pour représenter des saints. Les peintres de la Renaissance ont souvent mis des contemporains dans leurs compositions religieuses; mais du moins leurs choix étaient mieux appropriés, et ils ne se seraient pas avisés de donner à un évêque historique le profil d'un ministre, à un catéchumène la tête d'un comédien et à un saint celle d'un athée notoire, faisant profession de haïr et de poursuivre le catholicisme.

Cependant, malgré cette maladresse, je ne ferai pas à M. Blanc l'injure de croire qu'il a voulu flatter jusque dans un tableau religieux les passions anticléricales du jour, comme M. Laugée dans la *Question* et M. J. P. Laurens dans l'*Interrogatoire*, qui ne lui a pas porté bonheur, car ses personnages sont des bonshommes de bois mal dégrossis.

Les tableaux de genre sont innombrables. Nous ne pouvons que signaler, sans nous y arrêter, le *Mendiant*, de M. Bastien-Lepage, la charmante *Jeune mère*, de M. Émile Lévy, la *Revue des Écoles*, de M. Jean Verhas, dont les innombrables petites filles toutes en robe blanche, en chapeau de paille et les bras nus, présentent une si heureuse variété de physionomies et d'expressions; les toiles de MM. Cabanel, Bompart, Jules Breton, G. Lehmann, Salzedo, Schaeppi, Villa, Toudouze, Vibert, etc., etc. Il y a là toujours beaucoup d'esprit, de verve et de dextérité.

Les portraits abondent, comme à l'ordinaire. Mlle Nélie Jacquemart ne progresse ni ne décline. M. Carolus Duran est toujours tapageur, adroit et plein de crânerie; M. Bonnat a fait un chef-d'œuvre avec la tête si caractérisée de son vieux maître Léon Cogniet; M. Fantin en aurait fait un avec son portrait de jeune femme, si ce peintre, d'un accent si intime, d'une facture si sobre et si fine, n'avait le malheur de toujours attrister et vieillir ses modèles féminins. J'aime beaucoup le portrait de M. Hébert, dont la *Sainte Agnès* n'a, par malheur, aucun sentiment religieux. Faut-il citer encore le *Jules Vallès*, de M. André Gille, une tête dure et peu sympathique, à rapprocher du *Rochefort* de M. Manet, qui semble avoir pris à tâche de rendre son modèle affreux?

Comme je désire ne pas métamorphoser cet article en une table des matières, je m'arrête sans même aborder le paysage. Peut-être, un autre jour, ferons-nous une tournée rapide dans le jardin de sculpture. Pour aujourd'hui, c'est assez. Je ne veux pas que vous sortiez de ma chronique avec le mal de tête et la courbature qu'on emporte ordinairement d'une visite au Salon.

ARGUS.

Toute réclamation, toute indication de changement d'adresse, toute demande de renouvellement, doivent être accompagnées d'une bande imprimée du journal et envoyées FRANCO à M. Victor Lecoffre.

Abonnement, du 1er avril ou du 1er octobre ; pour la France : un an 10 fr. ; 6 mois 6 fr. ; le n° au bureau, 20 c. ; par la poste, 25 c.
Les volumes commencent le 1er avril. — LA SEMAINE DES FAMILLES paraît tous les samedis.

VICTOR LECOFFRE, ÉDITEUR, RUE BONAPARTE, 90, A PARIS. — Imp. de la Soc. de Typ. - J. Mersch, 8, r. Campagne-Première, Paris.

Le général Forgemol de Bostquénard, commandant en chef en Tunisie.

L'EXPÉDITION DE TUNISIE

LE GÉNÉRAL FORGEMOL

C'est le 30 mars dernier, nos lecteurs le savent, que les hostilités ont commencé à la frontière tunisienne de l'Algérie. Ce jour-là, les Khroumirs attaquèrent les Ouled-Nehed, une tribu algérienne soumise à la France, et les mirent dans la nécessité de se replier sur nos postes. Le lendemain matin, 31 mars, dès sept heures, les Khroumirs dessinaient le même mouvement. Aussitôt, le capitaine Clément, du 59e de ligne, accourait de Roum-el-Souck, avec une compagnie de quatre-vingts hommes, et se portait au-devant de l'ennemi. En débouchant dans la vallée de Bou-Hadjar, une formidable décharge accueillait le capitaine Clément et sa petite troupe. Trois hommes tombaient mortellement frappés, quatre autres étaient atteints et mis hors de combat. On pouvait craindre qu'une aussi brusque attaque ne déconcertât les jeunes conscrits que commandait le capitaine Clément. Il n'en fut rien. De sept heures du matin à midi, ces quatre-vingts jeunes gens soutinrent bravement le feu d'un millier d'Arabes qui, rampant dans les broussailles, se dissimulant derrière les moindres plis de terrain avec l'habileté du sauvage, venaient tout à coup s'élancer sur notre faible ligne en déchargeant leurs armes avec accompagnement de hurlements furieux. Ce ne fut qu'après quatre heures de lutte, alors que le nombre des ennemis croissait toujours et menaçait de l'envelopper entièrement, que le capitaine Clément se vit contraint d'expédier une estafette à Roum-el-Souck pour demander du secours. Le commandant Bounin, du 3e zouaves, venait d'y arriver, et ses hommes se mettaient en devoir de préparer le café : on renverse aussitôt les bidons, et cent trente hommes, sous le commandement du capitaine Drouin, s'élancent au pas de course dans la direction d'El-Aioum.

Le capitaine Drouin, enfant de troupe du régiment, dans lequel il sert depuis 1860, vieux soldat de Crimée, du Mexique et d'Italie, est aussi un de ceux qui savent galvaniser leur monde. En dépit des fondrières, et malgré les difficultés présentées par le passage d'une foule de petits ravins sans eau courante, mais remplis d'une épaisse boue et profonde, les zouaves franchissent rapidement la distance, et, sans se reposer un instant, viennent se placer en ligne à la droite de la compagnie du 59e, en ce moment débordée. La fusillade continua violente et nourrie; vers quatre heures, l'ennemi, de plus en plus nombreux, fit un effort énergique, et, tout en tiraillant à outrance, en vint jusqu'à engager la lutte corps à corps. Il fut promptement repoussé, mais nous eûmes à déplorer la mort de quatre hommes et la mise hors de combat de trois autres. Un pauvre soldat, atteint d'un coup de feu à la tête, partit les bras en avant, courant inconsciemment dans la direction de l'ennemi, ainsi que cela se produit quelquefois sous l'influence du choc cérébral, et s'en alla tomber dans les broussailles voisines de la rivière. C'est celui dont les journaux ont dit qu'il avait été mutilé par les Khroumirs, puis retrouvé encore respirant et porté à l'hôpital militaire de la Calle, où il serait mort. La vérité est qu'il mourut sur le coup et que les Khroumirs firent dire le soir qu'il gisait dans les halliers; craignant une embuscade, l'autorité militaire ne donna pas l'ordre de l'enlever, mais ce soin fut pris le lendemain après la retraite définitive de l'ennemi et l'arrivée des renforts.

Le combat avait duré onze heures; il ne se termina qu'à la nuit, les Khroumirs rentrèrent chez eux, et la petite colonne française se replia de son côté sur Roum-el-Souck : car ses munitions, sans être absolument épuisées, touchaient à leur fin. La compagnie du 59e dans toute sa journée et les zouaves dans l'après-midi avaient tiré en tout près de 15.000 cartouches.

Telles ont été les péripéties du « Combat de Roum-el-Souck. »

Aussitôt que la nouvelle de ces faits parvint à Paris, il s'y produisit une vive émotion. Le lundi 4 avril, le général Farre monta à la tribune de la Chambre et donna succinctement connaissance des engagements du 30 et du 31 mars. Un crédit de 4 millions était aussitôt voté pour subvenir aux frais de la guerre.

Il avait d'abord été question de confier le commandement de l'expédition au général Osmont, placé à la tête du 13e corps d'armée; mais il fut convenu que le général Osmont resterait à Alger et que la direction de la campagne serait donnée au général Forgemol. Le 10 avril, cet officier général arrivait à Bône pour prendre les premières mesures de concentration, et, le 20, il se portait sur Roum-el-Souck, où il établissait son quartier général. Comme l'attention publique est vivement sollicitée par les opérations du corps expéditionnaire, nous croyons que nos lecteurs nous sauront bon gré de leur faire connaître l'homme éminent qui les dirige.

Le général Forgemol de Bostquénard est né le 17 septembre 1821, à Azerables, département de la Creuse. Il a, par conséquent, près de soixante ans. Fils d'un officier du premier empire, il fut d'abord élevé au Prytanée militaire de la Flèche, qu'il quitta en 1839 pour entrer à l'école Saint-Cyr. Il en sortit le 1er octobre 1841 et se fit aussitôt admettre à l'école d'état-major. Lieutenant d'état-major le 9 janvier 1844, il était nommé capitaine le 11 mars 1847, chef d'escadron le 14 avril 1860, lieutenant-colonel le 7 juin 1865, colonel en juillet 1870, au moment de la déclaration de guerre, et général de brigade le 16 septembre 1871.

Le général Forgemol de Bostquénard a servi avec la plus grande distinction en Afrique, en Italie et s'est bravement comporté contre les Allemands. Il a passé de longues années en Algérie, notamment à Biskra, où il succéda au colonel Sewka comme commandant supérieur. Il devint ensuite chef d'état-major du 7e corps d'armée, à Besançon, où le duc d'Aumale appréciait fort ses éminentes qualités, puis fut appelé peu de temps après au commandement de la subdivision militaire de Seine-et-Oise. Le général Forgemol était à Versailles lorsqu'il fut question de lui, à une certaine époque, pour remplacer le général de Miribel en qualité de chef d'état-major du ministre de la guerre.

Le chef du corps expéditionnaire est un soldat vigoureux et énergique; mais cette vigueur s'allie à une habileté et à une science qui ne laissent rien au hasard : quand le moment d'agir est venu, le général Forgemol montre autant de décision dans l'exécution que de réflexion dans les dispositions préliminaires.

Ce sera l'honneur du général Forgemol d'avoir dirigé l'expédition contre les Khroumirs. Les brillantes et solides qualités dont il a fait preuve, soit comme général, soit comme chef d'état-major du 7e corps d'armée, la connaissance qu'il a acquise des frontières tunisiennes lorsqu'il était commandant supérieur de la Calle, inspirent à nos soldats une confiance en leur chef qui leur est peut-être encore plus nécessaire dans la guerre de surprises et de ruses qu'ils ont entreprise que dans nos grandes guerres d'Europe. Assurément, le généra Forgemol est à la hauteur de sa tâche.

Le commandant du corps expéditionnaire a pour chef d'état-major M. le colonel prince de Polignac, ancien élève de l'École polytechnique et officier du corps d'état-major; le colonel de Polignac est le fils du ministre qui fit décider l'expédition d'Alger. Il a passé la majeure partie de son existence militaire dans la colonie que la France doit à son père. C'est un officier érudit, studieux, intelligent, doué d'une rare facilité d'assimilation pour les langues étrangères et géographe passionné. L'un des premiers, il a entrepris un voyage d'exploration dans le Sahara, où il a conclu un traité de paix avec une tribu de Touaregs qui nous est depuis restée constamment fidèle.

Les autres officiers qui font partie de l'état-major du général Forgemol sont : le commandant Paul, directeur des affaires arabes; M. Roidet, capitaine d'infanterie, aide de camp; MM. Raymond, lieutenant au 3e zouaves, et Saint-Germain, officier d'ordonnance. M. Didier commande en chef les goums de la cavalerie indigène. MM. Ricot et Allegro servent d'interprètes.

Le moment n'est pas encore venu de raconter en

détail les opérations du corps expéditionnaire. Contentons-nous de dire quelques mots du théâtre de la lutte.

Les montagnes occupées par les Khroumirs forment un massif s'étendant le long de la mer depuis le cap Roux, notre frontière algérienne, jusque bien au delà de l'île Tabarka, et dans l'intérieur de la Tunisie, en se dirigeant en droite ligne du nord au sud, depuis l'île Tabarka jusqu'à Souk-el-Arba, l'une des stations principales du chemin de fer de Ghardimaou à Tunis. Le territoire des Khroumirs forme une sorte de quadrilatère, de 60 à 80 kilomètres de côté. Les vallées y sont profondément encaissées, et les rares ruisseaux qui descendent des pentes voisines deviennent, à l'époque des pluies, des torrents impétueux. Les montagnes, variant entre 600 et 1.200 mètres de hauteur, sont abruptes et dépourvues de tout sentier. Elles sont couvertes, pour la plupart, de forêts de hautes futaies, contrairement à l'opinion générale qui veut que le littoral tunisien soit aussi aride que sauvage. Pour sauvage, rien n'est plus certain; mais aride, c'est juste le contraire.

Les Khroumirs se tiennent dans leur massif comme dans une forteresse inaccessible. Ils en sortent pour piller, soit les douars limitrophes, soit les navires que la tempête jette à la côte, comme il arriva au bâtiment français l'*Auvergne*, qui fut dépecé, morceau par morceau, après un naufrage survenu, en 1878, sur les récifs qui avoisinent Tabarka. Le bey de Tunis n'a aucune autorité sur cette puissante tribu, et ses agents ne se hasardent jamais à y aller lever des impôts. C'est à peine si le caïd du Kef, qui exerce le commandement nominal des tribus des Ouchtetas et des Khroumirs, peut faire opérer le versement annuel d'une légère contribution qu'il n'obtient pas quelquefois sans coups de fusil.

La colonne du général Delebecque, à laquelle appartient la brigade Vincendon, est chargée d'aborder les Khroumirs par notre frontière orientale, depuis El-Aioum jusqu'à Roum-el-Souck, deux localités situées au sud de la Calle. Elle aura une rude corvée, car il s'agira d'enlever des cols vigoureusement défendus par des hommes décidés à tout. Concurremment aux opérations de cette colonne de gauche, celles de la colonne de droite se feraient tant par la vallée de la Medjerdah que suit le chemin de fer allant à Tunis. Cette vallée, longue de 200 kilomètres, traverse une plaine d'une fertilité prodigieuse. Là se trouve le fameux domaine de l'Enfida, dont il a été tant parlé, depuis trois mois, à la suite de la vente que l'ancien ministre du bey, Khérédine-Pacha, en avait faite à la Société marseillaise.

La Medjerdah prend sa source en territoire algérien et se dirige vers l'est presque en droite ligne jusqu'à vingt kilomètres environ de Tunis, où la rivière s'infléchit vers le nord et va se jeter dans la mer à l'extrémité nord-ouest du golfe de Tunis. Le chemin de fer de Tunis, construit par la compagnie de Bône à Guelma, a une longueur de 196 kilomètres.

En descendant la vallée, sur la ligne de Tunis, on trouve successivement les stations de Souk-el-Arba, près de laquelle le ministre de la guerre Si-Selim a établi son camp, à 156 kilomètres de Tunis; Souk-el-Kmis (133 kilomètres), où Sidi-Ali, l'un des frères du bey, commande le principal rassemblement de troupes : c'étaient les endroits indiqués d'abord. Mais les dernières nouvelles annoncent que les deux corps de troupes se sont fondus en un seul, marchant dans la direction des montagnes. La ligne du chemin de fer atteint ensuite Béjà au débouché de la plaine de l'Enfida; enfin deux stations de moindre importance précèdent la gare de Tunis.

Béjà occupe la tête d'un triangle sur la base duquel la division Delebecque aura à opérer, pendant que le corps du général de Brem pénétrera en Tunisie sur le côté méridional du triangle et prendra les Khroumirs à revers. La ligne ferrée de Bône s'arrêtait naguère à la station de Duvivier; mais vu l'urgence des événements, la compagnie a pu la prolonger jusqu'à Souk-Ahras en même temps qu'elle faisait construire en toute hâte une route destinée à combler la lacune existant jusqu'à Ghardimaou, la première station tunisienne. Les trains partis de Bône vont donc maintenant jusqu'à Souk-Ahras et permettent d'assurer le ravitaillement de la colonne de droite qui, après la défaite des Khroumirs, sera chargée, s'il est nécessaire, de pousser une pointe vers Tunis, en passant sur le ventre des troupes tunisiennes, massées aux deux points que je viens d'indiquer (1).

OSCAR HAVARD.

1. Cet article écrit, comme on a dû s'en apercevoir, au début des hostilités, sera suivi d'un autre, où les événements qui viennent de s'accomplir seront racontés.

CAUSERIE SCIENTIFIQUE

On parle toujours de l'arrivée des hirondelles; mais les rossignols aussi nous reviennent chaque année après un bien long voyage; ils nous reviennent isolément, un par un en quelque sorte : dès le mois de mars on les voit apparaître en Italie, en Allemagne, en France. Le mâle est le premier arrivé; il vient choisir sa demeure d'été; il n'aime pas la forêt ni les grands bois; il lui faut des arbrisseaux, des vallons fleuris, des bocages, des parcs et même des jardins. Le rossignol aime beaucoup les jardins de Paris, en artiste qu'il est. Quelques jours après les mâles, surviennent les femelles, et le petit peuple ailé se distribue en couples; c'est l'heure des combats en champ clos. Les mâles sont, assure-t-on, plus nombreux que les femelles, et il faut se partager la verdure et le bonheur.

Le rossignol est un bohême. La femelle se prépare

un nid à la hâte sur les plus basses branches, au milieu des pervenches et des anémones; elle le cache très habilement, mais elle ne le fait ni solide ni coquet ; à quoi bon ? on campe au jour le jour sans souci du lendemain. Cependant elle couve ses œufs avec passion et ne les abandonne qu'à la fin du jour, quelques instants seulement, pour aller picorer çà et là quelques insectes ou quelques vers. Elle s'absorbe si bien dans son travail maternel que bien souvent elle se laisse surprendre par les rôdeurs nocturnes, la fouine, le renard, etc. Le mâle chasse, chante ou dort. La nuit, nonchalamment perché sur une branche, les ailes à demi tombantes, le rossignol fait jaillir une note pure, étendue, vibrante. La grive elle-même, qui chante si bien, est dépassée par le rossignol. Il lui faut le silence; le moindre bruit le fait taire; il ne chante que pendant la nuit; il a l'air de s'écouter lui-même; il paraît aimer l'écho qui lui renvoie la mélodie. On dirait qu'il vient au printemps comme pour célébrer la magnificence des belles nuits étoilées, au milieu des splendeurs de la végétation naissante.

Mais quel artiste éphémère ! il chante trois mois sur douze. Il faut se hâter de l'entendre; nous n'avons guère que deux mois pleins pour jouir de son gazouillement d'allégresse. Bientôt il se taira; quand les petits seront venus au monde, adieu les concerts et les trilles nocturnes : Krrriii, krrriii, krrriii, feront les parents. — K'aa, k'aa, k'aa, répondront les enfants, et les jolies modulations ne retentiront plus dans les charmilles. Le rossignol cesse de chanter quand les lilas cessent de fleurir. Dès que le mois de mai est passé, le temps presse déjà : il ne suffit plus de s'aimer et de se le dire, il faut penser aux misères de la vie. On chasse et l'on prend des forces. C'est la guerre aux insectes, aux mouches, aux vermisseaux. Puis septembre arrive avec les premiers coups de vent. Les rossignols partent. Ils cheminent solitaires ou par familles, se cachant dans les taillis, dans les haies ou les broussailles. Ils s'en vont au pays du soleil, en Orient, en Égypte, en Syrie. Les rossignols nous quittent un mois avant les hirondelles.

⁂

Une mention rapide à un mode de culture des arbres fruitiers qui présente bien son intérêt. Il commence à prendre beaucoup d'extension en Angleterre; il aura certainement, à très bref délai, la même vogue en France. On cultive les arbres fruitiers, de l'autre côté de la Manche, en potiches, en vases de Chine,..... et même en simples pots de terre. Et ces arbres non seulement viennent à merveille, mais donnent de jolis et excellents fruits. On a des pêchers, des abricotiers, des cerisiers de salon de 50 centimètres, 100 centimètres, des arbres nains dont les fruits viennent se cueillir à la hauteur des lèvres. L'arbre est dans une jardinière ; on sent le parfum de ses fleurs, et deux mois après on cueille ses fruits savoureux. A Paris, nous en sommes encore aux quelques rares ceps de vigne portant deux ou trois grappes que l'on nous sert aux soupers de janvier et de février. A Londres, depuis deux ans, on mange des pêches et des abricots cueillis sur l'arbre en pot.

« Ces charmants petits arbres, dit M. Th. Rivers qui est le principal promoteur de ce genre de culture, sont destinés à occuper la première place dans nos desserts. » Comment osera-t-on servir sur des plats des pêches, des cerises, des brugnons, quand on pourra les prendre sur l'arbre lui-même ? L'arbre est si petit, bien que chargé de fruits ! On pourra placer près de chaque convive un pêcher, un abricotier, à peine haut de 25 à 30 centimètres, et portant en moyenne de trois à cinq fruits.

Servir le fruit avec l'arbre constitue évidemment une idée séduisante qui sera très appréciée en France. Et puis les amateurs verront chaque jour se développer le fruit sous leurs yeux, et cette culture de poche ne sera pas sans amuser les désœuvrés. Quant au secret des arbres fruitiers nains, il est facile à révéler. Il suffit de planter en pot un jeune arbre fruitier, en le débarrassant de ses grosses racines; c'est par le chevelu que se fait la nourriture, et dans un pot même réduit il y a assez de terre pour fournir au développement du petit arbre. La taille de la racine hâte la fructification et augmente la fertilité et la précocité de l'arbre. M. Ingram, jardinier en chef de la reine d'Angleterre, a obtenu jusqu'à six grappes de raisin sur des vignes cultivées en pot et âgées à peine de dix-huit mois. La nouvelle culture se définit en trois mots : Vite, bien et facile.

Tout le monde pourra avoir désormais un jardin fruitier et cultiver même sous les toits les abricotiers, les pêchers, les cerisiers, les poiriers, etc. *Utile dulci :* à côté du pot de fleurs de la mansarde, le pot de fruits ! Cela devait venir quelque jour ; il fallait bien le pendant à la légendaire poule au pot.

⁂

Un homme d'initiative vient, après plusieurs années d'efforts, de réussir à fonder à Paris une institution à laquelle on ne saurait trop applaudir. M. Léon Jaubert a obtenu d'installer au Palais du Trocadéro un Observatoire populaire ; l'établissement est ouvert au public tous les jours. On ne dira plus maintenant qu'on ne peut pas apprendre l'astronomie en France.

L'œuvre entreprise par M. Léon Jaubert est sans précédent. A lui seul il a construit un grand nombre de lunettes et de télescopes; il a combiné 12 modèles de lunettes méridiennes, 120 modèles d'instruments équatoriaux, 50 modèles de microscopes, etc. Il a surtout un instrument en construction en ce moment qui fera les délices des amateurs. Il permettra de projeter sur une glace blanche une image du soleil de 3 mètres de diamètre. On pourra, avec des lunettes ou des petits télescopes, grossir encore cette image, de sorte que l'on verra le soleil comme s'il avait 100, 200 mètres de diamètre. Même instrument pour la lune et les constellations. Plusieurs télescopes de 16, 20, 30 centimètres de diamètre sont déjà en service au nouvel Observatoire ; les autres plus perfectionnés seront bientôt prêts.

L'Observatoire populaire comprendra un observatoire astronomique, un observatoire météorologique, un observatoire micrographique, etc. La bibliothèque est déjà installée, et des conférences sont régulièrement faites tous les dimanches. Prochainement un conseil, composé des illustrations de la science, tracera un programme d'études et de leçons. Il n'est pas douteux que l'Observatoire populaire du Trocadéro ne rende de véritables services à l'enseignement. La création de M. Jaubert, poursuivie avec une persévérance et un désintéressement dignes d'éloges, mérite dans tous les cas toute la sympathie du monde savant et tous les encouragements du public.

⁂

Le déplorable sinistre des Magasins du Printemps a ramené l'attention sur les moyens les plus propres à prévenir et à combattre les incendies. Pour lutter contre un feu en pleine combustion, on n'a certes pas l'embarras du choix dans les moyens de défense. Il faut de l'eau, des torrents d'eau sous pression pour pouvoir fouiller les pièces enflammées, chasser l'air qui les entoure et emporter assez de chaleur par la volatilisation du liquide pour arrêter la combustion. Certes, il est bon de pouvoir compter sur des secours, et l'organisation du service d'incendie de New-York, si complètement décrite par M. le colonel Paris dans son intéressant livre, est à imiter dans ses traits généraux. Le système de défense adopté à New-York, à Chicago, à Boston, à Saint-Louis, etc., est vraiment admirable. De Paris il ne faut pas parler. L'opinion est faite à cet égard. Il faut espérer que le désastre qui vient de se produire servira de leçon et que la leçon profitera. Mais, même avec un service excellent, nous voudrions que l'on ne perdît jamais de vue qu'il est toujours utile de pouvoir se protéger soi-même avant l'arrivée de tout secours. Il faudrait par conséquent, quand on élève une maison, que l'on installe un magasin, songer un peu que toute construction est susceptible d'être brusquement envahie par le feu. Nous ne sommes jamais sous les armes, et l'attaque peut survenir inopinément à chaque instant. Le Printemps est brûlé; tout autre magasin, à une exception près peut-être, brûlerait de même avec la même violence: il n'y a aucune raison pour qu'il n'en soit pas ainsi. Il serait donc urgent d'aménager les maisons en vue de l'ennemi commun; l'eau peut monter à Paris dans beaucoup de quartiers à tous les étages; il est possible, d'ailleurs, d'établir partout des réservoirs de secours et une canalisation complète, des colonnes montantes permettant de distribuer de l'eau de toutes parts. Il est facile d'agencer un magasin ou une maison de manière qu'aux premières menaces du feu on puisse projeter le liquide sur tous les murs, noyer les planchers et lutter contre l'incendie. On songe bien à installer les tuyaux de gaz; les architectes n'auraient pas à faire beaucoup plus d'efforts pour soigner la canalisation d'eau. Le nouveau mode d'abonnement à la Compagnie des eaux, avec compteur, rend la réalisation de ce système absolument pratique.

On connaît aujourd'hui un grand nombre d'avertisseurs électriques d'incendie; les fils courant le long des planchers et des plafonds peuvent révéler télégrafiquement toute élévation de température anormale. Le personnel d'une maison peut être prévenu; les pompiers eux-mêmes peuvent être avertis par ligne téléphonique ou par signaux télégraphiques. Nous pourrions être armés aussi bien que possible contre toute attaque, et par imprévoyance, indifférence ou inertie, nous n'essayons même pas de prendre nos précautions contre un des plus grands dangers qui puissent nous menacer à toute heure.

Nous pourrions même, à la rigueur, obliger le feu à se combattre lui-même ; il serait possible d'en faire un défenseur de la propriété au lieu d'un ennemi. Le feu pourrait servir à éteindre le feu; plusieurs systèmes sont susceptibles d'être utilisés dans ce but. M. P. Oriolle, l'habile constructeur de Nantes, vient de nous communiquer à ce sujet une idée ingénieuse qui mérite d'être étudiée, et qui, en tout cas, paraît applicable dans beaucoup de circonstances. On peut la formuler ainsi : anéantir le feu par le feu en utilisant la chaleur produite au début de l'incendie à ouvrir une canalisation d'eau. Si bien que, sans aucun secours, automatiquement et par le seul fait d'une élévation suffisante de la température, de l'eau soit projetée vigoureusement sur les murs et les planchers. Bref, M. Oriolle entend que le feu, en éclatant, ouvre les conduites d'eau de l'appartement et se fasse doucher d'importance jusqu'à ce qu'il ne donne plus signe d'existence.

Le principe est clair, la réalisation est toute simple. Il est bien entendu que le système exige un aménagement complet avec canalisation multiple et distribution rayonnante à tous les étages et dans toutes les pièces. Cela admis, M. Oriolle remplace les robinets en des points choisis par des rondelles en métal fusible. Le métal fond à 60 degrés, par exemple. Il va de soi qu'aussitôt qu'un commencement d'incendie élèvera la température au point de faire fonctionner les avertisseurs électriques, en même temps la chaleur produite déterminera la fusion des rondelles, l'eau s'échappera sous pression, et, si l'on a eu soin d'armer le tuyau, en ce point, d'ajutages à trous obliques, le jet s'épanouira dans toutes les directions et ira inévitablement atteindre les boiseries ou les étoffes en combustion ; en même temps la pièce, étant close, s'emplira de vapeur d'eau impropre à la combustion, et l'incendie s'éteindra tranquillement et de lui-même. Il n'y aurait plus ensuite qu'à s'opposer à l'inondation en fermant les robinets de communication.

Le procédé d'extinction automatique de M. Oriolle nous fournirait évidemment une arme de plus dans notre lutte contre le feu et pourrait nous éviter, soit pendant le sommeil, soit pendant que l'appartement est inhabité, des surprises désagréables.

***

Il y a quelques années, un chimiste anglais, le docteur Pepper, annonça dans un de ses cours qu'il venait de faire deux livres et demie de sucre avec de vieilles chemises. Il ne réussit qu'à faire sourire son auditoire; on crut que le professeur avait exagéré, et que le sucre de linge était une mystification. Le vrai n'est pas toujours vraisemblable. M. Pepper avait effectivement transformé en sucre de vieux chiffons. L'expérience resta longtemps sans application. On commence cependant à fabriquer en Allemagne du sucre de chiffons. La méthode en principe est toute simple.

Les chiffons recueillis sont traités par l'acide sulfurique et convertis ainsi en dextrine; celle-ci est reprise par un lait de chaux et soumise ensuite à un nouveau bain d'acide sulfurique qui transforme la dextrine en glucose.

La glucose n'est pas du sucre cristallisable, c'est vrai, mais elle ne sucre pas moins, et elle est très employée pour la préparation des confitures, gelées, dragées, etc.

Pour comprendre l'opération imaginée par M. Pepper, il faut se rappeler qu'un très grand nombre de substances sont susceptibles de se transformer en glucose. La cellulose notamment, qui constitue le tissu fibreux du bois, se convertit très bien en dextrine et en glucose sous l'action de l'acide sulfurique. Dans l'industrie, on prépare en ce moment la glucose à l'aide de l'amidon. On conçoit qu'il soit plus économique d'avoir recours à la cellulose des chiffons et du bois. Aussi est-il vraisemblable que l'on trouvera profit à faire du sucre avec du bois. Nous aurons le sucre de chiffons, le sucre de bouleau, de hêtre, de charme, etc. Que de sirops et de confitures on pourra sucrer avec une coupe de bois!

***

Autre singularité de la chimie. On fait du papier avec des fibres végétales, du bois, etc. Si le bois sert à fabriquer du sucre, il faudra chercher ailleurs la matière première du papier. Des chimistes de Vienne (Autriche), MM. Denng et Cie, ont pris les devants; ils font du papier, et du papier blanc de belle qualité, avec..... des excréments de bœufs, de vaches et de chevaux, d'animaux soumis en liberté à une alimentation végétale. On extrait de la matière la cellulose très pure qui s'y trouve engagée, et des bas produits qu'on utilise comme engrais ou pour usages industriels (ammoniaque, aniline, fuchsine, etc.). Le procédé est, dit-on, économique et déjà industriel.

***

On sait que l'étain dont on se sert pour étamer les casseroles contient quelquefois du plomb. On a souvent attribué au cuivre des ustensiles de cuisine mal étamés certains accidents toxiques; il est bien plus probable qu'il faut en rapporter la cause au plomb de l'étamage. Tout étain renfermant du plomb doit être absolument proscrit pour les usages domestiques. M. Maistrasse vient d'indiquer un procédé très exact et à la portée de tout le monde pour reconnaître si l'étain est pur : il suffit de laver sa surface avec de l'acide chlorhydrique pur ou étendu d'eau; il se forme aussitôt un moiré caractéristique qui ne laisse aucune prise au doute dès que la proportion de plomb dépasse 5 0/0. Ce moiré est tout différent de celui que donne l'étain pur.

***

Dédié tout particulièrement aux personnes qui ont perdu le sommeil.

Le remède est curieux; reste à savoir s'il est efficace. Il ne s'agit ni d'opium, ni de morphine, ni de bromure, ni de chloral... M. le docteur D. Bisenz, de Vienne, a trouvé bien mieux et bien plus simple, c'est même si simple que nous lui en laisserons toute la responsabilité. Pour dormir, il suffit de faire battre les paupières de 20 à 30 fois de suite. Ce battement amènerait une fatigue du muscle abaisseur des paupières telle, qu'au bout de peu d'instants un sommeil irrésistible s'emparerait du patient. M. le professeur Hoppe prétend que ce moyen réussit à merveille dans toutes les insomnies qui font cortège aux affections nerveuses, à moins que la souffrance ne soit très vive. En tout cas, la simple privation de sommeil sans cause apparente serait toujours combattue. Je dois à la vérité de déclarer que le procédé ne m'a pas réussi; mais ce n'est pas une raison pour qu'il ne réussisse pas chez d'autres, et il est bien facile de le mettre à l'essai.

***

Une recette, pour finir, dont nous ne garantissons pas l'exactitude. Il s'agit de la fabrication d'une encre rouge indélébile pour marquer le linge. Il sera bien facile d'en faire l'essai : Mélanger par parties égales du blanc d'œuf et de l'eau; battre en neige et filtrer sur un linge. Additionner le liquide ainsi obtenu de vermillon, de façon à le rendre épais.

Employer une plume d'oie pour écrire avec l'encre ainsi obtenue; et quand cette encre est sèche, la fixer sur la toile en passant un fer chaud au dos du linge.

Cette encre serait, dit-on, inattaquable par le savon et les alcalis, et se conserverait dans des bouteilles bien closes.

HENRI DE PARVILLE.

COLBERT

I

Jean-Baptiste Colbert naquit à Reims, le 29 août 1619, de Nicolas Colbert et de Marie Pussort. Le père et le grand-père de Colbert étaient du peuple et commerçants: le grand ministre aimait à se rappeler son origine :

sa correspondance et les mémoires contemporains en font foi. On lit entre autres cette phrase significative dans les *Instructions* de Colbert à son fils, le marquis de Seignelay : « Mon fils doit bien penser et faire souvent réflexion sur ce que sa naissance l'aurait fait être, si Dieu n'avait pas béni mon travail, et si ce travail n'avait pas été extrême. » Il est probable que les souvenirs de famille exercèrent une très heureuse influence sur la direction des idées de Colbert. Son père l'envoya fort jeune à Paris d'abord et de Paris à Lyon « pour y apprendre la marchandise », dit son premier historien. Mais Colbert ne resta pas longtemps dans cette dernière ville; il revint à Paris, et après avoir été tour à tour chez un notaire, puis chez un procureur au Châtelet, il entra en qualité de commis au service d'un trésorier des parties casuelles, nommé Sabatier. Dès 1649, nous trouvons Colbert chez Mazarin; il avait alors trente ans. « M. le cardinal, dit Gourville, s'en trouva bien : car il était né pour le travail au-dessus de tout ce qu'on peut imaginer. » De son côté, Colbert s'attacha fortement, exclusivement, aux intérêts du cardinal. Il seconda à merveille les penchants de Mazarin en retranchant toutes les dépenses inutiles. Une lettre du cardinal lui-même, du 30 octobre 1651, marque d'une manière certaine la confiance dont Colbert jouissait déjà à cette époque.

Au mois d'août 1654, après la prise de Stenay, Colbert écrit au cardinal les lignes suivantes, dans lesquelles son caractère et celui de Mazarin se dessinent également : « Les grandes actions, comme celle que l'armée du roi vient d'exécuter par les soins et vigilance de Votre Éminence, donnent des sentiments de joie incomparables aux véritables serviteurs du roi et de Votre Éminence, réchauffent les tièdes et étonnent extraordinairement les méchants; mais le principe du mal demeure toujours en leur esprit : il n'y a que l'occasion qui leur manque, laquelle Votre Éminence voit bien par expérience qu'ils ne laisseront jamais s'échapper. Au nom de Dieu, qu'elle demeure ferme dans la résolution qu'elle a prise de châtier et qu'elle ne se laisse pas aller aux sentiments de beaucoup de personnes, qui ne voudraient pas que l'autorité du roi demeurât libre et sans être contrebalancée par des autorités illégitimes, comme celle du Parlement et autres. Je supplie Votre Éminence de pardonner ce petit discours à mon zèle. »

« Je suis très aise, répondit Mazarin en marge, des bons sentiments que vous avez. »

Pour bien comprendre l'ardeur de Colbert et expliquer en même temps l'apathie apparente de Mazarin, nous devons dire que la politique du cardinal était celle de Louis XI, tandis que l'absolutisme de Richelieu avait seul les sympathies de Colbert. Souvent quand une affaire importante devait être traitée dans le conseil, Louis XIV disait d'un ton railleur : « Voilà Colbert qui va nous répéter : *Sire, ce grand cardinal de Richelieu*, etc. »

En même temps, l'intendant de Mazarin portait très loin le soin des détails. Après avoir parlé des plus graves affaires, il entretient le cardinal d'objets de la plus minime importance et lui annonce des envois de vins, de melons, etc. Dès ce temps-là, nous voyons Colbert investi des pleins pouvoirs de Mazarin, le conseillant souvent avec succès, ayant, par suite de cette position, beaucoup de crédit, et, de plus, toute l'affection du ministre, qui écrit en marge d'une très longue lettre de son intendant : « Je prends part à tout ce qui vous regarde comme si c'était mon propre intérêt. » Déjà, en 1649, Colbert avait été nommé conseiller d'État. Vers 1650, il épousa Marie Charon, fille de Jacques Charon, sieur de Menars, qui, de tonnelier et courtier de vins, était devenu trésorier de l'extraordinaire des guerres.

Quand Mazarin mourut, laissant la France en paix au dehors, délivrée de l'esprit de faction au dedans, mais épuisée, sans ressources et scandaleusement exploitée par tout homme qui avait une centaine de mille écus à prêter au Trésor à 50 pour 100 d'intérêt, Colbert qui, depuis longtemps, suivait avec soin le progrès de la corruption, qui en savait toutes les ruses et toutes les faiblesses et qui les dévoilait à Louis XIV; Colbert, que le roi consultait d'abord en secret, tant était grand le besoin qu'il avait de lui, devait nécessairement et au bout de peu de temps obtenir ses entrées publiques au conseil et y occuper la première place; c'est ce qui arriva immédiatement après la mort de Mazarin. Colbert fut donc nommé successivement intendant des finances, surintendant des bâtiments, contrôleur général, secrétaire d'État, ayant dans son département la marine, le commerce et les manufactures.

La première pensée de Colbert fut pour le peuple; sa première réforme porta sur l'impôt le plus onéreux au peuple, parce qu'il le payait seul alors : sur les tailles. Ne pouvant y soumettre tous ceux qui possédaient, il voulut au moins le rendre aussi léger que possible et préféra toujours demander aux impôts de consommation, qui pèsent sur tous, bien que dans des proportions inégales, les sommes nécessaires à l'entretien de l'État.

Soixante ans auparavant, Sully ayant voulu réduire les rentes sur l'Hôtel de Ville, les bourgeois de Paris menacèrent de se révolter. Ce précédent et d'autres n'arrêtèrent pas Colbert. Imbu des principes de Richelieu, il reprit le projet d'établir une chambre de justice, dont il avait parlé à Mazarin, et n'eut pas de peine à le faire adopter par le roi. Colbert n'était pas homme à se mettre en quête des applaudissements populaires; mais l'occasion se présentait d'effrayer les concussionnaires par un rigoureux exemple, de réduire les rentes à un chiffre en rapport avec leur valeur réelle, de dégager le Trésor, et cela tout en satisfaisant les rancunes du peuple, toujours mal disposé, non sans motifs, contre les financiers : Colbert la saisit avec empressement. Un édit du mois de novembre 1661 institua donc une chambre de justice. En moins de deux ans, soixante-dix millions repris aux financiers rentrèrent dans le Trésor.

L'opération de la réduction des rentes devait rencontrer bien d'autres obstacles : car les rentes, à Paris surtout, et notamment celles sur l'Hôtel de Ville, se trouvaient, comme au temps de Sully, entre les mains de la classe moyenne, et ce qui était arrivé à toutes les époques à l'occasion de tentatives semblables arriva encore une fois. Mais les tentatives essayées en faveur des rentiers de Paris par les magistrats de la cité échouèrent complètement. En 1661, grâce à la fermeté et à l'intégrité de Colbert, contrairement à tout ce qui s'était toujours vu jusqu'alors, les plus haut placés et les plus riches furent les plus taxés. Si le scandale avait été immense, la punition fut exemplaire et produisit les plus heureux effets, moins encore par les cent dix millions qu'elle fit rentrer à l'État, par la réduction de ses charges, par les droits et les domaines qu'elle lui rendit que par l'effet moral qui en résulta.

La terrible disette qui désola la France en 1662 put seule arrêter les opérations de la chambre de justice et tempérer l'ardeur réformatrice de Colbert.....

Ce qui avait fait le succès du grand ministre, c'étaient ses connaissances spéciales en matière de finances; il ne l'avait pas oublié, et à peine investi de l'autorité, il prit une série de mesures propres à ramener l'ordre et la probité dans cette partie si importante de l'administration, où depuis Sully on ne vivait au contraire que de désordres et d'expédients. Cette réforme si désirée était hérissée des plus grandes difficultés. L'habile ministre, l'ami du peuple, sortit triomphant de ce combat, et cette victoire fut non moins glorieuse et, nous ne craignons pas de le dire, plus utile à la France que les exploits de Turenne ou de Condé.

En attendant le moment de donner à la marine française, dont il fut le véritable créateur, toute son extension et de la porter au plus haut point de sa gloire, en mettant à sa tête des chefs tels que Duquesne et Jean-Bart, Colbert travaillait avec cette ardeur infatigable qui fut un des traits les plus distinctifs de son caractère, à réformer toutes les parties vicieuses de l'administration. Une volonté ferme, énergique, de faire le bien, une tendance très prononcée vers l'unité et l'égalité, une exactitude irréprochable dans ses engagements, enfin seize heures par jour d'un travail assidu pendant tout le temps qu'il occupa le pouvoir, voilà quels furent ses principaux titres aux honneurs et aux richesses pendant sa vie, à la gloire qui entoure son nom depuis sa mort.

« Avec lui, dit M. Pierre Clément, chaque journée apportait sa tâche, et nous allons assister à d'autres réformes tout aussi importantes, parmi lesquelles figureront en première ligne celle du tarif des douanes, tant intérieures qu'extérieures, des codes, des règlements sur les eaux et forêts. En même temps, l'ouverture du canal du Languedoc, la création des compagnies des Indes orientales et occidentales, d'une nouvelle compagnie du Nord, la réorganisation des consulats, les encouragements donnés aux manufactures, au commerce, à la marine, aux lettres, aux beaux-arts, réclameront ses soins..... Jamais, depuis cette époque, il est permis de le dire, ni la marine, ni les lettres, ni les beaux-arts n'ont brillé en France d'un plus vif éclat. »

— La fin au prochain numéro. —

CH. BARTHÉLEMY.

RÉSIGNATION

Adieu, jours révolus de ma dernière année,
Heures que je voudrais encore retenir,
Adieu, temps qui n'est plus, fleur à jamais fanée,
Allez, je vous regrette en vous voyant finir!

Ah! le temps marche, marche et jamais ne s'arrête;
On le nomme, il n'est plus... on le tient, il a fui...
L'homme naît, et la mort à le frapper est prête;
L'aube se lève à peine, et déjà c'est la nuit...

Voilà que dix-huit fois j'ai vu dans nos prairies
Les arbres sans verdure et les gazons sans fleur;
J'ai vu les champs en deuil et les feuilles flétries
Dérober le sentier aux pas du voyageur;

J'ai vu l'eau du torrent s'écouler moins limpide;
J'ai vu l'oiseau mourir d'un bien triste trépas...
Mais déjà dix-huit ans!... Que ton vol est rapide,
O temps!... tu fuis trop vite et pour toujours, hélas!

Hier j'étais encore enfant, et l'innocence
Illuminait mon front de son éclat divin;
J'avais sept ans... la vie est belle pour l'enfance
Et les ronces jamais ne bordent son chemin.

C'était l'âge où j'avais et mon père et ma mère,
Où ma jeune âme encor se souvenait des cieux,
Où je voyais en songe un ange tutélaire
Approcher doucement ses lèvres de mes yeux.

Alors tout me charmait : le souffle du zéphyre,
Le murmure plaintif de la source qui fuit,
La rose éclose, avec l'aurore et le sourire
Tendre et mystérieux de l'astre de la nuit.

J'aimais à folâtrer sur les pelouses vertes,
A respirer des champs les suaves senteurs,
A courir au hasard dans les plaines désertes
Où l'on voit seulement errer quelques pasteurs;

J'aimais à contempler dans l'onde transparente
Le nuage argenté qui semblait s'y mirer,
Ou, seul avec mon chien, sous la haie odorante,
Des mille bruits de l'air j'aimais à m'enivrer;

J'aimais, le soir, alors que Philomèle chante,

Que les étoiles d'or brillent au firmament,
Que la feuille frémit, que la brise touchante
En caressant les fleurs s'ébat joyeusement,

J'aimais, avec ma sœur, à genoux sur la pierre,
Mains jointes, à prier Dieu qui nous bénissait...
Heureux temps, où ma mère, en fermant ma paupière,
Me disait doucement : « Mon ange ! » et m'embrassait...

Mais pourquoi remonter à cet âge éphémère?
Pourquoi relire encor ces bonheurs effacés?
La pensée à mon cœur en est par trop amère...
Enfance, ô mes beaux jours, vous êtes donc passés!...

Oui, passés!... Et déjà l'avenir plein de doute,
Grand souci du présent, assombrit mon bonheur.
Demain?... C'est l'inconnu, c'est l'ombre sur la route,
C'est le bandeau fatal aux yeux du voyageur.

Que me réserves-tu? Quelle est ma destinée?
Je ne sais, ô mon Dieu, mais j'espère en ta foi.
Certaine est ta parole et tu me l'as donnée :
Mon être est ton ouvrage et ma vie est à toi.

Pour moi, quand frémissant au souffle de la gloire,
Cette noble folie encor chère au grand cœur,
J'irais, je volerais au champ de la victoire,

Elle faisait sonner les clochettes du muguet.

Conquérir triomphant la palme du vainqueur;

Quand, paisible habitant du chaume de mes pères,
Je coulerais sans bruit quelques jours ignorés,
Attendant l'heure où sous les voûtes solitaires,
Je mêlerais ma cendre à leurs restes sacrés;

Quand ton céleste appel m'arrachant à la terre
Qui vit mes premiers pas et mes premiers amours,
Tu m'enverrais, mon Dieu, pauvre missionnaire,
Porter ton Évangile aux peuples sans secours;

Quand jamais le bonheur ne viendrait me sourire,
Quand sur moi je verrais éclater ton courroux,
Quand ta main briserait mon âme qui soupire,
Quand mon front saignerait tout meurtri de tes coups,

Seigneur, plein d'abandon en ta volonté sainte,
T'adorant dans la joie et les larmes aussi,
Toujours je bénirai ton nom sans une plainte,
Et te dirai toujours, toujours : « Mon Dieu, merci!.... »

CHARLES BECKERHOFF

DANS LE GAZON

Écoute, promeneur fatigué, que le soleil éblouit; suis-moi, quittons ces avenues encombrées de voitures et de cavaliers, ces sentiers remplis de piétons désœuvrés: viens plus loin, cherchons la solitude et le calme des bois.

Dans une clairière fleurie, dont personne encore aujourd'hui n'a foulé l'herbe et troublé le silence, je veux te montrer des beautés que tu n'as jamais vues. Ne reste pas debout, ni assis : couche-toi, pose ta tête sur le gazon, et regarde ce qui se passe à son ombre.

Bientôt, oubliant les proportions minuscules de cette forêt en miniature, tu admireras les fines découpures des mousses, l'élégance des petites fleurettes, et tu suivras dans les taillis la marche des scarabées teints d'or et d'azur, tu verras sortir de terre les germes et les tigelles pâles, bientôt colorées par la lumière. La douce senteur des herbes et des fleurs t'enivrera, et si tu t'endors, un rêve te montrera de plus charmantes choses encore.

C'est en sommeillant ainsi, le front dans les herbes folles, que je vis en rêve ou en réalité, je ne sais, une petite sylphide qui faisait sonner comme un carillon les clochettes du muguet. Elle chantait, et autour d'elle pâquerettes et myosotis s'animaient et chantaient aussi : chœur souriant et délicat, paré des perles de la rosée de mai. Essaye de t'endormir, ami, peut-être verras-tu : la sylphide ne se montrât-elle qu'un instant, elle est si joliette que tu ne l'oublieras jamais.

J. O. L.

UN DRAME EN PROVINCE

(Voir p. 3, 21, 34, 51, 75, 90, 100 et 122.)

VII (*suite*)

Il s'éloigna en disant ces mots, et Alfred, après l'avoir reconduit avec force protestations et serrements de mains jusqu'à la porte de la rue, le suivit, sur la place du marché, d'un long et mystérieux regard. Puis, quand il l'eut vu disparaître, il reprit de son pas tranquille, nonchalant, presque affaissé, le chemin de son bureau, en dépit des avertissements et des cris de Mme Jean, qui, malgré son silence, persistait à lui annoncer que « la table était servie ».

Il reprit alors, dans son grand fauteuil de cuir, sa place accoutumée, tira, d'un des casiers du bureau, un grand portefeuille noir, en vida successivement plusieurs poches, en examina le contenu, et ne tarda pas à découvrir la pièce qu'il cherchait en ce moment : l'acte de vente des terres du marquis, auquel il ne manquait en effet que les deux signatures.

Il l'examina longtemps, secoua la tête et sourit, en tenant toujours la feuille de papier timbré ouverte devant lui sur la table.

« Ce pauvre M. de Léouville, — murmura-t-il, le front baissé, avec son regard étrange, — ce pauvre marquis s'en va bien triste, et peut-être fort irrité contre moi..... Il a grand tort. Est-ce que ce n'est pas dans son intérêt que j'agis, après tout? Il gardera ses terres, il n'aura pas besoin de se ruiner. Et cela ne l'empêchera pas de trouver un mari pour sa fille..... Un mari bien plus riche — et aussi plus aimable et plus jeune — que ce M. de Tourguenier. Un mari qui a deux millions! — continua-t-il en relevant fièrement la tête, et en frappant triomphalement du poing la feuille de papier timbré. — Oh! comme ce sera bon, comme ce sera beau de devenir le gendre d'un marquis, l'heureux mari de Mlle Hélène!..... Comme les diamants lui iront bien, à cette charmante princessse des contes de fées! Qu'elle sera donc gracieuse et ravissante à voir, passant dans *sa* calèche, le jour des noces, la grande grille de *son* château! »

En parlant ainsi, avec un sourire radieux et un regard d'extase, M. Alfred Royan se renversa dans son fauteuil, et, pendant quelques instants, croisa silencieusement ses bras sur sa poitrine.

Puis un nuage passa sur son front; il fronça le sourcil et, comme pour chasser une douloureuse préoccupation, secoua vivement la tête.

« Mais il faut avant tout, — reprit-il, — que cette insupportable affaire se termine. Il faut que ce pauvre Schmidt soit, le plus tôt possible, remis en liberté.... La chose est bien avancée déjà, et si je pouvais, n'importe où, trouver quelque raison, apporter quelque preuve..... »

Tout en parlant ainsi, il s'occupait à remettre les actes, les papiers, dans leurs cases du portefeuille. Plusieurs lettres, lui glissant des mains, tombèrent tout à coup à ses pieds sur le parquet, et, se baissant pour les ramasser, il les examina une à une, avant de les replacer, par ordre de date, à la place qu'elles occupaient d'abord. Soudain il tressaillit, fit un geste de surprise, et, posant une de ces lettres dépliée sur la table, s'accouda aussitôt pour se donner le temps de la lire, appuyant rêveusement sa tête dans ses mains.

« Mon bon monsieur Michel, disait cette lettre, d'une écriture élégante et jeune, bien que très virile et hardie, vous m'avez, à plusieurs reprises, témoigné tant de bienveillance et d'intérêt, que je n'hésite pas à m'adresser à vous, dans une des circonstances les plus graves de ma vie.

« Plus d'une fois, en réfléchissant à l'obscurité, à l'inaction dans lesquelles je passe mes jours ici, à la gêne et à la pauvreté qui attristent la vieillesse de mon père, vous m'avez conseillé de sortir de ce misérable trou, d'aller ailleurs chercher fortune. Vous avez bien voulu vanter mon intelligence, ma fermeté et mon ardeur; vous paraissiez croire au succès qui, autre part, pouvait m'attendre. J'ai pris note de vos encouragements, j'ai profité de vos conseils : j'ai réfléchi et j'ai cherché.

« Maintenant il se présente pour moi une occasion inespérée, brillante, favorable, qui sait? d'arriver promptement au succès, à la fortune... Seulement, c'est ici que mon malheur et mon désespoir commencent. Pour entreprendre cette spéculation, une mise de fonds est absolument nécessaire. Du reste, il me faut peu de chose, peut-être trois à quatre mille francs... Peu de chose pour vous, monsieur, et pour moi, le salut, l'espoir, l'avenir, le bonheur, la vie. Vous ne vous étonnerez donc pas si je viens vous les demander.

« Oui, je vous les demande, avec prière, avec instance, à genoux s'il le faut. Car si je ne parviens pas à tenter cette entreprise, je n'ai plus rien à faire ici-bas, plus rien à espérer.... Je suis jeune, et j'ai en moi, je le sens, de l'ardeur, du courage, de la force, pour bien des travaux et des luttes : tout ce que je désire est de pouvoir les employer... Et puis je ne pourrai pas toujours vivre triste, silencieux et seul; je rêve à mon foyer une compagne humble, gracieuse, charmante, que je connais depuis longtemps, que j'ai toujours aimée. Me rendre utile, devenir riche, n'est-ce pas le vrai moyen, le seul moyen de l'obtenir?

« Ainsi, mon bon monsieur Michel, je m'adresse à vous

comme à mon unique providence. Vous avez entre les mains mon destin et mon avenir. Si j'échoue, je n'ai plus de raisons de tenir à la vie; je languirai ici ou ailleurs, misérable et désespéré.

« Je ne puis rien vous dire de plus, et m'en remets entièrement à votre bonne volonté, à votre bienveillance. En outre, je ne veux pas vous prendre par surprise, et je crois devoir vous donner le temps de réfléchir. Je passerai donc chez vous dans quelques jours, le matin, de bonne heure, afin que nous puissions causer seuls sans craindre d'être dérangés.

« A bientôt donc, monsieur; pensez à mon destin si sombre, ayez pitié de moi et croyez-moi toujours

« Votre très reconnaissant et dévoué

« Gaston de Latour.

« 23 juillet 186.. »

« Le 23 juillet dernier!... juste une semaine avant... la chose! » murmura Alfred Royan, se frappant le front soudain, puis laissant retomber sur la table la lettre qu'il avait prise pour bien s'assurer de la date.

Il réfléchit quelques moments, rougissant, pâlissant tour à tour. Lorsqu'il se releva, ses traits avaient repris toute leur rigidité; ses regards, où l'éclair mystérieux s'était éteint, étaient redevenus glacés, profonds et mornes.

« En somme, voici une pièce à communiquer au juge d'instruction, se dit-il, d'un ton décidé, d'où toute hésitation, toute faiblesse, semblaient désormais bannies. Ce jeune homme avait besoin d'argent, il ne se gêne pas pour l'avouer. Il annonce à mon oncle sa prochaine visite, « le matin, de bonne heure, afin de n'être « point dérangé, » lui dit-il. Nul ne l'a vu entrer ici, c'est certain; mais enfin il a pu venir. Que s'est-il passé entre eux? C'est ce que tout le monde ignore.... Mais le fait certain est ceci : M. Gaston de Latour avait besoin d'argent; il était décidé à partir. Il s'est adressé à mon oncle, dans ce but. Et mon oncle a pu refuser, qui sait? Et alors?... Enfin, c'est à la justice à débrouiller tous ces mystères. Je vais informer le juge d'instruction de la découverte de cette lettre, et je pourrai même, au besoin, aller en causer avec lui. »

Une heure plus tard, en effet, le vieux Nicolas portait à la poste une large enveloppe cachetée, adressée au chef du parquet et contenant, avec quelques mots d'Alfred Royan, une copie de la lettre de Gaston de Latour. Et, une huitaine de jours plus tard, toute la petite ville était dans un grand émoi : Hans Schmidt, le vieux garde, venait d'être remis en liberté: une ordonnance de non-lieu avait été rendue.

« Les soupçons de la justice, disait à ce propos l'une des principales feuilles du département, avaient été amenés à prendre un tout autre cours, par suite d'une circonstance totalement imprévue. Une enquête était commencée dans ce but; mais la presse ne pouvait encore en faire connaître les résultats, afin de ne point entraver, par ses révélations, l'action bienfaisante de la justice. »

Le vieil Allemand reparut dans la petite ville le jour où cet entrefilet fut inséré dans le journal. Tout naturellement on l'entoura, on s'empressa autour de lui; le peu de sympathie, la répulsion même qu'il inspirait généralement, disparurent devant le désir que presque tous ressentaient de lui faire oublier, autant que possible, sa fâcheuse détention et les malveillants soupçons de la police.

Mais Hans Schmidt parut insensible à tous ces témoignages d'intérêt et de pitié. Il parla peu, ne s'épancha point, demeura taciturne et sombre, se hâta de regagner sa demeure au fond des bois, reprit sa gibecière, ses guêtres, son vieux fusil rouillé, et ne modifia en rien ses anciennes habitudes, sauf en un seul point, ce qui sembla, du reste, parfaitement naturel. Au lieu de venir, comme par le passé, une seule fois par semaine, rendre ses comptes à son patron, il se présenta tous les deux jours chez M. Alfred Royan, au grand mécontentement de Mme Jean qui continuait, disait-elle, à ne pas pouvoir souffrir ce vilain homme.

Mais M. Alfred, dont tout le monde loua à cet égard la noblesse et la générosité, semblait avoir pris à tâche de dédommager le pauvre vieux des traverses qu'il avait subies. Il fit faire d'urgentes réparations à sa masure branlante, lui envoya quelques provisions, lui fournit des vêtements neufs. Il n'y avait donc rien d'étonnant à ce que le bonhomme reconnaissant saisît toutes les occasions de venir remercier et servir son jeune maître.

Du reste, l'attention des habitants de la petite ville devait être bientôt détournée de cette infime circonstance par de nouveaux incidents, totalement imprévus.

VIII

Un personnage aux allures et aux mœurs essentiellement parisiennes, brillant, bruyant, remuant, affairé, partageait avec M. Michel Royan, quelques mois auparavant, l'honneur d'être le lion, l'étoile de la petite ville. C'était M. Auguste Largillière, le fils d'un ancien médecin de la localité, qui, bien qu'il eût de fort peu dépassé la trentaine, semblait devoir marcher sur les brisées de l'ex-notaire, et parvenir promptement, comme lui, à faire une brillante fortune.

M. Auguste Largillière, après la mort de son père qui l'avait laissé orphelin à vingt ans, ayant pour tout héritage une maison assez proprette sur la place du marché, — M. Auguste, disons-nous, était parti pour Paris, ignorant, maladroit, inculte, gauche et râpé, ayant quelques chemises de toile et un vêtement de gros drap dans sa valise, et, tout au plus, un billet de mille francs dans son gousset. Il était revenu, cinq ans plus tard, frais, pimpant, éveillé, musqué, railleur, gandin, portant avec une grâce hautaine et une fatuité taquine un costume de chez Dusautoy, un diamant à sa cravate, un autre à son petit doigt, un face-à-main au coin de l'œil et une rose à la boutonnière.

De là, surprise considérable, immense sensation dans la petite ville. Ce fut à qui aurait l'avantage d'être reconnu, salué par M. Largillière; à qui lui offrirait un bol de punch ou un bock au café; à qui l'inviterait à déjeuner; à qui traverserait à son côté ou, honneur insigne! à son bras, la place du marché ou celle de l'église; à qui apprendrait de lui surtout le grand secret de parvenir, qu'il semblait avoir découvert et appliqué si vite. Et M. Auguste, chaque fois qu'on le questionna à cet égard, répondit invariablement : « Oh! rien n'est si aisé!... quand on fait des affaires! »

Il fut désormais établi pour tous les bons bourgeois de B*** que « faire des affaires » était le seul moyen, le moyen infaillible et sûr de faire promptement fortune; mais il fut constaté en même temps qu'on ne pouvait les faire qu'à Paris. M. Auguste fit du reste tout ce qu'il put pour fortifier ses concitoyens dans cette opinion: car il ne passa que peu de temps dans sa ville natale, suivant avec un extrême intérêt pendant ce temps les mouvements de Bourse, et expédiant chaque jour dépêches et courriers pour Paris. Puis il partit, annonçant son intention formelle de venir se reposer parfois de ses fatigues au calme aspect des champs, au bon air du pays. Évidemment il n'oublia point sa bienveillante promesse: car, en son absence, des meubles élégants, des objets précieux arrivèrent à B***, venant de Paris et destinés à orner sa maison qu'il avait gardée.

Deux ans après sa première visite, il reparut dans l'humble cité, étalant cette fois encore plus de luxe et d'importance, ainsi que le prouvait un assez joli *break*, acheté, disait-il, « chez un des carrossiers les plus en vogue de la capitale », et un cheval pur sang, accompagné d'un groom qui remplissait aussi, à l'occasion, les fonctions de valet de chambre.

Dès lors, chez tous ces paisibles et modestes citadins, l'admiration ne connut plus de bornes, l'enthousiasme devint unanime. Pas un des petits crevés de l'endroit qui ne voulût se coiffer, se chausser, se parfumer, se vêtir, parler, marcher, boire, manger, se dandiner, se mirer, s'admirer, poser et imposer comme le faisait M. Auguste Largillière. Les tailleurs et les cordonniers qui ne parvenaient point à saisir, dans tous ses détails gracieux, la coupe élégante, exquise, de la chaussure et du vêtement, eurent de tristes quarts d'heure à passer avec leur jeune clientèle. M. Largillière fut consulté pour l'arrangement du bal de noces donné par le nouveau notaire, et rédigea le menu au grand dîner du sous-préfet. De leur côté les « hommes sérieux » de l'endroit, qui spéculaient sur les fonds publics et s'intéressaient au cours de la rente, ne se croyaient en sûreté pour leurs transactions financières que lorsque M. Largillière voulait bien consulter son carnet et daignait les guider dans leurs opérations.

Le vieux Michel Royan fut à peu près le seul, de tous les habitants notables de la modeste cité, qui demeurât indifférent, parfois railleur, peut-être même sceptique.

« Oui, oui, j'en conviens; tout cela paraît bien beau, bien brillant à l'heure qu'il est, disait-il, en secouant sa grosse tête grise. Mais tout ce qui reluit n'est pas or, et je conseillerais, moi, aux niais d'attendre la fin pour savoir si ce mirliflor a autant de titres de rentes qu'il fait sonner, à l'occasion, de louis dans son gousset. »

Il résulta de ces dispositions peu bienveillantes de l'ex-notaire qu'Alfred Royan, ne voulant point braver la mauvaise humeur de son oncle, n'alla point grossir les rangs du cortège du boursier gandin, et ne se départit point à son égard d'une prudente réserve. Mais Gaston de Latour se trouva entraîné, et parut bientôt aux yeux de tous posséder la confiance et les sympathies de M. Largillière, qui se montra en sa compagnie sur la place, au café, sur le cours, à l'église, et dans ses excursions et ses chasses aux alentours.

Ce n'était pourtant point par son luxe et son élégance que le modeste jeune homme était parvenu à se concilier la faveur et les préférences du brillant Parisien. Il n'avait pu rien changer, lui, à ses habitudes, à son costume; il était resté simple, digne, un peu timide, presque pauvre, comme toujours. Mais il y avait tant d'intelligence et de feu dans ses regards, de franchise et de distinction dans son attitude, de calme et de noblesse dans son silence, de verve, de chaleur et d'élan dans ses discours, que M. Auguste, accoutumé à bien juger les hommes par son séjour prolongé dans ce grand tourbillon de Paris, avait promptement discerné en lui une organisation d'élite, une nature supérieure, et avait tout d'abord pris plaisir à s'en rapprocher.

C'était au café, avouons-le, que d'abord la connaissance s'était faite. Là seulement Gaston, privé par sa pauvreté de bien des plaisirs de son âge, pouvait lire les journaux, apprendre les nouvelles, faire de temps à autre une modeste partie de dominos. Mais tout cela ne tardait pas à devenir bien monotone dans cette grande salle mal coupée, mal éclairée, poudreuse, basse de plafond, où, dans le jour, la clarté du dehors arrivait grise et terne à travers les rideaux d'un blanc roux; où le soir, la lumière jaune des becs de gaz disparaissait à demi derrière les flammes bleuâtres des bols de punch, les âcres vapeurs des cigares et la fumée des pipes. Autour des petites tables de marbre gris dépoli, écaillé, rayé, usé en maint endroit, portées sur des pieds de fer tordus, bossués, piquetés de rouille, les deux garçons allaient, venaient, nonchalamment, la serviette à la main, relevant dans la ceinture de leur pantalon le coin de leur tablier blanc teinté de poussière. Les dominos tombaient avec un bruit sec sur le marbre des tables; la voix de quelque joueur s'élevait de çà et de là, murmurant au milieu du silence : « Valet de carreau. — Blanc partout. — Atout. — Dame de cœur. — Je passe. » La dame assise au comptoir sommeillait à demi sur les aiguilles de son tricot ou les pages de son livre; le vieux chat du logis, pelotonné au soleil, ronronnait dans un coin. De temps en temps, un garçon, éveillé par le choc d'un gros sou frappant le marbre, s'élançait épris d'un beau zèle, en criant : « Voilà, monsieur! » venait prendre au buffet la consommation demandée, la déposait sur la table, et puis jetait sur le marbre du comptoir la pièce de deux francs donnée en retour, le plus bruyamment possible, cherchant à éveiller un écho au milieu de ce petit monde enfermé, endormi.

C'était donc en ce triste coin que M. Auguste et Gaston s'étaient rencontrés d'abord, et, comme ils étaient jeunes, actifs et remuants tous deux, ils ne s'étaient pas longtemps contentés de ce séjour fade et malsain, de cette stagnation nauséabonde. Bientôt l'élégant Parisien, prenant le bras du jeune provincial, l'avait entraîné avec lui dans de longues promenades sur la place, le long des rues, et, quand le temps était beau, jusque dans les bois et les prés. C'était alors qu'il l'éblouissait par ses merveilleux récits, l'étourdissait par sa verve joyeuse, le fascinait par ses confidences et par les splendides tableaux, si attrayants pour sa vive et jeune imagination, qu'il évoquait au loin, dans les brouillards de la grande ville.

« Aussi, mon cher, en vérité, je ne comprends pas que vous restiez ici! achevait-il souvent, en tournant le cordon de son binocle au bout de son doigt et secouant dédaigneusement la tête. Un jeune homme intelligent et actif, comme vous, peut faire si promptement sa fortune à Paris!

— Est-ce vraiment possible? Ne vous trompez-vous point? répondait Gaston indécis, attachant sur lui un regard à la fois brillant et troublé, où l'émotion, le désir, l'espoir, se mêlaient au doute.

— Comment! si c'est possible? Mais voyez donc, moi, ce que je suis devenu! Mon seul exemple suffira pour vous renseigner, j'espère. J'avais cinq cents francs en poche quand, après la mort de mon père, j'ai quitté notre pauvre petit trou. Aujourd'hui, sans me vanter, — je vous en donnerai les preuves dès que vous en aurez le désir, — je suis capitaliste, boursier, propriétaire. Je fais partie du conseil d'administration des cuivres de la société d'Australie, du comité de surveillance des chemins de fer de Danemark, de la compagnie nouvelle des charbons de Sardaigne et des plombs d'Albuféra. Et dire ce que nous brassons là-dedans d'affaires, d'entreprises, d'obligations solides, d'actions incomparables, et de bons gros millions au soleil, serait vraiment prodigieux! Si vous le voyiez jamais, mon jeune ami, vous qui n'avez rien vu, vous ne pourriez pas le croire. Et non seulement nous faisons brillamment nos affaires, mais encore nous honorons, nous enrichissons le pays. Nous sommes les promoteurs du crédit public, les laborieux régulateurs du grand mouvement financier, les protecteurs de l'industrie. Et vous voyez quels fruits nous en retirons, pour nos actionnaires et pour nous. Aujourd'hui, sans compter mon numéraire et mes titres de rente, j'ai un appartement superbe à Paris; ici, dans ma maison de province, un mobilier très confortable, une cave de premier choix, valet de chambre, cheval, voiture. Et tout cela m'est venu aisément et vite; il m'a fallu au plus une dizaine d'années pour me faire ma position, telle que vous la voyez là. Aussi, mon jeune ami, je vous le répète encore, je ne comprends pas que vous soyez assez faible pour vous enterrer ici, quand vous pourriez, à Paris, obtenir un succès si complet, si prompt dans le monde des affaires.

ÉTIENNE MARCEL.

— La suite au prochain numéro —

BIBLIOGRAPHIE

LE RÉDEMPTEUR DU MONDE

POÈME LYRIQUE

Par M. l'abbé Th. CHABANT, aumônier du Carmel de Niort (1).

Ce poème est un monument en miniature. L'architecte a disposé ses lignes de telle sorte que l'ensemble est complet, tandis que chacune d'elles suffit à fixer l'attention. Peut-être on eût désiré ici où là plus d'ampleur; pourtant, quand on examine le tout, on se demande si quelque chose de plus considérable eût pu garder autant de grâce et de clarté et demeurer accessible surtout au jeune âge. Quel mérite, au contraire, d'avoir évité les longueurs, les exposés et les récits diffus, d'avoir chanté sans rêver et fait de la poésie vraie sans sortir jamais du dogme et de l'histoire!

Ce n'est pas là le travail de quelques heures, le fruit d'un enthousiasme passager. On reconnaît dans ces pages, avec les charmes de la jeunesse, la maturité de l'historien, la science aussi du théologien. L'auteur, après avoir aspiré les parfums qui s'exhalaient au paradis terrestre avant la chute, traverse le temps d'un vol rapide pour entendre l'*Alleluia* qui résonne aux voûtes éternelles. En neuf chants, il déroule à nos yeux l'histoire du monde chrétien : *Le Premier Homme*, *la Chute*, *la Promesse*, *la Vierge*, *Noël*, *l'Évangile*, *le Calvaire*, *l'Église*, et enfin *la Gloire*. Rien de plus varié que le rhythme. Aux images les plus ravissantes succèdent les

(1) Prix : 1 fr. 50. — Lecoffre.

accents les plus lyriques, à tel point qu'on se demande si c'est la même plume qui a écrit l'*Ode à saint Jean-Baptiste*, la *Légende de Bethléem* et la *Description de la fin des temps*.

Où trouver plus de grâce que dans ce prélude du chant de *la Vierge?*

Dans un riche vallon, au matin d'un printemps,
Près d'une source pure, à l'abri des autans,
Dieu fit naître une fleur, et parlant à son ange :
« Garde-moi, lui dit-il, son parfum sans mélange,
Sans tache sa corolle et ses paillettes d'or.
Quand la brise viendra, mon ange, veille encor
Sur la coupe d'argent, chaque jour arrosée,
Comme de diamants, des pleurs de ma rosée. »
L'ange l'ayant soustraite à tout regard humain,
Dieu vint lui-même un jour et la prit dans sa main.

Ne dirait-on pas qu'un prophète a dicté les strophes que répètent les filles d'Israël à la Vierge Marie, à son entrée dans le temple? Quelle vigueur dans l'apostrophe magistrale adressée aux Docteurs, au milieu desquels Jésus, jeune encore, s'arrête à Jérusalem! Qu'on examine aussi le portrait du prophète David, ou encore la peinture du peuple juif, toujours banni et toujours vivant, et chacun jugera comme nous que l'auteur peut affronter tous les sujets, et qu'avec une sobriété peut-être un peu sévère il donne ou laisse à chaque chose son vrai caractère.

Nous aurions voulu signaler spécialement le petit poème historique intitulé *l'Église*. Mais il faudrait tout citer. Prêtons du moins l'oreille aux nobles accents qui célèbrent les triomphes de l'Épouse du Christ. Après avoir énuméré les victoires remportées sur l'hérésie, le schisme, l'idolâtrie, le poète s'écrie :

Et sur la croix du Christ, à travers tous les âges,
L'Église tour à tour berce les nations.
Le phare du salut luit sur tous les rivages,
La foi devient le legs des générations.
Il est vrai, chaque siècle élève son idole,
Chaque siècle voit naître une nouvelle erreur;
Mais de Rome jaillit l'infaillible parole :
L'idole est renversée, et le Christ est vainqueur.
Vainqueur, car il soutient chacun de ses athlètes
De son sang qui suffit à nourrir leurs vertus.
Chaque nouveau combat prépare des conquêtes,
Où les tenants de Dieu s'appellent des élus.

Il y a cependant des choses qui pleurent et qui font pleurer. L'on croit entendre les gémissements de l'humanité tout entière après la chute du premier homme, lorsque le poète, présentant au premier coupable sa race infortunée, lui dit :

Du moins s'ils ne devaient payer par leur souffrance
Ton infidélité!
Et si ton châtiment leur laissait l'espérance
De l'immortalité!
Mais pour prix de ta faute, un exil plein de larmes
Sera leur triste sort;
Et seule apparaîtra pour finir leurs alarmes
L'inévitable mort.

Quelle tristesse dans ces simples mots :

L'homme a toujours failli depuis son origine;
Seigneur, de vos bontés daignez vous souvenir:
Le passé nous effraye, ô Sagesse divine!
Le présent nous fait peur! Quel sera l'avenir?

Voici la réponse :

Des oracles divins l'incorruptible chaîne,
Malgré l'effort du temps, garde ses anneaux d'or;
Dieu poursuit son dessein, Dieu va parler encor :
Et voici qu'il se hâte où son amour l'entraîne.

Essayer de chanter la félicité éternelle paraît audacieux; suivez néanmoins cette série de tableaux. Le poète nous montre au sein de la gloire, groupées autour du Rédempteur, les cohortes des martyrs, autour de la Reine du ciel les phalanges des vierges :

Et vous tous du Sauveur la plus douce victoire,
Esclaves du péché, rachetés par Jésus;
Vous que le repentir conduisit à la gloire,
Généreux pénitents, héroïques vaincus.

C'est le résumé du chapitre de l'Apocalypse où l'apôtre saint Jean nous a laissé la symbolique description de la Jérusalem céleste. Le poète termine en célébrant la gloire et les délices du ciel :

L'Alleluia résonne aux voûtes éternelles,
Où les mêmes transports unissent tous les cœurs;
Chacun trouve de Dieu les promesses fidèles,
Et goûte mille fois le prix de ses labeurs.
Quelle félicité! Contempler sans nuage
Celui dont la splendeur rayonne dans l'amour;
De tout son cœur l'aimer en lui rendant hommage :
Quel ravissant devoir dans un si beau séjour!

Les âmes avides de littérature sacrée seront heureuses de trouver dans ce poème quelques-uns de leurs souvenirs, quelques-unes de leurs aspirations, peut-être aussi une traduction exacte de l'enthousiasme dont tout chrétien, à certaines heures, est capable. Combien nous nous félicitons nous-même d'avoir pu faire une étude à la fois si facile et si intéressante! Félix ***

CHRONIQUE

Un jour, dans un salon, la Fontaine demandait :

« Quel est donc ce jeune homme de tant d'esprit et de si belles manières? »

On lui répondit :

« Mais... c'est votre fils!

— Ah! fit le bonhomme, en se replongeant dans l'abîme de ses distractions, j'en suis bien aise. »

Si la Fontaine, revenu en ce monde, allait dans la salle d'Exposition ouverte en ce moment rue Laffitte et qu'il demandât :

« Quelles sont donc toutes ces charmantes peintures? Que représentent-elles? »

On lui répondrait :

« Elles représentent vos fables. » Sans doute le bonhomme dirait encore :

« J'en suis bien aise ! »

Et il aurait raison, grandement raison d'être *bien aise*, car jamais l'art français n'avait élevé pareil monument à sa gloire.

Une association de peintres, presque tous illustres, ont entrepris une collection sans précédents : ils ont peint, dans des proportions uniformes, environ deux cent cinquante aquarelles dont chacune représente un sujet tiré des *Fables* de la Fontaine. On estime que cette collection représente une valeur d'au moins trois cent mille francs.

Le public visite l'Exposition de la rue Laffitte avec un empressement qui prouverait, s'il en était besoin, que la gloire et la popularité du fabuliste n'ont pas vieilli parmi nous. On veut réveiller dans son souvenir toutes ces fables apprises par cœur dès l'enfance ; on veut les voir traduites par les nuances délicates du pinceau de l'aquarelliste ; on veut enfin comparer ces compositions avec celles de tous les la Fontaine *illustrés* qu'on a pu recevoir jadis en prix ou en étrennes du jour de l'an.

La fable prête aux animaux les passions et le langage de l'homme : elle les fait parler ; et on oublie le loup, le renard ou le héron pour songer au personnage humain dont cet animal est l'incarnation momentanée.

Mais comment faire pour exprimer tout cela par le dessin, pour faire voir la fable sous son double aspect, — naturel et allégorique ? Certains dessinateurs, comme Granville, croient se tirer d'affaire en posant des têtes d'animaux sur des corps d'hommes ou de femmes dont l'attitude et les gestes traduisent tant bien que mal les sentiments et les paroles : on a ainsi des caricatures souvent très spirituelles ; on n'a pas la fable.

Granville va jusqu'à donner un visage à l'huître, si merveilleusement décrite par la Fontaine, qui, lui, ne sort cependant pas de la nature et de la réalité.....

> Parmi tant d'huîtres toutes closes,
> Une s'était ouverte, et, bâillant au soleil,
> Par un doux zéphyr réjouie,
> Humait l'air, respirait, était épanouie,
> Blanche, grasse, et d'un goût, à la voir, non pareil.

D'autres artistes, dans bon nombre de ces compositions sur la Fontaine, présentent une action double : d'abord les animaux décrits par le poète, et à un arrière-plan des hommes figurant une scène en rapport avec la fable elle-même.

Quant à la représentation exacte, complète, du petit drame imaginé par le fabuliste, elle n'est possible qu'autant que les héros de sa fable sont eux-mêmes des hommes.

La plupart des aquarellistes de la rue Laffitte qui ont entrepris de nous donner des fables de la Fontaine, n'ont réussi qu'à nous montrer de très jolis paysage ou de charmantes études d'animaux : ceux-là seuls qui ont mis en scène des personnages humains ont réussi à nous donner la fable elle-même traduite, interprétée tout entière.

Ainsi, la fable *le Rat et l'Huître*, si drôlatiquement traitée par le crayon caricatural de Granville, est devenue sous le pinceau de M. Vigoureux une charmante *marine :* ciel, mer, rochers, tout est admirablement saisi : on se croirait sur une plage de Bretagne ou de Normandie ; on admire tous les jeux du soleil qui brise ses rayons dans les mille ondulations des flots ; mais à grand peine découvre-t-on le rat, et je n'ai pas d'assez bons yeux pour avoir aperçu l'huître. Mais alors où est la fable ? où est la Fontaine ?

Au contraire, dans *le Rieur et les Poissons* de M. Eugène Lami, nous voyons toute la petite scène si bien racontée par la Fontaine : nous la devinons, nous la comprenons.

Nous voyons la salle à manger opulente et la table magnifique du financier : le rieur a le visage finaud et quelque peu chafouin d'un parasite qui sait son métier ; les convives d'importance le regardent curieusement ; le financier, tout bouffi d'impertinence, daignera tout à l'heure applaudir lui-même à la plaisanterie qui aura amusé sa compagnie ; un grand laquais, placé derrière, se mord la lèvre pour ne pas rire de ce qui lui semble une farce du meilleur goût.

Parmi les aquarelles que j'ai le plus remarquées, je citerai presque au hasard : *la jeune Veuve*, de Mme Madeleine Lemaire ; *le Bassa et le Marchand*, de M. Gérôme ; *le Cheval s'étant voulu venger du Cerf*, de M. Luminais ; *l'Aigle et le Hibou, le Milan et le Rossignol*, de M. Gustave Doré ; *les deux Amis, le Lion amoureux, Phœbus et Borée, le Rat de ville et le Rat des champs*, de M. Gustave Moreau ; enfin, *le Fou qui vend la sagesse, le Jardinier et son Seigneur, le Curé et le Mort, le Coche et la Mouche*, véritables petites merveilles de grâce, de fraîcheur et d'esprit, signées du nom de M. Eugène Lami.

La fable *le Rat de ville et le Rat des champs* m'avait tout particulièrement intéressé, pendant ma visite à la rue Laffitte, sans que je pusse au juste me dire à moi-même pourquoi, quand je me souvins d'un *fait divers* que j'avais lu, le matin même, dans mon journal, et qui rendait très éloquente, très touchante pour moi la morale du récit de la Fontaine :

> . . . . Fi du plaisir
> Que la crainte peut corrompre !

Oui, assurément, *fi du plaisir que la crainte peut corrompre !* Mais est-il toujours bien facile d'éviter le plaisir dépourvu de danger ?

Qui de nous, jusqu'à présent, n'avait pensé qu'il pouvait sans terreur aucune se livrer le dimanche à l'innocent plaisir d'aller manger une gibelotte dans un de ces restaurants de banlieue qui portent inévitablement, au-dessus de leurs barreaux verts, cette alléchante inscription : *Au lapin sauté ?*

Hélas ! bons bourgeois de Paris, sachez bien que quand vous vous hasardez, vous, vos femmes et vos *demoiselles* à marier, au delà des barrières de l'octroi, vous exposez toute cette chère *smalah* à des risques aussi formidables que si vous l'entraîniez dans le pays des Khroumirs eux-mêmes. Il y a une différence pourtant : — c'est que les Khroumirs sont peut-être plus difficiles à rencontrer que les dangereux malfaiteurs contre lesquels je vous invite à vous mettre en garde.

Nous avons un peu trop pris l'habitude de croire que les bandits des carrières d'Amérique ne se rencontraient que dans les romans de Ponson du Terrail ou de quelques autres conteurs de son école : les carrières d'Amérique et les autres carrières des environs de Paris sont bel et bien, ou plutôt très vilainement habitées par des tribus entières de voleurs ou d'assassins, qui sortent de ces repaires pour venir *travailler* à leur manière dans les rues de la grande ville et qui se réfugient ensuite dans leurs souterrains.

La police connaît parfaitement les habitudes de ces brigands : elle sait où ils gîtent; mais il n'est pas facile de mettre la main sur eux, même en ayant pour soi la supériorité de la force et de l'armement : car les hôtes des carrières sont passés maîtres dans l'art de fuir.

La semaine dernière a eu lieu une chasse qui mériterait d'être décrite par la plume de Fenimore Cooper lui-même. Depuis longtemps, la police savait que les carrières à plâtre qui s'étendent sous Bagneux renfermaient une bande de voleurs, celle-là même qui obéissait au *Manchot*, un digne émule de Cartouche dont il a été fort question dans ces derniers temps. On connaissait très bien les orifices par lesquels les voleurs entraient sous terre; on avait constaté aussi qu'ils avaient une sortie secrète par où ils s'échappaient à volonté. Mais on n'avait pu découvrir exactement l'emplacement de cette porte d'évasion; et, précisément, c'était là seulement qu'on avait la chance de faire un beau coup de filet.

Un intrépide agent de la police secrète, connu sous le sobriquet du *Grêlé*, s'est dévoué. Déguisé sous des haillons ignobles, il est descendu vers le milieu de la nuit dans une des cavernes. Si ce brave homme possède des souvenirs classiques, il a dû certainement se rappeler les descentes aux enfers qui figurent invariablement dans tout honnête poème épique.

Vous savez qu'en pareil cas, la première précaution à prendre était de se munir d'un gâteau de pavots destiné à calmer la fureur de Cerbère, le chien à triple tête et à triple gueule. Le Grêlé, sachant que les choses ont un peu changé dans le monde souterrain depuis le temps de Pluton et de Proserpine, remplaça le gâteau de pavots par un sabre-baïonnette et un képi de sergent de ville, qu'il tenait à la main.

A peine avait-il fait trente pas dans les ténèbres qu'une douzaine de chenapans sautent sur lui et l'entraînent, avec accompagnement de horions, dans un coin de la carrière, éclairé par une lanterne sourde.

Là, explication. Le Grêlé, qui parle argot comme un bachelier de Cayenne ou de l'île des Pins, expose le cas : il était poursuivi par des sergents de ville; il a été assez heureux pour en tuer un, dont il apporte la dépouille; mais l'invasion de la carrière par la *Rousse* est imminente : il faut fuir, fuir au plus vite. On n'avait pas le temps de se livrer à une longue enquête; d'un instant à l'autre, on pouvait être saisi. Chacun s'élança, et le Grêlé avec les autres, vers l'issue secrète; deux minutes après, on était dans la campagne; mais à ce moment le Grêlé donnait un signal, et une véritable légion d'agents et de gendarmes accourait, raflant d'un seul coup une soixantaine de coquins, qui le lendemain ont traversé tout le quartier de Montrouge les menottes aux mains.

La porte ou, si vous aimez mieux, la poterne de la citadelle des voleurs était une grosse pierre recouverte d'herbes et négligemment posée au milieu d'un champ... Hein ! qu'en dites-vous? Il fait bon, n'est-ce pas, aller cueillir les coquelicots dans de pareils champs, ou y rêver sous les aubépines en fleur, à l'heure où le rossignol raconte tant de douces choses à la lune. Allez donc, maintenant, manger des gibelottes sur le plateau de Châtillon ou savourer des cerises à Bagneux : je parie bien qu'au retour le chant du grillon lui-même vous fera tressaillir, et que les sureaux, dont les branches se penchent par-dessus les murs des jardins, vous paraîtront coiffés d'une casquette de soie à triple pont!

Et si réellement vous étiez poursuivis par une bande de ces coquins qui semblent pulluler à mesure qu'on les empoigne, comment feriez-vous?

Permettez-moi de vous indiquer un excellent moyen, qui réussit parfaitement à un pauvre diable de franc-tireur en 1870 dans cette même plaine de Bagneux.

Un beau soir, ce brave garçon était allé en éclaireur jusqu'auprès des lignes allemandes : aperçu, il voulut fuir; mais déjà toute une troupe de Bavarois lui donnait la chasse. Tout à coup il rencontre un puits, et, sans hésiter un instant, il saisit la corde, se laisse couler au fond et s'installe dans l'eau jusqu'aux épaules. Les Bavarois n'avaient rien vu; ils rôdèrent, tournèrent, cherchèrent et finalement s'en allèrent. Un peu avant le point du jour, notre homme, qui avait le poignet solide, remonta, grâce à la corde, et regagna nos avant-postes, passablement rafraîchi, mais sain et sauf. Je vous recommande la recette; je la crois bonne, mais peut-être pourtant est-ce le cas d'ajouter : « Tant vaut l'homme, tant vaut la chose. »

ARGUS.

Abonnement, du 1er avril ou du 1er octobre; pour la France : un an, 10 f.; 6 mois, 6 f.; le n° au bureau, 20 c.; par la poste, 25 c.

Les volumes commencent le 1er avril. — LA SEMAINE DES FAMILLES paraît tous les samedis.

VICTOR LECOFFRE, ÉDITEUR, RUE BONAPARTE, 90 A PARIS. — Imp. de la Soc. de Typ. - J. Mersch, 8, r. Campagne-Première Paris.

Chat pris au piège.

LES CHATS

Les chats n'ont jamais joué dans aucun pays, un rôle plus important que dans l'ancienne Égypte. Ils y furent transportés, croit-on, en même temps que le cheval, au XVII° siècle avant l'ère chrétienne, et l'on retrouve les traces de ces animaux, dont l'existence se liait à celle de la famille, sur la plupart des monuments égyptiens, et jusque dans les tombeaux de Thèbes, par des squelettes parfaitement conservés. Ce qu'il y a d'étrange dans ces chats du pays des Pharaons, c'est qu'ils étaient chasseurs et que les habitants de ce pays, jadis si prospère, les dressaient à rapporter le gibier dans la plaine et le poisson qu'ils prenaient dans les eaux.

Les chats ont bien changé depuis cette époque. De nos jours, si un matou est forcé de mettre la patte dans l'élément liquide, il se hâte de l'en retirer plus vite qu'il ne l'y a plongée. Autre temps, autres mœurs. Les animaux, comme les hommes, modifient leur éducation.

Non contents de les avoir peints, les Egyptiens les sculptaient et les embaumaient après leur mort. Dans cette dernière métamorphose étaient-ils mis au rang des divinités et adorés dans le temple d'Héliopolis, comme le rapporte Manéthon et consacrés au soleil? Nul ne sait le secret de la croyance antique.

En Chine, au dire du P. Huc, la dilatation de la pupille des yeux de ces animaux les a fait adopter en guise d'horloge. En effet, la prunelle du chat va en se rétrécissant à mesure qu'on approche de l'heure de midi; à ce moment de la journée elle est comme un cheveu, et après midi la dilatation recommence en s'agrandissant jusqu'à la nuit.

Les Grecs et les Romains ne tinrent point les chats en grande estime et ils leur accordaient à peine une place secondaire dans leur intérieur, les regardant plutôt comme des destructeurs d'oiseaux que comme des animaux utiles.

Les poètes, les traditions populaires ont chanté le chat et, à plus d'un foyer, le récit des exploits de « Minet » berce et endort les enfants. Nous rappellerons, pour la forme, le conte du « chat botté ».

Les sorcières eurent beau jeu de choisir le chat pour leur confident : celui qui avait la fourrure noire était surtout leur préféré. De là, la proscription soulevée par les gens superstitieux et il n'a fallu rien moins que notre civilisation actuelle pour opérer une réaction en faveur de ces animaux.

Toussenel et Fournier ont déclaré que le chat méritait à peine un coup de fusil.

Tel n'est pas notre avis. Le chat, comme le chien, a droit à l'existence, car il peut détruire les souris et rendre ainsi de vrais services. Mais nous ne l'admettons dans l'intérieur de nos maisons qu'à la condition de se rendre utile par cette tuerie des rongeurs, les ennemis du foyer.

L'intelligence du chat est incontestable et ce félin a su inspirer des affections singulières. Richelieu, Volney en avaient toujours près d'eux. Le Tasse composa un sonnet en l'honneur de sa chatte. Pétrarque fit embaumer Minette et, de nos jours encore, nous voyons des legs considérables faits pour des chats tendrement aimés par des défunts, lesquels ont pour but de pourvoir à l'entretien de ces animaux, alors qu'ils ne seraient plus là pour les soigner.

Chateaubriand aima tendrement les chats. Il avait reçu du pape Léon XII un de ces félins, qu'il ramena en France et qui mourut de vieillesse pendant l'apogée de la gloire de l'auteur du *Génie du christianisme*. « Micetto » a été célèbre.

Sainte-Beuve, peu endurant par nature, laissait sa chatte errer à son bon plaisir sur son bureau et trôner en reine sur ses manuscrits. Qui sait si elle n'en a pas dicté quelques-uns, parmi les plus méchants de ce critique émérite !

Dans le nombre des gens qui n'aiment point les chats et leur tirent volontiers un coup de fusil, il faut compter les gourmands, toujours effrayés de voir leur « gibelotte » transformée en « haricot de chat ». Un second motif de haine est encore le goût prononcé de ces félins domestiques pour les asperges. Ce goût prouve le bon goût des minets, comme l'amour de la truffe, le tact délicat des cochons.

Dans le nombre des admirateurs des chats, nous compterons un Japonais en Asie, et en Europe Gottfried Mind, peintre suisse que l'on a surnommé le « Raphaël des chats ». L'Anglais Barbanck fut célèbre en ce genre et Gravoche restera comme un des plus intelligents observateurs des habitudes de la race féline : car il a rendu avec un talent incontestable l'expression, la pose, les sourires et les colères de ces animaux.

Si le chien aime son maître, par contre le chat ne s'attache qu'au logis. A peu d'exceptions près, il n'est point reconnaissant. Certains écrivains ont appelé ce défaut de l'indépendance; nous qualifierons cette indépendance d'ingratitude. Si le chien préfère la misère, la gêne avec le maître qui l'a élevé, et se contente d'une caresse, d'un regard, le chat voit se renouveler les habitants d'une maison sans être attiré par des visages inconnus.

Et enfin, le chat a des griffes enveloppées dans une peau de velours ; elles sont d'autant plus dangereuses qu'on ne les voit pas. C'est la trahison prête à se révéler; quand on voit un chat faire « patte de velours », on peut se tenir sur ses gardes.

La propreté des chats les rend fort appréciables : cette propreté même est presque de la coquetterie. Un instinct tout particulier les pousse à se lisser le poil et à procéder à leur toilette, ainsi que le ferait une dame des plus soignées. Un grain de poussière ou une tache de boue leur déplaisent et ils se hâtent de les faire disparaître.

Les chats comprennent quand on les appelle et qu'on leur parle : ils accourent et font *ron ron*.

L'Anglais Moncriff nous a laissé un volume : *Lettres sur les chats*, qui lui causa de grands désagréments, car il ne fut pas compris par son époque. Avant lui, Dupont de Nemours publia un travail sur les chats, qu'il avait observés en amateur et en naturaliste érudit.

Enfin Champfleury, dans son volume : *les Chats*, a suivi ces animaux avec une grande et scrupuleuse attention, en recherchant tout ce qui a trait à ces animaux. Des vignettes ornent le texte et y ajoutent un cachet de grande originalité.

Je termine cet article sur les chats par une anecdote personnelle qui trouvera ici sa place et intéressera le lecteur.

Dans mon jeune temps, lorsque je demeurais dans la propriété de ma grand'mère, au château de Servannes, dans les Bouches-du-Rhône, il y avait, autour du logis de la famille, des garennes très peuplées de lapins sauvages, et l'on nourrissait au « ménage » une douzaine de chats qui délivraient les greniers des rats nombreux et des souris qui l'infestaient.

La tante, femme de charge, cuisinière du ménage, qui était âgée d'une quarantaine d'années, veuve et sans enfants, avait porté sa tendresse sur une chatte de forte taille dont l'agilité et la science chasseresse dépassaient celles de ses autres camarades des deux sexes.

On lui avait permis de garder Bellotte, à la seule condition de la priver de ses petits quand elle mettrait bas, car le nombre des félins était suffisant à Servannes.

La pauvre bête supporta ses malheurs trois ou quatre fois, mais un jour on s'aperçut qu'elle rentrait rarement au ménage et qu'elle se dirigeait vers un mamelon couvert de chênes nains et d'épais buissons.

Il était certain que l'animal avait mis bas, hors du logis, en plein bois. Bellotte revenait à peine le soir, en *catimini*, manger sa soupe et elle se sauvait aussitôt sans se laisser approcher. La tante elle-même n'avait plus l'influence d'autrefois sur sa belle favorite.

Le garde du château, nommé Chio, dit un jour à mes oncles, grands chasseurs comme moi :

« Messieurs, je trouve depuis quelques semaines des peaux de lapins dans les broussailles du « Touret »;

il doit y avoir un renard dans nos parages. Il faut le tuer.

— Fais ce que tu voudras, mon garçon, répondit l'aîné des frères de ma mère. Tu as carte blanche. »

Chio se mit à l'affût; mais il n'aperçut point de renard. Il lui sembla cependant certain jour voir passer une bête semblable à un furet, sur les pierres du chemin qui conduisait à une croix élevée sur ce monticule et il reconnut Bellotte.

« Tron de l'air ! j'y suis. C'est le chat de la tante qui a « pondu » ses *catons* dans le bois. Gare à 'eux et à elle si je trouve le nid. »

Il le chercha, et il le découvrit en effet, en l'absence de la mère : il y avait sept chatons dans une vieille lambrusque qui, pelotonnés les uns contre les autres, sifflaient déjà comme de petits tigres et se fussent bien sauvés, s'ils avaient pu le faire. Chio sans pitié, sans remords, écrasa du talon toute cette vermine qui eût grandi et bientôt dépeuplé la garenne de Servannes.

Cette exécution terminée, il vint en rendre compte à mes oncles, qui leféliciterent du succès de son entreprise.

Bellotte était absente. Sans doute la pauvre mère s'était mise à la recherche de sa portée; mais elle n'avait rien découvert et, le soir venu, elle reparut au ménage, très maigre, fort sauvage, à ce point qu'elle ne voulait plus se laisser toucher même par sa maîtresse.

« *Qu'es aco!* s'écriait celle-ci. C'est une ingrate. Va-t'en! Au soleil! »

Et elle chassa la belle à coups de bâton.

Bellotte était rancunière. Elle avait vécu de la vie des bois et compris sans doute le charme de la liberté en plein champ, si bien qu'elle retourna au Touret, et recommença ses ravages pour son propre compte.

Le garde-chasse Chio ne tarda pas à s'apercevoir de la disparition des lapins de la garenne; mais il eut beau chercher à surprendre Bellotte sur le fait, il perdit son temps et sa peine.

Bellotte rentrait le soir et avait fait élection de domicile dans une écurie attenante au ménage, où elle pénétrait, la nuit venue, par un trou perforé dans le bas de la porte à l'intention du passage des autres chats.

Il fallait en finir avec cette braconnière.

Chio tendit un piège dans l'écurie, plaça dans l'intérieur de ce piège un rat en vie, qui devait servir d'appât, et cela fait, il alla se coucher.

Le lendemain matin, Bellotte était prise.

Elle miaulait à gueule que veux-tu. La tante accourut et songea d'abord à délivrer sa belle favorite; mais Chio était survenu sur ces entrefaites qui, sans écouter les doléances de la vieille femme, asséna sur la tête de la *braconnière* un coup de bâton qui l'étendit raide morte.

Justice était faite.

La tante pleura bien un peu; mais elle se consola en prononçant ces paroles en guise d'oraison funèbre :

« Je l'avais bien prédit. Bellotte avait mal tourné, elle devait mal finir. » BENEDICT-HENRY RÉVOIL.

UN HEUREUX DINER

NOUVELLE ANGLAISE

par Mme M. Howitt.

M. Joseph Hilyard était un riche manufacturier, très actif et très habile. Il ne manquait pas une bonne chance. Un jour, pourtant, il commit une fatale erreur. Il aimait Hélène Stretton qui n'avait rien, et il épousa une héritière qui, par son méchant caractère, le fit cruellement souffrir.

Hélène se maria deux ans après et fut aussi très malheureuse. Son mari, nommé Trevisham, demeurait dans la même ville que Joseph Hilyard et faisait avec ardeur le même commerce; mais il n'avait point la même intelligence, et sans cesse il s'engageait dans quelque fâcheux procès. Il en eut un avec son concurrent Hilyard, qui peu à peu prit d'énormes proportions. Il y dépensa beaucoup d'argent, il le perdit, et il mourut, laissant ses affaires dans le plus mauvais état. Sa succession ne suffisait pas pour payer ce qu'il devait. Sa femme restait avec une fille unique, sans ressources aucunes. Mais elle inspirait par ses vertus une telle sympathie, que les créanciers de son mari, malgré leurs pertes, se réunirent pour lui constituer une rente annuelle de soixante-quinze livres sterling (mille huit cent soixante-quinze francs).

Bien humble était cette nouvelle situation. Heureusement, Hélène était douée d'une bonne santé et d'un bon caractère. Elle était pieuse. Elle aimait tendrement sa fille et pouvait elle-même très bien l'élever. Enfin, elle avait dans sa chétive fortune la paix du foyer.

Hilyard avait gagné sa cause. «Il réussit, disait-on, dans toutes ses entreprises, il triomphe. » En réalité, pourtant, sa joie n'était pas si complète. Lorsque, en vertu de la sentence juridique, il eut pris possession des terrains que lui disputait son adversaire, et lorsque cet adversaire fut mort, il ne pouvait sans une pénible réflexion songer aux deux innocentes créatures ruinées par le procès qui lui donnait à lui un surcroît de fortune. Sa méchante femme étant morte, il se demanda s'il ne pourrait pas réaliser le rêve de sa jeunesse, épouser la douce Hélène, et réparer ainsi envers elle les rigueurs de la fortune.

Depuis plusieurs années, il ne lui avait pas parlé, il ne l'avait pas vue, et bien qu'elle résidât dans la même ville que lui, il ne pouvait même plus la rencontrer. Il occupait une grande et belle maison dans un élégant quartier et la pauvre veuve s'était retirée dans un humble cottage à l'extrémité d'un faubourg. Sans la voir, à tout instant il songeait à l'épouser, il se complaisait dans cette idée, il voulait espérer. Puis il réfléchit que celle dont il avait jadis conquis l'affection ne pouvait plus être pour lui ce qu'elle avait été, que sans doute elle avait cessé de l'aimer, qu'elle le haïssait peut-être pour toutes les afflictions qu'elle avait subies.

Il se dit qu'il ne devait plus penser à se marier, et à le voir avec sa redingote boutonnée passer gravement dans les rues, ou si activement s'occuper de ses affaires et encaisser ses bénéfices, personne ne pouvait deviner le tendre roman qu'il venait de faire au fond de son cœur.

Un jour, au mois de novembre, il s'achemina vers le faubourg où demeurait Hélène. Il ne voulait pas se hasarder à lui faire une visite. Non; il voulait seulement regarder son habitation, et il l'examina attentivement. « Une petite maisonnette, se dit-il, une cuisine, un salon, deux chambres à coucher, un lavoir, cela ne doit pas coûter plus de cent soixante ou cent quatre-vingts francs par an; mais tout cela est très proprement tenu, et un jardin y est joint. Hélène a toujours aimé les fleurs : c'est un de mes agréables souvenirs. Elle a sans doute une femme de ménage; son chétif revenu ne lui permet pas de payer de gros gages. Les parents de son mari n'ont pu lui venir en aide. Ils ne sont pas riches et nullement généreux. »

En continuant ses réflexions, il fait le tour du cottage, séparé des autres par une haie, et il regarde de plus près. Dans la cuisine, une petite servante met sur le feu qu'elle vient d'allumer, la bouilloire à thé; dans le salon, Hélène est assise au coin du foyer, l'aiguille à la main, travaillant à une couture; près d'elle, Catherine, sa fille, une jolie personne d'une quinzaine d'années lui fait une lecture.

La laitière vient frapper à la porte. M. Hilyard s'approche pour voir qui ouvrira. C'est la petite servante. La jeune miss n'a point interrompu sa lecture, ni Hélène son travail.

Sans qu'il puisse être vu, l'ancien amoureux contemple avec une émotion de cœur celle qui lui fut jadis si chère; le riche négociant s'attendrit en se représentant les soucis matériels qui souvent doivent atteindre cette innocente femme, et il retourne tout pensif dans sa grande maison.

Bientôt voici venir la joyeuse *Christmas*, la Nativité, l'heureux jour, le saint jour. M. Hilyard songe au cottage où, avec un revenu de soixante et dix livres, on ne peut guère avoir un beau dîner de Noël, et, sans en rien dire à personne, il organisera lui-même ce festin.

L'avant-veille de la Noël, un messager remet dans la cuisine de la maisonnette un panier, sur lequel est très nettement inscrit le nom de Mme Trevisham avec ce mot qui dispense de tout compte : *franco*.

La servante appelle sa maîtresse, et l'on coupe les cordes qui entourent le panier, et on l'ouvre, et on y trouve, ô merveille!... Comment énumérer toutes ces richesses! un jambon, une dinde superbe, des pâtés de différentes sortes, des amandes, des raisins, divers autres fruits et douze bouteilles de vin...

Mais d'où cela venait-il? A qui devait-on ce magnifique envoi? Toute la soirée, Hélène et Catherine essayèrent de résoudre cette question sans pouvoir y parvenir. Quant à l'emploi du mystérieux présent, c'était pour elles chose facile : elles en donnèrent la plus grande partie aux pauvres; le vin fut par leurs soins délicats distribué aux vieillards et aux malades. Ainsi elles célébrèrent heureusement la fête de Noël. A pareil jour, pendant plusieurs années, les mêmes provisions leur furent remises avec la même discrétion, et elles en eurent par leur bonté d'âme la même joie.

M. Hilyard, qui s'occupait ainsi d'elles sans se laisser deviner, voulut revoir leur cottage avec son petit salon et sa petite cheminée. Un soir, il s'en va à pied vers cette humble habitation, dont il a gardé un si constant souvenir. Chemin faisant, il rencontre un médecin du faubourg, un bon et brave homme, et se met à causer avec lui.

L'honnête manufacturier, qui réalisait périodiquement de beaux bénéfices, croyait accomplir pleinement son devoir en donnant chaque année une certaine somme pour l'entretien de quelques institutions philanthropiques. Il fut un peu troublé dans sa placide satisfaction, lorsque, dans le cours de la conversation, le médecin en vint à parler des pauvres, que bien il connaissait et pour lesquels il éprouvait une profonde sympathie. « La plupart des riches, disait-il, n'accomplissent pas les obligations que leur fortune leur impose. Souvent ils oublient le pauvre, ou ne lui donnent qu'un secours insuffisant. Souvent les meilleures charités sont faites par des gens dont les ressources sont très limitées. Tenez, je puis vous en citer un notable exemple. Près d'ici demeurent deux de ces généreuses créatures, une veuve avec sa fille. Leur revenu ne s'élève pas à cent livres par an, et quel bien elles font! Comme elles soulagent, comme elles consolent ceux qui souffrent autour d'elles! Cette veuve, qu'on appelle Mme Trevisham, est pour moi le modèle de la femme chrétienne, et sa fille le modèle des jeunes filles. Je crois qu'elle tâche, ainsi que sa mère, de gagner par un travail manuel quelque argent pour pouvoir faire plus d'aumônes, et elle trouve encore le moyen de donner elle-même des leçons dans une école de pauvres que, sans elle, nous n'aurions jamais pu constituer.

— Ah! dit M. Hilyard tout ému, cette école m'intéresse : voulez-vous bien joindre aux dons qui lui sont faits, cette offrande d'un inconnu très touché de votre entretien? »

A ces mots, il tira de sa bourse cinq guinées, les remit au docteur, lui serra la main et continua sa route, l'esprit tout occupé d'idées de bienfaisance.

Au moment où il arrivait près du cottage, Catherine en sortait, et il remarque qu'elle a une douce et riante figure, des yeux qui expriment la bonté, une gracieuse démarche, un joli pied. Avec sa simple robe de mérinos noir, son tartan, son chapeau de paille orné d'un ruban bleu, elle est charmante. A la fenêtre est sa mère, vêtue aussi d'une robe noire. Toutes les deux se font un cordial signe de tête. Toutes les deux vivent l'une pour l'autre en un entier dévouement, en un tendre accord.

M. Hilyard regarde, admire, et se dit que celui-là sera heureux qui épousera cette belle et vertueuse personne. Pour lui-même il ne peut avoir une telle prétention; mais une idée subite le saisit. Il a une sœur mariée avec un pauvre instituteur de village, et cette sœur a un fils dont elle lui a souvent parlé, dont elle se plaît à louer les qualités de cœur et d'esprit. Jamais lui, si riche et sans enfants, n'a rien fait pour ce neveu dont il devait être l'auxiliaire et l'appui. Il n'en a pas eu le moindre souci. Mais il vient d'être atteint jusqu'au fond de l'âme par l'entretien du docteur. En faisant un retour sur lui-même, il s'accuse d'avoir vécu si longtemps dans un si froid égoïsme; il a honte de penser qu'il pouvait soulager tant de misères et qu'il a seulement, d'année en année, augmenté sa fortune; mais un autre horizon s'ouvre devant lui : désormais il vivra d'une autre vie. Et d'abord il va faire venir son neveu, si longtemps délaissé. Il l'adoptera et le mariera avec Catherine. Quelle lumineuse idée! Il en est déjà tout réjoui.

En passant près de ce promeneur inconnu, la candide Catherine ne se doute pas qu'il fait pour elle de si beaux projets. Elle va à son institution de charité et ne pense qu'à ses pauvres petits écoliers.

Quelques semaines après M. Hilyard installait dans sa demeure son neveu Édouard Grey, un beau garçon qui, de prime abord, plaisait par sa physionomie ouverte et ses bonnes façons. Dès son début, il conquit l'estime des employés de la manufacture par la délicatesse de ses sentiments et son aptitude aux affaires; mais il n'était point souple et docile, comme l'aurait voulu son oncle, habitué à tout commander. Il était au contraire d'un caractère indépendant, résolu, un peu fier, et il semblait fort indifférent à l'héritage qu'il pouvait espérer, de telle sorte que M. Hilyard n'osa, comme il y avait songé, lui faire part de ses projets, craignant qu'ils ne fussent aussitôt rejetés.

Édouard était un de ces hommes qui ne recherchent point les rigoureuses protections, qui se sentent en état de faire eux-mêmes leur chemin.

Il avait l'amour du travail, et l'intuition et le désir des choses utiles. En peu de temps il parvient à organiser une société de tempérance et un enseignement pratique pour les ouvriers. M. Hilyard applaudissait à ces bonnes œuvres; mais il était choqué que son neveu les fît sans le consulter. Il remarquait aussi avec une secrète jalousie que ce neveu prenait bien promptement une notable importance et attirait particulièrement l'attention des philanthropes de la cité.

Un petit accident aigrit encore sa susceptibilité.

Édouard avait reçu de lui une montre avec une chaîne en or, et tout à coup il se trouva dépossédé de cette montre. Elle lui avait été, pendant qu'il se baignait, enlevée par un voleur dont il chercha vainement la trace. Il fut très chagriné de cette perte, et n'osa l'apprendre à son oncle, qui, depuis quelque temps, se montrait un peu froid envers lui.

Mais voilà qu'un matin, un messager inconnu entre dans les bureaux de la manufacture et, s'adressant à Édouard, lui demande s'il n'a rien perdu.

« Malheureusement, répond Édouard, j'ai perdu, il y a huit jours, ma montre et ma chaîne. »

M. Hilyard était là, et il s'écrie : « Huit jours, et vous ne m'en avez rien dit! Attachez-vous donc si peu de prix à un présent venant de moi? Je n'ai jamais rien perdu de semblable; si cela m'était arrivé, j'en aurais eu plus de souci. »

Édouard, froissé de ces reproches injustes, dédaigna de se disculper et partit avec le messager, qui devait le conduire à la maison où étaient les objets volés. Il traverse en silence la ville dans toute sa longueur, il arrive à l'extrémité d'un faubourg, et le guide s'arrête devant un humble mais joli cottage, l'habitation de Mme Trevisham. C'était dans l'après-midi d'un jour d'été; le petit jardin était tout plein de fleurs. La rose et le jasmin décoraient la fenêtre du salon. A cette fenêtre sont assises Mme Trevisham avec son vêtement de veuve, et Catherine avec sa simple toilette journalière, ses beaux cheveux noirs réunis en un seul nœud, et nul ornement, mais son doux sourire, ses yeux affectueux, sa grâce exquise.

Le jeune homme la regarde dans une sorte d'enchantement, et il va la voir de plus près; il entre dans le modeste salon où elle lui apparaît avec l'éclat d'une fée. C'est elle qui a retrouvé les deux objets qu'il a perdus. Elle lui raconte comment, en s'en allant un matin avec sa servante chercher des champignons dans les prés, elle vit briller, en touchant du pied à une motte de terre, cette montre que le voleur inquiet avait sans doute cachée là, dans sa prudence de voleur. Elle dit ensuite quel souci elle et sa mère avaient eu de cette trouvaille, ne sachant comment découvrir celui à qui il fallait la restituer. Après de longues délibérations, l'idée leur vint de s'adresser aux horlogers de la ville. L'un d'eux reconnut au premier coup d'œil la montre et la chaîne et se souvint d'avoir vendu ces deux objets à M. Hilyard qui voulait les donner à son neveu, et la bonne veuve, réjouie de faire avec sa fille un acte de justice, se hâta d'expédier le messager au comptoir du manufacturier en lui recommandant seulement de ne pas la nommer.

« J'ai connu autrefois M. Hilyard, dit Mme Trevisham, et je me rappelle le temps où je le regardais comme un ami. Mais entre lui et mon mari il y a eu un cruel procès. »

Édouard saisit avec empressement cette occasion de faire l'éloge de son oncle, pour lequel il avait un sincère sentiment de gratitude et d'affection. Mme Trevisham l'écoutait avec une visible satisfaction. Elle gardait en effet un bon souvenir d'un autre temps.

Catherine, travaillant à côté de sa mère, assiste en silence à cet entretien. Édouard tient sa montre, qui maintenant lui semble si précieuse que pour rien au monde il ne consentirait à s'en dessaisir. Il aurait voulu baiser la petite main blanche qui la lui a remise. Il est dans une telle émotion qu'il a peur de faire des folies et il ne peut s'empêcher de dire que le filou qui lui a dérobé sa montre et l'a cachée près du cottage, lui a par là donné un bonheur inimaginable. Il n'explique pas plus clairement sa pensée. Mais Mme Trevisham la comprend, et probablement aussi sa fille, qui s'incline sur son ouvrage en rougissant.

Édouard avait fait annoncer dans les journaux qu'il donnerait dix guinées à la personne qui retrouverait sa montre. Il ne s'avisera certes pas d'offrir cette somme à l'idéale Catherine. Mais il lui remet une généreuse récompense pour son messager et, après avoir pris le thé, fait une promenade dans le jardin, et aidé Catherine à relever ses giroflées, il s'en va à regret en demandant la permission de revenir prochainement.

A son retour au logis, son oncle lui dit sèchement : « J'espère que vous ne perdrez pas de nouveau ce que vous avez heureusement retrouvé. »

Édouard baisse la tête et va reprendre sa place à son bureau sans rien répliquer.

De plus en plus, son oncle devient froid envers lui, tout en rendant justice à quelques-unes de ses qualités : « Un travailleur, se dit-il, et une tête intelligente, ce qu'on appelle un brave garçon. Mais ils ne sont pas aimables, ces braves garçons, et celui-là n'est décidément pas un mari convenable pour la charmante Catherine. Faudra-t-il que je l'épouse moi-même ? » et M. Hilyard se met à rire. Mais il s'intéresse sérieusement à Catherine, et un jour il s'en va à l'école du faubourg, espérant l'y rencontrer. Elle est là en effet, gaie comme une alouette, fraîche comme une rose, chérie et respectée de tous ses pauvres petits élèves. L'honnête manufacturier la contemple avec bonheur, et en se retirant fait un nouveau don au charitable établissement.

Édouard est retourné plusieurs fois à l'attrayant cottage. Il a révélé ses sentiments de cœur, et ses vœux ont été exaucés. Un soir, il est sorti de cette maison bénie l'heureux fiancé de Catherine, et il attend le moment où il verra son oncle dans une bonne disposition d'esprit pour lui annoncer son projet de mariage. De son côté, l'oncle se propose d'amener le jeune philanthrope à un entretien sur les écoles des pauvres, de l'intéresser aux jeunes filles qui se dévouent à ces œuvres de bienfaisance et d'en venir par là à lui inspirer un sentiment de sympathie pour Catherine.

Avec cette secrète pensée, l'oncle et le neveu se rapprochaient peu à peu l'un de l'autre, et ce cordial rapprochement leur donnait à tous deux une telle satisfaction, qu'ils craignaient de la troubler par une confidence intempestive. Ils passèrent ainsi l'automne, attendant une occasion favorable pour se révéler leur secret.

Édouard continuait assidûment ses visites au bienheureux cottage. Un soir, Mme Trevisham lui dit : « Vous viendrez dîner avec nous le jour de Noël. Peut-être aurons-nous encore notre superbe panier. Si cette fois il n'arrive pas, nous tâcherons d'y suppléer. » Le jeune amoureux sait d'où vient ce panier et ne peut pas le dire. Mais peu lui importe cet envoi gastronomique. Il accepte avec bonheur l'affectueuse invitation, et en retournant au logis il prend la ferme résolution de révéler à son oncle, ce soir-là même, son engagement matrimonial.

Ce soir-là, son oncle a expédié à Mme Trevisham une corbeille plus belle encore que celles des années précédentes, et cette fois avec une lettre. Il est content de ce qu'il vient de faire, et son neveu le trouve en robe de chambre et en pantoufles, assis près d'un bon feu, et la lampe qui l'éclaire et la bouilloire à thé qui siffle joyeusement sur la table, complètent son bien-être.

« Quelle bonne occasion ! se dit Édouard, je vais lui annoncer mes fiançailles.

— Il me semble bien disposé, se dit M. Hilyard. Je veux en venir à la grande question. »

L'un et l'autre savourent leur tasse de thé, puis se regardent en silence.

« Mon oncle... balbutia enfin Édouard.

— Mon ami, balbutia l'oncle, je crois... Mais non, dites d'abord ce que vous vouliez dire.

— Pardon... je n'oserais... c'est à vous à parler le premier.

— Soit. Eh bien ! sachez que j'ai grande envie de vous voir marié.

— Ah ! s'écria Édouard avec joie, quelle heureuse coïncidence. Je voulais justement vous dire que je désire me marier.

— Comment ! reprend M. Hilyard d'un ton aigre, auriez-vous déjà quelque inclination ?

— Oui.

— Vraiment ? A quoi donc songez-vous ? Je ne sais quelle personne vous avez choisie... et quel droit avez-vous de choisir vous-même ?

— Mais il me semble que personne ne peut avoir si bien que moi un tel droit.

— Monsieur, réplique l'oncle en se levant, et d'une voix irritée, avant de vous voir, j'avais trouvé pour vous une femme, et je ne vous aurais pas fait venir, si je n'avais eu besoin d'un mari pour cette excellente fille. Ce n'est point votre mérite qui m'a décidé à vous adopter, mais mon admiration pour elle, et maintenant, je vous le déclare, vous l'épouserez ou vous ne serez pas mon héritier.

— Permettez-moi de vous dire que vos idées sont bien arbitraires. Je suis venu à vous de bonne foi, ne sachant rien de vos conditions. Je voulais avoir pour vous l'affection et la déférence que l'on a pour un père. Mais un père impose-t-il, selon son autorité personnelle, un mariage à son fils ? et d'ailleurs, êtes-vous sûr que je convienne à la personne sur laquelle vous avez fixé votre choix ?

— Oui. Elle a les mêmes idées que vous. Elle aime comme vous les écoles de pauvres et les sociétés de tempérance.

— Eh bien! la jeune fille que je désire épouser aime aussi les écoles de pauvres et les sociétés de tempérance.

— Que le bon Dieu la bénisse! » s'écria avec colère M. Hilyard, pensant que cette jeune fille appartenait à quelqu'une de ces familles de philanthropes pour lesquelles il avait peu de goût.

Ainsi finit cette soirée, dont le commencement semblait si pacifique.

Le lendemain matin, cependant, l'oncle était apaisé et, d'un ton de voix conciliant, il dit à Edouard : « Demain jour de Noël, vous viendrez dîner avec moi dans une maison où je vous ai annoncé.

— Excusez-moi, répondit Edouard, demain il ne m'est pas possible de vous accompagner. J'ai un autre engagement. »

Ce refus inattendu, c'était la goutte d'eau qui faisait déborder le vase.

M. Hilyard, en expédiant à Mme Trevisham, lui avait écrit que l'ami inconnu qui, depuis plusieurs années, lui offrait ce présent lui demandait la permission d'aller dîner chez elle le jour de Noël, et d'amener avec lui un jeune parent.

Cette lettre causa un grand émoi dans le paisible cottage. Elle n'était point signée, et Mme Trevisham n'en connaissait point l'écriture.

En tout cela, il n'y avait pourtant aucun sujet d'inquiétude. Au contraire. On verrait enfin l'ami inconnu, et on lui dirait les belles fiançailles de Catherine.

Il s'était annoncé pour cinq heures; mais dès les deux heures Edouard était dans la chère maisonnette, aidant Catherine à décorer le salon avec des branches de houx parsemées de leurs baies rouges, et d'autres verts arbustes. Pour ce solennel dîner de *Christmas*, la bonne veuve s'était fait assister par un de ses voisins jadis cuisinier dans une grande maison, et quand la table fut mise, c'était vraiment superbe. Une nappe blanche comme la neige, plusieurs pièces d'argenterie, derniers débris de l'ancienne fortune, des verres brillants, des bouteilles de vin du Rhin, de vin de Bordeaux que l'on avait trouvées dans la riche corbeille, et les pâtés, et le jambon, quel festin pour un si petit cercle!

A cinq heures, un cab s'arrête à la porte. La courtoise maîtresse de maison s'empresse d'aller au-devant de ses deux inconnus. Un seul se présente, un gros homme boutonné jusqu'au menton, le col enveloppé dans un *shawl* qui lui cache la moitié de la figure. Il entre, il ôte son chapeau, il ôte son *shawl*, et Mme Trevisham reconnaît celui qui l'avait aimée, celui qui devint l'adversaire de son mari, celui de qui dépend la fortune du fiancé de Catherine.

« Excusez-moi, madame, dit-il, je vous avais demandé l'autorisation d'amener un jeune....

— Ah! mon cher oncle, s'écrie Edouard en se précipitant vers lui. Vous ici! que Dieu soit loué!

— Et vous ici! » dit M. Hilyard très troublé. Mais Edouard soudain a tout compris : l'entretien inachevé de la veille, les tendres souhaits de son oncle; et il s'écrie : « Bonté divine, quel beau jour! que je suis heureux! »

Puis il va prendre Catherine, qui est restée au fond du salon, et l'amène près de celui qui a pour elle une si grande sympathie, et elle s'incline devant lui avec un doux sourire, en reconnaissant le généreux visiteur de son école.

« Mon cher oncle, dit-il, nous ne pouvons plus avoir de secret pour vous! Voici ma fiancée. Donnez-nous votre bénédiction. »

Le bon négociant prend la main du jeune homme et celle de la jeune fille, les serre toutes deux dans les siennes sans prononcer un mot, et deux grosses larmes roulent sur ses joues. Puis, comme s'il avait honte de son émotion : « Allons dîner, dit-il, je meurs de faim, » et pendant le dîner il raconte comment, après son entretien avec le docteur et après sa promenade autour du cottage, l'idée lui est venue de marier son neveu avec Catherine. « Mais je vous en préviens, ajoute-t-il en s'adressant à elle avec une franche gaieté, c'est un méchant garçon, très volontaire, très opiniâtre, et, songez un peu! très rebelle envers moi qui n'avais pour lui que les meilleures intentions. »

A son tour, Edouard raconte comment, grâce au vol de sa montre, il est entré dans la demeure de Mme Trevisham, et comment bien vite il y est revenu, et quelle heureuse existence il aurait eue sans les exigences et la tyrannie d'un oncle terrible. Et l'oncle, et le neveu, et Mme Trevisham, et sa fille rient de bon cœur de ces plaisanteries, et la causerie devient de plus en plus expansive et affectueuse. Ces quatre bonnes âmes sont si bien d'accord! Quel heureux dîner de Noël! Y en eut-il nulle part un si heureux?

Au mois de mai, Edouard épousa sa chère Catherine. Le jeune ménage s'installa dans une jolie maison près de la manufacture. Mme Trevisham garda son cottage; mais souvent elle était avec ses enfants, soit dans leur habitation, soit dans la sienne. Souvent aussi M. Hilyard allait la voir. Enfin, il lui dit le tendre sentiment qu'il lui avait gardé, et l'année suivante il célébrait son mariage en un autre heureux dîner de Noël.

XAVIER MARMIER,
de l'Académie française.

LE PREMIER CHEF-D'ŒUVRE

Voyez-vous cette femme penchée sur un chevalet? Elle est là, pâle, frémissante sous le souffle de l'inspiration, tenant entre ses doigts habiles le pinceau son bonheur, son trésor, sa gloire peut-être... Ses yeux, où brille le génie, ne quittent pas son modèle, un gracieux bouquet de myosotis que l'artiste veut faire passer sur la toile. Il est bleu comme un ciel sans nuage, ravissant comme le regard qui le contemple.

Par moments, la jeune travailleuse s'arrête et semble prêter l'oreille au mystérieux langage de ces petites fleurs : « Ne m'oublie pas. »

« Ne m'oublie pas, » lui a dit en partant pour un lointain voyage Maurice, le brillant enseigne auquel son père l'a fiancée, « ne m'oublie pas... »

Et l'enfant devient rêveuse... Et le pinceau glisse, glisse toujours sur la toile, tandis qu'elle sourit au passé, à l'avenir, soutenue par l'amour et aussi par l'espoir. Ah! elle est ambitieuse, la petite artiste!... L'obtiendra-t-elle, ce prix, l'objet de ses rêves?... *Lui* et son père seraient si fiers!...

Courage, jeune fille, courage, Dieu bénira tes efforts... Être couronnée au prochain concours, à seize ans, quelle belle chose!... Et la voilà qui se remet au travail avec une ardeur nouvelle; ses lèvres paraissent implorer les aimables fleurettes qui la regardent tendrement; une légère teinte rose colore ses joues; son front, qu'une précoce intelligence a marqué d'une empreinte divine, son front s'illumine, et le pinceau glisse, glisse toujours sur la toile, et l'artiste achève son premier chef-d'œuvre.

MARIE BECKERHOFF.

COLBERT

(Voir p. 134.)

II

On a vu la série de mesures réparatrices que Colbert avait fait adopter dans les trois premières années de son administration. Sûr du concours du roi, il poursuivait le cours de ses réformes avec une ardeur que le succès ne faisait qu'augmenter. Déjà les tailles avaient été réduites de cinquante à trente-six millions. Concédées en adjudication publique, les fermes rapportaient moitié plus; la révision des rentes avait procuré une économie de huit millions; enfin l'ordre introduit depuis peu dans les comptes des receveurs commençait à porter ses fruits. Mais ce n'était pas tout, et si d'excellents résultats avaient été obtenus, il restait beaucoup à faire encore, principalement dans les provinces, où, par suite des dettes énormes qu'avaient contractées les communes, le menu peuple des villes et des campagnes se trouvait écrasé d'impôts. Cet objet attira l'attention de Colbert dès 1663, et il résolut d'y porter remède immédiatement.

Avant d'organiser et de construire, il était nécessaire de régler le passé et de déblayer le terrain. Cela fait, et Colbert n'avait pu atteindre ce but qu'après trois ans d'efforts, le moment était enfin venu pour lui de mettre à exécution quelques-uns des projets qu'il méditait depuis longtemps. Le premier, le plus important et le plus urgent de tous eut pour objet la revision du tarif des douanes intérieures et extérieures.

L'établissement des Compagnies des Indes Orientales n'eut point le résultat que s'en était promis Colbert et que l'on semblait pouvoir en attendre : elles disparurent avec lui. Cet insuccès tient à de nombreuses causes, dont la plus forte et la mieux prouvée est que la France, nation peu amie de l'émigration et de la colonisation, n'envoyait dans ces pays lointains qu'un ramas d'hommes sans énergie, sans vigueur, ou débauchés, perdus de dettes et d'ivrognerie.

Quant aux encouragements et aux pensions donnés aux gens de lettres par Colbert, ils ne s'arrêtaient pas aux seuls savants ou littérateurs français; ils allaient chercher dans la retraite et par toute l'Europe les illustrations les plus célèbres, tels que Huyghens, Heinsius, Boeklerus, Wesengeil, Isaac Vossius et bien d'autres encore. En même temps, Colbert créait plusieurs académies : la France lui doit celle des inscriptions et belles-lettres, celles de peinture et de sculpture et celle des sciences.

Colbert avait de plus pour les beaux-arts un goût naturel qu'un voyage en Italie n'avait fait qu'accroître. Il appela à lui tous les artistes de talent, leur communiqua son activité, examina, discuta leurs plans, les soumit à l'épreuve des concours publics; et bientôt se produisit cette série de chefs-d'œuvre en tout genre dont, avec raison, la France est aujourd'hui si fière et auxquels de toutes les parties du monde les étrangers viennent sans cesse payer le tribut de leur admiration.

Parmi les travaux dont les *Comptes des bâtiments du roi* font connaître la dépense, il en est un que Colbert prit sous sa protection spéciale et auquel il tint à honneur d'associer son nom, c'est le canal du Languedoc, travail gigantesque dont Charlemagne lui-même semble avoir entrevu les admirables résultats et qui avait déjà donné lieu, sous François Ier, Charles IX, Henri IV et Louis XIII, à des projets discutés en conseil.

Jamais entreprise plus magnifique et plus séduisante n'avait été proposée à un ministre ami des grandes choses. Quatorze lieues seulement séparent l'Aude et la Garonne, dont l'une se jette dans la Méditerranée, l'autre dans l'Océan, et il semblait au premier abord que la jonction de ces deux rivières au moyen d'un canal ne présentait pas des obstacles insurmontables. Cependant on ne commençait rien, et ce projet était depuis quelques années en suspens, lorsqu'en 1662 un homme de génie se présenta pour l'exécuter. Cet homme, c'était Pierre-Paul Riquet. Certain du succès du plan qu'il proposait, il ne craignit pas de dépenser deux cent mille livres pour un premier essai de canalisation. Cet essai des plus heureux fit donner suite au projet tant de fois délaissé, et Riquet fut chargé de son entière exécution. Le roi et les états de Languedoc fournirent une somme de six millions. Douze mille hommes étaient employés à la fois à ce travail, qui dura plus de six ans et que son auteur ne put voir terminé, étant mort six mois avant son inauguration.

Corneille et Vauban ont donné de magnifiques éloges au constructeur du canal du Languedoc, l'un comme poète admirateur-né des grandes choses, l'autre comme homme de génie et digne appréciateur de la patience et des vues profondes de celui que la nature avait fait ingénieur dès le berceau...

Colbert fonda les deux plus belles manufactures de tapisseries que possède l'Europe : celle de Beauvais en 1664, et celle des Gobelins, en 1667.

Le système de ce grand ministre, relativement à l'industrie et au commerce, pour lesquels il fit tout en France, se réduisait à ces trois points : 1° des corporations fortement organisées enveloppant dans leur réseau les travailleurs de tous les métiers; 2° des règlements obligeant tous les fabricants et manufacturiers à se conformer, en ce qui concernait les largeur, longueur, teinture

Colbert.

et qualité des étoffes de toute sorte aux prescriptions que les hommes spéciaux de chaque état auraient reconnues nécessaires; 3° un tarif de douanes qui repoussât du territoire tous les produits étrangers pouvant faire concurrence aux produits français.

L'ordonnance pour la réformation de la justice civile parut en 1668. Cette ordonnance, qui a été le code civil de la France pendant plus de cent trente ans, est un des plus beaux titres de gloire de Colbert : car c'est lui qui entreprit de substituer une loi générale, uniforme à la bigarrure des coutumes locales.

En 1669, parut le célèbre *Édit portant règlement général sur les eaux et forêts*. Puis, au mois d'août 1670 et au mois de mars 1673, furent publiées l'*Ordonnance criminelle* et l'*Ordonnance du commerce*, nouveaux et irrécusables témoignages de la passion pour le bien dont Colbert était animé et de l'intelligence des hommes à qui fut confiée la rédaction de ces codes, qui ont gouverné la France jusqu'au début de notre siècle. Médité et préparé pendant huit années par Colbert et par vingt-un commissaires choisis parmi les hommes spéciaux les plus habiles, le règlement pour les forêts eût suffi à illustrer un ministre; il arrêta le dépérissement des bois et assura à la marine royale le choix dans toutes les propriétés, moyennant payement, des arbres propres à la mâture et à la construction.

L'année 1669, cette année particulièrement féconde et bien remplie parmi toutes celles que Colbert passa au pouvoir, fut marquée par une série de mesures ayant surtout pour but de relever le commerce du Levant et de Marseille, commerce autrefois très considérable, mais singulièrement déchu depuis quelques années.

On a souvent répété, d'après des biographes du siècle dernier, que Colbert, exclusivement préoccupé de l'accroissement de l'industrie manufacturière, avait été indifférent aux intérêts de l'agriculture. « L'examen impartial et complet de tous les actes de son administration, dit M. Clément, prouve que cette accusation n'est pas fondée. » L'attention extrême et constante de ce grand ministre à réduire l'impôt des tailles, que le peuple des campagnes acquittait en grande partie; la réduction du nombre des charges et du taux de l'intérêt; la défense de saisir les bestiaux pour le payement des charges publiques; les soins donnés à l'accroissement, à l'amélioration du bétail, à la diminution du prix du sel; le rétablissement des haras : tous ces faits prouvent que Colbert n'eut jamais la pensée de sacrifier l'agriculture à l'industrie, le travail de la terre à celui des manufactures. Colbert aimait véritablement et sincèrement le peuple. Un jour, au milieu des champs, un de ses amis le surprit les larmes aux yeux et l'entendit s'écrier : « Je voudrais pouvoir rendre ce pays heureux et qu'éloigné de la cour, sans appui, sans crédit, l'herbe crût jusque dans mes cours. »

Nous regrettons bien vivement que les bornes d'une simple notice biographique ne nous permettent pas de montrer ici le cœur et l'âme du père de famille dans les instructions que Colbert donnait à son fils, le marquis de Seignelay, appelé à lui succéder, mais dont la mort, arrivée lorsqu'il avait à peine trente-neuf ans, vint briser les espérances si légitimes du grand ministre. « Ces instructions, où la sollicitude de l'homme d'État se mêle à la sollicitude paternelle la plus ingénieuse et la plus vigilante, sont les pièces les plus importantes qui nous soient restées de Colbert... En les lisant, en étudiant le sens de ces lignes qui renferment les conseils en même temps les plus paternels et les plus patriotiques, on éprouve involontairement une certaine émotion. » (P. Clément, *Histoire de Colbert.*)

En terminant cette rapide biographie, nous croyons devoir faire connaître un document qui, jusqu'ici, a échappé aux historiens de Colbert; on sait qu'il était très religieux et que les pratiques de piété tenaient la première place dans sa vie. Entre autres recommandations à un de ses fils, on remarque celle-ci : « Pensez bien à tout ce que je vous ai si particulièrement recommandé de votre petit devoir envers Dieu, et soyez assuré que lorsque vous vous acquitterez bien de celui-là, vous vous acquitterez bien de tous les autres. » Et ailleurs, à ce même fils, qui venait d'être reçu chevalier de Malte, il dit encore avec un accent où le patriotisme et l'idée religieuse se fondent si heureusement : « Je ne laisse pas d'espérer que, par l'application que vous avez à ne laisser passer aucune occasion, vous ferez quelque chose qui fera parler de vous pendant cette campagne; c'est ce que je souhaite fort. Surtout pensez bien à remplir tous vos devoirs, et soyez assuré que Dieu vous assistera pendant la guerre que vous faites contre les infidèles, si vous avez quelquefois recours à lui et que vous ne l'abandonniez point. » Enfin, à un de ses frères, alors évêque de Luçon, il écrit : « Ne m'oubliez pas dans vos prières et dans toutes celles de votre diocèse. »

Eh bien, Colbert, non content de recommander à ses fils de prier, priait beaucoup lui-même, et chaque jour il se retrempait aux sources pures de nos Livres saints, en lisant son bréviaire; oui, son bréviaire.

Ce fut, en 1750, le *Journal de Verdun* qui révéla ce fait jusqu'alors resté inconnu; nous laissons la parole au rédacteur.

« Tout le monde sait, dit-il, que M. Colbert a été un ministre d'un génie vaste et éclairé, qui connaissait en quoi consistait la véritable grandeur et savait trouver les moyens d'immortaliser le monarque qu'il servait et de rendre son royaume florissant; mais tout le monde ne sait pas également que ce grand ministre, dont la réputation durera tant qu'il y aura de bons Français, était un homme plein de sentiments de religion et qui, au milieu de ses plus grandes occupations, trouvait le temps de prier Dieu à certaines heures et de s'instruire tous les jours par la lecture de l'Écriture sainte.

« Il avait fait imprimer pour lui un bréviaire in-8°, et ce bréviaire était tellement composé pour son usage, qu'il ne ressemble à aucun de ceux dont on se sert dans les différents diocèses du royaume. Le psautier était distribué de façon qu'il le disait toutes les semaines. Il y a des hymnes de Santeuil et quelques autres hymnes anciennes. Il n'y a neuf leçons à Matines qu'aux grandes fêtes; quant aux dimanches et aux fêtes ordinaires, il n'y a qu'une seule leçon, qui est ou une homélie des Pères, ou un extrait de la Vie des saints.

« J'ai eu longtemps entre les mains un exemplaire de ce bréviaire, qui avait appartenu à M. Baluze, bibliothécaire de M. Colbert : il y avait à la tête l'attestation suivante, écrite tout entière et signée de la main de M. Baluze :

« Feu Mgr Colbert, ministre et secrétaire d'Etat, fit imprimer ce bréviaire qu'il lisait tous les jours, en l'année 1679, par Fr. Muguet, libraire et imprimeur ordinaire du roi. Il n'y a point de leçons tirées de la Bible, parce qu'il la lisait entière tous les ans à mesure qu'il disait son bréviaire.

« Paris, le 17 septembre 1702. Signé, BALUZE. »

Ces détails de la piété d'un grand ministre rappellent, en lui donnant une fois de plus raison, une énergique pensée de M. de Maistre : « Je ne cesserai de le dire comme de le croire : l'homme ne vaut que par ce qu'il croit. Qui ne croit rien ne vaut rien. »

Ch. Barthélemy.

UN DRAME EN PROVINCE

(Voir p. 3, 21, 34, 51, 75, 90, 100, 122 et 138.)

— Dix ans ! soupira Gaston dont le regard, errant à travers la campagne, allait se perdre, rêveur et triste, dans la direction du Prieuré. — Dix ans, c'est encore bien long ! Pendant ce temps, quand on est loin, il peut arriver tant de choses !

— J'étais parti, à la mort de mon père, dans un mauvais moment, voyez-vous. Maintenant, avec le régime sous lequel nous vivons, on va plus vite, heureusement. Avec quatre à cinq ans d'activité, de zèle et d'énergie l'on peut réussir à se faire une superbe position. Tenez, en ce moment, par exemple, il se présente une occasion splendide. Nous sommes sur le point de fonder une société nouvelle, pour l'exploitation de mines de platine tout récemment découvertes dans les forêts du Canada. Il nous faut nécessairement envoyer sur les lieux, pour tenir la comptabilité et surveiller les travaux préliminaires, un homme sûr, actif, intelligent. Il y aura sans contredit de rudes fatigues à supporter, peut-être des dangers à courir, avec ces mineurs étrangers, pour la plupart gens de sac et de corde, détritus des deux continents. Mais les appointements et les bénéfices seront naturellement en raison des désavantages de l'emploi. Et pour un jeune homme robuste, entreprenant et courageux comme vous, ce ne serait en réalité qu'un jeu, une véritable partie de plaisir, que ce voyage en Amérique.

— Assurément, s'il ne devait pas trop se prolonger, interrompit Gaston dont, cette fois, les yeux étincelèrent.

— Mais non : trois ans au plus. Dans cette intervalle, l'opinion des hommes compétents sera établie quant à la valeur des minerais, et, s'il y a lieu, le personnel des travaux des mines sera organisé. Vous pourriez alors, mon jeune ami, revenir en France et occuper à Paris un des emplois importants de notre administration. D'ici là nous vous fixerions des appointements convenables, par exemple dix mille francs de traitement pour chaque année de séjour au Canada, plus une prime de tant pour cent sur les minerais vendus. Est-ce que ce ne serait pas là, dites-moi, une situation acceptable ?

— Oui, en effet, » répondit le jeune homme, dont un franc et joyeux sourire éclaira en ce moment le front ouvert et les beaux traits.

Et tandis qu'il gardait le silence un instant, que de perspectives lointaines et de douces images s'éveillèrent dans sa jeune imagination, si aisément enflammée et attendrie ! Il se voyait bien loin, dans les forêts du Canada, à l'ombre des grands pins et des cèdres géants, au milieu de tous ces mineurs aux traits farouches, au teint bronzé, la pioche et le hoyau en main et la gourde à l'épaule ; il se retrouvait dans sa hutte de planches, le soir, à la lueur de quelque torche de bois résineux, ouvrant son pupitre, écrivant à Marie, lui racontant, avec un serrement de cœur inexprimable mêlé d'amertume et de joie, les peines, les travaux, les succès, les dangers de ces jours de luttes et d'épreuves qui pourtant le rapprochaient d'elle. Dans sa folle espérance et sa joie, il pensait déjà au retour : il se voyait franchissant, riche et heureux, le vieux perron du Prieuré, apportant l'aisance et le repos sous le toit délabré de son père, et finalement emmenant en triomphe à Paris la femme selon son cœur, la charmeuse, l'élue, la bien-aimée, pour l'amour de laquelle il entreprendrait sans rien craindre ces voyages, ces rudes travaux, qui lui sembleraient doux rien qu'en pensant à elle.

Soudain la voix de M. Auguste, chassant ce mirage et ces rêves, s'éleva à ses oreilles, interrompant ce long silence.

« Ainsi, mon cher monsieur Gaston, reprenait de son ton dégagé le brillant homme d'affaires, vous pourriez remplir, j'en suis certain, toutes les conditions désirables quant à l'énergie, au courage, au dévouement, au savoir, au zèle et à la plus austère probité. Cependant il y aurait, — vous vous en doutez bien, je crois, — il y aurait à accomplir une formalité préalable. Il faudrait verser à la caisse de notre banque un cautionnement dont le chiffre n'est pas fixé encore, mais qui serait, après un examen approximatif, proportionné à la somme des fonds d'exploitation qui vous seraient confiés.

— Un cautionnement ? interrompit Gaston qui se sentit pâlir, et dont les yeux se fixèrent sur son interlocuteur avec un regard d'épouvante. Mais, en vérité, comment ferais-je pour me le procurer ? Vous connaissez, vous qui êtes du pays, la fâcheuse situation de mon père. Et bien que j'aie à Paris des parents assez riches, ils ont de la famille et des charges nombreuses pour leur compte ; aussi n'est-ce point de leur part que je puis espérer...

— C'est possible, mon jeune ami ; mais enfin, en cherchant bien... une dizaine de mille francs ne sont pas introuvables. Croyez-en mon expérience ; est-ce que pour ma part, en abordant les affaires, je n'ai pas dû, moi aussi, m'adresser à la bourse d'autrui, me résoudre à emprunter ? D'ailleurs votre nom bien connu est déjà, à lui seul, une sûreté, une garantie. Ce qu'on refuse à un Dubois, à un Legrand, à un Jean-Pierre, on le prête à un de Latour... Informez-vous donc, remuez-vous, imaginez, cherchez, trouvez, mon jeune ami. Nous avons du temps devant nous ; la société n'est pas encore complètement formée, et je ne retourne pas à Paris avant trois semaines, un mois peut-être...

Vous verrez que d'ici là vous aurez bien combiné, de façon ou d'autre, quelque moyen de vous arranger.

— Je le souhaite, fit Gaston, secouant douloureusement la tête. Mais quelle somme devrai-je fournir? Dix mille francs, avez-vous dit?

— Je ne sais pas précisément; la chose était encore un peu en l'air lorsque j'ai quitté Paris. Mais je vais écrire dès ce soir, et après-demain au plus tard nous aurons la réponse. D'ici là vous pouvez toujours commencer quelques démarches, imaginer quelque expédient...

— J'y penserai, répliqua le jeune homme, de plus en plus triste et rêveur. Mais faites en sorte, je vous en prie, monsieur, que la somme exigée ne soit pas trop considérable; autrement, malgré tout mon bon vouloir et mon pressant désir, que dis-je! mon pressant besoin de faire fortune, je devrais renoncer à ce projet d'avenir... Et ce désappointement me serait bien cruel! »

Ce fut dans cette situation que les deux nouveaux amis se séparèrent. M. Auguste, après avoir expédié le soir même son courrier ordinaire à Paris, annonça deux jours plus tard à Gaston que, tous comptes réglés et toutes réflexions faites, le conseil d'administration de la nouvelle société des mines ne pouvait se contenter d'un cautionnement inférieur à dix mille francs. Mais, pour lui rendre le versement de cette somme plus facile, il avait été décidé que l'on se contenterait, quant au présent, d'un payement de six mille francs comptant; le reste devant être retenu sur les appointements fixes de la première année, dès que le jeune homme serait venu occuper son poste de mandataire au Canada. C'étaient là, déclara M. Auguste, des conditions grandioses, inouïes, on ne peut plus favorables, totalement inespérées, qu'il fallait accepter sans hésitation, sans retard. D'ailleurs un certain délai était laissé quant à la date du versement, qui pouvait encore être différé, au besoin, de plusieurs semaines. Ce fut alors que Gaston enfiévré, éperdu, le cœur serré et l'âme en peine, se décida à écrire à M. Michel Royan. Dix jours plus tard, le surlendemain de l'assassinat de l'ancien notaire, M. Auguste Largillière se mettait en route pour Paris, emportant la somme demandée, et promettant à Gaston de lui expédier prochainement sa nomination en règle, ses instructions, et, de plus, un bon sur la poste, montant de ses frais de voyage jusqu'à Paris.

Dès lors le jeune homme, plein d'espoir et de confiance, se prépara à partir, prit congé de ses amis, fit ses adieux à tout ce qu'il aimait, à son père, à ses chères tombes, à sa vieille maison, à Marie. Puis il attendit, anxieux, enfiévré, palpitant, la lettre du boursier et l'ordre de départ.

Son illusion et son espoir ne devaient pas durer longtemps, du reste. Un matin, une foudroyante nouvelle arriva de Paris, et causa un immense saisissement, une véritable consternation dans la petite ville. Les scellés venaient d'être posés sur la maison de M. Auguste Largillière; la saisie était prononcée; un inventaire allait être fait, précédant la vente prochaine au profit des créanciers.

L'éblouissant gandin, le boursier triomphant, n'était en réalité qu'un faiseur, un escroc vulgaire. Longtemps il avait su trouver les moyens de vivre aux dépens des actionnaires dupés et des bonnes gens crédules. Puis le tour s'était découvert, comme tout se découvre à la fin. La banque de ceci, l'union commerciale et industrielle de cela, n'étaient, en réalité, qu'un guet-apens, un leurre, dont la justice avait dû nécessairement se mêler. Ainsi la bulle de savon s'était dissoute au grand soleil; la compagnie n'existait plus, quelques exploitateurs étaient coffrés, M. Auguste était en fuite. Voilà ce que la rumeur publique apprit, un beau jour de marché, à Gaston de Latour.

Ce fut le juge de paix, accompagné du nouveau notaire, qui lui conta la chose en passant près de lui. Les détails qui lui furent donnés étaient tellement circonstanciés, tellement précis, qu'il ne lui fut pas permis de conserver le moindre espoir, d'entretenir le moindre doute. Il ne répliqua pas un mot, pâlit, laissa tomber les bras, pencha soudain la tête. Puis, quand ses interlocuteurs se furent éloignés, il jeta autour de lui un regard terne, effaré, presque farouche, comme s'il cherchait non loin de là quelque coin pour se cacher. Alors, se voyant seul, il s'élança, d'un pas inégal et tremblant, tantôt brisé, tantôt rapide, gagna l'étroite ruelle qui, tournant derrière l'église, se glissait entre de hautes murailles nues et des terrains en construction. Là, il se laissa tomber sur une large pierre étendue toute blanche au grand soleil, cacha son visage dans ses mains, tandis qu'un long sanglot soulevait sa poitrine, et s'écria en frémissant, d'un accent désespéré :

« Après ce que j'ai fait!... Je suis bien malheureux! »

ÉTIENNE MARCEL.

— La suite au prochain numéro. —

LE JUIF-ERRANT

A PARIS.

I

La Bibliothèque nationale ne fut point fermée pen[illegible]
la Commune. Sommés le 13 mai de reconnaître [illegible]
vernement de l'Hôtel de Ville, les employés, [illegible]
administrateurs et conservateurs, cédèrent una[illegible]
leurs places aux amis de M. Raoul Rigault.
Reclus et un héraldiste, M. Joannès Guigar[illegible]
firent la succession de M. Taschereau et, [illegible]
ordres, fonctionnèrent une dizaine de pauv[illegible]
qui avaient eu jusqu'alors plus de relations
brasseries qu'avec les bibliothèques.

Fort occupé d'études monastiques, je continuai de fréquenter, comme par le passé, l'immeuble de la rue Richelieu. S'il m'avait été nécessaire de recourir à « l'obligeance des nouveaux conservateurs », certes, je n'aurais eu garde de retourner à la Bibliothèque. Mais les livres dont j'avais besoin rentrant dans la catégorie des volumes que l'administration laisse à la libre disposition des lecteurs, et qu'elle leur permet de consulter sans autorisation préalable, je ne crus pas devoir interrompre mes recherches. La plupart de mes compagnons, du reste, en agissaient comme moi et se montraient en fait de demandes d'une sobriété exemplaire. On feuilletait les collections, on interrogeait les dictionnaires, on remuait la poussière des encyclopédies; bref, on s'ingéniait à donner le moins de besogne possible aux deux honorables ci-devant fumistes qui remplaçaient dans la Salle de Travail MM. d'Auriac et Depping.

Quelques étrangers venaient cependant, de temps à autre, adresser leurs sollicitations à ces deux farouches citoyens; mais l'accueil qui leur était fait ne leur donnait pas généralement l'envie de recommencer. A l'un de nos amis, fort naïf il est vrai, qui s'avisa de demander l'*Histoire de l'Église*, par Rohrbacher, le fumiste de gauche ne fit-il pas tout haut cette réponse épique : « Allons donc! Est-ce que vous croyez que je vais vous donner cette saleté-là? »

II

Le 20 mai, j'étais plongé dans la lecture des *Annales Ordinis D. Benedicti* de Mabillon, lorsque je vis venir auprès de moi un vieillard que je n'avais pas encore aperçu. Il était grand, maigre et très droit, malgré son grand âge. Majestueusement drapé dans une robe marron qui lui tombait jusqu'à la cheville, les pieds chaussés de babouches jaunes et la tête couverte d'un fez rouge vineux, il ressemblait presque à l'Arménien que tout le monde a vu pendant vingt années consécutives à la salle des Manuscrits et qu'une attaque d'apoplexie emporta tout à coup il y a quelques années. Mais l'étranger que j'avais devant les yeux était incomparablement plus âgé que cet Oriental légendaire; on lui eût, sans difficulté, donné dix-huit lustres. Une longue barbe blanche s'épanouissait en éventail sur sa poitrine; son front vaste et bombé était labouré de rides; ses yeux dardaient encore une flamme que les années n'avaient pas amortie, et son nez avait cette moulure hébraïque qui caractérise si bien le type juif.

J'étais placé vers l'extrémité de la salle, au numéro 305; l'étrange vieillard vint occuper le numéro 306. Après s'être installé dans le large et commode fauteuil en sparterie que l'administration, *alma mater*, fournit à chaque lecteur, mon voisin se mit en devoir d'accomplir les formalités qu'impose la demande d'un livre.

Après avoir indiqué sur un carré de papier chamois le titre du volume qu'il désirait consulter, et accompagné cette mention de son nom et de son adresse, je le vis s'avancer vers les ex-fumistes et leur présenter son bulletin.

III

De mauvaises nouvelles venaient en ce moment même d'arriver du fort de Montrouge. Aussi ne fus-je pas étonné de voir le vieillard salué par une formidable bordée de jurons. C'était bon signe; nous triomphions donc! Le pauvre vieillard qui ne pouvait comprendre, en sa qualité d'étranger, la signification de cet accueil, demeura tout interdit. Il essaya de répondre; mais, s'apercevant que ses instances étaient inutiles, il revint vers moi, le visage pâle et défait.

« Pardon, monsieur! me dit-il, avec un accent qui m'alla jusqu'au cœur; il se passe donc ici quelque chose d'étrange? Je suis venu à Paris il y a huit mois; j'y suis venu il y a vingt-trois ans, il y a quarante-un ans, et chaque fois des bibliothécaires complaisants et polis ont souscrit à mes demandes et favorisé mes recherches. Aujourd'hui.....

— Aujourd'hui, monsieur, tout est changé. Et plût au ciel que la Bibliothèque fût le seul théâtre des bouleversements qui se sont accomplis depuis deux mois!... Mais quel livre désirez-vous? Peut-être serais-je assez heureux pour vous le faire obtenir. »

Je n'espérais pas être honoré d'un meilleur accueil que le malheureux vieillard; mais en ce moment je venais d'apercevoir M. Elisée Reclus, et l'idée m'était aussitôt venue d'aborder le successeur de M. Taschereau et de lui présenter la requête de mon voisin.

L'Oriental, à mon grand étonnement, parut un instant se demander s'il devait accepter mon offre. Mais cette délibération ne dura qu'une minute, et comme s'il avait été honteux de son hésitation, il me tendit, en souriant, son bulletin.

Je regardai tout de suite au bas, et j'y lus ce qui suit:

1° Matthæus Parisius. *Historia major Angliæ*. Londini, 1571, in-folio.

2° Carolus Scherlz. *Dissertatio historica de Judæo non mortali*. Heidelbergæ, 1689, in-4°.

IV

M. Elisée Reclus est, comme on le sait, un radical résolu, entré, nous ne savons par suite de quelle aberration d'esprit, dans la galère de la Commune; mais somme toute, c'est un homme parfaitement élevé. Je n'eus donc pas de peine à lui faire comprendre ce qu'il y avait de révoltant dans l'attitude de ses subordonnés. Après quelques mots d'explication, il m'assura qu'il tiendrait compte de mes plaintes, et, afin de me le prouver, il commença par tancer vertement mes deux drôles. Puis, je le vis donner des instructions pour rechercher les livres requis par mon voisin et surveiller lui-même l'exécution de ses ordres. Ce coup d'autorité produisit l'effet que j'en attendais. Au bout d'un quart d'heure, un gardien apportait au vieillard l'in-folio et l'in-4° demandés.

L'incident étant complètement vidé, je m'enfonçai de

nouveau dans la lecture des *Annales ;* mais non, je l'avoue avec franchise, sans jeter de temps en temps les yeux sur mon étrange voisin. Quel était cet homme ? D'où venait-il ? quelles recherches pouvait-il faire? Sa figure exprimait tour à tour les sentiments les plus contradictoires ; à mesure qu'il lisait, sur ses traits tantôt se peignait l'anxiété la plus douloureuse, tantôt passait comme un éclair de joie étrange. On sentait qu'entre le texte et le lecteur existait une relation droite, intime. Sans lever les yeux, le vieillard poursuivait sa lecture, tournant le feuillet d'une main fébrile, interrogeant d'un coup d'œil chaque page, puis la relisant avec une intensité d'attention dont s'accommodait singulièrement mon indiscrète surveillance, mais qui activait aussi de plus en plus ma curiosité.

Cette situation durait depuis au moins une heure, lorsque l'Oriental ferma les deux volumes et se leva :

« Adieu ! me dit-il en me serrant la main. Les événements se précipitent, il est temps que j'aille où le Christ m'appelle... Vous reviendrez ici, n'est-ce pas ? »

Et sans me donner le temps de répondre, mon voisin gagna la porte et sortit.

V

Tout ahuri par ces mystérieuses paroles, je ne songeai pas d'abord à suivre l'étranger. Ce ne fut que quelques minutes plus tard qu'il me vint à l'esprit de courir après lui; mais il n'était plus temps.

Ne pouvant pas connaître le lecteur, je pris alors le parti de me rabattre sur le livre. Peut-être, pensai-je, peut-être trouverai-je là de quoi satisfaire amplement ma ridicule curiosité. Et puis, après tout, que m'importe ce vieux?

Tout en faisant ces réflexions, je pris d'abord l'*Historia major* du bénédictin anglais Mathieu Paris, et je l'ouvris à la page où le vieillard avait placé le signet. Or, voici ce que j'y lus :

« Suivant le chroniqueur, un archevêque de la grande Arménie étant venu en 1228 en Angleterre pour visiter les reliques et les lieux consacrés, l'abbé du couvent de Saint-Alban lui donna l'hospitalité.

« ...... Dans la conversation, on l'interrogea sur le fameux Joseph dont il est souvent question dans le monde et qui était présent à la Passion du Sauveur, qui lui a parlé et qui est encore comme un témoignage de la foi chrétienne. L'archevêque répondit en racontant la chose en détail, et après lui un chevalier d'Antioche, son interprète, dit en langue française : « Monseigneur connaît bien cet homme, et avant qu'il partît pour l'Occident, ledit Joseph prit place en Arménie à la table de Mgr l'archevêque, qui l'avait déjà vu et entendu plusieurs fois. Au temps de la Passion, lorsque Jésus-Christ, saisi par les Juifs, était conduit devant Pilate pour être jugé, Cartophile, portier du prétoire, saisit l'instant où Jésus passait le seuil de la porte, le frappa du poing dans le dos et lui dit avec mépris :

« — Marche, Jésus, va donc plus vite. Pourquoi t'arrêtes-tu ?

« Jésus se retournant, et, le regardant d'un œil sévère, lui dit :

« — Je sais que toi tu attendras ma seconde venue.

« Or ce, Cartophile, qui, au moment de la Passion du Seigneur, avait environ trente ans, attend encore aujourd'hui, selon la parole du Seigneur. Chaque fois qu'il arrive à cent ans, il fait une maladie que l'on croirait incurable : il est comme ravi en extase; mais, bientôt guéri, il renaît et revient à l'âge qu'il avait à l'époque de la Passion de Jésus-Christ, en sorte qu'il peut dire véritablement avec le Psalmiste : « Ma jeunesse se renouvelle comme celle de l'aigle. » Lorsque la foi catholique se répandit, après la Passion, Cartophile fut baptisé et appelé « Joseph » par Ananias, qui avait baptisé l'apôtre Paul. Il demeure ordinairement dans les deux Arménies et dans les autres pays d'Orient, et vit parmi les évêques et les prélats des Églises. C'est un homme de pieuse conversation et de mœurs religieuses, qui parle peu et avec réserve ; et quand les évêques ou autres hommes religieux lui adressent des questions, alors il raconte les choses anciennes, et ce qui s'est passé au moment de la Passion et de la Résurrection du Seigneur. Il parle des témoins de la Résurrection, c'est-à-dire de ceux qui, ressuscités avec le Christ, vinrent dans la Cité sainte et apparurent à plusieurs ; il parle aussi du symbole des Apôtres, de leur prédication, et cela sérieusement et sans laisser échapper la moindre parole qui puisse provoquer le blâme; car il est dans les larmes et dans la crainte du Seigneur, qui le punira lors de l'examen du dernier jour, lui qui l'a provoqué à une juste vengeance en l'insultant. Beaucoup de gens viennent le trouver des contrées les plus lointaines et se réjouissent de le voir et de l'entretenir. Il refuse tous les présents qu'on lui offre et se contente d'une nourriture frugale et de vêtements simples, et comme il a péché par ignorance, bien différent de Judas, il espère dans l'indulgence de Dieu..... »

VI

Passablement intrigué par cette lecture, j'ouvris l'in-4° qui se trouvait auprès du gros volume de Mathieu Paris, et, après l'avoir feuilleté pendant quelques minutes, je trouvai enfin le signet à sa page 217 : là commençait le chapitre XII, décoré de ce titre :

UBI DE TEMPORIBUS QUIBUS HOMINUM OCULIS SE PRÆBET JOSEPHUS CARTOPHILUS DISSERITUR, c'est-à-dire « A quelles époques se montre J. Cartophile. »

Voici la réponse de l'auteur :

Judæus immortalis..... invisere solet loca quibus tristissimæ calamitates imminent.

Traduction : « Le Juif immortel a l'usage de visiter les lieux qui sont menacés de grands malheurs. »

Pendant que je me demandais, à part moi, quel motif avait pu pousser mon voisin à lire de pareilles niaise ries, tout à coup mes yeux tombèrent sur son bulletin. Nos lecteurs se rappellent que, lorsque j'avais eu ce morceau de papier entre les mains, je m'étais contenté d'y déchiffrer la désignation des deux volumes. Cette fois, je fis plus : j'y cherchai le nom du vieillard.

Or, quelle ne fut pas ma stupéfaction, — et je me hâte de l'ajouter, — quels ne furent pas mes rires, quand je lus ceci, en toutes lettres : « JOSEPH CARTOPHILE, *rue de Jérusalem*. »

Evidemment, je venais d'avoir affaire à un fou. « La Commune, pensai-je, ne s'est pas contentée d'ouvrir les prisons ; elle a jeté dehors les stagiaires de Charenton, de Vaucluse et de Sainte-Anne. Ce pauvre vieux se prend tout bonnement pour Ahasverus !!... »

J'allais continuer ma lecture ; mais, entendant sonner le tocsin au dehors, je quittai la salle et je sortis dans la rue.

OSCAR HAVARD.

— La fin au prochain numéro. —

CHRONIQUE

Je ne connais guère d'art que l'antiquité, le moyen âge et le temps moderne aient tenu en plus haute estime que l'art de la tapisserie.

Homère nous a vanté les vertus de Pénélope, la sage épouse d'Ulysse, qui, fidèle à son mari errant sur les flots, ajournait les prétendants jusqu'au moment où elle aurait terminé une tapisserie à laquelle elle travaillait le jour et qu'elle défaisait la nuit.

Le moyen âge n'a pas assez d'admiration pour la reine Mathilde, femme de Guillaume le Conquérant, à laquelle nous devons cette fameuse tapisserie de Bayeux qui, pour la naïveté du dessin, semble avoir servi de modèle aux esquisses que nous retrouvons encore sur les grammaires latines et grecques de nos écoliers.

Enfin, qui de nous n'a connu ou rêvé le bonheur d'avoir des filles qui lui brodassent pour sa fête un bonnet grec ou une paire de pantoufles avec des fleurs non moins gracieuses que multicolores ?

Nous aimons l'art de la tapisserie comme le symbole même d'une foule de vertus paisibles qui, à une certaine époque, ne semblaient point incompatibles avec les vertus guerrières. Qui le croirait ? Sous le premier Empire, les plus brillants officiers des armées de Napoléon ne dédaignaient point, entre deux victoires, de s'asseoir dans un salon devant un tambour — qui n'avait rien de commun avec l'instrument aujourd'hui proscrit par le général Farre — et de faire un carré de tapisserie sous les yeux des dames, comme ils auraient enfoncé un carré russe ou autrichien sous les yeux de Napoléon.

Mais la tapisserie n'est pas seulement affaire de sentiment, elle est aussi affaire de luxe. Sur ce dernier point nous devons reconnaître qu'elle condamne beaucoup d'entre nous au supplice de Tantale.

Dans les logis de nos pères on trouvait parfois bon nombre de vieilles tapisseries qui se transmettaient précieusement de génération en génération et donnaient à la demeure un aspect vénérable, comme si l'âme même des aïeux l'habitait encore.

Vers la fin du siècle dernier, et surtout au commencement de celui-ci, un vertige d'esprit nouveau relégua dans les greniers, livra aux rats, dispersa chez les brocanteurs toutes ces vieilles tentures ; il fut de bon goût de les remplacer par du papier peint, comme on remplaçait les meubles de vieux chêne par des meubles d'acajou.

Après vingt ou trente ans de ce vertige, quand on s'aperçut de la faute commise, il était trop tard pour la réparer. Les vieilles tapisseries étaient détruites ou accaparées par les collectionneurs. Pour s'en procurer aujourd'hui, il faut les payer au poids de l'or.

Que faire ? En commander de nouvelles..... Malheureusement les Gobelins et Beauvais ne travaillent point pour les simples particuliers ; et, d'ailleurs, ils travaillent si lentement que des années s'écoulent entre la commande d'une tapisserie et sa livraison.

Des inventeurs se sont mis en quête de trouver le moyen de faire des tapisseries coûtant moins cher que celles d'autrefois et plus rapidement fabriquées, comme il convient en un temps où l'on veut aller vite en toutes choses. Leurs recherches ont abouti, et les résultats de leurs travaux sont encore exposés à l'École des beaux-arts, sous la désignation de *Première exposition des Tentures artistiques*.

En réalité, les *Tentures artistiques* ne sont ni des tapisseries ni des tableaux : elles tiennent des unes et des autres, quoique donnant en somme l'illusion de la tapisserie.

Le procédé d'exécution auquel elles sont dues est des plus ingénieux : tout le monde sait qu'une tapisserie est formée d'un nombre infini de fils teints de différentes couleurs et passés ensuite dans une trame à l'aide d'une aiguille. C'est même cette quantité innombrable de fils qui rend le travail de la tapisserie si lent à terminer.

Les inventeurs des *Tentures artistiques* ont supprimé ce lent travail ; ils ont imaginé des étoffes de laine ou de soie sur lesquelles on peut non pas *peindre*, mais *teindre* à l'aide du pinceau, absolument comme sur une toile ordinaire. L'artiste étend sa *teinture*, et elle s'imprègne tellement dans l'étoffe, que cette étoffe peut ensuite être lavée, savonnée, dégraissée comme n'importe quel vêtement de laine ou de soie.

Autre qualité : vous croyez n'avoir qu'une tapisserie, — vous avez bel et bien un vitrail : ces étoffes sont complètement transparentes ; placées devant une fenêtre, elles donnent l'illusion complète des beaux vitraux.

Quant au maniement de la palette à *teinture*, il n'est pas d'artiste qui ne puisse l'apprendre en quelques heures ; à l'Exposition du palais des beaux-arts, nous voyons des tentures *teintes* par nos *peintres* les plus estimés : Jundt, Luminais, Mme Lemaire, Ollivier de

Penne, Machard et bien d'autres, qui n'ont pas cru compromettre leur talent en le faisant obéir à un procédé inventé par l'industrie, mais dont l'art retirera un si grand profit.

Maintenant, combien coûteront les tentures artistiques? Moins cher, à coup sûr, que des tapisseries, mais très cher encore: car elles vaudront au moins ce que vaudrait un tableau exécuté par les procédés ordinaires; et vous savez ce que se payent par le temps qui court les signatures en renom.

L'art des tapisseries était tellement en vogue au XVIIe siècle, — dans ce siècle qui avait le sentiment de toutes les choses empreintes de grandeur,—qu'il avait fait naître un genre spécial de littérature : on ne sait guère aujourd'hui qu'aux yeux de ses contemporains un des titres de gloire de Perrault, membre de l'Académie, l'auteur des *Contes des fées,* fut le recueil de devises qu'il composa pour les tapisseries qui ornaient les appartements de Louis XIV à Marly.

Ces tapisseries représentaient en allégorie les *Quatre Éléments* et les *Quatre Saisons*. Ainsi se trouvaient formés huit grands tableaux dans lesquels était toujours célébrée la gloire du Roi, sous la figure d'un des dieux de l'Olympe ou sous son emblème de prédilection, le Soleil.

Aux quatre angles de chacun de ces grands tableaux étaient d'autres petites compositions allégoriques qui rappelaient le sujet central; — chacune d'elles accompgnée d'une *devise* latine, commentée et développée en quelques vers français : c'est là que s'exerçait la muse de Charles Perrault.

Et certes, il s'entendait à donner des qualités au royal maître de Versailles, aussi facilement que la fée de ses Contes s'entendait à faire jaillir les perles et les diamants de la bouche de la belle jeune fille qui lui avait donné à boire.

Dans un des coins de la tapisserie qui représentait l'Automne, on voyait un site charmant qui rappelait les jardins de Versailles, et sur un balustre de marbre une grenade entr'ouverte qui laissait échapper ses fruits juteux. Au-dessous, se lisait cette devise de Perrault:

Quelque avantage que me donne
La royale couronne
Dont mon front est paré,
Toutefois ce beau diadème
Ne saurait être comparé
Aux trésors infinis que j'enferme en moi-même.

Dans un des angles de la tapisserie consacrée à l'*élément de l'Air*, on voyait l'oiseau de paradis, qui, suivant une fabuleuse légende, vole sans jamais toucher la terre. Et, bravement, Perrault comparait cet oiseau à Louis XIV lui-même:

Il n'est rien de si relevé,
Où si son vol n'est arrivé,
Il ne monte sans peine et sans trop entreprendre:
Il ne cesse d'agir, et jamais il n'est las :
Il regarde sur nous, et voit sans y descendre
Tout ce qui se passe ici-bas.

Rien n'arrête Perrault; la foudre ou la fleur, l'astre ou l'oiseau, la matière inanimée ou animée, tout lui sert de prétexte à l'éloge hyperbolique de Louis le Grand. Jamais, semble-t-il, le paganisme n'est allé si loin dans la déification des Césars vivants.

Dans un des coins de la tapisserie de l'*élément de l'Eau* on voyait une mer calme, et au-dessous cette légende orgueilleusement modeste :

Bien qu'en tout l'univers mon empire s'étende,
Que le plus ferme cœur ma colère appréhende,
Et tremble au moindre de mes coups,
Je ne m'étends jamais au delà des limites
Qu'à mon vaste pouvoir l'Éternel a prescrites,
Mesme au plus fort de mon courroux.

Ainsi, sans le savoir peut-être, Perrault, dans une hyperbole louangeuse de Marly, disait ce que Massillon devait un jour répéter sur le cercueil de Louis XIV : « Dieu seul est grand ! »

Si les tapisseries ont quelquefois un peu trop aidé les poètes à flatter les rois, il faut ajouter, par contre, qu'elles ont quelquefois aussi aidé les rois à être tout particulièrement aimables envers les poètes.

Sous Louis XIV, les grandes et majestueuses tapisseries étaient en vogue; sous Louis XV, on se souciait davantage des petites tapisseries : c'était le temps où l'aiguille esquissait de si charmantes choses pour les meubles d'appartement.

Un jour, Louis XV, allant au salon de Marie Leczinska, rencontre dans l'escalier un poète (dont le nom m'échappe) qui portait sous le bras un paquet assez volumineux.

« Qu'avez-vous là? demanda le roi.

— Sire, c'est une tapisserie de fauteuil que Sa Majesté la Reine a eu la bonté de me donner pour me témoigner sa satisfaction d'une ode que j'ai composée.

— Fort bien ! dit le roi ; prenez maintenant ceci pour les clous. »

Et, tirant de sa poche un rouleau de cent louis, il le mit dans la main du poète.

« Quant au fauteuil lui-même, ajouta gracieusement le roi, c'est l'Académie française qui vous le fournira.

ARGUS.

Abonnement, du 1er avril ou du 1er octobre; pour la France : un an 10 fr.; 6 mois 6 fr.; le n° au bureau, 20 c.; par la poste, 25 c.
Les volumes commencent le 1er avril. — LA SEMAINE DES FAMILLES paraît tous les samedis.

VICTOR LECOFFRE, ÉDITEUR, RUE BONAPARTE, 90, A PARIS. — Imp. de la Soc. de Typ. - J. Masson, 8, r. Campagne-Première. Paris.

Le tzar Alexandre III.

Nous avons donné, dans le numéro du 30 avril dernier, un article biographique sur le tzar Alexandre III; cet article était accompagné d'un portrait du monarque, plus jeune de quelques années. Nous avons le plaisir d'en mettre un plus nouveau sous les yeux de nos lecteurs; il reproduit d'une manière fort exacte les traits du nouvel empereur et le représente tel qu'il est aujourd'hui.

MES SINGES

De tous les mystères de la nature, il n'en est aucun de plus étrange et de plus attrayant à la fois que l'*esprit des bêtes*. Le mot est peut-être hasardé, mais il n'en est pas moins vrai qu'il y a dans les animaux une faculté supérieure à l'instinct qui gouverne leurs actions et produit, dans certains cas, des phénomènes très curieux à étudier.

Je possède deux petits singes femelles que je demande la permission de présenter au lecteur, à l'appui de mon assertion.

Mes deux personnages, originaires de la côte occidentale d'Afrique, appartiennent à une classe de quadrumanes connus sous la désignation scientifique de *Cercopithecus petaurista*, vulgairement singes sauteurs; mais dans la vie intime mes deux singes répondent aux noms familiers de *Jenny* et de *Suzey*. Ils diffèrent essentiellement de caractère. Jenny, qui est la plus âgée, est aussi la plus grave et la plus raisonnable. Elle aime à s'asseoir devant le feu comme une digne matrone qui se chauffe un jour d'hiver, tandis que Suzey court follement par la chambre. Les manières posées, quelquefois grincheuses, de Jenny l'ont fait surnommer la *Vieille*. Elle me fut donnée par un ami. Suzey me vient de M. Jamrack, le célèbre marchand d'animaux de la rue Radcliff, qui la destinait au Jardin zoologique. L'ayant vue chez lui fort malade, je demandai à l'emporter pour essayer de la guérir. Deux ou trois jours après, M. Jamrack vint savoir des nouvelles de Suzey. Il la trouva en si piteux état, qu'il ne songea plus à la réclamer et me la laissa au prix d'un singe mort, car il était persuadé que la pauvre bête n'avait pas deux heures à vivre.

Ma femme prit soin de l'invalide. Grâce au vin de Porto, au jus de viande et aux flanelles chaudes, Suzey ne tarda pas à se rétablir, mais elle est restée depuis fort délicate. Ses traits ont même conservé une légère empreinte de souffrance, bien qu'elle soit singulièrement vive et espiègle. Suzey et la Vieille sont toujours vêtues de même, comme deux sœurs qui vont au bal, et il est très difficile de les distinguer quand on ne les connaît pas à fond. Leur taille ne dépasse pas celle d'un petit chat. Elles ont la tête verte avec une belle barbe blanche, des traits d'une extrême délicatesse, des yeux brillants et pleins de feu; sur le bout du nez, une petite tache blanche du plus singulier effet; le long des joues de petits favoris noirs et soyeux. Les oreilles sont minces, fines et bien découpées. Le sommet de la tête est orné d'une touffe arrondie qui ressemble aux *chapeaux-assiettes* portés par les élégantes de nos jours, avec la différence qu'au-dessous de cet ornement mes deux dames-singes portent leurs cheveux et point de faux chignons. Leur costume varie selon la saison et les circonstances. C'est tantôt une robe de flanelle blanche soutachée de rouge avec un grand collet, tantôt une robe brune sans collet, semblable à un froc de moine, et serrée à la taille par une petite ceinture en cuir verni.

Jamais on ne les voit, comme les hôtes *casuels* des workhouses, déchirer leurs vêtements pour s'en débarrasser; mais c'est une grande fête pour mes guenons, lorsqu'on les déshabille, de s'étaler devant le feu et de se gratter à leur aise; après quoi on fait leur toilette avec une brosse douce. Cette opération terminée, elles se présentent d'elles-mêmes pour se faire habiller, car elles sont très sensibles au froid. Leur costume de gala pour le thé, ou quand on les fait venir au dessert, s'il y a du monde, est de velours vert brodé d'or, comme la livrée de la vénerie royale. Quand elles dînent à table, on leur met des tabliers de batiste dont les manches sont garnies de dentelles.

Leur poitrine est protégée, en dessous de leurs vêtements, par des plastrons de flanelle dont l'épaisseur est doublée dans les temps rigoureux. Cette précaution est essentielle à mon avis, et devrait être observée dans tous les établissements zoologiques à l'égard des orangs, des chimpanzés et autres espèces rares.

Chez Jenny et chez Suzey, l'une et l'autre d'une propreté irréprochable, aucune suspicion d'insectes parasites, non plus que la moindre mauvaise odeur. Deux cages leur servent de demeures, une de jour et une de nuit. Celle de jour est une cage spacieuse en fil de fer, au milieu de laquelle est suspendue une corde qui sert à leurs exercices gymnastiques. La cage de nuit, de moindre dimension, contient une petite caisse garnie de foin, où elles se blottissent côte à côte pour dormir. Une couverture est placée sur la cage, à l'effet d'y maintenir la chaleur pendant la nuit.

Chaque matin, dès que le feu est allumé dans mon cabinet, le domestique place la cage de nuit devant la cheminée. Lorsque j'arrive pour déjeuner, je délivre les prisonnières. Elles ne sont jamais mises en liberté que dans mon cabinet, car là je suis seul responsable des dégâts de mes espiègles, et je dois dire qu'elles en commettent quelques-uns! Aussitôt que la cage est ouverte, elles s'élancent au dehors comme deux fusées; la Vieille s'asseoit devant le feu, avec la gravité d'une personne raisonnable qui sait qu'elle sera immédiatement réintégrée dans sa prison si elle ne se conduit pas bien; quant à Suzey, elle se met à voltiger par la chambre comme une hirondelle en quête de quelque espièglerie. Son exploit favori est de voler du sucre, et à cet effet elle renverse généralement le sucrier, ce qui rend le larcin plus facile et plus copieux. Elle a déjà cassé tant de sucriers, que j'ai pris le parti de n'en acheter que de très solides en verre aussi épais que possible; encore celui que je possède actuellement est-il veuf de son pied. Si Mlle Suzey n'a pas le temps de renverser le sucrier, elle se venge de son impuissance en lui décochant un coup de pied, au moment où je m'avance pour la saisir.

Lorsque mon thé est préparé, je m'asseois près de la table, et je déploie le *Times* pour jeter un coup d'œil général sur son contenu. Alors, si je n'y prends garde, Suzey saute sur le dos de mon fauteuil et fait un bond à la Léotard, au beau milieu du journal, ni plus ni moins qu'un écuyer du cirque dans un cerceau garni de papier. Naturellement Suzey ne crève pas le *Times*, mais elle me le fait tomber des mains; Mlle Suzey tombe de son côté, en renversant soit ma tasse pleine, soit la théière. Tout dernièrement, dans ma chute de ce genre, elle se brûla cruellement la patte, ce qui l'a rendue depuis plus circonspecte. Pendant toute la journée que signala cette mésaventure, Suzey se promena à cloche-pied.

La Vieille est aussi coutumière du vol, mais elle procède avec plus de calme. Elle est très friande de sardines à l'huile, et je lui en laisse dérober tant qu'elle veut, bien que les domestiques se plaignent des taches faites par l'huile sur ses vêtements. Quelquefois les deux guenons se réunissent pour faire une partie fine de vol. L'un de ces derniers matins, étant sur le point de partir par le train, et par suite fort pressé, je laissai un moment mon déjeuner servi dans mon cabinet. A peine avais-je tourné le dos, que Suzey s'empara d'une cuisse de faisan qu'elle mit sous son bras et se sauva par la chambre, comme le clown dans la pantomime. Pendant que je courais après ma cuisse de faisan, la Vieille emporta ma rôtie de beurre. Je ne pus attraper aucune des deux voleuses, et je dus sonner pour demander d'autres provisions.

L'amitié qui existe entre les deux charmantes bêtes est tout à fait digne de remarque. Si Jenny est souffrante, la petite Suzey se rapproche d'elle d'un air inquiet et agité. La Vieille, de son côté, comprend que sa sœur est la plus faible et qu'elle a besoin de protection. Suzey lui doit la vie, dans une certaine mesure: car lorsqu'elle était si malade, Jenny la dorlotait avec une tendresse toute maternelle. Cette affection, toutefois, ne va pas jusqu'à la faiblesse : quelques torgnoles bien appliquées, par-ci par-là, rappellent à l'ordre, lorsqu'elle s'en écarte, la petite espiègle. Mlle Suzey a beau se sauver autour de la cage, Jenny la poursuit en grondant. Après quelques minutes de cet exercice, la jeune délinquante va se cacher dans le foin et y reste blottie jusqu'à ce que l'orage soit passé.

Ces dégâts, vrais ou faux, du couple simien atteignent des proportions formidables. Ce sont, toutes les semaines, des mémoires fabuleux à payer pour les fredaines de ces *demoiselles* : des fleurs gaspillées, des chapeaux et des bonnets mis en pièces, des rubans salis ou égarés, des colliers et des bracelets disparus ou mis hors d'usage. L'article de la casse fait frémir rien que d'y penser. Ce qu'elles me coûtent de verres, tasses et soucoupes est effrayant. Si, trompant toute vigilance, les petites scélérates viennent à s'introduire dans la chambre à coucher, et qu'elles y restent seulement dix minutes, le budget de cette escapade dépasse celui de l'expédition d'Abyssinie.

Il est d'ailleurs très difficile de les rattraper dans la chambre ou dans le salon, parce qu'elles ont là une multitude d'abris où se cacher : tables, rideaux, tapis, etc. Elles bondissent parmi les meubles, comme des balles élastiques, tantôt disparaissant, tantôt se faisant voir pour se cacher de nouveau. C'est en vain qu'on les appelle: ni prières, ni menaces n'y peuvent rien. Un jour, Jenny avait disparu, sans qu'on pût savoir au juste le lieu de sa retraite; on soupçonnait seulement qu'elle était dans la chambre à coucher. Les domestiques appelés fouillèrent la pièce de fond en comble ; point de Jenny. La recherche fut abandonnée, mais quelqu'un resta pour faire le guet. Bientôt une tête et deux petits yeux brillants parurent dans la glace de la toilette. Mlle Jenny, installée sur le ciel du lit à colonnes, regardait tranquillement du haut en bas, comme si elle eût été aux troisièmes loges du théâtre de Shoreditch.

Lorsque je vais à Herm-Bay, où m'appellent mes travaux d'ostréiculture, j'amène généralement mes singes, pour leur faire respirer l'air de la mer. Je me loge d'habitude sur l'esplanade chez maître Walker, le pâtissier. Mistress Walker aime beaucoup les demoiselles *panachées*, comme elle les appelle, et leur laisse prendre de grandes libertés dans son domicile.

Mistress Walker est fière, à juste titre, de son étalage. Les gâteaux et les friandises de toutes sortes qui garnissent la devanture de sa boutique, excitent l'admiration des passants, en même temps qu'ils sollicitent leur gourmandise. Un jour, Jenny se glissa sournoisement dans la boutique, où elle prit ses ébats pendant quelques instants sans être troublée. Mistress Walker, occupée dans son arrière-boutique, entendit au dehors une troupe de gamins qui se livraient à une gaieté folle. Elle se hâta d'accourir et trouva la Vieille au milieu des gâteaux de sa devanture, trônant avec majesté sur un massepain à quatre étages. La malicieuse Jenny formait d'une manière assez plaisante le couronnement de cet édifice de pâte, sans rester toutefois inactive. Les deux poches de ses joues étaient pleines de pelure de citron, et elle en mâchait encore un énorme morceau.

Mistress Walker, à bout de patience, parla d'envoyer Jenny devant le premier magistrat du lieu, sous prévention de vol, et de la faire mettre en prison pour quinze jours; mais il fallait d'abord prendre la voleuse, ce qui n'était pas facile, car celle-ci s'enfuit dans le grenier. Il y a là un entonnoir en bois, destiné à contenir la farine qui tombe dans le laboratoire au-dessous. Jenny sauta dans ce récipient, et comme l'entonnoir n'était pas fermé, elle glissa par l'ouverture et tomba sur la tête de Mister Walker, qui travaillait dans le laboratoire. Le pâtissier, d'abord stupéfait, prit l'aventure en riant; mais le plus comique était la mine de Jenny, qui ne faisait qu'un bloc de farine. Elle avait l'air d'un meunier en miniature, et ce ne fut qu'au bout de deux ou trois jours que la brosse lui rendit sa couleur naturelle.

Mister Walker l'attacha près du four, où elle passa le reste de la journée. Jenny se vengea par mille grimaces, tout en gémissant, dans son langage de singe, sur ses infortunes.

Au logis, mes deux singes ont pour compagnons journaliers un perroquet parlant fort bien, et un chat angora venu de France. Suzey, lorsqu'elle est libre, rend la vie fort dure à ces pauvres bêtes.

Le perroquet avait primitivement quatorze plumes rouges à la queue; aujourd'hui il n'en a plus que trois, grâce à Mlle Suzey, qui a arraché les autres.

Suzey tourne autour de la cage comme un tourbillon, en feignant de vouloir dérober les grains de maïs qu'elle contient. Le malheureux oiseau suit ses mouvements avec anxiété. Il défend sa nourriture à coups de bec; mais dans la chaleur de l'action, il oublie sa queue, et Suzey en profite pour lui arracher une plume ou deux; après quoi elle se sauve triomphante, avec les dépouilles de sa victime.

Lorsque l'angora est endormi, Suzey s'approche tout doucement et le tire par sa fourrure; si le matou ne s'éveille pas, elle lui mord le bout de la queue, ce qui ne manque jamais son effet. En dépit de ces persécutions, les trois quadrupèdes font assez bon ménage. Il n'est pas rare de voir Jenny et Suzey assises sur le dos du chat, et occupées à chercher ses puces.

La nature semble avoir créé les singes pour le vol: car, en leur donnant cet instinct, elle les a pourvus d'un appareil éminemment propre à recéler les fruits de leurs larcins. Cet appareil consiste dans deux poches placées de chaque côté de la face, et connues en histoire naturelle sous le nom d'abajoues. Quand elles sont vides, ces poches sont à peine visibles, mais leur faculté de dilatation augmente singulièrement leur capacité. Il est difficile de se figurer tout ce qui peut tenir dans les abajoues de Jenny et de Suzey, quand on considère la taille exiguë de ces créatures. J'en ai fait plus d'une fois l'expérience en leur donnant des pastilles, dont elles prennent tant qu'elles peuvent en entasser. Chacune de leurs abajoues contient jusqu'à vingt pastilles.

Un jour qu'il manquait plusieurs menus objets dans la maison, je soupçonnai Jenny et Suzey de les avoir volés. Je procédai à des fouilles intimes et je trouvai dans leurs abajoues un dé à coudre, ma bague chevalière, une paire de boutons de manchettes, un liard, un shilling, un bouton d'habit et plusieurs morceaux de gâteau.

Le repas du soir, que je prends en famille, est généralement égayé, vers la fin, par la présence de mes deux singes. On les fait venir au dessert, pour leur donner quelques friandises. Elles boivent volontiers du vin et des spiritueux, mais leur boisson favorite est du vin sucré mélangé d'eau. Leur grand plaisir est d'être auprès de moi, l'une assise sur mon genou, l'autre sur mon épaule; mais je suis obligé de veiller constamment sur elles et de ne jamais les perdre de vue, de peur de quelque méfait. Ainsi Suzey guette chaque morceau de sucre que je mets dans mon grog; si je n'y prends garde, elle saute sur la table et plonge son bras dans le verre pour en retirer le sucre à demi fondu.

J'imagine que Jenny et Suzey ne seraient point satisfaites du portrait que je trace d'elles, si elles en avaient connaissance. Pour être juste, après avoir parlé de leurs défauts, je dois dire un mot de leurs qualités. Elles sont aimables et caressantes au dernier degré. Si elles volent, c'est que leur instinct les y porte; il serait donc malséant de leur en faire un reproche. Leur intelligence est surprenante: elles me comprennent à demi-mot et vont quelquefois jusqu'à deviner ma pensée. Un seul regard de leurs petits yeux brillants jeté sur moi suffit pour leur apprendre jusqu'où elles peuvent aller dans leurs taquineries. Dès qu'elles sentent gronder l'orage, elles sautent dans mes bras pour me caresser et semblent me dire dans leur langage muet: « Ne vous fâchez pas, c'est une plaisanterie. » Quand je veux les prendre pour les enfermer, elles devinent à merveille mes intentions et, avant même que j'aie fait un mouvement dans ce but, elles gagnent le large, comme le renard lancé par les chiens. Alors, c'est une véritable chasse, où elles profitent de tous les accidents de terrain, c'est-à-dire, tournent autour des meubles et se blottissent dans tous les coins, de façon à dépister le chasseur. Relancées, elles repartent au pas de course. Je me sers à dessein de cette seconde comparaison: car leur galop ressemble à celui d'un cheval de course, avec la différence qu'elles s'arrêtent sur place avec une extrême facilité, et peuvent franchir les obstacles sans ralentir leur allure. Parfois, lorsqu'elles sont acculées dans un coin, elles font semblant de vouloir se laisser prendre et s'avancent vers moi de l'air d'un prisonnier de guerre qui rend son épée. Puis tout à coup, d'un bond prodigieux, elles sautent sur mon épaule, glissent le long de mon dos et recommencent leur folle équipée.

Lorsque je rentre chez moi, le soir, après une journée fatigante, je tire de leur cage mes chères pensionnaires et leur donne quelques douceurs apportées à leur intention. Leur gracieux accueil, leur gentillesse et leurs tours amusants me font oublier les perpétuels ennuis d'une vie laborieuse. Si, d'ailleurs, je suis préoccupé, elles le comprennent et n'ont garde de me tourmenter. Jenny, assise sur mon épaule, épluche doucement mes favoris, tandis que Suzey grignote une noix confite, en me regardant d'un petit air d'amitié qui semble provoquer les confidences.

C'est parler trop longtemps, dira-t-on, d'un sujet qui n'en vaut pas la peine. Le lecteur a peut-être raison; c'est pourquoi je termine ici cette notice.

J'aime infiniment ces petites créatures.

A ceux qui blâmeraient encore cette profession de foi, un philosophe, dont j'ai oublié le nom, répondrait par cette boutade : « Plus je fréquente les hommes, plus j'aime les bêtes. »

Moi je réponds plus simplement : Mes singes font la joie de ma maison et je ne saurais m'en séparer ; j'aime mes singes et mes singes m'aiment.

LÉONTINE ROUSSEAU.
(Temple Bar.)

LE JUIF ERRANT A PARIS

(Voir p. 156.)

VII

Nos lecteurs connaissent toutes les péripéties de ce grand drame que la Commune expirante voulut jouer avant de mourir. Nous ne referons pas, après tant d'autres, le récit des forfaits sans nom qui, pendant huit jours, ensanglantèrent la capitale. Nous nous contenterons donc de rappeler les événements qui se réfèrent à cette histoire, sans aller chercher ailleurs un thème à de trop faciles émotions.

Le mercredi 24 mai, claquemuré rue Soufflot entre deux barricades, je parvins, grâce à un costume d'emprunt, à traverser les lignes des fédérés. La surveillance était si mal établie, les officiers si myopes et les factionnaires si gris, que cet exploit, il faut bien l'avouer, n'avait absolument rien d'héroïque ; mais ce qui était moins facile, c'était de gagner le faubourg Saint-Antoine. Instruit depuis deux jours seulement de l'arrestation d'un de mes voisins, l'abbé Z..., j'avais hâte de savoir ce qu'était devenu ce vénérable prêtre. Était-il à Mazas ? ou l'avait-on transféré à la Roquette ? Tel était le problème que je voulais résoudre.

Tout alla bien jusqu'à l'Hôtel de Ville : de la rue Soufflot à la rue de Rivoli, à peine me heurtai-je à huit ou dix barricades, et encore étaient-elles défendues par des gavroches plus armés de chassepots que de courage, et des femmes affranchies..... de toutes les lois de l'équilibre.

Aussi n'eus-je pas même besoin, pour passer, de me conformer aux aimables exigences que les fédérés imposaient à l'infortuné qui rencontrait sur son chemin une barricade : on ne me somma point de déchausser un ou deux pavés de leurs alvéoles, et de porter ma pierre à cet édifice peu social. Mais, rue de Rivoli, ma mauvaise étoile me fit tomber au milieu d'insurgés plus sérieux. On ne pense pas à tout : mes mains étaient gantées !!! Cette fatale imprudence me coûta la liberté. Au moment où, côtoyant dextrement les maisons de l'avenue Victoria, je me disposais à opérer une conversion à droite, mon mouvement stratégique fut éventé par une brillante « colonelle », qui cavalcadait à dix pas de là, sabre au poing et londrès aux lèvres.

Quatre hommes et un caporal, dépêchés à ma rencontre, s'emparèrent courageusement de votre serviteur. Faute d'un lefaucheux, je voulus employer la seule arme que j'avais sur moi, celle du raisonnement : rien n'y fit. J'eus beau affirmer que j'étais un républicain de la plus belle eau, la brave colonelle ne voulut pas m'entendre : il n'y avait pas à dire, mes gants trahissaient un gredin de modéré.

VIII

Quelque agréable qu'il soit de se poser en victime, la vérité m'oblige à déclarer que ma détention ne fut ni pénible ni longue. Le lendemain, l'incendie de l'Hôtel de Ville fit s'esquiver tous les soldats du poste, et briser toutes les serrures d'icelui. Il était temps, une seconde plus tard nous étions rôtis. Les efforts combinés de cinq ou six d'entre nous suffirent pour mettre en pièces les portes et à la raison deux gardiens communards qui, les fanatiques ! voulaient, par pur amour de l'art, nous faire flamber.

Une fois dehors, je songeai plus que jamais à reprendre le chemin de Mazas. La chose n'était guère aisée ; les fédérés reculaient, les troupes de Versailles avançaient ; les balles labouraient l'air, les obus crevaient les toits, les canons grondaient, les cloches hurlaient et les flammes, comme une écharpe sanglante que ballotterait le vent, ondulaient au-dessus de nos têtes. De minute en minute, se rétrécissait le terrain neutre et augmentait parallèlement la perspective d'être fusillé par l'un ou l'autre parti. Pour les troupes de l'ordre j'allais avoir les allures d'un fédéré, et pour les communards la mine d'un Versaillais...

C'est en me nourrissant de ces agréables pensées qu'à la hauteur de la rue Saint-Paul, je fis la rencontre d'un ami : son visage bouleversé, ses habits en désordre, sa démarche précipitée ne m'annonçaient rien de bon.

« Qu'avez-vous donc ? lui criai-je en l'arrêtant. D'où venez-vous ? Nos désastres se compliqueraient-ils de nouveaux malheurs ? »

Sans me répondre, mon ami m'entraîna sous une porte cochère, et là, élevant la main dans la direction de la Roquette :

« Vous me demandez d'où je viens, me dit-il d'une voix éteinte. Eh bien ! je viens de voir une terre française se rougir du sang du juste. Et voulez-vous savoir maintenant ce que sonnent ces cloches ? Elles sonnent les funérailles de la patrie ! » . . . .

. . . .

IX

Je fus obligé de passer la nuit rue Saint-Paul ; les combats des rues, les incendies des palais ne me permirent pas, à mon grand regret, de m'aventurer plus loin. Et puis qu'aurais-je été faire à la Roquette ou à Mazas ? J'avais maintenant acquis la certitude, grâce aux renseignements de mon ami, que l'abbé Z... n'avait pas été fusillé avec Mgr Darboy. Rassuré, mais non complètement calmé, je me levai le lendemain de bonne heure avec la résolution bien arrêtée de retrouver l'excellent prêtre ; sur l'indication d'un ingénieur des mines qui avait échappé au massacre de la Roquette, mais que son séjour dans cette épouvantable maison avait mis au courant des projets de l'ennemi, je me dirigeai à tout hasard vers Belleville. Le combat n'était pas encore fini de ce côté ; le général Ladmirault n'avait pas alors tourné la célèbre butte ni délogé les communards de leur mont Aventin. Tout danger n'était donc pas entièrement disparu. Mais en m'engageant dans des rues détournées, je pus me soustraire à l'atteinte des projectiles et parvenir sans trop de peine sur les hauteurs. Au moment où je débouchais sur le boulevard Serrurier, un formidable coup de mousqueterie se fit entendre. Saisi des plus tristes pressentiments, je courus en toute hâte dans la direction de la fusillade, sans plus songer aux précautions que j'avais observées jusqu'ici et n'ayant plus qu'une pensée, celle d'arriver assez vite pour recueillir les *ultima verba* d'un mourant.

Quel spectacle s'offrit alors à mes regards !

La rue Haxo présentait l'aspect d'un champ de bataille.

Une douzaine de prêtres et cinquante à soixante gendarmes râlaient sur les dalles du trottoir ensanglanté. Au milieu des cadavres, quelques visages, souriants encore, semblaient exhaler le pardon, et des mains sacerdotales se levaient comme pour bénir. Tombés dans une fière attitude, les militaires croisaient héroïquement les bras sur leur poitrine trouée. On eût dit ces grenadiers épiques que la mitraille de Waterloo moissonna.

L'abbé Z... ne se trouvait pas parmi les victimes. J'appris quelques jours après qu'il avait dépisté les sbires de la Commune. Mais, au lieu de mon vénérable voisin, je trouvai une autre connaissance, hélas !..... le pauvre fou de la Bibliothèque.

Il était là, le malheureux vieillard, étendu à terre, la face tournée vers le ciel et drapé dans sa toge comme un Romain des anciens jours. Cette pose sculpturale lui donnait un air de majesté que la mort avait encore plus accusé ; le sang qui coulait par la mamelle gauche ne paraissait pas avoir épuisé son énergie ; il semblait que ses lèvres allaient murmurer quelque auguste harangue.

Pendant que, penché sur ce cadavre, j'essayais, rêveur, de saisir sa dernière pensée, tout à coup, au bout de la rue, apparut, le sabre au clair, un escadron de hussards. Je n'eus que le temps de me dissimuler dans une avenue. Les cavaliers passèrent comme un ouragan. Rester là plus longtemps était impossible. L'infanterie pouvait survenir d'un moment à l'autre et fouiller la rue. Or, ma présence auprès de ces cadavres ne pourrait-elle pas, au premier coup d'œil, prêter matière à de funestes interprétations ? Je me décidai donc à battre en retraite et je repris, pensif, le chemin des grands boulevards.

Les Tuileries brûlaient toujours ; des nuages de fumée enténébraient l'atmosphère, et, de temps en temps, des pans de muraille s'écroulaient avec le fracas du tonnerre. Triste et navrant spectacle, mais qui ne réussit pas à me distraire ! Au milieu de ces flammes et de ces ruines, je ne pus chasser de ma pensée le souvenir de ce que je venais de voir. Malgré moi, surgissait devant mes yeux l'image désolée de cet étrange vieillard qui, pendant que ses contemporains tombaient pour Versailles ou pour la Commune, était mort, lui, pour Cartophilus !.....

X

Cinq jours après, tout était rentré dans l'ordre. Les Parisiens avaient oublié les communards ; les boutiquiers redoraient leurs enseignes, et le soleil dardait des rayons tout neufs. A l'heure où finissait la guerre s'épanouissait le printemps.

La Bibliothèque nationale avait fait comme tout le monde : elle avait rouvert ses portes. Un essaim de travailleurs garnissaient la salle, feuilletaient les in-folio, prenaient des notes, écrivaient avec la même ardeur que deux mois auparavant. A la place même où trônaient les fumistes de la Commune, MM. d'Auriac et Depping accueillaient le lecteur avec cet atticisme inaltérable qu'ils opposent aux sollicitations les plus ennuyeuses.

Je n'avais pas mis moins d'empressement que les autres à me rendre rue Richelieu. Non seulement il me tardait de reprendre le cours interrompu de mes études ; mais j'avais hâte de communiquer mes impressions à un vieux savant anglais qui fréquente depuis de longues années la Bibliothèque pour y recueillir les matériaux d'une histoire de Cartophilus, *Chronicon Cartophili*. Déjà trois gros volumes ont paru à Londres, chez l'éditeur Murray.

Sir David Hoffmann (c'est le nom du savant) prêta l'attention la plus exemplaire au récit de mon odyssée. Pendant que je parlais, il noircit de notes plusieurs feuillets de son carnet.

Quand j'eus fini, l'honorable baronnet me regarda en face.

« C'est tout ?

— Tout !

— Eh bien ! il manque un épilogue à votre histoire. Cartophilus ne peut pas quitter Paris sans venir vous voir.

— Que dites-vous là ? m'écriai-je en riant.

— Je dis que vous devez compter sur sa visite..... »

A ces mots, je considérai curieusement le visage de mon interlocuteur, et je me demandai si l'excellent gentleman, à force de vivre dans un monde de mythes et de légendes, n'était pas, lui aussi, devenu fou. Ou bien peut-être se livrait-il à quelque innocent persiflage. Mais non, rien dans l'attitude du savant, rien ne trahissait l'ironie; sa bonne et loyale figure encadrée de favoris roux était tout à fait impassible.

J'allais répliquer ; sir David Hoffmann eut pitié de mon embarras.

« Allons, me dit-il du ton le plus affectueux, oubliez-vous donc si vite ce que vous avez lu vous-même dans Mathieu Paris? Le bénédictin de Saint-Albans n'applique-t-il pas à mon héros la parole de l'Écriture : « Ma jeunesse se renouvelle comme celle de l'aigle? »

— Eh bien?

— Eh bien! si je vous apprenais que, depuis dix-huit siècles, ce que vous avez vu et ce que vous allez voir est arrivé dix-huit fois? »

Plus de doute, le pauvre savant délirait. Malgré la douleur que me causait cette découverte, je ne pus retenir un sourire, et bien que je n'ignore pas combien certaines monomanies raisonneuses sont incurables, il me fut impossible de garder le silence.

« Comment, m'écriai-je, comment pouvez-vous sérieusement admettre de pareilles fables?..... »

Je n'avais pas encore fini de souligner d'un bon rire gaulois cette apostrophe un peu brusque, qu'une main glacée se posait sur mon épaule.

Je me retournai.

Horreur! c'était Cartophilus! Il était là, blême, le regard vitreux:

« Adieu! me dit-il, je quitte la France. »

Ces cinq mots parvinrent seuls à mes oreilles; mes yeux se voilèrent, le sang me reflua vers le cœur et je chancelai . . . .

. . . .

. . . .

Quand je me réveillai, j'étais rue Soufflot, tranquillement couché dans mon lit, et près de moi veillait sir David Hoffmann, corrigeant sur une petite table les épreuves du quatrième volume de sa *Chronique*.....

XI

Le coup avait été rude, mais ma jeunesse triompha si bien de cette crise que les événements de mai 1871 s'effacèrent bientôt de ma mémoire. Je ne songeais guère, je vous prie de le croire, à l'apparition de la Bibliothèque, quand, le 12 avril dernier, m'étant assis sous les arcades de l'Odéon pour y lire, comme à mon ordinaire, les journaux du soir, j'ouvris par hasard une feuille algérienne que je n'avais pas encore vue, la *Seybouse*. C'était le numéro du 9 avril. Après avoir parcouru la première et la deuxième page, je jetai machinalement les yeux sur la troisième. Que vis-je? Au bas d'une colonne, se dissimulait l'entrefilet que voici, dont je reproduis scrupuleusement la disposition typographique :

« Le marabout Ali Khar-tofi-la. — Tunis est, nos lecteurs le savent, envahi depuis trois semaines par des Arabes qui viennent y prêcher la guerre sainte. Avant-hier, dans un café situé près de la Khasba, un marabout, qu'on soupçonne d'appartenir à la tribu des Touaregs Hasseguen (1), a prononcé un discours empreint du plus sombre fanatisme. Ce marabout, qui s'appelle, paraît-il, Ali Khar-tofi-la, aurait l'intention de se rendre à Tebessa, c'est-à-dire au point même où l'extrême droite de notre corps expéditionnaire est cantonnée. Nous espérons que le brave général Logerot, qui commande la brigade, empêchera ce dangereux personnage de soulever les tribus qui pourraient être tentées de prêter main-forte aux Khroumirs. »

« Ali Khar-tofi-la! » Ce nom réveilla sur-le-champ des souvenirs que je croyais à jamais évanouis. Mon sang ne fit qu'un tour. J'avais beau me croire cuirassé contre ce que les gens « éclairés » appellent « les superstitions d'un autre âge », je ne pus me défendre d'une vive et cuisante angoisse. La terrible phrase du bénédictin Mathieu Paris surgit aussitôt devant mes regards :

« *Judæus non mortalis loca quibus calamitates imminent invisere solet.* »

Hé quoi! pensé-je, de nouveaux malheurs vont-ils donc fondre sur nous?

Que celui qui n'a pas été hanté par de mystérieux et sinistres pressentiments se moque, s'il le veut, de mes puériles inquiétudes! Pour me débarrasser de cette obsession, je résolus d'aller voir sir David Hoffmann.

Le brave Anglais était plongé dans la lecture de ses poudreux in-folio.

« Tenez, cher maître, lui dis-je sans autre préambule, que pensez-vous de ceci? »

Après avoir parcouru l'extrait de la *Seybouse*, sir David me regarda en face.

« Je vous comprends, me répondit-il, Ali Khar-tofi-la vous fait... peur? Mais j'ai des nouvelles plus fraîches que les vôtres ; jetez à votre tour les yeux sur ce papier. »

Le « papier » qui m'était offert n'était autre qu'une demi-page coupée dans une gazette d'au delà du Rhin, le *Mainzer Anzeiger* (le *Messager de Mayence*), du 13 avril. Les gens « éclairés » diront encore ici ce qu'il leur plaira; mais je ne leur célerai point qu'en prenant connaissance du fait divers qui suit, je le savourai avec la plus exquise sensation de bien-être.

Oyez plutôt :

« Hier, par le train de 3 h. 42 m. est arrivé dans nos murs Son Exc. M. le baron de Khartophilow, conseiller privé de S. M. le czar Alexandre III. On assure que ce haut fonctionnaire est chargé d'une mission spéciale.

« M. le baron de Khartophilow est descendu à l'hôtel des Trois Cigognes. »

Quand j'eus fini ma lecture :

« Eh bien! me demanda joyeusement sir David, êtes-

1. Cette tribu est celle qui passe pour avoir massacré l'infortuné colonel Flatters.

vous cette fois rassuré? Après avoir posé le pied sur le sol de la Tunisie, le voilà maintenant qui s'installe en Allemagne ! que vous faut-il de plus? »

J'étais trop ému pour répondre. Je me jetai dans les bras de mon vieil ami.

OSCAR HAVARD.

FIN

LA FORÊT DE FONTAINEBLEAU ET BARBISON

De toutes les forêts qui entourent Paris, celle de Fontainebleau est la seule qui ait conservé un aspect vraiment agreste. A soixante kilomètres de la capitale, on est tout étonné de découvrir une contrée qui ait aussi victorieusement résisté à l'action destructive de l'architecte paysagiste. Un sol continuellement accidenté, des chaînes de montagnes, des halliers, des gorges sauvages, des plateaux nus et désolés, des steppes couverts de bruyères, des rochers entassés les uns sur les autres, tel est le curieux spectacle que le touriste peut s'offrir, pour peu qu'il puisse disposer d'une journée.

La contenance de la forêt est de dix-sept mille hectares et son pourtour de quatre-vingts kilomètres. Elle est limitée au nord et à l'est par la Seine, et un peu au sud par le Loing, qui vient se jeter dans la Seine au-dessous de Moret. On n'estime pas à moins de cinq cents lieues le développement de ses sentiers et de ses routes.

Au moyen âge, la forêt de Fontainebleau s'appelait la « forêt de Bière », nom provenant, dit-on, d'un chef danois, Bier Côte de fer, qui, après avoir dévasté la Normandie et l'Ile-de-France, vint, en 835, planter ses tentes dans le pays situé entre la lisière du bois et Melun, et y exerça des cruautés inouïes. A l'époque où la forêt fut érigée en domaine royal, elle était plus resserrée dans ses limites qu'aujourd'hui. François Ier l'augmenta beaucoup, soit par des acquisitions de terrain, soit par des expropriations opérées contre des particuliers et des nobles. Les noms de plusieurs cantons tels que ceux du *Bois Gautier*, de *Macherin*, des *Ventes Bouchard*, *Chapelier*, *Girard*, etc., en sont la preuve. Les noms de plusieurs autres cantons nous montrent aussi qu'ils furent autrefois habités : l'*Étoile de Petite-Maison*, le *Carrefour du Puits fondu*, les *Écuries royales*. Au nombre des rois qui affectionnèrent le plus le séjour de Fontainebleau, il faut compter saint Louis. Le pieux roi et sa mère, Blanche de Castille, se plaisaient beaucoup à « Fontaine-Bliaud ». La reine en habitait quelquefois le vieux château de Grez, situé à l'une des extrémités de la forêt, au bord du Loing, et dont on voit encore les ruines remarquables sur la route de Nemours. Saint Louis aimait surtout à venir prendre le « déduit de chasse » dans ses « chers déserts » de Fontainebleau.

Un jour, le 22 janvier 1264, poursuivant un cerf dans la forêt, il se trouva séparé de sa suite et tomba au milieu d'une bande de voleurs; mais il se mit à sonner d'un petit cor qu'il portait suspendu au cou; aussitôt, ses gens accoururent et le délivrèrent. Pour perpétuer la mémoire de ce fait, on éleva une chapelle sur la colline où le roi avait été sauvé. La colline porte encore le nom de *Butte Saint-Louis;* elle est au bord de la route de Fontainebleau à Melun, à peu de distance du rocher Saint-Germain. Quant à la chapelle, elle devint la demeure d'un anachorète et subsista jusqu'aux premières années du XVIIIe siècle. Deux ermites y ayant été successivement assassinés, Louis XIV la fit détruire en 1701.

Puisque nous parlons de saint Louis, disons que le pieux roi a donné son nom à l'un des pavillons du château. C'est dans ce pavillon qu'en 1253, se croyant près de mourir, saint Louis adressa à son fils aîné les paroles que voici, rapportées par le sire de Joinville : « Biaus fiz, je te prie que tu te faces aimer au peuple de ton royaume, car vraiement je aimeroie miex que uns Escoz venist d'Escosse et gouvernast le peuple dou royaume bien et loialement, que tu le gouvernasse mal à poinct et à reprouche. »

François Ier fit de Fontainebleau son séjour favori. S'il faut en croire Benvenuto Cellini, la suite qui l'y accompagnait était quelquefois de plus de douze mille chevaux. Les seigneurs de la cour se construisirent des hôtels dans le voisinage du château. Henri IV venait souvent à Fontainebleau; il s'y livrait avec passion au plaisir de la chasse. « Le mesme jour, dit Sully, Sa Majesté, après avoir chassé à l'oiseau, fit une chasse au loup et finis la journée par une troisième chasse au cerf qui dura jusqu'à la nuit, malgré une pluie de trois à quatre heures. On était alors à six lieues du gîte. Le roi arriva un peu fatigué... Voilà ce que les princes appellent s'amuser; il ne faut disputer ni des goûts ni des plaisirs. »

C'est ici le lieu de parler de la légende du Chasseur noir, connu dans la forêt de Fontainebleau sous le titre du *Grand Veneur*. « On cherche encore, dit Sully, de quelle nature pouvait être ce prestige vu si souvent et par tant d'yeux dans la forêt de Fontainebleau. C'était un fantôme environné d'une meute de chiens dont on entendait les cris et qu'on voyait de loin, mais qui disparaissait dès qu'on approchait. » Henri IV, selon les historiens du temps, entendit un jour des bruits de cor et d'aboiements de chiens, qui tout à coup se rapprochèrent de lui, et un grand homme noir et fort hideux leva la tête et dit : « *M'entendez-vous?* ou *Qu'attendez-vous?* ou selon d'autres : *Amendez-vous!* » et il disparut. En 1646, eut lieu dans la forêt de Fontainebleau une autre aventure assez peu connue. Mazarin, attaqué par un sanglier, mit bravement l'épée à la main et tua l'animal. Un latiniste qui se trouvait là en profita pour comparer l'illustre ministre à Hercule, en donnant le premier rang à Mazarin, bien entendu.

Le Bornage de Barbison, dans la forêt de Fontainebleau.

Louis XV et Louis XVI vinrent souvent chasser dans la forêt. Pendant la Révolution, Fontainebleau fut délaissé. Napoléon fit restaurer le château pour y loger le Pape, qui venait le sacrer. Le 25 novembre 1804, à midi, il alla en habit de chasse dans la forêt au-devant de Sa Sainteté, à la croix de Saint-Herem. Plus tard, il faisait arrêter le même Pontife dans son palais, puis le transférait à Savone, et en 1812 à Fontainebleau. Peu de temps après son retour de la campagne de Russie, le 13 janvier 1813, Napoléon qui venait de chasser à Grosbois, se rend à l'improviste à Fontainebleau, entre brusquement dans l'appartement de Pie VII et l'embrasse avec effusion; le Pape, touché de ces démonstrations, accueille affectueusement l'empereur. Le lendemain, dans une nouvelle entrevue, Napoléon met en jeu toutes les ressources de son esprit de séduction, et le pauvre vieillard, cédant à la menace, signe, le 23 janvier 1813, le célèbre concordat de Fontainebleau. Par ce concordat, Pie VII renonçait à la souveraineté temporelle des États romains, se désintéressait de la nomination des évêques, et promettait de résider à l'avenir où l'empereur le désirerait, même au palais archiépiscopal de Paris, avec un traitement de deux millions. Est-il besoin d'ajouter que, redevenu libre, le Souverain Pontife, dans un acte à la fois humble et digne, rétracta et condamna sa faute, et ajouta qu'il préférerait mourir plutôt que de persévérer dans son erreur.

Par un singulier retour des choses humaines, l'année suivante, le 30 mars 1814, Napoléon se voyait lui-même obligé de signer sa propre abdication dans le même palais.

Le gibier abondait autrefois dans la forêt. On y a compté jusqu'à trois mille cerfs, biches et daims. Les sangliers y étaient aussi très nombreux, mais ils diminuèrent beaucoup sous l'empire, parce que c'était la chasse favorite de Napoléon Ier. En 1860, M. Denecourt évaluait le nombre des cerfs, des biches, des chevreuils et des daims à deux cents environ. Il n'y avait plus de sangliers.

Les espèces principales de la forêt sont le chêne, le hêtre, le charme et le bouleau. Le chêne, qui est l'arbre le plus commun, atteint dans certains endroits une hauteur considérable; on en rencontre qui ont jusqu'à sept mètres de circonférence. Quelques-uns de ces vieux arbres ont acquis de la célébrité; il y a quelques années, on en citait surtout cinq ou six : le *Bouquet du Roi*, le *Clovis*, l'*Henri IV*, le *Sully* et la *Reine Blanche*. Les plus vieilles futaies sont, dans le voisinage de la route de Fontainebleau à Paris, celle de Bas-Bréau; à l'entrée de la forêt, du côté de Chailly, celles du Gros-Fouteau, de la Tillaie du Roi, etc. L'essence la plus rare autrefois, mais qu'on a cherché à répandre depuis quelques années, c'est le pin. La culture n'en a été soigneusement pratiquée que depuis 1784. Quelques pins avaient été plantés, il est vrai, vers le milieu du XVIIe siècle, mais le grand hiver de 1709 les fit périr. Une tentative faite sous Louis XVI ne fut guère plus heureuse. Enfin, M. Lemonnier, médecin de Marie-Antoinette et bon botaniste, pensant que le pin du nord ou pin sylvestre résisterait mieux aux grandes gelées, fit venir du Nord des plantes et des graines et en peupla le Rocher d'Avon, où ils réussirent parfaitement. Depuis lors, les pins ont envahi successivement les terrains les plus arides et marqué de leur sombre végétation les collines de rochers restées nues jusque-là, contribuant ainsi à faire disparaître de jour en jour l'aspect sauvage de certaines contrées de la forêt, telles que les gorges d'*Apremont*, de *Franchard*, des *Houx*. Les semis de pins ont été surtout propagés sous le règne de Louis-Philippe. La forêt de Fontainebleau n'est pas aménagée. Elle est exploitée partie en taillis, partie en futaie pleine, sans que l'âge des coupes soit parfaitement déterminé. Les plus belles futaies et les plus âgées sont, du reste, un luxe végétal que l'administration conserve pour l'agrément pittoresque et n'ont pas de produit. De ce nombre est la futaie du Gros-Fouteau, qui était déjà vieille du temps de François Ier. Celle du Bas-Bréau est particulièrement fréquentée par les peintres. C'est à la futaie de la Tillaie que se trouve le *Pharamond*. Nul autre chêne ne saurait donner au même degré l'idée de la terreur superstitieuse qu'éprouvaient nos ancêtres à la vue des vieilles forêts séculaires; on dirait que les Druides ont jadis exercé ici leurs mystérieuses cérémonies.

Les gorges d'Apremont sont, avec celle de Franchard, les cantons les plus sauvages et les plus désolés de la forêt. Il y a trente ans, ce n'étaient que des déserts de sable tapissés de bruyères, et enfermés dans des collines arides et des amas de blocs énormes de grès, entre lesquels poussaient çà et là quelque bouleaux à l'aspect mélancolique. Aujourd'hui ces deux cantons ont perdu de leur nudité; les pins y étendent le voile de leur éternelle verdure. L'ensemble des gorges d'Apremont forme un bassin assez compliqué, ayant près de trois lieues de tour. La topographie tracée par Denecourt divise les gorges en deux parties à peu près égales : le *Désert* et le *Vallon*. Cette dernière partie, que fréquentent les peintres à cause de ses aspects caractérisés et de ses arbres magnifiques groupés ou disséminés, est journellement traversée par les promeneurs venant de la gorge des Néfliers ou du carrefour des Monts Girard et se dirigeant vers le Bas-Bréau.

C'est en ce désert que se trouve la fameuse caverne qui servit de refuge, sous Louis XIV, à la bande de voleurs que commandait un chef nommé Tissier. Cet antre est aujourd'hui transformé pendant la belle saison en une sorte de taverne, où se tient un individu attendant patiemment les voyageurs, non plus pour les dévaliser, mais pour les rafraîchir. Au sortir de la caverne, on arrive au milieu de magnifiques bouquets d'arbres qui ornent le milieu du vallon.

La gorge de Franchard était autrefois non moins

sauvage que la gorge d'Apremont, mais la verdure des pins a peu à peu atténué la sévérité de sa physionomie. Voici dans quels termes en parle le marquis de Dangeau dans son journal : « Lundi, 20 octobre 1678, Monseigneur et Madame coururent le cerf dans les forêts de Franchard, pays fort affreux où l'on n'avait jamais chassé. »

Dès le XIIe siècle, il y avait à Franchard un ermitage que Philippe-Auguste donna en 1197 à des religieux d'Orléans, sur la demande de l'ermite Guillaume, qui était venu s'y établir. La vie de cet anachorète n'était pas précisément celle d'un sybarite, s'il faut en croire la lettre suivante qu'écrivait au prieur Guillaume un des abbés de Sainte-Geneviève, nommé Étienne : « J'étais frappé de terreur, lui dit-il, à la pensée d'une solitude si horrible, que les hommes et les bêtes féroces elles-mêmes semblent craindre de l'habiter. L'herbe ne croît pas sur cette terre aride et l'eau qui coule goutte à goutte de la roche voisine de cette cellule n'est ni belle à voir ni bonne à boire. La grossièreté de vos vêtements, l'austérité de vos aliments, la dureté de votre couche permettent à peine quelques instants de sommeil pris à la dérobée; l'obligation de ne pas quitter votre cellule à moins de motif grave, la crainte que les voleurs qui ont déjà tué deux de vos prédécesseurs ne fassent encore de vous une troisième victime, tous ces motifs me poussent à me détourner de cette voie si pénible dans laquelle vous cherchez la perfection. Mais après ce que je vous ai vu supporter de privations, j'ai pris en vous une grande confiance..... De la prière passez à la lecture, de la lecture à la méditation..... Après une courte lecture promenez-vous dans votre cellule, ou, sortant dans votre jardin, reposez votre vue affaiblie sur la verdure du peu d'herbes qui y croissent, ou examinez vos ruches qui seront pour vous un adoucissement et un exemple. »

Quelques moines se réunirent plus tard à l'ermite Guillaume, qui devint leur prieur. Mais le monastère fut détruit au XIVe siècle pendant les guerres, et ses ruines servirent d'asile à des brigands qui n'abandonnèrent Franchard qu'en 1712, chassés par les archers de Louis XIV.

Après avoir côtoyé les restes des bâtiments de Franchard, on parvient à la Roche-qui-pleure, ainsi nommée à cause des gouttes d'eau qui filtrent à travers les fissures des grès. Citée comme une des merveilles de la forêt, cette roche en est aujourd'hui l'endroit le moins séduisant, piétiné qu'il est par des visiteurs incessants.

Nous aurions encore à parler de la gorge aux Loups, de la vallée de la Solle, de la mare aux Fées, de la gorge des Houx, du rocher Cassepot, du mont Chauvet, de la fontaine Sanguinède, etc.; mais nos descriptions ne pourraient donner qu'une incomplète idée de ces magnifiques paysages. Une exploration pédestre édifiera mieux nos lecteurs que les peintures les plus fidèles. Nous nous contenterons de dire quelques mots du village de Barbison, dont le nom est devenu, depuis quelques années, inséparable de celui de Fontainebleau.

Barbison est un hameau assez laid dépendant de la commune de Chailly et qui ne se compose que d'une seule rue. Mais s'il manque de pittoresque, il a l'inappréciable avantage d'être situé à l'entrée des gorges d'Apremont et de la futaie de Bas-Bréau. Aussi voilà-t-il près de trente ans que les peintres indépendants en ont fait une sorte de villa Médicis. Tout ce qui compte dans la grande école du paysage, Diaz, Rousseau, Huet, Millet, etc., est passé par Barbison. Leur lieu de réunion était alors la célèbre auberge Ganne (aujourd'hui Luniot-Ganne) ou hôtel des Artistes. Le logement était exigu; mais qu'importait à des artistes qui passaient toute leur journée en forêt? Nombre de peintres ont demeuré chez Ganne des saisons entières, et y ont laissé des traces de leur passage. Les murailles, les panneaux, les armoires, le paravent de la cheminée, sont couverts d'études de paysage, d'esquisses peintes de bacchanales enluminnées, de charges, de portraits, de caricatures, qui ont transformé le modeste cabaret en une sorte de musée drôlatique. Aujourd'hui l'hôtel des Artistes est transféré presque à la porte de la forêt, en venant du Bas Bréau.

Indépendamment du musée Ganne, Barbison possède depuis 1867 une exposition permanente de tableaux. Cette exposition dépend de l'hôtel Piron, situé à quelques pas de l'hôtel Ganne.

Le *Bornage de Barbison*, que reproduit notre gravure est un des meilleurs tableaux de Th. Rousseau. Nos lecteurs savent que ce peintre est, avec Huet, un des fondateurs du paysage moderne. L'un des premiers, Th. Rousseau mit son art à peindre des arbres qui n'étaient pas la gaîne d'une hamadryade, mais bien de naïfs chênes de Fontainebleau, d'humbles ormes de grand'route, de simples bouleaux de Ville-d'Avray, et tout cela sans le moindre temple grec, sans le moindre berger arcadien, sans la plus petite Nausicaa. Les *Côtes de Granville*, admises au Salon de 1833, avaient mis en relief les qualités du jeune peintre. Mais à partir de 1836 Th. Rousseau affirma son culte de la nature avec une telle franchise, que ses toiles furent désormais refusées *à priori* par les arbitres officiels du Salon Rousseau, sans se décourager, s'engagea plus que jamais dans la voie qui lui fermait les portes de l'Institut. Nul mieux que lui ne sut rendre la mâle vigueur de notre terroir, sa végétation puissante et sa frondaison robuste. Intelligence supérieure, caractère énergique et fin, il fut le maître le plus franc, le plus consciencieux, celui qui donna le plus constant exemple de la sincérité devant la nature ! Nul ne comprit mieux que lui ces austères sites de Fontainebleau, où les chênes séculaires semblent avoir ombragé les sanglants sacrifices de Teutatès et balancé les boucliers des guerriers gaulois; nul ne fit plus savamment poudroyer le soleil à travers les sombres verdures des futaies. Il rendait ce qu'il voyait avec son attitude; son dessin, ses couleurs, ses rapports de ton, naïvement, *con amore*, ne se doutant pas que c'était là une audace presque insensée et que toute l'Académie le considérait comme un barbare et comme un fou. De ces études d'une conscience si scrupuleuse, d'une observation si profonde, il formait des tableaux comme celui dont notre gravure offre l'image, tableau plein de fougue et d'originalité, ajoutant, comme un grand artiste qu'il était, son âme à la nature.

Mort le 22 novembre 1867, à Barbison, Th. Rousseau voulut qu'on l'enterrât dans le modeste cimetière du village où les principes du paysage moderne lui avaient pour ainsi dire été révélés. Il repose à l'ombre de ces chênes de Bas-Bréau qu'il aimait tant, et à quelques pas d'un autre maître non moins illustre, Fritz Millet, le peintre de l'*Angelus*.

Oscar Havard.

UN DRAME EN PROVINCE

(Voir p. 3, 21, 34, 51, 75, 90, 100 122, 138 et 155.)

IX

M. de Léouville ne se méprenait certes pas sur les résultats futurs et la tournure probable des événements, lorsqu'il quittait Alfred Royan avec un découragement si profond et un visage si triste. Dès qu'il s'agissait d'affaires à conduire et d'intérêts à ménager, M. de Tourguenier — il le savait bien — n'était pas homme à attendre. Et, ainsi que la chose avait été convenue, son notaire, dès le commencement de la semaine, se présenta au Prieuré.

Le marquis, qui voyait venir l'instant décisif et voulait se montrer pourtant à la hauteur des circonstances, le reçut avec sa dignité et son affabilité ordinaires, sans rien perdre de son calme apparent, bien qu'il se sentît le cœur douloureusement serré, et qu'au début, lorsqu'il lui fallut commencer cette explication pénible, la parole s'éteignît sur ses lèvres plus d'une fois. Aussi aborda-t-il promptement ce chapitre délicat, voulant en finir au plus vite, et savoir sans tarder ce que lui réservait le sort.

« J'ai le regret, monsieur, de devoir vous annoncer, dit-il, que jusqu'ici tous mes efforts pour trouver un acquéreur aux terres et au bois dont je veux me défaire n'ont malheureusement amené aucun résultat positif. L'affaire n'est point complètement manquée; elle peut se faire. Seulement il me faut attendre. Il m'est donc impossible de prévoir l'époque à laquelle j'aurai en possession la somme convenue, la dot de mon Hélène. Aussi j'avais pensé, dans cet embarras nouveau, à un moyen qui pourrait tout concilier peut-être. Si M. de Tourguenier voulait bien, au lieu de fonds, accepter la pleine et entière propriété des Audrettes, de la Haie-Rose, et du coin de forêt du Coupeau, que je reconnaîtrais à ma fille par contrat de mariage, il se trouverait, en réalité, toucher la même valeur et posséder le même bien sans que nous dussions attendre les chances et l'époque possibles d'une vente.

— Mais ceci ne rentre point dans les intentions, ceci ne ferait point l'affaire de M. de Tourguenier, répliqua le notaire, en hochant gravement la tête. Mon client n'a déjà que trop de bois taillis qui l'embarrassent, de terres qui lui rapportent peu, tandis qu'il se présente pour lui actuellement un excellent placement, profitable, solide, d'une somme de quarante mille francs à six pour cent, jugez ! Et vous comprenez aisément, n'est-ce pas ? monsieur le marquis, que pour M. de Tourguenier, veuf depuis huit ans déjà et vivant avec une grande simplicité dans son château, à la campagne, la présence d'une jeune femme nécessitera des dépenses, des changements : un mobilier nouveau, un service plus complet, peut-être une voiture, un appartement à Paris....... Il est donc bien juste, je dirai même nécessaire, monsieur, que la dot soit intégralement payée, et.....

— Et moi, je suis forcé de vous le répéter, monsieur : je ne le puis, interrompit le marquis, détournant du visage de son interlocuteur, pour l'arrêter sur les murs nus de sa pauvre maison, son regard à l'expression douloureuse, accablée.

— Dans ce cas, je me vois contraint, monsieur, de vous le dire : M. de Tourguenier sera obligé de renoncer aux projets d'union qu'il avait formés avec tant de joie, qu'il poursuivait avec tant d'ardeur.

— Comme il lui plaira, monsieur, répondit le marquis avec une dignité fière, retrouvant son calme et son assurance en cette extrémité.

— Du reste, mon client, ayant prévu cette pénible circonstance, m'a chargé de vous dire qu'il prendrait, pour sa part, tous les soins, tous les ménagements possibles, afin que ces négociations, si fâcheusement interrompues, ne donnassent lieu dans notre petite ville à aucun bruit désagréable ou malveillant, pouvant nuire au futur établissement de Mlle Hélène, poursuivit le notaire, dissimulant à demi, sous une inclination profonde, un sourire fugitif et railleur. M. de Tourguenier annoncera à ses amis des environs que, pour régler une importante affaire de succession, il est forcé de partir sur-le-champ et de passer plusieurs mois en Normandie. Lorsqu'il sera loin d'ici, les gens ne tarderont pas à se taire et finiront par oublier. De cette façon, la chose se terminera le moins fâcheusement possible, et vous laissera l'espoir parfaitement fondé, la presque certitude de rencontrer autre part, pour Mlle votre fille, un parti avantageux.

— Il en sera ce que Dieu voudra, monsieur. Jamais je ne me plaindrai ; j'attends, j'ai confiance, » répondit M. de Léouville, se levant pour accompagner le notaire, qu'il reconduisit jusqu'au seuil, lui laissant pour adieu un salut empreint d'une fière et calme dignité.

Seulement, lorsque cet étranger fut parti, son courage l'abandonna. Il se sentit faiblir, regagna son cabinet, s'affaissa sur son fauteuil, laissa tomber sa tête dans ses mains, et demeura plongé dans une rêverie douloureuse et profonde.

Par bonheur, sa Minette ne tarda pas à venir l'en arracher. La gentille enfant, de sa fenêtre, avait vu arriver le notaire, plus grave et plus apprêté que de coutume, ganté de noir et cravaté de blanc. Elle avait aussitôt pressenti quelque chose de fâcheux, ayant surtout remarqué la préoccupation, la tristesse croissante de son père. Aussi dès que la grille rouillée se fut refermée en grinçant sur les pas du visiteur, elle courut avertir et embrasser sa sœur, esquissant un paysage dans la salle voisine.

« Ne me cherche pas, Hélène, lui dit-elle, en lui laissant pour adieu un sourire triste et tendre. Je suis sûre que notre pauvre père a du chagrin ; je m'en vais le consoler..... Bon Dieu ! à quoi les notaires et les gens de loi servent-ils dans ce monde ? » continua la naïve fillette descendant, de son pas leste, les marches du grand escalier.

Et la mignonne eût très probablement compris les prétendus dans cette fâcheuse catégorie dont l'utilité lui paraissait si contestable en ce moment, si une image chérie, bien douce, toujours présente et jamais effacée, n'eût passé comme un beau rêve devant ses yeux ravis.

« Oh ! celui-là du moins ne nous méprisera pas, ne nous délaissera point, pensa-t-elle. Celui-là ne nous demande point d'argent : tout ce qu'il veut, c'est moi ; c'est ma promesse, mon dévouement, ma tendresse et mon cœur. »

Et cette consolante assurance, cette vision si belle, l'aidèrent à se rasséréner. Elle se dit qu'il n'y avait pas, après tout, qu'un Gaston en ce monde, et que puisqu'elle avait bien trouvé, elle, si petite, si humble, si cachée, un compagnon futur, un vaillant et fidèle ami, sa belle et brillante Hélène aurait certainement bien d'autres chances de se faire un foyer béni et un sort plus heureux.

Ce fut avec ces joyeuses dispositions, qui lui mirent un rayon au front et un sourire aux lèvres, qu'elle pénétra dans le cabinet où son père rêvait, triste et seul. Sa préoccupation était si profonde qu'il ne l'entendit pas entrer. Elle vint à lui doucement, posa une main sur son épaule, un baiser sur les cheveux touffus et à peine grisonnants qui lui voilaient à demi le front. Et puis elle éleva, tout près de lui, sa voix argentine et douce.

« Père chéri, ce n'est pas bien de songer et de vous attrister ainsi tout seul, murmura-t-elle. Si vous avez du chagrin, donnez-m'en la moitié.

— Pourquoi en prendrais-tu ta part, pauvre petite chérie ? soupira le marquis, dégageant son visage et attachant sur les beaux traits de sa Minette un long regard d'amour. Tu ne peux rien changer, mon enfant, à l'adversité qui nous frappe. Vous subirez, ta sœur et toi, sans espoir désormais, sans défense, le destin qui nous est réservé.

— Mais pourquoi vous désespérer ainsi, dites-moi, mon bon père ? Croyez-vous que tout soit perdu pour nous, que l'avenir nous soit fermé, parce qu'un notaire de petite ville, un bien ennuyeux personnage, vient vous prier de verser je ne sais combien de billets dans son portefeuille, et que, pour le moment, vous n'en avez pas à lui donner ?

— Mais, par cela même, tout est fini pour ta sœur. Elle ne se mariera point, interrompit tristement M. de Léouville.

— Cela, c'est ce que je conteste, c'est ce que nous ne savons pas, ni vous ni moi ; ce que nul ne pourrait affirmer..... Je vous l'ai déjà dit plus d'une fois, cher père : si M. de Tourguenier se retire, tant mieux ! Il était trop vieux d'abord.....

— Il a quarante ans à peine, soupira le marquis.

— Mais, papa, c'est très vieux, cela ; beaucoup trop vieux pour notre Hélène !... Et puis songez-y donc, s'il se retire parce que notre chérie est pauvre, c'est qu'il ne l'aime pas, bien sûr ; c'est qu'il cherche une dot..... Par conséquent, la seule chose qu'il aime, ce sont les billets de banque... Oh ! que je serais fâchée, moi, qu'on me prît pour ma dot ! Et que je suis contente de n'avoir rien, rien au monde, rien que moi-même, mon nom honoré, mon dévouement, mon cœur ! Je serai du moins bien sûre de l'attachement, des préférences de ceux qui m'aiment ou m'aimeront, exclama la fillette, redressant avec un geste charmant de grâce et de fierté sa jolie tête brune.

— Mais tu ne sais pas, pauvre chérie, que ceux qui t'aimeront pour toi-même, pour toi seule, seront bien peu nombreux, interrompit tristement M. de Léouville.

— Qu'importe, père !..... Puisqu'il s'en est trouvé un,..... un que nous connaissons et que nous aimons, vous et moi, » répondit-elle, tandis qu'une légère rougeur sur son front accompagnait son rayonnant sourire.

Puis, se hâtant d'abandonner ce sujet sur lequel, pour le moment, il n'y avait rien de plus à dire, puisque le pauvre fiancé allait bientôt partir, et partir pour longtemps, elle s'appliqua de nouveau à encourager et consoler son père. Elle lui représenta, avec une tendre persuasion, une éloquence soudaine et vive, que les hommes n'étaient pas après tout si secs, si durs, si cupides, si froids qu'ils en avaient l'air, et que lorsqu'une jeune fille de famille honorable et de vertu sévère possédait, comme Hélène, d'aussi notables avantages : la distinction, la beauté, la modestie, le talent et la naissance, elle ne pouvait manquer de rencontrer, un jour ou l'autre, un parti qui lui assurât un brillant avenir. Sur quoi le marquis, non point entièrement consolé peut-être, mais du moins rasséréné en partie et heureux de rencontrer dans sa chère Minette tant de sollicitude et d'amour, quitta enfin son fauteuil, prit la petite main de sa fillette avec un doux sourire, et, pour achever de se distraire de ses noires pensées, alla errer une bonne heure avec elle dans les grandes allées du jardin.

Et cette gentille Marie pourtant ne savait pas si bien dire. Vers la fin de l'après-midi, M. Alfred Royan se présenta au Prieuré. Le marquis le reçut avec moins d'effusion et de cordialité que de coutume, sentant s'éveiller en sa présence tous les sentiments douloureux que lui causait le souvenir de la visite du matin. M. Alfred ne parut pas s'apercevoir de ce changement d'attitude, et commença par déclarer qu'il avait enfin l'espoir de réaliser, dans un mois au plus tard, la somme nécessaire à l'achat des terrains. Un ancien débiteur de son oncle se voyait enfin forcé de liquider ses affaires, et pourrait verser par cela même une somme de quarante mille francs, qui serait mise, le jour même, à la disposition de M. de Léouville.

Le marquis, grave et impassible, écouta cette protestation en secouant mélancoliquement la tête.

« Désormais il est trop tard, monsieur, dit-il seulement, lorsque le jeune homme eut fini. Le projet de mariage est rompu; M. de Tourguenier s'est retiré.

— Est-il possible? s'écria Alfred, levant les mains et les yeux au ciel avec une saisissante expression d'indignation et de surprise. Mais c'est vraiment inouï, c'est horrible, monsieur ! Et c'est, avant tout, une action indigne d'un homme de goût, d'un homme d'honneur, d'un gentilhomme tel que l'est, ou le devrait être M. de Tourguenier.

— Mais non, monsieur; je crois que vous vous exagérez singulièrement les choses. M. de Tourguenier m'avait fait, dès l'abord, déclarer par son notaire qu'il lui était impossible de se marier sans dot. J'avais alors l'espoir de pouvoir doter ma fille. Mais ce beau rêve paternel n'a pu se réaliser, voilà tout. Par conséquent le futur reprend sa parole, mon Hélène me reste. Il est permis, assurément, de déplorer ces circonstances fatales; mais je ne vois ici absolument personne à blâmer.

— Permettez-moi cependant d'insister, de maintenir mon dire, répliqua le jeune homme, dont les yeux brillaient et dont le teint, ordinairement d'une pâleur maladive, commençait à s'animer. Votre noble réserve et votre modestie paternelle vous rendent peut-être, monsieur le marquis, inhabile à juger comme il convient ces choses délicates. Peut-on, lorsqu'il s'agit d'une personne aussi charmante, aussi supérieure, aussi accomplie que l'est Mlle Hélène, s'arrêter à ces misérables questions de finances et de dot? Ne devrait-on pas s'estimer trop heureux de l'obtenir, elle, elle seule, et de mettre tout ce qu'on rêve et tout ce qu'on possède : son nom, son cœur, son dévouement, sa fortune à ses pieds?

— Hélas, monsieur Alfred, ce que vous dites là est très poétique assurément, et très chevaleresque; mais c'est bien peu pratique à l'époque où nous vivons. Et, pour ma part, je n'ai encore jamais connu d'hommes riches, honorables, bien posés, qui consentissent à épouser une jeune fille sans fortune.

— Eh bien, pourtant, j'en connais, moi, répliqua le jeune homme rougissant et baissant les yeux. Oh! monsieur le marquis, si je ne craignais point... si cependant j'osais vous dire...

— Qu'est-ce donc? Qu'avez-vous appris? Qu'avez-vous entendu? Ne craignez rien, monsieur; parlez, répondit aussitôt M. de Léouville.

— Oh! dans tous les cas, je vous prie, ne me repoussez pas, ne m'accablez point, murmura Alfred qui tremblait et pâlissait soudain comme à l'approche d'une résolution, d'une crise suprême. Tenez, monsieur le marquis, vous me connaissez, vous me voyez depuis les jours de mon enfance. Je n'ai pas de famille, pas de nom, je le sais... mais mon malheureux oncle m'a fait donner une éducation convenable; il m'a laissé une belle fortune. Outre mes deux millions, j'ai à moi un domaine, un château, et à mon très modeste nom de Royan je puis ajouter celui de ma terre. J'aurai des chevaux, un équipage et peut-être un hôtel à Paris... Oh! me permettrez-vous de vous offrir tout cela pour Mlle Hélène? Gardez vos bois, gardez vos terres: c'est elle seule que je demande, elle seule que j'admire... Nommez-moi votre fils, et je vous bénirai. »

Un silence profond, assurément douloureux, fut d'abord la seule réponse du marquis à ces chaleureuses paroles du jeune homme. Alfred en comprit la portée: il baissa les yeux en frémissant, se tut et attendit.

C'est que M. de Léouville venait d'être saisi d'un étonnement immense. Jamais, bien qu'il vît le jeune homme à peu près tous les jours, la possibilité d'une chose pareille, d'un mariage aussi mal équilibré quant à la position sociale, à la naissance, ne s'était présentée à son esprit. Il sentait s'élever en lui une sorte de répulsion, une répugnance presque invincible pour ce projet d'union que lui-même n'aurait jamais conçu, même dans ses heures de lassitude et de découragement les plus amères, les plus désespérées. Lui, le descendant appauvri, mais toujours fier et digne, des nobles seigneurs, capitaines et chambellans à la suite des ducs de Bourgogne, pourrait-il donner sa fille, son enfant bien-aimée, à l'arrière-neveu d'un ancien valet de chambre, trafiquant méprisable enrichi dans le tumulte et le chaos de la Révolution!

Et cependant, à tout prendre, l'origine des Royan se trouvait à peu près oubliée; le passé était déjà loin. Le neveu du pauvre M. Michel était certainement, quant à ses manières et à sa personne, aussi agréable et convenablement façonné, aussi digne de figurer dans une notable compagnie, que MM. tels et tels, appartenant à la noblesse du département, et parmi lesquels ce bon père se fût estimé heureux de trouver un mari pour Hélène. Alfred Royan causait assurément mieux que M. de Chantareilles, avait de meilleures manières que M. de Faubrune, était plus jeune et plus aimable que M. de Tourguenier.

Par conséquent, dans cette hésitation douloureuse, que faire donc? que décider?

ÉTIENNE MARCEL.

— La suite au prochain numéro. —

CHRONIQUE

Paris a d'admirables musées, il ne manque point d'amateurs intelligents et instruits pour les fréquenter; mais peut-être nos musées ont-ils un tort aux yeux d'un trop grand nombre d'entre nous : ils sont ouverts tous les jours, on y peut entrer à sa guise, ce qui fait qu'on oublie peut-être un peu plus souvent qu'il ne faudrait d'en franchir le seuil.

Si le Louvre n'était accessible que pendant un mois de l'année (ce qu'à Dieu ne plaise!), vous verriez comme on se précipiterait à l'envi vers le Salon carré, vers la grande galerie ou dans les salles de la sculpture antique.

Et Cluny, — ce musée incomparable, — combien de gens du monde, combien de ces heureux qui ont le malheur de ne savoir bien souvent à quoi employer leurs journées, ont le bon esprit d'aller voir les admirables choses qui font de Cluny le trésor de l'art du moyen âge et de la Renaissance?

Mais qu'on vienne à annoncer que la collection de M. X... ou de M. Y... va être mise en vente; que l'exposition particulière des objets d'art ou de curiosité qui la composent sera visible tel jour pour les personnes munies de cartes, c'est à qui se précipitera chez les commissaires priseurs pour obtenir une de ces précieuses cartes, et l'engouement ira jusqu'au délire en l'honneur de ce musée éphémère que les hasards de la salle Drouot vont bientôt disperser un peu partout, dans toute l'Europe, en y ajoutant, bien entendu, l'Amérique.

Ce spectacle, nous venons de le voir encore une fois à l'occasion de l'exposition qui a précédé la vente de la collection de M. Double — la *vente Double*, comme on dit en style de brocanteur.

M. Double était un richissime amateur, mort l'an dernier; il avait consacré sa fortune immense à réunir une collection d'objets d'art se rattachant surtout au dix-huitième siècle : M. Double avait recherché avec un soin particulier tous les objets qui avaient appartenu à la reine Marie-Antoinette.

C'est dans l'hôtel où cette belle collection a fait si longtemps les délices de son heureux propriétaire, que le public a pu la voir avant la vente : cet hôtel lui-même est une curiosité historique; il est situé rue Louis-le-Grand, n° 9, à quelques pas de la place Vendôme, et il appartenait jadis au fameux financier Samuel Bernard. On sait que la statue de Louis XIV a été dressée sur la place Vendôme jusqu'à la Révolution; on sait aussi qu'un mot assez méchant, et fort injuste pour le grand roi, courait au dix-septième siècle chez les descendants des frondeurs, quand on y voulait faire allusion aux statues des trois premiers Bourbons : « Louis XIII à la place Royale avec la bonne compagnie; Henri IV au Pont-Neuf avec le peuple; Louis XIV à la place Vendôme avec les maltôtiers. »

Par maltôtiers, on entendait les gens d'affaires que appellerions aujourd'hui « les gens de Bourse ».

Il vint un jour, hélas! où les *maltôtiers* furent la dernière ressource de Louis XIV : le grand roi qui avait besoin de la bourse de Samuel Bernard pour sauver la France à Denain, ne dédaigna point de lui faire les honneurs de Marly et il vint en personne le voir dans cet hôtel de la rue Louis-le-Grand, n° 9; il monta par cet escalier où depuis quinze jours monte la foule des collectionneurs, non point pour y venir comme eux prodiguer son or, mais pour obtenir de quoi charger ses derniers canons.

Toutefois ce n'est pas le souvenir de Louis XIV, c'est particulièrement celui de Louis XV et de Louis XVI qui domine dans la collection de la rue Louis-le-Grand.

M. Double n'avait pas seulement voulu recueillir des objets rares et précieux d'une époque qu'il affectionnait, il avait voulu en quelque sorte vivre dans cette époque. La collection n'était pas rangée comme un musée de pure curiosité; les quatorze salles dans lesquelles elle était contenue, étaient destinées à tous les usages ordinaires de l'habitation. M. Double se servait de ces meubles de toutes sortes comme de meubles ordinaires, avec quelques précautions pourtant, je suppose, car toutes ces belles choses ne sont pas estimées moins de quatre ou cinq millions.

M. Double faisait-il dîner ses amis : c'était dans le service de Sèvres qui avait appartenu à Buffon. Ce service est orné de peintures représentant des animaux : Buffon l'appelait son « édition de Sèvres ». Ajoutez-y la porcelaine de Saxe : ici un surtout de table, formé de cent cinquante pièces environ; sur les cheminées des bouquets en pâte tendre; sur un petit chiffonnier tout un orchestre en porcelaine dont tous les musiciens sont des singes, jouant d'instruments divers; au plafond d'une des salles un grand lustre en porcelaine de Saxe, formé d'un véritable fouillis de fleurs, d'oiseaux, de papillons et de petits Amours, à peine retenus par quelques fils de métal dorés..... Vous figurez-vous là-dedans le coup de plumeau un peu trop vif d'un valet voulant faire du zèle! ou au beau milieu du service de M. de Buffon le coup de foudre causé par un maître d'hôtel grincheux rendant son tablier!

M. Double a dû passer des heures bien délicieuses au milieu de toutes ses porcelaines; mais je m'imagine qu'elles lui ont fait passer de terribles quarts-d'heure d'inquiétude! Tout au moins elles ont dû le forcer d'éloigner de son logis ces bons et charmants amis; le chat et le chien; le chat surtout dont la patte, si veloutée qu'elle soit, a parfois des caresses trop vives pour les bergers et les bergères en porcelaine.

Les objets les plus précieux de la collection Double, outre ceux que je viens de mentionner, sont un immense lustre en cristal de roche, sans pareil dans aucun palais; deux vases de Sèvres sur lesquels sont peints des épisodes de la bataille de Fontenoy; une pendule en marbre blanc, représentant « trois Grâces » par Faconnet; un buste de négresse en bronze (ce buste est une pendule aussi; les heures, les quarts et les demi-heures apparaissent marqués en émail blanc dans les yeux de la négresse); une pendule toute garnie de diamants, donnée par le duc de Bar à Marie-Antoinette d'Autriche, à l'occasion de son mariage avec le Dauphin qui devint Louis XVI.

M. Double, je l'ai dit, avait réuni avec un soin particulier tous les souvenirs de Marie-Antoinette qu'il lui avait été possible de recueillir; il y aurait de quoi faire un musée spécial qui aurait sa place toute trouvée au Petit-Trianon.

Une paire de flambeaux dont l'impératrice Eugénie offrit vainement trente mille francs fait tourner la tête aux amateurs; on y voit aussi un « bonheur du jour », pet t secrétaire orné de peintures charmantes, où s'entrelacent les *A* et les *M*, chiffres de la malheureuse princesse qui unissait le doux nom d'Antoinette au beau nom de Marie; la table à ouvrage de la reine, son coffret à dentelles, et deux petits fauteuils qui ont appartenu à cet enfant auquel sa destinée héréditaire promettait le trône de France, et à qui la destinée des révolutions ne devait donner dans son agonie qu'un grabat dans la prison du Temple.

A quel prix tout cela atteindra-t-il ? Je puis vous dire seulement aujourd'hui qu'on s'attend à une lutte furieuse, où les billets de banque se disputeront les souvenirs historiques et les bibelots sans pareils. Déjà les premières vacations ont atteint des prix fabuleux.

Ce mot de *bibelots* paraîtra peut-être bien peu respectueux; mais, je l'avoue en toute franchise, quel que soit l'enthousiasme de certains amateurs pour la collection de M. Double, je ne saurais m'y associer sans réserve : il y a là une infinité de choses curieuses, rares, jolies, la résurrection, si l'on veut, d'une époque où l'on avait beaucoup d'esprit, avec un goût souvent exquis, souvent aussi « précieux », fade et maniéré jusqu'à l'excès ; en somme, l'art, le grand art, n'est pas suffisamment représenté dans cette collection.

***

Après avoir admiré les fleurs en porcelaine de Saxe de la collection Double, un désir de comparaison m'a conduit aux Champs-Élysées, visiter à leur tour les fleurs exposées dans le jardin du concert Besselièvre par la Société d'horticulture de France. De quelque côté qu'on se tourne ou retourne dans Paris, à l'heure actuelle, c'est ainsi : on rencontre exposition sur exposition, et je n'aurai pas le mauvais goût de m'en plaindre, quand je trouverai devant moi des expositions aussi charmantes que celle qui nous est offerte au jardin Besselièvre.

Je n'éprouve qu'un embarras et un regret : je me sens dans l'impossibilité absolue de décrire comme il le faudrait ces montagnes de Rhododendrons, d'Azalées, de Pélargoniums, qui n'ont de rivales que les rangées de roses; celles-ci réclament éloquemment les droits de souveraineté que nos pères, dans leur langage galant, attribuaient à la reine des fleurs.

Il fait bien un peu chaud, j'en conviens, pour pénétrer dans les serres dont les vitres servent de paletot aux pauvres plantes des tropiques, capables de gagner la grippe sous les rigueurs, hivernales pour elles, de notre soleil de juin; mais n'importe ! le spectacle est assez beau et assez curieux pour qu'on puisse affronter quelques instants une température sénégalienne.

Le grand succès dans la catégorie des plantes vertes appartient de droit aux plantes exposées par M. Bergman, directeur des serres de Ferrières, au nom de Mme la baronne douairière de Rothschild.

On se croit transporté dans un monde fantastique : il y a là des plantes dont les formes tantôt gracieuses, tantôt effrayantes, rendent indécis de savoir si l'on est en présence d'êtres appartenant au monde végétal ou au monde animal.

Et franchement le doute est permis; je n'en veux pour preuve que cette petite plante étrange qui s'appelle le *Drosera spatulata*, un nom latin passablement baroque pour désigner une chose bien plus baroque encore.

Le *Drosera spatulata* présente exactement l'aspect d'un petit crabe vert comme on en trouve sur toutes les plages; mais d'un crabe qui s'ouvrirait en deux, comme une huître ! La petite plante bâille ainsi, montrant l'intérieur de sa coquille blanc et poli comme une porcelaine; qu'une mouche, qu'une fourmi ou tout autre insecte entre dans cette coquille, et voilà les deux parties qui se referment vivement : la plante a saisi, étouffé, dévoré la bestiole.

Cela donne à réfléchir, n'est-ce pas? et je n'ai pas osé, quant à moi, risquer le bout de mon nez pour savoir si le *Drosera spatulata* a un parfum.....

ARGUS.

Abonnement, du 1er avril ou du 1er octobre; pour la France : un an, 10 f.; 6 mois, 6 f.; le n° au bureau, 20 c.; par la poste, 25 c.
Les volumes commencent le 1er avril. — LA SEMAINE DES FAMILLES paraît tous les samedis.
VICTOR LECOFFRE, ÉDITEUR, RUE BONAPARTE, 90, A PARIS.— Imp. de la Soc. de Typ. - J. Masson, 8, r. Campagne-Première Paris.

DEVANT L'ÉGLISE

A la ferme de Drouarez on a fini la moisson; du matin au soir, ces derniers jours, les grandes charretées de gerbes sont venues se verser sur l'aire; les gars préparent leurs fléaux et les filles chantent gaiement. A partir de mardi, la machine viendra, et c'est alors que l'on va travailler, se hâter, se pousser, piocher, bûcher: ici, entassant les monceaux de blé, jaunes et durs comme des grains d'or; là, empilant les brassées de paille.

Seulement ce n'est pas au travail qu'invite et appelle aujourd'hui la grande voix des cloches qui sonne dès l'aurore, et qui de La Courtie, de Saint Jean du Marais, de Tréveneuc, de Kergastel, de tous les clochers lointains des villages épars sur la lande, entonne l'hymne du dimanche, et dit: « Il est temps de prier. »

Et dans toutes les demeures, des plus riches jusqu'aux plus humbles de ces petits bourgs reculés, il ne se trouve guère, quand l'aube du dimanche apparaît, de chrétien, grand ou petit, rebelle à la voix des cloches. Les hommes se hâtent d'enfiler leurs chausses les plus pimpantes, leurs ceintures les plus neuves, leurs habits de drap les mieux conservés, et prennent en mains leur grand chapeau rond, avec leur canne de bois de hêtre. Les femmes ont réservé pour ce jour-là, les coquettes! leurs jupes de laine les plus fraîches, leurs casaquins les mieux ajustés, leurs mouchoirs à palmes et à fleurs les plus superbement diaprés, leurs coiffes les plus blanches, les plus fines, les plus délicatement brodées, sous lesquelles le *taliguenn* bleu, à fleurs d'argent, étale, à travers le léger réseau de tulle, son auréole aux pâles et seyantes couleurs. Et comme elles n'ont point à porter — heureuses qu'elles sont! — de bâton ni de chapeau, c'est un chapelet qu'elles tirent de leur coffre avant de quitter la chaumière, et que, tout le long de la lande, elles roulent entre leurs doigts, baissant la tête à la voix des cloches, et répondant: « Je vous salue, Marie. »

Yves Trahec, le fermier de Drouarez, n'est certes pas des derniers à se mettre en chemin. Quand le dimanche vient, bien fort ou bien fin serait celui qui garderait Yves Trahec en son logis; depuis qu'il se connaît, il ne se rappelle pas avoir jamais manqué la messe. D'abord tout bon chrétien doit immanquablement aller entendre le latin de l'office et le sermon du curé. Et puis tout bon Breton tient ce jour-là, une fois la messe dite, à saluer les camarades, rencontrer les amis, et à causer avec eux de la pluie et du beau temps, autour de la table du cabaret et du grand broc de cidre.

Ce dimanche-ci d'ailleurs, Yves Trahec, qui est un homme d'ordre et d'honneur et paye ce qu'il doit à tout le monde, sent bien qu'il doit au bon Dieu un fameux remerciement. Ah! dame c'est que l'on ne récolte pas une pareille moisson tous les jours! Depuis quinze ans, les granges de Drouarez n'en avaient pas vu venir de plus fournie, de mieux dorée. Voilà pourquoi maître Yves a mis, dès l'aube, en branle Annik sa ménagère, Jeanne-Marie, sa vieille tante, Micheline et Véronique, ses deux filles de basse-cour. Voilà pourquoi, tout en vidant en leur compagnie, autour de la grande table de chêne, la bonne marmitée de soupe aux fèves, au lard et aux choux, il avale, pour leur donner l'exemple, d'énormes cuillerées, et leur fait des signes et leur dit des mots qui, pris en somme, tendent tous à ceci: « Faisons vite, et dépêchons, pour ne pas manquer la messe. »

Ce brave Yves, en pressant les femmes et entassant les bouchées, n'a pas tout à fait tort. Cachée entre deux chemins creux bien veloutés, bien verts, dans un coin de la lande, la ferme de Drouarez est loin, un peu trop loin vraiment de la vieille église romane qui élève à La Courtie, en face des pierres grises du cimetière, son clocher gris au coq doré et son pignon rongé de mousse. On a beau la voir, tout là-bas, il faut bien longtemps pour s'y rendre. Et pour peu que quelque vieux camarade se rencontre sur le passage, qu'un mendiant errant ou un soldat en congé vous arrête sur le chemin, l'on arrive à La Courtie, vraiment, alors que l'église est remplie, que du seuil on ne voit plus jusqu'à l'autel aux reflets d'or qu'un entassement vague et confus de dos ronds, de mouchoirs plissés, de têtes chevelues, de coiffes blanches. Et finalement il vous faut rester, pauvres chrétiens, au delà du seuil, entre le porche et le Calvaire; là-bas, suivant du regard la bonne tête grise et la chape rouge et or du vieux curé, qui s'abaisse et se dresse à la clarté des cierges; ici, voyant les fleurettes jaunes des coucous, les clochettes bleues des liserons qui fleurissent autour des tombes; écoutant devant soi les *Oremus* et les *Dominus vobiscum* que répète la voix du recteur; entendant derrière soi les moineaux joyeux et tapageurs pépier au pied des croix noires et sautiller en haut des branches.

Tel est justement le destin auquel ce pauvre Trahec et ses ménagères doivent s'attendre aujourd'hui. Ils ont rencontré sur leur chemin plus d'une mauvaise chance. D'abord, le gros taureau noir des frères Bréhan paissait dans le pré des Rosaies, et il a fallu faire un détour de cinq bonnes minutes au moins pour l'éviter. En suite Annik, en passant le long du doué du Cormier Noir, a vu la petite Nanon rincer son linge au doué comme si ce n'était pas dimanche, et s'est arrêtée là tout court, croisant les bras, hochant la tête, et disant vertement son fait à la petite Nanon. Sur quoi Yves Trahec, interrompant aussitôt Annik par un gros juron, s'est écrié qu'en vérité les femmes sont bien singulières, que la petite Louison est parfaitement libre de se damner si elle veut, et que les ménagères de chez lui n'ont pour l'instant qu'une chose à penser, qui est de prendre leurs sabots en main et d'enjamber l'échalier vivement pour ne pas manquer la messe. Somme toute, ces détours, ces observations, ces remontrances ont pris du temps, et là-bas, à la vieille église, la cloche fêlée sonne toujours. Cela fait que ce pauvre Yves Trahec n'échappe pas à son destin, et que, lorsqu'il arrive essoufflé, suant, maugréant, de l'autre côté du Calvaire, auprès du porche, — devant lui la nef basse et noire est bondée de dos et de têtes jusqu'aux grands cierges de l'autel, le forçant ainsi à écouter de loin le sermon et les prières, et à rester au delà du seuil, lui et ses ménagères.

Pourtant, comme le ciel est d'un beau bleu, glacé par un clair soleil d'or, comme de jolis nuages blancs glissent mollement sur l'azur et une brise fraîche et douce courbe les ajoncs sur la lande, il n'y a rien de pénible assurément à se trouver dehors. Et quantité d'honnêtes Bretons et de chrétiens fervents préféreraient même ce tapis de gazon sous leurs pieds, ces plendide azur sur leurs têtes, au pavé humide et froid, à la voûte basse et sombre de l'église où tous s'entassent, où la vieille Rozik tousse, où le vieux Piérik sommeille, où les fidèles, au moment de sortir, se marchent sur les pieds.

Mais ce pauvre Yves Trahec a sa petite fierté à lui, son innocente gloriole. Vraiment il n'aime pas être dehors, au delà du porche vert de mousse, parce que tous voient ouvertement qu'il est arrivé en retard.

Pour aujourd'hui cependant tous les regrets sont vains et l'arrêt est porté. Yves Trahec est arrivé tard, il faut qu'il se résigne. Aussi se tient-il là debout tête nue, front baissé, œil à terre et chapeau en main, ayant vu s'agenouiller devant lui toutes ses compagnes, qui forment à ses pieds comme un frais escadron, une vivante barrière, silencieuse et charmante, de chapelets sautillant au bout des mains croisées, sous les coiffes légères; de longs cils bruns baissés, de lèvres closes et de fronts blancs.

Yves Trahec, en arrivant, a commencé par grommeler. Cependant, comme au bout d'un moment il finit par comprendre que s'il vient, de si loin, faire visite au bon Dieu, ce n'est pas sûrement pour lui faire la moue, et qu'il n'a, pour l'heure présente, qu'une seule manière de bien employer son temps, qui est de remercier son Créateur et de lui demander ses grâces, il laisse là son dépit, son humeur et commence ses oraisons.

Seulement, tout en suivant de loin la mélopée du chantre, qui psalmodie à pleine voix les phrases brèves et sonores du *Gloria in excelsis*, Yves Trahec se dit qu'il serait bien heureux s'il n'arrivait pas au moins, ce jour-là, le dernier à la messe, et si au beau milieu du *Gloria* quelqu'un s'en venait encore, obligé par conséquent de se placer plus loin que lui.

Mais quelle chance particulière sourit à Yves, assurément! tandis qu'il se tient là silencieux, recueilli, grave, regardant le curé, écoutant le chantre, et répétant de tout son cœur : « Mon Dieu, je vous remercie, oh ! oui, je vous remercie bien sincèrement, pour une récolte aussi bien venue, pour une moisson si belle. »

Tandis qu'il suit ainsi sa messe à sa manière, disons-nous, voici qu'il entend derrière lui un bruit de pas froissant les herbes... C'est quelqu'un qui s'en vient encore ! il ne sera donc pas le dernier ! Et, bénissant cet heureux hasard, joyeux et triomphant, il fait, pour voir qui arrive là, glisser sa large prunelle grise tout au coin de son œil, sans faire un mouvement, sans détourner la tête.

Et tout aussitôt il a compris, voici qu'il ne s'étonne plus. Celle qui approche en ce moment, silencieuse et seule, c'est la pauvre Jannik la veuve, avec les deux petits orphelins que son cher Pierre lui a laissés. Ce n'est pas qu'elle vienne de bien loin; non, le chaume de son toit se voit d'ici vraiment, tout à l'entrée du bourg, au détour de la lande. Mais c'est que Jannik, pour défricher son bout de terre, pour ensemencer son courtil, est malheureusement toute seule.

Plus de bras actif et fort pour lui gagner son pain; plus de visage ami pour l'éclairer, aux sombres jours, d'un bon regard et d'un sourire. Cela fait que la pauvre Jannik, — certes Yves Trahec le sait bien, — pour se lever devançant l'aube, tandis que ses deux chères mignonnes sommeillent encore sous la chaude couette de bon duvet, a dès longtemps, la vaillante, commencé sa journée en soignant le bétail et rangeant sa chaumière, et en allumant au dedans la grande flamme rouge dans l'âtre; en faisant, pour tout dire, la besogne de deux personnes : de la bonne et tendre mère qu'elle est, et du pauvre père qui n'est plus. Et maintenant qu'elle en a fini avec sa tâche de ce jour, maintenant que ses deux chéries, au sortir du bon lit bien chaud, ont trempé le croûton de pain noir dans la jatte de lait marbré de crème, Jannik a promptement noué sa coiffe blanche, lavé les petites faces roses des deux mignonnes, épinglé sur leur sarrau noir leur gentil fichu blanc, et s'est mise, sans plus tarder, en route pour l'église.

A présent la voici, la pauvrette, arrivée la dernière, arrêtée au pied du Calvaire qui commence la file des tombes dans le gazon, se tenant là, immobile et droite, sous ses noirs vêtements de veuve, et cherchant à apercevoir bien loin, tout au fond de la voûte, la clarté vacillante et pâle des cierges qui tremblotent à l'autel. Ah ! sans faire mine de la regarder, Yves Trahec la voit bien, certes ! De ce qu'elle est là, seule, venue après tout le monde, elle ne paraît point rougir ; une trop grande douleur l'accable, un deuil trop cruel l'étreint. C'est qu'elle a d'abord à prier pour l'âme de son pauvre Pierre, à qui elle songe avec de longs sanglots muets et des larmes, en dévidant entre ses doigts les grains noirs de son chapelet. Et puis ne parle-t-elle pas aussi au bon Jésus et à sa Mère des deux chères mignonnes qui sont là, étendues dans l'herbe à ses pieds, groupant leurs jolies têtes blondes sous la main caressante d'où s'échappent, dans leur vol rapide, tous les *Pater* et les *Ave?* Ainsi, dans sa détresse, sombre, fière, isolée, elle ne semble plus compter sur rien de ce qui est en ce monde, et vient mettre tout, ses douleurs, ses craintes de mère, ses pleurs de veuve, au pied de la croix qui se dresse au faîte du pignon bruni.

Et n'est-ce pas, vraiment, par une permission de Dieu que Jannik et ses orphelines sont venues, les dernières de tous, juste au moment où ce bon Trahec remerciait le Seigneur Dieu pour cette belle récolte d'hier, si florissante, inespérée? Le métayer reconnaissant était précisément en train de se dire qu'il ne serait que juste, après tout, de payer aux pauvres du bon Dieu la dîme de ces moissons dorées. Et dès qu'il a entendu bruire ces pas légers dans l'herbe, il s'est senti immédiatement le cœur bien disposé en faveur du nouveau venu qui arrivait après lui encore, et se plaçait sur ses talons, au ras des tombes.

Aussi, avant même que Jannik ait achevé ses deux dizaines de chapelet, Yves Trahec, tout en suivant l'épître, a pris sa résolution. C'est entre les mains de Jannik qu'il payera sa dîme au bon Dieu; c'est pour elle qu'il battra, tout d'abord, les vingt premières gerbes sur l'aire; c'est chez elle qu'il ira porter, tout joyeux, le beau sac de grain, et qu'il déchargera de son chariot les larges brassées de paille. Comme cela, les orphelins seront bien sûrs d'avoir toujours du pain l'hiver, et Yves Trahec verra toujours briller dans les yeux de Jannik un sourire et un rayon, chaque fois qu'il la rencontrera, en entrant au village.

Donc, cette résolution étant prise, Yves Trahec est tout joyeux. Jamais de sa vie une messe ne lui a semblé si courte. Et comme, au cabaret de la mère Launec, le cidre lui paraîtra bon tout à l'heure! Heureux fermier qui sait glaner de si humbles bonheurs sur sa route, et qui, des biens que Dieu lui donne, pense à faire la part du prochain!

CAROLUS.

UN COIN DES MÉMOIRES DU DUC DE LUYNES

Ces *Memoires* publiés, sous les auspices de l'arrière-petit-fils de leur auteur, par MM. L. Dussieux et E. Soulié, abondent en détails d'un intérêt plus ou moins vif sur le règne de Louis XV, dont ils comprennent vingt-trois années, de 1735 à 1758. L'analyse de ces nombreux volumes serait beaucoup trop longue, si concise fût-elle; nous devons nous borner ici aux quelques détails intéressants qu'ils nous fournissent sur le caractère de la vertueuse reine Marie Leczinska et sur les relations de cette bonne et sainte princesse avec la famille de Luynes dont elle fit toujours sa société intime.

Les *Mémoires* du duc de Luynes, commencent le 27 décembre 1735, peu de temps après la nomination de sa femme à la charge de dame d'honneur de la reine, et finissent le 20 octobre 1758, quelques jours avant la mort de leur auteur.

Les fonctions de Mme de Luynes et l'amitié dont la reine l'honorait lui permettaient de voir et de savoir beaucoup de choses; souvent aussi, pendant les voyages de Compiègne et de Fontainebleau, le duc de Luynes rédigeait, d'après la correspondance de la duchesse, la partie de son *journal* consacrée à la cour. La part de Mme de Luynes dans les *Mémoires* de son mari est trop importante pour que nous ne cherchions pas à faire connaître cette dame et ses relations avec la reine.

Grâce à l'intéressante Introduction de MM. L. Dussieux et E. Soulié, nous pouvons remplir cette agréable tâche que leur travail fort bien fait nous a beaucoup facilitée.

Née vers 1684 et restée veuve d'un premier mariage en 1709, la duchesse de Luynes, après vingt-trois ans se remaria avec M. de Luynes en 1732; elle mourut en 1763, dans sa soixante-dix-neuvième année, survivant à son époux de cinq ans.

Les contemporains font tous l'éloge de la duchesse de Luynes. Sa nièce la marquise du Deffand, et le président Hénault en ont tracé deux portraits qui méritent d'être reproduits ici. Voici d'abord celui que nous devons à Mme du Deffand :

« Mme la duchesse de Luynes est née aussi raisonnable que les autres tâchent de le devenir. Elle se plaît à la cour sans y être trop fortement attachée; elle se contente d'y avoir un rang considérable.

« Son imagination est agréable, elle entend promptement, ses réparties sont vives, son jugement est solide. Tous les partis qu'elle prend sont sensés : elle n'est entraînée par aucun goût fort vif; elle ne connaît guère l'engouement ni les répugnances.

« Son goût pour la liberté, qu'on avait cru excessif, a paru se démentir au bout de vingt-cinq ans. Sitôt que la mort de Madame sa mère l'eût rendue maîtresse de ses actions, elle ne songea qu'à se former, en se remariant, de plus fortes chaînes; mais Mme de Luynes n'a jamais véritablement aimé la liberté : c'est même de tous les états celui qui lui convient le moins. Les devoirs lui sont nécessaires; ils fixent ses idées...

« L'humeur de Mme de Luynes est d'une égalité charmante; son cœur est généreux et compatissant. Occupée de ses devoirs, remplie de soins et d'attentions dans l'amitié, tout y est heureux avec elle, père, enfants, mari, amis, domestiques... »

Le président Hénault nous a laissé aussi dans ses *Mémoires* un portrait de Mme de Luynes :

« Mme la marquise de Charost (depuis duchesse de Luynes) n'était point une belle personne, mais elle avait une figure très agréable. Elle était très sensible à l'amitié...

« Ses journées étaient remplies par des devoirs multipliés, qu'elle aurait inventés s'ils lui avaient manqué : elle aimait à raconter à combien de choses elle avait satisfait en un jour. Sa maison était le rendez-vous de tout ce qu'il y avait de grande et de meilleure compagnie...

« Mme de Luynes avait succédé, dans la place de dame d'honneur, à Mme la maréchale de Boufflers. Elle n'avait point recherché cette place; aussi vit-elle avec beaucoup de tranquillité, dans les premiers temps, les efforts que l'on faisait pour la rendre moins agréable à la reine; elle crut devoir s'en expliquer à Sa Majesté avec cette franchise noble qui fait son caractère; et depuis la reine reconnut que nulle à la cour n'était plus digne de son amitié. Elle daigna en faire toutes les avances et elle devint son amie. Mme la duchesse de Luynes a toutes les vertus et toutes les qualités du plus honnête homme : noble, généreuse, fidèle, discrète, ennemie de toute ironie; proscrivant la médisance, qui n'approche pas de sa maison; considérée de toute la famille royale, qu'elle reçoit chez elle. »

Marie Leczinska avait accordé toute sa confiance et toute son amitié à sa dame d'honneur, à son mari et à son frère, le cardinal de Luynes. Elle les avait choisis pour amis particuliers. Elle passait toutes ses soirées dans le cabinet de la duchesse de Luynes, au château de Versailles; c'était son séjour favori, et quand Mme de Luynes s'absentait, la reine cherchait à diminuer la longueur et l'ennui de la séparation en lui écrivant les lettres les p'us affectueuses.

La famille d'Albert de Luynes conserve la correspondance de Marie Leczinska; sa bonté, les qualités et le tact de son esprit se peignent parfaitement dans ces lettres familières. On en verra tout à l'heure des extraits après quelques détails sur la reine, sur son caractère et sur sa manière de vivre.

« Oserai-je ici m'entretenir de la reine, dit le président Hénault, et la faire connaître dans son intérieur? Car c'est là, dit Montaigne, où l'on guette les grands personnages... Je ne la peindrai pas par des éloges vagues, ce sera en la suivant dans toutes les actions de sa vie.

« La reine ne vit point au hasard : ses journées sont réglées et remplies au point que, quoiqu'elle en passe une grande partie toute seule, elle est toujours gagnée par le temps. La matinée se passe dans les prières, des lectures morales, une visite chez le roi, et puis quelques délassements. Ordinairement, c'est la peinture..... L'heure de la toilette est à midi et demi; la messe et puis son dîner. J'y ai vu quelquefois une douzaine de dames, tout ensemble; aucune n'échappe à son attention; elle leur parle à toutes; ce ne sont point de ces généralités que l'on connaît, ce sont des choses personnelles, qui sont les seules qui flattent. Son dîner fini, je la suis dans ses cabinets. C'est un autre climat; ce n'est plus la reine, c'est une particulière. Là, on trouve des ouvrages de tous les genres, de la tapisserie, des métiers de toutes sortes, et pendant qu'elle travaille elle a la bonté de raconter ses lectures. Elle rappelle les endroits qui l'ont frappée, elle les apprécie. Autrefois elle s'amusait à jouer de quelques instruments, de la guitare, de la vielle, du clavecin... Elle me renvoie vers les trois heures pour aller dîner, et alors commencent ses lectures. Ce sont ordinairement celles de l'histoire; et, en vérité, il ne lui en reste plus à lire; elle les lit dans leur langue : la française, la polonaise, l'allemande, l'italienne, etc., car elle les sait toutes...

« La cour se rassemble chez elle vers les six heures pour le cavagnole (1); elle soupe à son petit couvert depuis la mort de M. de Luynes (car auparavant il avait l'honneur de lui donner à souper chez lui), et de là elle se rend chez Mme la duchesse de Luynes, vers les onze heures. Les personnes qui ont l'honneur d'y être admises se réduisent à cinq ou six au plus, et à minuit et demi elle se retire.

« Des conversations d'où assurément la médisance est bannie, où il n'est jamais question des intrigues de la cour, encore moins de la politique, paraîtraient difficiles à remplir; cependant rarement languissent-elles, et pour l'ordinaire elles sont on ne peut pas plus gaies. La reine permet, aime qu'on ose disputer contre elle; la flatterie lui est odieuse, et dans la discussion elle veut des raisons. Nulle personne n'entend si bien la plaisanterie, elle rit volontiers; son ironie est douce, car personne au monde ne sent si bien les ridicules; et bien en prend à ceux qui en ont que la charité la retienne : ils ne s'en relèveraient pas.

« Je ne parle pas de la profusion de ses aumônes : elle a 96.000 francs pour sa poche, et c'est le patrimoine des pauvres. J'ai reproché bien des fois à Mme la duchesse de Villars, sa dame d'atour, qu'elle la réduisait à la mendicité.

« Mais ce qui ne s'allie pas d'ordinaire, c'est que cette même princesse, si bonne, si simple, si douce, si affable, représente avec une dignité qui imprime le respect et qui embarrasserait si elle ne daignait pas vous rassurer : d'une chambre à l'autre elle redevient la reine et conserve dans la cour cette idée de grandeur telle que l'on nous représente celle de Louis XIV. Ses lettres se ressentent de la noblesse de son âme et de la gaieté de son caractère...

« Elle est sur la religion d'une sévérité bien importante dans le siècle où nous sommes; elle pardonne tout, elle excuse tout, hors ce qui pourrait y donner quelque atteinte. »

Le portrait de la reine par le duc de Luynes complète parfaitement celui que vient de tracer le président Hénault.

« Il n'y a point d'humeur dans le caractère de la reine. Elle a quelquefois des moments de vivacité, mais ils sont passagers; elle en est fâchée le moment d'après,

1. Espèce de jeu de loto alors fort à la mode.

et, quand elle croit avoir fait peine à quelqu'un, elle est impatiente de le consoler par quelques marques de bonté...

« Quoiqu'elle ne soit pas grande et qu'elle n'ait pas ce que l'on appelle une figure fort noble, elle a un visage qui plaît et a beaucoup de grâce..... Elle aime tendrement ses enfants et en est aimée de même; elle vit avec eux dans une société douce, gaie et dans une confiance réciproque. »

Autant que la différence des rangs le permettait, l'amitié de Marie Leczinska pour la duchesse de Luynes était devenue une véritable intimité. La reine avait trouvé dans Mme de Luynes une de ces rares personnes dont son père lui avait recommandé la société : « Je ne connais, lui disait le roi Stanislas dans un Mémoire qu'il avait composé pour son éducation, qu'une sorte de gens qui rendent les sociétés aimables : ce sont ces personnes vertueuses dont l'humeur est douce et le cœur bienfaisant, dont la bouche exprime la franchise, et une physionomie sans art le sentiment et la candeur; qui, sévères sans misanthropie, complaisantes sans bassesse, vives sans emportement, ne louent ni ne blâment jamais par prévention ou par caprice. »

Marie Leczinska se plaisait à passer ses soirées avec la famille de Luynes. Les détails abondent dans les *Mémoires* et l'on n'a que le choix des passages.

En 1745, pendant la campagne de Fontenoy et l'absence de Louis XV, le duc de Luynes écrit :

« La reine vint souper chez moi avant-hier mercredi. Depuis quelque temps elle nous fait cet honneur deux fois la semaine; elle veut bien qu'on ne fasse point de préparatifs pour la recevoir, et la plupart du temps on est incertain si elle viendra souper jusqu'au moment qu'elle arrive..... et même les jours qu'elle n'y soupe point, elle vient ou jouer ou faire la conversation. »

La reine augmenta dans les années suivantes la fréquence de ces visites, modifiant son régime suivant l'état de sa santé, mangeant seule quelquefois, se faisant apporter en chaise quand elle ne pouvait pas marcher.

Un des plus grands plaisirs de la reine était de se trouver dans le cabinet de Mme de Luynes, assise *dans le délicieux fauteuil près la cheminée;* elle le dit et le répète sans cesse dans ses lettres.

Eloignée de ses amis pendant un voyage à Fontainebleau, elle écrit au duc de Luynes, à propos de cette séparation : « Enfin pour mieux exprimer ce que je sens, ce qui n'est qu'une misère dans l'opéra, est une réalité pour moi : c'est que l'univers sans mes amis, c'est un désert pour moi. »

La reine et la famille royale visitèrent souvent le duc et la duchesse de Luynes à Dampierre. C'est en 1741 que commencèrent ces visites. En 1743, la reine y alla pour la quatrième fois. En 1744, elle y amena le Dauphin; en 1745, elle fut accompagnée par Mesdames. Cette même année, son père, Stanislas Leczinski, roi de Pologne et duc de Lorraine, vint aussi à Dampierre témoigner aux bons amis de sa fille sa reconnaisance pour leur tendre affection. Une fois Louis XV visita aussi Dampierre.

Les moindres interruptions de ces douces relations causaient un vif déplaisir à la reine; les plus courtes absences de la duchesse de Luynes lui paraissaient bien longues. C'était alors qu'elle lui envoyait lettres sur lettres, trouvant dans le plaisir de lui écrire un dédommagement de la séparation. « Ce sont les délices de l'amitié, » dit-elle en parlant des lettres qu'elle écrit et de celles qu'elle reçoit. « Assurément, disent MM. L. Dussieux et E. Soulié, cette correspondance, tout intime, tout amicale, qui n'a d'autre but que de dire à ceux qu'on aime : *Je vous aime*, et à ceux qui sont loin : *Votre absence est trop longue*, cette correspondance ne saurait être publiée en entier..... Mais quelques fragments sont bons à donner ; ils feront voir dans toute sa vérité le caractère d'une femme que l'on connaît si peu et que l'on pourra dès lors juger d'après elle-même. »

La duchesse de Luynes ayant été attaquée de la petite vérole en décembre 1750, les craintes et les inquiétudes de la reine furent extrêmes; elle les exprima dans de nombreuses lettres qu'elle écrivit au duc de Luynes. Marie Leczinska s'y montre tout entière ; l'excellence du cœur s'allie chez elle à la finesse de l'esprit et surtout à une délicatesse exquise. « La reine, écrit le duc dans ses *Mémoires* a marqué l'inquiétude la plus vive et l'amitié la plus tendre ; elle a voulu pendant tout le temps du danger avoir sept ou huit lettres par jour, indépendamment des bulletins... Actuellement même que tout danger est passé et qu'il n'y a plus de bulletins depuis trois ou quatre jours, la reine veut encore quatre ou cinq lettres par jour. Elle a la bonté de faire réponse au moins une fois tous les jours et accompagne les assurances de son amitié de toutes les grâces imaginables. »

Le 12 décembre 1750, elle écrivait au duc de Luynes, et disait en lui parlant de sa femme : « J'admire sa tranquillité; assurément je ne suis pas de même : il est vrai que ce n'est pas pour moi. Je l'embrasse de tout mon cœur. Finissez donc tous remerciements ; il est tout simple d'être en peine des gens que l'on aime et très naturel d'aimer ceux qui sont aimables. »

Lorsque, enfin, la duchesse est hors de danger et que la convalescence commence, la reine lui écrit, le 22 décembre : « Rien ne m'aurait fait tant de plaisir que votre lettre, si je n'en attendais un bien plus sensible dans quatre semaines, qui est celui de vous voir. Il est pourtant vrai que de me donner quelquefois de vos nouvelles sans que cela vous puisse faire mal, servira à m'adoucir un temps qui me paraît bien long. Tout ce que je vous demande, c'est de ne me savoir aucun gré de mon amitié : vous vous la devez tout entière. Votre lettre m'a attendrie aux larmes. Oui, Dieu vous conservera tant que je vivrai, je le lui demande de tout mon cœur..... »

Le rétablissement de la duchesse causa au roi de Pologne, Stanislas Leczinski, la même satisfaction ; c'est une affaire de famille. La reine écrit au duc : « Si deux lettres que j'ai reçues hier de mon papa n'étaient pas moitié en polonais, je vous les enverrais, car elles ne sont remplies que de la joie qu'il a de savoir Mme de Luynes guérie... »

Le 1er janvier 1751, Marie Leczinska ne manque pas d'écrire à la duchesse : « Vous savez que je n'ai pas beaucoup de temps ce jour ici ; mais il m'est impossible de ne me pas donner celui de vous dire combien votre lettre m'a fait de plaisir. Ce qui me touche surtout, c'est que vous êtes persuadée de ma tendre amitié pour vous.....

« 7 janvier 1851. »

« C'est de tout mon cœur que j'ai joint mes actions de grâces aux vôtres, et je remercie Dieu tous les jours de vous avoir donnée à moi et puis de vous avoir conservée. C'est un présent dont je ne suis pas ingrate...»

Enfin, le 2 février, Mme de Luynes reparut à la cour. Marie Leczinska lui fit l'accueil le plus amical. Elle vint la voir ; puis ce fut le tour du Dauphin, de la Dauphine, de Mesdames Victoire, Sophie et Louise.

La correspondance de la reine se continua les années suivantes, pendant les absences de Versailles, lorsque M. et Mme de Luynes allaient passer quelques jours à Dampierre.

La vie publique, les obligations de la cour, l'étiquette étaient à charge à Marie Leczinska ; de tous ces ennuis, les voyages de Marly et la société bruyante des courtisans qui peuplaient le château paraissent avoir été les plus pesants pour la reine. « Je puis vous assurer, écrit-elle à Mme de Luynes, que j'aime mieux le bruit de *Tintamarre* que celui du salon de Marly. » (*Tintamarre* était le nom d'un vieux chien appartenant à Mme de Luynes et qui ronflait toujours.)

La reine revient sans cesse dans ses lettres sur le salon de Marly. A propos d'une description qu'elle a envoyée à Mme de Luynes, elle écrit au duc : « Parlons du salon. Je crois bien que la description que j'en ai faite à Mme de Luynes vous a plu, car il n'y a rien de si vrai ; et c'est parce que cela est vrai, et par conséquent tout simple, que vous l'aviez trouvée bonne. On ne dit jamais mieux que quand on dit vrai... »

Cette pensée bien exprimée revient souvent dans les lettres de la reine. « Je m'ennuie de ne vous pas voir : il n'y a pas de tour à cela ; mais le vrai est simple...

« Cela est dit grossièrement ; mais les tours ne sont que pour ce qui plaît légèrement, mais qui n'occupe pas..... »

La mort du duc de Luynes allait mettre fin à cette correspondance amicale ; en voici encore un passage :

Au duc et à la duchesse de Luynes.

« 1er septembre 1756.

« Ne me parlez jamais de votre âge ; votre âge est celui de notre amitié, vous n'en avez point d'autre, et je vous promets qu'il sera dans sa vigueur tant que je vivrai ; cela est une fois dit et toujours senti... »

La reine avait alors cinquante-trois ans, le duc de Luynes soixante et un et la duchesse soixante-douze.

Après la mort du duc de Luynes (1758), la reine cessa d'aller souper chez la duchesse ; mais elle conserva l'habitude de venir faire la conversation chez elle tous les soirs, jusqu'en 1763 que mourut Mme de Luynes, âgée de soixante-dix-neuf ans. La reine ne lui survécut pas longtemps ; elle mourut en 1768, épuisée par le chagrin et la douleur. Elle avait perdu coup sur coup sa fille Madame Infante (1759), son petit-fils le duc de Bourgogne (1761), le Dauphin (1765), son père Stanislas (1766), la Dauphine (1767) et tous ses amis, à l'exception du vieux président Hénault.

L'affection d'une princesse aussi éminente que Marie Leczinska pour le duc et la duchesse de Luynes suffirait à faire l'éloge de cette noble famille, dans laquelle se sont perpétués jusqu'à nos jours tant de souvenirs de vertu et de bonté, et dont les membres, pleins d'admiration pour tout ce qui, grand et honorable, se sont toujours montrés protecteurs aussi bienveillants qu'éclairés des arts et des sciences.

Ch. Barthélemy.

LA FLEUR D'OUIE

CONTE

Près de Leipzick vivait, il y a cent ans et plus, un brave homme nommé maître Godisch, qui gagnait sa vie à élever des oies. Il n'avait ni femme ni enfants, et pas beaucoup plus d'esprit que les dandinantes et criardes créatures qu'il menait paître et engraissait à l'automne, pour les vendre aux bourgeois à l'occasion des festins de la Saint-Martin. Or il y avait déjà cinquante ans que maître Godisch faisait ce métier, lorsqu'il devint presque impotent, et se vit forcé de rester au coin du feu en toute saison. Sa vieille servante n'était guère plus ingambe que lui, et, après avoir tenu conseil et longuement gémi sur leur malheureux sort, ils convinrent qu'il fallait trouver à tout prix une gardeuse ou un gardeur d'oies. La servante alla consulter le maître d'école du village voisin, et lui demanda s'il ne connaîtrait pas un jeune garçon ou une jeune fille ayant l'intelligence et la probité nécessaires pour compter et mener aux champs trente-six oies et vingt-quatre oisons, sans les perdre ni les voler.

« J'ai votre affaire, dit le maître d'école : c'est la petite Martha, une orpheline, pauvre comme Job, et que sa tante veut mettre en service. Elle a treize ans ; c'est une sauvagesse, qui ne se plaît qu'avec les bêtes et sait les apprivoiser. Elle n'est pas absolument ignorante ; elle a appris à lire et à écrire, et compte jusqu'à cent. Elle est si malheureuse chez sa grand'tante, qu'elle entrera chez vous pour peu de chose. »

En effet, Martha fut donnée comme servante au bonhomme Godisch, moyennant dix florins par an et deux paires de sabots. Trudchen l'installa dans un petit grenier au-dessus de l'étable, où l'unique vache de Godisch beuglait et tirait sa chaîne lorsqu'on oubliait sa provende, et ce grenier fut meublé d'un vieux lit, d'une paillasse, d'un escabeau, d'un ancien bahut, d'une cruche de grès et d'une écuelle fêlée.

« Fais ton lit, petite, et range tes effets, dit la bonne Trudchen. Dans une heure nous souperons, puis tu te coucheras sans chandelle, de crainte du feu. Au premier chant de l'alouette, je t'éveillerai, je te donnerai tes provisions pour la journée, et tu mèneras les oies dans l'endroit que je te ferai voir. Es-tu contente de ta chambre ?

— Oh ! oui, elle est bien jolie ! »

Jolie ! hélas ! pauvre Martha ! C'était une vilaine petite mansarde carrelée, aux murs décrépits, et dont l'unique fenêtre était garnie de verres verdâtres couverts de toiles d'araignées. Martha l'ouvrit : elle donna

Maître Godisch.

sur la campagne, éclairée parle soleil couchant, qui faisait briller comme une étoile le coq d'un lointain clocher.

« Quel bonheur ! se dit Martha, je serai seule ici, et je vois l'église ! »

Elle ouvrit le sac de toile qui contenait son mince bagage, posa sur une petite crédence de pierre scellée dans la muraille une informe statuette de sa patronne, et un rameau de buis bénit, — rangea dans le bahut sa robe des dimanches et ses pauvres vêtements de dessous, et se mit à étendre sur le lit les draps de grosse oile et la couverture brune que Trudchen y avait posés.

Puis elle nettoya les vitres, fit la chasse aux araignées et balaya soigneusement sa chambre.

Trudchen l'appela pour souper, et la présenta au bonhomme Godisch.

Il regarda la petite fille, tout intimidée, et lui demanda son nom, son âge et ce qu'elle savait faire, d'un air de bienveillance qui rassura Martha. Puis il lui servit lui-même une portion de choucroute, et lui dit qu'il aimait les gens de bon appétit.

Cette parole surprit l'enfant, à qui sa méchante tante reprochait toujours le peu qu'elle mangeait. Aussi remercia-t-elle si gentiment Godisch, qu'il l'appela « ma petite oiselle »; pour lui, c'était le compliment le plus gracieux qui fût au monde.

Martha ne dormit guère. Elle était trop contente, et d'ailleurs il y avait près de sa fenêtre un nid de rossignol, et toute la nuit ce petit oiseau chanta.

Dès l'aube, Trudchen vint chercher Martha. Elle lui donna un panier à demi plein de pain et de pommes séchées au four, avec deux œufs durs; il y avait aussi un tricot commencé.

« Prends cette gaule, et fais comme moi, » dit Trudchen en ouvrant la porte de la basse-cour. Les oies s'élancèrent; elles savaient le chemin de la lande, et il ne fallut pas donner plus de cinq ou six coups de gaule pour les maintenir en bataillon serré.

Arrivée près d'une source au milieu des bruyères et des hautes herbes, Trudchen recommanda la plus grande vigilance à Martha et la laissa seule avec son troupeau, en se promettant de revenir l'épier dans la journée.

Elle le fit, et ne put surprendre en faute la petite gardeuse d'oies. Elle remarqua même que les bêtes se tenaient volontiers autour d'elle : chose toute simple, attendu que Martha leur distribuait son pain, et récoltait pour les leur donner des pousses vertes sur les taillis.

Au coucher du soleil, Martha ramena les oies sans encombre, et les jours succédèrent aux jours, semblables à celui-là, sauf les dimanches, où, de très grand matin, la petite allait entendre la messe au village, et trouvait à son retour ses oies exaspérées de leur réclusion et menant grand bruit dans leur petit enclos. Deux années se passèrent ainsi.

C'était une vie bien monotone, et parfois en regardant l'horizon, la montagne couronnée d'un vieux château, et la ville aux nombreux clochers, où elle n'était jamais allée, Martha se disait : « Passerai-je toute ma vie à garder les oies? »

Elle avait lu, dans des almanachs bleus que possédait le bonhomme Godisch, quelques contes de fées, quelques légendes merveilleuses, et souvent, dans le silence de la campagne ou la solitude de sa petite chambre, elle croyait entendre babiller les sylphes et les lutins. Souvent une voix, la voix d'un être invisible, lui faisait des récits plus surprenants, plus jolis encore que ceux des livres bleus.

Un vieux ménétrier passait quelquefois sur la lande; il avait connu Martha tout enfant, et s'intéressait à elle. Quand il allait à une noce, il en rapportait toujours quelque friandise pour la pauvre fillette, et, à sa prière, il lui jouait un petit air de violon.

« Oh! disait-elle, que l'on est heureux d'entendre de la musique! pour moi, je n'en ai d'autre que le cri de ces vilaines oies.

— Tu oublies le rossignol, Martha, et les autres petits oiseaux. Écoute-les, ma fille, écoute les murmures du vent, le bruit des eaux. Écoute la musique du ciel. Tiens! n'entends-tu pas le tonnerre qui gronde là-bas? C'est beau, cela!

Johann, le vieux ménétrier.

— Je l'entends bien, Johann. Voici l'orage qui s'approche. Venez, abritons-nous sous la grosse souche. »

C'était le débris d'un chêne géant. Entre ses racines, un pâtre avait creusé une petite grotte; Martha l'avait agrandie et garnie de mousse. Elle y fit asseoir le vieux ménétrier et se blottit près de lui. Les oies, effrayées par le tonnerre, s'étaient rassemblées sous un taillis voisin et criaient en chœur, tandis que le vent faisait plier les arbres et soulevait de grands tourbillons de poussière.

« Quelles affreuses voix ont ces méchants ooiseaux! dit Martha. J'aimerais bien mieux garder les moutons.

— Si tu comprenais ce qu'elles disent, tu t'amuserais de leur caquet, ma fille. Il fut un temps où je comprenais le langage des bêtes, et c'était un heureux temps.

— Vous dites, Johann?

— Je dis que je comprenais le langage des bêtes : j'étais bien jeune alors, et le péché m'était inconnu. J'avais trouvé la Fleur d'ouïe, et je m'en servais.

— Quelle est cette fleur?

— C'est celle d'une plante parasite qui croît sur les rameaux du bouleau. Elle est fine, délicate, presque invisible; à l'extrémité de ses longues tiges déliées s'épanouit une petite fleur en forme de cornet, très blanche et parfumée. Si on se la met dans l'oreille, on entend l'herbe croître, et l'on comprend tout ce que disent les animaux, grands et petits.

— Vous vous moquez de moi, Johann! Comment

osez-vous faire de pareils contes pendant un orage tel que celui qui s'approche ?

— Je dis vrai, ma petite, et si tu veux..... »

Un coup de tonnerre l'interrompit. Il se signa, et Martha en conclut qu'il n'était ni sorcier ni menteur.

« Je chercherai la Fleur d'ouïe, se dit-elle, et je verrai bien si le bonhomme Johann radote ou s'il a encore son bon sens. »

L'orage fut court; l'arc-en-ciel brilla bientôt sur les nuées fuyantes, et Johann s'éloigna en jouant du violon, tandis que Martha, tout en surveillant son troupeau, rêvait aux étranges paroles du ménétrier.

J. O. Lavergne.

— La suite au prochain numéro. —

UN DRAME EN PROVINCE

(Voir p. 3, 21, 34, 51, 75, 90, 100, 122, 138, 155 et 172.)

Le marquis interdit, complètement bouleversé, baissait la tête, cherchait, s'interrogeait, ne savait que répondre. S'il n'eût consulté que ses sentiments personnels, sa conscience et son cœur, la réplique était prompte et sûre. Tous ses élans, ses instincts s'unissaient pour lui crier : « Non » ! Mais la raison, la réflexion, qui étaient là aussi, et qui, d'un autre côté, plaidaient vigoureusement leur cause ! Pourquoi refuser pour Hélène cette chance favorable, totalement inespérée, cette grande fortune si noblement mise à ses pieds, ce brillant avenir si spontanément offert ? N'y avait-il pas là du moins matière à examen approfondi, à méditation sérieuse ? Pouvait-on repousser d'un mot soudain, d'un geste brusque, irréfléchi, ce projet, cet espoir nouveau, cette planche de salut peut-être ?

Aussi M. de Léouville, après un moment de silence qui parut au jeune homme bien long et bien cruel, lui tendit la main, releva la tête, et finit par répondre :

« En vérité, pardonnez-moi, monsieur, de vous laisser aussi longtemps dans l'indécision et l'attente. Mais votre proposition est pour moi si soudaine, si imprévue !... Je n'y étais nullement préparé, et j'ai nécessairement besoin d'un peu de temps, je l'avoue, pour l'envisager sous toutes ses faces, en bien calculer la portée... Dans tous les cas, croyez, mon jeune ami, que je saurai apprécier, comme de si nobles qualités le méritent, votre élan généreux et votre désintéressement.

— Hélas ! monsieur, pourquoi m'accorder de semblables éloges ? Je me conduis au contraire en véritable égoïste en agissant ainsi. Il n'existe pas pour moi au monde — et jusqu'à ce jour, il est vrai, je n'aurais jamais osé vous le révéler — de femme plus belle, plus noble, plus adorable et meilleure que Mlle Hélène. Mon seul bonheur serait de passer ma vie à ses pieds, de lui consacrer tout ce que j'ai de sollicitude, de dévouement, d'égards et de tendresse... Seulement, tant qu'il y avait pour elle un autre espoir, une plus brillante perspective, moi si obscur et si humble, je me serais bien gardé de parler. Je devais refouler mes sentiments, dissimuler ma peine, faire taire la voix de mon cœur... Mais maintenant que M. de Tourguenier, par un procédé à lui que je m'abstiendrai de qualifier, se décourage et se retire, j'ose hasarder près de vous, monsieur, cette timide déclaration... Oh ! je vous en supplie, ne la repoussez pas sans examen et sans appel. Soumettez-la avant tout au jugement, au bienveillant accueil de Mlle Hélène ; et d'ici à ce que sa réponse, quelle qu'elle puisse être, me soit communiquée, laissez-moi la joie de vous voir encore, de me confier à vous, d'espérer ! »

M. Alfred, dans la conclusion de cette éloquente tirade, s'était montré le digne héritier de l'habile rouerie des Royan. Rien ne semblait, en effet, plus juste et plus naturel au marquis, au milieu de ses doutes et de ses perplexités, que de s'en rapporter à la décision d'Hélène. Il s'agissait avant tout de sa position à elle, de son bonheur et de son avenir. Elle pouvait ressentir une répugnance invincible pour M. Alfred Royan, ou bien avoir pour ses mérites une certaine estime, une réelle considération pour sa personne, et se faire par conséquent bien vite à l'idée de ce mariage, qui lui offrirait d'ailleurs un avenir brillant.

« Vous avez raison, monsieur, répondit donc le marquis au jeune homme, en lui tendant la main. Je dois avant tout soumettre votre proposition à l'assentiment de ma fille. Dans tous les cas, cependant, il me faudra un peu de temps pour réfléchir, et je vous prie de ne point perdre patience et vous fâcher, si je vous fais quelque peu attendre ma réponse.

— Me fâcher, me lasser ?... Jamais ! s'écria Alfred radieux, se disant que sa cause était à demi gagnée, puisque le marquis n'y avait pas répondu, dès l'abord, par un refus formel. Non, jamais, je vous le jure, et vous le verrez bien, monsieur. J'attendrai, je me confierai ; j'emploierai toute ma volonté, mon courage, mes forces, à me montrer un jour digne de vous appartenir.

Ce fut avec de telles assurances et de si favorables dispositions que M. Alfred Royan quitta le Prieuré. Le marquis, resté seul, se prit à réfléchir, se demandant s'il ne ferait pas bien de communiquer aussitôt sa proposition à Hélène.

Mais ce nouveau projet de mariage, suivant de si près la fâcheuse visite du notaire, l'avait ému et même profondément troublé. Somme toute, la journée avait été rude pour lui, et il sentait le besoin de se calmer, de se reposer quelque peu, afin de redevenir complètement maître de lui-même. Aussi, après le modeste dîner de famille, qui ne dura pas longtemps et pendant lequel on ne se parla guère, M. de Léouville remonta dans sa chambre, et ne tarda pas à s'endormir, brisé par ses fatigues morales et ses angoisses paternelles, et se proposant de communiquer dès le lendemain matin à sa fille chérie la demande du nouveau prétendant.

Seulement, le jour suivant, dès l'aurore, il finissait de s'habiller, lorsqu'un pas léger, bien connu, résonna dans le corridor, et une voix fraîche et pure, émue et triste en ce moment, s'éleva soudain près de sa porte.

« Papa, mon cher papa, je vous en prie, descendez vite, disait Marie. M. Gaston est en bas, il voudrait vous parler. »

Jusqu'à présent la petite Marie, en vraie et simple fillette qu'elle était, avait nommé « Gaston » le compagnon d'enfance. Mais depuis qu'il était question de mariage, elle avait pris à cœur sa gravité, sa dignité nouvelle, et le titre un peu cérémonieux, tout récent, de « monsieur » était venu s'ajouter au doux nom de l'ami.

« Mais que me veut-il à cette heure? Est-il donc si pressé? demanda le marquis.

— Cher père, je ne sais pas. Mais il paraît si triste!... Oh! venez, venez lui parler. Il est certainement arrivé un malheur.

— Eh bien, je te suis dans un moment. Va le dire à Gaston, ma fille. »

M. de Léouville, en effet, ne tarda pas à paraître dans le pauvre salon de campagne, où le jeune homme l'attendait, pâle et désespéré.

« Oh! monsieur, je suis bien malheureux! s'écria ce dernier, en voyant approcher le père de Marie. Vous allez me condamner et me chasser peut-être... J'ai perdu mon bonheur; je l'ai bien mérité.

— Qu'est-ce donc? qu'avez-vous, Gaston? » demanda le marquis tressaillant à son tour, et indiquant au jeune homme une chaise à côté de lui.

Mais Gaston refusa de s'asseoir; il resta debout humblement, laissant tomber les mains, baissant la tête.

« Hélas! monsieur, reprit-il, la pauvreté m'était cruelle, l'inaction me pesait. J'avais rêvé un moyen sûr et prompt de parvenir; je m'étais fié aux paroles, aux promesses d'un misérable, et je devais, comme je vous l'avais annoncé, le rejoindre prochainement à Paris... Ce malheureux n'était qu'un escroc qui vient de disparaître, laissant des dettes, des ruines et de nombreuses dupes derrière lui. Ainsi mon avenir est détruit et mon espoir éteint. Plus de succès rapide, de fortune brillante!... Et cette union rêvée, ce suprême bonheur, Marie!... comment ferai-je maintenant, moi, obscur, pour les mériter?

— Mon pauvre enfant, en vérité, votre douleur et votre découragement me touchent. Seulement, permettez-moi de vous le dire, les fortunes, croyez-moi, ne se font pas si vite. Vous aviez tort par conséquent de vous laisser ainsi abuser... Du reste, pour réussir dans quelque spéculation industrielle ou financière, il faut nécessairement des fonds, et comment, soit dit entre nous, mon ami, comment auriez-vous pu les trouver?

— Je... je... j'avais pensé... Enfin c'est un détail purement personnel dont... dont je n'aurais pas voulu vous embarrasser, monsieur, murmura le jeune homme, dont le visage, d'abord envahi par une rougeur intense, devint soudain très pâle, et qui, se sentant chanceler, appuya sa main tremblante au dossier d'un fauteuil.

— Soit! n'en parlons donc plus. Maintenant dites-moi ce que vous pensez faire.

— Eh bien, me voici réduit à accepter les offres de ma tante. Je lui ai écrit dès que j'ai appris la fuite de ce misérable Largillière. Cette digne parente m'a répondu par retour du courrier. Je vais remplir, au ministère de l'intérieur, un emploi des plus modestes, qui me donnera, je crois, dix-huit cents francs à peine, bien juste de quoi vivre décemment à Paris. Je viens vous l'annoncer, monsieur, vous dire adieu peut-être. Car je ne puis m'attarder ici; on me presse et je pars. Hélas! malheureux que je suis! Marie voudra-t-elle m'attendre? Je ne puis pas lui offrir, maintenant, ma honte et ma misère à partager.

— Si mon bon père y consent, je partagerai tout avec vous, Gaston, murmura la jeune fille qui, jusque-là, n'avait rien dit, mais dont les beaux yeux noirs brillaient à travers ses larmes: la misère, les privations, le travail, l'abandon, l'obscurité... mais la honte, jamais! Vous ne la connaîtrez pas, d'abord. Elle n'a jamais passé sous le toit de votre famille. Et ce n'est pas vous, j'en suis sûre, qui l'y ferez entrer. »

Gaston, à ces tendres paroles de Marie, demeura muet et rêveur, le front pâle et les yeux baissés. Puis il reprit, tandis qu'un sanglot étouffé gonflait douloureusement sa poitrine:

« Enfin je vais partir, et je viens vous dire adieu. Je ne sais quand je reviendrai, si je reviendrai même... Mais, je vous le jure, ce sera pour vous seule que je vivrai, que je travaillerai et me résignerai, Marie. Je vous le dis sans hésitation, sans crainte, devant votre père qui m'entend.

— Et moi, qui n'ai malheureusement ni le pouvoir, ni la force de vous aider, chaque jour je prierai pour vous; sans cesse je penserai à vous et je vous attendrai, répondit-elle.

— Mes pauvres enfants, ajouta le marquis, les regardant avec tendresse, vous êtes tous les deux bien jeunes; l'avenir est grand devant vous. Soumettez-vous, résignez-vous, confiez-vous à Dieu. »

Puis, voyant que Gaston, qui retenait ses larmes avec peine, avait saisi son chapeau sur la table et se disposait à partir, il prit, avec un bon sourire paternel, la main de sa Minette chérie.

« Va, accompagne ton ami jusqu'à la porte du jardin, ma mignonne, lui dit-il. Ces derniers moments sont à vous et vous êtes libres d'en disposer. De longs jours se passeront certainement avant que vous puissiez vous retrouver ensemble. Et vous pouvez avoir encore quelques petites choses à vous dire. Allez-vous-en donc jusqu'au seuil, pauvres enfants chéris. »

Ils s'éloignèrent ainsi côte à côte, marchant les yeux

baissés, sans se donner la main. Lorsqu'ils furent arrivés au bout de la petite allée bordée de troënes qui traversait la cour, tout auprès de la haute grille rouillée, ce fut Marie qui releva la tête et parla la première.

« Gaston, vous paraissez si accablé ! vous ne me dites rien, murmura-t-elle. Je ne vous ai jamais vu aussi triste, aussi sombre. On croirait qu'avec le chagrin du départ, vous avez à supporter, à cacher quelque autre douleur.

— Oui, en effet, Marie, je suis bien malheureux.

— Et ne pouvez-vous me confier, pauvre ami, la peine qui vous afflige ?

— Oh ! non, fit le jeune homme, avec un tressaillement douloureux qui contracta ses beaux traits, envahis par une pâleur subite. Tout ce que je puis vous dire, voyez-vous, — et déjà ceci est horrible, — c'est que je n'ai pas seulement un regret : j'ai un remords.

— Un remords !... Oh ! vous vous trompez, Gaston, cela n'est pas possible.

— Oh ! si, malheureusement... Mais ne m'en voulez pas pour cela, ne me méprisez pas, Marie. Seulement, je me suis laissé aller à une... une faiblesse... une chose que je n'aurais jamais dû faire... Oh ! ce maudit argent ! Je suis bien malheureux ! »

Ce furent là, avant l'adieu, les derniers mots que la jeune fille entendit. Il n'en fallait pas plus, assurément, pour l'accabler d'une tristesse, intense, déchirante, qu'augmentaient, sans qu'elle pût savoir pourquoi, une foule de pressentiments fâcheux. Longtemps après que le jeune homme en pleurant se fut éloigné, elle le suivit des yeux en silence sous les arbres de l'avenue, se demandant, avec un horrible serrement de cœur, quand elle le reverrait, si jamais elle le reverrait même, et comment toutes ces angoisses, ces cruelles douleurs pourraient finir.

X

La petite ville de B*** n'avait, en ce temps-là, nullement à se plaindre du sort qui lui ménageait, sous le rapport de la diversité et de la rapide succession des événements, toutes sortes de catastrophes et de surprises. Un assassinat, suivi en peu de temps d'une débâcle financière et d'un mariage rompu : c'était là plus qu'il n'en fallait pour défrayer agréablement toutes les conversations des oisifs et des curieux, des badauds et des commères.

Les bavards et bavardes de la petite localité auraient ressenti, certes, un nouveau et très vif plaisir s'ils avaient pu savoir ce qui se passait en ce moment au Prieuré, où un prétendant désintéressé se présentait si hardiment, sollicitant la main d'Hélène. Mais cette satisfaction devait, pour le moment du moins, leur être refusée. Par une sorte de consentement tacite et mutuel, rien ne transpira au dehors de ce qui concernait la démarche récente du jeune homme. Alfred, craignant d'être repoussé, aimait mieux garder le silence ; le marquis, hésitant, indécis, ne voyait nullement la nécessité de parler. Et comme M. Alfred Royan, depuis la mort tragique de son malheureux oncle, se tenait hors de chez lui le plus souvent possible, cherchant à se distraire de sa tristesse et de ses terreurs, nul ne trouvait étonnant qu'il se rendît au Prieuré où, après le funeste événement, chacun lui avait témoigné une sympathie vive et franche.

Quinze jours s'étaient écoulés depuis le départ de Gaston, et, vers la fin d'un été superbe et radieux, la saison de la chasse était enfin venue. C'était là une de ces époques qu'Alfred Royan, dans les circonstances où il se trouvait surtout, n'avait garde d'oublier. Bien qu'il fût lui-même assez médiocre chasseur, car il redoutait avant tout le danger et la fatigue, il était fier de ses domaines abondants en excellent gibier ; de ses vastes sillons dépouillés où les lièvres couraient dans les javelles ; de ses bois où bondissaient les sangliers et les chevreuils ; de sa grande prairie au bord de la rivière, où, dans les joncs et les hautes herbes, voletaient le vanneau, la sarcelle et la poule des marais.

Il savait fort bien, d'ailleurs, que M. de Léouville avait un goût prononcé pour la chasse. Et rien ne lui était plus agréable, en ce moment, que de pouvoir offrir au père d'Hélène une distraction dont celui-ci lui serait redevable, et par laquelle il l'accoutumerait, en quelque sorte, à confondre les intérêts comme les biens des deux familles.

Un soir donc, après un coucher de soleil étincelant et radieux, qui annonçait pour le lendemain une superbe journée, il engagea fortement M. de Léouville à entreprendre dans ses bois une grande expédition, lui promettant une chasse magnifique.

« Hans Schmidt, lorsqu'il est venu me voir la dernière fois, ajouta-t-il, m'a assuré qu'aux alentours du rond-point des Fresaies les lièvres et les lapins sont en nombre considérable. Et depuis qu'il garde nos bois, il n'a encore jamais vu autant de chevreuils, assure-t-il, qu'il s'en est montré chez moi depuis la saison dernière... Allez donc le trouver, monsieur le marquis, et faites avec lui, partout où il vous plaira, une belle et bonne chasse. Quant à moi, je regrette de ne pas pouvoir vous accompagner ; mais je me sens bien faible et bien las ces jours-ci. Et puis, j'attends le juge d'instruction, qui doit venir d'un instant à l'autre. Il ne m'est donc pas possible de m'éloigner.

— Mais je ne connais guère vos bois, à l'intérieur du moins, je vous l'avoue, monsieur Alfred. Comment ferai-je donc pour parvenir, sans m'égarer, à la maisonnette de Hans Schmidt ? Et encore, serai-je sûr d'y trouver le vieux garde ?

— Rien n'est plus facile que d'écarter toutes ces difficultés, monsieur. Si Paturel, le brigadier de gendarmerie, n'est pas de service demain, il se fera un plaisir, lorsque je l'en aurai prié, de vous accompagner dans le bois, où il pourra faire lui aussi, chemin faisant, sa petite partie de chasse. Et si quelqu'un connaît le bois, c'est Paturel, je vous assure, lui qui y a guetté et poursuivi si souvent les rôdeurs de grandes routes, les malfaiteurs et les braconniers. »

La société de Paturel n'avait, en elle-même, rien d'absolument désagréable. Le brigadier, ancien maréchal des logis dans un régiment de cuirassiers, était un grand et bel homme dans la force de l'âge, vif et résolu, franc et honnête, portant avec beaucoup d'aisance et de désinvolture la moustache en croc et la barbiche pointue, le képi galonné légèrement incliné sur l'oreille, et la sardine blanche avec le baudrier.

M. de Léouville souscrivit donc sans difficulté à cette partie du programme, surtout lorsque sa Minette, qui écoutait M. Alfred avec une grande attention, tandis qu'Hélène, assise et souriante à côté d'eux, brodait un écran de tapisserie, — lorsque sa Minette, disons-nous, lui eut jeté les bras autour du cou en lui disant de sa voix fraîche et vive :

« C'est cela, M. Alfred a raison. Il faut que ce bon papa aille un peu s'amuser. Il n'y a rien de divertissant pour lui, bien sûr, à regarder coudre ou broder ses deux petites filles... Donc, papa, c'est convenu; en chasse dès demain, à l'aurore, avec ce brave Paturel... Et pour faire plaisir à Estelle, et à vos deux fillettes aussi, bien entendu, rapportez-nous un tas de gibier, force lièvres, beaucoup de bécasses.

Par conséquent le lendemain, au point du jour, le brigadier, qu'Alfred Royan avait prévenu en rentrant au logis, attendait au pied de la croix de pierre, sur la route du bois, M. de Léouville. Dès qu'il le vit paraître, tournant, au coin de la haie d'aubépine, l'étroit sentier du Prieuré, il raffermit d'un mouvement d'épaule son fusil à son bras, sa carnassière à son côté, fit le salut militaire et attendit, la taille haute, la tête droite, le pied droit tendu en avant, le cordial bonjour du père de Marie.

Et aussitôt les deux chasseurs, auxquels leur mutuel accueil ne fit point perdre de temps, s'enfoncèrent allègrement dans le bois sombre, touffu, humide de rosée à cette heure, sous les hautes ramées dont la brise matinale caressait et entr'ouvrait à peine le feuillage mouvant; le long des taillis épais où déjà les feuilles flétries, détachées par le vent d'automne, tombaient en nuages dorés sur le gazon, et s'amoncelaient dans la mousse.

Toutefois ils ne perdirent point de temps à admirer, çà et là, les splendides ou les gracieux détails de la forêt silencieuse; les lointaines échappées de vue vers un horizon bleu, sous une longue voûte de branches; les clairières étroites, désertes, où quelque vieux chêne isolé, quelque frêne géant, se dressait majestueux et seul comme un monarque délaissé dans sa grande salle verte; les petits ruisseaux oubliés, murmurant sous les charmilles, et baignant les tiges des myosotis, des grêles nymphéas se mirant dans leurs eaux. Ils avaient hâte d'arriver à la maisonnette du vieux garde, auquel Paturel remettrait une carte d'Alfred Royan, lui enjoignant de se tenir à la disposition de M. de Léouville et de le conduire aux endroits les plus abondants en gibier.

Ils ne tardèrent pas en effet, grâce à l'intelligente direction du brigadier, à se trouver au bout d'une allée tortueuse, étroite et longue, en vue de la petite place verte, entourée de taillis de jeunes chênes, où s'élevait, un peu triste et isolée, la modeste maison. Elle paraissait, du reste, solide, bien entretenue, presque confortable en un mot : pas une pierre ne manquait aux murs, pas une tuile au toit. Au coin de la gouttière de plomb, un tonneau à demi enfoncé en terre recevait l'eau de pluie; des volets de bois bien clos se rabattaient sur les deux croisées; la porte de chêne, bien solide sous sa double ferrure, se fermait par une serrure presque neuve au-dessus des deux marches de pierre aboutissant au seuil. Il était évident que le pauvre M. Michel, ou son héritier peut-être, n'avait rien négligé de ce qui pouvait contribuer à la sûreté ou au bien-être de son serviteur, relégué dans l'épaisseur des bois.

Seulement, les deux chasseurs ne virent pas le moindre jet de fumée légère et blanche s'élever au-dessus de la cheminée se dressant au coin du toit.

« Le vieux Hans dort sans doute. C'est un fichu paresseux, « grommela l'honnête gendarme. » Après tout, faut pas parler sans savoir. Peut-être il s'est rudement fatigué en faisant sa tournée hier. »

Et, gravissant les marches, il frappa, de son gros poing fermé, sur la porte qui résonna soudain, avec un choc prolongé et un cliquetis de ferrures. Puis les deux hommes écoutèrent attentivement. Mais aucun bruit ne s'éleva à l'intérieur, aucune voix ne répondit.

Paturel frappa une seconde fois, et bien plus fort. Même silence. Paturel appela, et l'écho lointain de sa voix vibra seul sous la ramée, et puis lentement s'éteignit.

Alors le brigadier, jurant, sacrant et secouant toujours, s'aperçut d'un détail qui simplifiait singulièrement les choses. La porte, simplement close au loquet, n'était point fermée à l'intérieur. Donc Paturel n'hésita pas; il pesa sur la palette, ouvrit. Les deux chasseurs entrèrent.

Une même impression de surprise, de désappointement, peut-être même de dégoût, les saisit aussitôt : car ils se regardèrent, muets et consternés, après avoir jeté un coup d'œil autour d'eux, dans la chambre déserte.

C'est que l'intérieur du logis, bien différent du dehors, si propre et si soigné, présentait en effet un assez fâcheux spectacle. Des vêtements en désordre, déchirés çà et là et maculés de boue, étaient épars sur le lit défait, dont les draps jaunis traînaient à terre; de grosses bottes éculées étaient jetées sur le plancher, à côté de croûtes de pain moisies et de tessons de bouteilles. Sur la grosse table de hêtre, d'autres bouteilles de diffrentes grandeurs, les unes complètement vides, d'autres déjà entamées, se dressaient en compagnie d'une lourde cruche à bière, d'un verre énorme, au fond violacé par la lie de vin croupie, de deux pipes de terre plus ou moins ébréchées, d'une vieille blague de peau crasseuse, à moitié garnie de tabac, et d'une petite boîte d'étain écornée contenant des allumettes. Une odeur nauséabonde de vin, de tabac, de vieux fromage, de vieux cuir et de moisissure flottait, comme une vapeur âcre lourdement concentrée, dans ce logis désert, et monta à la gorge des deux chasseurs surpris.

« En voilà un fichu galetas, un sale cabanon! s'écria Paturel qui, en sa qualité de Languedocien endurci, avait conservé une bonne partie de son vocabulaire de Toulouse. Ce vieux Hans est un vilain ivrogne. Et qui s'en serait jamais douté? Il se tient toujours si ferme sur ses jambes et si solide au poste quand il vient à la ville! Faut croire qu'il y a peu de temps qu'il s'est définitivement mis à boire : car, lorsque nous sommes venus faire nos perquisitions ici, après le meurtre, la cabane avait un air joliment plus propre et était mieux rangée! »

Et le brigadier, jetant un coup d'œil plus pénétrant, plus profond autour de lui, comme pour évoquer à ses regards la maisonnette du garde telle qu'alors il l'avait vue, y découvrit partout des traces nouvelles d'incurie, de malpropreté, d'abandon, dans le désordre des meubles, jetés ou rencognés çà et là, dans les ordures et les débris sans nom formant de petits tas par tous les coins, dans les taches de vin étalant leur zone rougeâtre sur les planches du parquet défoncé, et jusque sur les murs.

Pourtant, dans ce hideux gâchis, un seul objet, brillant et beau, attirait les yeux par son éclat au milieu de ces détritus hideux et de ces guenilles immondes. Au-dessus de la cheminée se balançait, pendue à un clou, une fort belle pipe en bois noir à bout d'ambre et ornements dorés, qui, à côté des bouts de chandelle, des taches de suif, des brins d'allumettes noircies et des miettes de pain, faisait, à vrai dire, une assez étrange figure.

« Tiens, c'est la pipe de cérémonie de ce pauvre M. Michel! fit Paturel, s'approchant de la cheminée et secouant gravement la tête. Il ne s'en servait que dans les grandes occasions, quand il allait au banquet, ou bien les jours de conseil. Et je la reconnais pourtant, car je l'ai vue plus d'une fois. Que peut-elle bien faire ici? Elle n'y était pas, quand nous sommes venus tout remuer, tout fouiller après l'assassinat... Ah! c'est que sans doute M. Alfred, qui ne fume que des cigares en sa qualité de Parisien, l'aura donnée au vieux garde... C'est un brave jeune homme, M. Alfred; parfaitement tranquille, honnête et généreux. Mais, ma foi! si jamais il lui prenait l'idée de venir voir ce qui se passe ici, il aurait moins de complaisance pour ce vilain ivrogne. Ah fi! peut-on laisser une maisonnette, proprette et gentille après tout, dans un état pareil, comme une vraie niche à chiens!

— Mais, avec cela, où peut être allé ce Hans Schmidt? Où donc le rencontrerons-nous? demanda le marquis, à demi suffoqué par l'odeur de tabac, d'alcool et de vin.

— Je connais un endroit, pas très loin d'ici, où je l'ai souvent trouvé assis, tressant des nattes, ou bien fumant sa pipe. Allons-y de ce pas, nous mettrons la main dessus, bien sûr. La nuit a été tout à fait tranquille et très douce. Qui sait si mon ivrogne, après avoir rudement pompé hier soir, ne s'est pas endormi dans quelque fourré, sans façon, à la belle étoile?..... On dirait que le lit n'a pas été touché depuis huit jours. Tenez, il y a comme des taches de moisissure aux deux jambes de la culotte... Voyez-vous, monsieur le marquis, on ne saura jamais bien quelles drôles d'idées peuvent passer dans la tête d'un vieil homme qui vit tout seul perdu au fond des bois. C'est la prison, je crois, qui lui a dérangé la cervelle. Je l'ai toujours trouvé tout chose depuis qu'il a reparu ici, à son retour de Dijon

ÉTIENNE MARCEL.

— La suite au prochain numéro. —

LE PIC-VERT ET LES FOURMIS

FABLE

Aux dépens d'une fourmilière
Un pic-vert prenait son repas.
Je ne l'en félicite guère;
Mais, après tout, des goûts on ne dispute pas.
Puis, quand on a grand'faim, qu'importent les bons plats?
La sauce d'appétit est, dit-on, excellente.
Quoi qu'il en soit, notre gourmand,
Pour se procurer l'agrément
D'une chair aussi succulente,
Manœuvrait fort habilement.
D'aucuns pourront trouver sa méthode un peu lente :
Elle était sûre, en tous les cas.
— Ce dont n'ont nul souci nos faiseurs d'ici-bas. —
Voici donc quelle était sa manœuvre savante :
Il tirait sa langue gluante,
L'allongeait de son mieux, la livrant en festin
Aux crédules fourmis qui s'y collaient en masse.
Lorsqu'il voyait assez de gibier dans la nasse,
Il la rentrait lestement à sa place,
Engloutissant son facile butin.

Cette conduite, à bien comprendre,
De la part des fourmis ne doit pas nous surprendre.
Combien d'hommes en notre temps,
Qui, ma foi! font les importants,
Et croient avoir de l'esprit à revendre,
Plus bêtement se laissent prendre
A la langue des charlatans!

H. LAMONTAGNE.

CHRONIQUE

Diane, qui possède son effigie en marbre quelque part sous les bosquets des Tuileries, doit se croire revenue au beau temps où jadis elle suivait, haletante, la biche aux pieds d'airain que ses lévriers poussaient devant eux à travers montagnes et halliers.

Oh! sous le vert platane,
Sous les frais coudriers,
Diane
Et ses grands lévriers!

Le chevreau noir qui doute,
Debout sur un rocher,
L'écoute,
L'écoute s'approcher.

Et suivant leurs curées,
Par les vaux, par les blés,
Les prés,
Ses chiens s'en sont allés.

Ces vers d'Alfred de Musset me sont naturellement revenus à la mémoire en entendant ces aboiements, ces jappements, tous ces accords graves ou aigus de la voix canine passant par toutes ses gammes, qui montent de la terrasse de l'Orangerie aux Tuileries, et remplissent tous les alentours d'un concert digne des jours où les hallalis royaux ou impériaux retentissaient dans les forêts de Rambouillet ou de Fontainebleau.

Tout ce tapage, qui a un peu troublé dans leurs divertissements les clients de la Foire aux plaisirs, cette grande fête de bienfaisance organisée sur la terrasse opposée, où pendant deux jours elle a déployé ses splendeurs au profit des Amis de l'enfance et des victimes du tremblement de terre de Chio; tout ce tapage, dis-je, vient de l'exposition des chiens — toujours les expositions! — organisée par les soins du cercle de la Chasse. Je ne saurais dire si cette exposition est, de tout point, aussi belle que celles qui l'ont précédée; mais je crois que nous n'en avions encore vu aucune qui fût aussi confortablement installée.

Les boxes qui renferment les animaux sont placées sous des tentes bien aérées, à l'ombre des magnifiques marronniers qui bordent la terrasse : ombre bien agréable aux promeneurs, et surtout aux pauvres chiens qui doivent faire là une station de huit jours, très flatteuse sans doute pour leur amour-propre, mais nullement récréative.

Quand on pénètre sur la terrasse par l'entrée, près de la place de la Concorde, on rencontre d'abord les enceintes réservées aux grands équipages de chasse; là sont réunies des meutes de douze, quinze ou vingt chiens, dont la vue seule éveille le tableau de magnifiques *laisser-courre* à travers les allées des grands bois dorés par les feuilles d'automne.

Diane, dont je parlais tout à l'heure, doit être satisfaite, car c'est à une chasseresse qu'est échue la médaille d'honneur : elle a été attribuée à Mme la duchesse d'Uzès pour un magnifique lot de chiens bâtards vendéens-poitevins.

Tous ces chiens de meute prennent assez bien leur parti des huit jours de station aux Tuileries : ils sont là, tous ensemble, gens du même chenil, gambadant, causant, et même, je crois, riant un peu des passants; quelques-uns paraissent tout à fait convaincus qu'on leur a offert une exposition de Parisiens et qu'ils sont le jury; s'ils ne rédigent pas de rapport, c'est uniquement parce qu'on a oublié de leur donner des plumes, de l'encre et du papier.

Mais dans les baraquements affectés aux chiens isolés le spectacle change : là, nous sommes dans le royaume de l'ennui; il se manifeste sous toutes ses formes : tantôt bâillements à décrocher les mâchoires, tantôt sommeil complet; le plus souvent des regards mornes, inquiets, qui semblent dire : « Que signifie cette mauvaise plaisanterie? Et quand donc finira-t-elle? »

Les chiens sont rangés sur une espèce de lit de camp élevé à un pied de terre, et séparés les uns des autres par une longueur de chaîne suffisante pour les empêcher de se livrer bataille; devant chacun d'eux une terrine d'eau très claire représente les glaces ou les sorbets que le comité d'organisation a certainement eu l'intention de leur offrir.

La physionomie de tous ces captifs varie avec leur race: des caniches blancs ou noirs — la mode des caniches noirs est très répandue aujourd'hui — montrent assez d'énergie : ces intelligents animaux ont seulement l'air de regretter que, parmi tant de visiteurs soi-disant intelligents eux-mêmes, il ne s'en trouve pas un pour leur offrir une partie d'échecs ou de dominos : « Les hommes, soupirent-ils, ont donc bien dégénéré depuis le temps de notre aïeul Munito? »

Les lévriers, habitués aux tapis des salons, prennent des airs absolument mélancoliques et penchés, qui les font ressembler à ces lévriers de marbre blanc qu'on voit couchés sur les tombeaux des châtelaines du temps passé.

Les braques sont d'une maussaderie qui touche à l'hébétement; les pauvres épagneuls vous regardent avec leurs bons yeux doux et interrogateurs : si vous vous arrêtez devant eux, ils battent de la queue, ils allongent la tête et appellent une caresse qu'on n'hésite guère à leur donner, malgré l'avis qui interdit formellement de toucher aux chiens exposés.

Mais la palme de la fermeté et du stoïcisme appartient certainement aux fiers griffons, qui, droits sur pattes, la tête haute, l'œil hardi et doux à la fois, semblent des vétérans de la vieille garde, le front caché sous leurs bonnets à poil.

Un énorme bouledogue m'émerveillait par son immobilité imperturbable et la fixité troublante de son regard :

m'étant approché, j'ai pu constater que cet imposant gardien était en faïence vernissée. Si celui-là n'obtient pas le prix de sagesse, c'est qu'il y aura de coupables intrigues à l'exposition canine comme ailleurs !

Vous m'en voudriez avec raison si j'oubliais de vous parler des petits chiens d'appartement, des chiens de salon et de boudoir.

On les a installés très confortablement dans de petites cages rangées à l'intérieur de l'Orangerie : installation assez confortable, luxueuse même pour quelques-uns, mais qui concentre sur ces pauvres animaux les rayons d'une chaleur écrasante. Les chiens chinois, qui n'ont pour tout paletot qu'une simple houppe de poils sur le haut de la tête, en prennent facilement leur parti ; mais les petits havanais, perdus sous leur toison, tirent des langues qu'on prendrait pour des écheveaux de rubans roses.

Des domestiques en livrée, des dames aux aristocratiques toilettes, entourent les cages, offrent du lait frais, des friandises de toutes sortes à ces intéressantes petites personnes canines, et, au besoin, les éventent avec des éventails japonais.

Allez visiter cette partie de l'exposition, si vous voulez vous bien rendre compte de ce que le petit chien est pour sa maîtresse ; ce n'est pas lui qui est à elle, c'est elle qui est à lui.

La Bruyère parle quelque part de ces maisons où il faut attendre, pour parler, que les petits chiens aient aboyé ; ces maisons-là sont plus nombreuses qu'on ne pense, et si jamais vous y entrez, gardez-vous bien, sous peine d'un irréparable démérite, de laisser paraître la moindre impatience.

Surtout, gardez-vous bien d'imiter le musicien Rameau. Ce célèbre artiste du siècle dernier était allé chez une marquise pour laquelle on lui avait remis une lettre de recommandation, touchant une affaire qui lui importait beaucoup.

Un charmant petit chien était couché sur un coussin aux pieds de la marquise : celle-ci avait pris gracieusement la lettre du musicien et la lisait avec une visible bienveillance, quand tout à coup Rameau se précipite sur le petit chien, le saisit d'une main nerveuse, et, par la fenêtre ouverte, le jette sur le pavé de la rue...

« Scélérat ! assassin ! s'écrie la dame transformée en lionne furieuse, êtes-vous fou ?

— Madame ! rugit Rameau, ce monstre a aboyé faux !... »

Et, prenant son chapeau, il s'enfuit à toutes jambes hors de cette maison, où les bichons violaient si audacieusement les lois de l'harmonie...

⁂

Rameau, si susceptible à l'endroit de la note juste et de la note fausse, eût certainement admiré une invention nouvelle, qu'on peut voir à l'étalage d'un marchand de cannes et de parapluies, voisin du boulevard.

La pomme de cette canne est disposée de telle sorte qu'en la plaçant près de l'oreille, elle renforce les sons et leur donne une complète netteté, à la façon de ces petites coquilles de bois ou de métal qui sont depuis longtemps employées par les personnes à l'oreille paresseuse.

En plaçant cette canne près de l'oreille, un sourd entend très distinctement : la canne acoustique est particulièrement recommandée par son inventeur pour suivre avec facilité un discours à la Chambre, un sermon à l'église ou le débit des acteurs au théâtre.

Pour les dames, la canne est remplacée par une ombrelle ou un élégant parapluie.

Qui croirait qu'un instrument, en apparence si inoffensif, peut à l'occasion se transformer en engin presque tragique ? Voici une scène qui s'est passée, m'assure-t-on, dans un de nos principaux cercles.

Certain baron qui fréquente ce cercle est, de temps immémorial, sourd comme un vase étrusque, si bien qu'on a pris l'habitude de parler de sa personne en sa présence à peu près comme s'il n'était pas là. Comme tout le monde, il a ses petits défauts, et il pèche volontiers par excès de parcimonie.

On parlait donc, sans se gêner, de l'inquiétude immodérée qui se trahissait sur son visage, quand il avait risqué le moindre louis au baccarat ; un impertinent même allait jusqu'à insinuer que le baron devait se sentir parfois des velléités de corriger la fortune.

Jusqu'où les propos seraient-ils allés ? je ne sais ; mais, tout à coup, le baron, qui tenait sa canne le long de son oreille, la fit retomber sur le dos du méchant causeur, si raide et si sec qu'elle se cassa en deux morceaux.

L'affaire était grave : l'âge du baron ne permettant pas d'autre alternative, l'offenseur fut contraint, de l'avis de tous, d'avoir à faire des excuses en règle, et il s'est exécuté.

Au cercle on n'a pas encore compris comment la surdité du baron a si subitement cessé ; ni pourquoi, depuis ce temps, il porte toujours une énorme canne, dont il tient constamment la pomme collée près de son tuyau auditif.

Il y en a qui soupçonnent là-dessous quelque sorcellerie...

ARGUS.

Abonnement, du 1er avril ou du 1er octobre ; pour la France : un an 10 fr. ; 6 mois 6 fr. ; le n° au bureau, 20 c. ; par la poste, 25 c.
Les volumes commencent le 1er avril. — LA SEMAINE DES FAMILLES paraît tous les samedis.

VICTOR LECOFFRE, ÉDITEUR, RUE BONAPARTE, 90, A PARIS. — Imp. de la Soc. de Typ. - J. Mersch, 8, r. Campagne-Première Paris.

VILAIN CHAT, VA!

Il existe entre l'enfant et l'animal des attractions charmantes; ils s'aiment, ils se comprennent : même insouciance heureuse, même ignorance de soi, même besoin de liberté et de mouvement. On dirait que Dieu les a faits l'un pour l'autre, tant il y a d'harmonie entre ce petit roi et son gracieux sujet.

Plus tard, l'homme recherchera l'animal parce qu'il est utile; l'enfant le recherche parce qu'il vit, parce qu'il joue, parce qu'il court, sans doute aussi parce qu'il lui plaît de voir un être inférieur à lui; n'est-il pas las d'obéir et d'être le plus petit! Quel plaisir, après la leçon récitée, de retrouver les bonds légers d'un compagnon qui n'apprend point à lire! Quel plaisir de reposer sur ce poil soyeux les mains fatiguées de tenir l'alphabet! Aussi n'ayez crainte, si quelque incident fâcheux vient troubler ce joli ménage. Une chose paraît certaine : ce n'est pas le chat qui a commencé; l'enfant le comprendra tout à l'heure en réfléchissant à sa mésaventure. Par un argument plus vif et plus *pénétrant* que ceux des philosophes, il aura reçu la première leçon de justice, et c'est lui, n'en doutez pas, qui fera les frais de la réconciliation.

MARIE JENNA.

LE SUCCÈS PAR LA PERSÉVÉRANCE[1]

II

LINNÉ.

Dans le beau pays de Suède, entre les plaines fertiles de la Scanie et les jardins seigneuriaux de l'Ostrogothie, est la Smoland, dont le nom signifie *petite terre*.

Petite terre en effet par l'exiguïté de ses moissons, très attrayante par la variété de ses sites, par la grâce de ses paysages.

Je me souviens des bonnes heures que j'ai passées dans cette province, du jour entre autres où j'allai à sa ville épiscopale, à Wexiœ. La veille au soir, je m'étais arrêté dans un rustique *gaestgifvaregord*, la station de poste, l'auberge où, pour un prix minime, on est sûr d'avoir un souper très hygiénique et un lit très propre.

Le matin, aux premiers rayons de l'aube, ma kærra est attelée, et le maître du logis, en me disant adieu, me prévient que je voyagerai lentement, la route étant très montueuse.

Soit! Je ne suis point chargé d'une dépêche diplomatique, ni attendu à une conférence socialiste, ni appelé précipitamment à une réunion d'actionnaires. Rien ne m'oblige aux rapides trajets, et le printemps est venu, le magique printemps du Nord, qui si vite attiédit l'air, épure le ciel, si vite dégage la terre de son linceul d'hiver, la réchauffe, la ravive, la fleurit et l'inonde de lumière.

Quelle joie de pouvoir librement, sans hâte, parcourir en cette claire saison ce beau pays! tantôt les collines où le hêtre étale ses longs rameaux, où le sapin distille sa résine odorante; tantôt les bords du lac lumineux et mystérieux, doré par le soleil, voilé par les bouleaux; tantôt les vallées où la route se déroule comme une bande d'argent entre la verdure des prés et les sillons des champs.

Peu de villages. Mais de ci, de là, sur la pente des coteaux, sur la lisière des bois, dans le creux des vallons, des maisons disséminées autour de l'église comme en rase campagne, les tentes des soldats autour de la tente du commandant.

La plupart de ces maisons champêtres sont bâties en bois d'une façon primitive, sans aucun ornement de luxe. Ceux qui les habitent ne sont pas riches. Froid est leur climat, peu large et peu profonde leur terre végétale, très restreint le produit de leur culture, de leurs bestiaux, de leurs bois et de quelques mines. Mais ils ont conservé les vertus de leurs pères : ils sont laborieux, économes, religieux et contents de leur sort.

Heureuse journée de voyage dans l'humble Smoland! A chaque station je ne vois que de bonnes et honnêtes physionomies. Le long de ma route, dans la prairie, le limpide ruisseau chemine et babille à côté de moi. Je pense qu'il raconte aux saules dont les branches s'inclinent vers lui, aux myosotis qui le regardent avec leurs yeux bleus, comme il a été cruellement emprisonné par la glace de l'hiver et comme il se réjouit de courir à travers champs.

Le long des bois, j'entends les oiseaux qui ont fait une longue migration et qui chantent le bonheur de retrouver, dans la région où ils sont nés, les rameaux verts où ils vont faire leurs nids.

Tout le jour ainsi j'ai vécu dans la poésie de la nature, et le soir j'allais voir le grand poète de Suède, l'auteur d'*Axel* et de *Frithiofsaga*, Ésaïe Tegner, évêque de Wexiœ.

En me rappelant le charme singulier de ce voyage, je songe à ce qui a été dit de l'influence du sol natal et des premières impressions sur le caractère de l'homme, et il me semble qu'on en doit noter dans cette province de Suède un mémorable exemple.

Charles Linné, le célèbre naturaliste, est né là, loin du tumulte des passions politiques et du tourbillon commercial, dans un idyllique village, près d'une forêt de bouleaux et de sapins, au bord d'un lac. Il est né dans le presbytère de Stenbrohult, au mois de mai, que les Suédois appellent le mois des fleurs (*Blomstermonad*).

1. Voir la *Semaine des familles*, page 765 et suivantes. VALENTIN DUVAL.

Son père, d'abord pasteur adjoint, puis pasteur en titre, désirait le voir se consacrer aussi au sacerdoce. Il lui donna, avec l'enseignement religieux, les premières notions du latin, puis l'envoya à l'école de Wexiœ. Mais le jeune villageois n'avait aucun goût pour les études qui lui étaient prescrites. Dès son enfance il révélait par de tout autres prédilections ses vraies facultés et sa vocation. A Stenbrohult sa joie était de s'en aller cueillir, de côté et d'autre, diverses plantes pour les cultiver dans un coin du jardin paternel. A Wexiœ, il écoutait d'une oreille distraite la voix de ses maîtres, et dès que sa tâche était accomplie, dès qu'il avait quelque instant de liberté, on le voyait errer à travers champs, entraîné tantôt vers les rives du lac, tantôt vers la forêt, par sa curiosité de botaniste. Ses camarades le regardaient comme un être étrange, affligé d'une manie de vagabondage. Ses professeurs attribuaient à une torpeur d'esprit son indifférence pour leur savoir, son éloignement pour leurs leçons.

Après plusieurs remontrances, après de vaines tentatives pour le ramener à ses devoirs d'écolier, ils se crurent obligés de dire à son père leurs réflexions.

Douloureuses réflexions pour le craintif chef de famille. Le revenu des pasteurs de campagne en Suède n'est pas considérable. Il se compose de la dîme sur les céréales, du casuel et du produit du terrain appartenant au presbytère.

Le pasteur de Stenbrohult, sachant qu'il ne pouvait, avec ses modiques ressources, constituer un héritage pour ses enfants, s'inquiétait à juste titre de leur avenir.

A la façon dont on lui parlait de Charles, son fils aîné, il en vint à le croire à jamais incapable d'entrer dans le clergé ou d'obtenir quelque emploi dans une administration.

Pour lui assurer un moyen d'existence, il pensa que le mieux était de lui faire apprendre un métier, et il résolut de le mettre en apprentissage chez un cordonnier.

La rigueur du travail manuel, l'humble échoppe de l'artisan, telle était la perspective du pauvre écolier qui devait acquérir par ses œuvres scientifiques un si grand renom.

Un médecin de Wexiœ, J. Rothmann, un homme de cœur et d'intelligence, lui vint en aide. Il alla trouver ses parents et leur dit : « J'ai eu à diverses reprises l'occasion d'observer votre fils. Il est mal jugé. On ne comprend point sa passion pour l'histoire naturelle, on l'accuse de perdre son temps lorsqu'il est, au contraire, gravement occupé. Pour lui faire une carrière, laissez-le étudier la médecine, qui tient de si près à l'histoire naturelle. J'ai pleine confiance en son aptitude. Cependant, pour qu'elle soit mieux constatée, je le prendrai, si vous voulez, chez moi gratuitement pendant un an. »

Cette proposition fut acceptée avec un juste sentiment de reconnaissance, et Charles entra avec joie dans la maison du généreux docteur. Là, une bonne bibliothèque était mise libéralement à sa disposition. Là, il trouvait les œuvres de Tournefort, qui avait été destiné comme lui à l'état ecclésiastique, passionné comme lui pour la botanique et patronné comme lui par un sagace médecin. Les *Institutiones rei herbariæ* de notre savant botaniste accroissent son ardeur, en lui ouvrant de nouveaux points de vue. Jusqu'alors, il n'avait eu entre les mains que des livres obscurs ou fautifs. Il lut et relut ceux de Tournefort, il en copia les gravures avec soin. Selon la méthode qui lui était ainsi révélée, il examina plus attentivement les fleurs et les fruits, et il essaya de ranger dans un ordre systématique les diverses plantes de son sol natal.

En une année, par son travail et son intelligence, il avait pleinement justifié les prévisions de son généreux protecteur.

Pour étudier la médecine il devait se rendre à l'Université. Le recteur du gymnase de Wexiœ, qui ne pouvait lui pardonner son indifférence pour la littérature classique, lui délivra avec une sorte de commisération un certificat ainsi conçu : « Les étudiants peuvent être comparés aux arbres d'une pépinière ; il y a de ces jeunes plants qui, malgré les soins donnés à leur culture, restent à l'état de sauvageons. Si on les transporte en un autre lieu, parfois ils s'améliorent et portent de bons fruits. C'est uniquement avec cet espoir que j'envoie ce jeune homme à l'Université. Il trouvera par là peut-être un air favorable à son développement. »

Par bonheur, en arrivant à Lund, il n'eut pas besoin de présenter cette singulière attestation. Un professeur de médecine et de botanique, le docteur Stobæus, s'intéressa de prime abord à lui, et, le sachant pauvre, l'affranchit du souci de la dépense journalière, en lui donnant dans sa maison un emploi de copiste.

Le copiste avait une déplorable écriture ; mais il plaisait à son maître par son amour pour le travail et la régularité de sa conduite. Un jour, un méchant officieux vient dire à ce maître : « Votre jeune secrétaire, très occupé dans le jour, se réserve d'autres heures pour son amusement. Il y a de la lumière dans sa chambre longtemps après que tout le monde est endormi. C'est dangereux, il faut y prendre garde. »

Le docteur, inquiet, se glisse la nuit suivante vers la chambre suspecte, ouvre doucement la porte, et que voit-il ? L'innocent Charles assis devant une table chargée de livres, lisant et écrivant à la lueur d'une petite lampe, continuant dans le silence de la nuit la tâche de la journée : « Brave garçon, s'écrie-t-il, prenez dans ma bibliothèque tous les livres que vous voudrez ; ayez soin seulement de ne pas vous fatiguer. »

Grâce à cette généreuse hospitalité, l'écolier sans fortune faisait ses études dans d'agréables conditions. Le désir d'acquérir un plus grand savoir le détermina à quitter Lund, où il avait un si bon gîte, pour aller à Upsal, où il trouverait plusieurs célèbres professeurs, entre autres, Eric Benzelius, Olaf Celsius, Olaf Rudbeck le jeune, les trois fondateurs de la Société des sciences dans la vieille ville universitaire.

De la Scanie à l'Upland bien long était son voyage, et minimes ses ressources. Son père lui remit en petite monnaie trois cents francs péniblement épargnés, lui disant qu'il ne pouvait lui donner ni lui promettre rien de plus. Charles, en s'imposant de rigoureuses privations, vécut près d'une année avec cette chétive somme.

O pauvreté, tu es une rude institutrice. Mais quelle force ils ont, ceux qui ont passé dignement par ton école!

Charles était pauvre et confiant dans la Providence. « Dieu, disait-il un jour, avec une véritable piété, Dieu, dans mes plus pénibles épreuves, ne m'a jamais abandonné. »

Quelques amis le secoururent charitablement selon leurs moyens. Le secours efficace lui arriva d'une façon inattendue. Un matin il était dans le jardin botanique de l'Université, occupé d'une de ses continuelles recherches. Celsius, revenant de Stockholm, s'approche de lui, le regarde, l'interroge, et, frappé de ses réponses, s'en va demander qui est ce jeune homme si mal vêtu et si instruit. Les renseignements qu'il recueille l'émeuvent. Il fait appeler Charles et, comme Rothmann à Wexiœ, Stobæus à Lund, l'installe dans sa demeure. Pour la troisième fois la bonté d'âme du savant venait en aide à l'écolier. Cette fois, elle lui donnait, avec l'aliment matériel, le contentement de l'esprit, l'activité fructueuse. A l'âge de soixante-dix ans, Celsius entreprenait de décrire, dans son *Hierobotanicon*, toutes les plantes mentionnées dans la Bible, et à cette œuvre considérable il associait Linné.

Quelque temps après, une autre importante tâche était confiée au jeune naturaliste, naguère si délaissé. La Société des sciences d'Upsal le chargeait d'explorer la Laponie.

A cette époque, l'aride, la froide région qui du golfe de Bothnie s'étend jusqu'à la mer Glaciale, était encore fort peu visitée et fort peu connue. Regnard, qui y alla en 1681 et remonta le Torneo jusqu'à la presqu'île de Pescomaria, pouvait dire impunément qu'il touchait à l'*essieu du pôle* et s'arrêtait là où la terre lui manquait:

Hic tandem stetimus nobis ubi defuit orbis.

« O malheureux, s'écriait une vieille Laponne en voyant Linné, quel sort cruel t'a conduit dans ce pays, où jamais n'est apparu un étranger? Comment es-tu venu jusqu'ici et où comptes-tu aller? »

Malgré les difficultés et le péril, le zélé voyageur traversa la Laponie suédoise jusqu'aux montagnes de la Norvège, et revint par la Finlande, ayant parcouru un espace de plus de mille lieues, et apportant de cette longue pérégrination une quantité d'intéressantes observations.

Encouragé par les suffrages les plus sérieux, il se mit à faire des conférences publiques sur la chimie, la minéralogie et la botanique, et à chaque séance il voyait s'accroître le nombre de ses auditeurs. Cependant ses tribulations n'étaient pas finies. Il avait lutté contre la pauvreté, il devait désormais lutter contre l'envie. Un de ses rivaux, le docteur Rosen, adressa au conseil de l'Université une protestation contre ces scientifiques séances, pour la raison que Linné, n'ayant point le grade de docteur, ne pouvait enseigner. La loi à cet égard était, en effet, formelle, et le conseil fut obligé d'interdire ces conférences, dont il se plaisait à proclamer le mérite et à constater le succès.

En même temps, par la même raison, malgré les vives instances de Stobæus, l'Université de Lund refusait à Linné une chaire de professeur adjoint.

Il fut très affecté de ces deux résolutions. Mais il était jeune, il avait les ailes de l'espérance et deux des plus grandes consolations que l'homme puisse avoir en ses jours nébuleux: la joie du travail, l'amour de l'étude.

Bientôt sa décision est prise. Il part pour la Hollande. De son voyage dans cet honnête et intelligent pays il a toute sa vie gardé un heureux souvenir. Là, par une thèse médicale il conquiert son diplôme de docteur; là, un riche négociant lui donne un traitement considérable pour diriger l'organisation de son jardin et en décrire les plantes exotiques; là, il publie ses premières œuvres; là, les savants auxquels il adresse son *Systema naturæ*, ses *Fundamenta botanica*, sa *Flora Lapponica*, l'accueillent cordialement. Boerhaave le cite comme un homme de premier ordre. Quand Linné, prêt à partir, va le voir pour la dernière fois, le maître si renommé lui dit en lui serrant la main: « Ma carrière est finie; tout ce que je pouvais faire, je l'ai fait. Que Dieu vous garde! Vous avez une plus grande tâche à accomplir. Ce que le monde attendait de moi, il l'a eu; il attend de vous, mon cher enfant, beaucoup plus. Adieu, adieu! »

Des propositions brillantes furent faites à Linné pour le déterminer à rester en Hollande: il les refusa. Il refusa aussi une chaire de botanique qui lui était offerte à l'Université de Gœttingue: il voulait retourner en Suède. Il y était ramené par l'attrait irrésistible de la patrie, par le souvenir du foyer paternel et par un autre sentiment de cœur, par un doux engagement.

Dans les contrées du Nord, les mariages ne se concluent point précipitamment. Il y a là des fiançailles d'un caractère solennel et d'une longue durée. Linné était fiancé avec une noble jeune fille, comme lui sans fortune. Il ne pouvait raisonnablement l'épouser avant d'avoir un honorable emploi, et il le voulait dans son pays. En attendant le professorat, auquel il aspirait, il s'établit en qualité de médecin à Stockholm, et longtemps en vain attendit la clientèle.

A quoi tient la fortune!

Le fondateur d'une nouvelle science, Linné, le grand Linné, dont les ouvrages se propageaient dans les premières écoles de l'Europe, était dans la capitale de sa chère Suède fort peu connu encore ou fort méconnu.

Le hasard d'un entretien fit son succès. La femme d'un dignitaire, voyant un jour la reine très enrhumée, lui raconte que dans un malaise semblable, après plusieurs inutiles essais, elle s'était adressée à Linné, qui l'avait promptement guérie.

Aussitôt le salutaire docteur est appelé au palais. La reine l'ayant loué, les dames de la cour répétèrent ces éloges, et Linné devint le médecin du grand monde. Parmi ses aristocratiques clients était le comte de Tessin, l'un des premiers personnages du royaume. Il aimait les sciences naturelles : il s'intéressa vivement à l'auteur des *Fundamenta botanica*, et d'abord le fit nommer maître de conférences à l'École des Mines, puis médecin de l'Amirauté.

Cette fois, Linné pouvait se marier. Il partit avec joie pour Fahlun, où, depuis plusieurs années, sa *fœstmœ*, sa fiancée, fidèlement l'attendait !

Quelque temps après un autre de ses vœux s'accomplit. Une chaire de professeur étant vacante à l'Université d'Upsal, il l'obtint, malgré la coalition de ses ennemis. Une chaire de botanique ! C'était ce qu'il désirait si ardemment, ce qu'il osait à peine espérer. A sa belle clientèle, à ses lucratifs emplois dans la royale cité, il renonça sans regret. Il allait se consacrer sans réserve aux enchantements de la nature, qui le captivaient dès son enfance. Il allait, dans la savante ville d'Upsal, reconstituer le jardin botanique, enseigner la botanique, correspondre avec les botanistes du monde entier.

Heureux Linné !

Il avait travaillé, lutté, souffert. Grande et belle fut sa récompense. Il eut le bonheur d'acquérir le renom et la fortune par de nobles œuvres, le bonheur de réjouir la vieillesse de son père et le bonheur de voir sous ses yeux grandir un fils, laborieux comme lui, dévoué comme lui à l'étude des sciences naturelles.

XAVIER MARMIER,
de l'Académie française.

UN DRAME EN PROVINCE

Voir p. 3, 21, 34, 51, 75, 90, 100, 122, 138, 155, 172 et 186.)

En parlant ainsi, Paturel, sur les pas du marquis, se dirigeait vers la porte et la fermait derrière lui, laissant retomber la gâchette dans sa gaîne. Après quoi, gagnant un sentier qui s'ouvrait à droite entre les buissons noirs de mûres, il s'enfonçait le premier dans l'épaisseur du bois.

Tous deux marchèrent ainsi, sans se parler, pendant vingt minutes environ, se perdant à travers les taillis, se glissant sous les grosses branches. Le joyeux gazouillis des oiseaux s'égayant au réveil, le murmure de quelque ruisseau, le frôlement des feuilles froissées au passage, étaient les seuls bruits qui vinssent à leurs oreilles en cette verte solitude des bois.

Tout à coup, non loin d'eux, un grand cri s'éleva. Tous deux s'arrêtèrent subitement et se regardèrent en silence.

Le même son se répéta. Mais, à proprement parler, ce n'était pas un cri, ni un appel, ni une plainte : c'était une sorte de rugissement âpre, rauque et farouche, tel qu'il en sort de la poitrine des fauves dans leurs déserts, ou de celle des fous enfermés dans leur cellule. Ensuite le silence se fit ; puis un murmure lointain, confus, lui succéda. Et les deux chasseurs, qui s'étaient arrêtés brusquement, soudain se rapprochèrent.

« Monsieur le marquis, dit Paturel bien bas, en posant un doigt sur ses lèvres, tout ce vilain tapage vient justement du côté où je pensais trouver le garde-chasse. Peut-être le vieux est-il malade, est-il mourant, qui sait ? Il a pu se casser un membre, être pris d'un accès. Ou bien, peut-être est-il tout bonnement ivre. Allons-y donc de ce pas sans rien craindre, croyez-moi. Je ne connais guère de méchants vauriens dans le pays d'ailleurs. Aussi je ne peux pas encore m'expliquer l'assassinat de ce pauvre M. Michel. Il faut vraiment que ce soit quelque criminel endurci qui passait par ici en revenant du bagne.

— Nous devons y courir, surtout s'il se trouve là quelqu'un qui attaque le garde, répondit le marquis. Nous sommes deux, mon brave Paturel, et nous avons des armes. »

Les chasseurs avançaient à grands pas en se parlant ainsi. Du côté où ils se dirigeaient, le murmure continuait toujours ; seulement il devenait plus distinct, plus sonore. Maintenant on pouvait distinguer, en prêtant attentivement l'oreille, des mots, des exclamations, des hoquets, des soupirs. En cet endroit les jeunes arbres, les buissons, les ronces croissant au pied des grands chênes, des ormes et des tilleuls, formaient un véritable fouillis d'épines, de feuillages, de racines et de branches. Le marquis et Paturel eurent quelque peine à s'y glisser ; ils cherchaient d'ailleurs, tout en se hâtant, à faire le moins de bruit possible. Ils parvinrent enfin au bord d'un petit cercle de gazon, que le taillis entourait de tous côtés d'une épaisse muraille verte, et ce fut là qu'ils aperçurent celui qu'ils cherchaient, renversé sur le dos dans l'herbe, battant l'air de ses poings, égaré, écumant.

Par moments sa tête, rejetée en arrière, se perdait dans les hautes herbes et ne laissait plus apercevoir ses traits ; d'autres fois, il se redressait brusquement, passait la main sur son front, ouvrait tout grands ses yeux injectés de sang, à la prunelle étincelante, aux paupières rougies. Ses lèvres frémissaient, ses dents grinçaient ; une écume blanchâtre frangeait sa bouche violacée ; sous la peau tannée de ses joues, les muscles se dessinaient contournés, hideux, saillants, dans l'effort furibond d'une convulsion interne et violente, qui secouait jusqu'à la dernière fibre de ce grand corps osseux horriblement contracté. Ses poings noués, brandis en l'air, frappaient au hasard çà et là; ses jambes, tantôt repliées sur elles-mêmes, tantôt brusquement allongées, fauchaient l'herbe tout alentour dans leurs soubresauts nerveux. L'un de ses pieds était encore chaussé d'un gros soulier à clous; l'autre libre, noirâtre et nu, dressait en avant ses ongles aigus au-dessus des doigts énormes.

« Nous avons bien fait d'accourir. Le malheureux est épileptique, murmura, dès qu'il l'aperçut, M. de Léouville.

— Pardon, excuse! monsieur le marquis, reprit Paturel à son tour. Je crois tout bonnement qu'il est ivre... S'il était dans un accès, songez donc, il ne parlerait pas. »

Le vieux garde parlait en effet, si toutefois l'on peut considérer comme un langage la succession confuse, heurtée, souvent interrompue, de mots, d'exclamations, de cris, de phrases courtes, entrecoupées, à peine intelligibles, qui sortaient de son gosier irrité, resserré par la douleur.

« Ah! là, là!... ch'ai pien mal... C'est tonc lui qui refient, qui me tient à la gorche?... Si che pufais engore un goup?... Où tonc est ma pouteille?... Là, là, peut-être pien, tans le goffre-fort qui est déchà oufert... Afec un goup, cela suffit... Ch'ai un pon poing, et un pon marteau... Pourguoi aussi monchieur Royan m'a fait-il tonner mon gompte?... Che souffre, ch'ai pien soif. Et buis le soleil me prûle... Est-ce que che n'ai plus la force te me lefer?... Tamel foilà, après dout! Che n'étais bas un méchant homme. Ch'afais douchours pien serfi monchieur. Et che ne foulais bas m'en aller... »

Ici la convulsion et la douleur redoublèrent d'intensité. Un de ces cris aigus et rauques que le marquis et Paturel avaient déjà entendus en arrivant, s'échappa de nouveau de la poitrine du misérable. Et les deux hommes qui, jusque-là, s'étaient arrêtés, se regardant avec une expression de surprise et d'horreur, s'élancèrent aussitôt vers lui.

Ils s'agenouillèrent dans l'herbe, se penchèrent sur lui, le soulevèrent, l'adossèrent du mieux qu'ils purent au large tronc d'un chêne, défirent les deux ou trois boutons restant à son gilet, la cravate en guenilles tordue autour de son cou.

Mais, bien qu'il promenât sur eux un regard d'insensé, tantôt vague et confus, tantôt étincelant, rapide comme un éclair, il ne les reconnut pas, et bien loin de recevoir leurs soins avec reconnaissance ou du moins avec docilité, il se débattit entre leurs bras, les repoussant avec horreur, et mettant, pour ne pas les voir, ses mains crispées sur ses yeux en flammes.

« Che ne feux bas aller... aller afec fous... Che fous regonnais pien : fous êtes mon fieux maître; fous êtes monchieur Michel... Fous refenez te là-pas, là-pas, tans le cimedière... Et foilà, ici, à gôté, l'audre!... L'audre, celui qui m'a tit, quand che churais et bestais tout seul : « Si tu feux, mon fieux Hans, che t'aiterai, tu m'aiteras, nous ferons le goup ensemple... Et puis tu prentras ta bart, moi la mienne... Mais che suis un monchieur, moi... Che ne saurais bas taper. » Ce chour-là, ch'ai pu, pu tout blein de ponnes choses : du rhum, de la ligueur, du fin... Mais maintenant, che le fois touchours là, le fieux, tout saignant et couché à terre... Il n'a bourtant rien tit; il est tompé là d'un seul goup, gomme une pierre, gomme un tonneau... Et moi, che n'ai rien tit non blus; che n'ai qu'une barole, moi. Les chuches n'ont rien su... che n'ai bas barlé de l'audre. »

Et ici le vieux garde, dont la gorge se desserrait visiblement, grâce à la position verticale où maintenant il se trouvait, poussa soudain un long et bruyant éclat de rire, et puis fixa sur les deux hommes qui l'écoutaient, muets de stupeur et de surprise, un regard haineux, triomphant, brillant d'un éclat sauvage. Puis, se sentant soulagé, il se tut, laissa tomber sa tête sur sa poitrine, renâcla deux ou trois fois bruyamment, et demeura immobile comme s'il commençait enfin à s'endormir.

Alors le marquis, se relevant et secouant la tête, regarda le brigadier.

« Voici une singulière rencontre, murmura-t-il, qu'est-ce que tout cela veut dire?

— Cela veut dire, monsieur le marquis, que là-bas, à Dijon, les juges se sont probablement trompés en faisant relâcher le vieux drôle. Il a su tenir sa langue quand il voyait, au bout de tout cela, la guillotine en perspective. Mais maintenant qu'il est ivre, il dit la vérité... Il y a pourtant une chose qui me chiffonne dans tout ce gâchis-là; une chose que je ne comprends pas, ou du moins que je ne m'explique pas encore, conclut l'honnête brigadier, repoussant son képi de côté et se grattant l'oreille.

— Qu'est-ce donc, mon brave Paturel?

— Eh! monsieur le marquis, c'est qu'il parle de « l'audre ». « L'audre » dans son satané jargon, c'est *l'autre* pour parler chrétien, comme font les gens raisonnables. Eh bien, qui donc ça peut-il être, l'autre?... Ils étaient donc deux, les misérables, à faire le coup? Et pourtant, voyons, après tout, ils ne sont pas tombés du ciel dans le bureau de M. Royan, au premier étage. Par où s'en sont-ils allés? Personne ne les a vus venir. Comprenez, débrouillez-vous, si le cœur vous en dit : tout cela est net et clair comme la bouteille à l'encre.

— Écoutez, mon bon Paturel, je crois que vous auriez tort d'attacher tant d'importance aux paroles de ce malheureux. Il déraisonne, il divague, au milieu de l'ivresse. La mort tragique de son maître, ses interrogatoires, sa détention, lui ont évidemment troublé l'esprit. Chacun sait d'ailleurs qu'il est devenu, depuis ce temps-là, bien plus taciturne, plus sauvage.

— Mais il peut bien aussi avoir, dans l'idée et sur la conscience, le souvenir du mal qu'il a fait. C'est peut-être pour ne pas penser qu'il s'est mis comme cela à boire. Il faut, d'ailleurs, pour se donner tant de choses, qu'il ait de l'argent de caché. Toutes ces bouteilles restées dans la cabane sentent fameusement bon ; et le tabac aussi, je m'y connais. Et ce n'est pas avec le traitement que lui donne M. Alfred qu'il pourrait boire du vin à trois francs la bouteille, et fumer du tabac de prince... Croyez-moi, monsieur le marquis, il faut que la justice revienne encore une fois mettre son nez là-dedans, et cherche, autant qu'il le faudra, à éclaircir l'affaire. Seulement tout ce qui me tracasse, c'est *l'autre*, qui a eu bien du temps devant lui, et qu'on ne pourra pas trouver. Enfin, vous comprenez, j'ai avant tout mon devoir à faire. Je m'en vais de ce pas tout raconter à M. le commissaire, et aussi prévenir M. Alfred Royan.

— Oui, en effet; il faut prévenir ce pauvre Alfred, répondit le marquis devenu soudain plus grave, en pensant aux nouveaux ennuis qui allaient résulter pour le jeune homme de cette déclaration du brigadier, accusant le vieux serviteur.

— Et il faudrait aussi reporter, enfermer ce Schmidt dans sa maisonnette, afin d'être bien sûr de le retrouver plus tard, reprit Paturel en retroussant ses manchettes et bouclant son ceinturon, en vaillant gendarme tout prêt à faire sa besogne. Et ce ne sera pas aisé, à moi tout seul... Si monsieur le marquis voulait bien m'aider ?... »

M. de Léouville, pour sa part, ne croyait nullement à la culpabilité du vieux garde, bien qu'il y eût dans son langage, comme dans ses allures, de certaines choses qu'il lui eût été impossible d'expliquer. Mais c'était là une raison de plus pour ne pas le laisser ainsi en proie au délire de l'ivresse, seul et abandonné dans ce recoin du bois, où bien des accidents, des dangers même, pouvaient l'atteindre.

Il prêta donc sans hésitation son aide au vaillant Paturel. A eux deux ils transportèrent, non sans haltes fréquentes et sans difficultés, à travers les halliers, les sentiers, les fourrés, le malheureux ivrogne, plongé en ce moment dans une profonde torpeur. Ils le posèrent sur son lit lorsqu'ils eurent atteint la chaumière ; puis Paturel ferma la porte derrière eux et en prit la clef dans sa poche, grommelant, avec le zèle du gendarme, entre ses dents serrées :

« C'est nous autres qu'il trouvera quand il viendra à se réveiller... Mais, fichu coquin de sort ! l'ouvrage ne sera qu'à moitié fait. Il n'y aura rien de fini tant que nous n'aurons pas *l'autre*. »

Par conséquent, il ne fut plus question de chasse ce jour-là. Lorsqu'ils eurent atteint tous les deux les premières maisons du faubourg, Paturel porta militairement la main à la visière de son képi, en disant :

« Maintenant salut, monsieur le marquis ! Je vais tout conter au commissaire.

— Et moi, ajouta M. de Léouville, je vais prévenir ce pauvre Alfred. »

Mais le destin, qui avait résolu d'imprimer aux événements une marche terrible et sûre, voulait que M. Alfred Royan ne se trouvât point, ce jour-là, dans sa jolie maison de la place du Marché. Il était, contre son ordinaire, sorti pour faire une longue promenade, déclara Mme Jean, et avait annoncé qu'il ne rentrerait pas pour déjeuner.

Le marquis s'éloigna donc, assombri et rêveur, et s'en revint au Prieuré, où son arrivée à une heure aussi imprévue causa une énorme surprise. Mais le bon père, sans entrer dans de plus amples explications, dit simplement à ses deux chéries que, le vieux garde s'étant trouvé gravement indisposé, il avait fallu abandonner ce jour-là la fameuse partie de chasse. Il garda le silence le plus complet sur les paroles incohérentes du misérable, ne parla point des soupçons de Paturel et de sa visite au commissaire.

A quoi bon attrister ces jeunes imaginations, si fraîches, si souriantes et si pures, par la navrante image d'un crime et d'un remords ?

Pendant ce temps, Paturel poursuivait activement, vaillamment, sa besogne. Avant la fin de la journée, le commissaire, ayant écouté sa déposition avec une attention sérieuse, envoyait arrêter le vieux garde dans sa cabane du bois et se dirigeait seul vers la maison d'Alfred Royan, qui venait de rentrer, fatigué, impatient, et était bien loin assurément de s'attendre à cette visite.

Le fonctionnaire abrégea, autant qu'il put, les civilités d'usage, tant il était pressé d'aborder l'objet sérieux. Puis il annonça sans préambule au neveu de M. Michel que, d'après certains indices surpris par le brigadier, il avait ordonné, pour la seconde fois, l'arrestation du garde-chasse, qui était à cette heure écroué au dépôt.

Le jeune homme, à cette déclaration, se contenta de hausser les épaules, en battant du bout des doigts une marche sur le drap vert de son bureau.

« Monsieur le commissaire, répliqua-t-il, je crois que vous avez pris là une peine inutile, et que vous tourmentez le pauvre diable tout à fait sans raison. Que voulez-vous tirer de lui, puisqu'à Dijon les magistrats, les juges, l'ont examiné, interrogé, tourné et retourné dans tous les sens, et l'ont reconnu innocent ?

— Mais il y a du nouveau, monsieur, insista l'homme de police, et là-dessus il rendit compte au jeune homme de la déposition du brigadier.

— Qu'est-ce que cela prouve ? répondit Alfred. On divague quand on est ivre. Paturel a bien remarqué que le malheureux s'est mis à boire. Et moi-même, depuis quelque temps, je l'avais constaté.

— Cependant, il y a dans ses paroles quelque chose d'important et... aussi de mystérieux. Cet *autre* dont parle Hans Schmidt, quel est-il ? où peut-il être ? N'est-ce point quelque personnage que la justice ne connaît point, qui avait un intérêt direct à la mort du pauvre M. Michel, et qui a tiré parti des mauvaises dispositions du vieux coquin, dont il s'est fait un instrument pour accomplir son crime ?... Voilà ce que nous ne savons pas, ce qu'il faudrait trouver... Et vous, monsieur, plus que tout autre, vous pourriez nous renseigner à cet égard. N'avez-vous, sur ce point, nuls renseignements, nul indice ? Cherchez bien, je vous en prie; rassemblez tous vos souvenirs, voyez, réfléchissez. »

Un assez long silence suivit les paroles du commissaire. Alfred Royan, qui était devenu soudain très pâle, avait laissé tomber sa tête sur sa poitrine, voilant de ses paupières à demi closes son regard terne, légèrement troublé. Ses doigts blancs et fins, où les facettes d'un gros diamant jetaient leurs reflets irisés, ne frappaient plus le tapis vert et s'étaient raidis sur la table. Tout son être intérieur semblait s'être concentré, replié en lui-même; il examinait, il comparait, il cherchait, pensait le commissaire, qui se taisait toujours.

Tout à coup le jeune homme tressaillit et se redressa; une rougeur légère envahit son front et ses joues; un regard étrange, à la fois joyeux et farouche, s'alluma soudain dans ses yeux.

« Il me semble, en effet, balbutia-t-il, passant la main sur son front comme pour rassembler ses souvenirs,... oui, en classant les papiers de mon malheureux oncle, après sa mort,... j'ai trouvé,... je m'en souviens maintenant,... une lettre qui... qui m'a semblé bizarre... Elle est signée pourtant d'un nom très honorable jusqu'ici, et que vous connaissez sans doute. Mais je vais sur-le-champ vous la communiquer.»

Et Alfred, ouvrant promptement un des tiroirs de son bureau, y prit la lettre de Gaston, si expressive, si pressante, adressée huit jours avant le crime à M. Michel Royan, et la tendit au commissaire.

Celui-ci la lut et relut avec une extrême attention, en vérifia la date et le timbre de la poste, en pesa tous les termes. Et enfin, l'examen terminé, il releva la tête et se tourna vers Alfred.

« Voici, en effet, dit-il, une pièce qui jette un nouveau jour sur cette affaire... Peut-être nous apprendra-t-elle enfin quel est *l'autre* dont parle si vaguement ce misérable Schmidt. Ce malheureux jeune homme avait besoin d'argent; il était engagé dans une vilaine affaire. Cet escroc parisien, avec lequel il était lié, a brusquement quitté la France, laissant après lui des dupes et des dettes. Il ne sera donc pas aisé de mettre la main sur celui-ci. Mais la conduite du juge d'instruction, dès qu'il aura vu cette pièce que je vais lui communiquer, est pour moi parfaitement nette et claire.

— Eh bien, que fera-t-il ? demanda Alfred, dont les yeux, les lèvres, tous les traits, tendus en avant par une visible anxiété, s'éclairèrent d'une lueur étrange.

— Il délivrera, contre M. Gaston de Latour, un mandat d'amener. C'est là, vous comprenez, la première mesure à prendre. Et elle se prendra, monsieur; fiez-vous-en à la justice, » conclut le commissaire, se levant avec un grand salut, et puis saisissant son chapeau pour se diriger vers la porte.

Alfred Royan lui rendit sa politesse, fit quelques pas derrière lui et le suivit des yeux. Puis, lorsqu'il l'eut vu s'éloigner, il croisa les bras avec un mouvement spontané de satisfaction et de bien-être. Les muscles de son visage se détendirent, sa respiration troublée se calma, et, poussant un long soupir de soulagement, il se laissa aller nonchalamment dans son fauteuil.

FIN DE LA PREMIÈRE PARTIE.

ÉTIENNE MARCEL.

— La suite au prochain numéro. —

LA FLEUR D'OUIE

CONTE

(Voir page 183.)

L'automne était venu, et les feuilles jaunies s'envolaient au souffle des autans; Martha, qui avait cherché tout l'été la Fleur d'ouïe sans la trouver, n'y pensait plus, et, sur l'ordre de Trudchen, était allée couper des bruyères, non point pour former des bouquets, mais bien pour faire des balais. Elle en avait coupé un gros fagot, et le rapportait sur ses épaules, suivie par les oies et les oisons. Le soleil allait se coucher, et ses rayons rouges éblouissaient Martha. En passant sous un bouleau presque défeuillé, elle vit briller dans la lumière quelque chose d'aérien et de mouvant. Elle étendit la main, croyant saisir un papillon : c'était une fleur légère, dont la tige, aussi fine qu'un cheveu, partait d'une branche de l'arbre aux feuilles tremblantes. C'était la fleur décrite par Johann.

Martha la cueillit et la mit à son oreille. Et, merveille ! à l'instant elle comprit ce que disaient les oies groupées autour d'elle.

« Rentrons, rentrons vite ! Martha s'est attardée. Il y a un renard dans la lande. J'ai vu briller ses yeux au bord de sa tanière. Il guettait mes oisons. Ne vous écartez pas, chers petits oisons. Courons, courons vite. Oh ! le vent fraîchit, le soleil disparaît, le hibou gémit déjà. Malheur ! nous serons surprises par la nuit ! »

Presque effrayée, Martha mit la fleur dans sa poche, alors elle n'entendit plus que des glapissements confus.

Près du seuil de la ferme, elle aperçut un petit chat qu'elle aimait, elle le prit dans ses bras, après s'être débarrassée de son fagot et de ses oies, et l'emmena dans la mansarde : Minet miaulait doucement et tristement.

« Qu'as-tu, Minet? dit Martha en remettant la Fleur à son oreille.

— Hélas, dit Minet, j'ai faim. Le chien de garde m'a volé mon souper. Laisse-moi partir que j'aille à la chasse. Une petite souris me dédommagerait de ma pâtée. »

Martha fit souper Minet et, après avoir soupé elle-même, s'en alla écouter le hibou, penchée à sa fenêtre.

L'oiseau nocturne chantait à sa manière un hymne aux étoiles.

« Fleurs du ciel, disait-il, je vous aime encore plus que la belle lune. Les hommes vous calomnient en disant que vous êtes des soleils : ils sont fous. Le soleil est un être malfaisant, aveuglant, un incendiaire. Dès qu'il se montre, la trompette sonne, le travail commence, la lutte interrompue se reprend avec une nouvelle fureur. Mais vous, chères étoiles, vous amenez le repos, le silence et la fraîcheur, et vos lueurs caressantes sont aussi douces à nos regards que le chant du jeune hibou l'est aux oreilles de sa mère. »

Quand elle fut lasse d'écouter le hibou, Martha se coucha, et s'endormit bercée par le chant du grillon qui nichait dans le fournil. Le grillon disait toujours la même chose :

« Doux logis, cher logis, où je vis avec mes petits, si gentils, sans souci, doux logis, cher logis, fi, fi, fi ! si je te dis, tu m'ennuies ! »

A partir de ce jour, Martha fut la plus heureuse fille du monde. Elle s'amusait plus à écouter les discours des bêtes qu'on ne s'amuse dans le monde à écouter les gens d'esprit, et elle apprit d'elles des choses tout à fait surprenantes. Chose merveilleuse aussi, Martha se

L'orage fut court...

faisait comprendre des animaux, et elle apprit, en interrogeant un rouge-gorge qui s'était réfugié dans la mansarde un jour de grande neige, elle apprit toute l'histoire de cet oiseau.

Or un jour qu'elle aidait Trudchen à retirer du four des plumes d'oie que l'on préparait pour les vendre aux papetiers de Leipsick, Martha eut l'idée d'en prendre une, et d'essayer d'écrire comme elle le faisait à l'école. L'écritoire du bonhomme Godisch était séchée depuis longtemps : un peu d'eau chaude y pourvut, et Martha, reprenant un ancien cahier à elle, tailla sa plume avec ses ciseaux et traça quelques lettres.

Trudchen émerveillée lui dit : « Je ne te croyais pas si habile, ma fille. La prochaine fois que j'irai en ville, je te rapporterai une petite bouteille d'encre, du papier et un canif de six sous, foi de Trudchen ! »

Martha, toute joyeuse, embrassa la bonne Trudchen et essaya d'écrire son nom, puis quelques mots, et prenant le livre bleu, elle copia le commencement d'un conte :

« Il y avait une fois..... »

« Il est l'heure d'aller dormir, fit Trudchen; assez étudié comme cela, Martha. Si, comme je l'espère, la neige a fondu, il faudra mener les oies au pré. Ces bêtes sont malheureuses. Voilà plus d'une semaine qu'elles ne sont sorties. »

« Dieu veuille qu'il gèle ! pensa Martha : au lieu d'aller patauger dans les flaques d'eau, j'essayerai d'écrire une histoire. »

Comme d'habitude, elle se coucha sans lumière, mais la lune éclairait bien, et le hibou lui chantait des madrigaux.

« O lune, soupirait-il, tu devrais voiler de quelque nuée ta face éblouissante. Tu es trop belle. Ton éclat reflété par la neige égale celui du jour. »

Et le chien de garde, hurlant par intervalles, disait : « Ce hibou m'ennuie. Tais-toi, hibou, j'entends des voleurs rôder là-bas! Cette lumière qui brille aux vitres du château, cette lumière rougeâtre, c'est la lampe du vieux gentilhomme qui aimait tant à chasser. Il souffre, il se meurt, et dans ses derniers rêves il se croit à la poursuite du cerf, il crie : Tayaut, tayaut! Mais il ne chassera plus, la mort est là, hallali, hallali! »

Martha s'était relevée. Enveloppée de sa couverture, elle écrivait au clair de la lune, et elle ne regagna son lit que lorsque la lune se fut abaissée derrière le coteau couvert de sapins.

Grâce au voisinage de l'étable, la chambrette de Martha, abritée sous son toit de chaume, n'était pas froide, et depuis deux ans qu'elle y séjournait, la jeune fille l'avait bien embellie. Elle en avait blanchi les murs et les ornait de branches de sapin qu'elle renouvelait souvent. Des nattes de jonc tressées par elle recouvraient les carreaux, et Martha avait obtenu du bonhomme Godisch une vieille petite table à tiroir qu'elle trouvait bien commode. Trudchen aussi contribuait à perfectionner l'installation de la jeune fille. Elle lui avait donné une petite lampe, et, le soir, Martha s'exerçait à écrire.

Au printemps, des hirondelles vinrent nicher à sa fenêtre, et lui parlèrent d'Athènes où elles avaient passé l'hiver. Puis les rossignols lui chantèrent de longues ballades, et Martha écrivait sous leur dictée, jusqu'à l'aurore quelquefois.

Sur les branches du bouleau la plante magique avait refleuri. Martha aurait bien voulu la montrer à Johann; mais depuis près d'un an le vieux ménétrier avait quitté le pays sans dire où il allait.

Un jour, une troupe d'oies sauvages avaient passé au-dessus de la lande, et l'une d'elles, blessée par un chasseur, y était tombée. Martha ramassa la pauvre voyageuse, la pansa et l'apprivoisa. Elle était restée boiteuse. Traînant l'aile et tirant le pied, elle suivait Martha comme un chien. Cette oie lui raconta ses voyages, et lui apprit ce qu'était devenu le ménétrier. Il parcourait le nord de l'Italie, payant son écot en musique, et rêvant d'aller jusqu'à Rome ; mais il voulait d'abord arriver à Crémone, et ses vieilles jambes l'obligeaient à de fréquents repos.

« Je l'ai reconnu, dit l'oie; c'est un des trois hommes qui connaissent le secret de la Fleur d'ouïe. Les autres sont un juif d'Espagne, et un musulman du Caire. Garde bien ce secret, Martha; si tu mens une seule fois, ou si tu te maries, la Fleur d'ouïe ne te servira plus de rien.

— J'espère bien rester fille et ne jamais mentir, dit Martha, mais je voudrais bien faire autre chose que de garder les oies.

— Sers-toi de leurs plumes, dit la voyageuse : d'un bout du monde à l'autre, je le sais, les mains qui écrivent sont puissantes, quand elles écrivent bien; tu pourrais devenir riche et célèbre, Martha, si tu contais en bon allemand ce que disent les bêtes.

— J'essayerai, » dit Martha.

J. O. Lavergne.

— La suite au prochain numéro. —

A TRAVERS BOIS ET PRAIRIES

(Juin)

Mignonne, allons voir si la rose
Qui, ce matin, avait déclose
Sa robe de pourpre au soleil,
A conservé, cette vesprée,
Sa belle robe diaprée
Et son teint au vôtre pareil.

Ainsi parlait le prince des poètes, Ronsard, par un beau soir de juin; quant à nous, nous avons d'autres soucis en tête, et la rose, malgré sa beauté, nous intéresse peu.

Nous allons par les sentiers interrogeant chaque fleurette: « A quoi sers-tu, petite fleur? » Celle qui répond: « Je suis belle, n'est-ce pas assez? » nous la quittons bien vite pour courir vers celle qui promet de nous soulager dans nos maux.

Voilà pourquoi nous laisserons la reine des fleurs sur sa tige.

Pourtant, réfléchissons : n'allons-nous pas trouver tout à l'heure dans les bois la *Rosa canina* ou *Cynorrhodon*, autrement dit l'églantine qui, par la culture, est devenue la rose ? Vous pouvez donc me permettre une courte excursion dans le jardin.

La rose est le type de la famille des Rosacées, à laquelle elle a donné son nom et dont vous connaissez comme moi les caractères botaniques. Cette famille renferme un grand nombre de plantes, dont beaucoup sont utiles et dont aucune n'est dangereuse.

Toutes aussi bonnes que belles, n'est-il pas naturel que la reine des fleurs ait été choisie parmi elles?

Je reviens donc à mes moutons, — non, à mes roses.

Les pétales rouge sombre de la *rose de Provins*, ainsi nommée, non parce qu'on la cultive à Provins, mais parce qu'elle croît spontanément dans cette région, fournissent le vinaigre rosat qui sert à préparer des gargarismes astringents, le miel rosat dont on fait des onctions dans la stomatite, maladie connue vulgairement sous le nom de muguet, et elle peut former des cataplasmes stimulants après avoir été infusée dans du gros vin. Ces cataplasmes sont très bons dans les cas de foulure. Quant à la *rose à cent feuilles*, à la *rose de Damas* et à la *rose musquée*, toutes trois donnent l'eau de rose qui, mêlée à l'eau de plantain, fait la base de la plupart des collyres employés dans les affections des paupières.

Plus tard, quand nous aurons terminé notre récolte fleurie, je vous apprendrai à préparer le vinaigre et le miel rosats; pour aujourd'hui, il nous faut partir.

Nous n'irons pas loin sans nous arrêter; cette petite fleur jaune, au pied du mur, mérite notre attention.

— C'est un bouton d'or?

— Non pas; regardez bien. La feuille offre cinq divisions, ce qui a fait donner à la plante le nom de *quintefeuille*, et si vous examinez la fleur, vous verrez que ses caractères sont les suivants: fleur régulière, calice soudé à la base, portant un disque et terminé en plusieurs divisions assez profondes au bas desquelles sont insérés les pétales libres, au nombre de cinq. Les étamines libres et en nombre indéfini naissent du calice au-dessous de l'insertion des pétales. Dans quelle famille rangez-vous maintenant la quintefeuille?

— Dans les Rosacées.

— C'est cela même. Cette petite plante renferme une quantité de tanin assez notable pour être employée comme astringent. Elle pousse un peu partout, la sécheresse ni l'humidité ne la gênent pas plus que le grand soleil de la plaine ou l'ombre des bois.

Suivons le long de ces prés; sentez-vous la bonne odeur de miel et d'amande? Il doit y avoir par ici des reines-des-prés. Justement, en voici une touffe couronnée de fleurs blanches disposées en élégants corymbes paniculés. La reine-des-prés ou ormière, ou, comme disent les savants, la *Spirea ulmaria* est encore une rosacée; sa racine est vermifuge.

A cette haie de sureau, nous allons prendre quelques fleurs, pas toutes, il faut en laisser pour pouvoir récolter des fruits au mois d'août. La fleur donne une infusion sudorifique, les baies sont laxatives, surtout celles de l'espèce de sureau qu'on appelle hièble. Le genre *Sambucus*, tel est le nom latin du sureau, appartient à la famille des *Caprifoliacées*, dont le type est le chèvrefeuille. Ses caractères botaniques sont: calice à cinq petites dents, corolle à cinq segments, cinq étamines, trois stigmates sessiles, c'est-à-dire sans pistil; le fruit est une baie renfermant trois ou cinq graines, les feuilles sont pennées, à folioles oblongues lancéolées. Le *Sambucus ebulus* ou hièble a une tige herbacée, des fleurs blanches disposées en cyme, des fruits noirs et luisants; le *Sambucus nigrum*, sureau noir, est un arbuste à rameaux pleins d'une moelle blanche, ses feuilles sont plus ovales que celles du *Sambucus ebulus* et ses cymes fleuries sont d'un blanc moins pur; c'est celui qu'on cultive dans les jardins.

Cette plante grimpante est la *Clematis vitalba*, autrement dit clématite ou viorne ou herbe-aux-gueux; elle ressemble tout à fait à la clématite odorante de nos jardins, mais elle n'a pas de parfum et ses fleurs sont remplacées à l'automne par des houppes de graines soyeuses du plus joli effet; c'est une renonculacée. Ses feuilles sont vésicantes, toutefois on s'en sert peu; seuls les mendiants l'emploient pour se faire de faux ulcères afin de stimuler la compassion. De là, sans doute le nom d'herbe-aux-gueux donné à la *Clematis vitalba*.

Je vous en prie, restons encore un peu dans cette prairie humide que vous paraissez avoir hâte de quitter.

D'abord nous devons trouver la guimauve, — pardon, l'*Althea officinalis*, j'oublie parfois que nous sommes trop savants pour nous servir des noms vulgaires. — Justement en voici une. Prenez toute la plante, et les fleurs rose pâle à deux calices, et les feuilles ovales à cinq ou sept lobes, et les rameaux couverts d'un léger duvet blanc, et la racine.

Avec la racine, on prépare une décoction émolliente qu'on emploie en boisson, en lotion, en... Si je disais ça en latin? vous savez :

Le latin dans les mots brave l'honnêteté.

Eh bien! non, je n'écrirai pas ce mot-là; demandez-le à M. Clystorel, il vous le dira, à moins que vous n'ayez déjà deviné.

La plante garnie de ses fleurs entre dans des fumigations très salutaires contre le rhume de cerveau; quant à la fleur, elle donne une infusion pectorale analogue à l'infusion de mauve : mauve et guimauve sont au reste deux sœurs de la famille des Malvacées.

— Qu'est-ce que cette plante là-bas, au bord de la mare? Ses fleurs jaunes disposées en grappe terminale ont une corolle en forme de lèvres dont l'inférieure se prolonge en un long éperon; les feuilles portent de petites vésicules très singulières.

— Ne dites pas vésicules, dites utricules, et vous aurez le nom de votre plante aquatique, l'*Utricularia vulgaris*, de la famille peu nombreuse des *Lentibulariées*. Elle est précieuse : elle guérit les brûlures.

Si nous voulons être dans les endroits découverts avant le plein soleil de midi, il faut nous dépêcher; prenons donc la route et suivons-la sans nous arrêter dans ces champs de seigle où brillent les rouges coquelicots, les étoiles d'azur du bluet et les élégantes corolles violettes de la nielle, enfermées dans les longues pointes vert sombre des cinq sépales qui terminent le calice.

Non que ces plantes soient sans intérêt : le *Lychnis githago* ou nielle, cette séduisante caryophyllée, est redoutable. Que ses graines soient broyées avec le grain, et le pain préparé avec cette farine deviendra un aliment mortel. Tous ceux qui en auront mangé seront atteints de chancres à la gorge.

Le coquelicot, *Papaver rheas*, est au contraire bienfaisant. Ses pétales donnent une infusion à la fois pectorale et calmante. Il appartient aux *Papavéracées*, comme son nom l'indique.

Excusez-moi si je ne vous donne pas les caractères botaniques de toutes les familles que je nomme : nous sommes si pressés, nous avons tant à voir et tant à dire ce mois-ci! Mais vous ne perdrez rien pour attendre, nous reverrons ces familles et nous en parlerons plus longuement.

— Et le bluet, qu'est-ce qu'il guérit?

— Le bluet, ou bleuet, ou barbeau, ou aubifoin, ou bleuette, ou bien encore casse-lunettes, et de son vrai nom *Centaurea cyanus*, centaurée bleue, est fébrifuge et de plus, dit-on, bon contre l'ophthalmie. Il fait partie de l'intéressante et nombreuse famille des Composées, ainsi que le *chardon étoilé* si salutaire dans la fièvre typhoïde et l'*Inulus helenium*, aunée, ou panacée de Chiron, dont la racine tonique, diaphorétique et diurétique, jadis très employée contre la dyspepsie et les affections pulmonaires, contient une poudre blanche amylacée nommée *inuline*, une résine âcre, une huile volatile, plus un principe extractif amer.

Tout en causant, nous voici arrivés à la lisière des bois; nous allons prendre cette allée qui monte, et dans les pentes pierreuses qui la bordent, nous devons trouver certainement la belle et précieuse plante que je cherche.

Elle est assez rare dans le bassin parisien, car elle préfère entre tous les terrains granitiques; pourtant, je l'ai déjà vue par ici, ce qui me fait espérer de la rencontrer encore.

Je ne m'étais pas trompée, en voici quelques-unes. Voyez avec quelle élégante fierté ces houppes fleuries s'élancent des feuilles ovales, lancéolées, d'un vert profond, légèrement tomenteuses en dessous. Les fleurs, disposées en grappe unilatérale, sont d'un pourpre vif, marquetées à l'intérieur de points d'un pourpre plus sombre qu'entoure une sorte d'auréole blanche : elles ont vaguement la forme d'un doigt de gant.

La reconnaissez-vous? C'est la *Digitalis purpurea*, la digitale pourpre ou gant Notre-Dame, si précieuse dans les maladies de cœur et dont les feuilles pulvérisées entrent dans la préparation de certains vésicatoires. Elle est de la famille des *Personnées*. La présence de la digitale peut nous permettre de compter sur celle de l'*aconit napel* qui croît dans les mêmes terrains qu'elle, et fleurit en même temps.

Vous connaissez sans doute cette belle plante à feuilles finement découpées, avec sa grappe de fleurs bleu foncé en forme de capuchon, lesquelles lui ont fait donner le nom de *bonnet de prêtre*. On l'appelle aussi *char de Vénus*, tant elle est élégante.

Cueillez-le avec soin, il renferme un principe actif efficace contre les névralgies du visage, ces vilaines maladies qui font tant souffrir et défigurent avec les tics qu'elles occasionnent. Surtout, gardez-vous de porter les fleurs de l'aconit à vos lèvres, cela pourrait suffire pour vous empoisonner. Ses caractères botaniques le rangent dans cette belle et perfide famille des *Renonculacées*, composée presque entièrement de plantes vénéneuses.

J'ai beau chercher, pas d'aconit; mais une odeur très caractéristique me dénonce la présence de la *Ruta graveolens* ou rue fétide.

La voilà bien, avec ses corymbes de fleurs jaune pâle, qu'accompagnent de longues bractées lancéolées, ses feuilles divisées en segments, charnues, parsemées de points glanduleux translucides qui renferment l'huile volatile et la substance résineuse auxquelles elle doit son odeur nauséabonde ainsi que ses propriétés sudorifiques et vermifuges.

Elle est le type de la petite famille des rutacées; il faut se méfier d'elle; son action est si énergique qu'elle ne peut être employée que dans les cas extraordinaires.

En Angleterre, elle remplace le buis bénit le jour des Rameaux, et c'est à cela qu'elle doit son nom d'*herbe de grâce*. On la cultive dans les jardins à cause de ses fleurs assez agréables.

Et maintenant rentrons par le jardin pour faire provision de fleurs de tilleul et pour voir si les beaux lis blancs sont épanouis. Voici la Saint-Jean; le lis est toujours en fleur à cette époque. Cette plante qui a donné son nom à la famille des Liliacées, nous fournit son bulbe qui, cuit sous la cendre, mûrit les tumeurs, et ses beaux pétales blancs qu'on fait macérer dans l'huile pour panser les brûlures et les meurtrissures.

Et puis, comme nous avons beaucoup couru de la prairie à la forêt et du bois à la plaine, comme les autres plantes utiles qui fleurissent en juin n'appartiennent pas à notre climat ou n'y croissent pas spontanément, nous nous reposerons un peu en attendant la floraison de juillet.

L. Roussel.

LES SOULIERS DE RENCONTRE

I

Jacques était certainement un bon garçon; il ne manquait pas non plus d'intelligence, et cependant il lui arrivait à chaque instant de faire de lourdes bévues et même d'assez grosses sottises.

C'est qu'il agissait toujours sans réflexion; sa tête se montait avec une facilité déplorable et, tant que durait son engouement, il ne tenait compte d'aucune observation et ne s'arrêtait devant nul avertissement. Il en était résulté pour lui nombre de déceptions plus ou moins désagréables; mais elles s'étaient très promptement effacées de sa mémoire, et voilà comment il lui advint une certaine aventure qu'il ne put, cette fois, oublier aussi vite que les précédentes.

Jacques passait la plus grande partie de ses vacances chez son oncle, M. Béraud, qui, pour procurer à l'écolier le bénéfice du bon air et des amusements de la campagne, consentait à se charger de lui. C'était une bien grande joie pour l'enfant. Il retrouvait là chaque année ses deux cousins, Paul et Henri, leur ami et voisin Ernest, et leurs deux petites sœurs, Aline et Louise. Les jeux les plus animés se succédaient sans interruption et les semaines passaient trop rapidement au gré de toute cette bande joyeuse.

Mme Béraud, par contre, était un peu fatiguée du tapage de ces quatre garçons turbulents, et, pour lui laisser de temps en temps quelque repos, M. Béraud organisait de longues promenades dans les environs, ou même quelquefois de véritables excursions.

« Mes enfants, dit-il un soir, je puis m'absenter quelques jours, vous êtes tous de grands personnages, assez bons marcheurs, et nous allons nous lancer bravement dans une course de montagnes. Ce sera le couronnement et la clôture de nos vacances.

— Et nous, papa, en serons-nous? demanda Louise.

— Non, mes fillettes, ce serait trop fatigant pour vous, et puis il faut bien que quelqu'un tienne compagnie à votre mère. »

Immédiatement on s'occupa des préparatifs de l'expédition. M. Béraud recommanda à chacun de ses jeunes compagnons de se pourvoir pour le surlendemain de son petit bagage, savoir : un manteau, une paire de chaussettes et des souliers de rechange; à peu près le trousseau du grenadier de la chanson.

« Ah! par exemple, je veux de bons souliers, ajouta M. Béraud, en insistant. Pour des piétons, c'est la chose capitale; ainsi vous m'entendez bien, pas de pelures d'oignon, pas d'escarpins!

— Comment vais-je faire? pensa Jacques, je suis vraiment bien mal monté. »

Il avait raison : car, depuis que les fines chaussures d'un jeune élégant du voisinage avaient excité son admiration, il n'avait plus voulu chausser précisément que ces pelures d'oignon dédaigneusement prohibées par son oncle.

« Tu vois, lui dit son cousin Paul, c'est moi qui avais raison, il faut des souliers solides à la campagne.

— C'est vrai, montre-moi donc les tiens! »

Il les examina soigneusement, les palpa, les retourna. La semelle était constellée de clous éblouissants. Jacques voulut les compter. Il y en avait trente-six, disposés symétriquement en forme de losange.

« C'est magnifique! s'écria-t-il subitement enthousiasmé. Voilà justement ce qu'il me faudrait. Si j'avais des souliers pareils, je pourrais me mettre en route pour faire tout simplement le tour du monde. »

Il alla s'informer auprès de Mme Béraud sur les moyens de se procurer ces incomparables souliers. Mme Béraud lui répondit qu'elle les avait commandés à un cordonnier de Villefranche et avait été obligée de les attendre trois semaines.

« Trois semaines! s'écria Jacques épouvanté, trois semaines, mais c'est une éternité! Puisque nous partons après-demain, il faut que je sois pourvu aujourd'hui même. Je vais tâcher de trouver quelque chose dans le pays. »

Il employa une demi-journée à explorer Saint-Abran dans ses moindres recoins; mais ce village arriéré ne possédait qu'un sabotier, vendant à l'occasion des galoches à quelques clients difficiles, mais ne fabriquant pas la moindre paire de souliers.

« Eh bien, se dit Jacques, j'en serai quitte pour aller cette après-midi au Bois-d'Oingt (c'était la petite ville la plus voisine); là au moins je suis sûr de rencontrer ce qu'il me faut. »

Il partit à une heure par un soleil piquant.

« Ne cours donc pas si vite, tu vas te mettre en nage, » lui cria sa tante qui le regardait de sa fenêtre.

Mais il l'entendit à peine, tant il avait d'entrain et d'empressement. Il fit lestement le trajet, gravit au pas gymnastique la colline qui conduit à la ville, n'eut pas la moindre tentation de s'arrêter pour contempler les points de vue dont on y jouit de tous côtés, et ne ralentit son allure que lorsqu'il fut arrivé dans la rue principale, dont il se mit à examiner soigneusement les enseignes et les devantures.

« Boucher, boulanger, épicier,... disait-il, à quoi cela sert-il? »

Il continua son chemin, et tout à coup demeura en arrêt devant un écriteau grossièrement peinturluré. Il venait d'y lire ces mots prestigieux tracés en grosses lettres jaunes : *Au bon rencontre*. Deux paires de souliers, en guise d'armes parlantes, se balançaient au bout d'une ficelle de chaque côté de ce brillant écusson.

« Parbleu, dit Jacques, voilà mon affaire, j'ai vraiment de la chance : *Au bon rencontre*, c'est drôle. Après tout, un cordonnier peut savoir très bien son état, et n'avoir pas appris la grammaire. Celui-là m'a tout à fait l'air d'un brave homme. Le voilà justement qui plante des clous dans une semelle. Il fait son devoir en conscience, car il a mis ses lunettes pour mieux prendre ses distances. »

Au moment même, le cordonnier jeta par-dessus lesdites lunettes un coup d'œil dans la rue et aperçut notre Jacques qui restait planté à le regarder. Lui faire ses offres de services, écouter sa demande d'un air entendu, c'était le rôle obligé de notre cordonnier et il s'en acquitta avec une rare distinction.

« Parfaitement compris. Vous voulez justement des souliers de rencontre, mon jeune monsieur. Donnez-vous donc la peine d'entrer. J'ai tout à fait ce qu'il vous faut; il y a là une certaine paire qui doit vous aller comme un gant. »

Jacques ne savait trop ce que c'était que des souliers de rencontre. Il pensa qu'on les nommait ainsi en souvenir de l'enseigne : *Au bon rencontre*, et que cela signifiait que c'était pour l'acheteur une heureuse rencontre de mettre la main dessus... non, le pied dedans.

Cette réflexion faite, il entra sans hésiter dans la boutique, s'assit sur un escabeau et se laissa déchausser très complaisamment.

« Voyons un peu ça, dit le cordonnier. Ah! vous avez le pied mignon, diantrement mignon! C'est égal, je trouverai bien le moyen de vous arranger, j'ai beaucoup de choix. »

Le bonhomme, qui était un petit vieux jovial et ratatiné, répondant au nom de père Lafrime, alla prendre dans un coin de son échoppe une longue et forte perche, et, levant le nez, s'en servit pour décrocher les souliers qui faisaient faction du côté gauche de l'enseigne.

« Essayons un peu ceux-là, dit-il, ce doit être votre mesure. » Jacques essaya, les souliers se trouvèrent de cinq ou six lignes trop courts et de trois ou quatre trop étroits.

« Tâchez un peu d'y prendre accoutumance, disait le patelin cordonnier; ce cuir-là est souple comme un bas de soie; avec de la patience on en fait tout ce qu'on veut. »

Jacques y mit infiniment de bonne volonté; il s'escrima avec le chausse-pied, devint d'un rouge cramoisi à force de baisser la tête et de tirailler sur le talon; mais les meilleures intentions sont quelquefois impuissantes et, après deux minutes de torture, le jeune voyageur se vit forcé de déclarer qu'il aimait mieux essayer une paire un peu plus grande.

« Rien de plus facile, répondit le père Lafrime en reprenant sa perche dans le coin. Vous avez le pied mince comme un biscuit; il vous faut quelque chose de long et d'étroit; je suis sûr que j'ai là votre affaire. »

Et il décrocha les souliers qui pendaient au côté droit de son enseigne.

Jacques eut soin pour commencer d'en inspecter les semelles et il resta positivement ébloui. Les clous y brillaient aussi nombreux que les étoiles au ciel par une belle nuit d'été.

« Oui, dit-il, je parierais que ceux-là doivent m'aller: essayons-les vite. »

Ceux-là, au contraire des premiers, étaient trop longs de trois pouces et trop larges de deux; mais Jacques ne manquait pas de caractère, et, à force d'en serrer les cordons il sut bien les contraindre à demeurer à ses pieds.

« Les gens difficiles sont souvent mal lotis, pensait-il en examinant sa base pataude. Ces souliers, il est vrai, ne sont point élégants, mais je ne veux pas imiter le héron de La Fontaine. »

Fort de cette autorité classique, Jacques demanda le prix de ces excellents souliers. Le cordonnier qui, depuis un an, n'avait pu s'en défaire, jubilait intérieurement en voyant ce petit poisson inexpérimenté mordre si facilement à l'hameçon.

« Oh! ils valent bien pour le moins quatre francs et quinze sous, répondit-il d'un air indifférent. C'est solide, bien conditionné; le père Lafrime n'a pas l'habitude d'attraper son monde. Voyez-vous ce cuir? c'est pas du chiffon, du papier mâché; et puis ces semelles les renforcent joliment. Oui, quatre francs quinze sous, ce ne serait pas trop payé; mais, pour avoir votre pratique, je vous les laisserai à quatre francs. J'aime mieux perdre quelque chose et faire plaisir à un gentil petit monsieur comme vous. »

Jacques tira sa bourse. Quatre francs seulement, quelle excellente affaire! Sa tante allait être enchantée, elle qui s'imaginait que ce serait trois ou quatre fois plus cher.

Il se hâta de tirer de son porte-monnaie la pièce de vingt francs que Mme Béraud lui avait donnée le matin, et le père Lafrime se mit à fouiller dans la poche de sa basane pour y chercher de la monnaie. Ce mouvement produisit un bruit étourdissant; on aurait dit le cliquetis des casseroles et des trousseaux de clefs d'un brillant charivari. C'est que la basane du père Lafrime renfermait une grande quantité de pièces de cuivre mêlées à un très petit nombre de menues pièces d'argent. Le bonhomme se mit à les aligner sur la planche qui servait de comptoir à l'échoppe, et Jacques, en le considérant, se souvint de ces temps antiques où, l'or et l'argent étant inconnus, il fallait atteler des bœufs à un chariot pour transporter sous forme de rondelles de fer une somme quelconque, fût-elle fort minime.

Le père Lafrime employa bien dix minutes à son opération de comptabilité. Il fit d'abord dix piles de gros sous, ensuite posa séparément deux pièces d'un franc et trois de cinquante centimes. Arrivé là, il dut renoncer à toute symétrie, visiter son gousset, vider son tiroir, explorer tous les recoins de son réduit, ramasser jusqu'aux vieux liards démonétisés; encore, en tout, ne put-il arriver à un compte rond, et finalement il fut forcé de s'excuser en remettant à Jacques quinze francs et quatre-vingt-dix centimes.

« A notre premier marché je me ressouviendrai des dix centimes restants, dit-il un peu confus.

— C'est la crème des cordonniers, » pensa Jacques. Et il assura le père Lafrime qu'il le tenait quitte de cette dette insignifiante. Le petit vieux donna un dernier coup de brosse à ses souliers, les regarda encore une fois d'un œil de complaisance en affirmant que cette chaussure-là ferait un fameux service. Cela dit, il l'enveloppa dans un numéro graisseux du journal de Villefranche, réunit les gros sous et la menue monnaie dans le mouchoir de Jacques noué aux quatre coins, fixa le tout en un seul paquet entouré d'une ficelle pourvue d'une boucle pour y introduire les doigts, et enfin, tous ces préparatifs terminés, notre écolier, maître de ses richesses, prit joyeusement congé de l'obligeant cordonnier, chargé comme un mulet et fier comme Artaban.

EMMA D'ERWIN.

— La fin au prochain numéro. —

LA BOUDERIE

Fi donc! quelle méchante moue
Vient plisser ton front et ta joue!
Veux-tu quitter cet air boudeur,
Qui change ta grâce en laideur!...

Pourquoi sur cette lèvre rose
Se courbe une ligne morose?
Pourquoi ce froncement des yeux?
Tout matin doit être joyeux.

La fleur est faite pour éclore;
L'oiseau pour la chanson sonore;
Le papillon pour voltiger :
L'enfant n'est pas fait pour songer...

Il faut que sa bouche sourie
Sans amertume et bouderie...
On dirait, à te voir ainsi,
Que tu souffres d'un long souci...

Que tes jouets, dur sacrifice!
Se sont brisés par maléfice,
Ou que ta mère, jusqu'au soir,
T'a condamnée au cachot noir.

Or, ce n'est rien... qu'un vain caprice;
Ce n'est rien qu'une ombre qui glisse,
Venue on ne sait trop comment
Pour disparaître en un moment.

Mais si, dans un coin, obstinée
Tu te blottis, tête inclinée,
Demain, pour guide et pour soutien,
Tu n'aurais plus d'ange gardien.

Et qui sait? parmi nous peut-être
Nul ne voudrait te reconnaître,
Tant cette humeur qu'on te défend
Rend vilain un petit enfant.

Allons! plus de méchante moue
Ni sur ton front, ni sur ta joue;
Quitte bien vite un air boudeur
Qui change ta grâce en laideur!

ARTHUR TAILHAND.

(Extrait des *Poésies paternelles*.)

MONSEIGNEUR DE SÉGUR

Né le 17 avril 1820, Mgr de Ségur s'était d'abord destiné à la carrière diplomatique. Attaché d'ambassade à Rome, il se disposait à gravir les divers échelons de la hiérarchie, lorsque le spectacle assidu des monuments chrétiens orienta son cœur vers une vocation plus haute. Le jeune diplomate avait la passion des choses de l'art : c'est même de cette époque de sa vie que datent les deux tableaux qui ornent, l'un le séminaire de Saint-Sulpice, l'autre son oratoire particulier. La piété qui rayonne dans ces délicates peintures enflammait son âme : ce fut elle qui le conduisit à Saint-Sulpice. Ordonné prêtre le 18 décembre 1847, Mgr de Ségur put, après un court apostolat dans les prisons, reprendre le chemin de Rome, et revoir le Pontife, dont il ne cessa depuis d'être le fils le plus respectueux et l'ami le plus tendre. Sur la proposition du gouvernement français, en effet, il venait d'être nommé « auditeur de Rote ». Ce nouveau poste mit en relief les qualités sacerdotales du jeune prélat. Affectueux et franc, il gagna promptement les sympathies de Pie IX, qui non seulement appréciait la science théologique du jeune auditeur, mais goûtait fort son bon sens si français et les aimables saillies de sa verve gauloise.

Naturellement désigné pour l'épiscopat, Mgr de Ségur allait quitter Rome lorsque Dieu lui envoya une grande épreuve : le 1er mai 1853, le pieux prélat perdait subitement l'œil gauche. Revenu en France pour s'y reposer et se guérir, il s'était retiré au château des Nouettes, près de Laigle (Orne); il y fut bientôt atteint d'une cécité complète. Un trait touchant montre quelle était la délicatesse de cette âme d'élite. Devenu aveugle, il voulut aussi longtemps que possible cacher ce malheur à sa mère, et, de complicité avec ses frères et ses sœurs, il y réussit pendant quelques jours. Mais, pendant un repas, alors qu'on continuait les supercheries, les convives s'aperçurent que la pauvre mère, au lieu de manger, pleurait. Hélas! la comtesse de Ségur avait compris, et chacun n'eut plus qu'à se résigner...

Bien que privé de l'usage de ses yeux, le jeune prélat aurait pu retourner à Rome et vivre auprès de Pie IX; mais une autre carrière lui parut plus belle et plus utile. Il réfléchit au bien qu'il pouvait opérer à Paris et vint s'établir rue du Bac, abandonnant toute espérance de gloire et de satisfactions mondaines. Loin de se plaindre de son malheur, il le considéra comme une faveur du ciel, et nous n'étonnerons pas assurément nos lecteurs en leur apprenant qu'il célébrait chaque année, comme un événement béni, l'anniversaire de sa cécité.

Obligé de résigner ses fonctions d'auditeur de Rote, il fut assimilé aux évêques démissionnaires et nommé, le 8 mars 1856, chanoine-évêque de l'insigne Chapitre de Saint-Denis. Dès lors commença pour Mgr de Ségur une vie de travail et de prière.

Chaque jour, il se levait à six heures du matin, méditait jusqu'à sept, confessait, puis célébrait la messe. Après son action de grâces, il déjeunait sommairement et recevait jusqu'à neuf heures. A ce moment on fermait les portes, et l'évêque, enfermé avec son secrétaire dans un cabinet plein de reliques et de souvenirs, travaillait jusqu'à midi. On lisait les lettres, on y répondait, puis on écrivait quelques pages du petit livre qui était alors sur le chantier. A midi, les domestiques servaient un déjeuner toujours frugal, composé de trois plats, même quand il y avait des invités. L'amphitryon égayait ses convives par les éclats d'une franche et chrétienne gaieté. Après dîner, commençaient les visites, les réunions des comités, les conseils d'œuvres, etc. A quatre heures, Monseigneur revenait se mettre au travail. Le dîner était invariablement fixé à sept heures et le coucher à dix. Deux fois par semaine, le pieux prélat passait l'après-midi au collège Stanislas, dont il était l'aumônier. Le mercredi, il recevait de quatre à sept heures et de huit à dix.

Une villégiature de deux mois le reposait un peu de ses fatigues. Monseigneur allait passer ses vacances soit au château des Nouettes, chez le marquis Anatole de Ségur, soit à Sainte-Anne d'Auray, chez M. Armand Fresneau, son beau-frère. Mais des sollicitations auxquelles il n'avait pas le courage de se soustraire, venaient souvent l'arracher à son repos. Tantôt il interrompait ses vacances pour prêcher une retraite, tantôt il présidait un de ces congrès où sa parole suscitait de si fécondes résolutions. Mais cette sèche description ne donnerait pas une idée suffisante de la vie de Mgr de Ségur, si nous ne disions un mot de l'apostolat qu'il exerçait parmi les jeunes gens. Aucune œuvre ne lui tenait plus au cœur que celle-là. Si Paris est la capitale intellectuelle de la France, il est avant tout et surtout le foyer de toutes les séductions et de tous les plaisirs. Combien de jeunes gens, et des mieux doués, cèdent aux pernicieux attraits qu'y sème à chaque pas une industrie corruptrice! La plupart voulaient résolument braver le péril; mais l'isolement les précipitait, au bout de peu de jours, au fond du gouffre où gémissent les âmes déchues. Mgr de Ségur connaissait l'histoire de ces pauvres âmes. Il se constitua leur guide et leur père. Ceux qui n'ont pas assisté aux émouvantes péripéties de ces luttes rédemptrices ne sauront jamais ce qu'était Mgr de Ségur. Ils ne sauront jamais de quelle maternelle sollicitude il enveloppait ses jeunes amis, et se feront difficilement une idée de l'ineffable tendresse avec laquelle il pansait leurs blessures. Ce qui caractérisait surtout le pieux évêque, c'était la cordialité de son accueil. Nous sommes tous plus ou moins sujets à des crises de vague mélancolie qui dépriment l'âme et la rendent parfois réfractaire au commerce de l'amitié; un événement plus ou moins dramatique, un changement de température, un pli de rose, un rien, ébranle notre système nerveux et assombrit nos pensées. Chez Mgr de Ségur la grâce avait tellement dompté la nature, que celle-ci se cabrait contre les impressions extérieures et se montrait invariablement souriante. Mais dans ce sourire il ne faudrait pas croire qu'il y eût quelque chose de contraint ou de banal; non, c'était le rayonnement naturel d'une âme imprégnée du divin. Un entretien de quelques minutes avec Mgr de Ségur vous laissait pour toute la journée un parfum dans le cœur. Après avoir vu le saint prélat, il était impossible de le quitter sans emporter la conviction que vous étiez son ami préféré.

Les « clients » de Mgr de Ségur se donnaient ordinairement rendez-vous à sa messe. Avec quelle onction et quelle ferveur il célébrait le saint Sacrifice! quels tressaillements dans l'assistance quand ce grand et beau vieillard levait vers le ciel ses yeux éteints! On ne pouvait l'entendre scander les paroles liturgiques sans être pénétré, comme malgré soi, des chants divins que rhythmaient ses lèvres avec la foi ardente et la douce majesté d'un saint. La prière surnaturalisait pour ainsi dire son visage et sa voix.

Au milieu de cette évangélisation de la jeunesse, Mgr de Ségur trouvait encore le temps de diriger l'Association de Saint-François de Sales et l'Union des Œuvres ouvrières.

Tous les ans, il dirigeait les débats de ces grandes assises où les problèmes sociaux sont examinés avec tant de maturité par les industriels, les théologiens, les publicistes et les jurisconsultes catholiques. Si les ressources multiples de son talent lui rendaient cette tâche facile, l'aménité de son caractère répandait dans ces réunions un esprit de fraternité chrétienne qui comblait toutes les distances et rapprochait tous les cœurs.

A force de se consacrer au salut des âmes, Mgr de Ségur avait fini par compromettre sa santé. Deux attaques successives n'avaient fait qu'interrompre momentanément son apostolat; le mal vaincu, le pieux évêque avait repris le cours de ses travaux, sans se relâcher de son dévouement et de sa ferveur. Dans la nuit du 28 au 29 mai dernier, un nouveau coup vint terrasser l'ouvrier de Dieu. Cette fois, les soins des amis et des serviteurs devaient rester infructueux. Monseigneur le comprit dès la première heure, et ce fut avec joie qu'il reçut le sacrement des mourants.

Les obsèques du vénéré prélat ont été célébrées en l'église Saint-Thomas d'Aquin, sa paroisse, en présence d'une foule considérable, parmi laquelle se trouvaient toutes les notabilités du monde catholique.

OSCAR HAVARD.

Abonnement, du 1er avril ou du 1er octobre; pour la France : un an, 10 f.; 6 mois, 6 f.; le n° au bureau, 20 c.; par la poste, 25 c.

Les volumes commencent le 1er avril. — LA SEMAINE DES FAMILLES paraît tous les samedis.

VICTOR LECOFFRE, ÉDITEUR, RUE BONAPARTE, 90, A PARIS. — Imp. de la Soc. de Typ. - J. Masson, 8, r. Campagne-Première Paris.

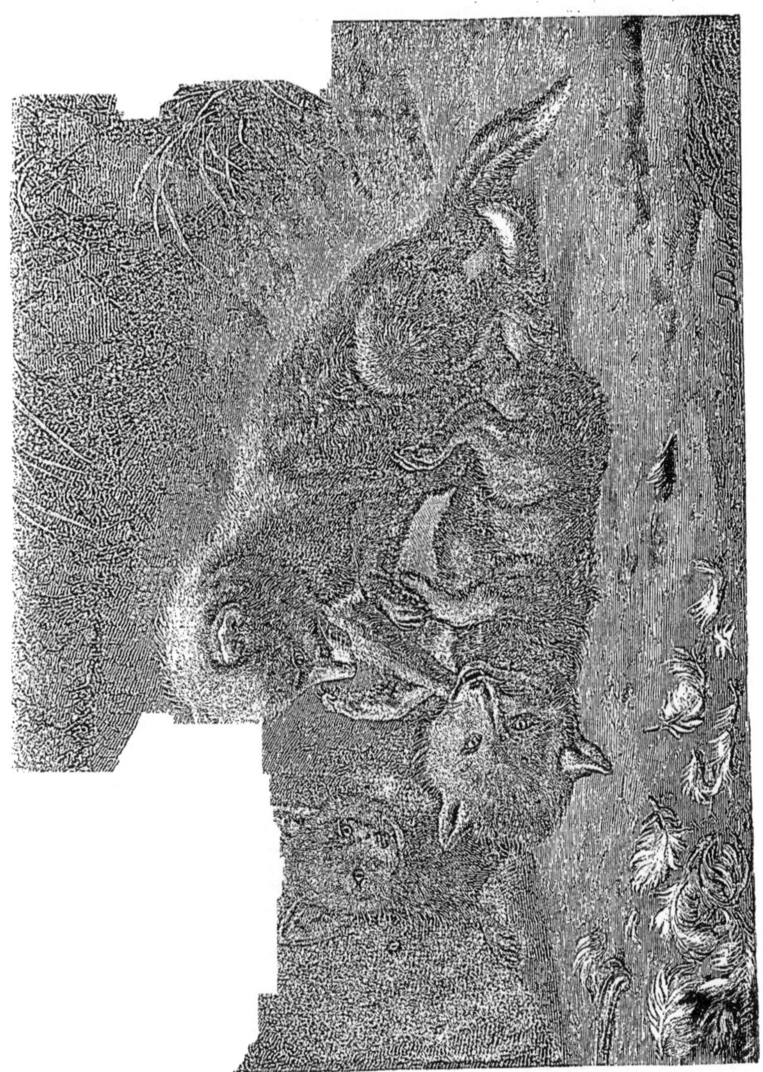

RENARDS ET RENARDEAUX

Lord Byron a écrit quelque part : « *I want a hero,* il me faut un héros : » et mon héros aujourd'hui est le renard. Je ne viens, du reste, qu'à la suite de Gœthe qui, dans *Reinecke Fuchs*, a choisi Maître Renard pour sujet.

Un bon chasseur est quelque peu naturaliste ; il ne se contente pas en effet d'étudier dans de volumineux ouvrages l'histoire de tel ou tel individu ; il cherche autant que possible à l'étudier sur place et d'après nature, à le surprendre dans ses habitudes et sa manière de vivre ; aussi le paysan, qui est ordinairement grand observateur, pourrait en remontrer sans la moindre difficulté à certains naturalistes.

La race des renards est multipliée dans le monde, et nos musées zoologiques nous montrent à la queue-leu-leu : l'isatis, le renard argenté, le renard tricolore, le renard d'Égypte, le renard du Cap, le renard de Virginie, etc., etc.

Quelle que soit la couleur de la robe de tous ces animaux, les *savants* ont déclaré qu'ils *avaient tous la même physionomie*. Ils ont même déclaré que le renard commun était le *canis vulgaris*. Foin d'une pareille assertion ! un renard n'est point un chien : car la pupille de ces animaux est exceptionnelle ainsi que la forme triangulaire de leurs oreilles.

Le renard d'ailleurs est naturellement poltron, il devient ingénieux par besoin et hardi par nécessité ; le chien, au contraire, est doux et courageux, et après un combat il se contente de la victoire sans dévorer sa proie.

Les ruses des renards rempliraient, racontées, des volumes entiers, et nos voisins d'outre-Manche, qui professent pour Maître Fox une amitié respectueuse, ont publié un gros volume de 500 pages entièrement consacré au héros des *Fox hunts*.

Le renard français mesure de 60 à 70 centimètres de la pointe du museau à la naissance de la queue, ses mâchoires sont armées de dents aiguës, et sa *brosse* (sa queue) est si touffue qu'elle peut servir de plumeau. La robe du renard est de deux sortes : de couleur fauve clair ou bien de nuance foncée sur le dos et de gris clair sous le ventre. Ces derniers renards sont ceux que l'on appelle des « charbonniers ».

Le renard anglais a la robe rouge : c'est ce qui le distingue des autres animaux de même espèce.

Les renards se trouvent dans toute l'Europe avec des poils de couleurs diverses : gris, noirs, blancs, argentés, voire même bleus..... dans la Sibérie.

En somme, les renards sont des animaux très gracieux, très véloces, fort curieux à étudier ; mais par malheur ils sont aussi la ruine des chasses gardées ou non gardées. Les œufs, les chevreuils, les lapins, les lièvres, les perdrix, les faisans, tout y passe, et pour dessert ils aiment les fruits, raisins, groseilles, fraises, framboises, voire même le miel, dont ils savent très bien atteindre les rayons, sans peur des abeilles.

Si l'on pouvait suivre, à travers les ombres de la nuit, les renards en maraude, on assisterait à un spectacle des plus intéressants. On verrait la bête ramper comme un Peau-Rouge, se glisser sans faire le moindre bruit lorsqu'elle aperçoit sa proie, et guetter le moment favorable pour bondir et s'en emparer. Cette multiplication de ruses, de marches, de contre-marches servirait d'exemple au chasseur..... pardon ! au braconnier : car le braconnier est le prototype du renard.

Lorsqu'un de ces animaux est parvenu à pénétrer dans le poulailler d'une ferme, ne croyez pas qu'il se contente de saisir sa proie, de l'étrangler et de l'emporter. Le plus grand bonheur de cet assassin est de faire le plus de mal possible : il tue, il tue, pour le plaisir de faire couler du sang. Alors seulement, quand le carnage est achevé, il se retire..... à moins qu'il ne soit surpris et assommé sur place, comme un malfaiteur, ce qui lui arrive quelquefois.

Les renardeaux ont les yeux clos pendant une dizaine de jours, et au bout de trois semaines la mère sort avec le mâle pour aller à la maraude et pourvoir aux besoins de sa progéniture, qui ne se contente plus du lait de la nourrice naturelle. Rien n'est plus gracieux que ces renardeaux quand ils ont à peine la grosseur d'un chat, à qui leur mère rapporte des oiseaux vivants dans le but de les exercer à l'art du carnage, art dans lequel ils excellent bientôt.

Dès qu'ils peuvent marcher et courir, ces petits voleurs suivent leur père et leur mère à la chasse, et quand le soleil brille, il n'est pas rare de les apercevoir attroupés dans un champ de blé ou dans un taillis exposés à la chaleur bienfaisante, où ils hument le bon air..... en attendant l'occasion.

Quand l'automne est venu, les jeunes et les vieux se séparent, et, si ces derniers s'aventurent au loin, les premiers ne quittent jamais les parages qui les ont vus naître.

D'aucuns — parmi les savants chasseurs qui savent tout — ont écrit que les renards pouvaient être apprivoisés. Je déclare avoir essayé par tous les moyens possibles de domestiquer de jeunes renards que m'avaient apportés les bergers de ma famille dans les Bouches-du-Rhône et n'avoir jamais réussi qu'à donner des soins à..... des voleurs. Je laissai bientôt livrés à leur sort ces misérables indignes de mon attachement.

Le renard se tient d'habitude, lorsqu'il est hors de son terrier, dans les endroits les plus fourrés, et s'il est chassé, il se précipite tête baissée dans les bois les plus inextricables.

Est-il poursuivi par des chasseurs, il rôde de ci, de là, jusqu'au moment où il peut trouver une occasion pour disparaître... C'est un éclair, il a passé.

Le renard traqué n'a qu'une pensée, celle de rentrer au terrier et il y parvient toujours, à moins de recevoir un coup de feu.

La peau du renard n'est estimée des fourreurs que

pendant la saison d'hiver, c'est-à-dire d'octobre à mars. Dans les autres mois de l'année, les chapeliers seuls en font cas.

Quant à la chair de ces animaux, fi ! pouah !... Il y a cependant des omnivores, et... j'en ai connu, qui dévoraient du renard comme du lièvre. Pour arriver à rendre cette viande *édible*, ils l'ont exposée à la gelée, ou bien l'ont fait mariner comme du chevreuil; mais certes ni *M. Blanc*, le savant cuisinier du Grand Hôtel de Paris, voire même le *marquis Chic* n'introduiront jamais un cuissot ou un râble de renard parmi les menus quotidiens de leur table ou du *Paris-Journal*.

Ajoutons même que la chair de ces animaux est un désagréable laxatif.

De tout ce qui précède il résulte que les renards sont des animaux nuisibles, même après leur mort. On ne saurait donc leur faire une guerre trop active et trop meurtrière, soit à coups de fusil, soit au moyen de pièges et d'assommoirs.

Une des chasses les plus amusantes parmi celles que l'on fait aux renards, est celle des chiens courants. Eu égard à la puanteur du renard, les chiens peuvent suivre l'animal de très près et dès lors, quelques ruses qu'il mette en jeu, il est bientôt à bout de voie, à moins qu'il ne trouve un terrier dans lequel il se glissera. Les vieux renards seuls peuvent mener loin une meute et ceux qui l'appuient.

Dans les cas où un renard parvient à se dérober et lorsqu'il le faut chercher, on doit observer le *jeu* des pies et des geais dans le bois. Si on a la bonne chance de les entendre jacasser, on doit se porter de leur côté. C'est là qu'est le renard. Quelle est la cause de cette trahison? Elle est attribuée à la haine et au désir de se venger. *Adhuc sub judice lis est.*

Il ne faut pas oublier non plus les pièges d'acier qui réussissent quelquefois, à la condition d'être fort propres et toujours bien graissés.

En dernier lieu on emploie les *gobes* fabriquées avec de la mie de pain pétrie dans de la graisse d'oie ou de canard, à laquelle on mélange du camphre en poudre et de la noix vomique. Lorsque les renards avalent cet appât, ils sont perdus. Mais il y a aussi les chiens qui passent par là, les chiens de berger ou chiens de chasse, qui se laissent tenter parfois par cette boulette appétissante, et eux aussi, les pauvres bêtes, trouvent la mort en satisfaisant leur gourmandise.

J'ai vu, certain matin, un renard qui avait avalé sans la mâcher une de ces *gobes*, se tordre au soleil près du bois de Ville-d'Avray, dans les dernières convulsions de l'agonie. Il poussait des gémissements à fendre l'âme... de l'un des siens.

Par *vulpanité* je me crus obligé de lui adresser un coup de fusil et de mettre fin à ses douleurs.

Je n'avais pas compris, dès le premier abord, la cause des trémoussements auxquels il se livrait. Ce fut seulement après l'avoir dépouillé que le garde de l'endroit découvrit le « pot aux roses », sous la forme d'une taupe empoisonnée dans les entrailles de Maître Fox.

C'était un très beau « charbonnier » dont la peau est encore sous mes pieds à la place où j'écris cet article.

B. H. Révoil.

LES SOULIERS DE RENCONTRE

(Voir page 204.)

II

Henri attendait son cousin, posté devant le portail.

« Tu as l'air bien fatigué, dit-il, qu'est-ce que tu portes donc là ? »

Ces deux enfants étaient inséparables. Henri, de deux ans plus jeune que Jacques, était d'une nature timide, et l'humeur vive et résolue de son compagnon le fascinait.

Il s'empara du mouchoir pour décharger le voyageur et fut tout étonné d'entendre un tintement de ferraille. Comme il regardait Jacques d'un air ébahi, celui-ci s'empressa de lui conter qu'il avait découvert un cordonnier, aussi pauvre qu'honnête, qui lui avait rendu beaucoup de grosse monnaie et vendu des souliers d'un bon marché fabuleux.

« Tu as bien du bonheur, répondit le petit garçon, maman croyait que tu ne trouverais pas grand'chose au Bois-d'Oingt ; elle est à la maison, viens donc vite lui montrer ton emplette. »

La famille était réunie au salon. Aline, un peu curieuse, s'empara du paquet, coupa la ficelle et regarda les souliers.

« Sont-ils pataudes ! s'écria-t-elle.

— Deux fois trop grands pour toi, ajouta Mme Béraud.

— Et manquant complètement d'élégance, conclut M. Béraud.

— Ah ! mon oncle, mon oncle, répondit Jacques d'un air navré, vrai, je ne me serais pas attendu à cela de votre part. Vous nous dites sur tous les tons : Pas de pelures d'oignon, pas d'escarpins ! et quand je vous apporte quelque chose de sérieux et de bien conditionné, vous faites la grimace comme ces petites filles qui fourrent de la coquetterie et de la vanité partout.

— Que veux-tu que j'y fasse, mon garçon? reprit M. Béraud qui examinait les souliers en connaisseur, cette chaussure-là n'est pas belle, cela saute trop aux yeux ; sera-t-elle bonne? *That is the question ?*

— Si elle sera bonne ! répliqua Jacques avec feu, et comment ne serait-elle pas bonne ? de gros talons, de grosses semelles et des clous superbes tant qu'on en veut : j'irais à Rome avec ses souliers-là !

— Je le souhaite, mon cher neveu, je le souhaite bien sincèrement, répondit l'oncle d'un ton de bonhomie ; cependant, comme prudence est mère de sûreté, ne manque pas de mettre dans ton paquet une autre paire de chaussures, quand même celle-là devrait n'avoir pas le moindre clou. »

« C'est cela, pensa Jacques, voilà mon oncle à présent qui me recommande les escarpins. Je ne croyais pas que les grandes personnes changeassent d'avis du jour au lendemain. »

Il emporta ses souliers dans sa chambre et se donna a satisfaction de les essayer une fois de plus. Ensuite il se mit à se promener de long en large pour y ajouter le plaisir d'entendre sonner les clous sur les carreaux.

« A la bonne heure! murmurait-il, on a l'air d'un homme avec ces solides chaussures; mes bottines en papier mâché ressemblaient à celles de mes cousines. »

Tout en continuant sa promenade il s'aperçut pourtant d'un léger inconvénient qui lui avait échappé chez le père Lafrime. Ces souliers, si excellents du reste, avaient au talon une couture mal réussie et qui formait bourrelet.

« C'est la moindre des choses, dit Jacques, je parie bien que Mariette va corriger cela en moins de rien. »

Mariette, qui était une femme de chambre adroite et complaisante, imagina de fabriquer un petit coussinet qu'elle cousit solidement à la doublure des souliers. Jacques déclara que c'était parfait et qu'on pourrait parcourir tout le département avant de trouver quelque chose de meilleur pour braver les cailloux, les fondrières et le mauvais temps.

Il partit le lendemain de bon matin avec son oncle et ses trois camarades, ne se sentant pas d'aise d'être si confortablement équipé. Pendant la première étape, il ne pouvait s'empêcher de s'arrêter de temps en temps pour relever son pied et regarder à la dérobée sa semelle ornée de ses trente-huit clous.

« Deux de plus que Paul, disait-il tout bas, deux de plus! et je les ai eus du jour au lendemain. »

Pendant la première matinée tout alla vraiment pour le mieux. Jacques était d'une gaieté charmante, et se faisait un point d'honneur de devancer ses compagnons. Au commencement de l'après-midi son entrain diminua; il devint sérieux, puis absorbé, et enfin se mit à traîner la jambe.

« On dirait que tes souliers te gênent, fit Henri qui le suivait comme un can'che.

— Pas le moins du monde, répondit Jacques piqué; où as-tu pris cette idée saugrenue? »

Et il pressa le pas, courut devant ses camarades et fit même deux ou trois cabrioles pour faire preuve de bien-être et d'agilité; mais le soir, en arrivant à l'auberge, il n'eut pas même la force de souper et courut se mettre au lit dès qu'il eut avalé son potage.

« Je l'aurais cru plus robuste, dit l'oncle aux autres enfants qui étaient affamés et dispos; à douze ans on doit pouvoir faire ses treize kilomètres par jour sans en être exténué. »

Une bonne nuit produisit pourtant son effet, et Jacques put commencer assez gaillardement la seconde journée. M. Béraud, qui l'observait sans rien dire, remarqua cependant que pendant la première heure son neveu se tint à l'avant-garde, qu'à la seconde il passa au centre, et que dès la troisième il ne suivit plus la troupe qu'en traînard, toujours escorté de son fidèle Henri.

Sous un joli bouquet d'arbres on fit halte, et l'oncle ouvrit sa gibecière : Jacques pour le coup manquait à l'appel.

« Où ont-ils passé, nos deux lambins? disait M. Béraud. A la maison ils sont toujours en mouvement, et en voyage ils prennent racine au milieu du chemin; c'est avoir de l'à-propos.

— Les voilà, les voilà! » crièrent les enfants.

Une voiture chargée de foin apparaissait au tournant de la route et, tout au sommet des meules moelleuses, M. Jacques trônait triomphalement à demi couché auprès de son jeune cousin.

« Oh! les paresseux, les douillets, les sybarites! » crièrent en chœur Paul, Ernest et M. Béraud.

Le charretier se mit à rire:

« Dame! dit-il, mon carrosse est bien rembourré, et ces jeunes messieurs m'ont demandé à y monter pour un petit bout de chemin : ils descendront devant la ferme que vous voyez d'ici. »

Le cheval allait toujours et la voiture s'éloignait.

« Vois donc! disait Jacques à son cousin; nous sommes admirablement placés pour regarder le paysage; puis, il n'y a rien de tel que la variété. J'ai bien vu que le charretier avait l'air d'un bon homme et nous laisserait grimper sur le foin. Avoue que j'ai eu là une fameuse idée! »

Il fallut pourtant descendre devant la porte de la ferme.

« Eh bien, j'espère que vous voilà reposés, dit M. Béraud, qui rejoignait en ce moment les deux enfants.

— Oh! ce n'était pas pour nous reposer, c'était pour le plaisir, » répondit Jacques vivement.

Il reprit son chemin, mais en marchant avec lenteur.

« On dirait que tu as mal aux pieds, lui dit Henri au bout d'un moment.

— Mal aux pieds! tu es fou, je danserais la sarabande; mes jambes sont un peu lasses, mais pas mes pieds. »

Il eut soin de ne pas trop se laisser distancer et arriva à l'étape à peu près en même temps que les autres. L'oncle en fut content et il espéra que son neveu allait s'aguerrir petit à petit.

Le troisième jour du voyage, il vit qu'il s'était trompé et que décidément le pauvre Jacques s'en allait clopin-clopant:

« Mais, mon enfant, tu boites! dit-il.

— Oh! non, mon oncle, ce sont ces gros cailloux qui me font tourner la cheville.

— Les cailloux, les cailloux! Sois donc franc, nous rencontrons aussi des cailloux, nous autres, et malgré cela nous marchons droit. Je crois plutôt que ce sont ces souliers à clous qui te fatiguent outre mesure. Ils sont trop lourds pour toi, mon pauvre garçon.

— Oh! je m'y ferai comme un autre, mon cher oncle, je ne suis pas un délicat, une poule mouillée, répondit Jacques fièrement. D'ailleurs, mes souliers commencent à s'assouplir, le gauche surtout, et puis ce sont des souliers si solides que je ne peux pas y être à l'aise comme dans une paire de pantoufles. »

On marchait depuis le matin dans la montagne. Le pays était superbe. Ce n'était plus cette campagne alignée et disciplinée des parages trop civilisés, mais une nature agreste et puissante où croissaient en désordre les chênes, les charmes, les hêtres, ensuite les châtaigniers majestueux et, plus haut encore, les sapins à l'éternelle verdure. Les filets d'eau gazouillaient en tous sens, les rochers aigus perçaient la mousse veloutée, des fleurs inconnues et charmantes croissaient partout à profusion.

Cependant la chaleur était devenue étouffante et le ciel commençait à se couvrir de nuages.

« Avançons, mes enfants, avançons vivement, criait M. Béraud. Il y a de l'orage dans l'air : gare à nous s'il nous surprend dans les bois! »

On pressa le pas, mais les voyageurs eurent beau se hâter, l'orage les gagna de vitesse. Tonnerres, éclairs, pluie diluvienne, rien n'y manqua. Les enfants barbotaient, comme une troupe de canards, dans le terrain défoncé, rempli d'ornières et de flaques d'eau. Enfin on aperçut le toit hospitalier de maître Thibaudeau, un gros marchand, qui depuis vingt-cinq ans fournissait à M. Béraud les cercles de châtaignier dont il avait besoin pour ses tonneaux et ses futailles.

« Vous voilà enfin, mon bon monsieur! s'écria le marchand, j'étais en peine de vous; comme vous voilà trempés. C'est un vrai déluge, quel guignon! mais nous allons bien tâcher de vous mettre au sec. Vite un fagot, Toinon, et que ça flambe ferme! »

La ménagère jeta dans le foyer une grosse brassée d'éclats de châtaignier ; elle avança sous le vaste manteau de la cheminée une rangée d'escabeaux, et M. Béraud exigea impérieusement que toute la troupe mît bas les armes, c'est-à-dire en style familier, se dépêchât de retirer ses chaussures.

« Vivent les souliers à clous ! s'écria-t-il après avoir examiné les chaussettes de Paul, d'Ernest et d'Henri ; l'ennemi n'a pu pénétrer à l'intérieur et nous n'avons pas à redouter les pleurésies et les fluxions de poitrine. Eh bien, Jacques, à ton tour; avance un peu tes pieds au lieu de les ratatiner comme tu fais sous ton escabeau. Comment cela se fait-il ? tu n'as pas un fil de sec, mon pauvre garçon. Dépêche-toi d'ôter ces chaussettes-là et passe-moi un peu tes fameux souliers. »

Jacques ne se pressait pas d'obéir; il fallut que ce fût Henri qui s'emparât des souliers et les passât à son père.

« Mais cet affreux savetier t'a indignement trompé, reprit l'oncle, l'inspection faite. Tu aurais aussi bien fait de mettre une éponge à chacun de tes pieds que ces détestables souliers-là. Tiens! celui du pied gauche a un trou sur le côté à y passer le poing. C'est un ballon crevé, mon pauvre ami, un navire coulé : tu peux en faire ton deuil.

— Il faut qu'il me soit arrivé quelque accident, dit Jacques piteusement; j'aurai mis le pied sur quelque pierre à feu, vous savez que c'est coupant comme verre. »

Tout en s'efforçant de sauver la réputation de ses défunts souliers, le petit voyageur essayait vainement de retirer ses chaussettes. Elles semblaient adhérer à sa peau, tant l'eau les y avait collées étroitement. Henri fut encore obligé de venir à son secours. Il saisit les bords des chaussettes et tira à lui en les retournant, pendant que Jacques se raidissait dans l'autre sens sur son escabeau. Le combat fut sérieux, la résistance des chaussettes tout à fait inusitée; enfin elles cédèrent, et le dernier effort des jeunes champions avait été si grand qu'au moment de la victoire Jacques faillit tomber à la renverse, pendant que ses pieds allaient d'un mouvement brusque effleurer le nez de son camarade.

« Tiens ! qu'est-ce que tu as là? s'écria Henri, voyez donc, papa, une énorme cloche!

— Tais-toi donc, dit Jacques vexé, tu fais des affaires de tout. »

M. Béraud s'était approché.

« En effet, dit-il, voilà une jolie collection d'ampoules. »

Mme Thibaudeau se mit à s'apitoyer, les grands garçons à s'exclamer. Jacques étouffait d'impatience. C'était bien la peine d'avoir été stoïque! Tout le long du voyage il avait souffert comme un martyr et sans se plaindre, espérant qu'au moins l'honneur serait sauf; mais tout était découvert et les souliers à clous gisaient honteusement sur le champ de bataille.

Il fallait en prendre son parti, et le fantassin démonté dut se trouver fort heureux d'accepter une paire de sabots offerte par Mme Thibaudeau, qui les tenait en réserve pour son petit berger.

La pluie continua toute la journée du lendemain, au grand soulagement de Jacques, dont ce repos bien gagné et deux bains de pieds au savon guérirent les blessures. Le surlendemain on se mit à explorer la montagne, admirable dans sa fraîcheur. Jacques d'abord trébucha quelquefois; puis au bout d'un instant, habitué à ses sabots, marcha plus lestement qu'il n'avait encore fait. M. Béraud le remarqua sans rien dire, et Henri, qui n'y entendait pas malice, lui demanda comment cela se faisait.

« Écoute donc, lui dit Jacques à voix basse, c'est tout simple! avec ces gros souliers j'avais à chaque pied un boulet de trente-six. »

Cependant, au moment de quitter la maison Thibaudeau, il alla reprendre dans leur coin les souliers éventrés.

« Qu'en veux-tu faire? lui dirent les enfants; ce n'est pas la peine de te donner cette charge. »

Mais Jacques conservait un reste de faiblesse pour les objets d'une illusion si chère. Il assura qu'au moyen d'une pièce sur le côté, ils pourraient rendre dans la vie ordinaire de véritables services. Il les noua donc solidement l'un à l'autre, les passa au bout de son bâton de voyage, et posa le bâton sur ses épaules. C'était incommode, mais les cœurs généreux sont fidèles quand même à leurs amis tombés dans la détresse.

De retour à Saint-Abran, on se mit à parler avec volubilité des incidents du voyage, et Mme Béraud demanda pourquoi Jacques, qui était parti chaussé de souliers neufs, reparaissait au logis avec une paire de sabots.

« C'est une trop longue histoire, ma tante, beaucoup trop longue, répondit Jacques précipitamment. Je vous la conterai une autre fois; pour le moment nous mourons tous de sommeil, et le mieux est d'aller nous coucher sans babiller davantage. »

Il espérait bien après cela qu'il ne serait plus question de son ennuyeuse aventure, mais il avait compté sans la taquinerie du petit Henri.

Quand chacun, muni de son bougeoir, se dirigea vers les chambres à coucher, le malicieux gamin gravit l'escalier quatre à quatre et s'enfila comme un ouragan dans le vestibule.

« Qu'est-ce qu'il lui prend? dit M. Béraud, comprenez-vous cette lubie? »

On la comprit facilement lorsque, en arrivant à la chambre de Jacques, on se trouva en présence d'un spectacle inattendu. La porte grande ouverte laissait apercevoir une espèce d'illumination. Six bougies allumées brillaient sur la commode et, au-dessus, accrochés à un clou, les souliers de rencontre se détachaient, comme sur une gloire, au milieu de la couronne de laurier qui avait accompagné le prix de version latine obtenu cette année par le malheureux Jacques.

Un éclat de rire général accueillit cette burlesque apothéose. Jacques s'efforça de partager la gaieté commune; mais son rire contraint produisait l'effet d'une voix fausse au milieu d'un agréable concert. M. Béraud s'aperçut de la dissonance.

« Laissons-le en repos, dit-il avec bonté. Henri, tu aurais dû avoir plus de pitié pour sa mésaventure. Quant à toi, mon pauvre garçon, tes souliers t'ont coûté quatre francs et ne valaient pas quatre sous, mais tu ne les auras pas payés trop cher s'ils t'ont donné, comme je l'espère, une bonne et utile leçon. »

M. Béraud avait raison, et Jacques, cette fois, en profita.

Bien souvent par la suite, au moment de commettre une étourderie, il lui arrivait de s'arrêter court.

« Réfléchissons, se disait-il, je crois que j'allais encore acheter *des souliers de rencontre.* »

EMMA D'ERWIN.

LA FLEUR D'OIE

CONTE

—

(Voir pages 183 et 200.)

Elle essaya, et passa tant de nuits à noircir du papier, qu'elle en tomba malade.

Trudchen la fit coucher, la soigna, et, trouvant trop fatigant pour elle-même le métier de gardeuse, renferma les oies dans la basse-cour, et annonça dans le village qu'elle désirait vendre les plus grasses d'entre elles. Marianne, fermière du voisinage, vint en choisir une, lui lia les pattes, la mit dans sa hotte, et allait l'emporter, lorsque Trudchen lui proposa de rendre visite au pauvre bonhomme Godisch, qui ne bougeait plus de son lit depuis six mois.

« Vous devriez bien lui dire de faire son testament, Marianne, fit Trudchen. Il n'a pour héritier qu'un mauvais sujet de neveu, qui vendra et boira la maison et les bêtes, sans se soucier de moi ni de Martha. Notre maître devrait penser à cela.

— Je vais tâcher de le lui insinuer, » dit Marianne.

Elle posa sa hotte sur une pierre, dans la basse-cour, et l'oie captive, se dressant, appela ses compagnes pour leur dire adieu.

Elle criait si fort que Martha l'entendit de sa chambre, et, inquiète, passa son jupon et alla regarder par une lucarne du grenier.

Elle entendit alors le discours que voici :

« O mes chères compagnes! disait l'oie, je vais vous quitter. Mon sort est décidé. Je suis condamnée à mort. Je ne veux pas emporter à la broche le secret que j'ai découvert: je voudrais le révéler à Martha. Criez toutes, criez bien fort, afin qu'elle vienne. »

Les oies, alors, poussèrent des cris d'aigle, et Martha, se hâtant, bien que tremblante de fièvre, courut à la basse-cour et s'assit près de l'oie.

« Que me veux-tu ? dit-elle.

— Ecoute! dans la lande, au fond d'une mare, sous la vase et les roseaux, est caché un trésor. C'est à l'endroit où sur le tronc d'un vieux saule, mort de vieillesse, a poussé un petit sureau. Tu as toujours été bonne pour nous, Martha, et c'est pour cela que je veux te récompenser avant de mourir.

— Oh! tu ne mourras pas, ma mie, » fit Martha.

Elle délia les pattes de la pauvre bête, et lui dit :

« Sauve-toi dans le bois. J'irai t'y retrouver demain. »

Puis elle la jeta par-dessus le mur, et courut se recoucher, tandis que les oies se réjouissaient à grand bruit.

Trudchen et la fermière crurent que l'oie s'était échappée toute seule, en prirent une autre, et se séparèrent, non sans avoir beaucoup babillé.

Puis Trudchen mit sa mante et alla quérir un notaire, afin que Godisch fît son testament.

Le bonhomme déshérita son ivrogne de neveu, et

légua tout ce qu'il possédait à Trudchen, à la condition qu'elle adopterait Martha. Puis, tout content d'avoir réglé ses affaires, il but un verre de bière, fit un somme, et entra si bien en convalescence que, huit jours après, il se promenait au soleil en fumant sa pipe.

Martha aussi s'était guérie, et cherchait le trésor. Par malheur, la mère oie qui le lui avait signalé, n'existait plus. Un renard l'avait poursuivie, et les pattes de la pauvre bête, encore endolories par leurs liens, ne l'avaient pu sauver des griffes du rusé compère.

Martha cherchait donc seule, munie d'un long râteau de faneuse, et nu-pieds dans les roseaux, et l'oie sauvage l'aidait en barbotant. Enfin, elle sentit quelque chose de dur, et attira péniblement sur la rive un petit coffret de bois vermoulu, revêtu de fer et fort lourd.

Elle essaya inutilement de l'ouvrir, et le soir venu, le rapporta au logis.

La lande appartenait au père Godisch. En honnête fille, Martha lui remit le coffret.

Très étonné, le vieillard l'examina, se fit raconter d'où il venait, et prenant un ciseau, essaya de dévisser la serrure. Mais la rouille avait rivé de telle sorte les clous que ce fut impossible. Trudchen, qui tenait la lampe, et tremblait de curiosité, proposa de couper le bois au lieu de s'attaquer aux ferrures. Ainsi fut fait et des flancs du coffret s'échappèrent cent pièces de monnaie, de modèles si anciens que jamais Godisch n'en avait vu de semblables.

« Ouais ! fit-il, c'est ce qu'on appelle des médailles. Tu as trouvé un trésor, petite. N'en parle pas. On viendrait nous voler. Nous partagerons, mais il faudrait savoir si ces pièces sont en bon or. Comment faire ?

— C'est aisé, dit Trudchen. J'en montrerai quelques-unes à mon cousin l'orfèvre, c'est un homme à qui je puis me fier. Je ne lui dirai pas qu'il y en a beaucoup.

— Vous avez raison, Trudchen, fit Godisch. Je voudrais être à demain.

— Et moi aussi, dit Martha. Oh ! si nous devenons riches, maître, je ne mènerai plus les oies, et j'écrirai toute la journée des histoires.

— Mieux que ça, ma fille, tu pourras te marier.

— A Dieu ne plaise ! s'écria Marthe. Je ne comprendrais plus ce que disent les bêtes. »

Godisch et Trudchen la regardèrent avec stupéfaction. « Que veut-elle dire ? » se demandèrent-ils.

Mais, regrettant ce qui lui avait échappé, la jeune fille se hâta de leur souhaiter le bonsoir et monta dans sa chambre.

« Serait-elle sorcière ? dit Godisch. Ces écus-là se changeront-ils en feuilles sèches ?

— Nous allons voir, fit Trudchen. Elle prit de l'eau bénite et aspergea les médailles. Puis elle les fit tinter sur la pierre du foyer.

— C'est de l'or, dit-elle, — du bon or. Mais il est temps d'aller se coucher. Serrez bien le trésor, maître. »

Ils se couchèrent, mais ne dormirent pas cette nuit-là.

Dès l'aube, Trudchen s'éloigna de la maison. Elle portait, cachées dans son corset et bien enveloppées de papier, trois pièces d'or de différents modules, et pour aller plus vite, elle emprunta l'âne d'une voisine. Pendant qu'on sellait la bourrique, Trudchen vit accourir Martha, en habits des dimanches et tenant un panier d'œufs à la main.

« Maître Godisch désire que j'aille avec vous, Trudchen, et m'a dit de porter ces œufs à votre cousin.

— Oui-da ! se méfierait-il de moi ? se dit Trudchen, et elle ajouta tout haut : C'est bien, ma petite. Du coup tu verras la ville. Mon cousin habite le plus beau quartier. En route ! »

Elle monta sur l'âne, et le décida non sans peine à prendre le chemin de Leipzick. Il se mit à braire en franchissant la porte de la cour, et Martha comprit sa plainte.

« Maudite vieille, disait l'âne, sans elle je me serais reposé jusqu'à demain, et, encore, je n'ai pas déjeuné. J'espère bien la jeter par terre et lui rompre le cou. »

Martha se tint pour avertie, et prit l'âne par le licou; puis à la prochaine auberge elle obtint de Trudchen de lui faire servir un picotin. Ce régal adoucit l'humeur du bourriquet, et il trottina gaiement ensuite sans plus rien méditer de criminel.

Bientôt les remparts et les clochers de Leipzick, s'élevant dans la verdoyante plaine, semblèrent grandir, et Martha se réjouit à la pensée qu'elle verrait enfin, de près, cette grande ville, qu'elle regardait du haut des collines d'Oca-Berg depuis son enfance.

Le pont-levis, les voûtes retentissantes du passage sous les fortifications, les gardes de la porte, les rues, les hautes maisons à pignons, et surtout les boutiques, éblouirent Martha. Trudchen mit son âne à l'auberge des Armes de Saxe, et, prenant Martha par la main, l'emmena le long des rues sans lui permettre de s'arrêter.

« Dépêchons-nous, dit-elle. Je te montrerai les boutiques en revenant, mais je veux tout d'abord aller chez mon cousin.

— Oh ! Trudchen, voyez donc cette belle enseigne ! C'est celle du marchand de livres qui a imprimé les contes bleus. Voyez plutôt. Elle tira le livre de sa poche, et fit voir sur le titre l'image du grand saint Nicolas.

— Qu'est-ce que cela me fait ? dit Trudchen, viens donc. »

Et elle arriva devant le petit magasin, où mein herr Halleberger, penché sur son comptoir, pesait attentivement une vieille chaîne d'or, rompue en plusieurs morceaux.

Devant lui se tenait une femme en deuil.

« Cette chaîne vaut cent florins et dix-sept kreutzers, dit l'orfèvre : les voici.

— Je vous remercie, dit la veuve. Le juif ne m'en offrait que quatre-vingts florins ; je savais bien que vous étiez un honnête homme. Au revoir, mein herr ! »

Trudchen entra et, saluant son cousin, lui dit d'abord qu'elle était venue pour affaires en ville, et n'avait pas voulu manquer l'occasion de lui faire visite.

« Maître Godisch vous envoie ses amitiés, dit-elle, et il a chargé notre petite Martha de vous apporter un panier d'œufs frais pour vos enfants.

— Maître Godisch est bien bon; mais quoi! cette grande fille-là c'est la petite gardeuse d'oies? Je ne l'aurais pas reconnue. Quand j'allai vous voir, il y a deux ans, elle était si chétive!

— Le grand air et le travail font croître les enfants, cousin. Celle-ci est une bonne fille, et qui a du bonheur. Elle a fait une trouvaille en menant ses oies dans le champ de maître Godisch. Regardez-moi ces trois pièces? Sont-elles de bonne monnaie? »

L'orfèvre les prit et s'écria : « Mais ce sont des pièces à l'effigie de Christian Ier; elles valent bien plus que leur poids d'or pour les savants, et je vais vous dire ce poids au juste.... Voulez-vous me confier ces pièces? je les ferai voir au bibliothécaire du roi, et il les payera bien. En attendant, je puis vous avancer cinquante florins sur de tels gages.

— Cinquante florins! s'écria Trudchen émerveillée. Ah! que maître Godisch sera content! Certes oui, cousin, je vous les confie bien volontiers. »

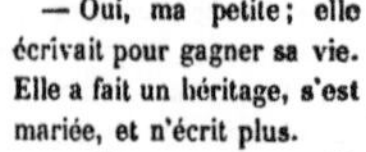
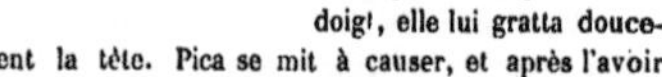

Martha en habits des dimanches.....

L'orfèvre serra les pièces et remit cinquante florins à sa vieille cousine.

« Retournons à Oca-Berg, dit Trudchen. Allons vite dire cette bonne nouvelle à notre vieux maître.

— Oui, dit Martha, mais comme la moitié de la somme m'appartient, je veux vous acheter une robe, Trudchen, et me payer un livre dans la boutique du Grand Saint-Nicolas. Donnez-moi deux florins, ma bonne, et allez vous acheter une jolie robe. Je vous attendrai dans la boutique du libraire. »

Trudchen trouva l'idée excellente, et tandis qu'elle se rendait chez un marchand d'étoffes, Martha, munie de ses deux florins, entrait timidement chez le libraire.

« Que voulez-vous, ma belle enfant? lui demanda un vieil employé occupé à envelopper quelques volumes dans une feuille de papier gris.

— Je voudrais acheter un livre, Monsieur.

— Lequel?

— Je ne sais pas, un livre amusant comme celui-ci. » Et elle tira le volume bleu de sa poche.

« Ah! fort bien! vous n'avez pas le second volume?

— Je n'ai que celui-ci, Monsieur.

— Eh bien, voici l'autre, qui coûte un florin. Il y en aura bientôt un troisième : on l'imprime. Nous aurions bien voulu en publier un quatrième, mais l'auteur n'écrit plus. C'est dommage. Elle avait bien de l'esprit.

— Elle? dit Martha : c'est donc une femme?

— Oui, ma petite; elle écrivait pour gagner sa vie. Elle a fait un héritage, s'est mariée, et n'écrit plus.

— C'est surprenant, dit Martha. Oh! quant à moi, si je faisais un héritage, je ne ferais plus rien qu'écrire.

— Vous écrivez, vous? dit le vieux commis d'un air incrédule.

— Mais oui!

— Oh! je le croirai si je le vois.

— Donnez-moi une plume et vous verrez, dit Martha.

— Asseyez-vous là; veux-tu bien t'en aller, Pica! et le commis chassa une pie apprivoisée qui s'était perchée sur le dossier de la chaise qu'il offrait à Martha.

— Ne la chassez pas, dit la jeune fille : viens, Pica, j'ai à te parler. »

Et, prenant la pie sur son doigt, elle lui gratta doucement la tête. Pica se mit à causer, et après l'avoir écoutée un instant, Marthe écrivit ceci :

« Cher Monsieur Sébald, vous êtes tout-puissant auprès de votre patron. Dites-lui donc qu'il y a dans une ferme, à deux lieues de Leipsick, un manuscrit fort curieux qu'il devrait bien acheter à son auteur. Je suis votre servante, « MARTHA. »

C'était fort proprement écrit. En jetant les yeux sur la feuille, le commis s'écria : « Qui vous a dit mon nom? »

Puis il lut, et reprit : « Certes, je dirai cela au patron, mais il faut m'apporter ce manuscrit.

— Vous l'aurez demain, » dit Martha.

Elle paya son livre, le prit, et, voyant arriver plusieurs chalands, demanda la permission de s'asseoir dans un coin de la boutique, en attendant la personne qui devait venir la chercher.

Pica la suivit, et tandis que les visiteurs interrogeaient

chacun à leur tour Sébald, la pie disait à Martha ce qu'ils étaient. Cette pie, habituée à entendre causer les beaux esprits de Leipsick, était très savante.

« Regarde ce jeune homme maigre et timide, à l'habit râpé, dit-elle à Martha, c'est un poète. Il a des manuscrits dans ses poches, et le diable dans sa bourse. Sébald va l'éconduire. »

« Monsieur Sébald, dit le poète, a-t-on enfin commencé à imprimer mes ballades ?

— On s'en occupe, monsieur, mais nous sommes obligés d'imprimer d'abord les almanachs pour 1755. La fin de l'année approche. Après les fêtes de Noël, votre tour viendra.

— Hélas, il devait venir après Pâques, et... »

Un gros homme entrait, un rouleau de papier à la main. Il était bien mis et paraissait enchanté de lui-même.

« C'est mein herr Heinrich, brasseur retiré, dit Pica : il a la manie d'écrire des comédies, que personne ne peut jouer ni entendre, mais qu'il fait imprimer à ses frais. Sa femme les fait acheter en secret, et il se croit le Molière de l'Allemagne. Tu vas voir comme Sébald lui fera fête. »

En effet Sébald, ôtant son bonnet, s'écria : « Quel plaisir ! voici mein herr Heinrich, qui a produit un nouveau chef-d'œuvre ! Oh ! il y en a long ! Nous ferons un in-quarto, n'est-ce pas ?

— Oui, mon brave Sébald, et une édition de luxe, un frontispice gravé en taille-douce, des vignettes et des culs-de-lampe à chaque acte, et je veux de beau papier ; c'est mon meilleur ouvrage, cela s'appelle les *Vendanges de Johannisberg*, et je compte le dédier à Sa Majesté.

— Quelle belle écriture ! fit Sébald : dès demain nous commencerons.

— Et les almanachs ? dit le poète en s'en allant. Ah ! que ne puis-je éditer à mes frais ! »

Une jeune femme voilée vint ensuite : la pie ne l'avait jamais vue. Elle apportait un joli petit manuscrit lié d'un ruban rose, et le présenta timidement à Sébald.

Il le feuilleta, et lut la signature : Rosa Bianca.

« Nom inconnu... madame, nous n'éditons que des ouvrages signés de personnes ayant acquis une certaine notoriété. Autrement, vous comprenez, nous risquerions trop !

— Mais, monsieur, dit la jeune femme, il faut bien commencer, pourtant.

— Éditez à vos risques et périls, madame, et si vous payez, nous consentirons à vendre vos livres moyennant cinquante pour cent pour nos peines. Dans tout Leipsik vous ne trouverez de si bonnes conditions. Je suis votre serviteur. »

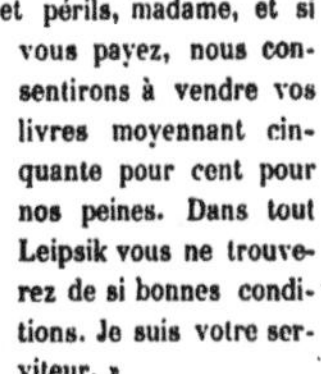

Et il se tourna vers un domestique en livrée qui lui remit une lettre, et dit qu'il attendait la réponse.

Sébald lut, et répondit : « Nous serons ce soir aux ordres de M. le professeur. »

« Cela ne m'étonne pas, dit la pie, les livres du professeur Upsilon se vendent par charretées aux étudiants.

— Sont-ce des contes ? demanda Martha.

— Oh ! non ; c'est ennuyeux et incompréhensible. C'est de la philosophie et du grec.

— J'ai envie de proposer, tout de suite, un cahier de mes contes à ce Sébald.

Leçon de physique par l'abbé Nollet. (Voy. p. 218.)

— Essaye. Tu seras bien vite rabrouée, je pense. »

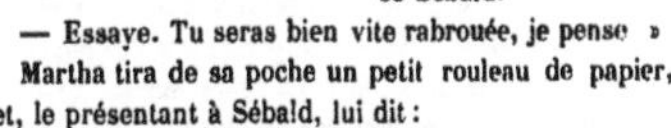

Martha tira de sa poche un petit rouleau de papier, et, le présentant à Sébald, lui dit :

« Voici une jolie petite histoire qui s'appelle le *Récit d'une hirondelle*. Ne pourriez-vous la mettre dans un almanach ?

— Qui l'a écrite, mon enfant ?

— C'est moi ; vous savez bien que je sais écrire, et vous m'avez dit de vous apporter un de mes manuscrits. J'en avais un dans ma poche.

— Je lirai ça, ma fillette. Nous faisons justement un almanach pour les enfants : reviens après-demain. »

Trudchen arrivait, chargée d'un paquet d'étoffe. Elle emmena Martha, et toutes deux retournèrent au logis, tandis que la pie, caquetant aux oreilles du vieux libraire, s'efforçait de lui faire comprendre que le manuscrit de la gardeuse d'oies devait être un chef-d'œuvre.

J. O. LAVERGNE.

— La suite au prochain numéro. —

L'ABBÉ NOLLET

Tout vrai savant est modeste; ne s'enivrant pas de ce qu'il connaît, mais considérant ce qu'il ignore et ce qui lui reste à apprendre, que de fois ne serait-il pas tenté de s'écrier avec Socrate : « Comme je pourrais me passer de ce que je sais, si je savais ce que j'ignore! » ou bien avec Montaigne : « Que sais-je? »

L'abbé Nollet, physicien distingué du siècle dernier, fut un de ces hommes dont nous venons de parler.

Il contribua beaucoup à répandre en France le goût de la physique.

Né en 1700, à Pimpré, village des environs de Noyon, ses parents voulurent lui assurer les avantages d'une bonne éducation et l'envoyèrent faire ses études au collège de Beauvais. Après avoir achevé ses humanités, il vint à Paris suivre un cours de philosophie; dès lors son goût l'entraînait vers les sciences et il employait tous ses loisirs à répéter, dans son petit laboratoire, les expériences de physique que ses maîtres lui avaient enseignées. Son application le fit connaître promptement, et il fut admis, en 1728, dans une société formée sous la protection du comte de Clermont pour l'avancement des sciences. Dufay associa Nollet à ses recherches sur l'électricité, et Réaumur lui laissa bientôt la libre disposition de son laboratoire, où il trouva le moyen de satisfaire complètement sa curiosité. En 1734, il fit avec Dufay un voyage en Angleterre, visita ensuite la Hollande, uniquement pour jouir de la conversation de Musschenbroek et de quelques autres grands physiciens. De retour à Paris, d'après le conseil de ses amis, il donna un cours de physique, qui eut beaucoup de succès. L'Académie des sciences lui ouvrit ses portes en 1739, et la même année il fut appelé à Turin pour répéter la suite de ses belles expériences devant le duc de Savoie. En 1742, il se rendit à Bordeaux, à la prière des physiciens de cette ville, pour faire un cours auquel s'empressèrent d'assister les hommes les plus distingués par leur naissance et par leurs talents.

L'abbé Nollet publia, en 1743, la première partie de ses *Leçons de physique*. C'était l'ouvrage le plus clair et le plus méthodique qui eût encore paru en ce genre; les brillantes découvertes de Newton sur la lumière y étaient mises, pour la première fois, à la portée des esprits ordinaires. L'honneur qu'eut Nollet de donner un cours de physique à Versailles lui procura la protection éclairée du Dauphin. En 1749, le roi l'envoya en Italie recueillir des notions exactes sur l'état des sciences dans cette belle contrée. Il remplit sa mission en homme qui en appréciait toute l'importance, et rapporta de ce voyage de nombreux manuscrits, dont il fit part à l'Académie. Louis XV créa, en 1753, une chaire de physique expérimentale au collège de Navarre et en pourvut de son propre mouvement l'abbé Nollet.

Fréron — dont l'activité d'esprit s'intéressait à tout ce qui pouvait être du domaine de ses connaissances si variées — consacra alors quelques pages au compte rendu du cours d'ouverture de l'abbé Nollet; ses propres impressions, qui sont l'écho de celles du public d'alors, ont un charme tout particulier, que l'on nous saura peut-être gré de faire revivre par quelques citations choisies.

« L'étude de la physique expérimentale n'a jamais été si cultivée que depuis un demi-siècle, et elle l'est aujourd'hui si universellement, que le beau monde et le beau sexe même ne dédaignent pas de s'en amuser, je pourrais dire de s'en occuper. Il est dans la capitale de ce royaume des écoles particulières, où d'habiles physiciens offrent aux yeux et développent à l'esprit les phénomènes les plus surprenants de la nature. Ces doctes et agréables écoles sont souvent honorées et embellies de la présence de femmes illustres et aimables, qui suivent avec assiduité les cours de physique qu'on y donne, et qui y font briller quelquefois non seulement cette curiosité qui leur est naturelle, mais encore la plus subtile capacité.....

« Il était honteux pour notre nation qu'une science si propre à hâter les progrès des arts utiles à la société ne fût point enseignée publiquement, et qu'elle se trouvât, pour ainsi dire, entre les mains d'un petit nombre de personnes assez riches pour s'en procurer la connaissance. Le roi, à qui rien n'échappe de tout ce qui peut contribuer à la gloire et à l'avantage du peuple, n'a pas voulu que nous enviassions plus longtemps aux étrangers un établissement dont ils nous donnaient l'exemple. Il a fondé une chaire de physique expérimentale au collège de Navarre, et Sa Majesté, ajoutant à ce bienfait une nouvelle grâce, a choisi pour professeur M. l'abbé Nollet, désigné par la voix publique. L'ouverture de cette école s'est faite avec éclat le 15 mai de cette année (1753).....

« Le détail de tout ce que M. l'abbé Nollet exige d'un physicien me mènerait trop loin. Il termine son discours d'ouverture par ce trait admirable : « Qu'il me soit permis de faire des vœux pour certaines qualités du cœur « d'où dépendent, selon moi, le principal mérite et la « plus solide satisfaction du physicien. Je voudrais qu'il « aimât la vérité par-dessus tout et que dans ses études « il eût toujours en vue l'utilité publique. Animé par ces « deux motifs, il ne produira rien qu'il ne l'ait examiné « avec la plus grande sévérité. Jamais une basse jalousie « ne lui fera nier ou combattre ce que les autres « auront fait de bien. La vanité de paraître inventeur « ne l'empêchera pas de suivre ce qui aura été commencé « avant lui et ne le portera pas à s'occuper de frivolités « brillantes, plutôt que de s'abaisser à des recherches

« utiles qui auraient moins d'éclat aux yeux du vulgaire. »

« J'ai eu, dit Fréron, la curiosité d'aller moi-même un jour au collège de Navarre entendre M. l'abbé Nollet, et je vous avoue que je fus frappé de la foule prodigieuse qui l'environnait; il fallait qu'il y eût au moins, sans exagérer, quatre cents auditeurs. Mais ce qui me surprit bien davantage, ce fut l'attention, le silence, l'intérêt qui régnaient dans cette nombreuse assemblée; la netteté, la précision, la justesse, l'air de candeur et de simplicité de l'habile professeur. Il a lui-même, sans y penser, tracé son portrait dans un endroit de son discours où il dit :

« Les leçons qui se donnent de vive voix ont un avantage considérable sur celles qu'on voudrait prendre dans les livres. Un maître qui parle à ses élèves et qui sait se souvenir à propos des peines qu'il a eues en étudiant à leur âge, ou du soin qu'on a pris de les lui épargner, cherche pour se faire entendre les expressions les plus propres; il les répète et les varie jusqu'à ce qu'il ait lieu de croire qu'il a été entendu. Le ton, le geste, et plus encore que tout cela la liberté avec laquelle il permet, il recommande qu'on le questionne, sont autant de moyens qui secondent son zèle et avec lesquels il parvient à faire prendre des idées claires et distinctes de ce qu'il enseigne. »

« En effet, je fus témoin que, la leçon finie, plusieurs personnes firent des questions à M. l'abbé Nollet et qu'il leur répondit avec cette douceur, cette patience et cette aménité qu'on trouve rarement dans des maîtres. Au reste, ne croyez pas que son auditoire ne fût composé que de jeunes gens. Il y avait un grand nombre d'hommes faits, de toute sorte d'états. »

Louis XV, voulant de plus en plus témoigner à Nollet toute sa satisfaction, lui fit expédier le brevet de maître de physique et d'histoire naturelle des Enfants de France. Il fut nommé peu de temps après professeur de physique expérimentale à l'École d'artillerie de La Fère, d'où il passa, en 1761, à celle de Mézières. Quoiqu'il remplît avec autant de zèle que d'assiduité les différentes fonctions dont il était chargé, Nollet trouvait encore du loisir pour le travail du cabinet, et il venait de terminer l'*Art des expériences*, ouvrage où il a donné la description des instruments de physique avec les procédés de leur construction, quand il tomba malade. Il expira dans les sentiments de la plus haute piété, entre les bras de ses élèves, de ses amis, le 24 avril 1770, aux galeries du Louvre, où le roi lui avait accordé un logement. Les qualités de son cœur égalaient ses talents. Il était désintéressé et consacrait toute sa fortune, qu'il devait à son travail, à aider ses pauvres parents, dont il ne rougit jamais.

CH. BARTHÉLEMY.

LA LAMPE DU SANCTUAIRE

Brûle devant le Seigneur, ô Lampe du Sanctuaire, symbole de la prière, symbole de nos âmes.

— Brille dans la nuit, ô douce lueur, comme brille en nous le rayon de l'éternelle lumière.

— Image du jour incréé qui luit devant le Très-Haut, dissipe nos ténèbres intérieures.

— O précieuse compagne du Dieu d'amour, de même que le prisonnier recherche à travers les barreaux de sa prison l'étoile brillante qui resplendit au haut des cieux, — symbole pour lui de la liberté, — ainsi nos âmes, à travers l'enveloppe de notre corps, aspirent à ce jour dont tu es l'emblème.

— Fidèle adoratrice du Sacrement ineffable, dans ta solitude, dans tes veilles et dans tes jours sans fin, que dis-tu pour nous au Seigneur?

— Ton aliment se consume à rendre hommage au Créateur : puissent ainsi nos âmes se consumer d'amour pour lui!

— Gardienne silencieuse, oh! vois-tu les anges se confondre en adorations infinies autour du divin Prisonnier? Les vois-tu se voiler de leurs ailes devant l'éclat incomparable de la Majesté divine?

— Infime, infime es-tu pour rendre hommage au Dieu vivant! Et, tandis que tu rappelles à l'homme le jour de l'éternité que Dieu lui a promise, tu témoignes à Dieu de toute la pauvreté des dons de l'homme.

— Heureuse contemplatrice, veilleuse assidue du Tabernacle, oh! dis-nous, dis-nous tout ce que déverse de miséricorde, de mansuétude et d'amour sur nos âmes ce Dieu qui, pour nos âmes, vécut et mourut d'amour!

— Tabernacle! fragment des cieux!

— Tabernacle! source de vie! — Que la terre et le ciel s'abîment devant votre mystère!

— Venez, ô âmes rachetées par l'amour!

— La Lampe du Sanctuaire vous réclame.

— Étoile terrestre brillant près des cieux, elle vous éclaire pour vous en montrer la voie!

— Venez!... voguez à travers les écueils de la vie, le regard fixé sur ce phare mystique : il vous guidera infailliblement à votre but.

— Venez!

— La Lampe du Sanctuaire est le phare du salut; le Tabernacle en est le port!

PLANET.

UN DRAME EN PROVINCE

(Voir p. 3, 21, 34, 51, 75, 90, 100, 122, 138, 155, 172, 186 et 197).

DEUXIÈME PARTIE

XI

M. de Léouville, après avoir embrassé ses mignonnes en revenant de la chasse manquée, avait pensé employer utilement le reste de sa journée en se rendant à son bois du Coupeau, où une petite coupe d'automne pouvait en ce moment être faite. Il ne tarda donc pas à s'éloigner, laissant sa Minette bien-aimée sur la terrasse, aux prises avec le contenu d'une grande corbeille de linge, tandis qu'Hélène, restée au salon, déchiffrait une sonate au piano.

Et bientôt, cependant, les gammes, les arpèges et les accords cessèrent. La jeune fille apparut au seuil de la terrasse, belle et souriante au grand soleil qui entourait d'un cadre éblouissant les contours de sa taille exquise, son cou blanc, son beau front de reine et le diadème ondoyant de ses cheveux lustrés.

Elle s'avança en souriant, pourtant grave et sans dire un mot, comme si elle méditait quelque résolution importante et sérieuse, prit place sur le vieux banc de bois à côté de sa sœur, lui passa un bras autour du cou, la forçant ainsi à relever sa jolie tête, la regarda bien au fond des yeux, comme si elle eût voulu que son regard s'en allât jusqu'à l'âme, et, après quelques secondes d'attente, lui dit, toujours en souriant :

« Ecoute-moi bien, mignonne. Aujourd'hui j'ai quelque chose à te dire.

— J'écoute, fit, en souriant à son tour, la gentille Marie, laissant là l'ourlet de sa serviette et croisant ses mains sur ses genoux afin de ne point se dissiper.

— Eh bien, reprit la sœur aînée, non sans une rougeur légère, tu connais bien sans doute cette... proposition,... ce... projet... que papa m'a communiqué récemment!

— Tu veux parler de cette demande en mariage de M. Alfred Royan?

— Oui, » répondit Hélène, toujours rose et baissant les yeux.

Il y eut encore, en cet endroit de la conversation, un moment de silence; puis la sœur aînée reprit, cette fois d'un ton plus résolu :

« Eh bien, je suis maintenant décidée à l'accepter. Oui, j'y suis bien décidée, chérie.

— Toi? s'écria Marie, presque avec épouvante. Toi ! ma mignonne, mon Hélène, tu deviendrais, de ton plein gré, Mme Alfred Royan? »

Et la fillette, dans sa surprise, se redressant, levant ses mains en l'air, avec un brusque soubresaut, fit glisser, sans le voir, dans l'herbe l'ouvrage commencé, le petit dé d'argent et les ciseaux, qui s'entre-choquèrent bruyamment, en tombant à ses pieds.

Une rougeur plus vive s'étendit sur les beaux traits d'Hélène. Cependant elle reprit, d'un ton calme, mais bien arrêté :

« Oui, ne t'en étonne point, mon enfant. Je m'y suis déterminée après un examen sérieux et de mûres réflexions. Que trouves-tu donc là, d'ailleurs, de si surprenant, de si incroyable?

— Mais... le nom d'abord, ma chérie!

— M. Alfred, il l'a dit à mon père, est décidé à ajouter à son nom celui de son château. D'ailleurs l'objection que tu me fais aurait certes sa valeur si nous devions constamment résider dans notre petit coin, en province. Mais comme M. Alfred désire passer avec sa femme une partie de l'année à Paris, nul ne s'inquiétera d'où nous venons; nous pourrons voir les personnes qui nous plairont, et nous faire une existence agréable, brillante, qu'une foule de gens, certes, pourraient nous envier.

— Mais, ma mignonne, ce nom, ce n'est pas encore tout... Ce pauvre M. Alfred ! quelle vilaine famille !

— Quelle famille? Il n'en a plus, répondit la belle jeune fille, avec un dédaigneux mouvement d'épaules qui fit ressortir bien mieux encore le caractère vraiment royal et majestueux de sa beauté. Je n'aurais certes pas souhaité la mort de ce pauvre M. Michel, tu le comprends bien, chérie. Mais maintenant qu'il a cessé de vivre sous le maillet d'un assassin, tu sais bien qu'à Paris, une ville aussi immense, aussi active, personne ne s'avisera de railler, d'humilier son héritier, en lui représentant que son grand-père a vendu des bœufs gras et des moutons du Nivernais, et que son oncle a paperassé, pendant quinze ans, dans une étude de notaire. »

La bien-aimée Minette du marquis n'était évidemment pas convaincue par ces paroles de sa sœur. Un instant elle secoua sa jolie tête avec une expression douteuse, avança légèrement, en signe de dépit, ses fines lèvres roses, si éloquentes, si fières dans leur pli dédaigneux, et se décida enfin à parler, murmurant d'une voix timide :

« Eh bien, tu vas penser assurément que je suis bien difficile, bien méchante. Mais il faut pourtant que je te dise tout ce que j'ai sur le cœur, malgré tout... Ecoute, ce n'est pas seulement le nom et la famille de M. Royan qui me déplaisent cordialement, vois-tu. Avec tout cela, et peut-être encore plus que tout cela, il y a aussi... sa personne.

— Sa personne? répéta Hélène de plus en plus étonnée, ne rougissant plus cette fois, tant elle était surprise, et interrogeant sa jeune sœur de l'accent, du geste et du regard. Sa personne? Mais qu'as-tu, vraiment, que peux-tu avoir à lui reprocher? M. Alfred n'est-il pas, dans ses manières, sa tenue, sa conduite, sa situation, dans son langage et son costume même, un jeune homme tout à fait recommandable, chez lequel on ne trouve rien à reprendre, à blâmer! Mon père l'aurait-il reçu ici s'il ne l'avait pas jugé digne d'intérêt et d'estime? As-tu jamais entendu qui que ce soit au monde se plaindre de ses façons d'agir, ou même les critiquer?

— Non, non, je le sais bien, répliqua la fillette, toujours un peu confuse et secouant sa jolie tête d'un air embarrassé. C'est de ma part un sentiment tout à fait personnel, il faut bien l'avouer. M. Alfred me déplaît, m'a toujours déplu; mais pourquoi?... je ne puis le dire. Il me semble, — voilà la seule impression nette et distincte qu'il me laisse, —

il me semble que, malgré tout, il y a deux hommes en lui : celui qu'on voit d'abord, le Parisien, l'élégant, l'héritier, l'homme à la mode, toujours bien peigné, bien ganté, bien vêtu, rasé de frais; un beau diamant au doigt, un bouquet de violettes à la boutonnière; qui ne va jamais trop loin, qui ne parle jamais trop haut, qui s'intéresse avant tout à ce qui est bien à lui : *sa* santé, *sa* personne, *son* château, *ses* bois, *sa* fortune, et peut-être à *sa* femme aussi, s'il a jamais, chérie, l'immense bonheur de t'épouser... Mais ce n'est pas encore tout, vois-tu, du moins à ce qu'il me semble. Voici pour l'homme qui paraît, mais l'autre?... celui qu'on ne voit pas... Quel est-il? que veut-il? que pourrait-il bien faire?... Voilà ce que, malgré moi, je t'assure, je suis portée à me demander chaque fois que je me trouve avec M. Alfred; ce qui me met mal à l'aise et me fait trembler même, lorsqu'en levant les yeux sur lui je le vois me regarder.

— Mais tout cela ce sont de pures imaginations, de vrais enfantillages, ma petite chérie, répliqua la sœur aînée, haussant légèrement les épaules et prenant la main de la fillette avec un sourire à la fois maternel et indulgent. Je crois, entre nous soit dit, sans offense, que tu t'exagères beaucoup la profondeur intellectuelle et morale de ce bon M. Alfred. Pour moi, je ne le vois que tel qu'il nous paraît, un peu infatué de sa personne, un peu trop fier de sa fortune et de sa situation certainement, mais au fond sans grand caractère, sans direction bien arrêtée, d'humeur paisible par conséquent, et surtout facile à conduire. »

Un nouveau silence suivit ces paroles d'Hélène. La jeune sœur, dont le charmant visage si mobile, presque enfantin, reflétait toutes les impressions avec une éloquence si vive, attachait sur elle un regard sérieux, attentif, un peu triste, dissimulant à peine un reproche timide, qu'elle n'avait point cependant le courage d'exprimer.

« Mon Hélène, dit-elle enfin, après un moment d'hésitation visible, si c'est bien là réellement ce que tu sens, ce que tu penses à l'égard de M. Alfred, pourquoi l'épouses-tu?

— Mais parce que sa situation, sa fortune, ses façons et ses mœurs me paraissent tout à fait convenables, tout à fait en rapport avec ce que je puis désirer de mieux dans l'avenir. Autrement, quel sort nous attend? Regarde autour de toi, chérie. Les ans dégradent nos murailles, la bise de l'hiver jette bas nos vieilles cheminées, le temps découronne nos chênes, les ardoises tombent de nos toits. Dans notre pauvreté, notre ombre et notre abandon, tout le monde nous oublie. Faudra-t-il donc rester ainsi longtemps, toujours? jusqu'à ce que la jeunesse passe, que nos derniers sourires s'envolent, que nos derniers rêves s'effacent, ne nous laissant qu'une grande amertume au cœur, de vains souvenirs, des regrets?... Voilà ce que nous deviendrons si je demeure ici, mignonne... Mais comme tout change de face, si j'épouse M. Alfred!... Je pars avec lui pour Paris, je me fais connaître au monde; je vois tout, je vais, je viens, je vis, je suis heureuse. J'ai à mon tour ma part de bruit, d'éclat, de joies, de fêtes; je suis mon mari partout, au bois, aux courses, à l'Opéra, au bal... Et au milieu de toutes ces splendeurs, de toutes ces beautés, je n'ai garde d'oublier ma petite sœur mignonne. Dès que j'ai pris, au moins un peu, les façons et le langage de ce monde enchanté, je la fais venir près de moi, je la fais belle à ravir et gentille à croquer, je la patronne, je la forme, je lui fais goûter de tout, je la mène partout, et finalement... je la marie avec quelque riche et élégant jeune homme que j'aurai choisi dans le grand nombre de ceux qui, en la voyant, s'empresseront de l'adorer. »

Et ici la belle rêveuse, relevant la tête avec une joie triomphante et posant sur le front de sa sœur un doux et long baiser, cessa l'exposé radieux de ses châteaux en l'air, et parut attendre avec une confiance parfaite la réponse de Marie. Cependant la fillette ne paraissait point partager cet enthousiasme et ces brillantes espérances.

« Tu es bien bonne et bien dévouée assurément, ma chère Hélène... Mais ne t'occupe pas tant de moi, murmura-t-elle en souriant. Toutes ces splendeurs et ces fêtes du grand monde de Paris ne me tentent guère, vois-tu... Et puis je crois... d'ailleurs, que mon sort... est écrit,... ma destinée tracée... Pour le moment d'abord, je ne quitterai pas notre père. Et plus tard, à te dire vrai, je ne crois pas... devenir jamais la femme d'un de ces beaux messieurs de Paris.

— Qu'en sais-tu? répliqua la sœur aînée avec un joli sourire, à la fois coquet et tendre, rayonnant et mystérieux.

— Et... je ne t'ai encore parlé que de moi. Mais pour toi, ma chérie, penses-tu que ces fêtes, ces grandeurs et ce bruit te suffisent? Crois-tu, malgré les jouissances et l'éclat de ta future vie, pouvoir être toujours heureuse, si tu n'aimes pas M. Alfred?

— Mais quelles étranges idées, quels scrupules te fais-tu? Pourquoi ne l'aimerais-je pas?... Je l'aimerai bien sincèrement, bien solidement, au contraire, pour les joies qu'il m'aura données, pour tout le bien qu'il m'aura fait. Je me dirai toujours que, sans lui, je languirais ici, pauvre, obscure, oubliée, et je mettrai tous mes soins, toute ma gratitude, à reconnaître de mon mieux sa tendresse et son dévouement.

— Oh! s'il en est ainsi, mignonne, je n'ai plus rien à dire, » murmura la petite sœur, inclinant humblement la tête et étouffant, avec un long soupir, sa tristesse et ses regrets.

Car elle sentait bien vivement, quoiqu'elle ne voulût plus l'exprimer, que M. Alfred Royan n'était pas, ne serait jamais le prétendu de ses rêves, le frère selon son cœur. Et cependant que pouvait-elle en dire? qu'avait-elle à lui reprocher?... Rien, absolument rien. Mais il y avait, sans qu'elle sût pourquoi, dans toute la personne, dans le langage, l'attitude, les dispositions, les manières de ce nouveau fiancé, quelque chose qui lui était antipathique ou, tout au moins, profondément désagréable; qui produisait sur elle une impression fâcheuse, étrange et douloureuse même, tout à fait sans cause d'ailleurs, et impossible à expliquer.

Hélène, sa déclaration faite, se leva, rose et souriante, avec sa majesté de reine, embrassa sa sœur au front, et, rentrant dans le salon, se remit au piano. Pour Marie, elle resta assise sous les grands tilleuls de l'allée, pliant et dépliant son linge, faisant voler, gentille fée, son aiguille brillante et fine au bout de ses doigts blancs. Mais elle n'aurait pu, en ce moment, ni chanter ni sourire. Une tristesse profonde, toute nouvelle, était venue la surprendre. Et, bien que M. de Tourguenier ne lui eût jamais semblé un beau-frère fort désirable, elle regrettait presque, en ce moment, ce pauvre M. de Tourguenier.

Lorsque le marquis rentra, vers l'heure du dîner, la grande nouvelle lui fut aussitôt transmise par Hélène, qui courut l'embrasser et lui parla en rougissant. D'abord le visage sérieux du père n'exprima que la surprise; ensuite on eût pu y constater une ombre de tristesse, qui était peut-être voisine de l'inquiétude et du mécontentement. Cependant il se tut, étouffa un soupir, et, après un moment de silence, qui parut bien long aux deux chéries, il répliqua, attachant sur le beau visage d'Hélène un regard visiblement ému :

« Est-ce là vraiment ton dernier mot? As-tu bien réfléchi, ma fille? Penses-tu pouvoir épouser sans arrière-pensée, sans répugnance, ce jeune homme auquel, toi et moi, nous n'aurions jamais pensé sans doute? Deviendras-tu avec plaisir Mme Alfred Royan?

— Mais... oui, oui vraiment, mon cher père, répondit la jeune fille, rougissant un peu sans doute, mais souriant toujours.

— Alors, s'il en est ainsi, je n'ai plus qu'à transmettre à ce nouveau fiancé ton consentement et ta réponse; et, très probablement, nous le verrons demain. »

ÉTIENNE MARCEL.

— La suite au prochain numéro. —

LE SECRET D'UNE FLEUR (1)

« Tombez, mes roses, disait-elle.
Ici Jésus viendra demain :
Vous n'ornerez plus mon jardin,
Mais sa fête sera plus belle. »

« Il est Dieu : vous êtes à lui,
Tombez, mauves et scabieuses...
Allez, vous êtes bien heureuses
D'avoir fleuri pour aujourd'hui! »

Et la blonde enfant qui se penche
Sous le poids du pieux fardeau,
Au jardin, ce matin si beau,
Ne laissait qu'une rose blanche.

Une rose! l'enivrement
De la petite jardinière!
Du rosier c'était la dernière
Et la plus belle aussi vraiment.

Mais quand de la fête finie,
Murmurant l'hymne harmonieux,
L'enfant revint, le front joyeux,
L'œil humide et l'âme bénie,

Terne, sans parfum, sans éclat,
Vers le sol inclinant sa tige,
La rose mourait... Doux prodige!
A l'enfant qui la regardait :

« Marthe, dit la belle attristée
(Tout bas, mais elle entendit bien),
Marthe, tu n'en savais donc rien?
C'est pour Lui que j'étais restée. »

MARIE JENNA.

1. Extrait des *Premiers Chants*.

CHRONIQUE

Notre siècle est bien affligeant parfois; mais il faut avouer que parfois aussi il est bien amusant. Si le sexe auquel nous devons Mlle Louise Michel et Mlle Hubertine Auclerc est pour quelque chose dans nos tristesses, il n'est pas pour rien non plus dans nos gaietés.

Mlle Hubertine Auclerc, réductrice du journal le *Citoyen*, est un de ces chérubins vengeurs qui sonnent la trompette du jugement sur notre société coupable, trop peu purifiée, à leur avis, par le pétrole de la Commune; le chérubin Hubertine fait entendre aux hommes égoïstes les premiers grondements qui annoncent le règne prochain de la femme parvenue à l'égalité civique et sociale.

Vous pensez bien que le mot *égalité* n'est là que pour la forme; car le jour où l'aimable Hubertine aura replié ses ailes pour devenir simple électeur ou électrice, ce jour-là, je le suppose, elle voudra être conseillère municipale, députée, ministresse et peut-être quelque autre chose encore.

En attendant, Mlle la citoyenne Hubertine Auclerc se contenterait d'être *académicienne*. Le *Citoyen*, journal de Mlle Hubertine Auclerc, propose donc gravement de créer une *Académie française des femmes* :

« Une assemblée serait convoquée; elle nommerait cinq ou six des femmes les plus remarquables de l'époque. Ce seraient les premières académiciennes.

« Ces dames, après mûres délibérations, éliraient elles-mêmes les autres membres jusqu'au nombre de vingt.

« Chaque membre de l'Académie française des femmes recevrait un traitement annuel de 1.500 francs, et les fonds nécessaires seraient obtenus au moyen de conférences, de concerts et de représentations théâtrales.

« Les personnes qui adoptent cette proposition et qui sont disposées à prendre part à l'assemblée chargée de nommer les premières académiciennes sont priées de le faire connaître par écrit au directeur du journal le *Libérateur*, 71, rue Saint-Sauveur. »

Eh bien! que vous semble-t-il de ce petit projet? Pour moi, je le considère comme un véritable chef-d'œuvre : ces *six premières académiciennes* élues par une assemblée et représentant en elles les femmes *les plus remarquables de l'époque!!!* ces *dames*, dont les MURES délibérations (aussi mûres qu'elles peut-être!) éliront les autres membres de la féminine académie!

Comme tout cela est à la fois ingénieux et grand! Comme on s'étonne que le monde, depuis tant d'années, ne se soit point encore aperçu de ce qui lui manquait!

Voilà pour le côté idéal; mais remarquez que le côté terre à terre n'est point négligé non plus : pour être *académicienne* on n'en est pas moins *ménagère ;* l'ambroisie ne saurait faire proscrire le pot-au-feu ; mesdames de l'Académie française des femmes toucheront 1,500 francs de traitement annuel! On ne saurait être plus modéré en vérité!

Mais il fallait cela, n'est-ce pas? pour calmer un peu les susceptibilités bourgeoises des maris auxquels échoira l'honneur d'avoir des épouses académiciennes ou aspirant à le devenir. Tout ne sera pas rose dans la vie de ces braves gens, et c'est bien le moins qu'on leur apporte une petite indemnité pour avoir, comme le bonhomme Chrysale des *Femmes savantes*, une *pauvre servante* qui veille sur tous les soins vulgaires de la maison.

Quant à madame, il n'y faudra plus compter; elle n'a pas pris le temps de déjeuner, et déjà la voilà qui part; demain elle partira encore; après-demain aussi...

« Mais où donc allez-vous de la sorte, chère amie? l'invisible Mme Benoîton était une réalité auprès de vous; car de plus en plus vous tournez au mythe.

— Où je vais, monsieur? Eh bien! puisqu'il faut vous rendre des comptes, je vais faire mes visites et poser ma candidature à l'Académie française des femmes... »

Je m'imagine la terreur du pauvre homme qui, le premier, entendra retentir dans sa maison cet effroyable aveu : le coup de hache de Clytemnestre fendant la tête d'Agamemnon n'est rien auprès de cette révélation; il y a là une situation neuve et terrible pour les tragédies de l'avenir.

« Ma femme fait ses visites pour l'Académie! »

Imaginez le sanglot rugissant d'Othello, et vous serez encore au-dessous de la poignante éloquence de ce cri du désespoir.

Oui, mon brave homme, cela est ainsi; et si j'ai un conseil à te donner, c'est, ce soir, quand madame sera rentrée et couchée, quand de sa bouche endormie sortiront les mots entrecoupés du rêve : « Scrutin... Secrétaire perpétuelle... Palmes vertes... » c'est alors, non point de prendre l'oreiller qu'Othello étreint sur la bouche de Desdémone : l'oreiller est trop moelleux; cette mort est trop douce... Prends, mon ami, les vingt volumes du *Dictionnaire* de Larousse : écrase-la sous le poids de cette avalanche : TUE-LA! Il y a des tribunaux pour te juger, c'est-à-dire des tribunaux pour t'absoudre!

Mais non : tu ne l'as pas tuée, et ton destin s'accomplira jusqu'au bout.

Madame s'est levée souriante, presque aimable :

« Tu sais, mon ami, nous aurons du monde à dîner...

— Ah! fait le pauvre homme : les Durandeau, avec qui nous ferons une partie de bézigue après le café; ou les Feuillaupré, qui chantent si bien la chansonnette?

— Parlons sérieusement, monsieur, je vous prie : vous aurez l'honneur d'être admis au dîner que j'offre aux six académiciennes de la fondation en vue de ma candidature prochaine; vous serez convenable, n'est-ce pas? aimable, n'est-ce pas? Et vous parlerez français, si c'est possible! »

Et voilà que, le soir venu, l'époux de la candidate est assis en face de six particulières qu'on pourrait prendre pour les trois Parques, accompagnées des trois sorcières de Macbeth...

Que dites-vous de l'infortuné condamné à faire figure humaine et figure de mari dans un pareil dîner? Mais son supplice n'est pas fini; il n'est pas encore descendu jusque dans le dernier cercle de son enfer...

Un soir, enfin, madame rentre rayonnante; elle renverse le porte-parapluies dans l'antichambre; elle jette dans le fourneau les casseroles de la cuisine; elle casse la vaisselle en traversant la salle à manger, et elle culbute les tasses à thé en pénétrant dans le salon avec l'impétuosité d'un vent d'orage.

« C'est fait! mon ami, c'est fait! Je suis élue! Je suis académicienne! Je suis immortelle! »

Le malheureux se laisse tomber sur un canapé encombré de manuscrits, et, cachant son visage dans ses deux mains, il pleure des larmes amères :

« Immortelle! Si elle disait vrai... Non, cela n'est pas : c'est un mot menteur... et pourtant les statistiques le prouvent : on vit si longtemps dans les académies! »

C'en est fait : à partir de ce jour il ne sourira plus, — non pas même à la douce espérance du veuvage!

***

Ce que c'est que nous! Il y a six semaines, nos bons Parisiens n'avaient pas assez d'invectives contre Mustapha-ben-Ismaël, premier ministre du bey de Tunis. Les uns le pendaient en prenant leur café et ne trouvaient point de potence assez haute pour l'accrocher; les autres tout en alignant leurs dominos, espéraient bien qu'on lui ferait subir le supplice du pal; tout au moins ils se plaisaient à penser qu'une bonne lame de Damas ferait rouler sa tête sur les marches de marbre du

Bardo, comme cela se voit dans le fameux tableau de Henri Regnault : *Une exécution sous les rois Maures.*

Allons donc ! C'est bien de pendaison, de pal ou de lame de yatagan qu'il s'agit aujourd'hui ! Mustapha-ben-Ismaël a pris le bon parti pour calmer les rancunes des Parisiens : il est venu s'offrir en spectacle à leur curiosité, et voilà des gens retournés.

Mustapha n'est plus un monstre complice des Kroumirs : si Mustapha est un lion, ce n'est plus à la façon des fauves féroces des gorges de Djebell-Abdallah, mais un *lion* à la façon de ceux du boulevard ; un *lion* à la redingote bien découpée, à gilet blanc et à cravate anglaise.

Les badauds stationnent devant la porte du Grand-Hôtel pour le voir entrer ou sortir ; les reporters savent à quel spectacle il est allé, quelle loge il occupait, combien de fois il a souri pendant tel acte et réprimé un bâillement pendant tel autre ; ils citent à l'envi des réponses aimables qu'il a faites à des questions qui, probablement, ne lui ont pas été posées. Ils ne lui attribuent pas encore des calembours mais cela viendra : il est charitable de les prévenir que Mustapha ne parlant pas le français, les calembours, dont on lui imposera la paternité ne devront jamais être que des calembours *à peu près*. . extrêmement lointains.

La présence de Mustapha-ben-Ismaël à Paris a donné de la besogne à un personnage dont les fonctions, fort simples en apparence, sont en réalité des plus délicates et des plus compliquées : je veux parler de M. Mollard, introducteur des ambassadeurs.

Depuis bien longtemps M. Mollard occupe son poste : il l'occupait sous l'empire, et je crois qu'en dépit de toutes les révolutions et de tous les changements de régime possibles, personne ne songera à l'en écarter : car M. Mollard possède une science sans laquelle aucun gouvernement ne peut vivre en paix avec les gouvernements étrangers : la science et la tradition de l'étiquette.

Ce n'est pas une mince affaire entre ministres et ambassadeurs de savoir dans quelle mesure exacte les politesses doivent être reçues et rendues : un salut de moins ou un salut de trop peut compromettre la sécurité des nations.

La courtoisie internationale est assez grande en notre temps, pour qu'aucun ambassadeur ne soit obligé de donner des leçons aussi spirituelles et aussi vertes que celle qui fut donnée, un jour, par un ambassadeur de Charles-Quint au sultan Soliman et à ses ministres.

En entrant dans la salle d'audience, cet ambassadeur vit qu'il n'y avait point de siège pour lui et que ce n'était pas par oubli qu'on le forçait à rester debout. Sans s'émouvoir, il ôta son manteau et s'assit dessus à l'orientale ; puis il exposa l'objet de sa mission avec une assurance d'esprit que Soliman ne put s'empêcher d'admirer.

Lorsque l'audience fut finie, l'ambassadeur sortit sans prendre son manteau. On crut d'abord que c'était par oubli, et on l'avertit : il répondit avec une gravité et une douceur imperturbables : « Les ambassadeurs du roi mon maître ne sont point dans l'usage de remporter leur siège avec eux. »

Les règles de l'étiquette, si sévères encore aujourd'hui quand il s'agit des relations diplomatiques, n'étaient pas moins strictes autrefois quand il s'agissait des relations officielles.

M. de Saintot, maître des cérémonies (une charge analogue à celle qu'occupe M. Mollard aujourd'hui), ayant, dans *un lit de justice*, salué le roi Louis XIV, puis les princes du sang, ensuite les prélats, enfin le Parlement, M. de Lamoignon, premier président, qui prétendait que le Parlement fût salué immédiatement après les princes, lui dit : « Saintot, la cour ne reçoit pas vos civilités. » Le roi se tournant vers le président, dit : « Je l'appelle souvent M. de Saintot ; » M. de Lamoignon répondit : « Sire, votre bonté vous dispense quelquefois de parler en maître, mais votre Parlement ne vous fera jamais parler qu'en roi. »

On ne dit pas ce que répondit Louis XIV ; mais ce monarque si féru de l'étiquette dut trouver que l'étiquette est parfois bien irrévérencieuse pour les rois eux-mêmes.

Aujourd'hui on a remplacé le strict rigorisme d'autrefois par la banale poignée de main que souverains, ministres et préfets accordent volontiers au premier venu.

Prenez garde, toutefois, quand vous recevez ou croyez recevoir des politesses officielles, de vous tromper sur la mesure exacte de la faveur qui vous est accordée. Méditez cette mordante réplique de M. Villemain, alors ministre, à un député qui était venu lui demander un service.

Après l'entrevue, M. Villemain suit son visiteur dans l'antichambre, de là dans l'escalier, et il s'engage enfin avec lui dans la cour du ministère.

« Assez ! monsieur le ministre, assez ! Je ne souffrirai pas que vous veniez plus loin.....

— Assez ! monsieur ? riposte M. Villemain en se redressant de toute sa hauteur et avec cette voix acerbe dont le timbre n'appartenait qu'à lui ; monsieur, je ne vous reconduis pas, je vous accompagne. »

ARGUS.

Abonnement, du 1er avril ou du 1er octobre ; pour la France : un an 10 fr. ; 6 mois 6 fr. ; le n° au bureau, 20 c. ; par la poste, 25 c.

Les volumes commencent le 1er avril. — LA SEMAINE DES FAMILLES paraît tous les samedis.

VICTOR LECOFFRE, ÉDITEUR, RUE BONAPARTE, 90, A PARIS. — Imp. de la Soc. de Typ. - J. Mersch, 8, r. Campagne-Première. Paris.

LA FLEUR D'OUIE

CONTE

(Voir p. 183, 200 et 214.)

Sébald ne lisait jamais les manuscrits; mais il chargeait de ce soin Jack Miller, son neveu, pauvre petit bossu, infirme des jambes, mais intelligent et avisé au possible. Miller passait sa vie devant une table chargée de livres et de manuscrits, qu'il lisait plume en main. Il avait une grosse tête, de gros yeux myopes, et quand il voulait, pour se reposer, regarder par sa fenêtre, qui dominait la place Saint-Jean, il mettait des lunettes énormes. Dans la librairie on le nommait l'œil de Sébald.

« Regarde ceci, lui dit son oncle en plaçant devant lui le cahier de Martha.

— C'est un cahier d'école, fit Miller.

— Non, c'est le manuscrit d'un auteur de mes amis. Lis cela, tu m'en rendras compte demain. »

Le lendemain, en déjeunant, Sébald interrogea son neveu.

« Eh bien, dit-il, c'est un devoir d'écolière, n'est-ce pas?

— Non point, mon oncle; ces pages ont bien été tracées par un enfant qui ne sait pas l'orthographe, mais elles furent certainement dictées par une personne d'un talent rare. C'est joli comme du Mozart. Qui donc a composé ce conte charmant?

— Une petite paysanne.

— C'est impossible. Elle vous a trompé. Comment s'appelle-t-elle? d'où vient-elle?

— Ma foi, je n'en sais rien. J'ai oublié de le lui demander. Elle reviendra sans doute, bientôt. En attendant, fais imprimer son récit pour l'almanach rose. »

Ainsi fut fait, mais Martha ne reparaissait pas. Le bonhomme Godisch était retombé malade : Martha le soignait, et Trudchen revenait seule à Leipsick de temps à autre, tantôt pour échanger une pièce d'or, tantôt pour acheter des médicaments.

Puis le bonhomme mourut, et Trudchen, avant de prendre possession de l'héritage, eut un procès à soutenir contre Godisch neveu, qui voulait faire casser le testament. Il perdit sa cause, heureusement, et la maison, la lande et les oies demeurèrent à Trudchen et à sa fille adoptive.

Elles prirent un petit garçon pour garder les oies, et se mirent à élever des poules en quantité.

Après les fêtes de Noël, par un beau jour de dégel, Martha vint à Leipsick sous prétexte d'acheter un bonnet de demi-deuil. Elle se rendit place Saint-Jean et s'approcha timidement de la maison du libraire. Sur le volet quelques livres neufs étaient étalés. Dans la boutique Sébald et sa pie allaient et venaient. Au fond, derrière un vitrage, apparaissait la silhouette du patron, fumant sa pipe près du poêle, et à la fenêtre du premier étage, le bossu accoudé, ses grandes lunettes sur le nez, regardait les passants.

Martha s'approcha du volet et regarda les almanachs. L'un d'eux, entr'ouvert, laissait voir ce titre :

LE RÉCIT D'UNE HIRONDELLE.

Martha tressaillit : se voir imprimée lui parut chose si étonnante qu'elle se frotta les yeux. Puis elle lut la première page, et reconnut le gentil début de son conte. Rien n'y était changé, c'était bien cela :

Pica l'aperçut et poussa un cri de joie :

« J'aurai donc à qui parler! » dit l'oiseau.

Elle sauta sur l'épaule de la jeune fille, et Sébald, tournant la tête, vit Martha et s'écria :

« Je disais bien qu'elle reviendrait! »

Et il fit entrer Martha dans la boutique, la présenta au patron, et lui prodigua les politesses :

« Nous apportez-vous d'autres contes? dit-il.

— J'en ai six dans ma poche, dit Martha, mais je voudrais d'abord savoir ce que vous les payez la pièce. »

Le patron et Sébald se regardèrent; Sébald étendit ses dix doigts d'un air interrogateur.

« Oui, » dit le patron.

Et Sébald offrit dix florins à Martha. Il pensait qu'elle demanderait davantage; mais la jeune fille, tout au contraire, remercia et parut charmée. Dix florins, juste ses gages d'une année; pour dix florins, pendant douze mois, elle avait supporté les rigueurs de l'hiver, les ardeurs de l'été, la pluie, les tempêtes, et la compagnie des oies.

Elle allait tirer de sa poche ses autres manuscrits lorsque, à travers une ouverture grillée du plafond, la voix de Jack Miller cria :

« Mon oncle, je vous en prie, faites monter vers moi l'auteur du récit de l'hirondelle.

— Ce Jack est curieux comme une chouette, dit Sébald, mais il le faut contenter. Venez, ma petite. »

Et, prenant Martha par la main, il lui fit monter un escalier obscur et l'introduisit dans le cabinet du bossu.

Miller était si laid avec son bonnet de loutre et ses lunettes bleues, que Martha eut peur d'abord, mais il lui fit un si joli compliment sur son ouvrage, qu'elle se rassura et se mit à causer gaiement. Le patron appela Sébald, et Jack et la jeune fille restèrent tête à tête, sous la surveillance inquiète de Pica, qui sautillait de l'un à l'autre.

Jack, curieux comme une chouette, en effet, questionna Martha, et s'y prit si bien qu'elle lui raconta toute son histoire. Il parut y croire, et engagea la jeune fille à écrire encore :

« Vous ferez fortune, lui dit-il; mais, là, entre nous, qui est-ce qui vous aide?

— Personne que les bêtes, fit Martha : en voulez-vous une preuve? Pica, ma mie, dis-moi un secret. »

Pica se mit à babiller, et Martha écrivit sous sa dictée : « Jack Miller a dans la poche gauche de son habit une boîte pleine de tabac d'Espagne; il en prend en cachette, malgré la défense du médecin.

— Sorcière de pie, s'écria le bossu qui lisait à l'envers et rougit d'impatience, il faudrait lui tordre le cou! »

Pica s'envola, et Martha dit en riant à Jack qu'il n'y avait pas là de quoi fouetter un chat :

« Mais, dit le bossu, faites-moi voir cette Fleur d'ouïe.

— La voici, dit Martha en ouvrant un très petit sachet caché dans ses cheveux. »

Jack l'appliqua contre son oreille. Un cheval hennissait dans la rue. Il écouta.

« Comprenez-vous ce que dit ce cheval? fit Martha.

— Non point. Vous m'avez trompé.

— Je vous ai dit vrai, monsieur, mais la Fleur d'ouïe ne peut servir qu'à une personne qui n'a jamais menti.

— Oh! j'ai menti cent fois, dit Jack, et vous?

— Jamais, Monsieur.

— En êtes-vous bien sûre?

— Parfaitement sûre.

— Vous êtes une fille merveilleuse, un phénomène unique. Mais vous mentirez un jour.

— J'espère bien que non.

— Nous verrons cela plus tard. Enfin, laissez-moi vos manuscrits. S'ils sont comme le premier, vous vous ferez une dot en peu d'années et vous pourrez épouser un bourgeois de Leipsick, un libraire même.

— Je ne me marierai jamais.

— Pourquoi?

— Parce que, si je me marie, la Fleur d'ouïe perdra sa vertu pour moi.

— Vous vous marierez, ma belle.

— Point. Je vous en réponds.

— Nous verrons cela, dit Jack en ricanant. Ah! si je n'étais pas si mal bâti, je vous ferais bien changer d'avis. »

Martha, choquée de ce propos, posa ses cahiers sur la table, et prit congé du bossu.

Elle revint gaiement à Oca-Berg. Les dix florins tintaient dans sa poche, et les oiseaux de la campagne, trompés par le dégel, chantaient déjà leur hymne printanier, et parlaient de rebâtir leurs nids disjoints par les aquilons d'hiver.

Deux ans se passèrent, et, par deux fois encore, les almanachs du patron de Sébald continrent de si belles histoires qu'ils se vendirent par milliers. Il publia aussi un volume intitulé *Légendes de la forêt d'Oca-Berg*, qui eut un grand succès à la foire du troisième dimanche après Pâques, foire consacrée à la librairie, comme chacun sait.

Trudchen et Martha, en belles robes de drap violet et mantes de soie noire, vinrent s'y promener, et Jack Miller, de sa fenêtre, les vit passer en compagnie de plusieurs de leurs voisins et voisines d'Oca-Berg.

Deux jours après, Martha vint apporter à Sébald un nouveau manuscrit.

« Montez, mademoiselle Martha, je vous en prie, cria Jack par son grillage.

— J'irai, si vous restez avec moi, monsieur Sébald, dit Martha : votre neveu est un indiscret. »

Sébald monta, mais il fut bientôt appelé, la boutique étant pleine de chalands, et Martha fit mine de s'en aller.

« Pourquoi me fuir? lui dit Jack : un pauvre infirme comme moi devrait vous inspirer quelque pitié. Tenez-moi donc compagnie un instant. L'oncle va revenir, et nous nous entendrons pour un nouveau volume. »

Martha s'assit, et Jack continua :

« Je vous ai vue passer dimanche au bras d'une belle fille blonde. Ce jeune homme en habit de chasse qui marchait près d'elle, est-il son fiancé?

— Non, c'est son frère.

— Ah! fort bien. Et vous devez l'épouser?

— Non, dit Martha en devenant rouge comme une cerise.

— Si fait, vous l'épouserez.

— Et qu'en savez-vous? Je vous trouve bien impertinent, monsieur Miller! Hermann ne m'est rien.

— Rien? Vous osez le dire! Il vous aime, et vous l'aimez.

— Je ne l'aime point! s'écria Martha. Vous êtes insupportable. »

Elle se leva et partit très en colère.

« Jamais plus je ne veux voir votre vilain neveu, dit-elle à Sébald. Voici mon manuscrit. Arrangez-vous comme il vous plaira. Je suis pressée de retourner à la maison. »

Elle rejoignit Trudchen, qui l'attendait chez son cousin; Hermann y était aussi, et ces trois personnages parlaient évidemment de Martha : car à sa vue ils se turent et parurent embarrassés.

« Retournons au logis, dit Martha. Il est tard, et j'ai peur que le garçon ne pense pas à fermer notre poulailler au coucher du soleil. »

Ce soir-là Martha resta longtemps à sa fenêtre! Les rossignols chantaient, mais elle avait beau les écouter, elle ne les comprenait plus. Elle pleurait, et se disait : « J'ai donc menti? » et elle cherchait à se rappeler quand et comment, mais elle l'avait oublié.

Tout à coup une voix lointaine et harmonieuse retentit sous les sapins. C'était une voix d'homme, et elle chantait une ballade que Martha connaissait bien, une ballade dont le refrain disait :

« Je veux te bâtir un nid comme fait l'hirondelle, et vivre près de toi. Et comme les inséparables colombes, ensemble nous nous envolerons de la terre au ciel. »

C'était la voix d'Hermann. Martha alors se souvint du moment où elle avait menti.

Ce fut son premier et son dernier mensonge, et, certes, il n'était pas sans excuse; mais il avait rompu le charme pour toujours. Martha le regretta, mais la dépense en étant faite, Martha consentit à se marier. Un an après, heureuse femme, heureuse mère, elle oubliait ses livres et les accents mystérieux qui les lui avaient inspirés.

Sébald, cependant, rééditait à profusion les jolis contes de Martha, et lui remettait chaque année bon nombre de florins, qui joints aux pièces d'or du trésor de l'oie et à l'héritage de la bonne Trudchen, permirent à Hermann et à Martha de bien établir leurs nombreux enfants.

« N'ai-je pas bien fait, lui dit un jour Jack Miller, n'ai-je pas bien fait de vous forcer à mentir, madame Hermann? Vous seriez devenue quelque chose comme une sorcière en bas bleus, au lieu que vous voilà pourvue d'un excellent mari et d'une poussinière d'enfants plus jolis les uns que les autres. Cela ne vaut-il pas mieux que de comprendre le langage des bêtes?

— Hélas oui! dit Martha, et pourtant.....

— Pourtant quoi?

— Je vous assure que c'était bien amusant! Si un de mes enfants pouvait retrouver la Fleur d'oubie, je serais bien contente.

— Eh bien! qu'ils la cherchent. »

Ils l'ont cherchée, mais, hélas! aucun d'eux ne l'a retrouvée.

J. O. Lavergne.

FIN

RENÉ FRANÇOIS SAINT-MAUR

NÉ A PAU LE 29 JANVIER 1856, DÉCÉDÉ LE 13 MARS 1879

René François Saint-Maur mourait à Pau, le 13 mars 1879, à l'âge de vingt-trois ans. Sa vie si courte n'a été marquée par aucun événement extraordinaire, et ce serait pour ceux qui ne l'ont pas connu une énumération fastidieuse que celle des voyages, des examens ou des concours de ce simple étudiant.

Mais tous les lecteurs peuvent suivre avec intérêt le développement des sentiments et des pensées d'un jeune homme dont la haute intelligence fut promptement formée, et qui manifesta de bonne heure un talent réel d'écrivain et de poète.

Puis, à pénétrer dans cette âme, à en voir la délicatesse et la pureté, quelques-uns seront remués sans doute par cette émotion saine et forte que fait naître le spectacle de la beauté morale. Alors ils comprendront que cette vie, sitôt interrompue, n'a pas été inutile, puisqu'elle peut servir d'exemple et qu'elle est, selon le mot du Psalmiste, de ces œuvres dans lesquelles « Dieu est glorifié ».

Mon amitié, qui se sentait impuissante à faire connaître l'âme de René, a été pressée d'entreprendre cependant cette tâche : « Apparaissez-nous bien vite avec votre cher René, m'écrivait-on. Tant que l'homme vit, la modestie doit garder ses actes et l'amitié elle-même doit être contenue par la pudeur. Mais la mort a cela d'admirable qu'elle donne au souvenir comme au jugement toute sa liberté. En enlevant ceux qu'elle frappe au double écueil de la fragilité et de l'envie, elle permet à ceux qui ont vu de lever le voile, à ceux qui ont reçu de confesser le bienfait, à ceux qui ont aimé d'épancher leur amour. » Bien des encouragements tels que celui-là, et aussi des désirs que je devais respecter, ont vaincu mes hésitations.

SON ENFANCE ET SES ANNÉES DE COLLÈGE.

Dès l'enfance, René avait reçu de sa famille de fortes traditions de piété, de travail et de dignité de vie. Elles contribuèrent au développement de son intelligence, qui, aidée d'une grande facilité, le tint constamment à la tête de ses classes, à Vaugirard comme à Poitiers, dans les deux collèges des Pères Jésuites où il fit son éducation.

L'activité qu'il déployait est à peine concevable. Les devoirs de classe consciencieusement achevés, il trouvait le temps de lire beaucoup, d'entretenir avec ses parents et ses amis une correspondance presque quotidienne, et de confier enfin à un journal des pensées sans nombre dont l'expression n'avait pu trouver place ailleurs.

Et par une maturité précoce d'esprit, par un talent réel d'écrivain dont toutes ses productions portent la trace, cet écolier de *quinze ans* échappe à la banalité; l'élévation de son âme et sa préoccupation constante du devoir enlèvent toute fadeur à ses rêveries poétiques :

Quand mon livre oublié repose sous mon bras,
Quand mon esprit s'endort, quand je ne pense pas,
Lorsque mon âme à Dieu comme un encens s'élève,
Quand j'entends en mon cœur qui fléchit sous son poids
Doucement murmurer une secrète voix,
Je rêve.....
Dans ces vagues pensers je rêve à ceux que j'aime,
Je pense à mes bonheurs, à mes souffrances même,
Je songe que la gloire est un cruel fardeau;
A mes regards chrétiens l'espérance soulève
Le voile qui s'étend au delà du tombeau.
A tout ce que je vois de vrai, de grand, de beau
Je rêve.....

(Avril 1871.)

Il parle de ses souffrances : les effusions de tristesse remplissent en effet le journal écrit pendant sa rhétorique; mais en même temps la souffrance exerce sur lui cet attrait par lequel elle a séduit toutes les grandes âmes, et il s'écrie, devinant par le cœur la raison profonde de ces attaches mystérieuses :

Un cœur qui sait souffrir parce qu'il sait aimer,
C'est là le bien céleste et l'idéal suprême!...

Cette vision intérieure le détourne des distractions ordinaires d'un écolier. Se mêlant peu au jeu de ses camarades, écoutant toujours la voix secrète qui parle dans son cœur, il est parfois anxieux et découragé, le plus souvent enflammé par des sentiments généreux dont l'expression revient sans cesse sous sa plume infatigable.

Suis d'un pas courageux une route certaine;
Sois fidèle et vaillant. La vie est une arène
Où tes ancêtres ont lutté.
Espère! Le berceau du chrétien, c'est la tombe;
Marche sans défaillance et jamais ne succombe
Sous l'orgueil ou la volupté!
(*A moi-même*, avril 1871.)

La forte éducation qu'il recevait de ses maîtres et dont on voit ici la trace, trempait son caractère sans rien enlever à la vivacité et à la délicatesse de ses affections.

« Voici qu'on me remet une lettre de papa. Lisons... En ouvrant cette lettre j'avais comme un pressentiment. Et en effet c'est une mauvaise nouvelle. Papa est resté parce que grand'mère B... est assez sérieusement malade pour faire craindre une fin prochaine.

« Pauvre vieille arrière-grand'mère! Elle aura vu dans sa vie quatre invasions (1792. 1814, 1815, 1870), onze gouvernements, les échafauds, la guerre des Vendéens, etc.... Elle aura vu trois générations d'enfants et de petits-enfants se grouper autour d'elle. Qu'elle soit bénie! Je vais prier pour elle, demandant à Dieu de faire selon ses desseins de miséricorde. Notre famille de Nantes est bien éprouvée cette année! Si nous revenons à la Boissière, nous regarderons, les larmes aux yeux, les vides que la mort a faits. La mort: pour les justes, le messager céleste!... Je le dis avec certitude, Dieu a tenu compte des vertus de ma tante Aline. Il tiendra compte des bienfaits de grand'mère, de ses rides creusées par les douleurs, le travail et l'amour. Ainsi peut-être il m'avertit de devenir meilleur. Merci, mon Dieu! »

(Mars 1871.)

Tout ce qui se passe sous ses yeux, toute pensée qui traverse son esprit, pénètre jusqu'à son âme et la fait résonner d'une note émue, toujours élevée et personnelle.

Un jour une strophe lyrique jaillit d'un jet et il s'écrie :

O montagnes! qui donc vous donna votre place?
C'est Celui dont la main fit les déserts de glace,
Suspendit les soleils de feu!
Qui pourrait devant vous douter du divin Père?
Vous portez dans les airs sa louange sévère,
Vous êtes les témoins de Dieu!
(Mars 1871.)

Il en veut même parfois à ses chers poètes :

Homère! *vieux blagueur!* torture de nos têtes!
Que je voudrais ce soir reposer en rêvant!
Il me faut cependant
Délier les cordons de ton sac d'épithètes!
(17 avril 1871.)

Nourrisson ingrat! N'était-ce pas *dans le sac du vieux poète* qu'il prenait ces expressions heureuses, ces traits enlevés et fermes qui donnaient déjà à son style un tour original et précis?

D'ailleurs la note du dégoût ou de la critique n'est que passagère sous sa plume, et il revient bien vite à l'enthousiasme :

J'aime tout ce qui dit la fraîcheur et la vie;
J'aime toutes ces voix qui parlent à mon cœur,
Et mon esprit charmé trouve la poésie
Dans le calice d'une fleur!
(Avril 1871.)

Il se répand ainsi en chants d'amour, et si la pensée des siens le saisit, s'il se met à décrire les jeux de ses jeunes frères, il le fait avec un accent où respire la tendresse :

Comme il était gentil le fusil sur l'épaule,
En guise de drapeau soutenant une gaule,
Marchant d'un pas débile encor,
Suivant le général armé d'une baguette,
Et quand, sous le képi trop large pour sa tête,
S'échappaient ses doux cheveux d'or!
(7 avril 1871.)

Mais de tels souvenirs le ramènent à la tristesse; en vain, dans les grandes cours du collège, il cherche les regards et l'affection des siens; son âme ne peut se faire à leur absence et il pleure :

« Mardi, 4 avril 1871. — Hélas! l'ennui m'accable! Tout mon courage s'épuise; mon âme s'abat et nul n'est là pour me relever, m'encourager!

« J'ai mal à la tête, je ne peux rassembler mes pensées; j'ai peine à soutenir une plume. Le Père X... pouvait ce matin nous faire une classe charmante: il en a fait une ennuyeuse, et cela a beaucoup contribué à me mettre de mauvaise humeur; et puis pas de lettre, — et puis le temps est sombre. »

L'ennui m'oppresse et mon âme accablée
Souffre et se tait sans être consolée.
Les souvenirs habitent dans mon sein.
Doux souvenirs! charmants flocons de neige!
Mais la tristesse envahit ce collège
Et nul n'est là pour me tendre la main!

Mon cœur frémit d'une inutile rage;
Seul, sans appui, je perds tout mon courage.
Fidèle à Dieu, marchant le droit chemin,
Je vais, je suis cette route mortelle;
Mais bien souvent j'hésite et je chancelle
Et nul n'est là pour me tendre la main.

Ces alternatives de joies et de tristesses, qui s'en vont sans cause comme elles sont venues; cette marche de l'âme à travers les routes mystérieuses où se croisent la souffrance et le bonheur; la vue et l'amour du sacrifice; le travail rude parfois, mais persévérant; le culte de la famille absente: telle sera la vie de René au collège.

Les années amènent pour lui des études nouvelles, des progrès constants, une formation de plus en plus parfaite de l'intelligence. Son âme demeure la même, tendue avidement vers le bien et vibrant avec sensibilité et force à toutes les impressions des objets extérieurs, comme aux moindres souffles de la pensée.

Un jour, il s'écriera, comme si la vie avait livré ses derniers secrets à cet enfant de seize ans :

Je n'ai fait qu'entrevoir d'un œil sans espérance
L'ombre de l'idéal que j'avais tant rêvé ;
Mon âme a bu l'amour et compris la souffrance,
J'ai cherché le bonheur et ne l'ai point trouvé.
Vierge ! faites deux parts des volontés divines :
Donnez-lui tous les biens qui fleurissent au ciel,
Gardez ses yeux des pleurs et ses pieds des épines,
Et donnez-moi la force en me donnant le fiel.
(12 février 1872.)

Chercher dans les événements extérieurs l'histoire de sa vie serait donner de lui une idée imparfaite.

Au dehors, c'est l'incertitude de la carrière, et, au milieu de succès continus, l'obscurité de la voie.

Au dedans, c'est l'âme qui se forme, qui s'élève, qui ne voit le mal que pour s'en détourner et épancher son dédain en de fières paroles :

Méprise leur parole ; elle est menteuse et vide.
Garde cet œil pieux, garde ce front limpide :
Garde ta pureté.
Ne souille pas ton cœur et ton intelligence
A ces amers dégoûts ; perdant ton innocence,
Tu perdrais ta gaieté.
Si j'étais ton ami, je pourrais te le dire :
Grandis, mais reste ainsi. Reste l'ardent joueur,
L'esprit laborieux, le blond enfant de chœur ;
C'est le secret de ton sourire.
(*A Marc X.*. 3 avril 1872.)

Lorsqu'il se tourne vers le ciel, il a des élans passionnés. Les invocations à la sainte Vierge jaillissent constamment de son cœur :

Attache à ton amour ainsi qu'à sa racine
Mon cœur, frêle roseau qu'un souffle fait plier.

Et ailleurs :

O doux *Memorare*, ravissante prière !
Murmures d'un enfant à la plus tendre mère !
Baume consolateur !
Encens immaculé de la Vierge sans tache !
Rends légère pour moi toute terrestre attache,
Tout passager bonheur.
(13 mars 1871.)

Mais ce qu'il ne se lasse pas de demander, c'est la souffrance :

Mon Dieu ! souvenez-vous de celui qui vous prie.
Lorsque viendra la lutte, ayez soin de m'armer,
Et gardez-moi toujours, ô Clémence infinie !
Assez fort pour souffrir, assez pur pour aimer !
(23 janvier 1872.)

Avec un cœur si haut placé, il ne devait jamais être satisfait de lui-même; aussi s'accuse-t-il et se reproche-t-il sa faiblesse :

« Je n'ai pas lieu d'être content de moi; c'est un peu toujours la même chose; je n'ai pas gagné du terrain : c'est en avoir perdu. Ce qui me ferait sourire si je le voyais chez un autre, et ce qui m'irrite, — ceci n'est pas le mot, mais je n'en trouve pas qui exprime bien ma pensée, — ce qui m'obsède, c'est cette contradiction perpétuelle entre les désirs et les actes, l'intelligence et la volonté. Je voudrais *mieux* et je ne fais pas *bien*; j'atteins l'*assez bien* : je vais plus haut par la pensée, dans la réalité je reste en arrière. Guère de courage aux petites choses; que sera-ce donc aux grandes ? Et cependant vous savez que je suis ambitieux. — Dans le livre des *Retraites* du R. P. Olivaint, le saint martyr, livre que vous m'avez donné et que je lis assez régulièrement, il y a chaque fois ou presque, un chapitre intitulé l'*Appel*. A quoi serai-je appelé ? Je n'en sais rien. Attendre est pénible, agir doit m'être facile : car je n'imagine personne qui soit entouré de plus de facilités pour le bien et même le très bien que moi ; l'inconstance, la lâcheté suffit à rendre difficile...

« Décidément il n'y a pas en moi de quoi faire un élève de l'École polytechnique ; ce que je fais de sciences cette année me suffit largement, et souvent c'est un vrai sacrifice de renoncer à tant et tant de belles études qui me sourient, pour courir après un diplôme incertain de bachelier ès sciences. Quand je l'aurai, je chanterai mon *In exitu*. Pourtant j'aurais tort de me plaindre et de poser pour la victime vouée aux divinités infernales d'un Tartare scientifique ; j'aime le travail et surtout la variété dans le travail. Je l'aime d'une façon un peu égoïste, comme jouissance, comme moyen, et je devrais réfléchir davantage, pratiquement, que c'est une loi de salutaire châtiment et d'effort. »

(Jeudi 13 mars 1873. *Au P. Clair.*)

Il y réfléchissait d'ailleurs plus qu'il ne le dit, et frappé un jour par la pensée d'Horace :

...Ego nec studium sine divite vena
Nec rude quid possit video ingenium,

il écrivait :

Le travail rejeté, l'ennui reprend ses droits.
...C'est l'effort vaincu qui donne le bonheur
Et la vie, après tout, n'est qu'un rude labeur.
(20 février 1872.)

Insistant ailleurs sur son caractère, il écrivait à un ami : « Je suis un bon enfant, mais de peu d'énergie; je me le dis et je m'en aperçois souvent, et j'en souffre sans désespérer du bon Dieu ni de moi-même. Je suis quelquefois comme le Sganarelle de Molière qui voudrait bien venger son honneur et a pris à cette fin un grand sabre, et qui enrage de ne pas être brave... »

(2 mars 1873, *A. J. A.*)

JULES AUFFRAY.

— La suite au prochain numéro. —

LA FILLE DU SERGENT-MAJOR

—

Le « doux village de Chelsea », comme disent les vieux auteurs, occupe une situation gracieuse et pittoresque à l'ouest de Londres, sur la rive gauche de la Tamise, en face de Battersea.

Aujourd'hui encore, c'est un agréable but de promenade, pour la haute société londonienne. Mais à l'époque où je vous prie de vouloir bien vous reporter, chers lecteurs, le charme était beaucoup plus réel. La puissante ville n'avait pas si impitoyablement absorbé le doux village, dont elle fait désormais un simple faubourg. La « mer de briques et de mortier », pour employer l'expression de Charles Dickens, n'avait pas si complètement rompu ses digues, pour envahir la campagne.

On était en 1838.

Alors comme à présent, les érudits et les guides montraient à l'envi un lieu historique fort important, sinon tout à fait indiscutable. S'il faut les en croire, le point où César aurait traversé la Tamise, se rencontrerait tout juste entre les deux curiosités de Chelsea : le Jardin botanique et l'hôpital, ou, si vous voulez, le *Royal College*, ou, si vous aimez mieux encore, l'Hôtel des Invalides de l'armée de terre.

Je ne sais trop si nous quitterons Chelsea sans avoir vu le Jardin botanique, ou sans en avoir entendu parler. Pour le moment, c'est au Collège que nous nous rendons par le droit chemin.

I

Une épigramme lancée contre Charles II, par un Anglais mécontent, assure que ce monarque

> Ne dit jamais une chose folle
> Et n'en fit jamais une sage.

Le jugement plus désintéressé et plus sérieux de Chateaubriand ne nous laisse pas une impression meilleure. « Ce fils de Charles Ier, lisons-nous dans les *Quatre Stuarts*, fut un de ces hommes légers, spirituels, insouciants, égoïstes, sans attachement de cœur, sans conviction d'esprit, qui se placent quelquefois entre deux périodes historiques... »

Convenons cependant, — et ce sera de grand cœur, pour l'amour de sa mère, notre très noble, très malheureuse et très courageuse compatriote, la reine Henriette-Marie, — convenons que Charles II a fait, dans sa vie, une chose sage, et, en même temps, une chose qui empêcherait de le croire entièrement pétrifié par l'égoïsme. Il a fondé, en 1682, le Collège de Chelsea.

Peut-être ne se trouverait-il pas hors de propos de rappeler l'extraction demi-française de ce roi d'Angleterre, en parlant d'une institution dont l'idée fut française avant d'être anglaise. Louis XIV, reprenant le projet conçu par Henri IV, avait fondé, dès 1671, notre Hôtel des Invalides.

Quoi qu'il en soit, et sans nous arrêter davantage à ce rapprochement de dates, qui n'est point déplaisant pour notre fierté nationale, nous dirons, en faveur de Charles II et à l'encontre de la fameuse épigramme :

Rien de plus sage que de montrer à une armée comment le roi et le pays savent être reconnaissants. Rien de mieux dicté par le cœur que de remédier, dans toute la mesure du possible, aux souffrances endurées par quelques-uns pour l'honneur et la défense de tous.

Combien de courages ont été soutenus, combien de victoires, par conséquent, ont été remportées, grâce à la certitude que le soldat mutilé ne deviendra pas un misérable mendiant!

Il suffit, pour s'en convaincre, de causer quelque peu avec les pensionnaires du Royal College. Et causer avec eux, ou, mieux encore, les entendre causer n'est pas fort difficile : car, en général, il n'y a rien qu'ils préfèrent à un bon interlocuteur, si ce n'est un bon écouteur.

Ils étaient servis à souhait au moment où débute notre récit.

Une magnifique journée de printemps, la première de cette année, leur amenait visite sur visite. Eux-mêmes reprenaient, en quelque sorte, possession de leurs domaines. Beaucoup de ces vétérans, appréhendant les rhumatismes comme jamais, à coup sûr, ils ne redoutèrent ni l'acier ni les balles, avaient strictement gardé leurs quartiers d'hiver, là-haut, dans les confortables dortoirs. Aujourd'hui, ils retrouvaient la liberté de leurs mouvements. Les plus prudents ou les moins ingambes se promenaient au soleil, à la place la mieux abritée, devant la colonnade qui fait face à la rivière. Les autres allaient, venaient, et avaient tout l'air de se remontrer à eux-mêmes, en même temps qu'ils les montraient aux curieux, les jardins et la chapelle, les vestibules et les salles. On voyait sur leurs visages et dans leur allure la fierté du propriétaire. On saisissait, dans les nuances de leur langage, le sentiment intime et profond de leurs droits et privilèges. Ils se trouvaient sur leur propre terrain; ils comptaient rencontrer chez leurs visiteurs, non la compassion, mais la gratitude et le respect. Ceci posé, lesdits visiteurs, étaient admis à titre gracieux, et généreusement instruits.

Ah! l'instruction! voilà, par exemple, ce qu'il n'aurait pas fallu recevoir sans contrôle!

Les souvenirs historiques abondaient, surtout au sujet des étendards suspendus dans la chapelle.

Par malheur, il se trouvait que Henri VIII était cité quand on devait parler de Jacques II, ce qui n'est pas du tout la même chose. On confondait de temps en temps les deux reines Marie, qui ne se ressemblent guère : Marie la Catholique, Marie la protestante, la fille dénaturée.

Les méprises cessaient en l'honneur de la reine Victoria, qui, récemment montée sur le trône, était venue en personne rendre visite à ses invalides : « Dieu bénisse Sa Majesté! »

De quoi voulait se mêler ici, après le nom de la souveraine régnante, celui de Christophe Wren?

On ne l'aurait peut-être pas deviné, si l'on n'avait su d'avance quels monuments remarquables l'Angleterre doit à cet architecte, qui, d'abord mathématicien, vint se former chez nous au goût des beaux-arts. Wren a construit l'hôtel de Chelsea, tout comme la basilique de Saint-Paul, le plus superbe de tous les édifices de Londres, auquel il travailla trente-cinq ans; tout comme les églises de Saint-Étienne de Wallbrask, de Saint-Michel, de Saint-James, de Saint-Dunstan, de Saint-Védast, de Saint-Laurent; tout comme le palais royal et le palais épiscopal de Winchester, tout comme le mausolée de la reine Marie à Westminster.

« Ce bon sir Christophe » ayant été l'architecte de messieurs les invalides, on ne doit point s'étonner que ceux-ci en parlent d'un petit air de connaissance.

Mais « ce bon sir Thomas Morus »?

Ah! celui-là, c'est à titre de voisin.... un voisin mort depuis 1535, mais il n'importe. L'illustre chancelier d'Angleterre avait, tout près de Chelsea, une charmante résidence. Il a, de plus, son tombeau dans l'église du village.

Ces vieux braves ne connaissaient pas trop bien son histoire; mais ils avaient une idée vague que, lui aussi, était un brave... Ils ne se trompaient pas, car ce fut un martyr.

Parmi les vétérans qui se promenaient devant la colonnade, on pouvait en distinguer deux, dont le tête-à-tête n'avait pas été interrompu par les étrangers.

Ensemble, ils avaient d'abord poussé leur excursion jusqu'aux petits jardins situés sur l'emplacement du fameux et fashionable Ranelagh, et qui constituent pour les pensionnaires l'une des principales attractions de leur domaine : chacun y cultive, suivant sa fantaisie, des fleurs, des arbustes, des légumes.

Ensemble ils étaient revenus s'abriter et se chauffer à cette place privilégiée.

L'un se nommait John Coyne; l'autre, James Hardy.

Tous deux étaient vieux. Mais John avait cette manie de considérer comme un petit garçon son ami James, qui était seulement un peu moins vieux.

A la fin du dernier siècle, on les avait, l'un et l'autre, envoyés aux Indes, lorsque le gouverneur Richard Wellesley organisait les troupes destinées à lutter contre Tppo-Saeb.

Ils avaient combattu côte à côte dans l'expédition du Nizam, à Mallavelly, au siège de Seringapatam, à Conahgull.

En 1802, ils étaient de ces huit mille soldats qui subirent, à Assaye, le choc inattendu de cinquante mille Mahrattes, et parvinrent cependant à remporter la victoire.

Mais l'année suivante vit, avec la fin de cette brillante campagne des Indes, la fin de leur carrière militaire.

James Hardy laissa ses deux jambes au combat d'Argoum.

A la prise du fort de Gawilghur, un coup de feu fracassa plus d'à moitié la tête de John Coyne.

Ces blessures n'étaient pas les premières... Leur gravité les rendit nécessairement les dernières, bien que les victimes fussent dans toute la force de l'âge.

Le sang des deux amis s'était mêlé sur les champs de bataille. Il se mêla encore dans les tortures de l'ambulance.

La guérison arriva enfin, puis le retour dans la patrie. La porte du Royal College s'ouvrit à la fois pour John et pour James. Ils devinrent inséparables.

Depuis lors, trente-cinq ans s'étaient écoulés. James n'en trottait pas moins vigoureusement sur sa paire de jambes de bois et sur sa béquille. Il avait les yeux vifs et brillants, le rire sonore; et ce rire retentissait à la fin de chacune des histoires qu'il racontait aussi consciencieusement que si John eût pu les entendre.

John les avait toutes entendues, avant de devenir sourd. Comme son ami puisait toujours dans la même provision, il ne perdait pas grand'chose. Il regardait la figure du narrateur, et la contagion du rire le gagnait par la vue à défaut de l'ouïe. Il riait, lui aussi, non pas à la façon de James, mais d'une petite manière calme, avec un petit bruit de crécelle. Alors James concluait en demandant : « Là! avez-vous jamais rien entendu de pareil? » Puis il donnait un coup retentissant sur l'épaule de son ami.

La conversation parvenait justement à l'une de ces étapes, lorsqu'un homme de grande taille, mince, droit et raide comme une baguette de fusil, se dirigea vers les deux inséparables, d'un pas aussi régulier que s'il eût marché dans les rangs. Puis, décrivant un demi-tour sur lui-même, il présenta à James l'une des feuilles de laurier qu'il tenait à la main.

« Pourquoi, sergent-major? » demanda le vieux soldat, prenant la feuille et faisant le salut militaire.

« Mallavelly! », répondit le nouveau venu, avec un accent de triomphe. « Mallavelly! vous le savez bien, mon brave camarade, vous vous êtes assez vaillamment battu à Mallavelly pour vous en souvenir. » Et il semblait que ce nom fût pour lui une musique, tant il le répétait avec complaisance. Et une vive rougeur montait à sa joue, et un éclair jaillissait de son regard.

« C'est vrai! dit James Hardy, c'est l'anniversaire, aujourd'hui même. Mais, sergent-major, si vous voulez dépouiller un laurier de son feuillage à chaque date où nous remportâmes, là-bas, une victoire, il faudra vous en procurer, de ces arbres-là, autant qu'il y a de jours dans l'année...

— Bien, bien, James Hardy! voilà qui est bien! Trois cent soixante-cinq lauriers par an... Oui, oui, voilà qui est dit à merveille. Mais soyez tranquille, mon ami, je n'ai pas besoin de me ruiner en acquisition d'arbres, pour être approvisionné de feuilles. Ma Lucy est allée se promener, ce matin, et m'en a rapporté un plein panier. Elle savait que je serais heureux de les partager aujourd'hui avec mes vieux camarades du Nizam. C'est une digne fille de soldat.

— Ah! ah! ah! et ce sera une digne femme de soldat, riposta James. N'est-ce pas, mon John? »

Et John, croyant que son ami James avait raconté une histoire, rit de son petit rire accoutumé.

« Il n'est rien dont elle ne soit digne, grâces à Dieu! » répliqua M. Anderson, le sergent-major.

Mais l'expression de son visage et l'accent de sa voix avaient changé. Tout d'un coup la fierté disparaissait, l'animation s'éteignait. L'anxiété venait effacer le souvenir de la victoire. Le père absorbait le soldat.

Après un instant de silence :

« Non, James, non, ce n'est pas là, croyez-le bien, le sort que je désirerais pour ma Lucy. Elle n'est pas de force à mener la vie de campagne. C'est là ce qui a tué sa pauvre mère. Ils ont dit que c'était la consomption, mais il n'y avait rien de semblable. Ce sont les changements de climat, et le chaud et le froid, et l'humidité et la sécheresse, et les montées et les descentes, et les marches et les mauvais gîtes. Et malgré la fatigue, et malgré la maladie, elle ne voulait pas me quitter.

Chelsea (Hôtel des Invalides de l'armée de terre).

N'est-ce pas une affection vraiment merveilleuse, celle qui enchaîne une femme frêle et délicate à un rude soldat et à sa dure existence? Et quand je la pris dans son Irlande, elle possédait une mère si tendre, et un si doux chez-soi! Elle n'avait guère entendu d'autre bruit que le murmure du ruisseau dans la montagne, et le roucoulement des beaux ramiers bleus, jusqu'à ce jour où, enfant de dix-sept ans, elle se jeta avec moi au plus fort des combats... Vous la rappelez-vous, James? »

Il s'arrêta, dévorant ses larmes. Dix-huit années de veuvage n'avaient pas tari les sources de sa douleur. Un mouvement furtif, le revers de la main passé sur les yeux... Puis il essaya d'ajuster les unes sur les autres les feuilles de laurier qu'il tenait encore... ses doigts tremblants se hâtaient et ne réussissaient pas.

« Certes, oui, je me la rappelle, et parfaitement encore, répondit James Hardy.

— Qu'est-ce qu'il y a? » demanda le vieux John.

James lui fit comprendre que l'on parlait de la pauvre mistress Anderson.

« Ah! oui, dit John, mistress Anderson! Je la vois comme si elle se tenait devant mes yeux. C'était un ange. Miss Lucy lui ressemble tout à fait... mais tout à fait... jusqu'à cette manière qu'elle avait d'appuyer la main sur son cœur... comme cela... comme s'il battait trop vite.

— Mais Lucy ne fait pas *cela*, n'est-il pas vrai, James? demanda avidement le sergent-major. Je ne l'ai jamais vue faire cela : elle ne le fait pas?

— Probablement non, répondit James. Ce brave John voit une quantité de choses de plus que les gens pourvus d'oreilles. Il est bien obligé de s'amuser d'une façon quelconque, et, comme il ne peut entendre, il voit. »

Les trois amis restèrent un moment immobiles et silencieux. Anderson était tombé dans un état d'abstraction. Les feuilles s'échappèrent de ses doigts, sans qu'il en eût conscience. Il fit une brusque volte-face et s'en alla.

Le vieux John toucha significativement son front avec son index, et James murmura :

« On l'a toujours craint, que sa blessure ne lui ait

endommagé la cervelle. Mais ce qu'il y a de plus inquiétant encore, c'est sa fille, pauvre petite créature, malgré toutes les roses de ses joues, et son sourire aimable, et sa voix douce... »

John n'entendait pas un mot, mais ses pensées suivaient la même direction.

« Pauvre sergent-major! disait-il, comme il aime toujours à nous voir! Sa journée ne lui paraîtrait pas bonne si elle s'achevait sans une petite visite au Collège. Causer un peu avec nous, tenir le compte de nos victoires et monter la garde auprès de sa fille... surtout monter la garde auprès de sa fille... voilà comment se passe son existence! Quand il n'est pas ici, on peut tenir pour certain qu'il est auprès de miss Lucy, la surveillant, la promenant : tantôt, si le soleil est trop chaud, à l'ombre de la grande avenue; tantôt, s'il fait plus frais, le long de Cheyne-Walk; surtout au Jardin botanique, avec le vieux M. Joyce, qui explique si bien, dit-on, les vertus des plantes, qui raconte tant d'histoires sur les cèdres et tous ces autres arbres des pays étrangers. Il paraît que miss Lucy a de grandes connaissances sur ces choses-là... Mais elle ne vivra pas, non, pas même autant que sa mère... j'en suis sûr. »

Et tous deux conclurent ensemble :

« Pauvre sergent-major! »

Le lecteur l'a déjà compris : Anderson était un pensionné de l'État, mais non pas un pensionnaire du Royal College.

Une blessure à la tête l'avait, de bonne heure, rendu impropre au service. Il s'était retiré dans son village natal. Mais ce n'avait été que pour veiller près du lit où sa femme bien-aimée s'était étendue à bout de forces. Longtemps encore elle avait langui; puis elle était morte, lui laissant ce legs doux et amer : une enfant charmante, mais aussi délicate qu'elle-même.

Cette similitude entre la santé de sa femme et la santé de sa fille était, précisément, la pensée qu'il repoussait avec un indicible effroi. La moindre allusion faite dans ce sens le rendait faible comme un enfant, cet homme qui avait donné tant de preuves d'héroïsme. En face de la vérité, qui devenait chaque jour plus évidente, il voulait absolument fermer les yeux.

Ce n'était certes pas pour oublier sa chère Bridget qu'il avait quitté le lieu où il l'avait vue mourir. Mais c'était peut-être, sans qu'il se le fût jamais avoué à lui-même, pour ne pas s'entendre rappeler si souvent son genre de maladie, et pour éviter les comparaisons judicieuses que les voisines n'auraient pas manqué de prodiguer, en voyant grandir Lucy.

Il avait alors songé à se rapprocher de ses anciens compagnons d'armes, devenus pensionnaires de Chelsea. Heureuse idée, dont l'accomplissement ne lui avait, jusqu'ici, apporté que des consolations.

Maintenant, Lucy lui procure des joies encore bien meilleures. C'est, en vérité, une jeune fille dont les parents les plus distingués seraient fiers. La délicatesse de sa constitution a donné je ne sais quel raffinement à son esprit, aussi bien qu'à son extérieur. Elle a beaucoup lu, plus peut-être qu'il ne serait bon si elle était destinée à vivre le temps ordinaire d'une vie, dans la sphère où elle est née. Elle pense beaucoup aussi; mais elle pense bien, elle pense en chrétienne, et cela, heureusement, la rend humble. Elle n'est pas seulement la chérie de son père, elle est son ange gardien. Sans doute, elle s'anime et palpite aux récits des combats dans lesquels il a joué un rôle; elle s'associe sincèrement, vaillamment, aux victoires qui précédèrent sa naissance. Mais, par-dessus tout, elle s'occupe de calmer et d'adoucir. Son œil affectueux et attentif voit venir de loin les orages qui, si elle n'était pas là, ravageraient la vie de son père. Un mot de sa bouche les empêche d'éclater, ou, tout au moins, diminue tellement leur violence que c'est à peine s'ils troublent la paix du foyer.

Après avoir quitté presque brutalement ses camarades, le sergent-major arriva en quelques minutes à sa maison. Il avait si fort pressé le pas, que la respiration lui manquait.

Sans se donner le temps de reprendre haleine, il tomba, pour ainsi dire, sur les épaules de la brave femme qui tenait le petit ménage. C'était une Irlandaise, une veuve de soldat, qui avait soigné Bridget Anderson, élevé Lucy depuis qu'elle était au monde; bonne et dévouée créature, plutôt amie que servante, et s'obstinant néanmoins à se considérer comme servante : M. Anderson avait été le chef de son défunt mari, et miss Lucy était l'objet de sa vénération, tout autant que de son affection la plus tendre.

« Mary, lui demanda-t-il tout à coup, avez-vous remarqué quelque chose pour... pour le cœur de Lucy? Vous êtes-vous jamais aperçue qu'elle y portât la main comme..... enfin, comme sa pauvre mère?

— Est-ce du cœur de miss Lucy que vous me parlez, *master*? Et qu'est-ce que vous voulez que j'aie remarqué? Qu'elle a un cœur? Ah! sûrement, ce serait bien malheureux si une jeune fille de vingt ans ne l'avait pas fait voir encore. Ne lui en faut-il pas un, je vous prie, pour aimer le bon Dieu, et la sainte Vierge, et vous *master*, et même un peu sa pauvre Mary? »

Apparemment, Mary n'avait rien compris, sinon le mot « cœur », et elle se lançait dans le bavardage..... C'était un peu surprenant, toutefois, qu'elle n'eût rien compris.....

M. Anderson attacha sur elle un regard scrutateur.

Mais le demi-sourire errant sur ses lèvres, la placidité absolue de sa physionomie, le rassurèrent instantanément.

Depuis si longtemps qu'elle vivait à son service, il ne connaissait pas encore toutes les ressources de son talent national pour les réponses évasives.

Elle reprit :

« Et qui est-ce qui vous a parlé, s'il vous plaît, du cœur de miss Lucy ?

— C'est le vieux John Coyne. Il prétendait qu'elle avait l'habitude d'appuyer sa main, comme..... l'habitude! Est-ce qu'elle peut avoir une habitude sans que ni vous ni moi nous nous en soyons aperçus? »

Un des meilleurs procédés de réponse évasive, c'est de répondre par des questions.

« Est-ce le vieux John Coyne qui a dit cela? reprit l'Irlandaise. Ah! alors, si vous vous mettez à écouter tout ce que dit le vieux John Coyne!.....

— Ainsi, vous la croyez tout à fait bien portante?

— Depuis votre départ, Monsieur, elle n'a pas cessé de chanter, si bien que je me disais : C'est elle, à coup sûr, qui est la première alouette de ce printemps. Et jamais je n'ai vu son pas plus léger et plus vif que tout à l'heure (il n'y a pas deux minutes), quand elle est partie pour le Jardin botanique. A moins de marcher très vite, vous ne la rattraperez pas.

Le sergent-major opéra de nouveau cette brusque volte-face que nous connaissons déjà et qui était l'un des indices caractéristiques de ses plus fortes émotions. Mary resta debout sur le seuil, et le regarda s'éloigner, en abritant ses yeux contre le soleil avec sa main droite.

« Seigneur Dieu! comme je déteste qu'il m'examine de cette manière! murmurait-elle. On dirait que son œil vous perce de part en part et qu'il découvre ce qui est au dedans. Pauvre homme! oui, l'alouette chante encore, mais pas pour longtemps. Et qu'est-ce qu'il pourra bien devenir, alors? Mais il ne faut pas aller au-devant du chagrin : quand il arrive, c'est toujours assez tôt, et il est assez dur et assez lourd. Plaise à Dieu de le tenir à distance, aussi longtemps que ce sera bon pour nous. »

Elle retourna à son ouvrage, et M. Anderson rejoignit Lucy, juste au moment où elle levait la main pour tirer la cloche du Jardin botanique. Ils entrèrent donc ensemble, et ils allèrent s'asseoir devant la statue de Hans Sloane.

« Sir Hans Sloane » est encore un de ces personnages que les invalides paraissent considérer comme appartenant à leur petit cercle d'intimes. Comme Thomas Morus, il a son tombeau dans l'église de Chelsea. Il fut médecin en chef de l'armée anglaise; mais c'est surtout comme botaniste, élève de notre Tournefort, qu'il a gardé un renom.

Une des plus belles parties de plaisir que Lucy eût jamais faites, avait consisté à visiter, au Musée britannique, la collection formée par lui à la Jamaïque, lors de son voyage avec le duc d'Albemarle. C'était grâce aux vieux M. Joyce, le directeur du Jardin, qu'elle avait pu tirer profit de cette visite. Il l'avait accompagnée, dirigée; et plus d'une fois, depuis lors, il avait feuilleté avec elle la partie botanique du grand ouvrage de Sloane : le *Voyage aux îles de Madère, la Barbade, Saint-Christophe et la Jamaïque.*

C'était une vraie joie pour le savant vieillard et pour l'intelligente jeune fille, lorsque les serres de Chelsea leur offraient quelque spécimen vivant de ces plantes qu'ils avaient vues gisantes et décolorées dans la collection, ou dont ils avaient seulement lu la description dans l'ouvrage.

Alors il fallait que le sergent-major, peu botaniste, on le croira sans peine, mais grand amateur de ce qui plaisait à sa fille, vînt, lui aussi, admirer et se réjouir.

Mais, cette fois, ce fut en vain que Lucy réclama son intérêt pour un événement de ce genre.

Il ne parut pas même entendre et, à peine assis, il déclara que, le jardin n'ayant rien d'agréable aujourd'hui, mieux vaudrait se diriger tout de suite vers Cheyne-Walk.

Le père et la fille se remirent donc en marche, et s'engagèrent sur le vieux pont de Battersea. De temps en temps ils s'arrêtaient, et, s'appuyant sur la balustrade usée, ils regardaient les flots de la Tamise, splendidement éclairés par le soleil, et la forêt de mâts qui se profilait au loin.

Mais il y avait autre chose que M. Anderson examinait avec une attention beaucoup plus intense.

Il considérait la démarche de Lucy. Il épiait le moindre mouvement de sa main.

Mais cette main ne se porta pas une fois vers le cœur.

La jeune fille parlait affectueusement aux petits enfants qui se trouvaient sur sa route. Elle semblait toute heureuse du temps si serein, de l'air si pur, de la perspective si vaste.

« En vérité, se disait son père, elle marche avec une vigueur étonnante pour une femme. »

A la fin de la promenade, il avait si bien retrouvé toute sa liberté d'esprit, qu'il se lança dans les narrations de sièges et de batailles.

Le soir, il fuma, par la fenêtre du petit parloir, sa longue pipe étrangère, objet d'admiration pour tous les enfants de Chelsea.

Lucy avait toujours soin de la lui apporter après le repas; mais il ne fumait jamais dans la chambre, sachant trop bien que la fumée de tabac provoque la toux.

Quand il eut fini, il ferma la fenêtre, et Lucy tira le rideau de mousseline blanche.

Ceux qui passaient et repassaient voyaient leurs ombres : la jeune fille lisant penchée sur un gros livre, le père écoutant, le coude appuyé sur la table, la tête posée sur la main.

La draperie était si transparente, qu'ils auraient pu distinguer, en s'arrêtant quelque peu, l'épée et le ceinturon suspendus à la muraille; la branche de laurier dont, ce matin, Lucy avait orné le miroir.

Avant de se coucher, le sergent-major appela Mary, et lui chuchota à l'oreille :

« Comme vous aviez raison pour ce vieux John Coyne! Lucy n'a jamais marché aussi bien qu'aujourd'hui; et tout à l'heure, en lisant, sa voix retentissait comme une trompette... Ah! oui, le vieux John! vous pouvez vous fier à moi, je lui donnerai une bonne leçon demain. »

Mais il ne donna jamais cette leçon au vieux John.

M. Anderson était habituellement debout le premier de la maison. Le lendemain matin, quand Mary porta l'eau chaude à sa chambre, elle recula, en le voyant à genoux, habillé, près de son lit. Cette attitude n'avait rien qui pût la surprendre : depuis que Bridget lui avait rappris ses prières, le brave soldat ne les avait jamais oubliées. Elle craignit seulement de le déranger.

Une demi-heure après, elle revint : son maître n'avait pas bougé. Elle regarda plus attentivement : le lit n'avait pas été défait depuis la veille.

Ce n'était point la prière du matin qui commençait lorsque Mary s'était présentée.

Le corps raide et froid continuait, seul, depuis huit heures, la prière du soir.

THÉRÈSE-ALPHONSE KARR.

- La fin au prochain numéro. -

UN DRAME EN PROVINCE

—

(V. p. 3, 21, 34, 51, 75, 90, 100, 122, 138, 155, 172, 186, 197 et 219.)

XI (*suite*)

Le lendemain, en effet, Alfred Royan parut. La décision d'Hélène lui fut communiquée aussitôt, et lui causa une émotion profonde, un ravissement véritable. On put voir alors, pour un instant du moins, les plis de son front s'effacer, sa pâleur habituelle disparaître, ses lèvres minces s'entr'ouvrir et ses yeux ternes rayonner. Puis, une fois ce trouble joyeux et ce premier enivrement passés, avec quelle effusion il remercia et bénit tout le monde, le marquis, la charmante Hélène, et jusqu'à la gentille Marie, la future belle-sœur, qui, silencieuse dans un coin et secouant sa jolie tête, recevait avec un embarras visible, ces témoignages de gratitude et ces protestations, se disant qu'en réalité elle ne les méritait guère.

Après les effusions et les remerciements, vinrent les projets, les promesses. Alfred parla d'aller passer une dizaine de jours à Paris pour y faire meubler un appartement, peut-être un petit hôtel, et y commander le trousseau, la corbeille de la fiancée. Puis il supplia le marquis et Mlle de Léouville de venir visiter avant tout le château de Martouviers et le domaine, afin que Mlle Hélène, si elle trouvait quelque chose à modifier dans l'aménagement de cette somptueuse résidence, pût la faire aussitôt transformer selon ses indications.

Plusieurs heures se passèrent donc en causeries intimes, en dispositions et mesures à prendre pour l'avenir et en projets de voyages. Il fut convenu à la fin que M. Alfred partirait seul pour Martouviers, afin d'y faire exécuter les préparatifs nécessaires, et que M. de Léouville et ses deux filles prendraient le train de l'Est le surlendemain, pour aller le rejoindre, et passer quelques jours avec lui dans cette belle propriété. On convint de part et d'autre de ne point faire connaître aux voisins et amis de B*** le but de ce voyage. Le marquis annoncerait son intention d'aller faire un tour à la ville, et prendrait ensuite, à Dijon, la diligence de campagne qui le conduirait avec ses filles à un bourg peu éloigné du château, où la voiture du châtelain serait à les attendre.

Une fois ces arrangements terminés, Alfred Royan prit congé du marquis et des jeunes filles, et s'éloigna, pour la première fois depuis longtemps, véritablement triomphant, enivré, radieux. M. de Léouville, cependant, bien qu'il se fît un secret reproche de venir ainsi troubler sa joie, lui avait dit à voix basse, en le prenant à part dans une des allées du jardin :

« Connaissez-vous la circonstance assez triste, et tout à fait imprévue, qui a dérangé hier notre partie de chasse? Paturel vous a-t-il fait part de ses soupçons à l'égard du vieux garde?

— Oui, oui, certainement, répondit, en haussant légèrement les épaules, Alfred, qui ne paraissait pas attacher à cet incident une bien grande importance.

— Et... le brigadier pense qu'il était question d'un autre,... d'un complice, dans les divagations de ce malheureux Hans. Auriez-vous à cet égard, mon pauvre ami, quelque renseignement, quelque indice?

— Oh! oui, assurément, répliqua le jeune homme, cette fois avec un regard plus clair et d'un ton plus résolu. Aussi je me suis empressé de les communiquer à la justice. »

Là-dessus le marquis, n'insistant plus, s'inclina sans répondre. Et lorsqu'il se retrouva au milieu de sa chère famille, il oublia presque toutes ces tristes choses, en présence de la joyeuse animation et de la gaieté des jeunes filles, qui s'empressaient de faire leurs préparatifs de départ.

Trois jours plus tard, en effet, on se mettait en route, et, vers le soir, on arrivait en vue du vaste et beau manoir de Martouviers, qui dressait sa haute façade de briques, ses pavillons saillants et ses pignons aigus, au bout de la longue avenue de chênes séculaires, si sombre et si majestueuse sous les derniers rayons d'un beau soleil couchant.

Alors un véritable ravissement s'empara des jeunes filles, de la charmante Hélène surtout, qui se voyait déjà, châtelaine heureuse et fière, suivant dans sa calèche les longues avenues, ou promenant son ombrelle de moire et son peignoir garni de dentelles autour des massifs de verdure et sur les fraîches pelouses du jardin. Puis M. Alfred, dans son costume le plus frais et sa cravate la plus blanche, s'empressa de venir recevoir et saluer ses hôtes, au bas des marches de pierre du perron seigneurial. Pour les introduire dans le somptueux vestibule du château, il offrit triomphalement le bras à la joyeuse Hélène, tandis que le marquis venait derrière, ramenant en silence sa petite Minette par la main. D'abord l'heureux futur conduisit ses nobles hôtes aux appartements du premier étage préparés, pour eux depuis deux jours, et leur offrit tout ce qui pouvait les délasser, les rafraîchir, après les fatigues du voyage. Ce fut là qu'il les quitta, les laissant se reposer jusqu'à ce que la cloche leur annonçât qu'il était temps de se mettre à table.

Au dîner, qui fut à la fois abondant et délicat, servi avec une recherche et une élégance véritables, un convive se trouvait admis dans la compagnie des nobles visiteurs: C'était l'architecte de M. Alfred Royan, dont il avait, en cette occasion, réclamé la présence, afin de pouvoir au besoin lui exprimer ses intentions et lui donner ses ordres, au cas où Mlle Hélène trouverait, dans sa future résidence, quelque chose à faire ou à modifier.

Ce même soir, on veilla peu; les jeunes filles étaient fatiguées par cette longue journée de voyage. Mais dès le lendemain matin on commença en détail l'inspection du château et du domaine; on alla partout, on visita tout. M. Alfred, si heureux de pouvoir déployer le luxe et la grandeur de sa nouvelle résidence, était bien résolu à ne pas leur faire grâce d'une pièce, d'une serre, d'un meuble de prix, d'un tableau. Hélène alors, charmée et radieuse, se crut transportée soudain dans quelque merveilleux palais des contes de fées. Ces galeries, ces vastes salons, cette salle à manger énorme, avec ses dressoirs et ses bahuts où s'étaleraient les cristaux, les vases précieux, les lourdes pièces d'argenterie, cette belle bibliothèque où les chefs-d'œuvre de deux siècles s'entassaient jusqu'au plafond sur les rayons de chêne; ces jardins et ces bois, ces étables et ces écuries, tout cela serait à elle, bien à elle assurément. Elle y viendrait bientôt régner en dame et maîtresse absolue; elle y étalerait sa beauté et sa grâce, elle y recevrait ses amis. Qu'elle serait donc loin alors de son pauvre Prieuré, si triste, si vieux, si maussade, où la pluie, perçant les toits, inondait déjà les mansardes, et viendrait quelque jour déverser goutte à goutte ses flaques clapotantes dans la salle à manger!

Son ravissement toutefois ne l'empêcha pas de donner ici et là des idées fort justes, fort ingénieuses, et des conseils fort sages. M. Alfred Royan, il faut bien l'avouer, n'avait ni les manières, ni les vues, ni les allures d'un gentilhomme. Et s'il ne manquait pas d'argent, à coup sûr il manquait de goût. Aussi lorsqu'il consulta sa future au sujet du nouvel ameublement du salon, l'ancien ayant été longtemps au service des premiers possesseurs, la charmante Hélène se vit bien forcée d'émettre des idées en contradiction directe avec les siennes :

« Pourquoi du bois doré et du satin rouge dans une habitation de campagne? répliqua-t-elle, avec un joli sourire à la fois engageant, affable et légèrement dédaigneux. Réservons ceci, croyez-moi, pour l'appartement de Paris. Ce qu'il faut ici, ce n'est pas du soyeux, du brillant, du doré : avant tout c'est du grandiose. Respectez donc, je vous y engage, ces vieilles tapisseries; ayez, autant que possible, des meubles en bois sculpté, de riches mosaïques, des incrustations d'ivoire, des émaux de Venise et des tentures des Gobelins. Voilà qui a grand air, et qui s'accorde bien avec la majesté de l'édifice et le caractère du paysage. Vous le savez comme moi, monsieur, noblesse oblige. Et l'on ne peut manquer d'être noble, grand et digne, quand on habite un tel château. »

Théories assurément fort justes, mais tout à fait nouvelles pour M. Alfred Royan, qui les écoutait avec respect, en inclinant humblement la tête, et en regrettant toutefois, au fond du cœur, son cher salon idéal, tout de moire et de satin ponceau et de beau bois doré. Seul, l'architecte qui suivait partout le châtelain et les visiteurs, ressentait pour la belle fiancée une admiration sans mélange que révélaient son attitude, ses regards, ses réponses.

« C'est qu'elle est joliment forte, allez, mon cher monsieur! murmura-t-il à l'oreille d'Alfred, qui s'était attardé avec lui sur le seuil de la bibliothèque. Hein! qu'en dites-vous? pour une pauvre petite provinciale élevée dans cette triste baraque du Prieuré! Oh! c'est vraiment à n'y pas croire! »

Sur quoi l'admiration d'Alfred redoublait, et son bonheur aussi... Et penser que ce bonheur s'était vu si près d'être brisé par une idée fantasque, un sot caprice de son oncle! Lui, châtelain de Martouviers, qu'aurait-il bien pu faire de cette simple fillette, cette petite Marie, qui paraissait si humble, si dépaysée, comme perdue dans ce grand château? Que serait-il devenu, vraiment, s'il n'avait pu réaliser, dans la fleur de sa jeunesse, le rêve de ses nuits, l'unique pensée de ses jours? Qu'aurait-il fait de ses richesses, de son luxe, de sa grandeur, s'il n'y avait pas associé Hélène!

Mais à quoi bon s'occuper du passé? Le passé était loin, et ce qu'Alfred Royan voyait maintenant devant lui, c'était la liberté d'action, le plaisir, le pouvoir, la jouissance, les joies sans fin du viveur et de l'ambitieux, aux prises avec tous ces trésors qu'il n'a pas gagnés, et que ses caprices sensuels pourront dissiper bien vite. Il avait maintenant à lui tout ce qu'il avait désiré : les millions de son oncle, la maison, le château, et au-dessus de tout cela, la promesse d'Hélène. Oh! oui, M. Alfred était un homme heureux sans doute, tout en renonçant même à son beau salon doré.

Pour la simple et gentille Marie, dont il faisait si peu de cas, elle s'émerveilla surtout des beautés et des richesses de l'étable et de la basse-cour. Elle poussa des cris de joie à la vue des belles vaches rousses, aux mamelles gonflées de lait, qui, pressentant peut-être en elle une protectrice, une amie, tournaient vers elle avec lenteur leurs gros yeux vagues et tendres. Ce fut en sautant de joie qu'elle sema du grain à foison aux petites poules bigarrées, à la crête vermeille, à l'air tapageur et mutin; aux grands coqs fiers et haut montés qui, en la voyant venir, lançaient au vent leur plus vibrant appel, en faisant miroiter au soleil les plumes irisées de leur queue en panache. Elle passa la plus grande partie de son temps à faire connaissance avec tout ce petit monde, qui semblait avoir pour elle une secrète sympathie, un langage, un attrait : avec les jolies pintades d'un gris si doux semé de perles blanches, avec les paons, qui étalaient majestueusement sur le fond de sable d'or les couleurs métalliques de leur traîne royale; et même avec Friquet, le petit âne brun portant les paniers de la jardinière, et avec Mastoc, le gros terre-neuve, qui montait jour et nuit sa garde dans la cour.

Et cependant il fallut en finir avec toutes ces grandeurs, toutes ces jouissances et toutes ces amitiés. Les deux jours promis par le marquis s'écoulèrent bien vite, et l'on songea au retour, que l'on n'aurait pu différer sans exciter la curiosité des habitants de B***, et peut-être leurs commérages. M. Alfred eut soin d'expédier d'avance ses chevaux et sa voiture, afin qu'ils fussent à la station à l'arrivée de la famille. Lui-même, se trouvant là comme par hasard et annonçant tout haut qu'il venait d'un autre côté, paraîtrait tout simplement agir en bon voisin, en offrant au marquis et à ses filles des places dans sa calèche et en les déposant à la grille du Prieuré.

Tout se passa donc en ordre et en paix, selon le programme arrangé d'avance. M. Royan, arrivant à la ville par une autre ligne, rencontra ses hôtes à la station et les installa dans sa voiture. Puis le cocher, ferme et droit sur son siège, fit claquer son fouet, et lança son attelage au grand galop.

La distance à parcourir était en effet assez longue, et il était déjà tard lorsque la voiture s'ébranla. Elle roula longtemps, par une belle nuit sereine et bleue, semée d'étoiles, sur la route qui, ici, coupait les bois, et là, longeait les champs. La blancheur de ce long ruban, uni et droit au milieu des masses d'arbres sombres, faisait mieux ressortir encore l'obscurité des fourrés de verdure, la profondeur des massifs lointains; et les jeunes voyageuses, encore sous le charme des merveilles et des joies du château de Martouviers, jouissaient pleinement de cette longue promenade nocturne, ici se montrant un bel arbre dans une clairière magnifiquement éclairée par la lune, là admirant un massif noir perdu dans l'ombre, ou une mare d'eau scintillant sous un rayon argenté.

Soudain Hélène, qui s'était penchée pour mieux voir, se rejeta en arrière en poussant un léger cri :

« Regardez; il y a là un homme,... un homme qui a l'air d'avoir peur de nous, de se sauver,... car il court... il marche si vite ! »

Les autres voyageurs à leur tour se penchèrent. En effet, dans l'étroit sentier qui coupait à travers les bois, évitant ainsi un long coude tracé par la grande route, un homme venait de se montrer, et, paraissant s'enfuir au bruit de la voiture, s'éloignait à pas précipités derrière les buissons. Il eût été impossible de distinguer son costume et ses traits dans l'ombre et à cette distance. Mais chacun put voir cependant que sa taille était haute, svelte, élégante, et qu'il paraissait bien vêtu. Et, au même moment, au sein de la voiture, s'éleva une exclamation soudaine, peut-être un faible cri.

« Gaston!... Oh! père, ne le voyez-vous pas?... c'est-à-dire, cet homme lui ressemble; on dirait que c'est lui! » murmurait Marie toute tremblante et d'une voix émue, suivant des yeux, sous les grands arbres, la forme noire du passant.

— Mais que t'imagines-tu donc là, ma petite chérie?... Gaston, à l'heure qu'il est, ne songe guère à courir dans nos champs. Il fait là-bas, le pauvre garçon, sa petite besogne au ministère. Et quand même il serait par hasard chez son père, en ce moment, que viendrait-il chercher, je te le demande, au milieu de la nuit, dans cette partie du bois où rien ne peut l'intéresser, où se trouve seulement, à droite, un peu plus loin, la maisonnette du vieux garde?

— En effet, mon père a raison. Pourquoi M. de Latour s'en viendrait-il à cette heure faire une visite à Hans Schmidt?... L'a-t-il même jamais connu? fit observer Hélène.

— C'est vrai, ajouta Alfred Royan. Il n'a jamais paru le connaître. »

Ce furent là les seuls mots que prononça, au sujet de cet incident, l'heureux fiancé d'Hélène. Et pourtant Marie se retourna vivement, et attacha sur lui un regard interrogateur, ému, presque inquiet. C'est qu'elle avait cru distinguer, dans la voix un peu traînante de M. Alfred, une inflexion significative, étrange, et qui, sans qu'elle sût pourquoi, l'avait fait frissonner.

Ce petit incident n'eut d'ailleurs pas de suites. La voiture roulait toujours, l'homme avait disparu. Dix minutes plus tard, les habitants du Prieuré s'arrêtaient devant la grille, et souhaitaient une bonne nuit et un heureux retour à M. Alfred Royan, que son attelage entraînait triomphant vers la ville.

ÉTIENNE MARCEL.

— La suite au prochain numéro. —

CHRONIQUE

Grand soleil! grande chaleur! grande comète! J'aurais bien envie de la bénir, cette comète, qui vient si à propos pour nous distraire un peu des banalités de la saison; car ce n'est point gai Paris, en ce temps-ci où tous les salons se ferment un à un et où nos Chambres parlementaires seules persistent à tenir leurs portes ouvertes, sous prétexte de budget, c'est-à-dire pour rédiger la *carte à payer*, qui sera finalement réglée par notre bourse.

Mais je n'oserais dire de la comète tout le bien que je pense d'elle sans quelque préambule oratoire: les comètes sont, depuis longtemps, mal notées dans l'opinion populaire, et il n'est pas facile de déraciner les préventions qui s'attachent à leurs errantes personnes.

Songez donc! des astres qui paraissent quand on ne les attend pas et qui ne paraissent pas quand on les attend! Sans compter que souvent on n'est pas tout à fait sûr de leur identité!

Comment croire que ces vagabondes du ciel n'ont pas des raisons pour cacher ainsi leurs faits et gestes? et comment supposer qu'elles ne viennent pas pour jeter au moins quelques aérolithes dans nos jardins terrestres?... Il ne manque point d'esprits crédules pour s'imaginer qu'elles y jettent aussi des mauvais sorts.

Depuis que la comète, dont tout le monde se préoccupe, a laissé traîner les reflets de sa queue jusque sur nos boulevards, j'ai rencontré au moins dix personnes qu'on pourrait croire tant soit peu instruites, qui m'ont demandé :

« Qu'est-ce qu'elle annonce donc, cette comète?

Cette question, je le répète, m'a été posée par des personnes point complètement sottes, point complètement ignorantes: presque toutes affectaient de ne pas parler sérieusement; mais, au fond, je sentais que je leur ferais un grand plaisir en les rassurant sur le nouvel astre dont le flamboyant panache illumine notre horizon.

La comète, mesdames et messieurs! oui vraiment, cela annonce quelque chose: pleine vendange et bon vin! Rappelez-vous la comète de 1811.

Et, à ce seul souvenir, tout le monde se déride: la comète de 1811 avec le bon vin dont on lui a attribué la maternité, a plus fait que les mémoires de cent académiciens pour dissiper les terreurs superstitieuses qui, de temps immémorial, s'attachent aux astres à queue.

L'antiquité ne croyait pas, comme l'astronomie moderne le prouve, que les comètes obéissent aux lois physiques comme les autres corps célestes : elle voulait absolument qu'elles fussent mêlées aux événements de la terre.

La comète qui fit le plus parler d'elle dans le monde antique fut assurément celle qui se montra au temps de la mort de Jules César : le peuple romain cria tout d'une voix qu'elle emportait au ciel l'âme du glorieux dictateur; et certes, on peut bien dire que cette comète-là joua un rôle politique; car, en contribuant à l'apothéose de César, elle prépara le triomphe futur de son neveu Auguste.

Depuis lors, il a toujours été de bon goût, parmi les souverains, de croire que les comètes se préoccupaient tout particulièrement de leurs affaires, et surtout avaient mission spéciale de les avertir quand leur mort approchait : Charlemagne fut certain qu'une comète qui se montra dans le ciel venait tout exprès pour emporter son âme; il le crut si bien que cette idée, au dire de ses historiens, eut sur lui une influence funeste qui hâta son trépas.

Au commencement de l'année 1821, une comète parut au-dessus de l'île de Sainte-Hélène, et Napoléon alors fort malade, — il devait mourir le 5 mai suivant, — profita de l'occasion pour rappeler avec un peu d'orgueil le phénomène céleste qui s'était produit à la mort de Jules César et pour annoncer sa propre fin; mais Napoléon était un habile comédien, et après avoir tant parlé de son étoile aux grands jours de sa vie, il pouvait bien s'offrir le luxe d'une comète à l'heure de sa mort.

Une comète qui a légèrement compromis la réputation terrible de ses sœurs fut celle de 1664 : véritable *nihiliste* des régions célestes, elle devait faire périr, disait-on, tous les rois de l'Europe; pas un seul ne jugea à propos de mourir, en cette année, pour donner à la funeste prédiction au moins une apparence de vraisemblance.

Trois ans auparavant, en 1661, une autre comète avait causé un grand émoi dans le monde des cours ; — mais je passe la parole à Mme de Sévigné, qui nous a fait ce récit dans une de ses lettres :

« Nous avons ici, écrivait la spirituelle marquise, une comète qui est bien étendue; c'est la plus belle queue qu'il est possible de voir. Tous les grands personnages sont alarmés et croient que le ciel, bien occupé de leur perte, en donne des avertissements par cette comète.

« On dit que le cardinal Mazarin étant désespéré des médecins, ses courtisans crurent qu'il fallait honorer son agonie d'un prodige, et lui dirent qu'il paraissait une grande comète qui leur faisait peur. Il eut la force de se moquer d'eux et leur dit plaisamment que la comète lui faisait trop d'honneur, et l'orgueil humain se faisait aussi trop d'honneur de croire qu'il y ait de grandes affaires dans les astres quand on doit mourir. »

Non seulement les comètes avaient la réputation d'annoncer la mort des grands; mais pendant bien des siècles il ne s'est guère passé d'événements importants dans les révolutions humaines, sans qu'on ne le leur ait mis sur le dos, ou plutôt sur la queue.

L'historien Josèphe a bien soin de noter qu'une comète se montra pendant le siège de Jérusalem; la reine Mathilde, femme de Guillaume le Conquérant, qui a retracé avec son aiguille sur la fameuse tapisserie de Bayeux l'histoire de la conquête de l'Angleterre par les Normands, n'a point oublié une comète qui se montra dans le ciel au début de l'expédition. On pourrait étendre cette nomenclature à l'infini.

Certainement, les Kroumirs ne seront pas sans attribuer à la comète que nous voyons actuellement, une bonne part dans les désagréments que la France leur a causés depuis trois mois.

Ce qu'on a peine à comprendre, c'est que de grands savants aient partagé, ou fait semblant de partager les terreurs de leurs contemporains à l'égard des comètes. Dans son traité des *Monstres célestes*, le père de la chirurgie moderne, le grand Ambroise Paré, parle d'une comète qui parut en 1528 et qu'il décrit ainsi : « Cette comète étoit si horrible et si épouvantable, et elle engendroit si grande terreur au vulgaire, qu'ils en moururent aucuns de peur, les autres tombèrent malades. Elle apparoissoit estre de longueur excessive et si estoit de couleur de sang, à la sommité d'icelle on voyoit la figure d'un bras courbé tenant une grande espée à la main, comme s'il eust voulu frapper. Au bout de la pointe, il y avoit trois estoiles. Aux deux costés des rayons de la comète, il se voyoit grand nombre de haches, couteaux, espées colorées de sang, parmi lesquels il y avoit grand nombre de *fasces humaines* hideuses, avec les barbes et les cheveux hérissez. »

Et, non content de cette belle description, Ambroise Paré donne dans son livre une gravure qui représente au naturel le portrait de ladite comète, un vrai cauchemar !

Si les comètes ne sont pour rien dans la mort des grands hommes, si elles n'annoncent point les bouleversements des empires, est-il bien certain pourtant, à ne les considérer qu'au point de vue des lois de la physique, qu'elles sont complètement inoffensives ? en un mot, qu'arriverait-il si la terre venait à être heurtée par une comète ?

M. Camille Flammarion, dans son livre de l'*Astronomie populaire*, se pose aussi la question de la rencontre possible d'une comète : il conclut qu'avec certaines comètes il n'y a rien à craindre, vu leur état de fluidité ; mais que certaines autres ayant les reins solides, il se produirait probablement entre l'astre errant et la terre quelque chose d'analogue à la rencontre de deux trains éclairs...

« Un continent défoncé, un royaume écrasé, Paris, Londres, New-York ou Pékin anéantis, seraient l'un des moindres effets de la céleste catastrophe. Un tel événement serait évidemment du plus haut intérêt pour les astronomes placés assez loin du point de rencontre, surtout lorsqu'ils auraient pu s'approcher du lieu du sinistre et examiner les morceaux cométaires restés à fleur de sol : ils ne leur apporteraient sans doute ni or, ni argent, mais des échantillons minéralogiques, peut-être du diamant, et peut-être aussi certains débris végétaux ou animaux fossiles, bien autrement précieux qu'un lingot d'or de la dimension de la terre. Une telle rencontre serait donc éminemment désirable au point de vue de la science ; mais, comme dit Arago, il y a 280 millions de chances contre une pour qu'elle ne se produise pas. Cependant, le hasard est si grand ! Il ne faut pas tout à fait désespérer. »

Grand merci de vos espérances, monsieur le savant Quant à vous, chers lecteurs, qui n'êtes sans doute pas si friands de hautes expériences astronomiques, vous apprendrez probablement avec plaisir que la comète actuelle n'a aucune chance de détruire ni Paris, ni Londres, ni Pékin, ni Bruxelles ; car, au lieu de se rapprocher de notre planète, elle s'en éloigne au contraire, et bientôt même elle retournera se perdre, loin de notre vue, dans les profondeurs des cieux.

***

Vive le chapeau Van Dyck ! Il a tourné toutes les têtes en même temps qu'il les a coiffées : je parle des têtes féminines, bien entendu.

Ah ! si Van Dyck savait quelles responsabilités pèsent sur sa mémoire plus de deux siècles après sa mort ! C'est pourtant bien à lui que nous devons cet étrange chapeau, dont les bords sont si grands, si grands, qu'ils semblent avoir été faits pour l'aider à s'envoler par-dessus les moulins !

Il n'est personne qui ne connaisse le portrait de Mme de la Tour et Taxis par Van Dyck, personne qui n'ait admiré ce chapeau à plumes dont il a coiffé la noble dame : coiffure fière, hardie jusqu'à l'audace.

C'est ce chapeau que nos dames, grandes ou petites, ont l'imprudence d'arborer. Il commençait à se montrer depuis quelque temps : dans la journée du Grand Prix, il a fait fureur.

Chapeaux Van Dyck en velours noir, en peluche blanche, en peluche verte, en feutre, en paille, à panaches de toutes les couleurs, posés droits, posés de travers, couronnant des cheveux d'ébène ou des cheveux dorés, des chevelures vraies ou de fausses chevelures : voilà ce que nous avons vu, à l'heure du défilé, depuis l'Arc de triomphe jusqu'à l'obélisque.

Que ne suis-je prédicateur, mesdames, pour vous dire avec autorité ma pensée tout entière sur le grand chapeau Van Dyck !

Je m'écrierais... ; mais je n'ai pas encore ouvert la bouche, que déjà on m'interrompt :

« Pardon, monsieur le chroniqueur ; ne comprenez-vous donc pas que ce chapeau est ce qu'on appelle, en style de modiste, un *ballon d'essai* pour les modes de bains de mer ?

— Eh bien ! mesdames, elles nous en promettent de belles, ces modes de bains de mer ! Si c'est là le commencement, j'offre par avance tous mes compliments de condoléance à ceux qui, dans leur budget, les verront jusqu'à la fin ! »

ARGUS.

Abonnement, du 1er avril ou du 1er octobre ; pour la France : un an, 10 f. ; 6 mois, 6 f. ; le n° au bureau, 20 c. ; par la poste, 25 c.

Les volumes commencent le 1er avril. — LA SEMAINE DES FAMILLES paraît tous les samedis.

VICTOR LECOFFRE, ÉDITEUR, RUE BONAPARTE, 90, A PARIS. — Imp. de la Soc. de Typ. - J. Masson, 8, r. Campagne-Première Paris.

M. Dufaure.

M. DUFAURE.

Une vie laborieuse, honnête, respectée de tous, vient de s'éteindre : M. Dufaure est mort à l'âge de quatre-vingt-trois ans. Il avait été sept fois ministre, mais c'était un de ces hommes qu'on juge par leur valeur individuelle et non point par le haut rang qu'ils ont pu occuper : il était « Monsieur Dufaure »; et il semble superflu de rien ajouter pour exprimer tout ce que cette simple appellation résume de droiture et d'élévation morales associées à un rare talent oratoire.

M. Dufaure a joué un rôle beaucoup trop important dans la politique pour qu'il me soit possible d'en parler ici : je ne puis dire qu'un mot de l'homme lui-même, quoique cet homme ait été ministre, sénateur, député, académicien, — et, par-dessus tout, avocat.

Dans quelque situation qu'il ait été placé, M. Dufaure a été un homme du Palais, à la façon des grands magistrats et des grands avocats du seizième et du dix-septième siècle : une conscience absolue, une éloquence irrésistible par l'argumentation, une volonté de labeur capable d'effrayer les plus robustes et les plus infatigables travailleurs.

M. Dufaure se couchait vers 9 heures du soir; il se levait à 3 ou 4 heures du matin. Ce régime de vie n'a rien de bien étonnant pour un propriétaire rural; pour un homme qui vit dans les hautes sphères du monde parisien, il est moins facile à observer.

Il est arrivé, assure-t-on, à M. Dufaure, quand il était obligé de recevoir chez lui, de disparaître vers 11 heures du soir; à 3 heures du matin on le revoyait de nouveau dans son salon. Pendant cette éclipse, à peine remarquée, il était allé *faire sa nuit*, un peu abrégée; et, le dernier invité parti, il était prêt à se remettre au travail.

Cette rudesse de mœurs que M. Dufaure s'infligeait à lui-même n'était point sans se faire un peu sentir dans ses rapports avec les autres : M. Dufaure se préoccupait peu des grâces et de l'aménité, soit dans ses relations d'affaires, soit dans ses relations politiques; il ressemblait infiniment plus à une touffe d'épines qu'à un bouquet de roses; mais tel la nature l'avait fait, tel il fallait le prendre : la surface était rude, le fond était bon.

Il n'accordait rien au charme : sa voix était lente et nasillarde, — goguenarde jusqu'à la cruauté, quand il le voulait; ses cheveux en broussailles poussaient drus sur son large front; ses sourcils épais ombrageaient des yeux dont le feu sombre illuminait seul un visage qu'on eût cru taillé dans le tronc noueux d'un vieux hêtre, s'il ne se fût parfois animé d'un bizarre rictus.

On assimilait assez volontiers M. Dufaure à un sanglier : si je me permets de répéter cette irrévérencieuse comparaison, c'est que le sanglier peut être vu en beau, comme le voyaient nos pères les Gaulois, qui faisaient de lui l'emblème planté à la hampe de leurs drapeaux, comme un type d'irrésistible vaillance : le sanglier est laid, revêche; mais il est ferme dans la résistance, impétueux dans l'attaque, et il a pour lui son coup de boutoir...

Ah! le coup de boutoir! M. Dufaure s'entendait à l'envoyer raide et tranchant!

Ce n'est pas à lui qu'il eût fallu demander d'acheter la popularité au prix d'une complaisance quelconque. Une anecdote suffit à le faire connaître. Un jour, en 1848 ou 1849, une réunion d'électeurs qui lui offraient la candidature pour la députation, l'invitèrent à un banquet.

A chaque mets qu'on lui présentait, M. Dufaure refusait : on crut d'abord qu'il était indisposé; mais il mangeait son pain sec avec un appétit qui ne permettait pas de maintenir plus longtemps cette hypothèse.

Un des organisateurs du banquet, n'y comprenant plus rien, hasarda timidement une question :

« C'est aujourd'hui vendredi, mon cher monsieur, dit M. Dufaure. Vous m'offrez du gras; moi, je veux du maigre : vous me trouvez bon pour vous faire des lois, trouvez bon d'abord que je respecte les lois de ma conscience. »

EDMOND GUÉRARD.

HISTOIRE D'UN SONNEUR

« Je devine bien pourquoi vous êtes venu me relancer dans ma tour, me dit le sonneur en me regardant fixement, vous espériez voir « un type ». Là, franchement, est-ce vrai? Mon Dieu, je ne vous en veux pas, je connais les auteurs mieux que vous ne le supposez, et je sais qu'ils sont toujours en quête de figures curieuses. La mienne doit vous satisfaire! Mais je vous en préviens, il n'y a dans ma vie aucun événement tragique ou extraordinaire; je n'ai guère que des impressions à raconter.

« Je suis né dans cette chambre; j'ai toujours été familier avec les cloches. Le jour de ma naissance, mon père se paya le plus joyeux carillon qu'il ait jamais sonné. Ce fut comme une lettre de faire part qu'il envoya dans toute la ville. Et lui se disait en ébranlant les cloches : « Il fera un bon petit sonneur. »

« Tout enfant, voulant imiter mon père, je prenais la grosse corde d'une cloche dans mes petites mains, et je la tirais de toutes mes forces; mais, contre-poids trop faible pour une semblable masse, j'étais soulevé au-dessus du plancher, comme si une main invisible avait tiré la corde en haut, et je trouvais cela bien étrange; du reste ce n'était pas la seule chose étrange de ce séjour.

« Dès que la nuit était tombée, j'entendais un bruit de pas étouffés dans l'escalier, comme des gens qui montent sans lumière et se heurtent aux marches; souvent on frôlait notre porte, et je croyais qu'on allait entrer.

« La première fois que ces bruits singuliers me frappèrent, et que j'en demandai l'explication, mon père me répondit : « Ce sont les rats. » Comme il était très taciturne, et que mes questions d'enfant paraissaient l'ennuyer, je le questionnais peu.

« Parfois, la nuit, lorsque le bruit devenait trop fort, mon père se levait et, armé d'un bâton, sortait de la chambre. Alors, pendant quelques minutes, on entendait un violent tapage.

« Lorsqu'il rentrait, son bâton était sanglant, et si je lui demandais à moitié éveillé : « Qu'y a-t-il donc, père? » Il me répondait : « Ce sont encore ces maudits rats! » Et il se recouchait en grommelant.

« Les rats, sur lesquels je n'avais que des idées vagues, m'inspiraient en même temps que de la frayeur une vive curiosité. Un soir, tout tremblant de ma hardiesse, je demandai à mon père de me les montrer. Il y consentit. Je me suis toujours souvenu de cette soirée et de la solennité de mon attente. Enfin les rats commencèrent à glisser le long des murs, et mon père, s'avançant à pas de loup vers la porte, me dit à voix basse : « Viens. »

« Il entr'ouvrit doucement la porte, si doucement qu'elle ne fit pas entendre son grincement habituel, et, me poussant dans l'étroite ouverture, il murmura en élevant la chandelle au-dessus de ma tête : « Regarde. »

« Une seconde, j'aperçus la noire réunion de ce peuple nocturne, qui couvrait les marches de l'escalier de la tour. En un clin d'œil, il se dispersa et rentra je ne sais où.

« Quoi! c'étaient là ces rats qui avaient tenu si longtemps mon imagination en éveil! Je me les étais figurés comme des êtres mystérieux, voilés. J'eus un véritable désappointement. Que de choses dans la vie sont ainsi embellies par notre imagination, et prennent des proportions bien au-dessus de leur taille!

« Mon Dieu, oui! certains personnages, vus dans le lointain, ont une grandeur et un prestige imaginaires, qui s'évanouissent dès que la lumière tombe en plein sur eux. Ces géants ne deviennent alors guère plus hauts que des rats.

« Cependant le mépris que m'inspiraient maintenant les habitants de l'escalier, ne m'empêchait pas, les soirs d'hiver, lorsque je revenais de l'école et que déjà le jour pâle des rues s'était enfui de la tour, de lever les pieds aussi haut que possible pour ne pas marcher sur la queue d'un rat, me figurant avec un frisson désagréable qu'il serait capable de me mordre les mollets.

« Lorsque je fus plus grand, à une douzaine d'années environ, avec ces instincts de guerre et de destruction que déjà tout enfant l'homme porte en lui, je m'associais avec ardeur aux carnages de mon père, et nous faisions de temps à autre des sorties contre les rats. Nous autres hommes, nous préludons de bonne heure à des guerres plus sérieuses. Pour tuer, on ne va point chercher les femmes. Ma mère, elle, se contentait de ramasser les morts, et nous suppliait d'achever les rats qui donnaient encore signe de vie. C'était une femme douce, tendre, craintive, et dont le visage éclairait pour moi toute la chambre. Je ne m'étais jamais aperçu que cette chambre fût sombre, elle me plaisait avec ses noires poutrelles et son étroite fenêtre de prison. On entendait les sons de l'orgue, les basses profondes des chantres, les voix perçantes des enfants de chœur; mais, assourdis par l'épaisseur de la muraille, musique et chants d'église avaient un charme singulier, et semblaient venir d'un autre monde.

« J'étais devenu assez fort pour sonner les cloches, et je les sonnais en artiste. J'étais persuadé que je remplacerais un jour mon père, et je n'avais alors aucune autre ambition. Et cependant on me faisait faire « mes classes ». Quoique le prix de la pension fût assez modique, mes parents n'auraient pu la payer; mais une personne riche de la ville, frappée de la tournure originale de mon esprit, avait dit un jour à mon père : « Que « comptez-vous faire de ce garçon? » Et mon père avait répondu, non sans orgueil : « Un bon sonneur comme « moi.

« — Ce serait dommage, il faut qu'il fasse ses études. « Il y a dans cet enfant des dispositions à cultiver. Je « me charge de lui. »

« Mon père se laissa convaincre, et c'est ainsi que je fus envoyé au collège.

« Je ne répondis pas tout à fait à l'attente de celui qui faisait les frais de mon instruction. Ne travaillant qu'à mes heures, je me laissais dépasser par des élèves moins bien doués que moi peut-être, mais beaucoup plus *piocheurs*, et moins tourmentés par leur imagination.

« Il vient un âge où il nous pousse comme des ailes, où, semblables à l'oiseau qui essaye les siennes, nous décrivons d'abord un petit cercle autour du nid, puis un plus grand, jusqu'à ce que nous ayons perdu de vue notre premier abri.

« Peu à peu je trouvai notre chambre étroite : un sang vif circulait dans mes veines, mes poumons aspiraient au plein air. Les bois qui formaient une ligne sombre à l'horizon, la rivière que je voyais du haut de la tour, sur un long espace, onduler entre les grands prés, m'attiraient d'une façon irrésistible. Au lieu de me mêler sur la place aux jeux des garçons de mon âge, je m'en allais au loin dans la campagne les jours de congé, et, je dois l'avouer aussi, quelquefois je manquais la classe pour satisfaire cet impérieux besoin d'espace et d'air. Je passais la journée hors de la ville. Tantôt je m'asseyais au bord d'un bois, ayant sous les yeux la plaine cultivée, inondée par le soleil; tantôt je m'enfonçais sous les arbres, je suivais des sentiers envahis par les ronces et les fougères, et quand j'avais trouvé une bonne retraite, je me couchais dans l'herbe, et je me laissais vivre. J'ai été dans les bois en toute saison. Au printemps, c'est leur beau moment, leur moment de gloire pour les yeux et pour l'oreille à cause des nuances variées du jeune feuillage, des pousses rougissantes des chênes et de l'éclat des genêts, qui me font l'effet, penchés au bord des chemins ou parsemés dans les taillis, de les éclairer avec leurs fleurs d'or. Les oiseaux chantent à plein gosier; on entend les froissements du feuillage, les petites herbes qui frissonnent au moindre souffle d'air, et comme une continuelle crépitation produite par le mouvement des millions et millions d'insectes qui vivent sur les feuilles et dans les mousses. Un immense bourdonnement remplit le bois; chaque arbre sous lequel on s'asseoit, paraît occupé par une ruche. On se lève, on marche, le bruit continue : on se croirait poursuivi par un essaim invisible.

« Et l'hiver? l'hiver, le vent se plaint dans les bois en agitant les feuilles sèches des chênes, en tordant les branches dépouillées. Les pas ont de l'écho : on dirait toujours que quelqu'un vous suit. Je connais bien les bois, allez!

« Lorsque je passais ainsi la journée dans la campagne, souvent le son de mes cloches m'y arrivait, me traduisant assez fidèlement ce qui se passait dans ma demeure. Mon père connaissait-il mon escapade, il sonnait avec furie; les cloches ébranlées par saccades trahissaient une main nerveuse, qui ne promettait rien de bon, et je n'étais nullement encouragé à revenir au logis.

« D'autres fois, je reconnaissais la main de ma mère; les cloches devenaient suppliantes, et semblaient me dire : « Reviens, mon enfant, reviens! » Et si je prolongeais encore mon séjour, à l'heure du couvre-feu, elles éclataient en plaintes et comme en sanglots. Leurs dernières et faibles vibrations ressemblaient aux soupirs d'un cœur qui a perdu tout espoir. Alors je me représentais ma mère en larmes, et suppliant mon père d'être indulgent.

« Je revenais en courant vers la ville, et je trouvais en effet ma mère en pleurs, et mon père tout disposé à m'administrer une correction.

« Et si je demandais à ma mère : « Qui a sonné ce soir? » elle me répondait avec un accent qui m'allait jusqu'au fond du cœur : « C'est moi, mon enfant, je pensais que « tu m'entendrais! »

« Ces jours s'en allèrent vite. Je sortis sans aucun titre du collège, où mes études n'étaient pas complètes. Je discourais faiblement en latin : il m'a toujours été impossible d'entrer dans la peau des héros que j'étais obligé de faire parler dans cette langue. Quant au français, je le possédais bien ; de plus, je mettais l'orthographe; mais j'avais une écriture déplorable : sans cela j'aurais pu paperasser toute ma vie dans une obscure administration de province.

« Pour moi, ma voie me semblait nettement tracée. A l'âge où presque chacun de nous prend une plume, et essaye de traduire, soit en vers, soit en prose, ces élans de jeunesse qui donnent souvent peu de fruits, mais quelques jolies fleurs passagères, je m'étais senti le goût d'écrire, et j'avais écrit, ce qui avait achevé de me dégoûter du latin.

« A peine sorti du collège, alors qu'on cherchait à me faire entrer dans une pharmacie pour y piler des drogues, je pris tout à fait ma volée, et m'en allai à Paris. J'y vécus misérable, et peu goûté. On trouvait que je cherchais à imiter le singulier génie d'Hoffmann, et que mes écrits manquaient de réalité. L'étrangeté de ma demeure, de mes premières impressions, avait vivement frappé mon imagination : elle en conservait une empreinte indélébile. Mes personnages, bizarres pour la plupart, se mouvaient dans un jour fantastique, qui ne peut plus convenir à notre siècle, je le reconnais.

« J'étais depuis plusieurs années à Paris, lorsque mon père mourut en sonnant les cloches à toute volée, un jour de grande fête; son père était mort de cette façon : je m'attends à mourir de même.

« Ma mère m'écrivit qu'elle allait être obligée de céder sa chambre au nouveau sonneur; elle en éprouvait autant de chagrin que si cette chambre eût été gaie et agréable.

« On aura de la peine à remplacer ton père, me di-
« sait-elle, c'était un fameux sonneur ; toi aussi tu son-
« nais joliment bien autrefois, c'était une vraie musique.
« Ton père, lui, me cassait un peu la tête quand il son-
« nait ses grands carillons après avoir bu une bouteille,
« le pauvre défunt ! Puisque tu as tant de peine à vivre
« là-bas, tu ferais peut-être bien de revenir ici prendre
« la place de ton père. Il y a des personnes qui disent
« que Paris est un mirage, et qu'il vaudrait souvent
« mieux ne pas quitter sa ville natale.

« On peut toujours y revenir, mon enfant. Quoique
« tu m'aies donné quelques petits chagrins, car je vois
« bien à présent qu'ils étaient petits, tu as toujours été
« un bon fils. Nous serions heureux ensemble, mais
« fais ce que tu voudras. »

« Après la lecture de cette lettre, il me prit un vif désir de me retrouver avec ma mère, et d'habiter encore la chambre de la tour. Jamais la misère ne m'avait étreint aussi fortement; ma plume ne suffisait même pas à m'assurer le pain du lendemain, et dans ces douloureuses conditions de travail mon style commençait à perdre la couleur qui faisait son principal charme.

« Je demandai et j'obtins de succéder à mon père. Les premiers jours, je sonnais avec plaisir, avec une réminiscence de joie enfantine. Mais après? ce plaisir revenait trop souvent, et ne tarda pas à me paraître une tâche fastidieuse. Ma journée est longue ; elle commence dès les 4 h. 1/2 par l'*Angelus*, et se termine le soir à 10 heures par le couvre-feu ; c'est une ancienne coutume qu'on laisse subsister. Entre cette première sonnerie et la dernière il y en a plusieurs, sans compter les mariages, les baptêmes et les enterrements. En outre, je suis chargé de veiller aux incendies. Avant de me coucher, je monte sur la plate-forme de la tour, et je m'assure qu'on ne voit aucune sinistre lueur dans la ville et dans la campagne. Si je découvre quelque chose, je dois crier *Au feu !* dans mon porte-voix, puis sonner le tocsin. Il ne faut pas croire que l'emploi de sonneur soit ici une sinécure.

« Ma mère, pour laquelle j'avais en partie accepté cette place, mourut peu de temps après mon retour.

« Je m'aperçus alors que la chambre était trop sombre ; les ronflements de l'orgue me fatiguaient, et les chants confus des cérémonies funèbres éveillaient en moi mille noires pensées que l'enfant ignore. Au lieu de dormir d'un bon sommeil, je passe maintenant mes nuits à écouter les heures, les quarts et les demies que l'horloge de l'église sonne d'une voix lente et profonde près de moi.

« Quelquefois j'essaye encore d'écrire, mais ma pensée alourdie a peine à sortir, et je reste accoudé sur ma table, dans une douce torpeur; de vagues idées tourbillonnent dans mon cerveau. Du reste, je ne vous le cache pas, puisque vous m'avez surpris dans mon tête-à-tête favori : je remplace souvent la plume et l'encrier par un verre et une bouteille, et de plus en plus je ressemble à feu mon père, que j'ai vu souvent passer des heures entières dans la même compagnie et la même attitude.

« Que voulez-vous? ce séjour est froid, il faut bien se réchauffer un peu le sang; d'ailleurs, je n'en abuse pas : une petite goutte de temps à autre... rien que de regarder mon verre cela me réchauffe déjà. »

Et le sonneur sourit à la bouteille placée sur la table. En ce moment-là, il ressemblait à un personnage de Téniers.

Pourtant son front ne manquait pas de noblesse, sa physionomie était fine; mais l'amour de la bouteille avait laissé sur son visage d'indiscutables empreintes.

« Voilà ! reprit-il, je vous ai tout raconté. Ah ! si ma vie était à recommencer !

— Que feriez-vous?

— J'irais encore dans les bois, au printemps, voir le feuillage nouveau, les genêts d'or; j'irais écouter les chansons des oiseaux, le bruit des feuilles et des herbes froissées, les bourdonnements des insectes, mais les jours de congé seulement. Je ne me laisserais pas uniquement conduire par l'imagination, je lui donnerais un sage compagnon : le travail. Pour arriver à quelque chose, si bien doué qu'on soit, il ne faut pas les séparer. Si vous écrivez un jour ce que je viens de vous raconter, c'est la conclusion que vous donnerez à mon récit.»

Je lui promis qu'il lirait un jour son histoire, mais j'ai trop tardé à mettre ma promesse à exécution; le pauvre homme est mort en carillonnant un beau mariage!

Néanmoins, je tiens à déclarer que tout dans ce récit appartient au sonneur, qui a réellement existé, je l'affirme.

L. MUSSAT.

LA FILLE DU SERGENT-MAJOR

(Voir page 231.)

II

Lucy Anderson restait absolument sans appui et sans ressources.

La pension du sergent-major s'éteignait avec sa vie. Il ne laissait aucun parent, aucun du moins qui se fût jamais soucié de lui ou dont il se fût jamais soucié. Personne, non plus, du côté de sa femme. Mistress Anderson était fille unique. A l'époque de son mariage, elle avait déjà depuis longtemps perdu son père. Ce fut sa mort à elle, la pauvre Bridget, qui donna le coup de grâce à sa mère.

Une personne influente et charitable offrit de chercher une position pour l'orpheline.

Mais quelle position? Lucy était beaucoup trop délicate et distinguée pour entrer en service. Quant à se placer comme institutrice, il n'y fallait pas songer. Sans doute elle en savait plus long que la plupart des femmes sur quelques points particuliers, que les circonstances l'avaient mise à même d'étudier; mais, dans l'ensemble, elle n'avait pas reçu une instruction assez complète, assez égale, pour pouvoir, suivant l'expression usuelle, « faire une éducation ».

« Laissez-les donc, avec leurs offres d'esclavage! disait en pleurant la pauvre Mary. Miss Lucy, je vous en prie, choisissez ce que vous aimez le mieux, dans toutes vos affaires, de quoi meubler deux petites chambres, et vendez le reste. Je ne serai pas embarrassée pour trouver de l'ouvrage: je n'en manquerai pas un seul jour, soyez-en bien sûre. Je me mettrai à tout ce qu'on voudra, je blanchirai, j'empèserai, je raccommoderai. Si le bruit ne devait pas trop vous ennuyer, je me procurerais une calandre, et cela m'occuperait, le soir, quand j'aurais fini ma journée. Ne me quittez pas, miss! ne me quittez pas, ma chérie! La voix de l'étranger est rude, le regard de l'étranger est froid, pour quelqu'un qui a été tant aimé toute sa vie... Je vous ai reçu des bras de votre mère, pauvre petit baby gémissant, et, sûrement, j'ai quelques droits sur vous, mon joyau. Ne comptez pas que j'y renonce jamais. »

Lucy avait l'âme trop haute pour vouloir vivre du travail de sa vieille domestique.

Elle garda juste de quoi meubler confortablement une chambre pour Mary; puis elle accepta, à la grande mortification de la fidèle créature, une de ces places indéterminées — demi-gouvernante, demi-servante — qui réunissent d'ordinaire les peines et les fatigues des deux états.

Encore fallait-il se féliciter de n'avoir pas à se renfermer dans cette épaisse atmosphère de Londres, où les poumons les plus robustes ne respirent pas sans peine, et qui quadruple l'angoisse des poitrines oppressées.

Pour se rendre à sa nouvelle résidence, miss Anderson traversa le vénérable et pittoresque village de Fulham; elle passa l'arche jetée sur la rivière, et s'engagea dans le chemin boisé conduisant à Putney.

A cette époque, c'était encore la campagne, bien qu'on fût déjà loin de l'édit sévère par lequel Elisabeth défendait de bâtir une maison quelconque à moins de trois milles autour de Londres. Aujourd'hui il ne s'en faut guère que Putney devienne un faubourg, et Richmond aussi, et Croydon, et Wimbledon, et Kingston, et Brentford. Pauvres champs, pauvres prairies et pauvres bois!

Mary, les yeux pleins de larmes, marchait respectueusement derrière sa jeune maîtresse. De temps en temps, elle essayait de lui adresser une parole caressante; mais aussitôt les larmes débordaient des paupières et coulaient sur les joues.

Elles s'arrêtèrent un instant pour regarder l'eau, si large et si cristalline, et les bateaux longs et légers qui se jouaient à sa surface. L'heure sonna à l'église de Putney et, pour la première fois de sa vie, Lucy obéit au son de l'horloge comme à la voix d'un maître.

Il fallut se remettre en route, il fallut encore dépasser Putney. C'était beaucoup pour la jeune fille. Sa poitrine se soulevait et palpitait, tandis qu'elle s'efforçait de gravir légèrement l'éminence sur laquelle était situé le domaine des Bruyères.

« Mais prenez donc vos aises, miss Lucy! Ne vous pressez donc pas ainsi, ma chérie! »

Mary avait beau murmurer sans cesse cette recommandation, en étouffant ses sanglots, les jours n'étaient plus où Lucy pouvait prendre ses aises, et ne se presser que si elle le voulait bien.

Elles se séparèrent à la grille.

Le temps passerait sans qu'on songeât à enregistrer sa marche, n'était la brusquerie de quelques-uns de ses mouvements.

L'histoire a de grandes dates, qui délimitent les périodes. Avant la Révolution... Après la Restauration... Depuis la chute de l'Empire..., disons-nous en France. Les autres nations ont d'autres points de repère.

Dans la vie privée, aussi, il y a des mouvements qui semblent arrêter ou précipiter le cours du temps. L'histoire de chaque famille a ses grandes dates. Les plus humbles créatures ont leurs événements mémorables: « C'était juste avant mon mariage; » ou bien: « C'était tout de suite après la naissance de notre aîné. » Voilà ce que dit souvent l'épouse, la mère. La veuve dit: « Avant la mort de mon mari. »

La pauvre Lucy n'avait qu'un mot, ou plutôt une pensée, car à qui donc aurait-elle pu adresser ce mot : « Quand mon cher père vivait...? »

Les devoirs inhérents à la situation qu'elle occupait aux Bruyères ne lui laissaient pas un instant de répit. Bien que les parents ne s'en aperçoivent même pas, les enfants n'exigent rien de moins qu'un effort perpétuel. Instruire, amuser, surveiller, diriger, réprimer, non pas un seul enfant, mais toute une petite troupe, jusqu'alors indisciplinée : quel repos cela peut-il laisser, moralement et physiquement?

Pendant vingt ans, Lucy avait été celle que l'on soignait. Tout à coup elle était devenue celle qui devait soigner les autres; et quels autres? des étrangers.

Elle se consacrait consciencieusement à sa tâche. Elle ne cédait jamais à la mauvaise humeur ni à l'impatience. Elle savait que la main qui l'éprouvait à ce point, la soutiendrait jusqu'à la fin... Oui, elle savait cela, elle avait gardé le plein héritage de la foi catholique, legs de sa mère l'Irlandaise... Elle ne doutait pas, mais elle souffrait.

Et bientôt il fut évident que la souffrance ne tarderait pas à la mettre dans l'impossibilité de remplir ses fonctions.

Son cœur s'agitait comme un oiseau emprisonné, quand il lui fallait monter ces grands escaliers, qui avaient tant et tant de marches, et quand les enfants, riant, badinant et courant, avec l'énergie et l'ardeur de la santé, lui criaient de venir plus vite...

Personne n'était cruel, personne même ne manquait de bienveillance. La vieille cuisinière maussade s'humanisait pour Lucy, à ce point de lui faire de la limonade pour rafraîchir sa poitrine en feu, et de lui réserver les mets délicats qu'elle supposait capables de réveiller son appétit. La femme de chambre, un peu coquette, avait été, de prime abord, mal disposée par sa beauté. Mais elle s'était bientôt aperçue que cette jeune fille, si digne et si simple, ne pouvait être une rivale. Miss Anderson apportait, dans ce monde infime, ce genre de supériorité dont les esprits, même les plus vulgaires, ne prennent pas ombrage, parce qu'il exclut la rivalité.

Tout le personnel de la maison se réunit pour attirer l'attention de « madame » sur l'état maladif de la gouvernante; et, un jour, « madame » appela son propre médecin, afin de savoir « ce qu'avait donc, décidément, cette pauvre Anderson ».

Ce médecin était un vieillard aussi bon qu'expérimenté.

Il n'eut besoin ni d'une consultation bien compliquée, ni d'un bien long interrogatoire.

Au bout de quelques minutes :

« N'avez-vous pas de famille, mon enfant? demanda-t-il.

— Non, monsieur...

— Et pas d'amis?

— Aucun, monsieur... du moins, aucun en état de me venir en aide... Et je sais que je suis incapable de rester ici. »

En parlant ainsi, elle le regardait, avec ses grands yeux bleus, si sérieux et si candides. Puis elle s'arrêta, espérant, sans savoir pourquoi ni comment, qu'il allait dire qu'elle en était capable...

Mais il ne le dit pas, et elle continua :

« Il n'y a personne chez qui je puisse habiter, excepté une vieille servante de mon pauvre père : alors, monsieur... » Elle rougit : était-ce orgueil? était-ce timidité d'implorer une faveur? « Alors, monsieur, si vous pouviez m'obtenir l'entrée dans un hôpital, je serais très reconnaissante.

— Je le voudrais, répondit-il, je le voudrais de tout mon cœur. Ce ne sont pas les hôpitaux qui manquent, certainement non... Cependant, je crains... en vérité, je sais même... enfin, je crains qu'il n'y en ait pas un qui vous reçoive, quand on connaîtra la nature exacte de votre mal. Il vous faut une atmosphère douce et chaude, une parfaite tranquillité, un régime spécial, et cela pour un temps considérable.

— Ma mère est morte de consomption, monsieur, dit Lucy.

— Bon! mais vous, vous n'allez pas mourir, répliqua-t-il en souriant. Seulement vous vous laisserez soigner par cette vieille servante de votre père, et bientôt vous irez mieux. »

La jeune fille secoua la tête, et ses yeux se remplirent de larmes. Le médecin se mit en devoir de la rassurer.

« Je ne crains pas la mort, monsieur; ce qui me tourmente, c'est de devenir un si lourd fardeau pour la pauvre fidèle créature qui m'a élevée depuis ma naissance. Je croyais qu'il y avait des hôpitaux pour toutes les maladies... Et cette consomption est si fréquente... et si lente... et si ennuyeuse...

— Eh! c'est justement à cause de cette lenteur, de cet ennui, ma pauvre enfant. Il n'y a pas d'inconvénient à vous le dire, puisque vous n'êtes point atteinte de consomption, vous, mais simplement très délicate, beaucoup trop délicate. Cette maladie-là est si longue à guérir, qu'on la considère, le plus souvent, comme un cas désespéré.

— Mais, monsieur, répondit la fille du soldat, les « cas désespérés » ont quelquefois conduit à de grandes victoires, lorsque, malgré tout, on n'a pas désespéré. »

Le docteur lui glissa, en serrant sa main fiévreuse, les honoraires qu'il avait reçus dans la maison précédente; et il descendit au salon.

« Madame, dit-il à la châtelaine des Bruyères, c'est une jeune fille très extraordinaire que vous avez là, auprès de vos enfants. Une distinction! une intelligence! Mais elle ira de plus en plus mal. Il lui faudrait un climat régénérateur, des soins constants, un repos parfait, un excellent régime. Les poumons! la poitrine! Si nous pouvions produire ici, pour quelques mois, la température de Madère, rien ne serait impossible..... Mais, pauvre fille, dans sa situation..... »

La dame hocha la tête, et répéta :

« Oui..... dans sa situation.....

— C'est vraiment effroyable, reprit le docteur. Il faut compter par centaines, que dis-je? par milliers, ceux qui succombent à cette terrible maladie. Et c'est la fleur de nos jeunes filles, et ce sont les plus beaux de nos jeunes gens. Et nous n'avons, pour nous éclairer, qu'une pratique accidentelle ; nulle occasion d'analyser, d'observer en masse, comme pour les autres maladies... Pour peu que celle-ci soit bien constatée, le sujet est renvoyé de l'hôpital... Je le comprends, il occuperait trop longtemps la place... Mais combien je désirerais que l'on fondât un hôpital spécial! Beaucoup de malades, s'ils étaient pris à temps et gardés sans regret, pourraient guérir, j'en suis sûr... Et nous, nous trouverions, j'ai honte de le dire, un champ presque nouveau pour l'exercice de notre profession. »

Il fit une ordonnance, et vint, quelques jours plus tard, s'assurer comment on l'exécutait.

Les remèdes avaient été pris, mais l'effet paraissait à peu près nul.

Il se proposait de revoir son intéressante malade, que l'on n'avait point l'intention de congédier brusquement.

Mais la famille fut tout à coup obligée de partir, par suite de la mort d'un proche parent dont on allait recueillir l'héritage, en Écosse.

Il fallut bien que Lucy se réfugiât dans l'humble demeure de sa fidèle Mary.

Pendant deux ou trois jours, elle fut beaucoup mieux. Elle se reposait, et elle goûtait les soins d'une tendre affection.

Mary occupait une petite chambre, au rez-de-chaussée d'une petite maison, dans une petite rue débouchant de Paradise-Row.

De là, on entendait battre les tambours du Royal Collège. Quelquefois ils réveillaient Lucy, lorsque, après une nuit d'insomnie, elle s'endormait vers le matin; mais elle ne les en aimait pas moins.

Des invalides passaient souvent devant la fenêtre, mais ni John Coyne, ni James Hardy, par malheur.

John n'avait survécu que de quelques semaines au sergent-major. James, on le sait, n'était pas ingambe; et puis la mort de ses deux amis, surtout de son vieux John, qui l'écoutait si bien, l'avait frappé de telle sorte, que, disait-on, « il n'y était presque plus ».

En apprenant l'arrivée de Lucy, la brave Irlandaise avait enlevé et rangé dans sa malle l'attirail militaire de son pauvre maître : le chapeau qu'elle brossait chaque matin, l'épée, le ceinturon, les gants. Mais Lucy distingua les marques sur la muraille, et demanda que l'on remît devant ses yeux ces chers souvenirs.

Elle donna son mince pécule à Mary, qui le dépensa scrupuleusement pour elle : scrupuleusement, mais non pas prudemment : car elle courait après tous les sirops, toutes les pâtes en vogue, toutes les drogues plus ou moins charlatanesques, et les achetait à tout prix.

Pendant quelque temps, miss Anderson put encore empêcher la pauvre bourse de se vider tout à fait. Très habile à tous les travaux de femme, elle travaillait plusieurs heures par jour, et Mary trouvait sans trop de peine un débouché pour les gracieux produits de ses mains.

Mais sa faiblesse devint si extrême, qu'il lui fallut rester presque constamment étendue.

Quelquefois, quand la température était très douce, très claire et très calme, elle essayait de se glisser le long du mur, au soleil. Elle avait tant changé en moins d'un an, que personne ne la reconnaissait. Seulement, de temps en temps, quelqu'un se retournait, en s'efforçant de se rappeler à qui donc ressemblait cette malade.

En dehors de son petit logis, il n'y avait qu'une seule créature vivante qui eût pris garde à son retour.

C'était un chien efflanqué, affamé, dont le maître, un invalide non résidant à l'Hôtel, était mort six mois avant le sergent-major. Le pauvre animal était bien laid, mais bien fidèle. Pendant plusieurs jours et plusieurs nuits, il n'avait cessé de gémir à la porte de la maison où, désormais, on ne lui permettait plus d'entrer. Miss Anderson l'avait attiré, en le caressant, et lui avait donné à manger. Dominé par son humeur vagabonde, il n'accepta pas l'asile qu'elle lui offrait; mais il se présentait de temps à autre, demandant un abri pour quelques heures, un déjeuner ou un dîner; après quoi, il disait merci par un jappement expressif, et s'en allait.

Quand Lucy eut quitté Chelsea, Mary ne le revit plus jamais chez elle. Seulement elle le rencontrait quelquefois. Il s'arrêtait, la regardait fixement, remuait sa queue rabougrie, et reprenait son chemin.

Ce fut un soir, assez tard, que la jeune fille revint des Bruyères. Le lendemain matin, tandis qu'elle était encore couchée, un gros nez noirâtre se fourra dans le bas de la porte, une patte suivit, puis une autre patte... Deux secondes plus tard, le chien de l'invalide se précipitait vers le lit, exprimant sa joie par des cris perçants, des aboiements, des gambades insensées, se dressant contre les couvertures et léchant les mains de la malade. Quand son excitation fut calmée, il alla se coucher en dedans de la porte, et resta là, immobile, les yeux fixés sur sa jeune maîtresse : car, cette fois, évidemment, il l'adoptait pour maîtresse. Sa résistance passive eut raison de tous les essais que fit Mary, afin de le renvoyer.

Plus tard, elle se garda bien de renouveler semblable tentative. Lucy s'attachait à cette pauvre bête, qui lui rendait les jours heureux, et la brave femme finit par se réjouir de lui laisser cette compagnie pendant les longues journées qu'elle était obligée de passer au dehors.

Et ces journées devenaient de plus en plus longues, à mesure que les ressources diminuaient.

Il fallait « faire sa journée » de travail.

Il fallait, en outre, prendre le temps nécessaire pour je ne sais combien de démarches.

Petit à petit, il n'y eut peut-être pas un directeur d'hôpital ou de dispensaire auprès duquel Mary ne trouvât moyen de s'introduire.

Certes, elle ne demandait pas, comme Lucy elle-même en avait eu le courage, une admission à l'hôpital... Mais elle sollicitait des consultations, des remèdes, des secours pour se procurer les aliments convenables.

Que de fois elle dut recommencer à exposer la situation de « sa jeune lady », comme elle disait, « la fille d'un brave, qui avait bien servi son pays et qui était mort avant le temps, par suite de ses blessures et de ses campagnes... et sa fille allait mourir aussi, mourir à vingt ans, faute de soins... » Repoussée à droite, elle recommençait à gauche : « Enfin, mon bon monsieur, puisque vous guérissez une chose, vous devez bien pouvoir en guérir une autre... Vous pourriez bien essayer, toujours. » Mais le règlement ne prescrivait point d'essayer, le vieux médecin des Bruyères le savait bien. Et c'était en vain que Mary promettait à quiconque « tirerait du lit la bien-aimée de son cœur, que la meilleure bénédiction de Dieu serait sur lui, nuit et jour ».

Généralement, à la suite de chacune de ces visites, il restait encore à faire une autre course : c'était pour vendre quelqu'un des objets qui pouvaient avoir un peu de valeur. Ce fut à la suite de l'audience obtenue du fameux docteur X., que l'anneau nuptial cessa de briller au doigt de Mary.

. Mais il y eut une porte où l'Irlandaise ne frappa jamais, et cela précisément parce qu'elle était Irlandaise : la porte des bureaux de « la paroisse ». Tout Anglais ou toute Anglaise aurait couru là, comme à son refuge légitime. La pauvre Mary aurait pensé faire à sa maîtresse l'injure la plus amère, si elle avait appelé à son secours, « le médecin de la paroisse ».

« Préjugé national ! » diront bien vite tous ceux qui ne demandent pas mieux que de mettre les malheureux dans leur tort. Préjugé national ! c'est fort possible. Mais avant de blâmer trop sévèrement ce préjugé, il faudrait s'assurer, peut-être, comment les Irlandais, les catholiques, sont accueillis à la paroisse...

Et puis, c'est la paroisse qui *admet* — ou qui fait entrer de force— dans le workhouse les sujets déclarés dignes de cette faveur, — ou de ce châtiment. Une fois que l'on s'est placé dans la dépendance du médecin de la paroisse, on perd toute certitude de rester chez soi.

Or, il n'y avait rien qui inspirât à Mary une plus profonde horreur que le workhouse. Elle allongeait son chemin pour éviter de passer devant le bâtiment où l'on centralisait, suivant le langage administratif, les pauvres de Chelsea. Une seule fois dans sa vie, elle s'était aventurée à regarder à travers la grille du grand workhouse de Fulham-Road, autrefois la résidence du second lord Shaftesbury.

« Je me suis arrêtée, miss Lucy, ma chère, et j'ai regardé à travers une belle vieille grille. Il y avait un beau perron, et les vases, le long des marches, étaient remplis de belles fleurs. Tout était beau, miss Lucy ! Mais voilà que j'aperçois, en haut du perron, une femme aveugle, qu'une petite fille conduisait par la main. Et il sort de la maison une dame en grand costume, un costume qui éclatait comme une trompette, en vérité. Et la femme aveugle a salué, et a demandé la permission de sortir. Imaginez-vous un peu cela : une créature demandant à une autre la permission de respirer l'air en dehors d'une vieille grille ! Et je suppose qu'elle l'a obtenue : car la dame en grand costume a répondu quelques mots, et l'aveugle a salué de nouveau, et a descendu les marches, avec la petite fille. J'en avais assez vu, et je m'éloignai, car mon cœur était plein. Je n'ai jamais vécu dans l'esclavage, et, plaise à Dieu, je n'y mourrai pas, miss Lucy ; et jamais personne que j'aime ne tombera dans la dépendance d'une paroisse..... »

C'était raisonner avec le cœur, plutôt qu'avec la tête. Et cependant, qui oserait blâmer sévèrement la pauvre Irlandaise ? Il est vrai, un toit abrite, des aliments maintiennent en vie les indigents de la glorieuse Angleterre. Mais, trop souvent, cette assistance matérielle et officielle est accompagnée des traitements les plus durs. Tout au moins semble-t-elle impliquer la suppression des procédés charitables les plus élémentaires ; et cette suppression systématique est déjà bien suffisante pour que la vie commune et renfermée devienne un enfer. Doit-on s'étonner, alors, si plus d'un malheureux proteste, comme Mary, qu'il ne veut pas « mourir dans l'esclavage », n'étant coupable que de pauvreté ? Il ne faudrait pas lui avoir prouvé, de longue date et par des faits indéniables, que la pauvreté est un des crimes les plus rigoureusement punis.

La maladie progressait toujours. Elle étreignait sa victime, elle oppressait ses dernières forces, elle infusait la fièvre dans ses veines ; et en même temps, par une cruelle ironie, elle fardait ses joues et allumait une vive flamme dans ses yeux.

Quelquefois Lucy parlait de l'avenir comme s'il lui appartenait. Quelquefois elle parcourait les feuilles usées du carnet où le sergent-major avait enregistré ses batailles. Alors, violemment surexcitée, elle se voyait en présence des scènes qui lui avaient été si souvent décrites ; elle tressait des trophées imaginaires ; elle adjurait la fidèle servante, dont elle brisait le cœur, de lui apporter des branches de laurier, et peut-être elle oubliait que son père n'irait plus les distribuer à ses amis du Royal College...

Mais ces fiévreux accès étaient rares et courts. A

mesure que le printemps approchait, les espérances et les souvenirs de ce monde s'effacèrent du cœur de Lucy. En même temps, une suprême consolation lui fut donnée. Mary trouva moyen de lui procurer la visite d'un prêtre catholique : la jeune fille fut absoute et elle reçut son Dieu.

Alors, sachant bien que cette double faveur, si difficile à obtenir dans ce village protestant, ne lui serait probablement pas renouvelée, elle ne songea plus qu'à la conserver intacte, pour se présenter, pure et divinisée, à la porte du ciel.

Plus son corps s'affaiblissait, plus son esprit devenait libre et lumineux. Priante et patiente vis-à-vis de Dieu, elle se montrait, à proportion, douce et reconnaissante vis-à-vis de la pauvre Mary. Il y avait eu une période où, absorbée par son mal, elle ne se rendait guère compte de ce qui se passait autour d'elle. Maintenant elle voyait et comprenait tout. Elle s'aperçut que les meubles et jusqu'aux plus humbles ustensiles s'en allaient pièce à pièce. Un jour enfin disparurent l'épée et le ceinturon du vieux soldat. Mary suivait la direction du regard de sa maîtresse, elle balbutia une excuse ; mais Lucy lui mit la main sur la bouche, et — depuis longtemps elle n'avait pas autant parlé — elle trouva la force de dire :

« Dieu vous récompensera de votre dévouement pour une orpheline... Vous avez épargné mes trésors autant que vous avez pu, ne gardant rien pour vous-même, et travaillant, et jeûnant, et cherchant de l'assistance... et tout cela pour moi ! »

—

C'était de nouveau, comme au début de ce récit, l'anniversaire de la grande bataille. Mary crut être agréable à sa jeune maîtresse en allant chercher un peu de laurier. Ces souvenirs n'exaltaient plus Lucy, mais ils lui demeuraient chers, à cause de son père. Elle consentit volontiers à être laissée toute seule, et elle resta étendue, immobile, les yeux fixés sur le vide... Mais pour elle ce n'était plus le vide : c'était un espace peuplé d'anges, et d'où venaient à son oreille de ravissantes paroles de paix.

Mary, qui courait plutôt qu'elle ne marchait, se trouva subitement face à face avec James Hardy. Jamais elle ne l'avait rencontré depuis la mort du sergent-major et de John Coyne, depuis que sa tête n'y était plus, assurait-on. Il tenait à la main quelque chose de vert. Heureuse de pouvoir rentrer tout de suite, elle n'hésita pas à le lui demander, « pour miss Lucy Anderson, la fille du sergent-major, qui allait mourir ».

Le vétéran obéit aussitôt à son désir.

Mais ce n'était pas du laurier, c'était du cyprès.

Elle le lui rendit, en fondant en larmes, et elle s'enfuit.

Mais ses rapides paroles avaient réveillé l'intelligence de James. Ou plutôt c'était le cœur qui, vivement frappé, avait réagi sur l'esprit.

James sut si bien demander la demeure de Mary l'Irlandaise, il sut si bien la trouver, que, lorsque la pauvre femme rentra, avec ses branches de laurier, le vieux soldat pleurait à chaudes larmes auprès du lit où mourait la fille du sergent-major.

Quelques minutes plus tard, c'était fini.

« Mourir ainsi, dans son printemps, dans sa jeunesse, dans sa beauté ; et cela, parce qu'ils ont prétendu qu'il n'y avait pas de guérison pour elle... Mais ils n'ont jamais essayé de la guérir ! murmurait-elle entre ses sanglots. Enfin, il vaut mieux qu'elle soit morte. Encore une semaine, et je n'aurais plus eu qu'une goutte d'eau pour humecter ses lèvres, et pas de lit pour la coucher... Le lit, c'est la dernière chose que j'ai gardée... Maintenant il faut qu'il s'en aille ; mais qu'importe désormais ? qu'importe ce qu'il advient de gens comme moi, quand une jeune lady comme elle reste sans secours ? Seigneur ! Seigneur ! vous avez bien fait de me la reprendre, puisqu'il n'y avait pour elle, en ce monde, aucune place, et dans les choses de ce monde pas la moindre part. Vous avez bien fait. Mais aidez-moi encore : car, à présent, il me reste à mendier de porte en porte pour lui procurer une tombe auprès de son père. »

Ce dernier effort de dévouement fut épargné à Mary. Je ne sais comment James Hardy s'expliqua avec ses camarades. Je ne sais comment ces braves, qui ne possédaient rien, trouvèrent moyen de s'y prendre, et s'ils se firent eux-mêmes mendiants. Toujours est-il que, par eux, Lucy eut sa tombe, sa croix et ses fleurs.

On me dit que, maintenant, ce n'est plus comme à cette époque. On me dit que l'écrivain anglais à qui moi-même je dois la connaissance de cette histoire, eut le bonheur de contribuer, en la racontant, à l'amélioration de l'ancien état de choses. Un hôpital spécial pour la consomption a été fondé à Brompton, et un *sanatorium*, établi à Bournemouth, réunit toutes les conditions de température et d'hygiène les plus favorables. C'est aussi à Bournemouth, dans ce climat doux et sec, et dans le voisinage des sapins, que se trouve la maison, le refuge Saint-Joseph, *Saint Joseph's home*, récemment institué et uniquement soutenu par la charité privée, en faveur des femmes catholiques poitrinaires.

Je le crois très volontiers. Mais si ce n'est plus pour *cela*, c'est pour mille autres raisons qu'il y a, qu'il y aura toujours des êtres qui, suivant l'expression de Mary l'Irlandaise, n'ont « en ce monde aucune place, et dans les choses de ce monde pas la moindre part ».

Il est nécessaire de le rappeler, non pour récriminer, non pour décourager, Dieu m'en garde ! mais pour adjurer ceux qui possèdent l'influence et la richesse, de songer à ces douleurs, et d'y remédier, autant qu'ils en ont le pouvoir.

Et ceux qui les subissent, en quelque mesure et dans quelques conditions que ce puisse être, qu'ils veuillent bien écouter deux paroles.

Vous n'avez pas de place en ce monde... Il y a quelqu'un de qui l'on a dit, quand il daigna venir au monde : « Il n'y avait pas de place pour lui. » Et ce quelqu'un, retournant au ciel, dit à son tour : « Je vais vous préparer une place. »

Vous n'avez dans les choses de ce monde aucune part... Eh bien ! c'est à ce quelqu'un encore que l'on dit : « Vous êtes la part de mon héritage. »

Comptez, amis, sur la place et sur la part.

THÉRÈSE-ALPHONSE KARR.

UN DRAME EN PROVINCE

(V. p. 3, 21, 31, 51, 75, 90, 100, 122, 138, 155, 172, 186, 197, 219 et 236).

XII

Le surlendemain de ce jour, après le déjeuner, Hélène et Marie, qui venaient de conduire sur le chemin du bourg leur père se rendant en visite, s'étaient installées ensemble dans leur petit coin de la terrasse, et avaient déplié leur ouvrage en souriant et babillant. Soudain la sonnette de la grille tinta de l'autre côté de la maison; les galoches de bois de la mère Estelle cliquetèrent sur le pavé de la cour. Et, au bout de quelques secondes, un pas bien connu, jeune et leste, résonna sous la voûte grise du long corridor; puis la porte s'entr'ouvrit... Et un cri joyeux de Marie s'unit à une exclamation d'Hélène, moins impressionnable et plus posée.

« Monsieur Gaston! C'est vous!... Oh! je le savais bien.

— Comment, monsieur, vous êtes déjà revenu de Paris? »

Le jeune homme qui s'avançait, très pâle, l'air un peu agité, répondit à la fois à ces observations des jeunes filles.

« C'est un bien fâcheux motif, mesdemoiselles, que celui qui me ramène ici... Mon père, dont la santé est depuis longtemps chancelante, s'est trouvé dernièrement fort malade, dans la petite ville de S***, où une affaire l'avait appelé. On a craint un moment une attaque d'apoplexie, et l'on m'a aussitôt adressé une dépêche à Paris, d'où j'ai pu m'échapper pour une huitaine de jours.

— Mais comment? Nous n'avons rien su de la maladie de M. de Latour?

— C'est qu'il n'était point à la ferme, comme je viens de vous le dire. On l'y a transporté aussitôt, il est vrai, et en arrivant il a envoyé un messager à M. votre père. Mais il a appris alors que M. de Léouville était absent, et vous aussi, mesdemoiselles.

— C'est vrai; nous avons fait, ces jours-ci, un petit voyage à la ville, répondit Hélène qui baissait les yeux, cherchant à cacher sa rougeur.

— Et maintenant, comment donc se trouve M. votre père? se hâta de demander Marie, dont le joli visage avait pâli, dès qu'elle avait appris le nouveau chagrin qui frappait en ce moment l'ami de son enfance.

— Sensiblement mieux, mademoiselle. L'accès, très fort d'ailleurs, dont il a été frappé, n'a pas duré, heureusement. Seulement il en est résulté pour lui une grande faiblesse. Aussi est-il fort content de m'avoir en ce moment près de lui, car je puis surveiller les travaux de la vendange... Une bien mince besogne du reste, continua Gaston en poussant un soupir; car notre petit champ de vigne n'a pas grande valeur, et, comme l'année est mauvaise...

— Mais, monsieur Gaston, puisque vous voici revenu, interrompit vivement Hélène, causons de choses plus neuves et plus intéressantes, voulez-vous?.. Par exemple, dites-nous ce que vous pensez de Paris. N'est-il pas bien beau, bien grand, bien merveilleux, bien riche?

— Oui, assurément, mademoiselle; il est tout ce que vous dites là, mais... je dois pourtant vous l'avouer... il est en même temps bien triste.

— Triste! répéta Hélène étonnée. Ah! monsieur Gaston, pardonnez-moi si je vous avoue que voilà la première fois vraiment que je l'entends dire.

— Paris n'est certainement pas triste pour chacun, mademoiselle; mais il l'est, et d'une façon désolante, pour celui qui est jeune, qui est pauvre; qui voit, qui désire et qui souffre; qui a des yeux, un cœur, une âme, un but, et qui vit ignoré et seul. Devant lui s'étalent, rayonnent des splendeurs infinies, des trésors, des merveilles, et il passe en se disant qu'ils ne sont pas pour lui. Ce qu'il y a chaque jour pour lui, ce qui l'attend, c'est le travail sans fin, sans encouragement, presque sans fruit; ce sont les privations et les tentations incessantes; c'est la solitude et la misère. A quoi lui sert d'avoir vu aux vitrines resplendir les bijoux, les dorures, et briller les œuvres des maîtres? Devant les étalages somptueux où se groupent les fruits, le gibier, les primeurs, les savoureux produits des deux mondes, sa faim ne lui paraîtra-t-elle pas plus cruelle et son pain plus amer? Après avoir travaillé tout le jour en compagnie d'autres misérables, il va rentrer dans sa petite chambre froide et nue, placée tout en haut sous les toits, au fond d'une cour étroite et sombre, où ne luira jamais pour lui un rayon de soleil... Que voulez-vous qu'il y fasse quand il s'y trouve seul? Qu'il souffre, voilà tout; qu'il regrette, qu'il désire, qu'il appelle, qu'il attende. Et qu'il s'irrite et qu'il maudisse aussi, se demandant pourquoi le sort l'a condamné à mener une aussi affreuse vie, à traîner une aussi lourde chaîne.

— Oh! non... vous ne pensez certainement pas ce que vous venez de dire... Oh! non, il ne faut pas parler ainsi, monsieur Gaston, murmura en rougissant Marie, dont les jolis yeux étaient devenus soudain brillants de larmes, et qui, par un mouvement irréfléchi, venait d'étendre sa petite main droite devant elle, comme pour arrêter les paroles du jeune homme sur ses lèvres.

— Je ne le dirai pas, si de semblables aveux vous blessent ou vous affligent, mademoiselle. Mais à parler franchement, rien ne m'empêchera du moins de le penser.

— Mais, reprit la jeune fille, secouant sa jolie tête et rougissant toujours; mais vous tenez donc bien, vraiment, à être riche?

— Assurément, mademoiselle, et je n'ai, je vous l'atteste, aucune envie de le nier. Et ce n'est pas, croyez-le bien, parce que je suis devenu lâche, cupide ou paresseux. Je crois n'avoir pas besoin de vous l'affirmer; car, depuis les jours de notre enfance, nous avons eu le temps de nous connaître. Mais c'est que je vois maintenant, que je comprends mieux chaque jour combien la pauvreté est dure, cruelle, périlleuse; à quels graves dangers elle expose, et surtout à quels durs mépris; que d'entraves, d'obstacles elle apporte sur le chemin de celui qui commence sa carrière et qui veut arriver. Quand je me trouve là-bas, perdu dans la grande ville, personne ne s'occupe de ma façon de vivre; personne ne s'affligerait en apprenant que j'habite un affreux trou au septième étage, que je me passerai de feu en hiver, et que je me soutiens une partie de la journée avec un petit pain de deux sous. Mais si je me présentais au ministère sans vêtements bien faits, sans gants frais, sans cravate, les garçons de bureau me montreraient au doigt, mes collègues riraient sous cape, et mon chef, en me regardant de travers, me jugerait indigne de copier, sur du papier ministre, le grimoire officiel que nous fournit l'État.

— En effet, c'est bien dur!... Pauvre monsieur Gaston! » soupira doucement Marie, ne se gênant plus cette fois pour essuyer ses larmes.

Quant à Hélène, sans rien dire elle s'était levée. Les plaintes amères du jeune homme la touchaient certainement, mais, au fond, ne l'intéressaient guère. Et du moment que ce pauvre Gaston, qui pourtant revenait de Paris, ne lui parlait ni des boulevards, ni du Bois, ni du beau monde, ni des modes, ni des spectacles, elle ne trouvait vraiment pas que ce fût la peine de l'écouter. Elle avait donc fait quelques pas, et était allée, pour regarder au loin dans la campagne, s'appuyer sur le petit mur, laissant Gaston assis sur l'herbe, en face de Marie.

« Aussi, continua la jeune fille, si ce n'était l'inquiétude que vous cause l'état de votre père, vous seriez bien heureux sans doute de vous retrouver ici, même pour quelques jours.

— Heureux!... Oh! mademoiselle, maintenant je ne puis plus l'être. J'ai subi, depuis quelques mois, trop de déceptions, ressenti trop d'angoisses. Il me faudra bien du temps pour parvenir à oublier,... si jamais j'y parviens même! acheva le jeune homme, laissant tomber son front dans ses mains avec un long soupir.

— Mais, reprit timidement la gentille Marie, il me semble pourtant qu'au milieu de toutes vos tristesses, vous avez encore des motifs de prendre patience, d'espérer. Même dans le malheur, ce doit être si doux de penser à... ceux qui nous aiment, lorsque nous sommes certains, bien entendu, de leur affection, de leur tendresse... Et ce n'est pas là ce qui vous manque, n'est-ce pas, monsieur Gaston? Vous avez, sans compter votre bon père, des amis ici et là : au Prieuré, par exemple, et vous le savez bien. Aussi, pourquoi ne pas venir à eux dès que vous vous sentez triste? Et, puisque vous étiez revenu au pays depuis deux jours, pourquoi ne pas avoir donné hier, à ces amis-là, au moins un bonjour en passant, un signe de votre présence? Il est vrai que c'est M. votre père qui, sans doute, vous a retenu.

—Mais non; je suis arrivé hier... Vous vous trompez, Marie! s'écria ici Gaston, relevant soudain la tête, et attachant sur le visage de la jeune fille un regard étrangement troublé. Qui peut vous faire supposer que je suis ici depuis deux jours? Vous avez eu, et vous vous en doutez bien, ma première visite.

— Et pourtant c'est bien surprenant, répliqua la jeune fille, secouant la tête à son tour. Nous revenions mercredi soir de... de notre excursion en ville, balbutia-t-elle en rougissant, se rappelant qu'elle ne devait point faire connaître le futur mariage de sa sœur. Et comme à la station nous avions rencontré M. Alfred, qui était dans sa calèche, nous avions accepté sa proposition aimable, et nous nous trouvions avec lui. Il était déjà tard, vraiment : dix heures et demie, onze heures peut-être. Vous devriez certainement vous en souvenir, Gaston. Et voici qu'en arrivant au coin du bois, là-bas, dans l'endroit où le sentier débouche près de la mare, nous avons vu de loin un homme quitter le sentier, s'enfoncer dans le bois... Et il m'a si bien semblé, Gaston, que c'était vous! continua la fillette, oubliant dans l'animation du récit, l'appellation plus cérémonieuse dont elle se servait d'ordinaire. Il ne m'était pas possible de voir votre visage assurément. Vous étiez trop loin, d'abord, et puis vous nous tourniez le dos... Mais, au reste, tout était si exact; votre taille, votre tournure, votre démarche, et même votre costume. Seulement vous portiez un manteau sur le bras, comme si vous arriviez justement de voyage.

— Ainsi vous avez cru vraiment me reconnaître?... Et les personnes qui étaient avec vous? votre père, par exemple?

— Oh! non; quant à eux, ils ne vous reconnaissaient pas. C'est qu'eux, sans doute, ne pensaient pas à vous dans ce moment,... ils vous savaient si loin de là, à Paris..r ajouta vite en rougissant la gentille Marie, qui venait de s'apercevoir qu'elle avait étourdiment parlé en découvrant ainsi au jeune homme l'innocent secret de sa pensée. Hélène s'était écriée subitement : « Regar- « dez là; voici un homme! » Et c'est alors que moi j'ai dit : « Mais il me semble que c'est Gaston! » Sur quoi mon père m'a fait observer que j'étais une petite folle, et que vous ne pouviez pas errer dans les bois à pareille heure, puisque vous vous trouviez loin de nous, à Paris.

— Vous vous trompiez dans tous les cas, répliqua Gaston d'un ton rêveur. Je n'étais pas encore arrivé, quoiqu'à cette heure-là j'eusse déjà quitté Paris.

— Et papa m'a fait observer de plus, continua Marie, relevant enfin sa jolie tête, que ce sentier conduit à la cabane du vieux garde, et que, quand même vous auriez été de nouveau à la ferme, vous n'auriez rien eu à faire la nuit en cet endroit... Ah! à propos, vous ne savez peut-être pas que ce pauvre vieux Schmidt est encore une fois entre les mains de la justice?

— Vraiment! Et pour quelle raison?

— Mais toujours pour répondre du meurtre de M. Michel. Il paraît que ces messieurs de la police ont enfin appris quelque chose.

— Une bien triste et déplorable affaire, dans tous les cas, répliqua le jeune homme en se levant pour partir. Et maintenant je vais vous quitter; je ne puis pas abandonner mon père pour longtemps. Chère Marie, exprimez, je vous prie, tous mes regrets à M. de Léouville.

— Et quand vous reverrons-nous? demanda-t-elle d'une voix timide.

— Le plus souvent possible pendant le peu de temps que je dois passer ici. Je n'ai que dix jours de congé, malheureusement, Marie.

— Ah! c'est bien court, murmura-t-elle. Et ensuite, mon pauvre Gaston, nous serons de nouveau séparés pour si longtemps!

— Pour bien longtemps; peut-être pour toujours, si le sort me condamne. Ah! plaignez-moi, Marie, je suis bien malheureux! »

Après ces derniers mots, prononcés à voix basse, avec un accent amer, Gaston, s'approchant du vieux mur, s'inclina devant Hélène, revint près de son amie à laquelle il serra la main, en attachant sur elle un regard plein de douleur et d'ineffable tendresse. Puis il disparut, traversant le corridor, et bientôt les jeunes filles entendirent la vieille grille rouillée retomber en grinçant derrière lui.

Alors elles se parlèrent peu jusqu'à l'arrivée de leur père. Hélène était désappointée et boudait même un peu. Comment un jeune homme de vingt-cinq ans, revenant pour la première fois de Paris, ne pouvait-il donc parler que d'ennuis et de désappointements, de solitude et de misère? Marie, elle, était bien triste parce qu'elle voyait son cher Gaston inquiet et malheureux. Et, se livrant sans réserve à ses douloureuses réflexions, il était bien naturel qu'elle se concentrât en elle-même et gardât le silence.

Une fois seulement elle releva la tête pour dire doucement à sa sœur :

« A propos, ma chère Hélène, mon père et toi aviez raison : je m'étais trompée l'autre jour. Ce n'était pas Gaston que j'avais aperçu dans le bois. Il n'est arrivé qu'hier chez son père, à la ferme.

— Là, tu le vois, nous te l'avions bien dit... Et sais-tu pourquoi tu t'es méprise ainsi : c'est que, tout simplement, tu penses trop souvent à ce pauvre Gaston, mignonne. Et tu crois l'avoir sous les yeux, parce que tu le portes toujours en toi, gravé là, dans ton esprit. Pourvu qu'il n'aille pas jusqu'à ton cœur! Ce serait là, je t'assure, un bien grande imprudence de ta part. M. de Latour ne sera jamais un parti pour toi, mon enfant. Comment voudrais-tu l'épouser? Vous êtes tous les deux si pauvres! »

A ces paroles, Marie, se contentant de soupirer, baissa la tête et ne répondit rien. Lorsque le marquis reparut, on lui fit part de la visite imprévue de Gaston, mais sans l'accompagner de réflexions, de commentaires. Seulement, lorsque M. de Léouville apprit que son vieil ami de Latour venait d'être gravement malade, il tressaillit et s'écria :

« Comment ne me l'a-t-on pas fait savoir? Enfin j'irai le voir demain. Puisque son fils est près de lui, on peut être à peu près tranquille. »

M. de Léouville était certes bien loin de prévoir à cette heure l'incident imprévu qui devait, le lendemain, mettre obstacle à ses projets de visite. Le soleil, en effet, était levé depuis une demi-heure à peine; le marquis et ses deux filles qui, en simples et vaillants campagnards, commençaient la journée de bonne heure, venaient de se réunir dans la salle à manger, autour de la table sur laquelle étaient déposés les miches de pain doré, les bols de lait fumant et la jatte de crème, lorsque le bruit des roues d'une carriole, s'arrêtant devant la grille, leur fit lever la tête, et tourner leurs regards vers l'entrée de la cour.

Et alors, à leur grand étonnement, voisin de la stupeur, ils virent descendre d'une pauvre charrette de villageois, et se diriger vers la maison, aussi rapidement qu'il le pouvait, le vieux M. de Latour, pâle, défait, presque égaré, traînant péniblement ses pauvres jambes de malade, et paraissant dominé par une émotion des plus vives et par une navrante douleur.

« Vous ici, mon vieux Pierre?... Mais j'étais sur le point d'aller vous voir. Quelle imprudence faites-vous là?... Et pourquoi, dans tous les cas, Gaston n'est-il pas avec vous? s'écria le marquis, s'élançant hors de la salle et courant recevoir le vieillard épuisé.

— Gaston?.. Oh! c'est pour vous parler de lui que je viens vous trouver aujourd'hui, mon ancien compagnon, mon ami, vous qui me comprendrez puisque vous êtes père... Mon fils!... Je ne l'ai plus. Ils me l'ont enlevé... Oh! n'est-ce pas horrible? n'est-ce pas inouï? Me le prendre, mon enfant si honnête, si loyal, si brave!... Et peut-être ne le reverrai-je plus, puisqu'il est arrêté!

— Arrêté! » s'écrièrent en même temps, avec une indicible terreur, le marquis et ses deux filles.

Puis M. de Léouville reprit, cherchant à regagner un peu de calme :

« Mais enfin on n'arrête pas ainsi les gens sans raison, sans cause connue... Et pour poursuivre ce pauvre enfant, de quoi peut-on bien l'accuser?

— Oh! vous ne le croirez jamais, vous qui connaissez depuis si longtemps son cœur, son nom et sa famille!.. On l'accuse... vous allez trembler, vous ne pourrez y croire... on l'accuse d'avoir pris part à ce vol, à ce meurtre, d'avoir assassiné M. Michel Royan! »

Un grand cri s'éleva d'abord, et répondit seul à ces paroles terribles du vieillard.

Puis, tandis que le marquis, recevant dans ses bras son ami défaillant, le plaçait sur un fauteuil, le bruit d'un long sanglot se fit entendre, et Marie s'écria chancelante, livide, désespérée :

« Lui, Gaston, mon ami, mon fiancé, un criminel, un assassin!... Oh! je sens bien que ce n'est pas vrai, que ce n'est pas possible... Comment donc ces malheureux juges peuvent-ils se tromper ainsi! Ah! si je les connaissais, moi, j'irais bien le leur dire... Et tous le leur diront, d'ailleurs... Mon Gaston, mon pauvre ami! »

Et la jeune fille, à demi affaissée sur le parquet, joignant convulsivement les mains, renversant en arrière sa jolie tête navrée, était belle, éloquente, sublime, dans son expression, son geste et son attitude, comme une statue vivante de l'Angoisse et du Désespoir.

Sa sœur debout, muette à côté d'elle, la regardait avec stupeur, consternée à la fois de la foudroyante nouvelle que M. de Latour venait de leur apprendre, et surtout des aveux que la pauvre mignonne venait, dans sa douleur, de laisser échapper. Au bout d'un instant, sortant enfin de son anéantissement et de sa consternation profonde, elle se pencha, entoura de ses bras sa chère petite Marie, lui parla tout bas, l'embrassant, cherchant à la relever, et en même temps à la réconforter, à la calmer par ses caresses.

« Oh! oui, ma petite Hélène, je t'aime et je sais que tu m'aimes bien, sanglotait la pauvre Marie. Mais laisse-moi me traîner et pleurer ici; laisse-moi mourir de douleur si Dieu veut bien me prendre... Que peux-tu faire pour moi? pour lui? C'est une victime qu'il leur faut à ces hommes, à ces juges, et jusqu'à présent, vois-tu, ils n'en avaient pas pu trouver... Mais l'accuser, lui, si noble, si bon, si juste!.. Vous le savez comme moi, n'est-ce pas, mon bon père? Gaston est innocent. Lui, frapper? lui, voler? »

Et ici le désespoir de la jeune fille éclata de nouveau, si violent, si intense, que le marquis, appelant la vieille Estelle pour lui confier M. de Latour, releva lui-même tendrement sa petite Marie, la plaça sur un canapé, lui parla avec autorité, avec sagesse, avec amour, posant un long baiser sur son front, et gardant tout ce temps sa petite main entre les siennes. Il parvint ainsi à la calmer un peu, et, la laissant alors sangloter et pleurer en paix, il se tourna vers son ami et lui dit d'une voix tremblante :

« Mais enfin cette accusation me semble bien vague, bien hasardée! Sur quels faits, que je ne conçois point, a-t-on donc pu l'appuyer?

— Oh! mon ami, des choses si absurdes, si improbables! D'abord Gaston, m'a-t-on dit, aurait écrit à ce pauvre Michel Royan, quelques jours avant sa mort, pour lui demander un secours en argent, ou, tout au moins, une entrevue particulière, le matin dans sa maison.

— Vraiment? Gaston aurait demandé de l'argent à M. Michel? Je n'en ai jamais rien su, et j'y puis difficilement croire... Mais ce ne serait pas là une raison pour l'avoir assassiné.

— Oui; mais il paraît que, depuis quelques jours, on a découvert autre chose. Des fouilles ont été faites dans le bois, aux alentours de la maisonnette du vieux garde, et là on a trouvé, paraît-il, un petit coffre enfoui, contenant de l'or et des valeurs qui ont été reconnues comme ayant appartenu à M. Michel Royan.

— Eh bien! qu'est-ce que cela prouve? interrompit M. de Léouville. Pour le vieux Hans Schmidt, c'est grave, je le comprends; mais pour ton fils, mon pauvre ami, qu'est-ce que cela peut bien faire?

— Cela fait, murmura M. de Latour de plus en plus accablé, que le vieux garde, paraît-il, a parlé dans ces derniers temps d'*un autre*, d'un complice qui l'aurait aidé, qui aurait participé peut-être à cet assassinat.

— En effet, répliqua le marquis, qui frémit en se rappelant la scène avec Paturel, et comprit que le brigadier avait, comme il se l'était promis, donné l'éveil à la justice. Mais, encore une fois, quand même un autre se trouverait mêlé à cette sanglante affaire, pourquoi s'en prendre à ton fils? pourquoi accuser Gaston?

— Mais... parce qu'on l'a vu, il y a trois jours, errant pendant la nuit dans le bois, de ce côté, comme s'il cherchait à entrer dans la maison du garde; parce qu'il n'est arrivé à la ferme que le matin, assurant qu'il descendait de la voiture du père Matouche, qui l'avait pris à sa descente du train de Paris, et parce que cette dernière affirmation a été reconnue fausse. Gaston, arrivant de Paris, avait quitté le train la veille, et le père Matouche a déclaré ne point l'avoir conduit. »

Ici M. de Léouville, profondément troublé, baissa la tête, croisa les bras sur sa poitrine, et parut réfléchir un instant. Un nouveau cri de Marie s'éleva soudain au milieu de ce silence.

« Oh! maintenant, tu le vois, Hélène, et vous aussi cher père, Gaston était bien dans le bois; je ne me trompais pas, et c'est lui que j'ai vu... Mais cela ne veut pas dire qu'il ait... assassiné, qu'il soit coupable... Je ne sais pas pourquoi il était là, pourquoi il n'est pas venu embrasser son père, sans tarder... Et quand je pense qu'à moi-même, à moi seule, il n'a pas voulu le dire, lorsque je lui ai conté hier que j'avais cru le voir la nuit de mercredi, qui marchait dans le bois!.. Pourtant, je le sais bien, Gaston n'a jamais menti... C'est mal, c'est bien mal à lui, de ne pas dire toute la vérité à sa petite Marie, à son amie d'enfance... Mais cela ne fait rien : il est innocent, j'en suis sûre... Ce n'est pas lui, mon cher Gaston, qui aurait assassiné.

— Nous en sommes convaincus comme toi; calme-toi, mon enfant, répliqua le marquis, serrant la main de son ami, puis allant embrasser sa fille. Il y a ici une coïncidence fâcheuse, un simple malentendu que la justice éclaircira certainement. Seulement, en attendant, je ne saurais trop te recommander de prendre un peu d'empire sur toi, de faire tous tes efforts pour retrouver du calme. Ce n'est pas toi qui peux sauver Gaston, ma pauvre enfant; tes larmes, ton dévouement, lui seraient inutiles. Il faut t'en remettre, avant tout, à la bonté de Dieu, et aussi, tu peux m'en croire, à la justice des hommes... Et vous, mon pauvre ami, calmez-vous aussi espérez. Ai-je besoin de vous dire quel profond chagrin je ressens, en vous voyant frappé d'un aussi terrible coup, en un moment où vous auriez si grand besoin de repos et de bien-être?... Mais je suis là, moi, votre vieux camarade, et, vous le savez bien, je crois à l'innocence de Gaston, que j'aime comme mon fils. Par conséquent, je ne négligerai rien de tout ce qui pourra éclairer la justice. Dès aujourd'hui j'irai trouver M. Alfred Royan; je verrai le brigadier, le juge de paix, le commissaire. Tranquillisez-vous l'un et l'autre; dans quelques jours, j'en suis certain, le pauvre enfant sera relâché. »

A force de raisonnements, de persuasions et de promesses, le marquis parvint à rendre un peu de calme, sinon d'espoir, aux pauvres désolés. Il fut convenu que M. de Latour ne retournerait point à la ferme ce jour-là, et passerait la nuit suivante sous le toit du Prieuré. L'aspect de son humble demeure d'où l'on venait d'enlever son cher, son unique enfant, eût été en ce moment pour lui trop triste et trop cruel.

Il resta donc, ainsi que la pauvre petite fiancée, confié aux soins d'Hélène. Et M. de Léouville, comme il l'avait promis, prit sans tarder le chemin de la ville, où il allait, pensait-il, apprendre de nouveaux détails, et où il espérait éclaircir, en faveur de Gaston, cette fâcheuse affaire.

Étienne Marcel.

- La suite au prochain numéro. -

LE RAMIER

Vois-tu là-haut cette aile prompte,
Fugitive comme l'éclair?
Sans repos elle monte, monte,
Puis disparait au fond de l'air.

C'est le ramier, que ta parole
En vain a voulu retenir,
Et qui par l'espace s'envole
Pour ne jamais plus revenir.

Enfants, il en sera de même
De biens que vous croirez saisir :
Ce vol rapide est un emblème
Des courts bonheurs, du faux plaisir.

Mais, voulant indiquer sans doute
Le terme où tout devient réel,
L'oiseau toujours poursuit sa route
Dans la direction du ciel.

Arthur Tailhand.

(Extrait des *Poésies paternelles.*)

CHRONIQUE

L'exposition annuelle des beaux-arts est à peine terminée, qu'on s'occupe déjà de celle qui doit lui succéder. Elle sera exclusivement consacrée à l'électricité et à toutes ses applications : télégraphe électrique, éclairage électrique, locomotion électrique, chauffage électrique, tous les appareils qui servent à faire de la foudre l'esclave docile de l'homme, seront réunis et livrés à l'étude et à la curiosité du public.

Supposez qu'un homme du siècle dernier ressuscite et soit amené dans le palais des Champs-Elysées... On demanderait à ce *revenant* s'il a entendu parler de l'électricité.

« Oui, certes, dirait-il, les expériences de Volta sur les pattes de grenouilles ne me sont point inconnues; et quand je faisais mon premier séjour en ce monde que je revois aujourd'hui, un Américain nommé Franklin avait inventé un appareil très ingénieux qu'il appelait, si j'ai bonne mémoire, le *paratonnerre*... L'électricité, à coup sûr, a donné quelques résultats : est-ce qu'on s'en préoccupe encore? »

Et on répondrait à cet homme :

« Regardez : ce wagon qui nous porte est mû par l'électricité; » — car un chemin de fer électrique reliera la place de la Concorde au palais des Champs-Elysées.

« Ce fil, ajouterait-on, vous permettrait d'écrire à Franklin lui-même d'un côté à l'autre de l'Océan; mieux que cela, ce fil vous permettrait d'entendre sa voix, et à lui d'entendre la vôtre. »

En effet, les expériences téléphoniques doivent jouer un rôle de premier ordre à l'Exposition électrique. Il y aura, nous assure-t-on, des salles dans lesquelles seront placés des fils qui aboutiront à la Comédie française et au grand Opéra : ainsi on pourra entendre les acteurs déclamer ou chanter à trois kilomètres du lieu où sera placé l'acteur lui-même. Encore un peu, on nous promettrait de nous faire entendre le canon les jours où il y aura bataille contre les Kroumirs!.. Eh bien! croyez-vous que l'homme d'il y a cent ans, témoin de toutes ces merveilles, n'éprouverait pas quelque trouble et même un peu d'épouvante? Et nous-mêmes, s'il nous était possible de voir ce que l'électricité aura fait et sera devenue dans cent ans d'ici...? Mais n'allons pas si vite, et que les choses du temps présent nous suffisent.

* * *

Les aveugles ne manquent pas sur le pavé de Paris, et il faut convenir que, pour la plupart, ces pauvres gens se vengent terriblement sur nos oreilles de la privation du sens qui leur manque. La vision leur fait défaut et ils se rattrapent sur l'ouïe; les ondes sonores leur tiennent lieu des rayons qu'ils ne voient plus et qu'ils n'ont peut-être jamais vus. Evidemment, tous raisonnent à peu près comme celui de leurs confrères auquel on demandait quelle idée il se faisait de la couleur rouge et qui répondit : « Cela doit ressembler au son de la trompette. » Avec ce système des équivalents sonores, nos pauvres aveugles des rues de Paris assourdissent nos oreilles des bruits les plus discordants, arrachés aux instruments les plus invraisemblables : clarinettes fêlées, flageolets suraigus, guitares *munies de toutes leurs cordes, ou peu s'en faut,* serinettes dont les cylindres tournent avec des hoquets douloureux au milieu de tuyaux non moins aigres que dépareillés.

La cécité, qui augmente le sentiment de l'harmonie chez les rossignols et les fauvettes, ne semble pas produire le même effet sur les humains; mais qui de nous oserait récriminer contre ces pauvres gens et ne voudrait, chaque fois qu'il le peut, interrompre ce bizarre concert, en jetant dans le gobelet d'étain une pièce d'argent à laquelle répondra un « Dieu vous le rende! »

Je préférerais cependant, je dois l'avouer, que les aveugles qui implorent la charité publique dans nos rues cultivassent des arts moins bruyants que celui qui, jusqu'à présent, semble avoir toutes leurs prédilections.....

« Vous ne demandez pas que les aveugles renoncent à la musique pour se faire peintres ou sculpteurs?..... »

Pardon; pour la peinture, je n'insiste pas; quant à la sculpture, j'en connais un qui a foi en lui-même et auquel je vous conseille de donner votre obole quand vous passerez près du Luxembourg.

Ce brave homme, depuis deux mois environ, s'est installé à l'angle de la rue de l'Abbé-de-l'Épée et du boulevard Saint-Michel, dans une encoignure de l'École des Mines. D'où vient-il? Quelle est son histoire? De tout cela, je ne sais rien : il a l'air d'un campagnard au moins autant que d'un ouvrier.

Quand il est arrivé au poste qu'il a choisi, il semble surtout se préoccuper de travaux mécaniques. Toute la journée, il travaille, bûche, avec une ardeur fiévreuse, des planchettes dont les copeaux s'entassent sur le sol autour de sa chaise; puis avec des chevilles, il ajuste ces planchettes en forme d'ailes de moulin, de rouets ou de roues de bateau à vapeur.

Ce n'est là qu'un premier essai : le pauvre homme s'est avisé de chercher des combinaisons nouvelles pour ses planchettes, et de ses recherches, de ses efforts, est sorti quelque chose d'invraisemblable, d'inattendu, qui ressemble, si l'on veut, à un bonhomme dont un dessin d'écolier aurait fourni le modèle, et qui, à coup sûr, pourrait passer pour le portrait du diable tel qu'on le voit dans quelques sculptures de nos vieilles cathédrales.

Si ce n'était point le diable, c'était, pour sûr, l'image du démon de l'ambition artistique qui s'était glissée dans le cœur de l'aveugle... A partir de ce jour, pendant plus de trois semaines, on l'a vu tailler, découper, ajuster, avec plus d'ardeur que jamais. D'abord des planches se rejoignirent et s'arrondirent en forme de cylindre ; évidemment l'aveugle avait entrepris de confectionner un tonneau. Point : le tonneau se terminait par une de ses extrémités en forme de cône : deux morceaux de bois allongés, assez semblables à des *formes* de cordonnier, venant se camper un beau matin devant la partie inférieure du tonneau, firent comprendre que ce qu'on avait sous les yeux représentait la jupe et les pieds d'une femme; le haut du cône, c'était la taille. Quelques jours suffirent à planter sur cette taille un torse imposant, quoique de formes moins harmonieuses que celles de la Vénus de Milo.

Les bras et les mains se composent de planchettes mobiles comme les membres en bois des poupées à ressort ; la tête manque encore, mais un manche à balai qui sert d'armature à toute la statue attend visiblement cet indispensable accessoire.

La statue est peut-être une Minerve, à moins que ce ne soit l'image de la France ou de la République. Cette dernière hypothèse ne me semble nullement invraisemblable : dans ce cas, le brave aveugle aurait un peu spéculé sur ses chances du 14 juillet.

Parmi les exposants les plus assidus du Salon, on compte un statuaire aveugle, M. Vidal-Navatel, de Nîmes, et ses groupes d'animaux ne sont pas les moins remarqués.

L'histoire des beaux-arts a gardé souvenir du sculpteur italien Gonelli, qui, lui aussi, était aveugle et qui voulut faire une Minerve ; mais au lieu de la tirer de sa propre imagination, il résolut de la copier sur l'antique, d'après une statue exposée dans un jardin public.

Un artiste, qui l'observait pendant son travail, lui demanda s'il ne voyait pas un peu, pour être en état de modeler avec tant de justesse.

« Je ne vois rien, répondit-il, mes yeux sont au bout de mes doigts.

— Comment est-il possible, reprit l'artiste, que, ne voyant pas, vous fassiez de si belles choses ?

— Je tâte mon original, répliqua Gonelli, j'en examine attentivement les dimensions, les éminences, les cavités, et je tâche de les retenir dans ma mémoire ; ensuite je manie mon argile et je parviens à terminer mon ouvrage en copiant dans mon propre souvenir. »

Je n'osais vous affirmer tout à l'heure, d'une façon absolue, que la peinture rentrât dans les attributions possibles des aveugles... Ils font vraiment bien d'autres choses. L'aveugle Sauderson n'était-il pas professeur de mathématiques et d'optique à l'Université de Cambridge ! Chez lui, le tact était tellement raffiné qu'il jugeait l'exactitude d'un instrument de mathématique rien qu'en faisant glisser ses doigts sur les divisions. Cette sensibilité d'épiderme s'étendait non seulement à ses doigts, mais même à son visage : il lui arriva d'observer les phases d'une éclipse par le degré de chaleur qu'il recevait du soleil pendant la durée du phénomène !

ARGUS.

Abonnement, du 1er avril ou du 1er octobre ; pour la France : un an 10 fr. ; 6 mois 6 fr. ; le n° au bureau, 20 c. ; par la poste, 25 c.
Les volumes commencent le 1er avril. — LA SEMAINE DES FAMILLES paraît tous les samedis.

VICTOR LECOFFRE, ÉDITEUR, RUE BONAPARTE, 90, A PARIS. — Imp. de la Soc. de Typ. - J. Mersch, 8, r. Campagne-Première. Paris.

Un concert de Chats.

LES CHATS MUSICIENS

Un proverbe, fragment de ce que l'on est convenu d'appeler la sagesse des nations, dit que « le chien est l'ami de l'homme »; sur quoi un fantaisiste enchérissant encore a ajouté : « Ce qu'il y a de meilleur dans l'homme, c'est le chien. » Il ne faut pas trop s'offenser de cette boutade en un siècle où l'on a osé imprimer que « l'homme n'est qu'un singe perfectionné ».

Le chien, l'ami de l'homme! Voilà une assertion qui nous semble bien absolue. N'est-il donc pas un autre animal domestique, hôte assidu de nos foyers, antagoniste de l'emblème de la fidélité, qui mériterait tout aussi bien ce nom d'ami, en dépit du doute exprimé à cet égard par l'immortel bonhomme, à propos des amis?

Rien n'est si commun que le nom,
Rien n'est si rare que la chose.

Cet hôte intime, ce rival du chien, on l'a déjà nommé : c'est le chat.

« Pour l'homme, en effet, a dit un humoriste de ce temps, le chat est un ami avec lequel il s'entretient et converse tout à l'aise. Il est aussi un comédien pantomime qui l'égaye, le distrait et l'amuse. C'est un astronome météorologiste, qui lui prédit les changements de temps beaucoup mieux que bien des astronomes officiels. » De plus, et tout est là, le chat est musicien. — Musicien? — Oui...

Deux savants éminents, Grew et le Clerc, ont dit : « Les chats sont très avantageusement organisés pour la musique; ils sont capables de donner diverses modulations à leur voix et, dans l'expression des différentes passions qui les occupent, ils se servent de différents tons. »

« En effet, ajoute l'humoriste plus haut allégué, aucune nuance ne leur est inconnue, depuis le ronron en pédale jusqu'au *fortissimo* le plus aigu, en passant par toutes les transitions notées sur la musique des maîtres. Il est probable et presque certain que ces dissonances qui nous agacent sont de réelles beautés, qui, faute d'une intelligence musicale suffisamment développée, nous échappent. Peut-être est-ce la musique de l'avenir, peut-être celle du passé, dans les temps antéhistoriques, alors que probablement la délicatesse des organes humains était développée sur une échelle différente. Les arts ne sont-ils pas sujets à de grandes révolutions? Voyez d'ailleurs les Asiatiques : notre musique leur semble ridicule, et par contre nous trouvons que la leur n'a pas le sens commun.

« L'organisation musicale du chat persiste jusqu'après sa mort; après le rôle actif, le rôle passif. N'est-ce pas avec les boyaux de chat que l'on fabrique les meilleures chanterelles, ces cordes à violon sonores entre toutes! »

Il est vrai que si l'on consultait le chat, il ne se prêterait pas volontiers à ce rôle suprême de la corde du roi des instruments. Mais on ne le consulte pas; c'est chose obligatoire et non volontaire de sa part que le concours fourni par lui à la lutherie.

Ami de l'homme, le chat peut se flatter, rien qu'en France, sans remonter aux Egyptiens, aux Grecs et aux Orientaux, à Platon et à Mahomet, le chat peut se flatter d'avoir été sympathique à nos meilleurs esprits. Richelieu se distrayait des préoccupations de la politique en voyant les jeux d'une nichée de petits chats. Montaigne, le profond penseur, avoue que les actions et les jeux de son chat étaient pour lui une récréation autant qu'une véritable étude. Colbert avait toujours dans son cabinet de travail une bande de jeunes et folâtres chatons. Fontenelle, dès son enfance, aimait beaucoup les chats, un entre autres, qu'il plaçait dans un fauteuil, et à qui il débitait des discours pour s'exercer à parler en public...

Est-ce assez d'exemples pour prouver la haute estime et l'amitié dont les chats ont été honorés? Ajoutons que la Bibliothèque de la rue Richelieu possède une médaille frappée en l'honneur d'un chat. L'exergue, autour de la tête, porte :

CHAT NOIR Ier, NÉ EN 1723

Sur le revers on lit :

SACHANT A QUI JE PLAIS, CONNAIS CE QUE JE VAUX.

Après cela, comme dit un personnage de Molière, il faut tirer l'échelle, et c'est ce que je fais en signant :

UN CHATOPHILE.

LE COUCOU DE MARCELINE

I

EN VACANCES

On a pavé les champs où je cueillais des fleurs.
(LOUIS VEUILLOT.)

Hélas! il y a bien longtemps de cela, et j'ai oublié nombre de joies et de douleurs qui me sont advenues depuis. Jours de fête, jours de deuil se perdent dans le vague brouillard du passé, mais cette première matinée des vacances, cette journée que nous commencions en diligence, cette arrivée chez la grand'mère, sont restées peintes dans ma mémoire de si fraîches et vives couleurs que rien n'a pu les effacer; rien ne les effacera jamais.

Au crépuscule, dans un jardin, les fleurs les plus brillantes se confondent peu à peu avec le feuillage, et disparaissent. La blancheur des lis résiste seule aux ténèbres, et dans la nuit même ils restent visibles. Au clair de la lune, la pourpre et l'azur des autres fleurs se confondent, mais les roses blanches resplendissent.

Ainsi en est-il des purs et innocents souvenirs de l'enfance : l'approche du soir et de la nuit du tombeau, loin de les effacer, les ravive, et leurs derniers reflets, leurs derniers parfums, consolent et charment le voyageur fatigué près d'arriver au but inévitable, à l'éternel repos.

Donc, lorsque nous partions en vacances et qu'après avoir sommeillé tant bien que mal, entassés dans le coupé de la diligence avec notre bonne mère, nous arrivions au point du jour dans une ville endormie, on entrait à l'auberge pour déjeuner de thé et de lait chaud avec force tartines, et faire un bout de toilette. Puis on remontait en voiture, avant même que les chevaux fussent attelés. Quelle joie quand ils repartaient. Il n'y avait plus que trois relais! Aux montées nous poussions de toutes nos forces les parois de la diligence, persuadés que nous aidions beaucoup les chevaux. Quelquefois les voyageurs descendaient, et nous courions sur les banquettes de la route, cueillant des pâquerettes et des lotiers dans le court gazon qui bordait le chemin. Une bête à bon Dieu, un petit papillon aux ailes azurées, nous faisaient jeter des cris de joie. Pauvres petits Parisiens, prisonniers toute l'année dans un appartement, sauf quelques heures de promenade au Luxembourg, nous respirions avec délices le grand air des champs. Nous reconnaissions les cantonniers sur la route, les mendiants abrités sous des huttes de branchages ou des grottes sablonneuses creusées dans les remblais; nous disions aux postillons : « Courez vite, vite; bonne maman nous attend. »

Enfin, à l'horizon d'une grande et fertile plaine, et s'élevant au-dessus des arbres comme un oiseau qui regarde du haut de son nid, apparaissait la tour blanche de l'église de Boisgelin, surmontée d'un télégraphe aux longs bras noirs. Certes, ce télégraphe était bien laid, mais qu'il nous faisait plaisir à voir!

La route descendait : les chevaux galopaient presque et, enfin, enfin! nous entrions à grand bruit dans le joli village, et la diligence s'arrêtait devant la maison de brique, précédée d'un étroit jardin éblouissant de fleurs. Sous la tonnelle de clématite qui ombrageait sa porte, bonne maman nous attendait, souriante, heureuse. Nous courions nous jeter dans ses bras; puis, tandis que notre mère l'embrassait, tandis que les domestiques faisaient décharger les bagages, nous courions, nous autres, revoir la maison et le jardin; mon frère allait voir s'il y avait des fruits tombés, ma sœur visitait le poulailler, et moi, l'aînée, après avoir donné un coup d'œil à ma petite chambre aux rideaux blancs, ornée de fleurs, et d'une propreté charmante, je montais au grenier et je courais voir ma vieille amie Marceline.

C'était la personne la plus âgée du logis. Elle avait un an de plus que ma grand'mère, et ne sortait de sa mansarde que pour aller à l'église, tous les matins. Le reste du temps elle travaillait à l'aiguille avec une merveilleuse adresse. Ma grand'mère lui envoyait sa petite portion à chaque repas, et veillait à ce qu'elle fût très bien servie. Marceline était dans la maison depuis plus de quarante ans, et elle n'y était entrée qu'à la condition d'être dispensée de vivre avec les domestiques. Elle ne sortait de son ermitage que lorsque quelqu'un était malade. Alors elle donnait tous ses soins, passait les nuits, et montrait un dévouement et une intelligence rares.

C'était une personne réservée, silencieuse, très douce, et d'une discrétion exagérée. Je l'aimais beaucoup, parce qu'elle m'habillait mes poupées, me racontait de belles histoires de saints, et tous les samedis, pendant les vacances, me faisait remonter son coucou.

Ce coucou, enfermé dans une gaîne de bois fort bien sculptée, avait une voix formidable. Quand la fenêtre de la mansarde était ouverte, on l'entendait fort loin dans la campagne, et son balancier faisait autant de bruit que le tic-tac d'un moulin. Lorsque nous remontions les poids, cela faisait un vacarme qui résonnait dans toute la maison. J'attendais le samedi avec impatience, tant cette opération me paraissait surprenante, et je demandais toujours des explications à Marceline sur le mécanisme de l'horloge et les sculptures de sa gaîne.

« Pourquoi y a-t-il là un coq?

— Parce que les coqs chantent aux heures.

— Pourquoi ces deux têtes, l'une entourée de rayons, l'autre coiffée d'un croissant?

— C'est le soleil et la lune.

— Et ces douze petits hommes dont l'un porte du bois, un autre une gerbe, un autre des fleurs, etc.?

— Ce sont les douze mois de l'année.

— Que veulent dire cette faux, ce sablier? pourquoi cette hirondelle tient-elle dans son bec un ruban où il est écrit : « Je reviendrai. »

— Vous m'en demandez trop long, ma chère petite demoiselle, me dit Marceline. Écoutez, on sonne le dîner. Allez retrouver votre bonne maman. Vous l'avez à peine vue.

— D'abord, je veux entendre sonner midi à votre coucou, ma bonne Marceline. »

Il retardait un peu; Marceline monta sur un escabeau et poussa la grande aiguille : les quarts sonnèrent lentement, puis les douze coups tintèrent, et je m'écriai :

« Qu'il sonne bien, ce beau coucou! Nos pendules à Paris sont toutes dorées, mais elles n'ont pas une belle sonnerie comme cela. Au revoir, Marceline, je viendrai manger mon dessert près de vous.

— Vous feriez mieux d'aller au jardin, mademoiselle.

— Non : il commence à pleuvoir; d'ailleurs maman a dû déballer, et je veux vous montrer ma nouvelle poupée et les beaux chiffons que la couturière m'a donnés pour lui faire un trousseau. Vous m'apprendrez à tailler les robes, n'est-ce pas, Marceline?

— Certainement, si vous êtes sage; mais allez donc dîner. »

II

LA MANSARDE

Que d'heures heureuses je passais dans cette mansarde! De la fenêtre de Marceline je dominais tout le jardin, et au delà je voyais les champs, l'hospice à demi caché sous les grands peupliers de Hollande, un paysage de Flandre, uni et verdoyant. Autour de la mansarde étaient rattachées les branches supérieures d'un beau poirier d'espalier, aussi vieux que la maison. Tous les ans, Marceline en cueillait les fruits, à la veille de notre départ, et je l'aidais à les emballer soigneusement. Ma grand'mère lui donnait la récolte de cet arbre, mais presque toutes les poires du poirier de Marceline s'en allaient à Paris. La bonne fille le voulait ainsi, pour l'amour de nous. Quelquefois la journée se passait sans que je me fusse décidée à quitter le jeu ou le jardinage pour monter vers Marceline et prendre ma leçon de couture et de broderie. Elle me le reprochait doucement.

« Vous regretterez le temps perdu, me disait-elle : je ne serai pas toujours là pour vous apprendre à bien manier l'aiguille. Quand votre papa viendra prendre ses vacances, vous ferez de longues promenades qui vous prendront des journées entières. Profitez du mois de septembre, croyez-moi. »

Et souvent, elle me disait : « Je ne serai pas toujours là... »

Ceci me paraissait un conte des plus invraisemblables. Marceline faisait partie de la maison : elle devait durer autant qu'elle. D'ailleurs, chaque année, je la retrouvais toute semblable à elle-même. Elle ne vieillissait pas : elle avait dû être toujours vieille, et venir au monde avec ses petits bandeaux de cheveux blancs, sa coiffe tuyautée d'un blanc de neige, son grand col blanc, et sa robe de mérinos noir, tirée à quatre épingles sur sa mince personne, et qui paraissait toujours neuve, tant elle était soigneusement brossée.

Un jour, chose rare, je ne la trouvai pas dans sa chambre. Elle était allée voir un domestique malade à l'autre extrémité de la maison. Il y avait sur la commode de Marceline une petite sainte Vierge en ivoire, très ancienne, abritée sous un globe de verre, et entourée de fleurs artificielles décolorées par le temps. Au cou de la statue était suspendu par un étroit ruban noir un petit sachet, noir également. J'avais demandé plus d'une fois à Marceline ce qu'il contenait. Elle me répondait doucement :

« Ce n'est pas bien d'être curieuse, mademoiselle. »

Et je n'osais insister.

Cette fois, le démon de la curiosité m'entraîna, je

soulevai le globe; je pris le sachet; il n'était pas fermé et contenait une croix d'honneur. Je me hâtai de le replacer, et de remettre le globe; je l'avais encore dans les mains, lorsque Marceline rentra.

Elle ne dit rien, mais leva un doigt et me regarda fixement.

Toute honteuse, j'étais descendue de mon tabouret :

« Je ne le ferai plus, dis-je.

— Vous ferez bien, dit Marceline; voyons votre ourlet, mademoiselle. »

Ce fut ma dernière leçon, cette année-là. Le lendemain mon père arriva avec nos oncles, et le mois d'octobre se passa fort gaiement.

L'année suivante je fis ma première communion, et quelques jours auparavant j'écrivis à ma bonne grand'-mère pour le lui annoncer. Elle me répondit le jour même en m'envoyant une jolie montre, un mouchoir brodé par Marceline, et une petite lettre de cette bonne fille :

« Une lettre de Marceline? s'écria mon frère. Elle sait écrire! quelle merveille! »

Oui, elle savait écrire, et sa petite lettre était si correcte, si pieuse et si bien tracée, que ma mère n'eût pu mieux faire.

« Mais qui est donc Marceline? lui dis-je, je croyais que c'était une servante.

— Marceline a été bien élevée, me dit ma mère, et elle a droit à ton respect et au mien, ma fille. Réponds-lui, et surtout écoute ses conseils.

— Je voudrais savoir son histoire, maman.

— Tu la sauras plus tard. Prépare-toi : il est l'heure d'aller à la retraite. »

Je reparlai quelque temps après à ma mère de l'histoire de Marceline.

« Je ne la sais que très imparfaitement, me dit-elle : ta bonne maman te la racontera, ces vacances, si elle le juge à propos. »

Je connaissais trop l'extrême réserve de ma bonne maman pour compter là-dessus, et je me promis de questionner Marceline.

« A présent que j'ai fait ma première communion, me dis-je, elle me traitera en personne raisonnable. »

Je ne sais si elle l'eût fait, mais je ne la revis plus. Ma mère, souffrante, fut envoyée aux eaux de Néris, et lorsque, vers le milieu d'octobre, nous partîmes enfin pour Boisgelin, il y avait cinq jours que Marceline était morte, doucement et silencieusement, comme elle avait vécu.

Ma bonne maman paraissait fort affectée de cette mort, et on m'avertit de ne pas parler de Marceline devant elle, au moins pendant les premiers jours.

Dès que je pus le faire sans être remarquée, je montai au grenier. Arrivée là, j'hésitai. Ce vaste grenier, à demi rempli de vieux meubles, de fagots et de paniers vides, me sembla lugubre. Au fond, devant moi, j'apercevais la cloison qui le séparait de la chambre de Marceline. La clef était sur la porte. Je n'osais entrer. J'entendais le tic-tac de l'horloge qui marchait encore. Elle sonna deux heures. Ce bruit familier me rassura. Il me semblait que ma vieille amie devait encore être là. Mais la chambre était vide, le lit sans matelas, le reste en ordre comme autrefois. Seule, la Vierge d'ivoire n'y était plus, et je sus depuis que ma bonne maman l'avait prise dans sa chambre.

J'ouvris la fenêtre : le jardin paré des fleurs d'automne, la campagne encore verte, les peupliers jaunissants, les belles poires mûres oubliées sur l'arbre, tout brillait au doux soleil d'octobre. Et je pleurai longtemps, accoudée à cette fenêtre, et n'osant plus regarder dans la chambre.

Mais j'y revins le lendemain et tous les jours; je priai ma grand'mère de me donner cette chambre pour cabinet d'étude et de défendre qu'on y changeât rien.

« Tout ce qu'elle contient est à toi, me dit-elle, Marceline t'a légué son petit mobilier. Elle m'a donné sa Vierge d'ivoire, et ses habits pour mes pauvres. Je suis contente que tu aimes habiter cette petite chambre, ma fille; pour moi, je n'ai pas le courage d'y rentrer encore. »

Bonne maman ne survécut pas plus de trois ans à sa vieille protégée. J'avais passé près d'elle avec ma mère les derniers temps de sa vie. Une nuit, elle ne pouvait dormir, bien qu'elle ne souffrît pas, une petite fièvre lente et incessante la tenait éveillée. Elle nous parla de Marceline et nous conta son histoire. D'autres témoignages vinrent plus tard compléter le récit que j'avais écouté attentivement, et que quarante années n'ont pas effacé de ma mémoire.

III

MARCELINE

Marceline était fille d'un pauvre paysan des environs de Boisgelin, resté veuf fort jeune, et qui demeurait avec sa mère. Cette bonne aïeule élevait sa petite-fille le mieux qu'elle pouvait, mais ne l'envoyait à l'école que bien rarement. L'hiver les chemins étaient trop mauvais, l'été il fallait que la petite allât couper de l'herbe pour la vache, glaner, ramasser du bois. Il y avait toujours à faire pour aider la grand'mère, en sorte que, lorsque l'enfant allait à l'école, elle se trouvait si en arrière des autres petites filles, qu'elle en pleurait de honte. Un jour entre autres, elle lut si mal que la maîtresse lui dit qu'il fallait emporter son A, B, C, D, pour l'étudier à la maison. Elle le lui attacha sur son bonnet et la mit à la porte.

L'enfant s'en alla en pleurant, et, arrivée à quelque distance du village, s'assit au pied d'un arbre, ôta son petit bonnet, prit le livre d'un sou, et essaya d'étudier, mais elle sanglotait si fort qu'elle n'y voyait pas clair. Un petit berger qui gardait quelques moutons près de là, l'entendit, écarta les branches d'une haie pour la voir, et lui demanda pourquoi elle pleurait.

« C'est parce que je ne sais pas lire, dit-elle.

— Eh bien! viens garder les moutons avec moi; je t'apprendrai. Je sais très bien lire, moi! » fit-il d'un air capable.

Le berger avait dix ans. Il mit tant de patience dans ses leçons, Linette s'appliqua si bien, que quinze jours après elle était à la tête de sa classe, puis vint la moisson : elle ne songea plus qu'à glaner, et souvent le petit berger, confiant ses moutons à son chien, venait la rejoindre et l'aider. Ils devinrent si bons amis que Louis Desprez racontait tous ses projets à Marceline.

« Vois-tu, lui disait-il, je ne veux pas rester berger. Je veux être horloger; j'ai trouvé dans le grenier de mon père une vieille horloge rompue. Je l'ai raccommodée : elle va. J'en veux faire une autre en bois, qui ira aussi, et quand elle sera finie, j'irai à Douai chez un maître horloger, et je lui demanderai de me prendre comme apprenti. Mon frère devient grand et fort : il gardera les moutons à ma place. Moi j'aurai une belle boutique sur la place et je t'épouserai. »

Linette trouvait ce projet très joli, et elle aidait comme elle pouvait son jeune compagnon en cherchant les morceaux de bois dont il avait besoin. Elle lui fit même cadeau de son petit couteau, le seul objet d'un peu de valeur qu'elle possédait. La misère était grande alors, et il n'y avait pas beaucoup d'enfants à Boisgelin qui eussent dans leur poche un couteau de douze sous. Aussi la reconnaissance de Louis fut-elle très grande.

Il fit son horloge de bois, et un beau jour, sa mère lui ayant donné une commission à faire en ville, il porta son chef-d'œuvre à un horloger de Douai.

Très étonné, celui-ci voulut s'assurer que le petit garçon disait vrai. Il lui donna une horloge à démonter et à remonter. Louis le fit avec une adresse et une célérité merveilleuses, et l'horloger lui dit: « J'irai voir tes parents. »

Quelques jours après, il travaillait à Douai; puis l'empire arriva : les affaires commerciales se rétablirent, Dès l'âge de seize ans, Louis gagnait de bonnes journées. Tous les dimanches il allait revoir ses parents et sa petite amie. Il lui portait chaque fois quelque cadeau; il obtint de sa mère à lui qu'elle s'occupât de la petite fille et lui apprît à coudre. Lorsque le père et la grand'-mère de Marceline moururent à trois mois l'un de l'autre, Louis pria sa mère de la recueillir chez elle en attendant qu'il pût l'épouser.

Il devait, pour remplir son engagement, rester encore deux ans chez son maître, à Douai, et Marceline n'en avait pas quinze. Quant à la conscription, le frère de Louis, assez mauvais sujet, devait s'engager; il l'avait promis, et libérait ainsi son frère. Il partit en effet, mais ne tarda pas à déserter. On ne le revit jamais, et Louis dut tirer au sort.

C'était un brave garçon. Lorsqu'il vint faire ses adieux à ma grand'mère ou plutôt à ses parents, car elle n'était pas encore mariée, il répondit à ceux qui le plaignaient: « Je ferai mon métier de soldat si bien que je ne m'ennuierai pas au régiment, et le bon Dieu me protégera. »

En ce temps-là on allait vite; après six mois de garnison, Louis fit la campagne de Prusse, et se conduisit de telle sorte qu'il devint lieutenant, et fut décoré de la main de l'empereur sur le champ de bataille de Friedland. Au moment de trêve qui suivit l'entrevue de Tilsitt, Louis obtint un congé et accourut à Boisgelin. Il venait d'être nommé capitaine, et sa belle taille, son uniforme de hussard et sa croix firent l'admiration de tout le pays. Son père et sa mère le voyaient déjà général, et les bonnes langues du village ne manquèrent pas de dire qu'une paysanne comme Marceline n'était point son fait, et que l'empereur le marierait à quelque riche héritière. Pendant le court séjour du jeune capitaine, Marceline avait reçu l'hospitalité chez des voisines qui, bien entendu, ne lui laissèrent pas ignorer ces projets, mais elle savait à quoi s'en tenir. Dès le premier jour de son arrivée, Louis et ses parents l'avaient conduite chez le curé sous prétexte de visite, et Louis avait prié le prêtre de le fiancer à Marceline.

« Quand je serais maréchal de France, dit-il, je ne l'abandonnerais pas. J'espère quitter le service lorsque la paix sera faite. Je voudrais, en m'attendant, que Marceline entrât dans une bonne maison d'éducation pour acquérir les talents qui lui manquent et conviennent à la femme d'un capitaine. L'empereur m'a accordé une gratification dont je veux donner une moitié à mes parents; l'autre sera consacrée à l'instruction de ma fiancée, si elle le veut bien. »

Le curé approuva ce projet; il connaissait à Douai une ancienne élève de Saint-Cyr, Mme Godard de la Capelle, qui venait d'y ouvrir un pensionnat. C'est là que Marceline entra. Elle était alors âgée de seize ans, et belle comme le jour. Intelligente et docile, elle étudiait avec ardeur; tous les mois, les parents de Louis venaient la voir et lui apportaient des nouvelles, tantôt directes, tantôt indirectes, du jeune capitaine. La guerre s'éternisait! toute l'Europe était en feu, et les malheureux soldats tombaient par milliers.

A dix-huit ans, Marceline revint chez les parents de Louis. Ils étaient malades tous deux, et craignaient de mourir sans revoir leur fils. Ils auraient dû bien plutôt souhaiter la mort que la redouter!

Un jour d'été, en 1809, les deux vieillards dormaient, et Marceline s'était approchée du seul rayon de jour que laissaient pénétrer les volets fermés : elle relisait pour la centième fois la dernière lettre de Louis, lettre vieille de trois mois déjà. On n'entendait d'autre bruit dans la chaumière que le tic-tac de la belle horloge, le chef-d'œuvre de Louis, qui devait être la première pièce du ménage de Marceline. Elle sonna deux heures. C'était l'heure où Louis était parti. En disant adieu à sa fiancée, il lui avait recommandé de prier pour lui chaque fois que l'heure sonnerait. Elle joignit les mains, comme toujours elle le faisait et commença l'*Ave Maria*,

Un roulement de tambour la fit tressaillir et réveilla les malades. C'était le crieur public qui rassemblait les villageois pour leur annoncer la victoire de Wagram, et lire un de ces bulletins hyperboliques où l'empereur, exagérant les victoires et dissimulant les pertes, ne parlait que de triomphes et de paix prochaine. C'était au moment où l'on bat le blé: toute la population était au village, et vint écouter. « Vive l'empereur! » crièrent le maire, l'adjoint et quelques enfants. Il n'y avait plus de jeunes gens; hommes et femmes étaient tristes, et une grand'mère s'écria : « Vive la paix! Je dirai: Vive l'empereur! quand on ne verra plus de femmes conduire la charrue. »

« Vous direz un *Te Deum*, monsieur le curé, n'est-ce pas? dit le maire.

— Oui, et l'oraison *Pro Papa,* » répondit le curé.

Le maire ne comprit pas. Il savait cependant que le pape était prisonnier de l'empereur.

Marceline écoutait, tremblante. Elle n'osait interroger les notables du village qui lisaient le *Journal de l'Empire*. Il contenait une liste de morts, très courte. Le nom de Louis n'y était pas.

« On a signé un armistice; la paix va se faire, » disait le peuple. Le traité de Vienne, en effet, se préparait et fut conclu au mois d'octobre. Mais depuis un mois déjà un frère d'armes de Louis avait envoyé la nouvelle de sa mort au champ d'honneur, sa croix, et un petit portefeuille qui renfermait quelques lettres de Marceline. Louis venait d'être nommé colonel.

Le père et la mère ne survécurent que peu de semaines à un tel coup. Ils moururent le même jour, laissant à Marceline le petit bien qu'ils possédaient. Elle était trop jeune pour demeurer seule; elle avait appris, d'ailleurs, que le frère de Louis vivait à Londres dans une profonde misère. Elle ne voulut accepter l'héritage qui lui appartenait que pour le lui rendre plus tard, et trouva moyen de lui faire passer des secours. Elle afferma la petite maison et les champs, et, sur l'offre de ma bisaïeule, vint demeurer chez nous. La maison était alors en fête. Ma future grand'mère se mariait et devait continuer à l'habiter. Marceline désira rester en dehors de tout ce mouvement joyeux, qui ravivait sa douleur. Elle s'installa dans la petite chambre d'où elle ne devait plus sortir : le temps sécha ses larmes, et doucement résignée, fidèle jusqu'au dernier soupir à la mémoire de celui qu'elle avait tant aimé, elle attendit l'heure qui devait la réunir à lui.

La maison de ma grand'mère a été vendue, et détruite. Il ne me reste des souvenirs tangibles de cette chère demeure que la Vierge d'ivoire et ma vieille horloge, le coucou de Marceline. Je le remonte tous les samedis, et il amuse mes petits-enfants comme il m'amusait, alors que je n'entendais pas encore, dans l'inexorable tintement de l'heure, la voix et les pas du temps qui nous emporte et moissonne sans pitié tout ce que nous aimions sur la terre.

J. O. Lavergne.

LA TUNISIE.

I

Nos lecteurs savent sur quelle partie de la Méditerranée s'étend la Tunisie. Baignée par les eaux de cet immense lac intérieur au nord et au nord-est, sur une longueur de côtes d'environ 600 kilomètres, cette belle et féconde province est bornée au midi par la Régence de Tripoli, et au couchant par la province de Constantine et les montagnes de Djebel-Nemenchah, qui la séparent du désert. Elle forme une immense plaine divisée en trois parties à peu près égales par leurs chaînes de montagnes courant du sud-est au nord-ouest; ces trois plaines réunies mesurent environ 150.000 kilomètres carrés, sans compter les régions qui sont au delà du Beled-el-Djerid.

Quant à la population de la Régence, on n'en saurait évaluer bien nettement le chiffre. Inférieure, d'après quelques auteurs, à un million, il s'élèverait, suivant d'autres, à plus de quatre fois ce nombre. Il est plus aisé d'énumérer les races qui la composent. Berceau et centre de la puissance carthaginoise, plus tard province florissante du vaste empire romain, occupé pendant près d'un siècle par les Vandales, réuni par les conquêtes de Bélisaire à l'empire gréco-romain, et enfin incorporé, vers le septième siècle de notre ère, à celui des khalifes, le royaume de Tunis semblerait devoir contenir une grande variété de peuples. Il n'en est rien, les différences d'origine des races qu'on y trouve ayant presque complètement disparu sous le niveau de l'islamisme. On peut néanmoins diviser la population tunisienne en trois catégories bien distinctes : les gens des villes, ceux de la plaine, et ceux de la montagne : les Maures, les Arabes, et les Djébélias ou Kabyles. Les plus civilisés de ces peuples sont, sans contredit, les Maures. Ceux-ci descendent des Maures d'Espagne et de ceux de Sicile qui repassèrent en Afrique, lorsque la domination des empereurs d'Allemagne leur devint intolérable. Ce sont des citadins graves, paisibles, un peu indolents et insouciants, pleins du sentiment de leur dignité, quelquefois hautains, mais toujours courtois. Très partisans des principes du bey, les Maures vivent en parfaite intelligence avec les 40.000 juifs et les 18 à 20.000 chrétiens de la Régence. Ils habitent le littoral.

L'Arabe de Tunis ne diffère en rien de celui de l'Algérie. De l'eau, du lait, de la mauvaise galette, des fruits et des herbes des champs, un vieux burnous, une tente percée suffisent à ce nomade. Brave et chevaleresque, l'Arabe est l'homme de la guerre et l'on peut dire que la paix n'est pour lui qu'une trêve. Bien qu'en temps de paix même il vive errant, il est presque aussi attaché au sol que le Kabyle. Ainsi les changements de douars se font dans ses tribus d'une manière périodique, régulière, qui décèle une certaine prévoyance.

Le Kabyle a moins de rapports avec le Maure et l'Arabe que ces derniers n'en ont entre eux. Mais comme ceux-ci, il est fier et belliqueux, fidèle gardien de sa parole, hospitalier, généreux envers les pauvres, simple dans ses goûts et très épris de danse et de musique; plus scrupuleux que l'Arabe, il ne ment jamais. Les Kabyles de la Régence habitent les montagnes qui s'étendent dans la direction de Bizerte et de Kef. Fixées dans de grands villages bâtis dans les vallées, leurs demeures sont des maisons grossièrement construites en pierre ou en briques et couvertes de chaume, en branchages ou en tuiles. Ils sont cultivateurs, s'occupent de jardinage, aménagent leurs eaux, s'entourent de haies vives, plantent, greffent, sèment et récoltent avec activité et industrie. Ils ont des moulins à huile, des manufactures de savon, de poterie, d'objets en bois, des tuileries, des fours à chaux, des métiers à tisser. Ils fabriquent des armes, des instruments aratoires, etc. Dans les villes, ils sont maçons, menuisiers, charpentiers, jardiniers; mais dès qu'ils ont gagné un peu d'argent, ils retournent dans leurs montagnes, achètent un coin de terre, élèvent une maison et se marient. Ce sont les Suisses de l'Afrique septentrionale.

Les Tunisiens sont, en général, de fidèles sectateurs de l'Islam. Toutefois, on n'ignore pas que les mahométans se divisent en deux sectes : les sunnites ou musulmans orthodoxes, et les chiites ou disciples d'Ali, qui s'en tiennent au Coran, ils ne reconnaissent point comme successeurs du Prophète les khalifes électifs, et repoussent les traditions. Ce sont les premiers qui dominent à Tunis. L'esprit de tolérance le plus caractérisé règne parmi les sujets du bey. On a remarqué à ce propos un fait assez singulier qu'il n'est pas inutile de rappeler, c'est que le fanatisme, et par suite la férocité des habitants du nord de l'Afrique vont en diminuant sans cesse de l'ouest à l'est. Ainsi, les mœurs sont plus douces dans la province d'Oran que dans le Maroc, plus dans celle de Constantine que dans celle d'Oran et plus enfin dans la Régence de Tunis que dans l'Algérie en général : cette progression se continue jusqu'à la Cyrénaïque. A Tunis, suivant M. Pellissier, ce fanatisme est même fort affaibli : « L'islamisme, dit-il, commence à faire douter de lui, depuis qu'il est devenu évident que la force l'a abandonné. J'ai vu, dans mes voyages, des Arabes me faire entrer dans des mosquées, et même au village de Tabent on me fit coucher, moi chrétien, dans un lieu consacré ! J'ai vu, dans la tribu des Khroumirs, un cadi qui viole ouvertement le Ramadan, et n'en est pas moins considéré. J'ai connu au bourg de Rocalta, dans le Sahel de Monestyr, une sorte de philosophe voltairien qui se moque ouvertement de toutes les religions révélées. Avant notre conquête de l'Algérie, cet homme eût été lapidé. » Nous devons dire toutefois qu'à Tunis même, le culte musulman conserve des adeptes plus fervents. Ainsi, les mosquées de la capitale, bâties dans le style mauresque avec des minarets élancés, sont sévèrement interdites à tout infidèle.

On rencontre, en outre, dans la Régence, surtout dans le district de Soussah, où ils se sont construits un petit temple, un nombre considérable de Wabites. Ces sectaires professent le déisme, mais un déisme moins froid que le déisme philosophique. Ils ont l'esprit religieux, c'est-à-dire la croyance dans les rapports de l'homme avec Dieu, manifestée par la prière et par le culte, et développée par la contemplation; seulement ils ne tiennent pas à la forme. Ils n'admettent d'autres dogmes que l'unité de Dieu, l'immortalité de l'âme et les peines et les récompenses de l'autre vie. Ils nient que Dieu prescrive à chacun autre chose que l'accomplissement des devoirs moraux; ainsi, ils regardent les observances de n'importe quelle religion comme inutiles; mais ils pensent qu'il n'y a aucun mal à s'y soumettre quand on vit avec des gens qui croient à leur efficacité. Ils prêchent la tolérance la plus large, et condamnent tout acte de violence, bien différents en cela de leurs devanciers d'Arabie qui employaient le fer et le feu pour forcer les hommes à ne pas croire, et voulaient détruire le tombeau du Prophète comme un monument de superstition.

II

Les premières capitulations(1) régulières de la France avec la Régence de Tunis datent de 1685. Parmi celles de peu de durée qui avaient précédé, on cite l'établissement d'un comptoir français à la Calle en 1520, et quelques conventions commerciales à Bône, entre Charles IX et Sélim II. Le traité de 1685 fut conclu entre le bey de Tunis et la France par le maréchal d'Estrées. Il dura jusqu'en 1769, sans que rien de grave vînt le troubler; mais, à cette époque, la république de Gênes ayant cédé la Corse à la France, un sérieux dissentiment ne tarda pas à séparer les deux peuples. La Corse étant en guerre avec Tunis, et des bâtiments corses ayant été capturés depuis l'annexion, le bey refusa de les rendre. En conséquence, une division navale de seize bâtiments, commandée par le comte de Broves, se présenta le 21 juin 1770 devant la Régence, dont elle bombarda plusieurs villes, sans que le bey consentît à signer les satisfactions demandées. Enfin, un envoyé extraordinaire de la Porte s'étant interposé, les deux puissances entrèrent en composition, et signèrent un traité d'amitié qui dura jusqu'à la chute de Louis XVI. Les désastres occasionnés par la Révolution parurent au bey Hamoudah-Pacha une circonstance favorable pour enfreindre les traités, en faisant attaquer par ses bâtiments ceux de la République, qu'il croyait trop occupée de ses luttes intérieures et de ses guerres avec l'Europe pour ouvrir les yeux au dehors sur ces infractions partielles. Le bey calculait mal; cette tentative fut réprimée, et Hamoudah contraint de solliciter de la Convention un nouveau traité de paix, qui fut conclu avec l'autorisation du Comité de salut public,

1. Nos lecteurs savent qu'on appelle « capitulations » les traités conclus autrefois par la France avec les gouvernements orientaux.

entre son cabinet et un homme qui a singulièrement contribué à l'établissement de notre influence à Tunis, le consul général Devoize. Pour consolider la bonne intelligence ainsi rétablie entre les deux nations, Hamoudah-Pacha envoya à Paris, en 1797, un ambassadeur qui fut accueilli avec empressement et comblé de présents. Les promesses d'amitié qui s'échangeaient alors étaient sincères, et sans doute les bons rapports n'eussent jamais plus été troublés sans l'expédition d'Égypte.

Le bey, considérant avec raison l'occupation d'un pachalyk allié comme un cas de rupture, laissa de nouveau ses corsaires courir sus aux navires que la France envoyait au secours de Bonaparte. Ces hostilités nouvelles se maintinrent jusqu'en 1800, époque à laquelle fut conclu un dernier traité, qui fit renaître la bonne intelligence entre les deux gouvernements. Depuis lors, les bons rapports de la France avec Tunis n'ont plus été altérés.

Lors de la révolte des Mamelouks, en août 1811, notre consul, M. Devoize, se rendit immédiatement près du bey et mit à sa disposition, pour le service de ses batteries, des soldats d'artillerie français qui venaient d'arriver de Malte à Tunis, où ils avaient longtemps été

Palais à Tunis.

retenus prisonniers de guerre. Le bey accepta, et le feu des différents forts fut alors dirigé avec une habileté qui ne contribua pas médiocrement à l'extinction de la révolte. En revanche, le bey se garda bien de prêter le moindre secours à l'Algérie au moment où nous l'envahîmes; il s'empressa même d'assurer sa position auprès des vainqueurs d'un État qui, il est vrai, s'était toujours montré le rival et l'ennemi du sien. Le 8 août 1830, le bey souscrivit avec le consul français, Mathieu de Lesseps, un traité qui stipulait, entre autres conditions, l'abolition pour toujours, dans la Tunisie, de la course des pirates et de l'esclavage des chrétiens. Aussi, quand, en 1838, le Divan envoya l'amiral Tahir-Pacha pour rétablir dans la Régence la domination turque, le gouvernement fit-il avorter cette expédition. Ahmed-Bey, auquel la France venait ainsi de conserver son trône, n'oublia jamais ce bienfait, et les preuves qu'il donna de sa reconnaissance furent éclatantes. Désireux de discipliner ses milices et de les former à la tactique européenne, c'est à des officiers français qu'il confia leur instruction. C'est à des ingénieurs français qu'il confia également l'exécution de la belle carte de Tunisie que le Dépôt de la guerre a publiée en 1841. Enfin l'affection particulière que professait Ahmed-Bey pour notre pays, se manifesta dans l'autorisation qui fut donnée à Louis-Philippe d'ériger une chapelle consacrée à Louis IX au milieu des ruines de cette Carthage que les derniers exploits et la mort du saint roi avaient illustrées. L'autorisation était un acte d'autant plus remarquable qu'il enfreignait de la manière la plus flagrante les usages du pays.

Oscar Havard.

— La suite au prochain numéro. —

UN DRAME EN PROVINCE

(Voir p. 3, 21, 34, 51, 75, 90, 100, 122, 138, 155, 172, 186, 197, 219, 236 et 250.

XIII

Ce fut vers la maison Royan que le marquis, on le comprend, se dirigea d'abord.

Dans le vestibule, il fut reçu par la bonne Mme Jean, qui, encore sous l'empire des événements de la nuit précédente, s'élança au-devant de lui en disant, avec son air le plus mystérieux et de sa voix la plus émue :

« Ah ! monsieur le marquis, je vois que vous savez aussi... Qui jamais l'aurait pensé ? qui aurait pu le croire ?... Un si jeune et si beau garçon, si tranquille, si poli, si rangé !... vivant bien modestement, d'ailleurs, puisque son père manque de tout, mais n'ayant jamais eu que de bons exemples et fréquenté que d'honnête compagnie... Ah ! miséricorde du bon Dieu ! à qui donc maintenant pourra-t-on se fier ?

— Assez de réflexions et de lamentations, ma bonne dame, interrompit brusquement le marquis, qui, malgré son savoir-vivre et sa douceur, se sentait sur le point de perdre patience. — Nous ne sommes ni policiers ni juges ; parlons donc d'autre chose, s'il vous plaît. Puis-je voir monsieur Alfred, sur-le-champ, sans trop le déranger ?

— Tout de suite, monsieur le marquis, tout de suite ; on y va, répliqua la ménagère, faisant une grande révérence. »

Et s'éloignant promptement pour suivre la grande allée, elle marmottait entre ses dents, avec un sourire railleur :

« Vraiment, M. de Léouville n'a pas l'air d'être de très bonne humeur ce matin... Dame, ce n'est pas étonnant ; ce petit M. Gaston rôdait bien souvent par là, au Prieuré, autour des jeunes filles. Et ce n'est pas du tout régalant de penser qu'on a eu longtemps pour ami..... un assassin. »

Car pour la bonne Mme Jean, ainsi que pour beaucoup de gens de sa classe et de son caractère, un homme arrêté était évidemment un homme condamné ; un accusé devait être nécessairement coupable.

Pendant ce temps, M. Alfred, qui fumait son cigare dans sa petite salle de verdure abritée par d'épais tilleuls, s'était avancé avec empresement et avait invité le marquis à venir prendre place avec lui dans un grand fauteuil treillissé, près des vignes grimpantes, dans l'ombre et la fraîcheur. Et là, une fois installés, ayant remarqué aussitôt le trouble et la pâleur de son futur beau-père, il s'était hâté de lui en demander la cause.

« Peut-il en être autrement ? répondit avec un douloureux soupir M. de Léouville. Quand ce pauvre M. de Latour, l'un de mes plus anciens et plus dignes amis, vient de m'apprendre l'horrible accusation qui pèse sur son fils, accusation absurde, invraisemblable, que rien n'explique et rien ne justifie, puis-je demeurer insensible à un malheur si profond, aussi inattendu ? Bien loin de là, monsieur ; il me semble que le coup épouvantable qui frappe ce pauvre Gaston, atteint, en réalité, mon honneur, ma propre famille.

— Oh ! oui, je le comprends. Oui, c'est incontestable, balbutia Alfred, la voix confuse et le regard baissé, effeuillant nerveusement du bout du doigt une belle rose de mai passée à sa boutonnière. Après la longue amitié qui vous unit à M. de Latour... oui, c'est vraiment affreux !... Mais néanmoins, monsieur le marquis, si toutefois je puis me permettre d'exprimer après vous mon opinion sur ce sujet douloureux, néanmoins on ne peut pas dire que l'accusation portée contre ce jeune homme soit si insensée, si invraisemblable. Elle repose au contraire, et vous pouvez m'en croire, sur des faits bien prouvés, importants, sérieux.

— Lesquels donc, je vous prie ? Je vous serais obligé de me les faire connaître.

— C'est ce que je vais faire, monsieur le marquis, bien qu'il m'en coûte beaucoup, je puis vous l'assurer, d'opposer des faits à votre conviction, et de l'ébranler peut-être.

« Il y a, dans cette triste affaire, des détails fort étranges, que vous ignorez certainement, mais que, par suite de ses longues et prudentes investigations, le juge d'instruction est parvenu à connaître. Le premier de tous, monsieur, et sans contredit l'un des plus graves, c'est cette lettre du jeune de Latour, adressée à mon malheureux oncle une semaine avant... avant l'événement, lui demandant instamment des secours, et surtout, notez ce fait, sollicitant une entrevue. »

Et ici, M. Alfred, tirant son portefeuille de la poche de son veston de coutil gris et en étalant le contenu près de lui sur la table, y choisit la copie de la lettre de Gaston et la présenta avec empressement à M. de Léouville. Celui-ci la saisit, la lut attentivement. Une nuance très marquée d'étonnement, de chagrin même, s'étendit sur ses traits tandis qu'il poursuivait sa lecture, et ce fut en secouant la tête avec tristesse qu'il tendit l'enveloppe à Alfred.

« Je n'aurais jamais pu m'attendre, en effet, à une pareille démarche de la part de ce pauvre Gaston, dit-il, et je doute même fort que son père en soit instruit. Penser qu'il ait eu l'idée de venir demander un appui à votre oncle, de l'argent, enfin, pas autre chose : car il faut bien appeler les choses par leur nom. De l'argent, dans sa condition actuelle, vivant pauvrement, sans dettes, sans dépenses, sans plaisirs, ici, au milieu de nous ! A quoi cet argent pouvait-il lui servir? Qu'a-t-il bien pu en faire?

— Vous ignorez peut-être, monsieur, car vous n'entrez jamais au café quand vous venez à la ville, que M. Gaston de Latour était, depuis trois ans déjà, intimement lié avec Auguste Largillière, ce faiseur, cet indigne escroc, qui a pris la fuite il y a deux mois, laissant derrière lui une bonne quantité de dupes et des centaines de mille francs de dettes. N'a-t-il pas pu être tenté par le jargon parisien et les brillantes promesses de ce drôle, et n'aura-t-il pas voulu, lui aussi, lui confier des fonds pour pouvoir spéculer et s'enrichir plus vite, ainsi que ce misérable le lui faisait espérer?

— C'était là, dans tous les cas, une bien mauvaise connaissance, répliqua le marquis avec tristesse. Seulement, à l'âge de Gaston surtout, et avec son peu d'expérience, on peut être imprudent sans devenir pour cela criminel. Le jeune homme a eu tort de recourir à la générosité de votre oncle, j'en conviens; il n'aurait pas dû oublier sa pénible situation, le respect qu'il devait au nom de son père, à lui-même. Mais ce n'est pas encore une raison de supposer qu'il ait commis ce crime... Voyons, monsieur Alfred, entre nous, parlant de sang-froid, comment pouvez-vous admettre qu'un homme de race, de cœur, élevé dans des principes de foi, de dignité, de vertu et de simplicité austère, se transforme et se dégrade tout à coup, et puisse étouffer en lui la voix de l'honneur, les sentiments d'humanité, le cri de la conscience, au point de devenir un vulgaire assassin?

— Oh ! non, sans contredit... C'est-à-dire, je le croirais difficilement... Cela n'est guère concevable... Seulement on pourrait admettre qu'un homme tel que vous le dépeignez, se trouvant dans des conditions particulièrement critiques, sentant au fond de lui-même des désirs, des espérances qu'au prix même de sa vie et de son honneur il voulût réaliser, eût conçu l'idée première de cette déplorable action,... de ce crime, et l'eût communiquée à un autre, plus endurci, plus pervers, ou tout simplement plus fort en le chargeant de l'exécuter.

— C'est-à-dire que Gaston aurait pu, selon la justice et selon vous, pour l'accomplissement de ce crime, se faire aider par le vieux garde? Mais la chose, mon cher monsieur Alfred, serait bien difficile à prouver, ce me semble. A-t-on jamais vu le pauvre jeune homme en conférence avec Hans Schmidt? A-t-on surpris entre eux, en quelque occasion que ce fût, quelque accord mystérieux, quelque signe d'intelligence?... Le brigadier vous aura dit, il est vrai, que le malheureux ivrogne, en divaguant l'autre jour dans le bois, a plusieurs fois parlé de « l'autre ». Mais qui dit que cet autre, en admettant qu'il existe, soit nécessairement ce pauvre Gaston de Latour?

— Mon Dieu, monsieur le marquis, croyez-bien que toutes ces fatales circonstances et même, vous l'avouerai-je? ce sujet de conversation me sont, ainsi qu'à vous, on ne peut plus pénibles, murmura Alfred, en passant son mouchoir de batiste parfumé à la violette sur son front devenu très pâle et trempé de sueur. Mais nous devons cependant, en pareil cas, faire le sacrifice de nos convictions, de nos sympathies même, au tout-puissant appel de la justice qui a son œuvre à accomplir, un coupable à frapper... Moi-même pendant bien longtemps, vous le savez, je crois, je n'ai pu croire à la culpabilité de ce malheureux Schmidt; j'ai fait tous mes efforts pour démontrer aux magistrats sa parfaite innocence ; je me suis sincèrement réjoui lorsqu'on l'a mis en liberté. Il n'a fallu rien moins que les dernières preuves accumulées, si graves, si accablantes, pour me faire changer d'opinion à cet égard, et me décider à ne plus m'occuper désormais de ce misérable garde... Et vous, monsieur le marquis, vous devez à cet égard vous étonner moins que tout autre. N'étiez-vous pas présent, en compagnie de Paturel, à cette affreuse scène de délire et d'ivresse où le vieux criminel, se trahissant lui-même, a laissé échapper des aveux sur lesquels il lui sera impossible de revenir, je le crains?

— Oui, c'est vrai... Mais est-ce là une raison pour flétrir un innocent, pour accuser Gaston? répliqua avec émotion le père de Marie.

— Vous ne m'adresseriez pas cette question, monsieur le marquis, si vous aviez écouté jusqu'au bout l'exposé des preuves que vous me demandiez tout à l'heure. La lettre que je viens de vous montrer ne constitue malheureusement pas la seule charge à l'égard de ce jeune homme. Il y a contre lui d'autres faits bien plus graves, bien plus accablants encore... Ainsi il y a quelques jours, vous ne pouvez le nier, alors que nous revenions tous, la nuit, du petit voyage que nous avions si heureusement accompli ensemble, Mlle Hélène a aperçu un homme dans le bois, près de la mare, et Mlle Marie s'est écriée aussitôt : « Mais, en vérité, c'est Gaston ! » Or, mon cocher Donatien a suivi l'inconnu des yeux, a parfaitement retenu le cri et les paroles; il a cru également reconnaître M. de Latour et a fait, en temps et lieu, sa déposition à la justice, sans m'en prévenir, je l'avoue. Dans tous les cas, aurais-je donc pu l'empêcher? Mon premier devoir n'est-il pas d'aider autant que possible les magistrats dans leur enquête de poursuivre et de punir l'assassin qui m'a enlevé mon malheureux parent?

— C'est incontestable, monsieur, et je n'ai sur ce point aucune observation à vous faire... Mais en admettant même que Gaston se soit trouvé alors dans le bois, à la nuit close, pourquoi donc en conclure qu'il ait pris part au meurtre ou qu'il ait dirigé le bras de l'assassin?

— Pourquoi?... Eh bien, je suis malheureusement forcé, monsieur, de vous le dire. C'est que, dès le lendemain, d'après les indications de Paturel et du commissaire qui, ayant soigneusement examiné les alentours de la cabane du garde, y avait remarqué des traces de pas et de récents coups de pioche, on a pratiqué des fouilles qui ont fini par amener la découverte d'un petit coffre de fer soigneusement enterré. Ce coffret que j'ai reconnu, avait de tout temps appartenu à mon malheureux oncle; après le meurtre évidemment il lui avait été enlevé. « Et quelle raison M. de Latour pouvait-il avoir, a dit le juge d'instruction, d'errer ainsi seul dans le bois à une heure aussi tardive, s'il ne connaissait pas l'existence en ce lieu de cette boîte, probablement déposée par son complice, et renfermant de l'or et des valeurs que sans doute il venait chercher? »

Le marquis, un moment accablé, appuya sur sa main sa tête grisonnante, tandis que sa poitrine se gonflait d'un long et douloureux soupir :

« Il y a là, en effet, murmura-t-il, d'un ton plein de tristesse, des points mystérieux et des côtés obscurs, que les recherches de l'instruction et les débats publics éclairciront sans doute. Mais tout ceci ne peut ébranler un seul instant ma conviction et mon espoir. Il est impossible que ce jeune homme que je connais, que j'aime depuis les jours de son enfance, que ce pauvre Gaston dont le cœur est si noble et si généreux, l'intelligence si droite et si pure, ait pu même concevoir l'idée d'un pareil crime..... Pour moi, je connais les devoirs que notre vieille amitié m'impose en cette occasion. Tout en faisant tous mes efforts pour soutenir et rassurer son père, je vais écrire sur-le-champ aux membres de sa famille qui habitent Paris et qui se trouvent, je crois, dans une situation meilleure. Je vais leur exposer la position affreuse où se voit leur jeune parent, les prier de ne rien négliger de ce qui peut éclairer la justice, de se procurer avant tout un excellent avocat, dont le zèle et le talent sont absolument nécessaires en cette circonstance. Aucune démarche, aucun sacrifice, ne devra leur coûter, puisqu'il s'agit ici de sauver l'honneur et le nom de leur famille. Hélas! que n'ai-je donc moi-même plus de relations, de fortune ou d'influence!..... C'est en ce moment surtout que je me prends à le regretter.

— Mon Dieu, monsieur le marquis, vous êtes donc bien attaché à ce pauvre jeune homme?..... Vous ne sauriez croire combien je suis peiné de vous voir prendre une telle part à cette triste affaire..... Puissent vos généreux efforts réussir, c'est tout ce que je puis souhaiter! d'autant mieux que, pour ma part, j'aurais à vous adresser une demande..... Je ne sais, il est vrai, si le moment est bien choisi; mais ce doux projet d'avenir me tient si fort à cœur !..... Ne voudriez-vous point me permettre de me déclarer hautement, de presser notre mariage? Songez que, dans la situation respective où nous nous trouvons maintenant, un délai prolongé devient nécessairement pénible, et que le secret est, d'ailleurs, de plus en plus difficile à garder.....

— Comment, monsieur, vous voudriez vous marier, interrompit soudain le marquis, sortant de sa douloureuse rêverie, lorsque vous êtes encore en grand deuil par suite de..... cet affreux événement? Lorsque ces nouvelles arrestations, amenant une seconde enquête, vous obligeront sans doute à comparaître souvent en présence des juges? lorsque nous-mêmes, hélas! mes deux filles et moi, rien que pour avoir aperçu dans le bois ce malheureux jeune homme, nous pouvons d'un instant à l'autre être appelés comme témoins, et forcés, pendant le procès, de nous rendre à Dijon?..... Mais vous n'y pensez pas, Alfred! cette précipitation de votre part paraîtrait à tous, en ce moment, irréfléchie, peu convenable. »

Le marquis, dans l'élan de son cœur, n'écoutant que la voix de sa conscience, avait appelé son futur gendre « Alfred » : ce qui, jusqu'à ce jour, ne lui était jamais arrivé. Mais le jeune homme parut prendre grand plaisir à cette dénomination familière et quasi paternelle et, étendant la main par-dessus la table du jardin dressée près de son fauteuil, il vint serrer les doigts du marquis par une longue et cordiale étreinte.

« Mon Dieu, répondit-il, je crains que vous ne me compreniez pas bien, mon cher marquis. Mais ce sont précisément tous ces tristes événements, auxquels je me suis vu forcé de prendre part, qui me font souhaiter si ardemment un peu de changement, de repos et de bien-être. Je me sens en ce moment bien affaibli, presque malade, et mon médecin, avec lequel j'ai longtemps causé l'autre jour, m'a réellement ordonné de quitter B***, le plus tôt possible. Je n'aurai pas à figurer, croyez-moi, dans cette seconde enquête. Mes dépositions ayant été faites et soigneusement notées dans la première, nul ne pourra m'empêcher d'aller chercher dans quelque ville d'eaux, à Cannes ou à Monaco, par exemple, un peu de repos, de silence et d'oubli, surtout lorsque les certificats des médecins attesteront que l'état de ma santé l'exige.

— Je crains que vous ne vous berciez d'une illusion à cet égard, répondit le marquis en secouant la tête. Mais quant à ce qui concerne le mariage de ma fille, il ne me serait vraiment pas possible de le conclure en ce moment. Nous sommes tous trop profondément affectés de cette dernière catastrophe; il nous faut pour penser à la noce et aux fêtes un peu plus de contentement et de tranquillité d'esprit.

— Mais permettez, monsieur! insista Alfred dont le visage, après s'être un instant coloré, redevenait de nouveau agité et très pâle, comment l'arrestation de ce... de ce jeune homme peut-elle vous attrister à tel point, vous et les vôtres? Le vieux M. de Latour est votre ami, sans doute; mais enfin, à tout prendre, ce n'est pour vous ni un allié ni un parent.

— Oubliez-vous donc, Alfred, que nos enfants ont, dès leurs premiers jours, été élevés presque ensemble? que Louise, la sœur de Gaston, était, pendant les années de couvent, la meilleure amie de mes mignonnes?... Et depuis,... tenez, je ne sais si j'ai raison de vous le dire... mais je ne dois rien vous cacher puisque vous ferez bientôt partie de la famille... Et depuis, d'autres sentiments se sont éveillés dans le cœur de ces jeunes compagnons d'enfance; depuis, Gaston, ce pauvre accusé que je ne cesserai jamais d'aimer, d'aider et de plaindre, m'a demandé la main de ma petite Marie. Moi qui ai toujours vu ces chers enfants courageux, honnêtes, tendres et naïfs tous les deux, je ne la lui ai pas refusée. Seulement tout était en ce moment contre nous : l'incertitude, la jeunesse, l'obscurité, la misère... Aussi les fiancés avaient promis d'attendre, et, bravement, fidèlement, ils auraient attendu... Maintenant dites-moi, Alfred, si je puis penser au mariage d'une de mes filles en présence des angoisses, du désespoir de l'autre! »

Un moment de silence profond suivit ces paroles du marquis. De nouveau Alfred, se laissant aller sur le dossier de son fauteuil, passa lentement sur son front son mouchoir sentant la violette; puis il balbutia, d'un accent incertain, les yeux fixés à terre :

« Oui, s'il en est ainsi,... je comprends,... je ne m'étonne plus... En vérité, que de malheurs! quelles tristes circonstances!... Ah! si j'avais su vraiment... Mais, après tout, que pouvais-je faire? En présence d'un pareil crime, il est si naturel de chercher, de punir l'assassin... Enfin croyez, monsieur le marquis, que, s'il y a erreur quant à la personne de l'accusé, je... je souhaite comme vous que l'erreur se découvre. Si je puis quelque chose pour M. de Latour, je le ferai sans hésiter. Mais, encore une fois, je crains bien... les preuves sont si évidentes... »

Ce fut à peu près ainsi que la conversation se termina. M. de Léouville avait appris de l'héritier de Michel Royan ce qu'il voulait savoir, et avait répondu comme le dictait son cœur à cette proposition de mariage immédiat, véritablement déplacée en de semblables circonstances. Il prit donc congé du jeune homme, salua, en traversant le corridor, Mme Jean qui le regarda s'éloigner, appuyée sur son balai, et, pensant qu'il avait encore dans la petite ville quelqu'un à interroger, fit un détour à droite pour passer devant la gendarmerie.

Devant la porte, au grand soleil, il aperçut le brigadier, fumant sa grande pipe, le dos appuyé au mur, et faisant, de son long pied botté, toutes sortes d'agaceries à Sultane, la petite chienne bichonne de la maîtresse de poste. Il marcha aussitôt droit à l'honnête gendarme qui se redressa, et se hâta de descendre les degrés en faisant, à la hauteur du képi, son plus beau salut militaire.

« Vous êtes libre, à ce que je vois, Paturel, lui dit, en lui tendant la main, M. de Léouville. Ne pourriez-vous faire un bout de chemin avec moi, sur la route du Prieuré?

— Avec le plus grand plaisir, monsieur le marquis, c'est pour moi tout honneur» réplique le brigadier rehaussant son ceinturon et astiquant de son mieux sa cravate.

Sur quoi les deux compagnons de route s'éloignèrent en silence. Puis, lorsqu'ils eurent dépassé les dernières maisons du faubourg, le marquis qui, jusque-là, avait tenu la tête basse, se redressa vivement, arrêtant le brigadier et le regardant bien en face :

« Maintenant dites-moi, Paturel, demanda-t-il, la main sur la conscience, en homme habitué à voir clair dans ces tristes choses, croyez-vous à la culpabilité de Gaston de Latour? »

Le brigadier, avant de répondre, s'arrêta un instant, tourna entre ses doigts le coin de son baudrier, considéra fort attentivement la traînée de poussière au bout de sa botte; puis, d'une voix ferme et claire, finit par répliquer :

« Eh bien, là, monsieur le marquis, pour parler franc et net, comme le cœur le dit, eh bien, non! je n'y crois pas... Seulement, vous comprenez, mon opinion à moi, ça ne fait malheureusement rien... C'est pas des opinions, mais des faits qu'il faut à la justice.

— N'importe, mon bon Paturel, réplique le marquis en serrant, dans sa joie, la main de l'honnête gendarme, n'importe! c'est pour moi un véritable bonheur de voir un homme droit, consciencieux, et en même temps expert dans ces sortes de choses, être moralement convaincu de la parfaite innocence de ce pauvre Gaston.

— Tout de même, monsieur le marquis, interrompit le brigadier en se grattant l'oreille, tout de même, il y a là dedans des choses que M. de Latour aura de la peine à expliquer... Par exemple, qu'allait-il faire ou chercher dans le bois, au milieu de la nuit, auprès de la maison du garde, en supposant que ce ne fût pas pour ce maudit coffret? Et puis, ce vieux brigand de Schmidt, qui a si bien parlé de « l'autre »! La justice n'a qu'un moyen d'en sortir, et c'est de le faire jaser... Autrement, voyez-vous, je ne réponds de rien; l'innocent, dans un brouillamini pareil, pourrait fort bien, malgré tout, être pris pour le coupable... Quant à moi, je sais bien que j'avais eu des soupçons dans le temps, et que, si j'avais été à la place de M. le juge d'instruction, je n'aurais pas manqué de faire arrêter un scélérat qui, dans tous les cas, a pris le droit chemin pour s'en aller au bagne.

— Et qui donc, par exemple? Vous pouvez parler sans crainte; vous savez que c'est entre nous, mon bon vieux Paturel.

— Eh bien, ce scélérat d'Auguste Largillière... Mais ceci n'est pas, après tout, à la décharge de M. Gaston. Au contraire, ils étaient amis; on les a vus souvent ensemble. Et ce poseur d'Auguste n'était qu'un vaurien, j'en suis sûr.

— Oui; mais Gaston de Latour a bien pu être sa dupe. Songez-y donc, Paturel : un jeune homme naïf, honnête, enthousiaste comme lui, pouvait facilement se laisser prendre au jargon, aux brillants dehors de ce Parisien corrompu, de ce financier de contrebande.

— Ça, c'est parfaitement vrai, monsieur le marquis... Mais, à présent, ce qui ne sera pas aisé, c'est de prouver au tribunal la parfaite innocence du jeune homme.

— C'est à quoi, mon bon Paturel, je vais employer tous mes efforts. Si Gaston n'est pas au secret, si son père parvient jusqu'à lui, nous apprendrons promptement une foule de choses importantes. Dans tous les cas, je suis sûr que la famille va s'occuper sans retard de lui chercher un grand, un illustre avocat à Paris.

— Ça ne fera pas de mal, assurément. Mais ce ne sera pas assez peut-être. Je vous le répète, monsieur, et vous pouvez m'en croire : il n'y a que ce vieux gredin de Schmidt qui puisse nous tirer de là. Pourvu qu'on puisse le faire jaser !

— Il n'a rien avoué, rien révélé jusqu'à présent? demanda M. de Léouville.

— Absolument rien, m'a dit, ces jours derniers, le juge d'instruction. Il paraît très tranquille, tout à fait rassuré, et passe tout son temps à fumer et à jouer aux cartes. Il ne manque jamais, paraît-il, d'excellent tabac et d'argent qu'un camarade lui fait passer.

— Quel est ce camarade? quels renseignements a-t-on sur sa moralité? s'écria le marquis, avec un élan de joie.

— Oh ! je vois ce que vous pensez ; mais il n'y a rien, allez, monsieur. Autrement le bonhomme Franck serait déjà entre les mains de la justice. C'est un parfait honnête homme, charretier dans une ferme à quatre lieues d'ici. Et comme, lors de l'assassinat, il était, au vu et au su de tous, malade dans son lit, gardé et soigné par la vachère, il n'y a pas à rejeter sur lui le moindre soupçon de complicité.

— C'est possible, fit le marquis en baissant tristement la tête. Mais j'aperçois là-bas, devant nous, ce bon M. le curé, et j'ai, de la part de ma Minette, quelques mots à lui dire... Au revoir donc, Paturel; faites, je vous prie, tous vos efforts pour bien nous seconder, mon brave.

— Monsieur le marquis peut y compter, répliqua le brigadier avec son plus beau salut.

Après quoi tournant sur ses talons il s'éloigna rapidement dans la direction de la ville, tandis que M. de Léouville rejoignait le vieux prêtre qui, également consterné par cette foudroyante nouvelle, allait porter quelques paroles de consolation et d'espoir sous le toit du Prieuré.

ÉTIENNE MARCEL.

— La suite au prochain numéro. —

RENÉ FRANÇOIS SAINT-MAUR

NÉ A PAU LE 29 JANVIER 1856, DÉCÉDÉ LE 13 MARS 1879

—

(Voir page 228.)

II

SA VIE EN FAMILLE

Enfin, deux fois bachelier, ayant de plus passé son premier examen de droit, René revenait à Pau, où il allait reprendre avec délices la vie de famille. Il l'avait, au collège, toujours continuée par le cœur ; sans cesse il se reportait vers les siens :

« Tout chante *Alleluia* aujourd'hui : l'Église, le ciel magnifique et nous qui partons ce soir pour les vacances ! Je me fais un grand bonheur d'aller revoir, après plus de cinq mois d'absence, mon cher Béarn et mes belles Pyrénées et tous ceux que j'aime là-bas et qui me le rendent bien. » (Jour de Pâques 1873, *Au P. C...*)

Seuls les souvenirs de famille parvenaient à égayer l'école.

Les jolis vers m'ont dit adieu ;
Ils s'envolent, l'hiver les chasse.
Un bon fauteuil près d'un bon feu
C'est ce qu'ils aiment, et ma place
N'est qu'un petit coin triste et froid
Et qui n'a rien qui leur sourie ;
Mais je les rappelle pour toi,
Marie !.....
Comment va le mignon lutin
Qui rit, qui babille, qui parle,
Et qui trotte comme un lapin?
Comment se porte baby Charle?
Le vent d'hiver fait-il rougir
Sa petite joue arrondie
Où tu l'embrasses sans finir
Marie !.....

(Novembre 1871.)

Les traits heureux, les mots partis du cœur viennent d'eux-mêmes sous sa plume quand il écrit aux siens :

Monseigneur mon cher petit frère,
Vous commandez et j'obéis ;
Je tâcherai donc de vous faire
Quelques vers soignés et polis,
Quelques strophes bien rabotées,
Comme vos planches de bois vert,
Et des rimes aussi dorées
Que les insectes d'Adalbert !!! (1).

Déjà vous passez pour savant
Et vous écrivez vos mémoires ;
Si vos augustes mains sont noires,
C'est de l'encre le plus souvent.
Vous savez la géographie,
L'histoire sainte, le calcul,
Et jusque dans la poésie
Vous n'êtes pas tout à fait nul...

Priez Dieu, mon cher petit frère,
Pour tous ceux qu'aime votre cœur...
Demandez-lui qu'il vous envoie
De quoi vous faire relier,
Qu'il vous donne beaucoup de joie
Et qu'il me fasse bachelier.

(20 avril 1872.)

De près comme de loin, son affection pour les siens s'épanchait en productions littéraires enjouées et délicates.

Tout anniversaire, toute fête de famille lui fournissait matière à un divertissement poétique. Tantôt c'étaient des odes, tantôt des scènes filées avec esprit et facilité et où frères, sœurs, parents, amis, tous avaient à jouer

1. Un de ses amis naturaliste distingué.

un rôle, tandis que lui se réservait les tirades les plus longues et accomplissait les efforts de mémoire les plus audacieux.

Tout ne serait pas à reproduire de ces œuvres dont l'à-propos doublait le charme. Que d'esprit cependant, que de fermeté de langue, que de talent dans quelques-unes de ces improvisations!

Un jour on représente quelques scènes des *Plaideurs*. Régisseur et acteur, René sera encore poète introducteur et il s'exprimera dans ces vers, écrits une heure avant la représentation :

Mon cher public, je te présente
Ici ma troupe au grand complet.
Elle est petite et peu savante,
Et j'ai l'esprit fort inquiet
Sur le succès de cette histoire.
Si plus ou moins nous manquons tous
De costumes et de mémoire,
Mon bon public, excuse-nous.

Si tu voulais faire la moue,
Chacun dirait (souviens-t'en bien!) :
« C'est pour mon plaisir que je joue
Plutôt encor que pour le tien. »
Mais que ta bonté nous pardonne
De venir troubler ton repos:
Notre intention est si bonne!
Je vais te la dire en deux mots :

Mon bon public de la Boissière,
Il te souvient que l'an passé,
Pour la fête d'une grand'mère,
Nous avons ri, joué, dansé.
A cet intermède agréable,
Aujourd'hui, public de mon cœur,
Il n'est qu'un changement notable :
C'est pour la fête d'une sœur!

(15 août 1876.)

Une autre année, il écrira en quelques jours une petite pièce : *Les faux comédiens*. Il suppose que ses frères et ses sœurs forment avec lui une troupe et veulent représenter la comédie dans le village; il faut qu'ils obtiennent de M. le maire l'autorisation de jouer du Molière. « Molière! s'écrie M. le maire, qu'est cet homme-là? »

L'ACTEUR

Ce nom, monsieur le Maire, est des plus éclatants.
Celui qui le portait est mort depuis longtemps,
Mais son œuvre survit et sa verve féconde
Fait encor tous les jours rire et pleurer le monde.

LE MAIRE

Ah! oui! vraiment.

L'ACTEUR

Il a flagellé dans ses vers
Tous nos défauts honteux, tous nos petits travers.
Vaste et lucide esprit, de notre comédie
C'est véritablement le père, le génie!...

Tant de métaphysique effraye M. le maire; il redoute pour ses concitoyens la corruption des mœurs polies de la ville, et il décrit ainsi les paysans dont il est le représentant :

Nos paysans.....
Ne tolèrent, Monsieur, que des jeux innocents.
Des solides vertus la campagne est l'asile.
Loin du bruit des cités, des tracas de la ville,
Loin de ces vains soucis qui vous assiègent tous,
Nous ne nous occupons qu'à bien planter nos choux,
Nos pois, nos haricots et nos pommes de terre;
Point méchants, point jaloux, sans nous faire la guerre,
Nous vivons simplement. Comme un petit ruisseau
Qui passe obscurément et qui roule son eau,
Mais par le cours duquel les prés se fertilisent,
Ainsi, quoique ignorés, tous ici s'utilisent.
On agit plus ici, si l'on y parle moins.
Simples sont les travaux, et modestes les soins;
Mais les bras sont virils, et les âmes demeurent
A l'abri des fléaux par qui tant d'âmes meurent.

(4 octobre 1875.)

Au départ de son jeune frère pour le collège, le badinage de René cesse, le ton de ses conseils devient grave et il lui envoie :

Les souhaits et l'adieu du grand frère qui reste
Au jeune frère qui s'en va!...
La route où j'ai marché c'est son tour de la suivre;
Il sera (c'est l'espoir que j'ai)
Une autre édition meilleure d'un bon livre,
Augmenté, revu, *corrigé*.
Qu'il pense à nous souvent et qu'il ait confiance :
Car dans la maison dont il sort,
Je puis en témoigner par mon expérience,
Les absents n'ont jamais eu tort!

(3 octobre 1876.)

Rien n'égalera la douceur attendrie de ses chants, lorsque viendra la première communion de l'une de ses sœurs :

Alors tout retomba dans un pieux silence.
Avec la voix du cœur, la voix de l'innocence
S'éleva vers le ciel. Les deux petits enfants
Murmuraient doucement leur plus longue prière ;
Déjà l'heure approchait... et le père et la mère
Pensaient : Encor quelques instants!

Et voici qu'à l'autel elle s'est avancée,
Comme vers son époux la chaste fiancée.
Son cœur tremble de crainte et palpite d'amour...

Heureuse elle revint, la main sur la poitrine,
Comme pour protéger la présence divine;
Puis se sentant pleurer jusques au fond du cœur,
Elle prit son essor loin des sphères humaines;
Son être transformé frémit, car dans ses veines,
Coulait le sang du Rédempteur!...

Tout est fête à l'Église et fête à la maison.
Et moi je n'ai pas pu voir ta grâce infinie,
Déposer mon baiser sur ta tête chérie,
Ma sœur! et te dire : Pardon!

Ah! tu m'as pardonné, j'en garde l'assurance,
Nos chagrins d'autrefois, nos disputes d'enfance

Tu m'as, petite sœur, pardonné tout cela.
Oui, tu te souvenais de moi dans ta prière,
Et pendant quelque temps tu pensais à ton frère,
Ton frère qui n'était pas là!

(Mai 1871.)

JULES AUFFRAY.

[illegible] au prochain numéro. —

CHRONIQUE

Les lanternes du 14 juillet ont conduit un statisticien à parler d'autres lanternes moins jolies, mais qui ont, et surtout qui ont eu, au temps de nos pères, une utilité plus pratique.

Ce savant homme, dont je regrette infiniment de ne pouvoir vous dire le nom, a calculé le nombre de réverbères qui restent encore dans Paris. Et par *réverbères* vous comprenez bien qu'il faut entendre le vieux réverbère classique, non point toutes ces lanternes d'invention moderne qui servent à abriter sous leurs vitres, brillantes comme du cristal, les feux du gaz ou de la lumière Jablochkoff.

Toujours d'après mon statisticien, il reste encore dans Paris sept cent cinquante-deux réverbères à l'huile; mais, pour la plupart, ils sont relégués dans les quartiers excentriques, et elle n'est pas loin la nuit où, pour la dernière fois, le dernier réverbère aura jeté ses derniers feux. Eh bien! avant qu'il s'en aille, je tiens à lui dire adieu comme à un vieil ami, dont le souvenir me ramène aux jours de mon enfance.

C'est en province surtout qu'il faut avoir vécu pour admirer le réverbère à l'huile; c'est dans certaines petites sous-préfectures qu'on peut encore le contempler dans toute sa beauté, que dis-je? dans toute sa poésie.

Le réverbère à l'huile avait une physionomie à lui, bien à lui. L'imposant chapeau de fer-blanc peint en vert dont il était coiffé, lui donnait quelque chose de grave et presque de sénatorial qui faisait songer aux maires et aux échevins du temps passé, tout au moins au commissaire de police lui-même, veillant sur le repos de la cité : non point ce commissaire à képi et à écharpe, ce commissaire vite obéi, que nous voyons aujourd'hui; mais le commissaire d'autrefois, celui qui menaçait Polichinelle de la potence, et que, finalement, Polichinelle pendait si bien.

Et comment ne pas songer à la potence quand on voyait ce bon réverbère qui se balançait au bout d'un gibet de si menaçante apparence? Quels avertissements sévères il jetait, du haut de sa corde, à l'ivrogne ou au rôdeur de nuit en quête d'aventures!

« Ivrogne, où vas-tu pendant que ta femme et tes enfants crient la faim au logis? Où vas-tu, rôdeur sans aveu? Tu vas à la misère, à la honte, à la prison, à l'échafaud en ce monde! Tu vas, dans l'autre monde, à l'enfer! »

Rien n'agace les mauvais sujets comme les bons conseils : de là, probablement, l'implacable rancune que tous les vauriens, petits et grands, ont vouée de tout temps à ces pauvres réverbères à l'huile.

Il n'est pas de gamins — et par *gamins* j'entends messieurs les collégiens eux-mêmes — qui, à la tombée de la nuit, ne se soient souvent arrêtés pensifs et muets pour contempler l'allumeur de réverbères à sa besogne.

La lanterne était descendue et elle reposait sur ses quatre petits pieds ronds au milieu de la rue; le chapeau de fer-blanc était soulevé. L'allumeur avait une longue boîte, pleine d'un tas de choses étranges qu'il en sortait les unes après les autres : il essuyait, il frottait, il dévissait et revissait; on eût dit un magicien à sa besogne. Enfin il approchait une lanterne sourde, et l'œil du réverbère luisait dans l'ombre. Alors l'homme refermait le chapeau, et, à l'aide d'une corde, il reguindait le réverbère jusqu'au haut des airs; après quoi il refermait à clef la petite boîte qui contenait l'extrémité de cette corde, dont nulle main profane n'avait droit d'approcher.

Ce que c'est pourtant que l'ambition! Ces mêmes gamins, qui eussent été si heureux d'aider à faire monter le reverbère, ne rêvaient pas, quand ils le voyaient en place, de plus grand bonheur que de l'en faire dégringoler. La nuit seule, témoin de ces forfaits, pourrait nous dire combien de criminelles entreprises ont été dirigées contre les infortunés réverbères!

Quelquefois les bourgeois paisibles tressautaient dans leur lit, brusquement réveillés par un bruit effroyable, qui ressemblait à la chute d'une avalanche; la patrouille accourait à travers le dédale des sombres carrefours, et, sur le sol, on ramassait les débris d'un pauvre réverbère dont la corde avait été coupée au-dessus du tube protecteur qui devait la garantir contre tous les attentats.

Les premiers réverbères parurent en France sous le règne de Louis XIV, grâce à l'initiative du lieutenant de police La Reynie. Une médaille fut frappée en leur honneur; l'inscription de cette médaille déclarait pompeusement que, dans Paris désormais, il n'y aurait jamais de nuit. Détail assez curieux : les réverbères de La Reynie sont absolument pareils à ceux que nous voyons encore aujourd'hui.

Malgré l'enthousiasme qui les comparait alors au soleil même de Louis XIV, ces bons réverbères ont, en somme, fait sortir de leurs lumignons huileux plus de fumée que de lumière, sans compter qu'ils avaient, et ont encore là où ils existent, la déplorable habitude de compter trop souvent sur la lune absente.

Mais convient-il d'être ingrat envers eux? Convient-il surtout de méconnaître leur haute influence moralisatrice?

Quand le réverbère à l'huile, au bout de sa potence, éclairait à grand' peine les rues mal pavées, combien de gens restaient chez eux, qui aujourd'hui flânent jusqu'à minuit et au delà sous les rangées du gaz et de la lumière électrique !

Au temps du réverbère à l'huile, ni à Paris, ni en province, on ne connaissait cette profusion de lieux de plaisirs cercles, casinos, cafés, cafés-concerts, qui font que tant de gens, ne voulant plus rester chez eux le soir, s'en vont gaspillant leur argent et les heures de sage loisir qu'ils pourraient si bien passer au logis.

Alors on jouait, en famille ou avec ses voisins, à l'oie et à la bête ombrée; alors, au lieu des soupers de Bignon, on se contentait d'une tarte aux pommes, préméditée huit jours à l'avance; alors, au lieu des notes échevelées des concerts de café, on chantait les bonnes vieilles rondes et, à l'occasion, les romances d'autrefois, en les accompagnant de la guitare !

Oh ! le réverbère à l'huile et la guitare ! Le jour où ces deux institutions rentreraient dans nos mœurs, ce jour-là, je répondrais du salut de la société !

Évidemment, c'est là ce que se sont dit les braves gens qui viennent de former à Paris une association dans le but exclusif de rendre à la guitare son prestige depuis trop longtemps évanoui.

La guitare ! Qui se douterait que cet inoffensif instrument a fait son apparition chez nous à la veille de la Révolution française, sous l'audacieux patronage de Beaumarchais?

Le futur auteur du *Mariage de Figaro* donnait des leçons de guitare à Mesdames, filles de Louis XV et tantes de Louis XVI : c'est une guitare qui accompagne la romance de Chérubin :

> J'avais une marraine.

Dès lors, la fortune de la guitare était faite et celle de la romance aussi.

Je ne suis pas bien certain que la Terreur elle-même, contraste étrange ! n'ait été pour beaucoup dans le succès de ces deux choses, la romance et la guitare. En ce temps-là, on soupirait à demi-voix ce qu'on avait à dire : on ne pouvait pas dire beaucoup de choses, et l'on disait surtout des choses pleines de tristesse.

La romance d'alors exprimait souvent des sentiments vrais, touchants et profonds; rappelez-vous la romance de Chateaubriand exilé :

> Combien j'ai douce souvenance
> Du joli lieu de ma naissance...

Quand arrivèrent les jours plus calmes de l'Empire, la romance était devenue *à la mode;* mais, comme toutes les choses à la mode, elle avait perdu sa grâce naturelle : elle tournait à l'afféterie, au mauvais goût.

Alors ce fut le temps des romances de chevalerie, dont le *Beau Dunois* de la reine Hortense est le type le plus accompli.

> Partant pour la Syrie
> Le jeune et beau Dunois
> Venait prier Marie
> De bénir ses exploits ..

Et la guitare monocordisait, tandis que

> Chacun dans la chapelle
> Disait en les voyant :
> « Amour à la plus belle !
> Honneur au plus vaillant ! »

Tout alla tant et si bien, sous l'Empire, sous la Restauration et sous la monarchie de Juillet que la romance et la guitare se trouvèrent essoufflées du même coup.

La romance essaya vainement de se rajeunir et de se sauver, avec *Ma Normandie* de Frédéric Bérat : elle était morte et bien morte. La guitare la suivit dans la tombe.

La peinture et la sculpture ont quelquefois représenté la Muse ou les Muses pleurant sur une lyre brisée; s'il me fallait montrer les Muses pleurant sur la guitare, je ferais volontiers le portrait de deux vieilles bonnes femmes bien connues dans la ville de Nantes, et dont Charles Monselet a parlé dans une de ses chroniques.

C'étaient deux sœurs ; on les appelait, je ne sais pourquoi, d'un bizarre sobriquet : les *demoiselles Amadou.* Il paraît qu'elles avaient été riches autrefois; vieilles, d'une vieillesse qui a duré longtemps et probablement commencé de bonne heure, il ne leur restait d'autre ressource que d'aller, vêtues d'oripeaux fantastiques, jouer de la guitare dans les rues de Nantes, en chantant une romance à peine intelligible.

Il y a trois ans, j'étais à Nantes, quand je rencontrai dans la rue Crébillon une des demoiselles Amadou, dont les lèvres remuaient sans articuler aucun son, tandis qu'elle raclait sa guitare d'un geste paralysé, qui n'avait plus même la force de faire vibrer les cordes.

Je compris : il ne restait plus qu'une des sœurs Amadou, et, muette, elle essayait vainement de gémir sur sa sœur perdue, comme la guitare pleurant la mort de la romance, ou comme la romance pleurant la mort de la guitare ?

Et pourtant, je vous l'ai dit tout à l'heure, on parle sérieusement de ressusciter la guitare parmi nous.

Mais où est le réverbère d'antan?

ARGUS.

Abonnement, du 1er avril ou du 1er octobre ; pour la France : un an, 10 f. ; 6 mois, 6 f. ; le n° au bureau, 20 c. ; par la poste, 25 c.

Les volumes commencent le 1er avril. — LA SEMAINE DES FAMILLES parait tous les samedis.

VICTOR LECOFFRE, ÉDITEUR, RUE BONAPARTE, 90, A PARIS. — Imp. de la Soc. de Typ. - J. Mersch, 8, r. Campagne-Premi. re. Paris.

Un bazar à Tunis.

TUNISIE

(Voir p. 262.)

II (*suite.*)

Les relations de sympathie et de bienveillance qui unissaient la France et la Tunisie se resserrèrent en 1845.

A cette époque, le duc de Montpensier vint voir le bey, qui lui fit une réception somptueuse. Peu de temps après, c'étaient deux autres fils de Louis-Philippe, le duc d'Aumale et le prince de Joinville, qui dédommageaient Ahmed-Pacha-Bey du départ du duc de Montpensier, et venaient à leur tour visiter la Régence. Les deux princes y furent accueillis avec la même cordialité hospitalière. Ils invitèrent le bey à venir en France, ce que ce dernier accepta avec empressement, désireux qu'il était d'étudier les causes de l'état florissant de l'Europe, et d'en rapporter des connaissances qu'il jugeait devoir concourir à l'amélioration et au bonheur de sa patrie.

C'est en novembre 1846 qu'Ahmed-Pacha quitta Tunis sur le *Dante*, que notre gouvernement avait mis à sa disposition. Logé à Paris, au palais de l'Elysée, accueilli aux Tuileries comme un souverain de premier rang, recherché et fêté partout avec magnificence, le bey employa tous les loisirs que lui laissèrent les réceptions à étudier les merveilles de notre capitale, toutes nouvelles pour lui. On a soigneusement recueilli les réflexions qu'il fit dans chacune de ses visites; elles dénotent toutes cette sagesse qui caractérise les races orientales.

Aux Invalides, on lui montra l'épée de Napoléon : « Cette épée, dit le bey, a remporté bien des victoires; mais la plus belle, c'est, quand les Français s'égorgeaient entre eux, de les avoir défendus contre eux-mêmes, et de leur avoir donné la paix intérieure. » Lors de sa visite à l'École polytechnique : « Je ne m'étonne pas, observa le prince, du grand renom de cette école dans le monde. J'ai moi-même à la remercier : car c'est de son sein que sont partis les habiles officiers et les savants ingénieurs dont la France m'a prêté le concours; Tunis leur devra sa régénération future; la science partage avec l'épée le privilège de fonder les empires et de les maintenir. » Pour tout, Ahmed-Pacha eut un mot sensé; pour tous, un compliment gracieux. Enfin, lorsque du navire qui le ramenait à Tunis, le bey eut vu disparaître les côtes de France : « Les princes musulmans, en allant en Arabie visiter les villes saintes, dit-il, aspirent à obtenir le titre de pèlerin de La Mecque. Moi, je suis le premier qui aie été visiter la terre des Francs, afin de mériter le titre de pèlerin de la civilisation européenne. »

Ahmed-Bey n'est pas le seul prince tunisien qui se soit personnellement rapproché du chef du gouvernement français. Lorsque, en 1860, l'Empereur et l'Impératrice vinrent en Algérie, leur arrivée fut immédiatement suivie de celle du bey actuel, Sidi-Mohamed-es-Sadok, qui voulait, par cette rencontre, donner un témoignage éclatant de sympathie pour la France.

Nos lecteurs savent que ces « sympathies » se sont affirmées d'une façon très éclatante dans le traité conclu le 12 mai dernier, entre le général Bréart et le bey. Devenue, aux termes de ce traité, « protectrice » de la Tunisie, la France devient la véritable souveraine de la Régence.

III

Tunis est, après le Caire, la plus grande ville connue en Afrique. On y compte environ 140,000 habitants, dont un cinquième sont des Juifs naturalisés et un sixième des Européens de différentes nations : Italiens, Maltais, Grecs, Français; le reste se composant de Maures, d'Arabes, de Turcs, de Berbères et de Nègres. Les Européens habitent presque sans exception le quartier européen (*città franca*) au sud-est de la ville; les Juifs demeurent pour la plupart dans un quartier spécial et à la place de la Porte de la Marine. Les quartiers les mieux entretenus sont ceux des Maures; les plus malpropres sont ceux des Juifs. La vie la plus étrange règne dans les rues étroites et pour la plupart non pavées. A deux endroits, le passage est rétréci par des tombeaux de saints; ces sortes de tombes se retrouvent même fréquemment. La ville est pourvue d'excellente eau vive qui lui arrive des sources Ssaghnan, à douze lieues dans l'intérieur du pays, en partie au moyen d'un ancien aqueduc carthaginois. Le bazar, avec ses nombreuses boutiques, est un des endroits les plus intéressants de Tunis. Il se compose de dix-sept galeries nommées *Souk* et consacrées chacune à une spécialité : dans le *Souk el Chbedschia* (fil), il n'y a que des soieries et des passementeries; dans le *Souk el Attarin* (essences), se trouvent réunis les parfums les plus renommés de l'Orient; dans le *Souk el Birka*, autrefois le marché aux esclaves, l'acheteur peut se procurer les bijoux finement niellés, et le numismate y rencontre des médailles antiques. Enfin, dans les deux passages latéraux c'est un amoncellement de burnous, de haïks, d'écharpes, de fez, etc. Les loques, les chiffons, les vieilles ferrailles, etc., ont aussi leur galerie. C'est là que le Saharien trouve ce qui lui convient, le nécessaire pour son âne et pour lui, et le superflu, représenté par des porcelaines ou des ustensiles invendables en Europe, et qui sont le plus bel ornement de sa pauvre maison.

Le palais du bey n'offre rien de très curieux; il n'est habité que pendant le mois du Ramadan. A l'endroit le plus élevé de la ville est la Khasba, citadelle fort étendue, construite au temps de Charles-Quint, dont une partie seulement est encore armée de canons, le reste tombant en ruine. Les mosquées, bâties dans le style mauresque, avec des minarets élancés, ne peuvent être vues qu'au dehors. L'entrée de ces temples, ainsi que celle des nombreux cimetières mahométans, à l'extérieur comme à l'intérieur de la ville, est sévèrement interdite à tout infidèle.

Au nord-ouest de Tunis se trouve le Bardo, vaste amas de constructions, semblable à une petite ville : c'est la résidence d'hiver du bey, le siège de son gouvernement et le quartier général de sa petite armée; là est aussi la prison d'État. A l'intérieur, la salle du trône, particulièrement intéressante, est ornée de peintures caractéristiques et garnie d'objets d'art.

IV

Parlons maintenant de la Tunisie au point de vue religieux.

Le premier missionnaire qui évangélisa la Tunisie fut envoyé par saint Vincent de Paul. C'était le Père Louis Guérin. Le vaillant apôtre consacra tous ses soins aux esclaves. Le 22 novembre 1647, il fut rejoint par Jean Le Vacher, qui, quelques années plus tard, était élevé à la dignité de vicaire apostolique de Tunis. Revêtu de la double autorité de consul et d'évêque, « Jean Le Vacher, lisons-nous dans la vie de saint Vincent de Paul, s'opposa d'abord avec vigueur à ce qu'on fît des esclaves, contre les traités, et réclamait ceux qui avaient été vendus malgré son opposition ou pendant son absence. Il réussissait quelquefois, grâce aux derniers vestiges de droit et de justice que la barbarie n'avait pas encore effacés, grâce aussi à la crainte qu'il savait inspirer des armes de la France. Avant son départ, Mgr Le Vacher laissa pour le remplacer auprès des chrétiens libres ou esclaves deux religieux capucins qu'il avait rachetés. C'est ainsi que la mission passa des mains des missionnaires français dans celles des Italiens. »

Les fonctions de vicaire apostolique sont encore aujourd'hui exercées par un capucin d'origine italienne, Mgr Sutter, de Ferrare. Mgr Sutter est âgé de quatre-vingt-six ans : il a fondé des stations à Djerbah, Medbia, Bizerte, Porto-Farine et Monestier, ou Monastir. Les religieux sont au nombre de douze, et sont loin de suffire aux besoins du culte. Aussi cette situation va-t-elle changer sous peu. Sa Sainteté Léon XIII a décidé de mettre à la tête de la Tunisie catholique un prélat français plein d'activité et de zèle évangélique, S. E. Mgr Lavigerie, archevêque d'Alger. Le vicaire général de Mgr Sutter était tombé dans ces derniers temps dans les filets de M. Maccio, le trop fameux consul italien, et suscitait toutes sortes de difficultés contre la France ; l'arrivée de l'éminent prélat auquel nous faisons allusion mettra un terme à ce déplorable état de choses. Aussitôt installé, Mgr Lavigerie se propose de bâtir une cathédrale et de créer quarante paroisses. Il n'en faut pas moins pour satisfaire aux besoins religieux des nombreux catholiques répandus dans la Régence. Dès l'année dernière, Mgr Lavigerie a fondé sur les ruines de Carthage, à l'endroit même où saint Louis est mort, un collège français que fréquentent les enfants des principales familles tunisiennes. Tout près de ce collège s'élève un petit séminaire où sont formés de jeunes nègres destinés aux missions d'Afrique.

Les Frères des écoles chrétiennes n'ont été installés à Tunis que depuis quelques années seulement. Ils occupent l'ancien couvent des capucins, où ils forment une communauté de dix religieux. Trois frères tiennent une école gratuite où cent cinquante enfants apprennent le français. Les Sœurs de Saint-Joseph de l'Apparition de Marseille possèdent des maisons à la Goulette, à Tunis, à Sousse, à Sfax, dans l'île de Djerba, et bientôt elles en auront une sixième à Monestier. Près de deux mille enfants sont instruits par ces saintes religieuses et apprennent à bénir le nom de la France. Les services que nous rendent ces modestes sœurs de Saint-Joseph sont du reste incalculables. Partout elles font aimer notre nation, en même temps qu'elles enseignent la langue. Sans elles et sans les autres communautés religieuses qui desservent les missions, l'influence française péricliterait en Orient.

OSCAR HAVARD.

— La fin au prochain numéro. —

CHRONIQUE SCIENTIFIQUE

M. Lalanne, de l'Institut, l'éminent directeur de l'École des ponts et chaussées, vient de faire un rapport au Conseil d'hygiène publique et de salubrité sur les inconvénients que peuvent présenter les puisards.

On entend par « puisard » une excavation plus ou moins profonde, souvent emplie de gros cailloux, moellons, etc., dans laquelle viennent se déverser les eaux d'une maison, d'une rue, d'une fabrique, etc. Il va sans dire que l'excavation doit être faite dans un sol absorbant. On se débarrasse ainsi d'eaux nuisibles, quand on n'a pas à proximité d'égout ou de conduites susceptibles de porter les liquides au loin. Les puisards peuvent avoir de graves inconvénients. Le Conseil d'hygiène a chargé M. Lalanne d'examiner la question.

« La pratique des puisards, dit M. Lalanne, est fort ancienne et usitée dans beaucoup de contrées différentes. Si le terrain sur lequel on se trouve est sur une épaisseur notable léger, sablonneux, par conséquent perméable; ou s'il recouvre un fond de roc fendillé, présentant des interstices entre les tranches ou feuillets dont la masse se compose, on n'a pas grand travail à faire pour se débarrasser, à travers ce terrain, des eaux surabondantes, quelle que soit leur nature. Le puisard est à la superficie même, et tout au plus pratique-t-on, pour en faciliter le fonctionnement, un encuvement peu profond. Dans le cas d'une affluence extraordinaire, ou d'un liquide trop chargé de matières en suspension pour que l'absorption n'exige pas un temps notable, on creuse plus profondément, et pour maintenir les parois de la fouille cylindrique que l'on exécute ordinairement, sans enlever à ces parois ni au fond leur perméabilité, on remplit la fouille de blocs de pierres jetées en tas, et dans les interstices desquelles les liquides continuent à couler, tant que les vides ne sont pas obstrués par des matières insolubles. — Des curages exécutés périodiquement et de fond en comble sont nécessaires pour rétablir le bon fonctionnement du puits. »

C'est pour ces raisons que M. Lalanne a soumis au Conseil les conclusions suivantes, qui seront sans doute approuvées par le Comité consultatif d'hygiène :

1° Les puisards ou puits absorbants ne devront être tolérés que dans des cas exceptionnels, tels que celui où les usines, complètement isolées, sont à de très grandes distances des habitations; tels encore que celui où, à raison des conditions d'établissement de ces puits ou puisards, les eaux à évacuer sont conduites directement par une colonne étanche à des couches perméables tout à fait distinctes et bien séparées par des terrains imperméables de celles qui renferment des nappes aquifères auxquelles sont empruntées les eaux servant à l'usage domestique dans la localité.

Les Conseils d'hygiène et de salubrité et les autorités locales seront également invités à examiner toujours d'une manière spéciale les faits d'amoncellement sur le sol ou d'enfouissement de résidus solides ou boueux, afin de s'assurer que ces résidus sont à l'abri de l'action des eaux, soit superficielles soit souterraines.

2° En ce qui concerne les industries non classées et les propriétés de toute nature, qu'un règlement d'administration publique soumette à une déclaration préalable soit la création et l'emploi de puits et de puisards absorbants, soit l'amoncellement sur le sol ou l'enfouissement de matières susceptibles de donner lieu à des infiltrations, et réserve expressément la faculté d'interdiction, laquelle ne devra être prononcée qu'après l'accomplissement de formalités d'enquêtes déterminées, comprenant l'avis des Conseils d'hygiène et de salubrité locaux, et sauf les recours qui sont spécifiés.

* * *

On sait combien la mort fait de victimes parmi les enfants du premier âge, et surtout chez les nourrissons soumis à l'allaitement artificiel. Les causes du mal paraissent multiples; elles sont restées encore assez obscures. L'attention vient d'être attirée sur des faits en apparence insignifiants, et qui en réalité pourraient bien nous donner, au moins en partie, la raison de la mortalité effrayante qui frappe les enfants élevés au biberon.

Il y a environ deux mois, M. Du Mesnil signala l'odeur fétide qui se dégageait de certains biberons dont on se sert pour l'allaitement artificiel. Il envoya ces biberons au nouveau laboratoire municipal, et M. H. Fauvel fut chargé de les examiner.

Dans tous les biberons, le lait avait contracté une odeur nauséabonde; il était acide, à demi coagulé; les globules graisseux étaient déformés; de nombreuses bactéries très vivaces et quelques rares vibrions se montraient dans le liquide. Le tube de caoutchouc qui sert à l'aspiration, incisé dans toute sa longueur, renfermait du lait coagulé, des bactéries et des vibrions; mais, en outre, l'examen révéla dans l'ampoule qui constitue la tétine du biberon et termine le tube en caoutchouc, la présence d'amas plus ou moins abondants d'une végétation cryptogamique.

Ces végétations, ensemencées dans du petit-lait, ont donné en quelques jours dans des proportions considérables des cellules ovoïdes se développant en mycéliums dont la fructification n'a encore pu être observée.

En présence de ces faits, M. le secrétaire général de la préfecture de police réunit les médecins inspecteurs du service des enfants du premier âge et prescrivit une visite dans toutes les crèches. Les chimistes du laboratoire municipal furent adjoints aux inspecteurs.

Sur trente et un biberons examinés dans dix crèches, vingt-huit contenaient dans la tétine, dans le tube en caoutchouc, et même quelquefois dans le récipient en verre, des végétations analogues à celles qu'avait remarquées M. Fauvel, et des microbes.

Plusieurs de ces biberons, lavés avec très grand soin, et par conséquent prêts à être employés, renfermaient encore une grande quantité de ces cryptogames.

On a encore trouvé à plusieurs reprises dans quelques tubes de biberons du pus et des globules sanguins. Les enfants auxquels appartenaient ces biberons présentaient des érosions dans la cavité buccale.

Ces faits ne manquent pas de gravité. Comment admettre en effet que la présence de ces végétaux cryptogamiques et de ces microbes, qui coïncide avec une altération profonde du lait contenu dans les biberons, soit sans effet nuisible sur la santé des enfants? Jusqu'à preuve du contraire, on peut supposer que cette altération du lait devient la cause principale des affections intestinales qui font de si nombreuses victimes parmi l'enfance.

Quoi qu'il en soit, les recherches de M. H. Fauvel mettent hors de doute que l'on ne nettoie pas convenablement les biberons; le lavage ordinaire est complètement insuffisant. Il est absolument nécessaire, pour se débarrasser des germes multiples qui tendent à s'accumuler dans le tube en caoutchouc, de laver l'instrument à l'eau très chaude et de répéter très souvent l'opération.

Ainsi que le faisait remarquer M. Pasteur quand la Note de M. H. Fauvel fut présentée à l'Académie des sciences, le lait est le liquide altérable par excellence; déjà, au sortir du pis de la vache, il se charge de germes nombreux empruntés au pis même de l'animal, à l'air, au vase qui le renferme; dans les laiteries bien tenues, on ne se sert que de vases trempés dans l'eau bouillante. Il faut prendre les mêmes précautions essentielles pour les biberons. Autrement, le lait sera vite modifié, et, au lieu de faire passer dans les voies digestives de l'enfant un aliment sain, on introduira dans ce petit organe débile et impressionnable un véritable poison. Il n'y a pas de petites questions. Le biberon peut devenir un véritable instrument de maladie; il faut donc prendre sérieusement garde au biberon. Il est bon de le répéter sans cesse : lavez constamment les biberons à l'eau bouillante ou très chaude, et surveillez la qualité du lait.

* *

La Compagnie des chemins de fer de l'Ouest a entrepris depuis quelques semaines d'intéressants essais: une vingtaine de voitures de différentes classes sont éclairées au gaz. A la place de la lampe à huile fumeuse que tout le monde connaît, on a disposé un élégant bec à papillon enfermé dans un globe de verre qui apparaît en relief au milieu du wagon; la lumière produite est agréable, et l'éclairage excellent.

Le gaz employé est très riche; il est obtenu par distillation des huiles lourdes; on le comprime à la gare dans un gazomètre résistant à 18 atmosphères. Chaque wagon emporte avec lui un réservoir cylindrique d'une contenance de 158 à 160 litres; ce réservoir est généralement disposé sous le châssis entre les essieux des roues. On charge chacun des réservoirs de gaz à 6 atmosphères; l'éclairage peut durer de dix à douze heures. Le gaz est amené du réservoir au bec par une tuyauterie qui court le long du wagon.

Ce système, qui a déjà donné de bons résultats en Angleterre et en Belgique, est dû à M. Pintch. Nous avions déjà eu l'occasion d'en signaler l'application à l'éclairage des bouées. La bouée forme réservoir; on vient l'emplir de gaz tous les mois. On a récemment envoyé à Port-Saïd une bouée qui doit se maintenir allumée pendant six semaines sans nouveau chargement. Elle a un diamètre de deux mètres et une capacité de 4,200 litres. L'application spéciale du gaz Pintch aux chemins de fer était tout indiquée; il est à souhaiter que le système mis à l'essai par le chemin de l'Ouest ou tout autre système analogue pénètre définitivement dans l'exploitation des grandes lignes ferrées.

* *

Il existe, paraît-il, des personnes qui ne rient jamais. Eh bien! on pourra désormais les faire rire bon gré mal gré, si l'on en croit M. le professeur Luton, de la Faculté de Reims.

Déjà, il est vrai, en faisant respirer du protoxyde d'azote, le gaz hilarant de Davy, on peut provoquer des accès d'hilarité chez un grand nombre de personnes; mais l'emploi du protoxyde d'azote n'est pas toujours sans danger; ce gaz est anesthésique d'ailleurs et ne peut être manié sans inconvénient par le premier venu. Bien différent semble être le procédé de M. Luton; il ne faudrait certes pas non plus en abuser, mais enfin, au besoin, s'il y avait absolument nécessité de dérider au moins une fois l'an un visage trop sévère, la méthode serait applicable sans danger.

M. le docteur Luton a fait là une véritable découverte. Il soignait dans l'infirmerie de la maison de retraite de Reims une femme de soixante-deux ans, atteinte d'une arthrite subaiguë du genou droit; il lui avait fait administrer de la teinture d'ergot de seigle. Pour renforcer l'action du premier médicament, il eut l'idée d'adjoindre une certaine quantité de phosphate de soude qui, pour l'auteur, remplace très avantageusement les préparations phosphorées plus ou moins vantées. Le malade prit ainsi dans un quart de verre d'eau sucrée une cuillerée à café de teinture d'ergot de seigle et une cuillerée à bouche d'une solution de phosphate de soude au dixième. Il s'était à peine passé trois quarts d'heure lorsque tout à coup un éclat de rire sonore retentit dans l'espace : il venait de se produire chez la malade un accès de fou rire. Elle rit ainsi une heure durant. Ce rire continu semblait s'associer à des pensées gaies et trahir une sorte d'ivresse. Après l'explosion de gaieté, la bonne humeur et l'entrain persistèrent plus d'une demi-heure.

M. Luton, prévenu le lendemain, répéta l'épreuve : mêmes résultats; il recommença le surlendemain : même gaieté. Évidemment, la potion faisait merveille. On l'expérimenta sur huit femmes ou jeunes filles. Toutes rirent follement. Les hommes malheureusement se montrèrent plus récalcitrants. Chez quelques-uns la gaieté ne vint pas et fut remplacée par le mal de tête.

Voici la formule se rapportant à une dose moyenne pour une personne suffisamment excitable : teinture d'ergot de seigle, 5 grammes; solution de phosphate de soude au dixième, 15 grammes. Mêler dans un quart de verre d'eau sucrée; à prendre en une fois à jeun.

Le fait signalé par le médecin de Reims est intéressant. Il est probable, ainsi qu'il le fait justement remarquer, qu'il doit avoir une certaine communauté d'origine avec l'action que le pain de seigle produit sur l'organisme. On a remarqué que ce pain détermine quelquefois une sorte d'enivrement que les consommateurs sont loin de dédaigner. Le pain de seigle est donc un pain hilarant.

Henri de Parville.

RENÉ FRANÇOIS SAINT-MAUR

NÉ A PAU LE 29 JANVIER 1856, DÉCÉDÉ LE 13 MARS 1879

(Voir pages 228 et 209.)

Le temps lui paraissait court auprès des siens, et les années de novembre 1873 à la fin de 1875 s'écoulèrent rapidement, à Pau. Le travail n'était plus d'ailleurs sa seule occupation. Sans abandonner jamais l'étude, par goût autant que par devoir, il commençait à fréquenter le monde.

« Je dois vous dire, mon père, que j'ai fait ce qu'on
« appelle son entrée dans le monde, et que j'ai pris
« part aux nombreuses réjouissances de cette bonne
« ville de Pau. Je me suis amusé; mais je vois bien,
« Dieu merci ! que cela sonne creux, et je plains ceux
« qui se condamnent à toujours mener cette vie-là. Le
« travail a des jouissances qui valent bien mieux...
« mais franchement je ne trouve pas le monde aussi
« méchant qu'on le dit quelquefois. »

(12 mars 1874, *Au P. C.*)

Il aimait en effet le monde, sans cesser de l'estimer à sa juste valeur : il l'aimait un peu pour les succès qu'il s'y attirait, beaucoup pour l'éclat et la beauté du dehors qui exerçaient une fascination sur lui. Comment l'aurait-il haï ou méprisé pour le mal que son cœur naïf et pur comprenait à peine ?

Il ne pouvait d'ailleurs passer inaperçu. Grand, la taille élancée, le front large, les yeux limpides et profonds, un air de distinction sur le visage et dans l'attitude, il semblait d'ordinaire absorbé dans je ne sais quelle secrète causerie. Mais s'il venait à réciter des vers (et sa prodigieuse mémoire lui en fournissait pour toutes les occasions), sa voix au timbre charmant devenait peu à peu vibrante; un geste sobre et élégant accompagnait ses paroles; une profonde attention succédait bientôt au silence distrait de la politesse et ses auditeurs se sentaient pénétrer par une émotion indéfinissable.

Le monde ne l'éloignait pas cependant des choses sérieuses, et en même temps qu'il y faisait ses débuts, il s'attachait aux œuvres. Assidu à la conférence Saint-Vincent de Paul, il s'était passionné pour l'œuvre des

Cercles catholiques d'ouvriers, et la Société bibliographique le comptait bientôt parmi ses membres les plus dévoués.

En 1875, il était reçu avocat au barreau de Pau, et avec cet esprit charmant qui savait si bien donner au récit un tour plein de finesse et d'innocente raillerie, il décrivait ainsi la prestation du serment :

« J'ai prêté serment il y a huit jours, comme je vous « l'annonçais. Ç'a été une bien belle cérémonie ! Tout « le monde, le bâtonnier, l'avocat général, le premier « président, m'a fait des discours... Je ne savais plus « où me mettre, et ma modestie aux abois cherchait en « vain un refuge dans les plis de cette toge que je re- « vêtais pour la première fois !... »

A la conférence des avocats stagiaires, il faisait entendre une parole qui méritait déjà d'être remarquée. Puis en 1876, il revenait quelques jours à Poitiers et y passait sa licence ès lettres, aux applaudissements de la Faculté dont le doyen disait dans son rapport du 23 novembre, avec l'autorité d'une longue expérience : « Il possède dès aujourd'hui une certaine virilité de pensées et une sévérité de forme qui annoncent un caractère et peut-être un écrivain. »

La maladie se jetait parfois à la traverse de ses études ; des saisons aux Eaux-Bonnes lui étaient ordonnées et, quand vint l'époque du tirage au sort, la faiblesse de sa poitrine le fit réformer. Qui pourrait dire ce qu'il souffrait en silence, n'ayant le goût ni de se plaindre ni d'être plaint, et ne laissant deviner le mal que par instants, quand l'acuité de la douleur lui arrachait un cri passager !

Vers le mois de mai 1876, il arrivait à Paris où il semait son travail et son temps sur vingt routes à la fois. La préparation du doctorat en droit et les cours de l'École des chartes ne suffisaient pas à l'absorber. Études littéraires pour la conférence Olivaint qu'il fréquentait assidûment, — œuvres poétiques de toutes sortes, — il abordait tout à la fois et apportait à tout ce qu'il faisait, la même vivacité et le même bonheur de conception, le même talent d'exécution nette et élégante, rapide sans cesser d'être excellente.

Il se jouait des difficultés qui eussent arrêté tout autre. Fallait-il mener de front trois ou quatre choses absolument différentes, il semblait que l'inspiration, assouplie à l'obéissance, vint d'elle-même au premier appel. Quelques minutes lui suffisaient pour s'isoler, ressaisir une pensée quittée depuis quelques heures et en poursuivre le développement ; alors, de son écriture ferme et haute, expression vivante de son caractère et de son talent, il traçait quelques lignes, puis changeait aussitôt de travail ; la netteté et l'ordre qui régnaient dans son esprit lui permettaient de passer ainsi d'un sujet à l'autre, sans confusion.

Au retour d'une soirée mondaine ou de la Comédie française, qu'il fréquentait en lettré, il n'était pas rare qu'il écrivît une page de prose ou de vers, conçue ou achevée au milieu des conversations et du bruit, et ce qu'il écrivait au courant de la plume avait une forme arrêtée et précise, qui est ordinairement le fruit d'une longue réflexion et de corrections nombreuses. — Heureux talent auquel Dieu semblait avoir épargné l'attente douloureuse de l'inspiration et comme la gestation de la pensée !

Il n'avait pas à chercher le temps d'apprendre les milliers de vers dont sa mémoire était pleine. Il avait su par cœur, après deux auditions et sans avoir eu l'œuvre sous les yeux, presque tout le *Luthier de Cremone*, de Coppée. Cette facilité à apprendre les vers provenait en partie de son aptitude à les faire. C'était pour lui chose plus simple que d'écrire de la prose, et guidée par la mesure, bercée par la cadence poétique, sa pensée trouvait plus promptement en vers une forme définitive.

Sa piété ne souffrait pas d'une existence aussi agitée. Elle s'alimentait et se soutenait par des pratiques *scrupuleusement* et, si l'on peut ainsi parler, *amoureusement* observées.

Tous les jours, il faisait une lecture dans l'*Imitation* et notait les passages qui l'avaient frappé ; un petit crucifix et une statuette de la sainte Vierge étaient placés sur sa table de travail ; son scapulaire et ses médailles ne le quittaient pas ; il ne s'endormait jamais sans réciter une ou deux dizaines de son chapelet qu'il passait ensuite autour de son cou. Lorsqu'on était venu lui annoncer qu'il était reçu licencié ès lettres, on l'avait trouvé en prière, se préparant ainsi aux succès comme aux revers.

Il ne négligeait aucun de ces moyens, sachant que ce sont les seuls qui, comme autant de liens, peuvent maintenir la piété dans notre âme et l'y attacher fortement.

Il ne montait jamais à la bibliothèque que les Pères Jésuites avaient installée rue de Sèvres, et mise au service des jeunes gens, sans entrer dans la chapelle et réciter une courte prière sur le tombeau du Père Olivaint. Dans ses courses à travers Paris, il avait aussi la pieuse habitude de saluer les églises devant lesquelles il passait et souvent de s'y arrêter un instant.

Presque tous les matins il entendait la messe et ne manquait ni un pèlerinage ni une solennité religieuse des principales œuvres catholiques de Paris. Membre très régulier de la congrégation formée par les Pères Jésuites, rue de Sèvres, il y était l'édification de ses confrères.

Mais la piété et la fréquentation des sacrements n'étaient pas la seule sauvegarde de son innocence et de sa vertu. Il en eut une seconde dans un ami chrétien. Celui-ci, attentif aux moindres choses quand il s'agissait de la santé de René, s'était installé avec lui, et l'entourait de précautions infinies et véritablement maternelles. C'était encore avec les soins et la délicatesse d'une mère qu'il veillait sur l'âme de son ami, pressentant les dangers, écartant de la route tous les obstacles et trouvant, dans la force de son affection, une éloquence persuasive pour montrer à René le bien vers lequel celui-ci se dirigeait aussitôt.

La maladie fit trêve pendant l'hiver 1876 à 1877 et René fut tout entier à la vie de l'intelligence.

A a conférence Olivaint, il était l'orateur applaudi, le poète heureusement inspiré des grandes circonstances. Quand le nom de l'héroïque martyr fut donné à cette conférence, en décembre 1876, René avait noblement expliqué

que ce nom est pour ceux qui l'ont pris
Un titre de noblesse et que noblesse oblige

Nous l'inscrivons au front de notre conférence,
Comme un cri de combat sur les plis d'un drapeau,
Comme un gage sacré d'honneur et d'espérance,
Et l'immortel espoir d'un avenir plus beau!

Car ce nom d'un martyr, grandi par le supplice,
Ce nom, c'est le devoir, le don joyeux de soi,
Et la sainte allégresse allant au sacrifice,
La flamme de l'amour et l'ardeur de la foi!...

Il prenait part à toutes les discussions et montrait d'incontestables qualités oratoires. Il omettait rarement d'écrire, parfois au dernier moment, quelques pensées, une expression heureuse, un trait, sur le sujet qui devait être discuté; cette courte préparation lui était suffisante et la pensée mûrissait vite dans son esprit.

Sa parole se distinguait par l'élégance soutenue de la forme et la netteté du fond. Ceux dont il appuyait l'opinion l'écoutaient avec la satisfaction que l'on éprouve à entendre soutenir brillamment sa cause, ses contradicteurs redoutaient la justesse de ses coups et la malice de son esprit. Cependant « à côté du mot piquant qui terrassait un système, il ne manquait jamais de trouver (comme l'a dit si bien un de ses émules) le mot aimable qui relève l'adversaire ».

Il possédait aussi l'art de dire, détachant chaque trait et mettant en relief chaque pensée. Il avait surtout une verve extraordinaire et il n'était pas besoin, pour qu'elle s'allumât, d'un nombreux auditoire.

Souvent il y avait le soir, dans sa petite chambre de l'hôtel d'Orient, réunion d'amis. Que de qualités fortes et charmantes il déployait devant nous, tout en tisonnant et préparant le thé! Parfois, pendant qu'on devisait tout haut près de lui, et sans cesser de prendre lui-même de loin en loin part à la conversation, il écrivait et ce qu'il avait écrit portait le cachet ordinaire de ses œuvres : élévation, précision et netteté.

S'il se mêlait à la discussion, c'était souvent pour s'enflammer et s'élever à l'éloquence. D'autres fois, il maniait l'ironie avec une aisance incomparable et c'était un régal littéraire d'assister aux improvisations et aux joutes de son esprit. Malheur cependant à celui que l'occasion livrait à ses coups. Tout chez lui respirait alors l'agression et prenait part à l'attaque, la pensée qui s'enfonçait comme un trait, l'œil brillant, la bouche que relevait un pli moqueur, la voix qui se saccadait et devenait âpre et vibrante, le corps qui prenait une attitude hautaine, le geste allongé et un peu indolent qui semblait laisser tomber une indulgence méprisante sur ses adversaires présents ou absents; son langage ressemblait à un fleuve roulant impétueusement ses eaux et, selon la forte expression de Diderot, « arrachant sa rive ».

Rien de banal d'ailleurs ni de bas, dans son intimité. Il ne livrait jamais que la meilleure partie de lui-même, gardait toujours une certaine réserve et de la hauteur sans rudesse. D'abord un peu froid et comme sur la défensive, il était plus aimé à mesure qu'on le connaissait davantage et il possédait sur ses amis une influence acceptée avec plaisir, exercée avec charme et simplicité. Il la devait sans doute à la supériorité de son esprit; on aimait à penser et, si je puis m'exprimer ainsi, à s'abriter près de cette intelligence solide, élevée, lumineuse.

Son amitié était chrétienne, à la fois forte et douce. Il la fondait surtout sur l'union des prières et la communauté des croyances et des idées. Accordant peu, dans les temps ordinaires, à la sensibilité, il trouvait, pour consoler ses amis aux heures d'affliction, des accents pleins de délicatesse et des élans d'une tendresse ineffable.

Son affection demeura constante pour ceux qu'il appelait « ses amis de Paris ». Un an plus tard, quand la maladie le retiendra loin d'eux, il ne cessera de se rappeler à leur souvenir, de réclamer leurs prières. Parfois au milieu d'une lettre, il s'interrompt et leur adresse un touchant appel :

« J'espère bien, l'année prochaine, ne point m'éloigner du tout de cette chère conférence dont la rue de Sèvres est le centre. Vous m'avez bien; manqué, mes chers amis! J'ignore, grâce à Dieu, si Paris exerce la même attraction pour le mal que pour le bien, mais ce que je sais, c'est que l'éloignement et la privation de nos réunions de chapelle, de nos conférences, « du conseil « et du bureau », de l'Université catholique, etc., etc., m'ont fait sentir un grand vide. » (Jeudi saint 1878, *A G. T.*)

Son absence devait laisser aussi un grand vide dans ces réunions, dont nul n'a su redireplus éloquemmen' les saines et durables jouissances. C'est lui qui, à la fin d'une retraite de jeunes gens, en remerciait le prédicateur dans ces vers pleins d'harmonie et de force :

Vous nous avez armés pour les luttes prochaines,
Jésus, sur votre appel, en nous s'est renfermé;
Volontaires captifs, nous avons pris ses chaînes,
Et nous aurons vécu si nous l'avons aimé!

Puis s'adressant à ses amis, il leur faisait des adieux émus :

Et nous, mes chers amis, ces heures écoulées
Nous laisseront dans l'âme un pieux souvenir;
Fleurs de grâce et de paix toujours renouvelées,
Le temps n'y touchera que pour les rajeunir!

Rappelons-nous souvent, pour nous mieux soutenir,
Nos pas silencieux, nos prières mêlées
Sous les ombrages frais de ces vertes allées.
O parfums du passé ! gages de l'avenir !

Nous disions, tout saisis de la divine attente :
« Qu'il fait bon d'être ici ! Dressons-y notre tente ! »...
Et ces jours ont passé comme le vent du soir ;

Nous ne pouvons rester, mais ce qui nous console,
C'est l'espoir du retour et c'est cette parole
Qu'il nous faut répéter en partant : Au revoir !

(Ascension, 10 mai 1877.)

JULES AUTRAY.

— La suite au prochain numéro. —

La chasse au faucon.

LA CHASSE A L'OISEAU

On a beaucoup écrit sur la chasse, pour et contre, peut-être plus *contre* que *pour*. « La chasse, disait J. J. Rousseau, endurcit le cœur aussi bien que le corps; elle accoutume au sang et à la cruauté. » Buffon, plus dans le vrai des choses, a écrit : « L'exercice de la chasse doit succéder aux travaux de la guerre. » La chasse, image de la guerre en est l'écho prolongé. C'est à la chasse que les plus illustres héros de l'antiquité et du moyen âge durent le commencement de leur renommée. D'ailleurs, avant d'être un plaisir, ce fut une nécessité pour l'homme ; tant que les immenses forêts n'eurent pas fait place à des champs susceptibles de culture, il fallut bien que l'homme trouvât son alimentation dans la chasse.

Libre à Grimm, l'ami des sophistes sensibles du siècle dernier, de dire « qu'il n'y a point de plaisir moins digne d'un être qui pense que celui de la chasse ». Le mot de Louis XV à un courtisan anglomane nous revient ici à la mémoire. « Vous êtes allé en Angleterre, disait le roi à ce courtisan : dans quel but? — Sire, pour apprendre à penser. — Des chevaux? » termina le roi, donnant sous une forme riante une leçon à cet outrecuidant personnage. Comme si l'on ne pouvait pas aussi bien penser en France que sur les bords de la Tamise et dans ses brouillards éternels!...

Si l'on en croit Platon, la chasse est un exercice divin et l'école des vertus militaires. Lycurgue la croyait si nécessaire pour aguerrir les Lacédémoniens et les plier aux exercices de la guerre, qu'il voulait que, chaque jour, de grand matin, les jeunes gens fussent envoyés à la chasse. Les hommes faits et les magistrats eux-mêmes devaient pratiquer de temps en temps cet exercice, dont La Bruyère critique le goût chez les magistrats de son temps et qui inspira un joli mot à Fontenelle. Le spirituel écrivain, rencontrant de grand matin son médecin en équipage de chasse, lui dit : « Eh! où allez-vous donc comme cela, docteur? — Voir un malade. — Ah! dit Fontenelle en touchant le fusil que son interlocuteur avait à la main, vous craignez donc de le manquer? »

Au moyen âge, en France, la chasse fut le grand plaisir de toutes les classes de la société; les dames en étaient vivement éprises, et la passion pour cet exercice était si excessive qu'elle exerçait son influence jusque sur la littérature. On en trouve des traces même dans les ouvrages de piété. Dans le livre intitulé : *la Forêt de la conscience*, les péchés sont représentés par les bêtes fauves, tandis que les arcs, les épieux figurent les sacrements et les vertus théologales. La vénerie et la fauconnerie avaient d'ailleurs trouvé un patron dans le ciel : saint Hubert, chasseur intrépide mais peu dévot, ayant aperçu dans la forêt des Ardennes un cerf qui portait un crucifix entre les ramures de son bois, entendit en même temps une voix qui le menaçait des peines éternelles s'il n'embrassait une vie plus régulière. Effrayé de cette apparition, il quitta la cour du roi d'Austrasie, entra dans les ordres et devint évêque de Maëstricht. Ses vertus et les miracles opérés sur sa tombe le firent mettre au rang des saints, et sa passion pour la chasse le fit considérer comme le protecteur de ce noble exercice.

La chasse au héron et au faucon était la chasse noble par excellence; au moyen âge les gentilshommes seuls et leurs femmes y avaient droit. En Orient, ce genre de plaisir s'est conservé parmi les chefs suprêmes. Les peintres se sont plu à représenter des scènes relatives à cette chasse : *la Chasse au héron en Algérie* est l'un des meilleurs tableaux d'E. Fromentin. Cette petite toile a obtenu un grand succès au Salon de 1865 et à l'Exposition universelle de 1867.

Ch. Barthélemy.

UN DRAME EN PROVINCE

—

(Voir p. 3, 21, 34, 51, 75, 90, 100, 122, 138, 155, 172, 186, 197, 219, 236, 250 et 265).

XIV

La pauvre vieille maison, habituellement silencieuse et presque solitaire, devait abriter sous son toit, en ces jours-là, bien des hôtes nouveaux. Et il fallut que la vieille Estelle, qu'Hélène et la pauvre Marie, malgré son désespoir, fissent de véritables prodiges d'activité, de présence d'esprit, de vaillance, pour recevoir et héberger de leur mieux les visiteurs que cette catastrophe leur avait envoyés.

D'abord, M. de Latour, le soir même de sa venue, se trouva trop malade pour regagner la ferme, et dut partager, pour quelques jours au moins, la chambre de son vieil ami. Puis le surlendemain arriva, venant de Paris, sa propre sœur, tante de Gaston, la bonne Mme de La Morlière qui, en pareille circonstance, apprenant qu'il s'agissait de l'honneur et de la vie de son neveu, n'avait pas hésité à quitter son petit appartement bien coquet, bien douillet, sa chaise de velours à Saint-Philippe du Roule, ses vieilles amies les douairières, ses petits commérages et ses longues parties d'écarté. Justine, sa bonne fidèle, et Rosette, sa jolie griffonne, l'avaient suivie au Prieuré; elle aurait donc trouvé ainsi toutes les conditions nécessaires à son bonheur, si la terrible situation de son unique et cher neveu, en ce moment soumis à une accusation capitale, n'eût troublé sans remède le repos habituel de ses nuits et de ses jours.

Au surplus, cette bonne dame, bien que prisant plus que tout au monde son bien-être et son repos, ne manquait dans les cas extrêmes ni de ressources ni de vaillance. Et c'est ce que les amis du pauvre Gaston eurent l'occasion de voir, en constatant qu'après tout Rosette et Justine n'étaient pas sa seule compagnie. Maître Armand Dumarest, le célèbre avocat, qu'elle avait retenu avant son départ de Paris, arriva deux jours après elle. Il venait, pendant l'instruction Précédant les débats qui allaient bientôt s'ouvrir, examiner les lieux et les choses, questionner les témoins, collectionner les épreuves. Et ce fut naturellement au prieuré qu'il s'arrêta d'abord pour s'entendre aussi longuement que possible avec le père du jeune homme et pour prendre, sur la marche de l'affaire, les renseignements et les indications du marquis.

Dans l'empressement où il était de s'acquitter de sa vaillante tâche, il s'était, à son arrivée, enfermé avec les deux amis, et la conversation avait été sérieuse et longue. Puis lorsque, au bout de deux heures, il quitta le cabinet du marquis, M. de Léouville le conduisit sur la terrasse.

Les dames s'y trouvaient réunies, causant comme de vieilles amies, avec une cordiale et naïve expansion, quoique avec une profonde tristesse. La tante de Gaston installée dans un grand fauteuil, les pieds sur un tabouret de paille, son tricot à la main, Rosette sur ses genoux, respirait le bon air des champs, regardait le jardin, les prairies, la campagne, tout ce vert et souriant pays de son enfance qu'elle avait depuis si longtemps quitté, et qu'elle n'aurait jamais cru revoir en une aussi terrible occasion. Auprès d'elle, la petite Marie, ses grands yeux à demi voilés par la douleur muette, son joli front assombri par l'angoisse et le déchirement, se montrait pourtant douce, aimable, avenante, faisant de son mieux pour consoler, pour plaire, et s'efforçant de s'oublier. C'était elle qui indiquait à la bonne vieille dame tel ou tel site connu à l'horizon; qui lui nommait les villages, les châteaux, les églises, dont les flèches dorées ou les façades blanches s'élevaient çà et là entre les bois de chênes ou sur le fond d'azur; elle qui se baissait juste à temps pour ramasser la pelote, qui offrait au moment donné le verre d'eau à la fleur d'orange, ou présentait au petit museau brun de Rosette la croquignole tant désirée.

Et tout ceci, — nos lectrices, certes, nous comprendront, mais nos graves lecteurs vont bien rire, — tout ceci, elle le faisait avec joie, avec empressement, avec amour, parce que ces êtres-là, c'était encore Gaston pour elle. Il avait peut-être, avant elle, touché ce coton, ces aiguilles; il aimait et respectait cette bonne vieille parente, il avait caressé ce chien. Et maintenant qu'on le lui avait ôté, le futur compagnon de sa vie, l'ami de son enfance; maintenant qu'il languissait, triste et seul, dans cette prison d'où il sortirait peut-être injustement condamné, pour s'en aller mourir, il lui était encore précieux et doux, à elle, il lui était presque sacré de pouvoir témoigner sa sollicitude et sa tendresse à ce qui lui restait de lui, de lui que peut-être elle ne verrait plus.

Hélène, assise, gracieuse et blonde, de l'autre côté du grand fauteuil, se chargeait plutôt, dès qu'il n'était plus question du malheureux jeune homme, du soin d'entretenir et d'animer la conversation. Comme elle avait bien plus que sa sœur la liberté d'esprit nécessaire à cet égard, c'était elle qui s'empressait d'éveiller les souvenirs, d'énumérer et de classer les gens des alentours, de citer les voisins, de conter les anecdotes. Aussi, cette bonne madame de La Morlière, avec son gentil caquetage de douairière et sa vivacité de femme d'esprit, eût assurément trouvé, si elle eût pu perdre un instant le souvenir du malheur de Gaston, un véritable plaisir au babillage d'Hélène.

Et ce fut également de la beauté d'Hélène qu'Armand Dumarest fut frappé dès qu'il parut sur la terrasse, ce fut près d'elle qu'il se plaça, la contemplant, l'écoutant, l'admirant avec une déférence véritable et un enthousiasme de bonne compagnie, que la belle fille devina aisément et qui la firent rougir de plaisir et d'orgueil. Son premier mouvement, toutefois, ne fut pas mauvais : « Pourquoi M. Alfred n'est-il pas là; pensa-t-elle. Il m'apprécierait plus justement, il m'aimerait et m'admirerait plus encore, puisqu'il me verrait admirée par ce célèbre avocat, qui vient de Paris ! » Car Hélène se disait que c'était là sans nul doute l'hommage le plus flatteur, le triomphe le plus éclatant; lorsqu'un homme sort de Paris, il doit être si difficile !

Les réflexions qui vinrent ensuite et qui résultèrent de celle-là, furent assurément moins saines et de nature plus troublée. N'était-il pas malheureux, vraiment, de devoir, pour occuper enfin sa véritable place dans le monde, se servir de la fortune et accepter la main d'un petit personnage bien insuffisant, bien ordinaire après tout, de cet Alfred Royan, le petit-fils d'un marchand de bœufs, le descendant d'un valet de chambre? Ah! si l'ordre des choses avait été juste et le destin favorable, est-ce qu'elle ne devrait pas voir aujourd'hui, devant elle, une brillante carrière ouverte, une espèce de voie triomphale où elle s'avancerait, heureuse et fière, au bras d'un mari jeune, intelligent, noble et riche, ou tout au moins distingué entre tous, célèbre comme celui-ci?

Oui vraiment, c'était déjà sur « celui-ci » que les pensées d'Hélène tendaient à s'arrêter, tandis que la petite Marie, voyant sa sœur silencieuse, et presque contente de ne plus entendre parler des châteaux de M. de Flers, des chevaux de la générale Brioux, des diamants de madame de Bruynes, se hasardait à dire, en tendant sa petite main vers un coin touffu des prairies :

« Tenez, madame, c'est là, en ce joli endroit, voyez-vous, que nous avons si souvent joué et goûté, tout le temps des vacances, notre pauvre chère Louise, et nous, et,... et ce pauvre M. Gaston,... alors que nous étions enfants.

— Est-elle naïve et mignonne avec ces jolis airs-là!... Eh bien, il n'y a pas si longtemps après tout, ma petite, répondait madame de la Morlière, frappant légèrement, du bout de son aiguille, la joue rosée, déjà sensiblement pâlie, qui se trouvait si près d'elle, à la portée de sa main. Et si les temps redevenaient favorables et les cœurs gais, n'est-il pas vrai, fillette, qu'on jouerait bien encore?

— Oh! oui,... si l'on était heureux!... Mais comme nous en sommes loin! répondait Marie baissant sa jolie tête, tandis qu'un long soupir entr'ouvrait ses lèvres déjà tremblantes.

— Oui, certes, je ne le nie point; nous sommes tous cruellement frappés... Mais il faut nous en remettre à la bonté de Dieu, et d'ailleurs voici Mᵉ Dumarest qui nous sauvera, j'espère.

— Oh! oui, ajouta vivement Hélène. C'est avec un

pareil appui surtout que l'on peut en toute confiance attendre et espérer. Combien de vaillance et d'ardeur monsieur consacre à cette affaire, puisqu'il se décide, sans répugnance, à quitter Paris et sa gloire pour venir chercher si loin, au fond d'une petite ville, une cause difficile à défendre, et un malheureux à sauver!

— Mais, mademoiselle, répondit l'avocat, avec son salut le plus élégant et son modeste sourire, c'est là vraiment, de votre part, une trop flatteuse indulgence. Croyez que de semblables résolutions ont certes leurs avantages et leurs attraits aussi. Outre la joie bien légitime, si puissante et si pure de faire triompher la justice et de sauver un innocent, un destin favorable nous ménage parfois, sur le chemin, des récompenses bien douces, tout à fait inattendues. »

Ici, Mᵉ Armand s'arrêta; Hélène rougit et baissa les yeux, tandis que Marie et le marquis, suivant au loin les regards de la tante de Gaston, l'aidaient à retrouver ici et là les anciennes demeures des amis de sa jeunesse. Au bout de quelques instants, néanmoins, la jeune fille éleva la voix, disant avec un accent étrange :

« Ne trouvez-vous point, papa, que c'est vraiment extraordinaire?... M. Royan n'est pas encore venu aujourd'hui, et hier il est resté si peu!

— Je ne trouve là rien de fort singulier, ma fille. Ce pauvre Alfred, je ne sais si tu l'as remarqué, paraissait très souffrant hier. Il était même question pour lui, il y a quelque temps, d'un projet de voyage aux eaux. Il voulait dans ce but précipiter les choses... Lorsqu'il m'a quitté, sur le seuil, je crois même l'avoir entendu me parler de prochain départ. Mais je suis si préoccupé d'ailleurs de cette terrible affaire, que je n'ai prêté à ceci qu'une médiocre attention... Du reste, M. Royan sait fort bien que nous avons du monde et, en se présentant tous les jours, il craint sans doute de nous déranger.

— Et, vous pensez, papa, qu'il songe vraiment à partir? demanda de nouveau Hélène, avec une expression rêveuse.

— Dans l'intérêt de sa santé et de son repos d'esprit, il aurait certainement raison. Mais comme les assises vont s'ouvrir bientôt, comme l'instruction marche à grands pas, je ne crois pas que la chose soit possible. Du reste, voici Mᵉ Dumarest qui, mieux que qui que ce soit, peut là-dessus nous renseigner.

— Si le jeune homme a fourni, dans la première enquête, des dépositions et des explications suffisantes, et si surtout il prouve, par les témoignages des médecins, que sa santé exige impérieusement, à l'heure qu'il est, un changement de climat et des soins spéciaux, il pourra partir, en laissant sa déposition qui sera lue à l'audience.

— Les cruelles émotions de la salle d'assises lui seront, de cette façon, heureusement épargnées, répliqua le marquis. Et nous devons, je t'assure, nous en féliciter, ma fille, car elles eussent été dangereuses pour son organisation délicate.

— Ainsi il va partir avant de m'avoir épousée, songeait Hélène qui, à ces paroles de son père, baissait la tête sans rien dire. Dieu seul sait s'il doit revenir. Ne peut-il point mourir aux eaux, s'il est malade?... Bah! après tout, est-ce que l'on connaît l'avenir? Qu'il parte, qu'il disparaisse ou qu'il reste là-bas; pour moi cela vaudrait mieux peut-être. Je suis jeune, je suis belle, je suis vaillante : l'avenir est voilé et le monde est grand. Je crois en moi, et je puis attendre, » se dit-elle en laissant jaillir sous ses cils noirs un regard de joie et de flamme, dont la dernière étincelle alla se refléter comme un rayon sur le front découvert du brillant avocat.

Pour la pauvre petite Marie, elle baissait la tête et gardait le silence. Mais M. de Léouville, qui ne perdait jamais sa Minette de vue, voyait une larme timide trembler au bout de ses longs cils.

« Dans son malheur, il est encore bien heureux, ce M. Alfred, disait cette larme. Chacun le plaint, l'encourage, le console et, au besoin, s'inquiète de lui. Maintenant, rien que parce qu'il est ou qu'il se dit malade, il ne verra pas, là-bas, toutes ces affreuses choses: la salle, les gendarmes, les juges, la table où seront étalés les habits tachés de sang, et ces papiers volés, et tant d'autres horreurs. Il n'aura même pas la peine de s'en aller demander vengeance, raconter, accuser... Tandis que *lui*... lui, oh! comment trouvera-t-il la force et les moyens de se défendre? Lui, mon Gaston, mon fidèle et noble ami! lui, un criminel, un lâche, un assassin! O honte! »

Voilà ce que disait ce regard, et le marquis le comprenait bien, parce qu'il était habitué à lire couramment dans les beaux yeux de sa Minette. Aussi, tandis qu'elle baissait la tête, il lui pressait silencieusement la main. Et cette caresse du père, qui voulait dire : « Moi je suis là, du moins : confiance et courage », versait un peu de baume dans le cœur de l'enfant.

La jeune fille craignait, au surplus, de trahir trop vivement son angoisse et sa peine, surtout en présence de ce grand homme, qu'elle ne voulait pas ennuyer, parce que lui seul, pensait-elle, pouvait sauver Gaston, et dont la personne lui inspirait par conséquent un respect involontaire. Aussi, songeant à s'éloigner maintenant que Mme de la Morlière n'était plus seule :

« Je crois que je ferai bien, mon cher papa, dit-elle, d'aller tenir compagnie à ce bon M. de Latour. Voici un moment déjà qu'il est seul, et il est toujours si triste! Aussi je vais emporter mon ouvrage et attendre là-haut la cloche du dîner.

— Va, ma chérie, » dit le marquis, en effleurant de sa main caressante le beau front blanc de sa Minette.

Elle se leva donc, fit à la compagnie un gracieux salut d'adieu, essaya d'y joindre un sourire, prit sa corbeille et disparut, laissant après elle une profonde et douce impression de respect, de sympathie, de tristesse.

« Pauvre et charmante enfant! murmura l'avocat

Monsieur le marquis, si jamais l'on vous reprochait d'être fier, moi, je vous donnerais raison ; il n'est pas donné à chacun d'avoir d'aussi aimables filles... Mais ces cruelles circonstances l'impressionnent vivement. Pour traverser de semblables épreuves, elle est si jeune encore !

— Oui ; il y a si peu de temps que, comme elle nous le disait tout à l'heure, elle jouait et courait dans les champs, là-bas, avec lui ! ajouta la tante de Gaston, en secouant tristement la tête. Et pourtant, que de tristes choses se sont passées depuis lors ! A quelle époque vivons-nous, bon Dieu ! Et comment tout cela finira-t-il ?

— Nous en sortirons sains et saufs ; allons, chère madame, croyez et prenez confiance, dit en souriant l'avocat. Seulement, monsieur le marquis, si je puis me permettre de vous donner un conseil, ce serait d'éloigner, s'il se pouvait, Mlle Marie, pour lui épargner, autant que possible, les impressions navrantes, sans cesse renouvelées, qui résultent pour elle de ce fatal événement.

— Oui, vous avez raison, monsieur. Et, en y pensant bien, je serais presque tenté de regretter maintenant de n'avoir pas accepté la proposition d'Alfred... Oui, madame, continua M. de Léouville en se tournant vers la douairière, M. Royan, qui m'a demandé la main d'Hélène, ne voulait pas attendre pour cette union à la fin de son deuil. Et il se proposait, dès le lendemain de son mariage, de partir avec sa femme pour quelque ville d'eaux... De cette façon, pour le temps du procès, j'aurais pu leur confier ma petite Marie.

— Oh ! ne regrettez rien, mon cher marquis. Ce M. Alfred Royan me paraît être, sur ma parole, un fameux malavisé. Comment ! lorsqu'il porte le deuil d'un oncle qui lui a été enlevé par un assassinat, aller parader aux eaux ! songer à un mariage ! »

Et ici la bonne dame, sans en dire plus long, hocha silencieusement la tête et huma longuement une prise, d'un petit air discret, résolu, dédaigneux, qui, sans plus de détours, voulait dire : « Mais après cela, tout bien considéré, que voulez-vous, qu'attendez-vous du petit-fils d'un marchand de bœufs, d'un descendant d'un valet de chambre ? »

« Le moment serait bien mal choisi, en effet, murmura M. de Léouville. Nous n'avons maintenant à faire, à penser qu'une chose : à sauver Gaston, ce pauvre enfant que tous nous aimons ici. »

Hélène avait subitement rougi, tout en baissant les yeux, dès les premiers mots de son père. Ce n'était pas seulement parce que le fiancé de sa sœur était accusé, parce que le parent de son mari futur avait été frappé par une mort terrible, qu'il lui était pénible d'entendre parler de mariage en ce moment. Mais n'était-ce pas lui ôter de son prestige et de son charme, la dépoétiser peut-être aux yeux de ce brillant Parisien, que de révéler son engagement envers un inconnu, que les petits airs dédaigneux de la tante de Gaston dénonçaient suffisamment comme maladroit et vulgaire ?

Au milieu du silence profond, quelque peu embarrassé, qui suivit ces paroles, la voix de la vieille Estelle s'éleva tout à coup du bout du corridor :

« Monsieur le marquis, venez donc... Il y a là, dans la cour, le gendarme qui vous demande.

— Quel gendarme ? dit aussitôt M. de Léouville quittant sa chaise.

— Eh ! pardine ! le vieux Paturel. Il a, à ce qu'il dit, des lettres pour vous, des papiers. »

Le marquis traversa la terrasse, gagna le corridor et trouva dans l'antichambre le brigadier, qui lui fit un grand salut, puis lui dit d'un air grave, mais surtout visiblement embarrassé :

« Pardon, excuse, monsieur le marquis, si je vous dérange. Mais voici ce que l'on m'a chargé de vous faire remettre aujourd'hui... Et comme j'ai pensé que... que cela vous causerait déjà assez de peine de devoir figurer là-dedans... eh bien ! je me suis dit que je ferais mieux de vous apporter cela moi-même.

— Mais qu'est-ce que cela ? demanda M. de Léouville en considérant, dans la main du brave homme, deux larges enveloppes de papier gris portant le timbre de la justice.

— Cela, c'est... Eh bien, oui, après tout, voilà la chose. Ce sont deux assignations pour comparaître en témoignage devant la Cour d'assises, à Dijon.

— Je servirais de témoin, moi, contre le fils de mon ami, contre... »

M. de Léouville allait ajouter : « Contre mon futur gendre. » Mais il s'arrêta juste à temps et reprit avec un geste énergique :

« A moins que ce ne soit M. de Latour qui, pour se justifier, réclame mon témoignage. Autrement, je ne vois pas du tout pour quelle raison...

— Hélas ! non, monsieur, ce n'est pas le jeune homme qui vous demande. C'est un brave garçon, j'en jurerais, et il comprend, c'est sûr, qu'un monsieur noble comme vous et surtout une aimable et jeune demoiselle n'aiment pas se présenter devant un tribunal, pour y lever la main.

— Une demoiselle !..... Que dites-vous ? Est-ce qu'il s'agit de mes filles ?

— Mais c'est que... voyez-vous, balbutia le bon Paturel, dont la langue s'embarrassait tandis que ses longues oreilles devenaient de plus en plus rouges, c'est que ce soir-là... vous savez... quand vous reveniez en voiture en suivant tout le long du bois,... c'est... c'est Mlle Marie qui a reconnu M. Gaston sur le petit chemin de l'étang, au pied des chênes.

— Marie ! En effet, c'était Marie... Mais qui a pu le dire ?

— Ah ! voilà... Il y avait là, voyez-vous, monsieur le marquis, Donatien, le cocher de M. Alfred. Et quand on l'a interrogé, le pauvre homme n'a pas cru mal faire.....

— Elle ! mon enfant !... C'est horrible ! » murmura le marquis, en s'affaissant sur une chaise et se couvrant le visage de ses mains.

Il étouffa un sanglot, puis se tut. Mais comme il parlait haut et fort, ce pauvre cœur de père ! « Elle, ta mignonne, ta chérie ! Elle qui l'aime tant ! qui voudrait le sauver, même au prix de sa vie ! C'est elle qui doit comparaître pour le perdre, pour l'accuser ! »

Étienne Marcel.

— La suite au prochain numéro. —

LE DÉJEUNER DU CHEVALIER

Ne trouvez-vous pas qu'il n'y a rien au monde de plus ridicule pour un homme que de porter des bagues? J'ai cette mode en horreur, et je voudrais bien savoir si vous êtes de mon avis. Après quoi, je vous avouerai peut-être, tout bas, que j'en ai une magnifique et que je ne la quitte jamais.

Voilà une étrange contradiction, sans doute; mais il y a bague et bague, et je tiens tout particulièrement à la mienne. J'y tiens même tellement que quand un de mes vieux amis, Georges d'Albret, m'a plaisanté sur elle, l'autre jour, j'étais bien tenté de lui faire un mauvais parti : et cependant cet honnête garçon me demandait simplement si cette émeraude gravée, d'une si merveilleuse beauté, était un souvenir d'amour ou un souvenir d'amitié, ou bien encore une façon d'amulette pour conjurer le mauvais œil. Eh bien ! vrai ! elle n'est rien de tout cela, et si vous me promettez d'être discret, je vais vous conter son histoire.

C'était il y a près de vingt ans ; j'étais rédacteur d'une revue à la mode, oubliée aujourd'hui. Cette revue me mettait en relations avec un grand nombre de jeunes gens qui sollicitaient la faveur d'y faire leurs premières armes. Il y en avait un parmi eux qui me plaisait particulièrement, car il avait une manière d'écrire à lui : large, franche, originale, qui sentait son grand siècle avec des bouffées de jeunesse qui lui donnaient un charme de plus.

Ses nouvelles étaient d'un intérêt palpitant, ses poésies étaient de petits chefs-d'œuvre. C'était un garçon d'esprit et de cœur dont la loyauté et l'intelligence ne pouvaient être mises en doute par personne; avec cela le ton et les manières d'un fils de famille. Après quelques lettres échangées par hasard, nous continuâmes une correspondance plus intime ; car j'oubliais de vous dire que nous ne nous étions jamais vus : le chevalier de Florac habitait le Midi et n'était pas revenu à Paris depuis le commencement de notre connaissance. Je l'engageais de tout cœur à ne point se faire tant désirer et à venir nous aider de plus près pour la rédaction de la revue. Il promettait toujours et n'arrivait jamais. Malgré mes nombreuses occupations, je me dédommageais en lui écrivant plus souvent encore; mon attrait pour cet inconnu était devenu une véritable affection. Que voulez-vous ! j'étais jeune alors et l'éloignement même lui prêtait un charme de plus.

Vers cette époque, je fis un petit héritage d'un grand-oncle, chanoine à Toulouse. J'aurais bien voulu, puisqu'il n'était plus temps de recevoir sa dernière bénédiction, n'être pas obligé de faire ce long voyage qui me dérangeait fort, et me semblait bien inutile, le digne homme n'étant plus là. Les hommes d'affaires furent d'un avis contraire; ils me menacèrent de longueurs et de difficultés qui s'aplaniraient d'elles-mêmes par ma présence.

Tout à coup une idée se présenta à mon esprit, qui me décida sur-le-champ. Je devais passer tout près de la ville habitée par Gaston de Florac et je pourrais lui donner quelques heures. Mon départ ne devait avoir lieu que la semaine suivante ; j'écrivis deux lignes à la hâte pour le prévenir de mon passage et lui donner rendez-vous à B... Il me répondit courrier par courrier un charmant billet où il se réjouissait fort de ma venue. « Une affaire importante, disait-il en terminant, m'empêchera peut-être de me trouver à l'arrivée du train, mais ma voiture vous attendra à la gare ; mon attelage est alezan doré et ma livrée verte. Venez vite, vous serez le bienvenu. »

Le mardi suivant, à neuf heures du matin, j'arrivais à B.... Depuis Paris j'avais pensé plus d'une fois à mon nouvel ami et je cherchais à me le représenter au physique comme je le connaissais au moral, c'est-à-dire d'une simplicité et d'une distinction parfaites. Il devait être grand, mince, avec des yeux bleus et une fine moustache noire, et ne devait guère avoir plus de vingt-cinq ans. Après ce bel âge on vieillit si vite !

Le coup de sifflet du machiniste avait interrompu mon rêve. Un élégant coupé stationnait devant la gare et paraissait attendre. Lorsque j'approchai avec ma légère valise, le valet de pied ouvrit la portière et la voiture roula bientôt emportée par les deux rapides trotteurs.

Au bout de cinq minutes, nous arrivâmes devant la grille d'un vieil hôtel Louis XV dont la façade donnait sur une vaste cour ; le cocher, d'une courbe savante, nous mena devant un large perron de pierre. Un valet de chambre attendait sur la première march.

« A qui appartient cet hôtel ? demandai-je, de plus en plus gêné du luxe qui m'entourait.

— A la marquise de V..., » répondit-il en s'inclinant.

Il me fit entrer dans un splendide vestibule, traverser deux ou trois salons ; puis, il ouvrit la porte d'un délicieux petit boudoir chinois, où une vieille dame à cheveux blancs trônait dans une immense bergère. « C'est la grand'mère ou la tante de Gaston, » pensai-je, A quoi songe-t-il de m'introduire, en tenue de voyage, dans cet intérieur aristocratique !

Cependant la vieille dame m'avait offert un siège à ses côtés avec une politesse royale qui lui seyait à ravir. Elle était petite, mignonne, grande dame jusqu'au bout de ses ongles en amande, avec un charme singulier et des papillotes blanches qui lui servaient d'auréole. Ses yeux noirs, qui avaient dû être fort beaux jadis, conservaient une remarquable expression d'esprit et de malice.

« Votre visite, monsieur, me dit-elle en me regardant avec bienveillance, est une vraie bonne fortune pour moi. Vous avez déjà une assez grande célébrité pour qu'elle soit parvenue aux oreilles d'une provinciale, et je vous avoue tout franchement que je vous attendais avec impatience. »

Je m'inclinai gauchement et murmurai une phrase assez sotte sur mon amitié pour Gaston.

La marquise, au lieu de me répondre, se pencha vers la cheminée et tira le cordon de la sonnette.

« Le voyage doit vous avoir donné de l'appétit, fit-elle en souriant; je vais faire avancer l'heure du déjeuner. »

Le maître d'hôtel parut, prit ses ordres et sortit.

« Mais, madame la marquise, balbutiai-je d'un ton timide, croyez-vous que M. le chevalier soit de retour?

— Cher monsieur, dit ma noble hôtesse en étouffant un léger éclat de rire, il faut en prendre votre parti, le chevalier de Florac ne viendra pas ce matin. »

J'ouvris des yeux démesurés.

« Et cela par la meilleure des raisons : il n'existe pas et, qui pis est, n'a jamais existé. »

Je bondis sur mon fauteuil comme poussé par un ressort.

« Mais alors, madame! m'écriai-je.

— Alors, reprit la marquise avec son fin sourire, il faut me pardonner d'avoir si bien joué son rôle.

— Quoi! madame, ces contes charmants, ces vers exquis, ces lettres pleines d'esprit et de cœur...

— Tout cela était l'œuvre de votre pauvre servante. J'ai voulu savoir si ma plume était restée jeune; j'ai réussi : il faut vous résigner et vous avouer vaincu. »

La porte de la salle à manger voisine s'ouvrit en ce moment à deux battants.

« Madame la marquise est servie, fit le maître d'hôtel.

— Allons, dit la douairière en se levant, si le chevalier est envolé, son déjeuner nous reste; j'espère qu'il sera bon, et pour un voyageur c'est toujours quelque chose. Donnez-moi le bras bien vite. Louis XVIII disait toujours qu'il ne faut point faire attendre les ortolans à la purée de cailles. »

Si j'étais aussi fin gourmet que Brillat-Savarin, j'aurais noté ce déjeuner à la craie blanche : car je ne me souviens point d'en avoir jamais dégusté un si délicat. Cependant, je vous fais grâce du menu; l'esprit de la marquise, aussi étincelant qu'un diamant aux brillantes facettes, m'absorbait plus que tout le reste.

La salle à manger était tiède et parfumée, un épais tapis assourdissait les pas des valets et une merveilleuse argenterie datant de plusieurs siècles se mêlait à la porcelaine de Sèvres. Je me croyais transporté tout vivant dans un conte de fées.

Lorsque nous fûmes de retour au salon, la conversation continua vive et charmante jusqu'au moment fixé pour mon départ. J'avais peu à peu retrouvé ma présence d'esprit, et je profitai de ces heures trop courtes passées près de la femme la plus spirituelle que j'aie jamais rencontrée.

Lorsque je demandai à la marquise si elle ne daignerait pas m'adresser encore maintenant quelques précieuses lignes, prose ou poésie, à son gré, elle hocha la tête un peu tristement.

« Peut-être, dit-elle; mais j'ai soixante-quinze ans bien sonnés, il est temps que je pense uniquement à mon salut, et puis quand mes enfants et mes petits-enfants sont autour de moi, ces belles petites têtes blondes absorbent toutes mes journées; enfin, je tâcherai de vous satisfaire. D'ailleurs, si nous ne devons plus nous revoir ici-bas, souvenez-vous bien que je vous attendrai là-haut et que je tiens à vous y garder une bonne place. »

Les chevaux qui devaient me reconduire à la gare piaffaient impatiemment sous les fenêtres du salon. La marquise ouvrit le tiroir d'un meuble de laque rouge placé près d'elle.

« Mon jeune ami, dit-elle, en y prenant un écrin, je vous ai enlevé une illusion, il est juste que je vous rende un souvenir. Gardez ceci en mémoire de Gaston de Florac. »

Elle me présenta cet anneau avec la grâce et la dignité qu'elle mettait dans tous ses mouvements. Je baisai respectueusement la petite main encore fort belle qu'elle daignait me tendre et je quittai cette enchanteresse avec une larme dans les yeux.

Et maintenant que vous connaissez l'histoire de ma bague, croyez-vous, dites-moi, que beaucoup de bonnes fortunes valent une pareille mystification?

Vicomte H. du Mesnil.

CHRONIQUE

« En ce temps-là, Élie de Thesbé, qui était un des habitants de Galaad, dit à Achab : Vive le Seigneur Dieu d'Israël, devant lequel je suis présentement, il ne tombera, pendant ces années, ni rosée, ni pluie, que selon la parole qui sortira de ma bouche.

. . . .

. . . .

« Élie monta sur le haut du Carmel, où, se penchant en terre, il mit son visage entre ses genoux.

« Et il dit à son serviteur : Allez et regardez du côté de la mer. Ce serviteur étant allé regarder, vint lui dire : Il n'y a rien. Élie lui dit encore : Retournez-y par sept fois.

« Et la septième fois, il parut un petit nuage qui s'élevait de la mer comme le pied d'un homme. Élie dit à son serviteur : Allez dire à Achab : Faites mettre les chevaux à votre char, et allez vite, de peur que la pluie ne vous surprenne.

« Et lorsqu'il se tournait de côté et d'autre, le ciel, tout à coup, fut couvert de ténèbres ; on vit paraître des nuées, le vent s'éleva, et il tomba une grande pluie. »

J'avais souvent lu ce passage du *Livre des Rois;* mais j'avoue qu'il ne m'avait jamais frappé comme aujourd'hui ; bien souvent aussi j'avais admiré le beau vers de Racine dans *Athalie :*

« Et la terre trois ans sans pluie et sans rosée ;

je n'en avais point encore compris toute l'éloquence avant les quinze jours de chaleur torride par lesquels nous venons de passer.

Mais les trente-sept degrés de chaleur marqués à nos thermomètres parisiens ; mais l'eau manquant dans nos rues et menaçant de manquer dans nos maisons ; la pluie si longtemps attendue ; l'atmosphère remplie d'une poussière brûlante qui porte avec elle la maladie, tout cela m'a aidé à comprendre cet horrible fléau de la sécheresse que le Seigneur, aux jours d'Achab et de Jézabel, envoyait ou faisait cesser à la voix de son prophète Élie.

Assurément, je ne veux rien exagérer, et je ne prétends point mettre en comparaison le terrible tableau que la Bible vient de nous montrer avec le spectacle de Paris altéré : il y aurait ridicule exagération, comme si l'on s'avisait de comparer la peste avec une simple grippe ; mais je puis vous assurer pourtant que nous avons passé de bien vilains quarts d'heure entre les murs blancs de nos maisons et sur l'asphalte fondante de nos boulevards.

De l'eau ! de l'eau ! Paris voulait boire ! Paris voulait s'arroser ! Tandis qu'il tirait ainsi la langue, la plus désolante des nouvelles lui était annoncée par voie officielle. Dans une lettre affichée par ordre de l'administration elle-même, M. Alphand, directeur des travaux de Paris, prévenait la population que l'eau était à la veille de manquer, que les sources tarissaient, et que, si l'on ne ménageait le précieux liquide, l'administration serait bientôt forcée de le rationner.

« On fait couler dans les cuisines dix litres d'eau, dit sévèrement M. Alphand, pour avoir une carafe d'eau fraîche... »

M. Alphand n'a peut-être pas complètement tort, mais il n'a peut-être pas complètement raison non plus : quand on boit, c'est généralement pour se rafraîchir, et il est assez naturel qu'on préfère l'eau fraîche à l'eau chaude. Il y a là un problème délicat à résoudre, de quelque côté qu'on se tourne.

Pour trancher la question, l'administration a commencé par appliquer en partie la mesure dont elle nous menaçait : même aujourd'hui, malgré une pluie bienfaisante, l'eau ne coule plus qu'à certaines heures aux fontaines publiques et aux conduits qui alimentent les maisons particulières.

Quelle belle excuse pour messieurs les ivrognes ! Et quelle éloquente réplique à faire au magistrat, gardien des lois de son pays et des principes de la sobriété !

« Pas ma faute ! mon président... Pus d'eau... Rien que du vin... Et moi, le vin, — je l'aime pas... Je peux pas le supporter... vu que j'en ai pas l'habitude.

— Oui, il paraît que vous avez surtout l'habitude de l'absinthe : les dépositions le prouvent.

— Malheur ! peut-on dire... de l'absinthe, oui, quelquefois ;... mais parce que ça va bien avec l'eau ; et l'eau voyez-vous, mon président, c'est ce qui convient à mon estomac... Mais quand le gouvernement ne vous donne pas seulement une goutte d'eau pour mettre dans votre absinthe... Ah ! malheur ! ah ! maladie ! »

S'il ne reste plus d'eau pour boire, il reste encore, grâce au ciel ! assez d'eau dans la Seine pour se baigner. Ce ne sont pas, croyez-le bien, les propriétaires des écoles de natation qui se plaignent des rigueurs du thermomètre ; ce ne sont pas non plus les gamins auxquels la canicule permet d'exercer une de leurs professions favorites : celle de baigneur de chiens.

Il y a le long de la Seine différents endroits spécialement affectés aux baignades de chiens ; le plus connu est auprès du Pont-Neuf, dans le petit bras de la Seine, devant l'ancien marché de la Vallée.

Si vous êtes propriétaire d'un chien et si vous venez à passer sur le quai voisin en compagnie de votre toutou, vous serez bientôt assourdi par des offres de service que des bandes de polissons vous feront sur tous les tons :

« Baigner vot'chien, m'sieu ?

— Faut-il savonner vot'animal, m'sieu ? Il en a rudement besoin. »

Si vous ne répondez pas, si surtout vous prenez vis-à-vis du groupe qui se resserre autour de vous une attitude récalcitrante, les offres de service se changent en apostrophes moins courtoises :

« Tiens ! paraît qu'ils n'ont pas des habitudes de propreté dans ce monde-là !

— Laisse-le donc tranquille... Tu ne vois donc pas que c'est le directeur du Jardin d'acclimatation des *insèques* nuisibles. »

Croyez-moi : filez vite ! Car vous ne seriez pas de force (j'aime à le croire !) à soutenir la conversation au diapason où elle va monter, et surtout fuyez, ou plutôt ne passez pas près de ce lieu redoutable si votre chien est de petite taille : en un clin d'œil il disparaîtrait et vous l'apercevriez bientôt en train de se débattre dans les flots... Vingt sauveteurs se disputeraient le plaisir d'aller vous le chercher; mais c'est pour le coup qu'il faudrait financer.

Tout près du bain des chiens se trouvent les tondeurs, qui s'efforcent de vous démontrer que votre épagneul a besoin de perdre son beau paletot de fourrure et d'être mis ras poil comme un braque.

C'est là encore qu'il faut avoir l'œil sur votre chien : un perfide coup de ciseau est si vite donné! Et vous ne pouvez pas plus laisser votre chien avec une tonte ébauchée que vous ne consentiriez à rester vous-même avec la moitié de la moustache rasée...

Il faut donc achever l'opération : c'est l'affaire d'une dizaine de francs, — pas plus; et pendant trois mois, votre magnifique épagneul présentera l'aspect d'une bête galeuse.

⁂

Quelques-uns des lecteurs de cette chronique n'ont peut-être pas oublié l'aveugle-sculpteur dont je parlais il y a quinze jours, le pauvre homme qui, malgré sa cécité, fabrique des figures de bois d'aspect si étrange.

J'avais mentionné d'une façon toute spéciale cette statue de femme, son chef d'œuvre, à laquelle il ne manquait que la tête pour qu'on sût exactement ce qu'elle avait la prétention de représenter : Renommée ou Liberté, France ou République...

Enfin, cette tête est en place et ce n'est pas la chose la moins étonnante que ce brave aveugle ait façonnée! Il a tout simplement taillé un disque absolument rond et à peu près dépourvu de toute épaisseur; ce disque représente, si l'on veut, un visage, mais un visage dont la pleine lune aurait fourni les lignes géométriques. Quelques coups de canif ont esquissé sommairement des yeux et une bouche allongés en amande.

Mais il fallait un nez... C'est à ce nez que j'attendais l'ingénieux artiste : évidemment, là gisait pour lui la grosse difficulté.

Qu'a-t-il fait? Il a taillé un morceau de bois dont la forme rappelle assez bien ces nez postiches qu'on voit aux étalages des marchands d'appareils chirurgicaux; puis, deux pointes ont cloué cet important appendice au milieu de l'*orbiculaire image*.

Enfin, qu'allait-il poser sur la tête de sa statue?... Un casque, une couronne de laurier, des rayons?

Le pauvre aveugle avait son idée : deux planchettes découpées adroitement figurèrent à ne pas s'y tromper, le grand nœud du bonnet des Vosges : sa statue, c'était la statue de l'Alsace!

Ah! brave homme, tant pis pour celui qui sourirait devant ton œuvre! tant pis pour celui dont le regard plus aveugle que le tien, ne se tournerait pas avec émotion vers cette terre qui n'est plus française sur la carte, mais qui est la France encore!

Qui sait? Peut-être es-tu toi-même un des fils de cette chère Alsace, et peut-être est-ce vers le soleil de ses campagnes que regarde la vision de tes souvenirs, ta seule vision en ce monde... Peut-être as-tu combattu pour elle aux jours de l'invasion!

Date obolum duci Belisario... Donnez votre aumône au pauvre homme qui la demande en réveillant à sa manière le souvenir des malheurs et des luttes de notre chère province; la naïve statue sortie de ses mains semble se transformer, s'idéaliser et dire elle-même : « *Date obolum duci Belisario*... Donnez à cause de moi; donnez en mémoire de moi, qui ai été et qui reste votre vaillante Alsace... »

ARGUS.

L'AUTORELIURE

Toute réclamation, toute indication de changement d'adresse, toute demande de renouvellement, doivent être accompagnées d'une bande imprimée du journal et envoyée FRANCO à M. Victor Lecoffre.

Abonnement, du 1er avril ou du 1er octobre; pour la France : un an 10 fr.; 6 mois 6 fr.; le n° au bureau, 20 c.; par la poste, 25 c.

Les volumes commencent le 1er avril. — LA SEMAINE DES FAMILLES paraît tous les samedis.

VICTOR LECOFFRE, ÉDITEUR, RUE BONAPARTE, 90, A PARIS. — Imp. de la Soc. de Typ. - J. MERSCH, 8, r. Campagne-Première, Paris.

Le Valentin. — Né en 1591, mort en 1632.

UN ARTISTE FRANÇAIS CALOMNIÉ

Il est aussi injuste de juger du caractère d'un individu sur la simple inspection de son portrait, voire de ses traits, que de conclure du genre des œuvres d'un homme de lettres ou d'un artiste, peintre, sculpteur, musicien, etc., à son tempérament moral. Avec de tels éléments on arriverait, étant donnée la figure placide d'un Turenne ou d'un Catinat, par exemple, à décider hardiment que l'un et l'autre furent des natures bourgeoises, comme aussi on voit que certains sujets traités par l'artiste dont il s'agit ici (le Valentin), ont déterminé des écrivains de parti pris à embrigader ce peintre dans la phalange des *naturalistes* à outrance et des *truculents* farouches. Cependant rien de plus contraire à la vérité, à l'équité, au simple bon sens.

A notre époque et presque en ces dernières années, en 1865, M. Ch. Blanc, dans son *Histoire des peintres*, a voulu voir et montrer dans le Valentin, peintre français du XVIIe siècle, contemporain et ami du Poussin, un élève exclusif de Caravage, exagérant encore, s'il est possible, la manière violente de son inspirateur.

M. Ch. Blanc, après avoir montré, d'un crayon fantaisiste, le Valentin courant les tavernes, les bouges, les mauvais lieux et ne se plaisant qu'à la fréquentation des joueurs, des buveurs, des spadassins, etc., nous apprend, tout d'un coup, que ce fut le cardinal Barberini qui entreprit de protéger l'artiste bohème et lui commanda des tableaux religieux tels que la *Décollation de saint Jean-Baptiste* et le *Martyre des saints Processe et Martinien*. Mais, selon M. Ch. Blanc, l'artiste, se trouvant bientôt mal à l'aise en si sainte besogne et en si noble compagnie s'empressa de retourner aux sujets d'orgie. Même en reconnaissant la beauté et l'énergie du *Martyre des saints Processe et Martinien*, le critique moderne dit « Toutefois on peut affirmer que les sujets religieux ne convenaient point aux dispositions naturelles du Valentin ni au caractère tout particulier de son talent, remarquable par la franchise de la brosse, mais non par la sagesse de la conception. Le peintre que la fréquentation du Poussin n'avait pu ramener à des intentions plus élevées, à une manière plus grave de sentir et de pratiquer l'art, était certainement incapable de comprendre les beautés qui ont leur source dans le christianisme.... »

Cette accusation persistante intentée contre les mœurs et les habitudes du Valentin n'a d'autre base qu'une page de M. Félix Pyat publiée par la *Revue britannique*, en 1837, à l'époque des plus grandes exagérations de langage de l'école dite *romantique*. Traçant à sa façon un tableau des peintres français du XVIIe au XIXe siècle, M. Félix Pyat s'exprime ainsi sur le compte de notre artiste : « A côté de Poussin, descendu des dieux aux héros, venait le Valentin, doué d'un sentiment encore moins relevé, moins idéal et plus positif, et qui descendit des héros au peuple, pour vulgariser l'art, pour le pousser davantage dans la route française. Valentin, qui naquit en 1600, à Coulommiers, étudia d'abord Simon Vouet, à Paris ; puis il alla en Italie, en même temps que le fameux garçon d'auberge Claude Lorrain. Là, en face des œuvres du Caravage, il se sentit coloriste et plébéien comme le peintre lombard.

« A son exemple, l'élève français renonça aux antiques, à l'anatomie d'élite ; il prit la nature sur le fait et comme elle s'offrit : plus de formes consacrées, plus de lignes traditionnelles ; les formes du premier venu, les bras et les jambes du passant ; plus de dieux ni même de demi-dieux : des musiciens ambulants, des soldats, des buveurs, des fumeurs et des mendiants bien troués, bien rapiécés ; la vie commune ordinaire, sans choix, au hasard ; le prisme bizarre, désordonné, et toujours poétique de l'extrême réalité. »

Insistant de plus en plus sur l'existence et les façons bohêmes du Valentin, M. Ch. Blanc ajoute : « Il se mêlait à ses modèles, il prenait sa part de leurs habitudes. » D'où l'inévitable conclusion : « *ses désordres* furent la cause de sa mort. » Là-dessus, l'écrivain moderne accueille avec faveur un recit du Baglione, contemporain, il est vrai, du Valentin, mais non mieux informé pour cela. « Ses désordres, dit cet auteur que nous traduisons, l'enlevèrent à la fleur de la vie, et lui firent manquer de recueillir les fruits que donne le travail.

« Par une chaude journée d'été, le Valentin était allé avec ses camarades se divertir à la campagne ; ayant beaucoup fumé (comme c'était sa coutume) et bu largement du vin, il s'échauffa tellement le sang, qu'il ne pouvait plus respirer à cause de la grande ardeur qu'il ressentait en lui. En revenant à son logis, de nuit, il trouva sur son chemin la fontaine *del Babuino* et, excité par le grand incendie de son intérieur qui croissait de plus en plus, il se jeta dans cette eau froide, pensant y trouver du remède ; mais il y trouva la mort... Par où nous ne devons pas douter qu'il n'eût perdu l'esprit en se précipitant dans cette fontaine..... »

« N'est-ce pas ainsi, ajoute, en manière de péroraison, M. Ch. Blanc, que devait mourir cet homme étrange qui toujours avait été entraîné par la fougue de son tempérament et dont la manière de vivre avait tant ressemblé à sa manière de peindre ; cet homme aussi peu ménager de ses forces qu'indocile aux convenances de l'art, inaccessible aux conseils de la prudence comme il avait été oublieux des remontrances du Poussin ?... Il mourut si pauvre, qu'il ne laissa pas même de quoi se faire enterrer... »

Le Valentin était-il donc si pauvre ? C'est là une assertion purement gratuite, comme les autres ; mais une fois que l'on s'est engagé dans le sentier de l'erreur, on n'en peut plus sortir.

En dehors de Baglione, auteur de peu d'autorité, où donc M. Ch. Blanc a-t-il puisé les éléments de sa notice ou plutôt de son amplification sur le Valentin ? En 1656, Félibien, dans ses *Entretiens sur les vies des peintres*, ne consacrait que quelques lignes à l'artiste français. « Le Valentin, dit-il, ne fut pas plus judicieux que son maître (le Caravage) dans le choix des sujets..... Il mourut aussi assez jeune, et l'on peut dire par sa faute. Car, *un soir qu'il avait fait la débauche*, » etc. Le reste est pris du Baglione.

Moins d'un siècle après Félibien, d'Argenville écrivait : « *Rarement* il a peint des sujets d'histoire et de dévotion..... Un jour, après avoir bu avec ses amis, » etc. Toujours le récit de Baglione. On voit quelle est la persistance opiniâtre de ces traditions d'ateliers.

Comment accorder la rareté des œuvres religieuses de l'artiste avec cette mention qu'en fait d'Argenville ? « Le roi a fait placer les quatre tableaux des Évangélistes dans sa chambre à coucher, et dans les autres appartements on voit le *Christ à la monnaie*, *Judith tenant la tête d'Holopherne*, le *Jugement de Salomon*, *Suzanne et le vieillard*, *Saint François soutenu par des anges*. » Puis, il signale : « un *Saint Sébastien*, un *Moïse assis* et le *Tribut de César*, dans le cabinet de l'archiduc Léopold, » enfin, « à Paris, dans l'église du collège de Cluny, un *Reniement de saint Pierre*. C'est un très beau tableau ».

Tout en ayant l'air de croire, comme d'Argenville, que le Valentin a peint fort peu de sujets religieux, M. Ch. Blanc en cite cependant vingt-huit, plus une copie de la *Transfiguration* de Raphaël.

Ce n'est que tout récemment, en 1879, que la vérité s'est faite sur le caractère du Valentin, étrangement méconnu par ceux de ses historiens qui ont prétendu le peindre d'après ses œuvres, comme le dit et le prouve M. A. Dauvergne.

Le Valentin est né le 3 janvier de l'année 1591 et non en 1600,[1] comme le répètent toutes les compilations biographiques ; il vit le jour à Coulommiers, en Brie. Il quitta la France de bonne heure et se rendit en Italie, sans espoir de retour. L'église de Saint-

Denis, dans sa ville natale, possédait de lui un bon tableau, dont parlent les anciens annalistes, sans doute quelque pieux présent du peintre qui n'avait pas tout à fait oublié sa patrie. Il ornait l'autel de Sainte-Croix et représentait *Jésus-Christ ressuscité, nu, assis sur un bloc de bois et embrassant la croix.* C'est ainsi qu'il est désigné. Cette œuvre réputée disparut pendant la Révolution française. Nous en connaissons pourtant l'ordonnance, grâce à une gravure à l'eau-forte... Ce Christ ressuscité et pleurant au pied de la croix semble avoir été traité avec une émotion et une tendresse dont les tableaux du maître sont ordinairement bien dépourvus.....

La plupart des écrivains qui se sont occupés du Valentin, se trouvant privés de renseignements sur sa vie, ont voulu interpréter le caractère de l'homme par l'étude de l'œuvre de l'artiste. Cette méthode peut entraîner à de graves erreurs.

Nous empruntons à une critique anonyme la description de deux des œuvres les plus remarquables du Valentin, l'une que possède Rome, le *Martyre des saints Processe et Martinien*; l'autre qui est au Musée du Louvre, *la chaste Suzanne.* On verra de quelles grandes qualités le peintre français a fait preuve dans les sujets religieux et comment il a pu être parfois mis sur la même ligne que le Poussin.

Le *Martyre des saints Processe et Martinien* est le chef-d'œuvre du Valentin; il est conservé, à Rome, au Musée du Vatican, et il a été traduit en mosaïque pour la basilique de Saint-Pierre, avec le *Martyre de saint Erasme,* du Poussin. La composition du Valentin est d'une fougue extraordinaire d'exécution. Les deux patients sont étendus en sens inverse et côte à côte sur une sorte de lit de fer; celui dont la tête est à droite et dans l'ombre se voit peu; au contraire, le second vu en raccourci est d'un grand effet; le corps où s'exprime tout le jeu des muscles est admirable de vérité et le visage est empreint d'une expression saisissante, surtout dans les yeux, de grands yeux noirs d'une fixité extatique. Un bourreau lève d'un bras robuste une lourde barre de fer avec laquelle il s'apprête à briser les os des patients; un autre attise le feu où rougissent les crochets; un soldat repousse brutalement une femme qui s'approche les yeux en pleurs. Le proconsul, assis sur un siège élevé, aveuglé par un rayon que projette sur lui un ange, porteur de palmes, met sa main devant ses yeux; au fond, une statue de divinité païenne dont on ne voit que le socle et la partie inférieure.

La chaste Suzanne est au Musée du Louvre. Le jeune Daniel a mis au grand jour l'innocence de Suzanne; c'est ce moment qu'a rendu Valentin dans son tableau. A gauche, Daniel, assis sur un trône et se tournant vers la droite, étend la main vers un groupe placé en face de lui et semble donner l'ordre à un soldat de s'emparer du vieillard le plus rapproché de Suzanne. Celle-ci, les mains croisées sur sa poitrine, est accompagnée de ses deux enfants dont le plus jeune la tient par sa robe. Toutes les figures, à l'exception de celle de Daniel, ne sont vues que jusqu'aux genoux. Au dire des plus grands critiques, ce tableau assigne au peintre un rang distingué parmi les plus grands coloristes. En outre, l'action est forte et animée, comme il convenait à ce pinceau énergique. Le vieillard le plus rapproché de Daniel semble se récrier contre sa condamnation. La brutale passion dont il fut animé se révèle encore sur le visage du second accusateur, dont les soldats vont s'emparer. Quant à la chaste fille d'Helcias, si elle n'offre point à nos yeux une beauté accomplie, en revanche elle présente à notre admiration des traits empreints de candeur et d'innocence, tout à fait dignes du Dominiquin.

CH. BARTHÉLEMY.

UN DRAME EN PROVINCE

(Voir p. 3, 21, 34 51, 75, 90, 100, 122, 138, 155, 172, 186, 197 219, 236, 250, 265, et 281.)

XIV (*suite*).

Tandis que M. de Léouville se torturait ainsi, cherchant en vain à maîtriser l'angoisse qui lui brisait le cœur, un petit pas léger résonna près de lui sur les dalles. De sa place auprès de la fenêtre, en face du fauteuil du malade, Marie avait vu poindre, à l'entrée de la cour, le képi de Paturel. Dans les circonstances où la famille se trouvait, l'apparition du gendarme était un événement; nul mieux que lui ne pouvait rendre compte des incidents, apporter des nouvelles. Aussi Marie était venue bien vite, ne s'attendant guère, la pauvrette! au message qu'elle allait trouver.

« Cher père, qu'avez-vous?... Gaston est condamné? s'écria-t-elle, en s'élançant de l'escalier, toute blanche, presque défaillante, oubliant Paturel et les convenances, et même le monde entier, ne sentant, ne voyant, ne comprenant plus qu'une chose : le désespoir profond et l'accablement de son père en présence de cet homme, qui venait apporter sans doute l'arrêt du tribunal.

— Mais réfléchis donc, chère enfant; il n'est pas jugé encore. L'affaire commence d'ici à huit jours seulement, murmura M. de Léouville, découvrant son visage et s'efforçant de trouver, pour rassurer sa Minette aux yeux bruns, un tremblant et pâle sourire.

— Mais alors, père chéri, pourquoi êtes-vous si affligé? Et qu'est-ce que Paturel vient faire? poursuivit l'enfant, se redressant ici avec sa gracieuse fierté de marquise, pour jeter, bien contre son habitude, hélas! un regard soupçonneux et courroucé au brave homme dans lequel, en ce moment, par cela seul qu'il représentait la loi et la justice, elle voyait un ennemi.

— Paturel vient nous annoncer que... que nous devrons nous rendre à Dijon, ma chère fille.

— Mais n'avez-vous pas dit déjà que nous irions? Il n'y avait vraiment pas besoin de lui pour cela.

— Si, ma chérie; il vient de la part du tribunal qui nous demande.

— Pourquoi faire? murmura-t-elle.

— Pour témoigner, ma pauvre enfant.

— Comment! témoigner? reprit-elle d'une voix confuse et lente, en passant la main sur son front. Qu'est-ce que cela veut dire?... Ah! je comprends, continua-t-elle, après quelques instants d'un douloureux silence; c'est sans doute Gaston qui nous demande, pour que nous disions à ses juges tout le bien que nous pensons, que nous savons de lui? »

La voix de l'enfant s'éteignit, et nul ne murmura. Le marquis tremblant n'osait lever les yeux; Paturel consterné mordait furieusement sa moustache.

A la fin M. de Léouville se leva, très pâle, mais redevenu calme.

« En somme, ma Minette, dit-il, la mission de ce brave Paturel est maintenant finie. Nous avons seulement à en conférer avec Me Dumarest; veux-tu le demander, ma fille?... Nous causerons tous les trois ici, dans mon cabinet. »

Elle inclina doucement la tête et fit quelques pas vers la porte. Seulement en passant près de la petite table peinte en gris où le facteur du bourg posait les journaux et les lettres, à quelques pas du seuil, elle aperçut les deux missives du tribunal que Paturel y avait placées, et que le marquis, dans son trouble, n'avait pas ouvertes encore.

« Qu'est-ce donc que ces enveloppes faites de papier timbré? Et il y en a une pour moi, » dit-elle, en la saisissant aussitôt pour s'empresser de la parcourir. D'un seul regard elle eût tout vu; alors elle leva les yeux.

« Décidément, dit-elle en pâlissant toujours, je comprends moins encore... Du moment que ce n'est pas Ga... M. de Latour qui me demande, qu'est-ce que je puis faire là-bas? Dites-le-moi donc, vous, qui venez de la part de la justice! » acheva-t-elle, dans une sorte de cri, en se tournant vers Paturel.

Le marquis désespéré se tordait les mains en silence. Son geste, sa pâleur, l'expression terrifiée de son regard, ordonnaient au brave homme de se taire et de s'éloigner. Mais Paturel, consterné, n'était plus en état de comprendre.

« C'est le tribunal... oui, le tribunal, voyez-vous, mademoiselle la marquise, balbutia-t-il en changeant de couleur, sans oser regarder l'enfant, qui vous com..., qui vous somme de vous présenter... devant lui, telle heure, tel jour..., avec M. votre père..., pour dire, enfin quoi!... pour dire ce que vous avez vu.

— Mais qu'ai-je vu, vraiment?... Je n'ai rien vu, dit-elle.

— Pardon, excuse... Mais si, mademoiselle... Ce soir-là, sur la route, vous vous souvenez bien... lorsque vous reveniez de la ville, en voiture... c'est vous qui avez reconnu M. de Latour à l'entrée du bois; du moins le cocher l'a dit. »

Après ces paroles du gendarme, la jeune fille se tut un moment en passant la main sur son front, comme pour chercher à en écarter les ombres et à éclaircir ses idées.

Puis le jour se fit peu à peu; elle poussa un grand cri et chancela; elle avait enfin compris.

« Que je l'ai vu à l'entrée du bois, qu'il avait l'air de s'enfuir ou de se cacher!... C'est cela qu'on veut que je dise! s'écria-t-elle, dans un sanglot où l'on eût cru vraiment que son cœur allait se briser. C'est afin de le condamner, c'est pour le proclamer coupable... Car il n'y a que les coupables qui se cachent, la nuit, dans les bois... Et c'est moi qui l'aurais perdu!... Oh! non, cela n'est pas possible... Mon père, mon bon père, mon seul ami, dites que non, consolez-moi, sauvez-moi, tirez de peine votre Minette, votre chérie!... N'est-ce pas que je me suis trompée? que cela n'est pas possible? que je ne peux pas m'en aller parler devant ces juges pour perdre un innocent, pour faire condamner Gaston? »

Elle s'était affaissée à terre en sanglotant ainsi, pressant fiévreusement dans ses mains et baisant les mains de son père. Le marquis épuisé cherchait vainement à reprendre son calme, et jetait sur le malheureux gendarme un regard irrité, brûlant.

« L'avocat! Me Dumarest! qu'il vienne! » balbutia-t-il, en étendant le doigt dans la direction de la terrasse.

Le brigadier comprit enfin qu'un autre était là, et pouvait, qui sait? consoler l'enfant, ou diminuer du moins l'amertume de cette angoisse. Il fût d'ailleurs rentré à cinquante pieds sous terre plutôt que de demeurer là. Aussi prit-il, avec un grand soupir de soulagement, le chemin de la terrasse. Quelques instants après, l'avocat apparut, amenant sur ses pas Hélène et Mme de la Morlière.

« Et c'est pour cette misère-là, pauvre chère enfant, que vous tombez dans un pareil désespoir? demanda-t-il, en prenant doucement la main de la jeune fille. Pourquoi vous affligez-vous ainsi? pourquoi perdez-vous courage?... Je vous promets de sauver votre ami; je suis certain d'y réussir... Dès demain je vais le voir, je saurai tout; je préparerai tout en attendant les débats : les réponses, les explications, la défense... Croyez en Dieu et en nous; espérez, chère jeune fille. Venez déposer sans frayeur, sans hésitation, sans crainte; la vérité percera, croyez-moi; prenez, pour quelques jours, courage et patience.

— Mais c'est moi..., moi qui l'accuserai, balbutia-t-elle en sanglotant, attachant sur le visage de Me Dumarest ses grands yeux pleins de larmes.

— Mais non; vous vous trompez. La présence de

M. de Latour, à cette heure, dans le bois, s'expliquera, j'en suis certain. Oh! non, ma chère enfant; là n'est pas la grande affaire. Le difficile consiste à trouver le vrai coupable, et c'est là ce dont je dois aider le tribunal à se charger.

— Oui, n'est-ce pas, monsieur? n'est-ce pas que vous le sauverez? s'écria à son tour Mme de la Morlière. Nous n'avons plus d'espoir qu'en vous et, si vous réussissez, mon pauvre cher neveu vous devra tout : son avenir, son honneur, sa vie. »

Me Dumarest s'inclina, puis ayant adressé au brigadier diverses questions concernant les détails de l'affaire, il hâta ses préparatifs de départ pour se rendre à Dijon, tandis qu'Hélène et Mme de la Morlière s'efforçaient de rassurer, d'apaiser la pauvre jeune fille. Le marquis désespéré, après avoir joint à leurs efforts ses protestations, ses caresses, ses prières, quitta vers le soir le Prieuré pour aller à la ville, voulant communiquer les tristes incidents de ce jour à son futur gendre Alfred.

Il le trouva, lui aussi, plus souffrant que de coutume.

« Décidément, monsieur, je vais partir sans plus de retard, déclara, au bout de quelques minutes, l'héritier de Michel Royan. Si j'attendais, vraiment, mon départ ne serait plus possible. Comme mon état s'aggrave tous les jours, je finirais par prendre le lit. Vous me permettrez donc, n'est-ce pas? de passer chez vous demain, afin d'aller dire au revoir à Mlle Hélène?... Et dans les derniers temps de mon deuil, n'est-ce pas? toutes ces tristes choses étant finies, nous pourrons enfin nous marier?

— Oui, assurément, monsieur. D'abord prenez soin de vous-même, soyez calme et remettez-vous... Et quant à nous, que de moments pénibles nous allons passer, mon Dieu! » soupira le marquis, en laissant tomber sa main dans celle que lui tendait son futur gendre.

Ce fut ainsi qu'ils se séparèrent bien tristes l'un et l'autre. Et ce fut encore ainsi qu'Alfred, avant son départ, s'en vint le lendemain prendre congé d'Hélène qui le reçut, cette fois, d'une façon beaucoup plus gracieuse et plus obligeante qu'elle ne l'eût fait la veille. C'est que ces témoignages de bienveillance, ce jour-là, lui coûtaient moins, puisqu'elle se trouvait seule. Mme de la Morlière était en ce moment enfermée dans la chambre de son frère, avec sa chère petite Marie. Et l'illustre avocat, de la maison d'arrêt de Dijon, où il était en conférence avec son client, ne pouvait voir naturellement ce qui se passait au Prieuré.

XV

Quelques jours plus tard, on avait obéi à l'appel de la justice, et il ne restait plus personne au Prieuré. M. de Latour, pour aller donner par sa présence du courage et du calme à son fils, avait rassemblé ses dernières forces, et Mme de la Morlière, voulant s'occuper exclusivement, pendant ce terrible moment d'épreuve, de son frère et de son neveu, avait laissé chez le marquis sa griffonne et sa bourse. Hélène, de son côté, n'avait pas voulu abandonner sa sœur qui allait au-devant, la pauvrette, d'une véritable agonie. Et puis, à la Cour d'assises du moins, elle retrouverait le brillant avocat, elle pourrait à son gré l'entendre, l'applaudir, l'admirer dans toute sa gloire. Pourquoi ne pas s'accorder cet innocent plaisir tandis qu'elle n'avait rien à faire, puisque M. Alfred était parti, puisque le jour du mariage était loin?

M. de Léouville, afin de rendre un peu de paix et d'espoir à sa petite Marie, affectait une tranquillité et un calme qu'il n'avait point. La présence seule et l'incontestable autorité de Me Dumarest pouvaient calmer, lorsqu'il s'en pénétrait bien, ses affreuses inquiétudes, et il n'attendait plus de salut pour le pauvre Gaston, plus de consolation pour sa fille, que du talent de l'avocat.

Aussi, la veille de l'ouverture des débats devant les assises, il ressentit, sans trop savoir pourquoi, une émotion presque joyeuse, lorsqu'il vit Paturel passant près du balcon de son hôtel, et lui faisant d'en bas des signes d'intelligence, comme pour lui demander un moment d'entretien secret. Il se hâta de descendre, et à l'entrée de la cour rencontra le brave gendarme.

« Vraiment! vous voilà, brigadier! lui dit-il en le rejoignant. Avez-vous, par hasard, quelque chose à me dire?

— Eh bien oui, monsieur le marquis. Il y a du nouveau, voyez-vous, et j'ai pensé que la chose vous intéresserait peut-être.

— Vous ne vous êtes pas trompé, mon brave. Qu'y a-t-il, je vous prie?

— Il y a... que le vieux Schmidt, en prison, n'est pas content. Son pays, le vieux Franck, quand il vient le voir, ne lui apporte plus de tabac, plus d'argent, depuis quelques jours, et cela fait singulièrement marronner le bonhomme... Que voulez-vous! jusqu'à présent il était vraiment gâté. Franck, on ne sait pas pourquoi, lui remettait à profusion toutes sortes d'excellentes choses, et cela fait que ce brigand de Schmidt en prison se trouvait bien. A présent, plus rien du tout, et cela tout *subito*. Alors le vieux scélérat boude, se fâche, grogne, et dit qu'il va parler... Et si même il débite des choses étonnantes, je vous déclare que, pour mon compte, cela ne m'étonnera pas du tout. Moi, vous savez, j'ai toujours dit qu'il y en avait un autre.

— Mais d'où avez-vous donc appris tout cela, Paturel? demanda le marquis tout rêveur.

— Ah! voilà, monsieur le marquis... C'est que j'ai, ici même, un *pays*, moi aussi, natif de Pézenas. Il est gardien de la paix à Dijon, et il a très souvent le service du greffe. Cela fait qu'il sait bien des choses; aussi, quand il me voit, il ne refuse pas de me les conter.

— Oui, cela se comprend. Mais en tout ceci, brigadier, voilà ce qui m'étonne. C'est que, jusqu'à présent, le juge d'instruction, sachant que le camarade de Schmidt, après tout, n'est lui-même qu'un pauvre homme, n'ait pas trouvé moyen de s'enquérir de la provenance de cet argent, de ces objets que Franck faisait passer au prisonnier pendant l'enquête.

— Ma foi! s'il faut que je vous dise ce que je pense, monsieur le marquis, reprit le brigadier en se grattant l'oreille, c'est que le juge d'instruction me paraît être si ravi d'avoir pu mettre, en cette affaire, la main sur un jeune homme bien élevé, aimable, intéressant, comme l'est M. Gaston, qu'il arrange toute l'affaire, pousse toutes les reconnaissances contre lui, et ne s'attache pas de très près au maintien et aux actes des autres... Maintenant, si le vieux parle, tout va changer, naturellement. C'est Schmidt seul, je l'ai toujours dit, qui peut laver M. Gaston. Et quant à moi, je jurerais, oui, monsieur le marquis, j'en donnerais bien ma tête, avec ou sans mon képi, je jurerais que ces deux hommes-là, qui se ressemblent si peu, n'ont jamais eu rien à faire ensemble.

— Que Dieu vous bénisse, mon brave Paturel, pour cette bonne parole que vous me dites là, d'une façon si franche et si décidée! répliqua le marquis avec un long soupir de soulagement et d'espérance, en serrant cordialement la main du brigadier.

— Monsieur le marquis, vous êtes bien bon. Cela ne vaut pas tant, allez, d'autant mieux que moi, je ne peux pas grand'chose. Si j'étais seulement substitut, pour faire entrer de solides preuves dans la cervelle des jurés! soupira l'honnête brigadier, en relevant le coin de sa moustache.

— N'importe! ce que vous venez de me dire me comble d'espérances. Il faut que je fasse avertir sur-le-champ Mᵉ Dumarest; lui seul peut profiter de ces favorables circonstances pour sauver notre cher Gaston, acheva M. de Léouville. Je vous quitte donc, Paturel; mais nous ne nous perdrons pas de vue pour cela. A demain, mon ami. »

Le gendarme mit la main au képi, et fit demi-tour à gauche. Le marquis remonta précipitamment à sa chambre du second étage, où il écrivit à la hâte quelques lignes à Mᵉ Dumarest. Sa Minette chérie qui, n'ayant plus de soutien et de consolation qu'en lui, ne le quittait guère des yeux, devina bien vite en lui la confiance et l'espoir, dont il portait dans ses regards une radieuse étincelle.

« Qu'y a-t-il, père bien-aimé? Gaston serait-il sauvé? Pourrons-nous le secourir, l'aider en quelque chose? s'écria-t-elle en le voyant venir, lui jetant avec transport les bras autour du cou.

— Nous ne le pouvons pas, nous. Mais Dieu s'en chargera, ma fille. Déjà les choses s'annoncent bien, et Mᵉ Dumarest ne manquera pas de profiter d'un incident favorable qui peut arriver d'heure en heure. Il faut que je le voie sans retard, et ensuite espérons.

— Et parlons à Dieu, surtout! » murmura la jeune fille, joignant ses petites mains amaigries et jetant un long regard vers le ciel d'un bleu tendre, qui déroulait son azur pâle au-dessus des toits de la cité.

L'avocat, aussitôt averti, se mit donc en campagne. Assez tard dans la soirée, il reparut à l'hôtel, les traits singulièrement animés, les yeux étincelants, annonçant qu'il était porteur d'importantes nouvelles, et que, d'abord, par suite des révélations enfin faites et qui entraîneraient un supplément d'instruction, les débats seraient forcément retardés de quelques jours.

Est-il besoin de dire si l'on courut à sa rencontre, si l'on se pressa autour de lui, le questionnant, le priant, le flattant pour le faire parler? Mᵉ Armand était trop galant homme pour éveiller longtemps la curiosité, l'émotion de ses aimables clientes. A peine eut-il occupé, dans le petit salon, sa place au milieu d'elles, qu'il leur conta, jusqu'aux derniers détails, ce qu'il avait appris.

Un de ses camarades de collège, devenu greffier du tribunal, s'étant trouvé présent aux derniers interrogatoires, lui en avait communiqué la teneur, dont il ne manquerait pas de profiter, et qu'il allait, en attendant, exposer à ces dames. Voici donc ce que le vieux garde avait à la fin avoué.

Il reconnaissait en effet avoir, le 30 juillet dernier, assassiné son maître. Il avait, disait-il pour sa défense, de graves motifs de rancune et de colère à l'égard de M. Michel Royan. Depuis un certain nombre d'années qu'il était à son service, il lui avait donné des preuves fréquentes et diverses de dévouement et de fidélité. Il s'était un jour à moitié noyé en sauvant le petit Alfred, tombé dans une mare; il se mettait, au besoin, en campagne pour apprendre, en faisant jaser les gens des environs, quelles spéculations ou affaires de terrains pourraient être plus favorables aux intérêts de son maître; et surtout quand il braconnait, ce n'était jamais, au grand jamais, dans les bois de M. Michel.

Par conséquent son maître aurait dû, disait-il, avoir pour lui toutes sortes d'égards et une bienveillance à toute épreuve. Mais loin de là : il avait eu la faiblesse d'écouter les cancans des commères, les propos des méchants. Et, comme conséquence, il l'avait mandé chez lui, pour le traiter comme un chien et lui donner son compte. Eh bien, n'y avait-il pas là de quoi garder rancune et chercher aussitôt à se venger?

Sur ces entrefaites, une nouvelle cause était venue ajouter au penchant du crime. C'était juste à ce moment que « le scélérat » avait parlé. Oui; il y avait eu un scélérat, Hans Schmidt le nommait ainsi, qui, lorsque le vieux garde irrité, furieux, chassé par son patron, se voyait déjà sans asile et mourant de faim sur la route, l'avait persuadé, flatté, séduit, et finalement poussé au meurtre. Mais quel était ce scélérat? Le juge d'instruction, afin de le savoir, avait jusqu'ici vainement interrogé, conseillé, tenté, menacé même. Hans Schmidt n'était pas, pour le moment, décidé à le dire. Le plus souvent, il ne répondait pas aux plus pressantes questions, et se contentait de tortiller le bord de sa casquette entre ses doigts, en secouant la tête et répétant entre ses dents, à voix basse :

« Bas maindenant ! Non, bas à brésent... Che ne feux bas encore !... Car si ch'afais encore de l'archant et du tapac ! »

Cependant il avait expliqué, dans tous ses détails, la manière dont, le 30 juillet, il avait commis le crime. De grand matin, ce jour-là, un peu après six heures, il avait quitté la cachette, où il s'était tenu depuis la veille au soir. Il ne désignait point d'une manière précise l'endroit de cette retraite, et affirmait seulement qu'il se trouvait très proche de l'appartement de M. Michel. Il savait qu'à ce moment-là, le vieux Nicolas était en route et Mme Jean à l'église, et voulait profiter de l'instant favorable pour exécuter son criminel dessein.

Il avait gravi à pas de loup l'escalier montant au premier étage, ayant soin de tenir sous son bras, dissimulé par les plis de sa blouse, un gros marteau dont il ne s'était pas séparé depuis la veille au soir. Ayant atteint le palier et s'étant arrêté devant la porte, il avait regardé par le trou de la serrure, et avait aperçu, assis en face de son bureau, son maître occupé à écrire et déjà habillé. Il avait alors frappé, et sur le mot « Entrez » prononcé d'une voix brève et bourrue, il s'était introduit doucement, en faisant un grand salut. Alors, pour entrer en matière, il avait dit à M. Michel qu'il était venu lui rappeler que c'était précisément le jour où devait être livré par ses soins et sous sa surveillance une voiture de lattes au village de Moutiers, à quelque distance de là. Et comme, d'après un contrat passé entre M. Michel et l'entrepreneur des travaux d'un chemin de fer passant tout près, une certaine quantité de traverses devait être fournie à peu près dans le même temps, lui, Hans Schmidt, venait demander s'il ne ferait pas bien de pousser jusqu'aux bureaux pour savoir si l'on était prêt à recevoir l'envoi, et pour s'en occuper avant de prendre congé de son maître.

Or le vieux misérable, en agissant ainsi, savait fort bien, avoua-t-il, ce qui allait arriver.

M. Michel qui, jusqu'alors, l'avait regardé bien en face, assis droit devant lui et le couvrant de son regard, s'était détourné, courbant la tête, pour chercher, dans un de ses tiroirs, le contrat passé précédemment avec la compagnie du chemin de fer, et précisant les époques auxquelles les fournitures devaient se faire. Tandis qu'il fouillait et paperassait ainsi, penché sur son bureau, son dur regard de maître ne le protégeait plus, et sa tête grisonnante se trouvait exposée sans défense aux coups de l'assassin. D'un seul mouvement, médité, rapide, terrible, Hans Schmidt avait tiré son marteau, levé le bras, frappé... Et la victime était tombée, la face en avant, sans laisser échapper un cri, sans exhaler même une plainte, tant le choc s'était montré violent, et presque aussitôt mortel. Seulement, tandis qu'il gisait là, immobile et sanglant, à terre, le corps tressaillant à peine et les bras étendus, le vieux garde avait, disait-il, répété plusieurs fois les coups. Car il craignait que le premier choc n'eût causé, après tout, qu'un évanouissement, et puisqu'il avait résolu de commettre un crime pour se venger, il voulait au moins que la vengeance fût complète, terrible et sûre.

Puis, lorsqu'il avait pu se convaincre que la mort était venue enfin, il avait aussitôt songé à la retraite. Dans ce but, se hâtant d'essuyer aux habits de la victime le marteau ensanglanté, il était descendu sur la pointe des pieds, s'était introduit dans la chambre déserte située au bout du corridor, et avait enlevé à la hâte un des carreaux de la fenêtre pour en faire jouer la serrure, et sortir par cette croisée de l'intérieur de la maison. Alors, dans les arbres les plus proches du logis de la grande allée du jardin, il avait rencontré *l'autre*.

« M. Gaston de Latour ? avait ici interrompu le juge.

— Qu'est-ce que fous tites tonc ? Monsieur Caston ? Oh ! non fraiment... Monsieur Caston est un cheune seigneur et un prafe homme. Che ne le gonnais guère t'ailleurs. Et bourquoi tonc serait-il fenu m'aiter ?

— Mais si ce n'est pas lui, nommez-nous donc cet inconnu alors ! » avait repris le juge.

Puis, comme le vieux Hans se taisait, il avait continué :

« Vous voyez bien que vous ne dites rien. C'est qu'en réalité, si ce n'est M. de Latour, vous ne pouvez citer personne.

— Si, si, che le bourrais ! s'était écrié l'assassin. Seulement, comme ch'ai bromis, che me dais et ch'attends encore. Mais si che n'abrends rien te noufeau, cela ne turera pas longtemps... Seulement nous barlerons de tout cela blus tard ; maintenant che fais condinuer à raconter la chose. »

ÉTIENNE MARCEL.

— La suite au prochain numéro. —

EN TUNISIE

(Voir pages 262 et 273.)

V

Pendant que le bey de Tunis concluait, le 10 mars, avec la France un traité qui nous rend les maîtres de la Régence, nos tribus du Sud se révoltaient. Un combat était livré à la colonne Innocenti, entre Géryville et Ferdah, et ce combat nous enlevait une centaine d'hommes.

Le principal instigateur de ce *pronunciamiento* est un chef indigène nommé Bou-Hamena. Envoyé à la poursuite de cet agitateur, le colonel de Malaret n'a pu l'atteindre. Bou-Hamena a réussi à s'échapper par le sud et s'est enfoncé

dans le Sahara. Nos goums (cavalerie irrégulière indigène) poussent en ce moment une pointe dans le désert pour traquer la tribu des Laghouat et leur chef. Vont-ils rejoindre les insurgés? La saison est défavorable. Nos troupes sont à l'entrée de ce désert de sable que représente le tableau de Fromentin dont nous donnons la gravure. Si le désert des plateaux est l'image d'une mer figée pendant un calme plat, le désert de sable évoque l'idée d'une mer qui se serait solidifiée pendant une violente tempête : des dunes semblables à des vagues s'élevant l'une derrière l'autre, jusqu'aux limites de l'horizon, séparées par d'étroites vallées qui figurent les dimensions des grandes lames de l'Océan, dont elles simulent tous les aspects. Tantôt, elles s'amincissent en crêtes tranchantes, tantôt elles s'effilent en pyramides, et s'arrondissent en voûtes cylindriques.

« Vues de loin, ces dunes, raconte un voyageur (M. Charles Martins), nous rappellent aussi quelquefois les apparences du *névé*, dans les cirques et sur les arêtes qui avoisinent les plus hauts sommets des Alpes. La couleur prête encore à l'illusion. Les sables brûlants du désert prennent les mêmes formes que les névés des glaciers. » Ce sable, aujourd'hui à sec, est sans cesse remanié par le vent. Néanmoins, les dunes ne se déplacent pas et conservent leur forme, quoique le vent, pour peu qu'il soit un peu fort, enlève et entraîne le sable de la surface.

On voit alors une couche de poussière mobile courir dans les vallées, remonter la pente des dunes, en couronner la crête et retomber en nappes de l'autre côté. Deux vents, celui du nord-ouest et celui du sud, ou *simoun*, règnent dans le désert. Leurs effets se contrebalancent si bien que l'un ramène le sable que l'autre a déplacé. C'est grâce à ce va-et-vient que la dune reste en place et conserve sa forme. L'Arabe nomade la reconnaît, et c'est pour les étrangers que des signaux formés d'arbrisseaux qu'on accumule sur les crêtes jalonnent la route des caravanes.

Quand le temps est clair, rien de plus facile que de se diriger dans le désert ; mais quand le simoun se lève, alors l'air se remplit d'une poussière dont la finesse est telle qu'elle se tamise à travers les objets les plus hermétiquement fermés, pénètre dans les yeux, les oreilles, et les organes de la respiration ! Une chaleur brûlante, pareille à celle qui sort de la gueule d'un four, embrase l'atmosphère et brise les forces de l'homme et des animaux. Après avoir d'abord tenté de lutter contre le fléau, les Arabes quittent leurs montures, puis, accroupis sur le sable, enveloppés dans leur burnous, ils attendent avec une résignation fataliste la fin de la tourmente. Vu à travers ce nuage poudreux, le disque du soleil, privé de rayons, est blafard comme celui de la lune. Le 7 mars 1844, la colonne commandée par les ducs d'Aumale et de Montpensier essuya un simoun près de l'oasis de Sidi-Okkat, non loin de Biskra. Le vent soufflait de l'ouest-sud-ouest; l'ouragan dura quatorze heures. M. Fournel, ingénieur des mines, qui accompagnait l'expédition, constatait le lendemain que le vent n'avait balayé qu'une zone étroite du désert parallèle à l'Aurès, et que le calme régnait au pied de la montagne. Dans le Souf, ces vents ensevelissent les caravanes sous des masses de sable énormes. C'est ainsi que périt l'armée de Cambyse, et les nombreux squelettes que les voyageurs rencontrent témoignent que ces accidents se renouvellent quelquefois.

Oscar Havard.

Fin.

A TRAVERS BOIS ET PRAIRIES

(Juillet)

—

Le blé chargé de blonds épis
Étale ses riches habits.

Si mauvais qu'ils soient, ces deux vers du cardinal de Bernis sont en situation, car l'été est commencé, comme vous savez, depuis le 21 juin, et les épis sont déjà mûrs.

Le 21 de ce mois, jour de Saint-Victor, les moissons ont dû commencer en France, pour tout le pays au Nord de la Loire. Hâtons-nous donc de faire notre récolte de coquelicots et de bluets.

« C'est déjà fait? Tant mieux ! »

Alors voyons ce que ce mois-ci va nous offrir.

Au premier rang sont les filles aromatiques de la famille des labiées, et Dieu sait si elles sont nombreuses ! Elles entrent pour un vingt-quatrième dans la flore française. Si elles n'ont en général que des fleurs peu éclatantes, elles ont toutes un port élégant, un parfum agréable et aucune d'elles n'est nuisible.

Nous allons les trouver un peu partout, dans les bois, dans les prés, sur les collines, dans les lieux humides et même dans les jardins; elles sont toutes en fleur en ce moment: Sauge, Thym, Lavande, Mélisse, Basilic, Origan, Germandrée, Romarin, etc.

D'abord, il faut que vous sachiez reconnaître les labiées. C'est facile, car cette famille est une des plus naturelles du règne végétal.

Bien qu'elle contienne quelques sous-arbrisseaux, la famille des labiées se compose principalement de plantes herbacées à tige carrée, à feuilles opposées, à fleurs axillaires, complètes, irrégulières, ordinairement disposées en verticilles et souvent accompagnées de bractées.

Le calice est persistant, tubuleux; il se termine en deux lèvres, ou bien porte cinq ou dix divisions. C'est la corolle en forme de lèvres qui a fourni le nom de la famille. Les étamines au nombre de quatre ont cela de particulier que deux sont longues et deux sont courtes. Ces dernières manquent même quelquefois, comme on le voit dans la sauge.

Sauriez-vous reconnaître les labiées ?

— Oui.

— Alors, en campagne.

Nous ne trouverons dans les champs ni le basilic, ni la mélisse, ni la sarriette, ni le romarin, ni la lavande. Le climat du bassin de la Seine est déjà trop humide pour eux, ils n'y vivent que dans les jardins ; mais nous trouverons abondamment les représentants des autres tribus de la famille : salviées, menthées, thymées, lamiées et ajugées.

La sauge ne nous fera pas chercher longtemps, elle affectionne le voisinage des habitations ; elle aime aussi les jardins où les jolies fleurs bleu pâle de quelques espèces les font bien accueillir.

Nous rencontrerons sans doute la *salvia officinalis*, grande avec des tiges vivaces rameuses, velues, des feuilles pétiolées, ridées, un peu cotonneuses et finement crénelées sur le bord ; la *salvia pratensis*, sauge des prés, plus petite, à feuilles cordées à la base, réticulées d'un vert foncé, aux fleurs d'un bleu intense, et la *salvia sclarea*, sauge sclarée, ovale, ou toute-bonne, dont les fleurs bleu pâle, entourées de longues bractées et disposées sur les rameaux en épis, dont la réunion forme une panicule terminale, font un si joli effet dans nos parterres.

La sauge est une des labiées aromatiques dont le principe stimulant est le plus actif, elle agit fortement comme tonique stimulant et stomachique.

Les anciens prêtaient à la sauge de telles vertus curatives que l'école de Salerne composa ce vers :

Cur moriatur homo, cui salvia crescit in horto ?

« Homme, tu crains de mourir, alors que la sauge croît dans ton jardin ? »

Il est vrai qu'un philosophe répondit :

Contra vicem mortis, non est medicamen in hortis.

« Contre la force de la mort les jardins n'ont point de remède. »

La toute-bonne n'est pas seulement du domaine de la pharmacie, elle peut aussi entrer à l'office ; ses feuilles servent à préparer une infusion théiforme des plus agréables, et, macérées, dans le vin blanc, elles donnent à celui-ci un bouquet de muscat.

Si vous aimez la compote d'ananas et que vous soyez économe, la sauge va encore vous venir en aide.

Enfermez dans une caisse hermétiquement close des pommes reinettes, enfouies dans des feuilles de sauge ; sortez-les au bout de quinze jours, faites votre compote, et le goût sera celui de l'ananas. C'est un procédé très employé en Espagne.

Qu'est-ce que vous cueillez là ?

— De la sauge sclarée, comme vous le disiez tout à l'heure ; il n'a pas fallu aller loin, et voyez à côté cette charmante fleur rose-pâle ; on dirait un phlox.

— Le phlox ne pousse pas spontanément ici ; regardez de plus près votre fleur rose, examinez aussi toute la plante.

Les feuilles opposées marquées de trois nervures partent de nœuds très caractéristiques ; les fleurs se composent d'un calice tubuleux à cinq dents qui ne diffère de celui de l'autlet que par l'absence de cinq pétales à long onglet de dix étamines libres. Leur ovaire est surmonté de deux styles ; elles exhalent une odeur douce et fraîche. C'est une caryophillée de la tribu des silénées. On l'appelle la *saponaria officinalis*, saponaire, bouillon d'herbier.

Elle doit son nom à une substance particulière, la saponaire, qui mousse dans l'eau et dans l'alcool.

Ses tiges, ses feuilles, et surtout sa racine sont employées en médecine comme fondantes et dépuratives.

Dans l'économie domestique, la décoction de saponaire sert pour nettoyer les étoffes de laine, que le savon endommagerait.

Tout en allant vers le bas du coteau où nous trouverons dans les prés humides toutes les variétés de menthe, nous n'avons en vérité qu'à nous baisser et à cueillir.

Voici pour les labiées : le serpolet, thym sauvage : *thymus serpylium ;* l'origan ou grande marjolaine, *origanum vulgare*, reconnaissable à ses feuilles plus grandes que celles du serpolet et à ses verticilles de fleurs, munis de larges bractées colorées dont l'infusion est, dit-on, efficace contre la migraine.

Puis côte à côte dans ce sol sablonneux et pierreux l'hysope, *hyssopus officinalis*, à l'odeur aromatique, aux fleurs d'un beau bleu en épi unilatéral, aux feuilles sessiles, finement ciliées, ponctuées de points blancs, et la germandrée, *teucrium*.

L'hysope s'emploie en infusion et fournit une eau distillée et un sirop. Nous ne devons pas la dédaigner dans notre climat parisien, où nous sommes presque tous atteints de catarrhe des bronches, car l'hysope est également efficace contre la toux, l'asthme et le catarrhe. Elle agit à la fois comme incisif et stimulant.

Quant au *teucrium*, il en est de plusieurs espèces ; les unes, comme celle que nous avons ici et qui est le *teucrium chamædrys*, aiment les lieux secs ; les autres, comme le *teucrium scorodone*, dont les fleurs sont blanches, solitaires et pédicellées, habitent les bois ; et d'autres enfin se plaisent dans les lieux très humides : ce sont le *teucrium mauriense*, germandrée maritime, herbe-aux-chats, et le *teucrium scordium* ou germandrée d'eau. Ce sont ces deux dernières que la médecine emploie de préférence ; on en conseille l'infusion dans les fièvres intermittentes.

Permettez-moi de m'y arrêter un peu, elles méritent notre attention. La première a des fleurs pourprées à calice très petit, velu et blanchi ; elle exhale une forte odeur camphrée ; l'huile volatile qu'on en extrait par distillation contient une proportion de camphre assez forte, quoique moindre que celle de l'huile essentielle du romarin, celle-ci contenant un dixième de son poids de camphre.

L'autre, dont le nom *scordium* vient du grec σκόροδον, qui signifie *ail* et lui a été donné à cause de l'odeur alliacée qu'elle dégage lorsqu'on la froisse entre les doigts, a des fleurs rougeâtres, pédonculées, solitaires, à calice campanulé, est stomachique et antiseptique; elle fait partie de l'électuaire *diascordium*.

La bardane, *lappa*, appartient à la famille des composées ou synanthérées, ainsi que cette autre plante aromatique à fleurs jaunes, au corymbe terminal à feuilles pennées, dentées en scie, à tige droite et striée qu'on appelle *tanacetum*, tanaisie.

Les sommités fleuries de la tanaisie sont vermifuges. Si vous mettez dans la niche des chiens quelques feuilles de noyer et une forte poignée de tanaisie, vous les préserverez de l'invasion de ce parasite qui les tourmente quelquefois tant durant l'été.

Cette plante dont l'odeur est analogue à la tanaisie qui est toute couverte d'un duvet blanchâtre, dont les fleurs jaunes en capitules globuleux forment par leur réunion une longue panicule, c'est l'*artemisia absinthium*, l'armoise absinthe, ou grande absinthe, ou aluine. On l'emploie en extrait, en teinture aqueuse, vineuse ou alcoolique; elle est stomachique, fébrifuge, anthelminthique, emménagogue.

Aux synanthérées appartient encore cette délicate fleur bleu pâle que vous voyez briller d'un éclat adouci au milieu des corymbes et des panicules d'un jaune vif de la tanaisie et de l'absinthe. Cette fleur bleue est celle de la chicorée dont les feuilles servent à préparer une tisane amère et dont la racine torréfiée donne cette abominable poudre noirâtre si désagréable au goût et que certaines personnes ont l'habitude de mêler au café. Pouah!

Ce beau cerfeuil que vous voyez là, n'est pas ce qu'il paraît être; sa feuille élégante, sa fleur en ombelle, tout le ferait prendre pour de vrai cerfeuil. Heureusement quelques indices révélateurs sont là pour nous mettre en garde : la base du pétiole est légèrement engainante et garnie de poils blancs qui nous dénoncent *le chærophyllum sylvestre*, ou cerfeuil sauvage, que les bonnes gens appellent ciguë à feuilles de cerfeuil et qui est réputé malfaisant. Les ânes l'aiment beaucoup, ce qui lui a fait donner aussi le nom de persil d'âne. Ses tiges peuvent servir pour teindre la laine en vert.

Cette fois, voici une vraie ciguë, le *conium maculatum* ou *cicuta major*. Sa tige cylindrique, lisse, fistuleuse, est marquée de taches brunes, ses feuilles sont grandes, tripennées, à folioles pinnatifides, pointues, d'un vert noirâtres, un peu luisantes en dessus; ses fleurs blanches sont disposées en ombelles très ouvertes, munies d'un involucre réfléchi et d'involucelles à trois folioles. Le calice est presque entier, les pétales un peu échancrés supérieurement sont obcordés.

La ciguë est narcotique, vénéneuse et néanmoins fort utile en médecine. On l'administre en poudre, en extrait et en teinture dans les affections squirrheuses et cancéreuses ou dans les engorgements des viscères abdominaux.

Nous ne chercherons pas de menthe poivrée, nous n'en aurions pas ici; la menthe poivrée est anglaise. Mais nous avons la *mentha pulegium*, ou *pulegium vulgare*, ou pouliot, qui la remplace très bien. Son odeur seule suffirait à nous la faire reconnaître, quand même nous ne verrions pas ses fleurs d'un rouge liliacé avec le lobe supérieur de la corolle entier; sa tige velue, ses feuilles très courtement pétiolées, ovales, obtuses, à dents écartées et peu prononcées.

L'essence fournie par le pouliot est moins agréable et moins efficace que l'essence donnée par la menthe poivrée.

La menthe fait partie d'un grand nombre de préparations pharmaceutiques; elle est, comme je crois l'avoir dit, tonique et antispasmodique.

Et maintenant rentrons; mais en traversant le pré, prenons encore cette labiée : la bétoine, *betonica officinalis*. C'est cette plante à fleurs purpurines, à corolle deux fois plus longue que le calice, à larges feuilles oblongues, pétiolées et rudes au toucher. On la prise et on la fume comme le tabac. Son action sternutatoire est purement mécanique; elle est due au picotement produit dans les narines par les poils rudes dont les feuilles sont couvertes.

Encore un sternutatoire et en même temps un poison violent : le vératre, de la famille des colchicacées. Le *veratrum album*, vulgairement varaire et ellébore blanc, renferme une substance particulière, le *veratrum*, à laquelle sont dues ses propriétés.

Il est très dangereux, contentons-nous de le regarder en passant pour le reconnaître et n'en prenons pas.

L'*urtica dioica* ou grande ortie, que vous connaissez bien, passe pour diurétique et astringente. Si vous en voulez récolter, mettez vos gants. Chacun des petits poils qui couvrent les feuilles sécrète un suc liquide d'une grande causticité.

On prétend que la causticité de ce suc et l'action de l'ortie sont dues à la présence du bicarbonate d'ammoniaque. Les urticées sauvages sont en réalité de peu d'utilité, mais celles qu'on cultive sont précieuses : ce sont les mûriers, le houblon et le chanvre. A propos de houblon, j'ai oublié de vous dire qu'on le remplace en certains pays par la sauge dans la fabrication de la bière.

Est-ce bien tout pour ce mois-ci?... Oui, c'est tout; il ne me reste donc plus qu'à vous donner rendez-vous pour le mois prochain.

LUCIE ROUSSEL.

RENÉ FRANÇOIS SAINT-MAUR

NÉ A PAU LE 29 JANVIER 1856, DÉCÉDÉ LE 13 MARS 1879

—

(Voir pages 228, 269 et 277.)

II

SES ŒUVRES : VERS ET PROSE

C'est pendant l'année 1876-77, la plus féconde de sa vie, que furent composés deux conférences, l'une intitulée : *Leçon d'ouverture d'un cours de poésie française,* l'autre : *Etude sur la chanson de Roland,* un grand nombre de pièces de vers excellentes en tous genres, enfin un *Rapport sur les travaux de la conférence Olivaint* pendant l'année qui venait de s'écouler.

La séance où René donna lecture de ce rapport fut pour lui l'occasion d'un triomphe. Tous ses auditeurs : ecclésiastiques, professeurs, sénateurs, députés, jeunes gens ou hommes faits, tous comprirent, dès ses premières paroles, qu'ils étaient en présence d'un maître dans l'art de penser et dans l'art de dire.

Rarement raison plus ferme, esprit plus souple avaient parcouru par le sommet et jugé d'ensemble les questions les plus variées; rarement un style plus précis et plus coloré tout à la fois avait revêtu des pensées plus hautes et des sentiments plus généreux.

Aussi M. Chesnelong qui présidait cette séance solennelle de clôture et qui devait, là comme partout, faire vibrer toutes les âmes au contact de son ardente parole, trouva-t-il un terrain merveilleusement préparé. A son tour, pour louer ce rapport comme il convenait, il sut dire les choses les plus délicates et les plus justes, dans cette forme imagée, ferme, éminemment oratoire, qui lui est particulière :

« Il porte, dit-il de René, un nom justement honoré dans la magistrature de notre Béarn. En entendant ce rapport si complet, si lumineux, où se révélaient les élévations de son intelligence et les belles émanations de son âme, je me suis dit qu'il y avait des dons héréditaires. Et à cette érudition à la fois si savante et si aimable, à ce langage qui s'appropriait avec tant d'aisance aux sujets les plus divers et les plus élevés, à cette gravité précoce d'une pensée qui sait à la fois se tempérer et s'échauffer, appeler la réflexion de l'intelligence et provoquer l'élan du cœur, je reconnaissais dans le fils, à l'état de premier épanouissement, quelques-unes de ces qualités éminentes qui ont assuré au père, dans notre pays, le respect public dont je suis heureux de vous apporter l'écho. » (*Compte rendu, 1876-77*, p. 62.)

Sa vie de travail et les ménagements que réclamait sa santé ne lui laissaient guère le loisir de se mêler à Paris aux œuvres de charité; il leur apportait du moins toute son âme et se plaignait souvent d'être dans l'impuissance de s'y consacrer. Il fallait, pour l'empêcher de suivre une conférence de Saint-Vincent de Paul et d'accomplir, dans des quartiers éloignés, des visites de pauvres, longues et fatigantes, recourir à des défenses sévères et à l'autorité de son confesseur, à laquelle il n'osait pas résister.

Pendant l'été de 1877, il passa brillamment son examen de l'École des Chartes, obtint la seconde place et rejoignit, pour les vacances, ses parents installés aux environs de Nantes.

Une telle rapidité d'assimilation et de conception ne le rendait pas cependant facile pour lui-même. Rarement il était content de lui; ce qui ne l'arrêtait pas pour produire, mais ce qui l'empêchait de s'aveugler, par vaine complaisance, sur les imperfections que pouvaient présenter ses œuvres.

« On a beau dire que le temps ne fait rien à l'affaire : faire vite est rarement une condition de faire bien... Quand on a achevé ou plutôt quand on croit avoir achevé une œuvre, il faut la reprendre au pied. — Pour ne parler que des choses de pure imagination et d'observation et qui ne demandent pas, comme les études plus sérieuses, historiques par exemple, un labeur préliminaire de documents, de matériaux à classer, coordonner, dépouiller, mettre au point de la main-d'œuvre, — pour les œuvres de littérature et de poésie, dis-je, voici comment je les conçois. Trois phases : avant, pendant, après; la gestation, l'exécution, la revue. — On porte son idée, on la couve, ne jetant presque rien sur le papier. — Puis quand l'inspiration arrive, on prend la plume et alors commence ce furieux travail de la composition proprement dite, du premier jet, où l'aiguillon presse votre main fiévreuse, où toutes les pensées vous arrivent à la fois, pêle-mêle, sans ordre, sans qu'on sache par où prendre, où les nécessités matérielles de l'écriture trop lente vous désespèrent, et l'on noircit, noircit, noircit des pages... C'est comme le travail de la fusion de la fonte pour l'artiste qui veut couler le métal afin d'en ciseler une charmante statuette. Ainsi Benvenuto Cellini, je crois, pour faire son *Persée*, jette tout dans le feu, vaisselle, monnaie, etc.

« Les douleurs de l'accouchement, de l'enfantement intellectuel ne sont pas, j'imagine, moindres que les autres : au moins la mère délivrée trouve son fils beau, elle n'a rien conçu de mieux ! Mais l'auteur qui a la vision de l'idéal avec le sentiment de son impuissance à le traduire, à le réaliser... quel supplice ! Les pleutres seuls sont contents de ce qu'ils ont écrit !

« Enfin on laisse dormir ces pages brûlantes, humides... et au bout de plusieurs jours de repos, on commence le travail de la rédaction définitive... Voilà ma théorie et ma poétique. »

Et appliquant cette théorie à lui-même, il trouvait fort à redire dans son travail :

« Tu prends la vie de haut, tu vois les choses sous

un idéal élevé... idéal qui est assurément le mien en théorie... mais que j'ai peine à suivre, à réaliser dans la pratique, dans cette pratique obscure, quotidienne qui est la vie. Je goûte avec délices la paresse d'un *far niente* intelligent. J'aime les travaux agréables, les lectures faciles, les flâneries à travers les livres, la littérature, l'*un peu de tout*, et quand je fais une chose, je pense toujours à faire l'autre. *Age quod agis* : sage devise qui devrait être ma règle et que je méconnais trop souvent... Un goût déplorable pour l'universalité brillante et superficielle, des préoccupations littéraires, voilà les tendances de mon esprit. — J'aime tout et je ne me passionne exclusivement pour rien. La poésie m'enchante, et je suis capable, après avoir lu des vers et tandis que des livres de droit, depuis quelques heures ouverts à la même page, m'attendent, étalés sur ma table, d'ouvrir un traité de physique, de parcourir un manuel d'histoire, de tracer des formules d'algèbre!.. J'aime feuilleter, butiner... Je ne me trouve jamais dans un dépôt d'archives ou devant les rayons d'une belle bibliothèque sans éprouver un sentiment de désir... et de désespoir... Que de choses à savoir, à apprendre, à connaître ! Comme je comprends que, dans notre siècle, pour beaucoup d'intelligences, la Revue ait tué le Livre, — le Journal la Revue! Un article est une forme agréable, un cadre élégant et facile...

« Il est vrai, trop vrai, que ce n'est pas seulement la volonté énergique qui manque à mon intelligence, mais les organes, les instruments matériels, nécessaires à l'âme invisible; et ce pauvre corps, depuis bientôt quatre ans que j'ai été malade, m'a empêché de suivre le règlement de vie d'un jeune et laborieux savant... Heureux les hommes bien doués qui peuvent travailler 6 ou 8 heures par jour! Du Cange, le célèbre érudit, travaillait 12 heures par jour, excepté le jour de son mariage où il n'en travailla que 10 !.. »

(Pau, 5 avril 1878, *à J. A.*)

René saisissait ainsi l'un des traits les plus saillants de son esprit, un défaut peut-être, mais à coup sûr aussi la source de ces rapprochements féconds, de ces vues générales que fait naître l'étendue des connaissances. Il se montrait d'ailleurs trop sévère, et tandis qu'il traçait de lui ces portraits peu flattés, il écrivait, entre deux articles du Code, des compositions poétiques d'une forme parfaite et d'une inspiration élevée.

Dans une ode intitulée l'*Aveu*, après quelques strophes de début, il s'exprime ainsi :

Je veux que vous m'aimiez d'une amour calme et fière,
Profonde comme un lac, pure comme le ciel ;
Je veux, en vous donnant mon âme tout entière,
Faire un monde idéal dans ce monde réel.

Il n'est pas un regard et pas une parole
Dont je fasse un mensonge ou dont je fasse un jeu,
Et mon pieux respect compose une auréole
Qui rayonne sur vous comme un reflet de Dieu.

Ce qu'on ne peut donner qu'une fois dans sa vie,
C'est cet éveil du cœur, trouble chaste et confus,
C'est cette affection ingénue et ravie,
C'est cette fleur d'amour qu'on ne retrouve plus

C'est le premier sourire et la première aurore,
Le parfum du matin, la chanson du printemps;
C'est la virginité d'une âme qui s'ignore,
C'est l'éternel espoir qui ne sait pas le temps...

Je n'ai point effeuillé cette chère couronne ;
Elle a droit de me plaire, elle est digne de vous ;
Eh bien, prenez-la donc! C'est moi qui vous la donne,
Je vous l'offre à genoux.

Oui, l'espérance est bonne et la vie est clémente,
Et Dieu n'a pas voulu nous faire un don trompeur;
Malgré les durs ennuis d'une trop longue attente,
Je crois à l'avenir et je crois au bonheur!

Mais si ce bonheur même est une ombre incertaine,
Qui fuit quand nous croyons la tenir dans nos bras,
Si pour aimer ainsi, cette terre est trop vaine,
Et ce monde trop bas;

Si l'amour est semblable à la féconde lame
Qui fertilise aussi ce qu'elle a déchiré ;
Si Dieu par la douleur veut épurer mon âme,
Comme le forgeron fait d'un métal sacré;

Si la mort qui surprend m'emporte sur son aile,
Si, vous devançant jeune à l'éternel séjour,
D'une œuvre inachevée artisan infidèle,
Je meurs avant le jour;

Ou si, me laissant seul, vous partez la première,
Je dirai cependant : Cet amour fut mon bien;
Longtemps du moins il fit ma force et ma lumière;
Je serais trop ingrat si j'en regrettais rien!

Souvent il écrivait de verve, dans le genre familier, des pièces où la simplicité du fond est toujours relevée par la noblesse de la forme. Il faut, pour lire la pièce des *Souliers*, descendre des hauteurs de l'inspiration lyrique; mais à voir coup sur coup des fragments d'œuvres si diverses, on saisira mieux les faces multiples d'un esprit aussi étendu que fécond.

C'était un beau matin de ce mois de septembre,
Où l'automne joyeux nous avait réunis
Au foyer des parents, sous le toit des amis;
Plus tôt que de coutume ayant quitté ma chambre,
J'aperçus, des degrés du rapide escalier,
Dans le long corridor qui mène à l'antichambre,
J'aperçus d'abord... un soulier;

Puis deux, trois, quatre, cinq... puis des foules nombreuses,
Par groupes variés, en ordre, en rangs confus,
Fantasques bataillons de soldats inconnus
Qui se pressaient au seuil des chambres paresseuses
Et les assiégeaient de leurs flots patients,
Ainsi que des clients, multitudes poudreuses,
Chez les avocats influents.......

Ils étaient deux fois plus que le nombre des hôtes
Que ce vaste castel abritait dans ses flancs;
Neufs et vieux, longs et courts, gris et bruns, noirs et blancs,
Ceux-ci plus bas, ceux-là sur semelles plus hautes;
Les chefs-d'œuvre de l'art, justes, bien adhérents,
Dont un léger lacet serre et soutient les côtes,
Et les gros souliers bons enfants.......

A quoi peuvent penser ces modestes savates,
Semblables aux hérons qui songent sur leurs pattes,
Près des humides bords de leur marais dormant?
De quoi médite donc, seule dans la pénombre,
Où son douteux relief s'ébauche vaguement,
Cette guêtre héroïque, à l'air superbe et sombre,
Qui se dresse si fièrement?

Que chuchotent là-bas ces deux ébouriffées
Dont maint bouton cassé pend au bout de son fil?
Ce grave solitaire à quoi réfléchit-il?
Et que murmurez-vous de vos voix étouffées,
Jeunes sœurs qui, pour mieux suivre votre babil,
Derrière ce battant rêvez comme des fées,
Dans les douces brumes d'avril?...

Le même poète, si à l'aise dans les débordements du lyrisme ou dans les développements des épîtres familières, renfermera au besoin et cisèlera sa pensée dans un sonnet. En voici un exemple, entre beaucoup d'autres :

SOUHAIT DE FÊTE

J'aurais voulu cueillir, sur une cime nue,
Sur le bord d'un torrent ou sur un pic altier
Vierge des pas humains, — ou sur un blanc glacier,
Une fleur, une fleur inconnue!

Sous le vaste ciel bleu, là, plus haut que la nue,
Ma main l'aurait choisie au détour du sentier;
Je n'aurais pas cherché (ce n'est point mon métier)
De quel nom les savants l'ont pourvue.

Comme un souhait de fête, entourant d'un lien
Sa tige parfumée avec sa branche verte,
Joyeux je vous l'aurais offerte.

Ce n'était là qu'un rêve, hélas! et ce n'est rien,
J'en connais dans mon cœur et vous en offre une autre:
Fleur d'amour, son nom est le vôtre.

C'est à une double source que René puisait ses inspirations les plus fréquentes et les plus heureuses. Son âme était pénétrée pour l'Église et pour la France d'une même et ardente affection, qui remplissait sa vie et qui donnait naissance à l'une de ses dernières poésies, le beau *Poème en mémoire du Père Olivaint.*

L'œuvre ne fut pas achevée sans difficulté ni souffrance:

« Toutes les misères du corps ont une si grande influence sur les facultés de l'âme et les opérations de l'esprit, que les soins donnés à « la bête » sont en réalité autant de conquêtes pour « l'autre ». On ne fait, hélas! ni de bonne musique, ni de belle poésie avec des yeux ou un poumon souffrants, et les « jeunes malades » à la Millevoye ne le sont qu'en peinture ou plutôt qu'en littérature: figure de rhétorique dont j'ignore le nom grec! Je vous dis donc avec plaisir: *Vale, cura ut valeas*, comme Lhomond!

« La semaine sainte approche et les intervalles de ces offices sacrés où l'on entend la poésie liturgique se répandre dans ces inénarrables gémissements de l'Esprit-Saint, sont admirablement disposés pour favoriser la conception et l'exécution d'une œuvre religieuse...

« Sur ce, ayant une *mouche de Milan* sur l'épaule droite qui me gêne pour écrire, l'heure étant nocturne, mon encrier bourbeux et ma plume trop écrasée, je vous quitte en priant Dieu qu'il vous ait en sa sainte garde... J'ai du sable plein les yeux; excusez l'horreur de ces pages peu calligraphiques. J'ai laissé échapper quelques pâtés, mais je réponds de l'orthographe. »

(12 avril 1873, *à A. C.*)

Le poème débutait ainsi:

La nuit étoilée et sereine
Fuyait à l'horizon lointain;
Et l'azur assombri s'éclaircissait à peine
Au crépuscule du matin.

Sur l'immense ville endormie
Comme un voile flottaient des nuages légers,
Que perçaient la flèche hardie
Et la croix sainte des clochers.

Sur le mont des martyrs, dans une humble chapelle,
Nourris du pain qui rend l'âme immortelle,
Sept hommes priaient à genoux,
Lorsqu'interrompant leur prière,
L'un d'eux, le front brillant d'une auguste lumière,
Leur dit: « Mes frères, levez-vous! »

C'est saint Ignace qui, avec ses compagnons de la première heure, se consacre à Dieu et réclame pour lui et les siens la grâce de la persécution:

« S'il te faut des martyrs, dit-il à Dieu, choisis-les dans nos rangs. »

Alors se déroule le récit des luttes séculaires de la compagnie de Jésus. Dieu a exaucé le vœu de son serviteur et, aux sombres jours de 1871, c'est saint Ignace qui rappelle à Dieu et obtient de lui un accomplissement nouveau des promesses faites à Montmartre:

Comment sont-ils tombés ces vaillants et ces forts!
C'étaient les ouvriers de la moisson nouvelle;
Dieu les avait choisis et voici qu'ils sont morts...
Mais leur tombe est féconde et leur gloire, immortelle

JULES AUFFRAY.

— La suite au prochain numéro. —

CHRONIQUE

—

Vendra-t-on ou ne vendra-t-on pas les diamants de la couronne? Cette question a déjà été plus d'une fois agitée par nos législateurs. M. Lockroy a présenté à la Chambre des députés un rapport dans lequel il concluait à la vente de tous les diamants qui n'ont qu'une valeur purement mercantile; mais il proposait de garder les autres, c'est-à-dire tous ceux qui ont une valeur scientifique ou une valeur historique. La commission du budget, plus absolue dans ses conclusions, était d'avis, elle, de vendre tous les diamants sans distinction, et la Chambre a voté en ce sens avant de se séparer.

Je ne veux point faire de politique ici, mais je crois cependant pouvoir me permettre d'exprimer mon sentiment personnel. Il ne me semble point qu'on raisonne juste en supprimant les diamants de la couronne, sous prétexte qu'il n'y a plus de couronne en France. Avec ce système, on devrait en venir à vendre aux brocanteurs tous les objets qui ont été à l'usage des souverains : meubles des palais royaux et impériaux, voitures de Louis XIV, voitures de Napoléon Ier, etc., etc.

L'absurdité d'une telle mesure saute aux yeux. Dès lors, pourquoi faire à l'égard des diamants de la couronne ce qu'on ne ferait pas pour les autres objets ayant appartenu aux souverains?

Sans doute, on peut invoquer une raison d'économie : les diamants représentent un capital considérable qui reste improductif et dont le revenu pourrait être utilement employé. Je veux bien admettre, dans une certaine mesure, cette façon de raisonner ; je conçois qu'on vende des diamants absolument semblables à ceux qu'on peut, tous les jours, acheter chez le premier bijoutier venu; mais je ne saurais admettre qu'on en fît de même quand il s'agit de diamants qui présentent un intérêt minéralogique par leur nature même, un intérêt artistique par le talent avec lequel ils sont taillés, un intérêt historique, enfin, par le souvenir des grands personnages qui les ont portés et des grands événements où on les a vus figurer.

Supprimer, disséminer les diamants de la couronne, c'est renoncer à comprendre tout un côté curieux de notre histoire, absolument comme si on supprimait les jardins de Versailles, sous prétexte qu'ils seraient mieux utilisés en les consacrant à la culture du melon ou de la betterave.

Dans l'opinion de nos pères, les diamants étaient indispensables à la dignité d'une monarchie, c'est-à-dire, dans le sentiment d'alors, à la dignité de la nation elle-même. Ainsi raisonnait là-dessus un homme fort grave et qui, d'habitude, n'était point ami des folles prodigalités, le duc de Saint-Simon, l'auteur des *Mémoires*.

Ce fut Saint-Simon, en effet, qui persuada au duc d'Orléans, régent de France, l'achat du fameux diamant qui depuis lors s'est appelé le *Régent* : Saint-Simon est visiblement aussi fier d'avoir fait faire cet achat au prince que s'il eût acquis une province à la France. Voici comment il raconte lui-même les pourparlers qui précédèrent et préparèrent cette acquisition :

« Par un événement extrêmement rare, un employé aux mines de diamants du Grand Mogol trouva le moyen d'en *voler* (!!!) un d'une grosseur prodigieuse.

« Pour comble de fortune, il put s'embarquer et atteindre l'Europe avec son diamant. Il le fit voir à plusieurs princes dont il passait les forces, il le porta enfin en Angleterre, où le roi l'admira sans pouvoir se résoudre à l'acheter... »

Bref, après avoir été acheté à Thomas Pin, le diamant arriva enfin en France, où Law pressa le régent de l'acquérir; mais celui-ci n'osait se déterminer à faire une dépense aussi énorme. Ce fut Saint-Simon qui le décida.

« L'état des finances, continue-t-il, fut un obstacle sur lequel le régent insista beaucoup ; il craignit d'être blâmé de faire un pareil achat si considérable, tandis qu'on avait tant de peine à subvenir aux nécessités les plus pressantes, et qu'il fallait laisser tant de gens en souffrance.

« Je louai ce sentiment. Mais je lui dis qu'il n'en devait pas user avec le plus grand roi du monde comme avec un simple particulier; qu'il fallait considérer l'honneur de la couronne et ne pas laisser manquer l'occasion unique d'un diamant sans prix qui effaçait tous ceux de l'Europe ; que c'était une gloire pour la régence qui durerait à jamais ; qu'en quelque état que fussent les finances, l'épargne de ce refus ne les soulagerait pas beaucoup, et que la surcharge ne serait pas très perceptible ; enfin, je ne quittai point Mgr le duc d'Orléans que je n'eusse obtenu que le diamant serait acheté. »

Et voilà comment un honnête homme et un homme d'ordre fit acquérir à son pays dans la gêne pour la modeste somme de trois millions et quelque cent mille francs, un diamant qui passait pour provenir d'un vol.

On se tromperait grandement si l'on croyait que les diamants, chers à l'orgueil des princes, déplaisent au sentiment populaire. En cela la République de 1792 semble avoir vu plus juste que notre République actuelle: en pleine Révolution, alors que la France avait besoin de millions pour lever des armées, alors qu'on cherchait à abolir partout les vestiges de la royauté, on ne songea pas un seul instant à vendre les diamants de la couronne ; on dit seulement au peuple souverain qu'ils étaient à lui, ce que ce bon peuple s'empressa de croire d'autant mieux qu'on lui remit le *Régent* lui-même dans la main: on le lui prêta pour s'amuser! La chose est à peine croyable; et, pourtant, elle est vraie... Au commencement de la Révolution, le diamant fut publiquement exposé de façon à ce que chacun pût le voir et le toucher.

« Une petite salle basse, raconte M. Babinet, de l'Institut, qui a révélé cette curieuse anecdote, avait été disposée de manière à permettre aux passants d'entrer facilement et de demander au nom du peuple souverain à voir et à toucher le beau diamant de l'ex-tyran. Alors, par un petit guichet semblable à ceux qui servent à recevoir le prix des places dans un théâtre, on passait au citoyen ou à la citoyenne en guenilles le diamant *national*, retenu dans une solide griffe d'acier avec une chaîne de fer fixée en dedans de l'ouverture par laquelle on le présentait aux visiteurs. Deux hommes de police déguisés en gendarmes fixaient à droite et à gauche leurs yeux de lynx sur le possesseur momentané de la merveille de Golconde, lequel, après avoir soupesé dans sa main une valeur estimée douze millions dans l'inventaire des diamants de la couronne, reprenait à la porte sa hotte et son crochet pour continuer d'explorer les balayures vidées aux portes des maisons. J'ai plusieurs fois obtenu la permission d'assister aux visites des diamants de la couronne, et j'ai toujours eu la négligence de ne pas en profiter. « Comment, monsieur, me disait « un pauvre ouvrier jardinier, vous n'avez pas eu dans « la main le *Régent de France !* Mais moi et tous mes amis « nous l'avons vu et touché tant que nous avons voulu « pendant la Révolution. » Cet homme me disait qu'on faisait entrer dans la pièce basse en question un nombre quelconque de visiteurs, mais qu'en cas de *bruit*, il n'eût pas fait bon de se trouver là-dedans. »

Je me figure assez volontiers que le peuple souverain de 1881 serait très partisan de la conservation absolue des diamants de la couronne, si, de temps en temps, comme au peuple souverain de 1792, on les lui prêtait pour s'amuser. On pourrait même aller plus loin en fait de courtoisie et ne pas se contenter de montrer les pierreries au bout d'une chaîne, à travers la petite ouverture d'un guichet.

Si la citoyenne Louise Michel ou la citoyenne Paule Minck pouvaient mettre, après en avoir donné reçu, le *Régent*, l'*Impératrice Eugénie* ou le *Sancy*, sur les rubans de leur bonnet les jours où elles vont faire des conférences; si M. Engelhardt, M. de Lanessan ou quelque autre pontife de l'édilité parisienne pouvait se poser une torsade de pierreries autour du col pour aller voir ses électeurs, il m'est avis que, bien vite, il ne la serait plus question de vendre les diamants de la couronne; je ne serais point surpris même qu'on ouvrît, sur le budget de la ville de Paris un petit chapitre spécial pour augmenter les collections en nombre suffisant, afin que mesdames les conseillères municipales pussent toutes figurer dans les fêtes de l'Hôtel de Ville, sorti de ses cendres, sur un pied de brillante égalité.

La Faculté de médecine pourrait encore sauver une partie des diamants de la couronne en réveillant certaines croyances fort admises du temps de nos pères.

Sous Louis XIV et même plus tard, c'était une opinion assez répandue que les pierres précieuses étaient bonnes pour guérir la fièvre et quelques autres maladies. Il arrivait fréquemment que des personnes d'une condition modeste venaient prier les dames riches de leur prêter des bagues garnies de diamants pour les placer pendant une heure ou deux dans la bouche des malades; on ne refusait guère cette singulière supplique; mais d'habitude, on recommandait d'attacher la bague avec une ficelle solide, de peur que le malade ne l'avalât par distraction.

L'histoire serait longue de tous les diamants qu ont été avalés... et retrouvés, grâce à des procédés énergiques. Aussi les voleurs qui savent leur métier dédeignent de prendre leur tube digestif pour écrin; ils ont des moyens de recel infiniment plus ingénieux.

Le voyageur Tavernier a vu dans l'Inde un indigène, ouvrier des mines diamantifères, qui n'avait pas hésité à cacher dans la paupière d'un de ses yeux un diamant presque de la grosseur d'une noisette !

Quand on songe à tout l'attrait qu'a le diamant pour les filous, et combien ces pierres précieuses sont faciles à dissimuler, on ne saurait trop s'étonner de l'audace incroyable avec laquelle les lapidaires font le commerce de leur brillante marchandise.

Paris possède un véritable marché aux diamants, et ce marché n'est autre qu'une des salles du *café de la Porte-Montmartre*, au rez-de-chaussée. C'est là, vers 6 heures du soir, que les marchands de diamants se réunissent d'habitude. Vous pouvez entrer dans cette salle : elle est ouverte au public comme toutes les autres du même café.

Tout à coup, vous remarquez que la plupart des gens assis aux tables environnantes tirent de leurs poches des portefeuilles, d'où ils sortent de petits cartons semblables à ceux sur lesquels les passementiers fixent les boutons de chemise.

Ils se passent leurs petits cartons, les examinent, les échangent ou les remettent dans leurs portefeuilles; ce que vous prenez pour des boutons à 25 centimes la douzaine, ce sont des diamants sur cartes : en dégustant leur café ou leur absinthe, les marchands font des affaires pour quelques centaines de milliers de francs ; puis ils s'en vont, avec une fortune dans leur poche, aussi tranquilles que le petit rentier qui vient de gagner sa partie de bézigue, et non sans avoir comme lui laissé sur la table... les deux sous du garçon.

Argus.

Abonnement, du 1er avril ou du 1er octobre; pour la France : un an, 10 f.; 6 mois, 6 f.; le n° au bureau, 20 c.; par la poste, 25 c.

Les volumes commencent le 1er avril. — LA SEMAINE DES FAMILLES paraît tous les samedis.

VICTOR LECOFFRE, ÉDITEUR, RUE BONAPARTE, 90, A PARIS. — Imp. de la Soc. de Typ. - J. Mersch, 8, r. Campagne-Première. Paris.

La statuette cassée.

LA STATUETTE CASSÉE

I

M. Bruant l'oncle était antiquaire, M. Bruant le neveu, peintre amateur. Ils demeuraient ensemble, quai Voltaire ; tous deux vieux garçons, fort à l'aise, aimant également le confort, les voyages et les bibelots, s'estimant, s'aimant, ne pouvant se passer l'un de l'autre, mais se disputant à tout le moins trois fois par jour. L'un était classique à outrance, l'autre romantique au superlatif, Achille Bruant ne jurant que par les Grecs et les Romains, Raoul Bruant que par les preux du moyen âge, les croisés et les burgraves. Chacun de leurs repas était agrémenté d'un parallèle soit entre Euripide et Shakespeare, soit entre l'*Iliade* et la *Chanson de Roland*, le Parthénon et Notre-Dame de Paris, etc., etc. L'oncle avait quinze ans de plus que le neveu, mais il était plus vif, et criait plus fort, en sorte qu'il avait toujours le dernier mot. Souvent ils s'échauffaient de si belle façon qu'ils ne dînaient qu'à moitié. Alors, ils prenaient la résolution de se séparer, et chacun d'eux se faisait servir le repas suivant dans sa chambre. Leurs domestiques, que ce double service ennuyait, s'ingéniaient à réunir leurs maîtres, et pour ce faire allaient prévenir l'ami Durantin, un excellent gros bonhomme qui avait l'art de mettre tout le monde d'accord. Il arrivait pimpant, rasé de frais, une rose ou un bouquet de violettes à la boutonnière, selon la saison, et, dès l'antichambre, s'écriait : « Je viens demander à dîner à mes amis Bruant. Çà, Jacquemart, mettez mon couvert. »

Jacquemart, faisant le surpris, allait successivement prévenir les deux boudeurs transportait leurs couverts dans la salle à manger, en ajoutait un troisième, et l'on dînait gaiement à la fortune du pot, en causant des nouvelles que Durantin, l'un des plus flâneurs, les plus musards qui fussent à Paris, savait toujours mieux que personne. Et si, au hasard de la conversation, Bruant l'oncle s'avisait de traiter de barbare l'art du moyen âge, si Bruant le neveu s'oubliait jusqu'à dire que Boileau était une perruque, l'ami Durantin, d'un air capable, s'écriait : « Cela dépend du point de vue où l'on se place. Tout est là, morbleu, et si on voulait bien s'entendre, on ne se disputerait jamais. C'est mon opinion. Buvons frais. »

II

L'oncle et le neveu achetaient force curiosités. Un jour, en revenant de l'hôtel Drouot, l'oncle posa délicatement, sur une crédence, dans l'atelier du neveu, une statuette de terre cuite, passablement noircie, un peu écornée, et qui paraissait avoir séjourné longtemps dans l'humidité.

« Que dis-tu de cela, Raoul ? » fit-il.

Raoul, qui était en train de peindre, se détourna, jeta un regard distrait sur la statuette et dit : « C'est très joli ! qui a fait cela ?

— Bien fin qui le saurait, dit l'oncle. Cette statuette a de quinze à dix-huit cents ans. Elle a été trouvée dans le Tibre.

— Bah ! vous croyez ? »

Raoul se leva, examina la statuette, et convint qu'elle était charmante.

L'oncle, qui l'avait payée dix louis, fut enchanté, et, pour le témoigner à son neveu, lui fit compliment du tableau auquel il travaillait.

« Je ne vois pas quel sujet ce peut être, dit-il, mais c'est très joli. Quels sont ces deux enfants ?

— Deux modèles italiens qui sont arrivés le mois dernier à Paris. Je les ai groupés sur ce fond de satin jaune, parce que je rêvais depuis longtemps un tableau où des figures brunes s'enlèveraient sur du jaune. Je chercherai un sujet après. D'ailleurs, ce n'est pas nécessaire.

— Oh ! que voilà bien une idée romantique, une idée de coloriste ! Mais, malheureux, de la peinture sans idée, c'est de la teinture. »

La dispute quotidienne recommença. Par bonheur, les messieurs Bruant dînaient en ville ce soir-là. A 5 heures ils mirent bas les armes pour aller se faire beaux chacun à leur manière : l'oncle mit un habit à queue de morue, une cravate blanche et parfuma son toupet à la Louis-Philippe. On était en 1835. Le neveu ébouriffa sa chevelure mérovingienne, mit un grand col rabattu, un vêtement de velours brun Van Dick et un chapeau à la Rembrandt. Ils dînèrent chez leur cousin Théorème, membre de l'Institut, dont la femme, fort marieuse, les avait placés à côté de deux veuves tout à fait charmantes, et qui en étaient au gris perle et aux bonnets de blonde ornés de pervenches. Elles étaient prévenues et se montrèrent fort aimables. Mais elles perdirent leurs peines. Celle qui était près de l'oncle n'avait pas le nez grec, et celle qui fut placée près du neveu eut le malheur de se moquer d'un tableau d'Eugène Delacroix. Là-dessus, les deux vieux garçons ne songèrent plus qu'à bien dîner, et dînèrent bien. Et lorsqu'on fut retourné au salon, les deux veuves, interrogées par Mme Théorème, lui répondirent, l'une : « C'est un original » ; l'autre : « C'est un ours mal léché. »

Le lendemain, en déjeunant, ils reparlèrent de la statuette, et M. Achille Bruant soutint que cette statuette était un inimitable chef-d'œuvre, et que pas un artiste moderne ne serait capable d'en modeler une semblable.

Le neveu se récria : ils laissèrent refroidir leur café, et la discussion s'échauffait, lorsque Jacquemart vint dire à Raoul :

« Monsieur, les deux modèles sont là, qui attendent. Faut-il les renvoyer ?

— Non. J'y vais dans un instant. Faites-les entrer dans mon atelier. Je vous proteste, mon oncle, que les statuettes de Dantan ont plus de vie et plus de vérité que vos figurines antiques, et nous avons à Paris vingt artistes capables de... »

Un bruit de pots cassés et un cri perçant l'interrompirent.

« Qu'est cela? dit l'oncle en pâlissant. C'est dans l'atelier; pourvu que !... »

Ils y coururent, émus d'un même pressentiment. Hélas! c'était bien la statuette qui venait de se briser : les deux modèles italiens étaient là, le garçon et la fille : la fille pleurait à chaudes larmes : elle tenait la tête de la statuette, et le garçon, le monstre de garçon, riait à gorge déployée.

Furieux, l'antiquaire lui administra une douzaine de gifles bien appliquées, et Paolo se mit à pleurer plus fort que sa sœur, tandis que le peintre interrogeait en italien la petite fille.

« Quel besoin avais-tu de toucher à cette statuette, Fortunata? Tu as fait un beau coup, vraiment! sotte créature !

— C'est la faute de Paolo, signor. Il m'a poussée là contre, pendant que je la regardais.

— C'est elle, la menteuse, cria Paolo et faisant semblant de s'arracher les cheveux, c'est elle! *illustrissimo cavaliero;* elle a monté sur une chaise pour prendre le portrait de sa tante qu'elle reconnaît, et en redescendant elle a glissé avec.

— Il ment comme un juif, criait Fortunata, c'est lui qui a dit : « Je veux ma tante, et je l'aurai. »

— Mets ces deux pestes à la porte, Raoul. Tu n'en tireras rien. Oh! les misérables! Voyons, pourra-t-on recoller? »

Et il ramassait les morceaux en gémissant. En voulant l'aider, Paolo en pulvérisa un sous son talon.

« Misérable! cria l'antiquaire : tu finiras mal! sors d'ici, pendard, brigand d'Italien! race perverse! et il le poussa vers la porte.

— Payez-moi la séance, au moins, dit Fortunata en pleurant de plus fort en plus fort.

— Te payer, vipère! toi qui m'as brisé une statuette de dix louis.

— Dix louis, ça! fit Paolo, ah! mon bon signor, l'oncle Vincenzo vous vendra la pareille petite bonne femme pour vingt *pauli.* Il demeure *via del Babouino,* maison de la Rosaura, au fond de la cour. Cette Vénus au voile, il l'a faite d'après ma tante, quand elle était jeune, et il la vend pour un antique depuis vingt ans au moins.

— Tu mens, serpent à sonnettes! s'écria l'antiquaire. C'est une statuette trouvée dans le Tibre et achetée à la vente du savant Hortensius du Godant. On n'attrape pas un homme tel que lui.

— Ça, dit Paolo, c'est aisé à dire, mais les savants se laissent attraper bien mieux que les peintres. Ils sont encore plus badauds.

« Ah çà! est-ce que tu ne vas pas me chasser cet impertinent! » s'écria l'oncle Achille étouffant de colère.

Raoul, qui s'amusait beaucoup de cette scène, se fit répéter l'adresse de Vincenzo, en prit note, et congédia les enfants en leur glissant une pièce de cinq francs.

« Revenez demain, dit-il. Je veux faire mon tableau, que diable! »

III

Six mois après, l'oncle et le neveu arrivaient à Rome pour y passer l'hiver. Ils avaient emmené avec eux l'ami Durantin, afin de faire bon ménage, et ce moyen leur avait réussi de telle sorte que ni en diligence de Paris à Marseille, ni sur le paquebot *Pharamond,* ils ne se querellèrent une seule fois. Pourtant ils allaient à Rome dans des vues bien opposées. Raoul ne pensait qu'à y faire des croquis de mendiants, de moines et de contadini; Achille voulait écrire un livre sur le Capitole et la roche Tarpéienne. Durantin, lui, ne songeait qu'à voir les cérémonies ecclésiastiques et le carnaval, et, le reste du temps, flâner partout, sans se fatiguer le moins du monde.

Ils arrivèrent un soir, et après avoir admiré la place Saint-Pierre au clair de la lune, et souper à l'*osteria* de la place d'Espagne, ils se retirèrent dans leurs chambres respectives.

A peine Durantin commençait-il à déboucler son sac de nuit, qu'on frappa à sa porte :

« Entrez ! » dit-il.

C'était Raoul.

« Mon cher ami, dit-il, je viens vous demander un petit service.

— Tout ce que vous voudrez, trop heureux...

— Je voudrais demain matin faire une petite course à l'insu de mon oncle. Faites-moi le plaisir de l'occuper, de le retenir ici, ou de l'emmener n'importe où, jusqu'à neuf heures. Je rentrerai alors pour prendre le chocolat avec lui.

— C'est très facile. Votre oncle est fatigué : il va dormir jusqu'à l'heure du déjeuner.

— Oh non! Dans sa joie d'être à Rome, il se lèvera avec le soleil, j'en suis certain.

— Vous croyez? Eh bien, je me lèverai aussi, dit Durantin en soupirant.

— Que vous êtes bon!

— Mais, où diantre voulez-vous aller si matin?

— Chez un modèle dont j'ai l'adresse, *via del Babouino,* tout près d'ici. Je vous conterai pourquoi. Bonsoir, bonne nuit.

— Dormez bien! » fit Durantin, et il se remit à déboucler son sac.

On frappa de nouveau.

« Entrez! » fit Durantin, et il ajouta mentalement : « Mais je ne pourrai donc pas me coucher. »

On entra, c'était l'oncle Achille, déjà coiffé d'un bonnet de coton pyramidal.

« Mon cher Durantin, fit-il, je viens vous demander un petit service.

— Parlez, mon cher ami, je suis tout à vous.

— Je vous prie d'occuper mon neveu demain matin afin qu'il ne s'avise pas de sortir avec moi. J'ai une petite course..., une petite visite..., enfin, j'aime mieux vous dire la chose telle quelle : vous vous rappelez l'histoire de ma statuette antique que ces vauriens d'Italiens m'avaient cassée ?

— Oui, oui, certainement.

— Et vous avez plus d'une fois entendu Raoul raconter l'impertinent mensonge de ces gamins qui prétendaient la statuette faite par leur oncle Vincenzo? Ah ! qu'il m'a donc ennuyé avec cette histoire !

— J'en suis témoin. C'était une vraie *scie*.

— Eh bien, je veux aller voir si ce Vincenzo existe, et si je puis convaincre mon neveu que ces Italiens de malheur en ont menti... vous comprenez...

— Parfaitement. J'occuperai Raoul jusqu'à l'heure du déjeuner. Du reste, il est si las du voyage qu'il dormira.

— Ah! que non pas ! Il se lève comme les coqs. Enfin, je compte sur vous. Bonsoir.

— Bonne nuit ! fit Durantin. Et il ajouta en refermant sa porte : Je vais dormir sur mes deux oreilles jusqu'à neuf heures, et si l'impétueux Raoul et le bouillant Achille se rencontrent *via del Babouino*, ce sera une bonne scène. Après tout, j'en serai quitte pour dire que j'ai dormi, et les raccommoder s'ils se querellent. Je sais la manière. »

Et l'ami Durantin ne tarda pas à souffler sa chandelle et à ronfler comme un sabot.

IV

A peine l'*Angelus* eut-il sonné dans les trois cent soixante-cinq églises de la Ville éternelle; à peine la pâle aurore d'un jour d'automne eut-elle épanoui ses roses au-dessus des montagnes de la Sabine, que l'antiquaire Achille Bruant, après avoir consulté le plan de Rome et entouré son cou d'un grand foulard, sortit de sa chambre et descendit sans bruit au rez-de-chaussée de l'hôtel.

« Connaissez-vous ce nom? demanda-t-il en italien à un garçon qui balayait le vestibule, et en lui montrant un papier sur lequel était écrit : *Vincenzo, via del Babouino, casa della signora Rosa.*

— Oh oui, signor, dit le garçon : c'est un vieux modèle qui a une barbe qui lui descend jusqu'à la ceinture. Il fait un petit commerce d'antiquités.

— Ah ! fort bien. Est-ce un brave homme ?

— *Chi lo sa?* dit le garçon en haussant les épaules. Il n'a jamais été en prison ; Votre Excellence sait-elle où est la *via del Babouino?* Je pourrais l'y conduire.

— Merci, je sais le chemin. Voilà pour vous. »

Il donna dix sous au garçon, qui se confondit en remerciements, et prit le chemin de la rue *del Babouino*. Mais comme il était distrait, il se trompa et n'y arriva qu'au bout d'une grande demi-heure.

Or, cinq minutes après qu'il était sorti de l'hôtel, Raoul en était sorti à son tour, et, marchant vite et sans s'égarer, était arrivé rapidement chez Vincenzo.

Vincenzo, personnage assez crasseux, mais encore très beau, et drapé dans un grand manteau troué, fumait sur le seuil de sa porte, tandis que sa femme, Barbara, semblable à une sibylle, préparait la polenta dans la cheminée d'une salle obscure et malpropre.

« N'êtes-vous pas le signor Vincenzo, modèle? lui demanda Raoul.

—Pour vous servir, signor Français, » dit le vieux en s'inclinant d'abord, puis redressant sa haute taille et passant sa main sur sa barbe de prophète.

« J'aurai besoin de vous, mon brave Vincenzo; mais en attendant, je voudrais savoir s'il est vrai que vous vendez des antiquités.

— Quelquefois, monsieur, quand j'en trouve, mais on n'a pas toujours du bonheur.

— En avez-vous en ce moment ?

— Eh oui, quelque peu. J'ai un casque, un morceau de bas-relief et quelques petites choses bien jolies.

— Voyons cela !

— Si Votre Seigneurie veut bien me faire l'honneur d'entrer dans ma pauvre maison, c'est au fond de la cour qu'est mon petit magasin. »

Ce magasin était un vrai taudis. Le fils de Vincenzo, grand gaillard de dix-huit ans, y dormait sur une méchante paillasse, presque nu, et beau comme une statue antique. Son père le réveilla et lui dit de s'habiller pour recevoir le seigneur français.

« Laissez-le donc tranquille, dit Raoul ; je n'ai point besoin de lui.

— Mais il est sur le coffre, » dit Vincenzo.

La paillasse du garçon était en effet posée sur un grand coffre. Vincenzo l'ouvrit, et en tira successivement quelques débris de poteries, quelques fragments de bronze très oxydés, et enfin, précieusement entourées de foin, cinq ou six figurines en terre cuite parmi lesquelles Raoul eut bientôt fait un choix. Il paya sans marchander, et se fit conter par Vincenzo où et comment il avait trouvé ces statuettes antiques.

Vincenzo lui débitait un récit assez peu clair, lorsque la Barbara cria dans la cour :

« Vincenzo, un cavalier français veut te parler. Viens vite.

— Vous permettez, signor, fit Vincenzo, mon fils vous finira l'histoire de ma trouvaille, il y était. Tu sais bien, Beppo : près du *ponte Rotto* quand il y eut la grande sécheresse. »

Beppo, à moitié endormi et tout en attachant les courroies de ses sandales, se mit à raconter les choses les plus incohérentes, et Raoul s'amusait à l'embrouiller par ses questions.

« Ce n'est donc pas vrai que ton père fabrique lui-même les antiquités qu'il vend ?

— Oh! quelle calomnie, signor ! peut-on dire des

horreurs pareilles! mon père est un saint homme; d'ailleurs il ne sait pas modeler! Ce sont les envieux qui répandent ces bruits. Ah! si je les tenais, je leur tordrais le cou, à ces scélérats! *accidenti! accidenti!*(1) Regardez, signor, ce petit Hercule sans tête. Quel chef-d'œuvre! Mon père en a refusé quarante scudi à un milord : prenez-le; les temps sont durs, je vous le laisserai pour trente. »

Tandis qu'ils conversaient ainsi, une autre scène avait lieu dans la salle basse. Achille Bruant tout d'abord s'était adressé à la Barbara :

« Est-ce ici que demeure un nommé Vincenzo, marchand de figures en terre cuite, madame?

— Le signor Vincenzo n'est point marchand de figures, signor : il est antiquaire, et quelquefois céde à ces messieurs de la villa Médicis des antiquités qu'il a trouvées en cherchant dans le lit du Tibre, pendant la dernière grande sécheresse, mais c'est pour les obliger. »

Tout en parlant, elle remuait debout sa polenta avec une longue cuiller et l'air aussi fier qu'une Circé préparant quelque breuvage magique.

Achille Bruant, impatienté de l'air dédaigneux de cette sibylle, s'écria en lui montrant les débris de la statuette qu'il avait apportés :

« Connaissez-vous cela? n'est-ce pas l'ouvrage de votre mari?

— Non pas : c'est un antique. On pourrait le faire réparer. J'ai un fils qui sait faire cela; pour cinq scudi il vous recollera si bien les morceaux que la statuette sera aussi belle qu'avant l'accident.

— Savez-vous qui l'a cassée? reprit Achille. Eh bien, c'est votre neveu Paolo et sa sœur Fortunata. Deux bons sujets, n'est-ce pas?

— Oh oui! signor, deux anges. Ce sont les enfants de ma sœur. Elle les a emmenés à Paris : ils gagnaient bien leur vie ici, pourtant. Nous sommes bien tristes de ne plus les voir, ces chers innocents!

— Ne les regrettez pas tant; ce sont de méchantes langues. Croiriez-vous qu'ils prétendent que votre mari fait lui-même les antiques qu'il vend? »

La figure de Barbara changea d'expression, elle parut transformée en furie, et, brandissant sa cuiller, elle s'écria pâle de colère :

« Les traîtres, les brigands! Ah! je m'en doutais bien. Ce Paolo est un singe, sa sœur une guenuche! Les ingrats! eux qui ont mangé mon pain pendant si longtemps, eux qui m'ont donné tant de peine! Ils étaient si insupportables que j'étais obligée de les battre tous les jours, et voici ma récompense! Ah! s'ils reviennent, je leur arracherai les yeux. J'espère bien, signor, que vous n'avez pas cru un mot de leurs mensonges.

— Certainement non ; mais je voudrais parler à Vincenzo.

— Je vais l'appeler. »

Et elle s'élança dans la cour.

Vincenzo arriva, et les mêmes protestations faites par lui et agrémentées de poses tragiques et d'effets de barbe des plus majestueux, convainquirent Achille Bruant de l'authenticité de sa statuette... Il en remit les morceaux à Vincenzo, fit prix de cinq scudi pour la réparation et retourna joyeux à son hôtel. Tandis qu'il lisait le *Giornale di Roma* en attendant que le chocolat fût servi, l'ami Durantin s'habillait et se faisait raser dans sa chambre, et Raoul rentrait portant une statuette enveloppée qu'il posa dans un coin d'étagère de la salle à manger.

Bientôt les pagnottes, le chocolat et l'eau glacée furent servis aux trois Français et ils commencèrent à déjeuner. La conversation languissait, chacun des trois convives étant préoccupé de quelque chose qu'il voulait dire.

Enfin, Achille Bruant, d'un air de triomphe, dit :

« Devinez où j'ai été, messieurs?

— A la messe? fit Durantin malicieusement.

— A la roche Tarpéienne? dit Raoul.

— Ni l'un ni l'autre. Chez l'antiquaire Vincenzo, le plus barbu et le plus malpropre des antiquaires, mais un brave homme qui me fera réparer ma statuette par son fils, habile mouleur.

— Et il ne l'a point faite?

— Certes, non. Ces pestes de modèles en avaient menti. Du reste, j'en étais sûr. C'est un chef-d'œuvre, une pièce originale s'il en est.

— Mais, mon oncle.....

— Il n'y a point de mais. Tu n'es qu'un romantique.

— Ce chocolat est excellent, dit Durantin.

— C'est vrai, » dirent en même temps l'oncle et le neveu.

Il y eut un moment de silence.

« Devinez où j'ai été? demanda Raoul.

— A l'Académie de France?

— Au Corso?

— Ni l'un ni l'autre. Chez un modèle d'après lequel je ferai un roi de Thulé admirable. Ce modèle est brocanteur, et j'ai découvert chez lui une vraie perle : une petite terre cuite si charmante que je veux l'offrir à mon oncle. »

Il se leva, ôta l'enveloppe de la statuette, et la posa sur la table.

Achille et Durantin restèrent stupéfaits. C'était absolument la même statuette que celle que les Italiens avaient brisée dans l'atelier de Raoul. Mêmes traces d'humidité, mêmes cassures, mêmes jolie tête et mouvement fier et gracieux.

« Ce chef-d'œuvre m'a coûté vingt-cinq scudi, dit Raoul, mais il m'a fallu bien marchander. Songez donc! C'est un antique, un vrai, et Vincenzo, l'homme de la

1. C'est-à-dire : puisse-t-il leur arriver malheur! puissent-ils mourir par accident!

via del Babouino, l'a trouvé dans le lit du Tibre il y a dix ans, lors de la grande sécheresse. Il en a trouvé bien d'autres !

— Tous ces Italiens sont des voleurs ! s'écria l'antiquaire furieux en se levant. Je vais aller dire son fait à ce coquin, à cet effronté menteur !

— Mais non, mais non ! dit Durantin. Calmez-vous. Ce pauvre homme est un bienfaiteur de l'humanité, puisqu'il crée des objets d'art, source de jouissance pour les antiquaires.

— Qu'il les vende sous son nom, alors! mais il trompe le public, il mérite d'être puni. Je le dénoncerai. Il ira en prison, l'escroc !

— Pas avant que j'aie fait mon roi de Thulé, j'espère, s'écria Raoul. Mais, voyons, mon oncle, soyez raisonnable. C'est votre faute et celle de vos pareils si les artistes font des pastiches. Vous ne daignez pas même regarder les œuvres de vos contemporains, et vous admirez sans restriction tout ce qui est vieux, momifié, enterré et déterré. Vincenzo, exposant à Paris sa statuette signée, n'en eût pas tiré un rouge liard. A Rome, il en vend des exemplaires tant qu'il veut aux antiquaires de tout pays, en leur faisant accroire qu'il les a pêchés dans le Tibre. Les antiquaires sont contents, lui aussi. Je n'y vois pas grand mal.

— Qu'en pensez-vous, Durantin?

— Moi? mais cela dépend du point de vue où l'on se place.

— Ah ! voilà votre éternel refrain. Que feriez-vous à ma place ?

— Moi ? mais je serais content d'avoir deux exemplaires d'une jolie chose. J'en destinerais un à ma maison de ville, un à ma maison de campagne et.....

— Et quoi?

— Et j'irais me promener. Il fait très beau, nous ne sommes pas précisément venus à Rome pour tourmenter un pauvre brocanteur. Si nous montions au Pincio?

— Allons-y. »

Et ils y allèrent. Vincenzo continua son commerce, et les amateurs d'antiquités se disputent encore ses chefs-d'œuvre de la meilleure foi du monde. Rien n'est nouveau sous le soleil, et l'aventure de la statue enterrée par Michel-Ange dans les jardins de Laurent de Médicis se renouvellera encore bien des fois d'ici à la fin des temps.

J. O. Lavergne.

SAINT ROCH [1]

D'APRÈS UN MANUSCRIT DE L'ABBAYE DE SAINT-GALL

Vers la fin du XIIIe siècle, la ville de Montpellier avait pour seigneur le comte Jean, marié depuis quelque temps déjà à la pieuse Libéra. Riches, aimés, respectés, ils semblaient heureux ; quelque chose pourtant manquait à leur bonheur : ils n'avaient point d'enfant, et chaque jour ils priaient Dieu de leur donner un fils, lui promettant de l'élever dans sa crainte et son amour.

Ils furent enfin exaucés : la comtesse Libéra mit au monde, en 1295, un fils qui reçut au baptême le nom de Roch. On remarqua qu'il portait sur la poitrine, du côté du cœur, une petite croix rouge, nettement dessinée, et ses parents s'en réjouirent, considérant ce signe comme un indice de sa future piété.

A peine âgé de cinq ans, il aimait à faire l'aumône, et il la faisait avec un visage si gracieux que tous ceux qui le voyaient en étaient charmés. Lorsqu'il eut fait sa première communion, à douze ans, il montrait une vertu bien supérieure à son âge, et déjà on remarquait en lui les traits qui distinguent les prédestinés. Il jeûnait les mercredis et les vendredis, à l'exemple de sa pieuse mère ; mais persuadé que la piété serait vaine si elle ne nous conduisait à la pratique des devoirs de notre âge et de notre condition, il s'appliqua fortement à l'étude des lettres et il y fit bientôt de véritables progrès. Il n'oubliait pas cependant les pauvres, il les visitait fréquemment, et il ne dédaignait pas de les soigner de ses propres mains.

Roch était encore bien jeune lorsque son père tomba gravement malade. Se sentant près de mourir, le seigneur de Montpellier appela son fils pour lui adresser avec ses adieux ses dernières instructions : il lui recommanda le détachement des biens de la terre, l'amour de sa mère et des pauvres, et enfin la chasteté et la fidélité à Jésus-Christ. Roch promit à son père avec larmes de mettre ses leçons en pratique.

Bientôt après, sa mère, accablée de douleur, quitta également la terre ; et Roch, à peine âgé de vingt ans, se trouva maître de ses actions, seigneur de la ville et possesseur d'immenses domaines. C'était là une position brillante selon le monde, mais dangereuse pour le chrétien. Le saint jeune homme cependant ne faisait que croître en vertu ; la prière, la méditation des vérités éternelles, l'administration de la ville et de ses biens, le soin des pauvres, se partagèrent son temps.

Un jour qu'il lisait dans l'Évangile cette parole de Notre-Seigneur : « Si vous voulez être parfaits, allez, vendez tout ce que vous avez, donnez-le aux pauvres, puis venez et suivez-moi », il en fut très ému, et il prit la résolution de tout quitter. Il résigna le gouvernement de la ville entre les mains de l'un de ses oncles, distribua son bien aux pauvres et, ayant revêtu l'habit de pèlerin, il se dirigea vers Rome pour y vénérer le tombeau des saints apôtres.

L'Italie était alors ravagée par une peste affreuse, et de toute part les hôpitaux étaient encombrés. En arrivant à Acquapendente, Roch trouva les habitants dans la consternation, et, aussitôt poussé par son grand amour des pauvres et des malades, il alla se

1. Extrait d'*Une Visite à l'église Saint-Roch de Paris*, par l'abbé Vidieu, docteur en théologie. In-12, 60 centimes.

mettre à la disposition du directeur de l'hôpital. Celui-ci, le voyant si jeune et si délicat, faisait des difficultés pour l'admettre au nombre des infirmiers; mais Roch nsista tellement qu'il finit par obtenir ce qu'il désirait.

Alors on vit une chose merveilleuse : dès que Roch soignait un malade, celui-ci recouvrait complètement la santé. Aussi tous voulaient être soignés par Roch, tous l'entouraient de la plus grande vénération. L'humble jeune homme s'en plaignait à Dieu avec larmes et, ne pouvant souffrir qu'on lui rendît tant d'hommages, doutant de lui-même, il tenta d'échapper par la fuite aux acclamations des hommes. Mais, vains efforts! partout où il portait ses pas, ses mains bénies rendaient la santé aux malades, et les mêmes honneurs le poursuivaient; il alla ainsi jusqu'à Rome.

A cette époque, vivait dans l'immortelle cité un cardinal nommé Britannicus, renommé pour sa grande piété et son dévouement. Il se livrait avec zèle aux divers travaux du ministère, confessant les pèlerins et leur donnant la sainte communion. Roch se confessa à lui avec beaucoup de larmes et reçut Notre-Seigneur de ses mains. Le cardinal, en le communiant, aperçut, au-dessus de son front, comme une légère flamme, et il en conçut pour le jeune pèlerin une telle vénération qu'il voulut le présenter au souverain Pontife.

Le Saint-Père l'accueillit avec bienveillance, et comme Roch lui demandait des indulgences pour ses fautes et sa bénédiction pour travailler avec plus de courage au service de Dieu : « Mon fils, lui dit Sa Sainteté, vous me paraissez avoir besoin de frein plutôt que d'aiguillon; cependant, comme toute chair est faible, je vous accorde l'indulgence que vous me demandez et la bénédiction apostolique pour qu'elle soit votre force. »

Roch surabondait de joie; et, fort de cette bénédiction sainte, il continua pendant trois ans, à Rome, son pieux et charitable ministère; puis il songea au retour. Mais comme il passait à Plaisance, ravagée aussi par la peste, il s'y arrêta pour soigner ceux qui étaient atteints. Pendant son séjour dans cette ville, il fit la connaissance d'un jeune et pieux gentilhomme, nommé Gothard, qui cherchait à l'attirer dans sa maison et l'invitait à sa table pour s'édifier de sa sainte conversation. Pendant le repas, le chien du logis s'approchait souvent de Roch pour en recevoir quelque nourriture, et comme celui-ci lui accordait ce qu'il demandait, le reconnaissant animal s'attacha à l'hôte de son maître presque autant qu'à son maître lui-même.

Cependant, voici qu'une nuit, pendant que Roch s'était endormi à l'hôpital, au milieu de ses malades, Notre-Seigneur lui apparut en songe et lui dit : « Roch, mon serviteur, voici pour toi le temps des grandes épreuves, car il est plus difficile de recevoir les soins avec patience que de les donner avec courage. » Et Roch se réveilla avec une forte fièvre et une violente douleur au côté : c'était la peste.

Au lieu de rester avec les autres malades, pour lesquels il s'était si souvent sacrifié, il se dit à lui-même : « A Dieu ne plaise que j'occupe ici la place d'un autre meilleur que moi et qui en a peut-être plus grand besoin! » Et il résolut de se retirer dans une vallée profonde, obscure et solitaire qu'il avait remarquée dans les environs de Plaisance. On n'entendait là que le bruit d'un ruisseau, et il ne s'y trouvait d'autres habitations que quelques petites huttes qui servaient d'abri aux bûcherons à l'époque de la coupe des bois, et demeuraient désertes le reste du temps. Roch s'y traîna avec peine et s'étendit dans l'une des cabanes en attendant l'appel de Dieu. Mais le Seigneur permit qu'il guérît, et comme avec les forces revenait le besoin de nourriture, Dieu pourvut aussi aux besoins de son serviteur.

Le jeune gentilhomme dont nous avons déjà parlé, Gothard, avait sur la lisière de la forêt une maison de campagne, et ses chiens parcouraient souvent les sentiers de la vallée. Or, il arriva que l'un d'eux sentit la trace de Roch qu'il connaissait et qu'il aimait, et la suivant, il entra dans la cabane où se trouvait le convalescent, à qui il fit mille caresses. Mais, par un instinct que Dieu lui donna miraculeusement, il s'aperçut que son ami n'avait pas de pain, et, courant à la maison de son maître, il en prit un qu'il lui apporta. Le même fait se reproduisit les jours suivants, au grand étonnement des personnes de la maison qui suivirent le fidèle animal. Roch fut découvert, et Gothard le fit transporter dans sa demeure, où il se rétablit parfaitement.

Cependant Jésus-Christ apparut de nouveau à notre saint et lui ordonna de retourner dans sa patrie, où il devait se servir de lui; il lui recommanda seulement de garder le silence qu'il avait gardé lui-même pendant sa passion. Roch obéit aussitôt; il se leva, traversa la Lombardie et, franchissant les Alpes, il se dirigea vers Montpellier.

Cette ville était alors en guerre avec Narbonne : Roch fut arrêté comme espion et interrogé.

« Je suis un pèlerin, répondit-il, je me dévoue au service des pauvres.

— Quel est ton pays, ton nom? »

Il s'obstina à garder le silence.

« Ah! s'écria-t-on de toute part, ce n'est qu'un espion. »

Et on le conduisit au comte de Montpellier.

Roch était si défiguré par les austérités, le travail et la misère, que son oncle ne le reconnut pas et le fit jeter dans une noire prison.

Le saint jeune homme n'avait qu'un mot à dire pour mettre fin à tant de maux, mais il aima mieux garder le silence en l'honneur de Celui qui est venu dans son propre domaine et qui n'y a pas été reçu. Roch entra donc dans son cachot, et il demanda pour toute faveur qu'un prêtre vînt souvent le visiter pour lui donner la sainte communion, ce qui lui fut accordé.

Il demeura pendant cinq années entières dans ce cachot humide et sombre; mais enfin l'heure de la délivrance arriva : Roch fit une dernière confession, reçut une dernière fois Notre-Seigneur et demanda qu'on le laissât quelques instants seul pour qu'il pût jouir de la présence de son Sauveur. Quand on revint près de lui, il était mort. Alors le prêtre, libre d'exprimer sa pensée, s'écria :

« C'était un saint, c'était un saint, ensevelissez-le avec respect. »

Pendant qu'on lui rendait ce dernier devoir, on remarqua sur sa poitrine, du côté gauche, tout près du cœur, une petite croix rouge, parfaitement formée ; on en fut très étonné et on crut devoir faire part de cette circonstance au comte, seigneur de la ville. A cette nouvelle, un triste pressentiment, une crainte indéfinissable, s'emparèrent de l'esprit de ce seigneur, qui accourut aussitôt : « Ah ! c'était lui, dit-il, c'était Roch, mon neveu. » Et admirant une si grande vertu, il se prosterna et baisa les pieds du saint.

On fit au malheureux prisonnier de magnifiques funérailles.

(*Ici s'arrête le manuscrit de l'abbaye de Saint-Gall.*)

Abbé Vidieu.

L'ÉGLISE SAINT-JULIEN DES MÉNÉTRIERS

Parmi les nombreuses fondations charitables du moyen âge, à Paris, une des plus touchantes fut celle des Ménétriers ; une église en avait conservé le souvenir à travers les siècles jusqu'en 1790, époque où, avec tant d'autres monuments de la piété de nos aïeux, elle disparut à jamais du sol de la capitale.

Voici quels furent l'origine de cette église et le but de sa fondation : isolés ou à peine constitués entre eux, les joueurs d'instruments ou ménétriers sentaient de plus en plus la nécessité de se grouper ensemble, lorsqu'un événement arrivé dans la première moitié du xive siècle vint contribuer puissamment à la stabilité de la nouvelle corporation ; nous voulons parler de la fondation de l'hospice et de l'église Saint-Julien et Saint-Genès, situés autrefois rue Jehan-Paulée, aujourd'hui rue ou cour du Maure, sur l'emplacement du n° 96 de la rue Saint-Martin.

Voici comment, d'après d'anciens Mémoires, le bénédictin du Breul, un des annalistes de Paris sous Louis XIII, raconte cet événement : « En l'an de grâce 1382, le mardi devant la Sainte-Croix, en septembre, il y avoit en la rue de Saint-Martin des Champs deux compagnons ménétriers, lesquels s'entr'aimoient parfaitement et étoient toujours ensemble. Si étoit l'un de Lombardie et avoit nom Jacques Grare de Pistoie, autrement dit Lappe ; l'autre étoit de Lorraine et avoit nom Huet. Or, avint que le jour susdit, après dîner, ces deux compagnons, étant assis sur le siège de la maison dudit Lappe et parlant de leur besogne, virent de l'autre part de la voie une pauvre femme appelée Fleurie de Chartres, laquelle étoit en une petite charrette et n'en bougeoit jour et nuit comme entreprise d'une partie de ses membres ; et là vivoit des aumônes des bonnes gens. Ces deux, émus de pitié, s'enquirent à qui appartenoit la place, désirant l'acheter et y bâtir quelque petit hôpital. »

Le terrain appartenait à l'abbaye de Montmartre, dont la supérieure le leur vendit ; l'acte définitif fut signé en 1330. De plus, outre la place où les deux ménétriers avaient aperçu la pauvre paralytique, ces hommes charitables acquirent une maison voisine appartenant à un avocat, Étienne d'Auxerre. Ces acquisitions faites et après avoir, *pour la mémoire et souvenance, fait festin à leurs amis*, les fondateurs firent élever un mur de clôture autour de la place et établir sur le devant une salle garnie de lits. La première personne qui fut reçue dans le nouvel hôpital fut la paralytique de Chartres. On suspendit un tronc à la porte pour recevoir les aumônes. Un clerc, nommé Janot Brunel, qui avait le logement pour salaire, faisait l'office de procureur et de gardien de la maison ; il allait quêter par la ville. Une vieille femme, nommée Edeline de Dammartin, qui avait donné tous ses biens à l'établissement, soignait les malades.

Le nouvel hospice fut placé sous l'invocation de saint Julien le Pauvre ou l'Hospitalier, patron ordinaire de ces sortes de fondations. Car la légende porte que le saint homme avait établi un hôpital au bord d'un fleuve dont le passage était dangereux, et que là, en compagnie de sa femme, il faisait l'office de passeur des pauvres. A saint Julien les ménétriers associèrent saint Genès, mime romain, martyrisé sous Dioclétien, en l'année 303, et que sa profession constituait le patron naturel de la corporation. Pour sceller les actes de l'hospice, les fondateurs firent exécuter un sceau de cuivre dont le sujet fut emprunté à la légende de saint Julien. Voici la description que le bénédictin du Breul donne de ce sceau : « En après, ils firent faire un sceau, au milieu duquel étoit Notre-Seigneur dans une nef (*barque*) en guise de ladre (*lépreux*), saint Julien en l'un des bouts tenant deux avirons et, à l'autre bout, sa femme tenant un aviron d'une main, de l'autre une lanterne. Au-dessus de l'épaule dextre de Notre-Seigneur y avoit une fleur de lys. Auprès saint Julien étoit saint Genès, tout droit, tenant une vielle comme s'il vielloit. Et étoit entre deux hommes agenouillés. Autour du sceau étoit écrit : *C'est le sceau de l'hôpital de Saint-Julien et de Saint-Genès.* »

L'association à laquelle appartenaient les ménétriers Jacques et Huet, ne tarda pas à venir au secours de ses membres. Ceux-ci, en fondant un hôpital, n'avaient point eu seulement en vue le soulagement des malheureux en général ; mais, conformément à cet esprit de corps qui fit qu'au moyen âge presque chaque industrie de la capitale se construisit un hospice particulier, ils voulaient préparer un asile à leurs confrères invalides et offrir un lieu d'hébergement aux ménétriers étrangers qui passeraient par Paris.

A l'hospice Saint-Julien les ménétriers ajoutèrent une église, qui fut placée sous l'invocation des mêmes patrons. Comme témoignage de son origine, la façade du monument, richement sculptée, fut ornée d'un grand nombre de figures d'anges chantant et jouant de toutes sortes d'instruments. Aux deux côtés de l'entrée furent placées les statues des deux patrons, celle de saint Julien à gauche, à droite celle de saint Genès en costume de ménétrier et jouant d'un violon à quatre cordes.

On voit, par un acte à la date de 1333, que cette église avait, en outre, pour patrons la « Sainte Trinité, Notre-Dame, monseigneur saint Georges et toute la sainte Cour du paradis », et que le but du nouvel hospice était d'« héberger et recevoir les pauvres passants et soutenir les malades ».

Grâce à ces constructions, la communauté des ménétriers eut désormais un lieu de réunion; une salle de l'hospice fut réservée pour les assemblées de la corporation.

Église Saint-Julien des Ménétriers, fondée au XIVe siècle et détruite en 1790.

Il n'entre pas dans le plan de cette courte notice d'esquisser, même si rapidement que ce soit, l'histoire agitée et passablement orageuse de la communauté des ménétriers et surtout de la royauté des violons; rappelons seulement qu'en 1644 l'église et les bâtiments de cette corporation avaient été donnés à la congrégation des *Prêtres de la Doctrine chrétienne*, qui, dès 1626, s'était établie à Paris et se destinait à l'instruction.

Vendus en 1790 et démolis, l'église et les bâtiments attenants furent remplacés par des constructions particulières.

L'église n'offrait de remarquable, dans sa décoration intérieure, que le tableau du maître-autel, un très beau Christ, du célèbre Ch. le Brun; cette toile est aujourd'hui au Musée du Louvre. CH. BARTHÉLEMY.

UN DRAME EN PROVINCE

(Voir p. 3, 21, 34, 51, 75, 90, 100, 122, 138, 155, 172, 186, 197, 219, 236, 250, 265, 281 et 291.)

C'était en cet endroit du jardin que *l'autre*, le tentateur, selon les aveux du vieux garde, lui avait remis avec empressement sa récompense, fruit de son crime : la petite cassette, aux trois quarts pleine de pièces d'or et de titres, et fermée par un crochet de cuivre seulement. Plus tard les fouilles avaient fait découvrir cette boîte, enterrée dans le bois tout près de la cabane, à proximité aussi de l'endroit écarté où Gaston avait été aperçu s'enfonçant dans les broussailles pour s'écarter de la grande route. Hans Schmidt avait pris, disait-il, la cassette sous son bras et s'était, pour s'éloigner au plus vite, débarrassé de ses souliers qu'il tenait à la main. Une fois arrivé au bout du jardin, il s'était élancé à travers la prairie, et bientôt, atteignant le ruisseau qui coupe en deux la plaine, il y avait laissé choir le marteau ensanglanté. De l'autre côté du cours d'eau, c'était la lisière du bois qui élevait ses arbres nains et son épais fourré de broussailles. Une fois arrivé en cet endroit, le vieux garde s'était chaussé; il savait bien que, désormais, l'on ne trouverait plus sa trace : ses pas, paisibles ou pressés, se perdraient infailliblement dans le taillis; il avait le silence et l'étendue des bois pour y savourer sa vengeance et y enfouir sa cachette. Et derrière lui son ennemi, son maître, restait seul étendu, livide, ensanglanté.

Tel était, en résumé, le récit qu'avait fait le malheureux concernant l'idée première et l'exécution du crime. Les trois dames, en compagnie du marquis et de M. de Latour, l'avaient écouté avec une émotion profonde qui allait jusqu'au saisissement. En imagination elles le voyaient, ce misérable assassin, sortir de sa cachette inconnue, monter l'escalier à pas furtifs, se présenter devant son maître, l'amuser, l'endormir par ses discours, cachant son marteau sous sa blouse, et saisir le *bon* moment, le moment favorable, pour frapper, pour tuer, brisant le crâne, renversant le cadavre, faisant jaillir le sang. Lorsque Me Dumarest s'était arrêté en cet endroit, Hélène avait visiblement pâli, tandis que Marie, la pauvrette, cachait sous ses doigts son visage, et que Mme de la Morlière, levant les yeux en haut et joignant ses petites mains toujours blanches, avait juré ses grands dieux que jamais de sa vie, en vérité, elle ne se serait attendue à devoir figurer en personne au milieu de pareilles horreurs.

« Dans tous les cas, s'était-elle écriée à la fin, lorsque l'avocat s'était tu après ce sanglant récit, voici mon cher Gaston justifié, j'espère! De quoi pourrait-on l'accuser, puisque cet homme, qui est l'assassin, affirme qu'il ne le connaît pas?

— Et de plus, reprit aussitôt Me Armand Dumarest, M. Gaston de Latour, avec lequel aujourd'hui j'ai causé bien longtemps, m'a assuré, madame, que vous pouvez vous procurer chez lui une pièce qui lui donnera un appui considérable. C'est la réponse de M. Michel Royan, réponse datée du 28 juillet, deux jours avant sa mort, à la lettre par laquelle il le suppliait de lui prêter de l'argent pour commencer une entreprise.

— Vraiment? il a gardé cette réponse et il peut la produire! s'écria le pauvre père radieux, les yeux humides. Mais il nous la faut sur-le-champ, et moi, grand Dieu! je suis malade. Qui donc pourra, sans retard, aller la chercher à Paris?

— Moi, mon ami, si vous voulez bien le permettre, dit le marquis en s'avançant.

— Oh! oui,... ce sera vous... Vous sauverez Gaston... Est-ce que je pourrai vous aimer plus, vous aimer encore mieux, mon bon père! » murmura tendrement la petite Marie, pressant de ses lèvres tremblantes la chère main paternelle sur laquelle tombaient ses pleurs.

Il suffit d'un instant à ce bon père pour caresser les cheveux bruns de sa bien-aimée d'un baiser qui en disait plus à lui seul que bien des mots d'amour, et pour prendre ensuite sur la table un journal donnant l'heure des trains. Le soir même, il partait pour Paris, conduit jusqu'à la gare par sa chère Minette qui ne se gênait pas pour lui dire tout le long de la route, riant et pleurant à la fois : « Ce cher papa! ce papa bien-aimé! Il s'en va défendre un malheureux et sauver mon bonheur. »

Le lendemain, vers midi, le marquis était de retour; et à peine fut-il rentré dans sa chambre à l'hôtel, que tous se pressèrent autour de lui pour voir la lettre en question. Il la tira de sa poche, et la tendit à M. de Latour, qui éleva la voix pour la lire.

« Mon jeune ami, disait Michel Royan, le 28 juillet 18..., alors qu'il s'attendait si peu à prendre, deux jours plus tard, un congé sans fin de la vie, mon jeune ami, si je ne vous ai pas répondu beaucoup plus tôt, c'est que, selon mon habitude quand le cas est sérieux, je voulais réfléchir mûrement à l'objet de votre demande. Maintenant, comprenez-moi bien; ce n'est pas pour moi que le cas présent est sérieux, c'est pour vous. Grâce à mon travail assidu et à ma forte volonté, suivant l'exemple des travaux et de la volonté de mes pères, 3 à 4.000 francs hors de ma caisse ne signifient pas grand'chose, et dès qu'il s'agit d'une aussi petite somme, il m'est assurément facile de vous aider. Seulement je voudrais, et je vous parle du fond du cœur, que cette assistance venant de moi vous fût réellement favorable, et je crains fort, malgré tout, d'après ce que j'ai pu apprendre, que vous ne jetiez un peu votre confiance et votre ardeur à tous les vents, et que, finalement, vous ne vous laissiez duper.

« Mais après tout, il est bon qu'un jeune homme actif et intelligent comme vous sonde le terrain de bonne heure, et apprenne par sa propre expérience dans quelle voie il faut marcher. Voici donc pourquoi, après avoir mûrement réfléchi, je n'hésite plus à satisfaire à votre pressante requête. Vous trouverez sous ce pli quatre billets de mille que je vous envoie, en vous engageant à ne pas agir à la légère et à prendre sagement vos mesures pour les bien employer.

« Et puis, avec cela, laissez-moi vous donner un petit conseil. Ne voyez pas comme cela, dans la première affaire venue, qui ne vaut rien peut-être et peut dans tous les cas se présenter à tout propos, « le salut, l'espoir, le bonheur, la vie ». Jeune, ardent, honnête et enthousiaste comme vous l'êtes, vous les perdrez bien souvent, allez, tous ces biens-là, et vous les trouverez encore. J'en sais quelque chose, croyez-moi, quoique je ne le montre guère. Mais je me sentirais vraiment heureux si je pouvais vous les donner.

« Maintenant, ne vous fâchez pas, ne vous étonnez pas, mon jeune ami, si je vous envoie les billets sous ce pli sans attendre votre visite. Mais, d'une part, pour arranger cette fameuse affaire, vous êtes peut-être bien pressé; de l'autre, si vous vous présentiez ici, comme vous me le dites, « le matin, de bonne heure », ma brave Mme Jean qui, avec toutes ses qualités, trop souvent se fâche, boude et grogne, pourrait bien prendre la mouche et vous congédier. Et surtout Mme Jean, ou qui que ce soit au monde, a-t-elle besoin de savoir rien de ce qui se passe entre nous?

« Voici donc, mon enfant, la chose tout à fait arrangée! Employez cet argent le mieux que vous pourrez; tâchez de le faire, le plus possible, prospérer et produire, et, finalement, rendez-le-moi quand vous pourrez. Je vous souhaite, comme à un brave jeune homme de courage, de bon sens et de vertu, toutes sortes de chances en affaires, et même en ménage.

« Votre tout dévoué serviteur, MICHEL ROYAN. »

M. de Latour avait poursuivi sa lecture au milieu d'un profond silence. Lorsqu'il l'eut achevée, il y eut presque des cris de joie ou, tout au moins, des exclamations, des serrements de mains, des soupirs.

« Quel bonheur que notre cher étourdi ait du moins conservé cette lettre ! Avec cela, et l'affirmation du garde, désormais le voilà sauvé ! s'écriait, les yeux brillants de joie, Mme de la Morlière.

— Il nous reste seulement à expliquer ce qu'il allait faire dans le bois, ajouta Me Dumarest. Jusqu'à présent nous n'en avons pas parlé; mais, demain, je vais m'appliquer à bien déterminer la chose.

— Ce pauvre M. Michel ! Il était réellement bien bon. Et il aimait aussi Gaston, et il croyait en lui, soupira la petite Marie, ses beaux yeux pleins de larmes.

— Mais Gaston a eu tort de s'adresser à lui, murmura aussitôt le père, d'un air sombre. Maintenant c'est de l'argent, je ne sais trop comment perdu, que nous devons à son héritier, à ce M. Alfred. Et c'est pour moi un gros souci de plus, car les choses n'en resteront pas là... Je vendrais plutôt la ferme et mon dernier morceau de terre, je me refuserais vraiment mon dernier morceau de pain, plutôt que de ne pas m'acquitter, acheva-t-il douloureusement, en secouant la tête.

— Ce n'est pas là, croyez-moi, la chose la plus importante dont nous avons à nous occuper maintenant, mon ami, lui dit, en lui serrant la main, M. de Léouville. Tirons d'abord notre pauvre enfant de cette situation si pénible; nous songerons ensuite aux autres difficultés. Je ne puis croire d'ailleurs que M. Alfred Royan, se trouvant en possession d'une aussi belle fortune, puisse jamais vous réclamer cette somme de peu d'importance qui n'était guère, dans les idées de son oncle, qu'un généreux et modeste don.

— Mais moi, je ne veux pas lui devoir, répliqua le père de Gaston, fronçant le sourcil et serrant les poings. Est-ce que je ne lui dois pas déjà tant d'autres choses honteuses, déshonorantes : la flétrissure de notre nom, la prison de mon enfant ?

— Est-ce donc à lui, monsieur ? se hasarda à demander Hélène toute tremblante. Est-ce que ce ne sont pas les magistrats qui cherchent de tous les côtés et s'accrochent de part et d'autre, ne sachant qui accuser ?

— Non, mademoiselle, c'est bien lui qui a communiqué au juge d'instruction, en y joignant ses commentaires, la malheureuse lettre de mon fils à M. Michel Royan. Et c'est là-dessus seulement que le système d'accusation actuel a été édifié. Vous voyez donc bien qu'en réalité c'est à lui que je dois m'en prendre.

— Pas tout à fait, mon cher ami, vous vous exagérez les faits peut-être. N'est-ce pas Hans Schmidt lui-même qui a le premier parlé de *l'autre ?* Et le brigadier Paturel n'a-t-il pas déclaré, pour sa part, qu'il croyait en effet à une complicité ?

— Oui, mais il s'agit ici de distinguer, fit observer Me Dumarest en souriant. De l'ensemble des faits du drame et, avant tout, des derniers aveux de l'accusé, résulte certainement une complicité bien établie. Seulement aucune probabilité ne s'attache en ceci à la personne de M. Gaston de Latour. Quant à moi, j'ai tout d'abord remarqué, et messieurs de la cour l'auront remarqué comme moi, sans doute, que la présence de *l'autre* dans le jardin, à quelques pas de la chambre ensanglantée par le crime, à l'instant même où l'assassin vient de frapper, indique certainement une pratique constante ou, tout au moins, une connaissance parfaite des choses et des habitudes de la maison.

— C'est vrai ! firent les jeunes filles, ouvrant de grands yeux, joignant les mains. Mais, dans ce cas, monsieur, qui donc est-ce que ce peut être ?

— Ah ! voilà, mesdemoiselles ! voilà ce que nous ignorons, ce que jusqu'ici la justice ignore. Mais nous le saurons, croyez-moi ; nous ne tarderons pas à préparer les choses, à arriver...

— Et à sauver Gaston, enfin ! soupira la pauvre Marie. Et dire que, d'abord, je devrai paraître au tribunal pour l'accuser !

— C'est-à-dire, permettez : pour raconter les choses. Et demain, mademoiselle, je saurai de lui pourquoi il courait les bois la nuit.

— Oui, faites-le, monsieur, et sauvez-le, et nous vous bénirons. Car vous lui avez rendu l'honneur, la paix : plus que la vie. »

Ce fut en parlant ainsi que la pauvre Marie éclata en sanglots, serrant entre ses petits doigts pâles la main tremblante de l'avocat. Puis Me Dumarest sortit, annonçant qu'il allait renouveler, le soir même, sa visite au prisonnier. Et, désormais, les amis de Gaston attendirent avec plus de confiance et d'espoir le jour marqué pour l'audience.

XVI

Et ce jour vint enfin, au grand émoi des citadins du chef-lieu, et surtout de ceux des habitants de B*** qui s'étaient rendus à Dijon, afin d'assister aux débats de cette cause tragique. Dès le matin, devant le palais de justice, des groupes nombreux se formaient; on échangeait à haute voix les observations, les commentaires; on répétait avec un intérêt fiévreux les noms des accusés, si différents de situation, d'éducation et d'origine ; on citait, avec une fierté joyeuse, celui de l'illustre avocat, que la paisible cité voyait enfin dans ses murs. Et les gens de l'espèce de ceux qui se disent toujours bien informés, allaient, venaient, avec des attitudes d'importance et des airs affairés, prétendant répandre sur leur passage les détails inconnus, les nouvelles. Ici l'on justifiait Hans Schmidt, et là l'on accablait Gaston. Ailleurs c'était le vieux garde, au contraire, qui était le seul criminel digne de mille morts. Plus loin, le pauvre Michel Royan passait pour un vil misérable qui eût dû se résigner, dès longtemps, abandonner sa fortune et ses propriétés à son neveu.

Inutile donc de dire si la foule se pressa, se poussa, s'entassa confusément dès que les portes furent ouvertes. Le long des degrés, dans la cour, le flot humain s'amassait, se foulait, grandissant sans cesse. Chacun voulait gagner la salle d'audience, s'y faire, à grand renfort de coups de coude, la place la meilleure, afin de pouvoir bien entendre et surtout bien voir. C'est qu'il y a toujours de quoi voir, par malheur, dans ces sanglantes tragédies: l'attitude des accusés, leur front sombre ou tranquille, la solennité des juges, la physionomie des avocats. Et surtout, sur cette table à part, toutes ces choses affreuses : les vêtements ensanglantés, les armes meurtrières, et parfois les débris sans nom, les morceaux humains mutilés.

Mais l'heure de l'audience était venue enfin, et, dans la prison voisine du palais de justice, une assez nombreuse escorte de gendarmes était allée chercher les accusés. Ils avaient suivi un long couloir, traversé une cour intérieure, monté un large escalier, et étaient enfin parvenus à la chambre du conseil.

Là, se trouvaient leurs avocats, qui allaient pénétrer avec eux dans la salle d'audience. Mᵉ Dumarest s'approcha aussitôt de Gaston et lui serra chaleureusement la main. De son côté, l'un des plus vieux et des plus habiles avocats du barreau de Dijon, Mᵉ Pernet, qui, dès la première arrestation du vieux garde avait été chargé de sa défense par les soins de son maître Alfred, vint à lui, l'entraîna dans un coin, et commença à lui parler avec feu, bien qu'à voix basse, paraissant lui exposer de sérieuses raisons, lui adresser des instances peut-être, auxquelles Hans Schmidt répondait seulement de temps en temps, en secouant sa grosse tête grise.

« Il n'est bas nécessaire t'en tire tant... Oui, oui, che barlerai à la fin; j'y suis pien résolu... D'apord, che ne beux bas laisser accuser ce baufre garçon-là... c'est une trop grante inchustice... Mais che barlerai quand cela me blaira, foilà... Et quand che tirai le nom de « l'audre », on sera pien étonné. »

Les deux accusés, avec leur escorte de gendarmes et leurs éloquents défenseurs, ne se trouvaient pas sans compagnie dans cette grande salle un peu sombre. Le président des assises, les conseillers lui servant d'assesseurs, l'avocat général et le greffier s'y étaient réunis avant eux : car on allait procéder, en leur présence, au tirage des douze jurés chargés de décider de leur sort.

L'opération s'effectua vite; les noms des jurés sortis furent lus aux deux accusés à qui l'on demanda s'ils n'en récusaient pas quelques-uns, pour des raisons particulières. Mais le vieux Hans, au chef-lieu, ne connaissait personne et M. de Latour, trop pauvre et trop fier à la fois pour chercher à occuper le rang auquel il aurait pu prétendre, vivait toujours dans sa ferme, n'ayant que deux ou trois vieux amis, qui se trouvaient contents dans leur obscurité. Gaston ne se connaissait donc point d'ennemis, surtout en cette grande ville. Aussi il n'y eut point de réclamations concernant les noms des jurés. Et l'escorte de gendarmes, reprenant la file et serrant les rangs, conduisit aussitôt les deux accusés dans la salle d'audience, à la barre, non loin de la table funèbre où s'étalaient, dans un ordre lugubre, le coffret plein d'or et de titres, les vêtements tachés et le marteau sanglant.

Il y eut alors, au sein de la foule, un grand mouvement d'émotion et de curiosité. Chacun, se penchant, se dressant, se poussant, voulait voir ces deux accusés si différents de race, d'extérieur, de manières, d'attitudes : le vieil Allemand aux cheveux gris ébouriffés, à la barbe emmêlée, touffue, aux petits yeux creux, laissant briller sous leurs cils blonds un regard sombre que traversait parfois, comme un éclair, une lueur de rage, et le pâle et élégant jeune homme, dont une profonde tristesse noblement supportée altérait en ce moment les beaux traits et le regard fier, mais qui paraissait pourtant calme et sûr de lui-même, bien qu'il n'affectât sur son passage ni dédain ni forfanterie, et que pour gagner son banc il tînt les yeux baissés.

Ils étaient assis, là depuis un certain temps, lorsque les jurés, à leur tour, pénétrèrent dans la salle. Les hautes fenêtres du palais, se découpant en clair sur le fond grisâtre du ciel, laissaient tomber sur leurs fronts une lumière crue, frappant, en face d'eux, les accusés en plein visage. A côté des jurés, assis devant la longue table recouverte d'un tapis d'un vert sombre, le ministère public avait son banc. Et au milieu du mur, au-dessus des têtes des jurés et des fauteuils du président et des conseillers, encore vides, une grande figure du Christ, austère et désolée, penchait le front et étendait les bras, comme pour plaindre et pour bénir, même au dernier moment, après l'arrêt des hommes.

Ce fut alors, qu'après la venue des accusés et l'installation du jury au milieu du silence ému s'appesantissant sur la foule, l'huissier éleva soudain la voix en frappant vivement sur un timbre et annonçant :

« Messieurs, la cour! »

Étienne Marcel.

— La suite au prochain numéro. —

RENÉ FRANÇOIS SAINT-MAUR

NÉ A PAU LE 29 JANVIER 1856, DÉCÉDÉ LE 13 MARS 1879

(Voir pages 228, 269, 277 et 300.)

En 1877, lors des fêtes du cinquantième anniversaire, René avait adressé à Pie IX, au nom de la congrégation de la rue de Sèvres, une ode dont les strophes suivantes ont une ampleur extraordinaire de pensée et de style :

Père, Pontife, Roi, chef des âmes fidèles,
Pasteur du saint troupeau qui croit en Jésus-Christ,
Gardien du tabernacle et des lois éternelles,
Infaillible Docteur, Prophète de l'Esprit...

Qu'importent les complots des princes de ce monde
Et que le flot s'élève et que l'orage gronde?
Ta barque ne craint pas la colère des eaux,
Elle sait affronter leur impuissante écume. —
L'Église catholique est l'immortelle enclume
Où s'useront tous les marteaux.

Leur glaive est émoussé, leur violence est vaine,
Ils ne fléchiront pas ta fermeté sereine;
Tandis qu'à tes vertus le malheur met le sceau,
Que leur propre conquête eux-mêmes les dévore,
Souverain sans États, tu peux régner encore
Avec le sceptre de roseau!

Ce siècle a vu tomber les choses les plus fortes;
Des rois ont disparu, des nations sont mortes;
Le torrent populaire emporte et brise tout:
Seul, tandis que les jours se pressent et s'écoulent,
Que les hommes s'en vont, que les trônes s'écroulent,
Tu demeures toujours debout!

. . . .

(3 juin 1877.)

La poésie semblait sa langue naturelle, et il avouait un jour qu'il éprouvait quelque difficulté à traduire ses pensées en prose. Toute coquetterie n'est pas absente de cet aveu, que vient d'ailleurs contredire plus d'une page de cette prose nombreuse et sonore où se devine le poète.

Ce n'est pas qu'il ait beaucoup écrit; en dehors de ses lettres, on ne peut guère signaler qu'un roman et quatre ou cinq études littéraires. Mais ces œuvres suffisent pour permettre de juger l'écrivain.

Voici par exemple un fragment de critique littéraire, un éloge de Corneille et de Racine qui trouve bien sa place après les œuvres que nous avons citées. Le jeune poète sait noblement parler de ses maîtres:

« Le *Cid* est le chef-d'œuvre de la tragédie profane, comme *Athalie* est le chef-d'œuvre de la tragédie sacrée. Le *Cid* ouvre la période des grands exploits du théâtre classique; *Athalie* la ferme. Celle-ci est la dernière pièce et la plus parfaite de Racine, génie constamment éducable et progressif qui n'a point connu les tristesses d'une longue décadence, qui a suivi constamment une marche ascendante, partant d'*Alexandre* pour aboutir à *Athalie* en passant par *Britannicus* et *Phèdre*, et qui ainsi a vraiment fini par « le chant du cygne » Celle-là est la première victoire de Corneille, jeune alors et plein d'une impétueuse ardeur. Quatre années (1636-1640), quatre tragédies (le *Cid*, *Horace*, *Polyeucte* et *Cinna*); voilà tout entier celui qui s'appelle le grand Corneille! Lorsqu'il écrit le *Cid*, il n'est pas encore embarrassé dans ces fausses théories d'Aristote qui doivent plus tard, avec l'aide de Chapelain et de l'Académie, exercer sur son génie hardi et sur son goût mal éclairé une si néfaste influence: il ne se préoccupe pas de la *terreur* ou de la *pitié*, lui qui a découvert du premier coup le véritable ressort dramatique, le plus noble, le plus sain, le plus vrai: *l'admiration*.

« Personne n'a jamais relu le *Cid* sans se représenter l'enthousiasme qui dut accueillir à son apparition cette merveille, singulier mélange de belles choses et de choses étranges, où les qualités sont à Corneille, tandis que les défauts appartiennent à son temps. Le *Cid* éclate comme le coup de clairon qui annonce une grande journée; il resplendit comme une aurore au sein de la nuit; il a la fraîcheur du matin, et déjà la splendeur du midi! Le *Cid*, comme l'a si bien dit Sainte-Beuve, est plein d'un charme extraordinaire de jeunesse et de passion; si on ne l'admire pas plus que les autres chefs-d'œuvre de Corneille, peut-être l'aime-t-on davantage, et même après *Polyeucte* il est permis de garder pour lui une préférence de cœur. C'est un beau commencement : le commencement d'un homme, le recommencement d'une poésie et l'ouverture du plus grand des siècles littéraires. Le *Cid* est tout rempli d'entraînants débats : « Rodrigue, as-tu du cœur? » — « A moi, comte, deux mots. » — « Va! je ne te hais « point! »... — C'est un coup d'essai qui est un coup de maître. On y sent un souffle d'un bout à l'autre par lequel on est emporté; c'est une pièce où circule un lyrique généreux; c'est une fleur immortelle d'honneur et d'amour! On n'a pas le cœur libre quand on lit le *Cid*..... »

IV

SA CORRESPONDANCE

Ces citations donnent bien l'idée de sa fermeté de touche et de sa finesse d'appréciation littéraire. Que d'œuvres n'eût-il pas ainsi produites, et quels accents il eût fait entendre! Pas un sentiment généreux qui n'ait fait battre son cœur, pas un événement important qu'il n'ait vu de haut et caractérisé d'un trait; pas un souvenir historique de quelque grandeur qu'il ne commente en Français et en chrétien et qu'il n'éclaire de rapprochements saisissants! La largeur du sentiment et l'élévation de la pensée se retrouvent dans toutes ses œuvres et donnent à ses productions, comme à sa vie, une inflexible unité.

« J'ai acheté l'autre jour, à mon dernier voyage à Nantes, un volume que je destine à la distribution des prix de l'école des garçons de La Boissière, où j'ai fondé l'année dernière un prix d'honneur; c'est *Jeanne d'Arc* de Marius Sepet, avec une préface de Léon Gautier. Quelle touchante histoire! Je comprends Michelet qu'un de ses amis trouve un jour en larmes et qui lui répond : « Je pleure cette pauvre Jeanne d'Arc « que les Anglais ont brûlée à Rouen! » Avez-vous remarqué ces trois grands procès qui se trouvent dans l'histoire comme des jalons de l'iniquité humaine et de la force divine, et qui se répondent de siècle en siècle : le procès de Notre-Seigneur Jésus-Christ, le procès de Jeanne d'Arc, le procès de Louis XVI? Il y aurait de belles réflexions et de belles comparaisons à faire là.

dessus. Quelle ressemblance du côté des bourreaux : Pilate, Caïphe ; l'évêque Cauchon et ses assesseurs, Loiseleur, si bien nommé ; la Convention ; — Judas, Jean de Luxembourg, le duc d'Orléans ; — la populace partout la même, juive, anglaise, révolutionnaire, partout la bête féroce aveugle et démuselée !... Et les victimes ! »

(23 août 1877, *à J. A.*)

Quelles réflexions la mort lui inspire !

« Ainsi, mon cher ami, vous n'étiez pas à Saint-Germain quand Thiers s'y est laissé mourir ! Cette nouvelle, répandue partout, a partout causé une vive impression... Il y a là de quoi méditer sur le néant des ambitions humaines et sur la foudroyante rapidité des coups de la Providence... Ils sont 363 qui accommodent un plébiscite sur le nom d'un vieillard ; la mort n'entre pas dans leurs calculs petits : il paraît qu'elle est entrée dans les grands desseins de Dieu ! Et d'autre part, voilà un homme qui a été tout ce que le talent, le génie presque peut faire devenir : orateur, historien, homme d'État, roi de France même, à une heure terrible, — révolutionnaire, et quelquefois défenseur des grandes causes, et qui meurt sans pouvoir songer à son âme ! Que lui servent aujourd'hui les vingt volumes du Consulat et de l'Empire ! Que lui serviront les magnifiques obsèques que l'on va lui préparer, et les hommages qui tomberont sur sa tombe ! Ah ! il y a bien là de quoi méditer ! »

(Nantes, 7 septembre 1877, *à J. A.*)

Rapprochons de cette mort celle de l'auguste Pie IX :

« Cher ami,

« Il est donc mort, ce Roi de la chrétienté, ce Père de nos âmes catholiques, dont la grande figure personnifiait avec un éclat auguste le droit méconnu et toujours vivant, la justice persécutée et immortelle, la vérité outragée et souveraine, le Verbe de Dieu chargé de fers et qui n'est point enchaîné ! Vers lui, dans les doutes et les dégoûts, nos esprits et nos cœurs se tournaient ; il nous donnait le précepte et l'exemple de la lutte et de la souffrance pour le bien, de la fermeté pleine de mansuétude. Lui mort, que reste-t-il ? Ne dirait-on pas que toute force, toute grandeur, toute sainteté ont soudain disparu de la terre, où nous ne voyons plus que les mesquines agitations et les querelles misérables des politiques humaines... Après ce long pontificat, après ce glorieux martyre, Dieu a voulu enfin couronner son fidèle serviteur... Il ne lui a pas montré ici-bas le triomphe de son Église... mais l'Église de Jésus-Christ n'est-elle pas immortelle ? S'il n'y a pas souvent un Pie IX, il y a toujours un Pape !..

« Je suis attristé, presque indigné que le premier bruit de cette nouvelle n'ait pas été le signal d'un deuil public... Ici, aucune manifestation de la douleur chrétienne, cette douleur adoucie par une invincible espérance... Les églises, les chapelles, tous les sanctuaires ne devraient-ils pas être tendus de noir ?.. Pie IX descendu dans sa tombe, on dirait, si on ne levait pas les yeux vers le ciel et si on ne s'appuyait pas sur les promesses de Notre-Seigneur, que le soleil du monde moral s'est couché. »

(Pau, 12 février 1878, *à J. A.*)

Il trouve toujours d'admirables paroles quand il s'agit de la Papauté : « Quelle belle lettre que cette lettre du cardinal Nina à l'archevêque d'Aix au sujet du denier de Saint-Pierre ! Comme on sent, sous ce grand style qui a quelque chose de l'ampleur du manteau pontifical, un je ne sais quoi de surhumain, le souffle du Saint-Esprit ! Notre jeunesse est privilégiée, cher ami ! Elle a déjà vu deux grands papes ! »

(Pau, 12 novembre 1878, *à J. A.*)

S'il rencontre sur son passage ou dans ses lectures la gloire humaine, il l'admire, mais sans que son enthousiasme l'aveugle :

« Je viens de finir la très intéressante étude de Thureau-Dangin : *le Parti libéral sous la Restauration*. Quelle brillante génération que celle de 1820 ! De vingt à vingt-cinq ans, ils sont déjà connus, célèbres, presque illustres ! Cependant il en est peu parmi eux dont nous puissions envier la gloire ; chez plusieurs, l'élévation intellectuelle du talent fait ressortir d'une façon terrible l'infériorité morale du caractère. Quel beau et admirable ministère on se plaît à rêver avec un duc de Richelieu aux affaires étrangères, un Villèle aux finances, un de Serre aux sceaux, un maréchal Gouvion Saint-Cyr à la guerre, et quelque part un Chateaubriand, pour donner à la sagesse qui agit le prestige d'une grande parole, éclatante comme un royal manteau de pourpre ! »

(La Boissière, 20 août 1878, *à J. A.*)

C'est avec cette hauteur de vues qu'il abordait toutes les questions et avec de tels traits qu'il gravait toutes ses pensées. Cette pleine maturité ferait oublier son âge, si le petit nombre de ses productions ne rappelait quel court espace de temps lui a été accordé. La rapidité de sa mort nous a privés de bien des œuvres ; la brièveté de sa vie n'a nui en rien à celles qu'il a produites. On voit ce qu'il n'a pu faire ; mais dans ce qu'il a fait, on n'aperçoit rien qui fasse défaut.

Le peu de choses qu'il a laissées est parfait par soi-même ; ses œuvres sont comme les colonnes achevées d'un temple qui n'a jamais été construit.

JULES AUFFRAY.

— La suite au prochain numéro. —

CHRONIQUE

La semaine dernière je vous parlais de diamants : aujourd'hui, si vous le voulez bien, nous causerons livres. La Fontaine a jadis rapproché les deux choses dans sa fable *le Coq et la Perle :* un beau et bon livre n'est-il pas, en effet, une perle rare ou un véritable diamant dont un ignorant seul peut dire :

Mais le moindre ducaton
Ferait bien mieux mon affaire ?

Je connais même bon nombre de gens, à mon avis fort sensés, qui trouvent plus de plaisir devant une vitrine de libraire qu'ils n'en trouveraient devant tous les diamants de la Couronne, y compris le *Régent* lui-même. C'est assez vous dire que je suis allé visiter l'*Exposition du Cercle de la librairie*, qui vient de se clore, mais que nous reverrons l'an prochain, vers la même époque.

D'abord, vous me demanderez peut-être ce que c'est que le Cercle de la librairie? Une institution toute récente et qui dit bien éloquemment, à sa manière, ce que sont devenues, dans notre société moderne, la puissance et la richesse de la typographie.

Nos grands imprimeurs et éditeurs de Paris ont voulu avoir un cercle où ils fussent chez eux et entre eux; et ils ont fondé leur Cercle du boulevard Saint-Germain.

Quel cercle! Un vrai palais, digne en tous points de son habile architecte, M. Charles Garnier : un édifice qui attire les regards par l'imposant aspect d'une belle rotonde formant l'angle de la rue Grégoire-de-Tours et du boulevard Saint-Germain. Des plaques émaillées sur lesquelles sont écrits les noms des principaux éditeurs du temps passé se détachent en couleurs vives sur la blancheur de la façade. Des portes de bronze ciselé et doré donnent accès dans le vestibule; tout le dallage est en mosaïque, et au pied de la première marche du grand escalier se détache l'hospitalière inscription des maisons pompéiennes : SALVE.

Cet escalier est la merveille de l'édifice : il rappelle par sa forme celle du grand escalier de l'Opéra et du Tribunal de commerce. Placé sous une vaste coupole, unique à sa base, il se divise plus haut en deux larges branches qui donnent accès aux salons, dont quelques-uns servent à tous les usages habituels d'un cercle, et dont les autres sont destinés aux expositions annuelles.

Ces expositions ont pour but de mettre sous les yeux du public les nouveautés qui permettent de constater les progrès de l'art typographique et de tous les arts qui s'y rattachent, en même temps que des spécimens de l'art ancien.

L'exposition de cette année a été particulièrement brillante : la plupart des noms illustres de la librairie française actuelle y ont été inscrits. Mais il m'a paru que les organisateurs de cette belle exposition s'étaient moins préoccupés du livre lui-même que de tous les arts accessoires qui se rattachent à la librairie : la gravure, la photogravure, la lithographie, la chromolithographie et la lithochromie.

Rien de plus ingénieux que toutes ces applications nouvelles de l'industrie; mais est-il bien vrai que toutes soient un progrès réel au profit de l'art?

La photogravure, par exemple, qui donne à la photographie l'apparence et la finesse de la gravure sur acier, n'est-elle pas destinée à tuer l'art du burin dans un avenir prochain? A quoi bon s'épuiser sur des planches d'un travail lent et difficile, qui ne pourront être vendues qu'à un prix élevé, alors qu'on peut facilement obtenir un tirage photographique qui, aux yeux de la masse du public, produit un effet analogue et peut être livré à un prix chétif?

Mais, avec ce système, n'est-il pas évident que l'art tourne de plus en plus au procédé purement mécanique. Adieu l'imprévu de l'improvisation! Adieu les trouvailles heureuses du génie! Adieu Albert Durer! Adieu Rembrandt!

La photogravure a pourtant en sa faveur certaines circonstances atténuantes : elle nous donne de fort jolies choses; mais je ne puis cacher ma sévérité pour la lithochromie.

Celle-ci a la prétention de reproduire la peinture à l'huile, de même que la chromolithographie reproduit l'aquarelle. Mais, il faut le dire, jamais prétention n'a été moins justifiée, du moins jusqu'à présent, et je trouve que le Cercle de la librairie a accordé à la lithochromie une place plus importante que méritée.

C'est à la lithochromie que nous devons ces tableaux ou plutôt ces prétendus tableaux que les épiciers donnent en prime à ceux de leurs clients qui achètent un certain nombre de kilogrammes de tapioca.

Cette industrie naissante nous procure des Delaroche invraisemblables et des Horace Vernet véritablement affligeants; l'imprimerie qui, jusqu'à présent, avait entretenu messieurs les épiciers d'œuvres littéraires sous la forme de cornets de papier, daigne maintenant leur fournir des œuvres de peinture pour servir de pendant aux statuettes fabriquées avec la cire des bougies de l'Étoile. L'intention est louable assurément; mais le résultat final laisse à désirer.

Le papier... On a appelé quelquefois notre époque le *siècle du papier*, par allusion à l'effrayante consommation de papier que fait la presse quotidienne; mais est-il bien vrai que le papier soit, de tout point, un des titres de gloire de notre industrie?

Notre fabrication produit le papier dans des quantités effrayantes : elle donne à ses feuilles des proportions qui dépassent tout ce que l'imagination a pu rêver.

M. Egger, dans sa très intéressante *Histoire du Livre*, ouvrage publié récemment, cite cette déclaration vraiment stupéfiante de M. Ambroise-Firmin Didot : « Chaque jour, depuis quinze ans, nous avons imprimé pour notre part la valeur de deux mille à deux mille cinq cents volumes in-octavo; et à notre papeterie de Sorel (près Dreux, département de l'Eure), *nous fabriquons chaque jour une feuille de papier de 1 mètre et demi de large sur 20 kilomètres de long!* »

Oui, cela est féerique; cela donne une sorte de vertige, surtout si l'on songe que tout ce papier, et celui qui se produit dans tous les autres pays du monde, n'est pas de trop pour recevoir toutes les élucubrations saines ou malsaines sorties de la cervelle des hommes.

Nos vieux imprimeurs du XVIe siècle et même du XVIIe seraient bien tentés de croire qu'il y a un peu de sorcellerie dans cette production si hâtive, si formidable, si gigantesque; mais leur admiration se maintiendrait-elle quand ils sauraient le peu de durée qu'a trop souvent notre papier moderne?

Il n'est aucun de nous qui n'ait dans sa bibliothèque des livres imprimés il y a trente ou quarante ans et quelques autres imprimés depuis au moins deux cents ans. Ceux-là ne semblent-ils pas les plus jeunes? Les premiers sont marqués de taches humides, *piqués*, comme on dit en style de bibliophile, tandis que les livres des Estienne, des Elzevier, des Alde, des Vascosan ont bravement traversé les siècles.

Qu'on y prenne garde: l'insuffisance de nos papiers actuels peut être cause, dans un avenir plus prochain qu'on ne pense, de la perte d'un grand nombre de nos ouvrages. Les grands auteurs, les écrivains de génie, seront toujours réimprimés; mais qui sauvera les autres, qui leur conservera au moins une ombre d'immortalité? Petits auteurs et modestes écrivains du journalisme, pensons-y, mes frères, en toute mélancolie et en toute humilité...

Ce que durent les livres! Nos lauréats du concours général et d'ailleurs n'y songent guère à l'heure où ils regagnent le logis paternel, les bras chargés de couronnes et de prix! Tout est beau, tout semble éternel pour eux en ce jour de triomphe, et ce n'est pas moi qui aurai la cruauté de jeter sur leurs lauriers la douche réfrigérante de mes réflexions philosophiques.

Je trouve même que l'Université, toute bonne mère qu'elle est, *alma mater!* comme on disait encore au temps de feu le discours latin, se montre bien un peu revêche par quelques côtés. Elle donne des prix à ceux qui en méritent, et rien qu'à eux... Franchement, est-ce assez pour satisfaire les enfants, les parents et surtout les grands-parents?

Une grand'maman m'arrive, ces jours-ci, escortée de quatre jeunes garçons qui ont chacun un prix à me montrer... Ils suivent les cours d'une petite institution, tenue par un ancien maître d'études, qui connaît à fond l'art de vendre au plus juste prix du latin passable, des mathématiques pas trop frelatées et de la soupe excellente.

Je souris aux quatre enfants et je m'adresse d'abord à l'aîné qui a quinze ans...

« Quel prix as-tu, Édouard?

— Le prix d'honneur.

— Bravo! Et toi, Paul?...

— Le prix d'histoire sainte.

— Très bien! Et toi, Jules?...

— Le prix d'encouragement...

— Oui, interrompt la grand'mère, Jules a eu la grippe pendant trois mois: M. Poisfleuri, son chef d'institution, a cru devoir lui donner un prix spécial en remplacement de celui qu'il n'aurait pas manqué d'obtenir, s'il avait suivi régulièrement les cours de la pension.

— M. Poisfleuri est un homme juste, » répliquai-je tout haut; et, tout bas, je me dis à moi-même: « M. Poisfleuri s'entend à vendre ses haricots! »

« Et toi, mon petit Charlot? » continuai-je en m'adressant au plus jeune, un bambin de six ans...

La grand'maman voulut prendre la parole; mais déjà Charlot, en véritable enfant terrible, avait répondu:

« M'sieu, j'ai eu le quinzième prix d'*ex æquo!*

— Hein ...? » fis-je légèrement déconcerté par cette formule bizarre.

La bonne maman rougit un peu et m'expliqua que M. Poisfleuri avait cru devoir donner quinze prix *ex æquo* au *mérite égal* des quinze marmots qui composaient la classe de Charlot; mais par une circonstance bizarre, inexpliquée, Charlot avait été nommé le *quinzième*, comme il avait eu soin de m'en instruire lui-même...

« M. Poisfleuri, répondis-je en m'inclinant, me semble évidemment digne de toute la confiance des familles, et je vous tiens, madame, pour une heureuse grand'mère. »

La bonne dame n'en demandait pas plus...

ARGUS.

Toute réclamation, toute indication de changement d'adresse, toute demande de renouvellement, doivent être accompagnées d'une bande imprimée du journal et envoyées FRANCO à M. Victor Lecoffre.

Abonnement, du 1er avril ou du 1er octobre; pour la France: un an 10 fr.; 6 mois 6 fr.; le n° au bureau, 20 c.; par la poste, 25 c.

Les volumes commencent le 1er avril. — LA SEMAINE DES FAMILLES paraît tous les samedis.

VICTOR LECOFFRE, ÉDITEUR, RUE BONAPARTE, 90, A PARIS. — Imp de la Soc. de Typ. - J. Mersch, 8, r. Campagne-Première. Paris.

Le tournoi.

LES TOURNOIS

On ne sait pas précisément à quelle époque les tournois furent établis; ils étaient déjà connus au IXe siècle, et semblent d'origine française; un nommé Geoffroy de Preuilly en aurait été l'inventeur.

Les tournois avaient non seulement pour objet d'exercer ceux qui faisaient profession des armes, mais encore d'exciter la jeunesse aux nobles passions. Aussi les apprêts d'un tournoi se faisaient-ils avec la plus grande pompe.

« Le bruit des fanfares, dit La Curne de Sainte-Palaye, annonçait l'arrivée des chevaliers, superbement armés, équipés, suivis de leurs écuyers, tous à cheval; ils s'avançaient à pas lents, avec une contenance grave et majestueuse. Des dames et des damoiselles amenaient quelquefois sur les rangs ces fiers esclaves attachés avec des chaînes qu'elles leur ôtaient seulement lorsque, entrés dans l'enceinte des lices ou barrières, ils étaient prêts à s'élancer.....

« Les principaux règlements des tournois, appelés avec injustice *écoles de prouesses* dans le Roman de Perceforest, consistaient à ne point frapper de la pointe, mais du tranchant de la pointe, ni de combattre hors de son rang, à ne point blesser le cheval de son adversaire, à ne porter des coups de lance qu'au visage et entre les quatre membres, c'est-à-dire au plastron, à ne plus frapper un chevalier dès qu'il avait ôté la visière de son casque, à ne point se réunir plusieurs contre un seul.....

« Les tournois, qui, dans l'origine, avaient été institués pour maintenir en haleine les gens de guerre, surtout dans les temps où la paix ne laissait point d'autre exercice à leur humeur belliqueuse, devinrent bientôt meurtriers. Les histoires sont remplies de ces accidents qui arrivaient aux tournois, soit par la négligence, soit par la passion des acteurs... Dans un seul tournoi, qui eut lieu à Meys, près de Cologne en 1240, il en coûta la vie à plus de soixante chevaliers et écuyers.

« Tous ces accidents donnèrent occasion aux papes d'interdire les tournois avec de graves peines, excommuniant ceux qui s'y trouveraient et défendant d'inhumer dans les cimetières sacrés ceux qui auraient été tués dans ces sortes de divertissements. »

Le funeste accident de Henri II, tué dans un tournoi en 1559, sous les yeux de toute sa Cour, modéra l'ardeur que les Français avaient jusque-là témoignée pour ces exercices; les tournois cessèrent absolument en France. Avec eux périt l'ancien esprit de chevalerie, qui ne reparut guère que dans les romans. Les jeux qui continuèrent, depuis, d'être appelés *tournois* ne furent que des carrousels; après avoir fait fureur pendant la jeunesse de Louis XIV, ils passèrent bientôt de mode.

Ch. Barthélemy.

UN DRAME EN PROVINCE

(Voir p. 3, 21, 34, 51, 75, 90, 100, 122, 138, 155, 172, 186, 197, 219, 236, 250, 265, 281, 291 et 313.)

Tous se lèvent alors, se découvrent, se dressent, regardent. Une émotion puissante, irrésistible, entr'ouvre les lèvres, agrandit les yeux et fait battre le cœur. C'est que l'appareil imposant de cette chambre de justice, ces longues toges rouges de l'avocat général, des conseillers assesseurs, du président, cette silencieuse et sévère dignité de ces hommes venant prononcer sur le sort d'autres hommes, inspirent à tous un austère et douloureux respect. Dès ce premier instant des débats, chacun sent venir la sentence. Sur cette estrade sombre, aux pieds du Christ penchant la tête, les bois de la guillotine vont peut-être se dresser.

Bien des regards allèrent alors, du sein de la foule émue, se fixer sur les accusés immobiles et droits sur leur banc. Le vieux Schmidt qui, lors de la première instruction, n'avait pas eu à affronter le sévère appareil de l'audience, ne put retenir un tressaillement subit, et rentra instinctivement sa tête entre ses épaules, comme s'il cherchait tout près de lui quelque coin pour se cacher. Quant à Gaston, il demeura impassible, immobile. Et pourtant un nuage passa, presque insaisissable, sur son front; un soupir à demi étouffé entr'ouvrit ses lèvres blanches, au moment où il entendit un sanglot s'élever au loin, dans la foule, tandis qu'une voix défaillante, la voix de son malheureux père, murmurait d'un accent navré : « Oh ! notre nom !... Mon pauvre enfant ! »

Le greffier commença par donner lecture de l'acte d'accusation. A l'égard de Hans Schmidt, la poursuite, justifiée d'ailleurs par ses récents aveux, était toute naturelle et parfaitement fondée. Il y avait des faits réels et éclatants, des détails précis et certains, et, plus que tout cela, des motifs sérieux, des causes. Mais pour ce qui concernait M. Gaston de Latour, l'hypothèse paraissait bien vague, les conjectures bien hasardées. Du moment que M. Michel Royan avait prêté de bon cœur de l'argent au jeune homme, et le lui avait envoyé surtout, l'accusation tombait d'elle-même et s'effondrait peu à peu : car on ne voyait plus bien le besoin, le motif du crime. Pour y croire, il n'y avait plus à supposer qu'une chose : c'est que le jeune homme, tenté par l'appât des valeurs de M. Michel et, parce qu'il avait perdu son premier argent, voulant s'en procurer d'autre, s'était entendu, pour le voler, avec le vieux garde en fureur. Mais aucun fait jusqu'alors connu n'attestait cette intelligence. Gaston de Latour avait été vu rôdant la nuit, il est vrai, aux alentours de la cachette et de la petite maison du garde, et c'était pour prouver ce fait que la pauvre Minette du marquis devrait comparaître, désolée, rougissante, désespérée surtout, et en présence de tous faire sa déposition tout à l'heure. Mais cela ne prouvait pas que Gaston fût coupable. Ce n'est pas toujours pour aller chercher dans les taillis quelques pièces d'or volé, fruit du meurtre et du crime, qu'un jeune homme de race et de cœur se glisse, passé minuit, au fond de la forêt.

L'interrogatoire de Gaston, qui suivit, le prouva bien du reste. Le jeune accusé qui, en une pareille situation, avait enfin compris qu'il devait faire au soin de son honneur le sacrifice de sa fierté, avoua que, d'après son sentiment personnel, depuis le prêt si généreux que lui avait fait M. Michel Royan, sa position, très délicate, était devenue intolérable. Il se trouvait redevable envers M. Alfred, avec lequel il n'entretenait guère de relations et pour lequel il ressentait encore moins de sympathie, d'une somme de 4,000 fr. qu'il aurait voulu pouvoir lui rembourser pour tout au monde. Et il se voyait à Paris, employé dans un ministère, sans horizon, sans appui, sans espoir d'avancement rapide, ayant à lui, pour toutes ressources, 1.800 fr. par an ! Il s'était donc résolu, avoua-t-il, aux privations les plus âpres, les plus continuelles, dans l'espoir de parvenir à économiser chaque année une petite somme destinée à M. Alfred Royan. Il comptait du reste, à cet égard, sur l'appui de sa bonne tante, à laquelle il pensait confesser son erreur et conter son histoire, lorsqu'il aurait passé quelques mois à Paris, sous ses yeux, s'acquittant consciencieusement de son nouvel emploi. Mais, comme sur ces entrefaites il avait été rappelé à B... auprès de son père malade, il s'était vu forcé d'employer ce commencement d'économies à payer sa place au chemin de fer. Puis, lorsqu'il était descendu à la station la plus voisine, il avait pris le parti, pour épargner les frais de voiture, de faire à pied les quatre à cinq lieues qui le séparaient de la ferme paternelle, aux environs de B... Comme la nuit était calme et belle, il n'avait pas trouvé en somme le voyage trop pénible ou trop long. Il avait pris, pour abréger, un étroit sentier coupant à travers un coin du bois et passant, en effet, près de la cabane du garde. Et c'était alors qu'on l'avait aperçu, sans qu'il le remarquât, tant il se hâtait pour arriver au point du jour près de son père.

Une impression unanime de sympathie, de confiance, et même de soulagement, se traduisit parmi la foule, avant la conclusion même de l'interrogatoire de Gaston. Chacun sentait que le jeune accusé, coupable tout au plus d'imprudence dans sa liaison avec l'aventurier Largillière, n'avait pas un seul instant cessé d'être honnête homme, et se trouvait tout à fait à tort, par suite de circonstances assez bizarrement combinées, compris dans ces poursuites criminelles que rien assurément ne justifiait à son égard. Mais alors sur quoi reposaient les ingénieuses hypothèses de l'acte d'accusation? quel esprit plus sombre et plus pervers avait suggéré, dans un moment fatal, l'idée du crime au garde? Qui donc était « l'autre » en un mot, l'autre resté dans l'ombre et depuis si longtemps cherché?

Seul Hans Schmidt le savait, et, s'il ne lui prenait pas fantaisie de le dire, il pouvait emporter son secret avec lui, jusque sous le sanglant couteau. Et l'on ne sut rien pourtant à cette première séance, qui fut remplie tout entière par son interrogatoire et ses aveux. Cependant le président des assises ne négligea pas les questions, les persuasions, les instances. A tout ce qui lui fut répété ce jour-là, le garde répondit:

« Plus tard; ch'ai encore le temps. Fous ne finirez pas auchourd'hui, che l'espère. S'il n'y a rien pour moi, che parlerai temain. »

C'était le lendemain, en effet, que le dernier mot de ce drame devait se dire. Hans Schmidt, rentré dans sa cellule, n'y trouva rien encore; plus d'argent, plus de tabac, plus de ces petites douceurs qui, jusque-là, lui avaient été fréquemment adressées. Alors il secoua d'un geste à la fois désespéré, sauvage et résolu sa grosse tête grise; il frappa du pied la dalle, et brandit son poing décharné. Ses lèvres contractées laissèrent échapper une imprécation, une menace, et, en se jetant, d'un mouvement furieux, sur le matelas de sa couchette, il murmura d'un ton rauque, entre ses dents serrées:

« Eh pien, che le tirai temain... Font-ils être étonnés! »

Ce jour-là, en effet, il ne se fit point trop prier après les premiers actes de l'audience. Lorsque le président l'eut rappelé à ses devoirs envers Dieu, envers la justice humaine et envers ses frères les hommes; lorsque Me Dumarest, élevant sa voix éloquente, l'eut adjuré de dire la vérité à cette heure solennelle, et de disculper ainsi son jeune et malheureux client, le vieil Allemand se redressa, parut se recueillir un instant, secoua, d'un mouvement résolu, sa grosse tête grise, serra les poings, frappa du pied, s'éclaircit la voix un instant et puis s'écria tout à coup, en relevant la tête:

« Eh pien, che le tirai... Mais che suis presque sûr que fous ne foudrez pas le croire... Et bourtant, en y pensant bien... Enfin, l'audre, c'est... M. Alfret. »

Un murmure subit et profond, murmure de stupéfaction, de terreur, d'incrédulité, accueillit aussitôt ces paroles du garde. Me Pernet ouvrit de grands yeux et frissonna d'horreur; Me Dumarest eut un sourire étrange et secoua la tête; les jurés tressaillirent, le président pâlit.

« Accusé, remettez-vous, reprit ce dernier aussitôt, et songez aux conséquences terribles, mortelles peut-être, d'une parole inexacte ou mensongère dite dans un moment de fureur. Je vous adjure encore une fois, dans votre intérêt même, de ne pas vous écarter un seul instant de la pure et simple vérité.

— Eh! c'est la férité aussi que che fous tis, parpleu!... Mais che le safais pien que fous ne foudriez pas me croire! Et c'est pourtant pien frai... L'autre, c'est M. Alfret! »

Alors, au milieu du murmure fiévreux qui remplissait la salle, un cri étouffé s'éleva, et puis on vit la foule s'agiter sur un des points de l'audience. Une jeune fille, en cet endroit, venait de s'évanouir. Hélène de Léouville, assise là à côté de Mme de la Morlière, n'avait pu supporter le choc violent que lui avaient causé ces mots si durs, effaçant à jamais ses rêves, brisant ses espérances. A présent, sa tête pâle renversée sur l'épaule de sa vieille amie, ses lèvres blanches entr'ouvertes et ses beaux yeux fermés, elle avait cessé d'entendre les terribles aveux du vieux garde, et les spectateurs assis près d'elle se levaient, s'agitaient, s'empressaient pour la secourir, en murmurant entre eux:

« Quelle terrible histoire! C'est un parent peut-être... Mon Dieu, la pauvre enfant! Qu'est-elle venue faire ici? »

Le président, averti de cet incident, s'empressa de donner des ordres. Bientôt la jeune fille, transportée dans une pièce voisine, reprit connaissance entre les bras de Marie et de son père, qu'on avait été chercher dans la salle réservée aux témoins. Alors la bonne Mme de la Morlière, voyant que sa présence devenait inutile, s'empressa de regagner sa place à l'audience. C'était avec un si vif intérêt qu'elle allait écouter la suite des aveux du garde, disculpant son cher Gaston et accusant Alfred!

Hans Schmidt avait, en effet, continué son histoire, et, pour la rendre intelligible et claire, il l'avait prise d'un peu haut. C'était avec une indignation vive et un profond ressentiment qu'il avait reçu un jour son congé de son maître. Pendant quinze ans, il s'était consacré corps et âme à son service, et c'était toujours à son service qu'il espérait mourir. En un mot, il avait trouvé que M. Michel agissait mal à son égard, et il était parti aigri, chagrin, exaspéré, ne sachant trop que devenir, et sentant bouillonner en lui un vague désir de vengeance.

Ses idées noires n'avaient fait que gagner du terrain lorsqu'il s'était trouvé seul, au fond du bois, dans sa pauvre cabane. Cette chétive maisonnette, qu'il habitait depuis si longtemps, lui paraissait vraiment être devenue sienne. Et que deviendrait-il quand il en serait dehors? Il savait que les gens du pays, qui le voyaient d'un mauvais œil en sa qualité d'étranger, ne se montreraient guère pressés de lui procurer de l'ouvrage. Et il n'avait pas de ressources suffisantes pour s'en aller vers son pays, de l'autre côté du Rhin. Devrait-il donc mourir tout seul, de misère et de faim, dans quelque recoin de ce bois qu'il avait si longtemps considéré comme son domaine? Et il s'était cependant, selon ses idées à lui, toujours conduit en fidèle serviteur et en brave homme. Et tout cela, c'était la faute de ce méchant M. Michel.

Sur ces entrefaites, il rencontra un matin M. Alfred dans la forêt. Et il n'aurait jamais pu deviner certes la colère et le ressentiment du jeune homme. Après quelques minutes de conversation, M. Alfred, à son grand étonnement, finit par tout lui dire, ayant sans cesse conservé, depuis les jours de son enfance, une réelle confiance et une sorte de sympathie pour cet homme qui l'avait sauvé.

Voici quel était le sujet de la querelle entre l'oncle et le neveu. M. Michel Royan voulait marier M. Alfred, auquel il devait laisser tous ses biens: valeurs, titres, domaines. Mais M. Michel avait choisi pour future nièce une certaine jeune fille, tandis que M. Alfred en voulait une autre pour femme, et la voulait absolument... Et ici la pauvre Hélène qui, dans une des salles voisines, frissonnait, pâlissait, pleurait et souffrait mille morts à l'idée que son nom allait être prononcé en Cour d'assises, eût pu se rassurer, certes, si elle s'était senti la force de demeurer à l'audience. Car personne ne devina qu'il était question d'elle; le vieux garde ne dit point son nom, par cette bonne raison qu'il ne le savait point lui-même, Alfred Royan lui ayant exposé les motifs de sa colère, sans faire allusion à la personne préférée dont, entre son oncle et lui, il avait été question.

Quoi qu'il en soit, une étincelle fatale avait jailli de ces deux rancunes combinées. Lequel de ces hommes avait eu, le premier, l'idée de la vengeance suprême, de l'assassinat, qui mettait fin à toutes ces colères et ces difficultés en enlevant un obstacle, en supprimant une vie? Hans Schmidt prétendait, lui, que c'était M. Alfred, et M. Alfred, en ce moment, n'était pas là pour lui répondre. Oui, il affirmait haut et fort que son jeune maître lui avait dit:

« Vois-tu, mon bon vieux Hans, si mon oncle était mort, je serais libre, et toi aussi... Je te laisserais faire à ton gré tes petites affaires. Du moment que tu soignerais bien les miennes, que tu prendrais mes intérêts, je n'irais pas, je t'assure, regarder ici et là si tu te fais un petit pourboire de temps en temps, avec une perdrix ou un lièvre... Mais mon oncle n'est pas mort, et toi et moi nous sommes bien malheureux... Ah! si nous n'avions qu'à souhaiter, hein! dis, pour que la chose se fasse! »

La chose, une fois mise sur cette voie, avait marché rapidement. On n'avait pas tardé à passer du souhait qui ne servait à rien, à l'idée de l'exécution, à la mise en action qui avait été sur-le-champ sérieusement combinée. Tous les arrangements avaient été pris, le jour même fixé, dans ce long entretien, au fond de la forêt. Car le temps pressait évidemment: avant huit jours, Hans Schmidt devait partir, et c'était sur lui seul qu'Alfred Royan pouvait compter pour accomplir l'œuvre fatale.

Voici quel avait été le mode d'exécution du crime. La veille, le 29 au soir, le garde, arrivant par le jardin après avoir traversé les prairies, avait été introduit dans la maison par M. Alfred, tandis que Mme Jean, encore occupée dans la cuisine, servait à souper au bonhomme Nicolas. Hans Schmidt, glissant à pas de loup sur le sable des allées, avait enjambé sans peine la fenêtre du rez-de-chaussée qui s'ouvrait dans la chambre de M. Alfred. Ce dernier s'y trouvait toujours seul à cet instant de la soirée; son oncle, en ce moment, revoyait ses comptes dans son bureau du premier étage, ou faisait sa partie de dominos au café le plus voisin.

Il avait été convenu entre les deux complices que l'assassin passerait la nuit dans cette chambre, et profiterait, pour frapper, du moment où, au point du jour suivant, Mme Jean se rendrait à l'église et Nicolas partirait pour faire ses commissions. Et ici Hans Schmidt ajouta qu'il avait vu, avec un certain étonnement, M. Alfred inquiet au fond, peut-être même tout à fait effrayé, à l'idée de se trouver la nuit en sa seule compagnie. « Et il avait bien tort, ajouta le coupable Hans. Du moment que j'avais donné ma parole et que tout était arrangé!... »

Quoi qu'il en soit, le témoignage de Mme Jean vint ici confirmer le récit du vieux garde. La ménagère se rappela fort bien qu'en effet ce soir-là, M. Alfred, se disant accablé d'un violent mal de tête, était venu dans la cuisine la prier de lui allumer une veilleuse. Il n'avait pourtant point l'habitude d'en demander la nuit. Mais il souffrait tant ce soir-là, disait-il, qu'il pouvait vouloir se lever pour se poser des compresses d'eau glacée, pour se verser à boire. Mme Jean, on le conçoit, s'était empressée d'obéir, et puis elle avait offert d'aller placer elle-même la lumière et quelques menus objets sur le guéridon de la chambre, dès que son jeune maître se serait mis au lit. Mais M. Alfred avait refusé vivement, et s'était éloigné aussitôt, emportant avec soin sa veilleuse.

Lorsque les deux hommes, entendant peu à peu mourir autour d'eux les derniers bruits du logis, du jardin et de la rue, s'étaient enfin trouvés seuls debout dans la maison, M. Alfred avait fortement engagé le garde à se jeter sur le lit pour sommeiller. Lui-même, il ne se sentait, avait-il dit, aucune envie de dormir, et il préférait passer au moins une partie de la nuit à lire. Hans Schmidt ne s'était pas fait prier longtemps et, s'étendant sur la moelleuse couchette de l'héritier de M. Michel, y avait fait un ou deux bons sommes. Seulement, chaque fois qu'il lui était arrivé de se réveiller en sursaut, il avait aperçu M. Alfred éveillé, inquiet, marchant à petits pas au travers de la chambre, ou étendu dans son fauteuil et lisant, comme il l'avait dit.

A l'aube du jour le jeune homme l'avait éveillé, en lui posant tout doucement sa main tremblante sur l'épaule.

« Il est temps, avait-il murmuré. C'est au point du jour que mon oncle s'éveille, et comme on sonne la messe, Mme Jean va bientôt partir. »

Hans Schmidt s'était levé alors, et il avait remarqué en ce moment que « ce paufre mouchier Alfret » frissonnait de tous ses membres et était pâle comme un mort. Il n'avait pas perdu néanmoins la présence d'esprit et le jugement, pour achever de son mieux tous les préparatifs du crime. Ainsi, ouvrant aussitôt une armoire au fond de sa chambre, il en avait tiré deux verres et une bouteille qui renfermait quelque chose de verdâtre et de fort. Ce n'était pas de l'eau-de-vie, ni du rhum, dit le vieil Allemand ; mais bien une liqueur très spiritueuse, très amère, qu'il avait trouvée pourtant très agréable à boire, mais qui lui avait aussitôt tourné la tête, le rendant résolu, tout à fait décidé à prendre sans regrets la vie d'un homme, fort comme dans sa jeunesse et insensible à tout danger.

Aussitôt après, M. Alfred, indiquant à Hans Schmidt une lime et un ciseau déposés dans un coin, l'avait conduit, marchant comme lui sur la pointe des pieds, dans la chambre de débarras, au bout du corridor, où il lui avait ordonné de défaire un des carreaux de la fenêtre. Il fallait donner à penser, lors de l'enquête, que l'assassin s'était introduit dans la maison au moyen de cette vitre enlevée. Et le garde s'était empressé de suivre les ordres de M. Alfred.

Cette besogne préparatoire était à peine terminée, et les deux coupables étaient de nouveau silencieusement assis dans la chambre du jeune homme, lorsqu'ils avaient entendu, au-dessus de leur tête, Mme Jean se lever, descendre, allumer son feu et faire chauffer son café dans la cuisine, puis sortir et fermer la porte de la rue pour se rendre à l'église, sur la place du marché ! Alors, M. Alfred, devenu blanc comme un cadavre, se leva, poussa le coude au garde, et lui montrant du doigt le plafond au-dessus de leur tête, murmura :

« Il est temps à présent. Vas-y ; fais vite, ne crains rien. Je te donnerai tout l'argent que mon oncle a là-haut, dans son coffre. »

Ce fut sur ce commandement que lui, Hans Schmidt, quitta la chambre, muni de son marteau. Il monta l'escalier, fit la chose ainsi qu'il l'avait déjà dit, puis frappa trois fois du pied sur le parquet pour annoncer à M. Alfred, dans sa chambre du bas, que la sanglante besogne était enfin achevée. Alors M. Alfred monta, mais il n'osa pas entrer. Il ne voulut même point passer la tête par la porte entre-bâillée, pour voir l'aspect sinistre de la chambre de mort. Mais se bornant à indiquer du doigt un petit coffret en fer posé sur une planche, il avait ordonné au garde de vider l'un des rayons du coffre-fort, et avait fiévreusement entassé l'or et les billets dans la boîte. Puis il la lui avait remise, en lui ordonnant de disparaître au plus vite et de s'en retourner chez lui. C'était naturellement ce qu'avait fait Hans Schmidt, qui avait vu, en gagnant la première allée du jardin, M. Alfred retourner dans sa chambre, pour se mettre au lit.

Telle fut, en résumé, la déposition du garde, qui devait modifier, on le comprend, tous les actes et les résolutions de la cour. Le président, ayant levé la séance, en délibéra avec le parquet dans la chambre du conseil. Et les résultats de cette conférence se traduisirent en un mandat d'amener, qui fut lancé contre M. Alfred Royan, alors à Cannes ou à Nice. Dans tous les cas, l'affaire fut suspendue jusqu'à ce qu'il pût comparaître, et remise à une autre session.

ÉTIENNE MARCEL.

— La suite au prochain numéro. —

RENÉ FRANÇOIS SAINT-MAUR

NÉ A PAU LE 29 JANVIER 1856, DÉCÉDÉ LE 13 MARS 1879

(Voir pages 228, 269, 277, 300 et 316.)

A quoi auraient servi tant de qualités et dans quelle carrière René serait-il entré? Ne l'en croyons pas lui-même dans ses velléités diverses. L'incertitude de ses résolutions ne s'explique que trop par les gênes de la maladie qui jetait du décousu, non dans la vie de son intelligence, mais dans les conditions matérielles de son travail.

Sollicité d'ailleurs par ses aptitudes diverses, comment n'aurait-il pas hésité à s'engager irrévocablement dans l'une des voies qui s'ouvraient à ses efforts?

Cependant à examiner les caractères particuliers de son talent et ses goûts, il semble qu'on puisse prévoir ce qu'il serait devenu. Esprit ouvert et très laborieux, il aurait acquis des connaissances de toutes sortes et bien coordonnées, en droit, en littérature, en histoire; puis, sur ce fond solide, son talent créateur aurait élevé des œuvres historiques dans cette forme très littéraire dont Ozanam nous a laissé un impérissable modèle.

Il avait toujours ressenti une vive admiration pour ce maître. La résignation d'Ozanam, mieux que cela, son allégresse à courir à la mort avait pénétré René d'une émotion sur laquelle il aimait à revenir, comme s'il y pressentait un exemple qu'il aurait bientôt à suivre :

« Oh ! mon cher ami, qu'elle est belle cette page d'Ozanam que vous avez sans doute comme moi présente à la mémoire et où, mourant, faisant à Dieu le sacrifice complet de sa gloire, de son bonheur humain, il finit ainsi : *Et j'ai dit : Je viens Seigneur !* — Rien de plus beau n'a jamais été écrit par un homme... » (8 novembre 1876, *à J. A.*)

L'éloge revient constamment sous sa plume, quand il parle de son auteur favori. « Tu ne contempleras point le magnifique panorama qui se déroule chaque jour devant nos yeux ravis, comme une carte déployée par Celui qui est admirable sur les sommets : *Mirabilis Deus in altis!* — Je te condamne expressément à relire, pour te faire apprécier l'étendue des regrets que tu dois avoir, une des pages les plus belles qui aient été écrites de notre siècle : *Un pèlerinage au pays du Cid*, par mon cher Ozanam. » (Pau, 13 avril 1878, *à J. A.*)

Dans son journal, les citations d'Ozanam attestent le soin et le goût avec lesquels il étudiait ce maître. Il le lisait dans les derniers jours de sa vie ; c'était l'ouvrage sur les *Poètes franciscains* et, un soir qu'il en avait parcouru quelques pages, lui, si sobre d'éloges, murmura de sa voix à peine distincte : « Que cet homme écrit donc bien ! »

René procédait de lui, et l'on se prend à songer qu'il aurait pu à son tour redire les grandes époques de la France chrétienne !

Toutes les idées fermentaient dans sa tête, et sans découragement, parce qu'il sentait son talent, — sans orgueil, parce que son cœur restait simple et pieux, — il entrevoyait dans l'avenir le travail, la lutte et aussi le succès. A quelques personnes qui lui demandaient ce qu'il voulait faire, il répondait par manière de plaisanterie, pour arrêter les questions indiscrètes, n'aimant pas à s'ouvrir sur lui-même, mais au fond non sans en penser quelque chose : « Je veux être grand homme ! » et comme on insistait : « Où ? quand ? comment ? Je ne sais..... »

Tout jeune, en 1872, il avait déjà, dans un portrait qu'il traça de lui-même, exprimé la même pensée :

Bon cœur, mauvaise tête,
Il est un peu poète,
Et surtout il le croit ;
Il méprise et déteste
Le faux, et n'a du reste
Rien d'un esprit étroit.

D'assez inégal caractère,
Tantôt triste, tantôt rieur,
Il n'admire le terre-à-terre
Pas plus que le genre rêveur.
Il voudrait atteindre la gloire
Sans s'être donné trop de mal ;
Il a griffonné maint grimoire,
Il voudrait être original.

Jamais sa raillerie
N'a moqué sa patrie,
N'a plaisanté de Dieu.
Jamais par un sourire
On ne l'a vu médire
Des larmes d'un adieu.

Consacrer son intelligence
A défendre la vérité,
Devenir par son éloquence
Le champion de l'équité :
Voilà sous quelle forme, et comme
Les rêves brillent à ses yeux ;
Il faut avant tout être un homme...
On s'occupe après d'être heureux !

Un homme, c'est-à-dire
Un Français, un chrétien,
Que la prière inspire
Et qui s'attache au bien ;
Qui toujours se confie
Au seul maître du sort,
Qui souffre sans remord
Et qui se sacrifie !

LES DERNIERS MOIS. — LES PRESSENTIMENTS DE MORT

Tous ses projets allaient être abandonnés. Jusqu'alors la maladie lui avait laissé quelque répit ; désormais il va lui appartenir tout entier. En juillet 1878, il passait à grand'peine, déjà sans forces réelles et soutenu seulement par une fièvre intense, l'examen de droit romain du doctorat et ceux de deuxième année de l'École des Chartes, et il quittait Paris où il ne devait plus revenir.

Il avait souvent répété qu'il n'avait pas de pressentiments de mort. Ne cherchait-il pas à se tromper lui-même ou plutôt à tromper les autres ? Autour de lui, bien des jeunes gens, ses amis, tombaient enlevés par le mal dont il se savait atteint et chacune de ces disparitions provoquait de sa part des réflexions touchantes.

En parlant de son camarade Henri Buineau, décédé en 1876, il écrivait :

« Et puis, atteint du même mal, il n'est pas le premier jeune homme de mes amis que je vois mourir avant l'âge et que le bon Dieu rappelle, tandis qu'Il me laisse, me donnant ainsi de miséricordieuses leçons... Ne vaut-il pas mieux mourir jeune ? Et pourtant, sans parler des attraits de la vie, il doit être bien dur d'abandonner sa tâche à peine commencée et de ne laisser derrière soi, pour la gloire de Dieu et le bien des hommes, aucun monument, presque aucun souvenir ! Mais notre courte vue s'arrête aux choses visibles et ne pénètre pas les desseins providentiels... » (8 novembre 1870, *à J. A.*)

Ne devine-t-on pas un retour sur lui-même, dans les vers qu'il fit à la mémoire de son ami Jean Barbey?

Le peu de jours qu'il a vécu
Valent mieux qu'une longue vie:
C'est dans la fleur de sa vertu
Que son âme, hélas ! est partie.

Pour le rendre plus digne encor,
Dieu l'éprouva, dans sa clémence ;
Le souvenir de sa souffrance,
Est un exemple doux et fort.

Sa fin fut l'aurore bénie ;
Moi qui ne l'oublierai jamais,
Moi qui l'ai connu, qui l'aimais,
Je ne le plains pas, je l'envie...

Elu du bonheur éternel,
Il n'a plus à pleurer, ni craindre;
On eût dit, à le voir s'éteindre,
Un ange qui remonte au ciel.

Son cœur attendit avec calme
La mort, ce messager divin,
Qui venait lui porter sa palme:
Il n'avait pas souffert en vain!

Ailleurs encore, cette préoccupation de la mort est visible :

« O lâcheté ! il n'y a guère en moi que des velléités de bien, comme il n'y a dans mes cartons que le plan d'une conférence, le dessin général ou le titre d'une étude, les noms des personnages d'une tragédie !... Mais il est également incontestable que, si l'homme, comme l'a dit Bonald, est *une intelligence servie par des organes*, la mienne n'est malheureusement pas aussi bien servie que je le voudrais... J'éprouve souvent une lassitude profonde et sans motifs, comme une fatigue de vivre, un poids sur la poitrine... Je m'essouffle ainsi qu'un vieux cheval poussif. Je ne sais pas si c'est la lame qui l'a usé, mais le fourreau n'est pas brillant... Je me dis quelquefois qu'il vaudrait sans doute mieux mourir jeune... On laisse ainsi le regret des espérances que l'on n'aurait peut-être pas réalisées... Mon Dieu, mon Dieu, toi seul es fort !

« Ne crois pas cependant que je sois hanté de désirs et de pressentiments funèbres : je veux faire de moi un bon, quoique inégal serviteur de la France et de l'Église. L'Église, malgré ses deuils et ses souffrances, vit toujours et est toujours jeune. Léon XIII succède à Pie IX et le règne de Notre-Seigneur Jésus-Christ n'est pas interrompu. Quelle consolation pour nous, au milieu des vacillements étranges et des amers dégoûts de la politique humaine, de nous attacher à ce roc inébranlable ! Là, là seulement est pour nos âmes et la vérité éternelle, et la force et la douceur divines !... »

« Mais chez nous, dans notre pauvre pays, quel triste spectacle ! Loin de nous relever, il semble que nous nous abaissions de plus en plus : j'ai besoin de réagir vigoureusement pour ne pas tomber dans le scepticisme désolé d'Aymar. Chaque jour amène sa nouvelle tristesse et sa honte nouvelle.....

« J'ai le dos fatigué de t'avoir écrit si longuement, mais j'en ai le cœur reposé... Ah ! mes amis, mes chers amis, vous me manquez bien... » (8 mars 1878, *à J. A.*)

Mais il n'aimait pas à livrer ses impressions, même à ses intimes, et tandis que son journal et son testament porteront la trace de ses pensées secrètes et la certitude où il était d'une mort prochaine, ses lettres, jusqu'au dernier moment, parleront d'une espérance qu'il ne conservait plus et d'un retour à la santé qu'il savait impossible. Pudeur de l'âme, austérité du caractère, qu'il n'a jamais perdues !

Une oppression continuelle de la poitrine, la perte presque absolue de la voix; après les journées épuisantes, des nuits où le repos le fuyait, pendant lesquelles des sueurs abondantes lui enlevaient chaque fois un peu de la réserve de sa vie... Que sert de décrire ce retrait incessant des forces vives et ce triste acheminement vers la mort?

Il sentait tout ce qu'il perdait et il aimait passionnément tout ce qu'il fallait quitter. Son sacrifice dut être terrible. Il le fit absolument et nul ne devinait qu'il fût dès longtemps accompli, à l'entrain qu'il ne cessait de montrer. Sa résignation et son acceptation de la volonté de Dieu ne se démentaient pas.

Au début de la crise, le 30 août 1878, il écrivait :

« C'est étonnant à quel point ce « corps de mort » réagit sur l'âme et combien vite la vie végétative vous absorberait !.. Grâce à Dieu, j'accepte avec résignation cette longue épreuve : autant l'oreiller de Montaigne me semble odieux, autant je m'endors avec confiance sur les desseins mystérieux de la miséricordieuse Providence. Quel bonheur de croire en N. S. J. C. ! »

Puis, comme s'il regrettait ce moment d'abandon :

« Ceux qui m'entourent ici seraient peut-être étonnés d'entendre ce grave langage : car, dans nos bonnes et nombreuses réunions, c'est encore moi qui fais le plus de bruit et qui dis le plus de bêtises. Dans ces vives et gaies mêlées, une chose m'effraye beaucoup : c'est combien je suis naturellement méchant, peu bienveillant, combien j'ai l'œil sûr pour voir le point faible, l'endroit sensible, et le trait acéré pour l'y enfoncer. Il semblerait que j'éprouve je ne sais quel mauvais plaisir d'un caractère désagréable, quelle satisfaction d'amour-propre d'esprit mal tourné, à blesser les gens. Souvent des gens que j'aime... Mais n'est-ce pas déjà un léger progrès de le constater moi-même et de reculer devant le monstre? » (Lettre *à J. A.*)

L'irritabilité nerveuse dominait parfois sa volonté, mais il n'en était plus responsable. Du moins la souffrance ne diminuait pas sa gaieté et il narguait la maladie. Dans ses lettres, dans ses paroles, c'était un enjouement délicat, une finesse de plaisanterie où le cœur avait autant de place que l'esprit.

— La suite au prochain numéro. — JULES AUFFRAY.

Chaise de poste.

LES CHEMINS, DU TEMPS DE NOS AIEUX

On prétend que les arts tendent de plus en plus à se perfectionner, c'est possible ; mais celui de voyager va se perdant chaque jour, et si déjà, il y a moins d'un quart de siècle, on a pu dire avec raison « que les voyages se composent uniquement de départs et d'arrivées », avec combien plus de vérité cela peut-il être applicable à notre époque de chemins de fer, de trains rapides, d'excursions à bon marché, de voyages circulaires d'un mois de durée !

On a dit que la diligence, cette lourde machine, avait tué les voyages ; elle a été tuée elle-même par les voies ferrées, et déjà, au siècle dernier, Rousseau ne craignait pas d'avancer que, « quand on ne veut qu'arriver, on peut courir en chaise de poste ; mais que, quand on veut voyager, il faut aller à pied ».

Mais qui veut aller à pied de nos jours, alors que la multiplicité, la rapidité et surtout le bon marché des moyens de locomotion ont rendu si paresseuses même les plus jeunes jambes ! Or, un peuple qui ne sait plus ou qui ne veut plus marcher est un peuple perdu ou bien près de sa décadence.

La rapidité vertigineuse des *déplacements* modernes donne de plus en plus raison à cette boutade d'Alphonse Karr : « Un voyage prouve moins de désir pour ce que l'on va voir que d'ennui de ce que l'on quitte. »

Et c'est peut-être bien là, par anticipation, le sentiment qui a fait mettre en *chaise* dite *de poste* ces deux jeunes époux pratiquant déjà la mode ou plaisir qui, au sortir du temple, enlève les deux conjoints unis il n'y a qu'un instant, aux compliments plus ou moins sincères des invités qui comptaient sur un *lunch* ou un pique-nique.

Est-ce que ces jeunes gens s'ennuiraient déjà ensemble ? ou bien l'inexorable empire de l'égoïsme à deux pèse-t-il sur eux ? Nous l'ignorons ; quoi qu'il en soit, nos deux voyageurs se sont mis en route dans une de ces voitures que, par antiphrase peut-être, on appelait une *chaise de poste*, et dont l'invention remonte à 1664.

Cette chaise, pour être à deux places, n'en est pas moins une désobligeante voiture, comme celle que Sterne avait louée ou achetée au rusé aubergiste de Calais. On sait qu'on donnait le nom de *désobligeante* à une chaise à une seule place, laquelle forçait son maître à désobliger celui qui aurait voulu s'y installer deuxième.

C'est trop ; mais que cela donne à réfléchir et à regretter, par ce temps de trains rapides et d'accidents multipliés, la bonne vieille méthode patriarcale et toute biblique d'aller à pied pour parcourir, non pas seulement un espace de quelques lieues, mais des centaines de lieues. C'est en marchant ainsi que les Romains ont conquis le monde ; pourquoi faut-il que l'on ne veuille plus se servir de ses jambes, au moment où plus que jamais on répète que le progrès va à pas de géant, et que l'humanité est en marche vers un avenir de plus en plus fortuné ? Le mensonge sera-t-il donc toujours le dernier moyen, le terme réel et désolant du mirage fallacieux de tant de belles promesses !... Nous le craignons et nous tremblons pour les destinées futures d'un peuple qui ne sait plus marcher et qui demande à tous les systèmes de locomotion imaginables la solution du problème d'arriver à temps, vite et sans fatigue. Et cependant un grand penseur ne l'a pas dit impunément :

Aucun chemin de fleurs ne conduit à la gloire.

L'ONCLE JACQUES.

LE SUCCÈS PAR LA PERSÉVÉRANCE

III

MEZZOFANTI.

Dans la Bible est la première histoire authentique de l'humanité, dans la Bible la première notion du langage de l'homme.

Dieu fait comparaître devant Adam les oiseaux qu'il vient de créer et Adam leur donne leur nom.

Après le déluge, il n'y avait, dit la Bible, qu'une seule prononciation et une seule langue.

Dieu, voyant le travail impie des constructeurs de la tour de Babel, jeta la confusion dans leurs langues, et ils ne pouvaient plus s'entendre les uns les autres, et ils se dispersèrent (1).

Une légende arabe raconte que Mahomet, emporté par Gabriel jusqu'au septième ciel, vit un ange qui avait soixante et dix mille têtes, dans chaque tête soixante et dix mille bouches, et dans chaque bouche soixante et dix mille langues, qui chantaient en soixante et dix mille idiomes différents les louanges du Seigneur (2).

La légende indienne est plus restreinte. Elle raconte tout simplement que Bouddha, envoyé à l'âge de dix ans dans une célèbre école, demanda dans quel idiome les leçons lui seraient données et cita cinquante dialectes de l'Inde et de la Chine que son savant maître ne connaissait pas (3).

Mais voici dans l'histoire des langues des faits posi-

1. Leurs malentendus, dit le Talmud, les mettaient en fureur et ils se battaient à main armée. Une partie de la tour qu'ils voulaient élever jusqu'au ciel s'écroula ; une autre fut incendiée, le reste subsista jusqu'à la destruction de Babylone. Les hommes se répandirent sur la terre et se divisèrent en nations. (*Histoire biblique*, chap. 1er.)

2. *Mahomet explained* by M. Morgan, t. II.

3. *The romantic legend of Bouddha* by D. Beat. p. 68.

tifs. C'est Plutarque lui-même, le grave Plutarque qui nous révèle la science de Cléopâtre.

« Si y avait, dit-il, grand plaisir au son de la voix de cette reine, et à sa prononciation, parce que sa langue était comme un instrument de musique, à plusieurs jeux et plusieurs registres, qu'elle tournait aisément en tel langage comme il lui plaisait, tellement qu'elle parlait à peu de nations barbares par truchement, mais leur rendait par elle-même réponse au moins à la plus grande partie : Ethiopiens, Arabes, Troglodytes, Hébreux, Syriens, Mèdes, aux Parthes et à beaucoup d'autres encore, dont elle avait appris la langue là où plusieurs de ses prédécesseurs rois d'Egypte à peine avaient pu apprendre l'égyptienne seule (1). »

Zénobie, la glorieuse et malheureuse reine de Palmyre, savait aussi plusieurs langues, et Mithridate, dit Valère Maxime, en savait vingt-deux.

En Europe, dès les temps nébuleux du moyen âge, Bède, le vénérable moine anglo-saxon, se distingua par ses œuvres philologiques, et Alcuin, le célèbre auxiliaire de Charlemagne, joignait aux langues des pays où il avait vécu la connaissance des langues anciennes, grecque, latine, hébraïque.

Du rassemblement des peuples par les croisades, jaillit une source abondante de nouveaux enseignements Par ces longues expéditions, par les pèlerinages, l'Europe apprit les idiomes et la poésie de l'Orient.

De cette époque date la fondation de nos premières universités, à Paris, à Cambridge, à Bologne (2).

En 1215, Rodrigue Ximénès, archevêque de Tolède, qui avait fait ses études à Paris, ayant à défendre au concile de Latran les prérogatives de son siège épiscopal, écrivit son plaidoyer en latin, et le reproduisit en allemand, en français, en anglais, en espagnol et en navarrais.

Raymond Lulle, à qui l'on n'attribue pas moins de quatre mille ouvrages, avait trouvé le temps d'apprendre le grec et l'arabe.

Au XVe siècle, apparaît le fils de Don Juan François de la Mirandole, le fameux Pic. A dix-huit ans, il connaissait vingt-deux langues, et en parlait plusieurs couramment. Telle était sa mémoire qu'il lui suffisait de lire une fois un livre, pour pouvoir le réciter mot par mot intégralement.

Après lui, dans cette légion toujours croissante de philologues, voici Pigafetta qui accompagne Magellan autour du monde et publie le premier vocabulaire de la Polynésie, des Philippines, des Moluques, de Malacca (3).

1. *Vies des hommes illustres*. Traduction d'Amyot, t. VIII, p. 314.

2. Ch. Villers, *Essai sur l'influence des croisades*, p. 417.

3. *Premier voyage autour du monde pendant les années* 1519, 1520, 1521 et 1522. Paris, an II.

Voici l'orientaliste Rossi qui était doué, comme Pic de la Mirandole, d'une telle mémoire que, si on lui citait au hasard un vers du Dante, de Pétrarque, de l'Arioste, du Tasse, il pouvait dire aussitôt les cent vers suivants.

Voici Lopez de Vega qui a composé quinze cents comédies en vers, trois cents drames, dix poèmes épiques, huit nouvelles en prose, une quantité d'essais, de préfaces, et qui avait appris le grec, le latin, l'italien, le portugais, le français, probablement aussi l'anglais (1).

Nous devons une mention spéciale à Postel, le célèbre professeur du temps de François Ier.

Orphelin dès son bas âge, sans fortune, sans appui, sans autre éducation que celle qu'il a pu recevoir dans une école élémentaire en Normandie, mais passionné pour l'étude, et résolu d'entrer dans les domaines de la science dont il entrevoit les horizons par quelques livres, tout jeune il obtint un emploi d'instituteur dans un petit village près de Pontoise. Là, en s'imposant de cruelles privations, il finit par amasser une petite somme avec laquelle il s'en va à Paris, où sont les grandes écoles. Des voleurs lui enlèvent son trésor, le dépouillent de ses vêtements. Saisi par le froid, il tombe malade. Au lieu d'assister aux leçons des maîtres qu'il est si désireux d'entendre, il languit dans un hôpital.

Quand il a recouvré assez de forces pour pouvoir sortir, le pauvre vaillant garçon, sa misère l'éloigne encore de l'étude à laquelle il aspire, son dénuement l'oblige à se mettre au service d'un paysan de la Beauce.

Mais si ardente est sa pensée ! si ferme sa résolution ! Dans son état de manœuvre, il économise de nouveau quelques deniers. De nouveau il retourne à Paris, et il entre comme domestique au collège Sainte-Barbe, moyennant un minime salaire, mais avec la faculté de suivre les cours de plusieurs professeurs.

Par sa puissance de travail et d'intelligence, le moindre élément d'instruction fructifie promptement dans son esprit. Avec un alphabet et une grammaire il apprend l'hébreu. Bientôt le domestique de Sainte-Barbe s'élève au premier rang des disciples de la communauté. Bientôt le disciple devient maître.

En raison de son savoir d'orientaliste, il fut adjoint à la mission que François Ier envoyait en Turquie. Il revint par la Syrie, l'Asie Mineure, la Grèce, et fut nommé professeur au Collège de France. Mais son ardente et aventureuse nature ne lui permettait pas de rester longtemps à la même place. Il voyagea en Italie, en Allemagne, puis de nouveau parcourut les États du Levant et en rapporta une précieuse collection de manuscrits. A son retour à Paris, il reprit une chaire de professeur pour enseigner les langues orientales. Sa réputation lui attira un si grand nombre d'auditeurs que nulle salle ne pouvait les contenir. Tous station-

1. C. W. Russell, *Memoirs of eminent linguists* p. 37.

naient dans la cour, et Postel faisait sa leçon par la fenêtre. On dit qu'il connaissait une vingtaine de langues.

Chacun sait quels progrès a faits la philologie dans les temps modernes par les recherches des érudits, par le zèle des missionnaires, par les découvertes des marins, par les pèlerinages des chercheurs d'étymologies et de filiations, comme les Rask, les Castren, les Cosma de Kœrœs.

Dans le monde entier, chaque nation a pris part au développement de la science du langage.

Au-dessus de tous ceux qui se sont illustrés dans cette vaste arène, s'élève l'humble enfant de Bologne, Joseph Mezzofanti, dont je veux essayer de raconter la vie à l'aide de l'excellent livre publié par M. C. W. Russel (1).

Ses parents étaient de braves gens sans fortune : son père, simple charpentier gagnant par son métier le pain quotidien ; sa mère, très assidue à ses devoirs de ménage et très pieuse. Il avait une sœur, son aînée de dix ans, qui épousa un ouvrier, et lui-même devait être également ouvrier.

On raconte, à Bologne, que sa vocation de savant se manifesta d'une façon singulière dans ses premières années de labeur manuel.

Souvent son père travaillait hors de l'atelier, en pleine rue, sous les fenêtres d'une école où un vieux prêtre enseignait le grec et le latin. Joseph, en rabotant des planches, écoutait ces leçons et en retenait chaque mot. Le religieux instituteur apprit par hasard qu'il avait un curieux petit élève. Il voulut le voir et, après avoir causé avec lui, il déclara que de cet humble apprenti on ferait un étudiant distingué, un lettré, un docteur.

Telle est la légende des premières années de Mezzofanti. Il y en a une autre qui éclaire d'un rayon surnaturel sa jeunesse.

Au commencement de sa prêtrise, un jour il est appelé à confesser deux pirates condamnés à mort, qui n'avaient plus que vingt-quatre heures à vivre. Il court près d'eux, et l'un et l'autre lui parlent un idiome qui lui est totalement inconnu. Quelle fatalité ! Comment faire pour accomplir son œuvre de miséricorde ? Il rentre chez lui, le cœur dans l'angoisse, et voilà qu'il trouve un livre qui lui semble une révélation. Il le lit toute la nuit avec ferveur. Puis il retourne vers les prisonniers et, par une grâce providentielle, par un miracle comme celui de la Pentecôte, il les comprend et il est compris. Il est le confident de leurs dernières pensées et leur donne la suprême consolation.

Dans la pieuse cité des États pontificaux, les facultés extraordinaires de Mezzofanti devaient nécessairement donner lieu à de merveilleux récits.

Le fait est que le fils de l'humble artisan, après avoir passé plusieurs années dans une école élémentaire, fut, par l'intervention d'un généreux prêtre, admis comme élève dans une maison de hautes études appartenant à la congrégation des *Nuove scuole*.

Quel élève ! si doux envers ses condisciples, si docile envers ses maîtres et si laborieux ! Il n'était que trop laborieux, car, à force de lire et de veiller, il tomba malade. Plus d'une fois, dans le cours de sa vie, la même tension d'esprit produisit le même affaissement. Avec son étonnante mémoire, le travail cependant lui était facile. Très promptement il apprit le grec et le latin, et de ce temps de sa jeunesse jusqu'à la fin de ses jours, chaque fois qu'il en trouvait l'occasion, il apprenait une autre langue.

En 1767, après le ténébreux travail d'Aranda, l'émule de Pombal et de Choiseul, un décret de Charles III expulsa, on ne sait pour quels motifs, tous les jésuites du royaume d'Espagne et de ses colonies (1).

Trois de ces innocents exilés avaient trouvé un refuge dans la *scuola nuova* de Bologne. Par les leçons affectueuses de deux d'entre eux, Mezzofanti acquit une connaissance approfondie des langues classiques ; par le troisième, la connaissance de l'allemand.

En 1792, un prêtre de France, fuyant les horreurs de la Révolution, vient aussi se réfugier à Bologne et par lui l'infatigable linguiste apprend le français.

Puis voici un jeune Suédois qui ne connaît absolument que sa langue maternelle, pas un mot d'un autre idiome. Heureusement il apporte de Stockholm quelques livres suédois. Mezzofanti les emprunte, les lit avec sa merveilleuse sagacité, puis retourne près du jeune Scandinave, lui fait articuler un certain nombre de mots pour en connaître la prononciation, et en quelques jours il en venait à causer avec lui comme s'il avait vécu sur les rives du Mélar.

En même temps, il étudiait avec ardeur les langues orientales et suivait assidûment les cours de théologie. Il voulait être prêtre. Il avait la douceur, la charité, la piété du vrai prêtre. Il reçut les ordres en 1797 et fut nommé dans la même année professeur d'arabe. Mais il ne jouit pas longtemps de cet emploi qui lui plaisait.

Par le traité de Tolentino, Bonaparte obtenait de Pie VI la légation de Bologne et de Ferrare et la Roumanie, et en y adjoignant Modène et Reggio constituait une de ces républiques que le Directoire cherchait à créer de tout côté pour soutenir celle de France, qui n'avait plus guère de temps à vivre (2).

1. *The life of cardinal Mezzofanti*; in-8°, Londres, 1858.

1. Ici, dit M. de Saint-Priest, une obscurité impénétrable enveloppe encore les causes de la mesure. Jamais motif plus léger n'amena un résultat plus décisif. Le nom donné par l'histoire à cet événement en démontre la frivolité. On le nomma « l'émeute des chapeaux. » (*Histoire de la chute des Jésuites au* XVIII*e siècle*, p. 50.)

2. La nouvelle république italienne s'appelait la *Cis-*

En proclamant, selon l'usage révolutionnaire, les bienfaits du nouveau régime et la joie extrême de toute la population, les nouveaux magistrats de la Cispadane croyaient devoir cependant exiger de tous les fonctionnaires un serment de fidélité à la chère république, et l'on ne pouvait impunément résister à cette injonction.

Pour Mezzofanti, la situation était grave : sa mère frappée de cécité, son père vieux, infirme, ne pouvant plus travailler, sa sœur pauvre ayant six enfants à élever. Avec son traitement de professeur, il pouvait apaiser les inquiétudes de ces affligés, pourvoir à leurs besoins de chaque jour. En dehors de ce traitement, il n'avait en sa qualité d'ecclésiastique que le produit d'une petite prébende, à peine 400 fr. par an.

Cependant, il ne pouvait reconnaître à Bologne une autre souveraineté que celle du pontife vaincu. Il refusa le serment qui lui était demandé et fut révoqué. C'était une cruelle sentence, il s'y attendait.

Heureux d'avoir agi selon sa conscience, très décidé à ne jamais sacrifier un juste sentiment à un intérêt matériel, il descendit sans se plaindre à l'état de précepteur ambulant. Triste tâche qui lui faisait perdre beaucoup de temps, et pour lui, dans ses ardents désirs d'étude, chaque parcelle de temps était si précieuse! Mais il acquérait par là le moyen de continuer son œuvre de cœur, son devoir filial, son devoir fraternel, et il était reçu avec des égards particuliers dans les familles où il allait donner des leçons. L'une des plus anciennes et des plus distinguées, la famille Marescalchi, qui a eu en France un noble représentant (1), l'accueillit avec un affectueux sentiment et mit à sa disposition une bibliothèque qui renfermait de précieux ouvrages de linguistique.

Dans l'étude des langues sans cesse il progressait, et sans cesse il cherchait de tout côté un nouvel élément d'instruction.

Il en eut un qui lui donna une pieuse joie et dont il parlait avec une simplicité touchante. « A Bologne, dit-il, au temps de la guerre (2), je venais d'être ordonné prêtre, et je visitais constamment les hôpitaux militaires. Là, chaque jour, je trouvais des malades, des blessés de diverses nations, slavoniens, allemands, hongrois, bohêmes, et c'était pour moi une grande affliction de ne pouvoir ni les confesser, ni les consoler par quelques bonnes paroles. Alors, de toutes mes forces, je m'appliquais à étudier leurs langues jusqu'à ce que j'en vinsse à me faire comprendre. Je n'en demandais d'abord pas plus. Avec ces premiers rudiments, je retournais près d'eux. Il y en avait qui désiraient remplir leurs devoirs religieux ; d'autres avec lesquels j'avais divers entretiens. Très promptement ainsi s'accroissait mon vocabulaire. Enfin, avec un travail assidu, avec le don de la mémoire par la grâce de Dieu, je parvins à connaître les langues des différentes nations auxquelles appartenaient ces malades, même les dialectes particuliers de leurs provinces. »

En 1799, après la bataille de la Trebbia, qui obligea Macdonald à se retirer vers Gênes, l'armée austro-russe reprit possession de Bologne. Dans cette armée, l'insatiable philologue trouvait de nouveaux instituteurs, des Slaves, des Magyares, des Flamands. Il découvrit même un soldat qui lui fit connaître un idiome qu'on n'enseigne point dans nos écoles, l'idiome traditionnel des Gypsies, c'est-à-dire des nomades bohémiens.

Aux leçons qu'il donnait de côté et d'autre, à ses visites dans les hôpitaux, à ses stations au confessionnal, à ses perpétuelles études, Mezzofanti joignait les devoirs de famille. Il réjouissait par ses soins assidus ses vieux parents, et il élevait les enfants de sa sœur.

Pour pouvoir faire tant de choses, il réglait strictement l'emploi de son temps, et il ne dormait, dit Gœrres, pas plus de trois heures par jour. Pour échapper aux embarras pécuniaires, il réglait de même son humble budget ; ses besoins matériels étaient fort restreints.

Cependant il était très recherché et très honoré, et les magistrats de Bologne n'osèrent délaisser plus longtemps le savant auquel les habitants de la ville et les étrangers les plus distingués témoignaient tant de considération. En 1803, il fut nommé bibliothécaire de l'Institut de Bologne, un magnifique établissement fondé au dix-septième siècle par le comte Masigli et successivement agrandi par de généreuses dotations.

A la fin de la même année, sa chaire de langues orientales lui fut rendue. Il la reprit avec joie.

En très haut lieu, on pensait aussi à lui. Napoléon désirait réunir à Paris les savants de premier ordre, et le comte Marescalchi engagea Mezzofanti à se rendre en France, lui promettant un noble emploi. Mais le bon abbé n'avait nulle envie de quitter sa ville natale, nulle ambition, et il écrivait au fils du comte : « Non, je ne puis aller à Paris. Je serais là sur un candélabre où je ne produirais qu'une pâle et vacillante lumière, qui bientôt s'éteindrait. »

Quelques années après, deux séduisantes propositions lui furent faites par deux pontifes : Pie VII et son successeur. L'un et l'autre voulaient lui donner à Rome un poste considérable. L'humble Mezzofanti demanda la permission de rester dans sa bibliothèque.

Il ne put résister cependant aux instances de Grégoire XVI, qui avait pour lui une vive affection. Il n'était plus retenu à Bologne par un lien filial. Son père et sa

---

padane (en deçà du Pô). Elle fut bientôt engloutie dans la Cisalpine.

1. Le comte Ferdinand Marescalchi, membre de la consulte de Lyon en 1801, ministre des relations extérieures du royaume d'Italie en 1805.

2. La guerre entre les troupes de la République française et les troupes autrichiennes, de 1796 à 1800.

mère étaient morts. Il partit pour Rome en 1831 avec sa sœur, ses neveux et ses nièces. Il avait alors cinquante-deux ans, et il savait une cinquantaine de langues.

Byron, dans la dédicace du quatrième chant de *Child Harold*, le cite comme un des grands hommes de l'Italie, et dans l'une de ses correspondances publiées par Th. Moore, il dit : « Je ne me rappelle pas un homme de lettres que j'aie désiré revoir, excepté Mezzofanti qui est un prodige, le Briarée du langage, le polyglotte vivant plus encore. Il aurait dû exister du temps de la tour de Babel. On en eût fait l'interprète universel. Il est vraiment merveilleux et sans prétentions. »

Giordani, l'impétueux écrivain dont les idées politiques et littéraires ne s'accordaient guère avec celles du doux abbé, écrit de Bologne : « Je ne me soucie point d'être en rapport avec les gens de lettres. Ils ont généralement peu d'instruction et peu de zèle. Je fais une exception pour Mezzofanti, qui est d'une piété extrême et d'une science vraiment prodigieuse. Vous avez sans doute entendu parler de lui. Il connaît parfaitement une quantité de langues, et ce n'est qu'une minime partie de son savoir. Cependant il vit ici dans l'obscurité, et il faut le dire, à la honte de notre temps, dans la pauvreté. »

Mezzofanti n'avait alors d'autres ressources que le produit de ses leçons.

Plus tard un Danois qui fut un rigoureux critique et un habile philologue, M. Molbech, lui consacre dans son récit de voyage en Italie une autre mention : « J'ai passé, dit-il, quelques heures avec Mezzofanti et c'est pour le revoir que j'aurais voulu prolonger mon séjour à Bologne. Sa célébrité doit être pour lui un inconvénient. Les guides le citent parmi les curiosités de la ville et pas un homme instruit ne passe ici sans lui rendre visite. Cet Italien qui n'a jamais quitté sa ville natale que pour faire une excursion à Rome ou à Florence, a le génie des langues au plus haut degré. »

Ce qui est vraiment merveilleux, dit un autre voyageur, c'est de voir Mezzofanti au milieu d'un cercle d'interlocuteurs de diverses nations passer instantanément d'une langue à l'autre, sans jamais se tromper et en conservant le caractère précis de chaque dialecte.

Un jour, un étranger dit à Mezzofanti : « Oserais-je vous demander combien vous parlez de langues? »

Le bon abbé réfléchit un instant, puis d'un ton modeste répondit : « Quarante-six.

— Est-ce possible? Et comment avez-vous pu acquérir un tel savoir?

— Dieu m'a donné une faculté particulière. Dès que j'ai appris la signification d'un mot, jamais je ne l'oublie. »

Tout jeune, dès qu'il avait lu une page de grec, il la savait par cœur. Mais à la possession de la mémoire, il joignait la persistance du travail.

A Rome, il fut nommé chanoine de Saint-Pierre, recteur du Collège de la basilique et conservateur de la bibliothèque du Vatican.

Cela ne suffisait point à son activité. Il était toujours si désireux de s'instruire et il trouvait à Rome tant de moyens d'instruction : les monuments, les musées, les établissements scientifiques et littéraires, et d'abord le Collège de la Propagande, le catholique, le glorieux séminaire qui reçoit des élèves de tous les pays et donne des missionnaires au monde entier.

Parmi ses étudiants, on a compté en une seule année quatre-vingt-dix nationalités différentes : étudiants des régions polaires et des régions de l'équateur, de l'Islande et de Ceylan, du Thibet et de l'Australie, de l'Afrique et de l'Amérique; nègres et peaux-rouges, madécasses et malais, chacun d'eux gardant son dialecte et son type distinct, tous réunis en un même sentiment religieux sous un même toit.

Quelle maison pour Mezzofanti si avide de science! Il se réjouissait d'aller là et d'y passer de longues heures, examinant ces jeunes néophytes d'origines si diverses, s'entretenant avec la plupart d'entre eux dans leur propre idiome.

L'enseignement du chinois ne figurait point dans les programmes de la Propagande. Cet enseignement était réservé au collège que le célèbre Père Rippa avait fondé à Naples pour l'instruction des prêtres qui se destinaient aux missions de la Chine, de la Cochinchine, du Pégu, du Tonquin et de la péninsule indienne.

Mezzofanti voulait étudier le chinois. Il partit pour Naples, et se mit à l'œuvre avec tant d'ardeur qu'il en eut une fièvre dont il faillit mourir. Pendant plusieurs semaines, cette fièvre bouleversa ses trésors de mémoire. Il ne se rappelait plus un seul mot d'un idiome étranger. Il ne pouvait parler que sa langue maternelle.

Dès qu'il fut en état de voyager, il retourna à Rome, et quelques années après, la Propagande ayant transféré dans cette ville plusieurs Chinois du collège de Naples, il put reprendre l'étude qui lui avait coûté si cher.

Par un jeune Indien appartenant aussi à l'école de la Propagande, il apprit l'idiome des peuplades californiennes; par un missionnaire allemand, l'idiome du Congo; par un prêtre de Saint-Sulpice, l'algonquin, un de ces dialectes de l'Amérique du Nord où l'on trouve des mots d'une longueur formidable, comme par exemple celui-ci qui signifie *genuflexion* :

Wutappesittackquissunemhwehtunkquoh.

Dans les derniers temps de sa vie, Mezzofanti apprenait encore le basque, l'une des langues les moins connues.

Sans ambition, sans aucun souci de sa fortune, il était de plus en plus apprécié par le souverain Pontife. Son affabilité et sa douceur le faisaient aimer de tous ceux qui le voyaient, et son renom de linguiste s'accroissait constamment. Les souverains eux-mêmes se plaisaient à le préconiser. A Bologne, l'empereur d'Autriche et le prince de Prusse causant avec lui avaient admiré sa science. L'empereur de Russie l'admirait à Rome.

En 1838, il fut élevé à la dignité de cardinal. Ce haut rang lui imposait l'obligation d'avoir une maison d'un caractère imposant, des domestiques et des voitures. Il se soumit à cette étiquette; mais, en dehors des jours de cérémonie, il conservait la régularité et la simplicité de ses habitudes. Il allait, comme par le passé, visiter les hôpitaux, secourir les pauvres et les malades. Il allait fréquemment au Collège de la Propagande. Ses livres lui étaient aussi chers qu'au temps de ses premières études, et quand il n'avait pas d'invités, sa table était aussi frugale.

Il vécut ainsi dans les dernières années de Grégoire XVI et les commencements du pontificat de son successeur Pie IX.

Dans la tempête révolutionnaire de 1848, il ne quitta point Rome, et les nouveaux maîtres de la capitale ne lui firent subir aucune injure. Si peu catholiques qu'ils fussent, ils respectaient l'humble prêtre, étranger à la politique, constamment absorbé dans ses œuvres de charité ou ses études. Mais la proclamation de la république au Vatican, la fuite du pape, les désordres de la démagogie dans les États pontificaux produisirent sur cette âme pacifique une cruelle impression.

Affaibli par l'âge, il tomba malade, languit quelques semaines, puis mourut pieusement comme il avait vécu.

Quelle noble et pure existence! Quel exemple de succès par la persévérance, de bonheur et d'honneur par le sentiment du devoir et le sentiment religieux!

Xavier Marmier,
de l'Académie française.

LE BŒUF ET L'ANE

—

FABLE

—

Un bœuf, au poil luisant, à l'embonpoint superbe,
Plongé jusqu'aux genoux dans l'herbe,
Regardait d'un œil dédaigneux
Un âne étique, à l'air passablement hargneux,
Qui broutait, à deux pas, sur le bord de la route
Quelques rares ajoncs, peu succulents sans doute,
Car il se reposait souvent,
Oreilles droites, nez au vent :
« Tu me parais, l'ami, faire assez maigre chère,
Lui cria notre gros compère,
Et je ne voudrais pas partager ton festin.
Entre nous quelle différence!
Tu dois assurément envier mon destin.
Mais ce n'est rien encor d'avoir en abondance :
De l'herbe pour faire bombance :
Bientôt un triomphe éclatant
Dans la capitale m'attend;
Et tandis qu'au moulin, pliant sous la pochée,
A grands coups de bâton, tu seras ramené,
Avec plus d'appareil que jadis Mardochée,
Au milieu de Paris je serai promené
Comme un triomphateur antique,
Monté sur un char magnifique,
Et le front de rubans et de fleurs couronné;
Au son joyeux de la musique,
Je recevrai les compliments
Du président et des ministres,
Et d'un peuple enivré les applaudissements.
— Loin de porter envie à ces honneurs sinistres
Qui te paraissent si charmants,
Répondit notre pauvre hère,
En vérité, je leur préfère
Ma maigre pitance et mon bât.
Si je pouvais aller aux lieux où l'on abat
Les animaux de ton espèce,
Le lendemain du jour où ce peuple en liesse,
Spéculant sur un bon régal,
Applaudit surtout à la graisse,
Je te verrais, tombé de ton haut piédestal,
Te tordre en expirant sous le couteau fatal. »
L'âne, huit jours après, broutait encor sa lande,
Et le héros de carnaval
De ses membres devenus viande
Garnissait l'étal d'un boucher.

Avis, s'il pouvait les toucher,
Aux grands hommes de contrebande.

H. Lamontagne.

BIBLIOGRAPHIE

—

Le chancelier Gerson est une de ces brillantes figures qui font l'ornement de l'Église et la gloire de la France.

Né de parents obscurs au hameau de Gerson, près de Rethel, en 1763, il se fit remarquer de bonne heure par les brillantes qualités de son esprit; dès l'âge de trente-deux ans il fut nommé chevalier de l'Université de Paris, et, à ce titre, il assista en 1818 au concile de Constance. Son influence sur cette illustre assemblée contribua beaucoup à mettre un terme au schisme qui désolait alors l'Église d'Occident.

Après le concile, il s'abstint de rentrer en France, alors déchirée par les factions ; il se retira en Tyrol, puis en Autriche, pour aller finir ses jours à Lyon, au couvent des Célestins, dont son frère était prieur. Il a laissé un grand nombre de traités qui témoignent tous de la profondeur de sa science et de la pureté de ses convictions.

C'est cette vie si intéressante, touchant à la fois à tant d'événements religieux et historiques, que M. Jean Darche vient de faire connaître dans un excellent ouvrage: « *Le bienheureux Jean Gerson, chancelier de l'Université de Paris* » (1). L'auteur parcourt dans un large aperçu les faits saillants de la vie du sublime chancelier, il apprécie son caractère dans un jour tout à fait nouveau, et produit parmi des pièces historiques, les témoignages de vénération qui se sont perpétués à Lyon jusqu'à nos jours; ce que Gerson a fait pour le culte de Marie et de saint Joseph, y tient une place bien méritée. Grâce à M. Darche ces antiquités littéraires et religieuses serviront à éclairer et à guider la piété moderne; nous ne doutons pas que cet ouvrage soit lu, compris et goûté par tous ceux qui ont gardé le culte des nobles souvenirs de la France.

C. P.

CHRONIQUE

La France assiste en ce moment à la reprise d'une vieille comédie qui s'est jouée bien des fois chez elle depuis 1789. Cette pièce a cela de particulier qu'elle se joue partout à la fois, sur une foule de théâtres bien divers et par une multitude d'acteurs non moins variés : elle s'appelle d'un titre bien connu : *l'Électeur et le Candidat.*

Bref, nous sommes dans la *période électorale*...; s'il me fallait expliquer par à peu près à un habitant du Kamtchatka ou de la Terre-de-Feu ce que c'est que la *période électorale*, je tâcherais de lui faire comprendre d'abord ce que c'est que la *lune rousse*, cette lune qui a des influences si... lunatiques sur la vigne, sur les moissons, sur la santé des hommes et des animaux; cette lune qui, pendant son cours, met partout un état de fièvre et de malaise; cette lune à laquelle, plus qu'à toute autre, les chiens hurlent avec des velléités *mordantes*, qu'ils satisfont assez volontiers à droite et à gauche. « Eh bien! dirais-je à mon citoyen du Kamtchatka ou de la Terre-de-Feu, la période électorale est un temps pendant lequel nous voyons se produire une foule de phénomènes bizarres, analogues à ceux qu'amène la lune rousse : la vigne, il est vrai, n'en est point directement affectée; mais, on remarque néanmoins que la *période électorale* exerce une agitation extraordinaire sur les vins, cidres, poirés, bières, alcools et tous les liquides en général : ils semblent alors se précipiter d'eux-mêmes dans l'entonnoir des gosiers humains. Pendant la *période électorale* vous voyez des gens qui, d'habitude, sont posés, réfléchis, et paraissent jouir de toute leur raison, se livrer subitement à un tas de courses extravagantes à travers les villes et à travers les champs; ils ne fréquentaient que les salons les plus élégants : les voilà qui s'attablent dans de méchantes auberges et dans des cabarets de bas étage; ils se familiarisaient peu, se montraient assez soucieux de garder, parfois même avec un peu de morgue, leur rang social : les voilà qui donnent la main au premier passant venu.

« Ils offrent un petit verre au commissionnaire du coin et ils plongent amicalement leurs doigts dans la tabatière du cantonnier qu'ils rencontrent sur la grande route. Des individus bien connus par leurs idées subversives se déclarent les amis de l'ordre et de la conservation sociale; d'autres qui ont toujours professé les idées les plus opposées, n'ont à la bouche que les mots de *progrès*, de *liberté*, de *réforme;* tous sont atteints d'une manie commune qui consiste à faire coller sur les murs de grands papiers de toutes les couleurs et à fourrer dans les poches de leurs concitoyens des tas de petits papiers sur lesquels leur nom est imprimé.

« Enfin, si la *période électorale* ne fait point, comme la *lune rousse*, hurler les chiens, elle met du moins dans de grosses colères une certaine espèce d'êtres qu'on appelle *journalistes* et qui mordent à belles dents tout ce qui passe à leur portée. »

L'habitant du Kamtchatka ou de la Terre-de-Feu auquel je tracerais ce tableau parfaitement véridique de la *période électorale* et de ses effets, ne manquerait point de manifester la même inquiétude qu'un Européen débarqué dans leur pays où la fièvre jaune sévirait en plein; et il me demanderait certainement si le gouvernement a pris les mesures suffisantes pour couper court aux progrès du fléau et ramener au plus vite tant de pauvres victimes dans un état de sage équilibre physique et moral.

Mais je ne serais point étonné que le vieil homme me crût moi-même atteint du *delirium periodicum electoriale* à un fort degré, quand il m'entendrait déclarer que la période électorale, bien loin d'être combattue par le gouvernement, est, au contraire, favorisée par lui; que c'est lui qui indique le jour et l'heure où les citoyens français sont autorisés, que dis-je? invités à se livrer aux petites facéties nerveuses que je viens de relater... Mon honnête sauvage me regarderait d'abord avec stupeur; et, regardant ensuite son tomahawk, il se demanderait si ce ne serait point rendre service à un homme raisonnant comme moi que de lui trépaner un peu le crâne pour ouvrir un salutaire passage aux vapeurs et aux billevesées de son cerveau.

Réfléchissez vous-même, lecteur, et dites si vraiment, malgré certaines apparences fantaisistes, j'ai fait de la *période électorale* un tableau bien différent de ce qu'elle est dans la réalité!

Heureusement la *période électorale* est un phénomène qui a été depuis longtemps observé à différentes époques, dans beaucoup de pays, et il demeure acquis à la science qu'elle n'est pas forcément mortelle pour tous ceux qui en ressentent les effets. Elle ne les conduit même pas tous à Charenton; mais il est rare qu'elle ne leur laisse pas quelques suites désagréables connues

1. 1 vol in-12, 4 gravures, prix 2 fr., par la poste 2.25.

sous le nom de *déceptions* : déception du candidat qui comptait sur son électeur, et déception de l'électeur qui comptait sur la reconnaissance de son candidat devenu député.

La *période électorale*, dont je ne m'occupe ici que sous son aspect pittoresque, c'est la foire aux belles paroles, aux grosses demandes et aux grosses promesses ; les malins s'arrangent pour escompter autant que possible le résultat effectif de ces dernières.

Le docteur Véron, dans ses *Nouveaux Mémoires d'un bourgeois de Paris*, raconte deux petites anecdotes fort courtes, mais qui résument assez bien toute la longue histoire des élections depuis les temps anciens jusqu'à nos jours. Ce sont toujours les mêmes convoitises, les mêmes petites ruses, et trop souvent les mêmes compromis de conscience.

« Un député, dit le célèbre docteur, me racontait, en 1837, que la veille de son élection ayant offert une prise de tabac à un paysan électeur influent, le naïf agriculteur répondit sans vergogne :

« Non ; pas une prise, un bureau. »

« Un banquier de Paris, qui bien que banquier, ne tenait pas à l'argent, se présentait aux électeurs dans un département ; un des meneurs, qui avait presque l'élection dans la main, lui refuse d'abord son concours, et le banquier le rencontrant quelques jours avant le scrutin :

« Je vais, lui dit-il, repartir pour Paris, tant je suis certain de ne pas réussir ici, puisque vous refusez de m'appuyer.

— Vous avez peut-être tort de quitter la place, lui répond cet électeur influent.

« Eh bien, tenez, répliqua le banquier, je vous parie vingt mille francs que je ne serai pas élu.

— Je les tiens. »

Le banquier obtint la majorité et paya la somme perdue.

* * *

Tout le monde sait que l'un de nos plus éminents comédiens, M. Got, doyen des sociétaires de la Comédie Française, professeur au Conservatoire et à l'École normale supérieure, a reçu la croix de la Légion d'honneur à l'occasion de la distribution des prix du Conservatoire de musique et de déclamation.

C'est la première fois, en France, qu'un comédien en exercice reçoit la croix d'honneur; mais ce n'est cependant pas la première fois qu'un comédien est décoré chez nous.

Napoléon Ier avait eu l'envie de décorer Talma, qu'il aimait beaucoup et qui désirait la croix d'honneur. Il laissa entrevoir son intention, et il accorda même à Talma la décoration de son ordre italien de la *Couronne de fer*; mais il vit que son projet d'aller plus loin rencontrait des susceptibilités dans son armée. Talma n'eut pas le ruban rouge.

Depuis lors, ce ruban si envié fut souvent sollicité pour des artistes dramatiques : pour la première fois la croix d'honneur fut donnée à un comédien par Napoléon III, qui décora M. Samson, de la Comédie Française, mais lorsqu'il avait quitté le théâtre pour n'y plus reparaître : il en fut encore ainsi à l'égard d'un autre grand artiste du même théâtre, M. Regnier.

Il y eut enfin à la Comédie Française deux autres acteurs décorés, mais comme soldats et non comme artistes : M. Coquelin cadet, qui obtint la médaille militaire en 1870, et ce pauvre Seveste, qui, blessé à Buzenval, vint mourir à l'ambulance établie au foyer du théâtre : quelques heures avant sa mort, on lui apporta la croix d'honneur qu'il avait vaillamment gagnée.

Dans ces dernières années, les palmes d'officier d'académie ont été accordées à plusieurs de nos principaux acteurs et même à une femme, Mlle Krauss, de l'Opéra. Beaucoup de nos acteurs ont des décorations étrangères; car, dans les autres pays, il ne paraît pas qu'on éprouve, pour décorer les comédiens, les hésitations si naturelles et si légitimes qui se sont bien souvent manifestées chez nous. M. Faure, de l'Opéra, possède une magnifique brochette de décorations étrangères ; Mlle Nilsson a été récemment décorée par le roi de Suède, et Mlle Sarah Bernhardt par le roi de Danemark.

J'enregistre tous ces faits à titre de curiosités capables de montrer la transformation graduelle de nos mœurs et de nos usages. Il y a loin de la manière dont les comédiens sont traités aujourd'hui à celle dont on les traitait au temps passé, même quand ils pouvaient se croire parvenus à la plus brillante position sociale.

Baron, par exemple, le célèbre acteur du XVIIe siècle, menait un train de grand seigneur et était reçu familièrement par les plus grands seigneurs d'alors. Un jour, il arrive tout essoufflé chez le comte de Saxe, d'autres disent chez le marquis de Biran : « Qu'avez-vous donc, mon cher ? lui demande avec empressement le futur vainqueur de Fontenoy. — Je suis outré, Monseigneur! Figurez-vous que vos gens ont battu les miens... » Le duc se renversa dans son fauteuil en riant aux éclats : « Aussi, mon pauvre Baron ! pourquoi diable as-tu des gens? »

La réponse était cruelle : elle montre qu'au XVIIIe siècle, les comédiens même illustres ne pouvaient impunément sortir de leur classe spéciale et traiter en égaux ceux qui, quelquefois, avaient l'air de les traiter en amis.

ARGUS.

Abonnement, du 1er avril ou du 1er octobre ; pour la France : un an, 10 f. ; 6 mois, 6 f. ; le n° au bureau, 20 c. ; par la poste, 25 c.

Les volumes commencent le 1er avril. — LA SEMAINE DES FAMILLES paraît tous les samedis.

VICTOR LECOFFRE, ÉDITEUR, RUE BONAPARTE, 90, A PARIS. — Imp. de l. Soc. de Typ. - J. Mersch, 8, r. Campagne-Première. Paris.

Brennus jeta insolemment son épée dans la balance (P. 340).

VÆ VICTIS

A l'époque où Tarquin l'Ancien régnait à Rome, le chef des Bituriges, Ambigat, qui avait le premier rang parmi les chefs de la Gaule, voyant le développement extrême de la population, chargea ses deux neveux Sigovèse et Bellovèse de devenir les chefs de grandes émigrations. Les augures décidèrent le chemin que devaient suivre les deux chefs.

Guidés par le vol des oiseaux qui traçaient la voie assignée par le sort, Sigovèse, passant le Rhin, entrait dans les forêts hercyniennes et s'établissait dans l'Illyrie; Bellovèse, plus favorisé des dieux, marchait vers l'Italie.

Partout sur le passage de ces hordes la terreur se répandait ; ces bandes aventurières renversaient la civilisation et détruisaient les anciennes et imposantes fondations d'un monde qui allait finir, et dont leur apparition hâtait l'écroulement.

Rien n'arrêtait nos hardis ancêtres dans cette marche en avant. « Ils ne craignaient rien, dit Strabon, que la chute du ciel, et encore se faisaient-ils forts de l'arrêter avec le fer de leurs lances. »

Conduits par un Brenn (1) et appelant à eux encore de nombreuses tribus, ils arrivèrent ainsi jusqu'au pied des Alpes, les regardant sans doute comme des barrières insurmontables, car nul pied humain ne les avait encore franchies.

Ils les passèrent cependant, par des gorges jusqu'alors inaccessibles, et après avoir vaincu les Etrusques près du Tésin, ils fondèrent la ville de Milan. Ce fut la première invasion.

Plus tard, suivant les traces de ces premiers Gaulois, une troupe de Cénomans passa les Alpes par le même défilé.

Après eux ce furent les Salluves qui se répandirent le long du Tésin ; ensuite les Boïens et les Lingons, arrivés par les Alpes Pennines, trouvant tout le pays occupé entre le Pô et les Alpes, traversèrent le Pô sur des radeaux, et chassèrent de leur territoire les Etrusques et les Ombres, sans toutefois passer l'Apennin.

Enfin, les Sénons, venus les derniers, prirent possession de la contrée située entre l'Utens et l'Esis. Ce furent les Sénons qui arrivèrent ainsi l'an 390 avant Jésus-Christ, fauchant tous les obstacles qui surgissaient sur leur chemin, jusqu'auprès des collines du Tibre où Rome s'élevait. Cette ville dominait toutes les cités latines par la force que l'amour de la patrie donnait à ses habitants ; cette poignée de forts et vaillants citoyens allait avoir l'honneur de résister à l'invasion de tout un peuple.

Nous empruntons en grande partie à Tite-Live le récit des événements qui suivirent l'arrivée des Gaulois en Italie.

Séduits par la douce saveur des fruits du pays, par la volupté encore inconnue pour eux de ses vins excellents, les Gaulois, nous dit-il, après avoir passé les Alpes, s'étaient emparés des terres cultivées auparavant par les Etrusques.

Ils vinrent mettre le siège devant Clusium, guidés dans cette entreprise par Aruns de Clusium ; celui-ci voulait se venger d'un de ses compatriotes, homme puissant, qu'il ne pouvait punir qu'à l'aide d'un secours étranger.

Tout dans cette guerre concourait à épouvanter les Clusiens : la multitude de ces hommes, leur stature énergique, la forme de leurs armes, le renom que leur avaient acquis leurs nombreuses victoires sur les légions étrusques.

Aussi, tout en n'ayant pas de grands titres à l'alliance et à l'amitié des Romains, se hâtèrent-ils d'envoyer des députés à Rome pour demander du secours contre les envahisseurs. Ce secours ne leur fut pas accordé. Mais trois députés, tous trois fils de Marcus Fabius Ambustus, furent chargés d'aller, au nom du Sénat et du peuple romain, inviter les Gaulois à ne pas attaquer une nation dont ils n'avaient reçu aucune injure, et d'ailleurs alliée au peuple romain et son amie. Les Romains promirent, si le besoin s'en faisait sentir, de les protéger de leurs armes ; mais ils crurent sage d'attendre, et, ajoutèrent-ils, « pour faire connaissance avec les Gaulois, nouveau peuple, mieux valait la paix que la guerre ».

Les députés romains ne comprirent pas à quel point leur mission était pacifique, et leur maladresse perdit la situation.

Lorsqu'ils eurent exposé le but de leur mission au conseil des Gaulois, ils reçurent d'un chef la réponse suivante :

« Nous entendons pour la première fois parler des Romains, leur dit-il, mais nous les estimons vaillants, puisque les Clusiens, dans ce péril, implorent leur appui ; puisqu'ils préfèrent la paix à la guerre avec nous, nous ne refuserons pas leurs propositions. Que les Clusiens qui possèdent plus de terres qu'ils n'en peuvent cultiver, nous cèdent, à nous qui en manquons, une partie de leur territoire, alors nous accorderons la paix. Autrement c'est la guerre ! »

Les Romains demandèrent de quel droit les Gaulois exigeaient le territoire d'un autre peuple en le menaçant de la guerre, et ce qu'ils venaient faire ainsi en Etrurie. A quoi les Gaulois répondirent : « Nous portons notre droit dans nos armes, tout appartient aux hommes de courage ! »

A ces mots, les esprits s'échauffèrent, et la lutte s'engagea : les députés, au mépris du droit des gens, prenant les armes, furent imités par les enseignes étrusques qui les accompagnaient.

Ce combat de trois des plus vaillants et des plus nobles enfants de Rome ne put demeurer secret. Quintus Fabius, ayant tué un chef gaulois, fut reconnu tandis qu'il le dépouillait de ses armes, et signalé comme étant l'envoyé de Rome.

Tout ressentiment contre les Clusiens fut mis de côté, et tandis que les Etrusques et les députés battaient en retraite, les chefs gaulois émirent l'avis de marcher droit sur Rome ; mais les vieillards obtinrent qu'on enverrait d'abord des députés porter plainte de cet outrage, et demander qu'en expiation de cette atteinte au droit des gens on leur livrât les Fabius.

Les députés gaulois, étant arrivés, exposèrent leur message : le Sénat, tout en désapprouvant la conduite des Fabius, n'osait acquiescer à la demande des barbares. Il consulta le peuple, sur lequel on sut si bien faire agir crédit et largesses, que ceux qui auraient dû être blâmés furent créés tribuns avec puissance de consuls.

1. *Brien, brian*, en gaëlique, *brenyn* en kimrique, chef d'armée, et plus tard roi. Les Latins prirent ce titre pour un nom d'homme : *Brennus* pour eux est le nom du général gaulois.

Les Gaulois furieux déclarèrent alors la guerre. Rome ne fit rien pour conjurer le péril. Les tribuns, dont la témérité avait amené la situation, ne tentèrent aucun effort pour assurer le succès à leurs troupes. Les Gaulois, au contraire, faisaient d'immenses préparatifs; leurs soldats, dont les masses compactes s'avançaient en bon ordre, jetaient l'effroi et l'épouvante, aidés par la renommée de leurs précédentes victoires.

La rapidité de leur marche augmentait encore la terreur. L'armée romaine partit au-devant d'eux en hâte et en désordre, et les rencontra à l'endroit où l'Allia se jette dans le Tibre.

Les tribuns militaires ne surent ni choisir l'emplacement d'un camp, ni élever des retranchements suffisants, ni disposer savamment leurs troupes qu'ils étendirent en lignes, sans former une réserve. Brennus, qui commandait les barbares, eut vite raison des Romains. Ils s'enfuirent sans tenter de résistance, et sans éprouver de pertes vraiment sérieuses; le plus grand nombre des soldats regagnèrent Véïes, sains et saufs, sans prévenir Rome de la défaite.

La partie des troupes qui composait l'aile droite, put se retirer vers Rome; sans se donner le temps d'en fermer les portes, elle se jeta dans la citadelle.

Les Gaulois, après avoir dépouillé les morts et entassé les armes en monceaux, suivant leur coutume, se mirent en marche pour Rome un peu avant le coucher du soleil; la cavalerie leur apprit que les portes de la ville étaient ouvertes et non défendues. Craignant un piège, les vainqueurs n'osèrent s'aventurer la nuit dans la place. A Rome la stupeur était à son apogée. Quand on annonça l'arrivée de l'ennemi, une terreur inouïe se répandit parmi les habitants. Les hurlements et les chants des barbares que l'on entendait distinctement achevaient d'épouvanter les esprits.

Cependant il s'en fallut que cette nuit-là et le jour suivant les Romains montrassent la même faiblesse qu'à la bataille de l'Allia, où l'armée avait été si peu digne de sa gloire passée.

Voyant la résistance impossible avec le petit nombre de troupes échappées à la défaite, les sénateurs prirent la résolution de faire monter dans la citadelle et au Capitole, avec les femmes et les enfants, la jeunesse en état de porter les armes, et l'élite du Sénat, après y avoir réuni armes et vivres. Les Vestales furent chargées d'y porter à l'abri du pillage les objets du culte public. Seuls les vieillards restèrent dans la ville, abandonnés à la mort.

Les séparations douloureuses de toutes les familles qui abandonnaient ainsi chacune quelqu'un de ses membres étant accomplies, les vieillards restés à Rome pour y mourir revêtirent la robe des cérémonies solennelles, et se placèrent au seuil de leurs maisons sur leurs sièges d'ivoire, attendant l'heure du sacrifice à la patrie.

Cependant les Gaulois étaient entrés. La vue des maisons des plébéiens fermées avec soin, et des demeures patriciennes tout ouvertes, les étonna et leur fit craindre un piège. Ils hésitaient à entrer, soit dans les unes, soit dans les autres. L'aspect des nobles vieillards qui attendaient la mort avec un si grand courage fit éprouver une sorte de respect aux soldats gaulois. Mais un barbare s'étant avisé de passer la main doucement sur la longue barbe blanche de l'un d'eux, et celui-ci lui ayant frappé la tête de son bâton d'ivoire, ce fut le signal du carnage. Presque tous les sénateurs furent massacrés, les habitants égorgés sans exception, les maisons pillées, dévastées, et alors l'incendie commença. Quelles angoisses pour les Romains qui, de la citadelle, contemplaient cet effrayant spectacle de la ruine de chacun dans la ruine de la ville!

Cependant leurs âmes ne plièrent pas, et lorsque les Gaulois, leur œuvre de dévastation et de vengeance accomplie, se rassemblant au Forum, montèrent vers la citadelle, les Romains se préparèrent avec ordre et prudence à les recevoir.

Ils placèrent des renforts à tous les points accessibles, et laissèrent monter l'ennemi, pensant ainsi le renverser plus facilement. Les Gaulois, voyant que par un coup de force ils ne pouvaient se rendre maîtres de la citadelle, songèrent à en faire le siège.

Camille, qui était exilé à Ardée, ressentant bien plus fortement les maux de sa patrie que sa disgrâce, s'indignait de voir l'armée romaine si peu digne de sa grandeur passée. Il réunit les Ardéates, leur demanda leur appui; ceux-ci rassemblèrent des forces, et à un signal vinrent tous se ranger sous les ordres de Camille. Ils surprirent les Gaulois, non loin de la ville, et en firent un grand carnage.

Cependant à Rome le siège continuait : des deux côtés on s'observait sans agir.

Tout à coup, un jeune Romain de la famille Fabia, Caius Fabius Dorso, voyant arriver le moment d'un sacrifice annuel que les siens avaient coutume de faire au mont Quirinal, sortit et traversa les postes ennemis, arriva au mont Quirinal, puis, l'acte accompli, retourna au Capitole par le même chemin, à la vue des Gaulois étonnés et de cette audace et de ce courage.

Mais la situation ne changeait pas. Un seul homme pouvait reconquérir la patrie : le Sénat réfugié à Véïes se souvint de Camille, le rappela, et le nomma dictateur. Tandis que ces choses se passaient à Véïes, à Rome les Gaulois, profitant d'une nuit claire, arrivèrent, avec le plus profond silence, presque au sommet du Capitole. Les sentinelles et même les chiens ne les entendirent pas. Mais les oies sacrées de Junon que l'on avait épargnées malgré la plus cruelle disette, poussèrent des cris d'effroi, ce qui sauva Rome.

Éveillé par ce bruit, le consul Manlius s'élança, en appelant aux armes ses compagnons, et renversa les Gaulois cramponnés au rocher. Les assiégeants furent repoussés et leur attaque resta vaine.

La famine et la peste se mirent dans les deux armées.

Les Gaulois signèrent une trêve avec les Romains, des pourparlers eurent lieu entre les généraux des deux camps. Et comme les Gaulois parlaient de la disette, objectant qu'elle allait forcer les Romains à se rendre, ceux-ci de divers endroits jetèrent du pain dans le camp gaulois. Malgré cette bravade, la famine devint telle que les Romains résolurent de se rendre : il y avait six mois que durait le siège.

Une entrevue eut lieu entre Sulpicius et Brennus, chef des Gaulois. Ils convinrent du traité, le 13 février 390 avant notre ère.

Les conditions de ce pacte furent : 1° une grande somme d'or que devaient donner les Romains ; 2° la promesse de faire fournir des vivres et des moyens de transport aux Gaulois ; 3° de céder une partie de leur territoire ; 4° de laisser dans la ville, sitôt qu'elle serait rebâtie, une porte perpétuellement ouverte en mémoire de l'entrée des Gaulois (1).

Les assiégés durent payer mille livres d'or. Les Gaulois apportèrent de faux poids, et comme les Romains se plaignaient, Brennus jeta insolemment son épée dans la balance, en s'écriant : « *Væ victis!* Malheur aux vaincus. »

A peine le traité était-il signé qu'il fut violé. Le dictateur Camille déclara qu'il fallait reconquérir la liberté par les armes.

Il continua les hostilités. Tandis que les Gaulois battaient en retraite après cette attaque imprévue, il parvint à prendre leur camp, en fit un grand carnage, et, aidé par les Etrusques, détruisit plusieurs détachements de l'armée ennemie.

Cette hardie entreprise donnait vingt-cinq ans de calme aux Romains, pendant lesquels ils travaillèrent à se relever des désastres amenés par l'invasion des Gaulois.

S. Dussieux.

1. Il est intéressant de remarquer que cette clause seule fut suivie.

RENÉ FRANÇOIS SAINT-MAUR

NÉ A PAU LE 29 JANVIER 1856, DÉCÉDÉ LE 13 MARS 1879

—

(Voir pages 228, 269, 277, 300, 316 et 325.)

Le soir même où il quittait définitivement Paris, il avait pressé un de ses amis de venir partager son repas d'adieu.

« ..... Seulement, je te préviens que ma conversation va devenir absolument nulle ; il y a des muets de naissance, d'autres par accident, d'autres au sérail (sont-ils vraiment muets ? ils le disent du moins), moi je le suis par ordonnance de médecin.....

« Ton pauvre esquinté d'ami qui te serre la main et t'espère... Je vais m'acheter une ardoise. » (Lettre du 24 juillet 1878, *à J. A.*).

Quelques jours après, il demande à cet ami qui partait pour la Suisse de venir le rejoindre au fond de la Bretagne, et s'égaye à lui démontrer que ce sera son chemin :

« Je t'assure que tout ici a une teinte suisse qui devrait te décider à commencer par les côtes de Bretagne ton voyage en Helvétie. Je fais appel non à ton cœur, que je réserve pour la fin, mais à ta froide raison, et je la prie par les arguments susdits de constater cette ressemblance qui m'a frappé :

« 1° D'abord j'habite un chalet, un vrai chalet suisse où l'on boit

le breuva...che
Qui sort du pis de la vache !

où les balcons sont découpés en bois, où les plantes, les vignes grimpent sur les murs, tout à fait genre Interlaken !

« Si tu veux, nous changerons le nom de *Parmentier* (c'est le propriétaire, et non l'inventeur

de la pomme de terre,
légume humanitaire
cher au célibataire,)

en celui de *Tell*, ou de *Melchthal* ou de *Stauffacher*..... on ne peut pas être plus conciliant.

« 2° La mer ici a l'air d'un vrai lac, un lac suisse ! Presque pas de lames, elle ne déferle pas, très calme... En outre, la côte qui se prolonge des deux côtés, le relief de l'île de Noirmoutiers située en face, semblent l'enclore et fermer l'horizon. Illusion complète !

« 3° Pas de montagnes, je l'avoue. Mais on peut se procurer quelque lithographie du massif alpestre et admirer le mont Blanc dans le *Voyage de M. Perrichon* qui est là, sur la table. » (Pornic, 30 juillet 1878, *à J. A.*)

Qu'on nous pardonne de nous attarder à décrire la grâce et l'enjouement de l'esprit de René. Lui-même déguisait sous ces formes plaisantes, la gravité de ses pensées. Nous ravivons avec un bonheur imprégné de larmes les joyeux souvenirs ; il nous faut un effort pour revenir à ceux que nous a laissés la marche inexorable de sa maladie.

Vers le milieu de septembre, il venait de voir à Nantes un des Pères Jésuites qu'il vénérait le plus. Dans ses yeux, il avait lu que le Père le considérait comme perdu... De retour chez lui, il rédige alors définitivement le testament qu'il avait ébauché quelques mois auparavant ; il l'écrit d'une main ferme, d'une écriture admirablement nette et calme.

Il était encore tout pénétré de l'acte qu'il venait d'accomplir et du sacrifice qu'il avait offert à Dieu, quand, le 24 septembre, il confie à son journal la prière suivante :

« Guérissez-moi, Seigneur, je vous en prie, afin que je puisse consacrer ma vie à votre sainte cause.

« Mais si vos adorables desseins sont autres, ô Dieu

des miséricordes, donnez-moi votre grâce, donnez-moi de vous faire avec résignation, avec joie, avec amour et reconnaissance le sacrifice de moi-même.

« O mon Dieu! si je dois être un fidèle enfant, un serviteur dévoué de votre Église, laissez-moi vivre, *ne revoces me in dimidio dierum meorum.*

« Tout-Puissant, vous n'avez besoin de personne; mais j'ai besoin de mériter votre ciel.

« Mais si, mon Dieu, je devais déserter ou trahir votre sainte cause, prenez-moi dans la virginité de ma foi, de ma jeunesse... Appelez-moi à vous et je répondrai aussi : « *Je viens, Seigneur.* » Hélas ! j'ai beaucoup péché et peu souffert! Mais j'ai confiance en vous; sainte vierge Marie, ma reine, ma mère, vous que j'ai choisie, malgré mon indignité profonde *in dominam patronam et advocatam*, soyez mon intercession, ma consolation, mon refuge! » (La Boissière du Doré, 24 septembre 1878.)

Tout résolu que son cœur était, il avait à lutter contre les gémissements de la chair, et chaque jour lui apportait, avec ses angoisses et ses résistances, l'occasion d'une victoire de plus et d'une offrande constamment renouvelée :

« Je ne sais si Dieu me demandera le sacrifice complet, l'entier holocauste de ma jeunesse et de ma vie... Disons ensemble : « Que Dieu soit béni et que sa douce « et adorable volonté soit faite! » O mon cher ami, quels moments d'affreux désespoir je traverserais si je n'avais le bonheur d'avoir reçu et gardé la foi, l'espérance, la dévotion à la sainte Vierge... Si je mourais, je regretterais la vie, non pour elle, mais pour n'avoir point servi la sainte cause que nous avons embrassée ensemble... Je sens parfois mon cœur se fondre dans un indéfinissable sentiment de tristesse sans amertume, de reconnaissance et d'amour. Je ne voudrais pas... Aïe!... (Ne fais pas attention, c'est la douleur au dos...) que la lecture de cette lettre t'attristât, et, si je t'ai découvert le fond de mon âme, je t'assure que, dans la vie commune, je suis gai, parfois même facétieux... mais, comme tu le prévois, excitable! et mettant à rude épreuve la charité et l'affection touchante de mes chers proches. Les médecins qui attendent que leurs toniques m'aient tiré de la langueur anémique où je gis et m'aient rendu les forces nécessaires pour supporter le traitement énergique qu'ils comptent appliquer à ma poitrine, ont recommandé, par de petits systèmes assez anodins, « d'entretenir icelle dans un état d'irritation ». Eh bien, il en est à peu près ainsi, hélas! de mon charmant caractère. » (3 octobre 1878, *à J. A.*)

Le mal s'éloignait et se rapprochait tour à tour. Aux jours de crise, la fin paraissait imminente; René semblait avoir perdu, dans ces luttes affreuses, tout ce qui lui restait de souffle; puis il reprenait, pour peu de temps, une apparence de vie. Ce fut une grave et inquiétante entreprise de le transporter de Nantes à Pau. Pourtant, ce voyage devenait nécessaire; les froids arrivaient, et il était important de n'être pas surpris par eux. Que d'émotions pendant les vingt-quatre heures de chemin de fer! Que de prières! Grâce à Dieu, le malade supporta la route mieux qu'on n'osait l'espérer, et, sous l'influence du climat, pendant les premières semaines de sa rentrée à Pau, il recouvra quelques forces.

Les obstacles matériels n'arrêtaient d'ailleurs jamais chez lui la vie de l'âme. Sa piété ne cessait de croître : se tenir en union avec Dieu était sa préoccupation de tous les instants.

Sur un grand calendrier, il notait les événements saillants de ses journées; il y en avait peu. De loin en loin, une visite qui l'avait ému, une nouvelle dont la gravité l'avait frappé. Mais il marquait soigneusement d'une croix les visites du bon Dieu, les jours où il avait pu recevoir la sainte communion. Ce bonheur même ne lui était plus que rarement accordé : « Il semble bien maintenant, n'est-ce pas? écrit-il le 12 novembre, fête de saint René, que c'est ma vocation d'être malade!... Une chose pénible dans mon état, c'est un certain éloignement forcé de la sainte Table, le remède par excellence! Rester à jeun et sortir le matin, c'est pour moi une grande difficulté, souvent une impossibilité. » (12 novembre 1878, *à J. A.*)

Il avait fait le vœu, si Dieu lui rendait la santé, de renoncer à aller au théâtre. Ceux qui l'ont connu et qui se rappellent avec quelle ivresse il suivait la Comédie française, peuvent calculer l'étendue de ce sacrifice.

Chaque jour, il lisait l'Évangile et l'Imitation de Jésus-Christ, dont il faisait par écrit des extraits. Tout entier tourné vers les choses saintes, il y attirait après lui ses amis. Les petits cadeaux qu'en tout temps il avait aimé à répandre autour de lui ne consistaient plus, dans ces derniers mois, que dans des objets de piété, livres ou images.

Pendant le séjour que je fis près de lui en janvier 1879, je lui lisais dans l'après-midi quelque ouvrage. Nous avions commencé la lecture des trois admirables *Lettres du Père Lacordaire à un jeune homme sur la vie chrétienne*. Vers la fin de la première, il m'interrompit brusquement et me pria de lui lire autre chose : « Ne trouves-tu pas cette lettre éloquente? — Oui. — Alors que veux-tu? — Quelque chose de plus directement pieux. » Et je lui récitai, sur son indication, une partie de l'Office des morts.

Dans une heure d'intimité, où son âme, se sentant faiblir, cherchait un appui, entr'ouvrait ses plus secrètes parties et laissait lire jusqu'au fond d'elle-même, il demanda brusquement à son interlocuteur : « Crois-tu que je meure? » Et, comme on hésitait à répondre; que, sans dire oui, on répondait non avec lenteur et sans conviction, il secoua la tête, fixa les yeux sur ceux de son ami dont il voulait saisir ainsi de force la pensée secrète, puis refermant et relevant son âme, il changea aussitôt de conversation.

Dans cette longue agonie des sept derniers mois, il

aimait à vivre seul avec lui-même, et il ne témoignait jamais que les heures, ainsi passées, lui eussent été à charge. Quand on le surprenait dans cette solitude, on devinait, au mouvement de ses lèvres comme au chapelet roulé entre ses mains, qu'il avait trouvé dans la prière une compagne divine. Sa vie était de la sorte une adoration et un acte d'offrande continus.

Il se débattait d'ailleurs vainement sous le mal qui l'opprimait et enlevait toute énergie à son esprit :

« Tu dois t'apercevoir aussi d'après moi, comme je le fais tous les jours, combien sont étroits ces rapports mystérieux, combien intime cette union incompréhensible de l'âme et du corps... Etrange système de réactions et d'influences réciproques... L'âme se ressent d'un coup, le corps souffre d'une pensée ! Pour moi, je savais bien que je ne pourrais pas travailler par la lecture ou la plume, mais je me disais : Dans mes loisirs et repos forcés, renversé dans un fauteuil, et plongé dans une rêverie, je trouverai du moins des veines poétiques... Eh bien, non ! Pégase est poussif, comme son pauvre cavalier, la veine est tarie, et je vois que pour rimer ce n'est pas au figuré seulement qu'il faut du *pectus !* On dit pourtant qu'une âme guerrière est maîtresse du corps qu'elle anime, et après Fuentès à Rocroy, Saint-Arnaud l'a bien prouvé en Crimée, mais ils ont morts tout de suite après.

« De la philosophie des mots ! Quel sens profond souvent dans un double sens ! Ainsi *passion* veut dire à la fois le comble de la *souffrance* et celui de l'*amour; labor* signifie également *travail* et *peine*. *Venite ad me, omnes qui laboratis*, nous dit Notre-Seigneur Jésus-Christ. Allons donc ensemble à ce doux Maître, cher ami, et offrons-lui, car tous deux *laboramus*, toi tes travaux, moi mes peines. »

(12 novembre 1878, *à J. A.*)

A ces instants de défaillance et d'anéantissement, le souvenir de la Congrégation (1) lui est doux. Le 20 novembre, il écrit au Préfet :

« ...Il me faut sacrifier, mon cher ami, bien des projets et des rêves d'avenir, et c'est sans doute une cruelle épreuve pour moi, à mon âge, à l'entrée d'une carrière, de voir interrompre des travaux qui allaient recevoir leur couronnement, de renoncer à cette vie de jeunes gens laborieux et chrétiens que nous menions ensemble. Le bon Dieu veut sans doute être servi par moi autrement que je ne l'avais pensé... Je me résigne à sa volonté adorable et j'ai confiance dans ma guérison, grâce aux prières que font pour moi tant d'âmes pures et pieuses, grâce à la protection de la bienheureuse Vierge Marie. Je suis bien heureux d'être de la Congrégation. Je vous suis à tous, mes chers amis, reconnaissant du fond du cœur, de penser à moi ! Je vous suis dans toutes vos réunions, *absens quidem corpore, præsens autem spiritu*. N'oubliez pas, mon cher Préfet, de me recommander aux messes, comme si j'avais la joie de défiler devant vous, en entrant à la chapelle. Je vous envoie des deux mains mon vote pour votre réélection, et je vous prie aussi de recevoir pour les quêtes la très modeste aumône ci-jointe.

« Demandez pour moi au tombeau du Père Olivaint la patience et l'esprit chrétien. »

(Lettre du 20 novembre 1878, *à G. T.*)

Une lettre ou deux par jour, de loin en loin des pièces de vers, et quelques demi-heures de lecture, c'est à cela que se réduisait l'effort intellectuel dont il était capable; mais bien que leur emploi en fût ainsi borné, il n'avait perdu aucune des qualités de son esprit et à de certaines heures où le mal faisait répit, sa verve s'échappait et reprenait son cours :

« Que vois-je au dos de la couverture de l'*Association catholique* du 15 novembre qui vient de m'arriver? *Quel est donc ce mystère?* Pourquoi le R. P. Méchin de Lobarve, qui pourtant n'a pas dédaigné de signer de son vrai nom beaucoup, beaucoup !... de petites machines, pourquoi, quand il écrit un almanach des saints Patrons, se déguise-t-il sous l'ingénieux et euphonique anagramme oriental de Nihcem ed Evrabol ! Ce nom est tout un poème ! Ce pseudonyme est doux comme la nocturne brise d'été sous les sycomores de l'Alhambra, harmonieux comme le murmure de l'abeille dorée qui se pose sur le calice d'une rose de Saadi, révophore comme un conte des *Mille et une nuits!* Mais quels sont les motifs qui ont pu pousser ce bon vieillard à un acte aussi grave? Cet almanach, sous un titre trompeur, serait-il un roman immoral dont il voudrait dissimuler la paternité aux yeux de ses supérieurs? Aurait-il l'intention de se faire mahométan? l'ambition de devenir mamamouchi? Est-ce, sous forme de rébus, la solution de la question d'Orient? J'ai besoin d'être éclairé là-dessus et je demande qu'une interpellation soit adressée à la Compagnie ! Mais pour moi, désormais, quel que soit le résultat de l'enquête, je ne saluerai plus le Père M. de L. qu'à la turque et ne veux plus le connaître que sous le nom de Nihcem ed Evrabol (1) ».

(Lettre de novembre 1878, à *J. A.*)

A raviver de si chers souvenirs, à voir s'épanouir

1. Il n'est pas inutile d'expliquer qu'une Congrégation est une association placée sous la protection de la Sainte Vierge ou d'un Saint, *exclusivement* formée dans le but d'exciter la piété de ses membres par des prières en commun, et d'échauffer leur zèle par la pratique des œuvres de charité.

1. Cette page est une de ces fantaisies qui se concilient parfaitement avec le respect et la reconnaissance que René ressentait envers le vénérable religieux dont il est question. La lecture n'inspirera pas d'autres sentiments à ceux qui, en place du nom supposé, mettront le véritable.

cette fleur de talent, ne serait-on pas tenté de demander compte à la Providence des coups qu'elle frappe ?

Mais il faut faire effort, et songer que la mission de ces âmes parties avant l'heure est peut-être d'attester que Dieu peut se passer des serviteurs qui paraissaient les plus utiles à sa cause, et enlever au monde l'intelligence et la vertu, sans que l'exécution de ses plans mystérieux reste en souffrance.

L'adoration silencieuse des volontés divines sied au chrétien, et René lui-même nous y invite. A cette heure de sa vie, ses lettres deviennent une prière continuelle.

« 29 janvier. Fête du grand saint François de Sales, docteur de l'Eglise, patron des académiciens (au collège seulement, hélas !), jour anniversaire de ma naissance ! Oui, cher ami, j'ai vingt-trois ans aujourd'hui !

« Je vous remercie humblement, mon Dieu, de m'avoir conservé jusqu'ici. Puisse cette vingt-quatrième année où j'entre, m'être plus profitable par la manière dont je répondrai à vos grâces, et aussi, permettez-moi cette prière d'un cœur soumis et d'une âme résignée, plus douce et plus légère que ma vingt-troisième année. Seigneur, laissez-vous toucher par l'intercession de la très sainte Vierge ; guérissez-moi, afin que je consacre à votre service et à votre Eglise tous les dons que j'ai reçus de vous.

« Tu comprendras, cher ami, que la prière de la demande et de la reconnaissance vienne se poser sur mes lèvres : si tu étais ici, *animæ dimidium meæ*, nous dirions ensemble le *Te Deum*.

« Mais tu as bien compris ce qu'il fallait demander pour moi : mon salut avant tout ! Et je répète de tout cœur avec toi la prière de Joad sur Joas :

Grand Dieu ! si tu prévois qu'indigne de sa race !...

« Seigneur, si je devais en vivant trahir votre cause sacrée, si je devais ne la servir qu'avec tiédeur et mollesse, prenez-moi, mon Dieu ! Appelez-moi à vous dans ma jeunesse et ma virginité ! Mais si je dois rester fidèle à mon baptême et à votre grâce, si je dois, ô bonheur ! mériter par ma vie, mes actes, mes pensées, mes écrits, mes paroles,... que Notre-Seigneur Jésus-Christ me dise : *Euge, serve bone et fidelis,* alors, Seigneur, laissez-moi vivre..... »

Jules Auffray.

— La fin au prochain numéro. —

LA GALERIE DU PALAIS, A PARIS.

C'était, aux xviie et xviiie siècles, au xviiie surtout, le centre du commerce des élégances (si l'on peut s'exprimer ainsi), et le rendez-vous du *tout Paris* d'alors, le point où se rencontraient les étrangers, visiteurs de la capitale, comme plus tard aux galeries de bois du Palais-Royal, la galerie d'Orléans actuelle.

Depuis, le centre du mouvement s'est déplacé; le *palais de Justice* a été rendu sans partage à dame Thémis et à ses nombreux suppôts; la *fashion* parisienne a traversé la Seine, abandonnant la rive gauche pour la rive droite et bientôt, de plus en plus, tendant à remonter du Palais-Royal aux boulevards élégants des Italiens, de la Madeleine et à l'avenue de l'Opéra.

Donc pour en revenir à ce qu'on appelait *la galerie du Palais,* c'était autrefois — sous Louis XIII et sous Louis XIV — non seulement le centre de la justice, mais aussi celui du commerce. Car par un usage qui remontait au delà du règne de Philippe le Bel, les galeries du Palais, qui régnaient sur toute la longueur du bâtiment principal, étaient, à droite et à gauche, ornées de boutiques élégantes, où les produits des arts, des sciences et de l'industrie étaient étalés le jour et la nuit. Des marchands d'étoffes superbes, des libraires, des armuriers, des marchands de parfums et de fleurs artificielles, des cordonniers, des opticiens, des luthiers, des marchands de porcelaine de Saxe et de Chine, des marchandes de modes, etc., occupaient ces boutiques qui attiraient dans la longue et belle galerie du Palais une affluence considérable d'étrangers, de Parisiens et de provinciaux. La galerie du Palais était un bazar, une foire perpétuelle, quelque chose comme un des grands passages de Paris, ou plutôt c'est la mère du Palais-Royal, tel qu'il a été conçu par le roi Louis-Philippe.

Le savant et spirituel cardinal Bentivoglio, qui fut longtemps nonce du Saint-Siège en France, s'exprime ainsi à propos du Palais et de sa galerie marchande, dans une lettre datée du 16 mars 1616, deux ans avant le terrible incendie de 1618 : « Je n'ai rien vu de plus attrayant et de plus véritablement aimable que la galerie du Palais de Paris, et notre Italie ne présente, dans aucune de ses villes, une promenade couverte aussi charmante et aussi animée. Figurez-vous deux rangées latérales de boutiques qui sont entourées de bonbonnières et de petits temples dédiés à toutes les divinités de la mode et du goût.... Aussi le Palais est-il fréquenté par les jeunes seigneurs de la cour avec une espèce de frénésie, et il n'est pas rare d'y rencontrer pêle-mêle les plus grands seigneurs, les plus riches bourgeois... »

Corneille a placé l'action d'une de ses comédies au milieu de ce mouvement, sous le nom de *la Galerie du Palais,* en cinq actes, en vers; cette œuvre, très applaudie à cause de l'entrain qui y règne et de la mise en scène des marchands et marchandes, renferme quelques passages qui peignent bien l'esprit mercantile et les ruses de ce qu'on appelle *la réclame,* en style de journalisme moderne.

« J'ai pris, dit Corneille, ce titre de *la Galerie du Palais,* parce que la promesse de ce spectacle extraordinaire et agréable pour sa naïveté devoit exciter vraisemblablement la curiosité des auditeurs, et ç'a été pour leur plaire plus d'une fois que j'ai fait paraître ce même spectacle à la fin du quatrième acte.... »

Mais, revenons à la comédie; scène IV du premier acte, *on tire un rideau et l'on voit le libraire, la lingère et le mercier chacun dans leur boutique*. Ce petit détail de mise en scène indique l'enfance de l'art décoratif, en même temps que le dessein de ménager une agréable surprise au public qui s'y montra fort sensible.

LA LINGÈRE, au libraire

Vous avez fort la presse à ce livre nouveau;
C'est pour vous faire riche.

LE LIBRAIRE.

On le trouve si beau,
Que c'est pour mon profit le meilleur qui se voie.
Mais, vous, que vous vendez de ces toiles de soie

LA LINGÈRE.

De vrai, bien que d'abord on en vendît fort peu,
A présent Dieu nous aime, on y court comme au feu,
Je n'en saurois fournir autant qu'on m'en demande
Elle sied mieux aussi que celle de Hollande,
Découvre moins le fard dont un visage est peint,
Et donne, ce me semble, un plus grand lustre au teint...

Galerie du Palais.

Arrivent deux cavaliers chez le libraire qui leur fait l'article et leur montre les livres *de la mode*, comme il les appelle; pendant ce dialogue survient une jeune personne avec sa suivante, elle s'adresse à la lingère.... naturellement.

HIPPOLYTE (c'est la demoiselle), à la lingère.

Madame, montrez-nous quelques collets d'ouvrage.

LA LINGÈRE.

Je vous en vais montrer de toutes les façons.

DORIMANT (un des cavaliers), au libraire.

Ce visage vaut mieux que toutes vos chansons.

LA LINGÈRE.

Voilà du point d'esprit, de Gênes et d'Espagne.

HIPPOLYTE.

Ceci n'est guère bon qu'à des gens de campagne...
(A sa suivante.) Que t'en semble, Florice?

FLORICE.

Ceux-là sont assez beaux, mais de mauvais service;
En moins de trois savons on ne les connaît plus....

Au quatrième acte, scène XIII, une scène assez vive se produit entre la lingère et le mercier, dispute et presque voies de fait à propos d'empiètements mutuels d'étalage, au détriment l'un de l'autre.

LE MERCIER, à la lingère.

Là, là, criez bien haut, faites bien l'étourdie,
Et puis on vous jouera dedans la comédie.

LA LINGÈRE.

Je voudrois l'avoir vu que quelqu'un s'y fût mis.
Pour en avoir raison nous manquerions d'amis.
On joue ainsi le monde....

Par bonheur, survient la suivante d'Hippolyte, et la querelle est sinon apaisée, du moins interrompue.

LA LINGÈRE, à Florice.

...De tout loin je vous ai reconnue

FLORICE.

Vous vous doutez donc pourquoi je suis venue?
Les avez-vous reçus ces points coupés nouveaux?

LA LINGÈRE.

Ils viennent d'arriver.

FLORICE.

Voyons donc les plus beaux....

LA LINGÈRE

Eh bien, qu'en dites-vous?

FLORICE.

J'en suis toute ravie,
Et n'ai rien encor vu de pareil en ma vie.
Vous aurez votre argent, si l'on croit mon rapport.
Que celui-ci me semble et délicat et fort!
Que cet autre me plait! que j'en aime l'ouvrage!
Montrez-m'en cependant quelqu'un à mon usage.

LA LINGÈRE.

Voici de quoi vous faire un assez beau collet...

FLORICE.

Que me coûtera-t-il?

LA LINGÈRE.

Allez, faites-moi vendre,
Et pour l'amour de vous je ne voudrai rien prendre;
Mais avisez alors à me récompenser.

FLORICE.

L'offre n'est pas mauvaise et vaut bien y penser:
Vous me verrez demain avecque ma maîtresse.

Un mercier voisin a écouté cette conversation; Florice une fois partie, il fait à la lingère une petite leçon de morale... commerciale.

LA LINGÈRE, au mercier.

....Faute d'avoir de bonne marchandise,
Des hommes comme vous perdent leur chalandise.

LE MERCIER.

Vous ne la perdez pas, vous, mais Dieu sait comment.
Du moins, si je vends peu, je vends loyalement
Et je n'attire point avec une promesse
De suivante qui m'aide à tromper sa maîtresse...

Bien riposté, et la lingère n'a rien à dire après cela. En dépit de cette morale, le commerce n'a pas changé d'allures pour la vente; seulement, au lieu des cadeaux en marchandises, il y a la commission et l'escompte. En somme, plus ça change et plus c'est la même chose: j'allais dire la même comédie.

DENYS.

UN DRAME EN PROVINCE

(Voir p. 3, 21, 34, 51, 75, 90, 100, 122, 138, 155, 172, 186, 197, 219, 236, 250, 265, 281, 291, 313 et 322.)

XVII

La pauvre Hélène apprit tous ces détails, le lendemain matin, dans sa petite chambre de l'hôtel où elle avait été ramenée. Elle avait passé une longue et terrible nuit, oppressée par la fièvre, se débattant par moments contre un véritable délire, voyant auprès d'elle du sang, de l'or, un poignard, un cadavre, et M. Alfred souriant, une rose à la boutonnière, qui, pour la faire monter dans sa voiture, lui présentait son poing sanglant.

Alors elle sanglotait, elle jetait des cris, elle appelait au secours et cherchait à s'enfuir. Heureusement elle était là, la bonne fée du Prieuré, la gentille Marie. Elle avait passé, avec son père, au chevet de sa chère Hélène toutes les heures de cette cruelle nuit, la rassurant, la calmant, l'embrassant, pleurant avec elle, rafraîchissant son front brûlant, lui présentant à boire et parfois, lorsqu'elle la voyait plus calme, se détournant pour dire à son père, avec un triste et long soupir :

« Aurions-nous jamais pu, cher papa, quand ce pauvre M. Michel est mort, nous attendre à toutes ces horribles choses?... En vérité, les hommes sont bien méchants, et nous sommes, nous, bien malheureux.

— Mais Gaston, du moins, est sauvé. Il n'y a plus rien désormais à craindre pour lui, mon enfant.

— Et il faut alors que ce soit notre pauvre Hélène qui soit frappée!... Oh! père, comment jamais peut-on commettre de pareils crimes pour être libre, pour être riche!... Et dire que, depuis si longtemps, ce misérable M. Alfred avait résolu d'épouser notre Hélène!... Car c'était d'elle sans doute qu'il avait parlé à son oncle, le jour où il a rencontré Hans Schmidt; le jour où ils ont résolu... Oh! grand Dieu, quand je pense que ma chère bien-aimée aurait pu devenir sa femme!... Et qui donc ce pauvre M. Michel pouvait-il bien lui destiner? Vous ne le devinez pas, cher père?

— Non, en vérité, mon enfant... Mais notre chère Hélène a tort, en vérité, de s'affecter ainsi. Il n'est pas certain, d'abord, que le récit du garde soit entièrement exact.

— C'est vrai, père, nous ne le savons pas... Et penser qu'il y a en moi une voix qui me l'assure pourtant! Tenez, je ne vous l'ai jamais avoué, il me semblait que j'aurais eu tout à fait tort de le dire; mais une sorte de souffrance, une répulsion étrange, s'élevait sans cesse en moi, quand je pensais à M. Alfred. Je ne devinais pas sa pensée, je ne voyais jamais clair dans ses yeux, je n'aurais jamais pu dire ce qui se passait dans son âme. Parfois j'étais sur le point d'en avoir honte, et d'autres fois j'en avais peur.

— Et tu ne me confiais rien de tout cela, chérie?

— Qu'aurais-je pu vous avouer? M. Alfred ne m'avait jamais fait de mal, et je ne pouvais assurément lui adresser aucun reproche... Et voici qu'il laissait accuser, qu'il aurait laissé mourir Gaston, notre cher Gaston, peut-être! »

Et ici la pauvre mignonne, profondément émue à son tour, fermait convulsivement ses paupières pour retenir ses pleurs, et mettait en tremblant sa petite main sur sa bouche afin que sa chère Hélène, dans son sommeil de fièvre, n'entendît pas le sanglot timide qui soulevait sa poitrine et venait mouiller ses yeux.

Cependant l'aînée des filles du marquis, lorsqu'elle eut échappé aux angoisses de cette terrible crise, ne tarda pas à reprendre un certain empire sur elle-même, et multiplia ses efforts pour faire preuve de calme et de sérénité. Vers la fin de la matinée, elle se leva, alla trouver Mme de la Morlière et redoubla de grâce, d'empressement, de coquetterie, pour lui présenter ses excuses au sujet de la frayeur qu'elle lui avait faite et de l'embarras qu'elle lui avait causé.

« Ne vous excusez de rien du tout, s'écria la bonne dame. Assurément, ma toute belle, on s'évanouirait à moins. Comment, au milieu des émotions et des scènes de cour d'assises, apprendre tout à coup de la bouche d'un assassin que l'homme à qui l'on est promise est son criminel complice; qu'il a comploté avec ce rustre, avec ce monstre, le meurtre d'un bienfaiteur, d'un parent! Ah! ma pauvre chère, il y a certes là de quoi faiblir, de quoi mourir de saisissement, de honte... Heureusement que tous ces gens de Dijon, et même les habitants du bourg ne savent rien, n'est-ce pas, sur ce projet de mariage?

— Oh! non, personne ne sait rien, répondit avec empressement Hélène rougissante. Mon père, qui paraissait consentir avec peine à cette alliance et qui disait que ce malheureux, à cause de son deuil, ne pouvait m'épouser maintenant, avait exigé qu'il gardât, sur ce point, le silence le plus absolu, jusqu'au moment où l'on pourrait publier les bans et s'occuper de la noce.

— Votre père avait agi en ceci fort sagement, ma mie, bien qu'à dire vrai, je ne sois pas encore en état de comprendre comment il avait jamais pu se résoudre à vous voir devenir la femme de ce petit-fils d'un marchand de bœufs... Enfin, c'est une chose faite,... et défaite... N'en parlons plus, ma chère enfant, reprit la bonne dame, voyant Hélène baisser les yeux avec une expression confuse, tandis qu'une pourpre plus foncée couvrait son beau front rougissant. »

Et pourtant la jeune fille avait résolu de s'expliquer: car, après avoir un instant hésité, cherchant à dominer sa honte, elle releva la tête avec un effort et murmura, presque en tremblant :

« C'est que nous sommes si abandonnés, si pauvres!... Que voulez-vous, madame! on se sent parfois défaillir, on n'a pas toujours la force de lutter contre le découragement, la misère...

— Les choses d'à présent sont absurdes, interrompit la bonne dame, secouant à son tour la tête. Peut-on comprendre que, grâce au régime qui nous gouverne maintenant, de nobles et belles filles doivent languir dans l'obscurité, vieillir dans quelque trou, fatalement destinées à coiffer sainte Catherine, ou à saisir, comme ancre de salut, la grosse main de rustre de quelque sot manant!... Oh! oui; ces choses-là sont bien tristes, je le comprends, ma mie... Et pourtant, après tout, ne vous désolez pas, félicitez-vous, au contraire, de ce qui vient de se passer. Ah! ma pauvre mignonne, vous l'avez échappé belle. Et je dirais presque, ma foi! que cet assassin est un brave homme pour avoir parlé à temps.

— Assurément, que serais-je devenue avec un pareil monstre? Oh! chère madame, songez-y, épouser un meurtrier!... Seulement, à présent, que faire? que deviendrai-je?

— Eh bien, ma petite, j'ai une idée : voilà ce qu'il faudra faire. Vous viendrez avec moi à Paris, pour quelque temps. Et là, je vous produirai un peu, nous irons voir le monde. Il ne vous en faudra pas plus, peut-être, pour trouver un mari.

— Oh! madame, est-ce bien vrai?... Que vous êtes secourable et bonne! Et qu'ai-je fait pour mériter un si bienveillant appui? s'écria Hélène transportée, saisissant les petites mains blanches de la chère vieille tante, et les pressant sur ses lèvres avec une effusion ardente, tandis que, dans ses larges prunelles bleues, un rayon éblouissant se mêlait à ses pleurs.

— Mais, ma pauvre mignonne, il faut bien s'entr'aider. Ne vous attendrissez pas tant; est-ce que je ne gagnerai pas, pour ma part, à me montrer dans les salons en si aimable compagnie?... Rien que pour votre gentille petite personne de sœur, je ferais bien plus encore. N'aurait-elle pas donné avec plaisir son bonheur, son sang, sa vie, pour sauver mon pauvre neveu?

— Oui, notre Marie est un ange, répliqua Hélène, en secouant doucement la tête.

— Et, à ce titre, ajouta la bonne dame, j'espère que Dieu se chargera de la récompenser... Mais j'entends dans l'antichambre la voix de Me Dumarest, qui demande si j'y suis. Que peut-il avoir à nous dire? »

L'avocat, qui se présentait en compagnie de M. de Léouville, venait annoncer à Mme de la Morlière que, les débats étant nécessairement remis, il devait se préparer à retourner à Paris, où l'attendaient d'autres clients et une grande quantité d'affaires. Mais au premier signal de la reprise du procès, il serait aussitôt à ses ordres et reprendrait avec joie cette cause qui, maintenant, serait certes victorieuse sans lui, mais qui lui réservait néanmoins, ajouta-t-il en regardant Hélène, des joies toutes nouvelles et des émotions bien douces.

Avec quel sentiment exquis de satisfaction, d'espoir, de triomphe, la belle fille rougit alors! Comme ses terribles angoisses de la veille furent définitivement oubliées!... Elle ne serait plus, il est vrai, Mme Alfred Royan; elle ne régnerait plus en dame châtelaine au castel de Martouviers; il lui resterait encore parfois une secrète angoisse en songeant qu'elle avait été bien près de s'unir à un assassin. Mais elle quitterait son humble vie, sa retraite, son ombre; elle verrait le monde, elle irait à Paris. Et là, qui sait? elle pouvait réussir; elle était noble, elle était belle, il ne lui manquait rien pour se faire adorer : seulement un peu d'argent pour se faire épouser, peut-être.

— Et quant à nous, ajouta M. de Léouville, nous n'avons plus rien à faire à Dijon et, dès demain, nous retournerons à notre Prieuré. La seule chose qui m'attriste, c'est que nous ne pouvons emmener avec nous notre pauvre Gaston, qui n'est pas libre encore.

— Ceci n'est plus, dit Me Armand, qu'une question de patience. Bientôt ce misérable Alfred Royan viendra le délivrer.

— Eh bien, moi, j'irai l'attendre à la ferme, chez mon frère, ajouta Mme de la Morlière, en caressant le front d'Hélène et ses beaux cheveux blonds. Là j'aurai fréquemment, je l'espère, le plaisir de voir mes chères petites amies. Et puis, quand Gaston reviendra, ma mignonne, nous partirons, » acheva-t-elle, en se tournant un peu de côté pour faire à sa protégée un gentil signe d'intelligence.

Et Hélène, saisissant d'un geste gracieux cette main belle encore, s'approcha de sa vieille amie et se pencha pour l'embrasser.

En ce moment, de joyeux petits pas se firent entendre dans l'antichambre. C'était Marie qui accourait à son tour, en compagnie du père de Gaston, dont elle soutenait les pas tremblants encore.

« Quel bonheur ! oh ! quel bonheur, chère madame, cher papa, s'écriait-elle. Gaston n'est plus au secret ; M. de Latour vient de l'apprendre, et il ira le voir tantôt, dans deux heures d'ici. Cher papa, irez-vous aussi ? Oh! que je serais contente!

— Oui, tu peux y compter; je ne manquerai pas, mon enfant. Notre bon voisin ne pourrait aller seul; il est trop faible encore. Et moi, j'irai dire à Gaston comme l'on est heureux chez nous.

— Hélas! non, cher papa; nous ne le sommes pas tous, soupira la gentille enfant, qui n'oubliait personne. Voici notre pauvre Hélène ; comment la consolerons-nous, mon Dieu, de ce malheur?

— Ah! bah, fillette, n'en parlons plus... Pour ma part, je pense vraiment que la mignonne est presque consolée, interrompit Mme de la Morlière avec un malin sourire.

— Mais, madame, comment cela ?.. En présence de si horribles choses!...

— Mais, petit ange, les douleurs ne sont pas éternelles, et les plus horribles choses s'oublient... Nous avons pris un bon moyen pour cela. Hélène, à mon retour, me suivra à Paris.

— Est-il bien possible? s'écria la fillette, joignant ses petites mains. Tu quitteras, sans regrets, notre pauvre cher Prieuré ; tu t'en iras loin de nous, le cœur content, méchante, ajouta-t-elle en se tournant, avec un sourire mêlé de larmes, vers sa sœur qui rougissait. Mais j'ai tort de te parler ainsi: ce ne sera pas pour toujours, sans doute. Et si cela te fait plaisir, il est bien naturel que tu cherches à te distraire un peu.

— Oui, c'est cela, mignonne... Et quant au reste, nous verrons plus tard ; nous verrons, interrompit la tante de Gaston avec un mystérieux sourire. Et maintenant, mon frère, tu voudras bien, j'espère, accepter tantôt ma compagnie pour aller voir ce cher neveu. »

La journée s'arrangea donc pour le bien de tous, ainsi que le permettaient ces favorables circonstances. Deux heures plus tard, tous les gens respectables des deux familles s'en allaient visiter dans sa prison le jeune accusé, auquel sa captivité paraîtrait désormais moins pesante et moins dure, puisqu'il en sortirait bientôt triomphant et justifié. Pendant ce temps, Me Dumarest, qui n'avait pas avant le soir de train pour la grand'ville, tenait compagnie aux deux sœurs, et cédait de plus en plus au charme, à l'ascendant, à la beauté d'Hélène ; car la coquette avait repris tout son éclat, son entrain, sa gaieté, avec une facilité et une rapidité merveilleuses, et se consolait de tout en pensant que, grâce à ces dramatiques circonstances, elle sortirait de son ombre, elle irait à Paris.

Mais lorsque les trois vieillards revinrent de leur visite à la prison, ce fut Marie qui courut à eux, les lèvres tremblantes, les yeux humides. Elle n'eut pas besoin de les interroger ; ses yeux brillants parlaient pour elle.

« Eh bien, rassure-toi, chérie, lui dit son père. Notre pauvre Gaston est heureux. Il sent que les jurés sont maintenant convaincus de son innocence ; il supportera avec patience et courage les heures d'isolement et de tristesse qu'il devra encore passer. Et il m'a chargé avant tout de te dire qu'il t'aime, qu'il te bénit et te bénira toujours, enfant mignonne, pour n'avoir pas douté de lui.

— Comme si quelqu'un de bon et de sage, quelqu'un qui le connaît, aurait pu en douter un seul instant ! répondit-elle, en secouant sa jolie tête brune. Mais enfin, merci, mon cher père, de tout ce que vous me dites là. Cela m'aidera à supporter plus aisément tous ces longs jours d'absence, ces jours où il est en prison, où il est malheureux. »

Ce fut avec ces dispositions calmes, sereines, presque joyeuses, que les amis de Gaston, après avoir assisté au départ de Me Dumarest, quittèrent la ville, et se retrouvèrent le lendemain dans leur vieux Prieuré dont, après toutes ces émotions, l'ombre leur parut bien douce. Marie surtout était radieuse ; quelques jours auparavant elle avait abandonné sa vieille maison natale avec de si cruelles angoisses ; elle s'était si bien attendue à n'y rentrer que dans le désespoir et la honte, pour y cacher un deuil éternel. Aussi, dès son arrivée, voulant faire partager à tous les siens sa joie et son espoir, elle courut se jeter au cou de sa bonne Estelle, en lui disant, au milieu de ses sourires et de ses larmes : « Oh ! quelle étrange histoire ! Tu la sais peut-être déjà... Qui jamais aurait pu le croire ? Mais Gaston est maintenant sauvé ; ma chère Estelle, quel bonheur !

— Oui, c'est vraiment bien heureux... Mais, comme vous dites, chère mamzelle, qui jamais aurait pu le croire ? répliqua la vieille servante en hochant, d'un air mystérieux, sa tête brune et ridée sous son bonnet aux grands tuyaux de mousseline.

— Oui, c'est affreux, reprit Marie. Et dire que si souvent nous l'avons accueilli ici avec plaisir, ce coupable, ce monstre ! que nous lui avons affectueusement souri, que nous lui avons serré la main, cette main sanglante !... Oh ! ma bonne Estelle, vois-tu, le frisson me prend quand j'y pense. Cet homme, l'assassin d'un parent, d'un second père, venait, comme notre ami, passer ses journées avec nous, s'asseoir à notre foyer !

— Eh ben ! ma fine, à vous parler vrai, mamzelle, sa figure et sa façon ne me revenaient pas du tout. Il avait beau se parer, se parfumer, se requinquer comme un petit-maître, je lui trouvais l'air tout drôle, et ce n'était pas de bon cœur que je le voyais arriver, même quand il m'apportait ses brochets et ses sarcelles... Ah ! quelle différence avec cet aimable M. Gaston, qui est, lui, si avenant, si franc, comme un beau jeune gentilhomme !

— Oui, quelle différence, en effet ! » soupira la fillette, relevant avec joie sa jolie tête jusqu'alors inclinée, tandis qu'un doux sourire de triomphe et de joie venait éclairer ses traits charmants.

Ce n'était pas au Prieuré seulement que ces foudroyantes révélations du garde excitaient, on le conçoit, une indignation vive, une stupeur profonde. La petite ville tout entière semblait être accablée de ce coup imprévu, et chacun de ses habitants notables traduisait d'une autre manière les sentiments divers dont il était animé ! Dans le salon de Mme Plantot, la femme du maire, Mlle Marthe se lamentait et levait les mains au ciel; Mlle Bouvier, au milieu de toutes ses exclamations, laissait percer sa joie secrète de voir sa petite ville natale tout à coup élevée, par ces tragiques événements, au rang des heureuses localités illustrées à jamais par quelque crime célèbre. Et Mlle Fourel qui, en sa qualité de sœur de juge de paix, se flattait de savoir mieux que personne ce qui se passait dans le domaine de la justice, prétendait qu'Alfred Royan pouvait bien avoir empoisonné, après tout, le vieux Langelu, le riche fermier frappé de mort subite, et escroqué les titres de rentes de M. Febvre, le notaire, auquel on avait enlevé des valeurs en plein jour, dans son cabinet.

Les revendeuses et les commères, sur la place du marché, s'appelaient de loin, s'arrêtaient, se groupaient, le poing sur la hanche, hochant la tête et relevant le coin de leur tablier. C'étaient elles surtout qui avaient de nouveaux détails à fournir, des mystères à révéler, de sinistres histoires à apprendre. L'une d'elles avait vu, un jour, à la tombée de la nuit, M. Alfred Royan rôder autour du cimetière ; l'autre avait bien distingué, le matin du crime, une tache de sang à ses mains ; une troisième l'avait rencontré, un soir, dans les prairies, en grande conversation avec la petite Rose, la fille du meunier, qui gardait ses bêtes le long des haies ; sans doute il voulait jeter un sort aux vaches, et étrangler la pauvre enfant.

Mais c'était surtout sur le compte de Mme Jean que toutes elles se récriaient, se confondaient, s'attendrissaient, ces bonnes et compatissantes commères. Comment avait-elle le courage de rester dans cette maison maudite? comment n'avait-elle pas été déjà égorgée, empoisonnée, assommée pour le moins par son horrible maître qui devait certainement la craindre, et qui pouvait avoir l'envie de s'en débarrasser !

« Ah ! dame, voilà ce que c'est : la chance ne dure pas toujours, disait Toinon, la servante du médecin, en prenant des airs sententieux. Mme Jean se croyait riche, elle était fière ; les écus de son maître lui tournaient la tête, le roi n'était pas son cousin. Oui, tout cela c'était bien beau, mais ça ne devait pas durer. Elle était en haut de l'échelle ; maintenant la voilà par terre.

— Ça va joliment lui sembler dur de quitter sa riche maison, sa jolie chambre au premier et sa belle grande cuisine, affirmait à son tour Babet, la vieille bonne du curé. Mais, dame ! elle n'a plus rien à faire ici. Quand M. Alfred s'en reviendra de son voyage dans le Midi, ça sera pour aller au bagne. Cela fait qu'il n'aura guère besoin de garder, je suppose, une gouvernante dans son appartement.

— N'est-ce pas dommage? disait Manette, la cuisinière du juge de paix. Une si belle grande maison ! Elle va rester maintenant tout à fait vide, abandonnée. Les fruits pourriront sur les arbres, les herbes folles pousseront dans la cour.

— Dame ! que voulez-vous que l'on fasse, reprenait Toinon, d'une maison où a été commis un crime ? Personne ne voudrait l'habiter, pour sûr. Et pour que Mme Jean ait voulu y rester jusqu'à ce jour, il faut vraiment qu'elle n'ait guère de scrupules, ou au moins un fameux courage.

— Mais maintenant elle n'y pourra plus demeurer ; la maison sera certainement fermée par ordre de justice. Où pourra-t-elle bien aller, cette belle Mme Jean, avec tous ses grands airs, ses paniers d'asperges, de beurre en motte et de perdreaux, sa croix d'or et ses coiffes de dentelle ?

— Pauvre Mme Jean ! N'importe où elle ira, elle trouvera, pour sûr, une fameuse différence. »

Et, sur cette flatteuse perspective, tout le chœur des commères animées de cette douce conviction reprenait d'un ton pénétré, gravement, en hochant la tête : « V'là ce que c'est ! La chance ne peut pas toujours durer. Pauvre Mme Jean ! »

Pendant ce temps la brave ménagère, objet de ces réflexions philosophiques et de ces lamentations aigres-douces, avait repris sa place dans la maison fatale avec une vaillance digne d'un meilleur sort, et attendait, pour décider de son avenir, les ordres de M. Alfred qui, malgré tout, était encore son maître, et qu'elle voulait servir, en attendant l'arrêt des juges, avec sa conscience ordinaire et sa courageuse fidélité. Seulement, comme le disaient ses bienveillantes compagnes, son front s'était assombri, son caquet rabattu ; elle baissait la tête et passait de tristes jours dans cette grande maison déserte, où aucune de ses bonnes connaissances n'aurait voulu, pour rien au monde, venir lui tenir compagnie, surtout depuis qu'elles savaient le dernier mot de cet épisode sanglant.

Un seul des habitants de B***, d'ailleurs au-dessus de ces préjugés par les devoirs de sa profession autant que par son courage, ne partageait pas ces fâcheuses dispositions à l'égard de la bonne dame, et semblait prendre à tâche d'égayer autant que possible la solitude de Mme Jean. C'était le brave Paturel, toujours empressé, respectueux et courtois comme tout vrai militaire sait l'être envers les dames. Sans afficher sa digne amie, il savait trouver le moyen de la rencontrer, de l'accompagner, de la distraire. Au moment où, chaque matin, elle sortait de la messe, il passait pour acheter, chez l'épicière du coin, son paquet de tabac. Lorsqu'elle faisait, deux fois par semaine, de grand matin, sans pompe et la tête basse, sa petite tournée au marché, c'était juste à ce moment-là qu'il devait traverser la place pour aller prendre, s'il y avait lieu, les ordres du commissaire, ou rejoindre, au café des Vendanges de Bourgogne, le garde champêtre, son ami. Enfin, quand Mme Jean sortait, sur les quatre heures, par la petite porte du jardin pour faire, selon sa coutume, sa promenade dans la prairie, Paturel avait bien soin de dire tout haut que, pour baigner son cheval, l'eau de l'étang était à point. Et il se hâtait de sortir, emmenant avec lui sa bête qui, pendant la longue causerie de Mme Jean et de son maître, broutait paisiblement le trèfle en fleur, au bord des prés.

C'était le plus souvent, on peut bien se l'imaginer, sur les tragiques événements qui avaient depuis peu bouleversé tant d'existences, que roulait, dans ce tête-à-tête, la conversation des deux amis.

« Là, franchement, monsieur Paturel, disait la brave ménagère, assise au rebord du fossé et secouant à l'ombre du buisson en fleur sa tête aux cheveux bruns lustrés sous les larges dentelles, croiriez-vous que je ne puis pas m'imaginer encore que ce brigand de Schmidt ait dit la vérité ?... Comment ! notre jeune M. Alfred, si tranquille, si poli, si doux et si bien élevé, aurait été capable d'une telle infamie, aurait eu l'infernale idée d'assassiner son oncle, son bienfaiteur, mon pauvre et digne maître, qui avait parfois, je le sais bien, la parole un peu brève et la poigne un peu dure, mais qui était au fond bon comme le bon pain ?

— Ma chère madame Jean, en réfléchissant bien, vous n'avez pas là, je vous assure, de quoi tant vous étonner. Moi qui, par les devoirs de ma profession, suis obligé de connaître les hommes mieux que vous, je ne me surprends point, et vous pouvez m'en croire... Ce malheureux M. Alfred avait, vous le voyez bien, deux très bonnes raisons pour concevoir l'idée du crime...

— Deux très bonnes raisons ?... Ah ! je serais curieuse de les connaître, par exemple ! s'écriait la ménagère, abandonnant, pour lever la main au ciel, la gerbe de bluets qu'elle amassait dans le coin de son tablier.

— Un peu de patience, et vous me comprendrez, car je vais avoir sur-le-champ l'honneur de vous les soumettre... La première raison, voyez-vous, c'était l'argent... Ma chère madame Jean, qu'est-ce que les hommes ne font point pour ce maudit métal ?... Votre M. Alfred, tant que son oncle se trouvait en ce monde, n'était en sa présence qu'un pauvre petit va-nu-pieds, guenilleux, sans le sou, tandis qu'il aurait voulu, lui si fier et si élégant, faire le grand seigneur, le beau, le petit-maître. Plus de vingt fois par jour, je vous le garantis, allez, il souhaitait à son oncle une prompte et heureuse fin ; il appelait le moment où il le verrait couché bien tranquille, là-bas, sous le gazon du cimetière... Après avoir longtemps désiré, espéré, attendu, qu'y a-t-il d'étonnant à ce qu'il ait jugé à propos de mettre la main à l'œuvre ? C'est toujours ainsi que l'on fait, voyez-vous, pour commettre un crime, comme pour livrer une bataille, pour fonder une entreprise, pour élever un bâtiment : on réfléchit d'abord, et on agit ensuite.

— Il peut y avoir du vrai dans ce que vous dites à cet égard-là, Paturel... Mais votre seconde raison ? Elle ne doit pas être, j'en suis sûre, aussi bonne que celle-là. Qu'est-ce que cela peut bien être ?

— Oh ! que si, ma chère madame Jean ! Elle est encore bien meilleure... La seconde, voyez-vous, eh bien !... c'était l'amour, disait l'honnête brigadier, baissant modestement les yeux, et effilant entre ses doigts de cavalier la fine pointe de sa moustache.

— L'amour? Mais vous rêvez vraiment là, monsieur Paturel ! Dans cette affreuse histoire, cet horrible assassinat, où voyez-vous que l'amour ait quelque chose à faire ?

— Mais vous, madame, à votre tour, n'avez-vous pas entendu, dans ses derniers aveux, Hans Schmidt raconter à l'audience que si M. Alfred, le jour où ils se sont rencontrés et entendus, était en colère contre son oncle, c'est parce que celui-ci voulait le marier à une demoiselle, tandis qu'il y en avait une autre qu'il désirait épouser ? Voilà ce que c'est, voyez-vous, le cœur ne connaît pas de maître. On a beau dire, on a beau faire : un homme qui sent, un homme qui aime, ne se laisse pas persuader.

— Ah !... C'est peut-être vrai, Paturel, murmurait Mme Jean, baissant les yeux à son tour et penchant doucement la tête.

— Comment ! si c'est vrai, madame ?... Je suis payé pour le savoir, allez, soupirait le brigadier, posant énergiquement la main sur le côté gauche de sa poitrine.

— Vraiment, cher monsieur Paturel ?... Ah ! voilà : chacun de nous, hélas ! a ses peines dans ce bas monde. Ainsi moi, par exemple, après avoir eu longtemps une si heureuse vie, devoir chercher une autre place, quitter cette pauvre maison !...

— Oui, ma chère madame Jean, voilà ce qui vous semblera dur. Vous qui, dans cette maison-là, étiez comme chez vous, vous n'en devriez sortir que pour... pour régner dans la vôtre... Et si vous vouliez consentir... si l'on osait vous proposer...

— Me proposer ? Quoi donc, monsieur Paturel ? Une autre place ?

— Oh ! oui, bonne madame Jean... une place, la meilleure place, dans mon cœur... si vous ne dédaigniez pas, toutefois, la modeste pension et la main d'un brigadier de gendarmerie, autrefois maréchal des logis au 2me dragons et décoré à l'assaut d'un douar, en Kabylie.

— Oh là ! vraiment, monsieur Paturel, à quoi pensez-vous ? Quand je devrai encore me mêler à toutes ces horribles affaires, quand je porte encore le deuil de ce pauvre M. Michel Royan, penser à me faire un chez-moi, me parler de mariage !

— Eh ! assurément ; ce serait là le meilleur, le seul moyen de vous faire oublier toutes ces pénibles choses. Si ma proposition vous paraît avoir quelque côté utile ou agréable, si vous croyez pouvoir quelque jour vous résoudre à l'accepter, ne la repoussez pas tout d'abord, réfléchissez-y sérieusement à votre loisir, je vous prie... Voici déjà longtemps, bien longtemps, je vous assure, que mon pauvre cœur me portait, malgré tout, à vous l'adresser. Mais je ne l'osais point. Vous étiez si heureuse ! Qu'est-ce que c'était pour vous qu'un brigadier, un pauvre gendarme, quand vous nagiez, comme en pleine eau, dans votre grande prospérité ? Maintenant les choses ont changé du tout au tout, bien malheureusement. Ce pauvre M. Michel est mort ; cette canaille de M. Alfred va tout droit s'en aller au bagne. Et la solitude vous paraîtra dure après les beaux jours passés.

— Et c'est dans le malheur que l'on connaît ses vrais amis, Paturel, répondit Mme Jean avec douceur, hochant mélancoliquement la tête. Aussi je ne vous dis pas non ; seulement je demande à réfléchir. Je ne suis certes pas, en ce moment, d'une humeur à songer au mariage. Mais enfin, là, la main sur le cœur, quand cet abominable procès sera fini, quand je serai un peu moins triste, après tout, il peut bien se faire que je devienne un jour Mme Paturel, mon ami. »

On conçoit aisément que, sur cette assurance, l'honnête brigadier radieux multipliât les remerciements, les serments, les protestations de fidélité, de dévouement et de tendresse. Et lorsqu'on se sépara, chacun reprenant sa route, pour ne pas faire jaser, Mme Jean, se laissant aller aux perspectives joyeuses d'un heureux avenir tout proche, se prit à regretter avec moins d'amertume la belle maison aux volets verts qu'il lui faudrait quitter bientôt. Le logis de ce pauvre M. Michel lui serait fermé, il est vrai ; mais elle pourrait se consoler de ne plus tenir le manche du balai et de la casserole dans la plus riche maison du bourg, puisqu'un dédommagement inattendu lui était si généreusement offert, puisqu'elle irait régner à la gendarmerie.

ÉTIENNE MARCEL.

— La fin au prochain numéro. —

SONGERIES D'UN ERMITE

Sur une route la variété des paysages est un trompe-l'œil qui semble l'abréger, et dans la vie au contraire la multiplicité des événements paraît l'allonger.

***

La probité ne parviendra pas à embellir l'avarice, mais celle-ci enlaidira la première.

***

Quoique l'espérance nous ait mille et mille fois trompés, on serait bien fâché de divorcer d'avec elle.

***

L'art de se faire obéir est chez les hommes une qualité qui ne s'acquiert que lentement et difficilement : chez les femmes, cette qualité n'a pas besoin de s'acquérir, elle est innée.

***

Il y a moins de danger à laisser un affamé s'asseoir à votre table qu'à y inviter un gourmand.

***

Comme le globe terrestre, l'intelligence humaine recèle dans son sein des diamants qui ne sont jamais découverts, jamais taillés, et même jamais cherchés.

***

Pour le philosophe « vivre c'est rêver », et pour le poète « rêver c'est vivre ». Aux yeux du premier les réalités ne sont rien, et aux yeux du second les illusions sont tout.

***

L'aumône fait plus de bien à l'homme qui la donne qu'à l'homme qui la reçoit.

***

Les préceptes ne sont aux exemples que ce que la peinture est à la réalité !

COMTE DE NUGENT.

CHRONIQUE

Une nouvelle industrie commence à se montrer dans notre Paris, qui, pourtant, en possédait assez déjà pour qu'on pût croire qu'il n'en devait plus guère voir d'inédites.

Sur la ligne des boulevards et dans différents quartiers très fréquentés, on installe des boutiques peintes d'une manière uniforme et qui appartiennent bien évidemment à un même propriétaire ou à une même compagnie d'exploitation.

Sur les vitres de ces magasins se lit cette inscription tracée en grosses lettres : *Ressemelage en trente minutes. — On peut attendre la réparation de sa chaussure.*

Voilà un perfectionnement destiné, dans un avenir prochain, à faire disparaître une industrie bien ancienne et bien respectable.

Que deviendra, en effet, le savetier d'autrefois, cet être insouciant qui chantait si bien et dormait de même, quand il n'avait pas l'imprudence d'enfouir dans sa cave les cent écus de son voisin le financier?

Mais, pour que le savetier soit content, encore faut-il qu'il gagne son pain quotidien, et le moyen, je vous le demande, de lutter contre ces belles boutiques où le travail se fera si vite et si bien?

Le pauvre savetier disparaîtra donc, et avec lui son échoppe, un des derniers vestiges qui nous restent encore de notre vieille ville d'autrefois. C'était tout un poème que l'échoppe du savetier du temps passé, ou du moins, c'était un sujet de tableau tout trouvé pour un peintre de genre.

Petite, elle se glissait volontiers au pied des édifices gigantesques : pauvre, elle aimait à coudoyer les palais; on eût dit qu'elle y mettait une sorte de fierté, comme la philosophie quand elle entre en contact avec les grands de ce monde : ainsi, elle avait quelque chose de Diogène regardant bien en face Alexandre. Les palais changeaient de maîtres, rois, ministres ou millionnaires : l'échoppe gardait son savetier qui tirait stoïquement son alène dans le vieux cuir, tandis que la Fortune faisait sauter les trônes, les portefeuilles et les valeurs de bourse.

Philosophe par principe, le savetier était en même temps artiste par instinct; il avait un goût prononcé pour les images d'Epinal : c'était sa manière d'honorer la peinture; il aimait la musique, représentée chez lui par un serin ou un chardonneret. Pourvu qu'il possédât en outre une pie apprivoisée et un chat bien somnolent, rien ne manquait à son bonheur.

Le digne homme avait cependant un souci; qui n'a son souci en ce bas monde? Il avait grand'peur pour ses carreaux de vitre en papier huilé, que les gamins du quartier se plaisaient à effondrer d'un coup de poing, ce qui faisait dans le calme réduit l'effet d'un coup de tonnerre. Mais la foudre tombe partout, et puis le savetier prenait si souvent sa revanche sur le gamin par quelques taloches bien appliquées que, somme toute, il pouvait à peu près vivre en paix.

Maintenant, l'heure de la concurrence redoutable est arrivée : on a *haussmannisé* l'échoppe, et voilà que l'art de la réparation des chaussures avariées passe à l'état de grande spéculation parisienne. Fini de rire, sire Grégoire! fini de chanter!

Quelle que soit ma sympathie pour le brave savetier d'autrefois, j'avoue que la nouvelle industrie du ressemelage à la vitesse ne me déplaît pas trop : elle me paraît même avoir un caractère philanthropique digne, à un certain point de vue, du prix Monthyon.

On peut attendre la réparation de sa chaussure; cela a je ne sais quoi de mélancolique et presque de touchant : il y a là une avance faite à une misère honteuse qui, ainsi, n'a pas la peine de s'avouer elle-même.

Les gens qui ont quelque aisance ne pensent point à cela; ils n'ont peut-être même jamais soupçonné ce désastre, le plus cruel de tous ceux qui peuvent arriver à un pauvre diable, le naufrage de sa dernière paire de chaussures, dont son porte-monnaie lui interdit le remplacement immédiat.

J'ai vécu au Quartier Latin dans ma jeunesse, j'ai vu passer autour de moi plus d'une de ces pauvretés de l'étudiant sans crédit, du maître d'étude sans place, de l'homme de lettres sans une ligne de *copie*.

Tous ces pauvres, déguisés en bourgeois, tenaient bon tant qu'ils avaient à lutter seulement contre le cri de leur estomac; ils tenaient encore, tant qu'ils pouvaient brosser leur vieil habit jusqu'à la corde; ils résistaient contre le hérissement navré des poils d'un chapeau roussi par le soleil et les frimas; mais le désespoir commençait le jour où leur dernière paire de bottines crevait et semblait lancer un cri de détresse. Ce jour-là ils étaient terrassés, car ils ne pouvaient plus se présenter en solliciteurs encore à demi décents pour demander un emploi : un soulier à plaie béante ressemble, quoi qu'on fasse, à une tire-lire qui réclame l'aumône.

Quelques sous et trente minutes d'attente remédieront à ce désastre sans nom... Mais est-il bien vrai que des gens réellement estimables, que des gens ayant quelque talent en soient réduits à n'avoir pas une paire de souliers de rechange?

Hélas! n'avez-vous donc jamais lu l'histoire du grand Corneille chez le savetier? de l'auteur du *Cid* et d'*Horace*, vieux, abandonné de Louis XIV, et, en dépit de ses lauriers poétiques, traînant dans la boue des chaussures percées?

Et cette histoire n'est point une légende. La voici telle que l'a racontée celui qui en fut le témoin navré :

Un de ses compatriotes normands qui était venu voir Corneille à Paris en 1679, cinq ans avant sa mort, écrivait à leurs amis communs : « J'ai vu hier notre parent et ami; il se porte assez bien pour son âge. Il m'a prié de vous faire ses amitiés. Nous sommes sortis ensemble après le dîner, et en passant rue de la Parcheminerie il est entré dans une boutique pour faire raccommoder sa chaussure, qui était décousue. Il s'est assis sur une planche et moi auprès de lui; et lorsque l'ouvrier eut refait, il lui a donné trois pièces qu'il avait dans sa poche. Lorsque nous fûmes rentrés, je lui ai offert ma bourse; mais il n'a point voulu la recevoir, ni la partager. J'ai pleuré qu'un si grand génie fût réduit à cet excès de misère. »

Si j'étais le propriétaire des magasins de ressemelage, au-dessus de chacune de mes boutiques je ferais mettre un tableau représentant le grand Corneille chez le savetier : bien des clients sentiraient, en le regardant, leur cœur lui-même *ressemelé* de courage.

* * *

L'Exposition d'électricité que je vous ai annoncée, il y a quelque temps déjà, vient de s'ouvrir au palais des Champs-Elysées. Tous les pays y sont représentés, et l'on peut hardiment affirmer que c'est le magnifique résumé des plus étonnants prodiges accomplis par la science.

Seulement il arrive à l'Exposition d'électricité ce qui arrive presque toujours à nos grandes expositions : le jour de l'ouverture officielle on ouvre les portes, mais toutes les caisses ne sont pas ouvertes; les vitrines ne sont pas encore remplies; les objets ne sont pas encore installés. C'est donc dans quelques jours seulement que je ferai à l'Exposition d'électricité ma visite d'étude et que je vous en redirai les merveilles.

Aujourd'hui, cependant, je ne puis retenir un cri d'admiration et presque d'effroi en songeant au peu qu'était l'électricité, il y a cent ans, et à ce qu'elle est devenue depuis !

C'est par hasard qu'un physicien italien, Galvani, remarqua les crispations qui se produisaient dans des pattes de grenouilles qu'il avait atttachées à un balcon de fer avec des fils de laiton.

Supposez que le même phénomène se fût produit devant une cuisinière en train de préparer les habitantes des marais pour les servir à la sauce poulette, la malheureuse eût cru à quelque sorcellerie, jeté ses grenouilles dans la rue, et, du même coup, supprimé pour des siècles peut-être le télégraphe électrique, le téléphone, le phonographe et mille autres choses dont la réalité dépasse tous les rêves et toutes les inventions de la féerie.

Mais un savant était là : il observa, et une fois encore l'observation fut appelée à renouveler la face du monde.

ARGUS.

BULLETIN BIBLIOGRAPHIQUE

Nouvelle Mythologie à l'usage des jeunes filles, par Mme Bourdon. 1 vol. in-12.
Prix broché. . . . . 2 fr. »
Par la poste . . . . 2 fr. 25.

Écrire une Mythologie à l'usage des jeunes filles paraît de prime abord un problème bien difficile à résoudre; néanmoins, par un ingénieux tour de force, une femme de talent, Mme Bourdon, vient d'en tenter la solution, et elle l'a résolu avec un plein succès.

Le nom seul de l'auteur garantissait à l'avance que les jeunes lectrices seraient respectées et qu'aucune fausse note ne pourrait se produire dans son ouvrage; en effet, non seulement Mme Bourdon a su intéresser, tout en éliminant de son sujet certains détails qu'il convenait de cacher; mais encore elle est parvenue à faire de son livre une véritable apologie de la vérité, tout en donnant aux jeunes filles les notions mythologiques nécessaires pour comprendre les poètes, les artistes et les écrivains.

Nous ne saurions trop recommander ce petit volume aux mères de famille, ainsi qu'aux personnes chargées de l'éducation des jeunes personnes.

L'idée de Dieu, son origine et son rôle dans la morale. *Première partie* : Origine de l'idée de Dieu. — *Seconde partie* : Rôle de l'idée de Dieu dans la morale générale, par M. l'abbé Pasty, chanoine honoraire d'Orléans, docteur en théologie, docteur ès lettres. 2 volumes in-8. Prix. . . . . 12 fr.

La Souveraineté nationale, ou l'esprit moderne en face de la tradition, par Th. Hamon. 1 volume in-8. Prix . . . . 4 fr.

Soirées littéraires, scènes, tableaux, discours, études historiques et récits légendaires, par l'abbé H. Faure. 1 volume in-8. Prix . . . . 4 fr.

Conférences aux Mères chrétiennes sur l'éducation, par l'abbé Mathieu, vicaire général de Soissons, curé-archiprêtre de Saint-Quentin. 1 volume in-12. Prix. . . . . 3 fr. 50.

La douce et sainte mort, par le P. Crasset, édition remaniée avec soin par un Père de la Compagnie de Jésus. 1 vol. gr. in-18. Prix. . . . . 2 fr. 50.

Abonnement, du 1er avril ou du 1er octobre; pour la France : un an 10 fr.; 6 mois 6 fr.; le n° au bureau, 20 c.; par la poste, 25 c.
Les volumes commencent le 1er avril. — LA SEMAINE DES FAMILLES paraît tous les samedis.

VICTOR LECOFFRE, ÉDITEUR, RUE BONAPARTE, 90, A PARIS. — Imp. de la Soc. de Typ. - J. Mersch, 8, r. Campagne-Première, Paris.

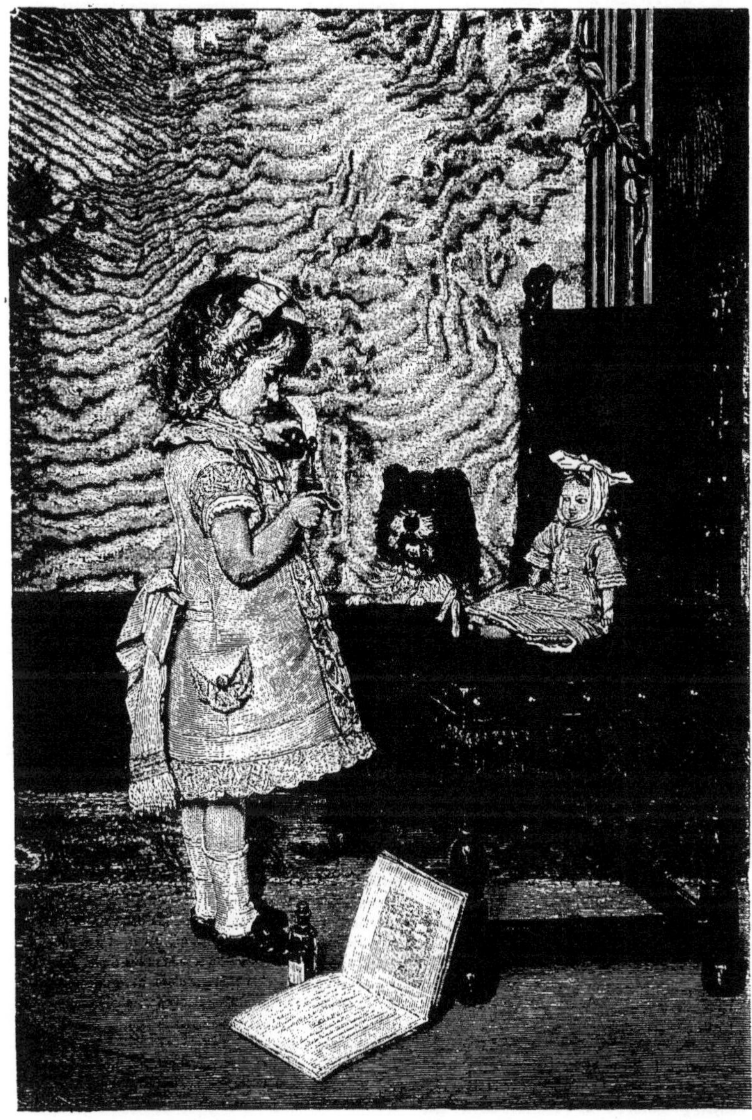

La poupée malade.

MA POUPÉE EST MALADE!

« Où souffres-tu, mignonne? Dis-moi, tes dents te font toujours bien mal?... Tu vois, petite mère a pitié de sa Jeannette, elle lui a mis sur les joues un beau mouchoir blanc, puis elle prépare la potion que le docteur a commandée. Mais quoi! tu pleures encore?... Je t'en prie, tais-toi, mon ange... Tu vas me faire pleurer aussi; Prinz effrayé de notre tapage aboiera, alors grand'-maman viendra, et si nous étions grondées..... »

Ce charmant discours était à l'adresse d'une jolie poupée placée sur une chaise longue. Vous n'en doutez pas, Jeannette ne répondait mot. Peut-être la douleur causait son silence, je ne sais; toujours est-il que sa mère, enfant de six ans, aux grands yeux éveillés, aux cheveux bruns et bouclés, en était toute triste.

Debout auprès de son cher bébé qu'elle couve d'un maternel regard, Marguerite, notre gracieuse garde-malade, verse dans une cuiller la précieuse liqueur conseillée par l'homme de l'art, tandis que Prinz, en caniche de bonne maison, pose ses petites pattes sur la chaise de Jeannette comme pour lui offrir ses condoléances. Au risque de faire un jugement téméraire, j'estime qu'elles ne sont pas absolument désintéressées. *Monsieur Prinz* a bon flair et chacun sait qu'il ne dédaigne pas les sirops sucrés...

Comme moi, aimables lectrices, ne trouvez-vous pas ce tableau ravissant? Quelle est celle d'entre nous qui, petite fille, n'ait souhaité une âme à sa poupée? Si j'étais philosophe, je vous montrerais dans ce premier et si naïf sentiment le germe du dévouement maternel que toutes nous admirons dans nos mères. Mais je m'arrête de peur de vous effaroucher, et je redis aux plus jeunes qui liront ces lignes: « Aimez aujourd'hui votre poupée pour aimer demain les enfants que Dieu vous enverra. »

MARIE BECKERHOFF.

UN DRAME EN PROVINCE

Voir p. 3, 21, 34, 51, 75, 90, 109, 122, 138, 155, 172, 186, 197, 219, 236, 250, 265, 281, 291, 313, 322 et 345.)

XVIII

Un mandat d'amener avait été lancé, par les soins du parquet, contre M. Alfred Royan, que l'on croyait alors en villégiature à Cannes. Mais lorsque la dépêche arriva dans cette ville, M. Alfred Royan venait de la quitter. Peut-être avait-il appris, sans que l'on sût comment, les derniers incidents du procès; peut-être était-ce tout simplement un sentiment de frayeur vague, la conscience de son crime lui ôtant tout repos et toute sécurité, qui l'avaient porté à mettre la frontière entre lui et la justice. Quoi qu'il en soit, les agents chargés de son arrestation durent s'occuper de le faire suivre. Mais il était trop peu adroit, trop peu diligent surtout, pour parvenir à se dérober longtemps aux recherches de la police, et bientôt l'un des employés du service de la sûreté envoyés par la Préfecture l'arrêta, découragé, fugitif et sérieusement malade, dans un hôtel de Turin où il s'était réfugié.

L'affaire recommença donc à Dijon aux assises qui suivirent. Une autre illustration du barreau de Paris, Mᵉ Lechantre, émule et parfois rival heureux de Mᵉ Dumarest, fut aussitôt mandé par les soins de Mᵉ Pernet, et accepta courageusement cette cause déjà perdue.

Trois accusés cette fois furent traduits, aux yeux de la cour, sur le banc d'infamie. Mais l'on savait que l'un d'eux le quitterait bientôt, libre et reconnu innocent, et l'on se préparait à écouter, avec une curiosité mêlée de frayeur, les terribles aveux des autres. L'affluence de la foule, dans la salle des débats, était donc plus grande encore que par le passé peut-être. C'était avec un si vif intérêt que les voisins, les amis, les notables du département allaient entendre accuser, allaient voir mourir peut-être, M. Alfred Royan, un des leurs, bourgeois riche et grand propriétaire, possédant terres au soleil, actions, titres de rentes, beaux et vastes domaines dans deux départements!

Cette curiosité malsaine se vit, jusqu'à un certain point, confondue et désappointée. C'est qu'elle fut bien misérable l'attitude de M. Alfred! Il se traîna à grand'-peine, malade, chancelant, moralement et physiquement affaissé, jusqu'à la salle d'audience. Là, étendu dans un fauteuil que le certificat du médecin lui avait obtenu de la bienveillance des juges, la tête appuyée sur un oreiller, respirant continuellement son flacon de sels ou sa bouteille d'eau de Cologne, il commença par nier, d'une voix faible et languissante, la vérité des faits racontés par Hans Schmidt. Selon lui, le garde, mécontent de se voir abandonné par son jeune maître, s'était vengé en portant contre lui cette odieuse accusation. C'était lui, il est vrai, qui, pendant longtemps, avait fait passer en prison à ce vieux serviteur, pour le récompenser du dévouement que celui-ci lui avait montré dans son enfance, toutes sortes de petits cadeaux, de douceurs, qui lui rendaient sa captivité moins rigoureuse et moins pénible. Mais c'est qu'aussi, d'abord, il ne croyait pas à son crime. Plus tard, lorsque, dans l'intérêt de sa santé, il avait entrepris son voyage, il n'avait pu continuer à son égard ces bons offices: et le misérable, furieux alors, l'avait odieusement calomnié, en l'exposant, lui innocent, aux poursuites de la justice.

Mais si quelqu'un protesta alors avec une énergique indignation, presque avec éloquence, contre cette affirmation si gauche et si mal fondée, ce fut Hans Schmidt assurément.

« Fous safez pien, s'écria-t-il, que c'est fous qui m'afez temanté te tuer le fiel oncle!... Fous fous rappelez fort pien, c'est moi qui fous le chure, que vous m'avez bromis que si che faisais la chosse, je resterais touchours tant vos pois, dans ma maisson, et que ch'aurais encore une ponne somme d'archant pour me monter tant mon ménache !... Fous safez pien que fous m'afez, la feille au soir, reçu tant fotre champre, et que fous m'afez fait, en attendant l'heure, coucher tans fotre lit... Fous safez pien que fous m'afez fait, un peu afant six heures, poire de cette liqueur forte que fous afiez tans une pouteille, et que fous m'afez tit abrès : « Il est « temps; maindenant, mon prafe, prends courache, et « fa-t'en là-haut. » Fous safez pien qu'ensuite, une fois la chosse faite, fous êtes monté aussi, quand ch'ai eu tonné le signal et fous m'afez tit : « Es-tu pien sûr de « ton coup? Est-ce qu'il remue encore? » Et surdout, fous fous rappelez pien que fous n'avez pas foulu endrer parce que fous afiez peur, et que fous m'afez tit te prentre un coffret sur la blanche et te l'or tans le coffre, que fotre oncle, en me barlant, afait laissé oufert.

— Absurdités, mensonges que tout cela ! balbutiait en pâlissant le malheureux Alfred, laissant aller sa tête flasque sur l'oreiller, et humant avec un reste de force les parfums de sa bouteille. J'étais très malade ce jour-là et je n'ai rien entendu, n'ayant point dormi la nuit, et m'étant seulement assoupi vers les cinq heures.

— Fous n'afez point tormi la nuit, c'est frai, buisque fous ne fous êtes pas couché, et que fous afez lu aubrès de fotre feilleusse. Mais le matin, fous ne fous êtes bas assoupi, che fous chure. Fous afez eu pien soin alors t'arrancher la chosse afec moi. Et si fous afez tormi abrès, che n'en sais rien. Che ne suis bas resté là ; ch'ai fite couru à ma capane. »

A tous ces faits bien coordonnés, précis, nettement articulés, M. Alfred ne put opposer que des dénégations timides, se rejetant sur la rancune et les désirs de vengeance du misérable Schmidt, qui, se voyant perdu, voulait aussi perdre son maître. Et les membres du barreau, les jurés, la foule rassemblée à l'audience, purent voir distinctement une nuance de désappointement, et presque de dégoût, passer sur les traits du célèbre avocat, qui s'attendait à trouver un coupable plus fier et plus résolu, un client plus sympathique, et perdait, en présence de cette lâche faiblesse, tout espoir de le sauver.

Après de longs débats et un éloquent plaidoyer, le verdict du jury ne se fit point attendre. Gaston de Latour, pour lequel une ordonnance de non-lieu fut tout d'abord rendue, fut immédiatement mis en liberté, à la grande joie de l'auditoire, qui jusque-là souffrait véritablement en voyant ce jeune homme, digne de sympathie et de respect, associé à tort sur le banc d'infamie à ces deux figures sombres. Quant à Alfred Royan et à Hans Schmidt, ils furent reconnus coupables, mais avec des circonstances atténuantes, ajouta le jury, qui, nous ne savons trop pourquoi, jugea à propos de leur accorder ce singulier bénéfice. Est-ce parce que ce pauvre Michel Royan n'était guère, après tout, qu'un personnage peu sympathique, misanthrope et avare, que les jurés ne virent pas grand inconvénient à supprimer? Est-ce que l'éloquence des deux défenseurs avait fait sur leur esprit une impression considérable, en leur représentant en dernier lieu les deux accusés excités et entraînés chacun par une passion puissante, irrésistible: le vieux garde par la vengeance, et le coupable neveu par l'amour?... Toujours est-il que tel fut le verdict rendu au milieu du silence ému, de la fiévreuse attente de l'auditoire, qui vit ensuite entraîner Hans Schmidt, furieux, atterré, jurant et brandissant les poings, la flamme aux yeux, l'écume aux lèvres, et emporter sans connaissance M. Alfred affaissé dans les bras de ses gardiens.

Mais quelle fête ce fut alors au Prieuré et à la ferme! Après tous ces longs jours d'angoisses, de larmes cachées et de regrets cruels, comme elle souriait, la gentille Marie! Toutes ses terreurs avaient pris fin, son cher Gaston était revenu. Il ne restait pas une ombre sur son nom, et sur son front pas une tache. Il avait été forcé seulement d'avouer qu'il était pauvre, qu'il était obligé de travailler, de se priver pour vivre : voilà tout. Mais qu'est-ce que cela faisait? pensait l'enfant. On peut être pauvre, humble et caché, on peut avoir à porter, silencieusement, chaque jour sa croix ou sa chaîne, et garder cependant en soi la paix, le bonheur et l'espoir, en songeant à ceux qui vous aiment.

Hélène, pour sa part, était presque joyeuse aussi. Son secret, par bonheur, avait été gardé fidèlement ; nul ne savait, parmi les habitants de la grande ville et les amis du bourg, qu'elle avait été sur le point d'accepter la main, de porter le nom de cet infâme. C'était le second parti qu'elle perdait, il est vrai ; il n'y avait plus pour elle, aux environs, de projet de mariage avantageux possible. Mais Mme de la Morlière, qui n'avait plus de raisons pour continuer son séjour à la ferme, allait enfin l'emmener avec elle, à Paris. Et là, dans la grande ville, que de choses pouvaient arriver! que de perspectives pouvaient s'ouvrir! Me Armand, qui multipliait ses attentions, ses hommages discrets et respectueux, avait promis de venir visiter parfois sa vieille amie. Et si le bonheur lui souriait enfin, si son père pouvait lui assurer un illustre et charmant mari en vendant, n'importe comment, ses terres du Coupeau, des Audrettes et de la Haie-Rose, n'y aurait-il pas à se louer du destin, à bénir la Providence qui, au prix de quelques jours de souffrances pour Gaston et de larmes pour la mignonne, lui avait fait faire au Prieuré la connaissance de l'avocat?

Ce fut au milieu de tous ces sentiments, ces joies, ces regrets, ces espoirs, que nos amis se séparèrent : le vieux M. de Latour demeurant seul dans sa ferme, M. de Léouville et Marie au Prieuré, Hélène et Gaston accompagnant à Paris Mme de la Morlière. Pour le fiancé de la fillette, cette sinistre affaire avait produit, en somme, des résultats avantageux. Son petit emploi au ministère était perdu, il est vrai, par suite de cette terrible accusation et de cette longue absence. Mais

Me Dumarest, prenant de plus en plus à cœur les intérêts des deux familles, avait mis le comble à ses bontés pour son jeune client en lui procurant, chez un célèbre magistrat, un emploi de secrétaire, dont les avantages et les appointements étaient de beaucoup supérieurs à ceux qu'aurait pu lui offrir pendant longtemps le service de la patrie. C'était donc, cette fois, une installation définitive que Gaston de Latour allait faire à Paris. Et de beaux rêves berçaient maintenant son âme consolée. L'avenir désormais était à lui, ouvert tout entier à sa volonté, à son courage. Oh! qu'ils seraient donc doux et ensoleillés, les jours où sa vaillante petite amie, sa bien-aimée, viendrait le rejoindre, dans quelque appartement bien simple, étroit, modeste, où ils se trouveraient si bien et si contents à deux, où ils auraient en avril du soleil à leurs fenêtres, des fleurs à leur petit balcon, et de l'amour, de la joie dans le cœur, sans cesse, jusqu'au bout de l'an!

La petite Marie, qui devinait toutes ces tendres espérances et ces rêves si doux, dans les moindres mots de son ami, dans son regard, dans son sourire, le vit partir cette fois sans trop de regret et de tristesse. Elle lui promit surtout, en l'attendant, d'aller voir souvent, à la ferme, son pauvre vieux père, que tant d'épreuves avaient douloureusement frappé et qui n'avait peut-être plus de bien longs jours à passer en ce monde. Et ce fut avec un véritable empressement et une grande tendresse qu'elle tint sa promesse, après le départ de son ami.

Puis, comme tous les délaissés semblaient avoir un profond et doux attrait pour elle, on la rencontra souvent, en compagnie de M. de Léouville, dans le coin du cimetière où s'élevait, pompeuse, mais abandonnée, la belle croix de marbre gris du pauvre Michel Royan. Et pourtant elle ne savait point, l'enfant mignonne et tendre, les détails du procès ne lui avaient point appris que c'était elle que le vieillard avait aimée, qu'il avait voulue et désirée pour fille à son foyer, dans ses vieux jours. Mais elle se disait que ce pauvre homme assassiné était là, oublié et seul; qu'il ne lui restait point d'ami pour aller porter à son dernier séjour une fleur, une larme, une prière. Et c'était là un office presque sacré, à la fois consolant et triste, dont il lui semblait bien naturel et doux de se charger.

Ce fut au retour d'une de ces pieuses excursions, au moment où elle allait atteindre, avec son père, l'angle de la grande route où s'ouvrait le chemin conduisant au Prieuré, qu'elle vit un soir s'avancer le brigadier, se présentant en grande tenue, la tête haute, le pied ferme, la main droite largement étalée devant la visière du képi :

« Eh! bonsoir, mon brave Paturel. Vous voici, à cette heure, en promenade par ici? demanda le marquis, en tendant la main au gendarme.

— En effet, monsieur le marquis. Toutefois ce n'est pas absolument en promenade, mais en visite. Je revenais de chez vous, mais je n'avais vu qu'Estelle, et elle m'avait dit qu'il ne se trouvait en ce moment personne au Prieuré!

— Ah! vraiment, mon brave!... Eh bien, retournez avec nous. Vous viendrez boire avec moi un verre de vin blanc et faire un petit bout de causette.

— Monsieur le marquis est bien bon... Dans tous les cas, j'aurai toujours le temps en vous accompagnant, monsieur et mademoiselle, de vous adresser sans cérémonie mon invitation...

— Une invitation, Paturel? demanda à son tour, en souriant, la petite Marie. Qu'y-a-t-il donc de nouveau ces jours-ci à la ville? Un bal de charité, une revue de la garde nationale, ou une séance de l'orphéon?

— Ni l'un ni l'autre, mademoiselle. Rien de si cossu et de si brillant que tout cela. Mais quelque chose qui me concerne, qui m'intéresse profondément, comme vous le comprendrez peut-être. Demain ou après-demain, vous recevrez les lettres de faire part qui ne pourront que vous le confirmer. Mais, en attendant, permettez-moi, mademoiselle la marquise et monsieur le marquis, de vous inviter à mon prochain mariage.

— Comment! vous vous mariez, Paturel? demanda en souriant M. de Léouville. Et je vous prie, quelle est l'heureuse femme dont vous vous proposez de faire le bonheur?

— C'est... vous la connaissez bien, allez... C'est Mme Jean, fit le brigadier, en baissant modestement les yeux, tandis qu'il retroussait le coin de sa moustache.

— Ah! vraiment!... Oui, en effet; cette bonne Mme Jean se trouvait maintenant bien triste, bien isolée. Et c'est beau de votre part, mon brave, de lui offrir dans sa détresse un protecteur et un ami.

— Dame, monsieur le marquis, je ne pourrai toujours pas lui offrir une belle maison aussi grande, aussi bien montée, que celle de ce pauvre M. Michel. Mais du moment que le cœur y est, on passe par-dessus bien des choses. Et je puis, sans amour-propre et sans exagération, me permettre de vous dire que, comme Mme Jean est absolument libre, et majeure, si elle accepte mon nom et ma main, ce n'est pas contre son gré.

— C'est certain, fit le marquis. Eh bien, mon ami, c'est entendu. Nous irons tous les deux à la noce.

— Monsieur le marquis est bien bon. Et je ne vais pas manquer de le dire à ma future, qui en ressentira, c'est sûr, un grand contentement, répondit Paturel, en relevant la tête avec un beau mouvement de fierté, et redressant gravement le bout de sa moustache. Et voilà une bonne nouvelle qui viendra bien à point pour lui faire oublier sa présente tristesse.

— Qu'est-ce donc? demanda la petite Marie. Quel nouveau chagrin afflige cette pauvre Mme Jean?

— Ah! mademoiselle, c'est une chose à laquelle il devrait lui être facile de se résigner, et à laquelle aussi elle devait s'attendre. Ce misérable M. Alfred vient de mourir, à la maison d'arrêt où il était resté enfermé depuis sa sentence, au lieu d'accompagner au bagne ce vieux brigand de Schmidt.

— En vérité ! fit le marquis. Quelle rapide et triste fin ! Enfin, il valait mieux terminer promptement une semblable existence.

— Assurément, monsieur le marquis. D'autant mieux que, depuis son jugement, ce malheureux est resté constamment malade, et que, dans les derniers temps, tourmenté sans doute par la voix de sa conscience, il a fait appeler près de lui notre vieux monsieur le curé. Ce bon monsieur l'abbé n'a pas manqué de se rendre à son appel ; il l'a prêché, sermonné, consolé, il m'en parlait hier encore.

— Et cela fait que le malheureux, ayant payé sa dette aux hommes, est mort en paix avec Dieu, murmura M. de Léouville. Que le Seigneur lui pardonne et que les hommes l'oublient ! C'est tout ce que, nous qui l'avons connu, nous pouvons lui souhaiter.

— Et savez-vous, Paturel, ce qu'est devenu ce malheureux garde ? demanda timidement Marie, qui n'était point fâchée de prendre quelque autre sujet d'entretien, tant elle trouvait pénible le souvenir de M. Alfred.

— Ma foi ! mademoiselle, tout ce que je sais, c'est qu'il est parti pour le bagne, en maudissant, à ce qu'il paraît, son vieux et son jeune patron ; le premier pour l'avoir, disait-il, injustement chassé ; l'autre pour l'avoir porté au crime. Au bout du compte, ils nous ont laissé, à eux tous, une vilaine histoire, et il est temps, je vous assure, que chacun, dans le pays, commence à l'oublier.

— Et c'est pour y contribuer en brave homme, à votre façon, que vous vous proposez, mon bon Paturel, de nous faire aller à la noce, acheva M. de Léouville, tendant en souriant la main au brigadier. Eh bien, c'est là une bonne idée et un projet des plus louables. Puissiez-vous former un couple heureux et mener une longue et joyeuse vie, vous et Mme Jean ! »

Là-dessus le brigadier, prenant congé du marquis et de sa fille par son plus beau salut militaire, s'éloigna à travers les champs, s'empressant d'aller conter à sa future l'excellent accueil fait par M. de Léouville à sa modeste proposition. Et Marie, après être restée silencieuse, ses beaux yeux baissés, un instant, releva la tête tout à coup, en touchant légèrement le bras de son père.

« Oh ! cher papa, murmura-t-elle en le regardant avec une profonde émotion, à la fois triste et joyeuse, combien notre Hélène chérie doit s'estimer heureuse ! Et comme Dieu l'a protégée ?... Aujourd'hui ce criminel est mort ; il laissera à peine une ombre dans son souvenir. Et personne ne sait qu'elle était sur le point de l'épouser, qu'elle avait consenti, du moins, à devenir sa femme. Aussi elle ne gardera de cette épouvantable histoire aucune impression profonde et douloureuse ; elle se sentira libre et tout à fait contente, lorsqu'elle trouvera quelque jour un mari qu'elle puisse aimer. »

Le front de M. de Léouville se rembrunit, tandis qu'il demeurait un instant silencieux à ces paroles de sa Minette.

« Tu me parles précisément de ta sœur, ma chérie, répondit-il enfin. Et moi, de mon côté, j'avais à son sujet du nouveau à te dire. Mais comme il y a là-dedans des choses qui m'attristent et qui me gênent, je différais un peu, je l'avoue, avant de me décider.

— Qu'est-ce donc, père aimé ? demanda la fillette avec inquiétude.

— Voici la chose, mon enfant. J'ai reçu cette après-midi, une lettre de Mme de la Molière. Elle m'apprend que Me Armand Dumarest, qui vient souvent chez elle, est tout à fait décidé à me demander la main de ta sœur.

— Eh bien, papa chéri, qu'y a-t-il donc là-dedans qui puisse vous affliger ?... Quant à moi, je crois que ce parti est le plus beau, le plus brillant, de tous points le plus avantageux que puisse souhaiter Hélène.

— Oui, à certains égards, c'est parfaitement vrai, ma chérie. Mais Me Dumarest ne pourra assurément pas épouser une femme pauvre. Et si je veux vraiment qu'il épouse ta sœur, il faudra la doter.

— Eh bien, père, faites ce que l'an passé vous vous proposiez de faire, alors qu'il s'agissait de M. de Tourguenier. Vendez le bois du Coupeau, avec le champ des Audrettes et la Haie-Rose.

— Je puis le faire certainement, chérie. Seulement en ce moment, tu sais, les affaires sont mauvaises. Que retirerai-je de tout cela ? Quarante mille francs au plus. Et quand nous aurons partagé, la dot sera assurément trop mince pour pouvoir être offerte à notre illustre ami, qui pourrait choisir à son gré parmi les plus beaux noms du haut commerce, du parquet, de la finance. »

Marie, à ces mots, attacha sur le visage assombri de son père un joli regard étonné, à la fois naïf et sérieux, où se trahissait parfois en rapides éclairs une enfantine impatience. Après quoi, en frappant du pied, elle secoua gentiment sa tête qu'effleurait un beau rayon rose.

« Mais pourquoi partager, cher père ? s'écria-t-elle. Il faut à notre Hélène un mari distingué, célèbre et riche. Eh bien ! n'épargnez rien pour qu'elle puisse l'avoir, et s'en réjouir, et s'en glorifier. Vous en serez content plus tard : donnez-lui tout, cher père.

— Lui donner tout ?... Mais toi, ma fillette chérie ?... toi qui, grâce à notre Gaston, n'iras plus au couvent !... Une première fois déjà, pour assurer à ta sœur une honorable alliance, j'avais pris, je ne sais trop comment, cette fâcheuse résolution. Mais j'en ai reconnu les inconvénients, j'en ai ressenti l'injustice. Et je ne voudrais pas, je t'assure, aujourd'hui la renouveler.

— Eh bien, papa chéri, vous auriez tort, c'est moi qui vous le dis... Considérez donc exactement la réelle situation des choses. Est-ce que nous avons besoin,

Gaston et moi, de grosse dot, de beaux appartements, de riches toilettes, de voitures?... Bien loin de là, allez; si tous ces biens nous étaient donnés, nous ne saurions qu'en faire. Est-ce que, depuis notre enfance, nous n'avons pas toujours été pauvres, et, en même temps, paisibles, confiants, heureux? Est-ce que nous n'aurons pas un jour, grâce au travail de Gaston, un joli petit appartement à Paris, et ici, pour le temps des vacances, la grande cuisine et les belles vignes de la ferme, les vieux murs chéris et la verte terrasse du Prieuré?... Eh bien, voilà tout ce qu'il nous faut; puisque avec cela, nous nous aimons, pourquoi souhaiterions-nous davantage?... Faites donc ce que je vous dis : vendez les terres et le bois, mon bon père, afin qu'un jour à Paris, moi, petite villageoise, je puisse aller voir le beau monde, le vrai monde, dans le salon de ma sœur, Mme Armand Dumarest.

— Tu parles selon ton cœur, et ton cœur est si bon que je ne m'en étonne point, chérie. Mais il faut penser à tout : et que dira Gaston?

— Gaston? Ah! je voudrais bien voir qu'il trouvât mauvais, injuste, inconvenant, rien de ce que fait, dit ou veut sa petite Marie! Il reconnaît mon autorité, il a foi en ma sagesse, et il m'aime tant que, j'en suis sûre, il m'obéira toujours. D'ailleurs c'est à son futur beau-frère, à M. Armand Dumarest, qu'il doit sa position actuelle, dont il est si content, et qui nous permettra de nous marier un jour. Par conséquent, pour ce qui concerne Gaston, ne craignez rien, mon cher papa. Vendez vite les terres et le bois, tâchez d'en avoir beaucoup d'argent. Puis commandez un beau trousseau et mariez Hélène... Ah! que je serai heureuse alors! comme la vie me semblera belle!... Et, vraiment, le sort me le devait bien, car autrefois j'ai bien pleuré. »

En parlant ainsi, la charmante fille se jeta dans les bras de son père, se haussa sur la pointe des pieds pour se faire grande, tendit le front à son baiser. Et le marquis, attachant sur sa jeune et radieuse beauté un long regard de joie et d'amour, pensa, tandis qu'il se dirigeait, le joli bras passé sous le sien, vers sa haute grille plaquée de rouille :

« Et moi aussi, je me suis souvent désolé, et révolté contre le sort... Avais-je le droit, cependant, de me croire malheureux? Est-ce que je n'avais pas mon nom, mes vieux amis, ma vieille maison, mes souvenirs?... et plus encore que tout cela : elle, la lumière et la joie de mon foyer, la bénédiction de mes derniers jours; elle, ma chère mignonne, ma petite Marie? »

Étienne Marcel.

FIN

REVUE LITTÉRAIRE

LA COMÉDIE DE L'HISTOIRE

Par Joseph Autran.

Je me souviens d'un mot cruel de Mérimée dans les *Lettres à une inconnue* : « Nous avons nommé X... de l'Académie, écrivait-il; si vous me demandez ce que X... a fait, je vous répondrai qu'il est Marseillais *pour tout potage*. »

Dans le manuscrit, le nom du nouvel académicien « Marseillais pour tout potage » était tracé sans vergogne; il s'agissait de Joseph Autran.

Mérimée, en cette circonstance comme en bien d'autres, obéissait à ses rancunes anticléricales, à ses haines de vieil incrédule. Il copiait même le maître Voltaire, si adroit à couvrir de ridicule les gens dont l'*Encyclopédie* avait peur. Quoi qu'en disent les *Lettres à une inconnue*, Autran avait des titres sérieux à s'asseoir sur les bancs du palais Mazarin; il ne s'était pas contenté de « naître » dans le chef-lieu du département des Bouches-du-Rhône.

Notre temps pardonne difficilement aux artistes de jouir des bienfaits de la fortune. « Le million ne gâte rien, » dit un aphorisme aussi faux que prétentieux. Pardon!... le million est souvent une flèche empoisonnée, enfoncée dans le cœur des poètes riches. Parce qu'Autran possédait ce qu'on appelle « une belle aisance », les bohêmes de lettres haussaient les épaules et le traitaient d' « amateur ». On lui reprochait comme un crime d'avoir un bon cuisinier. Est-ce qu'un homme qui aimait à traiter ses amis, à les recevoir selon les lois les plus délicates de l'hospitalité, pouvait faire de bons vers?

Les amis d'Autran auraient pu répondre qu'opulence n'est pas toujours synonyme de médiocrité : à preuve La Rochefoucauld, qui a laissé quelques *Maximes* célèbres; Saint-Simon, qui, malgré son titre de duc, passe pour un historien assez avantageux; Horace, qui avait des villas achetées pour lui par l'empereur Auguste; Meyerbeer et Mendelssohn, moins connus comme banquiers que comme musiciens.

D'ailleurs, à ceux qui affirment que les écrivains doivent naître dans la misère, nous dirons qu'Autran avait rempli les conditions du programme. Il était venu au monde dans une famille honnête, chrétienne, mais assez mal partagée au point de vue des biens d'ici-bas; il avait donc connu sinon la gêne, du moins la vie étroite des jeunes gens obligés de mettre un frein à leurs fantaisies. Une petite place s'était trouvée vacante à la bibliothèque de Marseille : il l'avait demandée, moins pour devenir un fonctionnaire rétribué sur le budget que pour se trouver au milieu des livres, en compagnie des grands auteurs et pour se familiariser avec leur commerce.

Depuis l'âge le plus tendre, il avait aimé la poésie.

cet enfant de l'antique Phocée, ville à moitié grecque, à moitié orientale, sœur des villes chantées par Homère. Joseph Autran faisait ses études au collège d'Aix, chez les Pères Jésuites; un jour, à la promenade, un rhétoricien lut tout haut des fragments du *Génie du Christianisme;* il y avait en marge du volume des vers d'André Chénier. Cette harmonie nouvelle frappa l'oreille de l'auditeur : Autran était poète, il le sentit ce jour-là.

Tout naturellement, il ne tarda pas à produire quelques essais. Il n'osait les montrer à personne; une occasion se présenta.

Autran venait de quitter le collège et habitait la maison paternelle. Le théâtre de Marseille représenta, vers cette époque, le drame d'Alexandre Dumas, *Antony*, qui faisait beaucoup de bruit à Paris. En province, on n'aimait pas alors à accepter sans contestation les jugements de la capitale; les habitués du théâtre déclarèrent qu'*Antony* était une pièce immorale, — ils n'avaient pas tort, les habitués! — et ils déclarèrent qu'on ne la jouerait pas.

Le soir, tumulte indescriptible dans la salle, intervention de la police, collision entre classiques et romantiques. Autran était romantique, en doutez-vous? Il n'avait guère que seize ans.

Rempli d'indignation contre les perturbateurs qui condamnaient une œuvre dramatique sans l'entendre, il rentre chez lui et il écrit une virulente satire. Un ami vient, pour s'entretenir des événements dont tout Marseille parlait :

« J'ai composé quelque chose là-dessus, » dit le poète.

Et il présenta ses vers à l'ami.

« Vous faites donc des vers?

— Non ; mais je suis l'auteur de ceux-là.

— Voulez-vous me permettre de les montrer?

— A votre aise. »

L'ami revint une heure après :

« Votre satire, dit-il, paraîtra demain matin dans le *Sémaphore;* soyez à 6 heures au bureau du journal, vous corrigerez les épreuves.

Le poète ne savait seulement pas comment des « épreuves » se corrigeaient; il se rendit, palpitant d'émotion, aux bureaux du *Semaphore*, où il trouva des rédacteurs qui le félicitèrent sur cet heureux début.

« Je ne signerai pas, pensa Joseph Autran : demain, mon nom sera dans toutes les bouches. »

Il ne dormit pas de la nuit, il voulait jouir de la surprise de son père quand celui-ci saurait que les vers en question étaient de..... Mais n'anticipons pas sur les événements.

Midi sonne; M. Autran père avait l'habitude de rapporter le *Sémaphore*, à l'heure du déjeuner. Le fils rayonnait de joie et d'espoir.

Le père rentre; pas de *Sémaphore*.

« Vous..... vous n'avez pas..... le..... journal? bégaya le jeune poète inquiet.

— Non, répond M. Autran; je n'ai pas oublié le *Sémaphore*, je l'ai laissé exprès; il contenait des vers inconvenants, des vers que tu ne dois pas lire. »

Tableau!

M. Autran finit cependant par concevoir quelque orgueil des mérites de son fils; l'enfant faisait parler de lui en Provence : on le citait comme un futur Corneille; avec l'exagération naturelle aux esprits méridionaux, on le comparait déjà aux plus illustres virtuoses de la poésie. M. Autran père écoutait ces éloges, inclinait à penser qu'ils étaient justes, mais se défiait un peu de sa tendresse paternelle. Il voulut en avoir le cœur net.

Ayant pris son fils par la main, il le conduisit chez un parent, ancien magistrat, fort respecté, qui jouissait d'une réputation de connaisseur et qui, de plus, était maire de Marseille. Un si haut fonctionnaire ne pouvait se tromper en matière de littérature.

Dès qu'il eut appris de quoi il s'agissait :

« Des vers!... s'écria-t-il, oh! oh! des vers!... je les aime beaucoup. »

Et, se renversant sur son fauteuil, il se mit à lire le papier que M. Autran père lui présentait; ou plutôt non, il ne lut que les mots écrits à droite et qui terminaient les alexandrins :

batailles,
murailles,
soldats,
combats,
gloire,
victoire,
guerrier,
laurier.

« Les rimes sont excellentes, dit-il, je n'en connais point de meilleures, pour ma part, ni de plus originales. Ton fils ira loin, je le recommanderai à Lamartine. »

Lamartine ne connut Joseph Autran que beaucoup plus tard, lors du fameux « voyage en Orient » pour lequel un bateau spécial avait été frété; aujourd'hui, on se rappelle encore le bruit que fit ce bateau. La France entière s'occupait du chantre des *Méditations;* comment s'embarquerait-il? où irait-il? quel chef-d'œuvre rapporterait-il de là-bas?

Quand Lamartine passa à Marseille, le jeune Autran lui souhaita la bienvenue dans la langue des dieux. Lamartine répondit..... en invitant son panégyriste à déjeuner.

Pendant le repas, on causa de l'avenir.

Autran méditait de publier le livre qui a été l'origine de sa réputation : les *Poèmes de la Mer*. A ce propos, encouragements de Lamartine, qui promit un appui efficace : un éditeur d'abord, puis des articles dans les journaux, puis une place dans l'Université, puis un fauteuil à l'Académie, puis l'immortalité, et quoi encore?... Le jeune homme ébloui se sentait bercé par un doux rêve.

Cependant le grand poète dut quitter son fervent admirateur pour aller visiter les rivages de Syrie. Au retour du voyage en Orient, les dispositions de Lamartine étaient bien changées : il ne parlait plus de place ni d'éditeur, et cependant les *Poèmes de la Mer* étaient complètement écrits. Quand Joseph Autran remit le sujet sur le tapis :

« Bien... bien..., repartit l'homme célèbre, je n'ai pas le temps de m'occuper de votre ouvrage dans ce moment-ci; mais un négociant, M. Rostand, doit m'expédier une caisse de patates : vous mettrez le manuscrit dans la caisse. »

La condition était tant soit peu désobligeante; il faut, hélas! que les débutants acceptent et mangent le pain de l'humiliation. On aurait pu écrire sur la boîte : « Légumes et poésies... mêlés. »

La caisse partit; oncques l'expéditeur n'en entendit parler. Deux mois, trois mois s'écoulèrent. A la fin, Joseph Autran perdit patience et se décida à demander des renseignements; il écrivit à Mâcon et reçut quelques jours après la lettre suivante :

« MONSIEUR,

« Vous me demandez si je puis vous donner quelques renseignements sur un manuscrit que vous aviez envoyé à mon fils dans une caisse expédiée de Marseille.

« Cette caisse qui, je crois, contenait aussi des patates, est en effet parvenue à Saint-Point, mais elle n'y a pas été ouverte : mon fils, qui partait pour Paris le lendemain, l'a emportée avec lui.

« Agréez, Monsieur, l'assurance de mes sentiments distingués.

« LAMARTINE père. »

Et dire que la caisse de patates contenait les belles strophes que voici, et qu'elles faillirent être perdues à jamais, — les strophes, pas les patates :

O flots! de votre voix profonde, intarissable,
Bercez un vieil ami revenu de si loin!
Donnez-lui, donnez-lui, dans sa couche de sable,
Cette heure de sommeil dont il a tant besoin...

Ah! sur tant de débris lorsque la vague roule,
De Carthage et de Tyr quand rien n'a survécu,
Quand Venise aujourd'hui pierre à pierre s'écroule,
L'homme se plaindrait-il d'être à son tour vaincu?

Non, mais pleurant sitôt sa jeunesse ravie,
A la grève il s'assied, morne et seul au retour,
Et vous admire, ô flots, avec un œil d'envie,
Vous, après six mille ans, beaux comme au premier jour!

Joseph Autran a chanté les plus belles choses qu'il y ait au monde, les océans, les montagnes, les champs, les forêts; il a aimé d'une affection égale les beautés de la nature et les trésors de l'esprit. C'est l'esprit qui domine dans l'ouvrage posthume que Mme Autran vient de publier avec un soin pieux.

Quelle est l'idée du livre? Celle-ci : que l'histoire se présente sous des aspects majestueux; mais que, dans la réalité, les faits ont eu presque toujours un côté plaisant, ou, si l'on veut, moins austère. Ainsi, chacun sait que Henri IV se mettait à genoux pour permettre à ses héritiers de lui monter sur le dos et qu'il était surpris dans cette position par l'ambassadeur d'Espagne. Rien de moins grave que cette anecdote.

Du reste, la tendance actuelle est de rechercher dans l'histoire l'incident pittoresque plutôt que la vue d'ensemble. Bossuet planait, M. Taine fouille; il y a dans les deux méthodes des avantages et des inconvénients. L'ancienne manière généralisait trop peut-être; le nouveau système court risque de prendre la partie pour le tout et de reconstruire un prétendu mastodonte avec la dent d'un simple cheval.

Quoi qu'il en soit, Joseph Autran, converti, sur la fin de sa vie, aux procédés analytiques, a déployé dans la *Comédie de l'Histoire* les qualités aimables que nous connaissions déjà, de l'*humour*, une ironie qui ne blesse point, une ingénieuse correction de style, beaucoup d'agrément et de savoir. Nous nous permettrons de douter que, par le temps qui court, il y ait énormément de livres auxquels on puisse adresser de semblables éloges.

DANIEL BERNARD.

LE COMMISSIONNAIRE

« Le commissionnaire du quartier, écrivait Jules Janin, il y a plus de vingt-cinq ans, c'est votre domestique à vous, mon domestique à moi, notre domestique à nous tous. »

Connaissant à fond son dix-huitième siècle, J. Janin pensait sans doute, en traçant ces lignes, à une piquante série d'eaux-fortes, dues à Saint-Aubin, et portant ce titre : *Mes gens, ou les commissionnaires ultramontains, au service de qui veut les payer.*

Or, parmi ces types parisiens, nous choisissons et nous présentons ici à nos lecteurs *le Commissionnaire*, un jeune Savoyard, dans son pittoresque costume de montagnard, s'essayant de loin aux modes de la grande ville; le chapeau lampion est une coiffure de citadin, tandis que les grandes guêtres de toile bise, assez négligemment attachées au-dessous du genou, et le long gilet boutonné à la diable sentent leur rustique d'une lieue. Sa sellette passée au bras droit, il tend de la main gauche une lettre cachetée : c'est une manière de concurrence à la petite poste d'alors, dont on déplorait la lenteur dans le service et les trop intermittentes levées.

« Les Savoyards, écrivait Mercier, en 1782, sont ramoneurs, commissionnaires et forment dans Paris une espèce de confédération qui a ses lois. Les plus âgés ont droit d'inspection sur les plus jeunes : y a des punitions contre ceux qui se dérangent.

« Ils épargnent sur le simple nécessaire pour envoyer chaque année à leurs pauvres parents. Ces modèles de l'amour filial se trouvent sous les haillons...

« L'établissement de la petite poste a fait tort aux Savoyards. Ils sont moins nombreux aujourd'hui, mais ils se distinguent toujours par l'amour de leur patrie et de leurs parents.

« Ces Allobroges ne se bornent pas à être commissionnaires ou ramoneurs. Les uns portent une vielle entre leurs bras et l'accompagnent d'une voix nasale. D'autres ont une boîte à marmotte pour tout trésor. Ceux-ci promènent la lanterne magique sur leur dos et l'annoncent le soir, au moyen d'un orgue nocturne, dont les sons deviennent plus agréables et plus touchants parmi le silence et les ténèbres. »

Le commissionnaire d'autrefois.

Les commissionnaires savoyards cumulaient : montreurs de lanterne magique le soir, une partie du jour ils étaient décrotteurs au coin des rues et principalement sur les ponts, endroits toujours très fréquentés à toutes les époques ; notamment le Pont-Neuf, cette grande artère du vieux Paris et encore même du nouveau.

« On a beau marcher sur la pointe du pied, dit Mercier, l'adresse et la vigilance ne garantissent point des éclaboussures. Souvent même le balai qui nettoie le pavé fait jaillir des mouches sur un bas blanc. L'utile décrotteur vous tend, au coin de chaque rue, une brosse officieuse, une main prompte; il vous met en état de vous présenter chez les hommes en place et chez les dames; car on passera bien avec l'habit un peu rayé, le linge commun, le mince accommodage, mais il ne faut pas arriver crotté, fût-on poète.

« C'est sur le Pont-Neuf qu'est la grande manufacture; on y est mieux décrotté, on y est plus à son aise, et les voitures qui défilent sans cesse n'interrompent point l'ouvrage...

« S'il pleut ou si le soleil est ardent, on vous mettra un parasol à la main, et vous conserverez votre frisure poudrée, agrément que vous préférez encore à la chaussure.

« Les honoraires de la brosse sont fixés. Point de fraude, point de monopole chez ces Savoyards. De temps immémorial, dans toutes les saisons, quelles que soient les variations des comestibles ou le haussement des monnaies, on paye invariablement *deux liards* pour se faire ôter la crotte des bas et des souliers. »

Deux liards ! voilà qui nous repousse bien loin. On voit que ces lignes n'ont pas été écrites hier. Mais, où est aujourd'hui ce commissionnaire, Protée de la Savoie? Autant vaudrait demander avec le vieux poète :

Où sont donc les neiges
[d'antan?

CH. BARTHÉLEMY.

RENÉ F. SAINT-MAUR

NÉ A PAU LE 29 JANVIER 1856, DÉCÉDÉ LE 13 MARS 1879.

—

(Voir pages 228, 269, 277, 300, 316, 325 et 340.)

VI

LES DERNIERS JOURS

Dieu lui réservait pour ses derniers jours des consolations, dont quelques-unes augustes, qui allaient exciter l'allégresse de son âme.

Tout ce que l'amitié chrétienne peut apporter de force au mourant, lui était providentiellement offert. Un vice-président de la Conférence Olivaint, M. R. S..., eut une pieuse pensée et fit une bonne action le jour où il suivit l'inspiration de son cœur, et adressa un souvenir à René, au nom de la Conférence. Ses vers, nobles et beaux, traduisaient avec fidélité les sentiments de tous et, dans cette chambre de Pau dont s'approchait la mort, ce fut une grande fête quand parvint ce salut de Paris, fleur d'amitié qui embauma le cœur de René, appui qui lui venait de loin pour le soutenir à la dernière heure !

Dès qu'il put trouver la force de répondre, René le fit en termes émus :

« Cher poète et, si vous le voulez bien, cher ami,

« Je ne saurais vous dire combien j'ai été touché des beaux vers que vous m'avez fait le grand honneur et la grande charité de m'adresser, au nom de notre chère Conférence Olivaint. Dignes d'elle et de vous, je suis bien indigne d'eux; mais je veux vous répéter que j'ai été ému jusqu'aux plus intimes replis du cœur de cette inoubliable marque de la fraternité chrétienne qui nous unit et qui vous fait, mes amis, prier pour l'absent qui offre pour vous ses souffrances et ses sacrifices. Merci donc du fond de l'âme et veuillez remercier de ma part l'excellent Père H... et tous nos communs amis.

« J'espère, si Dieu me prête quelque force et un peu d'inspiration, vous répondre un jour dans cette langue harmonieuse que vous parlez si bien; mais je n'ai déjà que trop tardé à vous exprimer ma reconnaissance dont j'accepte avec joie toute la dette, bien qu'elle soit très forte et destinée à augmenter chaque jour. »

(Pau, 15 février 1879, *à R. S...*)

Et le lendemain (car l'émotion qu'il ressentait, en écrivant la veille, l'avait épuisé), il adressait au R. P. H... ce souvenir :

« Mon Révérend et bien cher Père,

« Je viens d'écrire assez longuement à R. S... pour lui exprimer toute ma reconnaissance de sa belle et touchante pièce de vers; mais je veux vous remercier aussi de votre excellente lettre, de votre souvenir, de vos prières... Oh! combien j'en suis consolé, fortifié! Si j'osais imiter l'enthousiasme de la sainte liturgie quand elle s'écrie : *O felix culpa quæ talem...*, je dirais volontiers : O heureuse maladie qui m'a révélé, prouvé tant de précieuses affections! Vous me donnez courage, et comment n'aurais-je pas confiance dans ma guérison? Mais je ne l'attends pas encore. Tous les soirs, avec ma mère, je demande mon *rétablissement* au bon Dieu par l'intermédiaire de Notre-Dame de Lourdes, de Pie IX et du P. Olivaint, mais nous avons supprimé 'épithète de *prompt*. »

(Pau, 16 février 1879, *au P. H...*)

Enfin le souverain Pontife lui-même vint assister ce fidèle serviteur de la chaire de Pierre. Ce fut pour René un bonheur inexprimable de recevoir cette auguste et paternelle bénédiction.

« J'ai éprouvé ces jours derniers une certaine recrudescence de souffrance et d'ennuis : non pas une aggravation de mon mal, mais plus de toux, des insomnies, maux de gorge et une plus grande faiblesse; cela tient en partie sans doute à ce que le mauvais temps m'empêche de faire un exercice régulier, et me cloue à la chambre ou ne me permet de sortir qu'en voiture fermée. Alors une profonde lassitude se répand dans tous mes membres, mes reins n'ont plus de force et mes jambes flageolent et donnent à ma démarche quelque chose de l'incertitude du demi-sommeil ou de l'ivresse... Ah! Seigneur Jésus, si mes lèvres ont trempé à quelque coupe, n'est-ce point ce calice que, dans la nuit des Oliviers, vous demandiez à votre Père d'éloigner de vous? Et moi, je répète cette prière; mais faites que, comme vous, j'ajoute toujours avec une résignation véritable et joyeuse : « Cependant que ce soit votre volonté qui se « fasse et non la mienne! »

« Mais je vais mieux, et puis tu vas voir que, pendant cette période un peu pénible au corps, Dieu, le bon Dieu, par une attention maternelle, m'a envoyé des consolations particulières et de choix. La plus grande, la dernière, le couronnement de toutes, c'est cette bénédiction du Saint-Père, arrivée hier soir. O grâce, faveur divine, pleine de force et de douceur! Le Pape a su que j'étais malade et le Pape m'a daigné bénir!...

« Samedi, 8 dernier, réalisant un projet dont je t'avais parlé, je suis entré dans le Tiers-Ordre du séraphique Père saint François. La petite cérémonie religieuse a eu lieu au couvent des Franciscains d'ici, et c'est des mains du Père supérieur que j'ai reçu l'habit et la corde, en présence de mon père qui répondait pour moi aux prières (car j'étais ce jour-là très fatigué et l'émotion m'eût d'ailleurs enlevé tout reste de voix), de ma mère, de Charles et de notre excellent ami C... » (Pau, 16 février 1879, *à J. A.*).

VII

LA MORT

Désormais la mort peut venir; l'âme de René l'attend comme une délivrance.

La dernière crise était annoncée par le médecin pour la fin de mars; elle arriva le 13. Quelques jours auparavant, René avait eu l'illusion de croire qu'il aurait la force d'aller à Lourdes, et le 8 était le jour fixé pour ce pèlerinage qui ne put s'accomplir. Nouveau sacrifice qu'il offrit de grand cœur!

Son irritabilité nerveuse avait fait place à une grande douceur et il ne cessait d'édifier les siens. Comme il n'avait plus la force de tenir une plume, il avait désiré qu'on donnât de ses nouvelles à l'un de ses amis et, la veille même de la mort de René, sa mère écrivait une lettre qui fut, dans les tristes jours qui suivirent, remise de la main à la main à l'ami de René :

« Nous sommes tous, disait-elle, entre les mains de Dieu; il s'y met de plus en plus et la douceur de notre tristesse est de voir le calme et la sérénité de son âme: toutes les petites inquiétudes ou impatiences qui existaient en lui, pendant le séjour que vous avez bien voulu faire près de lui, ont disparu et sont remplacées par une douceur, une résignation et une patience inébranlables; il prie avec foi et ferveur; il remercie Dieu des consolations qui accompagnent l'épreuve et il est pour nous une source d'édification, édification que votre cœur chrétien comprendra et qui vous expliquera pourquoi nos larmes sont sans amertume et notre chagrin adouci. » (Lettre du 12 mars 1879, *à J. A.*)

Le mercredi matin, son confesseur était venu le voir et s'était entretenu avec sa mère et lui. Il avait été convenu que le lendemain on apporterait à René la sainte communion.

Il se leva ensuite pour prendre part au déjeuner commun; sa faiblesse était extrême, mais sa sérénité n'était pas troublée, et comme il sentait que l'entretien du matin avait pu émouvoir sa mère, il lui dit avec une douceur souriante : « Ne soyons tristes, ni toi ni moi. Le bon Dieu ne le veut pas. »

La journée se passa dans l'abattement. Deux ou trois visites qu'il reçut le touchèrent, non sans lui causer une certaine fatigue. Le soir, l'oppression l'empêcha de manger et il se coucha plus tôt que d'habitude. Son père et sa mère jugèrent nécessaire de veiller auprès de lui. Vers onze heures, il leur dit qu'il avait des impressions étranges qu'il allait mourir. Il embrassa alors une relique de la vraie croix que sa mère lui passait au cou, en disant : « Que le Seigneur soit béni! »

Il pria aussi son père de le bénir; il exprima le même désir à sa mère, et ajouta : « Dis-moi de bonnes paroles. » Il souffrait beaucoup, ne parlait qu'à mots entrecoupés et à peine intelligibles, et sentait non sans peur les approches de la mort, car il dit à son père dans un moment d'angoisse : « Tu ne pries pas assez! » Pas un instant, il n'oubliait ses chers parents : « Je suis bien entouré, disait-il à sa mère avec un sentiment de reconnaissance, remplie de tendresse : je t'ai d'un côté et mon père de l'autre. » Vers quatre heures, son père se disposa à aller chercher le confesseur, et comme il l'annonçait à René, en ajoutant qu'on lui apporterait la sainte Eucharistie : « Le bon Dieu m'ôtera mon râle, » murmura le malade. Et se ravisant : « Je ne peux communier, j'ai bu depuis minuit. — Tu communieras en viatique... — C'est vrai, » fit-il, et son regard se fixa sur celui de son père, comme pour lui faire entendre qu'il avait compris.

Le Père Jésuite arrivait bientôt; mais à cette heure matinale il n'avait pu se procurer les saintes huiles et il les fit demander à une chapelle voisine.

Pendant ce temps toute la famille, à laquelle s'était jointe une vieille bonne, s'était réunie autour de René. Le prêtre tenait le crucifix et l'exhortait; tous, étouffant leurs sanglots, s'abîmaient dans une soumission douloureuse à la volonté de Dieu, et, entourée de ces prières et de ces douleurs, l'âme de René s'échappa au point du jour.

Aussitôt la sérénité du repos céleste vint illuminer son visage, et un sourire d'une ineffable expression, à la fois mélancolique et doux, se posa sur ses lèvres.

Sur le grand lit où il était étendu, les mains jointes, des camélias blancs étaient semés. Des chapelets, son scapulaire de Saint-François, un crucifix qui ne l'avait jamais quitté, étaient placés dans ses mains ou sur sa poitrine : la lumière pénétrait à peine dans la chambre, à travers les volets et les rideaux fermés, et c'est dans cet oratoire que toute la ville vint s'agenouiller, émue et fortifiée par le spectacle d'une mort admirable et d'une douleur chrétiennement, c'est-à-dire héroïquement embrassée.

Ce fut là que je vins prier aussi et pleurer. Heures d'amertume et de douceur, d'où la douleur n'était point absente, mais que le désespoir n'a point assombries, je vous conserve, inoubliables et sacrés souvenirs, qui resterez ma force et ma consolation!

Au bout de quatre jours seulement, la cérémonie funèbre eut lieu.

Au retour de l'église, où le corps fut provisoirement déposé, la famille de René et deux ou trois intimes étaient réunis silencieux. A cette heure, où toute consolation semblait disparue, il convenait que le cher mort vînt rendre la force et le courage aux siens; lui seul pouvait le faire et Dieu permit qu'il le fît. On trouva, comme par hasard, le testament qui avait été vainement cherché les jours précédents. Il fut ouvert et lu. René était encore là, son âme auprès des âmes qui lui étaient chères, et quel langage il fit entendre!

« Au nom du Père et du Fils et du Saint-Esprit. Ainsi soit-il.

« Ceci est mon testament :

« Je meurs dans la religion catholique, apostolique et romaine, dans laquelle je suis né et j'ai vécu. Elle a toujours été ma force et ma joie, ma consolation et ma lumière, et je bénis Dieu de m'avoir fait la grâce de connaître sa vérité et d'être un fidèle enfant de Notre-Seigneur Jésus-Christ et de sa sainte Église.

« Je bénis et je remercie du plus profond du cœur et de toute mon âme mes bien-aimés et vénérés parents qui, par leur tendresse, leurs exemples, leurs vertus, ont mis ou développé en moi tout ce qu'il y a de bon. Que mon père et ma mère chéris trouvent ici l'expression suprême de ma reconnaissance, de mon respect, de mon filial amour. Après Dieu, c'est à eux que je dois tout! Qu'ils veuillent bien me pardonner mes fautes et mes manquements à leur égard... Cher père, chère mère, je vous aime!

« Merci aussi à ceux qui ont continué, aidé mon éducation chrétienne, à ceux qui m'ont élevé et dirigé, à mes maîtres révérés les Pères Jésuites... Je prie mon père de vouloir bien exprimer plus particulièrement ma reconnaissance et demander leurs prières aux RR. PP. X.....

« Merci enfin à tous ceux qui m'ont aimé, à vous, chères sœurs et chers frères, à vous, amis dévoués!

. . . .

« ...Je renouvelle en terminant la profession de foi et l'invocation qui ouvrent ces pages : *Miserere mei, Deus! Sancta Maria, Mater Dei, ora pro me peccatore, nunc* (1). *in hora mortis!* Au nom du Père et du Fils et du Saint-Esprit. *Amen!*

« Fait à la Boissière-du-Doré, le 19 septembre 1878, veille de la fête de saint Eustache. »

1. Le Testament porte bien : *Nunc, in* et c'est intentionnellement que René avait supprimé le mot : *et*. Dès le mois de septembre, il attendait la mort!

J'entends encore le bruit des sanglots qui éclataient de temps à autre et interrompaient la triste lecture. Pourtant j'ose dire qu'une espérance immense et invincible germait dans ces âmes ravagées par la souffrance. Une ferme et absolue acceptation de la volonté de Dieu relevait ces chrétiens et les rendait maîtres de leur douleur. Si tous pleuraient sur eux-mêmes, ils savaient, dès cette heure, comprendre que la meilleure part était celle de René.

Consummatus in brevi, explevit tempora multa; placita enim erat Deo anima illius; propter hoc properavit educere illum de medio iniquitatum.

Nous n'étions, quand j'ai rassemblé ces souvenirs, qu'un petit nombre à connaître et à aimer René. J'ose espérer que tous ceux qui ont lu cette Notice seront devenus ses amis, et, adorant les desseins de Dieu qui ne l'a montré au monde que pour le ravir presque aussitôt, lui garderont une place dans leur souvenir et dans leurs prières. (1) JULES AUFFRAY.

FIN.

CHRONIQUE SCIENTIFIQUE

M. le ministre de l'intérieur a envoyé à l'Académie de médecine la lettre suivante :

« Monsieur le secrétaire perpétuel,

« La Société contre l'abus du tabac, établie à Paris, m'a adressé une demande à l'effet d'obtenir le bénéfice de la reconnaissance légale. Avant d'examiner la suite que comporte cette demande, je désirerais savoir si, comme le pensent ses auteurs, elle est justifiée par un grand intérêt d'hygiène publique, et si les considérations d'ordre médical qu'ils invoquent reposent sur un ensemble de faits et d'inductions acquis dès à présent à la science.

« Je vous serai dès lors très obligé de vouloir bien soumettre la question dont il s'agit à l'Académie de médecine et de m'adresser ensuite l'avis motivé de cette assemblée, » etc.

L'examen de la question posée par le ministre a été renvoyé à une commission composée de MM. Vulpian, Peter, Villemin, Léon Colin et Gustave Lagneau, rapporteur. M. Lagneau vient de lire son rapport à l'Académie ; les conclusions en sont très nettes et ne laisseront pas que d'être très agréables à la Société contre l'abus du tabac.

Le tabac joue un très grand rôle, un trop grand rôle dans la société moderne, il nous envahit sans cesse, transforme nos mœurs, change nos habitudes et exerce sur les populations une influence plus profonde qu'on ne le pense généralement. Il y a donc tout intérêt à bien montrer que son usage excessif entraîne tout un cortège d'affections dangereuses.

Le tabac, selon sa provenance, renferme de 2,30 à 8 0/0 de nicotine. « La nicotine, a dit Claude Bernard, est un des poisons les plus violents que l'on connaisse; quelques gouttes tombant sur la cornée d'un animal le tuent presque instantanément. La nicotine, par l'apparence symptomatique de ses effets et par son activité, se rapproche beaucoup de l'acide prussique. »

Fort heureusement pour les fumeurs et les priseurs, les feuilles de tabac, avant d'être livrées à la consommation, subissent une fermentation qui leur enlève une proportion notable de nicotine. On trouve encore dans la fumée, selon quelques auteurs, jusqu'à 50 centigrammes de nicotine pour 100 grammes de tabac, et à peu près la même dose d'ammoniaque. On a relevé souvent des accidents morbides et même certains cas de mort chez des personnes qui avaient respiré pendant quelque temps une atmosphère surchargée de fumée de tabac. M. le docteur Liebaut vit ainsi tomber une jeune femme dans un état vertigineux, puis comateux; un jeune homme de dix-sept ans, couché dans une chambre occupée par des fumeurs, succomba en quelques heures à une congestion cérébrale; un enfant de quinze ans mourut tout à coup après un séjour de quelques heures dans une petite pièce enfumée de tabac.

La nocuité du tabac est bien connue aujourd'hui. Murray rapporte l'observation de trois enfants atteints de la teigne qui furent pris de vertige et de convulsions quand, dans le but de les guérir de leur maladie, on leur eut frotté la tête avec une préparation de tabac. Autrefois on traitait la gale, à l'hôpital Saint-Louis, avec des lotions de tabac : les malades étaient très souvent pris de vertige et de céphalalgie. M. Lagneau a omis de citer à ce propos l'empoisonnement aigu observé chez plusieurs contrebandiers qui, pour passer du tabac à la frontière d'Espagne, se l'appliquaient directement contre la peau. Le poète Santeuil est mort dans des souffrances atroces pour avoir bu un verre de vin dans lequel on avait mis du tabac. Une macération de tabac constitue un poison très actif.

Les principes toxiques du tabac pénètrent dans l'économie principalement par les organes digestifs et les voies respiratoires. Les organes digestifs les absorbent dissous dans la salive; les organes respiratoires les absorbent transportés par la fumée avec l'air inspiré.

A petite dose, le tabac fumé qui pénètre dans les voies digestives paraît activer les fonctions; mais le plus souvent il les trouble profondément. Il est inutile d'insister sur les accidents qu'il occasionne chez les jeunes fumeurs. Il paraîtrait, selon MM. Parent-Duchâtel, de Ruef, Husteaux, Mélier, Delaunay, Jacquemart, qu'il survient également des troubles caractéristiques

1. Cette intéressante notice est extraite d'un nouvel ouvrage qui vient de paraître à la librairie Victor Lecoffre : *poésies, journal, lettres de René F. Saint-Maur*, par Jules Auffray : un volume in-12, prix: broché 3 fr. 50

chez les ouvriers et ouvrières qui commencent à travailler dans les manufactures de tabac.

L'usage du tabac, dit M. Potain, devient pour quelques fumeurs une source de dyspepsie, et l'anémie chez un certain nombre d'entre eux pourrait bien ne pas reconnaître d'autre cause. MM. Druhen, Vulpian, Révillout, Joséphon, etc., ont rapporté des cas de gastralgies, dyspepsies avec nausées, éructations, tension épigastrique se manifestant chez des fumeurs depuis longtemps habitués à l'usage du tabac; l'affection se guérissait plus ou moins rapidement quand on cessait de fumer, et reprenait quand on fumait de nouveau.

Le tabac agit non moins puissamment sur les voies respiratoires que sur les voies digestives. M. le professeur Peter dit : « Le tabac est un véritable poison pour les pneumogastriques ; il agit à la fois sur les poumons, le cœur et l'estomac, et produit ainsi depuis la simple toux jusqu'à l'asthme tabagique. Le tabac agit également sur le cœur — je veux dire sur ses nerfs — et détermine, sans parler des intermittences du pouls, des palpitations... »

« Le tabac, dit de son côté M. le docteur Jacquemart, détermine souvent la toux, ou plutôt une dyspnée très pénible et même angoissante, quoique passagère et sans gravité, survenant le soir des jours où l'on a beaucoup fumé. »

Les troubles circulatoires produits par le tabac sont quelquefois profonds. Beau, dans un Mémoire lu à l'Académie des Sciences en 1862, attribuait au tabac l'angine de poitrine; cette opinion est conforme aux expériences physiologiques réalisées avec la nicotine sur les animaux, par Claude Bernard, Blatin, Jullien, Vulpian. Chez l'homme, on note des palpitations, des contractions thoraciques, des suffocations, des douleurs cardiaques s'irradiant dans les épaules. M. le docteur Émile Decaisne a constaté que, sur 88 ouvriers fumeurs, 21 présentaient des intermittences du pouls. Dernièrement, le même observateur trouvait que, sur 43 femmes ayant l'habitude de fumer, 8 offraient des intermittences et d'autres troubles de la circulation.

M. Gélineau a eu l'occasion d'observer une épidémie d'angine de poitrine à bord du navire l'*Embuscade*. Tous les malades fumaient avec acharnement et avec rage; les plus jeunes de ceux qui furent frappés avaient toujours la cigarette à la bouche. Il fallut interdire absolument à bord l'usage du tabac.

La nocuité du tabac apparaît sur le système nerveux tout entier et s'accuse entre autres effets par du tremblement. Il n'est pas rare que le tabagique soit enclin à des lourdeurs de tête, à des éblouissements, des vertiges; quelquefois il y a des incertitudes dans sa marche. On a noté des cas d'épilepsie et de *delirium tremens* ayant pour origine l'abus du tabac. Quand les fumeurs persistent dans leurs habitudes, on constate quelquefois une sorte d'obtusion des facultés intellectuelles, une sorte d'hébétude, de démence paralytique.

Les troubles cérébraux graves sont heureusement rares; cependant il semble indiscutable que chez beaucoup de personnes l'abus du tabac porte atteinte à la mémoire et affaiblit la vue. M. le docteur Bertillon a eu l'idée de rechercher quelle était, au point de vue de leur classement par rang de mérite, la proportion des fumeurs et des non-fumeurs parmi les élèves de l'École polytechnique de l'année 1855-1856. Des recherches statistiques analogues ont été faites depuis par MM. Doré, Elie Goubert, sur les élèves de cette École de la promotion de 1874-1875, et par M. Coustan sur ceux de la promotion de 1878, sur les élèves de l'École des ponts et chaussées, de l'École normale supérieure, de l'École navale de Brest, de l'École des vétérinaires de Saumur, et de beaucoup d'autres élèves des classes supérieures de lycées ou d'écoles diverses. De l'ensemble de ces recherches, il paraît encore résulter que les élèves qui sont classés en première ligne ne fument pas ou fument peu. Nous citons cet argument avec M. le docteur Lagneau, mais, nous l'avouons, sans le trouver bien décisif. Le cas est bien complexe pour qu'on puisse attribuer ici quelque influence sérieuse au tabac, d'autant mieux qu'on ne fume pas dans les salles d'étude.

L'action du tabac sur les troubles de la vue est bien plus évidente. Beaucoup d'amaurotiques sont grands fumeurs. Selon M. Woodsworth, la paralysie, les dégénérescences de la rétine et souvent l'atrophie partielle du nerf optique seraient la conséquence de l'usage excessif du tabac.

L'influence du tabac s'étend à plusieurs autres fonctions importantes de l'économie et les altère, si l'on s'en rapporte aux expériences et aux observations de MM. Depierris, Behier, Martin-Damourette, Kostial, Delaunay. Il ne faudrait pas cependant aller jusqu'à imputer au tabac, comme on l'a fait, la diminution de la natalité en France et l'abaissement de la taille. Les causes de la diminution du taux des naissances doivent être cherchées ailleurs; quant à l'abaissement de la taille, le tabac n'y est pour rien, par cette raison excellente que cet abaissement n'existe pas : la stature des générations modernes n'est pas en décroissance. De ce que la taille minimum pour l'admission au service militaire a été abaissée de 1m,56 à 1m,54, on a inféré à tort que notre population dégénérait; MM. Boudin et Broca ont au contraire prouvé que la taille moyenne pour l'aptitude militaire tend plutôt à s'accroître qu'à diminuer. Dans tous les cas, il suffit de jeter les yeux sur l'Angleterre et surtout sur l'Allemagne, où l'on fume encore plus qu'en France, pour s'assurer que le tabac, sur ce chef au moins, doit être mis hors de cause.

Nous avons suivi à peu près pas à pas le savant rapporteur de la commission académique dans l'énumération des affections diverses occasionnées par l'usage excessif du tabac. Cette nomenclature n'est pas faite pour rassurer les fumeurs ; mais M. Jules Guérin, un ennemi implacable évidemment de la fumée de tabac, a trouvé que le tableau présenté par M. Lagneau n'était pas suffisamment sombre, et il y a mis sa touche personnelle. « Il existe deux Sociétés contre l'abus du tabac, a dit M. Jules Guérin ; la première, très ancienne, se propose en même temps de combattre l'abus des boissons alcooliques ; elle a été, sauf erreur, reconnue d'utilité publique ; il ne peut qu'y avoir avantage à favoriser la seconde du même privilège, parce qu'on ne saurait trop encourager les efforts faits par chacune d'elles pour combattre l'abus du tabac, l'une des causes les plus certaines, et pourtant les moins comprises, des altérations de la santé publique. Les maladies signalées par M. Lagneau ne sont en quelque façon que les échéances à longue date de cette cause morbide ; mais le poison prépare le mal de longue date. Songe-t-on bien à l'action lente du tabac, action qui échappe aux fumeurs et qui leur fait affirmer que le tabac est pour eux absolument inoffensif ? Pendant cette période d'innocuité apparente, l'usage du tabac crée dans l'organisme un état spécial, permanent, qui se reconnaît à la couleur du teint. »

Certains fumeurs vivent très vieux, objecte-t-on. M. Guérin réplique : Ces cas de résistance exceptionnelle ne font que rappeler l'histoire du malheureux roi de Pont qui s'était tellement habitué à l'usage des poisons, qu'il avait fini par ne plus pouvoir s'empoisonner. Si l'on veut dissiper l'incrédulité des fumeurs sur la nocuité du tabac, il faut insister sur le caractère incessant et occulte de son action ; il faut le leur montrer dans ses effets sur leur instrument de prédilection. Cette coloration spéciale de la pipe qui a reçu un nom particulier, n'est pas autre chose qu'un témoignage évident d'une imprégnation incessante du tabac. Il n'y a pas d'exagération à dire que les fumeurs participent à cette imprégnation ; ils finissent par être comme leurs pipes. Un médecin de Lyon, le docteur Montain, n'a-t-il pas déclaré avoir trouvé, à l'autopsie de certains fumeurs, les os du crâne jaunis, comme teintés par le tabac ?

Ce n'est pas tout pour M. Jules Guérin. L'influence du tabac irait jusqu'au delà de la tombe. S'il est vrai que l'habitude de fumer crée à la longue dans l'organisme un état particulier, une sorte de constitution à part, semi-pathologique, ne peut-on pas présumer que les fumeurs invétérés transmettent à leurs descendants quelque chose de cette constitution ? L'influence fâcheuse du tabac atteindrait non seulement l'individu, mais encore la race !

Après tous ces détails, il eût été difficile que l'Académie de médecine, déjà très éclairée sur un sujet qui n'a rien de précisément neuf, n'adoptât pas les conclusions du rapporteur. Elle a donc approuvé, en réponse à la lettre du ministre, les propositions suivantes, ainsi formulées :

1° Il y a un intérêt d'hygiène publique à faire connaître l'action nuisible que peut avoir le tabac employé d'une manière excessive ;

2° Cette action nuisible est démontrée par un ensemble de faits et d'inductions dès à présent acquis à la science.

On le voit, c'est le triomphe absolu des Sociétés contre l'abus du tabac.

On ne peut qu'approuver les conclusions fort sages de l'Académie de médecine, tout en faisant remarquer qu'elles s'imposaient d'elles-mêmes, sans qu'au fond il soit indispensable de mettre en avant des considérants aussi sévères. Elles se ramènent effectivement à ces termes éminemment simples : « L'excès dans l'usage du tabac est nuisible. » Or, c'est un axiome admis par tout le monde, surtout en hygiène : « L'excès en tout est un défaut. » L'Académie ne pouvait être que logique et ne devait pas faire exception en faveur du tabac. Un verre d'eau est parfaitement inoffensif et, cependant, plusieurs verres d'eau ingérés coup sur coup déterminent une indigestion et même une congestion. Un bon cigare n'a rien de nuisible, et plusieurs bons cigares peuvent avoir des inconvénients. Toujours une question de mesure !

Ce qui est vrai avant tout, c'est que, malheureusement, presque tous les fumeurs abusent... précisément, comme le disait M. Jules Guérin, parce qu'on fume inconsciemment, sans que l'action lente du tabac se manifeste sur l'économie. Le fumeur est comme le buveur d'opium : il augmente sans cesse la dose sans y prendre autrement garde, et l'abus survient un jour ou l'autre nécessairement. Voilà bien le danger sur lequel on ne saurait trop appeler l'attention.

HENRI DE PARVILLE.

LE MOINEAU ET L'ÉPERVIER

FABLE

Voulant d'un épervier se faire bien venir,
Et, j'imagine aussi, pour éviter sa serre,
Un moineau s'était fait son fidèle émissaire.
Les oiseaux d'alentour n'avaient qu'à se tenir :
Pas un d'eux n'échappait à son espionnage.
Il connaissait la haie où tel merle nichait,
Et tous les trous du voisinage,
Où la mésange se cachait.
Mais surtout quand venait la saison printanière,
Notre infatigable mouchard
A ses instincts pervers donnait ample carrière.
Entendait-il chanter linots dans la bruyère,
Il volait avertir l'épervier sans retard.
Nids de pigeons, de tourterelles
Il les connaissait tous, et savait calculer
Quand les petits auraient des ailes,
Et du nid pourraient s'envoler.
Grâce aux renseignements que fournissait le traître,
L'épervier pouvait se promettre
Sans trop se déranger, de plantureux repas.
Un jour que le gibier ne se présentait pas,

La faim le torturant, il saisit son compère.
En vain, pour éviter un funeste trépas,
Le moineau lui disait : « J'espère
Qu'avec moi, Monseigneur, vous voulez plaisanter ;
Car, souffrez que je vous le dise,
J'ai tout fait pour vous contenter. »
L'autre lui répondit : « Que viens-tu me chanter !
Je te trouve de bonne prise.
Mais avant de mourir apprends cette leçon :
Pour les mouchards de ta façon,
On s'en sert, mais on les méprise. »
Là-dessus, du moineau qui semblait s'étonner,
L'épervier fit son déjeuner.

H. Lamontagne.

CHRONIQUE

Un bon point à l'Académie de médecine ! Cette docte et vénérable société s'était souvent occupée jusqu'à ce jour de ce qu'elle pouvait nous faire avaler, mais en se plaçant à un point de vue tout spécial et nullement gastronomique.

De temps immémorial on y a discuté à perte de vue sur les qualités de la rhubarbe et de la gentiane ; on y a apprécié le séné à son juste mérite, tout en déclarant au surplus que « de bonne casse est bonne ». Et Dieu sait ce que ces savantes conférences nous ont fait absorber de pilules, de pastilles, de poudres, de pâtes, de sirops, de juleps, de bouillons étranges, que nos pauvres estomacs reçurent avec mélancolie et ne gardèrent pas toujours sans rébellion.

Novus rerum nascitur ordo !... Une nouvelle ère semble commencer dans notre Académie médicale, et je me fais un devoir d'en saluer l'aurore : nos honorables docteurs commencent à penser qu'au lieu d'attrister toujours l'estomac des gens malades, il serait plus opportun de réjouir l'estomac de ceux qui se portent bien. L'un d'eux a presenté à ses collègues non point un nouveau modèle de sonde œsophagienne, mais un instrument d'invention récente qui s'appelle le *thermomètre culinaire*.

Nous avions des thermomètres annonçant toutes les variations de l'atmosphère, prédisant la pluie et le beau temps; mais nous ne possédions point encore un appareil destiné à nous renseigner sur le degré de cuisson d'un gigot. Et pourtant, s'il est une chose importante, c'est bien assurément la confection à point de ce substantiel et délicat rôti.

L'appareil présenté à l'Académie de médecine a véritablement l'aspect sérieux qui convient à un instrument scientifique. Il se compose d'une tige de fer creuse et qui se termine par une pointe assez semblable à celle d'une lardoire. Dans l'intérieur de cette tige se trouve enfermé un alliage métallique qui entre en ébullition à quatre-vingts degrés; or, c'est précisément à quatre-vingts degrés, paraît-il, qu'un gigot qui se respecte atteint la cuisson convenable.

Dès lors, achetez un thermomètre culinaire et vous mangerez du présalé digne de la table des Olympiens eux-mêmes.

L'Académie de médecine a discuté à perte de vue sur le thermomètre à gigot : le nouvel instrument a rencontré des partisans enthousiastes, et il faut bien le dire aussi, quelques sceptiques : pour ma part, je me rangerais volontiers parmi ces derniers, par amour du grand art.

Vous constaterez bien avec le thermomètre le degré de chaleur qui se fait sentir au centre de la viande; mais cette constatation sera bien vaine si, en même temps, vous ne tenez compte de tous les affluents juteux qui ont convergé vers ce centre; or, ils varient à l'infini avec le volume plus ou moins gros, avec le plus ou le moins de dureté des chairs environnantes.

O Vatel ! ô Carême ! ô vous tous, grands capitaines immortalisés au feu de la cuisine, n'est-il pas vrai qu'aucun instrument matériel ne pourra jamais remplacer la clairvoyance de votre génie et vos *illuminations soudaines* en présence du tourne-broche?

Ce n'est pas le célèbre Katcumb qui s'en fût rapporté à un instrument de physique pour la cuisson du rosbif qui a fait sa réputation et dont le souvenir laisse encore tant de regrets dans la mémoire des amateurs.

Katcumb, qui florissait sous Louis-Philippe, avait installé un petit restaurant auprès des escaliers qui conduisent de la rue Vivienne au Palais-Royal. Le menu de ses dîners n'était pas varié ; il se composait uniquement de rosbif ; mais quel rosbif ! Comme le sonnet sans défaut, dont parle Boileau, une tranche de rosbif de Katcumb valait à elle seule tout un poème : c'était juteux, succulent, affriolant, idéal !

La première pensée de l'heureux mortel qui avait avalé une tranche de ce merveilleux rosbif était d'en demander une seconde. Mais Katcumb la refusait invariablement, si ce n'est à quelques rares privilégiés ; ses clients étaient nombreux ; en véritable artiste, il ne voulait laisser servir qu'un seul rôti soigné, surveillé par lui-même, et le nombre des portions se trouvait forcément limité.

Katcumb poussait l'orgueil de son art jusqu'à l'arrogance. Si un client se permettait la moindre critique, il le fourrait immédiatement à la porte ; pour mieux faire sentir sa supériorité, il tutoyait immédiatement quiconque venait dîner chez lui, et on eût été fort mal venu à s'en formaliser. La perfection de son rosbif semblait à Katcumb suffisante pour remplacer la politesse et même le simple confort du service ; il n'admettait pas qu'on fît usage de serviettes ; si, par hasard, un imprudent s'avisait d'en réclamer une, Katcumb le foudroyait d'un regard terrible et l'écrasait sous cette méprisante apostrophe : « Tu es donc bien sale, toi ! que tu as besoin de t'essuyer. »

Malgré ses impertinences, Katcumb jouit jusqu'à sa mort, arrivée il y a peu d'années, d'une popularité qui ne s'est jamais démentie : plus heureux que bien des hommes d'État, il ne vit jamais le suffrage universel répudier la faveur due à son rosbif.

Mais aussi, que de soins, que de labeurs de tous les jours pour se maintenir à un tel niveau de gloire : Katcumb ne songeait qu'à une seule chose, rôtir et bien rôtir.

Quand il fut à l'agonie, sa pensée suivait encore son rosbif, qu'il ne pouvait plus surveiller en personne; faisant un effort suprême, il se souleva et murmura ces paroles à ceux qui l'entouraient : « Surtout, n'oubliez pas de débrocher à cinq heures moins dix... »

En même temps, il rendait l'âme.

S'il y a des broches dans l'autre monde, n'en doutez point, l'ombre de Katcumb doit tourner quelque part une ombre de rosbif en l'arrosant d'une ombre de jus!

Le jus: conserver le jus dans la viande en la portant à un degré de cuisson complet, tout le problème de la rôtisserie consiste dans l'art de vaincre cette difficulté; mais souvenez-vous bien qu'il n'y a pas de gigot possible, admissible, rationnel, s'il ne réunit ces deux conditions en apparence contradictoires. La viande d'où le sang a été retiré n'est plus de la viande: elle n'est que du parchemin; demandez plutôt à Brillat-Savarin, qui s'y entendait.

Un soir, Brillat-Savarin arrive dans une auberge, à un relais de diligence, avec deux amis. Rien à manger que des œufs; un magnifique gigot cuisait à la broche sous le manteau de la cheminée, mais il était réservé à des Anglais, qui attendaient dans une salle voisine et n'entendaient pas céder une bouchée de leur festin.

« Va pour des œufs, dit Brillat-Savarin avec un soupir. Vous nous ferez douze œufs brouillés, monsieur l'hôte... Mais vous me permettrez bien de les arroser avec une cuillerée du jus qui est tombé dans la coquille sous ce gigot. »

La demande n'avait rien d'exorbitant : l'hôte consent, Brillat se rapproche du gigot : pendant que l'hôte a le dos tourné, l'audacieux gastronome tire son couteau de poche, le plonge cinq ou six fois dans le flanc du rôti, dont tout le sang s'échappe, tombe dans un bol et de là passe dans les œufs brouillés de Brillat-Savarin et de ses amis : en réalité, ce furent eux qui absorbèrent toute la substance nutritive et succulente du gigot que les Anglais payèrent, mais dont ils n'eurent que la chair réduite à l'état d'éponge desséchée...

Et Brillat-Savarin raconte cela sans remords!

Si l'on écrivait une histoire des rôtisseurs célèbres, il ne faudrait point, ce me semble, oublier un homme qui a joué un rôle important au commencement de notre siècle.

On l'avait surnommé l'*Encas* au palais des Tuileries, où il faisait les fonctions d'aide de cuisine à l'époque où Napoléon Ier remplissait celles d'empereur des Français.

L'*Encas* devait son sobriquet à sa besogne spéciale : on sait que Napoléon ne mangeait guère à heure fixe; mais quand il lui prenait fantaisie de manger, à n'importe quelle heure du jour ou de la nuit, il fallait qu'il fût servi instantanément.

Le préfet du palais avait ordonné qu'un poulet fût sans cesse à la broche, cuit à point, de façon à pouvoir être apporté à l'Empereur au premier coup de sonnette. Aussi, une légion de gallinacés se succédaient d'heure en heure à la broche des cuisines, pour servir à l'*encas* éventuel de l'appétit du maître souverain.

L'*Encas* se prenait un peu pour un homme d'État, et il n'avait pas tout à fait tort; car Dieu sait ce qu'un poulet brûlé ou trop dur pouvait faire éclater d'humeur chez César affamé et harassé; Dieu sait aussi toutes les foudres que cette mauvaise humeur pouvait lancer sur l'Europe, ou tous les dangers qu'une mauvaise digestion pouvait entraîner pour la France.

L'*Encas* se crut certainement pour quelque chose dans les plans qui préparèrent Austerlitz; et peut-être eut-il sur la conscience ceux qui amenèrent la Bérézina: car l'histoire rapporte qu'il mourut après une vieillesse sombre et triste, quand il eut perdu ses poulets rôtis, comme Napoléon avait perdu ses aigles.

Louis XVIII, ce roi gastronome, qui mangeait à des heures bien réglées, n'eut pas besoin d'un *Encas* après sa rentrée aux Tuileries; mais au temps de ses pérégrinations d'exil, il avait prouvé qu'il aurait eu au besoin les qualités nécessaires pour faire un bon cuisinier et même un bon rôtisseur.

Un jour, errant en Allemagne, il était arrivé dans une maison où il trouva des côtelettes crues, sans aucun gril pour les faire cuire.

Ses domestiques ne savaient comment sortir d'embarras. Le futur roi de France fit allumer des charbons à feu très vif sur le devant de la cheminée; il plaça une côtelette sur les charbons mêmes, une côtelette au-dessus et une troisième par-dessus cette dernière. Puis, de temps à autre, il faisait mettre en dessous la côtelette de dessus, et la côtelette de dessous en dessus; seule la côtelette du milieu ne bougeait pas : chauffée et cuite par la chaleur des deux autres, arrosée de leur jus, elle fut exquise.

Plus tard, aux Tuileries, Louis XVIII faisait servir des côtelettes préparées par le procédé qu'il avait inventé et dont il était plus fier que de la *charte* elle-même.

ARGUS.

Abonnement, du 1er avril ou du 1er octobre; pour la France : un an, 10 f.; 6 mois, 6 f.; le n° au bureau, 20 c.; par la poste, 25 c.

Les volumes commencent le 1er avril. — LA SEMAINE DES FAMILLES paraît tous les samedis.

VICTOR LECOFFRE, ÉDITEUR, RUE BONAPARTE, 90, A PARIS. — Imp. de la Soc. de Typ. - J. Mersch, 8, r. Campagne-Premi.re Paris

Nous voulûmes faire un voyage de noces... (P. 370.)

LE PREMIER VOYAGE D'HERMANN TROTTER

— A quel âge avez-vous commencé à voyager, oncle Hermann? demanda un soir à son grand-oncle la blonde Wilhelmine, enfant de seize ans.

L'oncle assis près du poêle, chaudement enveloppé d'une robe de chambre turque et coiffé d'un bonnet grec, était en train de fumer sa pipe hollandaise en se balançant dans un fauteuil américain. Son petit salon était orné de mille choses curieuses rapportées de tous les pays possibles. Tout compte fait, sur les soixante-dix ans dont se composait la vie d'Hermann Trotter, il en avait passé cinquante-sept à courir le monde.

— Mon premier voyage, Mina? Ah! il ne fut pas long, mais il fut la cause de tous les autres. Je ne l'ai jamais conté à personne.

— Contez-le-moi, mon bon oncle. J'aime tant vos histoires! Voyez, j'ai refusé d'aller danser chez la voisine Rothmiller ce soir, pour rester avec vous, et cela dans l'espoir que vous me raconteriez quelque chose.

— Oui, oui, et aussi dans l'espoir de bien vexer le pauvre Hans Rothmiller, qui espérait danser avec toi, ma petite. Oh! n'essaye pas de nier. Un vieux routier comme moi connaît les détours de bien des petits chemins. Mais tu auras ton histoire, et, de plus, tu verras un dessin de ton grand-père, mon frère aîné, un dessin que je n'ai jamais montré à personne. Va me chercher mon vieux portefeuille rouge, à l'entrée de mon secrétaire. Voici ma clef.

Wilhelmine, en un clin d'œil, apporta le portefeuille, et l'oncle Hermann en tira un petit carré de vélin, bien jauni, un peu froissé sur les bords, et où était dessiné à la plume un groupe d'enfants.

Il plaça ce dessin près de la lampe, appuyé contre un livre, et le regarda quelques instants à travers le nuage de fumée qui sortait de sa pipe de faïence bleue. Puis il soupira, et dit: — De tous ces enfants un seul voit encore la lumière. Ils sont tous partis, tous: Nettchen, la belle blondine, si douce et si gaie; mon frère Péters, le riche Johann, le petit Frédéric, la brunette Itha, et toi aussi, Lisbeth, ma petite fiancée d'un jour! Regarde, Wilhelmine, n'étaient-ils pas jolis?

Hélas! ils ne le paraissaient guère à la jeune fille; mais le prisme des souvenirs illuminait l'image aux yeux de l'oncle Hermann, et Mina comprit bien qu'elle devait répondre:

— Ils sont charmants. Contez-moi leur histoire.

— J'étais tout petit alors, Mina ; tout petit, et bien heureux. Mon père gagnait honorablement sa vie dans son état de menuisier. Mon frère aîné l'aidait d'autant mieux qu'il avait appris à dessiner, et mes deux sœurs Itha et Louise commençaient à aider notre mère à faire le ménage. Nous nous entendions fort bien tous trois pour amuser nos petits frères Frédéric et Péters, et les voisines disaient souvent à ma mère : — Comment donc vous y prenez-vous pour rendre vos enfants si sages et si gais ? Jamais on n'entend aucune dispute chez vous, mais toujours des chansons et des éclats de rire.

Aussi, deux enfants du voisinage, Lisbeth et son cousin Johann, qui n'avaient ni frère ni sœur, et des mamans veuves et assez acariâtres, demandaient souvent à venir jouer avec nous. Ils avaient chez eux de beaux joujoux et des confitures à discrétion ; mais ils s'amusaient bien plus chez nous, où l'on goûtait avec des tartines de pain bis et de beurre salé, et où nos seuls jouets étaient fabriqués par notre frère aîné, à ses heures de loisir. Bon Ulrich ! que de peine lui donna notre premier cheval à bascule ! et quelle drôle de figure avait la poupée que nous appelions l'archiduchesse Miranda ! Nous avions aussi un petit chien qui faisait l'exercice. Enfin, on s'amusait bien chez nous.

Or, un beau matin, les mamans de Johann et de Lisbeth, devant aller à la noce, prièrent ma mère de garder leurs enfants et partirent en carriole, parées comme des châsses.

Lisbeth pleurait. Elle aurait bien voulu que sa maman l'emmenât.

— Console-toi, ma petite Lisbeth, lui dit ma sœur Nottchen, personne raisonnable (elle avait huit ans). Nous allons nous amuser à faire une noce, et c'est toi qui seras la mariée.

Elle lui mit un voile et une couronne, lui fit un bouquet blanc, et prépara le festin de noces. Ma mère, justement, cuisait ce jour-là. Elle enfourna des galettes et fit un gros chausson de pommes. Itha mit à l'archiduchesse Miranda sa robe des dimanches, mon grand frère nous acheta une bouteille de sirop, et le cousin Johann, qui avait toujours des kreutzers dans sa poche, le pria de faire emplette de dragées et de pralines. Il comptait bien être le marié ; mais Lisbeth voulut m'épouser, ce qui le mit d'assez mauvaise humeur. Il avait pourtant une bien plus belle veste que moi et des souliers tout neufs qui craquaient furieusement. Afin d'avoir l'air d'un homme, je mis le chapeau de mon père. Mon frère aîné remplit le rôle du curé et nous maria devant le poêle, faute d'autel, et comme maman défendait que l'on dît une messe pour rire, sitôt le mariage fait, on s'en alla manger de la galette toute chaude et boire la bouteille de sirop étendue de cinq ou six litres d'eau fraîche. Jamais je n'ai rien mangé de si bon dans tous mes voyages, Wilhelmine, jamais rien de si exquis que les galettes que faisait ma mère ; la recette en est perdue.

— Elle n'a donc appris à personne à en faire de semblables, mon oncle ?

— Mes sœurs prétendaient qu'elles les faisaient absolument comme leur mère ; mais non, il y avait je ne sais quoi...

— Hélas ! pensa Wilhelmine, c'était la sauce de quinze ans, comme dit maman. Et après, mon oncle ?

— Après le festin vint la danse, puis nous voulûmes faire un voyage de noces au jardin. Mais il pleuvait et ma mère nous conseilla de voyager en chambre. Alors, deux chaises surmontées d'un parapluie, et attelées du fameux cheval à bascule, formèrent notre équipage. Péters enfourcha le cheval, Johann monta derrière la voiture, les deux mariés y prirent place, et Louise, Itha et le poupon qui ne marchait encore qu'à quatre pattes, réunis au petit chien et à l'archiduchesse Miranda, formèrent le public et acclamèrent les mariés. C'était si joli que mon grand frère fit un croquis qu'il acheva le soir même à la lumière, quand on nous eut envoyés coucher.

Bref, la journée se passa bien gaiement, et lorsque les servantes de nos voisines vinrent chercher Johann et Lisbeth, ils nous firent des adieux et des remerciements des plus affectueux. Jamais, disaient-ils, ils ne s'étaient tant amusés. Lisbeth disait vrai ; Johann mentait.

Cette fête eut un lendemain. J'avais entendu dire que, le lendemain du mariage, tout époux bien appris devait offrir un cadeau à sa femme. Or, je n'avais rien. Je demandai à ma mère la permission d'aller cueillir au jardin un bouquet pour Lisbeth.

— Vas-y, me dit-elle, mais tu n'y trouveras guère de fleurs. La saison est avancée, et ta sœur hier a tout pillé pour faire une couronne à la mariée.

En cherchant bien, pourtant, je trouvai quelques reines-marguerites, roses et violettes, quelques repousses de digitales, et tout en les cueillant, je m'étais approché de la haie d'aubépine qui séparait notre jardin de celui de la maman de Lisbeth. J'entendis sa voix, elle causait avec la mère du cousin Johann : toutes deux, assises sur un banc adossé à la haie, ne pouvaient me voir. J'entendis ces mots :

— Ces petits enfants sont bien sots : croiriez-vous qu'ils ont joué au mariage, et que le petit Hermann est persuadé qu'il épousera Lisbeth quand il sera grand ? Voilà ce que nous gagnons à laisser nos enfants jouer avec ces petits menuisiers ! Johann était furieux. Il dit qu'il battra Hermann à la première occasion. Est-ce que Lisbeth ne vous a rien dit ?

— Lisbeth ? elle pleure depuis une demi-heure pour retourner chez les Trotter.

— Si vous m'en croyez, vous ne l'y laisserez plus aller.

J'étais consterné. Quoi ! Johann voulait me battre ! je me promis de le devancer et de lui administrer une bonne volée. Puis, je courus frapper à la porte de la belle maison de la mère de Lisbeth, mon bouquet à la main.

La servanté m'ouvrit :

— Il n'y a personne, me dit-elle.

— Mais si; j'ai vu Mme Muller dans son jardin, et j'entends Lisbeth qui pleure. Je veux entrer.

La servante voulut me barrer le passage, mais je lui glissai entre les mains et je courus à Lisbeth qui sanglotait dans la cuisine. Elle se jeta dans mes bras, et tandis que la servante allait chercher sa maîtresse, Lisbeth s'enfuit avec moi et vint se réfugier chez nous. Sa mère et celle de Johann l'y poursuivirent : elles parlèrent avec impertinence à la mienne, ces trois dames se fâchèrent, et finalement se brouillèrent tant et si bien que plus jamais Lisbeth ne vint jouer chez nous.

Je battis Johann comme plâtre, ce qui n'arrangea rien, et le maître d'école, dont il était le neveu, me mit en pénitence à tort et à travers pour venger son cher Johann. En revanche, j'allai, un beau soir, donner la clef

des champs à ses lapins ; il me vit et me dénonça au garde champêtre. Tout le village se mit contre moi. Ma mère alors résolut de me dépayser. Elle me dit :

— Hermann, je vais te mener chez ton grand-père à Leipsick, tu y passeras l'hiver et tu iras dans une école où les enfants deviennent très savants. Nous partirons demain matin à pied, de très bonne heure, sans éveiller les petits.

Aller à Leipsick ! c'était mon plus grand désir. On m'avait promis ce voyage depuis que je savais marcher et jamais on n'avait tenu parole. Ce devait être un beau pays que Leipsick ! Mon grand-père y était commis chez un libraire, et tous les ans il nous envoyait à Noël des livres, des images et des bonshommes de pain d'épice.

— Mais y passer tout l'hiver cela me donnait à penser.

— Ferai-je des traîneaux à Leipsick comme ici, maman ?

— Peut-être bien. Nous verrons. Allons, finis de souper. Je veux que tu te couches le premier, ce soir.

Et le lendemain, à peine le soleil fut-il levé, que ma mère et moi nous marchions sur la route ; elle portait un grand panier au bras, et moi un petit paquet au bout d'un bâton. Mon père et mon grand frère, sur le seuil de l'atelier, nous regardaient partir. Les volets de la chambre où dormaient mes sœurs et les petits, étaient fermés, et une légère fumée s'élevait au-dessus de notre toit de tuiles rouges. Tout enfant que j'étais, je sentis mon cœur se serrer, et je dis à ma mère :

— Si nous restions ?

Mais quand elle avait décidé quelque chose, ma mère tenait bon. Elle me prit la main et pressa le pas en me disant :

— C'est pour ton bien, Hermann. Tu reviendras.

Le vieillard s'arrêta, ému par ces lointains souvenirs.

— Vous êtes bien revenu à la maison, mon oncle? dit Wilhelmine.

— Oh ! oui, aux vacances, mais ce fut pour voir mourir mon petit frère. Jamais plus, jamais je ne retrouvai un jour si heureux que celui de mon premier voyage. Mais je te conterai la suite un autre jour. Je suis fatigué. Je veux seulement te dire une chose, ma petite. En remontant le cours de ma vie, je vois que ce jour de jeux enfantins décida de toute mon existence. Il amena mon premier chagrin, il fut le commencement d'un rêve qui ne devait pas se réaliser, et qui nous coûta bien des larmes à Lisbeth et à moi plus tard...

Je crains, petite Mina, que ton caprice d'aujourd'hui ne te prépare de longs chagrins. Pourquoi ne veux-tu pas rejoindre tes sœurs et ta mère ? pourquoi te plais-tu à tourmenter ton fiancé ?

— Il m'ennuie, dit Wilhelmine. Il me gronde, il voudrait me voir sérieuse comme une femme mariée. Il prétend que je ne dois danser qu'avec lui, et il danse mal.

— Et c'est tout?

— C'est bien assez : s'il n'était un si bon garçon et qui plaît tant à mes parents, il y a quinze jours que nous serions brouillés pour la vie. Il parlait de quitter le pays.

— Ce serait malheureux : jamais tu ne trouveras un si bon mari, ni lui une si aimable femme. Ne fais pas cette folie. Va danser, sois douce et raisonnable; le bonheur est ici, ne va pas le détruire pour un caprice. Va, chère Mina.

— Eh bien, j'irai, mais à une condition, c'est que vous me raconterez toute votre vie.

— Ce serait trop long, fillette. Pars : vois comme il est tard.

Le coucou sonnait neuf heures, et l'on entendait les violons jouer une valse chez la voisine. Mina s'approcha d'un miroir, rajusta le nœud de velours qui retenait les boucles de sa blonde chevelure, tira son étroit corsage et déchiffonna son tablier de mousseline. Puis elle embrassa son vieil oncle, et joyeuse et légère s'en alla danser.

Et lui, après avoir regardé encore une fois le petit dessin, le serra soigneusement, secoua les cendres de sa pipe, alluma son bougeoir, éteignit sa lampe, et s'en alla dormir et rêver du temps passé.

J. O. Lavergne.

CHARYBDE ET SCYLLA

Lecteur, un coup d'œil, s'il vous plaît, dans le stéréoscope que je viens faire mouvoir devant vous.

Voyez-vous, dans ce large rayon de soleil, une maison vaste et solide, moitié manoir, moitié château, sise en pleins champs, en face de la mer?

Au rez-de-chaussée faisons une halte dans cette salle aux boiseries sombres, au plafond à poutrelles, à la cheminée béante.

Trois fenêtres immenses permettent aux yeux de se plonger dans la mer reflétée sur la muraille du fond par de grands trumeaux du XIIIe siècle.

Entre la cheminée où pétillent les flammes bleuâtres des pommes de pin et où se consument lentement des bûches raboteuses de chêne, et la fenêtre qui lui est voisine, nous apercevons une table carrée, recouverte d'un tapis noir brodé de rouge et chargée de journaux, d'albums, de livres, de joujoux, de fleurs, de coquillages.

Dans un espace laissé libre avec intention, est placé un buvard au monogramme argenté. Devant lui une femme d'une trentaine d'années, simplement coiffée de ses épais cheveux blonds, gracieusement arrondis en nattes, dont la régularité est mise en péril par les échappées de frisures naturelles incapables de subir aucun joug, rêve ou médite. Son grand œil bleu est fixé sur la mer, et sur son front légèrement bruni se lit une pensée tenace, toujours la même : car sa physionomie, qui doit être très mobile, si l'on en juge par l'éclat de ses yeux, ne trahit qu'une préoccupation, une seule.

Tout à coup sa belle main, brunie aussi par ce léger hâle dont le grand air dore la peau à la longue, prend vivement le porte-plume jeté négligemment dans une coupe bronzée, et sur une grande feuille de papier, timbrée d'un A et d'un K, elle se met rapidement à écrire.

A qui voudrait connaître le contenu de cette lettre qui sera longue, on le devine à la seule attitude que prend celle qui l'écrit, il suffirait de suivre le changement que j'imprime à mon stéréoscope.

En un tour de main la mer aux reflets verts, le manoir aux élégants pavillons, ont été remplacés par un coin de la grande cité.

Devant nous se profilent les angles du bâtiment principal d'une gare. Dans la quatrième maison à gauche d'une place envahie par les constructions légères qui accompagnent nécessairement les stationnements des voitures publiques, au troisième étage, une fenêtre s'est ouverte sur un balcon étroit, enguirlandé de plantes grimpantes. Une femme de taille élégante et très frêle, très blanche de teint et très brune de cheveux, s'en approche, une lettre dépliée à la main. Elle prend le lorgnon d'écaille qui flotte à sa mince ceinture, et lit en souriant la lettre suivante dont le chiffre est surmonté d'une couronne :

PREMIÈRE LETTRE

Kermoereb.

Mademoiselle,

Veuillez excuser mon indiscrétion, si c'en est une;

mais je ne puis m'adresser à une autre personne pour avoir le renseignement que je désire.

Il y a une quinzaine de jours, dans un compartiment de chemin de fer, mes voisins, qui se firent tout de suite reconnaître pour deux médecins, se mirent à parler d'une découverte chimique qui allait leur rendre les plus grands services.

Je suis une campagnarde que tout intéresse, et, de plus, j'ai l'oreille très fine. Je m'amusais à écouter la conversation scientifique qu'ils tenaient à demi-voix. Je fus très longtemps sans pouvoir saisir le nom de l'inventeur. En parlant de lui ils disaient : « Ce diable d'homme », ou « ce trapu » !

Enfin, au milieu d'une anecdote assez piquante où il me fut prouvé que les hommes coiffés du bonnet de docteur ne dédaignent pas les espiègleries dont s'honorent les collégiens, l'un des causeurs s'écria :

« Et après lui avoir donné le temps de chercher assez longtemps pour qu'il pût devenir vert de jalousie en apprenant la vérité, je m'écriai : « Maître, c'est ma foi « votre adversaire, M. Charles Argenteuil, qui a décou- « vert cela. »

« Il a fait une tête!

« — Jeune homme, vous plaisantez, m'a-t-il dit en « fronçant terriblement les sourcils que vous lui con- « naissez.

« — Non, maître. Cette fois l'honneur de cette décou- « verte ne revient pas à un prince de la science, à un vieux « chevronné, mais à un simple troupier, à un amateur, à « M. Charles Argenteuil, que j'ai eu l'honneur de féliciter « avant-hier dans son laboratoire, place de Rennes, 4, « où il habite depuis longtemps avec sa sœur. »

Argenteuil ! Ce nom, mademoiselle, résonna dans mon cœur comme un écho lointain, mais encore très vibrant.

Argenteuil ! je me retrouvais en pleine adolescence.

Argenteuil ! je ne sais quel souffle frais comme les souffles du printemps passa sur mon âme !

Vous allez me trouver bien poétique, bien étrange, peut-être, mademoiselle. Pardonnez-moi si vous n'êtes pas la Geneviève Argenteuil que j'ai connue ; si vous l'êtes, je n'ai plus d'excuses à faire. Car voici le renseignement que je vous demande.

Ces messieurs mes voisins firent suivre leur récit d'une rapide biographie de M. Charles Argenteuil. Ils répétèrent qu'il habitait Paris avec sa sœur, et je brûlais du désir de trouver l'occasion de leur demander quelques renseignements complémentaires quand ils descendirent de wagon.

Mais ma mémoire avait retenu votre adresse et je pensai : Qu'il y aurait-il d'étonnant à ce que cette demoiselle Argenteuil fût la chère Geneviève Argenteuil que j'ai tant aimée pendant trois ans ?

Mais je crains que ce ne soit pas vous.

Ma Geneviève Argenteuil avait une sœur, un miracle de beauté et d'intelligence, et un seul frère appelé Léon, qui était déjà lieutenant de vaisseau à l'époque dont je vous parle, et qui s'était juré de devenir au moins vice-amiral. Elle m'en parlait assez pour que je n'ignorasse ni son petit nom ni ses ambitions. De plus, elle habitait l'Algérie, où son père occupait une haute position administrative. Donc, ce n'est sans doute pas vous que j'ai connue.

Mais en prenant les choses au pis, vous êtes peut-être la parente de Geneviève, et si vous pouviez me donner son adresse, je ne regretterais pas l'indiscrétion que je commets en ce moment et pour laquelle je vous réitère, mademoiselle, mes très humbles excuses.

Antoinette de Kermoereb,
née de Folgoat.

Si vous avez l'amabilité de me répondre, veuillez adresser votre réponse à

Madame de Kermoereb,
Kermoereb, près Lauraddon.

Le pâle visage de la lectrice s'était insensiblement, non pas coloré, on ne pouvait donner le nom de couleur à la nuance aussi fugitive que délicate qui adoucit un instant la mate pâleur de son teint ; mais singulièrement animé. Ce visage, un peu marmoréen, devint extraordinairement vivant. Du regard froid et voilé se dégagèrent des effluves lumineuses ; la bouche sévère s'entr'ouvrit gracieusement pour un sourire.

Fille des cités, Mlle Argenteuil ne regarda pas au dehors, comme pour épandre sur la magique nature le trop-plein de ses impressions ; elle inclina la tête et demeura quelques instants pensive et souriante, la main machinalement posée sur son cœur.

La voix métallique de sa pendule sonnant dix heures l'arracha à sa méditation. Elle se redressa, regarda le ciel qui était nuageux, ferma la fenêtre, puis se dirigea vers un petit bonheur-du-jour qui n'était pas le moindre ornement de sa chambre, meublée avec un goût des plus raffinés. Elle s'assit, ouvrit successivement plusieurs tiroirs qui laissèrent échapper de leurs flancs le parfum particulier aux bois précieux, plaça méthodiquement devant elle tout ce qu'il fallait pour écrire et, d'une main étayant sa belle tête qui avait une tendance à s'incliner, de l'autre saisissant un porte-plume d'ivoire, elle écrivit posément la réponse suivante :

SECONDE LETTRE

Paris.

Ma chère Antoinette,

Ne cherchez pas plus loin Geneviève Argenteuil. Je suis bien celle de vos souvenirs, et aussi celle dont vos voisins de wagon ont parlé.

Il était bien simple que nous nous rencontrassions, et cependant il n'a fallu rien moins qu'un moyen de comédie pour nous amener, non pas à nous souvenir l'une de l'autre, mais à renouer nos relations et à nous préoccuper de notre existence respective.

• Cela même aurait dû arriver plus tôt.

Nous ne sommes plus à l'âge des enthousiasmes romanesques, nous n'avons plus de larmes dans la voix pour chanter les mélodies de Schubert, nous ne peignons plus des monogrammes mystérieux avec le pinceau ou la plume sur nos albums, nous sommes incapables de trouver la force de nous écrire des lettres de huit pages; mais de notre vive amitié de passage il nous reste au fond du cœur un persistant et charmant souvenir.

Il est des affections qui parfument le cœur d'un de ces parfums que rien au monde ne fait évaporer entièrement, surtout quand il entre un peu de bois précieux dans ce cœur et qu'il n'est pas fait du premier sapin venu.

Mais comment se fait-il que vous soyez retournée dans votre Bretagne?

Il m'en souvient comme si c'était hier: n'avions-nous pas mêlé nos larmes les jours précédant notre séparation, à la pensée qu'elle serait longue, M. votre oncle vous emmenant à Cuba, où il avait un héritage considérable à recueillir?

Du reste, qu'importaient les distances, les mers, les climats et le reste! Une correspondance hebdomadaire, au moins, devait tempérer les ennuis de l'absence. Entre Alger et Cuba devaient se croiser nos cœurs dans nos lettres.

Je ne me souviens pas d'avoir reçu une lettre de vous!

Je l'ai bien longtemps attendue; si j'appuie le doigt sur une certaine fibre de mon cœur, je sens même que j'en ai beaucoup souffert.

Et puis la vie a tout emporté, excepté le souvenir.

Aussi je suis vraiment heureuse de savoir que vous existez. Si vous voulez me dire un mot de votre existence, j'en serai charmée.

Pour l'instant je ne sais trop sur quelle note vous écrire, puisque vous avez changé de nom. Vous n'en restez pas moins la chère Antoinette pour celle que, de votre propre aveu, vous avez tant aimée pendant trois ans, ce qui est très beau, vous le savez maintenant, étant donnée la versatilité du cœur humain. Donc, rassurez-vous, je suis bien la Geneviève Argenteuil à laquelle vous voulez bien penser.

GENEVIÈVE.

P. S. — Un mot sur le principal motif de votre incertitude à l'égard de mon identité.

Tout est sujet au changement en ce monde, nous le savons maintenant, n'est-ce pas?

Mon frère s'appelait en effet Léon, comme mon père; mais à la mort de ce dernier nous l'avons débaptisé par égard pour ma pauvre mère, qui ne pouvait entendre ce cher nom sans pleurer.

Il était bien officier de marine aussi; mais vers trente ans la passion des sciences naturelles s'est, non pas éveillée, il l'a toujours eue, mais développée en lui: il est devenu le savant, quasi l'illustre Charles Argenteuil, et il est en train de doter le monde de je ne sais combien de découvertes. C'est un chercheur en l'honneur duquel j'aurais volontiers écrit cette strophe, si Mlle Zénaïde Fleuriot n'en avait eu l'idée, comme moi, à propos des hommes qui ont la passion de la science :

> L'ignorance ici-bas est sa pire ennemie,
> C'est le voyant humain sur la terre courbé,
> De la matière il meut la puissance endormie:
> Il a vécu... Qui donc saura qu'il est tombé!

Adieu.

TROISIÈME LETTRE

Kermoereb.

Ta lettre m'a transportée de joie, ma chère Geneviève. Je te l'affirme, je ne t'avais jamais oubliée, je t'avais seulement égarée. Le cœur est si vaste, dans la jeunesse surtout, qu'une affection peut bien s'y égarer; mais comme elle se retrouve!

Te voilà donc la sœur d'un savant et restée libre. J'en éprouve un petit sentiment de joie égoïste.

Il est certain que ces Messieurs ont mille préjugés contre les amies de leurs femmes. Cela commence par une jalousie effrénée, et cela se continue par le goût et l'habitude de la tyrannie.

Alain de Kermoereb, mon époux, est le meilleur des hommes, et cependant il n'a pas échappé à ce travers. J'ai dû sacrifier beaucoup du côté de l'amitié, surtout les premières années de mon mariage. Mais il arrive qu'il en est des amies comme des belles-mères: on est enchanté, à l'occasion, de retrouver leurs dévouements.

Celles qui n'ont pas résisté à cette épreuve d'une négligence apparente, commandée par les circonstances, n'étaient pas solides.

Tu veux que je te parle de ma vie: elle tiendrait dans quelques lignes.

J'ai été en effet sur le point d'être entraînée dans une destinée hasardeuse. Au moment même où tu partais pour l'Algérie, je faisais mes malles pour Cuba. Heureusement (ou malheureusement, on ne sait jamais au juste comment juger l'inconnu), l'héritage cubain nous est arrivé à Nantes et je suis tout simplement retournée en Bretagne plus riche et partant plus enviée.

La famille d'Alain, voisine de la mienne, qui n'avait pas vu d'un très bon œil l'inclination de son héritier pour ma simple personne, s'est adroitement rapprochée et, sans me faire beaucoup prier, je suis devenue Mme de Kermoereb, environ un an après ton départ.

Je n'ai pas eu à le regretter. Mon mari est bon, distingué et très croyant, ce qui nous permet de n'avoir qu'un cœur et qu'une âme. J'ai trois enfants qui sont ma joie, mon orgueil, mon tourment.

Notre fortune a subi quelques avaries, mais il nous reste de quoi vivre largement, sans inquiétude.

Et voilà! A vingt ans je trouvais ma vie brillante, romanesque même, à cause de l'inclination combattue d'Alain.

A cette heure, je la trouve d'une simplicité biblique.

Et toi? Est-il indiscret de te demander quelques détails sur la tienne? Où se sont perdus les enthousiasmes que tu soulevais quand tu paraissais dans une fête avec ta taille de sylphe, ton teint d'albâtre et tes yeux limpides, que tous les poètes comparaient à des étoiles?

Si tu me réponds sans réticence, M. mon mari ne verra pas ce passage de ta lettre, sa propre délicatesse l'en empêchera : cela, je puis te le promettre.

J'ai toujours l'humeur vive et peu patiente : ne me fais pas trop attendre ta réponse et crois à une tendresse qui va se réveillant heure par heure.

ANTOINETTE.

— La suite au prochain numéro. —

ZÉNAÏDE FLEURIOT.

LES ERMITES ET LE CALVAIRE DU MONT VALÉRIEN

I

Non loin de la colline à jamais sanctifiée par le martyre de saint Denis et de ses compagnons, une autre éminence fut, de bonne heure, illustrée par la vie exemplaire d'ermites qui rappelaient, aux portes mêmes de Paris, les austérités des anciens anachorètes des déserts de l'Égypte : nous voulons parler du mont Valérien, sur lequel s'éleva pendant plusieurs siècles un monument en l'honneur de la croix et de la passion du Christ rédempteur.

D'après les conjectures des savants du XVIIe et du XVIIIe siècle, le mont Valérien aurait pris son nom, au Ve siècle, de Valerianus Severus, le père de l'illustre patronne de Paris, sainte Geneviève, dans les domaines duquel il se trouvait enclavé. En souvenir de cette antique et respectable tradition, les ermites du mont Valérien reconnurent dès leur origine Nanterre pour leur paroisse et vouèrent une grande dévotion à sainte Geneviève, dont ce bourg avait été le berceau.

Vers l'an 1420, on trouve déjà sur cette éminence, et y vivant en reclus, un saint personnage du nom d'Antoine, auquel Gerson, alors chancelier de l'Eglise de Paris, donna, à sa prière, une règle de conduite spirituelle. Quelques auteurs prétendent qu'Antoine n'était pas le seul habitant de la montagne et qu'il y en avait d'autres encore, auxquels on avait confié le soin d'une chapelle de *Notre-Dame de Bonnes Nouvelles*, bâtie en ce lieu. Les guerres des règnes de Charles VII et de Louis XI virent la ruine de ces divers ermitages, et l'on ne trouve pas que, lorsqu'une pieuse fille, Guillemette Faussard, se retira en ce lieu, il y eût encore là ou aux environs quelque solitaire.

En 1556 donc, Guillemette Faussard vint habiter le mont Valérien et y vécut dans la plus stricte retraite. Née à Paris sur la paroisse Saint-Sauveur, elle donna ce vocable à la chapelle qu'elle fit bâtir sur la colline, des aumônes de Henri Guyot et de Gilles Martine, et qui existait encore avant la révolution de 1789. Du Breil rapporte de cette pieuse fille que, lorsqu'on bâtissait sa chapelle, toutes les nuits, après sa prière, elle allait chercher de l'eau au pied de la colline et la portait à l'endroit où l'on travaillait, en telle quantité qu'elle suffisait aux maçons pour toute la journée. Il ajoute qu'elle ne mangeait jamais de viande, n'usait souvent que de pain et d'eau, rarement d'œufs et de poisson, se contentant presque de la sainte communion pour nourriture; qu'ayant ainsi continué l'espace de cinq ans, elle mourut en 1561, épuisée de jeûnes, de veilles et de travaux. Elle fut inhumée à l'entrée de la chapelle.

L'abbé Chastelain, en son *Martyrologe*, marque son décès au 26 décembre et la qualifie de *vénérable*.

Un nouvel éclat allait se répandre sur cette solitude. Jean du Houssai, né à Chaillot, après avoir été dans sa jeunesse au service du président de Mégrigny, reçut chez les Chartreux l'habit d'ermite, puis vint habiter la cellule où Guillemette Faussard avait vécu. La prière et la lecture étaient son occupation presque continuelle, à moins que quelques personnes ne le vinssent voir avec la permission de l'évêque de Paris ou du pénitencier pour recevoir de lui « quelque consolation ». Il mourut, à l'âge de soixante-dix ans, le 3 août 1609, jour auquel l'abbé Chastelain l'a placé en son *Martyrologe*, sous le nom du *vénérable Jean du Houssey de Hussetot*. Il fut enterré auprès de sœur Guillemette, en présence du clergé et de plusieurs grands seigneurs.

La sainte vie de ce solitaire en avait attiré d'autres dans le voisinage. De ce nombre fut Thomas Gugadoy, de Morlaix, qui obtint, le 12 octobre 1574, la permission de s'y fixer. Pierre de Bourbon, de Blois, trouvant la cellule de Jean du Houssai vacante, en 1609, s'y enferma aussi et y demeura jusqu'à sa mort, arrivée le 5 septembre 1639; l'abbé Chastelain le qualifie de *vénérable*. Jérôme de la Noue, dit Séraphin, y vint aussi demeurer, et, en 1613, Robert Pile, procureur au Parlement, avait également permis à quelques ermites de résider sur le tertre.

Il n'est parlé, dans les auteurs du commencement du XVIIe siècle, que de ces trois ou quatre ermites, parce qu'ils menèrent une vie toute extraordinaire; mais il est très probable qu'il y en eut d'autres. Dans la suite et avant le milieu du XVIIe siècle, le nombre des reclus s'était fort augmenté; ils formaient une communauté, ce qui continua toujours depuis. Ils obéissaient tous au même supérieur, qui devait examiner leur vocation à la vie érémitique, qui les recevait et leur donnait l'habit, et sans la permission duquel ils ne pouvaient rien entreprendre d'important. Ils suivaient la règle qu'ils avaient reçue d'Hébert, pénitencier de Paris, et qui fut confirmée en 1624.

La vie de ces ermites était très pénitente. Ils ne mangeaient que des légumes ; ils travaillaient eux-mêmes à la terre ou à faire des bas au métier ; leur habit était pauvre et rude, leur silence presque perpétuel. Ils priaient beaucoup : ils avaient chacun leur cellule et une chapelle commune, où ils entendaient la messe et récitaient leur office aux différentes heures prescrites. Ils étaient tous laïques, au nombre de onze ou douze, en 1735. Ils dépendaient de l'archevêque de Paris, qui leur nommait un supérieur. Ils ne s'engageaient point par des vœux et ils avaient la liberté de se retirer quand ils le voulaient. Un séculier nommé Vallart, mort en 1702, avait passé parmi eux les six dernières années de sa vie dans une austère pénitence. On lui trouva le corps entouré de chaînes. Autrefois, ils venaient faire leurs Pâques à Nanterre, leur paroisse ; mais cet usage changea depuis la bénédiction de leur chapelle. La dédicace solennelle en fut faite le 2 juillet 1741, sous le nom de *Verbe incarné* et de la sainte Vierge, et le lendemain le curé de Nanterre, M. de l'Épine, y célébra la messe.

L'érection d'une croix au mont Valérien remonte au commencement du XIIIe siècle. Par la suite, on avait jugé à propos de la changer de place et même d'en élever trois, ce qui fit que, sous le règne de Louis XIII, l'usage était déjà établi à Paris de l'appeler *la montagne des trois Croix*. Comme ces trois croix rappelaient plus sensiblement à la mémoire l'image du Calvaire de Jérusalem, cette circonstance contribua beaucoup à faire naître dans l'esprit du pieux solitaire Charpentier l'idée d'y transférer l'établissement du Calvaire de Bétharam, dans l'intérêt de la nombreuse population de Paris.

Hubert Charpentier, prêtre du diocèse de Meaux, était né à Coulommiers en 1563 ; il fit ses études à Paris et, après y avoir embrassé la profession ecclésiastique, il prit ses degrés en théologie et fut bachelier en Sorbonne. Il enseigna ensuite la philosophie à Bordeaux. Là, ses talents, soutenus par ses vertus, lui attirèrent l'estime de l'archevêque d'Auch, qui résolut de l'associer à ses travaux apostoliques, et bientôt après il l'employa avec succès dans les visites et les missions dans les localités les plus éloignées et les plus sauvages de son diocèse.

A Garaison, où Charpentier se sentit attiré par la grâce d'en haut, existait une petite chapelle déjà ancienne, en l'honneur de la sainte Vierge ; les guerres de religion avaient fait sentir leurs ravages à ce sanctuaire, que le saint prêtre rétablit et fit refleurir. Puis il tourna ses regards vers un autre sanctuaire, celui de Bétharam, qui servit depuis comme de plan et de modèle à celui qu'il inaugura sur le mont Valérien pour honorer la croix de Jésus-Christ.

Arrivé à Paris, Charpentier pensa que la première démarche à faire était de se rendre à la cour et d'y solliciter la faveur du cardinal de Richelieu. Il obtint tout le succès qu'il pouvait espérer. Non seulement le grand ministre reçut le saint prêtre avec bienveillance, mais son projet parut lui être fort agréable : il ordonna qu'il serait exécuté au plus tôt et y contribua libéralement d'une somme considérable. Un ecclésiastique, curé dans le voisinage, se chargea du soin de surveiller les travaux, ce dont il s'acquitta avec autant d'exactitude que de succès.

Dès le 12 septembre 1634, Charpentier avait obtenu de l'archevêque de Paris (Paul de Gondi) la permission de construire une chapelle et d'y établir treize prêtres, sous la juridiction de ce prélat.

Ce qui fit le plus d'impression sur l'esprit du saint homme, ce fut la position de la montagne, qui, située aux portes de Paris et sur le bord de la Seine, se montre à tous ces lieux de divertissements et de joie qui règnent à l'entour de la grande ville et rappelait son immense population à une vie plus chrétienne.

Dans les années 1649 et 1652, cette éminence fut préservée, par une grâce extraordinaire, de profanations qu'en tout autre endroit la prudence humaine n'aurait pu empêcher. Les fureurs de la guerre civile avaient alors pénétré jusqu'au cœur de l'État. Toute la campagne aux environs de Paris était couverte de soldats étrangers, surtout d'Allemands, dont la licence n'avait point de bornes et qui causaient d'affreux désordres dans tous les endroits sur leur passage. Quels furent l'étonnement et l'admiration des chrétiens en voyant ces hommes s'incliner et comme dominés par un respect involontaire, à la vue de l'église du mont Valérien et de la croix qui surmontait cette éminence !...

Charpentier mourut, à Paris, le 16 décembre 1650, âgé de quatre-vingt-neuf ans, dans la maison du curé de Saint-Jean en Grève. Son cœur fut porté à Bétharam et son corps au mont Valérien, où il reposait au milieu de la nef, avant la dévastation de 1793.

En 1657, sept ans après la mort de Charpentier, son successeur pensa, de l'avis des vicaires généraux, à vendre la maison et son revenu aux religieux du tiers ordre de Saint-François; mais cette vente n'eut point lieu. Trois ans après, en 1660, le nombre des prêtres de cette communauté se trouva fort diminué ; il était réduit à deux. Un peu plus tard, les Dominicains réformés de la rue Saint-Honoré se portèrent acquéreurs des logements et des biens de la communauté (1663). Enfin, en 1664, tout reprit son train ordinaire; les Dominicains abandonnèrent le mont Valérien, où revinrent les ecclésiastiques et les ermites dépossédés.

Pierre Couderc, prêtre toulousain et vicaire de Saint-Sulpice de Paris, fut celui qui travailla ensuite le plus à rétablir la régularité de cette communauté (1666). Quelques mois avant qu'il en fût élu supérieur, les curés de la ville et des faubourgs de Paris s'étaient unis à cette congrégation, ce qui leur donna la faculté d'y aller officier dans le temps des fêtes de la Sainte-Croix, et ce fut aussi par suite de la résidence qu'y fit le vicaire de Saint-Sulpice, que le clergé de cette paroisse demeura depuis très affectionné à la communauté du mont Valérien.

L'église de ces prêtres fut consacrée le dimanche 10 octobre 1700; trois autels y furent élevés : le premier sous le titre de la *Croix*, le deuxième sous celui de la *sainte Vierge* et le troisième sous celui de *saint Joseph*. Dans le fond de l'église on voyait la représentation du sépulcre de Notre-Seigneur, dont les statues étaient de grandeur naturelle. Trois hautes croix ornaient le devant de la terrasse, comme par la suite à la veille de 1830.

Aussitôt que le nouveau Calvaire fut commencé, des princesses, des seigneurs de la cour s'empressèrent de participer à cette bonne œuvre. La princesse de Condé fut la première qui signala son zèle pour la croix; elle fit bâtir une chapelle en l'honneur de la Passion de Jésus-Christ et, à son exemple, la princesse de Guéménée et Mme de Guise, abbesse de Montmartre, en firent aussi construire deux sur le même modèle. Peu de temps après, on vit s'élever deux autres chapelles par les libéralités du duc de Joyeuse et du marquis de Liancourt, et insensiblement la montagne fut ornée des sept chapelles qu'on y voyait avant 1789. On choisit les artistes les plus distingués pour représenter les différentes circonstances de la Passion; ce qui fut exécuté avec autant de zèle que de succès.

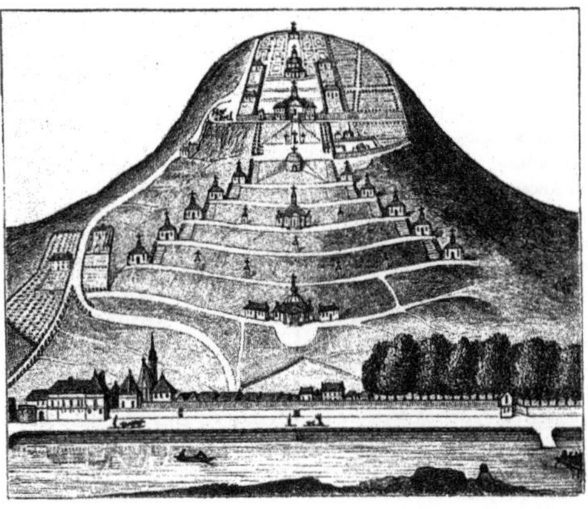

Le mont Valérien au XVIIe siècle, d'après une estampe gravée par F. Cochin.

Ce fut ainsi que le mont Valérien se changea tout à coup en une terre de bénédiction : les grands comme les petits, les riches comme les pauvres y accoururent de tous côtés. La reine mère, Anne d'Autriche, et la reine Marie-Thérèse se firent un devoir et un honneur de prendre part à cette grande dévotion. Depuis, ce lieu fut fréquenté pendant toute l'année, surtout dans la semaine sainte et dans le mois de septembre pour la fête de l'Exaltation de la sainte Croix.

— La fin au prochain numéro. —

CH. BARTHÉLEMY.

LA SOCIÉTÉ DE MARIE RÉPARATRICE

Parmi les Congrégations religieuses de femmes qui se sont fondées dans ces dernières années, la Société de Marie Réparatrice occupe, on peut l'affirmer, un des premiers rangs.

Instituée pour « réparer autant que possible, en union avec la bienheureuse Vierge Marie, les outrages faits à Dieu, principalement dans le sacrement de l'Eucharistie, et le mal causé à l'humanité par les crimes qui suscitent la colère divine », la Société de Marie Réparatrice veille, pour ainsi dire, au chevet du monde moderne. Pendant que les hommes envoient aux oreilles de Dieu les éclats de leurs impiétés et le tumulte de leurs blasphèmes, les lèvres bénies des vierges y font monter un concert de voix qui conjurent sans relâche les châtiments de la divine Justice.

C'est à l'initiative d'une grande dame belge, la baronne d'Hooghvorst, que le pieux institut doit sa naissance. Mme d'Hooghvorst avait vu de près le monde; elle en avait approfondi les misères et sondé les plaies. Frappée du péril que les mauvaises mœurs et les doctrines malsaines faisaient courir à ses contemporains, elle conçut la pensée d'opposer à la propagande du mal celle du bien.

Une telle femme mérite d'être connue; nos lecteurs nous seront donc reconnaissants de leur dire en quelques mots ce que fut cette nouvelle sainte Chantal qui, à l'existence la plus recueillie, sut unir l'activité la plus féconde. Quand on aura vu la fondatrice à l'œuvre, on connaîtra mieux l'institut.

Émilie d'Oultremont naquit le 11 octobre 1818, au château de Wégimont (Belgique). A dix-neuf ans, elle épousait le baron d'Hooghvorst, et restait veuve à vingt-sept ans, avec quatre enfants : deux fils et deux filles.

Pour supporter le poids de son veuvage, Mme d'Hooghvorst se réfugia chez ses parents, chrétiens d'une vive piété et d'une charité ardente. Son père, M. le comte d'Oultremont, avait pendant fort longtemps exercé les fonctions de ministre plénipotentiaire de la Belgique auprès du Saint-Siège, et toujours il avait mis sa personne et son dévouement au service de l'Église. Dieu l'ayant rappelé à lui, ainsi que la comtesse d'Oultremont, la baronne d'Hooghvorst, qui avait déjà arrêté en secret son dessein de se donner à Dieu, vint fixer sa résidence à Paris. Depuis son adolescence, elle avait montré une grande dévotion à l'égard du Saint-Sacrement; ces aspirations mystiques redoublèrent devant le tabernacle. Chaque fois que la sainte veuve était en prière, une voix mystérieuse l'adjurait d'abandonner le monde. Le 8 décembre 1854, jour de la proclamation du dogme de l'Immaculée-Conception, Mme d'Hooghvorst n'y tint plus. Cédant aux suggestions de la grâce, elle résolut de fonder une Congrégation nouvelle. Pour en arriver là, il lui fallait s'éloigner de son pays natal, où des obstacles divers auraient pu entraver ses projets. Ce fut à Paris qu'elle vint s'établir, dans l'hiver de 1855, et le 21 novembre de la même année, elle jetait les fondements de la Société de Marie Réparatrice, en ouvrant, rue de Monsieur, une modeste chapelle, qui fut, dans la suite, transférée à Vaugirard.

Les commencements de l'ordre nouveau furent bien humbles et bien cachés. En dépit des épreuves qui leur furent dès le début infligées, Mme d'Hooghvorst et ses compagnes persévérèrent si bien dans leur projet que, vers la fin de novembre 1856, elles prenaient le chemin de Strasbourg, où Mgr Rœss, lié depuis longtemps avec la famille d'Oultremont, les accueillit avec une évangélique bienveillance. Il leur donna l'habit religieux le 1er mai 1857. Elles étaient au nombre de onze. Mme la baronne d'Hooghvorst prit alors le nom de Marie de Jésus.

Bientôt après, elle eut la consolation de voir ses deux filles, appelées à la vie religieuse, la suivre dans la Société de Marie Réparatrice. La plus jeune, Marguerite-Marie, était entrée en religion à l'âge de quinze ans, sous le nom de « Marie de Sainte-Julienne de Cornillon ». Ceux qui l'ont connue peuvent lui appliquer cette parole d'Isaïe : « Elle ne fera point de bruit; on n'entendra pas sa voix au dehors. » Cette voix que le monde n'entendit point frappa néanmoins l'oreille du divin Époux des vierges, et Marie de Sainte-Julienne était à peine âgée de vingt-deux ans, que Jésus-Christ l'appelait pour l'introduire sans doute parmi les chœurs des Vierges.

Sa sœur, Olympe-Marie, l'avait devancée dans la vie religieuse et lui survécut quelques années. Dès l'âge de quatorze ans, Olympe-Marie disait adieu au monde. « Lorsque j'étais jeune encore, aurait-elle pu dire avec l'*Ecclésiaste*, avant de m'écarter des voies de la justice, j'ai cherché la sagesse dans la prière. » Olympe-Marie d'Hooghvorst prit le nom de Marie de Saint-Victor. Atteinte de bonne heure du mal qui devait la terrasser, elle disait au milieu de ses souffrances : « Jésus veut que j'aie un courage tel que, rien d'humain ne pouvant me soulager, son bon plaisir seul soit la règle de toute ma vie. »

Elle fut aussi moissonnée dans sa fleur : le 14 décembre 1872, elle mourait dans la maison de Bruxelles, âgée de vingt-neuf ans, après avoir passé quinze années de sa vie au pied des autels pour réparer les péchés des hommes. A sa vénérable mère que frappaient des coups si cruels, elle eut le droit de dire comme Blesilla disait à sainte Paule : « Vous m'avez aimée, ô ma mère, et par vos sages conseils vous m'avez élevée et consacrée dans la pratique de la vertu... Je suis dans la compagnie de la Mère de Dieu et des Bienheureux... Je vous plains d'être encore retenue captive dans ce monde. »

La T. R. Mère Marie de Jésus offrit ainsi les prémices de son cœur pour obtenir du divin Maître la consécration de l'Ordre nouveau. Le sacrifice de la mère et l'intercession des filles attirèrent sur la société naissante les bénédictions du ciel : les postulantes affluèrent et les maisons se multiplièrent. Dès le mois de septembre 1859, la T. R. Mère Générale avait, à la demande du R. P. Saint-Cyr, de la Compagnie de Jésus, envoyé quelques-unes de ses filles travailler à la mission du Maduré, aux Indes Orientales. Depuis, l'île de la Réunion et l'île Maurice ont obtenu la même faveur. Toulouse et Tournai reçurent successivement des essaims de la maison mère.

Mais cette extension ne suffisait pas au zèle de la pieuse fondatrice : de sa nature, son œuvre était universelle; il lui fallait la sanction du Saint-Siège, afin de pouvoir l'établir en tous lieux, selon que les circonstances le permettraient. La Mère Marie de Jésus le comprenait; elle voulut donc avoir une maison à Rome. Au début de son pontificat, Pie IX avait honoré le comte d'Oultremont et sa fille d'une particulière estime. Lorsque cette même baronne d'Hooghvorst, devenue Mère d'une famille religieuse, vint le prier d'approuver ses constitutions, le vénéré Pontife se montra, dès l'abord, plein de sollicitude pour un Institut né le jour même où il promulguait solennellement le dogme de l'Immaculée-Conception. Après mûr examen, il accorda l'approbation désirée, et, peu à peu, la Société compta de nouveaux établissements : Londres, Liège, Le Mans, Nantes, Bruxelles, Notre-Dame de Liesse, Pau, Séville et, plus récemment, Barcelone, la virent tour à tour élever des autels où le Dieu de l'Eucharistie est chaque jour exposé aux adorations des fidèles.

Tant de soins et de travaux devaient consumer promptement une existence si remplie. La santé de la Mère Marie de Jésus, depuis longtemps altérée, déclina insensiblement, et l'espoir que nourrissaient les religieuses de garder encore pendant plusieurs années leur supérieure générale fut bientôt perdu. Les assistantes conseillèrent à la vénérable malade de quitter le couvent de Rome pour se rendre à celui de Bruxelles, espérant que l'air natal prolongerait ses jours. Hélas ! les fatigues du voyage aggravèrent ses souffrances. A peine avait-elle pris congé de la Ville éternelle, que la Révérende Mère était forcée de s'arrêter à Florence, chez l'un de ses fils, le baron Adrien d'Hooghvorst. C'en était fait d'elle. Au bout de quelques jours, le mal fit de tels progrès qu'il ne fut plus possible de se faire illusion sur le dénouement. La mort était proche. Prévenue de l'imminence du danger, l'une des assistantes générales accourut auprès de la mourante et ne la quitta qu'après avoir reçu son dernier soupir. Sa Sainteté Léon XIII, qui avait connu jadis la baronne d'Hooghvorst, pendant sa nonciature en Belgique, lui envoya la bénédiction apostolique pour le moment suprême. Peu après avoir reçu cette consolation dernière, la Mère Marie de Jésus s'éteignait doucement, sans agonie. C'était le 22 février 1878, quinze jours environ après Pie IX !

Il ne nous appartient pas de retracer le tableau de cette sainte vie que n'épargnèrent, hélas ! ni les contradictions ni les souffrances. Ainsi que l'a dit un de ses biographes, Mme d'Hooghvorst mérita qu'on lui appliquât ces paroles de saint François de Sales : « Les bons y trouveront beaucoup à admirer et les méchants rien à reprendre. » Mais ce serait oublier le trait caractéristique de cette grande âme que de ne pas indiquer d'un mot au moins l'objectif de l'œuvre qu'elle a fondée.

Ainsi que nous le disons plus haut, la Société de Marie Réparatrice a pour but de réparer par la prière et les bonnes œuvres les injures faites à Notre-Seigneur Jésus-Christ. Le Saint-Sacrement est exposé tous les jours dans la chapelle de chaque maison, et l'Adoration n'y est jamais interrompue. Des retraites sont données aux dames du monde, le catéchisme est enseigné aux enfants et aux adultes qui le demandent, et l'instruction religieuse procurée aux personnes qu'une éducation insuffisante et hétérodoxe a écartées du catholicisme. En outre, une collection d'excellents livres est mise à la disposition des fidèles, qui trouvent dans les bibliothèques de Marie Réparatrice un élément pour leur intelligence et pour leur cœur.

Le costume des religieuses est bleu et blanc ; certains détails rappellent le gracieux et virginal vêtement sous lequel la Vierge de Lourdes s'est montrée à Bernadette Soubirous.

Le 1er mai dernier, plusieurs jeunes filles prenaient l'habit au couvent de Tournai. Parmi les nouvelles novices figurait une nièce de M. Victor Lecoffre, notre Directeur, Mlle Marie d'Ogny. Cette cérémonie a inspiré à une religieuse de la Société des Dames de la Croix, de Saint-Quentin, tante de Mlle d'Ogny, la pièce de vers que voici. Ainsi que nos lecteurs le verront, les sentiments les plus touchants s'y mêlent à un accent lyrique des plus heureux. Il est vraiment impossible de traduire avec plus de poésie les idées que suggère une solennité à la fois si majestueuse et si émouvante (1) : OSCAR HAVARD.

A MA NIÈCE

AU JOUR DE SA PRISE D'HABIT

1er *mai* 1881.

—

Ogni cosa per Dio.

Dans les boutons éclos l'air passe avec ivresse,
Et de chaque pétale émane un doux espoir ;
Ainsi près d'un berceau s'incline la tendresse
A l'aube d'une vie encor bien loin du soir.
Gracieuse elle était, la petite Marie,
Souriante toujours, la candeur dans les yeux,
La douce joie au cœur... Aimer, être chérie,
N'est-ce pas dans l'exil un délice des Cieux ?...

Il est pour ton Jésus, pour toi, Vierge bénie,
Cet ange d'ici-bas, objet de tant d'amour ;
De son cœur fais un lis pour charmer, ô Marie !
Ta virginale cour.

Comme une tendre fleur s'ouvrant à la rosée,
Déjà son âme aimante a la soif des élus ;
Dans ce calice pur la grâce est déposée :
En tout l'enfant veut plaire au *petit bon Jésus...*
Elle embrasse, elle étreint son adorable image,
Dans un amour naissant qui toujours grandira.
Pour Lui ses petits doigts font leur premier ouvrage,
Prémices des bienfaits que sa main répandra.

Spectacle ravissant ! Sous les yeux de sa mère,
Marie est à genoux, comme un beau chérubin :
Elle bégaye à Dieu sa naïve prière,

---

1. Pour l'intelligence de certains passages des vers qu'on va lire, nous croyons utile de faire connaître que l'auteur appartient à la communauté des *Dames de la Croix*, dont la maison mère est établie à Saint-Quentin (Aisne).

L'ordre des Dames de la Croix date de 1625 ; il a été complètement restauré et transformé en 1837. Ses constitutions sont basées sur l'esprit de saint Ignace. Ces Dames s'occupent avec dévouement de l'éducation des jeunes filles de la classe élevée. Les succès annuels de leurs élèves devant les commissions universitaires pour l'obtention des brevets, sont une des preuves de l'instruction solide et variée donnée par les religieuses de la Croix.

L'ordre possède plusieurs maisons en France et une en Angleterre, à Bournemouth, près de l'île de Wight.

Qui se mêle au doux chant des oiseaux du matin.
Cher petit ange, ô lis que la grâce décore,
Ah ! puisses-tu toujours échapper aux autans !
Que ton âme encor belle, au soir comme à l'aurore,
Jouisse dans son hiver d'un éternel printemps !

Elle nous apparaît brillante d'innocence ;
N'en soyons pas surpris : à la Reine du Ciel
Consacrée à toujours dès avant sa naissance,
Elle était le beau lis offert à l'Éternel
Sur la terre d'exil, heureuse destinée !
Les Anges du Seigneur voudraient nous la ravir ;
Au dixième printemps, sa tige est inclinée (1),
La Vierge la relève et la fait refleurir.

Elle est pour ton Jésus, pour toi, Vierge bénie,
Cette petite enfant, objet de tant d'amour ;
De son cœur fais un lis pour charmer, ô Marie !
Ta virginale cour.

Entre le tendre amour d'une mère chérie
Et les baisers si doux d'un père bien-aimé
Le bonheur a bercé la petite Marie ;
Mais de pleurs ici-bas tout sentier est semé.
Du cher nid si moelleux de sa première enfance
Il faut prendre son vol pour un site lointain !
Blanche colombe, va ! la tendre vigilance
Des Vierges de la Croix fleurira ton chemin.
Une mère a rendu la tâche bien facile ;
Un père a prodigué de très sages leçons.
Les Épouses du Christ, dans leur pieux asile,
Vont l'enrichir encor des plus précieux dons.
Bientôt elle s'assied au Festin angélique,
Mangeant le Pain d'amour pour la première fois ;
Dès lors elle goûta la Manne eucharistique
Et du Dieu de son cœur suivit les moindres lois.

Toute petite encore, elle versait des larmes
A l'émouvant récit des tortures d'un Dieu :
Elle trouve aujourd'hui des attraits pleins de charmes
A les approfondir dans l'ombre du saint Lieu.
Comme une douce étoile à la voûte azurée,
Sa médaille brillait sur le ruban d'honneur ;
De sa mère du Ciel c'est la chère livrée,
Et le gage certain de sa pieuse ardeur.

Elle est pour ton Jésus, pour toi, Vierge bénie,
La jeune adolescente, objet de tant d'amour ;
De son cœur fais un lis pour charmer, ô Marie !
Ta virginale cour.

Quitter son cher couvent, rentrer dans sa famille,
Sujets d'amers regrets et de douce gaîté !
Ce n'est plus une enfant, non, c'est la jeune fille
Dans toute sa fraîcheur, sa grâce et sa bonté.
La musique et le chant, les langues étrangères,
Un diplôme à Paris, forment un tout complet ;
Mais un voile est posé sur ces biens éphémères :
Sa modestie a craint un regard indiscret.

1. A dix ans elle eut une fièvre typhoïde et fut déclarée hors de danger le jour de l'Assomption.

Au foyer paternel ou dans la grande ville,
L'horizon de Marie est tout d'azur et d'or ;
Mais son âme, semblable à l'hirondelle agile,
Vers d'autres régions voudrait prendre l'essor.
Il lui faut et l'air pur, et les fleurs embaumées,
Le murmure des eaux, le silence des bois,
Les verts et frais gazons, les vagues argentées,
De la nature enfin l'harmonieuse voix.

La brumeuse Angleterre et la belle Italie,
Issoudun, Lourdes, Pau, la sauvage splendeur
Des monts Pyrénéens à la crête blanchie,
Ravissent tour à tour son esprit et son cœur.
Et pourtant tout pâlit sous une autre lumière :
Au soleil du bonheur on la voit tressaillir
Lorsque l'auguste main du successeur de Pierre,
Reposant sur son front, se lève pour bénir !

Elle est pour ton Jésus, pour toi, Vierge bénie,
L'heureuse jeune fille, objet de tant d'amour ;
De son cœur fais un lis pour charmer, ô Marie !
Ta virginale cour.

Dans ce monde enchanteur plus rien ne la captive,
Son regard attentif en vain sonde les flots :
Elle aspire à voguer, loin vers une autre rive
Dont son oreille entend résonner les échos.
Mais qui dirigera sa légère nacelle ?
Quel sera de l'esquif l'habile nautonier ?
Un nouvel Ananie au cœur rempli de zèle,
Disciple vertueux du saint monsieur Olier.

Il lit avec respect dans cette âme limpide
Les merveilleux secrets de sa pure beauté,
Et Marie a bientôt, sous son heureuse égide,
Du phare lumineux entrevu la clarté.
« A ce rayon divin fidèle je veux être ;
« Oui, là-bas, se dit-elle, habite le bonheur ;
« C'est le rivage aimé, le Ciel va m'apparaître...
« Jésus me tend les bras, m'offre son divin Cœur. »

Le monde étale en vain ses trop pauvres richesses,
A cette âme élevée il faut d'autres appas :
On la voit prodiguer de pieuses largesses
Que son ange gardien recueille pas à pas.
Le pauvre orphelin turc ou l'esclave d'Afrique,
L'enfant de la Syrie ou le lévite obscur,
Émeuvent tour à tour son âme apostolique :
Leur avenir sera plus heureux et plus sûr.

Elle est pour ton Jésus, pour toi, Vierge bénie,
La libérale enfant, objet de tant d'amour ;
De son cœur fais un lis pour charmer, ô Marie !
Ta virginale cour.

Soudain l'heure a sonné... l'heure du sacrifice !
Laisser tous ceux qu'on aime, oh ! oui, c'est bien navrant
Paraître indifférente à leur propre supplice
Lorsqu'on en est l'auteur, c'est plus, c'est déchirant !
L'âme, parents chrétiens, l'âme a de ces délires...
Le mérite et l'honneur sont aux cœurs généreux.
Tout le Ciel a pour vous d'ineffables sourires,
Votre fille a charmé le Roi même des Cieux.

Qu'elle parte !... Jésus recueille ce qu'il sème...
Un anneau pastoral orne aujourd'hui la main
Qui sur elle versa l'eau sainte du Baptême (1),
Et son front, pur encor, sera voilé demain !
Et de blanc et d'azur la Vierge Immaculée
Revêtira l'enfant de sa dilection.
Près du divin Captif son âme consolée
Apprendra les secrets de l'immolation.

Tu lui donnes ton nom, Reine de la Victoire ;
L'emblème de son cœur te dira son amour ;
Ses fleurs proclameront son zèle pour ta gloire
Elle veut être à toi jusqu'à son dernier jour.

Oui, reste, chère enfant, près de la Vierge Mère ;
Dans ta sainte ferveur va lui parler de nous.
Comme toi, je la trouve au sommet du Calvaire :
Là, toujours je te donne un pieux rendez-vous.

Elle est pour ton Jésus, pour toi, Vierge bénie,
Notre Réparatrice, objet de tant d'amour ;
Un lis est dans son cœur pour charmer, ô Marie !
Ta virginale cour.

Dans les boutons éclos l'air passe avec ivresse,
Et de chaque pétale émane un doux espoir.
Ainsi près d'un enfant s'incline la tendresse
Au matin d'une vie encore loin du soir.
Oh ! bien heureuse elle est, la fervente Novice,
Souriante toujours, la candeur dans les yeux,
La douce joie au cœur... De Jésus le service
N'est-il pas dans l'exil un avant-goût des Cieux ?...

1. Mgr Lamazou, évêque de Limoges.

A TRAVERS BOIS ET PRAIRIES

(Aout)

(Voir pages 202 et 297)

L'excès des chaleurs
A brûlé nos plaines,
A séché nos fleurs,
Tari nos fontaines.

Pourtant, soyez sans crainte, en dépit de la comète et quoi qu'en ait dit jadis Mme Deshoulières dans les quatre lignes de prose rimée ci-dessus, toutes les fleurs ne sont pas mortes, et nous en trouverons encore bien quelques-unes.

Si nous étions dans une région montagneuse, nous trouverions, vers dix-huit cents mètres d'altitude, l'étoile jaune d'or du bienfaisant arnica, les casques bleu sombre de l'aconit qui n'a pas encore cessé sa floraison et toutes les espèces de gentiane, depuis la *Gentiane acaule*, dont la fleur bleue s'ouvre à l'aube, pour se fermer dès que le soleil est un peu élevé au-dessus de l'horizon, jusqu'à la gentiane jaune, *Gentiana lutea*, dont la racine sert à préparer des extraits, des solutions vineuses ou sirupeuses, ou simplement une infusion dont l'action tonique et stomachique est souvent d'un grand secours dans les convalescences difficiles.

Mais nous ne sommes pas dans les montagnes, et nous devons nous contenter de ce que nous offre la Flore parisienne.

D'abord, si vous le voulez bien, nous allons nous occuper de toutes les plantes que nous avons négligées jusqu'ici, parce que nous savions les trouver encore fleuries pendant le mois d'août.

Cherchons le *Linum catharticum;* il est temps de le trouver, si nous voulons connaître sa fleur. Il aime les pelouses, les prairies et se plaît même dans les bois ombreux. Nous le rencontrerons sans nous déranger exprès de notre chemin.

Le *Linum catharticum*, très purgatif, appartient à la petite famille des *Linées*, que nous ferons bien de décrire tout de suite, car il n'est pas probable que nous ayons occasion d'y revenir.

Cette famille est composée de plantes ordinairement herbacées à feuilles sessiles, entières, éparses ou alternes et quelquefois opposées. La fleur des linées est régulière ; elle offre cinq sépales persistants, une corolle à cinq pétales caducs portés sur un petit onglet et à préfloraison contournée. Les étamines sont au nombre de cinq ; leurs filets sont réunis à la base par un petit anneau.

Toutes figurent parmi les plantes textiles et les plantes à graines oléagineuses ; elles sont donc doublement intéressantes.

Mais revenons au lin purgatif dont les feuilles sont opposées, la tige filiforme et rameuse, la fleur petite et blanche ; puis nous parlerons un peu aussi du *Linum usitatissimum*, ou lin cultivé, dont les délicates fleurettes bleu d'azur ont servi si souvent de terme de comparaison aux poètes et aux romanciers du temps où les blondes mélancoliques avec des yeux bleus étaient à la mode en littérature.

Aujourd'hui, la mode est changée ; on préfère... au fait, de quoi vais-je m'embarrasser là ? Revenons au lin, je vous prie, et laissons les poètes chanter le genre de beauté qu'ils voudront.

La graine de lin, vous le savez, fournit une huile qui sert à différents usages.

Réduite à l'état de farine, elle est employée comme émollient sous forme de cataplasmes.

On l'utilise encore en décoction dans les inflammations du tube intestinal. Lorsqu'on veut boire cette décoction, on la fait légère ; on la fait au contraire assez concentrée, lorsqu'on veut la prendre en..., c'est-à-dire lorsqu'on ne veut pas la boire.

Le mucilage obtenu par la décoction de la graine de lin a été analysé par Vauquelin qui y a trouvé : de la gomme, une matière azotée, de l'acide acétique libre, des acétates, des phosphates et des sulfates de potasse ; du chlorure de sodium, vulgairement dit *sel marin*, et de la silice.

Ne vous semble-t-il pas que je deviens un peu bien dogmatique à propos des linées? Il ne manquerait plus que de décrire les procédés de fabrication de l'huile ainsi que les diverses opérations : *rouissage, teillage, grattage*, etc., au moyen desquelles on dégage la fibre textile.

Vraiment il y aurait là de bonnes choses à dire, par exemple : ... Non, non! je m'arrête; je n'ajouterai rien de plus sur ce sujet aujourd'hui. J'en finirai avec le lin en disant que le principe actif du *Linum catharticum* est contenu dans les feuilles.

Interposez les feuilles de cette insignifiante petite plante à fleurs jaunes entre votre œil et la lumière. Que voyez-vous?

— Je vois que les feuilles sont criblées de petits points translucides, on dirait autant de trous.

— Vous avez raison, et c'est à cause de cela que nos ancêtres ont appelé cette plante *millepertuis*.

Il est le type d'une famille de plantes vivaces à laquelle on a donné le nom de famille des hypéricinées ou hypéricacées, nom qui dérive de celui de l'*Hypericum perforatum* dont nous nous occupons en ce moment.

Les points translucides que vous avez remarqués sur ses feuilles sont de petites glandes qui secrètent une huile essentielle.

Les sommités d'*Hypericum* entrent dans la composition de la thériaque.

L'*androsine officinale* ou *toute-saine*, qui ne diffère du millepertuis que par la forme de son fruit, était jadis employée comme tonique et vulnéraire. Elle est hors d'usage aujourd'hui.

— N'est-ce pas une bourrache, cette plante hérissée de poils raides, dont les feuilles inférieures sont pétiolées, les feuilles supérieures sessiles, et dont les fleurs sont d'un bleu si éclatant avec des pinceaux de poils surmontant les écailles qui protègent la gorge de la corolle?

— Non, ce n'est pas une bourrache, mais c'est une borraginée, l'*Anchusa* ou *Buglosse officinale*, dont les propriétés curatives sont actuellement très discutées. C'était encore une oubliée du mois de juin, la dernière.

Cette papilionacée, si commune dans nos champs et dont les fleurs jaunes disposées en épis allongés exhalent une odeur forte, assez analogue à celle du foin, c'est le mélilot, *Melilotus officinalis*. L'eau de mélilot est bonne pour laver les paupières dans certaines maladies des yeux; son action est légèrement astringente.

Quand vous croirez avoir cueilli assez de mélilot, prenez aussi quelques fleurs à cette plante toute couverte de duvet doux et blanc, qui donne au toucher l'impression du velours. Vous remarquerez que les feuilles inférieures sont atténuées en pétioles, et que les autres sont sessiles et d'autant plus petites qu'elles se rapprochent davantage du haut de la tige droite et robuste.

Les fleurs sont réunies en petits paquets sessiles formant un long épi termina' leur infusion est réputée pectorale.

Surtout, n'allez pas écrire sur le bocal où vous les enfermerez : « bouillon-blanc », on vous prendrait pour une ignorante. Mettez : *Verbascum thapsus* et un peu au-dessous en caractères plus fins : *Molène officinale*. Si vous tenez à ajouter bouillon-blanc, que ce soit entre parenthèses et en caractères minuscules.

Le *Verbascum* appartient à cette sinistre famille des solanees ou solanacées, si riche en plantes empoisonnées.

Le datura, l'*Hyoscyamus* ou jusquiame, l'*Atropa* ou belladone, le *physalis alkekengi* ou coqueret, qu'on administre contre la goutte et que certains malades ne peuvent supporter, le tabac, toutes les morelles depuis le *Solanum dulcamara*, douce-amère, jusqu'au *Solanum nigrum*, morelle noire, en passant par la jaune, la rouge et la verte appartiennent à la famille des solanées.

Il est vrai qu'à cette même famille appartiennent la pomme de terre, la tomate; mais n'allez pas croire que celles-ci manquent complètement à leurs traditions de famille! La feuille de la tomate renferme un principe âcre, et si au lieu de demander au *Solanum tuberosum* ses succulents turbercules, vous alliez manger ses baies, vous pourriez en éprouver quelques accidents.

La jusquiame, cette plante sinistre à feuilles velues, à fleurs gris jaunâtre, striées et ponctuées de violet sombre, est assez rare dans nos parages, ainsi que la belladone dont les fleurs d'un violet livide, rayé de brun, mettent un peu en défiance par leur aspect morne.

Les solanées contiennent toutes un principe narcotique plus ou moins âcre; quelques-unes, comme la belladone, agissent sur la vue en dilatant la pupille: toutes sont extrêmement dangereuses, souvent mortelles si elles sont administrées légèrement.

Ne les cueillez pas, regardez-les seulement pour les reconnaître et bien graver dans votre mémoire leurs caractères botaniques généraux, qui sont les suivants :

Plantes herbacées, feuilles *toujours alternes*, fleurs en général axillaires, mais naissant un peu au-dessus de l'aisselle des feuilles;

Calice monosépale à cinq divisions, corolle monopétale à cinq lobes et affectant en général la forme de roue, de cloche, de coupe ou d'entonnoir, étamines au nombre de cinq, insérées sur la corolle avec les divisions de laquelle elles alternent, un seul style portant un stigmate simple et terminant un ovaire unique, qui devient tantôt une baie, tantôt une capsule.

Maintenant rentrons en longeant le ruisseau, pour tâcher de rencontrer sur ses bords la salicaire, *Lythrum salicaria*, de la famille des Lythrariées.

La salicaire est astringente et vulnéraire. Vous la connaissez bien; c'est cette plante qui dresse ses longs épis de fleurs roses au bord des étangs et des ruisseaux ou à la lisière des prés humides. Sa tige, qui a rarement moins de cinq décimètres et qui atteint quelquefois douze décimètres, est pubescente à quatre ou six angles; ses feuilles sont opposées ou verticillées par trois.

le calice est hérissé, sans bractée, la corolle est formée de pétales insérés au sommet du tube du calice un peu au-dessus des étamines, et l'ovaire libre devient une capsule à deux ou quatre loges.

Vous n'aviez pas besoin de tout cela, je le vois, pour reconnaître la salicaire, puisque vous en avez déjà fait un si gros bouquet.

Je pourrais bien parler du *Papaver nigrum*, qu'on cultive en grand dans le Nord sous le nom d'œillette, pour extraire l'huile de sa graine, et qui est en fleur en ce moment; je pourrais passer de là au pavot blanc qu'on cultive en Orient pour en extraire l'opium, puis entamer une dissertation sur l'opium et la morphine, exposer leurs effets bienfaisants ou toxiques; mais si j'allais vous endormir en parlant de narcotiques!

Je ne veux pas courir ce danger et je me hâte de prendre congé de vous, pour ce mois-ci.

LUCIE ROUSSEL.

CHRONIQUE

Il fut un temps où les races chevaline, bovine, ovine et porcine avaient seules l'honneur d'être exhibées dans les expositions solennelles, où les animaux rares ou sauvages figuraient seuls dans les foires; voici maintenant qu'après avoir bien livré à la curiosité publique les quadrupèdes et les bipèdes des diverses races animales, l'homme paraît prendre plaisir à exhiber son semblable.

Presque chaque année, depuis cinq ou six ans, l'administration du Jardin d'Acclimatation fait venir des extrémités du monde et installer dans son parc des spécimens des tribus sauvages qui vivent encore plus ou moins de la vie de l'humanité primitive et qui en représentent les types. Ainsi, il nous a été donné de voir à Paris des Patagons, des Esquimaux, des Cafres: aujourd'hui il nous suffit de prendre l'omnibus de la porte Maillot et de débarquer au bois de Boulogne pour nous trouver face à face avec des habitants de la Terre de Feu.

Cette fois, l'administration du Jardin d'Acclimatation a bien fait les choses; car, pour être des sauvages sérieux, ce sont là des sauvages sérieux : des anthropophages, rien que cela! des gens qui, en regardant les visiteurs, roulent en eux-mêmes des pensées de convoitise, comme le gourmand qui regarde des ortolans ou des truites à l'étalage de Chevet; des gens enfin qui, s'ils savaient parler français, s'écrieraient à leur déjeuner: « Garçon! côtelette d'homme bien saignante avec beaucoup de cresson! » ou bien : « Langue de femme à la sauce poivrade! »

Rassurez-vous : il y a des barrières entre le public et les ogres du Jardin d'Acclimatation; et s'il vous prend fantaisie d'aller les visiter, vous n'aurez pas plus à craindre d'être dévoré par eux, que si vous alliez visiter Martin, l'ours, dans sa fosse du Jardin des Plantes.

La Terre de Feu est, vous le savez, cette île qui s'étend au sud de l'Amérique, au delà du détroit de Magellan, et qui se termine par le cap Horn. Terre de terreur : elle doit son nom aux volcans qui font trembler son sol; terre de désolation : tous les maux semblent s'y être réunis contre les misérables humains confinés dans cet enfer terrestre; terre de forfaits : royaume de la faim où le drame d'Ugolin dévorant ses enfants se répète sans cesse comme un des actes ordinaires de la vie.

Les Fuégiens sont anthropophages, et c'est la faim, la faim sans pitié, la faim délirante qui entretient chez eux cette effroyable coutume.

Point de moissons, point de troupeaux, point de gibier dans leur affreux pays : ils vivent de la pêche de quelques poissons ou de coquillages; mais quand la tempête sévit avec fureur, quand la pêche est insuffisante, ce qui arrive souvent, alors ils se tuent et se mangent entre eux.

Il faut leur rendre justice toutefois : un Fuégien ne met un autre Fuégien à la broche que s'il n'a pas l'occasion de s'offrir à la place un Européen, dont la chair lui semble bien autrement succulente que celle de ses maigres compatriotes; mais, que voulez-vous! même dans les ménages les mieux tenus, on ne peut pas manger de l'Européen tous les jours : faute de grives, on prend des merles...; ce qui revient à dire que lorsqu'un naufrage venu bien à propos ne remplit pas le garde-manger du Fuégien, le malheureux sauvage y supplée en dévorant sa propre famille.

Si la famine se prolonge, les Fuégiens se décident alors à manger leurs enfants... pour leur conserver leurs pères.

La Terre de Feu est si loin de nous; ses mœurs horribles sont si loin de notre imagination même, que nous avons peine à y croire et que nous nous permettons, sans songer à mal, des plaisanteries comme celles qui viennent de m'échapper. Mais, pour peu que nous réfléchissions un instant à toutes ces horreurs, — trop vraies, hélas! — la plaisanterie fera place à la plus poignante émotion.

Oui, la voilà cette pauvre humanité que Dieu a faite pour de si grandes, de si hautes et si heureuses destinées; la voilà quand aucune lumière morale ou intellectuelle ne s'est encore levée en elle : c'est presque la bête, qui ne peut pourvoir à ses besoins les plus urgents que dans les limites d'un instinct restreint, la bête chaque jour livrée aux mille hasards du froid et de la faim.

La plus cruelle privation des Fuégiens est peut-être le manque de feu : ils ne parviennent à l'allumer qu'avec des difficultés extrêmes, et ils le transportent partout avec eux comme les vestales transportaient le feu sacré de leur déesse. Ils ont des charbons allumés, même dans leurs pirogues; mais trop souvent ce feu s'éteint, et pendant les nuits glacées, sous le verglas, sous la neige, sous le vent soufflant du fond des mers australes, le Fuégien meurt du froid qui pénètre ses membres nus : car ces pauvres sauvages n'ont pas même des vêtements de peaux de bêtes. Il a fallu que l'administration du Jardin d'Acclimatation les vêtit un peu, car il était absolument impossible de les présenter au public dans tout le réalisme de leur costume national : les hommes ont reçu des caleçons de toile, les dames une sorte de jupe en peau de lama dont le grand costumier Worth n'a certainement point dessiné la coupe.

Qui le croirait? ces êtres étrangers à toute idée de civilisation ont déjà un goût prononcé pour quelques-uns de nos défauts : je ne veux pas dire de nos vices.

Quand un navire s'approche de leurs côtes, ils lancent leurs canots à la mer pour venir demander quelques vivres aux matelots; mais ce qu'ils veulent avant tout, c'est du tabac et des pipes : « Tabaco! tabaco! »

Les Fuégiens du Jardin d'Acclimatation se sont, paraît-il, embarqués eux-mêmes sur un navire qu'ils n'ont plus voulu quitter, tellement ils s'y trouvaient bien : songez donc! les pauvres diables n'avaient plus faim, on leur jetait de la viande chaque jour... Que pouvaient-ils souhaiter de plus? Manger... pour eux, l'idéal de la vie ne va pas plus loin, — manger! Ces femmes fuégiennes du Jardin d'Acclimatation ont même, à la fois, la satisfaction de manger et de ne plus être mangées.

On leur apporte régulièrement, comme aux animaux des ménageries, leur portion de viande, sur laquelle ils se jettent avec un appétit féroce : quelquefois ils la passent un peu sur le feu; souvent ils l'avalent toute crue en la déchirant à belles dents. Nos Fuégiens montrent d'habitude une assez bonne humeur, — quelquefois un peu d'ennui; la colère ne s'est manifestée chez eux qu'une seule fois, quand un photographe a voulu les saisir dans son appareil.

L'artiste avait beau leur crier : « Ne bougeons plus! » Ils bougeaient au contraire et se trémoussaient comme des diables; ils se dérobaient comme s'ils eussent vu devant eux un canon chargé à mitraille. Puis, ils faisaient des gestes suppliants qui semblaient dire : « Nous voulons bien être exposés comme des bêtes, recevoir notre nourriture comme des bêtes, subir comme des bêtes, ô Parisiens, toutes les humiliations de vos impertinentes curiosités et de vos cruelles ironies; mais il ne nous convient pas d'être photographiés comme des gens d'esprit tels que vous... »

Est-ce qu'en fin de compte les habitants de la Terre de Feu seraient moins naïfs qu'on ne pense?

Je ne peux m'empêcher de me demander avec quelque inquiétude ce que ces pauvres sauvages deviendront. Quand ils auront bien amusé la curiosité de Paris, on les emmènera ailleurs, dans quelque autre ville d'Europe; puis un jour viendra où leur vogue sera épuisée partout. Alors, qu'en fera-t-on? Ceux qui les ont amenés de la Terre de Feu les y reconduiront-ils? Non. Et il faudra que ces malheureux vivent : mais les hommes ne savent aucun état; mais les femmes ne seraient pas même capables de jouer du piano ou de broder des pantoufles en tapisserie. Après avoir connu la faim des pays sauvages, il leur faudra connaître la faim des pays civilisés.

Défiez-vous alors, ô Parisiens et Parisiennes! on ne sait pas ce qui peut advenir quand on rencontre sur son chemin des anthropophages sans emploi, doués d'un bon appétit et dépourvus d'argent pour le satisfaire.

Post-Scriptum. — On m'assure que les Fuégiens cannibales du Jardin d'Acclimatation songent à se faire concierges : cela ne me surprend guère.

On m'assure que les Fuégiennes songent à se faire admettre à l'Académie des femmes, projetée par Mlle Hubertine Auclerc : cela ne me surprend pas non plus.

ARGUS.

AVIS. — MM. les Souscripteurs dont l'abonnement expire à la fin de septembre sont priés de le renouveler au plus tôt, s'ils ne veulent pas éprouver de retard dans l'envoi de la SEMAINE DES FAMILLES. — Toute demande de renouvellement, toute réclamation, toute indication de changement d'adresse, doit être accompagnée d'une bande imprimée du journal et envoyée FRANCO à M. Victor Lecoffre. — Abonnement pour la France : un an, 10 fr.; six mois, 6 fr. — Prix du numéro : par la poste, 25 centimes; au Bureau, 20 centimes. — Les abonnements partent du 1er avril et du 1er octobre. — Les volumes commencent le 1er avril. — La SEMAINE DES FAMILLES paraît tous les Samedis.

PRIX DE L'ABONNEMENT POUR L'ÉTRANGER.

	UN AN	SIX MOIS
Europe, Canada, États-Unis et colonies françaises	11 fr. »	6 fr. 50
Pour tous les autres pays	14 »	8 »»

VICTOR LECOFFRE, ÉDITEUR, RUE BONAPARTE, 90, A PARIS. — Imp. de la Soc. de Typ. - J. Mersch, 8, r. Campagne-Première. Paris.

Le père Schaller se faisant lire une lettre d'Antoine.

MORT POUR LA PATRIE

La guerre de 1870 n'a pas dit son dernier mot en fait d'épisodes douloureux ou dramatiques.

Le noble orgueil des vaincus recueillera toujours avidement l'histoire de ces héroïsmes modestes qui sont la consolation de la défaite. C'est ainsi que, dans l'Est et surtout dans les provinces annexées, où la douleur se réfugie dans le souvenir, chaque village, chaque hameau a son drame de paroisse et son héros de clocher.

Nous traversions cette année une partie de l'Alsace et de la Lorraine et nous nous étions arrêtés au delà de Metz et de Saint-Avold, à Val-Ebering, dans une petite auberge propre et silencieuse comme toutes celles de ces contrées.

Sur un banc de pierre, en face de l'auberge, une vieille femme en haillons grelottait en marmottant des paroles inintelligibles.

C'est tout ce qui reste de la famille Schaller, autrefois une des plus nombreuses du pays : trois fils et deux filles sont morts en bas âge ou dans leur jeunesse. Antoine, le quatrième par ordre de date, est tombé au Mexique; le père devenu aveugle a été tué par les Prussiens. C'est de ces deux derniers que nous racontons aujourd'hui l'histoire.

Transportons-nous d'abord à quelques années en arrière, dans la ville de Mexico, où l'empereur Maximilien d'Autriche était parvenu, en juillet 1864, à l'apogée de son règne éphémère.

A cette époque, l'armée française, déjà maîtresse de toutes les villes importantes, poursuivait Juarès et les quelques partisans restés fidèles au dictateur, fuyant à travers les plaines désertes et brûlantes du Chihuahua.

Là-bas, comme chez nous en 1870, nos pauvres soldats étaient atteints plus encore par la maladie que par le feu.

D'étape en étape, les plus malades, les chroniques, étaient transportés à Mexico, où des ambulances vastes et bien pourvues avaient été aménagées. Un corps d'ambulanciers recrutés tant parmi les 2,000 Français qui habitaient la ville que parmi les commerçants et les fonctionnaires indigènes, donnait à ces malheureux exilés de tendres et généreux soins.

Dans la maison du centre, réservée aux grands malades, un pauvre soldat, qu'à son teint blond, à ses yeux bleus, à son accent, on reconnaissait aisément pour un conscrit de la Lorraine, s'éteignait peu à peu dans les longs épuisements d'une fièvre de langueur. Il y a déjà deux mois qu'il est à l'hôpital, résigné, souriant aux soins affectueux dont il est entouré; mais quand il est seul, il regarde fixement l'horizon du côté où on lui a dit que se trouvait la Lorraine; il revoit avec cette vivacité du souvenir propre aux mourants le village moitié briques, moitié chaume, bâti au penchant de la colline, le grand hêtre sur la place avec un banc tout autour, la vieille maison ornée de vignes, au-dessus de la maison une girouette en bois sculpté qui se balance majestueusement en criant sur ses gonds; puis dans la maison, la vaste pièce d'entrée pleine des allants et venants, l'horloge suisse qui sonna pour lui toutes les heures solennelles, la haute cheminée où brille un feu clair de genêts secs et de pommes de pin et la grande marmite d'où s'échappe une suave odeur de jambon; dans un coin un immense lit drapé de vert, celui où sa mère s'est éteinte il y a six ans. Il aperçoit dans l'ombre son aïeule chancelante; il s'arrête devant un grand vieillard aux cheveux blancs, bien qu'encore droit et vert, avec une casquette pourvue d'une large visière, comme s'il avait encore des yeux à protéger, appuyé sur un bâton noueux dont il tapote à chaque instant le parquet et les meubles. Le pauvre rêveur entend distinctement son nom sortir de cette bouche vénérée, il répond d'une voix émue à l'appel du vieillard; il voit celui-ci se lever, s'approcher vers lui d'un pas incertain et lui tendre les bras; il veut s'y précipiter, il s'élance; mais le brusque mouvement l'a réveillé et il se retrouve sur son lit d'hôpital, bien loin, hélas ! de sa patrie, du toit paternel, de tous les siens.

Toutefois ces images si chères allaient en s'affaiblissant chaque jour ; un brouillard de plus en plus épais l'entourait, comme celui qui se produit le soir, à l'approche de la nuit; il ne répondait plus que par monosyllabes aux voix dévouées qui se faisaient douces pour lui donner les consolations suprêmes.

Un des membres de l'ambulance se tenait à ses côtés, la main dans sa main qui était déjà glacée, et lui disait à mi-voix :

« Mon enfant, pensez à Dieu... pensez à votre père... avez-vous quelque chose à faire dire à votre père?

— Oui monsieur, une lettre et un peu d'argent, » et en murmurant ces mots, Antoine indiquait d'un œil mourant le sac suspendu à son lit.

Ce furent les derniers mots.

Le soir son gardien dénoua le sac et en retira une lettre jaunie et froissée, qui commençait par ces mots :

« Mon cher père, je te fais écrire par le fourrier pour te donner de mes nouvelles et t'envoyer un beau louis de 20 francs, qui provient d'une expédition que nous avons faite l'autre semaine en avant de Matamoros.

« Nous sommes dans un pays superbe et je me porte très bien. On dit qu'une fois la guerre finie, on nous laissera ici pendant un certain temps et qu'on nous fera travailler à la culture... Alors tu penses bien..... »

La lettre était interrompue, mais le lecteur continuait à la lire, comme si elle eût été écrite; il lui semblait que les yeux encore entr'ouverts du pauvre défunt l'encourageaient dans cette tâche...

« ... Oui, tu penses bien, mon cher père, que je ne t'oublierai pas, que tu auras ta part, et la plus grosse, de toutes les bonnes fortunes qui m'adviendront. »

L'ambulancier continue ses recherches; près d'une

petite médaille et d'une pelote en velours grossier bordée d'un galon jaune, se trouvait un paquet de lettres, des lettres de toute écriture, depuis la régulière calligraphie du maître d'école jusqu'aux caractères tremblés de l'écolier distrait, depuis les pattes de mouche commerciales d'un voyageur complaisant jusqu'au tracé pesant et bourbeux du garde champêtre; mais le fond appartenait bien tout entier au même homme. C'était une âme droite, un esprit élevé, un cœur tendre; il s'informait des moindres détails de la rude vie de campagne, prévoyait les dangers, les fatigues, les excès. Le mot *devoir* résonnait à chaque ligne, et on sentait que ce n'était pas un mot prononcé à la légère; tout était grave et digne dans ces lettres, avec une note à la fois touchante et triste; il était rare que le vieillard ne commençât pas sa lettre par remercier son fils pour un envoi précédent; il affirmait d'ailleurs qu'il n'avait besoin de rien, que des parents et des amis pourvoyaient abondamment à sa subsistance, et il suppliait son fils de ne plus penser qu'à lui-même, lui qui se trouvait si loin et si seul!

On pouvait s'assurer par les lettres subséquentes que le fils n'avait tenu aucun compte de ces affirmations trop désintéressées.

« Encore 15 francs le mois passé : je suis bien certain que tu épargnes sou sur sou pour m'envoyer d'aussi grosses sommes. Aussi, mon cher enfant, le pain que j'achète avec cet argent m'est-il bien amer, lorsque je songe à toutes les privations que tu t es imposées. » Quelquefois le vieux se trahissait : « Ah! ton petit boursicaut est joliment arrivé... encore quelques jours et j'aurais été forcé... » Puis il se reprenait aussitôt : « Mais non, je ne suis vraiment pas à plaindre autant qu'on le croirait : il faut si peu de chose pour un vieux de mon âge... »

A mesure qu'on avançait, l'accent devenait plus pénétrant et plus triste. « Ah! quel ennui d'être séparé de toi!.. Il me semble, mon cher fils, que je ne te verrai plus; si cela doit être, j'aime autant mourir tout de suite. »

Et faisant allusion à certains projets, sans doute, dont Antoine lui avait fait part :

« Si c'est ton avantage... si c'est la volonté de Dieu, reste là-bas, mon fils, ton vieux père à sa dernière heure ne t'en bénira pas moins; quant à aller te rejoindre, je suis bien trop bête d'habitude pour quitter le pays, et bien trop cassé pour affronter les fatigues du voyage. Puis, sans les yeux, comment ferais-je pour me retrouver en route? »

La dernière lettre contenait ces lignes touchantes : « Le facteur n'est pas venu ce mois-ci. O mon enfant, c'est la première fois que cela arrive et c'est le plus grand chagrin de ma vie, après la mort de ta mère et la perte de mes deux yeux. Je n'ai guère quitté pendant tout ce mois le seuil de la porte, écoutant si le pas du père Honoré ne résonnait pas au loin dans la route... Mon cher Antoine, sois toujours régulier : ne fais écrire qu'un mot, mais fais-moi écrire par chaque courrier; je ne saurais plus rester un mois sans avoir de tes nouvelles! » La date portait : 6 août... On était alors au 15 octobre.

Qu'était devenu le pauvre père pendant ces deux mois? les deux mois d'hôpital!

Que deviendrait-il, au reçu de la lettre funèbre, et comment rédiger cette lettre pour qu'elle ne fût pas un coup de foudre, un arrêt de mort pour le destinataire?

Le compatissant ambulancier, fidèle à la pensée du mourant, prit la plume et chercha les termes : « Un grand malheur..... un horrible événement..... Dieu vous frappe..... » Mais non..... il lui semblait qu'il faisait là office de bourreau et que chaque trait de plume était un coup de stylet enfoncé dans le cœur du pauvre père.

Vis-à-vis de lui, la face amaigrie du mort blémissait de plus en plus, et, était-ce le résultat de la contraction des traits, ou l'effet de l'imagination de l'écrivain? ce dernier remarquait sur ce pâle visage comme une animation étrange, comme un sentiment d'inquiétude et d'effroi.

Les morts entendent et voient mieux qu'on ne se l'imagine; leur âme affranchie pénètre jusqu'au fond des esprits et des cœurs, et c'est ainsi qu'il leur est permis parfois de correspondre avec des privilégiés et de leur communiquer de nobles et utiles pensées.

En effet, il venait de s'élever dans l'âme de l'ambulancier une inspiration qui lui sembla partir d'une région supérieure... Il recommença la lettre :

« Mon cher père, je viens t'annoncer une bonne et grande nouvelle; par suite d'une faveur d'en haut, je suis, à cette heure, complètement libéré, et j'occupe une place fort belle et qui ne peut plus me manquer. Je suis heureux de penser que je pourrai t'aider enfin comme tu le mérites, et que désormais tu n'auras plus besoin de rien.

« C'est un ami, un ami fidèle, un ami jusqu'à la mort, qui a pris soin de moi; c'est lui qui t'écrit ces lignes, et c'est à lui que je confierai désormais le soin de communiquer avec toi. Tu trouveras dans cette lettre 100 francs, qui vont te permettre de passer joyeusement les fêtes de la Saint-Jacques....

« Adieu, mon cher père. Je suis pour l'éternité ton fils chéri et reconnaissant,

« Antoine SCHALLER. »

L'ami jusqu'à la mort du pauvre Antoine, ainsi qu'il s'était nommé lui-même, regarda de nouveau l'enfant de sa protection.

O merveille! les traits étaient redevenus calmes, l'expression presque souriante; ses lèvres décolorées s'entr'ouvraient doucement, comme pour faire entendre une bonne parole, et son œil à moitié fermé laissait percer un tendre rayon du côté de l'écrivain.

L'image de la paix ne cessa de flotter sur ses modestes dépouilles, jusqu'au moment où elles disparurent dans le blanc linceul parsemé de roses que son ami disposa lui-même. A genoux près du lit, il répéta plusieurs fois une promesse devenue sacrée : il jura à l'enfant de ne jamais abandonner le père. Depuis ce temps, chaque mois le pieux Mexicain écrivit en Alsace, sans que ni le temps, ni la distance, ni les graves événements qui se succédèrent l'arrêtassent jamais. Ses lettres composèrent un véritable roman; car c'était toujours Antoine qui était censé les dicter, et on comprend toutes les difficultés d'une pareille tâche.

Après le départ de l'armée française et la chute de l'empire, on dut trouver des raisons plausibles pour que l'enfant de la Lorraine restât à Mexico. Il fallut donner bien des explications sur son genre de vie, sur sa situation, sur ses ressources... Bien souvent on était obligé de répondre à des questions embarrassantes : d'anciens souvenirs d'enfance étaient invoqués par le vieux Schaller. Il s'étonnait que son fils ne parlât pas de tel parent, de tel ami, de quelques circonstances qui avaient marqué dans la famille. Il y avait dans ses lettres des noms illisibles qu'on écorchait dans le courrier du retour, ce qui chagrinait ce fidèle Lorrain. « Tu as donc perdu la mémoire?... Ton oncle Rittballer est furieux... ta cousine Frederika dit qu'elle ne veut plus entendre parler de toi... les Eichenlaub t'accusent d'être un fiérot. Envoie-moi donc des compliments pour tout le monde. Ça fait bien dans le pays, et ça ne coûte rien... » Puis le père de demander pourquoi son fils ne se mariait pas... « Ah ! je comprends ce qui t'arrête, reprenait-il aussitôt : les cheveux de corbeau et les faces de cuivre ne sont pas de ton goût; tu préfères les teints de lait et les tresses d'or. »

Il eût voulu qu'il revînt en France pour les fêtes de Noël ou de Pâques.

Une fois, il rencontra une famille d'émigrants qui se rendait à Vera-Cruz. Il annonça aussitôt à Antoine que des compatriotes partaient chargés pour lui de lettres, de compliments, d'une blague brodée par la cousine Frederika, et de ses bénédictions paternelles.

C'était un grand danger, car une indiscrétion pouvait tout découvrir. Le bienfaiteur anonyme trembla pendant des semaines. On sut enfin que la colonie, ayant trouvé sur le parcours un établissement plus avantageux, avait renoncé à son premier voyage.

A quoi peut mener une bonne action ! De menteur le bon ambulancier en arriva à se faire faussaire. Une succession, si ce mot prétentieux peut s'appliquer à de vieux meubles et à quelques pauvres hardes, étant échue aux Schaller, on eut besoin de la signature d'Antoine; la signature, passe encore : comme il n'avait jamais su écrire que son nom en quelques gros traits mal tracés, il n'était pas difficile d'imiter ce dessin primitif; mais le notaire d'Alsace avait demandé qu'elle fût légalisée.

Le correspondant fit longtemps la sourde oreille, il épuisa tous les moyens dilatoires qu'il put imaginer; mais devant les instances impératives du vieux paysan, qui n'entendait pas perdre le bénéfice de son héritage, il fallut aviser. Grâce au désordre traditionnel qui règne dans les administrations mexicaines, un employé de chancellerie se chargea de revêtir la pièce à fournir de plusieurs sceaux, dont le notaire alsacien se contenta faute de mieux.

Quatre ou cinq ans s'étaient écoulés. Il y avait déjà quelque temps que l'armée d'occupation était retournée en France. Plusieurs pays d'Antoine, qui faisaient partie de l'expédition avec lui, étaient revenus dans leurs foyers. Deux d'entre eux demeuraient à quelques lieues du village habité par le vieux Schaller. Celui-ci avait voulu les interroger; heureusement la mort de son fils restait ignorée d'eux. Ce qu'ils avaient su, c'est qu'il était malade et qu'il avait été dirigé sur Mexico. Cela concordait assez bien avec ce qu'on leur apprit au village. Un certain nombre de nos soldats libérés, malades ou perdus, étaient restés au Mexique; il n'y avait rien d'étonnant à ce qu'Antoine fût un de ceux-là.

Cependant le charitable exécuteur testamentaire d'Antoine accomplissait avec une constance admirable la mission qu'il s'était imposée; bien plus, comme tous les cœurs ardents, il s'était attaché à cette œuvre sublime et avait pris au sérieux son rôle de fils aimant et dévoué. C'était avec l'accent d'une véritable tendresse qu'il écrivait à son père adoptif. C'était avec une sollicitude sincère qu'il veillait à tous ses besoins. Il lui semblait écrire son propre nom en signant : « Votre fils dévoué, Antoine. »

Son plus vif regret était d'être condamné pour toujours à l'incognito, et de ne pouvoir qu'à l'aide d'une supercherie chérir et consoler l'ancêtre que Dieu lui avait confié; il faut dire qu'il était en quelque sorte prédestiné à ce rôle charitable. Orphelin dès l'enfance, veuf sans enfants, il n'avait jamais connu la famille. Il aimait à se représenter son père tel qu'Antoine lui avait dépeint le sien : grand, avec un visage sévère, les yeux éteints, le front haut, la démarche et l'accent militaires.

Le vieux Schaller n'eût pu se présenter devant lui sans qu'il le reconnût aussitôt; il avait le pressentiment qu'un jour ou l'autre cette consolation lui serait réservée.

Cependant l'année terrible s'écoulait, et la fatale guerre de 1870 avait sonné son glas. Tous les enfants de la France étaient rappelés sous les drapeaux. A ce moment, une lettre vint de Lorraine, une lettre superbe :

« Mon fils, tu connais déjà sans doute la triste nouvelle : la France est envahie; on se bat en Lorraine et pour la Lorraine. Tous les fils du pays sont partis. Parmi les pères, ceux qui sont valides ont suivi leurs fils; il ne reste au village que les femmes, les enfants et les invalides comme moi.

« Tous sont venus me serrer la main en partant; pas

un ne m'a quitté sans me dire : « Et Antoine..? » J'ai répondu un mot, un seul : « Il revient. »

« Si cette lettre te trouve encore à Mexico..., mais non... tu es parti sans doute à la première nouvelle, et dans quelques jours, demain, aujourd'hui peut-être, tu viendras m'embrasser avant de rejoindre les autres. Ah! si je n'étais aveugle, bon à rien, Dieu sait si j'eusse marché, moi aussi, et si je me fusse battu... battu pour deux... A bientôt, mon fils. »

Cette fois, l'embarras était grand. Comment répondre à ce père magnanime, qui réclamait son fils au nom de la patrie en danger. Fallait-il encore mentir?

L'héroïsme enfante l'héroïsme. Le Mexicain eut une pensée sublime : il voulut remplacer Antoine jusqu'au bout... Il partit pour la France.

On comprend que le voyageur ne s'arrêta nulle part. Abordé au Havre, il parcourut la partie ouest de la France encore libre, mais déjà frappée de terreur. Partout un encombrement immense, un va-et-vient incompréhensible de mobilisés et de francs-tireurs à peine conduits. Un relâchement, un découragement, un désordre général, quoique cette région possédât par privilège un chef énergique et habile, qui sauva au moins l'honneur de sa petite armée.

Par delà Paris déjà investi c'était bien autre chose : c'était l'affolement; pis encore, c'était l'égoïsme! Des paysans qui, au passage des troupes françaises, avaient enterré leurs grains et fermé leurs portes; d'autres qui avaient fui, quelques-uns qui avaient pactisé!

Plus loin encore, autour de Metz, également cerné et dont on pouvait déjà prévoir le sort, c'était le silence et la désolation. Les arbres abattus, les maisons rasées ou incendiées, ce qui restait des familles du pays pleurant autour d'une ruine ou d'une tombe.

Toutefois l'étranger qui, grâce à sa qualité d'Américain, avait traversé toutes les lignes, n'apportait que de la pitié et de la sympathie pour tant de défaillances et de malheurs; plus d'une fois ses larmes coulèrent pendant la pénible route qu'il avait entreprise; plus d'une fois, pendant les longues heures d'attente dans les gares réquisitionnées par les troupes ou encombrées par les bagages, il put reprendre la livrée de l'ambulancier.

Enfin il dépassa Metz. Il fut obligé de faire de nombreuses courbes pour ne pas tomber dans des postes et éviter des formalités sans nombre. Il passa par Saint-Aignan, Courcelles, Saint-Avold, encore tout frémissant de l'horreur de la bataille; il arriva à Val-Ebering : c'était là. Le chemin défoncé et désert qu'il suivit aboutissait à l'église, une pauvre église, toute lacérée par les boulets comme un vieux drapeau qui a servi de point de mire.

Le chaperon du clocher avait été enlevé, et on apercevait la cloche qui pendait dans l'espace et qui avait perdu son battant, devenu inutile d'ailleurs! Qui aurait-elle appelé dans le temple, dont le curé lui-même avait été emmené comme otage en Prusse? Le village n'était plus représenté que par des monceaux de pierres et de bois. Quelques enfants, pieds nus, étaient assis au-devant d'un pan de mur, sans jouer ni sans rire. Sous une grange, ou plutôt sous ce qui avait été une grange, une femme encore jeune, mais pâle et se soutenant à peine, allumait des branches de sapin. On apercevait au loin quelques paysans en haillons qui avaient l'air de spectres et qui glissaient plutôt qu'ils ne marchaient, ainsi que des gens qui ont peur de tout ce qui les entoure.

L'étranger s'arrêta.

« M. Schaller? demanda-t-il à la pauvre femme qui s'était mise à le regarder d'un air hébété.

— Ah! le père Schaller! répondit-elle au bout d'un instant, comme si elle sortait d'un rêve.

— Oui. Où est sa maison?

— Elle était là... »

Et elle montra la ruine voisine de la sienne.

Le voyageur entra.

Deux ou trois murs et une portion du toit restaient debout. Un bahut renversé, une horloge arrêtée à neuf heures, une table à trois pieds, tel était encore l'ameublement. Sur la table, une poire à poudre et des capsules.

Un chiffon de papier humide sortait d'un des tiroirs. Il tira ce papier, et lut :

« Mon cher fils, le canon tonne, l'ennemi est là. C'est ton cousin Cretel qui t'écrit ces lignes et qui m'emmène. Je ne reviendrai probablement pas; mais j'ai voulu te faire savoir que ma dernière pensée..... »

La lettre n'était pas achevée. Le canon sans doute l'avait interrompue; il fallait donc suivre les traces du canon. Ah! il n'était pas difficile de les voir tout le long de la rue principale du malheureux village de Val-Ebering... Le voyageur parcourut cette voie douloureuse dans toute sa longueur. De temps en temps d'entre les ruines sortaient de sourds gémissements aussitôt étouffés. Les arbres étaient déchiquetés; les poutres, en tombant, avaient composé des échafaudages bizarres, et la neige, qui s'était amassée en abondance, formait un contraste singulier avec les débris noircis par l'incendie. Des pigeons sans pigeonnier erraient à l'aventure.

Au sortir du village, une ferme à peu près intacte présentait un aspect plus animé; il semblait que la vie, en se retirant de tous les environs, se fût concentrée là. Hélas! la vie n'existait qu'au dehors; car, pendant que des femmes aux tabliers blancs et des hommes dont le bras était marqué d'une croix s'agitaient dans la cour, au dedans des agonisants, étendus sur la paille, s'apprêtaient à mourir. On avait installé dans cette ambulance improvisée tous les grands malades, tous les blessés sérieux, tous ceux que leur état n'avait pas permis de transporter plus loin.

Le mot *Ambulance* était crayonné avec un charbon sur la porte. Au-dessus, flottait le drapeau de Genève, blanc et rouge; de loin on eût dit un suaire taché de sang.

Tout autour de la maison on parlait bas; les fenêtres et les volets étaient fermés; quelques veilleuses éclairaient l'intérieur et laissaient entrevoir de pâles visages entourés de bandelettes.

Le voyageur s'était avancé à petits pas. Personne ne le vit ou ne voulut le voir. Tous ces Français, frappés au cœur, avaient perdu le désir de savoir, la passion de parler qui les caractérisaient jadis.

Au fond, sur le dernier lit, un vieillard se mourait, dont la tête blanche et la figure ridée contrastaient avec les jeunes visages des blessés d'alentour. Déjà l'agonie avait commencé; les yeux paraissaient tout blancs, et les mains violacées crispaient la couverture, par un mouvement accoutumé aux moribonds.

« C'est Dieu qui me conduit, » s'écria l'étranger. Et, se précipitant vers le pauvre agonisant, il s'agenouilla et lui prit la main, qu'il baisa avec respect.

« Ah! Antoine, Antoine! murmura ce dernier.

— Oui, je viens vous parler d'Antoine, monsieur Schaller, votre Antoine, que vous allez bientôt retrouver. »

Le vieillard fit un effort et parvint à tourner la tête.

« Antoine, mon fils! dit-il encore distinctement.

— Je l'ai connu...

— Ah! vous lui direz adieu.

— Mais non; c'est vous qui allez le retrouver, car il vous attend.

— Il m'attend... où cela?

— Là-haut... »

Le vieillard laissa retomber la tête.

Un quart d'heure après, il était mort!

La même voix qui avait donné les consolations suprêmes au fils adressa au père les derniers adieux.

Les mêmes mains l'ensevelirent.

Le même homme s'agenouilla sur sa tombe également solitaire, et inscrivit, ici comme là-bas, cette simple épitaphe :

Mort pour la Patrie!

Le souvenir de ces deux humbles soldats vit toujours dans le cœur de leur ami de Mexico.

A. de Chauvigné.

LE GOUT DU ROI[1]

CONTE

I

Un roi, qui n'avait pas de fils (ceci se passait en pays allemand, à une époque où les journaux de mode, entre autres, n'étaient pas encore inventés), cherchait, parmi les femmes mariées de son royaume, une gouvernante pour sa fille unique, à qui il devait plus tard, le plus tard possible, laisser sa couronne.

Gouvernante d'une future reine, c'était un emploi bien à envier! Position brillante, logement au palais, grande chère tous les jours, riches toilettes, fêtes splendides, et puis... et surtout la gloire d'entendre murmurer autour de soi :

« Vous voyez cette belle dame en carrosse: c'est la gouvernante de la future reine. »

Aussi y avait-il nombre de postulantes.

Il y en avait d'autant plus que celles-là mêmes qui d'abord n'avaient brigué la place ni par ambition, ni par vanité, ni par intérêt, ni par goût des grandeurs, se trouvèrent, d'ordre du souverain (les rois étaient maîtres en ce temps-là), invitées à se mettre sur les rangs, pour peu qu'elles se jugeassent capables de remplir ce poste important, et cela par la raison que la charge n'était pas créée pour le plus grand agrément de la gouvernante, mais pour la plus grande utilité de la princesse.

Cela fit que certaines personnes qui, par un mépris affecté pour ce que les autres recherchent, s'étaient jusque-là abstenues, se crurent obligées, par respect pour elles-mêmes, de se présenter en première ligne.

Cela fit encore qu'au bout d'un certain temps on n'entendit plus parler d'autres postulantes que de postulantes par abnégation. Ne se doit-on pas à son pays?

Cela fit enfin un dévouement si général, que, lorsque le roi, au grand désarroi de ces dévouées, ordonna de porter d'office, en tête de la liste, les noms de celles qui, par modestie, s'étaient tenues à l'écart, il ne s'en trouva que deux.

Alors le roi fit savoir qu'entre autres conditions exigées pour pouvoir obtenir la place, la principale était celle-ci:

Les postulantes devaient se présenter toutes devant lui dans une toilette de leur choix. Et celle dont la toilette serait la plus conforme au goût du roi, et qui pourrait donner de bonnes raisons du choix qu'elle en avait fait, deviendrait la gouvernante de la princesse.

Je vous laisse à penser quelle révolution!

On ne vit plus dans tout le royaume que des épaules levées et des têtes en l'air : épaules d'hommes et têtes de femmes.

« Est-il fou? » murmuraient tous bas les uns. « Voilà un roi! » s'écriaient les autres.

Mais ce roi-là, avec sa condition, ne laissait pas de mettre bien des gens dans l'embarras.

Quel est le genre de toilette que le roi aime?

C'était le grand problème pour toutes.

Comment se procurer une toilette comme le roi l'aime?

C'était un non moins grand problème pour le plus grand nombre.

Et, effectivement, un roi, né au milieu des splendeurs,

1. Ce conte est emprunté à un recueil qui doit paraître prochainement sous le titre de: *Contes de toutes couleurs*.

entouré dès sa naissance de tous les raffinements de l'élégance et du luxe, habitué à toutes les magnificences, devait avoir plus que personne le goût de ce qui est beau, magnifique, splendide.

Mais ce qui est beau, magnifique, splendide assez pour charmer les yeux d'un roi, est cher, horriblement cher, et il n'y a pas beaucoup de maris qui puissent, en se dépouillant eux-mêmes, donner pareilles plumes à leurs femmes.

De là vint beaucoup de trouble dans les ménages, et, selon l'humeur de ces dames, des bouderies, des plaintes, des lamentations, des pleurs, des désespoirs, des fureurs, des rages, des révoltes, des cris, des cheveux arrachés.

De là aussi, bien des renonciations forcées à l'honneur éventuel d'être Madame la gouvernante, puisque, avec la meilleure volonté du monde, les maris ne peuvent pas, en définitive, donner à leurs chères moitiés les lunes qu'elles voient dans des seaux d'eau.

De là encore, le nombre des postulantes se trouva nécessairement fort diminué, et, selon toute apparence, vu le caractère que ces tendres épouses montrèrent en cette circonstance, ce ne fut pas au détriment de l'éducation de la jeune princesse.

Il y en eut néanmoins un bon nombre qui, n'étant pas arrêtées par les mêmes considérations, restèrent inscrites, bon gré, mal gré, sur la liste des candidates.

Parmi celles-là, il y avait une modiste et une tailleuse enrichies, la femme d'un gros financier, celle d'un baron à seize quartiers, et aussi les deux dames inscrites d'office pour défaut de confiance en elles-mêmes : la première, femme d'un pauvre fonctionnaire et la seconde, d'un poète.

La modiste se croyait du goût, et elle était payée pour le croire, puisque toutes les dames de la ville remettaient aveuglément le sort de leurs têtes entre ses mains. Aussi fallait-il voir leurs têtes!

La tailleuse se croyait du goût, et de fait, toutes les dames de la ville, quand elle les avait façonnées d'après les derniers patrons de je ne sais quelle mode depuis longtemps oubliée à Paris, étaient si fières, si fières!

Et quant à la financière, elle était bien sûre d'avoir du goût, puisqu'elle avait le goût du clair, le goût du sombre, le goût de l'uni, le goût du bariolé, le goût de l'éclatant, le goût du tendre, le goût du sévère et le goût du coquet. Elle avait, par nature, le goût du mal peigné, et par état, le goût des diamants, des bijoux et des plumes. Pour tout unir, elle mêlait tout, et puisqu'elle avait tous les goûts, comment n'aurait-elle pas eu de goût?

La baronne aux seize quartiers... Ah! celle-là, oui, il faut le dire, quoique Germaine, elle avait du goût. Il est vrai que l'on disait qu'elle avait, par une aïeule, du sang français dans les veines. Nulle mieux qu'elle ne s'entendait à la façon d'une robe ou d'un chapeau, au choix heureux des nuances, à la grâce des ajustements. Nulle n'était plus élégante qu'elle, et pourtant... comment cela se faisait-il? Elle ne consultait ni la modiste ni la tailleuse. Elle disait à l'une : « Faites ceci, » à l'autre : « Faites cela, » et malgré ceci et cela, oui, il faut le reconnaître, Mme la baronne avait du goût, trop de goût même pour la toilette au gré de son noble époux, dans la bourse duquel, grâce à ce goût-là, dansaient mille diables.

Mais il ne s'agissait pour le moment ni du goût de la modiste, ni du goût de la tailleuse, ni du goût de la financière, ni du goût de la baronne; il s'agissait du goût du roi. C'était là le *hic* et le difficile à trouver.

D'autant plus que la reine ayant toujours été en bisbille avec sire son époux, il n'était pas bien certain que les toilettes qu'elle portait de son vivant eussent été choisies pour plaire au roi.

Cette boussole venant à manquer, il fallait chercher autrement le pôle.

La modiste, qui se croyait non seulement du goût, mais de l'esprit, eut une idée lumineuse.

Elle avait un cousin, un petit cousin, très petit cousin, si petit cousin que, d'ordinaire, elle ne pouvait s'imaginer qu'il fût son cousin, qui avait pour office à la cour de cirer les parquets dans les appartements du roi.

Elle se souvint à propos que ce porte-brosse ne lui était pas si peu qu'elle l'avait pensé jusque-là, puisqu'il était..., mais, oui, effectivement, l'arrière-petit-fils de sa tante Aurore.

Elle alla en personne lui rendre visite, et elle lui dit :

« Mon cousin!

« Mon cher cousin!

« Vous qui demeurez à la cour et qui voyez le roi de près...

« Dites-moi, je vous prie (c'est pour le plus grand bien de toute notre famille que je vous fais cette question), quelle est la couleur de l'ameublement et des tentures de l'appartement particulier du roi, et aussi, s'il se peut, de sa robe de chambre.

— Chère cousine, dit le frotte-parquet, dissimulant sous un sourire une vieille dent qu'il avait contre sa chère parente, je suis heureux que les fonctions que je remplis à la cour me permettent de vous dire que, pour l'ameublement et les tentures, la robe de chambre et même le haut-de-chausses, cette couleur est la jaune.

— Grand merci! mon cousin, » dit-elle.

Et elle se fit faire un habillement complet en soie jaune garni de dentelles jaunies par le temps. Et comme elle découvrit ce jour-là qu'elle avait les cheveux et la peau à l'avenant, elle eut la satisfaction de se dire que, le jour de la grande épreuve, il ne se trouverait rien en elle, depuis les pieds jusqu'à la tête, qui ne rappelât la couleur des tentures, de l'ameublement, de la robe de chambre et du haut-de-chausses du roi.

La tailleuse n'était pas bête non plus. Elle se dit que, pour un prince habitué à tout ce qui est beau, rien ne pouvait sembler beau que le neuf. Toute toilette à la mode du pays devait lui sembler banale et dès lors être peu de son goût.

Et elle courut chercher elle-même, dans la capitale d'un pays voisin, les dessins d'une mode à coup sûr bien belle, puisqu'elle prêtait à la femme des formes que notre mère Ève ne se connut jamais.

Fidèle à son système d'éclectisme, la financière ne douta pas un instant qu'un brillant assemblage des caprices de toilette les plus variés ne fût tout à fait du goût du roi. Sa seule étude fut de ne rien omettre de tout ce qui, en des genres divers, avait pour le moment le plus de succès. Et il faut croire qu'elle réussit, à voir la merveilleuse combinaison de matériaux, de formes et de couleurs, nés pour se faire la grimace, dont elle sut se composer une parure.

Certaine que son goût était bon et que le roi avait bon goût, la baronne ne s'inquiéta que d'une chose : de faire partager à ses fournisseurs la confiance qu'elle avait en elle-même et en son succès. A la différence de ce prince qui, devenu roi, ne voulait pas se souvenir des injures qu'il avait reçues en qualité de duc d'Orléans, la noble dame promit à tout le monde que les dettes passées, présentes et futures de la baronne seraient pieusement acquittées par Mme la gouvernante, à la condition, bien entendu, qu'on lui fournît à crédit les moyens de le devenir.

Les moyens de le devenir, la femme du pauvre fonctionnaire ne les possédait certes pas, en supposant qu'ils consistassent dans une toilette somptueuse. Pourtant elle ne manquait pas de goût, mais elle avait encore plus de raison.

Elle se disait qu'avant toute chose, elle avait à mettre du pain sur la table, de l'huile dans la lampe, du bois dans le foyer, des couvertures sur les lits, des vêtements sur le corps de son mari et de ses enfants, et que si, après avoir fait tout cela, il ne lui restait à mettre sur elle-même qu'une robe toute simple et de couleur sombre, rien, si le roi était sage (et quel est le roi qui n'est pas sage?), ne devait être plus de son goût que cette humble toilette-là.

Et elle résolut de faire selon qu'elle avait pensé.

Quant à la femme du poète, elle n'était pas riche non plus, pas n'est besoin de le dire, et elle ne manquait non plus ni de goût ni de raison. Mais ces trois choses qu'elle avait : raison, goût et pauvreté, étaient soumises par son mari à de bien rudes épreuves ; car les poètes, on le sait, fussent-ils couchés sur la paille, se bercent d'illusions riantes, ils ont des goûts à eux et une raison à l'avenant.

Notre amant de l'idéal, par cela même qu'il aimait l'idéal, avait en sainte horreur toute espèce de réalité. Bien mal avisée eût été sa femme de lui parler la prose du ménage, à lui qui rêvait d'ambroisie, tutoyait les Muses, et conversait dans leur langage avec les dieux.

Et qui aimait les belles héroïnes!

D'un amour poétique, s'entend, et les héroïnes des poètes; mais enfin il les aimait, et d'un beau feu. Clorinde, la nymphe Eucharis, Arsinoë, la belle Hélène, il les courtisait tour à tour. Métamorphosé en Pâris, il décernait la pomme à Vénus, et bien sûr, il croyait être Renaud dans les jardins enchantés, cette nuit qu'aux côtés de sa femme elle l'entendait murmurer tendrement: « O mon Armide! »

D'autres qu'elle en auraient ri peut-être, mais elle n'en riait point : car s'il aimait les héroïnes, elle l'aimait uniquement, lui, son poète, son pauvre fou. Elle en pleura même en secret quelquefois, lorsque, courbée sur son aiguille, ou vaquant à d'autres soins, elle le voyait détourner les yeux de sa beauté et de sa jeunesse, pour suivre dans le monde des rêves les fées dont il était épris.

Prose du ménage, réalité, si touchante que soit l'une, si charmante que soit l'autre, comment, hélas! lutter de séductions avec les enchantements d'un monde dont une imagination de poète fait tous les frais?

Il le fallait pourtant : il fallait aux yeux de l'époux remplacer chaque jour par de nouvelles fleurs les fleurs fanées, les sourires éteints par d'autres sourires ; il fallait dissimuler les vulgarités de la vie sous de poétiques apparences : s'appeler Nausicaa quand on allait chercher de l'eau à la fontaine, Hébé quand on lui versait à boire, et je ne sais de quel autre nom quand on lui ravaudait ses bas.

A ce prix, notre amant de l'idéal condescendait parfois à replier ses ailes, à reprendre pied dans son modeste logis, et à s'y trouver aussi heureux qu'il est possible à un homme de l'être dans un monde déshérité, lorsque, pour en atténuer les misères, il possède une bonne et belle femme, joignant aux qualités de cœur assez d'esprit pour se plier sans rechigner, mais non sans de secrètes et prudentes réserves, aux fantaisies innocentes de son seigneur.

Étant connue l'humeur de celui-ci, on peut aisément se représenter l'essor que prit son imagination lorsque, par ordre du roi, sa femme, qui s'était abstenue, fut portée d'office sur la liste des candidates au poste de gouvernante de la jeune princesse.

ANDRÉ LEPAS.

— La suite au prochain numéro. —

LES ERMITES ET LE CALVAIRE DU MONT VALÉRIEN

(Voir page 375.)

II

Tel était l'état du Calvaire au moment où la Révolution éclata. Le Calvaire fut vendu à l'enchère. A peine les missionnaires furent-ils dispersés que des fanatiques accoururent des campagnes voisines, envahirent ce lieu saint, firent main basse sur les chapelles, brisèrent les bas-reliefs et en dispersèrent les ruines sur la montagne.

Cependant quelques pieux ermites parvinrent à en conserver dans une partie de leur ancienne habitation. Tout dépérissait, lorsqu'un député de la Convention nationale, le fougueux Merlin (de Thionville), acheta le terrain et les bâtiments et vint s'y établir.

Son dessein était de faire de ce lieu de dévotion un séjour de plaisir. Il commença par abattre l'église, l'habitation des missionnaires et la plupart des chapelles, mais il conserva le bâtiment des ermites et même le petit nombre d'entre eux qui s'y étaient réfugiés. En détruisant l'église jusque dans ses fondements, on découvrit le caveau où reposaient les restes du vénérable Hubert Charpentier; on les déposa dans le cimetière des ermites.

Poussant l'impiété jusqu'au raffinement, Merlin conçut le dessein d'ériger un sanctuaire à Vénus dans le lieu

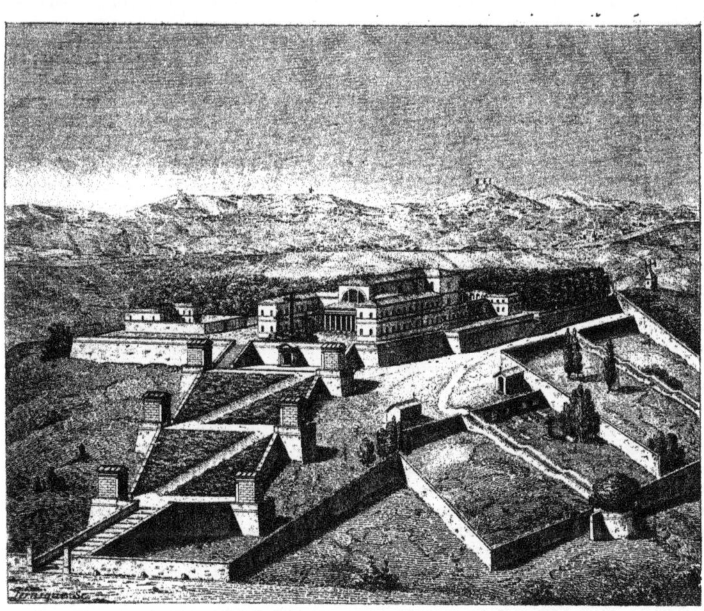

Le mont Valérien au commencement du XIXe siècle, d'après une gravure de Thierry.

saint qu'il venait d'acquérir. Il choisit, à cet effet, une des chapelles qu'il avait conservées, éleva au-dessus un petit temple à la déesse, le décora avec beaucoup de soin, et y érigea une statue à sa divinité. Il créa là un jardin anglais, en fit dessiner le plan, y transporta des arbres rares, éleva des constructions considérables pour former des terrasses, des kiosques de formes élégantes, et s'y ménager des vues pittoresques. Sa pensée était de s'y bâtir un château; mais, quoique la partie qu'il habitait fût soigneusement fermée et défendue par des murs très élevés, la piété des fidèles trouvait le moyen de les franchir et venait, malgré lui, y offrir des hommages à la Croix. D'un autre côté, le peu d'ermites qui restaient permettait à quelques âmes profondément chrétiennes de venir prier. Ces visites l'importunaient, il en témoignait souvent beaucoup d'humeur et disait qu'il ne connaissait pas de race plus invincible que celle des dévots et qu'elle escaladerait les plus inabordables fortifications. Dégoûté de ce séjour, peut-être gêné dans sa fortune, il mit le Calvaire en vente.

L'abbé de Goix, curé de l'Abbaye-aux-Bois, l'acheta pour la somme de 120.000 francs, payable en seize ans, mais le tiers au bout de deux ans. Il commença par y faire quelques constructions pour ramener la religion, et déjà il avait dépensé 10.000 francs, lorsque la mort le surprit, au bout de six mois. Ses héritiers proposèrent cette acquisition au clergé de Paris, qui ne se trouva pas en mesure de la faire. On se disposait donc à diviser le terrain, et même à vendre les matériaux des bâtiments, lorsqu'un particulier de Paris, M. Faucachon, qui avait été élevé à Saint-Sulpice, eut la pieuse pensée d'acquérir le Calvaire et de le rendre à sa première destination. Il connaissait les ermites, en avait lui-même recueilli plusieurs dans une vaste manufacture de bas de soie et de coton qu'il avait établie à Paris. Il contracta avec les héritiers de l'abbé de Goix les mêmes engagements dont ils étaient tenus envers Merlin, paya même les premiers travaux qu'avait commencés l'abbé de Goix et entreprit des travaux nouveaux, détruisit les temples et les lieux profanes et construisit deux chapelles qui subsistaient encore en 1830; il les fit fermer de grilles et décorer de figures de grandeur naturelle, qui représentaient deux scènes de la Passion : Jésus-Christ chez Caïphe et au Jardin des Olives. Il vendit sa manufacture pour acquitter ses engagements. Le clergé de Paris applaudit à son zèle, et le célèbre supérieur de Saint-Sulpice, M. Emery, lui donna des encouragements; le culte fut rétabli, les pèlerinages repris, et le grand réfectoire des ermites converti en église, en attendant qu'on pût rebâtir l'ancienne. Les curés de Paris proposèrent l'acquisition de ce saint lieu à M. Faucachon. Mais Bonaparte en témoigna du mécontentement. Il s'était persuadé que le nouveau propriétaire se contenterait d'élever sur la montagne une manufacture, en y conservant ce qui restait de sa première destination. Le contrat fut donc résilié, et M. Faucachon se trouva encore seul possesseur du Calvaire. L'état de sa fortune ne lui permettait pas de se livrer à toutes les dépenses qu'exigeait le rétablissement complet des lieux qu'on avait détruits. Sa piété lui inspira alors l'idée d'y établir les Trappistes qui, ayant accepté ses propositions, y vinrent en 1807. Ils y vivaient paisiblement, lorsque l'empereur, trompé par des rapports infidèles de sa police, s'imagina qu'il se tramait là une vaste conspiration, et que l'on s'y réunissait de nuit pour former des complots contre lui; que c'était de là que partaient les écrits de Rome qu'il redoutait davantage; que le séjour des solitaires était le centre de tous les mouvements ecclésiastiques en faveur du Souverain Pontife. Dans un de ces accès de colère subite qu'il éprouvait souvent, il ordonna l'expulsion des Trappistes, et fit, en une nuit, détruire tous leurs ouvrages, à l'exception des deux chapelles qu'avait fait construire M. Faucachon.

Il ordonna ensuite que, sur l'emplacement de ces saints édifices, on élevât un grand corps de bâtiment pour y recevoir les orphelines de la Légion d'Honneur. Il y mit des ouvriers nombreux, et les constructions étaient déjà avancées, lorsque les événements de 1814 et de 1815 le reléguèrent lui-même sur une montagne bien éloignée, où il mourut. Il avait dépensé là près de 700.000 francs; il manquait des escaliers; les portes, les fenêtres n'étaient point achevées; en plusieurs endroits même la toiture était incomplète. M. Forbin de Janson, depuis évêque de Nancy, entreprit de tout achever.

Il prit d'abord ce local à bail, dans l'intention d'y établir les Missionnaires de France, qu'il venait de fonder avec l'abbé Rauzan. La piété des fidèles ne tarda pas à seconder le zèle de M. de Janson. La confrérie de la Croix, fondée en 1645, fut bientôt rétablie. Elle comptait, avant 1789, plusieurs milliers de personnes. Un grand nombre de dames s'y firent inscrire; la duchesse d'Angoulême s'empressa de visiter le Calvaire et prit cette pieuse fondation sous sa protection. On estimait à une somme considérable les dépenses nécessaires pour l'achèvement des travaux. Les dames, par leurs charités particulières et leur zèle infatigable, parvinrent à en procurer le tiers. Le roi Louis XVIII lui-même voulut coopérer à cette religieuse fondation : par une ordonnance du 13 septembre 1822, il concéda le Calvaire aux Missionnaires de France, à la charge d'achever les constructions commencées, de recevoir les pèlerinages et de continuer le culte de la Croix. Dès l'année suivante, le concours des pèlerins fut considérable; on accourait de Paris et des environs pour entendre les sermons des missionnaires, recevoir leurs saintes instructions, se confesser et communier. On remarqua dans ce concours un grand nombre d'anciens serviteurs de Louis XVI, échappés aux malheurs de la Révolution française et aux rigueurs de l'exil.

En 1826, les six chapelles qu'on avait substituées aux anciennes n'étaient encore que provisoires. Les mystères de la Passion n'étaient représentés que par des peintures grossières; mais les peintres et les statuaires les plus célèbres de Paris avaient offert de contribuer par leur talent à l'ornement des nouvelles chapelles. La chapelle du Saint-Sépulcre, présent de la munificence de Louis XVIII, était l'image exacte du Saint-Sépulcre de Jérusalem; elle avait été dessinée sur place par M. Prévost, au pinceau duquel on devait un beau panorama de Jérusalem.

En 1830, l'église du Calvaire n'était pas encore achevée. Elle devait avoir une crypte. On y avait déjà élevé vingt-six colonnes, qui formaient un péristyle d'une belle et noble apparence. Les degrés étaient posés, le dallage fini. On avait fait des plantations et des mouvements de terrain pour la meilleure disposition des stations. Le gouvernement et la ville de Paris avaient accordé les moyens d'ouvrir une nouvelle route destinée à abréger de trois quarts celle du Calvaire et à en rendre la pente plus facile. Plus de six cents dames de Paris et de la province se consacraient et s'employaient avec le plus grand zèle à cette religieuse fondation.

Deux ecclésiastiques résidaient au Calvaire, l'un comme missionnaire, l'autre comme simple gardien. Le cimetière, à la veille de 1830, était déjà rempli de monuments qui indiquaient le lieu où reposaient plusieurs personnes de distinction. On y voyait celui du fondateur, Hubert Charpentier, et celui de l'éloquent évêque de Troyes, Mgr de Boulogne.

La révolution de Juillet 1830 chassa les missionnaires du mont Valérien et mit fin aux pèlerinages; mais les bâtiments de la communauté restèrent debout sur le plateau jusqu'au jour où le génie militaire, génie doublement destructeur, les jeta bas pour élever la forteresse actuelle (1841). Cette forteresse a coûté 4.500.000 francs. Elle peut loger une garnison de 1.500 hommes d'infanterie, le personnel d'artillerie et du génie nécessaire, et un matériel immense. Son armement sur le pied de guerre est d'environ 60 pièces d'artillerie, la plupart de gros calibre. Les officiers habitent le bâtiment construit par Napoléon Ier pour la Légion d'Honneur.

Le cimetière de l'ancienne communauté est entièrement compris dans l'enceinte fortifiée. Les concessions de terrains ont été respectées, mais on n'y laisse plus enterrer personne.

Le mont Valérien mérite la visite de tous les étrangers. On y découvre le plus beau panorama des environs de Paris; en effet, on aperçoit la vallée de la Seine, d'un côté, jusqu'à l'embouchure de la Marne; de l'autre, jusqu'à Saint-Germain et Saint-Denis.

Lorsque, en 1835, il y a de cela plus de quarante-cinq ans, nous visitâmes d'un œil attristé les ruines du Calvaire dont les stations avaient été si indignement mutilées, l'image et le souvenir de la Croix qui, pendant plusieurs siècles, domina cette colline et protégea Paris de son ombre bienfaisante nous rappelaient une éloquente parole de saint Jean Chrysostome, à laquelle les événements de la guerre de 1870-1871 ont donné une actualité et un sens plus profond alors que jamais : « La Croix est le rempart des assiégés. »

Ch. Barthélemy.

FIN.

CURIOSITÉS HISTORIQUES

UN MIRACLE ATTESTÉ PAR J. J. ROUSSEAU

Voici ce que nous lisons au IIIe livre de la première partie des *Confessions* de Jean-Jacques Rousseau.

« C'est à peu près à ce temps-ci que se rapporte un événement peu important en lui-même, mais qui a eu pour moi des suites et qui a fait du bruit dans le monde, quand je l'avais oublié.

« Toutes les semaines j'avais une fois la permission de sortir (il était alors élève du séminaire d'Annecy). Je n'ai pas besoin de dire quel usage j'en fesais. Un dimanche que j'étais chez maman (on sait que Jean-Jacques désignait ainsi Mme de Warens), le feu prit à un bâtiment des Cordeliers attenant à la maison qu'elle occupait. Ce bâtiment, où était leur four, était plein jusqu'au comble de fascines sèches. Tout fut embrasé en très peu de temps : la maison était en grand péril et couverte par les flammes que le vent y portait.

« On se mit en devoir de déménager en hâte et de porter les meubles dans le jardin, qui était vis-à-vis mes anciennes fenêtres et au delà du ruisseau dont j'ai parlé. J'étais si troublé que je jetais indifféremment par la fenêtre tout ce qui me tombait sous la main, jusqu'à un gros mortier de pierre qu'en tout autre temps j'aurais eu peine à soulever. J'étais prêt à y jeter de même une grande glace si quelqu'un ne m'eût retenu. Le bon évêque, qui était venu voir maman ce jour-là, ne resta pas non plus oisif; il l'emmena dans le jardin où il se mit en prière avec elle et tous ceux qui étaient là; en sorte qu'arrivant quelque temps après, je vis tout le monde à genoux et m'y mis comme les autres. Durant la prière du saint homme le vent changea, *mais si brusquement et si à propos* que les flammes qui couvraient la maison et entraient déjà par les fenêtres, furent portées de l'autre côté de la cour, et la maison n'eut aucun mal. Deux ans après, M. de Bernex étant mort, les Antonins, ses anciens confrères, commencèrent à recueillir les pièces qui pouvaient servir à sa béatification. A la prière du Père Boudet, je joignis à ces pièces une attestation du fait que je viens de rapporter, en quoi je fis bien; mais en quoi je fis mal ce fut de donner ce fait pour un miracle.

« J'avais vu l'évêque en prière, et durant sa prière j'avais vu le vent changer, et même très à propos : voilà ce que je pouvais dire et certifier; mais qu'une de ces deux choses fût la cause de l'autre, voilà ce que je ne devais pas attester, parce que je ne pouvais pas le savoir.

« Cependant, autant que je puis me rappeler mes idées, *alors sincèrement catholique, j'étais de bonne foi.* L'amour du merveilleux si naturel au cœur humain, ma vénération pour ce vertueux prélat, l'orgueil secret d'avoir peut-être contribué moi-même au miracle, aidèrent à me séduire; et ce qu'il y a de sûr est que si ce miracle eût été l'effet des plus ardentes prières, j'aurais bien pu m'en attribuer ma part.

« Plus de trente ans après, lorsque j'eus publié les *Lettres de la Montagne*, M. Fréron déterra ce certificat, je ne sais comment, et en fit usage dans ses feuilles; il faut avouer que la découverte était heureuse et l'à-propos me parut à moi-même très plaisant. »

L'à-propos était en effet plaisant et la découverte heureuse; car Jean-Jacques Rousseau venait, dans les *Lettres de la Montagne*, de publier une diatribe contre les miracles. Était-il de bonne foi en écrivant ces lettres? Quand on connaît le point de départ des théories de Rousseau, c'est-à-dire son discours à l'Académie de Dijon, dans lequel Diderot lui aurait fait prendre le contre-pied de la vérité, et qui marque l'entrée de Jean-Jacques dans une fausse route dont il ne sut plus sortir, on est porté à croire que les *Lettres de la Montagne* sont un paradoxe de plus dans les œuvres du philosophe de Genève.

Quant à l'époque où il attesta le miracle opéré par M. de Bernex, évêque d'Annecy, Rousseau nous le dit lui-même, *il était alors sincèrement catholique et de bonne foi.*

Ce curieux et piquant certificat de Jean-Jacques, nous l'avons recherché et nous avons eu la bonne fortune de le retrouver dans l'*Année littéraire* de Fréron.

Fréron le fait précéder de ces quelques lignes :

« L'original de ce certificat est entre les mains du Père Boudet, qui demeure à Paris, dans la maison de son ordre, au Petit-Saint-Antoine, rue du Roi-de-Sicile. »

Qu'est-il devenu depuis? Nous l'ignorons; du reste cette pièce n'aurait qu'un intérêt de pure curiosité, puisque Jean-Jacques Rousseau, dans ses *Confessions*, n'en a point nié l'existence et n'a émis aucun doute sur son authenticité.

La voici :

ATTESTATION DU MIRACLE
DONNÉE PAR JEAN-JACQUES ROUSSEAU

« Mme de Warens demeurant à Annecy dans la maison de M. Bosge, le feu prit au four des Cordeliers, qui répondait à la cour de cette maison, avec une telle violence que ce four, qui contenait un bâtiment assez grand, rempli de fascines et de bois sec, fut bientôt embrasé. La flamme, portée par un vent impétueux, s'attacha au toit de la maison et pénétra par les fenêtres dans les appartements. Mme de Warens donna d'abord ses ordres pour tâcher d'arrêter les progrès de l'incendie et pour faire transporter ses meubles dans son jardin. Elle était occupée de ses soins, quand elle apprit que M. l'évêque était accouru au bruit du malheur dont elle était menacée, et qu'il allait paraître dans l'instant; elle alla aussitôt au-devant de lui. Ils entrèrent ensemble dans le jardin. *Il se mit à genoux avec elle et avec tous ceux qui se trouvèrent présents*, DU NOMBRE DESQUELS J'ÉTAIS, et commença à prononcer des prières avec cette ferveur qui lui était ordinaire. *L'effet en fut sensible :* le vent qui portait le feu par-dessus la maison jusque dans le jardin, changea tout à coup et éloigna si bien les flammes de la maison, que le four, quoique contigu, fut entièrement consumé sans que la maison eût d'autre mal que le dommage qu'elle avait reçu auparavant.

« C'est un fait connu de tout Annecy et que moi, écrivain du présent mémoire, ai vu de mes propres yeux.

Signé : « J. J. ROUSSEAU. »

Jean-Jacques Rousseau l'incrédule, le destructeur de la religion catholique, attestant un miracle, avouant même avoir contribué peut-être à l'obtenir de Dieu et concourant en tout cas à la béatification d'un saint évêque, voilà qui méritait d'être retiré de l'oubli et mis au grand jour.

A. BELL.

CHARYBDE ET SCYLLA

(Voir page 372.)

QUATRIÈME LETTRE

Geneviève Argenteuil à Mme de Kermoereb.

Paris.

Je vous retrouve, Antoinette, je retrouve ma Bretonne au cœur naïf et ardent.

Vous n'avez pas dû changer, pas plus physiquement que moralement.

Avez-vous toujours cette immense chevelure blonde et si touffue qui faisait notre admiration et votre désespoir?

Vous étiez alors une heureuse créature, qui ne connaissiez ni les désillusions ni les crampes d'estomac, ni les bassesses ni les névralgies.

Vous étiez idéale sans tourment, instruite de tout ou à peu près sans avoir fatigué votre cerveau à la recherche d'une science ou d'un art quelconque.

Votre esprit, comme votre tête, avait des moissons magnifiques que Dieu seul et la nature avaient semées.

Gracieusement sauvage, légèrement exaltée, vous plaisiez singulièrement à nos Parisiennes, que vos naïvetés, votre foi et votre ardeur stupéfiaient.

Chère Antoinette, je me complais en ces souvenirs et j'oublie, en vous parlant de vous, que vous me demandez de vous parler de moi.

Moi, j'ai été trop cultivée, trop soignée, trop raffinée, trop aimée. On a fait de moi un être près duquel la sensitive est une plante insensible. J'ai eu sous mon toit des affections exquises et profondes, qui, après avoir rempli, charmé mon existence, l'ont à peu près brisée.

Dieu m'avait donné une mère jeune, intelligente, idéale; seulement il me l'a reprise, et je ne me consolerai jamais de sa perte; Dieu m'avait donné une sœur qui avait tous les dons, toutes les vertus, toutes les séductions, avec laquelle j'avais vécu dans la plus douce intimité qui puisse exister sur cette terre. Le mariage me l'a prise, le veuvage me l'a redonnée; puis un jour la soif du sacrifice s'est éveillée en elle, elle s'est éprise de la souffrance, et des salons qui l'idolâtraient elle est descendue, ou plutôt elle a monté jusqu'à une cellule de religieuse.

Vous le savez : j'avais le cœur bien délicat.

Terriblement meurtrie par ces deux douleurs, je me suis sacrifiée à ma manière.

Mon frère était devenu veuf, et il y avait à son triste foyer un enfant qu'il ne savait pas élever, et qui aurait entravé ses travaux scientifiques.

A vingt-six ans j'ai philosophiquement coiffé sainte Catherine, et la phase du regret est depuis longtemps passée.

Il me semble que j'ai choisi le chemin qui me convenait: j'y marche résolument.

Ma vie est encore plus simple que la vôtre, qui me paraît heureusement encadrée. Cette existence de châtelaine, cette belle vie en plein air, au milieu de populations rustiques, vous convenait.

Je vous trouve une très heureuse femme, ma chère Antoinette, et j'éprouverais un grand bonheur à vous le dire. Adieu ! Dans le nombre infini de baisers dont vous caressez le front pur de vos enfants, donnez-en quelques-uns au nom de

Votre très fidèle et affectionnée
GENEVIÈVE.

CINQUIÈME LETTRE
Mme de Kermoereb à Geneviève Argenteuil.

Kermoereb, dimanche.

Ma chère Geneviève,

Sais-tu que ta dernière lettre, que j'ai lue et relue absolument avec mon avidité bien connue pour les nouvelles, alors que nous étions pensionnaires, est pleine d'une amère dérision. Heureuse femme ! dis-tu, en terminant un très joli éloge de la vie aux champs.

Ma chère amie, veux-tu me permettre d'être avec toi vraie jusqu'à la réalité. Eh bien ! cette vie-là est charmante dans l'enfance, dans l'adolescence, et, en sautant par-dessus la jeunesse qui aime avant tout le mouvement et la société, pendant les premières années du mariage ; mais à trente ans elle est tellement banale, tellement ennuyeuse, tellement terre à terre, qu'on finit par s'y étioler, que dis-je ? par s'y anéantir. Or, je ne veux point me laisser anéantir. J'ai de cette vie tant vantée par-dessus la tête, et voilà deux ans que je prépare tout doucement mon mari au changement que je rêve.

Je l'ai tant et si bien circonvenu, qu'il est à moitié convaincu de la nécessité d'apporter quelques modifications à notre façon de vivre. En ce moment, pour l'entraîner hors de ses champs, j'ai découvert deux raisons péremptoires.

La loi ou plutôt les hommes de loi ont enfin fini nos partages : Kermoereb revient de droit au frère aîné d'Alain. Je sais bien que mon beau-frère aime passionnément le château qu'il habite depuis qu'il l'a trouvé dans la corbeille de noces de sa femme ; je sais qu'il est prêt à s'engager à nous laisser Kermoereb jusqu'à sa mort, nos enfants étant ses seuls héritiers ; mais toutes ces concessions répugnent à ma fierté, et je n'ai pas assez de sympathie pour ma belle-sœur pour accepter d'être chez elle. Donc, Kermoereb ne m'appartenant pas en propre, je ne veux pas m'y établir, et j'ai si bien fait qu'Alain éprouve aussi un regret extrême de n'être plus absolument, légalement le maître chez lui.

Les hommes ont un orgueil à part. Il ne s'agit que de l'exploiter adroitement. Alain s'est féru de mes propres répugnances, qui sont plus apparentes que réelles ; il souffre dans son orgueil de propriétaire, et chaque fois qu'un voisin bien ou mal intentionné (on est très méchant ou très maladroit en province) vient lui dire, à propos de chasse, de pêche ou de clôtures : « Enfin, mon cher, vos partages sont finis : Kermoereb est-il à vous, oui ou non ? » il enrage de ne pouvoir dire oui. Je tire ma seconde raison de l'âge de mon petit G. La science est inconnue sur nos grèves : il va falloir le mettre au collège, m'en séparer. Et pourquoi ? pour ne pas quitter ce Kermoereb, qui ne nous appartient qu'à demi. En définitive, l'agriculture que fait Alain n'est pas rieuse, et il peut partout composer des traités d'agriculture et des brochures politiques que personne ne lit.

S'il faut songer à l'instruction de mon fils, il faut un peu penser à l'éducation de ma petite Marguerite-Marie. Je ne la quitte guère, et néanmoins elle prend des tournures et des manières extrêmement communes. En définitive, elle ne voit ordinairement que des enfants du peuple, et souvent ses gestes commencent à s'en ressentir.

J'ai horreur de ces vulgarités, et il est temps qu'un séjour à Paris vienne l'en guérir.

Car, tu l'as compris, ma chère Geneviève, c'est à Paris que je veux aller, c'est de cette vie intelligente, facile, distrayante, que je veux goûter. J'ai assez de mes lourdauds et de mes trivialités campagnardes.

Je crois bien qu'il ne me reste plus qu'une secousse à donner pour détacher Alain de sa passion champêtre. Il met la dernière main à une petite brochure politique, qui est son travail le plus complet et le plus sérieux : ce qui ne l'empêchera pas de se faire enterrer comme les autres, sous l'indifférence et la jalousie provinciales. Je sais même que le principal journal du chef-lieu, notre journal à nous, dont nous sommes actionnaires, ne lui ménagera pas les critiques cette fois, parce qu'il s'écarte d'un douzième de ligne de la ligne commandée.

Quand ce petit obus éclatera contre lui, j'aurai gagné ma cause. C'est Paris qui baptise les talents vrais, à quelque genre qu'ils appartiennent ; c'est Paris qui les impose. « Allons à Paris, » lui dirai-je, et il viendra.

En attendant ce bienheureux jour, qui ne peut tarder, la brochure est sous presse ; je prends mes précautions.

La plus grave objection d'Alain est la question d'argent. On l'a effrayé sur la cherté de la vie à Paris.

Je compte sur toi pour me donner le prix d'un logement convenable. A Kermoereb, nous sommes logés à peu près pour rien ; mais quel train de maison et quelles dépenses d'hospitalité !

La question, au fond, n'est qu'une balance à établir. En mettant dans un plateau ce qu'on retire de l'autre, on arrivera toujours à faire l'équilibre. Puis enfin, à Paris, nous jouissons de notre argent ; la charité elle-même, faite de concert avec des personnes distinguées, intelligentes, à l'esprit large, donne une autre satisfaction que le bien fait parmi des gens hostiles, malveillants, étroits d'esprit.

Ah! ma chère, n'envie pas ma vie rustique, et sois plutôt heureuse d'être Parisienne de naissance, de goûts et d'habitudes.

On ne choisit pas sa vie; mais que j'ai souvent envié la tienne!

J'embrasse à ton intention Yvonne, mon baby de deux ans, qui est un bijou, et je t'envoie mille tendresses, en te priant de me faire l'aumône d'une prompte et bonne réponse.

Antoinette.

P. S. — Je ne serai pas isolée à Paris. D'abord il y aura toi, puis ma ravissante voisine de Kerpenhor, la comtesse de Malplanquard, que la guerre nous a amenée pour toute une année et que la paix nous a reprise. Elle était fort malheureuse parmi nous, et lorsqu'elle me racontait sa vie parisienne, elle me faisait positivement venir l'eau à la bouche.

SIXIÈME LETTRE

Geneviève Argenteuil à Mme de Kermoereb.

Paris.

Ma chère Antoinette,

Quelle coïncidence! Au moment où je pense à faire afficher notre appartement à Paris, tu m'en demandes un.

Je m'empresse de t'offrir le mien.

Charles et moi sommes pour l'instant fort dégoûtés de la vie parisienne qui te séduit, et maintenant que nous voilà libres comme l'air par le mariage de notre regrettée Camille, nous rêvons d'aller nous ensevelir dans quelque bon petit coin, comme il s'en trouve encore dans ton cher pays breton.

Je dis nous par habitude. Mon frère se fait difficilement au départ de sa fille; mais il a ses habitudes, ses distractions scientifiques, et la découverte d'un nouveau corps simple jette dans sa vie un élément d'intérêt qui n'est point du tout de mon ressort.

Ses études, qui ont adouci l'amertume de son veuvage, lui sont en toute occasion une suprême ressource.

Mais je me dis, comme toi à propos de ton littérateur de mari qui peut écrire des brochures à Paris, que mon savant frère peut aller analyser du brome partout et je me charge d'emballer ses cornues et ses alambics.

Depuis ce malheureux siège et cette terrible Commune, Paris m'est devenu à charge. Un grand vide, un vide douloureux s'est fait autour de moi, et si j'y reste, il va me falloir modifier plusieurs de mes habitudes.

La Sublime-Porte et ses prophètes ont emprunté une assez forte somme à notre naïveté, et je ne puis songer à garder l'appartement, si je passe une année ailleurs. Le sous-louer m'est cependant bien pénible. Là revivent nos plus chers souvenirs. L'église de bois, ce pauvre chalet où j'ai tant prié aux côtés de ma chère et amèrement regrettée mère, va être démolie, et la paroisse se transporte en un temple certainement plus convenable, mais qui n'est pas pour moi embaumé de pénétrants souvenirs. En second lieu, notre petite place est devenue insupportable par l'installation des tramways.

Il nous semble, le dimanche surtout, être transportés dans le coin le plus bruyant de Paris. Je t'en avertis loyalement, tu ne trouveras plus chez moi la paix d'une rue sur laquelle planait l'ombre du respectable faubourg Saint-Germain.

L'invention moderne des tramways, qui est des plus commodes du reste, y a jeté le bruit, la fumée et la foule. Un perpétuel roulement et d'éclatants sons de trompe suffiraient à eux seuls pour déchirer nos oreilles.

Je sais que la machine Garding, que j'ai le bonheur de voir à l'œuvre, fait peu de bruit et vomit peu de fumée pour une machine; mais c'est assez pour me gâter ma petite place.

Quant à la foule, elle stationne autour du bureau vitré, et le dimanche le passage est absolument obstrué. C'est une nuée d'hommes, de femmes et d'enfants qui se précipitent à l'assaut des voitures et qui me donnent le plus vulgaire des spectacles, celui d'un peuple prétentieusement endimanché.

Je te dévoile bien franchement, ma chère Geneviève, les inconvénients que le progrès fiévreux de Paris a apportés à la situation de notre appartement. Voilà pour l'extérieur.

Quant à l'intérieur, il est vaste, commode et meublé comme ma chère mère savait le faire, c'est-à-dire parfaitement. A toi, nous louerions en garni jusqu'au moment où, prenant goût à la vie parisienne, tu ne reculerais pas devant les frais et les embarras d'un vrai déménagement.

Tes grands meubles de Kermoereb seraient un peu à l'étroit à notre troisième étage; néanmoins ils pourraient peut-être s'y loger, mais je n'en suis pas sûre.

J'attends ta réponse avant de parler sérieusement à Charles, qui se fait un peu tirer l'oreille lorsqu'on sort du domaine de l'abstraction pour en venir à l'exécution pratique.

J'embrasse tes chers enfants; mille compliments à ton mari, et crois-moi

Ton amie sincère, Geneviève.

P. S. — Quand Marguerite-Marie aura l'âge d'entrer en ménage, ne la marie pas à un officier qui l'emmènerait au bout du monde, suivant les caprices et les exigences de sa carrière.

Marier ainsi une fille, c'est tout simplement la perdre. Nous en savons quelque chose, et je t'assure que ma soif de changement et de solitude a pris sa source dans le départ de ma sœur, qui a quitté Paris, et dans celui de ma nièce Camille, qui était pour moi la plus tendre et la plus dévouée des filles.

Mon post-scriptum n'aura pas volé la réputation que l'on fait à ses pareils : il dévoile le plus intime de ma pensée. Tu connais maintenant les motifs réels de mon dégoût pour Paris.

C'est mon cœur endolori qui, après la lecture de ta dernière lettre, te dit franchement : Tu en as assez de la campagne, moi j'en ai assez de Paris. Eh bien ! si nous changions!

SEPTIÈME LETTRE

Mme de Kermoereb à Geneviève Argenteuil.

Kermoereb.

Changeons, ma chère Geneviève, changeons. Je ne puis t'en écrire davantage aujourd'hui, embarrassée que je suis d'une réunion de famille pendant laquelle j'ai lancé mon brûlot. Il a éclaté, a fait quelques blessures ; mais la place s'est rendue.

Je te conterai cela demain.

ANTOINETTE.

— La suite au prochain numéro. —

ZÉNAÏDE FLEURIOT.

CHRONIQUE

L'*Attaque de la voiture cellulaire* : ne trouvez-vous pas qu'il y aurait là un excellent titre pour un drame dans la manière sombre de Guilbert de Pixérécourt ou pour un roman ultra-mouvementé à la façon de Ponson du Terrail ? Et cependant c'est là tout simplement la rubrique d'un fait divers qui s'est passé en plein Paris et que beaucoup d'entre vous ont pu lire déjà dans les journaux.

Une voiture cellulaire transportait, le soir, une collection de malfaiteurs qu'elle conduisait de la préfecture de police à Mazas : cela ressemble, à peu de chose près, au parcours d'un paisible omnibus circulant avec son chargement d'honnêtes voyageurs... Personne n'aurait deviné là les éléments du moindre drame; mais voilà : la voiture cellulaire avait à traverser un carrefour de Belleville; or, à Belleville, il y a des « repaires », chacun sait ça, et ces repaires peuvent transformer la plus bourgeoise des rues en défilé non moins redoutable que les gorges des Abruzzes.

Donc, il advint que la pauvre voiture cellulaire fut attaquée à l'improviste par une demi-douzaine de coquins, sur la tête desquels la casquette de soie à triple pont remplaçait avec avantage le feutre légendaire de Fra-Diavolo.

Gugusse prétendait enlever à la voiture-prison Polyte dans les fers, à moins que ce ne fût Polyte qui se dévouait pour la délivrance de Gugusse : ce point important reste livré à la sagacité des historiens futurs. Toujours est-il que la voiture fut attaquée; une grande bataille se livra, dans laquelle force resta à la loi, grâce à la bravoure du cocher et du gardien qui stationnait dans le couloir du véhicule. La voiture put même ajouter un prisonnier de plus à son chargement avant de continuer sa route pour Mazas.

Depuis cet événement, M. le préfet de police a décidé que les voitures cellulaires seraient désormais escortées la nuit par un garde municipal à cheval, ce qui ne peut manquer d'agrémenter le drame de l'enlèvement, à la première occasion, de toute l'importance que donneront à la bataille le grand sabre, les grandes bottes et le casque de ce noble émule de Pandore.

Nous sommes tellement habitués à voir circuler des voitures cellulaires que nous ne supposons pas qu'elles n'aient point toujours existé.

Ce fut sous le règne de Louis-Philippe qu'on songea à imaginer un nouveau moyen de faire voyager les malfaiteurs, soit qu'il s'agît de les transporter au loin, soit qu'on eût seulement à les faire circuler dans l'intérieur d'une ville.

Un industriel, M. Guillot, présenta le projet des voitures cellulaires et il fut adopté; comme récompense, il reçut la concession de l'entreprise du transport des prisonniers dans les bagnes et dans les maisons centrales.

Il paraît que la Chambre des députés fit d'assez fortes objections contre le projet qu'on lui demandait de ratifier. Afin d'être en état de mieux répondre à tous les arguments, le préfet de police, M. Gabriel Delessert, et le ministre de l'intérieur, M. de Montalivet, décidèrent de faire eux-mêmes une promenade en voiture cellulaire.

M. Delessert était resté debout dans le couloir des gardiens; M. de Montalivet s'était bravement fait enfermer dans une des cellules.

Malheureusement pour lui, l'honorable ministre possédait une corpulence développée, surtout dans la partie destinée à supporter le poids du corps assis.

On l'entendait, du couloir, gémir à chaque cahot de la voiture :

« Je n'ai point de place pour m'asseoir, » criait-il d'une voix lamentable.

M. Gabriel Delessert prit alors la parole d'un ton sec et bref :

« Vous avez là, dit-il aux gardiens, un particulier qui parle trop et trop haut. Il doit y avoir une punition pour une telle infraction au règlement.

— Oui certes, les menottes ou les fers aux pieds.

— Et qui a signé ce règlement?

— Evidemment M. le ministre de l'intérieur.

— Eh bien ! reprit encore M. Delessert, qu'on applique le maximum de la peine au prisonnier qui a fait ce tapage ; ce doit être un sujet très dangereux et certainement il a plus d'un méfait sur la conscience.

— Oh ! monsieur le préfet, gémissait M. de Montalivet, grâce ! grâce ! Je vous assure que si vous étiez à ma place, vous vous plaindriez à coup sûr comme je le fais.

— Non, certes, répliqua M. Delessert, car je ne suis pas un gros criminel comme vous ! »

Sur cette plaisanterie, la voiture rentrait au ministère;

M. de Montalivet en descendit quelque peu endolori; mais il n'en soutint pas moins l'adoption du nouveau système de transport devant la Chambre, à laquelle il se garda bien de raconter ses impressions intimes.

Pour la tranquillité de sa conscience, M. de Montalivet se disait sans doute que jamais un prisonnier n'est aussi gros qu'un ministre.

*
* *

Auriol, le célèbre clown dont la renommée était européenne, a fait la semaine dernière un saut bien autrement terrible que tous ceux qu'il avait accomplis jusqu'à ce jour avec ou sans tremplin; sa mort a été enregistrée par tous les journaux; elle a certainement fait plus de bruit que la mort de bon nombre d'hommes d'État. Après tout, pourquoi non? Auriol n'aurait-il pas pu leur servir de maître dans l'art de la souplesse et des voltes? Auriol n'avait-il pas sur eux cet incontestable mérite d'avoir su garder, pendant plus d'un demi-siècle, une popularité qui a survécu à toutes les révolutions et qui, pendant longtemps, a paru avoir raison de la vieillesse elle-même?

Auriol avait débuté comme clown presque avant de savoir marcher dans la rue, et il garda son agilité bien longtemps après; dans la ville il ressemblait à un vieillard. Pendant quarante ans, sous les divers régimes qui se sont succédé dans Paris, il n'y a pas eu de bonne soirée au Cirque sans ce clown merveilleux, qui, pour l'art des tours de force élégants, était ce qu'a été Debureau dans la pantomime, Déjazet dans le vaudeville, Frédérick Lemaître dans le drame.

Ah! une pirouette d'Auriol, on en rêvait avant, on en rêvait après! Heureusement que le digne homme n'avait point d'ambition politique : car il aurait soulevé la foule, le jour où il serait descendu sur le boulevard du Temple, et où il aurait fait trois sauts périlleux en criant : « Ralliez-vous à mon bonnet de fou. »

Auriol était le digne fils de son père, et je vous aurai tout dit en vous apprenant que ce père était paillasse dans la troupe du fameux Nicolet, où tout allait *de plus fort en plus fort*.

Le père Auriol fut le héros d'une aventure qui nous a été conservée et qui méritait de l'être.

Carle Vernet, revenant de Marseille, se trouva dans la diligence avec un gros monsieur d'apparence rustique, et dont la physionomie semblait prêter à la *charge*.

Comme les voyageurs étaient descendus pour monter une côte à pied, le peintre sauta un fossé sur le bord de la route; puis, se retournant vers le gros monsieur:

« Sauteriez-vous comme cela, vous? » lui demanda-t-il en riant. »

L'autre ne répondit rien.

« Je vous en défie bien, continua Vernet.

— Alors, je vais essayer, dit le gros monsieur; mais parions quelque chose : un déjeuner, par exemple.

— Volontiers! »

Le gros homme prit son élan au milieu des éclats de rire des spectateurs; il s'élança lourdement, gauchement, mais il franchit le fossé.

« Bravo! » cria-t-on.

Carle Vernet paya le déjeuner.

Vers le soir, nouvelle côte, nouveau fossé, mais plus large que le premier; nouveau saut du peintre, nouveau défi.

L'autre se fit prier.

« Vous me devez une revanche!

— Une revanche, soit! Alors nous parions le dîner?

— Parbleu! »

Le pauvre homme parut faire un effort gigantesque. Il s'y reprit à deux fois, mais il sauta encore.

A cette époque, on mettait cinq jours pour aller de Paris à Marseille; ce fut pendant cinq jours la même chose.

A la fin, le gros monsieur franchissait des fossés de six mètres de large.

Le peintre était exténué, dépité, furieux.

« Monsieur, lui dit son adversaire en prenant congé de lui, je vous remercie de m'avoir si bien nourri durant ce petit voyage, et j'espère que vous voudrez bien assister à mes débuts.

— Comment! à vos débuts?

— Oui, monsieur. Je suis engagé comme premier paillasse chez Nicolet, et je joue ces jours-ci.

— Paillasse? Mais alors vous m'avez trompé?

— Un peu, au commencement. Dame, bourgeois, j'ai voulu faire comme chez mon maître, de plus fort en plus fort! »

Et Auriol fils, aussi, se souvint de la devise : il fit plus fort que papa.

ARGUS.

AVIS. — **MM. les Souscripteurs dont l'abonnement expire à la fin de septembre sont priés de le renouveler au plus tôt, s'ils ne veulent pas éprouver de retard dans l'envoi de la SEMAINE DES FAMILLES. — Toute demande de renouvellement, toute réclamation, toute indication de changement d'adresse, doit être accompagnée d'une bande imprimée du Journal et envoyée FRANCO à M. Victor Lecoffre. — Abonnement pour la France : un an, 10 fr.; six mois, 6 fr. — Prix du numéro : par la poste, 25 centimes; au Bureau, 20 centimes. — Les abonnements partent du 1er avril et du 1er octobre. — Les volumes commencent le 1er avril. — La SEMAINE DES FAMILLES paraît tous les Samedis.**

PRIX DE L'ABONNEMENT POUR L'ÉTRANGER.

Europe, Canada, États-Unis et colonies françaises	UN AN : 11 fr. »	SIX MOIS : 6 fr. 50
Pour tous les autres pays.	14 »	8 »»

VICTOR LECOFFRE, ÉDITEUR, RUE BONAPARTE, 90, A PARIS. — Imp. de la Soc. de Typ. - J. MERSCH, 8, r. Campagne-Première. Paris.

Nanon franchit le ruisseau et se pencha pour écouter (Page 404).

LE RUISSEAU.

—

Chez le père Jean-Louis Ducamp, le petit fermier de Thiberville, on était en grand contentement aux derniers jours d'août. Jamais, de mémoire d'homme, on n'avait vu une année aussi profitable, aussi belle ; une année, enfin, à mettre en abondance du foin dans les greniers, des bœufs dans les étables, des tas de paille dans les granges, de beau grain doré dans les sacs, et, dans d'autres sacs, plus petits, soigneusement tenus sous clef dans le fond de l'armoire, une bonne provision d'écus que ce brave Ducamp se garderait bien de gaspiller. Aussi nul n'avait vu, depuis longtemps, le père Jean-Louis lever la tête avec plus de gaieté et d'aisance, frapper sur sa cuisse d'un geste d'aussi bonne humeur, et tirer, de sa grosse pipe jaunie par le temps, d'aussi épaisses bouffées.

De son côté, la mère Nanette, la bonne et vaillante femme à Jean-Louis, ne témoignait pas moins de satisfaction dans ses allures et de gaieté sur ses traits. Son gros rire était plus sonore, et ses bonnets plissés plus blancs ; elle mettait, sans rechigner, plus de tranches de lard sur les choux et plus de beurre dans la soupe, se disant qu'il n'était pas si nécessaire d'épargner pour les mauvais jours, puisque le bon Dieu, cette année-là, avait si largement rempli les celliers et les granges. La brave Nanette, d'ailleurs, en bonne mère qu'elle était, ne jouissait pas seulement de sa joie, à elle, mais aussi de celle des autres. Et elle voyait bien que son cher gars François, son fils aîné, ressentait un grand contentement, en voyant ces belles récoltes de son père.

Du moment que l'on était sûr de payer aisément le fermage en janvier et que la maison était dans l'aisance, il pourrait accomplir enfin le vœu le plus cher de son cœur : il pourrait se marier. Et la mère Nanette, tout en taillant sa soupe, souriait doucement par avance, en pensant à la fillette blonde et fraîche, à Catherine Bodet, la jolie bru, la fille du garde forestier, qui sous peu viendrait l'aider à battre son beurre et à faire sa lessive.

De même que son aîné François, le petit frère Michel se réjouissait aussi. Mais ce n'était point qu'il pensât à entrer en ménage ; un garçonnet de quinze ans ne prend point de tels soucis. Seulement, puisque le père avait fait une si bonne année, il pourrait sans doute se passer de lui pour tous les travaux de la ferme ; il ne lui serait pas malaisé de louer quelques gars, un ou deux batteurs de blé, et de le laisser encore, un an ou deux, à son école d'agriculture, d'où il sortirait à dix-huit ans bien formé, bien instruit et devenu vraiment un homme.

De même Louisette, l'aînée de la famille, la bien-aimée du père Ducamp, tout en partageant le contentement des autres, avait ses petits plans à elle. Certainement, sa chère mère, voyant tous les siens si à l'aise et si bien pourvus pour l'hiver, ne refuserait pas de lui donner ce beau drap bleu à casaquin et cette grosse pièce de toile blanche, qu'elle convoitait depuis si longtemps, en la voyant là-haut, pliée, roulée, sur le dernier rayon de l'armoire. Aussi quelle belle douzaine de chemises elle pourrait se faire, les cousant, les piquant dans les veillées d'hiver ! Une fille de vingt ans doit naturellement penser avoir un jour à elle sa maison, son ménage, et un ménage, chacun le sait, ne peut pas aller sans un trousseau.

Ainsi, en cette heureuse année, la famille tout entière : le père Jean-Louis et sa femme, le grand François, le petit frère Michel et la bonne Louisette, se montraient plus joyeux et plus aises que, depuis longtemps, ils ne l'avaient été. Il se trouvait pourtant une exception, chose étrange ! à cette bonne humeur générale. Et c'était mamselle Nanon, la plus jeune des deux filles, une vive et gentille brunette, ma foi ! qui se permettait de l'être, cette fâcheuse exception ; de relever dédaigneusement le bout de son petit nez, de plisser avec ironie ses fines lèvres roses, et de soupirer aussi parfois, sans qu'on l'entendît, dans un coin, tandis que les autres étaient bien en train de jaser entre eux et de rire.

C'est que Nanon, que l'on appelait de ce gentil nom d'amitié pour la distinguer de sa bonne vieille mère, mamselle Nanon, disons-nous, avait une ambition et une idée à elle. Le village et la ferme l'ennuyaient ; elle rêvait d'aller à Paris. Ce devait être si étonnant, si merveilleux, Paris !... D'abord, c'était si loin ! Et puis elle avait entendu conter tant de choses de « la grand'-ville ! » des choses qui faisaient passer de petits frissons d'étonnement et de plaisir, monter des bouffées d'air chaud et de sang vermeil au visage, et voir en songe, dans le repos des nuits silencieuses, un autre monde, tout d'or et de diamants, de guirlandes et de lumières, avec des palais, des jardins, des églises, des théâtres, des promenades, où étincelaient tour à tour toutes les couleurs de l'arc-en-ciel.

Il y avait quelques mois, déjà, que la petite Nanon, avec toute l'ardeur et la fantaisie enfantine de ses dix-sept ans, s'était mis ces idées en tête. Au printemps, vers les fêtes de Pâques, on avait eu soudainement une singulière visite au village : celle de Mlle Madeleine Binaud, la fille de la mère Fanche, une bonne petite vieille qui marchait toute courbée en s'appuyant sur un bâton et en branlant la tête, qui gardait les enfants et les oies en été, et tricotait des bas en hiver. Et Mlle Madeleine, qui pendant quelques années avait oublié sa mère, s'en était souvenue, il paraît, tout à coup, et, prenant son billet à la gare Saint-Lazare, était venue la visiter.

Mais l'amour et le devoir filial étaient-ils bien l'unique but de Mlle Madeleine ? N'avait-elle pas un autre dessein, un autre mobile encore ? celui d'éblouir ses voisins d'autrefois et surtout de s'en faire admirer. Eveillée et pimpante comme elle l'était en effet, sous ses nouveaux atours, qui l'aurait reconnue ? Elle était partie jadis en jupon court et en sabots, avec un châle de laine usé, déteint, attaché de travers sur sa camisole grise, et un pauvre petit bonnet sans dentelle couvrant à demi ses cheveux roux. Et la voilà qui revenait transfigurée, éblouissante, parée comme une vraie Parisienne d'un costume gris clair tout à fait mignon avec ses flots de ruban rouge, d'un fichu de dentelle noire coquettement plissé sur sa taille fine, et d'un chapeau !... Oui, vous lisez bien, d'un chapeau, un vrai chapeau gouttière, ou bien cabriolet, avec ses pendeloques de jais miroitant, son bouquet de coquelicots et sa grande plume noire !... Un chapeau, à cette petite Madeleine qui, il n'y avait pas si longtemps, gardait encore les oies !... Oh ! ce sont là de ces choses qui ne peuvent se voir et se faire qu'à Paris !

Or, comme de semblables prodiges font grand bruit au village, la gentille Nanon n'avait pas manqué d'accourir, pour voir, pour admirer. Et elle en était restée frappée, émue, triste et confuse, se demandant si jamais l'on avait vu, l'on avait même imaginé, à Thiberville, une robe aussi seyante, une étoffe aussi fine, une si légère dentelle et des rubans si frais.

Mlle Madeleine, soit qu'elle dît vrai ou non, n'était pas embarrassée d'ailleurs d'expliquer sa grande et soudaine opulence. Elle était, affirmait-elle, première ouvrière repasseuse chez une blanchisseuse de dentelles, qui avait la clientèle des plus riches maisons de la Chaussée-d'Antin. Et la perspective riante et douce de ce travail délicat ne séduisait pas moins la pauvre petite Nanon, que les éblouissantes beautés du costume gris, du bouquet de coquelicots, du chapeau richement perlé et du fichu de dentelle.

« A la bonne heure, au moins, voilà qui est agréable et joli ! » se disait-elle, en secouant douloureusement, quand elle se trouvait seule, sa tête brune où les pommiers du dix-huitième printemps n'avaient pas encore neigé. « C'est ça un ouvrage que je voudrais et que j'aimerais faire, parce qu'il ne vous salit point les doigts et ne vous brûle pas le teint... Ce n'est pas comme ici, qu'il faut passer son temps à sarcler les plates-bandes, rentrer le foin, battre le beurre et traire les vaches... Et puis quand, toute la semaine, on a tant travaillé, quelles distractions, quels plaisirs a-t-on, bonne sainte Vierge, le dimanche?... Mettre un pauvre petit bonnet tuyauté et un gros casaquin de laine, laisser là ses gros sabots pour de vilains souliers en peau de chèvre, attacher à son cou une croix d'or, toute petite, à un bout de ruban noir, et s'en aller à l'église entendre la grand'messe... Tandis qu'à Paris, oh ! mon Dieu, à Paris, toutes les maisons sont dorées, toutes les toilettes sont magnifiques, toutes les femmes sont belles ! C'est bien aisé à voir, d'ailleurs. Qui jamais aurait pu reconnaître cette grosse Madeleine Binaud? »

C'est ainsi que l'imagination de la petite Nanon s'échauffant, s'exaltant, se prêtant à toutes sortes de mirages allant jusqu'à la féerie, lui faisait voir incessamment, dans sa veille et ses rêves, tout un immense paradis où se trouvaient mêlés et rapprochés confusément le Trocadéro, le Bon-Marché, l'Alcazar, l'Opéra, le bois de Boulogne, dont elle avait lu parfois les noms et appris à connaître les merveilles, dans les débris de journaux où l'épicier enveloppait son sucre et son savon.

Aussi prenait-elle en dégoût les occupations, les devoirs et les humbles bonheurs de la ferme. Elle trouvait amer le cidre du bon père Jean-Louis, parce qu'elle avait entendu Madeleine Binaud parler un jour, avec des airs de connaisseur, des verres de fin cristal rosé où pétille et mousse le champagne. Ses sabots de bois de hêtre lui étaient durs aux pieds, et elle tâtait parfois du bout des doigts, avec dédain, les gros plis un peu lourds de sa jupe de laine, en songeant au joli costume gris à corsage ouvert, à traîne bouffante, où se nouaient si gentiment les coques de ruban ponceau.

Donc, par suite de ces rêves vagues, de ce désir inassouvi, la pauvre Nanon était vraiment toute disposée à se croire malheureuse, et ce qui augmentait encore la gravité de la chose, c'est que déjà, autour d'elle, on s'en apercevait.

« Qu'a donc la p'tiote, en vérité? demandait parfois le père Jean-Louis, le soir, en fumant sa pipe, lorsque mamselle Nanon avait secoué dédaigneusement la tête et fait la difficile, en voyant arriver l'énorme platée de lard aux choux. Elle devient toute pâlote, toute maigriote, et elle ne mange quasi rin... Il n'en faudrait pas plus, ma foi ! pour faire une maladie.

— Ah ! que l'on a de mal à élever ces jeunesses ! soupirait la bonne mère Nanette, en rentrant sa miche dans la huche avant de s'asseoir à son rouet. On a beau se mettre en quatre pour qu'il ne leur manque rien : ni le pain, ni le lait, ni le lard, ni le beurre; il vient toujours un âge où l'on dirait qu'un mal les prend. Elles n'ont plus ni babil, ni couleurs, ni jambes, ni gaieté; elles se traînent de ci et de là, sans savoir pourquoi et comment, comme de pauvres agneaux qui ont perdu leur mère, et puis elles ne manquent pas de se fâcher et de faire la moue si l'on s'avise, en toute bonne amitié, de leur demander ce qu'elles ont.

— Eh bien, mère, voilà : je crois que l'enfant s'ennuie, disait alors François qui, en sa qualité de grand frère, recevait peut-être plutôt qu'un autre les confidences de Nanon.

— S'ennuie, dis-tu ...? Ah ! par exemple, j'voudrions ben savoir de quoi, interrompait vivement le père. Avec ça qu'on peut avoir ici le temps de s'ennuyer ! Les vaches à traire, le beurre à battre, la soupe à faire, les nippes à lessiver, tout ça ensemble, avec la messe le dimanche et trois ou quatre assemblées par an, v'là, j'espère ben, de quoi chasser l'ennui et occuper le loisir d'une fille.

— Ça se peut bien, mais il me semble que Nanon s'ennuie tout de même. Tout le monde ne se ressemble pas ... Et il faut pourtant bien prendre les gens comme ils sont et le temps comme il vient, » disait François, en se levant pour s'en retourner à l'étable.

Et là-dessus, en lui-même, le brave garçon souriait, se disant qu'il connaissait bien une gente jeunesse qui ne s'ennuierait pas, certes, quand elle viendrait prendre sa place à la ferme, autour de la marmite de soupe au beurre et de la platée de lard aux choux. Après quoi il comptait sur ses doigts les semaines qui le séparaient encore des prochaines fêtes de Noël, époque où l'on s'arrangerait, probablement, pour le marier avec sa blonde Catherine.

C'était, on le conçoit, dans l'absence de Nanon que s'échangeaient ces propos au sein de la famille. Et la pauvre fillette, qui ne les entendait point, ne se doutait pas que l'on pût soupçonner son gros secret, s'apercevoir de sa tristesse. Aussi s'y plongeait-elle plus avant chaque jour, ne rêvant plus, ne voulant plus, n'aimant plus que ses beaux palais de nuages, son grand et merveilleux Paris.

Elle s'était rendue un matin au plus prochain village, sur l'ordre de sa mère qui l'avait envoyée prendre des nouvelles d'une grand'tante infirme et clouée dans son lit. Nanon, qui devait s'attendre à passer pour le moins deux heures auprès de la pauvre Thérèse, à l'entendre conter ses misères et à lui dire par le menu toutes les histoires du petit bourg, Nanon, en fille laborieuse, avait emporté sa quenouille. Il lui était aisé, presque agréable, de filer tout en se perdant dans ses rêves. Il semble qu'un mouvement des doigts régulier, machinal, favorise l'essor de l'esprit. Un homme de talent (1) l'a fait remarquer avant nous, en demandant combien de pensées, de rêves, de désirs tiennent entre deux coups d'aiguille.

Donc, quand Nanon s'en revint vers quatre heures, un peu lasse des vieilles histoires et des doléances de la tante Thérèse, qui, à dire le vrai, n'étaient pas faites pour l'égayer, elle tenait, tout en traversant le bois, sa quenouille dressée sur sa hanche, et, de ses doigts menus, tournait de temps en temps le fuseau qui se balançait, remontait, descendait, se balançait encore, avec un petit bruit léger.

Tout en marchant et en filant, la pauvre Nanon était triste... Et pourtant, autour d'elle, quel beau bois, quel beau jour! Le ciel bleu ne se voyait guère à travers l'épaisseur des branches, qui laissaient apercevoir çà et là quelque jolie teinte d'azur pâle au milieu de leur réseau vert. Le soleil, à demi voilé aussi, se montrait cependant assez pour mettre un étroit ourlet d'or autour de chaque feuille, et de grandes plaques lumineuses sur les vieux troncs moussus, où la vigne sauvage attachait ses vrilles folles et le lierre ses ondoyants festons. Le gazon, au ras du sol, était doux sous les pieds, tant il était recouvert d'herbes fraîches et velouté de mousse. Les oiseaux, à cette heure, avaient fini leur chanson du matin, et leurs gentils bonsoirs du crépuscule ne commençaient point encore. Seulement, de temps à autre, un petit cri léger, le froissement très doux d'une branche, se ployant puis se relevant avec un bruissement d'ailes, annonçaient que quelqu'un de ces jolis habitants du bois avait aperçu la jeune fille et s'éloignait à son approche, ou bien, s'il se sentait plus brave, se penchait pour la voir passer.

La petite Nanon, qui ne manquait ni de cœur ni de goût, trouvait beau le grand bois désert, et le préférait de beaucoup à la route blanche brûlée de soleil, même à la place du village. Pourtant cela ne l'empêchait pas de soupirer, en songeant aux heureux qui vivaient à Paris.

« Et pourquoi donc, moi, n'irais-je pas aussi? se disait-elle. Quand la mère aura pour l'aider ma grande sœur et Catherine, sa bru, ne pourra-t-elle point se passer de moi et me laisser partir pour la ville?.. Une fois là, je deviendrai habile, gracieuse et belle. Je porterai chapeau, j'apprendrai à repasser... Quels jolis atours j'aurai alors, et qu'il me sera doux de laisser mon bonnet, mes sabots au village! »

C'était en arrivant au coin du bois que Nanon se parlait ainsi. Là passait, murmurait un ruisseau assez large et profond, qu'il fallait traverser sur deux étroites planches. Rien de frais et de pur comme ce ruisseau, même en été: si clair, si transparent qu'on eût dit un cristal liquide, avec un fond de sable doré aux petits grains très fins, très doux, et de belles franges d'herbes folles qui balançaient à sa surface leurs aigrettes menues et leurs panaches verts. Puis, un peu en avant des planches, se dressaient dans le lit étroit, tout au fond, deux ou trois grosses pierres éboulées, d'un gris bronzé, vêtues de mousse, bien qu'elles fussent d'ailleurs éternellement lavées par les filets d'eau limpide qui jaillissaient tout alentour. Et le ruisseau, qui voulait aller, courir, couler plus vite, s'irritait de rencontrer cet obstacle en passant. Il murmurait, il bouillonnait en se heurtant contre les pierres, et de ce petit tourbillon d'où rayonnaient incessamment de larges cercles d'écume blanche, s'élevait un bruit confus et doux, qui prenait, dans ce silence et cette solitude, tout le charme d'une musique et l'accent ému d'une voix.

Comme Nanon, pour franchir le ruisseau, posait son petit pied nu sur l'un des bouts de la planche, elle s'arrêta toute surprise, et se pencha pour écouter. Le murmure de l'eau semblait être, ce jour-là, plus pénétrant, plus fort que de coutume; il y avait comme des paroles, des prières, des plaintes, dans son bouillonnement rapide, et la fillette comprenait, chose étrange! ce langage, ces voix. Peut-être, en ce moment, un ange passait-il près d'elle, pour lui faire entendre le sens des choses qui se trouvaient sur son chemin; peut-être, sans le savoir, avait-elle rapporté, ce jour-là, de sa course dans la forêt quelques grappes blanches de la *fleur d'ouïe*, dont un de nos plus gracieux conteurs nous

1. Alphonse Karr.

parlait l'autre jour. Quoi qu'il en soit, en se tenant là immobile, très attentive, et en écoutant bien, de toutes ses oreilles et son cœur, voilà ce que Nanon entendit :

« Je viens de loin, je me hâte, je cours par delà la forêt. Et nulle part, foi de ruisseau! je n'ai vu de village aussi tranquille, de vallée aussi belle, de gens aussi honnêtes, partant aussi heureux. Les prés sont verts, les blés sont d'or; déjà les pommiers nouent à leurs branches leurs beaux fruits empourprés; dans les pâturages ruminent les grosses vaches rousses... Nul ne manque de pain ici, Nanon; pourquoi donc t'en aller?

« Et même quand viendra l'hiver, quand les arbres verront tomber leurs dernières feuilles jaunies, quand je me ferai petit, muet, sous ma croûte étincelante de glace durcie et de givre, eh bien, il fera encore bon sous le toit du logis, au foyer! Les gros rondins de chêne pétilleront dans l'âtre; mères et filles, amies et sœurs, voisins et voisines, se chaufferont à la flamme d'or, en filant leur quenouille, en contant leurs histoires ou disant leur chapelet... Pourquoi t'en aller, Nanon? ici l'hiver passe vite.

« Sais-tu bien que là-bas Nanon, dans ce riche et merveilleux Paris, il n'y a pas seulement des gens qui s'amusent, jouissent, chantent, roulent sur l'argent et sur l'or; mais aussi, et combien, mon Dieu! des gens qui souffrent, des gens qui pleurent?.. Sais-tu bien qu'à Paris le pain ne se donne pas, Nanon; mais qu'il s'achète chèrement, cruellement, au prix des plus amers sacrifices, des plus constants efforts, et que bien des misérables, pour l'avoir, ont vendu leur repos, leur honneur, la paix et la joie de la vie?... Tu n'y pensais peut-être pas; mais, puisque je te le dis, Nanon, pourquoi donc t'en aller?

« Il y a des choses, vois-tu, que, surtout moi ruisseau, je sais et je puis te dire... Tandis que je n'entraîne dans mon eau claire et scintillante que des brins d'herbe folle, quelque petite fleur fanée, et tout au plus quelque écrevisse ou quelque petit poisson, la Seine, ma noble mère, que, non loin d'ici, je retrouve, m'a conté des histoires vraies à faire trembler, sais-tu?.. Combien de corps livides, raidis par la mort, elle emporte! vieillards et jeunes filles, hommes jadis vaillants, femmes abandonnées, et enfants même, pauvres petits! qui viennent lui demander de les bercer dans la mort, de les endormir pour jamais, afin qu'ils puissent échapper à leurs douleurs, à leurs misères!... Oh! j'en ai vu passer, vois-tu, et je frémis encore quand j'y pense. Et puisque je te le dis, Nanon, pourquoi donc t'en aller?

« Et puis, sais-tu encore une chose, enfant? C'est qu'à Paris on ne remarque, on n'accueille, on ne célèbre, on n'aime que les femmes jeunes, folles, parées, qui se fardent, qui brillent, qui dansent, qui sourient... Mais qu'il arrive à l'une d'elles une pâleur mortelle au front, une profonde blessure au cœur, et aussitôt, sans émoi, sans pitié, on se détourne d'elle, on la fuit, on se demande : « Que nous veut cette vieille abandonnée, ou cette pauvre « malade, avec ses airs penchés, ses soupirs et ses lar- « mes? » Et ce dédain des amis et du monde, cette froide cruauté font bien du mal, Nanon; pourquoi donc t'en aller?

« Tu n'auras pas toujours, enfant, tes dix-sept ans joyeux, tes cheveux brun doré, tes couleurs roses, ton gai sourire. Les femmes qui ont perdu tout cela, à Paris on ne les regarde même plus, tandis qu'au village, vois-tu bien, quand on les a aimées jadis, eh bien... on les aime encore. Si les vieux parents ne sont plus là, s'ils dorment paisiblement sous l'herbe du cimetière, il y a les sœurs, les frères, les amis d'autrefois, et, qui sait? le compagnon préféré de toute une longue vie, les enfants qu'on a portés et qui grandissent en vous aimant. Ceux-là ne comptent pas, vois-tu, vos cheveux blancs, vos rides; ceux-là te resteront toujours, Nanon; pourquoi donc t'en aller? »

En courant au milieu des herbes, en bouillonnant le long des pierres, le ruisseau babillait ainsi, et Nanon l'écoutait toujours. Elle avait eu tour à tour, tandis qu'il lui parlait de sa petite voix d'ami, des sourires, des frissons, des larmes. Elle se sentait ébranlée, émue, disposée à le croire. D'abord un ruisseau n'est pas un homme : il ne peut pas mentir. Aussi, avant même qu'il eût fini, inclina-t-elle gravement la tête, tout en étouffant un soupir, comme si elle renonçait à une chimère et se faisait une promesse; aussi s'éloigna-t-elle du bois avec un front plus uni et d'un pas plus agile, et courut-elle, avec son gai sourire d'autrefois, en rentrant au logis, jeter ses beaux bras d'enfant au cou de la mère Nanette.

Heureuse petite Nanon! éloquent ruisselet! Car c'est ainsi : autour de nous, à toute heure, en tout lieu, s'élève incessamment la grande, la puissante voix des choses. Elle nous parle, nous instruit, nous console, et c'est à nous de l'écouter.

Étienne Marcel.

LE GOUT DU ROI

CONTE

(Voir page 390.)

Ce jour-là, ramené sur la terre par des préoccupations d'un ordre inférieur, il est vrai, mais qui n'étaient pourtant pas trop indignes des hauteurs où planait d'habitude son esprit, il daigna reconnaître, en y regardant de plus près, que sa femme, dès qu'il ne s'agissait que de l'éducation d'une fille de roi et non d'une fille de Jupiter, avait les qualités voulues pour s'en tirer très honorablement. Ne joignait-elle pas d'ailleurs à ses qualités naturelles, développées encore par l'éducation, le mérite inappréciable d'avoir, en vivant avec lui, pris quelque chose de lui, comme le vase du proverbe arabe, qui pour avoir vécu avec la rose en avait emprunté le parfum?

Mais le mérite tout nu de sa femme serait-il suffisant pour l'emporter sur les prétentions richement parées de ses rivales? Hélas! qui le sait mieux que le poète? Le mérite, sans un habit qui fasse valoir ses avantages, n'est par personne ni nulle part reconnu, et le monarque, sans doute, partageait sur ce point le préjugé commun, puisque le mérite de la future gouvernante de la princesse se jugerait d'après le genre de toilette qu'elle revêtirait, et qui serait de son goût, à lui, le roi.

Oui, mais son goût, à lui, le roi, encore une fois, quel était-il?

Voilà ce que se demandait, sans trop s'inquiéter, la femme du poète : car elle ne tenait pas du tout à l'honneur, tant ambitionné par d'autres, d'emporter la palme du triomphe.

Mais cette question que, malgré tout, elle était obligée de se poser, en fidèle sujette qui devait, autant qu'il dépendait d'elle, se conformer à la volonté de son roi, cette question épineuse n'en était pas une pour l'époux.

« Le goût du roi, ma chère, disait-il, vous me demandez quel il peut être? Supposez-vous assise sur le trône.

« En levant les yeux, que voyez-vous?

— Le plafond, dit-elle.

— Femme prosaïque! est-ce que les regards d'un monarque peuvent s'arrêter à un plafond? Ils s'élèvent bien plus haut (du moins telle est l'idée que nous devons nous en faire); ils montent jusqu'à ces régions où trônent aussi, mais sur des nuées, ces êtres supérieurs, ces divinités auxquelles il aime à se comparer. La toilette que le roi aime, ma chère, ou, ce qui revient au même, qu'il doit aimer, ce n'est pas celle de vos petites dames, si élégante et si luxueuse qu'elle puisse être; c'est celle des déesses dans l'Olympe, c'est la robe traînante bordée d'étoiles de Junon, c'est la ceinture de Vénus.

— Vous êtes mieux que moi à même d'en juger, répondit-elle, et, comme toujours, j'en suis sûre, vous avez raison. Seulement...

— Seulement quoi?

— Seulement, n'étant pas Junon, je n'ai pas sous la main les étoiles pour en parsemer ma robe. Et, fussé-je belle comme Vénus et eussé-je sa ceinture, vous conviendrait-il, mon ami...?

— Non pas, dit-il, non pas. Il faudra chercher autre chose. »

Il pressa son front entre ses doigts comme pour en faire jaillir une idée nouvelle, et reprit :

« Puisque vous ne pouvez réaliser l'idéal du roi et le mien en prenant vos modèles dans l'Olympe, force nous est d'en descendre. Asseyez-vous donc de nouveau sur le trône et regardez en bas. Que voyez-vous?

— Le parquet, dit-elle en riant.

— Encore!

— Oui, le parquet. Mais cette fois, pour n'être plus appelée femme prosaïque, j'ajouterai que mes yeux ne s'y arrêtent point : ils passent à travers, ils voient plus bas.

— Bien. Que voient-ils?

— Dois-je parler en roi? Eh bien, sous les fenêtres de mon palais, sur la place qui l'environne, dans toutes les rues qui y aboutissent, dans les quartiers les plus reculés de ma capitale, plus loin encore, dans mes différentes provinces, dans mes villes, dans mes bourgs, dans mes villages, dans mes hameaux, jusqu'aux dernières limites de mon royaume (j'espère que je suis dans mon rôle), j'aperçois une multitude d'hommes...

— C'est cela! interrompit-il, c'est cela! une multitude de petits hommes.

— Je n'ai pas dit petits!

— Il fallait le dire. Au point de vue du roi, ils doivent être petits. Or, puisqu'ils sont si petits, ce n'est pas à leur chétif individu qu'on peut emprunter, comme vous le pensez bien, le modèle d'un ajustement du goût du roi.

— Mais alors, ami?...

— Alors, amie, ce qu'on demanderait vainement aux individus, on peut le demander à la masse, chose bien différente : car si petits qu'aux yeux du roi soient ces hommes, leur multitude fait un ensemble, et cet ensemble est, en définitive, la base de la royauté. Vous comprenez?

— Pas trop, dit-elle, mais ce que je ne comprends pas du tout, je l'avoue, c'est la possibilité d'emprunter les inspirations d'un costume à une masse, à un ensemble ou à une base.

— Ne plaisantons pas, ma chère. La masse, l'ensemble ou la base dont je parle, c'est le peuple, vous l'entendez bien, et c'est au peuple, au peuple personnifié, qu'il s'agit d'emprunter pour nous le genre de toilette le plus propre à plaire au roi. Tâchons d'être sérieux!

— J'y fais tous mes efforts, dit-elle, et pourtant je ne ne puis m'empêcher de rire encore à l'idée que, pour me rendre plus propre à remplir le rôle de gouvernante auprès d'une jeune princesse, vous voudriez m'habiller en homme. Car un peuple est du genre masculin. Si, du moins, c'était en nation!

— En nation, soit, si vous l'aimez mieux.

— Certes, je l'aime mieux. Je pourrai garder ma robe, et je ne croirai pas, comme en peuple, me sentir de la barbe au menton.

« Et maintenant voudriez-vous me dire comment s'habille une nation ou un peuple personnifié, et la raison pour laquelle c'est, à votre avis, le genre de toilette qui doit le mieux plaire au roi?

— La raison? Elle est bien simple. Un roi, quand il regarde en haut...

— Regarde les dieux, oui, c'est entendu; mais il a été convenu qu'il regarderait cette fois en bas. Or quand il regarde en bas, continua-t-elle, il voit des hommes dont il est le maître, et, s'il a beaucoup d'orgueil, il peut se croire un dieu lui-même, ce qui est beaucoup plus flatteur. Et c'est pourquoi, ajouta-t-elle, vous voulez m'habiller en peuple, pour mettre en ma personne le peuple aux pieds du roi. Ai-je compris?

— Cette fois, oui. Et vous allez comprendre mieux encore. Un roi, quelque distance qu'il y ait entre lui et son peuple, ne peut s'empêcher de voir celui-ci d'un œil favorable, puisque c'est par lui et pour lui qu'il est roi. Donc se présenter à ses yeux comme la personnification de ce peuple sur lequel sa royauté s'appuie, quel plus sûr moyen de se concilier sa faveur? Sans doute, cette faveur irait plus loin encore si, par de plus adroits hommages, on savait caresser sa secrète pensée, que c'est le peuple qui est fait pour le roi. Ce serait affaire à moi, poète, de lui dire cela en beaux vers. Pourquoi faut-il qu'en cette circonstance vous ne puissiez me suppléer? Mais quoique, de par l'hyménée, nous passions, vous et moi, pour ne faire qu'un, nous n'avons point, hélas! les mêmes aptitudes.

— J'ai, mon ami, dit-elle, celles de mon sexe, qui est, ne l'oubliez pas, plus fait à être encensé qu'à encenser.

« A part cela, votre idée me paraît... comment dirais-je?... ingénieuse, et si vous l'exigez de moi, de même que, bien souvent, pour vous complaire, je me suis prêtée à toutes sortes de rôles, le jour de la grande épreuve e me présenterai devant le roi comme la personnification du peuple, pourvu qu'il ne me faille point, pour flatter l'orgueil du maître, porter des chaînes en guise de collier et de bracelets.

— Au contraire, il faudra en porter. C'est l'emblème de la soumission. Les chaînes avec le reste, ce sera parfait.

— On verra cela, dit-elle. Mais le reste, que sera-t-il?

— Il faut nécessairement, reprit l'époux, pour personnifier le peuple, porter ses différents attributs : ceux du culte, de l'agriculture, de l'industrie, du commerce, des armes, de la justice, des arts, de la richesse publique; mais comment faire? Pour cela, il faudrait un autel, une lyre, une balance, une épée, un levier, une ancre, une charrue, etc.

— Quoi! tout cela? mon ami. Mais pour traîner pareil bagage, sans même compter l'*et cœtera*, il faudrait un chariot. Comment en composer une toilette?

— Je n'en sais rien, mon cher cœur. C'est bien assez que je vous donne l'idée. A vous d'en tirer parti. Est-ce que je connais quelque chose à l'arrangement de vos affiquets! »

« Beaux affiquets que ceux-là! voulait-elle dire : un autel, une balance, un levier, une charrue! »

Mais, selon la coutume des gens qui aiment à poser des problèmes dont ils laissent à d'autres le soin de chercher la solution, l'époux-poète, sans plus rien écouter, était remonté dans ses nuages.

II

Le grand jour était venu. De tous les points du pays par tous les chemins, par les rivières, par les canaux, en carrosse, en charrette, en bateau, à dos de cheval, à dos d'âne, arrivait, en files interminables, dans la capitale du royaume germanique, l'innombrable armée (si armée on peut appeler cette multitude de femmes venues pour lutter entre elles et chacune contre toutes les autres) des postulantes à la place de gouvernante de la fille du roi.

Il y en avait de jeunes et de vieilles, de belles et de laides, de grandes et de petites, de grasses et de maigres, de chevelues et de chauves, de noires et de brunes, de blondes et de rousses, de vermeilles comme des pommes d'api et de pâles comme des navets; il y en avait de sveltes et droites comme le peuplier, et d'autres qui, sans être pour cela plus charmantes, avaient les formes tourmentées du charme. Il y en avait de gracieuses et légères comme des gazelles et d'autres qui traînaient lourdement derrière elles ou le pied droit ou le pied gauche, ce qui ne les empêchait pas de s'avancer d'un air brave, comme de vaillants soldats qui vont à un assaut.

Il y en avait de modestes et de fières, d'orgueilleuses et de vaines (ce qui n'est pas la même chose), de timides et d'effrontées, de délurées et de graves; les unes levant jusqu'à la hauteur de leurs yeux la pointe d'un nez retroussé de soubrette, les autres rabattant le leur à la façon des mères-nobles, comme pour lui faire faire politesse au menton. Il y en avait qui se montraient parfaitement à l'aise et sûres d'elles-mêmes, et d'autres, inquiètes ou embarrassées. Celles-ci, généralement, pinçaient les lèvres, tandis que celles-là les gonflaient dédaigneusement. Il y en avait, enfin, qui avaient de forts beaux yeux, soit noirs, soit bruns, soit bleus, soit pers, et d'autres qui en avaient de très laids des mêmes couleurs; mais toutes (et c'est le seul point par lequel elles se ressemblassent), toutes, sans exception, étaient louches, par le motif que leurs yeux à toutes étaient tout à la fois occupés, l'un à droite, l'autre à gauche, à regarder et à étudier la personne et surtout les toilettes de leurs rivales.

Ces toilettes, contrairement à ce qu'on pourrait penser, ne différaient généralement pas autant que les personnes mêmes de ces dames. Sans doute, parmi celles-ci, il s'en trouvait un bon nombre qui n'avaient consulté, pour le choix du costume, que leur inspiration personnelle.

Ainsi l'on en voyait en blanc, comme la blanche colombe; en rose, comme le front d'une vierge pudique; en bleu de ciel, comme la tunique des anges, ou bariolées de couleurs criardes, comme l'aile du perroquet. Mais ces dames au goût personnel étaient des dames de la province du centre du royaume qui, justement parce qu'elles vivaient plus près du temple de la mode, et savaient mieux sous quelles inspirations celle-ci rendait ses arrêts, n'accordaient à l'idole qu'un respect mitigé. Quant aux dames des provinces plus reculées, pour qui, à cause de l'éloignement peut-être, les oracles de la déesse étaient paroles d'Évangile, et qui auraient cru être hérétiques en n'acceptant pas aveuglément tout ce qui se décrétait en son nom, moins que jamais, en circonstance si grave, se seraient-elles permis le moindre écart. Non, toutes, sans exception, avaient (sauf la nature, la qualité et la nuance des étoffes employées, et un certain détail de toilette qui différait quelque peu pour chacune des quatre provinces) identiquement le même costume. Ce qui s'expliquera quand j'aurai dit que ce costume avait été façonné religieusement d'après le dernier patron de robe et le dernier modèle de chapeau rapportés de la capitale, par la première tailleuse et la première modiste du chef-lieu de la province, comme les vrais spécimens, à ce qu'elles disaient, de la toute nouvelle et unique mode de la saison à Paris.

Peut-être ces prêtresses de la mode étaient-elles de bonne foi; peut-être avaient-elles été les dupes de quelques commis voyageurs venus du joyeux pays de France avec des rossignols de magasin portant l'étiquette de *haute nouveauté*. Je ne ferai donc pas un crime, par exemple, à la principale modiste du chef-lieu de la province du nord, sur laquelle se modelaient les modistes de deuxième, de troisième et de quatrième ordre des cantons, des villes et des bourgades de cette même province, d'avoir affirmé à ses clientes qu'on ne pouvait être bien coiffée sans porter un pompon rouge sur le devant du chapeau, et d'avoir confectionné tous les siens d'après cette règle-là; ni à celle de la province du sud d'avoir fait accroire aux siennes qu'il fallait mettre par derrière un pompon bleu; ni à celle de l'ouest d'avoir prétendu qu'aucune femme qui se respecte n'oserait se montrer à Paris, si la passe de son chapeau n'était ornée à gauche d'un pompon jaune; ni à celle de l'est d'avoir juré ses grands dieux qu'elle serait déshonorée si une seule de ses clientes portait le pompon vert de rigueur ailleurs que du côté droit.

Mais si, désintéressé que je suis dans la question des pompons bleus, rouges, verts ou jaunes et de leur orientation sur les chapeaux, je me sens porté à l'indulgence envers les imprudentes modistes qui la tranchèrent inconsidérément, il n'en fut pas de même des dames des quatre provinces susnommées, lorsque leurs quatre cortèges, ayant franchi les quatre portes monumentales situées aux quatre points cardinaux de l'enceinte de la capitale, et venant à se rencontrer sur la grande place du palais, elles s'aperçurent (avec quelle stupéfaction, je le laisse à imaginer) que ces pompons qui les rendaient si fières étaient, pour chacun de ces cortèges, différents de couleur et différemment placés.

D'abord, les dames au pompon rouge sur le devant du chapeau, en voyant arriver les dames au pompon bleu posé par derrière, les avaient accueillies en chuchotant d'un air moqueur; à quoi celles-ci avaient répondu en échangeant entre elles des sourires narquois et des haussements d'épaules de pitié. Et certain que l'on était, d'un côté comme de l'autre, d'être pomponné selon les exigences du dernier bon goût, les deux bataillons (oui, bataillon ici est bien le mot) se lançaient des regards qui semblaient véritablement le prélude d'une bataille. On y lisait si clairement la joie anticipée du triomphe pour soi-même et de la défaite pour les autres, qu'ils se changèrent bientôt en regards de défi, puis en brocards décochés à demi-voix, puis en ripostes plus vives et plus aigres, et si, après les prises de bec on n'en vint pas à des prises de cheveux, malgré la surexcitation violente qui jetait nombre de ces dames littéralement hors de leurs gonds, peut-être faut-il l'attribuer moins au respect d'elles-mêmes qu'à celui de chacune d'elles pour cet objet de leur différend, et qu'une rixe aurait compromis.

Mais, quand apparurent à leur tour les pompons jaunes de l'est et les verts de l'ouest, posés les uns à droite, les autres à gauche de la passe du chapeau, les yeux qui lançaient le défi, perdant subitement l'expression menaçante, échangèrent un regard d'inquiétude, comme si la confiance qui les animait faisait soudainement place à un sentiment tout contraire, et les mains, dont les ongles semblaient tantôt vouloir jouer le rôle de griffes, obéissant maintenant à une impulsion plus féminine, se portèrent instinctivement vers le fameux pompon, comme si elles se demandaient s'il ne fallait pas le changer de place.

André Lepas.

— La suite au prochain numéro. —

PHILIPPE DE COMMINES

Issu d'une famille ancienne et distinguée de Flandre, Philippe naquit, en 1445, au château de Commines, non loin de Lille ; orphelin à l'âge de neuf ans, il eut pour tuteur son cousin germain, homme de mérite et de grande instruction, qui ne négligea rien pour l'éducation de son pupille. Vers la fin de 1464, Philippe, alors parvenu à sa dix-neuvième année, fut amené à Lille et présenté à Charles, comte de Charolais, qui le prit à son service et lui accorda une pension de six mille livres, somme assez forte pour ce temps-là. Peu de temps après, le comte Charles, ligué avec le duc de Bretagne et les seigneurs français mécontents du gouvernement de Louis XI, entra en France et commença la guerre connue sous le nom de *guerre du bien public*. Commines le suivit dans cette expédition, dont on lui doit une relation détaillée.

Après le traité de Conflans, Commines retourna en Bourgogne avec le comte de Charolais, qui l'avait distingué parmi ses autres serviteurs et admis dans son intimité. Selon une anecdote qui nous semble peu vraisemblable, étant connus le caractère altier du comte et la réserve de son commensal, Commines, revenant de la chasse, se serait permis de dire à ce prince de lui ôter ses bottes. Charles y aurait consenti, mais l'aurait frappé au visage avec une de ses chaussures, en lui disant : « Comment, coquin, tu souffres que le fils de ton maître te rende un si vil service ? » On ajoute que depuis cette aventure Commines aurait été surnommé *la tête bottée*.

Ce *racontar* (comme on dirait de nos jours) a été contesté par plusieurs historiens ; ceux qui l'ont adopté ont cru que ce fut pour se venger de cet affront que Commines abandonna plus tard le service de Charles, devenu duc de Bourgogne à la mort de son père, Philippe le Bon.

Commines n'a point fait connaître les motifs qui le déterminèrent à quitter, pour s'attacher à Louis XI, la cour de Bourgogne, où il jouissait de la confiance et de la faveur du prince. Sa conduite a été jugée diversement par les historiens. « Si le motif eût été honnête, dit Mézeray, sans doute qu'il l'eût expliqué, lui qui a si bien raisonné sur toutes choses. » Lenglet-Dufresnoy, au contraire, pense avec plus de raison et surtout de vraisemblance que, si les motifs de sa retraite sont restés secrets, il y a tout lieu de les expliquer en sa faveur ; « car, dit-il, ses ennemis n'auraient pas manqué de les faire connaître : le duc de Bourgogne lui-même, qui a cherché à diffamer les transfuges, n'a pas osé l'accuser. » Lenglet-Dufresnoy ajoute d'ailleurs que « la cour de Charles était alors plongée dans des désordres si affreux qu'un homme de probité avait peine à y demeurer sans mettre son honneur en danger. » Cela est vrai et c'est là le principal, le plus fort argument qui puisse être invoqué pour justifier la retraite de Commines.

Philippe de Commines.

On croit généralement que Philippe de Commines vint à la cour de France en 1472 ; Louis XI le fit presque immédiatement conseiller et chambellan.

Le roi, qui savait payer généreusement les services qu'on lui rendait, prodigua ses faveurs à Philippe de Commines ; il lui accordait des gratifications considérables en sus de ses traitements et de ses pensions, ce qui le rendit un des plus riches seigneurs du royaume.

Du moment où il arriva en France, Philippe de Commines fut initié à tous les secrets de la politique de Louis XI, qui le chargea des missions les plus importantes, et trouva en lui le serviteur le plus fidèle, le plus habile et le plus dévoué.

Il conserva son crédit jusqu'à la mort de Louis XI, fut admis dans les conseils de la régence au commencement du règne de Charles VIII ; mais bientôt il tomba en disgrâce et se vit obligé de quitter la cour. On ignore les détails de cette disgrâce : on a pensé que la jalousie y avait eu beaucoup de part, et cela est assez vraisemblable.

On ignore l'époque à laquelle il rentra en faveur; mais on le voit figurer parmi les ambassadeurs qui signèrent, à Senlis, en 1493, un traité de paix avec Maximilien, roi des Romains, et Philippe, son fils, archiduc d'Autriche. Il fut chargé, par la suite, de plusieurs missions importantes et rendit de grands services à Charles VIII, lors de l'expédition d'Italie.

Commines mourut en 1509, au château d'Argenton. Son corps fut transporté à Paris et enterré dans une chapelle de l'église des Grands-Augustins.

Ce fut un des plus grands hommes d'État et le meilleur historien de son siècle. Son aptitude aux affaires était telle que, suivant le témoignage de Mathieu d'Arras, qui avait vécu dans son intimité, il dictait en même temps quatre lettres différentes à quatre secrétaires avec *autant de facilité et de promptitude que s'il eût devisé*. Il ne pouvait rester oisif ni souffrir l'oisiveté dans les autres. L'activité de son esprit avait besoin d'un aliment continuel.

Aucun autre historien du quinzième ni même du seizième siècle ne peut lui être comparé pour le récit, le style, les vues, l'ingéniosité et la profondeur. Sa narration est nette et la naïveté de l'ancien langage la rend plus piquante; ses digressions partent du sujet et ne s'en écartent jamais. S'il parle des événements arrivés dans les pays voisins, il les rattache au prince dont il écrit l'histoire et amène des rapprochements aussi curieux qu'instructifs.

Ses Mémoires ont un cachet original, qui tenait au genre particulier de son talent et aux occupations de sa vie entière vouée à la politique et aux négociations. En écrivant, il n'a eu d'autre guide que son génie; il n'a imité aucun autre historien et n'a pu être imité. C'est ce qui a le plus contribué à établir et à maintenir la réputation méritée dont jouissent ses Mémoires.

Parmi les nombreux éloges qui ont été faits de cet écrivain, il faut surtout citer celui qu'en a écrit Montaigne : « En mons Philippe de Comines, dit-il, il y a ceci : vous y trouverez le langage doux et agréable d'une naïve simplicité, la narration pure et en laquelle la bonne foi de l'auteur reluit évidemment, exempte de vanité parlant de soi et d'affection et d'envie parlant d'autrui, ses discours et exhortements accompagnés plus de bon zèle et de vérité que d'aucunes exquises suffisances, et tout partout de l'autorité et gravité, représentant son homme de bon lieu et élevé aux grandes affaires. »

Le succès des Mémoires de Commines s'est perpétué jusqu'à nos jours; les étrangers ont su, ainsi que les Français, les apprécier; dans le siècle même où ils ont paru, ils ont été traduits dans toutes les langues. On en connaît deux traductions latines, deux italiennes, une espagnole, une flamande, une allemande, une anglaise et une hollandaise.

CH. BARTHÉLEMY.

UNE EXCURSION

IDYLLE

—

Nous avions choisi le matin
D'un jour de Mai pour ce voyage.
Tout s'éveillait dans le village;
Les abeilles pour leur butin
Déjà s'étaient mises en quête;
Accords préludant à la fête,
Les nids gazouillaient aux buissons,
Et, s'aidant du bec et de l'aile,
La fauvette se faisait belle
Avant de dire ses chansons.
La fleur des champs s'ouvrait heureuse
De voir le jour, et le soleil
D'une auréole lumineuse
Couronnait l'Orient vermeil.
C'était un vrai bonheur de vivre:
Vous souvient-il de ce beau jour?
Nous avions emporté le livre
Qu'on feuillette à deux, tour à tour,
Nous lisions des vers, de la prose,
Nous murmurions un doux refrain,
Et sans savoir pour quelle cause
Souvent nous nous pressions la main.

Le printemps tressait sa guirlande
De rayons, d'amour et de fleurs.

Du fier château, dont la légende
Est racontée aux voyageurs,
Nous voulions admirer encore
Les vieux murs, les pans de créneaux,
Livrés au temps qui les dévore
Les débris sont parfois si beaux!...
Nous marchions, quand une fillette
Tout en pleurs passa près de nous:
« Où vas-tu donc ainsi, pauvrette?... »
L'enfant se rapprocha de nous,
Elle nous raconta sa peine;
Nous l'écoutâmes tous les deux.
Puis l'enfant courut la main pleine
En poussant de longs cris joyeux.
Elle courut vers la chaumière
Cachée à l'ombre du grand bois...
Cette enfant pleurait de misère:
On souffre jeune quelquefois.
La nature encore plus belle
Nous souriait, et l'églantier
Balançait une fleur nouvelle
Dont il parfumait le sentier;
Mais le but du petit voyage
Fut oublié, le fier château
Ce jour-là n'eut pas notre hommage.
En suivant le cours du ruisseau
Nous atteignîmes la chaumière
Où l'enfant, déjà de retour,
Avait rapporté pour sa mère
L'espérance et le pain du jour.

Et comme le nid dans la mousse
Le toit du pauvre eut sa chanson...

Ah! combien cette heure fut douce
Nos cœurs battaient à l'unisson.

MARIE CASSAN.

CHARYBDE ET SCYLLA

(Voir pages 372 et 390.)

HUITIÈME LETTRE

Geneviève à Antoinette.

Paris.

Voilà huit jours que tu m'écris : « Changeons, » et depuis silence absolu. As-tu vendu la peau de l'ours avant de l'avoir vu par terre? J'ai hâte de le savoir, car notre décision à nous est prise.

A mon insu, notre médecin a fait évanouir les dernières résistances de Charles en lui parlant d'une manière peu rassurante de l'état de ma santé.

Naturellement, Parisienne de naissance, et coutumière de la vie factice, j'ai toujours eu le spectre de l'anémie à ma porte. Toute la science du monde (elle est bien courte, la science, parfois!) ne peut le faire déloger.

Il faut que je lui laisse la place et que j'aille me retremper en plein air.

On nous offre un joli chalet à Trouville; mais les parfums des gens trop civilisés qui habitent cette plage doivent nuire à la pureté de l'air.

Et puis j'y trouverai des connaissances, il me faudra soutenir ma réputation de pianiste et la musique, une des passions de ma vie, n'a pas peu contribué à me donner cette grande sensibilité nerveuse qui dégénère si facilement en souffrance.

Chez toi, j'écouterai celle de la mer, et il n'y en aura pas d'autre.

On me demande une réponse. Ecris-moi donc bien vite ce qu'il en est de ton projet, et, dans tous les cas, pratique en cette affaire ce qu'il est si difficile de pratiquer en ce monde : la sincérité absolue.

Nous nous connaissons assez pour cela.

GENEVIÈVE.

NEUVIÈME LETTRE

Antoinette à Geneviève.

Kermoereh.

Va pour la sincérité absolue, ma chère Geneviève, je souscris à cet arrangement de tout mon cœur. C'est la dissimulation qui coûte à ma nature, c'est même la prudence, qui cependant est une vertu.

J'avais chanté victoire un peu trop vite. Mon brûlot lancé, il y a eu dans la famille comme une impression de stupeur, que j'ai traduite comme un consentement tacite, mais comme un consentement. Mais les Bretons sont gens de réflexion. Le lendemain sont venues les observations, les récriminations.

T'écrire ces mouvements d'opinion, comparables à ceux de la houle, ne m'était guère possible; j'en avais le mal de mer.

Aujourd'hui je n'ai plus rien à craindre : la sœur d'Alain, qui menait toute la campagne d'opposition, s'est laissé fléchir et on commence à nous souhaiter un bon voyage sur toute la ligne.

Mon mari n'a jamais résisté que pour la forme; sa brochure est tombée à plat, et je l'ai tout à fait conquis à mes idées, le jour bienheureux où il m'a été révélé qu'il était poète.

Il l'avait toujours été pour moi; je savais que pendant toute sa jeunesse il avait eu la suprême distraction de rimer; puis étaient venues les études agricoles, les soucis politiques. Et aujourd'hui à quarante ans, avec une moustache qui grisonne, il se reprend à aligner des pensées, non plus seulement pour des fêtes de famille, mais en l'honneur du public.

Quelle arme a été cette découverte! Je n'avais plus besoin de me creuser la tête pour chercher des excuses à mon désir d'aller goûter de la vie à Paris; la meilleure c'était que, là seulement, mon mari pouvait faire apprécier ses travaux.

Aussi, depuis huit jours, je souriais des grandes résistances de la famille.

Quand après une conversation tumultueuse qui avait amassé des nuages sur le front d'Alain, je me retrouvais seule avec lui, il me suffisait de lui dire : « Toutes ces contradictions m'ont donné une sorte de migraine, lis-moi donc quelque chose. »

C'en était fait, tout était oublié.

S'il faut tout dire, le jour où il m'a révélé son livre, j'ai joué un peu la comédie avec lui, moi qui suis la franchise et la spontanéité par excellence, j'ai goûté au fruit défendu. Il me lisait Victor Hugo. J'étais distraite.

Quand j'ai un projet en tête, je lui appartiens tout entière, et la discussion engagée avec la famille ne me laissait aucune liberté d'esprit.

Pour m'arracher à mes distractions, il ne faut rien moins que me forcer à l'admiration.

Ce jour-là, la longanimité d'Alain m'étonna. Je remarquai d'ailleurs qu'il lisait certaines pièces avec un accent, avec un art qu'il ne prend pas ordinairement la peine de déployer en mon honneur.

Je devins plus attentive et tout à fait éclairée par une strophe révélatrice, je me levai brusquement et me penchai sur le livre. Mes yeux rencontrèrent une page détachée.

« Ces vers, m'écriai-je, ne sont pas de Victor Hugo, ils sont de toi. »

Il était découvert, il se confessa et m'avoua qu'il avait beaucoup versifié pendant l'hiver, et non point écrit, comme je le croyais, sur la maladie des pommes de terre. Les poésies s'étaient accumulées, et il en avait un volume qu'il serait heureux de voir imprimer.

J'accueillis cette confidence avec une froideur calculée et lui répondis que je reconnaissais l'influence qu'avait exercée sur lui la comtesse de Malplanquard; j'ajoutai que ses poésies se vendraient moins encore que ses brochures politiques et que ses dissertations agricoles.

Je disais cela lentement, avec un dédain nuancé d'ironie, et j'avais tout simplement envie de lui sauter au cou. Ne se livrait-il pas à moi, pieds et poings liés !

Jamais, au grand jamais, une réputation de poète ne s'est fondée uniquement en province.

Le nom de Paris était sur mes lèvres; mais je me donnais le malin plaisir de laisser Alain le prononcer.

Il le prononça, et je consentis, remarque bien ce mot, je consentis à faire une démarche personnelle auprès de sa sœur, ma plus redoutable adversaire, pour lui expliquer la nouvelle raison qui nous conseillait le changement qu'elle redoutait.

La sœur d'Alain est une personne de haute vertu, de grande intelligence et d'immense entêtement.

Mais elle a pour son frère une admiration sans bornes. Du moment que ce n'était plus moi qui désirais ce qu'elle appelle une désertion, du moment que c'était lui qui en devait recueillir les bénéfices et la gloire, il n'y avait plus qu'à laisser aller.

Elle n'approuvait pas ce projet, sa conscience réprouvait cette fugue vers Babylone; mais elle s'engageait à ne plus ameuter notre parenté contre nous. Cette neutralité a porté ses fruits et maintenant nous voici libres comme des oiseaux dont on a ouvert la cage!

Si j'en croyais Alain, nous partirions immédiatement; mais je n'ose pas me lancer avec toute ma *maisonnée* dans l'inconnu.

Par exemple, si nous échangeons nos logis, tout me deviendra facile.

Je te donne, pour un an, deux ans, trois ans, mon petit manoir avec ses jardins potagers, ses récoltes de tout genre, contre le confortable appartement que tu désires louer.

Cela te va-t-il ?

On me dit que les loyers sont hors de prix à Paris, et s'il est juste que je joigne une indemnité à l'occupation de Kermoereb, tu en fixeras toi-même le chiffre.

Alain, qui vient chercher ma lettre pour la porter au bureau de poste, me laisse toute liberté de traiter avec toi.

Il ferait bien autre chose pour hâter le départ maintenant.

Il est vraiment drôle de m'entendre calmer ses impatiences et lui servir, en hochant gravement la tête, toutes les raisons contre qui étaient si éloquemment mises en avant par lui et sa parenté, il y a quelques semaines.

« Mais votre santé !

« Mais vos intérêts en ce pays ?

« Mais votre famille qui vous pleure, comme si vous partiez pour l'Australie !

« Mais vos enfants auxquels l'air de Paris peut ne pas convenir ! »

Mon pauvre mari, enivré à l'idée de se voir imprimé, possédé du démon de la célébrité, me répond par une tirade sur les étoiles. C'est qu'il est poète pour tout de bon.

Nous avons maint ouvrage sur la planche.

D'abord le fameux recueil de poésies détachées, approuvé par la comtesse de Malplanquard, d'où j'aurai grand'peine à faire envoler les pièces dans lesquelles mon fiancé d'autrefois chantait mes cheveux d'or et mes yeux de pervenche; puis une comédie qui m'a fait bâiller terriblement cet hiver; enfin un drame.

Donc, ma chère Geneviève, arrangeons-nous donc bien vite et ne va pas louer ton appartement ni accepter un chalet à Trouville.

Je suis sûre que Kermoereb te conviendra, c'est ce que ton frère et toi vous cherchez.

De la solitude! vous ne l'aurez nulle part plus profonde!

Une belle nature!

Quand vous aurez vu la mer qui vient miroiter sous mes fenêtres, vous m'en direz des nouvelles.

Et je serai si heureuse de savoir ce cher toit habité par vous!

L'abandon m'oppressait pour lui.

On aime sa maison, on souffre de la savoir vide, abandonnée.

Mais y introduire le premier venu, n'est-ce point un pire destin pour elle!

Une réponse bien vite, n'est-ce pas? et à l'avance mille tendres remerciements.

ANTOINETTE.

DIXIÈME LETTRE

Geneviève à Antoinette.

Paris.

Ta lettre est arrivée à temps, ma chère Antoinette; j'ai consulté Charles, refusé Trouville, et notre échange peut être considéré comme chose faite.

Tu ne me dois aucune indemnité : nous nous logeons réciproquement, voilà tout!

Tu comprends que si tu me reparles de cela, ma délicatesse s'alarmera et que tu me mettras dans la dure obligation de tenir un compte rigoureux des carottes et des oignons que ma cuisinière empruntera à ton potager.

Les avantages que tu me donnes sont au moins l'équivalent de ceux que je te laisse; il n'y a donc pas lieu de se livrer à des calculs fatigants.

Tu ne trouveras rien à récolter sur nos balcons, et je crois que si nous estimions à leur juste valeur les bienfaits du grand air nécessaire à nos poumons et ceux de la solitude et du repos nécessaires à nos intelligences, tu nous ruinerais facilement avec tes demandes d'indemnités.

J'ai commencé les emballages; mon cher piano dont je ne veux pas me séparer, habite sa prison de sapin; mon frère entame les siens.

Il faudra que je déballe dans le mystère la grande caisse qui contient les instruments étranges qui servent à ses expériences. Autrement les habitants de ton village nous prendraient pour des sorciers, ou bien encore pour des marchands d'orviétan.

La grande question, maintenant, serait d'arranger les choses de manière à nous rencontrer.

Il serait vraiment par trop étrange que nous fissions notre chassé-croisé sans nous voir. Quel jour comptes-tu partir?

Quel train prends-tu?

Combien d'heures te faut-il pour arriver à Paris?

Où pouvons-nous nous rencontrer sûrement?

J'ai déjà consulté l'itinéraire du chemin de fer, je sais tout ce qu'il indique; mais il ne dit pas si tu viendras tout d'un trait, si tu feras des haltes.

Des enfants sont plus encombrants que des caisses, c'est donc à nous à prendre tes heures.

J'ai oublié de te demander si tu as un télégraphe sous la main. Rien n'est précis comme une dépêche qui dit : Partis à... Arrivons à...

A bientôt le plaisir de t'embrasser. Si quelque chose adoucit le sentiment pénible que j'éprouve au moment du départ à quitter ces lieux qui renferment dans un si étroit espace tout mon passé, c'est de savoir que je vais être remplacée par une personne connue et aimée. Tu habiteras sans doute la chambre de ma mère, qui est la plus vaste de l'appartement. Que ton cœur ami y batte en paix.

GENEVIÈVE.

ONZIÈME LETTRE

Geneviève à Antoinette.

Saint-Malo.

Quel contre-temps, ma chère Antoinette! Eh quoi! malgré nos communications télégraphiques, nous avons pu nous manquer!

Et me voici arrivée à Saint-Malo, dont les hôtels sont pleins par-dessus bord, grâce à une distraction impardonnable de mon frère!

Il ne sait pas lui-même comment il a commis cette grosse erreur de nous faire prendre un train pour un autre. Mais aussi quel enchevêtrement de wagons à la gare de Rennes! Malheureusement j'étais tellement énervée de ce voyage en pleine poussière que je me suis laissée aller à lui confier nos destinées.

On ne m'y reprendra plus.

Enfin que vous est-il arrivé, à vous?

Êtes-vous arrivés à bon port?

M'avez-vous attendue longtemps?

Charles est aussi pressé que moi de le savoir. Il ne fait que se frapper le front en disant :

« Comment expliquer cela? Comment expliquer cela? »

Moi, je me l'explique.

Nous avons tous les deux une allure de touristes étrangers.

Un employé lui aura dit obligeamment à Rennes :

« C'est à Saint-Malo que va monsieur? » et il aura répondu oui machinalement, le nom de la station ne lui étant pas familier.

Il te présente par mon intermédiaire ses très humbles excuses, ajoutant galamment que cette aventure lui est doublement désagréable, puisqu'elle le prive du plaisir de faire ta connaissance. C'est un cœur exquis, une intelligence hors ligne; mais en distraction il n'a pas son pareil.

Il m'a joué d'autres tours que celui-ci, et j'ai eu tort, vraiment tort de rester là, tout absorbée, le nez sur un flacon d'éther, au lieu d'aller prendre moi-même mes renseignements.

Un mot bien vite à l'hôtel de X., où l'on nous a fourrés dans un galetas indigne, quelque chambre de domestique mal nettoyée, que nous payons 12 francs par jour.

GENEVIÈVE.

DOUZIÈME LETTRE.

Antoinette à Geneviève.

Paris.

Ma chère Geneviève,

Nous avons eu aussi notre déception.

Nous t'avons cherchée pendant les vingt minutes d'arrêt qui nous étaient données à la gare de Rennes, et grande a été notre inquiétude de ne rencontrer personne qui te ressemblât.

J'avais eu le temps de faire et de refaire ton portrait à Alain pendant la première partie du voyage.

Elle est moins grande que moi, lui ai-je dit, extrêmement mince de la tête aux pieds; elle a le teint blanc, les cheveux, les yeux et les sourcils bruns. Tu la reconnaîtras à la flexibilité de sa taille un peu penchée, et à ses yeux qui n'ont pas le regard de tout le monde. Je ne me figure pas qu'elle ait pu changer. Cependant dix ans ne passent pas toujours inaperçus; mais enfin elle sera toujours mince, toujours pâle; elle aura toujours de grands yeux; comme je serai toujours cambrée, toujours blonde, même en cheveux gris. »

Il y a des signes distinctifs que la vieillesse seule, cette grande niveleuse qui précède la niveleuse suprême, la mort, a le triste pouvoir d'effacer.

Donc, à Rennes, nous laissons notre *smala* sous la garde de nos fidèles serviteurs et nous voilà dévisageant les voyageurs, allant de wagon en wagon et commettant les plus amusantes méprises du monde.

C'était Alain surtout qui en commettait.

Il m'appelait sans cesse du geste :

« Antoinette, cette dame mince?

« Antoinette, cette dame pâle?

« Antoinette, cette femme élégante, là-bas, enveloppée d'un cache-poussière? »

Et comme il est myope, il se trouvait que la dame mince était une Anglaise desséchée et rousse en lunettes bleues, que la dame pâle était une actrice blanchie au blanc de céruse, que la femme élégante était une grande fillette dont les quinze ans n'étaient point sonnés.

Notre course haletante n'a eu aucun résultat. J'étais horriblement déçue, et je ne parlais rien moins que de rester attendre le train du soir.

Alain m'a raisonnée et a fait tant de suppositions qu'il l'a emporté.

« Une chose ou l'autre les a peut-être retenus à Paris.

« Ils se sont peut-être décidés à suivre un autre itinéraire? »

Enfin que sais-je! le champ des suppositions est vaste et il nous était ouvert.

J'ai rejoint les enfants et le train nous a emportés vers Paris, où nous sommes arrivés à onze heures du soir. Georges, Marguerite-Marie et Yvonne dormaient de tout leur cœur et nous avons été bien heureux de pouvoir les faire transporter à bras de la gare à leurs lits.

Mon cœur battait en passant le seuil de ta maison, où j'arrivais avec Yvonne pour savoir si tu occupais encore ton appartement: car dans ce cas nous devions échouer dans un des hôtels voisins.

Une personne en cheveux, fort polie, m'a répondu que tu étais partie le matin même pour la Bretagne, et quand j'ai eu décliné mon nom, elle m'a remis la clef de l'appartement. J'ai envoyé Yvonne prévenir mon mari qui surveillait les enfants endormis, et je suis montée.

Malgré l'heure avancée tout était éclairé, et j'ai vu que tu avais songé à tout.

Il y avait tout un couvert dans la salle à manger, et les lits tout préparés attendaient nos corps fatigués.

Que tu es bien logée, ma chère! Quel nid charmant! quel confort et que tu vas trouver notre Kermoereb sévèrement et petitement meublé!

Les enfants sont arrivés; nous avons fait honneur à tes provisions et nous avons dormi d'un somme jusqu'à neuf heures le lendemain matin.

Pour l'instant, Annette habille les enfants, Alain réclame nos bagages laissés en consignation, et je t'écris toute déçue de ne pas t'avoir embrassée en route et toute charmée de ton *home* parisien.

Mon Dieu, que vas-tu dire de nos landes stériles, de nos plafonds de bois, de nos lourds bahuts, de nos balcons rouillés, de nos dorures ternies!

Les enfants sont émerveillés et j'entends d'ici leurs exclamations. Pourtant Marguerite-Marie, qui est sentimentale, a déclaré, en quittant Kermoereb, qu'elle n'aimerait jamais la maison de Paris. Mais en la voyant si brillante, si bien aménagée, elle perd un peu de son air farouche. Yvonne, elle, jette des cris de joie et se mire dans toutes les glaces. Seulement elle demande où est la mer.

La mer lui manque.

J'attends ta lettre pleine des impressions de l'arrivée. Ne me cache rien. Si la maison n'a rien d'attrayant, tu auras du moins le paysage. Choisis la chambre qui est située au midi: c'est la chambre d'amis, la plus gaie. La mienne te ferait l'effet d'un grand hangar; mais elle avait cet avantage de toucher au grand appartement habité par les enfants, d'être au-dessus des cuisines, et d'avoir un petit escalier qui m'y conduisait: ce qui était inappréciable lorsque j'avais du monde, car ainsi je pouvais librement donner mon coup d'œil et mes ordres.

Mais la chambre au midi est plus moderne, et par sa plus grande fenêtre tu jouiras du lever du soleil. Le soleil y entre à flots, si bien que Guy, lorsqu'il y couchait par aventure, disait toujours en se levant:

« Maman, je vais manger du soleil, je vais déjeuner du soleil. »

Que ce soleil magnifique drape de ses rayons la chère maison qui va t'abriter et l'embellisse suffisamment à tes yeux!

Ton amie bien reconnaissante,

ANTOINETTE.

— La suite au prochain numéro. —

ZÉNAÏDE FLEURIOT.

CHRONIQUE

Je vous ai annoncé, il y a un mois, l'ouverture officielle de notre Exposition internationale d'électricité, me réservant de vous en reparler plus longuement lorsque cette ouverture serait devenue autre chose qu'une ouverture de caisses, et que l'Exposition elle-même présenterait un aspect différent de celui d'une gare de chemin de fer ou d'une boutique de déménageurs.

Un bon conseil que j'ai donné déjà et que je donne encore à mes lecteurs éloignés: « Ne venez jamais voir une Exposition à Paris que six semaines au moins après le jour où les affiches et les réclames de toutes sortes vous ont invité à en franchir le seuil. Je m'y suis laissé prendre trop de fois moi-même pour m'y laisser prendre encore. »

Ceci posé comme principe, je vous engage à aller visiter l'Exposition d'électricité dans son état actuel; autant que possible, voyez-la le soir, car c'est le soir seulement que vous pourrez admirer ses plus éblouissantes merveilles, les effets de la lumière électrique.

Quand vous entrez dans le Palais de l'Industrie, vous clignez inévitablement la paupière sous le rayonnement des jets électriques qui partent d'un phare dont la haute tour se dresse au milieu d'un bassin qui occupe le centre de la galerie.

Que ce phare avec ces mêmes feux soit, demain, transporté sur les rochers de quelqu'une de nos côtes, et il guidera les navires à plusieurs lieues en mer.

Au Palais des Champs-Elysées, il éclaire la navigation d'un petit canot d'acajou qui circule dans le bassin trop étroit pour lui, comme un phoque emprisonné dans la baignoire d'une ménagerie. Canot et bassin suffisent cependant pour qu'on puisse se rendre compte d'une ingénieuse découverte qui peut rendre de grands services à la marine, mais qui me semble surtout avoir son application directe sur la navigation de plaisance.

Ce canot est muni d'une petite hélice qui est mise en mouvement par un appareil électrique placé vers l'arrière du bateau, et qui tient moins de place qu'un rameur assis sur son banc.

Mais quel rameur que ce marin automatique! Avec quelle régularité il accomplit ses mouvements! Avec quelle vitesse infatigable il accélère la marche de la barque! Et en même temps avec quel silence discret!

Quel plaisir de naviguer dans un pareil canot! Il n'est besoin d'aucun effort violent : appuyez le doigt sur un bouton et votre embarcation se met en mouvement ou s'arrête à votre volonté; quand elle marche, elle vogue avec la vitesse d'un bateau-mouche; pour la guider, il suffit d'avoir un peu de coup d'œil : elle obéit à l'impulsion d'un léger coup de barre aussi facilement que le cheval le mieux dressé obéit à l'impulsion de son cavalier.

Après avoir admiré le phare, le bassin et le canot de l'Exposition, entrez dans ce petit pavillon où vous appellent toutes les splendeurs d'une végétation exotique.

C'est une serre éclairée à la lumière électrique, une serre où l'on donne aux plantes non seulement la chaleur, mais aussi la lumière. Ainsi, elles ont un soleil de jour et un soleil de nuit; aussi, elles poussent comme sous l'influence d'une baguette magique.

Qui oserait prédire qu'il ne viendra point un temps où l'application de l'électricité à la botanique, à l'horticulture, à l'agriculture, ne se fera point en grand, et si tout au moins nous ne sommes pas destinés à voir un jour apporter sur la table même l'appareil qui nous fera pousser, séance tenante, à Noël ou aux Rois les plus douces fraises de la Saint-Jean?

Il est certain que les savants et les inventeurs qui se préoccupent de l'électricité et de ses applications daignent songer aux choses de la table : c'est un noble souci dont je tiens à les féliciter.

Ainsi, dans une des galeries de l'Exposition, nous pouvons voir un spécimen de salle à manger éclairée par la lumière électrique. La table est toute dressée, couverte d'un linge damassé, de porcelaines et de cristaux au milieu desquels sont correctement rangés les couverts d'une massive argenterie.

C'est très beau, je n'en disconviens pas. Et cependant je doute un peu que la lumière électrique qu'on nous montre là, dans une de ses applications les plus pratiques, réponde pleinement au but qu'on s'est proposé.

La lumière électrique donne à peu près le même éclat et par contre-coup les mêmes tons que la lumière du jour. Dès lors, si nous adoptons cette lumière dans nos salles à manger, nous supprimons les repas du soir pour n'y plus admettre que les repas du matin : dîner, souper, tout se transforme en déjeuner.

Ce que je dis là peut, à première vue, paraître quelque peu subtil et paradoxal. Réfléchissez-y un instant : vous verrez que rien n'est plus vrai; la lumière du soleil a quelque chose de hâtif qui nous dit : « Pressez-vous! Sortez! Allez au travail! Allez aux affaires! Allez à la promenade! » La lumière douce, tamisée et calmante a, au contraire, quelque chose d'aimable qui nous retient et semble nous dire : « Restez ici le plus longtemps possible! Restez les pieds sous la table! Restez dans cette quiétude aimable et dans cette chaude atmosphère! »

Et puis, il faut penser à tout. Pourquoi, mesdames, au déjeuner ne vous habillez-vous pas comme au dîner? Pourquoi même donnez-vous ou acceptez-vous si rarement à déjeuner? Parce que vous savez bien que le dîner seul est favorable à la toilette, qui ne perd jamais ses droits, même à table! Les bijoux, les dentelles, les diamants aux oreilles et aux doigts n'ont tout leur prix, toute leur beauté qu'à la lueur des bougies; la lumière électrique les tuerait comme la lumière du soleil tue celle des étoiles.

L'Exposition d'électricité a des produits pour tous les goûts : les savants, les fonctionnaires, les hommes politiques vont examiner le pavillon des Postes et Télégraphes français, ainsi que tous les autres pavillons où sont exposées les inventions télégraphiques des divers pays d'Europe et d'Amérique.

Quelques papas sérieux croient qu'il est de leur devoir, pendant les vacances, de remplacer les professeurs auxquels ils grillent de rendre bientôt MM. leurs fils; de là, nécessité pour le jeune Anatole ou le jeune Gustave d'écouter avec le respect qui convient à un bon fils, les digressions paternelles sur le pôle positif et le pôle négatif. Ecoutez, Anatole! Gustave, écoutez! Mais prenez votre revanche, et, adroitement, conduisez votre docte papa dans la galerie du premier étage, consacrée aux jouets électriques.

Le papa, qui a remarqué l'attention qu'on a prêtée à ses explications, ne peut moins faire que de récompenser un si beau zèle par l'achat d'un bateau destiné à manœuvrer sur le bassin des Tuileries ou tout au moins par quelques beaux aimants en fer à cheval, qui permettront à la rentrée de charmer les ennuis d'une explication de Virgile en faisant voyager cinquante plumes d'acier, les unes au bout des autres, sous un tunnel dont le *Dictionnaire de Noël* et autres bons auteurs auront fourni les matériaux.

La galvanoplastie nous montre des statues et des statuettes de plâtre transformées en véritables bronzes, dont elles ont toute l'apparence et dont elles ont presque la solidité.

Une application toute nouvelle et très saisissante de la galvanoplastie a pour objet la conservation des pièces anatomiques : on voit au palais des Champs-Elysées des fragments de corps d'hommes ou d'animaux, par exemple des mains, des pieds, des cerveaux, des poumons, des cœurs, qu'un bain galvanoplastique a transformés en bronzes et qu'il permet de conserver indéfiniment. Un corps tout entier pourrait être ainsi gardé après la mort : moyen économique d'élever des statues aux grands hommes ! Sans pousser aussi loin la fantaisie, on peut affirmer que la galvanoplastie appliquée à la conservation des pièces anatomiques peut rendre les plus grands services à la justice, à la science, qu'elle permet de vulgariser et dont elle supprime bien des répugnances : grâce à la galvanoplastie, on pourra avoir des amphithéâtres que les gens du monde visiteront sans éprouver plus d'effroi qu'ils n'en éprouveraient devant l'étalage de Barbedienne ou de nos autres fabricants de bronzes artistiques ; la triste idée de la mort s'effacera devant l'apparence de la sculpture.

Les phénomènes du phonographe et du téléphone sont maintenant tellement connus que je ne veux pas plus vous en parler que des divers fonctionnements du télégraphe électrique lui-même.

Il y a à peine deux ans que nous connaissons ces étonnantes découvertes : elles nous semblent déjà vieilles. Nous trouvons tout simple que le phonographe emmagasine la parole humaine et puisse nous faire entendre même la voix d'un homme longtemps après que cet homme aura disparu de ce monde ; et nous trouvons plus simple encore qu'un fil nous fasse ouïr un orateur, un acteur, un chanteur placé à une lointaine distance de nous.

Dans une salle spécialement disposée à cet effet, on entend au Palais des Champs-Élysées les artistes qui chantent au Grand Opéra : avant dix ans, ce sera certainement un luxe que s'offriront tous les gens riches d'avoir chez eux un fil téléphonique qui leur apportera la discussion de la Chambre des députés ou du Sénat, la pièce du Théâtre Français ou du Grand Opéra.

Et maintenant, après tant de prodiges, comment la tête ne tournerait-elle pas un peu à notre pauvre humanité ?

Comment tous ces rayons de lumière électrique n'ébranleraient-ils pas toutes les fibres de son cerveau ?

Tant de prodiges accomplis par notre race ne nous disent-ils pas, ainsi que Satan tentateur dans la *Genèse* : « Vous serez comme des dieux..? »

Et tandis que je sortais du Palais de l'Exposition, en réfléchissant à part moi, je voyais les rayons d'un foyer électrique illuminer l'Arc de Triomphe à l'extrémité des Champs-Elysées : encore une vision de gloire et d'orgueil ; mais le rayon fut retourné, et il fit luire à son tour l'Obélisque de Luxor sur la place de la Concorde : le sévère monolithe m'apparaissait comme pour me dire que d'autres civilisations non moins grandes, non moins confiantes en elles-mêmes que la nôtre ont disparu ; puis enfin la lueur flamboyante tourna encore et vint éclairer le fronton de la Madeleine et ce beau bas-relief de Lemercier qui représente le Christ faisant, au jugement dernier, la séparation des bons et des méchants ; et je crus entendre retentir la terrible parole du cantique prophétique et menaçant :

Dies iræ, dies illa
Solvet sæclum in favilla...

O puissance éternelle de Dieu ! ô néant de l'humanité, même dans la grandeur de sa science et de son génie !

ARGUS.

AVIS. — MM. les Souscripteurs dont l'abonnement expire à la fin de septembre sont priés de le renouveler au plus tôt, s'ils ne veulent pas éprouver de retard dans l'envoi de la SEMAINE DES FAMILLES. — Toute demande de renouvellement, toute réclamation, toute indication de changement d'adresse, doit être accompagnée d'une bande imprimée du journal et envoyée FRANCO à M. Victor Lecoffre. — Abonnement pour la France : un an, 10 fr.; six mois, 6 fr. — Prix du numéro : par la poste, 25 centimes ; au Bureau, 20 centimes. — Les abonnements partent du 1er avril et du 1er octobre. — Les volumes commencent le 1er avril. — La SEMAINE DES FAMILLES paraît tous les Samedis.

PRIX DE L'ABONNEMENT POUR L'ÉTRANGER :

Europe, Canada, États-Unis et colonies françaises	UN AN : 11 fr. »	SIX MOIS : 6 fr. 50
Pour tous les autres pays.	14 »	8 »»

VICTOR LECOFFRE, ÉDITEUR, RUE BONAPARTE, 90, A PARIS. — Imp. de la Soc. de Typ. - J. Mersch, 8, r. Campagne-Première. Paris.

Le Dauphin.

LE DAUPHIN FILS DE LOUIS XV

La naissance du Dauphin Louis de France, fils de Louis XV, arrivée à Versailles le 4 septembre 1729, causa une joie extraordinaire; la succession de la maison royale était assurée dans la ligne directe.

Il fut confié aux soins de la duchesse de Ventadour, gouvernante des Enfants de France, et à ceux de la duchesse de Tallard, qui lui succéda dans cette charge.

Le 15 janvier 1736, le Dauphin, étant alors dans sa septième année, fut remis aux mains des hommes, malgré l'usage qui n'enlevait aux femmes l'éducation des fils de France qu'au commencement de leur huitième année. Cela eut lieu, dit la *Gazette*, parce que la parfaite santé de M. le Dauphin et son esprit plus sensé qu'il ne l'est ordinairement dans les enfants de son âge, avaient déterminé le roi à ne pas suivre l'ancien usage.

On lit dans les *Mémoires du duc de Luynes :*

« Le 16 janvier après dîner, M. le Dauphin, Mme de Ventadour et Mme de Tallard, qui l'ont élevé, se rendirent chez le roi. Sa Majesté les fit passer dans son cabinet. M. le cardinal de Fleury, premier ministre, suivi de M. le comte de Châtillon, gouverneur, de M. l'évêque de Mirepoix, précepteur, de MM. de Polastron et de Muy, sous-gouverneurs, de MM. de Puignon et de M. le chevalier de Créquy, gentilshommes de la manche, arrivèrent chez le roi, un moment après, et entrèrent aussitôt dans le cabinet de Sa Majesté. Le roi dit à M. de Châtillon, en montrant M. le Dauphin : « Monsieur, je vous remets entre les mains ce que j'ai de plus cher. »

Ensuite il dit à M. le Dauphin : « Vous obéirez à M. de Châtillon comme si c'étoit moi-même, » et lui montrant Mme de Ventadour : « Et n'oubliez jamais les soins de Mme de Ventadour. » Elle sortit sur-le-champ en pleurant. M. le Dauphin voulut courir après elle ; M. de Châtillon se mit entre lui et Mme de Ventadour, pour empêcher que M. le Dauphin ne s'attendrît encore davantage. Mme de Tallard la suivit. M. le Dauphin s'en retourna chez lui, accompagné de M. de Châtillon qui était derrière lui, de M. l'évêque de Mirepoix, aussi derrière, des deux gentilshommes de la manche, qui étaient à ses côtés, des deux sous-gouverneurs, de M. l'abbé de Saint-Cyr, sous-précepteur, et de M. l'abbé de Marbeuf, lecteur. »

Doué d'une application extrême et d'une âme naturellement portée à l'étude, il excita dès son enfance l'admiration de ceux qui l'approchaient. La reine Marie Leckzinska disait : « Le Ciel ne m'a accordé qu'un fils, mais il me l'a donné tel que j'aurais pu le désirer. » Son respect pour la religion, sa gravité précoce, faisaient la joie de cette princesse, dont la piété était si grande.

Le Dauphin aimait d'une tendre amitié le comte du Muy, l'un des seigneurs les plus accomplis de ce temps; le jeune prince adressait à Dieu chaque jour une prière pour la conservation de la vie du comte, afin de l'aider à remplir ses devoirs, si un jour il devait porter le fardeau du pouvoir.

Sa gravité et sa raison étaient au-dessus de son âge; avec Mesdames ses sœurs, il ne s'entretenait jamais de futilités, mais bien de choses sérieuses concernant la morale ou la religion. Jamais personne n'eut un plus grand amour pour la vérité et une aversion plus marquée pour le mensonge. Il poussait ce sentiment si loin, qu'il était le premier à tourner en plaisanterie les louanges qu'on lui donnait dans les harangues et les compliments que son rang le forçait à recevoir, lorsque la flatterie était flagrante et outrée.

L'histoire de son enfance ne serait pas complète, si l'on ne citait pas quelques traits de bonté qui dénotent son extrême générosité.

Il aimait naturellement à donner, et ne pouvait voir un malheureux sans être attendri. Lorsqu'il rencontrait des pauvres, il leur donnait tout ce qu'il avait sur lui. Son gouverneur lui ayant représenté qu'en donnant tant à la fois, il se mettait hors d'état de venir en aide aux pauvres qui pouvaient se présenter dans la suite, ils convinrent ensemble de ne donner à chacun qu'un petit écu; mais le prince se laissait attendrir souvent, et lorsqu'il voyait un dénuement extrême et une grande pauvreté, il ne pouvait se résoudre à donner si peu : il cachait adroitement un louis d'or sous le petit écu, afin que son précepteur ne s'aperçût pas de l'infraction qu'il faisait subir à la convention.

L'état d'un pauvre ayant un jour extrêmement touché le jeune Dauphin, celui-ci lui dit, tout bas, de se trouver sous les fenêtres de son appartement à une heure qu'il lui marqua. Le pauvre, comme on le peut aisément croire, n'y manqua pas ; le prince, l'ayant vu, lui jeta quelques louis par la fenêtre. L'abbé de Marbeuf ayant surpris ce fait, le Dauphin rougit ; il eût voulu que personne ne fût témoin de sa charité.

Un jour, un officier blessé vint lui présenter un placet pour le prier d'obtenir une gratification qui le mît en état d'aller aux eaux. Sa pâleur et son abattement frappèrent le Dauphin, qui, s'adressant à M. de Châtillon alors présent, lui dit : « Ce malheureux n'aura pas le temps d'attendre que sa gratification lui soit expédiée; j'ai envie de lui donner de quoi aller aux eaux. » Alors le prince alla porter à l'officier le double de la gratification demandée, en lui disant : « Monsieur, voilà de quoi faire votre voyage. Vous solliciterez votre gratification au retour. »

Pendant la maladie du roi à Metz, en 1744, le Dauphin s'y rendit avec le duc de Châtillon, qui, ayant mécontenté le roi dans ce voyage, fut exilé dans ses terres. La douleur de son élève fut immense, mais renfermée et silencieuse. Un seul jour, il prononça son nom à l'abbé de Marbeuf, en lui montrant un banc du jardin de Versailles : « Voilà un banc, dit-il, où j'ai eu une conversation avec M. de Châtillon, dans laquelle il me donna de bons avis dont je suis fâché de n'avoir pas mieux profité. » Jamais le souvenir du duc, qui cependant ne revint pas à la cour, ne s'effaça du cœur du prince, qui reporta sur le fils de son gouverneur l'amitié et les égards qu'il avait eus pour son père.

Il était dans sa quinzième année, lorsqu'on résolut de le marier à l'infante d'Espagne Marie-Thérèse. En 1744, M. de Vauréal, évêque de Rennes, notre ambassadeur à Madrid, demanda la main de l'infante. Cette princesse fut mariée à Madrid, par procuration, et peu de jours après fut amenée sur la frontière par un cortège nombreux et magnifique; elle y trouva toute la maison que le roi lui avait destinée; elle fut très longtemps en route, parce qu'on la fit aller à petites journées pour ne pas la fatiguer. Le moment de son arrivée et celui de son mariage furent un si grand événement, qu'il nous paraît intéressant de consulter les *Mémoires du duc de Luynes* pour nous renseigner à ce sujet : « Le roi, nous dit-il, s'avança en carrosse jusqu'à Mondésir, qui est la première poste par delà Etampes; ce fut là qu'il rencontra Mme la Dauphine. Elle voulut se mettre à genoux dès qu'elle vit le roi; il la releva et l'embrassa. Il lui présenta M. le Dauphin, qui la baisa des deux côtés.

« Il remonta dans le carrosse dans lequel il étoit venu. Mme la Dauphine y monta et se mit à côté de lui, M. le Dauphin sur le devant avec Mme de Brancas, Mme de Lauraguais à une portière, et personne à l'autre. Les dames qui étoient venues avec Mme la Dauphine, remontèrent dans son carrosse. » Ce fut à Sceaux que la reine vit la Dauphine pour la première fois.

« Mme la Dauphine, étant arrivée, fit pour la reine

comme pour le roi : elle se jeta à genoux; mais la reine la releva et l'embrassa..... Tout ce que j'ai marqué d'Étampes, je le savois de mon fils qui y étoit; pour Sceaux, j'y étois. » Ce fut là qu'eut lieu la cérémonie des présentations : après quoi le roi partit pour Versailles; la Dauphine coucha à Sceaux et n'arriva à Versailles que le mercredi 24 février à dix heures : « Elle descendit à l'escalier de marbre, et passa tout de suite à son appartement. Le roi et la reine vinrent la voir dans ce moment, et elle se mit aussitôt après à sa toilette. Il étoit près d'une heure quand elle fut coiffée et habillée. Je n'ai point encore parlé de sa figure : elle n'est pas grande, mais elle n'est pas petite; elle est bien faite et a l'air noble; elle est fort blanche et extrêmement blonde, jusqu'aux sourcils même et aux paupières; elle a les yeux vifs. Ce qui la dépare le plus, est son nez, qui est grand et peu agréable, et qui paroît tenir à son front sans qu'il ait ce qui s'appelle la racine du nez. Tous ceux qui la connoissent disent qu'elle a de l'esprit et fort envie de plaire.

« Il étoit environ une heure après midi, quand la Dauphine fut prête; elle étoit habillée tout en brocart d'argent, avec beaucoup de perles. M. le Dauphin, qui lui donnoit la main, avoit un habit et un manteau d'étoffe d'or, garnis de diamants. La reine passa aussitôt après chez le roi, M. le Dauphin et Mme la Dauphine marchant avant elle. Elle étoit suivie par Mesdames, par les six princesses du sang et par Mme de Penthièvre.

« Le coup d'œil de la galerie étoit fort beau ; il n'y avoit point de gradins, mais seulement des banquettes clouées des deux côtés pour laisser un passage libre. Tous les bayeux et bayeuses (1) à qui on avoit donné des billets, étoient derrière ces banquettes... Le roi sortit de chez lui par l'Œil-de-Bœuf, M. le Dauphin et Mme la Dauphine marchant devant lui, ensuite tous les princes, suivant l'usage... Le roi descendit par l'escalier des ambassadeurs; il étoit bien rempli, et cela faisoit un spectacle. Celui de la chapelle étoit encore beaucoup plus beau ; toutes les travées étoient remplies de gradins, hors les trois de la musique; la tribune du roi en étoit aussi entièrement remplie, et il y avoit aussi des gradins en bas dans les arcades...

« M. le Dauphin et Mme la Dauphine allèrent se placer sur la première marche du sanctuaire. Le prie-Dieu du roi et de la reine étoit situé vers le milieu de la chapelle. M. le cardinal de Rohan, qui officia, vint d'abord donner de l'eau bénite au roi et à la reine par aspersion. Le poêle, de brocart d'argent, tout couvert de réseau d'argent, fut présenté à M. l'abbé d'Andlau et à M. l'évêque de Mirepoix par deux clercs de chapelle ; toute la cérémonie finit environ à deux heures... »

Le Dauphin et la Dauphine dînèrent dans leur appartement avec Mesdames ; ce fut grand couvert et le service à l'ordinaire. Pendant le dîner, M. de Richelieu, premier gentilhomme de la Chambre, apporta à Mesdames, de la part du roi, des médailles frappées à l'occasion du mariage.

« L'après-midi, sur les cinq heures, le roi vint chez M. le Dauphin et chez Mme la Dauphine. Le ballet devoit commencer à six heures. Les paroles en sont de Voltaire et la musique de Rameau; le sujet de la pièce est : *La Princesse de Navarre*. Il y avoit tant de monde dans la salle du Manège (1), que l'on fut obligé d'en faire sortir une partie. Le roi n'arriva qu'à sept heures au Manège. Le coup d'œil de la salle et du spectacle étoit admirable. Le roi, la reine et toute la cour étoient en bas... Le ballet ne finit qu'à dix heures; il paroît que la musique a été fort approuvée ; les divertissements ont été trouvés très agréables. La pièce a été très critiquée par quelques-uns de ceux qui l'ont entendue ; car l'immensité de la salle faisoit qu'on ne l'entendoit pas trop bien. On a trouvé que le sujet étoit absolument inventé; que d'ailleurs tout étoit trop à l'avantage de la France et pas assez à celui de l'Espagne ; qu'il y avoit une expression singulière : *Vos suivantes et vos dames du palais;* qu'enfin la représentation des monts Pyrénées étoit ridicule : l'Amour les aplanit à la fin de la pièce pour ne faire plus qu'un royaume. » Il est probable que Voltaire faisait allusion à ce mot prêté à Louis XIV : « Il n'y a plus de Pyrénées », et qui avait été dit par l'ambassadeur d'Espagne au moment de la reconnaissance de Philippe V.

Après la représentation, le souper eut lieu. « La table étoit dans l'antichambre de la reine, servie entièrement par la Bouche du roi, comme c'est l'usage en pareille cérémonie. » Le lendemain « le bal paré étoit à six heures au Manège... On dansa des menuets pendant environ une heure; c'étoit le roi qui nommait les danseurs et danseuses. Ensuite on dansa des contredanses. Le bal ne finit qu'à neuf heures et demie ou dix heures. Le roi soupa au grand couvert.

« Le lendemain il y eut appartement à six heures dans la grande galerie, dont le coup d'œil étoit admirable... A neuf heures le roi alla souper au grand couvert, comme la veille. Le bal en masques commença à minuit. On n'y entroit que par le salon d'Hercule d'un côté, et de l'autre par la salle des Gardes et l'Œil-de-Bœuf, où il y avoit peut-être cinq ou six cents masques assis par terre... On estime qu'il peut y avoir eu quatorze ou quinze cents masques dans l'appartement en même temps...

« Le roi ne se démasqua pas; il étoit masqué en if,

1. *Bayer*, tenir la bouche ouverte en regardant : de là bayer aux corneilles. *Bayeux*, mot que l'on ne dit plus, vient, comme *badaud*, du latin *badare*, qui veut dire regarder.

1. Où avait lieu le ballet.

lui et sept autres. M. le Dauphin et Mme la Dauphine étoient en berger et bergère...

« Il y avoit trois tables pour les rafraîchissements. Tout étoit servi en maigre (c'était vendredi) et l'on donnoit à chacun dans le moment tout ce qu'il demandoit. On dansoit dans quatre endroits différents. Outre les musiciens du roi, on avoit pris beaucoup d'instruments de la ville. Le bal dura jusqu'à huit heures du matin. »

Telles furent les fêtes qui accompagnèrent le mariage du Dauphin avec l'infante Marie-Thérèse. Voici ce que dit le duc de Luynes du caractère de la Dauphine.

« Je n'ai encore parlé que de la figure de Madame la Dauphine; je n'ai rien marqué de son caractère, n'ayant pas eu le temps d'en juger. Le jour où elle arriva à Étampes, le roi lui dit : « Voilà une bonne journée de passée. » Elle lui répondit : « Sire, ce n'est pas celle que je redoutois le plus ; je crains plus celles de demain et après-demain : tous les yeux seront ouverts sur moi, et je n'y trouverai peut-être point des dispositions aussi favorables. »

« Un fourrier de la maison du roi, qui a fait le voyage avec Madame la Dauphine, me disoit tout à l'heure qu'il l'avoit entendu dire à Mme de Brancas qu'elle ne comprenoit pas comment on pouvoit se mettre en colère, et que s'il étoit possible qu'il y eût quelque cas où cela fût nécessaire, elle prieroit quelqu'un la veille de prendre cette peine pour elle. D'ailleurs, suivant ce que j'entends dire, le caractère de Madame la Dauphine est d'être gaie ; mais ce n'est point une gaieté de plaisanterie ; elle n'aime ni à les faire ni à les entendre. »

Ce caractère, tout à la fois sérieux et gai, était pour elle une assurance de bonne entente avec le Dauphin. Elle plut extrêmement à ce prince ; il l'aima bientôt avec une tendresse dont il y a peu d'exemples : tendresse fondée par ces rapports de ressemblance qui forment l'union la plus complète.

Il éprouva un vif chagrin lorsque le roi lui fit quitter la Dauphine et le conduisit à l'armée de Flandre pour assister aux opérations militaires et y prendre part. Bien vite cependant l'amour que tout Bourbon avait pour les armes triompha des regrets du jeune prince. L'armée ennemie s'étant avancée pour faire lever le siège de Tournai, ce mouvement donna lieu à la bataille de Fontenoy, qui décida du sort de la place. Le Dauphin fut toujours à côté du roi pendant l'action, qui commença par une charge vive de la colonne anglaise, qui fit reculer quelques-unes de nos brigades; alors le Dauphin voulut s'avancer pour rallier ces bataillons et les ramener au combat ; mais le roi l'arrêta ; du reste, l'habileté du maréchal de Saxe détermina la victoire. Le prince écrivit à la Dauphine une relation très circonstanciée de cette affaire ; il y rendit justice pleine et entière au brave maréchal de Saxe.

« Quoiqu'il fût incommodé, dit-il, il a été à cheval pendant toute l'affaire, s'est porté partout où il a été nécessaire avec un courage admirable et s'est concilié l'estime de toute l'armée. Le soir, le roi apprit qu'il manquoit quinze mille hommes aux ennemis, au lieu que nous n'en avons perdu que deux mille. Vous voyez que le roi a remporté une victoire complète. Adieu, ma chère femme, je vous aime beaucoup plus que moi-même. »

La campagne de 1745 étant terminée, le Dauphin revint à Versailles avec le roi. La santé de la Dauphine s'altérait visiblement; une sombre mélancolie s'était emparée d'elle. Le 23 juillet 1746, après la naissance d'une fille, qui ne vécut que peu de temps, elle mourut subitement, enlevée par une fièvre violente.

Le Dauphin fut inconsolable. Sa douleur était affreuse, le roi même était incapable de le consoler. L'abbé de Saint-Cyr, qu'il aimait tout particulièrement, fut mandé à Choisy pour essayer de le calmer; mais ce fut le temps seul qui affaiblit la violence de son chagrin. Avec un caractère aussi sérieux et aussi tendre que le sien, cette douleur ne devait disparaître qu'avec sa vie. Vingt années écoulées depuis cet événement jusqu'à la mort du Dauphin ne devaient pas lui faire oublier Marie-Thérèse d'Espagne, et à sa dernière heure, il demandait que son cœur fût mis auprès d'elle dans l'église de Saint-Denis, parce que, dit-il alors, de toutes les personnes de sa famille qu'il avait vu mourir, c'était celle qu'il avait le plus aimée.

Cependant, à la cour on songeait au second mariage du Dauphin, tandis que celui-ci refusait toute consolation. Le roi fit demander pour son fils la princesse de Saxe, troisième fille du roi de Pologne, électeur de Saxe.

« Elle avoit seize ans : un beau teint (1), assez blanche, de beaux yeux bleu foncé, un assez vilain nez, des dents qui seront belles quand on y aura travaillé, la taille très jolie; elle se tient un peu en avant en marchant ; un peu plus grande que Madame (2). Toutes les dames qui sont venues avec elle disent qu'elle est charmante, que tout ce qu'il y a à désirer est qu'elle ne se gâte point dans ce pays-ci. On lui parloit en chemin du caractère de Mesdames, et on lui dit que Madame étoit assez sérieuse et Madame Adélaïde fort gaie; elle répondit qu'elle prendrait conseil de Madame, et qu'elle se divertiroit avec Madame Adélaïde. »

Telle était la nouvelle Dauphine.

Les cérémonies du mariage (février 1747) eurent lieu avec la magnificence et l'éclat accoutumés en pareille circonstance ; mais les fêtes n'eurent pas l'entrain et la durée qui avaient été si remarquables lors du premier mariage du prince. Il y eut bal le jour de la célébration, et un ballet le lendemain, dans la salle du Manège; du reste, le carême qui allait commencer interrompait forcément le cours des fêtes; le jeu seul était autorisé : c'était, paraît-il, le divertissement préféré par la jeune Dauphine.

1. *Mémoires du duc de Luynes.*

2. Madame Henriette, fille de Louis XV.

« Madame la Dauphine, lisons-nous dans les *Mémoires du duc de Luynes*, paroît fort vive, et en même temps fort douce ; elle aime à s'occuper continuellement ; et pendant le voyage elle vouloit avoir ses dames presque toujours avec elle pour jouer. A Dresde, elle étoit accoutumée à jouer après son souper. Ici jusqu'à présent il faut qu'elle s'accoutume à une vie différente. M. le Dauphin n'aime ni le monde ni les amusements. Il paroît qu'elle craint fort tout ce qui peut déplaire à M. le Dauphin. » Elle comprit à merveille le rôle délicat qu'elle avait à jouer auprès de son mari, pour arriver, à force de tendresse et de bonté, à lui faire oublier sa première femme. Elle y arriva, mais ce fut difficile et long.

Le Dauphin lui montra peu d'empressement dans le commencement de son mariage; mais lorsqu'il vit tout le mérite de la Dauphine et à quel point elle était digne de son affection, il la lui donna tout entière, et il finit par l'aimer tendrement et sans réserve. Bientôt l'unique regret du prince fut de n'avoir pas eu tout d'abord assez d'amitié et de confiance dans la seconde Dauphine; enfin, se renfermant tout entier dans le bonheur de cette union, il ne s'occupa que de sa famille.

Huit enfants lui naquirent ; trois princesses et cinq princes, qui furent : les ducs de Bourgogne, d'Aquitaine, de Berry, les comtes de Provence et d'Artois.

Leur éducation fut le seul souci du Dauphin ; il leur inspirait les grands sentiments de religion dont il était rempli, et ne perdait aucune occasion de leur en donner des leçons. En voici un exemple qui est digne d'intérêt.

Un jour que, montrant à ses enfants les registres de l'Église, il leur faisait remarquer leurs noms mêlés à ceux d'autres enfants qui avaient été baptisés avant eux : « Vous voyez, leur dit-il, que vos noms sont ici mêlés et confondus avec ceux du peuple. Cela doit vous apprendre que les distinctions dont vous jouissez ne viennent pas de la nature, qui a fait tous les hommes égaux : il n'y a que la vertu qui met entre eux une véritable différence ; et peut-être que l'enfant d'un pauvre dont le nom précède le vôtre sera plus grand aux yeux de Dieu que vous ne le serez jamais aux yeux des peuples. »

Le duc de Bourgogne, qui répondait le mieux aux soins du Dauphin, mourut subitement à l'âge de neuf ans et demi, laissant ses parents inconsolables de cette perte, qui brisait toutes les espérances accumulées sur sa tête.

On jugera des regrets du pauvre père par cette lettre écrite à l'évêque de Verdun, M. de Nicolaï, lorsqu'un domestique du duc de Bourgogne, du nom de Tourolle, eut passé au service du Dauphin.

« Du 21 juillet 1761.

« Tourolle est actuellement à moi : ce m'est une consolation de pouvoir lui parler à tout moment de son pauvre petit maître; mais cela, joint à son appartement qu'occupe le duc de Berri, et où j'ai été exprès tous ces ours-ci pour m'y accoutumer, a rouvert ma plaie avec une vivacité que je ne puis vous dire. Les lieux et les murailles même nous rappellent ce que nous avons perdu, comme feroit une peinture; il semble que l'on y voit les traits gravés et que l'on entend la voix : l'illusion est bien puissante et bien cruelle. »

A peine cette grande douleur commençait-elle à se calmer que le Dauphin perdait sa sœur, Madame Henriette. Le contre-coup de ces afflictions fut tel, que le Dauphin fut atteint de la petite vérole. Cette maladie mit ses jours en grand danger.

La Dauphine ne le quitta pas pendant tout le temps qu'il fut atteint de ce terrible mal, et il fallait l'arracher d'auprès du prince pour la forcer à prendre du repos. Le Dauphin se rétablit enfin.

Le roi le nomma, bientôt après, du Conseil. Il montra là de grandes qualités, sans chercher cependant jamais à se faire remarquer : « Il faut, disait-il, qu'un Dauphin paroisse un homme inutile, et qu'un roi s'efforce d'être un homme universel. » Lorsque la guerre fut déclarée, il désira aller à l'armée; mais il fut obligé de renoncer à son dessein et de suivre les ordres du roi qui le retenaient près de lui. Ceux qui le voyaient ainsi dans l'inaction jugeaient mal de son caractère et de ses aptitudes, que dépeignent mieux que ne le feraient de longues phrases ces quelques maximes du Dauphin sur la guerre : « Eviter les guerres sans les craindre, les soutenir sans les aimer, s'abandonner au péril où les autres se précipitent, verser son sang avec courage, et ménager avec scrupule celui des peuples, c'est le devoir d'un souverain. »

Depuis la bataille de Fontenoy, le camp de Compiègne fut presque la seule occasion d'éclat où il eut l'occasion de faire paraître son goût pour l'armée. Il y commanda, en 1765, le régiment de dragons-Dauphin, dont il était colonel.

Cependant sa santé s'altérait. Depuis l'année 1762, il était devenu d'une maigreur excessive. Il avait supporté toutefois assez bien les fatigues subies au camp de Compiègne; mais un fort rhume qu'il gagna en revenant du camp acheva d'ébranler ses forces. Bientôt la toux devint tellement opiniâtre, qu'il fut obligé de garder le lit.

Il était à Fontainebleau. Son état empira de jour en jour. Les médecins se virent incapables d'arrêter le mal. Suivant le désir qu'il avait toujours témoigné, son premier médecin l'avertit de son état. Le Dauphin reçut cet avis avec une tranquillité parfaite. Il causa un quart d'heure avec le médecin sur les différentes sortes de pulmonies. Il causa aussi quelque temps avec la reine et la Dauphine, demanda son confesseur, sans laisser paraître quels sentiments le faisaient agir. Sa confession achevée, il envoya chercher la Dauphine et lui témoigna son désir de recevoir le viatique. Puis, voyant le désespoir de sa femme, il lui dit : « Courage! courage! » Il envoya chercher ses sœurs, et leur dit : « Je ne puis vous dire combien je suis aise de partir le premier; je serai fâché de vous quitter, mais je suis bien aise de ne pas rester après vous. » Après avoir reçu l'extrême-onction avec un calme absolu et une grande ferveur, le 13 novembre, il vécut encore jusqu'au 20 décembre suivant.

On avait cru un moment que le mieux reprendrait le dessus et qu'il pourrait se remettre : il n'en fut rien. Après des souffrances affreuses endurées avec une admirable sérénité; après avoir remercié tous ceux qui l'avaient soigné sans distinction, et les avoir priés de se souvenir de lui, il recommanda à ses enfants la crainte de Dieu et l'amour de la religion, et expira en pleine connaissance, attendant la mort, qu'il sentait venir depuis plus d'un mois, avec une fermeté d'âme et un courage dignes d'un vrai chrétien.

Son regret, en mourant, était d'être une gêne et un ennui pour le roi, qu'il privait momentanément de ses plaisirs et de ses habitudes.

Ainsi mourut ce prince, dont la vie, si effacée qu'elle fût au milieu des brillantes personnalités de la cour, ne fut pas exempte d'intérêt ni de grandeur.

Sa mort fut un grand malheur pour ses fils, qu'elle livra seuls, bien jeunes et sans guides assez autorisés, aux prises avec les plus sérieuses difficultés que princes aient jamais eu à traverser.

S. Dussieux.

LE GOUT DU ROI

CONTE

(Voir pages 390 et 405.)

Hélas ! quatre fois hélas ! Ce n'était ni à droite ni à gauche, ni par devant ni par derrière que devait être mis le pompon ! Il ne devait être ni bleu, ni jaune, ni rouge, ni vert. Le cortège des dames de la capitale, sur lesquelles on se flattait de s'être si bien modelé, venait d'apparaître, et sur leurs chapeaux (ô stupeur!), sur leurs chapeaux, tous de forme variée, il n'y avait pas de pompon du tout!...

Et pour comble de confusion, cette différence n'était pas seulement dans les chapeaux : elle était dans tout le reste du costume. Elles ne portaient pas non plus, les dames de la capitale, la casaque à épaulettes, comme les dames des provinces l'avaient cru sur la foi de leur tailleuse ! Les avoir ainsi trompées ! quelle indignité ! Mais du moins, dans ce commun malheur, il restait à chacune d'elles la consolation de penser que l'heureux choix qu'elle avait fait de l'étoffe et de la nuance de sa casaque et de son chapeau, la manière de porter ceux-ci et ses agréments naturels suffiraient peut-être pour appeler et fixer sur elle l'attention et le goût du roi.

Mais combien elles durent cruellement en rabattre de ces flatteuses et brillantes espérances, quand elles virent défiler devant elles leurs élégantes rivales, qui, en passant, affectaient de s'arrêter comme saisies, les regardaient d'un air d'admiration comique et se demandaient à demi-voix, mais de façon pourtant à être parfaitement entendues, si, avec leurs casaques à épaulettes et leurs pompons de quatre couleurs, elles n'appartenaient pas à différentes compagnies d'un même régiment de grenadiers femelles appelés en ville pour la circonstance.

Peu s'en fallut, tant furent grandes leur humiliation et leur colère de se voir ainsi ridiculisées, qu'elles ne justifiassent sur-le-champ l'impertinente supposition en se jetant sur les insolentes, pour les châtier avec les armes que toute femme, sans être grenadier, porte au bout des doigts. Mais tandis que, sous le coup de l'émotion, les unes toutes pâles, les autres toutes cramoisies et d'autres multicolores, selon leur tempérament, ces dames se consultaient des yeux avant de risquer la charge, les derniers anneaux de l'élégante et malicieuse chaîne avaient disparu en riant sous les arcades de la cour d'honneur du palais.

Dans cette avant-cour immense, et dont de larges galeries à arceaux supportés par des piliers de marbre faisaient le tour, on avait dressé, sous une espèce de pavillon formé de riches draperies, une vaste estrade à gradins sur lesquels, selon leur rang plus ou moins élevé, devaient se tenir les principaux officiers du palais, et au milieu de cette estrade s'élevait, magnifique, le trône destiné au roi.

En attendant qu'il vînt y prendre place, les chambellans affairés faisaient ranger en bon ordre sous les galeries les poursuivantes de gloire du futur tournoi.

Ces postulantes, d'après le programme arrêté, devaient défiler une à une devant le monarque, faire une profonde révérence et continuer leur chemin, à moins qu'un signe du souverain ne leur commandât de s'arrêter.

Mais lorsque, d'une des fenêtres du palais, d'où il regardait, dissimulé derrière les rideaux, les préparatifs de la cérémonie, le roi vit pénétrer dans la cour et se ranger juste devant ses fenêtres les quatre bataillons de dames en pompon et en casaque à épaulettes, et qu'il eut remarqué, à sa grande surprise, qu'il n'y avait dans leur uniforme d'autre différence que celle de la couleur et de la pose du pompon sur les chapeaux, il tourna imperceptiblement, à cause de sa dignité, la tête du côté du grand maréchal du palais, qui, respectueusement, se tenait à trois pas de distance derrière lui en attendant qu'il plût au souverain de daigner lui donner des ordres ou qu'il daignât lui plaire de les donner.

« Maréchal, dit le roi, depuis quand ai-je, sans le savoir, des amazones à pied dans mes troupes ?

— Des amazones à pied, sire ?

— Oui, maréchal, des amazones à pied. Ne les vois-tu pas en face de nous, à l'extrémité de la place ?

— Votre Majesté a le regard de l'aigle, répondit le grand maréchal, qui avait la vue basse et la basse inclination de flatter le monarque à tout propos et hors de propos; mais j'ai moi...

— Celui de certain oiseau qu'éblouit l'éclat du soleil? Tu me l'as déjà répété vingt fois, maréchal, dit, impatienté, le roi, qui, par grande exception, n'aimait la flatterie qu'assaisonnée aux fines herbes.

— Justement, sire, reprit sans sourciller le grand maréchal; et, à cause de cela, je demande la permission de me dérober un moment à l'influence des rayons aveuglants pour aller reconnaître de plus près ce que daigne me signaler Votre Majesté. »

« Sire, dit-il, quand il revint, ces amazones sont les dames de vos provinces du Nord, du Sud, de l'Est et de l'Ouest, venues pour prendre part au grand concours que va tout à l'heure juger Votre Majesté.

— Quoi! dit le roi, en uniforme! Sont-elles folles, ces dames de mes provinces! Et s'imaginent-elles que je n'ai rien de mieux à faire que de les voir défiler, l'une suivant l'autre et toutes pareilles, comme des canes? J'en ai déjà par-dessus la tête des revues de mes troupes et des compliments stéréotypés qu'un sot usage m'oblige à leur adresser sur leur excellente tenue, comme s'il fallait louer ses gens de ce qu'ils sont tels qu'ils doivent être. T'ai-je jamais complimenté, maréchal, de ne te présenter devant moi qu'avec ta clef de premier chambellan sur le dos, ton habit brodé et ton échine en arc de cercle?... A la rigueur peut-on admettre que le soldat, soutien du trône, mérite, en bonne politique, quelques égards particuliers; mais ces femelles enrégimentées! Maréchal, va leur dire d'aller paître.

— En propres termes, sire?

— En termes propres à un homme qui connaît l'emploi de l'eau bénite de cour, et sait qu'en parlant aux dames il convient d'en doubler la dose. Vous m'entendez, maréchal?

— Entendre c'est obéir, Majesté. »

Le grand maréchal, s'empressant de descendre, fit appeler le capitaine des gardes.

« Vous voyez, lui dit-il, rangées juste en face des fenêtres des appartements du roi, ces dames en uniforme, qui, à distance, ont un faux air de soldats. Veuillez, capitaine, les aller trouver et les inviter de ma part à vous suivre dans la grande cour intérieure du palais, où je ne tarderai pas à me rendre. »

Quand, à la suite du capitaine des gardes, ces dames furent venues se ranger dans la cour intérieure, le grand maréchal les y vint rejoindre.

« Mesdames, leur dit-il, en les abordant, pardonnez-moi de vous avoir dérangées. C'est pour la grande satisfaction du roi et en même temps pour votre propre intérêt que j'ai pris cette liberté. Vous n'êtes pas, j'en suis sûr, sans connaître combien le roi aime l'armée et le goût tout particulier qu'il a pour la revue des troupes. Une revue de ce genre est pour lui le complément indispensable de toutes les fêtes et cérémonies auxquelles il daigne participer, car rien ne lui plaît autant que l'uniforme. C'est vous dire, mesdames, que Sa Majesté, qui, des fenêtres de son palais, vous a aperçues et distinguées, a été enchantée de celui que vous avez eu l'heureuse inspiration d'adopter. Vos casaques à épaulettes et vos pompons l'ont surtout ravi. « Quel dommage, grand maréchal, m'a-t-il dit, qu'au nombre de mes régiments, je n'en aie pas un composé de semblables amazones! Ce serait le joyau de mon armée. J'en ferais ma garde particulière, et je la passerais en revue depuis le matin jusqu'au soir. »

« Peut-être, continua le grand maréchal, vais-je être indiscret en vous disant ceci; mais j'ai tout lieu de penser qu'à cause du goût du roi pour tout ce qui rappelle l'habit militaire, ce sera dans vos rangs, mesdames, qu'il fera choix d'une gouvernante pour la jeune princesse.

« Seulement, il faut prévoir une difficulté. Comment, puisque c'est le costume qui doit déterminer le choix, faire ce choix entre tant de costumes tous semblables ou peu s'en faut? Ce serait la mer à boire, et le roi pourrait s'en rebuter. Peut-être y aurait-il un moyen de tourner cette difficulté. Ce serait d'ajouter au port de l'habit que le roi aime, la tenue martiale propre à faire mieux valoir cet habit. Celle qui y réussirait le mieux fixerait sur elle, à coup sûr, l'attention et probablement le choix de Sa Majesté. J'en vois déjà parmi vous, mesdames, ajouta le grand maréchal, avec un sourire aimable, quelques-unes qui, par leur taille et leur tournure, figureraient avec honneur dans nos régiments de cuirassiers. Mais ce sont là des avantages purement naturels dont elles ne voudraient pas se prévaloir au détriment de leurs concurrentes moins favorisées de ce côté-là. Non, il est désirable que les chances s'égalisent et que la lutte, autant que faire se peut, se livre à armes égales. D'ailleurs ce ne sont pas toujours les soldats les plus grands et les plus forts qui brillent le plus sous le harnais militaire. Il y a le port de tête, le développement de la poitrine, l'effacement des épaules, la tension du jarret, la pointe du pied bien lancée en avant, toutes choses qui doivent aller de concert et ne s'acquièrent que par l'exercice. Or, l'exercice vous manque à toutes et vous êtes, à cet égard, toutes sur le même pied. Que convient-il donc de faire pour vous assurer à toutes également le plus possible de chances de succès? Voici, mesdames, ce que j'ai l'honneur de vous proposer. Durant l'inspection par le roi des dames de la capitale et de la province du Centre, laquelle inspection prendra nécessairement quelques heures, M. le capitaine des gardes voudrait bien avoir l'obligeance, à ma prière, de vous faire donner ici par ses sous-officiers quelques leçons de tenue militaire, et d'un certain pas accéléré que Sa Majesté affectionne tout particulièrement. Celles d'entre vous qui y apporteraient le plus d'intelligence et d'application, seraient, en tous cas, assurées, sinon de fixer le choix du roi, du moins d'être regardées d'un œil très favorable par notre gracieux monarque.

« Que pensez-vous, mesdames, de mon idée ? »

Ce qu'elles en pensent ?

Ah ! grand maréchal, grand maréchal, pouvez-vous le demander ?

Autant demander à qui se noie ce qu'il pense de la perche qu'on lui tend.

Et votre proposition est plus qu'une perche : c'est une véritable échelle que vous présentez à ces dames, non seulement pour les tirer d'un abîme d'humiliation, non seulement pour leur permettre de reprendre pied, mais pour leur fournir le moyen de se venger d'insolentes rivales, trop vaines de misérables colifichets, en montant bien plus haut qu'elles dans l'estime et la faveur du roi.

Ce qu'elles en pensent ? Mais n'entendez-vous pas leurs acclamations ? Ne les voyez-vous pas se redresser comme le soldat au port d'arme ? Ne voyez-vous pas leurs yeux briller, leurs narines se gonfler ? Ne voyez-vous pas leurs mains qui semblent chercher l'épée absente, et leurs pieds, impatients d'emboîter le pas, qui s'agitent comme pour dire : « Marchons à la victoire ! »

Cependant, s'il faut tout dire, peut-être, à y regarder de près, verrait-on la figure de plus d'une de ces amazones de contrebande grimacer plutôt qu'exprimer l'enthousiasme militaire : car il en est parmi elles, frisant l'âge où, généralement, on préfère être assis que debout ; d'autres sont en possession de rotondités fort respectables en elles-mêmes, mais mal placées au point de vue des exigences de l'alignement ; d'autres encore... Que sais-je, moi ? Mais explique qui pourra ce mystère autrement que par les miracles que peut opérer l'amour-propre ; c'étaient justement celles-là qui, faisant bonne mine à mauvais jeu, se montraient les plus électrisées.

Quoi qu'il en fût des motifs, l'adhésion était unanime.

Ce que voyant, le grand maréchal tira à ces nouvelles recrues une profonde révérence, et les confiant, jusqu'à nouvel ordre, aux bons soins du capitaine des gardes et de ses sergents instructeurs, il s'en alla, se frottant les mains, rejoindre le roi qui, l'heure de l'importante cérémonie venue, se disposait à aller prendre place sur son trône.

Le voici, il apparaît, salué par un religieux silence (ce n'était pas alors la mode de saluer les souverains d'acclamations frénétiques), et entouré des chambellans et des officiers de sa cour, qui, obséquieux et dans des postures abaissées, tirent gloire de lui rendre à qui mieux mieux les mêmes devoirs que leurs laquais leur rendent à eux-mêmes.

Majestueux, il s'assied, il fait un signe, et le défilé des dames commence.

S'il y avait une muse inspiratrice des chants comiques, ce serait le moment de l'invoquer, pour peindre sous de joyeuses couleurs ce fameux défilé où tant de prétentions féminines, aidées de tous les artifices de la coquetterie, vinrent piteusement échouer contre l'indifférence du monarque qu'on s'était flatté de séduire.

Mais, réduit à mes seules forces, je ne me sens pas capable de jeter un reflet de gaieté sur cette interminable succession d'humiliantes déconvenues.

Bornons-nous donc à dire ce qu'il advint aux quelques dames dont il a été fait spécialement mention au début de ce récit : la modiste, la tailleuse, la baronne, la femme du financier, celle du pauvre fonctionnaire et celle du poète, quand vint leur tour de se présenter aux yeux du roi.

Est-ce parce qu'un rayon de soleil, en tombant sur la toilette tout entière d'un jaune brillant de la modiste, rendit ce jaune plus éclatant encore et causa au monarque un éblouissement, ou parce que, contrairement à ce qu'avait affirmé le cher cousin porte-brosse, le roi n'aimait pas à voir cette couleur-là, toujours est-il qu'à l'aspect de la jaune apparition, il détourna et ferma les yeux, comme s'il en avait la vue blessée.

Quand, une seconde après, il les rouvrit, il vit devant lui notre modiste, qui, au lieu de s'éloigner, redoublant ses révérences, affectait d'étaler sa robe plus largement que de raison, comme pour la faire mieux admirer, et joignait à ce manège un demi-sourire et un regard tout pleins de sous-entendus.

Le rouge monta au front du roi.

« Que signifie...? fit-il brusquement.

— Ah ! Sire ! répondit la modiste, ne le voyez-vous pas ? Pour me rendre plus digne d'augustes suffrages, j'ai pris la liberté de revêtir les couleurs de Votre Majesté.

— Mes couleurs !... Maréchal, dit le roi, s'adressant à son satellite, qui se tenait debout à la gauche du trône, qu'on mette en cage jusqu'à nouvel ordre cet impertinent oiseau échappé des îles Canaries.

— En cage, avec du millet, Sire ?

— Avec du millet, si tu veux, maréchal, et aussi de l'eau, puisque sa langue intempérante indique trop bien qu'il n'a pas la pépie. »

A l'idée du canari, de la cage, du millet, de l'eau et de la pépie, le front du roi s'était éclairci. Quand le grand maréchal revint d'avoir fait exécuter son ordre :

« Belle gouvernante pour la princesse, n'est-ce pas, maréchal, qu'une péronnelle de cet acabit qui l'empoisonnerait de ses sottes flatteries ? Car la flatterie (je ne le dis pas pour toi, maréchal), c'est la peste pour les princes ; qu'en penses-tu ?

— Sans nul doute, Sire, c'est la peste pour les princes, excepté lorsqu'ils sont, comme Votre Majesté, à l'épreuve du poison.

— Pour en avoir trop pris, maréchal ! Mais qu'est-ce encore que ceci ? »

Ceci, c'était la tailleuse qui s'avançait, portant fièrement le fameux costume dont elle avait été chercher le modèle hors du pays, dans la persuasion que le neuf seul pouvait être du goût du roi. Quant à décrire ce costume, point ne l'essayerai. Qu'il me suffise de rappeler que, des formes de la femme, il ne laissait deviner rien. N'eût été la figure bouffie d'orgueil de la tailleuse, que l'on voyait se dresser au sommet de l'échafaudage de ce costume hétéroclite, on eût pu prendre le tout, contenant et contenu, pour une châsse marchant d'elle-même et surmontée de je ne sais quelle boule hérissée de plumets.

La châsse s'arrêta devant le monarque et fit comme une prosternation d'un genre également emprunté.

— La fin au prochain numéro.— ANDRÉ LEPAS.

ERNEST ET FRIVOLETTA

I

C'était un bien brave homme que le luthier Hamberg; sa femme lui avait donné quatre enfants, puis elle était morte, et c'était la vieille grand'mère qui prenait soin des orphelins. Elle était très bonne, mais sévère, et les élevait à l'ancienne mode, un peu rudement. Aussi, étaient-ils très sages, et tout le village d'Eisbach convenait que nulle petite fille ne valait Marie-Anna pour

Frivoletta transformait tous les jeux en ballets. (Page 425).

la modestie, la douceur et l'assiduité au travail, et que ses trois frères étaient les meilleurs élèves de l'école. La grand'mère ne leur permettait pas de courir les champs comme les autres garçons : « Mes petits enfants, disait-elle, ont un jardin et sont assez nombreux pour s'amuser entre eux et me casser la tête. Je n'en veux point d'autres ici. »

Elle faisait pourtant une exception en faveur de son arrière-petite-nièce, Frivoletta, fille unique, dont le père travaillait aux pièces pour Hamberg, son cousin, et avait une femme incapable et souvent malade. Frivoletta passait avec ses cousins tout le temps des récréations, et sa gaieté, sa vivacité d'oiseau, leur servait de jouet. Cette petite, paresseuse à l'excès dès qu'il fallait coudre ou apprendre, était infatigable à la danse et au jeu. Ses petits pieds semblaient élastiques, tant elle faisait de sauts et de bonds, toujours en cadence et d'une grâce charmante. Son cousin Ernest, bon musicien déjà, lui jouait tous les airs qu'elle voulait, et elle transformait tous les jeux en ballets, bien qu'elle n'eût pas même l'idée de ce que c'était qu'un ballet. Marianne Hamberg, au contraire, était tranquille, posée, toujours occupée de sa quenouille ou de son tricot. A douze ans, elle avait déjà filé une pièce de toile pour son trousseau, et la grand'mère, serrant précieusement cette toile dans la belle armoire où, dix-huit ans auparavant, elle avait rangé le trousseau de sa fille, la grand'mère avait prié Dieu de la laisser vivre encore assez de temps pour qu'elle pût marier sa chère petite-fille. Elle disait aux voisins : « Certes, Marianne trouvera un bon mari. Elle est si laborieuse et si douce ! mais je suis bien en peine de Frivoletta. C'est tout le portrait de sa mère, une Italienne, un vrai papillon, toujours dehors, toujours en l'air, jusqu'au moment où il faut s'arrêter, languir et mourir. Cette pauvre jeune femme s'en va grand train, et tenez ! écoutez à quoi elle passe son temps... »

Dans la maison de Jack Ervin, on entendait les sons d'une guitare, et Frivoletta chantait en dansant près du lit de sa mère qui, appuyée sur des coussins de paille, jouait une tarentelle.

La grand'mère entra, un pot de lait à la main. Zerlina posa sa guitare, Frivoletta confuse cessa de danser.

« Petite folle, dit la grand'mère, tu as oublié de venir chercher le lait de ta pauvre mère malade. Allons vite, donne-moi une tasse, une serviette. Et vous, Zerlina, pourquoi vous fatiguer ainsi, au lieu de veiller à ce que votre enfant vous soigne? Elle ferait mieux de balayer ici que d'y danser. Vous êtes dans un nuage de poussière : comment voulez-vous ne pas tousser? »

Et il en était de même tous les jours. La mère et la fille étaient incorrigibles.

Mais à l'automne Zerlina mourut, et Jack Ervin, désolé, ne pouvant plus supporter le séjour qui lui rappelait de trop tristes souvenirs, pria un de ses amis de lui trouver de l'ouvrage à Stuttgard et vint un matin annoncer à Hamberg qu'il allait partir.

« Laissez-moi Frivoletta jusqu'au printemps, dit la grand'mère : qui sait si vous vous accoutumerez là-bas? D'ailleurs, qui aurait soin d'elle? Elle est si enfant!

— J'accepte bien volontiers, ma bonne tante. Je n'osais vous le demander. Ce sera un grand bonheur pour ma fille que de passer six mois ici. J'espère qu'elle deviendra bonne ménagère comme Marie-Anna.

— J'y tâcherai, » fit la bonne maman.

Et dès le soir même le petit lit de Frivoletta fut apporté dans la chambre de Marie-Anna, et les meubles de son père remisés au grenier. Il mit sa maison en location, prit congé de ses parents et de ses amis, et, après une dernière visite au cimetière, s'en alla attendre la diligence de Stuttgard, qui passait à une demi-lieue du village. Les enfants l'accompagnèrent. Frivoletta pleura beaucoup en voyant s'éloigner la voiture qui emportait son père. Marie-Anna pleura aussi; mais les garçons proposèrent de revenir par le bois, et d'y ramasser de la mousse pour faire la crèche de Noël.

Les petites filles essuyèrent leurs yeux, se mirent à l'ouvrage, et lorsqu'elles arrivèrent à la maison, leurs tabliers pleins de mousse, elles étaient aussi gaies qu'un matin de printemps. Pourtant la bise soufflait déjà et dispersait les feuilles jaunies, et le soleil se couchait rouge dans le brouillard d'octobre.

II

L'hiver passa bien vite, comme passent les jours heureux, et lorsque Jack Ervin arriva au village pour les fêtes de Pâques, il trouva Frivoletta grandie, fortifiée, et devenue presque raisonnable. La grand'mère ne la grondait plus que deux ou trois fois par jour; elle aidait Marie-Anna au ménage, et savait coudre, filer, écrire et tricoter des bas, comme sa cousine. Elle était d'ailleurs si douce et si bonne fille que chacun l'aimait. Aussi, lorsque son père parla de l'emmener à Stuttgard, ce fut un concert de plaintes et de réclamations, et Frivoletta elle-même eut les larmes aux yeux.

« Votre fille est heureuse ici, Jack, dit la bonne maman.

— Je le sais, ma tante, mais moi je m'ennuie. J'ai un joli petit logement, je gagne assez d'argent; mais je suis seul, et si ma fille ne revient pas avec moi, tôt ou tard je me remarierai.

— Fi! s'écria la bonne maman : il n'y a pas un an que vous êtes veuf, et vous osez parler ainsi!

— Que voulez-vous? c'est si triste d'être seul! si ma fille revient avec moi, pour sûr je ne me remarierai jamais.

— Cela vaudrait mieux : les secondes noces sont rarement heureuses. Vous n'êtes plus jeune, Jack, vous avez plus de quarante ans. Allons, laissez-nous encore Frivoletta tout l'été : à la Saint-Martin, vous viendrez la chercher. D'ici là je lui apprendrai encore bien des choses. Qui veillera sur elle là-bas?

— Moi, toujours, et quand je serai obligé de sortir, ma bonne hôtesse, Mme Herder, veuve d'un musicien du théâtre de Stuttgard, la gardera.

— Est-elle bonne chrétienne, cette veuve?

— Tout à fait. Sa fille est religieuse. »

Il se garda bien de dire qu'elle en avait une autre actrice.

« Eh bien! c'est convenu. Vous reprendrez Frivoletta cet automne. »

—

L'été parut bien court aux enfants, et l'automne amena de joyeuses vendanges. Le luthier avait beaucoup de travail, ses fils l'aidaient, et la paix et l'abondance régnaient dans sa modeste demeure.

Un jour que Marianne et Frivoletta aidaient la grand'-mère à suspendre des grappes de raisin dans le fruitier, elles s'aperçurent que les cerceaux préparés seraient insuffisants, et la grand'mère dit à Frivoletta d'aller en demander d'autres à Ernest.

Celui-ci, qui était occupé à polir une table de violon, posa son ouvrage et se hâta d'aller chercher dans le bûcher ce que demandait la jeune fille.

« Reste-t-il donc tant de raisins à placer? dit-il. Je croyais bien qu'il y aurait trop de cerceaux.

— Oh! que non pas. Nous avons encore trois pleines corbeilles de belles grappes. Ma tante dit que vous en mangerez jusqu'à Pâques. Que vous êtes heureux!

— Nous t'en donnerons à emporter, cousinette.

— Le beau plaisir! je serai seule, là-bas.

— Tu seras avec ton père.

— C'est vrai, mais il ne rit ni ne joue jamais. Je m'ennuierai tant! » et elle pleura.

« J'irai te voir, Letta, dit le bon Ernest, tout prêt à pleurer aussi. Je vais commencer au printemps mon tour d'Allemagne pour bien étudier la musique. Et j'irai te voir à Stuttgard et te jouer les airs que tu aimes.

— Oui, et puis tu t'en iras...

— Mais je reviendrai, et quand je serai devenu assez savant pour obtenir une place d'organiste, ici ou dans les environs, j'irai te demander en mariage. Veux-tu?

— Je ne demande pas mieux, fit Frivoletta en essuyant ses yeux et en tendant la main à Ernest.

— Frivoletta, cria la grand'mère du haut de l'escalier, arrive donc! nous t'attendons. »

Frivoletta prit les cerceaux, et monta en courant si vite, qu'elle en brisa un et faillit tomber.

« Étourdie! fit la grand'mère. Dirait-on jamais que tu as treize ans passés! »

J. D'Engreval.

— La fin au prochain numéro. —

CHRONIQUE SCIENTIFIQUE

DÉCOUVERTES DE M. PASTEUR

LES VIRUS-VACCINS.

M. Pasteur vient d'ajouter encore à sa gloire. On lui doit sans conteste une des plus grandes découvertes physiologiques dont puisse s'enorgueillir l'humanité. La portée pratique en est immense; la valeur philosophique n'en est pas moins grande. Elle affirme, avec une netteté qu'il sera difficile de surpasser, l'admirable fécondité de la méthode expérimentale. C'est une victoire pour M. Pasteur; mais c'est aussi un vrai triomphe pour l'esprit humain.

Les recherches qui viennent d'aboutir si heureusement sont le résultat d'un effort extraordinaire de logique soutenue et de sagacité pénétrante, le produit de l'expérience la plus fine, la plus originale, la plus puissante! L'éminent expérimentateur a fini par entrer de vive force dans un monde absolument inconnu jusqu'ici; il a obligé certaines affections contagieuses à livrer le secret de leur virulence; mieux encore: il est parvenu à gouverner leur évolution, à l'assouplir selon sa volonté, à la maîtriser. Il a ouvert une voie toute nouvelle et très vaste à l'art de guérir. Des expériences qui ont eu un grand retentissement ont démontré l'efficacité de la méthode de préservation trouvée par M. Pasteur; on nous permettra d'insister avec quelques détails sur des faits qui appartiennent désormais à l'histoire.

Tout le monde a entendu parler du charbon, de cette maladie terrible qui décime les troupeaux de bêtes à cornes presque dans tous les pays de l'Europe; en France, seulement, les pertes s'élèvent annuellement à plusieurs millions de francs. C'est à l'affection charbonneuse que M. Pasteur s'est attaqué, et il en a triomphé, comme il triomphera vraisemblablement des autres maladies virulentes. Racontons d'abord les faits; nous essayerons de les expliquer ensuite.

Le 28 février dernier, M. Pasteur annonça à l'Académie des sciences qu'il était parvenu, à l'aide d'un virus-vaccin préparé dans son laboratoire, à préserver les moutons du charbon. Grosse nouvelle qui souleva chez les praticiens plus d'un sourire d'incrédulité! Cependant la Société d'agriculture de Melun, par l'organe de son président M. le baron de la Rochette, proposa à M. Pasteur d'essayer sa nouvelle méthode de préservation, non plus sur quelques animaux, mais sur un lot considérable. Des conventions écrites furent échangées le 28 avril dernier. La Société mettait généreusement à la disposition de M. Pasteur 60 moutons: 10 serviraient de témoins et ne subiraient aucun traitement; 25 seraient vaccinés à deux reprises, puis seraient inoculés avec du sang charbonneux; 25 ne seraient pas vaccinés, mais subiraient l'inoculation charbonneuse en même temps que les autres.

M. Pasteur affirma par écrit: 1° que les 25 moutons non vaccinés périraient tous; 2° que les 25 moutons vaccinés résisteraient à l'infection, et qu'ils ne présenteraient dans leur santé aucune différence avec les 10 moutons restés comme témoins. On ne pouvait être plus net et plus hardi.

Les expériences commencèrent le 5 mai dans la commune de Pouilly-le-Fort, près de Melun, dans une ferme appartenant à M. Rossignol. On vaccina à deux reprises les animaux qui devaient être préservés. Le 31 mai, on procéda à l'inoculation d'un virus charbonneux extrêmement virulent; pour rendre les essais plus comparables, on inocula alternativement un animal vacciné et un animal non vacciné. L'opération terminée, rendez-vous fut pris pour le 2 juin, soit quarante-huit heures plus tard.

L'étonnement fut grand parmi les visiteurs le 2 juin. Les animaux vaccinés avaient toutes les apparences de la santé, les moutons inoculés mais non vaccinés étaient déjà morts charbonneux; deux moururent sous les yeux de l'assistance, le dernier s'éteignit à la fin du jour. La prophétie de M. Pasteur s'était réalisée à la lettre.

Sur le désir exprimé par la Société et par son président, il avait été fait une addition à la convention. Il avait été dit que l'on étendrait les expériences à dix animaux de l'espèce bovine, huit vaches, un bœuf et un taureau. Les épreuves de vaccination sur les vaches n'ayant pas été poussées antérieurement aussi loin que sur les moutons, M. Pasteur avait prévenu que les résultats pourraient être moins probants; toutefois, il affirma que les six vaches vaccinées ne contracteraient pas le charbon, tandis que les quatre non vaccinées périraient ou tout au moins tomberaient malades. Il en fut ainsi. Les animaux vaccinés ne subirent aucune atteinte du virus charbonneux. Les autres ne moururent pas cependant, mais ils furent gravement malades. Enfin, la Société avait désiré, pour juger de l'influence de l'espèce, remplacer deux moutons par des chèvres. Les chèvres se comportèrent comme les moutons.

La chèvre vaccinée resta bien portante; l'autre contracta le charbon et mourut.

Les expériences de Pouilly-le-Fort ont eu pour témoins plusieurs centaines de personnes, notamment le président de la Société d'Agriculture de Melun, M. de la Rochette; M. Tisserand, directeur de l'Agriculture; le préfet de Seine-et-Marne, M. Patinot; un des sénateurs du département, M. Foucher de Careil, président du Conseil général; M. Bouley, le maire de Melun, M. Marc de Haut, président, et M. Decauville, vice-président du comice de Seine-et-Marne; plusieurs conseillers généraux; tous les grands cultivateurs de la contrée; M. Gassend, directeur de la station agronomique de Seine-et-Marne; M. le docteur Rémilly, président, et M. Pigeon, vice-président de la Société d'agriculture de Seine-et-Oise; les chirurgiens et vétérinaires militaires en garnison à Melun; enfin un très grand nombre de vétérinaires civils venus des départements voisins.

Ces essais ont paru absolument concluants. Ceux qui doutaient à leur arrivée sont partis convaincus et sont aujourd'hui les apôtres de la nouvelle doctrine. On peut inférer de ce qui précède qu'il est aujourd'hui possible de garantir les bêtes à cornes de l'affection charbonneuse par des vaccinations préventives.

* * *

Depuis quelques mois les essieux des voitures d'omnibus se brisent comme par enchantement, et les accidents se multiplient à Paris presque chaque jour. Assurément on ne peut empêcher les essieux de se casser; mais il serait facile de prévoir des ruptures qui peuvent être suivies d'accidents mortels. Une inspection convenable permettrait de mettre au rebut les essieux dangereux. C'est effectivement un préjugé de croire qu'une rupture d'essieu survient comme un coup de foudre. Un choc, même violent, sur le pavé ou à l'angle d'un trottoir ne suffit pas pour déterminer une rupture. Les ingénieurs de chemin de fer savent parfaitement que lorsqu'un essieu se rompt, la cassure présente, en général, des traces d'oxydation sur une portion considérable de sa surface.

Puisque l'intérieur de la cassure est oxydé, c'est qu'elle est vieille, c'est qu'elle remonte déjà à un nombre respectable de mois. La brisure, d'abord faible, s'est agrandie peu à peu et il n'y a eu rupture que lorsqu'une fraction notable de la section de l'essieu a été séparée. Il n'y a aucune raison pour qu'il n'en soit pas pour les essieux d'omnibus comme pour les essieux de chemin de fer. Il paraît donc évident que si les essieux se rompent, c'est qu'ils sont déjà entaillés depuis longtemps : il est manifeste que l'on ne visite pas assez sérieusement les essieux des voitures d'omnibus.

M. Maurice Lévy, ingénieur en chef des ponts et chaussées, dit fort explicitement : « Une visite périodique, une visite mensuelle, par exemple, faite avec soin, éviterait d'une manière absolue tout accident : car dans l'intervalle d'un mois, il est impossible qu'un essieu même plus ou moins défectueux au moment de la réception, puisse être atteint assez profondément pour être ensuite achevé par un choc. »

On ne peut faire le même reproche aux Compagnies de chemins de fer lorsque les essieux des wagons se brisent. L'expérience a démontré que la rupture s'effectue à l'intérieur des moyeux des roues, c'est-à-dire en des points que l'on ne peut inspecter. Comme les essieux des wagons font corps avec les roues, c'est à quelques millimètres de distance de l'aplomb extérieur du moyeu qu'a lieu la cassure. Il faudrait pouvoir *ausculter* le moyeu pour prévenir les accidents. La brisure lente de l'essieu près du moyeu n'est rien moins que rassurante. On peut voyager avec un essieu presque brisé sans le savoir, et tout à coup un choc violent peut déterminer la séparation définitive de la roue et de l'essieu. On sait ce qui survient en pareil cas : la roue près de laquelle la rupture a eu lieu s'en va et tombe en dehors de la voie; l'extrémité brisée de l'essieu devenue libre s'implante dans le sol et avec la roue unique qui y est adaptée, vient se placer en travers de la voie. Tous les véhicules qui suivent doivent franchir cet obstacle; on comprend ce qu'un pareil saut pour des voitures doit coûter de vies humaines, lorsqu'un train est lancé avec une vitesse de 60 et 70 kilomètres à l'heure.

M. Maurice Lévy propose, pour mettre les voyageurs à l'abri de ces accidents épouvantables, de soutenir simplement les essieux par des étriers en fer fixés près des roues au caisson de la voiture. Les étriers ne serviraient pas en temps ordinaire; mais si un moyeu se brisait, l'essieu tournerait encore horizontalement dans l'étrier et ne tomberait pas sur la voie. La voiture continuera à rouler tant bien que mal sur ses trois roues restantes et soutenue par ses bancs d'attelage jusqu'à la première station.

Si même elle penchait sur la voie, les voitures suivantes la heurteraient assurément, mais le danger serait très atténué. Le moyen préconisé par M. Lévy est peu coûteux et simple à réaliser. Il est à souhaiter qu'il soit mis à l'essai sur une de nos lignes de chemins de fer.

HENRI DE PARVILLE.

CHARYBDE ET SCYLLA

(Voir pages 372, 396 et 411.)

TREIZIÈME LETTRE

Geneviève à Antoinette.

Saint-Malo.

Ma chère Antoinette,

Nous sommes toujours à Saint-Malo.

Pourquoi nous presser de partir? m'a dit Charles; nous

ne pouvons quitter Saint-Malo sans avoir vu la statue de Chateaubriand par Millet. Chateaubriand a ravi sa jeunesse, il aime les sites pittoresques, et, la science n'ayant pas desséché en lui toute autre fibre, il a voulu profiter de notre aventure pour revoir la cité malouine. Nous avons obtenu de descendre d'un étage et nous allons rester deux jours.

J'ai télégraphié le jour et l'heure de notre arrivée à ton intendant, et pour l'instant je vais et je viens en compagnie de Charles, perdue dans la foule d'Anglaises qui forment la population flottante de la vieille ville la plus pittoresque du monde.

J'ai eu un grand plaisir à voir le bronze magnifique de Millet. Il a bien saisi la belle tête de l'auteur des *Martyrs*. Si nos hommes d'Etat, si nos historiens se distinguent trop souvent par leur laideur, si l'enveloppe matérielle ne semble pas faite pour le bronze et le marbre, on n'en peut dire autant de nos poètes. Chateaubriand, Lamartine, Victor Hugo, Musset, de Laprade, n'ont pas eu le malheur d'être laids. L'intelligence donne la suprême beauté, je le sais bien; mais quand l'intelligence est éteinte, c'est du masque que s'empare l'artiste et il doit faire ressemblant. Chateaubriand l'est. Une flamme idéale anime sa physionomie, dont une mélancolie pénétrante fait la vérité et le charme. La tête légèrement penchée, il semble écouter les voix intérieures qui lui dictent ses poétiques créations.

Son style a vieilli, ses romans se démodent; mais il demeure et il demeurera. Il est de trop haute taille pour être diminué par la mode, et quand on a signé *le Génie du Christianisme*, on devient immortel.

Charles et moi faisons des haltes indéfinies devant ce bronze superbe, et nous envions à Saint-Malo la gloire d'avoir un vrai grand homme français à servir aux nombreux étrangers qui assaillent ses plages. J'ai quelque raison de penser que la manie actuelle d'en élever à des gens qui ne se sont jamais haussés jusqu'à une illustration quelconque, nous ridiculise parfois à l'étranger. Nous avons eu des inaugurations qui touchaient à la haute comédie. Voilà des ridicules qui ont manqué à Molière. M. Jourdain ne rêverait plus d'un pourpoint taillé à la mode des gens de cour, il se verrait coulé en bronze comme un grand homme. Hélas! si les statues, maintenant, s'achètent à prix d'argent, ou à force de réclames, tous les épiciers enrichis peuvent espérer se donner la leur.

Mais j'espère que l'artiste leur manquera, et que ces bonshommes de pain d'épice seront piètrement représentés.

Le génie a ses privilèges, entre autres celui de s'imposer, même quand il s'agit de se faire représenter.

Et nos petits hommes de passage feront bien de ne pas trop s'exposer à l'admiration de leurs contemporains, qui ne sont pas aussi niais qu'ils le croient.

Les rois, les hommes chargés d'une mission souveraine contractent quasi malgré eux, du milieu dans lequel ils vivent, une physionomie à part qui diminue à la rigueur leur petitesse personnelle. Il y a une grandeur inhérente à la souveraineté longtemps possédée, comme il y a une pureté de langage inhérente à l'instruction conquise par nos ancêtres.

Que le bon Dieu nous délivre de la manie de pêcher en eau trouble des grands hommes et surtout de leur rien élever du tout!

Le reste du temps nous battons les pavés de Saint-Malo, qui est la plus curieuse ville du monde. Je voudrais y être née et posséder une de ces maisons de granit à double croisée qui ont un faux air de forteresses.

Et ce superbe bijou antique a une monture splendide : la mer. Il est charmant de voir la ville guerrière sous certains aspects alors qu'elle émerge des flots, ceinte de ses remparts et couronnée de ses clochers. Elle m'a rappelé un peu Granville, la petite ville où j'ai passé les plus riants étés de ma jeunesse; mais où je ne puis retourner sans souffrance, tant le souvenir de ma mère bien-aimée m'est présent.

L'église principale de Granville est encore plus remarquable que celle de Saint-Malo. Il me semblait entrer dans un vaisseau de granit. Les fenêtres ont un faux air d'écoutilles. On y priait avec une ferveur toute particulière. La vie dangereuse, mouvementée, des marins a une telle analogie avec notre existence terrestre que le contact avec la mer et ce qui la rappelle, me détache, m'élève et me fait soupirer après le port, le vrai, l'éternel.

Que n'ai-je les poumons moins délicats! Je passerais une grande partie de l'année dans une de ces pittoresques cités qui baignent leurs murs dans les flots.

Mais la mer a ses rigueurs. Charles et moi toussons beaucoup depuis que nous sommes à Saint-Malo. Hier, au tournant d'une rue, j'ai failli être enlevée... par le vent, bien entendu.

Voilà ce que nous n'aurons point à Kermoereb. Là le vent soufflera largement, franchement; mais il ne s'embusquera pas comme un voleur derrière des remparts de granit.

Adieu, adieu, je me repose en t'écrivant, tandis que Charles analyse je ne sais quelle herbe qu'il a trouvée sur la grève. Mon savant est l'analyse faite homme.

A toi de cœur,

GENEVIÈVE.

QUATORZIÈME LETTRE

Antoinette à Geneviève.

Paris.

Nous voici installés, ma chère Geneviève, et installés sans fatigue, sans retard et sans peine.

Comme ces maisons de Paris sont ingénieusement disposées! Pas un coin de perdu. Vous avez tout sous la main, tout s'arrange comme par magie.

Je m'étais dit en soupirant : Je vais être huit jours

écrasée sous les rangements. Le lendemain même mon monde et mon mobilier étaient casés.

Voilà ce que c'est que de prévoir, voilà surtout ce que c'est que d'avoir peu d'espace; on apprend à en tirer parti.

A Kermoereb, ce sont d'autres embarras: rien n'est disposé, aménagé pour la facilité des communications. Il faut aller pendre ses robes dans une mansarde, empiler ses caisses dans une autre.

Dans la chambre des enfants qui est une halle, il n'y a qu'une pauvre armoire d'attache, et encore tout moisit dedans. Dans celle qu'ils occupent chez toi et où les lits se touchent, j'en ai compté cinq. Tout s'y est logé et accroché en une heure.

Mon Dieu! que ton appartement est joli, Geneviève! Pour nous rustiques, c'est un boudoir. Seulement tu n'as pas d'enfant et tu peux loger les domestiques où tu veux. Moi, je ne puis séparer Annette de ses nourrissons, et d'ailleurs, têtue comme une bretonne pur sang, elle se refusait à aller coucher dans la jolie petite mansarde du sixième qui était affectée à ta cuisinière.

Elle nous a fait à ce propos une véritable scène.

« Je n'irai pas dormir dans cette chambre-là, le *collidor* est plein de gens que je ne connais pas. Et est-ce que je pourrais dormir en pensant que les enfants peuvent être malades la nuit? Je coucherai par terre, mais je ne m'en irai pas là-haut sous la couverture de zinc. »

Il faut avoir vu cette entêtée pour s'en faire une idée. Nos serviteurs sont bien honnêtes, bien fidèles, ils se feraient hacher menu comme chair à pâté pour nous; mais ils ont parfois un caractère et des rudesses que d'autres maîtres ne supporteraient pas.

J'étais toute disposée à me fâcher; Alain est intervenu en me racontant je ne sais quelles choses ennuyeuses, que je ne puis te confier, sur ce *collidor* habité par toute la domesticité de la maison.

De guerre lasse j'ai permis qu'on installât un lit dans le cabinet de toilette des enfants, et tout le monde est content.

Guy s'amuse de tout et passe sa vie au balcon. Marie-Marguerite, qui a la fibre poétique de son père, fait des petites mines mélancoliques, et pleure souvent sur les genoux d'Annette. Elles regrettent Kermoereb ensemble; quant à baby, il rit toute la journée et est d'une curiosité extraordinaire, il ne quitte pas la fenêtre non plus. Le roulement des tramways, celui des voitures le ravissent.

Tu as calomnié ta petite place: c'est un coin animé, charmant, et qui me paraît néanmoins la tranquillité même auprès du centre de Paris.

Le bruit me donne un certain malaise de tête que je ne connaissais pas, nous avons tous le sommeil un peu agité, nous rêvons tous à qui mieux mieux; mais c'est une question d'acclimatation, dans quelques jours il n'y paraîtra plus.

Demain, nous allons en grand appareil faire visite à notre ancienne voisine, la comtesse de Malplanquard. Je te parlerai d'elle dans ma prochaine lettre. Elle a beaucoup contribué à ma grande résolution de quitter mes pénates, elle a beaucoup attisé chez Alain le feu littéraire, et elle ne sera pas peu flattée, je crois, de voir avec quelle docilité nous avons suivi ses conseils.

Tu sais que je tremblerai quelque peu en recevant ta première lettre de Kermoereb. A l'expression de mon contentement d'être chez toi, tu vas peut-être opposer des gémissements lamentables sur mon pauvre chez-moi.

Je t'ai prévenue loyalement et tu sais nos conventions : sincérité absolue.

Je t'aime vraiment beaucoup.

ANTOINETTE.

QUINZIÈME LETTRE

Geneviève à Antoinette.

Saint-Malo.

Nous partons demain, il est temps que je parte de Saint-Malo; je ne fais plus un pas sans rencontrer quelqu'un de connaissance.

On a fait accorder le meilleur piano de l'hôtel en mon honneur, et ce soir il me faudra jouer. Il y a trois jours que je n'ai fait résonner mes doigts sur des touches, et cela me semble un siècle. Mais la musique me fatigue, tout en m'enchantant. Je fuis la musique autant que Paris.

Sais-tu que j'ai eu de tes nouvelles par un vieux ménage de nos amis qui ne voyage qu'à très petites journées et qui t'a rencontrée au buffet du Mans.

Car c'était toi évidemment.

Voici le tableau qui m'a été peint, le récit qui m'a été fait. Il m'a tellement amusée que j'en ai retenu les plus petits mots.

« Vous avez manqué votre amie à Rennes tel jour, m'a dit mon vieil ami, artiste jusqu'au bout des ongles et curieux de tout comme un ancien critique; elle allait à Paris avec mari, enfants et domestiques; c'est probablement elle que nous avons rencontrée au buffet du Mans.

« Ma femme et moi étions installés à une petite table, notre première faim était apaisée; je commençais mon métier d'observateur.

« Une famille fait invasion dans le buffet. Elle a à sa tête une grande jeune femme du plus beau blond, de taille magnifique, très affairée, mais charmante.

« Elle s'installe vis-à-vis de nous. Je fais remarquer à ma femme qu'elle tutoie ses bonnes, qui la contemplent avec un amour mêlé de respect. Trois beaux enfants l'entourent, on apporte du lait et autres aliments enfantins. Elle accroche vaillamment sa serviette dans la pochette de son porte-montre, et c'est elle-même qui fait manœuvrer la cuiller d'argent vers la petite bouche. Cette femme jeune et jolie est avant tout maternelle, et elle se soucie des voyageurs qui la regardent en passant comme d'une guigne. Le mari n'a pas fait ombre à ce tableau, c'est un homme sérieux et distingué ; sa femme l'appelle tout uniment Alain.

« La plus grande petite fille s'est rapprochée de notre table avec sa poupée ; je lui ai tendu un bonbon, elle s'est détournée d'un petit air sauvage. Les parents étaient tout occupés du dernier poupon, qui s'amusait à arracher les souliers bleus de ses petits pieds. La bonne ne se lassait pas de le rechausser ; mais à peine un soulier était-il mis que l'autre volait en l'air avec un éclat de rire perlé. Il a fallu que non seulement la mère, mais le père s'en mêlât. Il s'est agenouillé et a chaussé mademoiselle sa fille, qui le regardait faire avec de grands yeux. Pendant ce temps la jeune femme payait la dépense et l'inscrivait sur un calepin de toile grise. »

Est-ce assez minutieusement décrit ? C'est bien toi, n'est-ce pas ? Du reste, tu recevras un jour ou l'autre la visite de ton admirateur, le plus galant des hommes et des observateurs.

Adieu, j'ai lancé tout à fait au hasard un mot d'avis à ton intendant pour qu'il ne ferme pas les portes à double tour le jour de notre arrivée.

Geneviève.

— La suite au prochain numéro. —

Zénaïde Fleuriot.

CHRONIQUE

Sans être un érudit de profession, je crois savoir qu'il fut un temps où il y avait en France un *joli mois* de mai ; feu mon grand-père m'en a parlé comme l'ayant vu quelquefois, mais surtout comme en ayant beaucoup entendu parler par feu mon bisaïeul ; à vrai dire, je ne le connaissais point personnellement, mais je me consolais en songeant à tous les charmes du *beau mois* de septembre auquel, jusqu'à présent, les esprits les plus sceptiques eux-mêmes s'étaient plu à rendre un légitime hommage.

Le *beau mois* de septembre, il n'y a pas longtemps encore, était par excellence le mois du premier perdreau, le mois des premières vendanges et le mois où les vacances rayonnantes d'un soleil à la fois chaud et discret dédommageaient amplement les demi-heureux de ce monde, c'est-à-dire ceux qui ne peuvent pas avoir des vacances toute l'année.

Je ne suis point, de mon naturel, porté au pessimisme ; je ne m'attriste pas volontiers, et je n'aime pas à attrister les autres. Cependant, je me demande, non sans quelque angoisse secrète, si le *beau mois* de septembre qui figure encore dans notre calendrier d'aujourd'hui n'est pas en voie d'aller rejoindre grand train le *joli mois* de mai du calendrier d'autrefois.

Le *premier perdreau*, rare depuis longtemps dans les champs, a tendance à se transformer en animal préhistorique, même à la halle ; la *première vendange* a été si bien arrosée depuis quinze jours par l'eau du ciel, que nous avons tout lieu de croire, même en dépit de la comète, à une revanche prise par le déluge contre le cep cher à Noé ; et si septembre reste le mois des vacances pour les magistrats, professeurs, écoliers et généralement tous humains attelés à un labeur forcé pour le reste de l'année, cet aimable mois leur cause tant de mécomptes qu'il ressemble presque à la torture elle-même, qui, au dire de Georges Dandin, *fait toujours passer une heure ou deux*.

Oui, sans doute, notre torture est grande, à nous tous qui avons rêvé de humer, sous un soleil brûlant encore, l'arome de la rosée septembrale ou tout au moins de nous asseoir sur le talus d'un fossé embaumé par les violettes de l'arrière-saison ; car toute notre idylle d'automne peut se résumer dans cette attristante chanson :

Il pleut ! il pleut, bergère !

Aux grands maux, les grands remèdes ! Et quand on s'ennuie franchement, je ne connais guère de façon meilleure de se distraire que de contempler des gens encore plus ennuyés que soi, surtout si ces gens sont de ceux dont on a eu quelquefois à subir les caprices tyranniques.

Ce que je dis là n'est peut-être pas absolument conforme à l'esprit de charité ; mais que voulez-vous ? l'homme n'est pas parfait ; et, sans plus longues digressions, je vous avouerai en toute franchise que je prends en ce moment ma revanche de quelques petites avanies qu'on m'a fait subir, à moi comme à bien d'autres.

Il y a quelques semaines, par ces effroyables chaleurs où M. Alphand, sagement d'ailleurs, nous invitait à ne pas gaspiller un verre d'eau dans Paris, j'ai voulu, comme bon nombre d'autres altérés et calcinés, demander un peu d'onde fraîche, un peu de brise aux plages de l'Océan ; et j'ai parcouru la côte de... Non, je ne vous dirai pas quelle côte : sachez seulement qu'elle est située à quelques heures de Paris.

J'ai frappé à la porte de tous ces hôtels prétentieux qui s'intitulent *Hôtel de la Plage*, *Hôtel des Falaises*, *Hôtel des Bains* ; et partout, sur le seuil, j'ai rencontré le même majordome tout de noir vêtu, une serviette sur le bras, des favoris aux deux côtés du visage, lequel majordome m'a dit dédaigneusement : « Pas de place... Revenez en septembre ! »

Quant au patron lui-même, au patron vers lequel j'étendais mon bras suppliant, chargé d'une valise poudreuse, il n'a pas même daigné me regarder ; je l'ai entendu seulement murmurer : « Septembre... Repassez ! »

Je ne prétends pas trouver de la place là où il n'y en a pas ; mais je prétends que septembre est un mot qui ne saurait à lui seul remplacer toutes les formules de la politesse.

Eh bien ! majordome à serviette et à favoris ! Eh bien ! patron à la morgue arrogante, septembre est venu et je suis *repassé* ; septembre est venu et me voici encore devant le seuil de votre hôtel, mais je n'essayerai pas de le franchir cette fois.

On me sourit pourtant, on s'avance pour recevoir ma valise; le cuisinier lui-même, tout de blanc vêtu et coiffé, a reçu la consigne d'accourir au-devant de moi... Non, je n'entrerai pas; j'irai tout bonnement prendre mes quartiers d'automne dans la petite auberge d'en face, ou dans quelque modeste maison bourgeoise où l'on me louera une chambre pour quinze jours. Et de là je contemplerai tout à mon aise la vilaine grimace que fait monsieur le propriétaire de l'*Hôtel de la Plage*, de l'*Hôtel des Falaises* ou de l'*Hôtel des Bains*...

Vraiment, oui, monsieur l'hôtelier n'est pas content; il avait compté sans le baromètre, et, malheureusement pour lui, le *beau fixe* ne *repasse pas en septembre* selon le bon plaisir des hôteliers ou gargotiers de haute ou de basse catégorie.

Le *beau fixe* s'en est allé cette année avec une désinvolture impertinente, laissant la place du baromètre libre pour toutes les fantaisies de ses désagréables confrères, *variable*, *petite pluie*, *grande pluie*, *tempête*, tous personnages grincheux qui prennent un souci médiocre aux intérêts des plages balnéaires... De là cette hausse inattendue dans la politesse de messieurs les hôteliers des grands hôtels à la mode; de là, m'assure-t-on, une baisse sensible dans leurs prix; mais quant à moi, j'aime mieux le croire que d'y aller voir. De ma modeste auberge, en ce moment, je guigne le bel hôtel d'où l'on me repoussait si impertinemment, il y a deux mois; je vois l'omnibus oisif sous sa remise, et je m'aperçois qu'en dépit du *chef* en beau costume blanc, la cheminée ne fait monter qu'un bien mince cordon de fumée à l'heure du dîner... Ah! le baromètre a vengé bien des gens!

Puisque je suis en veine de médisance, j'enregistre bravement un écho qui m'arrive de l'*Hôtel de la Plage*, *des Falaises* ou *des Bains*.

C'était en août dernier, alors qu'on se permettait tant de désinvolture à l'égard des pauvres voyageurs. Une famille infortunée avait trouvé pourtant moyen de se faire recevoir dans l'hôtel : la mère et ses deux filles couchaient dans une soupente, le père avait été admis à coucher sur un billard, et le fils avait obtenu la faveur de passer la nuit dans l'omnibus, à condition d'en déguerpir à 5 heures du matin, une demi-heure avant l'heure du premier train. Soupente, billard et omnibus se payaient au prix de trois chambres confortables; il est vrai que lesdites chambres étaient promises dans le délai de trois jours au plus.

L'heure du déjeuner arrivée, on songea à se dédommager un peu du côté de la table. La mer scintillait sous un soleil radieux; on éprouvait l'appétit d'un premier bain : il fut décidé qu'on demanderait en chœur un homard à la mayonnaise...

« Nous n'avons pas de homard ce matin, répondit le majordome à serviette et à favoris; mais ce soir sans faute, pour le dîner... »

Au dîner, le chœur des affamés retentit de nouveau :

« Le homard mayonnaise! »

Cette fois, ce fut l'hôte lui-même qui daigna paraître, et il répondit :

« Nous n'avons pas de homard ce soir, par le plus fâcheux des contretemps; mais demain matin sans faute... Cette barque dont vous voyez la voile à l'horizon va à Boulogne et elle rapportera le homard demandé. »

En effet, une voile blanche voguait au loin empourprée par les derniers reflets du soleil couchant. Ce poétique spectacle détourna l'attention, et nul ne songea à se demander pourquoi une barque allait à Boulogne chercher un homard au lieu d'aller le chercher en pleine mer.

Mais le lendemain matin, la question du crustacé se posa de nouveau :

« Voilà! homard demandé! » cria le garçon en posant sur la table une boîte de homard conservé, peinte en bleu ciel, ornée du pavillon des États-Unis avec cette inscription : *Fresh lobster!*

« Mais ce n'est pas là ce que nous voulons, gémit la famille tout entière; nous voulons le homard que le bateau de pêche est allé chercher hier au soir...

— C'est celui-ci, répondit imperturbablement le propriétaire de l'hôtel, qui était accouru à la rescousse : on est allé le chercher exprès à l'arrivée du premier train de Paris; envoi de la maison Potel et Chabot sur dépêche télégraphique spéciale.

— Mais nous ne voulons pas de ce homard en boîte!.. Nous voulons...

— La clientèle d'élite que je reçois, reprit le maître d'hôtel, plus fier que Neptune commandant aux vents et aux tempêtes, ne mange pas d'autre homard que celui-là; et, quant à moi, je ne souffrirais pas qu'il en entrât sous une autre forme dans mon établissement... »

A cette impertinence, il n'y avait d'autre réponse à faire que de demander la note de tous les frais de soupente, de billard, d'omnibus, y compris les frais de homard en boîte...

Ces derniers figuraient ainsi sur l'addition :

Homard,	fr.	5 00
Dépêche pour faire venir le homard,	»	1 20
Barque pour l'aller chercher,	»	12 75
Total,	fr.	18 95

L'hôte voulut bien payer lui-même le timbre de quittance.

ARGUS.

Abonnement, du 1er avril ou du 1er octobre; pour la France : un an, 10 f.; 6 mois, 6 f.; le n° au bureau, 20 c.; par la poste, 25c.

Les volumes commencent le 1er avril. — LA SEMAINE DES FAMILLES paraît tous les samedis.

VICTOR LECOFFRE, ÉDITEUR, RUE BONAPARTE, 90, A PARIS. — Imp. de la Soc. de Typ. - J. Mersch, 8, r. Campagne-Première. Paris.

Ils jouèrent le concerto d'une façon très agréable et le déclarèrent excellent. (Page 433.)

ERNEST ET FRIVOLETTA

III

(Voir page 425.)

Trois ans après, par un jour d'hiver, la famille du luthier était réunie après dîner autour du poêle et la grand'mère disait tristement :

« Ernest a oublié ma fête. Je croyais bien recevoir une lettre aujourd'hui.

— La journée n'est pas finie, grand'mère, fit Marianne, et le messager n'a pas paru dans le village. La neige l'a retardé, bien sûr.

— Le reverrai-je, ce cher enfant? oh! que je regrette qu'il soit parti! Depuis que je ne l'entends plus jouer du violon, la maison me semble bien triste, et je me remets malgré moi à pleurer cette ingrate de Frivoletta. Dire qu'elle ne nous a pas écrit une seule fois depuis le mariage de son père! Ah! bien sûr, elle est malheureuse!

— Non, mère, dit le luthier. Elle s'amuse, je le sais; sa belle-mère la mène au théâtre, au bal, et c'est pour cela qu'elle nous oublie. Si jamais elle a du chagrin, soyez-en sûre, elle nous reviendra.

— Voici le messager, » dit Marianne, qui regardait à travers les vitres la route couverte de neige.

Le messager apportait une lettre d'Ernest et un petit paquet contenant un fichu de soie pour la bonne maman. Toute joyeuse, elle fit asseoir le messager et lui offrit une tasse de café. Puis, elle mit ses lunettes et décacheta la lettre de son petit-fils.

Les premières lignes la firent sourire, mais en tournant la page elle devint sérieuse, puis émue, et enfin elle se mit à pleurer en tendant la lettre à son gendre.

« Ernest est-il malade? demandèrent les frères.

— Non, il se porte bien. Ce n'est pas de lui qu'il s'agit. »

Le messager s'éloigna discrètement, et le père de famille lut à haute voix la lettre du jeune musicien.

Après avoir souhaité la fête à sa bonne maman et raconté qu'il avait consenti à remplacer pour quelques jours à l'orchestre du théâtre Impérial un jeune violoniste de ses amis, Ernest ajoutait :

« J'étais au théâtre hier; il y avait foule à cause des débuts d'une danseuse dont les journaux disaient merveille, une danseuse nommée Allietta. J'étais si occupé de bien jouer ma partie de violon que je ne songeais guère à la danseuse et ne regardais même pas la scène, lorsque, à un certain moment où les harpes seules jouaient, je levai les yeux et je vis s'avancer sur les planches, si légèrement qu'elle semblait voler, une créature aérienne, vêtue de gaze, couronnée de roses et ayant aux épaules de grandes ailes de papillon.

« A sa vue, toute l'assemblée applaudit; elle parut hésiter et comme prête à s'enfuir, mais la musique résonna brillante et la sylphide se mit à danser.

« Alors, je la reconnus : c'était Frivoletta, notre petite Frivoletta, sur les planches; Frivoletta danseuse de théâtre!

« Toute la salle l'applaudissait et lui jetait des fleurs, et moi je pleurais en songeant qu'elle était perdue pour moi, perdue pour toujours, peut-être.

« Ce matin, on ne parle que d'elle à Vienne. Son père, dit-on, va signer son engagement, sa belle-mère est rentrée au théâtre. On la dit honnête femme. J'irai voir ma cousine. Elle n'est à Vienne que depuis trois jours et me croit bien loin d'ici. Priez pour elle, bonne maman, » etc.

« Ah! cela devait finir ainsi, dit l'aïeule en pleurant. Ce malheureux Jack! épouser une actrice! Elle lui avait promis de quitter le théâtre, mais on sait ce que valent ces promesses-là! Pauvre Frivoletta! »

IV

Quelques jours après, les journaux de Vienne contenaient l'entrefilet suivant:

« Un triste accident a interrompu la séance d'hier soir au théâtre Impérial. Au moment où la danseuse Allietta, rappelée par le public à la fin du ballet, se baissait pour ramasser une des nombreuses couronnes de fleurs tombées à ses pieds, son écharpe de gaze s'est enflammée aux lumières de la rampe, et, en un instant, la jeune fille a été enveloppée par les flammes. Elle courait affolée de terreur; et les autres danseuses s'enfuyaient à son approche, lorsqu'un jeune homme de l'orchestre, s'élançant sur la scène, saisit à bras-le-corps la pauvre Allietta, la coucha de force et parvint à éteindre le feu, non sans se brûler cruellement les mains. Tout cela fut l'affaire d'un instant : le tumulte et l'effroi étaient indescriptibles dans la salle. Bientôt le directeur vint annoncer que les brûlures d'Allietta ne seraient pas mortelles, et proposa de continuer la représentation; mais personne ne voulut rester, et la salle se vida rapidement. Au moment de mettre sous presse, nous apprenons que les deux victimes de cet affreux accident souffrent beaucoup, mais ne sont pas en danger de mort. Leurs Majestés l'Empereur et l'Impératrice ont fait prendre des nouvelles, et l'Empereur a envoyé au courageux sauveteur de la jeune fille une très belle montre d'or. Il se nomme Ernest Hamberg, et n'était attaché à l'orchestre impérial que depuis quatre jours. »

Tandis que toute la ville de Vienne s'entretenait ainsi de leur tragique aventure, Frivoletta et Ernest étaient soignés, l'une chez son père, l'autre à l'hôtel où il logeait depuis son arrivée à Vienne. Jack Ervin et sa femme, désespérés, n'épargnaient rien pour sauver Frivoletta. Les plus célèbres médecins de Vienne la visitaient, et plusieurs gardes-malades l'entouraient des soins les plus attentifs. Son visage n'avait pas été atteint, mais ses bras, sa poitrine et son cou étaient brûlés assez profondément.

« Quel malheur! disait Albertina, la femme d'Ervin,

quel bel avenir brisé! nous allions signer un engagement de mille florins par mois.

— Ma pauvre enfant, disait Jack, c'est moi qui serai cause de ta mort! » et à chaque plainte que la souffrance arrachait à la blessée, son malheureux père sanglotait, se frappait la poitrine, et demandait pardon à sa fille.

Elle avait le délire, et ne savait qu'appeler Marianne et la grand'mère. Dès qu'elle fut mieux, elle demanda un prêtre.

Albertina jeta les hauts cris et la crut mourante, mais Frivoletta lui dit : « Je me sens mieux. Je guérirai, j'espère, mais je veux un prêtre. »

Il vint, et la jeune fille, après s'être confessée, lui dit : « Mon père, ai-je rêvé? mais il m'a semblé reconnaître celui qui a éteint le feu. Dites, savez-vous son nom?

— C'est un jeune musicien qui s'appelle Ernest Hamberg.

— Je ne me trompais pas. Il faut que je lui parle, mon père, mais seule avec lui et vous. De grâce, allez le chercher, sans en rien dire à ma belle-mère ni à mon père.

— Mais, ma fille, je ne sais si je dois...

— Ernest est mon parent et je vais bientôt mourir, mon père, ne me refusez pas : rappelez-vous ma confession. C'est lui que je devais épouser, c'est lui que j'oubliais... oh! je veux lui dire adieu.

— J'irai, » dit le bon vieux prêtre.

Et il se mit à la recherche d'Ernest. La première personne à qui il en parla (c'était un commissionnaire), lui dit : « Le jeune homme qui s'est brûlé les mains en étreignant la danseuse? Ah! il est à l'hôtel du Cygne, et c'est une queue à la porte de gens qui viennent savoir de ses nouvelles. C'est un gaillard qui a du bonheur. Si ses mains se guérissent et qu'il puisse tenir encore l'archet, ses concerts feront courir toute la ville. Ce que c'est que la chance! moi qui vous parle, monsieur l'abbé, j'ai fait la chaîne dans vingt incendies, j'ai sauvé trois chevaux, j'ai reçu une commode sur la tête et passé trois mois à l'hôpital pour cela, et personne ne s'est inquiété de moi. Voulez-vous que je vous conduise au Cygne?

— Je sais le chemin, merci. Voici pour vous. » Et lui mettant quelques kreutzers dans la main, l'abbé s'éloigna.

Il trouva Ernest les deux mains enveloppées, mais levé, habillé, et dictant à un ami une lettre pour sa grand'mère. Dès les premiers mots que lui dit l'abbé, il s'écria : « J'irai, j'irai certainement! Ah! ma pauvre cousine! »

Et il se mit à pleurer.

« Guérira-t-elle, monsieur l'abbé?

— Peut-être, mais elle est bien malade. Pouvez-vous venir tout de suite?

— Quand vous voudrez. Fritz, je te prie, envoie chercher une voiture.

— J'y vais : ce sera plus sûr, » dit Fritz.

Et bientôt après, ils entraient chez les parents de Frivoletta.

« Laissez-nous seuls, » dit l'abbé en congédiant les femmes qui gardaient la malade.

Elle était étendue sur son lit, et enveloppée tout entière de draps imbibés d'esprit-de-vin que l'on humectait sans cesse. Ses longs cheveux à demi brûlés couvraient l'oreiller blanc comme le visage de la pauvre fille.

Elle rougit en apercevant Ernest, et lui, tremblant et les yeux en pleurs, s'agenouilla près d'elle.

« Pardonne-moi, lui dit-elle : je t'avais oublié; je m'étais laissé tenter par le plaisir, l'or, les succès. Mais ne me méprise pas : je n'ai pas fait d'autre mal que cela. Et, le soir même où je débutai, au moment de m'habiller et d'entrer en scène, j'eus un remords, et j'hésitai. Ah! si ta bonne mère eût été à Vienne, si j'avais su où aller!... mais mon père tout le premier, mon père le voulait... Albertine était là qui me pressait. Je m'enfermai un instant, je me mis à genoux, et je dis au bon Dieu : « Si cet état doit me perdre, faites-moi mourir tout de suite. » C'était il y a huit jours, Ernest. Dieu m'a exaucée bientôt, et il a permis que tu m'enlèves à une mort trop prompte. J'expie, et je vais mourir, lentement dévorée par les morsures du feu. Pardonne-moi, et dis-leur à tous, là-bas, de prier pour moi.

— Ne meurs point, Letta; vis pour moi, qui t'aime toujours. Oh! je n'ai jamais cru que tu m'oubliais. Guéris-toi; tu seras ma femme. Nous retournerons à Eisbach. Fiancez-nous, monsieur l'abbé, je vous en prie.

— Pauvres enfants! fit le prêtre. Il faut attendre; mais, je l'espère, le bon Dieu vous guérira tous deux. Ayez confiance. »

ÉPILOGUE

On venait de finir un quatuor chez le comte Halkitoff, riche mélomane russe, et l'une des belles dames qui l'avaient écouté demanda :

« De qui est cette musique, monsieur le comte?

— D'Ernest Hamberg, l'homme aux mains brûlées, dit M. Halkitoff. N'est-ce pas qu'il a du talent?

— Certes. Pourquoi l'appelez-vous l'homme aux mains brûlées?

— Mais, c'est parce qu'il est resté estropié après son aventure du théâtre de Vienne, il y a une quinzaine d'années. Comment, vous ne vous rappelez pas?

— Il y a quinze ans, monsieur, j'étais....

— Ah! pardon. C'est vrai : vous étiez en nourrice. Eh bien, je vais vous la conter. Cet Ernest était premier violon au théâtre de Vienne, mais si bon catholique qu'il ne regardait pas les danseuses. Or, un beau soir, au plein milieu d'un ballet, il entend des cris affreux. Il regarde. Une danseuse flambait comme un fagot. Il saute sur la scène, éteint la belle, et s'allume lui-même si bien qu'il l'a épousée aussitôt guérie, et est resté lui-même si estropié qu'il ne peut jouer du violon. Mais ils font excellent ménage et ont une poussinière d'enfants.

— C'est fort joli, dit la belle dame; mais il me semble que la danseuse ne dansant plus et le violoniste ne violonnant pas davantage, ils ont dû être bien gueux.

— Passablement, d'abord; mais Ernest Hamberg s'est mis à publier ses compositions musicales. Personne n'y aurait fait attention d'abord sans l'histoire du feu; cette aventure bizarre leur valut un succès de curiosité. Le mérite fit le reste. On dit que son grand concerto, intitulé les *Flammes*, raconte toute son histoire.

— Vraiment! Essayons-le. L'avez-vous?

— Le voici. »

Vite les musiciens se mirent à déchiffrer, et comme ils étaient fort habiles, ils jouèrent le concerto d'une façon très agréable, et le déclarèrent excellent. Pourtant tous furent d'accord pour critiquer dans la première partie quelques longueurs, et surtout des motifs un peu trop enfantins et champêtres.

C'est qu'ils ignoraient tous le premier chapitre de l'histoire d'Ernest et de Frivoletta, et ne connaissaient guère bien les autres. Après une histoire bien contée, rien de plus rare qu'une histoire bien sue.

J. D'ENGREVAL.

FIN.

LE GOUT DU ROI

CONTE

(Voir pages 390, 405 et 422.)

« Maréchal, dit le roi, puisque tu as la vue basse, va un peu mettre le nez sur cette chose-là, et reviens me dire ce que c'est; car, pour moi, malgré mon regard d'aigle, impossible de le discerner.

— Sire, dit le grand maréchal, cette chose-là, malgré les apparences contraires, est une femme, une tailleuse de vos sujettes, qui a cru ne pouvoir mieux flatter le goût délicat de Votre Majesté qu'en empruntant le costume des sujettes d'une Majesté voisine.

— Par mon sceptre! fit le roi, voilà une manière de flatter qui vaut celle de tout à l'heure. Comment! d'après cette mijaurée, mon royaume, sous le rapport du goût, ne vaudrait pas celui de mon cousin!... Voilà la première nouvelle que j'en apprends! Et elle voudrait, je suppose, cette tailleuse, tailler toutes mes charmantes fleurs sur le patron de ces fleurs exotiques dont elle est un si bel échantillon!... Maréchal, tu lui feras savoir de ma part qu'il y a autre chose encore dans mon royaume qui ne vaut rien, du moins pour elle : l'air, et qu'elle en doit changer, si elle ne veut qu'on lui taille des croupières.

« Non, maréchal, non, reprit le roi, pendant que sous ses yeux continuait le monotone défilé des dames, non, amour-propre de souverain à part, je ne puis souffrir ces gens qui ne trouvent rien de bien dans leur propre pays, et échangent le bon qu'ils ont chez eux contre du mauvais qu'ils vont chercher dehors. Quel beau progrès, par exemple, que de remplacer l'antique costume, simple, commode et pourtant élégant de nos femmes, ce costume qui laisse aux formes et aux mouvements toute leur beauté et toute leur grâce, ce costume qui ne varie que dans le détail, dans la manière de le porter et selon le rang, ce costume durable, enfin, et par conséquent peu coûteux, par des extravagances de toilette du genre de celle dont nous venons de voir un spécimen.

« Et le mal ne s'arrête pas là, maréchal. Écoute cette leçon de politique. Qui prend le costume d'un autre, incline à prendre ses mœurs ; qui prend ses mœurs s'inspire de son esprit ; qui s'inspire de son esprit est bientôt comme un autre lui-même ; et quand deux peuples en sont là, il n'y a plus entre eux de frontières : le plus grand absorbe le plus petit. C'est un jeu dangereux, maréchal, et Dieu me garde de donner à la princesse une gouvernante qui ruinerait en elle ce qui est le fondement même de la nationalité et du trône : le sentiment de patriotisme ! »

Tandis que le roi parlait ainsi, — comme pour donner un démenti à ce qu'il venait de dire du costume simple et élégant de ses gracieuses sujettes, — on voyait s'avancer, faisant à chaque pas un demi-tour sur elle-même, pour se faire autant que possible admirer sous toutes les faces, la femme du gros financier, laquelle, on s'en souvient, pour être plus sûre de rencontrer le goût du roi, avait associé dans cette toilette, tant en formes qu'en couleurs, les bigarrures les plus disparates du bon et du mauvais goût. Arrivée en face du monarque, après une révérence fort gauche, elle se tint immobile devant lui, semblant l'interroger des yeux.

« Que veut cette espèce d'arlequin en jupons, maréchal? Elle a l'air d'attendre quelque chose.

— Je vais le lui demander, Sire.

« Sire, revint dire le grand maréchal, c'est une brave femme qui, incertaine du goût de Votre Majesté, s'est accommodée de façon à la satisfaire d'une ou d'autre manière. Elle demande si, après l'avoir vue par devant, vous ne voudriez pas la voir dans le dos.

— Avec grand plaisir, dit le roi. Qu'elle tourne les talons et détale au plus vite! »

Sur un signe pressant du grand maréchal, la dame dut montrer le dos, mais moins glorieusement qu'elle n'avait pensé.

« Encore une flatteuse, maréchal, et de la plus basse espèce! Une variété de caméléon qui, au lieu de changer de couleur, selon les circonstances, trouve plus commode et plus habile de les porter toutes à la fois, espérant ainsi plaire à tous en général, et à chacun en particulier. Encore si cette corruption du goût, maréchal, s'arrêtait à la toilette; mais, sois-en sûr, elle finit par s'étendre à tout le reste. Et cela ose aspirer au poste de gouvernante d'une future reine! Comme si les princes ne devaient pas avoir un sentiment plus juste et plus délicat que personne de ce qui est bon et mauvais en tout genre pour gouverner sagement leurs peuples! Ah! maréchal, les flatteurs, ils mériteraient d'être jetés à la mer avec une pierre au cou! toi, peut-être, tout le premier.

— Sire, dit le grand maréchal, pour moi la pierre serait de trop. La perte des bonnes grâces de Votre Majesté serait pour mon cœur un poids si lourd, qu'il m'entraînerait jusqu'au fond de l'eau.

— Assez, maréchal, assez. Tu me donnerais l'envie d'en faire l'épreuve.

« Dis-moi plutôt, continua-t-il, qui est cette dame que je vois s'approcher, et dont la mise me paraît fort bien.

— Sire, l'avis de Votre Majesté sera celui de tout le monde. Cette dame est très bien mise, en effet; trop bien même, s'il faut en croire les méchantes langues, pour les moyens du baron de Plate-Bourse, son mari.

— Le baron de Plate-Bourse? demanda le roi.

— Oui, Sire, c'est un sobriquet qu'on lui a donné à cause de l'état de sa caisse, mise depuis longtemps à sec par les dépenses de madame pour sa toilette.

— Mais alors, demanda le roi, comment fait-elle?

— Comment? Majesté! Elle emprunte, dit-on; elle use et abuse du crédit. On raconte qu'elle a escompté le succès qu'elle espère obtenir à vos yeux tout à l'heure, en s'engageant à payer au double les avances de ses fournisseurs.

— Voilà qui ne me va pas, dit le roi, pas du tout c'est dommage! Sa mise, maintenant que je la vois de plus près, est d'un goût parfait et qui s'accorderait assez avec le mien : simple quoique riche. La voici; elle est vraiment charmante!.. J'ai répondu gracieusement à son salut, maréchal, car elle est noble et titrée, et, en définitive, elle me plaît; mais j'ai dû la laisser passer comme les autres. Il ne faut pas que la princesse soit exposée à prendre d'une semblable gouvernante le goût des choses frivoles, des dépenses ruineuses et, pour faire face à celles-ci, des emprunts, dont la charge pèse jusque sur les générations à venir. Pour les nations comme pour les individus, avant de se donner le superflu, il faut être en possession du nécessaire.

— Si je ne me trompe, Sire, dit le grand maréchal, voici venir une dame qui semble avoir choisi tout exprès son costume pour le conformer aux idées que vient d'exprimer Votre Majesté. Celle-ci n'a pas sacrifié au luxe, et elle a eu, il faut le dire, de bonnes raisons pour cela, car c'est la femme d'un petit fonctionnaire du palais; je la connais. Robe et chapeau d'étoffe commune et sombre, et pour les relever un peu, pas le moindre ornement, pas l'apparence d'un bijou.

— Pas même une fleur, dit à son tour le roi, pas même une petite fleur! Une petite fleur, qu'aurait-elle coûté, maréchal?... et elle eût égayé ce costume austère. Sans doute, c'est vertu chez cette femme, grande vertu même que ce sacrifice qu'elle fait d'un des penchants les plus vifs de son sexe à l'accomplissement d'un sérieux devoir; et je salue cette vertu en elle, vous le voyez. Mais cette vertu va trop loin; elle fait oublier à cette pauvre dame un autre devoir : celui de plaire. Or, un peuple, maréchal, un peuple, qui est un composé d'individus et de familles, a les mêmes besoins que ces individus et ces familles qui le composent : vivre ne lui suffit pas, il faut que sa vie ait quelque agrément. Il lui faut quelques fleurs sur sa route. Voilà ce que la princesse doit savoir, ce qu'elle ne doit jamais oublier. Il serait dangereux qu'une femme comme celle-ci, animée des meilleurs sentiments, mais sans imagination, lui inculquât l'idée qu'un peuple, s'il est bien nourri, vêtu et logé, n'a rien à désirer de plus. Il y a d'autres satisfactions que celles-là dont il est avide et qu'il faut lui accorder dans une juste mesure. La saine économie elle-même le veut. Méconnaître cette vérité, maréchal, ce serait méconnaître à la fois et un impérieux besoin de la nature humaine et une des exigences d'une sage politique.

« Mais où trouver, continua-t-il, où trouver celle qui saura remplir auprès de la princesse la haute et délicate mission de diriger ses idées et ses sentiments, de former son caractère pour le plus grand bonheur du peuple sur lequel elle doit un jour régner? Ah! maréchal, je commence à désespérer, de voir mon épreuve aboutir à un heureux résultat, car la voilà qui touche à sa fin. Une dame encore, que je vois s'approcher, et ce sera tout. Et comment espérer rencontrer en cette dernière ce qui ne s'est pas trouvé dans plusieurs milliers d'autres, dont pas une n'était mise complètement à mon goût?... »

Le roi avait bien raison de le dire : pareil espoir n'était guère permis. Et pourtant, pourtant! que fallait-il en penser? A mesure que vers le trône s'avançait cette dernière dame, on pouvait voir les yeux du monarque, perdant leur expression de fatigue et d'ennui, s'attacher avec intérêt, puis avec plaisir sur elle, et cet intérêt et ce plaisir s'accroître à chaque pas qui la rapprochait de lui.

Qu'avait-elle donc pour plaire au roi? car, évidemment, elle lui plaisait. Sa beauté? sa jeunesse? la grâce de sa personne? l'élégante simplicité de sa mise?

Sa beauté? Oui, elle était belle; mais elle semblait l'ignorer, et l'expression de modestie répandue sur son visage la rendait plus que belle, touchante.

Sa jeunesse? Oui, elle était jeune, mais par le nombre des années : car dans son doux regard le sérieux de la pensée se peignait, et il y avait du sérieux aussi dans le sourire charmant qui reposait sur ses lèvres. On eût dit qu'aux fleurs de son printemps et aux promesses de son été, l'automne avait voulu d'avance ajouter quelques fruits mûrs.

La grâce de sa personne? Certes, elle était gracieuse. Mais sa grâce, toute féminine, n'était pas une grâce molle. Il y avait une force cachée sous la souplesse harmonieuse de sa démarche et de ses mouvements, comme il y a un ressort dans le roseau qui s'incline sous le vent pour se relever l'instant d'après. Et cette force, chez elle, semblait tenir moins du corps que de l'âme, assouplie et fortifiée par une lutte habituelle contre les difficultés de la vie.

Oui, par sa beauté modeste et touchante, par sa jeunesse que je ne sais quels rayons hâtifs semblaient avoir mûrie avant la saison, par sa grâce empreinte d'un caractère tout différent de celui de la faiblesse, elle devait plaire au monarque celle qui, en ce moment, s'inclinait émue et rougissante, mais sans affectation de servilité, devant lui. Par tout cela, oui, elle devait lui plaire et elle lui plaisait. Mais était-ce assez? La condition de rigueur était-elle remplie? Sa mise était-elle du goût du roi?

Vêtue d'une simple robe blanche, blanche d'une blancheur de lis, et semblable pour la forme à la tunique flottante des femmes de l'ancienne Grèce; sans autre coiffure que ses cheveux d'ébène qu'une branche de verveine seule ornait; entourant de ses beaux bras nus et pressant contre son sein une couronne artistement brodée, que tenait suspendue à ses épaules une chaîne de fleurs, telle, dans une attitude à la fois aisée et respectueuse, elle se tenait debout devant le monarque, qui, d'un signe de sa main, lui avait ordonné d'approcher.

— Qui êtes-vous, madame? demanda le roi.

— Sire, répondit-elle, d'une voix que l'émotion faisait trembler un peu, je suis la femme d'un poète qui, plus d'une fois dans ses vers, a célébré les louanges de Votre Majesté; mais, en ce moment, je représente celle qui vous est unie par les plus doux liens : votre fidèle Nation.

— Madame, répondit le monarque, notre nation nous apparaît en ce moment sous une forme toute nouvelle et toute charmante, et si elle n'est pas tout à fait ainsi, c'est du moins ainsi qu'il serait à désirer qu'elle fût. Oui, continua-t-il, nous serions heureux de pouvoir, sans trop nous faire illusion, nous la représenter toujours telle que vous l'offrez à nos yeux, vêtue d'une simple robe blanche, emblème de la simplicité, de la pureté et de l'élégance de ses mœurs; sans autres ornements que ceux qu'un art innocent peut ajouter à ses attraits naturels, et soutenant de ses mains et pressant sur un cœur fidèle cette couronne légère à porter, et à laquelle l'attachent uniquement des liens de fleurs, parce que chaque fleuron de cette couronne représente, ainsi que vos doigts ingénieux l'y ont, je le vois, brodé, un des différents emblèmes de ce qui fait la prospérité et le bonheur du peuple.

— Vous avez admirablement compris notre goût, madame, et ce que vous avez si bien compris, vous le ferez comprendre non moins bien, nous en avons l'espoir, à la princesse royale, car c'est à vos soins que nous la remettons. Vous lui apprendrez, avec cet instinct qui vous a si sûrement guidée, plus sûrement que ne l'eût fait peut-être la science politique la plus profonde, ce que doit être un bon peuple et ce que doit être une bonne reine. A cela pourra vous servir aussi, pensons-nous, votre expérience personnelle : car les poètes sont parfois, dit-on, de grands enfants difficiles à contenter, et les peuples ont leurs moments où l'imagination les travaille et les fait ressembler aux poètes. Vous saurez, nous n'en doutons pas, enseigner à la princesse comment tourner cette difficulté. Et si votre poète à vous, madame, ajouta le monarque en souriant, se sent inspiré de chanter d'avance les louanges du règne heureux que vous aurez contribué à préparer, dites-lui que nous n'en serons point jaloux. »

Et l'ayant gracieusement saluée, le roi, suivi de sa cour, rentra dans ses appartements.

La cérémonie était terminée.

Terminée !... Comment, terminée ?... Et les dames des provinces du Nord, du Sud, de l'Est et de l'Ouest, occupées à faire l'exercice dans la cour intérieure du palais... les a-t-on oubliées ?

Non pas.

Avec un aimable empressement, le grand maréchal est venu les rejoindre ; il leur a donné quelques instructions complémentaires qui ont paru jeter quelque émoi dans leurs rangs, et il les a quittées pour aller retrouver le roi.

A demi couché sur un divan, près d'une fenêtre donnant sur la cour d'honneur, le monarque prenait un peu de repos, tout en songeant à l'heureuse issue de son épreuve, quand le grand maréchal reparut devant lui.

« Sire, dit-il, j'ai pensé qu'après une journée de fatigue, Votre Majesté pouvait sentir le besoin de se récréer un peu, et j'ai imaginé, à cet effet, un petit divertissement qui, j'ose l'espérer, atteindra le but que j'ai eu en vue. Il se donne, en ce moment, juste sous ces fenêtres. Si Votre Majesté daignait tourner la tête, elle en aurait le spectacle. Il est curieux. »

Le roi, ayant daigné tourner la tête, vit un spectacle curieux, en effet. C'étaient les dames à pompons et à casaques à épaulettes des provinces qui, la passe de leur chapeau rabattue et maintenue sur le visage à la façon d'une visière de casque (sauf qu'elle ne leur permettait de voir que la pointe de leurs pieds et les talons de la personne qui les précédait), s'avançaient fièrement et en assez bon ordre, sous le commandement des sous-officiers des gardes. La poitrine en avant, le jarret tendu, affectant la tournure guerrière, elles défilaient au pas gymnastique devant le trône vide, faisaient, sur un signal, le salut militaire, et sortaient de l'enceinte du palais aux accents moqueurs d'un air connu, dont on se plaisait parfois à la cour à honorer le départ de quelque hôte importun :

« *Bon voyage, monsieur Du Mollet!* »

« Qu'est-ce que cette comédie ? maréchal, demanda le roi.

— Sire, ne les reconnaissez-vous pas? Ce sont les amazones de ce matin, à qui vous m'avez commandé de distribuer double dose de notre eau bénite. Donc, je leur ai fait accroire que Votre Majesté, amoureuse de l'uniforme militaire et enchantée du leur, qui lui ressemble beaucoup, se faisait une vraie fête de les passer en revue; mais qu'une crainte vous faisait hésiter, celle que la vue de leur beauté n'impressionnât trop vivement le cœur sensible des officiers du palais, et ne provoquât chez eux, pour les suivre en province, une désertion générale qui, en privant Votre Majesté des rouages du gouvernement, arrêterait tout net les affaires de l'État. Ne voulant pas qu'on puisse leur reprocher d'avoir causé volontairement de tels malheurs, elles se sont, à ma suggestion, résignées, mais non sans un regret qui rend leur sacrifice d'autant plus méritoire, à cacher sous un casque improvisé ces traits dangereux. Mais leur sacrifice est plus que compensé par l'illusion où elles sont que Votre Majesté, du haut de son trône et entourée de toute sa cour, assiste à leur défilé, admire leur belle tenue, et va décerner la palme à celle dont la tournure martiale sera le plus de son goût. »

Le grand maréchal ne doutait nullement que le roi ne s'amusât fort au récit de sa belle invention et au spectacle qu'elle lui procurait. Il en était même si sûr que, contre toutes les lois de l'étiquette, il riait le premier, s'imaginant répondre au rire du monarque. Mais sa figure s'allongea quand il s'aperçut que le roi ne daignait même pas sourire. Ce qui venait de se passer entre lui et la femme du poète, avait-il donné aux pensées royales une direction plus sérieuse ? Il se pourrait.

« Maréchal, dit le roi, votre idée est peut-être fort drôle, mais elle n'est nullement de mon goût, sachez-le. Il se peut que ce matin j'aie eu tort de parler comme j'ai fait; mais vous avez eu plus grand tort de vous autoriser de paroles en l'air pour organiser une pareille mystification. Ces dames, venues ici par mon ordre, ne méritent pas qu'on se moque d'elles, et il me déplairait fort qu'elles pussent croire qu'on l'a fait. Pour réparer votre faute, maréchal, vous irez les retrouver sur la place du palais, où je les vois qui s'arrêtent incertaines de ce qu'elles doivent faire, et vous leur direz de ma part que je suis fort content de les avoir vues, et aussi de leur tenue excellente. Et vous ajouterez ceci : Que, vu la difficulté de distinguer l'une d'elles d'entre les autres, elles recevront toutes indistinctement, en témoignage de ma royale satisfaction, une médaille frappée tout exprès pour elles. Reste à savoir ce que cette médaille pourra être.

— Avec votre permission, Sire, et à mon humble avis, elle pourrait porter à l'envers l'inscription suivante :

AUX DAMES DES PROVINCES

DU NORD, DU SUD, DE L'EST ET DE L'OUEST;

et au revers, un pompon sans couleur (puisque la médaille serait d'argent) et ces trois mots :

AU MÉRITE UNIFORME.

— Cette fois, maréchal, dit le roi, ton idée est assez de mon goût, et pourra en racheter une autre que j'aurais eu grand'peine à te pardonner. »

ANDRÉ LE PAS.

FIN.

LES AVENTURES D'UN PETIT CHEVAL

RACONTÉES PAR LUI-MÊME

—

Par une belle matinée du mois de mai, j'ouvris les yeux à la lumière, et, tout tremblant sur mes quatre petites jambes, je regardai autour de moi.

« Ne t'éloigne pas, mon cher enfant, prends bien garde, me dit ma mère en passant tendrement sa langue sur mon dos humide; le froid pourrait te faire du mal; » et, d'un mouvement de sa tête, elle me repoussa dans le coin de mon écurie natale.

« Tiens ! dit joyeusement un jeune garçon à l'entrée de l'écurie, un poulain ! un petit poulain !... Père, père, se mit-il à crier de toutes ses forces, en se précipitant dans la cour, Blanchette a son poulain ! Blanchette a son poulain ! venez, venez bien vite, et voyez comme il est joli.

— Un poulain ! pas possible, répondit le père, entrant à son tour; je ne l'attendais guère; » et curieusement il s'avança vers moi. A ma vue, il fallut bien se rendre à l'évidence et considérer mon arrivée en ce monde comme un fait accompli.

« C'est parbleu vrai, dit-il en m'examinant attentivement, et jamais plus jolie bête ne vint au monde dans cette écurie. »

A ces mots, mon cœur fit deux tours dans ma jeune poitrine : j'étais beau !

Sans rien savoir encore des choses de la vie, je compris la valeur du compliment.

Hélas ! c'était mon caractère vaniteux qui s'annonçait déjà.

« Père, dit l'enfant, voyez donc, il a une étoile blanche au milieu du front, et si régulière qu'on la croirait dessinée; si vous voulez, nous l'appellerons Stello.

— Stello ! quel joli nom, s'écria-t-il en battant des mains; allons, Stello, gentil Stello, embrassez petit maître Paul. »

Et petit maître Paul, à genoux devant moi, colla sa figure contre la mienne, et m'embrassa avec tant d'effusion que mon cœur fut gagné du premier coup. Puis, tout fier d'avoir une étoile au milieu du front et de porter le beau nom de Stello, je me mis à cabrioler de telle façon que ma mère en tressaillit. Pauvre mère! elle pressentait qu'elle aurait bien du mal à m'élever.

« Comme il est vif et comme il saute bien! dit Paul, sautant lui-même; oh! le ravissant petit poulain!

— Oui, c'est décidément une bête superbe, reprit le père, en me regardant de nouveau; mais il faut songer à cette bonne Blanchette. »

Il s'éloigna, et revint bientôt suivi d'un domestique. Tous deux alors se mirent à donner à boire à ma mère, à changer notre litière et à prendre de nous une foule de soins qui ne m'étonnèrent nullement : car puisque j'étais un superbe poulain, en pouvait-on jamais trop faire? Et voilà comment la vanité se logeait de plus en plus dans ma chétive cervelle.

Au bout de quelques jours, par un soleil resplendissant, on nous mena, ma mère et moi, dans une prairie verdoyante; une herbe tendre y foisonnait, et des bouquets de saules, épars çà et là, nous offraient une ombre bienfaisante. Du matin au soir, je suivais ma mère en folâtrant, et mon cœur se fond de tendresse au souvenir des heureux jours que je passai dans cette prairie. Paul avait fait de moi son camarade; nous luttions ensemble de force et de vitesse, et nous nous roulions sur l'herbe fleurie. Il m'apportait du sucre que je prenais dans sa main, et que même, à sa grande joie, j'allais chercher jusque dans ses poches; c'étaient sans cesse des parties nouvelles. Tout l'été s'écoula aussi gaiement. L'hiver me parut bien un peu long avec ses frimas et ses sombres journées; mais, grâce à mon ami Paul, il ne fut pas trop ennuyeux. Puis le printemps revint, et avec lui le soleil, les fleurs et les courses dans la prairie.

Peu à peu, cependant, je grandissais, et, de superbe poulain, je devenais, au dire de tout le monde, un magnifique petit cheval. Chacun admirait ma belle mine, mon encolure gracieuse et la régularité de mon étoile; et moi, de plus en plus fier de ces avantages, dont je n'étais redevable qu'à la Providence, je me disais que, dans le monde entier, pas un petit cheval ne pouvait m'être comparé.

Paul, de son côté, devenait un grand et beau garçon, mais aussi doux, aussi modeste que j'étais turbulent, vaniteux et désobéissant. Ma mère me sermonnait sans cesse; mais je n'écoutais rien, pénétré de l'idée qu'un petit cheval de ma sorte, ayant une étoile au milieu du front, était appelé aux plus brillantes destinées et devait en savoir plus long que tous les autres.

Un jour (j'avais alors deux ans et demi), mon maître vint faire un tour à la prairie; il était accompagné d'un de ses amis, riche propriétaire des environs et grand amateur de chevaux. Cette visite m'intrigua, et, tout en ayant l'air de ne pas écouter, je m'arrangeai de manière à ne pas perdre un mot de la conversation.

« Eh bien, dit l'amateur, que pensez-vous faire de Stello? Il faudrait, ce me semble, commencer à le dresser?

— Sans doute, reprit mon maître, et je compte sur vos bons conseils; mon intention est de le donner à ma femme pour sa voiture : « Ici, Lolo, » me dit-il en s'approchant.

Je fis semblant de ne pas entendre; ce nom de Lolo, que me donnaient par amitié mon maître et les gens de la maison, m'agaçait prodigieusement.

« Il s'annonce comme assez rétif, dit mon maître, en m'empoignant par la crinière.

— Raison de plus, répondit l'ami, pour lui faire sentir le frein; mais soyez tranquille, nous en viendrons à bout; je m'en charge. »

Ce disant, il me passa la main sur le dos, d'une façon qui me fit présager qu'il me serait en effet difficile de lui résister; cela ne faisait pas mon compte, et je revins tout pensif près de ma mère qui se reposait à l'ombre d'un bouquet d'arbres.

« C'est bien la peine, me disais-je en murmurant, d'avoir une étoile au milieu du front et d'être le plus beau des petits chevaux du pays pour en arriver, comme les autres, à traîner une misérable carriole ou, tout au plus, le panier de ma maîtresse! Non, mille fois non! il n'en sera pas ainsi, un métier semblable est indigne de moi.

— A quoi penses-tu, Lolo? me dit ma mère; à rien de bon, je vois cela dans tes yeux.

— Lolo, toujours Lolo, m'écriai-je de mauvaise humeur; ne pourriez-vous donc m'appeler Stello? » Et je me sauvai à l'extrémité de la prairie.

Là, donnant libre carrière à mon dépit, je me livrai à une course folle, et profitant d'un moment où ma mère sommeillait, je franchis, malgré sa défense, le fossé plein d'eau qui entourait notre prairie. En quelque temps de galop je fus sur le bord de la grande route, et, caché derrière un buisson, je regardai : que le monde me parut vaste et beau, et que j'aurais voulu m'avancer un peu plus! mais je n'osais.

Non loin de mon observatoire, se trouvait un grand château; une pelouse verdoyante descendait jusqu'à la route, et, sous l'ombrage de châtaigniers séculaires, de belles dames étaient assises, devisant joyeusement entre elles; leurs éclats de rire arrivaient jusqu'à moi. Tout à coup un bruit me fit tressaillir et je prêtai l'oreille; c'était un régiment en promenade militaire, marchant musique en tête. A la vue des belles dames, le colonel, monté sur un superbe cheval, donna ordre à la musique de jouer, et galamment salua de l'épée; les dames répondirent en agitant leurs mouchoirs et leurs écharpes. J'étais fasciné! Ce spectacle me donnait une sorte de fièvre.

« Comment, m'écriai-je, moi, Stello, j'irais bonnement traîner une méchante voiture, tandis que d'autres, qui ne me valent pas, marchent en tête d'un régiment et portent fièrement un colonel! Ah! jamais! plutôt mourir! »

Et je regagnai la prairie natale, cherchant de quelle façon je pourrais bien m'y prendre pour arriver, moi aussi, à porter un colonel et figurer à la tête d'un régiment. La pensée de quitter ma mère et mon camarade Paul aurait dû modérer la vivacité de mes désirs, mais je ne m'arrêtais pas à semblables considérations; paraître! telle était désormais ma devise. Que de gens, en ce monde, n'en ont pas d'autre!

La fin de l'année se passa tristement. Mon camarade Paul fut mis au collège, et l'amateur de chevaux commença mon éducation.

J'étais en révolte continuelle, et, plus que jamais, mécontent de mon sort, ce qui est bien le pire et le plus dangereux de tous les maux.

Au milieu de ces alternatives, j'atteignis ma troisième année. Il fut alors décidé que l'on commencerait à me mettre à la voiture. Mon maître, à cet effet, acheta un joli panier; on me prit mesure de harnais, et chacun, dans la maison, attendit avec impatience le jour de mes débuts.

Ma maîtresse, qui était bien la meilleure des femmes, se faisait une fête de me conduire elle-même. Seul, j'étais irrité et de mauvaise humeur.

« Lolo, Lolo, me disait sans cesse ma bonne mère, que vous nourrissez de mauvais sentiments, et que vous me faites de chagrin! Ici, tout le monde vous aime, et, en retour, vous n'aimez personne! Vous êtes impatient du moindre joug et n'avez qu'un désir : quitter votre mère, quitter la maison qui vous a vu naître! Vous vous imaginez, en vrai petit cheval inexpérimenté, être plus heureux en courant le monde; erreur profonde! On l'a dit bien souvent : « Pierre qui roule, n'amasse pas mousse. » Un jour, vous reconnaîtrez la vérité de ces paroles; Dieu veuille alors qu'il ne soit pas trop tard! Croyez-moi, mon fils, on est plus heureux aux champs qu'à la ville. »

Ces sages avis ne faisaient qu'accroître mon irritation, et je ne rêvais que voyages et changement d'état; en un mot, affranchissement et liberté.

Un soir, la porte de l'écurie se trouvant ouverte et ma mère dormant d'un profond sommeil, il me vint à l'idée d'en profiter et de faire une promenade aux environs: qui le saura? me dis-je;... personne, et je rentrerai au petit jour sans qu'on se soit même aperçu de mon absence.

Au lieu de chasser ces mauvaises pensées, je m'y complus et cherchai à me détacher; j'en vins à bout, non sans peine, et me voilà parti. Je me mis d'abord à marcher discrètement au pas dans la crainte d'éveiller quelqu'un au logis; mais bientôt, ivre de bonheur et de liberté, je pris le galop et me dirigeai du côté de la ville. A quelque distance, je m'arrêtai; on apercevait des lumières, et les sons d'une musique, qui me rappela subitement celle du régiment, arrivaient jusqu'à moi. Mon cœur battit à ce souvenir, et je revis en imagination le colonel et son beau cheval. Beaucoup de gens couraient. Poussé par la curiosité, je fis de même, et, m'arrangeant de façon à voir sans être vu, je contemplai avidement le spectacle qui s'offrit à mes yeux éblouis.

Horreur! j'étais prisonnier! (Page 442.)

Un grand cheval caparaçonné d'une housse de drap rouge brodé, ayant sur la tête un plumet magnifique, s'avançait majestueusement, monté par un cavalier vêtu d'un costume étincelant; un enfant, tout brillant d'or et qui me parut charmant, tenait les guides; plusieurs musiciens venaient ensuite dans une calèche découverte.

« Pour le coup, pensai-je, voilà des princes; qu'ils sont heureux! » Je les suivis de loin le plus longtemps possible. J'aurais bien voulu me mêler à la foule; mais la crainte de rencontrer quelque ami de mon maître me rendait circonspect, et à mon grand regret je demeurai à l'écart; d'ailleurs il était grand temps de rentrer à la maison si je voulais que personne ne s'aperçût de mon escapade, et, de plus, je savais, par expérience, que si le soir ma mère avait le sommeil pesant, la nuit il en était tout autrement.

A la pensée de ma mère, il faut bien le dire à mon

honneur, j'eus un peu honte de ma mauvaise conduite, et il me vint subitement une foule de bonnes résolutions pour l'avenir. Poussé par cette salutaire impression, je me mis en route, ou du moins je crus m'y mettre. Hélas ! je ne sais comment cela se fit; mais, au lieu de partir, je m'endormis profondément et ne m'éveillai que le lendemain, tout étonné de me retrouver à la même place. Inquiet, je me retournai du côté de notre village et regardai autour de moi : trois hommes de fort mauvaise mine m'entouraient, et leurs yeux n'annonçaient rien de bon.

Effrayé, je voulus fuir; mais pendant mon sommeil une corde avait été passée autour de mon cou ; horreur ! j'étais prisonnier !

— La suite au prochain numéro. —

RÉMY D'ALTA-ROCCA.

A TRAVERS BOIS ET PRAIRIES

(SEPTEMBRE)

(Voir pages 202, 297 et 381.)

La Vierge qui régnait sur la voûte azurée
Laisse à présent régner la Balance d'Astrée.

Que voilà une manière élégante de dire : Le mois de septembre est venu, et que Léonard, l'auteur de ces deux vers pompeux, a dû en être satisfait, surtout s'il était moins difficile sur la rime que ne l'est M. Théodore de Banville.

Il est, dit-on, des climats fortunés où la même branche porte à côté du fruit mûr des fleurs épanouies et des boutons non encore éclos; il n'en est pas de même ici : le poirier, le pommier, le néflier, le cognassier, tous membres de la famille des rosacées, nous offrent en ce moment leurs fruits savoureux; si la pêche, aux tons veloutés, réjouit nos yeux et nous invite à la cueillir, si le fruit de la ronce brille déjà dans les haies comme une agate noire, où sont les pâles églantines, où les roses, orgueil de nos jardins? A peine voit-on quelques roses d'automne, ternies par la fraîcheur des nuits.

Dans les champs aussi, la plupart des plantes ont vu le fruit succéder à la fleur et nous avons peu de chose à récolter.

Depuis avril, chaque mois a vu éclore dans nos champs la fleur d'un géranium; quelques-uns ont déjà disparu en septembre, tous sont défleuris à la fin de ce mois : il était donc temps d'en parler.

Il n'y a pas lieu de détailler les propriétés particulières de telle ou telle des géraniacées, leurs propriétés sont les mêmes, astringentes et vulnéraires; elles ne varient que par leur degré d'intensité.

D'après quelques auteurs, le *Geranium Robertianum*, vulgairement herbe-à-Robert ou herbe à l'esquinancie, serait supérieur au quina dans les affections qui se prolongent par suite de la débilité du sujet, après toutefois que la cause première de la maladie aurait été détruite.

L'herbe-à-Robert, c'est cette plante aux feuilles pennatifides légères que l'automne commence à teindre de pourpre, à la tige triangulaire, aux fleurs roses dont les pétales entiers sont deux fois plus longs que le calice, à l'odeur pénétrante, qui pousse partout, dans les prés, dans les haies, dans les bois, sur le flanc des montagnes ; elle est si commune qu'il n'y a qu'à se baisser pour en prendre.

C'est sans doute pour cela qu'on ne la ramasse guère, en France du moins : car dans la principauté de Galles elle sert à préparer une teinture employée dans les maladies de la bouche et de la gorge et elle est très renommée contre les affections néphrétiques.

Une autre géraniacée, l'*Erodium moschatum*, bec-de-héron, géranium à feuilles de ciguë, est entièrement rejetée par la médecine moderne, bien que la médecine ancienne en fît grand cas.

L'*Erodium moschatum* ressemble beaucoup au géranium bec-de-grue, mais il est plus petit; il en diffère par ses étamines, dont cinq opposées aux pétales sont stériles, et cinq alternes sont fertiles, ce qui le place dans une autre tribu, et il exhale, comme son nom l'indique, une légère odeur de musc qui vous le fera reconnaître.

Cette famille renferme d'assez belles plantes, pour que nous en parlions tout en cheminant; elle ne comprenait d'abord qu'un genre unique, celui des géraniums. Mais bientôt les géraniums furent si nombreux en espèces, qu'on les divisa en plusieurs genres, et qu'aujourd'hui les cinq cents et quelques espèces répandues sur la surface du globe forment les quatre groupes suivants : Géraniums, Erodiums, Mansonia, et Pelargoniums.

Cette dernière tribu fournit à la parfumerie une essence que la fraude ne substitue que trop souvent à l'essence de rose.

Ni les pelargoniums, ni les mansonias ne croissent spontanément dans nos climats; ils appartiennent aux contrées intertropicales, ou à celles de l'hémisphère austral. Au Cap, on mange les tubercules du *Pelargonium triste*, et les Indiens font avec les tiges du *Mansonia spinosa* des torches qui brûlent et répandent un parfum agréable.

Et maintenant, parlons du bouquet que vous vous êtes cueilli chemin faisant et dont vous paraissez médiocrement satisfaite. Ce réséda n'a pas d'odeur, c'est vrai, mais il n'est pas plus à dédaigner pour cela.

Il s'appelle *Reseda luteola*, ou réséda jaunissant, parce qu'il renferme une matière tinctoriale jaune.

C'est lui que les teinturiers emploient sous le nom de gaude; il est, en certains endroits, l'objet d'une culture assez considérable.

Vous connaissez assez le réséda odorant pour savoir comme moi quels sont les caractères botaniques de la famille; pourtant, comme nous n'en avons pas encore parlé, et que nous n'en reparlerons plus, assurons-nous que nous n'avons rien oublié de ce qui concerne les résédacées.

Les feuilles sont alternes, les fleurs en grappes terminales ou en épis terminaux. Le calice a 4-7 sépales inégaux et persistants, la corolle 4-7 pétales aussi inégaux qu'irréguliers; les étamines insérées sur un disque charnu varient en nombre de 10 à 40; le fruit est une capsule, à une seule loge, terminée par 3-6 styles.

Cette composée dont les fleurs jaunes sont portées sur une tige à une seule feuille, c'est l'*Hieracium pilosella*, épervière piloselle; sa tige nue ou à une seule feuille, ses fleurs striées de rouge en dessous la font facilement reconnaître, ainsi que son aigrette fragile à poils roussâtres disposés sur un seul rang, lorsque la fleur a fait place au fruit. C'est le type d'une nombreuse tribu; elle est tonique, astringente et apéritive. On a prétendu qu'elle était souveraine contre les maladies du poumon.

Voici l'herbe aux chantres dont l'infusion s'administre dans les cas d'aphonie, autrement dit extinction de voix; elle fait partie d'une tribu de Crucifères, dite des *Sisymbrium*, caractérisée par un calice plus ou moins ouvert, une silique linéaire à valves convexes marquées de une à trois nervures longitudinales terminées par un stigmate obtus.

Les très petites fleurs jaunes du *Sisymbrium officinale* ou *Erysimum officinale*, ne vous avaient pas tentée; vous n'aviez vu là qu'une de ces insignifiantes Crucifères bonnes seulement à donner à manger aux lapins : vous aviez eu tort de vous arrêter à l'apparence; faites-en une petite provision.

La *Malva rotundifolia* est une des quatre pectorales.

Nous voici au bord du ruisseau presque tari il y a un mois, mais qui, déjà grossi par les pluies de septembre, roule gaiement ses flots jaseurs qui donnent à tant de jolies plantes la fraîcheur et la vie.

Voici la *Veronica becabunga* et la *Veronica anagallis*, deux scrofulariées qui sont dépuratives et antiscorbutiques.

La feuille de la *Veronica becabunga* ressemble assez au cresson, et quand la plante n'arbore pas ses fleurs bleu céleste striées de veines d'un bleu plus foncé, on peut se tromper. Mais craignez le *Becabunga*, dit cresson de chien et salade de chouette; s'il a quelque vertu étant administré à petites doses, il serait dangereux de l'absorber en guise de cresson.

La feuille du *Becabunga* est pétiolée, celle de la *Veronica anagallis* ou mouron d'eau est sessile, ce qui vous fera distinguer les deux plantes l'une de l'autre. Les fleurs du *Becabunga* sont toujours bleues, celles de l'*Anagallis* sont toujours blanches ou même roses.

Maintenant que nous avons vu ce que nous offraient le lit et les bords du ruisseau, traversons la prairie.

Voyez ces élégantes fleurs d'un lilas pâle dont la corolle délicate s'élève dans l'herbe. Vous cherchez les feuilles de la plante : les feuilles paraîtront au printemps, en même temps que la graine; pour l'instant, la plante ne laisse voir que sa fleur, semblable à celle du crocus.

Pourtant ce n'est pas un crocus, ce n'est même pas un individu de la même espèce, c'est le *Colchicum autumnale*, colchique d'automne, veilleuse, safran des prés, type de la petite famille des Colchiquées ou Colchicacées, ou Mélanthacées, à votre choix.

Elle est bien peu nombreuse cette famille; mais elle rivalise avec les plus terribles des Polygonées et des Renonculacées en propriétés toxiques.

Parlons de ses caractères généraux, nous dirons ensuite en quoi elle est à craindre et en quoi elle peut être utile.

Les Colchicacées sont des plantes vivaces, herbacées, à racine tantôt bulbeuse et tantôt fibreuse; leur périanthe régulier est formé de six pétales libres ou soudés en un tube plus ou moins long. Six étamines à anthères tournées en dehors sont implantées soit sur la corolle, soit sur le réceptacle; le fruit, toujours supère, est formé de trois follicules tantôt séparés, tantôt réunis en un seul, mais se séparant à la maturité.

Les deux plus dangereux individus de cette famille sont le *Veratrum album*, vérâtre blanc, que nous avons vu en juillet, et le colchique ici présent.

La racine du vérâtre est fibreuse, celle du colchique est bulbeuse; tandis que les fleurs du premier forment une panicule, celles du dernier sont solitaires. Les six pétales du périanthe en entonnoir sont soudés inférieurement, en un tube très allongé, à la gorge duquel sont insérées les étamines. Les anthères mobiles sont implantées à peu près sur le milieu de l'étamine, l'ovaire unique est surmonté de trois styles très longs.

Et maintenant que vous ne pouvez plus confondre le colchique avec le safran, parlons un peu de ses propriétés et de celles des membres de sa famille.

Le bulbe du colchique est âcre, cathartique, diurétique et narcotique; la racine du vérâtre est âcre, émétique; c'est un purgatif drastique des plus dangereux.

Les propriétés délétères de ces plantes sont dues à deux alcaloïdes, la *colchicine* et la *vératrine*.

Cette dernière est une poudre blanche non cristalline, dont la moindre parcelle provoque des éternuments violents; on l'a employée dans la pneumonie et le rhumatisme articulaire. Elle est, je crois, abandonnée aujourd'hui.

La colchicine cristallise en fines aiguilles incolores; sa saveur est amère; elle ne provoque pas les éternuments comme la vératrine.

La teinture de colchique entre dans presque tous les remèdes préconisés contre la goutte; mais il faut se tenir en garde contre cette teinture : l'emploi imprudent de toutes les préparations faites avec le colchique peuvent amener des accidents graves et même mortels.

Les paysans donnent à cette plante le nom caractéristique de *tue-chien;* je n'affirme pas cependant qu'elle soit inévitablement mortelle pour la race canine, mais je puis garantir qu'elle est infaillible contre la gent souriquoise. La pâte brune qu'on vend en boîtes sous le nom de tord-boyaux, je crois, a pour base des bulbes de colchique pilés.

Et maintenant, je voudrais vous dire gaiement au revoir; mais j'ai tant parlé de poisons qu'il me semble voir rôder autour de nous les ombres sinistres de Locuste et de la Brinvilliers, et je ne puis que vous répéter : « Méfiez-vous du colchique si joli, mais si vénéneux; n'allez pas le prendre pour le bienfaisant safran, même si, n'ayant pas le temps de traverser le sol à l'automne, il venait au printemps s'épanouir à côté des crocus, et se faire prendre pour une espèce à part, le *Colchicum vernalis*, qui n'a jamais existé, quoi qu'en aient pu dire quelques botanistes.

LUCIE ROUSSEL.

CHARYBDE ET SCYLLA

(Voir pages 372, 396, 411 et 428.)

SEIZIÈME LETTRE

Antoinette à Geneviève.

Paris.

Ma chère Geneviève,

Tu me fais languir. Elle est très jolie ton histoire du buffet du Mans, et c'est peut-être nous qui avons posé pour ton monsieur; mais sache bien que je n'ai l'esprit préoccupé que d'une chose : ton arrivée à Kermoereb.

Il me semble entendre tes cris de détresse lorsque tu te trouveras en face de mon pauvre manoir.

C'est que je trouve ton appartement et la vie à Paris de plus en plus agréables et que je tremble à la pensée de te voir revenir sur ta résolution.

Le silence que tu gardes me paraît de mauvais augure.

Nous avons vu la comtesse de Malplanquard en son superbe hôtel. Elle nous a fait un accueil charmant, et m'a dit : « A cet hiver, » avec le plus gracieux sourire.

Car elle part pour une de ses terres avec son fils nouvellement marié avec une femme colossalement riche. Mon Dieu, comme on est riche à Paris! Je suis effrayée du chiffre des fortunes dont Alain me parle.

Je te dirai que mon mari a renoué connaissance avec tous ses anciens amis, et qu'il paraît très heureux. C'était un de ses rêves de me faire visiter Paris, non plus en gros comme nous l'avons fait dans un rapide voyage de noces; mais en détail et tout à fait à notre aise. Il est fort allègre, souffrant moins que moi du bruit assourdissant qui n'a aucun rapport avec celui que produit nos grèves.

Nos journées sont tellement prises que nous n'avons pu encore nous occuper de nos enfants; mais cela viendra. En attendant les études, ils vont s'amuser au jardin du Luxembourg, sous la surveillance d'Annette, qui perd un peu de son air grognon en plein air. Yvon est beaucoup moins dépaysé qu'elle et ne se signe pas devant toutes les statues qu'il rencontre.

Il nous est impossible de faire comprendre à Annette que la statue de Laure de Noves n'est pas la représentation d'une sainte. Elle a élu domicile à ses pieds et s'étonne de ne pas voir brûler des cierges sur son piédestal.

Annette est bien un peu primitive pour des Parisiens; mais c'est la fidélité et le dévouement en petit châle : nous passerons par-dessus les inconvénients de second ordre.

Tu nous as fait rire en nous parlant de l'avis que tu allais lancer à notre intendant.

Notre brave fermier n'aura jamais l'ambition de s'affubler de ce titre, et, si tu m'en crois, tu t'adresseras de préférence à sa sœur. Marie-Louise a dû te souhaiter la bienvenue; mais elle a ses timidités, et il te faudra réclamer ses services.

C'est une petite femme au large front hâlé et ridé, aux sourcils blonds hérissés, au nez retroussé, à la grande bouche toute garnie de rides, aux joues rondes et rouges entre lesquelles court un lacet bien blanc qui fait rosette sous le menton pointu qui termine singulièrement cette large face. Un tout petit châle de mérinos à frange couvre son corselet de toile bleue, son cotillon a des plis réguliers; elle se distingue par sa tenue.

C'est à elle qu'il faut t'adresser. La fermière a quelque chose comme dix enfants, et n'est pas apte à ton service.

A bientôt, n'est-ce pas? Tire-moi bien vite d'inquiétude.

ANTOINETTE.

DIX-SEPTIÈME LETTRE

Geneviève à Antoinette.

Kermoereb.

Quelle ravissante habitation m'as-tu donnée là, ma chère Antoinette!

Tes craintes, tes effrois, nous avaient disposés à trouver quelque vieux manoir en ruine ou quelque maison banale, véritable affront fait au paysage. Car le paysage c'est la mer, et la mer, comme toutes les vraies beautés, n'a pas à craindre le complet enlaidissement.

Et que voyons-nous en plein soleil? Une belle habitation sans prétention, il est vrai, mais si bien jetée au milieu d'une admirable nature!

Que parles-tu de notre troisième étage! Mais je donnerais toute la maison pour ce manoir riant, si largement ouvert aux splendeurs du dehors. Mais Charles et moi, qui ne sommes plus enthousiastes, raffolons de tes balcons rouillés, de cette élévation d'appartements dont la disposition révèle qu'on a taillé en plein drap dans les terrains. Mais mon cabinet de toilette ici est plus grand que ma chambre de là-bas; mais je me donne le plaisir de monter le grand escalier de pierre pour avoir le plaisir de le redescendre!

Et le dehors! Des flots bleus qui viennent chanter jusque sous ma fenêtre et qui se retirent si coquettement afin d'exciter le désir qu'on a de les revoir. Des îles qui s'allongent gracieusement et creusent entre elles des canaux où les barques glissent!

Et pas de villas roses, pas de toits multicolores, pas de casinos, pas de guinguettes, pas de demi-monde!

Ah! l'heureux coin!

Charles va et vient d'un air charmé. Il a choisi pour son laboratoire un vaste grenier qui est absolument ce qu'il lui faut, il paraît. Il est activement secondé par son domestique, qu'il a moulé à ses manières de savant.

Je suis moins heureuse avec ma femme de chambre, Aline, qui se figurait arriver à un second Saint-Malo. Elle trouve les salons beaux; mais elle critique l'ameublement. Il n'y a pas assez de glaces pour elle non plus. Elle m'a déjà insinué que ses toilettes lui seraient bien inutiles à Kermoereb. Ses toilettes! Ah! on ne me reprendra plus à lui donner mes vieilles robes ni mes vieux chapeaux! Cela la rend d'une coquetterie malheureuse.

Je l'avais choisie si laide, espérant n'avoir pas à compter avec son amour-propre.

Heureusement que j'ai découvert Marie-Louise. Elle se cachait le plus qu'elle pouvait et laissait sa belle-sœur me faire les honneurs de ton logis; mais à son regard intelligent, et aussi au portrait que tu m'en as fait, je l'ai devinée, et maintenant elle aide Aline qui lui fait des mines sibériennes auxquelles elle ne prend pas garde.

Elle connaît les coins, les recoins et serait parfaite si son regret de votre départ ne lui mettait sans cesse des larmes dans les yeux.

Impossible de prononcer le nom de l'un de vous sans la faire pleurer. Ce matin, elle a ramassé la tête d'un mouton qu'Aline allait jeter par la fenêtre. C'était le mouton de la petite Yvonne : elle a saisi le morceau et l'a précieusement serré.

Nous qui sommes faits aux domestiques vaniteux, égoïstes, jaloux, nous ne nous lassons pas d'entendre le langage plein d'affection que nous tient Marie-Louise.

A ce propos, n'oublie pas d'être de la plus grande politesse envers notre concierge; autrement, elle te fera des misères. Elle ne débauchera pas tes domestiques, parce que tu auras le plus grand soin de leur défendre d'entrer dans sa loge sous quelque prétexte que ce soit; mais elle a mille façons désagréables d'agir avec les locataires qui lui déplaisent. Cette invention de concierge a son utilité, mais l'institution est tout à fait sortie de son but et je me réjouis d'être délivrée de cette basse tyrannie.

Te voilà rassurée, pleinement rassurée : l'échange est tout à notre avantage et c'est à nous à te remercier. Je te quitte pour surveiller le déballage de mon piano.

M'était-il bien nécessaire?

La mer est une grande musicienne; je ne me lasse pas de l'entendre.

Ta reconnaissante

GENEVIÈVE.

DIX-HUITIÈME LETTRE

Geneviève à Antoinette.

Kermoereb.

Marie-Louise me demande tous les jours si j'ai reçu de tes nouvelles, ma chère Antoinette. La bonne fille s'inquiète d'un silence de trois semaines. Les Bretons ont une tendance à la mélancolie, l'idée des malheurs leur vient facilement. Elle a rêvé plusieurs nuits de suite que la petite Yvonne était malade, et elle a une grande foi dans ses rêves.

Je ne partage pas ses inquiétudes; mais comme je ne manque pas de temps ici pour ma correspondance, je viens te prier de m'écrire un mot de nouvelles, il sera le très bien venu.

Charles et moi sommes de plus en plus enchantés de ton pays, nous aimons cette population qu'on dit arriérée et nous commençons à connaître le village et les alentours. Nous avons bien employé ces trois semaines, comme tu le vois.

Tous les jours, nous faisons ensemble une longue promenade; nous entrons dans les fermes, dans les chaumières; nous causons avec les marins et les pêcheurs.

Nous n'aimons rien tant qu'à faire causer nos philosophes en sabots, et Charles est frappé de leur bon sens et de leur logique.

J'ai le bonheur d'avoir un frère dont toute la science n'a pas entamé la foi et qui, sans négliger le *Journal des Savants*, lit souvent le *Credo* de Bossuet.

Je le vois avec plaisir délaisser ses éprouvettes et ses alambics, pour de bonnes courses sur les grèves et à travers les champs. Il botanise en passant : un esprit aussi actif que le sien ne peut se croiser absolument les bras, et il charge de plantes l'aîné des fils de ton fermier : un joli garçon de l'âge de ton Guy, qui a une forêt de cheveux blonds terminés sur le front par une frange presque blanche ombrageant des yeux malins. Charles l'a pris en affection et il s'en fait accompagner quand je suis lasse ou que le soleil est trop brûlant pour mes yeux fatigués.

Mais en voilà assez sur nous. Je te quitte pour rassurer ma nièce Camille qui, dans sa dernière lettre, paraît très effrayée de nous savoir seuls à ce qu'elle appelle : le bout du monde.

Elle s'arrange fort bien de la vie ultra-mondaine qu'elle mène à Alger, et son mari nous assure qu'elle a un grand succès de beauté, ce qui ne lui tourne pas du tout la tête. Ce n'est pas tout d'être charmante, il s'agit de ne pas se laisser vaincre par l'encens.

On frappe à ma porte : c'est Marie-Louise, elle a son air absorbé, son lacet de coiffe est mal noué ; elle a encore rêvé d'Yvonne, et en regardant de loin la lettre que je t'écris, elle suppute tout haut le nombre d'heures nécessaires à la réception d'une réponse. Voilà huit jours qu'elle guette le facteur et qu'elle fait les doux yeux à sa sacoche, espérant qu'il en sortira une lettre de « Madame. »

Ne la fais pas languir davantage, ses nerfs se montent et son imagination aussi.

GENEVIÈVE.

DIX-NEUVIÈME LETTRE

Antoinette à Geneviève.

Paris.

Comment ! il y a trois semaines que je ne t'ai écrit, ma chère Geneviève ! J'en suis toute surprise. Rassure ma bonne Marie-Louise. Nous nous portons tous très bien. Yvonne engraisse et se débrouille. Quant à Guy et Marguerite-Marie, ils deviennent d'un avisé qui me stupéfie. L'air de Paris a positivement quelque chose qui active l'intelligence, et celle de mes enfants se dégourdit tous les jours. Ils disent plus de choses en un jour qu'ils n'en disaient pendant une semaine à Kermoereb.

Moi, je suis fort préoccupée... de mes toilettes. Je me croyais fort bien habillée par ma couturière de province qui est fort habile, il se trouve que je suis d'un rococo sans nom.

Raisonnablement j'aurais laissé passer la saison, mais Alain est devenu pour moi d'une coquetterie féroce.

La comtesse de Malplanquard lui ayant dit un peu sans y réfléchir, je pense : » Il est vraiment dommage que Mme de Kermoereb tienne à ses toilettes provinciales, » il s'est constitué juge de mes atours et n'a pas reculé devant les frais. Il m'a accompagnée au Louvre, il m'a choisi un couturier, et je vais être tout à fait à la mode.

Tout cela est fort joli, mais coûte un prix exorbitant. Heureusement que mon coiffeur a daigné me trouver assez de cheveux, sans cela il m'en mettait d'un geste pour cinquante francs sur la tête. On dit que cela m'embellit singulièrement. Je veux le croire, mais je n'en gémis pas moins un peu, d'abord à cause de la dépense, ensuite pour la gêne que cela me cause.

J'ai louché deux jours sous la frange de cheveux qui me venait quasi jusqu'aux sourcils, et mon couturier m'ajuste des corsages qui me permettent de porter la main à la hauteur des yeux ; pas davantage, un peu plus Alain se verrait obligé de me donner mon potage. Quant à la marche, il n'y faut plus penser, à la marche comme je l'entends, dégagée et libre, qui est celle de toute ma vie. Je suis juponnée et chaussée de façon à glisser à tous petits pas, ce qui me donne la plus singulière tournure du monde. Les Parisiennes, qui semblent avoir des muscles d'acier tout au moins, se tirent merveilleusement de tous ces embarras, et sont vraiment d'une grâce et d'une élégance incomparables.

Je me ferai à ces petits supplices, j'y suis déjà faite : mais tout cet apprentissage et toute cette toilette renouvelée dévorent mes instants.

C'est un véritable tourbillon qui m'entraîne. Affaires, plaisirs, repos même, tout ici a un caractère tourbillonnant qui va jusqu'à me donner le vertige. Mais cela m'amuse énormément. Je desséchais sur pied à Kermoereb : j'étais trop blasée sur les plaisirs simples qui te charment.

Mon Dieu, avons-nous bien fait de changer ! Alain partage ma satisfaction. Il devenait un loup à Kermoereb, il tournait à la betterave. Il a repris son allure, ses manières de jeune homme. C'est à ne pas le reconnaître.

Annette seule demeure rétive et grommelle sans cesse contre Paris. Je vivais tellement entre mes murailles que je ne m'étais pas aperçue que son caractère tournait tout à fait à l'aigre.

Elle soigne bien les enfants, cela me suffit. A Paris où je n'ai plus le temps de m'occuper d'eux tout le long du jour, une servante bien sûre m'est très précieuse.

Adieu ! continue de m'écrire, puisque tu en as le loisir ; je te répondrai le plus souvent possible, car je t'aime bien.

ANTOINETTE.

— La suite au prochain numéro. —

ZÉNAÏDE FLEURIOT.

LE PASSANT ET LA FLEUR

A JOSEPH ROUSSE

Je passe... Une fleurette blanche
Luit sur la marge du chemin.
J'approche d'elle, je me penche,
Et la fleurette est dans ma main.

« Petite, orne ma boutonnière...
Quel est ton nom ?... Est-il joli ?...
Bientôt, ma pauvre prisonnière,
Ton frais éclat aura pâli !... »

Cette parole à peine dite :
« Qu'ai-je fait, ô passant fatal,
Pour que ta main trois fois maudite
M'arrachât au sentier natal ?

Ah ! prends le calice superbe
Dont peut se parer un salon ;

Mais moi, perdue au sein de l'herbe,
Ainsi que mes sœurs du vallon,
Je suis de celles qu'on méprise :
Point de parfum sous ma pâleur...
Cruel, pourquoi donc m'avoir prise?... »
Le cruel répond à la fleur :

« Vers toi ma main s'en est allée,
Par un instinct qui la conduit
Vers toute chose immaculée :
Partout la candeur me séduit.

« Partout où l'innocence brille,
Mon regard s'élance, charmé
Du front pur de la jeune fille
Et de l'églantine de mai.

« Pourquoi trouver ta fin si triste?
Pourquoi pleurer ton vert milieu?
Tu meurs, mais du sublime Artiste
Tu m'as parlé : j'ai béni Dieu! »

—

ENVOI

J'offre, ami, cette fleur plaintive,
Humide encor des pleurs du ciel,
A votre muse, abeille active,
Qui de tout sait tirer du miel.

ÉMILE GRIMAUD.

CHRONIQUE

Le hasard d'une excursion de vacances m'a donné l'occasion de voir de près nos troupes en grandes manœuvres : je me suis trouvé dans un village qui a servi de quartier général à une brigade. J'ai pu étudier nos soldats, et surtout ces soldats *réservistes* qui viennent, pendant vingt-huit jours, reprendre goût à la vie militaire, ou tout au moins rapprendre ses corvées.

Un régiment qui arrive dans nos grandes villes, éveille bien la curiosité des oisifs qui vont au-devant de lui et des bourgeois qui se mettent sur le seuil de leur porte pour le voir passer. A cela près, on ne s'en préoccupe guère; mais dans nos campagnes le régiment qui arrive est un très gros événement : il n'y a pas là de casernes pour loger les soldats; il faut, bon gré, mal gré, que l'*habitant* (terme consacré) les reçoive chez lui, c'est-à-dire qu'il leur donne (suivant une expression non moins consacrée) *part au feu, part à la chandelle.* C'est assez vous dire que, si bon nombre de braves gens ne sont qu'à moitié réjouis de recevoir les hôtes en pantalon rouge que le sort leur envoie, les troupiers, de leur côté, ne sont pas toujours émerveillés des gîtes qui les attendent. Tel pauvre paysan qui n'a que deux chambres, et quelles chambres! est obligé d'en céder une pour y installer des hommes qui coucheront là pêle-mêle sur la paille, si toutefois on a pu trouver de la paille en quantité suffisante.

L'habitant éprouve bien un léger mouvement d'humeur, et il ne prend pas trop la peine de le dissimuler, jusqu'au moment où une sonnerie de clairons retentit sur la grande route. Aussitôt ce n'est qu'un cri dans tout le village : « Les voilà! les voilà! » Et l'on se précipite au-devant du régiment... Pauvres soldats! pauvres garçons! comme le vent fouette le long de leurs jambes et tourmente les plis de leurs grandes capotes grises, toutes maculées de boue!

Cinq minutes plus tôt, on songeait encore à l'embarras qu'ils allaient causer; maintenant, c'est à qui s'empressera autour de ces hôtes. Chacun les accueille le mieux qu'il peut; dans les maisons pauvres, chez le petit fermier, chez le pêcheur, le soldat trouvera des amis de bonne volonté pour faire à sa place les préparatifs de son aménagement et lui laisser seulement le soin d'*astiquer* ses armes; chez les riches ou seulement chez les gens aisés, il peut être certain que ses vivres de campagne seront agrémentés de quelques bons accessoires solides ou liquides.

Je dois dire cependant que si la plupart des soldats que j'ai vus acceptaient les politesses de leurs hôtes, c'était par courtoisie réciproque plutôt que par besoin.

Messieurs les *vingt-huit jours*, c'est le titre presque officiel des réservistes, modifient singulièrement par leur présence l'état culinaire du régiment. La situation du soldat sans le sou est à peu près inconnue du réserviste : presque tous ont le porte-monnaie convenablement garni et quelques-uns peuvent se permettre de grosses dépenses; c'est assez dire que les camarades, ceux qui n'ont que le sou de poche, sont les premiers à se ressentir de ce bienfaisant voisinage.

Vous reconnaîtrez le réserviste à un signe infaillible, invariable; le troupier que vous verrez entrer avec un aplomb superbe dans une auberge et que vous entendrez crier d'une voix sûre : « Une poule au pot! » ce troupier-là est un *vingt-huit jours;* il n'y a pas à vous y tromper...

La poule au pot est, par excellence, le mets du réserviste, et, en cela, il montre une intelligence vraiment digne d'éloges; on ne sait pas à quoi l'on s'expose en mettant à la broche un poulet dont l'état civil n'est qu'imparfaitement connu; avec la poule au pot, on n'a point à craindre des résistances déraisonnables et invincibles: l'aileron répond toujours au premier appel, et, depuis la tête jusqu'au *sot-l'y-laisse,* aucun membre n'est réfractaire.

Henri IV, en préconisant la poule au pot, avait évidemment prévu qu'elle devait être une institution militaire de notre pays.

Les réservistes vont rentrer chez eux; mais il y a bien d'autres rentrées à l'ordre du jour!

La rentrée des lycéens et celle des députés vont ouvrir cette affligeante période qui va se traîner ainsi jusqu'à la Toussaint et se clore par la Messe rouge de la magistrature.

C'est le moment où le député nouvellement élu va commencer à s'apercevoir que tout n'est pas couleur de rose dans le mandat qu'il a si ardemment sollicité.

Jusqu'à présent, il n'avait ressenti que la douce ivresse du triomphe : il avait été tout entier à la joie d'écrire sur ses cartes de visite ce titre magnifique : *député*, et de faire ainsi rayonner sa gloire aux yeux de tous, sous prétexte d'exprimer sa gratitude à ses électeurs.

Maintenant, voici que cette douce et radieuse sinécure est à la veille de devenir un métier, et un dur métier ! Si le député l'oubliait, ses électeurs se chargeraient bien de l'en faire souvenir.

Tout d'abord, voilà ceux qui ont la bonhomie ou la férocité de croire qu'une profession de foi politique est un pacte que l'élu doit exécuter de point en point, et auquel il ne lui est pas permis de se dérober pour si peu que ce soit.

La profession de foi !... Mais, justement, M. le député commençait à n'y songer plus guère ; il la voyait désormais dans le mirage lointain d'un rêve évanoui comme s'est évanouie la période électorale elle-même. Il relit ce morceau d'éloquence, et assez habituellement il éprouve un certain trouble ; il se passe la main dans les cheveux ; il frotte et refrotte les verres de ses lunettes.

« Comment ! j'ai promis tout cela, moi !... Mais c'est absolument comme si je leur avais promis la lune... Et la lune, ils n'exigeraient peut-être pas que je la leur donnasse ! »

Mais aussi, monsieur le député, pourquoi avez-vous promis tant de choses fantastiques? Pourquoi avez-vous signé tant de programmes chimériques? Pourquoi ?... Hélas ! parce qu'il fallait être élu ; maintenant vous vous apercevez qu'il ne suffit pas de tirer le vin : il faut le boire ; et certains vins sont aussi atroces à avaler que les plus amères médecines.

Tous les électeurs n'ont pas la cruauté d'exiger que *leur* député exécute son programme d'une façon générale ; ils exigent seulement qu'il se souvienne des engagements particuliers qu'il a pris vis-à-vis de chacun d'eux, au temps où il n'était encore que *leur* candidat.

Le pauvre député songe alors, pour la première fois, qu'il ne peut pas prendre un bureau de tabac dans sa poche comme il y prend sa tabatière, et, pour se tirer d'affaire, il offre au postulant de lui donner son apostille...

« Qu'est-ce que cette invention-là ?... Une *apostille?*... se demande le brave homme avec stupeur... Merci bien, not'député; vous êtes bien honnête tout de même... Mais les pauvres gens comme nous ne se servent point d'apostille, comme vous dites... Ce que je vous demande, ce que vous m'avez promis, c'est un bureau de tabac. »

Que répondre à un homme qui se croit si bien dans son droit? Le député n'a qu'une manière de se tirer d'embarras : il répond à son électeur qu'il y a bureaux de tabac et bureaux de tabac; mais qu'il ne faudrait pas en avoir un médiocre, et que pour lui en donner un de tout point satisfaisant, il faut d'abord qu'il aille, lui député, à Paris, pour parler d'une si grave affaire avec le ministre lui-même.

A son retour, le député, pressé de nouveau, accusera le ministre de négligence, de manque de parole, et il jurera ses grands dieux qu'il saura bien l'en faire repentir au premier vote d'importance...

S'il faut compter avec les promesses téméraires faites à l'électeur, il faut compter aussi avec les exigences de leurs femmes.

Dans les arrondissements ruraux, les femmes des électeurs influents s'imaginent volontiers que leur député est un commissionnaire fourni par le suffrage universel, auquel elles peuvent s'adresser en toutes circonstances pour les achats qu'elles ne peuvent aller faire à Paris elles-mêmes. Il faut que le député écoute toutes les commandes dont on veut bien le charger; il faut surtout qu'il se mette bien en tête qu'il devra les remplir avec exactitude et célérité.

Il y a des députés qui vont ainsi en mission aux magasins du *Bon Marché* ou du *Louvre;* entre deux rapports de commission, ils devront donner des renseignements sur tel article de nouveauté : s'ils se montrent dignes de la mission que madame attend d'eux, on les récompensera en les invitant à passer à la *Ménagère*, pour acheter un fourneau modèle ou une lessiveuse perfectionnée.

Tout cela n'est encore rien : il est un électeur plus redoutable que celui qui réclame des bureaux de tabac ou qui fait faire à M. le député les commissions de sa femme. L'élu, un beau matin, le voit arriver chez lui; il le trouve en train de faire ses malles :

« Farceur! Êtes-vous heureux qu'il se soit trouvé de bonnes gens comme moi pour vous nommer!... Vous allez voir Paris, — vous; vous allez bien vous amuser, — vous; mais, dites-moi, il faut vous loger dans le voisinage de la gare de l'Ouest; pas plus haut que le second étage, j'y compte; et surtout de l'air, j'y tiens...

— Mais, mon cher électeur, pourquoi donc tant de recommandations! réplique le député en riant...

— Parce que, mon cher député, vous me donnerez bien l'hospitalité quand j'irai voir la grande ville... Oh! là, sans façon... Je ne fais pas de manières, moi... Et surtout, comptez-y... Je suis un homme de parole! »

Cette fois le député ne rit plus et ne réplique rien!

ARGUS.

Abonnement, du 1er avril ou du 1er octobre; pour la France : un an, 10 f.; 6 mois, 6 f.; le n° au bureau, 20 c.; par la poste, 25 c.

Les volumes commencent le 1er avril. — LA SEMAINE DES FAMILLES parait tous les samedis.

VICTOR LECOFFRE, ÉDITEUR, RUE BONAPARTE, 90, A PARIS. — Imp de la Soc de Typ. - NOIZETTE, 8, r. Campagne-Première. Paris.

Le marabout Bou-Amena, chef des insurgés dans la province d'Oran.

BOU-AMENA

Quel est ce fanatique qui relève l'étendard vert du prophète? Quel est ce chef de révoltés dont l'astuce a déconcerté nos généraux? Il n'est, paraît-il, ni chérif ni caïd. Les journaux l'appellent tantôt « Bou-Amena » et tantôt « Bou-Hamama ». Ce sont des sobriquets. D'après M. Florian-Pharaon, Bou-Amena voudrait dire « l'Homme de la Croyance » et Bou-Hamama « l'Homme au Turban ». Un autre arabisant, M. le comte Rochaïd-Dahdah, donne une version différente : d'après ce savant orientaliste, *Bou*, abrégé de *Abou*, signifierait *Père*, et *Amena* serait un nom propre de femme, qui voudrait dire : « *la rassurée* ». La première femme connue en Arabie sous le nom d'*Amena* fut la mère de Mahomet. On comprend maintenant que ce nom soit sacré chez les Musulmans et que les Arabes aiment à le donner à leurs filles. Ce fanatique aurait donc une fille nommée Amena.

D'autre part, il est d'usage, chez les Arabes, que l'homme se fasse appeler le « père » d'un tel, son fils, au lieu de se désigner par son propre nom. Mais quand le père a une fille distinguée par sa beauté, sa vertu, ses connaissances poétiques ou son courage, alors le père se fait appeler par le nom de sa fille, même s'il possède des fils.

Les inspirés ou les suscités prennent toujours une *kounia*, un surnom. Les insurrections algériennes ont eu pour chefs d'aventures des hommes qui s'appelaient Bou-Bar'els, Bou-Akkaz, Bou-Maza. Ce dernier, simple chevrier de Dahara, nous a tenus en échec pendant de longs mois. Fait prisonnier, interné à Paris, pensionné par la France naïve et généreuse, tous les Parisiens d'il y a vingt ans l'ont connu. Il allait à Mabille et déposait chez les concierges des maisons aristocratiques une carte de visite ainsi conçue :

Adolphe de Bou-Maza.

Jamais aventurier ne s'est aussi bien gaussé de la bonhomie du vainqueur qui lui faisait des rentes inespérées. Les Parisiens appelaient l'ancien chevrier « Altesse » et les Algériens pouffaient de rire.

L'émir Abd-el-Kader était un chérif authentique, descendant de la famille du prophète; El-Mokrani était un grand seigneur. Bou-Amena n'est qu'un aventurier illuminé ou un suscité. Au physique, on le représente comme un homme de trente à trente-cinq ans, de taille un peu au-dessus de la moyenne, laid de visage, mais d'allures modestes, ayant plutôt la physionomie d'un derviche que celle d'un guerrier. Il doit le prestige qui l'entoure au don de la divination qu'il possède à un haut degré.

Après avoir longtemps habité l'oasis de Figuiz où il est né, Bou-Amena disparut un jour, abandonnant sa famille et ses amis. Il se retira du monde et vécut dans la retraite la plus absolue pour s'adonner tout entier aux pratiques religieuses et se consacrer à la connaissance des choses occultes. La mystique satanique, comme l'appelle Goerres, confère quelquefois à ses adeptes des dons supérieurs qui provoquent l'admiration des foules. Il ne serait donc pas étrange que le futur chef de révolte eût acquis la faculté d'opérer des sortilèges et de frapper ainsi l'imagination des musulmans.

On retrouve Bou-Amena quelque temps après fixé dans l'oasis de Moghrar-el-Tchatani, où il s'occupe de prosélytisme et se donne comme un homme de Dieu.

Un peu plus tard, on le voit fonder une petite *zaouia* (école) et grouper autour de lui ses parents et ses amis, les Oulad-Sidi-el-Tadj et les Oulad-Sidi-Ben-Aïssa. Dès lors, il change sensiblement d'attitude; ce n'est plus l'humble croyant, c'est un fanatique qui se meut et s'agite, poussé par l'ambition du pouvoir.

Sa réputation de sainteté franchit bien vite les limites de l'oasis. Les populations commencent à voir dans Bou-Amena un élu de Dieu, et c'est avec le plus religieux enthousiasme qu'elles lui prodiguent les preuves de leur vénération. Elles lui confient le soin de leurs intérêts et la solution de leurs différends. De ce nombre sont les Ouled-Djérir et les Amour du Maroc, qui s'en rapportent à lui pour mettre fin à leurs luttes intestines. Bou-Amena se rend à leur désir, et, d'un mot, d'un geste, d'une parole, il arrête l'effusion du sang, fait renaître la bonne harmonie et étouffe jusqu'aux ressentiments. Sa puissante action chez les Marocains est la même qu'au Moghrar; il jouit d'une autorité sans limites.

Bou-Amena rêvait depuis longtemps de fusionner les *Kouans*, ou ordres religieux répandus dans le Sahara. Nos lecteurs savent que ces ordres sont nombreux et redoutables. Le plus puissant est la confrérie de Si-Moulaï-Taïeb, qui a son chef suprême au Maroc et qui domine de l'ouest à l'est jusqu'en Égypte, et du nord au sud jusqu'à Tombouctou. L'empereur du Maroc est presque tributaire du chef de la corporation qui a des représentants (ou *Mokkadem*) partout, en Algérie, en Tunisie, dans la Tripolitaine et même au Caire. Le Mokkadem donne l'*Ouerd*, la *Rose*, c'est-à-dire l'ordre, le mot de l'initiation. Tout Khouan (mot à mot, *frère*) doit sa vie à l'ordre. A l'heure actuelle le grand agitateur est Sidi-Senoussi, Mokkadem dans la Tripolitaine de l'Afrique. C'est lui qui excite les Arabes au sud de la Tunisie. Quant au chef suprême de l'ordre de Moulaï-Taïeb, il dirige de haut et de loin. Il est venu à Paris et s'est montré plusieurs fois dans une loge de l'Opéra. C'est un demi-civilisé. Il s'appelle Abd-el-Selam, ou Si Sliman et réside dans un domaine princier aux environs de Tanger. Il est très lié avec M. Drumond-Hay, le représentant de la Grande-Bretagne au Maroc. Dans ses fréquentes visites au consulat général d'Angleterre, il fit connaissance de l'institutrice des enfants du diplomate et l'épousa. Le fils aîné d'Abd-el-Selam, héritier de sa puissance religieuse, puissance absolue comme celle du Vieux de la Montagne, est élevé à l'anglaise. Il sera civilisé, mais il sera fanatique. On n'abdique jamais une puissance occulte aussi grande que celle qu'il possède : commander à plus de vingt millions de musulmans !

Pour revenir à Bou-Amena, son projet était de grouper tous les ordres religieux en un seul faisceau ou plutôt de les agréger à celui des Oulad-Sid-Ech-Cheïkr, qu'il conférait lui-même; en un mot, il voulait, au moyen de cette affiliation, devenir le chef spirituel de tout le pays. Afin d'arriver à ce résultat, il se livra à des prédications et, tout en affirmant sa puissance par quelques sortilèges, il déclara qu'il n'y avait aucune incompatibilité entre les divers chapelets et que l'on pouvait appartenir à un ordre et dépendre en même temps de l'association des Ouled-Sid-Ech-Cheïkr. Ses efforts aboutirent. Une foule de Sahariens vinrent à lui pleinement édifiés. Pour ne pas rebuter ceux qui désiraient l'initiation, il se montrait très tolérant, et au lieu de leur demander un sacrifice pénible quelconque, il se contentait de leur imposer l'abstinence du tabac, par exemple.

La propagande que faisaient, depuis trois ou quatre ans, les parents et les affiliés du futur agitateur, amena de nombreux visiteurs à la petite zaouia de Moghrar. Les Arabes venaient, soit grossir le nombre des adhérents de l'ordre de Sid-Ech-Cheïkr, soit implorer les bénédictions divines, apportant avec eux quelque cadeau ou quelque offrande. Cette source de revenus, basée sur la piété musulmane, permit bientôt à Bou-Amena de posséder des richesses; il eut des chameaux, des chevaux, des Armes de luxe, des étoffes de prix et des approvisionnements considérables.

L'autorité, renseignée sur les allures et les agissements de Bou-Amena, ne tarda pas, on le pense bien, à l'entourer d'une étroite surveillance. Tenu au courant des mesures prises à son égard, Bou-Amena comprit que sa fortune était compromise, s'il ne parvenait pas à se mettre en relation directe avec le commandement français pour l'accabler de protestations et si, en même temps, il ne se faisait pas attribuer un rôle qui le rendrait en quelque sorte nécessaire. Il se présenta donc comme étant tout dévoué à la France et offrit de fournir des indications sur la situation et les menées des dissidents réfugiés dans l'Ouest depuis 1865. Ses démonstrations et ses ouvertures furent bien accueillies, et il lui fut facile d'endormir les soupçons de l'autorité par l'envoi de quelques lettres de renseignements qui parvenaient toujours au moment juste où elles n'avaient plus de raison d'être.

C'est ce qui eut lieu notamment lors de l'affaire de la Bérézina, en 1879. Les communications de Bou-Amena arrivèrent au gouvernement de l'Algérie le lendemain des razzias opérées contre nos tribus fidèles. Bou-Amena jouissait à ce moment d'une très grande influence; il faisait des « miracles » qui émerveillaient tous les indigènes, et son pouvoir spirituel incontestable attirait à lui toutes les populations. Ce saint homme, disait-on, avait, en multipliant un pain et un rayon de miel, nourri et rassasié de nombreux pèlerins. De même, avec quelques jointées d'orge, il avait donné à manger à des centaines de chevaux, et il en était même resté.

Comme sa situation grandissait tous les jours, Bou-Amena comprit bien vite que l'autorité, fatiguée de ses menées, prendrait prochainement des mesures pour les faire cesser. Il prépara donc des moyens de transport pour pouvoir, à la première alerte, se réfugier à Figuig. De même, pour être à l'abri d'un coup de main, et pour parer aux éventualités d'une surprise, il évita de s'éloigner de Moghrar. Hormis quelques pieuses et rapides visites aux tombeaux d'El-Abiod et une chasse au mouflon à Tismeurt, il ne quitta plus sa petite zaouia.

En 1880, Bou-Amena se crut sérieusement menacé. On parlait de la venue d'une colonne dans les oasis et l'on parlait aussi de la prochaine création d'un poste à Tiout; à partir de ce moment, le « saint homme » envoya de nombreux émissaires dans les Chotts et dans tout le pays. Au commencement d'avril 1881, les Trafis donnent le signal de la révolte ; d'autres tribus se mettent aussi en état d'hostilité. Leurs contingents demandent à Bou-Amena de se mettre à leur tête; il s'y refuse et déclare qu'il ne veut jouer aucun rôle. Sur ces entrefaites, se produit l'incident Weimbrenner. On sait que ce jeune officier, appartenant au bureau arabe de Géryville, fut envoyé le 24 avril, avec quatre cavaliers seulement, pour faire rentrer sur leur territoire les indigènes d'un douar voisin de Chelallah. Arrivé à l'oasis que ces gens occupaient indûment, M. Weimbrenner voit se présenter à lui le chef du douar avec l'attitude et les démonstrations du plus humble respect; au lieu de résister, l'Arabe promet d'exécuter les ordres dont l'officier est porteur, et en témoignage de sa parfaite soumission, il invite le lieutenant à manger des dattes.

C'était le signal convenu entre ces lâches meurtriers ; à peine M. Weimbrenner a-t-il tendu la main pour répondre à l'invitation qui lui est faite, qu'il tombe mortellement frappé. Deux de ses cavaliers sont tués à bout portant auprès de leur chef. Les deux autres réussissent à échapper à la mort, grâce à la rapidité de leurs montures.

Cet épouvantable guet-apens éclaira l'autorité militaire, qui y vit la main de Bou-Amena. On venait d'apprendre, en effet, que le marabout de Moghrar arborait audacieusement l'étendard de la révolte et prêchait la guerre sainte. L'assassinat de M. Weimbrenner était évidemment le début d'une insurrection préparée de longue main. On pouvait s'étonner que les agissements de Bou-Amena n'eussent pas excité plutôt la défiance des bureaux arabes, mais il n'en fallait pas moins que des mesures énergiques fussent décidées. Du reste, les éclaireurs de Bou-Amena n'attendirent pas l'arrivée des colonnes françaises; le 26 avril, ils avaient dépassé Géryville, et se dirigeaient au delà des Chotts qui se trouvent à peu près à mi-chemin entre cette ville et Saïda.

Les Chotts sont de vastes étendues de sable fin, recouvertes d'un mètre d'eau au maximum. Leur direction est de l'est à l'ouest. D'un côté, ils touchent au Djebel-Amour vers Tiaret, de l'autre aux forêts de Daya. Saïda est au centre de cette ligne, à 100 kilomètres au nord, et la route qui va à Géryville traverse le milieu des Chotts sur une chaussée entre Merdja-el-Kleuf et Aïn-Sfisfa. Le chemin de fer, parallèle à la route, est construit sur une longueur de 70 kilomètres environ au delà de Saïda. Les stations sont Aïn-el-Hadjar (12 kilom.), Tafarona (30 kilom.). Ces stations ne sont encore que des magasins pour l'alfa. A partir du terminus, en allant vers les Chotts, on rencontre le caravansérail d'El-Nay; après les Chotts, on s'arrête au camp d'Aïn-Sfisfa avant d'atteindre Géryville. Ces détails géographiques suffiront pour faire comprendre l'habile stratégie de Bou-Amena et l'échec qui marqua notre première rencontre avec les révoltés.

Vers la fin d'avril, les éclaireurs de Bou-Amena franchirent donc les Chotts et vinrent soulever la tribu des Trafis qui limite au sud les concessions d'alfa. Les goums de Saïda furent lancés contre les insurgés; ils furent battus, et un de nos caïds fut tué. C'est alors que le général Cerez organisa les quatre colonnes qui devaient envelopper Bou-Amena. On n'a pas oublié que le conseil général d'Oran vota des félicitations au général Cerez pour la prompte organisation de ces quatre colonnes. L'une d'elles, commandée par le général Louis, de Tlemcen, et dirigée sur la frontière du Maroc, n'a pas fait parler d'elle; elle était d'ailleurs en dehors du cercle des opérations. Trois colonnes seulement devaient opérer directement contre Bou-Amena. Celle de l'est ou de Tiaret, commandée par le colonel Brunetière, et celle de l'ouest ou de Daya, dirigée par le colonel Mallaret, ne paraîtront que plus tard. Une seule, celle du centre ou de Saïda, à colonel Innocenti, fut engagée tout d'abord.

Le colonel Innocenti, qui avait remplacé le général Collignon tombé malade et ramené à Mascara, marcha droit à Géryville et s'avança jusqu'à mi-route de Moghrar à Chelallah. C'est là qu'eut lieu, le 19 mai, l'affaire que certains renseignements avaient tout d'abord présentée comme une victoire. Notre convoi fut enlevé;

nous eûmes près de cent hommes tués et autant de blessés. C'était un véritable désastre, tel qu'on en rencontre bien peu dans notre histoire algérienne. La colonne se replia en toute hâte au delà des Chotts et ne s'arrêta qu'à Daya, dans l'Ouest, à côté de la colonne Mallaret, alors en voie de formation. Géryville fut même un instant menacée par les vainqueurs de Chelallah.

C'est alors que le marabout de Mohgrar se conduisit en véritable stratégiste. Pendant que le général Détrée, arrivé d'Oran pour prendre le commandement de nos troupes, les reformait, laissait le colonel Mallaret à Daya et reçommençait à petites journées,— nos troupes étant épuisées,—la marche du colonel Innocenti sur Géryville; pendant ce temps, Bou-Amena place un simple rideau d'éclaireurs autour de la ville assiégée et se dirige vers l'est, en longeant les Chotts. Il soulève les tribus du Djebel-Amour, et, tournant brusquement au nord, il passe entre Tiaret et le colonel Brunetière, pénétrant ainsi en plein Tell, dans la commune de Frendah, puis dans celle de Saïda. Côtoyant alors le nord des Chotts, il se dirige de l'est à l'ouest pour achever son mouvement tournant.

Pendant que le général Détrée cherchait le marabout au sud, à Géryville, Bou-Amena était au nord, au beau milieu de la concession d'alfa, dans un pays de colonisation où l'on n'avait jamais pensé qu'il aurait l'audace de pénétrer. Pas un soldat français ne défendait les chantiers; l'agitateur tomba comme une bombe au milieu des ouvriers et se livra aux plus odieux massacres. La Compagnie Franco-Algérienne évalue à 710 le nombre de ses ouvriers tués ou enlevés; ce chiffre a été réduit à 80 par M. Ferry, lors de l'interpellation de M. Jacques. Mais le nombre des victimes ne fût-il que d'une centaine, ce serait encore trop.

Parmi les ouvriers massacrés, les uns ont été tués à coups de matraque, les autres ont été éventrés; 14 charretiers ont été trouvés attachés à leurs voitures et brûlés; les femmes même n'ont pas été épargnées. Ces faits se passaient le 12 juin, à 10 ou 12 kilomètres de Saïda. Une panique bien justifiée s'empara des habitants, qui se réfugièrent dans la redoute avec les 150 hommes qui constituaient toute la garnison. S'il était entré dans les projets de Bou-Amena de descendre à Saïda, les personnes eussent peut-être échappé au sort des alfatiers, mais la ville eût été impunément saccagée.

Pendant ce temps-là, les journaux continuaient à répéter que l'on avait laissé Bou-Amena pénétrer dans le Tell pour l'attirer dans une souricière, et l'enserrer dans un cercle de fer. Ce plan pouvait peut-être réussir, à la condition que le colonel Mallaret s'établît fortement entre Daya et la pointe occidentale des Chotts; que le général Détrée revînt en hâte de Géryville occuper la chaussée qui traverse le centre de ces nappes d'eau entre Merdja-el-Kleuf et Aïn-Sfisfa; que le colonel Brunetière enfin tombât sur les derrières de Bou-Amena, en lui coupant la retraite sur le chemin par où il était venu, et en le rejetant sur Saïda, où une garnison, assez forte pour tenter une sortie, l'aurait écrasé ou repoussé sur les colonnes Détrée et Mallaret. Ces dispositions étaient tellement indiquées par la situation, que tout le monde a cru un moment qu'elles allaient être prises, et, de fait, les premiers mouvements se sont bien dessinés dans ce sens. Le colonel Brunetière a bien attaqué l'arrière-garde de l'ennemi, qui a refusé le combat et s'est dérobé avec une rapidité telle, que nos soldats ont dû renoncer à le poursuivre. Bou-Amena a bien tenté de passer la chaussée où l'attendait le général Détrée : averti par ses maraudeurs de la présence de nos troupes, il s'est rejeté sur Saïda en brûlant El-Nay et Skrafallah. De là, il n'avait plus d'issue que vers les Chotts : il était bien dans la souricière... Malheureusement, hélas! la porte de la souricière était ouverte et mal gardée. Le soir du 15, tous les habitants de Saïda s'étaient rendus à Tafarona, attendant avec une impatience inexprimable la nouvelle du combat final et de la destruction de Bou-Amena. La nouvelle arrive, apportée par les goums fidèles; Bou-Amena, s'enfuyant vers l'ouest, a passé à 6 kilomètres de la colonne Mallaret, les goums ont prévenu le colonel, le colonel s'est refusé à marcher, il n'avait pas d'ordres! La bataille inévitable avait été évitée, et Bou-Amena se retirait tranquillement derrière les Chotts avec un immense convoi.

Tels ont été les principaux incidents de l'incursion de Bou-Amena dans la province d'Oran.

Actuellement Bou-Amena est au Maroc, et accompagné de quelques tribus. Pour le rejoindre, on avait bien songé à l'occupation de Figuiz, mais le gouvernement de l'Algérie a renoncé à ce projet, dans la crainte qu'une incursion dans le Maroc ne soulevât des difficultés diplomatiques.

M. Albert Grévy s'est arrêté à un autre expédient dont la réussite lui paraît d'avance certaine. Il a fait venir à Alger un des plus grands chefs religieux, Amed-Tejdini; il l'a menacé de le rendre responsable de la rébellion de ses fidèles. Tedjini est marié à une Française, fille d'un gendarme de Tours; les effets de cette menace se sont déjà fait sentir. Il a envoyé un émissaire porteur de lettres aux chefs arabes, et trois d'entre eux sont arrivés à Tlemcen se rendant à discrétion. Restent les Ouled-Sid-Ech-Cheïkr qui forment, comme nous l'avons dit, la plus puissante association religieuse, et dont un grand nombre de membres ont suivi Bou-Amena. Eh bien! le gouverneur de l'Algérie aurait, paraît-il, entamé des négociations avec le chef de cette tribu, Si-Sliman, celui-là même dont nous parlons plus haut, et il ne désespérerait pas de le gagner à la cause de la France. D'après M. Albert Grévy, Bou-Amena ne serait plus à craindre, et à l'heure qu'il est, du Maroc à la frontière de Tunisie, de la mer au Sahara, toutes les tribus seraient rentrées dans l'ordre.

Nous ne demandons pas mieux que de le croire, et nous désirons vivement que les faits n'infligent pas un démenti aux assertions optimistes de M. le gouverneur général.

OSCAR HAVARD.

CHARYBDE ET SCYLLA

(Voir pages 372, 396, 411, 428, et 444.)

VINGTIÈME LETTRE.

Geneviève à Antoinette.

Kermoereh.

Ta lettre, ma chère Antoinette, m'a fait sentir avec une vivacité toute nouvelle mon bonheur d'être délivrée des tyrannies du monde et de la mode. Pendant que tu subissais les ridicules exigences du couturier et du coiffeur, je retirais du fond de mes caisses certaines toilettes fort démodées, mais fort commodes, et je n'en porte point d'autres.

Quelle capricieuse est la mode! Et quelle routinière pouvons-nous ajouter, nous qui avons pu assister à ses revirements. C'est un véritable cycle de révolutions qu'elle parcourt pour revenir au même point de départ.

Nous allons revoir les grands volants de notre jeunesse! Puissions-nous ne pas en revenir aux robes Directoire et aux gigots.

Je commence à me demander jusqu'où on remontera; après les cuirasses et les corsages plissés viendront peut-être les semblants de corsages, tels que David les a offerts à notre admiration en Mme Récamier. Les jolies femmes, et ce n'est point à leur éloge, osent tout en fait de modes et le malheur est qu'elles sont bien vite servilement imitées.

Tes paysannes, dans leur costume national, me reposent les yeux. Néanmoins il paraît que la mode apporte aussi son petit changement, ceci se raccourcit, cela s'allonge. Les pauvres filles qui vont servir dans les grandes villes se *fagotent* ridiculement et rougissent de conserver, dans toute son intégrité, leur costume pittoresque.

J'ai assisté hier à une noce; la mariée avait autour de sa coiffe une affreuse couronne de fleurs d'oranger et des boutons de fleurs d'oranger aux oreilles.

Mais le reste était charmant et cossu, selon l'expression de Marie-Louise, qui me donne la note du monde moderne dans la paroisse et qui entonne, à propos du changement des usages, des lamentations d'une éloquence pénétrante.

D'après ce qui se passe, je crois bien que le monde finira dans une laideur et une platitude universelles. Tout ce que l'homme peut transformer est susceptible d'amoindrissement. Heureusement qu'il ne peut rien sur la nature et qu'il n'y a pas de décrets possibles contre l'azur du firmament et les découpures du rivage. M. de Lesseps a bien un peu mis la main au remaniement du monde; mais un isthme disparu n'enlaidira jamais sensiblement la création.

Hier Charles et moi avons délaissé nos plages et nous sommes enfoncés dans les terres pour assister à une assemblée.

Elle se tenait dans le carrefour d'une forêt et pour mon compte je n'ai jamais passé une plus fraîche journée. La chaleur et la poussière m'ont chassée dans une petite oasis sauvage, où j'ai passé deux heures à écouter chanter les oiseaux. Mon Dieu! qu'il y avait longtemps que je n'avais entendu de concert semblable! Chassés du carrefour par la foule et les sons bruyants du biniou, ils semblaient s'être donné rendez-vous dans le bouquet d'arbres que j'avais pris pour lieu de repos. Comme ces petits oiseaux chantent avec charme et avec art! J'ai tant entendu de musique savante que j'avais presque oublié la leur. Elle est de beaucoup supérieure à l'autre, et je crois que le rossignol ne serait pas flatté d'apprendre qu'on lui compare la *Patti*, qui pourtant a une voix merveilleuse.

Charles ne m'avait pas suivie dans ma retraite. Les danses du pays l'amusaient, et il m'avait confiée à Marie-Louise.

Il n'est pas revenu seul de l'assemblée; il était accompagné par un touriste de sa connaissance. Je suis tellement en veine de sauvagerie que la vue de cet homme, qu'il m'est très agréable de rencontrer dans un salon, m'a été quasi-désagréable. Je me suis remise et ai pu formuler avec une gracieuseté suffisante l'invitation que le regard de Charles réclamait.

Il est entendu que M. Albert Pernould viendra passer la journée de demain avec nous.

Je vais sortir de mes caisses une toilette d'actualité, car c'est un raffiné que notre hôte.

Il visite la Bretagne avec une sorte de curiosité passionnée. Partisan de la morale appelée indépendante, et qui l'est très fort, en effet, il nie avec force paradoxes l'influence civilisatrice de l'élément religieux.

C'est un de ces beaux esprits dont les sophismes imprimés ont battu en brèche les fortes vérités qui sont la paix et le salut du monde.

Il y a eu un moment où cet homme aurait pu beaucoup compter dans ma vie; mais un certain sentiment de confiance est aussi nécessaire que l'amour en ménage, et comme ce dernier il ne se commande pas, mais s'inspire.

En ces messieurs, héritiers de la haine moqueuse de Voltaire contre notre religion, il serait difficile maintenant de trouver l'homme selon notre cœur.

Les voltairiens de notre jeunesse étaient de bons bourgeois fourvoyés dans ce dédale de mensonges et de calomnies. Ils admettaient très bien à leur foyer une femme croyante, une fille pieuse...

Nos jeunes voltairiens, qui grisonnent, n'ont pas de ces faiblesses. Ce sont des despotes au petit pied et leur semblant de triomphe les porte à s'enferrer dans l'esprit diabolique, ce qui ne les rend pas tous des miracles d'esprit.

Mais je m'attarde à te parler de gens que tu ne connais pas. La solitude développe, je crois, le sentiment de la personnalité. Cependant, il n'est peut-être pas inutile que je te fasse connaître un Parisien de la plus belle eau. Ton mari va se trouver en contact journalier avec ces élégants sceptiques qui organisent la vie comme une partie de plaisir qui se poursuit dans l'ombre ou au grand jour. Ils sont parfois charmants, comme M. Albert Pernould, mais leur conversation est dissolvante.

Ce même homme, qui écrit dans beaucoup de journaux sérieux, a signé des romans à sensation, exquis de forme et affreusement dangereux dans le fond.

Un soir on en parla; j'étais présente, et je trouvai satanique le sourire qui errait sur ses lèvres en entendant parler de la vogue de ses livres et de l'influence magnétique qu'ils exerçaient sur l'imagination des femmes.

Un peu agacée par sa physionomie malicieuse et satisfaite, je lui demandai s'il avait songé à la responsabilité qui pesait sur lui, étant donné le thème absolument mauvais de ses romans.

Et lui, me regardant bien en face, me dit :

« La responsabilité, qu'est-ce que cela? Suis-je un prédicateur? Non, je suis un artiste. Si l'œuvre est bien faite, elle est bonne, quoi qu'en pensent les dévotes. »

Je me le tins pour dit; mais je me félicitai sincèrement de n'avoir pas mêlé ma vie à celle d'un homme qui jetait d'une main sûre des brandons d'incendie dans le cœur des autres, sans se trouver le moins du monde responsable du feu qui s'y allumerait.

Et me voilà encore qui parle de lui. Pardonne-moi et ne te laisse pas prendre à l'esprit de tous ces papillons qui voltigent dans les salons de Paris.

Les désordres de la haute société sont dus en grande partie à cette littérature élégante et morbide dont les Françaises ont le mauvais goût de se nourrir.

A toi de cœur.

GENEVIÈVE.

VINGT ET UNIÈME LETTRE

Antoinette à Geneviève.

Paris.

Ma chère Geneviève,

Tu prêches une convertie. J'ai et je professe une sainte horreur pour les livres qui ne peuvent se montrer au grand jour et qu'une femme avoue en rougissant avoir feuilletés, seulement feuilletés.

Cependant ici j'ai dû élargir mon cadre. Je ne puis me séparer intellectuellement de mon mari, qui est fort lancé et qui ne me laisserait pas à Paris jouer à la pensionnaire.

Il est le premier à écarter de mon guéridon les livres qu'il étudie en connaisseur, et nous nous indignons de concert à l'audition de certaines pièces en vogue.

Il faut que je m'accuse de mon goût pour le théâtre: je le sens excessif, et tu me donneras bien quelques notes là-dessus.

Autour de moi, la comtesse de Malplanquard en tête, on lit tout, on entend tout, on voit tout. Je dissimule avec soin mes scrupules, moi, mère de famille, quand je vois entrer dans ma loge des jeunes femmes et même des jeunes filles qui écoutent sans sourciller des choses qui me blessent au plus vif de l'âme.

Est-ce de la conscience? Est-ce de la niaiserie provinciale?

On dit que je commence à paraître moins effarouchée. On s'habitue réellement à tout, et quelle séduction que ces théâtres! Je comprends que les Parisiennes s'ennuient en tout autre lieu qu'à Paris. Pour moi, cette soirée est un plaisir toujours nouveau. Je m'agite en attendant l'heure de partir pour le théâtre.

Mon mari trouve que j'y prends goût beaucoup plus vite qu'il ne l'espérait.

Les premières semaines, j'avais de lourdes envies de dormir qui ont tout à fait disparu. Le changement d'existence amène forcément le changement d'habitudes. Ce qui m'ennuie, c'est de passer la soirée loin de mes enfants.

Une de ces dames me conseillait de mener ma fille avec moi au théâtre.

Cela, jamais! J'y vois tous les jours des enfants de l'âge de Marguerite-Marie à laquelle on donne douze ans; mais Dieu me garde de ternir chez ma fille cette suave innocence dont Dieu m'a donné la garde.

Alain, tout fier de sa beauté un peu étrange, ne résisterait pas à la tentation de s'en parer; mais il a compris que sur ce sujet mes idées ne varieraient pas.

Ma petite rêveuse de Marguerite-Marie souffrirait beaucoup de ces excitants dont ma conscience me reproche quelquefois l'usage pour moi-même.

Veux-tu me permettre de te charger d'une commission pour mon fermier?

Il nous paye son fermage indifféremment après les récoltes engrangées ou le jour de la Saint-Michel.

Demande-lui de faire l'envoi tout de suite.

Paris est un creuset où l'argent fond comme la neige au soleil.

Si nous n'avions pas fait ce bienheureux troc de nos logis, s'il me fallait payer cette année un loyer de trois mille francs, je me demande avec une certaine terreur s'il nous serait possible de nouer les deux bouts.

Nous serons plus prudents à l'avenir, et nous allons faire des rentrées d'un argent qui nous est dû.

Alain et moi nous figurions avoir établi notre bilan sur des bases solides en doublant le chiffre de nos dépenses habituelles.

Nous le triplons, et il s'ajuste à peine.

Mais aussi que d'avantages nous apporte cette vie nouvelle! Ils sont incalculables, surtout pour nos enfants qui se débrouillent singulièrement et que nous avons le plaisir de voir s'instruire sous nos yeux.

Alain parle toujours de faire éditer son livre. Je lui demande d'attendre que nous soyons en fonds.

Il serait heureux que tu voulusses bien dire un mot de lui à ton visiteur de passage, qui est, il paraît, une autorité en critique, et qu'il se propose d'aller voir à Paris.

N'oublie pas de nous donner son adresse dans ta prochaine lettre.

C'est un peu en faveur de ce malheureux livre que mon mari me pousse à l'accompagner dans le monde, ce qui me fait faire des folies pour ma toilette.

Ne m'a-t-il pas offert une parure de petites grenouilles en diamants !

C'est la mode actuellement, une mode bizarre vraiment; mais hier, chez la comtesse de Malplanquard, les jeunes femmes étaient couvertes d'insectes et de petites bêtes plus originales les unes que les autres, et toutes en pierres précieuses, bien entendu.

Je ne vois plus les vieux diamants de famille qu'enchâssés dans des montures plus étranges les unes que les autres.

Et il n'y a pas moyen de s'habiller et de se parer avec plus de goût. Il faut accepter ces modes folles. C'est ruineux, tout simplement.

Adieu, et dis-moi si tu as pu loger convenablement ton critique d'ami.

Je le vois d'ici pourvu d'un bon lit, mais je crains qu'il ne soit pas charmé du reste de l'ameublement.

S'il était poète, on lui servirait le paysage; mais on dit qu'il ne l'est pas.

Mille tendresses.

ANTOINETTE.

VINGT-DEUXIÈME LETTRE

Geneviève à Antoinette.

Kermoereb.

Ma chère Antoinette,

Rassure-toi, rassure ton mari.

L'ami de Charles est ravi de tes paysages, de ta maison, de ton ameublement, de ton pays.

M. de Kermoereb peut être assuré de trouver très bon accueil auprès de lui quand il se décidera à lancer son livre; son nom lui arrive dans une sorte de courant sympathique, ce qui le lui fera écrire en lettres d'or sur son calepin.

Il prend fort gracieusement les choses. Je l'ai trouvé moins railleur à l'égard de la Bretagne et de ses croyances; il est au moins étonné et reconnaît de bonne grâce que ces populations catholiques sont beaucoup plus saines, moralement aussi bien que physiquement, que les prétendus civilisés des grandes villes et des campagnes incroyantes.

Tu comprends que c'est un délicat qui ne pousse pas les choses jusqu'à leurs conséquences extrêmes, et qui recule devant les brutalités et les horreurs du crime.

Il se contente de le fomenter dans la pensée par la destruction des vérités nécessaires à la pratique de la vertu, et il ne l'admet que lorsqu'il s'est élégamment revêtu du nom de passion.

La passion pour lui est sacrée, mais peut très bien, affirme-t-il, se passer de sang.

Les égoïstes ont un talent tout particulier pour tout ramener à leur point de vue.

Évidemment la passion ne pousse pas jusqu'aux cours d'assises un homme aux mains blanches qui a de la santé, de la fortune, de la considération, et qui sait mener sa barque à travers tous les écueils; mais quand il s'agit d'un malheureux enfant du peuple que tout a perverti jusqu'aux moelles avant même que la raison ait pu établir son empire, la question se présente sous un autre aspect.

Sur tous les problèmes sociaux, nous avons des discussions interminables, auxquelles Charles ne prend aucune part.

L'enthousiasme dont M. Pernould ne peut absolument débarrasser son être voué au positivisme, s'attache à la science moderne dans toutes ses manifestations, à la science amenant un progrès indéfini.

En le poussant un peu, il affirmerait que l'on découvrira un moyen de ne plus mourir.

Quel triomphe ce serait pour les ennemis de la Genèse, qui n'admettent aucune des peines capitales portées contre l'humanité aux premiers jours du monde, et qui ne peuvent cependant nier absolument celle-là.

Te le dirai-je? trois mois de solitude absolue, trois mois passés parmi des gens qui n'ont pas eu l'esprit faussé par un semblant d'instruction, m'ont fait faire un cours de philosophie que j'appellerais volontiers instinctive.

Mon intelligence s'est peu à peu débarrassée d'un grand nombre de sophismes modernes qui l'obscurcissaient.

M. Pernould me trouve plus raisonneuse et plus fanatique qu'autrefois.

Sitôt que nous croyons en Dieu et en Jésus-Christ d'une foi solide, nous sommes des fanatiques.

En attendant, ce moqueur si redouté a aussi ses naïvetés, et ce matin même Charles et moi l'avons joliment blackboulé.

Taquin par nature et par habitude, il me plaisantait agréablement sur mon goût pour les Pères de l'Église, et décochait mille traits plus spirituels les uns que les autres sur un vieux volume que j'ai déniché dans la bibliothèque et que je n'avais pas eu le respect humain de cacher à ses yeux.

Tant qu'il s'est tenu dans la gamme de la plaisanterie légère, comparant la blancheur de mes doigts à cette vieille couverture de peau, s'étonnant de mon goût pour l'antédiluvien, je me suis contentée de sourire.

Mais, selon son habitude, il a fini par devenir agressif et m'a lancé dédaigneusement cette phrase :

« Mademoiselle, le temps des admirations aveugles est passé. Savez-vous que de nos jours un écolier de septième en remontrerait à un Docteur de l'Église en fait de science ? »

Vraiment cette phrase étonnante incarnait bien l'outrecuidance moderne, qui fait de l'instruction acquise dans les livres la reine du monde.

Mon frère a souri, et moi j'ai répondu :

« Monsieur, de quelles sciences parlez-vous ? et voyez-vous mon frère, un savant, qui sourit ?

« A mon tour, je vous avouerai que l'on fait aux découvertes modernes trop d'honneur sur le terrain du doute. »

Et me lançant, j'ai continué :

« Permettez-moi une comparaison. Voici un penseur qui contemple une plante merveilleusement belle et qui, de cette frêle créature inanimée, remonte jusqu'aux origines de la création et se rencontre avec le Dieu créateur. Survient un botaniste qui analyse les fleurs, les feuilles, les fibres de la plante, qui la rattache à une famille, qui lui donne un nom. Tout cela fait ressortir l'admirable organisation de cette chose, et ne fait qu'accroître l'admiration du penseur.

« Un siècle plus tard, un nouveau penseur se pose les mêmes problèmes devant la même plante. Survient un chimiste qui découvre cette fois que la plante contient un suc médicinal très puissant, ce qui jette le penseur dans un redoublement d'enthousiasme.

« Un second siècle s'écoule, nous sommes au XIXe siècle, si vous voulez. Un penseur nouveau cherche à prouver l'existence de Dieu par les puissances et les harmonies merveilleuses de la nature, il admire comme ses devanciers la même plante. Le chimiste qui possède des instruments perfectionnés, la science ayant marché à pas de géant, interroge à son tour la plante et découvre en elle de nouvelles vertus.

« Que penseriez-vous de ce chimiste si, s'adressant au public de notre siècle, il lui disait, tout gonflé de l'orgueil de la science :

« — Par cette plante, œuvre merveilleuse et charmante, un penseur d'il y a trois siècles se figurait prouver l'existence d'un Créateur, mais où en était la chimie de son temps, je vous prie ? Ne voyez-vous pas que le suc que je découvre en cette plante était inconnu il y a trois siècles, et qu'un écolier de septième en remontrerait maintenant à ce penseur sublime ?

« — Eh ! que m'importe ! répondrait le penseur : votre science a marché, tant mieux ; vous avez arraché quelques nouveaux secrets à la nature, je vous en fais mon compliment. Vous êtes chimiste et vous disséquez cette créature, vous lui demandez toutes les vertus qu'elle contient.

« Moi, je ne lui demande qu'une chose : qui l'a faite ? qui lui a donné ces sucs guérisseurs ?

« Votre science et vos découvertes chimiques n'ont rien à faire avec l'ordre de mes pensées. »

Il en est ainsi de toutes les sciences. Leur domaine est autre que celui des idées pures, et c'est pourquoi les superbes inventions de ce siècle et ses magiques découvertes laissent parfaitement subsister les vérités religieuses et philosophiques. »

Mon savant m'a écoutée avec sa courtoisie habituelle, mais il ne s'est pas rendu. Heureusement que mon frère s'est mêlé à la conversation, apportant ses arguments personnels, et M. Pernould a fini par nous abandonner son écolier de septième en remontrant aux Pères de l'Église. Mon intelligence qui se rouillait, se ranime à ces conversations intéressantes, mais elles m'arrachent à la grande quiétude que je goûtais à Kermoereb avant l'arrivée de notre hôte.

A la campagne, d'ailleurs, l'intimité se fonde si vite qu'il est bon d'être plusieurs lorsqu'on reçoit des étrangers.

Mon frère, le plus distrait des hommes, me laisse souvent en tête-à-tête avec M. Pernould et il y a des moments où je voudrais mon hôte... ailleurs.

Heureusement que dès le commencement je me suis déclarée brouillée avec la musique. Du Mozart tous les soirs l'eût retenu indéfiniment.

Mon meilleur allié sera le vent qui commence à souffler d'une terrible manière. Notre cher critique est chétif et je vois apparaître les foulards et les petits flacons. Franchement sa santé est une des raisons qui m'ont fait refuser d'associer ma destinée à la sienne. Je tremblais à la pensée de devenir une garde-malade. Ce rôle demande des abnégations qui s'accordent mal avec notre éducation moderne.

Mais, mon Dieu, quelle conversation sur ce papier ! Ce n'est pas une lettre que je t'écris, c'est un livre et même, il me semble, un livre bien ennuyeux.

Pardonne-moi ; mais ma correspondance avec toi est une sorte d'échappée dans le monde d'où je me suis bannie volontairement et j'y prends un grand plaisir. S'il n'est pas partagé, je te permets de jeter ceci au feu.

GENEVIÈVE.

P. S. — J'ai fait à ton fermier la commission dont tu m'as chargée pour lui. Il m'a répondu avec la prudence particulière aux paysans de tous les pays, qu'il allait s'occuper de réunir l'argent, mais que cela demanderait un certain temps.

Marie-Louise consultée a promis de stimuler son frère toujours peu disposé à se dessaisir, avant le temps, d'un argent si péniblement gagné.

— La suite au prochain numéro. — ZÉNAÏDE FLEURIOT.

LE VAL-DE-GRACE

Cette abbaye, dont il ne subsiste plus que l'église, et dont les bâtiments ont été transformés en un hôpital militaire, était originairement établie auprès de Bièvres, à trois lieues de Paris, et s'appelait le *Val Profond* ; ce fut la reine Anne de Bretagne qui la prit sous sa protection et changea son premier nom en celui de *Val-de-Grâce de Notre-Dame de la Crèche*. Anne d'Autriche, la mère de Louis XIV, fit transférer ce monastère à Paris, dans le faubourg Saint-Jacques, et lui donna, pour ainsi dire, une seconde naissance. Le 7 mai 1621, elle acheta, au nom de l'abbaye du *Val-de-Grâce*, une grande place avec quelques bâtiments, qu'on appelait le *Fief de Valois* ou le *Petit-Bourbon*, et qu'avaient d'abord occupés M. de Bérulle et la Congrégation des prêtres de l'Oratoire qu'il venait d'instituer.

Anne d'Autriche, devenue régente du royaume, à la mort de Louis XIII, son mari, voulut donner des marques éclatantes de son affection pour ce monastère et accomplir en même temps le vœu qu'elle avait fait à Dieu de lui élever un temple magnifique, en action de grâces de ce qu'il lui avait accordé un fils après vingt-deux ans d'attente. Ce fut Louis XIV, dont la naissance inespérée comblait de joie la France et qui, encore enfant (il avait alors huit ans), posa la première pierre de ce superbe édifice.

Mansart, un des plus fameux architectes du dix-septième siècle, donna le plan du monastère et de l'église; on mit vingt ans à les construire par suite des troubles et des guerres auxquels la France fut en proie. Jacques Lemercier remplaça Mansart dans la conduite

Le Val-de-Grâce.

des travaux, qui ne furent terminés que par Pierre Le Muet et Gabriel Le Duc.

Pour ne parler que de l'église du Val-de-Grâce, le portail s'élève sur seize marches; il est orné d'un portique soutenu par huit colonnes corinthiennes, accompagnées de deux niches dans lesquelles sont les statues de saint Benoît et de sainte Scholastique, l'une et l'autre de marbre et dues au ciseau de Michel Anguier. Sur la frise du portique est cette inscription, gravée en lettres d'or, en relief :

Jesu nascenti Virginique Matri.

« A Jésus naissant et à la Vierge Mère. »

Le dôme est très élevé et d'un effet majestueux. Au grand autel, « Anne d'Autriche voulut qu'on représentât une étable très richement ornée, pour relever la pauvreté de celle où le Verbe éternel a bien voulu naître. Cette étable, en marbre, est au milieu de six grandes colonnes torses, d'ordre composite, et de marbre de Brabançon. On prétend qu'elles sont les seules en France de cette espèce et que chacune d'elles a coûté 10,000 livres... Ces colonnes, qui ont sur leur entablement de grands anges portant des encensoirs, sont liées les unes aux autres par des festons de palmes et de branches d'olivier, où sont suspendus de petits anges, qui tiennent des cartels où sont écrits quelques versets du *Gloria in excelsis*...

« Sur l'autel et sous le baldaquin sont la creche et l'enfant Jésus, accompagné de la sainte Vierge et de saint Joseph, toutes figures de marbre blanc, grandes comme nature, sculptées par François Anguier.

« La coupole du dôme est du pinceau de Pierre Mignard. C'est le plus grand morceau à fresque qu'il y ait en Europe. Il est composé d'environ deux cents figures, dont les plus grandes ont seize ou dix-sept pieds de haut et les plus petites neuf ou dix pieds. C'est l'ouvrage de treize mois, au plus. L'intention du peintre a été de rendre sensible ce que l'œil n'a point vu et ce que l'oreille n'a point entendu. Il y est parvenu par un commentaire ingénieux sur ce que l'Écriture dit de la gloire dont les saints jouissent dans le ciel.

« L'Agneau immolé, environné d'anges prosternés, et le chandelier à sept branches attirent les premiers regards des spectateurs. On lit au-dessous de l'Agneau ces paroles du premier chapitre de l'Apocalypse : « *Fui mortuus, et ecce sum vivens :* J'ai été mis à mort, et me voici vivant. » Plus haut, est un ange qui porte le livre scellé des sept sceaux, dont il est parlé dans l'Apocalypse. La croix, le mystère et le signe de notre salut, est vue dans les airs portée et soutenue par cinq anges. Dans le centre est un trône de nuées sur lequel sont les trois personnes de la Trinité. On voit dans le Père son éternité, sa puissance infinie et sa majesté. Sa main droite est étendue, et de la gauche il tient le globe du monde.

« Le Fils, toujours occupé du salut des hommes, présente à son Père les élus qu'il lui a donnés et fait parler pour eux le sang qu'il a répandu. Le Saint-Esprit, sous la figure d'une colombe, est au-dessous du Père et du Fils. Un cercle de lumière les environne et éclaire tout ce tableau. Les chœurs des anges groupés dans cette lumière composent le premier ordre de la cour céleste. Une infinité de chérubins entourent la divinité; mais les plus proches du trône, n'en pouvant supporter l'éclat, se couvrent de leurs ailes; d'autres, plus éloignés, forment des concerts.

« La sainte Vierge est à genoux auprès de la croix; elle est accompagnée de la Madeleine et des autres saintes femmes qui assistèrent à la mort et à la sépulture de Jésus-Christ. Saint Jean-Baptiste, tenant la croix qui le désigne ordinairement, est de l'autre côté.

« A droite de l'Agneau, sont saint Jérôme et saint Ambroise; à gauche, saint Augustin et le pape saint Grégoire. A droite, on voit aussi saint Louis et sainte Anne, conduisant la reine Anne d'Autriche, qui dépose sa couronne aux pieds du Roi des rois et lui présente le temple qu'elle vient d'élever à sa gloire.

« Un groupe de nuées sépare saint Augustin et saint Grégoire des apôtres et des saints que l'Église honore comme confesseurs. Saint Benoît, père des moines d'Occident, et dont les religieuses de cette abbaye suivent la règle, occupe ici une place distinguée. Un nombre infini de martyrs se présentent ensuite. Plus bas, sont les fondateurs d'ordres; sous les martyrs on lit ces mots : « Ils ont lavé leurs robes dans le sang de l'Agneau. »

« Moïse, Aaron, David, Abraham, Josué, Jonas et quelques autres saints de l'Ancien Testament occupent le bas du tableau. Les anges qui emportent l'Arche d'alliance nous apprennent par cette action que l'ancienne loi a fait place à la loi de grâce et qu'on ne peut plus mériter le ciel que par le sang de l'Agneau.

« Les vierges viennent ensuite et remplissent ce qui reste de place. Un passage de l'Apocalypse nous fait connaître qu'elles sont occupées à suivre partout l'Agneau.

« Une foule d'esprits célestes, répandus dans différents endroits, sont occupés, ou à présenter des palmes aux vierges et aux martyrs, ou à faire fumer l'encens en l'honneur du Très Haut. » (Hurtaut et Magny, *Dictionnaire historique de la ville de Paris*, 1779.)

Anne d'Autriche avait pour l'abbaye du Val-de-Grâce une si grande affection qu'elle ne laissait passer aucune occasion de lui faire du bien. Cette pieuse princesse s'était réservé un appartement dans la clôture de cette maison religieuse, où elle se retirait souvent, surtout aux grandes fêtes de l'année : on compte que, depuis le commencement de sa régence jusqu'à sa mort, elle y a passé cent quarante-six nuits.

Pendant la Révolution, l'église du Val-de-Grâce changea plusieurs fois de destination. Sous le premier Empire, elle devint un magasin général d'habillements et d'effets destinés au service des hôpitaux militaires; toutefois on établit un plancher pour conserver le marbre du pavement et une cloison pour préserver les sculptures des parois de l'église. Grâce à ces précautions, ce monument n'a pas souffert; il fut rendu au culte en 1826.

L'église Saint-Roch possède le groupe de la crèche, l'un des meilleurs ouvrages de Fr. Anguier, placé autrefois sous le baldaquin du Val-de-Grâce.

Cette abbaye ayant été supprimée en 1790, les bâtiments conventuels furent convertis en hôpital, par décret du 7 ventôse an II. En 1814, ils furent affectés au service de santé de l'armée, et le Val-de-Grâce devint l'hôpital militaire le plus considérable de la capitale; il a conservé cette destination et contient 970 lits. Cet hôpital a été érigé en école d'application de médecine et de pharmacie militaires.

Ch. Barthélemy.

LES AVENTURES D'UN PETIT CHEVAL

RACONTÉES PAR LUI-MÊME

(Voir page 439.)

« Voilà, certes, dit l'un des hommes, une fameuse petite bête, et notre matinée n'est pas perdue ; nous avions, ma foi, besoin de cette bonne aubaine pour nous dédommager des mauvaises recettes de ces temps derniers ; ce cheval nous vaudra de l'argent, soit qu'on le vende, soit qu'on le garde.

— Tout cela est bel et bon, reprit le second des hommes; mais il nous faut alors dételer au plus vite, et, à moins de voyager la nuit, je ne vois pas trop comment nous pourrons cacher ce cheval, car, avec cette étoile au milieu du front, il sera reconnu immanquablement.

— Allons donc, Pétrus, dit celui qui paraissait être le maître, tu es un peu novice pour le métier que nous faisons ; je me moque de l'étoile de ce petit cheval comme d'un sou percé. »

Tout en parlant, il tira de sa poche une fiole et, à l'aide d'un vieux mouchoir, il me barbouilla le front.

« Voilà pour l'étoile, dit-il ; quant à la robe, je me charge de l'arranger de telle sorte qu'il pourra traverser son propre village sans que personne s'avise de le reconnaître ; maintenant, assez causé et filons. »

Les trois méchants hommes se mirent alors à me tirer ; j'essayai bien de résister, mais un vigoureux coup de pied me fit comprendre que j'avais affaire à plus fort que moi.

Hélas ! hélas ! j'étais donc perdu, perdu sans retour ! Et qu'allait devenir ma pauvre mère en découvrant ma disparition ?

Mon fils ingrat m'abandonne ! Telle sera sa première pensée, me dis-je avec douleur. Ah ! que n'aurais-je pas donné pour être encore près d'elle et mettre à exécution mes bonnes résolutions de la veille ! mais il était trop tard, ma désobéissance portait ses fruits.

Le trajet ne fut pas de longue durée. Nous arrivâmes en quelques minutes devant une espèce de tente sous laquelle on me poussa, et je fus entouré par plusieurs individus au teint basané et aux vêtements en désordre ; peu à peu, mes yeux s'habituant à l'obscurité, je pus voir distinctement ce qui m'entourait.

On a bien raison de le dire : « Tout ce qui brille n'est pas or. » Dans un coin de la tente je reconnus la housse brodée, le plumet, les vêtements galonnés, en un mot, tout ce que j'avais admiré la veille ; tout ! jusqu'au petit garçon qui m'avait paru si beau ; le pauvre enfant, volé peut-être comme moi, dormait sur une botte de paille, et de misérables haillons étaient jetés près de lui ; enfin, pour compléter le tableau, j'aperçus, par une déchirure de la tente, un cheval efflanqué broutant quelques maigres herbes, et qu'à sa haute taille je reconnus pour le cheval caparaçonné ; plus de doute, j'étais chez des bohémiens de la pire espèce.

Des oripeaux et des haillons, voilà donc où aboutissaient mes rêves de gloire !

Un des maquignons s'avança vers moi, me poussa rudement et, armé d'une brosse qu'il trempa dans une composition blanchâtre, il me frotta vigoureusement :

« Maintenant, dit-il, je défie qu'on le reconnaisse ; mais pour plus de sûreté, levons le camp et en route. »

Aussitôt dit, aussitôt fait. En moins de quelques minutes la tente fut pliée, les oripeaux emballés, la voiture attelée, et hommes et femmes suivirent ; on m'attacha derrière la voiture et, comme les autres, il fallut marcher. J'espérais encore que nous nous dirigerions du côté de mon village ; là, me disais-je, malgré l'odieux barbouillage qu'ils m'ont fait subir, ma mère saura bien reconnaître son pauvre Lolo ; hélas ! vaine espérance, nous prîmes une route opposée !

Nous voyageâmes longtemps. Ce que je souffris durant ce voyage est indescriptible. Moi, habitué à une délicate nourriture, à une propreté scrupuleuse, je mangeai n'importe quoi sous peine de mourir de faim, heureux encore des moindres épluchures. Nous couchions pêle-mêle, et Dieu sait ce qu'étaient mes compagnons ! Ah ! que de larmes versées dans le silence des nuits ! Mais, je le sentais, j'avais mérité mon sort, et je résolus de supporter dignement cette juste punition de mes fautes !

Au bout de quelques semaines nous fîmes halte à l'entrée d'un gros bourg, et on délibéra sur mon sort ; après une longue discussion, il fut convenu qu'au lieu de me vendre, il serait plus avantageux pour la troupe de me dresser et de faire de moi un petit cheval savant.

« Il a de l'œil, dit le chef, je m'en charge. »

Le lendemain, en effet, il commença mon éducation.

« Arrive ici, Mistigris, me cria mon nouveau maître, et pas de façons, ou gare le fouet. »

Il faut vous dire qu'à mon beau nom de Stello, dont j'étais si fier, on avait substitué celui peu distingué de Mistigris. Je vous fais grâce du récit détaillé de mon éducation et des coups de fouet que je reçus ; qu'il vous suffise de savoir que j'appris successivement à me tenir sur mes jambes de derrière, à saluer l'illustre assemblée, à sauter par-dessus la corde tendue ou au travers d'un cerceau, à tracer mon nom sur le sable à l'aide de mon pied droit, à désigner la jeune personne la plus aimable de la société et à rapporter comme un simple caniche ; en un mot, je passai par toutes les humiliations. Quelle chute pour un orgueilleux petit cheval !

Les semaines, les mois, et même les années s'écoulèrent ainsi. Deux ou trois fois j'avais bien trouvé l'occasion de m'échapper, mais où aller ? J'étais dans un pays inconnu ; puis, au milieu de ma détresse, j'avais un ami.

Cet ami, c'était l'enfant dont la beauté m'avait frappé le soir de ma fuite, le pauvre petit Magus ; lui et moi nous ne nous quittions guère, et mettions en commun nos misères et nos peines ; il m'apportait en cachette quelques croûtes de pain, et moi, en retour, je le portais complaisamment sur mon dos durant les longues courses, car ses petites jambes étaient faibles et sa respiration haletante. Fils d'une bohémienne morte quelques mois après sa naissance, le petit Magus était pour ainsi dire abandonné, et souvent maltraité ; il avait de grands yeux noirs qui me rappelaient ceux de mon jeune maître Paul, et son regard s'arrêtait sur moi avec une expression qui me navrait. Depuis quelque temps surtout, le pauvre enfant me paraissait si pâle, si défait que je pensais qu'il ne tarderait pas à quitter ce triste monde, et je résolus de demeurer à cause de lui.

N'étais-je pas le seul ami qui lui restât ? Cette idée d'être utile à quelqu'un me réconciliait avec moi-même et diminuait l'amertume de mes remords. Vous le voyez, j'étais bien changé; mais il m'avait fallu, pour en arriver là, subir les rudes leçons de l'adversité.

Ainsi que je le prévoyais, après quelques mois de langueur et de souffrances, le petit Magus rendit sa pauvre âme à Dieu. Une nuit qu'il était plus oppressé encore que de coutume et s'était couché à mes côtés, je sentis tout à coup ses bras se raidir autour de mon cou, sa pâle et triste petite figure s'appuya contre la mienne et tout fut dit! Comme il ne rendait plus aucun service à la troupe, son oraison funèbre ne fut pas longue.

Après la mort du pauvre enfant, dont la seule amitié soutenait mon courage, je tombai dans la mélancolie la plus sombre et je pris la ferme résolution de m'échapper à la première occasion; elle ne tarda pas à se présenter.

A quelques jours de là, nous fîmes halte vers le milieu d'une épaisse forêt. On planta la tente sur le bord d'une petite rivière limpide comme du cristal, et le lendemain, nos hommes, mis en joyeuse humeur par un copieux repas composé de gibier pris au piège pendant la nuit, se disposèrent à piquer quelques truites.

Chacun se dispersa; les femmes s'en allèrent de leur côté chercher des baies sauvages et ramasser du bois mort, et moi, dont on ne se défiait plus, je fus laissé en liberté avec mon camarade, le vieux cheval efflanqué. Le pauvre diable, après avoir brouté quelques touffes d'herbe, s'endormit derrière la voiture. L'occasion était belle; j'en profitai aussitôt.

Pensant, avec juste raison, que la jolie petite rivière près de laquelle je me trouvais devait arroser quelque fertile vallée, je résolus de la prendre pour guide. En effet, je ne me trompais nullement dans mes prévisions et, vers le soir, j'arrivai dans un gros bourg. Mais cela ne faisait pas mon compte, car il me fallait, au moins pour un certain temps, me tenir prudemment dans un endroit isolé. Je montai sur une éminence afin de mieux juger le pays; là, je ne vis rien à ma convenance, partout des villages populeux et des routes sillonnées de voitures. En conséquence, je résolus de passer la nuit derrière un buisson, ce qui n'avait pour moi rien d'effrayant, car durant ma vie errante j'avais couché plus souvent à la belle étoile que sous notre tente, et je dormis bientôt comme un bienheureux.

Le soleil dorait à peine la cime des monts lorsque je m'éveillai tout joyeux de ma liberté reconquise; je secouai ma crinière, je bus à la source voisine et je partis au trot, me demandant où j'allais porter mes pas.

Je me décidai à traverser une assez vaste plaine à l'extrémité de laquelle le pays devenait subitement montagneux, et je m'engageai dans un chemin escarpé; un vallon resserré s'offrit bientôt à ma vue, et le site me plut tellement que je pris le parti d'y élire domicile. Le tout était d'y trouver un gîte, et je n'étais pas sans inquiétude à ce sujet; le jour, pensais-je, je vivrai dans les bois; mais la nuit, comment faire? les loups pourraient bien troubler mon sommeil!

J'en étais à ce point de mes réflexions lorsque mon oreille fut frappée par un bruit particulier; des gémissements semblaient sortir de derrière un rocher; je m'approchai doucement et j'aperçus une vieille femme qui, agenouillée devant le cadavre d'un âne, donnait les marques du plus violent désespoir :

« Ah! mon pauvre Biset! mon pauvre Biset! criait-elle en sanglotant, sans toi que vais-je devenir? qui traînera ma voiture? qui rapportera le bois mort? qui me conduira à la ville? C'en est fait de moi! »

Et la bonne vieille sanglotait de plus belle, tout en essayant de rappeler son âne à la vie. Mais le pauvre Biset était bien mort; et sa maîtresse, voyant que cris et pleurs n'y pouvaient rien du tout, s'en alla quérir un voisin; celui-ci, après avoir examiné l'infortuné Biset, dit que la seule chose qui restât à faire était d'envoyer l'âne à l'équarrisseur :

« Vous en aurez un certain prix, mère Simonne, et cela vaudra encore mieux que de tout perdre. »

Au mot d'équarrisseur, la mère Simonne se remit à sangloter :

« Envoyer mon pauvre Biset à l'équarrisseur! faire argent de sa peau! jamais! Ah! voisin Mathurin, vous ne me connaissez guère, plutôt mourir de faim! Et puisqu'il est mort, et que c'est bien fini, aidez-moi seulement à l'enterrer au fond de mon jardin.

— Ma foi, répondit le voisin Mathurin, ce que je vous en disais, mère Simonne, c'était dans votre intérêt; mais, puisque vous préférez qu'il en soit autrement, je veux bien vous donner un coup de main. »

Tous deux alors prirent une bêche, et en peu de temps le pauvre Biset reposa à l'ombre d'un vieux pommier.

Ce spectacle m'avait ému plus que je ne saurais le dire; le bon cœur de la mère Simonne gagna le mien, et je pris la résolution de m'attacher à elle. Cette idée de remplacer un âne n'eut même pour moi rien d'humiliant; c'est une bonne action, disais-je en moi-même, et si ma mère me voyait, comme elle serait contente de son pauvre Lolo!

La mère Simonne s'étant éloignée, je me dirigeai du côté de sa maison qui était à une faible distance, je me couchai à la porte de l'écurie et j'attendis.

Sur le soir, la bonne vieille en rentrant se mit, dès qu'elle me vit, à pousser des cris perçants, me prenant sans doute pour l'ombre de Biset; mais elle s'approcha et reconnut que j'étais un cheval.

« Eh! dit-elle, mon joli petit cheval, d'où viens-tu, et que fais-tu là? Il a peut-être faim, » ajouta-elle en me caressant; et bien vite elle courut chercher une petite mesure d'avoine, qui me fit grand plaisir.

C'était décidément une bien brave femme que la mère Simonne.

Après avoir mangé de fort bon appétit la petite mesure d'avoine, j'entrai résolument dans l'écurie de Biset afin de montrer à sa maîtresse que je me donnais à elle; mais la vieille femme, ne le comprenant pas ainsi, fit tous ses efforts pour me mettre dehors, sans pouvoir y parvenir, bien entendu.

« Je ne puis cependant garder un cheval qui ne m'appartient pas, » s'écria-t-elle; et de nouveau elle eut recours au voisin Mathurin auquel elle conta l'histoire.

« C'est quelque cheval égaré, dit celui-ci; il faut le remettre sur la route pour qu'il retourne plus facilement à son écurie. »

Je trouvai prudent, cette fois, de ne pas résister et je suivis Mathurin jusque sur la route où il me laissa; mais, à la nuit close, je repris tranquillement le chemin de la chaumière et je me couchai de nouveau devant l'écurie de Biset.

Au matin, grande fut la surprise de la mère Simonne.

« Ah! s'écria-t-elle en levant les bras au ciel, pour sûr mon pauvre Biset s'est fourré dans la peau de ce cheval; le cher animal m'aimait tant qu'il est bien capable de n'avoir pas voulu me laisser dans l'embarras. »

Je ris, à part moi, de la singulière idée de la brave femme, et j'entrai pour la seconde fois dans l'écurie.

Le voisin Mathurin, de nouveau consulté, fut grandement étonné de ma persistance et se mit, lui aussi, à m'examiner attentivement comme pour avoir le mot de l'énigme.

« Oh! oh! s'écria-t-il, en tirant des longs poils de ma crinière une paillette dorée, ce cheval vient évidemment de la troupe de bohémiens qui a passé à quelques lieues d'ici la semaine dernière, et, comme c'est probablement un cheval volé, m'est avis, mère Simonne, que vous pouvez le garder sans façon, et que c'est le bon Dieu qui veut vous rendre un autre Biset.

— Croyez-vous vraiment cela, Mathurin? dit la mère Simonne; certes, je ne demanderais pas mieux que de garder ce bon petit cheval, mais je n'ose. Si j'allais consulter M. le curé? C'est un homme sage et juste, je ferai ce qu'il me commandera. » Et la bonne femme, prenant sa cape, s'en fut droit au village qu'on apercevait dans le lointain.

Mathurin ferma la porte de l'écurie au loquet, et j'attendis paisiblement la décision de M. le curé.

Au bout de quelques heures la bonne femme revint.

« Eh bien! mère Simonne? cria Mathurin, qui déracinait de vieilles souches à peu de distance.

— Eh bien, voisin, M. le curé m'autorise à garder le petit cheval; au portrait que j'en ai fait, Nicolas Tellier, le bedeau, l'a positivement reconnu comme appartenant à la troupe de bohémiens, et ne met pas en doute que ce cheval n'ait été volé par eux. Au surplus, M. le curé, ne voulant rien négliger, va faire les démarches nécessaires et publier un avis dans les journaux. En attendant, il me charge de le nourrir, moyennant quoi j'aurai droit à son travail. Par la suite il avisera. »

Je ne fus nullement tourmenté de cet avis; je savais que mes bohémiens ne lisaient guère les journaux, et que, dans tous les cas, ils ne souffleraient mot. En effet, personne ne me réclama, et j'appartins définitivement à la mère Simonne.

Nous devînmes bientôt tous deux les meilleurs amis du monde; je faisais, sans me presser, dix fois plus de besogne que Biset et, attelé à sa petite voiture, je trottais si prestement que la bonne femme ne tarda pas à gagner beaucoup d'argent en faisant des commissions pour les uns et pour les autres. Je l'attendais tranquillement devant chaque porte, et filais comme le vent dès qu'elle était remontée sur la botte de paille qui lui servait de siège.

« C'est une vraie bénédiction pour moi que ce cher Bibi, » disait-elle sans cesse au voisin Mathurin.

J'avais encore changé de nom; la mère Simonne ne m'appelait que son cher Bibi. De ses épargnes, la bonne femme m'avait fait faire un joli harnais, et ne se lassait pas de brosser et d'étriller ma robe luisante. Ces soins assidus et le contentement intérieur que me faisait éprouver ma bonne conduite m'avaient rendu sans doute ma beauté d'autrefois; car les éloges ne tarissaient pas lorsque je parcourais au trot les rues de la ville.

« Mais voyez donc la jolie bête! disaient les uns; comme il trotte! disaient les autres, vit-on jamais pareil cheval? »

Cette modeste vie durait depuis plusieurs mois, lorsqu'un dimanche matin je fus tout étonné de voir la mère Simonne parée de ses plus beaux atours : casaque et jupon de droguet, tablier rouge et coiffe blanche, qu ne sortaient de la grande armoire de chêne qu'aux fêtes carillonnées.

Qu'allait-il donc se passer? Après avoir fait ma toilette plus soigneusement encore que de coutume, la brave femme m'attela à la petite voiture, et nous partîmes.

RÉMY D'ALTA-ROCCA.

— La fin au prochain numéro. —

DE NOS JOURS

POÈME

QUI A OBTENU UNE MENTION AU CONCOURS DES JEUX FLORAUX

—

Mon Dieu, ne laissez pas la ruche sans abeilles,
La maison sans enfants.

Toilettes pour la ville ou pour le coin du feu,
Toilettes de dîners ou de bals, fleurs, dentelles,
Galons brodés, velours, ou flots de ruban bleu,
Tout cela coûte cher. Mais aux modes nouvelles
Comment ne pas céder quand on est femme? Hélas!
Raisonner est fort bon, et consulter sa bourse
Serait encore mieux, je n'en disconviens pas ;
Seulement, la raison s'enfuit au pas de course
Devant des plis brillants de moire ou de satin.

Le désir reste seul, ardent, irrésistible,
Et... nous cédons, le fait est beaucoup trop certain :
Tenter de réagir, c'est tenter l'impossible,
Et les maris, dit-on, y perdent leur latin.
On en voit quelques-uns, ouvrant leur secrétaire,
Payer, sans sourciller, modiste et couturière.
Stoïques, d'une main ils vident leur tiroir,
Et remplissent de l'autre un portefeuille noir,
Confident résigné du chapitre Dépenses.
Ceux-là sont gens d'esprit ; de conseils sans effet,
D'inutiles discours, de vaines remontrances,
A quoi bon se donner le tort et le regret?
Mais au clan des maris comme aux clans politiques,
Les hommes pensant bien sont la minorité.
Le grand nombre s'épuise en mordantes critiques,
Sur des pointes d'aiguille on fait des polémiques,
Et les grands mots d'abus, de prodigalité,
Éclatent... impuissants !
C'est chose déplorable :
Prendre tant de souci, quereller pour si peu,
Renoncer au plaisir de se montrer aimable,
Quand, à la fin de tout, de votre propre aveu,
Il faut céder au flot et se brûler au feu.

C'était au mois dernier : la nature coquette
Sous les yeux du printemps nouait ses rubans verts,
Et les blancs amandiers, joyeux d'être à la fête,
De leurs bouquets de fleurs étaient déjà couverts.
La terre souriait dans sa fraîche parure
Au soleil amoureux caressant son réveil :
Il fallait sans retard imiter la nature,
Dans de nouveaux atours accueillir le soleil.
Déjà pour saluer le vol de l'hirondelle,
Réclames et décrets de la saison nouvelle
Prenaient aussi leur vol. Catalogues menteurs,
Paquets d'échantillons de toutes les couleurs,
S'étalaient, se pressaient aux boîtes des facteurs,
Et Madame... trois points, — nommer serait trop dire, —
En face d'un miroir consultant sa beauté,
Rêvait profondément. Cela vous fait sourire ;
Mais c'est grave... choisir sa toilette d'été !
Entre les *Deux-Magots* et le *Louvre* hésitante,
Passant de la trotteuse à la robe traînante,
Et du chapeau Stuart à la toque Henri Trois,
Elle se demandait si, pour fixer son choix,
Il n'était pas prudent de tout prendre à la fois.

Près d'elle, et de ses doigts mignons tournant les pages,
Une petite fille admirait les images
En donnant son avis. « Maman, c'est bien joli
« Cette robe... et pour moi... je veux être bien belle
« Au Grand-Rond cet été, plus belle que Lili,
« Plus belle que Ninette..., en grande demoiselle
« Tu peux bien m'habiller..., je vais avoir huit ans. »

La mère souriait, embrassait la fillette,
Se mirait de nouveau, — pardonnez au poète, —
C'était un frais tableau, frais comme le printemps.
L'orage se formait pourtant. La jeune femme
Avait laissé tomber de sa poche un billet
Mal écrit, tout froissé... devinez-vous, Madame,
De ce billet fatal le terrible secret ?
En chiffres éloquents, Lise, la couturière,
Résumait tous les bals de la saison dernière.
Pour les yeux du mari quel style déplaisant
— Quand le seigneur et maître appartient au grand nombre!

Monsieur rentrait du club, le front baissé, l'œil sombre.
Son jockey, disait-on, devenait trop pesant,
Et celui du baron, par quelque sortilège,
De deux livres trois quarts avait encor maigri.
Il est d'heureux mortels que le hasard protège !
Le baron l'an dernier gagna plus d'un pari.
« Je serai distancé ! » murmurait dans ses lèvres
Le sportsman aux abois, « distancé ! quel affront...
« A la fois, j'ai voulu courir mes deux *lièvres :*
« Je les manque tous deux... c'est avoir du guignon !
« Les courses et le jeu ! ma déveine est complète.
« L'hiver le baccarat et l'été la roulette
« M'ont mis à sec. Hier soir j'ai perdu cent louis
« Sur parole ; vit-on jamais pareils ennuis? »

De fort méchante humeur, Monsieur poussa la porte,
Et, voyant sur ses pas le Mémoire indiscret
Qui gisait entr'ouvert pour livrer son secret,
Le prit, le parcourut... ou agit de la sorte
Tout machinalement. Dieu ! quel affreux total !
Pour le coup le mari manqua se trouver mal.
« Trois mille francs ! trois mille ! en deux mois ! »
Sur mon âme !
C'était un peu bien fort, et quoique je sois femme,
Je comprends bien Monsieur — en comprenant Madame.
Il monte ! chaque pas fait frémir l'escalier,
Il froisse sous ses doigts le malheureux papier,
Il le lit, le relit, puis dans la chambre rose
Où Madame à la fin décidait quelque chose,
Il entre foudroyant. Mais non, je ne veux pas
Dépeindre tout au long la scène conjugale,
La femme qui pleurait, devenant toute pâle,
Le mari qui tonnait et faisait de grands bras...
Reproches d'un côté, pleurs de l'autre, en famille
Toutes ces choses-là doivent s'ensevelir.
Le cœur gonflé, les yeux tous prêts à se remplir
De ces larmes d'enfant que le ciel fait jaillir
Pour apaiser les cœurs, notre petite fille
Se cachait dans un coin ; mais quand elle eut compris
Que sa petite mère était bien malheureuse,
Faute d'un peu d'argent, l'enfant impétueuse
S'élança d'un seul bond vers le père surpris.
« Il ne faut plus gronder, tu vois que maman pleure,
« Dit-elle ; si tu veux de l'argent, dans une heure,
« Moi je t'en donnerai d'ailleurs... tous mes jouets,
« Ma poupée à ressorts... mes petits bracelets,
« Ceux que tu me donnas l'autre jour pour ma fête,
« Eh bien, je les vendrai ! si ce n'est pas encor
« Assez... tu l'as dit hier, je porte sur ma tête
« Avec mes cheveux blonds un vrai petit trésor :
« Je vendrai mes cheveux ! je ne serai plus belle,
« Mais pour me consoler j'embrasserai maman !

« Allons, ne gronde plus ! viens t'asseoir auprès d'elle,
« Petit père... viens donc ! oh ! je t'aimerai tant
« Si tu ne parles plus de cet air en colère... »

Suppliant de la voix et caressant des yeux,

L'enfant mit dans ses mains les deux mains de son père,
L'entraîna doucement à côté de sa mère,
Puis, d'un geste naïf, timide, gracieux,
— De la paix du foyer charmant et doux apôtre, —
Dans un même baiser les pencha l'un vers l'autre.
Pour oublier beaucoup il faut bien peu d'instants,
Et l'orage fait place au radieux printemps.

MARIE CASSAN.

CHRONIQUE

Je ne vous apprendrai rien en vous disant que beaucoup de grosses questions sont, en ce moment, à l'ordre du jour dans le monde politique.

Parmi ces questions il en est une pourtant que j'ai peut-être le droit d'effleurer... en glissant sans appuyer, à la façon du rasoir qui passe et repasse sur les contours d'un menton délicat.

On se demandait, la semaine dernière, dans les régions politiques, si le président de la République, M. Jules Grévy, allait rentrer à Paris avec sa barbe complète, ou seulement avec le collier que toutes ses photographies ont rendu légendaire.

Les reporters qui sont allés à Mont-sous-Vaudrey nous ont à l'envi raconté que M. Grévy, tout en regardant pousser ses laitues comme Dioclétien, avait laissé pousser toute sa barbe, une belle barbe blanche qui garnit maintenant toute la partie inférieure de son visage, et qui, assure-t-on, lui sied fort bien.

M. Grévy vient de rentrer à Paris, il y a quelques jours; mais je n'assistais pas à son débarquement, et aucun journal, à ma connaissance, ne nous a dit s'il s'est défait de ses moustaches pour le retour, ou s'il les a conservées.

Au fond, M. Grévy est parfaitement libre, n'est-ce pas? de porter sa barbe comme il lui plaît; et à l'approche de l'hiver, il ne se souciera peut-être guère de dégarnir son cou de cette chaude et opulente cravate donnée par la nature, et qui est (la Faculté le déclare!) un sûr préservatif contre les bronchites et les angines.

M. Grévy garderait sa barbe tout entière que je n'y trouverais rien à redire, ni vous non plus probablement; mais il est incontestable que s'il prend ce parti, en somme parfaitement raisonnable et légitime, M. Grévy enfreindra gravement une règle suivie par la plupart des chefs d'État.

Quand on occupe la plus haute dignité d'un grand pays ou même d'un petit, on appartient de droit à la peinture, à la statuaire, à la photographie, à tous les arts possibles, et l'on n'a pas le droit, paraît-il, de changer de physionomie à sa guise.

Le bon plaisir de nos rois et de nos empereurs a pu aller bien loin quelquefois : il n'a jamais pu aller jusqu'à leur permettre de changer la coupe de leur barbe à leur fantaisie.

Si M. Grévy peut se passer cette licence, c'est uniquement parce qu'il est un simple président de république et non point un souverain; c'est parce que son buste ne figure pas dans toutes nos mairies et dans tous nos tribunaux; c'est parce que son effigie n'est pas frappée comme celle de César sur le bronze de toutes nos monnaies.

La question de la barbe qui, en somme, est une question secondaire pour un président de la république, est, pour un souverain, une question capitale : quand une fois il *s'est fait une tête*, excusez cette expression de coulisse, il lui est défendu de modifier cette tête sous peine de compromettre la couronne même qui est dessus.

Vous figurez-vous Henri IV coupant sa barbe grise?... Autant eût valu pour lui renoncer au panache blanc d'Ivry!

Vous figurez-vous Louis-Philippe se montrant sans ses favoris? Autant eût valu pour lui déchirer la Charte de Juillet! On l'a vu pourtant une fois ainsi; mais c'était à Honfleur, le jour où il s'embarquait pour l'Angleterre, pour l'exil.

Vous figurez-vous Napoléon III coupant ses moustaches et sa barbiche? En faisant cette excentricité, il fût tombé sous le ridicule aussi sûrement que sous l'écrasant désastre de Sedan.

Non, non; il ne faut point plaisanter avec la barbe quand on est souverain...

Du côté de la barbe est la toute-puissance! et la barbe demande à être gérée avec autant de soin que la puissance souveraine elle-même. C'est même pour cela probablement que les barbiers de tant de monarques ont joui auprès d'eux d'un si gros crédit et quelquefois sont devenus leurs ministres.

Si Louis XI ne s'était pas fait raser tous les jours par Olivier le Daim, jamais ledit sieur Olivier n'eût semé tant de potences aux environs du château de Plessis-lez-Tours.

Les princes les plus redoutables ont toujours eu tendance à ménager leurs barbiers et même à les craindre un peu : on comprend facilement pourquoi.

Napoléon Ier avait affronté sans pâlir les boulets anglais à Toulon, sur l'épaulement des batteries dressées contre le Petit Gibraltar, et la mitraille autrichienne sur le pont de Lodi; mais il était beaucoup moins brave à l'endroit du rasoir de son barbier, et sa crainte à cet égard était si visible que son préfet du palais, M. de Rémusat, l'engagea un jour à se faire la barbe lui-même et lui offrit de lui enseigner les principes de cet art délicat.

L'Empereur accepta, et il sut le plus grand gré à son préfet du palais de l'avoir mis ainsi à l'abri des fantaisies possibles d'un *Figaro* ambitieux de trancher à sa façon le nœud des questions européennes.

Louis-Philippe, alors qu'il n'était encore que duc d'Orléans, dut une partie de la popularité qui le conduisit au trône au soin qu'il prenait de se faire la barbe en public.

On sait qu'il habitait le Palais-Royal. Il avait fait disposer un cabinet de toilette dont la fenêtre donnait sur le jardin, et tous les jours, au moment où le canon microscopique du cadran solaire indiquait l'heure de midi précis, le prince apparaissait en manches de chemise, la cravate ôtée, devant un petit miroir accroché à l'espagnolette de sa fenêtre. Là, pendant dix minutes, il s'escrimait du blaireau et du rasoir, tandis que les bons bourgeois le contemplaient ébahis... C'est du moins ce que la légende rapporte.

Quand il fut devenu roi et que l'âge eut affaibli sa main, Louis-Philippe prit l'habitude de se faire faire la barbe, mais il ne se fia point à l'un de ses valets de chambre; il fit encore de la popularité en s'adressant à un important coiffeur du voisinage, homme notable de la rue de Rivoli, qui, tous les jours, venait lui rendre ses services.

En s'asseyant dans le grand fauteuil à dossier renversé, le roi ne manquait jamais de dire à l'honnête barbier :

« Eh bien! cher monsieur, racontez-moi, je vous prie, ce qui se passe dans la politique... Que dit-on de Guizot aujourd'hui? »

Et le barbier jouait à la fois du rasoir et de la langue; le roi, naturellement, avait une bonne excuse pour ne souffler mot. L'opération terminée, le barbier s'en allait tout heureux; et l'on assure que le roi faisait quelquefois son profit de ces propos lancés entre un coup de savonnette et un coup de rasoir.

Paris, si indifférent souvent aux honnêtes gens pendant leur vie, a quelquefois des retours de justice pour les honorer à l'heure de leur mort.

Ainsi, nous avons pu voir saluer comme elles le méritaient les funérailles d'un prêtre vénérable, d'un excellent curé, qui n'était guère connu que des pauvres de sa paroisse et dont le nom a maintenant de grandes chances d'appartenir définitivement à l'histoire.

M. l'abbé Bertaud, curé de l'église Saint-Pierre de Montmartre, qui vient de mourir, était un héros auquel il n'a manqué que de naître dans l'antiquité et de rencontrer un Plutarque comme biographe pour entrer d'emblée dans cette apparence d'immortalité que donne l'opinion humaine.

Sans se douter lui-même du rapprochement, l'abbé Bertaud avait renouvelé l'acte de Régulus retournant au-devant de la mort pour ne pas manquer à sa parole. Au commencement de la Commune, il avait été arrêté comme otage et emprisonné à la Roquette avec l'archevêque de Paris, Mgr Darboy.

La lutte entre le gouvernement légal de Versailles et le gouvernement révolutionnaire de l'Hôtel de Ville se prolongeait. Les hommes de la Commune sentaient le besoin de renouveler leur popularité en ramenant au milieu d'eux un personnage qui leur manquait : Raoul Rigault eut l'idée de demander à M. Thiers l'échange de l'archevêque contre Blanqui, prisonnier à Versailles.

Un des otages fut envoyé pour traiter de cette étrange négociation.

M. Thiers refusa d'entrer en pourparlers avec des insurgés, et il détermina le négociateur à rester à Versailles; celui-ci y consentit.

Quelques jours se passèrent : Raoul Rigault, qui voyait approcher l'heure du châtiment final, voulut faire une nouvelle tentative pour ravoir Blanqui, c'est-à-dire pour traiter d'égal à égal avec le gouvernement de Versailles.

Il réunit les otages et demanda si l'un deux consentait à porter à M. Thiers une nouvelle proposition d'échange.

L'abbé Bertaud se proposa.

« Va, dit Rigault; mais je suis sûr d'avance que tu ne reviendras pas.

— Je reviendrai, » répondit simplement le prêtre.

L'abbé Bertaud vit M. Thiers et ne put rien obtenir; car, traiter avec la Commune, c'eût été la reconnaître officiellement. Alors il se disposa à repartir.

« Restez, dit M. Thiers; si vous retournez, ils vous tueront.

— Ils me tueront s'ils veulent, mais je leur ai promis de revenir, je reviendrai. »

Et il revint. Il alla à la préfecture de police; il vit Raoul Rigault; il lui raconta l'insuccès de sa mission et demanda à être reconduit à la Roquette...

« F...ez-moi le camp! » répondit Rigault grognant, mais dominé par ce sang-froid comme le tigre qu'a cinglé la cravache du dompteur; et il ajouta pour la galerie : « Je n'ai jamais vu un calotin aussi audacieux que celui-là! »

Le *calotin* était audacieux, en effet : ne pouvant retourner à la Roquette, il rentra à son presbytère de Montmartre; et n'ayant pu mourir, il se contenta de vivre saintement parmi ses paroissiens.

Il n'a point eu la palme du martyre, mais sur son cercueil, à côté de la croix de la Légion d'honneur qu'il avait dignement gagnée, on a pu voir une couronne où étaient inscrits ces mots : *A M. le curé de Montmartre, les pauvres de sa paroisse.* »

ARGUS.

Abonnement, du 1er avril ou du 1er octobre; pour la France : un an 10 fr.; 6 mois 6 fr.; le n° au bureau, 20 c.; par la poste, 25 c.
Les volumes commencent le 1er avril. — LA SEMAINE DES FAMILLES paraît tous les samedis.

VICTOR LECOFFRE, ÉDITEUR, RUE BONAPARTE, 90, A PARIS. — Imp. de la Soc. de Typ. - NOIZETTE, 8, r. Campagne-Première. Paris.

LE PORTRAIT DU MAGISTER

A Worthing, joli village d'Angleterre situé au bord de la mer, vivait la veuve d'un marin. La pauvre Mistress Smith n'avait qu'un fils auquel elle avait donné le nom de son père, Harry, et sur qui reposaient toutes ses espérances.

Grâce à la protection de l'excellent M. Morton, ancien patron de son mari, Mistress Smith avait pu faire entrer gratis Harry, alors âgé de onze ans, dans l'école-pensionnat de Worthing. Maître Nilson, malgré toute sa vénération pour M. Morton, principal bienfaiteur de l'école, n'avait pas vu d'un très bon œil l'entrée du jeune boursier, dont l'air étourdi l'avait tout d'abord inquiété. Chaque jour, du reste, ne faisait que confirmer maître Nilson dans son premier jugement.

En effet, Harry, dont l'intelligence était vive et la mémoire heureuse, mettait un quart d'heure à apprendre ce que les autres avaient peine à retenir en une heure; mais, le reste du temps, il couvrait ses cahiers d'illustrations de toute sorte dont les autres élèves s'arrachaient des copies. En vain maître Nilson accablait-il Harry de pensums, il y avait vingt mains complaisantes pour les faire à sa place, et les camarades s'estimaient bien payés par un dessin du jeune artiste. Les professeurs eux-mêmes ne pouvaient s'empêcher de collectionner les devoirs de ce singulier élève qui, pour abréger le récit d'une bataille, la retraçait avec son crayon et terminait une version par un croquis.

Maître Nilson enrageait; lui si méthodique, si rigoriste, si strict, ne pouvait prendre son parti de telles infractions à la discipline. Il déchirait sans pitié tous les dessins qui lui tombaient sous la main et mettait des zéros sur les bulletins d'Harry, ce qui désespérait sa mère, et de plus il se plaignait à M. Morton, lequel visitait souvent l'établissement.

Un incident vint mettre le comble au mécontentement du maître et décida du sort d'Harry. Pendant un cours de géographie, durant lequel notre héros avait jugé à propos de dessiner sur la carte d'Afrique un crocodile, trois ibis et plusieurs dromadaires, il fut mis à la porte et condamné à conjuguer ainsi le verbe *barbouiller* :

« J'ai barbouillé la carte d'Afrique,
« Tu as barbouillé,
« Il ou elle a barbouillé, etc. »

Pendant ce temps, arriva M. Morton qui commença sa visite en distribuant des bonbons dans la petite classe.

Maître Nilson trouva l'occasion belle et courut chercher Harry pour le confondre devant M. Morton. Mais, en ouvrant la porte de la salle d'étude, où le coupable devait faire son pensum, quelle ne fut pas la stupéfaction de Nilson en le voyant debout devant un tableau noir et si occupé à crayonner qu'il n'avait pas entendu la porte s'ouvrir. Le maître s'approcha et ne put moins faire que de se reconnaître dans le portrait-charge auquel Harry ajoutait complaisamment un dernier coup de crayon blanc. Outré d'indignation, Nilson le saisit par le bras, poussa la porte et présenta le pauvre enfant confus à M. Morton, puis, d'un geste plein d'éloquence et d'indignation, désigna le tableau.

M. Morton, après avoir regardé avec inquiétude la figure rouge du maître en colère, et avec chagrin la tête blonde d'Harry, ne put réprimer une forte envie de rire en apercevant le tableau. La ressemblance était si parfaite, le nez pointu du magister, ses lunettes, son expression rébarbative, tout était si bien rendu que l'on pouvait aisément, et sans s'y entendre beaucoup, reconnaître dans ce dessin le talent précoce d'un véritable artiste.

Néanmoins M. Morton, donnant raison au maître, convint avec lui de l'inconvenance d'une pareille conduite et, pendant que les élèves s'empressaient autour du portrait et que Nilson donnait ordre à l'un d'eux de l'effacer à grands coups de torchon, le pauvre Harry, sur le commandement qui lui fut fait, réunissait ses livres et ses cahiers et s'apprêtait à quitter la pension.

Ce fut M. Morton qui se chargea d'emmener Harry après que tous ses camarades l'eurent embrassé en pleurant. Mais en tournant la rue, quand on aperçut le seuil de la porte qu'Harry ne franchissait qu'une fois par mois et où sa mère, les jours de congé, le guettait en souriant, le pauvre enfant s'arrêta et dit :

« Oh! monsieur, je vous en prie, n'entrons pas, maman aura trop de chagrin!

— Que veux-tu, mon enfant! il faut bien lui apprendre que tu t'es fait renvoyer de l'école. Aussi quelle malheureuse idée as-tu eue de faire la caricature de ton maître?

— Hélas! reprit Harry en sanglotant, j'espérais regagner ainsi les bonnes grâces de maître Nilson; mes camarades étaient si joyeux quand je faisais leur simple profil! et lui, je l'ai fait de face, bien ressemblant, en pied, et il n'a pas été content!

— Je crois certes bien qu'il n'était pas content! » reprit le bon Morton, et tout en parlant, il passait la porte de la veuve et emmenait Harry chez lui.

Mistress Morton reçut le petit Smith avec toute sorte de bons procédés, le fit souper, lui montra de beaux albums, et Harry, qui voulait lui prouver sa reconnaissance, crayonna un portrait de son chat, que la bonne dame trouva le plus joli du monde. Du reste, elle avait un neveu peintre, ce qui justifiait la prétention qu'elle avait de s'y connaître en beaux-arts. Le hasard, ou plutôt la Providence, voulut que ce neveu, qui n'était autre que l'illustre Lawrence, vînt le soir même rendre visite à sa tante. M. Morton, tout en prenant son thé avec Sir Lawrence, lui conta l'histoire du jeune Smith; elle parut piquante au grand artiste, qui examinait du coin de l'œil Harry assis auprès d'une table, la tête posée sur sa main, et tout absorbé dans la contemplation des gravures. Mistress Morton acheva d'intéresser son neveu en parlant de la mère d'Harry avec ce tact et cette délicatesse que les femmes seules possèdent, si bien qu'il fut résolu que Harry entrerait comme élève à l'atelier de Lawrence. Dire quel fut le tressaillement d'Harry, lorsque cette proposition lui fut faite et avec quelle effusion il remercia ses protecteurs, est impossible. Il était clair, en voyant sa joie, que ses rêves et ses souhaits les plus chers se réalisaient.

Il ne dormit pas cette nuit-là, et le lendemain, levé dès l'aube, il supplia Mistress Morton de l'accompagner chez sa mère. La pauvre femme venait de recevoir la malle de son fils, que le méthodique Nilson lui avait fait porter. Les explications ne furent pas longues, et à la joie que son fils témoigna quand elle consentit à le laisser partir pour Brighton, Mistress Smith reconnut une vraie vocation.

Du reste, l'avenir confirma ses prévisions. Harry se mit avec ardeur à l'étude, fit des progrès étonnants, et devint en peu d'années un peintre distingué.

Parvenu à la fortune et à une grande réputation, il fut de ceux qui n'oublient pas leurs bienfaiteurs, et les enfants de Mr et Mistress Morton conservent précieusement les beaux portraits qu'Harry Smith fit de leurs vieux parents l'année où il remporta le grand prix de peinture.

Rose de Nervaux.

CHARYBDE ET SCYLLA

(Voir pages 372, 396, 411, 428, 444 et 453.)

VINGT-TROISIÈME LETTRE

Antoinette à Geneviève.

Paris.

Ma chère Geneviève,

Au feu! non certes, tes pages n'alimenteront point mon feu.

Dans ma vie tourbillonnante tes lettres me sont extrêmement douces.

Moi aussi j'y retrouve un écho de ma vie d'autrefois, de ma vie sérieuse, de ma vie campagnarde.

Ici, je m'étourdis beaucoup, je jouis de Paris un peu comme une pauvre affamée; mais le fond n'a pas changé en cinq mois.

C'est donc avec un véritable plaisir que je lis tes lettres et que j'applaudis à tes raisonnements. C'est comme s'il m'arrivait ici, place de Rennes, une de ces bonnes brises de mer qui ont un peu manqué à mes poumons les premiers mois.

Nous avons passé un brillant automne. Alain a été invité à des chasses dans la forêt de Chantilly et je l'ai accompagné deux fois.

J'avais fait des folies de toilette, afin de faire honneur à mon mari, dont le volume de poésies est sous presse. Je suis d'ailleurs obligée de l'accompagner partout, autrement je ne le verrais plus. Criblé d'invitations, il les accepte autant que possible.

De plus, il y a les visites à l'éditeur, aux critiques, aux journalistes. Le pauvre homme en a parfois la fièvre.

Fiévreux aussi sont mes enfants. Guy grandit démesurément; Marguerite-Marie, sensible aux premiers froids, tousse et pâlit, et Yvonne a des dents qui percent bien mal.

Notre appartement ressemble à une petite infirmerie; mais à Paris les appartements sont si bien clos, si bien capitonnés, que les rhumes et les maux de dents ne doivent pas être difficiles à guérir, et puis il y a tant de science ici, tant de remèdes.

A Kermoereb, je n'aurais pas vécu en voyant les yeux battus de mon fils, en entendant la toux de Marguerite-Marie, en assistant aux crises de mon baby.

Ici il y a remède à tout et le remède est sous la main.

Ce n'est point l'avis d'Annette qui persiste dans son rôle de hérisson.

Depuis que les enfants sont indisposés, il n'y a plus moyen de lui parler. Avec cela, elle ne les quitte ni jour ni nuit, ce qui me permet d'accompagner Alain là où il veut bien m'emmener.

Je suis un peu lasse, ayant beaucoup veillé ces jours-ci. Je te quitte donc en te recommandant de ne pas laisser partir ton hôte sans lui parler une dernière fois d'Alain et de son livre.

Ce livre est comme un quatrième enfant qui nous donne à lui seul plus de souci que tous les autres.

Alain n'a plus qu'un objectif: son livre.

J'ai bien envie qu'il soit paru. S'il réussit, mon mari sera le plus heureux des hommes: s'il tombe à plat, nous serons délivrés de ces dépenses et de ces tracas.

Nous n'avons rien reçu du fermier. Un mot encore à Marie-Louise, en y ajoutant l'expression de notre mécontentement.

Je t'offre un baiser d'Yvonne qui vient calmer sa rage de dents en appuyant sa petite mâchoire contre ma joue, et te souhaite une bonne année.

Antoinette.

VINGT-QUATRIÈME LETTRE

Antoinette à Geneviève.

Paris.

Ma chère Geneviève,

Le terrible mois de décembre que nous venons de passer dans la neige a-t-il fait geler ton encre à Kermoereb?

Tu ne m'écris plus et tu n'as même pas répondu à ma lettre de nouvelle année. J'ai cependant besoin de distractions plus que jamais; non pas de ces distractions bruyantes dont je commence à être saturée; mais de ces douces distractions de l'intimité qui me manquent ici.

Mon mari, mécontent des articles qui se publient sur son livre, est d'une humeur de dogue, tous mes enfants sont souffreteux et ma pauvre Annette est grippée à faire pitié, ce qui m'oblige à m'occuper de mon ménage. Je fais de bien terribles découvertes.

Ah! le joli gouffre que le ménage à Paris! Je frémis d'horreur devant le total de mes additions.

Je n'avais jamais connu la gêne d'argent, elle est bien ennuyeuse.

Nous allons être obligés de demander un nouveau sacrifice à notre fermier. Alain, qui est d'une très grande faiblesse pour lui (ce brave homme l'a vu naître), ne lui a pas encore réclamé le payement de l'indemnité du renouvellement de bail de sa ferme.

Nous allons être obligés de lui demander ces mille francs le mois prochain. Dis un mot de cela à Marie-Louise pour qu'elle chapitre son frère. Nos fermiers ne sont pas riches en Bretagne, ni nous non plus.

Notre fortune me paraît maintenant affreusement mesquine. Certainement nous allons nous occuper de choisir une carrière pour Guy, qui est très intelligent.

Donne-moi vite de tes nouvelles. Je cours dans la chambre de Marguerite-Marie qui tousse à faire pitié. Elle n'avait jamais toussé à Kermoereb, où l'air est si vif cependant.

Je n'y comprends plus rien.

Je suis tourmentée par la crainte que tu ne sois malade. Écris vite.

Ton amie sincèrement affectionnée,

ANTOINETTE.

VINGT-CINQUIÈME LETTRE

Geneviève à Antoinette.

Kermoereb.

Je n'ai pas été malade, ma chère Antoinette, mais il faut bien le dire, la pluie et le vent m'ont causé une sorte de maladie morale appelée l'hébétement.

Ah! c'est que d'être ainsi jetée en pleine nature, n'est pas toujours commode ni récréatif.

D'abord la pluie, et quelle pluie!

Fine, douce, persistante, la mer se volatilisant et formant des nuages gris qui se refondaient en elle.

Ciel gris, nues grises, horizon gris.

Notre humeur s'en est ressentie et est devenue grise à son tour.

Enfin la note a changé, la pluie est devenue torrentielle et le vent a soufflé en tempête.

Les premiers jours, ce changement nous a ravis; puis est venue la fatigue, une sorte de fatigue nerveuse avant-coureur de l'hébétement.

Quel vent, ma chère! quel vent!

Des hou-hou sauvages, des sifflements aigus et furieux, et toujours, toujours les mêmes notes.

Je te l'ai dit, j'ai d'abord écouté avec ravissement, j'ai même essayé de noter ces harmonies superbes, et puis mon oreille fatiguée n'en pouvait plus.

Pour l'instant Charles et moi avons l'air de valétudinaires avec nos oreilles remplies de coton rose et nos foulards montés jusqu'aux yeux.

Heureusement que j'en avais fait une provision.

Les sifflements du vent nous auraient exaspérés si notre oreille les avait perçus avec sa finesse habituelle.

Et quel froid!

Sais-tu que ton manoir est un peu trop ouvert à tous les vents? Pas une porte, pas une fenêtre ne ferme ce qui s'appelle hermétiquement. J'ai fait mettre des bourrelets aux appartements que nous habitons et nous n'y grelottons plus.

Ta fille tousse à Paris; nous, nous toussons à Kermoereb et de la bonne façon.

J'ai cru que Charles prenait la coqueluche.

L'air n'est plus seulement vif, il est piquant, cuisant, cruel.

J'avais toujours rêvé d'un hiver à la campagne que je ne connaissais que l'été.

La connaissance est faite.

Et puis ici, tout devient difficile. Plus d'approvisionnements; plus de pêche; partant plus de poisson frais.

Mes paquets m'arrivent trempés par l'eau douce ou par l'eau de mer.

Enfin, c'est un rude apprentissage. J'aimerais mieux dépenser plus d'argent et avoir une vie plus assurée et plus confortable. Je dis assurée, car en vérité il y a des moments où la faim est à notre porte.

C'est tout simple; notre boucher et notre boulanger sont à trois lieues de nous.

Pendant les jours de soleil j'ai mangé le pain de ton village. C'était nourrissant, mais lourd. Maintenant il me faut quelque chose de plus léger et j'en fais chercher à la ville.

Ce ménage à deux me donne un embarras extrême. Il faut tout prévoir, tout calculer, ce sont de véritables problèmes à résoudre.

Bon! voilà les portes qui frappent, les fenêtres qui gémissent.

On dirait que vingt personnes entrent à la fois par les portes et par les fenêtres.

Et tes girouettes, donc, tes grandes girouettes rouillées! elles jettent des grincements lamentables.

On a sûrement laissé quelque porte ouverte en bas. Je vais y voir.

Est-ce que ce vent souffle ainsi tout l'hiver?

Je t'embrasse de cœur, tout endolorie.

GENEVIÈVE.

P. S.— Marie-Louise a paru consternée quand lui ai lu l'article de ta lettre qui traite de ta réclamation d'argent. Elle m'a suppliée d'en parler moi-même à son frère, et je suis partie à la ferme, pleine de confiance.

On est allé chercher le fermier, qui remuait dans la cour des fumiers d'une odeur exécrable. Et dans la maison même, quel parfum singulier s'échappait de la cheminée!

J'ai toussé pendant un quart d'heure avant de pouvoir prendre la parole.

Enfin, j'ai pu m'expliquer. Le vieux paysan m'a écoutée sans donner aucun signe d'émotion; puis il a marmotté je ne sais quoi en breton à sa femme, qui m'a dit qu'ils feraient du mieux pour contenter Mme de Kermoereb.

Il m'a été impossible de leur arracher une réponse plus catégorique, ni oui, ni non.

Je me suis hâtée de retourner à la maison. Je trouvais la ferme triste, les gens sales et l'horrible odeur du goëmon brûlé ne m'a pas quittée de toute la journée; mes vêtements en étaient imprégnés. Je te donne la réponse de ton fermier telle qu'elle m'a été faite.

Le vieil homme avait une physionomie têtue et mécontente.

Je t'avoue que je trouve les paysans bretons un peu surfaits.

Hou, hou, hou! Voilà le vent qui s'engouffre dans ma cheminée. La fumée m'aveugle, je me sauve chez Charles qui, depuis deux jours, ne fait plus de feu pour ne pas avoir à souffrir ce supplice de la fumée.

A toi de cœur.

Geneviève.

VINGT-SIXIÈME LETTRE.

Antoinette à Geneviève.

Paris.

Alain et moi sommes fort mécontents des atermoiements du fermier, ma chère Geneviève, et je lui écris de ma bonne encre. Cet argent nous est dû, et s'il a plu à notre bonté de reculer le terme du payement, nous avons bien le droit de le réclamer, maintenant que nous sommes un peu débordés par l'horrible cherté des vivres à Paris.

Il y a des détails de ménage dans lesquels Alain ne veut plus entrer et dont je rougirais de parler aux femmes élégantes avec lesquelles j'ai noué des relations; mais ces détails-là commencent à peser lourdement sur ma sécurité.

Je ne fais pas de folies cependant; j'ai refusé de recevoir ce que mon mari me demandait dans un jour d'égarement.

Mon pauvre Alain, si raisonnable, a des velléités absolument ruineuses. Il dépense plus en argent de poche en un jour à Paris qu'il ne dépensait en un an à Kermoereb.

Où s'engouffre notre argent? je ne saurais le dire; mais me voici obligée de reprendre les rênes du ménage, confiées à Annette qui, ne sachant ni lire ni écrire, ne peut me prouver par des chiffres que ses comptes sont exacts.

Ils le sont vis-à-vis de sa probité, qui est au-dessus de tout soupçon; mais le total de nos dépenses prend néanmoins de telles proportions que mon oreille s'ouvre enfin aux gémissements d'Annette.

Il est assez dur pour moi de me réoccuper de ces choses, et au lendemain d'un concert qui m'a rempli la mémoire de mélodies ravissantes, ce m'est un martyre de m'enfermer avec Annette pour supputer le poids d'un gigot ou éclaircir le compte d'une blanchisseuse. Heureusement pour Alain, celle qu'il appelait naguère une muse blonde aux yeux rêveurs, est une femme pratique, qui tient à voir clair en ses affaires, en ses dépenses et en ses revenus.

Le livre qu'il a imaginé de publier est pour beaucoup dans nos embarras actuels; il m'a avoué mille francs d'impression; mais les compliments qu'il s'achète dans certains journaux lui coûtent vingt francs la ligne.

Ce chapitre des insertions m'a fait passer un éblouissement devant les yeux. J'ai vu que si Alain publiait seulement une douzaine de livres, il irait droit à la ruine.

J'en suis simplement furieuse. Ces journaux, remplis de tant de choses scandaleuses et insignifiantes, ne parleraient pas d'un bon livre si on ne plaçait une pièce d'or sur chaque ligne.

Et ils payent très cher des feuilletons idiots!

Nous avons des naïvetés, nous autres provinciaux; mais cela ne va point jusqu'à la sottise.

J'attends avec impatience que mon mari se dégrise. Positivement le semblant de succès que nous avons chèrement acheté, le grise.

Tout ce qui se rapporte à son livre est sacré; on lui dirait que la mode exige qu'il le réimprime en lettres d'or, qu'il le ferait.

Nos enfants ne nous donnent plus d'inquiétude, mais ne retrouvent pas ce parfait équilibre de santé dont ils jouissaient.

Je n'ai pu m'en occuper beaucoup cet hiver, et Annette est plus dévouée qu'intelligente pour les soins à donner aux enfants.

Un peu lasse, j'aimerais à me reposer en restant chez moi le soir et en me privant pour quelque temps du monde et du théâtre; mais Alain ne l'entend pas ainsi. On lui fait force compliments sur sa femme, qui n'est pas absolument laide ni mal tournée, et je suis obligée de paraître comme un autre livre, édition de luxe.

Adieu. Que ne puis-je entendre ce vent qui t'agace les nerfs!

Le bruit des voitures me produit un effet beaucoup plus désagréable.

Ces roulements continus me rendront nerveuse, je le crains.

Je t'embrasse de cœur.

Antoinette.

P. S. — N'apprécies-tu pas ces belles flambées de bûches de sapin qui conviennent si bien à nos vastes cheminées?

Nous nous chauffons, nous, au coke.

Tu as une bien jolie corbeille de fonte dans la cheminée de ton salon; mais je suis d'une maladresse excessive pour ce feu étranger : mon tas de charbon s'éteint toujours.

Je ne puis avoir recours, pour le rallumer, à Annette; cette corbeille enflammée lui est odieuse et lui rappelle le feu de l'enfer.

S'il y avait du feu dans le paradis, elle le comparerait à celui de nos bûches de sapin.

Ah! le paradis, qu'il fera bon y être! Là, plus de fausses joies, plus d'imprimerie, plus de désirs inassouvis, plus d'additions! Du bonheur enfin, rien que du bonheur.

VINGT-SEPTIÈME LETTRE

Geneviève à Antoinette.

Kermoereb.

Je t'écris de mon lit, ma chère Antoinette, me voici prise de la gorge très légèrement, m'a dit le médecin, mais obligée de garder le lit à cause de la difficulté de me tenir chaudement dans ces grands appartements où le vent vous arrive de partout : par les portes, par les fenêtres, par les plafonds, par les armoires, par les murailles.

Il est vrai que ce vent formidable soulève et blanchit magnifiquement la mer, ce qui nous console un peu.

Mon frère résiste mieux que moi aux duretés de la saison; mais il abandonne son laboratoire.

Il paraît que l'air de la mer dissout ses sels et produit mille désordres dans ses agents chimiques. Alors, il vient tout résigné dans ma chambre et se met à lire pour passer le temps.

Si je pouvais faire de la musique, je serais moins malheureuse; mais à peine mes doigts sont-ils sur le clavier, qu'ils gèlent.

Et puis mon piano, ce cher piano qui s'était si bien conduit jusqu'ici, s'imagine de se désaccorder.

Hier il avait des notes fausses. C'est encore l'air de la mer qu'il faut accuser.

Le vent nous amène un sable d'une finesse extrême qui se glisse partout.

J'en trouve sur mes vêtements les plus soigneusement serrés, j'en trouve dans les rideaux de mon lit, j'en trouve au fond de ma tasse de tisane.

Évidemment, il se glisse sous les marteaux de mon piano. A cela il n'y a rien à faire.

On m'a dit que pour trouver un accordeur, il fallait aller à six lieues, trois lieues de plus que pour trouver un médecin.

Et j'aurais peut-être moins de confiance dans le médecin de mon piano que dans celui de ma gorge.

Sais-tu qu'il est très solennel de se trouver malade ici!

Je me réveille, hier, la gorge toute malade. Charles horriblement inquiet fait atteler. Ton cheval était déferré, on en trouve un chez le fermier. On attelle. Je ne sais quelle courroie indispensable casse.

L'air de la mer brûle le cuir sans doute.

Mon frère s'élance essoufflé de la ferme au bourg, il se figurait qu'il y avait un bourrelier. Il maugréait de ne pas avoir un télégraphe sous la main.

Enfin, la voiture part. Une heure, deux heures, trois heures, quatre heures se passent, rien ne vient, ni frère, ni médecin, ni voiture.

Je passe mon temps à me gargariser avec une infernale tisane préparée par Marie-Louise.

Dans l'après-midi, bruit de roues sur le pavé. Charles et un monsieur en lunettes entrent dans ma chambre.

C'est le médecin qui n'était pas chez lui et que mon frère a saisi au débotté.

Il examine ma gorge, rassure mon frère, écrit une ordonnance et part en disant qu'il lui sera inutile de revenir.

L'ordonnance est là sur ma table; mais où est le pharmacien? Il faut retourner en ville, le fermier retourne.

J'ai mon remède à dix heures du soir et je le jette dans le feu. Les gargarismes, la chaleur du lit ont atténué mon mal, il disparaîtra tout seul.

Le médecin m'a fait une théorie sur les courants d'air, il a reconnu que j'avais la gorge un peu délicate pour habiter si près de la mer, qui du reste était pour les gens du pays la meilleure voisine du monde.

Charles s'est tellement inquiété et agité qu'il est tout abattu et tout souffrant aussi.

Pendant que nous sommes là, nous enveloppant de flanelle, nous mettant des foulards jusqu'aux yeux, fuyant les courants d'air, ce qui n'est pas facile, les enfants du fermier courent nu-tête et nu-pieds sur la grève et ont des joues pleines et rouges comme des pommes. Sa fille aînée, qui est une bien jolie enfant, vient m'apporter mes fourrures, la taille couverte d'un petit châle très coquettement plissé et découvrant toute la nuque. Sa gorge respire librement cet air de feu et le mot de gargarismes lui est inconnu.

Charles parle de faire venir un poêle, meuble inconnu dans le pays.

Je crois que nous ne pourrons pas nous en passer.

Tes cheminées si vastes sont pleines de bûches incandescentes. Tous les matins, Marie-Louise allume du feu partout.

En ce moment, j'ai un brasier superbe devant les yeux, mais cela c'est du paysage.

Si je ne m'enveloppais dans ma pelisse de fourrures, je grelotterais devant ce brasier qui nous chauffe les genoux, nous brûle le visage et ne peut attiédir l'air de la chambre où se jouent les courants d'air.

Ils sont si violents que parfois ils emportent mes bourrelets.

Je me lèverai demain, et cela grâce à ma pelisse qui me sauve la vie.

C'est un vêtement de trois cents francs sacrifié.

Mais elle a seule le pouvoir d'opposer une barrière au froid.

Charles en a trouvé une heureusement dans sa garde-robe. Nous avons l'air de deux Russes faisant un voyage en Sibérie.

Mais je sens mon bras qui se glace.

En voilà assez pour aujourd'hui. Demain, j'espère recevoir des bourrelets élastiques dont on dit des merveilles dans les annonces du journal de Charles.

Mais je tremble qu'ils soient faits pour Paris où le vent n'a pas ses libres allures et où on l'enchaîne si facilement.

Adieu, adieu. Je te tends mes doigts glacés et reste, en cette Sibérie, ton affectionnée

GENEVIÈVE.

P. S. — T'ai-je dit que ma femme de chambre m'a quittée ? La tempête de ces derniers jours avait bouleversé ses nerfs.

Comme toutes les pauvres jeunes filles de Paris, elle est née anémique, c'est-à-dire d'une impressionnabilité toute maladive. Elle m'a déclaré qu'elle mourait de peur à Kermoereb, que cette vie sauvage lui déplaisait et la rendait folle.

Je me suis empressée de lui ouvrir la porte de la cage et elle a fui.

Marie-Louise la remplace avantageusement. Elle a les nerfs solides, ou plutôt, heureuse créature, elle ignore ce que c'est que d'avoir des nerfs, je crois.

VINGT-HUITIÈME LETTRE

Antoinette à Geneviève.

Paris.

Ma chère Geneviève,

Je suis vraiment désolée des effets que produit sur ta santé la rigueur de la température. Je ne me suis jamais aperçue que ma pauvre chère maison fût une sorte de crible laissant ainsi passer le froid et le vent.

Je n'ai jamais souffert du premier, et le second a pour mes oreilles des mélodies sans pareilles.

La pluie du moins ne t'arrive pas encore, n'est-ce pas? Je tremble maintenant que quelque ardoise se dérangeant sous la tempête ne permette à la pluie de pénétrer dans les appartements.

Hélas ! cela lui arrive quelquefois, et le couvreur est plus difficile à se procurer que le médecin et l'accordeur.

Ici, je n'ai pas le même inconvénient. Les ouvriers sont à notre disposition. Seulement si vous avez un tableau à accrocher, un porte-manteau à consolider, c'est dix francs. Pas un de ces messieurs ne se dérange pour un moindre gain.

Paris est la ville du calcul et de la mesure.

Les œufs, qui sont hors de prix, sont toisés maintenant. Hier, j'en ai fait manger un de six sous à Marguerite-Marie, il était gros d'un millimètre en plus que ceux de la veille, il valait en conséquence deux sous de plus.

Et quelle probité dans le commerce !

Sais-tu que j'ai dû faire l'emplette de balances, et que j'ai constaté que mes marchands ne se trompent jamais qu'à mon détriment.

Ces jolis garçons pommadés, en tablier blanc, ces dames en peignoir à queue, pèsent dédaigneusement et vous volent avec une désinvolture agaçante.

Ah ! c'est ici que la leçon de catéchisme qui traite du septième commandement de Dieu devrait être réapprise : « Bien d'autrui tu ne prendras, ni retiendras à ton escient. »

C'est bien à leur connaissance qu'ils trompent sur le poids et sur la qualité, et je comprends maintenant pourquoi l'Église, le prône et les catéchismes sont peu goûtés parmi ces gens possédés par la passion de s'enrichir.

Jadis les marchands regardaient comme un péché de vendre à faux poids et à fausses mesures ; mais cela c'est du cléricalisme. Voler adroitement, falsifier audacieusement sont choses permises, et le code est d'une indulgence charmante pour ces sortes de méfaits.

Mon honnête Annette se révolte en vain. Elle vient nous montrer d'un air vengeur la farine qui a déposé au fond de sa boîte à lait, la colle attachée au pot de confitures.

Il n'y a rien à dire, il est quasi permis d'empoisonner les gens.

Je crois qu'il serait temps d'instituer un ministère de la santé publique, et je suis parfois touchée jusqu'aux larmes du sort fait à ce pauvre peuple si bien paré, si bien instruit, si bien amusé, et si mal nourri.

Une jeune femme poitrinaire que je visite, m'a montré dans une fiole une eau violette qui était du vin fuchsiné.

Un pharmacien l'avait analysé, et le vin était devenu cette eau colorée.

Je trouve que cela touche au crime, et au crime toujours impuni.

Mais ils s'enrichissent, et il n'y a rien à dire. La bouchère que j'ai quittée avait des diamants aux oreilles ; l'épicier qui me vendait du sucre en poudre mêlé de plâtre, vient de s'acheter une villa; mon marchand de farine est millionnaire.

Je crois bien qu'Annette leur a dit leur fait avant de les quitter. Enfin après mainte école nous avons découvert des marchands chrétiens très consciencieux. Ah ! Paris a aussi son envers, ma chère, et un envers fort laid.

J'en suis toute démontée, tout attristée. Alain me trouve maigrie et pâlie. Ma santé à toute épreuve reste bonne cependant ; mais c'est moralement que j'ai quelquefois souffert.

Je te dirai cela plus en détail quelque jour. Pour l'instant, je ne veux que m'apitoyer sur tes indispositions et tes embarras.

Ici, on n'entend pas le vent et la pluie tombe lourdement sans ce joli bruit produit par elle sur mes grands carreaux.

Il y a aussi des courants d'air extrêmement traîtres dont j'ai grand'peur pour les enfants.

La semaine dernière, j'ai conduit Guy et Marguerite-Marie à une matinée. Au sortir des salons étouffants sous la porte cochère, ils ont pris un rhume aigu qui heureusement a cédé tout de suite.

Alain voudrait nous donner une voiture, mais je résiste énergiquement ; et à l'occasion, je me sers même de l'omnibus et des tramways ; c'est économique, mais bien ennuyeux.

Je trouvais tout simple d'avoir à ma disposition : bateaux, voitures, chevaux. Ici, c'est un luxe de grand seigneur ou de riche commerçant.

Nous représentons-nous parmi ce monde-là, ces fiers gentillâtres chaussés de sabots, et conduisant leur charrue l'épée au côté? C'est très noble, mais peu enviable désormais.

Cette espèce est disparue, ne valait-elle pas mieux que l'espèce actuelle ?

Adieu, soigne-toi bien, et donne-moi plus souvent de tes nouvelles. J'ai des heures tristes, d'une tristesse que je ne connaissais pas dans ma vie rustique.

ANTOINETTE.

— La suite au prochain numéro. —

ZÉNAÏDE FLEURIOT.

LA NEF DU ROI

Au moyen âge, il était d'usage de placer sur la table des repas, en face du seigneur, un vase allongé, de vaste capacité, appelé Nef. Il contenait tout ce que la cuisine ne fournissait pas : les épices, les vins, les vases à boire, les cuillers.

Au XVe siècle, nous dit M. de Laborde, dans son livre des *Émaux*, il est fait mention d'une « grant Nef d'or, à deux anges sur les deux bouts, à 3 écussons émaillés de France, dont les deux sont à 3 fleurs de lys et les autres semés de fleurs de lys à 6 lions d'or qui la soutiennent ». C'était la Nef dont se servaient alors les rois de France. Sous Louis XIII et Louis XIV, la Nef du roi (1) était, ainsi que le montre notre gravure, une pièce d'orfèvrerie en forme de navire, où l'on enfermait le couvert du roi, la salière, les serviettes posées entre des coussins de senteur, les *tranchoirs* ou grands couteaux. On la plaçait à un bout de la table.

Après les repas, la Nef était déposée dans la chambre du roi.

Toutes les personnes qui passaient devant la Nef, voire même les dames et les princesses, lui devaient le salut, et faisaient la révérence en passant devant elle, comme pour le lit du roi.

1. Voir le *Château de Versailles*, par S. Dussieux.

Il est curieux de voir le rôle de la Nef pendant les repas royaux et d'avoir quelque aperçu du reste du cérémonial usité en pareil cas.

Nous extrayons de l'*État de la France* publié en 1712 et des *Mémoires du duc de Saint-Simon* les détails qui vont suivre :

L'huissier de salle, ayant reçu l'ordre pour le couvert du roi, va à la salle des gardes du corps, frappe de sa baguette sur la porte de leur salle, et dit tout haut : « Messieurs, au couvert du roi », puis, avec un garde, il se rend au Gobelet. Ensuite le chef du Gobelet apporte la Nef. Les autres officiers apportent le reste du couvert. Le garde du corps et l'huissier marchent proche la Nef, et l'huissier de salle marchant devant eux, la baguette à la main, et le soir tenant aussi un flambeau, porte les deux tabliers ou nappes. Étant tous arrivés au lieu où la table du Prêt (prêt ou essai) est dressée, l'huissier de salle étale seul une nappe ou tablier sur le buffet; puis le chef du Gobelet et l'huissier de salle étalent dessus la table du Prêt la nappe ou tablier, dont cet huissier de salle reçoit un des bouts, que l'officier du Gobelet, qui en retient l'autre bout, lui jette adroitement entre les bras.

Ensuite, les officiers du Gobelet posent la Nef et préparent tout le reste du couvert. Puis, le gentilhomme servant qui est de jour pour le Prêt, coupe les essais de pain déjà préparés au Gobelet, fait faire l'essai au chef du Gobelet du pain du roi et du sel; il touche aussi d'un essai les serviettes qui sont dans la Nef, et la cuillère, la fourchette, le couteau, et les cure-dents de Sa Majesté, qui sont sur le Cadenas (coffre d'or contenant les objets que nous venons d'indiquer), et donne pareillement cet essai à manger à l'officier du Gobelet, ce qu'ils appellent faire le Prêt. Et le gentilhomme servant, ayant ainsi pris possession de la table du Prêt, continue de la garder.

Ce Prêt étant fait, les officiers du Gobelet vont à la table où doit manger le roi, la couvrent de la nappe ou tablier, de la même façon ci-dessus exprimée. Ensuite, un des gentilshommes servants y étale une serviette, dont la moitié déborde du côté de Sa Majesté, et sur cette serviette il pose le couvert du roi, savoir : l'assiette et le cadenas sur lequel sont le pain, la cuillère, la fourchette et le couteau; et par-dessus est la serviette du roi, bâtonnée, c'est-à-dire proprement pliée à godrons et petits carreaux. Puis, ce gentilhomme servant replie sur tout le couvert la serviette de dessus qui déborde. Il pose aussi les colliers ou porte-serviette, et le tranchant ou couteau, la cuillère et la fourchette dont il a besoin pour le service; ces trois dernières pièces sont pour lors entourées d'une serviette pliée entre deux assiettes d'or ; puis, il se tient tout proche de la table, pour garder le couvert de Sa Majesté.

Pendant tout ce temps, l'huissier de salle est retourné à la salle des gardes, où ayant frappé de sa baguette contre la porte de leur salle, il dit tout haut : « Messieurs, à la Viande du roi ; » puis il va à l'office-bouche, où il trouve le maître d'hôtel qui est de jour, le gentilhomme servant et le contrôleur qui s'y sont rendus.

La Viande de Sa Majesté était portée en cet ordre. Deux de ses gardes marchent les premiers, ensuite l'huissier de salle, le maître d'hôtel avec son bâton, le gentilhomme servant-panetier, le contrôleur général, le contrôleur clerc d'office et autres qui porteront la Viande, l'écuyer de cuisine, et le garde-vaisselle ; et, derrière eux, deux autres gardes de Sa Majesté qui ne laisseront personne approcher de la Viande. Et les officiers ci-dessus nommés avec le gentilhomme servant seulement à la Viande à tous les services.

La Viande partait du Grand-Commun (1), traversait la rue, entrait au château par la porte située en face le Grand-Commun, montait un escalier (détruit par Louis-Philippe, et sur l'emplacement duquel se trouve aujourd'hui la Chambre des députés), traversait divers corridors et salles, et arrivait enfin à la table du roi, dressée ordinairement dans la chambre du roi (salle 124). Ces mets arrivaient souvent refroidis et mauvais.

Après que le ser-d'eau a donné à laver dans l'office

La Nef du Roi.

appelé la Bouche, au maître d'hôtel, au gentilhomme servant et au contrôleur, l'écuyer-bouche range les plats sur la table, et présente deux essais de pain au maître d'hôtel qui fait l'essai du premier service, et qui, après avoir touché les viandes de ses deux essais de pain, en donne un à l'écuyer-bouche, qui le mange, et l'autre est mangé par le maître d'hôtel. Ensuite, le gentilhomme servant prend le premier plat, le second est pris par un contrôleur, et les autres officiers de la Bouche prennent les autres.

En cet ordre, le maître d'hôtel ayant le bâton en main marche à la tête, précédé de quelques pas par l'huissier de salle portant une baguette (qui est la marque de sa charge) et le soir ayant un flambeau, et la Viande, accompagnée de trois gardes du corps, leurs carabines sur l'épaule, étant arrivée, le maître d'hôtel fait la révérence à la Nef ; le gentilhomme servant qui tient le premier plat, le pose sur la table où est la Nef, et ayant reçu un essai du gentilhomme servant qui fait le Prêt, il en fait l'essai sur lui et pose son plat sur la table du Prêt.

Le gentilhomme servant qui fait le Prêt, prend les autres plats des mains de ceux qui les portent, et les pose sur la table du Prêt, en faisant faire l'essai à ceux qui les ont apportés, ces mêmes plats étant après portés par les autres gentilshommes servants sur la table du roi.

Le premier service étant sur table, le maître d'hôtel précédé de l'huissier de salle, qui tient la baguette en main, et qui tient encore le soir le flambeau devant lui, va avertir le roi, ce maître d'hôtel portant pour marque son bâton ; et Sa Majesté étant arrivée à la table, le maître d'hôtel présente au roi la serviette mouillée

1. Aujourd'hui l'hôpital militaire.

à laver dont il a fait faire l'essai à l'officier du Gobelet en la prenant de ses mains.

Voilà pour le premier service. Le gentilhomme servant qui fait le Prêt continue de faire faire l'essai aux officiers de la Bouche et du Gobelet, de tout ce qu'ils apportent à chaque service, que les autres gentilshommes servants viennent prendre pour le service devant Sa Majesté quand Elle l'ordonne...

Celui qui sert d'échanson, lorsque le roi a demandé à boire, aussitôt crie tout haut : « A boire pour le roi », fait la révérence à Sa Majesté, vient au buffet prendre des mains du chef d'échansonnerie-bouche la soucoupe d'or garnie du verre couvert, et des deux carafes de cristal pleines de vin et d'eau, puis revient précédé du chef et suivi de l'aide du gobelet-échansonnerie-bouche. Alors étant tous trois arrivés à la table du roi, ils font la révérence devant Sa Majesté, le chef se range de côté, et le gentilhomme servant verse des carafes un peu de vin et d'eau, dans l'essai ou petite tasse de vermeil doré, que tient le chef du Gobelet. Ensuite ce chef du Gobelet reverse la moitié de ce qui lui a été versé dans l'autre essai ou petite tasse de vermeil, qui lui est présenté par son aide.

Pour lors, ce même chef du Gobelet fait l'essai, et le gentilhomme servant se tournant vers le roi le fait après; ayant remis entre les mains dudit chef du Gobelet la tasse avec laquelle il a fait l'essai, ce chef les rend toutes deux à l'aide..... L'essai fait à la vue du roi de cette sorte, le gentilhomme servant fait encore la révérence devant Sa Majesté, lui découvre le verre, et lui présente en même temps la soucoupe où sont les carafes.

Le roi se sert lui-même le vin et l'eau; puis, ayant bu et remis le verre sur la soucoupe, le gentilhomme servant reprend la soucoupe avec ce qui est dessus, recouvre le verre, fait encore la révérence devant le roi, ensuite il rend le tout au même chef d'échansonnerie-bouche, qui le rapporte au buffet.....

Celui qui fait la fonction d'écuyer tranchant, ayant lavé ses mains et pris sa place devant la table, comme il est dit, présente et découvre tous les plats au roi, et les relève quand Sa Majesté lui dit ou lui fait signe, et les donne au ser-d'eau ou à ses aides. Il change d'assiettes au roi de temps en temps et de serviette à l'entre-mets, ou plus souvent s'il en était besoin (1), et il coupe les viandes, à moins que le roi ne les coupe lui-même.....

Comme complément à ce tableau, un manuscrit de la bibliothèque de Versailles nous permet de savoir quel était le menu de la table du roi « à 2 plats, 2 assiettes et 5 services, et les hors-d'œuvre. »

Potages : 2 chapons vieux pour potage de santé; 4 perdrix aux choux.— Petits potages : 6 pigeonneaux de volière pour bisque; 1 de crêtes et béatilles. — Deux petits potages hors-d'œuvre : 1 chapon haché pour un; 1 perdrix pour l'autre. — Entrées : 1 quartier de veau et une pièce autour, le tout de 20 livres; 12 pigeons pour tourte. — Petites entrées : 6 poulets fricassés; 2 perdrix en hachis. — Quatre petites entrées hors-d'œuvre : 3 perdrix au jus, 6 tourtes à la braise, 2 dindons grillés, 3 poulets gras aux truffes. — Rôti : 2 chapons gras, 9 poulets, 9 pigeons, 2 hétoudeaux, 6 perdrix, 4 tourtes.

Le manuscrit ne parle pas du fruit ou dessert; mais l'*État de la France* nous apprend que le fruit de Sa Majesté se composait de 2 bassins de porcelaine remplis de fruit cru, 2 autres remplis de confitures sèches et 4 compotes ou confitures liquides.

Le souper n'était pas moins plantureux.....

Le roi dînait de bonne heure, généralement vers dix heures. Le dîner était toujours au *petit couvert*, c'est-à-dire que le roi mangeait seul. Le souper au contraire était toujours au grand couvert, c'est-à-dire que le roi mangeait avec la *Maison royale*. « Il ne fait manger avec lui, dit Dangeau, les princesses du sang que dans les grandes cérémonies. » Ces soupers étaient d'une tristesse désespérante : « Le soir, dit la Palatine, je soupe avec le roi; nous sommes cinq ou six à table; chacun s'observe comme dans un couvent, sans proférer une parole; tout au plus un couple de mots dit tout bas à son voisin. »

Mais pour avoir le tableau complet, il ne faut pas se contenter de cette esquisse; il faut le demander au grand peintre de cette époque. « A ces repas, dit Saint-Simon, tout le monde étoit couvert; c'eût été un manque de respect dont on vous auroit averti sur-le-champ de n'avoir pas son chapeau sur sa tête; Monseigneur même l'avoit; le roi seul étoit découvert. On se découvroit quand le roi vous parloit, ou pour parler à lui, et on se contentoit de mettre la main au chapeau pour ceux qui venoient faire leur cour, le repas commencé, et qui étoient de qualité à avoir pu se mettre à table. On se découvroit aussi pour parler à Monseigneur et à Monsieur, ou quand ils vous parloient. S'il y avoit des princes du sang, on mettoit seulement la main au chapeau pour leur parler ou s'ils vous parloient.

« Le dîner étoit toujours au petit couvert, c'est-à-dire seul dans sa chambre, sur une table carrée vis-à-vis la fenêtre du milieu. Il étoit plus ou moins abondant; car le Roi ordonnoit le matin petit couvert ou très petit couvert. Mais ce dernier étoit toujours de beaucoup de plats, et de trois services, sans le fruit. La table entrée, les principaux courtisans entroient, puis tout ce qui étoit connu, et le premier gentilhomme de la Chambre en année alloit avertir le Roi. Il le servoit si le grand chambellan n'y étoit pas......

« J'ai vu, mais fort rarement, Monseigneur et Messeigneurs ses fils au petit couvert, debout, sans que jamais le Roi leur ait proposé un siège. J'y ai vu continuellement les princes du sang et les cardinaux tout du long. J'y ai vu assez souvent Monsieur, ou venant

1. Les serviettes étaient dans la Nef, couvertes d'un coussinet de senteur; c'était l'aumônier qui, dans ce cas, découvrait et recouvrait la Nef.

de Saint-Cloud voir le Roi, ou sortant du conseil de dépêches, le seul où il entroit. Il donnoit la serviette et demeuroit debout. Un peu après, le Roi voyant qu'il ne s'en alloit point, lui demandoit s'il ne vouloit point s'asseoir; il faisoit la révérence, et le Roi ordonnoit qu'on lui apportât un siège. On mettoit un tabouret derrière lui. Quelques moments après, le Roi lui disoit : « Mon frère, asseyez-vous donc. » Il faisoit la révérence et s'asseyoit jusqu'à la fin du dîner, qu'il présentoit la serviette. D'autres fois, quand il venoit de Saint-Cloud, le Roi en arrivant à table demandoit un couvert pour Monsieur, ou bien lui demandoit s'il ne vouloit pas dîner. S'il le refusoit, il s'en alloit un moment après sans qu'il fût question de siège. S'il l'acceptoit, le Roi demandoit un couvert pour lui. La table étoit carrée; il se mettoit à un bout, le dos au cabinet. Alors le grand chambellan, s'il servoit, ou le premier gentilhomme de la Chambre, donnoit à boire et des assiettes à Monsieur, et prenoit de lui celle qu'il ôtoit, tout comme il faisoit au Roi; mais Monsieur recevoit tout ce service avec une politesse fort marquée. S'ils alloient à son lever, comme cela arrivoit quelquefois, ils ôtoient le service au premier gentilhomme de sa Chambre et le faisoient, dont Monsieur se montroit fort satisfait.

« Quand il étoit au dîner du Roi, il remplissoit et égayoit fort la conversation. Là, quoiqu'à table, il donnoit la serviette au Roi en s'y mettant et en sortant; et en la rendant au grand chambellan, il y lavoit. Le Roi, d'ordinaire, parloit peu à son dîner, quoique par ci par là quelques mots, à moins qu'il n'y eût de ces seigneurs familiers avec qui il causoit un peu plus, ainsi qu'à son lever.

« De grand couvert à dîner, cela étoit extrêmement rare : quelques grandes fêtes (1), ou à Fontainebleau quelquefois quand la reine d'Angleterre y étoit. Aucune dame ne venoit au petit couvert. J'y ai seulement vu très rarement la maréchale de la Mothe, qui avoit conservé cela d'y avoir amené les Enfants de France, dont elle avoit été gouvernante. Dès qu'elle y paroissoit, on lui apportoit un siège, et elle s'asseyoit, car elle étoit duchesse à brevet.

« Au sortir de table, le Roi rentroit tout de suite dans son cabinet......

« A son souper, toujours au grand couvert, avec la Maison royale, c'est-à-dire uniquement avec les fils et les filles de France et les petits-fils et petites-filles de France, étoient toujours grand nombre de courtisans et de dames tant assises que debout, et la surveille des voyages de Marly toutes celles qui vouloient y aller. Cela s'appeloit se présenter pour Marly. Les hommes demandoient le même jour, le matin, en disant au Roi seulement : « Sire, Marly. » Les dernières années, le Roi s'en importuna. Un garçon bleu écrivoit dans la galerie les noms de ceux qui demandoient et qui y alloient se faire écrire. Pour les dames, elles continuèrent toujours à se présenter. »

La tristesse de ces repas, la fatigue de ces représentations quotidiennes et incessantes rebutèrent à la longue les plus zélés partisans de l'étiquette.

Le roi Louis XIV, qui avait toujours aimé la représentation et qui dès sa jeunesse avait encore ajouté aux règles étroites du cérémonial, vers la fin de sa vie s'attrista de cette uniformité pesante qui découlait de ces fastidieuses observances d'une règle rigoureuse. Il fut accablé d'un ennui morne et insipide. Aussi accueillit-il avec joie l'arrivée de la jeune duchesse de Bourgogne, qui égaya un peu cette immense tristesse de la cour. Mais bien des courtisans s'alarmèrent et s'effrayèrent, convaincus avec raison que les rois doivent se soumettre au joug de cette représentation incessante, qui rend publiques toutes leurs actions, et sauvegarde ainsi leurs personnes contre les accusations mensongères ou calomniatrices.

S. Dussieux.

1. A la Pentecôte, par exemple, le roi dînoit en public avec la famille royale. Le jour de la Saint-Louis, les vingt-quatre violons jouoient pendant le dîner.

LES AVENTURES D'UN PETIT CHEVAL

RACONTÉES PAR LUI-MÊME

(Voir pages 439 et 458.)

Dans nos courses journalières, la mère Simonne avait pour habitude de me parler à peu près sans discontinuer; j'étais au courant de ses joies, de ses succès, de ses espérances; aussi, dès que nous fûmes en route, commença-t-elle son monologue :

« Eh! mon Bibi, tu ne sais guère où nous allons tous les deux comme ça, me dit-elle amicalement, en me grattant le cou du manche de son fouet. Tu ne t'en doutes pas, mon agneau; eh bien! nous allons dans un château, au château de mon nourrisson, M. le comte de la Brivardière; j'ai été jeune, moi aussi, et fraîche et jolie comme pas une, si bien qu'on m'avait choisie pour nourrice à M. le comte; et, chaque année, je vais passer quelques jours à la Brivardière; nous allons avoir du bon temps, nous amuser, nous régaler, car M. le comte aime toujours sa vieille nourrice, et il n'est sorte de soins qu'il ne prenne d'elle. »

A ce petit discours, je dressai les oreilles, et cette perspective de passer quelques jours au château du comte de la Brivardière me plut infiniment. J'allais donc voir de près cette grande vie pour laquelle je me sentais jadis tant de vocation. Si désabusé qu'on soit des choses de ce monde, il reste toujours un petit grain de faiblesse dans le cœur le mieux cuirassé.

Vers le milieu de la journée, nous arrivâmes au château. Ce n'étaient que fleurs, gazons et pièces d'eau; des paons étalaient au soleil leur plumage étincelant, des cygnes fendaient l'onde; je fus ébloui! oui, c'était bien là le château de mes rêves.

Tout juste comme nous traversions la cour d'honneur, le comte de la Brivardière, sa femme, ses enfants et quelques amis étaient réunis sur le perron du château. A la vue de sa vieille nourrice le comte descendit, vint à notre rencontre, embrassa la bonne femme avec effusion, puis, tout surpris, se tourna de mon côté:

« Eh! nourrice, dit-il, d'où donc te vient ce cheval, et depuis quand est-il en ta possession? »

Plusieurs beaux messieurs s'étaient approchés, et tous m'examinaient avec étonnement.

« Sur mon honneur, dit l'un deux, voilà bien la plus admirable bête qu'on puisse voir. Par quel hasard ce cheval se trouve-t-il attelé à la voiture d'un âne? »

La mère Simonne, toute fière de mon succès, m'embrassa entre les deux yeux, puis se mit à conter mon histoire.

Il fallait l'entendre vanter mes prouesses! Pauvre femme! elle m'aimait presque autant que ma propre mère.

« Mais c'est un meurtre, une honte, de voir un cheval de cette valeur traîner une misérable charrette! s'écria le monsieur qui avait déjà vanté ma beauté; ce collier est trop lourd et détruira l'élégance de son encolure, » ajouta-t-il: et, avec une habileté sans pareille, il me débarrassa du collier et du harnais qu'il jeta sur l'herbe; et moi, fier et joyeux de me voir apprécié par un connaisseur, je me mis à caracoler sur la pelouse.

« Mais voyez donc, reprit l'amateur, quelle grâce! quelle souplesse! »

Il s'approcha de moi, me saisit et me fit trotter.

Ma manière de trotter l'enchanta.

« Cher comte, dit-il au maître du château, vos écuries sont admirablement montées en ce moment; vous ne me ferez donc pas concurrence et vous allez engager votre vieille nourrice à me vendre ce cheval.

— Vendre Bibi! s'écria la mère Simonne indignée, y pensez-vous, mon bon monsieur? mais je l'aime comme un enfant.

— Bibi!... Appeler cette bête Bibi!... regardez donc cette tête-là, ma bonne femme, avec une étoile semblable au milieu du front, un cheval de cette sorte ne s'appelle pas Bibi, mais Stello. »

A mon véritable nom, mon cœur bondit et j'accourus.

« Pardieu, dit l'amateur, en me caressant, vous le voyez, c'est bien son nom.

— Stello, Stello, c'est y pas ça un beau nom pour un cheval? » répliqua la mère Simonne, et me prenant par la bride, elle se mit en devoir de m'emmener vers les écuries. Je me laissai faire, car j'aimais ma vieille amie, et j'étais trop bien corrigé pour redevenir un ingrat.

« N'insistez pas, dit tout bas le comte à mon admirateur, elle en viendra tout doucement à ce que vous voulez; mais pour le moment laissez-la tranquille. »

On me conduisit dans une splendide écurie où je fus installé au milieu de beaucoup d'autres fort beaux chevaux; plusieurs fois par jour, le comte et ses amis venaient se promener dans cette écurie et discuter sur le mérite respectif de ses habitants; c'était même, je le crois, la grande affaire de leur vie. On me découvrait à chaque instant de nouveaux mérites que j'ignorais moi-même, malgré la haute estime que j'avais eue jadis pour mon individu. Je ne sais comment s'y prit l'amateur de chevaux qui s'appelait le baron de Louvigny; mais il est certain qu'au bout de quelque temps, la brave mère Simonne consentit à se séparer de son cher Bibi, en échange duquel, je sus cela par les palefreniers, on lui donna une petite fortune; ce fut pour moi une véritable joie, de penser que je contribuais ainsi au bonheur et à l'aisance de ma vieille amie.

Nos adieux furent tendres, car j'aimais véritablement la bonne femme; et puis, me disais-je, on sait qui l'on quitte, sait-on qui l'on prend?

Le baron de Louvigny ne tarda pas à m'emmener dans son château plus magnifique encore que celui du comte de la Brivardière; là, je fus soigné, choyé comme je n'avais pas idée que pût l'être un cheval, comme beaucoup de gens ne le sont pas, et je devins bientôt le favori de mon maître.

Il fallait nous voir monter au galop la grande avenue du château! car si j'étais, au dire du baron, un admirable cheval, lui, en revanche, était un admirable cavalier. Quel plaisir d'obéir à cette main ferme et douce tout à la fois!

Cette vie, plus belle encore que tout ce que j'avais rêvé, durait depuis près d'une année, et, sauf le désir de revoir ma pauvre mère, je ne souhaitais plus rien en ce monde; mais d'autres aventures m'étaient réservées.

Un matin, j'appris que la guerre venait d'être déclarée à la Prusse. A ce mot de guerre mon sang bouillonna, et ma pensée se reporta vers ce cheval de colonel dont la vue avait si fort influencé ma destinée. Pourquoi donc n'irais-je pas à la guerre, moi aussi? Vers le soir, mon maître, qui paraissait fort préoccupé, entra dans ma stalle; il était accompagné d'un vieux gentilhomme qui venait souvent au château.

« Mon cher baron, disait ce dernier, je n'augure rien de bon de cette guerre; Dieu veuille que je me trompe! Mais tenons-nous prêts à marcher; avant peu, je le crains, la France aura besoin de tous ses enfants.

— C'est mon opinion, répondit mon maître; aussi mes préparatifs sont-ils faits, et voilà, dit-il en me caressant, le cheval que je monterai; bien qu'il ne soit pas d'une taille très élevée, c'est le plus solide que je connaisse, et il tient du cheval arabe pour la sobriété. »

Mes habitudes de sobriété venaient tout simplement des jeûnes forcés que j'avais pratiqués pendant mon séjour chez les bohémiens, et je me réjouis à la pensée que cette vertu, acquise un peu malgré moi, me vaudrait l'honneur insigne de faire campagne avec mon maître.

Je n'ai pas à vous raconter les tristes événements qui suivirent. A la première nouvelle de nos revers, mon maître équipa plusieurs jeunes gens du village qui demandaient à le suivre, et nous partîmes afin d'aller rejoindre l'armée de la Loire.

Dieu vous préserve, mes chers lecteurs, de traverser un pays dévasté par la guerre! Ce n'étaient que villages brûlés, maisons effondrées ou désertes, paysans fuyant à travers la campagne; des convois de blessés défilaient lentement; nous avancions avec peine et, le plus souvent, par les chemins détournés : car il s'agissait d'éviter l'ennemi qui était un peu partout. Enfin, après bien des fatigues et des péripéties, nous apprîmes que nous n'étions plus qu'à deux ou trois lieues de l'armée du général Chanzy, et mon maître, heureux de cette nouvelle, se mit à galoper dans la direction indiquée. Mais voici qu'au détour d'un sentier couvert, nous nous trouvons subitement en face de cavaliers ennemis. C'étaient des uhlans!

« En avant, mes amis! cria le baron de Louvigny, en avant! » Et le combat s'engagea acharné.

Mon maître, je puis le dire, fit des prodiges de valeur, électrisant sa petite troupe tant et si bien que les uhlans, voyant qu'ils avaient affaire à de vrais diables, prirent la fuite.

Parmi nous, quelques-uns étaient blessés, mais pas assez grièvement pour être hors de combat, et nous pûmes continuer notre route. Vers le soir, nous atteignîmes les avant-postes de l'armée française; mon maître se fit reconnaître, et voilà comment nous devînmes soldats!

Peu de jours après notre arrivée, il se livra une grande bataille. Je n'essayerai point de vous en faire le récit, je m'en reconnais incapable; mais bien que je visse le feu pour la première fois, je ne bronchai pas et, à plusieurs reprises, mon maître me fit compliment de ma belle contenance. J'avais mentalement fait le sacrifice de ma vie, tant il me paraissait difficile de sortir sain et sauf d'une pareille bagarre, et, vers le soir, je fus tout étonné de me sentir encore debout sur mes quatre pieds. Mais hélas! il ne faut pas se réjouir trop vite. Au moment même où je me félicitais de mon heureuse chance, paf! je sens une secousse, mon maître est lancé au loin, et moi je roule dans la poussière.

Un nuage passa devant mes yeux, je pensai vaguement à ma pauvre mère, puis tout s'effaça. Combien d'heures s'écoulèrent de la sorte? je l'ignore. Lorsque je revins à moi, une neige fine et serrée tombait de toutes parts, un froid intense raidissait mes membres. Une blessure que j'avais au flanc droit me faisait beaucoup souffrir, et je me sentais exténué; mais l'instinct de la conservation reprenant son empire, je fis un effort pour me relever, et je regardai autour de moi. Quel spectacle! vivrais-je cent ans, qu'il ne sortirait pas de ma mémoire. Partout des morts et des mourants! Mais je laisse à de plus éloquents le soin de vous faire la triste description d'un champ de bataille; ce n'est pas à un petit cheval qu'il appartient de traiter semblable matière; d'ailleurs, mon cœur faiblirait, je le sens.

Dès que je pus me tenir debout, ma première action fut de me traîner à l'endroit où j'avais vu tomber mon maître; mais j'eus beau chercher, je ne le retrouvai nulle part. Je reconnus au milieu d'autres débris un pistolet brisé lui ayant appartenu, et ce fut tout. Hélas! mon maître était-il mort, ou seulement blessé? que n'aurais-je pas donné pour le savoir!

Je parcourus tristement le champ de bataille. Le jour, qui commençait, était sombre, lugubre, et je me sentais si malheureux qu'il me prit envie de me coucher et de mourir comme tant d'autres. Seul, le souvenir de ma mère, qui me revint plus vif que jamais, soutint mon courage, et je résolus de faire tout ce qui dépendrait de moi pour me tirer de cette cruelle position. Je mâchai quelques poignées de paille boueuse, et je continuai ma route, marchant la tête basse afin de ne plus rien voir du spectacle qui m'entourait.

J'allais ainsi depuis un certain temps, lorsque mon attention fut attirée, malgré moi, par un groupe singulier : plusieurs hommes, à la figure sinistre, de ceux qu'on appelle les corbeaux, et comme il s'en trouve, hélas! après toutes les batailles, dévalisaient les pauvres morts. Je m'arrêtai, saisi d'horreur, me demandant ce que je pourrais bien faire pour empêcher ces brigands d'accomplir leur horrible besogne.

« Tiens, dit tout à coup l'un d'eux, en me regardant attentivement, je consens à ne plus fumer une pipe de ma vie, si ce n'est pas là Mistigris; dans tous les cas, jamais cheval n'arriva plus à propos; nous allons le charger de notre butin. »

En disant ces mots, il s'avança et m'empoigna par la crinière. J'écoutais sans comprendre; mes jambes se dérobaient sous moi. Oui, c'étaient bien là mes anciens persécuteurs. Allais-je donc retomber en leur pouvoir?

« Eh bien, non! m'écriai-je, plutôt mourir! »

Et furieux, j'allongeai au bohémien un si vigoureux coup de tête, qu'il s'en alla rouler à quelques pas; décochant alors des ruades à droite et à gauche, je partis au triple galop et ne m'arrêtai qu'à une grande distance. Épuisé, je tombai sur la terre glacée, pensant que ma dernière heure était arrivée. Un peu de neige fondue, que je trouvai dans une gamelle de soldat, me rendit quelque force, et, prudemment, je résolus d'attendre la nuit pour continuer ma route. L'endroit où j'étais, jonché de débris, semblait avoir servi tout à la fois de cantine et d'ambulance; mais abandonné sans doute au milieu de l'action, il n'y restait plus ni morts ni blessés; cependant, sur la paille souillée de boue, une trace sanglante arrêta mon regard : on aurait dit que quelque blessé était tombé à cette place, puis avait cherché à se traîner dans la direction d'un bouquet d'arbres qu'on apercevait à peu de distance. Poussé par je ne sais que pressentiment, je suivis cette trace et j'arrivai contre un amas de branchages, touffe de bois avant la bataille, qui cachait une petite source, ou, pour mieux dire, une flaque d'eau.

Je ne m'étais pas trompé, un blessé s'était traîné là; mais épuisé, l'infortuné était tombé à quelques pas de cette eau bienfaisante. Sa chute avait entraîné celle de quelques arbrisseaux, car son corps disparaissait presque entièrement sous un fouillis de branches et de feuillage. Je m'approchai et considérai le pauvre mort : c'était un tout jeune homme portant l'uniforme de sous-lieutenant.

Ému de pitié, je le regardai en pensant à sa mère, à son père, qui hélas! ne le reverraient plus. Malgré la pâleur livide du pauvre enfant sa figure était charmante et, chose bizarre, plus je le regardais, plus il me semblait avoir vu quelque part figure semblable. Soudain, un éclair traversa mon cerveau : ce jeune homme, c'était le fils de mon premier maître, c'était Paul! Quelle douleur de le retrouver ainsi! Je me précipitai vers lui; de mes pieds, de ma tête, je fis sauter les broussailles, et dégageai le corps du cher enfant, puis je me couchai à ses côtés, essayant de le réchauffer de mon haleine; je léchai ses mains, sa figure, sur laquelle se voyait encore un petit signe que j'avais remarqué bien des fois aux jours de notre enfance. Mon pauvre Paul, devenu si grand, si beau, si fort, et finir à vingt ans!

« Eh bien! m'écriai-je, mourons à ses pieds en ami fidèle! »

J'étais près de lui depuis plusieurs heures, plongé dans une torpeur voisine du sommeil, lorsque tout à coup il me sembla que ses yeux s'ouvraient et se fixaient sur les miens; je le regardai avec anxiété. O bonheur! ce n'était pas un rêve de mon imagination : Paul, mon cher Paul vivait encore! A son tour, il me regarda étonné.

« Un cheval, » dit-il faiblement. Puis il avança la main et la posa sur mon front. « Un cheval, continua-t-il, un cheval avec une étoile au milieu du front, comme mon pauvre Stello. »

Son pauvre Stello!... Lui non plus ne m'avait donc pas oublié? Je poussai un hennissement de joie, et me levai pour l'engager à en faire autant. Le cher enfant essaya... Hélas! il ne put y parvenir; alors, m'approchant je penchai ma tête au-dessus de la sienne, comme pour lui faire signe de se pendre à mon cou. Il comprit et me saisit de ses deux bras; je le traînai à la source, où il but à plusieurs reprises, ce qui lui rendit des forces.

« Stello! mon bon Stello! c'est bien toi, me dit-il; je te reconnais! O mon pauvre petit cheval, où nous retrouvons-nous! » Et sa main caressait mon front. « C'est Dieu qui t'envoie pour me sauver! Ah! si je pouvais seulement m'étendre sur ton dos! Voyons, couche-toi là, tout contre moi, j'essayerai... »

Après bien des efforts, mon jeune maître, qui avait une profonde blessure à la jambe gauche, parvint à se coucher sur mon dos; puis, passant ses bras autour de mon cou et s'y cramponnant :

« Allons, me dit-il, mon vieux camarade, courage, et tâchons de nous tirer d'affaire. »

Mon maître me dirigeait de la main, et moi, tout palpitant sous mon précieux fardeau, j'épargnais autant que possible les secousses au pauvre blessé; enfin nous parvînmes à gagner un grand village. Il était temps : aux premières maisons, lui et moi, nous tombâmes anéantis.

On nous recueillit chez une charitable dame qui, touchée de compassion, soigna mon maître jour et nuit. Une fièvre ardente s'était emparée de lu et pendant bien des jours on désespéra de le sauver; mais, la jeunesse aidant, il triompha de son mal. Dès qu'il eut repris connaissance et se sentit hors de danger, il fit écrire à ses parents. Jugez de leur bonheur en recevant des nouvelles de l'enfant qu'ils croyaient perdu à jamais. Mon jeune maître parlait aussi de moi et de notre rencontre vraiment miraculeuse.

Que vous dirai-je maintenant que vous ne deviniez!

Après cinq ans d'absence, je revins dans la maison qui m'avait vu naître. Grâce à Dieu! ma vieille mère vivait encore; je pus, à force de soins et de tendresse, lui faire oublier ma conduite d'autrefois. J'étais à tout jamais guéri de ma sotte vanité et de mon orgueil, reconnaissant, un peu tard, sans doute, que le vrai bonheur appartient à ceux qui savent se contenter de leur position. Satisfait de la mienne, je n'avais plus qu'un désir, finir mes jours dans la maison de mes maîtres.

Une chose cependant me préoccupait : j'aurais voulu connaître le sort de mon dernier possesseur, le brillant baron de Louvigny, dont les bontés avaient laissé dans mon cœur une trace profonde; j'eus enfin cette satisfaction.

J'appris que, blessé seulement, il avait pu continuer la campagne, pendant laquelle il n'avait cessé de se distinguer, ce qui ne me surprit nullement.

Les chevaux heureux n'ont pas d'histoire; la mienne s'arrête ici. Puisse-t-elle servir de leçon à ceux qui, comme moi, seraient tentés de se plaindre de leur destinée : car, vous le voyez, souvent il arrive qu'en cherchant le mieux on trouve le pire.

RÉMY D'ALTA-ROCCA.

***

La charmante nouvelle que l'on vient de lire est extraite d'une nouvelle édition des *Contes et Histoires*, par Mme Rémy d'Alta-Rocca (1).

Ces *Contes et Histoires* sont autant de joyaux littéraires, et la leçon de morale que l'auteur a mise dans chacun de ces récits se dégage sans fatigue ni sécheresse, tant l'intérêt est ménagé avec art, tant la langue

1. Un volume in-12, orné de gravures. . . . . . 2 fr.
Par *la poste*. 2 30

est claire et facile. Une simplicité très grande, mais qui n'exclut pas la richesse de l'expression; aucune recherche, mais une élégance qui semble native, excluant toute idée de maniérisme. Avec cela, dès les premières lignes, un je ne sais quoi de doux et d'ému qui trahit tout de suite la femme et les qualités de tendresse dont elle imprègne tout ce qu'elle fait.

Nous ne pouvons trop recommander aux jeunes gens, comme aux enfants, la lecture de ce livre. Au sortir de ces pages dont le naturel est le plus grand mérite, l'impression acquise est saine et forte, chose rare en un temps où l'on va chercher dans le ruisseau ou dans la boue la matière des œuvres d'imagination. L.

LA TOILE D'ARAIGNÉE

FABLE

Dans une toile d'araignée,
Une mouche étourdie, un jour, fut s'enlacer.
Après de vains efforts pour se débarrasser,
A son triste sort résignée,
Elle ne bougeait plus, attendant le trépas.
Déjà sûre de sa conquête,
L'araignée accourait pour prendre son repas,
Quand un frelon, sortant de sa sombre retraite,
Et sans doute n'y voyant pas,
Dans la toile aussi, lui, vint donner de la tête.
Prise de peur l'affreuse bête,
A l'aspect de ce gros gibier,
Abandonna son prisonnier
Et se réfugia bien vite en sa crevasse.
Notre frelon, payant d'audace,
Dans le frêle filet tant et tant s'agita
Qu'il le rompit et l'emporta.
La mouche, qui tremblait et se croyait perdue,
De cette chance inattendue
Pour se dépêtrer profita.

On a vu des voleurs d'une taille assez forte,
Pris dans les rets du Code et pas mal en danger,
Par quelque gros larron qu'il fallait ménager
Délivrés de la même sorte.

L'abbé LAMONTAGNE.

CHRONIQUE

Beau soleil, mais froid soleil; beaux ombrages encore, mais ombrages déjà chargés d'une teinte dorée qui tourne à la teinte de rouille; — l'élégie de Millevoye sur le jeune malade et la chute des feuilles commence à remonter dans notre mémoire du fond de nos souvenirs classiques :

De la dépouille de nos bois
L'automne avait jonché la terre;
Le rossignol était sans voix,
Le bocage était sians mystère.

N'en déplaise à Millevoye, le rossignol n'attend pas la chute des feuilles pour mettre fin à ses aimables concerts : il les supprime le jour où sa femelle a fini de couver, et son silence coïncide ainsi avec la venue des premières roses.

Quant aux malades, jeunes ou vieux, pour lesquels la chute des feuilles est un symptôme effrayant, il ne leur est guère possible de revenir par ce temps, où la froidure commence, visiter le bois *cher à leurs premiers ans*. Ils gardent la chambre qu'on a faite aussi chaude que possible, et où, volontiers, une vigilance amicale s'efforce de leur rendre en automne les espérances du printemps.

De tous les marchés de Paris, il en est un particulièrement intéressant et touchant : il ne se distingue ni par le nombre ni par le luxe des marchandises; mais, pour un observateur au cœur un peu sensible, il vaut certes bien les beaux étalages des quartiers où la richesse trouve à satisfaire toutes ses fantaisies.

Ce marché a tout spécialement pour but de faire plaisir aux malades, — et aux malades pauvres; il étale ses éventaires, le dimanche, devant la porte de chacun de nos hôpitaux.

Le dimanche, en effet, c'est le jour où tout le monde peut entrer dans les salles pour visiter les malades; et l'affluence est grande autour de ces lits, qui, pendant toute la semaine, semblaient environnés d'oubli.

Le malade pauvre subit cette grande douleur morale d'être obligé de se séparer des siens quand la douleur physique vient le frapper, et ceux qui sont obligés d'aller à l'atelier, pendant six jours de la semaine, songent tristement à celui qu'il ne leur est pas possible de consoler et de soigner eux-mêmes...

Enfin, le dimanche arrive... On est redevenu libres; on a pu mettre quelques sous de côté, on revêt ses meilleurs habits; on prend presque un air de fête, car on sent qu'il ne faut pas attrister celui qui souffre là-bas.

Peut-être a-t-on beaucoup souffert; peut-être s'est-on imposé de bien cruelles privations au logis, où le malade n'apporte plus sa part de travail et de profit; mais il ne faut pas qu'une ombre de cette misère puisse arriver jusqu'à lui : si l'on pouvait, on lui ferait croire qu'on possède le luxe en le lui faisant partager.

Mais le luxe du pauvre, où le trouver?...

Où?... Les ingénieuses marchandes qui stationnent aux abords des hôpitaux se sont chargées de résoudre le problème. Elles vendent des fruits à bon marché, des oranges, des grenades, des citrons, dont la consigne médicale elle-même n'interdira pas l'entrée dans les salles; elles vendent aussi des fleurs, de tout petits bouquets d'un sou et de deux sous, faits de violettes et de pensées, fleurs au parfum discret, fleurs un peu mélancoliques, mais qui semblent avoir le privilège d'apporter avec elles comme un parfum du cœur qui les offre au cœur qui les reçoit.

Cette petite fleur qui met un rayon d'espérance ou tout au moins un rayon de souvenir sous les rideaux de ce lit d'hôpital, comme elle paraîtrait douce là-bas, comme elle serait accueillie avec transport dans ces tristes ambulances de Tunisie, où tant de nos pauvres soldats meurent d'une mort plus cruelle que celle du champ du bataille!

Oh! si une mère, si une sœur pouvait venir apporter à leur chevet une de ces violettes écloses sur le sol de la patrie, comme ils se sentiraient renaître, les pauvres enfants, ou comme ils auraient du moins une pensée consolante à l'heure de quitter ce monde!

Je ne voudrais pas insister sur les affligeantes préoccupations qui me viennent à la pensée en songeant à nos soldats blessés ou malades; j'aime mieux me dire qu'il n'est point dans les maux de la guerre de situation, si déplorable qu'elle soit en apparence, qui, tout à coup, ne puisse se modifier sous les intelligentes inspirations de la charité et du patriotisme.

Je viens de relire la vie de Larrey, le glorieux chirurgien qui, depuis l'Égypte jusqu'à Waterloo, suivit Napoléon dans toutes ses guerres et assista pour sa part à soixante batailles et quatre cents combats : l'histoire de Larrey est là pour nous apprendre que si ceux qui organisent la guerre, même quand ils sont des hommes de génie, et à plus forte raison quand ils n'en sont pas, ont souvent de cruelles négligences, il se rencontre d'autres hommes qui, avec le génie du dévouement et de l'abnégation, trouvent moyen de réparer leurs fautes.

M. le docteur Leroy-Dupré, dans un intéressant et savant ouvrage qu'il a consacré à Larrey, nous raconte comment l'illustre chirurgien savait trouver des ressources là où elles semblaient introuvables.

En 1809, pendant que Napoléon était enfermé avec son armée, au milieu du Danube, dans l'île Lobau, Larrey ne savait comment s'y prendre pour donner à ses blessés une nourriture suffisante; et, pourtant, il fallait les soutenir à tout prix, car, pour eux, l'affaiblissement aboutissait promptement à la mort.

Larrey fit abattre tous les chevaux de luxe, en commençant par les siens. Des généraux dont les chevaux avaient été sacrifiés allèrent se plaindre à l'Empereur. Napoléon fit appeler le chirurgien en chef, et, prenant un visage sévère, il lui dit en présence de son état-major: « Eh quoi! de votre propre autorité, vous avez osé disposer des chevaux des officiers, et cela pour donner du bouillon à vos blessés? — Oui, sire », répondit simplement Larrey.

Napoléon ne répliqua pas; mais bientôt après Larrey était élevé à la dignité de baron de l'Empire.

Tout manquait dans cette situation critique de l'île Lobau; mais Larrey se chargeait de pourvoir à tout. On n'avait pas de marmites pour faire bouillir les chevaux abattus par son ordre: on les fit cuire par quartiers dans des cuirasses; le sol manquait pour assaisonner ce bouillon et cette viande : Larrey le fit remplacer par des grains de poudre.

Larrey savait trouver de la viande et du bouillon au milieu de la disette de l'île Lobau: il eût certainement admiré un de nos généraux d'Afrique qui fit, lui aussi, à sa manière, un véritable miracle d'alimentation.

C'était vers 1845 ou 1846, une de nos divisions était campée dans le sud de l'Algérie, près d'une petite ville qui semblait pour le moment plus déshéritée que le désert lui-même; du moins l'intendance militaire n'y trouvait rien, ni pour nourrir les hommes valides, ni pour soutenir les malades, dont le nombre s'augmentait chaque jour: déjà quelques cas de choléra étaient constatés,... et il fallait partir en campagne! et il fallait à tout prix pouvoir opposer à l'ennemi des forces sérieuses.

Après un dernier colloque avec les intendants, le général en chef les renvoya après avoir menacé le bas de leur échine du bout de sa botte : ils ne se le firent pas dire deux fois. Mais un coup de botte, même dans les reins d'un intendant, ne constitue pas un supplément de gamelle suffisamment confortable. Heureusement que le général n'avait pas l'imagination moins vive que le pied : il donna divers ordres, et le lendemain matin, ô surprise! chaque soldat reçut avec sa distribution de biscuit une tablette d'excellent chocolat qui bientôt fuma dans l'eau bouillante et mit en déroute toute velléité de choléra.

La même chose se renouvela les jours suivants, aussi longtemps enfin qu'il le fallut pour maintenir la santé de la division... Jamais l'intendance n'avait si bien rempli son devoir; et pourtant elle ne se pressait point trop d'aller recevoir des félicitations, comme si elle eût craint de recevoir autre chose.

Il faut dire que le mystère de l'apparition du chocolat avait été vite éclairci : c'était le général lui-même qui s'était donné la peine d'aller le découvrir chez les marchands de la petite ville, après leur avoir bien recommandé d'en faire venir d'autres provisions en quantité suffisante. C'était le général, enfin, qui payait de ses deniers. Son traitement reçut une brèche de dimensions respectables; mais son corps d'armée se trouva presque intact quand il fallut combattre et vaincre.

De remboursement pécuniaire, il n'en fut jamais question, bien entendu : les soldats seulement remboursèrent leur général au centuple en reconnaissance et en dévouement. L'histoire l'a payé en gloire: il s'appelait Lamoricière.

ARGUS.

Abonnement, du 1er avril ou du 1er octobre; pour la France : un an, 10 f.; 6 mois, 6 f.; le n° au bureau, 20 c.; par la poste, 25 c.
Les volumes commencent le 1er avril. — LA SEMAINE DES FAMILLES paraît tous les samedis.

VI TOR LECOFFRE, ÉDITEUR, RUE BONAPARTE, 90, A PARIS. — Imp. de la Soc. de Typ. - NOIZETTE, 8, r. Campagne-Première. Paris.

Fontenelle, d'après le portrait de H. Rigaud.

FONTENELLE LIBRE PENSEUR

I

Il est, aujourd'hui plus que jamais, nécessaire de revendiquer, au nom de la religion et de la vérité, les hommes éminents par le caractère, le génie ou l'esprit que les sophistes du siècle dernier et les libres penseurs de notre époque ont voulu embrigader dans leur phalange, d'ailleurs assez peu compacte.

Au premier rang des hommes célèbres du XVIIIe siècle dont on a essayé de défigurer la vie et les sentiments religieux, se place Fontenelle. Venons immédiatement au fait; un fait est irrésistible comme un axiome de mathématiques, il n'y a rien à lui opposer, surtout quand on a pour témoins les œuvres de l'homme mis en cause et traduit au tribunal de l'opinion publique...

Bernard le Bovier de Fontenelle naquit à Rouen, le 11 février 1657, d'une famille profondément chrétienne; sa mère, Marthe Corneille, sœur du grand poète dramatique, était une personne d'une haute piété en même temps que d'un charmant esprit; Fontenelle lui avait voué et lui garda toujours un souvenir ému et comme un culte de vénération.

« Né dans le voisinage des Feuillants, qui sont une réforme de Cîteaux, M. de Fontenelle fut voué par ses parents à la sainte Vierge et à saint Bernard. On lui donna le nom de ce saint, et il porta l'habit de feuillant jusqu'à l'âge de sept ans. » Ainsi s'exprime l'abbé Trublet, contemporain et ami intime de Fontenelle, et il ajoute cette petite note, dont le trait est piquant : « C'était autrefois un usage assez commun de faire porter aux enfants l'habit de quelque ordre religieux. Aujourd'hui, on les habille en houzards. »

Fontenelle fit ses études au collège des Jésuites. En rhétorique, à treize ans, il composa pour le prix des Palinods de Rouen une pièce en vers latins qui fut jugée digne d'être imprimée.

« M. de Fontenelle a toujours aimé les Jésuites. Il avait été très lié à Rouen, pendant sa jeunesse, avec le Père Tournemine, devenu depuis très célèbre... Avec beaucoup d'esprit et de connaissances, ils ne se ressemblaient pourtant en rien, et moins encore dans le caractère que dans tout le reste; ils ne s'en convenaient peut-être que mieux. M. de Fontenelle m'a souvent parlé des entretiens qu'ils avaient ensemble et de la vivacité que le Jésuite y mettait. Ces entretiens roulaient sur les matières les plus importantes et les plus délicates, sur la plus haute métaphysique. M. de Fontenelle faisait les objections et fournissait quelquefois des réponses que le Père Tournemine, aidé de tout son zèle, n'avait pu trouver. « Je lui en fournis une entre « autres, me disait un jour M. de Fontenelle, qui le fit « sauter de joie. » (L'abbé Trublet.)

C'est une réponse à un argument assez spécieux, mais que Fontenelle regardait néanmoins comme un sophisme, pour attribuer à un hasard aveugle des êtres qui, par la régularité de leur constitution, portent l'empreinte d'une intelligence créatrice.

Jusqu'ici on ne voit pas dans Fontenelle le moindre germe de libre pensée. Cependant des esprits inquiets,

M. Sainte-Beuve, entre autres, ont cru trouver la source du philosophisme de cet homme célèbre dans une anecdote de jeunesse; voici à quelle occasion. Mme de Fontenelle exhortait souvent son fils à joindre les vertus chrétiennes aux vertus morales. Elle lui dit même un jour : « Avec toutes vos petites vertus morales, vous serez damné. »

Évidemment ce mot, partant d'une telle mère, n'a pu être qu'une douce et spirituelle boutade; mais M. Sainte-Beuve n'en juge pas ainsi. Il va même plus loin : il fabrique au jeune homme un propos de libre penseur, risque à le blâmer ensuite avec une confusion mal jouée. « Fontenelle disait (c'est le causeur du lundi qui lui prête ce langage), Fontenelle disait, avec cette indifférence qui lui était particulière en toute chose et que la pudeur filiale elle-même n'atteignait pas : « Mon « père était une bête, mais ma mère avait de l'esprit; « elle était quiétiste; c'était une petite femme douce, « qui me disait souvent : *Mon fils, vous serez damné;* « mais cela ne lui faisait point de peine. » Et voilà un homme tout d'abord, et pour le reste de sa longue vie, jugé, condamné et exécuté on ne peut plus sommairement, grâce au travestissement, à la falsification d'une parole d'ailleurs très inoffensive. M. Sainte-Beuve est de l'école de ce diplomate qui ne demandait que deux lignes d'un homme pour le faire pendre.

A quel recueil d'ana ce racontar de mauvais goût peut-il avoir été emprunté? C'est ce que nous ignorons; M. Sainte-Beuve a négligé de le dire.

L'homme qui, dans ses derniers jours, se rendait le témoignage de n'avoir jamais jeté le moindre ridicule sur la plus petite vertu ne peut avoir tenu sur sa mère le propos inconsidéré qu'on lui prête si gratuitement.

Concluons avec de Fouchy, dans son *Éloge de Fontenelle*, prononcé en 1761 en présence de l'Académie des sciences : « Malgré tout ce qu'on a pu dire contre lui sur le chapitre de la religion, il n'a jamais donné de prise sur cet article. Il en pratiquait les devoirs extérieurs avec exactitude... Il n'a jamais négligé de relever ce genre de mérite dans les académiciens dont il a fait l'éloge; et s'il ne disait pas toujours ce qu'il pensait, on sait combien il était éloigné de dire ce qu'il ne pensait pas. »

Toute la conduite de Fontenelle pendant sa longue carrière, près d'un siècle, est dans ces derniers mots de son panégyriste; simplicité et prudence, telle aurait pu être la devise de cet homme célèbre, telle fut la règle de toutes ses actions.

En 1687, Fontenelle concourut pour les deux prix de l'Académie française, prose et vers; il remporta le premier par son *Discours sur la patience*. Deux citations de ce discours édifieront nos lecteurs sur l'esprit profondément religieux de son auteur.

« Quelque tristes que paraissent quelquefois les vérités qui nous viennent du ciel, elles n'en viennent que pour notre bonheur et notre repos. Un chrétien, vivement persuadé qu'il mérite les maux qu'il souffre, est bien éloigné de les redoubler par des mouvements d'impatience. Il est juste que la révolte de notre âme contre des douleurs dues à nos péchés soit punie par l'augmentation de ces douleurs mêmes; mais on se l'épargne en se soumettant sans murmure au châtiment que l'on reçoit. Ce n'est pas que les chrétiens cherchent à souffrir moins; c'est que d'ordinaire les actions de vertu ont des récompenses naturelles qui en sont inséparables. On ne peut être dans une sainte disposition à souffrir que l'on ne diminue la rigueur des souffrances. On ne peut y consentir sans les soulager; et lorsque nous nous rangeons contre nous-mêmes du parti de la justice divine, on peut dire que nous affaiblissons en quelque sorte le pouvoir qu'elle aurait contre nous.

« Faut-il que je mette aussi au nombre des motifs de patience que la religion nous enseigne, les biens éternels qu'elle nous apprend à mériter par le bon usage de nos maux? Sont-ce véritablement des maux que les moyens d'acquérir ces biens célestes qui ne pourront jamais nous être ravis?...

« Tel a été l'art de la bonté de Dieu, que, dans les punitions mêmes que sa colère nous envoie, elle a trouvé moyen de nous y ménager une source d'un bonheur infini. Recevons avec une soumission sincère de si justes punitions et elles deviendront aussitôt des sujets de récompense. Nous n'aurons pas seulement effacé nos crimes, nous aurons acquis un droit à la souveraine félicité. Aveuglement de la nature, lumières célestes de la religion, que vous êtes contraires! La nature par ses mouvements désordonnés augmente nos douleurs, et la religion les met, pour ainsi dire, à profit par la patience qu'elle nous inspire. Si nous en croyons l'une, nous ajoutons à des maux nécessaires un mal volontaire; et si nous suivons les instructions de l'autre, nous tirons de ces maux nécessaires les plus grands de tous les biens.

« Aussi la patience chrétienne n'est-elle pas une simple patience, c'est un véritable amour des douleurs... »

Douze ans plus tard (1699), quand Fontenelle fut fait secrétaire de l'Académie des sciences, charge dont il s'acquitta si brillamment pendant quarante-deux ans, il commença par écrire cette préface, un de ces chefs-d'œuvre qui suffiraient seuls pour donner à un auteur la plus grande réputation. Quel sentiment religieux respire dans ce passage, pour ne citer qu'un exemple de l'esprit général qui a présidé à l'œuvre de Fontenelle!

« Ce n'est pas, dit-il, une chose que l'on doive compter parmi les simples curiosités de la physique que les sublimes réflexions où elle nous conduit sur l'Auteur de l'univers. Ce grand ouvrage, toujours plus merveilleux à mesure qu'il est plus connu, nous donne une si grande idée de son ouvrier, que nous en sentons notre esprit accablé d'admiration et de respect. Surtout l'astronomie et l'anatomie sont les deux sciences qui nous offrent le plus sensiblement deux grands caractères du Créateur : l'une, son immensité, par les distances, la grandeur et le nombre des corps célestes ; l'autre, son intelligence infinie, par la mécanique des animaux. La véritable physique s'élève jusqu'à devenir une espèce de théologie. »

Et dans les Éloges des Académiciens, comme Fontenelle, à la fois philosophe et moraliste chrétien, peint bien l'homme et le savant ! C'est la partie la plus estimée et dans un sens la plus estimable et la plus précieuse de ses écrits.

Dans l'éloge du célèbre astronome italien Cassini, un des fondateurs de l'Observatoire de Paris, sous Louis XIV, Fontenelle, insistant sur la douceur du caractère de cet illustre savant, dit : « Un grand fonds de religion et, ce qui est encore plus, la pratique de la religion aidaient beaucoup à ce calme perpétuel. Les cieux qui racontent la gloire de leur Auteur n'en avaient jamais plus parlé à personne qu'à lui et n'avaient jamais mieux persuadé. »

Et ailleurs à propos du naturaliste Blondin et de sa nationalité provinciale (il était Picard), Fontenelle dit : « Il avait toute la candeur que l'opinion publique a jamais attribuée à sa nation ; et la vie d'un botaniste, qui connaît beaucoup plus les bois que les villes et qui a plus de commerce avec les plantes qu'avec les hommes, ne devait pas avoir endommagé cette précieuse vertu. Un semblable caractère renferme déjà une partie de ce que demande la religion, et il eut le bonheur d'y joindre le reste. »

S'agit-il du mathématicien Ozanam, Fontenelle s'exprime ainsi : « Un cœur naturellement droit et simple avait été en lui une grande disposition à la piété. Sa science n'était pas seulement solide ; elle était tendre et ne dédaignait pas certaines petites choses qui sont moins à l'usage des hommes que des femmes... Il ne se permettait pas d'en savoir plus que le peuple en matière de religion. »

Cette insistance de la part d'un libre penseur, comme on a voulu représenter Fontenelle, serait un non-sens ou plutôt une anomalie, si l'on ne savait pas à quel point cet homme de tant d'esprit était profondément convaincu de la vérité de la religion, de la nécessité, de la pratique des vertus dont elle est la source et l'inspiratrice.

Dans son éloge du géomètre Lahire, il dit encore : « Il était équitable et désintéressé, non seulement en vrai philosophe, mais en chrétien. Sa raison accoutumée à examiner tant d'objets différents et à les discuter avec curiosité, s'arrêtait tout court à la vue de ceux de la religion ; et une piété solide, exempte d'inégalité et de singularité, a régné sur tout le cours de sa vie. »

Et dans l'éloge de des Billettes, vantant le désintéressement de ce savant chrétien : « M. des Billettes, né avec une entière indifférence pour la fortune, soutenu dans cette disposition par un grand fonds de piété, a toujours vécu sans ambition, sans aucune de ces vues qui agitent tant les hommes, occupé de la lecture et des études où son goût le portait et encore plus des pratiques prescrites par le christianisme. Telle a été sa carrière d'un bout à l'autre ; une de ses journées les représentait toutes. »

CH. BARTHÉLEMY.

— La fin au prochain numéro. —

CHARYBDE ET SCYLLA

(Voir pages 372, 396, 411, 428, 441, 453 et 467.)

VINGT-NEUVIÈME LETTRE

Geneviève à Antoinette.

Kermoereb.

Notre épreuve hivernale touche, je crois, à sa fin, ma chère Antoinette : le soleil a paru aujourd'hui et nous a un peu détendus, Charles et moi.

Nous avions besoin de cette visite. Le froid et l'humidité, la tempête et le reste m'avaient singulièrement alanguie.

L'effet sur mon frère avait été tout l'opposé. Le plus calme des savants et le plus doux des hommes devenait irritable. A Kermoereb, il a connu l'irritation, il a eu même un accès de colère, un vrai.

Je crois qu'il se tâte pour se convaincre que c'est bien son bras qui a administré une si belle volée de coups de poing à un pauvre innocent de ta connaissance.

Ce fut à la fois terrible et comique, et ma pusillanimité causa cet incident qui me fait maintenant rire aux larmes.

C'était lundi dernier. Charles était monté à son laboratoire dont il réapprend le chemin ; moi, toute somnolente et enveloppée dans mes fourrures, je m'amusais à regarder brûler une bûche qui flambait comme un bol de punch.

Je ne sais de quoi elle s'était imprégnée ; mais ses belles flammes bleues et jaunes me ravissaient les yeux. Tout à coup la porte du salon s'ouvre brusquement.

En ce pays il m'arrive de voir entrer les gens comme cela, *ex abrupto*.

Marie-Louise elle-même fondait dans ma chambre sans avoir, mais du tout, l'idée de frapper.

Cette fois, c'était un inconnu, un grand garçon déguenillé, nu-tête, nu-jambes, nu-bras et les pieds souillés de vase.

Il est resté un instant sur le seuil faisant les plus étranges grimaces du monde.

Nous nous regardions du reste avec une mutuelle épouvante.

Je le trouvais effroyable, et lui paraissait aussi saisi que moi.

Il fronçait ses sourcils blancs et quand il a parlé, c'est-à-dire quand des sons gutturaux, tout à fait inintelligibles pour moi, sont sortis de sa bouche énorme, je me suis soulevée sur mon fauteuil, pour appeler Marie-Louise.

A ce propos, permets-moi de te demander comment tu peux vivre sans timbre et sans sonnette. Appeler les domestiques me semble la chose la plus fatigante du monde, et j'ai été huit jours à mal dormir après ma bronchite, rien qu'en pensant que je n'avais pas un gland de sonnette à ma portée. J'ai fait venir une clochette ; mais elle ne s'entend pas d'un étage à l'autre.

C'est ce qui est arrivé lors de la visite dont je te parle. J'avais beau agiter ma sonnette, personne ne venait et l'affreux mendiant me barrait la porte.

Et quelle a été mon impression quand je l'ai vu laisser tomber sur le parquet un petit paquet qu'il tenait à la main, se jeter à genoux, enfoncer ses mains crasseuses dans ses cheveux, et pousser des gémissements inarticulés !

Évidemment j'avais affaire à un fou.

Je me suis élancée à la fenêtre qui donne au-dessus des cuisines, je l'ai entr'ouverte et sonné énergiquement.

Certaine cette fois de voir arriver Marie-Louise, je me suis détournée : horreur ! j'étais entourée d'horribles bêtes à je ne sais combien de pattes. Elles s'échappaient du mouchoir à carreaux que mon visiteur avait jeté sur le parquet, couraient dans tous les sens et montaient jusque sur ma robe.

Te l'avouerai-je, des cris, de vrais cris d'enfant effrayée m'ont échappé, et je me suis sauvée dans le fond de l'alcôve, criant toujours et fuyant les horribles bêtes.

Un bruit de soufflets m'a ramenée dans la chambre, et qu'ai-je aperçu? Mon frère qui était accouru tout effrayé et qui, m'ayant vue courir vers l'alcôve, s'était imaginé avoir affaire à un voleur, et tombait à coups de poing sur mon étrange visiteur.

Celui-ci, furieux à son tour, bondissait sur ses pieds et levait sur Charles ses lourdes pattes, quand Marie-Louise est heureusement arrivée et a mis fin à cette scène bizarre qui dégénérait en pugilat.

Sachant ma répulsion pour les cancres (c'étaient des cancres inoffensifs qui m'avaient fait cette peur bleue), elle a commencé par leur faire la chasse et les a réintégrés dans le mouchoir à carreaux, malgré leur résistance.

Puis elle a mis à la porte par les épaules le propriétaire, qui s'était expliqué avec elle en breton.

Cela fait, elle m'a obligée à me rasseoir, a cherché mon flacon d'eau de Cologne et nous a expliqué l'affaire.

Ce pauvre garçon est un innocent de ton âge ou à peu près que tu as pris de tout temps sous ta protection. Il est logé et nourri à tes frais dans une de tes fermes ou bien dans une grotte voisine qui est sa résidence favorite, et il vient te voir assez souvent quand il se trouve dans le pays : car il a des habitudes de vagabondage et il fait des voyages dont le but est parfois un pèlerinage.

Cette année, il est allé jusqu'à Notre-Dame de Pontmain et il y avait bien dix-huit mois qu'on ne l'avait vu.

Son habitude aussi, quand il venait te voir, était de t'apporter ou des coquillages ou des cancres qu'il avait pêchés pour les enfants.

Il est arrivé aujourd'hui à Kermoereb sans rien savoir de votre départ, et avec sa familiarité d'innocent il est monté tout droit à ta chambre avec sa capture.

Juge de sa surprise en voyant, au lieu et place de sa belle châtelaine blonde aux yeux bleus, une pâle Parisienne qui lui jetait des regards anxieux.

Il a dit à Marie-Louise qu'au premier moment il avait cru que le diable t'avait changée en cette dame étrangère et qu'il s'était jeté à genoux pour faire évanouir le charme :

Enfin une plaisanterie de l'autre monde qui s'était aggravée par l'arrivée subite de Charles et sa fougueuse intervention.

Nous avons bien ri, moi de mes sottes frayeurs, lui de sa grande colère, et nous sommes descendus à la cuisine où ton protégé demandait Guy, Marguerite-Marie, Annette et Yvon à tous les échos.

Je lui ai donné de l'argent, Charles lui a fait cadeau d'un vieux chapeau, Marie-Louise a chargé son bissac de pain et de pommes de terre. Il a remercié, il a béni nos mains ; mais il ne s'est pas déridé et il est parti emportant ses cancres qui, n'ayant pas l'honneur d'être mangés par M. Guy, devaient retourner à la mer et s'y engraisser jusqu'à sa venue.

Cette fidélité n'en est pas moins touchante venant d'un idiot, et je t'en envoie l'expression avec plaisir.

Mais cette visite pleine d'incidents nous a remué les nerfs, et Charles est extrêmement sensitif ces jours-ci. La solitude qu'il a tant désirée va-t-elle lui gâter le caractère ?

Il s'est décidé à faire venir un poêle, il prétend qu'il n'a pas eu chaud un jour à Kermoereb.

Ce que tu dépenses en détail, tu vois que nous le dépensons en bloc, c'est bonnet blanc et blanc bonnet.

Mille amitiés.

Ton affectionnée,
GENEVIÈVE.

P. S. — Tu me parles d'heures tristes. Crois-le bien, mes jours ne sont pas d'une gaîté folle. Si j'enfilais comme des perles chacun des jours tristes que j'ai passés cet hiver, j'en aurais un collier à triple rang.

Tristes n'est peut-être pas le mot, c'est *ennuyés* que je devrais dire. Est-ce vraiment de la tristesse que tu souffres, toi ?

Ne crains pas de m'en confier les motifs. Je t'aime et j'ai le cœur compatissant.

Mais, en vérité, je me demande comment tu peux t'ennuyer à Paris dans les conditions toutes favorables où tu te trouves.

C'est pour moi une énigme dont j'attends le mot.

TRENTIÈME LETTRE

Antoinette à Geneviève.

Paris.

Ma chère Geneviève,

Je n'oserai jamais te dire ce qui me tourmente, je me l'avoue avec peine à moi-même. Figure-toi un pauvre marin qui navigue plein de confiance en voyant la surface de la mer très brillante, en sentant un bon vent enfler ses voiles et qui se heurte tout à coup à des récifs cachés, et s'aperçoit qu'il glisse sur un lit de brisants.

Ce n'est pas cela qui manque sur l'océan parisien, et je suis effrayée des naufrages dont la chronique, même celle des salons, aime à s'entretenir.

Mais laissons ce sujet qui m'est en vérité trop pénible. Une simple honnête femme comme je le suis ne comprend rien à tous les accommodements que l'esprit moderne introduit dans les mœurs; je suis écœurée de ces livres, de ces pièces de théâtre qui fardent et courtisent le désordre, et finissent par l'introduire dans mainte existence; je bénis la sainte ignorance dans laquelle j'ai vécu jusqu'à trente ans.

Il y a une science du mal que l'on acquiert, rien qu'en se baissant pour regarder dans la fange.

De celle-là je détourne les yeux avec horreur, je la consigne à la porte de mon foyer. J'ai horreur des curiosités malsaines, des récits scandaleux, des drames judiciaires.

Les plaies hideuses de la nature humaine mises au grand jour ne peuvent que développer la corruption.

Mes enfants ne me donnent plus d'inquiétude pour leur santé; mais leur caractère subit un changement qui ne laisse pas que de m'alarmer. Je ne sais pas où Guy recueille les expressions nouvelles de son langage et de sa physionomie, mais il y en a qui me déplaisent fort, et je trouve chez l'enfant des résistances inattendues. Il n'obéit plus du tout à Annette, et relègue aussi mon autorité parmi celles qui n'ont qu'un temps.

Ses petits airs décidés et même impertinents vont très bien à son beau petit visage; mais je commence à en prendre quelque souci.

Dans cette ville étrange on respire un air imprégné d'indépendance. Tout le monde pose pour l'indépendance : enfants et domestiques. Cela va bien loin, et cela monte parfois trop haut.

Marguerite-Marie résiste mieux que son frère à notre changement de vie; cependant elle commence à aimer un peu trop l'élégance, et je l'ai trouvée hier devant la glace, tellement occupée à boucler et à disposer ses cheveux à la grande personne, qu'elle ne s'est pas aperçue de ma présence.

Yvonne est ma seule consolation, elle n'a d'autre passion que sa poupée, et elle la montre au grand jour. Une heure passée auprès de son berceau m'est un calmant suprême.

Son père l'aime follement et vient quelquefois au jardin du Luxembourg pour assister à ses premières promenades. C'est une grande concession qu'il lui fait. Mon mari, qui n'aimait rien tant qu'à se promener un enfant à chaque main, déclare maintenant qu'il est du plus mauvais goût pour un homme de perdre du temps à remplir ce rôle de bonne d'enfants.

Ah! Paris a bien changé Alain.

Je regrette que tu n'aies pas songé à l'acquisition d'un poêle avant l'hiver. Un meuble de ce genre t'aurait rendu plus supportable ton séjour dans ma chère maison.

Dis à Marie-Louise de veiller à ce que Jean-Louis, le pauvre innocent qui t'a effrayée avec les cancres, ne manque de rien pendant qu'il est dans le pays. Je suppose qu'il est allé, comme toujours, se loger dans la grotte de la Roche noire. Une couverture, un oreiller lui sont indispensables, car l'humidité pourrit son mobilier qu'il faut renouveler tous les ans. Ce pauvre garçon a éveillé en mon cœur d'enfant les premiers élans de compassion et de charité, et sa reconnaissance me touche profondément.

J'ai raconté l'histoire à Guy. Il l'a écoutée distraitement. L'affection du pauvre Jean-Louis ne l'émeut plus; il grandit.

Dis-moi si les tamaris de la Barrière blanche ont souffert des dernières tempêtes. Je tiens beaucoup à ces jolis arbustes que j'ai plantés de ma main.

Adieu! prie pour moi et envoie-moi, sitôt qu'ils apparaîtront, quelques-uns de ces ravissants œillets roses qui croissent en pleine dune. Il me plairait de les voir fleurir sur mon balcon. Mais peut-être ne s'y acclimateront-ils pas?

Il leur faut le grand air, à eux, le grand soleil et ce sable brillant sur lequel ils s'épanouissent avec une grâce charmante. Leur vue et leur parfum me feront du bien.

ANTOINETTE.

P. S. — C'est, je pense, la solitude qui te plonge dans un si grand ennui à Kermoereb. Eh bien! le monde commence à me produire le même effet à Paris.

Un mot encore : Alain voudrait avoir des nouvelles de son cheval Brao. C'est le seul être qui l'intéresse à Kermoereb maintenant.

TRENTE ET UNIÈME LETTRE.

Geneviève à Antoinette.

Kermoereb.

Sois bien rassurée sur le sort de Jean-Louis, ma chère Antoinette, Charles et moi y avons pourvu.

Nous étions assaillis de remords depuis sa visite. Moi je rougissais de mes frayeurs ridicules, lui de ses coups de poing, les premiers qu'il ait donnés de sa vie depuis le temps où il était écolier. Car il n'est pas d'écolier, si pacifique qu'il soit, qui n'ait souvenance de s'être servi de ses poings au moins pour se défendre.

Un beau jour donc nous nous sommes machinalement dirigés vers l'endroit sauvage de la grève où il a élu domicile.

Je connais ce chemin. Dans mon premier mois d'enthousiasme, j'allais quasi tous les jours admirer ce groupe superbe de rochers contre lequel la mer se brise avec fureur.

Maintenant ces grands flots verts, cette bouillonnante écume, les arêtes aiguës et le ton sombre des rochers, la voix incohérente et menaçante des vagues, me donnent comme un frisson de fièvre.

Je le reconnais, mon imagination est faite pour des paysages plus doux.

La nature en Bretagne est d'un pittoresque triste.

Il faut être né au milieu de ces landes arides et incolores pour n'y pas mourir d'une attaque de spleen.

Que de fois Charles et moi évoquons les côtes magiques que caresse la Méditerranée! Une mer d'azur baignant des plages ombragées, fleuries et parfumées.

Oh! ces senteurs pénétrantes des roses!

Oh! ces ombres charmantes des pins élégants!

Oh! ce ciel et ces flots bleus!

Ici tout est sombre, sévère, triste, trapu.

Mais je m'égare loin de la grotte de la Roche sauvage.

Nous avons trouvé Jean-Louis accroupi sur le sable, une ficelle à la main. C'était une ligne qu'il avait jetée dans le flot.

Il a répondu à peine aux paroles de Charles et m'a lancé un coup d'œil farouche; ces regards d'idiot sont ce qu'il y a de plus effrayant.

Il paraît qu'il ne me pardonne pas de m'avoir trouvée assise dans ton propre fauteuil, installée dans ta propre chambre et qu'il m'en voudra jusqu'à la mort de cette usurpation.

Avec un interlocuteur de cette façon, il n'y avait guère moyen d'entretenir la conversation. Nous sommes restés à le regarder pêcher, de petites anguilles sont venues s'ajouter à celles qu'il avait déjà prises. Il les saisissait dans sa grande main rousse avec des cris gutturaux qui me faisaient tressaillir.

Sa pêche finie, il s'est enfoncé dans les rochers et nous l'avons suivi de loin.

Bientôt un joli filet bleu nous a avertis qu'il avait allumé du feu dans sa grotte.

Je tremblais un peu d'y pénétrer; mais Charles tenait à voir le pauvre innocent dans son antre.

Une touffe d'ajoncs posée en travers comme il s'en place dans les brèches des talus, en défendait l'entrée. Charles l'a écartée et nous sommes entrés dans une grotte spacieuse au fond de laquelle brillait un feu clair.

Jean-Louis à genoux soufflait dessus avec sa bouche pour l'activer et n'a fait aucune attention à nous.

Nous nous tenions d'ailleurs auprès de l'entrée, et la fumée qui s'échappait par une large fissure ne nous gênait pas trop.

Nous avons fait à voix basse l'inventaire du mobilier afin de te l'envoyer. Le voici dans son entier :

Un banc vermoulu, un chaudron, un trépied, une cruche de terre et dans un coin un tas de goëmon sec, un lit sans doute. Pendant ce temps Jean-Louis continuait ses préparatifs.

Quand le feu a été suffisamment ardent, il a placé le trépied, puis le chaudron; et s'asseyant auprès sans souci de la fumée qui lui arrivait par bouffées en plein visage, il s'est mis à couper par menus morceaux les petites anguilles dont quelques-unes vivaient encore. Il les jetait à mesure dans le chaudron et se balançait en chantonnant d'une voix monotone.

« Jean-Louis, dit Charles, est-ce que vous couchez ici? »

Pour toute réponse, il a montré du doigt le tas de goëmon sec.

« Mme de Kermoereb veut que vous ne manquiez de rien, a repris mon frère, je vous ferai envoyer une paillasse, une couverture et un oreiller, si vous voulez. »

En entendant prononcer ton nom, il s'est levé à demi et s'est détourné pour me considérer. Puis, il a hoché la tête, a poussé un soupir rauque et s'est remis à chanter.

« Ne voulez-vous pas un peu d'argent, Jean-Louis? » ai-je dit à mon tour en tirant mon porte-monnaie et en lui tendant une pièce blanche.

Il s'est levé et est venu à nous en grommelant. Il a regardé la pièce blanche, a fait un geste de dédain et a craché par terre. Puis il s'est élancé au dehors, a saisi le fagot d'ajoncs et l'a attiré dans la grotte.

J'ai pris le bras de Charles.

« Il va se barricader, lui ai-je dit, sauvons-nous. »

Nous sommes sortis.

Jean-Louis a immédiatement placé son fagot dans la brèche, et nous l'avons entendu rire de ce rire guttural qui me ferait mourir de peur si j'étais seule.

« Allons-nous-en, ai-je dit à Charles; notre présence le gêne, et il ne veut pas de notre argent; décidément il nous faudra un ambassadeur pour parlementer avec lui : nous enverrons Marie-Louise. »

Nous l'avons envoyée, et elle a fait porter dans la grotte une bonne paillasse, une couverture de laine, un oreiller et un sac plein de pommes de terre, ce qu'il a accepté parce qu'elle lui a dit que cela venait de toi.

Il ne s'explique pas ton absence, et déclare qu'il restera au pays jusqu'à ce que tu sois revenue, et qu'il ira toutes les semaines en pèlerinage à Notre-Dame des Flots pour demander ton retour.

Voilà pour ton innocent. J'espère ne plus le revoir.

Nous n'avons pas idée, dans nos grandes villes, de ces malheureux êtres; on les dissimule à nos yeux, et ce serait pour ma sensibilité une trop lourde épreuve que de me mettre souvent en présence de Jean-Louis.

J'espère qu'il ne tiendra pas sa promesse et qu'il recommencera sa vie nomade. Son voisinage m'est une gêne, il me gâte ce côté pittoresque de la grève. J'avais commencé le dessin de ces rochers, qui sont fort beaux; il restera inachevé tant que Jean-Louis en fera sa résidence.

Marie-Louise ne comprend rien à mes répulsions.

Elle trouve cet innocent très pieux et très doux et s'en occupe avec plaisir.

Tes tamaris, ces beaux panaches si élégants qui frissonnent devant tes fenêtres, se portent bien et semblent s'enraciner en de perpétuelles secousses.

Comment résistent-ils à ce vent contrariant qui semble toujours prêt à les arracher du sol? Je ne me l'explique pas.

Il y a des choses qui sont un élément de vie, alors même qu'elles nous paraissent des éléments de mort.

Nulle fleur sur les dunes. Est-ce que ces maigres filets verts qui serpentent dans le sable peuvent donner des fleurs?

Marie-Louise, à qui j'ai parlé des œillets, a souri, et, prenant un air de mystère, m'a dit :

« Madame pense aux petites fleurs des dunes à Paris, où il y a de si belles fleurs!

« Est-ce que le mal du pays ne lui viendrait pas un peu? »

Je te pose cette question, indiscrète peut-être, ou plutôt ce n'est pas moi qui la pose, c'est Marie-Louise. Tu as toute liberté de n'y pas répondre.

En revenant de la grotte j'ai trouvé une carte couverte de plusieurs noms.

Une dame, ta voisine, ses filles et son fils sont venus fort aimablement me faire visite.

Une visite! quel événement!

Charles et moi regardions avec de grands yeux ce petit carré de papier Bristol.

Nous allons donc revoir le monde, nous retrouver en société, vivre de la vie civilisée. Donne-moi quelques détails sur la famille du Parc.

Je ne voudrais pas faire de maladresse, et je me sens sur un terrain absolument nouveau.

Néanmoins je ne suis pas fâchée de revoir mes semblables.

J'éprouve je ne sais quelle étrange lassitude, comme celle que j'éprouverais dans mes membres, si j'étais longtemps repliée sur moi-même. Je me sens m'enfoncer dans la vie machinale.

Je n'avais pas prévu ce danger, je me croyais un fonds inépuisable de pensées et de vie intellectuelle. Eh bien, non, cela s'épuise comme le reste. Il n'y a que la vie de l'âme qui échappe à ces misères, à ces défaillances.

Et cependant ici l'église me manque. Il y a des jours où je me sens incapable de faire cette demi-lieue, et quand je suis bien disposée, le temps se met en travers de ma volonté.

Faire atteler pour un si court trajet ne vaut pas la peine.

Et puis tu as un cheval qui m'inquiète. Ce sont des hennissements, des piaffements, des emportements, auxquels je ne suis pas habituée.

C'est, dit-on, le cheval favori de M. de Kermoereb, celui dont tu me demandes des nouvelles.

Je ne dis pas qu'il ne soit pas beau et bien fait; mais pour mes petites promenades je préférerais un paisible cheval de fiacre qui vous laisse le temps de vous installer et qui ne part pas comme une flèche en jetant feu, flamme et vapeur par les pieds et par les naseaux.

Charles a mes goûts pacifiques en fait de chevaux et choisit comme moi d'aller à pied. Tu peux donc dire à M. de Kermoereb que Brao n'est que trop bien nourri, soigné et ménagé.

Il faut maintenant que le petit Pierre, le fils du fermier, lui fasse faire plusieurs fois le tour de la grande grève pour qu'il consente à se laisser atteler.

Le noble Brao qu'un enfant monte sans peine, regimbe devant les brancards.

Histoire de noblesse de race, sans doute.

Charles m'appelle pour me lire un article de journal à sensation.

Je te quitte, ma chère Antoinette, en t'embrassant de cœur.

Ton amie bien sincèrement affectionnée.

GENEVIÈVE.

— La suite au prochain numéro. —

ZÉNAÏDE FLEURIOT.

GRÉDEL ET SON AMIE

I

Ce jour-là, la bonne et jolie Grédel, qui venait de s'éveiller, avait poussé un long soupir, en jetant autour d'elle un regard à travers sa belle grande chambre, qui s'ouvrait au soleil levant, sur le devant de sa maisonnette.

Et Dieu sait cependant que, sous ce toit, il ne manquait rien de tout ce qui peut faire les heures paisibles et la vie douce... Sur le mur bien uni, bien blanc, se détachaient, ici et là, les contours bruns saillants des hautes armoires de chêne aux ferrures de cuivre ciselées, le cadran aux couleurs vives et le long balancier, toujours en mouvement, de l'horloge à coucou venue de la Forêt Noire; le christ d'ivoire aux contours anguleux, saillants, sur sa croix de bois bruni; les cadres noirs à filets dorés de quelques vieilles gravures, héritage de famille, et, dans leur vénérable ampleur, les grands plis étoffés des rideaux rouges en camaïeu qui, depuis deux ou trois générations, voyaient fleurir les roses et sourire le soleil, à cette même petite croisée de ce petit village d'Alsace.

Les autres détails d'intérieur, en cet humble logis, n'avaient pas un aspect moins attrayant pour le regard et satisfaisant pour l'âme. Dans son coin, le grand poêle de faïence faisait étinceler, sous les clairs rayons d'or, les ornements de cuivre de sa porte de tôle sombre et les plaques tailladées de sa façade blanche. Le tapis semé de grandes fleurs, qui recouvrait la table, en laissait apercevoir, sous ses franges ondulées, les quatre gros pieds de chêne, découpés en spirale avec un soin d'artiste. Tout à l'entour des murs, de belles chaises de bois dressaient leurs dossiers massifs, au milieu découpé en cœur. En face de la fenêtre, se balançait la cage où le pinson Fifi, préludant dès l'aurore, semait joyeusement ses trilles et ses roulades les mieux perlées, tout en fouillant du bec, à chaque pause, ses belles grappes de plantain. Et tout auprès du poêle enfin, pelotonné, comme un bon gros manchon blanc et brun sur sa couche de foin tendre et de laine, sommeillait en ronronnant l'autre bien-aimé, le chat Mürr. Bientôt, au moindre appel de sa maîtresse, il allait s'éveiller, s'élancer sur le lit, et offrir, aux caresses du matin, son dos souple, sa jolie tête veloutée et son petit museau rose.

Pourquoi donc notre Grédel, ainsi entourée de tout ce joli petit ménage, abritée sous ce toit paisible, et caressée de toutes ces douceurs, soupirait-elle tristement, joignait-elle mélancoliquement les mains, et secouait-elle en silence, dans l'ombre de ses grands rideaux, sa tête blonde encore un peu ensommeillée ?

Oh! c'est que Grédel avait beau être sûre de son destin pour jusqu'à la fin de ses jours, simple dans ses goûts, presque riche ;... elle se sentait triste parce qu'elle se voyait seule.

Le sort avait voulu qu'elle perdît tôt, trop tôt pour son bonheur, la pauvrette! tous ceux qui lui étaient chers et dont elle s'était vue aimée. Elle n'avait pas connu ses parents, qui étaient morts tous deux avant qu'elle eût quitté ses langes. Sa mère ne lui avait jamais souri; elle n'avait pas goûté ce premier, ce suprême amour. Sa jeunesse, après son enfance, s'était passée d'abord sous le toit d'un couvent, sous les regards des bonnes sœurs qui l'avaient élevée. Puis, ces mêmes bonnes sœurs, toujours désireuses d'assurer le sort de leur gentille petite Grédel, avaient trouvé pour elle cet honnête et brave Franz Becker, le maître du moulin d'Eckenthal, auquel elles l'avaient mariée.

Et certes Grédel s'était sentie alors bien joyeuse et bien fière, dans sa jolie maisonnette à quelques minutes du moulin, bâtie à l'ombre des grands chênes, au bord de la rivière. Penser qu'elle était devenue, tout d'un coup, maîtresse et reine de ce joli bien, de ce logis, de ces meubles, de ce jardinet, de ces champs de ce petit troupeau dans l'étable, de ces chevaux dans l'écurie! se dire que tout cela était à elle : les moutons, la jument, les bahuts, la huche, le moulin! Et son bon Franz, qui était toujours pour elle si complaisant, si tendre!... Ah! certes, Grédel n'avait plus alors à demander qu'une chose : non point que son bonheur devînt plus grand, ce qui eût été impossible, mais simplement qu'il pût durer.

Ah! pauvre Grédel, c'était là que de nouveau l'attendait le sort. Son bonheur avait été court, ainsi que le sont, du reste, presque tous les bonheurs de ce monde. Elle était mariée depuis trois ans à peine, lorsque son brave Franz rentra malade un soir. Il ne faut pas grand'chose à un meunier qui aime l'ouvrage, le profit, et qui travaille dur, pour prendre une fluxion de poitrine. Et quand le mal est trop fort, l'arrêt final porté, tous les secours des médecins, et même les soins tendres et dévoués d'une bonne petite femme aimante, deviennent malheureusement inutiles. En moins de quinze jours, la maladie avait fait son chemin, par où la mort était venue; le crêpe de la veuve assombrissait les cheveux blonds de l'épousée; il n'y avait plus de mari pour Grédel, plus de maître au moulin.

Oui, son arrêt était porté ; pour la seconde fois dans sa vie elle se trouvait seule. Et plus seule encore que par le passé, parce qu'elle pouvait apprécier l'ineffable douceur des joies perdues ; parce qu'elle avait connu, dans toute leur plénitude calme et sainte, le bonheur, la paix, l'amour. Oh! devoir demeurer ainsi, toute sa vie durant, triste et seule! n'avoir pas de mère, pas de sœur, ou d'amie ou de frère, pour prendre sa part de douleur, et peu à peu la consoler! Si du moins ce bon Franz avait laissé après lui un petit enfant bien-aimé, un autre lui-même, à sa veuve. Mais non : rien ne restait pour l'avenir à la pauvrette. Avec le brave Franz, tout s'en était allé.

Ce qui s'en était allé, c'était avec le compagnon chéri la joie, le contentement, l'amour. Car l'héritage était encore là, et Grédel se trouvait vraiment riche pour une pauvre petite femme toute seule. Mais ce n'était certes pas cela qui pouvait lui faire son bonheur; en présence de toutes ces préoccupations, ces soucis, elle avait perdu le courage. Ne gardant que la maisonnette, elle avait vendu le moulin, et comme tout cet argent lui revenait, le bon défunt n'ayant pas de famille, elle avait pris, sur ce total, une petite somme qu'elle avait portée au couvent, afin qu'en souvenir du bien qu'on lui avait fait, on pût y recevoir encore une ou deux orphelines. Puis elle s'en était retournée, toujours triste, à son logis; y vivant, la première année de son deuil, en larmes et en silence, n'ayant le plus souvent auprès d'elle, en fait de créatures vivantes et animées, que son troupeau, son chien, son oiseau et son chat, qui ne s'ennuyaient point de sa douleur, et dont, à force de soins et de douceur, elle s'était fait de vrais amis.

Eh bien, oui, ils étaient tous bien attachés et bien fidèles, le joli Fifi et le gros Mürr, les moutons et le bon Turco. Au moindre appel, au moindre signe, le premier fredonnait gaiement et sautait en battant de l'aile; l'autre accourait en ronronnant et présentait son dos arqué, sa douce face blanche, aux caresses de la main chérie; le troisième jappait tout joyeux et faisait des bonds de possédé! Mais avec tout cela, il manquait la douceur d'une voix humaine. Oh! combien Grédel aurait voulu avoir là, sous son toit, au coin de son foyer, quelqu'un qui pût aller, venir à ses côtés, s'asseoir ou se lever, la regarder agir, l'écouter parler, lui répondre! Qu'elles sont heureuses les femmes auxquelles la mort n'a pas tout pris, qui ont un mari, des parents, des enfants, une mère!... Voilà ce que Grédel, de même que les autres jours, se disait ce matin-là, toute triste, en quittant son lit.

Du reste, comme ses amers regrets et sa sourde

La bonne Grédel tenait la tête en l'air... (Page 490).

douleur ne l'avaient jamais empêchée d'être active et vaillante, elle fit vivement et lestement sa besogne de chaque matin, rangea tout autour d'elle, de façon à ce que chaque meuble fût clair et poli comme un vrai marbre, chaque serrure, chaque ferrure scintillante comme de l'or. Tout en trempant le pain bis de son déjeuner dans la jatte de lait crémeux de la blanche Betti, sa chèvre, elle remplit la mangeoire de Fifi, prépara la pâtée de Mürr. Puis, s'accoudant un instant sur l'appui de la fenêtre, elle souleva l'un des pans du rideau, et, voyant le ciel bleu, elle se dit que ses moutons, qui bêlaient dans l'étable, seraient certes bien contents de s'en aller au pré, où ils brouteraient à leur gré, sous ses yeux, l'herbe verte.

Alors elle entr'ouvrit le lourd battant de chêne de la grande armoire dressée en face de son lit, y prit, sur les hautes piles de linge tout parfumé de lavande, un mouchoir à fleurs qu'elle enroula autour de ses cheveux. Car il y avait déjà près de deux ans que son cher Franz était mort, et elle avait vu se faner sur son front le crêpe noir des veuves. Et, ces derniers préparatifs étant faits, elle se tourna pour envoyer au pinson un regard, se pencha pour donner au minet une caresse, prit sur la table son tricot et, sans avoir à dire un mot d'adieu, sortit à pas lents du logis.

Au dehors, la grâce charmante et la fraîcheur du paysage, la beauté du ciel, la pureté de l'air et la joyeuse paix du jour ne tardèrent pas, cependant, à rasséréner son front et à allumer dans ses yeux une plus vive et douce flamme. Le troupeau, très joyeux en voyant la porte s'ouvrir, s'était en bondissant précipité au-devant d'elle. Turco courait et sautait de çà de là, aboyant de plaisir. Le soleil étincelant séchait sous ses pas les grandes herbes, où scintillaient encore, par-ci par-là, les fins diamants de la rosée : les champs, la prairie, la rivière, les bois au loin, tout sentait bon ; un souffle d'air, frais et léger, en passant caressait les feuilles, et les oiseaux disaient leur chanson du matin, en se balançant dans leur vol sur les branches verdies de mousse.

Ce fut ainsi que Grédel, qui avait pris son tricot et faisait vivement cliqueter ses aiguilles, tout en suivant de l'œil ses moutons et son chien, s'en alla lentement tout le long du sentier, et atteignit l'entrée du pré où elle s'assit près du ruisseau, dans l'herbe. Là, voyant sa joyeuse troupe occupée à brouter avec un entrain réjouissant et un superbe ensemble, ayant près d'elle ses mieux aimés qui ne la quittaient point, elle baissa silencieusement la tête sur ses aiguilles, et se prit à rêver tristement, les yeux fixés sur son tricot.

Longtemps elle resta ainsi, muette, solitaire et songeuse, évoquant pour charmer sa pensée ses meilleurs et plus chers souvenirs, se détournant parfois un peu pour regarder du côté où la petite chapelle blanche et les arbres du cimetière se détachaient sur le coteau. Alors elle se demandait ce que, toute seule et affligée comme elle était, elle pouvait bien faire en ce monde, n'ayant auprès d'elle, au logis, pas un regard pour lui sourire, pas une voix pour lui parler.

II

Tandis qu'elle pensait ainsi, il lui sembla entendre, à quelque distance de là, des pas légers dans l'herbe : non point le piétinement de ses moutons foulant la mousse, mais le bruit régulier et doux de pieds de jeune fille ou d'enfant, s'avançant à l'autre bout du pré. Alors, presque machinalement, pour voir qui donc s'en venait là, sans quitter son tricot, elle releva la tête.

Et, chose étrange, ses regards une fois détournés de son ouvrage et fixés de cet autre côté ne s'en détachèrent plus. C'est qu'un objet nouveau l'occupait ; c'est qu'elle considérait, étonnée, la personne qui approchait, qui de loin lui semblait douce, gentille, et qu'elle ne connaissait point.

C'était une brune jeune fille, aux épaules largement ouvertes, aux bras ronds à peine hâlés, à la taille svelte, aux pieds nus. Son corsage de coton bleu fané, échancré sur sa poitrine, laissait apercevoir sa chemise de grosse toile, dont les manches larges retombaient en arrière en plis flottants. D'une main elle retenait sur sa hanche, dans une pose sculpturale, très aisée et noble à la fois, l'un des pans légèrement relevé de sa pauvre jupe de futaine ; de l'autre elle affermissait sur sa tête, tout en marchant dans la prairie, un énorme tas d'herbe fraîche empilé à grand'peine dans un vieux tablier. Parfois le vent qui passait agitait, devant elle, les tiges du gros paquet branlant ; son visage un peu pâle apparaissait plus blanc sous les brindilles vertes. C'était comme un léger voile mouvant, qui ne parvenait pas à la cacher, et derrière lequel, en s'avançant, elle semblait sourire. Ce fut là précisément ce qui augmenta la curiosité et l'intérêt de Grédel, qui, la voyant venir et ne la reconnaissant point, ne cessa plus de la considérer.

L'autre avançait toujours vers ce côté de la prairie, caressant le bon Turco et les moutons, sur son passage, d'un regard joyeux et doux. Tout d'abord, en s'en venant, elle n'aperçut pas Grédel, dont le front blanc et les tresses blondes roulées sous le mouchoir à fleurs ne s'élevaient guère, dans son coin, au-dessus des tiges vertes. Puis, quand elle la vit, elle s'arrêta court, un instant, comme si elle semblait hésiter. Pourtant elle se remit en chemin, prenant son parti quand même, et s'en venant tout droit vers l'endroit où la veuve de Franz tricotait.

Lorsqu'elle fut arrivée bien près, elle s'arrêta encore. Elle tint un moment les yeux baissés à terre en rougissant un peu, et puis dit assez bas, d'une voix mal assurée :

« Je crois bien que je me suis trompée de chemin ; me voilà dans votre prairie... C'est que, pour retourner chez ma tante Berthe, je ne sais par où passer... Mais ce n'est pas dans votre champ que j'ai coupé ce paquet d'herbe. Oh ! non, allez, je vous assure. C'est là-bas, tout là-bas, au pied de ce coteau, juste sur le bord de la rivière. Pensez donc ! c'est d'hier seulement que je suis arrivée en ce village ! Je ne voudrais certes pas commencer par mal faire, pour être tout d'abord mal vue, mal estimée des gens d'ici. »

La bonne Grédel, pendant que la jeune étrangère parlait ainsi, tenait la tête en l'air sans quitter son tricot, et avait tout le temps les yeux fixés sur elle. Cette fillette lui paraissait si avenante, en s'empressant ainsi de s'excuser, qu'elle ne lui répondit, dans ce premier moment, que par un bon et franc sourire. Cependant, un moment après, comme elle sentait le désir de faire plus ample connaissance, sans quitter des yeux l'inconnue, en faisant vivement cliqueter ses aiguilles du bout des doigts, elle lui dit :

« Ne vous mettez pas en peine pour si peu. Il y a, Dieu merci, dans nos prés et nos champs assez d'herbe pour toutes nos bêtes... Ainsi donc, vous n'êtes point de chez nous ? vous vous en venez de loin ? En vous regardant venir, je m'apercevais bien que je ne vous connais point, en effet.

— Hélas ! non ; je ne suis pas d'ici, répondit l'autre avec un soupir. Je suis née dans un hameau, de l'autre côté de Thionville. Mon père était forgeron ; j'avais un frère plus grand que moi, que j'aimais, mon Dieu, que j'aimais ! et qui probablement est sous terre à cette heure. Quant à ma pauvre mère, je ne m'en souviens presque point ; elle est morte que j'étais bien petite. Cela fait que j'ai grandi toute seule, voyez-vous, sans avoir eu près de moi quelqu'un pour lui conter mes petites peines.

— Comme moi, murmura Grédel, secouant tristement la tête. Mais, reprit-elle au bout d'un instant, vous aviez un père, vous, et aussi un grand frère.

— Oui, c'est vrai, et pour ça, il n'y a pas à dire, ils m'étaient bien bons tous les deux. Seulement, voyez-vous, ce n'est pas la même chose. Des hommes, ça n'est jamais avec les filles, à la maison ; il leur faut bien s'en aller dehors, ou au loin, à l'ouvrage. Et puis je n'avais pas encore douze ans quand mon frère s'est engagé.

— Ah ! oui, voilà comme les hommes s'en vont, soupira doucement la veuve. Mais votre père, du moins, celui-là vous était resté ?

— Oui, je l'ai eu encore cinq ans. Mais cela ne l'a pas empêché d'avoir une triste fin, allez, madame. Vous savez bien, quand la guerre est venue, la grande armée des Prussiens est passée de notre côté. Mon pauvre père en était tout colère, tout malheureux ; il disait que cela le rendait honteux et le faisait souffrir, de voir ces soldats étrangers entrer ainsi, comme des loups, dans notre pays de France. Alors, comme il était encore vaillant et robuste, il a laissé le métier, la forge, pour un instant, et s'est mis dans les francs-tireurs pour tenir la campagne... Il était si brave et si fort ! il s'est bien battu, allez !... Mais un jour on me l'a rapporté tout sanglant, percé de deux balles. Il a pu encore me sourire, il m'a bénie ; puis il est mort... Cela fait que je me suis trouvée, à dix-sept ans, orpheline, délaissée, toute seule, acheva dans un sourd sanglot la pauvre jeune fille dont la voix se brisait, et qui baissait ses grands yeux bruns, dont les larmes tombaient jusque sur les herbes fleuries.

— Pauvre petite !... Ah ! voilà comme les femmes sont malheureuses ! murmura Grédel qui, pour sa part, passait aussi la main sur ses yeux. Et cela fait que vous êtes venue ici, vous voyant orpheline ?

— Oui, madame. Par bonheur j'avais encore ma tante Berthe. Seulement elle est bien vieille, bien infirme ; sûrement vous la connaissez ?... Et puis ce n'est que ma grand'tante, à moi ; son neveu c'était mon père. Lorsque je l'ai perdu, elle était dans un hospice, où le médecin lui avait dit d'entrer pour se faire soigner. Mais quand elle a vu qu'après tout elle ne gagnait rien, en fin de compte elle est sortie ; elle est revenue dans son petit bien qu'elle a tout près d'ici, et elle m'a fait savoir alors qu'elle ne demandait pas mieux de m'avoir en compagnie et en bonne amitié, si toutefois j'aimais venir près d'elle. Je n'ai certes pas dit non, allez ; je suis venue. C'est si triste de vivre seule, sans parents, sans amis, sans personne à qui parler !

— A qui le dites-vous ! soupira la veuve, cette fois quittant ses aiguilles pour s'essuyer les yeux. Ainsi, continua-t-elle après un moment, vous êtes à présent des nôtres ? vous voici dans notre village ! J'espère que vous y resterez longtemps, que vous y serez heureuse. Pour moi, je connais bien cette bonne mère Berthe, et j'aurai toujours grand plaisir à vous voir, sûrement... Mais, ma mignonne, il ne faudrait pas oublier une chose... Songez donc que vous ne m'avez pas encore dit votre nom.

— C'est vrai, je n'avais pas pensé, murmura la fillette, dont les joues un peu pâles devinrent toutes rosées. Je m'appelle Lisa, madame ; tante Berthe me nomme Lischen, comme disent les gens d'ici.

— C'est bon... Eh bien, Lischen, vous saurez mon nom aussi ; vous direz à votre tante que Grédel, la veuve de Franz Becker, vous a rencontrée dans la prairie, et se sent toute prête, vraiment, à vous prendre en amitié... Du reste, j'y pense maintenant, pour qu'elle en soit plus sûre, j'irai bien le lui dire moi-même ; je passerai par là demain matin, avant de conduire mes moutons dans le pré.

— Ah ! vous serez bien bonne, madame, et tante Berthe vous en saura beaucoup de gré, assurément... Mais à présent le jour s'avance ; voici que le soleil est bien haut dans le ciel ; il faut que je me hâte de rentrer à la chaumière pour donner cette herbe à la vache. Et puis tante Berthe m'attend pour faire la soupe. Donc au revoir, madame !

— Oui, Lischen, à demain ! »

Ce fut ainsi que, cette fois, les deux jeunes femmes se séparèrent. Lischen s'éloigna vivement, dans la direction du village, se retournant encore une ou deux fois, avant de sortir du pré, pour regarder la veuve et lui sourire. Quant à Grédel, restée là seule, immobile, elle ne tricotait plus. Son regard, doucement éclairé, à travers la verdure des champs suivait la jeune fille. Elle se sentait depuis un instant, sans savoir pourquoi, l'esprit moins sombre et le cœur plus léger. Depuis les jours où son bon Franz était là, auprès d'elle, et avec elle causait amicalement, les soirs d'été, les jours d'hiver, au foyer de sa maisonnette. elle n'avait pas entendu, avec autant de plaisir et de charme, une autre voix répondre à la sienne ; elle n'avait pas aussi franchement désiré se mettre le cœur plus à l'aise et jaser plus longtemps.

Aussi quand, ayant détourné la tête parce que, derrière les saules, la fillette avait disparu, elle reporta de nouveau ses yeux autour d'elle, tout lui sembla plus souriant, plus doux. Une touffe de violettes était là, éclose sous sa main; Herz et Schatz, ses deux agneaux préférés, la saluaient d'un gentil bêlement, jusque sur ses genoux venant poser leur tête, et Turco, à quelques pas de là, la regardant d'un air tendre, et remuant la queue, aboyait à demi voix, gaiement, comme pour lui dire : « Êtes-vous contente, maîtresse? Nous tous qui sommes ici, allez, nous vous aimons. »

Aussi Grédel se trouva-t-elle beaucoup moins sombre et bien plus aise en s'en revenant au logis. Depuis longtemps, lui semblait-il, elle n'avait pas vu poindre une si belle journée. Tout en songeant ainsi, elle se dit qu'elle avait eu tort, vraiment, de vivre seule dans son trou, de ne pas fréquenter les meilleurs de ses voisins; cette vieille mère Berthe surtout, qui n'était pas trop heureuse, et qui n'avait pas auprès d'elle de fille pour la servir ou de compagne pour la désennuyer.

Aussi, se promettant bien d'agir autrement désormais, et de rendre, dès le lendemain, la première de ses visites, elle rentra chez elle d'un cœur plus joyeux et d'un pas plus agile, prépara lestement son repas de midi, apportant dans son tablier, tout en fredonnant un refrain, de grandes brassées de sarments dont elle emplissait l'âtre, soigna bien la gamelle de Mürr et de Turco, puis, ayant achevé son dîner solitaire, elle se mit à nettoyer, avec une vaillance et une ardeur qu'elle avait en partie perdues, tout l'intérieur de sa maison, lavant ici, fourbissant là, époussetant et frottant partout, drapant les plis de ses rideaux, changeant la courte-pointe de son lit, faisant reluire les gonds polis et les ferrures de ses armoires, parce que, pensait-elle, la mère Berthe avec sa gentille nièce Lischen lui rendraient sa visite, sûrement, et qu'il était à propos de se montrer à elles ce qu'on était vraiment : femme d'ordre et de soin, active ménagère.

Ce fut ainsi que Grédel, toujours affairée et en grand mouvement, acheva sa journée, et dormit d'un sommeil plus profond, plus calme, en attendant le lendemain.

— La suite au prochain numéro. — Étienne Marcel.

L'ABBAYE-AU-BOIS

A l'entrée de la rue de Sèvres, une simple grille de fer surmontée d'une croix annonçait naguère, annonce encore aujourd'hui le couvent de l'Abbaye-au-Bois. Rien que l'aspect de la cour intérieure indique le caractère de l'édifice. On y voit passer les bonnes âmes que la cloche appelle à la prière, les pauvres qui viennent recevoir le pain de l'intelligence, et en même temps les équipages armoriés des premières familles de France qui se rendent auprès des religieuses ou des dames pensionnaires. Tout cela offre l'expression de l'égalité et de la charité divines.

Depuis plus de six cents ans, cette habitation, comme une pensée toute spirituelle, demeure là immobile et conserve son nom primitif et sauvage.

A l'époque de sa fondation en 1202, l'Abbaye était à une grande distance de Paris, au fond d'antiques bois de chênes. Nous rappellerons ici comment elle y fut érigée.

C'était au temps de Philippe Auguste.

La guerre civile et incessante qui régnait en France au XIIIe siècle et faisait le fond de ses mœurs barbares, avait parfois de singuliers épisodes. Les princes, à la tête de leurs hommes d'armes, attaquaient les monastères où se trouvaient déjà de grandes richesses; en même temps, les bandes des *pastoureaux*, paysans armés pour la défense de leurs cabanes et bataillant à outrance contre les seigneurs, soutenaient les maisons religieuses de toute la force de leurs bâtons et de leur foi robuste ; mais presque toujours sans succès, et ne servant à rien qu'à allumer autour de chaque couvent un combat, à l'issue duquel les gens du roi, au lieu de déménager la maison tranquillement, brûlaient les murs et jetaient les habitants du haut du rempart sur les piques des soldats, qui emportaient leurs têtes avec le reste du butin. Il est vrai de dire que, par une piété et une logique dignes de ces temps, le fruit de ces rapines servait en partie aux frais des croisades.

Philippe II, descendant des rois nommés *batailleurs* et *tranche-têtes*, dans sa première jeunesse, ne le cédait en rien à ses pères. Un jour, ce prince n'eut pas honte d'attaquer un faible couvent de nonnes situé sur la pente du mont Valérien. Il conduisait ses gens devant le monastère, dont un poste de *pastoureaux* gardait l'entrée, droit sur son cheval en face du combat. Les paysans se rendirent bientôt à merci ; Philippe fit un signe à ses soldats, et les vaincus furent massacrés. Les portes de chêne du moutier tenaient encore ; Philippe fit un nouveau siège et la flamme entoura les murailles. Ce fut par ces ouvertures brûlantes que les nonnes éperdues passant sur les brandons de feu, et le corps ensanglanté, s'enfuirent à travers les champs.

Deux d'entre elles se réfugièrent au fond des bois voisins de leur couvent ; elles y trouvèrent une image de la Vierge placée dans un tronc d'arbre, près d'une source, où étaient aussi une coupe et un banc, offerts au voyageur par l'hospitalité des bois. Se jugeant en sûreté sous la protection de Marie, les deux jeunes sœurs prirent asile en cet endroit. Un mois durant, elles y demeurèrent, se nourrissant de racines et de fruits sauvages, vivant d'espérance.

Un jour qu'elles s'étaient un peu aventurées du côté

de la route, un spectacle navrant s'offrit à leurs regards. Un jeune cavalier était étendu gisant, sans connaissance, sur la terre ; son cheval, arrêté près de lui, avait ses flancs couverts de sueur et dégouttants de sang ; au loin, sur le chemin, une femme armée de toutes pièces s'en allait au grand galop de son cheval de guerre.

Le cavalier, passant la visière baissée sur la lisière du bois, avait été attaqué et renversé par la duchesse d'Alençon, qui rompait une lance mieux qu'aucune de son sexe, et qui était dans l'usage de descendre de son castel escarpé, avec quelques-uns de ses vassaux, pour détrousser les passants. Après avoir fait mordre la poussière au malencontreux voyageur, elle emportait avec elle ses chaînes et ses éperons d'or.

Le chevalier inconnu, couvert de blessures et furieux d'avoir été démonté par cette princesse de grands chemins, s'était évanoui en jurant mort et malédiction sur toutes les femmes, qu'il vouait de grand cœur à Satan; faussant ainsi les lois de la chevalerie dont il n'était pas la fleur.

Après le premier coup d'œil jeté sur le cavalier, les deux saintes filles se regardèrent entre elles avec un sourire et levèrent au ciel leurs yeux rayonnants de douceur et d'amour ; puis elles firent à la hâte un brancard de rameaux verts, et transportèrent le blessé auprès de leur madone, après avoir passé à leur bras la bride du cheval, qui les suivit d'un pas lent.

Les jeunes sœurs étaient habiles dans l'art de guérir les blessures, et le bois avait des simples en abondance; l'eau de la source rafraîchit d'abord les chairs déchirées ; le suc du baume y fit cesser la douleur, et les feuilles achevèrent l'appareil.

Sous cette bienfaisante influence, le cavalier reprit ses sens ; il entendit d'abord de douces voix dire près de lui :

« Ma sœur, son cœur bat ; je crois qu'il va rouvrir les yeux..... Venez m'aider à le soulever.

— J'achève de panser les blessures de son cheval ; il faut qu'il puisse le monter pour rentrer sans danger à la ville. »

Le blessé leva la paupière ; son regard alla se fondre dans un regard enchanteur ; il vit au-dessus de lui un angélique visage, encadré du bandeau et de la guimpe blanches qui lui firent reconnaître une religieuse du mont Valérien, tandis que sa compagne vint la rejoindre et s'agenouiller aussi auprès de lui.

Il tressaillit et dit de sa voix la plus troublée :

« Dieu vous rende, mes sœurs, les bons soins que vous daignez donner à un étranger.

— Étranger ? Oh non !

— Vous me connaissez ? murmura-t-il en pâlissant.

— Vous êtes le roi Philippe ! » répondirent-elles d'une même voix et avec un sourire de bonté sublime.

Il les regarda avec une extase incertaine.

Elles reprirent :

« Nous vous avons bien reconnu ; vous portiez le même panache blanc alors que vous étiez devant nos murs.

— L'incendie éclairait votre visage.

— Cette écharpe était à votre bras lorsque vous l'avez étendu pour commander le massacre du couvent.

— Et vous m'avez sauvé la vie ! » s'écria le prince avec un accent de stupeur et d'admiration inexprimables.

Ce fut à leur tour de le regarder avec étonnement.

« Mais vous êtes toujours notre roi, dirent-elles.

— Et puis la charité nous ordonne de secourir tous nos frères.

— Cela veut dire : le roi Philippe comme les autres. »

Philippe sentit au dedans de lui une impression vive et inconnue ; il se dit, en pensant à ces douces et généreuses filles du Seigneur, si souvent chassées, éplorées par les éclats de son glaive, qu'il avait été un homme bien étrange de faire la guerre à ce qu'il y avait de meilleur au monde; il devina, comme un grand roi qu'il était déjà, malgré les désordres de ses vingt-deux ans, tout ce que cet élément de charité pourrait faire pour l'avenir de son royaume s'il y était répandu ; il vit la source d'une civilisation entière dans ce soupir de tendre pitié que le Christ avait mis sur les lèvres de ces vierges.

Le roi s'inclina humblement devant les jeunes sœurs, leur demandant de prier Dieu pour lui. Puis il remonta à cheval et reprit la route de Paris; mais la première chose qu'il fit, en arrivant au Louvre, fut d'ordonner à son prévôt la fondation d'une abbaye au bois où il avait laissé les deux religieuses.

Alors, sans quitter le tronc d'arbre à la Vierge, les deux sœurs virent s'élever autour d'elles, et comme par enchantement, un cloître, des cellules, une chapelle; elles virent une partie de la forêt se fleurir en délicieux jardins; des sœurs de leur ordre vinrent bientôt les rejoindre dans cette enceinte.

L'ermite Raoul (1) bénit le bâtiment lorsqu'il fut achevé. Le saint homme eut dans cette circonstance une vision de l'avenir, qu'il communiqua aux assistants; il dit qu'en souvenir de la conversion du roi Philippe qui, ayant changé sa vie, promettait un glorieux règne, et pour balancer la rage que le prince avait eue auparavant de détruire les monastères, celui qu'il fondait en ce moment demeurerait toujours debout, traversant sans coup férir guerres et révolutions, et se conservant dans son saint caractère jusqu'à la fin des temps.

A l'entour de la nouvelle abbaye s'étendaient les antiques ombrages qui avaient appartenu aux forêts drui-

1. Fils naturel de Louis VI, oncle de Philippe Auguste.

diques; à peu de distance était l'herbage où l'on menait paître les troupeaux sur un tertre nommé la Croix-Rouge; dans le lointain, on apercevait le fleuve et la masse informe de la Cité, d'où le couvent dans sa longévité devait voir naître notre Paris moderne.

Les fenêtres du monastère, tournées à l'occident, ne découvraient que des bois, des blocs de rocher, des campagnes agrestes et primitives. Sa musique religieuse, ses chants, ses harpes se mêlaient alors aux bruits sauvages d'un climat rigoureux, aux murmures élevés des vents, aux mugissements des loups errant dans leurs domaines. Ces voix du cloître faisaient entendre la note d'amour et de piété dans le concert encore barbare de la nature.

C'étaient alors des pèlerins, des voyageurs attardés, des hommes d'armes blessés qui, sonnant du cor à ses portes fortifiées, venaient demander des aumônes, des prières et des spécifiques composés avec des plantes précieuses que, selon la tradition, les prières des saintes filles du Christ faisaient naître autour du monastère.

Quelques siècles ont passé, et maintenant c'est un horizon infini d'habitations humaines qui se déroule devant les croisées de l'Abbaye..... Sujet de méditation plus profond, mais moins doux que la nature. Tout a changé, s'est renouvelé avec une rapidité constante, avec une activité de révolution infatigable. L'Abbaye a vu s'élever et tomber des générations de rues et de maisons, comme elle voyait aux premiers jours se renouveler la feuille des bois.

Peu à peu cette solitude s'éclaircit; on y défricha des champs; on y bâtit des cabanes; les écoliers prirent leurs ébats au Pré-aux-Clercs; on y éleva des cabarets.

Mais, tandis que la vie en approchait d'un côté le verre en main, de l'autre pliant sous le fardeau du travail, le couvent restait immuable et recueilli sous son ombre.

Cette origine antique, cette fixité au milieu du mouvement, jointes au charme indéfinissable qui s'attache à certains objets, ont donné à ce lieu une espèce de célébrité sainte. De toutes les maisons religieuses de Paris, l'Abbaye-au-Bois est la plus connue.

Paris, brisant maintes fois ses barrières, s'avançait cependant pas à pas et vint l'envelopper. Un jour, il se trouva que les chênes de l'antique forêt brûlaient dans des foyers de marbre, devant les duchesses du nouveau faubourg, qui animaient la flamme de leurs éventails de plume. Un soir, les rues furent éclairées par d'honnêtes passants; les ribauds devenus vieux s'étaient faits citadins, et les loups chassés de leurs domaines s'en allaient au loin, discourant entre eux sur la corruption du siècle, et regrettant les beaux jours de leurs aïeux.

L'Abbaye se trouva au sein de la populeuse ville et demeura toujours la même, sans entendre le bruit du plaisir ni le bruit du labeur.

Dans le cours des siècles, ce couvent ne fit que se consolider davantage. Anne d'Autriche, au terme des guerres civiles qui signalèrent sa régence, dota plusieurs communautés; elle ratifia en ce moment les titres de l'Abbaye-au-Bois et lui donna de nouveaux privilèges. Le 8 juin 1718, Louis XV posa la pierre d'une église plus vaste qui remplaça l'ancienne et devint ensuite première succursale de Saint-Thomas d'Aquin. Pendant la Révolution, sa croix étant renversée, le couvent fut pendant quelques années divisé en propriétés particulières. Mais en 1814 les religieuses de la congrégation de Notre-Dame rachetèrent et vinrent occuper le bâtiment consacré, qui devait toujours conserver sa primitive destination.

Maintenant l'Abbaye-au-Bois est la plus ancienne et la principale communauté de femmes de Paris; elle compte environ cinquante religieuses.

La règle primitive est demeurée dans toute son intégrité. La supérieure triennale peut être réélue trois fois, ce qui fait au plus un règne de douze années. Le costume noir avec la guimpe et le bandeau blancs a conservé tout le caractère antique. Les religieuses de cet ordre ont le grand bréviaire romain, et portent un Sacré-Cœur suspendu sur leur poitrine. Dès quatre heures du matin, en toute saison, la cloche annonce le commencement de la laborieuse journée; les occupations exactement distribuées et observées alternent le service divin; la simple et élégante chapelle, située au fond du cloître, ouvre ses tribunes sur l'escalier qui dessert les cellules, et la religieuse, à chaque pas de sa journée, trouve Dieu sur son chemin.

Deux sœurs, relevées tour à tour, prient toute la nuit dans le chœur; car on a conservé là l'*Adoration perpétuelle*, cette belle pensée qui efface ce qu'il y a de borné dans les forces et la piété humaines, et offre à l'Éternel un hommage infini comme lui. L'hiver, quand la neige et la glace tourbillonnent sur la ville, quand les lustres des fêtes s'éteignent et que les femmes jettent leurs manteaux de velours et de fourrures sur leurs gazes diamantées pour aller rejoindre leurs moelleuses couches, en même temps une religieuse interrompt son rare sommeil, et, le front voilé, descend à la chapelle prier pour les malheureux... comme si elle savait combien après les plaisirs du monde Dieu a de douleurs à consoler!...

A entendre parler de cet intérieur au milieu de notre temps actuel, on croirait lire une antique et naïve légende; à le voir déroulé sous ses yeux, on y trouve le plus suave et le plus imposant tableau.

Rien n'est doux et reposant comme l'aspect du préau. Autrefois cimetière du couvent, il a conservé, au milieu d'une corbeille de fleurs, la croix de fer qui rappelle son ancienne destination; mais la terre est couverte de plates-bandes et d'arbres fruitiers : la religion est esprit pur, la nature est toute sensuelle; cette croix et ce cloître sont voilés de vignes, de fleurs et de fruits comme pour tempérer leur austérité.

Il y règne un silence dont on n'a pas une idée à Paris; pour tout être vivant, on y voit passer de loin en loin un papillon, une religieuse lisant un office, et le calme en elle et autour d'elle est si grand, qu'on entend à sa ceinture bruire son chapelet.

En effet, quelle émotion, quelle fièvre pourraient troubler son pas et hâter les battements de son cœur? Elle n'a rien à désirer, ni à craindre dans le cours de la journée. Elle ne lève pas même les yeux à l'horizon, les changements de l'atmosphère ne sont rien pour elle; la pluie ne dérangera aucune partie de plaisir..., l'orage ne détruira pas sa moisson..., sa moisson est au-dessus des nuages.

Cette souffrance commune à toutes les femmes, la venue de la vieillesse ne l'atteint même pas. On pourrait dire que dans le cloître on garde une jeunesse éternelle : aucun souci matériel ne vient émousser et vulgariser la sensibilité; les cellules n'ont pas de glace, les religieuses ne se voient que dans les yeux affectueux de leurs compagnes; elles conservent jusqu'à la fin leurs jolis noms de *Sainte-Clottou*, *Sainte-Hélène*; elles ne voient rien se déflorer par l'âge; elles n'arrivent jamais à la chute des feuilles!

Léontine Rousseau.

— La fin au prochain numéro. —

CHRONIQUE

Possédez-vous une robe de chambre?

Comme beaucoup d'autres institutions fort utiles et fort respectables, la robe de chambre est très discutée à notre époque; et je crois qu'il n'est point inutile de la défendre contre l'indifférence de certains esprits frivoles.

Pendant trois siècles au moins, la robe de chambre a joui de la considération la plus légitime et la plus méritée. Voyez tous les tableaux qui nous représentent des scènes d'intérieur du XVIe, du XVIIe et du XVIIIe siècle, vous y trouverez la robe de chambre revêtant les plus graves comme les plus élégants personnages, depuis les bourgeois de Gérard Dow jusqu'aux jeunes élégants des gravures de Moreau le jeune.

Nous possédons une foule de portraits de grands hommes, du XVIIIe siècle surtout, qui nous les montrent en robe de chambre : pour les hommes de lettres particulièrement, ce vêtement ressemblait à un uniforme professionnel.

Aussi, comme ils l'aimaient! Diderot a rendu célèbre, dans une page spirituelle, une vieille robe de chambre qu'il avait eu un jour la malencontreuse idée de changer pour une neuve. Cette robe neuve était magnifique, elle faisait un contraste trop sensible avec le pauvre mobilier de l'écrivain : il fut obligé de changer son aménagement tout entier, uniquement pour avoir le plaisir de loger sa robe de chambre d'une façon digne d'elle.

Quels regrets éloquents : « Pourquoi ne l'avoir pas gardée? Elle était faite à moi; j'étais fait à elle. Elle moulait tous les plis de mon corps, sans le gêner; j'étais pittoresque et beau. L'autre, raide, empesée, me mannequine. Il n'y avait aucun besoin auquel sa complaisance ne se prêtât; car l'indigence est presque toujours officieuse. Un livre était-il couvert de poussière, un de ses pans s'offrait à l'essuyer. L'encre épaisse refusait-elle de couler de ma plume, elle présentait le flanc. On y voyait tracés en longues raies noires les fréquents services qu'elle m'avait rendus. Ces longues raies annonçaient le littérateur, l'écrivain, l'homme qui travaille. A présent, j'ai l'air d'un riche fainéant, on ne sait qui je suis. Sous son abri, je ne redoutais ni la maladresse d'un valet ni la mienne, ni les éclats du feu ni la chute de l'eau. J'étais le maître absolu de ma vieille robe de chambre : je suis devenu l'esclave de la nouvelle... A chaque instant, je dis : « Maudit soit celui qui inventa l'art de donner du prix à l'étoffe commune en la teignant en écarlate! Maudit soit le précieux vêtement que je révère! Où est mon ancien, mon humble, mon commode lambeau de calemande? »

Le roi Louis-Philippe, qui fut certainement un des souverains les plus travailleurs que la France ait eus, portait d'habitude une belle robe de chambre de cachemire : il en était revêtu quand il mourut dans son fauteuil presque à la manière de Vespasien, qui prétendait qu'un empereur doit mourir debout.

Parmi les journalistes contemporains, M. Émile de Girardin a été un des fervents de la robe de chambre; et, certes, personne n'oserait dire qu'il puisse être compté parmi les paresseux de notre époque. On lui a connu toute sa vie une sorte de froc, couleur carmélite; et c'est avec ce vêtement, presque aussi légendaire que la redingote grise de Napoléon Ier, qu'il a été déposé dans son cercueil.

Mais, à propos, Napoléon lui-même a apprécié la robe de chambre : dans son testament de Sainte-Hélène, il prend soin de noter *deux* robes de chambre qu'il ne dédaigne pas de léguer à ses héritiers. Croyez-moi donc : suivez tant d'illustres exemples, et par ce temps de froidure, revêtez la seule armure qui puisse vous garantir contre les vents coulis, plus habiles qu'on ne pense à se glisser dans l'intérieur des appartements. Laissez aux jeunes freluquets tous ces jolis vestons agrémentés de passementeries, tous ces *coins de feu* aux couleurs éclatantes, et revêtez-moi une bonne houppelande, une chaude douillette vous enveloppant jusqu'aux talons.

*
* *

L'exposition d'électricité a donné lieu, dans le Palais de l'Industrie, à une foule d'expériences dont la plus curieuse a été certainement l'audition téléphonique des artistes qui chantaient dans la salle de l'Opéra.

L'Opéra lui-même devait servir à des expériences non plus d'audition, mais d'illumination. Le samedi, 15 octobre, une représentation de gala a eu lieu sur notre première scène lyrique pour permettre de constater les effets de la lumière électrique dans leurs applications à l'éclairage théâtral.

Les avis sont partagés sur l'impression causée par cette expérience. On paraît généralement trouver la lumière électrique trop crue, trop semblable à celle du jour : elle tue les décors; elle tue l'effet des toilettes dans la salle; elle a, en un mot, tous les inconvénients que je vous signalais ici même, à propos de l'introduction possible de ce mode d'éclairage dans les salles à manger.

Mais, à côté de ces défauts, elle a l'avantage considérable d'écarter la plupart des chances d'incendie et de ne pas détériorer les peintures comme la lumière du gaz.

Il est probable qu'on en viendra à un compromis entre les deux modes d'éclairage : le gaz continuera de régner dans la salle, la lumière électrique aura pour domaine les couloirs, le grand escalier, et particulièrement le foyer où elle éclairera admirablement, sans les détériorer en aucune façon, les peintures de M. Paul Baudry.

Lumière du gaz ou lumière électrique, je ne sais ce que diraient nos amateurs de théâtre du bon vieux temps, s'ils voyaient nos salles ainsi illuminées.

Corneille, Racine, Molière, aux jours de leurs plus beaux triomphes, n'ont jamais vu la scène éclairée que par de vulgaires chandelles de suif.

Louis XIV, dans ses plus grandes magnificences de Versailles, n'alla jamais plus loin que l'éclairage à la bougie, ce qui passa aux yeux des contemporains pour une somptuosité sans égale.

Jusqu'en 1720, la rampe de l'Opéra de Paris n'était bordée que de gros lampions au suif. Il fallut un siècle environ pour en arriver à un éclairage régulier par le système de lampes à l'huile, dont les verres éclataient à chaque instant et lançaient leurs débris jusque dans l'orchestre des musiciens.

Quant au mode d'éclairage des loges d'acteurs et d'actrices, c'est-à-dire des chambres qui servent aux acteurs ou aux actrices pour s'habiller, pour se reposer et pour recevoir les visites pendant les entr'actes, on laissa longtemps les artistes les éclairer à leurs frais et à leur guise; mais l'administration leur accordait pour cette dépense spéciale un supplément de solde. C'est même de cette coutume qu'est venue la dénomination de *feux*, usitée pour désigner la gratification supplémentaire qu'ils reçoivent, en plus de leurs appointements fixes, les soirs où ils jouent.

* * *

Des *feux* des comédiens aux coups de feu de nos troupiers en Tunisie, la transition est peut-être terriblement hasardée... Mais, tant pis! je la risque, puisqu'elle doit me conduire à l'anecdote de la fin.

La poudre a parlé là-bas. Vous connaissez certainement les deux lithographies de Charlet, le *Premier* et le *Second coup de feu*.

Dans la première scène, le petit conscrit s'affaisse au sifflement des balles, dans une attitude qui rappelle certains passages du *Malade imaginaire;* dans la seconde scène, le petit conscrit s'est redressé, et, formidable comme un lion, il abat un cosaque à bout portant.

La transition du premier au second coup de feu n'est pas toujours aussi prompte, et, quelquefois, il est utile de la ménager adroitement. C'est ce que comprit à merveille un colonel du premier empire, qui avait à conduire à la bataille de jeunes recrues qui n'avaient encore jamais vu l'ennemi.

Il avait remarqué qu'un bon nombre de ces jeunes gens semblaient préoccupés plus qu'il ne convenait. Il appela un capitaine qui, à ses heures de loisir, s'occupait de peinture, il lui exposa son projet.

Le capitaine fit coudre les unes aux autres un certain nombre de toiles de tentes qui, par les deux bouts, furent fixées à des arbres. Sur cette surface de toiles, il brossa à larges traits une cinquantaine de silhouettes simulant des soldats ennemis.

Alors le colonel réunit une compagnie, la plaça à cent pas devant le tableau, fit charger les fusils, ordonna de bien viser les silhouettes et commanda : « Feu! »

Trois décharges eurent lieu; puis on examina le résultat du tir : un des soldats en peinture était touché à la jambe, l'autre à son plumet...

« Eh bien, conscrits, dit le colonel à ses jeunes recrues, croyez-vous que l'ennemi vous fera beaucoup plus de mal demain à vous qui remuerez, que vous n'en avez fait aujourd'hui à ces bonshommes immobiles? »

Le raisonnement était juste; il frappa l'esprit des jeunes gens et les rassura; le lendemain, ils marchèrent crânement à l'ennemi et ils eurent la bonne fortune d'être espacés en tirailleurs : pas un homme ne fut sérieusement blessé.

Je recommande cette petite histoire aux méditations des parents, qu'elle peut rassurer et aussi aux méditations des héros novices qui auraient, pour leur propre compte, besoin d'être rassurés un peu.

ARGUS

Abonnement, du 1er avril ou du 1er octobre; pour la France : un an 10 fr.; 6 mois 6 fr.; le n° au bureau, 20 c.; par la poste, 25 c.
Les volumes commencent le 1er avril. — LA SEMAINE DES FAMILLES paraît tous les samedis.

VICTOR LECOFFRE, ÉDITEUR, RUE BONAPARTE, 90, A PARIS. — Imp de la Sté. de Typ. - NOIZETTE, 8, r. Campagne-Première. Paris.

LA VISITE AU TOMBEAU

—

En Hollande, il est d'usage, le jour des Morts, de placer des lumières sur les tombes, et afin que le vent et la pluie ne les éteignent pas, elles sont abritées par des lanternes fixées aux croix funéraires.

Symboles de souvenir et d'immortalité, ces flammes illuminent pendant quelques heures le séjour des défunts et rappellent aux vivants ces autres flammes, immatérielles et douloureuses, où gémissent peut-être encore les âmes de ceux qu'ils ont aimés.

Et si ces âmes souffrantes ou déjà bienheureuses se complaisent à regarder encore la terre, elles doivent bénir les amis qui ne les ont pas oubliées et d'une main pieuse et caressante répandent des fleurs sur leurs tombeaux.

Elle le croit, la pauvre Hedwige, et par delà les brumes de l'horizon et les plages infinies du ciel, son regard cherche celui qu'il ne reverra plus sur la terre, le regard de son bien-aimé.

« Vois, Axel, vois ces fleurs cueillies pour toi : ce sont les dernières du petit jardin que nous cultivions ensemble. Vois nos enfants, fleurs vivantes, ma seule joie désormais. Ils t'ont déjà presque oublié ; moi, je ne t'oublierai jamais.

« Jamais plus une fleur n'ornera ma tête, jamais le voile des veuves ne quittera mon front. Ta place restera toujours vide, et seule, toujours seule, le soir, quand les enfants seront endormis, j'écouterai le bruit lointain des flots et le balancier de l'horloge qui me dit : Bientôt !

« Bientôt, ami, bientôt je te retrouverai. Encore quelques années, encore quelques fêtes des Morts à passer, le bras de mon fils soutiendra mes pas, la main de ma fille me rendra les soins que je pris de son enfance. Et ils n'auront plus besoin de moi.

« Le temps va si vite ! n'est-ce pas hier, ô mon cher Axel, que je tressais ma couronne de fiancée ? n'est-ce pas hier que tu m'amenais joyeuse à ton foyer, hier que j'en attisai la flamme pour la première fois ?

« Sept ans de bonheur ont passé comme une nuit d'été ; les vingt années de ma vie de jeune fille furent plus courtes encore. Les longues et sombres journées du veuvage me semblent interminables, et pourtant, n'était-ce pas hier que je te vis mourir ?

« Tandis que je pleurais auprès de son berceau, ton fils souriait aux anges en dormant, et ta fille dans un rêve disait : « Mon père va revenir ! » Elle croit encore que tu reviendras ; elle a vu les femmes des pêcheurs brûler des cierges en priant pour le retour des barques...

« La tienne, ô mon bien-aimé, la tienne est arrivée au pays d'outre-mer, la tienne est au port éternel. Et je l'y rejoindrai quand la tâche que le Seigneur m'a donnée sera finie.

« Lorsque j'aurai marié ma fille, lorsque mon petit Axel sera devenu assez fort pour conduire une barque, lorsqu'il aura choisi sa fiancée... alors, comme l'ouvrière qui a fini sa journée, j'irai vers le Maître, j'irai vers le Père céleste.

« J'ai tout préparé : mes sœurs me revêtiront de mes habits de noces, et l'on m'étendra endormie pour toujours près de toi. Nos corps attendront ensemble la résurrection, et nos âmes réunies pour l'éternité se souviendront de leur passage sur la terre comme à l'aurore d'un beau jour on se souvient des songes de la nuit.

« Venez, enfants, rentrons au logis. L'air devient froid, la nuit s'approche. J'aimerais rester encore ici, prier, pleurer, et mourir sur cette tombe comme y vont mourir ces fleurs, comme s'y éteindra bientôt cette faible et vacillante flamme. Mais qui prendrait soin de vous, enfants chéris ? »

Et la mère veuve rentra dans sa triste demeure, et longtemps après que les enfants furent endormis, longtemps après que toutes les lumières du cimetière se furent éteintes une à une, les voisins d'Hedwige virent briller la lampe qui l'éclairait et entendirent le bruit monotone de son métier à tisser.

J. D'ENGREVAL.

SONGERIES D'UN ERMITE

—

Ce qu'on appelle l'Esprit est un médiocre capitaine, mais un excellent lieutenant : Donnez donc le premier grade au Bon-Sens dont le subordonné brillera en interprétant et exécutant ses ordres.

***

Nous lisons pour nous retrouver en autrui, et nous écrivons pour qu'autrui se retrouve en nous.

***

L'étude et la science peuvent apporter à l'esprit un surcroît de souplesse et d'étendue, mais ce n'est pas à elles qu'il peut devoir son élévation et sa pureté.

COMTE DE NUGENT.

L'ABBAYE-AU-BOIS

—

(Voir page 492.)

Les arcades du cloître sont entièrement garnies de vigne vierge. Il y a un charme de poésie indicible, quand au matin le soleil projette l'ombre de ses pampres sur le mur du fond, à voir passer lentement une sœur voilée dans ce cadre de vaporeuses guirlandes ; ou le soir, quand elle gagne sa cellule une lampe à la main, comme de la voir encore glisser sous ces voûtes dont la lumière éclaire tour à tour de sombres et fantastiques arcades.

Il y a six cents ans que ces mêmes voiles passent sous ces mêmes arceaux.

Cette maison a toujours été dirigée par des femmes d'un grand mérite, qui l'ont sagement conduite dans sa voie. Mme de Navarre qui conçut, il y a soixante ans, la pensée d'établir ses sœurs dans l'antique monastère de l'Abbaye-au-Bois, réussit dans cette entreprise malgré d'innombrables obstacles de fortune, grâce à un courage qui ne se rebutait devant aucune épreuve, et à cette belle vertu de l'espérance avec laquelle on accomplit tant de choses. Mme de Navarre étendait sa tendre sollicitude dans toute cette maison religieuse, qui renferme aussi des enfants et des étrangères. Son souvenir est resté vivant et paré des plus beaux traits chez toutes les personnes qui l'ont connue. Mme Saint-François-Xavier a réuni tous les suffrages pour continuer sa tâche. On eût dit, en effet, que cette jeune supérieure avait été formée par la nature exprès pour le cloître; elle avait sur les traits cette beauté idéale qui vient d'une expression angélique; elle conservait la plus grande simplicité dans les hauteurs de la religion, et parlait des choses du Ciel avec les accents de la langue maternelle.

Les dames de cette congrégation ont toujours entretenu entre elles l'union et l'harmonie qui naissent de la bonté et de la douceur naturelles, rehaussées par la religion.

Cette maison renferme les sœurs de la congrégation de Notre-Dame, qui, au milieu de leur existence ascétique, tiennent à la société actuelle par l'urbanité, la distinction des manières, la bienveillance dans les relations extérieures; ensuite, un pensionnat de jeunes personnes appartenant pour la plupart à d'anciennes familles; un externat gratuit de cent cinquante à deux cents jeunes filles, dirigé par les sœurs de la communauté; enfin, les dames pensionnaires ou simples locataires de l'Abbaye.

On sait que de ce nombre a été Mme Récamier, qui s'était retirée du monde dans cette maison religieuse. La présence d'une femme dont la réputation était européenne, dont le nom se trouvait mêlé à l'histoire du temps, et qui, dans sa retraite, attirait encore toutes les grandeurs du jour autour d'elle, appelait dans ce cloître une splendeur étrangère, mais assez pure pour s'allier avec celle de la religion.

Les regards alors ont été bien plus attirés vers l'Abbaye-au-Bois : la noble recluse embellissait le monastère, et le monastère était aussi un cadre qui la faisait mieux ressortir.

On pourrait dire de Mme Récamier qu'elle a été la dernière beauté historique; elle seule représentait encore à cette époque ces femmes de France, puissantes et adorées, qui comptaient des rois parmi leurs sujets. Nos anciennes annales sont semées de noms de femmes dont l'esprit et la beauté faisaient la guerre et la paix, les orages et les beaux jours, et qui prenaient place dans l'histoire aussi bien que princes et capitaines. Maintenant, que sont devenues ces gracieuses puissances?... Depuis le XIXe siècle il ne s'en montre pas une à l'horizon; les femmes ont abandonné les rênes du monde, elles ont déserté une politique aride, abstraite, un ordre de choses trop au-dessus ou trop au-dessous d'elles.

Mme Récamier seule, comme les femmes célèbres des temps monarchiques, a marqué aux yeux du pouvoir, a été tour à tour adulée, redoutée, exilée par lui, et, comme les reines d'autrefois, après une existence brillante et mouvementée, elle est venue se reposer et mourir dans un cloître.

Toutes les circonstances fortuites qui forment l'ensemble d'une renommée se réunissaient pour la rendre célèbre. Elle avait cette beauté parfaite des filles préférées du Créateur. Elle apparaissait dans toutes les sphères : sa position la mettait en rapport avec les grands, elle avait de douces amitiés parmi les têtes couronnées; sa bienfaisance la conduisait dans les plus humbles demeures, elle restait dans le souvenir des pauvres. Une supériorité naturelle d'esprit et de raison la retranchait dans un sanctuaire respecté; et elle avait en même temps une âme d'une tendresse et d'une douceur exquises, faite pour lui attirer la sympathie qui entre toujours pour la plus grande part dans la gloire des femmes.

Tous les nobles amis de Mme Récamier lui sont restés fidèles, et elle est restée fidèle jusqu'à sa mort à leur mémoire.

Sa demeure à l'Abbaye-au-Bois avait un luxe tout idéal et poétique. Des portraits d'amis célèbres, des objets d'art du plus grand prix, qui étaient là comme des dons d'amitié, mille reliques précieuses au cœur et à l'esprit étaient amassées dans ses salons : d'illustres souvenirs décoraient les lambris comme ailleurs le marbre et l'or.

M. de Montmorency, chevalier d'honneur de la duchesse d'Angoulême, Chateaubriand, Ballanche, des hommes distingués par des mérites divers, mais incontestés, venaient chaque jour dans ce salon prendre leur place habituelle auprès de Mme Récamier.

Puis apparut dans ce cercle unique une figure plus jeune, rayonnante d'intelligence, éclairée par une âme tendre, poétique, ardente à la recherche de la vérité, J.-J. Ampère, dont la mort encore récente a été un deuil pour les sciences et les lettres.

Tous ces hommes dont le nom vivra dans les temps et restera associé à celui de Mme Récamier, avaient prononcé entre ses mains le vœu d'une amitié enthousiaste et pure, seul sentiment qui, par son élévation et sa durée, mérite d'être compté dans la vie.

Dans les fastes de l'Abbaye-au-Bois, il se trouve un nom plein d'intérêt : Mlle de Lavalette, qui avait été placée dans cette maison religieuse pendant la captivité de son père. Le jour de l'évasion, elle était près de sa mère, dans la chaise à porteurs qui se rendait à la Conciergerie où s'accomplit la délivrance du prisonnier; la jeune fille attendait là, pendant la scène héroïque et bizarre qui se passait à quelques pas d'elle, tandis que le condamné fuyait et laissait dans la prison sa généreuse femme.

M. l'abbé Frayssinous demeurait à l'Abbaye-au-Bois dans le temps de sa plus grande célébrité.

Ce couvent se rappelle aussi le séjour qu'y fit Mme d'Abrantès après son éblouissante fortune et sa regrettable fin.

Il y eut encore une destinée moins célèbre dont le secret demeura enfermé sous les ombrages parfumés du cloître, mais dont la situation bizarre et touchante montre que bien souvent dans la vie le roman est une vérité.

Quelques jeunes personnes bien nées et sans fortune sont recueillies et élevées avec une bonté toute maternelle par les religieuses de l'Abbaye : c'est de l'une de ces filles adoptives de la communauté qu'il s'agit.

Il y a cinquante ans, un navire venait d'échouer sur une plage déserte du Midi. Ses mâts, ses voiles, ses amarres fraîchement brisés, s'élevaient en monceau sur un banc de rochers, ou, entraînés par un vent violent qui avait succédé à la tempête, se dispersaient dans la plaine. Il ne restait dans ces débris ni une voix humaine, ni aucun vestige indicateur qui pût faire connaître le nom du vaisseau, le port qu'il avait quitté, ni le lieu de sa destination.

Un vieux matelot, errant seul sur la grève, contemplait ce désastre avec une sympathique émotion, éveillée en lui par des scènes qui se rattachaient à son aventureuse carrière.

A cet instant, il s'éleva de ces décombres un triste et doux vagissement qui, malgré sa faiblesse, glissa au milieu des bruits de l'ouragan. Le matelot s'avança guidé par la voix, et découvrit une jolie petite fille d'un an, couchée sur un débris de planche, à l'ombre d'une voile qui s'arrondissait encore sur sa tête comme le cintre d'un berceau.

Le vieux marin prit dans ses bras l'enfant du naufrage et la recueillit en même temps dans son cœur ; il l'emporta dans sa maison et lui servit de père nourricier.

A quelque temps de là, le matelot était à Paris, où il avait apporté sa petite fille dans un pan de son manteau. Il chérissait cette enfant que la mer lui avait apportée ; mais il comprenait que s'il avait su lui donner la nourriture nécessaire à ses premiers ans, un temps viendrait bien vite où il ne trouverait plus dans son rude langage les paroles qu'il faudrait lui apprendre, ni même dans son bon cœur, tous les sentiments qu'il faudrait lui inspirer : il songea à la remettre entre des mains plus habiles à la former.

Un jour donc le digne homme s'en vint sonner à l'Abbaye-au-Bois, et déposa la petite fille dans le tour des religieuses. Il faisait cadeau de sa bonne œuvre au couvent.

Malgré les apparences contraires, il y avait cependant un lien entre le vieux marin et les saintes femmes qu'il venait trouver : la vierge Marie, la protectrice de l'Abbaye-aux-Bois, est aussi la douce patronne des matelots.

L'enfant fut reçue avec joie par celles qui sont les mères de tous les infortunés. Elle grandit, s'épanouit dans le saint asile; elle y fut heureuse et belle. Le souffle de la tempête qui avait jeté le vaisseau sur la plage, savait seul d'où venait ce vaisseau, et quels étaient les passagers qui se trouvaient à son bord. Nul ne connut jamais les parents de la jeune fille; elle n'eut d'autre famille que ses bienfaitrices, d'autre pays que le monastère, avec ses ombrages bénis et son air parfumé d'encens; ce fut là qu'elle aima d'amour filial et d'amour de la patrie.

Une excellente éducation ayant perfectionné tout ce que la nature avait fait pour elle, cette jeune personne a quitté un jour l'Abbaye et a pris place parmi les institutrices d'une maison royale.

La vierge protectrice des mers n'avait pas failli à sa mission : à deux cents lieues de distance, elle avait recueilli l'enfant du naufrage dans son antique sanctuaire de l'Abbaye-au-Bois.

Les diverses parties du bâtiment habitées encore aujourd'hui par les dames étrangères varient d'aspect selon l'époque de leur construction; les unes, ajoutées depuis une cinquantaine d'années seulement à l'ancien édifice, sont riches, élégantes et vastes; les autres, appartenant au cloître séculaire, ont conservé tout leur primitif caractère. Mais il y a dans ces murs épais de trois pieds, dans ces grands corridors souterrains, dans ces corps de logis incultes, dans ces escaliers qui s'élancent de toutes parts agrestes et sauvages, un tel aspect de solitude et de durée éternelles, un tel ensemble de sécurité, une telle émanation de calme et de repos, qu'on n'y regrette plus l'élégance des habitations modernes et que le luxe y est bientôt oublié.

Ainsi, dans tous les temps le toit qui abritait les cellules des religieuses et les appartements des dames étrangères réunissait, l'une près de l'autre et de chaque côté du même mur, les femmes dont la vie avait été le plus paisible et celles dont la destinée avait été le plus agitée; celles qui n'avaient pas touché à l'existence de la terre, et celles qui l'avaient trop connue. Si près de la communauté elles en aspiraient le calme éternel : car c'est une chose vraiment miraculeuse que cette existence du cloître, où toute puissance de troubles, de changements, d'événements désastreux est ôtée à l'avenir. Là, on sait toujours le matin ce que sera le soir; si chaque jour porte sa peine, elle est pesée d'avance; rien n'est livré au hasard, ni surtout à la folie humaine.

La règle indique pas à pas la marche de la vie, la guide, la resserre ! On n'échappe aux chagrins et aux déceptions du monde qu'en se dérobant à lui.

Si l'on savait combien les tristesses surpassent les joies, et dans le bonheur encore combien d'instants repris par l'indifférence et la douleur; si l'on savait ce que sont les divers amours, les affectoins qui dans le cours de l'existence éclosent comme sur un rosier à mille fleurs et tiennent si peu à leur tige, les grandes passions qui semblent si fortement enracinées dans une éternité divine, et finissent dans un sourire de dédain, tous ces jours du cœur qui n'ont pas de lendemain! Si l'on savait ce que valent les succès du monde, la célébrité même, si désirée parce que les sympathies qu'elle fait naître semblent l'amour à distance, mais qui vient si douloureusement et qui passe si vite!... Enfin, si l'on voyait la vie d'avance, ah! pauvres sœurs, combien vous auriez de novices!!.....

Léontine Rousseau.

FONTENELLE LIBRE PENSEUR

(Voir page 481.)

II

A propos de l'anatomiste Méry, rappelant l'exemple de Cassini, Fontenelle dit : « Il a eu toute sa vie beaucoup de religion et des mœurs telles que la religion les demande; ses dernières années ont été uniquement occupées d'exercices de piété. Nous avons dit de feu M. Cassini que les cieux lui racontaient sans cesse la gloire de leur Créateur, les animaux la racontaient aussi à M. Méry. L'astronomie, l'anatomie sont en effet les deux sciences où sont le plus sensiblement marqués les caractères du souverain Être; l'une annonce son immensité par celle des espaces célestes, l'autre son intelligence infinie par la mécanique des animaux. On peut même croire que l'anatomie a quelque avantage: l'intelligence prouve encore plus que l'immensité. »

Une dernière citation, car il faut savoir se borner, quoi qu'on en ait : « M. de Rasrons, savant ingénieur militaire, n'avait pas attendu l'âge ou les infirmités pour se tourner du côté de la religion; il en était bien pénétré, et je sais de lui-même qu'il avait écrit sur ce sujet. Je ne doute pas que la vive persuasion et le zèle ne fussent ce qui dominait dans cet ouvrage; mais si la religion pouvait se glorifier de ce que les hommes font pour elle, peut-être tirerait-elle autant de gloire des faibles efforts d'un homme de guerre en sa faveur que des plus savantes productions d'un théologien. »

En résumant « ces deux monuments d'une philosophie aussi rare que neuve », ainsi que M. Flourens désigne si bien l'*Histoire de l'Académie des sciences* et les *Éloges des Académiciens* dus à la plume de Fontenelle, il nous sera permis de dire, qu'à moins de supposer que cet homme célèbre fût un hypocrite fieffé, il lui eût été impossible de parler en de tels termes de vertus dont il aurait ignoré la pratique ou du moins le respect.

Fontenelle, en peignant le portrait des académiciens, s'est peint lui-même à son insu peut-être (disons même: sans doute), et ce plaisir inconscient, si l'on peut s'exprimer ainsi, ajoute un charme de plus à son stylo et à ses pensées. On sent qu'il est plein de son sujet. Voilà, semble-t-il dire, comment je voudrais être. On n'admire si bien ce que l'on serait heureux d'imiter et d'être soi-même, que parce qu'on a en soi le germe de ces vertus, et que dans les originaux ou modèles des portraits que l'on retrace, on se voit comme en un fidèle miroir. Un peintre excellent met toujours quelque chose de lui-même et de sa personnalité dans ses œuvres.

C'est ressembler à quelqu'un que de se sentir attiré à le peindre. Les semblables se cherchent; de là, la sympathie entre le modèle et l'artiste, entre l'original et la copie. Le mot de M. de Maistre est ici on ne peut plus vrai : « Voulez-vous connaître un grand caractère? racontez-lui une grande action. A l'instant, il s'enflamme et la porte aux nues. L'effet contraire dévoilera le vilain. » Ce *vilain* fait songer à Voltaire. « Dites-lui (à ce vilain), ajoute M. de Maistre, ce qu'on a vu de plus sublime dans l'univers,... son premier mouvement sera de rabaisser. Rien de plus naturel : l'un exalte ce qui lui appartient, l'autre déprime ce qui lui est étranger. »

« Quelles vies, s'écrie M. Flourens en parlant des *Éloges des Académiciens*, et aussi quelles expressions! que de délicatesse! quelle simplicité fine! Comme on voit bien l'homme à travers ces mots qui ne le cachent pas! » Oui, et non seulement l'homme que peint Fontenelle, mais Fontenelle lui-même, dont les traits épars dans ces *Éloges* forment, réunis, le portrait le plus fidèle de cet habile peintre; les *Éloges* le représentent, on y voit le caractère de son esprit et de son âme.

Comme l'a très bien dit M. Walckenaer : « Il a régné une telle harmonie entre ses écrits, ses principes et sa conduite, que l'histoire de sa vie, quoique peu variée, et ne présentant rien d'extraordinaire, nous intéresse comme la peinture d'un de ces personnages achevés que notre imagination nous présente exempts des incohérences et des contradictions qui, dans la vie commune, déparent les caractères les plus distingués et déconcertent nos jugements. »

Encore une citation de Fontenelle à l'appui de son respect pour la religion; nous l'empruntons à ses pages sur l'*Existence de Dieu*, écrites entre 1691 et 1699 :

« La rencontre fortuite des atomes n'a pu produire les animaux; il a fallu que ces ouvrages soient partis de la main d'un être intelligent, c'est-à-dire de Dieu même. Les cieux et les astres sont des objets plus éclatants pour les yeux; mais ils n'ont peut-être pas pour la raison des marques plus sûres de l'action de leur auteur. Les plus grands ouvrages ne sont pas toujours ceux qui parlent le plus de leur ouvrier. Que je voie une montagne aplanie, je ne sais si cela s'est fait par l'ordre d'un prince ou par un tremblement de terre;

mais je serai assuré que c'est par l'ordre d'un prince si je vois sur une petite colonne une inscription de deux lignes. Il me paraît que ce sont les animaux qui portent, pour ainsi dire, l'inscription la plus nette, et qui nous apprennent le mieux qu'il y a un Dieu auteur de l'univers. »

Après de tels témoignages, tant intrinsèques qu'extrinsèques, s'il est permis de s'exprimer ainsi, il y a lieu de s'étonner de la persistance avec laquelle les sophistes du siècle dernier et les libres penseurs de notre époque n'ont cessé de revendiquer Fontenelle comme un de leurs chefs de file; mais ce que dit La Harpe à ce sujet nous éclairera sur la tactique déloyale des uns et des autres :

« Quand la secte *philosophiste* devint prépondérante, elle s'empara du nom de Fontenelle comme d'une autorité de plus dont elle avait besoin : elle fit alors cet écrivain autre qu'il n'avait été ; elle prétendit compter parmi ses premiers apôtres et même, si on l'eût voulu croire, parmi ses premiers martyrs, cet homme, si naturellement circonspect que, bien loin de s'exposer, il eût redouté même de se compromettre. Ni sa conduite ni ses discours ne donnaient de prise sur lui...

« On a été plus loin : on l'a montré de nos jours comme un des précurseurs de cette *liberté de penser*, qui a dû prendre un autre nom depuis qu'elle a passé de si loin ce qui s'appelait auparavant la liberté. Nos sophistes, donnant à Fontenelle ce qui n'appartenait qu'à Bayle, l'ont mis à la tête de cette espèce de révolution opérée dans les esprits vers le milieu du XVIIIe siècle, et lui ont supposé l'intention et les moyens d'ouvrir la route où Voltaire et tant d'autres ont marché depuis avec un si funeste succès. C'est sur ce fondement qu'on lui décerna un éloge public à l'Académie française, éloge dont le but devait être de faire valoir cette première influence, que réellement il n'eut jamais et à laquelle même il était bien loin de penser. Il faut que l'envie de grossir un parti d'un nom célèbre soit sujette à de bien lourdes méprises ou compte beaucoup sur l'ignorance publique !

« Un des moyens des *philosophes* de nos jours (et il n'est pas plus délicat que les autres), était d'inventer des historiettes à leur façon, des anecdotes impudemment fausses sur les hommes célèbres qui ne pouvaient plus les démentir. C'est ainsi qu'ils ont longtemps débité dans la société et imprimé enfin, depuis qu'on imprime tant, que Fontenelle, pour toute réponse à un homme qui le questionnait sur la religion, lui avait dit : « Lisez la Bible » ; et ils ne manquent pas d'ajouter, ce qui ne coûte pas plus que le reste, que la lecture de la Bible fit d'un sceptique un incrédule et que Fontenelle lui dit alors : « Vous voyez bien que j'avais raison de « vous conseiller de lire la Bible. » J'ai vu naître ce conte et je sais de quelle source il part. J affirme qu'il est non seulement faux, mais hors de toute vraisemblance. S'il y a quelque chose de reconnu, c'est l'extrême discrétion de Fontenelle sur un article qu'il regardait comme infiniment respectable, même sous les rapports purement humains. Il blâmait tout haut la légèreté et l'indécence des discours contre la religion et se fondait sur ce qu'on ne pouvait, sans blesser les convenances de la société, parler avec mépris et insulte de ce qui pouvait être sacré pour un de ceux devant qui l'on parle. Que l'on juge d'après cela si Fontenelle était capable de faire ainsi sa profession d'incrédulité pour le plaisir et la vanité de faire un incrédule. »

Fontenelle mourut comme il avait vécu, sans ostentation et dans les sentiments de religion qui avaient présidé à tous les actes de sa longue existence. Huit jours avant sa mort, il avait demandé, de lui-même, les sacrements et les avait reçus en pleine connaissance ; lorsque le curé de Saint-Roch entra dans sa chambre, le malade lui dit : « Monsieur, vous m'entendrez mieux que je ne vous entendrais. Je sais mon devoir et le vôtre dans la circonstance présente. Je vous déclare donc que j'ai vécu et veux mourir dans la foi de l'Église catholique, apostolique et romaine. » Le curé de Saint-Roch avait vu Fontenelle quelques jours auparavant. Depuis plusieurs années, Fontenelle était en fréquents rapports avec le Père Bernard d'Arras, capucin, auteur estimé de divers ouvrages de théologie et de piété.

Si maintenant nous voulions résumer le caractère éminemment religieux de Fontenelle, d'après ce qu'il a dit de quelques-uns des illustres savants dont il a si bien fait l'éloge, nous nous exprimerions ainsi, en nous servant de ses propres paroles : « Un grand fonds de religion et, ce qui est encore plus, la pratique de la religion aidaient beaucoup à son calme perpétuel. Un semblable caractère renferme déjà une partie de ce que demande la religion, et il eut le bonheur d'y joindre le reste. Il ne se permettait pas d'en savoir plus que le peuple en matière de religion. Il était équitable et désintéressé, non seulement en vrai philosophe, mais en chrétien. Né avec une entière indifférence pour la fortune, soutenu dans cette disposition par un grand fonds de piété, il a toujours vécu sans ambition. Il n'avait pas attendu l'âge ou les infirmités pour se tourner du côté de la religion ; il en était bien pénétré. »

On peut donc répéter ici, avec M. Flourens, empruntant à Fontenelle lui-même une heureuse expression « Ses *Éloges* le représentent. »

Un mot de Marivaux, le digne ami de Fontenelle, prouve à merveille la vérité de l'application à l'illustre auteur des *Éloges* de cette assertion : « Il ne se permettait pas d'en savoir plus que le peuple en matière de religion. »

« Dans une compagnie où étaient MM. de Marivaux et Fontenelle, la conversation s'étant tournée sur la métaphysique et de là sur l'âme, quelqu'un demanda au premier ce que c'était donc que l'âme. Il répondit modestement qu'il n'en savait rien. — Eh bien, reprit l'interrogateur, demandez-le à M. de Fontenelle. — Il a trop d'esprit, dit M. de Marivaux, pour en savoir plus que moi là-dessus. »

« Qu'on n'aille pas, dit l'abbé Trublet, qui rapporte cette anecdote, qu'on n'aille pas se scandaliser de cette réponse. C'est, comme on le voit, la doctrine du Père Malebranche, ce philosophe si religieux. Selon lui, nous ne connaissons notre âme que par le sentiment intérieur, par conscience, et nous n'en avons point d'idée. Cela peut servir, conclut-il, à accorder les différents sentiments de ceux qui disent qu'il n'y a rien qu'on connaisse mieux que l'âme et de ceux qui assurent qu'il n'y a rien qu'ils connaissent moins. »

On peut donc affirmer, en toute assurance, qu'il en est de la libre pensée de Fontenelle comme de son prétendu égoïsme, dont nous avons ailleurs réduit à leur juste valeur les reproches qu'on a osé lui en faire, et qui ne sont pas plus fondés que les éloges que son esprit soi-disant irréligieux lui a valus de la part des esprits fourvoyés par l'erreur ou le mensonge.

Ch. Barthélemy.

GRÉDEL ET SON AMIE

(Voir page 487.)

III

Ce matin-là les moutons, qui n'avaient point leur part bien ample dans les projets du jour, ne firent qu'une assez courte promenade dans la prairie. La visite à la mère Berthe était le but, l'objet rêvé, en présence duquel toutes les autres choses perdaient beaucoup de leur importance. Aussi, avant même que dix heures eussent sonné au vieux clocher du bourg, Grédel, qui venait de se faire belle et qui avait fermé derrière elle la porte de sa maison, allait s'arrêter, à l'autre bout du chemin, devant le seuil de la cabane. Elle n'eut pas besoin de frapper plus d'un petit coup; Lischen était déjà là, tout près; elle l'attendait sans doute. D'ailleurs la chaumière n'était pas grande; il ne fallait pas beaucoup de place à cette pauvre mère Berthe, qui vivait seule depuis déjà si longtemps.

Et cependant, quoique le petit logis ne fût pas très cossu, l'on n'y sentait nulle part le désordre et la misère. A vrai dire, Grédel ne pouvait pas savoir ce qui s'y passait autrefois. Mais il était clair que, pour l'instant, Lischen, en bonne et vaillante fille, s'efforçait de mériter le plus possible le soutien et l'amitié que sa vieille tante lui donnait, et mettait tous ses soins, tout son cœur à l'ouvrage. Aussi, bien qu'il n'y eût là ni beaux grands rideaux étoffés à dessins en camaïeu, ni hautes armoires de chêne, ni brillantes casseroles et marmites de cuivre, ni fine poterie de grès teinté de bleu et d'étain reluisant, l'on pouvait regarder partout autour de soi avec plaisir et se sentir à l'aise. C'est ce que fit Grédel, qui sourit en entrant, s'entendant tout d'abord saluer par la voix légèrement cassée de mère Berthe.

« Bien le bonjour, madame Becker !... Eh ! comme vous êtes gentille !... C'est joliment bien à vous de faire de si bon cœur une politesse comme cela à deux pauvres voisines, qui n'ont qu'à se tenir dans leur petit coin, parce qu'elles n'ont pas de quoi briller; à une bonne vieille maman et à une simple fillette.

— Mais la bonne vieille maman est l'une des plus dignes femmes qui soient au monde, et je me repens seulement de n'être pas venue la voir plus tôt. Pour la fillette, c'est la plus gentille enfant que j'aie encore rencontrée. Et je n'ai pas cessé un instant d'y penser depuis que nous nous sommes vues hier matin, » répondit joyeusement Grédel, qui souriait et s'avançait, tendant la main à ses deux nouvelles amies.

Lischen, qui souriait et rougissait de son côté, ne regardait pas la jeune veuve avec moins de sympathie et de plaisir, tout en frottant vivement d'un coin de son tablier une des pauvres chaises de bois du logis, qu'elle voulait rendre bien nette pour la présenter à Grédel. Et celle-ci, la lui prenant des mains, s'assit auprès de la fenêtre, devant le vieux fauteuil branlant où mère Berthe tricotait.

Ce fut ainsi que, groupées toutes trois, elles commencèrent à jaser amicalement de tout ce qui pouvait compter dans leur humble et tranquille vie : du village, du printemps, du troupeau, de la moisson qu'on attendait, des mauvais temps que l'on pouvait craindre, des biens que l'on avait encore, et aussi des amis perdus.

« Hélas ! oui, voisine Grédel !... chacun de nous a bien ses peines et ses croix en ce monde, soupira mère Berthe en hochant gravement la tête, sous la dentelle jaunie de son bonnet. Moi, je n'ai jamais eu d'enfants, et depuis vingt ans je suis veuve; cette enfant-ci a perdu son père, le plus brave homme du monde, et ne sait pas ce qu'est devenu son frère, qui, après avoir été prisonnier en Prusse, s'en est allé courir le monde n'importe où... Et vous, qui aviez un mari comme on n'en voit pas, et qui faisiez un excellent ménage, vous ne l'avez pas gardé longtemps, ma pauvre chère femme !... Oh ! ce bon Franz Becker, il me semble que je le vois encore, avec sa blouse bleue, sa casquette de loutre et sa bonne figure réjouie, fumant sa pipe les soirs d'été à la porte du moulin.

— Oh ! oui, mère Berthe, vous vous en souvenez bien, je le vois... Mais ni vous, ni moi, ni d'autres, personne ne le reverra plus, murmura tristement Grédel qui essuyait ses larmes.

— Eh bien, chère tante, et vous, madame, dit Lischen, qui jusqu'alors n'avait pas osé parler, puisque nous sommes ici toutes trois délaissées, tristes, malheureuses, il me semble que ce que nous avons de mieux à faire, c'est de nous entendre, de nous porter une bonne amitié et de nous soutenir. Comme cela, nous ne pourrons malheureusement pas retrouver ceux que nous avons perdus; mais nous sentirons moins fort notre tristesse et notre misère, parce que nous serons toujours là plusieurs à nous plaindre et nous consoler.

— Voilà qui est bien dit et bien pensé, ma fille, répliqua mère Berthe en faisant un signe d'amitié à sa pupille et en lui souriant.

— Quelle bonne et aimable Lischen ! ajouta Grédel en s'essuyant les yeux. Jamais, depuis les derniers jours de la vie de mon cher Franz, je ne m'étais senti le cœur si tranquille et l'esprit si bien disposé. Oh ! mère Berthe, savez-vous bien, ce n'est pas une nièce, une chère enfant que vous avez fait venir au milieu de nous dans le pays : c'est une vraie petite sorcière, c'est une gentille fée. »

Ce fut ainsi que ces liens nouveaux de sympathie et de bonne amitié, noués la veille dans le pré, se resserrèrent en ce moment sous le toit de la chaumière, pour devenir plus intimes, plus étroits de jour en jour. D'abord, ainsi que Grédel en elle-même l'avait arrangé, la tante Berthe et la gentille Lischen lui rendirent, dès le lendemain, une bonne et longue visite. Cela sembla presque étrange à Mme Becker de remettre de nouveau en usage, à cette occasion, toute sa batterie de cuisine et son service de porcelaine. Jamais plus, depuis la mort de son cher Franz, il ne lui était arrivé de préparer d'aussi excellentes saucisses à la choucroute et des *dampfnudeln* au jus de cerises aussi savoureuses qu'elle le fit ce jour-là, afin de régaler ses deux nouvelles amies.

Puis l'on s'était trouvé si bien de passer ainsi quelques heures ensemble, que l'on chercha naturellement tous les moyens possibles de se revoir et de se retrouver.

Ainsi Lischen se fit un plaisir de venir cueillir de l'herbe pour la vache de tante Berthe, chaque matin dans la prairie, à l'heure où Grédel s'y rendait avec son chien et ses moutons. Ensuite des deux côtés l'on s'entendit afin que, chaque semaine, pour savonner la lessive des deux ménages, l'on se rencontrât au ruisseau. Oh ! comme elles babillaient gaiement, comme elles se sentaient légères et joyeuses, les deux amies, s'occupant ensemble de leur ouvrage, sous les saules, que caressait le beau soleil doré.

L'eau transparente, pailletée d'étincelles, roulait sur son lit de cailloux ; Grédel, courageusement agenouillée sur la rive, dans sa boîte à laver munie d'un lit de paille, y trempait les pièces de linge qui sentaient encore le cuvier. Sous ses mains le flot bouillonnait, s'argentait d'une écume blanche ; la toile profondément trempée prenait des tons bleuâtres, très doux. Sur le front de la jeune femme quelques gouttes de sueur perlaient ; de dessous son mouchoir à fleurs s'échappait une tresse blonde. Impossible de voir les yeux bleus, qui suivaient les replis du linge et la mousse d'argent parmi les bouillonnements de la rivière. Et ainsi, paisible et contente, la veuve de Franz travaillait.

Lischen, qui prenait aussi sa part de tout ce labeur diligent, ne savonnait guère, le plus souvent, comme n'étant pas assez savante. Tout au plus rinçait-elle une dernière fois le linge ; puis elle le soulevait, trempé, ruisselant de gouttes brillantes, pour aller l'étendre sur la corde tout près de là. Se dressant, svelte et vive, sur ses petits pieds nus, elle ouvrait ses beaux bras fins de toute leur grandeur, pour étaler les draps, les chemises de toile, et les fixer solidement avec les épingles de bois. En travaillant ainsi, elle jasait, disant à sa chère laveuse : « Ah ! Seigneur, le vent est si fort qu'il va jeter assurément toutes nos épingles dans l'herbe, » ou bien : « Comme ces jupes et ces chemises sont d'un superbe blanc, Grédel ? Vous n'avez pas votre pareille pour faire de bel et bon ouvrage. » Puis de temps en temps elle s'arrêtait, la jeune et rieuse fillette, pour regarder de loin les autres laveuses étendant leurs pièces de linge sur le vert gazon du pré, et l'arrosant abondamment afin qu'il prît, au soleil, une vraie teinte de neige.

IV

Ce fut ainsi que se passa l'été, avec ses soirs sereins et ses beaux jours. Pour la première fois depuis les tristes années de son veuvage, Grédel prit part aux travaux, aux délassements de ses voisins, s'occupa de la fenaison, de la moisson d'août, et de la récolte du houblon, dont on abattait les longues perches pour en dérouler les guirlandes vertes avec leurs houppettes dorées. Aussi les heures lui parurent-elles bien moins vides, bien moins longues, et sa maison lui sembla plus agréable ; elle y rentrait l'esprit content et non plus le cœur désolé.

Cependant l'été prit fin ; sous le tiède soleil d'automne, la verdure des bois d'alentour s'empourpra peu à peu. La bise commença à souffler, les soirées devinrent froides, et l'on perdit l'habitude de se rencontrer dans les prés. Heureusement la chaumière de tante Berthe n'était pas loin de la maison de Grédel ; il n'y avait qu'un petit bout de rue à finir et un coin de champ à traverser. Aussi se réunit-on tour à tour, ici et là, pour les soirées, bien que la veuve du meunier, en femme bonne et généreuse, aimât mieux recevoir le plus souvent ses deux amies chez elle, afin de leur épargner, dans leur humble logis, la dépense de lumière et de feu.

On voyait donc ainsi venir les jours tristes de la saison sans ennui et sans crainte, et l'on faisait déjà de beaux projets pour Noël. Cependant un soir que Grédel, qui avait été obligée de passer la journée à la ville, attendait tranquillement ses chères voisines, pour la veillée, au coin du feu, le malheur voulut qu'elle fût douloureusement frappée et subitement déçue. L'on venait de cogner un petit coup à sa porte, et elle courut ouvrir. Mais elle ne vit, à sa grande surprise, ni la gentille Lischen, ni tante Berthe, debout et lui souriant sur le seuil. C'était un petit voisin, Fritz Müller, gamin de dix ans, à l'œil vif et clair, à la chevelure blonde ébouriffée, qui se tenait là debout et la regardait, tournant entre ses doigts son bonnet de tricot.

« Bonsoir, madame Becker, commença-t-il d'un air un peu embarrassé, avant même qu'elle lui eût adressé la question qu'il semblait attendre. C'est pour vous dire, voyez-vous, que Mlle Lischen, vous savez... la nièce de la vieille Berthe... m'envoie vous avertir...

— Qu'elle ne peut pas venir ce soir... Et pourquoi donc ? interrompit Grédel surprise.

— Parce que sa tante, la vieille dame, est bien ma-

Ah ! Seigneur, le vent est si fort... (Page 504.)

lade, allez... Elle est tombée comme ça, toute raide et toute bleue. Maman, qui a couru pour aider la demoiselle, m'a dit qu'on n'a pas encore pu la faire revenir... Enfin, voilà, madame Becker, ce que je devais vous dire, et comme voici la nuit qui vient, je vas m'en retourner.

— Attends-moi, attends-moi, mignon, je m'en vais avec toi, sur l'heure, s'écria Grédel, qui était soudain devenue toute tremblante et qui, en retenant le petit garçon par la main, fermait en grande hâte la porte de sa maison.

Ce fut ainsi qu'elle courut, le questionnant toujours, et se désolant à ce coup imprévu, si cruel, qui, au milieu de leur humble paix, venait frapper ses pauvres amies. Hélas! son désespoir devint encore plus grand peut-être, lorsque, ayant franchi hors d'haleine le seuil de la petite maison, elle put, d'un seul regard, juger de l'état des choses.

Tante Berthe, la face violette, les yeux clos, les lèvres blanches, était étendue raide et froide, comme une morte, sur son lit. Autour d'elle, allant et venant, s'empressaient quelques voisines; l'une lui baignait le front d'eau froide et de vinaigre, l'autre lui mettait aux pieds des sacs de moutarde et des fers chauds; une troisième lui frappait dans les mains et lui frottait les poignets jusqu'au coude. Pour Lischen, pâle et immobile, elle était à genoux, les mains jointes, au pied du lit. Il semblait qu'une voix secrète lui dit en cet instant qu'elle devait perdre ainsi jusqu'au dernier soutien qui lui restât sur terre, et qu'elle n'avait plus d'aide et d'espoir à attendre que du Protecteur tout-puissant, de l'éternel Ami.

Ce fut à elle que Grédel courut d'abord, toute pâle et pleurant déjà. Puis quand elle l'eut relevée, en l'embrassant avec tendresse, elle songea naturellement à lui rendre un peu d'espoir.

« Écoute, ma Lischen, ne te désole pas... Tu sais, le médecin de Thannwiller, M. Steinrich, est bien habile, lui dit-elle, et je pense que tu n'as pas manqué de l'envoyer chercher.

— Non, vraiment, pas encore... Il y a vingt minutes à peine que ma pauvre tante est ainsi... Et je ne savais plus que faire; j'avais comme la tête perdue.

— Oh! bien, alors, c'est moi qui m'en occuperai. Et le docteur Steinrich ne tardera pas à venir, quand il saura que c'est Grédel Becker qui le demande. Nous nous connaissons bien; il a si bien soigné mon pauvre Franz!... Mais celui-là était frappé à mort, vois-tu, ma chère Lise; il aurait fallu vraiment un miracle pour le sauver.

— Pourvu que cela ne soit pas encore ainsi avec ma tante Berthe! soupira la jeune fille, laissant tomber ses pleurs.

— Allons, allons, mon enfant, je t'en prie, ne te désole pas, aie bon courage... Et dans tous les cas, vois-tu, sois patiente et résignée. Il faut avant tout te soumettre à la sainte volonté de Dieu. »

Certes Grédel, qui connaissait le deuil et le chagrin de longue date, avait grandement raison de chercher à réconforter son amie en lui parlant ainsi. C'est qu'une nouvelle épreuve attendait encore à cette heure la pauvre Lischen; le destin avait voulu qu'elle se trouvât une fois de plus délaissée, orpheline. Le savant docteur Steinrich, appelé par Grédel, ne tarda pas à se montrer pourtant; mais, après avoir quelques instants examiné la vieille tante malade, il hocha silencieusement la tête. Puis, quand il se retourna, il attacha un regard attristé sur le visage éploré de la pauvre enfant qui, sans parler, l'interrogeait de ses grands yeux voilés de larmes. Alors, faisant un petit signe à Grédel, il l'emmena dans un coin.

« C'est une apoplexie foudroyante, murmura-t-il, et la pauvre femme est perdue. A son âge, songez donc! elle a au moins soixante-douze ans. Voilà, elle a fini le compte de ses jours sur la terre... Seulement je vois bien du chagrin ici. Qui donc est cette enfant?

— La petite nièce de la mère Berthe, une pauvre jeune orpheline, monsieur, répliqua la veuve qui pleurait.

— Eh bien, tâchez de la préparer à la nouvelle perte qui l'attend... Seulement, comme il faut toujours agir jusqu'au dernier moment, quoique je doute fort du succès, je vais saigner la pauvre vieille. Après quoi, l'on continuera les compresses, les sinapismes, et je resterai encore une heure pour voir comment les choses pourront tourner.

— Oh! vous êtes bien bon, monsieur le docteur. Tâchez, oh! oui, tâchez de nous la conserver.

— Je ferai tous mes efforts, mais le reste ne dépend pas de moi; il est dans les mains du bon Dieu. »

Le docteur, en parlant ainsi, s'approcha de nouveau du lit de la malade. Il y passa, ainsi qu'il l'avait promis, une grande heure, en essais, en soins, en efforts. Mais comme il avait encore d'autres visites à faire, il s'éloigna, en promettant de revenir le lendemain. Mais, avant de sortir, surprenant un instant le regard de Grédel, il lui avait fait, à la dérobée, rien que pour elle et lui, un signe découragé qui confirmait l'arrêt porté d'abord, et répétait clairement aux yeux de la veuve qui pleurait :

« Je n'ai plus rien à faire ici, la pauvre malade est perdue. »

En effet, lorsque, le lendemain, le médecin reparut, personne n'avait plus d'espoir; tante Berthe s'éteignait. Le curé, qui venait d'arriver, s'efforçait de consoler Lischen par quelques bonnes paroles, que la jeune fille n'entendait guère, tant elle était brisée par les sanglots.

Et en moins de deux heures tout était bien fini. Tante Berthe, quittant la terre, avait été rejoindre dans l'éternité son vieux Hans, qu'elle pleurait depuis vingt ans. Et Lischen, qui venait de poser ses lèvres sur sa main glacée en poussant un cri, s'était affaissée, pâle et froide entre les bras de son amie.

— La suite au prochain numéro. — ÉTIENNE MARCEL.

CHARYBDE ET SCYLLA

—

(Voir pages 372, 396, 411, 428, 444, 453, 467 et 483.)

TRENTE-DEUXIÈME LETTRE

Antoinette à Geneviève.

Paris.

Ma chère Geneviève,

Quelle excellente nouvelle tu m'annonces! Mes bons amis du Parc sont arrivés. C'était une de nos joies que ce retour, et pendant un mois nous nous voyions presque tous les soirs.

Mais je t'en avertis à l'avance, ce monde-là n'a rien de parisien.

Je te l'avoue, je crains un peu la première rencontre.

Toi tu seras aimable, j'en suis sûre, tu l'es toujours... à la manière parisienne. Tu reçois les gens avec aisance, tu les consignes à ta porte avec une aisance égale; et la porte fermée tu ne t'en occupes plus.

Mais eux, que seront-ils?

A l'avance, je t'avertis qu'ils ont été profondément chagrinés de mon départ, et que, tout d'abord, voir une étrangère à Kermoereb leur sera pénible.

Mais une fois la glace rompue, et je m'en rapporte à toi pour la rompre, tu les trouveras les voisins les plus charmants du monde. Je ferai peut-être exception pour Sophie, l'aînée, qui ne brille pas toujours par l'intelligence et par le tact, qui parle à tort et à travers quand elle parle, et qui fait à sa personne mal douée un piédestal de petites rancunes, de petits froissements et de ce qu'on appelle, non sans raison parfois, de petits préjugés.

Mais celle-là, la moins sympathique, aura une grande valeur à tes yeux : elle est musicienne, non pas comme toi assurément, mais enfin elle peut faire sa partie dans un concert. Sur ce terrain, vous vous entendrez.

J'ai fait parler de toi par ma belle-sœur, et tu le vois, les du Parc n'ont pas attendu ta visite. Sois donc bien aimable avec ces chers amis, et parle-moi d'eux dans ta prochaine lettre.

Nous les estimons, nous les aimons; le pays entier les estime et les aime.

Si tu as le désir de venir en aide à nos pauvres pêcheurs, très éprouvés par l'hiver, personne ne peut mieux t'aider que Mme du Parc. Elle est à la tête de toutes nos œuvres de charité, et elle nous rend les plus grands services.

A Paris, il me manquait de ne pas m'occuper des pauvres. Pendant trois mois, j'ai cru qu'il n'en existait pas. Hélas! j'ai été cruellement détrompée!

Par exemple, ce sont de singuliers pauvres, bouffis d'orgueil, rongés de jalousie, effrayants de susceptibilité.

Je ne savais pas que la pauvreté fût une honte, et que le mot pauvre fût une injure.

La Bretagne est pauvre et peuplée de familles honorables et pauvres; moi-même je suis pauvre en face des gros traitants, des enrichis politiques, des agioteurs de toute catégorie et parfois..... je m'en vante.

Ceci n'est pas compris par les gens que je secours.

Beaucoup ont perdu le sens de la délicatesse.

Il ne leur reste que les fureurs de l'orgueil souffrant.

Je sors de chez ces malheureux le cœur serré, l'âme endolorie.

N'est-ce pas assez de souffrir des plus cruelles privations, sans y ajouter le dépit et l'amertume?

Ah! les drôles de pauvres que ceux-là!

Ambitieux, nerveux, affolés de toutes les sensualités, de tous les plaisirs et même des niaiseries sociales qu nous sont un joug.

Moi, qui me refuse des truffes, j'en trouve chez mes pauvres, et il m'arrive de petites aventures où le sinistre et le comique se coudoient.

La semaine dernière, j'avais été avisée que l'enfant d'un pauvre homme de peine qui gagne trois francs par jour et qui a cinq bouches à nourrir, se mourait de misère.

Le médecin consulté m'avait avoué que nous arrivions trop tard et que la pauvre petite ne pouvait être sauvée, ayant trop souffert de la faim.

Je la visitai néanmoins, je la vis jaune comme de la cire dans son berceau et gémissant à fendre l'âme. La mère avait des yeux étranges, et je remarquai dans son logis une grande malpropreté et un grand désordre.

Elle me remercia à peine de ce que je lui donnai, et se répandit en plaintes contre le patron de son mari.

Ce dernier arriva son crochet sur le dos, plié en deux, et portant sur son visage famélique les saintes traces du travail : un type de brave homme enfin.

Je le consolai, lui, car il n'était occupé que de la petite agonisante et il me murmurait tout bas des choses navrantes.

Le pain avait manqué pendant plusieurs semaines; on lui avait donné des choses malsaines et cela l'avait tuée, parce qu'elle n'avait que deux ans et qu'elle avait toujours été délicate.

Vraiment, je sentais mes yeux comme les siens se remplir de larmes et je doublai mon aumône.

Le surlendemain je reçus..... une lettre de faire part de la mort de

MADEMOISELLE ELVIRE LOUR

et au crayon j'ajoutai tristement : morte de faim.

La charité elle-même est pour moi un sujet d'étude tout nouveau.

Reconnaissant qu'individuellement, je ne faisais que des sottises, ayant beaucoup donné à des gens indignes, entre autres à la famille d'un cordonnier sans ouvrage, qui mettait son argent à acheter des toilettes à sa fille, que je trouvais le dimanche en quêteuse élégante au sortir de l'église; je me suis mise dans une association composée de femmes véritablement admirables.

Seulement, là encore, le ridicule s'est bien vite mis de a partie.

A peine êtes-vous membre d'une œuvre, à peine votre nom a-t-il été prononcé ou imprimé, qu'une nuée de parasites pleuvent sur vous.

En voici un amusant exemple :

Chargée de pourvoir de biberons une crèche fondée par une de ces dames, j'ai dû en acheter une certaine quantité.

Immédiatement les commis me prennent pour une marchande de biberons; je suis assaillie de prospectus et même de visites de placiers.

Impossible de faire comprendre à ces gens-là que l'on peut se mêler d'une œuvre sans faire, comme eux, du commerce.

Je m'attends un de ces jours à recevoir des lettres de faire part relatant les événements de famille de l'épicier chez qui j'achète du riz et des cornichons.

Mon Dieu ! que tout cela est dissemblable des rapports pleins de cordialité et de tact qui existent entre nous, provinciaux !

Et on dit que la province calque de plus en plus Paris !

Mais alors le monde entier deviendra vulgaire et idiot.

Mais à quoi bon te raconter ces choses !

Est-ce pour t'apprendre ce que tu sais mieux que moi sans doute? Non; mais il m'est doux de trouver une oreille complaisante pour le récit de mes tous petits ennuis.

Autrefois Alain ne se désintéressait pas des faits de peu d'importance, des infiniment petits incidents de notre vie.

Aujourd'hui il les dédaigne. Ah ! que je suis tourmentée de le voir se lancer à corps perdu dans la société parisienne ! Qu'ai-je écrit?

Geneviève, voilà le mot de l'énigme, le motif de mon secret ennui : mon mari se *parisianise* trop. Il y a chez lui un changement qui commence à m'alarmer. Il fait des folies d'argent.

N'en fera-t-il point d'autres?

Assez sur ce sujet et fais flamber ma lettre. Jamais un nuage, jamais un dissentiment ne s'était élevé entre nous, t voilà qu'il agit avec une indépendance qui n'est certainement pas sans danger.

Le monde parisien est un si étrange composé !

Adieu, dis à mes amis du Parc que je les aime de tout mon cœur et que je donnerais toute la musique transcendante que j'entends à Paris pour mes bonnes soirées musicales de Kermoereb.

J'en suis arrivée là.

ANTOINETTE.

TRENTE-TROISIÈME LETTRE

Geneviève à Antoinette.

Kermoereb.

Eh bien, ma chère, tu n'es pas difficile.

J'ai vu, revu, écouté tes amis du Parc, et j'en suis médiocrement charmée.

Certes ce sont d'honnêtes gens; il y a sur tous ces visages comme une lueur de loyauté qui les embellit singulièrement; mais est-il nécessaire de laisser la loyauté enveloppée dans cette prétention, et dans cette brusquerie de manières et de langage?

Je l'avoue, j'aime les diamants dépouillés de leur gangue et artistement montés par un joaillier habile.

Par exemple, j'ai été charmée par la dernière des demoiselles du Parc. Cette grande adolescente qui a des cheveux comme on n'en a plus, les plus beaux yeux bleus du monde, une taille de Diane, une physionomie très naïve et en même temps très spirituelle, se détache agréablement sur l'ensemble du groupe.

Sa toilette échappe, par sa simplicité même, à la vulgarité.

Nous autres Parisiennes, sommes très sensibles aux mille détails qui sont l'indice du goût.

Un simple ruban frais sur un chapeau nous plaît infiniment mieux que de fausses plumes déteintes, une robe unie est plus élégante à nos yeux que des poufs mal placés et des draperies sans grâce.

Si les demoiselles du Parc avaient habité Paris seulement pendant six mois, elles seraient habillées plus simplement.

Je trouve étonnant que les femmes distinguées de province consentent à se mettre comme les femmes du peuple de Paris, qui essayent de singer toutes les élégances lorsqu'elles s'endimanchent.

Il paraît que tu avais invité tes amies à m'obliger à faire de la musique.

Nous en avons fait. Cela m'a été un supplice d'une heure.

Celle de ces demoiselles qui a étudié sérieusement la musique, elle l'a dit sans rire, chante prétentieusement et mal.

Fatiguée du massacre qu'elle exécutait avec une vigueur et un entrain formidables, je m'en suis prise à l'adolescente, qui a une voix beaucoup plus belle, mais qui n'a pas voulu étudier le solfège.

Elle m'a fait plaisir à la manière des oiseaux. Sa voix perlée et vibrante redit inconsciemment tous les airs.

Charles était ravi. Il aime aussi beaucoup le jeune homme, un hercule qui vient assez souvent le voir.

M. Jean m'honore aussi de ses visites, mais il lui arrive toujours de casser ou de déranger quelque chose.

A sa première visite, il a démoli un petit paravent chinois sous le prétexte de l'ouvrir; à sa seconde, il a heurté avec sa tête un dessin d'Ary Scheffer, auquel jamais notre tête n'atteint, et le cadre est tombé en s'écornant; enfin hier en se précipitant pour me passer ma montre que je demandais à Charles, il l'a laissée tomber et me voilà privée de l'heure.

Toutes ces maladresses lui causent une confusion profonde.

Maintenant il ne marche chez moi et ne s'assied qu'avec toutes sortes de précautions.

J'ai fait prudemment enlever des salles quelques chaises dorées que son poids eût écrasées comme des pailles.

Charles rit de tout son cœur en écoutant mes lamentations, et il me répond par des expressions admiratives sur la force musculaire de Jean du Parc.

Mon frère s'accommode très bien de ce voisinage. Moi, j'avais espéré mieux.

Mme du Parc est d'une cérémonie et d'une attitude qui me glacent; ses filles aînées, toujours assises en rond autour d'elle, m'ennuient. M. Jean, dont toute la famille est fière, me cause une sensation d'étouffement.

La petite Isabelle seule me serait agréable ; mais je ne la vois jamais qu'accompagnée de toutes les autres.

Cette famille se présente en bloc, il les faut tous ou pas un.

C'est encore là une petite manie provinciale, je crois. Enfin, j'espérais que ce voisinage aurait apporté une heureuse diversion à la monotonie de ma vie, il n'en est rien et, en cette compagnie, je ne me dérouillerai ni l'esprit ni les doigts.

Cette bonne Mme du Parc avec son air froid et somnolent me prend sur les nerfs.

Parle-moi donc de mon cher Paris. Voici la saison des beaux concerts et des matinées charmantes. Ta sève artistique et mondaine est-elle déjà épuisée !

Vous êtes très ardentes en province, vous vous jetez comme des affamés sur ces plaisirs délicats qu'il faut savourer un à un.

L'habitude d'aller dans le monde est le meilleur remède contre cette fièvre de jouissances suivie de fatigue et d'abattement.

Le théâtre lui-même n'entre dans la vie d'une vraie Parisienne que comme un élément de détente.

Nous y allons rarement et nous choisissons avec soin les pièces. Nous ne souffrons de les voir jouer que par nos meilleurs artistes. Moi qui te parle, je n'ai pas entendu une doublure.

Et nous ne nous laissons pas prendre à la vogue factice de certaines pièces et de certains opéras qui ne tiennent debout que grâce à la réclame, et que le public, le vrai public, relègue bientôt dans l'oubli.

Tes premières lettres m'avaient fait soupçonner qu'à tes engouements succéderait vite une réaction.

Mais permets-moi de te dire : prends garde de tomber dans les extrêmes.

Le dissentiment qui existe entre ton mari et toi vient peut-être de ce brusque retrait des choses qui l'amusent par continuation.

Les hommes, ma chère, n'éprouvent ni nos enthousiasmes, ni nos dégoûts, ni nos fatigues.

Leurs impressions sont moins vives et plus profondes, et si tu veux sevrer ton mari des plaisirs de Paris, tu l'amèneras à les goûter seul.

Les Parisiennes ont leur mode d'abnégation. J'ai vu des jeunes femmes de mes amies se dévouer jusqu'à la migraine pour veiller, afin que leurs maris ne prennent pas l'habitude d'aller au théâtre sans elles.

Mais c'est trop appuyer sur cette toute petite douleur, peut-être évanouie au moment où je t'écris.

Adieu et pardonne-moi de ne pas trouver en tes amies la distraction que tu m'avais assurée.

Nos relations ne tiennent qu'à un fil : la sympathie de Charles pour M. Jean.

Ton amie sincère et affectionnée,

Geneviève.

TRENTE-QUATRIÈME LETTRE

Antoinette à Geneviève.

Paris.

Mon Dieu, que tu es sévère, Geneviève !

Parmi le groupe de nos connaissances, la famille du Parc compte très avantageusement.

Ah ! certes, Jean du Parc n'est pas un boulevardier à la tournure effacée, à la voix mielleuse, aux regards impertinents.

Je lui en fais mon compliment sincère.

Tout d'abord, moi aussi, j'ai été séduite par les élégants que je rencontrais çà et là. J'étais enchantée de voir Alain, qui est naturellement distingué, prendre cette aisance et cette fleur de galanterie qui remplacent pour beaucoup des avantages plus précieux.

Mais j'en ai beaucoup rappelé et ce n'est pas sans motif.

Ces hommes charmants ont parfois le secret de rendre leurs femmes très malheureuses. Infatués de leurs personnes, ils se croient irrésistibles, et de les voir entre eux sourire de tout ce que nous trouvons sacré me fait peine.

Il est vrai que le pauvre Jean du Parc a bien mal débuté près de ta délicate personne. Mais aussi pourquoi n'attaches-tu pas les cadres plus haut, à hauteur d'homme ?

Jean a près de six pieds, et est fort en proportion, et je t'avoue que je serais désolée que mon fils Guy fût un homme malingre et pâlot comme j'en rencontre.

L'accident de ta montre est extrêmement fâcheux.

Pourquoi ne charges-tu pas le pauvre Jean de la faire raccommoder?

Il fait trois lieues à l'heure sur son cheval Paddy, et aller à la ville n'est qu'un jeu pour lui.

Quant à Mme du Parc, elle n'est froide avec toi que parce qu'elle devine ton peu de sympathie.

Tu la trouveras triste parfois.

En ignores-tu la raison ? Sais-tu que cette femme a donné à la France deux fils, les frères aînés de Jean !

Cette femme silencieuse, tout occupée de son ménage en apparence, a su être héroïque en cette fatale guerre de 1870.

C'est elle qui a dit à ses enfants : « Partez ! »

Et ils n'étaient pas tenus de le faire. Ils avaient tout jeunes guerroyé pour la sainte cause de l'Église. Revenus d'Italie sains et saufs, ils se sont sacrifiés pour la France avec la même ardeur. A Patay, ils faisaient partie de l'héroïque légion des zouaves pontificaux. Mme du Parc reçut dans une même dépêche l'annonce du double malheur qui la frappait.

J'ai vu cette scène, je ne l'oublierai jamais.

J'étais chez les du Parc, dans le vieil hôtel de la rue du Château; nous faisions de la charpie pour nos ambulances. Le vieux père lui-même et Jean, qui n'était qu'un écolier, nous aidaient.

On frappe à la porte cochère; Mme du Parc pâlit, et je la vois poser la main sur son cœur.

« Une dépêche pour Monsieur, » dit le domestique.

Nous sommes toutes debout et tremblons sur nos jambes.

M. du Parc marche vers la porte. Sa femme le prend par le bras :

« Pierre, restez ici; lisez devant moi. »

Il prend le papier des mains du domestique, fait lentement le signe de la croix, l'ouvre et lit d'un coup d'œil.

Il baisse la tête avec un cri rauque sorti vraiment de ses entrailles.

« Oh ! Pierre, ils sont blessés, crie la pauvre mère d'une voix déchirante.

— Non, Marie.

— Alors, pourquoi cet air ! Oh ! mon Dieu, il y en a un de tué !

— Ma pauvre femme !

— Oh ! Pierre, parlez. Tué?

— Oui.

— Lequel, lequel? »

C'était en sanglotant qu'ils jetaient tous cette terrible question.

Tous sanglotaient en entourant le malheureux père, qui pleurait de grosses larmes.

« Lequel ?

— C'est Louis.

— C'est Henri. »

M. du Parc lève la main qui serrait la dépêche dans ses doigts crispés, l'appuie sur l'épaule de sa femme; leurs genoux fléchissent en même temps, et on entend ces écrasantes paroles :

« Oh ! mon Dieu, mon Dieu, tous deux, au drapeau ! »

Ma chère Geneviève, je pleure en te racontant cette scène qui touchait au sublime.

Ce père et cette mère à genoux et faisant à Dieu et à la patrie le sacrifice de ces deux vies si chères ! leurs filles les pressant, les entourant, baisant leurs mains entrelacées et jetant des cris de douleur.

Le petit Jean, debout, à l'écart, pleurait aussi, mais en fermant les poings avec rage.

Lui seul, l'enfant, songeait à la vengeance, lui seul éleva la voix pour maudire les Allemands.

Ah ! quelle journée ! quelle journée !

Cette maison si gaie, si exubérante de gaieté, resta fermée deux ans.

Puis elle se rouvrit, et la joie y rentra avec la jeunesse.

Mais les cheveux du père étaient devenus blancs, et la mère avait pris cette physionomie un peu glacée que tu ne trouves pas sympathique.

Si jamais tu vas dans son oratoire, tu pourras voir, sous un grand crucifix, un double portrait, deux beaux jeunes gens appuyés l'un sur l'autre et souriant à la vie.

Louis et Henri s'étaient fait photographier ensemble la semaine qui avait précédé leur départ.

Il y a toujours des fleurs fraîches au pied de ce portrait.

Tous les jours, Mme du Parc cueille elle-même quelques fleurs ou quelques brins de tamaris et les met dans un vase de cristal.

Ces jeunes morts ont tous les jours des fleurs et des prières.

A la ville, Mme du Parc a rouvert ses salons. On danse l'hiver, et très gaiement. Ces jours-là, Louis et Henri ont doubles fleurs. La mère prend des fleurs dans les bouquets de bal de ses filles.

On les appelle : les grands frères.

Ils sont grands en effet.

Moi, en ce temps-là, nouvelle mariée, je n'avais qu'une peur, c'était qu'Alain partît.

Que de ruses j'ai employées pour l'empêcher de signer ce malheureux engagement dont il parlait sans cesse !

Je n'ai jamais mieux compris combien j'étais aimée.

Deux fois, il avait arrangé son départ en secret et il partait en m'embrassant comme pour aller voir sa sœur.

Mais son émotion m'en disait bien long, et au moment de monter en voiture, il trouvait mes deux bras pour le retenir.

J'ai manqué de grandeur, d'héroïsme, je le confesse; je n'en admire que plus l'héroïsme des du Parc.

Mais, adieu, j'ai réveillé là bien inutilement de douloureux souvenirs, et je te demande pardon de la page tout imprégnée de larmes que je t'envoie. Je n'ai ni le temps, ni le cœur de recommencer.

ANTOINETTE.

— La suite au prochain numéro. —

ZÉNAÏDE FLEURIOT.

LE MOINEAU ET LE RAT

FABLE

Aux premiers jours de la saison nouvelle,
Un moineau dans le nid vacant d'une hirondelle,
Qu'il trouva fort commode et chaudement meublé,

S'était sans scrupule installé.
Lors donc que la pauvre émigrée
Vers ses pénates fortunés
Revint de bonheur enivrée,
Le fripon de lui rire au nez,
Lui disant d'un ton assez leste :
« Ma belle, il est hors de conteste
Que les absents ont toujours tort.
Pourquoi vous exiler? Par le droit du plus fort
Ce logis m'appartient; j'y suis bien et j'y reste. »
Et, pour corroborer ce superbe argument,
Il lui montra son bec dur comme un diamant.
En vain, de douleur éperdue,
La pauvrette essaya d'attendrir le voleur.
Ce fut, hélas! peine perdue ;
Il resta sourd à son malheur.
A quelques jours de là, rôdant sur les gouttières,
Un rat à son tour vit le nid,
Et jugea qu'il serait un excellent garni.
C'était juste au moment où les propriétaires
Étaient sortis pour picorer.
Il y saute d'un bond, et, sans désemparer,
Fait son dîner de la couvée,
Et le regard fixé sur l'horizon lointain
Digère en amateur son plantureux festin.
Surpris fut le moineau, lorsqu'à son arrivée,
Il vit un insolent museau
Se pavaner à la fenêtre.
Voilà notre irascible oiseau
Qui soudain prend des airs de maître
Et fait sonner bien haut les grands mots d'équité,
De légitimes droits et de propriété.
« Allons, pas tant de bruit, beau sire,
Votre logique est en délire,
Réplique le rongeur. En bonne vérité
C'est à faire mourir de rire
Et j'en tombe de ma hauteur.
Vous parlez en conservateur:
Je vous trouve en cela fort sage ;
Mais, hier, vous teniez un tout autre langage.
Passez donc, mon maître, passez.
Je crois en avoir dit assez
Pour que vous deviez me comprendre. »

Les voleurs d'aujourd'hui pousseraient les hauts cris,
Si ceux de demain voulaient prendre
Le bien qu'eux-mêmes ils ont pris.

H. Lamontagne.

CHRONIQUE

On sait que M. le président de la République a marié sa fille la semaine dernière. La célébration de cette union a eu un caractère purement intime qui a quelque peu dérouté la curiosité de nos reporters. Ils ont presque dû se borner à enregistrer comme de simples greffiers le mariage civil qui a eu lieu dans le Salon des Souverains à l'Élysée, et le mariage religieux a été célébré dans la chapelle du même palais.

Cette chapelle de l'Élysée est à peu près inconnue ; un bien petit nombre de personnes ont l'occasion de la visiter, et cependant elle est fort intéressante, car il n'en existe assurément pas une autre à Paris édifiée sur le même plan.

Elle est de date fort récente : ce fut l'impératrice Eugénie qui ordonna de la construire. Probablement, elle songeait au cas possible où elle viendrait un jour habiter l'Élysée, si elle devait survivre à l'Empereur, son mari, et elle désirait avoir ainsi son oratoire particulier.

Mais l'emplacement d'une chapelle n'est pas facile à trouver dans un palais dont il est impossible de modifier l'architecture extérieure, et dont l'intérieur même ne saurait être sensiblement transformé.

Un habile architecte se chargea de vaincre les difficultés et il y parvint de la façon la plus ingénieuse.

Il ne fallait point songer à installer la chapelle dans une des galeries ; et cependant, si exigu que dût être cet oratoire, on ne pouvait le maintenir dans les bornes d'une chambre étroite.

L'espace qui manquait en longueur, l'architecte se chargea de le prendre en hauteur : il se fit livrer trois chambres situées à des niveaux différents : rez-de-chaussée, entresol et premier étage; il abattit les cloisons intermédiaires et établit un escalier qui, de la chambre la plus élevée, descendait à travers les deux autres pièces jusqu'au mur du fond de la chambre d'en bas.

Dans cette dernière chambre il mit l'autel et réserva les places du clergé; la pièce du milieu et la pièce supérieure devinrent des tribunes. La décoration de ces tribunes est très simple, et elle fait par là même mieux ressortir la magnificence de la partie qui avoisine l'autel : ce sanctuaire est conçu dans le style byzantin et rappelle l'aspect de l'église russe de la rue Daru.

Sur les murs, des fresques représentent des figures de saints étincelantes d'or, séparées par d'élégantes colonnettes peintes en bleu et rehaussées elles-mêmes par des arabesques dorées. L'effet est très saisissant : on croirait voir l'intérieur d'une châsse enrichie d'émaux et de pierreries.

La chapelle de l'Elysée ne servit point d'oratoire à la souveraine qui l'avait fait construire; jamais on n'y a célébré que deux cérémonies : celle de la remise de la barrette au cardinal Régnier et au cardinal Pie en 1873 et celle du mariage de Mlle Grévy.

Ce mariage n'ayant donné lieu à aucune fête mondaine, les chroniqueurs ont été par là même privés du plaisir de détailler à leurs lecteurs, et surtout à leurs lectrices, toutes les richesses de la *corbeille de noces*.

Qui ne connaît cet usage d'exposer la corbeille de noces à la soirée où l'on signe le contrat, et même dans les journées qui la précèdent? Il s'est introduit dans le monde parisien, sous le second empire : il s'y maintient encore; mais je dois dire qu'il commence à être fort discuté.

Chacun sait qu'on entend par *corbeille de noces* les cadeaux que le fiancé offre à sa fiancée, quelques jours avant la célébration du mariage. Il est venu naturellement à la pensée de montrer ces cadeaux aux amis des deux familles, et on a choisi pour cette exhibition la soirée du contrat; les bijoux ont été exposés dans une corbeille sur une table du salon.

D'abord on s'est contenté de montrer l'anneau nuptial, la simple *alliance* d'or et les autres anneaux moins modestes, ornés de diamants et de perles; puis, la vanité aidant, on a pensé que des bijoux ne perdraient rien à être convenablement encadrés, et on a joint aux diamants les dentelles et les cachemires.

Tout bien considéré, les dentelles et les cachemires ne sont que des accessoires... Pourquoi ne se préoccuperait-on pas de choses plus sérieuses? Pourquoi n'exposerait-on pas les robes elles-mêmes? Et les robes se sont montrées, toujours sous prétexte de *corbeille*.

Comme il est difficile d'exposer des robes dans un salon, entre l'écritoire et les paperasses d'un notaire; comme il est difficile surtout, dans un pareil milieu, de les faire apprécier à leur juste valeur, on a décidé qu'il était convenable de leur faire les honneurs d'un étalage spécial, en plein jour, après avoir convoqué exprès pour ce congrès admiratif tout le ban et l'arrière-ban des bonnes petites amies et même des bonnes petites ennemies.

Du thé, des gâteaux, un léger verre de vin de Frontignan ou de Malaga facilitaient les épanchements affectueux des unes et faisaient passer les jalousies rentrées des autres.

Mais, enfin, était-il bien rationnel de ne montrer ainsi que des objets de surface et de se laisser aller au seul plaisir d'une exposition de pure vanité?

De belles dentelles, de beaux cachemires, de belles robes,— en a qui veut par le temps qui court! — Mais le beau linge n'est-il pas le vrai luxe de la femme sérieuse, surtout à la veille d'entrer en ménage? J'en appelle plutôt aux lessives de nos grand'mères!

Il fut donc décidé qu'après avoir montré les dessus, on pouvait, on devait montrer les dessous; et sous prétexte de corbeille de noces, on étale dans des maisons du meilleur monde des tas de chose qui pourraient facilement constituer le fond d'un magasin de lingerie: des jupons, des corsets, des chemises, des pantalons, des bas, des jarretières. Il est vrai que tout cela est brodé et festonné : il paraît que la broderie sauve à merveille le côté *shoking!*

Vous croyez peut-être qu'en esprit chagrin ou en moraliste spartiate je vais demander l'abolition pure et simple de cette exhibition de lingerie?... Point du tout; mais je demanderai seulement que cette exhibition se justifie, en donnant à la jeune fiancée l'occasion de montrer quelques-uns des talents intimes qui ne sauraient manquer de rehausser sa grâce et sa beauté.

Tout le monde sait qu'elle portera à merveille une parure de diamants, une robe de velours frappé ou une robe de soie : de ce côté, point d'expérience à faire. Mais combien il serait charmant de la voir plier elle-même dans l'armoire au linge quelques douzaines de serviettes; repasser des chemises de batiste, ou même esquisser une petite lessive à la façon de Nausicaa, qui, pour être bonne lavandière à ses heures, n'en était pas moins (quand il le fallait) une princesse du meilleur monde, — dans le monde homérique.

Croyez-moi, mesdames les mamans, et vous, mesdemoiselles leurs filles, essayez de cette petite innovation: je puis vous assurer que la corbeille de noces y trouvera un regain de succès et d'estime.

Un mariage dans le monde politique ne va guère sans mettre quelque peu les solliciteurs en campagne : M. Grévy a donc reçu un bon nombre de demandes depuis quelques jours; demandes de tout genre, depuis les bureaux de tabac jusqu'aux croix d'honneur. On assure que le nombre des quémandeurs du ruban rouge n'a pas été au-dessous de cent vingt. Jusque-là rien de bien extraordinaire; mais il s'est trouvé un monsieur qui s'est distingué entre tous : cet homme ingénieux a profité de l'occasion pour solliciter du président de la République la place de... bourreau de la ville de Paris.

La pétition a dû produire sur le chef de l'État une impression d'autant plus agréable que M. Grévy est un adversaire déclaré de la peine capitale.

La place de bourreau de la ville de Paris est-elle donc vacante?... Non; mais le bruit court que M. Deibler, le titulaire actuel de cette terrible fonction, serait à la veille de la quitter pour entrer dans le commerce.

Et quel est le commerce que prendrait M. Deibler?

Pour le coup, je vous le donnerais en mille que vous ne devineriez pas : M. Deibler voudrait, assure-t-on, renoncer aux hautes œuvres pour se faire fabricant de poupées...

Après avoir été la terreur des assassins, M. Deibler deviendrait la joie des petits enfants, — le repos et la tranquillité des familles!

Le contraste est assez fort, vous en conviendrez. Néanmoins, je trouve la transition moins forcée qu'on ne pourrait croire à première vue. Les bourreaux emploient du son, beaucoup de son dans leur métier, aux jours de besogne; et, ma foi! le son a, de tout temps, servi à bourrer le ventre des poupées.

Ne criez pas à l'horreur! Un des prédécesseurs de M. Deibler employait le son d'une autre manière. Quand il avait expédié un Troppmann quelconque, il ne manquait guère, dans la quinzaine qui suivait, de porter au marché une belle couple de volailles bien grasses... On assure même que certains marchands lui retenaient à l'avance ces volatiles d'élite pour des clients qu'ils désiraient choyer d'une façon toute spéciale.

Je ne vous dirai pas avec quel son avaient été nourris les poulets si hautement appréciés... Quoi! serait-ce?... Eh! oui, justement.

Ah! quelle horrible histoire un romancier naturaliste pourrait écrire avec cela! ARGUS.

Abonnement, du 1er avril ou du 1er octobre; pour la France : un an 10 fr.; 6 mois 6 fr.; le n° au bureau, 20 c.; par la poste, 25 c.
Les volumes commencent le 1er avril. — LA SEMAINE DES FAMILLES paraît tous les samedis.

VICTOR LECOFFRE, ÉDITEUR, RUE BONAPARTE, 90, A PARIS. — Imp. de la Soc. de Typ. - NOIZETTE, 8, r. Campagne-Première. Paris.

Enfance de Louis XIII.

L'ENFANCE DE LOUIS XIII [1]

—

L'homme est en germe dans l'enfance comme le fruit dans la fleur. S'il est toujours intéressant d'étudier les développements progressifs d'un caractère et de suivre ses évolutions, c'est surtout quand il s'agit d'un de ces enfants appelés un jour à gouverner une grande nation. Occupons-nous aujourd'hui du prince qui fut Louis XIII, le fils du bon Henri.

En esprit essentiellement pratique, Henri IV avait destiné pour premier éducateur au Dauphin un homme distingué sous tous les rapports : religieux, savant, expérimenté, et qui, parvenu alors à sa cinquantième année, avait été, depuis près de trente ans, successivement attaché à la personne des rois Charles IX, Henri III et Henri IV, en qualité de médecin.

Le 27 septembre 1601, naissait le prince qui devait régner sous le nom de Louis XIII. et dès son entrée en fonctions auprès du Dauphin, son précepteur (Héroard) commençait à écrire un *Journal et registre particulier*, dont la rédaction, poursuivie pendant plus de vingt-six années, ne devait cesser qu'avec la vie de l'auteur, mort au siège de la Rochelle.

C'est en glanant dans ce *Journal* parmi de trop minutieux et longs détails, que nous allons dégager, autant que possible, les premiers linéaments du caractère de Louis XIII. Avant même que l'enfant ait accompli sa première année, commencent à se produire des détails de mœurs et d'éducation sur lesquels nous aurons à revenir ; nous devons d'abord indiquer ceux dans lesquels figure Henri IV. Le 22 juin, le roi a voulu manger le reste de la bouillie de son fils et a dit en plaisantant :

1. *Journal de Jean Héroard sur l'enfance et la jeunesse de Louis XIII* (1601-1628), extrait des manuscrits originaux, et publié par MM. Eud. Soulié et Ed. de Barthélemy. (Paris, Didot, 1868, 2 volumes in 8°.)

« Si l'on demande maintenant : « Que fait le roi? » l'on peut dire : « Il mange sa bouillie. »

A l'âge de deux ans, le Dauphin est sevré; on lui apprend ses prières, on l'exerce à parler et Héroard, tenant la main de l'enfant, lui fait écrire sa première lettre au roi; et, complément de l'éducation de cette époque, on commence à lui donner le fouet, suivant en cela les instructions de Henri IV, qui écrivait encore à Mme de Montglat, la gouvernante du Dauphin, lorsque le petit prince avait déjà plus de six ans : « Je me plains de vous, de ce que vous ne m'avez pas mandé que vous aviez fouetté mon fils, car je veux et vous commande de le fouetter toutes les fois qu'il fera l'opiniâtre ou quelque chose de mal, sachant bien par moi-même qu'il n'y a rien au monde qui lui fasse plus de profit que cela; ce que je reconnais par expérience m'avoir profité, car, étant de son âge, j'ai été fort fouetté. »

Aveu naïf et curieux à recueillir d'une telle bouche.

Dans le premier séjour que le Dauphin fait à Fontainebleau, du 28 août au 9 novembre 1604, Henri IV se montre avec son fils très tendre et très enfant lui-même. Un jour, le 4 septembre, on voit le roi arrivant de la chasse et le Dauphin courant à bras ouverts au-devant de son père, « qui blêmit de joie et d'aise, l'embrasse longuement, le promène le tenant par la main, changeant de main selon qu'il tournait, sans dire mot », tout en écoutant M. de Villeroy rapportant des affaires au roi; l'enfant ne peut laisser son père, « ni le roi lui. »

Deux ans après, le jour où Henri IV part pour assiéger Sedan (15 mars 1606), il vient tout ému dire adieu à son fils, « l'embrasse, lui disant : Adieu, mon fils, priez Dieu pour moi, adieu mon fils, je vous donne ma bénédiction. »

Dans une circonstance moins solennelle, un simple départ de Saint-Germain pour Paris (7 décembre 1608), Héroard nous montre le roi plus tendre encore et les progrès qu'il a faits dans le cœur de son fils. Le Dauphin conduit le roi hors de l'escalier; il était triste, le roi lui dit : « Mon fils, quoi! vous ne me dites mot! Vous ne m'embrassez pas quand je m'en vais? » Le Dauphin se prend à pleurer sans éclater, tâchant de cacher ses larmes tant qu'il pouvait devant si grande compagnie. Le roi, changeant de couleur et à peu près pleurant, le prend et l'embrasse, lui disant : « Mon fils, je suis bien aise de voir ces larmes. »

On aime encore à voir le Dauphin assister pour la première fois au conseil (2 juillet 1609), le roi le tenant entre ses jambes; et l'on est attendri lorsque, célébrant pour la dernière fois l'anniversaire de la naissance de son fils (27 septembre 1609), Henri IV boit au Dauphin, en disant : « Je prie Dieu que d'ici à vingt ans je vous puisse donner le fouet! » Le Dauphin lui répond : « Pas, s'il vous plaît. » Moins de huit mois plus tard, trois jours après le forfait de Ravaillac, la nourrice du jeune roi le trouve un matin assis sur son lit et lui demande ce qu'il a à rêver; il répond : « C'est que je voudrais bien que le roi mon père eût vécu encore vingt ans. Ah! le méchant qui l'a tué!... »

Héroard nous montre le Dauphin recevant, dans un âge assez précoce, les premiers éléments de son éducation. Ainsi, en 1605, il s'amuse avec un livre des figures de la Bible; sa nourrice lui nomme les figures et les lettres; il les connaît bientôt toutes; un an plus tard (1606), il commence à écrire. Son instruction religieuse s'inaugure aussi de bonne heure : car dès qu'il peut prononcer quelques mots de suite, c'est-à-dire à l'âge de deux ans, on lui apprend le *Pater* et l'*Ave*, puis cette prière : « Dieu donne bonne vie à papa, à maman, au Dauphin, à ma sœur, à ma tante, me donne sa bénédiction et sa grâce et me fasse homme de bien et me garde de tous mes ennemis, visibles et invisibles. »

Quelques traits saillants dans les premières leçons d'histoire et de morale que le royal enfant recevait de ses divers précepteurs doivent être ici recueillis, les plus typiques surtout.

Peu de mois après son avènement au trône, à l'âge de dix ans (1610), il écrit cette sentence qui lui vient à l'esprit : *Le sage prince réjouit le peuple*. Peu après, le précepteur lui demande quel est le devoir d'un bon prince, il répond : « C'est d'abord la crainte de Dieu; » et le précepteur ajoutant : « Et aimer la justice » l'enfant réplique vivement : « Non! il faut : Et faire la justice. »

D'un tempérament très actif, ayant peine à rester une minute en place, ce qui lui rendait l'étude pénible, le jeune Louis était pourtant sujet à des accès de rêverie maladive, qui font comprendre l'expression mélancolique de ses traits. Nous avons vu plus haut l'enfant s'absorber dans des préoccupations graves, le lendemain de la mort de son père.

A cette nature rêveuse et mélancolique, à cette figure silencieuse et qui se déridait rarement, Louis XIII joignait cependant un esprit vif; il avait des reparties pleines de bon sens, parfois aussi il raillait et se moquait; mais, en avançant en âge, ses saillies deviennent plus sévères et plus âpres. Un jour d'hiver (1605), le porteur de charbon entre dans sa chambre pendant qu'il se lève et lui dit : « Bonjour, mon maître. — Qui est son maître? demande l'enfant à son aumônier. — C'est le roi et vous. — Qui est le plus grand? — C'est papa, et vous après, répond l'aumônier. — Non, c'est Dieu qui est le plus grand, » reprend le Dauphin, qui, de sa nature, n'aimait pas la flatterie.

Un autre jour, Mme de Montglat lui demande, après qu'il vient de prier pour le roi : « Aimez-vous bien papa? — Oui. — Monsieur, reprend la gouvernante, il faut dire plus que vous-même. — Plus que moi-même! Eh! il ne faut pas s'aimer soi-même, il faut aimer les hommes, mais pas soi-même. »

Autre anecdote, où la sensibilité se dérobe sous la brusquerie. Le jour des Rois, le Dauphin tenait à la main un portrait du roi, au bas duquel étaient ses nom, surnoms et qualités, et il les lisait à haute voix. On lui demande : « Monsieur, quand vous serez un jour le roi, comment mettrez-vous? » Il répondit brusquement : « Ne parlons point de cela. — Mais, Monsieur, vous le serez, s'il plaît à Dieu, un jour après papa. — Ne parlons point de cela! — Monsieur, c'est que vous voulez dire qu'il faut prier Dieu qu'il donne longue vie à papa? — Oui, c'est cela. » En dînant, il demanda si, pour son souper, il n'y aurait pas un gâteau pour faire les Rois; M. de Ventelet lui dit que oui, et qu'il serait le roi. « Oh! non, dit-il, c'est papa. — Monsieur, j'entends le roi de la fève, ce n'est que pour jouer. »

Citons encore trois ou quatre mots du jeune roi qui achèvent de peindre une des faces de son caractère et la tournure que prend peu à peu son esprit. Il fait donner à boire à son petit chien et demande : « Pourquoi donne-t-on à boire aux chiens? — De peur qu'ils n'enragent, » lui répond-on. Il reprend soudain : « Les ivrognes donc n'ont garde d'enrager, car ils boivent toujours. » (1610.)

(1616). Il construisait un petit fort et y plaçait des petits canons tirés par des chiens, l'un desquels fit difficulté de passer outre sur une planche. Il le battit, le chien passa, et alors l'enfant dit froidement et d'un ton sérieux : « Voilà comme il faut traiter les opiniâtres et les méchants, » et lui donnant un biscuit : « et récompenser les bons, les hommes aussi bien que les chiens. »

Les inclinations de Louis XIII pour les armes et pour la chasse se révèlent chez lui de très bonne heure. Héroard nous montre encore le Dauphin « curieux de vouloir tout savoir », ayant « l'œil et l'oreille à tout », se plaisant « toujours à quelque exercice pénible ». Son goût pour les œuvres mécaniques « lui fait tantôt suivre un maçon qu'il rencontrait, tantôt regarder des charpentiers qui mettaient des cloisons ».

Le Dauphin montre des goûts plus élevés, dans ses dispositions naturelles pour la musique et le dessin. Suivant l'usage de l'époque, deux musiciens étaient attachés à sa personne; l'enfant les écoutait avec transport, retenait les termes de leur art et voulait même faire sa partie avec eux.

Dès l'âge de trois ans, il commence à crayonner sur du papier; ces dispositions se développèrent un peu plus tard, pendant les séjours à Fontainebleau, où de nombreux artistes, à la tête desquels se trouvait Martin Fréminet, continuaient les travaux de décoration commencés sous François Ier (1605-1607).

Nous arrêtons ici ces quelques citations; nous croyons qu'en dehors de leur intérêt purement anecdotique, elles suffisent à initier aux nuances du caractère du fils de Henri IV et du père de Louis XIV, et ce n'est pas certes un mince honneur qu'une telle filiation et une telle paternité.

Ch. Barthélemy.

CHARYBDE ET SCYLLA

(Voir pages 372, 396, 411, 428, 444, 453, 467, 483 et 507.)

TRENTE-CINQUIÈME LETTRE

Geneviève à Antoinette.

Kermoereb.

Sais-tu que tu m'as attendrie jusqu'aux larmes avec ton simple récit, ma chère Antoinette! Ma délicate personne, comme tu le dis, non sans ironie peut-être, n'a pas un caillou à la place du cœur : j'ai pleuré sur la mort des « grands frères ».

Mais pourquoi n'as-tu pas commencé par là?

Tu m'annonces les du Parc comme une ressource capitale contre mon ennui à cause de leur goût pour la musique.

Je les trouve, hélas! détestables musiciens. A cela je ne peux rien. Quand on a passé vingt années de sa vie à étudier, à essayer de comprendre les difficultés et les beautés de cet art, à la fois idéal et mathématique, on souffre des exécutions médiocres et des compréhensions imparfaites.

C'était un peu comme musicienne que j'étais dépitée contre la famille du Parc.

Ta lettre me les a fait voir sous un nouveau jour, sous celui qui leur convient.

Comment ne pas regarder avec vénération ce père et cette mère qui ont donné si généreusement le plus cher de leur cœur à la patrie!

Le patriotisme! C'est la véritable grandeur de la Bretagne, Antoinette. Nulle part, ce mot doux et terrible ne résonne avec plus d'éclat, nulle part il ne fait plus de victimes.

Avant même de connaître les sacrifices faits à la patrie par cette noble famille, j'étais édifiée par leur profond amour pour le pays.

Voilà de ces gens qui ne savent pas mentir dans un journal ou à une tribune; voilà de ces gens qui ne proclament pas impudemment, étant très bien vivants, et ayant toujours fui le danger, qu'ils aiment leur pays jusqu'à la mort; mais voilà de ces gens qui s'en vont mourir sans phrases sur le champ de bataille avec ce cri sur leurs lèvres :

« Dieu et la France! »

Ma chère, à part quelques grandes exceptions, il n'y a guère que les gens qui croient en Dieu et en Jésus-Christ qui savent mépriser la mort : je parle des gens qui ont mille bonnes raisons de tenir à la vie.

Pour les pauvres désespérés, ainsi que nous l'avons vu sous la Commune, ils courent volontiers au devant d'une mort qui les délivre d'une vie misérable et besoigneuse.

Mais revenons aux du Parc. Ta lettre reçue, j'ai secoué mon apathie, j'ai fait immédiatement atteler et nous avons fait visite aux du Parc, qui ne s'y attendaient pas : c'était à eux à me venir voir.

Chose étrange, M. Jean m'a paru moins gauche, ses sœurs moins ternes.

Quant à Mme du Parc, je l'ai attentivement regardée. Dans ce visage fané il passe des expressions splendides.

Précisément dans le courant de la conversation, on a parlé de la guerre de Tunisie, et Charles a rappelé incidemment celle de 1870.

Le regard de Mme du Parc s'est voilé, et puis il s'est levé vers le ciel.

Rien de plus, et cependant je sentais un grand sentiment de respect m'envahir l'âme. Dans la seule expression de ce regard, il y avait des abîmes de douleur résignée.

Nous avons fait de la musique; c'est moi, Geneviève Argenteuil, qui l'ai demandé.

Ces demoiselles, qui ne sont point absolument sottes, avaient peut-être remarqué les crispations machinales de mes doigts lorsqu'elles jouaient, et mon air abattu lorsqu'elles chantaient, car elles ont paru surprises, et se sont fait beaucoup prier. J'ai insisté, la mère a commandé et elles se sont soumises.

Leurs fausses notes ne m'ont pas agacée, j'ai hasardé quelques conseils qui ont été reçus avec joie et intelligence; puis j'ai fait chanter Isabelle, qui avait ce jour-là une voix magnifique. Enfin, tout était si bien détendu entre nous que Jean, le sauvage Jean, a consenti à chanter, avec sa jeune sœur, cette jolie mélodie bretonne de Brizeux :

> Hélas! je sais un chant d'amour
> Triste et gai tour à tour.

C'était charmant à voir et à entendre. Jean a comme sa sœur une voix superbe. Ces notes vibrantes et ces notes profondes se mêlant à l'unisson produisaient un ensemble parfait.

Avec ces jeunes, j'ai tout à fait joué au professeur; je leur ai donné un aperçu des études qu'ils avaient à faire, pour apprendre facilement à mieux poser leur voix.

Les parents m'ont remerciée avec effusion de ma condescendance, une grande cordialité est établie entre nous.

Seulement je m'étais mise en frais, et je suis revenue toute courbaturée.

Charles a été très content de son après-midi, la vue de ces robustes et beaux enfants lui est des plus agréables.

Maintenant, j'ai un service à te demander. Les morceaux de musique que possèdent tes amies du Parc ne sont pas variés ni surtout bien choisis. Sois assez obligeante pour passer chez mon éditeur de musique à l'adresse ci-jointe. Qu'il m'envoie sur-le-champ les morceaux dont je lui écris la liste.

Je n'ose livrer mes partitions reliées aux hasards d'un voyage, si court qu'il soit, et il me sera très agréable d'avoir ces morceaux en double.

Marie-Louise, qui vient d'entrer, me charge de t'avertir que la récolte de pommes de terre est bonne.

Nous trouvons celles qu'elle nous apporte de ton jardin les plus savoureuses du monde. Malheureusement, tous ces aliments frais et pleins de saveur sont un peu lourds pour nos estomacs parisiens, et nous ne nous permettons d'y goûter que du bout des lèvres.

Tu sais que tes amis du Parc te regardent comme une huitième merveille du monde et que ton nom se prononce chez eux dix fois par jour en moyenne.

Ces cœurs un peu fermés ont une étonnante intensité d'affection. Ce sont des volcans volontairement étouffés sous la cendre. Tantôt on ne voit que la cendre grise, tantôt la lave de feu jaillit, c'est incandescent.

Il me semble dangereux de concentrer ainsi la puissance d'aimer. Pourquoi en province ne faites-vous pas comme nous, qui savons aimer sans passion, sans attaches, sans nous river, qui répandons en bienveillance un peu banale le trop-plein de notre cœur?

C'est assez, je m'arrête : le monde que je vois ici est parfois plein de mystères pour mon intelligence, mais je le comprends parfaitement par le cœur.

Adieu, et mille tendresses.

GENEVIÈVE.

P. S. — Il faut que je te dise que le temps reste splendide, et que la mer sous mes fenêtres est devenue un beau lac, ou plutôt un miroir immense qui réfléchit le ciel d'un bleu doux chargé de nuages blancs tellement immobiles, que si je les regarde dans l'eau, ils font absolument l'effet de montagnes de neige, ou de stalactites de cristal enchâssées dans le pâle azur.

Le ciel et la mer ont parfois des aspects délicieusement féeriques.

TRENTE-SIXIÈME LETTRE

Geneviève à Antoinette.

Kermoereb.

A quoi dois-je attribuer ton mutisme, ma chère Antoinette? Voilà, si je ne me trompe, dix jours que je t'ai envoyé une liste de morceaux de musique et je ne reçois rien, ni réponse ni partitions.

On prétend que les lettres s'égarent parfois. La mienne a-t-elle eu ce sort déplorable?

Tes amis du Parc, avertis de ton silence, prétendent que tu les oublies dans les plaisirs de Paris, ce qui n'est rien moins qu'une petite manifestation de leur vivante jalousie. Marie-Louise si tendre, si attachée à tes enfants, craint que l'un d'eux ne soit malade et te conjure de la tirer d'inquiétude.

En Parisienne coutumière des petits calculs un peu égoïstes, je pense tout simplement que tu auras remis la commission aux calendes grecques, en t'étonnant de me voir, moi, te donner une commission.

Aussi pour réparer cette maladresse, me suis-je empressée d'écrire moi-même place de la Madeleine.

Tu n'as donc plus à t'inquiéter de notre musique; mais il te reste à nous tirer de nos inquiétudes à ton sujet.

Jean du Parc m'a apporté hier le premier œillet rose éclos sur les dunes. C'est une fleur ravissante d'un rose délicat, finement découpée, et d'un parfum d'une suavité qui m'était inconnue.

Ce parfum-là manque à nos marchands de pommade. Ils remplaceraient avantageusement les odeurs de l'opoponax et autres aux noms bizarres, par celui dont ma chambre est tout embaumée.

« Pommade à l'œillet des dunes » serait très original.

Le temps s'étant mis au très beau, nous allons, Charles et moi, recommencer les longues promenades qui nous charmaient tant à notre arrivée ici.

Je voudrais accompagner sur les grèves Isabelle, qui y bondit comme un jeune faon et qui se jette à l'eau comme une ondine; mais ce grand soleil me donne des migraines et hâle malheureusement mon teint, de telle façon que j'aurais l'air d'un masque si je me représentais un jour devant mes connaissances.

Vous avez des teints faits pour ce soleil.

Sous ses rayons, la seconde des demoiselles du Parc reste blanche comme un lis. Isabelle brunit, mais du plus joli brun du monde. Ses mains effilées sont devenues de bronze. Il n'y a pour elle ni soleil ni vent. Elle vous arrive dans une bourrasque.

Le vent ne me déplaît pas; mais les tourbillons de sable qu'il soulève font grand mal à Charles. Un instant j'ai craint une ophthalmie, ni plus ni moins que si les grèves de Kermoereb étaient un désert brûlant.

Tout cela est un peu vif pour nos santés parisiennes. Nous espérions mieux de l'été. Il nous a laissé nos délicatesses.

Mais adieu, et donne-nous bien vite de tes nouvelles; rassure-moi sur le sort de ma dernière lettre et pardonne-moi d'avoir agi en franche provinciale en te donnant une commission. Ce nom n'existe plus dans notre dictionnaire, et pour cause.

Nos amitiés à tous.

GENEVIÈVE.

TRENTE-SEPTIÈME LETTRE

Antoinette à Geneviève.

Paris.

Geneviève, prie pour moi, pour nous, dis à Marie-Louise de prier : Alain se bat en duel demain.

Je multiplie les démarches, les supplications, et je n'ai aucun espoir. Secret absolu sur cette malheureuse affaire que mes enfants ignorent. O Paris! quelle malédiction!

ANTOINETTE.

TRENTE-HUITIÈME LETTRE

Geneviève à Antoinette.

Kermoereb.

Pauvre chère Antoinette, que je te plains!

Il me semble que c'est tout ce que je puis dire. Cependant permets-moi d'ajouter que beaucoup de ces affaires d'honneur se dénouent avant même que les adversaires se soient rendus sur le terrain, et que parfois ces hommes altérés de sang se réconcilient le plus facilement du monde.

Si les témoins sont bien choisis, tout peut s'arranger. Et en mettant les choses au pire, les duels qui sont fréquents à Paris, ne sont pas tous mortels. C'est parfois une séance d'escrime ou un simple échange de balles.

Malheureusement, d'après ce que j'ai cru deviner, ton mari est d'un caractère bouillant, et comme tous les Bretons très sensible à tout ce qui touche à son honneur.

Mais, grand Dieu! quel sujet a-t-il de se battre? Il ne fait pas de journalisme que je sache et ses jolis vers ne sentent pas la poudre.

Tu comprends, ma chère Antoinette, que je me perds en conjectures.

Ton secret sera gardé. J'ai eu beaucoup de peine à faire comprendre à Marie-Louise ce dont il s'agit. Elle passait la main sur son front, ne saisissant pas. Se battre, pour elle c'est échanger des coups de poing, et naturellement M. de Kermoereb ne pouvait descendre à cela. Enfin, lui ai-je dit à bout d'explications, votre maîtresse est malade d'inquiétude parce qu'un danger menace son mari.

Cela a suffi. Elle est partie comme une flèche pour le bourg, et je l'ai trouvée à l'église, faisant à genoux le chemin de la croix.

Nos prières se sont mêlées devant l'autel, et je t'assure que celles de Marie-Louise sont d'une ferveur à faire des miracles.

Celles qui s'échappaient de mon cœur troublé ne valaient pas celles de ce cœur aimant et simple.

Ah! les simples qui prient ont certainement une grande puissance sur le cœur de Jésus-Christ.

C'est pourquoi je te supplie de ne pas perdre confiance.

Je ne puis te demander de lettre; mais un mot est bien vite jeté sur le papier.

Avec quelle impatience je l'attends, ma chère Antoinette.

Hélas! où sont nos chagrins de jeunes filles, qui ont fait couler jadis tant de larmes!

La vie réelle nous en a fait voir bien d'autres.

Tu sais que je t'aime de tout mon cœur.

GENEVIÈVE.

TRENTE-NEUVIÈME LETTRE

Antoinette à Geneviève.

Paris.

Que te dirai-je? Je vis dans un effroyable cauchemar. Ma vie se passe aux genoux d'Alain.

Il ne veut rien entendre. Les témoins qui voient mes angoisses, ont obtenu un jour de sursis, ils me font mille promesses : ils parlent de réconciliation ; mais je ne suis pas dupe de ces artifices.

A chaque sortie d'Alain je me figure qu'il ne reviendra pas. Il est là vivant devant moi ; ce soir, on peut me le rapporter mort.

Et je serais la cause inconsciente de ce crime ! moi, Geneviève, moi !

Ah ! que j'ai été folle d'échanger ma vie heureuse contre cette vie de tourments !

Encore si le pistolet était l'arme choisie !

Adieu, adieu, priez toujours, priez sans cesse ; moi, je ne peux plus.

ANTOINETTE.

QUARANTIÈME LETTRE

Geneviève à Antoinette.

Kermoereb.

J'espère recevoir une lettre de toi aujourd'hui, ma pauvre chère Antoinette ; mais il faut que je te redise, courrier par courrier, que nous nous plongeons avec toi dans l'angoisse.

J'ai une migraine atroce qui me sert de prétexte pour ne pas recevoir tes amis du Parc, que ma sauvagerie soudaine étonne et fâche même un peu.

Marie-Louise me met des compresses d'eau sédative en murmurant des *Ave*.

La pauvre fille ne dort ni ne mange depuis ma fatale confidence.

Mais enfin voyons, il ne faut pas nous laisser aller au désespoir comme cela.

Et, t'écries-tu dans ta détresse, « c'est moi qui suis la cause de ce malheur! »

Quel remords va maintenant s'ajouter à ta douleur !

Mais ce n'est pas *remords* qu'il faut dire, puisque tu qualifies cette cause d'inconsciente.

Donc, ne prononce pas le terrible mot de *remords*.

N'ai-je pas été, moi qui t'écris, la cause parfaitement inconsciente de deux duels dans ma brillante jeunesse ?

Ah ! moi aussi, j'ai gémi sur les passions faites d'orgueil et de violence des hommes !

Pour une simple plaisanterie ils dégaînent !

Si nous ne pouvons partager le sentiment qu'ils éprouvent pour nous, malgré nous, ils arment leur révolver.

Au fond, toutes ces tragédies ne vont pas heureusement jusqu'au cinquième acte.

Les deux duels dont je te parle se sont très bien passés.

Dans le premier les adversaires se sont embrassés sur le terrain avant même de dégaîner ; dans le second ils ont fait une brillante passe d'armes, et au premier sang, une écorchure à la joue, ils sont allés déjeuner ensemble chez Brébant, et sont restés les meilleurs amis du monde.

Pardonne-moi de te parler aussi légèrement, en apparence ; mais, je te le répète, pour te rassurer, il faut un sujet capital pour qu'un duel devienne sanglant.

Ce que je ne comprends pas, c'est que M. de Kermoereb ait le courage de te laisser dans ces angoisses !

Mais les hommes, ces grands larrons d'honneur, ont accommodé l'honneur à leur façon, et sur ce point ils sont d'un entêtement formidable.

Pour moi, je trouve singulièrement lâche de faire tant souffrir une femme ; mais la compassion n'entre pas dans les calculs du point d'honneur.

Je me creuse en vain la tête pour deviner comment tu peux avoir été pour ton mari une cause de duel.

Tu n'es point une Parisienne poussant la coquetterie et le désir de plaire jusqu'à l'imprudence !

Enfin, à quoi bon me perdre en suppositions ? ce qui redouble mon mal de tête.

Il est plus sage d'attendre en priant, à l'imitation de Marie-Louise, le dénouement et l'explication de cette affaire.

C'est peut-être beaucoup de souffrances pour rien. Heureusement que toute souffrance porte en soi un mérite pour qui sait l'offrir au divin Souffrant.

Que dire après cela ? Rien.

A toi de tout mon cœur.

GENEVIÈVE.

QUARANTE ET UNIÈME LETTRE

Antoinette à Geneviève.

Paris.

Ma chère Geneviève,

C'est fini, le duel a eu lieu, et me voici garde-malade d'Alain, qui a une toute petite blessure au poignet droit.

Et, grâces à Dieu, il n'a pas tué son adversaire, ce qui était à craindre, étant donnée son adresse pour le tir ; il lui a enlevé un bout d'oreille, uniquement, dit-il, pour qu'il se ressouvienne que son impertinence a été châtiée.

Je m'empresse de te faire part de ma grande joie. Je t'ai assez fatiguée de mes alarmes.

Ce que j'ai souffert est indescriptible. Je voyais l'orgueil de mon mari monté à un diapason tel, qu'il était inutile d'espérer une concession, et l'autre étant l'insulté, il n'y avait pas moyen de rien obtenir de ce côté.

Mais je t'entends me demander qui était l'autre,

Mon Dieu, l'autre était un journaliste, un homme marié, que j'ai rencontré tout l'hiver chez la comtesse de Malplanquard, et qui croyait m'honorer de son admiration. Je te l'avoue, j'ai été par trop naïve, et sachant par Alain que cette plume était une conquête à faire, j'ai été particulièrement aimable avec ce monsieur. Mais grand Dieu ! la prétention des hommes de ce genre atteint des proportions fabuleuses. Je n'aurais jamais supposé que ce petit homme, chauve, laid à plaisir, pût se figurer un instant que je le distinguais autrement que par l'appoint de compliments dont il pouvait gratifier le livre de M. de Kermoereb.

Je le voyais dans un salon très bien hanté : chez Mme de Malplanquard on rencontre une fine fleur de société, ce ne sont pas de fausses baronnes, des comtesses de paille, ni des femmes d'un passé douteux que les siennes; personne ne s'affuble d'une vertu qu'il n'a pas eue, ni d'un titre qui du reste n'ajouterait rien à la valeur personnelle, là où il y a une grande valeur. Je n'avais pas à me défier, à soupçonner; et la laideur et la qualité d'homme marié du journaliste le mettaient, à mes yeux, dans cette phalange d'hommes avec lesquels on peut sortir de la réserve imposée aux femmes qui ne connaissent la coquetterie que de vue.

Mais il s'est trouvé que mon homme était un fat et un rageur. Un jour malheureux, M. de Kermoereb et lui se trouvent au même cercle, dans des salons différents séparés par une simple portière, et quelle n'est pas la fureur d'Alain en entendant le journaliste dire, dans un éclat de rire moqueur, que les pauvretés imprimées de ce pauvre de Kermoereb avaient heureusement pour passeport près des gens d'esprit la beauté de sa femme.

Je te raconte cela le plus simplement du monde. Ces exagérations me blessent plus qu'elles ne me plaisent.

Un de mes griefs contre Paris, c'est ce culte pour les dons extérieurs et la légèreté avec laquelle on juge les femmes qui les possèdent. On s'étonne, et cela seul est une injure pour elles, de les trouver pieuses, fidèles, attachées à leurs obscurs devoirs.

Évidemment ce n'était pas en souffletant le journaliste qu'Alain aurait dû le rappeler au sentiment des convenances à notre endroit. Mais Paris a rendu mon mari excessivement nerveux. Il paraît qu'il s'est trouvé d'un bond près du persifleur, et que précisément une phrase à son adresse l'a tellement exaspéré, qu'il l'a souffleté sans explication.

J'aurais bien voulu, hélas! qu'il n'eût été parlé que du livre dans cette affaire.

C'était bien assez pour irriter Alain, qui est écœuré de tout ce que le succès demande de cabales et de platitudes.

Entre nous, je me dis que si son livre avait une valeur réelle, il ferait son chemin tout seul. Je connais des succès qui ne sont pas dus à tous ces éloges qu'il est si dur de mendier.

Enfin, il faut en passer par là. Tant que ce malheureux livre n'aura pas tout à fait sombré, je vivrai dans des transes.

Alain m'a bien promis d'être plus prudent dans ses relations, plus circonspect dans ses paroles; mais je vois clairement le mal qu'il s'est fait en s'acclimatant si facilement à Paris.

Maintenant que tout danger est passé, je ne suis pas fâchée de cette secousse. Je retrouve mon mari et il me retrouve.

Bon gré mal gré, une certaine froideur s'était glissée entre nos cœurs.

Épris du succès, pour ne pas dire de la gloire, il ne comprenait pas mes tentatives pour enrayer sa vie mondaine, ruineuse et pleine d'abîmes.

Il en était arrivé à me traiter de prude.

Confiant en moi, il se figurait que je pouvais vivre au milieu de fiévreux, sans gagner la fièvre.

Je n'ai point de ces témérités. Des têtes plus fortes que la mienne ont tourné dans cette atmosphère capiteuse, et ma conscience n'a pas eu tort de faire bonne garde.

Je commence à comprendre l'horreur que les femmes dévotes inspirent à ces Don Juan, qui sont quelquefois très sots, et souvent laids à faire peur, et qui se croient capables d'inspirer des passions indomptables.

Moi, je ne leur pardonne pas leur scepticisme de convention à l'égard de la vertu. Toute ma fierté se révolte devant leur manière de juger les femmes dont la vie austère défie leur malice.

Mon blessé qui s'était assoupi se réveille, je te quitte pour lui donner un potage.

Le voilà joliment heureux de retrouver son foyer, sa femme et ses enfants.

Sa colère est tout à fait calmée, et il parle sans rancune d'un article très injurieux qui vient de paraître sur son livre dans un petit journal.

Je veux aussi espérer que cette halte forcée dans la vie intime va le guérir de la passion du théâtre et du cercle qui le possède.

On étouffe maintenant dans ces salles surchauffées.

Adieu, remercie Marie-Louise de ses prières, je te rendrai les tiennes à l'occasion.

Nous avons sans cesse besoin du secours providentiel en ce pauvre monde.

Je t'embrasse de cœur.

Ton amie reconnaissante,

ANTOINETTE.

— La suite au prochain numéro. —

ZÉNAÏDE FLEURIOT.

GRÉDEL ET SON AMIE

—

(Voir pages 487 et 503.)

V

Lorsque la jeune fille revint à elle et se souleva péniblement, se croyant sur son lit, elle jeta autour d'elle un regard égaré, et fit un soubresaut de surprise. Ce n'était plus dans la chaumière de tante Berthe qu'elle se trouvait en cet instant : ces deux grandes armoires de chêne, ces beaux rideaux en camaïeu, ce bahut aux ferrures de cuivre, ces chaises massives et polies au dossier découpé en cœur, tout cela, à la vérité, ne lui était point nouveau; c'était le mobilier, bien connu, de Grédel Becker, son amie. Oui, vraiment, il n'y avait pas moyen de s'y tromper; Fifi fredonnait et trillait dans sa cage, au-devant de la fenêtre; Mürr, qui venait de renverser, en jouant, la corbeille aux pelotons, s'endormait en ronronnant dans un des coins de la chambre, et Grédel, qui était allée porter du fourrage à l'étable, rentrait promptement, jetant un regard anxieux sous les rideaux du lit.

Son beau visage s'éclaircit lorsqu'elle aperçut Lise appuyée sur son coude et la cherchant des yeux.

« Ah ! ma Lischen, s'écria-t-elle, te voilà donc enfin revenue ! C'est que je commençais vraiment à être bien inquiète, sais-tu !... Voilà une grande heure que tu es ainsi, pâle, immobile comme une morte. Et il m'a-vait pourtant fallu te quitter pour un petit moment ; les moutons, qui n'avaient pas mangé, bêlaient si tristement à l'étable !..

— Mais, Grédel, murmura la jeune fille, il y a une chose qui m'étonne. Comment donc se fait-il que je me retrouve ici, dites ? C'est pourtant auprès du lit de ma pauvre tante que tantôt j'ai perdu connaissance, et c'est près de ma chère morte encore que je devrais être, à l'heure qu'il est.

— Non, vraiment ; quel bien lui ferais-tu, pauvrette ? répliqua Grédel avec vivacité. Elle a auprès d'elle, à présent, les seules choses qu'il lui faut, un crucifix avec des cierges, et deux voisines, Grete et Roschen, qui prient. Mais toi, tu n'en peux plus, mon enfant, tu es vraiment malade. Et, si tu as un brin d'amitié pour moi, tu me laisseras te soigner.

— Oh ! que vous êtes bonne, ma chère Grédel !... Mais... j'aurais pu rester là-bas. Je ne vous aurais pas embarrassée, en demeurant dans mon petit coin de la cabane.

— Au contraire, ma Lischen. Pour te donner mes soins et m'occuper en même temps de mon ménage ici, j'aurais dû être sans cesse en route. Au lieu que lorsque je t'ai là, sous ma main, sous mes yeux, je puis, tout en allant, venant et travaillant, songer à ce qu'il te faut et voir ce qui te manque. »

A ces bonnes paroles, Lischen ne répondit plus. Seulement, tandis que ses yeux se mouillaient de grosses larmes, elle tendit avec un long soupir la main à son amie, la regarda avec une vive et profonde expression de gratitude et de tendresse, et reposa languissamment sa tête sur l'oreiller.

Ce fut ainsi que l'orpheline, amenée à son insu sous le toit de la veuve, s'y installa doucement, par degrés, et ne le quitta plus. Qu'eût-elle fait, vraiment, dans la petite chaumière de la morte, toute seule et désolée, après qu'elle eut conduit au cimetière, avec les voisines et amies du village, le corps de la pauvre vieille qui, après avoir achevé son rude voyage ici-bas, allait enfin se reposer ? Grédel, bonne, aimante comme elle l'était, et d'ailleurs charmée à l'idée d'avoir une compagne, n'eut pas grand'peine à lui persuader que ce qu'elle avait de mieux à faire, c'était, en sa qualité d'héritière, de vendre la petite maison, et puis de vivre avec elle, de ne plus la quitter, comme pouvait le faire une sœur ou une amie.

C'est alors que Grédel commença à trouver sa nouvelle vie agréable, à se sentir vraiment joyeuse. Désormais, quand elle s'éveillait le matin, elle ne laissait plus son regard errer, avec tristesse et découragement, de la cage de Fifi au coussin de Mürr et à la niche de Turco. Dans la petite chambre d'à côté, qui ouvrait au soleil levant, elle entendait les pas pressés, la voix amicale de la gentille Lischen qui, en fille bien apprise, se levait un peu avant elle, et s'occupait à étendre la nappe de toile bise sur la table, et à aller chercher le lait du déjeuner. Puis, lorsqu'elle était debout, elle trouvait un vrai plaisir à aller d'ici et de là, à faire ceci ou cela, parce qu'elle ne s'agitait plus dans le vide, parce qu'elle ne travaillait plus seule ; parce que la chère enfant était là, allant, venant, travaillant et agissant près d'elle ; parce qu'elle rencontrait à ses côtés, chaque fois qu'elle détournait la tête, son sourire timide et son regard brillant.

Combien c'était heureux que cette aimable compagnie lui vînt tout justement pour les longs jours d'hiver ! Sans cela, dans son ennui que fût-elle devenue, vraiment, la pauvre veuve ? Ce n'était plus le temps des promenades dans le pré, des savonnages à la rivière ; les moutons, qui n'auraient rien trouvé à brouter sous le givre et la neige, restaient à l'etable avec leur fourrage et leur grain. Aussi Grédel, qui désormais ne redoutait plus d'être seule et découragée, avait résolu de mettre à profit pour son ménage les longs repos des jours d'hiver. Ayant passé en revue avec un soin minutieux ses grandes armoires de linge, elle avait entrepris de raccommoder soigneusement toutes ses nappes, ses chemises et ses draps ; de mettre au rebut les plus anciens et de s'en faire d'autres, des grosses pièces de toile que son bon Franz lui avait laissées et qu'elle ne s'était pas même senti le courage de dérouler jusqu'à ce jour. Elle avait vu alors que ce n'était pas de belle et bonne toile qu'elle possédait seulement ; mais aussi d'énormes écheveaux de superbe filasse blonde. Alors Lischen était devenue toute rose de joie à cette vue ; elle n'aimait rien tant que filer, disait-elle, et elle serait si contente de passer chaque jour trois ou quatre bonnes heures au rouet !

Ce fut donc de cette façon que la plus grande partie des jours s'écoula dans la maison de la veuve. Si quelque voisine, dans les après-midi, venait parfois frapper à la porte de Grédel, pour lui demander du pain ou du café à emprunter, ou une poignée de paille pour allumer son feu, ou tout simplement pour faire un petit brin de jaserie, elle trouvait les deux amies assises auprès de la fenêtre, en face l'une de l'autre, et travaillant avec ardeur : Lischen, toujours simplement vêtue de sa chemisette blanche et de son corset noir, le ruban noir du deuil rattachant ses cheveux, tendant gentiment devant elle ses bras nus jusqu'au coude, tordait sans s'arrêter les brins légers qu'elle détachait un à un de la quenouille. En même temps son petit pied pressait légèrement la pédale du rouet, dont la roue tournait avec son mouvement rapide et son bourdonnement

Ainsi elles travaillaient toutes deux vivement.

monotone. Quant à Grédel, elle aplanissait de sa main gauche le grand drap tout neuf dont les plis se déroulaient à ses pieds sur le plancher de la maisonnette. Et l'aiguille brillait au bout de ses doigts, et, après chaque point, elle voletait en l'air, avant de traverser de nouveau les lourds plis de la toile.

Ainsi, elles travaillaient toutes deux vivement, presque gaiement, ne relevant un peu la tête de temps en temps que pour se regarder et parfois se sourire. Ou bien elles échangeaient quelques paroles tranquilles.

« Vois donc comme la neige tombe, Lischen, disait Grédel. Il y en aura bientôt un demi-pied sur les chemins.

Oh! les pauvres moutons! ils ont froid dans l'étable. Et notre feu, vraiment, qui va s'éteindre aussi!

— Oh! que non. J'aurai sitôt fait de courir au bûcher et d'en rapporter deux ou trois bons fagots qui tiendront toute la soirée, » disait Lischen en se levant, laissant là sa quenouille et revenant comme elle l'avait dit, portant son fardeau de menues branches.

Après quoi, s'agenouillant devant la haute cheminée, elle y jetait un de ses fagots peu à peu, par poignées, brisant les plus grosses tiges, et les lançant dans le brasier d'où la flamme s'élevait rougeâtre et pétillante, avec des craquements sonores, de grandes clartés et des reflets joyeux.

Il leur arrivait aussi parfois, pour les longues veillées, de rendre visite aux voisins. Elles se trouvaient alors ensemble sept à huit jeunes femmes ou bonnes vieilles mères, assises devant l'âtre énorme où un grand feu flambait, les unes cousant, les autres filant, les plus âgées tricotant activement, toujours, des bas, de gros gilets ou des jupons de laine. En travaillant, on jasait, on riait, on chantait des refrains, on contait des histoires. Et parfois, comme l'ouvrage ne pressait pas très fort, on s'arrêtait un peu pour vider à la ronde une potée de vin chaud, ou pour manger une galette de fine fleur de froment.

Mais il y avait, les dimanches et les jours de fête surtout, d'autres visites que Grédel et Lischen s'en allaient rendre toutes seules. C'était au cimetière, où elles avaient leurs chères tombes à soigner, à honorer de leur respect et de leurs bonnes prières. Certes, Franz le meunier et la tante Berthe n'étaient point oubliés, vraiment; en été, la croix de bois de l'une et la pierre de l'autre disparaissaient presque entièrement sous les fleurs et la verdure; en hiver, c'étaient les tiges de buis, les jeunes cyprès et les couronnes d'immortelles qui les voilaient de leurs teintes sombres et de leurs touffes d'un jaune d'or.

En s'en revenant du cimetière, Lischen et Grédel causaient de leurs regrets, de leurs douleurs : car elles se sentaient alors plus tristes.

« Que c'est dur pourtant de voir partir ceux qui nous ont aimés!... Et comme l'on est malheureux quand il ne vous reste plus personne! soupirait la veuve, qui, des deux, était peut-être la plus profondément affligée, parce qu'elle avait porté seule sa peine plus longtemps.

— Oh! oui, Grédel... Et il faut que je sois protégée du bon Dieu, sûrement, pour t'avoir ainsi rencontrée. Sans cela, bonté du ciel! que serais-je devenue? Penser que j'ai déjà perdu ma mère, mon père, ma vieille tante, et que je n'ai pas encore vingt ans! soupirait Lischen en secouant la tête. Jusqu'à mon frère, qui n'est pas vieux pourtant, car il n'a que huit ans de plus que moi... Oui, il aurait vingt-huit ans à Pâques... Jusqu'à lui, qui est parti, qui est perdu pour moi, qui est mort aussi, probablement!

— Oui, voilà ce que le bon Dieu a voulu. Aussi, nous n'avons plus qu'à nous résigner, ma fillette. Du moment que nous nous trouvons ensemble, que nous nous aidons, eh bien, nous n'avons pas à nous plaindre, car la vie peut nous être douce. »

C'est ainsi qu'elles se consolaient, qu'elles se soutenaient l'une l'autre, les deux bonnes amies, et que, dans la douceur et la paix du présent, elles oubliaient peu à peu l'amertume et les déchirantes angoisses des jours passés.

Étienne Marcel.

— La fin au prochain numéro. —

LE SUCCÈS PAR LA PERSÉVÉRANCE

IV

GEORGES STEPHENSON

Près d'un village du Northumberland, dans une chétive maison, vivait au siècle dernier un brave homme marié avec une brave femme, un ouvrier sans aucune fortune, sans le moindre patrimoine. Il gagnait, à travailler rudement chaque jour dans une houillère, 12 shillings (15 francs) par semaine. C'était son unique ressource et il avait six enfants.

Un de ses enfants est devenu le célèbre ingénieur Georges Stephenson.

C'est l'un des plus admirables exemples des succès du travail et de la persévérance dans les conditions les plus difficiles de la vie.

15 francs par semaine pour huit personnes! Avec quel soin il fallait ménager chaque parcelle de ce salaire pour subvenir aux besoins quotidiens de la maisonnée!

Par bonheur, là était la grâce providentielle des familles pauvres : la bonne conduite du père, la sagesse de la mère, les enfants doux et soumis, désireux d'aider selon leurs forces au ménage.

A sept ans Georges entrait au service d'une fermière qui lui donnait quatre sols par jour pour garder ses vaches. Puis il gagna le double à conduire les chevaux à la charrue. Il accomplissait fièrement cette tâche, quoiqu'il fût encore si petit que parfois il semblait disparaître dans les sillons. Puis il eut la joie de rapporter au logis ses douze sols par jour, que le directeur de la houillère lui payait pour trier et éplucher le charbon.

Son ambition était d'être associé au travail de son père. Tout jeune il y parvint, et il se glorifiait de recevoir alors un shilling par jour (1 fr. 25).

Tels furent les commencements de cette vie qui devait être occupée de si grandes choses.

Mais, dès son enfance, Georges se faisait remarquer par des intuitions et des aptitudes singulières. Il employait ses heures de loisir à modeler avec de la terre diverses mécaniques, et quand il obtint à la houillère l'emploi de chauffeur, il s'attacha à la machine qui lui était confiée. Il se plaisait à la mettre en mouvement et à la voir fonctionner. Le dimanche, au lieu d'aller jouer avec ses camarades, il la démontait pour la nettoyer. Il l'examinait pièce par pièce, et peu à peu il en comprit la structure et l'action.

A dix-neuf ans pourtant, il n'avait reçu aucun enseignement. Il ne savait pas lire et il éprouvait un ardent besoin de s'instruire. Souvent il priait ses camarades plus heureux que lui de lui faire quelque lecture, et il les écoutait avec avidité.

Toutes les machines l'attiraient et l'occupaient. Mais il y avait d'autres machines qu'il ne pouvait voir, et qui étaient décrites dans des livres qu'il ne pouvait lire. C'était un chagrin. Il résolut d'y remédier.

Dans un petit village voisin de la houillère, une école était ouverte le soir pour les ouvriers. Georges s'y fit admettre et, dès que sa besogne de la journée était finie, il allait, lui le grand garçon, s'asseoir sur les bancs des enfants, apprendre à épeler l'abécédaire, quelque peu aussi à écrire.

Cette école élémentaire n'ayant rien de plus à lui enseigner, il alla dans une autre étudier l'arithmétique. Avec ces leçons régulières et son travail de chauffeur, il trouvait encore le temps de s'exercer à un métier positif.

La corporation des cordonniers s'honore de compter parmi ses membres Henri Sachs, le fécond poète de Nuremberg, Jacob Boehme, le philosophe mystique. Elle peut joindre à ces deux noms celui de Georges Stephenson.

Avant de construire des ponts et de percer des tunnels, il apprenait simplement à façonner des chaussures. Cet honnête labeur fut pour lui une bénédiction.

Un jour, une jeune fille lui apporta une paire de souliers à raccommoder. Elle avait une douce figure, la jeune fille, et ses souliers étaient très mignons. Georges se complut à les recoudre et employer tout son art à leur donner un nouveau lustre. Quelque temps après, il épousait celle pour laquelle il avait si bien travaillé. Elle était née comme lui dans une humble condition, et elle n'avait pas un denier. Mais par ses excellentes qualités elle le rendit très heureux, et il pleura amèrement lorsque la mort la lui enleva.

A son état de cordonnier, l'infatigable Georges ajouta celui d'horloger. Il apprit lui-même à réparer les montres et les pendules, et les ouvriers des environs avaient pleine confiance en son habileté.

Il continuait cependant à s'occuper avant tout du travail des mines. Grâce à ses études assidues, à son intelligence et à sa conduite exemplaire, il était monté de grade en grade dans les diverses catégories d'ouvriers.

Une société d'actionnaires lui donna l'emploi d'ingénieur dans la houillère de Killingworth. Il s'installa alors dans un joli cottage. Il avait un cheval à sa disposition pour faire ses tournées, et il était assez bien rétribué pour pouvoir assister efficacement ses vieux parents, pour pouvoir mettre dans une bonne école son fils unique, son cher Robert.

L'aisance matérielle qu'il acquérait après tant de pénibles travaux ne diminua point son activité. Au contraire : dans sa nouvelle situation, il s'imposait de nouveaux devoirs. Quand il rentrait dans sa demeure, après avoir accompli sa tâche officielle, il étudiait une question de géométrie ou de physique, il dessinait un plan, ou essayait un mécanisme, cherchant sans cesse quelque combinaison pour produire quelque œuvre utile.

Un de ses ardents désirs était de trouver le moyen de préserver les mineurs des désastres du feu grisou. Un jour, il avait lutté contre un de ces désastres. Il était descendu au fond d'un puits, au moment où une cohorte de travailleurs était là, exposée au plus affreux danger. Par sa rapide décision et son habileté, à l'aide de quelques ouvriers dont il stimulait le courage, il avait réussi à prévenir l'explosion et à sauver ceux qui allaient périr.

Constamment il observait l'effet des courants d'air, les causes de combustions spontanées dans les mines, et enfin il en vint à inventer un peu avant Davy la lampe de sûreté. Lui-même voulut, au péril de sa vie, en faire l'expérience. Il descendit avec l'inspecteur et le sous-inspecteur de Killingworth sous une voûte profonde où une explosion semblait imminente. Il avait allumé sa lampe, il la prit pour aller à l'excavation où sifflait le gaz inflammable. Ses compagnons épouvantés se tenaient à l'écart et le conjuraient de renoncer à sa téméraire entreprise. « Ah ! s'écria-t-il, songez que si cet essai réussit, je saurai que je puis sauver tant d'existences humaines ! »

Et d'un pas ferme, il s'avance vers l'endroit périlleux, approche sa lampe de la fissure où le gaz est prêt à éclater, et le gaz ne s'allume pas. Il va chercher ses compagnons ; il les détermine à venir près de lui assister à une nouvelle expérience, et elle réussit comme la première. Quelle joie ! Le problème est résolu. Les mineurs peuvent sans crainte promener une lumière dans la nuit de leurs souterrains.

La lampe de Davy, plus légère et plus commode que celle de Stephenson, a été universellement adoptée. Mais le pauvre ouvrier qui à dix-neuf ans ne savait pas encore lire a eu l'honneur d'arriver, par la sagacité de ses observations, à la même découverte que l'illustre chimiste par sa science, et de plus l'honneur de braver héroïquement le danger pour voir le résultat de son invention.

Une autre œuvre fit sa fortune. Au temps où il commençait sa vie d'ouvrier, on construisait dans son pays de Northumberland des rails en bois ou en fer pour faciliter le transport de la houille, et les wagons étaient traînés par des chevaux. Quand il fut chargé du mouvement des machines à Killingworth, il résolut d'améliorer ces charriages, et d'abord il voulait remplacer les chevaux par la vapeur. En cela, il n'inventait pas. A la France appartient cette invention, de même qu'une autre non moins considérable.

En 1763, un ingénieur français, M. Cugnot, faisait une locomotive.

En 1774, on essaya sur la Seine un bateau à vapeur qui échoua, ses proportions n'ayant point été justement combinées.

En 1781, M. le marquis de Jouffroy, un savant franc-comtois, lança sur la Saône un autre bateau à vapeur avec deux roues à aube qui manœuvraient parfaitement. Son habile construction ne fut pas appréciée. Il voulait fonder une compagnie pour propager ce nouveau système de navigation. Il sollicita du gouvernement un privilège. La question fut soumise à l'Académie des sciences, qui fit un rapport défavorable. Le noble Jouffroy humilié, déçu, découragé, renonça à son entreprise. Puis vint la Révolution, qui n'aidait guère aux pacifiques travaux. Le loyal gentilhomme émigra. Son œuvre fut oubliée, et c'est ainsi que beaucoup de bonnes gens attribuent à Robert Fulton l'honneur d'avoir inventé la navigation à vapeur.

Georges ne parvint pas sans peine à réaliser son projet. Il entreprenait un travail tout nouveau pour lequel il ne pouvait trouver les instruments nécessaires. Il dut lui-même façonner les ouvriers et faire fabriquer leurs ustensiles. Enfin, ses ordres sont accomplis, sa locomotive est achevée. Mais lorsqu'il en fait l'essai, il est forcé de constater que le charriage des wagons par cette lourde machine n'est ni plus économique, ni plus rapide que par les chevaux. Par bonheur, il a foi dans son idée, et il est patient et résolu. Il examine dans tous leurs détails les rouages, les tubes, les ressorts de son engin, en étudie avec soin l'action, en reconnaît peu à peu les défauts et se remet à l'œuvre.

Cette fois, il atteignit son but. La locomotive qu'il produisit en 1815 peut être considérée comme le type de toutes celles qui roulent maintenant à travers le monde.

Chose singulière pourtant ! ce moyen qui devait être un jour si recherché, n'attira guère l'attention et n'excita qu'un médiocre intérêt.

Des années s'écoulent. L'excellente machine fonctionne régulièrement à Killingworth, et dans les houillères de la province on continue à atteler des chevaux aux wagons.

Georges, qui avait fait un contrat d'association avec un fabricant de fer pour exploiter son invention, était très surpris et justement chagriné de la voir si peu appréciée.

Mais voici venir un événement qui le récompensera de son patient labeur, qui, pour de grandes entreprises, lui donnera de grands succès.

Il avait fait la première réelle locomotive. Il est appelé à construire les premiers chemins de fer, d'abord entre deux villes du comté de Durham, puis entre Liverpool et Manchester.

Quand nous voyons l'état actuel de notre industrie, nous ne comprenons pas comment, à son origine, l'établissement des chemins de fer souleva dans nos Chambres une si vive opposition.

En Angleterre, cette opposition fut bien plus violente et plus tenace. Aux vœux ardents de Liverpool et de Manchester il était cependant difficile de résister. Au développement commercial de ces deux cités le canal avec ses lents bateaux, la grande route avec ses lourds véhicules, ne pouvaient absolument plus suffire. Une société de capitalistes se constitua pour établir d'autres voies de communication.

Après plusieurs discussions sur divers projets, après un rigoureux examen des innovations de Darlington et de Killingworth, on résolut de construire un chemin de fer, un vrai chemin de fer sur un sol aplani, avec des rails solides, et une locomotive franchissant les rivières, transperçant les collines, courant à travers les marais.

Par un vote unanime, Stephenson fut nommé directeur de ce travail.

L'actif ingénieur, ravi d'une telle tâche, désirait l'entreprendre immédiatement et la poursuivre sans interruption.

Mais la chose n'était point si facile.

Ce chemin de fer, qui réjouissait les armateurs de Liverpool et les manufacturiers de Manchester, suscitait ailleurs de tout autres sentiments. Il offensait lord Sefton et lord Derby, dont il devait traverser les forêts. Il irritait le propriétaire du canal, le duc de Bridgewater, dont il devait nécessairement diminuer les revenus. Ces trois puissants seigneurs ne voulaient pas que l'insolent, le fatal chemin fût fait.

Les paysans abusés et ameutés par de méchants propos s'armèrent pour empêcher les travaux préliminaires de la Compagnie, les études géologiques et les jalonnements. Entre eux et les agents de Stephenson il y eut de violentes collisions, et Stephenson lui-même fut exposé à de graves périls.

En certains endroits, pour pouvoir faire ses levées de plans, il dut opposer la force à la force, la menace à la menace ; en d'autres, il eut recours à la ruse. On s'aventurait la nuit sur les terrains rigoureusement gardés dans le jour. D'autres fois on se hâtait de tendre la chaîne d'arpentage, d'employer le théodolite, tandis que le farouche surveillant était à table avec sa famille.

Le plus redoutable antagoniste était l'intendant du duc de Bridgewater, le capitaine Bradshaw. Il avait formellement déclaré qu'il tuerait quiconque essayerait de planter un jalon dans les domaines de son maître. On devait cependant examiner et mesurer une partie de cette terre défendue. On y réussit en trompant l'ennemi. Quelques hommes furent envoyés dans les bois et se mirent à tirer des coups de fusil. Tous les gardes aussitôt se précipitent de ce côté, et tandis qu'ils poursuivent les faux braconniers, comptant bien gagner en cette course une bonne prime, non loin de là, les géomètres achèvent tranquillement leur besogne.

Tant d'obstacles étant surmontés, tant d'agressions vaincues, il fallait encore à la nouvelle voie la sanction du gouvernement. Alors, commença une autre guerre par la plume et la parole, par le pamphlet et la harangue.

Quand le chemin de fer sera fait, dit un de ces pamphlets, les vaches ne pourront plus paître, et les poules ne pondront plus. Des tourbillons de fumée inonderont les airs, étoufferont les oiseaux. Les maisons situées près de cette route maudite seront incendiées par les étincelles jaillissant des locomotives. Les chevaux deviendront inutiles. Le laboureur ne pourra plus vendre ni son foin ni son avoine. Enfin on ne pourra, sans un mortel péril, voyager le long des lignes de chemins de fer, car à tout instant leurs machines éclateront.

La demande des actionnaires de Manchester et Liverpool, présentée à la Chambre des Communes et ardemment combattue par les propriétaires des canaux, fut soumise à une rigoureuse enquête, longuement discutée et sans merci rejetée.

Les défenseurs du redouté chemin de fer ne se laissèrent point décourager par cet arrêt. L'année suivante, après avoir adouci leurs adversaires par quelques concessions, ils renouvelèrent leur requête et enfin obtinrent, mais non sans frais, le bill qu'ils désiraient.

L'enquête, les interrogatoires, les plaidoyers leur coûtaient près de sept cent mille francs.

La justice parlementaire de nos temps de progrès est plus dispendieuse que la justice royale sous le chêne de Vincennes.

Cinq ans après l'acte définitif de la Chambre des Communes et de la Chambre des Lords, le chemin qui avait soulevé tant de colères était terminé. Le 15 septembre 1830, un train solennel partait de Liverpool pour Manchester. Dans le wagon d'honneur conduit par Stephenson, sont lord Wellington et Sir Robert Peel avec plusieurs députés. Des deux côtés de la ligne, une foule innombrable regardait défiler ces grandes voitures rapidement entraînées par huit locomotives et applaudissait à ce triomphe de la science.

Tel était le succès du pauvre enfant d'ouvriers qui avait commencé sa vie par gagner quatre sols au jour le jour, à garder les vaches d'une voisine, puis six à éplucher du charbon.

L'Angleterre se passionna pour les chemins de fer. Georges en construisit plusieurs avec son fils, qui était un savant ingénieur. Il devint riche, et son nom retentit dans le monde entier.

Mais il ne se laissa point pervertir par la fortune, ni aveugler par la vanité.

De sa première condition il gardait un fidèle souvenir. Il aimait à revoir les familles qu'il avait connues dans sa pauvre jeunesse, à venir en aide aux honnêtes ouvriers.

Il aimait aussi à encourager les jeunes gens laborieux et modestes. Les fanfarons lui étaient souverainement désagréables.

Ses dernières années s'écoulèrent dans une habitation champêtre, où il se complaisait en des essais d'ornithologie et de culture, comme autrefois en des études de machines à vapeur.

Quand il mourut, il pouvait se dire qu'il avait fait un bon usage des facultés d'intelligence et de travail dont il était doté par la Providence, qu'il avait sagement et dignement vécu.

XAVIER MARMIER,
de l'Académie française.

REVUE LITTÉRAIRE

Quand on entre dans une église de Paris, pendant la célébration d'une cérémonie liturgique ou de l'office divin, la première chose qui vous frappe, c'est l'isolement respectif des chantres et des fidèles. Autant le chœur est bruyant, autant la nef et les bas-côtés sont silencieux. D'où vient cette antinomie? Pourquoi la vieille tradition chrétienne qui veut que le peuple participe au chant, — *plebs psallit et infans*, comme dit Fortunat, — n'est-elle pas respectée?

Dès le XVIIIe siècle, le savant abbé Lebœuf rendait les chantres responsables de cette dérogation aux règles les plus formelles de la liturgie. « L'introduction des grosses voix de basse dans le chœur, dit le docte écrivain, corrompit la douceur des psalmodies grégoriennes. » Ces voix rudes et difficiles à manier, éprouvant en effet des difficultés à descendre l'intervalle d'une tierce par degrés conjoints, ainsi qu'à faire sentir les demi-tons, changèrent le progrès de secondes en tierces, et dénaturèrent les terminaisons de presque tous les modes, principalement des premier, deuxième, troisième, sixième et septième.

De là un rhythme martelé et cahoteux qui exclut toute intervention de l'assistance dans le chant liturgique.

Mais les chantres sont-ils seuls coupables? Dans un livre que vient d'éditer l'Imprimerie liturgique de Tournai (1), un des plus savants bénédictins de l'abbaye de Solesmes, le R. P. Dom Joseph Pothier, attribue la décadence du chant ecclésiastique à l'oubli de la méthode traditionnelle. Depuis le XVIe siècle, les livres liturgiques ont successivement altéré, défiguré le système grégorien. D'un chant libre et mélodieux on est peu à peu arrivé à faire une suite d'ululations saccadées. Désireux de montrer que ce système n'outrage pas moins la tradition que l'art, Dom Pothier est remonté aux sources. Comment les mélodies grégoriennes étaient-elles exécutées aux beaux temps de l'antiquité chrétienne? Tel est le problème que l'éminent bénédictin s'est pro-

1. Les *Mélodies grégoriennes*, par Dom Joseph Pothier.

posé de résoudre. Après une étude attentive des monuments antiques, Dom Pothier est arrivé aux conclusions que voici : Les signes employés par les grammairiens pour exprimer l'accent dans le langage ont été employés par les musiciens pour exprimer le chant. Ces signes ou « neumes » ont pour élément constitutif un trait dont le sommet est incliné tantôt à gauche, tantôt à droite, pour indiquer que le ton de la voix sur telle syllabe est relativement grave ou aigu. Les signes de l'accent aigu et de l'accent grave et leurs combinaisons multiples traduisent donc pratiquement les modulations de la voix.

D'après Dom Pothier, les neumes n'expriment pas des notes séparables à volonté ; s'ils traduisent aux yeux, par un signe unique composé de plusieurs signes élémentaires, un ensemble de notes, c'est afin que le chantre réunisse ces notes dans un même groupe et les distingue de celles qui précèdent et qui suivent.

Ce n'est pas encore tout. Aux neumes, premier élément matériel du chant liturgique, Dom Pothier en ajoute un second, le texte, qui est comme l'élément formel de la mélodie. C'est le texte qui achève de fixer les règles de l'exécution. Or, la parole liturgique qui sert de soutien à la mélodie, c'est la prose, *soluta oratio*, au rhythme souple et flexible, à l'allure facile et large, admettant, recherchant le nombre et la proportion, rejetant la mesure rigoureuse de la versification. Eh bien, tous ces caractères passent du texte dans la mélodie pour l'informer en quelque sorte; les règles de la bonne déclamation deviennent celles de la bonne exécution du chant. Mouvement, cadence, division, accentuation, repos, longueur et intensité relative des notes, tout se détermine d'après la prononciation simple, naturelle, intelligente du texte.« Le rhythme du chant grégorien, comme le dit si bien le savant auteur, c'est le rhythme libre, mais non déréglé du discours. » Avec lui, plus de longues, plus de brèves, plus de semi-brèves, puisque la déclamation n'admet pas ces proportions arithmétiques; plus de notes arrêtées brusquement, plus de reprises saccadées, plus rien, en un mot, de ces hurlements barbares qui déshonorent trop souvent aujourd'hui nos temples. La valeur temporaire d'une note est proportionnée à celle de la syllabe du texte dans la récitation ; un groupe de notes, pour reproduire exactement la voyelle qui le supporte, doit être exécuté d'une seule impulsion, d'un seul mouvement, sans reprise et sans secousse, de telle sorte que la première note une fois posée, les autres semblent n'en être que le prolongement naturel. Autrement, la voyelle du texte serait comme coupée en tronçons et n'apparaîtrait plus avec l'unité essentielle qui lui est propre. »

Mais nous avons assez fait connaître un livre qui comptera, certainement, parmi les plus beaux monuments que les membres de l'Ordre de Saint-Benoît aient élevés en l'honneur de l'Église et de la science. Il nous reste à souhaiter maintenant que nos diocèses, édifiés par les découvertes de Dom Pothier, reconnaissent enfin les droits de la tradition, du bon goût et de l'art. Il y a quelques jours, un prêtre de Saint-François-Xavier se plaignait en chaire de la solitude des églises. La messe paroissiale et les vêpres n'attirent plus au temple qu'une infime minorité de pieux chrétiens. En serait-il de la sorte si le chant grégorien était exécuté comme il doit l'être? s'il était vraiment « le chant de l'âme, le moyen d'expression le plus simple et le plus naturel de la vraie prière, non de cette prière froide qui s'isole comme si elle avait peur d'elle-même, mais de la prière sociale et liturgique qui épanouit le cœur et soutient dans l'âme le saint enthousiasme? » Il est permis d'en douter.

La réforme que sollicite Dom Pothier en faveur du chant ecclésiastique, M. E. Cartier la réclame pour l'art chrétien (1). L'Art, comme le chant grégorien, a été dénaturé, perverti par la Renaissance; pour le renouveler et le rajeunir, il faut résolument remettre en honneur le programme offert, dès les premiers siècles, par l'Église à la foi des artistes. La grande erreur esthétique de la Renaissance fut de séparer le Beau du Vrai et du Bien, et de le placer dans ce qui plaît aux sens. L'objectif de l'artiste chrétien doit être tout autre. S'inspirant de saint Denis l'Aréopagite qui montre dans la Cause première l'identité du Beau, du Bien, de la Lumière et de l'Amour, l'artiste chrétien doit s'assigner pour mission d'orienter vers l'infini le cœur de l'homme. Principe et fin de l'Art, il faut que le Verbe en soit aussi le moyen, la perfection et le modèle.

Le schisme et l'hérésie ne peuvent pas enfanter le Beau. Seul, le Christ domine l'histoire de l'Art; tout ce qu'il y a de beau dans l'art des peuples émane de lui, et « les ruines sont encore les trophées de sa victoire ». Il a vaincu les Égyptiens, les Assyriens et les Perses; les Grecs et les Romains ne sont que ses serviteurs. Quoi que la Révolution fasse, le règne du Christ n'aura pas de fin : du haut du Calvaire, il ne cessera jamais d'attirer à lui toutes les âmes et tous les peuples, *omnia traham ad me!* Idéal de l'Évangile et des Catacombes, idéal adoré par Constantin, Charlemagne et saint Louis, le Christ a suscité tous les chefs-d'œuvre qui font vibrer l'âme humaine. La liturgie, les basiliques, les peintures et les sculptures des âges chrétiens sont les reflets de sa splendeur et les rayonnements de sa beauté. Abandonné au XVIe siècle par les artistes, méconnu par la Réforme et persiflé par la Révolution, il brisera un jour la pierre sous laquelle les vandales ont cru l'ensevelir et, plus glorieux et plus vivant que jamais, embrasera de nouveau le monde des rayons de son amour. N'est-il pas la Voie, le Verbe, la Vie, le seul Seigneur et le seul Très-Haut?

Telle est la thèse que déroule M. Cartier dans un langage éclairé de toutes les lumières de la théologie et

1. *L'art chrétien, lettres d'un solitaire*, par M. E. Cartier. 2 volumes in-8°, chez Dumoulin et Poussielgue.

de l'histoire. Saint Denis l'Aréopagite, que l'auteur de l'*Art chrétien* se plaît tant à citer, dit de son maître Hiérothée que « non seulement il enseignait les choses divines, mais qu'il en était pénétré (1). » Eh bien ! nous prendrons la liberté d'appliquer ce jugement à M. Cartier. Ce culte du Beau, que l'auteur nous recommande avec une si éloquente sollicitude, éclate à toutes les pages de son livre et ensoleille son enseignement et son style. On sent que l'écrivain ne parle pas seulement des choses divines comme un vulgaire dilettante; mais, pour emprunter le langage de saint Thomas d'Aquin développant l'Aréopagite, comme quelqu'un « qui a un certain rapport naturel avec elles : *quamdam connaturalitatem ad ipsas* (2). »

OSCAR HAVARD.

— La fin au prochain numéro. —

CHRONIQUE

Depuis la Toussaint, nous sommes rentrés dans cette rude traversée d'hiver qui ne se terminera qu'au jour où nous aurons franchi le cap de Pâques : il n'est pas un de nous, à coup sûr, grands ou petits, qui ne se sentirait le cœur gros devant une telle perspective, si nous n'entrevoyions chemin faisant de douces et riantes étapes : Noël avec ses oies aux marrons ; le jour de l'an avec ses bonbons, ses jouets et ses bijoux ; les Rois, la fève, et leur lendemain plus joyeux encore, le carnaval avec ses crêpes ou ses truffes, suivant le goût ou suivant la bourse de chacun.

L'hiver est un ennemi avec lequel il faut vivre, qu'on le veuille ou non, et il n'est même pas certain que ce soit absolument un ennemi : à voir la somme de plaisirs qu'il nous apporte, je suis bien plutôt tenté de le considérer seulement comme un bourru bienfaisant.

Incontestablement, il est toute une classe de citoyens français dont l'hiver embellit l'existence et auxquels elle fait trouver doux un genre de vie qu'ils maudissent le reste de l'année.

Pendant la belle saison, les employés de bureau ont des nostalgies effrénées de verdure et de grand air. Pauvres gens ! Comme ils maudissent leur destinée ! Comme ils envient les heureux de ce monde qui vont librement respirer sur les plages de la mer et sous l'ombrage des grands arbres, alors qu'il leur est tout au plus permis à eux de faire, le dimanche, une excursion dans les maussades régions de Saint-Ouen ou de Noisy-le-Sec !

L'employé d'été est féroce comme la guêpe, comme le frelon, et, s'il ressemble à l'abeille par le labeur quotidien de la ruche, il lui ressemble plus encore par ses intempérances d'aiguillon : c'est alors que vous voyez apparaître derrière les guichets des têtes farouches, flanquées à l'oreille de plumes où l'encre est visiblement séchée par l'inaction; c'est alors que vous entendez sortir de certaines portes, si vous avez le malheur de les entre-bâiller, des voix qui disent avec un rauque rugissement : « Le public n'entre pas ici ! »

Avec la Toussaint, l'employé de bureau devient tout autre : la tête farouche du guichet est devenue une tête guillerette, enluminée par un aimable coloris ; la plume où l'encre était séchée est maintenant chargée d'une encre fraîche, coulante et qui ne demande qu'à esquisser sur papier grand-aigle une bâtarde ou une coulée qu pourrait faire honneur à un élève de Brard et Saint-Omer, et, de toutes les portes auxquelles vous frappez, vous entendez sortir des voix aimables qui vous disent : « Donnez-vous la peine d'entrer. »

Que s'est-il donc passé pour opérer une pareille métamorphose? Rien, ou du moins peu de chose. Il a suffi de la douce chaleur de ce poêle qui s'est allumé le jour de la Toussaint, jour réglementaire où le calendrier administratif déclare qu'il fait froid.

Depuis un mois déjà les bûches et les rondins s'entassaient dans la cour de l'administration, et l'employé commençait à devenir moins revêche, en songeant aux heures de bonheur que cet approvisionnement lui faisait entrevoir : enfin, le 2 novembre, quand il est entré dans le bureau, une flamme joyeuse brillait à travers la porte du poêle de faïence, et, désormais, elle brillera ainsi chaque jour, jusqu'au 1er avril, époque où le calendrier administratif, dans son infaillible sagesse, décrétera qu'il fait chaud.

Assurément, il n'y a rien d'excessivement gai et d'excessivement luxueux dans le sort d'un expéditionnaire à cent ou cent vingt francs par mois, moins la retenue de la retraite ; mais n'est-ce point un dédommagement de pouvoir se chauffer comme si on était millionnaire. Aussi ces messieurs s'en donnent à cœur joie ! Ils entassent rondins sur rondins avec une sorte d'orgueil : on jurerait à les voir qu'ils chauffent une machine qui doit faire la besogne à leur place...

Le poêle ne fait pas tout à fait la besogne des employés de bureau; mais il contribue certainement à abréger leur tâche : encore une des causes de leur contentement !

Si le poêle est allumé, c'est apparemment parce qu'il fait froid ; s'il fait froid officiellement, on a officiellement le droit de se chauffer, et on en profite en arrivant au bureau pour s'étendre les pieds devant la porte du poêle ; puis, c'est le tour des mains ; après, le tour du dos ; et ainsi vont les choses une heure durant.

Ensuite, il est de toute nécessité qu'on bourre de nouveau ce poêle, dont la flamme est plus précieuse que celle du feu des Vestales ; et toute la journée il se trouvera quelqu'un, depuis le commis d'ordre jusqu'au dernier des expéditionnaires, pour estimer que le poêle

1. *Noms divins*, chap. II.
2. *Somme théologique*, 2a 2æ, quæst. XLV, art. II.

a besoin d'une bûche : excellent prétexte pour quitter sa place et justifier des pérégrinations fantaisistes, même en présence de l'arrivée inattendue du chef de bureau. Celui-ci aurait bien envie de gronder un petit peu ; mais le respect du poêle est si grand que l'honorable supérieur se borne tout au plus à risquer timidement un : « Il fait bien chaud ici... »

Grave imprudence d'ailleurs ! car à peine M. le chef de bureau a-t-il prononcé ces paroles que toutes les fenêtres s'ouvrent pour lui donner de l'air; conséquence : retraite précipitée du téméraire supérieur et belle occasion de *travailler* jusqu'au soir à rétablir l'équilibre de la température.

Jadis, dans la vieille université et dans les établissements scolaires des ordres religieux, on connaissait si bien les inconvénients du poêle au point de vue du travail, que jamais on n'allumait de feu ni dans les salles de classe ni dans les salles d'étude.

Nous avons bien changé tout cela : je ne m'en plains pas, et je m'en féliciterais au contraire, si messieurs nos fils ne jugeaient à propos, le poêle aidant, de travailler trop souvent avec un sans-gêne d'employés.

Le poêle de l'*étude* surtout, celui qui chauffe la salle aux heures de veillée, est particulièrement destiné à des usages invraisemblables : il est chargé de faire cuire des marrons, des pommes, quelquefois même un boudin blanc qui sort on ne sait d'où; et il prête complaisamment ses flancs de fonte rougie à des auto-da-fé de classiques, parmi lesquels *Homère* et *Virgile* se rencontrent avec étonnement au milieu de flammes qui ne rappellent en rien celles de l'apothéose.

D'où sortent toutes ces choses qui entrent dans le poêle de l'*étude*, ou qui, tout au moins, cuisent aux alentours ?...

Le philosophe qui ferait le tour d'un pupitre d'écolier pourrait seul éclaircir ce mystère, et il ferait là, à coup sûr, de curieuses et intéressantes découvertes.

L'ameublement du pupitre varie sensiblement suivant les saisons : il y a le pupitre d'été et le pupitre d'hiver.

Le pupitre d'été ressemble assez à une succursale du Jardin d'Acclimatation ou de l'Arche de Noé; c'est là que s'élèvent dans une touchante fraternité des pierrots et des lézards, des hannetons et des goujons, ces derniers ayant pour *aquarium* un vieux fond de carafe.

Le pupitre d'hiver voit apparaître des choses plus sérieuses et quelquefois moins innocentes : la petite bouteille de sirop de groseille, que certains rhétoriciens audacieux remplacent quelquefois par une fiole d'eau de noyau; le paquet de cigarettes et même, *horresco referens!* la pipe, un *brûle-gueule* culotté comme celui d'un maçon limousin...

Ce n'est pas tout : à côté des livres de classe, nous rencontrons dans ce pupitre la bibliothèque particulière de l'écolier, qui n'a pas toujours malheureusement passé sous le contrôle de l'administration.

Il faut toutefois rendre justice à nos écoliers d'aujourd'hui : leurs lectures privées marquent un retour visible vers de saines distractions. Les livres qu'ils préfèrent sont surtout des livres de guerre, de sport, de voyages.

Le censeur d'un de nos grands lycées de Paris me disait, ces jours-ci, que les lectures intimes des écoliers actuels annoncent un goût prononcé vers les vaillantes aventures : ils lisent les romans de Jules Verne, les voyages de Stanley, l'*Histoire d'une forteresse* de Viollet-le-Duc; ils reviennent à notre vieux *Robinson Crusoé* du temps jadis, et ils s'absorbent en d'interminables méditations devant l'*Album Galand.*

Ce dernier livre sévit particulièrement chez les *quatrièmes* et les *troisièmes ;* il a le don de les rendre tout rêveurs pendant les récréations.

L'*Album Galand* est un traité de chasse et de tir publié par M. Galand, le fabricant d'armes que tout le monde connaît depuis longues années ; il ne coûte pas cher, car M. Galand l'expédie gratuitement à quiconque en fait la demande au célèbre armurier de la rue d'Hauteville.

Un livre plein d'images, un livre qui vous parle d'armes et de chasses, un livre qu'il suffit de demander pour qu'on vous en fasse cadeau, tout cela explique suffisamment pourquoi l'*Album Galand* est entré dans la bibliothèque de nos écoliers. Maîtres et parents peuvent l'y laisser sans danger pour la morale; mais ces derniers ne seront pas surpris s'il en résulte quelque petit appel à leur bourse, surtout quand viendra l'échéance du 1er janvier.

C'est que l'*Album Galand* promet tant et de si belles choses à nos écoliers déjà grands garçons : pistolets de salon, fusils de salon ou de jardin ; puis cette carabine qui s'appelle la *petite parisienne* et qu'on peut, à volonté, charger à plomb ou à balles.

Les mamans s'étonneront peut-être de m'entendre prôner ces engins guerriers. On ne s'en étonnerait pas en Angleterre, où tous les exercices du corps, la chasse comme l'équitation, le cricket et le canotage sont cultivés dans les collèges. Ce faisant d'ailleurs, j'obéis bien plutôt à une pensée de prudence qu'à une pensée téméraire: laissez lire l'*Album Galand* à vos grands bambins que l'histoire du *Chat botté* n'amuse plus; ils oublieront ainsi de lire M. Zola dans leurs loisirs de l'étude, et dans leurs jours de sortie ils penseront à courir à travers champs plutôt qu'à flâner sur l'asphalte du boulevard; pour eux et pour vous, ce sera tout profit!

ARGUS.

Abonnement, du 1er avril ou du 1er octobre; pour la France : un an, 10 f.; 6 mois, 6 f.; le n° au bureau, 20 c.; par la poste, 25 c.
Les volumes commencent le 1er avril. — LA SEMAINE DES FAMILLES paraît tous les samedis.

VICTOR LECOFFRE, ÉDITEUR, RUE BONAPARTE, 90, A PARIS. — Imp. de la Soc. de Typ. - NOIZETTE, 8, r. Campagne-Première. Paris.

LES CHASSES D'AUTOMNE

La chasse universelle, c'est-à-dire celle qui est, à la fois, du ressort du propriétaire terrien et de l'amateur des villes, c'est la chasse d'automne, la chasse au fusil et au chien d'arrêt.

On l'appelle la chasse de plaine, quoiqu'elle se fasse dans les taillis et dans les guérets. Le plus grand nombre des chasseurs ne connaît que cette chasse-là. C'est pour elle que les vacances des avocats, des gens de loi, des professeurs, des collégiens même, sont ouvertes pendant tout le mois de septembre et une partie d'octobre.

Septembre est l'époque où se montrent les carnassières neuves, les guêtres sortant de chez le marchand, avec des boucles argentées et brillantes, les petits habits de velours vert garnis de boutons de métal ornés de têtes de sangliers et de cerfs, attributs choisis par les jeunes pour chasser les lièvres, les lapins et les perdrix.

C'est l'époque où le propriétaire d'une chasse gardée reçoit à son domicile la carte ou la visite de nombreux amis qui l'avaient longtemps négligé, et qui, du reste, ne songeaient peut-être plus à lui. C'est de leur part une « invitation à la valse » qui doit être « dansée », à moins de vouloir passer pour un « pingre » ou un homme égoïste et mal élevé. Ainsi va le monde.

Le gibier le plus couru à cette saison de l'année, ce sont donc les lièvres et les perdrix. Les premiers sont encore assez abondants sur notre territoire ; mais les dernières diminuent depuis quelques années d'une façon vraiment désespérante, grâce au hardi braconnage pratiqué en grand sur toute l'étendue de nos quatre-vingts départements.

Vive l'Angleterre ! pour la chasse, bien entendu. En

Écosse, l'ouverture de la « saison » est consacrée aux *grouses*, sorte de perdrix du genre *tetras minor*, au plumage rougeâtre tenant le milieu entre la perdrix et le faisan, assez commune dans les *moors* du Royaume-Uni. La perdrix rouge est très rare en Angleterre; quant à la perdrix grise, elle est conservée avec le plus grand soin par les *gentlemen farmers* de tous les comtés, et les fermiers n'ont point la permission de la tirer.

Le matin est le moment de la journée le plus favorable pour chasser les perdrix, à moins cependant que a rosée ne soit trop abondante. Toutefois, dès que le soleil s'est élevé à l'horizon et qu'il chauffe trop la terre, le gibier perd son fumet, il tient, devient paresseux, ne s'envole pas : les chiens ont alors de grandes difficultés à le découvrir. D'autre part, lorsque la rosée couvre la terre, l'oiseau court sans s'arrêter, tandis que l'eau mouille le nez du chien, ainsi que la voie du gibier, si bien qu'il est fort difficile à l'excellent auxiliaire du chasseur de suivre les animaux convoités.

La perdrix est un des oiseaux que les chiens arrêtent le mieux, même quand elle est en compagnie. Il est rare qu'au début d'une chasse on trouve les perdrix isolées. Mais dans l'après-midi la petite troupe, disséminée, décimée par le fusil, fatiguée par des vols fréquents, s'éparpille, et il est alors très facile de tuer ces innocents volatiles, les uns après les autres.

Lorsqu'une compagnie se lève, on croit généralement qu'en tirant dans le *tas* on abattra plusieurs de ces oiseaux. Cette façon de procéder est très mauvaise. Il vaut mieux ajuster chaque pièce. Les bons tireurs visent d'habitude celle qui se tient la plus éloignée de la bande, afin de ne pas blesser les autres inutilement. Les plus habiles, nous dirons les plus malins, attendent pour presser la détente de leur *choke-Bored*, le moment où deux perdrix se croisent; ils abattent alors deux oiseaux à la fois.

Il arrive cependant quelquefois qu'un chasseur posté au bout d'un bois voit en sortir ou y entrer une compagnie de perdrix à pied. Il se garde bien de les tirer, à moins d'appartenir à ce genre de « chasseurs au plat », de vrais assassins, qui n'ont aucun scrupule et ne reculent pas devant un attentat. Qu'importent les moyens à ces malheureux, du moment qu'ils remplissent leur gibecière!

Une perdrix qui est simplement *démontée*, c'est-à-dire seulement blessée à l'aile, est très difficile à rejoindre. Cet oiseau court très vite, se cache entre deux mottes de terre, se dissimule au milieu d'un buisson ou d'une touffe d'herbe, mettant ainsi les meilleurs chiens en défaut.

D'autre part, si l'on n'a pas marqué dans le taillis ou les verdures de la plaine l'endroit précis où la perdrix a été tuée raide, il arrive presque toujours qu'on la perd. Si elle n'a pas couru, les chiens passent près d'elle sans la remarquer, sans la sentir.

En octobre, les perdrix se lèvent de très loin, et leur tir devient fort difficile à moins que le chasseur ne choisisse pour les poursuivre un temps lourd et chaud, et qu'il ne pousse les oiseaux dans des trèfles et des luzernes laissés sur pied pour produire de la graine.

Lorsqu'on chasse les perdrix en battue, il faut bien se garder de tirer sur elles, quand elles viennent directement vers l'endroit où l'on est posté. Le chasseur ne doit les ajuster que quand elles ont passé, c'est-à-dire en derrière.

Un perdreau frappé à la tête ne meurt pas sur le coup : il cesse de vivre en l'air, très haut, parfois perpendiculairement, puis il retombe « comme une masse », suivant l'expression des chasseurs. Nous avons souvent vu pratiquer le *coup du roi*, autrement dit le *coup droit*, qui consiste à tirer une perdrix qui passe à une certaine hauteur, au-dessus de la tête du chasseur.

En septembre et en octobre, on chasse toute la journée avec des chances à peu près égales. Le déjeuner est apporté dans la plaine ou au milieu du bois, et ceux qui y prennent part jouissent généralement d'un appétit aiguisé par l'air vivifiant qu'ils ont respiré et l'exercice qu'ils ont pris. Ce déjeuner est un des moments les plus gais de la journée : on y entend des hâbleries, des souvenirs de toutes sortes et de toutes les zones du monde.

La chasse de la perdrix est pratiquée en Angleterre à l'aide de chiens spéciaux : ce sont les *pointers*, sorte de braques, mêlés de sang de lévrier.

Le pointer a la quête très vive et très allongée. Il bat, en peu de temps, un grand espace.

Ceci me rappelle une excellente bête, un pointer femelle, que j'ai gardée pendant dix-neuf années et qui avait nom Chloé.

Chloé était fière, allongée, gracieuse au possible, et me donna bien des preuves de sa race exceptionnelle. L'excellente bête possédait un flair sans pareil. Il serait trop long, trop fastidieux même d'énumérer ici ses faits et gestes; je me contenterai de raconter un fait de chasse de ma pauvre Chloé, dans les plaines de Houdan, avant la guerre de 1870.

J'étais sorti un matin, en quête d'une compagnie de perdrix qui m'avait été signalée par le garde de notre chasse, dans les environs de notre demeure en location, ex-manoir d'occasion de M. le prince Demidoff. La couvée tout entière, en effet, se trouvait dans un champ de betteraves, contigu à une ferme où résidait le plus enragé braconnier de tout le pays. Ses enfants et lui étaient connus de notre garde, et ils approvisionnaient à nos dépens le bon aubergiste de Houdan, qui lui achetait tout le gibier pris au collet ou assassiné au fusil.

J'entrai résolument avec Chloé dans la pièce de betteraves : la chienne marqua à bon vent, j'avançai et... vlan ! toute la compagnie s'envola à vingt-cinq pas. J'ajustai, je pressai la détente, et trois perdrix tombèrent sous mes deux coups de feu : les deux premières mortes, la troisième blessée et courant dans un sillon.

J'avais vivement empoché les deux pièces que Chloé m'apporta, lorsque je vis l'excellente bête courir en avant et s'arrêter devant deux enfants qui se tenaient près d'une haie, à l'entrée de la ferme. Chloé les gardait en arrêt, et ceux-ci la repoussaient du geste et de la voix, sans qu'elle se laissât émouvoir. J'accourus en voyant ce manège ; au même instant, les deux petits garçons pris de peur, avaient laissé échapper l'oiseau blessé dont ils s'étaient emparés et qu'ils allaient certainement emporter, sans le flair de ma bonne chienne. Chloé avait attrapé la perdrix, avant que je fusse arrivé sur l'emplacement où le délit avait été commis. Les enfants, eux, avaient pris la fuite.

Pauvre Chloé !!! Elle n'a jamais été remplacée.

BÉNÉDICT-HENRY RÉVOIL.

CHARYBDE ET SCYLLA

(Voir pages 372, 396, 411, 428, 444, 453, 467, 483, 507 et 515.)

QUARANTE-DEUXIÈME LETTRE

Geneviève à Antoinette.

Kermoereb.

Je te l'avais bien dit, ma chère Antoinette, il y avait beaucoup à combattre dans tes terreurs. Cependant il est extrêmement douloureux pour des femmes de se trouver mêlées à ces incidents qui ont parfois des suites aussi fatales qu'imprévues.

Je suis l'ennemie déclarée du duel. Notre siècle a donné à l'injure trop de latitude pour que l'honneur dépende d'une épithète ou d'une métaphore un peu hardie.

Les journaux de bas étage ont acclimaté chez nous l'incorrection et la vulgarité du style. Ce qui est l'un des premiers effets de l'instruction incomplète et fausse.

Cela deviendra d'un ridicule absolu avec l'instruction obligatoire.

Le style ampoulé va peut-être revenir à la mode, et nous lirons des énormités dans une phraséologie emphatique. Nous en lisons déjà.

Dans certains journaux on s'aperçoit que l'écrivain n'a même pas passé sous les fourches caudines du baccalauréat, et il me semble que cela seul suffirait pour nous plonger dans la médiocrité jusqu'au cou.

On ne se rend pas compte de la difficulté de bien parler sa langue.

Il est presque impossible de se passer de cette instruction qui précède les enseignements du maître d'école, et que nous prenons, enfants, aux lèvres de nos pères.

Aussi les nouvelles couches ont-elles un style à part qui les révèle tout de suite.

Ou ce sont des incorrections grossières, ou bien des expressions ampoulées encore plus ridicules. En conversation, ces choses sont extrêmement choquantes.

Mais me voilà bien loin de la question du duel si heureusement terminé. Ma migraine en a passé du coup et je me suis empressée d'aller voir les du Parc. Leur accueil a été froid, évidemment personne n'avait ajouté foi à mon indisposition subite.

Je ne t'étonnerai ni ne te fâcherai, ma chère Antoinette, en te disant que la susceptibilité qui fleurit en province est une des causes de mon aversion pour la vie de province.

Je la rencontre partout, et partout elle me cause un profond ennui.

A Paris, nous la connaissons à peine.

J'ai des amies que je visite à peine une fois par an, et cette fois elles me reçoivent avec la même bonne grâce. Nous ne faisons pas de nos liens de société des cordages à nœuds, ce sont des lacs de soie que nous lâchons ou resserrons à volonté.

La plus susceptible de la famille, c'est évidemment l'aînée, Mlle Sophie.

Quand je suis arrivée, m'excusant humblement de ma retraite forcée de huit jours, elle m'a saluée avec raideur, et un sourire pincé m'a répondu. Cela n'était rien; mais c'est avec un certain dépit que j'ai constaté qu'elle obligeait toute la famille à me traiter avec cette politesse cérémonieuse. Obliger est le mot. Quand Isabelle, avec sa gracieuse spontanéité, s'approchait de moi pour me parler avec son beau rire perlé, elle reculait tout à coup, sur un regard de sa terrible aînée. Quand Jean, invité à venir déjeuner, formulait déjà un oui par son franc sourire, une petite toux sèche l'a averti, et il s'est tenu dans une neutralité embarrassée. Je suis partie tout à fait fâchée moi-même de ce genre d'exigences, et surtout de cette manière de se susceptibiliser en bloc.

Voilà, en vérité, de singuliers voisins, qui passent de la cordialité la plus franche à une politesse obséquieuse, parce que je me suis permis d'avoir la migraine, et qu'ils ont soupçonné, à tort ou à raison, que j'avais inventé une défaite pour ne pas les recevoir. Et parce que la susceptibilité de Mlle Sophie est froissée, tout le clan fait semblant d'être froissé. Il paraît que l'esprit de corps le veut ainsi.

Pauvre Isabelle ! je trouvais ses grands yeux suppliants fixés sur moi à la dérobée ! Ce beau regard me disait clairement : « Pardon, je vais vous saluer profondément comme une étrangère, je vais m'asseoir bien raide sur un fauteuil, je n'aurai garde de vous embrasser quand vous partirez; mais ne m'en voulez pas, je ne suis pour rien dans cette indifférence : j'obéis à un mot d'ordre, parce qu'il le faut bien. »

Eh bien ! moi, je leur en veux aussi de m'avoir privée de ces gracieuses caresses, de cette jeune gaieté, et je ne remettrai plus le pied chez eux que lorsqu'ils m'auront fait visite à leur tour.

Je ne veux prêcher la résistance à personne : la résistance est mauvaise; mais j'étais bien tentée de conseiller à Jean de faire une fugue à cheval avec Isabelle jusqu'à Kermoereb.

Voilà où j'en suis avec tes amis du Parc. Cette petite fâcherie me rejette dans une solitude pesante, qui ne m'est pas absolument agréable.

Mes compliments à M. de Kermoereb, et crois à mon amitié.

GENEVIÈVE.

P. S. — Isabelle vient de m'embrasser par-dessus la barrière rouge. Elle a eu l'excellente idée que j'avais eu bien envie de lui suggérer.

Jean et elle ont imaginé une promenade à cheval, et sont arrivés à bride abattue à Kermoereb. J'ai vu tout à coup la tête blonde d'Isabelle et la tête brune de Jean apparaître au-dessus de la barrière rouge.

Une véritable apparition à la Walter Scott.

Comme ils ne faisaient pas mine de mettre pied à terre, je me suis rendue en toute hâte dans cette allée.

« Quand je me promène seule avec Jean, je n'ai pas la permission de faire de visites ni de m'arrêter, m'a dit la chère fille en se penchant sur sa selle; mais nous avons pu faire un détour pour vous voir. »

Elle m'a passé un bras autour du cou et a murmuré :

« Sophie se défâche un peu; venez donc nous apporter des nouvelles de Mme de Kermoereb, cela nous remettra tout à fait. »

Et sur ces paroles ils sont partis au galop.

Je ne sais trop si je donnerai cette satisfaction à l'orgueilleuse Sophie; mais comment résister à ces êtres charmants!

QUARANTE-TROISIÈME LETTRE

Antoinette à Geneviève.

Paris.

Ma chère Geneviève,

Je te donne toute liberté de raconter à nos amis du Parc la raison de ta disparition.

Parle-leur du duel, en le mettant sur le dos du livre.

Alain, comme tous les hommes braves, n'a pas pour le duel une répulsion profonde. Ce n'est point un bretteur ni même un querelleur; mais enfin il a le sang vif, et il ne lui déplaira pas que les du Parc sachent qu'il s'est battu à Paris.

Je l'avoue, nous sommes parfois trop susceptibles en province; mais n'êtes-vous pas foncièrement indifférents, et, comme dit Alain, un peu lâcheurs à Paris?

Nous venons d'en avoir la preuve dans la conduite de cette aimable comtesse de Malplanquard, dont les conseils ont pesé d'un tel poids sur ma sotte détermination d'emmener ma famille à Paris.

Dans notre petite ville, pendant ce fatal hiver de 1871, elle s'était liée avec plusieurs familles de nos amis, et s'était mise avec moi sur le pied de la plus grande intimité.

Elle me répétait sans cesse : « A Paris, nous nous verrions bien davantage; à Paris, nous aurions mille occasions de nous voir. J'aurai toujours une place pour vous dans ma loge à l'Opéra; vous serez l'habituée obligée de mes samedis, » etc., etc., etc.

Il serait trop long de te redire tous les gracieux projets qui me faisaient venir l'eau à la bouche.

Je n'avais plus qu'un désir :

Vivre quelque temps de cette vie mouvementée, brillante, étourdissante, dans laquelle ma petite vanité féminine espérait bien trouver son compte.

Et en ce cas-ci le proverbe se trouva vrai : *Ce que femme veut, Dieu le veut.*

Maintenant que nous avons succombé à la tentation, c'est en vain qu'Alain essaye de prendre une large part de notre folie.

J'ai le courage de regarder la situation bien en face. Ma conscience me crie trop haut la vérité pour que j'essaye de dégager ma responsabilité et pour que j'essaye de la dissimuler même à mon mari, qui est en voie de générosité.

Arrivée à Paris la tête pleine des promesses de la comtesse de Malplanquard, j'ai donné dans le panneau, et, je dois le dire, les commencements ont triomphé des quelques doutes qui s'élevaient parfois dans mon esprit.

Elle nous a reçus, vantés, lancés, choyés.

Tout l'hiver j'ai été — sa belle Bretonne; Alain, — son cher poète.

C'est alors que j'ai fait de si grandes folies pour ma toilette; c'est alors qu'Alain m'a fait cadeau de bijoux bizarres, mais à la mode, qui ont englouti plusieurs fermages.

L'Opéra, les Français nous étaient ouverts; j'ai paradé tout l'hiver dans la loge de la comtesse de Malplanquard, et tout l'hiver j'ai fait, affirmait-elle, l'ornement de ses samedis. Puis sont arrivés nos embarras d'argent, je n'ai pas renouvelé mes toilettes à temps, Alain a publié son livre qui a été discuté et surtout, oh! surtout, il est tombé d'Amérique une étoile de beauté, une jeune femme récemment mariée à un allié de la comtesse de Malplanquard.

La belle bretonne a été probablement discutée comme le livre de son mari et finalement rendue à ses foyers.

Mon Dieu, cela s'est fait du jour au lendemain, tout naturellement en quelque sorte.

Tout à coup les coupons de loges, les invitations de toute sorte ont cessé.

J'ai été longtemps fidèle aux samedis quand même. J'étais reçue avec une parfaite aisance et j'assistais au triomphe de la jolie Américaine, Mme de Malplanquard n'ayant plus d'yeux et de compliments que pour elle.

Du rang des intimes nous sommes tombés, comme cela, au rang des indifférents.

La comtesse de Malplanquard, qui assurait que quelque chose manquerait à son bonheur si nous n'allions nous installer pour plusieurs jours à sa superbe villa de Chantilly, est partie sans même nous avertir de son départ.

Et depuis elle a tout à fait disparu de notre horizon. Où est-elle? Que fait-elle? Je n'en sais rien, ni n'en saurai absolument rien.

J'ai eu en cette circonstance la plus belle occasion d'expérimenter votre très commode manière d'aimer. Ce n'est pas la nôtre, non, ce n'est pas la nôtre, et je préfère un grain de susceptibilité qui vient toujours prouver que l'on tient aux gens, à cette superbe insensibilité qui n'est qu'une forme polie de l'égoïsme mondain.

La disparition de la comtesse de Malplanquard a été plus sensible à Alain qu'à moi.

Alain s'arrangeait très bien de ces soirées brillantes, de ces dîners, de ces concerts; Alain devenait coquet, galant même, avec toutes ces femmes éclatantes auprès desquelles je ne brillais pas toujours.

J'ai découvert dans un tiroir un sonnet en l'honneur d'une de ces beautés.

J'ai reconnu qu'il se teignait les moustaches, j'ai reçu en son nom une note du tailleur à la mode qui m'a fait faire la grimace. Je suis sûre maintenant que nous ne pourrons plus vivre à Paris en ces conditions.

Aussi nous voici disposés tous les deux à entrer dans une phase de stricte économie.

Cela sera dur, et il y a de tels déficits à combler que nous aurons beau faire pour joindre les deux bouts cette année.

Nous nous perdons dans une infinité de calculs, mais les grosses notes sont là, parlant plus haut que nos calculs. Nous anticipons il y a longtemps sur les revenus de l'année prochaine.

Pour mon compte, j'ai adopté l'omnibus pour mes courses; mais j'enrage un peu en pensant que je suis ici à faire le pied de grue dans la poussière, tandis que là-bas j'avais ma voiture et mes chevaux, ce qui me paraissait tout simple d'ailleurs.

Mais assez, n'est-ce pas? Nous y sommes, il nous faudra y rester, à moins que la santé de nos enfants nous fasse une loi de partir.

Tu ne comprendras rien à mes plaintes, toi qui jouis maintenant de la magnifique saison d'été, toi qui as la mer à ta porte, toi dont la brise rafraîchit le front.

Ici nous ne respirons plus. En plein bois de Boulogne n'y a pas un souffle d'air, fût-ce à dix heures du soir.

Je vais cependant y promener le pauvre Alain, qui s'ennuie à mourir sous tes jolis plafonds.

Adieu, dis à la mer que je l'aime. Isabelle du Parc m'a envoyé une boîte pleine de coquillages. Comme ils sentaient bon! J'étais en disposition de m'attendrir, je pleurais sans m'en apercevoir.

Yvonne, assise sur mes genoux, a recueilli mes larmes dans une coquille profonde et a porté cette petite coupe à ses lèvres. Elle l'a rejetée bien vite, trouvant que c'était amer.

Adieu, je t'embrasse de tout mon cœur.

Antoinette.

P. S. — Alain te prie de donner cette lettre à Marie-Louise, qui la portera elle-même chez son notaire. Nos hommes d'affaires sont d'une lenteur désespérante en province. Le nôtre croit sans doute que nous marchons à notre ruine et ne répond même plus à nos demandes d'argent.

QUARANTE-QUATRIÈME LETTRE

Geneviève à Antoinette.

Kermoereb.

Ma chère Antoinette,

Hélas! nous ne jouissons guère du temps, qui est très beau.

Charles a voulu accompagner Jean du Parc à la pêche, il a passé tout un jour sur une île extrêmement pittoresque et il a reçu tout un grain sur les épaules au retour.

Jean subit tout cela : soleil, pluie, vent et brumes, sans songer qu'ils puissent lui apporter l'ombre d'un malaise; mais mon pauvre savant livré à lui-même n'a su se préserver ni du soleil qui était extrêmement chaud, ni de la pluie qui est tombée par torrents, pendant dix minutes, et le voilà pris de rhume, de névralgies et obligé de s'envelopper de flanelle, de se confiner au coin du feu et de boire force infusions.

Je lui tiens compagnie, car je suis aussi tout ébranlée par la plus sotte frayeur du monde.

Avant-hier matin, le jour de la fameuse expédition maritime de Charles, il se lève dès l'aurore.

Réveillée par ses allées et ses venues, je me lève aussi, un peu au hasard, et je descends dans la salle à manger, où on lui sert un déjeuner qu'il mange du bout des lèvres.

Jean arrive, avec son bateau, et ils embarquent.

Je trouvais qu'une journée passée sur cet îlot de rochers, sous ce soleil torride, était quelque chose comme une imprudence pour mon frère, et je n'étais pas sans inquiétude.

Mais le soir voilà que d'affreux nuages couvrent le ciel, la mer devient verte et affolée sous le vent qui souffle terriblement.

Te dire mon angoisse est impossible. Je voyais mes voyageurs submergés, noyés, disparus!

Pour tromper mon attente, j'ouvre les journaux qui m'arrivent. Je ne lis que des récits de naufrages.

Ici une barque échoue et cinq personnes se sont noyées.

Ici un navire a buté contre un récif, et voilà l'équipage à la mer, trois hommes n'ont pu gagner le rivage.

Je suis sortie un instant pour consulter les fermiers. Tous prononçaient froidement le mot de « danger. »

Pour connaître ce que le temps peut paraître long, il faut avoir passé par ce genre d'inquiétudes.

J'avais toujours cette barque frêle sous les yeux, et en voyant les vagues s'avancer furieuses, je tremblais de tous mes membres.

Charles et moi avons beaucoup navigué dans notre jeunesse sur de bons bateaux à vapeur qui possédaient de confortables cabines : c'est la première fois qu'il s'embarque sur une coque de noix.

Enfin ! enfin un point blanc paraît à l'horizon.

C'est une voile, je la suis dans ses folles évolutions et, grâce à une bonne lorgnette, je reconnais Jean assis au gouvernail. C'était bien sa haute stature, c'était bien lui, ruisselant, mais alerte, dispos et joyeux.

Mon pauvre frère essayait aussi de faire bonne contenance. Assis contre le mât, il ruisselait aussi, et quand il a débarqué, ses dents claquaient et il était d'une pâleur de mort.

Jean nous a souhaité le bonsoir, a dit quelques mots sur le bon vent qui gonflait ses voiles et est parti sans souper, ne voulant pas inquiéter sa mère.

J'étais restée dans la salle à manger et j'attendais Charles, qui est arrivé vêtu de frais, un peu moins transi, et nous nous sommes mis à table pour souper : il était neuf heures.

Nous n'avions guère l'appétit ouvert, ni l'un ni l'autre; mais il m'a raconté sa journée tout en toussant et en frissonnant parfois de la tête aux pieds.

Les domestiques étaient allés se coucher et nous causions auprès d'un bon feu quand tout à coup, contre la porte extérieure, s'élève un son étrange.

On aurait dit une voix humaine.

« Qui appelle à cette heure? » ai-je dit en jetant à Charles un coup d'œil peu rassuré.

Il y a eu un moment de silence et puis le cri, une sorte de cri d'enfant passionné, étranglé, épouvantable, a retenti de nouveau.

Charles a saisi un flambeau et s'est approché de la porte; je l'ai suivi, mais j'ai jeté à mon tour un fameux cri.

Dans l'angle de la porte se pressaient, grouillaient d'affreuses petites bêtes que nous avons reconnues tout de suite :

« Des crapauds ! » s'est-il écrié.

Vois-tu, ma chère, tous les plaisirs de la campagne, toutes les aurores, tous les couchants, toutes les brises, toutes les poésies, ne valent pas pour moi la sécurité dont nous jouissons dans nos appartements à Paris.

La nichée de crapauds me sera longtemps présente. J'ai assisté de loin au massacre que Charles a exécuté avec sa canne plombée, qu'il a heureusement trouvée sous sa main.

C'était hideux. Les malheureuses petites bêtes sautaient comme des carpes, et rebondissaient sous les coups avec une vigueur étonnante.

Huit petits cadavres ont bientôt jonché le sol. La sueur perlait à mes tempes.

« C'est tout, a dit Charles, superbe portée, en vérité!

— Il n'y en a plus? en es-tu sûr? ai-je demandé de mon coin.

— Non, c'est déjà beaucoup.

— Mais le cri, le cri que nous avons entendu, il reste inexpliqué. Il y a encore quelque horreur là-dessous! »

Mon naturaliste a souri.

« C'est la mère, a-t-il répondu. J'avais bien entendu dire que les crapauds avaient parfois des inflexions de voix humaine, je suis bien aise d'avoir entendu cela de mes propres oreilles. »

Eh bien ! moi, j'en avais assez, je suis remontée dans ma chambre toute saisie et j'ai eu une nuit pleine d'affreux cauchemars.

Tu penses bien que les crapauds et les crapaudes y jouaient le plus grand rôle.

J'en étais entourée, ils grimpaient à mes bras, j'en étais coiffée; enfin c'était horrible, et je me suis éveillée malade.

Et je t'assure que ta pittoresque salle à manger ne me verra plus d'ici quelque temps. Je fais dresser la table dans une chambre.

Les rez-de-chaussée sont charmants, c'est très frais, c'est très riant; mais cela touche de trop près au sol. Me voilà saisie de dégoûts insurmontables pour les rez-de-chaussée.

Aussi je te le dis en toute franchise, si tu n'as pas assez d'air à Paris, reviens respirer celui de Kermoereb, où il y en a tant que nous en sommes accablés.

Je t'assure que nous respirerons suffisamment le soir au bois de Boulogne.

Et je te le dis en toute sincérité, quand on frise toujours une bronchite ou une névralgie compliquée d'ennui, on n'est pas fait pour vivre en sauvage, loin du monde et si près de la mer, qui est une voisine terriblement passionnée et gênante.

Je n'ai pas suivi ton conseil, je n'ai rien dit aux du Parc. Je ne sympathiserai jamais avec les aînées, et je ne veux point voir trop souvent cette petite sirène d'Isabelle qui serait l'objet d'un regret si nous nous éloignions d'ici.

Ces natures vivaces, primesautières, intelligentes et aimantes sont singulièrement attachantes; mais je n'ai aucune raison de m'attacher à une famille qui me sera toujours étrangère.

Il me semble te voir sourire et me comparer *in petto* à la comtesse de Malplanquard. Je n'accepte pas la comparaison.

J'ai mes amis, mes relations, et aussi un cœur à rendre des points à une Bretonne, en fidélité.

Mais je ne m'attache pas au hasard, et ne veux point faire souffrir cette enfant qui trouve en moi ce je ne sais quoi d'inconnu, de nouveau, qui plaît tant à la jeunesse.

Tu as bien peint certaines Parisiennes en me peignant la comtesse de Malplanquard.

C'est bien avec cette désinvolture qu'on se lie et qu'on se délie. Mais nous ne nous prenons pas en traîtres, cela est entendu ainsi.

En un pareil tourbillon, il faut faire la part du feu, c'est-à-dire de l'intérêt, des convenances, de la versatilité, qui est au fond de la nature humaine.

On ne se lie pas en un hiver pour la vie, et tu étais bien naïve de croire à la durée de pareils engouements.

Cela, c'est la monnaie courante dans le monde. Heureux ceux que cette versatilité n'atteint pas dans leurs affections les plus sacrées, ce qui se voit, hélas!

Mais adieu, j'entends mon pauvre enrhumé tousser à fendre l'âme et ma névralgie, un instant assoupie par l'exercice intellectuel que je lui impose, m'impose à son tour le repos.

Marie-Louise te soupire des compliments. Elle est triste ces jours-ci, d'une tristesse douce qui prend sa source dans un redoublement du chagrin qu'elle éprouve de ton éloignement.

Mille tendresses.

GENEVIÈVE.

— La suite au prochain numéro. —

ZÉNAÏDE FLEURIOT.

GRÉDEL ET SON AMIE

—

(Voir pages 487, 503 et 519.)

VI

Les heures s'enfuient, le temps s'envole; il y avait près de deux ans déjà que la tante Berthe était allée se coucher dans sa fosse au cimetière, et que Lischen avait trouvé un asile sous le toit de la veuve du meunier, lorsqu'un matin le facteur, en faisant sa tournée, vint frapper à la porte de Grédel, ce qui ne lui arrivait, à vrai dire, que fort rarement.

Lischen aussitôt courut ouvrir, et trouva le digne homme, le pied appuyé sur le seuil, fourrageant dans sa sacoche, d'où il ne tarda pas à tirer une lettre.

« Voici, dit-il; je pense que ceci peut bien être pour vous, mamselle. Ça vient de loin, voyez : du côté de Thionville. L'adresse est : à Mademoiselle Lise Derfel. Et puis, dans votre village, comme l'on ne vous trouvait plus, on a renvoyé la lettre ici. Vous aviez sans doute donné votre adresse en Alsace, en partant. C'est une bonne précaution, voyez. Sans cela il n'y aurait pas eu moyen de vous trouver, si c'est pour vous la lettre.

— Si c'est pour moi!... Oh! je crois bien! s'écria Lischen en tremblant. Qu'est-ce que cela peut bien être, mon Dieu ?... Et, vraiment, ne dirait-on pas l'écriture de mon frère? »

Elle prit l'enveloppe des mains du facteur, et rentra précipitamment dans la maison où Grédel l'attendait tout émue, l'ayant entendue crier de l'étable où elle donnait à manger à ses moutons.

« Qu'y a-t-il donc, ma fillette? Qu'est-il arrivé, dis-moi, que te voici toute tremblante?

— Oh! si tu savais!... C'est une lettre, une lettre pour moi, Grédel! On me l'avait adressée à Sainte-Marie, à notre ancienne maison du village, où je suis née et où mon pauvre père est mort. Et puis de braves gens me l'ont envoyée ici, à l'adresse de tante Berthe. Le facteur vient de me la remettre. De qui cela peut-il bien être, mon Dieu?

— Eh bien, tranquillise-toi, mon enfant; ouvre-la vite, et tu verras. Et surtout, ne te mets pas comme cela, dans un état à faire pitié. »

Lischen, qui s'était laissée tomber dans l'excès de son émoi, sur le fauteuil de son amie, brisa l'enveloppe en tremblant, jeta les yeux sur la signature tout d'abord, dans sa joie poussa un grand cri... C'est qu'elle venait de voir, sur la page, le nom de son cher frère, « Michel Derfel »; son bon Michel, qu'elle croyait mort, qu'elle pleurait depuis si longtemps.

« Oh! il vit, il pense à moi, il m'écrit!... Ma Grédel, que je suis heureuse! sanglota-t-elle dans l'excès de sa joie, laissant tomber la lettre pour joindre les mains.

— Mais mon enfant, alors, raison de plus pour te calmer... Tranquillise-toi, voyons! Et puis, si tu le veux, comme je suis curieuse, moi aussi, nous lirons la lettre ensemble. »

Quelques instants plus tard, en effet, la gentille Lise, un peu calmée, reprenait la feuille en tremblant, et voici ce que les deux amies très émues y voyaient enfin :

« Je pense, ma bonne et chère sœur, écrivait le frère Michel, que cette lettre te trouvera toujours dans notre maisonnette, au village. Après la mort du père, il t'a peut-être été dur d'y rester, pauvre enfant. Mais il doit y avoir des bonnes gens qui auront eu soin de toi; peut-être aussi t'es-tu mariée, et je le désirerais vraiment. Autrement, sans père et sans frère, toute seule au pays, tu aurais sans doute pris trop de chagrin, ma Lise.

« Pour moi, j'ai d'abord à te demander pardon, plus de cent fois pardon, de ne pas t'avoir écrit depuis si longtemps. Mais voilà ce que c'est quand on est trop malheureux; le cœur vous manque, vois-tu, la tête vous tourne. Et l'on ne sait plus seulement ce que l'on fait dans ce vilain monde, et même si l'on aura le courage d'y rester.

« Voilà comme j'étais tout de suite après la guerre, en revenant de Prusse, où j'avais été quatre mois prisonnier, blessé et toujours malade. Seulement, dans les prisons de l'empire d'Allemagne, j'avais eu la chance de me faire un ami : un marin de la flotte, brave et digne homme, excellent camarade, que ma petite Lise connaîtra peut-être un jour. En nous en revenant au pays, ce bon Willems avait eu l'idée de m'emmener avec lui, pour une semaine ou deux, dans sa famille, à Dunkerque. Là, du moment que j'ai vu les bateaux et la mer, l'idée m'a pris d'être marin, moi aussi. Et comme le bon air des côtes n'a pas tardé à me guérir tout à fait, j'ai suivi mon idée, ma sœur ; je me suis engagé matelot sans te prévenir, sans attendre. Assurément j'ai bien mal fait, ma Lise, de ne pas t'avertir du parti que je prenais. Mais, d'autre part, je ne me repens pas, va, je t'assure, de m'être mis dans la marine, où je me plais bien plus que dans l'armée. Voilà bientôt cinq ans que je sers, étant parti comme matelot ; j'ai été en Chine, au Japon, en Cochinchine, à Java, en Australie ; j'ai doublé le cap Horn, j'ai fait une campagne au Groenland. Maintenant je t'écris de la Réunion où nous faisons escale, et je t'envoie ma lettre par la voie de Suez. Voici donc bien des pays que j'ai vus, et de belles campagnes que j'ai faites. Et d'aucune manière je n'ai perdu mon temps, car tout en voyageant ainsi, en devenant un bon marin et tout à fait un homme, j'ai gagné le grade de quartier-maître que l'on m'a donné au commencement de cette campagne, et, à mon prochain voyage au pays, je te montrerai mes galons.

« Oui, à mon prochain voyage, je te le répète, ma Lise : notre frégate, la *Conquérante*, se prépare à partir pour la France. En débarquant, je demande un congé de trois mois pour pouvoir te faire une bonne visite. C'est à Cherbourg que nous rentrerons ; écris-moi donc, je t'en prie, ma chère petite sœur, « à Michel Derfel, quartier-maître, aux bons soins de M. Le Ruec, commissaire de la marine ». Je trouverai ta lettre en arrivant, et ainsi je saurai si c'est toujours au pays, comme je l'espère, que je dois aller t'embrasser.

« Et maintenant que tu sais que je vis, travaille et me porte bien, et que tu me reverras sous peu, dans trois ou quatre mois peut-être, laisse-moi espérer, ma Lise, que tu ne m'en veux plus pour ce long silence que j'ai gardé ; que bien franchement tu me pardonnes, et que, lorsque je m'en reviendrai vers toi, tu m'ouvriras tes bras, en bonne et aimable fille que tu es.

« Voilà ce que désire ton frère qui t'embrasse,

« MICHEL DERFEL,
« Quartier-maître à bord de la frégate
« la *Conquérante*. Ile de la Réunion. »
25 mars 187*.

Lischen avait tout lu et elle pleurait encore. Mais c'était, cette fois d'orgueil et de plaisir. Elle n'était plus seule au monde : d'abord elle avait retrouvé un frère, et un frère honnête homme, brave marin, vaillant, heureux, qui, en servant son pays, avait conquis un grade, et qui, lorsqu'il reviendrait, lorsqu'il sortirait avec elle, en lui donnant le bras, ferait aux gens du bourg admirer ses galons ! Aurait-elle jamais pu s'attendre à une pareille joie ? Pour un bonheur aussi inespéré, n'avait-elle pas bien à remercier Dieu ? Et sa chère Grédel qui, tout émerveillée de ce qu'elle entendait, pleurait et se réjouissait avec elle ! Ah ! quel dommage que la pauvre tante Berthe n'eût pas vécu jusqu'à ce jour, pour se réjouir, elle aussi, de voir enfin si brave, un neveu qu'elle ne connaissait pas !

Maintenant, dès que ces premiers transports de surprise et de joie furent un peu passés, Lischen se mit promptement à écrire. Sa lettre, à elle, fut encore bien plus longue que celle de Michel. A ce cher frère si longtemps perdu, elle raconta tout ce qui lui était arrivé : sa tristesse, son isolement après la mort de son père, l'accueil tout maternel que lui avait fait la bonne tante Berthe, et puis sa rencontre avec sa chère Grédel, la tendre sollicitude de celle-ci à l'égard de l'orpheline, et l'amitié, l'union fraternelle où elles vivaient toutes deux maintenant, et qui, réconfortant, rassemblant ces deux isolées, leur était si précieuse et si douce.

« Comme cela, achevait Lise, ce n'est pas dans notre village, mon cher frère, c'est ici que je t'attends, et que je serai si heureuse, quand je te verrai venir ! C'est-à-dire que nous serons deux à être contentes et heureuses : car de tout ce qui peut m'arriver de favorable et de bon, ma chère et aimable Grédel se réjouit autant que moi. Viens donc, je t'en supplie ; viens le plus tôt possible, grandi, bruni et mûri comme tu l'es certainement. D'abord je ne te reconnaîtrai pas peut-être ; mais je suis sûre que mon cœur ne se trompera pas, et ce sera lui qui me dira qui je dois embrasser. »

Et cependant Lischen, une fois sa lettre expédiée, n'en avait pas encore fini avec son contentement. Elle avait dans le village quelques bonnes voisines, presque des amies, auxquelles elle ne pouvait manquer de faire part de la grande joie qu'elle avait eue, et de celle qui l'attendait. Et c'étaient, à chaque nouveau récit, des exclamations, des surprises, des émerveillements, qui augmentaient encore le triomphe et la joie de la chère enfant. La veuve du meunier avait aussi sa part de ces admirations et de ces compliments. Il était évident, affirmaient la plupart de ces bonnes femmes, qu'un honnête homme, un marin brave et qui avait fait son chemin, ne pourrait pas manquer d'être reconnaissant pour le bien que Mme Becker avait fait, l'intérêt qu'elle avait témoigné à sa sœur, une pauvre orpheline.

Et, de ses grands voyages, il ne manquerait pas, pour sûr, de lui rapporter quelque chose : des châles, des foulards, des colliers.

Quoi qu'il en soit, ce n'était pas tant la perspective des cadeaux possibles que celle du prochain retour du frère si sincèrement aimé, qui remplissait d'émotion et de joie le cœur des deux amies. Désormais, dans la maison de la veuve, on compta impatiemment les jours, on suivit de loin le voyageur par la pensée. Lischen, qui s'attendait bien aussi à quelque beau cadeau lors du retour et qui ne voulait pas, pour sa part, négliger un si bon frère, garnit immédiatement sa quenouille du plus beau chanvre qu'elle put trouver, et se mit à lui filer un fil uni et souple, dont elle lui ferait plus tard de superbes chemises. Et Grédel, qui voulait se montrer bonne ménagère et habile ouvrière, se chargea de tricoter quelques paires de chaussettes qui ne seraient probablement pas de refus pour le brave marin.

Ce fut ainsi que, peu à peu, les semaines s'écoulèrent. Enfin, vers le commencement d'août, Lischen reçut une

Coquettement vêtue de son corselet de velours noir... (P. 538.)

autre lettre, cette fois datée de Cherbourg. Michel, on ne peut plus content, annonçait son arrivée; la *Conquérante* était entrée au port, et dans une quinzaine de jours au plus tard, le jeune quartier-maître, ayant obtenu son congé, s'en viendrait embrasser sa sœur dans son joli vallon d'Alsace.

Une dépêche arriva en effet, un samedi matin, précédant de vingt-quatre heures seulement Michel et son ami, qui seraient à Eckenthal dans l'après-midi du dimanche. Est-il besoin de dire la joie et l'impatience, de décrire les transports naïfs, l'émoi, les mouvements qui se succédèrent alors sous le toit de la veuve?

Le reste de la journée se passa à mettre tout en ordre, à parer la maisonnette, à renouveler les provisions, pour que rien ne manquât à la fête du lendemain. Puis lorsque le soleil du dimanche, tiède et vermeil, se fut levé, les deux jeunes femmes songèrent aussi à se parer elles-mêmes.

C'était Lischen, il faut bien le dire, qui, en sa qualité de jeune fille, aimant assez la louange, apportait le plus d'attention et de soin à cette occupation. Coquettement vêtue de son corselet de velours noir décolleté sur sa chemisette blanche, de son court jupon bleu sur lequel se drapait le tablier blanc à franges et à larges bandes de broderies, elle avait d'abord attaché, au-devant de son corsage, une rose rouge fraîchement épanouie, une des dernières roses de l'été. Puis se haussant sur la pointe d'un de ses petits souliers à boucles, pour bien se voir dans le miroir, elle essayait sur ses beaux cheveux le mouchoir à fleurs qu'elle cherchait à y nouer, de la façon à la fois la moins prétentieuse et la plus coquette.

Quant à Grédel, la ménagère, elle avait encore bien des choses à terminer avant de penser à sa toilette et elle ne s'habillerait probablement qu'en revenant de l'église, s'empressant pour l'instant de repasser fort soigneusement le jupon blanc qu'elle mettrait sous sa robe de laine. Tout en s'occupant ainsi, les regards brillants, les joues roses, le rire aux lèvres et le cœur joyeux, les deux amies causaient gaiement, détournaient la tête parfois pour se voir et se sourire. Et Mürr lui-même, le bon et doux minet, comme voulant se mettre à l'unisson de cette joie et de ces airs de fête, faisait entendre son ronron le plus retentissant, tout en léchant diligemment sa petite patte rose, et en la passant sur son poil pour le rendre plus lustré.

C'était ainsi que, dès l'aurore, avait commencé ce jour de fête. Inutile de dire s'il a fini joyeusement. Les radieuses surprises, les triomphantes joies du retour ne se décrivent, ne se racontent point; chacun de nous, au moins une fois dans sa vie, les a certainement éprouvées, et avec douceur aussi chacun se les rappelle. Combien elles étaient plus vives pour ces deux jeunes femmes isolées qui, tant de fois, même dans tout le paisible charme de leur amitié, avaient souhaité la présence d'un père, d'un frère ou d'un ami!

Il est vrai que Michel et Willems ne pouvaient passer tous leurs jours au joli vallon d'Eckenthal; qu'en leur qualité de marins ils devaient leur temps, leurs services, au besoin leur vie à la France. Mais pour les mois de congé qu'ils avaient devant eux, quel meilleur usage, certes, pouvaient-ils en faire que de les consacrer à ces deux chères et dignes amies, si sympathiques par leur vertu, si attrayantes par leur douce gaieté! Et si, dans ces quelques semaines de vie commune, Michel et Willems ont appris à s'attacher davantage à la jeune fille et à la jeune veuve; si, en les quittant, ils espèrent peut-être, à leur prochain voyage, pouvoir passer à ces doigts fins l'anneau des fiançailles, et s'établir comme protecteurs, comme maris, dans ce village où, durant leur absence, ils seront pleurés et aimés, c'est assurément un grand, un vrai bonheur pour eux... Et c'est un bonheur aussi pour Lise et Grédel, les deux amies.

ÉTIENNE MARCEL.

FIN.

LETTRE A UN AMI

LES ANIMAUX.

CHER AMI,

Vous souvient-il du jour où nous étions sortis de si bonne heure pour nous promener dans la forêt de Livry? Les hautes herbes étaient encore humides de rosée et nous assistions au réveil des oiseaux dans la fraîcheur dorée du matin; chaque fois que s'ouvrait un sentier tapissé de mousse ou un chemin aux longues perspectives, nous y jetions un regard d'envie; c'était le feuillage de mai, léger de forme et de couleur, et les troncs sombres tachés de feu fuyaient à perte de vue.

Les œuvres de Dieu sont si grandes dans l'épanouissement de leur beauté que l'on a peine à se figurer ce qu'elles devaient être au paradis terrestre, et quel sentiment d'admiration plus vive elles excitaient au cœur de l'homme.

Un frôlement de feuilles dans les taillis nous tira de notre contemplation : un chevreuil passait tout près de nous; lui aussi nous entendit ou nous devina. Il dressa brusquement sa jolie tête, fixa sur nous un œil curieux et timide et s'enfuit à toutes jambes. Si tu avais su, pauvre bête, quels regards amis te cherchaient sous ton voile de feuillage, tu serais venu te faire caresser, admirer de près; mais ta défiance est légitime et nous n'avons pas le droit de nous en plaindre!

Nos pensées avaient pris un autre cours; la nature n'était plus seulement un tableau splendide : la vie l'avait traversé, et plutôt à la manière des poètes et des philosophes qu'à celle des naturalistes, nous discourions sur l'être charmant qui nous était apparu. L'animal est un des grands mystères de ce monde, où tout est mystère.

Quelle est cette créature qui nous resemble par tant de points, qui nous parle, qui nous comprend, qui lit dans notre regard, qu'agite comme nous l'amour, la jalousie, la colère, et qu'une ligne infranchissable sépare à jamais de notre race? On dirait que lui-même reconnaît sur le front de l'homme le signe de la royauté. Je ne rencontre jamais sans admiration un troupeau de bœufs conduit par un enfant, tant de force soumise à tant de faiblesse, parce que cette faiblesse est une intelligence. La bête féroce se jette sur le voyageur qui traverse son désert, mais elle n'essaye pas de le réduire en servitude; le lion dévore l'homme, mais l'homme dompte le lion.

Il est vrai que ce n'est pas sans peine et sans danger, et que ce sujet fougueux reste terrible à son vainqueur. Mais aussi l'homme est-il resté juste et généreux envers les races qu'il a pleinement conquises? N'a-t-il pas abusé de sa puissance? Il faut bien l'avouer, et cela ne fait pas honneur au roi de la création. La dureté envers ces utiles ou aimables compagnons de notre vie me révolte autant qu'elle m'étonne, et je ne connais de véritable bonté que celle qui compatit à toutes les souffrances.

Il est certain que cette bonté doit s'appliquer dans la plus large mesure à l'homme, notre frère, que Dieu nous ordonne d'aimer comme nous-mêmes. Mais après? est-ce que la compassion n'est pas un instinct de notre nature plus encore qu'une loi imposée à notre volonté? Est-ce qu'on peut lui dire : « Tu n'iras pas plus loin ? »

Quant à moi, je trouve quelque chose de bien touchant dans cet être qui souffre sans l'avoir mérité, sans savoir pourquoi, presque toujours sans se plaindre et sans se révolter contre un maître ingrat et insensible.

Il y a des hommes grossiers qui se servent des animaux comme ils se serviraient d'une machine; mais ceux qui les observent de près découvrent en eux des délicatesses d'instinct, de langage et de sentiment qui rendent inexcusable tout acte de brutalité commis envers eux. Les animaux même que l'on regarde comme les moins doués d'intelligence, sont attachants par quelque côté.

J'ai observé avec intérêt une oie qu'on laissait en liberté dans notre grand jardin; en ce beau domaine, la pauvre bête souffrait peut-être de la solitude. Quand j'arrivais dans la grande allée, elle venait à moi et me suivait à quelques pas de distance. Si j'allais vers elle, elle s'écartait discrètement et semblait dire : « Est-ce que je te gêne? laisse-moi seulement te suivre de loin. » Si je m'asseyais, elle s'établissait vis-à-vis de moi et restait immobile tout le temps que durait ma lecture. Si on l'appelait, même pour un repas, elle résistait à cet attrait et ne reprenait qu'avec moi le chemin de la maison. Eh bien! je n'étais point ingrate; la société de cette humble compagne m'était agréable et je ne l'ai jamais trouvée... bête comme une oie.

Je n'oublierai pas non plus le petit mulet qui semblait voyager seul, tant son maître était loin en avant de lui, et cependant il avait le pas leste, le petit mulet! je ne sais quelle était l'idée de ce maître bizarre qui parfois même, à l'angle d'une rue, devenait invisible. De temps en temps il se retournait et appelait; le pauvre animal semblait fort embarrassé quand l'homme changeait de direction. Comme alors il s'arrêtait incertain! comme il avait peur de faire un pas qui ne fût point sur le bon chemin! j'admirais le zèle du serviteur pour un maître si négligent; ma pensée, creusant davantage, s'émerveillait de voir ces deux volontés s'unissant à distance. La bête ne sent point la main de l'homme, elle ne le voit plus à son côté, et cependant elle est absorbée tout entière dans le soin de plaire à cet être supérieur: une idée a remplacé pour elle le témoignage des sens.

L'animal aime son maître; il aime son compagnon. Je vis un jour, en traversant la rue, un bœuf que l'on menait du côté des champs; à quelques pas en arrière, un homme menaçait un mouton qui voulait suivre son compagnon d'étable, et lui barrait énergiquement la route. Mais le mouton était plus énergique encore. Il fallait le voir s'élançant avec des bonds impétueux et des allures de lion, bravant l'homme et ne cherchant qu'un chemin pour y passer. Il était superbe ainsi; voilà ce que l'amitié avait fait du plus doux des animaux.

Dans cette lutte, l'homme fut vaincu. La bête passa et ne redevint mouton qu'aux côtés de son ami, aussi calme dans son triomphe qu'il avait été impétueux à la lutte.

Ce que j'admire dans l'animal plus encore que ses facultés aimantes, c'est le sentiment du devoir, et qui pourrait le lui contester?

Pour accomplir sa tâche, il résiste à l'attrait du plaisir et de la liberté, parfois même il triomphe héroïquement de la fatigue et de la souffrance. S'il a succombé à quelque tentation, il est troublé par l'inquiétude, je n'ose dire le remords! Son humble attitude est à la fois un aveu et une prière.

Voyez la poule couvant ses œufs dans un complet oubli d'elle-même, et si vous voulez mettre à part ce touchant instinct maternel, voyez ce chien qui reste à son poste en dépit de toutes les séductions, cet autre qui se laisserait mourir de faim à côté du repas que le maître a confié à sa garde.

Un pauvre chien de ferme se levait encore à l'appel de son nom pour conduire aux champs le troupeau. Comme le soldat blessé, il répondait encore : « Présent ! » il retomba sans force, c'était le jour de sa mort.

On voit ces choses-là sans cesse, et c'est pour cela que l'on n'admire plus. Je n'ai rien de semblable à me reprocher; j'ai toujours eu pour les animaux des intelligences, des pitiés, des tendresses, et leurs persécuteurs ont entendu plus d'une fois mes protestations indignées.

Le sort des chevaux m'a surtout occupée, m'a fait souvent lever vers le ciel un regard plein d'anxieuse interrogation.

Oh! dites, n'avez-vous pas pitié, vous aussi, de cette victime de la convoitise humaine!

Le voilà couché sur la paille de l'écurie; sa nourriture a été insuffisante, sa nuit a été brève. Dès la pointe du jour, le charretier se présente. La pauvre bête est encore brisée des fatigues de la veille; n'importe! il faut se lever. Il connaît cette voix brutale qui commande, cette main qui frappe, cet homme qui est son maître. Ah! s'il savait le langage de l'homme, il lui dirait peut-être un jour : « Pitié ! je n'en puis plus ! ne t'ai-je pas assez servi ? » Mais non ! il faut se lever, marcher, courir sous le fouet jusqu'à ce qu'il tombe d'épuisement, étonné de ne plus obéir.

Je vis un jour à Paris, en passant près d'un chantier en construction, un cheval dont l'expression, oui, l'expression ! me navra. Oh ! qui sait ce qu'on avait fait de lui depuis qu'il avait perdu la grâce et la vigueur de la jeunesse ? Qui sait combien avait été longue et pesante la chaîne de ses douleurs ? et qui sait s'il n'y avait pas quelque amer sentiment dans ces yeux ternes qui regardaient l'homme ? J'ai vu plus que de la souffrance physique sur cette morne physionomie, oh ! plus que cela, je vous assure. On aurait pu la sculpter en pierre pour en faire une statue du désespoir.

Ces animaux, capables d'aimer leur maître, souffrent de leur dureté comme ils jouiraient de leur affection, et je suis persuadée que celui-là aurait été un instant soulagé s'il avait pu savoir qu'une créature humaine le regardait avec une affectueuse pitié. Des hommes de cœur ont réuni leurs efforts pour faire prévaloir des sentiments plus justes. Ils ont pris pour devise : « La pitié doit s'arrêter où s'arrête la souffrance. »

Sans doute vous connaissez cette œuvre civilisatrice qui s'appelle la *Société protectrice des animaux*. Vous avez vu ses œuvres, admiré ses utiles inventions ; vous avez peut-être assisté à l'une de ses séances publiques où elle s'applique à rehausser par l'éclat du beau le charme du bien. J'y ai assisté moi-même dans l'amphithéâtre de la Sorbonne, me réjouissant de voir tant de bons cœurs ensemble ; et lorsque les bravos éclataient au récit d'un acte de compassion ou à l'expression d'une pensée bienfaisante, je les comparais à ceux qui, dans un autre cirque, applaudissent au sang qui coule et aux derniers gémissements d'un noble animal.

Ah ! sans doute, vous n'êtes pas de ceux qui cherchent à décourager de si admirables efforts sous le prétexte qu'il y a encore parmi les hommes des misères à secourir. Eh bien ! je me défie d'une pitié qui se borne et se commande ainsi, et vraiment j'invoquerais avec plus de confiance ceux qui ont étendu jusqu'aux êtres inférieurs le rayonnement de leur charité.

Ne vous semble-t-il pas que cette loi de compassion pour les animaux découle naturellement de l'Évangile, comme tout ce qui est juste et bon ? Jésus naissant entre le bœuf et l'âne, voilà l'emblème que j'ai trouvé le plus souvent dans les publications de cette société. Ah ! la charité n'a qu'un ennemi : c'est l'égoïsme ; ce n'est pas la pitié !

Et puis le meilleur service à rendre aux hommes, n'est-ce pas encore de leur apprendre à devenir bons ! Malheur à la femme ou à la fille du charretier que nous voyons maltraiter son cheval ou son chien ! Je me figure un temps où les doctrines de compassion seraient partout en honneur. Eh bien ! cela suppose chez les enfants tant de respect pour l'œuvre de Dieu, chez les hommes tant de modération et de justice, que vraiment ce serait un âge d'or.

Je vous laisse avec ce beau rêve ; hélas ! nous sommes loin de l'âge d'or !

MARIE JENNA.

REVUE LITTÉRAIRE

(Voir page 525.)

L'illustre savant dont la mort a fait tant de bruit, il y a quelques mois, n'avait pas eu, lui, le bonheur de naître avec cette sorte « d'affinité naturelle avec les choses célestes ». Dépourvu de la grâce baptismale, combien d'années ne s'égara-t-il pas à la recherche du Vrai ? De malheureuses accointances l'avaient inféodé de bonne heure à la plus déplorable secte philosophique, à celle qui nie *a priori* l'ordre surnaturel, — et les disciples d'Auguste Comte pouvaient croire, avec quelque apparence de raison, que cette inestimable recrue ne déserterait jamais leur cause. Mais si Littré, — car c'est de lui qu'il s'agit, — si Littré tint longtemps son intelligence systématiquement fermée aux clartés supérieures, il avait l'âme trop « naturellement chrétienne » pour que « la Toute-Puissance qui, selon le mot de saint Jean, fait lever son soleil sur tous les êtres, » ne l'arrachât pas tôt ou tard à la captivité des ténèbres. Quel prêtre, quel catholique, d'ailleurs, n'obsédait pas tous les jours la divine Justice de ses gémissements et de ses prières ? Pendant que le saint et docte abbé Huvelin se faisait le catéchiste du vieux philosophe, de pieux laïques lui offraient sans relâche le tribut de leurs conseils et de leurs recherches. Parmi ces derniers, nous permettra-t-on de citer au premier rang M. Gabriel-Désiré Laverdant ? Ancien disciple de Fourier, M. Laverdant était lui-même revenu de loin. Il avait acclamé dans sa jeunesse les pernicieuses et desséchantes théories d'un socialisme qui, pour affranchir les classes laborieuses, ne comprenait pas qu'il fallait d'abord les soumettre au Christ. Les novateurs ne vilipendaient pas le Christianisme, comme le font aujourd'hui nos modernes sectaires, mais ils l'ignoraient. On demandait la solution des problèmes sociaux à l'économie politique, à la philosophie, aux mathématiques, à l'agriculture, à tout, — hormis au Libérateur des peuples. Ce n'était pas en vain pourtant que ces théoriciens respiraient une atmosphère catholique. « Toute erreur, dit Bossuet, est une vérité dont on abuse. » Le fouriérisme n'échappait point à cette loi. Les sophismes de Fourier étaient cousus à des lambeaux d'Évangile. Aussi, que vit-on ? Pendant que, parmi les disciples du maître, les uns s'enlisaient dans tous les bourbiers de l'erreur, les autres, au contraire, marchaient tout droit vers la sainte Église de Dieu. Les fragments de vérités que renfermaient les théorèmes sociaux du célèbre philosophe avaient déposé dans ces âmes ingénues des germes, que le premier souffle du

Christianisme n'eut pas de peine à faire lever. De ce nombre fut M. Laverdant. A peine le jeune fouriériste se trouva-t-il mis en contact avec un de ces prêtres que Dieu suscite de temps en temps pour conquérir les intelligences éprises d'idéal, à peine eut-il échangé avec lui quelques paroles, qu'il fléchit les genoux et reconnut dans le Christ le Maître vers lequel, même à travers la nuit, son cœur affamé de justice n'avait cessé de cheminer. Eh bien! pour en revenir à Littré, M. Laverdant fut un de ceux qui se préoccupèrent le plus d'associer le vénérable savant aux jouissances qu'il avait lui-même goûtées quand son âme eut quitté le joug de l'erreur pour s'abriter sous l'aile de l'Église. Dans une brochure de deux cents pages que nous avons sous les yeux (1), l'ancien disciple de Fourier signale la communauté d'aspirations et d'idées qui, sur certains points, unit les catholiques et les positivistes. Trop de gens s'assignent pour mission d'accentuer les divergences et de creuser des abîmes; à l'exemple des cuirassiers de Waterloo qui comblèrent de leurs corps le ravin de la Haie-Sainte, M. Laverdant se jette résolument dans le fossé pour rapprocher les combattants et leur permettre de se tendre la main. Est-ce à dire qu'il sacrifie les droits de la vérité? A Dieu ne plaise! Nourri de la moelle des théologiens et des Pères, le vénérable écrivain n'avance aucun axiome sans lui donner aussitôt pour cortège une maxime de saint Grégoire le Grand ou un syllogisme de saint Thomas d'Aquin.

D'éminents religieux, au surplus, ont examiné, contrôlé la doctrine de l'auteur et déclaré sa méthode irréprochable. Cette méthode n'est-elle pas, en effet, celle de tous les apologistes chrétiens? Quand les Justin, les Irénée, les Minutius Félix, les Augustin s'adressaient aux libres penseurs de leur temps, n'avaient-ils pas plutôt cure de les éclairer que de les bafouer? Leur reprochaient-ils la courbure de leur nez, la déviation de leur épine dorsale, ou la coupe incorrecte ou surannée de leur toge? Non! les docteurs de l'Église disaient tout simplement aux païens : « Que cherchez-vous? le Vrai? le Beau et le Juste? Eh bien! le christianisme et ses dogmes offrent à votre âme la pâture qu'elle sollicite. Lisez l'Évangile, approfondissez la parole sacrée, et vous serez rassasiés. » M. Laverdant ne tient pas un autre langage.

Hélas! ce fut sur le lit de mort de Littré que la *Lettre* de M. Laverdant fut déposée. Mais l'illustre savant en avait parcouru le manuscrit, et peut-être les éclaircissements de M. Laverdant ne furent-ils pas étrangers à l'évolution intellectuelle qui marqua ses derniers instants. Mais pourquoi parlons-nous des derniers instants? Plus de six mois avant de mourir, le chef de l'école positiviste s'était déjà déclaré conquis. M. Laverdant le savait lorsqu'il adressait à l'illustre philosophe ces paroles prophétiques : « Vous n'êtes pas du corps catholique, apostolique, romain; mais, mon très honoré frère, vous êtes de l'âme de l'Église et ce n'est point à vous et à vos semblables que, BIENTOT, le Dieu juste dira: *Nescio vos!* »

Une publication ardemment attendue achèvera bientôt sans doute d'édifier les adversaires et les amis de Littré sur la portée de ce légitime hommage. Mais il faut le dire dès maintenant : les révélations auxquelles nous faisons allusion étonneront moins les catholiques que les libres penseurs. M. Littré était un savant dans la haute et noble acception du mot; la science devait tôt ou tard le précipiter aux pieds de Jésus-Christ. N'est-ce pas Bacon qui a dit : *Magna scientia ducit ad religionem; parvi haustus autem amovent?*

Aussi sommes-nous beaucoup moins rassurés sur le sort final d'un « savant » dont la *Revue des Deux Mondes* accueille de temps en temps les élucubrations exégétiques. Nous voulons parler de M. E. Havet. Autant l'érudition de Littré était solide, autant celle de M. Havet est fragile. L'un était un penseur, l'autre n'est qu'un voltairien dépourvu d'esprit. Pour s'en convaincre, il suffit de parcourir la magistrale étude que M. l'abbé Augustin Lémann (1) vient de consacrer au pamphlet dirigé par le célèbre professeur contre l'Évangile. Qui pouvait s'imaginer qu'un membre de l'Institut fût si lamentablement ignare? Quand on voit les misérables arguments que M. Havet décoche contre le récit divin, on s'explique la nécessité des miracles : il en faudrait un, en effet, pour éclairer une intelligence où sévissent d'aussi épaisses ténèbres. Et pourtant M. l'abbé Lémann ne néglige rien de ce qui pourrait détromper une conscience loyale; son livre est un chef-d'œuvre de science et de logique, mais qui ne sait, hélas! que certains esprits sont réfractaires aux démonstrations les plus lumineuses?

Les Israélites nous fournissent un triste et curieux exemple de cet obscurcissement intellectuel. Depuis dix-huit siècles ne refusent-ils pas de saluer dans le Christ le Messie annoncé par les Prophètes? Toujours sur la brèche dès qu'il s'agit de proclamer la divinité du Fils de Marie, MM. les abbés Lémann ne cessent de dénoncer les sophismes des libres penseurs que pour prendre corps à corps les préjugés et les erreurs dont s'alimente l'obstination de leurs anciens coreligionnaires. Ainsi, le principal obstacle à la conversion des Juifs, c'est le culte qu'ils professent pour l'assemblée devant laquelle fut traduit Jésus. Aux yeux de tout bon Israélite, le Sanhédrin est l'assemblée la plus docte, la plus honorable et la plus juste qui fonctionna jamais. Telle est, du moins, l'opinion que les rabbins ont accréditée dès l'origine et qu'ils continuent d'imposer aux fidèles. Eh bien! MM. Lémann discutent, les docu-

1. *Lettre à M. Littré et aux Positivistes*, par M. Désiré Laverdant. Paris, 1881.

1. *Le Christ rejeté, réponse à M. E. Havet, membre de l'Institut*. Paris, Lecoffre, 1881

ments authentiques à la main, la valeur des membres du Sanhédrin et l'autorité de leurs actes. Cet examen fait, veut-on savoir à quelles conclusions ils aboutissent? Les voici :

Dans ses membres, le Sanhédrin ne présente qu'un assemblage d'hommes, en majeure partie, indignes de leurs fonctions. Nulle piété, nulle droiture, nul sens moral; les historiens juifs les ont eux-mêmes flagellés de leur mépris.

Dans les actes du Sanhédrin, c'est-à-dire dans sa manière de procéder, toutes les règles du droit hébraïque sont violées. MM. Lémann constatent jusqu'à *vingt-sept* irrégularités dont une seule suffirait pour faire casser le jugement.

Eh bien! devant un pareil spectacle, tout Israélite probe ne devrait-il pas réfléchir? Et sa première préoccupation ne devrait-elle pas être de rechercher ce qu'était Celui qui fut condamné par une cour d'assises aussi méprisable?

Si, après avoir mené à bien cette étude, les Juifs honnêtes sentaient encore leur cœur labouré de quelque doute, nous leur conseillerions de lire les magnifiques sermons où Bossuet traite de la *Divinité de la Religion* et des *Mystères de la Nativité* (1). La lecture de ces pages sublimes achèverait de les désarmer. Sans doute, il faut à l'intelligence humaine des arguments qui la subjuguent; mais l'homme n'est pas qu'une intelligence, il a une âme; et qui parle plus éloquemment à l'âme que Bossuet? Où trouvons-nous mieux que chez l'évêque de Meaux ces raisons qui s'ouvrent si facilement le chemin du cœur? L'histoire et la critique nous ont invinciblement montré dans le Nazaréen le Rédempteur annoncé par Isaïe. Ce n'est pas assez; allons maintenant demander à Bossuet les autres caractères auxquels on reconnaît un Dieu :

« Les Juifs, dit l'illustre évêque, espéraient un autre Messie qui les comblât de prospérités, qui leur donnât l'empire du monde, qui les rendît intacts sur la terre. Ah! combien de Juifs parmi nous! combien de chrétiens qui désireraient un Sauveur qui les enrichît, qui contentât leur ambition, ou qui voulût flatter leur délicatesse! Ce n'est pas là notre Jésus-Christ. A quoi pourrons-nous le reconnaître? Écoutez, je vous le dirai par de belles paroles d'un ancien Père : « *Si ignobilis, si inglorius, si inhonorabilis, meus erit Christus* (2) : s'il est méprisable, s'il est sans éclat, s'il est bas aux yeux des mortels, c'est bien le Christ que je cherche. » Il me faut un Sauveur qui fasse honte aux superbes, qui fasse peur aux délicats de la terre, que le monde ne puisse porter, que la sagesse humaine ne puisse comprendre, qui ne puisse être connu que des humbles de cœur. Il me faut un Sauveur qui brave, pour ainsi dire, par sa généreuse pauvreté, nos vanités ridicules, extravagantes, qui m'apprenne par son exemple que tout ce que je vois n'est qu'un songe, que je dois rapporter à un autre mes craintes et mes espérances, qu'il n'y a rien de grand que de suivre Dieu et tenir tout le reste au-dessous de nous; qu'il y a d'autres maux que je dois craindre et d'autres biens que je dois attendre. Le voilà, je l'ai rencontré, je le connais à ces signes, vous le voyez aussi, chrétiens (1)! »

Oui, certes, la physionomie de l'Homme-Dieu se révèle à nos regards aussi bien dans l'obscurité de sa naissance que dans l'irréfragable éclat des monuments talmudiques qui lui rendent témoignage, — et malheur à nous si, après avoir été vaincus par les affirmations de l'histoire, notre vanité s'offensait ensuite de l'abjection de la Crèche et des humiliations du Calvaire!

Oscar Havard.

1. *Sermons choisis de Bossuet*, par M. Casimir Gaillardin. Paris, Lecoffre, 1881.

2. Tertullien, *Contre Marcion*, livre III, n° 17.

L'ENCENSOIR, LE CHARBON ET L'ENCENS

FABLE

Dans une immense cathédrale,
Où le peuple affluait pour le salut du soir,
Près de l'autel un encensoir
Faisait fumer l'encens, qui montait en spirale.
De l'odorant parfum l'air était embaumé.
L'encensoir, tout fier de son rôle,
En décrivant sa parabole,
Disait au charbon enflammé :
« Suis-je assez gracieux? suis-je assez parfumé?
Vous êtes fou, sur ma parole,
D'avoir autant d'orgueil, répondit le charbon.
Si je ne brûlais pas ce parfum qui s'envole,
Dites, à quoi seriez-vous bon? »
L'encens, qui gardait le silence,
Leur dit enfin, se riant d'eux :
« J'admire votre outrecuidance;
Car sans mon arome je pense
Que vous seriez inutiles tous deux:
L'un me brûle, l'autre me lance. »

Les mérites d'autrui, nous ne les voyons pas :
Nous n'apercevons que les nôtres.
Songeons donc, amis, qu'ici-bas
Nous avons tous besoin les uns des autres.

L'abbé Lamontagne.

SONGERIES D'UN ERMITE

Les appétits cherchent à se déguiser en passions, et les passions en vertus; mais, quel que soit leur masque, le diable n'y perd rien.

1. *Sermon sur le Mystère de la Nativité de Notre-Seigneur*, p. 43 des *Sermons choisis*.

* * *

On peut lire l'histoire à titre de prophétie : les récits du passé font deviner l'avenir.

* * *

Ce qu'on appelle l'*esprit* est, en face de ce qu'on appelle le *caractère*, ce que le *singe* est en face de l'*homme*.

* * *

Rien de moins gai que les bouffons, rien de moins sérieux que les Catons, rien de moins *éclairé* que les *illuminés*, et rien de moins libre que les geôliers.

* * *

C'est l'éclat qui attire, mais ce n'est pas l'éclat qui retient.

* * *

Aujourd'hui, comme il y a plus de dix-huit cents ans, Pilate réclame une cuvette : elle lui sert à salir l'eau, et il ne parvient pas à se laver les mains.

* * *

Le troupeau qui a pris ses bergers pour des loups est fatalement amené à prendre des loups pour ses bergers.

* * *

Satan n'est à redouter ni pour l'esprit ni pour les mœurs quand il laisse voir ses griffes et son pied fourchu ; mais tremblons quand il est ganté et chaussé de soie et de velours.

* * *

Les rhéteurs sont des oculistes qui ne rendent pas la vue aux aveugles, et la font perdre aux clairvoyants : c'est là leur secret pour faire fortune.

COMTE DE NUGENT.

CHRONIQUE

Depuis vingt ans, à Paris, tous les genres de commerce se sont plus ou moins transformés en commerce de luxe ; tous les magasins importants ont eu tendance à devenir des caravansérails ouverts aux produits et aux acheteurs de toutes les nations ; et il est devenu de mode qu'on ne devait plus recevoir ses clients sans leur offrir quelques agréments à côté des produits sérieux par lesquels on tentait leur bourse.

C'est ainsi que les magasins de nouveautés se sont crus obligés d'offrir à leurs visiteuses des bouquets de violettes ; d'ouvrir des galeries de tableaux ; d'avoir de vastes salles de lecture, où l'on peut parcourir tous les journaux et écrire son courrier ; enfin, de dresser un buffet bien garni, dans lequel, moyennant l'achat d'un peloton de fil ou même en n'achetant rien du tout, on peut déguster un verre de malaga et y tremper un biscuit de Reims.

Voilà maintenant que ce goût de faire les choses en grand gagne jusqu'aux pharmacies elles-mêmes... Une annonce qui vient de paraître dans quelques journaux nous apprend qu'avant peu nous verrons une pharmacie sans rivale dans un des plus brillants quartiers de Paris. Le service sera fait par des élèves pharmaciens appartenant à toutes les nationalités et parlant toutes les langues, de façon à pouvoir comprendre les ordonnances écrites dans tous les dialectes du globe !

Hum !... Tout cela fait bon effet en *prospectus ;* mais, dans la pratique, je crois que j'aimerais autant, pour mon usage personnel, aller demander ma limonade purgative dans une vulgaire pharmacie où l'on parlât le simple français, avec une légère intelligence du latin du Codex.

Par Esculape ! on ne sait pas ce qui peut arriver : la confusion des drogues est facile, et si à la confusion des drogues nous joignons celle des langues, il peut se produire de terribles amalgames dans les profondeurs de nos estomacs !

Boursault recommandant un jour au docteur de Quamteal un de ses jeunes parents, qui se destinait à la pharmacie, lui écrivait cette lettre, véritable merveille de malice :

« Monsieur,

« Un apothicaire qui se donne au diable qu'il est de mes parents (je me donne au diable si je sais par où), ne jugeant pas les gens de sa patrie dignes de ses génuflexions, et ayant intention de s'établir en votre ville, m'a prié de vous le recommander, et je vous le recommande. C'est un homme qui, charmé de sa profession, s'y est appliqué uniquement et qui, de crainte d'être dissipé, n'a jamais voulu savoir autre chose. Sa physionomie suffit pour justifier qu'il n'a pas de méchants desseins et que, s'il lui arrive de donner de l'arsenic pour du sucre, ce sera de la meilleure foi du monde... Sur le portrait que je vous en fais, vous jugez bien que pour le faire passer pour habile homme, il faut que vous le soyez extrêmement vous-même, et que voici une occasion de ne rien oublier de tout votre savoir-faire. Essayez pourtant de lui être utile, quelque difficulté que vous y trouviez : c'est moi qui vous en conjure ; et je ne sais point d'obstacle que je ne sois capable de surmonter, quand il s'agira de vous assurer que je suis, etc. »

Le danger d'avoir des apothicaires dans le genre du cousin de Boursault existera-t-il moins qu'ailleurs, dans une pharmacie où l'on saura comment le mot *sucre* se dit en arabe et comment *arsenic* se prononce en langue mantchoue ? J'en doute ; mais pour compenser ce léger inconvénient, qui pourrait bien parfois aboutir aux mêmes résultats que la poudre de succession, la pharmacie sans pareille aura des charmes d'une nature toute spéciale ; à côté de ses magasins et de ses laboratoires, s'ouvrira un salon uniquement consacré à la dégustation des remèdes... agréables !

Au lieu d'aller prendre une glace chez Tortoni ou

chez Imoda, vous pourrez aller vous offrir une tasse de violette ou un verre de sirop de Lamouroux dans cet aimable salon. Au lieu d'absorber des marrons glacés chez Reinhart ou chez Boissier, rien ne vous sera plus facile que d'aller savourer à la pharmacie incomparable quelques carrés de jujubes ou quelques boules de pâte d'escargots. J'imagine même que la pâtisserie y figurera agréablement sous la forme de tartelettes à la rhubarbe. Le tilleul, la camomille et le thé y seront sans nul doute représentés dans toutes leurs variétés, y compris le thé *Chambard*...

Chambard, — ce nom qui, jusqu'à ce jour, n'avait éveillé d'autre idée que celle du purgatif auquel je viens de faire allusion; ce nom qui ne rappelait d'autres rébellions que celles de l'intestin grêle ou du gros intestin en leurs jours d'humeur chagrine; *Chambard* a pris tout à coup une signification plus fâcheuse et moins innocente. Il la doit, qui le croirait? à messieurs les élèves de l'École polytechnique, alors que lui, *Chambard*, n'avait jamais été mêlé jusqu'à ce jour qu'aux exploits des étudiants en médecine et en pharmacie....

Comment en émeutier *Chambard* s'est-il changé?

Expliquons-nous. De temps immémorial, l'École polytechnique appelle *chambard* un usage qui se répète chaque année à la rentrée des cours.

Les anciens élèves de l'École, ceux qui devraient témoigner aux nouveaux une cordiale confraternité et leur donner l'exemple de la bonne tenue, ne trouvent rien de mieux, pour leur souhaiter la bienvenue, que de les régaler d'un *chambard* dans toutes les règles.

La division des *anciens* fait subitement irruption dans les salles d'étude, puis dans les dortoirs des *nouveaux;* et là, pendant une heure ou deux, elle se livre à une dévastation furibonde : tables, pupitres, caisses, lits, carreaux de vitres, livres, cahiers, tout est cassé, brisé, déchiré... *chambardé!* Les matelas, les pots d'eau, les cuvettes et autres vases volent par les fenêtres.

On peut penser combien, après cette belle cérémonie, les *nouveaux* sont à l'aise pour travailler et dormir pendant deux ou trois jours.

Le *chambard* est si bien passé à l'état de loi établie dans notre grande école scientifique que tout élève, en y entrant, verse une centaine de francs, en prévision de la *casse* du *chambard*...

Cette année, le général Galimard, commandant l'École, s'est avisé de trouver que cet usage du *chambard* était passablement stupide, dans une maison qui a la prétention incontestée d'être un des premiers établissements intellectuels du monde : il a interdit le *chambard;* d'où il est résulté qu'on a voulu *chambarder* le général lui-même, c'est-à-dire le traiter à peu près comme les urnes diverses qui, traditionnellement, sont vouées aux dieux infernaux en prenant le chemin de la fenêtre.

Conclusion : la plupart des élèves de l'École subiront un emprisonnement plus ou moins long à la prison militaire de la rue du Cherche-Midi. Il faut bien que force reste à l'autorité. Mais, cette affaire liquidée, n'est-il pas permis d'attendre du bon sens de nos polytechniciens qu'ils renonceront d'eux-mêmes au *chambard* à l'avenir? Je le souhaite, sans trop oser l'espérer, tellement les sottes coutumes sont dures à déraciner.

Peut-être (car il est toujours bon de chercher des circonstances atténuantes aux étourderies de la jeunesse), peut-être le *chambard* pourrait-il être un peu excusé par d'illustres exemples.

A une certaine époque, il était d'usage de détruire, en les brisant, tous les objets qui avaient servi à de grands personnages dans des circonstances solennelles. C'est ainsi qu'aux fameuses fêtes de Vaux, Fouquet crut honorer Louis XIV en faisant, après souper, jeter par les fenêtres, dans les fossés du château, tous les cristaux et toutes les porcelaines qui avaient été servis sur la table du Roi, et qu'on n'eût pu, sans une sorte de profanation, faire servir ensuite sur une autre table.

Assurément, pour un beau *chambard*, c'était là un beau *chambard;* mais Fouquet, malheureusement pour lui, avait un peu forcé la dose; il avait oublié *qu'il faut, même en chambard, du bon goût et de l'art.*

Le Roi s'amusa bien un peu de ce bris de vaisselle, mais il se souvint presque aussitôt du proverbe : *qui casse les verres, les paye;* et il songea que ces cristaux si lestement cassés par son surintendant des finances étaient finalement payés sur sa bourse, à lui, et sur celle de ses sujets. De cette réflexion il résulta que, quelque temps après, Fouquet alla méditer dans une prison perpétuelle sur le *chambard* et sur ses inconvénients.

ARGUS.

Toute réclamation, toute indication de changement d'adresse, toute demande de renouvellement, doivent être accompagnées d'une bande imprimée du journal et envoyées FRANCO à M. Victor Lecoffre.

Abonnement, du 1er avril ou du 1er octobre; pour la France : un an, 10 f.; 6 mois, 6 f.; le n° au bureau, 20 c.; par la poste, 25 c.
Les volumes commencent le 1er avril. — LA SEMAINE DES FAMILLES paraît tous les samedis.

VICTOR LECOFFRE, ÉDITEUR, RUE BONAPARTE, 90, A PARIS. — Imp. de la Soc. de Typ. - NOIZETTE, 8, r. Campagne-Première. Paris.

POUR EXPLIQUER UNE HISTOIRE DE CHAT

I

C'était devant le tableau de M. Millais : *Un Enfant sauvé par un chat.*

On regardait la peinture, on regardait le titre, on se regardait les uns les autres, et l'on ne comprenait rien.

Chacun traduisait, suivant son caractère, ce défaut absolu de compréhension.

La minorité (les réfléchis, les bienveillants, les modestes) supposait que, pourtant « il devait y avoir quelque chose là-dessous », quelque chose qu'elle ne savait pas, mais que, sans doute, l'artiste savait.

Dans cette région, la surprise était évidente, mais non bruyante. Elle marchait en compagnie de la curiosité, non du dénigrement.

Tout le reste du public parlait, parlait, parlait, et blâmait à cœur joie.

« Un enfant sauvé par un chat! Vit-on jamais un chat sauver un enfant? Quelle absurde invention!

— Et le sauver de l'eau, encore! Avec cela que les chats sont vaillants, en présence de l'eau!

— Et que les chats sont dévoués à leurs maîtres! Moi, d'abord, je déteste ces bêtes-là. Ce sont les bêtes les plus ingrates...

— Moi, je les aime. J'ai longtemps possédé un angora... Quel angora! Une blancheur de neige, et des poils qui traînaient par terre, des poils doux comme la oie. Mais ce n'est pas au milieu d'une inondation qu'on l'aurait vu à son avantage. Quand il lui tombait seulement une goutte de pluie sur la tête, mon pauvre minet en avait pour la journée à reprendre sa tranquillité.

— Et puis, je vous prie de remarquer que ce prétendu sauveteur ne fait rien du tout pour sauver l'enfant. Il se promène sur son berceau, pas autre chose. Un danger de plus, soyez-en persuadés! je le vois d'ici, tout à l'heure, se coucher sur la poitrine du petit malheureux... Il l'étouffera, je vous le dis! D'abord, moi, j'ai connu un enfant...

— Et moi, donc! j'en ai connu deux, dont la nourrice était assez imprudente pour laisser un gros matou...

— Sauvé par un chat! si c'était par un terre-neuve, à la bonne heure. Mais voilà : ces artistes veulent, quoi qu'il en coûte, faire de l'originalité. Un enfant sauvé par un chien, ce serait tout aussi joli, même plus joli, mais ce serait beaucoup trop naturel. Ce monsieur s'est dit : « Mettons un chat, ce sera neuf, cela frappera tout le monde. » Et il n'en a pas pensé plus long. Quoi d'étonnant? Ne savons-nous pas, nous autres gens raisonnables, qu'il n'y a point de cervelle dans ces têtes-là? »

II

J'entendais, sans les écouter, ces « gens raisonnables, » dont la raison n'était égalée que par leur haute expérience, dont l'expérience n'était égalée que par leur imperturbable aplomb.

Et sans les regarder, je reconnaissais la race immortelle en l'honneur de qui les peintres jetteraient au feu leur pinceau, les écrivains leur plume et les orateurs leûr langue, s'ils réfléchissaient un peu trop longtemps sur sa prodigieuse multiplicité.

Ce que j'écoutais, c'était dans un petit coin peu exploré, tout au fond de ma mémoire, un chuchotement de mots affreusement vagues, mais qui, cependant, par cela seul qu'ils me revenaient à la suite les uns des autres, paraissaient destinés à se réunir, à se compléter peut-être.

D'abord le mot *chat* prit fantaisie d'appeler à lui le mot *digue*... Oui, vraiment... la Digue du Chat... Kattendyke, ou bien Katsdyke.

Le mot *digue* attira le mot *polder*.

Entre l'un et l'autre, se glissa le mot *val*.

« Un val, une vallée?

— Non pas : *le val*, un terrible cataclysme; si vous aimez mieux, le substantif qui sert de racine au verbe *vallen*, s'effondrer.

— Et dans quel pays parle-t-on la langue à laquelle appartient le verbe *vallen?*

— Dans les Pays-Bas. »

Voilà donc ce que j'écoutais. Et ce que j'avais hâte de regarder, de préférence aux visages de mes co-spectateurs, c'étaient quelques livres où ces mots devaient très probablement se retrouver et s'expliquer.

Permettez-moi de ne pas les énumérer aujourd'hui.

Je professe, de coutume, le plus grand respect pour les sources et pour leur indication.

Mais il n'y a pas lieu, en vérité, de dresser un index bibliographique, — pour expliquer une histoire de chat.

III

Avec les trois mots *digue*, *polder* et *val*, on pourrait écrire l'histoire topographique des Pays-Bas.

Étrange histoire, qui se compose d'une lutte défensive et offensive contre la mer et contre les fleuves.

La digue représente la guerre défensive; le polder, la guerre offensive, sous son aspect victorieux. Le val, c'est la terrible revanche de l'ennemi.

Les Pays-Bas, *Neerlanden*, se trouvent dans une situation exceptionnelle, qui justifie trop bien leur nom.

Ils sont entièrement composés d'une plaine de sable, qui, même dans sa partie supérieure, s'élève très médiocrement au-dessus du niveau de la mer. En approchant du rivage, elle s'abaisse peu à peu, si bien que le littoral est, de quelques centimètres à peine, au-dessus du niveau de la basse mer. Il ne reste à la haute mer qu'un pas à franchir.

La menace des fleuves s'ajoute à cette incessante menace. Presque partout, les fleuves sont au-dessus du sol, tout au moins au moment des crues.

Contre la mer, le pays n'a d'autres défenses naturelles que les dunes.

Hautes de douze à quinze mètres, couvertes de roseaux, de thym, de genêts et de bruyères, elles s'étendent sur toutes les côtes extérieures.

Mais on ne les retrouve ni sur le rivage des bras de mer intérieurs, ni au long des embouchures de l'Escaut et de la Meuse, ni sur le pourtour du Zuyderzée.

A défaut des dunes qui n'ont jamais existé, comme de celles qui ont disparu, il a fallu construire des digues.

La digue, dans cette contrée qui est, par excellence, son domaine, s'appelle *dam*. Rien d'étonnant si ce mot *dam* se rencontre si souvent, ici, dans la composition des noms de villes : Amsterdam, Rotterdam, Zaandam ou Saardam, Schiedam.

Cette construction défensive occupe la presque totalité des côtes du Zuyderzée, toutes les côtes intérieures qui bordent les embouchures de l'Escaut et de la Meuse, toutes les îles qui se trouvent à ces embouchures, et l'île de Texel.

« Murs de mer », elles deviennent aussi des murs de fleuve.

Ainsi, la Meuse, depuis Ravenstein jusqu'à la mer, et toutes ses branches; le Wahal, le Rhin depuis Millingen, le Leck, le Vieux-Rhin depuis Utrecht, coulent entre deux digues, ainsi que tous les bras de l'Escaut.

La construction des digues a commencé vers le XIIe siècle.

Citons seulement un ouvrage gigantesque.

La digue de Westkapelle, en Zélande, assez longtemps incomplète et irrégulière, fut amenée à sa perfection à la suite d'une visite de Charles-Quint.

Deux mille trois cents mètres de longueur, huit à dix mètres au-dessus du niveau de la basse mer, cent mètres d'épaisseur : colossales proportions !

S'il faut en croire un dicton du pays, des sommes si considérables ont été absorbées par son entretien, que l'on construirait, pour le même prix, une digue en argent.

Toujours est-il que, pour veiller à sa conservation et pour la réparer sans cesse, la population de Westkapelle est enrégimentée à peu près en totalité. Elle se fait un honneur d'éviter, autant que possible, le concours de tout individu étranger.

IV

Par le moyen de la digue, la terre se défend contre les empiétements de l'eau. Mais ce n'est pas assez : elle prétend bien empiéter à son tour; et cette ambition, qui semble téméraire, insensée, a obtenu des triomphes éclatants.

Trophées de la victoire remportée sur l'eau par la terre, ces champs d'une merveilleuse fertilité; ces belles et plantureuses prairies, couvertes de bestiaux; ces villages bâtis sur des terpes, c'est-à-dire sur des buttes élevées pour mettre les habitants à l'abri de l'inondation.

Conquêtes de la terre sur l'eau, toutes les îles de la Zélande, — *Zeeland*, la terre de la mer.

Conquête encore, tout le pays compris entre Leeuwarden, dans la province de Frise, et le rivage actuel. Au XVIe siècle, la mer baignait Leeuwarden. Regardez la carte, et admirez ce qu'a pu obtenir, en trois cents ans, la persévérance de Frise.

Splendides conquêtes, ces herbages, ces cultures agricoles qui recouvrent l'ancienne mer de Harlem.

Et notez que ce ne sont pas seulement des champs et des prairies quelconques, que l'on s'est procuré de la sorte : ce sont des champs et des prairies d'une beauté, d'une fertilité exceptionnelles; cette Noordbeverland, par exemple, « si fertile et tant amène et plaisante, qu'on la tenoit pour les délices du pays des Zélondais ». Ainsi disait un voyageur qui la visitait au XVIe siècle. Et les voyageurs nos contemporains ne peuvent trouver assez d'expressions pour peindre cette abondance : campagnes plantureuses, champs fertiles, moissons épaisses, grasses, touffues, richesse exubérante. Quand ils ont tout épuisé, ils recommencent, n'ayant pas réussi encore à rendre le tableau qui avait enchanté leurs yeux.

N'était-ce pas aussi leur prédécesseur, le vieux voyageur déjà cité, le Florentin Guicciardini, qui s'émerveillait de rencontrer en ces parages, sous cette latitude septentrionale, une végétation italienne ? « Ces isles zélondaises, dit-il, approchent plus du pôle arctique que pas une région des Pays-Bas, excepté les pays de Hollande et de Frise, et pour ce, me semble que ces isles dussent estre plus froides et par conséquent moins capables de produire fleurs et herbages. Ce nonobstant, toutes ces régions nourrissent des lauriers et autres arbustes, et diverses sortes d'herbes et plantes et fleurs en chascune saison de l'année. »

Or, ces riches terrains d'alluvion ont été conquis polder par polder. — Vous deviniez, n'est-ce pas, que ce mot allait trouver sa place ? — Et voici comment.

Les dépôts de sable et de vase s'amoncellent assez vite en avant de la ligne des digues, et forment des atterrissements qui s'élèvent, petit à petit, au-dessus du niveau de la basse mer.

Ces atterrissements sont appelés *marsch*.

Le marsch arrive à constituer une plage, *watt*. Des plantes y poussent, s'y multiplient : c'est la *salicornia herbacea*, c'est l'*aster tripodium*, c'est le *plantago maritima*.

Quand le watt est gazonné, on l'endigue, il est conquis sur la mer : c'est un polder.

En avant de ces nouvelles digues, de nouveaux *marsch* se forment et sont conquis à leur tour.

V

Mais contre la conquête, il y a la revanche... elle est effroyable ici.

Conquête de la terre sur l'eau, revanche de l'eau contre la terre.

C'est l'engloutissement, c'est le *val*.

« Un jour, on passe le long d'une vaste prairie, auprès d'une ferme; les chevaux piaffent, les enfants jouent, les arbres plient sous le poids des fruits, le foin odorant s'élève en meules robustes et fières. Le lendemain, tout a disparu sans laisser aucune trace. Le sol s'est effondré, l'eau glauque clapote doucement à sa place, en vain cherche-t-on une pierre, un débris. Rien, plus rien... un trou de vingt mètres, de cinquante mètres et plus quelquefois; et au fond de ce trou, pas le moindre vestige qui rappelle ce qui, hier encore, formait un spectacle plein de vie, de force et de santé.

« Qu'est devenu, en une nuit, ce petit fragment de la famille humaine, cette parcelle de notre sol, ce lambeau de la patrie? Nul ne le sait. Et la science elle-même, réduite aux conjectures, incertaine, hésitante et troublée, ignore quel remède apporter à un mal dont elle constate les effets sans en connaître les causes. »

Ainsi advint-il en partie pour la cité de Veere, en totalité pour celle de Kampen. Une des tours de Veere disparut, engloutie. Kampen s'abîma, sans laisser plus de traces que la tour.

Et Cortgeen? Un poète du pays, Adriaen Hoffer, résume, en quelques vers latins, sa lugubre histoire :

« Je dois ma fondation à la famille de Borselen,
« C'est elle qui, petite ville, me fit jaillir des eaux.
« A peine existai-je, que la flamme, rasant mes murailles,
« Ruina ma population et anéantit mes biens.
« Je me relève; mes maisons, gisantes sur le sol, se redressent.
« Déjà une nouvelle splendeur illuminait mes toits,
« Quand mon père l'Océan, me couvrant de ses ondes tempêtueuses,
« Me détruisit pour la seconde fois.
« Seule, une tour reste pour attester le passé de ces lieux misérables,
« Et montrer combien les destins sont changeants et les temps incertains.
« Zélandais, apprenez à ne pas vous confier à votre sol natal.
« Ce que la mer peut respecter, elle peut aussi l'anéantir. »

Le poète n'avait rien inventé, rien ajouté, bien au contraire. Le fait s'était passé en 1532, et, une trentaine d'années plus tard, Guicciardini écrivait sur les lieux mêmes : « Il y avoit ici une bonne ville close, nommée Cortcheen, qui fut toute engloutie des eaux, de sorte qu'on n'en voit rien que le clocher de l'église, comme aussi on découvre, et là et aux entours, plusieurs autres esguilles et clochers de plusieurs bons villages, qui ont expérimenté les furies et tempestes de l'Océan, lesquels donnent indice, avec merveille et compassion, à ceux qui naviguent là au long, de leur désastre et misère. »

Toutefois Cortgeen devait se relever de ses désastres. Deux ans plus tôt, une ruine plus complète avait été consommée. Le val de 1530 est resté célèbre entre tous.

Une île fertile, riche et peuplée formait une annexe de Zuidbeveland, et l'Escaut resserré coulait paisiblement entre deux rives fécondes.

En une nuit, vingt villages furent engloutis. Un bras de mer couvre la place qu'occupaient Schondée, Couwerve, Duyvenne, Lodyck, Brouck, la Creek, Ouweringhem, Rillandlt, Steenvliet, Evartswaert, Crawendyck, Moere et Nieuwelandt.

Des milliers d'habitants furent noyés.

Il y eut, toutefois, quelques sauvetages.

Ainsi, racontent les chroniques, cinquante personnes, réfugiées sur le toit d'une église, furent recueillies au bout de trois jours, demi-mortes de faim, de soif, de fatigue et de frayeur, par un vaisseau qui passait, et ne s'attendait certes pas à recueillir pareille épave.

Et la tradition populaire a précieusement conservé ce fait singulier :

Un enfant, dans son berceau, était emporté par le courant. Le chat de la maison, lui aussi, avait été surpris par le cataclysme; sans doute il était couché sur les pieds de son petit compagnon de jeux. Il ne perdit pas la tête, ce chat, bien au contraire. Comme ce n'était pas un terre-neuve, ainsi que vous l'avez judicieusement remarqué, ô sagaces visiteurs du tableau de M. Millais, il n'essaya point de se jeter à la nage et de saisir dans sa gueule les vêtements du naufragé. Il ne s'y prit pas en nageur, mais en pilote. Allant deci, delà, sur le berceau, se portant du côté où son poids était utile pour maintenir l'équilibre, revenant rapidement de l'autre côté, maître Minet empêcha le frêle esquif de s'engloutir, et l'amena sur le rivage. Ainsi, l'enfant fut sauvé.

Et plus tard, quand les Zélandais construisirent, sur le lieu du désastre, une nouvelle digue, ils lui donnèrent, en souvenir de ce fait surprenant et mémorable, le nom de Kattendyke ou Katsdyke, la Digue du Chat.

J'ai dit que ce fait nous avait été transmis par la tradition populaire. J'appuie sur ce point, car sinon, si je m'adressais aux savants, ils me fourniraient du nom de ma digue une étymologie toute différente, et qui me dérangerait fortement.

Ils me diraient que ce nom signifie *Digue de Kats;*

que Kats, petit village existant encore aujourd'hui, envoyait, au XIIe siècle, des colonies sur les côtes voisines ; qu'il avait été fondé par une fraction de cette grande tribu des Cattes, qui, aux premiers siècles de notre ère, traversa la Flandre et la Zélande, chassée par l'invasion des Francs Saliens.

Grand merci ! je n'ai pas fait tant de recherches pour prouver que mon histoire n'est pas bien sûre, et pour rencontrer, à la fin, des Cattes au lieu de Chat.

Une bonne tradition vaut bien, croyez-moi, une savante chronique.

Oui, croyez-moi, et laissez-moi vous raconter encore qu'il reste, outre l'histoire du chat, un mémorial du terrible *val*.

Une ville avait d'abord survécu aux villages engloutis. C'était Rommerswaal. A son tour, elle descendit dans l'abîme... Aujourd'hui encore, « sur les cartes marines, sa place est indiquée par un point sombre, comme on marque une roche. C'est son clocher recouvert par les eaux qu'on signale ainsi aux navigateurs, comme on fait pour un récif à craindre, et ce récif d'un nouveau genre est, depuis quelques années, doublement dangereux, car un bateau de tourbe est échoué sur son sommet. »

THÉRÈSE ALPHONSE KARR.

LA VIE D'UN CHÊNE

Sur un massif de collines dominant le cours de la Moselle, une forêt de chênes et de hêtres s'étend profonde et majestueuse.

Loin, bien loin dans le cours des âges, elle a vu passer tour à tour les sauvages Ibères au corps tatoué, poursuivant l'élan et le chevreuil de leurs flèches à pointe de pierre ; les tribus celtiques venues de l'Orient, poussant devant elles leurs lourds chariots et leurs grands troupeaux; les bandes aventureuses des Gaulois qui, avec l'insouciante bravoure de leur race, partaient en chantant pour chercher gloire et fortune dans les plaines du Danube, en Grèce et en Asie, les druides et les vierges sacrées faisant tomber le gui sous leurs faucilles d'or.

Plus tard, sont venues les légions italiques marchant pour conquérir ou pour défendre la Gaule, les hordes germaines, slaves et hunniques se pressant à la curée du vieux monde romain.

Sont venus ensuite les leudes d'Austrasie cherchant dans la forêt les émotions de la chasse et le souvenir des grands bois où vécurent leurs ancêtres, puis les Hongrois aux cavales maigres et ardentes, passant rapidement sous la sombre ramure pour dresser leurs tentes de peau dans la vallée qui leur rappelait la steppe.

Alors la forêt était sauvage, hérissée de broussailles et coupée de vastes clairières. La ronce et le lierre y recouvraient les grands troncs abattus par le vent ou tombés de vieillesse. Le silence, bien rarement troublé par la voix ou le pas de l'homme, n'y était interrompu que par le passage du fauve, le chant de l'oiseau ou le murmure du vent dans les cimes. Mais voici que de nouveaux hôtes viennent s'emparer de la solitude.

Ce sont d'abord les moines, qui s'enfoncent dans la profondeur des bois pour y défricher des terres vierges et y élever des cloîtres, asiles de prière et de travail.

Puis la population rurale, sans cesse grandissante, se répand dans la forêt pour alimenter ses foyers et ses métiers, abattre les poutres de ses chaumières et faire vivre ses troupeaux.

Bien des passants isolés : bûcherons, forestiers, gentilshommes avec leur meute, ouvriers nomades, soldats rejoignant leur bannière, bohémiens et mendiants promenant leur vie errante sans souci du lendemain, jeunes filles au rire frais et sonore allant orner de fleurs la Vierge de la fontaine, ont troublé un instant le silence de la forêt et ont disparu, générations évanouies, sans que la vieille futaie ait gardé la trace de ceux qui, sous son ombre, ont passé, travaillé, guerroyé, prié et souffert.

Sur la lisière occidentale, une hauteur plus escarpée surplombe la vallée qui déroule au loin ses cultures, ses maisons aux toits rouges, ses clochers émergeant des arbres fruitiers et çà et là, sur les côtes que le soleil dore à l'horizon, les ruines de quelque château fort éventré par la guerre de Trente ans.

Là se dresse un vieux chêne à la cime puissante : trois siècles ont passé sur sa tête sans la flétrir; les vents n'ont pu lui arracher que des feuilles sèches ou quelques branches mortes et, se riant de leur effort, il domine l'océan de verdure.

Sous son vaste dôme l'oiseau suspend son nid, l'insecte bruit dans l'écorce et l'écureuil monte aux branches.

Souvent il a vu, à l'ombre de son feuillage, des fiancés la main dans la main, des moissonneurs au repos pendant la chaleur du jour, et l'essaim des vendangeurs venant danser la ronde joyeuse avant de conduire au pressoir la dernière cuve de raisins.

Parfois aussi, dans des jours mauvais, il a vu les hardis partisans attendant, l'arme chargée, l'approche du détachement ennemi, et le vieux prêtre se cachant pour bénir un mariage ou pour verser l'eau sainte sur la tête d'un petit enfant.

Mais c'en est fait : malgré sa sève et sa vigueur, malgré ses souvenirs, le vieux chêne va tomber ! Quatre vigoureux bûcherons entaillent sa base avec effort, et son tronc gémit sous leurs coups.

« Arrêtez, travailleurs, épargnez le patriarche de la forêt, le témoin des générations éteintes !..... ou plutôt.

continuez : il a rempli sa tâche, il a ensemencé le sol d'une florissante jeunesse ; pour le chêne comme pour l'homme, la mort est d'ailleurs une transformation et le commencement d'une nouvelle vie. »

Mais les haches se taisent,... le géant frappé au cœur se balance un moment et, avec un grand fracas de branches brisées, s'abat sur le flanc du coteau ; le bruit de sa chute fait envoler les oiseaux effrayés et se prolonge dans la profondeur des bois.

A l'œuvre maintenant, dépouillez l'arbre de ses branches et que de nombreux chariots transportent au loin ses débris.

La place du vieux chêne est vide, envahie par les herbes folles et par quelques jeunes plants qui le remplaceront un jour : son tronc énorme a suivi les canaux pour gagner un chantier maritime, ses branches principales ont fourni des poutres pour construire le clocher du village voisin, enfin ses débris et sa souche arrachée ont été emportés à la chaumière des bûcherons pour chauffer le foyer pendant les soirées d'hiver.

La nuit commence, le vent souffle, la neige couvre la campagne, mais un feu clair et pétillant réjouit le foyer du bûcheron.

Deux enfants jouent auprès de la vieille souche de chêne, qui se consume en jetant des gerbes d'étincelles, un plus petit dort dans son berceau et l'active ménagère dispose le repas du soir sur la grossière table de hêtre.

La flamme illumine tour à tour les faïences à fleurs du dressoir, les outils et les viandes fumées suspendus aux solives du plafond, le crucifix de cuivre qui, depuis bien des générations, a consolé l'agonie des vieux parents. L'ombre joyeuse danse sur les murs blanchis à la chaux, elle tremblote aux rideaux de serge qui enserrent le lit et cache à demi la couchette des jeunes enfants.

Un pas lourd se fait entendre au dehors et la femme se penche à la porte entr'ouverte : salut au maître du logis ! Il rentre fatigué de son travail, répond brièvement aux paroles de bienvenue de sa compagne, dépose sa hache et vient s'asseoir sur l'escabeau préparé devant le foyer. La douce chaleur le ranime ; le plat fumant est apporté sur la table et les enfants se pressent bruyamment autour de leur père. Il sourit alors et ne sent plus le froid ni la fatigue, il oublie les labeurs du jour et les soucis du lendemain.

O foyer béni de l'ouvrier des champs, sans doute l'affection des êtres chéris que tu rassembles rafraîchit et repose son âme ; mais aussi ton feu bienfaisant soulage et répare son corps, illumine les ténèbres et jette un reflet de poésie sur le vulgaire intérieur de la pauvre chaumière. Le feu que Dieu a refusé aux animaux, mais qu'il a réservé à l'homme comme la marque d'une délégation de son empire sur la nature, est le don spécial de son amour.

Les charpentiers ont terminé la tour de l'église et un bouquet aux longs rubans fleurit la croix du clocher. Les fortes poutres de chêne s'entre-croisent pour supporter les cloches qui vont sonner pour la première fois.

Désormais, le village aura sa voix de bronze; gai carillon pour les fêtes religieuses, les baptêmes et les mariages, glas funèbre pour pleurer ceux qui meurent, tocsin pour appeler le secours quand l'incendie dévore les greniers du laboureur.

Désormais la tour se dressera au-dessus des maisons groupées à son ombre comme les brebis autour du pasteur ; le soldat, l'ouvrier revenant au pays après une longue absence la salueront de loin comme la gardienne du foyer natal : elle leur rappellera la tombe des vieux parents, les souvenirs émouvants ou joyeux de l'enfance et de la jeunesse, peut-être aussi les pompes du sanctuaire et l'hôte divin de la première communion. L'étranger, le pauvre, l'affligé, tous ceux qui travaillent et qui souffrent la verront montant vers le ciel et portant la croix à son sommet comme un symbole d'espérance.

Mais voici le port, où la meilleure partie du vieux chêne a formé la membrure d'une corvette de guerre. Le navire, récemment mis à flot, laisse dormir sa vapeur et, toutes voiles dehors, profite d'un vent favorable pour s'élancer vers la haute mer. Sur la jetée, parents et amis des marins envoient un long adieu à ceux qui partent pour trois ans, quelques-uns pour toujours, tandis que le vaisseau s'éloigne et bientôt disparaît à l'horizon.

Que Dieu le garde dans sa voie quand il promènera le drapeau de la France dans les mers de l'extrême Orient, apportant au soldat, au missionnaire, au commerçant isolés sur des plages lointaines l'appui du pavillon national et le souvenir vivant de la patrie.

Solidement construit et habilement manœuvré, il se laisse porter par les grandes vagues que soulève l'orage. Puissant et calme, il dédaigne d'écraser en passant la jonque du pirate malais ou la pirogue du sauvage australien et, laissant reposer sa force de destruction, il apparaît aux *peuples enfants*, non comme un engin de guerre, mais comme le véhicule de la civilisation chrétienne.

Au terme de sa longue course il rentre au port, où le débarquement provoque dans la foule sympathique de longs embrassements et aussi, hélas ! des larmes amères; car la rapide corvette n'a pas seulement usé ses membrures aux récifs de corail, elle a encore usé son équipage et le soleil des tropiques, plus meurtrier que le souffle des tempêtes, a frappé bien des matelots loin de ceux qui les attendaient.

Au rebut, les vieilles pièces de chêne qui ont conduit aux extrémités du monde les marins et le drapeau de la France ; la noble corvette repose sur le chantier pour réparer ses avaries et fournir une nouvelle campagne.

Mais les débris du grand navire ne sont pas perdus et, rachetés par les marins de la côte, ils ont servi à construire la barque du pêcheur breton.

La voilà sur la grève attendant le retour du flot pour entreprendre son premier voyage : souriant et fier, le patron se tient debout auprès de la modeste embarcation qui sera son gagne-pain, mieux encore : son royaume ; sa femme, ses enfants l'ont décorée de fleurs et quelques rudes compagnons l'admirent avec envie, tandis que le recteur appelle les bénédictions du ciel sur la barque qui va sillonner la mer.

Bien des fois elle rentre au port et des groupes empressés de femmes et de jeunes filles vont y remplir les corbeilles qui fourniront de poisson les marchés de la grande ville.

Un jour, la tempête s'est déchaînée sur l'Océan et, près du calvaire qui domine la plage, les femmes regardent avec terreur les vagues furieuses. Le cœur serré, elles interrogent anxieusement l'horizon et ne se retirent qu'à la nuit pour revenir le lendemain. Vaine attente, leurs maris et leurs fils ne reparaîtront plus.

Pourtant après quelques jours, des chercheuses de goëmons trouvent sur la grève, à la marée basse, quelques épaves du bordage et, un peu plus loin, le cadavre d'un pêcheur : c'est tout ce qui reste de la barque et de l'équipage engloutis.

La planche de chêne, compagne et instrument du travailleur de la mer, a sombré avec lui, mais les débris de la fidèle embarcation rendent à leur maître un dernier service : ils forment son cercueil et l'humble croix de bois qui indique la place où sa veuve viendra pleurer, où ses enfants et quelques vieux amis viendront se souvenir.

A. Mathieu.

LES DEUX RUISSEAUX

Je pourrais bien, pendant que j'y suis, inscrire un troisième ruisseau, moins poétique, il est vrai, que ses deux frères aînés, mais non moins cher à la femme d'esprit dont il était le rêve : « Mon petit ruisseau de la rue du Bac ! » s'écriait Mme de Staël, en son exil de Coppet, en face du plus beau des lacs. Donc, au milieu des splendeurs de sa résidence de Suisse, dans ce salon dont elle était la reine et où passa toute l'Europe avec ses nobles et brillants causeurs, pendant vingt années d'une vie d'exil on ne peut plus enviable, ce semble (si toutefois être en exil c'est vivre), Mme de Staël, à qui l'on vantait le plaisir qu'elle devait goûter à considérer les verts bocages et à entendre murmurer les ruisseaux, s'écria avec une amertume hautaine : « Ah ! il n'y a pas pour moi de ruisseau qui vaille celui de la rue du Bac. »

En dépit de ce mot, qui est resté une expression proverbiale et dont, pour ma part, je ne goûte guère la poésie qu'on a voulu y trouver, car Mme de Staël n'aimait nullement la nature, qu'elle ne comprenait pas, je demande à revenir aux deux ruisseaux humbles, doux, modestes et frais, célébrés à plus de cinquante ans de distance, l'un par le chansonnier Pannard, le La Fontaine du XVIIIe siècle, l'autre par Ducis, le révélateur de Shakespeare sur la scène française, l'un qui « chansonna le vice et chanta la vertu, » l'autre qui offrit en sa personne comme en ses œuvres

L'accord d'un beau talent et d'un beau caractère.

Dans son idylle intitulée : le *Ruisseau de Champigny*, Pannard, au milieu de la littérature affadie du dernier siècle, sut retrouver les accents d'Anacréon et de la plus aimable antiquité pour célébrer son ruisseau à lui, un vrai ruisseau... rien de celui de Mme de Staël.

Ruisseau qui baignes cette plaine,
Je te ressemble en bien des traits :
Toujours même penchant t'entraîne ;
Le mien ne changera jamais.

Ne changer jamais, voilà un bien grand serment, difficile à tenir surtout, et cependant Pannard n'y a pas manqué ; aussi pouvait-il se rendre ce noble témoignage.

Tu n'as point d'embûche profonde,

disait-il à son cher ruisseau, son modèle et comme le miroir de sa modeste existence,

Je n'ai point de piège trompeur.
On voit jusqu'au fond de ton onde ;
On lit jusqu'au fond de mon cœur.

Ainsi chantait Pannard en son idylle allégorique et morale. Plus tard, Ducis, oubliant les splendeurs de Versailles, qui avait vu son berceau, se prenait, lui aussi, à chanter son ruisseau et à en refaire l'histoire poétique et très vraisemblable ; ainsi que Pannard, c'est par une pensée philosophique et surtout chrétienne qu'il débute :

Ruisseau peu connu, dont l'eau coule
Dans un lieu sauvage et couvert,
Oui, comme toi, je crains la foule ;
Comme toi j'aime le désert.

Pour Ducis ainsi que pour Pannard, le ruisseau est un confident discret et un ami sûr.

Puis la pensée s'élève ; ainsi qu'une mélodie qui se développe et charme l'écho qui la lui renvoie doublée, pour ainsi dire, le poète, continuant à apostropher son cher ruisseau, lui parle des sentiments pieux qu'il évoque en son âme :

Près de toi, l'âme recueillie
Ne sait plus s'il est des pervers :
Ton flot pour la mélancolie
Se plaît à murmurer des vers.

Cette impression, en sa première partie, la meilleure, e l'ai éprouvée un de ces derniers dimanches d'automne, arrêté à contempler le cours de la petite rivière de Bièvre, un mince et pur filet d'eau à l'endroit de la vallée de Buc, où j'avais suspendu mes pas. Je pensais, ainsi que Ducis, à ces pervers des temps modernes dont la cruelle hypocrisie ressuscitait en mon esprit, au bord de cette onde, le Loup et l'Agneau de l'incomparable La Fontaine, en une fable qui renferme une si haute philosophie, un tableau de plus en plus vrai, hélas! des menées et du langage de l'impiété s'attachant à persécuter le juste.

Mais me voilà bien loin du ruisseau de Ducis; non, cependant, et je m'en rapproche pour contempler le joli et suave tableau que le poète m'offre en ces huit vers :

Que j'aime cette église antique,
Ses murs que la flamme a couverts,
Et l'oraison mélancolique
Dont la cloche attendrit les airs!

Par une mère qui s'incline
Ses sons lointains sont écoutés;
Sa petite Annette s'incline
Et dit *Amen!* à ses côtés.

Je l'ai aussi entendu cet *Angelus* que m'envoyait de loin la modeste cloche de l'église des Loges-en-Josas; mais, moins heureux que Ducis, je n'ai pas vu la mère pieuse et sa petite fille redisant la touchante prière de l'Ange, de la Vierge et de l'Évangile.

En vain j'essaye d'éloigner de moi la pensée des douleurs sombres et des jours mauvais du temps présent par les souvenirs de 1793 et de son vandalisme impie, Ducis m'y ramène malgré moi :

Jadis, chez des vierges austères,
J'ai vu quelques ruisseaux cloîtrés
Rouler leurs ondes solitaires
Dans des clos à Dieu consacrés.

Leurs flots si purs, avec mystère,
Serpentaient dans ces chastes lieux,
Où ces beaux anges de la terre
Foulaient des prés bénis des cieux.

Ouvrant ici une parenthèse, je recours aux vers qu'adressait, avant la Révolution, Ducis au ruisseau de Dame-Marie-les-Lis, couvent de religieuses près de Melun; déjà, dès le début de cette poésie, le chrétien inspiré et pressentant peut-être la terrible catastrophe qui devait marquer la fin du siècle, exprimait un sentiment, une aspiration qui lui fut toujours si chère :

Ruisseau paisible et pur, frais et charmant ruisseau,

. . . .

Va de tes flots d'argent, non loin de ton berceau,
Arroser l'agreste bocage...
Coule le long du modeste ermitage
Où, constant dans ses mœurs comme toi dans ton cours,
Mon solitaire ami, content de vivre en sage,
Sur tes bords peu connus aime à cacher ses jours.

Enfin, et de retour sur le bord du ruisseau *peu connu* chanté par Ducis, j'y redis avec le poète, en guise d'enseignement final et profond :

Mon humble ruisseau, par ta fuite
(Nous vivons, hélas! peu d'instants)
Fais souvent penser ton ermite
Avec fruit au fleuve du temps.

Pour en revenir au ruisseau de la rue du Bac, je veux dire à Mme de Staël, je tiens à prouver que l'auteur de *Corinne* ne sentait ni ne comprenait la nature; pis encore! elle méprisait chez les autres le sentiment d'admiration qu'elle y excite et qui a produit des génies tels qu'Homère et Virgile.

Un jour, le plus poétique des érudits, Fauriel, en s'abandonnant à la contemplation d'un magnifique coucher de soleil, perdit son chapeau; Mme de Staël, le ramassant, lui dit avec un ton d'ironique compassion : « Eh quoi! cher monsieur, vous avez encore ce préjugé? »

On comprend donc pourquoi le ruisseau de la rue du Bac, c'est-à-dire l'agitation mondaine, devait être plus sympathique à Mme de Staël que l'humble ruisseau de Pannard ou de Ducis.

CH. BARTHÉLEMY.

LE BUVEUR ET LA MORT

I

A la lisière d'un bois, dans une pauvre petite maison éclairée par le soleil levant, on entend, le matin, une douce voix qui chante. Cette voix est celle d'une fillette de quinze ans, qui vient d'ouvrir les fenêtres et balaye gaiement le logis. Sa chanson matinale est accompagnée par toutes celles des oiseaux de la forêt, dont les voix argentines et délicates rivalisent de jeunesse et de fraîcheur avec celle de la gentille Mariette.

Ce n'est pas que Mariette soit heureuse, elle a perdu sa mère, dont elle n'a connu que les derniers sourires. Élevée chez les Sœurs du village de Gerstein, Mariette aime le bon Dieu et le travail, en sorte qu'elle est gaie quand même elle est seule. C'est elle qui prend soin du ménage de son père et qui prépare pour lui le repas du soir, quand il revient de la forêt où il travaille tout le jour. Mais que de fois elle le guette et l'attend vainement! Maître Conrad aime à boire et s'attarde volontiers au cabaret : il y soupe en compagnie de ses compères, il oublie la Mariette et la maison, et y laisse tout son argent. Quand il rentre à moitié dégrisé par la fraîcheur de la nuit, il va vite, tout honteux, se cacher dans sa chambre pour éviter le regard de Mariette, qui a si bien les yeux de sa mère! La pauvre enfant le suit pour fermer la fenêtre et souffler la lumière, puis elle dit bonsoir à son père, dont le sourire hébété et le regard vague s'éteignent dans les hoquets. Alors, elle s'en va dans sa chambre, où elle prie à genoux, n'ayant plus le cœur de chanter.

Ce matin-là, maître Conrad avait pris de belles résolutions, et il avait, en quittant Mariette, promis de rentrer avant la nuit. Mariette, pleine d'espérance, chantait avec les oiseaux, et Conrad, la hache sur l'épaule, s'en allait gaiement au bois. Mais il s'échauffa en travaillant, trouva des amis qui allaient au cabaret, et, se déclarant à lui-même qu'il avait par trop soif, il suivit le chemin si connu! Au cabaret, ce fut lui qui resta le dernier, personne ne pouvait lui tenir tête. D'ailleurs, l'apparition de plusieurs bonnets blancs très agités avait fait des vides autour de Conrad et obligé tous ses camarades à rentrer dans le devoir. Il en était encore à se demander ce que ces bonnets avaient de si effrayant pour avoir épouvanté ses compagnons de bouteille, et il en confiait son étonnement à son verre, quand il lui sembla voir entrer une étrange figure.

C'était un être hideux et décharné, dont le chapeau renversé découvrait l'horrible crâne, et qui avait une faux à la main et un sablier au côté; le squelette en craquant s'approcha de lui. Conrad, qui avait le vin gai, fit bonne contenance : il se souleva comme il put, ôta son bonnet et pria l'étranger de vouloir bien lui faire l'honneur de boire un coup avec lui

Le buveur et la Mort.

« Je suis la Mort, maître Conrad, lui répondit le squelette, et je ne bois jamais. »

Une sueur glacée commençait à perler sur le front de Conrad; il regardait en tremblant la faux étincelante... il balbutia :

« Au moins, Madame, j'espère que vous ne venez pas me chercher encore?

— Non, non, dit la Mort en ricanant, ma faux n'a que faire auprès de toi, cette bouteille d'eau-de-vie remplira son office d'ici à six mois! Tu étais taillé pour faire de vieux os, je pensais ne t'emporter que dans trente ou quarante ans d'ici, mais encore quelques coups comme ceux de ce soir et tu seras dans mon triste royaume. »

Et ricanante et menaçante, la Mort s'éloigna.

II

Mariette, après avoir rangé la maison, s'était remise à coudre auprès de la fenêtre fleurie de chèvrefeuille. De douces effluves lui apportaient toutes les senteurs de la forêt, et, pleine d'amour et de reconnaissance pour le bon Dieu qui a tout créé, elle chantait. Elle terminait ce jour-là un travail de broderie que les Sœurs lui avaient commandé, et, dès qu'elle eut fini, elle partit pour Gerstein, accompagnée par son chien Wolf. Elle revit avec délice l'école où elle avait appris le secret d'être heureuse; les Sœurs la reçurent affectueusement, et, après avoir goûté, Mariette se hâta de rentrer pour attendre son père.

L'heure était depuis longtemps passée quand Mariette, qui guettait toujours, aperçut une civière et quatre hommes marchant lentement. Un pressentiment lui serra le cœur, et courant à la porte, elle s'écria : « Mon père! mon pauvre père! »

C'était Conrad en effet, qu'on avait trouvé évanoui sous la table du cabaret, et que l'on rapportait chez lui.

Maître Conrad resta huit jours au lit en proie à une fièvre ardente : Mariette le soigna et le veilla seule. Elle n'accepta les services de personne, car dans le village les bonnes langues ne parlaient que de l'ivrognerie de Conrad. Le curé seul eut accès près du malade, dont le robuste tempérament prit enfin le dessus. Les causes de la maladie furent mises sur le compte d'un coup de soleil suivi d'une trop longue séance au cabaret. Nul ne sut jamais la vision extraordinaire qu'avait oue Conrad, car il n'en parla qu'au curé; mais oncques depuis il ne revint au cabaret. En revanche, chaque soir, on entendait de douces causeries et de joyeux éclats de rire dans la maisonnette à la lisière du bois. Avec l'ordre, l'aisance rentra dans ce pauvre logis: Mariette gagnait de bonnes journées, et Conrad ne dépensait plus à boire le prix des siennes. Les amis, les bons et vieux amis, se rapprochèrent : il y eut des réunions et des veillées où l'on mangeait des marrons en buvant de la bière et en chantant les refrains du temps jadis.

Mariette fit un bon mariage et continua d'habiter avec son père. La Mort avait dit vrai, Conrad vécut très vieux, et vit avec délices les enfants et les petits-enfants de sa fille s'ébattre et grandir autour de lui.

ROSE DE NERVAUX.

CHARYBDE ET SCYLLA

(Voir pages 372, 396, 411, 428, 444, 453, 467, 483, 507, 515 et 531.)

QUARANTE-CINQUIÈME LETTRE

Antoinette à Geneviève.

Paris.

Oh! Geneviève, je te prends au mot.

En as-tu vraiment assez de Kermoereb, autant que j'en ai de Paris?

Alors sans fausse honte, sans retardements d'amour-propre, sans nous mettre en frais d'inventer des prétextes, reprenons nos situations, nos maisons, notre ciel.

Ce sera absolument comme dans les contes de fées. Je te rends ton palais, tu me rends ma chaumière, et nous voilà contentes toutes les deux.

Ai-je été heureuse de te trouver!

Dans ma folie, j'aurais peut-être fait louer ma chère maison et elle serait maintenant habitée par des étrangers qui me diraient poliment :

« Désolés, madame, mais la propriété nous plaît et nous finirons le bail que vous avez consenti, et qui a été fait en bonne et due forme. »

Tu sais, j'en frissonne!

Au lieu de cela, c'est vous, mes bons amis, qui nous écrivez que le soleil vous hâle, que le vent vous enrhume, que la mer et mes voisins vous ennuient, que les orages vous effrayent.

Eh bien alors nous vous disons: Rendez-nous ce cher logis, reprenez votre bel appartement, car nous aussi, nous en avons assez de Paris qui nous enfièvre, qui nous débilite, qui nous ruine.

Ne tardons pas surtout. Que chacun retourne chez soi enchanté de voir la fin de la métamorphose: car c'en était une que l'élégante Geneviève Argenteuil transformée en fermière, la sauvage Antoinette singeant la Parisienne.

Le jour même où j'ai reçu ta lettre, une de mes amies de province en pèlerinage à Lourdes est venue me voir. Elle m'a trouvée pâlie ; mais cela me va bien, dit-on.

Quand nos enfants lui ont été présentés, elle s'est écriée avec une sorte d'effroi :

« Mon Dieu, Antoinette, tes enfants sont malades n'est-ce pas? je les trouve horriblement changés. »

Et elle en était si bien convaincue, que j'ai couru chez un médecin qui m'a gravement dit qu'il fallait les fortifier à l'aide d'iode, de fer, d'huile de foie de morue.

J'étais navrée; mes enfants si sains et si vigoureux étaient mis au régime.

Ta lettre est survenue. J'ai dit à Alain: « Ne droguons pas nos enfants. Allons prendre l'iode à la grande fabrique du bon Dieu, sur nos grèves.

« Ils n'ont jamais été menacés d'anémie pendant qu'ils respiraient le grand air.

« Si tu le permets, je vais répondre à Geneviève, qui a de la campagne et de la mer par-dessus la tête: que nous lui rendons son appartement. Veux-tu que nous allions refaire là-bas nos santés et notre budget? il est temps ; plus tard serait peut-être trop tard. »

Mon mari a hésité quelques heures, il n'a pas souffert comme moi; enfin il s'est rendu.

Je t'en prie, ma chère Geneviève, une réponse bien vite, n'est-ce pas?

Je suis à bout de forces et aussi d'argent.

Si tu me laisses trois mois à Paris, je serai obligée d'engager mon argenterie au Mont-de-Piété.

Grand Dieu, qui m'aurait dit qu'une seule année de dépenses folles m'auraient conduite à cette extrémité!

Les chiffres qu'Alain et moi avons devant les yeux sont formidables.

J'attends impatiemment ta réponse et espère t'embrasser bientôt.

ANTOINETTE.

QUARANTE-SIXIÈME LETTRE

Geneviève à Antoinette.

Kermoereb.

Ma chère Antoinette,

Ta lettre nous ravit.

Donc, faisons nos malles, et que chacun de nous reprenne sa vie, ses habitudes, ses appartements.

Nous ne sommes pas plus faits pour vivre en plein air que tu n'es faite pour vivre renfermée.

Tu reviens à l'iode naturel : nous, nous retournons vers l'iode vaporisé du docteur Brémond, dont le système médical fait des merveilles auprès des populations affaiblies des villes.

Le vrai de tout ceci est que, l'une et l'autre, nous avons voulu échapper à l'ennemi du genre humain tout entier, à l'ennui, pour le nommer par son nom, que toute chose créée vous apporte, qui est au fond de tout.

Par lâcheté, j'ai voulu fuir le vide de ma maison à

Paris; par curiosité, tu as voulu fuir la monotonie de ton existence à Kermoereb.

Je me suis figuré que le repos dans la solitude absolue était une sorte de panacée souveraine pour mon mal de cœur, et je n'ai fait que le rendre plus douloureux par l'absence de toute distraction.

Et toi, tu as pensé que tu étais arrivée à l'âge où il faut goûter à l'éclat, et comme un beau papillon tu es allée vers la lumière qui, un peu plus, te brûlait les ailes.

Ta belle nature n'est pas faite pour cet éclat factice des salons, ton esprit plus brillant que souple n'est pas de la trempe qu'il faut.

Là où il faut louvoyer, selon l'expression de tes marins, tu avances contre vent et marée. C'est l'histoire de plus d'un naufrage.

Et ma nature à moi par trop civilisée, par trop raffinée, par trop affaiblie, ne peut goûter que comme curiosité passagère la simplicité, sinon la grossièreté des mœurs de la campagne, et ne peut vivre sans l'art qui a été sa distraction suprême.

Même du côté de la foi, pénétrée que je suis d'admiration pour tes admirables paysans, je ne puis préférer les églises nues dont la poussière nourrit une multitude de ces piquants insectes qui me causent un grand dégoût, à nos chapelles silencieuses, ou à nos belles églises qui sont les salons du bon Dieu ouverts à tous.

Te rappelles-tu nos anciens jeux de barres ? On va, on vient, et finalement on rentre dans son camp. Rentrons dans le nôtre. Nous avons agi en enfants.

Dans nos leçons de mythologie, n'avons-nous pas appris ensemble l'existence de ces deux gouffres de la mer de Sicile?

Le navigateur effrayé, mis en garde, faisait des efforts surhumains pour échapper à Charybde et... il tombait dans Scylla.

Pour les épreuves de la vie c'est tout comme.

Elles sont inhérentes à la vie humaine.

En fuir une, c'est parfois tomber dans une autre pire que la première, Charybde et Scylla enfin.

Charles dissimule un peu la joie que votre résolution lui inspire.

Les hommes ne se prêtent pas de bonne grâce à ces revirements d'opinion, je ne parle pas bien entendu des hommes politiques.

Mais je vois à l'empressement qu'il met à emballer son laboratoire, qu'il a grande hâte de fuir ce vent, cette mer, ces aridités.

A bientôt, ma chère Antoinette, c'est à toi à donner le signal du départ : car tu as trois enfants à emballer.

Nous avons pensé, Charles et moi, qu'il nous serait bien agréable de te recevoir chez toi. La maison est assez grande pour nous loger tous une nuit.

Nous avons expérimenté que se rencontrer en route n'est pas toujours chose possible.

Et puis, qu'est-ce qu'un arrêt entre deux trains ?

C'était assez alors que nous renouions connaissance, à travers dix ans d'abandon; c'est trop peu maintenant que cette correspondance qui, peu à peu, est devenue très intime, nous a fait pénétrer l'une et l'autre dans l'intime de nos vies.

Je te laisse le soin d'arranger cela.

Nos colis seront prêts sous deux jours et nous précéderont à la station du chemin de fer.

Mais nos personnes t'attendront pour te souhaiter de tout cœur la bonne arrivée.

GENEVIÈVE.

QUARANTE-SEPTIÈME LETTRE

Antoinette à Geneviève.

Paris.

Nous sommes prêts, ma chère Geneviève, nous partirons aussitôt qu'Alain en aura fini avec son éditeur.

Les enfants sont dans la joie.

Guy m'a avoué qu'il s'ennuyait beaucoup, et Marguerite-Marie m'a dit, en me montrant ses joues très pâles : « Oh ! comme je vais redevenir rose à Kermoereb, maman ! »

Ma petite Vovonne est si abattue qu'elle ne comprend guère ce dont il s'agit.

Le lait falsifié de Paris a produit sur elle un effet désastreux, il est temps qu'elle parte.

Sais-tu qu'Alain a exigé que j'envoyasse un échantillon de lait à la préfecture de police, où l'on vient, à la grande joie des consommateurs, d'installer un laboratoire ?

Annette, qui affirme que ce qu'on mange ici empoisonne lentement, s'est chargée avec bonheur de la mission.

La bouteille a été rapportée, avec le mot *mauvais.* Notre lait était falsifié !

Mais, n'auras-tu pas peine à le croire? au-dessous de ce témoignage se trouvait un écrit défendant de poursuivre le marchand voleur.

Il paraît que c'est déjà quelque chose de savoir que l'on vous empoisonne ; mais qu'il serait provincial de nuire au petit commerce de l'empoisonneur.

Je me demande de quel nom on décore cette singulière condescendance.

En temps d'élections, pendant huit jours, cela se comprendrait.

Moi je trouve que ce vol est le pire des vols.

Celui qui me prend ma bourse ne m'enlève qu'un peu d'argent, le falsificateur m'enlève la santé pour augmenter son gain.

Et c'est du sang du peuple que cet homme se nourrit. Car c'est le pauvre peuple qui est la clientèle des petits marchands.

Nous nous fournissons généralement chez des marchands millionnaires, qui ne sont plus obligés de descendre à ces indignes manœuvres.

Annette a gardé cette bouteille de lait, elle la placera dans sa malle et elle emportera ainsi une preuve palpable du peu de conscience des marchands parisiens.

La joie d'Annette dépasse presque la mienne, c'est du délire.

Quant à Yvon, que nous croyions fidèle, il s'est habitué à Paris et refuse de revenir avec nous.

Il s'est perdu au Cercle, où il allait sans cesse pour les commissions de son maître.

Cela m'est un remords; mais il n'y a rien à faire.

Annette, qui est sa tante, l'accable de malédictions et lui a annoncé qu'elle le déshériterait s'il ne revenait pas à Kermoereb.

Le jeune nigaud a souri. Imbu de toutes les prétentions modernes particulières aux domestiques, il se voit jouant au Monsieur et gagnant des rentes... à la loterie.

Il m'a stupéfiée l'autre jour, quand il m'a déclaré ses intentions, et je crois bien que son dos aurait fait connaissance avec le balai que sa tante tenait à la main, si je n'avais été là pour enrayer son mécontentement.

Alain et moi désirons vivement que tu restes à Kermoereb jusqu'à notre arrivée.

Je te dirai même que si notre installation te cause quelque embarras, nous pouvons aller chez les du Parc, qui m'invitent.

Il est désagréable de changer d'appartement pour quelques jours, et je t'assure que cela ne nous gênera en rien de rester chez nos amis.

A bientôt, chère, Alain et les enfants meurent d'envie de te connaître, et moi de t'embrasser.

ANTOINETTE.

P. S. — Alain m'annonce qu'il sera libre lundi à midi. Nous partirons mardi.

ZÉNAÏDE FLEURIOT.

— La fin au prochain numéro. —

LA QUESTION DE CLAIRE

I

UN HEUREUX PÈRE

Se préparait-il des noces de Gamache à la *rente* de la Belle-Épine? On n'entendait que cris de détresse des poulets égorgés, on ne voyait que servantes plumant les volailles et pétrissant la pâte. On apportait les œufs par corbeilles. La gueule rouge du four s'ouvrait pour recevoir des flans aux mirabelles et aux reines-claudes, grands comme des tables. On sortait aussi le vin de derrière les fagots, un petit vin qui ne faisait pas sauter les bouchons avec fracas, mais les têtes le plus traîtreusement du monde.

On était sur les dents à la *rente*, mais les figures des maîtres et des serviteurs respiraient la joie et l'orgueil. Sans aucun doute la fille aînée du fermier, la belle Claudine, allait faire un mariage inespéré, épouser *un monsieur*, et qui sait? un château, un titre peut-être.

Mais non; le sujet de cette joie était beaucoup plus petit, plus simple, plus naturel; la fermière, Mme Quincerot, venait de donner le jour à un garçon après avoir eu cinq filles, et tous ces préparatifs se faisaient en vue de célébrer avec éclat le baptême d'un enfant qui, bien que n'étant pas de belle venue, allait perpétuer une race de Bourguignons solides comme des chênes, et francs comme l'or.

On pensait qu'on parlerait longtemps dans le pays du baptême du fils à Quincerot.

Lui, l'enfant qui causait tant de joie, n'était pas de belle venue, mais ce n'était pas étonnant : la fermière n'était plus toute jeune, et elle avait nourri ses cinq filles, qui étaient d'âges assez rapprochés. C'était une femme épuisée.

Ce jour-là, les cloches du village d'où dépendait la rente, carillonnèrent gaiement, et le poupon eut un long cortège de fraîches Bourguignonnes et de Bourguignons bien plantés.

Au retour de l'église, on se mit à table et on attaqua vivement les appétissantes fricassées de poulets, et les énormes flans dorés, et lorsque le petit vin dont il a été parlé plus haut, eut circulé, des conversations animées s'engagèrent entre voisins, et même d'un bout de la table à l'autre.

Mais la voix de l'heureux père dominait toutes les autres.

« Çà, mes enfants, criait-il, que je suis donc content d'avoir un fils! Sûrement j'aime mes filles, mais à la cinquième, faut pas te chagriner, Clairon, je n'étais pas de bonne humeur, et je me disais: « Faudra-t-il donc que le nom de Quincerot tombe en « quenouille, et que je n'aie point de garçons pour me « remplacer quand je serai vieux, et diriger la rente « après ma mort? » C'était un chagrin pour moi, je vous en réponds, de penser que la Belle-Épine irait à des étrangers. Non, un garçon vaut bien dix filles. Ce que j'en dis n'est pas pour vous faire de la peine, mes chères filles; vous savez bien que je vous aime. Mais une fille ne peut faire l'ouvrage d'un garçon, et puis les femmes n'ont pas non plus d'aussi bonnes têtes que nous autres hommes pour diriger et entreprendre; ces pauvres femmes, elles la perdent vite, la tête. Pour un poulet qui manque au poulailler, elles mettraient toute une ferme en l'air, et elles en débitent des paroles! Il ne faut pas prendre cela pour toi, ma chère femme, et t'en chagriner.

— Oh! je ne m'en chagrine pas du tout, » répondit tranquillement Mme Quincerot, qui était assise à la droite de son mari, et l'écoutait d'un air placide, mais elle ajouta tout bas :

« Seulement, je ne voudrais pas voir les petites jalouses de leur frère, il vaudrait mieux ne pas tant faire cas des garçons devant elles.

— Bah! bah! laisse donc, je suis trop content pour me taire. Allons, mes amis, buvons encore à la santé de mon petit Germain. Qu'il soit honnête et robuste comme tous les Quincerot ; je n'en demande pas davantage. »

Et avec un visage rayonnant, le fermier toucha successivement de son verre tous les verres qui se tendaient vers lui.

« Dans quinze ans, reprit-il, si Germain est aussi fort que je l'étais, il me remplacera bien un bon valet de ferme. Il ne faut pas t'inquiéter, Simon ; à cette époque, tu auras peut-être une ferme à ton compte.

— Je ne m'inquiète pas du tout, maître, répondit en souriant Simon, le valet de ferme. Le petit a le temps de pousser d'ici là, et moi de chercher une autre place.

— Il va pousser ferme, je vous le promets, continua le fermier, que la joie et le petit vin de derrière les fagots exaltaient de plus en plus. Ce sera un rude gaillard, allez ! Il se lèvera dès l'aube, et se couchera le dernier. Je le vois à la charrue, il conduit joliment bien les bœufs. Quels sillons, mes amis, quels sillons ! Pour engranger, il n'aura pas son pareil, et le fléau ne pèsera rien dans sa main ; tout comme j'étais, je vous le dis. On le verra partout, aux champs, aux étables. Gare aux fainéants, gare ! »

Tous les convives éclatèrent de rire à cette menace, et le fermier rit comme les autres.

Dans la pièce voisine, le marmot qui devait faire si grand'peur aux fainéants, criait dans son berceau avec une petite voix d'enfant souffreteux. Le bruit des convives couvrait ce faible vagissement ; la mère l'entendit pourtant, et elle quitta la table pour aller consoler son fils.

Bientôt les hommes restèrent seuls attablés, et la jeunesse s'en alla danser dans une grange aux sons du violon.

Des cinq filles du fermier, une seule n'éprouvait aucun dépit de la naissance de son frère, c'était Clairon, la plus jeune, une enfant d'une dizaine d'années. Quant à la belle Claudine, en âge d'être mariée et jusque-là reine de la maison, elle avait fort mal accueilli le marmot, et la joie du père, ses propos inconsidérés n'étaient pas faits pour diminuer sa jalousie, ni celle de ses sœurs, Agathe, Tiennette et Justine.

« Vous verrez que ce marmot, disait Claudine avec humeur, nous fera la loi avant qu'il sache marcher. »

Tandis que les sons du violon s'envolaient dans la nuit, que les danseurs tournoyaient dans la grange, que les hommes buvaient encore autour de la table, la fermière au visage fatigué, flétri par les épreuves de la maternité et les tracas domestiques, essayait en vain d'endormir son fils, en le promenant sur ses bras dans toute la chambre. Vingt fois, le croyant endormi, elle l'avait reposé dans son berceau, et chaque fois l'enfant s'était remis à crier, et elle avait été obligée de le reprendre. Des larmes de fatigue tombaient des yeux de la mère, et ses bras lassés avaient peine à soutenir le précieux poupon. Depuis sa naissance, qui datait de trois semaines, il lui faisait passer la moitié des nuits sur pied.

Comme elle recommençait son éternelle promenade, la porte de la chambre s'ouvrit doucement, et Clairon parut, elle s'élança vivement vers sa mère en lui disant :

« Il ne dort pas encore, le vilain ? Oh ! comme tu es fatiguée, mère ! Tu vas te coucher, et c'est moi qui l'endormirai. »

Et comme la mère protestait malgré sa fatigue :

« Je saurai bien le tenir, tu vas voir, » reprit Clairon.

Elle s'empara de Germain, et, avec toute la science, toutes les attentions d'une mère, se mit à le promener par la chambre en chantonnant pour l'endormir. Avec son air de petite maman, elle était à la fois comique et touchante.

Soit que la chanson de la petite fille eût une vertu particulièrement soporifique, soit que le sommeil eût naturellement vaincu l'enfant, las de crier, il s'endormit bientôt sur les bras de sa sœur, qui le déposa dans son berceau avec d'infinies précautions ; une mère ne s'y serait pas prise plus adroitement, et c'est ce que pensait Mme Quincerot en regardant sa fille. Cette fois le marmot ne s'éveilla point.

Clairon, après l'avoir contemplé quelque temps avec une vive satisfaction, s'en alla sur la pointe des pieds embrasser sa mère qui s'était couchée, et elle lui dit tout bas très sérieusement :

« Je t'aiderai à élever mon petit frère ; comme cela, tu seras moins fatiguée. »

Pendant qu'elle offrait ainsi ses jeunes bras, la belle Claudine, la fille aînée, à qui semblait revenir de droit le devoir de soulager sa mère épuisée, dansait sans songer le moins du monde aux fatigues de celle-ci.

Tous les conviés s'en allèrent tard dans la nuit. Et, après avoir bien mangé, bien bu, bien dansé, à la Belle-Épine, quand ils furent à quelque distance de la rente, ils commencèrent à critiquer le fermier ; et chacun dit son mot sur la fête. « Personne dans le pays n'avait jamais donné un pareil festin pour un baptême. En faisait-il du tapage, le père Quincerot, pour un garçon qui n'avait qu'un souffle de vie ! On voyait bien que ses filles enrageaient, tout en voulant paraître contentes. Quincerot n'avait vraiment pas besoin de faire tant d'embarras, car on savait que ses récoltes n'avaient pas été des plus belles. D'ailleurs la rente n'était pas si importante ! mais tout le monde veut paraître riche. Sûrement que la mère Quincerot, qui connaissait le prix des choses, et était pas mal regardante, avait eu regret de voir manger tant de poulets, et dépenser tant de beurre, d'œufs et de crème, qui se vendaient bien sur le marché de Dijon ; sûrement aussi qu'elle allait maintenant faire faire maigre chère aux gens de la Belle-Épine, pour rattraper son argent. »

De tous ces propos que fallait-il croire ? Que le père

Quincerot était un glorieux? oui. Que la mère Quincerot était une avare? non. Elle avait une sage économie. Que la Belle-Épine était une petite exploitation? ni petite, ni grande; elle était de moyenne importance. Quelques belles pièces de terre entouraient la rente, qui tirait son nom d'une aubépine magnifique, isolée au milieu d'un champ. Au printemps, cette épine était admirable, toute couverte de fleurs blanches. En été, son feuillage tranchait sur les blés dorés, et au temps des moissons, à l'heure chaude de midi, les moissonneurs venaient se reposer à son ombre. Sur le flanc sans ombrage de la montagne, elle formait une petite oasis. La Belle-Épine était une des curiosités du pays, et tous les Quincerot, de père en fils, l'avaient fort respectée.

Dès le lendemain de la fête, le fermier reprit ses travaux, et la fermière et ses filles s'occupèrent à tout remettre en ordre, car on ne reçoit pas tant de monde sans bouleverser une maison.

Clairon avait pris sa promesse au sérieux, et elle aida vraiment sa mère à élever le petit Germain. Un des premiers sourires de l'enfant fut pour elle; elle savait l'amuser, l'apaiser, et le marmot lui tendait aussi volontiers les bras qu'à la fermière, surtout quand il fut sevré. De bonne heure, on vit que l'enfant aurait de l'intelligence. Il avait de beaux yeux très expressifs; mais il restait chétif, et il ne se dépêchait pas de marcher.

« Marchera-t-il bientôt? » demandait toujours Clairon à sa mère, car il lui tardait d'emmener son petit frère se promener avec elle autour de la rente.

« Sera-t-il gentil, quand il marchera! » disait-elle encore avec ravissement.

II

QUINZE ANS APRÈS

Dans la grande cuisine de la Belle-Épine, Mme Quincerot vient de déposer la soupière sur la table, et elle commence à remplir les assiettes. Le fermier entre bien vieilli et l'air soucieux, les domestiques le suivent. Simon est toujours là. Devant la cheminée, Clairon surveille le fricot; des cinq filles du père Quincerot, il ne reste plus qu'elle à la ferme. La belle Claudine a épousé un garçon du pays, qui s'est établi à Paris; on dit qu'il fait bien ses affaires dans le commerce. Claudine est revenue une seule fois à la rente, depuis son mariage; elle était mise comme une dame, et au lieu du patois bourguignon, elle parlait le jargon parisien. Une coiffe blanche allait mieux qu'un chapeau à sa robuste beauté campagnarde.

Agathe, Tiennette et Justine, sans être aussi belles que leur aînée, avaient toutes les trois des figures agréables, de bonnes santés; elles n'ont pas été non plus d'un *placement* trop difficile. Agathe a épousé le boucher d'un village voisin, Tiennette un petit cultivateur, et Justine un cabaretier.

Clairon, qu'on appelle plus souvent Claire depuis qu'elle est grande, est aussi douée d'une figure fort agréable et d'une admirable santé. Elle n'est pas grande, pas grosse, mais forte, énergique, et d'une activité extraordinaire. C'est la première levée de la rente, et aussi la dernière couchée.

« Que deviendrais-je sans ma fille? » pense souvent Mme Quincerot.

Et le garçon? où est-il, ce fameux garçon, qui devait, à l'âge de quinze ans, déjà remplacer un bon valet de ferme? Il a dû bien changer depuis le jour de son baptême, et assurément il serait impossible de le reconnaître aujourd'hui. Dans son grand courage au travail, il s'attarde, sans doute, aux champs, et oublie l'heure du souper.

Assis près d'une fenêtre, un jeune garçon semble fort absorbé par la lecture d'un livre. Il a une figure intelligente, de beaux yeux très expressifs, mais un corps rachitique; il ne peut bouger de sa chaise, à peine se servir de ses mains; il est tout à fait infirme.

Quand la fermière a fini de distribuer la soupe, Clairon vient vers lui, prend doucement son livre, et le ferme, en disant :

« Nous allons souper, Germain. »

Et avec l'aide du fermier, elle transporte son frère à table.

Oui, c'est là le garçon qui devait valoir dix filles, se lever dès l'aube et se coucher le dernier! C'est là le garçon à qui le fléau ne devait rien peser dans la main! Misère de la vie!

Après quinze années, le père ne peut encore regarder son fils infirme sans un mouvement de sourde révolte.

Au contraire, plus il se sent vieillir, plus il roule dans sa tête l'amère pensée que son fils aurait pu le seconder, le remplacer, et moins il se résigne à la rude épreuve envoyée par Dieu. Ce fils infirme humilie le vigoureux fermier; il ne le brutalise pas, mais il ne peut prendre sur lui de lui témoigner de la tendresse.

Quant à Mme Quincerot, qui est une vraie mère, elle a pour son fils infirme un amour plus tendre que pour ses superbes filles, qui ont eu moins besoin d'elle que Germain. Pourtant elle ne sait pas l'aimer encore. Avec la meilleure intention du monde, elle lui rappelle sans cesse son infirmité, en s'apitoyant trop sur son sort devant lui. Quand il vient quelqu'un à la rente, elle ne manque pas de dire : « Venez voir mon pauvre infirme: cela le distraira. C'est assez malheureux à son âge d'être cloué à la maison, et privé de tous les plaisirs. »

Il n'est pas besoin d'éveiller les regrets de Germain. Il pense avec assez d'amertume aux garçons de son âge, qui ont de bonnes jambes et de bons bras. Enfant, il a envié leurs jeux; jeune garçon, il envie leurs travaux. Il souffre de se sentir inutile, car il voit bien que son père vieillit, que sa mère est usée, et que sa sœur, pour la suppléer, travaille comme deux.

L. Mussat.

— La fin au prochain numéro. —

CHRONIQUE

Ministres qui s'en vont et ministres qui arrivent... Vieil air! et vieille chanson! Depuis soixante ans environ que le régime parlementaire a paru en France pour la première fois, combien de personnages divers, les uns éminents, les autres médiocres, les autres enfin tout à fait nuls, se sont succédé dans ces auberges officielles et solennelles qu'on appelle des ministères!

Auberge! le mot n'est point respectueux, je le sais; mais, au demeurant, il me semble exprimer très justement la chose.

Un jour, dans une belle maison à péristyle et à perron, un monsieur, tout de noir vêtu, fait son entrée, et il est reçu par de beaux huissiers, non moins de noir vêtus, qui lui font des révérences jusqu'à terre, exactement les mêmes révérences qu'ils faisaient, une heure auparavant, à un autre monsieur qui a descendu le même perron et est monté dans un fiacre avec sa valise et son carton à chapeau. Le premier monsieur est le ministre qui arrive; l'autre monsieur est le ministre qui s'en va; quelquefois, ils se rencontrent dans l'escalier et échangent en riant une poignée de main.

Car, il n'est peut-être pas inutile de le dire pour l'instruction des gens un peu naïfs qui ne connaissent pas complètement les mœurs et les usages du monde politique, ce qu'on appelait autrefois la *chute d'un ministre* n'est pas plus tragique aujourd'hui, pas plus émouvant que l'acte d'un voyageur quelconque qui descend d'un omnibus pour faire place à un autre passant.

En France, sous la République aussi bien que sous la monarchie constitutionnelle, quand un ministère est *tombé*, le chef de l'État le prie très poliment de *vouloir bien continuer l'expédition des affaires courantes jusqu'à la nomination du nouveau cabinet.*

Sous le second Empire, où cependant la chute d'un ministre était le fait de la volonté personnelle du souverain, ce petit accident était toujours adouci par le cadeau d'un grand cordon ou d'un fauteuil de sénateur. Il y a loin de là aux dégringolades célèbres des ministres dont l'histoire nous a raconté les lamentables vicissitudes.

Qui ne connaît la disgrâce de Séjan, si longtemps le favori et le complice des scélératesses de Tibère?.. Un jour, une *verbeuse et grande lettre* est venue de Caprée : elle contient la disgrâce que César lance sur la tête de son ministre : elle le foudroie en plein Sénat, et le coup de foudre a son contre-coup au dehors.

Juvénal, dans sa *dixième satire*, nous a tracé en traits brûlants comme le fer rouge cette fin du digne ministre de Tibère : il nous a montré l'abjecte plèbe de Rome se ruant comme à la curée dans cette orgie d'insultes où elle pouvait fouler aux pieds l'homme qu'elle adorait hier encore et devant qui elle tremblait...

« C'en est fait : les statues descendent de leur base et suivent le câble qui les tire; les roues des chars volent en éclat sous les coups de la hache, et l'on brise les chevaux innocents que le sculpteur y avait attelés. Déjà le feu pétille : on le souffle, on l'attise; et ce visage que le peuple adorait, s'embrasant dans la fournaise, le grand Séjan tout entier éclate et se dissout : cette tête que l'univers plaçait au second rang va servir de matière aux ustensiles les plus vulgaires. Orne ta maison de lauriers! cours immoler au Capitole un taureau sans tache! Séjan aux yeux d'un peuple innombrable est traîné par le croc fatal ; chacun se réjouit... »

Sejanus ducitur unco
Spectandus. Gaudent omnes!

Et la disgrâce d'Eutrope, le ministre de l'empereur Arcadius, si admirablement peinte dans l'homélie de saint Jean Chrysostome...

« Où sont ces brillants insignes du consulat? ces flambeaux dont l'éclat se réfléchissait au loin? ces concerts? ces spectacles? ces festins splendides? ces fêtes somptueuses? Que sont devenues ces couronnes? ce pompeux étalage de luxe et de puissance? cet empressement de toute une cité? ces frénétiques applaudissements du cirque? ces bruyantes acclamations d'un peuple adulateur? Tout a disparu. Un vent impétueux a soufflé et l'arbre superbe, ébranlé jusque dans ses racines, s'est vu dépouillé de toutes ses feuilles et n'offre plus à nos regards surpris que des rameaux nus et déshonorés. La tempête a été si violente que le tronc lui-même a éprouvé des secousses terribles et a failli être arraché du sol. Où sont maintenant ces faux amis? ces banquets? ces réunions qu'animaient les plaisirs de la bonne chère? Que sont devenus ces nombreux essaims de parasites, ces vins exquis prodigués avec tant d'abondance? ces fastueux apprêts d'une table recherchée? ces hommes enfin, vils adorateurs de la fortune, et qui ne connaissent d'autre occupation que de flatter les puissants? Tout cela n'était qu'un songe, qui s'est évanoui avec le jour, une fleur qui a passé avec le printemps, une ombre qui a disparu, une fumée qui s'est dissipée, une vapeur qui s'est exhalée, un grain de sable qu'a emporté le vent. Redisons donc sans cesse, et ne nous lassons pas de les repéter, ces paroles de l'Écriture : « *Vanité des vanités, et tout n'est que vanité!* »

Dans les pays d'Orient, jusqu'au commencement de ce siècle, le congé d'un ministre lui était signifié avec infiniment de simplicité et de bon goût. Le Sultan envoyait au vizir tombé en disgrâce un cordon de soie très proprement tressé : le vizir comprenait; il faisait appeler un esclave qui lui ajustait le cordon autour du cou et l'étranglait net... La crise ministérielle était passée!

Impossible, n'est-ce pas? d'être plus correct de part et d'autre et de mieux faire comprendre aux populations qu'un changement de cabinet a eu lieu... Seulement, si jamais M. le président Grévy envoyait à M. Gambetta, tombé en minorité, un des cordons de sonnette de l'Élysée, fût-il en soie tressée d'or, et, pour la circonstance spéciale, frotté de crème de lys ou de cold-cream, je doute que M. Gambetta fît appeler un esclave noir ou blanc pour l'aider à se le passer autour du col... Autre pays, autres mœurs. Chez nous, quand on est au ministère, on vit avec l'espoir d'y rester; et quand on en sort, on vit pour garder l'espoir d'y rentrer.

Je reconnais d'ailleurs que les ministres de notre temps, à quelque nuance de l'opinion qu'ils appartiennent, ont l'habitude de s'en aller avec un calme suffisamment philosophique.

D'où leur vient cette résignation? Un peu, je crois, de ce qu'en quittant le ministère, ils n'y laissent pas toutes les grandeurs qui s'attachaient à la personne des ministres d'autrefois.

Jadis, sous la Restauration encore, un ministre était appelé *Monseigneur* et *Excellence*.

Or, vous conviendrez qu'il est dur, bien dur de redevenir tout simplement *monsieur* quand on a été *Monseigneur*. Être ainsi rapetissé par son concierge, par son valet de chambre et par sa cuisinière, c'est un accident bien capable de faire trembler les plus fermes courages.

Le jour où on n'a plus *monseigneurisé* les ministres, leur prestige a baissé de cent coudées. Restait le titre d'*Excellence*, que les solliciteurs courtisans savaient glisser à propos dans la conversation ou tout au moins dans la formule de salutation qui terminait leurs lettres. Les révolutions ont fait leur œuvre encore de ce côté, et depuis dix ans, *Excellence* a disparu.

Plus de *Monseigneur*, plus d'*Excellence*, plus d'habit brodé, plus même de décorations, car la plupart des ministres qui ont passé aux affaires, depuis dix ans, ne pouvant se décorer eux-mêmes, ne possèdent pas même le simple ruban de chevalier de la Légion d'honneur; un ministre n'est plus guère autre chose qu'une signature sur laquelle les événements de chaque jour jettent leur poussière et que le vent emporte avec elle.

Vanitas vanitatum... C'est toujours là qu'il faut en revenir quand on parle des choses de ce bas monde, alors même qu'il n'est pas question des choses de la politique.

Tenez!... voulez-vous voir toutes nos pauvres vanités en jeu? Surveillez d'un œil tant soit peu attentif les opérations du *recensement* qui vont commencer dans quelques jours. La vanité ou tout au moins la coquetterie joue son rôle là comme ailleurs. Le recensement, vous le savez, est cet acte administratif qui a pour objet de compter tous les cinq ou six ans le nombre des citoyens français, en y joignant certaines indications de nature à établir des renseignements précis pour la statistique.

Certaines de ces indications sont passablement indiscrètes; et il ne faut pas s'étonner si quelques personnes les fournissent d'une façon peu véridique.

Plus que jamais probablement, le recensement prêtera à certaines fraudes, par suite du procédé nouveau que l'administration compte employer. Au lieu de faire visiter et interroger les citoyens recensés par les employés de la mairie, ces employés se borneront à déposer chez le concierge de chaque maison une feuille de papier, que les citoyens et les citoyennes voudront bien remplir eux-mêmes en indiquant notamment leur lieu de naissance, leur profession et leur âge.

Leur âge!... Quand l'administration « que l'Europe nous envie » est bien convaincue que vous, Madame, qui me lisez, vous ne lui tricherez pas six mois, sa confiance est assurément bien placée. Mais, en ce qui concerne votre voisine, que cette confiance est candide, grands dieux! qu'elle est candide!

Les hommes avouent encore assez facilement trente-quatre ans, quand ils en ont quarante-sept bien sonnés; mais les femmes... Ecoutez plutôt, et méditez cette petite histoire du siècle dernier;—je dois déclarer qu'elle a été racontée, il y a quelques années, dans l'*Illustration*: on peut cacher son âge; mais en matière littéraire il convient de ne point cacher ses emprunts.

Les cabriolets venaient d'être mis à la mode, c'était sous Louis XV, et le *bon ton* voulait que toute femme conduisît son véhicule elle-même. Quelle confusion! Les plus jolies mains étaient peut-être les plus malhabiles, et, de jour en jour, les accidents devenaient de plus en plus nombreux. Le roi manda M. d'Argout et le pria de veiller à la sûreté des passants.

« Je le ferai de tout mon cœur, Sire. Mais voulez-vous que les accidents disparaissent tout à fait?

— Parbleu!

— Que Votre Majesté me laisse faire. »

Le lendemain, une ordonnance était rendue qui interdisait à toute femme de conduire elle-même son cabriolet, à moins qu'elle ne présentât quelques garanties de prudence et de maturité, et qu'elle n'eût, par exemple, l'âge de raison : *trente ans*.

Deux jours après, aucun cabriolet ne passait dans la rue conduit par une femme. Il n'y avait pas, dans tout Paris une Parisienne assez courageuse pour avouer, en fouettant publiquement ses chevaux, qu'elle avait trente ans.

Argus

Abonnement, du 1er avril ou du 1er octobre; pour la France : un an, 10 f.; 6 mois, 6 f.; le n° au bureau, 20 c.; par la poste, 25 c.
Les volumes commencent le 1er avril. — LA SEMAINE DES FAMILLES paraît tous les samedis.

VICTOR LECOFFRE, ÉDITEUR, RUE BONAPARTE, 90, A PARIS. — Imp de la Soc de Typ. - NOIZETTE, 8, r. Campagne-Première. Paris.

Le pont du moulin de l'Isle-Adam

L'ISLE-ADAM

Voici un des sites les plus pittoresques des environs de Paris; on irait bien loin avant d'en rencontrer un aussi charmant, aussi poétique surtout; on comprend qu'il ait tenté les pinceaux de maint artiste, à diverses époques et particulièrement de nos jours; M. Grandsire semble avoir bien compris et fait revivre sur la toile cet ensemble harmonieux d'ombrages, d'eaux, de calme solitude qui rappelle cette profonde pensée d'un sage de l'antiquité: « Cache ta vie. »

Pour vivre heureux, vivons caché,

a dit Florian.

C'est le pont du moulin de l'Isle-Adam qui a posé pour l'artiste; notre gravure donne un aperçu heureux de l'œuvre du paysagiste. Un pont et un moulin sont inséparables de l'idée riante d'un cours d'eau, si faible soit-il, la Bièvre par exemple, dans la vallée de Jouy. L eau! pas de paysage complet sans ce cristal où se reflètent les arbres et le ciel, où tant de phénomènes variés se produisent, cent fois par jour, depuis l'aurore jusqu'au coucher du soleil, et pendant la nuit même quand la lune tamise les rayons de sa lumière argentée par les moindres fissures des futaies.

Qu'il est joli, ce tableau de M. Grandsire! — L'artiste, pour faire une œuvre hors ligne, n'a pas eu besoin d'inventer, il n'a eu qu'à copier, à *pourtraire* un paysage réel, vivant, plein de charmes renouvelés à chaque saison.

Car l'Isle-Adam est situé de la façon la plus pittoresque sur la rive gauche de l'Oise, entre les hameaux de Nogent et de Parmin, qui en dépendent. Trois ponts jetés sur les deux îles formées par l'Oise les mettent en communication avec la station du chemin de fer établie à Parmin, sur la rive gauche. Cette idée de chemin de fer me gâte un peu, je l'avoue, le charme du paysage; mais enfin il en faut bien prendre son parti....

La plus grande de ces îles était occupée autrefois par un château qu'y avait fait construire, au milieu d'un grand parc, le prince de Conti. Ce château a été détruit depuis la Révolution; il n'en restait, outre d'insignifiants débris, en 1856 (époque déjà lointaine de notre excursion à l'Isle-Adam), qu'une belle terrasse ornée de balustrades et ombragée de beaux massifs d'arbres séculaires. Une *villa moderne*, dont les charmants jardins sont entretenus avec un soin remarquable, a remplacé l'ancienne résidence princière.

Les souvenirs historiques sur l'Isle-Adam remontent au onzième siècle.

Adam de l'Isle, l'un des seigneurs et officiers de la couronne qui signèrent, en 1069, la charte de confirmation que le roi Philippe Ier, étant à Pontoise, fit de la fondation de l'église de Saint-Germain, est regardé comme le premier fondateur de l'Isle-Adam.

Ce ne fut cependant qu'au treizième siècle qu'Ancel ou Anceau de l'Isle, troisième du nom, un des petits-fils d'Adam de l'Isle, prit le surnom de l'Isle-Adam.

Cet Anceau de l'Isle fit, en 1237, comme croisé, le voyage de la Terre Sainte.

A la famille de l'Isle succéda la famille de Villiers.

Pierre de Villiers, premier du nom, allié à la maison de l'Isle par sa mère, Marie de l'Isle-Adam, fit l'acquisition de la terre de ce nom, le 6 novembre 1364, moyennant cinq cents livres d'or.

Le plus célèbre de ses descendants, Philippe de Villiers-l'Isle-Adam, nommé grand maître de l'ordre de Saint-Jean de Jérusalem en 1521, soutint, l'année suivante, le mémorable siège de Rhodes et tint en échec, pendant six mois, avec une poignée de chevaliers et de soldats, l'innombrable armée musulmane, commandée par Soliman.

En 1527, le 10 septembre, Charles de Villiers, alors propriétaire de l'Isle-Adam, en fit don à son cousin, Anne de Montmorency, connétable de France. La terre de l'Isle-Adam devint ensuite la propriété de François de Montmorency, maréchal de France, premier fils d'Anne de Montmorency. Elle passa plus tard à Henri Ier, duc de Montmorency, connétable de France, frère de François, qui était mort sans postérité. Henri Ier la transmit à Henri II de Montmorency, son fils, connétable de France, qui, par arrêt du parlement de Toulouse du 30 novembre 1632, fut condamné à perdre la tête sur l'échafaud. La confiscation, qui fut la conséquence de cet arrêt, mit la terre de l'Isle-Adam à la disposition du roi Louis XIII, qui, par lettres patentes du mois de mars 1633, donna ce domaine à Charlotte-Marguerite de Montmorency, princesse de Condé, mère du grand Condé et d'Armand, prince de Conti, le même qui fut élu roi de Pologne.

Depuis lors, le domaine de l'Isle-Adam n'a cessé d'appartenir à la famille de Conti jusqu'en l'année 1784, dans le courant de laquelle le dernier membre de cette famille, Louis-François-Joseph de Bourbon-Conti, en fit la vente au roi Louis XVI, pour l'usufruit, et à *Monsieur*, son frère, depuis Louis XVIII.

Ce qui attire surtout à l'Isle-Adam la pieuse curiosité de l'excursionniste chrétien, c'est la remarquable église paroissiale, dont le digne curé, un de nos archéologues les plus distingués, a su avec autant de goût que de zèle conserver le caractère et augmenter l'ornementation. Nous ne pouvons avoir de meilleur guide ici que la notice substantielle publiée, en 1879, par M. l'abbé Grimot.

« L'église actuelle de l'Isle-Adam a été construite, dans la vallée arrosée par l'Oise, pour remplacer le vieux moutier de Nogent, qui, de trop petites dimensions et situé à l'extrémité du village, tombait de vétusté.

« Le nouvel édifice, comme l'ancien, est sous le vocable de Saint-Martin de Tours... Ce monument est dû à la piété de ses habitants, puissamment aidés par la générosité de Louis de Villiers de l'Isle-Adam, évêque de Beauvais. » La reconnaissance publique l'avait surnommé *le grand bâtisseur et aumônier des pauvres:* il voulut lui-même faire la dédicace du nouvel édifice, le 20 août 1499.

Commencée à la fin du XVe siècle, cette église n'a été achevée qu'en 1567.

Une grille en fer laisse voir, tout en les protégeant, les pelouses, les corbeilles de fleurs et les massifs d'arbustes qui entourent l'édifice sacré. Cette grille est un don de M. Dambry, maire de l'Isle-Adam, qui, pendant près d'un demi-siècle, a vécu dans ce séjour et y a mérité à tant de titres la reconnaissance des habitants.

Le portail est de la première partie du XVIe siècle; les sculptures, qui avaient été mutilées, ont été réparées avec autant d'intelligence que de soin.

L'intérieur de l'église se compose d'une nef centrale et de deux bas côtés. L'édifice développe dans son œuvre 44 mètres de longueur sur 16 de largeur. La nef centrale a 18 mètres d'élévation. « L'aspect général du monument est imposant, quoique sobre d'ornements; sa noble simplicité ne nuit en rien à sa grandeur. » (M. Grimot, *Notice.*)

La chaire à prêcher, un vrai monument, est une œuvre d'art de la seconde moitié du XVIe siècle; elle a été habilement restaurée il y a plus de vingt ans. C'est un mélange du style allemand et de celui de la Renaissance française. Les quatre grands Prophètes sont placés à la base; le Sauveur, les Évangélistes, les apôtres saint Pierre et saint Paul ornent la tribune; les quatre grands Docteurs de l'Église sont assis sur l'abat-voix, et l'ange du jugement se dresse sur le faîte de la tribune de vérité.

Les fonts baptismaux sont une épave de l'ancienne église de Saint-Sulpice, à Paris.

La chapelle funéraire du prince de Conti, construite en 1776, est ornée d'un tableau attribué à Alonzo Cano, représentant Jésus soutenu par des anges dans son agonie.

La chapelle de Saint-Godegrand, dans le bas côté gauche de l'église, est remarquable par le beau retable en bois qui en fait la décoration; cette œuvre d'art du XVIe siècle, représentant les diverses scènes de la Passion, provient d'une église inconnue de Normandie. M. Grimot, curé, en a fait l'acquisition d'un amateur et l'a donnée à son église, en 1855.

Girard Coquerel et sa femme, les donateurs, sont représentés à genoux et les mains jointes; ils sont en habits de deuil, noirs et blancs; l'homme est à droite et la femme à gauche du tombeau du Christ.

« Une scène d'un vif intérêt est retracée dans la partie supérieure, à la suite des saintes femmes au tombeau. Là, on voit un criminel condamné à mort, les yeux bandés et la tête inclinée sur le billot: derrière la victime, le bourreau lève son sabre et va frapper le coupable; mais un évêque, portant crosse et mitre, arrête le bras du bourreau et suspend l'exécution.

« Il est à croire que ce monument est ou le rachat d'un crime, ou l'accomplissement d'un vœu, ou simplement une action de grâces commémorative. » (M. Grimot, *Notice.*)

Ne pouvant, à notre grand regret, nous arrêter à chaque pas dans l'église de l'Isle-Adam que plus d'une grande ville envierait, nous signalerons les stalles du chœur au nombre de dix, provenant de Bordeaux où elles ont successivement fait partie de l'œuvre de Saint-Seurin, puis de Saint-Martial; elles ont été acquises par M. Grimot, en 1868. Leur style accuse la seconde moitié du XVe siècle. Les sujets des *miséricordes* sont diverses fantaisies, selon la mode de cette époque.

L'église de l'Isle-Adam possède de belles et nombreuses verrières modernes, représentant un ensemble de quarante-huit croisées de forme et de grandeur différentes. Commencées en 1854 et terminées en 1878, ces peintures, dues à M. Gsell, sont remarquables; elles représentent le baptême de Jésus-Christ, la légende de sainte Mathilde, la légende de saint Paul, celle de sainte Anne, la mise au tombeau, les légendes de sainte Catherine, de saint Pierre, de saint Godegrand, de saint Edmond, de sainte Claire, de saint Hubert, etc.

Enfin, dans le trésor mobilier, on admire une belle croix en cuivre argenté, style Louis XVI; une paire de chandeliers, style Renaissance; une paire de chandeliers avec la croix, style Louis XIII, etc.; un bénitier en bronze, beau type du XVe siècle; un grand lustre garni de ses cristaux, style Louis XVI; un dais processionnel, style Louis XIV, etc., etc.

M. Grimot, l'auteur de la Notice à laquelle nous venons de faire quelques emprunts, est curé de l'Isle-Adam depuis plus de trente ans; espérons que de longues années lui sont encore réservées, pour remplir les vœux de ses paroissiens affectionnés et de tous les amis des études archéologiques, dont ce vénérable ecclésiastique est un des plus dévoués zélateurs, ainsi que le prouve sa belle et nombreuse collection d'œuvres d'art.

Les environs de l'Isle-Adam abondent en promenades. Au sud, on peut aller visiter le beau château de Stors et les ruines de l'abbaye du Val; à l'est, au nord-est et au sud-est s'étend la forêt de l'Isle-Adam, dont la contenance est de 1.635 hectares et qui n'a pas moins de 9 kilomètres dans sa plus grande longueur. Cette forêt renferme de magnifiques chênes.

CH. BARTHÉLEMY.

CHARYBDE ET SCYLLA

(Voir pages 372, 396, 411, 428, 444, 453, 467, 483, 507, 515, 531 et 554.)

QUARANTE-HUITIÈME LETTRE

Kermoereb.

Charles et moi nous n'accepterons jamais que tu ne

viennes pas tout droit chez toi, ma chère Antoinette. Cela nous forcerait d'en partir, et quand nous retrouverions-nous?

Nous avons la nostalgie de Paris comme toi celle de la province; mais nous voulons absolument te voir et te remercier.

Cette petite épreuve, faite en de charmantes conditions, nous a été très bonne.

Mon frère et moi avions toujours caressé l'idée de cette petite Robinsonnade.

Il se figurait que sa science lui suffirait, comme moi mes ressources intellectuelles.

Eh bien! non, eh bien! non.

Il n'a pas assez de ses propres découvertes, il lui faut les découvertes des autres; il aime le travail solitaire, mais il manque des éléments nécessaires et il est souvent arrêté dans ses travaux.

Donc, pour lui, c'était l'impossible. Pour moi plus encore. J'ai la nostalgie de la musique, de la causerie, de la flânerie parmi les œuvres d'art; j'ai la nostalgie de ma santé parisienne, délicate, puisqu'il faut en écarter tous les éléments dangereux; mais très bonne néanmoins, grâce à mille précautions très faciles à prendre a Paris.

Ici je reste névralgique, et j'ai des névralgies furieuses, que je ne connais pas dans mes appartements bien clos.

Marie-Louise surveille tous les arrangements, et tous les appartements ont été préparés pour vous recevoir.

Nos grands colis sont partis, mon piano me précédera, place de Rennes, et nous voici, Charles et moi, avec nos sacs de nuit et nos valises à la main, comme des touristes arrêtés deux jours sur un pic suisse.

Enchantés de te recevoir; mais tout prêts à partir.

Les du Parc n'ont pas eu la politesse de dissimuler l'excès de leur joie.

C'étaient des cris, des battements de mains.

L'ingrate Isabelle elle-même a fait un bond de joie.

Quant à Jean, il fourbit ses armes, il grée son bateau. L'arrivée de ton mari, son cher compagnon de chasse et de pêche, lui fait oublier le pauvre savant qui l'aime, mais qu'une averse transit et qu'un coup de vent abat.

J'acceptais stoïquement ce feu d'artifice de joie tiré en l'honneur de ton arrivée et en l'honneur de mon départ; cependant j'avais un peu sur le cœur l'allégresse sans mélange d'Isabelle.

Elle a bien vite lu mon impression dans mon regard, et la câline a voulu en partant réparer sa maladresse.

« Nous nous réjouissons du retour d'Antoinette, dit-elle, vous savez que je suis la marraine d'Yvonne, et que j'aime beaucoup les poupons; mais cela ne nous empêche pas de regretter bien fort que vous partiez.

— Allez, allez, petite hypocrite, ai-je répondu en lui frappant sur la joue, c'était tout à l'heure qu'il fallait exprimer cela, je n'ai absolument lu que de la joie dans vos yeux. »

Elle a fait une petite mine charmante, moitié ironique, moitié chagrine, et elle a rejoint sa famille, qui s'en allait parlant de toi.

Tu le vois, ma chère Antoinette, tout le monde t'attend, te désire, et t'aime. Ah! aimer! voilà le grand secret pour s'attacher à un pays.

A mardi. Jean du Parc se charge des voitures et des charrettes; Marie-Louise, dévorée d'impatience, l'accompagnera à la gare.

Charles et moi partirons jeudi.

Que je suis heureuse de te revoir!

GENEVIÈVE.

—

Vous le pensez comme moi, mon cher lecteur, il est temps que je vous ramène devant le stéréoscope que j'ai placé devant vos yeux à la première page de ce récit.

Vous plaît-il d'y jeter un regard?

Nous sommes dans la grande ville, place de Rennes, et par cette fenêtre à étroit balcon, nous pénétrons dans un salon aux portières de velours doucement éclairé.

Geneviève Argenteuil et son frère sont assis dans de confortables fauteuils, de chaque côté d'un ardent feu de coke.

Mlle Argenteuil a une jolie toilette garnie de satin vieil or, et son frère est rasé de frais.

« Tu as fait la paresseuse, il me semble, dit M. Argenteuil en souriant, tu n'es pas sortie.

— Si, Charles, je suis allé voir si les boulevards n'avaient pas changé de place, et prévenir moi-même l'accordeur de venir en personne visiter mon piano, la mer ayant bouleversé et faussé les cordes.

— Et il est venu?

— Oui, et assez matin heureusement. Nous n'eussions pas pu faire de musique ce soir s'il avait attendu la fin de l'après-midi.

— Les dégâts étaient-ils aussi sérieux que tu te le figurais?

— Non. Mon piano a fait comme nous. Depuis son arrivée à Paris, ses cordes se sont détendues. Nos nerfs ont fait de même, il me semble.

— Mais oui, dit le savant en souriant et en faisant jouer ses avant-bras, je ne me sens plus aucune raideur dans les poignets.

— Et moi, j'aurais parfaitement dormi si je n'avais eu les hou hou de la mer et du vent dans les oreilles.

— Peut-être as-tu été incommodée par le bruit des voitures, cet insupportable bruit, dont se plaignait tant ton amie Antoinette.

— Du tout, je le trouve très reposant. Mais les hurlements du vent, les sourds mugissements des vagues me sont tellement entrés dans les fibres nerveuses de l'oreille, qu'ici même je crois encore les entendre. »

M. Argenteuil se frotte les mains et dit:

« Heureusement que nous ne les entendrons plus. »

Mlle Geneviève jeta un regard caressant autour du salon.

« Oh! oui, heureusement, » soupira-t-elle.

Et elle ajouta en souriant :

« As-tu remarqué le geste d'Antoinette, relevant son voile pour mieux écouter le vent qui sifflait joliment le jour de son arrivée?

— Oui. Elle était superbe devant cette fenêtre ouverte, le chapeau renversé, ses cheveux blonds formant une frisure mouvante autour de son visage et ses yeux bleus étincelant de bonheur.

— Le bonheur! il est là pour elle! A cette plante vigoureuse il faut ce terrain-là.

— Quelle splendeur de santé! Il y avait des moments où elle rajeunissait tellement que je me croyais revenue, comme elle, à dix-huit ans.

— Elle est charmante!

— Et son mari fort distingué et ses enfants beaux à ravir.

— Enfin c'est une belle destinée...... dont je ne voudrais pas. »

En ce moment le timbre de la porte d'entrée retentit coup sur coup, et plusieurs personnes firent à la fois leur entrée dans le salon.

Mlle Geneviève et son frère les accueillirent en intimes.

Bientôt un véritable cercle se forma. La causerie, la spirituelle causerie parisienne tint pendant une heure tous les esprits en éveil.

On plaisanta beaucoup les nouveaux arrivés, on leur reprocha aimablement leur absence, et on les mit au courant de tout ce qui s'était passé dans le cercle de leurs connaissances.

Puis vint l'indispensable accompagnement d'une soirée à Paris :

On fit de la musique.

Un Monsieur fit apporter son violoncelle, Geneviève Argenteuil se mit au piano, une jeune fille de l'assemblée chanta avec une voix charmante, un goût sûr et une méthode parfaite et fut admirablement accompagnée par Geneviève.

Puis on demanda à cette dernière une de ces improvisations charmantes qui étaient un des plaisirs délicats de ces réunions.

Elle ne se fit pas prier.

Assise au piano, les yeux pleins de cette lumière qu'allume le feu sacré de l'art, elle se mit à jouer une exquise rêverie où ses récents souvenirs tenaient une grande place.

Les passionnés pour la musique l'écoutaient avec recueillement, les autres étaient groupés à l'autre extrémité de l'appartement avec M. Argenteuil qui causait science.

Le cadre est bien choisi, le tableau où rayonne le visage un peu énigmatique de Geneviève Argenteuil, est dans tout son jour et son relief; tournons le bouton et regardons.

Tout change, choses et gens.

Nous sommes à Kermoereb.

C'est la même soirée d'automne. Le soleil qui se couche empourpre le ciel et jette sur la mer des reflets d'or.

Les grandes fenêtres du salon de Kermoereb sont ouvertes; mais Mme de Kermoereb se tient près de la cheminée où flambent d'énormes bûches de sapin.

Tout en admirant les splendeurs du soleil couchant, elle pose son pied cambré sur un tabouret de vieux chêne, afin de lui faire sentir la chaleur du feu.

La belle femme blonde n'a plus son teint de rose; elle a beaucoup pâli dans la grande cité; mais l'expression rêveuse de sa physionomie d'autrefois a fait place à une expression sereine et satisfaite.

Tout à coup la porte du salon s'ouvre, et M. de Kermoereb apparaît, précédé par Guy et Marguerite-Marie, qui ont l'air de se poursuivre, et suivi par une grande paysanne au visage aimant et sérieux.

Le père marche lentement, parce que son épaule porte Yvonne, sa dernière fille, un poids d'amour.

Il sourit à sa femme, lui livre l'enfant auquel elle tendait les bras et dit :

« Antoinette, ils sont de retour.

— J'ai vu le cheval de Jean, s'écria Guy, qui se roulait avec délices sur un vaste et solide canapé.

— Si nous allions les surprendre ce soir, ajouta M. de Kermoereb en consultant sa femme du regard.

— Nous ne les surprendrions pas, puisqu'ils savent notre retour par Geneviève. Cependant, si tu n'es pas trop fatigué, fais atteler, Alain. La soirée est très belle, et ils ont été si fâchés d'être appelés à cet anniversaire de famille, juste le jour de notre arrivée, que je désire les prévenir.

— Emmènerons-nous Guy?

— Certainement, et Marguerite-Marie, répondit Mme de Kermoereb, en caressant les cheveux de sa fille accrochée à son bras.

— Pourquoi pas Yvonne? dit M. de Kermoereb en riant et en déposant un baiser sur la joue en fleur du poupon, Yvonne est la filleule d'Isabelle.

« Qu'en dites-vous, Marie-Louise? ajouta-t-il en s'adressant à la paysanne qui attendait, les bras croisés; pouvons-nous, à cette heure, emmener Yvonne en voiture découverte chez nos amis du Parc?

— Non, Monsieur, répondit-elle, il fait beaucoup de vent, et la pauvre petite est devenue très délicate, à Paris.

— Marie-Louise a raison, dit Mme de Kermoereb, Vovonne, d'ailleurs, devrait être couchée, elle verra sa marraine demain.

— Non, non, aujourd'hui même, » dit une voix vibrante.

Et Isabelle du Parc, rouge comme une cerise, de la course entreprise depuis la barrière d'entrée, apparut à la fenêtre; Jean, son frère, l'enjamba sans plus de façon et courut ouvrir la porte au reste de sa famille, qui arrivait au complet.

Et alors ce furent des embrassements, des émotions, des protestations sans fin.

Le poupon, porté de main en main, échoua sur les genoux de Jean, dont les gros doigts entrelacés lui formèrent une ceinture.

Peu à peu, on s'était assis en cercle, et cette demande, lancée par Mme de Kermoereb, fit naître un certain embarras sur les physionomies :

« Mes chers amis, nous avons réciproquement un grand bonheur à nous retrouver; mais n'allez-vous pas regretter Geneviève Argenteuil, si charmante ?

— Parfaitement distinguée, dit M. du Parc.

— Très intelligente, ajouta sa femme.

— Artiste jusqu'au bout des ongles, renchérit Élisabeth.

— N'était jamais embarrassée d'elle-même, murmura Jean en tournant le visage du poupon vers l'assemblée.

— Une Parisienne enfin et du meilleur cru, dit M. de Kermoereb avec une nuance d'admiration.

— Je suis charmée d'entendre ainsi vanter Geneviève, dit Mme de Kermoereb en souriant, j'ai eu un grand bonheur à l'embrasser, je l'ai retrouvée possédant toutes les grâces et toutes les distinctions. Nous continuerons, je l'espère, la correspondance que notre position respective nous avait fait entamer.

« Mais enfin, je reviens à ce que je disais :

« Vous la regretterez, elle vous manquera. »

Un imperceptible mouvement de tête des aînées répondit non; mais ce fut Isabelle, la changeante Isabelle, qui trouva le mot de la fin.

Elle bondit jusqu'à Mme de Kermoereb, et lui prenant les deux mains :

« Antoinette, s'écria-t-elle, nous admirons beaucoup votre amie, ah ! nous l'admirons de tout notre cœur; mais c'est vous que nous aimons. »

Tout le monde applaudit à cette déclaration naïve, qui mit des larmes d'émotion dans les yeux bleus de Mme de Kermoereb, que nous quittons sur cette impression de bonheur.

Sa destinée providentielle l'appelle là et nous l'y laissons, guérie à jamais du désir du changement, et se rappelant, à l'occasion, que la navigation en ce monde est sujette aux vents contraires, aux périls de toutes sortes, et que vouloir échapper aux ennuis inhérents à la condition humaine, c'est parfois en rencontrer un pire, c'est tout au moins, comme le disait Geneviève Argenteuil, tomber de Charybde en Scylla.

ZÉNAÏDE FLEURIOT.

FIN.

LA CATHÉDRALE DE ROUEN

I

Il faudrait un volume pour écrire l'histoire, même abrégée, d'une église comme la cathédrale de Rouen, qui renferme la vie d'une cité et d'un peuple. Nul autre édifice, dans une ville plus riche qu'aucune en monuments glorieux, ne saurait lutter avec celui-ci, pour l'antiquité des souvenirs, la multitude et la diversité des fêtes, la pompe des cérémonies ; nul autre non plus n'a subi tant de fois l'outrage des hommes et du temps, depuis le 14 mai 841, où, sous la conduite d'Oscher, les Normands envahirent ce temple déjà cinq fois séculaire, jusqu'à la funeste soirée du 15 septembre 1822, qui vit la foudre, enlaçant la flèche de Robert Becquet, en consumer jusqu'aux voûtes la colossale pyramide.

Que de princes se sont agenouillés sur ses dalles : chers au cœur de Dieu, comme saint Louis et le roi martyr; amis des peuples, comme Louis XII et Henri IV; redoutés de l'Europe, comme Louis XIV et Napoléon; exilés ou victimes, comme Jacques II et Maximilien ! que d'autres, non contents d'y prier au passage, ont voulu mêler leurs cendres à celles des pontifes, et s'assurer, pour ainsi dire, l'éternelle vision de Dieu, en reposant sous son regard !

Avec la double auréole de la beauté et de la gloire, la cathédrale de Rouen offre le prestige de l'âge : peu d'églises dans le monde revendiquent une antiquité plus lointaine, aucune peut-être n'a d'origine mieux établie. « L'opinion commune », dit Farin, l'un des principaux historiens de la primatiale, « est que ce temple magnifique fut premièrement bâti par saint Mellon, vers l'an 270; on tient pour le moins que ce prélat bâtit une église au même lieu où est présentement la cathédrale. » Dom Pommeraye, Toussaint Duplessis, Servin, l'abbé Cochet, l'abbé Loth professent le même sentiment et ce dernier l'appuie de preuves péremptoires.

Toutefois l'on ne saurait admettre que le sanctuaire élevé par les pieuses mains du second évêque de Rouen eût les dimensions de celui qui fait aujourd'hui l'honneur de la cité. Ce n'était probablement qu'un oratoire que le zèle des successeurs de saint Mellon se plut à accroître et à embellir, jusqu'à ce que les Normands vinssent « dévorer la terre de Neustrie, et la changer en un désert. » Nul n'ignore comment ces farouches conquérants devinrent ensuite les plus fermes soutiens de la monarchie française; domptés par la grâce, ils ne montrèrent pas moins d'attachement à l'Église, qui portait encore la marque de leurs coups. Un des premiers soins du fameux Rollon fut de relever le « moutier de Notre-Dame, » sous le pavé duquel il voulut être inhumé; ses fils Guillaume Longue-Épée et Richard Ier disputèrent de magnificence à l'égard du nouveau sanctuaire, qui fut enfin consacré, au mois d'octobre 1063, en présence de Guillaume le Conquérant.

Cet édifice, dont tous les contemporains attestent la splendeur, était destiné à périr lui-même dans une catastrophe. « En cette année 1200 », dit la chronique de Rouen, « le quatrième jour des ides d'avril, dans la nuit de Pasques, l'église de Rouen fut consumée tout entière, avec toutes ses cloches, ses livres et ses ornements, ainsi que la majeure partie de la ville et grand nombre d'églises. » Seule, la tour Saint-Romain, qu'on voit à gauche de la gravure, paraît avoir survécu au désastre, du moins on peut le supposer d'après le style de la construction qui accuse la seconde moitié du XIIe siècle. Élevé sans doute pour servir de clocher à la basilique, cet épais donjon aura supporté, sans trop souffrir, les atteintes de l'incendie, dont il garde la trace.

C'est donc au XIIIe siècle qu'appartient proprement la gloire de l'édifice actuel. A cette époque, le siège métropolitain était occupé par Gautier, justement appelé le Magnifique, à cause de ses libéralités. Loin de se laisser abattre par la catastrophe, il conçut sans retard le dessein de la réparer, et ne négligea rien de ce qu'il jugeait propre à seconder ses vues. Sollicités par lui, le roi Jean Sans Terre, et plus tard, Philippe Auguste, accordèrent à l'œuvre le bienfait de leur puissance et de leurs largesses : le chapitre, sur les pressantes exhortations du Pape Innocent, les grands, le clergé, le peuple de Normandie et d'Angleterre, les habitants de Rouen surtout y joignirent le concours de leurs aumônes, souvent même de leurs bras.

A voir les monuments immenses que nous ont légués nos pères, nous sommes parfois tentés de croire au prodige, et d'attribuer à un agent surnaturel des œuvres si fort au-dessus de notre puissance. Veut-on savoir comment ce qui paraît impossible aujourd'hui était facile autrefois par l'union des cœurs et des forces dans la charité du Christ? « Voyez ces hommes puissants, » dit Haunoir, abbé de Saint-Pierre sur Dives, « fiers de leur naissance et de leurs richesses, accoutumés à une vie somptueuse, s'attacher à un char avec des traits, et voiturer les pierres, la chaux, le bois, et tous les matériaux nécessaires pour la construction de l'édifice sacré. Quelquefois mille personnes, hommes et femmes, sont attelés au même char; cependant, il règne un si grand silence qu'on n'entend pas le moindre murmure. Quand on s'arrête dans les chemins, on parle, mais seulement de ses péchés, dont on fait confession avec des larmes et des prières; alors les prêtres engagent à étouffer les haines, à remettre les dettes, etc. S'il se trouve quelqu'un assez endurci pour ne pas vouloir pardonner à ses ennemis, et refuser de se soumettre à ces pieuses exhortations, aussitôt il est détaché du char et chassé de la sainte compagnie. »

La nuit ne suspendait pas les travaux : des cierges allumés sur les différentes parties de l'édifice en éclairaient tous les détails, et permettaient à de nouveaux ouvriers de remplacer ceux qui avaient porté le poids du jour. Ces pieux volontaires formaient entre eux des confréries destinées à soutenir l'entreprise, non seulement de leurs labeurs, mais encore de leurs vertus. Nul n'y était admis avant de s'être purifié par le sacrement de pénitence, et d'avoir renoncé à tout esprit de discorde. On élisait alors un chef, sous la conduite duquel chacun tirait les chariots « en silence et avec humilité ».

Si touchante que fût cette émulation, le concours de personnes étrangères à l'art de bâtir n'aurait pu suffire à élever, et surtout à décorer le prodigieux massif de la cathédrale de Rouen. Il existait, dès cette époque, des compagnies de maçons ou piqueurs de pierre, se transportant d'une ville à l'autre, selon le besoin qu'on avait de leurs services, comme aujourd'hui les entrepreneurs des voies ferrées qu amènent avec eux des équipes de travailleurs. Les différents ouvrages que comporte l'ornement de la pierre étaient distribués entre les membres de l'association, ce qui permettait à chacun d'exceller dans sa partie, et contribuait pour beaucoup à la rapidité de la construction.

Gardons-nous bien de croire que ces forces intellectuelles ou collectives fussent abandonnées au caprice, libres de suivre les inspirations d'une piété indépendante. Loin de là. Toute cette foule obéissait à un seul homme, dont le génie avait conçu le plan de l'œuvre gigantesque, et qui déployait sa rare énergie à en presser l'exécution. Plus heureux que les constructeurs de cent autres églises qui décorent le sol de notre patrie, l'architecte Ingelram n'est pas entièrement inconnu. Quelques auteurs inclinent à croire qu'il avait embrassé l'état religieux, opinion qui s'accorde avec ce que nous savons de la science monastique à cette époque, et qu'il n'employa pas plus de quatorze années à la construction d'un si magnifique édifice. Ceux qui peuvent apprécier aujourd'hui combien de temps et de peine exige la restauration de l'extérieur, n'hésiteront pas à dire avec M. Viollet-le-Duc qu'une telle célérité tient du prodige; cependant elle n'est pas sans exemple dans l'histoire de l'architecture sacrée.

Ingelram eut la joie de mener à bonne fin son ouvrage, c'est-à-dire qu'il termina le chœur, les transepts et la nef; car une récente découverte, ayant révélé sur la principale clef de voûte le nom de Durand, fait naturellement supposer qu'un autre architecte a mis la dernière main aux parties supérieures. Quoi qu'il en soit, ce qu'Ingelram a bâti aurait suffi pour illustrer son nom dans toute la province, si, comme tant d'autres en ce temps-là, le pieux artisan n'eût préféré la gloire des cieux à toute récompense.

Il est certain que la cathédrale passait pour achevée en 1220, puisque trois ans après un important concile y fut présidé par l'archevêque Thibaut. En 1231, une nouvelle assemblée se réunit sous la direction du prélat Maurice, dont le tombeau orne encore aujourd'hui la

La cathédrale de Rouen avec sa nouvelle flèche et ses nouveaux clochetons.

chapelle de la sainte Vierge : on ne peut donc douter qu'à cette époque les travaux intérieurs de l'édifice fussent entièrement terminés.

L'absence des douze croix marquées sur les piliers en témoignage de la dédicace des églises, fait supposer que la cathédrale de Rouen n'a pas été solennellement consacrée. Il n'existe d'ailleurs aucune trace d'une cérémonie qui n'aurait pas manqué d'être consignée, ou du moins mentionnée à quelque titre, dans les écrits du temps. Si extraordinaire que paraisse une omission de cette nature, elle n'est pas sans exemple. Notre-Dame de Paris, la plus fameuse église de France, qui vit tant de fêtes, et rappelle de si glorieux souvenirs, n'a été consacrée que sous le pontificat de Mgr Darboy. Plusieurs autres métropoles ne gardent aucun signe de leur dédicace. Quoi qu'il en soit, à partir de la moitié du XIIIe siècle, il n'est plus fait aucune mention des travaux exigés par la construction de la cathédrale de Rouen.

Comme toutes les églises françaises à cette époque, la grande nef était dépourvue de chapelles. On en construisit, dit M. Viollet-le-Duc, à la fin du XIIIe siècle, et elles furent placées entre les contreforts, comme à la cathédrale de Paris. C'est vers le même temps que naquit la coutume d'établir derrière le chœur, dans l'axe même de l'édifice, un sanctuaire consacré à la sainte Vierge. La cathédrale de Rouen, étant érigée sous cet auguste vocable, devait naturellement se signaler par une plus grande magnificence dans le témoignage de sa dévotion à Marie. C'est Guillaume de Flavacourt, l'un des plus illustres prélats du siège de Rouen, chargé par le pape Martin IV de l'enquête relative à la canonisation de Louis IX, qui eut le mérite de cette construction, dont le terrain fut pris sur le domaine de l'archevêché. Commencée en 1302, la chapelle de la Vierge, véritable chef-d'œuvre de l'architecture gothique au XIVe siècle, fut achevée en quelques années.

Dans le même temps, l'ordonnance générale de la cathédrale reçut, comme dans presque toutes les églises de France, une modification profonde. Sous l'empire de besoins nouveaux, le clergé s'accrut, les fondations se multiplièrent, et l'assistance aux messes basses étant devenue pour les fidèles une habitude quotidienne, il fallut augmenter le nombre des chapelles, d'abord extrêmement restreint. Aux cinq sanctuaires qui formaient la couronne du chœur, on en ajouta dix-huit autres, le long de la nef, dont l'érection nécessita des travaux considérables : destruction de l'enceinte primitive, prolongement des contreforts, suppression des fenêtres du XIIIe siècle remplacées par de magnifiques verrières, enfin distribution et décoration des chapelles adjointes à l'édifice. Presque tous ces derniers sanctuaires étaient construits aux frais de pieuses confréries dont le patron donnait son nom à la chapelle. Il arriva même parfois que, le nombre des congrégations croissant de plus en plus, plusieurs patronages se trouvèrent établis dans la même chapelle. Pour qui connaît la piété de nos pères, studieux de placer leurs trésors à l'abri « de la rouille et des voleurs », il va sans dire que de généreuses fondations attribuées à chaque sanctuaire avaient pour but de soulager les âmes du purgatoire et de subvenir aux dépenses du culte. Il va sans dire aussi qu'au mépris de la volonté expresse des donateurs, attestée par les titres les plus solennels, l'Assemblée Constituante décida qu'à partir du 1er janvier 1790, tous les revenus des menses communes et particulières seraient perçus au profit du Trésor.

Les premières années du XVe siècle ouvrirent pour toute la France, et pour Rouen en particulier, un déluge de maux. Quelle ne fut pas l'affliction des bons citoyens, en voyant le roi d'Angleterre Henri V faire son entrée solennelle dans la cathédrale, après un siège qui avait coûté tant de larmes et de sang? (13 janvier 1419.) Les gouverneurs anglais se montrèrent néanmoins, par politique, conciliants et favorables au clergé : la métropole leur dut de réparer quelque peu les ruines que l'invasion lui avait fait subir. Mais au souvenir de l'occupation étrangère à Rouen reste éternellement liée la mémoire de Jeanne d'Arc, dont le procès et le supplice furent consommés non loin de la cathédrale, sans que jamais l'illustre victime y ait pénétré. Avec quelles démonstrations de joie fut reçu quelques mois plus tard le faible monarque dont la couronne venait d'être si miraculeusement sauvée, et qui représentait alors aux yeux de la France la grandeur nationale! S'il parut oublier, dans l'enivrement du triomphe, la triste fin de celle qui en avait été l'artisan, l'Église s'en souvint, et, quelque temps après l'entrée de Charles VII à Rouen, le pape Calixte III prononça la réhabilitation solennelle de Jeanne, prescrivant à cet effet deux cérémonies expiatoires que les habitants de Rouen furent heureux d'offrir à la mémoire d'une martyre.

Il semble que la piété des prélats et des fidèles se soit appliquée à réparer, durant la seconde moitié du XVe siècle, les maux dont la cathédrale, comme la cité, gardait encore l'empreinte. C'est à cette époque qu'il faut placer l'exécution des stalles qui ornent le chœur, et étaient surmontées, comme dans les églises d'Amiens et d'Auch, de magnifiques boiseries formant clôture. Si cette partie de la décoration a succombé au vandalisme révolutionnaire, que dire de la barbarie avec laquelle on avait fait mutiler auparavant les accoudoirs, dont les statuettes projetaient, disait-on, des saillies incommodes? Cette merveilleuse enceinte était enrichie d'un trône archiépiscopal, dont le luxe et la grandeur passaient pour extraordinaires, même dans ce siècle où le style gothique, quittant sa primitive austérité, préludait à la Renaissance par une profusion d'ornements; de magnifiques tapisseries, servant de fond à cette dentelle, en relevaient tous les détails. Ce chef-d'œuvre de sculpture, dont l'art français pleurera toujours la perte, fut trouvé « de mauvais goût » par les membres de la commune rouennaise, et comme tel livré aux flammes, le 20 février 1793.

A. VIÉNOT.

— La suite au prochain numéro. —

LA QUESTION DE CLAIRE

(Voir page 556.)

Il n y a qu'une personne qui sache adoucir les regrets du jeune infirme, c'est sa sœur, à laquelle il doit beaucoup. Germain est très intelligent, il aime l'étude, et grâce au dévouement de Claire, il a pu recevoir les bienfaits de l'instruction. Pendant six années, elle a conduit tous les jours son frère à l'école du village, dans un petit chariot, et cela sans jamais pousser une plainte, malgré les difficultés d'un chemin malaisé à descendre, et plus rude encore à monter.

Pourquoi ne voit-on jamais à Claire Quincerot de ces colifichets comme les jeunes filles les aiment? Parce qu'elle économise sur sa toilette pour fournir des livres au pauvre infirme.

Cet enfant, dont la vie n'offre aucune péripétie, et se consume lentement dans l'inaction, qui passe ses jours cloué sur une chaise, en été près de la fenêtre de la grande cuisine, en hiver au coin de la cheminée, aime par-dessus tout les récits de voyages lointains. C'est avec une attention passionnée qu'il suit, sur une carte, la route parcourue par de hardis voyageurs. Ces mers qui lui sont inconnues, et sur lesquelles, malgré leur immensité, les navires suivent une route comme si elle était tracée, ont pour lui un mystérieux attrait. Que de pensées, que de désirs, que de rêves s'agitent dans la tête du pauvre infirme, condamné pour toujours à l'horizon borné du verger de la Belle-Épine!

Pourtant il s'estimerait encore heureux, s'il pouvait être seulement un simple maître d'école.

« Que j'aimerais à instruire les enfants! dit-il souvent à Claire. Je saurais bien, va, je le sens. »

Quoique l'ambition soit modeste, là encore il faut être valide.

« Tu sais ce que je t'ai promis, lui répond Claire. Quand je serai mariée, et que j'aurai des enfants, eh bien! c'est toi qui les instruiras. Oh! je sais bien que tu es savant! Notre instituteur, M. Renaud, m'a dit bien des fois: « Je n'ai plus rien à apprendre à « Germain; c'est lui qui m'en remontrerait maintenant. « Tu seras bien content, dis, d'enseigner tes neveux? »

Germain sourit, puis il soupira.

« Tu seras loin peut-être quand tu seras mariée.

— Pas loin, sois tranquille. »

Clairon a un air d'étonnante assurance, comme si les filles à marier pouvaient dire: « J'irai ici, ou là. »

Ce soir-là, pendant le souper, comme le chef de la famille avait l'air préoccupé, on ne parla guère. Quand la table fut desservie, et les domestiques partis, le fermier leva les yeux sur sa femme et sur ses enfants, et il dit:

« J'ai du nouveau à vous apprendre, du bon et du mauvais; le mauvais, c'est que Simon nous quitte; ce garçon a été quinze ans à notre service, il prenait à cœur nos intérêts; je le regrette d'autant plus que je me fais vieux, et que je m'en reposais bien sur lui; mais il est tout naturel qu'il veuille travailler maintenant pour son propre compte. Il va prendre un fermage pour commencer, la petite rente de la Colombière. Je lui ai dit: « A présent, mon garçon, tu ne peux pas faire autrement « que de te marier, » et il m'a répondu en devenant rouge comme la crête d'un coq: « Ce n'est pas pressé, « maître. » Je parie qu'il n'osera jamais demander une jeune fille en mariage; ce n'est pas pour rien qu'on l'appelle dans le pays Simon le Timide. N'importe, gauche comme il est, il faisait mon affaire, et j'ai bien de l'ennui de le voir partir. Je ne retrouverai pas son pareil. L'autre nouvelle est meilleure. On m'a demandé ta main, Clairon; devine qui? »

Clairon répondit avec franchise:

« C'est l'instituteur. »

Elle s'était bien aperçue qu'elle lui plaisait.

« Ce n'est pas un riche parti, reprit le fermier, il ne possède point de terres, mais il est régulièrement appointé.

— Il a de l'ordre, de la conduite, se hâta d'ajouter la mère. Et puis s'il te plaît, Clairon, c'est beaucoup.

— Il ne me déplaît pas. Je réfléchirai. »

III

UNE TERRIBLE QUESTION

Le lendemain, Clairon se leva de bon matin et dit à sa mère:

« Je vais descendre au village; j'ai besoin d'y faire quelques emplettes. Je serai bientôt de retour. »

Elle partit. Elle songeait en chemin à la demande que son père lui avait transmise la veille.

« Plus tard, se disait-elle, Germain pourrait venir avec nous; il aiderait à son beau-frère à faire la classe, et il serait bien heureux, le pauvre enfant! Il faut absolument que je parle à l'instituteur avant de donner une réponse à mon père, il faut que je lui pose une question. S'il dit oui de bon cœur, et je le sentirai bien, je l'épouserai, c'est sûr. »

La maison d'école, neuve et bien aménagée, était une des plus agréables du village. Un beau jardin de rapport s'étendait derrière, et l'instituteur y cultivait avec succès des choux et des salades.

La rivière coulait au bout du jardin, de sorte qu'il avait l'eau sans aucune peine.

Au lieu de passer devant l'école, Clairon fit un détour, et suivit la rivière sur la rive opposée au jardin de l'instituteur. On pouvait facilement se parler d'un bord à l'autre.

Avant l'entrée en classe des enfants, M. Renaud jardinait.

Quand il aperçut la jeune fille, son visage s'illumina.

« Votre père vous a-t-il parlé, mademoiselle Claire ?

— Oui, fit-elle nettement. Mais avant de se décider, on a quelquefois besoin de causer ensemble. J'ai pensé à une chose, monsieur Renaud ; si mes parents venaient tout à coup à manquer à Germain, que deviendrait le pauvre infirme? Il est un peu comme mon enfant, et je sais qu'il ne se plairait qu'avec moi. Dites-moi franchement, monsieur Renaud, si, dans ce cas, vous prendriez mon frère avec plaisir. »

Une ombre, qui n'échappa point à la jeune fille, passa sur le visage de l'instituteur. Pourtant, il se confondit en belles phrases sonores et en protestations, disant que tout le pays admirait le dévouement fraternel de Mlle Claire, et qu'il était bien étonné qu'on n'eût pas encore proposé la jeune fille pour un prix Montyon.

Que manquait-il à ces belles phrases ? peu de chose et beaucoup : l'accent sincère, venu du cœur, et un oui tout sec, dit ainsi, eût satisfait davantage la jeune fille.

En remontant vers la rente, elle se disait : « Non, ce n'est pas cela, et Germain ne serait pas heureux. N'y pensons plus. »

Et quelques jours après, elle dit à son père :

« J'ai réfléchi : je suis trop habituée au mouvement de la ferme pour me plaire dans une école. Je n'épouserai pas l'instituteur. »

Ses parents eurent beau combattre cette résolution, qui les contrariait, elle fut inébranlable.

Quelques mois après, une autre demande arriva.

Le prétendant était un garçon du pays, qui venait de s'établir épicier à Dijon. Il était actif, entreprenant, né pour le commerce ; enfin c'était un garçon à faire fortune rapidement. L'affection de Philippe Leroy pour Claire datait de loin, car ils avaient été à l'école ensemble, et ils se tutoyaient.

En transmettant la demande de Philippe à sa fille, le père Quincerot lui dit :

« Ce n'est pas encore ton affaire, puisque tu ne peux te passer du mouvement de la ferme; mais je crois que tu feras bien d'y moins tenir, si tu tiens aussi à te marier. Philippe est un joli parti pour toi, et, à mon avis, tu ferais une fière sottise en le refusant. Je pense que tu n'as pas besoin de grande réflexion pour me répondre oui.

— Vous me donnerez pourtant bien quelques jours pour réfléchir, » répondit Clairon.

Et en elle-même, elle se disait :

« Comment vais-je faire pour poser ma question à Philippe ? et il faut pourtant absolument que je la lui pose, avant de me décider. »

Deux ou trois jours après, sous prétexte d'achats à faire à Dijon, elle partit un matin avec un coquetier des environs qui portait des denrées au marché.

Elle n'eut pas de peine à trouver la boutique de son prétendant. Elle était d'apparence fort modeste ; ce n'était pas une de ces épiceries luxueuses qui étalent à leurs vitrines des comestibles de choix; on n'y vendait encore que les denrées de première nécessité dans un ménage, et le quartier où le jeune homme s'était installé, ne demandait pas autre chose.

Lorsque Claire entra dans l'épicerie, Philippe était occupé à servir une dame.

« Tiens, Clairon ! s'écria-t-il très étonné, en apercevant la jeune fille. Comment es-tu ici ?

— Sers donc madame, nous causerons après. »

Claire s'assit tranquillement, et regarda autour d'elle. Tout était propre, et bien rangé dans la petite boutique.

Quand l'acheteuse fut partie, Philippe alla tout joyeux vers la jeune fille, et lui prenant les deux mains :

« Que je suis content de te voir, ma gentille Clairon! Voyons, est ce que tu viens m'apporter toi-même une bonne réponse, ou bien, avant de te décider, as-tu voulu voir par toi-même si le logis te convenait ?

— Nous autres campagnardes, nous ne faisons pas autant de cérémonie que les demoiselles ; pourtant, bonne ou mauvaise, je ne t'apporterais pas moi-même la réponse : c'est le père qui te la donnera. Je suis venue parce qu'il faut que je cause un peu avec toi. »

Philippe se troubla légèrement ; il craignait que la jeune fille ne voulût tirer au clair certaines peccadilles de sa jeunesse, mais il se rassura vite.

« Tu sais comme Germain est infirme, commença-t-elle...

— Oui, le pauvre enfant, c'est assez malheureux pour vous tous, assez triste pour lui.

— Mes parents sont déjà âgés, ma mère est fatiguée, usée, et le père est bien lourd depuis quelque temps. S'ils venaient à manquer tous deux à Germain, que deviendrait celui-ci? J'y pense souvent. Je sais qu'il ne serait bien qu'avec moi. Dis-moi franchement, Philippe, si tu le prendrais avec plaisir. »

A cette terrible question, l'ombre déjà remarquée chez l'instituteur s'étendit sur le visage ouvert du jeune homme, et sa bouche eut un pli de contrariété.

Cependant il répondit :

« Avec plaisir, certainement... si c'était possible. Mais restant tous deux au magasin du matin au soir, nous ne pourrions guère nous occuper de l'infirme. Il s'ennuierait.

— Que non ! Nous le mettrions dans le magasin, là, près de nous, il s'amuserait à voir aller et venir le monde; et puis, avec des livres, Germain ne s'ennuie jamais.

— Je ne dis pas, je ne dis pas; mais tu ne sais pas qu'à Dijon ce n'est pas comme à la campagne : la place est plus restreinte, et les loyers sont chers. Mais je pense à une chose, nous pourrions faire admettre Germain dans un hôpital, payer même quelque chose pour lui. Nous irions le voir... »

Elle se leva, et dit vivement :

« Nous n'en sommes pas là, Philippe ! Adieu !

— Je t'ai fâchée, fit-il en la retenant par la main. Si tu veux avoir ton frère avec toi, tu l'auras, je te le promets... Eh bien ! tu n'es pas encore contente, et tu ne vas pas me donner une bonne réponse, ma gentille petite Claire ? »

Mais la gentille petite Claire, qui ne se laissait pas facilement enjôler, répliqua froidement :

« La réponse, je te l'ai déjà dit, c'est le père qui te la donnera. »

Il voulut la retenir encore pour lui exposer tout au long ses plans d'avenir. Il avait préféré commencer petitement, ne pas emprunter de capitaux. Plus tard, quand il aurait amassé quelque chose, il s'établirait plus grandement, dans un plus beau quartier, et il était sûr, avec son entente du commerce, d'avoir fait fortune dans vingt ans. Alors il se retirerait à la campagne, et aurait un cabriolet avec un bon petit cheval pour venir à Dijon toutes les fois que cela lui ferait plaisir.

Malgré cette séduisante perspective, il ne put arracher une promesse à Clairon.

Le cœur un peu gros, la jeune fille reprit la route de la Belle-Épine. « J'en demande trop à des étrangers, se dit-elle. Eh bien ! je ne me marierai pas, voilà tout. » Claire avait espéré rencontrer en chemin une voiture qui la mènerait près de chez elle. Mais elle s'en alla jusqu'à la rente de la Colombière, à mi-chemin de la Belle-Épine, sans avoir rien trouvé.

Comme elle passait devant le porche de la Colombière, elle aperçut, dans la cour, Simon, leur ancien valet de ferme, monté sur une haute voiture de foin, et occupé à le rentrer dans le fenil.

« Eh ! bonjour, Simon, » cria-t-elle.

Il tourna la tête, et, en apercevant la jeune fille, il rougit de saisissement et de contentement sans doute. Il descendit précipitamment de la voiture, et il courut à elle.

« Bonjour, mamzelle Claire, comment êtes-vous par ici ? C'est bien du plaisir de vous voir chez nous ; entrez donc vous rafraîchir. »

Tout cela était dit avec un air d'embarras.

« Merci, mon bon Simon, il faut que je rentre à la Belle-Épine. Je suis déjà en retard. Je viens de Dijon, et je pensais rencontrer en route une voiture qui me mènerait chez nous plus vite que mes jambes.

— Je vais atteler la Blanche à la carriole ; ce ne sera pas long, allez, et je vais vous reconduire », dit-il vivement.

Claire ayant accepté son offre, car elle était lasse, il eut promptement attelé la Blanche à la carriole, et ils partirent.

Chemin faisant, la jeune fille lui dit :

« On vous voit rarement à la Belle-Épine, Simon ; vous nous oubliez. Le père pense toujours à vous, et il dit souvent : « Jamais je ne remplacerai Simon. » Et c'est bien vrai.

— Vous êtes bien bonne, mamzelle Claire, répondit Simon, qui paraissait extraordinairement touché de ce témoignage et en rougissait jusqu'aux oreilles.

— Êtes-vous content à la Colombière, et ne vous repentez-vous point de l'avoir affermée ? On disait dans le temps que ce n'était pas une bonne rente.

— Ce n'était pas la rente qui était mauvaise, mamzelle Claire, c'étaient les fermiers.

— Peut-être bien.

— Ils n'y entendaient rien de rien, je vous assure. Ce n'est pas moi qui dirai que c'est une mauvaise rente, car elle a été bonne pour moi ; il est vrai que je m'y suis donné du mal. Elle n'a qu'un défaut, c'est d'être un peu petite, et je vous dirai, mais là tout en secret, que si je trouvais dans quelque temps, et dans les environs, une ferme plus importante, je l'affermerais.

— Vous avez de l'ambition, Simon ?

— Un brin, oui, mamzelle Claire ; mais il n'y a pas de mal, quand on est jeune, à vouloir mettre honnêtement quelque chose de côté pour la vieillesse.

— Voici que nous arrivons, dit Claire. Vous m'avez rendu bien service, Simon. J'étais lasse, et je serais encore sur les chemins à l'heure qu'il est. »

La voiture allait tourner sous la grande porte charretière de la Belle-Épine.

« Dites donc, mamzelle Claire, fit Simon avec timidité, on dit dans le pays que vous allez vous marier avec Philippe Leroy ; est-ce vrai ?

— Ni avec lui ni avec un autre, répondit brusquement la jeune fille en sautant à terre dans la cour de la Belle-Épine. Bonsoir, Simon, et merci. Entrez donc dans la cuisine ; le père sera joliment content de vous voir. »

IV

OU SIMON LE TIMIDE PARLE BIEN

On était en train de couper les blés autour de la Belle-Épine, et Clairon se multipliait pour préparer les repas aux moissonneurs.

Le soleil de juillet embrasait la terre, et les travailleurs, courbés sur les blés, devaient cruellement souffrir.

A midi, la jeune fille leur avait porté leur repas, qu'ils avaient pris à l'ombre de la Belle Épine. Le père Quincerot moissonnait comme les autres, avec plus d'ardeur encore, puisque c'était son bien ; et il avait d'autant plus de cœur au travail que ses récoltes étaient magnifiques cette année-là ; tous les moissonneurs tombaient d'accord que c'étaient les plus belles de la contrée. Aussi le fermier était-il dans la jubilation. Le contentement lui avait fait retrouver son ancienne vigueur, et dans la matinée il avait abattu de l'ouvrage comme deux.

Quand sa fille vint à midi, elle le trouva sous la ramure de la Belle Épine et promenant sur le plateau doré par les moissons mûres un regard de triomphe. Il avait rajeuni de dix ans. Il était superbe à voir ainsi, avec sa faucille brillante en main.

« Encore une récolte comme celle-ci, dit-il à sa fille, et j'ajouterai à la Belle-Épine une pièce de terre qui me fait envie depuis longtemps. Tous se plaignent de la chaleur, mais moi je n'y fais pas attention, je suis trop content. Vois-tu comme j'ai travaillé ce matin?

— Tu te fatigues trop, père. Il faudra te bien reposer après ton repas. De tout l'été, il n'a pas fait aussi chaud qu'aujourd'hui. Il semble que le soleil vous verse du feu sur la tête, et quand on se baisse vers la terre, il en sort une chaleur qui vous brûle le visage.

— Nous ne sommes pas des gens de la ville, nous autres, nous ne craignons pas le soleil, n'est-ce pas, Michel? »

Il s'adressait au plus vieux moissonneur de la bande, fait de longue date au soleil de juillet.

« On sent moins la chaleur quand on travaille pour soi, fit-il. C'est une rude journée! »

Claire avait servi leur repas aux moissonneurs, puis elle avait repris le chemin de la rente. En rentrant, elle alla s'asseoir près de Germain, qui regardait avec ennui le verger ombreux, et pensait avec envie à ceux qui moissonnaient là-bas sous le soleil ardent.

Claire essaya de le distraire de ses pensées; déjà il souriait en l'écoutant, lorsqu'un pas résonna sur la porte. C'était Michel, le vieux moissonneur, et, avant qu'il eût parlé, la jeune fille eut le pressentiment qu'il apportait une mauvaise nouvelle.

« Claire, dit-il, il est arrivé un malheur. Oui, ma pauvre fille, il faut prendre courage, ton père a été frappé d'un coup de sang, pendant qu'il était en train de moissonner. Nous l'avons porté sous la Belle Épine, mais il n'y avait déjà plus rien à faire. Je n'ai pas voulu qu'on vous rapportât son corps sans que vous soyez tous prévenus. C'est un malheur, oui, un grand malheur, ma pauvre Clairon! »

Elle l'écoutait comme pétrifiée; elle pouvait à peine croire à la réalité de ce récit, elle qui avait vu son père si plein de vie, il y avait moins d'une heure. Germain pleurait.

Le vieux Michel toucha le bras de la jeune fille.

« Clairon, il faut prévenir ta mère; le corps arrive. »

Elle se raidit contre la douleur, et courut préparer sa mère à ce coup terrible. Il était temps. Le corps du fermier, couché sur une gerbe, et entouré de tous les moissonneurs consternés, allait entrer dans la cour de la Belle-Épine.

En apprenant que son mari était mort, la fermière, malgré tous les ménagements de sa fille, éprouva un rude choc, mais dans ses exclamations désespérées l'intérêt se mêlait à l'affection.

« Ah! c'était un digne homme, criait-elle, un fier travailleur! Qu'allons-nous devenir? Il nous faudra, sans doute, vendre la rente, car ce n'est pas Germain, le pauvre infirme, qui peut remplacer son père. »

Claire envoya des moissonneurs porter la triste nouvelle à ses sœurs Agathe, Tionnette et Justine, et quelques heures après elles étaient à la rente. Claudine, prévenue par lettre, n'arriva qu'après l'enterrement du père.

A peine le fermier reposait-il dans la tombe que ses enfants agitèrent la question d'intérêt. Claire eut beau prétendre qu'elle dirigerait bien la ferme, et supplier qu'on ne la vendît pas, ses sœurs, poussées par leurs maris, exigèrent la vente de la Belle-Épine. Claudine était la plus âpre; son mari ne faisait pas d'aussi brillantes affaires à Paris que ses toilettes à elle semblaient l'affirmer.

« Non, disait-elle, il est impossible qu'une femme s'entende à bien diriger une ferme. Mes sœurs et moi, nous voulons la vente et le partage; c'est plus sûr. »

La Belle-Épine fut donc mise en vente, et elle devint la propriété d'un châtelain qui possédait déjà plusieurs fermes dans le pays. Il permit à Mme Quincerot de rester dans la rente tant qu'il ne l'aurait pas affermée.

« A quoi bon? disait Claire. Plus nous tarderons à partir, et plus cela nous fera de chagrin. D'ailleurs le nouveau fermier peut arriver d'un jour à l'autre, et il nous faudra vite lui céder la place. »

Il arriva. C'était Simon, leur ancien valet de ferme. Il avait bien dit à Claire qu'il voulait affermer une exploitation plus importante que la petite rente de la Colombière.

« Après tout, pensa Claire, j'aime mieux que ce soit lui qu'un autre. »

Avant de partir, Clairon visita une dernière fois la Belle-Épine, dans tous ses détails, en compagnie de Simon. Plus d'une fois, pendant cette visite, elle s'essuya les yeux avec le coin de son tablier, ce qui fendait l'âme du nouveau fermier.

Tout à coup, au fond d'une étable, où il ne faisait pas trop clair, il arrêta Clairon et, d'une voix étranglée par sa timidité native :

« Mamzelle Claire, j'ai quelque chose à vous dire, fit-il.

— Quoi donc, Simon?

— Quelque chose que je voulais vous dire depuis longtemps... je n'osais pas. A cette heure, il faut que je parle; tant pis si cela vous fâche! Voilà! je vous aime d'ancienne affection, et si vous vouliez devenir ma femme; ... je ne sais pas comment tourner cela; enfin, vous comprenez tout de même que je serais bien content. Il va sans dire que votre mère et Germain resteraient avec nous, et je jure ma parole que je les aimerais comme ma propre mère, et comme mon propre frère. »

L'accent y était, cela venait droit du cœur.

« Simon, vous êtes un brave garçon, et je vous crois, vous ! » s'écria Claire.

Et elle laissa tomber sa main dans celle de Simon le Timide, sans rien ajouter.

L. Mussat.

CHRONIQUE

On aura beau dire et beau faire, je crois décidément que l'hiver vaudra toujours mieux pour les riches que pour les pauvres. Je ne veux point établir un affligeant parallèle que votre bon cœur saura, je l'espère, comprendre lui-même et que votre charité corrigera autant que possible. Je ne parle pas en ce moment des pauvres absolument pauvres, mais de tous ceux qui ne peuvent conserver, dans la mauvaise saison, le superflu de la vie, ce luxe aimable et à bon marché que le printemps, l'été et l'automne même savent si bien leur donner.

Pendant l'été, le rosier qui fleurit sur la fenêtre de Jenny l'ouvrière, n'est ni moins beau ni moins odorant que celui qui s'épanouit sur le balcon d'une duchesse; peut-être même est-il plus frais et plus riant, car il est plus choyé et les fleurs ont une sorte d'instinct qui les porte à remercier, à leur manière, les mains qui prennent soin d'elles.

Mais l'hiver venu, Jenny l'ouvrière ferme hermétiquement la fenêtre de sa chambrette; et du rosier, après les premières gelées, il ne reste plus rien que le vase de faïence blanche et bleue qui attend, comme une chambre vide, la fleur du prochain renouveau.

Pour les riches ou pour tous ceux qui peuvent se donner un petit luxe, la saison où nous entrons est celle où l'on s'offre cette chose exquise et charmante qui s'appelle un jardin d'hiver.

Notez qu'il y a des jardins d'hiver à tous les prix et pour tous les goûts : Votre jardin d'hiver peut être une vaste serre, annexe d'un hôtel princier, comme il peut consister seulement en une table ou une console chargée de plantes vertes; croyez-moi, si vous le pouvez, ne vous privez pas de cette délicate et poétique jouissance que les plantes au large feuillage peuvent mettre dans votre intérieur, tandis qu'au dehors, à travers les vitres tamisées de givre, vous n'apercevez que des branches d'arbres noires et mortes.

Mais le jardin d'hiver ne va pas tout seul ; il appelle tout un cortège d'êtres aimables : l'aquarium où nagent les cyprins pourpres ou dorés ; la volière, si joyeuse et dont la mangeoire est si bien garnie que de temps à autre les pierrots viennent frapper du bec à la fenêtre comme pour réclamer leur part au banquet de l'hospitalière captivité.

Aussi, quand l'hiver arrive, une augmentation notable se produit dans les cours de la vente chez les marchands d'oiseaux du *Quai de l'École*. C'est le moment où les *cardinaux* sont en hausse et où les *bengalis* font prime. Quant aux perroquets et perruches, c'est avec peine que le marché se trouve en état de suffire à toutes les demandes.

Tout le monde est d'accord qu'à part son plumage, le perroquet est un animal fort laid de forme et fort méchant de caractère; — cela n'empêche pas que, toujours, il se trouvera des amateurs de perroquets, même ailleurs que dans les loges de concierges.

Et notez bien que ce qu'on recherche particulièrement dans le perroquet, c'est, à mon avis, ce qu'il y a de pire en lui, — son langage.

Quand on dit d'un homme : « c'est un perroquet », cela revient à dire que cet homme est un radoteur, qu'il tient de sots et ridicules propos, sans même les comprendre, comme l'oiseau dont on lui donne le nom : Quant à l'oiseau lui-même, on trouve charmant qu'il bredouille toujours la même chose; et pour mieux s'assurer qu'on ne sortira point de la monotonie, on a soin de lui apprendre ce qu'ont dit tous les perroquets ses prédécesseurs, et ce que rediront tous les perroquets ses successeurs. Le fond de son éducation est à peu près invariablement le même : « As-tu déjeuné, Jacquot ? » Question d'autant moins spirituelle que Jacquot se la pose à lui-même et qu'il est fatalement obligé d'y répondre aussi lui-même par un : « Oui, oui, oui » des plus accentués, alors même que ses boyaux vides crieraient encore plus furieusement que son bec recourbé.

Le poète Émile Deschamps a raconté quelque part l'histoire d'un perroquet qui répétait sans cesse : « Il est bien content, Jacquot, bien content ; » et qui éclatait ensuite de rire. Un soir, ce pauvre diable de perroquet s'incendia lui-même sur une lampe à esprit de vin : ses plumes brûlaient; son corps était dévoré par les flammes; et, en se tordant dans les douleurs de l'agonie, il redisait la seule phrase qu'il sut : « Il est bien content, Jacquot, bien content; » et il riait, parce que rire était le seul gémissement qu'il connût !

Il y a cependant des perroquets dont l'éducation a reçu des développements plus complets; mais méfiez-vous, rien n'est plus dangereux que de croire à la science et au bon goût d'un perroquet. L'histoire de Vert-Vert dans un couvent, disant *Ave, ma sœur*, et, dans un autre couvent, jurant comme un diable, n'est pas absolument neuve, mais il paraît qu'elle est encore de saison.

Un gros procès est engagé à Rome, en ce moment même, par une brave dame qui s'est avisé d'acheter chez un marchand d'oiseaux un perroquet qu'elle avait entendu réciter le *Pater* en six langues et qui, une fois rendu chez elle, n'en savait plus un traître mot.

La bonne dame demande des dommages-intérêts; car elle soupçonne fort qu'elle a été dupe d'un tour trop ingénieux de ventriloquie ; mais aussi, pourquoi attendre d'un perroquet ce qu'on n'attendrait pas même d'un bon chrétien.

Parmi les perroquets doués d'une intelligence exceptionnelle, mais fort peu doués de politesse, il faut citer un magnifique perroquet vert et rouge qui appartint pendant de longues années à Cuvier et qui faisait les délices de son maître.

Le grand naturaliste l'avait toujours auprès de lui dans son cabinet de travail, quand il recevait des visites, et l'oiseau était chargé de les abréger par ses impertinences.

Pendant que le visiteur causait, le maudit perroquet ne cessait de dire : « Tais-toi? bavard! tais-toi! va-t'en! voleur de temps! va-t'en! » Jusque-là, il n'y avait que de la mémoire; mais le perroquet montrait une réelle intelligence doublée d'impertinente initiative, quand les visiteurs étaient des savants étrangers, anglais ou allemands : alors il écoutait chacune de leurs phrases et les répétait ensuite en contrefaisant et en exagérant leur accent de la façon la plus grotesque. Un jour M. de Humboldt fut si rudement persiflé par le perroquet de Cuvier qu'il se fâcha tout rouge et qu'une brouille faillit éclater entre ces deux hommes de génie.

La baronne d'Oberkich raconte dans ses *Mémoires* que l'abbé Terray avait un gros perroquet qui, dès qu'il voyait quelqu'un paraître dans l'antichambre, criait, à tue-tête : « Au voleur! » Un visiteur, ennuyé d'être salué de cet étrange façon, dit un jour assez haut pour être entendu de l'abbé, qui se tenait dans la pièce voisine : « On voit bien que cet animal-là a l'habitude d'annoncer son maître. »

Croyez-moi, dans votre intérêt même, si vous avez un perroquet, tâchez d'avoir un perroquet poli, et tâchez qu'il soit en même temps de caractère doux; car, enfin, il est désagréable que vos visiteurs puissent avoir le doigt ou même le nez plus ou moins déchiré pour avoir voulu flatter intempestivement un animal rebelle aux caresses.

Prévenez tout au moins les personnes grandes ou petites qui seraient tentées de se frotter téméraírement aux plumes de votre Jacquot; et au besoin, allez au-devant de la naïveté de quelques-unes d'entre elles.

Un jour une petite fille voulait caresser un gros perroquet : « N'y touchez pas, ma chère enfant; » dit le propriétaire de l'oiseau en lui retenant la main. « Mais pourquoi? » « Parce qu'il vous mordrait? Il ne vous connaît pas... » « Eh bien! alors, dites-lui que je m'appelle Camille. »

* * *

Veuillez, je vous prie, remarquer que je mets un large et respectueux alinéa pour passer du chapitre des perroquets au chapitre de l'Académie française; mais je ne puis m'empêcher de suivre, comme il va, le train des choses de ce monde, et je ne dois pas ignorer que le 8 décembre prochain l'Académie française procédera à une élection qui fait gravir à plus d'un écrivain en renom bien des escaliers et qui met en sa main bien des cordons de sonnettes.

Cela dépend de tant de choses, un succès électoral à l'Académie française! Et il est si difficile de rien conjecturer en pareille matière, qu'au lieu de me lancer dans des suppositions prématurées, j'aime mieux chercher dans ma mémoire quelques souvenirs sur les élections du temps passé.

Il paraît que l'usage des visites pour les candidats à l'Académie date du refus que fit le grand Arnauld de Port-Royal d'entrer dans l'illustre assemblée, qui lui avait offert un de ses fauteuils.

« Port-Royal n'est-il pas une académie? » répondit modestement ou orgueilleusement Arnauld.

On se le tint pour dit, et dès lors il fut décidé que nul ne serait admis parmi les quarante sans visites de sollicitation.

Les visites sont le supplice des candidats académiciens et elles sont la revanche des académiciens élus, comme les *brimades* de Saint-Cyr sont où étaient la revanche des *anciens* se vengeant sur les *nouveaux* de toutes les avanies qu'on leur a fait subir à eux-mêmes.

Dieu sait tout ce que l'aspirant académicien est obligé d'avaler de couleuvres avant d'arriver au fauteuil de ses rêves, si jamais il y arrive...

Quand Alfred de Vigny sollicita l'honneur de siéger parmi les *quarante*, il se présenta chez M. Royer-Collard, dont il souhaitait la voix.

« Quels sont vos ouvrages? demanda l'illustre doctrinaire avec le plus solennel dédain.

— Monsieur, je suis l'auteur d'un poème qui s'appelle *Eloa*, d'un roman qui s'appelle *Cinq-Mars*, d'un drame qui s'appelle *Chatterton*... Toutes ces œuvres, et quelques autres encore, ont été suffisamment remarquées du public pour qu'il me fût permis d'espérer qu'elles n'étaient point inconnues de vous. — Oh! moi, répondit M. Royer-Collard d'un ton plus dédaigneux encore, je ne lis plus, je relis. »

Alfred de Vigny se le tint pour dit.

Argus.

Toute réclamation, toute indication de changement d'adresse, toute demande de renouvellement, doivent être accompagnées d'une bande du journal imprimée et envoyées FRANCO à M. Victor Lecoffre.

Abonnement, du 1er avril ou du 1er octobre; pour la France : un an, 10 f.; 6 mois, 6 f.; le n° au bureau, 20 c.; par la poste, 25c.
Les volumes commencent le 1er avril. — LA SEMAINE DES FAMILLES paraît tous les samedis.

VICTOR LECOFFRE, ÉDITEUR, RUE BONAPARTE, 90, A PARIS. — Imp. de la Soc. de Typ. - Noizette, 8, r. Campagne-Première. Paris.

Vue de Bethléem, état actuel.

L'IMAGIER DE BETHLÉEM

Il se rencontre çà et là, sur cette terre, certaines places tellement consacrées par un fait incomparable, que désormais, nous semble-t-il, rien ne devrait plus s'y passer.

Ou, tout au moins, ce qui s'y passe devrait être en relation perpétuelle avec le fait unique et parfait.

Ne vous plairait-il point, par exemple, que Bethléem eût été enfermée dans un gigantesque reliquaire, comme un joyau saint et splendide, à dater de l'heure où l'on put y graver sur la pierre : HIC *de Virgine Maria Jesus Christus natus est.*

Hic! Ici! Après que, ici, un Dieu prit naissance, des vies humaines ont-elles le droit d'y suivre leur cours vulgaire? Ici, peut-il s'agiter encore de vils intérêts, des pensées terrestres, de coupables passions?

Les Paule, les Eustochie, à la bonne heure! Voilà ce qui s'appelle vivre à Bethléem, et acquérir le droit d'y vivre...

Y vivre comme en un sanctuaire, y vivre exprès pour y mourir, dans l'espérance d'avoir sa tombe à côté du berceau divin.

Et cependant, regardez : voici devant vous une vue de Bethléem. Faut-il vous attendre à trouver sous vos yeux la grotte, la crèche, l'Enfant divin, la Vierge, Joseph, les anges, les bergers, les mages, tout ce qu'évoque le nom de l'ancienne Ephrata? Non pas. C'est Bethléem dans son état actuel. Des maisons à peu près semblables à n'importe quelles maisons d'Orient, s'élèvent en assez grand nombre sur le flanc et sur le sommet du monticule qui domine la longue vallée plantée d'oliviers et de figuiers.

Il en est, là-haut, une toute petite, qui se suspend au rocher de granit revêtu d'hysope. Des mousses empourprées tapissent son toit gris. Les pâles rameaux du câprier encadrent gracieusement, mais tristement, ses vieux murs.

C'est, m'a-t-on dit, la demeure d'Abou-Rahuel.

Et qu'est-ce qu'Abou-Rahuel?

Un chrétien, dont la profession, très répandue parmi les Bethléémites, consiste à sculpter l'olivier, à graver la nacre. Avec le bois, il fait des christs d'une expression naïve et désolée; ou bien aussi ces croix où sont marquées les stations de la *Via dolorosa.* Sur la précieuse coquille, il imprime les traits de la Vierge qui devint mère à Bethléem. Surtout il la représente dans son martyre, à l'heure indicible où son cœur fut transpercé.

Faut-il l'appeler un sculpteur? Faut-il l'appeler un graveur? Ni l'un ni l'autre titre ne serait exact ou du moins complet. Mieux vaut lui donner ce nom de certains artistes du moyen âge : Abou-Rahuel est un « imagier », ou, pour moderniser tant soit peu, un imagier.

Dans cette modeste demeure, l'imagier avait vécu bien heureux. Cela ne devait pas durer toujours. Aussi belle, aussi aimée que Rachel, sa femme mourut aussi jeune, en lui laissant, au lieu d'un Joseph et d'un Benjamin, une Miriam et une Isma. Ce père, ces deux filles composèrent désormais toute la famille, car jamais Abou-Rahuel n'essaya de remplacer son premier amour.

On m'a fait connaître leur histoire, ou, pour mieux dire, trois journées de leur histoire. A quel propos? De quelle manière? La réponse viendra en son temps. Pour le moment, j'essayerai de former, très simplement, du récit de ces trois journées trois chapitres. Inégale sera leur étendue, parce qu'elle doit se proportionner à l'importance de chacun des jours.

CHAPITRE PREMIER

LA FÊTE DES SEMAILLES

Le voyageur qui se dirige vers Bethléem, traverse une contrée désolée. Des sentiers pierreux, presque impraticables, le conduisent au milieu de vallées désertes, et par delà des coteaux que le soleil a brûlés au lieu de les féconder.

Mais à mesure qu'il avance, la nature s'égaye et s'embellit. Il aperçoit devant lui une forêt d'oliviers, dont le feuillage, un peu triste sans doute, est relevé par des fruits innombrables, émeraudes suspendues à tous les rameaux. Les collines aussi ouvrent leur écrin : au milieu des pampres où le corail se mêle à la malachite,— l'ambre et la topaze, l'améthyste et le grenat se façonnent en grains réguliers, se montent en grappes opulentes. Entre ces collines reposent de riants et frais vallons... Voici Bethléem!

Bethléem est une oasis qui ne cesse de justifier son premier nom : *Ephrata,* fertilité.

La bénédiction répandue sur ses campagnes ne resplendit pas moins sur le visage de ses habitantes. Les femmes bethléémites sont renommées pour leur beauté. Leurs louanges retentissent sur les lèvres des chantres-poètes, les troubadours du désert, depuis Hébron jusqu'aux ruines de Bostra, dans le Haourân.

Malheureusement, les Arabes nomades ne se contentent pas tous de chant et de poésie. Si quelquefois ils célèbrent Bethléem, avec la grâce un peu emphatique de l'Orient, plus souvent ils la désolent par leurs razzias rapides et sanglantes. Les Bédouins d'El-Ghor, cette vallée du Jourdain, qui s'étend du Liban à la mer Morte, ne sont que trop familiarisés avec ses sentiers. Le pacha de Jérusalem possède à peine assez de soldats pour les obliger à respecter les environs de sa ville, du côté de Jaffa et de Naplouse. Il craindrait de s'exposer lui-même en disséminant ses forces, et se soucie peu de protéger à ses dépens le lieu de naissance d'un « faux prophète ».

Les Bethléémites vivent dans un paradis, mais dans un paradis constamment menacé. En dépit de leurs occupations pacifiques, ils sont devenus belliqueux par le constant voisinage du danger.

Ce n'en est pas moins un petit peuple enjoué, amateur de réjouissances. S'il faut en croire le proverbe, on ne pourrait se représenter Ephrata autrement que sous des habits de fête.

Et d'après un autre proverbe, on verrait moins de belles femmes dans toute la Palestine, pendant l'année entière, que dans cette petite cité en un seul jour : la Fête des Semailles.

C'est donc aujourd'hui la Fête des Semailles.

Une journée de septembre, car il s'agit de confier à la terre le grain qui doit fructifier encore, grâce à la douceur de l'automne, et donner une seconde moisson.

Le soleil s'incline sur la plaine riante qui monte doucement vers l'Orient, jusqu'aux vignes de la grotte des Pasteurs.

Des groupes nombreux animent la portion de cette plaine, d'où se sont retirés les rayons trop brûlants. Une mélodie confuse s'élève du milieu des femmes parées et enguirlandées, et accompagne leurs danses. Les pieds effleurent à peine la terre, les mains agitent des branches de palmier et des tiges d'hysope. Parfois des cris de feinte terreur interrompent ou dominent la mélodie : une pluie de fleurs est venue surprendre les danseuses, et celles-ci paraissent s'efforcer de se soustraire au danger.

C'est cette troupe joyeuse qui est chargée de répandre, dans les sillons d'automne, les premiers grains d'orge et de froment.

Plus loin, sous les festons des pampres, quelques jeunes filles, assises, se reposent en causant. D'autres émergent des vignes touffues, les mains chargées de guirlandes de raisin, ou de branches de grenadier alourdies par les fruits. Elles se rapprochent des danseuses, et s'amusent à leur lancer des grenades ; tous les bras s'élèvent pour essayer de les saisir au passage, et, tant que la provision n'est pas épuisée, le jeu recommence.

Des voiles flottent derrière la haie d'aloès. Les promeneuses égarées de ce côté voudraient revenir et se mêler aux plaisirs de leurs compagnes. Pour les étonner, les effaroucher en se présentant inopinément, plus encore que pour éviter un long détour, elles essayent de se glisser à travers la haie... Mais bientôt un léger cri trahit leur ruse : une petite main s'est blessée aux épines, ou bien un vêtement s'y est déchiré.

L'une des danseuses était désignée, par son énorme bouquet de lis, comme la reine de la fête.

Il faut croire que son titre ne l'obligeait point à se montrer majestueuse. Entre toutes les femmes rassemblées pour la fête, elle avait été la plus gaie, la plus animée, si l'on ne veut pas dire la plus folle.

Sa taille était petite, mais remarquable par la grâce et l'élégance. Ses yeux noirs contrastaient avec ses cheveux, qui avaient la couleur du blé mûr. Beaucoup de Bethléémites étaient plus belles, mais on ne pouvait nier que celle-ci fût charmante... Une charmante enfant, rien de plus peut-être... mais cette enfant joignait déjà au frais et naïf éclat de l'extrême jeunesse, une étrange séduction.

La fatigue avait dépassé ses forces, surtout la surexcitation lui portait au cerveau. Elle fut obligée, bien à contre-cœur, à se détacher de la ronde. Son visage était en feu sous le voile brodé de paillettes qui ornait, plutôt qu'il ne les couvrait, la robe bleue et le corset de soie rouge.

Une ânesse blanche comme le lait, traînant après elle sa bride de pourpre, paissait en liberté le tapis de mousse, tout là-bas, à l'endroit où la plaine confinait au rocher. La petite reine se dirigea vers elle, la caressa, passa les bras autour de son cou, et adroitement s'installa sur son dos. Un mouvement expressif des oreilles du brave animal indiqua sa joie de sentir le léger fardeau. Volontiers il se laissa conduire, le long du talus, vers les vignes, où sa maîtresse espérait trouver un lieu de repos.

Tout à coup les cris de joie se taisent. Ils sont remplacés par des chuchotements timides, par le frôlement des robes et des voiles. La danse est interrompue, les groupes se serrent les uns contre les autres, effarouchés et cependant curieux...

C'est qu'une petite caravane a été signalée, montant du ravin de Mar-Saba. Elle se compose d'une douzaine de cavaliers, enveloppés dans des manteaux entièrement bruns ou rayés de brun et de blanc. Impossible de les méconnaître : ils appartiennent à l'une des plus redoutables tribus nomades, ces Arabes du désert, ces Bédouins auxquels on a donné — et ils l'acceptent avec un cynique orgueil — le surnom de Chacals.

Des regards étincelants s'attachent, une minute, sur les Bethléémites épouvantées.

Puis le sentier décrit une courbure, et les fils du désert ont disparu.

La reine de la fête, la jeune fille aux cheveux d'or, s'est installée dans le refuge désiré. Déjà sa fatigue se dissipe. Son voile soulevé laisse apercevoir un joyeux visage, où la vie resplendit comme une fleur de printemps.

Elle a cueilli sur la vigne qui l'abrite et l'enveloppe à la façon d'un berceau, une grappe mûre et juteuse, dont elle presse les grains dans une coupe en bois sculpté.

Voici qu'une main de bronze écarte les pampres. Une forme haute et svelte apparaît. Cette draperie aux larges raies brunes et blanches... Oui, c'est bien cela.

La jeune Bethléémite tressaille comme la gazelle que le chasseur surprend à la fontaine. D'un geste rapide, elle recouvre ses traits.

Le Bédouin se tient immobile. Une fière allure, en vérité ! Ses traits bruns, hardiment sculptés, reflètent un esprit sombre et dominateur. Ses lèvres, relevées par une courbe altière, dénotent la sauvage audace et aussi la malice du chacal. En ce moment, l'expression presque rêveuse des grands yeux noirs superbement fendus adoucit la dureté de l'ensemble.

Le koufieh de soie verte, qui retombe sur le cou et les épaules, est attaché, non pas, comme pour les Bédouins de rang ordinaire, par une corde en poil de chameau, mais par une corde en or. De la ceinture sortent à demi des pistolets damasquinés d'argent. Le pied nerveux est glissé dans une sandale écarlate.

« Fille de Bethléem, dit le Bédouin, avec une voix profonde et sonore, fille de Bethléem, bannis toute crainte. Le voile d'Isma est sacré pour moi. »

La petite reine laisse échapper un mouvement de surprise.

« Es-tu étonnée que je te connaisse, ô fille d'Abou-Rahuel? Sache-le donc : depuis longtemps, je suis l'esclave de ta beauté, qui est chantée dans El-Ghor. Autant de fois la respiration est sortie de mes lèvres, autant de fois j'ai désiré cet instant. Ne refuse pas un bienfait à ton esclave : Isma, donne-moi à boire. »

Obéissant involontairement à la magie de cette apparition, de cet accent, Isma tend la coupe demi-pleine. L'Arabe s'empresse de la porter à ses lèvres altérées.

« Qu'Allah accroisse encore ta grâce et tes charmes ! dit-il en la remettant à la jeune fille. Tu m'as donné le sang de la vigne, je te donne en retour le sang de mon cœur. Mérouan n'oubliera jamais cette heure. »

A ces mots, il disparaît.

« Mérouan... murmurait Isma, en réfléchissant. Mérouan, répéta-t-elle presque tout haut, n'est-ce pas le vrai nom de ce cheik de Belka qu'on appelle le roi des Chacals? celui qui assaillit Bethléem, une nuit, avec ses cavaliers? Mérouan... c'est un beau nom cependant, et je trouve même qu'il ne manque pas de douceur... Mérouan ! »

« Les ombres s'abaissent sur la vallée... Sœur, nous te cherchons, » dit tout à coup, derrière l'enfant distraite, absorbée, une voix mélodieuse comme le vent du soir. Et, se glissant aisément au milieu du feuillage, une jeune fille s'approcha.

Excepté la taille, aussi petite, aussi élégante, Miriam, la fille aînée de l'imagier, formait un contraste absolu avec Isma. Sa peau brune et mate, ses yeux bleu foncé s'harmonisaient avec sa chevelure, qui faisait songer à l'aile du corbeau. Sans être des plus réguliers, ses traits étaient extrêmement agréables. Aucune coquetterie. Peut-être une force de volonté tant soit peu virile, mais qui n'excluait pas, cependant, la simplicité modeste. Ce qui ne pouvait laisser un doute, c'est que ce visage portait la double empreinte de la gravité et de la bonté.

« Comme tu as chaud, Isma ! Tes joues sont en feu, dit Miriam, en passant son bras autour du cou de sa sœur. Pourquoi aussi ma petite reine a-t-elle été si peu raisonnable? Pourquoi a-t-elle changé le divertissement en fatigue? Eh bien ! maintenant, tu pâlis, tu frissonnes. Enfant, que te prend-il donc? Te sentirais-tu malade? »

Et c'était avec une sollicitude presque maternelle que la brune Bethléémite considérait sa jeune sœur.

« Mais non, Miriam, je suis bien, très bien, au contraire..., répondit Isma, dont la voix tremblante, incertaine, démentait les paroles affirmatives. Tiens, je recommencerais volontiers toute la fête, je danserais, je pousserais des cris de joie... Seulement... je ne sais pas comment cela s'arrange... autant j'ai envie de me réjouir, autant j'ai envie de pleurer. »

Miriam poursuivit encore un instant son examen de plus en plus inquiet; mais sa langue se taisait, ses yeux seuls étaient interrogateurs.

Après une pause :

« Allons, dit-elle, nos compagnons nous attendent. »

Isma se laissa emmener, avec une docilité machinale, le regard perdu dans l'horizon.

Telle nous voyons, au printemps, une volée d'hirondelles passer, gracieuse et rapide, en jetant au vent des notes joyeuses, tel le retour à la ville, après la Fête des Semailles.

Bethléem se plongeait encore dans un reste de lumière. Des ombres nuancées de rose s'abaissaient sur les rochers. Au nord, dans le lointain, la pourpre faisait flamboyer les ruines splendides et solitaires de Jérusalem. Vers le sud, la montagne d'Hébron s'enveloppait dans un voile crépusculaire, d'un violet foncé.

Ensemble, les jeunes Bethléémites descendaient la Voie des Pèlerins.

Les genoux de la petite reine, montée sur l'ânesse blanche, supportaient une éclatante gerbe de fleurs. C'était encore un insigne de sa dignité éphémère. Mais il ne fallait plus compter sur son rire pour donner le signal de la gaieté.

Le cortège s'engagea, entre deux haies de cactus, murs hérissés et menaçants, dans le sentier qui conduit de la Grotte du Lait à l'église de la Nativité.

A l'endroit où les terrasses moussues s'échelonnent au long du granit, on fit halte devant une porte sur laquelle retombait un rideau de laine bleu pâle.

Personne n'aurait pu s'y tromper : cette maison abritait une fiancée.

Lentement, les yeux baissés, Isma descendit de sa monture, et répandit sur le seuil une partie de sa gerbe. Puis, d'une main qui tremblait, elle attacha autour de la porte une guirlande où les lis se mêlaient aux genêts d'or.

Pendant ce temps, les autres jeunes filles accompagnaient, de leurs acclamations, son travail charmant.

Quand la reine eut terminé, elles s'approchèrent tour à tour, et joignirent à ses fleurs leurs présents champêtres : une mesure de froment; la toison sans tache d'un agneau blanc; des branches de grenadier lourdement garnies; une guirlande de vigne, où les grappes laissaient à peine place au feuillage.

La nuit achevait d'envelopper la vallée, lorsque les derniers cris de joie s'éteignirent, et les filles d'Abou-Rahuel entrèrent dans la petite maison là-haut.

Isma, Isma, veille sur tes pensées...

Ne les laisse pas aller vers un ennemi de ton Dieu... du Dieu qui, pour toi, a daigné naître ici même...

Hic de Virgine Maria Jesus Christus natus est.

Isma, Isma, tu dois connaître ce mot du royal poète, enfant de Bethléem, comme toi :

« Ceux qui sèment dans les larmes, moissonnent dans l'allégresse. »

Pauvre petite reine, tu me fais peur !

Tu as semé, aujourd'hui, dans l'allégresse... Prends bien garde, pour que les larmes ne mouillent pas ta moisson.

Thérèse Alphonse Karr.

— La suite au prochain numéro —

SONGERIES D'UN ERMITE

Il en est de l'encre comme de l'or, sa valeur réelle dépend de l'emploi qui on est fait.

***

La coupe de la jeunesse est enivrante, ne fût-elle remplie que de piquette, et la coupe de la vieillesse est amère, y versât-on du nectar.

***

De petits hommes doués de quelques grandes qualités font penser à des nains qui seraient armés de lances gigantesques dont ils ne sauraient pas se servir.

***

La magistrature commence à punir le duel : soit, mais finira-t-elle par punir l'insulte? Telle aurait dû cependant être la marche préliminaire.

***

Quelques logiciens font à la tribune et dans la presse d'excellents et merveilleux cours d'optique, dont le seul malheur est d'être à l'usage des aveugles.

Comte de Nugent.

LA CATHÉDRALE DE ROUEN

(Voir page 566.)

Mais ce qui donne au xve siècle une place à part dans l'histoire de la cathédrale de Rouen, ce sont les travaux exécutés par l'architecte Guillaume Pontifz, sous l'intelligente impulsion du Chapitre : ces travaux embrassèrent à la fois l'intérieur et l'extérieur du monument. A l'intérieur fut construit ce charmant « degré de la Bibliothèque » qui le dispute en grâce sérieuse à l'escalier de Saint-Maclou, et donne entrée dans la salle des études capitulaires; puis l'habile artiste entreprit de restaurer, dans le goût de son siècle, l'antique clôture du sanctuaire. Chose étonnante! cette œuvre considérable, où le fer et la pierre jouaient un rôle important, a disparu tout entière sans qu'on puisse préciser exactement à quelle époque : les spécimens analogues qui font la gloire de Paris, de Chartres et d'Amiens, nous inspirent de justes regrets pour l'anéantissement d'un travail qui, sans doute, ne le cédait à aucun autre de la même main.

Au dehors, fut édifiée la Bibliothèque du Chapitre, dans la cour appelée des Libraires, qui forme au portail de ce nom une majestueuse entrée ; la porte de la Calende, placée de l'autre côté du transept, reçut aussi deux brillantes fenêtres et diverses images de saints, où il est aisé de reconnaître à défaut de l'austérité primitive, une harmonie et une justesse de lignes qui décèlent la touche du maître. Mais les principaux efforts de Pontifz eurent pour objet les tours de la façade. A cette époque, la tour de gauche qui porte le nom de Saint-Romain, sans remonter néanmoins jusqu'au temps où vivait ce glorieux patron du diocèse, était beaucoup moins élevée qu'aujourd'hui, et soit que ses dimensions parussent insuffisantes, soit qu'on désirât accroître le volume et le nombre des cloches qui y étaient renfermées, le Chapitre résolut d'ajouter un étage aux quatre qui partageaient le massif. On commença par consolider à grands frais les fondations qui avaient grandement souffert du temps; puis, au-dessus des modestes arceaux pratiqués dans la pierre, l'architecte éleva cette cage élégante, divisée sur chaque face par un meneau où se rattachent les abat-vent. La question du couronnement de la tour fut agitée durant deux années entières : cette longue discussion eut du moins pour résultat d'enfanter un chef-d'œuvre, car on ne peut refuser ce nom à la pyramide quadrangulaire qui forme le comble et porte si légèrement la croix géminée : rien de plus hardi, de plus aérien et en même temps de plus conforme au génie de notre architecture; grâce à cette heureuse disposition de lignes courbes rapprochant doucement les verticales, la régularité un peu sèche des plans s'atténue, les disparates même du style se fondent dans la majest de l'ensemble.

Un bâtiment si considérable, placé à l'angle gauche de la façade, courait le risque d'en détruire l'harmonie, s'il ne recevait un pendant digne de lui : cette nécessité frappant tous les esprits, on s'appliqua à réunir les ressources afin de ne pas être arrêté, par la pénurie d'argent, dans l'exécution d'une œuvre indispensable. Malheureusement, les dépenses faites pour la restauration des autres parties avaient obéré le Chapitre, et d'un autre côté la misère, compagne des guerres prolongées, empêchait de compter sur la recette ordinaire des impôts : dans cette triste occurrence, le pape Innocent VIII autorisa l'archevêque Robert de Croixmarc à consacrer les aumônes du carême à la restauration de sa cathédrale. De là vint le nom de *tour de Beurre* donné au magnifique édifice qui s'élève en face du beffroi de Saint-Romain. Les ressources une fois assurées, on leur chercha sans retard un digne emploi.

Il serait trop long d'entrer ici dans le détail des discussions qui arrêtèrent et finirent par suspendre durant de longues années, la marche des travaux entrepris avec un ardent enthousiasme; toutefois, le spectateur qui contemple cet effrayant amas de pierres, n'apprendra pas sans intérêt que le soubassement en inspira longtemps des craintes extrêmes. A peine élevé de six toises, le massif s'ébranla, s'inclina vers le sud, et parut se détacher de la façade, sous l'action de l'eau dont les fondations furent remplies dès le premier jour. Tandis que chacun réclamait aussitôt l'établissement de pilotis, Pontifz, sans se laisser émouvoir par le tumulte, calcula d'un regard la portée du dommage, puis fit continuer les travaux en rétablissant au fur et à mesure l'aplomb des assises; l'événement a confirmé la justesse de son coup d'œil, puisque aucune fissure ne s'est produite depuis lors.

Il ne devait pas être donné à cet habile architecte de terminer son ouvrage; accablé de labeurs et de soucis, arrêté au milieu de la construction par une demande de subsides, faite au nom du roi, et qui paralysa la bonne volonté du Chapitre, il céda au poids de l'âge, et se retira en 1496, laissant à l'un de ses ouvriers, Jacques Leroux, la gloire d'achever l'entreprise. Celui-là n'avait ni la vertu, ni le génie de son maître; il se heurta aux mêmes difficultés, et en suscita de nouvelles : dix ans s'écoulèrent avant que la tour de Beurre ne reçût son couronnement. Les hésitations qui s'étaient produites lors de l'achèvement de la tour Saint-Romain, se renouvelèrent pour celle-ci, et elles menaçaient de s'éterniser lorsque le cardinal George d'Amboise, récemment élu métropolitain de Rouen, trancha la question, en optant pour une couronne dans le genre de celle qui surmonte la tour centrale de Saint-Ouen. La comparaison qu'on fait naturellement de ces deux œuvres, ne tourne pas à l'avantage de la première.

Ainsi fut terminé, après vingt ans de travaux, l'imposant monument qui porte à deux cent trente pieds le diadème de la cathédrale; les frais en furent considérables, puisqu'on ne les évalue pas à moins de 500.000 fr. de notre monnaie, et sans doute, plus d'une vie y fut dépensée, sans compter celle de l'architecte qui succomba avant la fin. Il ne nous appartient pas de dire si le mérite de l'édifice répond à de si généreux efforts : « On est d'abord frappé, dit un archéologue contemporain, de l'aspect grandiose que la tour de Beurre doit à sa masse et à son élévation. Mais l'admiration se refroidit un peu lorsqu'on descend aux détails qui trahissent une certaine timidité, de la maigreur dans les lignes et dans l'ornementation; on sent que le maître, placé à une époque de transition, flotte, hésite entre un passé qu'il ne comprend plus et un avenir qu'il ne connaît pas encore. »

Ce fut dans la première année du XVIe siècle que le cardinal-légat Georges d'Amboise, dont l'intervention avait hâté l'achèvement de la tour de Beurre, entreprit de rehausser la magnificence du nouvel édifice en le dotant de la plus belle cloche qui fût au monde. Le Chapitre et les bourgeois de Rouen, flattés dans leur honneur national, s'associèrent avec enthousiasme à une œuvre qui devait porter la renommée de leur église dans toute la chrétienté : on se mit à l'œuvre sans délai, et les ateliers du fondeur étaient déjà installés quand des appréhensions se firent jour sur la solidité du beffroi. Malgré les déclarations rassurantes des experts commis à cet effet, on crut sage de diminuer les dimensions projetées pour le bourdon, dont le poids fut réduit de quarante-deux mille livres à trente-six mille, chiffre encore bien supérieur à tout ce que Notre-Dame de Paris possédait de plus considérable. Une fois ces mesures adoptées, l'entreprise fut conduite rapidement par un habile artisan, nommé Jean Machon, qui devait mourir de saisissement quelques jours après sa réussite. L'opération de la mise en place n'eut pas moins de succès que la fonte elle-même, et le 16 février 1502, le majestueux bourdon, mis en mouvement par seize hommes, salua l'entrée solennelle du cardinal d'Amboise, dont il conserva le nom. La réputation de cette cloche ne tarda pas à devenir universelle, bien que le son n'en fût pas aussi remarquable que la grandeur.

On ne le mettait en branle que pour les jours de grande solennité ; pendant trois siècles, il annonça par sa puissante harmonie les fêtes religieuses et patriotiques, et ne cessa de se faire entendre que le 28 juin 1786, lors de l'entrée du roi Louis XVI, durant laquelle il fut malheureusement fêlé. Sept ans après, en 1793, la commune de Rouen crut devoir offrir à la nation le célèbre bourdon, qui fut converti en pièces d'artillerie. Le battant seul fut épargné, et on le voyait encore, il y a peu d'années, à la porte d'un marchand de Déville.

Le zèle du cardinal d'Amboise pour la maison de Dieu le porta dans le même temps à restaurer, ou plutôt à reconstruire entièrement le portail principal, dont la ruine était imminente. Ce travail commencé par Jacques Leroux, qui venait d'achever la tour de Beurre, fut terminé par son neveu Rolland en moins de trois années, s'il faut en croire quelques auteurs, démentis par l'examen attentif d'une œuvre si importante. Bien que suivant la remarque du savant Dom Pommeraye, « une seule vue de ce portail en fasse plus concevoir et en donne une idée plus parfaite que tout ce que l'on en pourrait écrire en plusieurs pages, » nous entreprendrons, d'après l'abbé Loth, une description que nos lecteurs pourront suivre sans trop de peine, en jetant les yeux sur la gravure.

Le grand portail est conçu dans le style ogival tertiaire, mêlé toutefois des ornements que la Renaissance commençait à y introduire. La profusion ou plutôt la confusion des détails trahit une époque de décadence; mais ce défaut est racheté par l'ampleur des lignes qui ne laissent pas d'être harmonieuses, malgré les embellissements de toute sorte dont elles sont surchargées. La médiocre porte s'encadre entre deux piliers angulaires, auxquels on en ajouta, dans notre siècle, deux autres encore inachevés, qui jouent le même rôle à l'égard des entrées latérales. Cette quadruple pyramide est rattachée à la muraille par une suite d'arcades aveugles derrière lesquelles court une balustrade. Au-dessus du grand portail se dresse un pignon, merveilleusement ciselé, qui enferme le cadran de l'église et va joindre, de la pointe, le milieu de la grande rose. Celle-ci est surmontée d'un arc aigu que couronne une nouvelle galerie d'arcades, au-dessus de laquelle un dernier pignon élève la croix. Quatre tourelles, portant de gracieux clochetons, sont destinées à masquer le large vide qui s'étend entre les tours latérales : il est fâcheux que deux de ces tourelles soient aujourd'hui privées de leur pinacle, mutilation qui en déforme le sommet et empêche d'apprécier exactement l'ensemble de la façade.

Les statues qui peuplent les niches ou surmontent les clochetons, devaient être au nombre de deux cent soixante et une. Les ravages des huguenots en 1562, la Révolution de 1793, et plus encore le temps, ont singulièrement éclairci cette glorieuse phalange. La façade elle-même tout entière a souffert beaucoup; quantité de niches sont vides, plusieurs statues offrent à peine l'apparence d'un corps humain, nombre de pierres attendent même encore l'outil qui doit les ciseler; enfin, soit par l'effet des pluies constantes, soit par le séjour des oiseaux qui habitent toujours les combles des grands édifices, les matériaux ont revêtu une teinte blanchâtre, et pour ainsi dire blafarde, dont l'œil est péniblement impressionné. Ajoutons, malgré les protestations du patriotisme rouennais, que la largeur de cette façade est hors de proportion avec celle du vaisseau; les deux énormes tours qui y sont accolées, ont un mérite architectural que personne ne conteste, mais elles produisent de chaque côté une saillie qui double la ligne horizontale et induit en erreur sur les dimensions réelles du monument.

Ce qui, plus encore que le bourdon du cardinal, a porté au loin la renommée de la métropole rouennaise, est la fameuse pyramide qui se dressait à la croisée du transept et luttait avec les plus hauts monuments du monde. L'histoire de cette flèche n'est, pour ainsi dire, que la nomenclature des désastres qui l'ont frappée. L'antique aiguille, élevée au XIIIe siècle, ressemblait beaucoup, paraît-il, aux clochers de Notre-Dame de Chartres, qu'elle surpassait en dimension; ornée de galeries et flanquée de tourelles, elle se terminait par une couronne impériale et portait la croix dans les airs à une hauteur inconnue jusque-là. Le 4 octobre 1514, des ouvriers plombiers, travaillant à ressouder quelques pièces, mirent le feu à la charpente qui s'embrasa tout entière, en quelques instants. Deux heures suffirent non seulement à détruire la flèche, mais encore à causer dans la nef les plus graves dommages, et à faire naître des craintes plus graves encore. Les prières et l'empressement du peuple parvinrent enfin à conjurer le péril.

La première stupeur passée, le Chapitre, sous l'impulsion du sentiment public, se hâta de prendre les mesures propres à réparer le désastre; la reconstruction de la flèche fut décidée par acclamation. De longues années devaient s'écouler néanmoins avant la réalisation de ce vœu. D'abord il fallut procéder à la restauration de la tour centrale dégradée par la chute des matériaux; puis, les travaux du soubassement terminés, de grands différends s'élevèrent sur le projet définitif, les uns optant pour la pierre, les autres pour le bois. Ce fut le plan d'un maître charpentier nommé Robert Becquet qui réunit tous les suffrages. Grâce aux aumônes du cardinal Georges II d'Amboise, digne héritier du nom et de la libéralité de son oncle le légat, les ressources ne firent pas défaut, et le 12 septembre 1544, quatre mois seulement après l'adoption du plan de Becquet, on posait la croix au sommet de la tour

C'est une tradition dans la ville de Rouen de regretter l'ancien monument comme une merveille. Il paraît probable, si l'on en doit juger par les rares gravures qui subsistent, que cette pyramide d'ordre toscan n'obtiendrait pas aujourd'hui l'admiration unanime. En tout cas, elle ne présentait pas contre le danger du feu plus de garanties que la précédente flèche, car elle devait périr de la même manière. Pour éviter de ramener une seconde fois le lecteur à l'histoire de cette partie de l'édifice, nous allons raconter de quels événements elle a été le théâtre.

La pyramide de Becquet, mi-partie de bois et de pierre, n'opposait pas une résistance suffisante aux intempéries. Plusieurs fois ébranlée par la tempête, notamment dans le terrible orage du 25 juin 1683, elle penchait sous l'effort du vent, et cette inclinaison, jointe à la vétusté des matériaux, inspira des craintes assez sérieuses pour qu'on crût devoir procéder à la réfection totale de la charpente, dès les premières années de ce siècle.

Hélas! cette opération conduite avec une habileté prodigieuse ne put conjurer la catastrophe : vingt ans après, le 14 septembre 1822, le feu du ciel dévora la flèche, du sommet jusqu'à la base, détruisit la plus grande portion des toitures, et fit courir les plus redoutables dangers aux voûtes même de la cathédrale. Cette fois encore, la piété des habitants de Rouen entreprit de réparer le désastre. Le gouvernement de la Restauration, sollicité par Mgr de Bernis, encouragea ce projet et confia la direction des travaux à l'architecte Alavoine, alors dans tout l'éclat d'une renommée qui a pâli de nos jours. On consolida d'abord la base de pierre qui avait gravement souffert de l'incendie, puis les plans du nouvel édifice furent soumis aux autorités compétentes, et après mûr examen le ministre de l'intérieur se décida pour la construction en fonte de fer.

Les travaux furent dès lors conduits avec une activité que ne ralentirent pas les événements politiques, et durèrent, presque sans intermittence, jusqu'à la Révolution de 1848, qui les arrêta brusquement. Cette interruption devait durer vingt-sept années, sans que ni les instances des conseils départementaux, formulées par des vœux constants, ni les démarches du cardinal Archevêque, ni même la promesse formelle de l'Empereur pussent triompher du mauvais génie qui s'opposait à l'achèvement de l'œuvre. Ce fut seulement en 1875, après la retraite de M. Viollet-le duc, que Mgr de Bonnechose obtint du gouvernement l'autorisation de poursuivre les travaux. Comme la partie supérieure et la lanterne complètement ajustées attendaient depuis vingt ans d'être mises en place, il n'y eut besoin que de quelques mois pour transporter ces pièces, de la cour de l'archevêché au sommet de l'aiguille, et le 29 septembre 1876, les habitants de Rouen eurent enfin la satis.action de contempler la croix dressée sur leur métropole, à une hauteur qu'aucun monument humain n'avait atteinte jusqu'alors. La pointe du paratonnerre s'élève en effet à 151 m. 12 cent. au-dessus du sol, c'est-à-dire 5 mètres plus haut que la grande pyramide. Mais ce modeste honneur ne devait pas être longtemps laissé à notre patrie : aussitôt que les architectes allemands en eurent connaissance, ils surélevèrent de 10 mètres au delà du plan primitif les flèches de la cathédrale de Cologne.

Le couronnement de l'aiguille n'est que le prélude des travaux nécessaires pour compléter l'œuvre d'Alavoine, et en atténuer la dureté. Le plus urgent est l'établissement de clochetons à la base. Une souscription ouverte dans tout le diocèse a permis de commencer cette partie de la décoration : bien qu'il n'y ait encore qu'un seul clocheton dressé, on peut aisément se rendre compte de l'effet que produiront ces gracieux accessoires, dont les dimensions paraissent fluettes auprès du massif qu'ils avoisinent. Mais, lors même qu'on parviendrait à masquer ainsi le contraste choquant d'un fuseau posé sur un dé, la maigreur de cette armature comparable à un échafaudage immense n'en paraîtra pas moins blessante ; il sera toujours nécessaire d'en combler les vides, de dissimuler, sous un riche manteau de peinture et d'or, la triste noirceur du métal; alors seulement, on pourra juger avec équité du mérite d'une œuvre qui a suscité encore plus de critiques qu'elle n'a rencontré d'obstacles.

Nous avons quitté un instant l'intérieur de la métropole pour nous attacher à l'histoire de la flèche; mais il est impossible de terminer la glorieuse chronique des cardinaux d'Amboise sans étudier, avec l'admiration dont il est digne, le monument élevé à leur mémoire. Il occupe le côté droit de la chapelle de la sainte Vierge, et se compose essentiellement d'un sarcophage rectangulaire, dont la tablette porte deux statues agenouillées, au-dessus desquelles retombe un dais surmonté de pinacles et de figures. La matière est le marbre blanc; le style, celui de la plus pure Renaissance. Le plein du soubassement est divisé par sept pilastres portant des statuettes de moines en prières. Rien de plus délicatement traité que ce pieux motif, qui rappelle, dans des proportions moindres, mais avec une égale perfection, l'admirable encadrement du tombeau des ducs de Bourgogne à Dijon. Les Vertus qui occupent les niches divisées par ces pilastres, produisent un effet très heureux à coup sûr, mais moins entièrement satisfaisant que les religieux, le ciseau n'ayant pas encore acquis au modelé des proportions humaines la rigoureuse exactitude qu'il reçut de Michel-Ange. Les deux statues des cardinaux sont revêtues d'amples vêtements, et présentent toutes deux, la première surtout, un caractère de dignité qui s'accorde, paraît-il, avez la plus parfaite ressemblance. Elles se détachent sur un fond d'albâtre où saint George, le patron des deux prélats, est représenté à cheval terrassant le dragon. Au-dessus s'arrondit une riche voussure à caissons, d'où descendent trois pendentifs ajourés ; une frise où s'ébattent des oiseaux et des anges, forme la bordure inférieure du dais. Le sommet divisé, comme la base, par des pilastres, contient six grandes niches où sont figurés les apôtres, deux à deux ; des sibylles et des prophètes occupent l'espace intermédiaire. Enfin les fleurons qui couronnent ce riche diadème, se composent de tourelles évidées, alternant avec des pinacles, d'un travail délicat. Il n'y a rien là qui rappelle l'idée de la mort, même sous cette forme du repos qui fournit le motif ordinaire des tombes ; cependant l'esprit n'est choqué ni de la richesse des détails, ni de la profusion des ornements, dans un mausolée destiné à honorer la mémoire d'hommes qui ont mérité par leur libéralité envers la ville et l'église, le surnom de « magnifiques. »

A. Viénot.

— La fin au prochain numéro.—

LA PLACE VENDOME.

Cette place, une des plus belles du Paris du XVIIe siècle et dont la capitale se fait toujours honneur, s'appelait indifféremment place *de Louis le Grand* ou *de Vendôme*. Le premier plan en est dû à Louvois, surintendant des bâtiments royaux, qui voulut faire de cette place monumentale une communication facile entre la rue Saint-Honoré et la rue Neuve-des-Petits-Champs. A cet effet, on acheta, en 1685, l'hôtel de Vendôme, toutes les terres et places des environs et même l'emplacement du couvent des Capucines, qui furent transférées dans la rue Neuve-des-Petits-Champs, où leur couvent subsista jusqu'aux premières années de la Révolution (1790-92).

En 1687, on démolit l'hôtel de Vendôme et sur cet

emplacement on éleva des façades qui auraient formé une place la plus magnifique qu'il y eût en Europe; elle aurait eu 86 toises de longueur sur 78 de largeur, en trois lignes de bâtiments : car le côté de la rue Saint-Honoré devait être tout ouvert, afin de lui donner plus d'air et d'étendue. Il y aurait eu dans cette place un hôtel pour la bibliothèque du roi et pour toutes les académies, l'hôtel de la monnaie, l'hôtel des ambassadeurs extraordinaires, etc. La mort de Louvois (1691) fit discontinuer et même changer ce magnifique projet.

Mansart ayant donné les dessins pour bâtir la nouvelle place, de riches particuliers y firent élever des hôtels somptueux. La maison d'Antoine Crozat, alors receveur des finances de la généralité de Bordeaux, fut la première achevée de cette place et habitée dès 1702. En 1703, la galerie fut peinte par Paul de Mattei, artiste napolitain. En 1707, on éleva à côté un grand hôtel que Crozat fit bâtir pour le comte d'Évreux, son gendre, et dont la construction, ainsi que celle de l'hôtel Crozat, fut dirigée par l'architecte Bullet.

Du même côté, c'est-à-dire à main gauche, en entrant par la rue Saint-Honoré, Luillier, un des fermiers généraux, fit élever une autre belle maison, en 1702, laquelle, en 1706, fut vendue à Paul Poisson de Bourvalais, qui en jouit jusqu'en 1717, époque où le fisc s'en saisit, en payement d'une partie de la taxe à laquelle la Chambre de justice avait condamné ce traitant frauduleux, de même que la maison voisine, qui appartenait à un autre traitant, nommé Villemarec. De ces deux hôtels on n'en fit qu'un, sur la porte duquel un marbre noir portait cette inscription : *Hôtel du chancelier de France.*

Les autres bâtiments furent presque tous élevés, dans la suite, par des financiers; il restait cependant encore des places vides, en 1719 : Law les acheta toutes avec ses trop fameux billets de banque.

Au milieu de cette belle place, on voyait la statue équestre de Louis XIV, d'un seul jet : cette grande figure, haute de vingt pieds, fut coulée le 1er décembre 1692 par le fameux fondeur Jean Balthazar Keller, sur le modèle du célèbre sculpteur Girardon. On assure qu'il y entra 70 milliers de métal et que vingt hommes assis le long d'une table et rangés de deux côtés auraient été à l'aise dans le ventre du cheval. Ce monument fut érigé, le 13 août 1699, avec beaucoup de solennité. Le piédestal, de marbre blanc, avait trente pieds de haut, vingt-quatre de long et treize de large.

Statue équestre de Louis XIV.

En 1730, le piédestal de cette statue fut enrichi de cartels et de trophées de bronze doré, dus au ciseau de Coustou le jeune, et tout le monument fut entouré d'une grille de fer.

Le 10 août 1792, ce monument fut renversé par ce qu'on était convenu d'appeler alors *la main du peuple.* La place Vendôme vit son nom changé en celui de *place des Piques,* qu'elle ne quitta officiellement qu'à l'avènement de Napoléon Ier. Quelque temps après, l'Empereur conçut le projet du monument connu depuis sous le nom de colonne Vendôme. Le véritable vocable de cette colonne est *colonne d'Austerlitz* ou *de la Grande Armée*; c'est du moins celui que lui avait donné Napoléon. Elle reproduit les proportions de la colonne Trajane, qui lui a servi de modèle, avec cette différence toutefois que la colonne Trajane est en marbre, tandis que celle-ci est en pierre revêtue de bronze fondu. Sa hauteur est de 43m,50, y compris le piédestal et la statue de Napoléon Ier, d'abord en redingote et petit chapeau, puis en empereur romain. Une spirale de bas-reliefs, dont tous les personnages et les accessoires reproduisent les costumes militaires et les armes de l'Empire, déroule autour du fût, en vingt-deux évolutions, les faits d'armes de la campagne de 1805. Un escalier à vis, de 180 degrés, mène au sommet de la colonne.

Cet édifice fut commencé le 25 août 1806, et quatre années suffirent à le terminer.

A la fin de la Commune de 1871, six jours seulement avant l'entrée des troupes dans Paris, la colonne Vendôme fut renversée par ordre du gouvernement révolutionnaire, sur la motion du peintre Courbet, un des membres de la Commune; l'opération eut lieu aux accents de la *Marseillaise* et du *Chant du départ* et aux cris de : « Vive la République! Vive la Commune! » La statue de Napoléon eut dans sa chute un bras cassé et la tête séparée du tronc.

En 1875, la colonne a été relevée et surmontée de la figure de Napoléon Ier.

Ah! qu'on est fier d'être Français,
Quand on regarde la colonne!

dit le refrain d'une chanson populaire sur ce monument qui, en somme, a médiocrement inspiré le poète, à en juger par le début que voici :

Salut, monument gigantesque
De la valeur et des beaux-arts;
D'une teinte chevaleresque
Toi seul colores nos remparts...

Ceci a été rimé en 1818, pendant que l'Angleterre songeait, elle aussi, à perpétuer par le bronze ce qu'elle appelait sa victoire de Waterloo.

En 1827, dans la première ferveur de sa jeunesse poétique, M. Victor Hugo a consacré à la colonne Vendôme une ode dont certain vers amphigourique pourra

Aux Saumaises futurs préparer des tortures...

O monument vengeur! trophée indélébile!
Bronze qui, tournoyant sur ta base immobile,
Semble porter au ciel ta gloire et ton néant...

Ne croirait-on pas que la colonne tourne sur son piédestal... immuable?

O ces poètes lyriques, comme souvent ils délirent!

A. Lionel.

LA FEMME DE MON PÈRE

AVANT-PROPOS

Sous le titre de cet ouvrage se cachent, de la part de celui qui consent à mettre le public dans la confidence de ses faiblesses, d'abord, une admiration profonde pour celle qui s'y révèle dans toute la grandeur de son âme; puis, l'aveu bien sincère d'une longue suite de déceptions dues à la connaissance imparfaite de soi-même. Ce droit de blâme accordé au lecteur prouve une telle délicatesse d'affection, qu'il paraît impossible de ne pas comprendre dans un même sentiment d'estime, et celle qui fut la plus noble des belles-mères, et celui dont le cœur est assez haut placé pour ne pas reculer devant un sacrifice d'amour-propre, afin de mettre au grand jour une correspondance où, certes, il doit, à tous égards, céder le pas à *la femme de son père*.

V. de M.

A M. le vicomte Lucien de Montigny, à l'École polytechnique. (Paris.)

Château de Vallières, le.....

Je suis votre belle-mère..... Que ce mot ne fasse pas monter à vos joues la rougeur inséparable de certaines impressions; que cette lettre n'infiltre pas d'amertume dans votre âme.

Je viens, mon enfant, vous offrir une grande place dans mon cœur et vous demander une des petites places vides du vôtre. Je viens vous tendre une main amie et vous dire qu'en épousant M. de Montigny, je me suis promis de lui faire aussi douce que possible la vie que j'étais appelée à partager avec lui.

La respectueuse et profonde affection que vous portez à votre père, s'alarmerait à tort, mon cher Lucien, si elle craignait pour lui des jours pleins de regrets. Je veux, mon enfant, employer tous mes soins à lui rendre l'existence agréable; je veux qu'il oublie les longues années de deuil pendant lesquelles, solitaire et triste, il ne croyait plus au bonheur; je veux enfin que son fils m'aime et soit content de moi.

J'espère, Lucien, que, malgré vos travaux, il vous sera facile de m'écrire quelquefois. J'ambitionne être de moitié dans vos espérances et jouir aussi de vos succès. Si je suis jeune encore par les années, je suis bien vieille, déjà, par caractère. En retour du dévouement maternel que je vous promets, donnez-moi, je vous prie, le droit de partager vos joies; et ces moments heureux qui me viendront de vous, mon fils, effaceront de mon souvenir de bien tristes images; ces moments, dis-je, vous porteront bonheur : ce n'est point impunément que nous semons des bienfaits, et c'est un bienfait, mon enfant, de faire sourire ceux qui ont beaucoup pleuré.

J'attends avec impatience l'époque des vacances, car les vacances vous ramèneront à Vallières. S'il n'y avait pas une grande surveillance à exercer ici, je ne tarderais pas à vous aller voir; mais le château est plein d'ouvriers. M. de Montigny l'a acheté tombant en ruines, et ces ruines, on les relève en ce moment. Il m'est donc impossible d'abandonner habitation et personnel. Vous, si raisonnable, mon cher Lucien, comprendrez que je dois, avant de donner satisfaction à mon cœur, essayer d'alléger, autant que faire se peut, les fatigues et les ennuis de votre père.

Adieu, mon cher Lucien, croyez à l'affection de

Suzanne, comtesse de Montigny.

A Mme la comtesse Suzanne de Montigny, au château de Vallières, par Fleury-sur-Andelle. (Eure.)

Paris, le.....

Madame la comtesse,

De grandes préoccupations et de sérieux travaux m'ont empêché, jusqu'à ce jour, de répondre à la lettre que vous m'avez fait l'honneur de m'écrire. Veuillez excuser ce silence et ne lui donner d'autre interprétation que celle du manque de temps. Nous avons très peu de loisir : les études sont longues et ne nous permettent guère de faire du sentiment. J'aurai donc le chagrin de ne pouvoir établir avec vous, madame la comtesse, une correspondance suivie. Croyez que j'en serai le premier privé, et daignez agréer l'expression de tous mes regrets.

Je n'ai pas un seul instant douté du bonheur de mon père qui, en m'annonçant son mariage, le jour même de sa célébration, vous présentait à moi sous les plus séduisants dehors. Pourquoi donc, Madame, ne serait-il pas tombé sur un bon numéro, le jour où il a mis la main dans l'urne de la grande loterie humaine? Le hasard y voit peut-être à travers son bandeau!

Loin de moi, madame la comtesse, d'avoir jamais un parti pris. C'est une petitesse qui ne doit naître que dans les cerveaux étroits et les cœurs qui s'élargissent à volonté; j'espère posséder l'un et l'autre de la dimension voulue pour faire un homme dans l'acception propre du mot; néanmoins, Madame, permettez-moi de regarder comme impossible, dans sa forme, l'amitié que vous me proposez..... Vous pourriez être ma sœur!

Quant au profond respect que je dois à celle que mon père vient de choisir pour compagne, soyez persuadée, madame la comtesse, qu'à ce seul titre il lui serait acquis, lors même que d'autres ne viendraient pas le commander.

En retour de ces sentiments que je me suis fait une loi de vous porter, Madame, permettez-moi d'espérer que vous m'accorderez votre estime.

Je ne sais si j'irai passer les vacances à Vallières. Quelques-uns de mes parents ont, depuis longtemps déjà, réclamé ma visite, et j'ai l'intention de la leur faire cette année. Force sera donc pour moi de remettre à plus tard l'honneur de vous connaître, Madame : car je me dois d'abord à ces affections anciennes qui, à défaut de cette affection première que m'a ravie le tombeau, entourèrent mon enfance de soins et de bonheur.

Veuillez, madame la comtesse, offrir à mon père la nouvelle expression de ma respectueuse tendresse et me croire le plus humble de vos serviteurs.

LUCIEN, VICOMTE DE MONTIGNY.

A M. Lucien de Montigny, à l'École polytechnique. (Paris.)

Vallières, le.....

MON CHER LUCIEN,

C'est donc un parti bien pris, vous ne viendrez pas à Vallières cette année? Jusqu'à ce matin, j'avais espéré que le dernier mot n'en était pas dit. Permettez, mon enfant, que je trouve cette abstention peu gracieuse pour votre père, et blessante pour moi.

De moi, ne parlons pas : je subis le sort de beaucoup de belles-mères, celui que leur fait la prévention ; mais parlons de votre père, qui se sentait heureux de passer quelques jours avec son fils.

Il avait combiné de charmantes distractions comme vous les aimez ; acheté, pour votre service, un joli cheval de selle; laissé inachevées les réparations du château, pour vous en soumettre les projets, afin, mon cher Lucien, que maintenant et plus tard vous vous plaisiez en ces lieux qu'il ne veut plus quitter.

Si, par un heureux hasard, vous alliez nous arriver aujourd'hui ou demain, vous trouveriez tout prêt à vous recevoir le petit appartement qui vous est destiné.

Il est situé à l'extrémité d'une longue galerie parfaitement conservée. Votre chambre est bleue, les meubles sont de chêne; la bibliothèque contient vos auteurs préférés. Au fond de votre alcôve est attaché le portrait de votre mère, vous tenant dans ses bras ; sur la table de travail, une corbeille de fleurs, sur la cheminée encore des fleurs. A côté de cette chambre aux reflets d'azur, est un petit salon bien sérieux et bien sombre, peut-être; mais sa couleur brune répond à la sévérité de ses ornements. Les murailles sont couvertes de panopliesassez curieuses, qui lui donnent un aspect antique et guerrier : on se croirait au moyen âge. Un magnifique sorbier, étalant ses lourds grains d'or, incline pesamment ses énormes branches sous la force du vent, et son ombre passe et repasse devant les fenêtres de votre petit salon, comme l'ombre d'un géant.

Ne regretterez-vous pas un peu, mon cher Lucien, la tristesse que vous causez à votre père, et le séjour que vous eussiez pu faire sous son toit? Vallières est bien beau, je vous assure. Caché au milieu de la forêt qui borde la vallée d'Andelle, il semble un bouquet multicolore dans une immense étendue de verdure. Nous n'avons, il est vrai, pour horizon, que des arbres ; mais le soleil qui chaque jour prend une teinte nouvelle, les saisons qui en se succédant attachent ou enlèvent aux frênes et aux chênes leur léger feuillage, amènent sur cet ensemble, de prime abord uniforme, une diversité charmante. Un peintre essayerait de copier ces effets de lumière se jouant, tantôt avec des bourgeons, tantôt avec des feuilles desséchées; un poète tenterait de chanter ces naissances et ces morts, sous des rayons brûlants ou des rayons glacés.

Je voudrais être bien éloquente, mon cher Lucien, pour plaider devant vous et avec succès la grande cause du devoir; mais puisque je ne sais pas trouver le chemin de votre cœur, je n'essayerai pas davantage. En vous disant la peine de votre père, en vous parlant des lieux où vous étiez attendu et désiré, je n'ai eu d'autre intention que de ne vous rien laisser ignorer.

Au revoir, mon cher Lucien, croyez à l'affection de votre belle-mère,

SUZANNE.

A M. Lucien de Montigny à l'École polytechnique. (Paris.)

Vallières, le...

Votre silence est navrant, mon cher Lucien. Si le correspondant que vous avez à Paris et auquel j'ai pris le parti d'écrire, ne nous donnait pas sur votre santé des nouvelles rassurantes, nous eussions été, votre père ou moi, voir ce que veut dire ce long mutisme qui menace de s'éterniser.

Mais non, je me trompe, n'est-ce pas? mon enfant, ce silence vous allez le rompre? De quoi sommes-nous donc coupables pour que vous nous punissiez ainsi? de trop vous aimer peut-être?

Bien pénibles ont passé pour nous les premiers jours de l'année. Tous ces souvenirs amis qui venaient, nombreux et empressés, redire à M. de Montigny combien d'affection, d'estime et de respect l'ont suivi dans sa solitude; tous ces souvenirs, dis-je, ne pouvaient rien sur son cœur. Il lisait, indifférent et triste, ces lettres charmantes qui lui exprimaient mille souhaits de bonheur; il regardait rêveur ces cartes qui lui arrivaient comme des avalanches. Parmi tant d'écritures diverses, il n'a pas vu celle de son fils.

Lucien, mon enfant, pourquoi avez-vous oublié ce jour consacré par l'usage? Pourquoi, à cette époque qui rapproche tout le monde, paraissez-vous vous éloigner? Puis, nous ne savons rien de vos travaux, rien de vos espérances. Vous touchez au terme de vos études; dans quelques mois vous allez entrer dans le monde, soit sous un titre, soit sous un autre; les étrangers seront donc initiés avant nous à vos projets d'avenir?

Peut-être me direz-vous que la société française est en voie de progression, et que, bientôt, ce qui est habitude va disparaître, chassé par un souffle régénérateur; que ce qui est coutume suivra le courant, emportant tout au gouffre immense de l'oubli, au fond duquel se sont déjà engloutis tant de choses, tant d'hommes, tant de siècles. Mais non, n'est-ce pas! je me trompe, le temps seul vous a manqué? Oh! alors, mon cher Lucien, dites-le-nous bien vite.

Votre oncle de Blacourt nous écrivait hier son projet de venir passer quelques jours à Vallières aux vacances de Pâques; l'y rejoindrez-vous, mon enfant?

Au revoir alors, croyez à l'affection de votre belle-mère,

SUZANNE.

A Mme la comtesse Suzanne de Montigny, château de Vallières, par Fleury-sur-Andelle. (Eure.)

Paris, le...

MADAME LA COMTESSE,

En effet, j'ai peut-être eu tort de ne pas m'astreindre à cette banale coutume qui désigne un jour pour les démonstrations d'un respect plus ou moins réel, d'une affection plus ou moins vivement sentie, d'égards plus ou moins dus; mais je vous avoue que je ne croyais pas mon père imbu de si mesquines idées. Il me semblait qu'autrefois le comte de Montigny voyait de plus haut les choses, et qu'il regardait comme bien au-dessous de lui ces habitudes quasi-bourgeoises, qui en entraînent inévitablement d'autres. Vrai, Madame, je n'eusse jamais pensé, si vous ne me l'aviez pas dit, que mon père se fût donné la peine d'être triste, parce que je ne lui avais pas écrit à l'occasion du 1er janvier. Mais enfin, puisqu'il y tient tant, ce cher père, offrez-lui, je vous prie, madame la comtesse, tous mes souhaits de bonheur, avec autant d'excuses qu'il en faudra pour laver dans le bain de l'humilité l'énorme faute que j'ai commise.

Vous vous trompez, Madame, en supposant que les étrangers connaîtront avant vous mes projets d'avenir qui, du reste, ne peuvent être encore formés. Vous n'ignorez pas qu'ils dépendent d'abord de mon mérite, et ensuite de la chance. Quoique vous paraissiez en douter, Madame, j'ai trop d'égards pour mon père, et je prise trop ses conseils pour m'en passer au moment solennel qui doit fixer ma carrière. Soyez donc sans crainte à ce sujet, Madame la comtesse.

Ce que vous m'annoncez relativement à la visite de mon oncle de Blacourt, ne laisse pas que de m'étonner; ses idées ont alors beaucoup changé.

Quant à l'invitation que vous voulez bien, de nouveau, m'adresser, je ne puis, Madame, encore rien vous promettre: j'ai tant d'amis qui me réclament, que je ne sais de quel côté je dirigerai mes pas.

Recevez, Madame la comtesse, l'hommage le plus respectueux de votre humble serviteur,

LUCIEN DE MONTIGNY.

A M. le vicomte Lucien de Montigny, à l'École polytechnique. (Paris.)

Vallières, le...

MON CHER LUCIEN,

Votre oncle nous quitte à l'instant. Il a bien voulu prolonger d'une semaine son séjour à Vallières. Sans doute, il espérait que vous viendriez l'y rejoindre, et cette espérance devait être pour beaucoup dans sa détermination. En montant en voiture, ses yeux ont cherché quelqu'un: il semblait attendre... alors, j'ai tout naturellement pensé au cher absent.

M. de Blacourt m'a remis pour vous, Lucien, un portrait de votre mère. Il l'avait conservé depuis le douloureux moment qui vous fit orphelin. C'est un joli pastel la représentant à l'âge de quinze ans. La belle enfant paraît regarder dans l'avenir avec des yeux étonnés et profonds. Sa figure d'ange semble comme un défi jeté à tout ce qui tenterait d'être plus parfait qu'elle. Que dois-je faire de cette relique? la conserver jusqu'à ce que vous la veniez chercher, ou vous l'envoyer à Paris?

Ce pieux dépôt que m'a confié votre oncle m'amène, tout naturellement, à vous parler un peu de votre mère. Pardonnez-moi, mon enfant, d'aborder un sujet aussi triste pour vous qu'il est délicat pour moi; mais j'éprouve l'immense besoin de vous dire que je sais, maintenant, comme vous devez le savoir, ce qu'était la femme charmante qui m'a précédée dans la grande voie d'un même devoir. Je ne vous répéterai pas la vie de votre mère, admirable leçon de dévouement et d'amour, que j'ai voulu apprendre par cœur; seulement je tiens à vous assurer que j'essayerai de copier le sublime modèle qui, maintenant, se dresse sans cesse devant mes yeux. Mais que la tâche est difficile! Malgré toute ma bonne volonté, je ne pourrai l'accomplir si votre père, si vous surtout ne me tendez la main. En me rendant un peu d'amitié pour beaucoup d'amour, en jugeant avec indulgence celle qui remplace votre mère et qui n'a, je vous le jure, d'autre désir que votre bonheur, vous aurez été généreux et bon.

Cette prière que je vous adresse, Lucien, est aussi un aveu. J'ai peur... oui, j'ai peur de l'ombre de celle que Dieu a pris trop tôt et dont l'ineffaçable souvenir plane au-dessus de moi comme une menace. Sur la route qu'elle a parcourue, en y laissant le rayonnement de sa grande âme, que suis-je venue faire après elle?

Lucien, je me trouve bien petite, vous le voyez, mon fils, j'ai besoin de vous.

Votre belle-mère,

SUZANNE.

A Mme la comtesse Suzanne de Montigny, château de Vallières, par Fleury-sur-Andelle. (Eure.)

Paris le...

MADAME LA COMTESSE,

Puisque vous voulez bien me demander mon avis relativement au portrait de ma mère, je serais désireux de l'avoir au plus tôt; soyez donc assez bonne pour me l'adresser à l'École, et cela avec toutes les précautions nécessaires, car vous savez combien sont susceptibles les pastels. J'ignorais l'existence de ce cher souvenir que je vais recevoir. C'est un doux talisman qui me portera bonheur; c'est une bénédiction venue d'outre-tombe, juste au moment où j'en ai tant besoin. Oh! je reconnaîtrai bien ma mère sous ses traits enfantins qui doivent être charmants. Et puis, il ne peut y avoir deux femmes comme ma mère.

On ne vous a pas trompée en vous disant, Madame, que la première comtesse de Montigny était tout ce qu'il y a au monde de plus accompli. Rien n'égalera jamais son esprit et son cœur; personne ne peut prétendre à sa distinction et à sa grâce. Le génie bienfaisant qui a étendu sa puissance sur son berceau, en avait fait une de ces perfections dépaysée, dans notre société, bonne pour le plus grand nombre, trop imparfaite pour certaines natures d'élite comptant avec elles-mêmes. La Mort frappe sans merci, mais n'est point aussi aveugle que nous voulons bien le penser: car ses filles, les Parques jalouses, ne s'étudient qu'à trancher les fils les plus beaux, et lorsque le fatal ciseau atteint des vies avancées ou inutiles, c'est que l'implacable Atropos se trompe.

Pardon, je tourne à l'élégie...

Il ne m'est guère possible, Madame, de croire que vous puissiez avoir jamais besoin de mon faible concours. L'existence s'annonce à vous bien facile, ce me semble. Mon père ne pouvait vous donner une plus grande preuve de confiance qu'en vous offrant la place restée vide par la mort de ma mère. Forte de ces sentiments traduits par des faits, qu'avez-vous à redouter ou à craindre? La pusillanimité n'a donc pas pour vous sa raison d'être, et du reste, en quoi pourrait se croire utile à la comtesse de Montigny un modeste polytechnicien?

Pour les bonnes et sympathiques paroles que vous daignez me dire dans votre lettre, agréez, Madame, l'expression de ma reconnaisance, et acceptez, je vous prie, la nouvelle assurance de mon profond respect.

LUCIEN DE MONTIGNY.

A M. Lucien de Montigny, à l'École polytechnique. (Paris.)

Vallières, le...

MON CHER LUCIEN,

Je viens de faire porter aux Messageries le portrait de votre mère, qu'il était si naturel que vous désirassiez posséder au plus tôt. Je n'ai pu résister au sentiment qui m'a fait y joindre quelques fleurs. Laisser partir seule l'ombre bénie qui devait vous protéger et vous conduire, me paraissait impossible; et puisqu'il ne m'était pas donné de le porter moi-même, j'ai voulu l'entourer de tout ce que Dieu a créé de plus pur et de plus charmant.

Je ne vous cacherai pas, mon enfant, que c'est avec peine que je me suis séparée de cette chère image de jeune fille, dont le doux sourire et le beau regard semblent prophétiser ce que fut la femme. N'y avait-il pas pour moi, dans cet ensemble fait de bienveillance et de paix, tout un enseignement?

Vous avez dû trouver, mon cher Lucien, que j'étais bien avare de détails au sujet de la visite de votre oncle; mais le temps me manquait pour vous en donner la dernière fois que je vous écrivis. Aujourd'hui, je vais réparer mon laconisme, et vous parler un peu de son séjour près de nous.

Je ne vous dirai rien que vous ne sachiez de sa bienveillance, de sa bonté, qualités qui sont héréditaires dans votre famille; mais je ne puis passer sous silence le bonheur de M. de Montigny, qui était radieux de sentir près de lui son beau-frère tant aimé.

A cette époque de l'année, la campagne ne fait, vous le savez, que sortir de son long sommeil d'hiver;

Vallières est donc encore sans ombrage, sans parfum, sans chaleur. La chasse est fermée, la pêche n'est point ouverte, on ne sème point, il n'y a rien à cueillir : c'est calme plat dans notre vallée. Après quelques promenades sans but, quelques excursions à la ville, ces messieurs se sont mis à visiter le château dans ses plus petits détails. Pas une pierre, pas une ouverture ne leur ont échappé. Dès le matin, on les voyait, soit à l'intérieur, soit à l'extérieur, bêchant, fouillant pour se rendre compte au juste de quelle époque date le manoir. Des archéologues fanatiques ne recherchent pas avec plus de conscience une origine. Enfin, après bien des soins et bien des peines, ces messieurs sont tombés d'accord pour affirmer que le château est des premières années du XIIIe siècle. Il paraît que c'est vraiment une curieuse épave du moyen âge, dont votre père tient beaucoup à conserver intact le cachet primitif. Il est donc convenu qu'à la prochaine visite de M. de Blacourt, on procédera à l'enlèvement de quelques appentis, qui n'ont pas assez d'utilité pour les laisser debout, au prix d'une profanation.

Et voilà, mon cher Lucien, comment se passèrent les journées. Quand venait le soir, nous attendions dix heures, dans le petit salon octogone construit à même le donjon. Quelquefois, je faisais un peu de musique, plus souvent encore la lecture ; et le temps s'écoulait ainsi doucement pour tout le monde.

Vous le voyez, mon cher Lucien, rien de bien saillant dans nos habitudes. Cependant, pour votre belle-mère, chaque instant qui s'écoule est un moment heureux ! mais mon enfant, il manque encore à son bonheur intime la joie de vous connaître et de vous serrer la main.

SUZANNE.

— La suite au prochain numéro. —

LA COMTESSE DE LONGCHAMPS.

DEUX BENGALIS

S'il est quelques lecteurs de la *Semaine des Familles* qui aient gardé souvenir de mes oiseaux, c'est pour eux que j'écris ce récit.

Jamais l'on ne vit deux frères plus tendrement unis que Blandus et Fortis, mes deux Bengalis. Aussi vifs, aussi légers l'un que l'autre, ils passaient sous nos yeux comme une étincelle, mais sans cesse ils se retrouvaient côte à côte ; ils ne connaissaient pas de repos sans cette tendre association.

Ils n'essayaient pas de se mêler aux autres habitants de la cage ; Blandus ne connaissait que Fortis ; Fortis ne connaissait que Blandus. Volontiers ils partageaient la miette de gâteau ou de noisette fraîche que l'un d'eux avait saisie à travers le grillage. Mes moineaux blancs si doux avaient encore parfois leur petit mouvement d'égoïsme, leur semblant de querelle pour la salade fraîche ou le bel épi de millet ; eux, jamais ! C'était vraiment délicieux de voir leurs deux jolies têtes dans le nid qui leur servait de berceau. Parfois l'un s'obstinait à passer la nuit sur un barreau de la cage (on a vu chez les hommes de plus singuliers caprices) ; l'autre, seul dans le nid, l'appelait longtemps. Croyez-vous qu'il se décidait à dormir seul ? Non ; quand il ne venait pas à bout de persuader son compagnon, il quittait sa douce retraite pour l'aller rejoindre.

Je m'effrayais du moment où la mort viendrait briser cette union parfaite. Ce moment est arrivé.

Depuis quelque temps, Fortis avait perdu sa vivacité ; il se tenait une partie du jour immobile, triste, ébouriffé.

A l'heure du coucher, c'était tout un petit drame. Arrivé au lieu du repos, Blandus, tantôt par un doux gazouillement, tantôt par un cri désespéré, appelait Fortis qui s'élançait pour le rejoindre et retombait lourdement. Je ne pouvais intervenir sans leur causer de vives frayeurs ; je devais les laisser faire. Quand le petit malade arrivait au but, il avait accompli des miracles d'énergie.

Et le voilà mort ! Pauvre mignon, son corps sans vie pesait deux grammes ! Blandus ne comprend rien à sa disparition et le cherche toujours. Le soir, son cri d'appel me faisait mal ; il allait dans tous les coins de la cage ; je le suivais des yeux. Enfin, il entre dans le nid, mais pas pour y dormir, oh ! non. C'est avec un vague espoir que là il le verra venir. Il est debout, il attend. Je m'empresse de jeter sur la cage le voile qui leur cache la lumière et les tient d'ordinaire dans la plus complète immobilité ! Mais longtemps après, j'entends des frôlements d'ailes, des efforts. Le pauvre oiseau redescendait dans les ténèbres pour chercher son ami !

Aujourd'hui le cri d'appel a cessé ; il n'a plus d'espoir. Tout à l'heure je le voyais, la tête renversée, l'œil à demi fermé, comme une petite boule de plumes toute frissonnante.

Je crois qu'il ne vivra pas longtemps. Pauvre Blandus, il y a des hommes qui ont passé sur la terre sans aimer autant que toi !

MARIE JENNA.

LE LIÈVRE, LES PIES ET LES CORNEILLES

FABLE

Derrière une meute en défaut
Un lièvre délogeait sans tambour ni trompette:
En dépit du nez de Briffaut,
Il aurait pu gagner une sûre retraite
Si, pour son malheur, un essaim
Et de corneilles et de pies,
Quant au caquet du moins véritables harpies,
Du sommet d'un grand arbre avisant son dessein,

Avec d'horribles cris n'eût poursuivi sa fuite.
En vain, pour arrêter leur cruelle poursuite,
Il leur dit: « Taisez-vous, mes sœurs;
Vous allez me trahir; laissez-moi, je vous prie. »
La bande n'en tient compte et de plus belle crie,
Si bien que leur tapage avertit les chasseurs.
Le son bruyant du cor courant dans la vallée
Ramène sur le pied la meute éparpillée.
L'infortuné fuyard, aussitôt relancé,
Et forcé,
Sous des milliers de dents expire.

Vous dont la langue, hélas ! est si prompte à médire,
Vous vous croyez un cœur sensible et généreux,
Et, pour le seul plaisir de jaser et de rire,
Vous immolez vingt malheureux.

L'ABBÉ LAMONTAGNE.

CHRONIQUE

Ce seul mot: le *pavé de Paris*, ne sonne-t-il pas avec une sorte de grandeur à la fois magique et historique?

Quel est le roman, quel est le drame, quel est le journal, quel est le livre d'histoire où le *pavé de Paris* ne figure comme un personnage d'importance? Il a plus de mirages dans son granit que le désert n'en a dans ses sables ensoleillés: mirages de la fortune, du luxe, des plaisirs, des ambitions, des folies joyeuses ou des folies terribles. Mille visions montent de ce pavé avec la poussière ou le brouillard qui s'en échappent.

Viennent les jours sombres où le *lion populaire*, comme dit Barbier, agite sa crinière dans le vent des révolutions : alors le pavé de Paris semble s'animer, vivre, s'avancer comme la *forêt qui marche* au dernier acte du *Macbeth* de Shakespeare et, ainsi qu'une mer, il monte bien réellement, engloutissant les institutions, les trônes, les dynasties. Le pavé de Paris est alors un être formidable comme ce fantôme de pierre qui vient s'asseoir au festin de Don Juan.

Oui, voilà bien le pavé de Paris, ce pavé légendaire que nous connaissons dans le passé ; mais est-ce bien là tout à fait le pavé réel d'aujourd'hui ?

Notre temps est vraiment un singulier temps, car presque toutes choses n'y sont plus que les apparences des choses : tout est factice en ce siècle, depuis les chevelures de nos femmes jusqu'au pavé de nos rues; depuis les dents de nos mâchoires jusqu'aux pierres de nos carrefours.

Et nous raillons nos aïeux à perruque! Oui, Louis XIV et Colbert ont porté des cheveux qui n'étaient pas à eux; mais jamais ils ne se sont avisés de donner à la bonne ville de Paris des pavés qui ne fussent pas des pavés.

Aujourd'hui, c'est uutre chose... Que n'avons-nous pas vu depuis trente ans ? Sous le second Empire, lorsque commencèrent les grands travaux d'*haussmannisation*, on s'avisa soudain de trouver que le vieux pavé, qui durant des siècles avait porté tant de milliers de Parisiens, n'était plus bon pour porter notre génération perfectionnée.

Peut-être pensa-t-on qu'il faudrait épuiser des montagnes de granit pour paver convenablement les immenses voies de nos nouveaux boulevards ; peut-être aussi voulut-on supprimer les barricades en supprimant les pavés (la Commune nous a prouvé depuis que les barricades se faisaient aussi bien et mieux avec des retranchements et des sacs remplis de terre); toujours est-il que le pavé fut frappé d'ostracisme : non seulement on ne lui donna pas droit de cité dans les voies nouvelles, mais on l'enleva de nos vieilles rues. Le pavé ne protesta point, uniquement parce qu'il n'est pas d'un caractère loquace ; mais je suis certain qu'il n'en pensa pas moins dans son for intérieur et qu'il eut plus d'une angoisse secrète dans son cœur de granit.

On le proscrivit ; et comme un véritable proscrit, on le déporta, car l'Amérique, toujours pratique, nous fit la politesse d'acheter pour les grandes avenues de New-York et de Philadelphie les blocs de grès dont nous ne voulions pas pour la rue de Rivoli.

Alors, nous vîmes le bel âge du macadam. Nous eûmes ces boulevards que vos bottines connaissent si bien, mesdames! ces mers de fange jaunie, si agréables à traverser les jours de pluie ; ces chaussées qu'il faut nettoyer et frotter avec des brosses de crin qui semblent avoir été inventées pour décrotter les souliers de Gargantua ou de quelque autre géant.

Depuis cette époque, il s'est trouvé une foule de gens ingénieux qui ont imaginé des multitudes de systèmes pour confectionner un pavage qui ne fût ni le pavé de granit ni le macadam.

On a proposé des dallages bitumés, des pavés de fonte, des pavés de carton durci (!!!); et enfin, nous en sommes au moins à la centième expérience de pavage en bois goudronné.

On a choisi pour cet essai l'endroit le plus fréquenté et le plus dangereux de Paris, le carrefour du boulevard Montmartre : il ne se passe pas de jour que quelque passant ne soit plus ou moins écrasé par les voitures, si nombreuses en cet endroit : or, le pavé de bois a pour principal effet de supprimer le bruit qui peut vous avertir de l'approche des voitures... Je ne voudrais cependant pas être trop sévère envers nos « édiles » : on m'assure qu'ils songent à corriger les inconvénients du pavé de bois en installant à ses abords des études de notaire, où chacun, avant d'opérer la traversée du boulevard, pourra préalablement faire son testament.

Mais, à quoi bon récriminer sur la contrefaçon du pavé de Paris ?... Que ne contrefait-on pas dans notre bonne ville ?

Vous n'êtes point sans avoir entendu parler de ce

charcutier fameux qui truffait ses pieds de cochon avec des rondelles de mérinos ! L'histoire est vraie, absolument vraie : le charcutier fut traduit en police correctionnelle par un client susceptible et il fut dûment condamné.

Mais cet indigne industriel n'était encore qu'un innocent auprès de certains de ses confrères. Un mystère plein d'horreur, un mystère que Ponson du Terrail lui-même n'aurait pas imaginé dans les plus sombres pages de *Rocambole*, vient de nous être révélé.

On a découvert en plein Paris une fabrique de truffes artificielles faites avec des pommes de terre gelées, teintes de noir au moyen d'une solution de sels de fer, puis aromatisées avec une goutte de phénol !

Les cheveux s'en dressent sur la tête; l'estomac en éprouve des soubresauts d'horreur : si Dante avait eu connaissance de cette effroyable fraude, n'êtes-vous pas comme moi certain qu'il eût imaginé quelque supplice nouï dans le plus affreux cercle de son enfer pour y punir cette tricherie sans nom?

O truffe ! délicate, odorante et chère truffe ! O truffe, que les rois, les diplomates, les poètes, les grands, les délicats, les raffinés ont toujours saluée comme la pierre philosophale dans le grand œuvre de la cuisine, truffe ma mie, c'est toi qu'on ose outrager ainsi !

La truffe est profanée; la truffe subit la contrefaçon la plus insolente; qui pourrait prédire à quelles catastrophes de telles profanations nous conduiront ! Car, enfin, la truffe a une importance politique et sociale.

Brillat-Savarin affirmait qu'à sa connaissance, « le suc restaurateur de la truffe avait plus d'une fois éclairci des faces éminemment diplomatiques. » Et ne vous semble-t-il pas que le nom de Périgord vient en effet tout naturellement à côté du nom de ce grand maître en diplomatie et en cuisine qui s'appelait Talleyrand ?

Le même Brillat affirmait par de savants calculs l'influence de la truffe sur la fortune publique : « J'ai quelque raison de croire, écrivait-il, que depuis le commencement de novembre jusqu'à la fin de février, il se consomme à Paris trois cents dindes truffées par our : en tout trente-six mille dindes.

« Le prix commun de chaque dinde ainsi conditionnée est au moins de 20 francs, en tout 720.000 francs; ce qui fait un fort joli mouvement d'argent.

« A quoi il faut joindre une somme pareille pour les volailles, faisans, poulets et perdrix pareillement truffés, qu'on voit chaque jour étalés dans les magasins de comestibles, pour le supplice des contemplateurs qui se trouvent trop courts pour y atteindre. »

N'oubliez pas que Brillat-Savarin écrivait au commencement de notre siècle. Aujourd'hui, quoique la population de Paris ait doublé au moins depuis lors, je doute fort qu'on y mange *trois cents dindes* TRUFFÉES par jour; et j'affirme à coup sûr qu'on ne mange plus de *dindes* TRUFFÉES à *vingt francs*.

Une belle dinde vaut, prix moyen, quinze francs aujourd'hui : les truffes valent, prix moyen, douze francs la livre : il en faut deux livres et demie dans une dinde de belle taille. Récapitulons :

Dinde,	fr. 15
2 livres et demie de truffes,	30
Total fr.	45

Quarante à quarante-cinq francs, voilà le taux actuel de la dinde truffée, qui coûtait vingt francs au temps de Brillat-Savarin : il faut même compter *soixante-quinze francs* si l'on veut appliquer en matière de dinde truffée les principes du marquis de Cussy. Je déclare, quant à moi, que je les trouve excellents, au point de vue théorique.

Au moment où la dinde vient d'être vidée, le marquis de Cussy veut qu'on y introduise la quantité de truffes destinée à la parfumer. Cela fait, on doit suspendre la bête, pendant un temps plus ou moins long, dans un garde-manger bien frais : ses chairs s'imprègnent ainsi de l'odeur des truffes; mais ces truffes au bout d'un certain nombre d'heures ont perdu la plus grande partie de leur arome naturel. Comment tourner la difficulté ?.. Rien de plus simple : au moment d'embrocher, vous ôtez du corps de la dinde les truffes qui en ont parfumé la chair à leurs dépens et vous les jetez sans plus de façon; puis, vous les remplacez par des truffes nouvelles dont l'arome intact s'épanouira sous le palais de vos convives.

Je ne vois guère à l'application de la méthode de M. de Cussy qu'une difficulté; vous la voyez sans doute comme moi; mais, dit le proverbe, *il ne faut pas compter avec ses amis.*

ARGUS.

Toute réclamation, toute indication de changement d'adresse, toute demande de renouvellement, doivent être accompagnées d'une bande du journal imprimée et envoyées franco à M. Victor Lecoffre.

Abonnement, du 1er avril ou du 1er octobre ; pour la France : un an 10 fr.; 6 mois 6 fr.; le n° au bureau, 20 c.; par la poste, 25 c.
Les volumes commencent le 1er avril. — LA SEMAINE DES FAMILLES paraît tous les samedis.

VICTOR LECOFFRE, ÉDITEUR, RUE BONAPARTE, 90, A PARIS. — Imp. de la Soc. de Typ. - NOIZETTE, 8, r. Campagne-Première. Paris.

Portrait d Abou-Rahuel.

L'IMAGIER DE BETHLÉEM

(Voir page 578.)

—

CHAPITRE SECOND

LE VENDREDI SAINT

Le Vendredi Saint, « le béni vendredi », comme appellent les Arabes, a, parmi eux, une réputation qui ne semble aucunement en rapport avec cet anniversaire douloureux et sacré.

C'est, par excellence, le jour propice aux demandes en mariage.

La demande formulée en ce jour a toute chance d'obtenir une réponse favorable, et le mariage conclu, par suite, a toute chance d'être heureux.

Rien d'étonnant si le bruit de quelque projet matrimonial se répandit dans la tribu, lorsqu'on vit, — le

Vendredi Saint qui suivait notre fête des Semailles, — le vieux cheik des Chacals, le cheik Adour, se diriger en grande cérémonie vers une destination inconnue.

Au grossier machlak en poil de chameau, brun ou rayé, il avait substitué la fine étoffe, aussi blanche que sa longue barbe. Il avait mis son koufieh brodé d'or. Sur son ordre exprès, les gens choisis pour son escorte s'étaient revêtus de leur plus beau costume, et dispensés de tout appareil guerrier.

Et l'on disait en le voyant partir :

« Longue vie au cheik Adour! Longue vie, et heureux succès en tout ce qu'il lui plaira d'entreprendre, dans la guerre ou dans la paix, pour son bonheur ou pour le malheur de ses ennemis. »

Chez les chrétiens, étrangers à ces superstitions musulmanes, le Vendredi Saint, religieusement respecté, n'était pas cependant un jour de fête, ou, pour mieux dire, un jour de chômage. En dehors des heures consacrées à la commémoration du grand mystère, chacun poursuivait, dans sa demeure, les occupations accoutumées.

Ainsi en était-il chez Abou-Rahuel.

Modeste au dehors, nous l'avons vu déjà, sa petite maison était fort simple au dedans. Par son travail assidu, par son habileté exceptionnelle, l'imagier avait acquis, disait-on, des milliers et des milliers de piastres. Mais c'était un homme austère. Suivant les circonstances, il pouvait paraître riche ou pauvre : riche, pour assister, par exemple, un pèlerin des saints Lieux; pauvre, quand il s'agissait de luxe ou seulement de bien-être.

Nous entrons dans le selamlick, qui est en même temps l'atelier.

Cette vaste pièce est en partie taillée dans le roc.

Deux fenêtres rondes, grillées, distribuent parcimonieusement la lumière. De chaque côté, une porte, fermée par d'épais rideaux bruns en poil de chameau. La porte de gauche conduit à la chambre d'Abou-Rahuel. Les deux sœurs habitent derrière le rideau de droite, sur lequel sont brodées de pieuses sentences.

L'inventaire du mobilier n'est pas difficile à établir : quelques tabourets en cèdre massif, sculptés à grands coups de ciseau et assortis à la petite table octogone; des nattes assez usées, mais soigneusement entretenues; un divan d'étoffe damassée, dont les grandes fleurs sont ternies par le temps; une selle en drap écarlate, accompagnée de sa bride.

Une niche pratiquée dans la muraille laisse apercevoir les outils rangés avec ordre. Une latte transversale, peinte en rouge et fixée au-dessus des outils, à hauteur d'homme, est munie de clous d'où retombent des faisceaux entiers de rosaires, en noyaux d'olivier, en graines rouges, en bois odoriférant. Sur des tablettes sont étalées les coquilles et les plaques de nacre, les croix incrustées, les coupes et les vases en lave de la Mer Morte.

Entre les deux fenêtres s'étendent les bras d'un immense crucifix de buis, moins remarquable encore par sa dimension que par sa valeur artistique. C'est le chef-d'œuvre d'Abou-Rahuel, au temps de sa jeunesse et de son bonheur.

L'imagier se livrait donc à son travail quotidien. Accroupi sur une natte, il enfonçait, d'une main ferme, la pointe du burin dans une coquille que soutenaient ses genoux.

Quelques pas plus loin, un jeune homme se tenait penché sur une délicate ciselure. Et tandis qu'il demeurait immobile, la tête inclinée, son turban jetait une ombre bleuâtre sur un visage doux, attrayant, un peu méditatif, que rehaussait une barbe d'or.

De temps en temps, l'artiste déjà vieilli envoyait un regard à son jeune compagnon. Alors un rayon passait sur ses traits sombres et sévères; quelque chose comme un sourire d'orgueil glissait sur ses lèvres.

Le Nazaréen Jezra, c'était l'élève et le favori du Bethléémite Abou-Rahuel.

De tous les sculpteurs et graveurs de la contrée, celui-là seul se plaisait à imiter la manière du maître, celui-là seul était destiné à la perpétuer.

Et puis, quelle société charmante pour ce maître aimé et vénéré !

Dans les longues soirées d'hiver, il fallait passer bien des heures à travailler auprès de la lampe, lorsque, surtout, quelque monastère avait fait une importante commande de ces objets dont les pèlerins se montrent toujours avides.

Mais le blond Nazaréen faisait oublier les heures, pourvu qu'il chantât, de sa voix merveilleusement belle, ses mélodies étranges, mélancoliques.

Abou-Rahuel sentait, malgré lui, son cœur s'émouvoir, et les jeunes filles écoutaient, derrière le rideau.

Ou bien, si ce n'étaient plus des chants, c'étaient d'inépuisables récits.

« Maître, dit Jezra, levant un instant ses yeux pensifs, ne trouvez-vous pas que c'est un des privilèges de notre profession, d'avoir si fréquemment à travailler le bois ?

« Cela nous rend plus facile qu'aux autres chrétiens de penser au bois de la Croix. »

Et avec un accent profond et suave, il chanta :

Impleta sunt quæ concinit
David fideli carmine,
Dicens : In nationibus
Regnavit a ligno Deus (1).

« Oui, reprit-il, *a ligno*, il régnera par le bois... Et ce même bois n'est-il pas appelé doux, aimable, comme le fardeau qu'il porte ?

Dulce lignum ....
Dulce pondus sustinet.

1. Ils sont accomplis les oracles fidèles de David qui a dit : Sur les nations Dieu régnera par le bois.

« J'ai entendu raconter que quatre espèces différentes avaient servi à former la Croix. Il y aurait eu, si cette version est exacte, un morceau d'olivier, un de cèdre, un de palmier, un de cyprès.

« Mais j'aime mieux encore cette légende. . »

On entendait approcher le bruit d'une cavalcade.

Un coup frappé à la porte interrompit le Nazaréen.

Abou-Rahuel se leva et alla ouvrir lui-même.

Un Arabe était là, debout, enveloppé dans son burnous blanc. Il avait jeté la bride de sa jument à l'un des hommes de son escorte. Les autres hommes avaient aussi mis pied à terre et tenaient de près leurs montures.

« Que le salut vienne sur cette maison, dit solennellement l'Arabe.

— Et que sur ta tête vienne le salut ! » répondit le Bethléémite, en s'effaçant pour livrer passage à son visiteur.

C'était un vieillard. Sa barbe blanche et clairsemée paraissait bien en rapport avec les sillons de son front. Mais sa taille restait droite et élancée, comme le palmier du désert. La hauteur de la stature, la fierté de l'attitude ne rendaient que plus frappante l'expression impérieuse de ce regard à moitié dissimulé, cependant, par les sourcils touffus. Autour de la main gauche, appuyée contre la poitrine, s'enroulait un tesbykh, espèce de chapelet représentant, pour les musulmans, les attributs de Dieu et les quatre-vingt-dix-neuf noms qu'ils lui donnent. L'autre main restait libre, pour rassembler les plis du burnous et pour saluer.

Après avoir épuisé tout le cérémonial en usage, le Bédouin prit place sur le divan, tandis que le seul de ses compagnons qui fût entré à sa suite, restait respectueusement près de la porte.

Jezra s'était retiré à l'extrémité opposée, tout au fond de l'atelier. De là, il examinait le nouveau venu. Son excessive attention ne semblait point provenir de la curiosité, mais d'une méfiance allant jusqu'à la douleur.

Abou-Rahuel tenait obstinément ses yeux attachés sur le sol. Il attendait, avec une impatience cachée sous e voile de la résignation passive, que l'étranger expliquât le motif de sa visite.

De semblables hôtes étaient rares chez l'imagier, et, à en juger par sa tenue, par sa physionomie, il ne paraissait guère les aimer.

« On me nomme le cheik Adour », dit l'Arabe.

Abou-Rahuel leva la tête avec un sourire amer.

« Les Bethléémites connaissent le cheik de Belka, prononça-t-il lentement.

— Mes cavaliers se promènent en maîtres depuis les Villes maudites et l'oasis d'Engaddi jusqu'aux ruines de Gérasa.

— Vos cavaliers connaissent aussi le chemin de Mar-Saba à Bethléem, interrompit le sculpteur, avec la même amertume.

— Où régnait autrefois le roi de Clam, continua le Bédouin sur un ton d'emphase, là règne aujourd'hui le cheik Adour. Son nom resplendit...

— Écrit avec du sang, murmura le Bethléémite.

— Ses kebbas (1) sont magnifiquement ornées, ses coffres remplis...

— De biens volés.

— Ses fils sont les meilleurs guerriers du désert.....

— Les plus effrontés brigands.

— Le premier-né d'entre eux m'envoie vers toi.

— Le roi des Chacals ! » s'écria Abou-Rahuel.

Pour la première fois, le cheik parut entendre ; et, souriant fièrement :

« Mérouan, le roi des Chacals, tu l'as dit.

— Deux fois seulement l'automne a passé sur nos campagnes depuis que ton sauvage fils surprit Bethléem, en pleine nuit, et la saccagea. Ses brigands entraient justement dans le sentier qui conduit à ma demeure, lorsque les Tamrys fondirent sur eux comme l'éclair. En cette nuit, le roi des Chacals ne dut la vie qu'aux sabots de sa jument.

— Il obéit aux leçons de la sagesse en cédant à des forces supérieures, répondit tranquillement le vieux cheik. Mais que nous importe le souvenir de cette nuit ? Ta maison fut protégée, tu ne perdis rien. Je m'en félicite, car, aujourd'hui, venant à toi comme messager de paix...

— Les Chacals n'ont-ils plus de dents ni de griffes, pour qu'ils sentent le besoin de substituer à leurs hurlements le mot *Paix ?* » demanda ironiquement le Bethléémite.

Mais Adour persévérait dans son calme. Pas un muscle de son visage ne remuait. Il continua.

« Mérouan, mon fils, te parle ainsi par ma bouche : — Abou-Rahuel de Bethléem, tu es noble et sage; tu es le favori d'Allah, qui a répandu ses grâces sur ta tête. Ta demeure est plus riche que le palais du sultan, car elle renferme un incomparable trésor. J'ai passé devant ton seuil béni, et j'ai été enivré par la bonne odeur qui s'échappait de ta maison. Elle était plus douce que le parfum du jasmin et de la rose. Depuis ce jour, je ne fais plus qu'aspirer vers la merveilleuse fleur; sans elle je ne pourrai vivre plus longtemps. Abou-Rahuel de Bethléem, accorde-moi pour épouse Isma, la vierge aux cheveux d'or. Elle sera la reine de ma kasba. — Telles sont les paroles de Mérouan. Et moi, son père, le cheik Adour, je suis ici, avec de riches présents, pour déposer à tes pieds sa demande. J'ai fini. »

L'Arabe s'était mis debout, et avait fait un pas comme pour se retirer.

Abou-Rahuel l'arrêta d'un geste grave, majestueux, autoritaire.

« Attends, lui dit-il, épargne tes pas. Inutile de te fatiguer à venir chercher ma réponse. Elle est toute prête, elle est brève : Isma ne sera jamais la femme du

1. Kebba, tente arabe.

Chacal. Jamais! j'en jure par le divin Crucifié! »

Ainsi disant, il levait la main vers cette image du Christ, placée entre les fenêtres.

Cette fois, le vieux cheik bondit. Ses yeux jetèrent des flammes. Sous son manteau, sa main droite chercha instinctivement son poignard et le serra convulsivement.

Mais presque aussitôt, redevenu maître de lui-même, il répliqua d'une voix sourde :

« Tu dédaignes le fils du cheik Adour? En vérité, tu es donc plus fier qu'un roi?

— Je suis un chrétien », répondit simplement le Bethléémite.

L'Arabe haussa les épaules.

« Les harems des vrais croyants sont remplis de filles de chrétiens, dit-il. Beaucoup nous ont été vendues par leurs pères. Aucune ne se plaint de son sort.

— Vous les avez volées! s'écria Abou-Rahuel, et vous étouffez leurs gémissements, et l'oreille de Dieu peut seule les entendre. » Puis, réfléchissant : « Mais s'il y a cependant quelque chose de vrai dans tes paroles, si tu as jamais acheté quelqu'un de ces pauvres agneaux, maudit soit le chrétien qui vend sa chair et son sang à l'infidèle! Ne me confonds pas avec celui-là, je te le conseille. As-tu pris Abou-Rahuel pour un marchand d'esclaves? Sa maison te produit-elle l'effet d'un bazar?

— Insensé! qui te parle, à toi, de vente et de marchand? Mon fils te demande ta fille pour épouse, il ne songe pas à l'acheter comme esclave.

— L'épouse d'un infidèle est une esclave. Tu as déjà ma réponse : Jamais!

— Ton dernier mot? Prends garde, Bethléémite!

— Mon dernier mot est le même que mon premier. Nous nous rions de vos menaces. Les Tamrys nous défendent, et c'est une protection puissante, ton fils n'a pu l'oublier. D'ailleurs, que la volonté de Dieu s'accomplisse! Mille fois mieux voir ma fille morte et reposant, dans sa tombe, à Bethléem, qu'épouse et reine dans Belka. »

Le cheik Adour resta une minute immobile, mesurant de son regard habitué à répandre la terreur, l'humble chrétien qui ne tremblait pas.

Il se retira ensuite, avec un salut sombre et muet.

Le Vendredi Saint n'avait point été, pour sa demande, un jour propice.

Honte à lui, qui remportait ses présents, plus magnifiques que ceux d'un roi.

Abou-Rahuel se rassit et se remit à graver sa coquille, comme si rien ne s'était passé.

Jezra reprit de même son travail, et sans trop d'effort. Sa souffrance avait disparu au moment où l'Arabe prononçait le nom d'Isma. Ce n'était point en cette enfant que le jeune Nazaréen avait mis son cœur.

Mais, hélas! on aurait pu voir à plus d'une reprise, au côté droit de l'atelier, un léger mouvement agiter le rideau brun. Seule dans la chambre, en l'absence de sa sœur, Isma n'avait pas laissé perdre une parole. Que devait-elle ressentir à cette heure, elle qui, depuis la fête des Semailles, ne cessait d'avoir présente l'image du fils du désert?

Thérèse Alphonse Karr.

— La suite au prochain numéro. —

LA CATHÉDRALE DE ROUEN

(Voir pages 566 et 581.)

La cathédrale de Rouen, comme un grand nombre de celles qui illustrent le sol de notre patrie, ne devait pas échapper aux dévastations dont fut accompagnée la Réforme protestante. Le dimanche 3 mai 1562, toutes les paroisses de la ville, au nombre de trente-six, et toutes les chapelles furent subitement envahies pendant l'office du matin, et livrées aux excès d'une soldatesque aussi impie que brutale. « Ils firent tel mesnage, « dit Théodore de Bèze dont le témoignage n'est pas suspect, qu'il n'y demeura image ni autel, fonts ni bénestiers, qui ne fust tout brisé, en telle diligence que jamais on n'eust pu estimer qu'en vingt-quatre semaines se peut démolir ce qu'ils ruinèrent en vingt-quatre heures, en plus de cinquante temples, tant de paroisses que d'abbayes et couvents. » Si les monuments furent traités de la sorte, on juge que les personnes n'eurent pas un meilleur sort : toutes les propriétés pillées et brûlées, les habitants battus ou tués, les femmes et les enfants errants par les champs, sans abri, sans nourriture, le trouble jeté partout et la province changée en un théâtre de désolation, tels furent les résultats incontestables de ce prétendu retour aux vertus du christianisme.

Ces désordres furent enfin terminés lors de la prise de Rouen par l'armée royale, en octobre 1562. Dix-neuf ans après, en 1581, un Concile solennel tint ses assises dans la cathédrale et fut présidé par ce même archevêque de Bourbon que l'assassinat de Henri III fit revêtir plus tard du titre de roi de France. Le cardinal Charles X ne connut du pouvoir que la captivité, et ne tarda pas à mourir dans la forteresse de Fontenay en Poitou, où il était gardé par les royalistes. Il fut remplacé sur le siège de Rouen par son frère, nommé Charles également, qui eut la joie de rendre la paix à son église et d'y cimenter la paix générale par la réception d'Henri IV converti.

Nous entrons, avec le XVIIe siècle, dans une période presque ininterrompue de décadence pour la cathédrale. C'est un problème inexpliqué que le siècle le plus glorieux de notre histoire et peut-être de l'humanité, au point de vue des lettres, ait si gravement méconnu les sublimes traditions de l'art. La Renaissance, qui avait su parer de sa grâce les emprunts faits à l'antiquité et rajeunir les vieux modèles, céda tout à coup la place à une imitation servile de l'architecture gréco-romaine, telle qu'on la connaissait en ce temps-là, c'est-à-dire aussi fausse dans ses applications que dans son principe. La destruction commença par les vitraux dont plusieurs furent enlevés à la requête d'un archidiacre qui, les trouvant trop « *épais* et *obscurs* », les fit remplacer par de beaux *verres blancs*. Différents autels furent aussi construits dans le goût de l'époque, c'est-à-dire en désaccord avec le style de l'édifice ; nous signalons en particulier, à cause de ses dimensions et d'un certain mérite dans le travail, l'immense retable qui surmonte l'autel de la sainte Vierge, en cachant à la fois une partie des verrières et la belle toile de Philippe de Champaigne dont il est censé former l'encadrement. Plusieurs orages furieux qui se déclarèrent en ce siècle, causèrent à l'extérieur de grands dommages dont on ne parut prendre aucun souci, et qui ont coûté au nôtre des sommes prodigieuses. Afin de racheter un peu ces graves reproches, hâtons-nous d'ajouter que la cathédrale de Rouen entendit alors les accents d'une éloquence que notre âge n'a pas su renouveler : Bourdaloue, dans tout l'éclat de sa gloire, voulut s'y faire entendre, et sa piété trouva dans l'émotion publique la seule récompense digne de son pieux génie. Le Père Lejeune, d'une renommée moins haute, mais d'une égale sainteté, édifia aussi les fidèles de Rouen, moins encore par sa parole que par l'incomparable vertu avec laquelle il accepta la dure épreuve de la cécité. C'est dans la chaire de la cathédrale qu'il fut frappé d'aveuglement, et il eut le courage d'achever son sermon sans manifester aucune émotion d'un malheur dont les plus fermes âmes sont elles-mêmes troublées.

Si le XVIIe siècle eut trop souvent l'occasion de témoigner son indifférence pour les merveilles de l'art gothique, au moins ne prit-il pas à cœur de les faire disparaître ; le XVIIIe au contraire, d'un goût plus pitoyable encore, se crut obligé à réformer toute chose, et l'architecture en particulier. Dans cet esprit, on sacrifia l'ancienne clôture du chœur et le retable du maître-autel pour fondre une grille nouvelle. Les auteurs contemporains s'accordent à louer la magnificence du travail, et s'il en faut juger par la balustrade de Saint-Ouen, l'une des plus belles qui nous restent en ce genre, l'œuvre était vraiment digne d'être admirée; malheureusement elle inaugurait un système de transformations à jamais dignes de regrets. C'est ainsi qu'on commença, sous prétexte de niveler le pavé du sanctuaire, par démolir tous les tombeaux dont il était orné. Le mausolée de Charles V où était renfermé le cœur de ce sage roi, ceux de Richard Cœur-de-Lion, de Guillaume, de Redfort, etc., furent impitoyablement détruits ; l'ancien autel fut remplacé par un autel en marbre, dont le soubassement se trouve encore au même endroit et que surmontait une de ces gigantesques Gloires en métal d'or comme on en peut voir dans l'église Saint-Maclou : véritable outrage à la majestueuse austérité de l'édifice. La Révolution de 1793 a fait disparaître la grille du chœur et le couronnement de l'autel.

Il s'éleva à cette époque une sorte de croisade contre les jubés, qu'on accusait, non sans quelque raison, d'intercepter la vue de l'édifice et d'en rompre les lignes. Un grand nombre furent renversés dans les églises du diocèse, et s'il y a lieu de regretter des spécimens souvent achevés de la sculpture au moyen âge, on ne peut nier que plusieurs monuments n'aient gagné, à cette mesure, une plus imposante majesté. Mais ce qu'il faut avoir vu pour se l'imaginer, c'est qu'on a remplacé le jubé gothique de la cathédrale par un jubé grec, un jubé ionique, comme on en faisait dans ce temps-là, où le vrai caractère des ordres grecs était aussi dénaturé que le style ogival méconnu. Reconnaissons que la minorité du Chapitre opposa une énergique résistance aux desseins de son doyen qui menait la campagne contre l'ancien jubé et professait pour le marbre cipolin une admiration dont nous sommes tentés de sourire aujourd'hui.

Les hyperboles les plus outrées, les plus fastueuses images furent employées à louer la forme et surtout la matière de la nouvelle construction : les marbres étaient antiques et venaient d'Algérie, il n'en fallut pas tant pour donner carrière à la verve des écrivains rouennais qui comparèrent la destinée des pierres aux vicissitudes de la fortune humaine. Ce bel enthousiasme nous a légué un morceau déplorable. Bien que le crucifix dont est surmontée la balustrade et la statue de sainte Cécile qui orne l'un des autels soient du ciseau de Clodion, malgré les proportions relativement pures de la colonnade, il n'en reste pas moins que la présence d'un tel jubé dans la cathédrale de Rouen est une de ces hérésies que l'habitude fait seule supporter. Le premier mouvement de tout homme de goût, en pénétrant dans ce magnifique édifice, est de pousser le cri qu'on attribue à la dernière souveraine qui ait visité la métropole : « Dieu, quelle horreur ! »

L'histoire de la cathédrale de Rouen durant le XVIIIe siècle n'offre rien qui soit digne d'intéresser nos lecteurs : remarquons toutefois que ce fut du pouvoir royal que vint, en 1766, la première attaque contre le fameux privilège de Saint-Romain, qui devait disparaître, avec tant d'autres dans la tourmente de 1793. En vertu d'une tradition, dont on ne connaît pas l'origine, il était d'usage que le jour de l'Ascension, le Chapitre désignât, dans les prisons de la ville, un prisonnier condamné à mort, lequel était mis en liberté par l'attouchement de la fierte ou châsse du saint patron. Ce privilège unique en France avait rencontré naturellement, dans la magistrature, une opposition qui se traduisit par des difficultés de toute sorte, et en dernier lieu, par un droit de contrôle importun, néanmoins, la légitimité n'en fut contestée qu'une vingtaine d'années avant la Révolution. Le sentiment public était encore trop manifeste pour qu'on osât le braver à cet égard : l'ancienne coutume fut donc maintenue jusqu'au jour où, toute pitié ayant disparu du cœur des législateurs, la miséricordieuse institution de la Fierte fut abolie à jamais.

Hélas ! ce n'était que le commencement des ruines qui allaient s'accumuler dans l'église de Rouen et défigurer pour longtemps sa splendeur. Nul n'ignore que la Révolution de 1789 associa d'abord les pompes religieuses à ses fêtes : les cérémonies les plus étranges, empreintes du caractère déclamatoire et théâtral de l'époque, furent donc célébrées à la cathédrale, pour la fédération, pour le service des gardes nationaux de Nancy, etc., mais les actes de l'Assemblée, chaque jour plus hostile à l'Église, et surtout la Constitution civile ne tardèrent pas à dessiller les yeux ; enfin, le Chapitre solennellement réuni reçut l'ordre de se disperser; les scellés furent apposés sur les grilles et les portes du chœur. Nous n'étudierons pas ici la conduite du clergé durant la période révolutionnaire : le cardinal de La Rochefoucauld, réputé démissionnaire pour refus de serment, fut remplacé successivement par des évêques schismatiques qui prirent peu de soin d'une église où ils se sentaient déplacés: la métropole fut transformée en un édifice banal propre à toutes sortes de solennités; l'avidité et le mauvais goût conspirèrent à la dépouiller de ses plus beaux ornements.

Ainsi périrent les magnifiques boiseries des stalles; le mobilier des sacristies, qui fut versé à la monnaie, les cloches des deux tours, la grille du chœur, converties en canons ou en monnaie ; tous les caveaux furent ouverts, les cendres violées et jetées au vent ; il fallut remplir de foin la chapelle de la sainte Vierge, transformée en grenier, pour sauver les monuments incomparables qui en font l'honneur. On juge par là de l'état de dégradation dans lequel se trouvait la métropole lors du rétablissement du culte. Le premier soin de Mgr Cambacérès,nommé au siège de Rouen par le pape Pie VII, fut de rétablir la toiture en plomb qu'on avait enlevée pour fondre des balles, et de rendre aux autels un matériel convenable. Soit pénurie, soit défaut d'études, les restaurations exécutées alors marquèrent plus de bonne volonté que de goût ; elles enlaidissent encore aujourd'hui une portion notable de l'édifice. Dans ces dernières années, des travaux considérables ont été entrepris, avec l'aide du gouvernement, sous l'heureuse direction de l'architecte M. Barthélemy, et l'on peut espérer que s'ils sont continués avec la même vigueur, la cathédrale de Rouen tiendra, dans quelques années, l'une des premières places entre les monuments élevés par la main des hommes.

En racontant l'histoire des diverses parties de l'édifice, nous avons successivement décrit les tours, la flèche, les portes qui en composent l'extérieur ; il nous reste maintenant à pénétrer dans le sanctuaire lui-même, pour en analyser rapidement les beautés.

Les dimensions de la cathédrale de Rouen en font un des plus grands vaisseaux qui existent au monde ; elle a 136 mètres de long, 4 de plus que la nef de Cologne et 6 de plus que Notre-Dame de Paris, mais elle le cède de beaucoup, pour la hauteur, à ces deux édifices. Sept portes, trois rosaces et cent trente fenêtres sont percées dans les parois ; quarante-huit piliers soutiennent les arceaux, à des distances inégales mais évidemment combinées, puisqu'elles ne nuisent pas à l'harmonie de l'ensemble. L'ogive ne se dessine que fort tard à l'extrémité des colonnettes et n'a pas le caractère suraigu qu'on admire à Saint-Ouen ; mais cette infériorité est rachetée par l'élévation de la lanterne centrale qui s'élance à cinquante mètres au-dessus du pavé, c'est-à-dire à une hauteur presque double de celle des voûtes. L'existence de cette tour évidée, qui forme l'un des caractères particuliers du gothique normand, communique à tout l'intérieur une hardiesse et une légèreté singulières ; il n'est pas facile de prétendre que ces qualités soient relevées ici par l'étrange formation des travées. Au lieu de la disposition ordinaire qui fait de chaque travée une arcade unique dont la pointe va rejoindre plus ou moins la galerie du clair étage, la métropole de Rouen offre la singularité d'un double rang superposé de baies ogivales. Nous ne saurions donner une idée plus juste de cette construction qu'en la comparant aux deux étages de voûtes qui soutiennent certains viaducs. Les archéologues ne s'accordent pas sur l'origine d'une bizarrerie qui n'ajoute rien à la majesté de l'édifice ; on en peut dire autant des colonnettes parasites suspendues au-dessus des chapiteaux inférieurs des piliers, sans que rien justifie cet appendice plus curieux qu'élégant.

Le transept est surtout remarquable par les magnifiques roses qui en terminent les bras et confondent leur lumière avec la clarté descendant de la lanterne; pour le chœur, autant qu'on en peut juger à travers les interstices du jubé, il peut lutter de gravité imposante avec les plus beaux. Malheureusement les grandes fenêtres qui le surmontent, ont été refaites au XVe siècle et ne répondent pas, par la richesse de leur décoration à la dignité du sanctuaire. Il faut, pour en compenser la fâcheuse impression, considérer à loisir les riches verrières qui ornent le pourtour du chœur. Elles sont au nombre de trois du côté nord, et de deux seulement pour le côté sud. L'une d'elles représente l'histoire de saint Julien l'Hospitalier, donnée par les marchands poissonniers de la ville. Les autres ont pour sujet la vie de saint Sever, la passion de Notre-Seigneur et la vie du patriarche Joseph.

Des vitraux, moins anciens d'un siècle ou deux, et figurant la suite des vingt-quatre archevêques de Rouen honorés comme saints, éclairent, à l'extrémité du chevet.

la chapelle de la sainte Vierge. Nous avons déjà décrit en partie l'ornementation de ce sanctuaire, il nous reste à parler du magnifique tombeau du duc Louis de Brézé, qui répond si dignement au mausolée des cardinaux d'Amboise et transforme ce court espace en un des plus beaux musées que la France puisse opposer à l'Italie. Érigé à Louis de Brézé, grand sénéchal et gouverneur de Normandie, ce tombeau le représente, dans l'appareil mortuaire, sur un sarcophage de marbre noir. L'aspect de ce corps nu, amaigri, à peine voilé d'un linceul, et dont la blancheur, atténuée par les ans, joue presque les chairs desséchées, produit un effet surprenant. L'horreur de la mort s'y révèle avec une telle intensité que l'artiste avait cru devoir l'adoucir, en représentant, derrière le cadavre, le même personnage en vie, revêtu des insignes de sa dignité. Les révolutionnaires de 1793, en enlevant cette figure, ont fait, à leur insu, acte de goût presque autant que de vandalisme. Ils ont respecté la statue de Diane de Poitiers, agenouillée, dans l'intervalle de deux colonnes, derrière la tête de son époux, tandis que la sainte Vierge se tient à l'autre extrémité avec l'enfant Jésus dans ses bras. Le groupe tout entier est encadré par des colonnes corinthiennes, soutenant un second étage de cariatides entre lesquelles une baie cintrée renferme la statue équestre du défunt couvert de son armure. C'est l'une des rares figures à cheval qu'on trouve en France sur les tombeaux, tandis qu'elles abondent en Italie. Au-dessus de l'entablement, une femme est assise dans une niche à consoles; différentes statuettes symbolisent, avec celle-là, les vertus du Sénéchal.

Ce monument, d'albâtre et de marbre noir alternés, est attribué à Jean Goujon, et certainement l'une des plus belles œuvres de la Renaissance française, bien qu'on ne puisse ôter aux lignes une certaine dureté que relève le voisinage d'un autre mausolée dans le style élégant du XVe siècle. Érigé aussi à la mémoire d'un de Brézé, le duc Pierre qui périt à la bataille de Montlhéry, en 1465, ce dernier tombeau se compose d'un massif bas au-dessus duquel s'arrondit une arcade, ornée de trèfles délicats et surmontée d'un pinacle, qu'encadrent deux sortes de croisées? Le ciseau du sculpteur s'est plu à découper dans la pierre une véritable dentelle : pas une surface qui ne soit ornée à profusion de ces motifs ingénieux qui présagent l'efflorescence de l'âge suivant, pas une ligne dont la rigidité ne cède à l'ornement d'une fleur; art de décadence, mais art charmant, qui fait presque pardonner aux ouvriers de ce temps d'avoir déserté la noble simplicité des ancêtres.

Nous avons raconté plus haut par quelle déplorable aberration, la cathédrale de Rouen fut privée, vers le milieu du siècle dernier, de sa magnifique parure de tombeaux. A la place des monuments d'Eudes Rigaud, de Guillaume de Flavacourt, de Gilles Deschamps, cardinal de Coutances, et de tant d'autres élevés à cette époque fortunée où les moindres artisans enfantaient des chefs-d'œuvre, la chapelle de la Vierge ne nous offre que les modestes inscriptions des derniers archevêques. Les autres chapelles renferment quelques détails curieux, mais presque toutes ont le grave inconvénient d'avoir été décorées dans le style gréco-romain qui affaiblit l'effet de leurs verrières. Nous devons cependant signaler *Saint-Jean dans la nef*, ornée d'une belle descente de croix de Jouvenet, et *Saint-Étienne la grande église*, très heureusement restaurée dans le style du XVe siècle, au rez-de-chaussée de la Tour de Berre. Enfin nous ne terminerons pas cette courte étude sur les beautés de la cathédrale de Rouen sans payer un juste tribut à la chaire inaugurée récemment sur les plans de M. le chanoine Robert. On rencontre peu de travaux analogues en France, pour l'élégance des formes et l'exquise pureté du dessin; moins connue que celle de Notre-Dame, la chaire de Rouen l'emporte par cette sobriété magistrale qui forme le propre caractère du moyen âge, et dont on dirait que le secret s'est perdu avec la foi de cette époque.

A. VIÉNOT.

FIN

A TRAVERS BOIS ET PRAIRIES

(DÉCEMBRE.)

« Pendant que la neige,
« De ses tourbillons,
« Blanchit nos maisons
« Que l'hiver assiège,
« Demeurons assis. »

Ainsi parlait le poète Léonard à ses amis, par un jour d'hiver.

La neige ne blanchit pas encore notre ciel de ses tourbillons, cependant nous n'avons guère mieux à faire que de « demeurer assis ».

Sans doute nous pourrions déjà cueillir des branches de houx, ornées de leurs petites baies luisantes, d'un si beau rouge, ou d'un fragon aux baies purgatives; mais qu'aurions-nous à Noël? Plus rien.

Laissons donc encore quelque temps dans les bois le houx et le fragon et attendons aussi un peu, avant d'aller voir si les belles fleurs blanches de l'ellébore resplendissent entre ses feuilles sombres.

Quand on a gravi une haute montagne, on se retourne, une fois arrivé au sommet, afin de jeter un regard sur la route qu'on vient de parcourir.

Voulez-vous que, nous aussi, nous jetions un regard sur le chemin que nous avons suivi ensemble, autrement dit, que nous récapitulions ce que nous avons fait depuis que nous courons « à travers bois et prairies », à la recherche des plantes officinales?

Avant d'aller plus loin, permettez-moi, aimables demoiselles qui avez bien voulu vous intéresser à ces causeries, de m'excuser par avance du peu de plaisir que vous trouverez sans doute à celle-ci.

J'ai beau faire, par ces jours gris d'hiver, il m'est impossible de donner à ce que je dis une forme agréable ; je suis ainsi faite que ma gaieté s'envole avec la dernière hirondelle, pour ne plus revenir qu'aux premières frondaisons du renouveau.

Pour babiller allègrement, il faut que j'aie sous les pieds l'élastique tapis des herbes vertes ou le velours des mousses ; que je respire un air tiède chargé de l'odeur tannique des bois un peu humides ou du parfum pénétrant des prés fleuris ; que j'aie sur la tête un de ces ciels lumineux dont l'azur est animé de légers nuages qui flottent souples et transparents comme les plis d'un voile d'épousée. Il faut que j'entende autour de moi ce murmure intense et doux dans lequel viennent se confondre le crépitement des branches sèches, le craquement des écorces gonflées de sève, le bruissement des feuilles agitées par la brise ou frôlées au passage par un chevreuil, le gazouillement des nids, la susurration du ruisseau clair courant sur le gravier, le clapotement de la mare fouettée par la chute de la grenouille, le caquetage lointain de la poule qu'appuie la basse du chien de garde grognant après les passants ; bref, les mille bruits divers, sourds ou éclatants, aigus ou graves, rauques ou tendres, qui se mêlent pour former la grande voix de la nature vivante et féconde.

Donc, c'est dit ; ce qui suit ne doit être lu que par celles d'entre vous, mesdames et mesdemoiselles, qui sont très, très sérieuses.

Vous l'êtes toutes !... Alors, tant mieux !

Les médicaments simples, ainsi nommés, dit un ouvrage spécial des plus sérieux, parce qu'ils ne sont pas composés, nous sont fournis tantôt par la racine, la feuille, la fleur ou la graine. Au premier rang se placent les fleurs pectorales, ce sont : le coquelicot, la mauve sauvage, la guimauve, le pas-d'âne, le pied-de-chat, la violette, et le bouillon-blanc.

Après les fleurs pectorales, viennent les plantes sudorifiques, dont les propriétés résident soit dans les feuilles comme pour le houx épineux, le pouliot, la menthe poivrée, soit dans le fruit comme pour le tilleul, soit enfin dans les sommités fleuries, comme pour le sureau, la bourrache, la germandrée, la bardane, la primevère.

Dans les plantes purgatives, le principe actif est presque toujours renfermé dans la feuille, dans le fruit ou la graine.

Les plantes à feuilles purgatives sont : le muguet, la mercuriale, la gratiole, l'hièble, le lierre, le nerprun, l'alkékenge, qui nous fournissent leurs baies. Le fusain, nous donne son fruit ; l'épurge et la moutarde blanche nous donnent leurs graines.

Les simples les plus importants sont ensuite les narcotiques, auxquels on ne prend que leurs feuilles. Ce sont la belladone, la jusquiame, la pomme épineuse, le tabac, la morelle noire, la ciguë, le pavot.

Contre la toux et les maladies de poitrine, on emploie le bourgeon de sapin, la racine de polygala ou les plantes suivantes, dites plantes béchiques : lierre terrestre, pulmonaire, capillaire, scolopendre.

Six plantes, dont la plupart appartiennent à l'intéressante et nombreuse famille des Composées, nous offrent leurs secours contre la fièvre, ce sont : la petite centaurée, le bluet, la camomille romaine, la matricaire, la chausse-trape et le fumeterre.

Les côtes des feuilles de la rhubarbe sont apéritives, de même que les racines de l'ache, du petit houx et de l'asperge.

Dans la composition des jus d'herbes, on emploie la saponaire, les laiterons, la chicorée sauvage, la laitue et la réglisse.

Certaines plantes sont nuisibles à l'agriculture, bien qu'elles fournissent des remèdes à nos maux ; telles sont : la mercuriale, déjà nommée ; le mélilot, salutaire dans les affections des paupières, et le colchique avec lequel on prépare une teinture qui procure quelque soulagement aux goutteux. Quant à la nielle des blés, elle est aussi nuisible pour l'homme que pour les céréales.

Un grand nombre de plantes se recommandent à des titres divers ; la liste en serait trop longue.

N'oublions pas cependant de mentionner comme étant nuisibles à l'agriculture : la fougère, la prêle, le mouron blanc, le chiendent, la ronce.

Voilà, mesdemoiselles, la nomenclature des simples que nous avons recueillis dans le cours de l'année. Notre herboristerie est des mieux montées et nous sommes en mesure de donner à nos pauvres ce qui leur sera nécessaire en fait de tisanes, à condition toutefois que nous maintenions à l'abri de l'humidité les bocaux dans lesquels nos provisions seront déposées.

Lucie Roussel.

L'ENFANCE DE ROSSINI

Au milieu du fouillis pittoresque d'une forge de chaudronnier, quel est ce jeune, ce tout jeune garçon, à l'air maladif, à l'attitude languissante ou paresseuse, qui s'appuie contre la muraille et semble avoir si grand'peine à mettre en branle le soufflet du fourneau.

C'est, nous répond l'artiste, d'après le tableau que reproduit la présente estampe, c'est Rossini tout enfant ; son père et sa mère que vous voyez là, musiciens à demi rustiques, ne sachant que faire du futur auteur de *Guillaume Tell*, l'avaient placé comme apprenti chez un forgeron ; celui-ci montre aux parents ébahis le petit paresseux (comme il l'appelle) qui n'est pas même bon a tirer la chaîne du soufflet.

l'enfant.

Telle est l'anecdote dont nous ne garantissons nullement l'authenticité, en laissant la charge, bien légère d'ailleurs, à M. Frantz Meertz, l'artiste allemand ou belge, d'après lequel ce fait nous a été raconté; mais nous n'en trouvons aucune mention, même lointaine, dans les diverses et nombreuses biographies de Rossini, si abondantes pourtant en souvenirs de tous genres. Ce que nous apprennent les premières pages de ces livres sur l'enfance de l'illustre musicien, le voici :

Le 29 février 1792, Joachim Rossini naquit à Pesaro, jolie petite ville des États du Pape, sur le golfe de Venise. Son père était un joueur de cor de troisième ordre : de ces symphonistes ambulants qui, pour vivre, courent les foires de Sinigaglia, de Fermo, de Forli et autres petites villes de la *Romagne*, ou voisines de la Romagne. Ils vont faire partie des petits orchestres impromptus qu'on réunit pour l'opéra de la foire. Sa mère, personne d'une remarquable beauté, était une seconde chanteuse passable. Ils allaient de ville en ville, et de troupe en troupe, le mari jouant dans l'orchestre, la femme chantant sur la scène, pauvres ou peu s'en faut, car on ne donnait pas alors aux chanteuses les appointements fabuleux qu'elles obtiennent aujourd'hui.

On vivait en ce temps-là à Pesaro pour rien, et cette famille, quoique subsistant sur une industrie bien incertaine, n'était pas triste et surtout ne s'inquiétait guère de l'avenir qu'elle était loin de prévoir si brillant pour le petit Joachim.

En 1799, les parents de Rossini l'amenèrent de Pesaro à Bologne, mais il ne commença à étudier la musique qu'à l'âge de douze ans, en 1804; son maître fut un moine, Don Angelo Tesai. Au bout de quelques mois, le jeune Joachim gagnait déjà quelques *paoli* en allant chanter dans les églises. Sa belle voix de soprano et la vivacité de ses petites manières le faisaient bien venir des prêtres directeurs des *frusioni* ou maîtres de chapelle.

Nous ne voyons rien dans tout cela qui ait pu décider les parents d'un enfant si précoce à le placer dans l'atelier d'un forgeron et à sacrifier ainsi un avenir qui s'annonçait sous d'heureux auspices, car à quatorze ans Joachim était en état de chanter à première vue quelque morceau de musique que ce fût, et l'on commença à concevoir de lui de grandes espérances. Dès cette époque, il tenait le piano, comme directeur d'orchestre, à Lugo, Ferrare, Forli, Sinigaglia et autres petites villes. Sa carrière musicale était donc désormais assurée.

DENIS.

LA FEMME DE MON PÈRE

(Voir page 586.)

A Mme la comtesse de Montigny, au château de Vallières. par Fleury-sur-Andelle (Eure.)

Paris, le...

MADAME LA COMTESSE,

J'ai sous les yeux le précieux pastel que vous avez bien voulu prendre la peine de m'expédier avec tant de soin. Je me hâte de vous en donner connaissance. Comme j'ai eu l'honneur de vous le dire, ce portrait me rappelle ma mère, avec cette différence que la femme a tenu plus encore que ne promettait l'enfant. Au point de vue de l'art, cette miniature est un adorable bijou dont, vous n'en doutez pas, je vais prendre grand soin.

Dans sa dernière lettre, mon père a témoigné le désir de connaître l'emploi de mon temps les jours de sortie, et me charge, madame, de lui répondre par vous. Soyez donc assez bonne pour l'assurer que je profite de ces jours de repos d'une façon qu'il ne saurait désavouer; du reste, je vous en fais juge.

Une fois libre, je déjeune passage Verdeau ; puis je fais deux ou trois visites à d'anciens camarades. Le soir venu, je me rends chez mon correspondant, dont je partage le dîner de famille, et je rentre juste assez à temps pour ne pas être mis aux arrêts. Quelques stations devant les vitrines les plus chatoyantes et à l'étalage des bouquinistes, rompent la monotonie de cette journée, que je trouve longue parfois, sans doute parce que je ne sais point jouir d'une liberté à laquelle je n'ai pas eu le temps de m'habituer, quand il me faut reprendre la courte chaîne de l'école.

Maintenant, madame la comtesse, j'ajouterai à ces simples détails que, moralement parlant, je souffre beaucoup de l'incertitude dans laquelle je suis du résultat de mes examens de fin d'année. Mon père comprendra, du reste, que, sur le point d'essayer mes premiers pas dans la société, c'est avec une grande anxiété que j'attends le moment qui doit fixer mon sort. Mes goûts, mes habitudes, le nom que je porte, seraient propres à l'armée; d'un autre côté, certaine ambition, dont je ne sais pas, dont je ne veux pas être maître, m'attire vers la vie civile, dont le champ est plus vaste, et les occasions plus fréquentes pour satisfaire cette tendance, qui ne peut être blâmable, ce me semble. Et puis, par nature, je ne saurais, de bonne volonté, m'effacer : rester écarté comme un homme incapable, inutile, est une vertu, si vertu il y a, que je ne possède pas.

A défaut de l'existence toute d'affection qui avait été mon premier rêve et qu'un irréparable malheur a renversée, il me faut la grande vie, soit dans les régions intellectuelles, soit dans celles de la politique. Je veux conquérir une noblesse qui me soit propre, et sentir que je suis quelque chose dans la société.

Ces idées, que ma respectueuse affection pour mon père me fait un devoir de lui développer, n'auront peut-être pas, de prime abord, son approbation ; cependant, qu'il veuille bien les juger, non pas avec ses soixante ans, mais avec mes vingt ans.

Autrefois, alors qu'il avait mon âge, les fils devenaient inévitablement, ou fatalement, ce qu'était ou avait été leur père. Tant pis pour ceux qui pouvaient plus, ou dont l'intelligence comprimée s'étiolait sans profit pour personne ; mais aujourd'hui que des rangs du peuple sortent des maréchaux et des ministres, je ne sais pourquoi nous aussi ne revendiquerions pas notre place au soleil.

Que mon père ne s'effraye donc point de me voir suivre le courant qui entraîne vers les grandes choses la jeunesse de nos jours. Une force irrésistible m'y pousse, et une force aussi puissante ne peut jamais mal diriger personne.

Je m'arrête, madame la comtesse, effrayé de la longueur d'une lettre dont le contenu ne vous regarde qu'indirectement. En commençant à vous écrire, je comptais répondre à mon père en quelques lignes ; mais la pensée intime s'étant fait jour presque malgré moi, je n'ai pas cru devoir l'arrêter une fois qu'elle eut pris son essor. Du reste, un peu plus tôt, un peu plus tard, il fallait bien avouer que mon ambition ne se bornerait peut-être pas à l'épaulette de sous-lieutenant, ou autre titre d'ingénieur.

Daignez agréer, madame la comtesse, et offrir à mon père la nouvelle assurance de toute ma gratitude, puis croire au profond respect de votre très humble serviteur.

LUCIEN.

A M. Lucien de Montigny, élève à l'École polytechnique (Paris).

Vallières, le...

Mon cher Lucien, votre père vous ayant lui-même donné de ses nouvelles, et moi en recevant par lui des vôtres, ceci vous explique mon silence d'un grand mois. Ne connaissant rien de particulier, rien de saillant à vous apprendre, je n'ai pas écrit, ne voulant point m'imposer trop souvent à votre souvenir et à votre cœur; vous m'avez dit une fois que vos travaux absorbaient tout votre temps. Je comprends parfaitement qu'il en soit ainsi et suis assez raisonnable pour vous en distraire le moins possible.

Cependant, aujourd'hui, je me départis de la règle tracée, et viens causer avec vous ; j'en ai besoin, mon cher Lucien.

Voici, déjà, plus d'une grande année qu'approchant mon cœur près du vôtre, je vous ai dit combien profondément je vous affectionnais. Pour le fils de mon mari j'avais l'âme pleine de tendresse ; vous ne l'avez donc pas deviné ? Pendant bien longtemps j'ai laissé mes bras ouverts : vous n'avez donc rien compris, vous n'avez donc rien vu ?

Vous ne sauriez croire, mon enfant, combien ce titre de comtesse, le seul que vous me donniez, m'attriste, me brise ! Pensez-vous, Lucien, qu'il puisse remplacer votre affection ? que voulez-vous que je fasse de ce hochet de vanité, dont la première venue peut se parer, quand un mariage lui en donne le droit ? Est-ce cela qui élève une femme à ses propres yeux ? Est-ce cela qui peut lui suffire quand elle ambitionne le nom d'amie, à défaut du nom de mère ? Si vous avez cru, mon cher Lucien, que le côté brillant de mon union avec M. de Montigny devait être tout pour moi, vous vous êtes trompé. Je ne me rappelle le partage de cette noblesse et de cette fortune que pour donner à votre père une pensée de reconnaissance; autrement, ce double prestige, qui séduit tant de nos jours, ne peut rien sur moi.

Je n'avais qu'une ambition, qu'un rêve : celui de vivre doucement entre mon mari et mon fils, soutenant l'un et soutenue par l'autre. Au milieu de vos deux existences séparées que j'espérais un jour venant réunir, j'avais cru trouver place ! Lucien, mon fils, je ne vous la demandais pas grande, cette place; mais j'aurais été bien heureuse qu'un mot de vous me l'eût donnée. Ce mot, mon enfant, comme il est long à venir !

Ne croyez pas, néanmoins, que ce cri, échappé à mon cœur, soit une plainte. Oh ! non ; c'est tout simplement un regret qui prend naissance dans ce sentiment indéfini tenant tout à la fois de l'espoir et du découragement. Voyez-vous, Lucien, il est des moments dans la vie où il semble que tout va nous sourire, que rien ne pourra désormais entraver ce courant de bonheur vers lequel nous pousse, à un instant donné, un événement souvent inespéré, toujours inattendu. Vous ne savez pas encore avec quelle facilité on se laisse bercer par ces rêves charmants dont il est s doux de ne point croire au réveil ! Il suffit qu'une ère heureuse se soit ouverte, pour accepter, dans une fo profonde, ces joies encore inconnues dont on ne se rassasie pas. C'est ainsi, mon enfant, que je me prenais à espérer en votre affection comme en une chose due; c'est ainsi que je me trouve coupable, et que je m'accuse, lorsqu'une larme vient se mêler à cette douce attente qui ne saurait tromper.

Qu'allez-vous conclure de tout ce qui précède, mon cher Lucien ? que je vous ai écrit quatre grandes pages pour ne rien dire ; ou peut-être pensez-vous que votre belle-mère a déjà, par sa confiance, acquis quelques droits à votre affection. SUZANNE.

A Mme Suzanne de Montigny, au château de Vallières, par Fleury-sur-Andelle (Eure.)

Paris, le...

MADAME,

Je suis en vérité confus de tout le cas que vous voulez

bien faire de ma petite personnalité, et fort reconnaissant du prix que vous daignez attacher aux quelques mots qui ne doivent leur valeur qu'à votre bienveillance.

Pardon, madame, de n'avoir point deviné que l'expression de mon respectueux dévouement faisait partie du programme de votre bonheur. Ignorant tout ce qui est raffinement de délicatesse; éloigné d'une société ne vivant que par le cœur, ces deux raisons dont vous comprendrez la portée, doivent plaider une cause difficile à gagner, sans doute, mais pas aussi mauvaise dans le fond qu'elle peut vous paraître dans la forme. Que voulez-vous demander à des mathématiciens et à des soldats, quand une fois vous les sortez de leurs chiffres et de leurs exercices? C'est à peine s'ils savent saluer à propos et répondre quand on leur parle. Vous le voyez donc bien, madame, ce qui de la part d'un homme du monde pourrait sembler une offense, n'est, de la part d'un polytechnicien, qu'un défaut d'usage, auquel il ne faut attacher qu'une importance relative. En vérité ce serait nous faire trop d'honneur que de prendre au sérieux nos manquements et nos écarts.

Maintenant, madame, que j'ai eu l'honneur de vous dire comment, en thèse générale, il se fait que les étudiants paraissent souvent ce qu'en réalité ils ne sont pas, permettez-moi d'ajouter que là ne se borne pas ce qui m'est personnel. Vous m'avez toujours traité avec trop d'indulgence pour que je ne vous doive pas autre chose de plus que le simple aveu d'un manque de savoir-vivre : ce ne serait qu'une fin de non-recevoir. J'ai, du reste, peu à ajouter : quand vous saurez que le mariage de mon père m'a porté un coup terrible, et qu'il n'est malheureusement pas dans ma nature de plier mes sentiments aux convenances sociales, lorsque je n'ai, pour les appuyer, que l'inconnu, vous vous rendrez facilement compte de ma froideur et peut-être vous l'excuserez.

Cette ignorance complète de tout ce qui est vous, madame, de tout ce qui vous touche, de votre manière de penser et de voir, le presque mystère dont M. de Montigny a entouré son second hymen, me faisaient, je le crois du moins, un devoir de me tenir dans une certaine réserve, que les positions respectives paraissaient m'imposer.

Voilà, madame, l'explication pure et simple, que votre dernière lettre est venue provoquer; j'aurais cru vous manquer, en ne vous la donnant pas dans toute sa sincérité.

Recevez, madame, la nouvelle assurance du profond respect

De votre beau-fils,

LUCIEN.

A M. Lucien de Montigny,
à l'École polytechnique (Paris).

Vallières, le...

MON CHER LUCIEN,

Si vous n'avez pas le temps de lire cette lettre, mettez-la de côté, elle ne contient rien de pressé à vous apprendre; c'est une simple causerie sans intérêt réel, après que vous saurez parfaite la santé de votre père.

Tout naturellement, la pensée vous viendra que de l'inutilité à la nuisance il n'y a qu'un pas, et qu'il m'eût été facile de vous épargner même la peine d'ouvrir un tiroir, pour y déposer cette prose peut-être intempestive, ou celle d'en faire un *philibus* pour allumer votre cigarette. Cependant quelques passages de votre lettre me paraissent autant de points d'interrogation : je veux, mon cher Lucien, y répondre.

Mon appréciation?... mais en certaines matières elle est à peu près celle de toutes les femmes qui comprennent qu'une société, pour être honorable, ne doit admettre dans son milieu que des membres parfaits au point de vue de toutes les délicatesses d'esprit et de cœur. C'est assez vous dire, mon cher Lucien, que votre belle-mère ne se défend pas d'une certaine sévérité, et pense que quiconque ne porte en soi le cachet particulier à ce monde d'élite qui sait restreindre aux limites tracées par tous les devoirs les impressions, les tendances et les sentiments qui lui sont propres, celui-là, dit-elle, ne saurait obtenir sa sympathie.

Il est un point sur lequel, mon cher Lucien, nous serons, j'en suis convaincue, d'accord : celui qui nous fait envisager de la même manière les relations que nous sommes appelés à avoir. Je suis d'avis, comme vous devez l'être, que les rangs confondus sont de grandes erreurs dont tout le monde souffre, car personne n'en est heureux; seulement, permettez-moi de vous demander si vous en feriez sortir, quand le malheur les frappe, ceux que l'infortune abaisse?

Je vous avoue qu'en pareille occurrence je serais bien mauvais juge. Avant de recevoir votre réponse, laissez-moi vous dire en quelques mots la courte histoire d'une famille qui servira de type, et sur laquelle je vous demande de prononcer. . . . .

. . . .

. . . .

Il y a vingt ans, vivait un jeune ménage comblé par la fortune, gâté par le sort. Un beau nom, une position élevée, voilà ce qui pouvait flatter son amour-propre; une fille, un fils, voilà certainement ce qui flattait son cœur.

Tout à coup s'éleva, autour de ces heureux, divers orages, les uns poussés par les vents d'une ambition jalouse, les autres par les vents contraires de la politique, et en quelques jours, position, fortune, tout fut anéanti. A M. et Mme de Lutzy il ne resta plus bientôt qu'un nom demeuré sans tache, et deux enfants voués au travail, à la misère, peut-être!

D'une santé délicate, la jeune femme mourut accablée par les coups inattendus et terribles qui frappaient ses plus chères affections, et bien heureuse, sans doute, dans cet autre monde que la foi montre si parfait, elle appela son fils, que, huit jours plus tard, on couchait dans le même tombeau.

M. de Lutzy resta donc seul avec sa fille à laquelle il inculqua des principes sévères, tout en cherchant à développer son intelligence par une instruction, plus solide que brillante, devant lui être, dans l'avenir, une ressource; car le jour où l'implacable mort frapperait le père, rien ne resterait plus à l'enfant qui avait vécu jusqu'alors du travail de son unique protecteur, travail aride de l'employé, recevant de son administration juste de quoi ne pas mourir de faim.

Il vint ce moment, auquel la fille ne pensait point, mais auquel le père pensait toujours, car il savait porter un germe mortel; et en moins de temps qu'il n'en faut pour se reconnaître, M. de Lutzy alla rejoindre sa femme et son fils.

L'orpheline avait dix-huit ans, c'est l'âge d'or pour les heureux; mais pour l'enfant isolée qui n'a plus personne à aimer, dont l'existence devient un problème, et qui ne sent autour d'elle aucune affection pour s'appuyer à l'heure de la défaillance, c'est l'âge amer. Bien lourde alors paraît cette jeunesse, plus lourde que les années: les années n'ont que leur poids, tandis que la jeunesse, son inexpérience, ses déceptions, ses luttes, sont autant de fardeaux.

Eh bien! mon cher Lucien, dans quelle catégorie de la société placeriez-vous Mlle de Lutzy, si vous vous trouviez face à face avec elle, et que sans honte aucune l'orpheline vous avouât l'humble position que l'indigence l'avait forcée d'accepter, celle d'institutrice? L'eussiez-vous éloignée de votre milieu, ou l'y eussiez-vous fait entrer?

Lucien, mon fils, Suzanne de Lutzy est aujourd'hui comtesse de Montigny.

Adieu, mon cher Lucien, croyez à l'affectueux dévouement de votre belle-mère.

SUZANNE.

— La suite au prochain numéro. —

COMTESSE DE LONGCHAMPS.

VOYAGE D'EXPLORATION

A LA RECHERCHE DES CONTES POPULAIRES

I

Je me trouvais, l'été dernier, à Granville. Nos lecteurs se souviennent sans doute que le mois d'août 1881 fut, sur toute la côte de Normandie, horriblement pluvieux. A Granville, pas un jour ne s'écoulait sans que le *Gulf-Stream* ne nous envoyât en moyenne deux ou trois « grains »: un le matin, et deux l'après-midi, c'était la règle. Or, que faire dans un petit port de mer qui n'a de charme que lorsqu'il est ensoleillé? Granville est, certes, une des plus agréables stations balnéaires que je connaisse; mais enfin, la pluie n'y est pas plus récréative qu'ailleurs, et quand un nuage crève sur la plage, je vous assure que le café, même chantant, vous console assez peu de cette mésaventure.

Au début, pour me distraire, je faisais comme tout le monde: un riflard à la main et le collet de ma jaquette relevé jusqu'aux oreilles, j'allais sur la jetée voir arriver le paquebot. Il faut vous dire, en effet, que, contrairement à tant d'autres insignifiantes cités, Granville, comblée de tous les dons de la fortune, possède deux « attractions » inestimables: la musique de la garnison, — laquelle, entre parenthèses, est excellente, — et le steamer de Jersey. La musique ne joue que deux fois par semaine, mais le bateau part et revient trois fois. De là, une source de voluptés dont le baigneur, — le baigneur parisien surtout, — ne se rassasie jamais. Est-il rien de palpitant, par exemple, comme le spectacle de deux à trois cents passagers qui débarquent, mouillés comme des barbets? Vous êtes vous-même percé jusqu'aux os; mais c'est égal, les chapeaux désolés des voyageurs et les waterproofs aquatiques des voyageuses vous comblent d'une joie si pure que vous oubliez instantanément tous vos maux.

Néanmoins, comme le packet n'était point visible tous les matins, il y avait des moments où, coûte que coûte, le touriste infortuné se trouvait obligé de garder la chambre. Lamentable conjoncture! Pour combattre le spleen, mes voisins, des Anglais, jouaient le *God save the Queen* sur un Érard qui n'avait plus que cinq notes. C'était certainement beaucoup plus amusant qu'un oratorio de Lalo, et j'aurais volontiers passé plusieurs heures à savourer cette symphonie, mais je me rappelai qu'en quittant Paris, j'avais déposé au fond d'une malle quelques livres dont le compte rendu m'était depuis longtemps demandé, et, ma foi, puisque ce damné *suroît* m'interdisait toute excursion du côté de la plage, je résolus immédiatement de calmer mes remords.

Le hasard fut intelligent. Le premier volume sur lequel je mis la main, faisait partie de cette collection « de *Contes populaires* » à laquelle M. Paul Sébillot a si brillamment attaché son nom. L'avouerai-je? à peine eus-je parcouru les premiers contes, lu le *Petit roi Jeannot*, le *Bœuf d'or*, *Petite Baguette*, le *Petit Mouton Martinet*, etc., que je me sentis séduit, empoigné par l'accent naïf du récit. Ce qui me ravit sur out, ce fut la miraculeuse persistance de tant de jolies choses dans la mémoire de pauvres paysans illettrés. Comment! à trente kilomètres tout au plus de Granville, il se trouvait encore nombre de braves gens qui se désintéressaient assez des choses matérielles pour conserver le souvenir des géants et des fées? Que les Frères Grimm, que Campbell, que Luzel eussent rencontré, les uns en Allemagne, les autres en Écosse ou en Armorique, des vieilles femmes ou des pêcheurs encore imprégnés des traditions de l'ancien temps, cela ne m'étonnait guère. Mais, quoi! la Haute-Bretagne fournissait, elle aussi, des légendes? Cette Haute-Bretagne sillonnée de chemins de fer, et encombrée d'usines? J'étais complètement abasourdi. Une telle découverte déconcertait toutes mes données. Hé! parbleu! me dis-je, Granville n'est pas loin d'Ille-et-Vilaine; nous verrons si le filon rencontré à Liffré par M. Sébillot prolonge ses ramifications jusqu'ici.

II

Le lendemain, sans plus tarder, je me mettais en route. Un soleil radieux illuminait la plage; la mer venait doucement briser ses lames sur le sable et les galets. J'étais bien tenté de goûter les douceurs d'une pleine eau, mais, baste! je chassai bien vite cette mauvaise pensée et je filai rapidement le long des falaises vers Donville. Il y avait vingt-cinq minutes à peine que ce voyage d'exploration était commencé quand, au milieu des dunes, j'avisai deux petits gars paresseusement couchés sur le sol.

« Voilà mon affaire, » pensai-je.

J'aborde les gamins et je les interroge. Que font-ils? Après m'avoir montré le varech qu'ils font sécher, mes deux petits paysans m'initient complaisamment à tous les secrets de leur pauvre industrie. Mais je ne suis pas précisément venu dans ces parages pour me livrer à une enquête commerciale. Au bout de quelques minutes, je coupe court aux explications des enfants et, tout rempli de mon idée, je leur demande à brûle-pourpoint :

« Est-ce qu'il y a des contes dans ce pays-ci?

— Oh! vère (1), m'sieu, répond le plus déluré.

— Tu en connais plusieurs, toi?

— Dame, dans les cinq à six.

— Cinq à six! hé! — fais-je à part moi, mais, c'est très joli. — Et où trouve-t-on tes contes, mon ami? »

Le petit bonhomme étend la main dans la direction des mamelons qui ferment l'horizon à l'est :

« Tenez, m'sieu, voyez-vous ce pâté de maisons, là-bas?

— Parfaitement.

— Eh bien! c'est le village des Blancs-Arbres. Prenez le chemin à gauche, puis tournez à droite. La première maison que vous rencontrez, c'est celle de Pierre... Leconte.

— Tu dis?

— Je dis, Pierre Leconte. La troisième maison d'après est celle de Zéphirin Leconte; la cinquième, de Julie Leconte... »

Ahuri, je regarde mon galopin bien en face pour voir s'il ne se moque point de moi. Mais le petit misérable ne rit pas; c'est le plus innocemment du monde qu'il commet ces calembours scélérats.

Je comprends, j'ai été trop vite; c'est bien fait! Je me mords les lèvres et je tâche d'expliquer à l'enfant le but de mes recherches. Pour le mettre sur la voie, je lui cite les traits les plus saillants du *Petit Poucet*, de *Barbe-Bleue*, de *Cendrillon*, etc. Réminiscences inutiles! Le compère loup du *Chaperon rouge* n'a pas lui-même l'heur d'être connu de mes petits sécheurs de varech.

1. Pour « voire ».

Après avoir vainement interrogé les enfants, aurai-je plus de chance avec les vieillards? Qui sait? Une bonne femme, me dis-je, m'instruira peut-être mieux que ces bambins. Allons au bourg!

III

Donville est le Passy de Granville. De coquettes maisons de campagne épanouissent leurs façades blanches au milieu des vergers en fleurs. Évidemment, je n'avais rien à chercher dans ces pimpantes villas. Je passe. Sur le seuil d'une maisonnette, une bonne femme raccommodait des filets : j'entre. Éclairé par une expérience qui datait de dix minutes à peine, je prends un long détour pour exposer le but de ma visite. Hélas! mes cérémonieuses périphrases sont dépensées en pure perte. Je n'ai pas plus tôt fait comprendre ce que je veux, que la pêcheuse me rabroue de la bonne façon.

« Ah! si vous croyez que je m'occupe de ces bêtises-là, vous vous trompez joliment! Morgué! j'ons ben assez de nos affaires sans nous mêler de celles des autres! »

Il était superflu d'insister. Vexé, mais non découragé, je poursuis ma route. Le bourg n'était pas loin; j'y arrive bientôt. Je côtoyais les maisons, quand vis-à-vis du Calvaire, j'aperçus une bonne vieille qui sommeillait dans un fauteuil. Près d'elle, devisaient tranquillement deux paysannes déjà mûres. Allais-je être plus favorisé? Tant pis! je tentai l'aventure. Mon audace, je me hâte de le dire, est aussitôt récompensée! Très courtoisement accueilli, j'obtiens vite la permission de questionner la mère Couraye.

« Vous voulez donc que je vous raconte mes peines? me dit la bonne femme. Ah! c'est que j'en ai eu, et de drôles, allez!

— Mais non, ma mère, mais non, interrompt une des paysannes en rougissant. Il ne s'agit pas de cela. Dites-nous un de ces contes que vous nous récitiez autrefois pour nous endormir, vous savez? »

La bonne vieille n'aurait pas demandé mieux que de me satisfaire, mais sa pauvre mémoire la trahissait. Impossible d'en extraire la plus petite légende. Elle ne voulait pourtant pas me laisser partir sans me donner une preuve de sa bonne volonté. Les vers survivent à toutes les ruines. De sa voix cassée, la bonne femme me chanta deux couplets d'une « brunette » du XVIIIe siècle. C'était l'histoire d'une Amaryllis et d'un berger à houlette. Après avoir chaudement remercié la mère Couraye, je me levais pour m'en aller quand celle des paysannes qui n'avait pas encore pris la parole offrit de me dire l'histoire du *Fe à la tasse*. Mes lecteurs devinent avec quel empressement j'acceptai. Le conte ne vaut pas grand'chose; mais tous ceux qui ont le culte de la littérature populaire passionnée n'auront pas de peine à se faire une idée de l'enthousiasme que m'inspira cette première conquête.

IV

Malheureusement, mes découvertes n'allèrent guère plus loin. J'eus beau multiplier les pérégrinations autour de Granville, mes recherches furent à peu près infructueuses. Ce qui ne contribua pas médiocrement à me décourager, ce fut l'inexprimable indifférence dans laquelle se retranchèrent mes paysans bas-normands. Indifférence est un euphémisme. Les valets de charrue même me prenaient en pitié.

Démoralisé par ce navrant accueil, j'en vins peu à peu à me persuader que la source des légendes était complètement tarie et qu'il était inutile de pousser mes explorations plus loin. Une circonstance fortuite devait heureusement me consoler de ces déconvenues et me suggérer de nouvelles démarches. Après avoir séjourné à Granville, je m'étais rendu à Pontorson. Cette petite ville est, comme on le sait, la dernière étape où touchent barre les excursionnistes qui s'acheminent vers le Mont-Saint-Michel Comme les merveilles de la célèbre abbaye me sont depuis longtemps familières, je m'étais promis de diriger, cette année, mes pas, soit vers Antrain, soit vers Roz. On m'avait vanté la correction architecturale de l'église de Vieuxviel. Un beau jour, je pris le chemin de Dol, bien décidé à ne pas m'écarter de l'itinéraire qu'un obligeant ami m'avait tracé. Mais, m'arriva-t-il tout à coup un souffle des grèves? Je ne sais. Le vieux moutier michaëlesque est une sorte de Maelstrom qui attire invinciblement le touriste. J'avais à peine parcouru trois cents mètres que, tournant à droite, je coupais à travers champs pour regagner la voie montoise.

Rien ne ressemble au bocage vendéen comme le bocage bas-normand. Des remblais plantés d'arbres encadrent chaque culture et obstruent l'horizon. Aussi, pour peu que le ciel soit couvert, est-il difficile de s'orienter. Abandonné à mes rêveries, je m'étais égaré et je cherchais vainement un sentier frayé, quand mes regards tombèrent sur un petit pâtour. Je n'eus rien de plus pressé naturellement, que d'aborder ce jeune Mélibée en blouse et de lui demander le chemin du Mont. L'indication obtenue, j'aurais dû m'éloigner aussitôt, mais je ne sais comment cela se fit, la pensée me vint de sonder le gamin. Les circonlocutions ne furent pas longues.

« Dis donc, mon petit gars, lui-dis-je, connais-tu l'histoire de *Barbe-Bleue*.

— Nenni, m'sieu.

— Et celle de *Cendrillon ?*

— Nenni.

— Tu ne connais donc pas de contes?

— Dame, si, m'sieu.

— Que sais-tu, alors?

— Le conte du *Petit Mirlicochet*.

— Eh bien! voyons, récite-le-moi. »

Au lieu de me répondre, le petit gars, que je voyais depuis deux minutes suivre anxieusement son troupeau des yeux, détale au galop et se lance à la poursuite d'un mouton qui venait d'escalader le *fossé* (1) et s'apprêtait à tondre de la largeur de sa langue le champ du propriétaire voisin. Pendant que le coupable rentre dans le devoir, j'ouvre mon carnet et j'aiguise mon crayon. Cette fois, il me semble que la piste est bonne. Assis sur un sillon, j'attends patiemment le retour de mon petit bonhomme.

« Parle ! » lui dis-je dès que je l'aperçois.

Sa baguette de coudrier à la main, le pâtour se campe devant votre serviteur et commence :

« *P'tit Mirlicocheut s'n'âleut pór lez hôteu o sa gheune e sa gheunée...* »

Dès le troisième mot, le découragement me prend, et le crayon me tombe des mains. Trouver un conteur et ne pas comprendre son idiome, c'est dur! Je veux arrêter le petit pâtour, mais le gamin sait si bien sa leçon qu'il la débite avec la volubilité du collégien désireux d'être débarrassé le plus tôt possible d'une ennuyeuse corvée. Le récit terminé :

« Si tu recommençais? » lui fis-je.

Le pâtour regarde d'abord si ses moutons sont sages, puis, sans les quitter du regard, répète ce qu'il vient de dire. Même flot de paroles inintelligibles, même rythme. Évidemment, j'aurais tort de m'obstiner. Le petit gars ne semble pas lui-même se douter de la valeur des syllabes que ses lèvres énoncent. Quelle décision dois-je prendre? Faut-il jeter le manche après la cognée? Faut-il poursuivre mon enquête? je m'arrête à ce dernier parti :

« Qui t'a fait connaître ton histoire? dis-je à l'enfant.

— C'est Jeanne Bernard !

— Qu'est-ce que c'est que Jeanne Bernard?

— Mais... c'est ma mère !

— Demeure-t-elle bien loin d'ici?

— Elle reste à Villecherel. »

— La suite au prochain numéro. — OSCAR HAVARD.

CHRONIQUE

Le concours annuel des coiffeurs, — prononcez *artistes capillaires*, s'il vous plaît, — a eu lieu la semaine dernière avec toute la solennité d'usage.

J'applaudirais, pour ma part, à ces assises d'un art estimable entre tous, étant donnée l'importance du

1. C'est le nom qu'on donne en Basse-Normandie aux remblais dont nous parlions plus haut.

cheveu naturel, artificiel ou teint, dans les relations sociales, si messieurs les coiffeurs ne me semblaient avoir une tendance à sortir des règles de la haute tradition pour faire des concessions regrettables aux plus fâcheuses tendances du temps présent.

Dans le concours annuel de la coiffure, les maîtres et leurs meilleurs disciples sont appelés à exécuter sur nature, c'est-à-dire sur des têtes vivantes et non sur des têtes de carton, les plus gracieux et les plus majestueux modèles de coiffures qu'ils peuvent tirer de leur imagination ou qu'ils reproduisent d'après les traditions de leurs prédécesseurs les plus illustres.

L'expérience se fait sur les têtes de jeunes et jolies femmes qui prennent ensuite part à un bal organisé par l'Association fraternelle des coiffeurs.

Soit! je n'y vois pas un inconvénient excessif; seulement, et c'est là mon grief contre le dernier concours de coiffure, je voudrais que ce congrès où le peigne et le fer à friser règnent en souverains, fût bien réellement un concours de progrès et de bon goût, non point un encouragement aux caprices de décadence.

Hélas! il n'en est point ainsi. Le concours qui a eu lieu ces jours derniers a admis et même récompensé l'affreuse *coiffure à la chien*, qui sévit depuis dix-huit mois environ et qui correspond en coiffure au succès de la *Nana* de Zola en littérature.

La *coiffure à la chien*, — c'est cette abominable mode qui consiste, pour les femmes, à porter leurs cheveux retombant sur le front, coupés en mèches courtes et raides, à peu près comme les touffes de poils qui aveuglent les yeux des petits griffons havanais.

Coiffure à la chien, j'y consens, mesdames; mais encore faudrait-il choisir le chien qui vous sert de modèle! Parlez-moi du bon et bel épagneul avec ses grandes oreilles encadrant les joues d'un air à la fois aimable et décent : en voilà un qui certainement (quoiqu'on n'ait pas fait mention de lui!) a pu servir de modèle aux coiffures féminines vers l'année 1828, alors que les belles papillotes blondes de Delphine Gay, la future Mme Émile de Girardin, donnaient le ton à toutes les jolies têtes de France.

Et quand sur ce point je rends justice à l'épagneul, je dois associer le caniche au même hommage...

Mais votre *coiffure à la chien* d'aujourd'hui, tenez! elle me rappelle cet horrible *homme-chien*, ce paysan russe au visage velu comme celui d'un ours, que nous avons tous pu voir, il ya quelques années, à la foire au pain d'épice : votre *coiffure à la chien*, c'est la négation de la chevelure et de la coiffure; c'est une concession faite par la femme aux dames chimpanzés et aux dames gorilles qui se peignent avec leurs doigts dans les cages du Jardin d'Acclimatation ou du Jardin des Plantes...

Je m'arrête pour ne pas pousser trop loin ce sincère mais irrévérencieux parallèle.

Singulier contraste! c'est alors que les femmes se laissent aller dans la coiffure de leurs cheveux à d'humiliants rapprochements avec les espèces inférieures, qu'elles cherchent par leurs chapeaux à se rapprocher des êtres supérieurs et même célestes.

Pascal a dit : « Qui veut faire l'ange fait la bête. » Modifions un peu le mot, et nous résumerons assez bien les caprices de nos dames en disant que si elles ont la faiblesse de descendre à la bête par leurs *chevelures à la chien*, elles ont l'ambition de remonter à l'ange par la profusion d'ailes pourprées, azurées, ensoleillées dont elles surchargent leurs chapeaux.

Jamais on n'a vu tant d'ailes sur les têtes féminines; et non point seulement ailes, mais oiseaux tout entiers... Oiseaux-mouches, colibris, perruches, cardinaux, loriots, martins-pêcheurs, faisans dorés, faisans argentés, pies, geais, corbeaux et bien d'autres, — tout ce qui, dans la race volatile, possède un rayon ou un reflet dans son plumage doit son aile en tribut à la coiffure féminine... Et que dis-je, son aile? Ce sont, parbleu bien ses deux ailes, avec sa tête et son col miroitant, et sa gorge arrondie; bref, il n'est point de chapeau féminin qui ne ressemble à présent à une succursale du Muséum. De ce bel engouement pour les parures emplumées, il résulte que des espèces entières disparaîtront, d'ici à peu d'années, si nous n'y prenons garde : déjà en Angleterre on se préoccupe sérieusement de la destruction des oiseaux-mouches dans les colonies, et, en France, la Société protectrice des animaux est décidée à intervenir d'une façon sérieuse contre ce déplorable massacre des êtres les plus charmants de la création.

On n'y songe pas; mais que cela continue, et dans un temps qui n'est peut-être pas aussi éloigné qu'on le pense, la coquetterie féminine en sera réduite aux plus sommaires parures des populations primitives : une arête de poisson passée dans les narines ou des boucles d'oreilles faites avec quelques débris de crustacés. Dans ce temps-là une patte de homard remplacera sur les chapeaux la plume jaune et noire du toucan; la dernière aile de chauve-souris sera peut-être un cadeau sans prix dont un prince royal fera hommage à sa fiancée pour remplacer l'aile du dernier coq de Barbarie, depuis longtemps passé à l'état d'animal légendaire. A voir comment le monde marche, il est certain, messieurs, que nous préparons quelques déceptions à nos arrière-neveux; mais nous pouvons nous consoler en songeant à toutes les mystifications que mesdames nos femmes et mesdemoiselles nos filles préparent, elles aussi, à leurs arrière-nièces.

ARGUS.

Abonnement, du 1er avril ou du 1er octobre; pour la France : un an 10 fr.; 6 mois 6 fr.; le n° au bureau, 20 c.; par la poste, 25 c.
Les volumes commencent le 1er avril. — LA SEMAINE DES FAMILLES paraît tous les samedis.

VICTOR LECOFFRE, ÉDITEUR, RUE BONAPARTE, 90, A PARIS. — Imp. de la Soc. de Typ. - NOIZETTE, 8, r. Campagne-Première. Paris.

Miriam.

L'IMAGIER DE BETHLÉEM

(Voir pages 578 et 593.)

CHAPITRE III

LA VEILLE DE NOEL

Cette fois-ci, c'est à la porte de la maison d'Abou-Rahuel que les jeunes filles de Bethléem sont venues déposer et enlacer des fleurs.

Aux guirlandes de thym elles ont mêlé les dernières fleurs des genêts. Elles les ont rehaussées par des branches de laurier-rose, luxe de cette âpre saison.

Ne devaient-elles pas se mettre en frais pour fêter à la fois deux de leurs compagnes ?

Car la maison renferme deux fiancées.

Jezra le Nazaréen a vu combler des désirs qu'il osait à peine exprimer tout haut. Son maître s'est estimé heureux de lui donner la main de Miriam. Il ne pouvait mieux faire que d'unir son élève favori et celle de ses filles en qui reposent toutes ses complaisances. Le monde ne contient que deux êtres en faveur desquels Abou-Rahuel serait capable de renoncer à sa sévérité. Bientôt ces deux ne seront plus qu'un. Miriam s'est attachée, avec toute la gravité et l'énergie de son cœur, à son doux et tendre promis.

Et la blonde Isma est donc aussi sur le point de prendre un époux? le fier et séduisant fils du désert?

Oh! non pas: le pacifique juge de Bittir, Abdul-Kerim, un brave homme, nullement poétique, plus très jeune, mais estimé, assez riche, et, par-dessus tout, excellent chrétien.

Quelques semaines après la visite du cheik Adour, le juge a tenté, pour son propre compte, une semblable démarche, et il a été beaucoup plus heureux.

Aucun parti ne pouvait mieux convenir, pensait Abou-Rahuel, pour une enfant si peu raisonnable, et qui avait si grand besoin d'être conduite.

Le père demanda, un jour, à sa fille, si elle voulait devenir la femme du juge de Bittir.

Comme toujours dans la famille orientale, la question était posée de façon à n'admettre que l'obéissance.

La jeune fille a fondu en larmes. Son père l'a baisée au front, et l'a solennellement accordée à Abdul-Kerim.

Jamais on n'a communiqué à Isma la demande de Mérouan. Jamais elle n'a témoigné qu'elle en eût connaissance.

Des menaces du cheik Adour, Abou-Rahuel ne garde pas la moindre inquiétude.

Le puissant chef des Tamrys campés auprès de Béthulie, ne s'est-il pas déclaré, moyennant un tribut, protecteur de Bethléem? Ce traité, tout récent, assure d'autant mieux la sécurité de l'avenir, qu'il est lui-même garanti par les services passés.

Or, en cette veille de Noël, nous retrouvons les deux artistes dans l'atelier, comme le Vendredi Saint.

Ils ont passé toute la nuit au travail. En pénétrant par les fenêtres grillées, la pâle clarté de l'aube rencontre les dernières lueurs de la lampe auprès de laquelle ils sont assis.

Abou-Rahuel quitte enfin le burin, et, se levant :

« Laisse reposer ta main, mon fils, c'est assez. Tu as vaillamment travaillé, tu as gagné par toi-même la dot de Miriam. Cette commande que je me suis engagé à livrer, pour les fêtes de Noël, au monastère de Saint-Jean, va mettre mille piastres dans ton trésor.

— Père, murmure le jeune homme, rougissant de joyeuse surprise, vous rémunérez trop richement mon travail. Le prix n'est point mesuré à la peine, et moins encore au mérite. Il n'y a en moi que ma reconnaissance qui soit capable de se proportionner à votre bonté.

— Tais-toi, enfant. Par le Dieu éternel! je bénis le jour où tu as passé ce seuil. Grâce à toi, je mourrai tranquille, te confiant à la fois l'avenir de mon art et le bonheur de ma fille. Mais assez de paroles. Le jour commence à gagner la vallée; le chemin de la Ville sainte n'est pas, que je sache, devenu plus court depuis la dernière lune, et je veux être ici ce soir, au plus tard, à l'Angélus. Toi aussi, tu as devant toi une belle distance, avant d'arriver à Bittir. Ta route est beaucoup plus difficile que la mienne : n'hésite donc pas à prendre l'ânesse. Tu porteras à Abdul-Kerim mon salut de paix et d'amitié, et tu lui diras que tout est réglé comme je le lui avais annoncé; que cette nuit, après la messe, suivant l'ancien usage de Bethléem, l'abouna Jean viendra prononcer la bénédiction sur deux jeunes couples dans la maison d'Abou-Rahuel. Allons, mon fils, en chemin, et que la protection de Dieu t'accompagne. »

En parlant ainsi, l'imagier achevait de disposer, dans un bissac de cuir, sa précieuse marchandise, passait le bissac sur son épaule, prenait son gros bâton de tamarinier, et se dirigeait vers la porte.

Quand il y fut arrivé, il se retourna, envoya une bénédiction du côté de la chambre des jeunes filles, fit un signe amical à Jezra; puis il sortit, et s'engagea, d'un pas vigoureux, dans le chemin de Jérusalem.

Le jeune Nazaréen prêta un instant l'oreille. Derrière le rideau, tout était encore immobile et silencieux. Il détacha du crochet la selle écarlate, et, respectant ce silence, il se glissa doucement dehors.

Le soleil annonçait une splendide journée, quand les deux sœurs s'éveillèrent et échangèrent le baiser du matin.

Suivant leur coutume, elles prièrent ensemble, devant la ravissante Vierge qui souriait au milieu de son auréole de nacre. Comme le Christ de l'atelier était le chef-d'œuvre d'Abou-Rahuel, cette Vierge était le chef-d'œuvre de Jezra.

Soit oubli enfantin, soit résignation courageuse, Isma paraissait complètement tranquille. Pouvait-elle être oublieuse, savait-elle être résignée à ce point?

Les traits de la grave Miriam étaient éclairés par une sérénité qui s'élevait jusqu'à la joie ; et cette joie les transfigurait jusqu'à la beauté.

Les deux sœurs passèrent une partie de la matinée, à examiner, ranger et admirer les corbeilles.

Les deux fiancés avaient fait les choses de leur mieux : Jezra, avec des moyens fort limités, mais avec un goût artistique vraiment exquis, et de charmantes délicatesses; Abdul-Kerim, avec des ressources matérielles bien supérieures, et une sincère bonne volonté.

Cette inspection terminée, Miriam sortit, pour se rendre à l'église.

Isma, qui n'avait pas mis encore la dernière main aux broderies de son voile nuptial, ne voulut pas quitter la maison.

Miriam était partie depuis quelques minutes, quand on frappa violemment.

La jeune sœur tressaillit, jeta son voile sur sa tête,

enfonça ses pieds dans ses babouches. Elle soulevait le rideau, pour entrer dans l'atelier, quand un second coup retentit, plus fort encore.

« Qui est là ? demanda-t-elle, en hésitant.

— Par Aïscha ! va-t-on enfin ouvrir ? répondit une voix rauque. Et qui serait-il, sinon Hamoud ? »

Hamoud était le moukre, ou conducteur de chameaux, qui apportait de Jaffa les provisions de coquilles.

Isma ouvrit.

Un homme dont le front était couvert par un ample turban d'un blanc sale, entra précipitamment.

Il portait sur son dos un vieux sac en peau de vache sauvage, qu'il laissa aussitôt glisser à terre, et dont le contenu produisit un cliquetis, en s'entre-choquant.

Le moukre jeta autour de lui un regard scrutateur.

« Béni soit ton matin, fille d'Abou-Rahuel, dit-il ensuite. Depuis longtemps je me tiens aux aguets, attendant que la place soit nette. Te voilà donc seule, belle Isma ? »

La jeune fille, sans parler, fit un signe affirmatif. En même temps elle cherchait à ouvrir le sac.

Hamoud laissa échapper le rire particulier aux Bédouins.

« Ne prends pas la peine, ma colombe, tu pourrais blesser au tranchant des coquilles tes petits doigts délicats. Non, non, aujourd'hui ce n'est point un sac préparé à ton intention. Point de bijoux, point de talismans, point de fleurs de grenadier. Mais en revanche, c'est un message du maître de ton cœur, que le vieil Hamoud apporte aujourd'hui sur ses lèvres. »

Isma, toute rougissante jusqu'alors, pâlit soudainement et trembla de tous ses membres.

« Un message... murmura-t-elle ; un message de....

— Hé ! tu le demandes ? répartit le moukre, avec un ricanement cynique. Un message du roi des Chacals. »

Puis, baissant la voix :

« Je l'ai rencontré, ce matin, dans Mar-Saba, au delà de la terrasse du monastère. Et je crois que lui ne me rencontrait point par hasard, car on est à peu près sûr de me trouver là, en ce jour et à cette heure, chargé de toutes les commissions des moines. Enfin peu importe. Il avait sombre mine, le beau cheik. « Hamoud, me dit-il, tu vas aujourd'hui, chez Abou-Rahuel ? — Je répondis oui. — Eh bien ! poursuivit le cheik, il y a, dans la maison d'Abou-Rahuel, non pas une colombe, comme j'avais pu le croire, mais un serpent dont le dard m'a blessé. Porte-lui ces paroles de la bouche de Mérouan : Par Satan ! Bethléem périra dans les flammes, avant que le roi des Chacals abandonne à un autre époux l'épouse qu'il a demandée. La réponse d'Abou-Rahuel a versé l'ignominie sur la tête de Mérouan. Cette nuit même, Mérouan lavera cette ignominie avec du sang, si la fille d'Abou-Rahuel ne s'est chargée de l'effacer. Après le coucher du soleil, Mérouan se tiendra derrière le rocher qui se trouve du côté de Mar-Saba, à un jet de pierre de la grotte des Pasteurs. Il amènera sa cavale noire comme l'enfer, et plus rapide que la mort. Qu'Isma vienne là, qu'elle y vienne, ou, par Satan ! le roi des Chacals ira la chercher. » Ainsi parla le cheik, puis il empoigna la crinière de sa fougueuse monture, et disparut. »

Isma restait immobile, comme stupéfiée.

Le moukre parut enchanté de l'effet qu'il avait produit. Il fit entendre de nouveau son rire aigu et saccadé.

« Hé ! hé ! l'endroit ne me semble pas si mal choisi, mon petit pigeon. La veille de Noël, c'est tout naturel, on s'en va prier à la grotte des Pasteurs, et puis, quand vient le crépuscule, on se glisse, sans que personne y prenne garde, derrière le rocher... »

La colère et la honte de cette insolence ranimèrent la malheureuse enfant.

« Tais-toi, et va-t'en ! » s'écria-t-elle, les yeux étincelants, les joues en feu, sous son voile.

Elle rouvrit la porte. L'impudent vieillard se laissa pousser dans la rue, en riant encore plus fort.

Hélas ! la femme dont l'existence fut troublée par un secret ne possède plus le droit des fières et généreuses indignations.

Isma oubliait que la langue de ce misérable, si elle voulait parler, pouvait la tuer.

C'était trop vrai : elle avait reçu des présents de Mérouan, par l'entremise du moukre. Ils restaient là, cachés tout au fond du bahut antique. Elle ne pouvait les porter. Elle avait cessé de les regarder, depuis que sa corbeille de fiancée l'avait distraite, et qu'elle se faisait, après tout, à l'idée de recevoir pour époux l'homme qui lui offrait des riches parures.

Et, dans sa naïveté, ou plutôt dans son impardonnable légèreté, elle avait cru que cela pouvait se passer ainsi.

Elle avait cru que Mérouan, outragé, d'un côté, par le refus d'Abou-Rahuel, encouragé, de l'autre, par l'acceptation des témoignages de son constant souvenir, se laisserait tranquillement effacer d'une vie où il avait prétendu occuper la première place.

Elle avait cru... mais en vérité, prenait-elle bien la peine de croire quelque chose ? Son imagination avait pu ressentir une impression vive. Jamais son cœur n'avait éprouvé d'affection véritable. Il s'était endormi dans l'oubli.

Quel réveil ! Mérouan lui intimait ses ordres, comme à une esclave. Obéir était inadmissible. A défaut d'obéissance, quel châtiment. Pas plus que le reste de ses compatriotes, Isma ne pouvait ignorer les horreurs d'une razzia des Chacals. Dans quelques heures, elles allaient s'exercer sur la maison de son père, et par sa faute, par son irréparable faute...

Un accès de désespoir la jeta sur sa couche, où elle se tordit, espérant mourir.

Thérèse Alphonse Karr.

— La fin au prochain numéro. —

SONGERIES D'UN ERMITE

—

L'intempérance gémit parfois de ce que son verre déborde, et l'ambition se désole de ce qu'on ne peut jamais remplir le sien.

⁂

Une génération oublieuse croit ne jeter par les fenêtres que le passé de ses pères, et c'est de son propre avenir qu'elle se défait ainsi.

Comte DE NUGENT.

LA FEMME DE MON PÈRE

—

(Voir pages 586 et 602.)

A Madame Suzanne de Montigny, au château de Vallières, par Fleury-sur-Andelle (Eure).

Madame,

Je regrette bien, je vous assure, l'interprétation que vous avez donnée à un des passages de ma dernière lettre. Il est des souvenirs si pénibles à rappeler, que le silence, ce sommeil des sens, finit par être, à la longue, un atténuant aux plus grandes douleurs; pourquoi donc alors, ne l'avez-vous pas toujours gardé ce silence? Vous ne me devez rien, madame, que le bonheur de mon père; mais ce bonheur-là, je vous en rends responsable. Les natures fortement trempées, comme la vôtre paraît l'être, ne s'effrayent pas de telles obligations, et pardonnent qu'on les leur impose. C'est une justice rendue à la noblesse de leur caractère, et la plus grande preuve de confiance qu'on puisse leur donner. Une Lutzy doit comprendre, du reste, ce que beaucoup, peut-être, ne comprendraient pas : que certains mots ne sont faits que pour certaines gens susceptibles de s'entendre et de s'apprécier.

Savez-vous, madame, si mon père a l'intention de venir à Paris pour l'époque de mes examens? dans l'affirmative, je l'engagerais à s'inquiéter, par avance, d'un petit appartement dans son hôtel habituel. Beaucoup d'étrangers s'installent déjà dans les alentours de l'école, et s'il attendait trop, peut-être ne trouverait-il plus à se caser commodément. Dans le cas où cela lui serait agréable, je pourrais, à ma prochaine sortie, m'informer de ce qu'on supposerait devoir être vacant d'ici un mois. Sur ces simples données, il saurait déjà quelque chose en principe.

Je commence à désirer vivement la fin de ce travail forcé qui doit clore les longues et fatigantes études auxquelles nous sommes astreints. Je vis comme mû par un ressort, mon intelligence est semblable à ces machines que chaque matin on remonte, et qui fonctionnent douze heures comme une bonne horloge. Cette tension d'esprit, sans laquelle il est impossible d'arriver à quelque chose, devient brisante. Si encore on était certain d'arriver!

Vous voudrez bien, n'est-ce pas, madame, ne point oublier de parler à mon père et de son voyage, et de tout ce qui s'y rattache. Recevez-en, par avance, mes remerciements, et toujours l'expression du profond respect de

Votre beau-fils,

LUCIEN.

A Madame la comtesse Suzanne de Montigny, au château de Vallières, par Fleury-sur-Andelle (Eure).

Paris, le...

Madame,

Je reçois à l'instant une lettre de mon père. Cette lettre me dit qu'il ne viendra pas à Paris. Son parti semble bien arrêté, aussi je regarde comme inutile d'insister par moi-même. S'il doit revenir sur sa détermination, ce ne sera, certes, qu'à votre instance.

Laissez-moi donc vous prier, madame, d'user de toute votre influence pour obtenir de M. de Montigny qu'il ne m'abandonne pas aux jours d'*épreuves*.

Le découragement me gagne, je redeviens enfant avec des larmes dans les yeux et de subites rougeurs au visage, à la seule pensée de paraître dans cette grande arène intellectuelle, de laquelle je puis sortir vaincu, sans l'appui naturel sur lequel, à tant de titres, il m'était permis, je crois, de compter. Mon père absent, si je succombe, où réfugierai-je ma tristesse et ma honte? Si je suis vainqueur, à qui donnerai-je dans une première étreinte, après le succès, cette virginité de la science, que je serais si heureux de lui offrir.

L'aveu de mon ambition naissante a-t-il heurté ses idées et ses principes? Mon Dieu! je suis prêt à la sacrifier, s'il considère comme un manquement vis-à-vis de lui le désir d'être quelque chose en ce monde. Mais la société, qui paraît en voie de progression, a besoin d'être dirigée par des hommes intelligents, si on ne veut pas qu'elle soit conduite par des orgueilleux et des sots. La génération actuelle, celle qui possède à un certain degré les ressources morales nécessaires pour mener à bien les grandes œuvres commencées, cette génération doit à la France son dévouement : serait-ce donc une erreur ou une faute de répondre à son attente?

Peut-être bien aussi, mon père n'a-t-il point attaché à cette question l'importance que j'y attache moi-même, et alors ce ne serait point elle qui me priverait du bonheur de le voir assister à mes examens. Cependant son abstention a une cause. Sa lettre ne me faisant rien pressentir, je la cherche où elle pourrait être.

Si plus heureuse que moi, madame, vous savez à cet égard la pensée intime de mon père, je vous serais bien reconnaissant de me la dire. Ce n'est point, sans doute, un secret. Il me semble que n'ignorant plus le motif de son refus, j'aurai toutes les armes nécessaires pour le combattre, et votre bonne intervention viendra parfaire ce que je tenterai d'ébaucher.

Merci par avance, madame, et croyez à la vive gratitude de

Votre beau-fils,

LUCIEN.

Lucien de Montigny, École polytechnique, Paris. — Dépêche.

Retenez appartement, hôtel du Bon La Fontaine, votre père arrivera le 2 août au soir.

SUZANNE.

A Madame de Montigny, château de Vallières par Fleury-sur-Andelle. (Eure).

Paris, le...

Madame,

Je savais bien qu'en vous confiant ma cause, j'avais mille chances de la gagner. Pour ce bonheur que je vous dois, madame, recevez l'expression de ma bien vive reconnaissance.

L'appartement sera prêt le 2 août au matin. Il est situé au levant. Je suis convaincu que mon père s'y trouvera bien.

N'abuserai-je pas, madame, en vous demandant de m'écrire le motif pour lequel mon père avait d'abord refusé de venir à Paris ?

Croyez, Madame, à mes sentiments de profonde gratitude.

Votre beau-fils,

LUCIEN.

A Monsieur Lucien de Montigny, à l'Ecole polytechnique, Paris.

Vallières, le...

Je ne vous dirai pas, mon cher Lucien, si c'est bien à ma sollicitation que vous devrez le bonheur de posséder votre père en ces jours presque solennels que vous allez traverser; ou si l'immense affection dont vous êtes l'objet n'a point, seule, accompli son œuvre d'amour. Cette question, du reste, n'a nullement besoin d'être approfondie, le principal est que la chose soit obtenue.

Votre père ne m'a rien confié à votre sujet, mon cher Lucien, je ne puis donc que supposer.

Eh bien ! je suppose, et crois être dans le vrai, que M. de Montigny a été profondément peiné de vous avoir vu lui préférer des parents relativement éloignés, alors que les vacances vous permettaient de choisir un autre toit que celui de l'École.

Voyez-vous, mon cher enfant, il arrive un moment dans la vie, où on sent plus avec le cœur qu'avec l'esprit ? Vous êtes jeune, et ne savez pas encore par combien d'étamines passent les sentiments avant d'être rendus à leur simplicité native. A votre âge, l'imagination habille et colore selon ses désirs et ses impressions les actes les plus ordinaires de l'existence et, par ce seul fait, les transforme entièrement. A l'âge de votre père, dans l'âme, les passions font silence; alors le vrai, peu à peu, reparaît et avec lui cette touchante sensibilité qui comprend par intuition ce que notre nature a de plus parfait. De là, ces malentendus des cœurs qui pourtant s'aiment, sans conteste, mais ne se recherchent plus. Cette appréciation des hommes et des choses est du domaine de l'histoire publique et privée, car c'est l'histoire de tous.

Le mariage de M. de Montigny vous a été pénible, mon enfant. Partant de là, vous avez blâmé ce que vous eussiez facilement accepté quelques années auparavant. Puis, comme votre père n'était pas, selon vous, seul coupable, si je connaissais moins votre cœur, je serais presque en droit de dire : « Vous avez appelé au prétoire la femme qu'il avait choisie, et avant même de la juger, elle était condamnée. »

Alors, mon cher Lucien, de regrettables écarts d'imagination ont dirigé votre conduite, et sans pitié pour ce que pouvait souffrir votre père, vous vous êtes tenu éloigné de lui, quand il avait espéré, au contraire, vous voir accepter avec bonheur la fin de son existence isolée, que ses soixante années rendaient pénible et difficile.

Ceci dit, mon enfant, ne croyez-vous point que l'hésitation de M. de Montigny aurait bien pu prendre naissance dans ces tristesses successives, que vous n'avez pas cru devoir lui épargner, et ne pensez-vous pas que cela aurait un peu sa raison d'être ? J'en appelle à votre jugement.

SUZANNE.

Comtesse de Montigny, Vallières, par Fleury-sur-Andelle (Eure). — Dépêche.

Lucien n° 2, examen brillant. Ne sais encore quand retournerai à Vallières.

MONTIGNY.

A Madame de Montigny, au château de Vallières, par Fleury-sur-Andelle — (Eure).

Paris, le...

Madame,

Mon père vous a écrit mon succès, avant que j'en fusse bien convaincu moi-même. J'osais à peine y compter. Depuis deux jours, pourtant, je commence à me familiariser avec cette pensée que je suis sorti de l'École, pour n'y plus rentrer ; mais à peine mes inquiétudes et mes insomnies d'hier ont-elles pris fin, que d'autres préoccupations viennent m'assaillir : que sera demain pour moi ?

Je ne sais encore positivement, si j'opterai pour les mines, auxquelles mon numéro de réceptio: me donne droit ; mais ceci est très probable : mon père paraît y tenir ; et comme il faut que mes études servent à quelque chose, je penche aussi volontiers de ce côté, en attendant mieux.

Je viens de le consulter au sujet des vacances, pour savoir s'il serait préférable que je l'accompagnasse immédiatement à Vallières ou s'il faut d'abord aller à la Belle-Idée, chez ma tante Annette de Chelles, puis aux Eaux-Bonnes retrouver mon oncle de Blacourt, pour, alors, vous arriver dans les premiers jours de septembre ; mais mon père m'a laissé libre. Dans l'incertitude où je me trouve, je viens vous demander, madame, ce que je dois faire.

Quelques jours plus tôt, quelques jours plus tard, je ne tarderai pas, maintenant, à vous offrir de vive voix l'expression de mon respect ; ce n'est donc qu'en attendant ce moment hâté par mes vœux, que je vous renouvelle, madame, l'assurance de mon respectueux dévouement.

LUCIEN.

A Monsieur Lucien de Montigny, hôtel du Bon La Fontaine, Paris.

Vallières, le...

Je suis d'avis, mon cher Lucien, qu'il faut d'abord payer toutes *vos dettes* avant de venir à Vallières. Autant que possible, arrivez-nous sans préoccupations et sans regrets. Certes, les unes et les autres ne manqueraient pas de vous assaillir, si vous ne remplissiez pas vos promesses.

Si je n'écoutais que mes sentiments, je ne vous conseillerais point ainsi ; mais habituée, de longue date, à céder à la raison, je trouve tout naturel et plus simple de conserver cette habitude, lors même qu'il me serait parfois permis de ne plus m'y astreindre.

Ainsi donc, je vous engage à vous rendre d'abord en Bourgogne pour de là rejoindre M. de Blacourt à Bagnères-de-Luchon : votre présence ne pourra que lui être fort agréable, au double point de vue de l'affection et de la distraction. Seulement, laissez-moi vous prier de ne point vous éterniser là-bas, si vous tenez à profiter des premières chasses, qui sont toujours fort belles dans nos grands bois. Déjà, votre père a reçu, pour lui et pour vous, plusieurs invitations.

Je ne doute pas que M. de Montigny ne vous ait dit ma joie, à la nouvelle de vos succès. J'espère, du reste, mon enfant, que vous étiez bien pénétré par avance qu'il ne pouvait en être autrement.

J'attends votre père samedi.

SUZANNE.

A Madame la comtesse Suzanne de Montigny, au château de Vallières, par Fleury-sur-Andelle. (Eure).

Château de la Belle-Idée, par Joigny (Yonne), le...

Madame,

J'ai retrouvé ma tante Annette, à peu près ce que je l'avais laissée il y a cinq ans. C'est toujours la même femme, attachant une importance réelle à tout ce qui est habitudes d'alors ; ne faisant aucune concession à la société actuelle, se figurant que les choses n'ont pas marché depuis cinquante ans ; attendant toujours le *Roy* qui, selon elle, ne peut tarder à venir. Elle ne fréquente que la plus pure noblesse. Quand un nouveau voisin vient pour la saluer, il n'est jamais introduit la première fois. Tante Annette a trop peur de se compromettre. Il faut, avant tout, qu'elle consulte ses souvenirs et fasse parler ses amis. Gare alors, si le visiteur n'a pas une particule bien en règle, un nombre suffisant de quartiers, ou s'il compte une ligne courbe dans son blason.

A la seconde tentative, on est toujours admis.

Pour son monde, tante Annette fait des frais de toilette, des frais d'esprit ; reçoit au salon, montre les portraits de ses ancêtres, et raconte les hauts faits d'armes de son mari,

Pour le monde qu'elle ne veut pas revoir, tante Annette est souffrante, laisse monter dans sa chambre où on la trouve dans un négligé dont elle ne s'excuse pas ; parle du temps qu'il fait, de l'heure qu'il est, du blé qui pousse et du foin qu'on fauche ; offre quelquefois un verre de sirop, puis, sans qu'on témoigne l'intention de se retirer, sonne Gertrude pour conduire ses visiteurs voir sa basse-cour et son potager. Et malgré ces travers, pleine de cœur pour tout ce qui souffre, vraie providence du pays, esclave, sans le savoir peut-être, du tyranique despotisme de ses serviteurs.

Pour mon compte personnel, je m'attendais bien à une désapprobation complète de ma tante Annette, quand elle apprendrait à quelle carrière je me destine ; aussi, n'ai-je pas été surpris lorsque après avoir écouté mes projets, elle les combattit avec de ces arguments auxquels on ne saurait répondre, parce que avant tout, il faudrait en détruire le principe ; et essayer de changer les idées de tante Annette, est quelque chose d'impossible. A son avis, la seule carrière qui puisse me convenir est la carrière des armes. Tous mes aïeux, tous mes ascendants se sont battus, il faudrait qu'à leur imitation, je me battisse aussi. Tante Annette trouve que la science acquise par certains hommes n'est bonne qu'en théorie ; qu'il faut laisser la pratique à certains autres, qui lui paraissent nés tout exprès pour devenir purement et simplement machines. Encore, se figure-t-elle avoir fait une énorme concession aux préjugés du siècle, en accordant, qu'à la rigueur, il est permis aux gentilshommes de devenir savants ; car si elle l'osait, je crois, ma parole, qu'elle avouerait préférer leur ignorance d'autrefois à leur érudition d'aujourd'hui. La dignité de tante Annette se révolte à l'idée que son neveu pourrait recevoir du gouvernement autre chose qu'une épée, et ne comprend pas que toutes les positions ont des degrés. A son point de vue, les ingénieurs ne sont que des entrepreneurs de travaux publics comme les membres de l'Université ne sont que des maîtres d'école.

Malgré le respect que je porte à ma vieille tante, je n'ai pu rester indifférent devant une telle absurdité. C'est bien assez de n'avoir point sapé à sa base ces préjugés d'une autre époque. J'ai défendu, avec une conviction profonde, la manière de penser et de faire de la génération actuelle, et lui ai déclaré que personne plus que moi ne tenait aux prérogatives raisonnées de son nom; mais que je ne croyais point l'abaisser, en cherchant à marquer dans la société, autrement que par mon inaction et mon ignorance. Tante Annette craint, m'a-t-elle dit, que mes études aient affaibli mes facultés et se propose d'écrire à mon père pour lui parler de mon avenir.

Je ne resterai pas longtemps chez ma vieille tante, dont la faiblesse ne supporte pas, sans fatigue, la présence de quelqu'un, ce quelqu'un fût-il même son petit-neveu. Et puis, entourée de domestiques assez maussades, la pauvre femme préfère, je crois, la solitude au bruit qui paraît être fait à dessein aussitôt qu'un visiteur se permet de franchir, pour quelques jours, le seuil de son petit castel.

Ce bruit-là ne m'émeut en aucune façon, je vous assure, et si Pierre rudoie les chevaux, si Athanase bouscule les meubles, si Gertrude brûle les sauces en mon honneur, tout est peine perdue, je n'y fais pas attention; mais, comme je ne veux pas être cause que ma tante souffre trop longtemps de ma présence, et paye de sa tranquillité le bonheur de me sentir près d'elle, je la quitterai aussitôt que je croirai pouvoir le faire, et prendrai alors la route des Pyrénées.

Que la Bourgogne est donc belle en ce moment! Les vendanges s'y font dans des conditions exceptionnelles de temps et de fécondité. Il faut voir, sous le soleil d'automne, ces paniers comblés de grappes de raisin, dont les grains, aussi gros que des prunes, s'échappent au moindre choc et tombent pesamment sur la terre, sans que les vendangeurs prennent la peine de les ramasser. Et puis, ces énormes chariots remplis de pommes dorées et rouges que l'on porte au pressoir, et cela sans regret, par la force de l'habitude.

Pour un Parisien encore tout *parisienné*, descendu hier des hauteurs de la science par les degrés de la Sorbonne, ces monstrueuses beautés des campagnes sont quelque chose de prodigieux. Cette fertilité, cette richesse provoquent chez moi de telles exclamations que ma tante en est toute confuse pour son neveu. Elle ne comprend pas qu'un homme qui a feuilleté Homère, Virgile et le reste, soit en admiration devant un légume ou un fruit. Mais vous, madame, qui avez aussi habité la grande Lutèce, vous savez que loin des merveilles de notre incomparable capitale, tout ce qui naît, tout ce qui vit en plein air provoque l'enthousiasme.

Voulez-vous bien, madame, être assez bonne pour dire à mon père, en lui offrant mon respectueux souvenir, que ma santé s'améliore vraiment sous le bienfaisant soleil de la Bourgogne, et croire vous-même aux dévoués sentiments de votre beau-fils,

LUCIEN.

— La suite au prochain numéro. —

COMTESSE DE LONGCHAMPS.

LE PÈRE JOSEPH

Tout grand homme est doublé d'un satellite, son conseiller et son ami, le pilote du navire dont l'homme de génie est le capitaine; on ne connaîtrait donc que la moitié de l'histoire du cardinal de Richelieu, si préalablement on n'avait une idée du Père Joseph, son *alter ego*, *l'Éminence grise*, comme l'appelaient les contemporains.

De nos jours, justice a été rendue au capucin diplomate, justice sinon entière, du moins qui prépare à une étude consciencieuse de ce caractère remarquable et surtout original.

En 1838, époque où régnaient encore bien des préjugés contre l'ingérence du clergé et des moines dans les affaires de l'État, l'auteur d'une bonne histoire de Louis XIII, M. Bazin, traçait du Père Joseph une silhouette assez réussie, une sorte de résumé rapide mais non sans précision de cette vie si bien remplie :

« En ce temps arriva la mort d'un homme sans titre, sans dignité, sans fonction, sans autorité patente et réglée, mais qui n'en fut pas moins un personnage intéressant des événements que nous venons de raconter. Ce qu'il y a de plus remarquable dans sa destinée, c'est qu'une bizarrerie de position et en quelque sorte de costume l'a fait échapper seul à l'oubli où s'ensevelissent d'ordinaire les services rendus en sous-ordre, les intelligences d'un emploi secondaire, pour lui donner une importance traditionnelle bien au-dessus du rôle qui lui appartient réellement. Si celui dont nous parlons s'était nommé toujours François Leclerc du Tremblay, s'il avait continué à figurer dans le monde comme le descendant d'une noble famille, instruit dans toutes sortes de sciences utiles et d'arts agréables, on s'inquiéterait sans doute fort peu qu'il eût mis ses talents et son activité à la disposition d'un grand ministre, et tout ce qu'il aurait pu faire dans ce poste subordonné se fût effacé des souvenirs, à mesure qu'ils s'éloignent des personnes pour se resserrer sur les faits.

« Ce gentilhomme, au contraire, s'est appelé le père Joseph; c'est du fond d'un cloître, où l'avait jeté à vingt-deux ans une vive ambition d'œuvres pieuses et d'austérité, qu'un autre besoin de mouvement et d'occupations le ramena dans les affaires de la cour, de la guerre, de la politique, comme l'acolyte infatigable du cardinal qui les dirigeait. Trompé une première fois sur sa vocation et ayant retrouvé celle qui lui était marquée, le bonheur particulier qu'il dut à son siècle fut de pouvoir la suivre sans scandale et sans abjuration, en conservant les liens sacrés qui l'attachaient à une différente espèce de vie, en gardant au milieu des cours et jusque dans les camps cet habit grossier de l'humble religieux qui ne lui était nulle part un embarras. Or, c'a été plus tard cet habit même qui a fait la fortune de son nom, ou plutôt cette existence pseudonyme, toujours placée pendant vingt ans comme une ombre à la suite d'une éclatante renommée.

« La distance des temps et le changement des habitudes ont fini par attacher quelque chose de mystérieux à ce froc obscur et fidèle qu'on retrouvait partout derrière la robe rouge de Richelieu. L'imagination s'est plus à faire de celui qui en était couvert une sorte de démon familier ou de génie malfaisant ; le paradoxe a voulu lui attribuer tout ce dont on faisait honneur ou reproche au ministre de Louis XIII. Dans la vérité, le Père Joseph ne fut qu'un agent utile, intelligent, prompt, hardi, laborieux, prêt à tout, propre à tout, homme de conseil et d'exécution, quelquefois chargé de missions importantes, le plus souvent et le plus longtemps fixé auprès du cardinal qui se déchargeait sur lui de l'immense travail dont il était accablé : quelque chose de plus qu'un secrétaire intime, parce que la communication entière et constante des pensées et des intérêts qu'il avait à servir le mettait à même d'agir, d'écrire, de diriger, de commander sans prendre l'ordre du ministre, et que le crédit de son mandat était partout reconnu. C'est ainsi qu'on le voit en correspondance active et continuelle avec les généraux, les ambassadeurs, les secrétaires d'État, parlant comme en son nom et de son autorité. Le cardinal se servait surtout de lui pour ébaucher les affaires, pour soutenir ces premières approches des négociations politiques où s'écoulent ordinairement les prétextes, les prétentions excessives, les propositions vagues et mal digérées. Sa parole un peu rude déblayait le chemin, et ses formes brusques et tranchantes préparaient un meilleur accueil aux gracieuses façons du cardinal.

« Ce vêtement de moine, qui nous semble si étrange, avait encore cet avantage que, n'attribuant à celui qui le portait aucun rang dans la hiérarchie sociale, comme il ne le rendait supérieur à personne, il le faisait égal à tout le monde, de sorte que les transactions où il s'engageait étaient dispensées des gênes de l'étiquette. Les ambassadeurs des États protestants, qui ne voulaient pas déférer au cardinal de Richelieu la préséance réclamée par son rang ecclésiastique, se trouvaient à leur aise avec le capucin et ne croyaient pas se compromettre en le prenant pour intermédiaire. Un fait qui reste hors de toute contestation, c'est que le Père Joseph demeura toujours fidèle à la règle de son ordre. Il avait bien un logement dans tous les lieux où séjournait la cour ; mais il conservait sa cellule au couvent de la rue Saint-Honoré, et ce fut là que l'ambassadeur de Suède, Grotius, alla le chercher. »

Et en ces dernières années, M. Henri Martin qualifie le Père Joseph « l'agent fidèle, infatigable, inépuisable en expédients et en ressources, qui, sans titre et sans caractère officiel, avait plus efficacement servi Richelieu que tous les secrétaires d'État à portefeuille. »

« *J'ai perdu ma consolation et mon appui,* » dit Richelieu en pleurant sur ce corps inanimé. Leur affection mutuelle ne s'était jamais démentie...

« Le Père Joseph a été souvent mal jugé. Bien que le mélange de deux existences fort peu compatibles, celle du dévot et du diplomate, ait fait de lui un personnage fort étrange, ce n'était point un hypocrite : il était sincèrement attaché à l'État d'une part, à l'Église de l'autre; son imagination passionnée, ses mœurs régulières, son âme intrépide n'appartenaient point à ce qu'on nomme vulgairement un intrigant. »

Après ces deux curieuses citations, préparation à la rapide et cependant complète étude qui va suivre, nous entrons immédiatement dans l'examen de la vie purement diplomatique du Père Joseph.

Il naquit le 4 novembre 1577 d'une famille illustre par son ancienneté, les charges et les emplois qu'elle avait occupés et surtout les grandes alliances qu'elle avait contractées. Les promesses que donna la jeunesse de Fr. Leclerc du Tremblay furent très brillantes et l'avenir les justifia entièrement. Cependant, dès l'âge de seize ans, une irrésistible vocation l'entraînait vers l'ordre des Capucins ; toutefois il ne donna suite à son projet qu'après l'avoir bien mûri par la réflexion, durant un voyage qu'il fit, à dix-neuf ans, en Italie et en Allemagne. De retour en France, il porta quelque temps les armes, au siège d'Amiens ; sous les ordres du connétable de Montmorency, il se distingua par une rare bravoure. Peu après, il accompagna en Angleterre, M. de Mesle de Berzeau, son parent, ambassadeur extraordinaire auprès de la reine Élisabeth. Ce fut au retour de ce voyage que, le 2 février 1599, il reçut l'habit de Saint-François : il avait à peine vingt-deux ans.

Bientôt connu et célèbre par sa science théologique, il se mit à prêcher, s'attachant surtout à ramener les protestants, très nombreux à cette époque. Ce fut alors qu'il entra en relation avec Richelieu, évêque de Luçon, dont il devint à partir de ce moment et ne cessa jamais d'être l'ami en même temps que l'auxiliaire le plus actif et le plus dévoué.

Dès l'année 1615, à l'époque de ses missions dans le Poitou, le Père Joseph, entre autres vastes desseins qu'il avait conçus en l'honneur de la religion, avait projeté la conversion des musulmans et l'institution d'une croisade entre les princes chrétiens, pour faire la guerre au sultan et sauver la Terre-Sainte de la tyrannie où elle gémissait. Le manque d'union des princes chrétiens empêcha ce projet de se réaliser; il n'en reste pas moins au Père Joseph la gloire d'en avoir eu la pensée et l'initiative dans la mesure de ses forces et d'avoir ainsi préludé à une existence toute vouée aux intérêts les plus chers de la France, sa patrie bien-aimée.

Le premier acte politique auquel le Père Joseph eut une large part, la plus grande peut-être, ce fut le traité de Loudun, en 1615.

Depuis la mort tragique d'Henri IV, la France avait joui d'une profonde paix, qui fut cependant troublée, en 1614, par les princes et par les seigneurs mécontents, qui s'éloignèrent de la cour sous prétexte du mauvais gouvernement de la reine régente et de son conseil, mais surtout pour empêcher le mariage du roi avec l'infante d'Espagne et de Madame, sœur du roi, avec le roi d'Espagne. Ceux qui s'en alarmaient davantage étaient les protestants. Cependant cet orage fut momentanément apaisé par le traité de Sainte-Menehould, et les princes ayant demandé la convocation des États pour réformer les abus du gouvernement, ils furent assemblés à Paris, mais sans aucun résultat; le tiers état y demanda une déclaration formelle que le

Le Père Joseph.

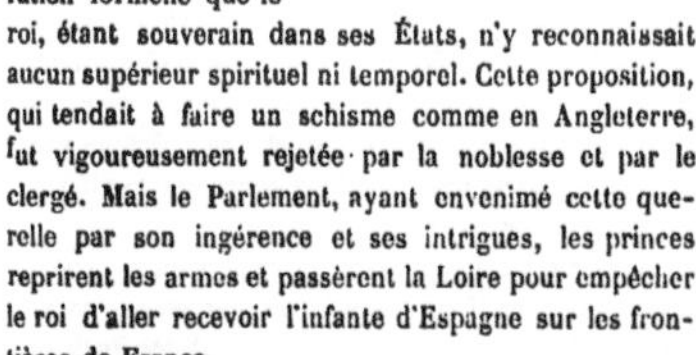

roi, étant souverain dans ses États, n'y reconnaissait aucun supérieur spirituel ni temporel. Cette proposition, qui tendait à faire un schisme comme en Angleterre, fut vigoureusement rejetée par la noblesse et par le clergé. Mais le Parlement, ayant envenimé cette querelle par son ingérence et ses intrigues, les princes reprirent les armes et passèrent la Loire pour empêcher le roi d'aller recevoir l'infante d'Espagne sur les frontières de France.

Le Père Joseph, qui faisait alors la visite des couvents de son ordre en Poitou, se trouva à Saint-Maixent, où était M. le Prince avec tous ses partisans; dans les conférences que le Père eut avec ce haut personnage, il lui trouva beaucoup de dispositions à la paix. On convint de la ville de Loudun pour s'entendre; le Père Joseph fut naturellement adjoint aux députés du roi et travailla si bien que tout se termina pour le mieux par la soumission des princes au roi et que la paix fut ainsi rendue à la France.

Complimenté chaleureusement sur un tel succès, le ministre Villeroi dit tout haut: « Ce n'est point moi qu'il en faut remercier, c'est le Père Joseph. »

Promu au cardinalat en 1622, Richelieu, deux ans après, fut nommé ministre d'État, à la prière de Marie de Médicis, à qui le Père Joseph avait fait connaître le rare mérite de l'évêque de Luçon. Richelieu s'empressa d'appeler auprès de lui son ami, par cette lettre pleine d'affection :

« Comme vous êtes le principal agent dont Dieu s'est servi pour me conduire dans tous les honneurs où je me vois élevé, je me sens obligé de vous en mander les premières nouvelles et de vous apprendre qu'il a plu au roi me donner la charge de son premier ministre; mais, en même temps je vous prie d'avancer votre voyage et de venir au plus tôt partager avec moi le maniement des affaires. Il y en a de pressantes que je ne veux confier à personne, ni résoudre sans votre avis. Venez donc promptement recevoir les témoignages de toute l'estime qu'on a pour vous.

« Le cardinal de Richelieu. »

Sans nous attarder même au simple exposé des négociations du Père Joseph auprès du duc de Savoie et de l'affaire de la Valteline, esquissons, en peu de mots, l'importante part qu'il eut dans l'entreprise de la réduction de la Rochelle, dont il conçut, le premier, le projet.

Il y avait deux cents ans que la Rochelle, cette citadelle de la rébellion, se glorifiait de braver nos rois. Cette ville ayant déclaré la guerre à Louis XIII, le Père Joseph démontra au monarque que cette cité entretenait la discorde dans le cœur de son royaume, donnait entrée aux étrangers, servait de retraite à tous les mécontents, et par son exemple apprenait à mépriser impunément l'autorité souveraine.

Cependant l'entreprise paraissait dangereuse : on disait qu'il y aurait de la témérité à tenter une chose qui, jusque-là, n'avait causé que de la honte et de la confusion à tous ceux qui s'en étaient mêlés. Mais le Père Joseph dissipa ces craintes, et ayant communiqué son dessein au cardinal de Bérulle, celui-ci l'approuva d'autant plus qu'il fallait, à ce qu'il disait, profiter de l'occasion de la guerre que l'Espagne se préparait à faire au nouveau duc de Mantoue. Ils savaient bien tous deux que l'Espagne fomentait la rébellion des Rochellois et fournissait des sommes considérables au duc de Rohan et aux Rochellois, afin qu'ils occupassent tant le roi, qu'il fût hors d'état de pouvoir secourir le duc de Mantoue, son allié. Richelieu entra d'autant mieux dans le projet du Père Joseph que le roi était déjà bien averti que les Rochellois avaient sollicité l'Angleterre de les prendre sous sa protection; ce qui ayant été immédiatement conclu, les Anglais commencèrent, sans aucune déclaration de guerre, à se saisir des vaisseaux français qui se trouvèrent dans leurs ports.

Ces infractions firent que le roi défendit le commerce avec l'Angleterre; et sur la nouvelle qu'il eut des préparatifs qui s'y faisaient pour prendre l'île de Ré, il dirigea ses troupes sur le Poitou pour en garder les côtes. Les avis furent partagés au conseil sur la présence du roi au siège de la Rochelle; mais le Père Joseph l'emporta, et la suite fit voir que ses vues étaient justes et que l'obstination de ces rebelles, fomentée par les Anglais, demandait absolument que le roi y fût en personne. Louis XIII arriva au blocus de la Rochelle, le 13 août 1627. Le cardinal de Richelieu, qui n'avait point alors le Père Joseph auprès de lui, lui manda de venir au plus tôt, attendu qu'il ne trouvait personne à la cour qui eût plus de talents pour savoir animer le roi à une entreprise dont la difficulté le faisait si fort douter du succès. Le Père Joseph partit à pied de Paris, au mois d'août, et arriva à l'armée, au mois d'octobre; on le logea au quartier du cardinal, dans une maison seule à l'écart, à cent pas de la mer. Richelieu étant passé à Oleron pour envoyer du secours à la citadelle de Ré assiégée par les Anglais, les Rochellois, qui n'en savaient rien, formèrent le projet de venir la nuit avec cinq cents hommes pour enlever le cardinal. Marillac en donna avis au Père Joseph et le pria de tenir ferme avec quelques secours qu'il lui envoya, l'assurant que le roi allait ordonner un détachement pour sa défense. Le Père Joseph se saisit des papiers du cardinal, les mit en sûreté, et attendit sans crainte les ennemis qui furent empêchés par une grosse pluie de tenter leur attaque. Louis XIII loua l'intrépidité du capucin, qui avait mieux aimé passer la nuit à encourager les soldats de sa garde que de se retirer dans le quartier du roi. Ce ne fut pas dans cette rencontre seule qu'il fit voir des marques de son courage.

Il n'était pas possible que, durant un siège si long, il ne se présentât plusieurs difficultés qui demandaient un génie supérieur pour les résoudre. Le retour du roi à Paris fit naître la première. Le cardinal voulut l'accompagner dans ce voyage, persuadé que sa présence empêcherait les mauvais desseins de ses ennemis et que le roi, qui était naturellement inquiet, aurait plus de fermeté et de résolution quand il le verrait toujours à ses côtés. Mais le Père Joseph, qui prévoyait les suites de l'absence du cardinal, lui représenta que, s'il s'éloignait de l'armée, l'ardeur des officiers se ralentirait; que les Rochellois et tout le parti huguenot en deviendraient plus insolents et plus obstinés, et que s'il arrivait que le siège allât mal ou tirât en longueur, le roi lui saurait mauvais gré de l'avoir entraîné dans une entreprise si hasardeuse et si ruineuse : vaincu par les instances du Père Joseph, le cardinal se détermina à rester à la Rochelle.

La seconde difficulté qui occupa beaucoup le roi et Richelieu dans cette difficile entreprise fut de fermer le port, par où les assiégés recevaient tous les vivres et tous les secours dont ils avaient besoin. Pompée Targon, fameux ingénieur italien, avait essayé d'en boucher l'entrée par différentes machines que la tempête et les marées emportaient à mesure qu'il les mettait : de sorte que cet ouvrage coûtait beaucoup d'argent et n'avançait point. Le Père Joseph reconnut bientôt que cet homme abusait le roi : après lui avoir donné son congé, le cardinal fit travailler deux architectes de Paris, Louis Metezeau et Jean Tiriot, à la digue de pierre dont on lui avait donné l'invention. On commença cette construction dans un endroit où le canal qui forme le port de la Rochelle avait quatre cent soixante-dix toises de largeur, et où le canon des assiégés ne pouvait porter. Pour former cette digue, on enfonça dans la mer de grandes poutres de douze pieds avec d'autres en travers, et l'on mit dedans des pierres sèches qui n'avaient d'autre lien que la vase et le limon que la mer y poussait; on fit encore couler à fond plusieurs vaisseaux chargés de pierres pour la soutenir. Elle était par le bas, large de douze toises, et comme elle allait en rétrécissant jusqu'au haut, où elle n'en avait que quatre, sa hauteur était au-dessus des plus hautes marées. On avait laissé seulement au milieu du canal une ouverture pour donner cours au flux et au reflux. L'entrée du canal était défendue par environ deux cents vaisseaux bien armés qui bordaient les deux côtés du rivage.

C'est avec cette digue, avec ce rocher artificiel, comparable aux plus fameux ouvrages des anciens capitaines grecs et romains, qu'on vint à bout des Rochellois.

Comme il était plus aisé d'aborder le Père Joseph que le cardinal, tous ceux qui trouvaient quelque nouveau moyen pour incommoder ou pour surprendre la ville venaient le lui communiquer. Cependant on apprit de toutes parts la consternation que jeta dans la Rochelle la mort du duc de Buckingham, qui avait été tué d'un coup de couteau, à Plymouth, et la disette des vivres qui réduisait les habitants aux plus cruelles extrémités.

Malgré tant de misères, les Rochellois devinrent plus insolents que jamais, quand ils aperçurent, le 28 septembre, à la hauteur de l'île de Ré, la flotte anglaise composée de soixante-dix vaisseaux qui furent suivis de plus de trente peu de temps après. Toute l'armée française fut plusieurs jours sous les armes pour repousser les Anglais dans le cas où ils tenteraient une descente afin de s'emparer de la digue. Mais enfin les assiégés, qui étaient exténués et à bout de ressources, se décidèrent à envoyer quatre députés au cardinal pour se rendre à la merci du roi.

Le 30 octobre, les troupes royales se mirent en possession des portes de la ville, et le 1er novembre Louis XIII faisait son entrée dans la place, aux acclamations des habitants, qui criaient : « Vive le roi qui nous a fait miséricorde ! »

Richelieu pria le roi d'établir un évêché à la Rochelle et d'y nommer le Père Joseph ; mais celui-ci le refusa, ainsi qu'il avait fait déjà de celui d'Albi, protestant qu'il n'y avait rien au monde qui lui pût faire quitter la règle et l'habit de SaintF-rançois...

Cet homme éminent ne fut pas moins fidèle à ses devoirs monastiques que s'il n'était jamais sorti du cloître. Sitôt en effet qu'il se vit obligé de demeurer à la cour, il régla toutes les heures de ses occupations et les partagea de telle sorte qu'il pût faire chaque jour la même chose à point nommé. Il se levait à quatre heures du matin, et, après avoir donné à Dieu les prémices de sa journée, il travaillait aux lettres et aux réponses qu'il devait et aux instructions pour les ambassadeurs et les résidents. Le reste de la journée était partagé entre ses occupations de religieux et d'homme politique, sans que ni les unes ni les autres en souffrissent.

Fidèle à tous ses devoirs jusqu'au dernier moment, le Père Joseph, excédé de travail et de fatigue, touchait à sa dernière heure ; une première attaque d'apoplexie lui fit penser à se préparer à la mort : il se retira chez les capucins de Senlis, d'où il se fit transporter à Paris, au couvent de son ordre, rue Saint-Honoré, et il ne voulut plus entendre parler d'autre chose que de la grande affaire de son salut, malgré les pressantes sollicitations de Richelieu qui voulait le faire venir à son château de Rueil et lui prodiguer des soins tout spéciaux.

Le Père Joseph se décida enfin à se rendre aux instances du cardinal, et ce fut à Rueil qu'il rendit le dernier soupir, le 18 décembre 1638, à l'âge de soixante-un ans. Sitôt qu'il fut mort, Richelieu, qui voulut qu'on lui rendît les mêmes honneurs qu'à un cardinal, fit porter son corps en grande pompe dans son carrosse à six chevaux, accompagné de toute sa maison et suivi de tout son train, jusqu'au couvent de la rue Saint-Honoré, où il arriva le soir aux flambeaux. Il y fut reçu par le Père général, accompagné de plus de cent soixante religieux, chacun un cierge à la main. Une foule immense assista aux obsèques du Père Joseph, après que son corps eût été exposé à la vue de tout le peuple au milieu de l'église du couvent.

Sur sa tombe, Richelieu fit mettre un marbre avec cette épitaphe qu'il composa lui-même :

D. O. M.

A l'éternelle mémoire du Révérend Père Joseph Le Clerc, capucin.

« Ci-gît celui dont la vertu ne périra jamais et qui, « pour porter le joug du Seigneur dès son adolescence, « abandonna malgré ses parents les titres de sa no- « blesse et ses richesses et vécut toujours très pauvre « dans un ordre très pauvre. Chargé des fonctions de « provincial dans son ordre, il illustra l'Église par ses « écrits et ses discours. Il s'acquitta des fonctions pu- « bliques aussi saintement que prudemment, y ayant « été appelé par la providence divine, par le roi Très- « Chrétien Louis, vraiment juste, et dans cet état il « servit fidèlement Dieu, le prince et la patrie avec une « souveraine prudence et un grand soin et une séra- « phique dévotion ainsi qu'une merveilleuse tranquil- « lité d'esprit.

« Il garda jusqu'au dernier jour de sa vie l'entière « observance de la règle qu'il avait jurée, quoiqu'il en « eût été dispensé par trois souverains pontifes, pour « le bien de toute l'Église. Par ses conseils et ses mis- « sions, il combattit l'hérésie en France et en Angle- « terre, il releva le courage des chrétiens d'Orient.

« Il vécut austère et pauvre au milieu des délices et « des richesses de la cour, et mourut désigné cardinal. »

Une lettre du comte d'Avaux, éminent diplomate français de cette époque contient en quelques lignes un jugement remarquable et définitif sur le Père Joseph envisagé comme homme politique. Il écrivait au Père Ange, l'inséparable compagnon de l'illustre capucin :

« J'ai reçu la lettre qu'il vous a plu de m'écrire sur « la mort du Père Joseph. Je n'ai ni le temps ni les qua- « lités nécessaires pour vous parler assez dignement « du mérite de ce grand homme. Je n'ai jamais vu tant « de pénétration et tant de présence d'esprit, et je me « suis toujours étonné de le voir dicter quatre heures « entières des mémoires et des instructions pour les « ambassadeurs, sans qu il s'y trouvât non seulement « rien de superflu ni hors de sa place, mais où la ma- « tière était si pressée, qu'il semblait que chaque arti- « cle était le point principal de la commission. Il parlait « avec une force merveilleuse et il écrivait de même. « C'était un esprit si renfermé et si présent à lui-même « qu'il n'était presque jamais dissipé par le commerce « des sens, de sorte qu'outre la règle de Saint-François « qu'il observait fidèlement, il s'en était fait une parti- « culière qui le rendait attentif à toutes ses actions ; « ainsi, son âme n'était jamais partagée par ces distrac-

« tions et ces amusements qui occupent la moitié de « notre vie. Il s'était rendu la méditation si familière, « qu'il jugeait des choses plus sainement que les autres, « et comme il s'en faisait instruire à fond, ses discours « étaient toujours également solides ; il en retranchait « ce qui en pouvait affaiblir la vérité. Je n'ai jamais vu « en lui ni amour-propre ni aucune passion. Il n'em- « ployait jamais ses parents et ses amis que lorsqu'il « connaissait que leurs services seraient utiles au bien « public, ce qui marquait en lui une louable fermeté, « mais peu commune. »

Ch. Barthélemy

VOYAGE D'EXPLORATION

A LA RECHERCHE DES CONTES POPULAIRES

—

(Voir page 605.)

V

Avec ces renseignements, j'en avais assez. Villecherel est un village semi-normand, semi-breton qui groupe ses maisons sur la route de Pontorson à Dol. La fraction armoricaine dépend de Plaine-Fougères (Ille-et-Vilaine) et la fraction neustrienne de Pontorson (Manche). Je me trouvais à deux kilomètres tout au plus de la patrie de Jeanne Bernard ; j'y cours, la tête pleine de projets.

Mais il ne me suffisait pas de connaître le nom du village ; il fallait encore que je fusse renseigné sur la situation de la maisonnette où demeurait la mère du petit pâtour. Villecherel possède deux cabarets ; pour obtenir l'importante indication dont j'avais besoin, j'entre dans le premier « débit » que je rencontre, le débit normand, et je demande un verre de cidre.

Ici, mes lecteurs me permettront de leur signaler une bien singulière intervention de cette providence spéciale qui veille sur les chercheurs de contes. Au lieu de déférer à ma demande, que fait la cabaretière ? Bien que cinq à six braves journaliers fussent alors en train de siroter une foule de chopines, l'excellente femme me répond qu' « elle ne vend pas à boire. » Pourquoi ? mystère ! comme disent les romanciers. A quel mobile obéissait la digne tavernière ? Je ne le saurai jamais. Le cabaret breton n'est séparé de la popine normande que par la traversée de la route ; j'y pénètre incontinent. Là, je suis servi avec l'empressement le plus aimable et je me trouve attablé auprès de deux bons fermiers *gallots*, qui sont en train d'échanger leurs impressions sur la qualité de la récolte. Faut-il le dire ? L'avenante figure de ces paysans m'enhardit. Après m'être mêlé à la conversation, ma foi, vogue la galère ! je confesse tout naïvement ce que je viens faire ; je quête des « contes d'autrefois ». A cette révélation, deux « haricotiers » normands qui humaient près de la porte une « demoiselle » d'eau-de-vie, clignent de l'œil et se poussent le coude. Mes deux Bretons sont moins méfiants. Émus de mes confidences, l'un veut sur-le-champ m'offrir les consommations les plus luxueuses, — un vermouth à deux sous la rasade, — l'autre, — et c'est là que s'atteste la protection dont je parle plus haut, — l'autre m'invite à venir dès le lendemain recueillir les contes de sa « bourgeoise ». Or, ladite « bourgeoise » n'était autre que cette bonne mère Peslouas qui devait m'octroyer dix-sept récits, depuis le *Conte de Théophile* jusqu'à la fable du *Loup et du Grand Vilain !* Dix-sept contes ! dix-sept contes que je n'aurais jamais eus si la cabaretière normande ne m'avait fermé son établissement ! Comprend-on maintenant ma reconnaissance pour cette brave femme ?

Mais revenons bien vite à Jeanne Bernard. Un peu étonnée d'abord, la mère du petit pâtour se remit bien vite, et, de la meilleure grâce du monde, non seulement me dicta le véritable et intelligible texte du *Petit Mirlicochet*, mais me communiqua les *Trois empesoires* et les *Trois cents petits lapins*. Une seule chose la gênait, la bonne femme, c'était la nécessité de détacher les syllabes et de parler lentement.

« Ah ! dame ! s'écriait de temps en temps la mère du petit pâtour, j'aimerais mieux vous dire ça tout « d'une affilée ! »

VI

Il serait fastidieux de narrer les divers incidents de mes excursions. Du 1er au 8 septembre, je ne passai pas un jour sans explorer les villages environnants. C'est dans les auberges que je m'enquérais tout d'abord des bonnes femmes qui conservaient le goût des vieilles légendes. Il me fallait souvent beaucoup de diplomatie pour obtenir leurs noms. Mais c'était bien pis quand j'arrivais chez les bonnes paysannes. Si j'avais eu la mauvaise inspiration de mettre immédiatement en avant le véritable but de ma visite, tout eut été perdu. Je prétextais le plus souvent un intérêt artistique ou commercial : je cherchais, disais-je, de vieux bahuts, et c'est seulement après avoir traité la question de vieilles armoires que j'abordais celle des vieilles histoires. Enfin, on se décidait bon gré, mal gré, à me réciter un conte, mais les défiances recommençaient de plus belle, sitôt qu'on me voyait tirer de ma poche un portefeuille et un crayon. Grand Dieu ! qu'est-ce que cela pouvait bien vouloir dire ? Était-il possible qu'un chrétien s'intéressât à de pareilles « lures » ?

On finit par s'humaniser pourtant. Les braves gens s'accoutumèrent peu à peu à me voir traverser à cheval les villages et les bourgs, mon carnier en bandoulière, accompagné d'un de mes bons amis de Pontorson, M. Eugène Soudée. J'étais sans doute encore un excentrique, mais je n'étais plus un suspect. Au moment de mon départ, les conteurs étaient si bien amadoués que je n'avais plus que l'embarras du choix. C'était à qui m'en proposerait. Si mes affaires ne m'avaient prématurément obligé de quitter Pontorson, deux cents fables au moins garniraient aujourd'hui mon portefeuille.

Avant de rentrer à Paris, je devais m'arrêter trois jours à Villedieu-les-Poêles. Villedieu est assurément une des villes les plus originales de la Basse-Normandie. Les vieilles mœurs s'y sont conservées et s'y associent à une vive et pénétrante intelligence des choses modernes. Du temps que la dentelle était l'une des principales industries de cette laborieuse petite cité, quel touriste ne se rappelle avoir vu, pendant la belle saison, les dignes ménagères de la rue Basse, groupées sur le seuil des portes, mêler le bruit de leur babil à celui de leurs bloquets? Je me souviens qu'autrefois, une des plus habiles dentellières, la bonne Nanon Gautier, ravissait les réunions avec des récits où le merveilleux le disputait au fantastique. De cordiales relations de voisinage avaient établi entre nos deux familles cet échange de sentiments affectueux qui faisaient jadis le charme de la vie de province. Depuis dix ans, la mort avait enlevé Mme Nanon Gautier aux siens; mais je ne passais jamais par Villedieu sans aller saluer ses enfants. L'idée me vint d'interroger l'un d'eux, Mlle Fabienne, qui représente si dignement les traditions de sa mère et de ses tantes, et de faire appel à ses souvenirs.

L'heureuse inspiration que j'eus là! Avec une incomparable fraîcheur de mémoire, Mlle Fabienne Gautier évoqua tous ces héros de la mythologie populaire dont les hauts faits avaient bercé mon enfance. Je vis ainsi successivement défiler devant moi Biscornet, le Petit Teigneux, le Bonhomme Yvon, Madame la Cavée, le Devin de Vire, l'Abbé Sans-Souci, le Meunier Haupais, la Brebis Grapouse, le Marquis de Carabas, le Sergent la Ramée, etc. Un mot, un seul mot, qui avait échappé au naufrage de mes souvenirs, suffisait souvent pour renouer la trame de tout un conte.

D'autres personnes se mirent avec la plus exquise bienveillance à ma disposition et me donnèrent les unes, des légendes, les autres des rondes et des chansons, que je garde précieusement dans mes cartons. Quelques-uns de mes amis poussèrent non moins loin la complaisance : obscurs auxiliaires de mon œuvre, ils allèrent glaner de maison en maison les fables que je n'avais pas eu le temps de sténographier et m'expédièrent à Paris des cahiers de notes. Que ces modestes et dévoués collaborateurs reçoivent ici l'hommage qu'ils méritent!

VII

Si mes investigations autour de Pontorson et de Villedieu-les-Poêles obtinrent un succès inespéré, quelques déceptions ne laissèrent pas que de mêler un peu d'absinthe à mes bonnes fortunes. Mes lecteurs me permettront-ils, par exemple, de leur mettre sous les yeux les péripéties de mon voyage à la recherche du fusilier Peslouas?

Ce fusilier n'était autre que le fils de la bonne femme des Bas-Geraux. En prenant congé d'elle, la mère Peslouas m'avait fortement recommandé d'interroger son gars. — « Théophile, m'avait-elle dit, sait encore plus d'histoires que moi. Allez le voir, il connaît surtout un certain conte du *Prince Vert* dont vous serez content. » Le soldat Peslouas était caserné à Vincennes. Dès le lendemain de mon arrivée à Paris, je le priai de venir me trouver. Hélas! mon Breton n'aurait pas demandé mieux que de faire bon accueil à mon invitation, mais, comme il me l'écrivit deux jours plus tard, les grandes manœuvres devaient le tenir éloigné pendant un mois de la capitale. Soit! ce n'était après tout qu'un léger retard : trente jours sont si vite écoulés. Les manœuvres terminées, j'envoie une deuxième missive au fils de la mère Peslouas. La réponse ne se fit pas attendre : « *Blai cé zo pié,* m'écrivit le soldat, *ge sis dpis 8 jour mâl ate et cé seurment guer que je puc me lvai.* » Trois jours se passent et le fusilier ne vient pas. Je n'y tiens plus. Si j'allais au fort de Vincennes? Une visite ne serait probablement pas désagréable au pauvre diable.

Me voici au fort: je vais droit au poste et j'interroge le sergent de garde.

« Où sont situées les chambrées du 2e bataillon du 115e, s. v. p.?

— Le 2e du 115e? Mais depuis huit jours il n'est plus là.

— Allons donc!

— C'est comme j'ai l'honneur de vous le dire : un ordre du ministre de la guerre lui a enjoint de se porter à Mamers. »

D'abord cruellement désappointé, je me rassurai, — voyez l'égoïsme! — en pensant à la maladie de mon Peslouas. Évidemment, l'infortuné fantassin était trop malade pour suivre son bataillon. Un soldat d'administration sortait du fort à ce moment-là; je le hèle et le prie de m'indiquer le chemin de l'hôpital.

— Mais, me répond tranquillement le riz-pain-sel, mais monsieur sait bien que l'hôpital est fermé! Il est sept heures; depuis trois heures, personne n'y peut entrer.

— Personne?

— Ah! si, les officiers, mais les officiers en tenue de service et munis d'une permission de l'Intendance. »

Ces paroles me font frémir. Juste Ciel! Faudra-t-il que j'endosse ma tunique et que j'arbore mon hausse-col pour recueillir le conte du *Prince Vert?*

Heureusement, j'avais sur moi un morceau de bristol qui attestait ma qualité d'officier territorial. Que l'Intendance me dise ce qu'elle voudra! mais je dois lui confesser que je n'hésitai pas une minute à piétiner sur ses circulaires. Le portier de l'hôpital se fait, du reste, le complice de mon attentat; sur le vu de ma carte, le digne homme, le képi à la main, m'introduit lui-même dans les bureaux.

Peine perdue ! Le nom du fusilier Peslouas ne figure ni sur les registres d'entrée, ni sur les registres de sortie. Que faire? Je retourne au fort. Un soldat du poste m'accompagne avec un falot, à travers les lugubres corridors du donjon. Il me faut Peslouas mort ou vif : Peslouas ne serait-il point par hasard retenu à l'infirmerie ? Pas davantage. Le sous-officier qui surveille la composition des tisanes m'apprend enfin l'affreuse vérité : hier, pas plus tard qu'hier, mon Breton, complètement guéri, a été transféré à Mamers.

A la fin, c'est trop ! Est-ce que le ministre de la guerre aurait décidément juré de me soustraire le *Prince vert?* Le surlendemain, je boucle ma valise et je me fais conduire à la gare Montparnasse. C'est à 8 h. 35 m. que part le train de Mamers ; j'arrive un gros quart d'heure avant l'ouverture des guichets. Un porteur de la rue du Croissant apportait à ce moment-là un ballot de journaux au kiosque du hall.

Vite, je m'empare du *Figaro*. Hélas ! le croira-t-on ? Voici le sinistre entrefilet que je découvre à la première colonne de la troisième page, sous la rubrique « TÉLÉGRAMMES » :

« MAMERS, *6 heures 27 soir.* — Le général Farre vient de prendre une mesure tout à fait inattendue : jusqu'ici, les quatrièmes bataillons avaient seuls été désignés pour prendre part à l'expédition tunisienne. Ce matin, sur l'ordre du ministre de la guerre, le 2e bataillon du 115e de ligne a dû quitter notre ville pour se rendre au Kef. »

Après un pareil trait, quel amateur de littérature populaire s'étonnera que M. le général Farre soit tombé ?...

VIII

Cet exposé ne serait pas complet si je ne disais quelques mots des controverses scientifiques auxquelles l'origine des contes a servi de point de départ.

S'il est un fait bien acquis, c'est celui de la similitude des fables qui circulent chez tous les peuples. Tel conte qui, à Pontorson ou à Villedieu-les-Poêles, distrait encore les enfants, est le même que savourent à la même heure les montagnards écossais, les mendiants espagnols, les pêcheurs allemands, les vagabonds calabrais et les paysans russes. Le style, la disposition des épisodes, les réflexions accessoires varient, il est vrai, selon le génie des races, mais la donnée primitive reste invariablement la même. Eh bien ! comment expliquer ce phénomène ? A quel jour, et à quelle date, et sur le sommet de quel Himalaya les peuples ont-ils reçu communication des contes qui charment encore aujourd'hui leurs veillées ?

D'après les frères Grimm, MM. Gaston Paris, Loys Brueyre, de Gubernatis, André Lefèvre, etc., les récits fabuleux ne seraient autre chose que les fragments de la vieille théodicée aryenne c'est-à-dire des mythes solaires.

Chaque peuple, en quittant le plateau de Pamir, aurait emporté avec lui les observations astronomiques recueillies dans la Haute-Asie, et le *Petit Poucet*, *Peau-d'Ane*, *Cendrillon*, par exemple, seraient tout simplement les symboles des révolutions célestes. Dans la brillante introduction placée en tête des *Contes de la Grande-Bretagne*, M. Loys Brueyre développe cette théorie avec une érudition et une verve bien capables d'impressionner les esprits les plus exigeants. La thèse de M. Loys Brueyre est d'autant plus séduisante qu'elle n'est pas compromise par les exagérations de mauvais goût qui donnent une allure si drôle aux arguments de certains mythologues. L'un de ces derniers, M. André Lefèvre, dans son commentaire d'ailleurs fort remarquable des *Contes de la Mère l'Oye*, n'insinue-t-il point, par exemple, que le marquis de Carabas pourrait fort bien être le *Keroub* ou *Kerouba* de l'Orient, et, — ceci est le comble de la mythologie, — le pied écarté de l'oie, « l'emblème de la lumière matinale ? » *Peau-d'Ane* est, en vérité, moins merveilleux que cette explication-là !

— La suite au prochain numéro. — OSCAR HAVARD.

CHRONIQUE

C'est demain Noël.

Sus ! pastoureaux et bergers,
Entonnons : Noë ! Noë !
Sus ! bergers et pastoureaux,
Entonnons : Nau ! Nau ! Nau ! Nau !

Des milliers de refrains pareils me reviennent en mémoire. Que de fois, en mon jeune âge, n'ai-je point fait ma partie dans ces duos et ces trios rustiques, où, pendant la grande veillée, la vieille *Bible des noëls* de la maison paternelle passait tout entière. Quels jolis airs, et quels beaux dialogues entre Simon et Lucas, entre Robin et Jeanneton, entre les trois mages et les anges ! Le chantre de la bourgade, invité pour la circonstance, après s'être au préalable éclairci la voix avec quelques bouteilles d'un vin local qui grattait le gosier comme une râpe, faisait la basse ; l'instituteur se chargeait de la partie de ténor, et je brodais là-dessus un soprano glapissant. Les voisins s'attroupaient, j'entendais leurs chuchotements à la vitre. Une fois même le ménétrier qui passait par là entra avec son violon, et ce fut, jusqu'à minuit, un concert idéal à charmer les anges.

Ah ! les belles soirées de Noël ! Ma jeune imagination émerveillée était ravie jusqu'au septième ciel, et entrevoyait en un nuage d'or, comme les enluminures des missels du moyen âge, l'Enfant-Dieu dans sa crèche, avec la Vierge penchée sur lui et saint Joseph appuyé sur son bâton, entre les grands bœufs au regard pensif et doux, tandis que Simon et Lucas entraient en ôtant leurs chaperons et qu'à la porte Gaspard, Melchior et Balthazar, sous l'étoile flamboyante, descendaient de leurs chameaux et prenaient des mains de leurs serviteurs les vases de myrrhe et d'encens.

Mon souvenir remonte, avec une sorte d'attendrissement et comme emporté par un courant irrésistible, vers cette époque dont trente années me séparent. Images effacées à demi, mélodies lointaines, parfums envolés! Ce n'est point à Paris qu'il faut voir Noël, c'est au fond d'un village où les traditions se gardent comme dans un vase hermétiquement fermé. Là cette veillée, unique dans l'année, revêt un charme incomparable. On l'attend depuis trois mois, on s'y prépare depuis quinze jours. On a mis de côté, pour cette soirée mémorable, la plus grosse bûche de la provision d'hiver, — la *hoche*, — objet d'une vénération presque religieuse, autour de laquelle on se serre, sous le manteau de la cheminée, en chantant les Noëls, — les vrais, les naïfs, — pas ceux où s'est ébattue la muse goguenarde de La Monnoye ou de ses imitateurs, — et en contant des histoires.

Il fait nuit noire. Les ténèbres ne sont éclairées que par la flamme qui pétille au fond du large foyer et par la lampe de cuivre suspendue à la *servante*. Au dehors, la bise souffle et gémit comme une âme en peine. L'heure est propice aux légendes, et la nuit de Noël en est pleine. J'en ai retenu quelques-unes, et je vous les dirais bien si elles n'étaient si longues.

Il y a la légende des bœufs qui parlent pendant la messe de minuit : un fermier se cache pour les écouter, quoique ces choses-là ne soient jamais bonnes à savoir. Il les entend prédire sa mort, et, au moment où il lève sa hache sur eux en criant : « Vous en avez menti! » l'instrument, détourné par une main invisible, vient le frapper au front.

Il y a la légende des quinze femmes et des dix-huit hommes qui s'étaient mis à danser à minuit dans le cimetière, tandis que tout le monde assistait dévotement à la messe. Au dernier *Dominus vobiscum*, le prêtre les maudit, et aussitôt ils furent pris d'une sorte de rage, et se mirent à sauter furieusement sans pouvoir s'arrêter. Ils sautèrent pendant un an, jusqu'à ce qu'un évêque, passant par là, eût levé l'anathème qui pesait sur eux.

Il y a la légende des lavandières de Noël, condamnées à revenir de l'autre monde tous les ans pour *buer* leur linge à la fontaine sur le coup de minuit. Rien n'est plus vrai, et chaque village compte au moins une vieille femme qui a vu les fantômes, et à la fenêtre de laquelle ils ont cogné du doigt en passant.

Et alors comme les chaises se resserrent! On a peur, on regarde furtivement derrière soi. Tout à coup la porte s'ouvre. Un cri étouffé échappe aux femmes. Mais la voix joyeuse d'un gamin retentit en rompant le charme : « Faut-il gratter la *hoche?* »

Le gamin est armé de sa pelle à feu. Sur la réponse affirmative, il s'approche, s'accroupit sur les longues bûches du foyer, et gratte vigoureusement *la hoche*, pour la faire flamber. Cette industrie bizarre est pratiquée, durant toutes les veillées de Noël, par une douzaine de garnements, dont le service obtient généralement pour récompense le don gracieux d'une pomme. Parfois, quand on est en gaieté, on y ajoute un doigt de vin. Un jour, un Parisien retiré, tout frais établi dans le village, eut l'imprudence de donner un sou au premier gamin qui se présenta : le bruit de cette prodigalité courut aussitôt comme une traînée de poudre; toute la jeunesse du lieu s'arma de pelles et de pincettes, et, pendant la soirée entière, le malheureux fut assailli par une avalanche de gratteurs de *hoche*.

Enfin, dans la bise et la neige, le dernier coup a sonné. Chacun s'enveloppe dans son manteau, prend une lanterne en main et s'achemine vers l'église. Rien de plus curieux que cette procession de feux follets qui semblent courir en dansant les uns après les autres. L'église est illuminée avec magnificence. On a descendu les grandes girandoles de bois, objet d'admiration pour tous les fidèles. Une guirlande de bouts de cierges, soigneusement économisés depuis un an, court le long des piliers, et, au-dessus de l'autel, un transparent huilé, qui était pour moi le dernier mot de la splendeur et de l'art, et que mes yeux de huit ans contemplèrent dans l'accablement de l'extase, fait rayonner les mots que les bergers entendirent dans le ciel pendant la nuit divine : *Gloria in excelsis Deo !*

Cependant, cette illumination superbe ne suffit pas à éclairer la vieille église en tous ses recoins, et chacun, en arrivant à sa place, a tiré de sa lanterne la chandelle allumée, et, versant sur l'appui de son banc quelques gouttes de suif fondu, y a fixé son luminaire, afin de pouvoir suivre dévotement la messe sur son livre.

A l'offrande, le berger prend la tête du défilé avec son bâton. Les anciens contaient qu'il avait le droit de passer le premier, accompagné de son chien, en mémoire des bergers de Bethléem. Je n'ai jamais vu le chien. Les vieilles coutumes s'en vont peu à peu. Les crèches ont disparu presque partout; et les mystères de la Nativité s'étaient évanouis avant elles. Nanterre, qui garde pourtant sa rosière avec un soin jaloux, a laissé tomber en désuétude sa grande cérémonie nocturne, où l'on voyait douze bergères présenter à l'autel un agneau blanc dans une corbeille ornée de rubans et de pompons roses, et sa procession où, derrière le bedeau, portant l'étoile au bout d'un bâton, marchaient les trois mages barbouillés de noir, quatre anges, les vierges folles, les vierges sages, l'archange Gabriel, les bergers et les bergères, ceintes d'écharpes bigarrées, tenant des houlettes enrubannées, et portant, l'une la verge d'Aaron, l'autre l'arbre de Jessé; une troisième le serpent d'airain, et ainsi de suite.

Après la messe, on rentrait droit au logis, et l'on s'abandonnait aux charmes d'un réveillon patriarcal et bien mérité, où le porc tué récemment dans chaque famille occupait une place considérable. Là, le réveillon a sa raison d'être. Ce n'est pas comme à Paris, où il n'est qu'un prétexte à orgies et à ripailles.

Mais Paris a aussi ses réveillons en famille. L'oie aux marrons, fort appréciée des ménagères classiques, et méprisée bien à tort par les gourmets transcendants, fume au centre de la table. C'est l'heure généralement choisie par le petit Jésus pour faire sa tournée, et remplir de ses dons les souliers pendus à la cheminée. Cette délicieuse tradition est restée vivace à Paris, dans toutes les maisons où le *petit Jésus* peut se mirer à l'œil bleu d'un *bébé* blond et rose. L'arbre de Noël, importation britannique, n'a poussé qu'à demi sur le sol français, comme tout ce qu'on transplante; mais le sabot de Noël est resté la plus indéracinable des institutions enfantines. Vers huit ans, les petits malheureux, pervertis par les raisonnements des grands de la pension, deviennent philosophes, et le doute envahit leurs âmes, mais jusque-là ils ont la foi du charbonnier et du poète. On voudrait déposer le paradis dans leurs bottines mignonnes pour jouir de leurs cris d'extase.

* * *

On ne doit désespérer de rien : ce que nous perdons d'un côté, nous le rattraperons peut-être de l'autre. Nous avons la vapeur qui n'est pas encore démodée, mais qui commence à se faire vieille; nous avons déjà, prête à la remplacer, l'électricité qui est la reine du jour; voilà enfin que nous voyons grandir le magnétisme qui pourrait bien être le roi de demain.

Si vous me demandiez une définition scientifique du magnétisme, je serais fort en peine de vous la donner. Je sais seulement d'une façon précise que le magnétisme et les phénomènes vraiment extraordinaires qu'on attribue à cette force mystérieuse de la nature ont beaucoup intrigué les vrais savants, et plus encore beaucoup servi aux petites affaires des charlatans.

Je me garderai bien de classer dans une catégorie quelconque M. Donato, lequel fait en ce moment à la salle Hertz, sous le nom de magnétisme, des expériences qui pourraient n'être autre chose que de simples tours d'escamotage. Mais le mot *escamotage* est vieux, et *magnétisme* a bien meilleure allure. Va donc pour magnétisme !...

Comme tous les *magnétiseurs* possibles, M. Donato endort son *sujet* ; c'est le nom qu'on donne au patient ou, si l'on veut, au compère qui se prête aux expériences du magnétiseur.

M. Donato endort ou est censé endormir une personne, soit une jeune femme soit un jeune homme. Quand le *sujet* est endormi, il n'a plus ou ne paraît plus avoir d'autre intelligence, d'autre volonté, d'autre sensibilité que celle qu'il plaît à l'opérateur de lui donner.

Ainsi, M. Donato enfoncera une épingle dans le bras de son *sujet* sans que celui-ci manifeste la moindre douleur. Je ne nie point le fait; j'affirme seulement qu'il n'y a rien là de bien extraordinaire : tous les médecins vous diront qu'on peut, non point seulement chez une personne endormie, mais chez une personne bien éveillée, enfoncer des épingles ou des aiguilles dans certaines parties du corps sans lui faire éprouver autre chose qu'un léger chatouillement : on peut très bien traverser, sans douleur vive, la joue près de la bouche.

Passons à quelque chose de plus subtil :

L'expérimentateur demande son nom au *sujet*. Celui-ci répond : « Émile.

— Mais non, objecte M. Donato, vous vous appelez Auguste.

— Oui, Auguste, » répond le *sujet*.

Grande preuve, n'est-ce pas? que ce n'est plus sa volonté propre, mais celle du magnétiseur qui agit !

Voici maintenant où les choses se corsent : M. Donato demande à son *sujet* endormi quel est le fruit qu'il désire manger.

Une pêche, répond le *sujet* qui certainement ne songe pas à l'indiscrétion qu'il commet en désirant un fruit si cher à cette époque de l'année.

Voilà ! Et M. Donato lui présente une pomme de terre crue que le *sujet*-gastronome savoure avec la plus visible satisfaction...

Vous croirez si vous voulez à la réalité de cette expérience. Pour moi, je ne peux m'empêcher de songer à tous les avantages qu'elle présenterait dans la vie pratique.

Vous donnez, par exemple, un grand dîner ; vous ne connaissez pas exactement le goût de tous vos convives; d'autre part, le poisson est cher, le gibier est cher, les beaux légumes sont chers : baste ! il y a moyen de tout arranger !

Après le potage, un magnétiseur, dissimulé derrière un paravent japonais du meilleur goût, lance à vos invités quelques effluves soporifiques... En deux minutes tout votre monde ronflera; vous n'aurez plus d'autre peine que de faire mettre une pomme de terre crue sur chaque assiette, en demandant : « Madame, me ferez-vous le plaisir d'accepter cette aile de faisan ?... » ou bien : « Cher monsieur, reprenez donc un peu de turbot... »

Tout le monde se réveillera au dessert sous l'influence d'un moka exquis, et, avant peu, vous serez noté pour avoir une des meilleures tables de Paris.

Je ne sais si le magnétisme a du bon ailleurs; mais assurément il est excellent en cuisine, quand il s'agit de faire dîner les autres.

ARGUS.

Abonnement, du 1er avril ou du 1er octobre; pour la France : un an 10 fr.; 6 mois 6 fr.; le n° au bureau, 20 c.; par la poste, 25 c.

Les volumes commencent le 1er avril. — LA SEMAINE DES FAMILLES paraît tous les samedis.

VICTOR LECOFFRE, ÉDITEUR, RUE BONAPARTE, 90, A PARIS. — Imp. de la Soc. de Typ. - NOIZETTE, 8, r. Campagne-Première. Paris.

Installation provisoire.

UNE SOIRÉE JOYEUSE

—

Au beau vieil hôtel de X***, d'ordinaire si grave et si calme entre sa cour et son jardin, en son coin austère et silencieux de la rue de Babylone, il y avait, ce soir-là, bruit et lumières, mouvement et rumeurs.

C'est que Mlle Jeanne de Rochepers, la jeune et charmante héritière de la noble maison, qui venait précisément d'atteindre sa dix-huitième année, célébrait joyeusement sa sortie du Sacré-Cœur, en allant au bal ; à un grand bal, *prié*, paré, voire même costumé, que donnait en son honneur la bonne duchesse de Plessac, une ancienne amie de sa mère. Et mademoiselle Jeanne, ne s'étant jamais encore trouvée à pareille fête, ravie et transportée par un aussi joyeux événement, avait mis tout en l'air sous le toit maternel. Femmes de chambre, bonnes, et même valet de chambre et laquais, dépêchés pour ramener incontinent le coiffeur et stimuler le zèle de la couturière, avaient agi, couru, deçà delà, s'étaient à qui mieux mieux agités, trémoussés, jusqu'à ce que, la grande affaire de la toilette étant heureusement terminée, et la belle voiture à deux chevaux ayant reçu, au bas du perron, Mlle Jeanne, sa mère et sa grand'mère, chacun de ces dignes serviteurs s'était croisé les bras sur la poitrine par un geste de muette satisfaction, en hochant lentement la tête et murmurant : « Enfin ! » Après quoi tous s'étaient, d'un commun accord, retirés dans les profondeurs de l'office et de la cuisine, afin de se remettre de leurs fatigues de la soirée, à l'aide de quelques paquets de biscuits de Reims accompagnés d'un grand bol de vin chaud.

Pendant ce temps, le riche équipage armorié roulait, au grand trot des superbes chevaux de race, vers l'un des beaux hôtels de la rue de l'Université. Et chacune de ces dames, complètement absorbée par cette perspective de fête, trahissait à sa manière ses petites préoccupations. Mlle Jeanne, tout émerveillée de la grâce et de la fraîcheur de sa robe de pékin et de gaze blanche, relevait une fleur par-ci, étalait une coque par-là, sortait en cachette son pied mignon des profondeurs de la chancelière, pour admirer son petit, tout petit soulier, le nœud de satin blanc avec sa boucle d'argent aux facettes scintillantes. Et puis elle pensait aux danseurs qui l'attendaient, aux triomphes qu'elle allait avoir ; aux quadrilles, polkas et mazurkas sans fin, aux scottishs et lanciers sans nombre, qu'elle aurait à inscrire sur son gentil carnet, vrai petit bijou d'ivoire et d'émail bleu à bouffettes de moire.

De son côté, Mme de Rochepers, en sage et prudente maman, presque jeune et charmante encore, employait ces derniers instants en conseils, avertissements et recommandations de tout genre : « Jeanne, aie grand soin d'inscrire chacun de tes cavaliers bien à son tour, sans oubli, sans erreur, ma fille. — Jeanne, lorsque tu viendras de danser, n'aie pas le malheur de prendre des glaces ! Contente-toi d'un verre de sirop ou bien d'une tasse de thé. — Jeanne, tu sais ce que je t'ai recommandé : n'accepte pas de valse... Ce sera pour un peu plus tard, dans trois ou quatre ans d'ici. »

Pendant ce temps la bonne vieille douairière de Kercadec, que son âge rendait moins accessible à toutes ces petites préoccupations d'étiquette, de toilette, et autres détails de la vie mondaine, se contentait de rêver doucement, appuyée dans l'angle du coupé, chaudement blottie dans sa fourrure : « Que ma petite Jeanne est donc gracieuse, modeste, jolie ! Combien elle fera tourner de têtes et palpiter de cœurs !... C'est comme cela que j'étais à seize ans, en mil huit cent vingt-trois, alors que Monseigneur venait de se marier, et que l'on donnait, à Rennes, un grand bal en l'honneur des noces ! »

Et au milieu de toutes ces pensées joyeuses, avis maternels, rêveries, la voiture roulait toujours et approchait déjà de la belle grande cour bien dallée, aérée, lumineuse, où les grands feux des lustres jetaient leurs reflets blanchâtres, et où les bruyants accords de l'orchestre commençaient à résonner.

Maintenant, comme il était écrit que ce soir-là, pour tous les habitants de l'hôtel de Rochepers, devait être une soirée joyeuse, nous devons avouer que les nobles et aimables dames, dans leur élégante toilette de bal, les serviteurs assemblés pour se régaler, à l'office, n'étaient pas, hélas ! les seuls en train de s'amuser. Il y avait encore, sous l'austère toit de famille, d'autres petits êtres, vifs, éveillés, contents, mignons, souples, légers, prêts à se payer des sauts, des courses, des entrechats, des bonds qui valaient bien, à eux seuls, cinq ou six contredanses, et à mordiller les cachemires, à déchiqueter les dentelles, avec autant de bonne humeur, d'entrain et de volupté, que s'ils savouraient une brioche ou émiettaient un gros biscuit.

Ces gentils inconnus, que la suite de notre récit nous oblige à vous présenter, n'étaient autres que les petits minets chéris de Mme la douairière.

A cette époque précisément, Finette, la belle vieille chatte et amie de Mme de Kercadec, jouissait pleinement de son intime et doux bonheur de mère de famille. Trois petits et jolis minons, à la fourrure soyeuse et lisse, à la queue large en panache ondoyant, au petit nez futé, au petit museau rose sur la gentille face blanche ou brune, aux larges prunelles vertes brillantes, à l'échine souple bien cambrée, marbrée de belles rayures fauves et noires, comme s'ils étaient de vrais petits tigres, partageaient son lit, son plat, sa pâtée, ses caresses, se disputaient ses maternelles léchées, et égayaient ses longs loisirs. Et Finette, en mère heureuse et fière, aimant à faire voir, dans toute leur grâce et leur beauté, ses gentils petits minets, ses bijoux, ses trésors, ne se faisait pas faute de les montrer, de les promener avec elle, de la chambre à coucher de la bonne grand'mère au petit salon et à la grande galerie.

Seulement d'ordinaire ces incursions, tant soit peu audacieuses, étaient promptement réprimées par la surveillance des valets, des femmes de chambre, voire de Mlle Jeanne ou de Mme de Kercadec elle-même, qui ramenaient promptement la jeune et joyeuse famille dans les limites de sa demeure, en lui disant : « On ne va pas ici; les tapis du salon ne sont pas faits pour vous... Vous laisseriez des poils sur les fauteuils de velours, vous égratigneriez les guéridons de nacre... Retournez-vous-en vite ; allez, allez, minons. »

Mais, au jour dont nous parlons, il était écrit que les choses se passeraient tout autrement, en l'absence des nobles dames. Le plus fort et le plus hardi de la joyeuse nichée, joli petit matou plein de sève et d'avenir, ayant par hasard glissé son fin nez rose par une porte entrebâillée, aperçut devant lui le salon désert, la solitude, l'espace ouvert, la liberté ! De quelque côté qu'il regardât, pas un pas, pas un bruit, personne !... A cette heure Mlle Jeanne, au bal, achevait, transportée, heureuse, sa troisième contredanse ; Baptiste, fumant son excellent cigare devant la table de l'office, savourait onctueusement sa dernière gorgée de vin chaud, et Mlle Laurence, la femme de chambre, grignotait paresseusement son massepain, tout en écoutant les gais propos du piqueur, avec un beau sourire, qui montrait ses dents pointues comme des aiguilles et blanches comme des perles.

Donc personne n'était plus là pour arrêter l'essor, modérer les capricieux ébats de la bande joyeuse. L'entreprenant petit matou, comme conducteur de la troupe, traversa le salon le premier, multipliant les sauts, les bonds, les glissades de côté, les folâtreries, les gambades.

Après lui maman Finette, en chatte bien avisée, s'en vint à petits pas comptés, furetant, ronronnant, braquant de çà et de là ses larges prunelles vert bouteille, pour voir si quelque danger imprévu ne menaçait point, dans l'ombre, la sûreté de ses minons chéris. Puis ses deux jolies petites minettes, plus timides, moins résolues, ainsi qu'il convient au sexe charmant qui, nulle part, n'est le plus fort, la suivirent en se poursuivant, se joignant, se renversant et se pelotonnant sur le tapis, comme peuvent le faire de gentilles chattes en liberté ou de petites pensionnaires en vacances.

Toutefois le salon, quelque vaste et somptueux qu'il fût, ne servit pas longtemps de théâtre aux ébats de la folâtre bande.

Comme ce soir-là, à cause du bal prié, l'on n'attendait pas de visites, les valets, depuis le matin, n'y avaient pas fait de feu. Et les minets frileux, en dépit de leur chaude et soyeuse enveloppe de beau duvet blanc bien doux ou de long poil tigré, ne firent guère que le traverser en courant, se dirigeant vers un autre point de l'hôtel, où les appelait de loin un courant d'air tiède et pur, tout parfumé de douces senteurs de jasmin et de violette.

Ce joli réduit coquet, discret, à peine éclairé par les reflets voilés d'une lampe d'albâtre, tendu de perse fond gris-perle avec de gros bouquets de roses aux guirlandes de feuillage délicieusement teintées, c'était la chambre de Jeanne, que la jeune fille avait tantôt quittée gaiement, un peu étourdiment aussi, tellement préoccupée de sa longue traîne soyeuse qui balayait après elle l'épais tapis de l'escalier, qu'elle avait tout à fait oublié de tirer le bouton de la porte.

Là, tout se trouvait réuni : meubles soyeux, recoins cachés, douces senteurs, feu et lumière ; là, rien ne manquait plus au bonheur des minets en gaieté. Aussi il aurait fallu les voir se pousser, s'élancer, grimper, cabrioler pour prendre au plus tôt possession de leur nouveau domicile ! En un clin d'œil, le temps de grignoter une croquignole ou d'effeuiller une églantine, ils eurent escaladé deux fauteuils, gravi les hauteurs d'un bahut, exploré, nez roses en avant, les mystérieux dessous d'une armoire.

Mais ce fut autour, et même, ô malheur ! à l'intérieur de la commode, qu'ils s'arrêtèrent le plus longtemps, trouvant, dans ses profondeurs inconnues, bien des régions à explorer.

Dans un coin de l'appartement, en effet, ce beau meuble de Boule, aux panneaux de bois de rose délicieusement moirés, étalait sa façade miroitante, ou les larges plaques chaudement colorées, sur lesquelles les larges anneaux de cuivre reluisaient comme des pendeloques d'or. Tout cet éclat, ces chatoiements attirèrent d'abord les regards de la joyeuse bande. Et, pour comble d'infortune, un des tiroirs du brillant meuble, le plus bas, se trouvait tiré !

Aussi, ce fut tout au plus l'affaire de deux ou trois sauts, rythmés de quelques miaulements d'allégresse. Et le petit frère matou, accompagné des deux sœurs minettes, se trouva on ne peut plus confortablement installé dans le tiroir, où il ne songea pas une seconde à perdre son temps, je vous jure.

Donc les petites pattes de s'étendre, de grimper, d'aller, les griffes roses de travailler, d'agir, dans le tissu souple et moelleux des cachemires, dans le fin réseau des dentelles, dans les plis flottants, nuageux, des écharpes et des peignoirs blancs.

Ah ! certes, si l'audace n'eût pas été si coupable, si le dommage n'eût pas été si grand, c'eût été un vrai plaisir de voir toutes ces petites faces rondes, éveillées, avec leurs expressions vives et changeantes, leurs gestes prompts, insaisissables et leurs regards mutins.

Dame Finette, pour sa part, jouissait pleinement de ces ébats de sa progéniture. Pour savourer à l'aise ces douceurs de sa maternité, elle s'était paresseusement accroupie sur un tabouret, à l'écart. Et là, le nez en l'air, le dos arqué, et la queue arrondie, elle contemplait avec une expression de joie béate et de bonheur tranquille, ses chers espiègles, si animés, si contents et si activement occupés.

Et comme il était dit qu'il y aurait en ce moment-là, dans la chambre de Jeanne de Rochepers, du bonheur pour tout ce petit monde, il n'y avait pas jusqu'à Trilby le bruyant et joyeux griffon, qui, attiré par le bruit de ces gambades et par ces miaulements d'allégresse, ne se fût hâté de se joindre à la folâtre troupe, et n'exprimât sa joie à sa manière en déchiquetant un éventail, pauvre petit bibelot de nacre et de satin abandonné sur le tapis.

D'après ce rapide aperçu des occupations d'un moment, il est aisé de s'imaginer ce qui dut se passer dans l'espace de plusieurs heures. Aussi, bien que les minets, lassés à la fin de mordiller, égratigner, déchirer, de leurs petites quenottes pointues et de leurs onglets roses, eussent fini par se grouper autour de maman Finette, et par s'endormir, bercés de son ronronnement maternel et abrités sous son poil soyeux, on peut s'imaginer le saisissement, la consternation, la stupeur de Mlle Jeanne, lorsqu'elle pénétra dans sa chambre, au retour!

Ce fut un grand tressaillement, un cri, suivis de plaintes, d'exclamations, de soupirs allant jusqu'aux larmes :

« O mon Dieu!... les horribles chats!... Oh! maman, vois ce qu'ils ont fait!... Mon pauvre petit peignoir blanc!... mes dentelles, ma jolie guirlande! »

Et puis la réaction se fit, le désespoir se fondit dans un joli petit accès de colère. Mlle Jeanne rougit violemment et fronça les sourcils; ses yeux bleus lancèrent un jet de flamme, ses lèvres fines se contractèrent. J'oserais presque affirmer qu'elle crispa ses petits poings, tout en battant, de ses pieds mignons, les grandes rosaces du tapis :

« Seulement, maman, tu vois bien, tout cela ne peut pas durer. Il faut se défaire de ces affreux animaux, les éloigner d'ici... les donner, si l'on veut, ou bien ... oui, ma foi... oui, les mettre tous dans un sac, pour les jeter à la Seine. Alors on pourra au moins sortir... sans craindre de trouver, au retour, tout dévalisé, tout perdu! »

C'était ainsi que s'exclamait la pauvre mademoiselle Jeanne, frappant du pied sur le parquet, crispant ses doigts et s'essuyant les yeux. Mais Mme de Rochepers, en femme sérieuse et tendre, ayant vu passer déjà bien d'autres ravages dans sa vie, contemplait le désastre beaucoup plus froidement, et ne partageait pas tout à fait l'avis de sa chère Jeannette.

« D'abord, mon enfant, dit-elle, passant sa main sur le front de l'affligée avec un maternel sourire, en tous méfaits, il faut s'en prendre au vrai coupable, pour le punir ou le corriger... Et, si nous cherchions bien, il ne nous faudrait pas longtemps pour découvrir, je pense, qu'ici les vrais coupables ne sont pas ces petits malheureux que la raison ne guide point, qui vont où leur instinct les mène, mais bien, d'abord, ma Jeanne elle-même qui aurait dû fermer sa porte, ou, du moins, pousser ses tiroirs; ensuite Mlle Laurence, qui devait nécessairement remettre tout en ordre après notre départ... Pour toi, ma pauvre enfant, te voici feu-bien punie par la perte de tous tes bibelots: fleurs et feuillages, éventail, broderies, dentelles. Et Laurence, si tu le désires, recevra son congé dès demain, je te le promets... Mais ne touchons pas, crois-moi, à toute la petite famille. Ce sont les chats de bonne-maman : elle les soigne, elle les aime, et, rien que pour cette raison, nous devons les respecter. »

Mme de Rochepers, qui s'était assise en parlant sur une causeuse au coin du feu, laissa aller un peu tristement sa tête sur sa main et poursuivit, d'un ton bas et voilé, comme si elle continuait tout haut quelque intime et tendre rêverie :

« Avons-nous le droit de disposer de la vie de ces êtres plus faibles et moins parfaits que nous? Savons-nous bien ce qui se passe dans ces petits cerveaux mobiles, qui ont bien, eux aussi, il faut le reconnaître, leur part d'intelligence, de sensitivité, de volonté, d'ardeur, d'amour?... De tout ceci, nous ne nous occupons guère, nous qui nous suffisons à nous-mêmes, qui nous soutenons, nous sourions, nous aimons, nous qui sommes heureux... Mais il y a des souffrants, des déshérités, vois-tu, auxquels le sort a tout pris ou bien la vie n'a rien donné, et que l'humble caresse d'un chat, au regard tendre, à l'œil brillant, distrait pour un moment, raffermit et console.

« J'ai connu une femme bien malheureuse. Cœur rare, intelligence d'élite, organisation exceptionnelle, elle avait payé cher, dès sa première jeunesse, tous ces dons brillants, mais funestes, qui sont le plus souvent un obstacle au bonheur.

« Une suite d'événements douloureux, dont elle avait été victime, l'avait contrainte à quitter pour toujours le pays où elle avait eu un éclair de bonheur. Alors, voulant garder un vivant souvenir des beaux jours d'autrefois, de la maison chérie, elle avait emporté les deux chats du foyer, qui étaient nés sous le toit aimé, et avaient grandi près d'elle.

« Je les vois encore, ma fille, accourir, se grouper autour d'elle, dresser sous sa main amaigrie leur tête soyeuse cherchant une caresse, deviner sa tendresse et la lui rendre, pleine et vraie, s'épanouir en quelque sorte, s'illuminer sous son regard. L'un d'eux surtout, la chatte, jolie au possible, fine, souple et délicieusement tigrée, avait pour sa maîtresse un attachement, une sorte de passion à laquelle il serait vraiment difficile de croire.

« Ainsi, lorsque ma pauvre amie, assez souvent forcée de passer ses soirées hors de chez elle, rentrait au milieu de la nuit dans sa chambre à coucher, elle entendait un bruit léger, un cliquetis du pène faiblement agité dans la serrure, comme si une petite main d'enfant s'efforçait de le faire glisser. C'était la chatte amie, c'était Mirette qui, renfermée pour la nuit dans le cabinet de travail, avait reconnu le pas de sa maîtresse, et voulait, avant de se rendormir, une dernière caresse, un baiser. Et comme, je ne sais par quelle observation silencieuse ou quel travail mystérieux, son petit cerveau de chat avait jusqu'à un certain point compris le mécanisme de la serrure, elle s'élançait d'un bond sur le rebord de la bibliothèque, serrait étroitement de ses ongles fins et roses le bouton de cuivre de la porte, et mettait toute sa force à le faire tourner.

« La première fois que mon amie, entendant ce bruit qu'elle ne pouvait s'expliquer, ouvrit doucement la porte et aperçut la chatte ainsi occupée, elle tressaillit d'abord de surprise, et finit bientôt par pleurer. Il y avait en effet dans ces beaux yeux de chat, si profonds, si verts, si doux, une expression éloquente, indéfinissable, émue, qui révélait tout un humble trésor de constance et d'amour. »

Mme de Rochepers s'arrêta pour la seconde fois en regardant sa fille. Il y avait, dans les yeux de Jeanne, de bonnes et douces larmes, des larmes attendries; la jeune fille, dans ce coup d'œil lointain, profond, jeté à travers la vie et les souffrances des autres, commençait à oublier le dommage causé et les bibelots perdus.

« En vérité ? murmura-t-elle, secouant doucement la tête et croisant ses petites mains. Et ensuite... et maintenant, maman ? continua-t-elle après un instant de silence.

— Et maintenant, reprit Mme de Rochepers, comme dans notre pauvre monde, avant nous tout finit, tout passe, mon amie a perdu son dernier, son humble bonheur; elle n'a plus de petits êtres à chérir : les chats sont morts... »

Ici la voix de Mme de Rochepers s'éteignit tout à fait. Et tandis que Mlle Jeanne, visiblement impressionnée par le récit qu'elle venait d'entendre, s'occupait à ramasser les débris de ses fleurs, de ses rubans, de ses dentelles, et mettait les minets à la porte avec tous les égards dus à leur condition, sa mère, muette et seule, poursuivait en silence une intime rêverie.

Elle voyait dans l'avenir, à quelques années de là, sa vieille mère endormie pour toujours, sa Jeanne mariée, et, qui sait ? bien loin d'elle, tous ses trésors perdus et son foyer désert. Et elle se disait tout bas en secouant la tête :

« Et peut-être il viendra aussi pour moi, le jour de solitude et de souffrances, où je n'aurai plus que de lointaines images à chérir et un chat à aimer !... »

ÉTIENNE MARCEL.

L'IMAGIER DE BETHLÉEM

(Voir pages 578, 593 et 609.)

Ce fut dans cet état que Miriam, en revenant de l'église, trouva sa sœur.

Une longue et douloureuse scène.

Isma défendait son secret.

A force de caresses et de menaces, Miriam le lui arrachait lambeau par lambeau.

Quand ce fut fini, la coupable cacha dans le sein de sa confidente son visage décomposé, et un déluge de larmes succéda aux cris du désespoir et au mutisme de la honte.

La sœur aînée avait l'air très grave, très affligée; mais, la vérité une fois découverte, pas une parole sévère ne sortit de ses lèvres.

A quoi bon maintenant?

Une leçon ? Les événements la donnaient assez terrible.

Un remède? S'il était possible de le découvrir, ce devait être en réfléchissant, en priant, en agissant, non pas en parlant.

Les femmes de Bethléem ont le cœur fort. Ces mêmes chants qui célèbrent leur beauté, vantent aussi leur courage.

Miriam était la vraie Bethléémite des poètes du désert.

Sa force native s'était exercée même avant l'âge. En s'en allant, toute jeune, se reposer dans les joies célestes, sa mère lui avait laissé les sollicitudes de la maison. La prospérité et l'honneur domestique avaient trouvé, dans la fille aînée de l'imagier, une gardienne vaillante et fidèle.

Et aujourd'hui, par la faute de la jeune sœur, cette maison était menacée... grand Dieu ! de quelle effroyable manière !

Que pouvait-on imaginer pour conjurer cette foudre ? Miriam ne le savait pas encore. Mais elle savait bien que, tout ce qui serait imaginable, avec la grâce de Dieu elle s'en chargeait.

C'était l'heure du bain des fiancées. La prudence de Miriam ne voulut permettre aucune dérogation aux usages. Les deux sœurs se dirigèrent donc ensemble, lorsque le jour approcha de son déclin, vers un bâtiment misérable, sorte de grand fournil dont le dôme de terre glaise est recouvert par un figuier noueux. Un rideau bleu, suspendu devant la porte, annonçait que, aujourd'hui, le bain était réservé aux femmes. Il fallut se préparer un visage et affronter la rencontre de plus d'une compagne.

Miriam ne resta pas longtemps. Elle semblait avoir pris une résolution. Sans accorder de réponse aux questions pressantes de sa sœur, elle lui adressa quelques paroles apaisantes, et se glissa par la petite porte de derrière. De là, rien n'était plus facile que d'aller prendre le sentier bordé de cactus, conduisant à la Grotte des Pasteurs.

La jeune fille portait un voile épais et s'enveloppait, de la tête aux pieds, dans le grand manteau bleu des Bethléémites.

Au moment où elle s'engageait entre les cactus, un minable personnage, qui avait déjà suivi les deux sœurs depuis leur maison jusqu'aux bains, passa furtivement derrière la haie. Il tint quelques instants son regard attaché sur la fille d'Abou-Rahuel, puis il disparut dans le chemin de Jérusalem.

Quand même il eût pris moins de précaution pour dissimuler sa présence, Miriam, très probablement, ne l'aurait pas aperçu davantage; elle était trop absorbée par son unique pensée, par l'accomplissement de sa résolution.

Résolution hardie! Elle voulait parler au roi des Chacals, obtenir de lui, par des promesses ou des menaces, qu'il renonçât à ses projets sanglants; peut-être lui donner le change, en lui annonçant un retard survenu dans le mariage d'Isma; peut-être l'engager à se tenir éloigné de Bethléem, en lui faisant croire que les Tamrys allaient venir y camper le soir même. Lequel de ces moyens serait préférable, elle ne le savait pas encore : les circonstances devaient en décider.

En tout cas, le temps pressait. Il ne fallait pas laisser au terrible Bédouin le temps de constater qu'Isma désobéissait à son ordre insolent, et de rassembler ses Chacals. Il fallait devancer sa colère, saisir l'instant qu'il avait fixé lui-même...

Et personne à qui l'on pût recourir avant cet instant! Abou-Rahuel ne devait rentrer que plus tard; et d'ailleurs on n'arriverait qu'à créer un danger nouveau, en lui révélant la vérité. Dieu seul savait de quoi cet homme de fer serait capable, s'il se croyait atteint dans son honneur. Et Jezra? Ah! oui, sans doute, il userait de miséricorde envers la sœur de sa fiancée; il s'efforcerait bien, lui, de conjurer les conséquences de ses fautes, sans la perdre et sans la maudire. Mais le Nazaréen n'était pas là. Miriam se trouvait seule, seule, seule, pour sauver la famille entière.

Voilà pourquoi elle avançait avec un courage surhumain.

Du reste, Mérouan ne lui faisait pas peur. Chevaleresque à sa manière, il n'attaquerait pas une femme sans défense, qui venait uniquement lui apporter des paroles de paix.

La jeune Bethléémite s'arrêta un instant pour reprendre haleine et peut-être aussi pour rassembler plus fermement encore toutes ses pensées, sur le plus haut point du raide sentier.

Les ombres s'enfonçaient dans la vallée.

Lorsqu'elle parvint à la Grotte des Pasteurs, la lune passait, tranquille, sereine, derrière le mont Horeb.

Pas une âme dans la chapelle de la Grotte.

Miriam y resta quelque temps agenouillée; puis elle entra dans le chemin sombre qui descendait vers Mar-Saba.

Peu de temps après que Miriam eut quitté la maison des bains, deux hommes se rencontrèrent sur la route de Jérusalem, non loin des premières maisons de Bethléem.

Ils échangèrent le salut de paix.

L'un était Abou-Rahuel, l'autre Hamoud, le conducteur de chameaux.

« Vous célébrez donc, cette nuit, une double fête, Abou-Rahuel, dit Hamoud.

— Avec la grâce du Seigneur.

— Et vous avez, dit-on, cette idée bizarre de donner votre cadette à ce juge, là-bas, dans Bittir?

— En quoi cela t'importe-il? riposta le Bethléémite, singulièrement étonné d'une pareille observation sur les lèvres d'un pareil personnage.

— Oh! en rien du tout. Seulement Abdul-Kerim est un homme dur, avare, beaucoup trop vieux pour elle. Pourquoi ne l'avoir pas accordée au jeune cheik de Belka?

— Pourquoi?... Mais depuis quand te dois-je des comptes, Hamoud?

— Oh! vous ne m'en devez nullement; vous avez raison, sage Abou-Rahuel. Seulement je pensais que vous auriez mieux fait de ne pas refuser au Chacal la petite colombe des on cœur. »

Le Bethléémite se sentait envahir par la colère. Cependant il ne voulait pas se commettre avec cet homme. Il se contenta de le mesurer d'un regard hautain et de lui dire :

« Ta langue insolente se livre à d'étranges incartades. Serre-lui la bride, Hamoud, je te le conseille. »

Le moukre fit entendre un rire ironique :

« Vraiment, vous pensez cela, noble Abou-Rahuel? C'est que vous ne savez pas ce que sait Hamoud, voilà tout. Dans le fait, que m'importe, à moi, votre nuit de Noël? Mais voici ce qui m'importe, c'est de me hâter. L'obscurité sera bientôt complète; l'étoile sanglante (1) ne tardera pas à paraître. Il ne fera pas bon dans quelques heures d'ici sur les routes, s'il faut en croire les gens d'El-Ghor. Salut à vous, noble Abou-Rahuel! Paix et joie à vos fiancés! »

Et le conducteur de chameaux s'éloigna lentement.

Le Bethléémite resta un moment aussi muet qu'immobile, puis il appela :

« Hamoud! »

Au lieu de répondre, Hamoud pressa le pas.

Abou-Rahuel renouvela son appel.

Cette fois-ci, le moukre s'arrêta, mais sans manifester la moindre intention de revenir.

1. Aldébaran, l'étoile fixe de première grandeur qui est dans l'œil du Taureau. Elle inspire aux Arabes une terreur superstitieuse, à cause de sa lumière flamboyante

« Que demandez-vous? » dit-il de loin.

Son interpellateur fut bien obligé d'aller le rejoindre.

« Hamoud, lui dit-il en le regardant fixément dans le fond des yeux, que signifie ce langage? Que prétends-tu savoir?

— Je ne prétends pas savoir... je sais... ce qu'il vaut mieux que vous ignoriez toujours, pauvre père! »

Le père d'Isma devint pâle comme un mort :

« Malheureux, tu me tortures avec de vains mots. Parle ouvertement, clairement. Qu'y a-t-il?

— Il y a... mais, après tout, vous estimerez peut-être que c'est peu de chose, pourvu qu'elle épouse le juge de Bittir... il y a que votre Isma reçoit, depuis longtemps, les présents du roi des Chacals...

— Tu mens, fils de vipère! »

Hamoud eut encore un nouvel éclat de son même rire moqueur, aigu, saccadé :

« Et si, pourtant, je prenais la peine de vous dire que c'était moi qui apportais toutes ces jolies choses dans mon sac de coquilles?

— Hamoud! siffla Abou-Rahuel entre ses dents grincées et d'une voix étouffée par la rage, Hamoud, je te tue, si tu calomnies mon enfant. »

Il leva, menaçant, son lourd et dur bâton de tamarinier.

« N'usez donc pas mal à propos votre bâton, sage Abou-Rahuel! riposta dédaigneusement le conducteur de chameaux, en reculant d'un pas. Réservez-le pour les têtes des coupables. Du reste, je ne sais pourquoi je perds ainsi mon temps à une affaire qui ne me regarde point. Si vous voulez en savoir davantage, demandez-le à votre Isma elle-même. Elle n'est pas loin : je l'ai vue, il n'y a qu'un instant, prendre le chemin de la Grotte des Pasteurs. Oh! je pensais bien qu'elle n'aurait garde de manquer au rendez-vous : je lui avais si bien transmis, ce matin, les recommandations du cheik Mérouan! Salut, très noble Abou-Rahuel, je vous souhaite une heureuse nuit. »

Comme il s'éloignait dans la direction d'Hébron, un rire démoniaque retentit au milieu de l'obscurité. Tout en marchant, le moukre grommelait en lui-même : « Oui, oui, ils en auront une heureuse nuit, je l'ai assez bien préparée, ce me semble. Les insensés! ils ont oublié le jour où Abou-Rahuel rendit témoignage contre moi, où Abdul-Kerim me livra à ces chiens de Turcs, qui déchirèrent mon corps à coups de fouet. Oubliez, oubliez à votre aise! Hamoud se rappelle, cela suffit. »

Abou-Rahuel restait immobile, raide, comme pétrifié. Son visage revêtait une expression tellement farouche, que quiconque l'eût aperçu, se serait, d'instinct, mis à l'écart.

Tout à coup, il retrouva la liberté de ses mouvements; plus encore : ce fut avec toute la vigueur, toute l'impétuosité de la jeunesse qu'il se précipita, en droite ligne, à travers champs, sans s'inquiéter de l'obscurité, sans se soucier des obstacles, dans la direction de la Grotte des Pasteurs.

Un moment vint, où il se trouva en face d'un escarpement abrupt, muraille semée de blocs de rocher, que, d'ordinaire, les chèvres osent seules gravir.

Il n'hésita pas plus que s'il avait eu des ailes. Quelques minutes suffirent pour qu'il atteignît le sommet.

Dans les allures de cet homme, il n'y avait plus rien d'humain.

Ceci arrive à certaines heures sublimes ou horribles, dans l'héroïsme ou dans la frénésie, par la force de Dieu ou du démon.

Il était donc là, debout, sur ce sommet; la lune baignait, dans sa douce lumière, la vallée qui se révélait à demi, gracieuse, enchanteresse comme un coin du paradis. Des cactus aux formes bizarres, aux cent têtes lugubrement grotesques, ressemblant à des idoles indiennes, étendaient sur l'étroit sentier leurs mains armées d'aiguillons. Ici, un figuier rabougri; un peu plus loin, un pâle aloès. Autant la nature était souriante, dans les profondeurs, autant elle était triste là-haut. Et au milieu de ce petit sentier, cet homme, se tenant seul, aux aguets.

Enfin, une seconde créature vivante apparut dans ce désert.

D'abord une forme indécise... puis les contours se précisèrent davantage... C'était une femme. Le Bethléémite reconnut cette taille, petite, svelte; il reconnut ce manteau, ce voile... Un nuage de sang passa devant ses yeux.

Rapide comme l'éclair, il s'élança hors des cactus, et d'une voix qui semblait sortir de la tombe, il cria ces deux mots :

« Isma! misérable!! »

La figure voilée s'arrêta.

Elle se trouvait juste sur la hauteur vertigineuse, au bord de l'escarpement par lequel Abou-Rahuel avait monté.

D'un bond de panthère, il fut auprès d'elle.

Un cri étouffé, à peu près inintelligible :

« Mon père! »

Le bruit d'un corps qui rebondissait de rocher en rocher.

Et puis le silence.

Là-haut du moins, un silence sépulcral.

Mais peut-être, dans la vallée, le vent du soir trouvait-il des gémissements à recueillir; peut-être les emportait-il vers les oreilles divines, toujours ouvertes à tous les gémissements, mais surtout à ceux des martyrs.

— La fin au prochain numéro. —

Thérèse Alphonse Karr.

VOYAGE D'EXPLORATION

A LA RECHERCHE DES CONTES POPULAIRES

—

(Voir pages 605 et 620.)

Une autre école, représentée en France par M. Emmanuel Cosquin, et, en Allemagne, par M. Benfey, préconise un système bien différent. D'après cette école, il n'y aurait pas, à proprement parler, de contes aryens. Les contes populaires, accrédités chez les peuples d'origine aryenne, se retrouvent, en effet, chez des nations qui n'ont rien d'aryen. Ainsi, en Europe même, ils se rencontrent chez les Hongrois et les Finnois, les uns et les autres de race touranienne. En Asie, d'intrépides explorateurs les ont signalés chez les Arabes, chez les Mongols, chez les tribus tartares de Sibérie, chez les Siamois, les tribus du Daghestan, les Kariaines de la Birmanie, les Kalmoucks, les Avares du Caucase, et jusque dans la Chine et le Japon. En Afrique, leur présence est dénoncée par les témoins les plus dignes de foi chez les Swahici, sujets du sultan de Zanzibar et dans le pays d'Akwapin, qui dépend de l'empire des Achantis (1). Or, comme les ancêtres de ces peuplades n'ont jamais mis le pied sur les plateaux de l'Asie centrale, on est donc obligé de croire que, s'ils ont les mêmes contes que les tribus aryennes, ils ne les ont pas tirés des valises où nos pères, à nous, les avaient emballés, lorsqu'ils descendirent les versants de l'Himalaya. Où donc les ont-ils puisés ? Dans l'Inde, répondent MM. Benfey et Emmanuel Cosquin. De l'Inde, les contes se sont répandus par le monde entier : à l'Ouest, les Persans et ensuite les Arabes ont été les premiers instruments de cette diffusion ; au Nord et à l'Est, la propagande s'est faite par le canal des peuples bouddhiques. La transmission orale explique seule leur circulation ; ils ont passé de bouche en bouche, ils se sont communiqués d'individu à individu, de peuple à peuple.

Cette migration a-t-elle cessé ? Non ! elle se poursuit encore aujourd'hui. M. Cosquin cite à ce propos un exemple curieux : « Un éminent professeur à l'Université d'Helsingfors, en Finlande, demandait un jour à un Finlandais, près de la frontière de Laponie, où il avait appris tant de contes. Cet homme lui répondit qu'il avait été plusieurs années au service, tantôt de pêcheurs russes, tantôt de pêcheurs norvégiens, sur le bord de la mer Glaciale. Quand la tempête empêchait d'aller à la pêche, on passait le temps à se raconter des contes et toute sorte d'histoires. C'est ainsi qu'il avait appris les contes, qu'ensuite, revenu au pays, il les narrait dans les longues soirées d'hiver et dans les autres moments de loisir (1). »

M. Emmanuel Cosquin déclare, de son côté, que parmi les fables qu'il a recueillies dans le Barrois, un certain nombre lui ont été confiées par un soldat qui les avait reçues d'un camarade au régiment.

En ce qui me concerne, je dois ajouter que le principal narrateur de mes contes, la mère Peslouas, tenait, d'après son propre témoignage, plusieurs récits d'un vieux marin, nommé Maurice, qui avait fait la grande pêche.

IX

Et maintenant, tous les contes viennent-ils de l'Inde ? L'imagination des paysans du XIXe siècle a-t-elle cessé d'enfanter des légendes ? Voilà deux questions qui mériteraient chacune une dissertation à part.

Un esprit des plus distingués, M. Florentin Loriot, refuse énergiquement de se ranger à l'opinion qui fait exclusivement dériver de l'Asie toute cette fantastique flore du génie humain. *Terra ultro fructificat*, dit l'Évangile ; M. Lorist applique à l'esprit de l'homme cette parole de l'Écriture : « Dans la veille et dans le rêve, l'âme germe spontanément des fables : j'ai trouvé seul une foule d'histoires qui ne m'ont jamais été racontées ; pourquoi tel paysan français n'aurait-il point la même faculté d'inventer qu'un paria du Bengale ? Son intelligence est libre, son cerveau est sain ; son esprit peut donc être fécond. Ce qui se passe sous nos yeux le prouve. La légende se dégage aussi naturellement du génie de nos paysans bretons ou normands, que la fumée de leurs chaumières... »

L'éminent auteur des *Veillées de l'Armor* et des *Fantômes Bretons*, M. Du Laurens de la Barre, partage ce sentiment. Mais l'écrivain qui a traité cette intéressante question avec le plus de développements, est incontestablement M. W. Mannhardt. L'article que ce savant a publié dans le 24e fascicule de *Mélusine* est aussi concluant que curieux. Entre autres anecdotes, M. W. Mannhardt raconte qu'en 1875, à Dantzig, il a, pour ainsi dire, surpris sur le fait l'éclosion d'une fable.

Un beau jour, le bruit se répandit parmi les classes populaires que le diable en personne était venu prendre part à un bal qui se donnait au faubourg Schidelitz, dans la salle du « Vignoble ». Élégamment vêtu, avec des cheveux noirs et des yeux de feu, Satan, disaient les bonnes gens, avait, dans un furieux tourbillon, entraîné sa danseuse vers la fenêtre et l'avait jetée dans le jardin. Instruit de cette rumeur, M. W. Mannhardt se livra sur-le-champ à une enquête minutieuse et découvrit à la fin les faits un peu insolites, mais très simples, que l'imagination de la foule avait surnaturalisés (2).

Moi-même, si l'on me permet de prendre de nouveau

---

1. Voir la Lettre de M. Em. Cosquin à M. Loys Brueyre dans *Mélusine*, col. 162, 278, et *passim*. M. Cosquin prépare en ce moment une nouvelle édition de ses *Contes Lorrains*, en tête de laquelle figurera une Étude sur l'origine des contes populaires. Cette publication est impatiemment attendue par le monde savant.

1. *Mélusine*, col. 278.
2. *Mélusine*, col. 565 et suiv.

la parole pour un fait personnel, je puis dire que j'ai assisté à la gestation d'un mythe. Pour recueillir mes contes, je n'allais pas tous les jours m'installer dans les fermes, au milieu des petits porcs et des jeunes nourrissons de Cancale ou de Saint-Malo qui fraternisaient sur l'aire. De Pontorson à Dol, les riverains de la route envoient pendant la belle saison leurs moutons ou leurs vaches paître l'herbe qui croît le long des fossés ; un petit pâtour de neuf à dix ans suffit le plus souvent à la garde du troupeau. Quand les gamins me paraissaient intelligents, je ne résistais pas à la tentation de les interroger. Un bon matin, je rencontre près du Val-au-Breton, en Sains, un pâtre à la mine éveillée : selon mon habitude, je l'invite à me réciter tout ce qu'il sait. Le petit gars obéit ; il me donna une variante de *Mirlicochet* et me fournit la fable du *Petit Coq*. Quand il eut terminé :

« Est-ce tout ? lui demandai-je. Ne sais-tu pas autre chose encore ? »

Le petit bonhomme m'offrit alors de me raconter l'histoire du « *Petit Martyr* ». Ce titre m'étonna ; mais ma curiosité n'en fut que plus aiguisée ; je l'invitai donc à parler. Alors, vite, mon pâtour entame l'histoire d'un petit gars que de méchants parents tenaient renfermé sous un escalier, mais que « la bonne fée Comboué » avait délivré.

« Et quel était le nom du petit gars ? demandai-je.

— C'était le petit Rivière, » répondit mon pâtour.

Rivière ! Ce nom ne m'était pas inconnu. Mon conteur était tout simplement en train de « surnaturaliser » devant moi le récit d'un crime de séquestration jugé le mois précédent par la cour d'assises de Rennes.

Mais comment le pâtour avait-il eu connaissance de ce crime ? Pas un journal ne pénètre dans le Val-au-Breton, ni dans les hameaux environnants. Je voulus en savoir plus long. Près de la route se trouvait une ferme où j'étais toujours bien accueilli ; je m'y rends. Après avoir bien fureté, que trouvai-je sur le dressoir ? Un carré de papier qui contenait l'histoire du petit Rivière, de Saint-M'Hervé, avec une complainte *ad hoc*.

Les circonstances dans lesquelles le crime avait été découvert offraient un caractère vraiment dramatique. Le grand-père du petit martyr venait de perdre un de ses enfants. Les deux filles de la mère Comboué offrent leurs services pour garder le mort. Ici, je laisse la parole à l'auteur de la complainte :

Elles s'en viennent chez les Rivière,
A la tombée de la nuit.
Le défunt est dans son lit,
Raide et froid comme une pierre.
Elles vont veiller le mort,
Tandis que la famille s'endort.

Tout à coup, elles entendent,
Dans le silence effrayant,
Comme la toux d'un enfant,
Et toutes deux se demandent,
Avec effroi et bien bas,
Si le mort ne revient pas.

Le même bruit se fait entendre :
Elles écoutent attentivement ;
C'est bien la voix d'un enfant.
Tout à l'heure elles vont comprendre !
L'bruit vient de la pièce à côté ;
Un enfant est là caché.

Aussitôt, les jeunes filles vont dire à leur mère ce qu'elles ont entendu. Le lendemain, la justice est prévenue ; les Rivière sont emmenés et l'enfant, confié à la mère Comboué, revient à la vie.

Le texte original de l'histoire du « *Petit Martyr* » trouvé, il me restait à rechercher de quelle façon la complainte était parvenue dans le village du Val-au-Breton. Le mercredi suivant, 7 septembre, était jour de foire à Pontorson. J'errais au milieu de la foule, quand, rue Saint-Michel, je me trouvai en présence d'un chanteur, qui, debout au pied d'un tableau colorié, scandait, sur l'air de *Fualdès*, la complainte du petit Rivière. Je laissai le brave homme achever son poème ; quand il eut terminé, je m'empressai de lier conversation avec lui.

Mon ménestrel n'était point fier ; il me raconta simplement qu'il était marchand forain, et comme « la toile n'allait pas, » c'était pour adoucir les rigueurs d'un long chômage, qu'il avait eu l'idée d'exploiter les aventures de l'enfant séquestré. Mais quel était l'auteur de la complainte ? Le ton sincèrement naïf de la chanson m'avait frappé ; les vers n'avaient rien de commun avec les couplets bêtement cyniques que brochent entre deux absinthes les littérateurs bohèmes des Batignolles. Eh bien ! le poète était un autre marchand ambulant, un nommé Vigier, qui, sur un autre point de la foire, rue du Couesnon, chantait bravement sa complainte. Mes deux trouvères avaient déjà parcouru presque tout le département d'Ille-et-Vilaine ; ils se proposaient ensuite de « faire » les quatre autres départements de la Bretagne, puis la Corrèze, la Creuse, le Tarn, le Lot, etc.

X

Nous prions nos lecteurs de remarquer ces noms. Vigier et son camarade ne choisissaient pas les départements au hasard. De leur propre aveu, ils prenaient ceux où l'instruction étant encore peu répandue, les faits divers sont popularisés, non par le *Petit Journal*, comme dans les villes, mais par la complainte et par l'image. Je me rappelai, du reste, — mais alors je n'y avais pas fait grande attention, — qu'au mois de mai précédent, j'avais remarqué à Cahors (par un jour de foire également) un chanteur du même genre qui débitait à la fois l'histoire d'un épouvantable naufrage et le début de la campagne contre les Khroumirs. Tout cela, en prose et en vers.

La rencontre de mes rapsodes de Pontorson fut pour moi un trait de lumière. J'avais donc devant les yeux les descendants des « jongleurs » du moyen âge. C'est bien ainsi que les jongleurs parcouraient jadis l'Europe, chantant en vers assonancés les faits divers de leur temps. Je m'expliquais maintenant la diffusion de tous les contes et l'identité des fables qui circulent chez tous les peuples. Les trouvères et les jongleurs n'allaient-ils point de château en château, d'auberge en auberge, de foire en foire? Voyez Froissart, qui n'était qu'un chroniqueur! sa vie n'est qu'une longue chevauchée à travers la Flandre, l'Espagne, l'Écosse, l'Allemagne, la France, l'Italie. Et le trouvère Jendeus de Brie, le premier auteur de la *Bataille Loquifer*, ne va-t-il pas jusqu'en Sicile exploiter son épopée? Au moyen âge, le jongleur était le véhicule des nouvelles, comme l'est aujourd'hui le journal. Et ce qui nous a peut-être empêchés, nous lettrés, de constater cette permanence de la *Menestrandie*, c'est que depuis plusieurs siècles nous nous passons d'elle. Mais auprès de nous, s'agitent encore de nombreuses populations qui ne connaissent les événements de leur temps que par les récits des jongleurs. Seuls, les vers assonancés d'une complainte et les couleurs truculentes d'un tableau les initient aux choses de leur époque. En revanche, une fois que les faits sont entrés dans leur mémoire, ils n'en sortent plus. Les bonnes gens les ruminent, les racontent à leurs voisins, et, à force d'être répétées, les histoires finissent par s'enrichir de détails de plus en plus bizarres qui dénaturent le fait primitif. Au lieu d'une histoire, nous avons un mythe. Ainsi s'explique la formation de ce curieux *Conte de Théophile*, que j'ai recueilli à Sains. Rédigé en grec, au VIe siècle, par Eutychien, dilué par Siméon le Métaphraste, traduit en latin par Paul Diacre, mis en vers par la fameuse abbesse de Gandershein, Hroswitha, et l'évêque de Rennes, Marbode, la légende du vicomte d'Adana inspire un drame à Rutebeuf, exerce l'imagination d'un clerc qui compose le *Miracle de Théophile*, joué au Mans vers le milieu du XVIe siècle, et d'évolutions en évolutions, échoue enfin dans la chaumière d'une pauvre paysanne sous la forme d'une fable, au fond de laquelle les deux incidents capitaux submergent seuls : le pacte avec le Diable, et l'intervention de la Sainte Vierge.

XI

C'est surtout dans le domaine de la sorcellerie et des diableries que l'imagination de nos paysans est inventive et féconde.

Les fermiers de Normandie et de Bretagne n'ont pas besoin d'emprunter à l'Asie le thème de leurs contes fantastiques; ils le trouvent bien tout seuls. Ce qui se raconte dans ces provinces de traits démonologiques est inénarrable. Ajoutez à cela que les procédés de la vieille magie subsistent encore dans maint village. N'ai-je pas rencontré dans mes excursions une bonne femme qui se livre à des conjurations selon la méthode d'Agrippa? Pour « cerner » les brûlures, elle prononce encore les paroles qu'on employait il y a trois siècles, et, pour découvrir les trésors, elle fait tourner les clefs sur l'Évangile de la même façon que les magiciens du haut moyen âge. Comment expliquer une telle persistance des plus extravagantes pratiques?

Ce n'est pas, certes, la faute de l'Église si les folies de la magie hantent encore quelques esprits. Dès le IVe siècle, ne voit-on pas le concile d'Elvire (l'an 303) priver de la communion celui qui use de maléfices? Soixante ans plus tard, le 36e canon du concile de Laodicée (an 364) n'ordonne-t-il pas de chasser de l'Église les magiciens, les enchanteurs, les astrologues et ceux qui font usage de phylactères et d'amulettes.

C'est au XVIe siècle que les idées superstitieuses sévissent avec le plus d'intensité dans toute l'Europe; et c'est à cette époque aussi que l'Église les combat avec le plus de vigueur. Pour se donner une idée de l'énergie avec laquelle les évêques luttèrent contre ces insanités, il suffit de relire le célèbre canon du concile tenu au mois de septembre 1565 à Milan, sous la présidence de saint Charles Borromée. « Que les Évêques, dit le canon, châtient et bannissent ceux qui se mêlent de deviner par l'air, par l'eau, par la terre, par le feu, par les choses inanimées, par l'inspection des ongles et les linéaments du corps, par le sort, par les morts et par d'autres moyens que le démon inspire pour faire assurer comme certaines les choses incertaines; tous ceux qui font profession de prédire l'avenir, de découvrir les choses dérobées, les trésors cachés et autres choses de cette nature, qui servent à séduire facilement les personnes simples et trop curieuses. Qu'ils punissent sévèrement ceux qui consultent sur quoi que ce soit les devins, les diseuses de bonne aventure et toute sorte de sorciers ou de magiciens, ou qui auront conseillé à d'autres personnes de les consulter, ou QUI LEUR AURONT AJOUTÉ FOI (*vel eis fidem habuerint*). Qu'on impose de grandes peines à ceux qui auront fabriqué ou vendu des anneaux ou quelque autre chose, pour des usages magiques ou superstitieux. Que les astrologues, qui, par le mouvement, la figure, ou l'aspect du soleil, de la lune et des autres constellations, osent prédire avec certitude les actions qui dépendent du libre arbitre des hommes, soient aussi sévèrement punis, et que ceux qui les auront consultés sur ce point avec confiance soient soumis aux mêmes peines. Enfin, que les Évêques punissent tous ceux qui, dans l'entreprise d'un voyage, dans le commencement ou le progrès de quelque affaire, observent les jours, les temps et les moments; le cri des animaux, le chant ou le vol des oiseaux, la rencontre des hommes et des bêtes, et en tirent bon augure pour le succès de leurs entreprises (1). »

1. Le pouvoir civil, il faut bien le dire, est, sous ce rapport, bien en retard sur le pouvoir ecclésiastique.

Ainsi, non seulement la pratique de la magie est condamnée, mais même la croyance aux maléfices. Était-ce donc là un fait nouveau ? Non.

Un siècle auparavant, en 1419, le concile de Londres excommuniait les fidèles qui admettaient la vertu des sortilèges. Nous pouvons remonter encore plus loin. Au xe siècle, Burchard, évêque de Worms, frappe, dans son *Recueil des Canons*, d'une pénitence de dix jours, au pain et à l'eau, tous ceux qui croient qu'un homme peut se changer en loup (*ut quandocumque ille homo voluerit, in lupum transformari possit, quod vulgaris stultitia* Werwolf *vocat*). Au viie siècle, les Évêques se montrent plus sévères encore. Une pénitence de six ans est indistinctement fulminée par le 61e canon du Concile *in Trullo* (an 625) contre les enchanteurs et contre les fidèles qui croient à leurs maléfices.

XII

Hélas ! en dépit des pénitences établies par les conciles, les superstitions ne disparurent pas complètement. Le paganisme avait laissé de si profondes traces dans les esprits qu'il était bien difficile aux Évêques d'extirper d'un seul coup toutes les vieilles croyances. Mais, atteintes au cœur, elles n'échapperont pas à la décomposition qui les attend. Le verdict des peuples éclairés ratifiera tôt ou tard l'anathème de l'Église.

Il ne saurait en être de même des légendes. Ne sont-elles pas les premiers balbutiements de l'âme qui prend son essor vers l'Infini ? Aussi, loin de les proscrire, dès son avènement, le Christianisme les baptise et les transfigure. Que vient-il faire, d'ailleurs, sinon réaliser ces songes sacrés qui, depuis l'Éden, bercent les douleurs et consolent l'attente de l'humanité captive ? A peine est-il né qu'on sent dans l'air comme la fraîcheur de la rosée du premier matin. Au sein des clairières et des vieilles futaies, sur le flanc des rochers, au bord des cascades et des torrents, partout, les rêves des conteurs orientaux se vérifient.

En ce temps-là, comme l'avait prédit Isaïe, « les collines chantent et les arbres applaudissent ». Les loups, les buffles, les sangliers, les aurochs, fraternisent avec les anachorètes. Les onagres, les crocodiles, les hyènes, les hippopotames, les lions, deviennent les serviteurs dociles et les compagnons respectueux des Antoine, des Pacôme, des Hilarion et des Macaire. Un cerf se couche aux pieds de sainte Nennock, au milieu du chœur, et assiste à l'office ; un sanglier s'agenouille devant saint Basile ; un lion, guéri par l'abbé Gérasime, va tous les jours chercher de l'eau pour les besoins du monastère ; un corbeau nourrit saint Benoît et l'ermite Paul.

Le matin et le soir, des biches viennent manger dans la main des vierges ; deux cerfs conduisent à sa dernière demeure le corps de saint Kellac (1). Eh bien ! en définitive, qu'est-ce que cela, sinon l'accomplissement des merveilles annoncées par les légendes, c'est-à-dire le triomphe final de l'homme imprégné du divin et la soumission de la nature tout entière à son pouvoir ? Symboles obscurs quelquefois, mais symboles incontestables de l'idéal chrétien, les Contes et les Légendes ont donc droit à notre attention et à notre respect (2).

Oscar Havard.

FIN.

Voilà seize siècles que l'Église fait la guerre aux devins et aux diseurs de bonne aventure ; l'État en est encore à les protéger ! Que quelques pauvres paysannes exercent clandestinement le métier de « devineresses », il n'y a là rien d'étonnant. Mais que dire de l'administration de la Ville de Paris qui, le 14 juillet 1881, jour de la fête nationale, permettait à 27 magiciens et magiciennes d'établir leurs échoppes sur l'Esplanade des Invalides ? Pendant quinze jours, nous avons vu les ouvriers du Gros-Caillou et les soldats de l'École militaire envahir tous les soirs les baraques de ces marchands de sortilèges, sous l'œil paternel des sergents de ville. Nous ne saurions exiger de la Ville de Paris qu'elle inflige des pénitences de « six ans de jeûne » aux enchanteurs modernes et à leurs dupes : mais encore pourrait-elle se dispenser de leur accorder sa protection. Quand on se vante de marcher à la tête de la civilisation, il faudrait au moins ne pas prendre sous sa tutelle d'aussi grossières pratiques.

1. Lire dans les *Moines d'Occident*, du comte de Montalembert, le magnifique chapitre intitulé : *les Moines et la Nature*, t. II, liv. viii, p. 371-445.

2. Après avoir lu le chapitre « *les Moines et la Nature* », un éminent orientaliste, le baron d'Eckstein, écrivait à M. de Montalembert une lettre dans laquelle il se déclarait frappé de la similitude des légendes chrétiennes et des épopées indiennes. V. *Moines d'Occident*, ibid. p. 419. Nous croyons, nous, qu'il y a eu quelque chose de plus qu'une intussusception des contes orientaux. Sans doute, comme l'avoue lui-même le comte de Maistre « toute religion pousse une mythologie » (*Lettres*, t. I, p. 235), mais la « mythologie » chrétienne repose sur un fondement historique. Un ingénieux érudit, M. Arthur de la Borderie, en a signalé la véritable et légitime origine. Suivant ce éminent historien, lors de la disparition graduelle de la population gallo-romaine, les bœufs, les chevaux, les chiens, étaient retournés à l'état sauvage. Le miracle accompli par nos saints fut de rendre à l'homme l'empire et la jouissance des créatures que Dieu lui avait données pour instruments. (*Discours sur les Saints Bretons*.

LA FEMME DE MON PÈRE

(Voir pages 586, 602 et 612.)

A Madame de Montigny, au château de Vallières par Fleury-sur-Andelle (Eure).

Bagnères-de-Luchon, le ...

Madame,

Je reviens émerveillé d'une petite excursion dans les Pyrénées proprement dites. J'ai vu les cols et les ports des échancrures de la montagne, qui servent de passage d'un versant à l'autre; j'ai joué, comme un enfant, avec la neige des glaciers et entendu les eaux tourmentées des gaves, torrents impétueux arrosant d'énormes et magnifiques vallées. Sous l'ombrage des forêts si vertes et si touffues, qu'on se croirait dans le nouveau monde, il me semblait que je serais toujours resté; mais mon oncle, que ses douleurs rappelaient à Bagnères, est venu m'arracher à mes contemplations. Si vous n'avez pas visité cette partie du Midi, rien, madame, ne vous en donnera une idée.

Et puis, dans ces pays variés et florissants, les voix sonores, aux accents mélodieux, se répondant dans les plaines comme des échos, ressemblent au bruit que feraient de grosses perles d'ambre, tombant sur le plateau circulaire d'une cymbale d'airain.

Comme je l'écrivais hier à mon père, j'ai quitté ma tante Annette samedi dernier, et lundi soir j'étais près de mon oncle. Nous comptons revenir à Orléans vers la fin de la semaine prochaine, et de là, sans toucher barre, je me dirigerai vers Rouen d'où je vous préviendrai, pour que vous ayez la bonté de m'envoyer chercher à la ville.

A mon père et à vous, madame, j'adresse mes sentiments respectueux et dévoués.

LUCIEN.

A Monsieur le vicomte Lucien de Montigny, Poste restante, à Bagnères-de-Luchon.

Vallières, le...

Je n'ai pas eu le temps, mon cher Lucien, de répondre à votre lettre datée de Bourgogne. Des préoccupations d'intérieur m'absorbent depuis plusieurs jours déjà. Il m'a fallu congédier, pour indélicatesse, deux domestiques que je croyais fidèles, et chercher à les remplacer par d'honnêtes gens, vrais travailleurs, car à la campagne, ces qualités-là doivent passer avant toutes les autres. Vous voyez mon enfant, qu'il n'y a pas seulement que chez votre tante Annette, que les subalternes laissent à désirer.

Ceci dit, parlons d'autre chose : du contenu de votre lettre d'abord. Tous les sentiments que vous y manifestez, mon cher Lucien, ne laissent pas que de préoccuper votre père, qui tout en faisant la part des principes peut-être un peu surannés de Mme de Chelles et celle de votre jeunesse, se prend néanmoins à regretter que vous acceptiez si facilement la manière de voir d'une époque dont il déplore les appréciations et les idées. Peut-être ferez-vous bien d'éviter à l'avenir le développement de ces appréciations et de ces idées que M. de Montigny lui aussi ne saurait approfondir sans trembler, Maintenant un mot sur votre santé que vous m'annoncez meilleure, mais que M. de Montigny avait trouvée vraiment affaiblie par le travail. Croyez-moi, mon enfant, vivez pendant ces vacances de la vie terre à terre; reposez par la fatigue du corps la fatigue de l'esprit; fermez vos livres de science pendant ce temps de repos que vous avez si bien gagné. Il faut réparer vos forces épuisées et ce n'est qu'en *paresseusant* au grand air et à la campagne, que vous y parviendrez.

Vous ne trouverez peut-être pas la Normandie aussi belle que les provinces du Midi, et serez, sans doute, désagréablement impressionné de l'accent qu'ont, plus ou moins, tous les indigènes; mais il vous sera, je crois, impossible de ne point admirer cette belle culture classique, si je puis m'exprimer ainsi, qui résume en elle le caractère des habitants du pays. Le Normand est un type à part, composé de finesse pratique et de calcul mesuré. Il ne connaît que son droit de passage, la mitoyenneté de son mur, le bord de la rivière qu'il bénit ou qu'il maudit, selon que les eaux agrandissent ou rapetissent son champ. Il côtoie avec une indifférence superbe les beautés agrestes ne lui rapportant rien. Avec cela, intelligent, robuste, il voit loin et son travail est d'or.

Je vous donne ces détails, mon cher Lucien, pour éviter que, sous l'impression de votre enthousiasme tout méridional, vous soyez désagréablement surpris de l'énorme différence qui existe entre les contrées que vous visitez et les nôtres, car je serais peinée que le pays qu'habite votre père, ne trouvât pas, la comparaison aidant, grâce devant vos yeux.

N'oubliez pas, mon cher Lucien, de dire à votre excellent oncle, que mes sentiments de respectueuse affection lui sont à jamais acquis, et croyez, vous-même, à l'amitié profonde et dévouée de votre belle-mère.

SUZANNE.

A Madame la comtesse Suzanne de Montigny, château de Vallières, par Fleury-sur-Andelle (Eure).

Bagnères-de-Luchon, le...

Madame,

Combien je vous suis reconnaissant de m'avoir mis sur une voie dans laquelle je n'eusse pas osé m'engager, si vous ne l'aviez pas vous-même ouverte : celle des *avertissements*.

Il faut d'abord que je vous avoue combien ma maladresse est grande, lorsque je me trouve en face de personnes que je ne connais pas; aussi, serais-je bien désireux d'avoir quelques données sur les familles que vous voyez le plus souvent, afin de n'être point exposé à certains ennuis dont bien malgré moi je ferais, sans doute, supporter une partie aux autres.

Veuillez donc bien, madame, par quelques mots sur chacune de vos relations, m'éviter des erreurs que certes je ne manquerais pas de commettre, et qui sont toujours regrettables chez le fils de la maison.

Pardonnez-moi, madame, la liberté grande que je prends de mettre ainsi à contribution votre bon vouloir, et recevez, par avance, l'expression de toute ma gratitude.

L'heure du courrier me presse, je n'ai qu'un instant

pour vous répéter, ainsi qu'à mon père, mes sentiments les plus respectueux.

LUCIEN.

A Monsieur le vicomte Lucien de Montigny. Poste restante, à Bagnères-de-Luchon.

Vallières, le...

Mon cher Lucien,

Je comprends votre désir de savoir quelles sont les personnes que vous devez, le plus fréquemment, rencontrer à Vallières ; aussi, après m'être isolée un peu, je vais, autant que possible, satisfaire votre juste curiosité.

Une de celles que nous voyons davantage, est un monsieur de Bourgneuf, plus jeune un peu que votre père, veuf depuis quelques années déjà ; il s'est retiré dans un gentil ermitage situé au pied de notre colline et vit là simplement, n'ayant à son service qu'un seul domestique. Sa position de fortune doit être fort modeste, mais personne ne souffre de cette médiocrité, car il sait, à propos, être généreux, et la manière dont il fait les choses en double la valeur. C'est un homme aux allures martiales. Son caractère plein de bienveillance est parfois inégal : triste à ses heures, chacun respecte sa tristesse, qui doit être le fait de pénibles souvenirs. M. de Montigny aime en lui son noble cœur, sa belle intelligence, son grand air. Presque chaque soir, il vient ici se faire battre aux échecs, qu'il ne joue que pour être agréable à votre père qui, vous le savez, a une grande prédilection pour ce royal passe-temps.

Quelquefois, je reçois la visite d'une veuve des environs. Cette dame dirige, avec son fils, un établissement dont l'industrie est assez répandue dans nos parages : les fonderies de cuivre. Mme Lucy vit peu entourée, je ne saurais dire pourquoi, car sa réputation de bienveillance et de charité qui s'étend très loin, protesterait au besoin contre cette quasi-froideur. Elle est d'une exquise affabilité, mais son fils ne lui ressemble en rien : c'est le riche fondeur dans toute l'acception du mot. La vie de ce jeune homme est un chiffre, son but une addition. Il a dans ses écuries des chevaux de prix qu'il ne monte pas, tutoie et rudoie ses domestiques qui, néanmoins, lui sont attachés. Certains faits, connus à la longue, prouvent en sa faveur.

Presque chaque dimanche, toute une famille simple et charmante fait halte à Vallières, au retour de l'église. Cette famille se compose du père, de la mère, de deux filles, et d'un petit garçon. Ce milieu respire le bonheur et la paix. Tout le monde y est si naturellement aimable et bon, qu'en voyant les d'Anteuil volontiers on ne croirait plus aux méchants. Les enfants sont élevés avec beaucoup de calme et de douceur ; d'excellentes natures ont correspondu à cette manière de faire, sans lutte, sans efforts, et aujourd'hui, voici deux gentilles jeunes filles qui deviendront de délicieuses femmes, ce qui, du reste, ne tardera pas, je crois, car on parle tout bas d'un double mariage, que personne ne dément.

Une autre veuve nous honore d'une sympathie particulière ; mais celle-ci, toute richissime qu'elle soit, est bien pauvre d'affections réelles. Tous les siens sont morts. Elle reste seule au milieu de ses tombes et de ses millions, cherchant dans le bruit et le mouvement une distraction qu'elle ne trouve nulle part. Le vide s'est fait dans son esprit, dans son cœur, et peut-être bien aussi dans son âme. Il y a deux femmes dans cette femme. Une toute bonne, toute simple, qui sourit à vos joies et pleure de vos peines ; l'autre, arrogante et dure qui, d'un regard, vous foudroie, et d'un mot vous écrase. Ces jours-là sont des jours de fièvre auxquels il ne faut pas prendre garde, Mme Dolfus a tant souffert ! Elle vous recevra fort bien si vous allez la voir, et je vous y engagerai. Son habitation, située au centre d'un panorama magnifique, est une merveille de confort et de goût; ses serres sont remarquables : tout cela vaut la peine d'être visité.

Joignez à ces familles les plus rapprochées de nous d'autres familles que nous fréquentons moins parce qu'elles sont assez éloignées, et vous verrez, mon cher Lucien, que nous pouvons former de temps à autre des réunions assez nombreuses. Quant aux petites, plus fréquentes, elles sont, je vous assure, toujours fort agréables.

J'allais clore ici ma petite lanterne magique ; mais je m'aperçois que j'ai encore une grande heure devant moi avant le passage du facteur, alors j'en profite pour reprendre mes personnages et parfaire leur portrait.

Le caractère de Mme Lucy ne se dément pas lorsque, de loin en loin, elle convie la colonie à quelque dîner de gala. Tous les usages d'une société parfaite sont méthodiquement observés dans cette grande maison pratique. La conversation même ne s'écarte jamais d'une ligne tracée d'abord et qui, ensuite, devient cercle. On y est banalement aimable, forcément distingué, incontestablement gracieux. Dès qu'on a franchi les degrés de l'énorme perron conduisant au logis privé, l'atmosphère qu'on y respire imprime sur vos sens le cachet qui lui est propre, et tout naturellement les élus de Mme Lucy en subissent la facile influence. Dans ce milieu aux habitudes systématiques, le fils marque à peine. Par égard pour sa mère, il fait acte de présence ; tout pour lui se borne là.

Les réunions chez Mme d'Anteuil n'ont aucun type. Quel que soit le moment, on se trouve à l'aise dans ces grands salons bien simples, et à cette table hospitalière où votre place semble toujours marquée. Les jeunes filles, musiciennes sans prétention, n'imposent leurs sonates à personne, mais sont tout à tous, quand il s'agit, soit de jouer à un vieillard un ancien air qu'il demande, soit de faire valser ou sauter leurs amies et les enfants.

Chez Mme Dolfus, les arts, le luxe, l'intelligence font

tous les frais. Parfois on y rencontre bien quelques auteurs médiocres, hardis plagiaires; quelques incompris, esprits de contrebande, mais ils passent dans le nombre sans même faire tache, comme se perdent dans les airs les voix criardes et les notes fausses que la maîtresse de céans, par égard pour les prétendus talents qu'elle reçoit de loin en loin, est forcée d'imposer à ses autres visiteurs. Les habitués de son salon acceptent très bien ces petites misères, car les compensations dépassent de beaucoup les sacrifices.

Quant à M. de Bourgneuf, qui ne recule jamais devant une attention aimable, il offre parfois de charmants petits lunchs sans prétention, auxquels il n'invite personne, mais que notre société trouve au passage les jours de promenades convenues, et qu'elle accepte avec beaucoup d'empressement. Tout le monde aime M. de Bourgneuf.

Puis alors, de temps en temps, des réunions d'apparat, cérémonieuses et un peu raides. Chaque été ramène dans notre vallée, où il y a bon nombre de grands noms et de grandes fortunes, ces fêtes auxquelles on ne s'amuse pas beaucoup, il est vrai, mais qui sont néanmoins nécessaires, sous peine de voir cesser des rapports qui, à tout bien prendre, sont de la société les attaches indispensables.

Maintenant, mon cher Lucien, faites votre profit de ces détails; peut-être d'ici quelques jours apprécierez-vous autrement que moi notre petite colonie; ceci est une affaire de caractère et de tempérament.

A bientôt, mon enfant, le bonheur de vous voir.

Votre belle-mère,

SUZANNE.

Madame de Montigny,
Vallières par Fleury-sur-Andelle, Eure. (*Dépêche.*)

Arrive jeudi, train quatre heures soir. Prière envoyer voiture, gare Rouen.

LUCIEN.

A Monsieur Paul Dupré, élève à l'École normale supérieure, Paris.

Vallières, le...

Mon bon, je quitte le lit à l'instant, c est à peine si je suis réveillé. Je ne sais ni l'heure qu'il est, ni le temps qu'il fait, et malgré les instances du grand Morphée, me conviant à reprendre mon sommeil interrompu, je tiens à remplir la promesse que je t'ai faite de t'écrire au débotté. Ici, il faut, dit-on, faire sa correspondance dès l'aurore, si l'on veut que ses lettres partent le jour même.

J'ai donc retrouvé mon père, après dix-huit mois de séparation, le même qu'autrefois: affectueux, bon, parfait enfin. Ses cheveux ont, je crois, un peu blanchi, mais sa physionomie y a, certes, gagné. Cette auréole neigeuse encadrant ses traits reposés, donne quelque chose de particulièrement bienveillant à son fin sourire. Il porte, sans se douter de leur poids, ses soixante années, et paraît vivre heureux dans son vieux manoir: l'existence mouvementée qu'il menait à Paris ne lui convenait plus depuis déjà longtemps.

Un mot sur Vallières.

En te disant, tout à l'heure, qu'il avait fallu me raidir pour ne point céder aux sollicitations du dieu des pavots, afin de t'écrire au soleil levant, c'est déjà t'apprendre cette particularité, que la propriété de mon père est assez éloignée du centre principal. Cet inconvénient existe pour beaucoup de châteaux normands. C'est le petit défaut de leur immense qualité : celle de n'être point avoisinés de trop près.

Vallières est donc un beau domaine isolé. Tout ce qui constitue le mobilier paraît modeste, mais rien n'y manque. Sa position exceptionnelle le fait admirer. Des arbres séculaires d'un côté, des fleurs de l'autre. Au midi, un délicieux horizon de verdure; au nord, une ravissante colline entièrement couverte de bruyères blanches et roses et de beaux genêts à tiges d'or. Le château, par lui-même, est remarquable au point de vue archéologique. C'est une magnifique épave du XIIIe siècle avec son donjon resté debout. Mais hélas! ce que le temps avait jusqu'alors respecté, les hommes, depuis, ne le respectèrent plus, et sous prétexte de faire disparaître jusqu'aux moindres traces de la féodalité, des hordes révolutionnaires ont renversé le pont-levis et comblé les fossés. Depuis quatre-vingt-treize, Vallières n'a pas eu, à proprement parler, de propriétaires sérieux; aussi n'a-t-on jamais cherché à réparer les désastres causés par le vandalisme. Mon père se propose de le faire, et m'attendait pour en causer avec l'architecte.

On dit que dans la vallée d'Andelle, les chasses à courre sont très fréquentes et qu'il y en a de fort belles: j'espère pouvoir t'en raconter quelques-unes.

Adieu, mon bon, je te serre cordialement les deux mains.

LUCIEN.

P. S. — Si tu y penses, veuille bien passer chez Dusautoy, et lui dire qu'il m'envoie le plus tôt possible mon pardessus d'hiver. Il fait déjà très frais ici.

Je te parlerai de ma belle-mère dans ma prochaine lettre.

A Monsieur Lucien de Montigny,
château de Vallières, par Fleury-sur-Andelle (*Eure*).

Paris, le.....

Ma parole d'honneur, on n'est pas plus original que toi! Comment, lorsque tu sais combien je suis anxieux d'avoir quelques détails sur la nouvelle vie de ton père, sur cette jeune, trop jeune femme qui remplace ta mère, tu te contentes de me parler points de vue et archéologie. Cette manière de faire est celle d'un fou... à moins qu'elle ne soit celle d'un sage?... je me perds en conjectures.

Voyons, Lucien, me diras-tu bientôt ce qu'est cette Suzanne de Lutzy, que ton père a bien voulu faire comtesse? Saurai-je si c'est à sa jeunesse, à sa beauté, à son intelligence ou à son cœur, qu'elle doit son rêve fortuné, et sa couronne à neuf perles?

Tu me connais assez, je l'espère, pour être persuadé que la profonde amitié que je te porte, dicte seule l'insistance que je mets à provoquer, sinon tes confidences, au moins ton appréciation. Que diable! tu m'as assez parlé de tes craintes à l'égard du second mariage de ton père, pour me donner le droit de te rappeler ta promesse, en ce qui touche cette femme pour laquelle tu semblais, par instants, avoir si peu de sympathie.

Dusautoy t'expédiera, demain, le pardessus en question.

Passeras-tu toutes les vacances à Vallières?

Au revoir, mon cher. Socrate était moins prudent et moins sage que toi.

PAUL.

A Monsieur Paul Dupré, élève à l'École normale supérieure, Paris.

Château de Vallières, le...

Mon bon,

J'avais si peu vu la nouvelle comtesse de Montigny, je lui avais si peu parlé lorsque je t'ai écrit, que je trouvais plus prudent et plus sage de me taire. Aujourd'hui je te permets de t'étonner encore, car ce que je puis te dire à son sujet, n'est point assez pour satisfaire ton amicale curiosité.

Ma belle-mère est jeune en effet. Son acte de naissance lui donne, paraît-il, vingt-huit ans, quoiqu'elle semble n'en avoir guère que vingt-cinq. Elle est grande et mince. De splendides cheveux blonds presque fauves, relevés sans prétention sur le sommet de la tête, laissent voir les admirables attaches de son cou un peu long. Sa peau est blanche sans transparence, son front ne prouverait rien selon Gall. Dans ses grands yeux bleus, le ciel double parfois la profondeur de son azur. Sa bouche, trop fendue, n'a pas l'habitude du sourire. Elle a la main fine et un pied d'enfant. Bref, c'est une jolie femme qui ne ressemble pas à toutes les blondes, mais n'est point de celles qui autorisent certaines folies lorsque tout se borne à leur extérieur.

Quant au caractère de Mme de Montigny, je ne le connaissais pas encore. Elle m'a accueilli avec une affabilité qui était dans son rôle. Une aisance native, pleine de grâce et de candeur, lui est, sans doute, venue en aide dans cette difficile circonstance d'une première entrevue. Elle parle peu, j'en ignore le véritable motif; surveille tout dans la maison. Ses rapports avec mon père sont pleins d'une déférence respectueuse à laquelle j'ajoute foi.

Maintenant, mon bon, ne me demande pas autre chose, je ne sais rien de plus. Il m'est donc impossible de te dire quels sont mes sentiments, à l'égard de cette femme que je trouve étrange; je ne puis, moi-même, m'en rendre compte. C'est un composé de prévention et de sympathie qui, à tout bien prendre, ne se comprend pas; mais enfin, qui existe. Il est certain, qu'à un moment donné, la prévention se fera conviction, ou la sympathie triomphera. Lorsque j'aurai vu clair dans ce dédale où se perdent mon appréciation et mon jugement, je te dirai ce qui sera sorti de ce chaos.

Au revoir, mon bon, nous chassons demain la grosse bête. Mon père est encore superbe à cheval.

LUCIEN.

— La suite au prochain numéro. —

MALRAISON DE RULINS.

SONGERIES D'UN ERMITE

Ordinairement la mémoire est une bibliothèque mal rangée, et contient beaucoup d'ouvrages dépareillés, mais peu de volumes complets.

⁂

Le Dictionnaire des synonymes ne dit pas que les mots « Esprit de parti » soient les équivalents des mots : « Sottise de parti »; mais c'est là une vérité aussi souvent démontrée que souvent oubliée.

⁂

En fait de philosophie, comme en fait de gastronomie, la science de bien choisir sa nourriture n'est guère acquise que lorsqu'on n'a plus de dents.

Comte DE NUGENT.

CHRONIQUE

Le vieux et respectable Hérodote, traduit par le vieux et respectable Pierre Salliat, helléniste français du XVIe siècle, raconte comment le satrape Harpagus fit parvenir secrètement au jeune Cyrus une lettre qui lui apprenait qu'il était temps de venir remplacer sur le trône de Médie le roi Astyage, son grand-père:

« Il rencontra un lièvre et le vida si proprement qu'il ne lui déchira aucunement le ventre, puis y mit son paquet de lettres, où il avait écrit ce que bon lui semblait. Ce fait, il recousit le ventre du lièvre, et le mettant dans une bourse de filet, le bailla au plus fidèle de ses veneurs, qu'il envoya en Persie, lui commandant de le présenter lui-même à Cyrus, et de bouche lui dire qu'il fallait que de ses mains il ouvrît ce lièvre en lieu à part.

« Le veneur exécuta sa commission, et tenant Cyrus le lièvre lui fendit le ventre, où il trouva le paquet de lettres dont il fit lecture... »

Les lettres ainsi envoyées par Harpagus étaient absolument désobligeantes à l'égard du pauvre roi Astyage, puisqu'elles n'allaient à rien moins qu'à le détrôner; et elles étaient absolument immorales à l'égard du jeune Cyrus, puisqu'elles l'engageaient à s'emparer du trône de son aïeul ; mais ce sont là les aimables jeux de la politique ; et, sur ce point, il me semble inutile d'insister longuement.

Je constate seulement avec plaisir que, depuis le temps d'Astyage et de Cyrus, les relations de famille se sont singulièrement améliorées, et que si l'on se souvient, au 1er janvier prochain, du lièvre dont Hérodote nous a transmis l'histoire, ce sera uniquement par la façon dont les grands-papas s'y prendront pour causer une agréable surprise à leurs petits-fils et à leurs petites-filles.

Un de nos confiseurs s'est avisé de fabriquer pour le jour de l'an nouveau des boites fort ingénieuses, qui dénotent assurément chez lui une étude approfondie d'Hérodote, ce qu'on ne saurait trop admirer de sa part, les lettrés de sa profession étant généralement plus enclins à chercher leurs inspirations dans la poésie des devises que dans la prose de l'histoire.

Donc, ce confiseur, que l'Institut appellera vraisemblablement quelque jour à l'un de ses fauteuils de l'Académie des inscriptions, ce confiseur s'est avisé de transformer les lièvres, non point en boites aux lettres comme l'antique écrivain grec, mais en boîtes à bonbons.

Le corps d'un lièvre, faisant illusion complète, merveilleusement empaillé, ficelé aux quatre pattes d'une grosse ficelle comme s'il arrivait de la halle, sert de réceptacle à un lot respectable de marrons glacés et de fondants, qui peuvent au besoin être remplacés par un écrin à bijoux ou par un carton de dentelles. C'est assurément moins brillant que le trône de Médie en perspective, mais c'est plus sûr comme réalité.

Le même confiseur a fait fabriquer d'autres boites avec la dépouille d'un faisan ou d'une perdrix. Je trouve tout cela assez ingénieux, mais si par hasard quelqu'un, voulant m'offrir un cadeau de ce genre, sondait discrètement mes intentions, je lui répondrais, sans vergogne, en homme qui a le courage de son opinion :

« Certainement, cher ami, le cadeau que vous avez l'intention d'offrir à certaine personne de votre connaissance est charmant et du meilleur goût. Ne supposez-vous pas cependant qu'il pourrait être plus charmant et d'un meilleur goût encore, si vous offriez le lièvre ou le faisan à l'état naturel en y joignant les bonbons comme cadeau accessoire dans un simple sac en papier... »

Je ne sais ce qu'on me répondrait sur ce sujet délicat, mais moi j'ai dit ce que je pense : ma conscience est tranquille.

A part les boîtes-gibier, nous retombons, en fait de confiserie, dans les élégantes et un peu banales coquetteries que le jour de l'an ramène périodiquement à l'étalage de nos confiseurs.

Ce qu'il y a de mieux encore, ce sont les boîtes ou les sacs chiffonnés d'un agréable nœud de soie ou ornés d'une fleur artificielle, comme les doigts de fée de notre industrie parisienne ont le secret d'en faire éclore. Tout le reste, à mon avis, est un peu maniéré, un peu prétentieux, et, à force de vouloir exagérer l'élégance, on la fait tourner trop souvent à la bizarrerie. Je dois dire qu'au point de vue de l'exécution matérielle, du *faire*, il est impossible d'arriver à des résultats plus parfaits : le carton, la soie, le velours semblent se transformer au gré d'une baguette magique.

J'ai remarqué des théières vert-de-grisées et rougies par le feu, capables de causer une illusion complète : les fils de soie verte et grise, les fils d'or bruni ou rougi ont été employés pour arriver à ce trompe-l'œil réaliste. Si donc, mesdames, vous trouvez le matin, sur votre table de déjeuner, une de ces théières si jolies à force de vouloir être laides, je vous engage à ne pas la repousser dédaigneusement avant d'en avoir vérifié le contenu.

La concurrence est visible entre certains de nos magasins de confiseries ; ils semblent se disputer leurs inventions comme nos grands théâtres de féerie s'ingénient à contrefaire mutuellement leurs décors et leurs *trucs*.

Ainsi, le marron, le vulgaire marron que les fils du Cantal vendent au coin des rues, sert de prétexte à différentes surprises plus ou moins ingénieuses.

Ici, c'est un simple sac de toile dont l'enveloppe crève sous le poids des marrons grillés ; là, le sac est éventré par une souris qui grignotte à belles dents les châtaignes appétissantes ; ailleurs, enfin, une serviette blanche recouvre à demi les marrons enfermés dans une assiette en porcelaine de Chine ; inutile de vous dire que, sous les marrons ordinaires se cachent toujours les marrons sucrés, glacés, vanillés, dont la confiserie la plus exquise a le secret.

Goûtez, comparez, croquez, voilà le vrai moyen de sortir de l'embarras du choix, à moins pourtant que ce ne soit le moyen le plus certain pour l'augmenter encore.

Parmi les *créations* de l'année, il en est une que je ne veux pas oublier, car elle est tout à fait neuve : ce sont des boîtes en soie rouge ou violette, qui reproduisent en proportions énormes la rosette d'officier de la Légion d'honneur et la rosette d'officier de l'Instruction publique ; je ne vous conseillerai pas, cependant, sous peine de vous exposer à commettre une bévue plus énorme que la rosette elle-même, d'offrir une de ces boîtes aux soupirants du ruban rouge ou du ruban violet, avant examen définitif des listes de promotion du 1er janvier.

ARGUS.

Abonnement, du 1er avril ou du 1er octobre ; pour la France : un an, 10 f. ; 6 mois, 6 f. ; le n° au bureau, 20 c. ; par la poste, 25 c.

Les volumes commencent le 1er avril. — LA SEMAINE DES FAMILLES paraît tous les samedis.

VICTOR LECOFFRE, ÉDITEUR, RUE BONAPARTE, 90, A PARIS. — Imp. de la Soc. de Typ. - NOIZETTE, 8, r. Campagne-Première. Paris.

L'EAU

Parler *de* l'eau ou *sur* l'eau, comme on voudra, il semble que ce soit la chose la plus simple du monde, que cela coule (pour ainsi dire) de source. Erreur, profonde erreur ! Ce n'est pas si facile que cela, et tout d'abord je n'en veux pour première preuve que l'estampe qui sert de prétexte aux lignes qui vont suivre. L'eau est ici symbolisée par une charmante jeune fille ou jeune dame qui, debout en face d'une fontaine de salon, s'apprête à faire quelque ablution indiquant ainsi, tout porte à le croire du moins, que l'eau est le premier cosmétique qui soit au monde. Il est certain que l'eau proprement dite n'est pas falsifiée par le mélange de drogues plus ou moins odorantes mais souvent nuisibles à la fraîcheur de la peau ou du teint; on cite, en effet, des beautés célèbres qui, pendant toute leur existence, n'usèrent jamais d'autre eau que de celle que l'on puise dans les rivières ou dans les sources, et qu'elles en ressentirent de si excellents effets que leurs charmes personnels durent à cet élément un prolongement qu'elles eussent vainement demandé à tous les produits de ce que j'appellerais volontiers *la pharmacie de la toilette*.

L'Eau, dessin de Hure'.

Ici même nous voulons seulement consacrer quelques lignes aux vertus hygiéniques de l'eau considérée comme breuvage et mettre en relief ses propriétés digestives et médicales, en même temps que des citations choisies nous initieront à la symbolique de ce présent inappréciable que la Providence a fait à l'homme, non seulement au dire des Pères et des Docteurs de l'Église, mais encore des philosophes les plus éminents de l'antiquité païenne...

Dès le milieu du siècle dernier, un érudit bénédictin, Dom Joseph, de l'Isle écrivait, dans son intéressante *Histoire du Jeûne :*

« On commence aujourd'hui à reconnaître les vertus de l'eau, et elle n'a plus tant d'ennemis qu'autrefois. Outre que plusieurs personnes en prennent immédiatement après le repas, comme un digestif, il y en a qui en font un usage ordinaire, préférablement au vin, et cela par principe de santé. »

Le docte religieux, se livrant ensuite à des considérations hygiéniques d'un haut intérêt, constate, l'histoire à la main, les salutaires propriétés de l'eau, ce grand bienfait du Créateur, cet élément essentiel, indispensable de la vie de tous les êtres tant animés qu'inanimés, et tout d'abord de l'homme.

Quel a été, en effet, le breuvage général de tous les êtres animés, depuis l'origine du monde jusqu'au grand cataclysme du déluge universel, c'est-à-dire pendant une période de plus de seize siècles ? L'eau et rien que l'eau des fleuves et des sources ou fontaines. Les hommes en étaient-ils alors moins robustes, moins propres au travail, moins capables de braver la rigueur des saisons? Non, assurément. Leur santé était-elle moins ferme? leurs maladies étaient-elles plus fréquentes? leur complexion était-elle plus faible? Non, encore une fois; jamais ils ne furent plus forts, plus laborieux et moins sensibles à la chaleur et au froid. Jamais leur existence ne fut plus longue. Les patriarches, après avoir fourni une carrière très étendue, la terminaient, suivant les témoignages de l'Écriture sainte, dans une heureuse vieillesse et plutôt par la nécessité inévitable de mourir que par aucune maladie dont on dit qu'ils aient été attaqués.

Mais, quand Noé eut planté la vigne et que par là l'occasion se présenta de boire du vin, les forces diminuèrent, loin d'augmenter, et la vie devint considérablement plus courte. Au lieu d'un âge qui allait au delà de neuf siècles, dans les commencements, on ne vivait ordinairement plus, du temps de David, que soixante-dix ans, et il n'y avait que les tempéraments les plus robustes qui allassent à quatre-vingts ans.

Dieu dit, par la bouche du Sage, que les principales choses nécessaires à l'existence de l'homme sont l'eau et le pain, le vêtement et une maison; et un grand poète grec, Pindare, déclare qu'il n'y a rien de meilleur que l'eau.

Au siècle dernier, un savant médecin anglais, Nogües, écrivait, à propos des nombreuses et inestimables vertus de l'eau, ces remarquables lignes : « Si, dit-il, je ne voulais rapporter que des expériences, sans aucun raisonnement en faveur de l'eau, je dirais que de dix parties du monde il y en a pour le moins six qui ne boivent que de l'eau pour l'ordinaire...

« L'eau guérit souvent les fièvres ardentes: Gallien ne conseillait, dans ces sortes de fièvres, après avoir fait saigner le malade, que de l'eau froide en très grande quantité : les ardeurs de la fièvre s'apaisaient et le malade suait abondamment et sans peine, et par là il guérissait en peu de temps. Il n'y a même rien de meilleur que de l'eau froide prise en grande quantité...

« On doit regarder l'eau comme un des principaux instruments de la digestion ; dans les premières voies, elle agit par sa fraîcheur, par son poids et sa liquidité... »

Le docteur Nogues entre ici dans des explications où il serait trop long de le suivre, mais fort claires et basées sur une expérience journalière.

Encore une citation, qui n'est pas des moins intéressantes. « L'eau, en qualité de fluide, a une force tout à fait prodigieuse et supérieure de beaucoup à la force qui unit ensemble les particules des aliments solides ; c'est ce qu'on prouve par les expériences suivantes. Tout le monde sait qu'une corde sèche, lorsqu'on la mouille, soulève un poids, quel qu'il soit ; l'expérience est très commune. L'on voit aussi de quelle manière les tailleurs de meules de moulin séparent une meule du roc, après l'avoir taillée : ils font des trous horizontaux entre la meule et le roc, ils enfoncent des chevilles de bois sec dans les trous ; l'humidité pénètre dans les chevilles et les fait gonfler, et la meule se sépare dans peu de temps. Dans ces occasions, il faut absolument convenir que l'eau surmonte la résistance des poids, qui est assurément immense et supérieure de beaucoup à celle des aliments... »

« Nous avons cru, ajoute Dom de l'Isle, que l'on trouverait bon que nous insérassions ici cet extrait qui explique d'une manière naturelle les bons effets de l'eau, afin qu'on n'en eût pas tant d'éloignement et que l'on ne se servît pas avec tant de confiance du prétexte de la nécessité de boire du vin. »

Voilà pour les raisons hygiéniques et purement matérielles qui recommandent l'usage de l'eau à la plupart des estomacs ; mais, les raisons de l'abstinence du vin dans les jeûnes prescrits par la primitive Église empruntent aux Pères et aux Docteurs, ainsi qu'aux anciens, un caractère plus élevé, que quelques citations nous feront dignement apprécier.

La base du jeûne, dans son origine, a été l'abstinence de chair et de vin; la raison qu'en donne saint Basile est que l'on n'avait usé ni de l'un ni de l'autre depuis le commencement du monde jusqu'au déluge. Il s'agissait de ramener les hommes à cette première simplicité, et par conséquent il fallait imiter ceux qui l'avaient pratiquée. Saint Basile n'assigne pour nourriture, pendant ce temps, que les fruits que produit la terre, c'est-à-dire les légumes, et menace ceux qui ne se contenteront pas d'eau pour breuvage d'être traités comme le mauvais riche, qui demanda une goutte d'eau, dans l'ardeur des flammes, sans pouvoir l'obtenir.

César atteste que les plus belliqueux d'entre les Germains ne permettaient pas que l'on apportât du vin dans leur pays, parce qu'ils croyaient qu'il ne servait qu'à rendre les hommes lâches et efféminés.

Sénèque retranche le vin à ceux qui sont d'un naturel bouillant et aux enfants, et en cela il est d'accord avec Platon qui l'interdisait à ceux qui n'avaient pas encore atteint l'âge de dix-huit ans.

Aélien assure que c'était une loi parmi les Romains de ne point permettre aux femmes l'usage du vin avant l'âge de trente-cinq ans, soit qu'elles fussent libres ou esclaves, et que c'était la coutume parmi d'autres peuples de le leur interdire absolument, en les réduisant à l'eau pour unique boisson.

Saint Ambroise dit qu'avant qu'il y eût du vin chacun jouissait d'une pleine liberté et que personne n'exigeait aucune servitude de la part de son semblable. Il fait voir qu'Abraham, honoré de la visite des anges, ne leur présenta point de vin ; il ajoute que quand Moïse procura du soulagement aux Israélites dans leur soif, il se contenta de rendre potables les eaux de Mara, sans leur donner du vin, quoiqu'il eût pu faire le même miracle pour l'un que pour l'autre.

On peut, il est vrai, objecter que dans certains jours de fête on buvait du vin et invoquer l'exemple des noces de Cana, entre autres ; mais l'exception confirme la règle, loin de l'abroger.

Depuis près d'un demi-siècle, les services rendus par les sociétés de tempérance nous semblent le plus bel éloge qui puisse être fait de l'eau, et le nombre relativement considérable de gens honorables qui font partie de ces utiles et excellentes associations nous semble la meilleure réponse à cette maxime trop absolue émise par un chansonnier épigrammatique :

Tous les méchants sont buveurs d'eau.

CH. BARTHÉLEMY.

L'IMAGIER DE BETHLÉEM

(Voir pages 578, 593, 609 et 629.)

Vainement Isma s'était attardée au bain, dans l'espérance de voir revenir sa sœur.

Il lui avait fallu reprendre, seule, le chemin de la maison.

En arrivant, déception nouvelle : elle s'était flattée que Miriam serait rentrée de son côté, et voici la chambre vide...

Absolument vide, car aucune femme n'avait été commandée pour les toilettes de noces, les deux sœurs ayant l'intention de se rendre mutuellement les services nécessaires.

Personne d'ailleurs ne pouvait songer à pénétrer dans cette chambre. L'usage veut, que la fiancée ne se montre qu'au dernier moment, et que nul ne l'aperçoive avant son apparition solennelle. Faute de respect pour cet usage, elle mourrait dans l'année même de son mariage, assure la tradition populaire. Des traditions de ce genre obtiennent l'obéissance, beaucoup mieux que de graves lois.

Isma se trouvait donc seule, bien seule avec son angoisse. Qu'est-ce que Miriam pouvait être devenue? Cette inquiétude dominait toutes les autres, si terribles qu'elles fussent. Il semblait à la malheureuse enfant, que si elle avait sa sœur à son côté, elle ne craindrait plus rien.

De temps en temps, sa main soulevait, furtive, un petit coin du rideau.

Jezra entra, et avec lui le juge de Bittir. Tous deux s'assirent dans l'atelier. Ils échangeaient quelques paroles, assez rares, mais cordiales.

Beaucoup plus tard, la jeune fille les entendit saluer Abou-Rahuel, avec les expressions du plus affectueux respect, et lui demander avec empressement des nouvelles de son voyage.

Chose étonnante ! il ne daignait pas répondre un mot à ces hommes qu'il allait tout à l'heure prendre pour fils.

Elle regarda..... Grand Dieu ! l'effroyable visage ! Ces yeux égarés, cette bouche contractée, ces joues pâles, cet aspect plus glacé encore que farouche, parlaient un langage de mort.

« Serait-il possible que Miriam eût tout raconté à notre père ? »

A cette pensée, Isma, dominée par l'épouvante, alla se réfugier dans le fond de sa chambre, et se laissa tomber à genoux, la figure cachée dans ses mains, pour être certaine de ne plus rien voir.

Dans l'atelier, Jezra et Abdul-Kerim attachaient des yeux inquiets sur le père de leurs fiancées.

Si le Nazaréen eût été seul avec lui, il aurait sans doute osé l'interroger. Mais la présence du juge imposait des précautions, produisait de la gêne. Tout en accordant son estime au futur époux d'Isma, jamais Abou-Rahuel ne s'était départi, pour lui, de son attitude grave et sévère.

Jezra gardait le silence à cause d'Abdul-Kerim.

Abdul-Kerim gardait le silence, parce qu'il ne se sentait pas en situation de le rompre vis-à-vis de l'austère vieillard.

Cependant les invités commençaient à se présenter.

L'étrange maison de fête, dont personne ne faisait les honneurs !

Jezra prit le parti d'allumer le chandelier de Salomon, le chandelier à sept branches, que Miriam, avant de sortir, avait placé sur la table.

Abou-Rahuel se tenait assis à l'angle le plus reculé, ne s'occupant de rien ni de personne.

Abîmé dans le sinistre orgueil de son honneur et de sa vengeance, fortement imbu, quoique chrétien, du fatalisme oriental, il laissait arriver ce qui devait arriver.

Sans rien savoir, sans rien soupçonner, chacun sentait un manteau de glace s'appesantir sur cette soi-disant joyeuse assemblée.

Seules, les jeunes filles, rapprochées les unes des autres, chuchotaient entre elles sous leurs voiles blancs, en regardant curieusement vers le rideau.

Un moment vint où elles-mêmes furent gagnées par l'impression générale. Elles cessèrent leur doux murmure, comme des oiseaux qui ramènent leur tête sous leurs ailes pour s'endormir ou pour s'abriter.

Alors une oreille un peu attentive aurait pu entendre, derrière le rideau, les sanglots d'Isma.

Mais on écoutait plutôt en se tournant vers la porte d'entrée. Le prêtre qui devait bénir le double mariage, l'abouna Jean, n'arrivait pas. Il y avait médiocrement lieu de s'en étonner, puisque — plusieurs des personnes ici présentes en avaient été les témoins — on était venu le chercher pendant l'office pour un malade en danger. Toutefois, chacun souffrait de son retard, chacun désirait son arrivée qui ferait cesser le malaise dont on était accablé.

Jezra consulta l'heure; puis, de sa belle voix qui malheureusement, aujourd'hui, semblait un peu voilée, un peu tremblante, il commença la chanson nuptiale.

C'est le signal auquel répond toujours l'apparition de la fiancée.

Le rideau ne remua pas.

Un frémissement passa à travers le groupe des jeunes filles.

Tout à coup on frappa violemment à la porte.

Abou-Rahuel se leva et se dirigea de ce côté.

Il tardait à ouvrir. Ses pas chancelaient, sa main tremblait sur le verrou.

Les jeunes gens qui montaient la garde au dehors, munis de fusils et de yatagans, pour préserver de toute attaque la maison en fête, crièrent avec impatience :

« Ouvrez ! mais ouvrez donc ! c'est l'abouna. »

Fortement ou plutôt fantastiquement éclairée par la lueur des torches, une belle et pâle figure de moine apparut dans le cadre de la porte.

C'était bien, en effet, l'abouna Jean.

La tristesse voilait ses traits, ses yeux étaient pleins de larmes.

« Mes frères, mes enfants, dit-il, que la chanson nuptiale se taise! Entonnez les lamentations des morts. Cette maison est une maison de deuil. »

Deux hommes s'avançaient sur le seuil, portant un fardeau.

La voix du prêtre s'éleva de nouveau :

« Nous avons trouvé cette jeune fille expirante, les membres fracassés, dans la vallée, au bas du sentier qui conduit à la Grotte des Pasteurs. J'ai reçu, pour Dieu, son dernier soupir. Elle est morte comme une sainte. Lorsqu'elle vivait encore, c'était votre enfant, Abou-Rahuel : maintenant, c'est l'enfant du Seigneur.

— Isma ! gémit le vieillard. Puis il essaya d'ajouter : — J'ai accompli la justice de Dieu. »

A ce nom, « Isma ! » un cri, derrière le rideau, répondit comme à un appel :

« Mon père ! Mon père ! »

Et Isma, la vivante, la coupable, se précipita aux pieds de son père.

Abou-Rahuel poussa un rugissement. Ses mains convulsives se cramponnèrent à la table, des contorsions hideuses le défigurèrent, ses yeux hagards s'arrêtèrent un instant comme sur un spectre, sur l'apparition que voilaient à demi des cheveux d'or.

Puis il recula, souleva les enveloppes de la morte et s'affaissa sur le pavé.

La morte, c'était Miriam... Miriam, sa bien-aimée... Miriam, qu'il avait tuée de sa main...

Ah ! laissez donc à Dieu sa justice ! De ses attributs, ne lui dérobez rien que sa bonté. Ne jugez pas, et vous ne serez pas jugé.

Quel est au dehors ce bruit confus, qui de moment en moment devient plus intense ?

Des piétinements de chevaux, des appels étouffés comme autant de signaux mystérieux, puis des coups de feu, puis enfin ce cri qui se répercute d'écho en écho :

« Les Chacals ! voici les Chacals ! »

Jezra relève son visage collé sur la robe de Miriam, détache ses mains entrelacées avec les mains de cire froide, et se redressant de toute sa hauteur, il répète :

« Les Chacals ? Tant mieux ! Leur roi veut-il quelqu'un à tuer ? »

Ah ! maintenant que Miriam est morte, peut-il exister pour Jezra un ange plus beau, plus séduisant que l'ange de la mort ?

Les hommes forment une muraille vivante devant la porte barricadée en toute hâte. Les femmes se pressent épouvantées, désolées, autour d'Isma, qui ne parle pas, qui ne pleure pas, qui, peut-être, ne comprend pas.

Des coups de hache résonnent contre la porte. Elle cède. Ce succès est salué par une explosion de hurlements infernaux.

Jezra est le premier sur la brèche. Cela ne lui suffit pas, il se précipite au dehors. Un Bédouin, frappé par son yatagan, tombe à ses pieds. Mais une cavale noire se cabre brusquement et lui fracasse la poitrine. C'était la cavale « noire comme l'enfer et plus rapide que la mort », la monture favorite du roi des Chacals.

Et le cavalier saute à bas de sa monture, il s'élance dans la maison, il fond sur le groupe gémissant des femmes, il distingue en une seconde les cheveux d'or d'Isma...

Mais il s'arrête.

Cette morte étendue par terre, ce prêtre agenouillé auprès d'elle...

Peut-être allait-il reculer devant l'horreur et la majesté de ce spectacle.

Peut-être Miriam allait-elle encore protéger sa jeune sœur.

Une balle effleure la tête du cheik et traverse son koufieh.

La colère chasse aussitôt le saisissement et le respect.

Rapide comme l'éclair, il se jette sur Isma, l'arrache aux bras de ses compagnes, la charge sur ses épaules.

Il écrase sous ses pieds, aussi durs que l'acier, les corps délicats qu'il a renversés pour se frayer un passage. Son manteau noir, le manteau dont les Chacals se revêtent pour leurs razzias nocturnes, fouette en passant les visages et fait incliner les têtes comme l'aile ténébreuse d'Azraël.

Le sauvage roi s'élance de nouveau sur sa monture, sans paraître aucunement embarrassé par son fardeau. Des cris de triomphe saluent sa réapparition au milieu des siens.

Il lui suffit de donner un signal qui aussitôt se répète. Vis-à-vis d'un chef qu'ils aiment, ces démons sont dociles comme des agneaux. La cavalcade est reformée, et s'enfuit avec cette vitesse que peut seul dépasser le vent du désert.

C'est dans l'oasis d'Engaddi que sont campés les Chacals, en cette nuit de Noël, sous les ordres du vieux cheik Adour.

Tout au fond, immobile et livide, cette mer endormie dans la mort. Sur le rivage, gisantes comme des squelettes de géants, les pierres blanchies par l'écume des eaux asphaltiques. Au delà, vers l'orient, les rochers de Moab, sombres sentinelles, gardant ce monde glacé, roidi par l'éternelle malédiction. La lune éclaire de sa lumière fantastique le lugubre paysage, et se reflète dans les flots d'airain.

Et voici que, sous les kebbas, les oreilles les plus alertes ont entendu un coup de feu retentir au loin.

On sort, on regarde : des torches apparaissent à l'ouest, sur les collines toujours vertes.

Il n'y a pas à s'y tromper : c'est le jeune cheik qui revient de son expédition, et le coup de feu annonce qu'il revient victorieux.

Aussitôt la nouvelle est répandue d'un bout à l'autre du camp.

Comme on voit tout à coup surgir, et se multiplier

et se presser les habitants d'une fourmilière que l'on a remuée du pied, ainsi les Chacals surgissent et se multiplient et se pressent dans la vallée d'Engaddi. Les uns se jettent sur leurs cavales demi-sauvages, et grimpent précipitamment les premières pentes montagneuses. Les autres font tinter leurs armes, —cliquetis joyeux à leurs oreilles, mais qui peut sembler effroyable. De tous côtés, des coups de feu réveillent les échos, des acclamations ébranlent l'air.

Et Mérouan, le roi Mérouan s'arrête. Il élève triomphalement au-dessus de sa tête une femme qui ne se défend pas, qui ne parle pas, qui ne pleure pas, qui ne gémit pas. Enveloppée dans ses longs cheveux, éclairée par les torches, on dirait une statue d'or.

Et mille voix ensemble font entendre un seul cri, et ce cri s'élève semblable au mugissement de la mer :

« Salut à la reine des Chacals ! »

La statue s'anime. Un éclat de rire, aigu, strident, déchirant, répond aux cris de la foule et se prolonge jusqu'à ce qu'il ait atteint les derniers rangs. A peine achevé, il se renouvelle.

Quel frisson d'horreur parcourt toutes les veines! Quel silence de mort succède aux acclamations d'allégresse !

Mérouan, le roi Mérouan emporte la folle dans sa tente et se hâte de la soustraire à tous les regards.

La reine des Chacals vit toujours. Jamais elle ne sort de sa tente, à moins qu'on ne déplace le camp. Alors Mérouan l'emporte. Elle est l'objet de la craintive vénération que les Arabes accordent aux insensés.

Et Abou-Rahuel aussi vit toujours. Jamais il n'a parlé à personne, depuis cette nuit de Noël, excepté à l'abouna Jean. Il passe de longues heures prosterné dans l'église de la Nativité ou dans la Grotte des Pasteurs. Quand il reprend son travail, on peut être sûr que ce sera pour graver, sur la nacre, une tête de Madone, toujours la même : c'est le portrait de Miriam.

—

Or, un colporteur bethléémite m'avait vendu, aux eaux de N., une tête de Madone gravée sur la nacre.

Cette tête me plaisait. Je lui trouvais une expression ravissante, attendrissante. Mais elle ne s'accordait aucunement avec le type consacré. Elle me faisait l'effet d'une figure réelle, non d'un idéal.

Un jour, je la montrais, en émettant cette réflexion.

« Vous avez raison, me répondit-on, c'est un portrait, pas autre chose. Il y avait, à l'exposition universelle de Vienne, un certain nombre de madones toutes pareilles à la vôtre. On les remarqua, comme elles le méritaient, on chercha leur origine, on la raconta dans je ne sais plus quelle publication allemande. Voulez-vous que je tente de la découvrir ? Voulez-vous que je vous raconte, du moins telle que je me la rappelle, l'histoire de l'Imagier de Bethléem, auteur de cette œuvre artistique? »

J'ai répondu oui, comme vous pouvez bien le croire. J'ai lu, j'ai écouté, et, parce que j'avais senti des larmes monter à mes paupières, j'ai voulu essayer de raconter à mon tour.

Thérèse Alphonse Karr.

FIN.

REVUE LITTÉRAIRE

—

LES ORIGINES DE LA FRANCE CONTEMPORAINE
par M. Taine.

Est-ce un converti que M. Taine ? A-t-il brûlé aujourd'hui tout ce qu'il avait adoré autrefois ? Il proteste qu'il n'a point changé d'avis sur les choses d'ici-bas, qu'il ne croit pas davantage aux choses d'en haut ; mais alors, comment expliquer le magnifique ouvrage que M. Taine vient d'écrire sur la Révolution française ? Ce livre n'est-il pas un retour aux saines doctrines, retour récompensé par l'Académie, qui s'est mêlée d'y voir clair (cette fois-ci) on ne sait pourquoi.

« En 1849, dit M. Taine, ayant vingt et un ans, j'étais électeur et fort embarrassé; car j'avais à nommer quinze ou vingt députés, et de plus, selon l'usage français, je devais non seulement choisir des hommes, mais opter entre des théories. On me proposait d'être royaliste ou républicain, démocrate ou conservateur, socialiste ou bonapartiste ; je n'étais rien de tout cela, ni même rien du tout, et parfois j'enviais tant de gens convaincus qui avaient le bonheur d'être quelque chose. »

C'est de ce ton dégagé que l'historien commence l'enquête la plus sérieuse, la plus minutieuse qui ait jamais été faite sur les origines de notre société moderne. Ne nous fions pas à cette bonhomie apparente ; l'auteur est plus passionné qu'il n'en a l'air. A mesure que ses récits prennent corps, il se laisse emporter, lui aussi, par l'émotion; la justice lui fait battre le cœur, l'injustice lui cause des accès d'indignation et de colère; il se met du côté de l'innocence opprimée, il a des plaintes pour les victimes et d'amers sarcasmes contre les bourreaux.

Aussi quel homme resterait froid et indifférent au milieu des cendres brûlantes amoncelées par le cataclysme de la fin du siècle dernier ? Dès qu'on pénètre dans ce chaos d'événements prodigieux qui s'appelle la Révolution, il faut absolument se ranger d'un côté ou de l'autre, avec les Jacobins ou avec les gens que les Jacobins assassinaient ; il n'y a pas de place au milieu.

M. Taine s'est imaginé peut-être qu'il conserverait le sang-froid nécessaire; quand il a commencé son travail, il n'avait aucun parti pris, nous assure-t-il, et nous le croyons sans peine. Il se figurait sans doute que les panégyristes du peuple en révolte, les Thiers, les Michelet, avaient dit vrai et il ne cherchait qu'à glaner sur les traces de ces moissonneurs hypocrites.

Il n'a pas tardé à s'apercevoir que la besogne était à recommencer presque tout entière. M. Thiers et M. Michelet n'étaient pas des historiens, mais des hommes de parti; l'un essayait de saper le trône, l'autre d'ébranler l'autel. Ils avaient une idée dont ils poursuivaient la réalisation; il fallait donc que les faits s'accordassent avec cette idée. De là, l'admiration que ces messieurs témoignaient aux vainqueurs de la Bastille, aux massacreurs de septembre, aux régicides et aux athées. Sans aller jusqu'à dire que Louis XVI fût un tyran, Michelet et Thiers le représentaient comme un prince entêté, incapable de comprendre le mouvement de son époque; dame! quand un prince ne comprend rien, on lui coupe le cou. C'est trop juste, n'est-ce pas?

Dorénavant, on n'osera plus soutenir de pareilles énormités. M. Taine aura rendu un immense service à la cause de la vérité et du droit; il aura complètement anéanti les détails, l'ensemble même, de l'absurde légende révolutionnaire. Non, Louis XVI n'était pas un roi inintelligent, non il n'était pas un roi lâche. Au vingt juin, pendant que les Tuileries se trouvaient envahies par l'émeute, il n'eut pas un instant de peur. S'adressant à un grenadier qui essayait de le rassurer: « Voyez, mon ami, si c'est là le mouvement d'un cœur agité par la crainte. » Et il appuyait contre sa poitrine la main du grenadier.

Pendant ce temps, Marie-Antoinette, entourée elle aussi par la foule hurlante, avait de non moins heureuses réponses. Une femme s'était arrêtée devant elle et vomissait cent imprécations.

« Vous ai-je jamais fait quelque mal personnel?

— Non, mais c'est vous qui faites le malheur de la nation.

— On vous a trompée; j'ai épousé le roi de France, je suis la mère du Dauphin, je suis Française; je ne reverrai jamais mon pays, je ne puis être heureuse ou malheureuse qu'en France; j'étais heureuse quand vous m'aimiez. »

Voilà la fille qui pleure: « Ah! madame, pardonnez-moi; je ne vous connaissais pas; je vois que vous êtes bien bonne. »

Après avoir vengé la famille royale des accusations ineptes qui pesaient sur elle, M. Taine s'applique à montrer la médiocrité des gens qui, à la faveur de la tourmente politique, s'emparèrent du pouvoir. Avocats sans causes, médecins sans clients, journalistes sans autorité, comédiens sans talent; tels étaient les individus qui marchèrent, dès le premier jour, à la conquête du pays et qui finirent par se saisir de leur proie, grâce à l'inertie des hommes d'ordre, grâce aussi à une organisation savante dont M. Taine vient de nous dévoiler les rouages.

Il ne faudrait pas croire que les Jacobins fussent une majorité dans la nation; ils étaient, tout au contraire, un petit nombre, une imperceptible poignée. Mais un sifflet s'entend mieux que vingt applaudissements; mille braillards ont toujours raison de dix mille silencieux.

D'après M. Taine, il était, il est encore facile de discerner un Jacobin; les traits de ce caractère ressortent aisément:

« Le principe du Jacobinisme est un axiome de géométrie politique qui porte en soi sa propre preuve; car, comme les axiomes de la géométrie ordinaire, il est formé par la combinaison de quelques idées simples, et son évidence s'impose du premier coup... Des hommes réels, nul souci; le Jacobin ne les voit pas, il n'a pas besoin de les voir; il impose son moule à la matière humaine qu'il pétrit. »

En fait d'orgueil, le Jacobin en remontrerait au paon du Jardin des Plantes: « On est hors la loi, quand on est hors de la secte. C'est nous, les cinq ou six mille Jacobins de Paris (il n'y en avait pas davantage!) qui sommes le monarque légitime, le pontife infaillible..... Politesse ou tolérance, tout ce qui ressemble à des égards ou à du respect pour autrui est exclu de leurs paroles comme de leurs actes; l'orgueil usurpateur et tyrannique s'est fait une langue à son usage... chacun d'eux est, à ses propres yeux, un Romain, un sauveur, un héros, un grand homme... d'un bout à l'autre de la Révolution, Robespierre sera toujours, aux yeux de Robespierre, l'unique, le seul pur, l'infaillible, l'impeccable; jamais homme n'a tenu si droit et si constamment sous son nez l'encensoir qu'il bourrait de ses propres louanges. »

Mais, pensera-t-on, comment de pareils coquins doublés de pareils sots ont-ils réussi à asservir le peuple le plus spirituel de la terre? On ne s'était point rendu compte de la chose jusqu'ici; M. Taine nous rapporte comment cela s'est fait. Par la ruse d'abord, par l'intimidation ensuite, enfin par la terreur.

Dès les premières heures de trouble, le Jacobinisme a trouvé la marche à suivre; il installe des comités, il se crée des correspondants en province, il enrôle, pour le servir, des bandits de sac et de corde, il parle haut et fort, il établit des postes aux points importants, non seulement dans les grandes villes, mais aussi dans les plus petites localités. Quand les bons citoyens veulent se réveiller de leur long engourdissement, ils se trouvent pris dans un réseau aux mailles de fer.

C'est surtout à l'heure décisive des élections que l'influence jacobine se manifeste; aveugles ceux qui ne la voient pas. Les assemblées électorales sont toutes entre les mains des hommes de désordre; dès qu'un opposant se présente, ou on le fait taire, ou on le chasse, ou on le pend.

Dans ces conditions-là, il n'est pas difficile de faire parler le scrutin; le combat cesse faute de combattants, ou plutôt faute de contradicteurs.

Mêmes procédés à l'égard des députés réunis dans l'enceinte de l'Assemblée législative. En dépit de leurs infâmes manœuvres, de leurs procédés sommaires, de leurs menaces, de leurs assassinats, de leurs brigandages, les Jacobins n'arrivent à la Chambre qu'en minorité... comme toujours! Eh bien! ils recommenceront, après le vote, ce qu'ils ont essayé de faire déjà.

Ils n'auront point recours à l'éloquence ni à l'art de persuasion; la violence leur suffira. Au lieu d'arguments, ils auront à leur disposition des scélérats disposés à tout, des sicaires, des fanatiques gagés. Cette tourbe envahit les tribunes de l'Assemblée; en sorte qu'on se croirait au spectacle, puisqu'il y a un public qui conspue ou qui acclame les orateurs.

Dès qu'un député de la droite veut parler, sa voix est couverte par les huées de l'assistance. La droite, en effet, n'est pas organisée comme ses ennemis; elle n'a pas à son service des bandes de malandrins et de coupe-jarrets. Elle croit encore à l'honneur, au talent, à la vertu, à la forme parlementaire. Pauvre droite! incorrigible dans ses illusions sur l'humanité!

« Aux Tuileries, des groupes permanents écoutent les beaux parleurs qui dénoncent par leurs noms les députés suspects, et malheur à celui d'entre eux qui prend ce chemin pour venir aux séances. Si c'est un député cultivateur : Regardez, dit-on, ce drôle d'aristocrate; c'est un mâtin de paysan qui gardait les vaches dans son pays... Les cris : *A la lanterne!* retentissent aussi souvent aux oreilles de Dumolard, de Vaublanc, de Jaucourt, de Lacretelle qu'à celles de Cazalès, de l'abbé Maury et de Montlosier... Hua, montant sur la terrasse des Tuileries, est saisi aux cheveux par une mégère qui lui crie : « Baisse la tête, c'est le peuple qui « est ton souverain. » Le 29 juin, un des patriotes qui traversent la salle dit à l'oreille d'un représentant : « Grand gueux de député, tu ne périras que de ma « main. »

On voit à quel point la liberté de discussion était protégée; d'autre part, on s'explique très bien maintenant comment les Terroristes ont réussi à imposer silence aux gens qui ne pensaient pas comme eux.

Malheureusement pour les défenseurs des Terroristes, M. Taine ne se contente pas de vagues données, de phrases en l'air; chacune de ses assertions est contrôlée par des documents abondants et appuyé de preuves irrésistibles. Il ne marche qu'entouré d'un véritable cortège de pièces justificatives. Et ces pièces viennent, pour la plupart, du meilleur arsenal de notre histoire nationale, de l'endroit où sont rassemblées les armes de précision les plus merveilleuses, du palais des Archives, en un mot. Que voulez-vous répliquer à des témoignages écrits, contemporains des événements, à des lettres sur lesquelles brille encore le sable qui a servi à sécher l'encre employée par nos aïeux?

Voilà ce qui a soulevé tant de colères contre M. Taine; on peut l'injurier, on ne peut pas le réfuter.

Prenez les mêmes archives, torturez-les pour y découvrir autre chose; vous ne leur ferez pas dire ce qu'elles ne disent point; vous ne les contraindrez pas à chanter les louanges du crime. L'arrêt de l'histoire est prononcé; il n'y a plus à y revenir.

Ce n'est pas que M. Taine condamne en bloc tous les acteurs de la Révolution : il fait la part des responsabilités, il met de côté les *vrais* coupables, ceux qui « par patriotisme » ne couraient pas à la frontière, afin de mieux surveiller les émigrés à l'intérieur. Jusqu'à présent, les écrivains royalistes avaient confondu dans une même réprobation tous les égorgeurs des prisonniers de l'Abbaye, de la Conciergerie, du Châtelet. M. Taine décompose les diverses classes d'individus qui formèrent la troupe soudoyée par Danton. Les plus acharnés au massacre étaient les fédérés du Midi, « rudes gaillards, anciens soldats ou anciens bandits, déserteurs, bohèmes et sacripants de tous pays, de toute provenance. » Ceux-là ne valaient pas cher.

A côté d'eux, les « enragés » de la plèbe parisienne n'étaient guère plus recommandables; « quelques-uns commis ou boutiquiers, le plus grand nombre artisans de tous les corps d'état, serruriers, maçons, bouchers, charrons, tailleurs, cordonniers, charretiers, notamment des débardeurs, des ouvriers du port, des forts de la halle, surtout des journaliers, manœuvres et apprentis, bref des gens habitués à se servir de leurs bras et qui, dans l'échelle des métiers, occupent le plus bas échelon. » Mais tous ne ressemblaient pas à ces énergumènes.

Un auditeur de l'abbé Sicard confessait n'avoir marché que par contrainte. Il y avait des commissionnaires du coin, soûlés, affolés par la boisson, et qui tuaient vingt prêtres, pour s'en repentir après. La plupart ont les opinions de ce cuisinier qui, après avoir décapité M. de Launay, à la prise de la Bastille, s'estimait digne d'une médaille pour avoir détruit un monstre. « Ce ne sont pas des malfaiteurs ordinaires, mais des voisins de bonne volonté qui, voyant un service public installé dans leur quartier, sortent de leur maison pour donner un coup d'épaule. » On a remarqué en effet que les juges et les tueurs de l'Abbaye, dont on a retrouvé les noms et les adresses, logeaient presque tous dans le voisinage : rues Dauphine, de Nevers, Guénégaud, de Buci, Petite-Rue-Taranne, du Vieux-Colombier, de l'Echaudé, Saint-Benoît, du Four-Saint-Germain.

Par ces menues particularités, complètement inédites, on peut juger de l'intérêt puissant qu'offre l'ouvrage de M. Taine dans ses différentes parties. Que M. Taine soit converti ou non, peu importe. Il a rendu à l'histoire des services inoubliables et qui effacent, jusqu'à un certain point, les anciennes erreurs de jeunesse. Voilà donc la Révolution jacobine percée à jour! Elle n'est pas belle, dépouillée des oripeaux poétiques qui la paraient autrefois et que, selon toute apparence, elle ne réussira jamais à retrouver.

DANIEL BERNARD.

UNE EXCURSION SUR L'OHIO

L'Ohio coule du nord au sud. Il n'est peut-être pas de rivière au monde dont la course soit aussi uniformément cadencée, et qui parcoure près de douze cents kilomètres d'étendue, à travers les méandres les plus contournés, sans jamais changer d'allure.

A bien regarder les eaux, on croirait qu'elles sont immobiles, et pourtant elles s'en vont frôler les rivages de l'État fondé par Penn et les montagnes occidentales de la Virginie. Après avoir décrit une courbe gigantesque pour recueillir les sondes de petits ruisseaux qui arrosent les champs de maïs et encerclent les villages de la contrée, l'Ohio s'avance majestueusement jusqu'à Cincinnati, et de là va baigner les prairies du Kentucky, teintées de bleu. Tout à coup, faisant semblant de remonter vers le nord, la « Belle Rivière » — c'est le nom que les habitants du pays donnent à l'Ohio — redescend vers les terres de l'Indiana et de l'Illinois, qui lui fournissent le contingent des eaux du Cumberland et du Tenessee. C'est la dernière étape de l'Ohio : il se jette enfin dans le Mississipi, à près de trois cents lieues au-dessus de l'Océan.

La source de l'Ohio se compose de deux ruisseaux, l'un venant du nord, l'Alleghany, courant d'eau impétueux et transparent, et le second, le Minengahela, ainsi nommé par les Indiens parce qu'il « sort de ses rives », quand les pluies ont amené dans ses eaux les flots du Youghiogheng, aux teintes d'ocre bourbeuses et sablonneuses. L'Alleghany et le Minengahela, d'une nature complètement différente, se réunissent l'un à l'autre à Pittsburg et leur association devient l'Ohio qui, à partir de ce point du territoire jusqu'à sa réunion au Mississipi, reçoit les eaux de soixante-quatorze tributaires, traverse sept États et baigne cent îles ou îlots. Les montagnes situées le long de la rivière sont assez élevées, arrondies sur leur cime et couvertes de verdure. A certains endroits, ces aspérités du sol se dressent d'une seule pièce sur le bord de l'Ohio, à une élévation de 500 pieds, et, plus loin, elles ne s'élèvent dans l'espace qu'après avoir laissé une vaste bande de terre gazonnée, dont le vert éclatant ferait rêver un fermier de la Nouvelle-Angleterre. Du côté du sud, la forêt envahit le sol avec tout le luxe d'une végétation sauvage. Empanachées d'arbres à feuillage persistant, les collines semblent ornées d'un capuchon de velours. La vue ne s'étend pas loin comme sur le fleuve Hudson, ni comme sur le Saint-Laurent. Le drapeau qui flotte à l'avant du steamboat change à chaque instant de direction, car le navire qui emporte le touriste va tantôt au nord, tantôt au sud, à l'est et à l'ouest.

C'est ici le cas de dire un mot des « maisons flottantes » qui sillonnent la rivière et dont notre gravure offre un échantillon. Ces immenses bateaux à quatre étages ou ponts sont élevés sur une quille plate et flottent comme le ferait une planche. Quelle que soit la violence des courants atmosphériques, il n'y a point de vagues sur l'Ohio ; à moins de faire eau, le steamboat ne court donc pas le risque de sombrer. Il peut aussi s'avancer sur un bas-fond sans craindre de s'y ensabler. Une grande perche enfoncée dans la vase suffit pour arrêter le mouvement. Dès que le chargement est opéré, on retire la perche, puis la machine recommence à fonctionner et le voyage continue. Douze à quinze cents excursionnistes peuvent facilement se tenir à l'aise dans ces vastes embarcations. Tout le long de son parcours, le steamboat reçoit des voyageurs comme un tramway de nos boulevards. On hèle le paquebot avec sa canne, son parapluie ou son mouchoir ; aussitôt que le capitaine aperçoit les signaux, il interpelle son lieutenant, qui réunit sur-le-champ l'équipage près de l'écoutille ; tous examinent alors les voyageurs sans se presser et président avec une sage lenteur à la manœuvre. La machine siffle, et les roues qui se meuvent à l'arrière cessent de tourner. Le steamboat tourne insensiblement la proue vers le rivage ; quand il est à bonne portée, les matelots poussent une large planche jusqu'à la muraille de terre qui contient la rivière dans son lit. Les excursionnistes s'aventurent sur la planche, et quand l'embarquement est terminé, la maison flottante reprend majestueusement sa course.

Le brouillard couvre-t-il le lit du fleuve, — comme cela se voit souvent aux États-Unis — alors, le capitaine donne des ordres pour qu'on jette une corde à terre. Ce câble est solidement attaché au premier arbre venu, au rocher le plus proche, et, dès que ces moyens de sûreté sont pris, l'équipage se repose. C'est à cause de ces caprices de la navigation que la durée du voyage de Pittsburg à Cincinnati est fort problématique. Du reste, à quoi bon se presser, lorsqu'on a devant soi un spectacle aussi enchanteur que celui des fermes-modèles de l'Ohio, des montagnes de la Virginie et des prairies du Kentucky ? ¡Plus la route est longue, plus le plaisir dure.

Le beau livre de M. Cullen Bryant, *l'Amérique du Nord pittoresque*, traduit par M. B.-H. Révoil, nous fournit d'intéressants détails sur l'ancienne navigation de l'Ohio. Il y a un siècle, la meilleure voie de locomotion paraissait être le courant d'un vaste fleuve. Les forêts qui bordaient ces grands déversoirs des eaux souterraines et pluviales cachaient en effet des ennemis disposés à s'emparer de la propriété des émigrants et ne craignant pas, au besoin, de leur arracher la vie pour arriver à leur but. Aussi, certaines familles, après avoir traversé les montagnes, dès qu'elles étaient parvenues sur les bords de la Belle Rivière, achetaient-elles une embarcation ; après y avoir entassé leurs paquets, elles se laissaient aller au fil de l'eau. Ces bateaux plats étaient fabriqués avec des planches de chêne vert, clouées l'une par-dessus l'autre sur une carcasse solide. Dès que les émigrants étaient parvenus au

Excursion sur l'Ohio.

terme de leur voyage, ils démolissaient leur véhicule aquatique, pour construire une habitation agreste. Au fur et à mesure de l'établissement de ces villages les pionniers firent usage de bateaux d'une plus grande dimension : les uns montés sur une quille, manœuvrés par dix hommes, les autres, en forme de barque, et conduits par cinquante matelots. Les bateliers de l'Ohio appartenaient tous à une race douée d'une forte constitution ; ils étaient d'un caractère enjoué, ne manquaient jamais de sonner de la trompe quand ils arrivaient dans un hameau ou lorsqu'ils entraient dans le port d'une ville. Tous ces marins portaient pour coiffure, comme les soldats de La Rochejacquelein, un mouchoir rouge enroulé en forme de turban ; leur langage était un mélange de français et d'indien. Le soir venu, ils faisaient escale quelque part ; l'un d'eux, qui jouait du violon, prenait place sur une estrade afin de faire danser ses camarades et les riverains. Telle fut l'origine de ces « ménestrels de l'Ohio » dont parle la chanson rendue célèbre par les histrions barbouillés de suie qui ont parcouru l'Amérique et que nous avons vus en France, *the Christy Minstrels* (1) :

> Ils descendaient la rivière
> En chantant : Ohio ;
> Le soir, après la prière,
> Ils dansaient : Ohio ;
> Ils passaient la nuit entière
> En buvant : Ohio.

Le poète anglais Thomas Moore, dans les notes d'un voyage qu'il fit aux États-Unis, vers le commencement de ce siècle, raconte qu'il entendit un jour les rameurs de sa barque, arrivés à un passage dangereux, entonner, en faisant force de rames, une vieille chanson française dont il ne put retenir que le commencement :

> En revenant du boulanger,
> Dans un chemin j'ai rencontré
> Deux cavaliers très bien montés...

Et le refrain :

> A l'ombre du bois, je m'en vais jouer,
> A l'ombre du bois, je m'en vais danser.

Il retint l'air et les paroles qui lui servirent à composer sa *Canadian song* (2), l'une de ses premières mélodies, devenue populaire et souvent imitée par les poètes canadiens français.

La découverte de l'embouchure de l'Ohio remonte à l'année 1680, mais le parcours de cette rivière ne fut exploré que soixante-dix années plus tard. Les Français furent les premiers « visages pâles » qui se montrèrent sur les rives de l'Ohio. Naturellement, le premier soin de nos vaillants compatriotes fut d'annexer à la mère patrie non seulement le grand lac du Nord, mais encore le « Mechescebé » et tous ses tributaires. Une série de citadelles fortifia les frontières qui reliaient la Louisiane au Canada. L'une de ces citadelles, — le fort Duquesne, — avait été construite non loin de l'endroit où s'élève la ville actuelle de Pittsburg, en Pensylvanie. Les assises du fort avaient été posées sur celles de la bâtisse en ruines que les Virginiens avaient commencées, sur les plans de Washington. A cette époque, la guerre entre l'Angleterre et la France se poursuivait à outrance, et les Anglais étaient constamment battus. Mais lorsque l'illustre Pitt prit en mains le pouvoir, les événements changèrent, et, dès la fin de l'année 1758, le général Forbes s'emparait du fort Duquesne. Quelques jours plus tard, cette forteresse était investie par les Indiens. Le colonel Bouquet réussit à sauver la garnison, où il amena des vivres et des munitions, tout en mettant en fuite les tribus indiennes ; mais cette victoire devait être précaire. Au moment même où les Français, mal soutenus par le gouvernement central, abandonnaient tous leurs droits sur le territoire qu'ils avaient conquis, à ce moment-là, disons-nous, commençait la guerre entre les Américains et les Anglais. Le pays était très éloigné du champ de bataille ; en 1772, le général anglais Gage donna l'ordre d'évacuer la citadelle sans coup férir. Après avoir été successivement occupé par une garnison française et britannique, le fort Duquesne tomba définitivement entre les mains des Américains, qui obtinrent ainsi la possession de tout le bassin de l'Ohio. Là, comme au Canada et dans la Louisiane, les Français avaient donc été les pionniers de la civilisation, mais les bénéfices de leur œuvre étaient réservés à d'autres. *Sic vos non vobis*...!

OSCAR HAVARD.

(1) Nous nous rappelons les avoir entendus chanter à Villedieu-les-Poêles (Manche), il y a une vingtaine d'années, une chanson nègre qui eut alors un vif succès et qui commençait ainsi : *Tout le long de l'Ohio.*

(2) Thomas Moore, *Memoirs edited by lord Russel.* London, 1856, tome VII, p. 192. — *Poetical Works.* Paris, chez Galignani, 1841, p. 114 et 138.

LA FEMME DE MON PÈRE

(Voir pages 586, 602, 612 et 635.)

A Monsieur Paul Dupré, élève à l'École normale supérieure, Paris.

Vallières, le...

Depuis que j'ai acquis la faculté de discerner les choses, d'approfondir les caractères et de juger les effets des causes, je me suis toujours figuré que les femmes seules, et encore les femmes frivoles, se faisaient, à l'occasion, boudeuses.

Mais dis-moi donc, Paul, aurais-tu comme elles cette faiblesse ? Bouderais-tu, par hasard ?

S'il en est ainsi, à ton aise, et quand bon te semblera de m'écrire, tes lettres seront toujours les bienvenues.

Ne va pas, cependant, te figurer que je prends au sérieux ton silence et que je m'en formalise. J'ai pour principe, tu le sais, de laisser chacun libre d'agir à sa guise.

Rien ne me paraît de plus mauvaise compagnie que d'exercer sur ses amis, et cela en général sous d'absurdes prétextes, une pression qui est souvent de nature à rendre pesante la plus vive affection.

Je me doute bien, mon cher Paul, du motif de ton mouvement d'humeur; mais que veux-tu? je ne puis faire à Mme de Montigny l'injure de lui créer une individualité qui ne serait pas sienne, pour le bon plaisir de contenter ta curiosité.

Ma belle-mère n'est point une femme qu'on peut juger et apprécier en une heure. Aujourd'hui encore, je ne la connais pas.

Je ne sais d'elle que son grand air de distinction, sous sa simplicité pleine de grâce ; l'égalité de son humeur, et le sentiment d'estime profonde qu'elle porte à mon père. Hors ceci, plus rien...

Que dire aussi d'une femme semblable?

Te serais-tu figuré la comtesse de Montigny, avec ses vingt-huit ans et son incontestable beauté, invariablement vêtue de blanc ou de noir, selon le temps; sans une garniture, sans un ruban sur ses longues robes de mousseline ou de soie, dont les plis onduleux sont le seul ornement. Jamais une fleur ni à la ceinture ni dans les cheveux; jamais un bijou ni au cou ni aux bras; on dit même qu'elle ne possède pas le plus petit joyau. Est-ce calcul? Je m'en sentirais triste. Est-ce genre? On a quelquefois vu cela. Est-ce principe? Peut-être.

Je te dirai plus tard pourquoi la comtesse de Montigny ne porte pas de falbalas, pas de bijoux, parce que plus tard je le saurai sans doute. Je crois que cette manière de faire est un parti pris, mais j'en ignore le but.

J'ai dû te parler, dans ma dernière lettre, d'une grande chasse projetée. Cette chasse n'a pas eu lieu, le piqueur de notre hôte, un certain sir William, étant tombé malade. Ce n'est, du reste, que partie remise. Cela ne nous empêche pas de courir le bois pendant le jour, et de danser le soir. Ma belle-mère organise avec une étonnante facilité de petites sauteries sans apprêts, émaillées de jolies femmes, d'une tasse de thé aux tartines, de frais éclats de rire, et de beaucoup d'esprit. Au besoin les pères remplacent le cavalier manquant, les mères font vis-à-vis, et Mme de Montigny n'a pas plutôt commencé les premières notes d'une certaine valse allemande, que mon père n'y tenant plus, fait mat aux échecs, et vient se mêler au joyeux groupe des danseurs.

Au revoir, Paul, mon ami. Impossible de te fixer l'époque de mon retour à Paris. Je suis ici pour me refaire un peu, et il me faut le temps de voir l'effet que produira sur moi la vie de paresse et de plaisir que je mène depuis mon arrivée.

Bien à toi.

LUCIEN.

A Monsieur Paul Dupré, élève à l'École normale supérieure, Paris.

Vallières, le...

Mon cher Paul,

Le piqueur de sir William est guéri.

Nous forcions hier un vieux dix-cors, qu'on avait maintes fois chassé sans pouvoir le prendre.

Dès l'aube, plusieurs hommes faisaient le bois ; de sorte que le formidable animal qui s'était jusqu'alors tiré d'affaire devant les plus vaillants équipages, se trouvait rembuché dans une enceinte d'où il ne pouvait s'échapper. Nous avions à peine fait un demi-kilomètre, dans la direction indiquée, que nous pûmes parfaitement distinguer la rentrée du dix-cors.

Ce fut sir William, avec un de ses piqueurs, qui entra pour mettre le cerf debout à coup de limier, et cela ne fut pas long, un quart d'heure à peine, et nous entendions la voix formidable de l'intrépide veneur crier: Taïaut ! taïaut !

Le dix-cors s'était levé lentement sans paraître effrayé, et après avoir gratté quelques instants la terre, il partit au grand trot sous le couvert...

La majeure partie de la meute fut découplée, et la poursuite commença avec un entrain remarquable. Nos chevaux, ainsi que des balles de caoutchouc, bondissaient en galopant ; les chiens criaient crescendo et le *bien aller* des trompes réveillaient les échos de la vallée encore endormie. De temps en temps, les gardes coupaient court par d'étroits faux-fuyants. De cette façon, chacun se retrouvait, sans effort, à sa place.

Le cerf ne tarda pas à quitter le couvert, où on le voyait à chaque instant, pour entrer dans la plaine, et cela, avec une telle insolence, qu'il avait positivement l'air de se moquer de nous.

Le débouché fut magnifique. L'endroit, du reste, y prêtait grandement. L'animal, poursuivi à outrance par la meute courageuse, fuyait avec rapidité à travers une plaine immense coupée de place en place par de petits canaux. Les chevaux, tous excellents, suivaient en bon ordre, et les trompes sonnaient presque sans trêve, malgré notre course vertigineuse.

Le dix-cors ne faiblissait pas. Mon père, avec sa grande habitude de la chasse, commençait à douter du succès et fit partager ses craintes à sir William, dont les piqueurs avaient, aussi, perdu un peu de leur assurance du matin. Ce diable d'animal, avec ses airs narquois, était tout simplement effrayant, et pour ma part je désespérais de le voir forcer. Heureusement que toute la meute n'avait point été découplée, car une grande partie des chiens revenait évidemment fatiguée.

En quittant la plaine, le dix-cors entra dans d'énormes masses boisées où il se fit battre sous le nez des chiens qui n'en voulaient pas. Du reste, depuis quelque temps déjà, la meute ne donnait plus du tout. On essayait de faire rentrer les vaillants de l'équipage, mais inutilement. Il fut alors question de pénétrer, tous ensemble, dans le fourré avec la partie de la meute qui n'avait pas encore été découplée ; moyen extrême, auquel on se préparait avec une certaine solennité. Une fois entré, on poursuivit à outrance le cerf évidemment sur ses fins, mais qu'il fallait cependant mener à vue. Vers le soir, il fut en effet porté bas. Acculé au revers d'un fossé que l'épuisement ne lui permit pas de gravir, il était effrayant; son regard terrible, l'aspect résolu de tout son être, devaient faire craindre qu'il ne vendît chèrement sa vie, aussi me sentais-je médiocrement satisfait de l'honneur que sir William fit à mon père de servir le cerf à l'hallali.

Mais le comte de Montigny n'a pas vieilli depuis vingt ans. C'est toujours la même force dans ses muscles d'acier, la même dextérité, le même courage, le même regard prompt et sûr. Ce fut donc sans se le faire dire deux fois que mon père tira sa dague. Puis, s'avançant vers le formidable dix-cors, il fit en sorte qu'il se dépassât, et lui trancha les deux jarrets d'un coup de revers de son couteau de chasse. La bête tomba, les chiens aussitôt la couvrirent, et en un instant le pauvre animal ne fut plus qu'un monceau de chair vive que la meute dévorait à belles dents, tandis que les trompes sonnaient bruyamment.

Vois-tu, Paul, il faut avoir assisté à une de ces chasses, comme il y en a dans certaines parties de la Normandie, pour se faire une idée de l'irrésistible entraînement qu'on éprouve à les suivre. Sans être très nombreuse, la nôtre, composée de plusieurs grands veneurs, de hardis piqueurs, de gardes bien entendus, et avec cela servie par une meute mi-ardennaise, mi-anglaise, notre chasse, dis-je, était magnifique.

Le retour fut des plus curieux. Comme la nuit descendait vite et que nous ramenions tout ce monde dîner à Vallières, on ne se sépara pas. Nous produisions, paraît-il, en traversant la campagne, un effet fantastique. Ainsi que des chevaliers errants, nous cheminions sans mot dire : la fatigue nous rendait silencieux. Au milieu de l'obscurité du soir, un de ces soirs sans lune, où chaque objet, chaque bête, chaque homme noie sa silhouette dans le vague des ombres et affecte, par cela même, des formes parfois gigantesques, toujours bizarres, souvent effrayantes, le nombre s'en double à la vue, comme il se centuple dans le récit qu'on en fait aux veillées. Rien, du reste, ne porte à la fantasmagorie comme ces ombres allongées indéfiniment par des effets d'optique, et dont on ne distingue ni le commencement ni la fin; qu'on voit se mouvoir, portant et porté, sans qu'il soit possible de se rendre compte, ni du mouvement, ni de l'intention. Semblables aux moutons de Panurge, nos chiens suivaient et paraissaient des flots roulants poussés par des piqueurs. Ombres dans l'ombre, nous passions comme une de ces marches nocturnes que savent si bien décrire certains poètes.

A Vallières, tout était en liesse pour nous recevoir. Sur la table de la salle à manger chauffée à point, un dîner réconfortant nous attendait, et nous y fîmes grand honneur, je t'assure.

Ma belle-mère a eu le bon esprit de ne pas fuir ce milieu tout masculin. Elle y a été aimable et pourtant sérieuse, mais, par-dessus tout, vraiment bonne.

Maintenant trêve de folies. Ton mutisme m'inquiète. Je te connais trop pour croire que la plaisanterie que contenait ma dernière lettre ait pu te froisser ; aussi, je crains vraiment que tu ne sois malade; écris-moi donc, ou fais-moi écrire.

Au revoir, mon cher Paul, tout à toi en saint Hubert.

LUCIEN.

A Monsieur Lucien de Montigny, château de Vallières, par Fleury-sur-Andelle (Eure).

Paris, le...

Quel récit de veneur consommé! quel feu roulant de termes cynégétiques ! quel disciple enthousiaste et zélé le grand saint Hubert compte maintenant dans sa joyeuse légion! Mais tu ne m'avais pas encore fait part, mon cher Lucien, de tes instincts si prononcés de chasseur émérite. Je suis étourdi, bouleversé, fasciné. Je ne rêve plus que dix-cors, chiens et piqueurs. Le jour, je me prends à fredonner tous les airs de chasse que les orgues de Barbarie possèdent dans leur répertoire, depuis celui de Henri IV jusqu'à celui qui résonnait encore la semaine dernière dans la forêt de Fontainebleau. La nuit, je me vois poursuivant toute une armée de cerfs, de sangliers, de loups, que je ne parviens jamais à atteindre. Puis, j'entends les taïauts, les fanfares et le reste.

Je me réveille brisé, pressant vainement avec une force surhumaine la détente d'un fusil imaginaire. Alors, l'erreur constatée me rend furieux; j'envoie la science au diable, et pour peu que je sente le lendemain revenir les rêves de la veille, je vais faire un tour de boulevard. Alors, la vue de tous les gens prétentieux et bêtes qui étalent sur l'asphalte leur toilette de gravure de mode et leur figure de carton, parvient généralement à me dérider. Je suis la démarche impassible de celui-ci, le rayon visuel de celui-là, parcourant sur la pointe des pieds un assez long chemin, en regardant ce que regardent certains yeux. De cette façon, j'essaye à me rendre compte de la dose d'intelligence répartie sur les masses. J'en augure parfois qu'elle est bien restreinte, et tout en roulant une cigarette, je me prends à philosopher pour passer le temps. De toutes ces études sur l'humanité, il ne résulte rien qu'une piètre idée du monde au point de vue intellectuel, et l'oubli momentané du dix-cors et des fanfares. Comme c'est à ce but que je vise, tout est pour le mieux. Je me remets alors au travail, faisant la paix avec la science, cette chère science qui vous défend contre le ridicule de ressembler aux gravures de modes et celui d'être pris pour des figures de carton.

C'est vrai, mon cher Lucien, j'ai été longtemps sans t'écrire; mais que voulais-tu que je te disse, pauvre étudiant enfermé entre les quatre murs de mon école? Et puis, j'ai été quelques jours fort morose. Le dernier paquebot de Bourbon est arrivé sans m'apporter de lettre. A quoi attribuer cela? je n'en sais rien : un service mal fait peut-être? Dieu le veuille.

C'est terrible, vois-tu, Lucien, d'avoir autant de lieues entre sa famille et soi. Quand l'ennui s'empare de mon esprit, mes regrets s'étendent non seulement sur les miens, mais sur tout. C'est avec rage que je pleure mon île aux horizons sans fin, à la luxuriante verdure, aux fleurs si riches et si belles, aux habitants si bons; notre mer bleue aux vagues aussi douces que des soupirs de bonheur, et notre éternel soleil.

Lucien, j'ai parfois le spleen, dans ta France glacée, où l'argent a le pas sur les plus grands cœurs; dans ta France jongleuse qui rit à tout ce qui tombe et qui n'a que des larmes feintes pour la douleur; dans ta France aux idées soi-disant libérales et qui n'ose même pas avouer, hautement, qu'elle croit en Dieu et en la famille.

. . . .

. . . .

Mais ne m'en veux pas, Lucien, de cette boutade. Parfois aussi il fait chaud dans la France; et elle se montre généreuse et croyante à ses heures. Quand il faudra la quitter, je regretterai son esprit encore tout gaulois, et sa grâce entraînante; mais, je te le répète, le spleen est maître de moi, quand je n'ai pas de lettre de Bourbon.

Au revoir, Lucien, danse et chasse puisqu'il t'est possible de danser et de chasser, et pense quelquefois à

PAUL DUPRÉ.

J'ouvre ma lettre pour te dire que je reçois à l'instant des nouvelles de Saint-Denis.

A Monsieur Paul Dupré, à l'École normale supérieure, Paris.

Vallières, le...

Tu voudras bien avouer avec moi, mon cher Paul, que je suis bon prince en te laissant ainsi abîmer impunément ma France, et cela, parce que monsieur n'a pas reçu de nouvelles de Bourbon. Ta manière d'être ressemble à celle d'un enfant trop gâté qui, sous prétexte qu'il est souffrant, casse et brise tout dans la maison. Heureusement pour toi, je fais la part de ton attente, de tes inquiétudes, et suppose un dérangement momentané dans tes facultés.

. . . . Mais ne recommence pas, mon cher créole, car je t'avertis que ta folie n'aurait plus cours... Ceci dit, mon bon, j'ajouterai qu'à la lecture de ta lettre j'ai été bien triste, d'abord de ta tristesse, bien joyeux ensuite de l'arrivée de ces chères nouvelles qui se faisaient assez longtemps attendre pour t'inquiéter.

Depuis ce matin, on s'occupe ici de mon prochain départ. Mon entrée à l'École des mines étant positivement décidée, diverses questions s'agitent à mon endroit : question d'époque, question d'argent, question d'appartement, car je vais être élève libre. Tout ceci se passe entre mon père et moi. Mme de Montigny ne prend aucune part à notre conversation, qu'elle paraît suivre néanmoins avec beaucoup d'attention et d'intérêt.

Je vais entrer en possession de la petite fortune de ma mère, dont les revenus, quoique modestes, suffiraient à mes besoins, lors même qu'ils ne seraient pas étayés d'une jolie pension que veut bien me servir mon père. Je compte, du reste, être raisonnable, persuadé que je trouverai dans ma sagesse un grand profit pour mon avenir, que je n'ai pas l'intention de compromettre par des écarts, ni d'hypothéquer par des erreurs.

Pour la dernière fois de cette année, sans doute, notre société s'est réunie hier. Nous sommes allés retrouver une chasse à laquelle nous ne prenions point part, mais qui devait se joindre à nous pour déjeuner en forêt.

Après le repas, qui fut charmant, nous avons visité une énorme hutte de sabotiers qui se trouve au plus épais du bois. Ces huttes sont fort curieuses. Des familles entières naissent, vivent et meurent dans ces cabanes dont l'intérieur a beaucoup d'analogie avec la partie habitée par les passagers sur les bateaux à vapeur et les bateaux voiliers destinés aux longs voyages. Les lits y sont superposés, les ustensiles suspendus. Il paraît qu'il règne dans ces républiques une entente très grande et une moralité surprenante, si on considère combien amènent parfois de désordre moral ces vies en commun, sans distinction d'âge ni de sexe.

Chacune de ces dames voulut se commander une paire de sabots. Ceci donna lieu à quelques petites scènes amusantes pour un observateur. J'ai vu de mignons pieds qui se montraient à peine, et d'autres, moins mignons, qui se montraient beaucoup. Les sabots ont été payés par avance, et trois fois leur valeur. Ceci est justice, du reste, car, quiconque s'arroge le droit d'interrompre le travail de l'artisan est, moralement parlant, tenu de le dédommager du temps qu'il lui fait perdre : le temps n'est-il pas le capital de l'ouvrier? Demain, pensai-je, ces dames auront une paire de sabots, mais qu'en feront-elles, grand Dieu ?

Ce qu'elles en ont fait? écoute donc. Dès le soir même, un petit sabotier apportait à Vallières, où nous étions tous revenus, une cargaison de sabots. Ce furent alors des cris de joie de la part des jeunes filles, des exclamations enthousiastes de la part de tout le monde, une folie, enfin! Il fallut essayer ces nouveaux escarpins. On trouva que cela allait à ravir, que c'était charmant, si charmant, que ce ne fut qu'une voix pour demander la permission de les garder.

Vois-tu d'ici toutes ces jolies femmes, avec leur cachet aristocratique et leurs façons de reine, faisant claquer sur les dalles et sur les parquets leurs talons de bois rendant un son de castagnettes? Elles avaient, du reste, une adorable manière de marcher. On eût dit qu'elles ne portaient que cela depuis que leurs pieds se chaussaient.

Et quand vint la soirée, on dansa sans quitter ses sabots. Mon père commençait à trouver que le bruit s'accentuait; mais ma belle-mère, qui elle, ne *sabotait* pas, demanda grâce pour cette charmante jeunesse, folle pendant une heure, et les polkas succédèrent aux quadrilles et aux valses, avec une rapidité vertigineuse. Oh! l'amusante soirée! que d'entrain! que de grâce! que d'esprit y fut dépensé! Mon cher Paul, que n'étais-tu là! tu eusses aimé la France en faveur des Françaises.

Aujourd'hui il fait silence à Vallières, et pourtant du fond de ce silence je crois entendre encore ce gentil bruit de sabots qui semblait hier faire tressaillir nos ancêtres, vieilles têtes à perruques, collées aux murailles, et immobiles dans leurs cadres depuis plusieurs générations.

J'espère, mon cher Paul, que tu ne te plaindras pas de ma paresse, car depuis mon arrivée en Normandie, t'en ai-je écrit de ces lettres souvent sans sujet et sans but!

Encore quelques jours, et ma vie de plaisir finira. Il en est temps du reste, je pourrais peut-être y prendre goût, et alors, adieu noble ambition, adieu beaux rêves d'avenir!... Tant d'aspirations, tant de travaux, n'aboutiraient donc qu'à faire de moi un danseur et un chasseur. Mais que Dieu me préserve de cette existence vide et inutile.

Au revoir, Paul, garde-moi toujours ta parfaite amitié.

LUCIEN.

A monsieur Dupré, à l'École normale supérieure, Paris.

Vallières, le...

Mon cher Paul,

Il est minuit. Dans ma chambre brillent encore à travers la cendre quelques étincelles d'un feu qui pétillait joyeusement quand j'y suis rentré après une journée fatigante. Nous revenons de Rouen, mon père et moi, par un temps sombre et froid; aussi sommes-nous bien las.

Cependant, cette heure de minuit dont je te parle, ces étincelles qui brillent et que je parais vouloir chanter, tout ceci doit te sembler chose étonnante, car par nature je ne suis guère poète.

Mais il est des moments dans la vie où nous cherchons à faire notre cœur bien grand et bien pur — je trouve que rien n'y aide comme la poésie — pour le rendre digne d'apprécier certains sentiments auxquels il ne faut pas toucher, même en pensée, si on ne se sent pas assez grand et assez pur pour les juger. De là viennent, tout naturellement, cette propension à la rêverie, silence de l'âme qui se recueille, et le besoin de se rappeler le temps où, tout petit enfant, notre mère joignait les mains pour nous faire prier. Cet état de mysticisme et ces souvenirs d'enfance sont comme une sanctification, n'est-ce pas?

Eh bien donc! c'est tout sanctifié, il me paraît, par la volonté de l'être, que je viens causer avec toi de mes impressions intimes.

Il est un sentiment que nous, jeunes gens, avons l'habitude de traiter comme nous traiterions un fétiche, parce qu'il nous est étranger dans sa pureté et dans son essence: nous ne connaissons pas l'amour; nous ne savons que la folie. Tout ce qui, de près ou de loin, s'en rapproche, nous trouve en général sceptiques.

Cependant l'amour, ce grand mot qui résume à lui seul tous les dévouements et tous les devoirs, profané par les uns, bafoué par les autres, incompris par beaucoup, se présente tout naturellement à mon esprit, quand je vois avec quelle sollicitude Mme de Montigny entoure mon père d'égards, de soins et d'affection. Il y a tant de simplicité, de grâce, tant de vérité dans ses paroles, dans ses gestes, dans son regard, qu'il est impossible de ne pas croire à un sentiment bien profond et bien tendre de la part de cette femme qui n'a de sourires que pour son mari. Sévère parfois jusqu'à l'austérité, la vie de la comtesse de Montigny est réellement un livre ouvert. L'existence active qu'elle paraît s'être imposée donne à Vallières un cachet de confort dont, à chaque instant, on éprouve les effets. Partout on pressent son passage; partout on devine qu'elle a mis son cœur, parce que partout elle sait que son mari s'arrête et se trouve.

Ne sois pas sceptique, Paul; crois avec moi à l'amour, et si Dieu bénit notre jeunesse s'il daigne nous donner un jour une de ces femmes, qui, comme la comtesse de Montigny, laisse aux parterres préférés de son mari les roses dont elle pourrait orner son corsage, et si cette femme ne sourit qu'à nous, faisons-lui de beaux jours; car, vois-tu, Paul, cette fleur qu'on ne cueille pas, et ce sourire unique, c'est bien là de l'amour.

Tu vas trouver, mon ami, que je ne suis expansif qu'à mes heures, peut-être; mais en jetant un regard en arrière, j'ai senti que j'étais coupable vis-à-vis de ma belle-mère, que la prévention m'empêchait d'apprécier, et quoique la noble femme n'ait rien su de positif à l'égard des sentiments qu'elle m'inspirait, j'avais, il me semble, à réparer; et c'est à toi, Paul, qui fus témoin de mes injustes craintes, que je viens dire: Si la première comtesse de Montigny était charmante, la seconde est parfaite.

Mais parfaite, entendons-nous.

D'abord, je ne retire pas ce mot qui résume la quintessence de toutes les qualités, car je les lui accorde toutes. Cependant, elle n'a pas, pour mes vingt-quatre ans, le charme qu'on rêve à notre âge, c'est-à-dire ce gracieux enjouement qui entraîne, cette innocente coquetterie qui attire, cet esprit français que les femmes du monde dépensent comme de l'eau, qui pétille dans nos salons, et qu'on chante sur toutes lyres. Mme de Montigny est le type accompli d'épouse, de belle-mère, de maîtresse de maison. Mon père doit l'adorer, moi je l'aime comme j'aimerais une vieille parente. Ses invités la portent haut et son curé la salue bas; mais pas un homme ne restera rêveur après l'avoir vue peu ou beaucoup. Est-ce parce que sa manière d'être, si ferme, si carrée, vous tient en respect et vous pose des limites, rien que par son silence? Est-ce parce qu'elle laisse aux autres femmes le droit de paraître spirituelles et celui de se faire belles, sans jamais demander place au double tournoi de l'intelligence et de la beauté? je l'ignore. Tout ce que je puis dire, c'est que les reproches que je lui adresse, tiennent à sa perfection même et que si, nous, hommes frivoles et légers, ne trouvons pas à cet femme l'irrésistible attrait qui nous séduit toujours, nous ne pouvons, néanmoins, lui refuser notre respectueuse admiration.

Je suis donc arrivé jusqu'à la veille de mon départ de Vallières avant de te faire connaître mon jugement sur la comtesse de Montigny et de te confier à son égard ma pensée intime; mais maintenant que tu n'ignores plus rien, nous causerons plus facilement, lorsque je vais te revoir, du passé, du présent, de l'avenir; ce qui, du reste, sera bientôt, car mon père compte me renvoyer vers la fin de cette semaine.

Au revoir alors, crois en ton ami.

LUCIEN.

A Madame la comtesse Suzanne de Montigny, au château de Vallières, par Fleury-sur-Andelle (Eure).

Paris, le...

Madame et chère belle-mère,

Me voici donc installé chez moi; mon petit appartement sous les toits me plaît beaucoup; la vue y est splendide et l'air très pur.

Mais la vie indépendante me dépayse. Je ne me reconnais pas aujourd'hui pour ce que j'étais encore hier : un écolier.

Tout m'étonne, c'est comme un changement à vue et l'histoire de la chrysalide se faisant papillon. Paris n'a pourtant pas changé depuis deux mois : le Louvre est toujours à sa place et le Panthéon à la sienne; mais je ne les vois pas avec les mêmes yeux sans doute. Il me semble qu'à travers les fenêtres de mon charmant réduit, toutes les merveilles entassées dans la grande ville ont revêtu un air solennel pour parler à mon imagination le sérieux langage de l'histoire et des années. Alors, je ne voyais que l'immensité de l'art, maintenant je vois la page sans fin de ces existences enchaînées les unes aux autres, anneaux vivants qui relient le passé au présent, et je comprends les leçons muettes que nous donnent ces vieilles murailles. Dans leur immobilité elles ont contemplé tant de siècles et tant de choses, abrité tant de vertus et tant de vices! Là où le polytechnicien mettait son sourire, l'homme met sa pensée, et tout ce qui reste debout dominant tout ce qui tombe est un de ces grands exemples qui, en frappant les regards, doivent aussi faire impression sur nos cœurs. Vrai, madame, une espèce de métamorphose s'est subitement opérée dans mon individu. Obligé de ne plus compter que sur moi, je me vieillis à mes propres yeux afin de me bien persuader que je ne suis plus un enfant. Joignez à cette nécessité actuelle les aspirations du présent, les préoccupations de l'avenir, et vous vous rendrez facilement compte du sentiment que j'éprouve.

L'ennui vient parfois me visiter. Heureusement que plusieurs de mes camarades d'école m'aident à le combattre. Je me donne le genre d'avoir *mon jour* et grâce à quelques-uns d'entre eux, esprits charmants, ma mansarde est devenue *salon*. On cause de tout pendant ces heures du soir qui nous réunissent, politique, science, arts, littérature; littérature surtout. Je m'inspire au contact de mes amis, et j'ai déjà eu la faiblesse de jeter quelques idées sur le papier. C'est bien présomptueux, peut-être, aussi c'est bien tentant de pouvoir dire avec Prévost-Paradol :

« Salut lettres chéries, douces et puissantes consolatrices. Depuis que notre race a commencé à balbutier ce qu'elle sent, ce qu'elle pense, vous avez comblé le monde de vos bienfaits, mais le plus grand de tous, c'est la paix que vous répandez dans nos âmes. Vous êtes comme ces sources limpides, cachées à deux pas du chemin sous de frais ombrages; celui qui vous ignore continue à marcher d'un pas fatigué ou tombe épuisé sur la route; celui qui vous connaît accourt à vous rafraîchir son front et rajeunir en vous son cœur. Vous êtes éternellement belles, éternellement pures, clémentes à qui vous revient, fidèles à qui vous aime. Vous nous donnez le repos, et si nous savons vous adorer avec une âme reconnaissante et un esprit intelligent, vous y ajoutez, par surcroît, quelque gloire. Qu'il se lève d'entre les morts, et qu'il vous accuse, celui que vous avez trompé. »

Au revoir, madame et chère belle-mère, n'oubliez pas votre promesse de venir bientôt à Paris; cette promesse je la rappelle aussi à mon père.

Votre beau-fils,

LUCIEN.

— La suite au prochain numéro. —

MALRAISON DE RULINS.

CHRONIQUE

On parle d'une grève générale de blanchisseuses pour les premiers jours de janvier : ces confectionneuses de la propreté se plaignent de leurs salaires insuffisants, suivant elles, et elles menacent les patrons et patronnes qui les emploient de mettre leurs clients dans l'impossibilité de changer de chemise, s'il n'est point fait droit à leurs exigences...

Voyez cela, Paris en pleine disette de linge blanc! Plus de linge de table! plus de linge de lit! plus de linge de toilette! plus de linge de corps! Bref, nous voici tous, Parisiens de l'un et de l'autre sexe, en perspective de faire concurrence comme propreté aux Fuégiens que nous avons vus au Jardin d'Acclimatation, ou tout au moins à nos Auvergnats.

Je ne vois qu'un moyen de nous tirer d'affaire : nous suivrons le conseil de Napoléon Ier, et nous laverons notre linge sale en famille. C'est pour le coup que les vieux garçons, réduits à manier eux-mêmes le savon, le battoir et le fer à repasser, songeront avec amertume aux funestes conséquences du célibat, à moins pourtant qu'il n'y en ait parmi eux d'assez endurcis pour comprendre le bonheur à la façon de certain personnage dont il est question dans un conte oriental.

Un jour, le schah de Perse était malade ; son médecin lui déclara qu'il n'y avait qu'un moyen de guérir, c'était d'endosser au plus vite la chemise d'un homme heureux.

Vite ses officiers se mirent en campagne pour trouver un mortel qui n'eût absolument rien à reprocher à sa destinée, et pour lui prendre, de gré ou de force, son vêtement le plus intime.

Mais personne, absolument personne, ne se déclarait heureux. Après avoir bien couru tout l'empire, ils revenaient au palais où le schah commençait à s'impatienter. Sur le seuil, ils rencontrèrent un vieux mendiant auquel l'un d'eux demanda ironiquement : « Eh bien ! et toi, es-tu un homme parfaitement heureux?

— Oui, certes, répondit le bonhomme, car je n'ai rien à perdre et je ne désire rien gagner : je possède donc le bonheur parfait. »

Il n'avait pas achevé que les officiers sautaient sur lui et lui arrachaient sa misérable veste en peau de mouton, pour lui prendre ensuite sa chemise...

Hélas ! peine perdue ! L'homme qui possédait le bonheur parfait ne possédait pas même une vulgaire chemise de madapolam, pas même un faux-col en papier !

Et dire, que si la grève des blanchisseuses s'éternisait, il nous faudrait comprendre le bonheur de cette façon-là !...

ARGUS.

BIBLIOGRAPHIE.

La vie de Notre Seigneur Jésus-Christ, PAR M. l'abbé C. FOUARD. 2e éd. 2 vol. in-8, 14 fr.

La première édition de ce livre s'est écoulée en moins d'une année. La seconde édition, revue avec soin et imprimée sur beau papier, aura certainement le même succès.

Un Moine au dix-neuvième siècle, le Père Lacordaire, PAR M. LE COMTE DE MONTALEMBERT. 1 vol. in-12, 2 fr.

Cette biographie a paru il y a vingt ans : on la dirait écrite d'hier. Au moment où l'on expulse de France les fils de Lacordaire, il est opportun de rappeler ce que fut leur père et leur modèle. Qui, mieux que Montalembert, l'ami, le témoin, le frère d'armes du grand Dominicain, eût été digne de faire revivre cette grande figure et de dire ce que sont ces moines que l'on chasse aujourd'hui d'un pays dont ils ont été et la gloire et l'honneur?

Les Moines, PAR M. LE COMTE DE MONTALEMBERT. 1 vol. in-12, 2 fr.

M. de Montalembert s'était proposé de faire connaître à son siècle les moines d'Occident depuis saint Benoît jusqu'à saint Bernard.

A cette œuvre de justice et de réparation, M. de Montalembert a employé ses dernières années et ses dernières forces. Il est mort en y travaillant et sans l'avoir achevée. Mais, avant d'entamer son vaste et laborieux récit, il avait pris soin de résumer dans une éloquente introduction tout ce qu'il pensait des moines, de leur caractère, de leur destinée et du temps où leur puissance s'est déployée avec le plus d'éclat. Ces pages ont été écrites il y a plus de vingt ans ; les événements qui viennent de s'accomplir nous ont paru les rendre aujourd'hui plus opportunes que jamais.

Charybde et Scylla, par Mlle ZÉNAÏDE FLEURIOT. 1 vol. in-12, 2 francs.

Un Drame en province, par Mme ÉTIENNE MARCEL. 1 vol. in-12, 2 francs.

Ces deux nouvelles ont paru dans la *Semaine des Familles*. — Elles retrouveront, en volume, nous en sommes certains, le grand succès qu'elles ont obtenu dans le journal.

C. L.

Abonnement, du 1er avril ou du 1er octobre ; pour la France : un an, 10 f. ; 6 mois, 6 f. ; le n° au bureau, 20 c. ; par la poste, 25 c.
Les volumes commencent le 1er avril. — LA SEMAINE DES FAMILLES paraît tous les samedis.

VICTOR LECOFFRE, ÉDITEUR, RUE BONAPARTE, 90, A PARIS. — Imp. de la Soc. de Typ. - NOIZETTE, 8, r. Campagne-Première. Paris.

L'Hospice de la Charité.

L'HOSPICE DE LA CHARITÉ

Une maison de la ville de Grenade, louée par saint Jean de Dieu, en 1540, pour s'y retirer et secourir les pauvres malades, fut l'humble berceau d'une congrégation qui, dès sa naissance, se répandit dans une grande partie de l'Europe. Cet établissement si utile des *Frères de la Charité* fut formé par un homme pauvre et d'une naissance obscure, sans autres secours que ceux de la Providence ; elle en avait inspiré le dessein, elle en assura le succès. Saint Jean de Dieu eut bientôt des associés qui partagèrent ses fonctions. Ils formèrent ainsi une congrégation à laquelle son chef ne donna d'autre règle que de suivre son exemple et d'imiter son zèle pour le soulagement des pauvres malades. Il mourut le 8 mars 1550, et sa congrégation fut approuvée par le Saint-Siège le 1er janvier 1572.

Marie de Médicis, qui avait épousé Henri IV à Lyon en 1600, fit venir, l'année suivante, quelques-uns de ces religieux de Florence et les établit, en 1602, dans le faubourg Saint-Germain, dans une maison qu'occupèrent depuis les Petits-Augustins. Ce fut Marguerite de Valois qui, en l'année 1606, les transféra dans un autre bâtiment accompagné d'un grand jardin, situé rue Saint-Père (depuis dite des Saints-Pères), près de la chapelle Saint-Pierre. Les Frères de la Charité, grâce à des achats et à de pieuses libéralités, purent faire bâtir des salles plus vastes, ce qui leur permit de recevoir de nombreux malades. A la veille de 1789, cette maison hospitalière contenait cent quatre-vingt-dix-neuf lits destinés pour les hommes, pourvu que leurs maladies ne fussent pas contagieuses. « On leur y procure nuit et jour, dit Jaillot, les secours spirituels et les remèdes temporels qui leur sont nécessaires, avec des soins, un zèle, une charité, une patience et une propreté qui ne laissent rien à désirer que l'augmentation du nombre des lits, qui est trop petit pour le nombre des malades qu'on y présente tous les jours. »

Associant l'art à la religion, les Frères de la Charité avaient orné les salles de leur hospice de tableaux dus aux talents d'habiles peintres, tels que Testelin, La Hire, Le Brun, de Sève, Restout, Hallé, etc. Le tableau qui était dans la grande salle représentait le roi saint Louis pansant un malade ; le Christ, ornement du chœur de l'église, n'était pas moins remarquable. A côté du maître-autel, on voyait saint Jean-Baptiste prêchant dans le désert; la chapelle à gauche était ornée d'un saint Jean de Dieu peint par Jouvenet; enfin, la Charité, de Le Brun, offrait un des premiers ouvrages de ce grand peintre.

Le tombeau que l'on voyait sur la droite était celui de Claude Bernard, surnommé *le Pauvre prêtre*, mort en odeur de sainteté en 1641 et connu par son ardente charité pour les malheureux. Sa statue, de terre cuite, œuvre remarquable d'Antoine Benoît, était le portrait le plus ressemblant du saint prêtre dont voici la rapide biographie.

Il naquit à Dijon, le 26 décembre 1588. La vivacité de son imagination, l'enjouement de son caractère, les saillies de son esprit, le firent accueillir dans les meilleures sociétés, dont il aimait à partager les plaisirs. Il s'attacha à M. de Bellegarde, commandant en Bourgogne et gouverneur de Dijon, qui le décida à embrasser l'état ecclésiastique et l'emmena à la cour, où Bernard fut très apprécié pour son affabilité et son esprit. Il voulut célébrer sa première messe dans la chapelle de l'Hôtel-Dieu, entouré des pauvres qu'il y avait invités. Dès ce moment, il se fit appeler *le pauvre prêtre* et se consacra entièrement au service des pauvres et des malades dans cet établissement. Après avoir passé vingt ans dans cet exercice, il alla le continuer à l'hôpital de la Charité; de plus, il s'établit sur les places publiques, où il prêchait avec un zèle à toute épreuve et une éloquence vive et naturelle qui lui attirait de nombreux auditeurs de la classe du peuple. Ses exhortations étaient soutenues par d'abondantes aumônes, pour lesquelles il trouva des ressources dans le produit d'un héritage de quatre cent mille livres qui lui survint et qu'il vendit pour soulager les malheureux, et dans le produit des quêtes qu'il faisait à la cour et à la ville; son zèle pour le soin des pauvres et des malades s'étendit à celui des malheureux détenus dans les prisons. Plusieurs criminels qu'il conduisit sur l'échafaud ou à la potence, touchés de ses exhortations, subirent leur supplice dans de grands sentiments de pénitence.

Au milieu de tous ces exercices si pénibles et si dégoûtants en apparence, Bernard avait conservé son humeur enjouée qui attirait chez lui des personnes du plus haut rang. Il savait mettre ce concours à profit pour en tirer des contributions destinées à ses charités. Le cardinal de Richelieu le pressant un jour de lui demander quelque grâce: « Monseigneur, lui dit-il, je prie Votre Éminence d'ordonner que l'on mette de meilleures planches au tombereau dans lequel je conduis les criminels au lieu du supplice, afin que la crainte de tomber dans la rue ne les empêche pas de se recommander à Dieu avec attention. »

Ce fut au milieu de tous ces exercices de charité que ce pieux et digne émule de saint Vincent de Paul, son contemporain et son ami, mourut en odeur de sainteté, le 23 mars 1641. Il avait fondé, en 1638, le séminaire des *Trente-Trois*, ainsi nommé des trente-trois années que Jésus-Christ a passées sur la terre. Ce séminaire, placé sur la montagne de Sainte-Geneviève, était un de ceux de Paris où se faisaient les meilleures études.

L'épitaphe de Claude Bernard, qu'on lisait au pied du tombeau de ce bon prêtre, dans l'église de la Charité, était d'une éloquente simplicité:

Icy gist messire Claude Bernard, dit le pauvre prêtre, *qui décéda le 23 mars 1641.*

Près de lui fut aussi inhumé le corps de Jacques Gauffre, maître ordinaire en la Chambre des comptes, qui mourut en 1654: il avait succédé au bon prêtre dans l'assistance des criminels condamnés au dernier supplice, et fut un des biographes de Claude Bernard.

L'église de la Charité, sans avoir rien de remarquable comme architecture, était régulière et assez belle; en 1733, on l'avait décorée d'un joli portail.

La communauté était d'environ soixante religieux dont les revenus et les aumônes qu'on leur faisait leur étaient communs avec les pauvres malades assistés par eux avec tant de soins.

Cet hospice avait un médecin, un apothicaire, deux chirurgiens jurés et plusieurs *garçons* ou élèves chirurgiens.

Pendant la Révolution on donna à l'hôpital de la Charité le nom d'*Hospice de l'Unité*, on n'a jamais bien su pourquoi, ou plutôt sans doute parce que le mot *charité* blessait les fameux inventeurs de la retentissante devise *Liberté, Égalité, Fraternité*; mais cette fraternité-là n'avait rien de commun avec la charité chrétienne. Quoi qu'il en soit, sous le Consulat, sa dénomination primitive fut rendue à cet établissement, un des plus importants de Paris.

Ch. Barthélemy.

LE SUCCÈS PAR LA PERSÉVÉRANCE.

V

Heydn

« En Allemagne, dit Mme de Staël, les habitants des villes et des campagnes, les soldats et les laboureurs, savent presque tous la musique. Il m'est arrivé d'entrer dans de pauvres maisons noircies par la fumée de tabac et d'entendre tout à coup non seulement la maîtresse, mais le maître du logis improviser sur le clavecin comme les Italiens improvisent en vers. »

Depuis le jour ou Mme de Staël écrivait son judicieux livre, les révolutions et les guerres, les nouvelles industries et les nouvelles convoitises ont terriblement, si je ne me trompe, altéré, sinon transformé le caractère et les mœurs de l'Allemagne.

Mais au temps où dans son vaste espace, du vallon à la montagne, du hameau à la cité, elle m'attirait si vivement, au temps de ma jeunesse, elle avait encore la passion de la poésie et de la musique. Dans chaque ville, des sociétés philarmoniques; à chaque table d'hôte, à chaque Lustgarten, un orchestre; à Leipzig et à Francfort, pendant les jours de foire, sur chaque place, dans chaque rue, la flûte, le violon, la clarinette sonnant la danse des écus, encourageant par de joyeuses vibrations acheteurs et vendeurs, sur toutes les routes; des musiciens ambulants, et de toute part une multitude de chants populaires, chants d'amour et de guerre, chants mondains et religieux. L'Allemagne peut dire comme un de ses poètes : Mon Dieu, je vous remercie, vous m'avez donné des chants pour toutes mes joies, des chants pour toutes mes douleurs.

Il y a de ces chants dont on ne connaît ni l'auteur, ni l'origine, qui d'âge en âge se sont transmis au foyer de la famille. C'est le *hort* idéal, le trésor de la nation. Il y en a d'autres qui sont signés d'un nom aimé : Gœthe, Schiller, Herder, Tieck, Uhland. Tous, quelle que soit leur valeur littéraire, sont honnêtes et chastes. Les paysans et les ouvriers les chantent sans faire une fausse note.

Que de fois, en les écoutant, j'ai songé avec tristesse à la plèbe de nos villes, beuglant le *sang impur* ou d'ineptes refrains, ou des couplets obscènes!

A la musicale Allemagne appartient une pléiade de musiciens dont à juste titre elle se glorifie : Sébastien Bach, Haëndel, Glück, Mozart, Weber, Mendelssohn, Meyerbeer et Heydn, dont la vie est aussi un curieux exemple de courage et de persévérance.

Au commencement du XVIIIe siècle, dans un village d'Autriche, vivait un pauvre honnête ménage; la femme avait été cuisinière, le mari joignait à sa profession de charron la dignité de sacristain. Avec ces deux emplois, il gagnait à peine, bon an, mal an, le juste nécessaire. Mais il était de ce peuple d'Autriche naturellement gai, insoucieux et facile à vivre.

Dans son voyage de *Handwerkbursch* à Francfort-sur-le-Mein, il avait appris à jouer un peu de la harpe, et de retour dans son pays, ne pouvant comme les heureux Viennois entendre la musique de Strauss, il se faisait dans sa maisonnette de Rohran une musique à lui-même. Le dimanche, à ses heures de loisir, il faisait résonner les cordes de sa harpe et sa femme chantait, et près d'eux un petit garçon, leur fils unique, faisait aussi sa partie, promenant, comme un archet sur un violon, un morceau de bois sur un autre morceau de bois.

Ce petit garçon était Joseph Heydn. Peut-être avait-il lui-même taillé ces deux instruments. Ne devait-il pas tout jeune manier sous les yeux de son père la hache et le rabot, tout jeune se préparer à son état futur d'artisan?

La Providence lui réservait une autre destinée.

Un jour, du nord de l'Allemagne arrive un parent de l'humble famille, un personnage, M. Frank, maître d'école à Hambourg et très bon musicien. Il est invité au concert du dimanche, et voit Joseph battant la mesure avec une rectitude et une sûreté parfaites.

Il observe, il admire cette singulière intuition, cette étonnante faculté, puis, se tournant vers les parents : « Voulez-vous, leur dit-il, me confier cet enfant? Je me charge de l'élever. »

Pour le charron et sa femme, quelle surprise! Pour tous deux un saisissement de cœur à l'idée de se séparer du doux petit. Mais une si belle perspective, l'enfant instruit d'une façon si inespérée, maître d'école peut-être quelque jour, peut-être admis dans le sacerdoce, peut-être curé dans son village natal! A un tel rêve, les bons parents ne pouvaient résister.

La proposition de Frank fut acceptée.

Il était d'une nature rude l'instituteur laïque de Hambourg, et rude était son enseignement. Plus d'une fois, Joseph regretta la pauvre maison de Rohran. Cependant il ne se plaignait point. Il s'inclinait sous la férule, et il aimait l'étude. En deux ans, il apprit à jouer de plusieurs instruments et à comprendre le latin. Il se distinguait dans les chants d'église par la sonorité et la pureté de sa voix.

Un voyageur inattendu l'avait conduit à Hambourg. Un autre le reconduira dans son pays. Le professeur Reuter, maître de chapelle de la cathédrale de Vienne, faisait un voyage à travers l'Allemagne pour recruter des enfants de chœur. Il visite l'école de Frank. Il entend chanter Joseph, et en est si charmé, qu'il exprime aussitôt le vif désir de l'emmener. Dans l'intérêt de son jeune cousin, Frank acquiesça à cette demande.

Quelques semaines après, le doux Joseph était à Vienne, enrôlé parmi les choristes de Saint-Étienne, seul au milieu de la grande cité, seul à huit ans. Que va-t-il faire en un tel isolement? Par qui sera-t-il protégé dans sa faiblesse, au milieu de tant de périls?

Par sa piété et par son amour pour le travail.

Il n'est occupé que deux heures par jour à la cathédrale. Mais le reste du temps il étudie. Ses camarades essayent en vain de lui donner le goût de leurs jeux. Dès qu'il entend le son d'un orgue ou de quelque autre instrument, il y court.

Son traitement est si exigu qu'il suffit à peine aux plus rigoureux besoins, et ses parents sont si pauvres qu'ils ne peuvent lui venir en aide. A mesure que son talent musical se développe, il aspire à exprimer en notes harmonieuses ses idées, et il n'a aucun guide.

A treize ans, il compose une messe et la montre à Reuter, qui n'en voit que les défauts et s'en moque impitoyablement.

Avant tout, il doit apprendre le contrepoint et les règles de la mélodie. Il voudrait avoir des leçons et n'a pas le moyen de les payer, et nul professeur ne lui en donnera gratuitement. Le maître de chapelle, qui aurait pu lui être d'un grand secours, lui prescrivait seulement sa tâche journalière, puis le laissait à l'abandon.

Mais Joseph était plein de courage et de résolution. Il a dans sa chambrette un vieux clavecin détraqué. C'est son trésor. Il achète une théorie musicale très obscure et il travaille, l'été, ouvrant sa fenêtre à l'air tiède, au bon soleil; l'hiver, sans feu, grelottant, il travaille seize à dix-huit heures par jour.

Et les mois et les années ainsi s'écoulent. Plus tard, en parlant de ce temps de pauvreté, il disait qu'il n'avait jamais été si heureux.

Je le crois bien. L'élan d'une noble pensée, le courageux effort, la paix de la conscience avec la féerie de la jeunesse, n'est-ce pas le bonheur ?

Bientôt un de ses vœux d'étude va se réaliser. La beauté de sa voix l'a fait admettre dans la maison de l'ambassadeur de Vienne. Dans cette maison est un illustre compositeur italien, le signor Porpora, et Heydn a conçu l'espoir d'obtenir de ce maître un précieux enseignement.

L'entreprise n'est pourtant pas facile. Le signor Porpora, enorgueilli par ses succès, regarde avec un suprême dédain le petit chantre et ne paraît nullement disposé à descendre vers lui du haut de sa grandeur olympienne.

Mais la puissance de la douceur et de l'honnête humilité ! Par ces deux vertus, il attendrit le maestro, et par lui il apprend une nouvelle méthode du chant, plusieurs principes d'harmonie, plusieurs règles de composition.

Et l'ambassadeur, voyant ce brave garçon si pauvre et animé d'une si noble ardeur, le gratifie d'une pension mensuelle de six sequins (72 fr.) et lui assigne une place à la table de ses secrétaires.

Pour Heydn, cette libéralité inattendue était vraiment un secours providentiel; car peu de temps après, il était obligé de quitter son emploi dans les chœurs de Saint-Étienne. Il avait perdu sa voix de soprano. Il perdait le modique salaire dont il vivait depuis neuf ans.

Avec les sequins du généreux diplomate, il achète un habit noir, et tout le jour il est en mouvement. Il joue de l'orgue dans une église ; il joue du violon dans une autre; il donne çà et là quelques leçons, et de retour dans sa mansarde, il passe une partie de la nuit à son clavecin. Il compose d'abord des notes pour ses écoliers, puis des menuets et des valses, puis une sérénade, puis un opéra qui lui fut payé 300 francs.

Cela lui semblait une grosse somme. Il se délectait en ses rêves poétiques, en ses conceptions musicales et n'avait nulle idée de les employer à se faire une fortune.

Avec son insouciance pour ses intérêts matériels, après plusieurs années d'un travail continu, comme il avait déjà acquis un certain renom, il n'était guère plus riche qu'au temps où il commençait sa vie d'artiste.

Mais voilà qu'une demeure superbe lui est ouverte. L'un des premiers magistrats de Hongrie, l'un des plus grands seigneurs de l'empire d'Autriche, le prince Antoine Esterhazy, frappé de l'originalité des œuvres du jeune compositeur, veut le voir et lui offre une place de professeur de musique dans son palais d'Eisenstadt. Heydn accepte, et soudain quel changement !

Il descend de sa sombre mansarde pour prendre possession d'un large et riche appartement. Il abandonne son modeste costume pour porter, selon l'ordonnance de la maison, l'habit brodé, la perruque à boucles et les souliers à talons rouges. Il a des voitures et des domestiques à ses ordres.

Quelque temps après, Antoine étant mort, son héritier, le prince Nicolas, passionné aussi pour la musique, se réjouit de conserver Heydn en lui assurant le même bien-être, et le brave Heydn n'était pas de ceux que le bien-être peut énerver. Chaque jour, dès le matin, il s'asseyait à une petite table près de son piano et y restait jusqu'à l'heure du dîner. Le soir il assistait dans le palais à des répétitions ou à des concerts. Quelquefois, mais rarement, il s'accordait, dans la régularité de sa vie quotidienne, une partie de chasse. « Mon plus grand bonheur, disait-il dans sa vieillesse, a toujours été le travail. »

C'est ainsi que dans l'espace de trente ans, il a fait, sans jamais se copier lui-même, plus de cinq cents compositions de diverses natures : messes, opéras, cantates, symphonies, et ses quatre grands oratorios : *le Retour de Tobie, les Paroles du Sauveur sur la croix, les Quatre Saisons, la Création du Monde*, son chef-d'œuvre.

D'Eisenstadt, les œuvres de Heydn se répandaient au loin, et partout étaient fort applaudies. Les directeurs de théâtre de plusieurs grandes villes essayèrent par les propositions les plus brillantes de l'attirer à eux. Il ne pouvait se résoudre à rompre ses paisibles habitudes, à s'éloigner de la maison où il avait trouvé un si bon gîte.

Après de longues hésitations, il finit cependant par céder aux instances d'un *impresario* anglais qui donnait des concerts à Londres, et le suppliait d'en diriger quelques-uns. Il reçut en Angleterre les plus grands témoignages de distinction. L'université d'Oxford lui conféra le diplôme de docteur. Le roi George III et la reine lui firent un très gracieux accueil et sa musique eut un grand succès.

Avec l'argent qu'il rapporta de ce voyage et celui qu'il reçut pour la publication de deux de ses oratorios, il acheta dans un faubourg de Vienne une maison et un jardin.

Là fut son dernier gîte.

Il s'y établit à la mort du prince Nicolas, son cher patron, et, comme il était vieux et débile, il vivait fort retiré. Ses admirateurs cependant ne l'oubliaient pas. Un jour, l'anniversaire de sa naissance est célébré sur un théâtre de Vienne, dans un concert organisé par la veuve et le fils de Mozart, son immortel rival. Un autre jour, dans cette ville de Vienne, où il a été enfant de chœur, il est invité à une fête à laquelle, malgré son grand âge, il doit assister.

Dans les salons du prince Lobkowitz, cent cinquante instrumentistes, des chanteurs et des chanteuses de premier ordre, vont reproduire les mélodies de la *Creation* devant une assemblée de quinze cents personnes appartenant à la plus haute, à la plus brillante société.

On apporte sur un fauteuil l'illustre vieillard. Des fanfares annoncent son arrivée. La princesse Esterhazy et une autre grande dame vont à sa rencontre et le conduisent à la place qui lui est réservée au milieu de trois rangs de sièges occupés par ses amis les plus fervents. Un médecin exprime la crainte que le cher Heydn ne soit pas assez chaudement vêtu, et aussitôt des plus belles épaules se détachent pour lui les plus beaux châles.

Et le concert commence, et toutes les âmes sont émues, et tous les regards sont fixés sur le glorieux maître qui a composé ces chants sublimes.

Voltaire, dans son ovation à la Comédie-Française, s'écriait : « Ah ! vous me ferez mourir de joie. »

Heydn, après sa noble séance, leva les mains au ciel, se tourna vers les musiciens, les compagnons de ses travaux, et les bénit.

Toute sa vie il garda le sentiment de piété que ses parents lui avaient mis dans le cœur. Au commencement de ses partitions, il écrit : *In nomine Domini*, ou : *Soli Deo gloria*, et à la fin : *Laus Deo*.

Lorsqu'au milieu d'une composition il se sentait tout à coup moins en verve, ou arrêté par quelque difficulté, « il quittait son piano, prenait son rosaire et le récitait dévotement ». Ce moyen, disait-il, m'a toujours réussi. « Quand je travaillais à la *Création*, j'implorais la grâce de Dieu, je lui demandais avec ferveur, avec confiance la faculté de le louer dignement. »

Ce religieux artiste était un homme de génie.

« Ses compositions, a dit un spirituel écrivain, un connaisseur, ont l'étendue, la variété, le caractère romantique des poésies de Shakespeare et de l'Arioste, la beauté des tableaux de Claude Lorrain ; dans ses symphonies se trouvent rassemblées toutes les ressources de l'art ; son oratorio de la *Création* est le poème épique de la musique (1). »

XAVIER MARMIER.

1. Stendahl, *Lettres sur Heydn*.

LE PERROQUET

Il n'est personne qui ne connaisse « le perroquet » ou « la perruche » ; ces oiseaux qui font l'ornement des grandes volières, et que souvent on conserve chez soi, sur un perchoir, dans l'angle de son appartement, puis que l'on porte religieusement à la fenêtre dès qu'un chaud rayon de soleil vient y pénétrer. C'est par commisération pour ces pauvres bêtes, qui sont nées la plupart dans les pays tropicaux et auxquelles on donne ainsi comme un souvenir lointain de l'air natal.

La popularité de ces oiseaux date d'assez loin, ainsi qu'on pourra en juger par la lecture de cet article. Mais auparavant on nous saura sans doute gré de rappeler quelques notions de leur histoire naturelle.

I

Les perroquets ont été classés par les savants dans une famille qui appartient à l'ordre des *Grimpeurs*. D'après Cuvier, voici ses caractères : « Bec gros, dur, solide, arrondi de toute part, entouré à sa base d'une membrane où sont percées les narines ; langue épaisse, charnue et arrondie, circonstance qui leur donne la plus grande facilité à imiter la voix humaine. »

Ils sont aidés en cela par la conformation de leur gosier qui, doué de muscles spéciaux et plus nombreux que chez les autres oiseaux, augmente cette facilité de parler comme l'homme. Mais il ne faut pas s'imaginer naturellement qu'ils parviennent à dire ce qu'ils veulent. Leur répertoire est peu varié, et il faut qu'on leur serine les phrases et les intonations qu'on désire leur inculquer pour qu'ils les puissent retenir.

Toutefois leur talent d'imitation est si grand qu'on peut leur apprendre bien des choses. Ils pleurent, même avec sanglots, ils rient, ils toussent, miaulent comme des chats, aboient comme des chiens ; que peut-on dire de plus ? Ce sont de vrais singes dans l'ordre des oiseaux. Imitation néanmoins toute machinale : ils ne peuvent ni moduler des sons, ni les soutenir par des expressions cadencées.

Si parfois il semble y avoir de la malice dans les phrases qu'ils jettent de-ci de-là, on le doit plus à l'habileté de leur éducateur qu'à leur intelligence naturelle.

Le bec si original des perroquets leur sert en quelque sorte de troisième patte. Les deux véritables servent mal leur corps lourd et pesant. Lorsque le perroquet se remue, il a une démarche lente, pénible et embarrassée. Veut-il grimper à une branche, il s'aide autant de son bec pour se hisser que de ses pattes, et s'il descend, il le fait la tête en bas, prenant avec son bec la branche inférieure et la serrant ainsi jusqu'à ce que ses pattes crochues l'aient fortement enserrée.

Du reste bec et pattes se rendent de continuels services. Il n'est personne qui n'ait assisté à un repas de perroquet. Voyez-vous cette habileté avec laquelle une patte saisit la nourriture pendant que l'autre se tient solidement attachée au perchoir. Le morceau est un peu dur : la bête l'examine avec soin, et donne un coup de bec. Elle ne peut l'entamer. Alors, s'aidant du bec et de la patte, l'oiseau tourne et retourne cette amande qu'il affectionne, et lorsqu'elle est placée convenablement, présentant au bec sa partie la moins résistante, la patte va et vient, s'éloigne ou se rapproche avec adresse, jusqu'à ce que la coque soit déchirée et que le noyau puisse être mangé facilement.

Il n'existe pas une seule espèce de perroquet originaire de notre Europe. On en rencontre en Amérique, en Afrique, en Asie et dans la plupart des îles de l'Océanie.

A part certaines espèces qui vivent isolées, les perroquets se mettent par bandes. Ils passent la nuit en commun dans les arbres, sur le bord des forêts. Chaque matin, cette bande salue par des cris perçants le lever du soleil, puis s'envole à quelque distance chercher sa nourriture. Ils reviennent bientôt et, pendant la chaleur du jour, restent cachés sous les feuilles des grands arbres. Quelques espèces renouvellent au crépuscule leurs cris en commun.

« On n'a pas l'idée, dit Buffon, de la méchanceté des perroquets sauvages. » Ils sont cependant si sociables et si faciles à apprivoiser! Sans vouloir trop généraliser, et tout en faisant des réserves pour certaines espèces, il faut reconnaître que la plupart ont des instincts dévastateurs et détruisent, non pour en tirer un profit quelconque, mais pour le plaisir même de détruire. C'est ce qu'on a observé d'une espèce fréquemment importée en Europe, le *Cacatoès des Philippines*. A l'état sauvage, on les voit s'abattre avec rage dans les rivières des pays qu'ils habitent: on dirait, observe un naturaliste, qu'ils éprouvent le besoin de se servir de leur bec pour rompre et pour briser; ils dévastent les arbres, il les dépouillent de feuilles et de fruits en pure perte et par une sorte de divertissement ou d'occupation, tandis qu'ils consomment peu pour leurs vrais besoins. Ils s'abattent quelquefois au nombre de six à huit cents dans un seul champ. Alors une vingtaine d'entre eux se répandent en vedettes ou sentinelles sur les arbres d'alentour; et, à la première apparence de danger, un cri simultané poussé par ceux-ci fait envoler toute la bande.

Mais, à côté, quoi de plus touchant que les mœurs d'un groupe que les naturalistes ont appelé les *Aras!* Ce sont de magnifiques et grands perroquets aux couleurs brillantes. Leur plumage a les reflets de l'or, de l'azur et de la pourpre, avec une queue longue et la démarche majestueuse. D'un caractère doux et docile, on peut les apprivoiser avec une extrême facilité. Même à l'état sauvage, ils ont des mœurs plus douces que la plupart de leurs congénères. Dans les solitudes de l'Amérique on ne les trouve jamais en bandes nombreuses; cinq à six ménages au plus, ayant leur nid distinct où la femelle pond deux œufs qu'elle couve alternativement avec le mâle qui ne la quitte que pour aller chercher leur nourriture.

Un voyageur raconte qu'un jour, en chasse, il tua un *ara*, et pour le rapporter attacha sa dépouille à la selle de son cheval. Un autre *ara*, sa compagne, suivit jusqu'à la ville, se jeta sur l'oiseau mort, qu'elle ne pouvait quitter; repoussée d'abord par les serviteurs, elle vola sur les murs environnants, revint de nouveau, se laissa prendre ensuite et réduire en domesticité.

Citons encore un trait de l'instinct de ces animaux Il nous est rapporté par Le Vaillant, savant naturaliste qui a parcouru et décrit l'Afrique australe; il nous dit avoir vu dans le pays des Cafres, non loin du Cap, une espèce de perroquet qui vit en bandes immenses. Deux fois par an ces bandes émigrent, elles se rapprochent de l'équateur à l'époque des pluies et reviennent passer la saison des chaleurs dans la forêt du Cap. Cette espèce fait son nid dans des trous de rocher ou d'arbre qu'elle remplit de feuilles ou de poussière de bois vermoulu. Deux fois par jour elle va prendre un bain au ruisseau voisin et ne fait ses repas qu'à des heures parfaitement réglées.

Il serait trop long de rapporter, touchant ces intéressants oiseaux, toutes les particularités que les naturalistes et les voyageurs ont signalées. Ce qui précède suffit pour donner un aperçu.

II

Bien que l'Europe ne produise aucune espèce de perroquet, il y a longtemps néanmoins que ces oiseaux sont connus. Qu'ils aient été apportés de l'extrême Orient ou des profondeurs de l'Afrique, nul ne le peut dire; ce qui est certain, c'est qu'Homère en parle dans son *Odyssée*, et qu'à l'époque des campagnes d'Alexandre, ses armées en rapportèrent de leurs courses victorieuses en Asie. Il paraît que leur introduction à Rome date de l'époque de Néron. Pline parle dans son *Histoire naturelle* des perroquets de l'Inde qui avaient le corps vert et la tête rouge, imitaient parfaitement la voix humaine, répétaient les mots qu'ils entendaient et saluaient l'empereur.

Lorsque Ptolémée Philadelphe fit son entrée triomphale à Alexandrie, on y vit, au dire de Callisthènes de Rhodes, des perroquets portés dans des cages avec une foule d'autres oiseaux et d'animaux les plus rares.

Enfin, pour en finir, avec ce que nous connaissons de cette époque, on trouve dans les peintures mises au jour à Herculanum et à Pompéi des représentations de perroquets. Le musée des antiques, au Louvre, possède même deux bronzes figurant cet oiseau, qui était d'ailleurs assez connu dans l'Italie méridionale pour que la ville de Salapia en fit frapper l'image sur ses monnaies.

Pendant les premiers siècles du moyen âge il en est fait moins fréquemment mention. Et cependant divers documents, depuis le XIIe siècle, nous parlent des *papagey* ou des *papegaulx*, ou nous en reproduisent les traits.

On en voit figurer sur un tissu de soie du XIIIe siècle, conservé dans le trésor de la cathédrale de Reims; les *Romans du Renard*, de la *Rose* et d'autres fabliaux en font mention. Il n'y avait guère de ménageries ou de volières princières qui n'en possédassent. Celles du bon roi René en avaient, au milieu du xve siècle. Enfin le perroquet avait alors, par sa rareté et l'éclat de son plumage, fixé assez l'attention populaire pour que dans les jeux de tir à l'arc ou à l'arbalète, si fréquents alors, le but à atteindre fût un perroquet peint; ils se sont transmis, dans certaines localités, jusqu'à nos jours sous la même dénomination de *papegault*.

Lorsque les voyages lointains des Portugais et des Espagnols eurent amené la découverte de l'Afrique australe et de l'Amérique, les perroquets devinrent plus communs.

Cet animal, aujourd'hui d'un prix assez ordinaire, a été naturellement estimé à une valeur considérable dans les temps où il était plus rare. On nous permettra de citer ici deux renseignements que nous avons et qui ne laissent pas d'avoir un véritable attrait de curiosité. Stace, qui vivait dans le premier siècle de l'ère chrétienne, nous dit que de son temps le prix d'un perroquet était parfois plus élevé que celui d'un esclave. On les prisait à ce point qu'on leur faisait des cages d'argent et d'ivoire.

Il y a peu de temps on a mis au jour des registres d'un notaire qui vivait à Toulon dans les dernières années du xve siècle. On voit, dans l'un d'eux, figurer l'achat d'un perroquet (papagay). Un voyageur portugais le vendit en 1493 pour le prix de 21 florins et demi. Pour se rendre compte de l'importance de cette somme, il suffira de savoir qu'à peu d'années de là, en 1498, il y eut à Toulon même une vente de deux esclaves pour 126 florins, c'est-à-dire qu'à eux deux ils n'avaient pas plus de valeur que six perroquets.

La valeur des perroquets est d'autant plus grande que leur plumage a des couleurs vives et rares. A ce sujet, on a souvent parlé d'une manière que certains sauvages ont de fabriquer à ces perroquets des plumages variés. Bien que quelques naturalistes aient contesté ce fait, il est néanmoins constant, et les explorations les plus récentes en ont fourni la preuve.

Voici comment ces industriels sans scrupules s'y prennent pour leur opération. Il existe dans les régions tropicales de l'Amérique une petite grenouille de moitié plus petite que celle connue dans nos contrées; sa peau, d'un bleu d'azur magnifique, rayée de fines bandes couleur d'or, en fait un charmant petit animal, qui fréquente plutôt les forêts sauvages que les marécages. Mais son sang a une propriété particulière. Les Indiens en frottent de jeunes perroquets qu'ils ont au préalable à moitié plumés, et lorsque les plumes renaissent, elles n'ont plus leur couleur verte, mais sont au contraire jaunes, ou le plus souvent rouges.

C'est ce que l'on appelle des perroquets *tapirés*. Ces individus sont encore assez rares, bien que l'industrie des sauvages s'exerce sur un grand nombre, car ces pauvres bêtes résistent mal au déplumage qu'on leur fait subir et un grand nombre périssent de ses suites.

Terminons cet article par une plaisante anecdote.

Dans une ville populeuse, un individu avait dressé un superbe perroquet qu'il exposait à l'admiration des passants, et son plumage était d'une si réelle beauté que l'on ne pouvait s'empêcher de s'arrêter quelques instants pour l'admirer.

Lorsque ledit perroquet remarquait qu'on le dévisageait, il ne manquait pas de lancer des paroles aimables : « Oh ! la jolie personne ! la jolie personne ! » et le passant continuait son chemin ; à mesure qu'il s'éloignait, le perroquet reprenait avec un ton gouailleur : « Mais elle le *crrroit*, elle le *crrroit!...* » Les imbéciles et les sots s'en fâchaient, mais ils auraient mieux fait d'imiter les autres et d'en rire de bon cœur.

H. DE LUSILLY.

LE CHÊNE-LIÈGE

Quand on songe à ce que le genre humain boit de vin naturel ou falsifié, à ce qu'il absorbe de bière, de vermout, d'absinthe, de bitter, de sirops, de juleps et autres liquides plus ou moins malfaisants ; quand on suppute ce qu'il y a dans le monde civilisé de pharmaciens, de droguistes, de coiffeurs et de parfumeurs, de marchands d'encre de toutes les couleurs et de toutes les vertus, de charlatans, de chimistes, de joueurs au bouchon, de fabricants de chapeaux légers, de conserves alimentaires, de filets de pêche, de ceintures de sauvetage et d'articles de Paris, on frémit à la pensée de ce qu'il entre de liège dans la vie privée des peuples.

Le liège est l'écorce d'une espèce de chêne que les savants appellent *quercus suber*, et dont le nom vulgaire est chêne-liège.

Le chêne-liège, qui n'atteint que rarement les dimensions du chêne ordinaire, ressemble à celui-ci par la forme tourmentée des branches. Ces branches se détachent du tronc assez près du sol, et s'élancent capricieusement dans toutes les directions, avec un mépris absolu de la ligne droite. Il semble aussi qu'elles fuient le ciel et les grands espaces ; elles tiennent au contraire à s'allonger dans le sens horizontal ; elles ne bravent point audacieusement le soleil, mais elles couvrent la terre d'une ombre immense que les rayons de l'astre implacable des régions méridionales ne percent jamais.

Les feuilles du chêne-liège ne sont pas déchiquetées comme celles du chêne ordinaire ; elles ne sont pas caduques non plus et le bel arbre reste vert jusqu'à sa mort.

Le chêne-liège ne se plaît que sous le ciel bleu du Midi; il grelotte et meurt dans les régions où le soleil ne lui envoie que de rares et pâles rayons.

En France, on le trouve dans les départements du Var, des Landes, de Lot-et-Garonne, et dans les Pyrénées. En Corse, il forme d'immenses forêts que l'on n'a pu exploiter que dans ces dernières années seulement. L'Espagne et le Portugal le produisent en abondance et de qualité supérieure.

Le meilleur liège est celui de Lérida, dont l'exportation est interdite. Séville, Sétubal et Porto sont les trois grands marchés de la Péninsule où l'Angleterre vient s'approvisionner de liège.

La Toscane, la Calabre, la Sicile et la Sardaigne exportent aussi de grandes quantités de liège.

Il existe en Algérie, particulièrement dans la province de Constantine, près de Bone et de la Calle, d'immenses forêts de chênes-lièges. L'exploitation, qui donne aujourd'hui d'importants résultats, a présenté dans les commencements de très grandes difficultés. Il fallut d'abord percer des routes et ouvrir des débouchés à travers des forêts presque vierges, défendues par d'inextricables broussailles, par les bêtes fauves et par les Arabes. Le lion et la panthère y avaient de très nombreux domiciles, où ils vivaient en paix depuis des siècles, en vertu de l'axiome « *Possession vaut titre* », et dans l'ignorance la plus absolue des lois et règlements sur l'expropriation pour cause d'utilité publique. Aussi les nouveaux concessionnaires (du genre humain) furent-ils reçus par les anciens (du genre félin) au milieu du plus formidable concert de hurlements, de mugissements, de miaulements et de grognements que ces solitudes eussent encore entendu. Quand ils eurent bien crié, lions et panthères, voyant qu'ils n'y gagnaient rien, se mirent à manger les sylviculteurs et leurs bêtes de somme, sans distinction. Par surcroît, les Arabes se mirent du côté des fauves. Les Arabes disaient : « Si les *Roumis* chassent le lion des forêts, le lion viendra chez nous », ce qui n'était pas mal raisonner. Et puis l'Arabe déteste les infidèles : ruiner les infidèles, couper le cou aux infidèles, brûler les infidèles, autant d'œuvres agréables au Prophète et réjouissantes pour l'Arabe. Les Arabes se mirent donc à incendier les forêts de chênes-lièges.

Tout a une fin cependant : les lions émigrèrent, les Arabes rentrèrent chez eux, et les colons purent enfin se livrer en paix à la récolte du liège et à la fabrication des bouchons. Mais combien de ces bouchons avec lesquels vous avez joué peut-être, étaient teints du sang des concessionnaires !

Je ne sais pas s'il y a des Khroumirs; mais il y a certainement un pays des Khroumirs, à preuve qu'il est indiqué sur les cartes et que d'ailleurs je l'ai visité, en partie du moins. Or, ce pays des Khroumirs est couvert d'admirables forêts de chênes-lièges. En supposant que nous laissions la Tunisie au vieux Mohammed-el-Sadok, nous garderons toujours la Khroumirie où ce prince très prudent n'a jamais osé mettre les pieds et qu'il sera charmé d'abandonner à nos bons soins. Nous aurons là, sans compter des mines très riches, d'incomparables richesses forestières et même agricoles.

Dans tous les pays où il pousse des chênes, on trouve un chêne plus beau, plus vieux, plus vénérable que les autres. C'est le roi des arbres de la contrée; on le montre au voyageur avec orgueil, et il est rare qu'un cabaret ne s'installe pas dans le voisinage du géant.

Les Khroumirs ont aussi leur chêne-liège historique, qui s'élève en un lieu nommé Fernana. Fernana, en arabe, veut dire chêne-liège. Par un soleil brûlant, je me suis assis sur l'une des racines du colosse, à l'ombre de son feuillage impénétrable, toujours vert depuis dix siècles peut-être. Près de moi, dans la même ombre, un petit enclos de cactus : c'est un cimetière. A quelque distance, dix à douze tentes noires, en poil de chèvre, très basses, s'allongent paresseusement au soleil; avec leurs cordes d'attache et leurs grandes sangles noires, elles ressemblent à d'énormes araignées. Les habitants de ce petit *douar* doivent être les gardiens du cimetière et de l'arbre de Fernana.

Cet arbre est le seul de toute la contrée. Il se dresse au sommet d'un mamelon, aux flancs abrupts, qui se rattache aux montagnes de la Khroumirie et qui marque la limite de ce pays inconnu.

Sans les tentes dont j'ai parlé et quelques autres qui se dissimulent aux environs dans la broussaille, cette région perdue paraîtrait inhabitée. Cependant, des champs de blé et des pâturages admirables où paissent des moutons à la queue épaisse et de petits bœufs de la Tunisie, dénoncent la présence de l'homme. La solitude de ces lieux n'est qu'apparente; leur silence est trompeur, et l'œil perçant de l'Arabe nous surveille derrière ces broussailles qui semblent désertes.

L'arbre de Fernana est célèbre dans la province de Constantine; il rappellerait le chêne de saint Louis si la façon de régler les différends n'était pas, à Fernana, le contre-pied de ce qu'elle fut à Vincennes.

Les Khroumirs sont de grands voleurs de troupeaux, non pas qu'ils en aient absolument besoin, — ils en possèdent de magnifiques, — mais ils vendent fort avantageusement ceux qu'ils ont pris aux voisins.

Un propriétaire est volé. Quelques jours après, un Arabe à la mine paterne le vient trouver et lui dit : « Je sais où est ton troupeau et qui est ton voleur. Trouve-toi tel jour, à telle heure sous l'arbre de Fernana; ton voleur et ton troupeau y seront. »

L'autre y va; on discute le prix du troupeau. Le volé paye, le voleur empoche l'argent et rend les bêtes fidèlement... sauf à les revoler plus tard.

Généralement le marché se traite en douceur. Quelquefois cependant le volé se montre grincheux; si le Khroumir est mal disposé lui-même, la discussion s'envenime et aboutit vite aux coups de couteau. Le p[illegible]

Incendie d'une forêt de chênes-lièges dans la province de Constantine (Algérie).

cimetière dont j'ai parlé tout à l'heure est destiné à recevoir ceux qui n'ont pas su avoir le dernier mot.

Fernana est aujourd'hui un centre militaire occupé par nos troupes, et c'est à l'administration que le Khroumir vend ses bœufs... ce qui ne veut pas dire qu'il ne les a pas volés.

Revenons au liège.

La récolte du liège se fait d'une manière très simple. Quand on a choisi l'arbre qu'on veut dépouiller de son écorce, on coupe celle-ci horizontalement au haut et au bas du cylindre qu'on veut enlever. On réunit ces deux sections circulaires par deux autres verticales diamétralement opposées. On chauffe ensuite l'écorce au moyen d'un réchaud, et les deux plaques se détachent d'elles-mêmes. Cette opération, qu'on appelle le *démasclage*, demande des précautions. Le chêne-liège est un arbre délicat, et un démasclage exécuté sans soin peut le tuer.

C'est quand l'arbre a vingt ans qu'on l'écorce pour la première fois. Le liège qu'on retire de cette opération est désigné sous le nom de liège *mâle;* il est rugueux et impropre à la fabrication des bouchons. Il faut à peu près dix ans pour que l'écorce qui a remplacé la première enlevée arrive à l'épaisseur de 87 millimètres. On procède alors à un nouveau démasclage qui fournit le liège *femelle* dans lequel on taille les bouchons.

Quand le démasclage est bien fait, un arbre peut donner dix à douze récoltes, à huit ou dix ans d'intervalle l'une de l'autre.

Les écorces détachées de l'arbre ont nécessairement la forme d'un demi-cylindre. On les aplanit d'abord, puis on les cuit dans l'eau bouillante, ce qu'on appelle l'*ébouillantage;* on enlève ensuite la partie rugueuse, opération qui constitue le *raclage* et occasionne un déchet de 20 pour 100 environ. La plaque est alors prête à être torillée.

On la coupe d'abord en bandes dont la largeur est égale à la hauteur que doivent avoir les bouchons; ces bandes sont ensuite découpées en chevilles carrées plus ou moins grosses, suivant le diamètre du bouchon.

Pendant des siècles, on tailla ces chevilles à la main pour leur donner la forme tronconique ou cylindrique définitive. Ce procédé était fort long; il avait de plus l'inconvénient très grave de produire des bouchons de grosseurs inégales, ce qui nécessitait une dernière opération assez délicate, le *triage*. On cite plusieurs maisons de Paris qui ont fait de magnifiques fortunes dans la singulière industrie de classer les bouchons sortant de fabrique en lots d'égales grosseurs.

Aujourd'hui, les bouchons sont taillés à la machine avec une régularité parfaite et une grande rapidité. Une des plus connues de ces machines est celle de M. Moreau qui ne coupe pas le liège, mais l'use par le frottement jusqu'à ce qu'il ait la forme voulue.

Les déchets de la fabrication des bouchons sont employés à divers usages, particulièrement à la confection des ceintures de sauvetage. Le liège *mâle* et celui qui, pour une cause ou pour une autre, paraît impropre à fournir des bouchons, sont utilisés par les fabricants de filets de pêche.

—

En Algérie, les forêts de chênes-lièges sont remplies de broussailles qui prennent feu souvent, quand de longs mois de chaleur torride les ont desséchées. On a remarqué que les arbres qui ont été léchés par les flammes fournissent un liège d'une qualité très supérieure. La chaleur a pour effet de donner à l'écorce un grain plus fin, plus compacte, plus homogène. Le liège flambé sur pied double presque de valeur. Inutile d'ajouter que l'action de la flamme doit être modérée, si on veut que la récolte et l'arbre lui-même ne fassent pas comme la broussaille.

Il n'est donc pas très rare que des propriétaires mettent le feu aux broussailles de leurs forêts, quand ils pensent pouvoir le faire sans danger pour les arbres.

Cela me conduit à dire quelques mots des incendies de forêts, en Algérie, dont on a fait si grand bruit cette année.

Ces accidents se produisent chaque année en Algérie, sans que, dans le pays même, on s'en inquiète outre mesure. Tous les dix ou quinze ans l'incendie prend de grandes proportions; même alors, c'est à peine si les journaux de France les mentionnent dans leurs faits divers. Dans la province de Constantine notamment, les incendies de broussailles et même de forêts ont presque la régularité périodique de la pluie à Bordeaux, du brouillard à Lyon, de la boue à Paris et de la neige dans les montagnes, suivant la saison.

La première expédition de Tunisie venait de finir; on préparait la seconde; les *reporters*, dispersés aux quatre vents de la fantaisie, taillaient leurs crayons ou leurs plumes et couvaient les canards auxquels ils devaient donner la volée quelques semaines après. Tous ces reporters n'étaient pas rentrés en France; quelques-uns, des dessinateurs surtout, étaient restés dans la province de Constantine, si riche en ruines pittoresques, en souvenirs héroïques, en beautés naturelles incomparables.

Les incendies de 1881 ont donc trouvé à qui se faire voir, et, sous la plume ou le crayon des correspondants, ont pris les proportions d'une calamité publique. Il faut en rabattre.

Le hasard m'a rendu témoin de cette flambée colossale, et j'en puis parler *de visu*.

Huit ou dix jours avant les élections législatives, on signalait vers l'ouest de Philippeville, du côté de Collo, quelques foyers d'incendie. C'était la saison, on ne s'en inquiéta guère. D'ailleurs les feuilles locales, jalouses de n'arracher point les citoyens aux préoccupations électorales et de les garder frais pour le grand jour, étaient d'accord pour faire silence; le feu des élections devait étouffer l'autre. Quand on eut bombardé je ne sais plus quel colon député, on daigna s'occuper de l'incendie. Celui-ci qui ne respectait pas plus Forwtier que Thomson, avait continué tranquillement son chemin. Il n'était plus qu'à 8 kilomètres de Philippeville et gagnait du terrain dans toutes les directions.

Philippeville est bâtie au fond d'une belle rade qui n'a qu'un défaut, celui d'être ouverte aux vents du nord-ouest, les seuls dangereux dans ces parages. D'assez hautes montagnes se dressent à l'ouest et à l'est de la rade et sont couvertes de broussailles au milieu desquelles des bois de chênes-lièges, des vignes, et quelques autres cultures représentent ce que le colon a pu conquérir sur ces pentes abruptes.

Quand on songea à s'occuper de l'incendie, une épaisse fumée s'élevait derrière les montagnes de l'ouest et s'étendait sur la rade comme un immense dais de vapeurs sombres. En même temps, la température, déjà brûlante, montait peu à peu dans la ville; des cendres et même des flammèches retombaient sur les toits, sur les places et dans les rues.

Quand venait le soir, la fumée s'illuminait d'éclairs rougeâtres, et, dans le silence des heures sombres, on pouvait entendre le grondement sourd de l'incendie. Quelques curieux, des officiers, des soldats, avaient voulu constater de près les progrès du feu; ils rapportaient que les flammes étaient furieuses et que le fracas de la fournaise était épouvantable.

De nouveaux foyers apparurent bientôt. On en compta jusqu'à douze qui éclatèrent le même jour. L'incendie, qui avait paru concentré dans la région de l'ouest, avait gagné le sud et l'est de la ville, qui se trouva un jour entourée d'un cercle de feu presque infranchissable. Par surcroît, le vent du désert, le *sirocco*, commença à souffler sur la ville, en passant sur une zone de deux kilomètres de flammes. La température s'éleva subitement jusqu'à 50 degrés à l'ombre. En même temps, l'incendie, poussé par le sirocco, arrivait presque aux portes de la ville et menaçait la poudrière. La panique fut grande. Le maire fit sonner la générale dans tous les quartiers.

Toute la troupe fut mise sur pied; des officiers à cheval parcouraient les rues en criant : « Tout le monde au feu ! » Les gendarmes et les hommes de police ramassaient tout ce qu'ils rencontraient, colons, Maltais, Arabes, et poussaient tout ce monde pêle-mêle et affolé vers la porte de Constantine. On réussit à arrêter le feu de ce côté; mais à l'ouest, et à l'est l'incendie défiait toute résistance humaine. Il avait atteint les sommets, toutes les crêtes étaient comme autant de volcans en éruption. Quand vint la nuit, le feu commençait à descendre vers la rade. Ce fut alors un étrange et merveilleux spectacle. La broussaille ne couvrait pas complètement les pentes, mais formait des haies longues et épaisses, irrégulières, et s'accumulait surtout dans le fond des ravins aboutissant à la mer. On voyait les haies s'enflammer successivement; on eût dit de gigantesques serpents de feu tordant leurs anneaux dans des convulsions frénétiques, escaladant les pentes à pic, se glissant le long des croupes ou descendant au fond de l'abîme. Les ravins débouchant sur les crêtes s'allumaient au sommet; le feu descendait lentement de broussailles en broussailles, comme les flots d'une lave épaisse et embrasée; tout à coup il arrivait à une sorte de carrefour où débouchaient deux ou trois autres ravins également encombrés de broussailles; alors l'incendie, allumé par le bas, s'élançait avec une vitesse foudroyante jusqu'aux crêtes encore sombres, les illuminait, et les embrasait.

Toutes ces flammes se reflétaient dans la rade que surplombait une épaisse fumée tantôt noire, tantôt éclairée par le reflet rougeâtre d'un brasier nouveau.

Par instants on entendait le grondement de l'incendie, dominant le tumulte de la ville; des cris lointains s'y mêlaient : cris d'Arabes appelant du secours, disaient les uns; hurlements des grands fauves, affirmaient les autres.

Dans la journée, une saute de vent avait eu d'épouvantables conséquences. Le vent qui soufflait du sud avait porté des flammèches à de longues distances vers le nord, et allumé de nouveaux foyers. Les zouaves préposés à la garde des forêts et les Arabes de la montagne se trouvèrent ainsi pris entre deux incendies; ils pouvaient cependant s'échapper encore vers l'est ou vers l'ouest. Mais tout à coup le vent tourne au nord et rabat les flammes sur la zone épargnée, qui s'embrase à son tour. Trois malheureux zouaves tombent asphyxiés; on retrouva le lendemain leurs cadavres cuits, non carbonisés, tellement la flamme courait vite au milieu de ces broussailles desséchées.

Deux jours après, on retrouvait 150 cadavres d'indigènes asphyxiés ou brûlés dans la montagne. On estimait alors que 400 de ces malheureux avaient dû périr; on en a retrouvé davantage.

Quelle est la cause de ces incendies périodiques qui n'ont pas tous, heureusement, les suites fatales de celui de 1880 ?

Le colon accuse les Arabes et les chasseurs; le chasseur, les colons et les Arabes; l'Arabe, les chasseurs et les colons.

Où est la vérité ?

En 1880, la malveillance parut évidente dans ce grand nombre de foyers s'allumant le même jour, pour ainsi dire à la même heure, sur tant de points eloignés les uns des autres. Les incendies, en effet, arrivèrent presque aux portes de Constantine, à 80 kilomètres de Philippeville.

On emprisonna quelques Arabes, on ouvrit une enquête. J'ignore ce qu'elle a donné; mais il est probable que, comme toujours, les Arabes ont payé ou payeront.

E. VIAL.

LA FEMME DE MON PÈRE

—

(Voir pages 586, 602, 612 635 et 650.)

A Monsieur Lucien de Montigny, rue de Sèvres, Paris.

Vallières, le...

Mon cher Lucien,

Nous avons reçu hier la jolie brochure bleue sous le couvert de laquelle vous vous cachez à l'ombre d'un pseudonyme. La poste nous l'a apportée dans toute sa fraîcheur. Pas une froissure, pas une tache, pas un regard ne se voit sur ces feuilles glacées, que je viens de séparer. Je lui sais gré, à cette grande administration, d'avoir des agents soigneux et discrets; j'eusse été désolée que ce mignon livre, si frais, si coquet, si fermé, nous fût arrivé maculé et ouvert.

Vous allez trouver, mon enfant, que je m'étends bien longuement sur un rien, et me comparer, sans doute, à ce bourgeois enrichi qui, dans un beau tableau, n'en admire que le cadre; mais ayant pressenti que vous aviez soigné, vous-même, l'envoi de votre petit volume, j'ai tenu à vous dire qu'il était bien arrivé.

Maintenant, mon cher Lucien, parlons de l'ouvrage lui-même, au sujet duquel votre père ne m'a point encore donné son avis. Quant au mien, mon enfant, vous savez que je décline toute compétence, car je ne saurais juger personne, et mon fils moins que tout autre encore. Il faut, pour cela, posséder à un haut degré une certaine instruction. La louange ou la critique (comprenant l'une et l'autre dans toute la sévère acception du mot) n'est permise qu'à ceux qui savent beaucoup; aussi ne vous parlerai-je de votre bluette que comme d'une page charmante qu'on lit avec plaisir, et dont on regrette de voir arriver la fin. Votre jeunesse, vos illusions, vos espérances, y percent comme des fleurs à tiges droites qui, regardant le ciel en face, semblent défier l'orage; et votre âme, jugeant tout par elles, ne sait, je le vois bien, que des chants inspirés. Chantez donc, mon enfant, ces grands mots de Dieu, de famille et de patrie. Ayez une lyre au bout de votre plume pour rendre mélodieuse votre pensée; mettez quelques digues à votre imagination; n'en mettez point à votre cœur et donnez de temps à autre une sœur à cette première-née, venue au monde en souriant.

J'ignore si nous serons fidèles à la promesse que nous vous avons faite d'aller vous voir prochainement. La santé de votre père, affaiblie depuis quelque temps, ne nous permet pas de quitter Vallières en ce moment. Mais, comme je vais le dorloter, croyez bien, mon enfant, que nous ne serons pas longtemps privés du bonheur de vous aller retrouver.

Votre belle-mère,

SUZANNE.

A Madame la comtesse de Montigny, au château de Vallières, par Fleury-sur-Andelle (Eure).

Madame,

J'ai lu tout dernièrement dans un journal, très répandu en France, que l'auteur dont on disait : « C'est un charmant et sympathique écrivain », était un homme jugé par ses maîtres, à savoir une espèce de fruit séché dans sa cosse, destiné à ne jamais franchir l'étroite limite des banalités, incapable d'une idée à lui, et n'habillant celles des autres qu'avec des vêtements dérobés, auxquels, ainsi qu'une couturière de troisième ordre, il ajoutera tout au plus une garniture sans arriver à en changer la forme. Eh bien! madame, je suis alors le charmant et sympathique écrivain dont parle le *Figaro*, rien de plus. J'avais espéré davantage.

Cependant, je ne vous cacherai pas que tout en m'inclinant devant votre appréciation inavouée, je veux néanmoins tâcher de me faire un nom dans les lettres. Notre époque n'est pas déjà si riche en littérateurs, pour qu'il ne soit pas permis à un homme sérieux, sentant en lui quelque chose, d'essayer ses forces sur cette route parcourue par tant d'infirmes et d'impotents. Pourquoi donc n'arriverais-je pas aussi bien que tels et tels qui sont ennuyeux comme la pluie, qui n'écrivent même pas leur langue, et néanmoins qu'on édite et réédite!

Ma petite bluette n'est qu'un coup d'essai; je puis faire mieux, il y en a tant qui, selon moi, font plus mal. J'étudierai les hommes, les choses, les événements; je proposerai quelques réformes dans les mœurs. J'ai de grands cadres aux idées neuves, généreuses, et j'espère arriver à frapper un coup, comme on dit en terme de métier. Les Lamartine, les Dumas, les Hugo, et tant d'autres, n'ont pas brillé à leur première heure du même éclat que plus tard. Je n'ai donc pas la prétention d'être placé d'abord au pinacle; seulement, j'essayerai d'y gravir et je ne puis pas croire qu'avec du travail, et la possibilité de prendre mon temps pour fournir une œuvre vigoureusement conduite et sérieusement châtiée, il ne sorte pas quelque chose de toutes ces dispositions intellectuelles et morales. Je veux goûter à la célébrité, cette tentatrice de tous les temps et de tous les âges. Si, par impossible, elle ne veut pas de moi..... moi, j'ai foi en mon étoile!!

Je regrette bien, madame, vous n'en doutez pas, que ce soit le mauvais état de la santé de mon père qui retarde votre voyage. Ne tardez pas, je vous prie, à m'écrire, et parlez-moi longuement de vous deux.

Votre beau-fils,

LUCIEN.

A Monsieur Lucien de Montigny, rue de Sèvres, Paris.

Vallières, le...

Je crains fort que mon abstention complète de jugement à l'égard de votre petit ouvrage ne vous ait fait mal interpréter ma manière de voir.

Je suis, j'en conviens, très sobre de louanges, et puis, mon cher Lucien, j'ignorais que vous eussiez sérieusement l'intention d'écrire. Sans doute la chose est attrayante quand on peut se faire un nom; mais croyez tous ceux qui vous diront : C'est bien difficile.

Maintenant, permettez-moi de vous poser quelques questions.

Sans parler de vos séances à l'École des mines, avez-vous pensé à la difficulté de vous créer un genre particulier, afin de ne point avoir le sort commun à tous les auteurs qu'on édite, mais que souvent on ne lit pas, et aux difficultés qui vous attendent si vous ne voulez point tomber dans une banalité ennuyeuse; si vous tentez d'éviter une excentricité ridicule, ou bien encore si votre honneur se refuse à sacrifier aux goûts du jour qui préconisent les vices et ridiculisent la vertu? Puis, connaissez-vous déjà assez les hommes pour dépeindre leurs goûts, leurs talents, leurs habitudes? Avez-vous assez fréquenté la société pour qu'elle n'ait plus pour vous de secrets? Certaines déceptions et certaines douleurs vous sont-elles familières au point d'en parler sciemment? Enfin, croyez-vous être de force à livrer au public des ouvrages assez vécus, si je puis m'exprimer ainsi, pour qu'à défaut de génie, — il est donné à si peu d'en avoir! — le lecteur trouve dans vos tableaux, dans vos récits le cachet de vérité et d'élégance qui séduit et charme?

Admettons que votre réponse soit affirmative. Avez-vous songé, mon enfant, à la vie de labeurs que vous vous préparez? Vous sentez-vous le courage, après vos longues journées à l'École, non seulement de prendre la plume pour exprimer votre pensée et traduire vos sentiments, mais encore de fouiller vos souvenirs, consulter tel ou tel maître, feuilleter souvent des volumes pour trouver une solution ou citer un mot, travail ingrat et pénible auquel doit s'astreindre tout auteur, sous peine de ne produire rien de sérieux, rien d'attachant? Ai-je besoin de vous rappeler que nos meilleurs écrivains classiques et romantiques, passés et présents, n'ont dû et ne doivent leur célébrité qu'à de consciencieuses études, à de nombreuses recherches auxquelles ils ont, pour la plupart, sacrifié les plaisirs de leur jeunesse et usé leur santé dans les veilles.

Pardonnez-moi toutes ces réflexions et observations; elles sont dictées par la profonde amitié que je vous porte. Je serais désolée, voyez-vous, d'assister aux désillusions qui peut-être vous attendent, sans avoir essayé de vous prémunir contre elles. Tant de jeunes gens pleins de talent ont vu s'écrouler leurs espérances, s'anéantir leurs rêves de fortune et de gloire littéraire, qu'il m'est bien permis de redouter pour vous ces tristesses. Rappelez-vous, mon cher Lucien, combien d'hommes auxquels les facultés acquises ou les aptitudes naturelles donnaient le droit de foi, sont morts de faim dans leur grenier. Ce dernier cas ne pourrait être votre fait, je le sais; mais si je rappelle ces élégies racontées en quelques lignes à la quatrième page des journaux, c'est pour appuyer sur la difficulté de se faire jour dans un milieu où ceux qui le composent ont eu tant de peine à arriver.

Nous attendons vers la fin de la semaine mon ancienne élève, Isabelle Wissocq. La pauvre enfant, que la mort de sa mère fait orpheline, a témoigné le désir de passer quelques jours à Vallières, avant de se rendre chez une arrière-cousine, qui consent à abriter ses dix-neuf ans dans son vieil hôtel de Poitiers. J'aurai du bonheur à revoir la chère petite, près de laquelle j'ai vécu plusieurs années; mais combien sera triste notre réunion!

Je ne vous dis rien de la santé de votre père; il a dû vous apprendre dans sa lettre d'hier qu'elle était redevenue parfaite et qu'il n'oubliait pas le voyage de Paris. Moi non plus, mon enfant.

Votre belle-mère,

SUZANNE.

A Madame Suzanne de Montigny, au château de Vallières, par Fleury-sur-Andelle (Eure.)

Paris, le...

Madame et chère belle-mère,

Qu'allez-vous penser de moi si, après la lettre toute pleine de sollicitude et d'affection que vous m'avez adressée la semaine dernière, je viens vous avouer ma témérité?

Eh bien, je termine en ce moment un vaudeville en trois actes. Mes amis le trouvent charmant, et l'un d'eux me promet de faire recevoir ma pièce, son père ayant des intelligences au Gymnase.

Le moyen de résister à l'entraînement? Rien, voyez-vous, ne grise comme la louange, n'importe quelle forme elle affecte. C'est un vin capiteux qui vous monte au cerveau et tient en éveil tous vos désirs de réputation et de gloire. On a soif de bravos, et ces bravos-là, on croit les entendre, on les rêve tout éveillé.

Demain, je vais trouver un jeune compositeur, pour lui demander de faire la musique de mes couplets; et puis, étayé de chaleureuses recommandations, je me présenterai au directeur.

Que ressortira-t-il de cette démarche? Un bon accueil et une promesse effective, m'assure mon ami. Quand ma pièce sera reçue je vous en informerai immédiatement

A moins d'un véritable succès, je n'ai pas l'intention de me livrer à ce genre de littérature, trop frivole pour mes goûts. En un jour de désœuvrement et de paresse, une idée m'est venue, et tout en fumant quelques cigarettes, je l'habillai, de sorte que la chose se trouva faite, pour ainsi dire, avant qu'une seule ligne eût été écrite : voilà comment ma *Jolie Sabotière* est née.

Maintenant, veuillez bien assurer à mon père que mes études ne souffrent en aucune façon de ces petits travaux qui, à tout bien considérer, ne sont vraiment qu'un jeu. Je serais désolé que lui et vous, ma chère belle-mère, pussiez un instant supposer que je perds de vue le but que, d'un commun accord, nous nous sommes proposé pour mon avenir.

Il fait à Paris un froid de cygne; mais que cette gelée est donc splendide sous le blanc soleil d'hiver! Depuis quelques jours je crois que la ville entière est dehors; cependant personne ne pense à flâner : les hommes courent, les femmes trottent, toutes les lèvres sont bleues, tous les nez sont rouges.

Je suis sûr que Vallières est magnifique avec son manteau de frimas. Comme le joli sorbier qui se penche devant la fenêtre de mon petit salon doit porter avec grâce, sur ses nombreux rameaux, le givre diamanté ! Si Mlle Wissocq ne connaît point encore le château de mon père, elle le trouvera certes bien beau.

Mes jours de réception, grâce, sans doute, au bon feu de ma mansarde, à mon thé bouillant, mes *soirées* sont très suivies et l'appartement menace de devenir trop exigu. S'appuyant de ce salut de l'âge d'or : « Les amis de nos amis sont nos amis », Paul Dupré et les autres ne viennent jamais seuls. Du reste, ces heures de réunion je les entends toujours sonner avec plaisir. Il règne entre nous beaucoup de familiarité et d'entente.

Au revoir, ma chère belle-mère, je pense déjà aux vacances de Pâques. Il est bien entendu, n'est-ce pas? que je les passerai à Vallières,

Croyez, ainsi que mon père, à mes sentiments affectueux et respectueux.

LUCIEN.

Dépêche. — Lucien de Montigny, rue de Sèvres, Paris.

Arrivons demain par train 3 h. soir.

MONTIGNY.

A Madame Suzanne de Montigny, château de Vallières, par Fleury-sur-Andelle (Eure).

Paris le...

Ma chère belle-mère.

Votre courte présence à Paris, celle de mon père, me paraît un rêve. Je ne puis croire qu'il y a une heure à peine vous étiez ici, à cette place, et qu'en ce moment, vous fuyez à toute vapeur vers ce Vallières que j'aime tant, depuis que j'y suis entré.

Il fait triste dans ma jolie mansarde, et la pluie qui tombe semble vous pleurer avec moi.

Je tiens à ce que cette lettre vous arrive demain au réveil. Je veux qu'elle porte à mon père et à vous les témoignages de ma profonde reconnaissance pour la chère visite que j'eusse tant désiré voir se prolonger davantage.

. . . .

J'en étais là de l'expression de ma gratitude, lorsque j'entendis frapper à ma porte.

Après la formule consacrée : Entrez, je vis apparaître un grand monsieur, tout habillé de noir. Ce monsieur venait m'annoncer, de la part du directeur du Gymnase, que ma *Jolie Sabotière* était reçue et mise à l'étude ; que, si je voulais en surveiller les répétitions, elles auraient lieu pendant quatre jours consécutifs, et cela, à dix heures du matin, etc., etc., etc.

Je n'ai pas besoin de vous dire combien cette nouvelle me ravit. Voilà un mois à peine que ma pièce est présentée, et d'ici quelques jours elle sera jouée. C'est pyramidal, comme eussent dit les habitués du salon de Charles Nodier. Avouez, madame et chère belle-mère, que les difficultés, les obstacles, ne sont pour moi que de vains mots. En ce moment, je me prends à croire que les ouvrages qui, pendant des années, attendent une solution, ne doivent pas avoir grand mérite, puisque l'œuvre d'un débutant est acceptée d'emblée.

Combien j'eusse été heureux que votre séjour à Paris coïncidât avec la première représentation! Ce sont des heures de fièvre que celles-là. En y pensant je tremble ; si ma *Jolie Sabotière* n'allait pas plaire à ce public à part, qui sent encore un peu le patchouli. Mais ce n'est pas possible. Les hommes appelés à juger un ouvrage, au double point de vue du mérite littéraire et de la question productive, ne s'exposeraient pas à accepter une pièce qu'ils supposeraient devoir tomber. J'ai donc confiance, et vous tiendrai au courant des moindres détails de cette petite affaire qui devient capitale pour moi. Je n'eusse jamais cru en être aussi émotionné.

J'attends au plus tôt une lettre de vous, madame et chère belle-mère. J'ai grande hâte de savoir comment, par ce temps humide et froid, s'est accompli votre ennuyeux voyage.

Votre respectueux et affectionné beau-fils,

Lucien.

— La suite au prochain numéro. —

MALRAISON DE RULINS.

CHRONIQUE

Cette fois, c'est bien fini ; l'année 1882 a sonné, et sous aucun prétexte les retardataires de la villégiature ne peuvent, sous peine de renoncer à leur titre de Parisiens, rester plus longtemps aux champs.

Il faut être maintenant rentrés à Paris ; que faire à Paris, à moins que l'on ne danse? Aussi, partout aux étalages des graveurs, où se voyaient, il y a quinze jours, les cartes de visite de tous modèles, apparaissent les cartes d'invitation de bal sur fin bristol :

« M. et Mme*** prient M.*** de leur faire l'honneur de venir passer la soirée chez eux, le... »

« *On dansera.* »

Quelquefois cette dernière indication est remplacée par celle-ci : *On dansera au piano.* Au temps de la Restauration, on mettait : *Il y aura un violon*.Mais, quelle que soit la formule, depuis trois quarts de siècle, on semble prendre à tâche d'enlever aux invitations de bal tout caractère de pompe et de solennité.

Ce n'est point ainsi que les choses se passaient au temps où Cendrillon allait danser à la Cour avec les petites pantoufles de verre que la baguette de la bonne fée, sa marraine, avait mises à ses pieds.

Alors une invitation de bal était écrite en lettres d'or sur soie et sur vélin, et elle était portée à destination par quelque beau page, escorté d'une demi-douzaine de hallebardiers.

C'est qu'à cette époque féerique et aux époques réelles qui lui ont ressemblé, la danse était bien une autre science qu'aujourd'hui... On comprend qu'on fît d'un bal une véritable solennité qu'on ne pouvait trop rehausser jusque dans les moindres détails, quand un bal était le théâtre où se déployaient la pavane, la gavotte, le menuet, ce menuet dans lequel « il y avait tant de choses ! » au dire de Vestris. Mais, à présent, exagérer l'importance d'un bal ce serait par là même trop attendre, trop exiger de malheureux invités qui savent tout juste marcher un quadrille ou sautiller une polka. Et puis, presque tout le monde étant obligé de donner des bals ou des sauteries, il est prudent de ne pas annoncer par des formules trop prétentieuses une fête qui, bien souvent, n'aura pour cadre que les modestes murs d'un appartement bourgeois.

Eh ! mon Dieu, oui, tant qu'il y aura des jeunes gens et des jeunes filles à marier, il faudra bien qu'on donne des bals, depuis le faubourg Saint-Germain jusqu'au faubourg Saint-Denis et depuis l'avenue de Villiers jusqu'aux régions de Montrouge, depuis — les hôtels des grands seigneurs jusqu'aux logis des petits rentiers.

Un bal ! — donner un bal, ou tout au moins quelque chose qui ressemble à un bal, ce n'est ni simple, ni facile pour un bon bourgeois de Paris, même quand il se soucie médiocrement de la question d'argent. Il ne faut pas croire qu'on danse chez nous en janvier comme on danse à la campagne, en août, chez quelque propriétaire ou fermier, qui n'a qu'à faire balayer son aire pour la transformer en parquet, et à laisser la lune et les étoiles se charger du luminaire.

Donner un bal pour un Parisien qui ne possède pas un palais de millionnaire, cela équivaut pour lui à un véritable déménagement, à une période de gênes multiples pendant laquelle toutes ses habitudes seront dérangées.

Nos appartements parisiens sont si petits que, dès que vous réunissez seulement cinquante personnes, il ne faut pas songer à les loger toutes dans le même salon ; alors, il faut improviser des salons supplémentaires : on démonte les lits de toutes les chambres à coucher et on transporte les matelas dans une ou deux mansardes où l'on couchera comme dans un dortoir, quand la fête sera finie. De ces chambres ainsi démeublées, le tapissier avec ses tentures et le jardinier avec ses plantes vertes se chargeront de faire autant de salons bien exigus peut-être, mais charmants. Bah ! une mauvaise nuit est bientôt passée. On se résignera à coucher dans les mansardes. Mais... où dînera-t-on ?

On n'avait pas songé à cela : il faut que la salle à manger soit transformée en buffet ; il faut que le confiseur et le pâtissier y puissent installer leurs produits au milieu des corbeilles de fleurs, plusieurs heures avant la soirée ; donc, où dînera-t-on ?

A la cuisine, parbleu ! au milieu des lamentations de la cuisinière, qui ne comprend rien à cet effrayant méli-mélo de consommés froids ou chauds et de tasses de chocolat qu'on a confiés à son industrie personnelle.

Je vous laisse à penser ce qu'est le dîner fait, ou plutôt expédié dans de telles conditions ; mais il faut bien souffrir un peu, quand on donne un bal ; on peut bien dîner du simple bouilli, desséché, ridé, momifié, qui a servi à faire les consommés, en songeant à tous les sorbets exquis qu'on offrira deux heures plus tard à ses amis et aux amis de ses amis.

Une recommandation capitale et qu'il importe de ne pas perdre de vue : jamais, au grand jamais ! ne laissez traîner à la cuisine ce malencontreux bouilli ; mettez-le sous clef, la précaution est bonne. Personne ne vous en disputerait les restes, mais votre cuisinière a la tête perdue et vous pouvez tout redouter de ses affolements : ne vous exposez pas à une catastrophe comme celle dont j'ai, un jour, été témoin...

Vers la fin d'un bal, dans une famille de ma connaissance, la cuisinière s'aperçut tout à coup que les sandwichs allaient manquer : il lui restait du beurre, des petits pains anglais, mais le jambon d'York faisait absolument défaut. Où aller en chercher dans une paisible rue de l'Ile-Saint-Louis, à trois heures du matin ? Vatel, en pareil cas, eût sauté sur son épée : Catherine (c'était le nom du cordon bleu en jupons), étant bonne chrétienne, ne songea point au suicide et ne sauta nullement sur sa broche à rôtir ; mais elle saisit le bouilli froid qui restait, le coupa en tranches minces comme des langues de chat et le fourra en guise de jambon dans les petits pains anglais. Une seconde après les sandwichs au bouilli faisaient le tour du salon...

Le malheur voulut que le premier de ces sandwichs maudits tombât sous la dent d'une jeune personne nerveuse à l'excès ; en sentant, au lieu de la chair ferme et savoureuse du jambon d'York, cette viande sans saveur et fibreuse qui s'attachait à ses jolies quenottes, elle poussa un cri terrible, tomba à la renverse et s'évanouit.

L'exemple était trop beau pour n'être pas suivi : de tous côtés, ce ne furent que cris, évanouissements, tartines jetées, exclamations tragiques : « Nous sommes empoisonnées ! »

Fort heureusement, un médecin qui faisait son whist dans un coin accourut ; il prit une des tartines, l'examina et rassura tout le monde ; les belles évanouies revinrent à elles et bientôt un immense éclat de rire retentit de tous les côtés. Seuls, le maître et la maîtresse de la maison ne riaient pas ; le lendemain, une explication des plus vives eut lieu avec Catherine qui, loin de reconnaître sa faute, rendit fièrement son tablier en disant : « Madame, j'avais cru entrer chez vous pour faire la cuisine de ménage, et pas la cuisine de polka. »

De cette rupture, il résulta qu'on ne fut plus exposé à manger les sandwichs au bouilli, les soirs de bal, mais que, le dimanche, on ne mangea plus de bon pot-au-feu.

Une des plus grosses difficultés des bals bourgeois à Paris, c'est la question des voisins... Invitera-t-on les voisins, ces voisins qu'on connaît à peine, qu'on n'inviterait certainement pas à dîner ?

A première vue, la question semble devoir se résoudre d'une façon purement négative. Mais elle est infiniment plus compliquée qu'elle ne le semble à première vue.

Supposons que vous demeurez au second étage : vous avez à compter avec les voisins du premier, — c'est-à-dire avec les voisins d'en dessous, et avec les voisins du troisième, — c'est-à-dire avec les voisins d'en dessus.

Les uns et les autres ont parfaitement le droit de dormir, et, par conséquent, de s'opposer à ce que vous fassiez du tapage : or, passé minuit, la danse la plus gracieuse, la musique la plus exquise, s'appellent tapage, et même *tapage nocturne*, devant la loi.

Si donc les voisins d'en dessus et d'en dessous, isolément ou coalisés, allaient chercher le commissaire de police pour couper court à votre bal, ils seraient dans leur droit strict... Sans doute, le commissaire prêterait peu volontiers son concours à cette répression par trop draconienne ; mais les voisins ont bien d'autres moyens de manifester leur dépit. Vous faites du *tapage* chez vous, ils ont le droit de faire du *tapage* chez eux : le voisin d'en bas peut cogner sous votre plancher avec sa canne, et le voisin d'en haut cogner avec ses pincettes au-dessus de votre lustre dont la cire rejaillira en blanches mouchetures sur les habits, sur les robes et jusque sur les épaules ou les coiffures des danseuses.

Les voisins peuvent jouer du cor de chasse ou du cornet à bouquin au milieu d'une de vos valses de Strauss; les voisins peuvent se livrer à des danses de Hurons et à des cris de Zoulous... Pourquoi pas, si c'est leur manière à eux de s'amuser !

Donc, croyez-moi; invitez les voisins! — Mais..., — Eh bien ! alors, ne les invitez pas !

Avant tout, réfléchissez même pour les invités dont le choix ne semble faire aucun doute, et, sur toutes choses, tenez à n'avoir que des jeunes gens qui dansent et sachent faire danser.

Hélas ! oui ; — il n'y a plus de danseurs aujourd'hui, ou du moins l'espèce tend à s'en faire rare, comme celle de la grande outarde ou de la canepetière.

Voyez ce qui se passe dans la plupart des bals : sur vingt jeunes gens, il y en a toujours dix qui se tiennent dans les encoignures ou entre les portes, et dont on ne remarque la présence que lorsque leurs bras émergent vers les plateaux chargés de verres de punch ou de glaces.

Si quelque part ces messieurs découvrent une place libre et une table de jeu vacante, soyez certains qu'ils s'y installeront pour *tailler un petit bac* et perdre quelques louis pendant que les hommes de cinquante ans sont obligés de se dévouer pour faire un peu polker ou valser les pauvres jeunes filles, qui *font tapisserie* là-bas sur les banquettes ni plus ni moins que les grand'mères.

Je connais une maîtresse de maison qui n'entend pas la plaisanterie avec ces jolis et inutiles jeunes gens.

Quand elle a remarqué qu'un jeune homme, sans motif plausible, reste dans un coin, elle s'approche vers lui et avec son plus gracieux sourire, mais un sourire plein de menaces, lui dit : « Vous ne dansez pas, cher monsieur ? »

Si dans cinq minutes l'interpellé n'est pas en ligne de bataille dans un quadrille, cela équivaut pour lui à une condamnation à mort, c'est-à-dire qu'il est rayé de la liste des invités pour les soirées suivantes.

Cette année, Mme X*** voit à son premier bal un jeune homme qui paraissait bien décidé à rester dans l'immobilité absolue du dieu Terme. Elle s'approche de lui, sourit du rire de la tigresse quand elle va sauter sur sa proie, et elle décoche son impitoyable : « Vous ne dansez pas, monsieur? »

Le jeune homme tombe aux genoux de Mme X*** stupéfaite, et avec une épingle qu'il prend sur une pelote tirée de sa poche, il rattache délicatement à la robe de la maîtresse de la maison un volant à demi déchiré par le pied maladroit d'un des invités dansants :

« Madame, dit timidement le jeune homme en se relevant, excusez-moi, je ne danse pas ; je me contente d'être ambulancier. »

Mme X*** a ri et a invité ce garçon de ressources pour tous ses bals de l'hiver. On assure même déjà qu'elle s'occupe de le bien marier.

Argus.

Abonnement, du 1er avril ou du 1er octobre ; pour la France : un an, 10 fr. ; 6 mois, 6 fr. ; le n° au bureau, 20 c. ; par la poste, 25 c.
Les volumes commencent le 1er avril. — LA SEMAINE DES FAMILLES paraît tous les samedis.

VICTOR LECOFFRE, ÉDITEUR, RUE BONAPARTE, 90, A PARIS. — Imp. de la Soc. de Typ. - Noizette, 8, r. Campagne-Première. Paris.

Les Femmes et le Secret.

LES FEMMES ET LE SECRET

—

Rien ne pèse tant qu'un secret :
Le porter loin est difficile aux dames,
Et je sais même sur ce fait
Bon nombre d'hommes qui sont femmes.
Etc. . . . .

La Fontaine,
Fable : *Les Femmes et le Secret.*

LA FEMME DE MON PÈRE

—

(Voir pages 586, 602, 612, 635, 650 et 668.)

A Monsieur Lucien de Montigny, rue de Sèvres, Paris.

Vallières le...

Mon cher Lucien,

Nous sommes rentrés chez nous, gelés et brisés. La pluie qui n'avait pas cessé un instant, les ruisseaux grossis, les petites rigoles débordées, tout réuni rendait presque impraticables les chemins de traverse que nous avons l'habitude de prendre à partir de Croisy-la-Haye. Les roues de la voiture, engagées dans de profondes ornières, retardaient à chaque instant notre marche, et les chevaux exténués refusaient parfois d'avancer. Ce n'est qu'à plus de minuit que nous sommes arrivés à Vallières.

Aujourd'hui, votre père se ressent à peine du froid et de la fatigue. Il a repris sa vie paisible, et tout heureux, mon cher Lucien, d'avoir vécu quelques jours près de son fils, il en redit souvent le nom.

A bientôt une plus longue lettre. Notre fugue, toute courte qu'elle a été, a mis ici beaucoup de choses en souffrance ; le temps me manque donc pour vous en écrire davantage, et puis, le facteur attend ma lettre.

Personne plus que nous, mon cher Lucien, ne fait des vœux pour le succès de votre *Jolie Sabotière.*

Suzanne.

A Madame la comtesse Susanne de Montigny, au château de Vallières, par Fleury-sur-Andelle. (Eure).

Paris le ...

Ma chère belle-mère,

Je reviens du Gymnase... Quelle singulière chose que cette vie des coulisses ! De prime abord, ces allures cavalières, pour ne pas dire davantage, m'ont beaucoup choqué. Je me trouvais mal à l'aise dans ce milieu aux manières si différentes de celles de nos salons. Néanmoins, petit à petit, je me suis aguerri à ce sans-gêne, à cette joie, et une heure s'était à peine écoulée, qu'il me semblait avoir fréquenté depuis longtemps déjà ce monde d'artistes, qui, soit dit en passant, s'il a les travers du caractère qu'on lui prête, en a aussi les qualités.

Rien de généreux et de dévoué comme ces gens, dont toute l'intelligence se dépense, dont toute la vie se passe à tenter de nous procurer des distractions selon nos goûts. Je trouve que la société est sévère dans ses jugements, à l'égard d'une classe qui, la plupart du temps, lui sacrifie sa jeunesse et sa beauté.

C'est dans une salle vide, à la lueur de quelques becs de gaz, que j'ai assisté à la première représentation de ma *Jolie Sabotière*. Le soir on devait jouer une grande comédie dont je ne sais plus le titre. La scène était déjà prête, de sorte que mon action qui se passe dans une hutte au milieu des bois (je me suis inspiré de la forêt d'Andelle), se déroula dans un palais du temps de Louis le quatorzième du nom. L'amoureuse, une fort belle fille, ma foi ! au lieu de s'asseoir sur des copeaux, se reposait sur des sièges fleurdelisés, et s'amusait beaucoup de ce non-sens. Je crois qu'elle a compris son rôle et ira bien. L'amoureux n'est pas très fort et fait avec son bras droit un mouvement que je voudrais bien réformer. Les autres personnages, qui n'ont que des emplois secondaires, les remplissent d'une manière satisfaisante.

Après cette séance qui a duré trois heures au moins, acteurs, régisseur, auteur se rendirent au foyer. Là, encore, on a causé de la pièce, puis cancané sur les absents... Il a été question des robes de la duègne, des diamants de la grande coquette et de mille autres futilités, affaires capitales pour ce monde de théâtre qui ne vit réellement que paré et fardé.

Demain, je retournerai au Gymnase voir si mes interprètes ont compris et mis en pratique les observations que j'ai cru devoir leur faire.

En me voyant arriver à la dernière page de mon papier, je me demande avec stupeur, ma chère belle-mère, ce que vous allez penser de moi. Il faut que j'aie grande foi en votre indulgence pour ne pas jeter au feu ces détails, qui ne peuvent vraiment vous intéresser et me prennent le temps et la place que j'eusse dû employer à vous dire, ainsi qu'à mon père, tous mes sentiments d'affection et à vous parler un peu de mes études que je mène de front avec la littérature; mais j'éprouve en ce moment un tel besoin de penser tout haut que j'aurais bien de la peine à ne pas vous parler de ma préoccupation présente.

Veuillez donc accepter cette lettre telle qu'elle est, et croire au bien dévoué respect de

Votre beau-fils,

Lucien.

A Monsieur Lucien de Montigny, rue de Sèvres, Paris.

Vallières le...

Mon cher Lucien,

Nous étions à peine de retour à Vallières, qu'une lettre de Poitiers, écrite de la main même de la vieille cousine de Mlle Wissocq, venait me conjurer de recevoir Isabelle pendant un mois ou six semaines. Il règne, paraît-il, dans la ville, une épidémie terrible dont elle ne dit pas le nom, et la pauvre femme redoute, au delà de tout ce qu'elle peut exprimer, d'en voir sa petite parente atteinte. Ses craintes se basent sur la santé ébranlée de la jeune fille qui, n'étant pas encore habituée au climat, pourrait, plus facilement que d'autres, souffrir des miasmes pestilentiels n'épargnant pas même les plus forts.

Votre père a bien voulu consentir au retour d'Isabelle, et depuis quelques jours déjà ma chère orpheline est réinstallée dans le petit appartement séparé du mien par la bibliothèque. Tout ceci vous explique, mon enfant, comment il se fait que j'ai tant tardé à vous donner signe de vie.

Il faut que je vous apprenne une nouvelle qui va vous étonner beaucoup. Il s'agit de la prochaine visite de la tante Annette. Elle écrivait ces jours-ci à votre père, qu'avant de mourir elle voulait le revoir encore et connaître Vallières dont vous lui avez, paraît-il, beaucoup parlé. Elle compte arriver vers le commencement de la semaine sainte. Je me réjouis fort que cette époque ait été choisie, sa présence devant être pour vous un bonheur.

Votre tante, malgré ses soixante-quinze ans, nous annonce qu'elle voyagera en touriste, c'est-à-dire sans bagages, et ajoute que, pour ne déranger personne, elle ne préviendra pas autrement. J'en suis contrariée, mais M. de Montigny prétend qu'il faut la laisser faire; que chercher à lui imposer des prévenances la contrarierait beaucoup. Il paraît que votre vénérable parente, en dépit de ses opinions politiques, est très partisan de la liberté.

Nous espérons bien que la *Jolie Sabotière* sera à Pâques en assez grande voie de succès, pour qu'il vous soit possible de la quitter. Vous devez encore une fois avoir grand besoin de repos. Votre santé paraît excellente, c'est vrai, mais il arrive un moment où la nature réclame ses droits, et ce moment doit être venu pour vous. Depuis six mois, il est évident, mon cher Lucien, que vous vivez double.

Il s'agite à cette heure une grande question pour nous, et je suis chargée de vous en parler.

Le principal fermier de votre père, frappé récemment de paralysie, ne pouvant plus surveiller, ni ses domestiques, ni ses labours, a fait prier M. de Montigny de résilier son bail. Vous n'ignorez pas combien grande est la difficulté de trouver quelqu'un de réellement honnête, pour louer un faire-valoir de cette importance. De plus, la maison d'habitation située à l'extrémité de la ferme, si elle a l'avantage d'être près de la grand'route, a, par cela même, l'énorme désagrément d'être trop éloignée du point central de la propriété. Il serait donc de toute nécessité de l'employer désormais comme bâtiment d'exploitation, et d'élever un principal corps de logis au milieu de la plaine qui fait face à la serre, car il ne serait pas admissible qu'un nouveau venu consentît à accepter un inconvénient dont souffre autant le locataire actuel.

Cette particularité aidant, votre père serait assez disposé, je crois, à se dessaisir des terres éloignées en faveur des autres fermiers, et d'exploiter lui-même les plus rapprochées. De cette façon il s'éviterait des ennuis et se créerait des occupations selon ses goûts.

Malgré la gravité de cette détermination, deux motifs m'engagent à ne pas la combattre. Le premier, parce que M. de Montigny, dont la vie a toujours été très remplie, paraît trouver pesante son oisiveté actuelle; le second, parce que votre père, se décidant à faire valoir lui-même, disposerait de la maison du fermier en faveur d'une œuvre par excellence, qui, j'en suis convaincue, mon cher Lucien, aurait votre approbation. Le cas échéant, il serait question d'établir dans le local inoccupé un petit hospice, où viendraient mourir en paix, sans souci du pain qu'ils ne peuvent plus gagner, les vieillards du village qui n'auraient pas d'enfants, ou dont la famille trop indigente ne pourrait les aider. Il y en a beaucoup de ces malheureux, surtout dans nos huttes de sabotiers! Je considérerais le fait accompli comme un grand bienfait, dont la bénédiction retomberait abondante sur la vieillesse de votre père, car il en est l'instigateur, et sur vous, mon cher Lucien, qui certes alors entreriez dans la vie par la porte du bonheur, que vous tiendrait ouverte l'Ange de la charité.

Nous avons l'intention de profiter de votre séjour à Vallières pour réunir plusieurs de nos voisins; mais comme par-dessus tout nous tenons à vous être agréables, dites-moi dans votre prochaine lettre si cela vous convient. Je dois aussi vous prévenir qu'à l'occasion du double mariage de Mlles d'Auteuil, il y aura plusieurs réceptions auxquelles vous serez certes convié avec nous.

A bientôt, mon enfant, votre père et moi vous reverrons avec grande joie.

SUZANNE.

A Madame Suzanne de Montigny, château de Vallières, par Fleury-sur-Andelle (Eure).

Paris, le...

Ma chère belle-mère,

C'est ce soir! . . . .

Lorsque vous recevrez cette lettre, je serai encore sous le coup de l'émotion que m'auront causée les applaudissements ou les sifflets.

Avez-vous quelque fois éprouvé les tortures de l'attente? Si oui, je n'ai rien à vous apprendre; si non, j'ai tout à vous dire.

Cinq heures sonnent. Je me suis installé chez le plus modeste restaurateur des environs du théâtre, afin de me soustraire à mes amis dont en ce moment je redoute la loquacité, et je fais semblant de dîner en vous écrivant.

Près de moi, des provinciaux, exténués de leurs courses dans ce grand Paris qu'ils ont voulu visiter en un jour, devancent le moment du repas, afin d'être vite convenablement servis et pouvoir gagner au plus tôt le lit dont ils paraissent avoir tant besoin. Si ces braves gens n'étaient pas aussi fatigués, je leur proposerais des billets d'auteur, et peut-être obtiendrais-je ainsi des bravos de plus ; mais le moyen de proposer à des gens qui succombent au sommeil de veiller jusqu'à minuit ?

Si ma montre dit vrai, je n'ai plus que trois quarts d'heure à attendre, non pas encore pour connaître mon sort, mais pour assister à un petit lever de rideau qui précède la *Jolie Sabotière*, et que je considère comme la mise en haleine.

Ce matin, les acteurs savaient bien leurs rôles et la jeune première m'a garanti le succès. A-t-elle été sincère, ou bien a-t-elle cru devoir, par quelques mots aimables et flatteurs, payer le bracelet que je lui envoyai hier, en remerciement de son bon vouloir?... La suite nous l'apprendra.

. . . .

. . . .

J'ai quitté le restaurant, et me voici installé dans les coulisses, sur une table destinée à je ne sais quoi. Derrière le rideau encore abaissé, je suis allé regarder le public, mon juge dans un instant.

Il y a salle comble, mais elle n'est pas aussi brillante, aussi choisie qu'au temps où le Gymnase s'appelait le théâtre de *Madame*. Tant mieux ! le sujet traité par moi conviendra plus à de simples et modestes bourgeoises qu'à des femmes poudrées, ayant titre d'altesse. Tous ces visages quasi paternes ne sont point effrayants du tout et me donnent confiance. En ce moment, j'entends les musiciens. Ils arrivent les uns après les autres prendre place à l'orchestre. Voici une gentille soubrette qui s'avance en fredonnant le couplet qu'elle doit chanter ; un père noble s'exerce à secouer avec grâce les grains de tabac qui, tout à l'heure, seront censés tomber sur son jabot de dentelle ; une amoureuse échange des paroles blessantes avec celui que, dans un instant, elle va nécessairement adorer... J'aperçois le souffleur s'installant dans sa guérite... J'entends s'agiter la petite sonnette, dernier appel... Les acteurs sont à leur poste, et la toile se lève sur un intérieur charmant. C'est une chambre de jeune fille aux tentures blanches et roses avec une volière dorée où gazouillent des oiseaux, et des bouquets de vraies fleurs, dont le parfum se répand dans toute la salle.

Je vous quitte et vais assister à cette petite saynète de laquelle on dit merveille.

. . . .

. . . .

Eh bien, ma chère belle-mère, si je ne me sentais pas plus fort, je préférerais ne pas m'en mêler ! Sans présomption, je crois avoir fait mieux. L'action de cette pièce est lente, sans attrait réel. Les bons mots me paraissent lourds, je n'y vois aucune finesse et à tout bien prendre, je me demande quel est le sujet de la pièce. On a pourtant applaudi plusieurs fois ; j'avoue que je ne croyais pas le public aussi facile à satisfaire.

A mon tour maintenant . . . .

Les décors s'avancent avec majesté sur leurs roulettes de fer; j'aperçois les hêtres et les sapins de carton qui, dans un instant, simuleront le plus épais d'un bois. Voici des huttes dans le lointain, et ma jolie Sabotière apparaît à l'extrémité de la coulisse.

Au revoir, ma chère belle-mère, je ferme ce chiffon de papier et le fais jeter à la poste par un comparse dont la soirée est déjà gagnée. Si mon père vous paraît fâché de me voir dépenser l'intelligence qui, je crois, m'est départie, au profit des *chausseurs* de cothurne, rappelez-lui, je vous prie, que Molière et Racine ont été et seront toujours de grands hommes.

LUCIEN.

A Madame de Montigny, au château de Vallières, par Fleury-sur-Andelle (Eure).

Paris, le...

Ma chère belle-mère,

On ne vit jamais pareille cabale. Ils ont sifflé sans raison, comme des insensés, ne regardant pas, n'écoutant rien. Je ne me connais pourtant aucun ennemi et j'ai de bons amis; mais les applaudissements de ces derniers ont été couverts par les sons perçants que vous savez. Il a fallu baisser le rideau au commencement du troisième acte ! Bref, ma chute est complète si on peut considérer comme chute le jugement d'un semblable public.

Pensez ce que vous voulez, ma chère belle-mère, traitez-moi de présomptueux, mais je prétends que cet échec n'est dû qu'à une coterie. Quelques auteurs mis de côté auront facilement pu gagner à leur cause un certain nombre d'imbéciles qui trouvent autant de plaisir à siffler qu'à claquer... Et les femmes, comme de petites sottes, ont fait chorus à leur manière. Et puis, il est incontestable que le directeur n'a mis à ma disposition que des doublures, qui n'ont pas su faire valoir ma pièce. Que de choses spirituelles, au dire de tous mes amis, sont passées inaperçues ! Combien de pensées mal traduites !

Enfin, je n'ai pas l'intention, je vous assure, de me brûler la cervelle parce que la mauvaise chance a voulu que je tombasse et sur des cabotins et sur un public incapable de porter un jugement. Comme je n'avais pas fondé de sérieuses espérances sur ma *Jolie Sabotière*, je l'abandonne, sans trop de chagrin, jusqu'au jour où mon nom pourra l'aider à gravir de nouveau la scène.

En ce moment, toutes mes pensées sont pour Vallières. Je compte prendre samedi le train qui arrive à Rouen l'après-midi. Si rien ne vient déranger mes projets, voudrez-vous bien, sans nouvel avis, m'envoyer chercher à la gare?

Je trouve splendide la détermination de tante Annette et suis enchanté que sa visite coïncide avec mon séjour chez vous. Que dirait-elle, grand Dieu! si elle savait que j'ai écrit pour le théâtre et, circonstance aggravante, que j'ai été sifflé..... C'est pour le coup que la pauvre femme demanderait, sinon mon interdiction, mais du moins qu'on me pourvût d'un conseil judiciaire. Comme vous devez le penser, je vais bien me garder de lui en parler.

Vous êtes vraiment mille fois bonne de me consulter au sujet des invitations que vous avez l'intention de faire; soyez persuadée que je trouverai bien ce que mon père et vous déciderez.

En effet, la question du faire valoir est chose fort importante, et je comprends qu'on ne s'y décide qu'après mûres réflexions. Ne craignez-vous pas que cela ne change beaucoup les habitudes de mon père? Le *far-niente* est doux à son âge, et on ne l'abandonne pas aussi facilement qu'on pourrait le croire. Ceci dit, ma chère belle-mère, sans la moindre prévention. Un mot de vous réduirait sans doute à néant mes faibles objections.

Il n'est que trop vrai qu'une épidémie de petite vérole purulente règne à Poitiers. Deux médecins attachés à Lariboisière s'y sont rendus; l'un a déjà succombé. Je trouve donc que la vieille cousine de Mlle Wissocq a été fort prudente de vous envoyer cette jeune fille qui, certes, n'eût point échappé à ce fléau.

A samedi, ma chère belle-mère; veuillez dire à mon père tout mon respect.

LUCIEN.

A Monsieur Paul Dupré, rue Jacob, Paris.

Vallières, le...

Cher Paul,

Me voici réinstallé pour quelques jours dans mon petit salon. Il fait, depuis ce matin, un froid noir; je ne sais où diable est parti le soleil. Blotti au coin de mon feu, les pieds sur les chenets, je t'écris avant le déjeuner qui ne peut tarder à sonner.

Comme je te l'ai appris en partant, on attendait ici tante Annette, qui avait jugé bon de ne s'annoncer que par un « J'irai vous voir » gros d'incertitude, quant au jour d'arrivée. On l'attendait donc dans l'acception propre du mot; mais n'ayant aucune donnée certaine, il était convenu qu'on ne changerait rien aux habitudes journalières.

Hier, au moment où nous nous mettions à table pour dîner, le domestique vint avertir qu'une voiture était arrêtée devant la grille de l'avenue.

Tout le monde alors se précipite aux fenêtres en disant: « C'est tante Annette. »

Et tout le monde d'avoir raison.

Ah! mon cher, quel coup de théâtre!

Figure-toi que notre vénérable parente avait fait la route à petites journées et nous arrivait dans un carrosse du temps de François Ier.

Rien de curieux comme cet équipage dans lequel monta peut-être le *Prince des lettres*, que traînaient deux chevaux qui, certes, avait dû voir les guerres de l'Empire, et que conduisait Antoine, cravaté en incroyable.

Comme bien tu le penses, nous nous étions élancés au-devant de cet ensemble imposant, à force d'être antique, et la voiture était à peine au milieu de l'avenue, que nous l'abordions.

Ici, le tableau se complique.

Tante Annette, littéralement enfoncée au milieu de la voiture, disparaissait sous une avalanche d'objets de toutes sortes.

D'un seul coup d'œil, j'aperçus une harpe dans sa housse, je ne sais combien de volumes de Florian, une boîte à bijoux; un nécessaire de toilette, devant lequel notre vieille parente venait de réparer le désordre de ses fausses boucles, et où alternaient des flacons aux différentes essences, des poudres parfumées, des houppes, des mouches..... Puis, venaient des provisions de bouche, avec un service complet d'argenterie; puis tout un arsenal en prévision des voleurs; enfin une châsse de Saint-Hubert, destinée sans doute à éloigner les loups dont elle a grand'peur.

Tu trouves tout cela suffisant, n'est-ce pas? Eh bien, mon cher, tu te trompes.

Derrière cette châsse, entre un magnifique angora et un king-charles édenté, dormait, d'un sommeil plein de béatitude et de paix, un vieil abbé échappé de quatre-vingt-treize. Tante Annette s'en était fait accompagner, croyant, je suppose, que dans la vallée d'Andelle, il n'y avait pas d'église, et par suite, pas de prêtres pour chanter dimanche l'*Alleluia*...

Vois-tu, d'ici, le transbordement de cette cargaison dans l'aile du château qu'on destinait à notre vénérée parente? Chacun s'y prêta, et au bout d'une heure tout ce monde et toutes ces choses étaient à leur place; même l'abbé, vieillard charmant, plein de bienveillance, de douceur, et que ne semble pas effrayer la mondanité de nos conversations.

Tante Annette est ravie de son voyage. Elle ne paraît pas éloignée d'entreprendre vers l'automne, et de la même manière, celui de la ville éternelle, afin d'implorer pour moi, qui en ai tant besoin, assure-t-elle, la bénédiction papale.

Et ceci a été dit avec beaucoup de finesse, beaucoup de cœur. Tante Annette, en dépit de ses idées et de ses préjugés, est décidément une adorable vieille femme. Tout ce qui de près ou de loin touche aux plus nobles sentiments entre de plein pied dans son âme.

C'est ainsi qu'en voyant ensevelie dans son deuil austère et dans sa profonde douleur Mlle Vissocq, elle alla lui tendre la main. Notre tante ne savait rien de cette jeune fille, mais il lui suffit de deviner la nature de ses larmes pour l'aimer aussitôt.

Du reste, cette orpheline attire la sympathie. C'est une jolie enfant de dix-neuf ans, aux yeux doux et noirs, au teint cuivré. Le sourire semble avoir à jamais disparu de ses lèvres pâlies, et elle souffre comme d'une contrainte de se voir entourée. Mme de Montigny a pour son chagrin des raffinements d'égards, dont elle seule possède le secret. Mère par l'affection qu'elle porte à Mlle Isabelle, la digne femme comprend par intuition ce que cette jeune fille, à laquelle manquent aujourd'hui tous les bonheurs, peut redouter ou désirer.

En parlant de Mme de Montigny, tante Annette lui a fait subir en arrivant un de ces examens qui vous démonteraient même un homme, quand il n'est pas sûr de lui. Si tu avais vu ses petits yeux gris à regards perçants, allant de la pointe des pieds de ma belle-mère à la pointe de ses cheveux ! C'est à vous en donner le frisson. Ceci n'a pas duré longtemps, mais l'assaut a été *roide*. Je ne sais si cette dernière s'attendait à une telle façon de procéder de la part de notre vieille parente, toujours est-il qu'elle a traversé l'épreuve sans paraître même la comprendre. Au bout d'une minute, satisfaite sans doute du résultat de son investigation, tante Annette se déganta, tendit la main à Mme de Montigny en l'appelant : Ma toute belle ! Le jugement était porté !

J'espère avoir encore le temps de t'écrire avant mon retour à Paris. Je dis : J'espère, car il paraît que nous sommes menacés de plusieurs réunions, aussitôt les jours saints passés, et Dieu sait qu'à la campagne c'est toute une affaire d'aller chercher un déjeuner ou un dîner à trois ou quatre lieues de là.

Au revoir, mon cher Paul, je compte rentrer dans ma mansarde vers le 1er mai.

Bien à toi.

LUCIEN.

P. S. C. T. — Trouve-moi donc un remède à l'insomnie. Ma jolie Sabotière et consorts dansent toute la nuit devant mes paupières mi-closes une danse des morts parfaitement imitée de celle de Holbein.

— La suite au prochain numéro. —

MALRAISON DE RULINS.

JEHAN VAN EYK A CAMBRAY

Succinctement icy est contenu
Amy lecteur, ce qui est advenu
En Cambrésis....................

(*Les Troubles du Cambrésis*, poëme du XVIe siècle.)

I

LE MESSAGER DE BRUGES

Au commencement du carême de l'an de grâce 1422, alors que la France presque entière était au pouvoir des Anglais, et que leur allié Philippe, duc de Bourgogne, régnait paisiblement sur ses nombreux États, — dame, ou plutôt, comme on disait alors, damoiselle Marie-Guillemette du Fay, bonne bourgeoise de Cambrai, était un samedi fort occupée à faire nettoyer sa maison, l'une des plus belles de la rue de l'Arbre-à-Poires. C'est l'usage en Cambrésis. La maison était si propre que, de la cave au grenier, l'œil le plus clairvoyant n'eût su découvrir la moindre tache, la plus petite toile d'araignée, pas même assez de poussière pour remplir le dé à coudre d'une fillette. Les armoires, les bahuts, les dressoirs, la vaisselle, la dinanderie, les sièges, les serrures, les landiers, tous les meubles et ustensiles fourbis et frottés chaque jour, brillaient et semblaient neufs. Les vitres à losanges, nettes comme du cristal, les planchers blancs semés de grès pulvérisé, les carrelages émaillés, l'escalier de briques rouges encastrées de chêne, qui montait en spirale dans une tourelle ajourée, tout était propre à ravir. Pourtant Guillemette et ses deux servantes, Aldegonde et Gillonne, s'escrimaient du plumeau, du répouroir, de l'éponge et du balai, et répandaient quantité de seaux d'eau du haut en bas de la maison.

Retirée tout en haut du pignon, dans sa chambrette close et bien éclairée au sud-ouest, la fille de la maîtresse du logis, la blonde Marguerite seule ne se mêlait en rien à cette inondation. Penchée sur son métier à broder, elle ouvrageait de ses doigts délicats un bel orfroi de soie et d'or (1), destiné à border une chape de velours vermeil, et qui devait être terminé avant la fête de l'Assomption. Toute l'histoire de Notre-Dame y était représentée, et bien que cet ouvrage fût commencé depuis près d'un an, il y restait encore tant à faire que Marguerite du Fay ne perdait pas une heure du jour, et se levait avec le soleil.

Marguerite était assez petite et frêle, mais si bien faite, si svelte, et la tête si menue, qu'elle semblait grande. Sa chevelure d'un blond roux, soyeuse et ondulée, l'eût aisément enveloppée tout entière, et rien n'était plus gracieux que le sourire de ses yeux bleus et de ses lèvres vermeilles comme des cerises. Bien qu'elle

1. « *Item*, une cape de velours vermeil que donna maistre Fursy de Brusle dont en l'orfroi est le trespas Nostre Dame et plusieurs autres ystoires et en caperon est l'Assumption Nostre-Dame. » — Inventaire des reliques, joyaulx, capes, draps et autres choses et biens estans en la Trésorie de l'Église de Cambray comme au reliquaire du cuer d'icelle, encommenchie par vénérables seigneurs maistres Regnault des Lyons maistre de la fabrique, Guillaume du Fay et Nicole Boidin, chanoines de la dicte église, l'an MCCCC soixante, le XVIIIe jour du mois de march, et parfaite les jours ensievants en continuant jusqu'au VIe jour du mois de may l'an MCCCC soixante et ung ad ce discrètes personnes sires Pierre de Wez, chappelain de la dicte église, Oudart-Charriot, et moy, P. Boûchel, notaire publique.

eût près de seize ans, sa mère et son frère Guillaume, plus âgé qu'elle d'une dizaine d'années, la traitaient en petite fille. C'était pourtant déjà l'une des plus habiles brodeuses de Cambrai, comme l'avait été sa mère, avant qu'elle épousât maître Aubert du Fay.

Près du métier de Marguerite, la cage d'un petit oiseau était accrochée à la muraille, et il chantait d'une voix clairette, saluant le printemps dont le souffle tiède épanouissait quelques violettes plantées dans une caisse sur l'appui de la fenêtre. Par cette fenêtre, que partageait un meneau de pierre sculptée, on apercevait quelques toits couverts de tuiles, et la haute et belle flèche de la cathédrale, entourée de l'incessant tourbillon des corneilles et des pigeons (1). Mais Marguerite n'écoutait pas son petit oiseau et ne regardait que sa broderie. Elle songeait à la promenade que sa mère lui avait promise pour le lendemain et se disait : « Bien sûr il fera le plus beau temps du monde. Je mettrai ma robe verte, j'emporterai mon joli panier et je le remplirai de violettes. »

Un coup de marteau retentit. On frappait à la porte de la maison, et deux ou trois minutes après, Marguerite entendit la voix de sa mère qui l'appelait :

« Descends vite, ma fille, disait Guillemette; c'est le messager de Bruges qui apporte une caisse de confitures. Tu vas déballer pour voir si l'on n'a rien cassé en route, et moi je vais porter à ton frère la lettre du cousin Jeannin. Elle lui est adressée, et, pour sûr, annonce quelque nouvelle d'importance, car, d'habitude, le cousin n'écrit point. »

Le messager, gros Flamand à la face rubiconde, était déjà attablé devant un pot de bière. Il remit à Marguerite la clef de la boîte qu'il avait apportée, et elle se hâta d'en vérifier le contenu.

Guillemette, détroussant sa jupe qu'elle avait relevée dans les fentes de ses poches et rabaissant ses manches, traversa la petite cour inondée d'eau de savon, ôta ses galoches, et monta chez son fils qui habitait avec son inséparable ami, Simon Breton, diacre et musicien comme lui, ce que l'on appelle, dans les maisons du Nord, le quartier de derrière.

Tous deux étaient fort occupés à chanter un motet, en s'accompagnant d'un orgue portatif. Guillemette s'arrêta discrètement au seuil et attendit que le chant eût cessé, puis elle entra et remit à son fils la lettre du cousin de Bruges.

Les deux jeunes gens s'étaient respectueusement levés, et messire Guillaume, avant d'ouvrir la lettre offrit un siège à sa mère.

« En vérité, dit-elle, cette grosse lettre me met martel en tête. Que peut-il être advenu à mon compère Jeannin pour qu'il nous en écrive si long?

— Oh rien du tout, ma bonne mère, dit Guillaume qui avait rapidement parcouru des yeux la missive : la famille se porte bien et notre bon cousin m'annonce une agréable nouvelle. Écoutez plutôt; ne t'en va pas, Simon : cette lettre te fera plaisir tout comme à moi. Elle m'annonce l'arrivée d'une personne que tu désires beaucoup connaître. » Et il lut :

« Mon cher cousin et bon ami,

« La présente est pour vous aviser du départ de Bruges de messire Jehan Van Eyk qui, sur vos instances et celles du révérend chanoine messire Fursy de Bruille, veut bien se rendre à Cambrai pour peindre le cierge pascal. En même temps que cette lettre notre messager Nicolas Van Trotten portera chez vous une caisse de confitures faites par ma femme, et qu'elle envoie à ses bonnes cousines Guillemette et Marguerite pour leur adoucir les rigueurs du carême. Nicolas Van Trotten est un brave homme, néanmoins je vous prie de bien vérifier le contenu de la caisse; il doit s'y trouver :

« Deux pots de marmelade de prunes de Damas, six pots de gelée de pomme au citron, quatre sacs de toile écrue renfermant chacun un demi-cent de poires tapées, deux boîtes de conserve de roses, trois pots de confiture d'épine-vinette, quatre pots de groseilles vertes confites au miel, et un flacon de verjus d'oseille pour faire des sauces.

« Ma bonne femme a mis tous ses soins à cet envoi, et je suis assuré que vous apprécierez son talent. Je ne doute pas non plus que vous aurez plaisir à recevoir chez vous Jehan Van Eyk, qui est bien le plus honnête homme et le plus habile peintre de notre bonne ville de Bruges (ceci soit dit sans faire tort à son frère Hubert, qui le vaut bien). Maître Van Eyk doit s'arrêter un peu à Valenciennes, où il a des amis, mais il a réglé d'avance ses étapes et pense arriver à Cambrai le second samedi de carême dans l'après-dînée... »

« Miséricorde ! s'écria Guillemette, est-il fou? arriver un samedi, et en carême encore ! et moi qui n'ai rien préparé! Le second samedi de carême! mais c'est aujourd'hui, c'est à cette heure ! Que vais-je devenir?

— Calmez-vous, ma bonne mère. Je vais de ce pas audevant de maître Van Eyk. Je le ferai reposer et rafraîchir soit à Escaudœuvres, soit à l'auberge Notre-Dame; et pendant ce temps vous ferez éponger par vos servantes l'eau qui ruisselle partout ici, vous préparerez une soupe au vin et une salade pour la collation du soir, on mettra des draps au lit de la chambre rouge, et Jehan Van Eyk sera chez nous comme chez lui. Ne dirait-on pas que vous êtes menacée de recevoir le Duc de Bourgogne et toute sa cour, et non pas un jeune peintre habitué à une vie aussi simple que la nôtre. J'ai logé chez les Van Eyk et vous pouvez m'en croire. Ne vous inquiétez de rien.

1. Les pigeons nichaient en si grand nombre dans la tour et les combles de la cathédrale, que les chanoines payaient à l'année un archer chargé de tuer à coups de flèches ceux de ces oiseaux qui pénétraient dans l'église.

— Cela vous est aisé à dire, mon fils, vous qui n'entendez rien au ménage et passez vos journées à lire, à écrire, à prier Dieu et à faire de la musique. J'avais déjà ôté les rideaux d'hiver à la chambre rouge, n'attendant nul hôte ce printemps.

— Eh bien, ma mère, mettez les rideaux d'été.

— Ils ne sont pas repassés.

— Alors remettez les rideaux d'hiver.

— Il y manque trois anneaux.

— Eh bien, ma bonne mère, n'en mettez point. Maître Van Eyk n'en dormira pas moins bien. Mais il est grandement temps de partir à sa rencontre. Viens-tu avec moi, Simon?

— Volontiers,» fit le bon Simon Breton, qui suivait tellement partout son ami Guillaume que les clercs de la maîtrise l'avait surnommé l'ombre de messire du Fay.

Ils prirent congé de dame Guillemette, mirent leurs chaperons et leurs manteaux et, cheminant à travers les rues tortueuses de Cambrai, gagnèrent bientôt la porte du Malle (1) ou des Férons.

Les fortifications de Cambrai, au XVe siècle, étaient composées de hautes murailles, de tours et de fossés profonds, mais elles n'avaient été faites qu'en vue de l'escalade et ne comprenaient pas d'ouvrages avancés, de sorte qu'une fois les ponts-levis franchis on se trouvait en rase campagne.

Les deux amis cheminaient paisiblement vers Escaudœuvres, sur une jolie route bordée d'ormeaux et de quelques chaumières. Les champs de blé en herbe verdoyaient aux rayons du soleil, et les pinsons et les merles chantaient déjà en récoltant des brindilles pour construire leurs nids. Simon s'écria tout à coup :

« Je vois là-bas deux cavaliers montés sur des chevaux gris. Ce doit être maître Van Eyk avec son valet. »

Mais Guillaume, qui avait une vue perçante, répondit :

« Non point, Simon, ce sont deux gros hommes de notre connaissance. C'est le tabellion Pierre Bouchel et son compère le médecin Jacques Wiart qui reviennent sans doute de chez quelque malade qui a voulu tester tout en tâchant de se guérir. »

Tôt après les deux cavaliers, en passant, saluèrent Guillaume et Simon, et leurs chevaux, qui flairaient l'écurie, pressèrent le pas.

La route faisait un coude sous les chênes d'un petit bois, et l'on entendait chanter au loin une chanson flamande par une voix mâle et sonore.

« Gageons que c'est notre homme ! » dit Guillaume.

C'était lui, en effet; Van Eyk parut au détour de la route, monté sur un robuste cheval et coiffé d'un chaperon écarlate. C'était un grand jeune homme, de bonne mine et de belle humeur, aux cheveux blonds et bouclés, et dont les manières étaient aisées et gracieuses. Il avait alors près de trente ans, mais une vie sobre et pure ayant conservé à son visage la fraîcheur de l'adolescence, il paraissait beaucoup plus jeune qu'il ne l'était en réalité. Dès qu'il aperçut Guillaume du Fay et son compagnon, il sauta lestement à terre, jeta la bride au valet qui le suivait monté sur une mule, et vint serrer la main des deux amis.

« Quelle bonté, messires, d'être venus au-devant de moi ! Je vais faire une joyeuse entrée dans Cambrai, grâce à vous. Dites, je vous prie, à mon valet, à quelle auberge il peut conduire nos montures. Je resterai avec vous. »

Guillaume indiqua l'hôtellerie de l'*Image Notre-Dame* au valet qui prit les devants, et le peintre et les deux amis marchèrent vers Cambrai.

Les tours et les clochers de la ville, dominés par la merveilleuse flèche de sa cathédrale, étaient alors dorés par les rayons du soleil couchant, et Jehan Van Eyk ne se lassait pas de les admirer.

« Messire Jehan, lui dit Guillaume, je suis d'autant plus heureux de vous voir que j'osais à peine espérer que vous accepteriez les propositions de notre bon Évêque. Peindre un cierge pascal pour douze sous est une assez méchante affaire, surtout pour un homme tel que vous, d'un si grand talent et accoutumé à travailler pour des princes (1).

— Pâques-Dieu, messire Guillaume, quand j'ai l'honneur de travailler pour Notre-Seigneur, je ne m'inquiète point du salaire. Sa Majesté Toute-Puissante y pourvoira, soit ici-bas, soit en paradis. D'ailleurs, ceci soit dit entre nous, je désirais tellement voir la cité de Cambrai et entendre la musique de sa cathédrale, que je fusse venu pour un patard. Je compte, mon travail fini, passer à Cambrai les fêtes de Pâques, et rien que le bonheur de vous entendre chanter et d'assister aux offices me récompensera largement.

---

1. Le premier nom vient du mot *malleus* (marteau). Ce ne fut qu'au XVIIe siècle qu'on donna à cette porte le nom de Notre-Dame, à cause d'une statue de la sainte Vierge placée sur la façade extérieure en 1623. Une autre statue de la protectrice de Cambrai se voyait également sur la façade intérieure.

1. JOHANNI DE YEKE *pictori pro pictura cœrei paschali*, XII s. (Comptes de la cathédrale de Cambray, année 1422, conservés aux Archives du Nord.) C'est le plus ancien document écrit que l'on possède sur Van Eyk. Le sou tournoi valait en 1422 (avant le 30 octobre) 43 cent.8722, et le sou parisis un quart de plus, c'est-à-dire 55 cent. Jehan Van Eyk reçut donc, dans le premier cas, 5 fr. 25 cent.; dans le second, 6 fr. 65 cent. Mais à cette époque la valeur de l'argent était bien plus grande qu'à présent, et, à en juger par les bons dîners qu'Albert Dürer, quatre-vingt-dix ans plus tard, faisait avec sa femme pour *trois sous*, dans ses voyages, la somme allouée au peintre du cierge pascal devait équivaloir au moins à 400 francs d'à présent.

— Vous êtes trop aimable, messire. Il est vrai que notre église est la première de la chrétienté « en luminaire, en musique et en doulce sonnerie ». Vous allez en juger dans un instant, avant même de franchir les portes de Cambrai. Mais entrons là. *Liquidum jejunium non frangit.* Nous allons boire le coup de la bienvenue. »

Ils entrèrent dans le jardin d'une rustique hôtellerie qui avait pour enseigne saint Julien passant le Christ dans sa barque. Là, sur une table de sapin fraîchement savonnée et recouverte d'une nappe d'un blanc de neige, Guillaume fit apporter un flacon d'hypocras et trois coupes d'étain aussi brillantes que de l'argent.

« A votre bienvenue, messire, fit Guillaume en remplissant les coupes. Écoutez ! »

Chester Arthur, Président des États-Unis.

Le premier coup de l'*Angelus* sonnait à la cathédrale, et ses célèbres cloches, la Glorieuse et la Marie, retentirent dans la campagne silencieuse.

Les trois amis, laissant leurs coupes intactes, se signèrent et prièrent en écoutant les cloches.

Puis les clochers des onze paroisses et de nombreux monastères et hôpitaux de Cambrai tintèrent à leur tour, et quand tous ces carillons eurent fini de dérouler leurs guirlandes de sonneries, une cloche argentine tinta seule et joyeusement.

« C'est la Martine, dit Guillaume, c'est la cloche de l'Évêque. Elle nous annonce son retour. Martine ne sonne que quand Monseigneur est à Cambrai (1) ; vous le verrez officier demain, messire Jehan, vous verrez les peintures de Mathieu de Wert, l'horloge, les fiertes ; oh! que de merveilles j'ai à vous montrer !

— Que c'est beau, cet effet du soir ! dit Van Eyk : voyez comme le soleil dore ces flèches tandis que des fossés s'élève une légère vapeur qui monte le long des remparts et semble isoler la ville de la terre. Voyez ces nuages épars là-haut, et vermeils comme des roses effeuillées. Quelle divine harmonie entre ces voix aériennes qui nous appellent à la prière, cette lumière qui nous abandonne, et ces splendeurs du ciel ! Oh, si je pouvais peindre ce que je sens, quel beau tableau je ferais !

1. Cette belle cloche, nommée d'abord l'Estreline, avait été refondue en 1416, et rebaptisée Martine. L'évêque devait la sonner lui-même le jour de sa prise de possession, et s'engager à la remplacer à ses frais si elle se fêlait.

— Messire Van Eyk, dit Simon Breton, le temps vole et nous ne cheminons plus. Videz votre coupe, je vous prie, et partons, si vous voulez arriver à Cambrai avant que ces belles cloches sonnent le couvre-feu, avant que les ponts se lèvent et que les portes soient fermées. »

Et, suivant ce sage conseil, Jehan et Guillaume trinquèrent avec Simon, et, leur écot payé, se remirent en marche et entrèrent à Cambrai au moment où la lune commençait à paraître brillante et le couchant décoloré.

JULIE LAVERGNE.

— La suite au prochain numéro. —

M. CHESTER ARTHUR

PRÉSIDENT DE LA RÉPUBLIQUE DES ÉTATS-UNIS

C'est le 2 juillet dernier que la balle de l'assassin Guitteau frappait le président Garfield. Après une agonie de onze semaines, le pauvre général mourait, le 19 septembre, à 10 heures 35 minutes du soir. C'est le deuxième président de la République américaine qu'un attentat arrache brusquement à la vie. Le premier, Abraham Lincoln, était un homme de bien, et le respect affectueux de ses concitoyens l'a placé au premier rang parmi les figures historiques de son pays. M. Garfield n'avait eu ni le temps, ni l'occasion de donner la mesure de sa valeur comme homme d'État. Mais il avait montré, dans la terrible épreuve au prix de laquelle il a payé le repos de la tombe, des vertus privées et un caractère viril qui lui avaient concilié l'estime et la sympathie universelles.

Dès le lendemain de la mort de M. Garfield, le vice-président, M. Allan-Chester Arthur, prêtait serment entre les mains de deux juges de la cour supérieure de l'État de New-York et prenait possession du pouvoir. C'était peut-être dans un certain cas une circonstance heureuse que la maladie du général Garfield se fût ainsi prolongée; elle avait, en effet, permis au successeur éventuel de l'infortuné général de dissiper les appréhensions et de désarmer les défiances que ses antécédents politiques avaient fait naître. Jusqu'au 2 juillet, M. Arthur s'était posé comme l'antagoniste de Garfield. Il n'avait pas même craint de faire cause commune avec ceux qui manifestaient l'intention de le combattre à outrance. Mais après l'attentat de Guitteau, ce conflit quelque peu scandaleux cessa soudain, et durant toute la période de pénible incertitude que traversa le peuple américain, la conduite du vice-président fut irréprochable. Sans doute, aucune autre attitude n'aurait été tolérée; les Yankees constatèrent toutefois avec plaisir que M. Arthur avait instinctivement compris les nécessités de la situation. Tout le monde convient d'ailleurs que le successeur de M. Garfield est un homme bien élevé et un honnête homme.

De vives controverses ont été soulevées dans la presse américaine sur le pays natal du nouveau président. Est-il natif des États-Unis, du Canada, d'Irlande ou d'Écosse? Chose curieuse! aucune de ces origines n'est encore définitivement établie. Voici les versions qui circulent dans les journaux yankees :

Suivant un ami de M. Arthur, le successeur de Garfield serait né à Fairfield (État de Vermont) dans une petite cabane qui n'existe plus, mais dont beaucoup de gens de la localité pourraient encore indiquer le site. Son père était un clergyman irlandais du culte baptiste, venu en Amérique à l'âge de dix-huit ans, et décédé depuis six ans.

Un autre New-Yorkais, M. Hinman, qui a fait une étude spéciale de la question, se fait fort de prouver, envers et contre tous, que M. Allan-Chester Arthur est natif du Canada. Voici, d'après M. Hinman, quelle serait la filiation de cet homme d'État :

William Arthur, né en Irlande vers 1796, vint en Amérique vers 1815 et se fixa d'abord à Trois-Rivières (Canada). De là, il se rendit à Standbridge comme maître d'école, puis à Dunham Flats, même province, où il exerça les fonctions de « diacre d'église », ou bedeau. Après avoir épousé miss Malvina Stona, fille d'un clergyman méthodiste canadien, William Arthur vint habiter Fairfield (État de Vermont) avec sa femme, mais pas pour longtemps. En 1832, notre remuant Irlandais regagnait Dunham Flats, et c'est dans cette ville que naissait, vers les premiers jours de l'année 1833, William-Chester-Allan Arthur, le futur successeur de Garfield. Le nouveau président des États-Unis serait donc Canadien.

Avant d'être vice-président de la République américaine, M. Arthur (prononcez *Hârtheur*) était collecteur du port de New-York. Cette situation, qui équivaudrait chez nous à celle de directeur général des octrois de Paris, est considérable là-bas. Durant les six années qu'il l'occupa, M. Arthur sut mériter la confiance du monde commercial. Voilà tout ce que l'on sait sur son passé.

Pour bien comprendre dans quelles conditions le nouveau président se trouve placé, il est nécessaire de se rendre compte de la situation des partis. En Amérique, trois groupes politiques sont en présence : 1° les républicains libéraux; 2° les républicains autoritaires et manipulateurs d'affaires; 3° les démocrates. Les premiers sont les gardiens de la tradition des fondateurs de l'Union, les créateurs de la patrie américaine. Ils veulent le progrès régulier et la probité dans les services administratifs. Lincoln, Hayes, Garfield ont représenté ce parti au pouvoir. Hommes d'État intègres, deux d'entre eux ont payé de leur vie le culte qu'ils professaient pour la vraie liberté.

Les républicains césariens et boursicotiers ont à leur tête le général Grant. Leur objectif est d'agiter le pays au profit de combinaisons financières dans lesquelles tous leurs amis, toutes leurs créatures ont une part plus ou moins déterminée : la politique pour eux est une carrière. Ajoutons qu'ils veulent fortifier les droits de l'État et restreindre les libertés locales.

Les démocrates sont, à proprement parler, les anciens Confédérés du Sud, les esclavagistes. Ce parti réclame du Congrès la proclamation de l'autonomie provinciale, c'est-à-dire la rupture du lien national. Alors que les républicains de l'école de Lincoln et de Garfield veulent l'égalité des noirs et des blancs, les démocrates demandent l'assujettissement et la déchéance politique des nègres.

M. Arthur n'est pas démocrate, mais il n'est pas non plus un républicain de la nuance de M. Garfield. C'est un coreligionnaire du ténébreux Grant qui convoite à nouveau la présidence et fait mouvoir, de sa retraite, quelques comparses bruyants. *Tool of Grant*, outil de Grant, tel est le sobriquet sous lequel on désignait M. Arthur avant la mort de Garfield. L'attentat du 2 juillet lui aura-t-il ouvert les yeux? On l'espère. Lorsque Grant arriva au pouvoir, toute l'administration fut aussitôt bouleversée. Soixante-dix mille fonctionnaires furent changés et remplacés par des amis du général. Au contraire, M. Hayes laissa en place tous ceux d'entre les fonctionnaires qui lui avaient paru probes. M. Garfield avait suivi la même méthode. On pouvait craindre qu'élevé à une autre école, M. Arthur ne bouleversât les services administratifs pour les peupler de ses créatures. Jusqu'ici, le président s'est montré très réservé. Cette conduite est considérée comme d'un bon augure. Le peuple américain pense, d'ailleurs, que les redoutables responsabilités qui viennent d'échoir à M. Arthur, ne manqueront pas de lui inspirer un juste sentiment du devoir. Appelé au pouvoir dans les conditions que l'on sait, il faudrait que le nouveau président fût dépourvu de toute virilité pour ne point se sentir élevé par la grandeur des événements à la hauteur de ses nouvelles destinées.

OSCAR HAVARD.

LA PREMIÈRE FEMME AUTEUR DE L'ANGLETERRE

La première femme auteur de l'Angleterre qui donna à son pays l'exemple d'un grand talent d'écrivain. fut une jeune fille, miss Fanny Burney.

Avant elle, aucune femme n'avait composé un roman ou écrit un journal avec autant de succès ni autant de retentissement dans le monde littéraire. C'est à elle que l'Angleterre est redevable de l'essor que depuis ce moment les talents féminins prirent en ce genre. Grâce à son fécond exemple, des œuvres charmantes, pleines de grâce et de fraîcheur, d'intérêt honnête et moral, furent écrites par ses adeptes. Son incontestable talent fit de nombreuses élèves qui, spirituellement et noblement, suivirent ses traces.

Il est donc curieux à plus d'un égard de connaître les péripéties de cette vie toute de travail, de talent et d'épreuves. Macaulay, dans ses célèbres *Essais* (1), nous dit que, d'après les renseignements qu'elle-même avait fournis, Fanny Burney descendait d'une famille d'origine irlandaise du nom de Macburney, qui depuis longtemps était établie dans le Shropshire où elle possédait des propriétés considérables ; malheureusement pour miss Burney, bien des années avant sa naissance, les Macburney se ruinèrent.

Un certain Jacques Macburney offensa son père en contractant un mariage secret avec une actrice. Le vieux gentleman ne sut mieux se venger de ce fils irrespectueux qu'en épousant sa cuisinière.

Il eut de cette union un fils qu'on nomma Joseph, et qui hérita de toutes les terres de la famille, tandis que Jacques, le mari de l'actrice, exclu du partage de la succession, ne reçut même pas un simple shilling (liard). Le fils favori fit de telles extravagances, qu'il devint bientôt aussi pauvre que son frère le déshérité.

Tous deux furent obligés de travailler pour vivre. Joseph devint alors maître de danse dans le Norfolkshire.

Jacques le déshérité retrancha le Mac du commencement de son nom et se fit peintre de portraits à Chester. Là il eut un fils nommé Charles, qui devait être bien connu comme auteur d'un livre remarquable intitulé : *Histoire de la Musique*, et comme père d'un fils distingué par son savoir, et d'une fille encore plus distinguée par son génie. Charles montra de bonne heure un goût prononcé pour la musique, dont il devait plus tard devenir l'historien : élève d'un savant musicien de Londres, il s'appliqua à étudier avec vigueur, et ses efforts furent bientôt couronnés de succès.

Il trouva un sérieux protecteur dans un homme d'une haute naissance, nommé Fulk Gréville, qui fut un des plus brillants gentilshommes de son temps et qui lui voua une amitié toute particulière.

Le jeune artiste se voyait à la veille d'un brillant avenir à Londres; mais la santé lui manqua, et il lui devint nécessaire de se retirer des brouillards de la Tamise pour aller respirer l'air pur de la mer.

Il se maria alors, accepta une place d'organiste à Lynn, et s'y fixa.

Ce fut dans cette ville, en juin 1752, que Françoise Burney naquit. Rien dans son enfance n'indiquait qu'elle dût plus tard prendre place parmi les grands écrivains de l'Angleterre. Sauvage et silencieuse comme elle l'était, elle s'attirait les moqueries de ses frères et sœurs, qui non sans raison la raillaient de son peu de cœur à l'étude : à huit ans, elle ne savait pas ses lettres.

1. Nous empruntons la plus grande partie de la vie de miss Burney à l'*Essai* que Macaulay lui a consacré et qui n'a pas été traduit.

En 1760, Burney, revenu complètement à la santé, quitta Lynn pour Londres, et vint résider rue Saint-Martin, au sud de Leicester Square. La maison, qui existe encore, avait servi de demeure à Newton, et la tourelle carrée qui la distingue de tous les bâtiments qui l'entourent avait été l'observatoire de l'illustre savant.

Burney se fit bientôt une belle position en donnant force leçons de musique dans plusieurs grandes familles de la capitale.

L'Université d'Oxford lui octroya le titre de docteur de musique, et ses écrits relatifs à son art lui valurent une place honorable parmi les hommes de lettres.

L'esprit de Françoise Burney, de sa neuvième à sa vingt-cinquième année, fit des progrès étonnants. Elle n'avait pas encore dépassé l'A b c, qu'elle eut le malheur de perdre sa mère. Depuis lors, elle fit elle-même son éducation.

Son père, bien qu'il l'aimât tendrement, ne pouvait surveiller lui-même son instruction. Toute la journée il était absorbé par ses occupations. De sept heures du matin à onze heures du soir, il était absent pour donner ses leçons, et ne prenait même pas ses repas chez lui; il mangeait à la hâte dans un fiacre en allant d'une leçon à l'autre.

Il envoya deux de ses filles dans un pensionnat de Paris, mais il garda Françoise auprès de lui; cependant il ne lui donna ni gouvernante ni maîtres d'aucune sorte. Mais une de ses sœurs lui apprit à écrire, et à quatorze ans elle éprouvait un grand plaisir à faire de longues lectures.

Ce ne fut pas cependant en lisant des œuvres célèbres que son intelligence se développa, car lorsqu'elle fut à l'apogée de sa gloire, au moment où parurent ses meilleurs romans, elle n'avait encore lu aucune des œuvres des grands auteurs tragiques ou comiques, quels qu'ils fussent.

Et, ce qui semble encore plus extraordinaire, elle n'avait pas lu une ligne de Churchill (alors le poète contemporain anglais le plus populaire), et elle paraît n'avoir eu connaissance d'aucun roman.

Cependant la bibliothèque de son père était nombreuse, mais peu appropriée à son usage, car Burney y avait admis tant de livres exclus d'ordinaire par les moralistes rigides, qu'il se sentait mal à l'aise lorsque Johnson (l'auteur du *Dictionnaire anglais*) en inventoriait les rayons. Du reste, dans toute la collection il n'y avait qu'un seul roman : l'*Amélie* de Fielding.

Heureusement pour Françoise que son genre d'esprit se trouvait mieux de cette grande liberté que d'une culture approfondie.

Le grand livre de la nature humaine était tout grand ouvert devant elle : elle y lut avec avidité.

Voici comment.

La position sociale de son père était très singulière. Par sa fortune, par ses occupations et par sa naissance, il appartenait à la moyenne bourgeoisie, et cependant il permettait à ses filles de fréquenter librement des gens que les femmes de chambre et les sommeliers traitent de communs.

On raconte que les demoiselles Burney jouaient d'habitude avec les enfants d'un fabricant de perruques qui demeurait dans le voisinage.

Et cependant peu de nobles pouvaient rassembler dans leurs brillants hôtels de Grosvenor's Square ou de Saint-James une société aussi variée et aussi brillante que celle qui se trouvait à certains jours dans le parloir du docteur Burney.

Grâce à son mérite, à la douceur de son caractère et à la simplicité de ses manières, il était admis dans les premiers cercles littéraires.

Françoise se mêlait peu à cette société fashionable. Elle n'était pas musicienne et ne pouvait prendre aucune part aux concerts ; elle était timide jusqu'à la gaucherie : les plus légères remarques d'un étranger la déconcertaient, et même les anciens amis de son père qui essayaient de vaincre sa timidité ne pouvaient obtenir d'elle qu'un oui ou un non. Elle était de petite taille et assez laide de visage. On lui permettait de se tenir à l'écart, et là, sans être vue, d'observer tout ce qui se passait dans le parloir de son père. Seuls, ses parents les plus proches savaient qu'elle était douée de bon sens, mais ils étaient loin de soupçonner que sous son maintien grave et timide se cachait une organisation littéraire de premier ordre, une imagination spirituellement développée, et surtout l'intuition la plus acérée de tous les sentiments et particulièrement du ridicule.

Toutes les observations qu'elle faisait aux jours de réception de son père, alors que le petit parloir du docteur se remplissait d'une foule nombreuse et choisie, toutes ces observations, dis-je, restaient gravées dans sa mémoire. Aussi, n'étant encore que toute jeune fillette, elle avait rassemblé pour ses romans futurs une plus ample moisson de matériaux que n'en rassemblent d'ordinaire ceux qui fréquentent le monde. Il est vrai qu'elle était à même, et elle en profitait, d'observer et d'écouter des gens de toute classe, depuis les princes et les grands dignitaires de l'État jusqu'aux astistes demeurant dans les greniers, jusqu'aux poètes habitués à vivre d'expédients.

Elle avait, dans le salon de son père, passé en revue des centaines de personnages remarquables : Anglais, Français, Allemands, Italiens, lords et ménétriers, doyens de cathédrale et directeurs de théâtre, musiciens, cantatrices, voyageurs conduisant même avec eux des sauvages ramenés de leurs expéditions lointaines. L'impression faite sur l'esprit de la jeune fille par la société qu'elle avait l'habitude de voir et d'entendre fut si vive et si profonde, que sitôt qu'elle put écrire avec facilité, ce qui, comme nous l'avons déjà dit, ne fut pas de bonne heure, elle commença à composer de petites nouvelles.

Ses sœurs s'amusaient de ses contes, mais le docteur Burney en ignorait l'existence. Ses dispositions littéraires devaient rencontrer bientôt de sérieux obstacles.

Elle avait quinze ans lorsque son père se remaria. La nouvelle Mme Burney trouva bientôt que sa belle-fille aimait trop à griffonner et lui fit des observations à ce sujet. L'avis était sans doute dicté par une sincère bienveillance et aurait pu être donné par l'ami le plus judicieux, car à cette époque rien ne pouvait être plus désavantageux pour une jeune fille que d'être connue comme auteur de romans. Françoise céda, et jeta au feu tous ses manuscrits.

Elle se mit à coudre sans interruption depuis le matin jusqu'au dîner. Mais le dîner à cette époque étant de bonne heure, les après-midi étaient à sa disposition. Ce fut alors qu'elle commença à écrire son *Journal* et qu'elle correspondit à cœur ouvert avec un ami qui, de tous les gens qu'elle fréquentait, semble avoir le plus contribué à la formation de son esprit.

Cet ami fut Samuel Crisp, vieux camarade de son père. Son nom fut bien connu pendant un temps à Londres, et bien vite oublié. Son esprit et son goût pour la littérature et pour les arts étaient alors très estimés. Il jouissait parmi les lettrés et les érudits d'une considération générale : il voulut plus, il perdit tout.

Il se crut destiné à être un grand poète, et composa une tragédie appelée *Virginie*. Malgré le zèle de Garrick et la bonne volonté de ses amis, la pièce échoua complètement. Comme il avait beaucoup trop de bon sens pour risquer une seconde défaite, et qu'il n'en avait pas encore assez pour supporter en homme son premier échec, il se retira dans une maison isolée du comté de Surrey. Sa retraite, cachée à tous, ne fut révélée qu'à son très intime ami le docteur Burney. Avant son départ il avait continué de regarder Françoise comme sa fille, et il l'appelait familièrement sa Fannikin ; elle-même l'appelait son cher Daddy.

Bien que fort mauvais poète, c'était un homme lettré, un penseur, et surtout un excellent conseiller. Tant qu'il fut possible pour lui de voyager, il vint à Londres pour assister aux concerts de la rue Saint-Martin. Mais lorsque la vieillesse, avec son cortège de tristes infirmités, le confina dans sa retraite, il désira recevoir encore une lueur de ce monde gai et brillant dont il était exilé, et il pressa *Fannikin* de lui envoyer des comptes rendus détaillés des soirées de son père. Quelques-unes de ses lettres à Crisp ont été publiées, et il est impossible de les lire sans remarquer toutes les qualités du génie qui créa plus tard *Evelina* et *Cecilia*.

Les dispositions qu'avait Fanny pour écrire des romans avaient été quelque temps interrompues. Elles se réveillèrent plus fortes que jamais. Les héros et les héroïnes qui avaient péri dans les flammes étaient encore présents à son esprit. Une histoire favorite, en particulier, hantait son imagination. Une jeune fille, Caroline Evelyn, fit un malheureux mariage et mourut laissant une fille. Fanny inventa des situations variées, tragiques et comiques, dans lesquelles se trouva la jeune fille sans mère. Le dénouement, qui assurait le triomphe de son héroïne, achevait dans son esprit la peinture de cette scène de mœurs. Par degrés ces ombres, d'abord vagues et indécises, acquirent une consistance de plus en plus forte; l'impulsion qui poussait Françoise à écrire devint irrésistible, et le résultat en fut l'histoire d'*Evelina*. Alors, malgré quelques craintes, il lui vint assez naturellement le désir de faire paraître son œuvre.

Timide et modeste comme l'était Françoise, et de plus, peu accoutumée à entendre faire son éloge, elle ne visait pas à un grand succès. Elle n'avait pas d'argent pour faire imprimer son roman : il était donc nécessaire que quelque libraire fût amené à courir le risque de la publication, et un tel libraire ne devait pas se trouver facilement. De plus, elle désirait prendre un pseudonyme. Dalsley refusa même de regarder le manuscrit, si l'auteur ne lui révélait son nom réel. Un éditeur de Fleet Street (rue de la Flotte), nommé Lowndes, fut plus complaisant. Une correspondance commença entre lui et miss Burney, qui prit le nom de Grafton. Avant de conclure définitivement le marché, Fanny pensa qu'il était de son devoir de demander le consentement de son père; elle lui déclara qu'elle avait écrit un livre, et qu'elle désirait obtenir sa permission pour le publier sous le voile d'un pseudonyme.

Le docteur ne réfléchit point que Fanny allait faire un pas dont pouvait dépendre le bonheur de sa vie; que cet acte pouvait lui donner une réputation honorable, ou qu'il la couvrirait de ridicule. Il était du devoir du docteur Burney de donner un bon conseil à sa fille, de gagner sa confiance, de prendre connaissance du roman, de l'empêcher de le publier si son livre était mauvais, et s'il était bon, de voir si les engagements qu'elle avait pris avec l'éditeur lui seraient avantageux. Au lieu de cela, il la regarda en ouvrant de grands yeux, éclata de rire, l'embrassa, lui donna la permission de faire ce qui lui plairait, et ne lui demanda même pas le titre de son roman. Françoise conclut immédiatement le traité avec Lowndes. Vingt livres sterling (500 fr.) lui furent données comme droit d'auteur, et furent reçues avec joie par Fanny. L'inexcusable négligence que mit son père dans l'accomplissement de son devoir ne coûta heureusement à Fanny aucun mal pire que la perte de 12 ou 1.500 livres sterling. *Evelina* parut en janvier 1778.

La pauvre fille était malade de terreur et osait à peine sortir. Le livre n'avait en réalité rien que son propre mérite pour se gagner la faveur du public. Le libraire qui le publiait n'était pas tenu en haute estime. Aucun ami n'avait été appelé à faire de la propagande, et les lecteurs attendaient peu d'un roman qui ne traitait que de l'entrée d'une jeune fille dans le monde. A ce moment il était de bon ton, même parmi les gens les plus éclairés, de condamner les romans d'une façon absolue; du reste, ces ouvrages étaient presque toujours mauvais et dénués d'esprit.

Bientôt cependant le bruit de quelques éloges se fit entendre, puis tout le monde demanda *Evelina* : quelques personnes attribuèrent l'ouvrage à Anstey.

Bientôt dans la *Revue de Londres* en parut un compte rendu favorable, puis un autre encore plus favorable dans la *Revue mensuelle*. Enfin le livre trouva place bientôt sur des tables qui rarement avaient été profanées par des volumes venant de chez Lowndes. Des écoliers le lurent aussi bien que des hommes d'État, et tout le monde avoua que l'on ne pouvait s'arracher de la lecture d'*Evelina*. La boutique de l'éditeur fut assiégée par les carrosses et les livrées les plus diverses; chaque jour Lowndes recevait questions sur questions au sujet de l'auteur. Il n'y pouvait répondre, car il ne savait absolument rien de plus que ceux qui le questionnaient. Le mystère cependant ne resta pas longtemps sans être dévoilé. Les frères, sœurs, tantes et cousins de Fanny étaient dans la confidence et ressentaient bien trop de fierté pour être discrets. Le docteur Burney pleura de joie sur le livre. Daddy Crisp donna avec colère à sa Fannikin une grande poignée de main en la grondant de ne lui avoir pas confié son secret. La vérité se répandit rapidement.

Si l'on avait admiré le livre pendant qu'on l'attribuait à des hommes de lettres habitués au monde et à la composition, ce fut bien autre chose lorsque l'on sut qu'une jeune fille réservée et silencieuse avait produit le meilleur roman qui eût paru depuis la mort de Smolett. Les acclamations redoublèrent. Ce qu'elle avait fait était extraordinaire à la vérité. Mais comme d'habitude, des récits variés augmentèrent l'histoire jusqu'à ce qu'elle devînt miraculeuse : on alla jusqu'à prétendre qu'*Evelina* était l'œuvre d'une fillette de quinze ans. Tout incroyable qu'était ce conte, il continua à être répété jusqu'à notre temps. Françoise était trop honnête pour le confirmer, mais elle était trop femme pour le démentir. Aussi la timide et obscure jeune fille se trouva tout d'un coup portée aux nues. Les grands hommes, qu'elle n'avait osé regarder qu'à la dérobée et avec respect, lui adressèrent leurs félicitations avec une admiration qui n'était tempérée que par la tendresse qu'ils accordaient à son sexe et à son âge.

Burke, Windham, Gibbon, Sheridan, Reynolds étaient de ses plus ardents panégyristes. Johnson se joignit à eux. Il était un ancien ami du docteur Burney, mais il n'avait guère fait attention à ses filles, et Fanny, croyons-nous, n'avait jamais osé lui parler de sa vie, si ce n'est pour lui demander, lors des soirées de son père, s'il désirait une dix-neuvième ou vingtième tasse de thé. Il fut charmé de son conte et le préféra même aux romans de Fielding. Il ne porta pas toutefois la partialité jusqu'à placer Evelina à côté de Clarisse Harlowe (1), mais il dit toutefois que sa petite favorite en avait assez fait pour que Richardson lui-même se fût senti mal à l'aise en lisant *Evelina*. A l'approbation cordiale de Johnson se joignait une sorte de tendresse demi-admiratrice et demi-paternelle pour l'auteur, et son âge et son caractère lui permettaient de montrer cette tendresse sans contrainte : il commença par porter la main de la jeune fille à ses lèvres, mais bientôt il la serra dans ses énormes bras en l'appelant « sa favorite, son cher amour, sa chère petite Burney ». A un moment, il se répandait en éloges pour le bon goût de ses chapeaux, à un autre il insistait pour lui apprendre le latin. Il est depuis longtemps reconnu que Johnson, malgré toute sa dureté et son irritabilité était franchement bienveillant, et c'est depuis la publication des *Mémoires de Mme d'Arblay* (1) que l'on a appris combien ses manières pouvaient être douces et tendres à l'occasion. On a mentionné quelques-uns des hommes éminents qui offrirent leurs hommages à l'auteur d'*Evelina*. La foule des admirateurs de second ordre demanderait une nomenclature aussi longue que celle qui est dans le second livre de l'*Iliade* (2). Au milieu de cette foule on remarquait le Dr Franklin : non, comme quelques personnes l'ont supposé, le célèbre Dr Franklin, le Pensylvanien, qui, s'il eût été en Angleterre, à ce moment, auprès de miss Burney à lui présenter ses respects, aurait couru de grands risques d'être pendu, noyé ou écartelé (3), mais bien Thomas Franklin, le traducteur de Sophocle.

Il n'eût pas été surprenant qu'un tel succès tournât même une forte cervelle.

Eh bien, dans le *Journal* de miss Burney, nous ne trouvons aucune trace d'orgueil, mais bien mainte preuve d'un caractère vraiment modeste et aimable. On voit par mille détails que Fanny jouissait avec une vive satisfaction des hommages que son talent lui valait; mais il est également visible que son bonheur venait de celui que ressentaient son père, sa sœur et son cher Daddy Crisp. Pendant qu'elle était courtisée par les grands, les riches et les savants, pendant qu'elle était suivie le long du Steyne à Brighton, et des Pantiles à Tuntbridge Wells, par les regards d'une foule admiratrice, elle ne pensait qu'au petit cercle de la rue Saint-Martin. Elle ne racontait avec détails tous les compliments délicats ou rudes qu'elle entendait de tous côtés, qu'à deux ou trois personnes qui l'avaient aimée depuis l'enfance, qui l'avaient aimée dans l'obscurité, et auxquelles sa gloire donnait la joie la plus pure et la plus exquise. Rien ne peut être plus injuste que de confondre ces épanchements d'un bon cœur, sûr d'une parfaite sympathie,

1. Héroïne d'un roman de Richardson.

1. Nom que porta miss Burney après son mariage.

2. Nomenclature des vaisseaux de la flotte grecque.

3. Les colonies d'Amérique étaient alors soulevées contre la Métropole. Franklin était, avec Washington et Adam Jefferson, l'un des principaux chefs de l'insurrection.

avec l'égoïsme d'un bas-bleu qui débite à tous ceux qui veulent l'entendre son roman ou son volume de sonnets.

Il était naturel que l'issue triomphante du premier essai de miss Burney la tentât d'en entreprendre un second. Le roman d'*Evelina*, qui lui avait rapporté de la gloire, n'avait rien ajouté à sa fortune. Quelques-uns de ses amis lui conseillèrent d'écrire pour le théâtre; Johnson promit de lui donner des conseils, et Murphy entreprit de la mettre au courant des effets de la scène. Sheridan déclara qu'il accepterait une pièce d'elle sans même la lire. Encouragée de la sorte, elle écrivit une comédie intitulée *les Beaux Esprits*, qui ne fut jamais, heureusement, ni imprimée ni jouée.

Nous lisons à ce sujet, dans son *Journal*, que la pièce des *Beaux Esprits* fut généralement condamnée. Sheridan et Murphy ne dirent pas leur avis par politesse. Heureusement que Fanny avait un ami que n'effrayait pas la pensée de lui faire de la peine en lui disant la vérité. Crisp, plus sage pour elle qu'il ne l'avait été pour lui-même, lut le manuscrit, et lui dit courageusement qu'elle n'avait pas réussi, qu'en l'entendant chacun se souviendrait des *Femmes savantes* (1) de Molière, et qu'il fallait y renoncer.

Fanny avait trop d'esprit pour ne pas savoir gré à son ami d'un acte si rare de franchise. Elle lui renvoya une réponse qui marque combien elle méritait d'avoir un conseiller si affectionné. « Bien qu'un peu déconcertée quant à présent, disait-elle, je vous promets de ne pas laisser subsister mon désappointement un jour de plus..... e Jne suis pas mortifiée ni abattue, mais bien fière d'avoir un ami m'aimant assez pour me parler avec une entière franchise. »

S. Dussieux.

La fin au prochain numéro. —

SONGERIES D'UN ERMITE

Dans les batailles que se livrent à grand bruit les écrivains, les avocats, les médecins, les savants, les charlatans et autres rivaux de publicité, il se consomme beaucoup de poudre et assez peu de plomb.

Comte de Nugent.

CHRONIQUE

Ce n'est point chose rare de voir devant les tribunaux des accusés qui dissimulent leur identité et qui essayent de se faire passer pour d'autres personnages que ceux qu'ils sont en réalité. Généralement, ils ont soin de s'attribuer des noms et qualités suffisamment estimables pour suppléer par l'apparence à l'honorabilité qui leur fait défaut; mais ce qu'on ne voit pas tous les jours, même en cour d'assises où l'on voit tant de choses, c'est un monsieur qui essaye de se faire passer pour feu Platon, l'illustre philosophe, décédé, comme chacun sait, depuis un laps de siècles suffisamment respectable.

Tel est pourtant le système de défense qu'a soutenu avec le plus grand, sang-froid, il y a huit ou quinze jours, devant les juges et les jurés de notre Palais de justice, un certain Sebapolis, qui avait à répondre de méfaits assez corsés.

Ce Sebapolis est un Grec d'origine qui a, paraît-il, beaucoup couru le monde : il a été tour à tour marin, soldat, professeur ; mais, toujours et partout, il a été en outre philosophe, poète et escroc.

En qualité d'escroc, son dernier tour de passe-passe a été assez ingénieux : Sebapolis s'est avisé de faire prendre un narcotique à une dame dans la maison de laquelle il était reçu; puis, quand il a vu cette pauvre femme bien endormie, sans vergogne il lui a emporté ses bijoux, son argent et un carnet de chèques sur la Société Générale. C'est même en voulant faire usage de ce carnet que le trop hardi voleur a été pincé.

Devant le tribunal, Sebapolis s'est borné à lire un fragment de ses poésies, puis il est arrivé à l'exposition de sa doctrine personnelle, qu'il a présentée à peu près ainsi :

« Non, messieurs, je ne suis ni ne puis être un vulgaire malfaiteur ; car, sachez bien que sous mon apparente figure d'aujourd'hui, je ne suis autre que le philosophe Platon, l'un des plus grands génies et l'un des hommes les plus vertueux de l'antiquité... Oui, messieurs, je suis Platon, le disciple de Socrate; Platon, l'auteur des *Lois*, du *Phédon*, de la *République*, du *Timée*, et d'autres... bons ouvrages.

« J'ai changé de corps, messieurs, plusieurs fois, je l'avoue en toute humilité, mais mon âme est toujours restée la même ; c'est elle qui anime aujourd'hui ce corps qui est là devant vous ; c'est elle qui frémit d'indignation en me voyant descendu de mon glorieux promontoire de Sunium à ce banc de cour d'assises... Vous ne condamnerez pas Platon, messieurs, vous ne m'infligerez pas une flétrissure plus cruelle que le supplice même et la mort qui furent infligés à mon maître Socrate !... »

Platon parlerait encore si le président des assises n'avait enfin prié les jurés d'aller arrêter leurs convictions dans la salle des délibérations ; ils en sont ressortis avec un bon verdict qui a eu pour résultat d'envoyer Platon philosopher pendant dix ans aux travaux forcés.

Le grand homme de la Grèce antique est sorti en levant ses bras modernes vers le Ciel, pour le prendre à témoin des mésaventures qui peuvent s'abattre sur les pauvres âmes des philosophes dans les hasardeux voyages de leurs réincarnations terrestres.

1. Chose étrange à dire, Fanny n'avait jamais lu cette pièce.

Sebapolis s'est évidemment trompé de temps en croyant que les juges et les jurés de notre époque croiraient à la résurrection ou à la perpétuité de l'existence de Platon. Il y a cent ans, sa ruse aurait peut-être eu plus de succès, au moins près de certains esprits; car notre dix-huitième siècle, ce siècle d'incrédulité par excellence, ne se gênait pas pour être, à l'occasion, crédule jusqu'à la naïveté confinant à la sottise la plus complète.

N'est-ce pas alors que Cagliostro trouvait des milliers de gens, — des gens d'esprit, des gens instruits, des gens du monde, — pour croire ce qu'il voulait bien leur raconter de sa longévité qui, à l'entendre, dépassait de beaucoup celle de Mathusalem ?

Cagliostro ne se vantait point d'avoir personnellement été Platon ; mais il ne se gênait point pour affirmer qu'il l'avait beaucoup connu et que, maintes fois, ils avaient déjeuné ensemble : il en résultait que le beau monde trouvait du meilleur goût d'inviter à souper un homme qui avait, deux mille ans plus tôt, déjeuné en si belle compagnie.

On l'interrogeait sur tous les personnages de l'antiquité, — et jamais Cagliostro ne demeurait court : il était au festin où Cléopâtre avala une perle de dix mille sesterces; il se trouvait au Capitole le jour même où César y fut poignardé; — et il était appelé à voir bien d'autres choses encore, car, grâce au secret de l'élixir de longue vie, dont il était possesseur, il aurait infailliblement le regret de survivre de longues années encore à l'aimable compagnie dans laquelle il avait aujourd'hui l'avantage de se trouver.

Naturellement, il ne manquait pas d'amateurs des deux sexes pour prier Cagliostro de vouloir bien leur permettre d'accomplir avec lui ce voyage à travers les siècles futurs et pour solliciter le secret de son fameux élixir.

Mais il ne paraît pas que Cagliostro — sans doute il avait ses raisons pour cela ! — ait jamais été très communicatif sur ce sujet important. Il a bien, il est vrai, indiqué la manière de se servir de son élixir, mais elle n'est pas absolument complète ; cependant cette recette me semble avoir trop d'à-propos, au moment des vœux du nouvel an, pour que je me prive de vous communiquer le peu que j'en sais.

Voici en quoi consistait la méthode de renaissance physique enseignée par Cagliostro. On commençait par se retirer au fond de quelque campagne avec un ami sûr (ce n'était peut-être pas la chose la plus facile à trouver !) — Dans cette solitude, on se livrait pendant 17 jours à la diète la plus rigoureuse. Le 17e et le 22e jour, on se faisait pratiquer une petite saignée. En outre, au 22e jour, on avalait six gouttes d'une mixture blanche, qu'il fallait ensuite augmenter de deux gouttes chaque jour. Au 32e jour, on se mettait au lit, on avalait le premier grain de la *materia prima*, qui amenait des suites douloureuses, notamment une syncope de trois heures, accompagnée de convulsions.

Au 33e jour, on prenait le second grain, qui était suivi de la fièvre, du délire, de la perte des cheveux, des dents et de la peau. Au 36e jour, on avalait le troisième grain, et on tombait alors dans un long sommeil, pendant la durée duquel repoussait tout ce qu'on avait perdu. Au 39e jour, on prenait un bain et on versait dans un verre de vin 10 gouttes de baume du Grand Cophte. Après quoi, le 40e jour, on se trouvait en pleine santé, rajeuni de cinquante ans. On pouvait recommencer l'expérience tous les cinquante ans, mais seulement jusqu'à ce qu'on eût atteint l'âge de 5.547 ans, — pas davantage.

A tout prendre, cinq mille cinq cent quarante-sept ans d'existence sont un chiffre dont on peut raisonnablement se contenter; il s'agit seulement de retrouver l'élixir de Cagliostro, et de savoir d'abord si Cagliostro en a fait usage pour lui-même; car, enfin, il est bien surprenant qu'un homme qui avait encore un si beau nombre d'années devant lui ait renoncé à venir voir si le Paris du dix-neuvième siècle est aussi agréable que le Paris du dix-huitième.

Mais, dites-moi, cher lecteur, en supposant que vous retrouviez la recette parfaite de l'élixir de Cagliostro, à quel âge lui demanderez-vous le rajeunissement de cinquante années que sa vertu peut accomplir ?

A cinquante ans ?... Cela vous reporterait juste à l'heure de votre naissance, avec la perspective d'avoir à faire vos dents ; non, cela manquerait de charmes.

A soixante ans ?... Cela vous ramènerait au collège, à l'âge où l'on commence à s'escrimer avec Lhomond ou Noël et Chapsal ; vraiment, ce n'est pas la peine.

A soixante-dix ans ?... Mais, alors, en redevenant jeune, vous voilà conscrit ou tout au moins volontaire d'un an ; vous voilà exposé à aller vous faire casser la tête en Tunisie, — car l'élixir de longue vie ne protège point contre cette sorte d'accidents.

Il faut donc attendre encore... Attendre ; — mais les quatre-vingts ans s'avancent, et ce cap de quatre-vingts ans n'est-il pas le cap du naufrage même pour les privilégiés de la longévité ?

Que faire donc : — rajeunir, pour ne pas jouir de la jeunesse; rester vieux, pour être exposé à la mort imminente ? Que faire ?... Eh ! mon Dieu, il n'y a qu'une chose à faire, — c'est d'attendre, avant de prendre un parti, que l'élixir de longue vie soit bien et dûment retrouvé. Alors, comme alors !...

ARGUS.

Abonnement, du 1er avril ou du 1er octobre ; pour la France : un an, 10 fr. ; 6 mois, 6 fr. ; le n° au bureau, 20 c. ; par la poste, 25 c.
Les volumes commencent le 1er avril. — LA SEMAINE DES FAMILLES paraît tous les samedis.

VICTOR LECOFFRE, ÉDITEUR, RUE BONAPARTE, 90, A PARIS. — Imp. de la Soc. de Typ. - Noizette, 8, r. Campagne-Première. Paris.

Histoire naturelle. — Les porteurs de cuirasse coupée.

LES ÉDENTÉS

PARESSEUX. — PORTE-CUIRASSE. — FOURMILIER.

—

Les naturalistes, qui cherchent en général à grouper dans leurs classifications les animaux d'après les caractères que présente leur organisation physique, ont été, à bon droit, frappés d'une particularité remarquable qui se rencontre chez plusieurs mammifères. Ces animaux n'ont pas de dents, ou du moins sont privés de plusieurs d'entre elles. Ils ont donc été conduits à former un ordre spécial sous la dénomination d'*Édentés*.

Cet ordre n'est pas nombreux ; les genres et les espèces en sont peu répandus. On les trouve exclusivement dans les régions torrides ; ce qui fait que les anciens n'en ont pas eu connaissance, sans cela ils en auraient parlé dans leurs récits. Et lorsque les modernes, d'après les relations des voyageurs, ont eu sur ces animaux les premiers détails, ils ne s'en sont pas rendu, dès l'abord, un compte exact. Trompés par des renseignements erronés, Buffon et Cuvier eux-mêmes ont commis à leur endroit des erreurs manifestes.

Il n'est donc pas sans intérêt de s'arrêter quelque peu sur ces animaux. Leurs mœurs et leur conformation sont en effet bien propres à exciter une légitime curiosité. Je voudrais essayer de la satisfaire, sans faire pourtant un cours de zoologie.

Nous rencontrons ici deux tribus. Les noms qu'on leur donne sont sans aucune grâce, mais néanmoins par eux-mêmes ils ont une signification facile à saisir et qui caractérise bien chacune d'elles : les *Tardigrades* ont une démarche pesante, les mouvements fort lents, et le museau aplati et court. L'Aï ou Paresseux est le type de cette famille. Chez les *Longirostres*, le museau est au contraire allongé, pointu ; leurs mouvements ont une certaine vivacité, bien que toute relative. Les principaux d'entre eux sont les Tatous et les Fourmiliers.

Le Paresseux est un animal bizarre, de la grosseur d'un gros chat. Les poils du corps sont grossiers et d'un gris brun; souvent le dos est tacheté de jaune et le sommet en est marqué par une longue ligne noire. Les membres sont disgracieux et ceux de devant si longs, qu'il ne peut guère marcher à terre qu'en se traînant sur les coudes.

Buffon en fait la description suivante : « Autant la nature nous a paru vive, agissante, exaltée dans les singes, autant elle est lente, contrainte et reposée dans ces Paresseux, et c'est moins paresse que misère, c'est défaut, c'est dénûment, c'est vice dans la conformation: point de dents incisives ni canines, les yeux obscurs et couverts, la mâchoire aussi lourde qu'épaisse, le poil plat et semblable à l'herbe séchée, les cuisses mal emboîtées et presque hors des hanches, les jambes trop courtes et mal tournées, encore plus mal terminées; point d'assiette de pieds, point de pouces, point de doigts séparément mobiles, mais deux ou trois ongles excessivement longs, recourbés en dessous, qui ne peuvent se mouvoir qu'ensemble, et nuisant plus à marcher qu'ils ne servent à grimper; la lenteur, la stupidité, l'abandon de son être, et même la douleur habituelle résultant de cette conformation bizarre et négligée; point d'armes pour attaquer ou se défendre ; nul moyen de sécurité, pas même en grattant la terre, nulle ressource de salut dans la fuite : confinés, je ne dis pas au pays, mais à la motte de terre, à l'arbre sous lequel ils sont nés, prisonniers au milieu de l'espace ; ne pouvant parcourir qu'une toise en une heure, grimpant avec peine, se traînant avec douleur, une voix plaintive, et par accents entrecoupés qu'ils n'osent élever que la nuit, tout annonce leur misère, tout nous rappelle ces monstres par défaut, et ébauches imparfaites mille fois projetées, exécutées par la nature qui, ayant à peine la faculté d'exister, n'ont pu subsister qu'un temps et ont été ensuite effacés de la liste des êtres... Ce sont peut-être les seuls que la nature ait maltraités, les seuls qui nous offrent l'image de la misère innée. »

En écrivant ces lignes, Buffon était évidemment sous l'impression des contes étranges qu'avaient accrédités les anciens voyageurs, et par malheur il oubliait à cette occasion la vérité qu'il a d'ailleurs si bien démontrée dans ses divers ouvrages, que la Providence a départi à chacun des êtres des organes conformes aux besoins de son espèce et du rôle qu'il doit avoir dans l'harmonieux ensemble de la création. On sait aujourd'hui, par des récits moins fantaisistes, que ce lent animal dont le sort lui paraissait si digne de compassion, ne mène pas une vie plus malheureuse que le cerf rapide de nos forêts. Ses membres, il est vrai, ne sont pas disposés pour courir, mais ils lui servent à se transporter et à se maintenir commodément sur les branches des arbres où il trouve sa nourriture, et demeure presque continuellement. C'est en effet là, dans les immenses forêts de l'Amérique équatoriale qu'il naît et vit. Ses cris sont mélancoliques, il est vrai, mais ne lui sont nullement arrachés par la douleur de la marche, comme on l'a prétendu; les Aïs s'appellent entre eux et se répondent en le lançant, et comme ces animaux sont nocturnes, ce cri, qui se rapproche assez exactement des trois notes de l'accord parfait, emprunte à l'obscurité et au silence des forêts quelque chose de bizarre et de lugubre.

La seconde tribu des Édentés se compose de genres et d'espèces plus nombreux que la première. Comme mœurs aussi, elle s'en différencie absolument. Le Paresseux et l'Unau, qui sont les deux espèces de Tardigrades, vivent exclusivement de feuilles. Tous les Édentés de la seconde tribu, sans repousser les végétaux, se nourrissent toutefois principalement d'insectes et de cadavres.

On les divise en deux groupes : ceux qui ont une mâchoire avec des dents incomplètes, et ceux qui n'ont pas de dents du tout. Les Tatous, Chlamyphores ou *porte-cuirasse*, rentrent dans le premier; le second se compose des Fourmiliers dont on connaît quelques espèces.

Les animaux du premier groupe sont en général de petite dimension. La plus grande des espèces vivantes, qui n'a pas plus d'un mètre de longueur non compris la queue, dépasse de beaucoup en grandeur la taille de ses congénères. D'ailleurs leur extérieur présente un caractère tout particulier qui les ferait, à la vue, distinguer des autres quadrupèdes.

Ils sont recouverts d'une cuirasse composée d'écailles osseuses rangées en bandes transversales. Ces écailles qui s'emboîtent les unes dans les autres et forment une défense pour ces petits animaux, leur recouvrent la tête, le dos, les pattes et la queue. Le dessous du corps est, comme chez les autres mammifères, fourni de poils épais et parfois assez longs. La carapace de ces animaux n'existe donc que sur le dessus du corps, elle fait partie de leur peau et se distingue par conséquent de la carapace des tortues qui, elle, forme une boîte fermée n'ayant d'autres ouvertures que celles nécessaires pour laisser passer les membres de l'animal. Aussi a-t-elle reçu chez les Édentés un nom particulier : on l'appelle *test* ou *têt*.

Il y a des espèces où ce têt est composé d'une multitude d'écailles. On en compte parfois plus de vingt rangées transversales, qui sont mobiles entre elles et se trouvent d'ailleurs formées d'une série de petites lamelles parfaitement emboîtées les unes dans les autres. On a pu les comparer à de petits pavés juxtaposés qui forment ensemble une véritable mosaïque. Les sauvages se servent du têt des Tatous à plusieurs fins : ils le peignent de différentes couleurs, ils en font des corbeilles, des boîtes et d'autres petits vaisseaux solides et légers.

Les membres des Tatous et des autres Porte-cuirasse sont courts et terminés par des ongles longs et recourbés. Leur démarche en est quelque peu embarrassée, mais ils ont au moins comme défense leur armature et ces ongles pointus qui leur permettent de lutter sans trop de désavantage contre leurs ennemis, qui sont principalement les grandes espèces de chats sauvages qui peuplent les forêts équatoriales. Plusieurs d'entre eux, comme le Hérisson, se contractent en boule. Ils n'offrent alors guère de prise à leurs adversaires, protégés par leur cuirasse qui les enveloppe entièrement. En outre ils ont des terriers où, lorsqu'ils en ont le temps, ils se réfugient à la manière des taupes et des lapins.

Ces divers animaux, craintifs par nature, sortent pendant la nuit pour chercher leur nourriture. A la moindre alerte ils s'aplatissent contre le sol et profitent du moindre pli de terrain pour se dissimuler. Ils recherchent parfois les patates sauvages, les racines de manioc, mais plus souvent se nourrissent de vermisseaux, d'insectes, de petits reptiles et surtout de cadavres. Il n'est pas rare, dans les solitudes de l'Amérique, de rencontrer des bœufs ou des chevaux sauvages gisant sur le sol. Avant même que l'action du soleil en ait décomposé les chairs, des Tatous sont arrivés par leurs conduits souterrains ; ils ont pénétré dans ces corps inanimés, et, sans entamer la peau extérieure qui protège leur travail, dévorent tout l'intérieur, purgeant ainsi la terre de ces restes pestilentiels. Dans ces pays, on a dû préserver les restes humains de leur rapacité. Parfois les habitants élèvent à une certaine hauteur du sol leurs morts qu'ils placent au milieu de branches et de feuillages; ailleurs, comme au Paraguay, ils les entourent de planches et d'épines pour les défendre contre les attaques de ces ennemis. Il est aisé de comprendre que ces animaux, avec les mœurs que nous venons de décrire, aient une chair peu appréciée des Européens. Mais les indigènes de quelques pays paraissent la goûter.

Les animaux qui composent le second groupe n'ont pas de dents du tout, et les détails qui suivront prouveront qu'ils n'en ont pas besoin. Quelques-uns, parmi eux, sont à cuirasse rappelant celle des précédents, ce sont les Pangolins ; d'autres sont complètement velus, comme les Tamanoirs et les vrais Fourmiliers. Leur tête est terminée par un museau long, pointu, avec une bouche toute petite. Mais leur langue est fort mince et peut s'allonger démesurément. Elle ressemble alors à un ver de terre qui se tourne et retourne en tous sens. Lorsqu'elles ont faim, ces petites bêtes cherchent les nids de termites ou de fourmis qui sont fort nombreux dans les pays chauds, où on les trouve. Une fois qu'ils en ont découvert, à l'aide des ongles formidables qui arment leurs pattes de devant, ils font un petit trou. Quelque dure qu'en soit l'enveloppe, elle ne peut résister, et puis il suffit qu'il soit si petit ! Alors notre animal se couche, et, appliquant son museau à l'entrée de la galerie souterraine où habite sa proie, il étend sa langue que recouvre une salive gluante, il l'allonge, démesurément peut-être, mais les termites et les fourmis s'y attachent, et lorsqu'il y en a suffisamment d'englués, il retire cette langue dans sa bouche et avale tout ce qui a été pris.

Il serait mal à propos d'étendre davantage ces descriptions d'animaux qu'on n'a presque jamais vus vivants en Europe, puisque, d'une part, il n'a été rapporté au Jardin des Plantes qu'un seul individu du genre Tatou, qu'on y a vu végéter quelque temps, et que d'ailleurs les nécessités d'existence de tous ces quadrupèdes se refusent à un exil loin des pays tropicaux où on les rencontre.

H. DE LUSILLY.

LA PREMIÈRE FEMME AUTEUR DE L'ANGLETERRE

(Voir page 683.)

Françoise renonça alors à ses projets dramatiques et se détermina à écrire un nouveau roman, *Cecilia*, dont le plan était combiné d'une manière parfaitement propre à faire valoir et ressortir son talent. Chacun de ses personnages était marqué de traits finement accusés, chaque vice y était fortement stigmatisé.

Si la simplicité d'*Evelina*, un des plus grands charmes du roman de miss Burney, n'était plus, dans *Cecilia*, ni aussi pure ni aussi grande, il y avait une preuve caractérisée que les quatre années qui s'étaient écoulées depuis la publication d'*Evelina* n'avaient pas été sans profit pour le talent de l'auteur. Tous les amis de Fanny à qui elle lut son nouvel écrit y applaudirent vivement. Elle reçut 2.000 livres sterling pour ses droits d'auteur, et *Cecilia* parut vers juillet 1782. La curiosité de Londres était extrême. Aucun roman de Walter Scott n'a été ni plus impatiemment attendu, ni aucune édition plus vivement enlevée à son apparition. L'attente du public fut largement satisfaite, et *Cecilia* fut placée à l'unanimité au nombre des romans classiques de l'Angleterre, à côté de *Clarisse Harlowe* et de *Waverley*.

Cecilia eut un succès énorme, même en France; le livre reçut à la cour de Louis XVI un accueil excessivement favorable.

Plus tard, nous voyons le malheureux roi, emprisonné au Temple, faisant lui-même l'éducation de ses enfants, et leur lisant, comme délassement, le charmant roman de *Cecilia*, qui avait le pouvoir de leur faire oublier pour quelques instants l'horrible tristesse de leur situation.

« Vers sept heures, dit M. de Beauchêne (1), toute la famille se plaçait autour d'une table ; la reine et Madame Élisabeth, se succédant, faisaient à haute voix la lecture d'un livre d'histoire ou de quelque ouvrage choisi, propre à instruire et à amuser la jeunesse, mais dans lequel des rapprochements imprévus avec leur situation se présentaient souvent, et réveillaient des sentiments bien douloureux. Ces applications se renouve-

1. *Louis XVII; sa vie, son agonie, sa mort*, par M. A. de Beauchêne, tome premier, page 250.

laient surtout à la lecture de *Cecilia* (de mistress d'Arblay). »

Le succès de ce livre fut énorme, et tout présageait à la jeune femme un brillant avenir d'auteur.

Parmi les personnes distinguées que fréquentait miss Burney, Mme Delany était celle pour laquelle elle avait le plus de sympathie. Cette dame était veuve depuis longtemps d'un homme de lettres, et jouissait de la faveur royale. Elle recevait une pension de 300 liv. st., et avait une maison à Windsor. Le Roi et la Reine la visitaient souvent, et trouvaient un grand plaisir à vivre un peu de la bonne vie privée anglaise.

En décembre 1785, comme miss Burney faisait une visite à Mme Delany à Windsor, et que, le dîner achevé, la vieille dame faisait sa sieste, tandis que sa petite-nièce âgée de sept ans jouait à quelque jeu de Noël avec les visiteurs, la porte s'ouvrit toute grande, et un gentleman remarquable par sa corpulence entrait sans être annoncé. Une étoile brillait sur sa poitrine. Il entra, disant : « What! What! What! » (Quoi! Quoi! Quoi!), son expression favorite. Un cri se fit entendre : « Le Roi! » et une retraite générale s'ensuivit.

Miss Burney avoue qu'elle n'aurait pu être plus terrifiée à la vue d'un fantôme. Mais Mme Delany, réveillée en sursaut, se rendit au-devant de la Reine qui allait entrer. Le désordre s'apaisa. Fanny fut alors présentée au Roi et subit un long examen sur tout ce qu'elle avait écrit et désirait écrire. La Reine entra bientôt, et Sa Majesté répéta pour l'édification de sa royale épouse les renseignements qu'il avait tirés de miss Burney. La condescendance du couple royal parut délicieuse à une jeune femme qui était tory de naissance. Quelques jours après, elle eut l'occasion de rencontrer la famille royale dans une promenade; puis la visite se renouvela chez Mme Delany. Miss Burney fut plus à l'aise que la première fois. S. M. George III, au lieu de la questionner, donna quelques aperçus sur ses opinions littéraires. Il dit que Voltaire était un « monstre », qu'il aimait mieux Rousseau; « mais, s'écria-t-il, que de fatras dans ses œuvres ainsi que dans celles de Shakspeare! Je sais bien qu'un Anglais ne devrait pas dire cela, mais qu'en pensez-vous, hein? N'y a-t-il pas là un triste fatras? Quoi! Quoi! Quoi! »

Le lendemain, Fanny jouit du privilège d'entendre également quelque critique de la Reine sur Gœthe et Klopstock, et reçut une leçon d'économie en apprenant comment la Reine formait sa bibliothèque. Elle sut de Sa Majesté elle-même qu'elle achetait ses livres ou plutôt les faisait acheter d'occasion. Miss Burney trouva cette conversation ravissante. On est un peu étonné de cela, en réfléchissant qu'avec ses goûts littéraires elle aurait dû trouver au moins étrange la munificence avec laquelle la plus grande dame anglaise encourageait la littérature. La vérité est que la condescendante bonté des deux grands personnages auxquels elle avait été présentée l'avait charmée. Son père en fut encore plus infatué qu'elle-même. Il résulta de cette présentation un acte auquel l'on ne peut songer sans regrets.

Une dame allemande nommée Haggerdorn, dame d'atours de la Reine, s'étant retirée de la cour vers ce moment, Sa Majesté offrit le poste vacant à Fanny. Lorsque l'on pense que miss Burney était alors l'auteur de romans le plus populaire de l'Angleterre et la femme la plus vraiment heureuse dans son petit cercle d'amis et dans son intérieur, on est partagé entre le rire et l'indignation, quand on compare le sacrifice qu'elle allait faire avec les prétendus avantages qu'on lui offrait en échange. Elle devait consentir à vivre séparée de sa famille et de ses amis, en prisonnière étroitement gardée, à passer son temps à mêler du tabac, à poser des épingles, à obéir aux coups de sonnette, en un mot à remplir les devoirs de femme de chambre; tandis qu'avec son talent elle pouvait produire des chefs-d'œuvre destinés à appeler soit le rire, soit les larmes, mais toujours l'admiration, aussi bien pour ses contemporains que pour la postérité.

Au lieu de son indépendance et de sa liberté, elle allait passer sa vie dans une atmosphère de mesquine étiquette, ne parler et ne remuer sans considérer au préalable si ses paroles ou ses gestes plairaient à son illustre maîtresse. Pour remplacer la société d'élite avec laquelle elle vivait sur un pied d'égalité amicale, toute sa compagnie serait une vieille mégère allemande, d'un caractère atroce et insupportable. Quels avantages pécuniaires allait-elle tirer d'un tel esclavage? Ses parents et elle même allaient-ils être accablés d'un déluge de bienfaits royaux? Non pas : le prix qu'elle devait recevoir était la nourriture, le logement, le service d'une domestique, et 200 l. st. par an (5.000 fr.). Chose qui paraîtra encore plus singulière, dans les clauses de son engagement, il fut stipulé que, pendant qu'elle ferait partie de la maison de la Reine, elle ne devrait plus écrire. La pensée que sa place était incompatible avec ses occupations littéraires fut nettement exprimée par le Roi lorsqu'elle signa l'acte qui la forçait à renoncer aux lettres. « Elle a abandonné, dit-il, cinq années de sa plume. » Quel était donc le dessein du Roi et de la Reine? Ce ne pouvait être d'encourager ses efforts littéraires, puisqu'ils l'enlevaient complètement à sa carrière; ce ne pouvait être de faire sa fortune, puisqu'ils ne donnaient à Fanny que bien juste ce qui lui était utile pour qu'elle fût à même de paraître devant eux; ce ne pouvait être le désir d'acquérir une femme de chambre émérite, car il était bien évident que miss Burney savait mieux manier la plume que chiffonner des rubans. Il est probable qu'ils pensèrent qu'en appelant miss Burney à l'honneur de les servir, ils la feraient jouir d'un bonheur parfait; les flatteries de leurs courtisans leur faisaient croire sans doute qu'être remarqué par eux et vivre auprès d'eux était la plus grande récompense qu'ils pussent accorder à son génie

Qui peut les blâmer ? Qui peut s'étonner que des princes aient une telle illusion, quand ils y sont encouragés par les personnes qui en souffrent le plus cruellement ? Ce n'était pas à eux du reste de comprendre mieux les intérêts de Fanny que son père ou elle-même. Personne ne montra à la jeune femme éblouie par le brillant mirage de la cour et de ses illusions chimériques la grandeur de son sacrifice. Son père l'accompagna gaiement à sa prison, et tandis qu'il rentrait chez lui plein de joie, sa fille incapable de parler, suffoquée de regrets pour ce qu'elle quittait, et pleine d'anxiété pour l'avenir, entrait au palais chancelante et désolée.

Et alors commença un esclavage de cinq années, de cinq années prises dans la meilleure partie de sa vie et perdues pour elle. L'histoire d'une journée fut l'histoire de toutes.

Miss Burney se levait et s'habillait de bonne heure ; la sonnette royale l'appelait à sept heures et demie.

Elle habillait la Reine pour le matin, la laçait, lui mettait le panier et posait le fichu ; ensuite, vers midi, elle poudrait et habillait Sa Majesté pour l'après-dîner. Deux fois par semaine, elle frisait et poudrait la Reine, et cette occupation prenait une heure de plus.

A trois heures, miss Burney était libre et pouvait disposer de deux heures ; c'est à ces heures-là que l'on doit une grande partie des mémoires qu'elle a écrits. Ensuite, vers cinq heures, elle devait tenir compagnie à une vieille mégère allemande, Mme Schwellenberg, à elle seule plus fière qu'un chapitre allemand tout entier, d'un caractère acariâtre et terrible, ennuyeuse à faire frémir, détestant et méprisant à l'égal d'un opprobre la gloire littéraire dont s'était couverte Fanny, se plaignant si on la laissait seule, l'injuriant lorsqu'elle lui tenait compagnie, et n'accordant quelque repos à sa pauvre compagne que lorsque celle-ci consentait à faire sa partie de cartes. Ainsi c'était avec le roi de trèfle et le valet de pique que Fanny passait ses soirées jusqu'à minuit, heure à laquelle elle déshabillait la reine, ce qui durait une demi-heure. A ce moment elle avait la liberté de se retirer et d'aller rêver à son bon temps d'autrefois, alors qu'elle causait avec son frère au doux coin du feu et qu'elle était le point de mire d'un cercle de nombreux admirateurs. Combien était loin cette vie si heureuse !

Deux années se passèrent ainsi, pendant lesquelles l'esclavage de miss Burney ne lui permit d'écrire que son *Journal;* l'horizon de sa vie, à l'expiration de ce temps, sembla s'obscurcir de plus en plus.

Un de ses meilleurs amis, le colonel Digby, quitta le service et se maria. C'était un homme charmant, dont les attentions paraissaient l'avoir engagée à entretenir pour lui un sentiment plus tendre que l'amitié.

Le mariage de cet officier fut pour Fanny un grand désappointement, et le palais devint alors pour elle de plus en plus triste ; Mme Schwellenberg, de plus en plus insolente. Sa santé commença à dépérir. Ceux qui la voyaient tous les jours prédirent tous que bientôt la mort mettrait fin à ses souffrances.

La Reine, d'une santé et d'une vigueur à toute épreuve et fort au-dessus de ces défaillances dont elle ne soupçonnait pas l'existence, ne s'apercevait nullement de l'état de Fanny. Cette dernière attribuait la conduite de sa souveraine « à un manque d'expérience personnelle ». Pâle et fiévreuse, à peine capable de rester debout, de sept heures à minuit la pauvre Françoise était de service malgré ses souffrances.

Les étrangers s'apitoyaient sur son sort, mais son père ne voulait pas voir la gravité de son état.

En mai 1790, elle se décida à lui parler sérieusement, lui dit qu'elle était malheureuse, que le service et le manque de sommeil la tuaient, et qu'elle ne pouvait vivre plus longtemps au palais. Il semble que son père, en écoutant ses plaintes, ait été plus consterné de la pensée de lui voir quitter le service que de la crainte de sa mort.

Toujours est-il qu'il lui conseilla la patience. Six mois s'écoulèrent. La démission ne fut pas offerte. Fanny prit tour à tour du quinquina pour se fortifier, du bordeaux pour se stimuler, de l'opium pour se calmer. Ce fut en vain.

D'affreuses douleurs de côté la mirent alors à deux doigts du tombeau.

Soit ignorance, soit dureté, Sa Majesté ne la libéra d'aucun service ; trois fois le jour, il lui fallait obéir à la sonnette royale.

Ce fut alors un cri général dans toute la société littéraire et fashionable.

Une grande dame française se joignit à Horace Walpole et à Boswell pour lui exprimer sa sympathie et pour lui conseiller de se démettre de ses fonctions. Burke, Reynolds, Windham parlèrent au docteur Burney et le trouvèrent irrésolu. Cependant les médecins déclarèrent positivement que sa fille devait se retirer, ou qu'elle mourrait. Alors l'autorité médicale, la voix de Londres tout entier, l'affection paternelle, triomphèrent de l'amour qu'avait le docteur Burney pour la cour. Bien qu'il y allât de sa vie, miss Burney eut toutes les peines du monde à rappeler son courage pour offrir sa démission. « Le cœur me manquait, dit-elle. » Toutefois la pétition fut remise. Alors éclata l'orage. Oser parler de santé et de vie, quand on avait l'honneur d'appartenir à la maison royale ! Quand on ne pouvait vivre chez un roi, le meilleur qui pût arriver à quelqu'un c'était d'y mourir. Toutefois ce ne fut pas la Reine qui fut la plus indignée ; Mme Schwellenberg surtout se montra intraitable. La Reine, à la longue, en prit son parti. Elle décida que miss Burney serait libre après l'anniversaire du jour de sa naissance. Mais plus approchait l'heure de la séparation, plus la cordialité de la Reine diminuait ; toute sa manière d'être témoignait d'un extrême mécontentement. Cependant nous ne comprenons pas quelle sorte de plaisirs miss Burney procurait à la Reine.

Elle ne mettait nullement à profit le talent littéraire de Fanny, et quelle femme fut jamais moins experte dans l'art de la toilette et des chiffons que notre spirituelle Fanny! C'était simplement un royal caprice qui faisait éprouver à la Reine un certain plaisir à accaparer dans son palais et à tenir sous sa main l'un des premiers écrivains de son temps. Cependant George III, qui dans toutes les occasions où miss Burney eut affaire à lui, semble toujours s'être conduit comme un bon et digne gentleman, George III donc, qui à ce moment allait presque bien, déclara qu'elle avait droit à une pension. Alors, en retour de toutes les misères qu'elle avait eu à souffrir et de sa santé perdue, miss Burney reçut une pension de 2.500 fr. (100 l. st.). Elle était enfin libre, libre d'aller vivre avec sa famille, jouir du *home* paternel avec le brillant cercle d'amis qui y était reçu. Ce brusque changement avec toutes ses joies fut trop poignant pour elle : on lui ordonna de voyager. Lorsqu'au bout de quelque temps, vers l'hiver, elle revint à Londres, elle était complètement rétablie.

Vers ce moment, l'Angleterre fut remplie d'émigrés français, chassés de la patrie par les horreurs de la Terreur. Une colonie française s'établit dans le comté de Surrey, non loin de Norburg, où résidait un ami intime de la famille Burney. Fanny fut présentée aux étrangers. Bien que fortement prévenue contre eux, les trouvant trop libéraux, trop dévoués aux croyances de 89, elle qui était encore plus tory que Pitt, elle fut subjuguée par leur esprit et le charme de leur conversation. Mme de Staël, M. de Talleyrand, M. de Narbonne, la gagnèrent à leur cause par leur esprit. Elle ignorait, à vrai dire, avant de les avoir entendus, ce que c'était que la conversation. M. de Narbonne, représentant de la vieille aristocratie, avait un de ses amis avec lui : c'était le général d'Arblay, homme aimable, brave Français, causeur assez lettré. Elle pleura avec lui sur le sort des Bourbons, reçut de lui des leçons de français, s'en éprit et l'épousa, quoiqu'il fût absolument sans fortune. Mme d'Arblay fut alors forcée d'avoir recours à sa plume et écrivit son troisième roman, *Camilla*, qui lui rapporta 6.000 guinées (75.000 francs). Il n'eut pas autant de succès que les deux premiers. Les caractères y étaient tout aussi bien tracés et l'esprit aussi vif, mais le style était moins pur, moins gracieux, moins jeune en un mot. Après le traité d'Amiens (1801) le général d'Arblay fit un voyage en France et s'y fixa avec sa femme. Pendant dix années, Mme d'Arblay resta sans communications avec son pays; ce ne fut que lors du départ de Napoléon pour la Russie qu'elle obtint la permission de retourner en Angleterre avec son fils. Elle arriva à temps pour recevoir les derniers soupirs de son père; le docteur Burney avait quatre-vingt-sept ans. En 1814, elle publia son dernier roman, *le Vagabond ;* la même année, son fils obtenait de légitimes succès à l'Université de Cambridge; plus tard il entra dans les ordres, et mourut avant sa mère. Tout nous porte à croire que c'était à tous égards le digne fils d'une telle mère. En 1832, Mme d'Arblay publia les Mémoires de son père et son *Journal;* elle mourut en 1840, à l'âge de quatre-vingt-huit ans.

« Lorsqu'il s'agit de finesse d'observation, les femmes sont sur leur terrain, » a dit Mme de Bawr. C'est justement en ce genre si essentiellement féminin de remarques et d'observations que se distingua miss Burney, et ce fut ainsi qu'elle mérita l'enthousiasme de ses contemporains.

Mme de Bawr, dans ses *Souvenirs*, a consacré quelques lignes à miss Burney, lignes fort curieuses lorsque l'on songe que c'est là l'appréciation d'une femme auteur sur une autre femme auteur :

« Les ouvrages de Mme de Lafayette, de miss Burney, de Mme Cottin, ont été traduits dans toutes les langues de l'Europe; ils font partie des bibliothèques, et plusieurs survivront à bien des volumes de monsieur tel ou tel. »

« Cette femme supérieure, dit Macaulay, mérita l'enthousiasme que lui valut son talent. Elle a admirablement su peindre et définir les caractères, les types, les physionomies; et non pas ces caractères fortement accentués et brutalement dessinés, faciles à reproduire, mais des caractères ordinaires tels que ceux que nous rencontrons chaque jour, et si finement nuancés qu'à première vue on les croirait semblables, bien que rien ne soit plus différent. Un de ses grands mérites est de nous avoir laissé une foule de portraits et pas une caricature. Pas plus que Shakespeare, elle n'eut la manie de la « passion dominante », mais comme lui, elle sut faire apparaître l'homme tel qu'il est, avec une foule de passions se disputant chez lui la prépondérance. »

Avec Mccaulay, nous l'admirons dans les parties de ses œuvres où elle s'approche du grand maître. Si elle dépassa parfois la mesure et si de temps à autre elle força la note, ses ouvrages n'en restent pas moins d'une grande vérité d'appréciation, et d'une finesse complète de perception et d'observation.

Les grandes qualités de son style plein d'esprit, de vivacité et de grâce, en font l'auteur de romans le plus sympathique, et nous ne pouvons que regretter que son charmant poème d'*Evelina* n'ait pas toujours été le modèle absolu de ses écrits. S. Dussieux.

FIN.

LA FEMME DE MON PÈRE

(Voir pages 586, 602, 612, 635, 650, 668 et 674.)

A Monsieur Paul Dupré, rue Jacob, à Paris.

Vallières, le...

Je me rappellerai longtemps, mon cher Paul, la jolie partie que nous fîmes hier. Cette journée charmante n'aurait pas dû finir.

Il était à peine cinq heures du matin, quand nous quittâmes Vallières. Le froid de la semaine avait disparu avec les dernières rafales du vent, et dès la veille, le soleil faisait triomphalement sa réapparition. Nous partions donc par la plus belle des aurores. Personne ne manquait, pas même tante Annette rajeunie de trente ans, ni la triste Isabelle qui, pour ne point priver l'abbé de cette attrayante sortie que le digne homme voulait lui sacrifier, consentit à nous accompagner. La calèche emportait vers Rouen, où nous arrivâmes un peu avant neuf heures, ma belle-mère, notre tante et son chapelain, puis Mlle Vissocq. Mon père et moi suivions à cheval.

Tu te demandes, sans doute : Qu'allaient-ils donc bien faire, dans cette vieille ville pleine d'églises et de couvents ?

Eh bien, mon cher, nous allions nous y embarquer ... oui, oui, tu as bien lu, nous y embarquer?

Amarré au quai, nous attendait un ravissant petit bateau à vapeur affrété par mon père et sir William. Ces messieurs offraient un voyage de plaisance aux deux jeunes mariées que tu sais, ainsi qu'à leurs parents; et afin de rendre la partie plus complète, ils y avaient convié M. de Bourgneuf, Mme Ditnus, Mme Lucy, son fils et des messieurs dont le nom m'échappe.

Notre monde, exact au rendez-vous, était arrivé quelques instants avant nous. Le capitaine, déjà sur le pont, donnait des ordres à deux ou trois amours de mousses qui grimpaient comme de jeunes chats le long des cordages; le timonier, à son poste, attendait le commandement; la fumée s'échappait du tuyau de la machine, tout cela était bien vrai, on pouvait toucher, entendre ; mais le capitaine rasé de près, habillé de noir, les matelots, les mousses, uniformément vêtus de bleu barbeau; immobile au gouvernail, le timonier attendant le commandement, la fumée incolore, inodore, les pavillons de gaze aux couleurs françaises flottant, avec grâce, au haut des mâts élancés, faisaient croire à un décor d'opéra-comique.

Le soleil resplendissait déjà quand on détacha l'amarre, et ce fut devant un grand nombre de curieux, arrêtés pour nous voir partir, que notre vapeur, édition diamant, s'éloigna du quai et gagna le milieu du fleuve. Il passa comme un furet entre les énormes trois-mâts porteurs de houille ou de marchandises diverses, et qu'en chantant goudronnaient les matelots, les goëlettes aux mâts inclinés en arrière, à la proue dorée, où sommeillait encore une partie de l'équipage, les yachts aux voiles distendues, aux rames immobiles et dont les bateliers faisaient la toilette.

Au bout de très peu de temps, les navires entassés dans le port ne nous apparurent plus que confusément. Rouen se détacha en amphithéâtre des collines vertes dont il est entouré, montrant, avec orgueil, ses clochers de dentelle et ses tours imposantes, envoyant dans l'espace les sons adoucis de leurs gammes d'airain, et nous côtoyions les bords enchantés de la Seine capricieuse, nous longions les îles aux auberges champêtres où les dimanches d'été grand nombre de familles d'ouvriers viennent manger la matelotte d'anguilles ou la friture d'éperlans.

Rien de délicieux comme ce voyage sur l'eau, par une belle matinée, alors que la campagne, encore estompée par le brouillard, laisse deviner ses beautés et ses richesses.

Tout le monde était heureux, ravi. On allait et venait sur le pont, les femmes sans souci de leur toilette qu'elles avaient eu le bon goût de faire très simple, les hommes sans se croire obligés à conserver le décorum des salons. On parlait sans contrainte, on admirait tout haut.

Nous allions ainsi joyeusement conduits par la vapeur, poussés par la brise, jusqu'aux ruines de l'abbaye de Jumièges, naguère séjour favori de Dame de Beauté, et aussi son tombeau. Cependant, la limpidité de l'onde, la verdure des bois, l'aspect joyeux des collines, seraient forcément devenus monotones, si nous avions dû en satisfaire notre appétit ; mais comme ma belle-mère n'avait pas du tout l'intention de calmer notre enthousiasme en nous imposant un jeûne cénobitique, nous vîmes bientôt apparaître une succession de mets très réconfortants.

Un déjeuner à bord est chose charmante. Les femmes seules eurent place à table, et les hommes, transformés en servants, s'acquittèrent bravement de leurs fonctions, sans pour cela s'oublier. Il y eut bien un peu de désordre que les maladroits mirent sur le compte du roulis; les mauvaises langues signalèrent bien quelques verres brisés, quelques bouteilles renversées, mais, somme toute, nous reçûmes force compliments et gracieux mercis.

Comme nous avions vent arrière, le trajet se fit avec une étonnante rapidité. A midi, nous débarquions devant Jumièges et un quart d'heure plus tard, notre société s'éparpillait au milieu de ces ruines pleines de souvenirs. Chacun cherchait, en interrogeant l'histoire, à rétablir cet ensemble sur lequel douze cents ans ont déjà passé, évoquant l'ombre de son fondateur, saint Philibert, celle de ses restaurateurs, Clovis II, Bathilde, Guillaume Longue-Épée, Robert, archevêque de Cantorbéry, etc., etc.; mais rien n'apparaissait que des débris. Les herbes sauvages croissent en liberté dans ce chœur dont les vastes proportions, marquées par quelques pans de muraille restés debout, donnent la mesure de l'importance du reste de l'abbaye. La désolation, ainsi qu'un souffle destructeur, parcourt ces lieux où jadis vinrent s'ensevelir au pied de l'autel tant de grandes âmes, tant de belles intelligences ! Nous errions au milieu de ces pierres informes, cherchant à ressaisir les traces de ce long passé, fait de renoncements et de prières, mais rien ne vint le reconstituer que l'histoire.

Tante Annette avait une idée fixe : retrouver le tombeau des Énervés, et, sans tenir compte des contradictions de la chronique, elle faisait appel aux plus érudits d'entre nous, aussitôt qu'elle apercevait sur un fragment de dalle quelques mots de latin. On ne put la distraire de cette pensée qui primait les autres, qu'en lui racontant qu'à la Révolution, l'abbaye possédait encore neuf cloches intactes et que huit furent enlevées et converties en canons.

Oh ! alors furent oubliés les Énervés. Elle eut des paroles d'indignation pour ce vandalisme, pleura sur ces vestiges d'un autre âge, et n'eut pas un mot d'enthousiasme pour les curiosités dignes, du musée de Cluny, entassées dans une des salles de l'habitation du propriétaire actuel des ruines de Jumièges.

Nous allions quitter ces lieux à tout jamais célèbres par les souvenirs qui s'y rattachent. Seule, Mlle Wissocq manquait à l'appel, et nous l'aperçûmes au haut de l'unique tour restée debout. Ma belle-mère frissonna. Personne parmi nous n'avait voulu tenter cette périlleuse ascension, et la jeune fille, elle, était allée au-devant du danger.

Comprenant le désir de Mme de Montigny, dont aussitôt les yeux cherchèrent les miens, je m'élançai dans l'escalier.

Rien ne te donnera une idée de cette vis de pierre, aux marches rompues, et au faîte de laquelle je crus ne pouvoir jamais atteindre. Enfin j'arrivai.

Adossée à un mince garde-fou entourant une étroite plate-forme, l'insouciante enfant contemplait et le tableau des ruines qui, du sommet de la tour, se présentaient dans toute leur solennité, et l'admirable spectacle des plaines immenses qui s'étendent au delà.

A ma vue, Mlle Isabelle fit un léger mouvement de surprise, puis, supposant qu'on pouvait l'attendre, elle chercha vite à s'excuser :

« Pardon, murmura-t-elle un peu confuse. Je songeais à ces temps néfastes auxquels sont dues tant de profanations, tant de mutilations ; en mon cœur indigné je réclamais aux destructeurs, nés à une époque qui n'est point encore éloignée, ces graves souvenirs de la foi et de l'amour que tant d'années respectèrent. Qu'ont-ils fait des statues de Dagobert, de Clovis, de Bathilde et de Philibert, de Guillaume et de tant d'autres? qu'ont-ils fait des cendres d'Agnès Sorel? Cest en songeant à toutes ces tristes choses que je me suis oubliée ici. »

Au moment où nous remontions à bord, le capitaine, s'approchant de mon père, lui dit avoir assez de charbon pour nous mener jusqu'à Caudebec.

Comme il était encore de bonne heure, cette proposition fut accueillie avec joie par tout le monde. Nous savions que là nous attendait le curieux phénomène de la *barre*, cette lutte incessante entre les eaux de la mer et celles du fleuve,

Nous voici donc voguant vers la petite ville que ravagèrent si souvent les guerres de religion; qui fabriquait alors des gants de peau de chèvre si fins, qu'une paire tenait facilement dans une coquille de noix, et qui, aujourd'hui, ne fabrique plus guère que de la moutarde, mais de la moutarde excellente. Nous allions un train d'enfer ; les maisons, les jardins, les prairies fuyaient devant nos yeux avec une effrayante rapidité. Nous ne savions trop d'abord pourquoi le pilote brûlait ainsi l'espace; mais lorsque nous vîmes le fleuve tourmenté d'un malaise général, nous comprîmes aussitôt qu'il voulait nous faire assister à l'arrivée du *mascaret*.

C'était l'heure de la marée. On entendit d'abord un mugissement lointain, puis une ligne blanche écumeuse apparut. La barre arrivait superbe et grondante, brisant ses flots tumultueux contre des berges trop étroites pour les contenir et déversant le trop-plein de ses eaux sur les rives qui, ainsi couvertes, agrandissaient son lit.

Notre petit bateau à vapeur luttait vaillamment. Repoussé par l'impétueux courant, il faisait néanmoins bonne contenance, ce qui n'empêcha pas quelques-unes de ces dames de pâlir d'effroi.

A tout ce fracas, à tout ce mouvement succéda enfin un calme relatif; mais, trouvant raisonnable de ne point atterrir, mon père parla de retour.

Le capitaine se mit alors en devoir de remonter la Seine. Je crois, ma parole, que le brave homme avait grande envie de nous mener presque aux écueils qui rendent si difficile le passage de *Quillebœuf*. Il paraît, qu'en je ne sais quel siècle, s'élevait au milieu d'une île située non loin de là, et nommée Belcinac, un monastère de femmes. La chronique dit qu'un beau matin tout avait disparu, sol et monastère, mais qu'au bout d'un certain temps, en 1640, le haut des bâtiments fut aperçu pendant quelques jours, puis, que tout fut englouti de nouveau ; et les marins prétendent que les obstacles qui embarrassent le passage de Quillebœuf ne sont autre chose que des débris submergés de l'île de Belcinac, cherchant à se réunir encore à la surface des eaux.

La journée avançait ; nous avons repassé, toujours aussi enthousiastes, toujours aussi ravis, au milieu de ces rives incomparables, saluant leurs diverses beautés et leurs grands souvenirs.

Le crépuscule nous surprit au moment où nous arrivions en face des ruines du château de Robert le Diable, situé sur une montagne assez élevée, à quatre lieues de Rouen. Ce demi-jour empourpré donnait à cet ensemble un aspect vraiment étrange et de circonstance. Rien du reste ne prête au merveilleux comme ces flammes aux teintes sombres.

J'ai dit Robert le Diable, pour me conformer à la fable qui confond en une seule et même personne les cruautés d'un être imaginaire avec les grandes et nobles actions de Robert le Magnifique ; et puis aussi, parce que ne pouvant, attribuer une origine réelle à ces vestiges du VIIe siècle, disent les uns, du XIe, disent les autres, je préfère ne point discuter une légende qui, depuis tant d'années, fait le bonheur des touristes.

Au bout de peu de temps, la nuit descendit tout à fait. Notre petit vapeur, comme fatigué de sa course vertigineuse, diminuait de vitesse et glissait lentement entre les deux rives déjà endormies. Nous-mêmes commençions à être las de mouvement et d'extase. Relégués à l'arrière, les hommes, en fumant, parlaient bas; groupées à l'avant, les femmes semblaient rêver.

Tout à coup, une voix douce et claire paraissant sortir des eaux commença un chant si doux, si doux, qu'on eût pu se croire transporté entre l'île de Caprée et la côte d'Italie. Bientôt une voix aussi jeune, aussi claire, lui répondit : c'étaient les deux nouvelles mariées qui entonnaient ce passage du charmant duo : *Où vas tu quand tout est noir? Où vas-tu quand tout sommeille.*

Rien de suave comme ces chants, à bord, par une soirée brillante et au milieu du silence. Subissant le même attrait que tous ceux qui, naguère, s'approchaient des sirènes, nous quittâmes aussitôt l'arrière pour entendre de plus près cette délicieuse musique si parfaitement comprise. Et les gracieuses femmes, voyant combien elles nous ravissaient, égrenèrent ainsi une grande partie de leur répertoire.

Tante Annette, blottie dans son manteau de fourrure, s'extasiait en véritable dilettante, nous ne marchandions pas nos bravos; seule Mlle Isabelle, la tête renversée sur le bastingage, regardait de ses beaux yeux voilés de pleurs le ciel qui pourtant lui souriait. Ma belle-mère alors se rapprocha de l'orpheline, et je la vis se pencher sur le pâle visage de la pauvre enfant, sans doute pour mettre un baiser sur ses larmes.

C est au son du couvre-feu de neuf heures que nous rentrâmes à Rouen où nous attendait, dans un des restaurants du quai, un souper très confortable. Nous le primes à la hâte ; et la ville brillait encore de tous les feux du soir, que nous étions déjà sur la route de Vallières.

Encore sous l'impression du moment, j'ai voulu t'écrire ; ne t'ai-je pas promis de tromper l'absence en te faisant le récit fidèle des distractions qui pourraient m'être offertes?

Crois toujours à mon amitié.

LUCIEN.

MALRAISON DE RULINS.

— La suite au prochain numéro —

LENOTRE

Lenôtre.

Tout est grand dans un grand siècle; tout, hommes et choses, étant à sa place, la perspective donne à chacun des individus et des objets dont se compose la société sa véritable proportion et son importance réelle, et de là naît l'harmonie de l'ensemble, qui constitue la véritable grandeur. C'est ce qui fait que, dans le siècle de Louis XIV, par exemple, il y eut tant d'hommes vraiment illustres à tous les rangs de la nation, à tous les degrés de la hiérarchie sociale, — de Turenne à Boileau comme de Colbert à Lenôtre, du maréchal de France au poète, du ministre au jardinier. Jamais l'égalité ne fut autant une vérité qu'à cette époque, parce que le talent dans tous les genres effaçait les distinctions de rang, en les élevant au même niveau de perfection. Lenôtre et ce que nous connaissons de sa vie sont une des preuves les plus frappantes de ce que nous venons d'avancer...

André Lenôtre, né en 1613, était fils d'un simple jardinier dont le mérite lui valut, de la part de Louis XIII, d'être chargé du soin et de l'entretien du jardin des Tuileries. Le père du jeune homme qui devait rendre son nom si célèbre voulait qu'il se fît une réputation dans les arts et le plaça dans l'atelier de peinture de Simon Vouet, où il se lia avec Le Brun d'une amitié qui dura toute leur vie. Lenôtre se serait distingué dans la peinture; mais, doué d'un génie fécond et d'une imagination riante, il étudia particulièrement l'art des jardins ;

ceux des Tuileries furent le premier champ de ses travaux en ce genre et il en sortit créateur, on peut le dire, d'un genre nouveau et grandiose, le *genre français*. Sans modèles et presque sans maître, il fut l'inventeur d'un style dont l'Europe lui demanda bientôt les règles et qu'elle perpétua dans presque tous ses domaines royaux et princiers.

Lenôtre avait près de quarante ans lorsque le surintendant Fouquet le révéla en quelque sorte à lui-même, en lui donnant occasion de se faire connaître par les dessins et la plantation des magnifiques jardins de Vaux-le-Vicomte, en Brie. Après la disgrâce de Fouquet, Lenôtre, que Louis XIV avait appelé à Paris et à sa cour, fut chargé de planter les jardins de Versailles; il ne s'effraya pas des obstacles que lui présentait le terrain. Lorsqu'il eut arrêté ses plans, il pria le roi de venir sur place même juger de la distribution des principales parties. Il commença par les deux pièces d'eau qui sont sur la terrasse au pied du château; il lui expliqua ensuite son projet pour la double rampe. Le roi, à chaque grande pièce dont Lenôtre lui indiquait la position, l'interrompait en disant :

« Lenôtre, je vous donne vingt mille francs. »

Cette approbation fut répétée plusieurs fois; mais Lenôtre, aussi désintéressé que touché de cette munificence, arrêta le monarque à la quatrième interruption, et lui dit brusquement : « Votre Majesté n'en saura pas davantage; je la ruinerais. »

Les jardins du Grand-Trianon sont aussi l'œuvre de Lenôtre qui, à peu près à la même époque, fit la belle terrasse du château de Saint-Germain-en-Laye, où il révéla sous un aspect tout nouveau et des plus brillants son génie comme artiste dans l'art magique de la perspective.

En 1672, Louis XIV voulut faire bâtir le château de Clagny; sur le conseil de Lenôtre, il en confia la construction au neveu du célèbre Mansard, et Lenôtre fut chargé, lui, de planter les jardins de cette délicieuse résidence, non loin de ceux mêmes de Versailles et de Trianon; il y réalisa des merveilles que jamais rien depuis n'a égalé. Mme de Sévigné écrivait à sa fille, le 7 août 1675 : « Nous fûmes à Clagny; que vous dirais-je?... Vous connaissez la manière de Lenôtre; il a laissé un petit bois sombre qui fait fort bien; il y a un petit bois d'orangers dans de grandes caisses; on s'y promène; ce sont des allées où l'on est à l'ombre; et pour cacher les caisses, il y a des deux côtés des palissades à hauteur d'appui, toutes fleuries de tubéreuses, de roses, de jasmins, d'œillets : c'est assurément la plus belle, la plus surprenante, la plus enchantée nouveauté qui se puisse imaginer; on aime fort ce bois. »

Peu après, le jardin des Tuileries fut transformé par son génie; il en fit un de ses chefs-d'œuvre, malgré l'irrégularité et les défectuosités du terrain, le plus ingrat qui fût peut-être au monde.

Monsieur, frère de Louis XIV, eut recours à Lenôtre pour les jardins de Saint-Cloud; l'artiste sut profiter avec tant d'habileté de l'admirable situation de ce terrain, que peu s'en fallut que le roi ne s'en montrât jaloux.

Puis, ce fut au tour du grand Condé à lui confier les jardins de Chantilly; enfin, il planta Fontainebleau, une de ses belles conceptions, sans préjudice de Villers-Cotterets, de Meudon, de Chaville, de Sceaux, alors propriété de Colbert. Le détail de tous ces travaux et de tant d'autres nous entraînerait trop loin. On voit de quelle activité prodigieuse fut doué Lenôtre, combien son génie fut étendu, et l'on n'a pas de peine alors à comprendre que de toutes parts on fit appel à son talent fertile en ressources et en combinaisons aussi ingénieuses que grandioses en leur simplicité.

En 1678, il demanda au roi la permission d'aller à Rome et de visiter l'Italie, cette terre classique par excellence des beaux-arts en tous genres; il y accompagna le duc et la duchesse de Nevers.

« Il était étonnant, dit un de ses biographes, qu'un homme qui avait fait de si belles choses n'eût pas vu l'Italie : il fut surpris de n'y rien trouver de ce qu'il avait imaginé. Les Italiens n'ont point de jardins qui approchent des nôtres, l'art de les faire est un art qu'ils ignorent absolument; mais il admira leurs places publiques, les fontaines qui y sont en grand nombre, leurs magnifiques églises, plusieurs palais, les superbes tableaux et les fameuses statues qui charment les véritables connaisseurs. »

A Rome, Lenôtre fit la connaissance du grand sculpteur décorateur Bernin, qui, déjà vieux et pensionné par Louis XIV, travaillait alors à la statue équestre de ce prince. Ce fut le Bernin qui fit les premiers pas vers le célèbre jardinier français; par une galanterie de politesse tout italienne, il lui montra la plupart de ses plans de jardins, qui paraient le bureau de son cabinet, et lui en fit de grands éloges.

Le pape Innocent XI voulut voir Lenôtre et lui accorda une assez longue et très flatteuse audience, pendant laquelle il se fit montrer et expliquer les plans des jardins de Versailles; le souverain Pontife admira surtout le nombre et l'ingénieuse distribution des pièces d'eaux, ornements de ce vaste parc. Lenôtre fut tellement flatté des éloges d'Innocent XI qu'il s'écria : « Que m'importe à présent de mourir ! J'ai vu les deux plus grands hommes du monde, Votre Sainteté et le Roi, mon maître. — Il y a une grande différence, dit le Pape : le Roi est un grand prince victorieux, et moi je suis un pauvre prêtre, serviteur des serviteurs de Dieu; d'ailleurs, il est jeune et je suis vieux. »

Lenôtre, charmé de cette réponse, oublia quel était celui qui la lui faisait, et, frappant sur l'épaule du Pape, il lui dit, à son tour :

« Mon révérend Père, vous vous portez bien, et vous enterrerez tout le sacré Collège. »

Sa Sainteté rit beaucoup de la prédiction. Lenôtre, de plus en plus enchanté de la bonté du Pape et de l'estime particulière qu'il témoignait pour le roi, ne consulta plus que son cœur; il avait tellement l'habitude d'embrasser ceux qui louaient Louis XIV, qu'il embrassa le souverain Pontife.

De retour chez lui, il écrivit à son intime ami, Bontemps, valet de chambre du roi, et lui rapporta dans le plus grand détail tout ce qui s'était passé à l'audience du Pape; la lettre fut lue à Louis XIV, à son lever. Le duc de Créqui, présent à cette lecture, dit qu'il parierait mille louis contre un que la vivacité de Lenôtre n'avait pu aller jusqu'à embrasser le Pape.

« Ne pariez pas, lui dit le roi; quand je reviens de voyage ou de la guerre, Lenôtre m'embrasse : il a pu embrasser le Pape. »

Cette réponse fait autant d'honneur à Louis XIV qu'à Lenôtre; elle montre sur quel pied d'égalité familière et tendre le grand Roi vivait avec son jardinier.

Pendant son séjour à Rome Lenôtre fit les jardins de la villa Ludovisi, que l'on regarde comme les plus beaux de la cité éternelle; ceux de la villa Pamphili, du Quirinal, du Vatican et de la villa Albani. « Ce n'est pas seulement en Italie, dit M. Dussieux, mais sur toute l'Europe que l'influence de Lenôtre s'est fait sentir; partout, en effet, on a dessiné des jardins d'après ses idées et à l'imitation de ceux de Versailles... Lenôtre a travaillé pour la Prusse et pour l'Angleterre. » « Il était, lit-on dans le *Mercure galant* de 1700, estimé de tous les souverains de l'Europe, et il y en a peu qui ne lui aient demandé de ses dessins pour leurs jardins. »

A son retour d'Italie, Lenôtre fit de nouveaux chefs-d'œuvre et embellit encore les jardins de Versailles et de Trianon, déjà si remarquables cependant.

Ce célèbre artiste prit sa retraite à l'âge de quatre-vingts ans, avec promesse au roi, qui l'exigea de lui, de venir le voir de temps en temps. Deux ou trois ans après, Lenôtre, pendant que Louis XIV était à Marly, vint lui rendre ses hommages; le roi lui dit qu'il voulait lui faire lui-même les honneurs de ses derniers travaux : il le fit monter avec lui dans une petite voiture de promenade. Lenôtre, profondément touché d'une telle attention, s'écria tout ému :

« Sire, en vérité, mon père ouvrirait de grands yeux s'il me voyait dans une voiture auprès du plus grand roi de la terre : il faut avouer que Votre Majesté traite bien son jardinier. »

C'est ainsi qu'en toute occasion Lenôtre, loin de s'enorgueillir de sa renommée, rappelait son origine avec cette noble simplicité que peu d'hommes savent garder dans le succès; mais lui ne la perdit jamais. Louis XIV, lui ayant accordé en 1675 des lettres de noblesse et la croix de Saint-Michel, voulut aussi lui donner des armoiries. Lenôtre répondit qu'il avait les siennes, qui étaient trois limaçons couronnés d'une pomme de choux.

« Sire, ajouta-t-il, pourrais-je oublier ma bêche? N'est-ce pas à elle que je dois les bontés dont Votre Majesté m'honore? »

Il avait autant de vivacité dans l'esprit que de bonté dans le cœur; le nombre de ses reparties formerait, à lui seul, un remarquable recueil. Il avait beaucoup de goût pour les arts en général, et particulièrement pour la peinture, et on a conservé de ses toiles : il enrichit le cabinet du roi de quelques morceaux d'un prix inestimable, entre autres du fameux tableau du Dominiquin, *Adam et Ève*, dont il fit présent à Louis XIV.

Il mourut en 1700, à l'âge de quatre-vingt-sept ans, ayant conservé jusqu'à sa dernière heure toute la vivacité de son intelligence et la sérénité de son esprit. Il fut enterré à l'église Saint-Roch, à Paris, dans la chapelle de Saint-André, qu'il y avait fondée en l'honneur de son patron; voici le texte de son épitaphe qu'on lisait au-dessous de son buste en marbre, œuvre du célèbre sculpteur Coysevox :

« *A la gloire de Dieu.*

« Ici repose le corps d'André le Nostre, chevalier de « l'ordre de Saint-Michel, conseiller du Roi, contrôleur « général des bâtiments de Sa Majesté, arts et manufactures de France, et préposé à l'embellissement des « jardins de Versailles et autres maisons royales. La « force et l'étendue de son génie le rendirent si singulier dans l'art du jardinage, qu'on peut le regarder « comme en ayant inventé les beautés principales et « porté toutes les autres à leur dernière perfection. Il « répondit, en quelque sorte, par l'excellence de ses « ouvrages à la grandeur et à la magnificence du monarque qu'il a servi et dont il a été comblé de bienfaits. La France n'a pas seule profité de son industrie, tous les princes de l'Europe ont voulu avoir de « ses élèves, et il n'a point eu de concurrent qui lui fût « comparable.

« Il naquit en l'année 1613 et mourut dans le mois « de septembre de l'année 1700. »

« Un seul homme en Europe, — dit M. Cousin, — a laissé un nom dans le bel art qui entoure un château ou un palais de jardins gracieux ou de parcs magnifiques : cet homme est un Français du XVIIe siècle, c'est Lenôtre. On peut reprocher à Lenôtre une régularité peut-être excessive et un peu de manière dans les détails; mais il a deux qualités qui rachètent bien des défauts : la grandeur et le sentiment. Celui qui a dessiné le parc de Versailles, celui qui, à l'agrément des parterres, au mouvement des fontaines, au bruit harmonieux des cascades, aux ombres mystérieuses des bosquets, a su ajouter la magie d'une perspective infinie au moyen de cette large allée où la vue se prolonge sur une nappe d'eau immense pour aller se perdre en des lointains sans bornes, celui-là est un paysagiste digne d'avoir une place à côté de Poussin et du Lorrain. »

Ch. Barthélemy.

JEHAN VAN EYK A CAMBRAY

—

II

(Voir page 676.)

HOSPITALITÉ CAMBRÉSIENNE

« La superfluité est permise lorsqu'elle est justifiée par l'hospitalité. »
(S. Bernard.)

Cependant dame Guillemette s'agitait et, comme on dit encore en Cambrésis, mettait tout à place pour recevoir l'hôte de son fils. Elle allait et venait de la cuisine à la salle, allumait ses lampes, stimulait Aldegonde et Gillonne, et, voyant que l'heure de la fermeture des portes approchait, commençait à s'inquiéter grandement. Aussi fut-elle bien aise d'entendre frapper à la porte. C'était Simon Breton.

« Madame, dit-il, maître Van Eyk est arrivé, mais il est d'abord entré à l'auberge de l'Image Notre-Dame pour s'y habiller convenablement, ne voulant pas se présenter à vous couvert de la poussière du voyage. Il laissera son valet et ses chevaux à l'auberge, et, sur les instances de Guillaume, viendra loger céans. Votre fils vous prie d'avoir patience encore une petite demi-heure.

— Maître Van Eyk est un homme bien appris, » fit Guillemette.

Et elle en conclut qu'elle ferait bien d'ajouter un flacon de vin blanc de Bourgogne à la collation préparée, et posa sur la table un second pot de confitures. Puis, choisissant dans le clavier suspendu à sa ceinture la clef qui ouvrait le caveau des vins fins, elle alluma une petite lanterne, et, suivie d'Aldegonde, descendit dans une de ces caves vastes et profondes qui s'étendent sous la cité cambrésienne et pourraient servir d'asile, en cas de besoin, à une population considérable (1).

Tandis que la bonne dame s'éloignait, Simon Breton s'approcha du feu pour sécher ses chaussures humides de la rosée du soir, et, n'ayant rien de mieux à faire, regarda la table dressée avec soin, et bien éclairée. La nappe était plissée, parsemée de feuilles de laurier ; les assiettes en faïence bleue de Tournai et les pots d'étain reluisaient sous la lampe à trois becs suspendue à la maîtresse poutre. Une salade bien verte mêlée de betteraves, des pommes rouges et des poires environnées de mousse, des noix et des confitures sèches et liquides, seuls mets que permît le saint temps de carême, étaient rangées avec une symétrie parfaite autour d'une grande soupière où des rôties saupoudrées de sucre attendaient le vin qui devait les arroser, et ce vin, chauffé avec des épices, répandait dans la maison de capiteux aromes.

Simon Breton, comme tous les musiciens en général, aimait assez les friandises. Il en est de même des écrivains, des peintres, de tous ceux dont la profession, tout en surexcitant le système nerveux, n'impose pas ces fatigues corporelles qui donnent un robuste appétit et rendent indifférent au plus ou moins de délicatesse des mets. D'ailleurs il observait ponctuellement les prescriptions du carême, et rien n'est tel que le jeûne pour faire apprécier la plus simple collation. Aussi se disait-il que Van Eyk ferait bien de ne pas trop se faire attendre. Il remarqua aussi qu'il n'y avait que quatre couverts.

« Mlle Marguerite a donc soupé? demanda-t-il à Gillonne qui allait et venait.

— Oui, messire : elle avait grand'faim, et n'a pas voulu attendre. Elle a mangé des tartines et deux pommes cuites, et elle est allée se coucher. Elle tombait de sommeil. Voirement elle travaille trop, cette enfant. Quand on a pignon sur rue et du bien au soleil comme ma maîtresse, on devrait bien ne pas donner tant d'ouvrage à sa fille. Ne dirait-on pas qu'elle a besoin de gagner sa vie?

— Vous savez fort bien, Gillonne, que Mlle Marguerite brode parce que cela lui plaît, et qu'elle veut faire un présent à son parrain.

— Je n'en disconviens pas, messire Breton, mais ça n'empêche pas qu'une jeunesse comme elle devrait se donner plus de mouvement, se promener, courir, sauter et danser. Si l'on n'y fait attention, sa taille tournera comme la mienne. Il faut vous dire, messire Breton, qu'à quinze ans j'étais droite comme un I, et mince, mince, comme cela. Mais ma belle-mère me fit tant coudre que... »

Elle continua l'histoire qu'elle avait cent fois racontée, et qui expliquait comme quoi Gillonne, jadis la mieux faite des filles d'Esne-les-Baudets, était devenue bossue pour avoir trop travaillé à l'aiguille. Les bonnes langues de Cambrai et du village susdit prétendaient que c'était au contraire pour avoir trop « trinqueballé al' ducasse », c'est-à-dire trop dansé à la fête d'Esne-les-Baudets et pris froid ensuite, que ce malheur était arrivé. Quoi qu'il en soit, Simon Breton, qui considérait Gillonne comme une sorte de folle, coupa court à son récit en la priant de mettre du bois au feu.

Elle s'en alla querir un fagot, et Simon, tirant un livre de sa poche, se mit à lire.

Quelques minutes après, dame Guillemette et Aldegonde, portant un flacon de vin et une cruche de bière, entrèrent dans la salle. Guillaume et Van Eyk arrivèrent, et après les premiers compliments et le *Benedicite*, on se mit gaiement à table.

—

« Ce peintre brugeois est beau garçon, dit Gillonne à sa compagne en reportant la soupière à la cuisine : il cause gentiment, et ça ferait un bon mari pour notre jeune maîtresse.

— Taisez-vous, Gillonne : on voit bien que vous n'êtes qu'une vieille fille.

1. Grégoire de Tours dit que lorsque Clodion s'empara de Cambrai, il fit mourir les premiers chrétiens qu'il y trouva et qui s'étaient réfugiés dans ces souterrains.

— Vieille vous même, s'écria Gillonne en devenant rouge comme un coq : vous êtes mon aînée de dix ans.

— C'est justement pour cela que j'ai de l'expérience, m'amie ; d'ailleurs j'ai été en ménage, et j'ai toujours remarqué que les vieilles filles ne pensent qu'à marier les gens. Dès qu'on nomme Pierre et Pierrette, elles rêvent accordailles, fiançailles, épousailles, et j'en sais qui, tant elles ont la rage des noces, projetteraient de marier le Grand Turc à la sainte Église. Cela vient de ce qu'elles ne savent pas ce que c'est que le mariage; mais moi qui le sais, Gillonne, je dis que c'est péché que d'en parler légèrement, surtout devant la jeunesse. Un mot imprudent peut faire tant de mal! Faites-y attention, et tenez votre langue en poche, sinon j'avertirai madame. »

Gillonne, piquée au vif, allait riposter par quelque impertinence, mais un coup du petit sifflet de dame Guillemette la rappela vers les convives, et Aldegonde continua toute seule à moraliser :

« Peste soit des bavardes, murmurait-elle, elles vous mettent le feu aux étoupes sans y prendre garde, et cherchent malice à toute chose; cette bossue me déplaît. On ne la garde ici que par charité. Je voudrais bien lui faire une rente à la condition qu'elle s'en irait en France ou en Bohême. C'est une peste, bavarde comme une pie, vaniteuse comme un paon et paresseuse comme un loir. »

Après avoir ainsi complété l'éloge de Gillonne, Aldegonde se mit à laver les écuelles le plus vite qu'elle put. Il se faisait tard, et le veilleur Gallus, posté sur la tour du beffroi de la Maison de ville, venait d'annoncer neuf heures et de crier dans son porte-voix :

« Réveillez-vous, gens qui dormez,
Priez Dieu pour les trépassés. »

—

Jehan Van Eyk fit la prière du soir avec ses hôtes, souhaita bonne nuit à dame Guillemette et se retira dans la chambre qui lui était destinée. Elle était bien meublée, bien orientée, et le lit à colonnes, aussi large que long, placé la tête au nord, comme doit être le lit de quiconque veut se bien porter et vivre longtemps. Tout d'abord les yeux de Van Eyk se fixèrent sur un triptyque fixé à la muraille et représentant la sainte Vierge accostée de deux saints, saint Guillaume, évêque, et sainte Marguerite. Il pria Guillaume d'en approcher la lampe qu'il tenait et dit : « C'est un chef-d'œuvre que vous avez là. Cette peinture est de Mathieu de West, n'est-ce pas?

— Certainement. C'est lui qui en fit présent à ma mère lorsqu'il quitta Cambrai pour aller habiter Paris, il y a neuf ans. Vous verrez de belles peintures de lui à la cathédrale.

— Quelle singulière idée eut-il d'aller à Paris? Il a dû s'en repentir plus d'une fois.

— Je le crois. Il y arriva tout justement en 1413, lorsque les Parisiens assiégeaient la Bastille, et que les Bourguignons et les Armagnacs s'entre-tuaient jusque dans l'hôtel Saint-Paul. Les années qui suivirent ne valurent guère mieux que celle-là, et Mathieu de West fut bien aise de recevoir quelques commandes de nos bons chanoines de Cambrai. Il a fini, dit-on, par travailler pour le roi d'Angleterre et aller à Rouen.

— Il eût mieux fait de rester à Cambrai, dit Van Eyk. Quant à moi, je ne quitterai jamais la bonne ville de Bruges que pour y revenir le plus tôt possible. Si l'on n'est pas souvent prophète en son pays, du moins on n'y est jamais isolé, malheureux comme sur une terre étrangère. Bonsoir, messire Guillaume, bonne nuit, messire Breton, à demain. »

Ils se serrèrent la main, et une demi-heure après nulle lumière ne brillait, nul bruit ne se faisait entendre au logis du Fay, l'un des plus paisibles du reste, en tout temps, et des mieux ordonnés de la rue de l'Arbre-à-Poires.

Le lendemain était dimanche. Dès l'aube, dame Guillemette éveilla sa fille et ses servantes et toutes quatre allèrent entendre la première messe à la cathédrale; puis elles rentrèrent pour s'occuper des soins du ménage, en attendant l'heure de la grand'messe où dame Guillemette assistait toujours. Guillaume et Simon devaient y chanter, et ils eurent soin de faire placer Van Eyk de façon à ce qu'il vît bien les apôtres et les prophètes peints au-dessus des stalles du chœur, et qu'il ne perdît pas une note de la musique. Dame Guillemette et Marguerite avaient un banc placé dans le transept de droite, près de l'horloge et de la chapelle de Notre-Dame la Flammenghe. Lorsque après la grand'-messe Jehan Van Eyk s'approcha pour entendre sonner la merveilleuse horloge et regarder les petits personnages qui, à chaque heure, se montraient et représentaient une scène de la Passion, il aperçut Marguerite encore assise près de sa mère, et qui, elle aussi, regardait l'horloge. A peu de distance, un très vieux chanoine, droit encore, attendait, debout, que l'heure sonnât. Sa longue barbe blanche et ses traits amaigris le faisaient ressembler à un saint Jérôme.

« Quelle belle tête a ce vieillard! dit Jehan Van Eyk à demi-voix.

— C'est messire Jehan Hubert, qui a fait le pèlerinage des Lieux saints (1), dit Guillaume. C'est un saint

1. 1426. « J'ai esleu et eslis ma sepulture desoubs l orloghe ou quel lieu ma fosse est jà faicte, mon marbre par dessus mis et ma représentation ordonnée selonc ma devotion. Item le jour de mes obsèques sera dite au matin à l'autel de la Croix devant ma dicte sepulture une messe à note devotement de la Croix, en telle manière que les pèlerins font dire en Jérusalem sur le Mont du Calvaire quant ils vont là en pelerinage comme scet bien Mᵉ Nicole Ouden qui fu pelerin avecq moy au dit voyage. » (Testament du chanoine Jehan Hubert. Houdoy, *Histoire artistique de la cathédrale de Cambrai*, page 260.)

homme, qui ne sort presque pas de la cathédrale et prie sans cesse. Il affectionne cette place où vous le voyez, et, à midi, ne manque jamais d'être là en réalité, comme il est en esprit au Calvaire.

— Et l'esprit de cette toute jeune fille qui est près de votre mère en ce moment, messire Guillaume, doit être avec les chœurs des anges. Quel calme, quelle angélique sérénité, rayonnent sur son charmant visage!

— C'est ma petite sœur, dit Guillaume, c'est Marguerite. Mais, écoutez ! l'horloge va sonner. »

Un bruit de rouages se faisait entendre dans l'édifice ajouré qui contenait le mécanisme perfectionné en 1396 par Mathieu de Soingnies et messire Guislain, prêtre, tous deux de Valenciennes. L ange placé au sommet se tourna pour indiquer le sud et sonna de la trompette, puis un beau carillon chanta et les douze coups de midi tintèrent mélodieusement, tandis que des vantaux peints et dorés, s'ouvrant, laissèrent voir le Christ sur la croix entre les deux larrons, la sainte Vierge, saint Jean, les saintes femmes, le groupe des soldats et des bourreaux, et des anges éplorés qui semblaient voler comme des oiseaux autour de la croix, tant les fils de métal qui les soutenaient étaient habilement dissimulés.

Puis les vantaux se refermèrent, la dernière vibration des cloches s'évanouit, et l'on n'entendit plus sous les voûtes que le balancement du pendule et les pas des fidèles qui s'éloignaient.

Au sortir de l'église obscurcie par les vitraux, un brillant soleil resplendissait.

« Oh! maman, qu'il fait beau ! dit Marguerite : nous irons tantôt nous promener à la fontaine, n'est-ce pas ?

— Peut-être bien, ma fille, mais tout d'abord il faut aller dîner. Hélas! pourvu qu'Aldegonde ait bien soigné le rôti et que cette « aroute » de Gillonne n'ait rien cassé en mettant le couvert ! Retournons vivement chez nous.

Et, pressant le pas, la bonne ménagère se hâta de regagner son logis, tandis que Jehan Van Eyk s'arrêtait à considérer les statues du grand portail.

Au XVe siècle comme à présent, on dînait bien en Cambrésis. Dame Guillemette, vraie Flamande, était l'économie et la sobriété en personne, et, en temps ordinaire, ne laissait perdre ni une miette de pain ni un bout de fil, mais lorsqu'elle recevait des hôtes, elle n'épargnait rien pour qu'ils fussent bien traités.

Pour faire honneur à Van Eyk, Guillaume avait invité messire Enguerrand de Monstrelet, écuyer, futur prévôt de Walincourt, et qui travaillait déjà depuis quelques années à continuer les chroniques de Jehan Froissart (1); puis Jehan de Namps et Gérard Sohier, habiles calligraphes qui, sous la direction de Guillaume du Fay, recopiaient les « graduels, missels, antiphonaires et alleluyers » de la maîtrise, et les ornaient de majuscules historiées ; et, enfin, un tout jeune et timide clerc, appelé Simon Mellet, (1) copiste de musique et l'élève favori de Guillaume du Fay; il était si blond, si candide et de mine si douce, qu'il semblait être un angelot descendu des vitraux de la cathédrale pour assister au festin de bienvenue offert à Van Eyk.

Malgré les instances des convives, dame Guillemette ne voulut pas se mettre à table avec eux. La mère et la fille dînèrent dans une petite pièce qui séparait la cuisine de la salle; et, présidant au défilé des plats, stimulant ses servantes et retouchant les mets d'une main habile et généreuse, dame Guillemette fit si bien que le potage de riz aux amandes, les tanches au verjus d'oseille, les maquereaux aux groseilles, le pâté d'anguille, les choux rouges aux pommes, la salade de pourpier confit avec des capucines, les morilles frites à l'huile de noix et les tartes aux confitures furent proclamés exquis. Au dessert, dame Guillemette vint elle-même offrir les poires et les pommes conservées à la cave et aussi fraîches que si elles venaient d'être cueillies, les gaufres et les oublies parfumées d'anis et de cannelle, les poires de rousselet confites à l'eau de rose, et certaine liqueur faite avec des avelines et du sirop d'abricot, dont elle avait seule la recette, et qu'elle appelait « du velours en bouteilles ».

Messire Enguerrand de Monstrelet, grand amateur de bonnes choses, proposa de boire à la santé de la plus soigneuse et hospitalière maîtresse de maison qui fût à Cambrai et en Cambrésis, à Mme du Fay.

« Et il faut que la petite Marguerite vienne trinquer avec nous, ajouta Monstrelet. Il y a plus d'un an que je ne l'ai vue. C'est le droit des enfants de venir au dessert. »

Guillemette appela sa fille : elle entra, toute vermeille et intimidée.

« Qu'elle est grande ! s'écria Monstrelet surpris. Pardon, mademoiselle, d'avoir parlé de vous comme d'une enfant.

— Je ne suis pas encore une grande personne, messire, dit Marguerite, et je vous remercie de l'honneur que vous me faites en vous souvenant de moi. »

Elle prit le verre de « velours » que lui présentait son frère, et avec la simplicité d'une enfant fit le tour de la table en trinquant avec les convives ; puis elle s'éclipsa, légère comme une sylphide, et Van Eyk s'écria : « A la santé de votre charmante fille, madame ! à votre jolie sœur, messire Guillaume. »

Ils burent un dernier verre, dirent les grâces, et

1. Froissart, vers la fin de sa vie (il mourut à Chimay en 1404), avait séjourné quelque temps tout auprès de Cambrai, dans l'abbaye de Cantimpré, où son ami et collaborateur Jehan le Tartier était prieur.

(Le Glay, *Archives du Nord.*)

1. Simon Mellet devint prêtre et signa en cette qualité au Concordat de 1446, où signèrent également Guillaume du Fay, Fursy de Bruille, Enguerrand de Monstrelet, etc., etc.

comme il n'était encore que trois heures et demie et que les vêpres en ce temps-là se disaient après la chute du jour, quand l'étoile du soir, Vesper, commençait à briller, Guillaume proposa à ses amis une promenade sur les remparts.

« Et moi, dit Guillemette, je mènerai la petite à la fontaine Saint-Benoît, et de là aux vêpres. Au revoir, messires. »

Ils la remercièrent et prirent congé d'elle avec force politesses.

« Quand vous voudrez, messires, leur dit-elle, quand vous voudrez, savez ! »

Cela se dit encore en Cambrésis. Rien n'est nouveau sous le soleil.

JULIE LAVERGNE.

— La fin au prochain numéro. —

SONGERIES D'UN ERMITE

Les chrétiens aspirent à devenir des saints : la chose est difficile, la sainteté exige tant de vertus!... Les libres-penseurs veulent devenir des idoles : c'est une autre affaire, les vertus n'y sont pas indispensables, et à peine en demande-t-on la simple apparence.

*
* *

Le tonneau des Danaïdes n'a pas été relégué dans le garde-meuble de la mythologie, il conserve son vieil emploi sous un nom moderne, et il s'appelle aujourd'hui le luxe.

*
* *

Il en est pour les théories scientifiques et pour les doctrines philosophiques : de même que pour les comètes celles qui ne se sont pas montrées depuis plusieurs siècles ont eu le temps d'être oubliées, et quand elles reparaissent sur l'horizon, elles se font saluer à titre d'astres nouveaux.

COMTE DE NUGENT.

CHRONIQUE

Un jour, dans je ne sais quel musée de province, un *cicerone* montrait à un étranger deux langues momifiées : l'une était grande, l'autre était petite.

« Celle-ci, disait l'obligeant exhibiteur, en désignant la plus grande, c'est la langue de Charlemagne. L'authenticité en est prouvée, monsieur!

— Et l'autre? demanda le visiteur.

— L'autre, c'est encore la langue de Charlemagne, mais quand il était enfant... L'authenticité en est prouvée, monsieur! »

Bien des langues appartiendront, ces jours-ci, à Charlemagne, si on veut porter à son actif toutes les langues fourrées qui seront servies et dégustées en son honneur aux banquets de lycéens qui auront lieu pour célébrer sa fête qui tombe, comme vous ne l'avez pas oublié sans doute, à la date du 28 janvier.

Mais célébrera-t-on longtemps encore la Saint-Charlemagne dans nos lycées, collèges et pensionnats? Elle doit sembler une vieillerie en notre temps de « progrès », et j'ai bien peur qu'on ne la relègue au rang des souvenirs démodés, comme la robe et la toque de nos professeurs; comme les vers latins qui, d'ordinaire, relevaient de leur saveur d'Hymette le dessert un peu spartiate de ces classiques banquets.

Je ne suis pas tout à fait vieux, et pourtant plus encore tout à fait jeune; un certain nombre de « lustres » se sont préoccupés de ma chevelure pour l'éclaircir par-ci et pour la grisonner par-là; mais, à ce seul nom de Saint-Charlemagne, je sens mon cœur qui bat comme à dix ans, comme à l'heureux temps où une place de *premier* remportée dans une version latine, dont l'*Epitome Historiæ Græcæ* faisait tous les frais, me valut l'insigne honneur de m'asseoir à ce festin des élus.

Pour ceux qui n'auraient pas été élevés dans les maisons d'éducation où la Saint-Charlemagne était en usage, je rappellerai que, ce jour-là, tous les élèves qui, dans une composition quelconque, depuis la philosophie jusqu'aux classes inférieures, avaient obtenu, une fois, le premier rang, étaient admis à un banquet où l'on invitait tous les hauts personnages du lycée et de la ville. Les plus importants dignitaires de l'Université, du clergé, de l'administration, de la magistrature, de l'armée, prenaient place à une table d'honneur; les élèves victorieux dans les compositions s'asseyaient aux tables voisines.

On adjoignait à ceux qui avaient été *premiers* dans les *classes* un élève par chaque *étude*, celui qui, sans avoir atteint le premier rang dans les compositions, avait obtenu constamment les meilleures notes pour la bonne conduite; — à coup sûr, ce n'était pas le moins méritant.

Quelle gaieté ce jour-là! Comme on était heureux de déjeuner ou de dîner, — le banquet de la Saint-Charlemagne avait lieu à midi, — à côté de ces professeurs qui avaient dépouillé leur robe (de bon gré, alors!) et qui choquaient avec vous familièrement leur verre rempli d'un champagne anodin!

Il y avait des mets de tradition à la Saint-Charlemagne : la langue fourrée et l'andouille;—des andouilles grosses comme la massue d'Hercule servaient d'avant-garde; les oies et les dindes rôties formaient le centre, et la réserve était agréablement représentée par la crème au chocolat, accompagnée d'un gâteau sec, finalement suivi d'une salade d'oranges.

Une Saint-Charlemagne sans salade d'oranges eût été un Olympe sans ambroisie et sans nectar. — Puis, c'était tout. Les grands personnages allaient prendre le café chez le proviseur; mais nous partions, nous, après le dernier discours et après la dernière pièce de vers.

Car la poésie jouait un grand rôle à la Saint-Charlemagne. On y lisait des vers latins, mais on y lisait aussi des vers français. Et c'était peut-être là le côté le moins inoffensif de la fête.

Les estomacs robustes résistaient sans peine à l'épreuve renforcée de la langue fourrée et de l'oie rôtie; les têtes solides ne se troublaient pas sous les vapeurs du champagne, cousin germain de l'eau de Seltz, ni du cognac de la salade d'oranges, de très près apparenté avec le *coco* lui-même; mais qui pourrait dire combien de cervelles de rhétoriciens firent naufrage en pareil jour sous l'influence des applaudissements, saluant des alexandrins de circonstance, revus et ratissés par le professeur qui, lui aussi, se sentait mordu par le serpent de l'orgueil!

Si le concierge de l'Odéon a été tant de fois dérangé dans sa loge par des jeunes gens pâles et chevelus, lui apportant des drames en vers sous les plis de leur manteau; si les *Mainteneurs* des jeux Floraux ont vu pleuvoir sur les bords de la Garonne tant d'odes, d'élégies, d'idylles et de sonnets; si parfois la Cour des comptes constaté avec stupeur des hémistiches égarés dans les registres des percepteurs ou des receveurs particuliers, n'en cherchez point la cause ailleurs que dans la Saint-Charlemagne.

Un succès poétique obtenu ce jour-là doit fatalement mener un homme sur le seuil de l'Académie française, à moins, — ce qui est le cas le plus fréquent, — qu'il ne lui fasse franchir quelques kilomètres sur le chemin des Petites-Maisons.

Des confidences intimes reçues à différentes époques de ma vie, dans le secret du cabinet et sous le serment de la discrétion la plus absolue, m'ont appris que l'issue de la Saint-Charlemagne voit souvent s'allumer le premier cigare qui marque la transition de l'adolescence à la jeunesse.

Jusque-là on s'était contenté de fumer une baguette allumée par un bout et ne produisant aucune aspiration par l'autre; les plus audacieux s'étaient risqués à incendier des fleurs séchées de magnolia ou à allumer une cigarette qu'ils avaient déclarée de qualité inférieure, pour avoir un prétexte honnête de la jeter au plus vite; mais c'est du jour de la Saint-Charlemagne que date généralement l'essai du premier londrès.

C'est même pour cela, — je l'avoue entre nous, — que les mets du banquet universitaire ont la réputation de n'être point sans inconvénient parfois sur les voies digestives; — et, franchement, vous conviendrez que rien n'est plus injuste, car le banquet de la Saint-Charlemagne n'est bien évidemment pour rien dans le désastre du premier cigare, pas plus que Charlemagne lui-même n'était pour quelque chose dans le désastre de Roncevaux.

Eh bien, jeunes gens qui croyez avoir fait toutes vos dents, à l'âge où l'on possède encore quelques dents de lait et où l'on n'a pas encore acquis la dent de sagesse; jeunes gens qui ne ferez certainement point de vers latins à la Saint-Charlemagne, si la Saint-Charlemagne existe encore pour vous, et qui peut-être n'en comprendriez pas plus que vous n'en faites; jeunes gens qui voulez tâter du premier cigare, permettez-moi de vous annoncer une bonne nouvelle: l'administration des tabacs vient d'inventer un nouveau cigare qu'elle met en vente au prix modeste de *cinq* francs l'un.

Si j'en juge par les proportions que doit avoir un pareil cigare, je serais tenté de croire que c'est ce qu'on appelle une *carotte de tabac;* mais, si j'en juge seulement par ses proportions fiscales, je suis tenté de l'appeler simplement une... *carotte*.

Vous connaissez, jeunes gens, la portée de ce mot, et il me suffit de l'indiquer à vos méditations.

Mais, avant de fumer un cigare de *cinq francs* pour vos débuts, ou même un vulgaire cigare de cinq centimes, souvenez-vous d'une petite mésaventure qui advint sous l'Empire à M. Dupin aîné. Ce jour-là, l'ancien président de la Chambre des députés n'avait point fêté Charlemagne, mais il était allé rendre hommage à l'empereur; il faisait, comme procureur général de la Cour de cassation, sa première visite; une visite de conciliation et de réconciliation à Napoléon III.

Quand M. Dupin entra, l'empereur était assis auprès du feu et fumait un cigare de la Havane; après quelques courts compliments, il présenta d'un geste amical et familier la boîte de cigares au nouveau magistrat.

M. Dupin, sans trop réfléchir, prit un énorme *trabucos* comme il eût accepté une prise de tabac, et l'alluma avec une gaucherie visible; puis, il tira une bouffée... Aussitôt une toux violente le prit à la gorge; à la seconde bouffée il devint pâle, à la troisième il tourna au jaune, à la quatrième il était vert...

L'empereur comprit dans quelle atroce situation il avait mis l'infortuné :

« Mais, monsieur Dupin, dit-il, ce cigare vous gêne; vous n'avez peut-être pas l'habitude de fumer?

— Sire, je n'avais fumé qu'une fois en ma vie, et j'avais fait le serment de ne recommencer jamais.

— Le serment !!! murmura Napoléon III, tout rêveur, en aspirant une forte bouffée de son propre cigare; mais pourquoi l'avez-vous tenu ?

— C'est la question que j'étais en train de me faire, répliqua M. Dupin, qui jeta son cigare dans le feu et revint subitement à la sérénité. »

ARGUS.

Abonnement, du 1er avril ou du 1er octobre; pour la France : un an, 10 f.; 6 mois, 6 f.; le n° au bureau, 20 c.; par la poste, 25c.
Les volumes commencent le 1er avril. — LA SEMAINE DES FAMILLES paraît tous les samedis.

VICTOR LECOFFRE, ÉDITEUR, RUE BONAPARTE, 90, A PARIS. — Imp. de la Soc. de Typ. - NOIZETTE, 8, r. Campagne-Première. Paris.

Un petit sou !

UN PETIT SOU

M. le vicomte Roger de la Mergellière s'était levé, ce matin-là, d'assez méchante humeur. Il y a de beaux jours d'automne, gris, voilés, paisibles et doux, qui portent à la mélancolie. Mais c'était de la rancune contre le sort, de l'agacement et de l'ennui, une sorte de spleen, que ressentait M. Roger.

Il est vrai qu'il se trouvait, en ce moment, sous l'impression de divers incidents récents, tout particulièrement désagréables. Ainsi, la veille, une longue et laborieuse battue, faite dans ses grands bois de Fresnes et la Aulnaie, n'avait amené que la capture d'un seul pauvre petit chevreuil. Pour le dîner de garçons qui avait eu lieu au retour, dame Françoise, la cuisinière, avait totalement manqué le salmis de bécasses. Une lettre d'un ami, datée la veille d'Arcachon, était venue lui apprendre que sa cousine Valentine, sa préférée, sa compagne d'enfance, était sur le point d'épouser un seigneur russe, dont elle avait fait la connaissance aux bains de mer. Et, pour comble de disgrâce, *Lord-Tipsy*, son beau coureur anglais, payé si cher, retour d'Epsom, venait, on ne sait comment, de se donner une entorse, dont il ne serait pas facile de le débarrasser. Que de points noirs, bon Dieu ! que de calamités ! Et qu'il est donc difficile d'être heureux en ce pauvre monde !

« Je me demande véritablement ce qu'on vient faire ici-bas ! — grommelait le vicomte Roger arpentant, d'un pas inégal, les grandes dalles de sa terrasse, les deux mains dans les poches de son veston gris à côtes, la tête basse, l'œil sombre et le sourcil froncé. — Vous avez beau songer à tout, ne rien négliger, prendre une foule de soins, vous donner mille peines, tout cela ne sert à rien pour combattre la fatalité... Ainsi n'ai-je pas prodigué l'argent pour avoir de bons gardes ? n'ai-je pas ordonné sans cesse qu'on laissât dans mes bois le gibier tranquille pour l'époque où j'y viens tirer ? Suis-je pour cela plus avancé ? Un petit métayer, sur son maigre arpent de terre, ramasse sûrement plus que moi, en canards sauvages et en lapins.

« Et que dire de cette volage, cette cruelle Valentine ? Elle qui, l'hiver dernier, à chacun de nos cotillons, me saluait d'un si gracieux et attrayant sourire, chaque fois que je lui offrais l'éventail ou le nœud de rubans !... Me préférer un prince russe, une sorte de moujik décrassé ! En vérité, où a-t-elle la tête ? Faut-il que l'heureux gaillard en ait, de ces paysans, de ces roubles, pour conquérir les préférences de ce gai lutin de Paris !

« Avec cela, vais-je donner le compte à Françoise, cette misérable cuisinière ?... Me servir une pareille horreur à un dîner retour de chasse, quand j'ai à ma table des connaisseurs tels que le général de brigade, l'ingénieur en chef, le premier président, et M. de Villières, et le baron de Thiennes !... C'est me compromettre, vraiment ; c'est me déshonorer. Cela n'avait ni parfum, ni couleur ; cela sentait le fricot... Et la sauce trop claire, et les rôties trop minces ! Arranger ces superbes bécasses comme un pauvre lapin sauté !

« Et puis je me demande ce que Prollet, le vétérinaire, va dire, en voyant *Lord-Tipsy*. Ce splendide animal ! cette vraie rareté !... Où trouverai-je un autre cheval avec la tête si plate, le cou si allongé, la queue si effilée, les jambes si minces ? Avoir tant dépensé pour l'arracher à l'écurie de lord Fitz-Bow, pour lui faire traverser la Manche et l'amener ici ! Et le voir se détruire sous mes yeux, se perdre misérablement, sans qu'on sache de quelle façon, sur le préau ou dans son écurie, quand il a autour de lui tout ce qu'il faut de palefreniers pour le servir et de grooms pour le surveiller !... Réellement tout est contre moi, la fatalité me poursuit... Je donnerais ma vie pour deux sous ! Je suis bien misérable ! »

Et c'était ainsi que ce pauvre vicomte Roger, assombri par son accès de spleen, et ne se sentant pas d'appétit pour déjeuner, trouvait le destin rigoureux, l'adversité cruelle et la vie amère. Dans les dispositions fâcheuses où il était en ce moment, il oubliait complètement tous ces biens dont un sort généreux à son berceau l'avait comblé, et qui lui faisaient, l'ingrat ! l'existence si douce, l'horizon si doré, le chemin si facile !

Ainsi il ne jetait pas un regard sur les grands arbres verts du jardin, du parc, des prairies, qui formaient son domaine et s'étendaient bien loin tout alentour ; sur le toit ardoisé et la haute façade du château de ses pères, qui avait vu passer sa longue lignée d'aïeux, et d'où, s'il se conduisait toujours en homme sérieux et sage, nulle puissance humaine ne pouvait le bannir. Il oubliait même, l'insensé ! une autre, une incomparable richesse, qui valait bien, à elle seule, autant que celles-là : ses vingt-huit ans, ses yeux brillants et clairs, son front uni, sans ombres et sans plis, ses lèvres souriantes et sa moustache noire ; sa jeunesse, enfin, qui, en dépit de quelques sottises et de quelques folies, lui restait, malgré tout, et lui mettait toujours de la souplesse et de la vigueur dans les membres, du sang chaud et pur dans les veines, et, parfois, de généreux sentiments au cœur et de saines pensées dans l'esprit.

Mais comme il commençait à être las d'arpenter sa terrasse, de tortiller sa barbiche et de mâchonner son cigare, il pensa que, pour se distraire, il ferait bien d'aller se promener. Il traversa donc le parterre, suivit le bord de la charmille, franchit un coin du parc, sortit par une petite porte de côté, et, laissant à sa droite le grand chemin, s'enfonça dans le bois des Faynes.

Là, M. le vicomte se trouvait encore chez lui, et, de plus, il aurait dû se trouver heureux, content, à l'aise, tant la voûte des arbres encore verts, par l'automne à peine dorés, était veloutée, fraîche, odorante ; tant la mousse épaisse blondissait, chaud tapis sous ses pas ; tant le murmure du ruisseau était doux, les chants d'oiseaux clairs et timides. Et pourtant il errait encore, le sourcil froncé, l'air grincheux, les bras croisés, sous le feuillage, lorsque son attention fut soudain éveillée, et sa mauvaise humeur distraite par un bruit faible, encore lointain, qui grandissait en s'en venant vers lui.

Le vicomte Roger s'arrêta, tendit le cou, prêta l'oreille... Ce n'étaient point les ailes d'un oiseau qui, en les caressant, dans leur vol, faisaient frémir les branches; ni la course timide d'un chevreuil ou d'un jeune faon, se glissant au ras des buissons. Non : c'étaient des pas humains, un peu lourds, et pourtant inégaux, indécis, qui éveillaient les échos du bois, en se traînant le long du sentier, de l'autre côté d'un vieux mur qui, en cet endroit, fermait jadis l'enclos d'une chaumière abandonnée. Et notre jeune homme, voulant voir qui pouvait bien se promener ainsi dans ses bois, à cette heure, se tint parfaitement immobile derrière les branches, pour examiner au passage le visiteur inattendu.

Cet inconnu ainsi guetté ne tarda pas à paraître. Et M. Roger éprouva, en le voyant, plus de dédain et de pitié que de méfiance et de colère, car il n'avait ni la mine futée, ni les armes d'un braconnier, ni les allures suspectes d'un rôdeur de grandes routes.

La misère et l'abandon avaient laissé leurs traces évidentes sur toute sa personne. Sa vieille redingote, ramassée on ne sait où, était tout en trous et en loques, sa culotte déteinte effiloquée aux jambes et percée aux genoux; personne n'aurait pu garantir la totalité de sa chemise. Ses cheveux, gris de poussière, emmêlés par le vent, tombaient en longues mèches pendantes sur son cou bruni par la bise; son teint hâve, ses traits déjà creusés, sur son visage jeune, annonçaient clairement qu'il ne mangeait pas tous les jours. Et cependant, avec cela, il paraissait prendre les choses du bon côté, porter gaiement la vie; il ne rechignait point, ne boudait pas; il avait l'air heureux !

Et il n'était pas nécessaire de l'examiner longtemps, pour voir que ce contentement avait une raison ; qu'un motif évident, palpable en vérité, donnait de la vivacité, de l'éclat, à ces yeux ternes, alourdis ; de l'animation à ce maintien, de l'entrain à ce geste, de la joie à ce sourire.

Et pourtant ce n'était pas ce motif-là qui nous eût animés ou réjouis, certes... Pour hochet ou pour trésor, le pauvre petit diable avait un sou ! Un gros *deux-sous*, il est vrai; une laide pièce ronde, qui lui était bien chère, qui lui semblait bien belle; que tantôt, du bout de ses doigts, il élevait en l'air, pour la voir miroiter sous un chaud rayon de soleil; et tantôt, comme pour la tenir plus sûrement, pour l'avoir mieux à lui, il la laissait retomber dans le creux de sa main.

Quand il se fut livré quelques instants à cette distraction innocente, le silence ne lui suffit plus; il laissa déborder sa joie par de petits rires étouffés, de petits cris, des phrases :

« Je suis content; oui, bien content... Mon sou, mon beau petit sou !... De quoi acheter, en sortant du bois, un peu de pain et de fromage. Avec cela, je boirai, là-bas, au ruisseau : l'eau est si claire !... Et, depuis ce matin, j'avais si grand'faim, vraiment ! Oh ! que cela fait donc plaisir, quand on a marché tout le long du jour, de manger, de manger un peu !... Et puis les gens ne me prendront pas pour un voleur, un mendiant, un drôle. J'ai de quoi me mettre sous la dent, de quoi payer mon pain : j'ai deux sous ! O mon bon, mon beau petit sou, comme il pèse, comme il brille ! »

C'était ainsi que le pauvre va-nu-pieds se réjouissait, disposait de sa nouvelle fortune, en la considérant avec un sourire d'extase et de bonne humeur, qui montrait ses dents, pointues et blanches comme celles d'un jeune animal des forêts.

Et il était bien loin de se douter que quelqu'un l'écoutait, le regardait, le contemplait sous le feuillage. M. le vicomte Roger, derrière son rideau de branches, avait passé de la méfiance à la pitié, de la surprise à l'ébahissement :

« C'est vraiment à n'y rien comprendre, se disait-il. Est-il possible?... Ce petit misérable, auquel le sort a tout refusé, auquel tout manque, qui n'a ni pain, ni vêtements, ni foyer, ni abri, se trouve content, semble heureux. Pourquoi?... pour un pauvre sou !... Oh ! dans ce cas, il faut absolument que la misère l'ait abruti qu'il soit complètement imbécile... Je vais bien le savoir, du reste : je n'ai qu'à l'interroger. »

Et Roger, sortant avec précaution de son nid de feuillage, se présenta, sur le bord du sentier, aux regards de l'adolescent. Celui-ci le considéra, sans se troubler, avec cette calme indifférence qui fait souvent la force des pauvres, tout en ayant soin de cacher bien vite son gros deux-sous, qui cessa de briller au bout de ses doigts maigres pour rester, bien caché, dans le creux de sa main.

« Que fais-tu ici, mon garçon? demanda le jeune homme assez doucement.

— Rien, monsieur; je me promène.

— Où vas-tu?

— Au prochain village.

— Et d'où viens-tu?

— Du gros bourg qui est là-bas, de l'autre côté de la rivière.

— Que fais-tu? quel est ton état?

— Je n'ai pas d'état, monsieur... Les bonnes gens qui m'ont élevé ont dit comme ça que j'étais trop simple pour en apprendre.

— Alors de quoi vis-tu?

— Dame, monsieur, pour ça, c'est à la grâce du bon Dieu. Le plus souvent, de ce que les braves gens me donnent... Et puis, par-ci, par-là, je trouve à travailler, j'aide à couper les foins, à rentrer les blés, à faire la vendange ou à garder les bêtes... Par exemple, c'est l'hiver qui est mauvais, qui tape dur, quand il faut marcher, le long des chemins, dans la neige ; quand le vent vous siffle dans la figure et que l'on souffle dans ses doigts, sans avoir eu de quoi manger !

— N'as-tu donc pas de parents pour te recevoir, pour t'aider ?

— Non, monsieur ; je n'en ai jamais eu. Il paraît qu'on m'a ramassé, tout petiot, au pied d'une haie.

— Alors tu es bien malheureux, n'est-ce pas, mon pauvre garçon ?

— Mais non, monsieur, pas toujours... Dans les beaux temps comme aujourd'hui, quand il fait du soleil, quand les feuilles sont vertes, lorsque ce n'est pas malaisé du tout de trouver où manger et dormir, eh bien ! là, vrai, je suis content, je ne m'ennuie pas de vivre !... Je ne suis pas vieux, j'ai quinze ans. A quinze ans, on aime encore à rire, à s'amuser. »

S'amuser !... De quoi pouvait bien s'amuser ce jeune misérable, auquel la vie et le sort avaient tout refusé, et qui ne se plaignait pas, pourtant. Le vicomte Roger se sentit saisi, à ce mot, d'une stupéfaction véritable, et le regard qu'il attachait sur les traits tirés et le visage flétri du petit vagabond prit une expression bien plus profonde de pitié et d'étonnement. Puis comme, — dans son cœur que les enivrements de la richesse et les bruyants plaisirs n'avaient pas jusqu'alors tout à fait desséché, — c'était la pitié qui l'emportait encore, il mit sa main dans son gousset et en tira une pièce blanche qu'il présenta à l'adolescent.

« Tiens, lui dit-il, voici de quoi, en souvenir de notre rencontre, faire deux bons repas aujourd'hui, et demain si tu veux... De plus, en suivant mon conseil, tu pourras trouver de l'ouvrage. Voici ma carte, où j'écris quelques mots. Va-t'en la porter à une demi-lieue d'ici, à la ferme de la Malgrange. Je sais que mon métayer, Jean Pichet, a besoin de manœuvres. Il t'emploiera, mon garçon, dès que je l'ai demandé.

— Eh bien, merci, monsieur !... Vous êtes joliment bon. Et j'en ai un bonheur, aujourd'hui !... Ah ! ma foi, ce matin, je ne m'en serais jamais douté... Que je suis riche, que je suis content !... En voilà une belle pièce blanche ! »

Et ici le pauvre innocent, ne se possédant plus, au comble de la joie, se mit à gambader sur le bord du chemin, faisant sauter au soleil, dans le creux de sa main, tantôt la pièce d'argent qui jetait des étincelles, tantôt le bon gros deux-sous, qu'au milieu de sa prospérité nouvelle il n'avait pourtant pas oublié.

Le vicomte Roger, après l'avoir contemplé un instant en silence, avec un sourire, lui remit sa carte portant quelques mots adressés à son fermier, et, lui faisant un petit signe d'adieu, s'enfonça de nouveau dans le taillis et disparut sous le feuillage.

Mais ces quelques instants, cette rencontre fortuite, avaient sensiblement changé les dispositions de son esprit. Son point de vue, jusqu'alors beaucoup trop personnel, s'était tout à coup déplacé. Il comprenait enfin qu'on peut avoir bien des sujets de joie, bien des motifs de reconnaissance et de bénédictions, se sentir enfin paisible et content en ce monde, même quand la battue fait chou blanc, lorsque dame Françoise manque son salmis de bécasses, que la cousine Valentine penche pour un prince russe, et que le pauvre *Lord-Tipsy* s'est démis le jarret. Il voyait, jusqu'à l'évidence, que le sage est celui qui se réjouit de peu, que le vrai bonheur ne doit pas être exigeant, sous peine de cesser d'être ; qu'enfin le petit misérable, déguenillé, hâve et seul sur le bord du chemin, était aussi fier et aussi content de son gros sou rongé de rouille, qu'il eût pu l'être, lui, d'avoir le plus beau des coureurs anglais, l'amour et la main de sa cousine, des provisions de gibier à faire pâlir d'envie tous les Nemrods du voisinage, et enfin Trompette lui-même, pour accommoder ses bécasses, les jours où il inviterait le général de brigade et le premier président !

Et voilà comment M. Roger, s'en retournant vers son château, le front plus serein, l'œil plus vif et la mine plus souriante, en était venu à se rappeler une de ses premières fables récitées jadis, dans son enfance, à sa bonne et charmante mère, et comprenait que, ce jour-là, pour se remettre l'âme en paix, l'esprit en train, le cœur en équilibre, il avait eu vraiment besoin « d'un plus petit que soi », et, de même que le fier lion du poète, il avait eu la chance de rencontrer le rat.

Étienne Marcel.

LA FEMME DE MON PÈRE

(Voir pages 586, 602, 612, 635, 650, 668, 674 et 694.

A Monsieur Paul Dupré, rue Jacob, à Paris.

Vallières, le...

On a bien raison de dire : Les heures se suivent et souvent ne se ressemblent pas. Aussi agréable avait été pour moi la journée d'avant-hier, aussi pénible fut celle du lendemain.

Tante Annette, avec ses idées antédiluviennes, ses principes étonnants, son despotisme politique, se fait un fantôme de tout ce qui n'est pas ce qu'elle pense et ce qu'elle croit.

J'ai eu hier la maladresse de parler du progrès qui, depuis plusieurs années déjà, transforme la société, et bien mal m'en a pris, car notre vieille parente, comme si une flèche l'eût blessée au cœur, s'est révoltée, et s'appuyant sur ses traditions ; s'entourant de ses ancêtres à perruque et à épée ; comptant ses quartiers, elle entreprit de prouver que si, actuellement, le monde était en réalité ce que je lui disais, hommes et choses couraient à l'abîme.

Jusqu'à présent, par égard pour son grand âge, j'avais respecté une manière de voir si peu en rapport avec les principes et les besoins de notre siècle; mais, entraîné par mon sujet, j'ai oublié un instant que je me trouvais en face d'une de ces natures d'acier ne voulant pas faire l'ombre d'une concession à un temps qui n'est plus celui pendant lequel les comtes et les barons débitaient à ses dix-huit printemps des madrigaux vanillés, ou risquaient leur vie pour cueillir sur une roche escarpée le doux myosotis, ce *forget-me-not* si cher à toutes les femmes.

Une fois que la digue a été rompue, dame! j'avoue que rien ne m'a plus arrêté. J'ai dit tout ce que je pensais des besoins actuels; de la tendance progressive laissant loin derrière elle les préjugés et les ridicules d'une caste à laquelle je n'attribue d'autres mérites que ceux d'avoir su aimer et guerroyer.

Mais les amours ainsi qu'elles se pratiquaient alors sont bien passées de mode, et les guerres sempiternelles n'existent plus que dans l'histoire. Les événements de toutes sortes qui, depuis tantôt trois quarts de siècle, changent graduellement la face des choses, promettant mieux encore aux générations futures, laissent espérer que les petits et les faibles pourront, eux aussi, le jour où un mérite réel leur en donnera le droit, devenir grands et forts.

J'ai dit tout cela, et tante Annette, vraiment affolée, m'a jeté à la tête cette vieille rengaine de quatre-vingt-treize, absolument comme si j'avais préconisé les *sans-culottes*. Je ne comprends pas qu'une femme, intelligente comme l'est notre vieille parente; possédant des principes religieux aussi arrêtés, continue à nier une évidence démontrée sans effort, car enfin, ce que je souhaite, je ne le souhaite pas seul, toute la jeunesse de notre époque le désire avec moi, et de plus, ces principes, qu'elle appelle révolutionnaires, ne sont-ils pas puisés dans l'Évangile même?

J'ai voulu lui persuader que je faisais trop de cas de ma famille et de mon nom pour adopter et partager la manière de voir de ceux qui, sous prétexte de mieux, veulent renverser les choses établies : le gouvernement et la religion. Eh bien, je n'ai pas réussi à la convaincre qu'il y avait un monde entre les partisans de l'école libérale et les partisans du radicalisme, pauvres utopistes qui raisonnent comme des songe-creux ou des insensés, et cette digne et charmante vieille femme portera dans son cœur la blessure que, bien involontairement, je lui ai faite. Je suis donc on ne peut plus désolé d'un emportement qui, à ses yeux, m'assimile aux défenseurs d'un parti ne recrutant ses adeptes que parmi les dévoyés et les fous. Il eût été bien désirable que ma grand'tante, dont la vie est à son déclin, emportât au fond de sa tombe une meilleure idée de son petit-neveu.

Et puis, autre contrariété, la scène, se passant au dîner, a eu malheureusement pour témoins mon père, ma belle-mère, cet abbé dont, sans le 9 Thermidor, les cendres seraient confondues avec celles de tant d'autres innocentes victimes d'une époque néfaste, Mlle Wissocq qui pâlissait et tremblait.

Il se faisait autour du bruit de notre discussion un silence accablant. Tout en ne partageant pas, dans ses exagérations, les idées de tante Annette, mon père ne serait pas de son âge s'il ne pensait point comme elle, et ma belle-mère, par conviction sans doute, mais par égard certainement, se range toujours du côté de son mari. Quant à ce pauvre abbé, je comprends qu'en entendant prononcer seulement le mot de liberté, les cheveux devaient se dresser sur sa tête : ce mot ne peut avoir pour lui d'autre interprétation que la *Terreur*.

Je ne sais pas si notre vieille parente me gardera rancune, et si mon père est bien fâché. La discussion, terminée à table, ne fut point reprise au salon. On parla de tout, excepté progrès, et si j'en crois les apparences, il ne sera plus question de rien; mais, encore une fois, cet incident me rend vraiment malheureux.

Nous allons ce soir chez Mme Lucy dont le fils, grand amateur de billard, veut nous en faire essayer un d'une excellente facture, paraît-il.

Je crois que ces dames ne nous accompagneront pas. Elles ne paraissent point encore remises de leur course nautique.

Je compte partir après-demain, et m'en sens tout triste. La campagne est radieuse sous son manteau printanier. Les couleurs bocagères tranchent au loin dans le ciel bleu, et forment un ensemble doux au regard et au cœur. En voyant cette colline, ces prairies et ces bois verdoyants, cette voûte d'azur dans laquelle courent parfois quelques nuages égarés, on se croirait transporté au Paradis terrestre.

Mais enfin il faut savoir s'arracher à cette jouissance qui des yeux monte à l'âme. Le travail m'appelle et des amis m'attendent.

LUCIEN.

A Madame la comtesse Suzanne de Montigny, au château de Vallières, par Fleury-sur-Andelle (Eure).

Paris, le...

Ma chère belle-mère,

En ce moment j'assiste, en pensée, à l'arrivée de cette lettre, vous annonçant mon retour à Paris. Vous la prenez des mains du facteur dont vous avez guetté la venue, et vous allez la lire près de mon père, qui se promène dans le parc un sécateur à la main. Tante Annette procède à l'arrangement de ses fausses boucles, caresse son angora ou gourmande son king-charles, l'abbé se dispose à aller dire sa messe, et Mlle Wissocq à l'accompagner.

Moi, je suis réinstallé dans ma mansarde où le soleil de Vallières a bien voulu me suivre; tout est rose dans mon étroit horizon, tout, excepté mon esprit.

Presque au débotté, j'ai appris une de ces nouvelles qui frappent autant qu'elles étonnent. Paul Dupré, le compagnon de mon enfance, l'ami de ma jeunesse, mon presque frère enfin, Paul s'en retourne à Bourbon, dans son île aimée, qu'il regrettait sans cesse. Rappelé par sa famille avant l'époque fixée, d'ici un mois il sera parti et jamais ne reviendra. Le cœur aimant de ce pauvre garçon a trop souffert de ce qu'il appelait l'indifférence des Français, et son tempérament de créole trouvait très froids nos jours les plus chauds. Il ne franchira donc plus les mers qui vont nous séparer : que viendrait-il faire dans notre pays où rien ne l'appellera désormais, puisqu'il se heurterait de nouveau à ce caractère français que le sien n'a pas su comprendre, et grelotterait encore sous notre ciel moins bleu que le sien ?

Cette séparation est pour moi un véritable chagrin. J'aimais ce grand enfant si sage, qui se laissait injustement gronder, et j'écoutais, à mon tour, les leçons de morale qu'il me faisait si doucement, et cela avec des inflexions de voix presque paternelles. Devant lui, personne n'oserait se montrer méchant, car son âme, transparente comme le cristal, s'en révolterait aussitôt. Je perds non seulement le plus affectueux des amis, mais encore le plus sûr des conseillers.

Dieu veuille que les vents le portent sans colère jusqu'au sol de sa patrie, et que le bonheur soit toujours son partage !

Le départ de Paul n'est encore connu que de moi. Il va laisser une place vide dans le journal auquel ce brave garçon collabore depuis sa sortie de l'École. Mon ami m'engage fortement à tenter d'obtenir de le remplacer, et offre de me présenter à qui de droit. Il va sans dire que j'accepte.

Comme, malgré l'échec que j'ai subi au Gymnase (échec devant lequel j'avoue ne point encore m'incliner), je ne brise point ma plume et ne romps pas en visière avec le public, j'ai foi en lui. Toute la France n'assistait pas à la chute de ma pièce, et tel qui n'a pas été compris sur le théâtre le sera dans un de ces articles à sensation destinés à vous poser un homme. C'est sur cette dernière hypothèse que je m'appuie, et sur laquelle je compte.

Je veux vous répéter encore, ma chère belle-mère, ce que je vous ai dit en partant : Disposez de moi pour tous les renseignements dont vous pourriez avoir besoin au sujet de votre projet d'hospice. A Paris, vous le savez, on n'ignore rien. Je m'informerai, si bon vous semble, des formalités à remplir, le cas échéant. Je puis aussi m'inquiéter près d'un médecin spécialiste des mesures à prendre pour l'organisation hygiénique de votre petit local, et encore me faire désigner la maison la plus susceptible de vous fournir bien et à bon compte le mobilier nécessaire, et, chose urgente, aller consulter ces dames, mes voisines, les religieuses de Saint-Thomas de Villeneuve, au sujet des sœurs préposées à la garde des vieillards.

Tout ceci, ma chère belle-mère, est chose facile; vous n'avez qu'à ordonner.

Je serais assez d'avis que mon père ne conservât pas la totalité des terres qu'il paraît vouloir se réserver. Je crains beaucoup la fatigue que lui causerait nécessairement la surveillance d'un personnel nombreux. En abandonnant à la petite ferme les prairies adhérentes au parc, je crois que ce serait fort sage de sa part.

Il commence à se faire tard, je vais clore cette lettre. Cependant, je ne veux point vous quitter sans vous dire, ma chère belle-mère, le regret que j'éprouve au sujet de la petite discussion quasi politique que j'ai eu le grand tort de soutenir avec tante Annette. Le souvenir de la contrariété que j'ai dû vous causer à tous jette une ombre bien noire sur ces chères vacances qui, sans cet incident, eussent été si charmantes. J'ai bien besoin, ma chère belle-mère, que vous me rassuriez un peu à ce sujet. Lorsque je vous quittai, mon père semblait songeur et vous étiez certainement triste. N'avez-vous donc plus confiance en moi?

Croyez l'un et l'autre à mon plus affectueux respect.

LUCIEN.

A Madame Suzanne de Montigny, au château de Vallières, par Fleury-sur-Andelle (Eure).

La Belle-Idée, le...

Calmez vos inquiétudes, ma toute bonne, mon retour s'est parfaitement effectué ; seul, l'abbé a, dans la voiture, souffert d'un vent coulis dont il n'a pas dit un mot, alors qu'il eût été si facile de l'en préserver. J'ai voulu savoir les raisons de ce ridicule silence ; mais mon pieux compagnon m'en a donné de si mauvaises, que je finis par le mettre sur le compte d'une conscience timorée, et me prends à penser que le digne homme s'est imposé cette mortification afin, comme si c'était une faute, d'expier par une souffrance et un ennui le bien-être et le plaisir dont il a joui à Vallières. Quant à moi, ma toute bonne, j'ai emporté de votre gracieuse hospitalité le meilleur souvenir et ne me sens en aucune façon disposée à demander pardon au Ciel des jours très agréables que je viens de passer au milieu de vous.

Ceci dit, abordons un autre sujet.

Ah çà ! qu'avez-vous l'intention de faire de ce jeune insensé qui nous a donné une représentation si bien réussie d'aliénation mentale ? Votre mari n'est-il point effrayé de laisser ce pauvre cerveau brûlé circuler librement dans la vie ? Ne craignez-vous pas qu'à un moment donné, il ne fasse un *autodafé* de ses parchemins et un *phalanstère* avec sa fortune ? Je trouve, ma toute bonne, que ce garçon doit être surveillé de près, si on ne veut point avoir à déplorer bientôt le résultat de son imagination dévoyée. Je ne puis pas me faire à l'idée que mon petit-neveu ait ainsi perdu le sens commun. Semblables épreuves n'arrivaient jamais dans nos vieilles familles, dont l'ambition se bornait à conserver l'honneur. Jamais, non plus, la tentation ne prenait aux parents d'enfermer leurs enfants pendant de longues années entre les quatre murs d'une école, sous prétexte d'en faire des savants. La belle chose que ce fameux progrès, lorsqu'on en voit les conséquences ! Il ne m'étonne plus qu'on soit obligé d'augmenter le nombre des maisons de fous et d'agrandir les prisons. Depuis que les Français se sont mis tous en tête de devenir célèbres, il n'y a plus ni gentilshommes, ni serviteurs. Et puis, voyez-vous, ma toute bonne, le souffle empesté qu'ils appellent la régénération, s'il ouvre l'intelligence, dessèche les cœurs. Il serait bien plus sage que chacun restât dans sa sphère. Aux uns l'épée, aux autres les places.

Plus j'y pense, plus je crois sincèrement ce pauvre garçon malade. Il me paraît évident que ce cher enfant n'est pas dans son état normal. La première chose à faire, selon moi, serait de le soigner pour le guérir. Dites de ma part à M. de Montigny que je l'engage fortement à parler de cet état étrange à un médecin spécialiste. Il n'est pas possible que le mal soit sans remède. Vous m'en écrirez, n'est-ce pas? Si je n'aimais pas profondément mon petit-neveu, je n'attacherais point une telle importance à sa santé et me moquerais de tout cè qui le regarde, comme des neiges d'antan ; mais cet enfant, cet homme, devrais-je dire, a trouvé le moyen de se loger si bien dans mon cœur, que, je le sens, il y restera toujours.

J'ai beaucoup rêvé à votre projet d'hospice, et plus j'y réfléchis, plus je trouve que, non seulement mon neveu ferait une bonne œuvre en offrant un asile aux pauvres vieillards de votre pays, qui, dénués de tout, souffrent tant avant de mourir ; mais il donnerait un démenti formel à ces préjugés de la classe malheureuse, lesquels étouffent, en l'âme de beaucoup de braves gens, le sentiment de la confiance, et les font regarder comme autant d'ennemis les plus favorisés, qu'une loi, établie par les hommes eux-mêmes, élève au-dessus de leur pauvreté. Il n'y aurait du reste, dans cet acte, qu'une juste réparation. Nous, qui avons, sommes les débiteurs de ceux qui n'ont pas. C'est donc avec une véritable joie que j'apprendrai la réalisation de ce projet.

Savez-vous ce que devient votre douce Isabelle? Je m'intéresse fort à cette jolie fille, dont la presque sauvagerie est bien regrettable. Ne pourriez-vous pas quelque chose sur cette jeune imagination, qui, dans un autre genre, elle aussi, s'égare. Rien ne m'effraye comme ce besoin de solitude poussé à l'extrême. Ce travers, que souvent les années ne modifient pas, suit la voie progressive jusqu'à un certain moment, où alors, l'âme fatiguée de ce cadre immense, vide et toujours le même, se trouve comme dépaysée dans une atmosphère qui n'est point celle de tout le monde. Sa nature affectueuse et tendre éprouvera un jour, et cela impérieusement, le besoin de prendre part à l'existence de tous. En général, il faut à la femme des buts multiples, et sa vie, faite pour toutes les affections et tous les dévouements, manque la fin proposée, lorsque, dès l'enfance, on ne lui apprend pas les devoirs tels qu'ils doivent être compris. Ne lui direz-vous pas quelques mots à ce sujet? Je vous y engage, ma toute bonne.

Au revoir, croyez à toutes les tendresses de votre vieille tante.

Vicomtesse Annette de Chelles.

A Monsieur Lucien de Montigny, rue de Sèvres, Paris.

Vallières, le...

Plusieurs choses ne m'ont pas permis, cher enfant, de vous répondre aussi vite que je l'eusse souhaité, et puis, avant de vous écrire, j'étais désireuse de recevoir une lettre de votre tante Annette partie depuis quelques jours déjà. Je tenais à vous parler de votre excellente parente.

Il faut d'abord que je vous rassure. Les sentiments affectueux que vous porte la digne femme ne sont point affaiblis. Quant à M. de Montigny et à moi, la crainte ne peut, ce me semble, effleurer votre esprit.

Si vous-même, mon cher Lucien, n'étiez pas revenu sur un sujet qui nous avait été pénible à tous, je ne vous eusse pas parlé de cette discussion dont le souvenir nous attriste encore ; mais puisque vous ne redoutez point que nous en causions ensemble, disons-en donc quelques mots.

La seule chose laissant au fond de nos âmes un vague sentiment de tristesse pour l'avenir, c'est votre sincérité même. Il y a dans vos convictions, dans vos arguments, un tel cachet de loyauté qu'on se prend à vous plaindre de croire ainsi ; car on se demande si le jour où vous irez augmenter le nombre des désillusionnés, vous ne souffrirez pas beaucoup dans votre foi trompée.

Comme vous le voyez, mon enfant, je compte bien qu'à une époque plus ou moins rapprochée un autre ordre d'idées viendra remplacer celui qui en ce moment vous entraîne. Vous êtes jeune, vous êtes généreux, vous êtes vrai et ne supposez pas, que, à de rares exceptions près, ces Platons devant lesquels s'incline votre intelligence et s'ouvre votre âme sont des menteurs et des apostats.

Comme toutes les natures honnêtes, vous dites : J'irai avec eux jusque-là ; pas plus loin... Mais, mon cher enfant, le flot nous emporte quelquefois au delà de notre volonté. On devient insensé, on marche fiévreux, entraîné, affolé, et, sous prétexte de tendre la main aux petits, ceux qui se croient ou se disent appelés à changer la face des choses veulent écraser leurs amis devenus grands, et ainsi de suite. Puis, dans cette espèce de fureur, dans tout ce qui porte ombrage à leurs désirs ambitieux, ils confondent dans une même accusation les fous, les sages, la famille et Dieu : déplorable sophisme dont les résultats seront terribles, si rien ne vient endiguer cette mer montante ; imposture croissante à laquelle votre honnêteté et l'honnêteté de ceux qui, comme vous, sont de bonne foi, donnent tant de force.

Lucien, mon enfant, voulez-vous me promettre, que le jour où, entraîné par une conviction que je ne conteste pas, vous serez sur le point de suivre, dans une voie qui n'est point celle que vous désignerait votre père, des hommes heureux de vous y entraîner, voulez-vous me promettre, dis-je, de jeter les yeux sur le portrait de votre mère?

Et si vous regardez bien en face ce doux visage de femme, dont tous les ancêtres ont été grands par les actions et nobles par le cœur, vous verrez, sur ses traits charmants, l'empreinte d'un orgueil légitime et aussi le reflet d'une âme qui, en fuyant la terre, alors que pour elle tout y était bonheur, semblait déjà voir le Dieu qui l'aida à mourir; et peut-être alors, mon enfant, ne trouverez-vous plus que le passé importe peu, que l'avenir n'importe pas : il est bien permis d'être fier de l'auréole de nos aïeux, comme aussi bien consolant d'espérer une autre gloire conquise par nos mérites.

Ne m'en voulez, pas Lucien, si dans les quelques lignes précédentes, j'ai combattu des idées et des principes qui ne sont pas les vôtres; mais je ne vous dissimule point que je chercherai tous les moyens possibles d'abréger ce temps que je considère comme un esclavage et dont votre père et moi serons mille fois heureux de vous voir briser les chaînes.

Nous comprenons combien l'absence de M. Dupré va attrister vos jours. Il ne faut pas néanmoins que cette tristesse prenne sur votre santé. La vie n'est-elle point semée de sacrifices? Vous avez dû, mon cher Lucien, en accepter de plus grands.

Le départ de votre ami m'amène tout naturellement à vous parler du projet que, pour vous, il a fait naître. Je ne me permettrai pas, croyez-le bien, de le combattre; cependant je vous engage beaucoup, avant d'accepter la succession de M. Dupré comme journaliste, de poser les résultats qui nécessairement en seront la conséquence, car il ne faut pas vous dissimuler, mon cher Lucien, que vous serez obligé, ou de négliger vos études pour fournir à votre rédacteur en chef des articles soignés, ou alors de ne produire qu'un remplissage qui serait loin du but que vous vous proposez.

Je joins à ma lettre une petite note relative aux renseignements pour lesquels vous vous êtes mis si complaisamment à ma disposition. Comme en ce moment il n'y a rien d'urgent, prenez votre temps. Je serais désolée de vous imposer en une heure ce que vous pouvez faire en un mois.

Bien à vous,

SUZANNE.

MALRAISON DE RULINS.

— La suite au prochain numéro. —

PENSER BEAUCOUP, RÊVER UN PEU

—

Laurence Aubier allait avoir dix-neuf ans; elle avait une figure d'une beauté originale, et une taille souple très élégante. Elle avait reçu une instruction solide, et appris des arts d'agrément. Le solide, c'était la connaissance de la grammaire, de l'histoire, de la géographie, de l'arithmétique. Elle pouvait résoudre, sans hésiter, des difficultés grammaticales qui auraient peut-être arrêté, un instant, plus d'un académicien; elle était capable de dire le nom du plus petit roi *fainéant*, et d'appliquer à chaque événement de l'histoire sa date précise; elle pouvait nommer aussi, sans oublier le plus insignifiant, tous les chefs-lieux d'arrondissement de France, et enfin résoudre rapidement des problèmes où il s'agit de trouver combien plusieurs robinets de fontaine, qui coulent inégalement, mettront de temps pour remplir un bassin, et une foule d'autres choses du même genre. Rien ne l'arrêtait, ni les partages d'argent, ni les âges inconnus, ni la vitesse des locomotives.

Il est juste de dire que sa science était de fraîche date, car il y avait à peine une année qu'elle avait passé ses examens.

En pédagogie, elle en savait autant que le plus vieux maître d'école X..., moins l'expérience.

L'agrément, c'étaient la musique et le dessin. Laurence tapotait convenablement du piano, chantait sans voix, mais avec une excellente méthode. Elle enlevait lestement une esquisse, croquait une personne en cinq minutes, et la ressemblance y était.

Elle brodait, tapissait, faisait du crochet, ainsi que des frivolités de toutes les sortes, comme une vraie fée.

Elle avait suivi pendant quinze jours un cours de cuisine, et pris douze leçons d'équitation au manège à la mode; elle était capable de faire un rôti, de réussir une omelette, et de se tenir gracieusement sur un cheval.

Enfin elle avait un excellent caractère. C'était une jeune fille accomplie. Pourtant il lui manquait quelque chose : quoi? Un peu de vraie jeunesse peut-être.

Aucun prétendant sérieux n'avait encore aspiré à la main de Laurence. Cela tenait, sans doute, à ce qu'on ne connaissait pas exactement le chiffre de la fortune de M. Aubier, et que sa position mal définie, — il s'occupait d'affaires de bourse, — n'inspirait pas assez de confiance. Mme Aubier était très pressée de se débarrasser de sa fille; jusqu'alors elle avait pu la préserver de toute surprise du cœur, empêcher son imagination de s'égarer, de rêver un bonheur chimérique, mais cela devenait très difficile depuis que Laurence avait terminé son

Contemplation.

instruction. C'était un vrai travail pour la mère de régler l'emploi des journées de sa fille, de façon qu'il lui fût impossible de trouver un instant pour rêver.

C'est à quoi la prudente mère réfléchissait sur la fin de son jour de réception. Il était près de cinq heures et demie, et le flot des visiteuses venait de s'arrêter. Laurence, les yeux fermés, la tête appuyée contre le dossier d'un fauteuil, se reposait du bruit des conversations, et sa pensée vraisemblablement se berçait dans le vague. Elle n'y resta pas longtemps :

« Laurence, dit Mme Aubier, tu peux aller chercher ton ouvrage et travailler, il ne viendra plus personne maintenant. »

La jeune fille ouvrit les yeux, soupira, et se dirigea sans hâte vers la porte. Pendant qu'elle se rendait dans sa chambre, un coup de sonnette retentit, et la femme de chambre introduisit dans le salon une retardataire. C'était une dame à la figure sérieuse et distinguée, et qui devait dépasser la cinquantaine.

Elle serra la main de Mme Aubier, qui s'était avancée avec empressement à sa rencontre, et elle lui dit :

« Je viens un peu tard, ma chère Fanny, pour ne pas être exposée à trouver du monde dans votre salon. On ne peut jamais causer intimement avec vous le jour où vous recevez, et les autres jours vous êtes insaisissable.

— Je sors beaucoup à cause de Laurence, vous le savez. Jusqu'à ce qu'elles aient marié leurs filles, les mères ne s'appartiennent guère. »

Un fin sourire se dessina sur la bouche de la visiteuse, et elle dit :

« Bientôt peut-être, Fanny, vous n'aurez plus à vous occuper de votre fille. »

— Je ne sais. Dernièrement, on m'a parlé d'un monsieur très riche qui me conviendrait bien, mais ce sont des projets tout à fait en l'air, et je ne puis compter là-dessus.

— Je viens justement pour vous adresser une demande en mariage. Mais d'abord où est ma filleule ?

— Elle est allée chercher sa tapisserie ; je vais lui faire dire qu'elle ne revienne pas tout de suite au salon. »

Mme Aubier sonna et donna ses ordres à la femme de chambre, puis elle reprit :

« Maintenant que nous sommes assurées d'être seules, je vous écoute, chère amie. »

La marraine de Laurence alla droit au fait :

« Je viens vous demander la main de ma filleule pour mon neveu Henri Favrolles. Vous le connaissez assez, Fanny, pour que je n'aie plus à vous faire son éloge.

— Sans doute, c'est un jeune homme parfait...

— Parfait, oh ! non, Fanny : il a ses défauts comme nous tous, mais il possède toutes les qualités qui font le véritable honnête homme. Je réponds de lui en toute assurance.

— Mais sa position... ? interrogea la mère.

— Peut lui permettre maintenant de se marier. Elle tendra toujours à s'améliorer avec les années, car dans la carrière de bureau qu'il a choisie, on avance régulièrement. Sans doute, le jeune ménage ne pourra pas mener grand train, mais il vivra dans une honnête aisance.

— Croyez, chère amie, que votre proposition me flatte infiniment, mais Laurence, étant notre unique enfant, a été très gâtée, et habituée à être beaucoup servie. Nous ne lui avons jamais rien refusé en fait de toilette ; elle se trouverait malheureuse, j'en suis sûre, dans une position relativement modeste.

— Il faudra la consulter, Fanny. Je me figure, au contraire, que ma filleule préférera le bonheur intime du foyer aux jouissances du luxe, aux satisfactions de la vanité.

— Vous croyez ? fit la mère qui n'avait point mis ces idées-là dans le cœur de sa fille.

— Elle a souvent, malgré les distractions que vous lui procurez, un air d'ennui et de lassitude qui me donne à penser qu'une vie à la fois plus calme et mieux remplie lui conviendrait davantage.

— Je vous prie, chère amie, de me laisser quelques mois pour réfléchir à votre demande ! Il n'y a pas de temps de perdu, Laurence est si jeune encore ! »

A ces mots, Mme Coursan comprit que son neveu ne serait pas agréé.

« C'est presque un refus, je le comprends, dit-elle.

— Je suis désolée, chère amie, que la position de votre neveu ne me convienne pas complètement. Il est si bon, si distingué, si charmant ! il a tant de mérite ! »

Après ces éloges à outrance, Mme Coursan ne conserva plus aucun espoir.

« J'ai encore autre chose à vous demander, Fanny, dit-elle après un moment de silence, et j'espère que, pour m'adoucir votre refus, qui m'est pénible malgré son aimable forme mondaine, vous m'accorderez ma seconde demande, séance tenante.

Vous ne bougez de tout l'été de votre maison d'Ablon, parce que votre mari n'aime pas à s'éloigner de Paris, et s'ennuie en voyage. Laurence, et c'est tout naturel à son âge, ne serait pas fâchée de changer un peu de place. Voici ce que je vous propose :

Je vais aller près de Dieppe, à Pourville, passer un ou deux mois. Ce serait un grand plaisir pour moi d'emmener ma filleule, et une occasion pour elle de revoir la mer qu'elle a vue une seule fois, et trop jeune pour en avoir gardé le souvenir.

— Mais, chère amie, fit la mère alarmée, vous savez bien que je ne me sépare jamais de ma fille !

— Vraiment, Fanny, vous êtes ridicule ! Comment, vous ne pouvez pas me confier votre fille, à moi sa marraine, à moi une femme âgée et respectable, j'ose le dire !

— Vous allez la laisser rêvasser là-bas ?

— Ah ! voilà le grand mot lâché ! Soyez tranquille, Fanny, je ne laisserai pas rêvasser votre fille.

— Vous savez quelles sont mes idées là-dessus.

— Je les connais à fond.

— Je ne veux pas laisser de liberté à l'imagination de Laurence. Les jeunes filles rêvent trop. En les empêchant de se forger un idéal, on leur épargne beaucoup de mécomptes. Encore une question, chère amie : Votre neveu n'ira-t-il pas vous visiter là-bas?

— Cette question prouve que vous connaissez mal notre délicatesse. Rassurez-vous, Fanny ; Henri, prévoyant le cas où rien ne le retiendrait à Paris, pensait aller visiter un vieil oncle qui habite le Dauphiné : il ira donc.

— Cet oncle est-il un oncle à héritage ? demanda Mme Aubier avec empressement.

— Oh! pas du tout. Le digne homme, pour lequel Henri a beaucoup de respect et d'affection, vit à grand'peine d'une petite rente viagère; mon neveu lui fournit bien des douceurs, et il est heureux de pouvoir le faire.

— Quel excellent jeune homme! »

Mme Coursan sourit encore de son fin sourire, et dit :

« Maintenant que je vous ai rassurée au sujet de mon neveu, consentez-vous enfin à me confier ma filleule ?

— J'y consens, chère amie; mais, je vous en prie, encore une fois, ne laissez pas à Laurence le temps de se monter l'imagination.

— Soyez tranquille. Avant de vous quitter je voudrais embrasser Laurence » ?

Mme Aubier sonna, la femme de chambre parut :

« Dites à Mlle Laurence de venir au salon. »

Une minute après la jeune fille entra.

« Bonsoir, chère marraine, dit-elle. Quel bonheur de vous voir ! »

Mme Coursan embrassa Laurence. Le regard qu'elle reposait sur la jeune fille disait qu'elle avait pour elle une de ces affections sérieuses qui ne se traduisent point par de vaines paroles.

« Ma mignonne, dit Mme Coursan, quand sa filleule se fut assise près d'elle, serais-tu contente de voir la mer? »

La physionomie, ordinairement ennuyée, de la jeune fille s'illumina :

« Maman a donc le projet d'aller aux bains de mer cette année ?

— Non, ta mère, restera comme d'habitude, à Ablon ; c'est moi qui veux t'emmener, répondit Mme Coursan.

— Mère le permet? interrogea anxieusement Laurence.

— Oui, ma fille, répliqua assez froidement Mme Aubier, qui devinait la joie contenue de sa fille. »

Laurence se leva, alla embrasser sa marraine, puis sa mère.

« Que je vous remercie toutes deux ! » dit-elle avec un véritable élan de joie.

II

Le jour du départ, fixé par Mme Coursan, était arrivé. Pendant que Laurence achevait ses préparatifs, sa mère lui disait :

« Tu sais, Laurence, que j'ai horreur du désœuvrement : tu vas emporter de l'ouvrage là-bas, je te donnerai une tâche, et il faudra qu'elle soit faite quand tu reviendras.

— Oui, mère, répliqua Laurence avec la docilité d'une petite fille.

— Tu me rapporteras cette chaise-là complètement terminée, reprit Mme Aubier, en roulant une tapisserie. Tu m'entends, Laurence.

— Oui, mère.

— Je mets ici, au fond de ta chapelière, ton album à dessins. Ne sors jamais sans lui, et au lieu de rester, comme tant de gens, le regard perdu dans le vague, dessine quelque chose.

— C'est peut-être un bien grand sujet d'étude pour moi, la mer? observa Laurence.

— On trouve toujours des petits motifs : une barque échouée sur la grève, un pêcheur avec son filet, une ramasseuse de moules. Enfin, il faut que ton album soit rempli quand tu reviendras.

— Oui, mère.

— Je vais encore placer, dans ce coin, deux carrés de guipure sur filet : tu les broderas.

— Bien, mère.

— Tu m'écriras tous les jours.

— Je vous le promets. »

Ayant ainsi préparé des occupations à sa fille, Mme Aubier fut plus tranquille.

Elle n'avait pas à s'inquiéter, pourtant. La marraine de Laurence, femme d'une haute raison, n'avait, en fait d'éducation que des idées parfaitement sages ; oui, mais, par cela même, tout opposées à celles de Mme Aubier.

Celle-ci encourageait chez sa fille le goût du luxe et des parures ; elle essayait de l'occuper avec des chiffons. Elle ne lui permettait guère d'autre lecture que celle de son Journal de modes, et quand Laurence se plaignait de sa sévérité à cet égard, elle lui disait : « Quand tu seras mariée, tu liras tout ce que tu voudras. »

La littérature du Journal de modes de Laurence n'avait assurément rien de dangereux pour le cœur ; si elle était incapable d'élever l'esprit, du moins elle ne montait pas l'imagination. Le beau malheur quand Laurence aurait rêvé de dentelles, de faille, de peluche et de satin merveilleux, puisque, devant avoir un mari riche, elle aurait toujours assez d'argent pour se passer ses fantaisies ! Tandis que le bonheur, dont rêvent si facilement les jeunes âmes, ne se trouve point dans les magasins, comme les jolis chapeaux et les belles robes ; on ne l'achète à aucun prix.

L. Mussat.

— La fin au prochain numéro. —

JEHAN VAN EYK A CAMBRAY

—

(Voir pages 676 et 700.)

III

PRINTEMPS DU NORD

« On était au joli mois d'avril... il faisait si beau temps et si souef que c'étoit grand plaisir que d'être aux champs. »
(FROISSART, livre III.)

En Cambrésis, le printemps n'éclate pas rapidement comme dans les contrées du Midi. Il vient pas à pas, entremêlé de giboulées et de jours froids, et les herbes et les fleurs, de même que les bourgeons des arbres, n'éclosent que lentement sous les rayons voilés de brume d'un soleil incertain. Mais ces préludes hésitants n'en sont que plus attendus, plus attentivement guettés, et le premier perce-neige, la première violette, sont cherchés comme on cherche un trésor.

Les touffes de violettes qui fleurissaient à la fenêtre de Marguerite avaient été prises par elle l'année précédente sur les bords de la belle source que l'on nommait la fontaine Saint-Benoît. La jeune fille souhaitait y retourner cette fois pour en rapporter quelques plants de primevères. Dame Guillemette, qui prenait plus de plaisir à ranger son logis qu'à voir les champs, eût bien préféré rester à la maison pour serrer sa vaisselle et les reliefs du festin, et replier sa belle nappe damassée. Mais Aldegonde lui dit : « Je prendrai soin de tout, madame, ne vous inquiétez pas. Il faut promener mademoiselle. Pensez donc! depuis les fêtes de Toussaint, elle n'est pas sortie de la ville, cette enfant!

— C'est vrai! dit Guillemette. Allons, ma fillette, va mettre ta cape et descends-moi la mienne. »

Et quelques minutes après, la mère et la fille sortirent de Cambrai par la porte de Saint-Sépulcre.

Deux vieilles filles de leur connaissance, Mlles Saturnine et Rotrude Delanoise les rencontrèrent et leur proposèrent de faire route ensemble. On les avait surnommées Dispute et Querelle, parce que ces deux estimables sœurs, qui ne se quittaient jamais et s'aimaient beaucoup, au fond, avaient l'habitude de se contredire perpétuellement.

A peine furent-elles en marche, l'une à droite, l'autre à gauche de dame Guillemette, que Mlle Dispute lui dit :

« Ma bonne voisine, il fait grand chaud. Pourquoi n'ôterions-nous pas nos capes pour marcher? il sera temps de les remettre quand nous nous assoirons auprès de la fontaine.

— Quelle idée! s'écria Querelle : qu'il fasse plus ou moins chaud, qu'importe? Des personnes de notre âge ne peuvent décemment se promener en « corps gentil » comme des jouvencelles.

— Partageons le différend, dit Guillemette ; faites comme moi : je vais déboutonner ma cape et la porter ouverte et flottante au vent.

— C'est parfait, dit Querelle.

— Mais non, mais non! s'écria Dispute, vous aurez tout aussi chaud et cela vous donnera l'air d'une « évaltonnée ».

— Maman, dit Marguerite qui marchait en avant et s'arrêta pour attendre sa mère, maman, me permettez-vous d'ôter ma cape?

— Donne-la moi, fillette, et cueille des fleurs tout à ton aise », dit la bonne mère.

Et, tout en écoutant à demi le caquetage de ses voisines, elle suivait de l'œil tous les mouvements de sa fille.

Selon la gracieuse mode d'alors, les cheveux de Marguerite flottaient sur ses épaules, relevés autour de son front par un petit rouleau de velours noir formant couronne. Elle avait une gorgerette de toile fine, blanche comme la neige, et sa robe de drap d'un vert foncé dessinait ses formes sveltes. Elle marchait souple et légère sur les marges de gazon et de petit trèfle du sentier que sa mère avait choisi, et, tout en cheminant, chantait à demi-voix, et cueillait tantôt une primevère, tantôt une violette.

« Marguerite grandit beaucoup et sera pour sûr une très belle femme, dit l'aînée des deux sœurs.

— Oh! pour sûr, elle n'atteindra pas la taille de sa mère, s'empressa de dire la cadette. Voyez comme elle a les mains et les pieds petits. Elle a fini de croître, et c'est bien tant mieux. Les trop grandes filles sont difficiles à marier, et restent souvent pour compte à leurs parents, comme vous, ma sœur.

— Dirait-on pas que je n'ai jamais été demandée en mariage! s'écria Querelle, rougissant de colère.

— Je suis témoin que si, » se hâta de dire Guillemette, espérant enrayer le débat; mais il reprit de plus belle et les deux sœurs, afin de se disputer plus à l'aise, ralentirent le pas.

Elle furent rejointes près de la chapelle Saint-Gilles par le vieux mulquinier Walerand Becquet, leur cousin, qui n'avait pas de plus grand plaisir que de les exciter au combat. Elles le prirent pour juge, et dame Guillemette, se hâtant de quitter ce groupe batailleur, pressa le pas et dit à sa fille : « Dépêchons-nous d'aller à la fontaine. Il se fait tard, et je ne veux pas manquer les vêpres. »

De nombreux promeneurs animaient la campagne, mais presque tous allaient à Provillo, où, ce jour-là, un concours avait lieu entre les différentes compagnies d'archers de Cambrai et des environs, et le bois qui entourait la fontaine Saint-Benoît était presque désert. Les chênes avaient encore leurs feuilles roussies par les gelées, l'épine noire et les noisetiers étaient en fleur, et sur les rameaux brunis des autres arbres de petites feuilles vertes et rouges se montraient déjà, et formaient comme un brouillard de verdure. Un parfum de violettes imprégnait l'air. Au-dessus de la fontaine au doux murmure, les Bénédictins de l'abbaye du Saint-Sépulcre avaient placé, dans une grotte construite par eux, une statue de leur saint patriarche. Saint Benoît, debout, une verge à la main, et le doigt sur ses lèvres, semblait dire : Silence! Mais les oiseaux chantaient, et les coqs de la villa de l'abbé du Saint-Sépulcre et ceux de la ferme du Plat-Farnières et des hameaux d'alentour se répondaient d'une voix éclatante et joyeuse.

Dame Guillemette s'assit auprès de la source, et Marguerite continua sa récolte de fleurs. Elle s'éloigna de quelques pas, et, arrivée dans une petite clairière constellée de pâquerettes, se mit à genoux pour les cueillir plus aisément. Tout à coup un homme vêtu de noir sortit du bois et s'approcha d'elle sans bruit. Le gazon amortissait le bruit de ses pas. Il l'appela : « Marguerite ! »

Elle tressaillit, tourna la tête, et reconnut Guillaume du Fay.

« Mon frère ! s'écria-t-elle ; vous m'avez fait presque peur. Voyez quel joli bouquet ! Aidez-moi, je vous prie, à le grossir encore. Coupez-moi une ou deux branches d'épine, et déplantez quelques touffes de pâquerettes pour le jardin de ma fenêtre.

— Je n'ai pas le temps, ma petite sœur : il faut que je retourne à la cathédrale pour chanter vêpres. Allons rejoindre maman et messire Van Eyk. »

Elle se leva, et vit que Van Eyk, à quelques pas d'elle, la regardait avec attention. Il la salua, et lui dit :

« Vous avez bon goût, mademoiselle, d'aimer à vous promener ici. Cette fontaine est charmante. Pourquoi l'appelle-t-on fontaine Saint-Benoît?

— Mon frère le sait mieux que moi, messire, dit la jeune fille, et, tout intimidée, elle alla prendre le bras de sa mère.

Ils se remirent en route pour Cambrai, et, chemin faisant, Guillaume du Fay raconta la légende de la fontaine à Jehan Van Eyk :

« Saint Liébert, dit-il, était évêque de Cambrai il y a plus de trois cents ans. Bien des années avant la première croisade, il partit pour la Terre sainte, suivi de trois mille pèlerins. Son voyage ne fut pas heureux. Il ne put aller plus loin que Laodicée, où il s'était embarqué pour la Palestine, et fut forcé de rentrer à cause de l'état de la mer et des persécutions des infidèles. Beaucoup de ses compagnons périrent en route, et il revint tristement à Cambrai. Le peuple acclama le retour du saint évêque et se porta en foule au-devant de lui. Il était maître absolu dans le Cambrésis, aimé et vénéré de tous, mais rien ne pouvait le consoler de n'avoir pu visiter le tombeau de Notre-Seigneur. Souvent il allait prier dans ce bois où nous sommes, et ses larmes coulaient en songeant à Sion. Or, un jour, étant en oraison, près de la fontaine, il vit descendre du ciel, sur un char entraîné par des chevaux ailés, le bienheureux saint Benoît, tenant à la main un plan dessiné. Saint Benoît vint à Liébert et lui dit : « Dieu veut que tu te consoles « de n'avoir pu visiter le saint Sépulcre en faisant élever « à Cambrai une église et un monastère qui porteront ce « nom : tu y appelleras mes fils, les moines bénédictins, « et je t'apporte du ciel et de la part de Dieu même le « plan du saint Tombeau, afin que tu en fasses construire « une représentation fidèle. »

« Il remit le dessin à Liébert, et la vision s'évanouit.

« Liébert construisit l'église, l'abbaye, et les dota richement, et il voulut que la source, près de laquelle il avait vu l'apparition, fût comprise dans le domaine de l'abbaye du Saint-Sépulcre. »

Guillaume ajouta encore d'autres détails, que Van Eyk semblait écouter, mais l'imagination du peintre lui représentait tout autre chose que les moines bénédictins et le bon saint Liébert. Il songeait à la miniature qu'il devait commencer le lendemain, à l'ornementation du cierge pascal, et la belle chevelure de Marguerite et l'attitude où il l'avait surprise dans la clairière aux pâquerettes, fixant ses incertitudes, le décidaient à représenter l'apparition du Christ à Madeleine en pendant à la rencontre des disciples d'Emmaüs. Il peignait en esprit, et ni les récits de Guillaume, ni les chants magnifiques de la maîtrise de Notre-Dame ne purent le distraire de la vision idéale qui le ravissait. Il fut tout pensif au souper, se retira de bonne heure, et s'éveilla souventes fois la nuit en s'impatientant de ce que l'aurore ne paraissait point.

Elle vint enfin, et, sitôt qu'une lueur rose teinta la croix dorée qui surmontait la flèche de la cathédrale, Jean Van Eyk disposa ses crayons et se mit à dessiner ses compositions sur une feuille de vélin.

IV

L'IMAGE ET LA CHANSON

> Dieu ! qu'il fait bon la regarder,
> La gracieuse, bonne et belle.
> (CHARLES D'ORLÉANS.)

Dès huit heures Van Eyk fut installé par les soins de Guillaume du Fay dans la chapelle de Sainte-Maxellende. Le cierge pascal, véritable colonne de cire ouvragée, y avait été déposé, ses dimensions ne permettant pas de le transporter dans une maison particulière. Une grande tapisserie fermait la chapelle, et deux panneaux enlevés au vitrail, qui représentaient la légende de sainte Maxellende, avaient été provisoirement remplacés par du verre blanc pour donner du jour au peintre. Van Eyk avait apporté ses plus belles couleurs, qu'il fabriquait lui-même avec son frère Hubert, et il eut bientôt tracé sur la base du cierge les deux sujets qu'il voulait y peindre et leurs fines ornementations.

Il travaillait sans relâche, et si Guillaume ou son ombre Simon ne fussent venus chaque jour l'avertir, en dépit du carillon de l'horloge, il eût régulièrement oublié l'heure du dîner. Van Eyk, du reste, avait tout à fait conquis les bonnes grâces de dame Guillemette. Elle était heureuse de lui rendre l'hospitalité qu'il avait donnée à Guillaume, deux ans auparavant. Elle disait à son fils : « Vous ne m'aviez pas dit encore assez de bien de ce peintre, mon fils. C'est vraiment le plus courtois et le plus aimable garçon que l'on puisse voir. Quand il s'en ira, nous serons tout esseulés. »

Simon Breton disait de même, et Marguerite le pensait. Elle aurait bien voulu aller à la cathédrale, et entrer dans la chapelle de Sainte-Maxellende pour voir les peintures de Van Eyk, mais elle n'osait le demander.

Un beau matin, elle était dans sa chambre, fort occupée à broder sur la chape destinée à messire Fairsy ce que l'on appelait alors la « *Coronation de Nostre Dame* », et, tout attentive à son ouvrage, n'avait pas entendu qu'on montait l'escalier. Gillonne entra mystérieusement, en cachant quelque chose dans son tablier, et lui dit à demi-voix : « Mademoiselle, devinez ce que j'ai trouvé dans la chambre du peintre brugeois?

— Je ne chercherai pas à le deviner, Gillonne, cela ne me regarde point. Vous êtes bien hardie d'oser entrer chez messire Van Eyk.

— Et si je n'y entrais, qui est-ce qui tiendrait sa chambre propre, mademoiselle? Son gros fainéant de valet n'arrive jamais qu'après midi, sous prétexte qu'il promène les chevaux, et il est à moitié ivre, trois jours sur quatre. D'ailleurs, est-ce ma faute si maître Van Eyk laisse traîner ses images? Regardez celle-ci qui était tombée derrière le bahut et que j'ai aperçue en passant mon répouroir sous le meuble. »

Elle posa une feuille de vélin sur le métier de Marguerite, et, d'un coup d'œil involontaire et rapide, la jeune fille se reconnut. Van Eyk de souvenir, l'avait représentée à genoux, les cheveux épars, et levant la tête comme si elle écoutait un appel.

Marguerite rougit et s'écria : « Allez vite remettre ce dessin où il était, Gillonne, et n'en parlez à personne.

— Oui-da ! et pourquoi non, mademoiselle? Tout au contraire, je le remettrai à maître Van Eyk dès qu'il rentrera de l'église, et j'y gagnerai six deniers parisis. Et voici comment : il cherchait partout ce matin, dans sa chambre, et du fond de la lingerie, où j'étais, je l'entendais ruchonner. Enfin il sortit et, me voyant sur son passage, il me dit : « Ma bonne, est-ce vous qui « balayez les chambres céans? oui ! Eh bien, n'auriez- « vous pas jeté ou brûlé un petit carré de vélin que « j'avais laissé sur le bahut?

« — Que non pas, fis-je ; jamais je ne ferais semblable « chose, messire. Le vélin est une marchandise trop « précieuse. Était-ce un papier à musique comme ceux « de mon jeune maître?

« — Non, qu'il me dit, mais c'était un dessin. Si vous « le retrouvez, ma fille, je vous donnerai six deniers « parisis. »

Là-dessus, je me mis à fureter partout, et enfin je trouvai l'image que voici. Ah ! je ne m'étonne pas qu'il y tienne ! c'est si bien votre portraiture !

— Mais non, Gillonne. C'est une sainte Madeleine. Voyez plutôt. Elle a une auréole, et là, ces quelques lignes confuses indiquent ce qu'elle regarde : Notre-Seigneur ressuscité.

— Ça n'empêche pas que c'est vous, cette belle échevelée. Ah ! mademoiselle Marguerite, je vous en fais mon compliment. Vous aurez pignon sur rue en la bonne ville de Bruges d'ici à Noël, pour sûr.

— Quelle sottise, Gillonne ! si les peintres étaient tenus d'épouser toutes les personnes dont ils copient le visage, ils auraient autant de femmes que le roi Salomon, dont messire Enguerrand parlait l'autre jour, et vous savez bien que cela n'était permis que du temps de l'ancienne loi.

— D'accord, mademoiselle, mais il y a autre chose. Plus de dix fois déjà, j'ai entendu maître Van Eyk fredonner une jolie chanson, en descendant ou en montant l'escalier. Je n'avais pu encore en distinguer les paroles, mais voilà qu'hier au soir, dans sa chambre, et prié par messire Breton, il l'a chantée deux fois tout entière, en s'accompagnant d'une viole d'amour. J'écoutais à la porte. Ah ! mademoiselle, la jolie chanson ! j'ai retenu le premier et le dernier couplet, à peu près. Cette chanson disait :

« La perle au fond des mers, la marguerite parmi « l'herbe de nos prairies, sont belles et parfaites. La « perle est incorruptible et dure comme le diamant, la « marguerite fragile et passagère, mais elle se ressème « et refleurit, toujours rayonnante et d'une blancheur « de neige.

« Les perles font la parure des reines, les marguerites l'ornement de nos champs et la joie de nos regards. Mais plus précieux et plus beau que les fleurs « est ton sourire, ô Marguerite, et l'œuvre de tes mains « virginales et inspirées. »

Cette chanson-là n'est pas un cantique à sainte Madeleine, je pense, mademoiselle.

— Non, Gillonne, mais elle a été faite pour Marguerite Van Eyk, la sœur de messire Jehan et de messire Hubert, j'en suis sûre.

— Pas moi ; d'abord la chanson est de maître Jehan lui-même : il l'a dit à messire Simon, et un frère n'a pas coutume de faire des chansons ainsi tournées pour sa sœur. Voyez plutôt : messire Guillaume compose trente-six musiques à l'année ; a-t-il jamais fait une chanson sur vous? et pourtant il vous aime de tout son cœur, ce cher saint homme. Moi je vous dis que le maître flamand prendra femme à Cambrai, rue de l'Arbre-à-Poires, et que ce sera pain bénit, et que ce jour-là je danserai sur mon bonnet.

— Heureusement pour votre bonnet, Gillonne, cela ne sera pas. Laissez-moi : vos sornettes m'ennuient. »

Gillonne s'en alla, mais en franchissant le seuil elle se retourna et dit : « Cela pourrait bien être tout de même, mademoiselle, on a vu arriver des choses bien plus extraordinaires. Enfin, souvenez-vous que c'est moi qui vous aurai prédit la première que vous deviendriez Mme Van Eyk.

— Vous n'êtes qu'une folle ! s'écria Marguerite. » Elle s'élança et ferma sa porte, mais Gillonne était déjà loin.

En sortant de la chambre de Marguerite, Gillonne alla montrer le dessin de Van Eyk à dame Guillemette. Là encore elle fut rembarrée, mais par d'autres arguments :

« Marguerite est bien trop jeune pour que l'on pense à l'épouser, dit Guillemette. Je me suis mariée à vingt-trois ans, moi, et c'était encore trop tôt, tant j'ai eu de peines et de chagrins. Un mari presque toujours malade, six enfants morts au berceau, une maison à conduire seule, puisqu'à trente-cinq ans j'étais veuve... Dieu veuille que Marguerite se marie tard ! le seul bon temps de la vie, c'est celui des jeunes filles. Surtout, Gillonne, pas un mot de cela, pas un mot à personne, ou je vous renvoie sans miséricorde. »

Gillonne promit d'être discrète, et de ce pas reporta le dessin dans la chambre du peintre. A midi, elle eut la récompense promise, et ne dit rien à Aldegonde, qu'elle boudait depuis huit jours, et qui, pour sûr, l'eût vertement tancée.

Le dimanche suivant fut un jour de repos complet pour dame Guillemette. La corporation des imagiers et sculpteurs de Cambrai offrit un festin à Jehan Van Eyk, à l'auberge de Dunkerque, située tout près du logis de Guillaume du Fay. Guillaume et son ombre y furent invités; dame Guillemette donna congé pour la journée à ses servantes, et s'en alla dîner chez sa fermière du moulin du Fay, non loin de Cantimpré. Elle eut le plaisir d'y voir trois couvées écloses dans la semaine et un nouveau coq apporté de la Campine, presque aussi beau de plumage que les faisans de l'Évêque. Il y avait aussi de jolis agneaux dont Marguerite s'amusa beaucoup.

Tandis qu'elle jouait avec eux sur le pré, sa mère, assise au seuil près de la vieille fermière, la regardait et se disait : « Après tout, messire Van Eyk est bien jeune aussi. Pourquoi n'attendrait-il pas quelques années? Jamais dans son pays il ne saurait trouver mieux que ma fille. »

Toutes les mères sont ainsi, et toutes, on le sait, n'ont pas la prudence de dame Guillemette, qui, en femme sage et avisée, ne parlait jamais de mariage devant Marguerite ; mais toutes, même parmi celles qui ont été les plus éprouvées, toutes rêvent pour leurs filles de beaux mariages, un bonheur complet, des jours tissus d'or et de soie... Pauvres mères !

JULIE LAVERGNE.

— La suite au prochain numéro. —

LE GRILLON ET LE PAPILLON

—

FABLE

—

Grimpé, près de son trou, sur un frêle brin d'herbe
Qui pliait sous le poids de son corps, un grillon
Sonnait son petit carillon.
Quelques rares épis échappés à la gerbe
Suffisaient à sa faim; son modeste sillon,
Vaste pour ses désirs, lui semblait tout un monde;
Bref, il était heureux. Un léger papillon
Qui promenait par là son humeur vagabonde,
Lui dit : « Comme vous êtes gai!
Le ciel vous a donc prodigué
De tous les biens la jouissance ;
Cependant, si j'en crois mes yeux,
Votre monotone existence
Ne doit pas faire d'envieux.
Voyez: moi qui, pressé de vivre,
A tous les calices m'enivre,
Et voltige de fleur en fleur,

Je n'ai pu jusqu'ici rencontrer le bonheur.
— Ami, dit le grillon à l'insecte volage,
Sachez que le bonheur n'est pas dans les plaisirs.
Se contenter de peu, modérer ses désirs,
Voilà, pour être heureux, tout le secret du sage. »

L'ABBÉ LAMONTAGNE.

CHRONIQUE

—

Les « plaisirs du carnaval » sont commencés, disent dans leurs réclames les industriels qui ont intérêt à égayer le public; — pour ma part, je ne suis nullement ennemi du carnaval et des amusements qu'il m'apporte dans de petites réunions de parents ou d'amis; mais je ne connais guère, je l'avoue humblement, les plaisirs que je vois annoncer par des affiches sur nos murs ou par des réclames à la quatrième page des journaux.

Je douterais même qu'il y eût encore des provinciaux assez naïfs pour croire à la légende du bal de l'Opéra, à sa joyeuse folie, à ses élégantes surprises, si, pas plus tard que cet après-midi, je n'avais rencontré un de mes vieux amis, notaire dans un chef-lieu de canton du Finistère.

Je lui voyais un visage assombri, les yeux fatigués, le teint jaune :

« Qu'avez-vous donc, mon cher ? lui demandai-je. Êtes-vous malade ?

— Nullement, mais la fantaisie m'a pris d'aller au bal de l'Opéra.

— Comment, m'écriai-je en riant, à votre âge! Un tabellion qui frise la cinquantaine...

— Oh ! ne me grondez pas ; je suis allé à l'Opéra en homme sage : je voulais passer là une demi-heure ; je m'imaginais que la foule des masques, des centaines de costumes bariolés, chamarrés, sautant au son d'une musique entraînante dans le splendide édifice construit par Garnier, devait présenter un spectacle brillant et presque féerique...

— Eh bien ?

— Eh bien, je n'ai presque pas vu de masques ; et, en revanche, je n'ai pu admirer la salle... Figurez-vous une épouvantable cohue d'habits noirs, comme dans un passage quand on est surpris par une pluie d'orage ; des gens qui vous poussent, des gens qui vous marchent sur les pieds, une chaleur asphyxiante et l'impossibilité à peu près absolue de circuler.

— Vous n'avez pas vu danser un de ces *galops* furibonds dont les dessins de Gavarni nous ont transmis le souvenir ?

— Non, je n'ai rien remarqué de furibond qu'un grand gaillard, déguisé en pompier, et qui était évidemment payé pour faire de grands gestes ; en passant à côté de moi, il m'a écrasé mon chapeau d'un coup de poing, en criant d'une voix de rogomme : « Gare donc, vieux mufle ! » Tout le monde a ri ; c'est même la seule fois que j'aie vu rire dans ce bal.

« La demi-heure de plaisir que je m'étais accordée était passée depuis deux heures au moins, quand, après des efforts désespérés, je parvins à regagner la porte. Enfin, j'arrivai au vestiaire et je réclamai mon pardessus; après un combat obstiné pour me tenir sur place, on me remit un vieux châle de tartan, dont je dus me contenter, poussé dehors par la foule.

« Il tombait une pluie glaciale; il était trois heures du matin; j'étais harassé; pas de voiture à ma portée, je me réfugie dans un des meilleurs restaurants du boulevard et je demande à souper.

« Les garçons me répondent à peine. Enfin, j'attrape une tranche de jambon dans un petit pain; on me demande dix francs. Je veux payer pour m'enfuir au plus vite : plus de porte-monnaie ! Il a disparu pendant que j'étais à la recherche de mon paletot. On me mène au comptoir, où je m'explique et où l'on daigne recevoir ma montre en gage; je rentre chez moi, transi, meurtri, enrhumé, volé... Et voilà les plaisirs du bal de l'Opéra, — pour les gens sages, — en l'an de grâce 1882... Eh bien, quand je raconterai cela en Bretagne, on ne me croira pas, on m'appellera hypocrite, et si quelqu'un de mes compatriotes vient à Paris, cet hiver, il lui faudra aussi pareille épreuve avant d'être désillusionné. »

Et mon brave notaire avait raison : il y a ainsi à la douzaine des gens candides qui veulent avoir été, une fois en leur vie, au bal de l'Opéra, et pouvoir dire qu'ils ont soupé après.

C'est évidemment pour répondre à ce besoin d'*idéal* qu'un restaurateur du quartier de l'Opéra a imaginé des soupers à prix fixe dont l'annonce seule me rend tout rêveur.

Il est impossible de souper dans le voisinage de l'Opéra, d'une façon confortable, à moins d'une quinzaine de francs par personne.

L'industriel en question offre des soupers ainsi composés : une douzaine d'huîtres, un hors-d'œuvre, un plat de viande, dessert, vin, — le tout pour *trois francs !*

Si l'on réfléchit qu'une douzaine d'huîtres fraîches et grasses coûte généralement de 1 fr. 80 à 2 fr. ou 2 fr. 50 c., il faut convenir que cet homme-là fait des miracles d'économie ou que ses huîtres sont des mollusques antédiluviens qui ont pris, pour la circonstance, un faux nez de marennes ou d'ostendes.

Trompe-t-il sa clientèle ou l'empoisonne-t-il ? Triche-t-il sur la quantité ou sur la qualité ? Est-il un imitateur de Locuste, de Lucrèce Borgia, de la Brinvilliers, de Castaing et de la Pommerays ? Nullement ; il donne au contraire à ceux qui viennent chez lui la jouissance qu'ils tiennent le plus à savourer, — une jouissance d'amour-propre.

Le petit commis ou le jeune clerc d'huissier, qui possédait en tout une somme de dix-sept francs cinquante pour entrer au bal, acheter des gants et louer un habit encore tout imprégné des aromes de la benzine, pourra dire le lendemain, d'un ton d'orgueilleuse satisfaction : « Beaucoup de monde hier à l'Opéra... Charmante soirée !... Et j'ai admirablement soupé en sortant. » Il en a donc pour son argent et au delà !

Si par hasard le souper à trois francs l'a mis dans la nécessité d'implorer vers, cinq heures du matin, une tasse de thé, ou même une vulgaire infusion de camomille chez sa concierge, — oh ! alors, c'est un homme posé... à ses propres yeux. Il n'a pas seulement goûté les « plaisirs du carnaval », il sait à présent ce que c'est que « la folle orgie !!! »

Argus.

Toute réclamation, toute indication de changement d'adresse, toute demande de renouvellement, doivent être accompagnées d'une bande du journal imprimée et envoyées franco à M. Victor Lecoffre.

Abonnement, du 1er avril ou du 1er octobre ; pour la France : un an, 10 f. ; 6 mois, 6 f. ; le n° au bureau, 20 c. ; par la poste, 25 c.
Les volumes commencent le 1er avril. — LA SEMAINE DES FAMILLES paraît tous les samedis.

VICTOR LECOFFRE, ÉDITEUR, RUE BONAPARTE, 90, A PARIS. — Imp. de la Soc. de Typ. - Noizette, 8, r. Campagne-Première, Paris.

Un pont indien sur le fleuve des Amazones.

SUR LES RIVES DE L'AMAZONE

I

« Quel beau sermon que ce fleuve et ces forêts! » s'écriait un vieux missionnaire à la vue du fleuve des Amazones et des forêts vierges qui l'enveloppent de toutes parts.

Il avait trouvé, dans ce fleuve, le plus grand de la terre, qui reçoit deux cents affluents durant son parcours de cinq mille kilomètres, et dont l'embouchure est vaste comme une mer; dans cet énorme volume d'eau, dont le courant est si rapide et si fort, qu'il emporte le sol de ses rives et de ses îles, entraîne des prairies flottantes, arrache des arbres et les charrie comme de longs radeaux; dans le murmure et l'harmonie de ces flots, dans le tumulte de ces cascades, de ces rapides ou *pongos*, de ces *furos*, étroits et violents canaux s'engouffrant entre les îles; dans le bruit terrible de ces lames gigantesques qui se forment devant l'embouchure et remontent la rivière dans toute sa largeur, en brisant tout ce qui ose leur résister,—phénomène que nous appelons la *barre* ou le *flot* ou le *mascaret*, et que les indigènes nomment *pororoca*, — il avait trouvé, en tout cela, une splendide mise en scène de ce mot des saints Livres : Fleuves, bénissez le Seigneur : *Benedicite, flumina, Domino.*

Et lui, il avait tout quitté, il était venu sur ces rives étrangères uniquement pour faire bénir le Seigneur. Et il y entendait un sermon plus beau, lui semblait-il, que tous les siens.

Et les forêts prêchaient aussi comme le fleuve. « D'un mot, le missionnaire essayait de faire comprendre leur sublime beauté, — dit un écrivain qui parle de ce spectacle non pas seulement en écrivain, mais en véritable spectateur.

« D'un seul mot, en effet, pour qui a des souvenirs, il peignait ces immenses arcades formées par les vinhaticos, joignant à quatre-vingts pieds leurs branches robustes, comme les ogives de nos cathédrales s'entrelacent dans leur sublime régularité. D'un mot il peignait ces lianes verdâtres entourant dans leurs spirales quelque vieux tronc de sapoucaya, ainsi qu'un serpent qui se tiendrait immobile comme le serpent des Hébreux attaché à sa colonne d'airain. D'un mot il peignait encore ces aloès, coupe du temple, qui ouvrent à l'extrémité des jaquétibas leurs calices immenses de verdure, prêts à recevoir la rosée du ciel; puis ces candélabres de cactus qu'un rayon de soleil vient quelquefois dorer, et qui se parent d'une grande fleur rouge comme d'un feu solitaire; puis ces guirlandes d'épidendrum se balançant au souffle des vents et fuyant l'obscurité des forêts pour jeter leurs fleurs au-dessus du temple; puis ces bignonias, guirlandes éphémères qui forment mille festons. Il disait aussi, le vieux moine, ce cri majestueux du guariba, dont le silence est interrompu vers le soir, et qui se prolonge comme la psalmodie d'un chœur, tandis que le ferrador, jetant par intervalles un cri sonore, imite la voix vibrante qui marque les heures dans nos cathédrales (1). »

Tout cela est vrai, mais ce n'est qu'un côté de la vérité.

La nature est resplendissante. La poésie coule à pleins bords avec ces eaux limpides, s'élève embaumée avec le parfum de ces fleurs étranges et l'arome indéfini des forêts.

« Mais, dit l'auteur que nous avons déjà cité, l'industrie n'a rien fait encore où la nature a tout fait. » On sent que l'homme n'a point soumis la terre. Enchanteresse la vie idéale, pénibles au delà de toute idée les conditions matérielles.

Ce fleuve magnifique, ces rivières gracieuses qui viennent le rejoindre en courant de forêts en forêts, ces voies naturelles, si faciles en apparence, présentent mille et mille dangers. Des fièvres meurtrières règnent sur la plupart de ces rives imposantes ou ravissantes. Renversés, les arbres gigantesques interrompent le cours du fleuve. Les rapides presque à fleur d'eau ne sont franchis qu'au prix d'incroyables efforts. Les chutes plus considérables obligent le voyageur au portage des embarcations, et le contraignent, en plus d'un endroit, à l'abandon de ses canots et même de ses bagages, s'il n'est assez fort pour les charger sur ses épaules ou assez chanceux pour trouver des Indiens disposés à prendre le fardeau.

Il faut en convenir, la tâche n'est pas séduisante, pour peu surtout que l'on ait besoin de passer d'une rive à l'autre. Heureux doit-on s'estimer encore, si l'on n'est pas obligé de franchir des lieues pour rencontrer un pont de troncs d'arbres qui se réunissent et s'élèvent de façon à donner le vertige, ou de lianes qui se balancent de façon à donner le mal de mer.

Le pont de troncs d'arbres, nous l'avons ici devant les yeux. Il suffit de le regarder pour savoir jusqu'à quel point on se sentirait disposé à le franchir.

Quant à l'autre sorte de pont indien, le pont de lianes, il résume à merveille les deux aspects sous lesquels nous sont déjà apparues les rives de l'Amazone : poésie ravissante, et abominable situation matérielle.

« A moins d'avoir parcouru ces forêts équinoxiales,— dit encore l'auteur du *Brésil*, — il est impossible d'imaginer l'aspect sauvage et grandiose que donnent certaines lianes aux paysages. Variées à l'infini dans leur port, dans leur feuillage, dans la manière dont elles vont jeter capricieusement leurs bras gigantesques au milieu des arbres séculaires que leur étreinte fait quelquefois mourir; interrompues souvent dans leur croissance par des rochers qu'elles recouvrent de fleurs, pour aller se jouer au sommet des plus grands arbres avant de redescendre en longs filaments, par-

1. Ferdinand Denis, *le Brésil*. Firmin-Didot.

tout elles offrent l'aspect le plus bizarre et presque toujours une végétation pleine d'élégance. Quelquefois, quand ces lianes, ou, comme on les appelle au Brésil, ces *cipos* gigantesques, croissent au bord du fleuve, et quand un vinhatico robuste leur sert de soutien, l'industrie du colon tresse ces grands rameaux flexibles, elle leur fait décrire une courbe immense au-dessus des eaux, et bientôt le chasseur s'y balance d'un pied assuré. Un pont, dans ces contrées désertes, est un bienfait inattendu, qu'on doit à une famille isolée ou à une tribu sauvage, et que bénit toujours le voyageur (1). »

Il y avait bien, autrefois, un autre moyen encore pour traverser les rivières, mais je douterais fort qu'il nous eût agréé davantage.

Garcilasso de la Vega, qui eut l'avantage de le pratiquer, dans la seconde moitié du XVIe siècle, ne paraît pas en avoir gardé un souvenir enchanteur :

« Ils ont, — dit-il, en parlant précisément des Péruviens, habitants des rives de l'Amazone, — ils ont une invention fort plaisante, car ils prennent un faisceau de joncs de la grosseur d'un bœuf, qu'ils attachent le plus fortement possible, et le disposent de telle sorte que, depuis le milieu jusqu'au bout, il est fait en pointe, comme si c'était la proue d'une barque, afin de mieux couper l'eau.

« Pour conduire une de ces barques, il ne faut qu'un seul homme, qui se met au bout de la poupe et se laisse porter au fil de l'eau, ses bras et ses jambes lui servant de rames. Il est vrai que, si la rivière est impétueuse, il aborde cent ou deux cents pas plus bas que le lieu d'où il est parti.

« Quand ils passent quelqu'un, ils le font coucher tout de son long sur le bateau, la tête appuyée sur le batelier, qui lui recommande surtout de se tenir ferme aux cordes de la barque sans lever la tête ni ouvrir les yeux pour regarder.

« Je me souviens, ajoute Garcilasso, qu'un certain jour, à cause du soin extrême que se donnait le batelier pour m'empêcher de lever la tête et d'ouvrir les yeux, il me prit envie de faire l'un et l'autre ; car, étant fort jeune, je fus saisi d'une si grande peur, qu'il me semblait à tout moment que la terre s'élevait et que le ciel tombait. Comme je voulus donc voir s'il n'y avait pas là d'enchantement, ou si je n'étais point dans un nouveau monde, lorsque je jugeai à peu près que nous étions au milieu de la rivière, je levai la tête pour regarder l'eau. Et alors il me sembla véritablement que nous tombions du haut des nues, ce qui venait sans doute de ce que la tête me tournait à cause du grand courant de la rivière qui emportait le bateau avec une impétuosité prodigieuse. La peur, qui me saisit plus qu'auparavant, me fit fermer les yeux et avouer que le batelier avait raison de recommander à ceux qu'il passait de s'empêcher de les ouvrir. »

1. F. Denis, *loc. cit.*

On pouvait aussi traverser sur une espèce de radeau formé de grandes calebasses vides fixées l'une contre l'autre. Un Indien, nageant en avant, tirait l'embarcation et le passager, un autre les poussait par derrière.

Enfin, on organisait un bac... Le mot n'est-il pas un peu prétentieux, quand il s'agit d'une simple corbeille, glissant sur un câble tendu de l'un à l'autre bord ? Il paraît que chaque province envoyait tour à tour des hommes chargés de passer gratuitement les voyageurs. Singulière et touchante sollicitude, indiquant des habitudes hospitalières, remarque un auteur, et rappelant la bienveillance des Orientaux pour l'étranger qui passe et demande assistance...

Très touchant, je le veux bien ; mais je me demande ce qu'il aurait fallu préférer encore, de ces moyens, ou de notre pont indien.

II

Or, parmi les voyageurs qui parcoururent les rives de l'Amazone, il en est quelques-uns, des plus célèbres, pour lesquels, je le suppose, l'impression dominante ne dut pas être une poétique admiration.

Plus de deux siècles les séparent. Leurs temps sont différents, leurs mobiles bien davantage : d'un côté, l'ambition, l'avidité ; de l'autre, uniquement l'affection.

Depuis trente ans au moins, l'embouchure du grand fleuve que les Espagnols nommèrent le Marañon (1) avait été découverte par Vincent Yanez Pinzon, le compagnon de Christophe Colomb, et l'on ne savait point encore d'où venaient ces eaux, ni quelle était la région qu'elles arrosaient. Préoccupé d'une pensée qui s'était emparée de Colomb lui-même, Pinzon croyait avoir navigué au delà des bouches du Gange. La question ne s'était guère éclaircie davantage, lorsque Gonzalez Pizarre, — le frère de François Pizarre, *inventeur* et conquérant du Pérou, — devint gouverneur de la province de Quito (2).

L'enthousiasme, l'avidité surtout, étaient alors surexcités par les récits quasi fabuleux sur la cité d'or de la Guyane, la *Manoa del Dorado*. Gonzalez Pizarre entendit raconter qu'une autre cité non moins merveilleuse, un autre *El Dorado* existait dans les vallées de l'intérieur. Ses habitants, assurait-on, ne marchaient jamais au combat qu'avec des cuirasses en or.

Là-dessus, une expédition fut décidée ; il s'agissait de découvrir à tout prix « la cité aux armures d'or ».

Au mois de décembre 1539, Gonzalez emmena avec lui trois à quatre cents Espagnols, tant cavaliers que fantassins, quatre mille Indiens, des troupeaux destinés à nourrir la petite armée dans les vastes solitudes où elle devait pénétrer.

1. Le fleuve des Amazones a été nommé, en espagnol, *Maranon* ou *Maragnon* ; en portugais, *Maranhao* ou *Maranham*, ou *Rio dos Solimoes* (rivière des saumons).

2. Pour tout ce chapitre, voir *le Brésil*, déjà cité ; *le Pérou*, par M. Lacroix.

Bientôt la plupart des Indiens périrent de froid et de fatigue, et il fallut abandonner les troupeaux. Une pluie torrentielle dura deux mois sans interruption. Puis on se vit aux prises avec la famine : ces contrées absolument désertes, ou habitées par des peuplades sauvages et hostiles, ne pouvaient fournir assez de vivres. Des bois impénétrables, des marais profonds, arrêtaient la marche : il fallait tantôt s'enfoncer dans l'eau, tantôt abattre les arbres. Les fatigues étaient sans réparation, et les travaux sans relâche.

Cependant, à cent lieues de Quito, dans la vallée de Zumaque, Gonzalez Pizarre avait reçu un renfort qu'il estimait précieux, moins par le nombre des hommes que par la valeur de leur chef. C'étaient une cinquantaine de cavaliers, ayant à leur tête un hardi capitaine, Francisco d'Orellana. Ce nouveau venu reçut le titre de lieunant général.

Ce fut avec ce renfort que l'on arriva sur les bords du Rio Napo, l'un des plus grands affluents du Marañon. On se trouvait si mal sur la terre, que l'on fut aisément séduit par la pensée de tenter le sort par la voie des eaux. Pourtant cela semblait une idée folle : naviguer quand on n'a pas d'embarcation ! Il ne s'agissait, après tout, que d'en fabriquer une... Sur ce point, un historien contemporain a donné des détails qui méritent d'être connus, — car l'embarcation construite en des conditions si étranges devait être la première à reconnaître le cours de ce fleuve, grande artère de l'Amérique méridionale. Grâce à elle, cette mer d'eau douce, comme on disait alors, allait s'inscrire, avec un nom définitif, sur les pages de l'histoire et de la science géographique.

« Il leur fallut, — raconte donc Augustin de Zarate, — bâtir des fourneaux pour y faire chauffer le fer dont ils avaient besoin, afin de le mettre en œuvre. Ils se servirent des fers des chevaux morts, parce qu'ils n'en avaient point d'autre, et ils furent aussi obligés d'accommoder des fourneaux pour y faire du charbon. Gonzalez Pizarre obligeait tout le monde, sans distinction, à travailler ; et pour donner exemple et courage aux autres, il travaillait aussi lui-même de la hache et du marteau. Au lieu de poix et de goudron, ils se servirent d'une gomme qui distillait de quelques arbres, et au lieu d'étoupes et de filasse, ils employèrent les vieilles mantes des Indiens et les chemises usées et pourries des Espagnols, chacun contribuant de tout son pouvoir à avancer l'ouvrage (1). »

L'embarcation terminée, Gonzalez y fit monter cinquante soldats, y chargea une quantité d'or et d'émeraudes, — richesses arrachées sans doute aux Indiens qu'il avait trouvés sur son passage, — et il confia le commandement à Francisco d'Orellana, avec ordre d'aller l'attendre, lui et ses compagnons, au confluent de la rivière.

1. Augustin de Zarate, *Histoire de la découverte et de la conquête du Pérou.*

Mais quand Pizarre, ayant pris, avec sa troupe décimée, la voie de terre, arriva au rendez-vous, il ne trouva point le bâtiment qui lui avait coûté tant de labeurs. Vainement il attendit, croyant à un retard. La vérité lui apparut tout entière, quand il trouva, jetés impitoyablement sur le rivage, sans provisions et sans moyens de défense, Gaspard de Carvajal et Hernando Sanchez de Varga. Le dominicain et le gentilhomme expiaient ainsi leurs tentatives pour faire entendre au commandant de l'embarcation la voix de la religion, de l'honneur, ou tout au moins de la pitié. Orellana, dépositaire sans foi, camarade sans cœur et sans entrailles, mais intrépide et intelligent explorateur, avait abandonné au sort le plus horrible tout le reste de la troupe et le chef lui-même, pour suivre le cours du grand fleuve dans l'espérance de parvenir à l'Océan.

Il y parvint, en effet, après dix-huit mois d'une navigation dont les difficultés et les dangers rempliraient un volume. Ainsi avait-il résolu l'un des plus grands problèmes géographiques : on savait désormais que le grand fleuve, coulant de l'ouest à l'est, ouvrait une communication entre les deux mers. Il alla porter cette solution au roi d'Espagne, avec l'or et les émeraudes de Pizarre.

Et il y porta aussi un nom pour le fleuve, son fleuve à lui.

Obligé souvent de descendre à terre, tantôt pour se procurer des vivres, tantôt pour réparer son embarcation, une fois même pour la renouveler, il avait soutenu, entre autres, un combat contre des femmes guerrières. Était-ce vraiment un peuple d'Amazones ? Faut-il admettre seulement qu'un certain nombre de femmes luttaient côte à côte avec leurs époux, comme cela se voit encore aujourd'hui chez maintes peuplades ? Toujours est-il que l'idée la plus merveilleuse prévalut, et que le fleuve dont les rives avaient servi de théâtre à ce combat s'appela désormais le fleuve des Amazones, ou simplement l'Amazone.

Quant à Pizarre, après deux années d'efforts infructueux sur ces mêmes rives, il ramena quatre-vingts hommes dans son gouvernement de Quito (1). Tout le reste avait péri, par la convoitise des richesses et la trahison d'Orellana.

Qui le supposerait ! L'autre personnage qui entreprit, en 1769, la même expédition, qui rencontra de semblables dangers et qui les surmonta, — ce personnage était une femme, Mme Godin des Odonais.

Son histoire serait incroyable, si elle n'était garantie par La Condamine, qui en fut témoin pour ainsi dire, puisqu'il avait été envoyé au Pérou, avec Godin des Odonais et Bouguer, pour mesurer les degrés terrestres et déterminer la figure de la terre.

La courageuse et dévouée femme avait accompagné

1. Garcilasso de la Vega, *Commentaires royaux, avec l'histoire générale du Pérou.*

son mari dans cette mission. Elle séjourna d'abord à Quito. Après avoir mesuré les hauteurs des Cordillères, M. Godin fut obligé de se rendre sur les bords de l'autre Océan, et de mettre quinze cents lieues de terres inhabitées entre lui et la jeune épouse qui avait quitté sa patrie pour ne pas l'abandonner.

Par un fatal entraînement de circonstances, dix-neuf ans — oui, dix-neuf ans! — s'écoulèrent sans qu'il pût venir la rejoindre.

Alors ce fut elle qui partit.

Tous les compagnons de sa route succombèrent, — et, parmi eux, étaient ses frères et ses enfants.

Un jour, elle se trouva seule, seule dans ces déserts! Dangers inouïs! terreurs inexprimables dont elle devait, tout le reste de sa vie, garder l'empreinte!

Enfin de pauvres Indiens la sauvèrent par une touchante hospitalité. Elle put se rembarquer d'une manière à peu près sûre et relativement commode; elle rejoignait son mari, et, peu après, rentra avec lui en France.

« Mais quand, retirés paisiblement tous deux dans la terre qu'elle possédait à Saint-Amand, en Berry, on venait à parler de voyages, un frémissement involontaire s'emparait d'elle : il lui semblait entendre ces voix de la solitude, dont le calme qui l'entourait ne pouvait éteindre le retentissement sinistre.

« On rapporte aussi que, quand elle entrait dans un bois solitaire, une terreur muette la saisissait : — on pouvait lire dans ses regards l'histoire qu'elle ne raconta, dit-on, qu'une fois. »

Thérèse Alphonse Karr.

PENSER BEAUCOUP, RÊVER UN PEU

(Voir page 712.)

II (*Suite*).

Mme Coursan s'établit à Pourville avec sa filleule, dans une petite villa qui dominait l'Océan, mais le regardait d'un peu loin.

Laurence s'attacha tout de suite et très fortement à la mer, au premier regard, on peut dire. Elle passait des heures, sans désirer changer de place, à voir arriver les vagues, à écouter leur belle musique sauvage. Elle était étonnée elle-même du puissant attrait de cette masse d'eau. Par une vieille habitude, elle ne manquait pas d'emporter son album et son ouvrage, quand elle allait s'asseoir au bord de la falaise ou sur la plage, mais l'album, ou la tapisserie, s'échappait bientôt de ses mains, et elle se livrait entièrement à sa contemplation; Mme Coursan ne l'y arrachait point, au mépris de ses conventions avec Mme Aubier. La sage marraine savait bien que la jeune fille ne *rêvassait* pas. Le spectacle sublime de l'Océan n'enfante point de frivoles rêveries. Elle se disait que dans ce recueillement, Laurence, passée sans transition du travail mécanique d'un examen à une vie factice et fiévreuse, allait enfin apprendre à penser, et que son esprit acquerrait cette valeur originale qui manque toujours à ceux qui n'ont jamais pensé.

Vers le soir, Laurence, l'âme et les yeux pleins, mais non rassasiés de la mer, quittait à regret la falaise ou la plage pour revenir avec sa marraine dans leur petite villa. Après le dîner, les deux dames restaient chez elles.

Mme Coursan avait découvert dans une pauvre maison de Pourville,— elle avait le monopole de ces sortes de découvertes,— une femme de pêcheur, qu'un récent sinistre maritime avait laissée veuve avec trois enfants. La femme était courageuse, les enfants aussi; ceux-ci couraient en loques, sur la plage, pour recueillir des moules. Mme Coursan avait entrepris de les habiller de neuf de ses propres mains. C'était son ouvrage du soir. Laurence travaillait avec elle à ces vêtements un peu durs à coudre. Ses doigts délicats n'étaient pas habitués à de pareils travaux. Encore une chose que la marraine apprenait à sa filleule, la charité active et intelligente. D'autres fois, Mme Coursan faisait faire à Laurence une lecture propre à former son goût et à élever son esprit, par la valeur du style et de la pensée. Le plus souvent, tout en travaillant, elles causaient. La marraine semait dans le cœur de sa filleule de sérieuses idées pour son avenir de jeune femme. C'est ainsi qu'elle s'efforçait de corriger, par différents moyens, l'éducation à la fois utilitaire et frivole que Laurence avait reçue.

Depuis qu'elle vivait avec sa marraine, Laurence était devenue plus sérieuse et aussi plus jeune.

Elle avait des pensées à elle, et de véritables élans de jeunesse.

Par malheur Laurence, en écrivant un jour à sa mère, laissa échapper qu'elle venait de passer deux longues heures à rêver devant l'Océan.

Mme Aubier, effrayée, écrivit aussitôt à Mme Coursan une lettre pleine de reproches, qui commençait ainsi :

« Chère amie,

« Que m'écrit Laurence? qu'elle a rêvé *deux longues heures* devant la mer! Est-ce ainsi que vous respectez nos conventions? »

A ces reproches, Mme Coursan répondit :

« Eh bien, oui, chère Fanny, je laisse Laurence rêver devant l'Océan, et elle va peut-être se fiancer à lui un de ces jours, comme le doge de Venise se fiançait à l'Adriatique. Mais trêve de plaisanteries et causons sérieusement de votre fille, que je fais *penser* beaucoup, et que je laisse *rêver* un peu. En cela je suis ma devise.

« Vous avez fait donner à Laurence une bonne instruction, ce dont je vous loue sans restriction. Les connaissances qu'elle a acquises sont utiles, indispensables même, mais comme nourriture de l'esprit, elles sont l'équivalent du pain sec quotidien comme nourriture du corps, c'est-à-dire qu'elles sont bien insuffisantes. Elles sont incapables, à elles seules, de féconder l'esprit; il faut autre chose. Il y a beaucoup de femmes qui savent tout ce que Laurence sait, et qui s'ennuient seules ; elles ne pensent pas. A celles-là, il faut beaucoup de distractions, de bruit, de mouvement, et elles ne restent guère près des berceaux de leurs enfants.

« J'ignore ce que l'avenir réserve à ma chère filleule. Peut-être aura-t-elle, dans sa vie, des jours de maladie, de solitude. Alors, quand une jeune femme est lasse de remuer des chiffons ou de lire des romans mondains, et qu'elle ne trouve rien en elle-même, l'ennui la gagne, et l'ennui est mauvais conseiller; vous n'avez point songé à cela, mère très prudente ?

« Vous ne croyez pas dangereuses les idées de luxe que vous mettez dans la tête de votre fille. Pauvre femme, vous ne voyez donc pas tout le mal qu'elles causent ? Il arrive souvent qu'une jeune femme dont le mari est dans les affaires dépense beaucoup pour sa toilette et sa maison ; lui, de son côté, se donne des plaisirs ruineux; on s'endette sans y penser, et, un jour, pour faire face à une situation tendue, on se sert de l'argent confié : voilà comment le déshonneur entre dans les familles.

« Non, de nos jours, ce n'est pas le rêve qui est l'ennemi à combattre ; c'est la soif d'argent, le désir de jouir.

« Les femmes de ma génération rêvaient plus que celles de la vôtre. En étaient-elles moins bonnes mères, dites-moi ?

« Il fait bon quelquefois s'envoler dans le bleu, oublier les sévères réalités de la vie ; on reprend ensuite, avec des forces nouvelles, le fardeau de chaque jour, comme un écolier, après une récréation qui a reposé son esprit et dégourdi ses membres, s'applique mieux à son devoir.

« Et d'ailleurs quand on a toujours sagement dirigé l'esprit de ses filles, leurs rêveries ne sont que d'honnêtes fugues dans le pays bleu.

« Au revoir, chère Fanny, et merci encore une fois de m'avoir laissée emmener ma filleule. Propagez ma devise, s'il vous plaît :

« Penser beaucoup, rêver un peu. »

« ÉLISABETH COURSAN. »

Cette lettre ne changea point les idées de Mme Aubier ; elle n'eut d'autre résultat que d'empêcher Laurence de rester plus longtemps avec Mme Coursan. Comme si sa fille était en danger, Mme Aubier fit partir son mari pour aller la reprendre, au plus vite, à sa marraine Mais le mal était fait ; Laurence pratiquait l'effrayante devise.

III

A peine de retour à Paris, Mme Aubier n'eut plus qu'une préoccupation : marier sa fille le plus vite possible, et, dans ce but, elle fit agir la personne qui lui avait parlé d'un riche prétendant pour Laurence. Celui-ci était beaucoup plus âgé que la jeune fille, et il ne rachetait cette disproportion d'âge ni par les qualités de son cœur, ni par celles de son esprit. Il était riche, uniquement riche; c'était assez, c'était tout pour Mme Aubier, qui tenait que le vrai bonheur consiste à mener une vie luxueuse. Quant à s'assurer des sentiments de Laurence, elle n'y songeait pas ; la jeune fille était trop bien élevée pour s'opposer au choix de sa mère.

L'affaire semblait en bon chemin, lorsqu'une catastrophe terrible, inattendue, vint suspendre ces beaux projets et changer complètement la vie de Mme Aubier.

Un jour, on lui ramena le corps de son mari, qui venait de se tirer un coup de revolver dans la tête en sortant de la Bourse. La mort avait été instantanée. Il avait quitté la vie froidement, sans laisser un mot d'adieu à sa femme et à sa fille. Pour lui aussi l'argent était tout, et les hasards des jeux de bourse ayant englouti sa fortune ainsi que celle de sa femme, il n'avait pas eu la pensée de recommencer une vie de travail.

Dans ce double malheur, Mme Aubier fut surtout sensible à la perte de sa fortune. Ses sentiments religieux tout de surface, sa conscience faussée, sa manière mondaine de juger les choses, l'empêchèrent d'envisager le suicide de son mari avec la douleur profonde de Laurence. Elle admettait presque cette manière de se tirer d'une situation sans issue. Ne dit-on pas couramment d'un homme ruiné, perdu de dettes, déshonoré : « Il n'avait plus qu'à se tirer un coup de revolver. »

La première personne qu'on vit accourir dans la maison éprouvée fut Mme Coursan ; elle mit à la fois son cœur et sa bourse à la disposition de Mme Aubier, qui lui avait fait pourtant froide mine depuis son retour de Pourville. Aux jours du malheur, on reconnaît les amitiés sincères ; il n'y a pas de pierre de touche plus sûre.

Mme Aubier, cette femme essentiellement positive, demeurait sans force devant l'épreuve.

Après les premiers jours de deuil, Laurence avait envisagé courageusement la situation, et elle avait dit à sa mère :

« Nous allons renvoyer nos domestiques, prendre un appartement modeste, nous ferons nous-mêmes notre ménage, nos robes ; nous avons encore quelque argent pour attendre que j'aie trouvé à m'occuper, et d'ailleurs marraine est là, et je n'hésiterais pas à recourir à elle.

— Tu travaillerais ? fit Mme Aubier. J'espère bien que tu ne seras pas réduite à une pareille extrémité, ma pauvre enfant.

— Je n'envisage pas le travail de la même manière que vous, mère. Il me semble que c'est un des grand honneurs de la vie de gagner son pain. »

Laurence parlait hébreu à sa mère. Où avait-elle donc trouvé toutes ces idées singulières, cette jeune fille ? En elle-même peut-être.

Avec sa connaissance du monde, Mme Aubier craignait beaucoup que leur changement de fortune ne fît manquer le beau mariage de Laurence ; il lui tardait de s'en assurer. Dès que les convenances de son deuil le lui permirent, elle écrivit à la personne qui s'était chargée de conclure l'affaire ; elle en reçut une réponse embarrassée, pleine de circonlocutions, à travers lesquelles elle démêla que le prétendant de Laurence, craignant que le deuil de ces dames ne retardât son mariage, avait tourné ses vues ailleurs. Et puis, il ne voulait pas, après un pareil malheur, arracher la jeune fille à sa mère, livrer celle-ci à l'isolement. Oh ! le bon cœur !

« C'était bien facile de ne pas nous séparer ! » pensa Mme Aubier.

Elle avoua, un jour, à Mme Coursan qu'elle avait perdu l'espérance de voir Laurence faire un beau mariage.

Celle-ci en profita pour renouveler la demande de son neveu, qu'elle n'avait retardée que par convenance. Mme Aubier, n'ayant plus le droit de se montrer difficile, consentit à ce mariage, mais sans joie. Pourtant Henri Favrolles trouvait tout simple de ne pas la séparer de sa fille. Laurence, consultée, dit oui tout franchement ; la marraine s'y attendait, car elle avait lu dans le cœur de sa filleule, avant que celle-ci y lût elle-même. Cette union était faite pour plaire à une mère sérieuse ; les deux jeunes gens se connaissaient depuis l'enfance et s'étaient vus sans apprêt chez Mme Coursan, de sorte qu'ils n'avaient pas à redouter de surprise de caractère ; il y avait rapport d'âge entre eux, et leurs goûts sympathisaient.

Ce mariage se fit sans bruit, ce qui fut un grand crève-cœur pour Mme Aubier. Il y avait à peine une année, elle croyait bien que lorsque sa fille se marierait, on parlerait, dans les journaux qui ont cette spécialité, de la beauté, de la grâce de la jeune fiancée, et de sa toilette exquise.

Quant à la corbeille, qui était de très bon goût, madame Aubier ne la trouvait pas assez riche. Tout était tristesses pour elle dans cet heureux mariage. Henri Favrolles n'ayant pas, sauf Mme Coursan, des parents favorisés par la fortune, les cadeaux n'affluèrent pas. Au contraire, c'est lui qui envoya de quoi fêter son mariage à son vieil oncle du Dauphiné.

Une vie toute nouvelle commença pour Laurence. Pendant que son mari travaillait au dehors, elle s'occupait dans la maison, se plaisant à ces soins par la pensée qu'elle apportait ainsi sa part dans la communauté. Elle confectionnait elle-même ses robes, et était toujours très bien habillée. Mme Aubier sortait beaucoup, courant d'un magasin à l'autre pour acheter un brimborion. Laurence restait souvent seule, mais elle mettait trop bien en pratique la devise de sa marraine pour s'ennuyer en sa propre compagnie ; jamais elle ne s'était trouvée aussi heureuse que dans son intérieur calme et bien ordonné.

Quand l'été vint, Mme Coursan, qui n'avait fait à son neveu et à sa filleule qu'un cadeau de noces sans importance, leur disant : « Je me réserve pour plus tard, » donna une jolie somme aux jeunes mariés pour faire un voyage.

« Partez, mes enfants, leur dit-elle, allez secouer la poussière de Paris, allez rêver tous deux sur quelque plage. C'est si bon quand on est jeune ! Et puis c'est utile aussi. Henri reprendra avec plus de courage, après, sa vie renfermée de bureau et son travail aride, et Laurence, sa tâche, qui a bien son mérite aussi, de maîtresse de maison.

— Et vous marraine ? et vous mère ? interrogea Laurence.

— Nous, reprit vivement Mme Coursan, nous resterons ensemble. Vous partirez seuls. »

Décidément Mme Coursan était la meilleure et la plus sage des marraines.

Le jeune ménage s'en alla sur une plage tranquille, presque inconnue, où la mer était aussi belle qu'ailleurs, et faisait autant rêver.

Pour ceux qui désireraient suivre plus loin Laurence dans la vie, nous dirons simplement qu'elle fut une vraie mère. Voilà toute son histoire.

L. Mussat.

FIN

A TRAVERS BOIS ET PRAIRIES

JANVIER

Quand la neige est sur la plaine,
L'oiseau, n'osant plus la raser,
Voltige d'une aile incertaine
Sans savoir où se reposer. »

Les amateurs de courses au grand air sont tout aussi embarrassés que « l'oiseau » de M. de La Harpe, surtout s'ils se donnent, comme nous à nos promenades le but utile de recueillir les plantes médicinales.

Si nous ne cherchions que des fleurs, nous en pourrions encore trouver en ce mois de janvier, où la nature semble si complètement ensevelie dans le sommeil, car c'est en ce moment que s'épanouissent les chatons du *Corylus*, que vous connaissez mieux sans doute sous le nom de Coudrier et surtout sous celui de Noisetier.

Nous ne nous arrêterons pas à parler du *Corylus*, bien qu'il donne des fruits comestibles et que ces fruits fournissent une huile dont les propriétés sont analogues à celles de l'huile d'amandes douces ; nous dirons simplement qu'il appartient, ainsi que le chêne, le hêtre, le châtaignier, etc., à la famille des *Corylacées*, nommées aussi *Cupulifères* par Richard et Eudlicher, *Quercinées* de *quercus*, chêne par Jussieu et *Castanées* par Adanson.

Sous quelque nom qu'on la désigne, cette famille, composée de huit genres et d'environ deux cent trente-cinq espèces, est d'une grande importance eu égard à l'utilité des arbres qu'elle renferme. La châtaigne est en certaines contrées la base de la nourriture des habitants et le bois du châtaignier, bien qu'il soit facilement attaquable par les vers, est employé dans la construction.

Outre son bois, le hêtre, *fagus*, donne un fruit appelé faine duquel on extrait une huile comestible assez agréable. Quant au chêne, tout en lui nous est utile : son fruit, qui rend la chair des porcs qu'on en nourrit plus saine et plus savoureuse ; son bois, son écorce, dont on tire le tanin, et jusqu'aux produits morbides que fait naître sur les feuilles la piqûre du cynips. Ces excroissances, connues sous le nom de noix de galles, servaient autrefois à la fabrication de l'encre et sont encore employées pour la médecine vétérinaire et la teinture.

Nous retrouverons les *Corylacées* dans les excursions que nous allons commencer le mois prochain « A travers bois et prairies, » à la recherche des simples ; il est donc inutile pour aujourd'hui d'en préciser les caractères botaniques.

Avant de commencer notre campagne d'exploration, je pourrais vous imposer l'ennui de repasser un peu les principes généraux de la botanique ; je pourrais vous demander quels sont les divers modes d'inflorescence, les principales formes que peuvent affecter les feuilles, plus un petit aperçu de classification. Mais je ne veux pas vous ennuyer, au contraire, je veux vous distraire.

Aussi bien tout cela viendra-t-il en son temps, au cours de nos découvertes.

Je me bornerai donc, aujourd'hui, à vous donner rendez-vous pour le mois prochain.

LUCIEN ROUSSEL.

LA FEMME DE MON PÈRE

(Voir pages 586, 602, 612, 635, 650, 668, 674, 694 et 708.)

A Monsieur Lucien de Montigny, rue de Sèvres, Paris.

Vallières, le...

Que devenez-vous donc, mon cher Lucien ? Il nous semble qu'un siècle s'est déjà écoulé depuis votre dernière lettre. Vous êtes très occupé sans doute, mais si je réclame de vos nouvelles, c'est tout simplement parce que, malgré moi, je suis inquiète au sujet de votre santé. Dans le cas où mes craintes auraient quelque fondement, n'hésitez pas à nous écrire, je vous en prie.

Ici tout est pour le mieux, M. de Montigny prétend se trouver très bien de sa nouvelle vie; Il s'occupe beaucoup des semailles à faire. Il paraît que ses prairies artificielles seront superbes ; tout ce que je puis dire, c'est que je trouve ses blés déjà magnifiques. De véritables agronomes ne réussiraient pas mieux. Lorsque vous reviendrez à Vallières, prairies et grains seront à leur apogée, si des orages, comme malheureusement on en voit quelquefois, ne viennent pas détruire l'espoir des cultivateurs.

La vie est double en ce moment pour votre père, que, bien malgré lui, je vous assure, la politique dérange un peu de ses travaux champêtres.

Vous vous rappelez peut-être que, pendant votre dernier séjour en Normandie, il était question de la retraite de notre député. Cette retraite, aujourd'hui un fait accompli, ravive toutes les ambitions, soulève tous les partis. Quelques hommes appartenant à ce petit groupe demeuré fidèle au roi exilé, au drapeau proscrit, sont venus solliciter votre père de se mettre sur les rangs, et il a refusé. Ses motifs, nobles et dignes comme tout ce qui vient de lui, prennent leur source dans son attachement même à une cause qui n'a plus de partisans avoués pour qu'on essaye de la défendre hautement sans crainte d'être rappelé au silence. Puis, d'autres considérations tenant à une manière de voir qui n'est pas sans doute celle de notre époque, mais qu'on ne peut condamner puisqu'elle prend naissance dans un sentiment de profonde délicatesse, lui ont fait une loi de rester à l'écart.

En effet, M. de Montigny respecte trop ce qui est autorité reconnue, pour lui faire une opposition qu'il regarde comme inopportune. Il croirait commettre une grande faute d'exciter les prétentions d'un parti, qui, toutes légitimes qu'elles peuvent être, n'amèneraient d'autre résultat qu'un conflit regrettable entre gens appelés à s'occuper des intérêts du pays. Sotte taquinerie à l'adresse du souverain actuel.

D'un autre côté, vous n'ignorez pas, mon cher Lucien, que, si votre père reconnaît l'immense génie du simple soldat devenu si puissant qu'il se crut en droit de ceindre la couronne des Césars ; s'il trouve des paroles de sympathie pour ces princes de sang royal, se faisant les compagnons de la jeunesse française; s'il a eu des mots d'excuse en parlant de ces heures d'effervescence pendant lesquelles s'effondraient tous les pouvoirs; s'il s'est incliné devant les circonstances qui ramenaient sur le trône un Bonaparte, c'est que, dans sa grande âme, il juge les hommes et les choses sans passion, accordant à chacun la part de mérite qu'il est toujours juste de faire. Mais on ne doit pas induire de tout ceci que le sujet fidèle oublie un roi qui, pour être banni de son pays et dépossédé de sa couronne, n'en est que plus sacré. Pénétré de ces sentiments, il ne pouvait donc accepter le mandat qu'on lui offrait.

Il fallut peu de temps à M. de Montigny, pour convaincre les délégués, mais son refus devait, nécessairement, leur rendre plus difficiles encore d'autres démarches.

Votre père voulut bien les aider dans leurs recherches. Plusieurs hommes vraiment dignes furent passés en revue, puis abandonnés, et d'un commun accord on s'arrêta, paraît-il, à M. Lucy qui consent à tenter l'épreuve.

Ce jeune fondeur a, vous le savez, bientôt trente ans. Ses opinions politiques n'ont point de couleur accusée; seulement, il est, paraît-il, assez ambitieux; de plus, on le dit reconnaissant d'une preuve de confiance. Ce petit travers, joint à une grande qualité, constitue vraiment une force. S'il réussit, nouveau député, il apportera donc à la Chambre non seulement son expérience comme industriel émérite, mais encore la manière de voir suggérée par un parti qui a bien voulu l'honorer assez de son estime pour le nommer son représentant.

Et depuis tantôt un mois, M. de Montigny passe ses journées partie en vêtement de campagne et surveillant ses travaux des champs, partie en habit de ville et courant les bourgades pour essayer de populariser davantage M. Lucy qui, lui, essaye de s'apprivoiser un peu. Tout ceci est probablement peine perdue: les ouvriers de nos vallées considèrent que nommer un député présenté par les légitimistes, c'est prêter la main au retour de la dîme et de la féodalité, ces deux grands épouvantails devenus impossibles, mais dont, néanmoins, les partisans de toutes les libertés étalent les injustices et les barbaries aux yeux de ces pauvres gens déjà malheureux et redoutant de le devenir plus encore.

Fausse route.

Si je vous ai donné tous ces détails, mon cher Lucien, c'est pour vous mettre au courant des moindres incidents de notre vie et vous la faire ainsi partager de loin. Que ne nous en dites-vous autant de vos travaux et de vos plaisirs ! Ne craignez pas de nous lasser jamais : tout ce qui vient de vous nous rend bien heureux.

Ma petite amie, la triste Isabelle, est retournée à Poitiers. Je l'ai vue partir avec peine, ne sachant pas ce que l'avenir lui réserve; la chère enfant ne pleure plus maintenant, mais sa douleur sans larmes est encore plus navrante, J'attends d'elle une lettre bientôt.

Et de vous aussi, n'est-ce pas, mon cher Lucien?

Votre belle-mère,

SUZANNE.

A Madame de Montigny, au château de Vallières, par Fleury-sur-Andelle (Eure).

Ma chère belle-mère,

Je suis au désespoir de l'inquiétude que je vous ai causée. Le temps marche, marche, les heures s'enfuient et disparaissent avec une désolante rapidité. A Paris on vit double, et pourtant on ne vit pas.

Le départ de ce cher Paul m'a, je dois le dire, beaucoup occupé. Afin de le quitter le moins possible je l'ai suivi dans toutes ses visites d'adieu, et elles étaient nombreuses. Puis, sont venus les dîners, les soupers qui lui ont été offerts, vin de l'étrier, que j'ai partagés avec lui. Nous avons fait des folies pour étourdir notre chagrin et refouler nos larmes.

Le brave garçon vogue en ce moment vers son cher Bourbon. J'ai été le conduire jusqu'à Dieppe. Il s'y est embarqué sur un bateau voilier appartenant à un de ses cousins et qui se rendait à Marseille, d'où il a dû partir à bord d'un bâtiment de l'État se rendant directement à Saint-Denis. Il a préféré ce mode de transport à la voie ferrée, aimant avec passion cette vie entre le ciel et l'eau. J'ai eu un moment d'indicible angoisse, lorsque s'est éloigné de terre le bâtiment qui emportait l'ami de ma jeunesse, et je crois, ma parole, que j'ai pleuré en le voyant disparaître à l'horizon. Maintenant, il ne me reste plus que le souvenir de cet homme charmant et bon. Je n'assisterai pas aux ravages que les années feront à ses traits et peut-être à son esprit. Je me le rappellerai toujours jeune, toujours gai, toujours beau, le sourire aux lèvres, la flamme de l'intelligence au front.

J'avais grande envie, alors que je revenais de Dieppe, de biaiser de votre côté; mais à Paris le travail m'attendait, car, ainsi que je vous l'avais fait pressentir dans ma dernière lettre, j'ai obtenu de remplacer Paul Dupré à son journal, et le cœur alors a dû céder au devoir.

Je ne puis vous dissimuler, ma chère belle-mère, l'attrait qu'a pour moi, mon existence nouvelle. Rien ne me paraît délicieux comme ce feu roulant de bons mots, cette érudition qui foisonne, cette joyeuse humeur faisant de la société des journalistes le plus charmant des milieux. Nos travaux collectifs nous réunissent souvent. Ces heures-là s'écoulent trop vite, je voudrais qu'elles fussent sans fin.

Mes collègues sont pleins de cordialité, de dévouement. Avec leur longue pratique de la chose, ils jugent vite ce qu'il faut dire et ce qu'il faut faire, et ont pour moi, encore novice, une grande bienveillance. L'un me donne le cadre de l'article, l'autre relit ma copie, un troisième corrige mes épreuves, etc., etc., tout est pour le mieux. Ceci du reste se résume à une affaire de temps et de peu de temps. J'espère bien à la fin du mois être assez au courant du rouage de cette grande machine intellectuelle pour voler de mes propres ailes.

Je ne vous dissimule pas, ma chère belle-mère, que je m'estimerais beaucoup plus heureux d'acquérir un nom dans les lettres, que de passer ma vie à faire des sondages : ingénieur des mines ne mène pas à autre chose, et si mon père ne paraissait pas tenir autant à la carrière qu'il m'a fait embrasser, je n'hésiterais point un instant à l'abandonner pour la première.

Ne partageant pas entièrement, vous le savez, les convictions politiques de M. de Montigny, je ne puis donc approuver son refus relativement au mandat de député, dont ces messieurs voulaient l'investir.

Quand on occupe comme lui, une belle position, je trouve que certains devoirs incombent et qu'il est d'obligation rigoureuse de ne point reculer devant eux. Le parti qui réclame notre concours aurait le droit de se plaindre et de douter de nous, le jour où, appelé sur la brèche, nous refusons d'y monter; puis, rappelez-vous, ma chère belle-mère, que notre époque ignore ces délicatesses surannées qu'une manière de voir plus large a fait complètement disparaître de nos mœurs. Je vous assure que si, plus tard, des amis venaient me faire pareille proposition, je n'hésiterais pas une seconde à l'accepter, persuadé d'abord que c'est une faute de tromper l'attente de ceux qui ont foi en vous; ensuite, que c'est une erreur de dédaigner les positions qui non seulement vous élèvent, mais encore vous permettent d'offrir à beaucoup une protection effective.

Par tout ce qui précède, ne pensez pas néanmoins, ma chère belle-mère, que j'attache plus d'importance que cela à la manière dont mon père a cru devoir agir. Je suis ami déclaré de toutes les libertés dans l'acception propre du mot, et approuve des deux mains qu'on se conduise selon ses désirs et ses aspirations; seulement ne me blâmez pas, le cas échéant, de ne point l'imiter.

Croyez-moi toujours votre bien respectueux et bien dévoué beau-fils.

LUCIEN.

A Monsieur Lucien de Montigny, rue de Sèvres, Paris.

Vallières, le...

Merci, mon cher Lucien, de l'empressement que vous avez mis à me répondre. Tout est bien puisque vous paraissez vous bien porter.

Aujourd'hui M. de Montigny court le pays pour en voir une dernière fois les principaux habitants, au sujet de M. Lucy. C'est dimanche les élections. Il paraît que les chances sont égales pour les deux candidats. On ne peut donc jusqu'à présent rien préjuger de leur sort.

Je suis seule en ce moment, voulez-vous bien, mon cher Lucien, me permettre de vous distraire quelques instants de vos occupations? J'ai grand besoin de causer avec vous. Pardon à l'avance du temps que je vais vous prendre et de ce que je vais vous dire.

Ne soyez pas effrayé de cette entrée en matière. Si elle est presque solennelle, croyez bien que les suites n'en seront pas terribles. Il s'agit, tout simplement, d'une crainte dont je veux vous faire part, persuadée que vous la comprendrez.

Eh bien, oui, Lucien, je crains que les travaux divers auxquels vous vous livrez depuis votre installation à Paris ne nuisent à vos études proprement dites. Il me paraît extrêmement difficile, pour ne pas dire impossible, que vous meniez de front les unes et les autres. Je ne vous dissimule pas que je redoute pour vous qu'à un moment dit, et peut-être qu'alors il serait trop tard, vous regrettiez d'avoir sacrifié la carrière que, dans le principe, vous aviez volontairement choisie, et que votre père était heureux de vous voir embrasser, à une de ces positions aléatoires dont les degrés sont si nombreux qu'on ne peut les compter.

Déjà cette particularité d'élève externe, vous laissant une grande liberté d'action, vous prive, par cela même, de ce silence, de ce recueillement nécessaires aux études sérieuses dont le temps est limité. Et maintenant si vous joignez à une dissipation inévitable, résultant de votre indépendance, des travaux qui ne s'y rapportent en rien, je regarde comme improbable votre nomination d'ingénieur.

Ne m'en voulez pas, mon cher Lucien, de vous parler ainsi. J'espère être maintenant assez connue de vous pour qu'il vous soit facile d'apprécier le sentiment qui m'anime et que pourtant j'eusse fait taire encore, si je n'avais pas deviné combien était grande, à votre sujet, la préoccupation de M. de Montigny ; car il se désole, mon enfant, il redoute pour vous un échec; cet échec, mais y pensez-vous? il entraverait une carrière qui vous convient à bien des titres.

Et puis, cette vie mouvementée que vous paraissez tant aimer touche de si près à la vie d'artiste, que malgré lui, elle l'effraye. Il ne voit dans ce que vous trouvez charmant qu'une de ces positions indéfinies qu'il faut savoir pour ainsi dire illustrer, afin de sortir du domaine de tout ce monde qui végète dans les coulisses du journalisme, pauvres comparses littéraires dont la réputation reste à la cantonade.

Je comprends parfaitement, mon cher Lucien, qu'une ambition, bien louable du reste, vous fasse tenter d'arriver par les moyens pour lesquels vous vous croyez le plus d'aptitude et qui vous attirent davantage. Je comprends encore que, sentant s'agiter en vous la flamme de l'intelligence et du savoir, vous éprouviez le besoin de dépenser l'une et l'autre à votre profit; mais dans cette grande arène littéraire, combien de gladiateurs sont vaincus ! n'en est-il pas de ces luttes intellectuelles, polémiques sans fin, comme de nos champs de bataille? Les honneurs sont pour quelques-uns, et l'ombre pour le plus grand nombre.

Il ne faut pas me blâmer, mon cher Lucien, de m'initier dans vos projets, d'en combattre certains ; soyez bien persuadé que ma témérité prend naissance dans la profonde affection que je vous porte et dans mon extrême désir de voir M. de Montigny plus tranquille. Je ne viens pas à vous comme mère, mon âge ne me permet point de prendre ce titre si cher et si sacré ; j'y viens comme sœur aînée, comme la plus sincère des amies, et c'est mon cœur s'adressant au vôtre, qui vous conjure de bien réfléchir aux suites possibles de l'entraînement, et de bien peser si une existence honorable et tranquille ne vaut pas une réputation acquise au prix de bien des tourments, de bien des sacrifices peut-être, et dont la perte de la tranquillité doit être le moindre.

J'entends un train de voiture se diriger vers le château. Il est probable que c'est votre père qui rentre, vite je vous quitte, mon cher Lucien, pour aller à lui.

SUZANNE.

P. S. — Je viens de recevoir une lettre d'Isabelle Wissocq, et je vais y répondre ce soir.

A Madame Suzanne de Montigny, château de Vallières, par Fleury-sur-Andelle, (Eure).

Poitiers, le...

Bonne amie,

J'ai besoin de toute votre indulgence pour ne point être taxée d'ingratitude. Une simple dépêche vous annonçant mon arrivée à Poitiers ne devait pas m'empêcher de vous écrire au plus vite, mais à peine étais-je de retour chez ma vieille cousine, que j'ai dû accepter le rôle de garde-malade.

L'excellente femme, atteinte de rhumatismes aigus, a beaucoup souffert. Aujourd'hui elle va mieux. Rendue à ma liberté, je vous en consacre ma première heure.

Je ne vous dirai jamais assez, bonne amie, toute ma reconnaissance pour votre affectueuse hospitalité. J'ai quitté Vallières le cœur plein d'une gratitude que je ne saurais exprimer. Cette trop courte étape, dans une existence déjà si traversée, me rappelait le temps heureux où vous viviez de notre chère vie de famille, apportant dans notre heureux milieu le dévouement qui survit à vos joies et à mes malheurs.

Ces malheurs, bonne amie, les savez-vous bien tous encore? Lorsque, parfois, le souvenir d'Isabelle vient vous trouver, comptez-vous les tombes au milieu desquelles la pauvre fille est restée debout? Pensez-vous à ses brisements et à ses sacrifices? Comprenez-vous les angoisses de son âme, alors que, se remémorant un passé fait de tous les bonheurs, il lui faut accepter une place sous le toit des autres, puisqu'elle n'a plus de foyer ?

Oh! voyez-vous, bonne amie, sous peine de me faire bien du mal, ne me répétez pas ce que tant d'autres m'ont dit : qu'il était encore pour moi des sourires en ce monde. Ainsi que la grande princesse qui mourait à vingt ans, après avoir souffert tout ce qu'on peut souffrir, je dirai : « Fi des plaisirs de la vie! qu'on ne m'en parle plus. »

Alors, faisant la part des sentiments que j'éprouve et sondant mon âme, je me demande parfois si Dieu n'a point brisé mon cœur pour l'avoir uniquement à lui. Subissant l'empire de cette pensée qui devient incessante, le renoncement est pour moi plein de charme, et sous cette influence mystique, j'interroge mes goûts pour savoir vers quelles régions de la charité je dirigerais mes vœux, et habituerais mon âme. Elles se dressent donc devant mes yeux, ces deux voies bénies menant au même but. L'une, pleine de parfums d'encens, de silencieuses prières, d'extases sans fin; l'autre, peuplée d'enfants, de malades, de mourants. Souvent j'essaye mon esprit à ces douces vies de femmes, mais bientôt je retombe dans le domaine commun de l'amour infini ; et mesurant la distance entre Dieu et moi, je me trouve bien petite et trop loin.

C'est pour cela que vous aurez raison de me dire : Isabelle vous êtes trop jeune encore pour disposer de vos jours. Cependant, bonne amie, si je ne craignais pas de vous attrister beaucoup, je vous dirais... et puis, après tout, pourquoi ne vous le dirais-je pas ? ne savez-vous pas tout comprendre... eh bien, mon plus grand désir serait de quitter bientôt la terre. Vous le voyez donc, Isabelle, ne tient plus à rien ici-bas.

Vous permettrez que je vous écrive souvent et longuement, vous me répondrez, n'est-ce pas ?

Croyez-moi toujours, ma chère bonne amie,

Votre affectionnée,

ISABELLE.

MALRAISON DE RULINS.

— La suite au prochain numéro. —

JEHAN VAN EYK A CAMBRAY

(Voir pages 676, 700 et 716.)

V

LE CIERGE PASCAL

Lumen Christi. Alleluia!
(Office du Samedi saint.)

La veille de Pâques fleuries Van Eyk avait terminé son travail, mais il ne voulut le montrer qu'à son hôte et à messire Fursy de Bruille qui le lui avait fait commander par le chapitre. Le bon chanoine en fut émerveillé. Le sujet des disciples d'Emmaüs, surtout, le ravit. Van Eyk avait représenté le Christ non pas au moment de la fraction du pain, mais lorsque, ignoré encore de ses compagnons de voyage et enflammant leur cœur de ses divines paroles, ils le prient d'entrer avec eux dans l'hôtellerie, et lui disent : « Demeurez avec nous, car il se fait tard, et le jour est déjà sur son déclin. » La tête du Christ était bien belle et les deux disciples ressemblaient à Guillaume du Fay et à Simon Breton. Messire Fursy, grand amateur de peinture, et qui avait déjà fait une fois le pèlerinage de Rome, avoua qu'il n'avait rien vu en Italie de plus parfait que ces miniatures, et fit un beau présent à Van Eyk (1).

« Quel dommage, dit-il, qu'un tel chef-d'œuvre soit destiné à se fondre avec le cierge qu'il décore ! Ne pourriez-vous m'en faire une copie, maître Jehan ?

— Je comptais partir après-demain, messire, et l'on m'attend à Bruges.

— J'y enverrai un messager, ou plutôt, renvoyez-y votre valet avec une lettre. Si vous vouliez bien m'attendre, je dois aller à Gand pour assister au mariage d'une de mes nièces, et je partirai d'ici le mardi de Quasimodo. Nous ferions route ensemble, vous seriez de la noce, et ensuite vous iriez chez vous. Qui vous en empêche ? Vous n'avez ni femme ni enfants, vous êtes libre comme l'air.

— Hubert et Marguerite m'attendent, messire, et j'ai hâte de les revoir.

— Eh bien, écrivez-leur de venir au devant de vous à Gand. Je les invite à la noce. Le père de la mariée, mon beau-frère, m'a prié de lui amener compagnie. C'est le plus riche brasseur de la ville de Gand, et les noces seront splendides. Acceptez ma proposition, maître Van Eyk, et faites-moi cette copie.

— J'y consentirais bien, messire, mais je crains d'abuser de l'hospitalité de Mme du Fay.

— Ne le craignez pas : c'est ma commère ; je suis parrain de sa petite Marguerite, et je lui ferai un si beau cadeau en retour de la chape qu'elle me brode, qu'elle sera dotée du coup. D'ailleurs les du Fay sont bien accommodés des biens de fortune, leur maison est grande, et l'on vous y aime fort. »

Van Eyk se laissa convaincre, et, tout en faisant la copie demandée et en suivant fort dévotement les offices de la semaine sainte, il termina un portrait de Simon Breton qu'il destinait à Guillaume du Fay.

Le samedi saint, dès l'aurore, l'évêque de Cambrai, Jean de Lens, fit à la cathédrale la bénédiction du feu nouveau, et au son joyeux de toutes les cloches, au chant de l'*Alleluia*, le cierge pascal fut triomphalement dressé dans le sanctuaire. Le jour de Pâques les chœurs de la maîtrise, alternant avec la voix du peuple, remplissaient la vaste et sonore cathédrale de flots d'harmonie. Un beau soleil éclairait la fête de la Résurrection, et l'allégresse était peinte sur tous les visages.

Après la grand'messe, le bon évêque porta lui-même du pain bénit et des œufs coloriés aux pauvres malades de l'hôpital, puis il s'en alla dîner, et, grâce à ses aumônes et à celles de ses ouailles, personne dans tout Cambrai ne manqua ce jour-là du festin traditionnel de Pâques, et la table des plus pauvres familles fut garnie de quelque tranche de jambon et d'une salade aux œufs, sans compter les tartes au lait « bouly » et un bon « piot » de bière, de cervoise ou d'hydromel.

Chez dame Guillemette il y eut grand festin. Le chanoine Fursy, convié chez l'évêque avec tout le chapitre et messire Enguerrand de Monstrelet, n'avait pu venir, mais Guillaume régala ses amis de la maîtrise, et les fit chanter au dessert. La présence de tous ces clercs empêcha Marguerite de paraître à table, et sa mère lui tint compagnie dans la petite salle. Elles écoutèrent les chants, et Van Eyk, prié par Breton, fit entendre la chanson composée en l'honneur de sa sœur par un poète de Bruges, et qu'il avait lui-même mise en musique.

1. Le chanoine Fursy de Bruille rapporta de Rome, en 1440, l'image de Notre-Dame de Grâce que l'on vénère encore à Cambrai, et qui ne tarda pas à devenir célèbre par de nombreux miracles.

On porta plusieurs santés, et les belles peintures du cierge pascal furent louées et commentées par toute la compagnie.

« Maman, dit tout bas Marguerite, je voudrais bien voir de près ce beau cierge pendant que tout le monde est à table dans la ville. Si nous allions à la cathédrale ? »

Dame Guillemette avait le même désir que sa fille. Elles mirent leurs mantes et sortirent sans bruit.

—

De toutes les fenêtres ouvertes des maisons sortait le joyeux bruit des festins ; les rires, les chansons, le cliquetis des verres, témoignaient que les bons Cambrésiens se décarêmaient comme ils avaient fait carême, en conscience.

La cathédrale était fermée pendant le dîner, selon l'usage, mais Guillemette s'était munie d'une clef de la porte latérale, que son fils possédait, en sa qualité de maître musicien des enfants d'autel, comme on disait alors.

Elle entra donc avec sa fille et traversa le temple désert encore embaumé d'encens. Après une courte prière faite dans la chapelle où le saint Sacrement reposait dans une colombe d'or suspendue sous un ciborium d'albâtre, elles entrèrent timidement dans le chœur et s'approchèrent du cierge allumé qui devait brûler nuit et jour jusqu'à la fête de l'Ascension. Il était posé à l'ambon, sur un chandelier monumental mais peu élevé. On pouvait aisément voir les peintures, et la mère et la fille en furent charmées.

» Quel beau petit jardin que celui où est sainte Madeleine, ma mère! dit Marguerite. Quel éclat ont ces roses ! et voyez cette ruche, ce petit agneau couché, ce coq perché sur un petit arbre, comme ils sont bien faits !

— Sainte Madeleine a les beaux cheveux de ma fille, se disait à part elle Guillemette, mais heureusement elle ne lui ressemble pas, elle n'est pas si jeune et l'on voit à ses yeux qu'elle a beaucoup pleuré. »

Elle passa de l'autre côté du cierge, et s'écria : « Voici deux portraits, par exemple : mon fils et Simon. Ah! que c'est beau ! Van Eyk est le premier imagier du monde ; regarde, Marguerite !

— C'est vrai, maman, mais l'autre peinture est encore plus jolie. Voyez, il y a des violettes et des marguerites dans le gazon, et l'on voit dans le lointain les clochers de Cambrai.

— Allons-nous-en, ma fille. On va rouvrir l'église, et je ne veux point passer pour curieuse. Retournons au logis. »

Elles se mirent en chemin et arrivèrent bientôt rue de l'Arbre-à-Poires.

« Oh ! maman, dit Marguerite, que les peintres sont heureux de savoir faire de si belles choses ! Si j'osais, je demanderais à maître Van Eyk de m'apprendre à dessiner comme sa sœur.

— C'est trop tard y penser, ma fille, maître Jehan part dans huit jours, et qui sait s'il reviendra jamais? »

Marguerite pâlit, et, au lieu de soulever le marteau de la porte de sa maison, elle s'y appuya, chancelante.

« Frappe donc, fillette, dit sa mère. »

Marguerite se redressa, mais sa main tremblante eut peine à soulever le lourd marteau de cuivre ciselé, et lorsqu'Aldegonde vint ouvrir, elle s'écria : « Bon Dieu, mademoiselle, que vous est-il advenu ? Vous êtes aussi blanche que votre robe. »

Elle soutint Marguerite et la fit asseoir, tandis que Guillemette allait chercher un peu d'élixir qu'elle fit boire à sa fille.

Gillonne était accourue : « Je le disais bien, moi, s'écria-t-elle, notre demoiselle a trop travaillé ce carême. Si madame fait bien, elle l'emmènera passer un mois à la ferme, boire du lait chaud soir et matin, et ne rien faire de ses dix doigts que des bouquets. »

Guillemette, alarmée, voulait que sa fille se mît au lit, mais Marguerite assura qu'elle se portait bien, et pourrait aller aux vêpres. Les convives de Guillaume étaient partis avec lui. Elle aida sa mère à ranger la maison, assista aux offices, et soupa gaiement en famille. Mais une fois seule dans sa chambre, elle pleura longtemps et ne s'endormit que bien tard.

VI

SUR L'ESCAUT.

La voix que j'écoutais était si doulce et belle,
Si doulcement me berçait la nacelle,
Que sur les flots j'aurais voulu dormir,
Et mourir...

(*Vieille chanson.*)

Le « lundy après Pasques closes », c'était grand fête à Cambrai. Ce jour-là on célébrait beaucoup de mariages, et il était d'usage d'aller se promener et goûter sur l'herbe aux alentours de la fontaine Saint-Benoît. Les arbres s'étaient feuillés, l'aubépine était en fleur, et dans la campagne les poiriers et les autres arbres à fruit, tout blancs de fleurs et entourés de millions d'abeilles, remplissaient l'air d'un parfum de miel. Tous les oiseaux chantaient, et les groupes nombreux de promeneurs, les cortèges de noces, précédés de ménétriers et de joueurs de cornemuse, égayaient la campagne.

Van Eyk avait fait ses adieux à toutes les personnes qu'il connaissait à Cambrai ; il en devait partir le lendemain avec messire Fursy, et s'était réservé ce dernier jour pour le passer avec ses hôtes. Dès le matin il avait donné à Guillaume le portrait de Simon Breton, à dame Guillemette le croquis de sainte Madeleine, et à Marguerite un charmant petit tableau représentant sa sainte patronne et signé du monogramme de Marguerite Van Eyk. Selon l'habitude des peintres flamands, la figure de la sainte se détachait sur un fond de paysage où l'on voyait d'un côté une maison à pignon et à encadrements de bois sculpté se réfléchissant dans l'eau d'un canal, de l'autre, et au delà d'une campagne verdoyante, une ville enclose de murs crénelés et dominée par un beau beffroi.

« C'est le beffroi de Bruges, dit Van Eyk, et cette maison, c'est la nôtre. Cette croisée-là, c'est celle de notre atelier, cette autre, celle de la chambre de ma sœur. Elle vous servira, mademoiselle, si votre bonne mère veut bien vous amener à Bruges.

— Et vous, messire Jehan, dit Guillemette, où logez-vous dans cette belle maison ?

— Là, tout en haut du pignon. J'ai fait ajuster le grenier pour le rendre habitable, et je jouis d'une très belle vue par-dessus les remparts. Je vois le soleil levant, et bien autre chose encore qui me réjouit le cœur.

— Et quoi donc ? » demanda Breton,

Mais Van Eyk n'eut pas le temps de lui répondre. Le jeune Simon Mellet entrait, porteur d'un message verbal de ses tantes, Mlles Dilanoise, qui invitaient la famille du Fay et son hôte à venir goûter ce jour-là même, à quatre heures, dans leur maison des champs, à Proville.

Dame Guillemette ne parut pas satisfaite de cette invitation, et commença par refuser. Mais Simon Mellet insista.

« Je vous en prie, dit-il, venez. Mes tantes ont fait du blanc-manger, des tartes, des oublies, des dorés à gros bord, toutes sortes de friandises. Si vous ne venez pas, elles seront furieuses et s'en prendront à moi.

— Tant pis pour vous, mon garçon ! dit Guillemette. Il fallait venir hier. On n'invite pas ainsi les gens au dernier moment. Ce n'est pas poli, savez !

— Hélas ! madame, vous avez mille fois raison, mais, que voulez-vous ? il y a trois jours que mes tantes discutent pour savoir si elles vous écriront, si elles viendront où si elles m'enverront. Elles ne sont tombées d'accord qu'il y a une heure, et je me suis hâté de partir avant qu'elles changent d'avis. Si vous refusez leur invitation, je serai souffleté par l'une ou par l'autre, et, qui sait ? peut-être par toutes les deux.

— Oh, ce serait dommage ! dit Van Eyk en riant : souffleter une si bonne petite figure ! Allons à Proville, madame, je vous en prie. Je serai charmé de connaître les aimables tantes de notre jeune ami. »

Simon Mellet, tout joyeux, repartit pour Proville d'un pied léger. On dîna, et une demi-heure après la fin du dîner, dame Guillemette, ses enfants, Breton et Van Eyk s'acheminèrent vers Proville.

« Si nous prenions une barque ? dit Guillaume. Cela fatiguerait moins Marguerite. Elle me paraît déjà lasse. Veux-tu aller en bateau, petite sœur ?

— Oh ! bien volontiers, mon frère. »

Ils se rendirent au bord de l'Escaut, et Guillaume loua une barque plate avec deux rameurs.

« N'allez pas vite, leur dit-il, nous ne sommes pas pressés. »

La barque s'en allait doucement sous les saules et les frênes au feuillage naissant. Çà et là quelques cygnes, quelque bruyante couvée de blonds petits canards, s'écartaient au passage du bateau et moiraient en nageant les flots paisibles, assombris par l'épais feuillage des arbres de leurs rives. Toute une noce qui remplissait trois barques passa, au bruit des violons. Les mariés étaient jeunes et paraissaient bien contents, c'étaient des paysans qui s'allaient promener en ville, tandis que les noces de la ville s'en allaient à la campagne. Leur gaieté, leurs rubans et leurs bouquets faisaient plaisir à voir, et Marguerite les suivit des yeux tant qu'ils furent en vue.

On aborda, et bientôt, après avoir suivi un de ces jolis chemins ombragés qui se nommaient alors des *verdes-rues*, on arriva devant la petite ferme qu'habitaient dans la belle saison les tantes de Mellet. C'était un joli logis, bâti en briques nuancées et dont les fenêtres enguirlandées de vigne, la cheminée fumante, la porte ouverte, et les colombes roucoulant sur le toit de tuiles vernissées, présentaient un aspect riant, paisible et hospitalier. Mais hélas, Dispute et Querelle étaient aux prises dans la cuisine, et, de loin, on les entendait se chanter pouilles.

Dès qu'elles aperçurent leurs convives elles suspendirent les hostilités, et s'empressèrent de faire les honneurs du logis et du jardin, où commençaient à fleurir une belle collection de tulipes. Puis, après avoir admiré un paon faisant la roue et toute une couvée de petits paonnaux, l'on se mit à table sous une tonnelle couverte de lierre, où un joli goûter fut servi.

Les deux sœurs étaient très fières de recevoir Van Eyk, et lui firent cent questions sur Bruges et ses travaux, ses projets, sa famille, etc. Elles étaient curieuses comme des chouettes, et ne s'en cachaient point. Van Eyk répondait de bonne grâce; mais il ne tarda pas à être ennuyé de cet interrogatoire, et, pour y faire diversion, questionna à son tour les deux demoiselles sur la façon dont elles faisaient les oublies, qu'il trouvait si excellentes.

Immédiatement la bataille commença. L'aînée soutint que les oublies, ce jour-là, n'étaient pas assez sucrées, la cadette assura qu'elles l'étaient trop, et Simon Mellet avoua que, chargé de piler le sucre et de le mettre dans la pâte, il l'avait laissé choir dans les cendres, et n'en avait point mis du tout. Sur ce, Simon fut grondé de si aigre façon qu'il s'alla cacher dans la cuisine, près de la vieille servante Valtrude, qui le traitait toujours comme un petit enfant, bien qu'il eût près de dix-sept ans.

Guillaume essaya en vain d'obtenir la grâce du coupable. Ce fut impossible. Les deux sœurs, d'accord cette fois, prédirent qu'il ferait une mauvaise fin et parlèrent de le déshériter.

Breton, pour changer le cours de la conversation, s'avisa de dire que maître Van Eyk irait à la noce avec messire Fursy de Bruille.

« Quelle noce? » demandèrent les deux sœurs en même temps.

Van Eyk le leur dit, et Marguerite s'écria :

« Je n'ai jamais été à la noce, moi. Ce doit être bien amusant.

— Amusant? dit Querelle, pas du tout. C'est ennuyeux comme la pluie.

— C'est très divertissant, au contraire, se hâta de dire Mlle Dispute, et surtout quand on y danse. Jamais de ma vie je n'ai eu tant de plaisir qu'à la noce de Mme du Fay, ici présente. On s'y amusa beaucoup.

— Parlez pour vous, ma sœur, reprit Querelle, quant à moi j'y déchirai ma jupe de cendal brodé, et je fus assise pendant le dîner dans un courant d'air qui me donna une fluxion épouvantable. Je déteste les noces. Comment les fait-on à Bruges, messire Van Eyk?

— Mais, comme à Cambrai, mademoiselle, et selon l'humeur des gens. Les uns aiment à danser, les autres point. Il n'y a d'obligé que le repas, et dans mon pays on les fait bien longs.

— Aimez-vous à danser?

— Non, mademoiselle, mais je prends plaisir à voir les danseurs.

— Dansera-t-on à votre noce?

— Oh! non, pour sûr, à cause du deuil, » répondit Van Eyk étourdiment.

Julie Lavergne.

— La suite au prochain numéro. —

CHRONIQUE

Le Hasard, dont on dit tant de mal et qu'on traite si souvent d'aveugle, a voulu, une fois du moins, prouver qu'il était bonhomme et qu'au besoin il savait voir clair.

Au lieu d'attribuer le gros lot de la loterie algérienne, — *cinq cent mille francs* pour vingt sous, rien que cela! — à M. de Rothschild ou à quelque autre archimillionnaire, il en a bien gentiment gratifié un simple ouvrier de Marseille nommé Gasquet. Enfin, pour mieux prouver sa clairvoyance, le Hasard a fait, en agissant de la sorte, non point un heureux, mais dix, — car Gasquet, en prenant un certain nombre de billets de loterie, s'était associé avec neuf de ses camarades; d'où il résulte que les cinq cent mille francs partagés entre dix donnent cinquante mille francs pour chacun de ces braves gens.

Hasard, mon ami! c'est très bien ce que vous avez fait là! Et je suis loin de vouloir chicaner sur les heureux qu'il vous a plu de choisir : — pourtant je ne suis pas sans inquiétude et j'éprouve une angoisse secrète.

Si j'en crois le récit des journaux, les dix heureux auxquels est échu le lot de cinq cent mille francs sont des ouvriers employés dans une fabrique de beurre artificiel. Que vont-ils faire de leur argent? Cinquante mille francs sont un joli petit denier pour chacun d'eux; mais s'ils laissent leurs cinq cent mille francs indivis, s'ils s'en servent pour monter en commun quelque grande maison de commerce ou d'industrie, — oh! alors ils peuvent arriver à la grande, très grande fortune, — à la fortune colossale! Et vraiment, il y a de quoi les tenter, surtout si, comme je le suppose, ils sont intelligents et actifs.

Mais quelle industrie entreprendront-ils? Bien évidemment celle qu'ils connaissent, — leur industrie du beurre artificiel. Eh bien! voilà où je me sens envie de quereller le Hasard auquel j'applaudissais tout à l'heure.

« Comment, Hasard de malheur! tu trouves donc qu'il n'y a pas, de par le monde, assez de simili-beurres frais ou rances, en mottes ou en pots, dans les sauces ou dans les ragoûts!

Hasard, ennemi de la saine gastronomie; Hasard, qui as peut-être des yeux, mais qui n'as à coup sûr, ni odorat, ni goût, ne sais-tu donc point ce que c'est que la margarine et toutes les autres horreurs animales, végétales ou minérales qui lui ressemblent, et prétends-tu donc te faire à ton tour commanditaire pour l'exploitation de ces mille et une drogues qui, sous le nom et sous l'apparence de beurre, ont la prétention de remplacer dans nos estomacs les produits crémeux et savoureux des vaches de la vallée d'Auge ou de la Prévalays. »

Mais le Hasard se refuse à me donner des explications, ou, tout au plus, il me laisse comprendre que, si les cinq cent mille francs fussent tombés entre les mains de dix hommes de lettres, ces messieurs s'en seraient peut-être servis pour confectionner des produits inférieurs à la margarine elle-même, — par exemple, quelque journal de grand ou de petit format, sur papier spécialement destiné à servir de comestible!

Hélas! oui, j'ai bien parlé de *papier comestible*. Car, tandis que je raille le beurre artificiel, il me faut enregistrer la découverte qu'a faite un monsieur qui prétend que le vieux papier peut être transformé en une excellente nourriture, surtout si on le mange en hachis.

Assurément, j'ai vu quelquefois mâcher du papier; j'en ai même mâché moi-même, lorsque j'étais au collège et qu'il s'agissait de coller au plafond une boulette à laquelle était suspendu un petit bonhomme découpé, ou bien quand je voulais confectionner un projectile destiné à s'aplatir brutalement, mais sans danger de mort, entre les deux yeux de quelque rival trop heureux dans une partie de billes.

Mais jusqu'à présent, je l'avoue, il ne m'était pas venu à l'esprit d'envisager les boulettes de papier mâché dans leurs rapports possibles avec les boulettes qui garnissent les vol-au-vent à la financière; de là, un certain étonnement, et même quelques défiances tant soit peu légitimes à la seule annonce du papier comestible.

Mais, dans notre siècle de progrès, nous avons vu

tant de choses qu'il ne faut jurer de rien; et le papier sera peut-être utilisé avant peu comme aliment dans tous les ménages économes, et même dans les maisons où l'on pourra s'offrir du papier de luxe.

Quand une cuisinière reviendra du marché, rapportant deux merlans dans un vieux journal, madame demandera :

« Combien?

— Quinze sous les deux, madame.

—Quinze sous, Catherine! mais vous êtes folle, ma fille, ou bien vous faites danser l'anse...

— Demande bien pardon; fais rien danser du tout... Seulement, madame remarquera que mes merlans sont enveloppés dans un journal tout entier, qui tiendra lieu d'un plat de haricots pour le dîner ce soir. »

—A la bonne heure! Je n'avais pas remarqué. Vous êtes une fille sage : continuez ainsi, mon enfant, et pour votre fête je vous promets, l'an prochain, de vous acheter une demi-douzaine de collerettes en papier festonné... »

Naturellement, le jour où le papier sera passé dans l'usage quotidien de la cuisine, on envisagera la littérature sous des points de vue tout nouveaux :

Un fragment du *Dictionnaire* de Littré tiendra facilement lieu de la pièce de bœuf dans le pot-au-feu;

Un numéro de la *Révolution sociale* de Louise Michel suppléera les écrevisses à la bordelaise;

Avec deux pages de l'*Assommoir*, de *Nana* ou de *Pot-Bouille* de M. Émile Zola, on remplacera la bécasse fortement faisandée et nullement vidée ;

Je n'affirmerai point que les permis de chasse périmés puissent tenir lieu du civet de lièvre *de pays* ou même du civet de lièvre allemand, mais ils remplaceront certainement avec avantage la gibelotte de lapin domestique;

On offrira quelques feuilles de Poésies de Coppée, édition Lemerre, en guise de glace à la vanille ou de fruits confits;

Dans les pièces de certains de nos auteurs dramatiques, on trouvera facilement les éléments des petits fours;

Quant au café, il y aura toujours des précautions à prendre pour que, au lieu de réveiller les convives, il n'exerce sur eux qu'une soporifique influence : j'engagerai les maîtresses de maison à se défier des infusions qui pourraient être faites avec de vieux comptes rendus des séances de la Chambre.

Quant au papier timbré, quoiqu'il ait belle apparence, on fera bien de ne l'offrir qu'avec la plus extrême prudence à certaines personnes; il en sera de même pour les obligations de certaines compagnies financières.

***

Avec le progrès toujours croissant, il est bien certain que le papier servira également à la composition des vins artificiels; les partitions musicales me semblent particulièrement destinées à cet usage; la musique d'Auber donnera un champagne brillant, pétillant, mousseux, et faisant monter au cerveau d'agréables vapeurs; quant aux fragments de Wagner, on les emploiera seulement pour la contrefaçon de la bière de Munich...

Cet épicurien d'Auber, dont le nom est venu de lui-même sous ma plume, à propos de champagne, le voilà entré dans la gloire des apothéoses de théâtre; on vient de célébrer son centenaire, onze ans seulement après sa mort, car Auber, qui a montré tant d'esprit dans sa musique et ailleurs, a eu finalement l'esprit de ne mourir qu'à quatre-vingt-dix ans, après une vie dans laquelle il n'y a pas eu de chagrins sérieux.

Le centenaire d'Auber a été célébré à Paris par une représentation solennelle qu'a donnée l'Opéra, et à Caen.

La ville de Caen est très fière de compter Auber au nom de ses enfants, et elle a l'intention de lui élever une statue sur une de ses places publiques. Cet enthousiasme maternel de la ville de Caen pour son glorieux fils se comprend; mais, à vrai dire, Auber n'est guère pour Caen qu'un fils adoptif qui lui a été donné par le hasard.

Les parents d'Auber, gens très obscurs, tellement obscurs qu'on ne sait rien sur eux ou à peu près rien, étaient de passage à Caen, dans une auberge, quand naquit le futur auteur de la *Muette*, de *Fra Diavolo* et du *Premier Jour de bonheur*; il fut baptisé à l'église voisine, paroisse Saint-Julien, où se trouve l'acte qu établit cette cérémonie.

Ce furent là toutes les relations d'Auber avec la ville de Caen! Ses parents la quittèrent, emportant le nouveau-né qui ne revit jamais le chef-lieu du Calvados, qu'il avait assurément fort peu vu.

Cela n'empêche pas que, pour les gens de Caen, Auber est passé à l'état légendaire « d'*illustre* compatriote ».

A l'occasion de ce centenaire d'Auber, tout le monde a raconté au moins une anecdote sur le spirituel maëstro; je ferai donc comme tout le monde :

Un soir qu'il descendait l'escalier du Grand-Opéra, d'un pas toujours leste, un de ses amis qui marchait moins vite le retint par le bras :

« Hé! hé! lui dit-il, vous oubliez que nous nous faisons vieux.

— Non, répondit Auber, je me souviens seulement que vieillir est le seul moyen de vivre longtemps. »

Argus.

Abonnement, du 1er avril ou du 1er octobre; pour la France : un an, 10 fr.; 6 mois, 6 fr.; le n° au bureau, 20 c.; par la poste, 25 c.
Les volumes commencent le 1er avril. — LA SEMAINE DES FAMILLES paraît tous les samedis.

VICTOR LECOFFRE, ÉDITEUR, RUE BONAPARTE, 90, A PARIS. — Imp. de la Soc. de Typ. - Noizette, 8, r. Campagne-Première. Paris.

Vue du Jardin du Roi (1694).

LE JARDIN DU ROI

Tel est le nom que porta, dès son origine, l'utile et bel établissement plus connu, depuis la fin du siècle dernier, sous celui de *Jardin des plantes.*

C'est à Gui de la Brosse, médecin de Louis XIII, que la science et le public sont redevables de la première pensée et de l'exécution, à Paris, de ce jardin, une des plus charmantes promenades de la capitale en même temps qu'une des fondations les plus enviées à la France par l'Europe et le monde entier.

La vie de Gui de la Brosse et les nombreux mémoires qu'il a consacrés à cette œuvre si remarquable font bien comprendre quelle reconnaissance on lui doit et prouvent qu'il fut, dan[illegible]ience de la botanique, le digne précurseur de T[illegible] de Jussieu, de Buffon, de Bernardin de Sain[illegible].

Gui de [illegible]sse [illegible]uen, vers la fin du seizième si[illegible] 'étant rés[illegible]ans la
fondatio[illegible]ro[illegible]ardin des[illegible]'est
dans les[illegible]il[illegible]vant et [illegible]ali-
sation d[illegible]vr[illegible]s devor[illegible]les
élément[illegible]u[illegible]essant[illegible]sur
ce sava[illegible]

[illegible]de Lo[illegible]blis-
[illegible]cet e[illegible]ents
[illegible]s le[illegible]-Vic-
[illegible]tout[illegible]vrai-
[illegible]om[illegible]
[illegible]d[illegible]ron de
[illegible]nj[illegible]e pro-
[illegible], donné
[illegible]résence

de ce retard, Gui, comme tout homme qui a foi en la bonté d'une idée, redoubla ses instances et s'adressa d'abord au monarque lui-même : « Sire, je propose à Votre Majesté la construction d'un jardin pour cultiver les plantes médicinales, où votre peuple ait recours en ses infirmités, où les disciples de la médecine puissent apprendre, et où ceux qui la professent s'adressent à leur besoin.

« Ci-devant l'on visitait celui de Montpellier, édifice de vos devanciers, et les apprentis s'y acheminaient pour s'instruire ; maintenant il n'est plus; la place d'un bastion en conserve seulement le nom; toutes ses plantes soigneusement cultivées, qu'une peine indicible avait curieusement assemblées sont ores (*à présent*) au néant, il ne reste ni vestige du jardin ni racines de ses arbres, et ne saurait-on plus où aller pour trouver une semblable école. Ainsi se perdra cette nécessaire étude, au préjudice de la médecine et de vos sujets, si Votre Majesté ne gratifie sa bonne ville de Paris de ce qu'il convient pour un si charitable et utile dessein. Ce n'est pas que cette glorieuse ville désire prendre avantage de la ruine des autres cités ni que de leurs pierres elle veuille surhausser ses palais... Elle ne demande point pour les parterres de ce jardin le fond destiné à celui de Montpellier; elle ne pourrait souffrir que l'on lui reprochât qu'elle fut revêtue des dépouilles d'une ville infortunée. Mais, vous êtes très humblement supplié, Sire, d'étendre pour elle votre libéralité... Un tel présent lui est convenable et utilement nécessaire, voire autant que les plantes le sont en la médecine. Je dis nécessaire, tant pour la grande diversité des maladies travaillant son menu peuple (qui, pauvre et chétif, n'a qu'aux herbes, ses moyens ne se pouvant aux remèdes des boutiques), que pour plus sûrement et fidèlement composer les médicaments. »

Quelle délicatesse de sentiments ! quel amour de l'intérêt public ! Si le nom de *philantrope* n'avait pas, de nos jours, été si profané, comme Gui de la Brosse mériterait bien qu'on le lui décernât !...

Après avoir représenté tous les inconvénients, tous les dangers si fréquents qui peuvent résulter de la vente des herbes médicinales, dont les paysans avaient jusqu'alors conservé le monopole, Gui reprend, en ces termes : « Ces considérables intérêts du riche et du pauvre et de la santé à chacun plaisante et nécessaire demandent très humblement à Votre Majesté l'édifice de ce jardin, où, à toutes heures et occasions, l'on puisse trouver des plantes légitimes, selon que les pourront fournir les saisons. Le médecin, le chirurgien et l'apothicaire vous le demandent encore... »

Après une argumentation des plus pressantes et des preuves victorieuses à l'appui de ce qu'il avance concernant l'utilité de l'établissement d'un jardin des plantes, à Paris, Gui de la Brosse cite le jardin botanique établi par les Vénitiens à Padoue : « Il a coûté à cette république plus de cent mille ducats à faire, et avec raison ; car il n'y a rien de si cher en la vie que la santé. » Il cite encore les jardins botaniques de Leyde, de Londres et beaucoup d'autres. « Il n'y a que la France conclut-il, qui en est maintenant destituée.

« Le jardin que je propose — poursuit Gui de la Brosse — doit avoir d'espace de vingt à vingt-cinq arpents ; où les plantes ne seront pas seulement singulières pour l'apprentissage, mais en multitude pour l'usage et pour fournir à l'expérience. »

Passant à la partie pratique des cours qu'il sera nécessaire d'organiser en même temps que le nouveau jardin, Gui ajoute : « Et pour ce que ce jardin est particulièrement construit pour instruire l'apprenti de médecine, j'offre de faire leçon des plantes, donnant connaissance de leurs synonymes, des lieux où elles croissent, des temps de leur maturité et cueillette, le moyen de les conserver, leurs qualités premières et secondes et le plus des troisièmes qu'il me sera possible, me servant pour cela des auteurs plus célèbres et approuvés, sans oublier leur usage ; laquelle leçon se fera deux fois la semaine, à commencer du premier jour de mai que les plantes paraissent jusques au dernier jour de septembre qu'elles déclinent bien fort.

« Ayant assuré Votre Majesté de tenir des eaux, des sucs, des essences et des sels des plantes, dont trois sont œuvres de feu, il est fort à propos et nécessaire de rendre raison de leur façon. Pour cela, je promets de faire un cours de l'art distillatoire et de montrer toutes ces opérations aux désireux d'apprendre. »

Avec quelle bonhomie et quelle modestie Gui de la Brosse s'offre à supporter une aussi lourde charge ! Seul, sans presque personne qui le comprît et surtout qui pût le soulager dans ses fonctions, il entreprend le plus beau, le plus utile des enseignements. Nous verrons tout à l'heure comment Gui tint toutes ses promesses et même les dépassa. Cependant, malgré ses instances, il ne voyait rien se décider : le roi lui avait donné des espérances, sincères sans doute, mais que le manque de fonds empêchait de réaliser. Nouvelle supplique de Gui, et cette fois au chancelier : Gui développe les avantages de l'établissement dont il demande la création, à Paris, et il entre, à ce sujet, dans quelques curieux détails d'organisation.

« Or, dit-il, la disposition de ce jardin sera telle, que toutes les plantes y seront placées au plus près de leur lieu natal, soit bas ou haut, sec ou humide, ombragé ou découvert, autant que se pourra étendre la puissance d'un art qui se veut efforcer d'aider à la nature et de lui rendre un zénith étranger favorable. Il sera donc en douce pente, exposé au levant et midi, ayant en son milieu une montagnette artificielle de la hauteur de neuf à dix toises et d'un arpent de contenue, creuse en son ventre et ouverte au sud en demi-lune, afin de mieux recevoir et garder la chaleur du soleil. C'est pour réserver en hiver les plantes étrangères qui craignent le froid et pour cultiver à son gré (en bas, au bord) celles qui demandent le chaud. En son sommet seront plantées celles qui cherchent le haut. Et (*aux*) environs se verra une eau courante finissant en un marais pour les plantes palustres ; aux côtés seront deux petits bocages, de demi-arpent chacun, l'un, taillis, au levant, et l'autre, de haute futaie, au couchant, pour les herbes croissant à l'ombre et au frais. Le découvert sera, pour le reste, divisé en parterres, friches et prés séparés par allées plantées de divers arbrisseaux. »

En outre des obligations que Gui s'impose dans sa lettre au roi, il propose au chancelier « de faire, tous les ans, un ample mémoire des nouvelles découvertes des vertus des plantes et des plantes nouvelles, s'il s'en rencontre que les devanciers n'aient connues ni décrites, lequel je porterai au premier médecin de Sa Majesté...

« Jugez maintenant, Monseigneur, si ce jardin est utile et si ce que j'offre (*les divers cours*) pour l'accompagner est nécessaire. C'est une partie de mon talent. Qui offre ce qu'il a offre assez. »

Cependant les fonds manquaient toujours ; alors, Gui s'adresse au cardinal de Richelieu : « Déjà, lui-dit-il, le roi a accordé le jardin et donné la surintendance à M. Hérouard, son premier médecin ; je suis nommé par lui à Sa Majesté pour en avoir la charge et le gouvernement. Il ne reste plus que les deniers pour l'achat de la place qui doit être de vingt-cinq arpents et plus. »

Enfin les fonds sont faits, et, en 1633, le roi accorde aux pressantes et infatigables sollicitations de Gui de nouvelles lettres patentes pour l'organisation définitive de l'établissement du Jardin des plantes. Assisté de Bouvard, premier médecin de Louis XIII, Gui, alors médecin ordinaire de ce monarque, ayant jugé le terrain de Copeaux convenable pour ce dessein, ils en firent l'acquisition. Il consistait alors en quatorze arpents, y compris la butte qui s'y était successivement formée par l'amas des gravois et des immondices qu'on y transportait anciennement. L'acquisition des terrains voisins ne fut réalisée qu'en 1636. Gui fit construire les logements nécessaires et les salles convenables pour les démonstrations de botanique, de chimie, d'anatomie et d'histoire naturelle. Ainsi commença le plus bel établissement scientifique de l'Europe. Le terrain, — peu étendu cependant, — était encore trop vaste pour les plantes qu'on avait à y mettre; mais peu à peu les plantes poussaient, le jardin se développait, une petite serre était construite.

En 1636, G. de la Brosse publia sa *Description du jardin royal des plantes médicinales, établi par le roi Louis le Juste, à Paris, contenant le catalogue des plantes qui y sont de présent cultivées, ensemble* (avec) *le plan du jardin*. Dans la dédicace, adressée à M. de Bullion, surintendant des finances, sa joie éclate en transports chaleureux et il porte aux nues l'homme d'État de la main duquel lui sont venus les fonds nécessaires pour la réalisation pleine et entière du rêve de sa vie :

« Le temps et la persévérance qui donnent naissance à toutes les choses de la nature et de l'art ont enfin éclos, à Paris, le jardin royal pour la culture des plantes médicinales... Cet excellent ouvrage était réservé au règne de Louis le Juste, où tant de belles et grandes merveilles qu'il a exécutées auraient été remises par le ciel pour rendre et son siècle et son règne très illustres. Que si Dieu m'a fait cette grâce de le faire dresser et planter après la persévérance de vingt années et la résistance à mille fâcheux obstacles, je veux bien confesser que j'en dois plutôt l'effet au bonheur que m'a donné la favorable rencontre de Monseigneur de Bullion, mon très honoré seigneur et bienfaiteur, qu'à mon mérite. »

Gui nous apprend ensuite que le Jardin des plantes contenait dix-huit arpents, en 1636 ; que Bouvard venait d'y attacher « trois docteurs pour y enseigner les vertus des plantes selon leurs divers usages et préparations, tant ordinaires que chimiques, une officine pour ce dessein, un sous-démonstrateur des plantes et autres officiers grandement utiles et nécessaires. » Suit une description assez détaillée des bâtiments, où l'on voit qu'il existait une galerie « de douze toises de long et trois de large, peinte en toutes ses parois de la vie de Moïse. » De plus, Gui obtint de l'archevêque de Paris, le 20 décembre 1639, la permission d'avoir une chapelle.

La culture de ce jardin avait été commencée au printemps de l'année 1633, et en 1636 le nombre des plantes cultivées s'élevait à deux mille trois cent soixante. Gaston d'Orléans, qui aimait les plantes et les fleurs, envoya au jardin nouveau-né, quelques frais échantillons de son parterre de Blois.

Quant à Gui, il travailla toute sa vie à enrichir le jardin royal des plantes qu'il faisait venir de toutes parts.

Ses cours, dont il nous reste les leçons imprimées, sont très remarquables. L'auteur dit qu'il n'a pas voulu s'astreindre à suivre ni les anciens ni les modernes. On y trouve des idées très importantes sur la physiologie végétale, sur la respiration des plantes et sur leur sommeil, et sur beaucoup d'autres choses qui n'ont été vérifiées que longtemps après.

Outre le remarquable ouvrage qui résume son enseignement, G. de la Brosse publia un *Recueil*, gravé, *des plantes du jardin du roi*, in-folio. « Dans le dessein de faire connaître la supériorité du Jardin du Roi, il se servit de la main d'Abraham Brosse pour représenter les plantes singulières qu'il y élevait et qui manquaient aux autres jardins. C'était un ouvrage d'une grande entreprise, dit Antoine de Jussieu, de l'échantillon duquel nous avons cinquante planches; dans ce nombre, il y a certaines espèces qu'aucun botaniste, depuis lui, ne peut se vanter d'avoir possédées. Ces cinquante planches, que feu M. Fagon, son neveu maternel, sauva, longtemps après, des mains d'un chaudronnier, auquel les héritiers de la Brosse, qui connaissaient peu leur mérite, les avaient livrées, étaient les restes de près de quatre cents autres, déjà gravées. »

Quelle perte immense et profondément regrettable !...

Vaillant et Antoine de Jussieu en firent tirer seulement vingt-quatre exemplaires, qu'ils distribuèrent à leurs amis. On en voit au cabinet des estampes de la Bibliothèque de la rue de Richelieu, à Paris.

G. de la Brosse mourut en 1641 et fut enterré dans la chapelle située dans les bâtiments du jardin qui font aujourd'hui partie des salles du Muséum. En 1797, on découvrit sa sépulture, en faisant des changements à la distribution de cet édifice. Le journal *la Décade* dit à ce sujet : « On n'y a rien trouvé d'apparent qu'une simple inscription faite à la main avec du charbon et aussi fraîche que si elle venait d'être écrite ; elle est conçue en ces termes :

GUI DE LA BROSSE
dont la mort me comble d'ennui.
Si son corps est couvert
de terre,
J'espère que son nom
ne le sera
ne le sera jamais d'oubli.

LOUISE DE LA BROSSE.

« Des professeurs qui étaient présents (Fourcroy, Faujas, Lacépède et Geoffroy) ont ordonné, d'après cette inscription, qu'on fouillât dans le caveau. On y a trouvé un cercueil de plomb dans lequel il y a lieu de présumer que sont les restes de ce naturaliste, auteur de plusieurs ouvrages de botanique estimés. » La *Dé-*

cade ajoute : « Dans un de nos prochains numéros, nous donnerons l'idée d'un monument simple qu'on devrait élever à la mémoire du fondateur d'un établissement qui honore la nation. » Nous n'avons pas trouvé ce projet ; cette idée fut sans doute abandonnée, comme tant d'autres d'ailleurs, à cette époque passablement agitée.

Aucun monument, que nous sachions, ne rappelle le souvenir de G. de la Brosse : seulement, une plante d'Amérique a été baptisée de son nom par le père Plumier, illustre botaniste du XVIIe siècle ; c'est le genre dit *Brossoea*, et une rue, ouverte en 1838 sur l'emplacement de l'antique abbaye de Saint-Victor, a reçu le nom de *rue de Guy de la Brosse*.

CH. BARTHÉLEMY.

LA FEMME DE MON PÈRE

(Voir pages 586, 602, 612, 635, 650, 668, 674, 694, 708, et 278.)

A Mademoiselle Isabelle Vissocq, rue de la Préfecture, à Poitiers.

Vallières, le...

Silence, Isabelle, silence, chère insensée ! ne répétez pas davantage ce souhait, ce désir, sous peine de blasphémer. Certes, vos épreuves sont bien nombreuses et bien lourdes, mais elles pourraient l'être davantage et vous n'auriez pas encore le droit de demander à mourir. Du reste, ce vœu, mais s'il venait à s'accomplir, la simple approche du trépas vous terrifierait, ma pauvre enfant. Rappelez-vous certaine fable que je vous fis apprendre, alors que vous étiez petite fille : *la Mort et le Bûcheron*, et persuadez-vous bien que sous une forme quasi badine, notre immortel fabuliste a voulu cacher une grande vérité, une grande leçon.

Il y a plusieurs années déjà, moi aussi, Isabelle, je restais seule au monde, avec cette différence que j'étais pauvre et que vous êtes riche. Les heures de découragement et de résignation s'alternaient dans mon existence isolée ; et aux prises avec de déchirants souvenirs et les nécessités de la vie, peut-être eussé-je, comme vous, appelé la fin de mes douleurs, si. par un jour plus sombre encore que les autres, mon regard n'était tombé sur les feuillets détachés d'un livre, qui, par hasard, se trouvaient sous mes yeux, e dans lesquels j'ai puisé du courage. Le texte proprement dit échappe à ma mémoire, mais l'esprit en est toujours resté présent à ma pensée :

« Que parlez-vous de mourir parce que vous souffrez ! disait l'auteur inconnu. Certes, je le sais, il y a eu de grandes âmes qui, brûlant de l'amour de Dieu, ont prononcé ces paroles : « Que mon exil est long ! » mais, en général, notre cœur est bien trop attaché à cette terre à laquelle nous avons pour ainsi dire collé notre âme et que nous aimons éperdument, pour demander à la quitter. Et savez-vous pourquoi nous l'aimons avec tant de passion malgré ses amertumes et ses larmes ? Oh ! c'est que nous n'étions pas nés pour mourir. Notre corps comme notre âme ayant été créés pour l'immortalité, nous conservons, en dépit de nos malheurs, le sentiment de notre destinée primitive, et ce n'est donc que forcément et en gémissant que nous acceptons la mort. Le pauvre, comme le riche, aime la terre. L'un et l'autre la quittent avec peine, et souffrent cruellement quand il leur faut briser les liens qui les y attachent. Le premier tient à sa chaumière, à l'arbre qu'il a planté, aux lieux témoins des joies de son enfance, des labeurs de sa jeunesse, des souffrances de sa vieillesse, des privations de sa vie tout entière. Il tient à sa famille, il tient à ses amis. Pour lui, l'existence est un long martyre, et pourtant en lui disant adieu, il pleure... Le second, pour lequel tout est sourires en ce monde, qui ne voit autour de lui que jouissances, qui ne connaît que des fêtes, redoute l'au-delà ; aussi, lorsque sonne son heure dernière, il tremble, et les larmes qu'il verse sont bien amères. »

Vous le voyez donc, Isabelle, vous ne pouvez faire exception à la règle générale, et quand vous désirez vivement la fin de votre courte vie, vous subissez, croyez-le bien, chère petite, l'influence d'un état nerveux provoqué par une surexcitation à laquelle, peut-être, ne voulez-vous pas mettre un frein.

C'est, sans doute, sous cette impression encore que, parfois, vos pensées s'arrêtent sur la possibilité d'une vocation religieuse ; non pas, mon Isabelle que je considère ceci comme impossible, mais il faut, avant de laisser notre imagination voyager dans le domaine des saints, comprendre l'immensité du sacrifice qu'on demande aux élus. Savez-vous le nombre des renoncements qui attendent la jeune fille au seuil du cloître ? Comptez-vous les chers souvenirs de l'amitié venant, l'un après l'autre, s'asseoir au chevet des recluses dans le silence de l'étroite chambrette que leur prête la charité ? Le cas échéant, croyez-vous, Isabelle, ne jamais regretter le titre sacré d'épouse et le doux nom de mère ? Seriez-vous assez sûre de vous-même, pour sourire à la pauvreté devenue votre partage ; assez forte, pour rejeter de votre âme qui devrait être à Dieu, rien qu'à Dieu, tout autre sentiment que son amour ; assez brisée à une obéissance passive, pour accepter cette obéissance de tous les instants, sans laquelle la vie religieuse est impossible ?

Mais si vous veniez me dire : Je ne crains ni le nombre ni la grandeur des sacrifices, le souvenir n'aura aucune puissance sur mon cœur ; les joies d'une affection partagée sont sans attraits pour moi, et je ne me crois pas appelée à diriger une famille, de plus, j'ai pesé toutes les obligations qu'il faut contracter, toutes les promesses qu'il faut faire, tous les vœux qu'il faut prononcer au pied du tabernacle, et rien ne m'effraye...

je vous dirais alors, Isabelle, que vous êtes vraiment marquée du sceau divin... Mais...

Certainement, ma bonne petite, vous pouvez m'écrire aussi souvent et aussi longuement que vous le voudrez, et je vous répondrai. Je comprends trop les tristesses de votre cœur, pour n'y point compatir, et vous semblez, ma chérie, attacher à mon affection assez de prix, pour que je ne trompe pas votre confiance.

Au revoir; croyez en

SUZANNE DE MONTIGNY.

A Madame Suzanne de Montigny, au château de Vallières, par Fleury-sur-Andelle (Eure).

Paris, le...

Ma chère belle-mère,

Votre lettre, si juste dans son appréciation, si excellente dans la forme et dans le fond, a trouvé un homme persuadé. Depuis quelque temps déjà, j'avais pu me convaincre de l'impossibilité de continuer mes études d'ingénieur en me livrant à la carrière du journalisme, si attrayante pour moi. Je comprenais que persévérer dans les deux voies, c'était vouloir la médiocrité en tout. Mais il ne me suffisait pas d'apprécier la position à son véritable point de vue, il fallait la trancher au plus tôt. Cette pensée me faisait trembler et chaque heure augmentait mes craintes et mes préoccupations. Je ne me sentais ni le courage ni la force de m'en ouvrir à mon père. Je n'ignorais pas, en effet, que si, d'une part, il tenait à la carrière des mines que j'avais, je l'avoue, embrassée de grand cœur, de l'autre, il fait peu de cas de cette vie de la presse, vie assurément pleine de charme, mais que, dans son ignorance de tout ce qui est elle, il considère comme une existence de bohème.

C'est donc à vous, ma chère belle-mère, que je confie la difficile mission d'obtenir de M. de Montigny qu'il me permette d'abandonner mes études. Dites-lui, je vous prie, que je m'étais trompé sur mes goûts et sur mes aptitudes; que continuer des travaux auxquels je n'accorde pas le temps nécessaire, et qui n'ont plus pour moi le moindre attrait, c'est marcher à un échec certain. Dites-lui encore qu'une année ne s'écoulera pas entièrement sans qu'il ait, je l'espère, le droit d'être fier de son fils.

Je ne sais si vous vous rappelez, ma chère belle-mère, ce que je vous écrivais au sujet de mon avenir, alors que j'étais à l'École. Je vous disais que je sentais en moi l'immense besoin de me créer une de ces positions auxquelles il n'est pas donné à tous d'aspirer. Eh bien! mes idées n'ont pas changé depuis cette époque et j'en rêve toujours l'accomplissement.

N'est-ce pas, ma chère belle-mère, vous voulez bien accepter un mandat que vous seule pouvez remplir, parce que vous seule, par votre esprit conciliant, saurez amener mon père à ne point m'imposer sa volonté? Aussitôt qu'il aura eu connaissance de la supplique que je lui adresse par vous, je compte sur votre affection pour m'en dire le résultat.

En donnant ma démission d'élève à l'École des Mines, je devrai me faire immédiatement remplacer comme soldat. Tout cela est prévu; j'ai un homme dans ma manche et l'affaire sera faite en moins de temps qu'il n'en faut pour y penser. Soyez assez bonne pour noter à mon père cette dernière particularité; sans cela, cette obligation prendrait peut-être, à ses yeux, de trop larges proportions si elle n'était point, par avance, aplanie.

Je vais me trouver dans l'obligation de quitter ma gentille et riante mansarde. Elle est trop éloignée des bureaux de mon journal pour que je puisse y demeurer plus longtemps.

Bien des souvenirs déjà se rattachent à ce gai réduit qu'il me faut abandonner, Ce sacrifice, je le fais à ma position actuelle, le considérant comme une nécessité. Néanmoins, je vous avoue, ma chère belle-mère, que j'en suis triste.

Je n'ai point encore reçu de nouvelles de Paul Dupré. A moins d'accident, il doit être arrivé aujourd'hui. Mais son bâtiment ayant fait escale deux ou trois fois, il est certain qu'il n'a dû débarquer qu'après le départ des messageries, ce qui me laissera encore pendant un mois sans lettre. Quel vide l'éloignement de ce digne garçon fait dans mon existence! Tous mes amis sont charmants; mais ils ne sauraient remplacer Paul.

Malgré mon désir de ne point lasser votre patience en vous entretenant, sans cesse, de mes travaux, je tiens à vous dire que je vous enverrai le premier article saillant, fait et signé d'une plume à laquelle vous voulez bien vous intéresser. Jusqu'alors je n'ai eu à traiter que des sujets trop peu importants pour qu'ils vaillent la peine de vous être communiqués, ce ne sont que des entrefilets sans valeur, remplissage nécessaire aux jours où la politique ne fournit point assez pour compléter nos colonnes.

Au revoir, ma chère belle-mère, croyez en l'affection dévouée de votre beau-fils,

LUCIEN.

A Monsieur Lucien de Montigny, rue de Sèvres, Paris.

Vallières, le...

Comme vous avez dû, par avance, le comprendre, mon cher Lucien, si le contenu de votre dernière lettre n'a point étonné M. de Montigny, il ne l'en a pas moins affecté. Je crois devoir vous dire qu'en apprenant une détermination à laquelle il pressentait que ses avis ne feraient rien, votre père était fort triste. Par nature et par caractère, il regarde comme préférables aux autres les vies qui ne marquent que par des services silencieusement rendus, et eût été heureux que vous partageassiez ses idées. Maintenant, mon enfant, M. de Montigny ne veut pas, par une manière d'apprécier les choses opposée à la vôtre, entraver la vocation que vous dites sentir en vous. Entrez donc librement dans cette carrière que vous paraissez, à l'heure actuelle, préférer aux autres.

Mais, peut-être, feriez-vous bien, mon cher Lucien, de ne point établir entre vos collaborateurs et vous une trop grande intimité, avant d'avoir pu apprécier et leurs intentions et leurs sentiments. Je vous concède que les écrivains, journalistes ou autres, sont, en général, des hommes charmants; néanmoins, l'expérience est là pour nous apprendre que, parfois, dans le nombre se trouvent des consciences faciles et des drapeaux achetés.

Si j'osais, mon enfant, je vous dirais : Au nom de votre tranquillité, de votre réputation, de votre honneur, fuyez le terrain de la politique; c'est un sable mouvant pour les uns, c'est un écueil pour les autres, c'est un tourment pour tous. Dans notre belle France, si remuante, si changeante, les esprits ne savent point juger froidement les choses, et la passion, cette grande aveugle, qui brise tout ce qu'elle atteint, forcément nous entraîne au delà de notre volonté et de nos convictions.

Lucien, vous êtes instruit, sérieux, intelligent. Bien des sciences vous sont familières, et votre enthousiasme pour les arts révèle le goût que vous leur portez. Eh bien, au lieu de chercher à vous faire un nom en donnant des leçons au pouvoir ou en sermonnant les hommes qui l'entourent, pourquoi ne mettriez-vous pas à profit l'érudition que vous avez acquise au prix de tant d'années de travail, en produisant de ces articles que tous les lecteurs sérieux aiment à trouver dans leur journal, qu'ils lisent, méditent et consultent au besoin! Il me semble qu'on doit aussi facilement, peut-être, se créer une personnalité en dépensant en vue de tous un savoir réel, qu'en cherchant à capter le public par des mots, des phrases qui n'ont, à bien considérer, qu'une valeur relative.

M. Lucy vient d'être nommé à une belle majorité. Ses ouvriers ont tenu à honneur de se montrer heureux de cet événement, et l'ont prouvé par une démonstration fort touchante. Le lendemain des élections, toutes les familles des fondeurs se sont réunies, endimanchées, devant le principal corps du logis, formant quatre groupes distincts : les hommes, les garçons, les femmes, les petites filles. Ces dernières portaient d'énormes bouquets de fleurs des champs destinés à Mme Lucy, et leurs jeunes compagnons, une grande corbeille enrubannée, dans laquelle étaient symétriquement rangées des pièces de gibier rare et de belles truites du pays. Puis, aussitôt que les maîtres apparurent sur le perron, le plus ancien des ouvriers, superbe vieillard à cheveux blancs, s'avança et, d'une voix que l'émotion faisait trembler, il dit en termes très simples mais pleins de cœur, combien grande était leur joie à tous. Il eut aussi des mots de respectueux attachement pour Mme Lucy et un bon souvenir à la mémoire de son mari, leur ancien patron. Dimanche dernier, un banquet leur était offert dans la grande cour de la fonderie. Tout s'y est, dit-on, parfaitement passé; et aujourd'hui un lien plus intime, moins mercenaire, semble unir l'ouvrier à son maître.

A vous d'affection, cher Lucien.

SUZANNE.

A Madame Suzanne de Montigny, au château de Vallières, par Fleury-sur-Andelle (Eure).

Poitiers, le...

Bonne amie,

Ne vous préoccupez donc point des quelques mots échappés l'autre jour à ma plume. Je lui avais mis, comme disait, en ce temps-là, Mme de Sévigné, la bride sur le cou. Les pensées naissent et alors j'interroge les jours qui viennent, pour leur demander ce que je ferai ici-bas, dans ce grand désert de la vie. Seule, en face de mes tombes et de mes souvenirs, n'ayant en perspective ni affections naturelles, ni devoirs imposés, je suis destinée à me heurter à tout. Que vient-elle faire parmi nous, cette inconnue? diront les uns en regardant ma solitude d'un air de pitié. A quel titre nous offre-t-elle son dévouement? diront les autres.

Donc je dois traîner au milieu d'une société indifférente mon deuil éternel, passant comme un spectre parmi les heureux; n'ayant aucun droit pour pleurer avec ceux qui souffrent, puisqu'ils ne me connaissent pas.

Ma vieille cousine est excellente et me traite en enfant bien-aimée; mais nos goûts sont si différents! Elle passerait sa vie au milieu du monde bruyant des artistes; moi, je ne puis plus entendre ni chants ni musique; mes pinceaux eux-mêmes, mes pinceaux que j'aimais tant, je n'y saurais toucher! Que voulez-vous, bonne amie, je suis maintenant ainsi transformée, la société ne m'est plus rien, et les arts me sont devenus étrangers.

Cependant, laissez-moi, quand je vous écrirai, vous répéter ma tristesse. Isabelle n'a plus de père, n'a plus de mère; n'êtes-vous pas, après ceux qu'elle pleure, sa seule affection? Votre ISABELLE.

MALRAISON DE RULINS.

— La suite au prochain numéro. —

LES BRACONNIERS

« Le braconnage — a dit notre illustre maître M. d'Houdelot — a commencé avec le premier homme qui s'est livré au trafic de l'échange : il finira avec le dernier. »

Rien n'est plus vrai, car « l'homme, après avoir détruit ou contraint à la retraite les grands carnassiers aussi carnivores que lui, l'homme, qui n'avait lutté jusque-là que de force avec les bêtes redoutables, sentant le besoin de se pourvoir de proies vivantes, lutta également de vitesse avec les plus agiles et de ruse avec les plus rusées. De là le troupeau, de là les embûches et les pièges ».

Les anciens Gaulois et les Celtes inventèrent les fosses profondes recouvertes de branchages légers, afin de s'emparer des aurochs, ces animaux de l'espèce bovine, disparus depuis des siècles. Puis vinrent les toiles destinées à envelopper un troupeau de bêtes affolées; les filets, dont le but était d'entortiller des hordes courant en masse compacte, au milieu des tissus semblables à ceux des araignées où viennent se prendre les mouches destinées à servir de nourriture à l'horrible insecte.

De progrès en progrès, les hommes en sont arrivés à posséder un arsenal complet de pièges de toutes sortes, qui amèneront dans un temps donné la destruction à peu près complète de la gent poilue et empennée dont le Créateur a peuplé la terre.

L'introduction de tous ces engins a donc apporté de notables modifications à la chasse vraiment héroïque que les hommes des premiers âges faisaient aux grands carnassiers.

L'homme tue tout, dévore tout, grands et petits, types et races, semences et produits; il n'épargne rien, dans sa voracité et son égoïsme, il mange son blé en herbe, dévore sa « poule aux œufs d'or » et ravage nos bosquets et nos jardins, jadis hantés par les êtres ailés les plus gracieux et les plus mélodieux, à ce point qu'il en a fait de vastes solitudes.

Il est donc vrai d'affirmer que le braconnage, après avoir attaqué les grands animaux et le menu gibier, c'est-à-dire fait disparaître de notre sol les cerfs, les chevreuils, les sangliers, les lièvres et les perdrix qui, dans les siècles passés, servaient à l'alimentation générale dans de très grandes proportions, s'en prend, à l'heure actuelle, aux petits oiseaux destinés à servir de parure aux coiffures de nos élégantes, et à fournir de la chair aux pâtés d'alouettes, de mauviettes, de becfigues, de rouges-gorges, etc., etc.

Sans requérir contre ces malfaiteurs le rétablissement des édits sévérissismes de François Ier, de François II et de Henri IV, qui livraient au bourreau et à sa hache les coupables du délit de braconnage, on peut désirer que nos Chambres, au lieu de se livrer à de vains débats politiques, aussi ridicules qu'inutiles, songent au plus vite à faire une loi sévère contre ces voleurs éhontés de la propriété et de l'aliment nécessaire à la nourriture générale.

Une grande faute de notre gouvernement actuel est d'avoir loué les forêts et les domaines qui concourraient au repeuplement des grands animaux. Les communes ont suivi cet exemple et les propriétaires des immenses domaines ont aussi affermé le droit de chasse sur leurs terres au préjudice des fermiers qui, se voyant lésés par cette transaction, ont passé à l'ennemi et sont entrés en guerre avec les locataires du terrain qu'ils cultivent.

Le gibier est une récolte dont le fermier abandonnait la primeur à son maître et à ses amis; mais depuis que celui-ci a aliéné son droit à des étrangers, le fermier s'est rebiffé, et, ne pouvant pas se faire rendre justice, il se l'est rendue à lui-même : il a chassé, et enfin, las de guerre, de luttes, de procès, il a brisé son arme et fait le vide autour de lui.

Le gibier disparaît donc de jour en jour, grâce aux prolétaires, aux garçons de ferme, bergers, journaliers, femmes et enfants.

Telle est la cause dominante de la disparition du gibier en France. Les braconniers et les renards sont les auteurs de nos misères; mais l'impunité les protège et le mal s'accroît d'heure en heure, si bien que le combat finit faute de combattants et que nous nous voyons forcés de fermer la chasse deux mois avant l'époque où elle était encore ouverte du temps de nos pères.

Au moyen âge, lorsqu'on s'emparait d'un braconnier, on le condamnait à être « châtié à courre, » comme une bête fauve, par la meute du seigneur lésé, jusqu'à ce que mort s'ensuivît. D'autres fois, on l'attachait sur le dos d'un cheval fougueux, — comme celui qui emporta Mazeppa, — et il était également poursuivi par la meute. De nos jours, sur les 600.000 chasseurs qui braconnent en France, il serait bien difficile de pratiquer de pareils moyens coercitifs. Ce qui n'empêche pas que la loi de 1844 est à refaire et que le plus tôt sera le meilleur.

Mais quel remède devra apporter cette nouvelle loi contre la répression du braconnage? A notre avis, voici ce qui devrait être fait :

1° Rétablir avant tout l'ancien port d'armes qui servirait de passeport; 2° ouvrir la chasse plus tard et la fermer le 1er janvier pour la plaine ; 3° défendre le colportage et assurer l'exécution de cette prohibition en confondant le recéleur avec le détenteur et le colporteur, dont les noms seraient, après condamnation, publiés dans les journaux de leurs départements ; 4° établir des distinctions pour la pénalité entre le braconnier au fusil et ceux aux filets : rançonner le premier, et flétrir le second.

Je passe des articles, persuadé que les législateurs les trouveront mieux que moi, mais je m'imagine qu'en faisant une loi sur les bases ci-dessus exprimées, l'extinction du braconnage marcherait progressivement et ne tarderait pas à se faire.

La qualification de « braconnier », donnée de nos jours aux voleurs de gibier n'était point déshonorante dans son origine. Ce terme venait du verbe *bracher* qui, en vieux langage, avait trait à l'entretien des chiens, nommés en français *bracs*. Plus tard les braconniers étaient des types de révoltés. C'est aux mains de ces parias de la civilisation que tomba le roi saint Louis, le 22 janvier 1254, dans les déserts de Fontainebleau. Ceux-ci allaient faire un mauvais parti au souverain, quand il fut délivré à temps vers l'endroit appelé la *Butte Saint-Louis*, où l'on retrouve les ruines d'une chapelle élevée en commémoration de ce secours inespéré.

A notre époque, le braconnier guette la venue du chasseur citadin qui n'a point réussi et rentre bredouille; il lui offre, moyennant écus sonnants, faisans, chevreuils, gibier de toute sorte, à l'aide desquels le maladroit passe auprès de ses amis pour le plus habile tireur qui soit au monde. Et ce gibier qu'il vend ainsi, le braconnier l'a pris au collet, aux pièges divers dont il connaît l'usage, voire même à coups de fusil, à l'affût de nuit, quand il est sûr de l'absence des gardes.

En admettant même que ce conservateur assermenté soit venu interrompre les larcins nocturnes du braconnier, celui-ci, en cas de nécessité absolue, n'a point hésité à frapper de mort un père de famille, un honnête homme qui le gênait dans ses agissements.

Je me rappelle avoir trouvé sur mes pas, aux environs de Paris, à l'époque où j'étais bon chasseur et où les années et la maladie n'étaient point encore venues m'arracher des mains un fusil dont je faisais bon usage, un braconnier émérite qui travaillait en Seine-et-Oise, dans le parc de Mme la maréchale Mortier, le Plessis-Trévise, actuellement converti en villas et petites fermes, de par une bande noire qui a fait un damier d'une immense propriété, célèbre à tous égards et surtout à celui de la chasse.

Le parc de Plessis-Trévise était réputé le plus giboyeux de tous les environs de Paris. Chevreuils, lièvres, faisans grouillaient dans ses taillis et ses champs cultivés. Aussi les chasses de MM. Santerre et des suzerains de Combault à l'est, et toutes celles qui bordaient les murailles de ce même parc du côté de Chennevières, Champigny et la Queue, étaient-elles, pour ainsi dire, approvisionnées par Plessis-Trévise.

Le braconnier ci-dessus mentionné, nommé Ferrat, avait fait élection de domicile à Loques et il rayonnait sur tout le territoire. Un matin, je me trouvai nez à nez avec lui à l'angle d'une route du parc de Plessis-Trévise où j'avais droit de chasse. Je lui demandai ce qu'il faisait là, et il me répondit insolemment que cela ne me regardait point et que j'allasse au diable.

Cela dit, il se jeta dans le fourré et disparut bientôt à mes yeux, emportant sur ses épaules un fagot qui me paraissait bien gros et fort lourd.

Je fis part au garde Dubut de ma rencontre avec Ferrat et il m'avoua que cet homme était son mortel ennemi, qu'il avait été, maintes fois, menacé de mort par lui et qu'il l'évitait de crainte d'un malheur.

Nous étions en plein hiver, la terre était couverte de neige et il était facile de suivre les traces du braconnier. C'est ce que firent deux gendarmes qui arrivaient près de Dubut et de moi, à qui je racontai ce qui venait de se passer.

Les protecteurs de l'ordre public suivirent la piste et parvinrent devant une cabane en forme de hutte de bûcheron, dont l'huis était fermé. Mais ils frappèrent fort et un homme vint leur ouvrir :

« Que demandez-vous, messieurs?

— Vos papiers, et dépêchons-nous.

— Mes papiers, Jésus bon Dieu! et pourquoi faire?

— Allons! pas de verbiage. Qu'y a-t-il là dedans? Voyons! place! »

Les deux gendarmes pénétrèrent dans le « gourbi » de Ferrat et y trouvèrent un fusil à deux coups, dont un canon était chargé, l'autre vide.

Il y avait dans un coin un fagot, — celui que Ferrat avait emporté du parc de Plessis-Trévise, — et dans ce fagot qu'ils sortirent devant la cabane, il y avait... un chevreuil encore chaud.

« Allons! voilà qui est clair. Canaille de braconnier! fit un des gendarmes à Ferrat. Nous te dressons procès-verbal et nous t'emmenons à Melun; tu t'expliqueras avec l'autorité compétente. »

Ce qui fut dit fut fait.

Ferrat passa devant la justice et fut condamné à six mois de prison. Au moment où le verdict était prononcé, le coupable compta sur ses doigts, et dit au président:

« Merci, m'sieu l' juge. Je serai sorti un mois avant l'ouverture de la chasse, les perdreaux seront à point, et vous allez m' nourrir d'ici là, m' loger, m' chauffer. C'est d' la chance. »

Cet homme-là était incorrigible. Il est mort en 1870, fusillé par les Prussiens qui l'ont surpris un fusil à la main et l'ont pris pour un franc-tireur.

Il l'était en effet, mais... sur le gibier des autres.

BÉNÉDICT HENRY RÉVOIL.

JEHAN VAN EYK A CAMBRAY

(Voir pages 676, 700, 716, et 732.)

VI (*Suite*)

Dame Guillemette tressaillit. « Quel deuil? fit-elle.

— Ah, pardon! dit Van Eyk. J'oubliais que vous ne connaissiez pas mes projets, mesdames. Je n'en ai parlé qu'à messire Guillaume. Je comptais bien, du reste, vous en faire part bientôt. Je dois me marier à la fin d'août. Ma fiancée a perdu son père il y a deux mois, et, n'ayant plus de mère, elle a voulu passer le temps du grand deuil au couvent des Bénédictines de Gand, où sa tante est abbesse. C'est une des raisons qui m'ont déterminé à venir à Cambrai. Je me serais trop ennuyé chez nous en regardant la maison fermée de mademoiselle Yseult.

— Est-elle fille unique? a-t-elle du bien? demanda Mlle Delanoise.

— Elle a des frères qui sont, l'un secrétaire, l'autre fauconnier du duc de Bourgogne, et le suivent partout où il va. C'est une belle et bonne fille, amie de ma sœur depuis son enfance, et qui mériterait d'épouser un fort grand seigneur, tant elle est bien apprise et de

Les Braconniers.

gentille façon. J'espère être heureux avec elle, car elle est bonne ménagère et pieuse comme un ange.

— Est-elle blonde? est-elle brune? faites-nous son portrait.

— Le voici, » dit Van Eyk, charmé d'avoir un prétexte pour le regarder.

Il tira de son sein un médaillon assez grand, et fit voir à toute la compagnie le portrait d'une belle Flamande, au teint pur et vermeil, à la blonde chevelure, et qui paraissait avoir de vingt à vingt-cinq ans.

Le médaillon passa de main en main et chacun s'extasia sur les beaux yeux et l'air avenant de mademoiselle Yseult. Marguerite fut celle qui la regarda le moins et s'en souvint le mieux. Elle dit : « C'est une belle demoiselle, en vérité, » puis elle passa le médaillon à son frère. Guillaume s'aperçut qu'elle avait la main froide comme du marbre, mais il n'y fit pas autrement attention.

Dame Guillemette soupira, et félicita Van Eyk ; puis elle dit : « Si nous prenions congé, mon fils? Il se fait tard et l'air sera froid sur la rivière. »

Ils repartirent au crépuscule. Les rameurs les attendaient. Guillemette avait emprunté à Mlles Delanoise une mante fourrée pour envelopper Marguerite. — La soirée était délicieuse, et Van Eyk et Breton se mirent à chanter. Marguerite, assise au fond de la barque, appuya sa tête sur les genoux de sa mère et ferma les yeux. Elle se disait :

« Que ne puis-je m'endormir ainsi bercée, que ne puis-je m'endormir et ne plus m'éveiller jamais! »

Pauvre Marguerite, elle ne sommeilla même pas. Les rameurs, pressés d'aller souper et aidés par le courant, ramenèrent très vite la barque au port, près de la tour des Arquets, et l'on rentra dans Cambrai au clair de la lune.

Personne ne fit honneur au souper. Van Eyk, qui devait partir le lendemain dès l'aube, essaya en vain d'égayer ses hôtes. Lui-même se sentait triste, sans savoir pourquoi. Il voulut chanter, avant de boire le coup de l'étrier, mais sa voix était presque éteinte.

« Vous ne devriez pas chanter le soir en plein air, messire Jehan, dit Guillemette. C'est le moyen de perdre sa voix. Je le dis toujours à mon fils et à messire Breton, mais il n'y a que Guillaume qui m'écoute. Allons, à votre bon voyage, messire, et à votre retour. Nous vous reverrons, n'est-ce pas?

— Je l'espère bien, madame, et j'espère aussi ne pas revenir seul à Cambrai. Je serais si heureux de vous présenter ma femme! Vous me le permettrez bien, n'est-ce pas?

— Je vous en prie, messire, » dit Guillemette; mais son accent était plus froid que ses paroles.

On se sépara. Van Eyk demanda la permission d'embrasser la mère et la fille, les remercia, fit promettre à Guillaume de les amener à Bruges, et, enfin, tout ému, se retira dans sa chambre.

Le lendemain, dès la pointe du jour, Guillaume et Breton l'accompagnèrent chez messire Fursy. Le chanoine, tandis que l'on sellait les chevaux, emmena Guillaume dans son oratoire et lui dit : « Mon voyage se prolongera : je compte aller en pèlerinage à Cologne, et, quand on va aussi loin, il est bon de régler ses affaires. Je sais que ma belle chape sera bientôt finie. Le jour où ma filleule y fera le dernier point, vous lui remettrez ceci de ma part. C'est sans préjudice de ce que je lui lègue dans mon testament, mais je veux la doter dès à présent. »

Il remit à Guillaume une petite cassette pleine de pièces d'or, l'embrassa, descendit, et enfourchant son bon gros cheval, partit avec Van Eyk, un clerc et deux valets bien montés.

Guillaume et Simon les accompagnèrent à pied jusqu'à la porte des Férons, puis, montant sur une des deux tours qui la couronnaient, les regardèrent s'éloigner.

Jehan Van Eyk se retournait souvent, et agitait son mouchoir. Puis les cinq cavaliers devinrent si petits à l'œil qu'on ne les distinguait presque plus, et ils disparurent enfin dans la poussière éclairée par les premiers rayons du soleil.

« Rentrons, dit Guillaume, j'ai une bonne nouvelle à dire à ma mère. Voyez, Simon, ce que messire Fursy m'a donné pour Marguerite. — Ma mère sera bien heureuse. »

Mais dame Guillemette fit à peine attention aux pièces d'or du chanoine. Marguerite avait eu la fièvre toute la nuit, et le médecin qui venait de la voir paraissait inquiet.

« Elle a pris froid hier soir sur l'Escaut, pour sûr, disait Guillemette. O maudite promenade! pourquoi ai-je consenti à aller chez ces vieilles fées? »

Guillaume alarmé monta chez sa sœur. Elle lui fit signe d'approcher, et prit sa main : « Bénissez-moi, mon cher frère, dit-elle; vous consolerez maman, n'est-ce pas?

— Elle a un peu de délire, dit Guillaume tout bas à sa mère. Couvrez-la bien. Je vais aller à l'église et faire dire une messe pour elle. Ayez confiance, ma bonne mère. Cela passera. »

Lorsqu'il revint une heure après, la fièvre était tombée, Marguerite dormait, et, à son réveil, ne parut pas se souvenir de sa mauvaise nuit. Elle reprit, dès le lendemain, sa vie habituelle, mais elle resta pâle et triste, et malgré les soins et les caresses maternelles, ses forces déclinaient rapidement.

VII

CECIDIT FLOS

Lumen candelabri nostri extinctum est (IV Esdras, x, 22).

C'était la veille de l'Ascension. Les vêpres venaient de finir, mais il y avait encore beaucoup de fidèles dans la cathédrale à l'entour des confessionnaux, et quelques personnes dans le chœur. Elles regardaient le cierge pascal près de finir. Les miniatures de Van Eyk étaient à demi consumées, et l'on déplorait que la longueur du cierge eût été calculée trop chichement :

« Si on l'eût fait d'un demi-pied plus haut, disait un maître cirier, la base eût été conservée, et l'on aurait gardé ce chef-d'œuvre.

— Heureusement que messire Fursy en possède une copie aussi belle que l'original et peinte sur un panneau de chêne que j'ai façonné moi-même, dit Quentin du Tilloy, syndic de la corporation des questiers, ou menuisiers. C'est du chêne coupé au bois de Bourlon il y a plus de trente ans, et qui ne se fendra jamais, j'en réponds.

—Nous aurons demain une belle grand'messe, disait une bourgeoise en sortant de l'église, une messe en musique composée par messire du Fay. Mon fils Pierre doit y chanter. Ce sera très beau. Messire Guillaume est un habile homme.

Il est bien triste, savez-vous, Marion? sa petite sœur est très malade. On dit qu'elle a le cœur enflé, et qu'il bat si fort par instants qu'on l'entend à dix pas.

— Marguerite malade ? mais non. Pas plus tard que lundi elle m'a acheté des soies pour finir sa broderie, et me l'a montrée. C'est un ouvrage magnifique.

—Cela n'empêche pas qu'elle est malade. On n'épargne rien pour la guérir, ni thériaque de Venise, ni or potable, ni médicaments de toute sorte. Les médecins ne comprennent rien à sa maladie. C'est mon voisin l'apothicaire qui me l'a dit. La pauvre enfant ! c'est dommage. Une si jolie fille, si douce, si laborieuse ! Et sa mère, qui a déjà perdu tant d'enfants ! Marguerite ne quitte plus son lit.

— La preuve que si, c'est que la voilà qui entre à l'église avec son frère et sa mère. Vous vous pressez trop d'enterrer les gens, ma voisine. »

Marguerite arrivait en effet ; elle marchait lentement, appuyée au bras de sa mère, et Guillaume la soutint de l'autre côté pour monter les marches de la cathédrale. Elle s'arrêta pour reprendre haleine, et, avant d'entrer, regarda les statues du portail éclairées par les derniers reflets du couchant.

Puis elle entra dans l'église, et, rebroussant chemin, les deux bonnes femmes la suivirent à distance, curieuses de voir ce qu'elle allait faire à une heure si avancée.

Marguerite se rendit d'abord à son banc et s'y reposa en priant. Le vieux chanoine Jehan Hubert était à sa place accoutumée, devant l'horloge.

L'heure allait sonner. Marguerite voulut attendre la fin du carillon, puis elle marcha vers le chœur et alla regarder le cierge de près. Il faisait déjà presque nuit dans l'église, mais de nombreuses lampes votives et les cierges offerts le samedi à Notre-Dame la Flammenghe l'éclairaient.

« Tout est presque effacé, maman, dit Marguerite. Demain l'on éteindra le cierge. Je voudrais en avoir un débris, de quoi faire un petit cierge pour moi. Frère, pourriez-vous l'obtenir ?

—Très aisément, ma fille. Mais tu es fatiguée : retournons au logis.

— Pas encore. Je veux me confesser à messire Hubert. Je vous en prie, mon frère, prévenez-le, et qu'il me permette de rester assise. Je ne pourrais me mettre à genoux. Je suis trop lasse. »

Sa mère la conduisit près du vieillard et s'éloigna. Elle était bien triste, la pauvre mère, et pourtant elle espérait encore. C'est chose si contre nature que de prévoir la mort de son enfant !

L'église était silencieuse. Tout à coup une voix d'enfant s'éleva d'une chapelle : on étudiait l'office du lendemain, et cette voix d'une douceur et d'un éclat merveilleux chanta l'*Ave Regina cœlorum*, le chef-d'œuvre de Guillaume du Fay.

« Que c'est beau ! murmura Marguerite, qui venait de recevoir l'absolution.

—Mille fois plus beaux, ma fille, seront les chants de la Jérusalem céleste, dit le vieux prêtre. Ce chant si doux, ce chant fraternel qui fut composé près de votre berceau, n'est que le prélude de ceux que nous entendrons bientôt, vous et moi, dans un monde meilleur, dans un monde où il n'y aura plus ni larmes, ni souffrances, ni séparations. Adieu, ma fille. Allez en paix. »

Marguerite se leva et rejoignit sa mère.

« Ne vous inquiétez pas, maman, dit-elle, je me sens mieux. Demain messire Hubert m'apportera la sainte communion, parce que je ne saurais sortir à jeun, mais je me lèverai à neuf heures et j'irai entendre la belle messe en musique de mon frère. Je chanterai, moi aussi. Cette fête de l'Ascension me réjouit. C'est si bon de penser au ciel ! »

La nuit fut mauvaise. Marguerite étouffait, et l'on dut ouvrir sa fenêtre plusieurs fois. Par un caprice qu'on ne s'expliquait pas, elle fit ôter le tableau de Marguerite Van Eyk de sa chambre, et pria sa mère d'empêcher Gillonne d'y entrer. Vers deux heures elle s'endormit enfin, et ne s'éveilla qu'au lever du soleil. Elle demanda des fleurs et fit orner sa chambre avec soin.

Messire Hubert, escorté de Guillaume et de Simon et de deux enfants d'autel, lui apporta le viatique. Quelques voisins matinals, attirés par le bruit de la clochette, le suivaient, et s'agenouillèrent dans l'escalier.

Marguerite était si calme et si belle sur son petit lit, que messire Hubert, en se retirant, dit à Guillaume : « J'espère qu'elle guérira. Ne la contrariez pas. Elle veut venir à l'église, il ne faut pas l'en empêcher. »

Guillaume, après l'avoir reconduit, remonta vers sa sœur. La mère et la fille priaient en silence. Aldegonde enlevait le petit autel, et préparait les vêtements de Marguerite. Guillaume s'éloigna, un peu rassuré.

Deux heures après, Marguerite, revêtue de la belle

robe de laine blanche qu'elle avait portée le jour de Pâques, se rendit à l'église, appuyée sur sa mère et sur Aldegonde. Un chapel de roses retenait son voile d'étamine blanche, et tous ceux qui l'admirèrent au passage la croyaient guérie.

Guillaume était au chœur. Il la vit de loin arriver à son banc, et, tout en dirigeant les choristes, il priait ardemment pour elle.

Marguerite ne paraissait pas fatiguée. Elle chantait à demi-voix en suivant l'éclatante mélodie qui remplissait l'église.

Après l'évangile, lorsqu'un acolyte montant à l'ambon eut silencieusement éteint le cierge pascal, Marguerite s'assit, inclina la tête, se couvrit le visage de ses mains pâles, et resta muette et immobile jusqu'à la fin de la messe.

Guillaume, inquiet du retour, avait prié sa mère de l'attendre. L'office terminé, il se hâta de quitter ses habits de chœur, reprit son vêtement noir, et se dirigea vers l'horloge. Un cri soudain le fit frémir : c'était un de ces cris qui ne sortent du cœur qu'en le déchirant, c'était la voix de sa mère. Il courut vers elle, épouvanté.

Marguerite venait de glisser à terre, évanouie, et la pauvre mère, folle d'effroi, appelait au secours. Cent personnes s'empressaient autour d'elle. On porta la jeune fille au grand air, sous le portail. Elle rouvrit les yeux un instant, regarda sa mère et son frère en souriant, puis tournant ses regards vers le ciel, murmura :

Ave, Regina cœlorum,

et mourut.

Au moment où elle fut rapportée chez sa mère, étendue sur un brancard qu'entourait une foule en pleurs, le messager de Bruges arrivait, chargé de présents, et apportant une lettre qui invitait Guillaume du Fay et sa famille aux noces de Jehan Van Eyk.

Guillaume se hâta d'éloigner le messager. Sa mère ne l'aperçut pas. On avait posé le brancard dans la salle basse, et Guillemette à genoux, et tenant les mains de sa fille, suppliait le médecin de la soigner. Mais tout était fini.

Le lendemain soir la jeune morte, couchée parmi des fleurs et le visage découvert, fut portée à l'église par ses compagnes de première communion. Elle semblait dormir et souriait encore, blanche comme les jasmins qui couronnaient son front. Il y avait foule à la cathédrale, et plus d'une fois le chant des vêpres des morts fut interrompu par des pleurs.

Lorsque le blanc cercueil eut été descendu dans la crypte, Guillaume alla retrouver sa mère au logis. Elle ne pleurait pas, et sombre, glacée, les yeux fixes, gardait un profond silence. Ses amies et ses servantes, effrayées de cet état, essayaient en vain de la faire parler.

Guillaume les pria de ne pas le suivre. Il prit sa mère par la main et l'emmena dans la chambre de Marguerite.

Tous deux regardèrent le petit lit, le métier à broder, les fleurs encore fraîches placées devant une statuette de la sainte Vierge. La morte n'avait pas été apportée dans cette chambre, et toutes choses y étaient restées telles que la veille au matin, tout, même la cage du petit oiseau. Il se mit à chanter en voyant entrer quelqu'un, et se suspendit aux barreaux comme il le faisait quand Marguerite s'approchait de la cage.

« Elle ne reviendra plus, dit la pauvre mère, plus jamais ! Que fais-tu ici, petit oiseau ? envole-toi ! »

Elle ouvrit la cage et la fenêtre. L'oiseau hésita un instant, puis il partit à tire-d'aile et fut bientôt hors de vue.

Alors la pauvre mère pleura, et ses larmes seules l'empêchèrent de succomber à la douleur.

Elle survécut bien des années à sa fille, mais elle ne se consola jamais de l'avoir perdue (1).

VIII

Guillaume du Fay

> Las ! ce temps-là nous est bientôt passé :
> Dieu veuille avoir l'âme du trespassé.
> (*Les troubles de Cambray.*)

La carrière de Guillaume fut longue et brillante. Appelé à la cour de Philippe le Bon, il devint maître de musique du jeune Charles, comte de Charolais, futur duc de Bourgogne. Il reçut des présents de Louis, Dauphin de France, et du bon roi René, si passionné pour les beaux-arts, et, après avoir beaucoup voyagé, et demeuré fort longtemps en Savoie, il revint finir ses jours à Cambrai. Il était chanoine de la cathédrale depuis le 12 novembre 1436, et, le 21 avril 1451, le chapitre lui avait octroyé une gratification comme « ayant illustré notre église par ses chants ».

On possède plusieurs compositions de Guillaume du Fay, entre autres une Séquence de sainte Madeleine qui lui avait sans doute été inspirée par la peinture de Van Eyk.

Le testament du chanoine musicien existe encore. Il a survécu à la ruine de la cathédrale, aux pillages et aux incendies, et cette frêle épave, de même que les inventaires et les comptes de l'église Notre-Dame, recueillie d'abord dans les archives de la maison Sainte-Agnès, puis transférée aux archives centrales du département du Nord à Lille, témoigne des nombreuses richesses artistiques anéanties en 1791.

1. Mme du Fay mourut le 23 avril 1444, ainsi que le témoigne son épitaphe, reproduite par M. Le Glay, dans son ouvrage intitulé *Recherches sur l'Église métropolitaine de Cambrai*

Chi devant gist demiselle Marie du Fay mère de Me Guillaume du Fay, canone de céens, laquelle trépassa l'an mil iiije et XLiiij, le jour de Saint-Georges. Priés Dieu pour l'âme.

Guillaume du Fay, lorsqu'il mourut fort âgé, en 1474, n'avait plus de famille, si ce n'est un parent éloigné qui habitait Bruges. Le chanoine léguait son bien à l'Église et aux pauvres et spécifiait différents legs à ses amis, mais il paraissait avoir oublié le cousin Jeannin du Chemin. Les exécuteurs testamentaires, avertis sans doute par lui verbalement, allouèrent au Brugeois un présent de cent livres, en remerciement des confitures qu'il envoyait tous les ans à Guillaume du Fay. Ils dépensèrent cinquante-huit sous pour envoyer à Charles le Téméraire, alors à Doullens, les « diverses chanteries » que Guillaume léguait à son illustre élève, et parmi lesquelles se trouvait « Ung livre de chansons ; item, un petit livre en vermeille couverture à agrape de Keuvre; item, ung livre de louanges de musique, et la messe : *Ave, Regina cœlorum.* »

Guillaume légua un « cousteau royal » que lui avait donné René d'Anjou, comte de Provence et roi de Sicile, de Chypre et de Jérusalem, de titre, mais non de fait, à messire Pierre de Ranchicourt, évêque d'Arras. Il donna le portrait « pris sur le vif » de son ami le chanoine Simon Breton, mort l'année précédente, à un vicaire de la cathédrale, à la condition expresse que ce portrait serait placé sur l'autel quand on célébrerait l'o*bit* annuel fondé pour le repos de l'âme des deux amis. Enfin, après avoir longuement détaillé toutes ses intentions, le musicien demandait que, lorsque les sacrements de l'Église lui auraient été administrés, et que viendrait le moment de l'agonie, huit des choristes de la cathédrale vinssent chanter près de son lit, *submissa voce*, l'hymme *Magno salutis gaudio*, et que les « enfants d'autel », avec leur maître et deux choristes, chantassent le motet qu'il avait composé sous ce titre : *Ave, Regina cœlorum.*

L'heure à laquelle mourut messire du Fay, disent les chroniques du temps, ne permit pas de lui donner cette suprême consolation, mais les chants qu'il avait désignés furent exécutés à sa messe de *requiem.*

Marguerite était oubliée ; mais seul, son frère se souvenait que ce chant de l'*Ave* était le dernier que les lèvres mourantes de sa sœur avaient murmuré. Il s'endormit paisiblement après une longue vie, consacrée tout entière à glorifier Dieu par la musique, cette langue universelle, commune aux anges et aux hommes, et qui, seule entre tous les arts, louera Dieu éternellement dans le ciel.

La pierre tombale de Guillaume du Fay, sculptée de son vivant, avait été placée sous le portail Saint-Gengulphe. Elle disparut lors de la démolition de la cathédrale, et ne fut retrouvée qu'un demi-siècle après, enfouie, et à demi rompue, dans la cour d'une maison habitée par M. l'abbé Thénard, chanoine de Cambrai, qui s'empressa d'en recueillir les fragments. Elle est à présent restaurée et placée dans la curieuse collection d'antiquités cambrésiennes rassemblées par M. Victor Delattre avec un soin et un patriotisme admirables. L'inscription latine de cette tombe se traduit ainsi :

« Ci-dessous repose le corps de vénérable homme maître Guillaume du Fay, musicien, bachelier en droit, autrefois maître de chœur en cette église, puis chanoine, ainsi que de l'église de Sainte-Waudru de Mons. Il mourut l'an du Seigneur 1474, le 27 novembre. »

Le bas-relief qui domine cette inscription représente la résurrection. Le chanoine-musicien est agenouillé près du sépulcre d'où s'élance le Christ ressuscité. Les gardes du saint tombeau sont à demi renversés, et un petit ange, les ailes éployées, semble chanter l'*Alleluia.* Près de Guillaume du Fay, la patronne de l'Église de Mons, sainte Waudru, est représentée, une crosse et un livre dans les mains.

Aux quatre angles de la pierre, des écussons jadis peints et dorés, contiennent répété le monogramme de Guillaume du Fay (1).

Certes les statues, les peintures, les manuscrits, les médailles, les pierres tombales, etc., etc., rassemblés par M. Victor Delattre, sont bien chez lui, comme on disait autrefois, *mis à recueillette et sauveté*, et il est très probable que dans un temps plus heureux que celui-ci cette collection, acquise par la ville de Cambrai et placée sous la garde de celui qui la forma, prendra place dans un monument public ; mais, en attendant, il serait à souhaiter que le souvenir de Guillaume du Fay fût rappelé dans un sanctuaire. La nouvelle cathédrale de Cambrai possède le monument de Fénelon, érigé en 1826 ; la chapelle Sainte-Agnès, celui de l'évêque Vanderburch, et sur l'esplanade sont érigées les statues d'Enguerrand de Monstrelet et du quasi apocryphe inventeur de la batiste. Ne conviendrait-il pas d'honorer, au moins par une inscription, la mémoire du pieux musicien qui fut une des gloires du Cambrésis, et avait espéré reposer en paix jusqu'au dernier jugement, sous les voûtes de l'Église « illustrée par ses chants »?

O poussière des temps passés, que de fleurs et d'épines, que de larmes et de sourires renaissent quand on soulève tes nuages en parcourant les ruines silencieuses et désolées !

JULIE LAVERGNE.

FIN.

LE DAHLIA ET LA MAUVE

FABLE

Un dahlia superbe, épris de sa beauté,
Étalait aux regards ses splendides corolles.

---

1. Ce monogramme indique, par sa disposition, l'orthographe du nom qui se prononçait en trois syllabes.

M. V. D. en publia le dessin dans un travail sur les inscriptions funéraires et monumentales de sa collection cambrésienne. Il est inséré dans le *Bulletin* de la Commission historique du Nord, t. IX, 1866.

Par de vains éloges gâté,
L'insensé tirait vanité
De ses avantages frivoles.
A ses pieds une mauve, au feuillage rampant,
Ouvrait timidement son modeste calice.
Le dahlia, fier et pimpant,
La regardant avec malice,
— Je devrais dire avec mépris, —
Lui dit d'un petit ton où perçait l'ironie :
« De vous cacher ainsi quelle étrange manie,
Ma charmante! Est-ce un parti pris?
Vous êtes vraiment trop modeste
Et vous avez grand tort, du reste :
De la beauté sur moi vous gagneriez le prix. »
La mauve répondit : « Trêve de raillerie :
De vos fiers dédains je me ris.
Qu'on admire à l'envi votre tige fleurie,
A quoi serviront, je vous prie,
Vos pétales bientôt flétris?
Vous plaisez, mais moi je guéris.

Quel destin vaut le mieux? Un esprit raisonnable
Préférera toujours l'utile à l'agréable. »

L'abbé LAMONTAGNE.

CHRONIQUE

Les anciens estimaient que les songes leur venaient des Enfers et qu'ils en sortaient par deux portes différentes : les uns, par une porte d'ivoire, et ils n'étaient qu'un amas de vapeurs chimériques; les autres, par une porte de corne, et ils étaient l'expression de vérités mystérieuses.

Aujourd'hui, les songes ne sortent plus ni par la porte d'ivoire, ni par la porte de corne; mais quand ils passent par les loges des portières, ils sont l'objet de commentaires tout aussi sérieux qu'au temps où l'illustre devin Tirésias lui-même se donnait la peine de les expliquer.

C'est même pour répondre à ce besoin de prédictions par les visions du sommeil qu'ont été publiés, et que chaque année sont réédités tant de livres, à couverture bleue ou rose, qui font l'objet des méditations de bon nombre d'âmes ingénues à la recherche du billet gagnant à la prochaine loterie, ou d'un héritage que doit leur laisser la mort d'une tante lointaine dont on n'avait jamais entendu parler, et dont le deuil sera d'autant plus facile à porter.

Je ne veux point, du reste, réduire à néant toutes ces prophéties nocturnes; je puis vous affirmer que j'ai connu personnellement une concierge — ces choses-là arrivent particulièrement aux concierges — qui rêvait tous les samedis soirs que son mari la battrait le lundi, et la chose se produisait régulièrement comme le songe le lui avait annoncé.

Circonstance particulièrement remarquable : cet avertissement se manifestait toujours sous une forme symbolique et dont les initiés seuls pouvaient comprendre le sens. Ma concierge voyait d'abord surgir dans le fond de son alcôve une grande bouteille, sur laquelle s'étalait une étiquette portant ces mots : *Petit vin a quatre sous;* et du goulot de la bouteille émergeait peu à peu un énorme manche à balai, que la pauvre femme était absolument certaine de retrouver dans la réalité de son échine meurtrie, vingt-quatre heures après... Je ne me charge point d'expliquer ces étranges coïncidences, je me borne seulement à les constater.

La question des rêves a occupé bien souvent les philosophes et les physiologistes. La *Gazette des Hôpitaux* nous apprend qu'un médecin vient de communiquer à la Société de biologie le résultat d'observations, d'après lesquelles il croit pouvoir établir certaines règles sur la manière dont se produisent ces étranges phénomènes.

Les rêves, s'il faut en croire ce praticien, diffèrent d'après la manière dont on est couché, c'est-à-dire d'après la manière dont le sang arrive au cerveau :

« Les rêves que l'on fait, couché sur le côté droit, sur le cerveau droit, dit-il, diffèrent de ceux que l'on fait sur le cerveau gauche. Ils sont illogiques, absurdes, mobiles, changeants, pleins de vivacité et d'exagération : « Songe est mensonge. » Ils portent sur de vieux souvenirs et sont souvent accompagnés de cauchemar. Les vers que l'on fait couché sur le côté droit sont dénués de sens, mais corrects sur leurs pieds...

« Les rêves que l'on fait étant couché sur le côté gauche sont moins absurdes et peuvent même être intelligents. »

Qu'y a-t-il de vrai dans cette théorie physiologique, je l'ignore; au fond, elle n'est pas absolument invraisemblable; car tout le monde peut savoir par expérience que certaines conditions physiques influent sur les visions du sommeil. Si vous vous placez un poids quelconque sur l'estomac, par exemple un édredon ou tout simplement quelques tranches de pâté de foies gras, absorbées avant de vous coucher, vous savez bien que vous serez aux prises avec toutes les extravagances du plus noir cauchemar.

Cette théorie ne nous apprend donc rien de bien nouveau, et quelques-uns des phénomènes qu'elle constate sont de ceux qu'on pourrait même observer à l'état de veille chez bon nombre de gens; pour ma part, je connais pas mal de poètes dont les vers sont dénués de sens, même quand leurs auteurs ont leurs deux yeux bien ouverts.

Beaucoup d'artistes ont eu ou ont cru avoir des inspirations pendant le sommeil : aucun n'a jamais pu reproduire fidèlement, à l'état de veille, une de ces prétendues merveilles écloses sous l'influence soporifique.

Parmi ces inspirations nocturnes ou soi-disant telles, une des plus célèbres est la Sonate composée par le musicien italien Tartini. Par une bonne nuit de l'année 1713, Tartini dormait de tout cœur, quand il s'imagina que le diable en personne venait d'entrer dans sa chambre et qu'il le priait de lui prêter son violon.

Le musicien fut bien un peu surpris, mais quand le diable entre ainsi chez vous et qu'il ne vous demande qu'un simple crin-crin, on peut bien le lui laisser prendre, de peur qu'il n'emporte autre chose.

Ce fut ainsi que raisonna Tartini, et il s'empressa de mettre son violon et son archet entre les doigts crochus du Prince des Ténèbres, qui s'était familièrement assis sur le pied de son lit.

Le malheureux musicien s'attendait à avoir les oreilles écorchées par quelques notes effroyables, tenant à la fois du rugissement du tigre et du rugissement des damnés.

Point. Lucifer racla l'instrument avec une suavité de touche qui prouvait qu'il avait autrefois entendu la musique du Paradis.

Tartini était muet d'admiration ; il eût écouté jusqu'à la fin des siècles si le chant d'un coq annonçant l'apparition de l'aurore n'eût mis l'ange déchu en déroute. Lucifer jeta le violon sur la couverture et Tartini s'éveilla.

Comme on le pense bien, le premier soin du musicien fut de flairer son violon pour savoir s'il sentait le soufre; il sentait seulement la colophane dont ses cordes avaient été bien frottées la veille.

Tartini n'avait donc fait qu'un songe; mais cette belle musique qu'il avait entendue, il s'en souvenait toujours; il voulut la fixer sur le papier telle qu'elle se présentait encore à sa mémoire : jamais il n'y put parvenir; il se dédommagea du moins en notant ses tâtonnements qui ne ressemblaient nullement à la musique de son redoutable visiteur, mais qui était fort beaux encore, et il en fit une sonate bien connue, qu'il appela *la Sonate du Diable.*

J'aime à croire pour lui que le diable, dans l'autre monde, ne lui a pas réclamé des droits d'auteur ou tout au moins de collaborateur...

*
* *

Je n'aime guère à parler, dans cette causerie, de choses affligeantes ; je n'insisterai donc point sur tous les désastres, les désespoirs, les suicides dont la Bourse a été cause depuis quelques semaines; et cependant il n'est guère question d'autre chose dans Paris et même bien ailleurs.

Vous lisez chaque matin dans votre journal que M. X... a payé *ses différences* en se logeant une balle de revolver dans la tête, ou que M. Y... est devenu subitement fou et qu'il a fallu le conduire de son cabinet d'affaires dans un cabanon de Charenton.

J'en ai vu de ces malheureux atteints par l'écroulement subit de leur fortune, de tout ce qui faisait leur situation dans le monde, leur bonheur, leurs espérances pour l'avenir de leurs familles, et je vous assure que, quand on a vu cela, on se jure bien de ne jamais approcher de ce gouffre, plus dévorant que Charybde ou Scylla, qui s'appelle la Bourse.

C'est même uniquement pour cette moralité finale que j'appelle votre attention sur ce désolant sujet, que j'avais envie de passer sous silence.

Quelle singulière coïncidence ! Au moment où les hasards du jeu viennent de donner à tant de gens une si rude leçon, nous voyions reparaître sur le théâtre de l'Odéon une pièce qui fut considérée, il y a trente ans, comme une flétrissure des passions avides : *l'Honneur et l'Argent*, de François Ponsard, et en même temps nous pouvions assister à la réhabilitation, au triomphe du jeu dans le nouveau tournoi de billard des maîtres émérites Vigneaux et Slosson.

Quand on représenta pour la première fois *l'Honneur et l'Argent*, cette pièce fit grande sensation ; elle fut saluée comme un plaidoyer en faveur dela vertu, et tous les critiques d'alors profitèrent de l'occasion pour répéter le vieil axiome, un peu paradoxal, à coup sûr, que « le théâtre est l'école des mœurs ».

De quoi s'agissait-il pourtant dans la pièce de Ponsard? Tout simplement d'un jeune homme qui préférait se ruiner plutôt que de ne pas payer les dettes de son père.

Cela semblait beau, cela semblait héroïque dans ce temps-là déjà ; et l'on applaudissait à ce jeune homme qui se réduisait lui-même à vivre de son travail, comme, deux siècles plus tôt, nos aïeux applaudissaient à Rodrigue mettant l'épée à la main pour effacer le soufflet tombé sur la joue de son père don Diègue.

On était alors au commencement du second Empire ; aujourd'hui à la reprise de la pièce de Ponsard, presque tous les comptes rendus de théâtre s'accordent à trouver que le jeune homme de *l'Honneur et l'Argent* semble un peu naïf de s'être ainsi ruiné spontanément et d'un seul coup par simple devoir filial : Il aurait pu attendre n'est-ce pas? Il aurait pu, n'est-ce pas? faire quelques spéculations heureuses. Il aurait pu jouer à la Bourse, n'est-ce pas?

En effet, depuis ce temps, la Bourse a pris une importance qu'on ne lui avait point encore connue jusqu'alors Elle devint un si gros abus que Ponsard crut devoir flétrir le jeu sur les valeurs publiques, dans une autre pièce intitulée : *la Bourse*. Elle réussit moins que la première, quoique l'empereur Napoléon III eût pris soin d'honorer l'auteur d'une belle lettre autographe, dans laquelle il le félicitait d'avoir combattu un des fléaux du temps; mais le public, l'empereur et peut-être Ponsard lui-même n'étaient pas convaincus que le monument à colonnes de la rue Vivienne fût une succursale de la grotte de Polyphème ou de l'antre de Cacus; on admettait bien que quelques pigeons y fussent plumés, mais on ne paraissait pas certain que le monstre du jeu qui y faisait résidence fût beaucoup plus féroce que l'ours

Martin du Jardin des plantes, bonne personne, comme chacun sait.

On raconte même que Ponsard, personnellement, ne haïssait point les caprices du hasard, au moins ailleurs qu'à la Bourse, et qu'il laissa entamer plus d'une fois par les jeux d'Aix-les-Bains une part des droits d'auteur qu'il avait gagnés avec ces sévères succès de théâtre.

Il n'eût pas été, si l'histoire est authentique, le premier poète qui eût cédé aux attraits, bien prosaïques à mon avis, de la Dame de cœur et de la Dame de pique, et il eût pu, au besoin, plaider les circonstances atténuantes en rappelant certains souvenirs de l'un des premiers tragiques français, Rotrou.

L'auteur de *Venceslas* jouait avec fureur, jusqu'à se ruiner; mais, comme comme il connaissait son péché d'habitude et qu'il n'avait pas le courage de s'en corriger, il avait imaginé un moyen d'en atténuer un peu les conséquences.

Quand Rotrou avait une certaine somme devant lui, il prélevait toujours quelques louis qu'il jetait dans les tas de fagots de son bûcher, au hasard. Cela fait, il gaspillait le reste à sa fantaisie. Les jours de gêne arrivés, Rotrou allait alors à son tas de fagots et repêchait un à un, péniblement, les derniers louis nécessaires à ses dépenses de la vie quotidienne.

Feu M. le baron de Rothschild, qui n'était ni joueur ni avare, mais qui aimait pourtant à faire sa petite partie de cartes et qui ne se souciait pas qu'elle l'entraînât plus loin qu'il ne convient à un homme d'ordre, avait, dit-on, une légère manie dont ses amis riaient beaucoup et dont il riait lui-même le premier.

Il avait son argent dans un porte-monnaie qui fermait à clef; le porte-monnaie était dans la poche de son pantalon, et la clef dans la poche de son gilet. C'était donc tout un travail que d'ouvrir ce porte-monnaie. Néanmoins, M. de Rothschild recommençait ce travail autant de fois qu'il le fallait, ne prenant son argent qu'à mesure de besoin immédiat; pour une pièce de 50 centimes, il se résignait à exécuter la manœuvre de la clef.

Dans tout cela il n'y a rien autre chose que le paradoxe en action d'un financier homme d'esprit... Mais est-ce bien là un paradoxe? Si chaque fois que nous voulons dépenser une somme, si minime qu'elle soit, le prix de l'argent nous était rappelé par une peine quelconque, nous serions moins prompts à oublier que le seul moyen de le gagner et de le conserver, c'est le travail lent et pénible de chaque jour.

Mais je reviens à *l'Honneur et l'Argent* pour constater avec regret, je l'avoue, que cette pièce morale n'obtient qu'un modeste succès d'estime, alors que le *match* de billard entre Vigneaux et Slosson a soulevé un engouement et provoqué des paris comparables à ceux que provoque le *Grand Prix* lui-même aux courses de chevaux de Longchamps.

C'était la troisième fois que les deux adversaires se rencontraient : jusqu'à présent Vigneaux avait remporté la victoire; Slosson a gagné la troisième partie, qui n'a pas duré moins de quatre soirées; chaque fois l'enjeu a été de dix mille francs, faits par les adversaires ou par leurs partenaires.

La lutte a eu lieu dans les salons du Grand-Hôtel. Quoique les prix d'entrée fussent très élevés, on a dû refuser beaucoup de spectateurs; un instant même, la porte du *Salon du Zodiaque*, où le tournoi avait lieu, a été enfoncée et les glaces dont elle était garnie ont volé en éclats.

Mais l'émotion du jeu ne s'arrêtait point aux élus qui avaient pu pénétrer dans l'intérieur de la salle : au dehors, une foule immense a stationné pendant quatre soirées, de huit heures et demie à minuit, pariant avec fureur sur les chances probables de chaque champion.

Elle était bien renseignée : de cinq minutes en cinq minutes la lumière électrique réfléchissait, sur les deux transparents fixés à un balcon dominant la place de l'Opéra le nombre respectif de points gagnés par chaque champion. Et alors c'étaient des cris de joie ou des hurlements de colère dans l'un et l'autre des partis. On eût dit qu'il s'agissait de quelque grande lutte internationale; et, comme pour ajouter à cette illusion, comme pour accroître l'importance de cette joute, le Grand-Hôtel s'était pavoisé aux couleurs françaises et américaines... Tout cela, parce que deux amateurs faisaient plus ou moins dextrement choquer leurs billes d'ivoire sur un tapis vert !

J'apprécie le jeu de billard comme un fort joli jeu; je serais bien fâché de contredire en rien l'adresse de M. Vigneaux et de M. Slosson, mais si tant de monde descend dans la rue pour une série de carambolages, si tant de drapeaux et tant de becs de gaz font flamboyer le rayonnement de leurs couleurs et de leurs feux, si tant de paris s'engagent sur pareille matière, si tant d'émotion se dégage autour de si peu de chose, quel peuple sommes-nous ? Qui nous garantira des étourderies de toutes sortes ? Qui nous préservera des aventures du jeu, — de ces aventures qu'on flétrit au théâtre; qu'on poursuit quand le jeu se produit dans une maison clandestine, mais qu'on tolère, qu'on amnistie, qu'on encourage presque, quand le jeu a pour prétexte les courses de chevaux, les *matches* de billard... avec leur conséquence logique et tragique, les hasards de la Bourse !

ARGUS.

Abonnement, du 1er avril ou du 1er octobre; pour la France : un an, 10 fr.; 6 mois, 6 fr.; le n° au bureau, 20 c.; par la poste, 25 c.
Les volumes commencent le 1er avril. — LA SEMAINE DES FAMILLES paraît tous les samedis.

VICTOR LECOFFRE, ÉDITEUR, RUE BONAPARTE, 90, A PARIS. — Imp. de la Soc. de Typ. - NOIZETTE, 8, r. Campagne-Première. Paris.

JOSETTE ET FRANÇON

On avait dansé la veille au château de Senozan et le bal s'était prolongé jusqu'à trois heures du matin. Les maîtres dormaient encore, les domestiques à demi réveillés, se mettaient à la besogne en bâillant et en maugréant. Seule, la petite chambrière Josette (nièce de la femme de charge) paraissait alerte et de belle humeur comme d'habitude.

Le valet de chambre s'était tordu le pied : il assurait qu'il ne pouvait rien faire ce jour-là, pas même servir à table et que si madame voulait que le salon fût frotté, elle ferait bien de charger de ce soin le piqueur ou le cocher. Mais l'un promenait ses chevaux, l'autre ses chiens. Le palefrenier et le jardinier étaient allés de compagnie chercher de l'avoine à la ville; les femmes de chambre, qui ne s'étaient couchées qu'après avoir coiffé de noir les châtelaines, dormaient encore; la cuisinière et la fille de cuisine avaient cent choses à remettre en place : ce fut donc Josette qui se chargea de *faire* le salon; elle s'arma d'un énorme plumeau, d'un grand balai, d'un frottoir de laine, et déclara qu'elle saurait, à elle toute seule, rendre le salon aussi beau et aussi propre qu'il était avant le bal.

Elle entra donc dans la vaste pièce obscure, et dont l'atmosphère étouffante la saisit à la gorge. Vite Josette ouvrit les rideaux de soie, les volets et les fenêtres, et la lumière d'une matinée d'août et l'air vivifiant des montagnes entrèrent à flots dans le salon. Les sièges étaient en désordre et, comme le parquet et les tentures, couverts de poussière; le sol, jonché de miettes de gâteau et de fleurs flétries. Les bougies s'étaient éteintes bien près des bobèches, et çà et là se voyaient des taches de sirop, quelque débris de dentelle, d'éventail brisé... et les fleurs des jardinières et des vases se penchaient fanées et mourantes.

« Ce n'est pas joli un lendemain de fête, » se dit Josette; et elle se mit à épousseter, à balayer, à essuyer et à ranger si activement, qu'elle fut bientôt tout en nage.

Elle se vit dans une glace, la figure en feu, les cheveux dénoués, et son petit bonnet déjà gris de poussière. La pendule sonna sept heures.

« Je me dépêche trop, se dit-elle : reposons-nous. »

Elle sortit sur le balcon et, laissant au vent le soin de sécher et de rafraîchir son front, regarda le paysage.

Au delà de la cour d'honneur et de la grille du château, s'étend la jolie route qui monte en lacets jusqu'au village de Senozan, d'un côté, et de l'autre se perd sous les beaux arbres qui ombragent les bords de la Clairette. Les maisons du village brillent, blanches ou brunes, selon leur âge, parmi les prés et les vignobles; sur les pentes verdoyantes, les faneurs sont à l'œuvre et coupent les regains.

« Que ne suis-je avec eux? » se dit Josette, et elle songe, en regardant le toit de tuiles rouges de la petite métairie de son vieux cousin Crozat, au soldat qui en est parti il y a cinq ans, et qui lui disait : « Si je reviens, cousine Josette, tu seras la maîtresse ici : pas vrai, mon père? » Et le bonhomme Crozat n'avait pas dit non, bien au contraire, il est si bon!

« Il reviendra dans six mois, se disait Josette. Le plus dur est passé. » Et elle épelait pour la centième fois une épître en lettres moulées où José lui avait écrit de Sidi-Bel-Abbès, l'hiver précédent :

« Ma chère Josette,

« Tu peux compter sur moi, si tu restes sage comme je t'ai connue, et si les Arabes ne me font pas de mauvais coup.

« Ton fidèle ami et cousin,

« José Crozat,

« *Soldat aux chasseurs d'Afrique.* »

Or, Josette était parfaitement sage et laborieuse, elle priait matin et soir le bon Dieu de préserver José de tout mal, et d'exterminer jusqu'au dernier des Arabes, et elle ne doutait pas que les chasseurs d'Afrique ne revinssent tous vainqueurs. Quelques bonnes langues, au village et au château, lui avaient insinué que José pourrait bien lui manquer de parole, mais elle était si simple et si droite, que le doute n'effleurait même pas son brave petit cœur.

Sur la route, au loin, elle aperçut un petit âne, portant deux grands paniers, escorté d'une laitière en cotillon rouge. C'était l'âne à Javotte, la laitière du château, la gazette du canton, mais ce n'était pas Javotte qui le conduisait, c'était la fille, Françon, aussi bavarde que sa mère, mais toute gentille, et l'amie de Josette.

Elle aperçut Josette au balcon et celle-ci lui fit signe de venir la trouver.

Vite Françon remit ses boîtes de lait à la cuisinière, attacha son âne à la grille et accourut, curieuse de voir le salon et pressée de conter les nouvelles et de faire des questions.

« Ah! que n'es-tu venue hier soir? lui dit Josette. C'était ici tout en fleurs et en chandelles, un vrai reposoir. Et j'ai tenu les épingles pendant qu'on habillait madame. Elle avait une queue comme un paon, des souliers en soie avec des talons hauts comme ça, des pierres sur sa tête, à son cou et à ses bras, et des dentelles retroussées avec plus de rubans qu'aux chapeaux des conscrits.

— Et mademoiselle, avait-elle aussi une queue?

— Oh que oui! une queue blanche, avec des ruches et des bouffettes en veux-tu en voilà, des guirlandes de roses blanches, et une robe serrée, ah! il a fallu que monsieur vienne l'agrafer. Pourtant mademoiselle n'avait pas dîné. C'était une robe envoyée de Paris. Elle est arrivée juste au moment. Pas moyen d'y retoucher, tu comprends.

— Et le futur de mademoiselle, est-il bien?

— Oh oui! il ressemble à M. le préfet; seulement il n'a pas de lunettes : un pince-nez seulement,

— Mais le préfet a cinquante ans.

— Le marquis n'en a que quarante-sept.

— Miséricorde! mais il pourrait être le père de Mlle Éléonore.

— Dame oui ; mais chez les gens cossus, ça ne fait rien.

— C'est drôle, tout de même. Imagine-toi si j'épousais le garde champêtre! »

Et les deux jeunes filles riaient comme des folles.

« Mais, reprit Françon, est-il vrai que la jeune mariée t'emmènera à Paris et que tu épouseras le domestique de M. le marquis?

— C'est faux. Je ne voudrais jamais épouser ce grand escogriffe à favoris jaunes, et je ne me résoudrais pas à quitter mon pays quand on me ferait un pont d'or pour m'en aller. Je ne suis servante qu'en attendant, et tu sais bien ce que j'attends, Françon? José reviendra, je l'espère...

— Tu espères! mais tu ne sais donc pas qu'il est revenu?

— Revenu, et depuis quand? s'écria Josette, qui pâlit, rougit, et devint si tremblante qu'elle dut s'appuyer contre une table.

— Mais il est arrivé hier soir, assez tard, tandis que l'on dansait au château. Son père soupait chez nous : il est venu l'y retrouver. C'était une joie! ce pauvre bonhomme Crozat était comme fou. Il regardait son fils, il pleurait, il riait. Un seul verre de vin l'a grisé. Dame, José revient sergent, il a la médaille militaire et son congé; il est noir comme tout, mais beau garçon, et toujours gai, et bon enfant! Il nous a tous embrassés, il a fait danser ma grand'mère.

— Et a-t-il parlé de moi?

— Ah! je crois bien, tout d'abord, et à vingt reprises, il nous a fait cent questions. La tante Agathe lui a dit comme ça, avec son air de n'y pas toucher :

« Josette est belle fille ; elle a quasi des airs de de-« moiselle depuis qu'elle est chambrière chez Mme de « Senozan. Aussi on dit que mademoiselle aussitôt « mariée l'emmènera à Paris, et lui donnera cinq « cents francs de gages, et un chapeau à fleurs, et tout « ce qui s'ensuit. »

— Et qu'a répondu José?

— Il a dit : « Je ne la crois pas si sotte que cela. » Alors Agathe a repris : « Mais c'est fort agréable d'être la « femme de chambre d'une marquise, et de se promener « en voiture avec madame, et de voir Paris. Et puis, il y « a un certain valet de chambre... »

— Cette Agathe est une vraie peste! s'écria Josette indignée : où a-t-elle pris cela?

— Ne te fâche pas. C'était pour voir. José n'en a fait que rire, et a dit : « Je connais quelqu'un qui jettera « ce valet de chambre par la fenêtre; Josette mérite mieux « que cela.

« — Josette est orpheline et n'a pas le sou, a dit Agathe : « elle pourrait bien rester fille si elle fait la renchérie.

« — Josette se mariera, et bientôt, et fort bien : pas « vrai, papa Crozat? a dit José ; et la preuve c'est que « pas plus tard que demain je connais quelqu'un qui la « demandera en mariage à sa marraine.

« — Chansons! a dit Agathe, faisant l'âne pour avoir « du son. J'y croirai quand on me dira le nom du futur. »

Alors le sergent s'est mis à rire et lui a dit : « De-« vinez-le si vous pouvez, mais je ne le dirai qu'à Fran-« çonnette. »

Et se penchant vers moi, comme cela, tiens! il m'a dit tout bas à l'oreille : « C'est moi! José Cro-« zat! »

— Ah! s'écria Josette, je le savais bien! Que je suis contente!... Mais comment n'est-il pas déjà venu ici ce matin?

— M'est avis qu'il n'est pas loin, dit Françon. Viens donc à la fenêtre. »

Elles regardèrent sur la route, et virent s'avancer vers le château deux hommes dont l'un, vieux paysan, s'appuyait au bras d'un jeune et vigoureux chasseur d'Afrique; et Françon se hâta d'aller à leur rencontre, tandis que Josette courait mettre sa robe des dimanches et prier la vieille femme de charge, sa marraine, de recevoir les arrivants.

Et la bonne dame les reçut si bien, qu'il y eut à Sonozan double noce le jour où l'héritière du château devint marquise et Josette fermière.

J. D'Engreval.

JULES II

(1503—1513)

Jules II venait de triompher de Bentivoglio à Bologne, lorsqu'il reçut la visite de Michel-Ange. Le Pontife demanda à l'artiste de faire sa statue qu'il désirait placer en souvenir de sa victoire au centre de cette ville, en face du palais des Seize. Michel-Ange se mit à l'œuvre, et en quelques jours il avait en terre cuite son modèle. Voulant avoir l'avis du Pape, il alla le trouver pour le consulter. Il avait représenté le Pontife étendant la main droite pour bénir, mais que fallait-il lui mettre à la main gauche? Peut-être un livre? disait tout bas l'artiste. « Un livre! à moi! s'écria Jules II, je ne suis pas un écolier. Je veux une épée. » Dans cette scène se trouve tout le caractère du Pontife. Jules II ne fut ni un savant, ni un écrivain, mais ce fut un guerrier, un protecteur des arts.

I

Au début de la vie, son existence fut loin d'être

douce et molle. Il était né en 1441, dans un délicieux petit village de l'État de Savone, à Albizzola. Ses parents étant sans fortune, l'enfant était entré dans une grande et belle ferme exploitée par de riches cultivateurs dans les environs de son village. Comme il était intelligent, on l'avait chargé d'aller deux fois par semaine vendre au marché voisin les productions du jardin ou des champs. Le pauvre enfant s'en allait gaiement dès le matin avec sa petite barque bien remplie, et s'il n'avait pas réussi à tout vendre au marché, il poussait son navire jusqu'à Gênes. Si la chance l'avait favorisé, il revenait joyeux, les poches remplies de *testoni*. Il était sûr d'être bien accueilli; au sourire encourageant de sa maîtresse s'ajoutait un bon petit dîner où on lui donnait quelquefois un petit morceau de pain blanc. Quand il n'avait pas été heureux, on le mettait au pain et à l'eau, et on l'envoyait coucher sur la paille. Il ne murmurait pas, mais il reprenait courage en pensant qu'un autre jour l'acheteur serait moins dur et qu'il reviendrait avec une meilleure recette.

Érasme, qui nous donne ces détails sur l'enfance de Jules II, ajoute que cela n'empêcha pas le petit rameur d'arriver à la plus haute dignité que l'homme puisse atteindre, à la Souveraineté pontificale. Nous croyons que ces premières épreuves, loin d'être un obstacle, servirent au contraire à tremper son cœur et à lui donner cette force de volonté qui l'a fait triompher de tant de difficultés. « S'il n'eût pas appris à souffrir, dit Audin, jamais il n'aurait pu tenir tête aux Français. A des soldats qui n'ont peur ni des neiges, ni des glaces, ni des fleuves, ni des montagnes, il fallait pour adversaire un Pontife qui sût coucher sur la pierre, qui se fût accoutumé à se lever à toute heure de la nuit, qui ne reculât ni devant le bruit du canon, ni devant l'odeur de la poudre, qui en face de l'Europe coalisée ne désespérât jamais de son droit et qui fût toujours prêt à verser son sang pour le triomphe de l'Eglise.

Le génie de Jules II ne tarda pas à se manifester. Il alla à Florence, la ville lettrée et artistique par excellence. Il se passionna pour les lettres et les arts; il aurait passé des journées à regarder Michel-Ange fouiller et animer son marbre avec sa verve indomptable. Il aimait à entendre réciter de beaux vers, mais il n'en faisait pas. Chez lui la pensée était vive et prompte, mais l'expression ne jaillissait pas. Il s'intimidait devant un auditoire, le rouge lui montait au visage, sa langue s'embarrassait et il cherchait vainement le mot qu'il aurait voulu rencontrer. Il n'était pas plus heureux comme écrivain : il remarquait souvent que l'expression qui lui était venue n'était pas la bonne; il retenait, il tourmentait sa phrase, mais ses corrections ne l'amélioraient point.

Mais c'était un homme d'action incomparable. Son patriotisme et sa foi étaient la double source de ses inspirations. On le savait, et pour mettre à profit l'héroïsme de ses heureuses dispositions on l'éleva successivement sur les sièges de Carpentras, d'Albano d'Ostie, de Bologne, d'Avignon et de Mende. Son oncle Sixte IV le fit cardinal, et comme il connaissait bien son caractère, il lui confia le commandement des troupes ecclésiastiques dirigées contre les révoltés de l'Ombrie.

Dans ces temps de guerre où tout seigneur était soldat, il n'était pas rare de voir des ecclésiastiques à la tête des armées. Le cardinal Ximénès, le cardinal Jean de Médicis, ceignirent l'épée comme Julien de la Rovère, et crurent honorer l'Église en endossant la cuirasse pour la défense de la justice et de la foi.

Après la mort de son oncle, Julien vit passer sur le siège de saint Pierre Innocent VIII et Alexandre VI. Il ressentit vivement l'humiliation qu'infligeait à l'Église ce dernier Pontife et il prit en aversion les Borgia.

Son influence grandit avec les malheurs de l'Italie et du Saint-Siège. Le cardinal d'Amboise, archevêque de Rouen, ministre de Louis XII, aurait voulu succéder à Alexandre VI et sollicita l'appui de Julien qu'il savait tout-puissant pour le succès de son élection. Mais celui-ci n'avait qu'un désir, c'était d'affranchir l'Italie de la domination étrangère, et au lieu d'engager ses collègues à nommer un pape français, il leur conseilla de choisir un Italien.

Le cardinal de Sienne, François Piccolomini, le neveu de Pie II, fut élu. En souvenir de son oncle il prit le nom de Pie III. Il avait de grandes qualités, mais il mourut vingt-trois jours après son élection. La tiare n'avait servi qu'à orner son tombeau.

Le sacré Collège n'hésita pas à mettre Julien de la Rovère à sa place. Il fut élu à l'unanimité et prit le nom de Jules II.

II

On était au début du XVIe siècle. Les États de l'Église étaient en proie à une multitude de petits souverains qui écrasaient les villes et les campagnes de leurs arbitraires et tyranniques exactions. L'Italie était un héritage dont les Français, les Espagnols et les Allemands se disputaient les lambeaux.

En apprenant son élection, Jules II se prosterna devant Dieu et laissa échapper de son cœur cette patriotique prière : « Seigneur, délivrez-nous des barbares. » Pour lui, comme pour les anciens Romains, le barbare était l'étranger. Pour briser ce joug il fallait employer la force et c'est ce qui a jeté ce Pontife dans des entreprises guerrières qui ne convenaient guère à sa dignité, mais qu'il regardait comme un mal nécessaire.

Il commença par attaquer César Borgia que son oncle Alexandre VI avait mis en possession de la plupart des villes de la Romagne. Il le fit arrêter et lui déclara qu'il ne sortirait de prison que quand il aurait rendu au Saint-Siège les forteresses qu'il occupait. César voulut négocier, mais le héros de Machiavel, malgré toute son habileté, reconnut qu'il avait trouvé son maître et s'empressa de se soumettre. En quelques mois et sans verser une goutte de sang, Jules II recouvra tous les châteaux forts que le Borgia avait entre les mains.

César abattu, Jules II leva des troupes et marcha sur Pérouse pour en chasser Baglioni qui l'opprimait. Le tyran, effrayé, demanda sa grâce. Le Pontife la lui accorda et rendit à la cité affranchie son collège républicain et ses vieilles franchises municipales. Il dirigea ensuite ses troupes victorieuses sur Bologne où régnait Bentivoglio par la terreur et le sang. Ce seigneur offrait de se soumettre, mais il y mettait des conditions. Jules II lui répondit par une bulle qui le déclarait rebelle et qui livrait sa personne et ses biens à la servitude et au pillage, et le lendemain il entrait dans la ville, à laquelle il rendait ses anciennes libertés.

Pour achever la délivrance des États de l'Église, il fallait enlever aux Vénitiens les places dont ils s'étaient emparés à la faveur des derniers troubles. Jules II ne se sentait pas assez fort pour attaquer à lui seul la redoutable République de Saint-Marc. Mais cette nation de commerçants avides s'était arrangée de manière à profiter de tous les événements pour agrandir son territoire. Elle avait gagné à la chute de Louis le More, aux défaites des Français à Naples et à la disgrâce de Borgia.

Toutes les puissances avaient à se plaindre de ses usurpations. L'empereur Maximilien réclamait Vérone, Trévise, Padoue et Vicence, et, comme chef de la maison d'Autriche, le Frioul. La France, comme maîtresse de Milan, demandait le duché de Brescia, Bergame et Crémone ; Ferdinand prétendait rentrer dans les ports de son royaume de Naples occupés par les Vénitiens, et le pape Jules II revendiquait pour son compte Ravenne, Faenza, Imola et d'autres villes sur les côtes de la Romagne.

Il eut l'adresse d'exploiter toutes ces causes de mécontentement et de réunir autour de lui tous les souverains qui avaient des réclamations à faire aux Vénitiens, et la ligue de Cambrai fut signée en 1508 entre l'empereur Maximilien, le roi de France Louis XII et le roi d'Aragon Ferdinand le Catholique. Jules II la ratifia par une bulle le 22 mars 1509, et les hostilités commencèrent.

Louis XII s'avança à la tête de quarante mille hommes, tua dix mille hommes aux Vénitiens à la bataille d'Agnadel (14 mai) et recouvra en dix-sept jours toutes les villes dépendantes du duché de Milan. Maximilien, de son côté, reprit sans difficulté les places que la République lui avait enlevées, pendant que les troupes pontificales, sous les ordres du duc d'Urbin, le neveu de Jules II, se couvraient de gloire dans la Romagne, où rien ne leur résistait.

Le doge vaincu n'avait plus qu'à implorer la clémence de ses vainqueurs. Il écrivit au Pape une lettre très soumise, le laissant maître de fixer lui-même les conditions du pardon. Jules II, qui n'avait eu d'autre désir que de reprendre les places que les Vénitiens avaient enlevées aux États de l'Église, se contenta de rentrer en possession de son bien et donna solennellement l'absolution aux ambassadeurs de la République le 25 février 1510.

III

Les Etats de L'Eglise étaient affranchis, mais Jules II voulait aussi la délivrance de l'Italie. Louis XII, en voyant le Pape se réconcilier avec les Vénitiens, n'en continua pas moins la guerre. Il voulait détruire la République, et il avait aidé Maximilien à prendre Pavie pour s'en faire un allié.

Cette politique envahissante renversait de fond en comble tous les plans de Jules II. Le Pontife regardait la République de Saint-Marc comme l'unique barrière capable d'arrêter de ces côtés l'invasion musulmane, devenue si menaçante, et il voulait chasser de l'Italie l'étranger.

Dans l'intérêt de la liberté de Rome et de l'Italie, il mit donc tout en œuvre pour former une nouvelle ligue contre les Français. Il gagna d'abord les Suisses, s'attacha Ferdinand en lui faisant la remise de 400.000 écus qu'il lui devait pour son royaume de Naples, envoya en Angleterre solliciter l'alliance de Henri VIII, et détacha Maximilien de Louis XII. Cette seconde coalition fut appelée la *Sainte-Ligue*, parce que le Pape en était le chef.

Les premiers événements ne furent pas heureux. Les cardinaux Brissonnet, Carvajol et Borgia, se séparant du saint Collège, convoquèrent à Pise un conseil où ils citèrent le Pape, qu'ils accusaient de compromettre l'ordre et la discipline ecclésiastiques. Jules II résolut de mettre d'abord la souveraineté temporelle du Saint-Siège à l'abri de toute atteinte.

Laissant reposer un moment les clefs de saint Pierre, il s'arma, comme il disait, du glaive de saint Paul, et se rendit de sa personne au siege de la Mirandole bloquée par ses troupes. On était au fort de l'hiver ; la neige tombait en abondance. Jules II, à cheval, la poitrine couverte d'une cuirasse, le casque en tête, commanda lui-même l'assaut, entra dans la ville le sabre au poing, à travers les balles et la mitraille, et alla planter lui-même son drapeau victorieux au milieu de la place.

Nous n'aurions que des éloges à donner à la valeur de ce vieillard de soixante-dix ans, si le Roi n'avait pas en ce jour mémorable effacé le Pontife. Fort heureusement le caractère du Père commun des fidèles reparut le lendemain. Louis XII aurait fait passer les rebelles au fil de l'épée, comme il le fit à Peschiera; mais Jules II pardonna.

Il traita avec la même magnanimité les Bolonais qui avaient abattu la statue que Michel-Ange lui avait élevée et qui l'avaient mise en morceaux, après l'avoir traînée dans la boue.

Malgré ces hauts faits d'armes, les revers continuèrent. De retour à Rome, il apprenait chaque jour les brillants exploits de Gaston de Foix, un héros de vingt-deux ans, qui était à la tête des Français et qu'on avait surnommé le *foudre de guerre*. Ce foudre tomba sur les troupes espagnoles et pontificales à Ravenne (11 avril 1512) et les anéantit.

A cette nouvelle, les cardinaux consternés conjurèrent le Pape de demander la paix et de fuir de Rome sur des galères qui l'attendaient à Ostie. Mais Jules II, de son regard d'aigle, vit à fond la situation et jugea qu'elle était loin d'être désespérée. Le foudre qui les avait frappés s'était éteint : Gustave avait trouvé la mort dans son triomphe. L'armée de Louis XII avait remporté la victoire, mais elle avait fait des pertes irréparables. A Bologne, à Brescia, les populations décimées par le fer et le feu étaient lasses de l'étranger; les Allemands à la solde du roi de France ne voulaient plus se battre: on pouvait donc compter sur un prompt retour de la fortune.

Loin de s'alarmer à la façon des cardinaux, Jules II, plein de confiance dans la justice de sa cause, déploya contre tous ses ennemis une activité et une vigueur nouvelles.

IV

Quelques semaines après le désastre de Ravenne, le 3 mai 1512, il descendait, la tiare en tête, les marches du Vatican et il allait ouvrir dans l'église de Latran le dix-septième Concile œcuménique de l'Église catholique. On y vit plus de cent évêques, archevêques et patriarches, un grand nombre de chefs d'Ordres, d'abbés et de docteurs. Maximilien, Ferdinand, Henri VIII, les Vénitiens, y avaient envoyé leurs ambassadeurs.

Dans le discours d'ouverture que prononça le général des Augustins, l'orateur peignit des couleurs les plus vives la triste situation de l'Église et de l'Italie. « Qui pourrait, disait-il, voir d'un œil sec, et sans être pénétré de douleur, les campagnes d'Italie teintes, arrosées, et, si j'ose m'exprimer ainsi, plus imbibées de sang humain qu'elles ne le sont des eaux du ciel ! L'innocence est opprimée, les villes nagent dans le sang de leurs habitants, égorgés sans pitié; les places sont jonchées de morts; la République chrétienne implore votre secours et n'a plus d'espoir que dans votre protection. »

Les premiers actes du Concile furent dirigés contre les cardinaux schismatiques qui, de Pise, s'étaient retirés à Milan. Ils étaient allés jusqu'à citer Jules II, et, sur son refus de comparaître, ils avaient prononcé la nullité du Concile qu'il avait réuni à Latran et l'avaient déclaré lui-même déchu de sa dignité et excommunié. « Louis XII, fort honnête homme chez lui, dit Voltaire, ne se piquait pas de suivre les mêmes maximes ailleurs. » Le bon roi approuva le décret schismatique du conciliabule de Milan et fit frapper une médaille d'or sur laquelle on lisait ces mots : *Perdam Babylonis nomen* (Je détruirai jusqu'au nom de Babylone), désignant sous ce nom injurieux la ville de Rome qu'il se promettait de renverser et d'anéantir.

Jules II répondit à cette menace par une bulle qui annulait tout ce qui s'était passé à Pise et à Milan, et par un décret qui lançait l'interdit sur toute la France. Ces décrets, publiés dans la IIIe session du Concile de Latran, causèrent en France une émotion d'autant plus grande qu'à partir de ce moment la fortune sembla avoir abandonné nos armées.

Depuis la mort de Gaston de Foix, ni La Palice, ni Trivulce, ni la Trémouille n'avaient pu tenir tête à l'ennemi. Bergame, Gênes, Parme, Plaisance, Milan, toutes les villes d'Italie s'étaient révoltées aux cris de : *Mort aux Français !* Nos troupes étaient forcées de repasser les Alpes, et la France, naguère si fière, se voyait à son tour envahie de toutes parts. Henri VIII et Maximilien l'attaquaient au nord, les Suisses la pressaient à l'est, et Ferdinand le Catholique au midi.

Le Pontife-Roi, qui était ainsi arrivé à délivrer l'Italie et le Saint-Siège de l'étranger, avait, dès le commencement de son règne, attaché à son diadème une autre gloire par la protection qu'il avait accordée aux arts.

V

« Les belles-lettres, répétait-il souvent, sont de l'argent pour les roturiers, de l'or pour les nobles, des diamants pour les princes. »

A peine était-il assis sur le siège de saint Pierre, qu'il faisait venir de Florence à Rome Michel-Ange, ce triple génie qui fut tout à la fois sculpteur, peintre, architecte, et en tout sublime.

Au sculpteur il demanda son tombeau. « Je le veux magnifique, lui dit le Pape. — Alors, répondit l'artiste, il vous coûtera cher. — Combien? — Cent mille *scudi*. — Je t'en donnerai deux cent mille. » Michel-Ange s'était mis à l'œuvre ; il avait conçu un gigantesque dessin qui n'a jamais été exécuté.

Il en est resté du moins une statue, le *Moïse* que l'on va voir à Saint-Pierre-ès-Liens et dans lequel l'artiste a représenté Jules II sous la figure du législateur des Hébreux, parce que dans sa pensée il avait été comme lui le libérateur de son peuple.

Le Pontife chargea le peintre de décorer la chapelle Sixtine que son oncle avait destinée aux cérémonies de la Semaine sainte. Il voulait une composition grandiose qui rayonnât à la voûte du sanctuaire et qui la couvrît tout entière.

Michel-Ange créa son poème du Jugement dernier et l'écrivit avec cette vigueur de pinceau qui n'a jamais eu d'imitateur.

La basilique de Saint-Pierre au Vatican tombait en ruines. Michel-Ange et Bramante conseillèrent au Pape de la remplacer par un monument incomparable.

Jules II se laissa persuader, et le marteau du démolisseur abattit les colonnes d'albâtre, les statues, et réduisit en poussière les bas-reliefs et tous les ornements de la basilique Constantinienne.

Les vieux cardinaux pleuraient en voyant s'anéantir des souvenirs si nombreux et si touchants. Le moyen âge disparaissait pour faire place à l'âge moderne. C'était toute une révolution, qui nous ferait partager ces regrets, si l'église qui s'élève sur ces ruines n'était la basilique actuelle de Saint-Pierre qui arrache à tous ceux qui la voient un cri d'admiration.

A côté de Bramante et de Michel-Ange, brillent Raphaël, le cardinal Jean de Médicis et toute cette pléiade d'humanistes qui vivaient dans l'intimité de Platon et d'Homère et qui parlaient habituellement la langue de Virgile, d'Horace et de Cicéron.

Quoiqu'il ne fût pas un savant, Jules II se glissait dans la société de ces érudits et applaudissait à leur prose et à leurs vers.

Il encourageait les fouilles qui faisaient sortir de terre la Rome de marbre qu'avait construite Auguste et les statues dont l'avaient peuplée les autres empereurs.

Il aurait voulu que la capitale du monde chrétien fût la plus belle ville de l'univers; il en avait fait élargir les rues, agrandir les places, et il avait ordonné de l'enrichir de musées et de monuments.

Cet homme qui se contentait pour son repos de deux ou trois heures de sommeil, d'un œuf et d'un morceau de pain pour sa nourriture, et qui ne buvait que de l'eau, mourut dans sa soixante-douzième année, épuisé par les fatigues et les veilles. Son règne, qui dura dix ans, fut un règne préparateur. Il initia la Papauté aux luttes de l'âge moderne, et il ouvrit splendidement son siècle qui devait porter le nom de Léon X, son successeur.

P. Lanty.

L'HISTOIRE D'UNE PERVENCHE

Ce fut par une belle matinée de printemps que ma corolle s'ouvrit au monde.

J'ignorais le lieu de ma naissance : j'appris depuis, et j'en suis fière, que j'étais sur les terres d'un grand seigneur. Mon premier jour fut un triomphe. Mes compagnes, les fleurs, me fêtèrent. Les violettes m'appelaient leur sœur; les lis, sans se départir de leur gravité naturelle, m'adressaient mille compliments flatteurs; la rose, en m'abordant, avait bien je ne sais quel petit air protecteur, mais son sourire était si gracieux qu'on lui passait tout. Bref, j'étais heureuse et charmée de vivre...

Hélas! les joies sont courtes. La nuit vint et avec elle la scène changea. Adieu pensées riantes; adieu rêves de gloire et de bonheur!... Le ciel s'était couvert de nuages, le vent mugissait et la pluie tombait avec violence. J'avais froid et les épaisses ténèbres qui m'enveloppaient m'effrayaient singulièrement. Je me tordais sous la rafale, et, à chaque instant, il me semblait que ma frêle tige allait se briser. J'essayais de résister et ces efforts m'accablaient. Enfin, fatiguée de la lutte, je m'abandonnai à mon triste sort et me résignai à mourir. Mais, ô miracle! au jour je me retrouvai plus vivante et plus fraîche! Tant il est vrai que l'adversité courageusement soutenue donne force et vigueur! — Je me dis alors que je devais être charmante avec ma collerette bleue semée de perles blanches, et, l'amour-propre s'en mêlant, je me persuadai vite qu'en effet je n'étais pas indigne d'admiration. Je me mis donc en frais de coquetterie. Au fait, je ne perdis point mon temps, comme vous le verrez par la suite.

La nature s'était calmée : le firmament avait repris son azur, le soleil dorait les grands sapins qui me protégeaient de leur ombre, les papillons se jouaient dans l'éther, les oiseaux louangeaient Dieu au-dessus de ma tête, les fleurs exhalaient leur parfum, et moi je faisais la belle. Soudain mon attention fut éveillée par un bruit de pas. J'écoutai et j'entendis distinctement ces paroles : « Oh! qu'elle est jolie! » Je tressaillis de plaisir, et quelle ne fut pas mon émotion quand je vis, penchée sur moi et me regardant amoureusement, une enfant blonde et mignonne! Ses petites mains voulaient me retenir captive, mais un homme la suivait par derrière. Il la devine et d'un bond s'élance sur moi. J'eus un moment d'étourdissement, et lorsque je repris mes sens, j'ornais le corsage de la gracieuse Miriame qui murmurait : « Que vous êtes bon, Albéric!... » et bien d'autres choses encore que j'ai oubliées...

Aujourd'hui, vieille et ridée, j'insulte au tendre incarnat du précieux carnet où je repose. Ma maîtresse, aimable geôlier, entr'ouvre souvent ma prison pour contempler mes pétales flétris qu'elle baise religieusement. Pauvre veuve! elle évoque un souvenir doux à son cœur et qui lui revient tout mouillé de larmes!

Marie Beckerhoff.

A TRAVERS L'HISTOIRE NATURELLE

COMMENT L'OPINION PUBLIQUE SE COMPORTE A L'ÉGARD DES PAPILLONS

I

Les papillons (1)! « Ce nom seul éveille en nous les

1. *Les Papillons*, organisation, chasse, classification. Iconographie et histoire naturelle des papillons d'Europe; par A. Depuiset. 1 vol. in-4° avec 50 planches en couleur et 260 vignettes. Prix 30 fr. Rothschild, éditeur.

M. Rothschild ne s'est pas contenté de publier ce splen-

idées riantes du printemps et des fleurs. Ces insectes, par la surprenante variété de leur parure, l'élégance de leurs formes, leur légèreté, leurs courses vagabondes et capricieuses, ont de tout temps attiré plus particulièrement les regards et fait le charme de nos yeux. Véritables bijoux de la nature, les papillons sont les plus beaux des insectes, et l'on peut dire même de tous les animaux. Ni les oiseaux les plus somptueux, ni les fleurs les plus éclatantes ne peuvent rivaliser de magnificence avec un grand nombre de papillons. L'or, l'argent, la nacre, toutes les couleurs qu'on peut imaginer, mélangées avec un art admirable, brillent à l'envi sur leurs larges ailes; et lorsqu'on observe que chaque côté de ces ailes diffère de l'autre, on ne sait lequel on doit plus admirer, ou la variété inépuisable ou la richesse éblouissante de la nature.

« De tout temps, les poètes ont célébré le papillon... Le papillon vit peu sous sa brillante parure; mais dans ce court espace de temps, il semble épuiser toutes les jouissances de l'existence. Dans son vol capricieux, passant d'une fleur à une autre, il fait miroiter ses ailes aux rayons du soleil, il s'enivre du nectar des corolles embaumées, et participe à toutes les fêtes de la nature dans les beaux jours. »

« Regarde, — dit Linné, qui souvent se montre non moins poète que savant, — regarde les grandes ailes si élégantes et si richement peintes du papillon : elles sont au nombre de quatre, et couvertes de petites écailles comme de plumes délicates. A l'aide de ces ailes, il se soutient dans l'air tout un jour; il rivalise avec le vol de l'oiseau, avec le luxe du paon.

« Comment ne pas être saisi d'étonnement et d'admiration, quand on considère l'art déployé dans le mécanisme d'une si mince créature, les fluides circulant dans des vaisseaux si petits qu'ils échappent à la vue, la beauté des ailes et la peinture qui les recouvre !... »

Eh ! oui, ce que disent ici, en tels et tels passages que je rassemble, les auteurs des deux volumes placés sous mes yeux, c'est ce que, toujours et partout, l'on dit et l'on pense sur ces insectes charmants.

Pour peu que l'on parle seulement de leur physique, — car vous voudrez bien admettre, s'il vous plaît, qu'ils ont, comme tout le monde, leur physique et leur moral, — le concert de louanges n'est troublé par aucun son discordant.

L'admiration universelle est-elle justifiée? En d'autres termes, l'opinion publique a-t-elle raison sur ce point?

dide in-4°, qui fait partie de son *Musée entomologique illustré*. Les personnes qui ne tiendraient pas à posséder un ouvrage aussi complet, des planches aussi nombreuses, trouveront aussi à leur disposition, au prix de 10 fr., un beau volume grand in-8°, avec 19 chromolithographies et 110 vignettes : *Les Papillons de France*, histoire naturelle, mœurs, chasse, préparation, collection.

Si vous voulez vous en assurer par vous-mêmes, il n'est pas besoin d'attendre que la saison des fleurs ait fait reparaître à la fois les fleurs volantes et les fleurs immobiles, les papillons en même temps que les roses. Aussi bien votre jugement serait imparfaitement motivé, puisque vous vous trouveriez à même de voir tout au plus quelques espèces, et que les plus belles pourraient à merveille se dispenser de venir poser devant vous.

Pour ne point attendre et pour juger, toutes pièces en main, un moyen sûr est de recourir aux *Papillons* splendidement édités par M. Rothschild.

Les gravures sur bois que nous reproduisons ici peuvent seulement vous donner idée de l'exactitude et de la finesse. Mais les grandes planches en couleur sont quelque chose que nous qualifierions d'idéal, si l'on n'abusait trop de ce mot Du reste, en pareille matière, être idéal, c'est tout simplement être réel, car cette réalité-là est idéale comme pas une.

Donc, rien de plus réel que ces papillons se reposant ou voltigeant sur les fleurs que chaque espèce affectionne.

Quand vous aurez examiné, par exemple, sur le genêt, la bugrane et la coronille, cet Argus bleu ou *Lycæna Alexis*, cet Argus bleu nacré ou *Lycæna Corydon*, cet Argus bleu céleste ou *Lycæna Adonis;* ou bien, sur le bouleau blanc et la grande ortie, ces diverses *Vanessa:* le Paon de jour, le Morio, le Vulcain ; sur le poirier et l'églantier, ce grand Paon, ce petit Paon de nuit, ces Endromis ; ou bien encore les Argynnes sous lesquelles disparaît à demi cette touffe de pensées sauvages ; ou bien encore les hôtes de ce gracieux et léger bouquet où la pensée reparaît, avec la scabieuse lilas, la véronique bleu céleste, la bruyère rose ; que sais-je de plus? ces Sphinx sur le peuplier d'Italie, le pommier et le tilleul ; ces Tryphènes sur l'arum, le coucou et le lierre terrestre, — vous n'aurez presque rien vu encore, et cependant vous en aurez vu assez pour proclamer que l'opinion publique ne se trompe point dans les compliments qu'elle décerne aux papillons, pour ce qui est du physique.

Mais pour ce qui est du moral ?

Un instant, je vous prie. En causant papillons, on n'est pas obligé d'aller si droit devant soi.

Je voudrais d'abord consulter un peu l'opinion publique dans une de ses manifestations les plus universelles.

Je voudrais savoir si les noms que les papillons ont dû recevoir, en diverses langues, ne fourniraient pas quelque indice des pensées que divers peuples se sont formées sur leur compte.

Ne craignez rien, nous ne prendrons pas le temps de nous ennuyer. Cette petite excursion linguistique sera aussi rapide que le vol d'un papillon.

II

Prenons d'abord notre mot français *papillon*, fils du latin *papilio*.

On y remarque la forme redoublée qui exprime le mouvement vif et saccadé du vol du papillon.

Ce caractère imitatif se reproduit avec des transformations assez singulières, dans les dialectes néo-latins.

URANIA ORIENTALIS de Madagascar.

SMERINTHUS DUMOLINII de Natal.

C'est ainsi que l'italien dira *parpaglione*, *farfala* ; le provençal, *parpalhó*; le languedocien, *parpaliol* ; le portugais, *borboleta*.

Les lois de la dérivation ne sont pas seules à motiver cette similitude. Dans les langues les plus éloignées, on la retrouvera, non pas quant à la ressemblance du son, qui n'est pas ici la question principale, mais quant au redoublement imitatif.

D'un bout à l'autre du monde, — ceci n'est pas une exagération, — on a été tellement frappé de cette allure toute spéciale, que l'on a prétendu la reproduire pour désigner le gracieux et léger insecte.

Le géorgien *pepeli*, l'arménien *titiern*, l'arabe *farfûr*, le mandchou *tonton*, se rencontrent, à ce point de vue, avec le basque *chichitola*, *chichitera*, *hastata*, comme avec le tahitien *pepe* et le malais *râma-râma*.

D'autres noms sont un hommage rendu à la beauté de la frêle créature que l'on s'est plu à en revêtir.

Il est étonnant, je ne sais plus qui en fait la remarque, que les mots sanscrits désignant les papillons soient si rares, lorsque l'Inde abonde en beaux papillons.

Témoignage frappant de cette indigence ! pour donner un nom au papillon, il faut emprunter celui de l'oiseau : le sanscrit *patanga* est employé dans l'un et l'autre sens, comme le bengali *potongo*. On cite, par exemple, un texte où il est question de « patangas » qui volent dans la flamme pour y périr : ils ne peuvent être que des papillons de nuit.

Ici un rapprochement s'impose : en lithuanien, le papillon se nomme *potelizka*, *petelizka*, petit oiseau

Pour en revenir au sanscrit, on n'a trouvé, jusqu'à présent, à l'usage des papillons, qu'un seul mot spécial; mais ce mot est un compliment assez flatteur : *kitamani*, joyau des insectes.

Les Kymris songeaient aussi à l'éclatante beauté du papillon, lorsqu'ils l'appelèrent *gloyn duw*, l'insecte brillant de Dieu.

De même les Irlandais, en le nommant *deabhan dé*, créature de Dieu. Du moins, je suppose que ce dut être leur pensée. Toutes les créatures sont des créatures de Dieu, puisqu'il est le Créateur universel. Mais quand on éprouve le besoin d'en désigner une en particulier comme sienne, à tel point que cette désignation devient son nom distinctif, ce doit être évidemment parce qu'on la trouve belle. L'admiration élève notre pensée vers l'unique Auteur de l'admirable, vers Celui qui est, en dernière analyse, l'unique objet de l'admiration.

Et maintenant que nous sommes transportés en ces hautes régions, c'est le moment de signaler la mystérieuse expression choisie par les Grecs : ils appelaient le papillon *psuché*, âme, et *petomenê psuché*, âme volante. Peut-être nous retrouverons-nous en présence du mystère ; il suffit, pour le moment, de noter l'expression.

III

Or, dans notre courte excursion linguistique, nous avons entendu, de bien des côtés, des compliments pour nos petits personnages.

Ceci n'était point nouveau. Nous en avions trouvé tout autant dans les livres feuilletés en commençant.

Mais, ou je me trompe fort, ou je découvre une pensée beaucoup moins flatteuse sous ces dénominations considérées comme imitatives.

Elles reproduisent, ont assuré de savants linguistes, les allures du papillon, son vol, ou, pour mieux dire, son perpétuel et capricieux voltigement.

Pauvre papillon ! et ce sont, tout juste, ces allures qu'on lui reproche.

Tenez, s'il faut, à présent, avouer la vérité tout entière, j'ai supprimé, dans les citations recueillies en divers passages de nos beaux volumes, deux petits mots qui n'étaient aucunement bienveillants. « De tout temps, ai-je transcrit, les poètes ont célébré le papillon... » mais je n'ai point transcrit : « ... le papillon, image du plaisir folâtre et de l'inconstance. »

Oh ! oui, le pauvre papillon ! si l'on se met à parler de son moral, je ne sais plus, en vérité, ce qu'on ne lui reproche pas :

> Le papillon est une fleur qui vole,
> La fleur un papillon fixé.

dit Lebrun.

Voilà qui rentre dans la série des compliments mérités. Mais faites donc attention aux deux vers qui suivent :

> Le papillon, chose frivole,
> Près de la fleur coquette est assez bien placé,

Non seulement on le traite de frivole, mais on le traite crûment de sot : N'avoir aucune prévoyance, dit un impertinent proverbe, c'est se montrer « sot comme un papillon ».

Être dépourvu de toute prudence, se laisser tromper par un attrait dangereux, donner en plein et sans réflexion aucune dans le danger, c'est, dit un autre proverbe, « se brûler à la chandelle comme un papillon ».

On compare le papillon à un fat, à un petit-maître. On lui reproche, pour tout résumer en un mot, d'être un papillon, de n'être pas une abeille.

« Qu'est-ce qu'un fat sans sa fatuité? dit Chamfort. Otez les ailes à un papillon, c'est une chenille. »

« Les petits-maîtres, dit Rousseau, tireraient un suc salutaire des fleurs des meilleurs écrits, si les papillons pouvaient devenir abeilles. »

Et voilà, suivant mon humble avis, l'injustice de l'opinion.

Pour adresser au papillon ces reproches, il faut oublier les périodes antérieures de son existence.

Il faut oublier qu'avant de vivre de cette vie réputée trop facile, trop heureuse, il a connu le travail et il a passé par la mort.

Pourquoi voulez-vous que, maintenant, il se fatigue et il s'inquiète? Vous l'accablez sous vos proverbes. Je veux en citer un, à mon tour, pour sa justification

« Chaque chose a son temps, » n'est-il pas vrai? Cela aussi, c'est un proverbe... Eh bien! le temps du travail et de la sollicitude est passé pour lui.

Ne jugez pas le papillon en le séparant de la chenille et de la chrysalide.

« Regarde — nous disait tout à l'heure Linné — regarde les grandes ailes si élégantes et si richement peintes du papillon. » Et désormais il nous dira : « Considère le papillon dans sa marche à travers la vie. Combien il diffère dans la première période de ce qu'il sera dans la seconde, et combien ces deux états diffèrent de ce que sont les auteurs de ses jours! Ses changements restent pour nous une énigme inexplicable : nous voyons une chenille verte, avec seize pieds; elle se nourrit des feuilles vertes des plantes; plus tard, elle se change en une chrysalide lisse, d'un lustre doré, qui se suspend à un point fixe, qui vit sans pieds et qui subsiste sans nourriture. Cet insecte subit encore une autre transformation : il acquiert des ailes, il a maintenant six pattes, il devient un gai papillon, s'ébattant dans l'air et vivant par voie de succion sur le miel des plantes. La nature n'a pas produit un être plus digne de notre admiration que cet animal venant sur la scène du monde et y jouant son rôle sous tant de masques différents (1). »

N'entrevoyez-vous pas le mystère? Ne commencez-vous pas à comprendre comment le même mot grec a pu signifier *âme* et *papillon*? Vous étonnez-vous encore si le papillon, « chose frivole », a l'honneur de figurer, dans les emblèmes allégoriques, comme un symbole d'imortalité ?

Ici je voudrais raconter tout au long l'histoire de la chenille et de la chrysalide; je voudrais montrer la chenille laborieuse, filant cette soie que ne pourrait créer aucune habileté humaine, s'enveloppant dans ce précieux cocon auquel il faudra recourir pour le vêtement des rois; je voudrais montrer la chrysalide enfermée dans son tombeau; puis, à travers les parois de ce tombeau, j'aimerais à voir apparaître les premières formes du papillon qu'elles renferment, et qui semble emmaillotté.

Je voudrais aussi m'étendre sur le symbolisme. Je voudrais expliquer comment la Psyché mythologique a trouvé place, avec ses ailes de papillon, dans les peintures des Catacombes. Toujours cette étymologie grecque : *psuché*, *psyché*, c'est le papillon, c'est l'âme. « Au cimetière de Domitilla, dans la partie qui remonte évidemment au siècle des Apôtres, — dit dom Guéranger, — un *cubiculum* qui ouvre sur le grand ambulacre, présente jusqu'à trois fois ce sujet caractéristique. On n'a pas le droit de s'étonner de voir la Fable antique préoccuper l'attention des chrétiens qui arrivaient à connaître l'amour du Fils de Dieu pour sa créature qu'il a aimée jusqu'à la mort, et jusqu'à la mort de la croix... Le beau mythe que l'Orient avait transmis et que la philosophie platonicienne avait complété, se présentait lui-même, comme une expression toute choisie, à cette fraction de la société romaine qui avait donné au Christ Aurélia Pétronilla et Flavia Domitilla. Quoi d'étonnant d'en rencontrer la trace en cette région où furent leurs tombeaux (1)? »

1. Linné, cité par M. Depuiset, *loc. cit.*

Puis, après Psyché, la jeune fille à la beauté incomparable, je voudrais montrer, avec ces mêmes ailes de papillon, la représentation de l'âme. Ce serait, par exemple, dans la mosaïque de la voûte, à Saint-Marc de Venise, l'âme d'Adam, au moment où elle va animer son corps par l'ordre de Dieu.

Mieux vaut encore terminer sur une parole de consolation et de suprême espérance.

Seule, elle est capable de nous préserver quand nous sommes tentés de « voler le papillon » (2), de « courir après les papillons », c'est-à-dire de nous occuper à des choses inutiles, de perdre notre vie à des bagatelles; ou bien encore quand nous avons « des papillons noirs », c'est-à-dire des sujets de trouble, d'inquiétude, de mélancolie.

Or, cette parole a été dite avec trop d'autorité et en même temps avec trop de grâce, pour que je ne me contente pas de la redire sans y rien changer :

« Le chrétien renaîtra, comme le papillon, éclatant de gloire et de beauté. Son corps agile planera tout à l'aise dans les hauteurs du ciel. Pour lui, plus de chagrins ni de labeurs. Il ne saura que jouir et être heureux. Le chrétien ressuscité naît et vit comme le papillon; mais il ne meurt pas comme lui : car la vie du papillon se mesure à la durée du printemps, et le printemps du ciel n'a pas de terme (3). »

Thérèse ALPHONSE KARR.

LA FEMME DE MON PÈRE

(Voir pages 586, 602, 612, 635, 650, 668, 674, 694, 708, 728 et 740.)

A Mademoiselle Isabelle Wissocq, rue de la Préfecture, à Poitiers (Vienne).

Vallières, le...

Détrompez-vous, ma chère Isabelle, je ne saurais

1. *Sainte Cécile et la Société romaine aux deux premiers siècles.*

2. *Voler le papillon* est au propre, un terme de fauconnerie. Il se disait de l'oiseau qui, au lieu de chasser le gibier, s'amusait à poursuivre des papillons. De là, au figuré, une analogie facile à saisir : « C'est une étrange folie, dit Saint-Simon, que voler le papillon au lieu de prendre Turin. »

3. Mgr. de la Bouillerie, *Symbolisme de la Nature.*

railler votre tristesse. Seulement, croyez-moi, abandonnez à la volonté d'en haut le soin de vous inspirer et soyez persuadée qu'en suivant le chemin désigné par la providence de Dieu, vous ne pourrez que vous trouver en paix. Ceci dit, ne vous appesantissez pas sur ce sujet et causons d'autre chose, si vous le voulez bien.

De notre petit hospice, par exemple. Les projets se rattachant à lui vous intéressaient beaucoup lorsque vous étiez à Vallières; je suis donc convaincue, en vous parlant de cette pieuse entreprise, d'attirer votre attention et d'éveiller votre charité : retenez bien ce mot, ma bonne petite, dans un instant il aura son application.

Il faut d'abord que vous sachiez que l'affaire est en bonne voie : renseignements indispensables, permissions obtenues, religieuses engagées, installation complète, tout se passe à souhait. J'espère que d'ici deux mois, M. de Montigny pourra ouvrir à nos vieillards indigents les portes de son refuge, et que cesseront enfin ces misères navrantes qu'il n'a pu jusqu'ici soulager entièrement. Ces pauvres gens y trouveront un bien-être relatif; mais il faudrait aussi leur procurer certaines petites jouissances qu'ils regarderaient comme le complément du bonheur. Entre autres choses, si ma chère Isabelle consentait à se faire violence en reprenant ses pinceaux ou ses pastels, et à exécuter, pour les murailles nues du dortoir et du réfectoire, soit de frais bouquets de fleurs, soit quelques jolis paysages, qu'enfant elle réussissait déjà si bien, je crois que la vue d'images coloriées et riantes, apporterait dans ce milieu fait d'infirmités, de souffrances, par suite de tristesses, un peu de gaieté; ne le pensez-vous pas, ma chère petite ?

J'avais donc raison de vous dire, ma chère mignonne, que je reviendrais sur ce mot de charité. Vous aviez peut-être déjà compris qu'il était pour vous gros de menace; mais, si d'une part, vous me confiez votre dégoût actuel pour tout ce qui naguère vous charmait, de l'autre, il me semble qu'offrir son travail à des vieillards malheureux doit répondre, en ce moment, au désir de votre âme. Et voici pourquoi je n'hésite point à vous rappeler que vous êtes peintre et que vous pouvez contribuer, dans une large mesure, à la satisfaction de nos pauvres pensionnaires.

Eh bien ! vous me direz, n'est-ce pas, Isabelle ? si la petite requête que je vous présente a chance d'être agréée. Le cas échéant, je m'inscris en première ligne pour la reconnaissance.

Votre amie,

Suzanne de Montigny.

A Madame Suzanne de Montigny, au château de Vallières, par Fleury-sur-Andelle (Eure).

Poitiers le...

Bonne amie,

C'est avec un véritable bonheur que j'utiliserai mon petit talent au profit de vos pauvres vieillards : Je veux qu'ils trouvent partout ces images riantes que vous me demandez. Ils en auront même de rechange, afin que leurs yeux, une fois fatigués de toujours voir les mêmes sujets et les mêmes fleurs, puissent, à un moment donné, se reposer sur d'autres sujets et sur d'autres fleurs.

Je ferai, pour le dortoir[1] des gouaches représentant quelques scènes pittoresques dont j'ai rapporté des croquis lors de mon voyage en Suisse, à savoir : une ascension au Rigi; un déjeuner sur le bord du lac de Lucerne; une noce dans le Valais; l'intérieur d'un chalet-auberge. Pour le réfectoire, des pastels qui imiteront, de mon mieux, des plantes exotiques aux merveilleuses couleurs, telles que le bananier, le goyavier, les pitagas, le cotonnier, le caféier, le passiflore; et, brochant sur le tout, ces délicieux oiseaux des îles qui sont autant de fleurs remuantes et chantantes. Enfin, bonne amie, je ferai de mon mieux, heureuse mille fois que vous ayez bien voulu me demander quelque chose.

Ma vie ici est toujours la même. La bienveillance de mon excellente cousine semble augmenter encore. Sachant me rendre heureuse, elle me parle souvent de vous, de Vallières que je lui ai tant de fois décrit et que bientôt elle connaîtra par cœur, sans l'avoir jamais vu. Je lui dis en détail la vieille origine du château avec ses souvenirs historiques et lointains ; je lui parle des bois dont il est en partie entouré, de cet horizon de verdure que j'admire toujours lorsque je suis près de vous et qui, semblable à une nappe immense, confond ses teintes aux reflets adoucis avec ce brouillard du matin que, petit à petit, dissolvent les rayons du soleil, et dont la poussière nacrée, s'étendant sur le feuillage, lui donne plus d'éclat. Puis je raconte aussi votre vie si simple et pourtant si remplie. Ma vieille parente m'écoute avec complaisance, parfois même me fait répéter, pressentant, sans doute, que me parler de vous et de ce qui vous touche, c'est me donner du bonheur.

Je serais ingrate, du reste, si je ne reconnaissais pas la sympathie que chacun ici me témoigne ; cependant, bonne amie, pour ceux qui souffrent de grandes douleurs, la sympathie ne peut être à leur âme que ce qu'est l'eau fraîche à la brûlure la plus cuisante : le soulagement d'un instant. Je ne saurais mieux comparer ces gestes attendris, ces paroles touchantes mouillées de larmes, qu'à la vigne vierge, aux fleurs sans fruits; qu'à un radieux soleil sans chaleur, qu'à ces voix trop faibles pour que l'écho les puisse répéter. Néanmoins, croyez bien que je suis très touchée des sentiments qu'on m'exprime, car à tout considérer, que doit-on à l'orpheline que les tristesses de la mort ont jetée dans un milieu fait de joies et de fêtes ? et on lui donne des baisers, de douces paroles et des consolations.

Je vais, bonne amie, me mettre au travail avec un bonheur que je ne me croyais plus susceptible d'éprouver. Décidément, vous avez trouvé l'endroit vulnérable de mon cœur; et puis, cette occupation va m'aider à oublier les heures qui s'écoulent pour moi si lentement.

Mille baisers de votre

ISABELLE.

A Madame Suzanne de Montigny, au château de Vallières, par Fleury-sur-Andelle (Eure).

Paris, le...

Ma chère belle-mère,

Les avis et les conseils que vous avez bien voulu me donner au sujet de mes relations ne pouvaient être accueillis qu'avec reconnaissance, d'autant plus qu'ils me trouvent parfaitement convaincu de la nécessité de faire un choix. Chaque jour apporte son expérience, et ce que la veille nous apprécions d'une certaine manière nous apparaît le lendemain sous un autre aspect, tant est puissante cette connaissance acquise par la pratique jointe à l'observation. Soyez donc sans crainte à l'égard de mes rappports avec les confrères : le souvenir de Paul me rend difficile à tous les points de vue.

Le tapissier vient de mettre la dernière main à l'installation de mon nouvel appartement. Il ne diffère du premier que par moins de gaieté. J'ai ici, comme là-bas, trois pièces assez spacieuses précédées d'une antichambre convenable. Ce modeste gîte me suffit. Je l'aurais aimé plus riant, mais j'ai comme compensation de n'être pas perché aussi haut.

Je suis, depuis deux jours déjà, en règle vis-à vis du gouvernement et de mon remplaçant. Toutes les pièces sont signées ; il ne me reste plus qu'à souhaiter de tout mon cœur à celui-ci la paix, s'il craint les coups de fusil, la guerre s'il a du goût pour le maréchalat.

Maintenant que rien ne viendra me préoccuper, je vais me livrer au travail avec une ardeur d'autant plus grande que mon père veut bien ne pas s'opposer à ce que j'embrasse ouvertement la carrière que je préfère entre toutes.

En attendant que les événements politiques donnent matière à discourir, on parle de me confier la chronique du Salon qui s'ouvre ces jours-ci. Cette nouvelle s'est déjà répandue dans le monde des artistes, et depuis hier, je suis assailli par les visiteurs. Ce sont, pour la plupart, des jeunes gens dont le nom n'a point encore de retentissement et à qui un heureux coup de pinceau ou de ciseau a permis de prendre place dans les rangs même des plus grands maîtres. Ils rêvent déjà la gloire, la fortune, et ne veulent rien négliger pour les obtenir. Aussi demandent-ils à celui qui doit les juger quelques mots favorables, laissant dans l'ombre leur défaillance et faisant ressortir les détails qui leur valent les honneurs du Salon.

Rien n'est curieux comme cette suite de visites, ne différant que dans la forme : les uns se présentent avec humilité, réclamant ma bienveillance comme une grâce; les autres, au contraire, affectant de ne point douter de mes éloges, donnent à leur présence chez moi un de ces prétextes sans base que je n'accepte que par savoir-vivre. Quant aux femmes, elles sont, en général, fort convenables, et toutes celles que j'ai vues me paraissent intéressantes. Pour beaucoup, la nécessité seule les pousse à désirer parvenir. Parmi ces dernières, j'ai compté de pauvres veuves sans ressource aucune, ayant plusieurs enfants à élever; de charmantes jeunes filles, soutenant des parents infirmes et malheureux. Combien je me sens d'indulgence pour tout ce monde-là ! Cependant la critique ne peut avoir des poids divers.

Savez-vous, ma chère belle-mère, que votre lourdaud de fondeur a une chance unique. Député à trente ans! un joli début. Ce gaillard-là est capable de se réveiller un beau matin ministre de l'agriculture et du commerce ; on a vu cela. Il suffit d'un caprice de l'inconstante fortune, qui souvent dispense ses faveurs à tort et à travers.

Sur cette boutade contre la divinité du temple d'Antium, je vous envoie, madame et chère belle-mère, l'assurance de mon affectueux respect, vous priant de dire à mon père toute ma reconnaissance.

LUCIEN.

A Madame la comtesse de Montigny, au château de Vallières, par Fleury-sur-Andelle (Eure).

Paris, le...

Madame et chère belle-mère,

En même temps que cette lettre, vous recevrez les deux premiers journaux relatant mes visites au Salon. J'ai le plus grand désir que vous et mon père approuviez les articles que je crois traités avec impartialité et auxquels j'apporte tout le soin dont je suis capable. Je ne sais l'effet qu'ils ont produit sur mes lecteurs, n'ayant encore reçu que les félicitations de mes amis. D'ici quelques jours, il me sera facile de connaître la note vraie de l'opinion publique, et je vous la dirai telle qu'elle sera.

Le courrier d'hier m'a apporté, enfin, des nouvelles de Paul Dupré. Après une heureuse traversée, il a revu, avec un bonheur indicible son île bien-aimée, son onde bleue et son ciel d'azur. Il parle avec un enthousiasme tout juvénile, des lieux qui furent son berceau et où il vient de retrouver sa famille. Son père n'a pas vieilli; sa mère est toujours aussi belle; ses sœurs sont devenues de ravissantes jeunes filles, etc., etc. Et toutes les expressions d'un cœur débordant de joie s'échappent de sa plume, avec une abondance qui peut-être ferait sourire les sceptiques, mais que moi je respecte et j'admire, tant je connais à fond cette nature charmante comme en comptait la chevalerie de la Table ronde. Le brave garçon trouve encore pour Lucien des mots affectueux, des phrases d'une tendresse presque féminine. En les lisant, j'ai senti que les larmes gagnaient mes paupières, et je ne rougis pas de vous avouer que j'ai pleuré.

Il circule, en ce moment, dans les coulisses de la Bourse, des *on dit*, des *peut-être*. Les uns parlent d'un changement de ministère, les autres de la révocation de quelques hauts fonctionnaires. Nos reporters sont aux écoutes, et les journalistes aux aguets. C'est à qui apportera, le premier, une nouvelle certaine. Rien ne vous donnera une idée de l'activité dévorante de tout ce monde désireux d'offrir une primeur quelconque à son journal. Ce sont des pas, des démarches, des petites indiscrétions provoquant de grandes confidences, mille ruses innocentes, ayant comme résultat de ces révélations qui, pour les feuilles quotidiennes, constituent de véritables bonnes fortunes. Dans nos bureaux, c'est une fièvre, c'est une rage dont le public ne peut se faire une idée. Il faut vivre de cette vie pour la connaître réellement. Et les jours succèdent aux jours, les uns apportant une ample moisson de nouvelles, les autres à peine quelques faits divers, maigres épis, en comparaison de la gerbe glanée la veille. La composition alors est laborieuse, car il n'en faut pas moins chaque soir fournir le même contingent.

Pour en revenir à ces bruits de bourse exacts probablement, mais peut-être bien tout simplement l'œuvre de la spéculation, je serais fort désireux, le cas échéant, qu'un de mes collègues fût désigné comme continuateur pour le Salon et que la partie politique me fût enfin confiée, ainsi que cela m'avait été promis quand j'ai pris la succession de Paul Dupré. Il ne faut pas se dissimuler que dans le journalisme, comme partout, l'intrigue joue son petit rôle; qu'il y a par-ci par-là quelques passe-droits, quelques faveurs, misères inévitables, mais dont ceux-là mêmes qu'elles atteignent ne pensent pas à se plaindre, tant est sincère notre esprit de camaraderie. Cependant, j'avoue que dans la circonstance présente, j'éprouverais un peu de peine à me voir mis de côté. N'ai-je pas, moi aussi, ma place à conquérir?

Vous me direz bien franchement, n'est-ce pas, ma chère belle-mère? votre avis sur mes articles; je l'attends, ainsi que celui de mon père, avec la plus vive impatience.

LUCIEN.

A Monsieur Lucien de Montigny, Paris.

Vallières le...

Mais ils sont fort bien vos articles, mon cher Lucien, et dénotent beaucoup de finesse et d'observation. Votre père trouve que c'est un joli début et me charge de vous en faire son compliment. Je ne doute pas que les exposants qui viennent de passer sous les Fourches Caudines de votre critique, ne soient ravis d'un défilé aussi facile; car si vous remplissez consciencieusement la mission qui vous est confiée en signalant les faiblesses que l'œil d'un juge ne doit point laisser échapper, vous avez pour les difficultés vaincues de ces éloges dont tous doivent être reconnaissants. Il y a dans l'ensemble de votre appréciation beaucoup de bienveillance.

M. de Montigny, un peu fatigué de la surveillance qu'il a dû exercer pendant la moisson, parle de faire, pour se reposer, un voyage en Bourgogne. Votre tante Annette, dans ses lettres toujours affectueuses, lui a plusieurs fois demandé de l'aller voir. Je pense que son état de lassitude aidant, il s'y décidera; j'en serais bien heureuse. Depuis un mois surtout, la santé de votre père me préoccupe un peu. Ses forces diminuent sensiblement. Il se plaint d'insomnies, et lorsque revient l'heure des repas, c'est à peine s'il touche aux mets qui lui sont présentés. Cependant le médecin de notre village ne voit rien de grave et me rassure. Attribuant ce malaise à certains miasmes qui vicient l'air ordinairement si pur de notre vallée, le docteur est, pour cela même, très partisan du voyage en Bourgogne. Je compte sur vous, mon cher Lucien, pour achever de déterminer M. de Montigny à l'entreprendre le plus tôt possible, car les matinées et les soirées qui deviennent froides le rendraient impossible si on attendait trop longtemps.

Je n'ai point osé cette année vous parler de vacances. Je comprends combien est courte la chaîne qui maintenant vous lie. N'en augurez pas pour cela que le vide ne se fait pas sentir ici; seulement je trouve inutile de provoquer chez vous un refus que certes il vous serait aussi pénible de nous envoyer, qu'à nous de recevoir; ceci vous explique le silence que j'ai gardé

Notre petit hospice se peuple vite.

Parfois, en considérant l'exiguïté du local, le nombre trop restreint de lits par rapport aux demandes d'admission, votre père regrette d'avoir été contraint de mettre des bornes à sa bienfaisance; mais s'étant fait une loi de laisser intacte la fortune qu'il a reçue des siens, et qui un jour doit vous appartenir, il ne peut consacrer à cette œuvre qu'une partie de son revenu, c'est-à-dire les économies réalisées après avoir supprimé chez lui tout ce qui ne constitue pas une nécessité. Il y a, dans cette manière de faire, une grande sagesse, et cette sagesse-là donne un double mérite à sa charité.

Nos religieuses, arrivées depuis quelque temps déjà, s'habituent très bien dans notre refuge microscopique, et disent ne point regretter les salles immenses de l'hôpital d'où on les a retirées pour les envoyer ici. Elles sont deux. La plus âgée peut avoir quarante-cinq ans. C'est une bonne nature toujours riante et d'une santé parfaite. Sa compagne, qui en compte à peine trente, est plus silencieuse, moins robuste; mais que de douceur dans ses grands yeux bleus éclairant un pâle visage ravagé par la petite vérole!

Nos pensionnaires aiment beaucoup les sœurs et ne trouvent pas effrayantes leur cornette blanche et leur robe noire.

Maintenant, encore un mot sur ce sujet avant de l'abandonner. Ne vous serait-il pas possible, mon cher Lucien, de me choisir, quand vous en aurez le temps, et de m'envoyer à l'occasion une cinquantaine de livres d'historiettes pouvant convenir à notre vieux monde? N'oubliez pas qu'en nous rapprochant de la tombe, nous redevenons enfants. Il faut donc que ces petits ouvrages soient pleins de gaieté. Je n'ai pas besoin de vous rappeler que les lectrices seront nos chères gardes-malades, saintes filles dont l'innocence s'alarmerait d'un mot.

Au revoir, mon cher Lucien ; vous écrirez à votre père, n'est-ce pas ?

SUZANNE.

MALRAISON DE RULINS.

— La fin au prochain numéro. —

CHRONIQUE

Cela devait arriver. De réformes en réformes, de suppressions en suppressions, il fallait bien qu'on en vînt là. Depuis un siècle, on a bouleversé tant de couronnes, on a jeté tant de bonnets par-dessus les moulins, on a crevé tant de tambours, qu'il était tout simple qu'on finît par toucher aux chapeaux des « messieurs gendarmes! »

L'un des derniers actes du général Campenon, ministre de la guerre sous le dernier cabinet, a été, assure-t-on, une ordonnance ayant pour objet de supprimer la traditionnelle coiffure de Pandore et de la remplacer par le casque. Quel casque? celui d'Achille ou celui de Mangin?... Je ne sais pas au juste, le modèle, jusqu'à présent, n'ayant point été déposé.

Je ne crois pas que l'ordonnance du général Campenon ait été lancée officiellement, et je me plais à penser que son successeur aura soin de la laisser dormir dans la poudre des archives.

Supprimer les chapeaux des gendarmes! à quoi songe-t-on? Et pourquoi ne songe-t-on pas aussi à supprimer la gendarmerie elle-même?

Qu'est-ce qu'un gendarme, en effet? Un brave soldat, oui; un bon défenseur de la loi, oui; un homme armé et pacifique, oui; mais le gendarme est autre chose encore, sans quoi il ne serait qu'un soldat comme il y en a tant d'autres de diverses espèces dans l'armée française.

Un gendarme est, en outre, une paire de bottes, un jaune baudrier, un tricorne orné de blancs galons. Sans ces trois choses, point de gendarme sérieux; et le tricorne est la plus importante des trois : dans la personne du gendarme, il est le couronnement de l'édifice.

C'est un principe d'esthétique que la ligne horizontale est particulièrement une ligne de sévérité et de majesté.

Charles Blanc, dans sa *Grammaire des arts du dessin*, a formulé cet aphorisme :

« L'architecture monumentale en plate-bande exprime des idées de *calme*, de *fatalité*, de *durée*. »

Voilà bien en effet ce qu'exprime aussi le chapeau de gendarme dans sa forme à la fois angulaire et horizontale : le *calme* du défenseur de la société, la *fatalité* du châtiment suspendu sur la tête du criminel, la *durée* de la conscience elle-même!

Ce que le fronton est pour le temple, pour le palais, pour le tribunal, le tricorne l'est pour le gendarme! C'est à cet accent circonflexe, si majestueusement posé sur son front, qu'il doit le prestige dont il jouit aux yeux des malfaiteurs comme aux yeux des honnêtes gens.

Les gendarmes, sauf de bien rares exceptions, ne marchent pas plus de deux à la fois, et il faut qu'à deux ils puissent au besoin contenir une émeute; il faut qu'ils se fassent craindre et respecter comme une compagnie tout entière.

Ce résultat invraisemblable, cette multiplication apparente de leur individu, ils la doivent à quoi?... A ce chapeau qui allonge leur tête dans le sens de l'horizontalité : un gendarme qui apparaît dans la porte d'un cabaret — grâce à son chapeau — remplit cette porte tout entière; quand deux gendarmes cheminent sur une grande route, l'ombre de leurs tricornes, projetée sur le sol, barre cette route dans toute sa largeur...

Et puis, le chapeau de gendarme est le seul qui sache saluer et qu'on salue d'instinct dans les occasions solennelles.

Quand M. le préfet ou M. le général de brigade est en tournée de revision, le chapeau de gendarme s'incline avec une majesté toute particulière, et les conscrits tremblent devant lui.

Mais c'est quand ils conduisent à travers les rues du village un vagabond les menottes aux mains, que le tricorne des gendarmes devient une coiffure épique : ceux qui le portent ne sont plus alors de simples gendarmes, — ils sont les « messieurs gendarmes », et je suis sûr qu'Éaque, Minos et Rhadamante auraient envié ce couvre-chef imposant pour en rehausser leur dignité de juges en dernier ressort, au temps où ils siégeaient dans les régions stygiennes.

Qu'on le respecte donc, ce tricorne en qui la veuve et l'orphelin mettent leur espérance; ce tricorne qui rassure les bons et terrifie les méchants!

Un poète, ému comme bien d'autres gens à la seule idée de la suppression du chapeau des gendarmes, M. Paul Ferrier, s'est fait l'interprète du sentiment public dans une chanson qui mérite de passer à la postérité, côte à côte avec la fameuse chanson des *Deux Gendarmes*, qui a fait la gloire de Nadaud :

Deux gendarmes, un beau... lundi,
Cheminaient au pas, dès l'aurore.
Ils étaient soucieux. L'un dit :
« As-tu lu le journal, Pandore?
Si l'on en croit ces gazetiers,

Nous aurions beau sujet d'alarmes! »
— Laissez les roses au rosiers,
Laissez leurs chapeaux aux gendarmes!

. . . .

Cette rage de réformer
N'a pas de cesse et pas de bornes,
Car pourquoi ça se gendarmer
Contre nos chapeaux à deux cornes?
Ils effrayent les braconniers,
Pour le sexe, ils avaient des charmes! »
— Laissez les roses aux rosiers,
Laissez leurs chapeaux aux gendarmes!

« Sans respect du prestige ancien,
On suit une mode fantasque,
On est tout féru du Prussien,
Et l'on se toque de son casque!
Nous aurons des airs de pompiers,
Paradant sur la place d'armes! »
— Laissez les roses aux rosiers,
Laissez leurs chapeaux aux gendarmes!

La gendarmerie est une institution sur le sort de laquelle il faut veiller, mais le jury est une institution qui prend soin de veiller sur son propre sort.

Les honorables membres d'une des séries de jurés qui viennent de remplir leur devoir, par-devant la cour d'assises de la Seine, ont cru pouvoir, en leur qualité de « jurés probes et libres », comme dit la formule, adresser leur avis librement à M. le président, sur une question du plus haut intérêt pour eux, — et même pour nous tous, qui pouvons être appelés, un jour ou l'autre, aux mêmes fonctions.

Messieurs les jurés ont présenté une requête constatant leur désir de voir rétablir dans un avenir prochain le buffet-buvette qui était autrefois mis à leur disposition et que certains abus avaient fait supprimer.

« Les jurés, dit une phrase de cette requête (je me plais à la recueillir), sont condamnés, eux appelés à condamner les autres, à dîner à une heure sortant complètement de leurs habitudes et à subir un jeûne civique (!!!) par trop prolongé... »

Eh! eh! Voilà des jurés qui me plairaient tout particulièrement si j'étais assis sur la sellette devant eux; évidemment les gens qui raisonnent ainsi et qui rédigent de semblables requêtes ne sont point des gens sans entrailles...

Ventre affamé n'a point d'oreilles; cela est vrai partout, et plus vrai au palais de justice qu'ailleurs. Quand arrive l'heure du dîner, le juré le plus humain devient féroce comme un Canaque; sans qu'il en ait bien conscience lui-même, ses dents s'allongent à la vue de cet accusé qui est là devant lui, et qu'il croquerait comme un radis si on le laissait faire.

Si encore le juré rentre à ce moment précis dans la salle des délibérations, il y a des chances de salut pour le malheureux; — mais supposez que le défenseur commence son plaidoyer à six heures du soir et le termine à huit heures au plus tôt, et figurez-vous l'état terrible du juré qui est renvoyé dans sa salle, sans avoir rien à mettre sous les mandibules qu'une sentence dictée par les tiraillements de son estomac.

J'aimerais mieux, je l'avoue, entrer dans la cage des lions de Nouma Hawa, la dompteuse à la mode, qui effraie chaque soir, par son audace, les spectateurs du Cirque d'hiver, que de sentir mon honneur ou ma vie livrés à douze jurés dans un pareil état.

Au lieu de cela, supposez qu'un bon buffet bien organisé, bien confortable, les attende. Le potage est avalé en silence et d'un air sombre; mais les petits pâtés au jus rassérènent déjà un peu les idées...

« L'accusé est un infâme gredin, cher monsieur, dit un des jurés à son confrère.

— Oui, certes, il a coupé sa femme en trente morceaux... La mort... il n'y a que la mort qui... »

Un perdreau rôti fait son apparition.

« Oui, la mort, répond l'autre... Mais il faut convenir que cette femme était peu digne d'intérêt. »

Les asperges en branches, au mois de février primeurs exquises, entrent en scène...

« En effet, cher confrère, en effet, femme indigne... Prenez donc un peu de ce vin de Château-Margaux... Femme indigne... Il me semble que les circonstances atténuantes sont tout indiquées.

— Hum! Il me semble, en effet...

— Je vous demanderai un peu de ce roquefort appétissant qui est là devant vous... »

Le roquefort est apprécié à sa juste valeur; la conversation recommence:

« La guillotine, cher monsieur, n'est plus guère de notre temps: si nous appliquions les travaux forcés à perpétuité... »

Le café intervient.

« Je crois même que les travaux forcés à temps...

— Nous penserons à cela tout à l'heure...

— Fumons donc un de ces londrès, en prenant un petit verre de chartreuse.

— Soit! Mais à présent il va falloir faire un bon tour de promenade pour activer la digestion... Et notre verdict! Oui, femme légitime coupée en morceaux, vingt-huit ou trente (je ne me rapelle pas au juste); mais le cas n'est pas spécialement prévu par le Code pénal; et puis, femme indigne!... Dans un moment de vivacité, qui sait si vous ou moi, nous n'en ferions pas autant?...

— C'est vrai! Ça peut arriver à tout le monde... »

Cinq minutes après, le jury rentre en séance: à l'unanimité son verdict est négatif sur la culpabilité de l'accusé, qui sort avec des gestes de visible satisfaction.

« Pauvre garçon! murmure un juré qui a la chartreuse sensible, il doit avoir bien mal dîné dans sa prison, mais il va se dédommager au sein de sa famille. »

ARGUS.

Abonnement, du 1er avril ou du 1er octobre; pour la France: un an, 10 f.; 6 mois, 6 f.; le n° au bureau, 20 c.; par la poste, 25c.
Les volumes commencent le 1er avril. — LA SEMAINE DES FAMILLES paraît tous les samedis.

TOMBÉ DU NID !

—

C'était le printemps, le gai printemps qui fait éclater les bourgeons, reverdir les prés, germer les moissons, chanter les oiseaux, bourdonner les insectes; le gai printemps, hargneux parfois, mais généreux quand même avec son cortège de lilas, d'aubépine et d'arbustes fleuris. Les tulipes, les jacinthes, les primevères fraîches écloses étincelaient sous un rayon de soleil; la grosse pivoine, rubiconde et touffue, se gonflait avec orgueil; la violette embaumait sous les feuilles; les arbres fruitiers, poudrés à frimas, promettaient une abondante récolte, et, contre la muraille, l'imprudent pêcher avait noué ses fruits. Tout était joie, bonheur, espérance.

Dans un beau jardin situé sur le penchant d'une colline et dominé par une riante et commode habitation, quatre enfants prenaient leurs ébats : Isabelle et Maurice Dervieux, les enfants du maître et de la maîtresse de la maison, Suzette et Petit-Pierre, les enfants du jardinier.

Arrivés seulement depuis la veille au soir, Isabelle et Maurice savouraient avec délices les joies du retour et auraient voulu être partout à la fois.

Maurice, l'aîné de la bande, avait douze ans et demi, Isabelle dix, Suzette huit, Petit-Pierre à peu près cinq.

« Allons à la basse-cour voir nos poulets de l'an dernier, cria Isabelle.

— Commençons plutôt par les chiens et les chevaux, répliqua Maurice.

— Et les lapins, dit Petit-Pierre qui tenait à placer son mot, il y en a de tout blancs.

— Et les canards sur l'étang, fit à son tour Suzette, c'est ça qui est joli !... Figurez-vous trente petits canetons, jaunes comme des serins, ronds comme des boules, avec des yeux noirs éveillés et des petites pattes qui vont, qui vont, que c'est un plaisir de les regarder. Ils sont en trois bandes et suivent chacun leur maman sans jamais se mêler. Puis les cygnes ont fait leur nid dans l'île et l'on aperçoit la tête de la femelle au-dessus des roseaux. L'autre jour, à l'aide du bateau, j'ai voulu m'approcher d'elle; j'avais mis du pain dans mon tablier, pensant qu'elle viendrait, comme d'habitude, le manger jusque dans ma main; ah bien oui! elle a tendu un long cou en faisant entendre une espèce de sifflement, et j'ai eu si peur que je me suis sauvée plus vite que je n'étais venue. Le père, auquel j'ai tout conté, m'a bien défendu de jamais recommencer, car, paraît-il, les cygnes ne sont pas bons quand ils couvent; et, d'un coup d'aile, vous casseraient la jambe comme rien du tout.

— Allons à l'étang, s'écria Maurice enthousiasmé par le récit de Suzette.

— A l'étang! répétèrent les autres.

— Oui, mais prenons au moins du pain pour les petits canards, fit Isabelle; il faut leur souhaiter la bienvenue et ne pas arriver les mains vides. »

On courut à la maison faire ample provision de pain et même d'orge et d'avoine, et M. Dervieux en profita pour recommander aux enfants, ainsi que l'avait déjà fait Joseph le jardinier, de ne pas s'approcher des cygnes.

Déclarons tout de suite qu'Isabelle et Maurice, parfaitement élevés, n'étaient pas désobéissants et donnaient toujours le bon exemple aux autres. Puissent mes petits lecteurs en pouvoir dire autant !

Après la visite à l'étang on se rabattit sur la basse-cour. Chiens, chevaux, vaches, poulets, lapins, tout eut son tour, et la première fougue un peu calmée, nos quatre enfants commencèrent à se promener dans le jardin. Mais on passa bientôt devant le plant d'asperges dont bon nombre montraient leur petite tête rosée; et alors, en avant le grand couteau, c'était à qui en découvrirait le plus.

« Ici! à moi, Maurice, criait Isabelle, en voilà une, deux, trois!

— Là une autre, disait à son tour Suzette.

— Deux vers moi, » faisait Petit-Pierre qui avait d'excellents yeux.

Et bientôt, triomphants, les enfants portèrent à la cuisine une magnifique botte d'asperges.

Vers le haut du jardin, sur une terrasse, s'étendait un vieux mur couvert de lierre, refuge ordinaire des moineaux et des bruants, mais surtout des moineaux. C'était là que les enfants prenaient le plus volontiers leurs récréations. Suzette et Petit-Pierre y accouraient après l'école, Isabelle et Maurice après leurs leçons. Un matin, que tous quatre jouaient aux barres, Isabelle aperçut à ses pieds quelque chose de rougeâtre qui lui parut remuer.

« Eh! Suzette, qu'est-ce donc que cela? s'écria la fillette en reculant, on dirait un colimaçon hors de sa coquille.

— Un colimaçon! fit Suzette en riant et ramassant l'objet désigné, dites donc un moineau, mam'selle Isabelle, un pauvre petit moineau sans plumes. Il a fait beaucoup de vent cette nuit, il sera tombé du nid.

— Mais alors il y en a peut-être encore d'autres à terre, dit Isabelle. Cherchons... »

Effectivement, trois ou quatre pauvres petits moineaux gisaient un peu plus loin, mais raides et froids. Un seul vivait, celui trouvé par Isabelle, et probablement tombé le dernier.

« Il est encore chaud, fit Suzette, et tenez, il a faim, car il ouvre un large bec. Vite, courons chez nous, ma mère le mettra au chaud, lui apprêtera de la pâtée, et nous l'élèverons à la bûchette. »

Isabelle et Maurice, suivis de Petit-Pierre, se précipitèrent comme un tourbillon; Suzette marchait en tête portant le pauvre abandonné.

« Que venez-vous chercher, les enfants? cria de loin la jardinière, chez laquelle Maurice et Isabelle étaient toujours fourrés.

— Nous ne venons rien chercher, Gothon, dit Maurice; c'est nous, au contraire, qui vous apportons quelque chose.

— Tenez, mère, voyez, fit Suzette en ouvrant ses mains, c'est un pauvre moineau tombé du nid, tout nu, tout froid, tout tremblant!... »

La jardinière prit l'infortuné et, sans perdre de temps en paroles inutiles, alla dans son armoire, en sortit une poignée de laine d'agneau, la mit dans une corbeille, y plaça l'oiseau et glissa le tout sous l'âtre de la cheminée. Ensuite, pilant, mêlant, elle fit en quelques instants une pâtée à l'usage des jeunes moineaux, tailla une allumette en forme de spatule, et le nouveau pensionnaire, ouvrant démesurément son bec jaune, se laissa embecquer le mieux du monde.

Si le moineau ouvrait un large bec, les enfants ouvraient de grands yeux.

« Oh! ma bonne Gothon, croyez-vous qu'il vive? fit Isabelle en joignant les mains.

— Oui, s'il n'a pas eu trop froid.

— Et quand verrons-nous cela?

— Demain, pas avant; mais s'il passe la nuit, il a chance d'en réchapper. Bah! ne vous tourmentez pas, les moineaux ont la vie dure : Mauvaise graine croît toujours.

— Faudra-t-il lui donner souvent la becquée? demanda Maurice.

— Très souvent pendant les premiers jours, et surtout commencer de grand matin. Mais vous le savez, monsieur Maurice, le soleil et moi nous nous levons ensemble.

— S'il vit, nous l'appellerons Zizi, dit Isabelle.

— C'est cela, crièrent les autres, c'est un fort joli nom pour un moineau. »

Le lendemain, la première action d'Isabelle et de Maurice fut de courir chez la jardinière.

« Et Zizi! Comment se porte Zizi? » tel fut le cri qu'ils poussèrent bien avant d'avoir passé la porte de la bonne Gothon.

Oh! bonheur! Zizi, doué probablement d'une forte constitution, se portait à merveille; il semblait même avoir grossi depuis la veille, et, tour à tour, chacun lui administra la becquée qu'il avala indistinctement avec la même voracité.

A dater de ce jour, l'élevage de Zizi devint le grand intérêt du moment. Chaque progrès était enregistré avec joie, et M. et Mme Dervieux durent, à plusieurs reprises, venir admirer les charmes naissants de l'illustre Zizi, son œil fripon, sa gentillesse, et, je dois le dire, prirent à lui un véritable intérêt. Qui de vous, parents jeunes ou vieux, s'en étonnera!

Au bout de quelques semaines, Zizi, devenu tout à fait grand garçon, sortait de sa cachette et sautillait par la chambre. Alors, de crainte du chat, cet épouvantail des oiseaux, on le plaça dans une cage au milieu de la bibliothèque; mais, dix fois par jour, Isabelle, laissant son tricot, courait à lui, Maurice, quittant son livre, faisait de même, Suzette, perchée sur une escabelle, riait d'aise en le regardant, Petit-Pierre, à genoux sur une haute chaise, tendait vers lui son petit doigt. C'est qu'aussi notre moineau était un gaillard qui piquait ferme sur le morceau de sucre que lui présentait Maurice.

REMY D'ALTA ROCCA

— La suite au prochain numéro. —

LA FEMME DE MON PÈRE

(Voir pages 586, 602, 612, 635, 650, 668, 674, 694, 708, 728, 740 et 763.)

A Monsieur Lucien de Montigny, Paris.

Vallières, le...

Mon cher Lucien,

Votre père est parti ce matin pour la Bourgogne, il sera ce soir à la Belle-Idée. J'ai obtenu qu'il se fît accompagner de son domestique, le vieux Germain. Me rappelant ce que vous m'aviez dit du personnel de votre tante Annette, je redoutais le peu de bonne volonté de ses serviteurs à l'égard de M. de Montigny. Le sachant soigné par quelqu'un à lui, je serai plus tranquille, et de son côté, votre vieille parente n'aura pas à appréhender la mauvaise humeur du monde qui l'entoure. Maintenant, faites avec moi des vœux, mon cher enfant, pour que ce voyage rende à votre père la force qui lui manque et le sommeil qu'il a perdu.

Je viens de parcourir le journal pour trouver le Salon, relégué à la quatrième page. Mais ce compte rendu est-il bien de vous, Lucien? J'en doute, le style n'est pas vôtre, et moins encore l'esprit acerbe qui fait le fond de l'article. Il y a si loin des phrases mordantes d'aujourd'hui à vos mots bienveillants de la semaine dernière, que je me prends à croire, et surtout à désirer que vous ayez passé votre plume à un confrère. Partant de cette conviction, je m'érige en juge.

Eh bien, mon cher Lucien, je crois que ce monsieur qui, pour blâmer dans un paysage la couleur d'un arbre, dans un portrait les tons d'une figure, ou les plis d'une robe, se permet de joindre à la critique du talent de l'artiste la critique de l'homme privé; je crois, dis-je, que ce monsieur fait fausse route, et je m'étonne même que la rédaction ait accepté son travail. De quel droit fouille-t-il ainsi dans l'existence de ce peintre, de ce sculpteur, et met-il au grand jour ou les fautes ou les tristesses de ces vies intimes qui n'appartiennent point encore à l'histoire et qui, sans doute, ne lui appartiendront jamais? Quel rapport peut-il exister entre un coup de pinceau maladroitement appliqué, un coup de ciseau imprudemment donné, et des erreurs ou des malheurs de famille? Je vous l'avoue, mon enfant, autant le début du Salon m'avait enchantée, autant la suite m'est pénible. Reprenez donc vite, je vous prie, vos articles que l'absence de toute prétention d'abord, l'intérêt ensuite, rendent vraiment très agréables. En lisant vos appréciations marquées au coin de la justice et de la bienveillance, on vous devine, on vous voit, on vous aime.

M. de Blacourt se plaint de votre silence. Ne tardez pas à lui écrire. Si vous ne lui avez point annoncé que vous venez d'abandonner les mines, il n'en sait rien encore, car je ne lui en ai pas parlé; peut-être ferez-vous bien d'en toucher un mot.

Par le même courrier, je vais remercier Isabelle. La bonne enfant travaille en ce moment pour notre petit hospice. Je lui ai demandé quelques pastels, quelques gouaches, destinés à rompre l'uniformité de nos murailles blanchies, et elle s'est mise de suite à l'ouvrage.

Votre belle-mère,

SUZANNE.

A Mademoiselle Isabelle Wissocq, rue de la Préfecture, à Poitiers (Vienne).

Vallières, le...

Merci, mon Isabelle, je n'en attendais pas moins de votre charité. Les gouaches et les pastels seront reçus avec reconnaissance. Je les voudrais déjà voir appendus où leur vue réjouiront les regards de ces pauvres gens qui, hélas! n'ont plus guère en perspective que la souffrance et le tombeau.

Le dernier mot de votre lettre me fait supposer, ma bonne petite, que rien n'est modifié dans votre esprit, que vous rêvez toujours la solitude et l'oubli du monde.

Je m'étais pourtant bien promis de ne plus chercher à vous convaincre, de laisser au temps le soin d'accomplir son œuvre, et l'apaisement se faire en votre âme; mais une circonstance que je ne prévoyais pas me force à me rétracter.

Certes, ma chère Isabelle, il y a dans votre nouvelle manière d'envisager la vie toute la sincérité désirable; mais ne croyez-vous pas que sous ce besoin de solitude, sous ces vagues désirs religieux, pourrait bien se cacher un peu d'égoïsme? Avant de laisser votre imagination errer comme une folle, regardez donc autour de vous, et vous verrez des pauvres à secourir, des malades à soulager, des amis à charmer. Le devoir se présente sous des formes et des noms différents, mais c'est toujours le devoir dans l'acception propre du mot. Toute la paix et tout le mérite ne reposent point seulement à l'ombre de la solitude et du cloître; il est ici-bas d'autres voies bénies, et si la porte du ciel s'ouvre facilement au chant pieux des anachorètes et des recluses, elle ne résiste pas davantage à la prière des épouses et des mères.

Comme je vous l'ai dit en commençant ma lettre, je m'étais bien promis de ne point revenir sur ce sujet, mais j'y suis pour ainsi dire contrainte par ce qui va suivre.

J'ai reçu hier la visite d'une dame que vous avez plusieurs fois rencontrée à Vallières, et dont vous connaissez la position dans le pays: Mme Lucy. Elle sait de vous, ma chère petite, ce que je lui en ai appris; votre personne lui est très sympathique et vos malheurs la touchent profondément. Son fils, qui partage en tout sa manière de voir, sollicite votre main. Moi, j'ajouterai que ce jeune industriel, récemment nommé député de notre arrondissement, est d'une honorabilité parfaite. Il semble brusque, mais, sous des apparences parfois fantasques, il cache une grande bonté; et puis, ce qui prouve en sa faveur, il est, dit-on, très épris d'Isabelle Wissocq.

Maintenant, ma bonne petite, résumons-nous.

Ce n'est pas parce que je me suis chargée près de vous, orpheline, de la délicate mission que je viens de remplir, qu'il faut en conclure que je cherche à combattre vos idées dans un but de réussite; ce serait une erreur profonde, seulement cette circonstance m'a fourni une dernière fois l'occasion de vous répéter que le plus sage en ce monde est de laisser la Providence maîtresse de notre destinée.

Je ne suis pas sans préoccupation au sujet de la santé de M. de Montigny. Il est en ce moment à la Belle-Idée. Espérons qu'il en reviendra plein de force et de santé.

Bien des baisers.

SUZANNE.

A Madame Suzanne de Montigny, au château de Vallières, par Fleury-sur-Andelle (Eure).

Poitiers, le...

Bonne amie,

Ma vieille cousine est sortie. Elle doit assister à un concert donné par deux ou trois virtuoses de Paris, qu'on assure être des talents de premier ordre. Je suis donc seule ce soir, et profite du calme qui se fait autour de moi pour répondre à votre lettre reçue ce matin.

De ma tristesse je ne vous dirai plus un mot; cependant je ne veux pas tarder à vous écrire au sujet de la démarche faite par Mme Lucy.

Assurez, je vous prie, cette dame que je lui suis très reconnaissante de m'avoir distinguée parmi tant de jeunes filles qui, à tous les points de vue, me sont bien supérieures; mais, qu'en ce moment, je ne songe point du tout à me marier, que peut-être même je n'y songerai jamais...

Cette affaire ainsi réglée pour les étrangers, reparlons-en un peu, cœur à cœur, le voulez-vous, bonne amie?

Je dois vous avouer que si mes goûts, mes idées, me portaient au mariage, ce n'est pas M. Lucy que j'épouserais. J'admets tout ce que vous me dites de son honorabilité, de sa bonté, etc., etc.; mais rien dans sa personne, rien dans sa nature, ne me serait sympathique. Il est, en général, dans le caractère des industriels, des angles faits chiffres qui ne s'arrondissent jamais, s'additionnent toujours, et votre fondeur est un type accompli de ce monde pratique, n'ayant d'admiration que pour la puissance d'une machine et sa valeur de revient. Il n'existe pour lui qu'une question, celle de l'argent; et cette question, il la traite en parlant, en écrivant, en marchant, en dormant. Oh non! mille fois non, bonne amie, je n'eusse pas eu le courage de vivre de cette vie terre à terre, que je regarde comme la plus pénible des existences.

Et pourtant, moi qui vous parle ainsi, je sens que le chagrin en mûrissant ma raison a dépoétisé mon esprit: je ne suis plus l'Isabelle d'autrefois. Ma nature, naguère enthousiaste, n'a aujourd'hui d'enthousiasme que pour les devoirs auxquels je me crois destinée et je n'ajoute pas plus foi en certains sentiments qu'en ces feux de paille qui, si brillants qu'ils soient, ne laissent après eux qu'une poussière noire. Aussi trouverais-je bien téméraire la femme qui, comptant sur l'empire de ses charmes, croirait pouvoir enchaîner dans la voie d'un paisible bonheur celui qui n'appuie son amour que sur une convenance, et, à mon point de vue, l'impression de M. Lucy ne peut être que cela. Ceci dit, bonne amie, j'achèverai ma pensée en ajoutant que, s'il avait été dans ma destinée d'éprouver ce sentiment si doux et si profond que légitiment nos lois et que sanctifient nos autels, je ne lui eusse donné qu'une fois accès en mon âme qui, selon mon choix heureux ou malheureux, s'en fût ou enivrée ou brisée à jamais. Mariée, je voudrais pouvoir reconnaître dans l'ami appelé à me protéger une supériorité incontestable autorisant la fierté et appelant la confiance; une tendresse paternelle qui permît à mon cœur de rester ouvert. Je souhaiterais penser tout haut, parler tout bas, être l'écho de sa voix, l'instrument de sa volonté; n'avoir qu'un but à nous deux, aimer ensemble ceux qui nous eussent été chers, couler enfin, appuyés l'un sur l'autre, les jours qu'il faut traverser ici-bas, puisant dans la noble et sainte vie que vous passez à Vallières les sublimes exemples qui font de votre existence un modèle de paix, d'amour et de charité.

Brisons, maintenant, sur ce sujet; il n'a pas, ce me semble, assez de raison d'être pour que je m'y étende davantage, et parlons de mes travaux, auxquels vous faites autant d'honneur qu'à des chefs-d'œuvre. Je compte vous envoyer les gouaches vers la fin de la semaine. Grâce pour ma *Noce dans le Valais*. Mon épousée a le nez aussi rouge que celui d'un vaguemestre allemand, et mon *violoneux* — tient fort maladroitement son archet.

Adieu, bonne amie, mes paupières, bien malgré moi, s'abaissent; c'est le sommeil qui réclame ses droits. Je vais m'endormir en pensant à vous.

ISABELLE.

A Madame de Montigny, au château de Vallières, par Fleury-sur-Andelle (Eure).

Paris, le...

Au risque d'encourir votre blâme, je dois vous avouer, ma chère belle-mère, que cette revue du Salon que vous désapprouvez si fort, est de moi. J'ai transformé mon style assez mou en un style plus ferme, et, sur le conseil de quelques amis, émaillé ma critique d'anecdotes un peu piquantes, il est vrai, manière de faire très bien reçue, je vous assure. Ayant tenu à connaître l'opinion publique, il m'a fallu entendre que j'écrivais avec la plume d'une femme, et que mes comptes rendus, assez fades, étaient monotones comme les pluies d'hiver.

Alors j'ai voulu être moi, c'est-à-dire plus viril. D'après vous, il paraîtrait qu'en cherchant à atteindre un but, je l'ai dépassé. Du reste, ayant enfin obtenu mon tour dans les articles politiques, je cède le Salon à un jeune confrère que ses connaissances spéciales rendront très apte à un travail qui n'était, je vous le confesse, ni dans mes aptitudes, ni dans mes goûts.

Les événements du jour ouvrent des horizons depuis longtemps restreints par une politique étroite. L'arène est vaste à l'heure présente, et les champions de tous les partis peuvent entrer en lice, sans craindre d'être gênés dans leurs allures. Nous allons voir surgir des idées nouvelles, lumières inconnues projetant sur les masses des feux de prime abord incertains, mais qui, petit à petit, se feront, espérons-le, éclatants et durables. Autant de plumes, autant d'épées; mais la gloire ne sera ni pour les vainqueurs ni pour les vaincus, ou plutôt elle sera pour tous, car le combattant qui tombe écrasé par la force ne peut être considéré comme à bas. Il y a là une question d'honneur dans le jugement porté, et j'ai assez foi en la conscience même des plus attachés à notre gouvernement autoritaire pour être persuadé qu'ils respecteront tous ceux qui les combattront avec des armes loyales, dussent-ils en être froissés dans leurs opinions, dans leurs convictions. Et puis, le monde n'est pas si mauvais qu'une poignée de sceptiques veut le faire croire. Je suis convaincu que parmi ceux qui suivent passivement le cours des choses, se trouvent plus d'entraînés que de persuadés. Aussi la jeunesse actuelle, pleine de bon vouloir, et fière de son intelligence, va-t-elle tenter de se grandir dans l'esprit de tous, en utilisant au profit des masses cette supériorité que lui donnent la science acquise et le dévouement qu'elle est heureuse d'offrir à ses concitoyens.

Je viens d'écrire une longue lettre à mon père, le priant de soigner sérieusement sa santé affaiblie. J'ai parlé en votre nom, en mon nom, faisant appel aux sentiments qu'en son cœur il garde pour les siens. J'espère que ce cher souffrant tiendra compte de mes prières.

Je ne vous dissimule pas que moi aussi, je sens la fatigue me gagner, et que j'aurai bien de la peine à ne point aller à Vallières vers la fin de l'année, quand l'effervescence qui, en ce moment, atteint toute la presse, sera un peu calmée. Cette vie de lutte est parfois brisante. Je voudrais mener les événements, mais ce sont, je crois, plutôt les événements qui me mènent; de là, certaines lassitudes physiques ayant pour cause première les préoccupations inséparables des sérieux travaux auxquels se livrent les hommes de notre profession.

A bientôt une plus longue lettre. Croyez, madame et chère belle-mère, à mes sentiments respectueux et affectueux.

LUCIEN.

A Monsieur Lucien de Montigny, rue de Sèvres, Paris.

Vallières, le...

Je reçois votre lettre à l'instant, mon cher Lucien, et viens vous adresser sur l'heure un mot, un seul mot, non pour y répondre, car j'avoue n'être point à la hauteur du sujet principal dont vous m'entretenez, mais pour vous conjurer au nom de vos plus chers souvenirs, au nom de tous ceux qui vous aiment, d'éviter dans vos articles politiques ces allusions, ces sous-entendus, qui peuvent tant offenser. Soyez persuadé qu'ils n'ajouteront rien à votre mérite d'écrivain, au contraire; il est si difficile d'être tout à la fois élégant et méchant.

Jusqu'alors, je me suis attachée à ne vous donner que des conseils d'amie; mais aujourd'hui, mon enfant, je vous dois des conseils de mère. J'ai le cœur inquiet et serré en pensant à vous; il me semble qu'un péril vous menace. Veillez, je vous en supplie, sur les mots qui s'échappent de votre plume; reprenez le style charmant de votre premier ouvrage, ce joli petit rien, bleu et satiné, à travers lequel on distinguait votre âme comme à travers une coupe de cristal. Voyez-vous, je ne demande que cela, et l'intelligence, la bonté, se devineront dans tout ce que vous écrirez. Croyez-moi, mon enfant, n'empruntez pas à d'autres, qui ne peuvent ce que vous pouvez, le triste langage des méchants, seule ressource de ceux qui ne savent élever assez haut leurs pensées, pour la mettre au niveau de la dignité humaine.

Je n'insisterai pas davantage, mon cher Lucien, sur un sujet plusieurs fois déjà traité entre nous. Poussée par l'affection profonde que je vous porte, j'ai cru devoir y revenir encore une dernière fois.

Maintenant je livre à vos méditations les avis que, dans sa sollicitude toute dévouée, vous adresse votre belle-mère.

SUZANNE.

A Monsieur Paul Dupre, à Saint-Denis (île de la Réunion).

Paris, le...

Je m'aperçois, mon cher Paul, que, trompé par la date du départ des messageries, il me reste encore la possibilité de t'écrire une fois. Tu recevras donc deux lettres par le même courrier.

Si la première ne te porte que des mots affectueux et joyeux, il n'en sera pas de même de celle-ci, non pas que j'aie épuisé à ton endroit toutes les démonstrations d'une amitié que la distance et l'absence n'ont fait que rendre plus vive; mais en ce qui me touche, il a suffi de vingt-quatre heures pour assombrir le riant tableau de toutes les espérances que j'étalais si complaisamment dans ma longue épître d'hier.

Quel souffle maudit pousse donc parfois ma plume à tracer certaines phrases ?

Dans quelques-uns de mes articles, une célébrité politique, croyant deviner une personnalité, veut y trouver une offense. Cependant, je n'ai pas eu la moindre idée de la blesser! Je me le demande avec la rage impétueuse d'un regret inutile : est-ce le *Souras* des Indiens, le *tchonsçié* des Chinois, le *Calodémon* des Grecs, les *larves* des Romains, ou simplement notre esprit des ténèbres qui, prenant la forme tentatrice de l'ambition, a dirigé mes doigts ou plutôt écrit lui-même ces malencontreuses lignes qui me valent aujourd'hui le triste honneur d'un cartel? Je l'ignore; mais toujours est-il qu'il y a une heure à peine, j'ai reçu un défi et suis maintenant dans la plus pénible des alternatives : tuer un homme, ou être tué par lui.

Je commence par t'affirmer que je n'ai pas peur du tout, mais du tout, et cependant je dois avouer qu'un duel me rend profondément malheureux.

Que va dire mon père dont les principes blâment avec tant de sévérité cette manière de vider une question d'honneur? Que va penser ma belle-mère dont les idées religieuses condamnent avec tant de rigueur cette coutume immorale et barbare, encore tellement ancrée dans les mœurs françaises, que l'inflexibilité de nos lois n'en peut avoir raison ?

Te figures-tu le coup que cette nouvelle portera demain à ce cher monde, dispersé un peu partout, lorsqu'il apprendra, par la voix de la presse, qu'une rencontre doit avoir lieu sur la frontière belge entre un journaliste — mon nom suivra — et M. X...

Paul, je suis au désespoir!

Et pourtant, je ne puis pas refuser de me battre : la société me traiterait de lâche. Il faut que je marche quand même poussé par la fatalité, ou pour être plus vrai, pour expier une faute résultant de cet impérieux besoin de faire parler de moi.

Ce matin déjà, mon rédacteur en chef m'annonçait, par quelques lignes un peu sèches, que mes derniers articles sur le Salon lui attirant des ennuis et mes essais politiques ne lui paraissant pas être du goût des abonnés, le comité avait décidé qu'on ne pouvait plus me confier que les faits divers, qu'il m'offrait. J'ai répondu aussitôt qu'à dater d'aujourd'hui, aucun engagement ne me liant avec le journal, je cessais de faire partie de sa rédaction. J'ai cru devoir donner cette satisfaction à ma dignité froissée.

Tout ceci est déplorable. Je suis sans courage pour supporter ce double choc qui va tant affliger mon père.

Voyons, Paul, si j'ai la maladresse d'attraper une balle là-bas, tu conserveras toujours la même estime à ma mémoire, n'est-ce pas? De temps à autre, en te promenant au milieu des fleurs éternelles de ton île enchantée, tu enverras un souvenir à l'ami de ta jeunesse couché au milieu des sombres cyprès, dans ce coin souven délaissé où ceux qui vont y chercher une tombe n'entrent qu'en se cachant. Tu penseras encore, n'est-ce pas? que le compagnon de tes travaux et de tes plaisirs ne devait point terminer ses jours ainsi... que l'avenir pour lui était tissu de douces espérances et de grandes joies... Puis, tu te diras: « Pauvre garçon! c'est dommage; il aimait les siens, il aimait la terre, il a dû tout quitter avec bien de la peine! »

Adieu Paul, mon ami, mon frère, adieu!

LUCIEN.

MALRAISON DE RULINS.

— La suite au prochain numéro. —

FAGON

L'alliance indissoluble de la religion et de la vraie science est un fait aussi prouvé que l'existence de Dieu; impiété est synonyme d'ignorance, car, selon une énergique parole du grand Joseph de Maistre, « l'impiété est canaille; » or, rien de plus ignorant que la canaille...

La science unie à la religion constitue la grandeur, la valeur réelle, ce que l'on peut appeler l'aristocratie intellectuelle. A notre époque, tous les hommes éminents dont s'honore la France ont été, sont profondément chrétiens; il en a toujours été ainsi, et, en remontant le cours des âges, aux deux derniers siècles, les exemples et les noms abondent. Parmi tant d'esprits d'élite dignes d'être étudiés et qui ne sont pas assez connus, nous en choisissons aujourd'hui un et nous le prenons dans la Faculté de médecine de Paris, si riche en sujets distingués, dont les sentiments religieux furent et seront toujours les inspirateurs d'une science aussi grande et aussi réelle qu'indiscutable...

Fagon naquit en 1638, dans les bâtiments du Jardin des Plantes de Paris, dont Gui de la Brosse, son oncle, était fondateur et intendant. « Les premiers objets qui s'offrirent à ses yeux, — dit Fontenelle, — ce furent des plantes; les premiers mots qu'il bégaya, ce furent des noms de plantes: la langue de la botanique fut sa langue maternelle. A cette première habitude se joignit un goût naturel et vif; sans quoi le jardin eût été inutile. » Après la mort de son père, en 1649, le jeune Fagon, placé au collège de Sainte-Barbe, y fit d'excellentes études. La médecine devint ensuite l'objet spécial de ses travaux. La plupart des thèses qu'il soutint présentent un vif intérêt. « Étant sur les bancs, il fit une action d'une audace signalée, qui ne pouvait guère en ce temps-là être entreprise que par un jeune homme, ni justifiée que par un grand succès: il soutint dans une thèse la circulation du sang. » Ainsi s'exprime Fontenelle, avec une ironie un peu voilée à l'adresse de la Faculté de médecine, sur cette question qu'il appelle un *étrange paradoxe*.

A peine reçu docteur (1664), Fagon obtint la chaire de botanique et celle de chimie au Jardin des Plantes. Ce jardin, dont la surintendance était confiée au premier médecin du roi, avait été très négligé par Cousinez et Vautier. Vallot se montra aussi zélé que ses prédécesseurs avaient été insouciants. Il fut puissamment secondé par Fagon, qui fit des excursions botaniques en Auvergne, en Languedoc, en Provence, dans les Alpes, les Pyrénées, les Cévennes et sur les bords de la mer, où il recueillit une abondante moisson. « Quoique sa fortune fût fort médiocre, il fit tous ces voyages à ses dépens, poussé par le seul amour de la patrie; car on peut dire que le jardin royal était la sienne.... On publia en 1665 un catalogue de toutes les plantes du jardin... Fagon y avait eu la principale part, et il mit à la tête un petit poème latin... On est volontiers poète pour ce qu'on aime. » (Fontenelle.)

Fagon devint, en 1680, premier médecin de la Dauphine, puis de la reine, enfin de Louis XIV, en 1693. Tous les moments dont il put disposer, il les consacra soit à l'exercice gratuit de la médecine, soit à des actes de justice et de bienfaisance qui ne peuvent être assez loués. Laissons ici la parole à Fontenelle, son contemporain et son collègue à l'Académie royale des sciences:

« M. Fagon exerçait la médecine dans Paris avec tout le soin, toute l'application, tout le travail d'un homme fort avide de gain; et cependant il ne recevait jamais aucun payement, malgré la modicité de sa fortune, non pas même de ces payements déguisés sous la forme de présents, et qui font souvent une agréable violence aux plus désintéressés. Il ne se proposait que d'être utile et de s'instruire pour l'être toujours davantage...

« Depuis qu'il avait été attaché à la cour, il n'avait pu remplir par lui-même les fonctions de professeur en botanique et en chimie au jardin royal; mais du moins il ne les faisait remplir que par les sujets les plus excellents et les plus propres à le représenter. C'est à lui qu'on a dû M. de Tournefort, dont il eût été jaloux, s'il avait pu l'être. »

Un des plus beaux titres de gloire pour Fagon est, sans contredit, d'avoir non seulement estimé, admiré, mais recherché et protégé avec une sorte de passion les savants et les artistes. Ce fut par ses soins, et sur sa recommandation que Louis XIV envoya les pères Plumier en Amérique et Feuillé au Pérou, Lippi en Égypte, Tournefort en Asie. Fagon donna surtout à ce dernier les témoignages les plus éclatants d'une haute considération. Le célèbre naturaliste provençal témoigna dignement sa reconnaissance à son Mécène en lui consacrant, sous le nom de *Fagonia*, un genre de plantes rosacées dont la plupart des espèces sont originaires du Levant.

Fagon fut toujours un infatigable travailleur, en dépit d'une santé faible et chancelante. « Pour être parvenu à la première dignité de sa profession, il ne s'était nullement relâché du travail qui l'y avait élevé. Il voulait la mériter encore de plus en plus après l'avoir obtenue

Les fêtes, les spectacles, les divertissements de la cour, quoique souvent dignes de curiosité, ne lui causaient aucune distraction. Tout le temps où son devoir ne l'attachait pas auprès de la personne du roi, il l'employait ou à voir des malades, ou à répondre à des consultations, ou à étudier. Toutes les maladies de Versailles lui passaient par les mains, et sa maison ressemblait à ces temples de l'antiquité, où étaient en dépôt les ordonnances et les recettes qui convenaient aux maux différents. » (Fontenelle.)

Fagon était d'une constitution très délicate, fatigué par un asthme violent et tourmenté par la pierre, dont il fut opéré en 1702. Il parvint cependant, à l'aide d'une conduite régulière, d'une sobriété constante et scrupuleuse, jusqu'à l'âge de près de quatre-vingts ans; il mourut en 1718.

« Outre un profond savoir dans sa profession, il avait une érudition très variée, le tout paré et embelli par une facilité agréable de bien parler. La raison même ne doit pas dédaigner de plaire quand elle le peut. Il était attaché à ses devoirs jusqu'au scrupule... » (Fontenelle.)

Fagon laissa deux fils : l'aîné fut évêque de Lombez, le cadet conseiller d'État.

DENYS.

LE SUCCÈS PAR LA PERSÉVÉRANCE

VI

RENÉ CAILLÉ

Le voyageur dont je veux essayer de retracer les aventures n'a pas eu l'éclair du génie, comme quelques-uns des anciens *descubradores*. Il n'a pas été un savant, ni un grand explorateur, mais un vaillant homme qui, pour atteindre un noble but, a surmonté tous les obstacles et bravé tous les périls. Par son intelligente et courageuse action, il a conquis une place dans l'histoire de la géographie et il mérite d'être cité comme un exemple du pouvoir de la volonté dans les conditions les plus difficiles.

Orphelin dès son enfance, et sans fortune, Caillé était, par son tuteur, destiné à l'état d'artisan. Son imagination lui ouvrit une autre perspective. Sa vocation l'entraîna hors du cercle où il était né, où il semblait devoir vivre.

« Je ne reçus, dit-il, d'autre éducation que celle que l'on donnait à l'école gratuite de mon village. Dès que je sus lire et écrire, on me fit apprendre un métier dont je m'éloignai bientôt, grâce à la lecture des voyages, qui occupait tous mes moments de loisir. L'histoire de Robinson surtout enflammait ma jeune tête. Je brûlais d'avoir comme lui des aventures ; déjà même je sentais naître dans mon cœur l'ambition de me signaler par quelque découverte importante.

« On me prêta des livres de géographie et des cartes. Celle de l'Afrique, où je ne voyais que des déserts ou des pays marqués inconnus, excita plus que toute autre mon attention. Enfin ce goût devint une passion pour laquelle je renonçai à tout. Je cessai de prendre part aux jeux et aux amusements de mes camarades. Je m'enfermais le dimanche pour lire toutes les relations de voyages que je pouvais me procurer. Je parlai à mon tuteur de mon désir de voyager. Il me désapprouva, me peignit avec force les dangers que je courrais sur mer, les regrets que j'éprouverais loin de mon pays, de ma famille. Enfin il ne négligea rien pour me détourner de mon projet, et comme j'insistais de nouveau pour partir, il ne s'y opposa plus. »

Le tuteur cessait de s'opposer au voyage, mais ne donnait rien pour le rendre plus facile. Le jeune aventurier n'avait pour tout bien que soixante francs. Son héros Robinson, en s'embarquant pour Londres sur le navire d'un de ses amis, était mieux loti.

René Caillé allait à Rochefort s'embarquer pour l'Afrique.

A cette époque, on n'avait encore que des notions très restreintes et très indéterminées sur l'Afrique centrale

Dès la fin du siècle dernier, à plusieurs reprises, par divers moyens, on s'était efforcé de pénétrer à l'intérieur de cette étrange région que Stanley appelait encore récemment : *the dark continent*, et les flèches des barbares ou les rigueurs du climat tuaient la plupart des vaillants hommes qui essayaient d'explorer ces terres inconnues : Houghton, Mungo-Park, Hornemann, Roetgen, Paddie, Clapperton, Laing, et combien d'autres ! :

Mungo-Park, cependant, avait résolu une importante question de géographie. Il avait reconnu la source du Niger et sa direction de l'ouest au nord-est, et l'on disait que près de ce fleuve, sur les confins du désert, s'élevait une riche et magnifique ville, la capitale de plusieurs peuplades, la fameuse Temboctou. Plusieurs Européens avaient vainement tenté d'y arriver. En 1826, le major Laing y entra, puis il en fut expulsé par le fanatisme musulman, et, quelques jours après, assassiné.

Caillé voulait aller à Temboctou.

En débarquant au Sénégal, il apprend le désastre d'une expédition organisée par le gouvernement anglais par explorer l'intérieur de l'Afrique; ses bagages enlevés, ses deux chefs tués et les gens de service n'échappant que par une fuite précipitée à des hordes furibondes.

Les Anglais ne se laissent point détourner de leurs entreprises par une déception ou une catastrophe. Bientôt une expédition plus forte que celle dont on déplore la cruelle destinée s'organise sous les ordres du major Gray.

L'aventureux Caillé veut la rejoindre. Il part avec deux nègres, résolu de faire à pied un long chemin, n'ayant pas le moyen de se procurer un cheval ou un chameau.

Mais il ne peut marcher comme ses deux compagnons, dans une atmosphère embrasée, sur un sable brûlant sans une ombre rafraîchissante, sans une goutte d'eau pure. Accablé de fatigue et malade, il se traîne péniblement jusqu'à un village de notre colonie, où des âmes compatissantes lui viennent en aide.

Pour apaiser son ardeur voyageuse, quand il a recouvré ses forces, on l'embarque sur un bâtiment de commerce qui le transporte à la Guadeloupe.

Là, par l'efficacité des lettres de recommandation qu'on lui a remises à Gorée, il obtient un petit emploi avec lequel il pouvait aisément vivre sur un des domaines de la France, sous le beau ciel des Antilles.

Sa passion pour l'Afrique n'est pas éteinte, et la lecture de l'histoire de Mungo-Park la rallume.

Il revient à Saint-Louis et se réjouit d'être admis comme volontaire dans l'expédition du major Gray, qui, l'année précédente, l'a déjà si vivement séduit : malheureuse expédition ! harcelée, dévalisée par ces affreux chefs de tribu qui prennent le titre de rois, se pavanent dans une ceinture d'amulettes, et ne vivent que de vols et d'exactions.

Le major Gray avait de bonnes armes et de braves soldats; mais il était trompé par ces rusés barbares qui lui disputaient pied à pied le passage sur leur territoire, fatiguaient sa patience par la longueur de leurs négociations, lui traçaient les itinéraires les plus dangereux, et enfin, parfois, le réduisaient à la plus cruelle disette.

« En Afrique, dit M. Caillé, il est plus aisé de prendre une place par la soif que par la faim. »

A l'appel de leurs chefs, des légions de sauvages cernaient le camp des voyageurs et leur interdisaient l'accès des puits.

Enfin le major Gray fut arrêté par une troupe de bandits, et ses compagnons, poursuivis par une autre troupe contre laquelle ils n'étaient pas en état de lutter, s'échappent pendant une nuit obscure, et en s'éloignant des villages, en marchant précipitamment vers le Sénégal, finissent par atteindre un fort français où ils ont un bon refuge.

Caillé a fait cette triste campagne. Il a subi les tortures de la soif, les menaces des noirs armés de lances et de zagaies, et en rentrant dans notre colonie, il est saisi par une des terribles fièvres du Sénégal.

Par toutes ces souffrances, par tous ces périls sera-t-il découragé dans ses rêves d'aventures? Non. Il rentre en France pour se guérir de sa fièvre africaine, et il revient en Afrique avec l'idée à laquelle il ne peut renoncer. Il rapporte de son pays une petite cargaison qu'un négociant lui a confiée. Le gouverneur du Sénégal à qui il explique ses projets lui donne aussi quelques marchandises. Pour voyager et stationner dans le Soudan, parmi les nègres et les Maures, il faut avoir cette provision de marchandises : du tabac, des verroteries, divers ustensiles et surtout des toiles de coton bleu qu'on appelle pièces de Guinée. Dans l'Afrique occidentale ces toiles représentent, comme autrefois le *vadmel* en Islande, l'unité monétaire. On a essayé de les fabriquer en France. Mais les Maures ne s'y laissent point tromper. Ils ne veulent que celles qui proviennent de l'Inde, et les reconnaissent par l'odorat.

Pour pouvoir pénétrer comme il le désire au centre de l'Afrique, Caillé veut apprendre l'arabe. Pour faire cette étude, il va s'installer chez un marabout au milieu d'une peuplade de Maures.

Au siècle dernier, un homme d'un vrai mérite, M. Golbéry écrivait : « Si nous jugeons des Maures répandus dans le désert par ceux avec lesquels nous sommes en relations sur les bords du Sénégal et de l'océan Atlantique, nous serons forcés de dire que la multitude de ces sauvages forme le peuple le plus méchant et le plus abject de tous les peuples connus (1). »

De ces musulmans d'Afrique, Caillé a fait aussi un triste tableau dans les notes qu'il écrivait furtivement à l'écart, au jour le jour, avec la crainte extrême qu'on ne les découvrît, et il a eu la patience de rester volontairement près d'une année dans les sales tentes des marabouts, au milieu de cette race de pillards.

A son retour à Saint-Louis, il espérait un encouragement qui ne lui fut pas accordé. Un Anglais, le général Turner, fut plus généreux envers lui que les agents de notre gouvernement. Il lui confia à Sierra-Leone la direction d'une fabrique avec un traitement de 3.600 fr.

En un an le sage Caillé a épargné 2.000 fr. Une fortune. Jamais tant d'argent n'avait lui à ses yeux. Avec ce trésor qui lui semble inépuisable, il n'a plus besoin de solliciter une protection officielle. A lui seul, par ses propres forces il accomplira son projet. Il ira dans la ville mystérieuse que tant d'Anglais, avec les plus puissantes ressources, ont en vain essayé d'atteindre. A son rêve de gloire et de patriotisme se joint un sentiment de tendresse fraternelle. Il a en France une sœur qui n'est pas riche, et sachant que la Société de géopaphie de Paris donnera un prix considérable au premier Européen qui entrera dans Temboctou, il pense que s'il vient à mourir après avoir réussi dans son entreprise ce prix sera remis à sa sœur.

Les renseignements qu'il a recueillis sur les diverses peuplades qu'il doit rencontrer en son long chemin lui donnent l'idée de prendre le vêtement arabe et de se dire musulman.

Ce moyen avait été efficacement employé par Hornemann. Il a été aussi adopté par le capitaine Burton pour arriver à la Mecque, par le philologue hongrois Vamberg pour voyager dans l'Asie centrale, et par le docteur Barth pour pénétrer à Temboctou (2).

Parmi les tribus indigènes des rives du Sénégal l'une des plus importantes est celle des Mandingues. « Ces

1. *Voyage en Afrique*, t. I, p. 310.

2. *Travels and Discoveries in North and Central Africa*, t. I, p. XIV.

noirs, dit M. Golbéry, sont fins, habiles en leur négoce et très zélés mahométans. Leurs marabouts et leurs marchands exercent une grande influence dans cette partie de l'Afrique occidentale (1). »

Dans un groupe de ces rusés Mandingues, il fait le premier essai de son innocente invention. Il leur raconte d'un ton confidentiel en leur demandant le secret, qu'il est né en Égypte d'une famille musulmane. Des soldats de l'armée de Bonaparte se sont emparés de lui, l'ont emmené en France, puis l'ont livré à un négociant du Sénégal qui, après l'avoir employé pendant plusieurs années, l'a affranchi pour le récompenser de ses bons services. Maintenant qu'il est libre, il veut retourner dans son pays natal près de ses parents et rentrer dans les pratiques de la religion musulmane.

En parlant ainsi, il s'aperçoit que ses auditeurs l'écoutent d'un air fort équivoque. Il les rassure en récitant plusieurs passages du Coran. Le soir, il s'associe à leurs prières, et nul d'entre eux alors ne doute de sa véracité.

La nécessité imposait à Caillé ce subterfuge, et sans leur faire aucun tort, il trompait ces trompeurs. « Cependant au fond du cœur, dit-il, je demandais pardon à Dieu de mon mensonge et le priais de protéger mon entreprise. »

Il achève ses préparatifs. Il part résolu d'aller, tant que ses forces dureront, vers le but auquel il aspire.

Il voyage avec une caravane de Mandingues qui portent de lourds fardeaux. Comme eux il chemine à pied. Le soir, après une marche pénible, il campe comme eux en plein air, quelquefois dans un village où il ne trouvera que de misérables huttes et une triste nourriture : du riz cuit à l'eau, des boulettes de beurre pétries avec de sales mains, des coulis de souris pilées dans un mortier.

Partout sa figure blanche excite la curiosité des nègres. Ils se réunissent autour de lui, et l'interrogent, et ne peuvent croire qu'il soit comme il le dit de race musulmane. Si sa supercherie était découverte, il serait à l'instant massacré.

Le voyage à pied se fait lentement, dans un pays où l'on ne voit ni ponts, ni chemins, à travers ces peuplades barbares, sous les feux des tropiques, et après les chaleurs brûlantes, voici les pluies diluviennes qui enfantent de graves maladies.

Un jour Caillé tombe malade dans la cabane d'une vieille négresse qui par bonheur est charitable. Il a les jambes ensanglantées par les marches violentes. Il a la fièvre et le scorbut.

« Qu'on s'imagine, dit-il, ma position !

« Perdu dans l'intérieur d'une contrée sauvage, couché sur la terre humide, n'ayant d'autre oreiller que le sac de nuit qui contenait mon bagage, sans médicaments, sans autres soins que ceux de la vieille négresse, je fus bientôt réduit à l'état de squelette.

« Je perdis toute énergie. Le mal absorbait mes idées. Il ne me restait que deux pensées : celle de la mort et celle de Dieu. Je ne redoutais pas la première, je la demandais même à l'Être suprême qui seul pouvait me donner dans une autre vie la compensation de mes épreuves d'ici-bas.

« Les seuls moments de calme et d'espérance que j'éprouvai pendant cette longue maladie, je les dois aux principes religieux que j'ai puisés dans le cours des nombreuses adversités de ma vie errante ; car nous sommes organisés de telle sorte, que ce n'est, le plus souvent, que dans le malheur, abandonné de nos amis, que nous nous tournons vers la Divinité pour chercher des consolations qu'elle ne nous refuse jamais...

« Cependant le fils de mon hôtesse introduisit près de moi une vieille femme qui, disait-il, connaissait mon mal et pouvait le guérir. Cette femme m'examina attentivement, longuement, comme aurait pu le faire un docteur d'une faculté européenne, puis elle me dit que cette maladie était commune dans le pays, que si l'on n'y opposait pas un prompt remède, on perdait toutes ses dents, mais qu'elle se faisait fort de me guérir si je voulais suivre son traitement.

« Pour commencer, elle m'interdit l'usage de la viande, du sel et même du bouillon, puis tirant de son pagne quelques petits morceaux de bois rouge, elle les fit bouillir dans une eau dont elle me dit de me gargariser plusieurs fois la bouche par jour. »

Grâce à ces prescriptions, peu à peu le malade se rétablit. Les plaies de ses jambes disparaissent avec le scorbut.

Bientôt il peut marcher ; il peut sortir de sa sinistre demeure où il est resté enfermé près de cinq mois, et de nouveau il se remet en route avec une caravane de Mandingues plus nombreuse et plus lente encore que celle qui l'a conduit au village où il est tombé malade.

Cette seconde caravane se compose de cinquante hommes et de trente-cinq femmes portant sur leurs têtes de pesants ballots. Les femmes, les douces créatures, esclaves ici comme en tant d'autres lieux, ont la plus lourde charge, et en arrivant à la station, tandis que leurs seigneurs et maîtres se reposent indolemment, ce sont elles qui doivent aller puiser de l'eau, allumer du feu, broyer le millet et le faire cuire pour le souper.

Ces détachements de Mandingues se rendent à Jenné, une ville de commerce considérable, et il ne leur faut pas moins de soixante-trois jours pour traverser un espace de 800 kilomètres, environ trois lieues par jour.

Que diraient-ils si on leur racontait les voyages de nos trains express ? Ils ne pourraient y croire, ou il n'y verraient qu'une effroyable sorcellerie. N'auraient-ils pas raison ? N'est-ce pas une fatale sorcellerie qui de tout côté nous pousse si vite, si souvent sans raison ?

1. *Voyage en Afrique*, t. 1, p. 107.

Dans le port de Jenné, on n'a point à craindre une telle calamité. Il n'y a là que des embarcations d'une structure très élémentaire. Pas de quille, le fond plat, les bordages en planches, ni chevillées, ni clouées, seulement cousues avec des cordelettes, aucun mât, aucune voile. L'inclinaison de la voile suffirait pour faire chavirer ces grandes caisses fragiles. Elles sont halées en certains endroits avec des câbles, en d'autres conduites avec la gaffe ou la rame.

Au moindre vent qui d'aventure
Fait rider la face de l'eau,

on s'arrête, et chaque soir, régulièrement, on s'arrête dans quelque échancrure du rivage et l'on y reste jusqu'au matin.

Caillé s'embarque sur un de ces bateaux pour descendre le Niger jusqu'à la rade de Cabra. De là encore quelques heures et le voilà à Temboctou, et il regarde, et que voit-il? Au lieu de la cité dont on racontait tant de merveilles, dont il s'était fait une image féerique, il voit, dans une immense plaine de sable jaunâtre, un amas de maisons en terre grossièrement construites, laides et tristes. Là nul cours d'eau, nul jardin, nul feuillage, nul chant d'oiseau. Sur ce sol désolé, nul autre agrément et nulle autre ressource que le commerce, et ce commerce se fait lentement, sans bruit. D'un côté, le Niger à plusieurs lieues de distance; de l'autre, le Sahara, et deçà, delà nul chemin tapageur, nul rapide véhicule.

Quelques chameaux apportant à pas lents les cargaisons de la flottille de Cabra; quelques cris de colporteurs; quelques causeries d'indolents bourgeois accroupis sur le seuil de leur porte, voilà tout ce qui anime de temps à autre les rues de Temboctou, puis tout se tait et la ville semble ensevelie dans le silence du désert qui l'environne.

Mais si morne qu'elle soit, Caillé se réjouit de la contempler. C'était le rêve de sa jeunesse. C'est sa découverte.

Grâce à son ingénieuse histoire et à sa robe de musulman, il est resté quinze jours dans cette ville si rigoureusement interdite à tous les chrétiens. Il a eu le bonheur d'en sortir sain et sauf et le bonheur de traverser sain et sauf le grand désert, en droite ligne jusqu'à son extrémité septentrionale, jusqu'aux rives de la Méditerranée.

Au mois de septembre 1828, notre consul à Tanger écrivait au commandant de notre station navale, à Cadix, la lettre suivante :

« M. Caillé a entrepris le pénible et dangereux voyage de Sierra-Leone à Tanger, passant par Temboctou, et il a eu le bonheur de surmonter toutes les difficultés qui sont les suites inséparables d'un tel voyage.

« Le hasard l'a fait tomber chez un agent du gouvernement français, chez un membre de la Société de géographie, chez moi. Je le soigne de mon mieux. C'est un orgueil pour moi, c'est une gloire d'avoir reçu un concitoyen souffrant, le premier Européen qui ait conquis à notre pays la connaissance de cette ville de Temboctou, dont la recherche a coûté tant d'existences et tant de trésors.

« M. Caillé s'est présenté à moi sous le costume d'un derviche mendiant, qu'il ne démentait pas, je vous assure, ayant simulé pendant son long voyage le culte mahométan. Si les Maures le soupçonnaient chez moi, ce serait un homme perdu. Je réclame donc de votre humanité, de votre amour et de votre admiration pour les grandes entreprises, de m'aider à sauver cet intrépide voyageur dont le nom va devenir célèbre, en m'envoyant un des bâtiments sous vos ordres, ou en vous rendant ici vous-même, si vous le croyez mieux. Vous prendriez l'entrée; M. Caillé prendrait le vêtement de matelot ou d'officier. Il se mêlerait avec les gens de l'équipage ou de l'état-major. Il se rendrait à votre bord, et il serait sauvé. Il serait doux pour vous et pour moi d'avoir coopéré au salut de ce grand voyageur. »

En 1816, le pauvre orphelin quittait la France, inconnu, sans guide, sans appui, avec son capital de soixante francs. Il revenait douze ans après, avec son récit; il recevait de tout côté, par la presse, par la Société de géographie, par le gouvernement, d'éclatants témoignages de distinction.

Juste récompense de son courage et de son intelligente pensée.

Les papiers de l'infortuné Lainy ayant été enlevés par ses assassins et probablement anéantis, Caillé, le premier, révélait à l'Europe l'état réel de Temboctou, la fabuleuse cité du désert.

Sur d'autres points il donnait aussi d'importantes notions. De Sierra-Leone à Tanger, il avait parcouru un espace de quinze cents lieues dont plus de mille dans des régions peu connues, dans d'autres totalement inexplorées.

Malgré le mortel péril auquel il s'exposait en prenant des notes, il n'a cessé d'en prendre tout le long de son chemin et en un style simple, sans prétentions, il a décrit les fleuves et les montagnes qu'il a traversés, la physionomie et les mœurs des peuplades avec lesquelles il a vécu. A son honnête narration il a joint des renseignements précis sur le cours des fleuves, les productions du sol, l'histoire naturelle et le commerce des pays qu'il a parcourus.

En 1849, M. le docteur Barth fut associé par le gouvernement anglais à l'expédition de M. Richardson dans l'Afrique centrale.

Le savant orientaliste d'Allemagne, en suivant le long du Niger et à Temboctou les traces de Caillé, s'est plu à lui rendre hommage (1).

En 1856, il écrivait au président de la Société de géo-

1. *Travels and Discoveries in North and Central Africa*, t. I, pages 265-322.

graphie de Paris : « Je me fais un devoir de proclamer Caillé comme un des plus véridiques explorateurs de l'Afrique. Il ne fut pas un homme scientifique et il n'avait point d'instruments de science à sa disposition. Mais dans sa pénurie, il a fait plus que n'aurait pu faire en de semblables circonstances aucun autre voyageur. »

Xavier Marmier.

UNE NOUVELLE VIE DE JÉSUS-CHRIST (1)

Il y a des sujets d'étude qui sont inépuisables ; de ce nombre sont, sans contredit, les biographies des personnages justement célèbres par leur génie ou par leurs vertus, les héros et les saints, — les saints surtout, ces héros de la religion dans sa plus haute expression. Et cependant encore, que sont les saints comparativement à leur auguste et divin modèle, Jésus-Christ ?

Certes, de nombreux — pour ne pas dire d'innombrables — travaux ont été, de tout temps, consacrés à cette illustre mémoire, et cependant, malgré l'abondance de ces livres ou plutôt à cause même de leur immense multiplicité, notre époque, qui est un siècle de résumé et de conclusion, appelait et attendait encore une *Vie* définitive de Jésus-Christ. En effet, après les recherches de l'érudition moderne s'appuyant sur des découvertes archéologiques d'un intérêt indiscutable, d'une valeur sans conteste, comme aussi en présence des sophismes de l'erreur, du mensonge, du rationalisme et de la libre pensée, le problème se posait de plus en plus pressant d'un travail complet sur la vie, les faits et l'enseignement du divin Législateur des chrétiens.

Ce livre a paru et son succès a été aussi rapide que mérité; il s'affirme chaque jour davantage, et nous n'en voulons pour première preuve que celle de cette deuxième édition.

« Ce livre — comme l'a fort bien dit un éminent prélat — s'adresse aux fidèles qui désirent concilier les consolations de la piété avec les solutions données par la vraie science aux difficultés des textes. »

Le double et indéniable mérite de l'ouvrage que nous allons essayer de faire connaître à ceux qui ne le possèdent pas encore, se résume dans l'accord parfait de l'histoire et des monuments avec les textes évangéliques d'où l'auteur, M. l'abbé Fouard, a tiré le fond même de deux volumes d'une lecture profondément attachante, sympathique à tout cœur chrétien comme le type ineffable à l'étude duquel ils sont consacrés.

« En publiant cette Vie du Sauveur, dit l'auteur, nous ne souhaitions que donner à la lecture de l'Évangile plus d'attrait et de clarté... Ce dessein a été goûté du public. On nous a su gré de présenter les actes du Maître sous cette forme concise qui est le propre de l'histoire...

« Cette Vie de Jésus est un acte de foi. Notre dessein n'est pas d'y poursuivre la controverse qui depuis le commencement du siècle partage les esprits ; nous ne voulons que faire mieux connaître et aimer le Sauveur. L'heure est propice ; car les Évangiles, contredits sur mille points, ont triomphé de la critique. L'attaque, comme la défense, paraît épuisée. Que reste-t-il, sinon d'user des témoignages inspirés, d'en tirer le récit des actes de Jésus ?... »

On voit le plan que s'est imposé et qu'a suivi l'auteur, tenant non seulement toutes les promesses d'un si vaste programme, mais les dépassant même, ainsi que l'on pourra s'en convaincre par les citations dont nous émaillerons cet article, qui ne peut avoir un seul instant la prétention d'être une analyse même sommaire d'un livre aussi plein et aussi complet que celui-ci.

Le premier chapitre, qui a pour titre : *La Judée au temps de Jésus*, est une large entrée en matière et fait bien connaître le milieu et les événements où Jésus allait se produire et poser les bases inébranlables de sa doctrine et de son Église ; il n'est pas besoin de recommander aux esprits sérieux ces pages, les assises même du monument élevé par leur auteur au divin fondateur du Christianisme.

Le récit de la naissance du Précurseur, de l'illustre Jean-Baptiste, suit immédiatement et nous initie à la vie d'une famille de justes et de saints, tels qu'étaient Zacharie et Élisabeth, le père et la mère du grand préparateur des voies devant le Messie.

L'étude sur le recensement de Quirinius, qui amena la sainte Famille à Bethléem où naquit le Verbe incarné, montre comment la toute-puissance de Dieu fait servir à ses fins la politique des gouvernants de ce monde ; en effet, « l'homme s'agite, mais Dieu le mène ».

M. l'abbé Fouard, non content d'avoir parcouru tous les livres écrits sur la vie de Jésus, a voulu visiter le pays consacré par tant de souvenirs, et il en a rapporté des descriptions exactes dont la concision n'exclut pas le sentiment pittoresque ; on en pourra juger tout d'abord par ce crayon de Bethléem où allait naître le Sauveur du monde :

« Ce village est bâti sur une longue et blanche colline dont le penchant, couvert de vignes, d'oliviers et de figuiers, forme un cirque de terrasses aux courbes régulières comme des degrés de verdure. Au sommet s'élève aujourd'hui un amas de sombres édifices : c'est l'église de la Nativité abritant la sainte grotte, et autour d'elle les trois couvents bâtis par les Latins, les Grecs et les Arméniens. De ces hauteurs, le regard plonge sur les vallées fertiles, domaine de Booz et de Jessé, et

1. *La Vie de Notre-Seigneur Jésus-Christ*, par l'abbé C. Fouard, professeur à la Faculté de théologie de Rouen. Seconde édition. 2 beaux volumes in-8°. Paris, librairie V. Lecoffre, 1882.

sur les pâturages lointains, où, défendant leurs troupeaux contre les lions de la montagne, se forma cette race intrépide de bergers qui fournit à Israël ses meilleurs capitaines.

« A l'entrée de Bethléem se trouvait l'hôtellerie, dont le khan des villages orientaux demeure l'image : un vaste carré ceint de portiques ; sous le toit de ces galeries grossières, le sol élevé d'un ou deux pieds, et les voyageurs étendant leurs nattes sur cette estrade, tandis qu'au-dessous d'eux les bêtes de somme encombrent la cour; tel était l'aspect du lieu où Joseph et Marie se présentèrent. »

Si humble que fût cet asile, l'hospitalité y fut cependant refusée aux deux saints personnages, qui durent se réfugier alors dans une des grottes servant d'étables aux animaux que les bâtiments trop étroits ne pouvaient contenir.

Sans s'attarder à ces descriptions tracées d'un pinceau sobre et exact, l'auteur semble surtout s'appliquer, — c'est là son but, — à éclairer le texte évangélique au moyen des commentateurs les plus autorisés, et il y a un vif intérêt dans ces recherches, comme on s'en pourra convaincre par cette citation, à propos des paroles de saint Luc résumant l'enfance de Jésus : « L'enfant croissait et se fortifiait rempli de sagesse, et la grâce de Dieu était en lui. »

« Il y eut donc — se demande M. l'abbé Fouard — progrès en Jésus pendant ses premières années, progrès dans son corps, qui croissait comme celui des autres enfants, progrès même *dans l'âme qui se fortifiait*, selon une variante du texte sacré.

« Qu'entendre par ce développement intérieur de Jésus? Le sentiment commun est que sa sagesse et sa vertu se déclarèrent par degrés, bien qu'il en possédât la plénitude dès sa conception et qu'ainsi le progrès en lui ne fût qu'apparent. Il ne faut pas oublier néanmoins que le Sauveur a voulu non seulement paraître mais être réellement enfant; or le propre de l'enfance est que les organes, d'abord imparfaits, se développent peu à peu et que l'intelligence s'éveille dans la même mesure. Jésus, puisqu'il a été enfant, a-t-il été soumis à la lente influence de l'âge? Et si nous l'admettons, comment accorder la science achevée que possédait l'Homme-Dieu, en vertu de l'union hypostatique, avec un accroissement intellectuel, si faible qu'on le suppose, ne fût-ce même que la science expérimentale acceptée par de nombreux théologiens? Il y a là, nous l'avouons, une impénétrable difficulté, et mieux vaut abaisser notre esprit que de nous entêter à la résoudre. »

Cette enfance pleine de mystère s'écoula dans l'humble village de Nazareth, entre Marie et Joseph ; et l'auteur, s'attachant à cet asile si cher à tous les cœurs que remplit le souvenir des abaissements de Jésus, ne peut résister au désir de décrire ce site « pour faire comprendre, dit-il avec raison, pourquoi Jésus choisit Nazareth de préférence à tout autre séjour » :

« La Judée n'est guère qu'une suite de collines courant du nord au sud à quelque distance de la Méditerranée. A l'occident, elles s'inclinent vers le rivage ; au levant, elles s'abaissent tout d'un coup pour donner passage au Jourdain, resserré entre leur muraille et les montagnes du Hauran. Ainsi quatre bandes parallèles forment toute la Palestine : les plaines maritimes, les hauteurs de Juda, le lit du Jourdain, et au delà les monts de la Pérée. Une seule vallée transversale, celle d'Esdrélon, s'étendant de la mer au fleuve, rompt la première chaîne en deux parties, dont l'une remonte vers le nord jusqu'au Liban : c'est la Galilée, et l'autre s'étend vers le sud jusqu'au désert : c'est la terre de Juda.

« Nazareth appartient à la Galilée et se cache dans la montagne, séparée de la plaine d'Esdrélon par des coteaux que franchit un sentier tortueux. Aux abords du village, ces hauteurs s'écartent pour encadrer de verdure un frais bassin... La Palestine n'offre point d'endroit plus riant que ce val de Nazareth. Antonin le Martyr le compare au paradis... Aujourd'hui Nazareth a perdu de son éclat ; mais elle garde encore des prairies, des ombrages arrosés de vives sources, des jardins enclos de cropals où la figue, l'olive, l'orange et la grenade mêlent leurs fleurs et leurs fruits. Au sud-ouest, le village se déploie sur le penchant de la montagne, et le campanile du couvent latin marque l'emplacement de la demeure de Jésus.

« Nazareth n'a d'autre horizon que le cercle des sommets arrondis qui l'enferment de tous côtés, mais du haut de la colline où est bâti le village, Jésus embrassait du regard les régions qu'il devait conquérir : au nord, le Liban et l'Hermon couverts de neiges éternelles; vers l'orient, le Thabor au dôme de verdure, puis le lit profond du Jourdain et les hauts plateaux de Galaad ; du côté du midi, la plaine d'Esdrélon étendue à ses pieds jusqu'aux monts de Manassé ; au couchant, la mer, et le Carmel plein du souvenir d'Élie... »

Ce fut là que le Sauveur vécut jusqu'à trente ans et qu'il se prépara par l'alliance de la retraite et du travail à sa mission divine.

Ce premier livre, consacré au tableau de l'enfance et de la jeunesse de Jésus, se termine par quelques mots du cœur dont la méditation est féconde en aperçus philosophiques sur la famille qui entourait l'Homme-Dieu à Nazareth et dans la Galilée et qui le méconnut si profondément. « Ses frères mêmes — dit tristement saint Jean — ne croyaient pas en lui. »

« Et pourtant — ajoute M. l'abbé Fouard — ce fut dans leur société que vécut Jésus de Nazareth ; ces artisans, plus occupés de la terre que des cieux, partagèrent ses travaux, s'assirent à la même table, au même foyer, furent les témoins de ses jours et de ses nuits. *Jésus consolait ainsi, en les partageant, ces souffrances intimes que le Ciel mêle aux joies de la famille, et qui sont l'épreuve et le salut de tant d'âmes.* »

Dans le second livre, qui traite des débuts du ministère de Jésus, l'auteur nous fait connaître d'abord les temps et les lieux où le Sauveur se produisit, agit et enseigna : *Cœpit facere et docere*. Nous regrettons que les bornes de cet article nous interdisent de suivre l'auteur dans son tableau topographique de la mission et de la vie publique du Sauveur; mais, quelque attrait si puissant qui nous sollicite, nous devons cependant y résister, bien qu'avec peine.

Un remarquable chapitre de ce second livre est celui où est racontée la triple tentation que l'Homme-Dieu daigna endurer de la part de Satan, pour nous apprendre quelle doit être notre conduite dans les épreuves morales si diverses, si délicates et si multipliées auxquelles nous sommes exposés comme un soldat l'est aux périls de la guerre et des champs de bataille.

Signalons Cana, qui fut le premier théâtre des miracles de Jésus et, sans nous arrêter davantage, recommandons aux artistes la description d'une noce israélite en ces temps éloignés; le tableau est tout tracé et presque achevé dans ces pages de la nouvelle Vie de Jésus-Christ.

Nous ne suivrons pas en détail l'Homme-Dieu pendant les trois années si fécondes en miracles et en enseignements de son ministère; c'est ici que l'intérêt grandit de plus en plus et que l'admiration ainsi que la reconnaissance envahissent l'âme du lecteur à la vue de cette vie qui ne fut qu'une longue série de bienfaits dans l'ordre naturel comme dans l'ordre spirituel : *Transiit benefaciendo*.

Le récit des trois années de la vie publique de Jésus-Christ et de sa prédication apostolique, si l'on peut s'exprimer ainsi, tient, à juste titre, une large place dans le livre de M. l'abbé Fouard. L'auteur ne laisse passer aucun des épisodes typiques ou des remarquables paraboles dont l'enseignement divin est si richement émaillé, sans que la couleur locale n'éclaire le sens et la portée des uns et des autres; ainsi, pour ne prendre qu'au hasard et entre bien d'autres faits un exemple, à propos de la comparaison que Jésus-Christ se plaisait à établir entre lui-même et le berger vigilant et tendre pour ses brebis : « Cette nouvelle similitude du Maître rappelait une scène familière aux Juifs, une de ces bergeries qui peuplent les solitudes de Juda. Aujourd'hui encore elles ont gardé leur aspect. Un mur de pierre les entoure, large, couronné de buissons épineux; le berger et le troupeau s'y enferment pour la nuit, car dans l'ombre bien des ennemis les menacent : le loup rôde à l'entour, parfois la panthère franchit d'un bond la clôture, ou le voleur de nuit, trouvant l'étroite porte fermée, monte et se glisse le long du mur; mais le berger veille, il écarte le danger, et au matin, prenant sa houlette recourbée, il sort le premier de l'enceinte, compte une à une ses brebis, puis guide vers les pâturages le troupeau broutant sur ses pas. De temps en temps le pasteur pousse un cri et les brebis dispersées accourent; mais que la voix d'un étranger retentisse, toutes s'arrêtent effrayées, lèvent la tête, et s'enfuient, « car elles ne connaissent pas la voix de l'étranger ».

« Jésus traçait ainsi l'image de l'Église, bercail dont le Christ est la porte... »

L'auteur insiste avec raison sur le patriotisme de Jésus. Qui aima jamais d'un tel amour son pays natal, jusqu'à mourir de la plus cruelle mort pour lui et ses concitoyens ingrats qui l'avaient si longtemps méconnu ou insulté!...

Le cours du récit évangélique, si bien commenté et éclairé, nous a conduits jusqu'au seuil de la mémorable semaine, la dernière de la vie du Messie, qui s'ouvrit par la triomphante entrée à Jérusalem et s'acheva sur le sommet du Calvaire et au gibet qu'un Dieu devait à jamais immortaliser par sa mort douloureuse. Rien d'entraînant comme ces pages qui font revivre, sous nos yeux, après tant de siècles écoulés, ce drame à nul autre pareil! Que de saintes émotions produit, que de larmes arrache cette histoire si touchante en son ineffable et sublime simplicité!...

Jusqu'au dernier jour de son ministère et de sa vie publique, Jésus enseigna sous la forme familière et éloquente de la parabole; celles des vignerons et du festin nuptial sont dignes, entre toutes, de remarque et de méditation. « Jésus décrivit un des vignobles qui couvraient les environs de Jérusalem. Le père de famille l'a planté de ses mains, entouré de murs et d'arbustes épineux qui écartent les bêtes sauvages; par ses soins, une tour a été élevée, nuit et jour un gardien veille au sommet; un bassin creusé dans le roc recueille le vin que les vignerons font couler du pressoir. Rien ne manque à cette vigne chérie... »

Cependant, c'est vainement qu'au temps de la vendange le Seigneur a envoyé ses serviteurs, les prophètes, avertir que c'était le temps de donner les fruits. Les vignerons ont pris ces messagers, les ont battus, tués, lapidés... N'était-ce pas là l'histoire des Juifs?...Le reste de la parabole manifestait plus clairement encore ce que les sanhédrites devaient accomplir trois jours plus tard.

« Le maître de la vigne avait un fils unique qu'il aimait beaucoup : « Que ferai-je? dit-il. Je leur en« verrai mon fils bien-aimé : peut-être qu'en le voyant « ils le respecteront. » Les vignerons l'aperçurent et dirent en eux-mêmes : « C'est l'héritier; venez, tuons-le et l'hé« ritage sera à nous. » Et l'ayant pris, ils le traînèrent hors de la vigne, et là ils le tuèrent... »

Nous recommandons, ne pouvant trop prolonger les citations si intéressantes soient-elles, le récit de la Cène, où est exposé en détail le rituel de la Pâque commémorative. Puis, Jésus et ses apôtres s'acheminant vers le jardin de Gethsémani, qui va sous ses ombrages épais accueillir l'agonie profonde et sans pareille de Jésus, ses angoisses, sa sueur de sang... Quelle tendresse et aussi quelle mélancolie dans les dernières paroles du Fils de Dieu à ses apôtres!...

La voie douloureuse se poursuit avec ses péripéties de plus en plus émouvantes; les figures à jamais odieuses d'Anne, de Caïphe, d'Hérode et de Pilate sont burinées en traits ineffaçables dans ces pages dont l'analyse est de plus en plus impossible, si succincte qu'elle soit tant chaque détail est inséparable de celui qui le précède et de celui qui le suit.

Le crucifiement de Jésus, sa mort, son tombeau glorieux, la résurrection sont narrés avec une abondance de faits qui ne laisse plus au lecteur la faculté de s'arrêter avant d'avoir terminé par le triomphe éclatant de l'Ascension.

Une dernière citation, et nous avons achevé cette course rapide à travers le livre si remarquable de M. l'abbé Fouard; il clôt par une touchante effusion le monument qu'il a élevé à la gloire du Sauveur du monde :

« O Jésus ! bénissez ce livre qui parle de vous. Je n'ai essayé d'y peindre que le dehors de votre vie : les trésors de vérité et d'amour cachés en vous, vos vertus, votre intérieur, étaient des sujets trop relevés pour mes humbles efforts; mais ce que je n'ai pu faire, Maître divin, achevez-le : inspirez à ceux qui liront ces pages de les abandonner pour votre Évangile... »

N'est-ce pas là le commentaire, mieux encore, la mise en pratique de cette belle parole de l'auteur de l'*Imitation* : « *Da mihi nesciri !* »

Le succès rapide et croissant de cette Vie de Jésus prouve que Dieu n'a pas voulu exaucer celui qui a formulé ce souhait si humble et dont l'accent est si profondément vrai.

CH. BARTHÉLEMY.

CHRONIQUE

Nous venons de perdre un poète dont la destinée a été peut-être unique dans l'histoire littéraire, — un poète qui fut salué, quand il apparut, comme un homme de génie, — qui vécut ensuite, pendant près d'un demi-siècle, sans avoir produit aucune œuvre remarquable, ou du moins aucune œuvre que le public ait remarquée, et qui mourut sans avoir jamais été oublié, sans que la popularité qui s'était attachée à son nom dès le premier jour l'ait jamais renié.

Enfin, comme tout devait être extraordinaire dans la vie de cet écrivain (alors que tant d'autres, en pleine gloire, ont tant de peine à entrer à l'Académie française), ce fut l'Académie elle-même qui vint le chercher dans la retraite, dans la vieillesse, et qui lui donna la préférence sur cet autre grand écrivain qui s'appelait Théophile Gautier.

Ce poète à la destinée si glorieuse et si bizarre à la fois, c'est Auguste Barbier, l'auteur des *Iambes*.

Un jour, au lendemain de la révolution de 1830, la *Revue de Paris* publia une pièce de vers intitulée *la Curée;* cette pièce était signée d'un nom inconnu jusqu'alors, — du nom d'Auguste Barbier.

En 1830, comme après beaucoup d'autres révolutions, on trouvait que ceux qui avaient été au péril n'étaient pas précisément ceux qui étaient au profit ; en 1830, comme à beaucoup d'autres époques, les naïfs s'étaient exposés aux coups de fusil, et les habiles, qui, pendant la bataille, étaient restés chez eux, venaient récolter les places, les honneurs, les décorations : ils accouraient à la curée...

Auguste Barbier trouva un accent éloquent, un accent de conscience pour flétrir ces convoitises du servilisme et de la lâcheté. Seulement il dépassa la note : son indignation frappait juste quand elle atteignait les pusillanimes ambitieux qui poussaient le peuple aux barricades, sans avoir assez de cœur pour s'y placer à côté de lui ; elle portait à faux quand Barbier confondait la fougue populaire avec la liberté elle-même.

Tout le monde sait par cœur les fameux vers :

C'est que la Liberté n'est pas une comtesse
Du noble faubourg Saint-Germain,
Une femme qu'un cri fait tomber en faiblesse,
Qui met du blanc et du carmin :
C'est une forte femme. . . . .
. . . .
Qui, du brun sur la peau, du feu dans les prunelles,
Agile et marchant à grands pas,
Se plait aux cris du peuple, aux sanglantes mêlées,
Aux longs roulements des tambours,
A l'odeur de la poudre, aux lointaines volées,
Des cloches et des canons sourds !

Erreur ! grande erreur ! Ce n'est point là la Liberté — c'est une communarde, une pétroleuse ; et si nous admirons l'énergie des vers de Barbier, nous devons protester contre eux au nom de la justice et du bon sens.

Au fond, ce terrible poete m'a toujours semblé un peu et même beaucoup naïf ; volontiers, il se payait de mots et s'étourdissait de rimes bruyantes.

Il était sincère quand il tonnait contre les ambitieux et les lâches ; son vers était dicté, comme celui de Juvénal, par l'indignation : mais il se jetait en pleine rhétorique, — rhétorique révolutionnaire, la plus sotte de toutes ! — quand il se livrait à sa belle déclamation sur les comtesses du faubourg Saint-Germain.

Je doute très fort qu'Auguste Barbier, en 1831 surtout, ait connu beaucoup de *comtesses*

Du noble faubourg Saint-Germain ;

s'il en eût vu quelques-unes, seulement dans les salons, il aurait pu remarquer probablement qu'elles avaient recours, comme toutes les femmes, à certains petits artifices de toilette ; mais je doute fort qu'il eût pu constater qu'elles mettaient du *blanc* et du *carmin*... Le *blanc* et le *carmin* n'ont jamais figuré que sur les joues ou les lèvres des princesses de théâtre et des comtesses du quartier Bréda.

Reproche plus grave : Barbier aurait dû savoir par l'histoire que les femmes du faubourg Saint-Germain ne sont pas, autant qu'il veut bien le dire, de ces femmes *qu'un cri fait tomber en faiblesse.*

Il me semble que la marquise de la Rochejacquelein, qui peut bien passer pour le type de ces femmes de grande race, ne tombait pas trop en faiblesse dans les grandes guerres de la Vendée; il me semble que la duchesse de Berry, dont la *Revue des Deux Mondes* raconte en ce moment les douloureuses épreuves à Blaye, n'était pas une poltronne... Allons! un peu de justice, un peu de conscience dans vos vers, ô poète! vous qui aimez sincèrement la justice et la conscience!

Cet excellent Barbier avait pris le mors aux dents et il allait tête baissée, sans savoir où, sans savoir à travers quoi, jusqu'au jour où il se sentit tout las, tout brisé, tout moulu comme un cheval de chasse qui a follement fourni quelques kilomètres de galop à travers les *labourés*.

Alors son naturel reprit le dessus : Pégase était rentré à l'écurie; il n'en sortit plus guère, et tout au plus il fit de temps à autre une petite excursion rustique dans les prés voisins, sous l'ombre des hêtres et des grands peupliers, en broutant la pâquerette des *Silves*.

Les habitants de la rue Taranne et de la rue Bonaparte connaissaient tous de vue un bon bourgeois qu'ils voyaient, chaque dimanche, aller régulièrement à la messe de Saint-Germain-des-Prés; un chapeau gris et des guêtres blanches étaient sa plus grande coquetterie. Depuis trois ans sa redingote était ornée du ruban de la Légion d'honneur.

Ce bon bourgeois qu'on eût pu prendre à volonté pour un marguillier, pour un petit rentier ou pour un chef de bureau en retraite, c'était Auguste Barbier, l'auteur des *Iambes*, devenu monsieur Barbier (de l'Académie française).

Notez bien, je vous prie, qu'il n'avait rien renié de sa vie; mais il était revenu sans s'en apercevoir, — alors que tout le monde s'en apercevait, — à son caractère inné qui était un caractère paisible, bonhomme, pot-au-feu, et dont il n'était sorti, sous une insolation de fièvre et de génie, qu'une fois, il y a cinquante-deux ans, en juillet 1830...

Alors qu'un lourd soleil chauffait les grandes dalles
Des ponts et de nos quais déserts.

***

Beaucoup de petites affaires où les personnalités sont en jeu par le temps qui court.

Hier, c'était un M. Duverdy qui intentait un procès à M. Émile Zola pour l'obliger à retrancher de son très malpropre roman de *Pot-Bouille* le nom de Duverdy, qu'il y avait inséré d'ailleurs sans méchante intention, je le crois.

Maintenant c'est M. Alexandre Dumas qui fait un procès à M. Jacquet, peintre aquarelliste.

M. Jacquet, ayant à se plaindre ou croyant avoir à se plaindre de ce que M. Alexandre Dumas avait revendu ou échangé une de ses œuvres, avait fait la malice de peindre M. Alexandre Dumas dans une de ses aquarelles intitulée *le Marchand juif*. Cette aquarelle a été exposée rue de Sèze, à l'*Exposition des aquarellistes*.

C'était une manière un peu vive de dire au public que M. Alexandre Dumas n'est pas un amateur, un collectionneur, mais un vulgaire marchand de tableaux.

M. Alexandre Dumas s'est fâché : par une ordonnance de *référé*, il a fait retirer le tableau de l'exposition et un procès va s'engager. Le meilleur moyen que M. Alexandre Dumas aurait eu de gagner sa cause devant le public, c'eût été peut-être d'être le premier à rire. Mais cela le regarde.

Ces malices de peintres ne sont pas nouvelles dans l'histoire des arts; la plus méchante de toutes est peut-être celle du peintre Gros à l'égard du général Junot, ou, selon d'autres, du général Bessières.

Quel mauvais tour Junot avait-il joué à Gros? Je ne sais; mais le peintre le détestait et avait juré de s'en venger.

L'occasion se présenta, et elle se présenta belle : Gros avait été chargé de peindre *Bonaparte visitant les pestiférés de Jaffa*; il n'est personne qui ne connaisse ce tableau, que la gravure a reproduit partout.

Bonaparte passe au milieu des pestiférés et les touche résolument de son doigt; derrière lui, plusieurs officiers; l'un d'eux, visiblement dominé par la peur, porte un mouchoir à ses lèvres pour se garantir des miasmes pestilentiels. Mais le mouchoir n'est pas tellement rapproché de son visage qu'il empêche de le reconnaître : cet officier, dont la prudence ne fait que mieux ressortir l'intrépidité du général en chef, — c'est Junot.

Probablement Junot eut bonne envie de se venger du peintre qui le raillait si cruellement; mais le moyen de protester sans offenser Bonaparte, qui alors était passé au rang et au rôle d'empereur?...

Junot ne réclama donc pas, et la niche du peintre n'a fait aucun tort à sa réputation de bravoure.

ARGUS.

La *Semaine des Familles* commencera prochainement la publication d'un roman très intéressant, intitulé L'ÉPAVE. Cette œuvre, due à la plume délicate de Mlle MARIE NETTEMENT, dont le père a laissé parmi nos lecteurs un souvenir toujours vivant, ne peut manquer de trouver ici un succès bien mérité.

Abonnement, du 1er avril ou du 1er octobre; pour la France : un an, 10 fr.; 6 mois, 6 fr.; le n° au bureau, 20 c.; par la poste, 25 c.
Les volumes commencent le 1er avril. — LA SEMAINE DES FAMILLES parait tous les samedis.

VICTOR LECOFFRE, ÉDITEUR, RUE BONAPARTE, 90, A PARIS. — Imp. de la Soc. de Typ. - NOIZETTE, 8, r. Campagne-Première. Paris.

Statue élevée à la mémoire de l'abbé Rey, fondateur de la colonie agricole de Citeaux.

L'ABBÉ REY

Vers la fin de l'autre siècle, vivait un pauvre tisserand, à Pouilly-les-Fleurs, en Forez. Quand la toile lui manquait à faire, et qu'il lui fallait forcément laisser dormir sa navette, il se rendait aux champs pour travailler. Comme son fils Joseph était encore trop jeune et trop faible pour l'y suivre, le bon père le soulevait dans ses bras, le mettait familièrement avec ses outils dans sa hotte au-dessus de laquelle l'enfant s'efforçait d'élever sa petite tête pour respirer le grand air et se réjouir à la vue de la campagne. Cet enfant devait devenir l'abbé Rey.

Le jeune Joseph vit mourir trop tôt ce tendre père. La grandeur de cette perte lui apparut surtout et le toucha dans la douleur de sa mère. « Depuis ce jour, racontait-il, j'ai vu souvent couler ses larmes; mais je n'ai jamais revu son sourire. » Cela se conçoit : la pauvre mère n'avait plus de pain à donner à son enfant; et, femme de cœur qu'elle était, tendre la main l'eût tuée. Le curé de Pouilly-les-Fleurs ménagea sa délicatesse en lui demandant le petit Joseph pour le service de l'autel, et il se chargea de lui.

L'excellent pasteur faisait alors réparer une ancienne abbaye pour la transformer en hospice. Joseph qui étudiait voulut, dans ses récréations, être maçon. L'enfant était très adroit des mains. Travailler pour les pauvres, lui qui en était un, l'électrisait. Il tint tête à l'ouvrage comme un homme du métier. C'était surtout merveille de lui voir laisser la truelle pour les livres, l'heure de l'étude arrivée, et faire dans la science les plus rapides progrès. Joseph avait treize ans. On était en 1811. Mais le bon abbé fut bientôt obligé de se séparer de son élève et des autres enfants qu'il instruisait. Un ordre brusque du gouvernement impérial lui enjoignit de fermer sa classe. Joseph travailla toute une année dans la localité comme maçon, et procura par là quelques douceurs à sa mère. Il restaura la pauvre maisonnette, héritage de son père. A plus de vingt ans de là, comme on lui montrait ses réparations encore subsistantes, il disait en souriant : « Elles font mon étonnement et mon orgueil. » Joseph pensait au sacerdoce. Il fit dire une messe pour connaître sa vocation. Dieu parla ; et aussitôt le fils du pauvre, tisserand devenu maçon, demanda à M. le curé de lui ouvrir la porte du sanctuaire. Le digne prêtre le conduisit rapidement jusqu'en rhétorique ; et Joseph Rey terminait avec succès ses études ecclésiastiques au séminaire de Saint-Irénée, à Lyon, en 1821.

On l'admira constamment pour la pénétration de son intelligence, l'ouverture de son caractère, l'égalité de son humeur, sa filiale soumission et sa piété. Au jeu il montrait la même ardeur qu'au travail. Mais rien n'égala jamais sa simplicité, sa droiture, son esprit d'initiative, et son empressement à fuir tout ce qui pouvait lui donner du relief. La consécration sacerdotale fit resplendir en lui toutes ces qualités. L'abbé Rey, à Nervieux, à Saint-Germain-Laval, se consacra aux pauvres, aux abandonnés, aux pécheurs; cette clientèle exerçait sur lui une sorte de fascination. Il rêvait de leur donner son sang. Justement, de 1825 à 1830, on faisait mourir en Chine nos missionnaires. « J'entends à chaque instant mon cœur qui m'appelle là, » s'écriait-il. Et plus tard, parlant de cela, il disait : « J'allais fréquemment sur le bord de la rivière ; et là j'aimais à me croire sur les rives de quelque grand fleuve de la Chine. Je me voyais au milieu des idolâtres. » M. Rey obtint la permission de quitter la France ; mais Dieu lui barra le chemin. L'abbé tomba tout à coup malade, et dut se résigner à être, à Lyon, l'aumônier d'un orphelinat de jeunes filles abandonnées.

Dans le quartier de Fourvières où se trouvait cette maison d'orphelines, l'abbé Rey était chez lui. La population ouvrière l'attirait. Son ignorance, ses préjugés contre une religion surtout faite pour elle, le touchaient jusqu'aux larmes. Cet homme si intelligent, avec son air franc et ouvert, sa parole simple et cordiale, avec l'austérité et la sainteté répandues sur sa personne, avec la bonté de son regard, ne devait pas tarder à devenir une puissance auprès du peuple.

Il inaugura son ministère à l'orphelinat d'une manière originale, les esprits distingués diront d'une manière sublime. L'établissement était si pauvre qu'il n'avait pas où loger le bon Dieu. Les orphelines étaient sans chapelle. L'abbé Rey pensa aux cathédrales de France, dont une bonne partie fut élevée par les mains des femmes du peuple et des princesses, par les mains de tout petits enfants. Il met les pierres, le mortier et la truelle entre les mains de ses orphelines ; et la maison du divin Rédempteur fut construite comme par enchantement. Ces pauvres enfants, étonnées de leur œuvre, jouissaient d'avoir construit ce palais, et remerciaient l'abbé Rey de leur avoir fait donner à Dieu leurs sueurs, elles qui n'avaient rien autre chose à donner ici-bas.

En 1836, au mois d'avril, la guerre civile éclata dans Lyon. Les coteaux de Fourvières étaient au pouvoir des insurgés. Le vénérable sanctuaire de la sainte Vierge fut changé en une place d'armes. On n'avait pu retirer à temps le saint Sacrement ; et Jésus-Christ se trouvait prisonnier au milieu de ce peuple furieux. Les prêtres, les fidèles, s'inquiètent vivement du divin captif. Sa rançon on l'eût payée avec du sang ; mais aller le réclamer n'était-ce pas exposer les insurgés à le mettre en pièces !

Un matin, au seuil du temple, un groupe menaçant s'agite. Des soldats brandissent leur épée, des hommes en blouse montrent les poings ; un prêtre est là, et oppose à tous ces regards furieux qui le dévorent un air de confiante bonté. A travers les vociférations on entend ces mots : « Tu n'as que faire ici ! — Pardon, reprend le prêtre avec un accent de franchise qui rend sa parole imposante ; je veux vous débarrasser d'un voisinage sans doute incommode. » La foule prête attention... « Oui, continue l'ecclésiastique, le saint Sacrement ; vous savez... De peur de vous gêner, je l'emporterai sans appareil comme un objet vulgaire. » On s'étonne de tant de hardiesse, et bientôt on en est touché. Et quand l'abbé ouvre le tabernacle, ces hommes se sentent honteux que le Dieu de leur première communion soit réduit à se cacher d'eux. Les voilà aussitôt qui se rangent en ordre : les clairons sonnent, les tambours battent aux champs, les drapeaux s'inclinent ; ceux qui n'ont pas de fusil prennent des cierges allumés ; le prêtre, qu'on a supplié de revêtir les plus brillants ornements, s'avance triomphalement avec la divine Eucharistie; on se serait dit au jour des plus grandes fêtes.

Ce prêtre intrépide était l'abbé Rey.

Un des insurgés lui dit ces mots : « Pourquoi ne faites-vous pas pour les pauvres jeunes gens ce que vous faites pour les filles de l'orphelinat ? » L'abbé Rey prit ces paroles comme la récompense que Notre-Seigneur lui donnait pour son action. Cette question était un vif trait de lumière qui éclairait son avenir.

Dès ce jour l'apôtre ne songe plus qu'à se créer une nouvelle famille de pauvres petits garçons pervertis par le vagabondage ou flétris par des vices précoces qui leur auront mérité un séjour plus ou moins long dans les prisons. Sa tâche sera de retremper ces natures dans l'honneur, dans la vertu. Quel n'est pas son tressaillement à la pensée que tous ces fronts, fanés par le mal, doivent sous son souffle recouvrer leur grâce et leur fraîcheur !

Mais comment opérer cette transformation ?

L'abbé Rey croit fermement qu'il n'y a qu'à mettre ces enfants en face de Dieu et du travail. Sous ce rayon incomparable, tout le bien assoupi dans l'âme se réveille, les bons sentiments ne demandent qu'à éclore.

Tout le monde sait que la vie des champs rapproche de Dieu. A travers ces vallons fleuris, ces clairières, ces pelouses vertes; à travers ces brises printanières soufflant les parfums des bocages; à travers cet orient qui sourit, empourpré des roses célestes; à travers ce riche émail de couleurs formé par les fleurs, partout apparaît Dieu. Si l'œil ébloui ne le voit pas tout de suite, si même jamais il ne se rend bien compte de sa présence qui anime tout, à la longue il en subit le charme; et pourvu que nulle influence malsaine n'agisse sur l'homme, involontairement il se mettra à genoux devant lui.

Mais que de splendeurs si un jour à un tout petit enfant placé sous ces harmonies on découvre que réellement l'auteur de tant de merveilles s'est fait plus petit que lui et veut descendre dans son cœur à la première communion!

L'abbé Rey mettra donc ses enfants pour les ennoblir en face de Dieu, que la campagne révèle si sensiblement au cœur : c'est la première condition de leur réhabilitation.

Il les mettra en face du travail, autre condition indispensable aussi pour que l'honneur, la justice, prennent possession à jamais de leurs âmes.

Le travail est éminemment moralisateur; la plus haute vertu périt sans lui; celui qui l'embrasse s'améliore dans les proportions qu'il le pratique. L'abbé Rey veut le travail pour ses enfants; mais le travail qu'il a aux champs à leur offrir, c'est le plus beau genre de travail, celui dont le côté divin s'accentue plus sensiblement. L'agriculture est une œuvre qui se fait essentiellement à deux; et il se trouve que le compagnon nécessaire ici à l'homme est Dieu même. Qui n'admirerait profondément cette œuvre dans laquelle Dieu et l'homme font chacun leur partie distincte, positive, nécessaire ?

Ces pauvres enfants donc, égarés par l'inexpérience, entraînés par la vivacité de la jeunesse, précipités dans le mal avant de le connaître, l'abbé Rey est sûr de les ramener au bien en les conduisant à la campagne, et en les y faisant travailler, parce que finalement là ils trouveront mieux qu'ailleurs Dieu, source unique de toute véritable élévation.

En moins d'un an, l'abbé Rey se créa la famille qu'il ambitionnait. Aux portes de Lyon, dans une plaine bordée par le chemin de fer de Saint-Étienne, par la rivière d'Oullins et par des plantations de saules, il lui construisit un asile avec l'or de personnes généreuses. Les commencements furent héroïques. L'acquisition de la propriété, les dépenses de construction, avaient épuisé les ressources; l'abbé Rey vit ses enfants plus d'une fois sur le point de manquer des choses nécessaires. Il ne recula devant aucun sacrifice. Il allait souvent à Lyon frapper de porte en porte pour ses pauvres orphelins. A l'heure du déjeuner, au lieu de s'asseoir à la table des opulentes maisons qui se fussent honorées de l'avoir pour hôte, il se retirait à l'écart sur la place Bellecour, y mangeait à la hâte le morceau de pain sec dont il s'était muni, et reprenait aussitôt ses visites. Le soir, il arrivait à son orphelinat, couvert de sueur et chargé de dons de toute espèce, vêtements, ustensiles de ménage, meubles, couvertures, souliers.

C'est sur la riche tige de ce dévouement magnifique que la France vit s'ouvrir la première fleur de l'œuvre des colonies agricoles. Mettray ne donnera sa fleur que trois ans plus tard. Le refuge de Saint-Joseph d'Oullins fut d'abord consacré aux enfants orphelins ou abandonnés de Lyon, puis aux jeunes détenus du département du Rhône.

Abel GAVEAU.

— La fin au prochain numéro —

TOMBÉ DU NID!

(Voir page 770.)

Mais un jour, jour horrible! grand émoi parmi les enfants; la cage était ouverte et leur petit commensal avait disparu!... On cherche dans la bibliothèque d'abord, puis dans toute la maison; sur les meubles, sous les meubles, partout enfin!... pas de Zizi, hélas!... L'ingrat avait-il fui, ou bien était-il victime d'un chat ou d'un chien? Aucune trace de plumes, cependant; tout faisait croire à la fuite.

Nos pauvres enfants, désolés et las de chercher, finirent par aller tristement s'asseoir sur la terrasse et là, en soupirant, chacun dit son mot sur Zizi... Plus de jeux, personne n'avait le cœur à la joie.

« Oh! voyez donc, dit tout à coup Isabelle en désignant du doigt le haut d'une branche, voilà Zizi!...

— Zizi? fit Maurice, tous les moineaux se ressemblent.

— Et moi je dis que voilà Zizi, répéta la fillette. Zizi! Zizi! » cria-t-elle, et soudain le moineau désigné, rapide comme une flèche, s'abattit entre son cou et son menton, la place qu'il préférait à toute autre.

C'était bien Zizi, le fidèle Zizi qui, trouvant sa cage ouverte, avait voulu goûter de la liberté, mais qui, point ingrat, revenait à ses bienfaiteurs.

Je ne chercherai pas à vous peindre la joie et les embrassades de tous. Le folâtre Zizi fut porté en triomphe à M. et Mme Dervieux; mais ceux-ci, en sages parents, donnèrent aux enfants le conseil de laisser la cage ouverte.

« Il ne faut retenir personne malgré soi, dit M. Dervieux, pas même un moineau. Si celui-là vous est véritablement attaché il reviendra; s'il vous délaisse, oubliez-le : les ingrats sont indignes de regrets. »

Mais Zizi, loin de délaisser ses petits maîtres, usa sagement de sa liberté et revint chaque soir se blottir dans sa cage. Le jour, se joignant aux autres moineaux, il volait dans le jardin; mais dès qu'on l'appelait, rapide comme l'éclair, il s'abattait sur vous.

A quelque temps de là, les quatre enfants demandèrent la permission d'effectuer une promenade qu'ils projetaient depuis longtemps. Il s'agissait de gravir une assez haute montagne dominant la colline et qui exerçait sur leurs jeunes têtes une véritable fascination. Les enfants étant raisonnables et la promenade sans danger, on octroya la permission demandée, non sans se faire prier un peu cependant, mais Maurice, dont la raison précoce inspirait confiance, plaida si bien la cause qu'il finit par la gagner.

Nos quatre héros partirent donc un beau matin, chacun ayant au dos une petite hotte garnie de provisions. Maurice portait le pain et le vin, Isabelle le poulet et les fruits, Suzette les œufs durs et le jambon; Petit-Pierre, seul, ne portait rien, ayant assez de se porter lui-même; mais sa mère, pour le contenter, avait mis dans sa hotte une poignée de radis.

Nos enfants, frais et dispos, arrivèrent facilement en haut de la montagne, fiers d'avoir gravi à eux seuls une aussi majestueuse élévation, et joyeusement ils se mirent en mesure de déjeuner. Suzette alla puiser à la source une eau fraîche et limpide, tandis qu'Isabelle arrangeait les provisions et que Maurice façonnait une table champêtre avec des mottes de gazon. Après le repas, qui fut des plus gais, chacun fit une petite sieste afin de reprendre des forces pour le retour. Ensuite nos enfants s'amusèrent à remplir leurs hottes de gentianes et d'asphodèles, plantes qui ne croissent qu'à une certaine altitude, et, cela fait, Maurice, le grand chef, donna le signal du départ. Mais, au bout de quelques instants, le ciel s'assombrit d'une façon subite et de larges gouttes d'eau commencèrent à tomber.

« Ce ne sera rien, dit Maurice, mettons-nous à l'abri sous un rocher et laissons passer l'averse. »

Hélas! l'averse n'était que le prélude d'un épouvantable orage, et nos pauvres enfants durent chercher un asile plus sûr que le rocher sous lequel ils s'étaient réfugiés. Ils gagnèrent, non sans peine, une sorte de grotte qu'ils avaient fort heureusement remarquée le matin, et là, tout tremblants, ils se blottirent les uns contre les autres. Maurice, en sa qualité d'aîné et de chef de file, cherchait à rassurer son monde, mais n'y parvenait pas du tout. Isabelle, épouvantée, se serrait contre lui; Suzette, frissonnante, pleurait en silence; quant à Petit-Pierre, chaque coup de tonnerre lui faisait pousser des cris effroyables. Tout à coup, Isabelle sentit quelque chose de froid et de mouillé s'abattre contre son cou; elle poussa une exclamation de terreur, croyant à une chauve-souris, mais, ô surprise! un plaintif « kiri, kiri, kiri » vint leur apprendre que le nouvel arrivant était Zizi. Oui Zizi, le fidèle Zizi, qui depuis le matin suivait ses petits maîtres tout en se livrant à une furibonde école buissonnière, et venait se réfugier auprès d'eux.

Avec les enfants, le moindre incident fait diversion: l'arrivée du gentil moineau remit un peu de calme dans les esprits; chacun l'embrassa, le caressa. Isabelle le cacha bien vite sous son corsage, car le pauvre petit était presque aussi transi qu'au jour où il avait été ramassé sur la terrasse.

Cependant, l'orage qui avait paru se calmer recommençait à nouveau. Le tonnerre grondait avec un épouvantable fracas, semblant ébranler la montagne jusque dans sa base, le vent sifflait d'une lugubre façon, et nos pauvres enfants, affolés, craignaient à chaque instant de voir la grotte s'abîmer sur leurs têtes. Par surcroît, Petit-Pierre, en proie à une indicible terreur, criait de plus en plus fort.

« Kiri, kiri, kiri, » faisait Zizi comme pour lui répondre, en passant sa petite tête par-dessus la collerette d'Isabelle, et ce « kiri » avait le don de les calmer tous et de faire sourire Petit-Pierre à travers ses larmes.

Enfin, au bout d'une heure, l'orage se dissipa, le ciel s'éclaircit, et nos enfants, s'aventurant à l'entrée de la grotte, songèrent au départ... Mais hélas! que devenir? Toute trace de route avait disparu, le sol, jonché de débris, était impraticable et l'eau descendait en cascades le long des pentes gazonnées si faciles à gravir dans la matinée. Maurice, à la rigueur, aurait pu s'en tirer, mais pour Isabelle et Suzette la question se compliquait, et quant à Petit-Pierre il n'y fallait pas songer.

Maurice proposa d'aller à la découverte de l'autre côté du plateau qui, mieux abrité, offrirait peut-être une descente plus praticable; mais les deux petites se cramponnèrent à lui.

« Maurice, mon cher frère, ne nous abandonne pas, criait Isabelle, sans toi que deviendrons-nous?

— Ne vous en allez pas, monsieur Maurice, disait Suzette en s'accrochant aux basques de la veste du jeune garçon.

— Monsieur Maurice, monsieur Maurice! hurlait Petit-Pierre, restez ici; je vous en conjure.

— Kiri, kiri, kiri, » faisait Zizi sans se lasser.

Une heure, puis deux, se passèrent; heures bien amères, je vous l'affirme. Il fallait pourtant songer au départ et courir les risques de la descente, sous peine de passer la nuit dans la grotte. Nos enfants opinèrent pour la descente, tant cette idée d'une nuit passée dans une grotte isolée leur causait d'effroi. Ils se partagèrent quelques bribes du déjeuner restées au fond des hottes, et allaient se mettre en route, lorsque le son bien connu d'une corne de chasse vint ranimer tous les cœurs.

« C'est papa! crièrent à la fois Maurice et Isabelle on vient à notre secours, il faut répondre. »

Alors, tous ensemble et de toute la force de leur

poumons, les quatre enfants se mirent à crier : « Par ici, nous voilà ! nous voilà ! »

Bientôt un nouvel appel retentit, puis d'autres, et toujours se rapprochant.

« Kiri, kiri, » fit tout à coup Zizi sortant de sa chaude cachette ; et le petit fripon s'envola dans la direction des arrivants, mais pour revenir un instant après faire entendre un chant de triomphe.

« Zizi a vu papa, dit Isabelle, il nous le dit en son langage. »

En effet, quelques minutes plus tard, M. Dervieux arrivait suivi de Joseph le jardinier, de plusieurs domestiques et d'un mulet de bât destiné aux infortunés petits promeneurs.

L'inquiétude avait été grande aussi dans la maison. Les enfants, surpris par les eaux, n'auraient-ils pas été renversés ou atteints dans leur fuite par quelque branche ou débris de rocher ?... et bien d'autres suppositions toutes plus sinistres les unes que les autres ; et père et mère se faisaient mille reproches d'avoir accordé cette malencontreuse permission. Aussi M. Dervieux s'était-il mis en route dès que l'ascension lui avait paru humainement possible.

Isabelle, Suzette et Petit-Pierre montèrent sur le mulet dont les jambes étaient à l'épreuve, et Maurice suivit à pied comme un homme ; mais avant de quitter la montagne M. Dervieux fit partir une fusée qu'il avait eu soin d'apporter. C'était le signal convenu entre lui et sa femme pour annoncer que les enfants étaient sains et saufs.

Lorsque la petite caravane arriva au bas de la montagne, elle fut acclamée par les gens du village accourus pour la voir passer. Mme Dervieux et la bonne jardinière attendaient à l'entrée du chemin,

« Ah ! maman, maman ! s'écria Isabelle en se jetant dans les bras de sa mère, j'ai bien cru que je ne vous reverrais jamais ! et sans mon frère, qui nous encourageait de son mieux, je ne sais ce que nous serions devenues Suzette et moi. Sans parler de Petit-Pierre qui ne se lassait pas de crier.

— Kiri, kiri, kiri, fit le moineau en s'abattant sur l'épaule de la maman.

— Voilà Zizi qui réclame sa part de caresses, dit Mme Dervieux en prenant la fidèle petite bête.

— Il nous avait suivis, maman, et sa venue dans la grotte où nous avions cherché asile nous a un peu consolés. Au milieu de notre détresse, c'était quelque chose de la maison.

— Pauvres petits, dit Mme Dervieux en embrassant les enfants, comme lui vous étiez tombés du nid ! »

R. D'ALTA-ROCCA.

FIN.

A TRAVERS BOIS ET PRAIRIES

—

FÉVRIER

—

Ce n'est pas le printemps et ce n'est plus l'hiver :
Déjà sous le fin gazon vert
On voit poindre des fleurettes.

Il y a même des fleurettes qui font plus que de poindre et qui sont en plein épanouissement ; celles du pas-d'âne, par exemple.

Cette fleur, qui paraît avant les feuilles, fait partie des quatre fleurs pectorales, de sorte qu'elle nous intéresse.

Dans les lieux un peu humides, nous allons voir s'élever de petites lampes solitaires toutes couvertes d'un duvet blanchâtre et portant à leur sommet des fleurs jaunes disposées en capitules. Ces fleurs ressemblent à celles du pissenlit, mais elles sont plus petites et d'un jaune plus foncé ; vous les reconnaîtrez donc aisément.

Il faut les recueillir aujourd'hui, car le mois prochain elles auront disparu pour faire place à de larges feuilles en forme de cœur anguleux et dentó, vertes en dessus, blanches en dessous.

Le pas-d'âne, ou plutôt le tussilage, fait partie de la très intéressante et très nombreuse famille des Composées à laquelle nous aurons plus d'une fois affaire par la suite. Pour n'avoir plus à en reparler, je vais dès aujourd'hui vous indiquer les caractères auxquels on reconnaît les individus de cette famille.

Les Composées sont ainsi nommées parce que ce qui, dans la fleur, nous paraît un pétale ordinaire, est une véritable fleurette ayant tous ses organes au complet et produisant un fruit.

Si bien que cette belle marguerite dont les fleurs blanches brillent avec tant d'éclat dans l'herbe des prés, et la modeste pâquerette, et l'élégante étoile bleue de la chicorée sauvage, et l'arnica à la corolle d'or, et le bluet délicat, et la centaurée dont nous ferons plus tard une ample provision afin de soulager ceux qui souffrent de la fièvre, et d'autres encore que nous apprendrons à connaître, sont non pas de simples fleurs, mais un groupe de fleurettes nombreuses enveloppées dans un calice général qu'on appelle un involucre.

Ces fleurettes sont insérées sur un réceptacle commun qui est tantôt nu, tantôt muni de paillettes ou de poils, tantôt creusé de fossettes.

Dans la marguerite, vous pouvez vous souvenir que les fleurettes du milieu et celles du pourtour n'ont pas la même forme. Les premières, qui sont jaunes, ont un limbe régulier ouvert en entonnoir et terminé par cinq dents ; ce sont les *fleurons*.

Les secondes, qui sont blanches, sont déjetées en

une languette plane unilatérale; ce sont les demi-fleurons.

Les étamines, au nombre de cinq, sont insérées sur la corolle; leurs filets sont libres, mais leurs anthères sont soudées, d'où le nom de Synanthérées donné aux Composées par quelques botanistes.

Le fruit est un akène surmonté d'une petite aigrette destinée à favoriser la dissémination des graines.

Vous connaissez, n'est-ce pas, les houppes soyeuses du pissenlit, les chandelles, comme disent les enfants, qui se plaisent à souffler dessus pour faire envoler les graines. Et s'il en reste une seule sur le réceptacle, quel mauvais présage!... pour les petits souffleurs de chandelles, car pour nous cela signifie seulement que la graine non envolée est tout bonnement incomplètement mûre, et puis du reste nous ne consultons pas les chandelles sur notre destin futur.

Maintenant, quand j'aurai dit que les Composées sont divisées en trois tribus : les Flosculeuses, qui n'ont que des fleurons; les Semi-Flosculeuses, qui n'ont que des demi-fleurons, et les Radiées, qui offrent des fleurons entourés d'une couronne de demi-fleurons, j'aurai tout dit sur les Composées en général, et je reviendrai au tussilage, pour les savants *Tussilago farfara*, pour voir si vous en aurez assez ramassé et vous demander dans quelle tribu vous croyez devoir le ranger.

« Dans les Radiées.

— C'est fort bien, et nous pouvons rentrer sans aller plus loin; nous trouverons bien dans le bois les fleurs vertes d'une Renonculacée à odeur fétide qu'on appelle l'*ellébore vert*, mais cette plante a perdu son ancienne réputation et n'est plus employée. »

Passons par le jardin, je vous prie, pour admirer les plates-bandes de jacinthes, de tulipes, de jonquilles et de narcisses. Les boutons des tulipes commencent à grossir, et les jacinthes s'entr'ouvrent déjà. Les lauriers-tins sont encore fleuris et voici les daphnés qui commencent à exhaler leur suave parfum. Ceux que nous cultivons et qui élèvent en ce moment leurs bouquets de fleurs blanches aux pétales un peu épais à l'extrémité de leurs rameaux chargés de feuilles arrondies, luisantes et d'un vert intense, sont des daphnés lauréoles.

Dans les hautes montagnes, les bois sont en ce moment parfumés par les fleurs roses du daphné *mezereum*, bois-gentil ou bois-joli, dont l'écorce, douée d'une âcreté singulière, est employée par la thérapeutique.

L'écorce du daphné mezereum et du daphné paniculé appelé aussi sainbois et garou, est très mince et cependant très difficile à rompre; elle a une odeur faible et nauséabonde, une odeur âcre et corrosive; on l'emploie dans les campagnes comme vésicant.

A cet effet on prend un morceau d'écorce plus ou moins long, on le fait tremper dans le vinaigre pendant deux heures, puis on l'applique sur la peau en ayant soin de l'assujettir avec une bande de toile. Il suffit de renouveler cette application deux fois en vingt-quatre heures pour obtenir le vésicatoire de l'aspect le plus satisfaisant.

C'est, comme vous voyez, aussi peu coûteux que peu expéditif.

En pharmacie, l'écorce du mezereum, ou celle du garou, entre dans la composition des pommades dites épispastiques et qui servent à augmenter l'action des vésicatoires.

Contrairement à celles de la belladone, qui sont nuisibles à l'homme et inoffensives pour les bestiaux, les graines du mezereum sont mortelles pour les bestiaux et peu dangereuses pour l'homme.

Cependant il n'en faudrait pas abuser, car si dans le nord de la Russie on emploie ces baies comme vomitif dans les cas de coqueluches, il paraîtrait que la dose de trente baies nécessaire à la guérison d'un Russe suffirait pour empoisonner deux Français.

Là-dessus, adieu jusqu'au mois prochain.

« Que voulez-vous?

— Vous ne m'avez pas dit de quelle famille est le daphné?

— C'est vrai : de la famille des Thymélées, à moins que vous n'aimiez mieux dire Méléacées, Daphnacées ou Daphnoïdées. Cette famille ne renferme que des sous-arbrisseaux remarquables par leur élégance, la beauté et le parfum de leurs fleurs, mais dont le plus grand nombre n'appartient pas à nos climats. Ces détails vous suffisent-ils?

— Oui.

— Alors je vous quitte, pour ne revenir qu'au printemps, car le voilà qui arrive le printemps :

O Primavera! gioventu dell' anno,
O Gioventu, primavera della vita!

C'est dans Métastase, et quoiqu'on le répète depuis longtemps, on le répète toujours avec plaisir, car le printemps et la jeunesse... » — Au fait de quoi vais-je vous parler là? ne savez-vous pas mieux que moi ce que sont ces choses-là, vous qui êtes la jeunesse et le printemps.

LUCIEN ROUSSEL.

CHRONIQUE SCIENTIFIQUE

Les municipalités savent toutes les difficultés que l'on éprouve à se débarrasser des ordures et des immondices qui proviennent du balayage des rues. C'est un problème qui attend encore une bonne solution. La fermentation de ces ordures dans les cours peut quelquefois exercer une influence fâcheuse sur l'hygiène publique.

La ville de Leeds, en Angleterre, a mis à l'essai

depuis quelque temps un mode de traitement des balayures des rues qui ne manque pas d'originalité. Il ne serait peut-être pas à recommander en général, mais, dans certains cas, il est certainement appelé à rendre des services. A Leeds, on détruit tout bonnement les ordures par le feu. En principe, le moyen paraît radical; c'est de la crémation de second ordre. On semble perdre, puisqu'on détruit inutilement de la matière organique qui pourrait servir dans les champs; il est vrai qu'il y en a si peu, et puis elle est mêlée à une si grande quantité de matériaux inertes! mais en réalité on gagne autrement, comme nous allons le voir, et la méthode est au fond très ingénieuse et même lucrative.

On a installé dans la banlieue de Leeds des fours, des *destroyers* à six cellules en briques, garnis de chemises réfractaires. Chaque four occupe un espace de 7 mètres de longueur, 6m,80 de largeur et 3m.70 de haut. On conduit les détritus jusqu'à ces fours. Chaque compartiment peut brûler 7.000 kilogrammes en 24 heures. Les gaz s'en vont par la cheminée, les scories, les cendres et le mâchefer sont enlevés toutes les deux heures.

Dans certains fours, on brûle spécialement les viandes gâtées, les vieux vêtements, les articles de literie soupçonnés de pouvoir transmettre des maladies contagieuses.

Une fois un four en feu, il est inutile d'y ajouter du combustible. Les détritus se consument parfaitement, et le foyer ne dégage dans l'atmosphère aucune odeur. Voilà pour la destruction. Maintenant voici pour l'utilisation : la chaleur produite n'est pas perdue; on s'en sert pour faire de la vapeur, et avec cette vapeur on donne le mouvement à des machines. A Leeds, on met en marche deux moulins qui réduisent les scories en poudre; on mélange cette poudre à de la chaux et l'on fabrique un mortier à prise rapide qui se vend à raison de 6 fr. 25 la tonne. A côté, on convertit les balayures des rues pavées, des halles, des marchés, en un charbon très employé à la fois comme engrais et comme désinfectant; on le vend 37 fr. 50 la tonne.

Le premier four essayé, bien que petit, a brûlé en deux ans 30 tonnes d'immondices. Un établissement complet, comprenant un destructeur à six compartiments, un carbonisateur, une chaudière, une machine à vapeur, deux moulins à mortier, bâtiments, cheminée, coûte environ 110.000 francs. Six hommes suffisent aux besoins de l'usine. Et l'on affirme que les ordures rapportent ainsi de beaux écus d'or.

Le procédé appliqué à Leeds a donc un double avantage : il débarrasse la ville de ses immondices, les transforme en produits utiles et fournit en outre de la force motrice.

Les ordures remplacent la houille. On cherche en ce moment le moyen d'éclairer les rues et les places publiques à bon compte avec la lumière électrique qui n'exige que de la force motrice. Encore un peu de patience, et les immondices des villes se transformeront, comme par enchantement, en lumière éblouissante. Éclairer une ville avec ses détritus, pourquoi pas? Ne sommes-nous pas en plein siècle à surprises. Quoi qu'il en soit, les essais de Leeds ont leur importance et donnent, dès aujourd'hui, des résultats assez satisfaisants pour mériter toute l'attention des ingénieurs.

Lorsqu'une ligne de chemin de fer est coupée par un bras de mer, un golfe ou un cours d'eau de très grande largeur, il faut bien renoncer à établir un pont pour faire passer les trains. Depuis quelques années on est parvenu à tourner la difficulté en construisant de grands bateaux sur lesquels on embarque les trains eux-mêmes. Les *flootings-railways* ou les *ferry-boats* fonctionnent très bien en Angleterre et en Allemagne. On a commencé par construire des bateaux emportant quelques wagons; aujourd'hui on en est déjà à des porteurs de dimensions suffisantes pour donner place à de petits trains. La locomotive seule reste sur la voie; du côté opposé, une autre machine chauffe et se tient prête à remorquer les voitures transportées. On évite ainsi les frais de transbordement. Ce système tend à se généraliser. Il y a trois ans, on l'a appliqué sur le lac de Constance pour faire la traversée de Friedrichshofen à Romanshorn. On a mis ainsi en relation directe les chemins de fer de Bavière et de Wurtemberg avec les lignes de la Suisse. Ce *ferry-boat* est le plus grand de tous ceux que l'on a installés en Europe. Il peut emporter douze wagons disposés sur deux fils de rails. Le bateau a 70 mètres de long sur 12 mètres de largeur. Son tirant d'eau est de 1 mètre 70 centimètres, et ses roues de 7 mètres de diamètre. Il est divisé, par cloisons étanches, en neuf compartiments. Lorsque le chargement n'a pas un poids suffisant pour que le bateau s'enfonce au niveau de la voie ferrée, on ouvre un des compartiments, qui s'emplit d'eau jusqu'à ce que la ligne de flottaison atteigne la hauteur convenable.

Les Américains viennent de faire une application de ce système, qui mérite toute l'attention des ingénieurs européens. Il ne s'agit plus en effet de transporter quelques wagons, mais bien des trains entiers avec leurs locomotives sous vapeur. L'initiative de cette œuvre intéressante appartient à une compagnie qui n'en est plus à compter avec les projets audacieux, à la Compagnie du *Grand Central Pacific*. Elle a construit le *Solano*, aujourd'hui en service régulier à l'embouchure du Sacramento, dans la baie de Carquinez, en Californie. Cet immense *ferry-boat* transporte les trains de Benicia à Port-Costa; la voie de fer est ainsi prolongée en quelque sorte jusqu'à San-Francisco.

La longueur totale du *Solano* est de 129m,23; la largeur de la plate-forme, de 35 mètres; le tirant d'eau, de 2 mètres; le tonnage, de 3.600 tonnes. Les deux roues propulsives ont près de 10 mètres de diamètre; elles sont indépendantes l'une de l'autre, et chacune d'elles est mise en mouvement par une machine à vapeur verticale à balancier de la force de 2.000 chevaux. Les machines sont installées sur les côtés et laissent entre elles un grand espace libre suffisant pour l'emplacement de quatre voies. On peut loger sur le *Solano* 48 wagons de marchandises avec leurs locomotives, ou bien 24 voitures de voyageurs, dont la longueur, comme on le sait, est bien plus grande que celle de nos wagons d'Europe. Les plates-formes d'abordage sur chaque quai ont 34 mètres de longueur; elles peuvent glisser sur elles-mêmes, de façon à relier la terre ferme au bateau ; leurs mouvements s'effectuent à l'aide de moteurs hydrauliques. Les trains sont ainsi directement embarqués sans qu'il soit besoin de les décomposer et de détacher la locomotive. Ce *ferry-boat* vraiment remarquable fonctionne avec la plus grande régularité.

Il n'y a pas de petites questions en hygiène; on nous pardonnera donc d'insister, avant de finir, sur un détail qui paraît futile et qui cependant peut être très gros de conséquences. Il s'agit de l'hygiène du foyer, beaucoup trop délaissée, beaucoup trop dédaignée.

Que de fois, sans y prendre autrement garde, les ménagères ont provoqué la maladie autour d'elles, par routine, par indifférence ou par ignorance !

Presque toutes ont la manie d'épousseter, sous prétexte de propreté. Le plumeau est promené sur les meubles, sur les tentures, sur les murailles, sur les plafonds ; il fait rage tous les matins, ce maudit plumeau ! Pénétrez dans l'appartement que l'on vient de faire : est-ce assez reluisant, assez coquet ? En apparence tout est bien ; les meubles sont superbes, plus de poussière ! Ah ! certes, l'acajou reluit, le vieux chêne brille. Mais en réalité, la poussière qui était sur les meubles, où est-elle ?

Personne ne l'a brûlée, ni supprimée, ni anéantie; où est-elle donc?

Où est-elle ? Elle est dans l'air ! Vous l'avez chassée d'ici pour la mettre là. Et tout observateur, à sens olfactif un peu développé, vous dira bien tout de suite qu' « on vient de faire l'appartement ». Il le sent parfaitement; heureux même quand il n'éternue pas. Les meubles sont propres, mais l'air est sale. Or, on ne respire pas les meubles que je sache, mais bien l'air. La poussière était tranquille à sa place sur les murs, sur les livres, maintenant vous l'avez amenée à portée de vos poumons ; de l'appartement vous l'introduisez chez vous, dans vos voies respiratoires, au beau milieu de vos tissus.. Quelle intelligente pratique !

Où est le mal ? La gorge est un peu prise; après qu'importe ! O routine ! La poussière n'est pas seulement formée de matériaux inertes, débris de roche, filaments, charbon, etc., elle renferme encore des quantités innombrables de spores, d'œufs en suspension, de germes de toute nature. Depuis les travaux de M. Pasteur, on admet volontiers, qu'un certain nombre de maladies très graves ont pour point de départ des germes infiniment petits qui échappent à nos regards, des germes assassins qui, en pénétrant dans l'organisme, l'envahissent et amènent la mort.

Vous époussetez sans malice, et savez-vous ce que vous introduisez dans votre corps ? Un germe dangereux peut s'être glissé sur le haut du bahut, sur la planche d'étagère ; un germe épidémique a pu rester sur la muraille depuis des années, il était là à votre insu et comme stérilisé, et ne faisant de mal à personne ; et vous, par mesure de propreté mal comprise, vous allez le faire voltiger au milieu du salon.

On loue un appartement. Savez-vous qui l'a habité, ce qui s'y est passé, il y a un an, cinq ans, dix ans même? Une maladie épidémique n'y a-t-elle pas fait des victimes ? La fièvre typhoïde, le choléra, l'angine couenneuse, etc., n'ont-elles pas passé par là, qui le dirait ? Et bien vite, vous époussetez chaque matin. Le germe était là-haut, dans une encoignure du plafond peut-être, vous allez le prendre comme par la main et vous vous complaisez à l'introduire dans vos voies respiratoires ou digestives. Il peut descendre lentement sur les mets, sur la viande, au moment du déjeuner, entrer dans le buffet, etc. C'est si microscopique un germe qui tue sans pitié ! Et c'est ainsi qu'il aura suffi d'un coup de plumeau imprudent, pour vous empoisonner vous et votre voisin. On ne saurait donc trop se défier du plumeau. Il peut être plus dangereux à manièr qu'un revolver chargé.

Et puis, au fond, la belle affaire quand vous époussetez. Quel travail de Pénélope ! regardez donc les meubles une heure après, tout est à recommencer. La poussière, chassée dans l'air, retombe tout doucement et reprend sa place ; ce que l'on a fait et rien, c'est absolument la même chose. Il faut au moins quarante-huit heures pour que l'air d'un appartement dans lequel on ne pénètre pas se débarrasse entièrement de la poussière qu'il tient en suspension ; on respire donc de l'air souillé continuellement, quand on se sert du plumeau, chaque matin, et l'on étale la poussière sur tous les meubles, loin de s'en débarrasser. Le moindre rayon de soleil qui passe à travers les rideaux trahit au regard le tourbillonnement incessant des innombrables poussières d'un appartement.

Il ne faut pas déplacer la poussière, il est nécessaire de l'enlever, et le moyen le plus pratique, à défaut de mieux, c'est d'essuyer. Les germes s'attachent au linge, surtout s'il est légèrement humide, et ne courent plus dans l'air. On n'enlève pas tout ; impossible de se débarrasser de la poussière, mais on atténue le mal, au lieu de l'exagérer. Les tentures, les rideaux, peuvent être toujours essuyés, tout comme les meubles. Les personnes récalcitrantes, qui tiendraient absolument à perdre leur temps, en époussetant, devraient au moins procéder à l'opération, non pas le matin, mais le soir dans les pièces où l'on ne couche pas. Pendant la nuit, les germes retombent, et l'air est moins souillé quand on pénètre de nouveau dans l'appartement.

Dans tous les cas, nous ne saurions trop le répéter, et la conclusion est formelle : n'époussetez pas, essuyez.

Autre remarque, qui n'est que la conséquence de ce qui précède. Tout le monde se sert de sel et de poivre. Or, on laisse le sel et le poivre exposés à la poussière. On les met dans le buffet, parce que c'est l'habitude de père en fils, sans songer à les abriter par une couverture hermétique. La poussière circule partout cependant ; est-ce que l'on peut savoir ce qui tombe dans le

Georges III.

sel ou dans le poivre ? Qui pourrait affirmer qu'il ne s'y amasse pas des germes de maladie? Et c'est avec ces germes que vous saupoudrez les côtelettes et les biftecks ! Il convient de fermer complètement la salière, et la poivrière, et de ne l'ouvrir qu'à bon escient. Certes, il n'y a pas de germes mortels à tout instant dans l'air, mais il suffit qu'il puisse s'en glisser un seul pour qu'on ait plus tard à regretter de n'avoir pas pris toutes les précautions dictées par l'hygiène la plus élémentaire. Pour se défendre contre la maladie qui nous guette, il faut veiller sans cesse. On le dit avec raison : Le pire ennemi de l'homme, c'est bien le plus souvent l'homme lui-même.

Henri DE PARVILLE.

LA COUR DE GEORGES III

Le règne de Georges III est rempli d'événements très importants pour l'histoire de la Grande-Bretagne. Cette période de plus d'un demi-siècle est, comme on le sait, une époque de lutte acharnée entre les whigs et les tories, à l'intérieur, de guerres presque toujours heureuses pour l'Angleterre, à l'extérieur. Ce n'est pas l'histoire de ce règne que nous voulons retracer. Qui ne la connaît et ne sait les victoires remportées par les Anglais sur les Français en Amérique, et en Asie ; l'alliance de Georges III, avec la Prusse et la Russie ; la paix de 1763, si malheureuse pour nous, qui nous enlevait le Canada et l'Inde ? Nous ne parlerons que de la vie privée du roi et de la famille royale; l'histoire de la Cour nous occupera surtout. Mais nous indiquerons les faits principaux de la politique, afin de bien comprendre le rôle du roi.

Georges III était essentiellement tory. En choisissant Pitt et en le soutenant envers et contre tous, en n'employant qu'à contre-cœur les whigs, en se méfiant des deux grands orateurs Edmond Burke et Charles Fox, Georges III n'avait qu'un but, la grandeur de son pays. Il était persuadé que seul le parti tory était assez fort pour maintenir haut, *abroad and at home* (au dehors et au dedans), le drapeau national anglais. Qui le blâmerait d'avoir agi suivant sa conscience et avec un pareil but? Du reste l'aristocatie anglaise était pleine de patriotisme et ne songeait qu'à l'élévation de la patrie. Les whigs eux-mêmes, malgré les divisions intestines qui naissaient en permanence avec les tories, n'eussent rien fait pour faciliter les entreprises de l'étranger. Leurs querelles ne compromirent jamais l'intérêt national. Lorsque la patrie était menacée et le danger préssant, tous les partis se réunissaient pour défendre l'État.

Georges III soutint toujours les tories et Pitt gouverna en réalité jusqu'au jour où le roi, dans un état de maladie qui absorbait ses facultés, l'abandonna pour faire cesser les cris d'une opposition devenue menaçante.

Mais n'anticipons pas; disons que malgré tout, le roi, tant qu'il jouit d'une bonne santé, gouverna lui-même. On en lit le témoignage dans les lettres d'Horace Walpole à lord Montaigu:

« Je vous parle avec bien du sang-froid, écrit-il, quoique cette journée (on était alors aux débuts du règne) ait été remplie d'événements. Tout le monde se regarde, se parle à l'oreille, se questionne. On a retiré les sceaux à Lord Holderness, on les donne à Lord Bute.

« Lequel des deux secrétaires d'État, lord Bute, ou Pitt, sera premier ministre? Lord Holderness n'a reçu qu'hier à deux heures l'ordre de se démettre de sa place; il s'était jusque-là, cru parfaitement bien à la Cour, mais il paraît que le roi a dit qu'il était las d'avoir deux secrétaires d'État, dont l'un ne voulait, et l'autre ne pouvait rien faire; il en veut un qui ait en même temps la volonté et la capacité d'agir. »

Le règne de Georges III commença avec calme, et tout semblait présager une heureuse destinée au nouveau souverain. Il est curieux de rechercher le témoignage d'un contemporain et de lui emprunter quelques détails sur cette période encore si sombre et si mal définie de l'histoire d'Angleterre

La haute position de lord Walpole lui permettait de voir et d'entendre ce qui se faisait et se disait à la cour d'Angleterre.

Pour essayer de pénétrer à la cour de Georges III, il faut s'appuyer sur des documents authentiques. Walpole sera un de nos guides à travers cet obscur labyrinthe.

Les premières heures du règne sont dépeintes par lui avec son style vivant et animé :

« 25 octobre 1760.

« Il faut que je vous conte, écrit-il à son ami, tout ce que je sais de Sa défunte Majesté (Georges II). Elle se coucha en bonne santé hier soir, se leva ce matin à six heures, comme à son ordinaire; regarda, je pense, si tout son argent était dans sa bourse, puis demanda son chocolat. Un peu après sept heures, elle passa dans son cabinet.

« Un bruit soudain éveille l'attention du valet de chambre allemand ; ayant prêté l'oreille, il entend comme un gémissement: il court au cabinet et trouve le héros d'Oudenarde et de Dettingen étendu sur le carreau avec une blessure profonde qu'il s'était faite en tombant sur le coin d'un bureau. Le roi essaya de parler, mais ce fut en vain, il expira...

« En ma qualité de nouveau courtisan, je me console, pensant à l'aimable prince qui lui succède...

« Le nouveau règne commence avec beaucoup de sagesse et de décence..... L'on témoigne le plus profond respect pour le corps du défunt. Il n'y aura de changements que ceux que l'on jugera d'une nécessité absolue, dans la maison du roi, dans la représentation du pouvoir, ce que bien des gens regardaient comme parfaitement inutile. Il n'y a encore que deux conseillers privés de nommés, le duc d'York et lord Bute; aujourd'hui, l'Angleterre a baisé les mains, je les ai baisées aussi, et il vaut mieux le faire avec toute l'Angleterre, que d'être obligé de s'en excuser auprès d'elle...

« J'ai remarqué beaucoup de grâce et de dignité dans les manières du roi. Je ne dis pas cela comme ma chère Mme de Sévigné, parce qu'il a été civil envers moi, mais le rôle est bien joué. Si l'on se conduit aussi bien dans les coulisses que sur le théâtre, ce sera un règne achevé...

« Changez le chiffre de Georges II en celui [illegible] Georges III, lisez les adresses, sachez qu'on a [illegible] placé plusieurs gentilshommes de la chambre, et [illegible] serez au courant de l'histoire du nouveau [illegible] qui n'est, au fond, qu'une répétition de l'[illegible] Le jeune roi paraît aimable; sa maison [illegible] encore organisée. Le plus difficile sera [illegible] un grand écuyer. Lord Huntingdon l'est [illegible] je crois que lord Gower aura la préfé[illegible]

« L'on n'a fait aucun chang[illegible] L'archevêque espère si bien du jeu[illegible] jours à la cour...

« Quant à Georges III, c'est [illegible] drait pouvoir contenter tout le [illegible] sont on ne peut plus graci[illegible] même endroit, les yeux fix[illegible]

et balbutiant quelques mots de nouvelles allemandes; au contraire, il se promène, et parle à tous ceux qui l'entourent. Je l'ai vu sur son trône; il y est, à la fois, plein de grâce et de dignité; il lit très distinctement ses réponses aux adresses; il recevait, alors que j'y fus, la députation de Cambridge, à la tête de laquelle se trouvait le duc de Newcastle dans sa robe de docteur : ce dernier avait l'air du *médecin malgré lui.*

« Savez-vous que j'ai eu la curiosité d'assister à l'enterrement du feu roi? Je n'avais jamais vu de convoi royal. La chambre du prince était tendue de pourpre, éclairée par une quantité de lampes en argent: le cercueil se trouvait placé sous un dais de velours, et entouré de six grands cierges.

« La procession eut lieu au milieu d'un cordon de gardes à pied; chaque septième homme portait une torche. Représentez-vous les gardes à cheval remplissant l'extérieur; leurs officiers, sabre nu et le crêpe à la ceinture; les tambours couverts aussi de crêpes, les fifres, le tintement des cloches; tout cela était réellement solennel. En entrant dans l'abbaye, nous fûmes reçus par le doyen et le chapitre. Le chœur et les aumôniers portaient des torches. Toute l'abbaye était si illuminée, qu'elle paraissait plus brillante que le jour... Quand nous arrivâmes à la chapelle de Henri VII, tout le décorum disparut; l'on n'observa plus d'ordre, le peuple se plaça où il voulut; les gardes à pied demandaient du secours, accablés sous le poids énorme du cercueil; l'évêque lisait d'une manière pitoyable et se trompait dans ses prières; l'antienne, outre qu'elle était prodigieusement ennuyeuse, aurait tout aussi bien convenu pour une noce. Ce qu'il y avait réellement de pénible à voir, c'était la figure du duc de Cumberland. Il avait un manteau de drap noir, avec une queue de cinq aunes. Ce ne pouvait être qu'une chose bien cruelle pour lui de suivre le convoi funèbre d'un père. Une de ses jambes était horriblement malade, et cependant il se trouvait forcé de se tenir sur ses pieds pendant deux heures. Ajoutez que sa dernière attaque de paralysie avait enflé sa figure et affecté en même temps un de ses yeux; qu'il était placé sur l'ouverture du caveau dans lequel, selon toutes probabilités, il va bientôt descendre à son tour... Jugez quelle affreuse situation! Eh bien, sa contenance a été constamment ferme et noble, elle contrastait étrangement avec les singeries burlesques du duc de Newcastle; dès qu'il entra dans la chapelle, celui-ci se mit à pleurer, et se jeta à la renverse dans une des stalles. L'archevêque, qui le crut indisposé, lui fit respirer des spiritueux, mais au bout de deux minutes, sa curiosité l'emporta sur son hypocrisie : il parcourut toute la chapelle, pour passer en revue avec son lorgnon tous ceux qui assistaient à cette cérémonie funèbre, épiant d'un œil et grimaçant de l'autre; mais bientôt la crainte de s'enrhumer lui vint : le duc de Cumberland, qui n'en pouvait plus de chaleur et se sentait tout accablé, s'aperçut en se retournant que c'était le duc de Newcastle qui se tenait sur la queue de son manteau pour se garantir de la fraîcheur du marbre.

« Clavering, le gentilhomme de la chambre, a refusé de garder le défunt pendant la nuit; il est renvoyé par ordre du roi.

« Je n'ai plus qu'une bagatelle à vous apprendre : le roi de Prusse a totalement battu le feld-maréchal Daun; cette affaire, qui eût été, il y a un mois, une nouvelle merveilleuse, n'est plus aujourd'hui d'aucune importance; elle prend rang parmi ces questions :

« Qui est-ce qui sera gentilhomme de la chambre?

« Quelle place aura sir T. Robinson?

« Je vous envoie une liste de la maison royale. Il y aura dix-huit lords et treize gentilshommes...

« A moins de vous accabler de journaux, de listes, de catalogues de vous parler des flots de peuple qui se précipitent à la cour pour offrir des adresses ou pour être présentés, je ne saurais rien vous dire. Le jour que le roi se rendit à la Chambre, je fus trois quarts d'heure à traverser Whitehall; il y avait assez de sujets, là, pour accommoder une demi-douzaine de petits rois.

« La première fois que le roi alla au spectacle, c'était un vendredi et non un jour d'opéra. Toute l'assemblée chanta le *God save the King* en chorus. Au premier acte, la foule était si considérable à la porte, que les dames ne purent se rendre à leurs places; on ne voyait partout que des domestiques gardant des loges. Vers la fin du second acte, tout le peuple entra de force... »

Au dire des contemporains, l'enthousiasme que souleva le nouveau roi fut extrême. « La capitale, écrit Walpole, le 22 janvier 1761, est aussi peuplée qu'une ville de province dans le temps des courses de chevaux.

« Il y avait jusqu'à quatre assemblées mardi dernier : la première, chez le duc de Cumberland; la seconde, chez la princesse Émilie; la troisième, à l'Opéra, et la quatrième chez lady Northumberland; maintenant l'Opéra est plein, même le mardi.

« La semaine dernière, il y eut bal à Carlton-House; les deux ducs royaux et la princesse Émilie s'y trouvaient. Le duc d'York dansa; le duc de Cumberland et sa sœur jouèrent, chacun de leur côté, à la bête; je fus placé à la table de la dernière. Me voilà décidément en faveur; on m'avait invité de nouveau pour mercredi dernier : je pris la liberté de m'excuser, et cependant on me demande encore pour mardi. Ce qu'il y a de désagréable, c'est que personne ne s'assied jusqu'à ce que le jeu commence. Alors la princesse et les personnes de la compagnie prennent des tabourets. A Norfolk House, il y avait deux fauteuils placés pour elle et pour le duc de Cumberland, le duc d'York étant considéré comme danseur; mais ni l'un ni l'autre ne voulurent s'en servir... » Les fêtes recommencèrent pour le mariage du roi. Walpole écrivait de Strawberry, le 16 juillet 1761 :

« Je ne vous ai point annoncé, hier, le mariage du roi, je savais que la poste du soir vous en apprendrait tout autant que moi. Le mode solennel d'assemblée du conseil parut fort étrange ; le peuple ne pensait guère que l'objet important du rescrit était de lui faire connaître que Sa Majesté allait se marier.

« Tout ce que je puis vous dire de certain, c'est que lord Harcourt est allé chercher la princesse et qu'il reviendra en qualité de son grand écuyer ; elle sera ici en août et son couronnement aura lieu le 22 septembre.

« Pensez à la joie qu'éprouvent les femmes. Cependant la cérémonie perdra deux de ses astres les plus brillants : ma nièce Waldegrave pour la beauté, et la duchesse Grafton pour la figure, toutes deux seront absentes.

« Je ne vois plus que lady Kildare et lady Pembroke qui soient d'une grande beauté.

« Mistress Bloodworth et mistress Robert Brudenel, dames de chambre ainsi que miss Wrottesby et mistress Meadows, dames d'honneur, vont recevoir la princesse à Helvoet...

« Mais quelle princesse ? C'est ce que j'ignore. On dit que votre cousin le duc de Manchester sera chambellan, et M. Stow trésorier ; on parle aussi de miss Molly Howe, l'une des jolies Bishop, et d'une fille d'honneur de lady Henri Beauclerc, pour dames d'honneur.

« On agrandit l'appartement de Saint-James ; on va le garnir de tableaux de Kensington, ce qui ne nous annonce pas un nouveau palais. Pour moi, je crois que mademoiselle de Scudéry a tracé le plan de cette année. On n'y voit que mariages royaux, couronnements, victoires qui se succèdent rapidement des confins les plus reculés du globe. « ... J'ignore comment faisaient les Romains, mais je ne puis m'habituer à deux victoires par semaine...

« Toutes les vignes de Bordeaux, ajoute-t-il en peignant le brouhaha qui agitait Londres au moment du couronnement du roi, et toutes les fumées des cervelles irlandaises ne sauraient étourdir une ville autant que les noces et le couronnement d'un roi.

« Je vais laisser refroidir Londres.

« Ah ! quel tumulte ! quel babil ! quelle foule ! quel bruit ! quelle confusion ! Le peuple est loin d'avoir recouvré ses sens : ce n'est qu'avant-hier que le couronnement a eu lieu ; croiriez-vous que le duc de Devonshire a reçu hier les messages de vingt personnes qui lui demandaient des billets pour un bal qu'elles imaginaient qu'on donnerait hier à la Cour : on est demeuré sur pied pendant quarante-huit, heures, et cependant on voulait encore danser. Si je donnais des noms aux siècles, j'appellerais celui-ci le siècle des foules. Parlons du couronnement : s'il est des jeux de marionnettes qui vaillent un million, c'est celui-là.

S. Dussieux.

— La suite au prochain numéro. —

LA FEMME DE MON PÈRE

(Voir pages 586, 602, 612, 635, 650, 668, 674, 694, 708, 728, 740, 763 et 771.)

A Monsieur Lucien de Montigny, à Paris.

Vallières, le...

Votre père rentre ce matin un peu fatigué d'une mauvaise nuit passée dans le plus supportable des hôtels de Gournay. Sa santé paraît se trouver assez bien du repos qu'il vient de prendre, et le bon accueil de votre tante Annette lui a rendu la gaieté qui semblait l'abandonner depuis quelque temps.

En apprenant son retour, mon premier soin a été de faire disparaître les journaux d'aujourd'hui, afin, si cela est possible qu'il ignore maintenant et tout le reste de sa vie, que son fils a dû se battre en duel, que le nom de Montigny, imprimé dans les feuilles publiques, a été joint à une question de combat singulier.

Je ne viens pas en ce moment vous adresser, mon enfant, même l'ombre d'un reproche, car j'ai la conviction que vous avez cruellement expié, par une souffrance unique, la faute qui livre votre personne à l'opinion et au jugement de tous. Cependant, il faut que je vous le dise, depuis une longue semaine je me sens bien malheureuse !

Que ce dernier mot échappé de ma plume ne brise pas votre cœur, mon cher Lucien ; je n'ai, en aucune manière, l'intention de vous faire éprouver le contre-coup de la peine que je ressens ; mais laissez-moi pleurer avec vous toutes les larmes qui m'oppressent et que j'ai refoulées ne voulant donner à personne le spectacle de mon chagrin, ni surtout éveiller l'attention de M. de Montigny qui, ne se doutant de rien, mettra facilement, je l'espère, sur le compte d'un oubli de la poste, l'absence de ses journaux.

C'est par M. Dolfus, revenant de Paris, que j'ai appris, qu'à la suite d'un de vos articles politiques, un homme en évidence vous avait envoyé ses témoins. Ceci se disait, paraît-il, dans les salons, dans les cercles, à la Bourse. J'ignore jusqu'à quel point la chose était positivement exacte, comme notoriété. Ce jour-là, notre riche voisine avait ses nerfs et n'a pas, je vous assure, ménagé mon cœur.

Devant elle, j'ai fait bonne contenance, me bornant à implorer sa discrétion, mais dois-je vous dire ce que j'ai souffert !

La pensée de vous écrire ne m'est même pas venue. A quoi bon, du reste : je ne pouvais arrêter le cours des choses.

Oh ! c'est à ce moment-là surtout, mon cher Lucien, que je vous crus vraiment mon fils. Dans le délire de ma tristesse, je m'identifiais tellement avec la chère sainte qui fut votre mère, que certes en ces heures d'épreuve, je ressentais ce qu'elle eût ressenti, si, demeurée sur la terre, il lui eût fallu traverser les angoisses qui viennent d'être mon partage. Les moindres émotions s'incrustaient dans mon âme qu'une cruelle attente amollissait sans doute, et rendait pusillanime. Chaque fois que j'ouvrais une feuille parisienne, je pensais mourir; et en cherchant dans ces longues colonnes où s'alignaient tant d'événements divers, où s'alternaient l'extrême joie et l'extrême douleur, sans aucun signe pour séparer les sourires des larmes! longtemps, bien longtemps mon regard errait sur ces caractères uniformes que mes yeux ne voyaient pas... et lorsque enfin il m'était possible de distinguer quelques mots, quelques phrases auxquelles je ne comprenais rien, votre nom, qui pourtant n'y était point, m'apparaissait entre chaque ligne, et me semblait écrit avec du sang. Les pensées, comme des tisons enflammés, se heurtaient dans mon cerveau; chaque idée nouvelle était autant de coups qui en martelaient les parois. Puis, l'apaisement finissait par avoir son tour, et ne voyant point ce que je redoutais tant de trouver, dans ma douleur je me disais : Ce sera pour demain; ou bien, espérant contre toute espérance, je me prenais à croire que je rêvais, que M. Dolfus ne n'avait rien appris et que le réveil dissiperait toutes mes angoisses.

Le Seigneur, dans sa bonté, a pourtant voulu mettre la consolation à côté de la tristesse.

Nous n'aurons pas l'insigne douleur de savoir vos jours exposés ou votre conscience torturée.

C'est fini, bien fini; ce duel n'aura point lieu, ni à présent, ni jamais, n'est-ce pas ? On peut arracher de votre vie cette page attristée qui pouvait devenir sanglante.

Ce procès-verbal que j'ai lu ce matin dans le journal de votre père mentionnant que « les témoins de M. X n'ayant, en définitive, trouvé aucune intention malveilveillante de votre part », ont déclaré aux vôtres qu'ils retiraient le défi. Ce procès-verbal ne ment point sans doute... et cette rencontre sur les préliminaires de laquelle se sont tus les journaux, demain on n'en parlera plus, et alors, Dieu aidant, peut-être M. de Montigny ignorera-t-il toujours, ce que, jusqu'à présent, je suis parvenue à lui cacher... Ah! comme je vais, pour cela, faire bonne garde...

Si j'en crois mes pressentiments, mon cher fils, vous avez bien assez de cette existence marchandée pour un mot. En tout cas, vous devez éprouver un grand besoin de repos : que ne venez-vous passer quelques jours à Vallières ? Près de votre père, vous oublierez vite les heures terribles qui ont sonné au beffroi de votre jeunesse; et puis, avant de reprendre la vie de travail, vous pourrez ici, mieux qu'ailleurs, vous remettre des émotions inséparables de l'événement qui vous menaçait.

J'espère, mon enfant, que le contenu de cette lettre sera, entre nous, tout ce qui devra jamais être dit du malheur auquel vous et moi venons d'échapper... A bientôt, n'est-ce pas? Votre belle-mère, SUZANNE.

A Madame Suzanne de Montigny, au château de Vallières, par Fleury-sur-Andelle (Eure).

Paris, le...

Vous avez raison, ma chère belle-mère, il me faut en ce moment le toit paternel, la vie de famille. J'ai soif de silence, de liberté. Ce mouvement, ce bruit, qui m'entourent, après m'avoir charmé, me fatiguent, m'oppressent; et cette prétendue indépendance des journalistes m'apparaît maintenant ce qu'elle est : un esclavage déguisé. Aussitôt que j'aurai réglé quelques petites affaires d'argent avec mon rédacteur en chef, je ne prendrai que le temps de boucler ma valise, et vous arriverai. Ainsi, attendez-moi d'un instant à l'autre. Je vais être bien heureux de revoir mon père, de vous revoir. Oh! c'est quand on a été si près de... mais ne parlons plus des tristesses passées, et reprenons la vie à l'époque où je vous ai quittée. La réunion, en comblant momentanément la distance, liera les jours éloignés aux jours présents, et, ainsi qu'on ferait des anneaux inutiles d'une chaîne déjà longue, notre esprit supprimera des jours comme on supprime des mailles, rattachant les dernières aux premières, sans tenir compte des mailles perdues; ainsi vous, ainsi moi, laisserons tomber dans l'oubli ces pénibles heures qui n'eussent jamais dû sonner.

Il y a quelque temps déjà, j'ai mis la main sur une certaine quantité de livres qui seront parfaits pour vos vieillards, charmants pour vos bonnes sœurs; je vous les porterai, convaincu par avance que tous ces ouvrages auront votre approbation.

A bientôt, madame et chère belle-mère; dites tout ce que vous croirez bon pour que mon arrivée n'étonne pas trop mon père; je ne puis mieux m'en rapporter qu'à votre jugement.

LUCIEN.

A Mademoiselle Isabelle Wissocq, rue de la Préfecture, à Poitiers (Vienne).

Vallières, le...

Ma chère Isabelle,

Par le même courrier, j'écris à votre cousine, la priant de vouloir bien, si vous y consentez, permettre que vous veniez passer quelque temps à Vallières. La santé de M. de Montigny, reçoit en ce moment une sérieuse atteinte; je me dois tout aux soins que réclament ses souffrances et sa faiblesse, et ne puis en rien m'occuper de notre petit hospice dont l'organisation laisse encore trop à désirer pour que les choses demeurent dans cet état. J'ai donc besoin de vous, ma petite amie. Il me faut quelqu'un de bonne volonté pouvant établir par chiffres les recettes et les dépenses; régler, une fois pour toutes, ce qui pourra et devra être fait. Vous aurez entre les mains les renseignements nécessaires. Ce que je vous demande sera donc d'un accomplissement très facile, et je suis persuadée que vous vous trouverez heureuse de me rendre le petit service qui doit nous aider tous à bien ordonner notre modeste entreprise.

Je pense, ma chère Isabelle, entrer dans vos goûts en vous installant à l'hospice même, dans un petit appartement composé de deux pièces et faisant suite à celui des religieuses. Vous ne l'occuperez que quand bon vous semblera. J'ai voulu, en vous isolant ainsi, vous laisser une plus grande liberté d'action. Votre femme de chambre trouvera place non loin de vous. Je sais que la brave fille tient beaucoup à ne pas quitter sa jeune maîtresse.

Vous ne rencontrerez, à Vallières, que des visiteurs d'un jour. Je n'y ai convié personne, M. de Montigny ayant besoin de calme et de repos. Seul, son fils, arrivé depuis huit jours, lui tient fidèle compagnie. Lorsque vous serez là, je vous demanderai, comme une grâce, de faire un peu de musique; le cher souffrant en est bien privé depuis quelque temps. Un certain malaise, nerveux sans doute, paralyse mes doigts quand je veux les poser sur les touches du piano, et ma voix se couvre de pleurs dès que je commence à chanter.

Oh ! c'est que, voyez-vous, Isabelle, il se passe en moi quelque chose d'étrange. Un sentiment indéfinissable m'absorbe, m'anéantit. Il me semble parfois que l'azur du ciel devient terne, que le soleil n'a plus la même chaleur, qu'un voile de mélancolie s'étend sur tout ce riant et ce beau qui m'entoure. Je ne sens plus le parfum des fleurs ; je n'entends plus les oiseaux gazouiller... Qu'ai-je donc, mon Dieu? Pourquoi cette tristesse que je porte en mon âme? Pourquoi ces larmes qui malgré moi s'échappent de mes yeux ?

J'ai traversé bien des épreuves, compté bien des douleurs, je les ai toutes regardées en face... Mais aujourd'hui, l'inconnu m'épouvante et cet avenir dans lequel les joies du présent me donnaient confiance, cet avenir, Isabelle, que sera-t-il pour moi?

Vous, ma petite amie, vous dont la foi est grande, et qui savez prier, je vous en conjure, priez pour la triste

SUZANNE.

A Monsieur Paul Dupré, à Saint-Denis (île de la Réunion.)

Vallières, le...

Mon cher ami,

C'est d'une main tremblante d'émotion, j'en suis sûr, que tu viens de briser le cachet de cette lettre... Je vis encore, Paul, et n'ai pas tué mon adversaire. En un mot, je ne me suis point battu. Du reste, tu verras dans ton *Figaro* le procès-verbal signé par nos témoins. Ceci dit, tu me permettras de ne plus revenir sur un si pénible sujet.

Je suis en ce moment à Vallières. Avant de prendre un parti relatif à ma position dans le monde littéraire, j'avais besoin de me recueillir un peu ; et, circonstance attristante, mon père, fort souffrant depuis déjà longtemps, est tout heureux de me savoir près de lui. D'abord je le distrais, ensuite j'exerce sur les travaux d'automne la surveillance dont il est empêché par son état maladif.

A cette surveillance près, notre vie est fort uniforme. Ma belle-mère, entièrement occupée des soins dont elle entoure son mari, n'admet pas qu'on puisse avoir même l'idée de s'ennuyer au château. En ceci, comme en tout, je l'admire, mais j'avoue que l'existence ne serait pas tenable pour moi, si ce sombre château n'était quelquefois éclairé par la présence d'une charmante fille que j'ai déjà rencontrée à Vallières, et de laquelle j'ai eu, dans le temps, occasion de te parler : Mlle Isabelle Wissocq.

Ce n'est pas que la pauvre orpheline soit bien gaie ; mais elle a vingt ans, de beaux yeux qui brillent sous leurs longs cils baissés, des lèvres de feu et de gracieux contours. De plus, une adorable voix qu'elle conduit et dirige en virtuose consommée achève d'en faire une délicieuse créature. Il paraîtrait que la chère enfant, dont le cœur n'a plus ici-bas personne à aimer, se désespère à ses heures et, parfois, voudrait mourir. Rien ne me semble plus triste que de voir la jeunesse pleurer.

Je te parlais plus haut d'une position à reprendre dans la littérature; mais je me demande si j'essayerai même à rentrer dans ce milieu où la mauvaise chance ne m'a pas permis d'obtenir la place que j'y avais rêvée. Pourtant, je ne me considère point comme battu. Je veux tenter une fortune nouvelle. Mon ambition n'a point diminué depuis mes constants mécomptes. Il me semble au contraire, que j'en sens davantage l'aiguillon; elle n'aurait fait, tout au plus, que changer de forme. Je subis, du reste, le sort commun à tous ceux qu'agitent cette noble passion. Royon ne l'a-t-il pas bien peinte cette soif inextinguible, dans ces quelques vers que je viens de découvrir à la dernière page d'un vieux bouquin :

Notre cœur est un gouffre immense.
Le rang, les honneurs, les plaisirs,
Et le crédit et l'opulence,
Sont dévorés par nos désirs.
Bientôt les vœux les plus rapides
Ont remplacé les vœux qu'il a vus s'accomplir.
C'est le tonneau des Danaïdes,
Qu'on ne saurait jamais remplir.

Il paraît que M. Lucy, notre voisin, le député fondeur, plus jaloux de gagner de l'argent que d'aborder la tribune, serait dans l'intention de se retirer. Esprit positif, le brave garçon trouve les honneurs charmants, mais leur préfère les bonnes et belle espèces sonnantes qui ne rentrent pas aussi dru, paraît-il, depuis que ses fonctions législatives le forcent à de fréquents et longs séjours à Paris. L'œil du maître est d'or, parfois : Lucy l'a éprouvé et, dame ! si la chronique dit vrai, il ne tarderait pas à déposer son mandat, laissant à plus dévoué que lui aux choses publiques le soin de s'occuper des intérêts de la France.

Je suis convaincu qu'en lisant ce qui précède, un sourire vient effleurer tes lèvres, tandis qu'une pensée traverse ton esprit.

Eh bien, tu as deviné juste. Une nouvelle tarentule me pique, et si la santé de notre cher malade s'améliore sous peu, comme semble l'espérer le docteur, je vais mettre tout en œuvre pour me faire nommer député du pays qu'habite mon père, et qui, par le seul fait de son inépuisable charité, est devenu le nôtre.

J'ai déjà mûrement réfléchi à cette affaire, et me crois des chances sérieuses. Partisan des idées libérales, j'enlève toute la jeunesse intelligente et toute la jeunesse qui l'est moins, mais s'en rapproche...Puis, comme je ne suis point exagéré dans mes opinions, les légitimistes, par égard pour M. de Montigny, me donneront leur voix comme un seul homme. Ajoutons à ce nombre, qui constitue déjà par lui-même une belle majorité, les individus dont la manière de voir se rapproche de la mienne et ceux qui la partagent tout à fait, j'arrive à un chiffre relativement énorme : mon calcul est simple comme bonjour.

Je n'ai point encore parlé de mes intentions pour deux motifs, le premier parce que je veux être complètement rassuré sur l'état de mon père, le second parce que je redoute un peu la haute sagesse de ma belle-mère, cette sainte du foyer qui, je dois l'avouer, a bien souvent raison.

Je compte, maintenant que tu es certain que je suis encore de ce monde, je compte, dis-je, sur une longue lettre, et cela par le plus prochain courrier. Parle-moi beaucoup de toi, de tes chers parents, de ton île si belle. Dis-moi ce que tu fais sous ton ciel sans nuages, et si le dernier cyclone a été aussi terrible que certains journaux l'ont raconté.

Nos amis de Paris ne t'oublient pas. Je suis resté bien avec tous ; mais notre charmante intimité se perd chaque jour un peu. Tu étais notre lien, mon cher Paul, ton départ a rompu le charme.

Adieu, mon bon, n'oublie pas que ma profonde affection t'a suivi jusque là-bas.

LUCIEN.

Je pars pour Paris vers la semaine prochaine, mais n'y resterai que quelques jours.

MALRAISON DE RULINS.

— La fin au prochain numéro. —

La *Semaine des Familles* commencera prochainement la publication d'un roman très intéressant, intitulé L'ÉPAVE. Cette œuvre, due à la plume délicate de Mlle MARIE NETTEMENT, dont le père a laissé parmi nos lecteurs un souvenir toujours vivant, ne peut manquer de trouver ici un succès bien mérité.

CHRONIQUE

Mars est arrivé... comme mars en carême. C'était son devoir ou tout au moins son droit ; et il ne faut point lui jeter la pierre parce qu'il arrive à son rang dans le défilé du calendrier.

On est depuis assez longtemps bien injuste envers ce brave mois de mars ; et il serait équitable vraiment qu'on songeât à lui accorder, comme à tant d'autres, sa petite part de réhabilitation.

Il n'est pas de malfaiteur, il n'est pas de coquin qu'on n'ait essayé de blanchir ; c'est même une des petites manies de notre époque que cette fantaisie de refaire des réputations aux gens de mauvaise renommée. Néron, Messaline, Catilina, Marat et bien d'autres ont trouvé, parmi nous, de charitables apologistes ; seul, ce pauvre mois de mars est toujours traité avec une sévérité imméritée.

Et que lui reproche-t-on ? juste Ciel ! On lui fait un crime d'être le mois des giboulées...

D'accord, mais, qu'est-ce que le mois des giboulées, sinon un mois de conciliation qui fait tout ce qu'il peut pour inviter l'hiver à s'en aller au plus vite et pour prier le printemps d'arriver au plus tôt.

Le mois de mars nous lance sur la tête quelques flocons de neige et quelques ondées un peu fraîches mais il nous apporte aussi quelques bons rayons de soleil dont nous ne connaissions plus la douceur depuis octobre ; et puis n'est-ce pas lui qui nous amène, avec les premières violettes, ces belles touffes de giroflées jaunes, couleur d'or ou couleur de rouille, qui n'ont d'autre tort que d'être à trop bon marché pour être appréciées à leur juste valeur.

Mars, par ses ides fameuses, a été désagréable à Jules César, mais il n'est pas absolument prouvé que d'autres ides ou même des calendes quelconque n'eussent pu, Brutus aidant, causer de l'ennui au vainqueur des Gaules ; — par contre, mars est agréable à une foule de braves gens auxquels il facilite singulièrement, par ses caprices mêmes, la conquête de leur pain quotidien...

N'est-ce pas lui, avec ses brises fringantes, qui fait tourner les ailes des petits moulins ?

N'est-ce pas lui, avec ses brusques changements de température, qui fait le plus beau succès de tous ces jolis et agréables vêtements qu'on appelle les *vêtements de demi-saison*, et qui permettent aux notes des tailleurs et des couturières de s'étendre en jetant un pont léger entre la note de l'hiver dernier et la note du printemps prochain ?

Mars est bon aux chapeliers, au profit desquels il invite tant de couvre-chefs à trotter sur le macadam de nos rues, où même à faire la voltige par-dessus les parapets des ponts.

Mars est, par-dessus tout, le mois cher aux marchands de parapluies, qu'il favorise à la fois en rendant l'usage du rifflard indispensable et en faisant déjà souhaiter l'usage de l'ombrelle.

Ce n'est point sans raison que, par des transitions hardies et peut-être un peu forcées, j'en arrive enfin à prononcer le mot d'ombrelles...

Méfiez-vous, ô vous tous, qui voulant que vos femmes et vos filles soient à l'abri des coups de soleil, ne voulez point cependant, et avec raison, interposer un tamis, fait de vos pièces d'or et de vos billets de banque, entre elles et l'astre du jour... Méfiez-vous !

Je vous signale avec terreur un grand magasin d'une de nos plus larges rues parisiennes, où l'on voit apparaître à l'étalage des ombrelles d'un nouveau genre, — et quel genre !

Sur la raie de l'ombrelle se détache un entrelacement de guirlandes, de festons en fleurs artificielles, qui transforment l'ombrelle ouverte en une sorte de jardin, sous lequel la femme est enfouie, comme un papillon dans les roses ou comme une chenille dans l'herbe; — vous pouvez, à votre guise, employer l'une ou l'autre de ces métaphores quand il vous plaira de complimenter une dame portant une de ces ombrelles herbagères et potagères.

On m'assure que des fleurs naturelles peuvent être entremêlées aux fleurs artificielles : c'est bien possible; — je ne verrais nul inconvénient aussi à ce qu'on ajoutât aux unes et aux autres quelques diamants en guise de gouttes de rosée...

Mais, je vous le répète, méfiez-vous, — vous tous qui êtes un tant soit peu soucieux de l'économie domestique et même du bon goût; — croyez-moi, conduisez vos femmes vers les boutiques japonaises où l'on trouve de fines ombrelles de papier à trois francs cinquante et, s'il faut absolument sacrifier au luxe, persuadez-leur de prendre pour ombrelle un joli petit *en-tout-cas* anglais à dix ou onze francs, cela remplace avantageusement le parapluie, et, en outre, cela peut servir aussi bien à protéger le chapeau de monsieur qu'à protéger le chapeau de madame : il faut songer à tout en ce bas monde !

* * *

Si le vent de mars emporte les chapeaux, les expropriations emportent bien d'autres choses! Je croyais avoir tout dit, depuis longtemps, sur l'*haussmannisation* qui survit au règne de M. Haussmann lui-même, et qui fait disparaître, l'un après l'autre, tous les souvenirs de notre vieux Paris... Eh bien, la voilà encore, cette terrible *haussmannisation*, qui vient de culbuter la *table des monstres!*

Ceci demande explication : la *table des monstres* était une table d'hôte installée, route de la Révolte, dans les environs de l'avenue de Neuilly, non loin de l'Arc de Triomphe.

Beaucoup des tables d'hôte de Paris — un assez bon nombre au moins, — pourraient revendiquer ce surnom de *table des monstres*, d'après les choses qu'on y mange: mais celle-ci était ainsi nommée en raison des gens qui y mangeaient.

N'allez pas croire d'ailleurs que ces dîneurs fussent cousins-germains de Polyphème, de l'ogre du Petit-Poucet, ou même de Lacenaire et de Troppmann ! Ils n'étaient *monstres* que dans le sens où *monstre* se confond avec phénomène : la *table d'hôte des monstres* était un lieu de rendez-vous pour tous les pauvres diables et toutes les pauvres diablesses qui exhibent dans es foires, à titre de curiosité, leurs douleurs, leurs infirmités, leurs monstruosités.

Les directeurs des spectacles forains savaient qu'ils les trouveraient là, comme les directeurs des théâtres de province savent qu'ils trouveront au mois d'août des *jeunes premiers* ou des *ténors légers* au café des Variétés.

A la *table d'hôte des monstres* se réunissaient : les hommes-squelettes, les femmes-géantes, les nains, les femmes-tigrées, les hommes-chiens, toute la variété des horreurs humaines ; et tout cela dînait ensemble fraternellement, en attendant l'occasion de reparaître fraternellement aussi sur les mêmes tréteaux.

L'homme-squelette et la femme-colosse absorbant le même haricot de mouton, le nain partageant la salade aux œufs durs avec le géant, et tout ce monde se payant volontiers, avec une réciprocité touchante le *petit-noir* ou le *mêlé-cassis*, — n'y a-t-il pas là une belle leçon ont on ferait bien de profiter ailleurs qu'au pays des saltimbanques... de profession?

Argus.

AVIS. — MM. les Souscripteurs dont l'abonnement expire à la fin d'avril sont priés de le renouveler au plus tôt, s'ils ne veulent pas éprouver de retard dans l'envoi de la **SEMAINE DES FAMILLES.** — Toute demande de renouvellement, toute réclamation, toute indication de changement d'adresse doit être accompagnée d'une bande imprimée du journal et envoyée **FRANCO** à **M. Victor Lecoffre.** — Abonnement pour la France : un an, 10 fr.; six mois, 6 fr. — Prix du numéro : par la poste, 25 centimes; au Bureau, 20 centimes. — Les abonnements partent du 1er avril et du 1er octobre. — Les volumes commencent le 1er avril. — La **SEMAINE DES FAMILLES** paraît tous les Samedis.

PRIX DE L'ABONNEMENT POUR L'ÉTRANGER.

Europe, Canada, États-Unis et Colonies françaises	UN AN : 11 fr. »	SIX MOIS : 6 fr. 50
Pour tous les autres pays.	14 »	8 »

Mendiant espagnol.

LES MENDIANTS ESPAGNOLS

Il n'est guère de pays, sauf l'Italie, où l'on voie la mendicité s'étaler au grand jour avec plus de sang-froid qu'en Espagne. Plein de dignité, — on pourrait presque dire de fierté, — le mendiant espagnol se drape noblement dans les debris de sa mante; il tient ordinairement à la main un énorme bâton qui lui sert à repousser les attaques des chiens, animaux hostiles aux gens déguenillés. Embossé dans ses haillons, il exerce en philosophe sa profession, — ou son art, comme on voudra, car n'est pas qui veut un mendiant accompli. Un auteur espagnol moderne, qui a étudié ce sujet d'une manière toute particulière, nous assure qu'il arrive souvent que, dans plusieurs familles, on mendie de père en fils. Les jeunes observent religieusement les préceptes de ceux qui ont vieilli dans la pratique du métier et mettent à profit la longue expérience de leurs professeurs. Ainsi, l'emploi du temps est habilement calculé ; les barbons savent au juste à quel endroit il sera avantageux de se trouver tel jour, et quelle est l'heure la plus favorable; quelle est la phrase qu'il convient d'adopter suivant la condition, l'âge, le sexe des personnes. Ils sont également très habiles dans l'art de nuancer les intonations ; parfois ils gardent un silence éloquent, sauf à crier quelques instants après de toute la force de leurs poumons, si les circonstances l'exigent.

Du temps des diligences, on était toujours assailli par les mendiants. Le nombre de ces malheureux prenait parfois des proportions inquiétantes. « Un jour, raconte le baron Davillier dans son *Voyage en Espagne*, un jour que nous montions une petite côte, nous en aperçûmes, du haut de l'impériale, une vingtaine au moins qui se dirigeaient vers la diligence aussi vite que leurs infirmités le leur permettaient. Quand cette caravane arriva auprès de nous, elle nous offrit le tableau abrégé de toutes les misères humaines : il y avait des femmes amaigries par la souffrance qui donnaient leur sein décharné à de pauvres petits êtres chétifs ; d'autres, les pieds nus et à peine vêtues, marchaient sur les cailloux aigus de la route en conduisant par la main des bambins dont le corps bronzé n'était même pas couvert d'une loque ; des aveugles marchaient à côté des boiteux qui avaient peine à se soutenir sur leurs béquilles, et un infirme traînait un petit chariot dans lequel était couché un enfant couvert de plaies. »

Voiture explique à sa manière, dans une de ses Lettres, la cause de la misère qui frappait ses yeux. Après avoir parlé de sa paresse : « Outre la mienne naturelle, ajoute l'éminent écrivain, j'ai encore contracté celle du pays où je suis, qui passe sans doute en fainéantise toutes les nations du monde. La paresse des Espagnols est si grande, qu'on ne les a jamais pu contraindre à balayer devant leurs portes, et il en couste quatre vingt mille escus à la Ville. Quand il pleut, ceux qui apportent du pain à Madrid des villages ne viennent point, quoiqu'ils le vendissent mieulx, et souvent il y faut envoyer la Justice. Quand le bled est cher en Andalousie, s'ils en ont en Castille, ils ne prennent pas la peine de l'y envoïer, n'y les autres d'en venir quérir, et il faut qu'on leur en porte de France, ou d'ailleurs. Quand un villageois qui a cent arpents en a labouré cinquante, s'il croit en avoir assez, il laisse le reste en friche. Ils laissent les vignes venir d'elles mêmes, et sans y rien faire. Un Italien, qui tailla la sienne, en trois ans la racheta du prix. La Terre d'Espagne est très fertile ; leur soc n'entre que quatre doigts dedans, et souvent elle rapporte quatre vingts pour un. Ainsi, s'ils sont pauvres, ce n'est que parce qu'ils sont rogues et paresseux. »

Il existe un curieux petit in-douze, imprimé à Madrid, sous le titre de *El Azote de Tunos, Holgazanes y Vagaundos* (le Fléau des Gueux, Fainéants et Vagabonds), « ouvrage utile à tous, dans lequel on découvre les tromperies et les fraudes de ceux qui courent le monde aux dépens d'autrui ; et où l'on rapporte beaucoup de cas survenus en matière de vagabonds, pour détromper et instruire les gens simples et crédules ». L'auteur de cet opuscule, imité de l'italien, D. J. Ortiz, ne compte pas moins de quarante *sectas* ou catégories différentes de *mendigos* (mendiants). Il y avait d'abord les *Galloferos*, qui fonctionnaient de son temps, ainsi nommés de la *Gallofa*, ou repas qu'on donnait aux pèlerins-mendiants qui se rendaient à Saint-Jacques de Compostelle ; les *Clerizontes*, qui s'habillaient en prêtres ; les *Afrayles*, qui prenaient de faux habits de moines ou d'ermites, au temps où les ordres religieux étaient florissants en Espagne ; les *Lagrimantes*, ou pleureurs ; les *Aturdidos*, qui contrefaisaient les idiots et les sourds-muets ; les *Acayentes*, dont la spécialité était de se trouver mal. Venaient ensuite les *Rebautizados*, qui se faisaient passer pour des juifs convertis, et quémandaient de l'argent pour recevoir le baptême ; les *Harineros*, fariniers, ainsi nommés parce qu'ils allaient de porte en porte demander de la farine pour faire des hosties ; les *Guitareros*, ou joueurs de guitare, comme le mendiant de notre vignette. Les *Lampareros*, de leur côté, parcouraient les villes, les villages et les fermes, et se faisaient donner de l'huile destinée, disaient-ils, à éclairer le Saint Sacrement, et les images de la Sainte Vierge. Les *Acapones* avaient des recettes très ingénieuses pour imiter toute sorte de plaies ; ils se servaient notamment de cendres de plumes brûlées qu'ils mélangeaient avec du sang de lièvre ; parfois même ils déterminaient sur les parties les plus apparentes de leur corps la formation d'ulcères hideux dont ils savaient, d'ailleurs, arrêter à temps les progrès. Les *Quemados* ou *Abrasados* (brûlés) se mettaient sur la tête de l'alun de roche et d'autres drogues, et allaient montrant les ravages causés par un incendie qui avait dévoré leur maison. Quant aux *Endemoniados* ou possédés du démon, ils se contentaient de se livrer à des contorsions furieuses et d'imiter le beuglement du taureau.

C'était, comme on le voit, une Cour des Miracles au grand complet, et tous ces gens-là trouvaient le moyen de vivre de leur étrange métier, comme dit l'auteur, en terminant sa singulière nomenclature :

Con arte y con engaño
Se vive medio âno ;
Con ingenio y con arte
Se vive la otra parte.

« Avec de l'industrie et de la fraude, on vit une moitié de l'année ; avec de l'invention et de l'industrie, on vit l'autre moitié. »

Il suffit de feuilleter les relations des voyageurs des différents pays, qui ont parcouru l'Espagne, pour s'assurer que la mendicité y a toujours été considérée par certaines gens comme une profession. Un voyageur du siècle dernier, Joseph Baretti, secrétaire de l'Académie royale de Londres, raconte l'histoire d'un mendiant espagnol qui demandait l'aumône à un Français; celui-ci le voyant sain et robuste lui demanda pourquoi il ne cherchait pas à subsister d'une manière plus honnête : « C'est de l'argent que je vous demande, et non pas des avis, » lui repartit le fainéant en tournant le dos.

Un autre prétend que beaucoup d'artisans ne travaillent que lorsque la faim les y oblige « Entrez, dit-il, chez un cordonnier espagnol, pour lui commander une paire de souliers : il commence par jeter un coup d'œil sur la planche; s'il y voit encore un pain, il vous saluera civilement, et vous pourrez aller ailleurs vous pourvoir de chaussures. »

Écoutons un voyageur italien qui parcourait l'Espagne en 1755:

« Comme j'étais par hasard dans la boutique d'un libraire, un gueux vint à moi et me demanda l'aumône, mais avec une telle arrogance qu'il semblait plutôt réclamer une chose qui lui était due, que solliciter un secours de charité. A la première fois, je feignis de ne pas m'en apercevoir et je continuai ma lecture. Devenu plus hardi par mon silence, il me dit qu'il y avait temps pour lire et que je devais faire attention à ce qu'il disait. Comme je tins ferme à ne pas le regarder, s'approchant de moi d'un air insolent: « Ou me répondre, ajouta-t-il, « ou me faire l'aumône ! »

Burgos est peut-être de toutes les villes de l'Espagne la cité qui renferme le plus de *mendigos*. Nulle part on ne peut mieux y étudier ces truands castillans qu'on a comparés à des tas d'amadou séchant au soleil et qu'on trouve partout, même sur les marches des escaliers des hôtels. « Tout cela, dit Théophile Gautier, est si râpé, si sec, si inflammable, qu'on les trouve imprudents de fumer et de battre le briquet. » Il semble qu'à Burgos la mendicité soit une profession: le baron Davillier a vu bon nombre de mendiants portant au dessus du *front*, attaché à leur *montera*, une plaque de fer-blanc sur laquelle se lisaient, estampés en relief, les mots que voici : *Pobres á Solemnidad*. C'étaient des pauvres patentés,officiellement reconnus et autorisés par l'*ayuntamento* de Burgos; le mot *solemnidad* est synonyme de notoriété. « Un jour, dit M. Davillier, que nous errions dans une des rues qui avoisinent la place, nous remarquâmes, à l'entrée d'un ancien portique, un va-et-vient de gens dont la plupart étaient couverts de haillons. Ayant avisé une jeune marchande de charbon, nous lui demandâmes ce qu'était cela. Après un moment d'hésitation, elle nous répondit en rougissant que c'était le *Mercado de la Llendre*, ce que nous rendrons honnêtement — mais non littéralement — par marché aux guenilles, car lesdites guenilles ne sont que le récipient de la *Llendre*, nom que l'on donne aux œufs d'un certain insecte parasite qui se montre très attaché à la chevelure humaine; insecte qu'un poète espagnol, Cepeda Guzman, fait figurer en tête d'un sonnet, « et qui naît, dit-il, dans les cheveux les plus dorés. »

Pour revenir aux mendiants de Burgos, la plupart paraissent supporter leur misère avec une résignation mêlée de fierté; en bons Castillans, peut-être croient-ils avoir quelques gouttes de sang noble dans les veines, et c'est pour eux sans doute qu'a été fait le proverbe qui montre « le descendant de l'hidalgo, un pied chaussé et l'autre nu »:

El hijo del hidalgo,
Un pié calzado
Y el otro descalzo.

Il en est même qui sont philosophes, comme le *guitarero* que le baron Davillier entendit chanter la *seguidilla* suivante sur la route de Burgos, et qui est peut-être la même que vient de chanter sur son pauvre instrument le mendiant de notre gravure :

Los pobres mas hambrientos
Son los mas ricos
Porque todo lo comen
Con apetito.
No asi los grandes,
Que aunque todo les sobra,
Les falta el hambre.

« Les pauvres les plus affamés — Sont les plus riches, — Parce qu'ils mangent — De bon appétit. — Il n'en est pas ainsi des grands: — Bien qu'ils aient tout en abondance, — Il leur manque la faim. »

OSCAR HAVARD.

L'ABBÉ REY

(Voir page 785.)

L'abbé Rey eut hâte de s'adjoindre des auxiliaires. Il forma dans ce but la Société de Saint-Joseph, qui est composée de prêtres pour diriger l'éducation des enfants, de frères pour conduire les travaux agricoles et industriels, et de sœurs chargées de tous les soins de l'intérieur. Ce personnel, admirablement formé par l'abbé Rey, fit traverser à la colonie de longues années de prospérité. Cependant l'œuvre d'Oullins n'était que le prélude de ce que devait faire bientôt cet éminent serviteur de la France.

Vendue à l'époque de la première Révolution comme bien national, l'antique abbaye de Cîteaux, après avoir changé plusieurs fois de maîtres, était tombée entre les mains de deux jeunes Anglais adeptes de l'utopiste Charles Fourier. On sait que ce rêveur prétendait conduire l'homme au devoir par le plaisir. Les frères Young y établirent, sur ses plans,un phalanstère. Deux années leur suffirent pour engloutir dans cette folle œuvre une immense fortune. Cette terre, naturellement fertile, tombée en friche et couverte d'épines, fut mise en vente, avec ses bâtiments dans le plus triste état. Les amis de l'abbé Rey, pensant que là il réussirait mieux encore qu'à Oullins, achetèrent pour lui l'abbaye de Cîteaux. Cet homme simple et grand trembla un instant quand on lui apprit la nouvelle. Il fallait tant de travail pour organiser une colonie sur le vaste plan de la propriété qui lui était offerte. Mais, songeant aussitôt au bien qui en résulterait, il versa des larmes de joie.

Au mois de juin 1846, à la tête de vingt et un frères, il prit possession de Cîteaux. Sa modestie tressaillit en se voyant sur cette terre arrosée par la sueur de tant de grands hommes. Il n'héritait pas moins de neuf siècles de gloire. Des papes, des princes de l'Église, des saints, de grands seigneurs, avaient travaillé ce sol. Son dernier prédécesseur était l'abbé de Rancé. « Nous tâcherons, — dit-il en se confondant en face de tant de souvenirs, — nous tâcherons de faire ici quelque chose pour la France. »

Avec son génie organisateur, l'abbé Rey eut bientôt fondé une colonie. Deux ans après, tout était en pleine activité. Le vénérable prêtre s'occupait toujours d'Oullins avec une tendre sollicitude, quand on vint un jour lui annoncer que sa chère colonie lyonnaise brûlait. C'était en 1848. La populace, égarée par les mauvaises excitations, venait de se jeter sur l'établissement d'Oullins, avait dévasté les jardins et les cultures, incendié les bâtiments. L'abbé Rey demeura calme; la pensée de ses chers enfants sur le pavé, livrés à la mendicité et au vagabondage, l'attrista; mais il ne témoigna pas la moindre indignation. Parlant de ce désastre qu'une somme de quatre cent mille francs n'eût pas couvert, il disait : « Si j'avais été là, ce malheur ne serait pas arrivé. Ces forcenés sont moins coupables et moins méchants que ceux qui les poussent à ces excès, abusant de leur ignorance et de leurs passions. J'aurais fait appel au fonds de bons sens et de générosité naturelle qu'il y a en eux, même dans leurs plus mauvais moments. Mes pauvres frères surpris ont perdu la tête. Ils ont fermé toutes les portes et fait évader les enfants. C'était le contraire qu'il fallait faire. Si j'avais été là, les portes se seraient ouvertes à deux battants; et moi-même à l'entrée j'aurais reçu la bande. J'aurais fait visiter à tous ces hommes la maison, les ateliers, les jardins; et ils auraient vu nos enfants occupés tranquillement à leurs travaux. Je les aurais invités à se mettre à table; et ils auraient bu à notre santé. Je suis sûr qu'ils m'eussent proposé en partant des militaires, pour veiller à notre sûreté. »

L'abbé Rey se consola d'abord à la pensée de pouvoir maintenant se donner tout entier à Cîteaux; mais peu à peu il releva les ruines de la colonie dévastée, et Oullins, sous son énergique action, se mit à refleurir.

Voici l'aspect que présente actuellement Cîteaux. Qu'on se figure une chapelle vaste et simple et autour d'elle groupés différents bâtiments; puis des jardins qui entourent cet ensemble d'édifices, et après des cultures jusqu'à perte de vue; enfin des bois; au-dessus et comme borne à l'horizon, une partie de la côte d'Or ornée des pampres célèbres des clos de Chambertin et de Vougeot. Là vous êtes à deux heures de Dijon, à six de Lyon, à sept de Paris.

La chapelle est assez grande pour abriter dans leur prière huit cents colons et le personnel nombreux qui les dirige dans leurs travaux variés. Le P. Rey, en la faisant construire des mains des enfants, lui a donné un cachet d'aimable simplicité. Les enfants de la colonie ont aussi bâti les maisons où ils prennent leurs repas, où ils dorment, où ils apprennent à lire, à écrire, à compter.

Plus de quatre-vingts vaches mangent tranquillement le foin sec et la luzerne verte dans les étables aussi construites par les colons. On aime à voir ces douces bêtes si bien à l'aise devant leurs râteliers copieusement garnis et odorants. Écuries, bergeries, porcherie, basse-cour, bâties par les enfants, contiennent des animaux d'élite. On y compte une trentaine de chevaux et de poulains, trois cents moutons, quatre-vingts porcs et deux cents volailles de tout plumage.

Les jardins entourent ces différents édifices et leur font comme une ceinture gracieuse de fleurs et de fruits : jardin fleuriste et botanique, jardin pharmaceutique, jardin potager, jardin fruitier, jardin grainier. Frais vergers, arbres ployant sous leurs fruits, nappe immense de végétation léguminale, mosaïque de fleurs, tout cela est encadré par les prairies qui font suite et dont deux petites rivières baignent les bords.

C'est alors que viennent les champs de grande culture, les terres de labour avec leurs moissons; enfin, les clairières, les bois de toute sorte; et la vue s'arrête avant que soit venue la fin de ces luxuriantes campagnes.

Pour arriver à mettre en plein rapport un si magnifique domaine sans employer d'autres bras que ceux des enfants, il a fallu, selon les aptitudes de chacun, initier la colonie à toutes les branches de l'agriculture et de l'industrie. Aussi, outre les jardiniers fleuristes, les maraîchers, les vignerons, les laboureurs, vous avez les meuniers, les boulangers, les bouchers, les brasseurs, les charrons, les tailleurs de pierre, les tuiliers, les potiers, les plâtriers, les ferblantiers, les menuisiers et sculpteurs sur bois, les ajusteurs, les mécaniciens, les forgerons, les tailleurs, les cordonniers, les sabotiers, les vanniers; quelque-uns d'une santé frêle font les articles de brosserie, bimbeloterie, chapelets, etc.

C'est dans l'action qu'il faut les voir.

Dans le lointain apercevez-vous ce groupe qui fauche ? Là-bas, de jeunes enfants, le râteau sur l'épaule, accompagnent un chariot qui ploie sous les gerbes. Les chevaux harassés voudraient déjà être à l'étable. Mais que fait donc cet autre groupe dans le champ tout près? Il pratique un drainage. Dans cette prairie où bondissent de grasses génisses et de jeunes poulains, en voilà d'autres qui creusent des canaux d'irrigation, tandis que deux beaux jeunes gens labourent à quelques pas d'eux. On dirait les sillons tirés au cordeau. En voilà d'autres qui portent des corbeilles de fruits. De tout petits enfants dans des paniers ont des légumes aussi frais que beaux; c'est moins tentant pour eux que des fruits. Voyez-vous ces autres petits avec leurs chapeaux de paille qui font la cueillette du houblon? Et ces autres qui sarclent le colza? Et ces autres qui arrachent les mauvaises herbes? Voilà un gros tombereau plein d'engrais qui sort de la ferme, les chevaux ne le peuvent tirer, va-t-il sortir de l'ornière? Sans bruit son jeune conducteur bien élevé l'encourage, et l'en tire à force d'adresse. Au milieu de toute cette activité règne la plus pure allégresse. Tout le jour les échos retentissent ou du son du tambour, du clairon, du fifre, — c'est par là que s'annoncent les différentes tâches des colons, — ou des chants joyeux des différents groupes dispersés dans la campagne.

Ceux qui sont dans les ateliers chantent comme les autres; ils en ont plus besoin pour se délasser de la monotonie de leurs travaux moins variés, moins ensoleillés, moins gais que ceux de leurs frères occupés de l'agriculture. De leurs voix fraîches et gaies, ces petits oiseaux en cage chantent nos airs nationaux ; et cela, mêlé au sifflement de la vapeur, au grincement des roues et des machines, aux coups frappés sur l'enclume; ou bien au bruit plus discret des aiguilles qui s'enfoncent dans la toile pour faire des blouses aux colons, cela, disons-nous, produit une incroyable animation. Dans cet atelier les jeunes enfants s'essayent aux objets d'art. Voilà des vases d'une forme simple mais correcte. Ces soucoupes de fantaisie imitant les feuilles de vigne sont parfaitement réussies; quand on y aura déposé du beurre ou des fruits on s'y trompera, et on les croira des feuilles naturelles. Dans cet autre atelier on scie le bois pour la menuiserie. Les uns découpent en tranches le hêtre; d'autres donnent à ces tranches la forme dont on a besoin; d'autres approchent l'objet ainsi travaillé d'une pointe tournante, et y percent des trous. Avec quelle activité intelligente ils opèrent!

Un homme éminent qui visitait un jour la colonie félicitant les jeunes ouvriers de cet atelier, l'abbé Rey se prit à dire, aiguisant un trait de malice aimable à leur adresse : « Bah! Ils n'y ont pas grand'peine. C'est l'eau qui fait toute la besogne; l'eau qui leur donne un exemple d'obéissance qu'ils ne suivent pas toujours. Ils n'ont qu'à dire à l'eau : Coupe, et elle coupe; perce et elle perce. » La repartie ne se fit pas attendre. Le colon aussitôt se croisa les bras; et promenant d'un air malin son œil de la forme au Père et du Père à la forme, il dit lentement et en imitant le ton de l'abbé Rey : « Eau, coupe, eau, perce; coupe donc, perce donc, c'est le Père qui le commande. » Cette saillie originale, qui montrait dans quelle douce intimité les enfants étaient avec l'abbé Rey, fit bien rire le visiteur et le toucha en même temps.

Nous savons par quel secret l'abbé Rey est arrivé à faire produire ces merveilles à de pauvres enfants qui semblaient destinés à être le fléau de l'humanité.

Il les a mis dans les meilleures conditions pour être améliorés, c'est-à-dire qu'il les a placés en face de Dieu, au milieu des beautés si pures de la nature. Avec le travail il les a peu à peu domptés ; et insensiblement leur âme est devenue capable de recevoir ses leçons. Alors il leur a parlé justice, il leur a parlé honneur; il a eu soin de faire reposer ces deux grandes choses sur leur vraie base, la religion de Notre-Seigneur Jésus-Christ ; et le résultat a été atteint.

Les difficultés qu'il lui a fallu vaincre furent immenses. Il a triomphé de toutes par ce sublime procédé : au lieu de donner à ces enfants des principes abstraits et d'agir à leur égard par des coups d'autorité, il faisait simplement lui-même ce qu'il exigeait d'eux.

C'est la méthode divine.

Un des colons a souvent raconté ce trait qui donne la clef du succès de ce grand homme :

« J'entrai à Cîteaux avec le plus détestable esprit. Indocile, arrogant dans mes paroles, je m'attirais des punitions qui achevaient de m'aigrir. Plus d'une fois je refusai de travailler. Un jour l'escouade dont je faisais partie fut chargée de vider un égout. La boue de la fosse exhalait une odeur si infecte que mes camarades détournaient la tête et hésitaient de se mettre à la besogne. « On veut nous asphyxier », m'écriai-je hautement d'un ton révolté, « eh bien ! dût-on m'assommer, je ne mettrai pas les mains à cette sale besogne. Si vous le faites, vous autres, vous êtes des lâches. » L'abbé Rey était survenu, et il avait tout entendu. Sans rien dire, il s'approche de moi et m'enlève la pelle que je tenais. Alors pénétrant résolument dans l'égoût, ayant de la fange jusqu'à mi-jambe, toujours sans rien dire, ni à moi, ni aux autres, il se met à curer l'égout, et à jeter sur la berge les immondices. Un assommeur de bœufs m'eût donné un coup sur la tête qu'il n'aurait pas pu y opérer une si subite révolution. Je m'élance auprès de l'abbé Rey. Je le conjure en versant de grosses larmes de me rendre ma pelle et de s'en aller. « Non, » me dit-il avec douceur : « tu n'as pas voulu t'en servir pour faire ta tâche, je la ferai à ta place, et ne te la rendrai que quand l'ouvrage sera terminé; tu peux aller te reposer. » Je demeurai muet. Mes camarades travaillaient avec ardeur auprès du Père. Ah ! vous dire ce que j'éprouvai en moi me serait impossible, bien que je m'en souvienne encore; et je m'en souviendrai tant que je vivrai. Heureusement on me tendit une pelle ; car autrement je me serais agenouillé dans cette fange, j'aurais tout seul curé l'égout avec mes deux mains. Le P. Rey resta avec nous jusqu'à la fin, et s'en alla silencieux. »

Le colon ajoutait encore ému : « Jamais il ne m'a dit un mot sur ce sujet. C'était bien inutile ; je m'en suis assez parlé tout seul au dedans de moi. »

L'abbé Rey voulait que l'éducation donnée à ses enfants fut éminemment nationale; son ambition était de faire de sa colonie comme le sanctuaire de l'amour de la France. Suivant toujours avec une sollicitude inquiète les besoins de la patrie, il comprit que l'organisation militaire qu'il avait donnée à ses enfants devait s'accentuer davantage encore au lendemain de nos malheurs. Depuis cette époque les colons font l'exercice réglementaire. Il faut que toute leur vie ils soient les premiers au travail, et ils ne doivent laisser à personne l'honneur de monter avant eux à la brèche.

L'abbé Rey se sentant arrivé à la fin de sa carrière a souci de se choisir un successeur; l'œuvre ainsi passera sans secousse de ses mains à d'autres qui la soutiendront vigoureusement. Ce choix fait, il s'écrie: « Je mourrai content, le sort de la colonie ne sera pas fatalement attaché à ma chétive personne qui descend dans la tombe; mais il deviendra de plus en plus prospère dans la personne toujours vivante des supérieurs. » Déchargé du commandement, il continue de travailler comme un colon. Ses jambes ne le peuvent plus porter; il n'ose défricher les champs, assis; il prend le parti de travailler à genoux, et on lui fait des genouillères de cuir pour lui donner cette consolation. Une fluxion de poitrine le prit dans un sillon, le mercredi saint; on fut obligé de l'emporter. Il était souriant à la vue de la mort. « O Père, lui dit-on, demandez à Dieu votre guérison. » Il répondit: « Remerciez Dieu plutôt de m'avoir donné un successeur si capable de continuer mon œuvre. Pour moi, j'ai atteint mon but. J'ai rempli ma tâche; tout est consommé! » Et étendant ses mains tremblantes sur les Pères, les Frères, les Sœurs, les enfants, il les bénit tous et mourut. C'était le 6 avril 1874. Sur sa tombe on le salua par acclamation le père des pauvres et des orphelins, le saint Vincent de Paul des temps modernes, l'ornement de la religion, le bienfaiteur de l'humanité.

Le 28 août 1881 on inaugurait à Cîteaux la statue de l'abbé Rey. Les anciens élèves parisiens de la colonie, réunis dans un banquet à cette occasion, envoyèrent cette adresse à leurs jeunes frères :

« Ce soir à Paris, réunis dans un banquet fraternel, vos aînés penseront à vous.

« Avec quelle émotion nous reporterons nos souvenirs sur l'époque où, petits enfants, nous apprenions à l'école de l'abbé Rey l'art de devenir des citoyens utiles !

« Enfants de Cîteaux, Benjamins de cette grande famille de l'abbé Rey, quand vous passerez devant le monument que vous inaugurerez, inclinez vos jeunes fronts avec respect : saluez la mémoire de notre second père !

« Soyez bons et pieux ! Que la foi ardente, inébranlable, qui l'animait reste notre héritage à nous qui n'avons rien.

« Croyez ! Croyez ! car il est bon de croire,

« Et plus tard, quand vous quitterez cet asile, quand vous retournerez dans le monde, vous proclamerez après vos aînés, partout et bien haut, que l'abbé Rey fut un grand apôtre et un grand citoyen. »

ABEL GAYEAU.

FIN.

UN ENFANT PRODIGE

Au numéro 8 du boulevard des Italiens se voit une haute porte cochère criblée en haut, en bas, de droite et de gauche, d'enseignes de toutes formes, de toutes couleurs, de toute nature. C'est un piquant pêle-mêle des industries les plus diverses.

Une de ces enseignes se répète en grosses lettres dorées sur la façade de la maison :

Theâtre de Robert-Houdin

Un théâtre! comme cela! derrière cette porte cochère enguirlandée d'enseignes et de cadres photographiques? Oui. C'est un tout petit théâtre, un théâtre minuscule, un théâtre en miniature; mais c'est un vrai théâtre, qui a ses ouvreuses, son foyer, sa salle, son orchestre, sa rampe, son rideau.

C'est vers ce théâtre pour rire que nous nous sommes dirigés en groupe mardi dernier.

Il faut bien amuser les enfants, les jours de congé, et il n'y avait pas moyen de les amuser en plein air, le jour du mardi gras. Il pleuvait, les boulevards étaient envahis par les parapluies et présentaient à certains moments le plus singulier coup d'œil. Toutes les petites tentes de soie semblaient ne faire qu'une tente immense et mouvante; c'était très drôle.

Aussi nous estimions-nous heureux d'avoir pris des billets au théâtre Robert-Houdin, où l'on refusait du monde, comme aux grands théâtres, les jours de succès éclatants.

Bien que nos billets eussent été pris à l'avance, il nous a fallu patienter quelque temps sous la voûte, ce qui nous a permis de lier connaissance avec le magicien dont la photographie est appendue aux murailles.

Cet homme au visage grassouillet et aimable, à l'œil fin, la photographie nous le montre sérieux, presque sévère, dans son habit noir et sa cravate blanche.

Auprès de cette photographie menteuse se voit celle d'un enfant de douze ans à peine. L'index appuyé contre la tempe, il est debout, le dos tourné à un tableau noir chargé de chiffres. C'est Jacques Inaudi, le calculateur prodige, la *great attraction* du spectacle.

Nous le regardons en passant, puis nous montons au second étage, par un escalier étroit.

Les ouvreuses, très affairées, prennent nos vêtements de surplus, nous donnent des numéros tout comme aux grands théâtres, à cela près qu'ici le vestiaire est représenté par le palier et les degrés de l'escalier. Nous enfilons un corridor étouffant et nous entrons dans la salle.

Je l'ai dit, c'est un théâtre en miniature, un théâtre minuscule, un théâtre d'enfants. Les loges sont toutes petites, les fauteuils sont tout petits, les banquettes sont toutes petites. C'est incommode, tout comme au théâtre.

Ah ! qui est-ce qui peut penser que les Parisiens ne savent pas souffrir? Même dans leurs plaisirs ils sont si peu à leur aise !

En ce petit théâtre, c'était affreux ! cette petite salle, capitonnée de velours rouge, éclairée par le gaz, bondée de spectateurs, était devenue une étuve.

Une chose m'étonnait : il y avait beaucoup d'hommes et des hommes sérieux, des papas distingués.

Il est entendu que les femmes se sacrifient de bonne grâce aux plaisirs des enfants ; il n'en est pas ainsi des hommes et j'admire sincèrement le dévouement qui amène ceux-ci à s'asseoir sur ces banquettes capitonnées. Je n'avais pas deviné le motif de leur présence.

Tout est rempli, il n'y a pas un coin, si incommode qu'il soit, qui ne soit occupé, et les feux de la rampe éclairent un double rang de fillettes qui se sont installées on ne sait comme. Et on les laisse respirer cet air empesté, ce souffle ardent qui monte des lampes. Leur visage touche quasi le globe de verre ; tout à l'heure, l'une d'elles s'étant retournée, j'ai vu le moment où le feu allait prendre à ses cheveux flottants, et j'ai dû l'avertir du danger qu'elle courait. Personne ne s'est ému. On dirait que les Parisiennes sont assurées contre tous les accidents.

Enfin le piano qui remplace l'orchestre dans la petite salle résonne, le rideau se lève.

Un petit groom, haut comme une botte, apporte des appareils. Robert-Houdin fait son entrée en habit noir. Vous n'attendez pas, je pense, que je vous présente l'aimable magicien qui flatte tout à fait à l'ancienne mode son petit monde, ni que je vous parle longuement de ses opérations féeriques. Ce n'est point du tout, je l'ai dit, l'homme sérieux de la photographie du rez-de-chaussée ; c'est un petit homme replet, au visage souriant, clignotant, blanc de poudre de riz.

Il fait des merveilles : il tire des pièces d'argent d'une pelote de laine, il jette dans un miroir des cartes qui sont celles que vous avez pensées, enfin il fait mouvoir, danser, fumer, siffler le plus joli des arlequins, caché dans une cave à liqueurs. Cette marionnette est merveilleusement organisée.

A l'arlequin succède le fameux paon Picoq. Il est superbe, son cou d'émeraude ondule, il crie, il bat des ailes, tout à l'heure il va déployer le magnifique éventail de sa queue, et il devine aussi les cartes, et il fait des additions, s'il vous plaît. Tout cela par signes, bien entendu. Afin de compléter ce qu'on peut appeler l'air vivant, son maître le fait boire et manger. Picoq fait un bon repas de graines et se rafraîchit avec grâce. Cela fait, on l'emporte.

Entre tous ces spectacles il y a des intermèdes. Robert-Houdin trouve des dragées dans un foulard, fait jaillir des éventails, des billets de banque (de sa banque à lui), des bonbons, d'une corne d'abondance qu'il a démontée devant vous pour bien prouver qu'elle était vide. La salle, en ce moment de distribution de cadeaux, était charmante et curieuse à voir. Tous ces enfants élégants si frais, si rieurs, si bouclés, tendent leurs mains blanches, ouvrent au large leurs bouches roses pour mieux crier : A moi, à moi !

Car ils criaient, ils trépignaient à nous stupéfier. Oui, ces enfants abreuvés de gâteries appelaient passionnément les éventails de papier et les bâtons de sucre de pomme qui n'étaient que du papier doré. C'était bien l'humanité, n'est-ce pas, l'humanité insatiable. Je comprends cette avidité chez des petits pauvres. Ceux-là, quand on jette des dragées ou des écorces d'orange, peuvent crier : A moi ! mais ceux-ci, pourquoi ne sont-ils pas dédaigneux de ces riens. Ah ! mais c'est parce qu'il y a des gens qui veulent tout, de tout, partout. A moi, à moi ! on donne quelque chose : A moi !

Il y avait dans une loge le plus beau page du monde avec sa nourrice. Il tendait, lui aussi, ses mains potelées, ses beaux yeux brillaient.

J'aime à croire qu'au sortir de cette étuve où je ne voyais pas quelque chose qui pût intéresser un spectateur de ce genre, quelque mal cruel ou traître n'aura pas courbé cette belle fleur de vie.

Nous sommes arrivés à l'entr'acte. Courons respirer, allons bien vite changer d'air. Les grandes personnes trouvent avec délice cet instant de repos dans l'appartement qui s'intitule foyer; rien de celui de l'Opéra.

Mais il faut rentrer, le piano joue comme appel un morceau de la *Mascotte*.

Un grand tableau noir se profile sur la scène, ce qui sent plus le collège que la science de la magie blanche.

Robert-Houdin se présente avec un enfant de onze à douze ans en culotte courte, l'enfant de la photographie, qui a un doigt sur la tempe. Je commence à comprendre pourquoi il y a tant d'hommes sérieux dans l'assistance. Ils viennent voir Jacques Inaudi, le calculateur prodigieux.

« Voici l'enfant prodige, » dit Robert-Houdin, en s'adressant à l'enfant même.

Le théâtre et la modestie ne se connaissent guère ; « L'enfant prodige! » reprend Robert-Houdin.

Eh bien ! c'est vrai.

Généralement on se défie, et ce n'est pas sans raison, de tout ce qui tient du prodige.

Pour mon compte, j'ai trouvé, dans l'enfant qui m'était présenté comme un prodige, plutôt l'abus des forces intellectuelles de l'enfant que des facultés prodigieuses en elles-mêmes. Ici, il faut le reconnaître, c'est prodigieux.

Jacques Inaudi, Piémontais d'origine, a onze ans, dit son Barnum.

Peut-être, et son air vieillot ne suffit pas pour contredire cette assertion. Il n'est pas beau, il a de petits traits assez mal agencés, un front extraordinairement protubérant couronné par une épaisse chevelure. Sa physionomie est assurée, son regard voilé, mais singulièrement profond. Il salue et se place devant l'assistance, tournant le dos au tableau noir, sur lequel un jeune homme écrit tous les chiffres qui lui sont jetés de l'auditoire.

Voici une addition de vingt chiffres, une soustraction, une multiplication, une division.

Le jeune homme nomme les chiffres un à un, Jacques les répète, pose son index sur sa tempe droite et commence le calcul.

Ses lèvres remuent, ses poings se crispent légèrement. Il dit : J'ai fini.

Et sans se tromper d'un chiffre il donne le total de toutes les opérations. Il les a faites en ces quelques minutes. Tous ces trillions, ces millions, se classent avec ordre dans sa tête, il jongle avec les chiffres.

Avec la même facilité prodigieuse, il a trouvé la racine carrée, la racine cubique de ces nombres.

Un monsieur lui donne son âge. Il a cinquante et un ans quatre mois deux jours. Désire-t-il connaître combien il a vécu de minutes? Oui.

Jacques Inaudi réfléchit deux minutes et dit : « C'est fait, vous avez vécu tant de minutes. »

Le chiffre est écrit sur un papier et passé au monsieur, qui a tout le loisir de s'assurer de l'exactitude du calcul.

De toutes parts on adresse à Jacques des observations, des questions, on lui demande sa nationalité et bien d'autre choses.

Le tableau plein de chiffres, placé derrière lui, paraît oublié, l'opération aussi.

Voulez-vous qu'il reprenne de mémoire ces opérations déjà faites? Oui! Il les reprend. Voici les trillions, les millions, les unités, les totaux. La soustraction a produit tant, la multiplication tant, la division tant, la racine cubique de ce nombre est tant.

C'est vertigineux. Sa tête est une machine à calcul admirablement organisée, qui marche à volonté,

On l'applaudit à outrance, il salue gravement, fort content de lui-même.

Robert-Houdin reparaît, il annonce que l'enfant prodige quitte la France pour l'Angleterre. Il s'en va; mais il a évidemment amené du monde au théâtre, car Robert-Houdin le remercie chaleureusement. Cela fait, ils disparaissent de compagnie.

Singulier enfant! Quelle sera sa destinée? Que deviendront ses étonnantes facultés?

Ne sera-t-il jamais qu'une merveilleuse machine à calculer? N'y a-t-il pas là l'étoffe d'un mathématicien de génie?

En un autre temps ne deviendrait-il pas un Pascal?

Un mouvement des spectateurs, des exclamations me font me détourner. Jacques Inaudi est dans la salle, il passe entre les fauteuils, vendant ses photographies.

L'enfant prodige n'est plus qu'un vulgaire commerçant.

Le voyez-vous dans les docks d'un richissime marchand anglais? Impossible de rien voler, Jacques Inaudi calcule dans deux minutes ce qui se vendra de millions de harengs dans le monde entier, il saura compter les grains de café dans les arbustes.

Encore une fois que deviendra-t-il? *That is the question.*

Mais pour prodigieux il l'est.

Le reste de la séance n'a offert que peu d'intérêt.

On nous a montré sur le rideau les beaux points de vue et les beaux monuments qui ornent tous les stéréoscopes qui se respectent. La cathédrale de Milan, la tour penchée de Pise, le pont des Soupirs à Venise, etc., ont défilé sur la toile devenue lumineuse. Quelques figures comiques ont fait éclater comme des fusées les rires frais de la gracieuse assemblée. Quel bouquet de jolis visages. Quelle gaieté! quel enthousiasme!

Les petites mains applaudissent à tout rompre jusqu'à la fin, les voix fraîches crient : Trop vite! Enfin c'est fini. On se précipite dehors.

La sortie est épouvantable. Les ouvreuses ne savent à qui entendre. Les paquets numérotés sont entassés sur l'escalier et par les portes étroites la foule arrive.

Depuis les terribles incendies de Nice et de Vienne, on parle sans cesse des dégagements des théâtres, et j'ai vu l'uniforme rassurant d'un pompier apparaître dans une loge chez Robert-Houdin. J'espère que ce n'était point une fantasmagorie de pompier, car là, en plein boulevard, il n'y a pas de dégagements du tout.

Au dehors, il pleuvait toujours.

Un heureux hasard nous a procuré une voiture où l'on s'est entretenu longuement de l'enfant prodige.

Je finis en faisant le souhait suivant :

« Que les cerveaux rebelles à la science du moment, à la plus aride et à la plus puissante des sciences, à la science mathématique, aillent voir calculer Jacques Inaudi, s'il en est temps encore, c'est une merveille comme calculateur. »

Sera-t-il davantage? L'avenir le dira.

Zénaïde Fleuriot.

RENARD ET CANARDS

Je me trouvais, il y a quelques années, en Sologne, en déplacement de chasse, en compagnie d'un ami qui possédait une maisonnette dans les bois de pins de ce pays giboyeux, et nous étions partis dès l'aube pour faire la chasse aux perdrix rouges, aussi grosses que les bartavelles des Pyrénées.

Vers quatre heures de l'après-midi, harassés, mais non encore satisfaits, nous rentrions au logis, et nous admirions, avec une certaine satisfaction, notre gibier étalé sur une table, lorsque je m'écriai :

« C'est vraiment dommage qu'il n'y ait pas quelques canards sauvages pour compléter le tableau.

— Monsieur, si le cœur vous en dit, répliqua le garde de la propriété, je vais vous conduire à l'étang du Grand-Mur que l'on vide en ce moment et où les canards arrivent, à la *nuictée*, par bandes énormes. Nous vous posterons et je vous affirme qu'avant une demi-heure nous aurons brûlé chacun au moins vingt cartouches.

— Accepté ! mais nous n'avons pas de bottes imperméables !

— Il y en a ici trois paires en assez bon état. Vous allez les essayer, je crois qu'elles vous iront. Du reste, si elles sont trop larges, avec un peu de paille... »

Les grandes chaussures agrestes de notre garde nous *bottaient* comme si elles avaient été faites à notre mesure. Nous les chargeâmes sur notre dos, et nous voilà arpentant la bruyère, nous dirigeant en droite ligne vers l'étang du Grand-Mur.

Renard et canards.

A peine étions-nous arrivés sur le bord de cette nappe d'eau bien diminuée par l'ouverture des écluses, que nous aperçûmes sur un rocher, masqué par des joncs, un animal qui ne nous voyait pas, tant il était attentif à examiner un objet placé sur l'eau à peu de distance de son affût.

Cet animal était un renard, — un magnifique « charbonnier », — qui guettait un couple de colverts s'ébattant devant lui sur la nappe liquide.

« Oh ! m'écriai-je, un braconnier ! Il faut le tuer.

— Ce ne sera pas facile. Comment arriver près de lui sans qu'il nous voie ? Ah ! je connais un fossé à quelques pas d'ici, qui doit être à sec et, si je puis parvenir à portée, gare à maître *Fox*. »

Mon ami, qui avait ainsi parlé, nous pria de l'attendre et se glissant à travers la bruyère, il gagna le « vallon » creusé par la main des hommes et s'achemina, avec toutes les précautions possibles, vers le but désiré.

Pendant que ceci se passait, notre renard, — qui attendait le moment opportun pour s'élancer sur sa proie, — restait aussi immobile qu'une statuette de Mène ou de Barye.

Au moment où nous surveillions ainsi ses mouvements nous tressautâmes par une détonation inattendue. Le quadrupède bondit comme soulevé par une mine éclatant sous ses pieds, et il retomba aussitôt gigottant des quatre membres.

Le couple de canards sauvages avait pris son essor.

Le soleil venait de disparaître à l'horizon derrière les grands sapins de la forêt. Quand mon ami nous eut rejoints, rapportant sa victime, il regretta fort de n'avoir pas eu son second coup chargé de plomb n° 4 : il aurait pu, disait-il, porter bas un des deux colverts. Enfin ! il devait être satisfait : le charbonnier qu'il nous montrait pouvait passer pour un splendide spécimen de l'espèce.

Le garde nous prévint aussitôt qu'il était temps de

choisir notre place, car l'affût des canards allait bientôt sonner.

Mon ami qui connaissait son marécage me confia aux soins du garde et celui-ci m'emmena vers une grande touffe de roseaux, derrière lesquels je m'installai. Lui alla s'enfouir plus loin, derrière le talus d'un fossé qui le cachait en entier à la gent sauvagine.

Tout était devenu tranquille sur l'étang du Grand-Mur et je me disais qu'on était assez bien à cet endroit, si ce n'eût été le froid aux pieds, car nos bottes étaient enfoncées dans l'eau bourbeuse. On n'entendait que les aboiements des chiens de ferme, puis les appels de quelques perdrix s'interrogeant sur les péripéties de la journée.

Bientôt une vague rumeur, un bruit causé par la rotation des ailes d'un vol de canards, suivi des hui! hui! hui! ordinaires lors du passage d'une bande, frappa mes oreilles.

Je compris que je n'étais pas venu à l'étang pour me chauffer les pieds et me courbai avec précaution, j'attendis l'instant propice.

Le vol passa à portée, je visai, je pressai la détente, et je vis trois canards tomber dans la boue liquide à dix mètres de mon poste.

Un autre vol suivit le premier : il rasait la cime des joncs près de mon ami, et j'entendis deux coups de fusil qui furent répétés par l'écho des bois de la Sologne.

Les canards arrivaient toujours par « voliers » épais, les coups de feu retentissaient et pendant une demi-heure le silence ordinaire du marécage fut assez troublé pour inquiéter fortement ses hôtes assidus.

J'avais déjà tiré quinze coups de fusil, lorsque je vis un énorme oiseau arrivant sur moi et déployant ses ailes dont l'envergure était immense. C'était un cygne. Je visai lentement et j'eus l'extrême bonheur de l'étendre à mes pieds.

A mon appel le garde accourut tenant cinq canards par le cou. Nous cherchâmes mes victimes: nous en retrouvâmes neuf seulement. Avec le cygne j'avais donc dix pièces à mon tableau.

Mon ami, lui, avait été moins heureux, mais s'il n'avait que quatre canards dans sa gibecière, il montrait victorieusement son renard.

La nuit était venue. Nous rentrâmes à la maison, et tout en soupant avec un appétit féroce, nous causâmes de notre chasse royale. Le garde nous promit d'aller, le lendemain matin, au point du jour, à la recherche des morts et des blessés. Il fit bien, car au moment où nous nous levions il revint avec huit pièces découvertes par ses soins dans les joncs de la rive.

Je suis retourné bien des fois à l'affût, en Sologne et ailleurs, mais je me souviendrai toujours de ma chasse du 27 novembre 1876.

BÉNÉDICT-HENRY RÉVOIL.

LA FEMME DE MON PÈRE

(Voir pages 586, 602, 612, 635, 650, 668, 674, 694, 708, 728, 740, 763, 771 et 796.)

A Monsieur Lucien de Montigny à Paris.

Vallières, le...

Mon cher Lucien,

La position du cher malade n'est pas meilleure. Si je ne craignais point que vous me taxassiez de pessimisme, je vous dirais que je la trouve encore moins bonne aujourd'hui qu'hier. Le docteur venu deux fois déjà, depuis votre départ, n'a rien prescrit de nouveau. Malgré ce qu'il nous avait assuré, les forces s'épuisent à vue d'œil et l'abattement continue. Je viens de faire poser dans l'appartement de votre père un petit appareil de chauffage qui permet d'entretenir une température toujours égale. Il ne faut pas que le froid du dehors puisse même se faire pressentir à l'intérieur. Puisque nous ne pouvons aller demander au climat de Nice les bienfaits de sa chaleur, tentons dans notre sombre pays de cette chaleur factice dont, paraît-il, quelques-uns se sont bien trouvés, et espérons.

La disposition d'esprit dans laquelle je suis en ce moment, ne me permet guère, mon cher Lucien, de reprendre la conversation que nous avons eue la veille de votre départ, et relative à la députation. Vous m'avez demandé de vous écrire à ce sujet l'avis de M. de Montigny et le mien; je ne veux pas vous faire attendre trop longtemps ma lettre.

C'était très difficile d'aborder semblable question avec le pauvre souffrant, aussi n'ai-je fait que l'effleurer. Il m'a semblé, néanmoins, pressentir que votre père, en cette circonstance encore, vous laissait entièrement libre de suivre vos inspirations.

Quant à moi, mon enfant, que vous dirai-je? Depuis que la maladie avec son terrible cortège de tristesses et d'angoisses s'est abattue sur celui qu'elle aurait toujours dû épargner, ma vie subit un temps d'arrêt. Je n'ai plus de pensées. Toutes mes facultés, toutes mes impressions, tout mon être enfin ne saurait aller au delà de ce petit espace où gémit dans une lente souffrance l'homme excellent auquel je dois les seuls jours de bonheur qu'il me soit donné de compter. Que voulez-vous demander à celle dont le cœur est brisé par la plus terrible des craintes? Faites ce que vous croyez devoir faire; je ne songerai même pas à vous blâmer. Trop grandes sont mes appréhensions pour qu'un autre sentiment que celui de la douleur puisse trouver place en mon âme.

Aussitôt que les démarches nécessaires à votre élection seront terminées, vous reviendrez, n'est-ce pas? Dans cette grande maison vide et pleine de silence, il semble que la douleur peut entrer victorieuse, parce que j'y suis sans vous pour la combattre... Tout, maintenant, fait peur à votre belle-mère,

SUZANNE.

A Monsieur Lucien de Montigny, Paris.

Vallières, le...

Monsieur,

Le docteur quitte Vallières à l'instant. Inquiète de l'état de profonde tristesse dans lequel est plongée Mme de Montigny, je l'ai attendu au passage afin de savoir la vérité au sujet de votre père.

Cette vérité m'est pénible à vous apprendre, monsieur, et pourtant je regarde comme un devoir de vous la dire, puisque moi seule en ai connaissance.

Le cher souffrant serait, m'a confié son médecin, très sérieusement atteint et, selon lui, ce mal, qui ne pardonne jamais, ferait d'effrayants progrès.

Revenez donc bien vite, monsieur; ici, on a besoin de vous, et quoique votre belle-mère ne sache pas la pensée intime du docteur, il est évident qu'un sentiment instinctif l'avertit du danger qui menace une vie devenue la sienne.

Veuillez, je vous prie, considérer la démarche que je fais aujourd'hui près de vous comme une preuve de la profonde et dévouée affection que porte à vos parents

ISABELLE WISSOCQ.

Dépêche. Vallières, le...

Lucien de Montigny, hôtel du Bon Lafontaine, Paris.

Amenez médecin de Paris. Votre père plus malade.

SUZANNE.

A Monsieur Lucien de Montigny, au château de Vallières, par Fleury-sur-Andelle (Eure).

Saint-Denis, (île de la Réunion)...

Tu as deviné juste, mon cher Lucien, j'étais bien ému en recevant la lettre. Ah! tu peux te vanter de m'avoir fait passer plus d'une mauvaise nuit... Je ne m'habituais pas à l'idée de te perdre d'une mort aussi tragique ou... mais tu as raison, ne parlons plus de cette vilaine affaire, et mieux encore, oublions-la.

Le triste état de la santé de ton père m'a vivement peiné. Je n'ai vu que bien peu Mme de Montigny, cependant encore assez pour apprécier la noblesse de son âme, sa belle intelligence, et être frappé de son grand air. Dieu veuille qu'à l'heure présente toutes vos craintes soient dissipées, et que la gaieté rendue à Vallières ne s'en éloigne plus!

Il est probable que cette lettre te parviendra trop tard pour que, sinon mon conseil, du moins mon sentiment t'arrive de façon à ébranler ton dessein au sujet de la succession de M. Lucy.

Si j'avais l'heureuse chance qu'il en soit encore temps, je te dirais: Pourquoi, mon cher Lucien, te jeter, sans nécessité, dans la vie politique? Pourquoi se créer des ennuis et des inimitiés, quand on peut couler des jours heureux, paisibles, et ignorer toujours les tourments de ces honneurs marchandés, où sombrent quatre-vingt-dix-neuf fois sur cent notre tranquillité, notre dignité? Pourquoi chercher les moyens d'afficher publiquement des opinions qui, toutes respectables qu'elles peuvent être, ne sont point toujours celles de notre famille, et, par ce seul fait, rendre peut-être tendus des rapports jusque-là affectueux? Pourquoi essayer de combattre lorsqu'on n'a point encore acquis, au contact des hommes, assez d'expérience pour tenter avec succès une lutte contre les forts?

Je suis désolé, mon ami, désolé de penser que, sans doute, tu vas donner dans ce déplorable travers de quelques-uns, qui croiraient se manquer à eux-mêmes s'ils n'occupaient pas le public de leur personne. Tu me trouves sans doute ridicule de m'exprimer ainsi; je suis de ton âge et tu te dis que, ne m'ayant pas demandé mon avis, j'aurais dû te faire grâce de mes réflexions. C'est vrai, je me pose en Mentor et tu ne m'en as pas octroyé le droit; mais Lucien, alors que j'étais journaliste dans ton grand Paris, j'ai vu de trop près cette agitation malsaine, ces insuccès avant, ces chutes après, compté trop peu d'hommes inattaqués, pour ne pas redouter de voir mon meilleur ami exposé aux atteintes de la plupart, au blâme de beaucoup; car tout cela n'est-il pas le partage de ceux qui s'engagent dans la carrière politique?

Je préfère pour Lucien de Montigny le rôle d'admirateur de Mlle Wissocq, je te trouve là dans ton élément... Elle est donc bien jolie, cette jeune fille, pour qu'un Caton comme toi ait remarqué ses yeux et soit ému de sa voix! Mais je n'insiste pas sur ce sujet que j'abandonne à tes méditations.

La photographie que tu trouveras sous ce pli est celle de notre *case*. Les arbres qu'on voit à droite sont des palmiers dont les fleurs disposées, en panicules entourées d'une spathe, deviennent bientôt une grappe énorme aux fruits magnifiques et délicieux. Les arbres formant à gauche le massif qui s'étend jusqu'à cette pépinière de citronniers et d'orangers, que l'exiguïté de la carte n'a permis de reproduire qu'en partie, sont des dattiers aux feuilles hautes comme des géants; des ébéniers aux fleurs ombellifères; un tamarinier dont les rameaux, aux sommets odorants, confondent, avec la suave résine du modeste benjoin, son parfum capiteux; les goyaviers à la taille gigantesque et à l'écorce tachée des couleurs de l'arc-en-ciel.

Au milieu de la varangue, cette espèce de marquise adhérente à l'habitation, et sous laquelle nous nous réfugions aux heures les plus chaudes, tu aperçois un petit groupe de femmes: je te présente ma mère, mes sœurs, vêtues comme les créoles, de simples peignoirs de batiste; le monsieur assis au bord de la varangue et lisant le *Figaro* est mon père; celui qui fume dans un coin, ton serviteur, et les quelques points noirs que tu remarques çà et là sont des nègres employés chez nous au temps de la récolte du riz et du café.

Notre vie de famille s'écoule tranquille, heureuse. Ce continuel sourire d'une nature toujours en fête influe beaucoup sur les esprits et sur les cœurs. Ici, le dévouement est tellement passé dans les mœurs, qu'on ne remarque même pas ses sublimités. Les haines sont inconnues, les amours profonds, les amitiés durables.

Cependant, mon cher Lucien, si seus ce brasier solaire je respire plus librement que dans ton froid pays, si tout ce qui m'entoure parle à mon âme le langage de la joie et du bonheur, je n'ai pas, pour cela, oublié la France et mes amis que j'y ai laissés. Crois bien que ce n'est pas sans une émotion profonde que je me rappelle les jours de notre jeunesse où, écoliers l'un et l'autre, nous ne pensions jamais qu'un moment viendrait où il faudrait nous quitter.

Pourquoi donc, Lucien, n'es-tu pas né à Bourbon?

PAUL DUPRÉ.

A Monsieur Paul Dupré, à Saint-Denis, île de la Réunion.

(Cette lettre partait deux jours avant l'arrivée de la précédente.)

Vallières, le...

Il est probable, mon cher Paul, que d'ici peu de temps je vais recevoir une lettre de toi, ce qui ne m'empêche pas de t'écrire aujourd'hui. J'ai un immense besoin d'épanchement et de consolation. Je ne puis mieux m'adresser qu'à celui dont les jours ont coulé près des miens pendant de trop courtes années. Travaux, plaisirs, chagrins, tout alors était commun entre nous. Maintenant, que près de trois mille lieues nous séparent, qu'il ne m'est plus donné de te faire connaître de vive voix mes sentiments et mes impressions, je confie ce que garde mon âme à cette mince feuille de papier. Ma pensée traversera côte à côte avec elle les Océans qui nous séparent. Regarde bien, Paul, et tu la verras flotter autour de ma lettre.

Oui, mon ami, je suis triste, bien triste. L'ère de la douleur semble ouverte pour moi. A deux pas d'ici, dans une chambre silencieuse et sombre, mon pauvre père, atteint d'une affection inconnue, s'en va lentement à la mort. Rien de triste comme cette lutte entre la vie et le trépas. Parfois, l'espérance renaît au cœur du cher éprouvé; alors ses beaux traits, ravagés par ce mal étrange que la science des plus habiles praticiens n'a su deviner, s'illuminent d'un rayon de bonheur; mais cet éclair de quelques instants disparaît dans une faiblesse, et la désolance s'ensuit.

En me rappelant Vallières si vivant, si gai, il n'y a pas encore bien longtemps, je me prends à croire que cette étape si heureuse et si courte ne sera qu'une oasis dans mon existence déjà bien éprouvée; que l'avenir ne me garde plus que des chagrins et des soucis.

Puis je ne saurais être insensible à la douleur de ma pauvre belle-mère, désespoir navrant dans son immobilité, dans son silence. Ses yeux démesurément agrandis, et parfois effrayants de fixité, ne quittent pas d'un instant le malade. Il semble que personne n'ait le droit de le soigner, de le regarder. Rivée, pour ainsi dire, près de cette couche où languit son mari, elle défend cette place adoptée comme une louve défend sa nichée. Elle, si patiente et si bonne, a de brusques mouvements et d'amères paroles quand un importun réclame ailleurs sa présence, un instant. Seul j'approche librement de ce lit de souffrance, et parfois je ne sais lequel est plus à plaindre, de celui qui sans doute, hélas! va disparaître, ou de celle qui, selon l'ordre de la nature, est destinée à lui survivre.

Quelle lettre sombre, n'est-ce pas, mon cher Paul! Pardonne-moi tout ce noir que je broie, car il ne m'est guère possible de te parler fêtes et plaisirs, dont je suis naturellement éloigné.

Tu le comprendras sans peine, mon esprit n'est point à la joie.

Je viens d'avoir encore une nouvelle déception : les imbéciles n'ont pas voulu de moi pour député. Ce calcul de voix qui me paraissait si logique ne l'était pas sans doute, puisque j'ai fait un *fiasco* complet. Bref, j'en suis pour mon argent, mon dépit et la courte honte de contempler sur les murailles du pays les lambeaux de mon inutile profession de foi, cette chose très bête, lorsque l'auteur a été repoussé par ses concitoyens.

Et puis, un galant homme se révolte au souvenir de ces petites concessions faites à l'amour-propre de celui-ci, à l'opinion de celui-là. On se sent gêné vis-à-vis de soi-même, en se rappelant des riens auxquels, peut-être, les autres n'ont attaché aucune importance, mais que, dans la noblesse de notre âme, la réflexion nous fait trouver au-dessous de notre dignité.

En face de cette suite non interrompue de déboires, j'en suis arrivé à me demander quelle profession je vais maintenant embrasser. Additionne donc avec moi, Paul: la carrière des mines abandonnée, une pièce sifflée, des articles critiqués, une démission forcée, une élection manquée, et puis ce duel... tout ceci constitue un assez beau chiffre à mon passif... Ma parole d'honneur, cher, je suis, sous ce rapport aussi, tout démoralisé et commence à comprendre que se faire une place au soleil n'est pas déjà si facile. Enfin, une bonne inspiration me viendra peut-être, mais j'en suis arrivé à ne plus compter mes désillusions; toutes, comme les feuilles d'automne, jonchent le chemin de ma vie, et bien habile serait celui qui, en ce moment, pourrait me montrer quelques fleurs sur ce chemin parcouru.

Ici nous sentons durement l'hiver; mais qu'il est beau malgré ses rigueurs! Les gelées font superbe cette campagne endormie par le froid. Tout est diamanté autour de moi. Je doute que ton éternel soleil aux rayons d'or donne de plus beaux reflets de lumière que notre astre d'opale, qui transforme les arbustes de nos jardins et les arbres de la forêt en d'éblouissantes stalactites. Au milieu de cette féerie silencieuse et glacée, malgré ma tristesse, je me prends à rêver, surtout quand j'aperçois, encadrée dans ce merveilleux ensemble, la belle et pensive Mlle Wissocq, cette douce enfant, le sourire des vieillards, et le second ange de Vallières.

Au revoir, Paul, par le prochain courrier je t'écrirai encore... Qu'aurai-je à te dire? hélas!

Crois en la bien dévouée amitié de

LUCIEN MALRAISON DE RULINS.

— La fin au prochain numéro. —

LA COUR DE GEORGES III

(Voir page 793.)

« L'affluence du monde, le coup d'œil des balcons, des gardes et des processions offraient de la cour du palais le spectacle le plus animé ; de son côté, la salle était magnifique : l'éclat des lumières, la richesse des costumes et le cérémonial produisaient l'effet le plus imposant ; cependant, pour l'amour du roi, je ne désire revoir ni pareille solennité, ni l'accomplissement de la promesse de lord Effingham. Le roi se plaignait de ce qu'on avait peu suivi la coutume des temps anciens ; lord Effingham dit aussi que la charge de grand maréchal avait été étrangement négligée ; « mais, ajouta-t-il, « j'ai pris mes mesures pour l'avenir, de sorte que le « prochain couronnement sera réglé de la manière la plus « exacte. » Cette anecdote en rappelle une autre du même genre. Vers la fin du règne de Georges II, la belle comtesse de Coventry parlait au roi de grandes cérémonies, ne songeant qu'à la figure qu'elle ferait dans une pompe solennelle. « Le spectacle, ajouta« t-elle, que je désirerais surtout voir, c'est un couron« nement. »

Le nombre des pairs et de leurs femmes n'était pas considérable. Quelques-unes de ces dames eurent la hardiesse de traverser la salle dans les intervalles de la procession. Lady Pembroke, à la tête des comtesses, offrait un modèle de dignité et de modestie. La duchesse de Richmond était aussi jolie qu'on peut l'être avec un costume simple. Lady Spencer, lady Sutherland et lady Northampton faisaient également fort bonne figure. Lady Kildare eût encore été la beauté même, sans un peu trop d'embonpoint. Les femmes des anciens pairs n'étaient pas celles qui offraient le moins beau coup d'œil : lady Westmoreland montrait plus de dignité que toutes les autres ; la duchesse de Queensbury n'avait pas mauvaise mine, malgré ses cheveux blancs comme neige. Le moyen âge avait quelques bons représentants dans les personnes de lady Holderness, de lady Rochford et de lady Strafford ; la petite figure la plus parfaite de toutes, milady Strafford, était en grand costume ; c'est moi qui conseillai sa coiffure.

« J'aidai aussi milord Hertford à s'habiller, car vous saurez qu'aucune profession ne me messied, depuis celle d'orateur jusqu'à celle de costumier. N'imaginez pas que les figures étaient moins curieuses de l'autre côté de la salle. Je vous présente, d'abord, la vieille E....., la sempiternelle E....m, une certaine lady S..., avec ses cheveux poudrés et ses tresses noires. Ces beautés du XVIe siècle contrastaient merveilleusement avec nos belles du jour. Ah ! j'oubliais la duchesse de B.... ! La duchesse de Queensbury me dit à son sujet, qu'elle ressemblait à un abricot-pêche, moitié rouge et moitié jaune. Les pairs me parurent étrangement déguisés par leurs couronnes et par leurs manteaux. Les ducs de Richmond et de Marlborough avaient besoin de toute leur beauté pour se faire remarquer.

« Il se trouvait aussi là le grand constable d'Écosse, lord Errol ; au mariage, il était vêtu de drap d'or, et ressemblait, en vérité, à un de ces géants nouvellement dorés de Guildhall : il paraissait plus majestueux encore, parce qu'il jouait son rôle dans cette même salle où, si peu d'années auparavant, son père, lord Kilmarnock, avait été condamné à perdre la tête. Ses collègues, lord Talbot et le duc de Bedford, étaient maussades. Lord Talbot se piqua d'entrer dans la salle, quoique en descendant, sans tourner le dos au roi ; il avait si bien dressé son cheval à ce manège, qu'en effet il entra à reculons ; aussi, quand il sortit, les spectateurs applaudirent d'une manière inconvenante mais bien digne d'une semblable parade. Ce lord eut vingt démêlés, dont il ne se tira pas à son honneur.

« Il avait fait enlever la table des chevaliers de Bath. Il fut obligé d'en mettre deux à leurs anciennes places et de faire dîner les autres dans la cour des requêtes. Beckford, de son côté, lui fit observer qu'il serait injuste de refuser une table à la Cité de Londres, qui dépenserait 10,000 livres st. pour faire faire bonne chère au roi, et il ajouta que Sa Seigneurie aurait lieu de se repentir de son refus.

« Pendant quelque temps encore les fêtes se succédèrent. La Cour fut alors assez animée, mais cet éclat ne dura qu'un instant. »

Les distractions que les hôtes royaux offraient à leurs invités nous paraissent généralement assez ternes à côté des réjouissances choisies et brillantes qui avaient lieu à la Cour de France.

14 mai 1761.

« Hier, il y a eu grand bal à Bedford-House ; les ducs de la famille royale et la princesse Émilie s'y trouvaient. On a beaucoup joué et les parties de bête étaient brillantes ; plusieurs dames se faisaient remarquer par leur beauté ; l'on servit un modèle du pont de Wilton en sucre, presque aussi grand que nature... »

Mai 1761.

« Je me suis rendu hier à la ville, pour une partie qui a eu lieu à Bedford-House. On entra au son des cors de chasse et des clarinettes dans le jardin, qui eût été charmant, sans certain zéphyr de nord-est, que les demoiselles trouvèrent, au surplus, délicieux. On joua à la bête. La princesse, ayant vu que nous avions des viandes froides sur notre table de jeu, en demanda; on lui fit servir une table semblable, et les autres personnes se levèrent, tour à tour, pour aller prendre des viandes froides.

« Figurez-vous le roi Georges II ressuscitant et voyant sa fille souper, pêle-mêle, avec des gentlemen! On enleva plusieurs tables. Les jeunes gens se mirent à danser au son du tambourin et du flageolet. La princesse s'assit de nouveau, et nous jouâmes jusqu'à trois heures du matin. »

Ainsi, quoique sévère, la cour de Georges III l'était moins que celle de Georges II.

En effet, sous le règne de ce dernier on n'eût supporté aucune infraction aux lois de l'étiquette, et cette étiquette était on ne peut plus rigoureuse. On n'admettait à la Cour que des gens de mœurs éprouvées, et la moindre légèreté de conduite en eût fait exclure à jamais celui qui s'en fût rendu coupable.

C'était avec ces principes de vertu austère et rigide qu'avait été élevé le roi Georges III. Aussi donna-t-il sur le trône l'exemple d'une moralité rigoureuse, et d'une conduite et d'une honnêteté irréprochables.

Dans les mémoires de Caroline de Brunswick, princesse de Galles, nous lisons le portrait suivant du roi:

« La piété de Georges III n'est pas feinte, dit-elle, mais sincère. Celui qui est à la fois bon époux, bon père, bon parent, bon maître, n'a pas besoin, pour tromper les yeux d'autrui, de simuler une vertu de plus. Le roi d'Angleterre est religieux; il est juste, clément, comme souverain et comme particulier, car il y a deux hommes très distincts dans lui; il a des mœurs les plus simples, les plus chastes et les plus pures. Après avoir consacré la matinée tout entière aux soins et à la représentation du gouvernement, il aime à employer sa soirée à des études selon son goût, et quelquefois à des travaux vraiment rustiques. Dans sa vie publique, il fait souvent le bien pour l'amour du bien même et sans songer à s'en attribuer l'honneur; dans sa vie privée, il fait des essais perpétuels dans tous les genres d'agriculture, et encourage ainsi cet art utile par son exemple, et par les découvertes qu'il y fait même à force d'application et de dépense. Avec ces qualités respectables, avec d'aussi bonnes vues et des occupations si méritoires, comment se fait-il que ce prince, avant sa fatale maladie, ait été toujours si mal secondé par ses ministres?

« En parlant des vertus privées du roi, j'ai écarté avec respect la discussion de sa conduite politique; mais le roi est tenu d'avoir une conduite politique, ne fût-ce que dans le choix, d'abord, et ensuite dans l'approbation ou l'improbation de ses ministres. »

Sa piété très fervente ne se démentait jamais. En voici un exemple qui nous découvre un nouvel aspect du caractère de ce prince:

« Le surlendemain du mariage de Caroline de Brunswick avec le prince de Galles, elle se rendit au château de Windsor avec lui. Elle trouva le roi à l'église, placé sur un siège élevé et au milieu de son peuple, en acte d'adoration, tel que Salomon environné des dix tribus et chantant des cantiques à la louange du Seigneur. »

La reine partageait absolument les convictions religieuses de Georges III.

Dans les mémoires de la princesse Caroline, nous lisons le portrait suivant de la reine d'Angleterre, curieux à plus d'un égard:

« La femme de Georges III, Charlotte, fille du duc de Mecklembourg-Strelitz, et reine-épouse d'Angleterre, est un des caractères les plus transcendants qui aient peut-être jamais paru dans le monde, soit qu'on la regarde sous le point de vue de sa prudence extraordinaire et consommée, soit qu'on l'envisage comme le moteur caché de la plupart des événements qui se sont passés dans l'Europe, ou au moins dans la Grande-Bretagne, depuis qu'elle a commencé à y exercer une influence qui, pour n'être pas évidente, n'en a pas été moins positive et illimitée.

« Celui qui écrira son histoire sera donc obligé d'y comprendre le récit de tous les événements qui ont agité le monde pendant cette période si remarquable de ses annales, et elle figurera justement dans les âges à venir, comme le ressort qui a donné l'impulsion et le mouvement à tous les cabinets de l'Europe. On pourra, sans risquer de s'égarer, lui attribuer leurs résultats; et, selon qu'ils auront été favorables ou contraires, la postérité l'appellera avec raison le sauveur ou le fléau du genre humain.

« Jamais on n'a vu paraître en Angleterre, dans l'horizon politique, un caractère sur lequel les opinions aient été autant divisées, et, il faut l'avouer, jamais peut-être aucune autre femme ne s'était trouvée dans des circonstances aussi critiques. L'histoire de cette illustre personne, réunissant, comme elle doit le faire nécessairement, celles de toutes les administrations à la formation desquelles elle a eu la principale part, formera incontestablement un des tableaux à la fois les plus vastes et les plus instructifs.

« Jeune encore, et à la cour de son père, la princesse Charlotte était déjà célèbre non par sa beauté, mais par l'étendue et la force de son esprit. Plusieurs princes d'Allemagne recherchaient son alliance, et le plus puissant de tous avait exprimé le désir d'obtenir sa main, sous la condition qu'elle se convertirait à la religion catholique; elle préféra ce qu'elle croyait la foi épurée de ses pères à l'éclat de la cour la plus brillante.

« Le bruit d'un tel refus et les motifs qu'on lui attribua dans le monde décidèrent le roi d'Angleterre à rechercher cette alliance.

« La nation anglaise se réjouit du prompt consentement de la princesse à la demande de mariage qui fut faite par le roi; et bientôt elle aborda au rivage britannique comblée des marques les plus vives d'admiration, de bienveillance et de sympathie; elle devint bientôt l'idole d'un prince à la fois pieux et sensible; et le peuple put se féliciter avec raison de voir la cour la plus corrompue transformée tout à coup, par l'influence de la nouvelle reine, en l'asile le plus saint des bonnes mœurs et de l'honnêteté.

« De cette heureuse union naquit une longue suite de princes et de princesses. Le public fut transporté de joie à la vue du bonheur de la famille royale; l'auréole de vertu qui l'entourait la rendit chère à tous, et chacun bénissant ses bienfaits souhaitait à tous ses membres le plus parfait bonheur.

« Sous ces simples dehors et avec cet entourage de famille, il est impossible de ne pas admirer l'épouse et la mère excellente, qui surveillait l'éducation de ses enfants elle-même, leur enseignant leurs devoirs par l'exemple autant que par les préceptes.

« Malheureusement (c'est toujours la princesse Caroline qui parle) cette fervente protestante n'était pas exempte d'intolérance. De là sa résistance sourde et opiniâtre à l'émancipation des catholiques d'Irlande. »

Une ombre encore à ce tableau, c'est la parcimonie extrême de la reine. Miss Burney, du reste, dans son *Journal*, nous apprend que la reine achetait ses livres d'occasion. Cette extrême économie, qui serait une vertu dans une modeste condition, n'était pas en rapport avec le rang élevé qu'elle occupait.

Avec son austère économie elle ne songeait nullement à encourager le commerce ou les arts. Ses aumônes abondantes apportaient le remède à la misère; mais combien il lui eût été facile (et son exemple eût été imité, son impulsion suivie par des milliers de personnes), combien il lui eût été plus facile, dis-je, de favoriser l'extension du travail, du commerce, des arts, en faisant cas de tout ce qui fait l'élégance et le charme de la vie! Alors eussent marché de pair l'avancement et le progrès du bien et du beau avec l'accomplissement du précepte : « Fais du bien pour te rendre riche en bonnes actions. »

A cette charité en quelque sorte préservatrice, la reine Charlotte était totalement étrangère.

C'était en somme à sa première éducation dans une petite cour allemande que la reine d'Angleterre avait pris l'habitude de porter parfois des robes bonnes tout au plus pour des femmes de charge. Aux jours de réception, elle se couvrait, il est vrai, de ses diamants, qu'elle préférait bien mieux savoir au fond de ses écrins.

Malgré les reproches que sa belle-fille, la princesse Caroline, ne lui épargne pas, qui n'admirerait cette extrême simplicité, bourgeoise, il est vrai, mais pleine de dignité et empreinte d'un certain caractère de grandeur ! S. Dussieux.

— La suite au prochain numéro. —

La *Semaine des Familles* commencera prochainement la publication d'un roman très intéressant, intitulé L'ÉPAVE. Cette œuvre, due à la plume délicate de Mlle Marie Nettement, dont le père a laissé parmi nos lecteurs un souvenir toujours vivant, ne peut manquer de trouver ici un succès bien mérité.

CHRONIQUE

Vous savez que Boileau, par un vers célèbre, a reconnu aux spectateurs mécontents d'une pièce de théâtre ou des acteurs qui la représentent le droit de manifester leur mauvaise humeur par le sifflet :

C'est un droit qu'à la porte on achète en entrant !

Dans les spectacles forains, certains montreurs de phénomènes, après avoir hélé le public par leurs plus éloquents boniments, prennent soin d'ajouter : « Si vous n'êtes pas satisfaits, mesdames et messieurs, on vous rendra votre argent en sortant. »

Mais un fait absolument nouveau, auquel on n'avait point encore songé, est la prétention d'un spectateur qui a fait un procès à M. Vaucorbeil, directeur du Grand-Opéra de Paris, sous prétexte que celui-ci s'était permis une *coupure* dans la *Favorite*.

Ce spectateur, M. de G***, a présenté à la justice une plainte ainsi formulée :

« En louant, le 3 janvier, pour la représentation de la *Favorite*, une loge à l'Opéra, moyennant le prix de fr. 48,50, j'avais pour but d'entendre dans son intégralité le chef-d'œuvre de Donizetti. Or, comme on a supprimé la scène VI du 1er acte, qui est, au point de vue musical, une des plus importantes, j'ai le droit de dire que M. Vaucorbeil ne m'a point livré ce que je lui avais acheté pour un prix convenu. Qu'il soit donc condamné à donner une nouvelle représentation, complète cette fois, de la *Favorite*, sous peine de 1.600 francs de dommages-intérêts, ou tout au moins à me rembourser les fr. 48,50 que j'ai versés pour la location de la loge, et à me payer une somme de cinq cents francs destinée à me dédommager des pertes de temps et tracas que cette affaire m'a occasionnés. »

Cette requête fut portée d'abord devant le tribunal de commerce, où M. Vaucorbeil présenta des moyens de défense fort simples : le directeur de l'Opéra soutenait qu'il avait fait représenter la *Favorite* comme on la représentait toujours; que la coupure opérée par lui était de tradition, et que par conséquent le mélomane le plus exigeant n'avait rien à lui réclamer.

Le tribunal de commerce donna gain de cause à M. Vaucorbeil; mais M. de G*** ne se tint pas pour battu et il porta son affaire en appel devant la cour de Paris, qui ne lui accorda pas davantage le plaisir d'entendre le grand air de la scène VI du 1er acte de la

Favorite, mais lui octroya l'agrément de s'entendre débouter de sa demande et condamner aux frais du procès.

Je suis soucieux, tout comme un autre, de mes droits de spectateur quand je vais au théâtre, et quand je paye pour entendre un opéra ou une comédie, j'aime assez qu'on m'en donne pour mon argent; je ne puis cependant m'empêcher de sourire en songeant à toutes les conséquences que pourrait avoir le système de M. de G*** si, par malheur, il s'introduisait dans la jurisprudence des tribunaux.

Il n'est pas de pièce de théâtre où l'on n'opère des coupures plus ou moins considérables, quelquefois même des suppressions de rôles entiers.

Ainsi, dans le *Cinna* de Corneille, on supprime d'habitude, au Théâtre-Français, le personnage de Livie, femme d'Auguste.

Vous figurez-vous un monsieur qui enverrait du papier timbré à M. Perrin, directeur de la Comédie-Française, sous prétexte que le rôle de Livie fait partie des choses qu'on lui doit en raison du prix de son fauteuil d'orchestre !

Et puis il est d'usage que, dans certaines pièces de Molière, on remplace quelques mots trop gaulois par des expressions un peu moins salées : un naturaliste se croirait-il en mesure de faire un procès pour qu'on lui donnât le texte même dans toute la crudité du vieux temps ?

Changeons de théâtre : une fois ce principe admis, un spectateur serait en droit de réclamer si le clown du cirque ne reçoit pas chaque fois le même nombre de calottes ou de coups de pied au derrière; il y aura matière à envoi d'huissier si le dompteur ou la dompteuse qui pénètre dans une cage de bêtes féroces ne livre que son bras à la gueule des lions et s'abstient de mettre le bout de son nez entre leurs dents.

Peut-être pourtant, quand on fait de trop larges coupures dans une pièce de théâtre, serait-il loyal d'en informer le public par une note sur l'affiche.

C'est ce que fit une fois, d'une façon remarquable, certain *impresario* qui voyageait en province avec une troupe d'opéra dans laquelle il ne manquait qu'une chose, — des chanteurs.

Arrivé dans une petite ville, où l'on ne jouissait pas souvent des plaisirs du spectacle, il fit placarder sur les murs une affiche ainsi rédigée :

Ce soir

LA DAME BLANCHE

Opéra-comique de Scribe. — Musique de Boïeldieu

Avis. — *Afin d'éviter les longueurs, cet opéra-comique sera joué sans la musique.*

Vous croyez peut-être que les braves gens de la ville s'avisèrent de trouver qu'on se moquait d'eux : point; ils accoururent en foule et la recette fut des plus brillantes.

***

Pendant un voyage qu'il fit en Angleterre, Jules Janin lisait son journal au café Verrey, tenu à Londres par un Français; un Anglais, occupé à prendre son grog appelle flegmatiquement le garçon :

« Garçonne, commente sé appelé cette môsieu qui fioumé son cigare en lisant sa jornál contre le poêle?

— Je n'en sais rien, milord.

— Aoh !... »

Le questionneur se lève et s'adresse à la dame de comptoir :

« Miss, commente vô appelez cette môsieu qui fioumé son cigare en lisant sa jornal contre le poêle?

— Ce n'est pas un habitué, monsieur. Je regrette de ne pouvoir vous satisfaire.

— *Very well*... Où été le maître de l'établissement?

— Me voici, monsieur.

— *Good morning*... Môsieu le maître, vô savez commente sé appelle cette mos'eu qui fioumé son cigare en lisant sa jornal contre le poêle?

— Pas le moins du monde; c'est la première fois qu'il vient ici.

— Aoh! »

Notre homme se dirige vers l'inconnu, et, s'adressant à lui :

« Môsieu, qui fioumé son cigare en lisant sa jornal contre le poêle, je prie vô, commente vô appelez vô?

— Monsieur, je m'appelle Jules Janin.

— Eh bien, môsieu Jules Janin, votre redingote y broule. »

La redingote brûlait si bien depuis un quart d'heure que tout un pan était déjà carbonisé. ARGUS.

AVIS. — MM. les Souscripteurs dont l'abonnement expire à la fin d'avril sont priés de le renouveler au plus tôt, s'ils ne veulent pas éprouver de retard dans l'envoi de la SEMAINE DES FAMILLES. — Toute demande de renouvellement, toute réclamation, toute indication de changement d'adresse doit être accompagnée d'une bande imprimée du Journal et envoyée FRANCO à M. Victor Lecoffre. — Abonnement pour la France : un an, 10 fr.; six mois, 6 fr. — Prix du numéro : par la poste, 25 centimes; au Bureau, 20 centimes. — Les abonnements partent du 1er avril et du 1er octobre. — Les volumes commencent le 1er avril. — La SEMAINE DES FAMILLES parait tous les Samedis.

PRIX DE L'ABONNEMENT POUR L'ÉTRANGER.

	UN AN	SIX MOIS
Europe, Canada, États-Unis et Colonies françaises	11 fr. »	6 fr. 50
Pour tous les autres pays	14 »	8 »

VICTOR LECOFFRE, ÉDITEUR, RUE BONAPARTE, 90, A PARIS. — Imp. de la Soc. de Typ. - Noizette, 8, r. Campagne-Première. Paris.

La drogue.

TROUPIANA

« Ce qui fait le soldat frrrançais, c'est le vin, » disait un bon ivrogne de ma connaissance, lequel, d'ailleurs, n'avait jamais servi, et passait dans une échoppe de savetier les heures qu'il ne dépensait pas au cabaret.

Mais on peut être à la fois savetier ivrogne et philosophe : mon ami avait le vin sentencieux et profond. On ne saurait nier, en effet, que l'apophtegme ci-dessus relaté ne soit d'une profondeur inouïe. Oui, ce qui fait le soldat français, c'est le vin. La France est le seul pays du monde où le peuple boive habituellement le jus de la treille. En Allemagne, en Belgique, en Hollande, on boit de la bière; en Angleterre, du wisky; en Espagne et en Italie, de l'eau pure (oh! la fade et malencontreuse boisson!); en Russie, dans les pays scandinaves, cent variétés horrifiques d'eau-de-vie de grain. Mais le bon vin, le beau vin rouge et le joli vin blanc, le gentil vin de France, ne se boit qu'en France, ce qui fait que le Français est joyeux, généreux, brave, galant, joli parleur, excepté quand il s'ingère à faire de la politique, à quoi il n'entend rien. C'est même une des qualités de ce gracieux vin de France, qu'il rend les gens impropres à bien politiquer, la politique étant la chose du monde la plus obscure, la plus désobligeante et la plus fertile en sottes querelles.

Il y aurait un beau livre à faire : « De l'influence du benoît vin de France sur le caractère des Français en général, et sur celui du troupier français en particulier. » Il serait bon que cet honnête livre fût médité, composé et mis en lumière par quelque docte Bourguignon ou par quelqu'un de ces Bordelais si bien disants, voire par quelque joyeux riverain de la Loire, de ceux qui tettent le joli vin blanc de Touraine.

Pour aujourd'hui, je veux seulement faire gloire et honneur au vin de France de cette gaieté communicative et fidèle qui console et soutient le soldat au milieu des périls, des ennuis et des privations de la vie militaire.

Innombrables sont les jeux dus à l'ingénieuse gaieté du soldat français. J'en citerai trois, parce qu'ils jouissent de la plus haute faveur dans les camps, casernes, cantonnements et bivouacs.

C'est d'abord la main chaude. Vous connaissez ce jeu bénin; le troupier l'a beaucoup perfectionné. Il va sans dire qu'il ne se contente pas d'effleurer la main du patient, comme c'est l'usage dans les pensionnats de demoiselles ; il frappe à tour de bras, il cogne, il défonce le malheureux dont la main enfle, dont le corps ploie et qui pousse des cris de détresse. Souvent aussi, pour ne pas se fatiguer la main, il frappe avec son soulier déchaussé, avec son ceinturon, avec la crosse de son fusil, avec une pierre, avec tout ce qui lui tombe sous la main; et de rire à ventre déboutonné quand le patient se retourne et promène sur l'assistance un regard ahuri qui cherche en vain le coupable. C'est un noble jeu, et de grande liesse.

Un autre jeu très en faveur, c'est le loto. Rien de désopilant comme d'assister à une partie de loto militaire. Les joueurs sont assis ou couchés par terre, les yeux fixés sur le carton fatidique; chacun a la main levée, tenant un haricot, prêt à le mettre sur le numéro appelé.

N'allez pas croire, au moins, que le soldat crie simplement le numéro tel qu'il le sort du sac : chaque numéro a son nom. Ce nom varie suivant les armes, et même suivant les régiments. On entend, par exemple, des choses comme celles-ci :

Quatre ! le chapeau du commissaire. — Sept ! la pioche. —Huit ! la gourde. — Dix !... putez-vous, mesdames. — Onze !... réunira à la maison mortuaire. — Douze ! la p'tite douzaine. — Treize ! ma sœur Thérèse. — Quatorze ! l'homme fort qui bat le diable à coups de bonnet. — Dix-sept ! la potence et le Normand pendu. — Vingt ! l'ivrogne. — Vingt-deux ! les deux cocotes. — Trente ! ma tante. — Trente-trois ! les deux bossus, etc., etc.

Quelques-uns de ces noms sont très pittoresques. D'autres sont d'un *naturalisme* qui ferait trembler M. Zola lui-même.

Un troisième jeu, c'est celui qui est représenté dans la gravure : *c'est la drogue.*

L'origine de la drogue, comme celle des pains à cacheter ou des cure-dents, se perd dans la nuit des temps. Les deux joueurs sont en présence, à cheval sur un banc de corps de garde, ou simplement assis sur le fauteuil du bon Dieu, c'est-à-dire par terre.

On a tiré du havresac un jeu de cartes vénérable qui a fait toutes les campagnes d'Afrique, noir comme une giberne, onctueux comme la *pièce-grasse.* Quel jeu va-t-on choisir? Peu importe : il y a toujours un perdant, c'est là l'essentiel. Pendant la partie, un amateur de la galerie est allé couper une branche, et il y taille consciencieusement des *drogues.* La drogue est un morceau de bois fendu sur la moitié de sa longueur, et qu'on met sur le nez du perdant.

Ce nez ainsi coiffé, cette drogue qui s'agite, ce visage grimaçant, cette voix nasillarde, sont d'un effet prodigieux. Le gagnant s'esclaffe, la galerie se tord, le patient est ahuri, il perd encore, il perd toujours ; les drogues s'amoncellent sur son nez ; pour peu que cet appendice ait des proportions sérieuses, on peut en placer jusqu'à huit, jusqu'à dix. Un nez camard n'est pas une garantie : deux drogues peuvent toujours s'y fixer, et servent de supports aux autres drogues ; le malheureux finit par avoir un véritable fagot sur le nez.

Tout à coup le clairon sonne. On court aux armes ; gagnant et perdant se retrouvent côte à côte devant l'ennemi. Le soir venu, on reprendra la partie de drogue sur les remparts de Malakoff ou dans une rue de Solferino.

GILDOR, cap'ral.

LA FEMME DE MON PÈRE

(Voir pages 586, 602, 612, 635, 650, 668, 674, 694, 708, 728, 740, 763, 771, 796 et 810.)

A Monsieur Paul Dupré, à Saint-Denis, île de la Réunion.

Vallières, le...

Mon cher Paul,

Une douleur immense vient de nous frapper. Comme ma dernière lettre pouvait te le faire pressentir, mon père est mort...

Oui, il est mort, le noble et bon vieillard, mort sans agonie, sans souffrance.

C'était vers le soir, une pâleur de cire se répandit tout à coup sur sa belle figure ; des éclairs jaillirent de ses yeux ; nous nous prîmes alors à le regarder. Néanmoins sa voix ne changeait pas et arrivait à nos oreilles toujours aussi caressante, toujours aussi mélodieuse; les paroles s'échappaient de ses lèvres souriantes avec la même facilité, avec la même grâce. Il avait de bons mots pour tous, mais pas un adieu ; et s'il nous l'avait dit, nous n'eussions pu croire que dans un instant il allait disparaître de la grande scène du monde, pour pénétrer des mystères impénétrables aux humains.

Pourquoi, du reste, mon père eût-il dit adieu, lui qui croyait de toutes les forces de son être à l'*au revoir*, cette pierre fondamentale de sa foi antique? Au delà de cette vie qui s'achevait, il comptait bien en trouver une autre éternelle, meilleure, et cette espérance qui l'avait pris au berceau, conduit jusqu'à la tombe, l'amenant à la céleste frontière sans une déviation, sans une défaillance, était le secret de son admirable sérénité.

Je ne saurais dire au juste ce qui se passa au moment où mon père mourut; je crois pourtant me rappeler que son âme remonta là-haut dans un léger soupir sans qu'aucun de nous ait osé troubler, par l'explosion de sa douleur, le silence imposant et profond qui régnait autour de lui.

Entourés des domestiques, des fermiers, des vieillards

de l'hospice, ma belle-mère, Isabelle et moi sommes restés bien longtemps la tête inclinée, croyant toujours entendre cette chère voix bénissante, qu'hélas! nous n'entendrons plus.

On prétend que la nature ne porte pas de deuils; mais c'est faux, car elle a porté celui de mon père : durant la triste cérémonie, un épais brouillard voilait le soleil, le vent mugissait à travers les arbres du parc, arrachant violemment les pétales des premières fleurs de la saison, puis les chassait en pluie d'or et d'argent sur le lourd drap noir du cercueil. Toute une population gémissante suivait le convoi de celui qui s'était fait le père des orphelins, le soutien des vieillards et l'appui du faible. Massés à l'entour de ce pauvre corps sans vie, les malheureux pleuraient aussi amèrement que pleuraient nos amis, que nous pleurions nous-mêmes; rien, rien ne pourrait dépeindre l'effet saisissant de cet ensemble désolé! Oh! Paul que la mort est donc chose affreuse, quand elle atteint nos plus chères affections!

Que te dirai-je de ma belle-mère?

Aujourd'hui la comtesse de Montigny a cent ans! Il ne nous reste plus que le souvenir de son imposante beauté. De larges sillons, creusés par les pleurs versés depuis longtemps déjà, envahissent son visage, et des rides prématurées achèvent de ravager des traits naguère si réguliers et si doux! Statue vivante, elle est sans voix et sans larmes. Son regard arrêté semble vouloir franchir les distances infinies qui maintenant la séparent de celui qu'elle aimait jusqu'à l'adoration, de celui qu'elle eût servi à genoux, et pour lequel la pauvre femme fût morte heureuse et souriante, si ses jours sacrifiés avaient pu s'ajouter aux jours comptés de son mari. Sa vie, à tout jamais brisée, va s'écouler dans un chagrin sans trêve. Il est des tristesses dont on ne relève pas, et la sienne, marquée au coin de la plus amère douleur, paraît de ce nombre. Du reste, la malheureuse ne veut point être consolée.

Dans notre milieu assombri, va et vient en silence la gracieuse Isabelle. Fille et sœur par dévouement, elle s'empresse autour de nous, portant à ma belle-mère des caresses d'enfant, à moi des paroles amies. Toute idée profane disparaît au contact de cette vierge candide dont les actions ont un but unique : répandre sur des plaies bien vives l'huile et le vin de la plus tendre charité.

Je n'ai pas encore eu le courage de réunir mes pensées; semblables à ces minces esquifs abandonnés sur une mer en courroux et ballottés par des courants contraires, elles m'échappent aussitôt que je veux les fixer. Je ne sais donc encore ce que je vais devenir et comment se passera désormais ma vie. Rien ne presse du reste. Et puis, à l'heure présente, l'humanité me défend d'abandonner ma triste compagne, cette pauvre veuve dont la vue seule commande la pitié.

La photographie est poussée jusqu'à l'art dans ton pays ensoleillé. Votre logis, ses dépendances et les détails sont merveilleusement rendus. J'ai pleuré comme un enfant en voyant la reproduction des lieux où tu vis, où tu es heureux.

Adieu, Paul, plains-nous, car nous sommes vraiment à plaindre.

LUCIEN.

A Monsieur Lucien de Montigny, hôtel du Bon Lafontaine, Paris.

Vallières le...

Mon cher Lucien, mon fils bien-aimé, pour vous écrire, je rassemble toutes mes forces, je fais appel à tout mon courage. Il le faut du reste, car le moment est venu de traiter entre nous certaines questions d'intérêt auxquelles s'en lient intimement d'autres.

Vous êtes orphelin, je suis veuve. Ces deux titres, qui portent avec eux tant de désespoir et de larmes, nous placent, vous et moi, dans des positions respectives que je suis désireuse d'établir au plus vite.

Conduit par l'excellence de son cœur, guidé par cet esprit de loyauté et de justice qui était le fond de son caractère, M. de Montigny n'a pas voulu laisser rentrer dans la pauvreté la femme qu'il en avait tirée. A cet effet, des dispositions ont été prises par lui; vous ne les ignorez point, mon enfant.

Mais ce à quoi vous n'avez peut-être pas pensé, Lucien, c'est que tout ce qui constituait mon bonheur et ma vie, tout ce qui m'était sourire, tout ce qui m'était espérance, je l'ai enseveli dans le tombeau de votre père. Cette fortune dont j'ai ma large part, cette habitation où j'ai vécu si heureuse et que, dans sa générosité, il me donne pour le reste de mes jours, mon fils, qu'en ferais-je sans lui? Reprenez, reprenez tout, mon enfant. Je ne veux rien, rien, entendez-vous, qu'une petite place dans l'hospice qu'il a fondé et où j'entends mourir; rien qu'une autre, là-bas, près du calvaire où nous avons couché son cercueil. Gardez pour vous, et pour la compagne que vous choisirez, cette fortune et le toit béni de Vallières; ajoutez-y les parures que je portais pour lui plaire... Mon voile de veuve me suffit, il sera mon linceul.

Ne dites pas *non*, mon fils, car j'ai dit *oui*. Maintenant, du reste, vous n'en avez plus le droit : les titres qui me donnaient ce que je vous rends sont dévorés par les flammes, il n'en reste plus que les cendres. Je ne vous demande qu'une chose : continuer à l'hospice la petite rente que lui faisait votre père; et moi, près des vieillards qu'il secourait, je terminerai une vie devenue inutile et que Dieu, dans sa bonté, abrégera, je l'espère.

Ne croyez pas, par ce qui précède, que tout sentiment soit éteint dans mon cœur; vous vous tromperiez, cher enfant. Au plus profond de ma pauvre âme meurtrie, mon affection pour vous est demeurée aussi vive. Je n'ai plus qu'un désir, je ne forme plus qu'un vœu : vous voir heureux ; et s'il m'est encore permis de vous donner un conseil, laissez-moi vous dire, Lucien, que la paix serait pour vous à Vallières, plutôt que dans votre grand Paris où toutes les gloires sont éphémères, où tous les bonheurs sont courts.

Pendant les insomnies de mes nuits sans fin, je songe à vous, mon fils... et aussi à cette douce jeune fille qui, aux jours d'angoisse, s'est montrée vraiment notre amie. Parfois ma pensée vous réunit, mon cœur vous confond, et je me prends à rêver, pour l'un et pour l'autre, cette douce vie à deux qui est le paradis de la terre.

Mais je m'arrête, mon cher Lucien, tout me trahit, forces et courage... Pardonnez ma faiblesse et prenez-en pitié.

Votre triste belle-mère,

SUZANNE.

A Monsieur Paul Dupré, à Saint-Denis, île de la Réunion.

Vallières, le...

Mon cher Paul, ta dernière lettre est venue me trouver à Paris, où des affaires d'intérêt avaient, alors, nécessité ma présence pendant quelques jours. Par une fatalité due, très probablement, à un manque de soin, cette affectueuse missive qui me disait si bien la part que tu prenais à notre profonde douleur, est égarée. L'aveu de ma négligence t'expliquera les omissions que je pourrai commettre en ne répondant pas, sans doute, à certaines petites particularités dont le souvenir m'échappe.

Ceci entendu, je viens, mon bon, causer avec toi. J'ai tant de choses à te dire ! tant de choses à t'apprendre !

D'abord procédons par ordre : la mort de mon père me laissant assez de fortune pour n'être point obligé de me créer, pécuniairement parlant, une position, j'ai trouvé plus sage d'abandonner des tentatives qui, jusqu'alors, n'avaient abouti qu'à des déboires, et de continuer la vie où mon père venait de la laisser. Si j'ai pris cette détermination, ce n'est pas seulement parce que les circonstances m'avaient prouvé qu'il n'existait point en moi l'étoffe nécessaire pour parvenir, mais c'est surtout afin de répondre au vœu secret de ma belle-mère, ce bon génie qui, après m'avoir si souvent indiqué du doigt les obstacles et les périls cachés dans l'ombre, trouvait toujours des paroles de consolation aux jours où s'effondraient mes espérances. Je lui devais bien, à la pauvre femme, un atténuant à sa profonde douleur. Du reste, le sacrifice de mon ambition me paraît léger, maintenant que l'expérience m'a appris ce que valent les hommes et les choses.

Et puis, tout venait concourir à rendre nécessaire et facile cette dernière résolution. Dans une heure de suprême générosité et d'immense chagrin, Mme de Montigny avait détruit le testament qui lui donnait des droits que non seulement je regardais comme incontestables et mérités, mais encore devant lesquels j'étais heureux de m'incliner. Acceptant avec un âpre bonheur cette pauvreté volontaire, la triste veuve déclara ne plus vouloir d'autre toit que celui de notre petit hospice, d'autre existence que celle des vieillards qui doivent à sa sollicitude de ne plus mourir de misère.

Ne crois pas, Paul, que cette douleur poussée jusqu'au délire, que ce détachement si grand ait absorbé chez ma belle-mère le sentiment qu'elle a toujours eu pour moi, et que renfermée dans un égoïste désespoir, elle se soit considérée comme quitte vis-à-vis du fils de son mari ? Tu te tromperais. Avec un amour vraiment maternel, elle poursuit son œuvre de sollicitude et de paix. Juges-en toi-même.

Il y avait deux mois déjà que nous pleurions mon père. La digne femme se détachait peu à peu et silencieusement des lieux qui la virent si heureuse, ne voulant pas, par un brusque et éclatant départ, provoquer chez les domestiques une de ces scènes de regrets, toujours pénibles pour les uns et pour les autres.

J'assistais, désolé et navré, à cet abandon complet de tout ce qui aurait pu, je le croyais du moins, lui rendre la vie plus supportable. Un soir, pressentant qu'il serait le dernier qu'elle passerait au château, j'éprouvai l'immense besoin d'essayer de l'y retenir encore. J'allai donc à cet effet, la trouver dans la chambre de mon père que, selon le désir qu'elle en a exprimé, personne désormais n'habitera plus.

« Je vous attendais, mon enfant, me dit-elle en me voyant entrer. Si vous n'étiez pas venu à moi, je serais allée à vous. » Ces simples paroles, bien naturellement dites pourtant, la vue de cette femme agenouillée devant la couche sur laquelle, quelques jours auparavant, s'éteignait mon père, ces cierges rangés comme pendant la funèbre veillée, tout cet ensemble avait quelque chose de solennel et m'émotionnait profondément. Ma belle-mère s'en aperçut, et se relevant avec effort :

« Venez au salon... » fit-elle.

Puis, prenant mon bras, nous traversâmes, sans échanger une parole, cette vaste demeure, naguère pleine de sourires, et quelques instants après, nous étions assis l'un et l'autre dans le petit salon octogone où, désormais, je devais passer seul mes soirées.

« Oui, mon cher enfant, j'ai à vous parler, commença Mme de Montigny. Avant d'abandonner ce toit, maintenant solitaire, je voulais provoquer une confidence, vous demander si votre cœur était libre encore, et si, le cas échéant, vous seriez bien éloigné d'épouser Isabelle. Lors de votre dernier séjour à Paris, je vous en ai dit un mot, ce mot vous ne l'avez pas relevé ; j'en conclus alors que, peut-être, vous aimez ailleurs, et c'est afin d'être fixée tout à fait que je reviens sur un souhait déjà exprimé. »

Je dois t'avouer, mon cher Paul, que jamais, jusqu'alors, femme ne m'avait plus doucement, plus saintement ému, si je puis m'exprimer ainsi, que cette jolie, cette pensive enfant, sur laquelle les peines semblaient s'être acharnées et qui, à l'heure de nos épreuves, oubliait ses tristesses pour partager les nôtres. J'aimais sa beauté étrange, sa grâce native, et jusqu'à ce ton ascétique si candide, si pur, que les moins croyants l'eussent respecté ; mais je n'avais pu arrêter mon esprit sur la possibilité de faire ma femme de cette petite sainte, et malgré l'idée émise par ma belle-mère, je n'y pensai pas davantage ; ce n'est point à dire pour cela que la chère enfant me fût indifférente ; seulement l'extrême réserve de Mlle Wissocq, son détachement des choses de la terre, tout venait me défendre d'aimer celle qui, selon ma manière d'envisager les événements, ne pouvait m'appartenir.

La question directe de ma belle-mère m'ouvrait donc des horizons nouveaux. Il me fut facile de lui faire connaître mes sentiments, mes impressions... Qu'avais-je à lui dissimuler ?

« En effet, reprit Mme de Montigny en répondant à ma dernière pensée, alors qu'Isabelle s'est vue seule ici-bas, son imagination, plutôt que son cœur, voulut lui persuader qu'elle se devait à la solitude et je ne voudrais pas assurer que parfois la porte du cloître ne lui paraissait point s'entr'ouvrir pour l'y laisser entrer. Dans sa tête de jeune fille, elle croyait que l'oubli complet du monde était le salut pour l'orpheline. Connaissant le caractère de ma jeune amie, j'ai cru devoir combattre de pareilles idées, et bien m'en a pris, car, aujourd'hui, Isabelle comprend que si la retraite nous garde d'ineffables douceurs, de son côté la vie de famille offre à la femme aimante, dévouée, mille moyens de répandre autour d'elle la joie et le bonheur. Vous voyez donc, mon enfant, le temps et la réflexion ont renversé l'obstacle moral qui semblait s'élever entre vous deux. Maintenant, jugez vous-même si je dois faire, vis-à-vis de Mlle Wissocq, la première démarche. »

Je ne saurais te dire, Paul, la sensation que j'éprouvai en écoutant parler ma belle-mère. Il me semblait voir passer et repasser devant moi la gracieuse enfant aux yeux si beaux, aux cheveux si noirs, et je m'arrêtai pour la première fois à cette douce vie de famille que je pouvais me créer; à ces joies du foyer qu'il m'était donné de faire renaître ; à cet amour partagé; à ce tout honnête et paisible qui m'apparaissait en un instant, vision charmante me rappelant mon enfance et aussi les trop courtes années qui viennent de finir.

Et avec son sublime instinct de femme, ma belle-mère comprit ce qui se passait en moi. Désignant alors du doigt, par la fenêtre entr'ouverte, la silhouette d'Isabelle traversant le parc et à laquelle le crépuscule donnait une forme indécise :

« Si je l'appelais ? » fit-elle.

Quelques instants après l'orpheline était dans le petit salon, où le domestique venait d'apporter la lampe de travail... J'eus un éblouissement en regardant Mlle Wissocq...Jamais elle ne m'avait paru aussi belle, sans doute parce qu'à cette heure seulement, je comprenais qu'elle pouvait être à moi.

« Mes enfants, dit au bout d'une ou deux minutes la noble veuve que l'émotion brisait, mes enfants, j'ai besoin, avant de quitter ce toit béni de Vallières, j'ai besoin de préposer à la garde des chers souvenirs qui s'y abritent des cœurs capables de comprendre cette mission toute de respect et d'amour... J'ai pensé à vous deux... Voulez-vous, dites, voulez-vous, mes enfants, partager la même existence, afin qu'il vous soit permis de partager les mêmes devoirs ? »

Puis, il y eut un silence... puis, je ne sais plus... Ce que je me rappelle, parce qu'il est des choses qu'on ne saurait oublier, c'est qu'Isabelle et moi, la main dans la main, nous nous sommes agenouillés pour demander à la sainte femme qui nous donnait l'un à l'autre sa bénédiction.

Nous sommes mariés depuis six semaines, et vraiment heureux. Quoique Vallières ne doive point reprendre de bien longtemps sa gaieté passée, on y respire néanmoins un parfum de grâce et de jeunesse qui fait présager des jours moins tristes. Demain, nous partons pour rendre visite à l'oncle de Blacourt, à la tante Annette, et irons même jusqu'à Poitiers, pour, de là, revenir bien vite ici où nous rappellent et cette chère poussière qui dort son grand sommeil, et cette sainte recluse, type d'une éternelle douleur, dont l'immense chagrin se cache à l'ombre d'un petit hospice : pauvre veuve, en laquelle le monde ne pourrait jamais reconnaître l'heureuse et belle comtesse, Suzanne de Montigny.

LUCIEN
MALRAISON DE RULINS.

FIN.

CHRONIQUE

Je viens de recevoir par la poste un billet qui m'a plongé dans *un abîme* de réflexions.

Mais quelques mots d'explication préalable sont nécessaires.

J'avais rencontré, il y a quinze jours, chez un ami, un homme du monde à qui l'on me présenta. Nous causâmes un quart d'heure ensemble. Il apprit, durant la conversation, que je possédais un livre dont il avait besoin, et je promis de le lui porter. J'avais, en effet, passé chez lui, et, ne l'ayant pas trouvé, j'avais laissé le livre en question chez le concierge.

Le lendemain, je recevais le billet suivant :

« *Mon cher Monsieur*,

« Je vous demande *un million de pardons* de ne m'être point trouvé là quand vous avez eu *l'extrême* obligeance de passer chez moi. Je suis vraiment *désolé*, car j'aurais été *charmé* de causer un moment avec vous.

Si j'avais su le plaisir qui m'attendait au logis, je me serais bien gardé de sortir.

« *Mille* remerciements, Monsieur, et veuillez croire à la *profonde gratitude* de

« Votre *tout dévoué* et *tout affectionné*,

X***. »

C'est ce billet, tout simple pourtant, qui, comme je l'ai déjà dit dans un style de circonstance, m'a plongé dans *un abîme* de réflexions.

Ces réflexions roulaient sur la déplorable manie d'hyperboles qui règne ici-bas dans les relations sociales, sur la fièvre d'exagération qui prend les gens les plus positifs quand ils veulent être polis.

Hyperboles! hyperboles! Tout n'est qu'hyperboles sur la terre! axiome oublié par Salomon, et qu'il n'eût pas oublié sans doute s'il avait vécu parmi nous. Je ne parle pas de l'éloquence ni de la poésie. Il est convenu, depuis longtemps, que l'hyperbole est l'âme du discours et du vers; c'est la massue des rhéteurs, et Dieu me garde de médire de la rhétorique, dans le sein de laquelle j'ai été bercé et nourri! Mais les prodigues qui gaspillent ce pain des forts à des usages journaliers et enfantins; ceux qui font continuellement de l'hyperbole comme M. Jourdain faisait de la prose, sans s'en douter et sans y prendre garde, voilà les gens à qui j'en veux.

Par exemple, il s'agit d'une personne que l'on a vue pleurer. Les trois quarts du temps, dira-t-on : « Je l'ai vue pleurer? » Ah! bien oui; ce serait trop simple et trop froid. On dira, pour peu qu'on ait l'esprit tourné à la poésie : « Je l'ai vue verser des *torrents* de larmes. » C'est bien modeste quand on se borne à des ruisseaux, tel auditeur en pourrait conclure que cette personne-là n'avait pas beaucoup de chagrin.

Un passant vous permet de partager son parapluie dans la rue : vous faites *mille* remerciements. Combien donc lui en feriez-vous s'il vous avait sauvé la vie au péril de la sienne?

Un monsieur que vous allez voir a été forcé de vous faire attendre une demi-minute au salon, parce qu'il changeait de paletot ou qu'il achevait sa barbe. Il ne vous abordera pas sans protester, comme mon correspondant, qu'il est *désolé*, et sans vous faire un *million* d'excuses. C'est l'usage, je le sais bien; mais c'est un drôle d'usage.

Vous avez, à table, passé la salière ou les cornichons à une dame ; vous avez offert un cigare à un visiteur, ou prêté votre lorgnette à un voisin de théâtre pendant quelques secondes : « Monsieur, je vous suis *infiniment* obligé... Vous êtes *trop* aimable... ou : *Mille fois* trop bon... Je vous rends *mille* grâces... » et autres fariboles de même taille, qui écraseraient celui qui les reçoit, si elles n'étaient si creuses.

Le Philinte de Molière paraîtrait bien pâle à côté de nos Philintes du jour, et ceux-ci seraient capables de le prendre pour Alceste, tant la civilisation a fait de progrès.

Le style épistolaire, en particulier, est l'asile préféré de ces compliments banals dont l'enflure va jusqu'à l'hydropisie. La comparaison est juste, quoi qu'on en puisse penser : au dehors, beaucoup d'apparence; au dedans, beaucoup d'eau ou de vent, ou moins encore. Il n'est personne qui, dans ses lettres, ne donne à tort et à travers de la *considération très distinguée* et des sentiments *très respectueux*, écrivit-il à un pied-plat méprisé même de ses valets; du *très humble et très obéissant serviteur*, même quand, — ce qui arrive le plus souvent, je crois, — il n'est disposé à être ni l'un ni l'autre.

On en est venu au point de regarder le *Tout à vous* ou *Votre tout dévoué* comme ce qu'il y a de plus sans façon. Dans beaucoup de cas, ces formules cavalières et négligées constitueraient un vrai délit d'impolitesse; et pourtant, à y bien réfléchir, c'est déjà fort joli d'être *tout entier* à quelqu'un.

Supposons que j'aille trouver M. Y***, qui, dans une vingtaine de lettres que je possède encore, s'est dit et répété *tout à moi*, et que je lui tienne à peu près ce langage : « Monsieur, voici trois ans, quatre ans, que vous prenez la peine de m'assurer que vous êtes tout à moi, de me protester que vous m'êtes tout entier dévoué pour la vie! Eh bien, monsieur, voici le moment de me le prouver. J'ai chassé mon domestique ce matin, et je vais ce soir dîner en ville : j'aurais besoin de vous pour cirer mes bottes et battre mes habits... Je viens de perdre ma fortune à la Bourse; mais j'ai compté sur vous. Vous êtes riche, je n'ai rien : prêtez-moi cinquante mille francs... Voilà un homme qui m'a insulté; mais, entre nous, mon tempérament est opposé au duel. Faites-moi le plaisir, mon tout dévoué ami, d'aller vous couper la gorge avec lui pour défendre mon honneur. — Allez vous promener, » me répondrait-on en haussant les épaules. Et cependant je n'aurais fait qu'interpréter au pied de la lettre les protestations de mon correspondant.

Mais, bon Dieu! qui donc songe à presser ainsi le sens de toutes ces belles phrases? Personne, heureusement, ni ceux qui les écrivent, ni ceux qui les lisent, sauf quelques esprits chagrins, quelques censeurs moroses, comme moi, par exemple, ou des sauvages qui ne sont pas encore au courant de toutes les finesses de la civilisation. Quant aux autres, ils s'entendent parfaitement là-dessus, et savent à quoi s'en tenir.

L'usage a si bien donné force de loi à cette phraséologie, qu'elle est devenue nécessaire à tout homme bien élevé. En s'exprimant comme il sied, en donnant la bonne mesure, mais rien de plus, on s'exposerait à passer pour un rustre sans éducation, qui ne sait ce qu'il doit à son prochain, comme ces honnêtes marchands que les acheteurs accusent de leur faire tort parce qu'ils mesurent trop juste. La forme a emporté le fond. L'auditeur ramène de lui-même à leur taux légal ces paroles de gigantesque stature : *sesquipedalia verba*, et voilà pourquoi on ne peut plus guère employer les expressions vraies et justes, que cette opération préalable réduirait à néant. Ces formules toutes faites, qui rappellent les civilités profondes et grotesques des Scapins de la comédie italienne, n'ont qu'une valeur fictive et conventionnelle ; il n'y faut chercher que ce que l'usage y a mis et ce que l'usage y voit, et il en est d'elles comme de la monnaie courante, qui vaut ce qu'on veut la faire valoir.

J'ai un ami fort hâbleur, mais je connais le taux habituel de ses hâbleries, et je sais qu'on en doit toujours retrancher juste la moitié dans certains cas, et les neuf dixièmes dans d'autres. S'il me dit qu'il a acheté une montre de six cents francs, je suis sûr qu'elle ne lui en a coûté que trois ; et s'il me dit qu'il a gagné vingt louis la veille en pariant sur le turf, je pourrai croire qu'il a gagné quarante francs. Il est obligé de continuer à mentir, parce qu'il a commencé. Supposons qu'il me dise la vérité : « J'ai acheté une montre de trois cents francs, et j'ai gagné deux louis, » j'en conclurais que sa montre ne lui a coûté que cent cinquante francs, et qu'il a gagné cinquante sous. Eh bien ! nos formules de politesse sont de grandes hâbleuses qu'on ne prend jamais au mot parce qu'on les connaît.

Si j'étais grammairien, je pourrais démontrer le tort que toutes ces exagérations font à la langue, en abaissant la signification des mots. Tenez, je n'en prendrai qu'un exemple, mais qui en vaut bien d'autres. Il y a cent cinquante ans seulement, on ne connaissait rien de plus fort que le verbe *gêner* pour exprimer une souffrance élevée à son paroxysme. Ce mot était digne de son étymologie, *géhenne* (enfer), c'est tout dire ; et on sait ce que c'était que mettre quelqu'un à la *gêne*. Racine, voulant faire exprimer par le violent Pyrrhus à Andromaque son désespoir de voir sa passion rebutée, ne trouve rien de plus fort à placer dans sa bouche que cet hémistiche :

Ah ! que vous me gênez !

Eh bien, à coup sûr, si un voisin vous serrait légèrement dans un omnibus, vous hésiteriez aujourd'hui à vous servir de cet hémistiche, comme trop peu expressif pour la situation. Il vous faudrait au moins l'adjonction d'un adverbe en *ment* pour relever un peu la sauce : « Monsieur, diriez-vous au voisin, vous me gênez horriblement. » On voit que ce n'est pas seulement dans les formules polies que la portée des mots a baissé, mais aussi dans les formules impolies.

***

Partout des réceptions, car le printemps est pressé, cette année, de faire son entrée, et avec le printemps commenceront les envolées des Parisiens qui, à l'inverse des hirondelles, attendent la belle saison pour émigrer.

Donc, on a dîné, dansé, fait de la musique plus que jamais dans Paris, malgré le carême, hélas ! Chaque soir a renouvelé les mêmes plaisirs, — ce qui ressemble un peu trop souvent au renouvellement des mêmes ennuis.

Pour ma part, je n'imagine rien de plus monotone que cette rencontre quotidienne de plusieurs centaines de personnes, qui toutes se connaissent plus ou moins et se retrouvent juste à point pour échanger un salut banal accompagné de quelques paroles plus banales encore.

Théophile Gautier comparait les hommes en habit de soirée à des hannetons trempés dans l'encre ; et, quelque sympathie qu'on puisse éprouver pour le coléoptère cher aux écoliers, il est bien évident que le spectacle des hannetons en deuil n'est pas des plus réjouissants. Il est vrai que les robes des dames sont là pour sauver la mélancolie d'un tel tableau ; mais, de ce côté encore, je ne jurerais pas que la note ne soit un peu monotone ; c'est le tourbillonnement des papillons blancs, bleus ou roses auprès du bousculement des papillons noirs ; en fin de compte, l'effet est à peu près le même sur le cerveau.

Il serait bien temps de varier tout cela et de retrouver, pour embellir et égayer nos réceptions mondaines, la baguette magique des fées qui présidaient aux fêtes dans les temps un peu lointains de Cendrillon et de Peau-d'Ane.

Mais on tomberait dans une grande erreur si l'on croyait que toutes les fées sont mortes ; il en est une qui s'est chargée de nous montrer, ces jours derniers, comment elle pourrait arracher nos fêtes à la monotonie, à l'ennui qui les envahit de toutes parts ; cette fée est pourtant la plus sérieuse de toutes, — car elle s'appelle la Science.

Elle s'est montrée aimable, magnifique, éblouissante de prodiges dans la fête à laquelle le contre-amiral Mouchez, directeur de l'Observatoire de Paris, l'a conviée, il y a quelques jours ; la Science, ce soir-là, a été si séduisante que, pour un rien, on aurait oublié de danser, tellement on était occupé à regarder et à écouter.

Les invités de l'Observatoire ont certainement pu croire, sans trop d'efforts d'imagination, que la magie se mêlait elle-même de leur être agréable.

Dès qu'on avait franchi la grille d'entrée, on se trouvait sous les feux de la lumière électrique, évidemment enchantée d'humilier le gaz et les lustres, qui, çà et là, faisaient encore une apparition timide.

Au haut du grand escalier on entrait dans une salle ronde, qui n'est autre que le musée astronomique fondé depuis deux ans. Des vitrines contiennent un grand nombre d'objets curieux, anciens instruments d'astronomie ou de mathématiques, dessins, gravures, photographies...

Je ne vous surprendrai pas en vous disant que les photographies de la lune sont nombreuses à l'Observatoire ; elle est une amie, une familière de la maison ;

et c'est bien la moindre des choses qu'on la traite avec une attention marquée.

Tout autour de cette salle du musée sont des portraits; à la place d'honneur, le portrait de Louis XIV, fondateur de l'Observatoire; et, lui faisant cortège, les portraits de tous les directeurs de cette maison de la Science, depuis Cassini Ier jusqu'à Le Verrier.

De la salle du musée, on passait encore dans une galerie splendide, construite tout exprès pour la fête, sur la terrasse du jardin; cette galerie éclairée (il faudrait dire embrasée par la lumière électrique), semblait une succursale de l'Exposition d'électricité du palais des Champs-Élysées, car c'est l'électricité qui a eu tous les honneurs de la fête de l'Observatoire, quoiqu'on fût dans le palais de l'Astronomie.

Quelques invités et invitées, qui s'attendaient à ce qu'on leur montrât des hommes ou seulement des bêtes dans la lune, en ont peut-être éprouvé une légère déception; — mais si les phénomènes de l'électricité peuvent être admirés facilement par deux mille personnes, il n'en est pas de même pour les merveilles astronomiques.

Si tout ce monde avait dû défiler devant l'oculaire d'une lunette, il eût fallu bien des nuits pour que la curiosité de chacun et de chacune fût satisfaite; bien évidemment, on ne pouvait attendre que, malgré toute sa courtoisie, M. le directeur de l'Observatoire poussât l'imitation des... *Mille et une Nuits* jusque-là.

On a donc dû se contenter de ce qui pouvait être vu par tout le monde et d'un seul coup d'œil.

L'un des plus grands succès d'admiration a été pour une suite immense de photographies qui couvraient toute une paroi de la grande galerie et représentaient le panorama de la chaîne des Alpes avec ses pics, ses glaciers ses précipices; une réalité d'aspects à donner le vertige!

Après ce bain de lumière aveuglante, une brusque transition vous plongeait dans les ténèbres les plus complètes : la bibliothèque avait été transformée en salle d'expériences, où l'on voyait se détacher sur un tableau blanc les images projetées par un appareil électrique, tandis qu'un conférencier en donnait l'explication.

M. Tissandier a exposé les *Applications de l'électricité aux usages domestiques*, et M. Wolff a parlé de la *Constitution chimique des astres révélée par l'analyse de leur lumière*.

Enfin, pour terminer les expériences de la salle des conférences, on a vu se projeter sur un écran l'Observatoire tel qu'il sera bientôt quand les travaux d'agrandissement seront terminés.

D'après ce plan, la principale entrée de l'Observatoire sera située du côté sud, c'est-à-dire à l'opposé de l'entrée actuelle; elle s'ouvrira sur le boulevard Arago.

De ce côté le magnifique édifice construit par Mansard apparaît dans sa majestueuse simplicité; une suite de jardins en terrasse conduira jusqu'à la porte du palais: dans ces jardins se dressera la statue de Le Verrier, sculptée en marbre blanc par M. Chapu.

C'est aussi dans les jardins agrandis que se trouvera la grande lunette de seize mètres, dont la construction fut l'un des plus graves soucis de Le Verrier pendant ses dernières années.

Une lunette de seize mètres; nous nous extasions! Et pourtant on a bien vu autre chose, du temps de Cassini Ier, quand on possédait une lunette de trois cents pieds de longueur; il fallait la suspendre à un échafaudage plus haut que les bâtiments mêmes de l'Observatoire. Cette machine, à vrai dire, était plus imposante que commode; l'observateur était obligé de tenir à la main et de manœuvrer comme il pouvait l'*oculaire!* c'est-à-dire le verre qu'on place près de l'œil, pour le mettre en relation avec l'*objectif*, c'est-à-dire le verre qui se trouvait à trois cents pieds de lui.

Cet appareil gigantesque et défectueux permit cependant à Cassini Ier de découvrir plusieurs satellites de Saturne. Les autres astronomes ne découvrirent pas grand'chose; mais le bon public qui n'avait manié ni *objectif*, ni *oculaire*, découvrit toutes sortes de merveilles; jamais, à aucune époque, on n'aperçut tant d'animaux dans la lune...

Espérons qu'avec notre lunette de seize mètres nous finirons bien par en retrouver quelques-uns!

Argus.

AVIS. — MM. les Souscripteurs dont l'abonnement expire à la fin d'avril sont priés de le renouveler au plus tôt, s'ils ne veulent pas éprouver de retard dans l'envoi de la SEMAINE DES FAMILLES. — Toute demande de renouvellement, toute réclamation, toute indication de changement d'adresse doit être accompagnée d'une bande imprimée du journal et envoyée FRANCO à M. Victor Lecoffre. — Abonnement pour la France : un an, 10 fr.; six mois, 6 fr. — Prix du numéro: par la poste, 25 centimes; au Bureau, 20 centimes. — Les abonnements partent du 1er avril et du 1er octobre. — Les volumes commencent le 1er avril. — La SEMAINE DES FAMILLES paraît tous les Samedis.

PRIX DE L'ABONNEMENT POUR L'ÉTRANGER.

	UN AN	SIX MOIS
Europe, Canada, États-Unis et Colonies françaises	11 fr. »	6 fr. 50
Pour tous les autres pays	14 »	8 »

TABLE

PAR ORDRE ALPHABÉTIQUE

TABLE

PAR ORDRE DES MATIÈRES

Religion, Philosophie et Études de mœurs.

Sciences et Arts.

Histoire et Voyages.

Critique.

Romans, Contes et Nouvelles.

Poésie

Variétés.

Lightning Source UK Ltd.
Milton Keynes UK
UKHW021014031218
333381UK00015B/2174/P